〔梁〕蕭統編
〔唐〕李善注

文選

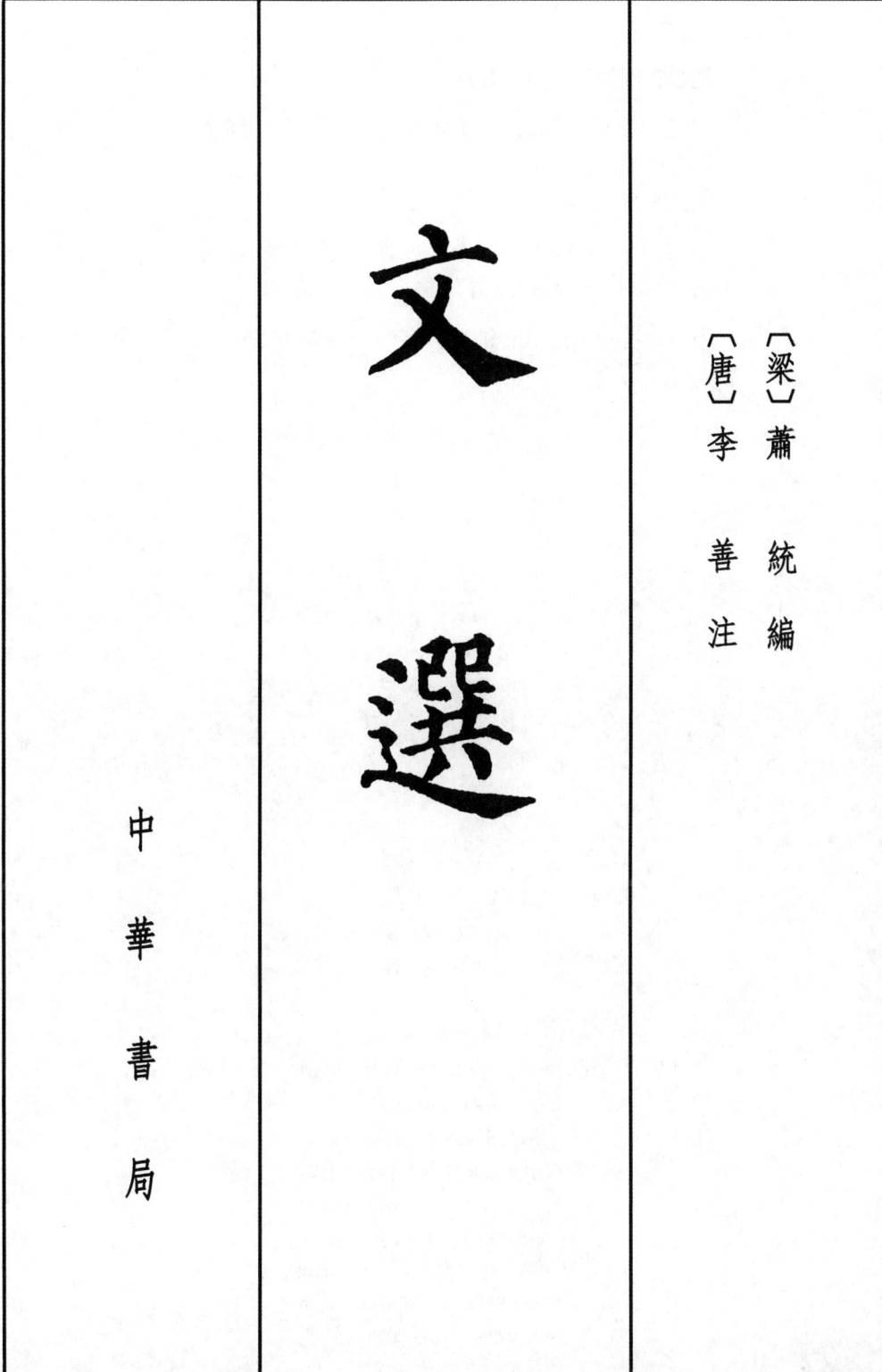

中華書局

圖書在版編目(CIP)數據

文選/(梁)蕭統編;(唐)李善注. —北京:中華書局,1977.11 (2025.1重印)

ISBN 978-7-101-00730-5

Ⅰ.文… Ⅱ.①蕭…②李… Ⅲ.古典文學-作品集-中國-先秦時代-梁國(502~557) Ⅳ.I211

中國版本圖書館 CIP 數據核字(2004)第 142401 號

責任印製:陳麗娜

文　選

〔梁〕蕭　統 編

〔唐〕李　善 注

*

中 華 書 局 出 版 發 行

(北京市豐臺區太平橋西里 38 號　100073)

http://www.zhbc.com.cn

E-mail:zhbc@zhbc.com.cn

三河市中晟雅豪印務有限公司印刷

*

787×1092 毫米 1/16・63¾印張

1977 年 11 月第 1 版　2025 年 1 月第 16 次印刷

印數:91801-92700 冊　定價:228.00 元

ISBN 978-7-101-00730-5

出版説明

《文選》是我國現存的編選最早的一部文學總集，共收録了周代至六朝七八百年間一百三十個知名作者和少數佚名作者的作品七百餘首，各種文體的主要代表作大致具備。它的編選者蕭統（公元五〇一—五三一年）是南朝梁武帝蕭衍的長子，字德施，天監元年（公元五〇二年）立爲太子。著有《文集》二十卷、《正序》十卷、《英華集》二十卷，都已失傳。因爲蕭統死後謚昭明，所以後來又稱《文選》爲《昭明文選》。

我國封建社會中文化較發達的時期，首推漢唐兩朝，而六朝可稱是繼漢開唐的轉化時期。文體由楚辭變爲漢賦，漢賦變爲俳賦，再變爲律賦； 西漢散文駢文變爲東漢駢文，再變爲六朝駢文； 詩歌由古體轉變爲律體。這種演化説明六朝時文體已相當完備，形式、辭藻、音律日益講究，文學的觀念更明晰了。這些都爲唐代文學的繁榮準備了條件。蕭統所主編的《文選》在其間是起着一定作用的。

《文選》的選擇標準，蕭統在序文中作了交代，他把經、史、子和文學區別開來，大膽地把它們排除在文學範疇以外，只是對史書中「綜輯辭采」、「錯比文華」的論文，仍認爲是可以入選的。所謂「事出於沉思，義歸乎翰藻」就是他心目中的文學作品，也是齊梁時一般人心目中的文學作品。所以在《文選》中辭藻華麗、聲律和諧的楚辭、漢賦和六朝駢文佔去了相當大的比重，詩歌方面也多選了對偶詩句比較嚴謹的顔延之、謝靈運等人的作品，而陶淵明等人平易自然的詩篇卻入選較少。

由於《文選》是一部選集前人文學著作的總集，閱讀各家代表作品比較方便，因此受到封建知識分子的重視，到了後世，幾乎成了他們必修的課本了，甚至有「《文選》爛，秀才半」的諺語。對《文選》的研究和注釋成了一項專門學問——《文選》學，蕭該的《文選音》開了先河，曹憲以教授《文選》學著名，許淹、李善、公孫羅繼承了曹憲的衣鉢，使《文選》學在唐初即盛行於世，《文選李善注》更是一部集大成的著作。

李善，揚州江都人，歷官太子內率府錄事參軍，崇賢館直學士兼沛王侍讀，秘書郎，涇城令等職。晚年以教授爲業，載初元年（公元六八九年）卒。他注釋《文選》經多次易稿方才完成。後人對它評價很高，許多人還在他的基礎上進行研究，從事著述。

到了開元六年（公元七一八年）又有呂延祚將五臣（呂延濟、劉良、張銑、呂向、李周翰）注《文選》進表呈上，從此，《文選》就有了兩種不同的注釋本流傳。後來，又有人將李善注與五臣注合刻，成爲所謂「六臣注」。清朝人大多認爲自六臣注盛行之後，李注原帙被埋沒，又有人將集注本中的李注輯錄出來，就是今天所能見到的李注《文選》。用敦煌石室發現的一些舊抄《文選》殘卷與現在的通行本相校，或細讀清人的校記，可證上述說法是可信的。但是輯錄者的目的並未完全達到，也不可能完全達到，因爲《文選》的本子在唐以前只有抄本流傳，在傳抄過程中，無意抄錯和有意刪節都在所難免，史書所引作品更難免經過剪裁。在注釋中，情況比正文更複雜，李注經過多次易稿，傳抄本所據不一定是定本；李注和五臣注經過合而又分，以致輯錄出來的李注，有的地方雜入了其他注釋，有的又被誤認爲其他注釋而刪去了。

據胡克家《重刻宋淳熙本文選序》，《文選》在蜀孟時毋昭裔已爲鏤板，可見至遲那時已有刊本流傳了。

現存完整的刊本有南宋淳熙八年（公元一一八一年）尤袤刊本，明汲古閣刊本等都是根據這個本子翻刻的，清乾嘉年間校勘學大興，對《文選》進行校刊的不乏其人，胡克家就是其中的一個。他用了多年時間，經八易稿，把尤刻本校勘重刻，並著《考異》十卷，於嘉慶十四年（公元一八〇九年）完成。後來出版的各種本子大多以胡刻本爲依據。

我們把尤刻本和胡刻本相校，證明胡刻本較好，胡克家改正了尤刻本明顯的錯誤多達七百餘處（《考異》中指出的尚未計算在内），雖然胡刻本也增加了一些錯誤，但大多是由於原本字迹模糊或殘缺造成的，而且這類錯誤只有六十餘處。可見胡克家的校訂工作做得比較嚴肅認真。他所著的《考異》也遠遠超過了尤袤所著的《李善與五臣異同》。只是那時敦煌殘卷尚未發現，還有很多可以訂正今本的地方沒能採用。

《文選》本身不失爲一部有研究、參考價值的文學總集。另外，李善注保存了不少已佚古籍的片斷，又是文字訓詁和校勘的重要參考資料。爲了方便讀者，我們將胡刻本縮小影印出版，並加了斷句，見於《考異》的文字以「△」標出，字迹不清或殘缺的地方做了描修，並將尤刻本與胡刻本較重要的異文校出（胡刻本改正尤刻本明顯的錯誤、異體字、避諱字等不出校），和篇目索引、著者索引附在卷末，以備查檢。因時間和水平所限，我們的工作還難免存在疏漏或錯誤，希望讀者批評指正。

中華書局編輯部

二〇〇五年元月

重刻宋淳熙本文選序

賜進士出身通奉大夫江南蘇松常鎮太等處承宣布政使司布政使胡克家撰

文選於孟蜀時。毋昭裔已爲鏤板。載五代史補。然其所刻何本。不可考也。宋代大都盛行五臣。又并善爲六臣。而善注反微矣。淳熙中。尤延之在貴池倉使。取善注雕校鋟木。厥後單行之本。咸從之出。經數百年轉展之手。譌舛日滋。將不可讀。恭逢

國家文運昭回。

聖學高深。苞函藝府。受書之士。均思熟精選理。以潤色鴻業。而佳本罕覯。誦習爲難。寧非缺事歟。往歲顧千里彭甘亭見語。以吳下有得尤槧者。因即屬兩君遴手影摹。校刊行世。踰年工成。雕造精緻。勘對嚴審。雖尤氏真本。殆不是過焉。從此讀者開卷快然。非敢云是舉即崇賢功臣。抑亦學海文林之一助已。其善注之并合五臣者。與尤殊別。凡資參訂。既所不廢。又尋究尤本。輒有致疑。鉤稽探索。頗具要領。宜諗來者。撰次爲考異十卷。詳著義例。附列於後。而別爲之敘云。嘉慶十四年。二月既望序。

刻文選序

文選序

梁昭明太子撰

式觀元始。眇覿玄風。冬穴夏巢之時。茹毛飲血之世。世質民淳。斯文未作。逮乎伏羲氏之王(去聲)天下也。始畫八卦。造書契。以代結繩之政。由是文籍生焉。易曰。觀乎天文。以察時變。觀乎人文。以化成天下。文之時義遠矣哉。若夫椎(直追)輪爲大輅(音路)之始。大輅寧有椎輪之質。增冰爲積水所成。積水曾(作能)微增冰之凜(力錦)。何哉。蓋踵(音腫)其事而增華。變其本而加厲。物既有之。文亦宜然。隨時變改。難可詳悉。嘗試論之曰。詩序云。詩有六義焉。一曰風。二曰賦。三曰比。四曰興(去聲)。五曰雅。六曰頌。至於今之作者。異乎古昔。古詩之體。今則全取賦名。荀宋表之於前。賈馬繼之於末。自茲以降。源流寔繁。述邑居則有憑虛亡(音無)是之作。戒畋遊則有長楊羽獵之制。若其紀一事。詠一物。風雲草木之興(去聲)。魚蟲禽獸之流。推而廣之。不可勝載矣。又楚人屈原。含忠履潔。君匪從流。臣進逆耳。深思遠慮。遂放湘南。耿介之意既傷。壹鬱之懷靡愬。臨淵有懷沙之志。吟澤有憔悴之容。騷人之文。自茲而作。詩者蓋志之所之也。情動於中。而形於言。關雎(七余)麟趾(音止)。正始之道著。桑間濮(音卜)上。亡國之音表。故風雅之道。粲

序　一

然可觀自炎漢中葉厥塗漸異退傅有在鄒之作降(下江)
將著河梁之篇四言五言區以別(入聲)矣又少則三字多
則九言各體互興分鑣(彼嬌)並驅(丘遇)頌者所以游揚德業
褒讚成功吉甫有穆(音目)若之談季子有至矣之歎舒布
爲詩既言如彼總成爲頌又亦若此次則箴(音針)興於補
闕戒出於弼匡論(去聲)則析(洗激反)理精微銘則序事清潤美
終則誄發圖像則讚興又詔誥教令之流表奏牋記之
列書誓符檄(胡激)之品弔祭悲哀之作荅客指事之制三
言八字之文篇辭引(以進反)序碑碣誌狀衆制鋒起源流
間(去聲)出譬陶匏(蒲包)異器並爲入耳之娛黼黻不同俱爲
悅目之玩作者之致蓋云備矣余監(音緘)撫餘閑居多暇
日歷觀文囿泛覽辭林未嘗不心遊目想移晷(音軌)忘倦
自姬漢以來眇焉悠邈時更(平聲)七代數(去聲)逾千祀詞人
才子則名溢於縹(匹沼)囊飛文染翰則卷盈乎緗(音相)帙自
非略其蕪穢集其清英蓋欲兼功太半難矣若夫姬公
之籍孔父之書與日月俱懸鬼神爭奧孝敬之准式人倫
之師友豈可重(去聲)以芟(音衫)夷加之剪截老莊之作管孟
之流蓋以立意爲宗不以能文爲本今之所撰又以略
諸若賢人之美辭忠臣之抗直謀夫之話(下快反)辨士之
端冰釋泉涌金相玉振所謂坐狙(七餘)丘議稷下仲連之

卻秦軍食(音異)其(音饑)之下齊國留侯之發八難曲逆之吐
六奇蓋乃事美一時語流千載概(古害)見墳籍旁出子史
若斯之流又亦繁博雖傳之簡牘而事異篇章今之所
集亦所不取至於記事之史繫年之書所以褒貶是非
紀別(入聲)異同方之篇翰亦已不同若其讚論(去聲)之綜(作宋)
緝(此立)辭采序述之錯比(避)文華事出於沈思義歸乎翰
藻故與夫篇什雜而集之遠自周室迄于聖代都爲三
十卷名曰文選云耳
凡次文之體各以彙(于貴)聚詩賦體既不一又以類分類
分之中各以時代相次

文選序終

唐李崇賢上文選注表

文林郎守太子右内率府録事參軍崇賢館直學士臣李善

臣善言。竊以道光九野。縟景緯以照臨。德載八埏。麗山川以錯峙。垂象之文斯著。含章之義聿宣。協人靈以取則。基化成而自遠。故羲繩之前。飛葛天之浩唱。媯簧之後。掞叢雲之奥詞。步驟分途。星躔殊建。球鍾愈暢。舞詠方滋。楚國詞人。御蘭芬於絶代。漢朝才子。綜鞶帨於遥年。虚玄流正始之音。氣質馳建安之體。長離北度。騰雅詠於圭陰。化龍東騖。煽風流於江左。爰逮有梁。宏材彌劭。昭明太子。業膺守器。譽貞問寢。居肅成而講藝。開博望以招賢。搴中葉之詞林。酌前修之筆海。周巡緜嶠。品盈尺之珍。楚望長瀾。搜徑寸之寶。故撰斯一集。名曰文選。後進英髦。咸資準的。伏惟陛下經緯成德。文思垂風。則大居尊。耀三辰之珠璧。希聲應物。宣六代之雲英。孰可撮壤崇山。導涓宗海。臣蓬衡蕞品。樗散陋姿。汾河委筴。夙非成誦。崇山墜簡。未議澄心。握玩斯文。載移涼燠。有欣永日。實昧通津。故勉十舍之勞。寄三餘之暇。弋釣書部。願言注緝。合成六十卷。殺青甫就。輕用上聞。享帚自珍。緘石知謬。敢有塵於廣内。庶無遺於小説。謹詣闕奉進。伏願鴻慈曲垂照覽。謹言。顯慶三年九月　日上表。

文選目録

梁昭明太子撰
唐李善注

第二十卷

獻詩

曹子建上責躬詩一首

應詔一首

潘安仁關中詩一首

公讌

曹子建公讌詩一首

王仲宣公讌詩一首

劉公幹公讌詩一首

應德璉侍五官中郎將建章臺集詩一首

陸士衡皇太子讌玄圃宣猷堂有令賦詩一首

陸士龍大將軍讌會被命作詩一首

應吉甫晉武帝華林園集詩一首

謝宣遠九日從宋公戲馬臺送孔令一首

范蔚宗樂游應詔一首

謝靈運九日從宋公戲馬臺送孔令一首

顏延年應詔曲水讌詩一首

皇太子釋奠會詩一首

丘希範侍讌樂游苑送張徐州應詔一首

沈休文應詔樂游餞呂僧珍一首

祖餞

曹子建送應氏詩二首

孫子荆征西官屬送於陟陽候作詩一首

潘安仁金谷集作詩一首

謝宣遠王撫軍庾西陽集別作詩一首

謝靈運鄰里相送方山一首

謝玄暉新亭渚別范零陵一首

沈休文別范安成一首

第二十一卷

詩乙

詠史

王仲宣詠史一首

曹子建三良詩一首

左太沖詠史八首

張景陽詠史一首

盧子諒覽古一首

謝宣遠張子房詩一首

顏延年秋胡詩一首

五君詠五首

鮑明遠詠史一首

一百五十二　目錄　十一　壬子重刊

一百五十二　目錄　十二　蔡勝

第二十五卷

詩丁

贈荅三

第二十六卷

贈荅四

行旅上

第二十七卷

詩戊

第二十八卷

樂府下

挽歌

雜歌

第二十九卷

詩己

雜詩上

第三十卷

雜詩下

詩庚

雜擬上

任彦昇宣德皇后令一首

教

傅季友爲宋公修張良廟教一首

修楚元王廟教一首

文

王元長永明九年策秀才文五首

永明十一年策秀才文五首

任彦昇天監三年策秀才文三首

第三十七卷

表上

孔文舉薦禰衡表一首

諸葛孔明出師表一首

曹子建求自試表一首

求通親表一首

羊祜讓開府表一首

李令伯陳情表一首

陸機謝平原内史表一首

劉越石勸進表一首

第三十八卷

表下

張士然爲吴令謝詢求爲諸孫置守冢人表一首

庾元規讓中書令表一首

桓子元薦譙元彦表一首

殷仲文自解表一首

傅季友爲宋公至洛陽謁五陵表一首

爲宋公求加贈劉前軍表一首

任彦昇爲齊明帝讓宣城郡公表一首

爲范尚書讓吏部封侯第一表一首

爲蕭揚州薦士表一首

爲褚諮議蓁讓代兄襲封表一首

爲范始興作求立太宰碑表一首

第三十九卷

上書

李斯上秦始皇書一首

鄒陽上書吴王一首

於獄中上書自明一首

司馬長卿上疏諫獵一首

枚叔奏書諫吴王濞一首

重諫擧兵一首

江文通詣建平王上書一首

啓

任彦昇奉荅七夕詩啓一首

爲卞彬謝脩卞忠貞墓啓首

上蕭太傅固辭奪禮啓一首

第四十卷

彈事

任彦昇奏彈曹景宗一首

奏彈劉整一首

沈休文奏彈王源一首

牋

楊德祖荅臨淄侯牋一首

繁休伯與魏文帝牋一首

陳孔璋荅東阿王牋一首

吴季重荅魏太子牋首

在元城與魏太子牋一首

阮嗣宗爲鄭沖勸晉王牋一首

謝玄暉拜中軍記室辭隨王牋一首

任彦昇到大司馬記室牋一首

勸進今上梁高祖武皇帝牋

奏記

阮嗣宗奏記詣蔣公一首

第四十一卷

書上

李少卿荅蘇武書首

司馬子長報任少卿書一首

楊子幼報孫會宗書一首

孔文舉論盛孝章書一首

朱叔元爲幽州牧與彭寵書一首

陳孔璋爲曹洪與魏文帝書一首

第四十二卷

書中

阮元瑜爲曹公作書與孫權一首

魏文帝與朝歌令吴質書一首

又與吴質書一首

與鍾大理書一首

曹子建與楊德祖書一首

與吴季重書一首

吴季重荅東阿王書一首

應休璉與滿公琰書一首

與侍郎曹長思書一首

第四十三卷

書下

第四十四卷

檄

第四十五卷

對問

設論

辭

序上

第四十六卷

序下

文選目録終

賜進士出身通奉大夫江南蘇松常鎮太等處承宣布政使司布政使胡克家重校刊

江寧劉文奎弟文楷模鐫

文選卷第一

梁昭明太子撰

文林郎守太子右內率府錄事參軍事崇賢館直學士臣李善注

賦甲 賦甲者舊題甲乙所以紀卷先後今卷既改故甲乙並除存其首題以明舊式

京都上

班孟堅兩都賦二首 自光武至和帝都洛陽西京父老有怨班固恐帝去洛陽故上此詞以諫和帝大悅也

兩都賦序

班孟堅 范曄後漢書曰班固字孟堅北地人也年九歲能屬文長遂博貫載籍顯宗時除蘭臺令史遷爲郎乃上兩都賦大將軍竇憲出征匈奴以固爲中護軍憲敗固坐免官遂死獄中

或曰賦者古詩之流也 毛詩序曰詩有六義焉二曰賦故賦爲古詩之流也諸引文證皆舉先以明後以示作者必有所祖述也他皆類此 昔成康沒而頌聲寑王澤竭而詩不作 言周道既微雅頌並廢也史記曰周武王太子誦立是爲成王成王太子釗立是爲康王毛詩序曰頌者以其成功告於神明者也樂稽耀嘉曰仁義所生爲王毛詩序曰止乎禮義先王之澤也然則作詩稟乎先王之澤故王澤竭而詩不作作興也孟子曰王者之跡息而詩亡 大漢初定日不暇給 漢書曰高祖姓劉氏立爲漢王滅項羽即皇帝位荀悅曰諱邦字季史記曰雖受命而日有不暇給也 至於武宣之世乃崇禮官考文章 漢書曰孝武皇帝景帝中子荀悅曰諱徹漢書曰孝宣帝武帝曾孫戾太子孫荀悅曰諱詢字次卿 內設金馬石渠之署外興樂府協律之事 史記曰金馬門者宦者署門傍有銅馬故謂之曰金馬門三輔故事曰石渠閣在大祕殿北以閣祕書漢書曰武帝定郊祀之禮乃立樂府以李延年爲協律都尉 以興廢繼絕潤色鴻業 言能發起遺文以光讚大業也論語子曰興滅國繼絕世然文雖出彼而意微殊不可以文害意他皆類此論語子曰東里子產潤色之劇秦美新曰制成六經洪業也 是以衆庶悅豫福應尤盛白麟赤鴈芝房寶鼎之歌薦於郊廟 漢書武紀曰行幸雍獲白麟作白麟之歌又曰行幸東海獲赤鴈作朱鴈之歌又曰甘泉宮內產芝九莖連葉作芝房歌又曰得寶鼎后土祠傍作寶鼎之歌 神雀五鳳甘露黃龍之瑞以爲年紀 漢書宣紀曰神雀元年應劭曰前年神雀集長樂宮故改年也又曰五鳳元年應劭曰先者鳳皇五至因以改元又甘露元年詔曰乃者鳳皇至甘露降故以名元年又曰黃龍元年應劭曰先是黃龍見新豐因以改元焉 故言語侍從之臣若司馬相如虞丘壽王東方朔枚皋王襃劉向之屬朝夕論思日月獻納 漢書曰司馬相如字長卿爲武騎常

侍又曰虞丘壽王字子貢以善格五召待詔遷爲侍中中書又曰東方朔字曼倩上書自稱舉上偉之令待詔公東後拜爲太中大夫給事中又曰枚皋字少孺上書北闕自稱枚乘之子上得大喜召入見待詔拜爲郎又曰王襃字子淵上令襃待詔襃等數從獵擢爲諫大夫又曰劉向字子政爲輦郎遷中壘校尉 而公卿大臣御史大夫倪寬太常孔臧太中大夫董仲舒宗正劉德太子太傅蕭望之等時時閒作 漢書曰倪寬脩尚書以郡選詣博士孔安國射策爲掌固遷侍御史孔臧集曰臧仲尼之後少以才博知名稍遷御史大夫辭曰臣代以經學爲家乞爲太常專脩家業武帝遂用之漢書曰董仲舒以脩春秋爲博士後爲中大夫又曰劉德字路叔少脩黃老術武帝謂之千里駒爲宗正又曰蕭望之字長倩以射策甲科爲郎遷太子太傅 或以抒下情而通諷諭 廣雅曰抒渫也抒食與切諷方鳳切毛詩序曰吟詠情性以諷其上楚詞曰抒中情而屬詩 或以宣上德而盡忠孝 國語冷州鳩曰夫律所以宣布哲人之令德 雍容揄

揚著於後嗣抑亦雅頌之亞也説文曰揄引也以珠切孔安國尚書傳曰揚舉也毛詩序曰言天下之事形四方之風謂之雅故孝成之世論而録之漢書曰孝成皇帝元帝太子也荀悦曰諱驁字太孫蓋奏御者千有餘篇而後大漢之文章炳焉與三代同風蒼頡篇曰炳著明也彼皿切論語子曰三代之所以直道而行馬融曰三代夏殷周且夫道有夷隆學有麤密因時而建德者不以遠近易則故皐陶歌虞奚斯頌魯同見采於孔氏列于詩書其義一也尚書皐陶歌曰元首明哉股肱良哉庶事康哉韓詩魯頌曰新廟奕奕奚斯所作薛君曰奚斯魯公子也言其新廟奕奕然盛是詩公子奚斯所作也稽之上古則如彼考之漢室又如此斯事雖細然先臣之舊式國家之遺美不可闕也臣竊見海内清平朝廷無事蔡邕獨斷或曰朝廷亦皆依違

文一　三　蔡勝

尊者都舉朝廷以言之諸釋義或引後以明前示臣之任不敢專他皆類此京師脩宮室浚城隍起苑囿以備制度公羊傳曰京師者天子之居也京者何大也師者何衆也天子之居必以衆大之辭言也説文曰城池無水曰隍周禮曰囿遊之獸鄭玄曰囿今之苑西土耆老咸懷怨思冀上之睠顧而盛稱長安舊制有陋雒邑之議長安在西故曰西土尚書曰西土有衆故臣作兩都賦以極衆人之所眩曜折以今之法度其詞曰

西都賦

有西都賓問於東都主人曰蓋聞皇漢之初經營也嘗有意乎都河洛矣輟而弗康寔用西遷作我上都主人聞其故而覩其制乎孝經鉤命決曰道機合者稱皇尚書曰厥既得吉卜乃經營東都有河南洛陽故曰河洛也鄭玄論語注曰輟止也張衛切孔安國尚書傳曰康安也穀梁傳曰葬我君桓公我君接上下也主人曰未也願賓攄懷舊之蓄念發思古之幽情博我以皇道弘我以漢京廣雅曰攄舒也孔安國尚書傳曰蓄積也論語顏淵曰夫子博我以文賓曰唯唯漢之西都在於雍州寔曰長安禮記曰父召无諾唯而起漢書曰秦地於禹貢時跨雍梁二州漢興立都長安左據函谷二崤之阻表以太華終南之山戰國策蘇秦曰秦東有殽函之固鹽鐵論曰秦左殽函漢書音義韋昭曰函谷關左氏傳曰崤有二陵其南陵夏后皐之墓其北陵文王所避風雨也表標也山海經曰華首之山西六十里曰太華之山毛詩曰終南何有有條有枚毛萇曰終南周之名山中南也右界褒斜隴首之險帶以洪河涇渭之川衆流之隈汧涌其西長揚賦曰命右扶風發人西自褒斜梁州記曰萬石城泝漢上七里有褒谷南口曰褒北口曰斜長四百七十里鹽鐵論

文一　四　曹仅

曰秦右隴阺漢書幸雍白麟歌曰朝隴首覽西垠尚書曰導河自積石南至于華陰山海經曰涇水出長城北尚書曰導渭自鳥鼠同穴華實之毛則九州之上腴焉防禦之阻則天地之隩區焉春秋文耀鉤曰春致其時華實乃榮左氏傳君子曰澗溪沼沚之毛漢書曰秦地九州膏腴揚雄衛尉箴曰設置山險盡爲防禦説文曰隩四方之土可定居者也於報切是故横被六合三成帝畿周以龍興秦以虎視漢書音義文穎曰關西爲横孔安國尚書傳曰被及也呂氏春秋曰神通乎六合高誘曰四方上下爲六合三成帝畿謂周秦漢也樂稽嘉耀曰德象天地爲帝周禮曰方千里曰王畿史記曰周后稷名弃堯舜時爲農師號后稷姓姬氏至孫公劉周之道興至文王徙都豐武王滅紂孔安國尚書序曰漢室龍興史記曰秦之先帝顓頊之苗裔至孝公作咸陽政并六國稱皇帝周易曰虎視眈眈其欲逐逐及至大漢受命而都之也仰悟東井之精俯協河圖之靈漢書曰漢元年十月五星聚于東井沛公至灞上又曰以

厤推之從歲星也此高祖受命之符尚書雒書曰河圖命紀也然五經緯皆河圖也春秋漢含孳曰劉季握卯金刀在軫北字季天下服卯在東方陽所立仁且明金在西方陰所立義成功刀居右字成章刀擊秦枉矢東流水神哭祖龍然則成功在西故都長安

奉春建策，留侯演成。漢書曰高祖西都洛陽戍卒婁敬求見說上曰陛下都洛不便不如入關據秦之固上問張良良因勸上是日車駕西都長安拜婁敬爲奉春君賜姓劉氏又曰封張良爲留侯也蒼頡篇曰演引也

天人合應，以發皇明。

乃眷西顧，寔惟作京。天謂五星也人謂婁敬也皇謂高祖也四子講德論曰天人並應毛詩曰乃眷西顧此惟與宅

於是睎秦嶺，睋北阜，挾灃灞，據龍首。說文曰睎望也呼衣切秦嶺南山也漢書曰秦地有南山睋視也五哥切北阜山也漢書文帝曰以北山石爲槨張揖上林賦注曰豐水出鄠南山豐谷漢書曰灞水出藍田谷山海經曰華山之西龍首之山也

圖皇基於億載，度宏規而大起。長楊賦曰規億載孔安國尚書傳曰十萬曰億爾雅曰載年也小雅曰羌發聲也度與羌古字通度或爲慶也

肇自高而終平，世增飾以崇麗，歷十二之延祚，故窮泰而極侈。高高祖漢書張晏曰爲功最高而爲漢帝太祖故特起名焉漢書孝平皇帝元帝庶孫荀悦曰諱衎漢自高祖至于孝平凡十二帝也國語曰天地之所祚賈逵曰祚祿也

建金城而萬雉，呀周池而成淵。鹽鐵論曰秦四塞以爲固金城千里鄭玄周禮注曰雉長三丈高一丈字林曰呀大空皃火家切說文曰城有水曰池

披三條之廣路，立十二之通門。周禮曰匠人營國方九里旁三門鄭玄曰天子十二門通十二子也

內則街衢洞達，閭閻且千，九市開場，貨別隧分。人不得顧，車不得旋。闐城溢郭，旁流百廛。紅塵四合，煙雲相連。說文曰街四通也音佳爾雅曰四達謂之衢字林曰閭里門也閻里中門也漢宮闕疏曰長安立九市其六市在道西三市在道東鄭玄周禮注曰金玉曰貨薛綜西京賦注曰隧列肆道也音遂鄭玄禮記注曰填滿也填與闐同徒堅切又曰塵市物邸舍也除連切李陵詩曰紅塵塞天地白日何冥冥

文一　五　仪

於是既庶且富，娛樂無疆。都人士女，殊異乎五方。遊士擬於公侯，列肆侈於姬姜。論語曰子適衛冉有僕子曰庶矣哉冉有曰既庶矣又何加焉曰富之毛詩曰惠我無疆又曰彼都人士又曰彼君子女漢書曰秦地五方雜錯富人則商賈爲利列侯貴人車服僭上衆庶倣效羞不相及鄭玄周禮注曰肆市中陳物處也左氏傳君子曰詩云雖有姬姜無棄憔悴也

鄉曲豪舉，遊俠之雄，節慕原嘗，名亞春陵，連交合衆，騁騖乎其中。莊子曰治州閭鄉曲史記魏公子無忌曰平原之遊徒豪舉耳文子曰智過十人謂之豪漢書曰秦地豪桀則游俠通姦史記曰平原君趙勝者趙之諸公子也諸子中勝最賢賓客蓋至者數千人又曰孟嘗君名文姓田氏孟嘗君在薛招致諸侯賓客食客數千人又曰春申君者楚人也名歇姓黃氏考烈王以歇爲相封春申君客三千餘人又曰魏公子無忌者魏安釐王弟也安釐王封公子爲信陵君致食客三千楚辭曰朝騁騖乎江皐說文曰騁直馳也又曰鶩亂馳也音務

若乃觀其四郊，浮遊近縣，則南望杜霸，北眺五陵。名都對郭，邑居相承。英俊之域，紱冕所興。冠蓋如雲，七相五公。鄭玄周禮注曰王國百里爲郊漢書曰宣帝葬杜陵文帝葬霸陵高帝葬長陵惠帝葬安陵景帝葬陽陵武帝葬茂陵昭帝葬平陵文子曰智過萬人謂之英千人謂之俊蒼頡篇曰紱綬也說文曰冕大夫以上冠也毛詩曰有女如雲相丞相也漢書韋賢爲丞相徙平陵車千秋爲丞相徙長陵黃霸爲丞相徙平陵平當爲丞相徙平陵魏相爲丞相徙平陵公御史大夫將軍通稱也漢書曰張湯爲御史大夫徙杜陵杜周爲御史大夫徙茂陵蕭望之爲前將軍徙杜陵馮奉世爲右將軍徙杜陵史丹爲大將軍徙杜陵然其餘不在七相之數者並以罪國除故也

與乎州郡之豪桀，五都之貨殖，三選七遷，充奉陵邑。蓋以強幹弱枝，隆上都而觀萬國也。文子曰智過百人謂之傑十人謂之豪漢書曰王莽於五都立均官更名雒陽邯鄲臨淄宛城都市長安

文一　六　余仁

皆爲五均司市師三選謂選三等之人七遷謂遷於七陵也漢書曰徙吏二千石高訾富人及豪傑兼并之家於諸陵蓋亦以強幹弱枝非獨爲奉山園也又元帝詔曰往者有司緣臣子之義奏徙郡國人以奉園陵自今所爲陵者勿置縣邑然則元帝始不遷人陪陵自元以上正有七帝也春秋漢含孳曰強幹弱流天之道宋均曰流猶枝也左傳曰魯諸大夫曰禹會諸侯於塗山執玉帛者萬國

封畿之內厥土千里逴躒諸夏兼其所有漢書曰雒邑與宗周通封畿爲千里又曰秦地沃野千里人以富饒逴躒猶超絕也逴音卓躒呂角切論語子曰夷狄之有君不如諸夏之亡也

其陽則崇山隱天幽林穹谷陸海珍藏藍田美玉上林賦曰崇山嵸巃崔嵬揚雄蜀都賦曰蒼山隱天韓詩曰皎皎白駒在彼空谷薛君曰穹谷深谷也漢書東方朔曰漢興去三河之地止灞滻以西都涇渭之南北謂天下陸海之地范子計然曰玉英出藍田

商洛緣其隈鄠杜濱其足源泉灌注陂池交屬漢書弘農郡有商縣上雒縣扶風有鄠縣杜陽縣說文曰隈水曲也於回切孔安國尚書傳曰濱涯也又曰澤鄣曰陂停水曰池

竹林果園芳草甘木郊野之富號爲近蜀言秦境富饒與蜀相類故號近蜀焉漢書曰秦地南有巴蜀廣漢山林竹木蔬食果實之饒爾雅曰邑外曰郊郊外曰野

其陰則冠古亂以九嵕子紅陪以甘泉乃有靈宮起乎其中秦漢之所極觀古亂淵雲之所頌歎於是乎存焉漢書谷口縣九嵕山在西戰國策范雎說秦王曰大王之國北有甘泉谷口漢書公孫卿曰仙人好樓居於是上令甘泉作延壽館通天臺漢宮闕疏曰甘泉林光宮秦二世造漢書曰王子淵爲甘泉頌又曰楊子雲奏甘泉賦

下有鄭白之沃衣食之源提封五萬疆埸綺分溝塍刻鏤原隰龍鱗決渠降雨荷插成雲五穀垂穎桑麻鋪棻史記曰韓聞秦之好興事欲罷令東伐迺使水工鄭國間說秦令鑿涇水自中山西抵瓠口爲渠並北山東注洛溉舄鹵之地四万餘頃收皆畝稅一鍾命曰鄭國渠又曰趙中大夫白公復奏穿渠引涇水首起谷口尾入櫟陽注渭溉田四千餘頃因曰白渠人得其饒歌之曰田於何所池陽谷口鄭國在前白渠起後舉插爲雲決渠爲雨涇水一石其泥數斗且溉且糞長我禾黍衣食京師億万之口天子畿方千里提封百万井臣瓚案舊說云提撮凡也言大舉頃畝也韋昭曰積土爲封限也毛詩曰疆埸有瓜周禮曰十夫有溝鄭玄曰遂廣深各二尺溝倍之說文曰塍稻田之畦也音繩爾雅曰高平曰原下濕曰隰周禮曰以五穀養病漢書音義韋昭曰黍稷菽麥稻也毛詩曰實穎實栗毛萇曰穎垂穎也小雅曰禾穗謂之穎爾雅曰鋪布也普胡切王逸楚辭注曰紛盛皃也棻與紛古字通

東郊則有通溝大漕潰渭洞河汎舟山東控引淮湖與海通波言通溝大漕既達河渭又可以汎舟山東控引淮湖之流而與海通其波瀾漢書武紀曰穿漕渠道渭如淳曰水轉曰漕蒼頡篇曰潰旁決也胡對切說文曰洞疾流也國語曰秦汎舟於河歸糴於晉史記曰滎陽下引河東南爲鴻溝以與淮泗會也

西郊則有上囿禁苑林麓藪澤陂池連乎蜀漢

繚以周墻四百餘里離宮別館三十六所神池靈沼往往而在上囿禁苑即林苑也羽獵賦曰開禁苑穀梁傳曰林屬於山爲麓鄭玄周禮注曰澤无水曰藪漢書有蜀都漢中郡繚猶繞也三輔故事曰上林連緜四百餘里繚力鳥切離別非一所也上林賦曰離宮別館彌山跨谷三秦記曰昆明池中有神池通白鹿原毛詩曰王在靈沼

其中乃有九真之麟大宛之馬黃支之犀條支之鳥踰崑崙越巨海殊方異類至于三萬里漢書宣帝詔曰九真獻奇獸晉灼漢書注曰駒形麟色牛角又武紀曰貳師將軍廣利斬大宛王首獲汗血馬又曰黃支自三萬里貢生犀又曰條枝國臨西海有大鳥卵如甕山海經曰帝之下都崑崙之墟高萬仞河圖括地象曰崑崙在西北其高萬一千里子虛賦曰東注巨海也

其宮室也體象乎天地經緯乎陰陽據坤靈之正位倣太紫之圓方七略曰王者師天地體天而行是以明堂之制內有太室象紫微宮南出明堂象太微春秋元命苞

曰紫之言此也宮之言中也言天神圖法陰陽開閉皆在此中也周易曰坤地道也楊雄司命箴曰普彼坤靈侔天作制春秋合誠圖曰太微其星十二四方又曰紫宮大帝室也樹中天之華闕豐冠山之朱堂因瓌材而究奇抗應龍之虹梁列棼橑以布翼荷棟桴而高驤列子曰周穆王築臺號曰中天之臺漢書曰蕭何立東闕北闕周易曰豐其屋漢書曰蕭何作未央宮潘岳關中記曰未央宮殿皆疏龍首山土作之然殿居山上故曰冠云埤蒼曰瓌瑋珍琦也應龍虹梁梁形似龍而曲如虹也廣雅曰有翼曰應龍爾雅曰蝃蝀虹也蝃音帝蝀音董虹音紅說文曰棼複屋棟也扶云切又曰橑椽也梁道切又曰翼屋榮也爾雅曰棟謂之桴音浮雕玉瑱以居楹裁金壁以飾璫言彫刻玉磌以居楹柱也爾雅曰玉謂之彫郭璞曰治玉名也廣雅曰磌礩也瑱與磌古字通並徒年切說文曰楹柱也上林賦曰華榱璧璫韋昭曰裁金為璧以當榱頭也發五色之渥彩光爓音艷朗以景彰毛詩曰顏如渥丹鄭玄曰渥厚漬也烏學切字

大百二十三　小五百九十二　文一　九　仁

林曰爓火貌也於是左墄右平重軒三階閨房周通門闥洞開列鍾虡於中庭立金人於端闈七略曰王者宮中必左墄而右平摯虞決疑要注曰凡太極乃有陛堂則有階无陛也左墄右平平者以文塼相亞次也墄者為陛級也言階級勤墄然七則切王逸楚辭注曰軒樓板也周禮夏后氏世室九階鄭玄曰南面三三面各二也爾雅曰宮中門謂之闈小者謂之閨毛萇詩傳曰闥門內也史記曰始皇大收天下兵器聚之咸陽銷以為鍾鐻鑄金人十二重各千斤置宮中徐廣曰鐻音巨毛詩曰設業設虡毛萇曰植曰虡與鐻古字通也三輔黃圖曰秦營宮殿端門四達以則紫宮闥他曷切仍增崖而衡閾臨峻路而啓扉爾雅曰仍因也仍或為岌非也孔安國論語注曰閾門限也胡洫切又曰峻高大也爾雅曰闔謂之扉徇以離宮別寢承以崇臺閒館煥若列宿紫宮是環孔安國尚書傳曰徇循也爾雅曰室無東西廂有室曰寢又曰四方而高曰臺春秋合誠圖曰紫宮大帝室太一之精也漢書曰中宮天極星環之匡衛

十二星藩臣皆曰紫宮也清涼宣溫神仙長年金華玉堂白虎麒麟區宇若茲不可殫論三輔黃圖曰未央宮有清涼殿宣室殿中溫室殿金華殿太玉堂殿中白虎殿麒麟殿長樂宮有神仙殿孔安國尚書傳曰殫盡也長年亦殿名增盤崔嵬登降炤爛殊形詭制每各異觀乘茵步輦惟所息宴毛萇詩傳曰崔高大也茲瑰切王逸楚辭注曰嵬高也才迴切廣雅曰炤明也音照爛亦明也力旦切應劭漢官儀曰皇后婕妤乘輦餘皆以茵四人輿以行鄭玄禮記注曰茵蓐也於申切周易曰君子以嚮晦入宴息也後宮則有掖庭椒房后妃之室合歡增城安處常寧茝若椒風披香發越蘭林蕙草鴛鸞飛翔之列漢書曰詔掖庭養視應劭曰掖庭宮人之官漢官儀曰婕妤以下皆居掖庭三輔黃圖曰長樂宮有椒房殿漢書曰班婕妤居增城舍桓子新論曰董賢女弟為昭儀居舍號曰椒風漢宮閣名長安有合歡殿披香殿鴛鸞殿飛翔殿餘亦皆殿名昭陽

小五百五十　大百四十二　文一　十　陳刻

特盛隆乎孝成屋不呈材牆不露形裛以藻繡絡以綸連隨侯明月錯落其閒金釭銜璧是為列錢翡翠火齊流耀含英懸黎垂棘夜光在焉漢書曰孝成趙皇后弟絕幸為昭儀居昭陽舍其壁帶往往為黃金釭函藍田璧明珠翠羽飾之音義曰謂壁中之橫帶也引漢書注云音義者皆失其姓名故云音義而已說文曰釭轂鐵也列錢言金釭銜璧行列似錢也釭古雙切說文曰裛纏也於劫切又曰綸糾青絲綬也淮南子曰隨侯之珠和氏之璧得之而富失之而貧高誘曰隨侯漢中國姬姓諸侯也隨侯見大蛇傷斷以藥傅而塗之後蛇於夜中銜大珠以報之因曰隨侯之珠蓋明月珠也李斯上書曰有隨和之寶垂明月之珠張揖上林賦注曰翡翠大小如爵雄赤曰翡雌青曰翠韻集曰玫瑰火齊珠也戰國策應侯謂秦王曰梁有懸黎楚有和璞而為天下名器左氏傳曰晉荀息請以垂棘之璧假道於虞以伐虢許慎淮南子注曰夜光之珠有似明月故曰明月也高誘以隨侯為明月許慎以明月為夜光班固上云隨侯明月下云懸黎垂棘

夜光在焉然班以夜光非隨珠明月矣以三都合爲一寶經典不載夜光本末故說者參差矣西京賦曰流懸黎之夜光吳都賦曰隨侯於是鄙其夜光鄒陽云夜光之璧劉琨云夜光之珠尹文子曰田父得寶玉徑尺置於廡下其夜明照一室然則夜光爲通稱不繫之於珠辭也
於是乎㙺釦砌玉階彤庭碝磩綵緻琳珉青熒珊瑚碧樹周阿而生
漢書曰昭陽舍中庭彤朱而殿上髹漆砌皆銅沓黃金塗白玉階然㙺以髹漆故曰㙺也釦砌以玉飾砌也說文曰釦金飾器枯後切廣雅曰砌陛也且計切說文曰碝石之次玉也如兖切磩碝類也音戚鄭玄禮記注曰緻密也郭璞上林賦注珉玉名也張揖上林賦注曰珉石次玉也廣雅曰珊瑚珠也淮南子曰崐崘山有碧樹在其北高誘曰碧青石也韓詩曰曲景曰阿然此阿庭之曲也
紅羅颯纚綺組繽紛精曜華燭俯仰如神
薛綜西京賦注曰颯纚長袖貌也颯思合切纚山綺切說文曰綺文繒也孔安國尚書傳曰組綬也楚辭曰佩繽紛其繁飾王逸曰繽紛盛貌也繽匹人切戰國策張儀謂楚王曰彼鄭國之女粉白黛黑立於衢閭非知而見之者以爲神
後宮之號十有四位窈窕繁華更盛迭貴處乎斯列者蓋以百數
漢書曰大星正妃餘三星後宮又贊曰漢興因秦之稱號帝正適稱皇后妾皆稱夫人號凡十四等云昭儀位視丞相婕好視上卿娙娥視中二千石傛華視眞二千石美人視二千石八子視千石充依視千石七子視八百石良人視七百石長使視六百石少使視四百石五官視三百石順常視二百石無涓共和娛靈保林良使夜者皆視百石毛詩曰窈窕淑女君子好逑史記華陽夫人姊說夫人曰不以繁華時樹本方言曰迭代也徒結切娙音刑
左右庭中朝堂百寮之位蕭曹魏邴謀謨乎其上
尚書曰百寮師師漢書曰蕭何沛人漢王即皇帝位拜何爲相國又曰曹參沛人也代蕭何爲相國又曰魏相字弱翁濟陰人也宣帝即位代韋賢爲丞相又曰邴吉字少卿魯國人也宣帝即位代魏相爲丞相孔安國尚書傳曰謀謨也
佐命則垂統輔翼則成化流大漢之愷悌盪亡秦之毒螫
李陵報蘇武書曰其餘佐命立功之士易乾鑿度曰代者赤兌黃佐命宋衷曰此赤兌者謂漢高帝也黃者火之子故佐命張良是也孟子曰君子創業垂統爲可繼也禮記曰保者慎其身以輔翼之長楊賦曰今朝廷出凱悌行簡易四子講德論曰秦之時處位任政者並施螫毒說文曰螫行毒也舒亦切
故令斯人揚樂和之聲作畫一之歌功德著乎祖宗膏澤洽乎黎庶
孔叢子曰孔子曰古之帝王功成作樂其功善者其樂和樂和則天下且由應之況百獸乎漢書曰蕭何薨曹參代之百姓歌之曰蕭何爲法較若畫一曹參代之守而勿失載其清淨人以寧一又景帝詔曰謌者所以發德舞者所以立功申屠嘉奏曰高皇帝宜爲太祖孝文帝宜爲太宗史記太史公曰成王作頌沐浴膏澤而歌詠勤苦孟子曰膏澤下於民孔安國尚書傳曰黎衆也
又有天祿石渠典籍之府命夫惇誨故老名儒師傅講論乎六藝稽合乎同異
三輔故事曰天祿閣在大殿北以閣秘書石渠已見上文然同卷再見者並云已見上文務從省也他皆類此爾雅曰惇勉也孔安國尚書傳曰誨教也周禮曰六藝禮樂射御書數孔安國尚書傳曰稽考也
又有承明金馬著作之庭大雅宏達於兹爲羣元元本本殫見洽聞啓發篇章校理秘文
漢書曰嚴助爲會稽太守帝賜書曰君猒承明之廬張晏曰承明廬在石渠門外金馬已見上文大雅謂有大雅之才者詩有大雅故以立稱焉漢書武帝曰司馬相如之倫皆辨智閎達元元本本謂得其元本也孔叢子曰萇弘曰仲尼洽聞強記孝經鉤命決曰丘攝秘文
周以鉤陳之位衛以嚴更之署總禮官之甲科羣百郡之廉孝
樂汁圖曰鉤陳後宮也服虔甘泉賦注曰紫宮外營勾陳星也然王者亦法之薛綜西京賦注曰嚴更督行夜鼓也漢書曰奉常掌禮儀屬官有五經博士又曰匡衡射策甲科除太常掌故又曰秦分天下爲郡縣又曰興廉舉孝也
虎賁贅衣閹尹閽寺陛戟百重各有典司
尚書周公曰綴衣虎賁公羊傳曰贅猶綴也贅之銳切周禮曰內小臣奄上士又有閽人寺人漢書曰太后盛服坐武帳武士陛戟陳列殿下

也。周廬千列，徼道綺錯。史記，衛令曰：周廬設卒甚謹。漢書音義張晏曰：直宿曰廬。漢書曰：中尉掌徼循京師。如淳曰：所謂遊徼，循禁備盜賊也。輦路經營，脩除飛閣。輦路，輦道也。上林賦曰：輦道纚屬。如淳曰：輦道，閣道也。司馬彪上林賦注曰：除，樓陛也。自未央而連桂宮，北彌明光而亘長樂，凌隥道而超西墉，掍建章而連外屬，設璧門之鳳闕，上觚稜而棲金爵。漢書曰：高祖至長安，蕭何作未央宮。三輔舊事曰：桂宮內有明光殿。毛萇詩傳曰：彌，終也。弁言曰：亘，竟也。亘與絙古字通。漢書曰：高祖修長樂宮。薛綜西京賦注曰：隥，閣道也。丁鄧切。毛萇詩傳曰：墉，城也。方言曰：掍，同也。音義與混同。胡本切。漢書曰：建章宮，其東則鳳闕，高二十餘丈，其南有璧門之屬。漢書音義應劭曰：觚，八觚有隅者也。音孤。說文曰：稜，柧也。柧與觚同。稜，落登切。三輔故事曰：建章宮闕上有銅鳳皇，然金爵則銅鳳也。內則別風之嶕嶢，眇麗巧而聳擢，張千門而立萬戶，順陰陽以開闔。爾乃

文一　十三

正殿崔嵬，層構厥高，臨乎未央，經駘盪而出馺娑，洞枍詣以與天梁，上反宇以蓋戴，激日景而納光。三輔故事曰：建章宮東有折風闕。關中記曰：折風，一名別風。廣雅曰：嶕嶢，高也。嶕，茲堯切。漢書曰：建章宮度為千門萬戶，前殿度高未央。然前殿則正殿也。長門賦曰：正殿塊以造天。其高臨乎未央，高之甚也。崔嵬，高貌也。關中記曰：建章宮有馺娑、駘盪、枍詣、承光四殿。馺，素合切。娑，蘇可切。駘，音殆。枍，烏詣切。天梁，亦宮名也。爾雅曰：蓋戴，覆也。激日景而納光，言宮殿光輝外激於日，日景下照而反納其光也。神明鬱其特起，遂偃蹇而上躋，軼雲雨於太半，虹霓迴帶於棼楣，雖輕迅與僄狡，猶愕眙而不能階。漢書曰：孝武立神明臺。王逸楚辭注曰：偃蹇，高貌也。公羊傳曰：躋者何？躋，升也。三蒼曰：軼，從後出前也。餘質切。漢書音義韋昭曰：凡數三分有二為太半。尸子曰：虹霓為析翳。棼，已見上文。爾雅曰：楣謂之梁。靡飢切。方言曰：僄，輕也。芳妙切。鄭玄禮記注曰：狡，疾也。古飽切。字書曰：愕，驚也。五各切。字林曰：

眙，驚貌。勑吏切。攀井幹而未半，目眴轉而意迷，舍櫺檻而卻倚，若顛墜而復稽，魂怳怳以失度，巡迴塗而下低。漢書曰：武帝作井幹樓，高五十丈，輦道相屬焉。幹，音寒。司馬彪莊子注曰：井幹，井欄也。然積木有若欄也。蒼頡篇云：眴，視不明也。侯遍切。說文曰：櫺，楯間子也。力丁切。王逸楚辭曰：檻，楯也。胡黯切。說文曰：稽，留止也。長門賦曰：神怳怳而外淫。王逸楚辭注曰：怳，失意也。況往切。既懲懼於登望，降周流以徬徨，步甬道以縈紆，又杳窱而不見陽。廣雅曰：懲，恐也。楚辭曰：寤從容以周流，聊逍遙而自恃。毛詩序曰：徬徨不忍去。淮南子曰：甬道相連。高誘曰：甬道，飛閣複道也。說文縈紆猶回曲也。又曰：杳，杳窱也。廣雅曰：窈窕，深也。窈與杳同。烏鳥切。窱，他弔切。毛萇詩傳曰：陽，明也。排飛闥而上出，若遊目於天表，似無依而洋洋。廣雅曰：排，推也。簿階切。闥，門闥也。楚辭曰：忽反顧而遊目。王逸楚辭注曰：洋洋，無所歸貌。前唐中而後太液，覽滄海之湯湯，揚波

六〇七三　文一　十四

濤於碣石，激神岳之嶈嶭，濫瀛洲與方壺，蓬萊起乎中央。漢書曰：建章宮，其西則有唐中，數十里。其北沼太液池，漸臺高二十餘丈，名曰太液池。中有蓬萊、方丈、瀛州、壺梁，象海中仙山。如淳曰：唐，庭也。尚書曰：湯湯洪水方割。蒼頡篇曰：濤，大波。尚書曰：夾右碣石入於河。孔安國曰：海畔山也。毛詩曰：應門將將。說文曰：濫，泛也。力暫切。列子：渤海之中有大壑，其中有山，一曰岱輿，二曰員嶠，三曰方壺，四曰瀛洲，五曰蓬萊。於是靈草冬榮，神木叢生，巖峻崷崒，金石崢嶸。神木、靈草，謂不死藥也。史記曰：三神山，仙人不死藥皆在焉。杜預左氏傳注曰：巖，險也。說文曰：峻，峭高也。峻，思俊切。崷，高貌也。慈由切。爾雅曰：崒者厜㕒也。慈恤切。郭璞方言注曰：崢嶸，高峻也。崢，力耕切。嶸，胡萌切。抗仙掌以承露，擢雙立之金莖，軼埃堨之混濁，鮮顥氣之清英。言承露之高也。漢書曰：孝武又作柏梁銅柱承露仙人掌之屬矣。方言曰：擢，抽也。逴卓切。金莖，銅柱也。王逸楚辭注曰：埃，塵也。許慎淮南子注曰：堨，埃也。堨與壒同。於害切。鮮，絜也。楚辭曰：天

白顥說文曰顥白貌胡暠切鮮或爲鸜非也騁文成之丕誕馳五利之所刑
庶松喬之羣類時遊從乎斯庭實列仙之攸館非吾人
之所寧漢書曰齊人李少翁以方術見上拜少翁爲文成將軍言上即欲與神通宮室被服非象神物
不至乃作甘泉宮中爲臺畫天地泰一諸鬼神而置祭具以致天神又曰樂成侯登上書言欒大天子見大悅
曰臣之師有不死之藥可得仙人可致乃拜大爲五利將軍毛萇詩傳曰刑法也列仙傳曰赤松子者神農時
雨師也服水玉以教神農又曰王子喬者周靈王太子晉也道人浮丘公接以上嵩高山爾乃盛娛
游之壯觀奮泰武乎上囿因玆以威戎夸狄耀威靈而
講武事史記相如封禪書曰斯事天下之壯觀禮記曰西方曰戎北方曰狄又曰孟冬之月天子乃命
將帥講武習射御毛詩序曰有常德以立武事命荆州使起鳥詔梁野而驅獸
毛羣内闐飛羽上覆接翼側足集禁林而屯聚尚書曰荆及衡

陽惟荆州又曰華陽黑水惟梁州然則南方多獸故命使之校乘免園賦曰鶣翔羣熙交頸接翼水衡
虞人修其營表種別羣分部曲有署周禮水衡鄭玄曰川流水也衡平其
大小也周禮曰虞人萊所田之野爲表鄭司農曰表所以識正行列也司馬彪續漢書曰將軍皆有部大將軍
營五部部有校尉一人部下有曲曲有軍候一人罘網連紘籠山絡野列卒
周匝星羅雲布鄭玄禮記注曰獸罟曰罘扶流切紘罘之網也胡萌切方言曰絡繞也來
各切羽獵賦曰漁若天星之羅韓子曰雲布風動於是乘鑾輿備法駕帥羣臣
披飛廉入苑門蔡雍獨斷曰天子至尊不敢渫瀆言之故託於乘輿也又曰天子出車駕次第
謂之鹵簿有法駕司馬彪曰法駕六馬也漢書武紀曰長安作飛廉館遂繞酆鄗歷上蘭
六師發逐百獸駭殫震震爚爚雷奔電激草木塗地山
淵反覆蹂躪其十二三乃拗怒而少息世本曰武王在酆鄗杜預左氏

傳注曰酆在始平鄠東孚宮切說文曰鎬在上林苑中鎬與鄗同胡道切三輔黃圖曰上林有上蘭觀尚書曰
司馬掌邦政統六師又曰百獸率舞震震爚爚光明貌也震之人切字指曰儵爚電光也弋灼切說文曰電陰
陽激耀也漢書曰一敗塗地廣雅曰塗汙也反覆猶傾動也字林曰蹂踐也汝九切說文曰躪轢也躪與蹸同
力振切拗猶抑也於六切爾乃期門佽飛列刃鑽鍭要趹追蹤鳥驚
觸絲獸駭值鋒機不虛掎弦不再控矢不單殺中必疊
雙漢書武帝與北地良家子期諸殿門故有期門之號又曰佽飛掌弋射佽音次蒼頡篇曰攢聚也鑽與攢
同作官切爾雅曰金鏃翦羽謂之鍭胡溝切廣雅曰趹奔也古穴切孔安國尚書傳機弩牙也說文曰掎偏引
也居蟻切又曰向奴名引弓曰控控引也颮颮紛紛矰繳相纏風毛雨血灑
野蔽天颮颮紛紛衆多之貌也說文曰颮古飈字也俾姚切周禮曰矰矢也鄭玄曰結繳於矢謂之矰
矰高也說文曰繳生絲縷也之若切又曰灑所買切平原赤勇士厲猨狖失木豺

狼懾竄郭璞山海經注曰猨似獼猴而大臂長便捷色黑蒼頡篇曰狖似狸與救切爾雅曰豺狗足郭
璞曰腳似狗也說文曰狼似犬銳頭白頰淮南子曰猨狖顛蹷而失木鄭玄毛詩箋曰懾懼也章涉切爾
乃移師趨險並蹈潛穢窮虎奔突狂兕觸蹷爾雅曰潛深也慎子
曰獸伏就穢字書曰穢蕪也爾雅曰兕似牛廣雅曰蹷蹠跳也蹷居衛切蹠徒帝切跳達彫切許少施
巧秦成力折掎僄狡扼猛噬脫角挫脰徒搏獨殺許少秦成
未詳說文曰捉搤也搤與扼古字通於責切王弼周易注曰噬齧也音折誓鄭玄禮記注曰挫折也祖過切何休
公羊傳曰脰頸也徒鏤切爾雅曰㬥虎徒搏也郭璞曰空手執曰搏補洛切挾師豹拖熊螭
曳犀犛頓象羆超洞壑越峻崖蹷嶄巖鉅石隤松栢
仆叢林摧草木無餘禽獸殄夷爾雅曰狻猊如虦貓食虎豹郭璞曰即師子也
狻先丸切猊五奚切虦音棧貓音苗說文曰拖曳也徒可切熊獸似豕山居冬蟄歐陽尚書說曰螭猛獸也勑離切郭璞山海經注曰犀似水牛而豬

頭黑色有三蹄三角一在頂上一在額上一在鼻上又曰犛黑色出西南徼外力之切又曰象獸之最大者也長鼻大者牙長一丈爾雅曰羆似熊而黃色毛萇詩傳曰嶄巖高峻之貌也七咸切說文曰仆頓也爾雅曰殄盡也杜預左氏傳注曰夷殺也於是天子乃登屬玉之館歷長楊之榭覽山川之體勢觀三軍之殺獲原野蕭條目極四裔禽相鎮壓獸相枕藉漢書宣紀曰行幸長楊宮屬玉觀服虔曰以玉飾因名焉三輔黃圖曰上林有長楊宮爾雅曰闍謂之臺有木謂之榭辭夜切羽獵賦曰三軍芒然楚辭曰山蕭條而無獸左氏傳曰投諸四裔以禦螭魅然後收禽會衆論功賜胙陳輕騎以行炰騰酒車以斟酌割鮮野食舉烽命釂左氏傳曰歸胙于公毛萇曰以毛曰炰薄交切子虛賦曰割鮮染輪孔安國尚書傳曰鳥獸新殺曰鮮方言曰烽虞望也郭璞曰今烽火是也說文曰釂飲酒盡子曜切饗賜畢勞逸齊大路鳴鑾容與徘徊

禮記大路者天子之車也白虎通曰天子大路周禮曰巾車掌玉輅凡馭輅儀以鑾和爲節鄭玄曰鑾在衡和在軾皆以金鈴也集乎豫章之宇臨乎昆明之池左牽牛而右織女似雲漢之無涯茂樹蔭蔚芳草被隄蘭茝發色曄曄猗猗若摛錦布繡爥燿乎其陂三輔黃圖曰上林有豫章觀漢書曰武帝發謫吏穿昆明池漢宮闕疏曰昆明池有二石人牽牛織女象毛詩曰倬彼雲漢蒼頡篇曰蔚草木盛貌說文曰隄塘也都奚切爾雅曰芹茝蘪蕪郭璞曰香草也茝齒改切漢書曰華曅曅固靈根說文曰曄草木白華貌毛詩曰瞻彼淇澳綠竹猗猗毛萇曰猗猗美貌說文曰摛舒也勑離切揚雄蜀都賦曰麗靡摛爥若揮錦布繡鳥則玄鶴白鷺黃鵠鵁鸛鶬鴰鴇鶂鳧鷖鴻鴈朝發河海夕宿江漢沈浮往來雲集霧散上林賦曰鶾玄鶴爾雅曰鷺舂鋤郭璞曰白鷺也說文曰鵠黃鵠也爾雅曰鵁頭鵁郭璞曰似鳧鵁鳥絞切鵁呼交切毛萇詩傳曰鸛水鳥也爾雅曰鶬

麋鴰也鴰音括郭璞曰即鶬鴰也郭璞上林賦注曰鴇似鴈無後指鴇音保杜預左氏傳注曰鶂水鳥也五激切爾雅曰舒鳧鶩毛萇詩傳曰鳧水鳥鄭玄詩箋曰鷖鳧屬也毛萇詩傳曰大曰鴻小曰鴈孝經鉤命決曰雲委霧散於是後宮乘輚輅登龍舟張鳳蓋建華旗祛黼帷鏡清流靡微風澹淡浮埤蒼曰輚臥車也士眼切淮南子曰龍舟鷁首浮吹以虞桓子新論曰乘車玉爪華芝及鳳皇三蓋之屬上林賦曰乘法駕建華旗高誘淮南子注曰祛舉也劉歆甘泉賦曰章黼黻之文帷澹淡蓋隨風之貌也澹達濫切淡徒敢切櫂女謳鼓吹震聲激越謍厲天鳥羣翔魚窺淵方言曰楫謂之櫂直教切說文曰謳齊歌也於侯切漢武帝秋風辭曰簫鼓鳴兮發櫂歌爾雅曰越揚也聲類曰謍音大也呼宏切韓詩曰翰飛厲天薛君曰厲附也說文曰翔回飛也方言曰窺視也缺規切招白鷴下雙鵠揄文竿出比目西京雜記曰閩越王獻高帝白鷴黑鷴各一雙爾雅曰下落也戰國策更羸曰臣能虛發而下鳥說文曰揄引也音頭文竿竿

以翠羽爲文飾也毛詩曰籊籊竹竿爾雅曰東方有比目魚焉不比不行其名謂之鰈他合切撫鴻罿御矰繳方舟並鶩俛仰極樂爾雅曰繴謂之罿罿罬也竹劣切郭璞曰繴音壁尔雅曰大夫方舟郭璞曰併兩船莊子曰俛仰之間杜預左氏傳注曰俛俯也音免遂乃風舉雲搖浮游溥覽前乘秦嶺後越九嵕東薄河華西涉岐雍宮館所歷百有餘區行所朝夕儲不改供孔安國尚書傳曰薄迫也河黃河也華華山也漢書右扶風美陽縣有岐山又右扶風有雍縣也禮上下而接山川究休祐之所用采游童之讙謠第從臣之嘉頌尚書曰竝告無辜于上下神祇又曰望于山川列子曰昔堯理天下五十年不知天下治歟亂歟堯乃微服遊於康衢聞兒童謠曰立我蒸人莫匪爾極不識不知順帝之則漢書曰宣帝頗好儒術王褒與張子僑等竝待詔所幸宮館輒爲歌頌第其高下以差賜帛也于斯之時都都相望邑邑相屬國藉

十世之基。家承百年之業。士食舊德之名氏。農服先疇之畎畝。商循族世之所鬻。工用高曾之規矩。粲乎隱隱各得其所。周易曰。食舊德。貞厲。終吉。漢書音義如淳曰。今隴西俗。麻田歲歲糞種爲宿疇也。尚書曰。濬畎澮。孔安國曰。廣尺深尺曰畎。古犬切。淮南子曰。古者至德之時。賈便其肆。農安其業。大夫安其職。而處士循其道。穀梁傳曰。古者有士。有商人。有農人。有工人。若臣者。徒觀迹於舊墟。聞之乎故老。十分而未得其一端。故不能徧舉也。

東都賦一首

東都主人喟然而歎曰。痛乎風俗之移人也。子實秦人。矜夸館室。保界河山。信識昭襄而知始皇矣。烏睹大漢之云爲乎。論語曰。夫子喟然歎曰。吾與點也。漢書曰。人有剛柔緩急。音聲不同。繫水土之風氣。故謂

之風。好惡取舍。動靜嗜欲。故謂之俗。鄭玄禮記注曰。矜謂自尊大也。漢書。田肯曰。秦帶河阻山。史記曰。秦武王卒。無子。立異母弟。是爲昭襄王。又曰。莊襄王卒。子政立。是爲始皇帝也。夫大漢之開元也。奮布衣以登皇位。由數朞而創萬代。蓋六籍所不能談。前聖靡得言焉。漢書。高祖曰。吾以布衣提三尺劍取天下。高祖五年。誅項羽。故曰數朞也。孔安國尚書傳曰。帀四時曰朞。六籍。六經也。封禪書曰。六經載籍之傳。左氏傳曰。籍談司晉之典籍。當此之時。功有橫而當天。討有逆而順民。故婁敬度勢而獻其說。蕭公權宜而拓其制。時豈泰而安之哉。計不得以已也。婁敬已見上文。凡人姓名皆不重見。餘皆類此。漢書曰。蕭何脩未央宮。上見其壯麗。甚怒。何曰。天下方未定。故可因遂就宮室。且夫天子以四海爲家。非壯麗無以重威。且毋令後代有以加也。上說之。吾子曾不是睹。顧曜後嗣之末造。不亦暗乎。言吾子不覩度勢權宜之由。反以後嗣末造。而自眕曜。不亦暗乎。言暗之甚也。儀禮曰。願吾子教之。鄭玄曰。吾子。相親辭也。吾。我也。子。男子美稱。今將語子以建武之治。永平之事。監于太清。以變子之惑志。東觀漢記曰。建武。光武年號也。永平。孝明年號也。淮南子曰。太清之化也。和順以寂漠。質直以素樸。高誘曰。太清。無爲之化。往者王莽作逆。漢祚中缺。天人致誅。六合相滅。漢書曰。王莽字巨君。王皇后之弟子也。初居攝。後即天子位。賈逵國語注曰。祚。位也。尚書曰。我則致天之罰。六合。已見上文。于時之亂。生人幾亡。鬼神泯絕。壑無完柩。郛罔遺室。原野厭人之肉。川谷流人之血。秦項之災。猶不克半。書契以來。未之或紀。尚書曰。生人保厥居。杜預左氏傳注曰。幾。近也。渠機切。周禮。大宗伯掌天神人鬼之祀。禮記曰。在牀曰尸。在棺曰柩。杜預左氏傳注曰。郛。郭也。芳俱切。楊子法言。秦將白起長平之戰。四十萬人死。原野厭人之肉。川谷流人之血。史記曰。周孝王分非子土。爲附庸。邑秦。至始皇

初并天下。又曰。項籍下相人。自立爲西楚伯王。周易曰。上古結繩。後代聖人易之以書契。故下人號而上訴。上帝懷而降監。乃致命乎聖皇。尚書曰。並告無辜于上下神祇。孔安國曰。言百姓兆人。訴天地也。毛詩曰。皇矣上帝。又曰。天命降監。下人有嚴。命于下國。封建厥福。於是聖皇乃握乾符。闡坤珍。披皇圖。稽帝文。赫然發憤。應若興雲。霆擊昆陽。憑怒雷震。謂光武也。東觀漢記曰。光武皇帝諱秀。王莽末。荊州下江平林兵起。王匡王鳳爲之渠率。上遂率春陵子弟隨之。王莽懼。遣大司徒王尋大司空王邑將兵來征。上入昆陽。城中兵下昆陽。穀少。留王鳳令守城。夜出城南門。二公兵到。遂還昆陽城。時上遂選精兵三千人奔陳。二公大奔北。殺王尋。昆陽城中兵亦出中外並擊。二公大衆遂潰亂奔走。赴水溺死以萬數。滍水爲之不流。爾雅曰。疾雷爲霆。左氏傳。吳子之弟蹶由謂楚子曰。今君奮焉震電憑怒。遂超大河。跨北嶽。立號高邑。建都河洛。東觀漢記曰。聖公爲天子。以上爲大司馬。遣之河北。安集百姓。尚書曰。至

于北岳。東觀漢記曰。諸將請上尊號皇帝。於是乃命有司設壇場于鄗之陽千秋亭五成陌。皇帝即位。改鄗爲高邑。又曰。建武元年十月。車駕入洛陽。遂定都焉。春秋漢含孳曰。天子受符。以辛日立號也。紹百王之荒屯。因造化之盪滌。禮記曰。百王之所同。古今之所一也。淮南子。大丈夫恬然無爲。與造化逍遙。高誘曰。造化。天地也。樂緯曰。殷湯改制。易正蕩滌故俗。體元立制。繼天而作。左氏傳。元年春正月。公即位。春秋元命苞曰。元年者何。元宜爲一。謂之元何。曰。君之始年也。杜預左氏傳注曰。見人君即位。欲其體元以居正。穀梁傳曰。爲天下主者天也。繼天者君也。周易曰。神農氏作。系唐統。接漢緒。茂育羣生。恢復疆宇。勳兼乎在昔。事勤乎三五。爾雅曰。系。繼也。奚計切。漢書。劉向高祖頌曰。漢帝本系出自唐帝。孔安國尚書傳曰。堯以唐侯升爲天子。東觀漢記曰。光武皇帝高祖九葉孫。漢書。王太后詔曰。奉天地而成施化。羣生而茂育。漢書曰。羣生啿啿。音湛。國語曰。古曰在昔。昔曰先人。史記。楚子西曰。孔丘述三五之法。明周召之業。春秋元命苞曰。伏羲女媧神農爲

三皇。史記五帝本紀曰。黃帝顓頊帝嚳帝堯帝舜也。豈特方軌並跡。紛綸后辟。治近古之所務。蹈一聖之險易云爾哉。險易。喻治亂也。周易曰。辭有險易也。且夫建武之元。天地革命。四海之內。更造夫婦。肇有父子。君臣初建。人倫寔始。斯乃伏犧氏之所以基皇德也。周易曰。天地革而四時成。又曰。湯武革命。爾雅曰。九夷八蠻六戎五狄。謂之四海。周易曰。有天地然後有萬物。有萬物然後有男女。有男女然後有夫婦。有夫婦然後有父子。有父子然後有君臣。毛詩序曰。厚人倫。禮含文嘉曰。伏犧德洽上下。始畫八卦。分州土。立市朝。作舟輿。造器械。斯乃軒轅氏之所以開帝功也。漢書曰。昔在黃帝。畫野分州。周易曰。神農氏日中爲市。致天下之人。聚天下之貨。黃帝堯舜氏刳木爲舟。剡木爲楫。禮記曰。聖人殊徽號。異器械。鄭玄曰。器械。禮樂之器及兵甲也。史記曰。黃帝名軒轅。龔行天罰。應天順人。斯乃湯武之所以昭王

業也。尚書。武王曰。今予惟龔行天之罰。周易曰。湯武革命。應乎天而順乎人。禮含文嘉曰。湯武順人心。應於天。史記曰。天乙立。是爲成湯。湯伐夏桀。桀奔于鳴條。湯踐天子位。又曰。文王太子發之立。是爲武王。伐殷紂。紂走。自燔死。武王革殷。受天明命。毛詩序曰。七月。陳王業也。遷都改邑。有殷宗中興之則焉。尚書曰。盤庚遷於殷。史記。盤庚之時。殷已都河北。盤庚渡河南。復居成湯之故都。行湯之政。然後殷復興也。謂盤庚爲宗。班之誤歟。即土之中。有周成隆平之制焉。尚書召誥曰。王來紹上帝。自服于土中。孔安國曰。今來居洛邑。地勢之中也。春秋命厤序曰。成康之隆。醴泉踊出。孝經鉤命決曰。俱在隆平。優劣殊跡。不階尺土一人之柄。同符乎高祖。孟子曰。紂之去武丁未久也。尺地莫非其有也。一人莫非其臣也。又曰。舜文王相去千有餘歲。若合符節也。克己復禮。以奉終始。允恭乎孝文。論語。顏回問仁。子曰。克己復禮爲仁。孫卿子曰。生人之始也。死人之終也。終始俱善。人道必矣。尚書曰。允恭克讓。漢書曰。孝文皇帝。高帝中子也。荀悅曰。諱恒。憲

章稽古。封岱勒成。儀炳乎世宗。司馬彪續漢書曰。建武三十二年。上齋讀河圖會昌符。言九葉封禪。禮記曰。仲尼憲章文武。尚書云。粵若稽古帝堯。漢書武紀曰。上登封泰山。又宣紀曰。尊孝武皇帝廟爲世宗廟。案六經而校德。眇古昔而論功。仁聖之事既該。而帝王之道備矣。至乎永平之際。重熙而累洽。盛三雍之上儀。脩袞龍之法服。鋪鴻藻。信景鑠。揚世廟。正雅樂。人神之和允洽。羣臣之序既肅。東觀漢記曰。孝明皇帝。光武中子也。以東海王爲皇太子。光武崩。皇太子即位。永平二年正月。上宗祀光武皇帝於明堂。祀畢。登靈臺。二月。上初臨辟雍。行大射禮。漢書曰。武帝時。河間獻王來朝。對三雍宮。應劭曰。辟雍。明堂。靈臺也。東觀漢記。永平二年。上及公卿列侯始服冕冠衣裳。周禮曰。王之吉服。享先王即袞冕。鄭玄曰。袞。卷龍衣也。續漢書曰。明帝爲光武起廟。號世祖廟。東觀漢記。孝明詔曰。琁璣鈐曰。有帝漢出。德洽作樂。名雅會。明帝改其名。郊廟樂曰太子樂。正樂官曰太

予樂官以應圖識乃動大輅遵皇衢省方巡狩躬覽萬國之有
無考聲教之所被散皇明以燭幽東觀漢記曰永平二年十月西巡幸長安
周易曰風行地上觀先王以省方觀民設教也禮記逸
禮曰王者以巡狩之禮尊天重人也巡狩者何巡者循
也狩牧也謂天子巡行守牧也有無謂風俗善惡
也尚書曰東漸于海西被于流沙朔南曁聲教然後
增周舊脩洛邑扇巍巍顯翼翼光漢京于諸夏總八
方而爲之極論語子曰巍巍乎舜禹之有天下也毛詩曰商邑翼翼四方之極諸夏已見西都賦
其異篇再見者並云已見某篇佗皆類此於是皇城之內宮室光明闕庭神
麗奢不可踰儉不能侈言奢儉合禮故奢者不可而踰儉者不能更侈外則因
原野以作苑填流泉而爲沼發蘋藻以潛魚豐圃草
以毓獸制同乎梁鄒誼合乎靈囿順流泉而爲沼不更穿之也昭明諱順故

改爲填毛詩曰魚在在藻蘋亦水草故連言之說文曰
潛藏也韓詩曰東有圃草薛君曰圃博也有博大茂草
也毓與育音義同毛詩傳曰古有梁鄒梁鄒
者天子之田也毛詩曰王在靈囿麀鹿攸伏若乃順時
節而蒐狩簡車徒以講武則必臨之以王制考之以風
雅左氏傳臧僖伯曰春蒐夏苗秋獮冬狩皆於農隙以講事也又曰大閱簡車馬講武已見上文禮記王制
曰天子諸侯無事則歲三田田不以禮曰暴天物風國風騶虞駟鐵是也雅小雅車攻吉日是也歷騶
虞覽駟鐵嘉車攻采吉日禮官整儀乘輿乃出毛詩序曰
騶虞蒐田以時仁如騶虞也又曰駟鐵美襄公也始命
有田狩之事又曰車攻宣王復會諸侯於東都因田獵
而選車徒焉又曰吉日美宣王也能慎微接下無不自
盡以奉其上焉漢書景帝詔曰禮官具禮儀乘輿已見
上文於是發鯨魚鏗華鐘尚書大傳曰天子左五鐘天子將出則撞黃鐘右五鐘皆應薛
綜西京賦注曰海中有大魚曰鯨海邊又有獸名蒲牢
蒲牢素畏鯨鯨魚擊蒲牢輒大鳴凡鐘欲令聲大者故

作蒲牢於上所以撞之者爲鯨魚鐘有篆刻之文故曰華也登玉輅乘時龍鳳蓋棽
麗龢鑾玲瓏天官景從寢威盛容輅已見西都賦周易曰時乘六龍鳳蓋已
見上文劉歆七略曰羽蓋棽麗紛循悠悠說文曰棽大
枝條棽音林麗音離和鑾已見上文埤蒼曰玲瓏玉聲
也玲力經切瓏力東切蔡雍獨斷百官小吏曰天官焦
貢易林曰龍渴求飲黑雲景從寢威寢其威武也寢或
爲侵龢與和音義通山靈護野屬御方神雨師汎灑風伯清塵山靈
山神也屬御屬車之御也方神四方之神也韓子曰師
曠謂晉平公曰黃帝合鬼神於太山之上風伯進掃雨
師灑道風俗通曰雨師畢星也風伯箕星也千乘雷起萬騎紛紜元戎竟野
戈鋋彗雲羽旄掃霓旌旗拂天蔡雍獨斷曰大駕備千乘萬騎毛詩曰元戎十
乘以先啓行說文曰鋋小矛也音潺又曰彗掃竹也蘇類切左氏傳曰晉人假羽旄於鄭焱焱炎炎
揚光飛文吐燄生風欱野歕山日月爲之奪明丘陵爲

之搖震說文曰焱火華也弋劒切字林曰炎火光于拑切說文曰欱啜也火合切歕吹氣也歕悶切公
羊傳曰地震者何地動也震協韻音真遂集乎中囿陳師按屯駢部曲列
校隊勒三軍誓將帥毛詩曰陳師鞠旅漢書音義臣瓚曰律說云勒兵而守曰屯部曲已
見上文駢猶併也步田切漢書曰從胡人大校獵如淳
曰合軍聚衆有幡校聲鼓也杜預左氏傳注曰百人爲
一隊徒對切然後舉烽伐鼓申令三驅輶車霆激驍騎電騖
毛詩曰鉦人伐鼓鉦之成切孔安國尚書傳曰師出以
律三申令之重難之義周易曰王用三驅失前禽也毛
詩曰輶車鑾鑣毛萇曰輶輕也說文曰驍良馬也由基發射范氏施御弦不睼
禽轡不詭遇飛者未及翔走者未及去左氏傳曰養由基蹲甲而射之
徹七札焉括地圖曰夏德盛二龍降之禹使范氏御之
以行經南方孟子曰趙簡子使王良與嬖奚乘終日不
獲一禽反曰天下賤工也王良請復之一朝而獲十反
曰良工也簡子曰吾使汝掌乘王良曰不可吾爲範我

驅馳終日不獲一焉為之詭遇一朝而獲十劉熙曰横而射之曰詭遇說文曰睼視也音遞指顧倏
忽獲車已實樂不極盤殺不盡物馬踠餘足士怒未渫
先驅復路屬車案節倏忽疾也高唐賦曰舉功先得獲車已實鄭玄禮記注曰極盡也爾
雅曰盤樂也踠屈也於遠切先驅則前驅也周禮曰王出入則自左駁而前驅漢書音義曰大駕車八十一乘
作三行子虛賦曰案節未舒也於是薦三犧效五牲禮神祇懷百靈左氏
傳鄭子大叔曰為五牲三犧杜預曰五牲麋鹿麏狼兎三犧祭天地宗廟三者之犧也周禮曰大宗伯掌天神
地祇之禮然天神曰神地神曰祇也毛詩曰懷柔百神覲明堂臨辟雍揚緝熙宣
皇風登靈臺考休徵東觀漢記曰永平三年正月上宗祀光武皇帝於明堂禮畢升
靈臺三月上初臨辟雍行大射禮周書曰明堂者明諸侯之尊卑也故周公建焉而朝諸侯於明堂之位制禮
樂頌度量禮記曰天子辟雍毛詩曰維清緝熙文王之典鄭玄毛詩箋曰天子有靈臺所以觀祲象察氣之妖

祥也尚書曰休徵孔安國曰敘美行之驗也俯仰乎乾坤參象乎聖躬周易曰庖犧氏
仰則觀象於天俯則觀法於地近取諸身遠取諸物目中夏而布德瞰四裔而抗
稜禮記曰布德和令字書曰瞰望也苦暫切漢書詔曰投諸四裔又曰威稜憺乎鄰國李奇曰神靈之威曰
稜西盪河源東澹海漘北動幽崖南燿朱垠漢書曰漢使張騫窮
河源案古圖書名河所出曰崐崘墟毛詩曰寘之河之漘兮毛萇曰漘厓也尚書曰宅朔方曰幽都朱垠南方
也甘泉賦曰南煬丹崖殊方別區界絶而不鄰自孝武之所不征
孝宣之所未臣莫不陸讋水慄奔走而來賓孝武耀威匈奴遠懾
孝宣脩德呼韓入臣舉前代之盛猶不如今說文曰讋失氣也章涉切遂綏哀牢開永昌
東觀漢記曰以益州徼外哀牢王率衆慕化地曠遠置永昌郡也春王三朝會同漢京
是日也天子受四海之圖籍膺萬國之貢珍內撫諸
夏外綏百蠻漢書董仲舒策曰春秋之文正次王王次春春者天之所為也正者王之所為也三
朝歲首朔日也漢書谷永上書曰今年正月朔日有蝕之於三朝之會周禮曰時見曰會殷覜曰同賈逵國語
注曰膺猶受也諸夏已見上文其事煩已重見及易知者直云已見上文而它皆類此毛詩曰因時百蠻也
爾乃盛禮興樂供帳置乎雲龍之庭陳百寮而贊羣
后究皇儀而展帝容漢書成紀曰三輔長無供帳繇役之勞張晏曰帳帷帳也洛陽宮舍
記有雲龍門百僚已見上文尚書曰班瑞于羣后於是庭實千品旨酒萬鍾列
金罍班玉觴嘉珍御太牢饗左氏傳孟獻子言於公曰臣聞聘而獻物於是有庭
實旅百毛詩曰我有旨酒說文曰鍾酒器也孔叢子曰堯飲千鍾毛詩曰我姑酌彼金罍漢書音義曰觴爵也
珍八珍也大戴禮曰牛曰太牢爾乃食舉雍徹太師奏樂陳金石布絲
竹鐘鼓鏗鍧管絃燁煜蔡邕禮樂志曰漢樂有四品一天子樂郊祀陵廟殿中諸會食

舉也禮記曰客出以雍徹周禮曰太師下大夫又曰播之以八音金石土革絲木匏竹鄭玄曰金鐘鎛也石磬
也土塤也革鼓鼗也絲琴瑟也木柷敔也匏笙也竹管簫也禮記曰子夏曰鐘聲鏗鏗苦耕切鍧亦聲也呼萌
切燁煜聲之盛煜由鞠切抗五聲極六律歌九功舞八佾韶武備泰
古畢左氏傳曰子曰五聲六律杜預曰五聲宮商角徵羽也六律黄鍾太蔟姑洗蕤賓夷則無射陽為律
陰為呂此十二月之氣也尚書禹貢曰水火金木土穀惟修正德利用厚生惟和九功惟敘九序惟歌穀梁傳
曰舞夏天子八佾馬融論語注曰佾列也八人為列八八六十四人也論語曰子謂韶盡美矣又盡善也謂武
盡美矣未盡善也泰古泰古之樂也四夷間奏德廣所及僸佅兜離罔
不具集孔安國尚書傳曰間迭也古莧切毛萇詩傳曰儛四夷之樂大德廣所及也孝經鉤命決曰東
夷之樂曰佅南夷之樂曰任西夷之樂曰林離北夷之樂曰僸毛萇詩傳曰東夷之樂曰韎南夷之樂曰任西夷之樂曰朱離
北夷之樂曰禁然說樂是一而字並不同蓋古音有輕重也僸音禁佅莫芥切兜丁侯切萬樂備百

禮暨皇歡浹群臣醉降烟熅調元氣毛詩曰烝畀祖妣以洽百禮周易曰
天地絪縕万物化醇春秋命歷序曰元氣正則天地八卦孳也然後撞鐘告罷百寮遂
退撞猶擊也尚書大傳曰天子將入則撞蕤賓之鐘左五鐘皆應之於是聖上覩萬方
之歡娛又沐浴於膏澤懼其侈心之將萌而怠於東作
也孝經曰故得萬國之歡心沐浴膏澤已見西都賦尚書曰分命羲叔平秩東作乃申舊章下明
詔命有司班憲度昭節儉示太素去後宮之麗飾損乘
輿之服御抑工商之淫業興農桑之盛務遂令海內棄
末而反本背僞而歸眞女脩織紝男務耕耘器用陶匏
服尚素玄恥纖靡而不服賤奇麗而弗珍捐金於山沈
珠於淵左氏傳季桓子曰舊章不可忘也漢書曰文帝躬節儉素也漢書詔曰農天下之大本也而人

或不務本而事末故生不遂李奇曰本農也末賈也淮南子曰守道順理者不免於飢寒之患而欲民之去末
反本是猶發其源而壅其流也禮記曰女織紝組紃杜預左氏傳注曰織紝繒布也毛萇詩傳曰耘除草也
禮記曰器用陶匏尚禮殺也莊子曰捐金於山藏珠於淵不利貨財不尚富貴也於是百姓滌
瑕盪穢而鏡至清形神寂漠耳目弗營嗜欲之源滅廉
恥之心生莫不優游而自得玉潤而金聲楊雄集曰滌瑕蕩穢而猶
若然毛萇詩傳曰瑕猶過也字書曰穢不絜清也淮南子曰鏡大清者視大明又曰形者生之舍也神者生之
制也又曰和順以寂漠尚書曰弗役耳目百度惟貞淮南子曰至人之治也除其嗜欲優游委縱又曰吾所謂
有天下者自得而已禮記孔子曰君子比德於玉焉溫潤而澤仁也尚書傳曰天下諸侯受命於周莫不磬折
玉音金聲是以四海之內學校如林庠序盈門獻酬交錯俎
豆莘莘下舞上歌蹈德詠仁漢書曰平帝立學官郡國曰學縣道侯國曰校

鄉曰庠聚曰序韋昭曰小於鄉曰聚尚書曰受率其旅若林毛詩曰韓侯顧之爛其盈門又曰獻酬交錯論語
孔子曰俎豆之事則嘗聞之矣毛萇詩傳曰莘莘衆多也華所巾切禮記曰歌者在上匏竹在下貴人聲也詩
序曰嗟嘆之不足故詠歌之詠歌之不足不知手之舞之足之蹈之也登降飫宴之禮既畢
因相與嗟歎玄德讜言弘說咸含和而吐氣頌曰盛哉
乎斯世毛詩曰儐爾籩豆飲酒之飫毛萇曰不脫屨升堂謂之飫薛君韓詩章句曰飲酒之禮下跣而
上坐者謂之宴尚書曰玄德升聞乃命以位字林曰讜美言也音黨淮南子曰故聖人執中含和不下廟堂而
行于四海今論者但知誦虞夏之書詠殷周之詩講義文
之易論孔氏之春秋罕能精古今之清濁究漢德之所
由尚書有虞書夏書毛詩有周詩商頌周易曰古者庖犧氏始作八卦以通神明之德以類萬物之情又曰
易之興也其當殷之末世周之盛德邪當文王與紂之事邪史記孔子曰吾道不行矣乃因史記作春秋唯

子頗識舊典又徒馳騁乎末流温故知新已難而知德
者鮮矣班固漢書游俠傳論曰不入於道德苟放縱於末流論語曰温故而知新可以爲師矣又曰由
知德者鮮矣且夫僻界西戎險阻四塞脩其防禦孰與處乎
土中平夷洞達萬方輻湊史記曰秦僻在雍州毛詩序秦風曰襄公能備其兵甲以
討西戎戰國策蘇秦說孟嘗君曰秦四塞之國也高誘曰四面有山關之固故曰四塞之國防禦已見上文文
子曰羣臣輻湊張湛曰如衆輻之集於轂漢書上曰智略輻湊秦嶺九嵕則工切涇渭
之川曷若四瀆五嶽帶河泝洛圖書之淵爾雅曰江河淮濟爲四瀆
又曰泰山爲東岳霍山爲南岳華山爲西岳恒山爲北岳嵩高山爲中岳周易曰河出圖洛出書聖人則之建
章甘泉館御列仙孰與靈臺明堂統和天人建章甘泉
已見上文禮含文嘉曰天子靈臺以考觀天人之際法陰陽之會也太液昆明鳥獸之囿

曷若辟雍海流，道德之富。白虎通曰：天子立辟雍者何？所以宣德化也。壅以水，象教化流行也。三輔黃圖曰：辟雍，水四周於外，象四海也。游俠踰侈，犯義侵禮，孰與同履法度，翼翼濟濟也。游俠已見上文。漢帝年紀曰：禁踰侈。爾雅曰：翼翼，恭也。毛詩曰：濟濟多士。毛萇曰：多威儀也。子徒習秦阿房之造天，而不知京洛之有制也；識函谷之可關，而不知王者之無外也。史記曰：秦皇上林苑中作阿房，阿房宮未成，欲更擇令名名之。作宮阿房，故天下謂之阿房宮。公羊傳曰：天王出居于鄭。王者無外，此其言出何？不能于母弟也。主人之辭未終，西都賓矍然失容，逡巡降階，惵然意下，捧手欲辭。主人曰：復位，今將授子以五篇之詩。說文曰：矍，鷩視貌也。許縛切。公羊傳：趙盾逡巡北面再拜。郭璞爾雅注曰：逡巡，却去也。周書曰：臨攝以威，面氣惵惵。猶恐懼也。徒頰切。孔子三朝記曰：孔子受業，而有疑，捧手問之，不當避席。賓既卒業，乃稱曰：美哉乎斯詩！義正乎楊雄，事實乎相如，匪唯主人之好學，蓋乃遭遇乎斯時也。小子狂簡，不知所裁，既聞正道，請終身而誦之。其詩曰：楊雄、相如，辭賦之高者，故假以言焉。非唯主人好學而富乎辭藻，抑亦遭遇太平之時，禮文可述也。論語：子曰：吾黨之小子狂簡，斐然成章，不知所以裁之。又曰：不忮不求，何用不臧？子路終身誦之。

明堂詩

於昭明堂，明堂孔陽。毛詩曰：於昭于天。又曰：我朱孔陽。聖皇宗祀，穆穆煌煌。孝經曰：宗祀文王於明堂，以配上帝。毛詩曰：穆穆皇皇，宜君宜王。上帝宴饗，五位時序。漢書曰：天神之貴者太一，其佐曰五帝。河圖曰：蒼帝神名靈威仰，赤帝神名赤熛怒，黃帝神名含樞紐，白帝神名白招拒，黑帝神名汁光紀。楊雄河東賦曰：靈祇既饗，五位時序。誰其配之？世祖光武。東觀漢記曰：明帝宗祀五帝於明堂，光武皇帝配之。左氏傳：輿人誦子產：若死，其誰嗣之？普天率土，各以其職。毛詩曰：普天之下，莫非王土；率土之濱，莫非王臣。孝經：子曰：四海之內，各以其職來祭。猗歟緝熙，允懷多福。毛詩曰：猗歟那歟。緝熙已見上文。尚書曰：兆人允懷。又曰：永膺多福。

辟雍詩

乃流辟雍，辟雍湯湯。孔安國尚書傳曰：湯湯，流貌。聖皇莅止，造舟為梁。毛詩曰：方叔涖止。又曰：造舟為梁。皤皤國老，乃父乃兄。說文曰：皤，老人貌也。蒲河切。禮記曰：養國老於上庠。孝經援神契曰：天子尊事三老，兄事五更。應劭漢官儀曰：天子父事三老。抑抑威儀，孝友光明。毛詩曰：威儀抑抑。爾雅曰：善父母為孝，善事兄弟為友。於赫太上，示我漢行。毛詩曰：於赫湯孫。漢書：上令薄昭與淮南厲王書曰：王欲以親戚之意望於太上。如淳曰：太上，天子也。毛詩曰：示我顯德行。洪化惟神，永觀厥成。文子曰：執玄德於心，化馳如神。毛詩曰：我客戾止，永觀厥成。

靈臺詩

乃經靈臺，靈臺既崇。毛詩曰：經始靈臺，經之營之。帝勤時登，爰考休徵。東觀漢記曰：永平二年，詔曰：登靈臺，正儀度。休徵已見上文。三光宣精，五行布序。淮南子曰：夫道紘宇宙而章三光。高誘曰：三光，日月星也。尚書曰：五行，一曰水，二曰火，三曰木，四曰金，五曰土。習習祥風，祁祁甘雨。毛詩曰：習習谷風。禮斗威儀曰：君乘火而王，其政頌平，則祥風至。宋均曰：即景風也，其來長養萬物。毛詩曰：興雨祁祁。尚書考靈耀曰：熒惑順行，甘雨時也。百穀溱溱，庶草蕃音繁廡。音武。韓詩曰：帥時農夫，播厥百穀。薛君曰：穀類非一，故言百也。又曰：溱溱者莪。薛君曰：溱溱，盛貌也。尚書曰：庶草蕃廡。屢惟豐年，於皇樂胥。毛詩

曰綏萬國屢豐年又曰於皇時周又曰君子樂胥

寶鼎詩

嶽脩貢兮川效珍吐金景兮歊浮雲說文曰歊氣上出皃呼朝切寶鼎見兮色紛縕煥其炳兮被龍文東觀漢記曰永平六年廬江太守獻寶鼎出王雒山漢書曰武帝爲人祠后土營旁得鼎有黃雲焉公卿大夫議尊寶鼎有司曰今鼎至甘泉光潤龍變承休無疆也登祖廟兮享聖神昭靈德兮彌億年東觀漢記明帝曰太常其以初祭之日陳鼎於廟以備器用尚書曰公其以予萬億年敬天之休

白雉詩

啓靈篇兮披瑞圖獲白雉兮效素烏范曄後漢書曰永平十年白雉所在出焉東觀漢記章帝詔曰乃者白烏神雀屢臻降自京師也嘉祥阜兮集皇都

發皓羽兮奮翹英容絜朗兮於純精楚辭曰砥室翠翹絓曲瓊王逸曰翹羽名彰皇德兮侔周成永延長兮膺天慶韓詩外傳曰成王之時越裳氏獻白雉於周公河圖曰謀道吉謀德吉能行此大吉受天之慶也

文選卷第一

賜進士出身通奉大夫江南蘇松常鎮太等處承宣布政使司布政使胡克家重校刊

文選卷第二

梁昭明太子撰

文林郎守太子右內率府録事參軍事崇賢館直學士臣李善注上

京都上

西京賦一首

張平子善曰范曄後漢書曰張衡字平子南陽西鄂人也少善屬文時天下太平日久自王侯以下莫不踰侈衡乃擬班固兩都作二京賦因以諷諫十年乃成安帝雅聞衡善術學公車徵拜郎中出爲河間相乞骸骨徵拜尚書卒楊泉物理論曰平子二京文章卓然

薛綜注善曰舊注是者因而留之並於篇首題其姓名其有乖繆臣乃具釋並稱臣善以別之他皆類此

有憑虛公子者憑依託也虛無也言無有此公子也善曰博物志曰王孫公子皆古人相推敬之辭憑皮兵切心奓體忲奓忲言公子生於貴戚心志奓溢體安驕泰也泰或謂忲習之忲言習於麗好也善曰聲類曰奓侈字也昌氏切小雅曰狃忲也雅好博古學乎舊史氏言公子雅性好博知古事故學於舊史舊史太史掌圖典者也是以多識前代之載善曰劉向七言曰博學多識與凡殊小雅曰載事也言於安處先生公子爲先生言也安處猶烏處若言何處亦謂無此先生也鄭玄禮記注曰先生老人教學者曰夫人在陽時則舒在陰時則慘此牽乎天者也陽謂春夏陰謂秋冬牽猶繫也善曰春秋繁露曰春之言猶偆也偆者喜樂之貌也秋之言猶湫也湫者憂悲之狀也偆充尹切湫子由切處沃土則逸處瘠土則勞此繫乎地者也善曰國語公甫文伯之母曰沃土之人不材淫也瘠

土之人莫不向義勞也韋昭曰磽埆爲瘠沃肥美也瘠則尠於驩勞則褊於惠能違之者寡矣違猶易也言人瘠戚則不能以驩逸勞苦則不能以施惠少有能易此者善曰尠少也與鮮通也廣雅曰褊狹也卑緬切小必有之大亦宜然小謂庶人大謂王者善曰庶人因沃瘠而勞逸殊王者亦因險易而彊弱異也故帝者因天地以致化兆人承上教以成俗言帝王必欲順陽時居沃土歡逸其人使下承而化之以成奢泰之俗善曰管子曰君據法而出令百姓順上而成俗化俗之本有與推移言化之本還與沃瘠相隨逐推移也善曰淮南子曰法其所以爲法與化推移也何以覈諸覈驗也胡革切秦據雍而彊周即豫而弱高祖都西而泰光武處東而約政之興衰恒由此作作起也善曰過秦論曰秦孝公據雍州之地呂氏春秋曰河漢之間爲豫州也按雍州厥土惟黃壤厥田惟上上是沃土也故云秦據雍而彊高祖都西而泰荆河惟豫州厥土惟墳壚厥田惟中上是瘠土也故云周即豫而弱光武處東而約左傳晉叔向曰存亡之道恒由此興周禮曰夫筋之所由幨恒由此作先生獨不見西京之事歟請爲吾子陳之善曰鄭玄禮記注曰吾子相親之辭也漢氏初都在渭之涘涘涯也善曰漢書東方朔曰漢都涇渭之南毛詩曰在渭之涘秦里其朔寔爲咸陽里居也朔北也寔是也秦地居其北是曰咸陽善曰史記曰秦孝公作咸陽徙都之左有崤函重險桃林之塞崤及函谷關桃林皆在長安東故言左善曰殽函已見西都賦左氏傳曰以守桃林之塞按桃林弘農在閿鄉南谷中綴以二華巨靈贔屓高掌遠蹠以流河曲厥跡猶存華山名也巨靈河神也巨大也古語云此本一山當河水過之而曲行河之神以手擘開其上足蹋離其下中分爲二以通河流手足之跡于今尚在贔屓作力之貌也善曰賈逵國語注曰綴連也山海經曰太華之西少華之山遁甲開山圖曰有巨靈胡者徧得坤元之道能造山川出江河楊雄河東賦曰河靈矍踢掌

華蹈襄贔扶祕切屓許倫切蹠之石切矍居縛切踢丑略切右有隴坻之隘隔閡華戎善曰漢書音義應劭曰天水有大阪曰隴坻丁禮切廣雅曰隘狹也說文曰隔塞也小雅曰閡限也五代切岐梁汧雍說文曰岐山在長安西美陽縣界山有兩岐因以名焉善曰漢書右扶風好時縣有梁山又汧山在扶風汧縣西汧音牽陳寶鳴雞在焉善曰漢書曰秦文公獲若石于陳倉北坂城祠之其神光輝若流星從東方來集于祠城則若雄雉其聲殷殷云野雞夜鳴以一太牢祠之名曰陳寶應劭曰時以寶瑞作陳寶祠在陳倉故曰陳寶於前則終南太一二山名也善曰尚書曰終南惇物至于鳥鼠漢書曰太一山古文以爲終南五經要義曰太一一名終南山在扶風武功縣此云終南太一不得爲一山明矣蓋終南南山之總名太一山之別號耳隆崛崔崒隱轔鬱律山形容也善曰埤蒼曰崛特起也魚勿切崔徂回切崒情律切轔怜軫切連岡乎嶓冢善曰爾雅曰山脊曰岡尚書曰導嶓冢至于荆山嶓音波抱杜含鄠音戶杜陵鄠縣言終南太一含裹之欱灃吐鎬善曰灃鎬二水名也已見西都賦說文曰欱歠也呼合切歠昌悅切爰有藍田珍玉是之自出藍田弘農縣也善曰爾雅曰爰有寒泉范子計然曰玉英出藍田是之自出謂玉出自藍田之中也於後則高陵平原據渭踞涇善曰爾雅曰大阜曰陵又曰高平曰原毛萇詩傳曰據依也大戴禮曰獨坐不踞然踞却倚也音據澶漫靡迤作鎮於近澶漫靡迤陵原之形爲作近鎮也善曰子虛賦曰登降迤靡案衍澶漫澶徒旦切漫莫半切其遠則九嵕甘泉涸陰沍寒日北至而含凍此焉清暑九嵕甘泉其處常陰寒日北至謂夏至時猶沍寒而有凍帝或避暑於甘泉宮故云清暑善曰左氏傳申豐曰涸陰沍寒沍胡故切漢書曰夏至于東井北近極故晷短爲溫暑上林賦曰盛夏含凍裂地爾乃廣衍沃野厥田上上善曰鄭玄周禮注下平曰衍漢書曰秦地沃野千里尚書雍州曰厥田惟上上寔惟地之奧區神皐神皐接神之聲善曰漢書曰自古以雍州積高神明之隩故立時郊上帝諸神祠皆聚之廣雅曰皐局也謂神

明之界局也昔者大帝說秦繆公而覲之饗以鈞天廣樂帝有醉焉乃爲金策錫用此土而翦諸鶉首大帝天也翦盡也善曰山海經曰浪風之山或上倍之是謂玄圃或上倍之是謂大帝之居史記曰趙簡子疾扁鵲視之曰昔繆公常如此七日而寤寤之日告公孫支曰我之帝所甚樂帝告我晉國且大亂今主君之疾與之同二日簡子寤曰我之帝所甚樂與百神遊于鈞天廣樂九奏萬舞不類三代之樂其聲動心虞喜志林曰喭曰天帝醉秦暴金誤隕石墜謂秦繆公夢天帝奏鈞天樂已有此喭列仙傳讚曰秦繆公受金策祚世之業漢書曰自井至柳謂之鶉首之次秦之分也盡取鶉首之分爲秦之境也是時也並爲彊國者有六韓魏燕趙齊楚然而四海同宅西秦豈不詭哉宅居也詭異也初繆公夢然後六國竟滅秦果并而居之豈不異哉自我高祖之始入也五緯相汁以旅于東井善曰五緯五星也漢書曰漢元年十月五星聚于東井沛公至霸上又曰此高祖受命之符已見西都賦方言曰汁叶也之十切郭璞曰叶和也婁敬委輅幹非其議善曰漢書婁敬脫輓輅曰臣願見上言便宜又說上曰陛下都洛陽不如入關中言婁敬貧乏人不合干上妄議其說允合帝心漢書音義應劭曰輅謂以木當胷以輓輦也輅胡格切幹音干薛君韓詩章句曰幹正也謂以其議非而正之天啓其心謂五星聚也人惎之謀惎教也謂婁敬之謀善曰惎音忌及帝圖時意亦有慮乎神祇宜其可定以爲天邑言高帝圖此居之時意亦以慮於天地陰陽而思可宜定以爲天邑善曰爾雅曰圖謀也尚書曰肆予敢求尔于天邑商豈伊不虔思于天衢伊惟也虔敬也言此時豈惟不敬思居天氣四交之處邪謂東京也豈伊不懷歸于枌榆懷思也枌榆豐社高祖所起也豈惟不思歸處枌榆社之域都於洛邑也善曰漢書曰高祖禱豐枌榆社張晏曰枌白榆也社在豐東北一十五里是也天命不滔疇敢以渝渝易也天使都長安謂五星聚于東井也善曰左氏傳子高曰天命不滔滔與謟音義同於

是量徑輪考廣袤南北爲徑東西爲廣善曰周禮大司徒掌九州之地廣輪之數鄭玄曰輪縱也說文曰南北曰袤莫又切經城洫營郭郛洫域池也善曰周禮曰廣八尺深八尺謂之洫呼域切公羊傳曰郛者何域外大郭也芳俱切取殊裁於八都豈啓度於往舊裁制也八都猶八方也啓開也言采取八方異制以爲宮室之巧非復遵往日之故法也乃覽秦制跨周法跨越也因秦制故曰覽比周勝故曰跨之也狹百堵之側陋增九筵之迫脅詩曰築室百堵今以爲陋周禮明堂九筵今又增之也善曰以九筵爲迫脅故增廣之周禮曰明堂度九筵東西九筵各九尺正紫宮於未央表嶢闕於閶闔天有紫微宮王者象之紫微宮門名曰閶闔宮門立闕以爲表嶢者言高遠也善曰辛氏三秦記曰未央宮一名紫微宮然未央爲總稱紫宮其中別名疏龍首以抗殿狀巍峩以岌嶪抗舉也善曰三輔黃圖曰日營未央因龍首以制前殿上林賦曰嵯峨嶕嶫此之謂也亘雄虹之長梁亘徑度也虹蝃蝀也謂殿梁皆徑度朱畫五色如蝃蝀蝃蝀有雌雄雄者色鮮好也善曰楚辭曰建雄虹之采旄亘古鄧切結棼橑以相接善曰棼橑已見西京賦蔕倒茄於藻井披紅葩之狎獵茄藕莖也以其莖倒殖於藻井其華下向反披狎獵重接貌藻井當棟中交木方爲之如井幹也善曰聲類曰蔕果鼻也蔕音帝孔安國尚書傳曰藻水草之有文者也風俗通曰今殿作天井井者東井之像也菱水中之物皆所以厭火也說文曰葩華也普華切飾華欀與璧璫華欀畫其欀也善曰璧璫已見西都賦也流景曜之韡曄曜光也韡曄言明盛也善曰景光景也雕楹玉碣善曰西都賦曰彫玉瑱以居楹說文曰楹柱也廣雅曰碣礩也碣與舄古字通繡栭雲楣栭斗也楣梁也皆雲氣畫如繡也善曰王褒甘泉頌曰采雲氣以爲楣三階重軒鏤檻文槐檻蘭也皆刻畫又以大板廣四五尺加漆澤焉重置中間蘭上名曰軒善曰西都賦曰重軒三階王褒甘泉頌曰編瑇瑁之文槐聲類曰槐屋連緜也婢祇切右平左城城限也謂階齒也天子殿

高九尺階九齒各有九級其側階各中分左右左有齒
右則滂沲平之令輦車得上善曰西都賦曰左墄右平也
青瑣丹墀善曰漢書曰赤墀青瑣音義曰以青畫戶邊鏤中王逸楚辭注曰文如連瑣漢官典職曰
丹漆地故稱丹墀刊層平堂設切厓隒刊削也善曰郭璞山海經注曰層重也宋衷太玄經注曰堂高也切與砌
古字通說文曰隒厓也和檢切坻崿鱗眴棧齴巉嶮殿基之形勢也善曰廣雅曰山坻除也
文字集略曰崿崖也埤蒼曰眴音荀棧士眼切齴音眼巉助奄切嶮魚撿切鱗眴無涯也棧嶮皆高峻貌襄
岸夷塗脩路陖險襄謂高也夷平也陖陡也險危也重門襲固姦宄是
防姦邪也竊寶曰宄善曰周易曰重門擊柝以待暴客淮南子曰闔門重襲以避姦賊郭璞爾雅注曰襲重
也孔安國尚書傳曰寇賊在外曰姦在內曰宄仰福帝居陽曜陰藏帝居謂太微宮五帝
所居福猶同也太微宮陽時則見陰時則藏言今長安宮上與之同法矣洪鐘萬鈞猛虡趪
趪洪大也猛怒也三十斤曰鈞縣鐘格曰筍植曰虡趪趪張設貌言大鐘乃重三十萬斤虡力猛怒故能勝

之焉善曰周禮曰梟氏爲獸之形大聲有力者以爲鐘虡虡音巨趪音黃負筍業而餘怒乃
奮翅而騰驤當筍下爲兩飛獸以背負又以板置上名爲業騰超也驤馳也言獸負此筍業已重
乃有餘力奮其兩翼如將超馳者矣朝堂承東溫調延北西有玉臺聯以
昆德皆殿與臺名也善曰爾雅曰延陳也說文注曰聯連也嵯峨崨嶫形勢也罔
識所則不能名其所法則也若夫長年神僊宣室玉堂四殿之名
善曰並見西都賦麒麟朱鳥龍興含章善曰龍興含章皆殿名也漢宮闕名
有麒麟殿朱鳥殿譬衆星之環極極北極也環猶繞也言宮觀臺榭樓閣之
周於正殿如衆星之繞北極也善曰中宮天極星環之筐十二星藩臣西都賦曰奐若列宿紫宮是環
叛赫戲以煇煌叛猶煥也赫戲炎盛也煇煌光耀也善曰淮南子曰焜昱錯眩照耀
煇煌叛音判戲音義煇音輝煌音皇正殿路寢用朝群辟周曰路寢漢曰正殿群辟謂王

侯公卿大夫士也大夏耽耽九戶開闢屋之四下者爲夏耽耽深邃之貌也都南切善
曰三輔三代故事曰大夏殿始皇造銅人十枚在殿前大戴禮曰明堂者古有之凡九室鄭玄禮記注曰天子
路寢制如明堂然則既有九室室有一戶也說文曰闢開也嘉木樹庭芳草如積善曰韓詩
曰綠䓯如蕢蕢積也薛君曰蕢綠䓯盛如積也䓯音竹高門有閌列坐金狄善曰毛詩
曰皐門有伉與閌同鄭玄禮記注曰皐之言高也金狄金人也史記曰始皇收天下兵銷以爲金人十二各重
千斤致於宮中內有常侍謁者常侍閹官謁者寺人也奉命當御善曰奉傳詔命
而遮當進也左傳子朱曰朱也當御蔡邕獨斷曰御進也凡進皆曰御也蘭臺金馬遞宿
迭居蘭臺臺名善曰金馬已見西都賦序爾雅曰遞迭也小雅曰迭更也徒結切次有天祿
石渠校文之處善曰天祿石渠已見上文重以虎威章溝嚴更之
署虎威章溝未聞其意嚴更督行夜鼓署位也徼道外周千廬內附衛尉八

屯警夜巡晝衛尉帥吏士周宮外於四方四角立八屯士士則傳宮外向爲廬舍晝則巡行非常
夜則警備不虞也徼音叫善曰西都賦曰徼道綺錯漢書曰衛尉掌門衛屯兵孔安國尚書傳曰警戒也植
鎩懸㦸用戒不虞植柱也善曰說文曰鎩鈹有鐔也一曰鋋似兩刃刀方言曰盾或謂之㦸
周易曰君子以治戎器戒不虞鈹芳皮切鎩山例切㦸音伐後宮則昭陽飛翔增成
合驩蘭林披香鳳皇鴛鸞皆後宮別名善曰皆殿名已見西都賦漢宮闕名有
鳳皇殿群窈窕之華麗嗟內顧之所觀觀觀也謂內顧所覿皆盛好也
善曰窈窕已見西都賦小雅曰嗟發聲也三略曰將內顧則士卒慕之也故其館室次舍善曰
周禮曰宮正掌宮中次舍鄭玄禮記注曰次自循止之處采飾纖縟采五色也纖細也善曰說文曰
縟繁采飾也音辱裛以藻繡文以朱綠善曰西都賦曰裛以藻繡傳毅七激曰楹桷雕
藻文以朱綠也翡翠火齊絡以美玉善曰翡翠鳥名也火齊玫瑰珠也六韜曰紂作瓊室

鹿臺飾以美玉列子曰穆王爲中天之臺絡以珠玉齊才計切流懸黎之夜光綴隨珠以爲燭明月大珠夜則有光如燭也善曰懸黎夜光隨珠已見西都賦金戺玉階彤庭煇音渾煇彤赤也煇煇赤色貌善曰廣雅曰戺砌也音俟西都賦曰玉階彤庭珊瑚琳碧瓀珉璘彬璘彬玉光色雜也善曰珊瑚瓀珉已見西都賦璘力神切彬方珉切珍物羅生煥若崐崘珍美之物羅列布見煥焉如崐崘之所生者善曰山海經云崐崘之墟有珠樹文玉樹雖厥裁之不廣侈靡踰乎至尊謂其裁制雖事事狹小於至尊然其靡麗之好乃過之也善曰喪服傳曰天子至尊裁才再切於是鉤陳之外閣道穹隆善曰鉤陳已見西都賦穹隆長曲貌屬長樂與明光徑北通乎桂宮長樂桂宮皆宮名明光殿名也漢書武帝故事上起明光宮桂宮長樂宮皆輦道相屬懸棟飛閣北度從宮中西上城至神明臺命般爾之巧匠般魯般一云公輸之子魯哀公時巧人爾王爾皆古之巧者也善曰淮南子曰魯般以木爲鳶而飛之般音班又曰王爾無所錯其剞劂盡變態乎其中變奇也態巧也後宮不移樂不徙懸善曰上林賦曰庖廚不徙後宮不移劉向新序曰孟子聘於晉韓宣子止而觴之飲三徙鍾石之懸不移而具也門衛供帳官以物辨善曰供帳已見東都賦門衛已見上恣意所幸下輦成燕窮年忘歸猶弗能徧善曰孫卿子曰知物之理沒世窮年不能徧也瓌異日新殫所未見瓌奇也殫盡也言奇異之好日日變易皆所未甞目見之物也惟帝王之神麗懼尊卑之不殊雖斯宇之既坦心猶憑而未攄坦大也憑滿也攄舒也思比象於紫微恨阿房之不可廬廬居也時阿房已壞故不得居也覛往昔之遺館獲林光於秦餘覛視也善曰漢書音義瓚曰林光秦離宮名也覛士狄切處甘泉之爽塏乃隆崇而弘敷甘泉山名應劭曰甘泉在馮翊雲陽縣爽明也隆崇高也

弘敷猶延蔓也善曰左氏傳曰齊景公欲更晏子之宅曰請更諸爽塏者杜預曰就高燥也既新作於迎風增露寒與儲胥善曰漢書曰武帝因秦林光宮元封二年增通天迎風儲胥露寒託喬基於山岡直墆霓以高居墆霓高貌也善曰墆徒結切霓五結切通天訬以竦峙通天臺名武帝元封二年作漢書舊儀云高三十丈望見長安城訬高也竦立也峙住也善曰訬音眇徑百常而莖擢徑度也倍尋曰常莖特也擢獨出貌也上辨華以交紛下刻陗其若削辨華數大也刻陗升高也善曰辨音斑又音葩陗七笑切翔鶤仰而不逮況青鳥與黃雀鶤大鳥青鳥黃雀皆小鳥翔高飛也善曰穆天子傳曰鶤雞飛八百里郭璞曰鶤即鵾鷄也鵾與鶤同音昆左氏傳曰青鳥氏司啓者也杜預曰青鳥鶬鷃也戰國策莊辛曰黃雀俯啄百粒伏櫺檻而頫聽聞雷霆之相激伏猶憑也櫺臺上闌也頫低頭也蒼頡篇曰霆霹靂也言臺之高於上低頭聽雷聲乃在下善曰頫古字音府柏梁既災越巫陳方建章是經用厭火祥善曰漢書曰柏梁災越俗有火災復起屋必以大用勝服之於是作建章宮漢武故事曰以香柏爲之香聞數十里厭於冉切營宇之制事兼未央兼猶倍也所以順巫言也善曰漢書曰劉向上疏曰項籍燔其宮室營宇圜闕竦以造天若雙碣之相望善曰字書曰圜亦圓字也甘泉賦曰直嶢嶢以造天音操孔安國尚書傳曰造至也又曰碣石海畔山也又曰三山言相望也鳳騫翥於甍標咸遡風而欲翔甍棟也標末也遡向也謂作鐵鳳凰令張兩翼舉頭敷尾以函屋上當棟中央下有轉樞常向風如將飛者焉善曰楚辭曰鳳騫翥而飛翔說文曰騫飛貌也騫許言切翥之庶切閶闔之內別風嶕嶢善曰閶闔已見上文別風已見西都賦何工巧之瓌瑋交綺豁以疏寮瓌瑋奇好也疏刻穿之也善曰交結綺文豁然穿以爲寮也說文曰綺文繒也廣雅曰豁空也然此刻鏤爲之蒼頡篇曰寮小窻也古詩曰交疏結綺窻干雲霧而上達狀亭亭以

苕苕。亭亭苕苕。高貌也。干。犯也。神明崛其特起，井幹疊而百
增。崛。高貌。善曰。廣雅曰。增。重也。神明井幹。已見西都賦。跱遊極於浮柱，結重欒
以相承。跱。猶置也。三輔名梁爲極。作遊梁置浮柱上。欒。柱上曲木。兩頭受櫨者。廣雅曰。曲枅
曰欒。釋名曰。欒。騂上曲拳也。累層構而遂隮，望北辰而高興。隮。升
也。子奚切。北辰。北極也。善曰。山海經曰。層。重也。消雰埃於中宸，集重陽之
清瀓。消。散也。雰埃。塵穢也。宸。天地之交宇也。言神明臺高。既除去下地之埃穢。乃上止於天陽之宇。
清瀓之中。上爲清陽。又爲陽。故曰重陽。善曰。楚辭曰。集重陽而入帝宮兮。造旬始而觀清都。雰音氛。宸音
辰。瞰宛虹之長鬐，察雲師之所憑。鬐。脊也。雲師。畢星也。臺高悉得
視之。善曰。鬐。渠祇切。廣雅曰。瞰。視也。如淳漢書注曰。宛虹也。小雅曰。憑。依也。廣雅曰。雲師謂之豐隆。上
飛闥而仰眺，正睹瑤光與玉繩。飛闥。突出方木也。善曰。春秋運斗樞

大フの七 小四ヌ六十
曰。北斗七星。第七曰瑤光。春秋元命苞曰。玉衡北兩星爲玉繩。將乍往而未半，怵
悼慄而從兢。怵。恐也。悼。傷也。慄。憂戚也。言恐墮也。善曰。廣雅曰。乍。暫也。方言曰。從。慄也。
先拱切。怵音黜。慄音栗。非都盧之輕趫，孰能超而究升。善曰。漢書
曰。自合浦南有都盧國。太康地志曰。都盧國。其人善緣高。說文曰。趫。善緣木之士也。綺驕切。馭
娑駘盪燾，奡桔桀枍詣承光，睽罛庨豁。馭娑。駘盪。枍詣。
承光。皆臺名。燾奡桔桀睽罛庨豁。皆形皃。善曰。燾徒到切。奡五告切。桔音吉。睽呼圭切。罛計狐切。庨
呼交切。橧桴重棼，鍔鍔列列。善曰。鍔鍔列列。皆高貌。反宇業業。
飛檐轍轍。凡屋宇皆垂下向而好。大屋飛邊頭瓦皆更微使反上。其形業業然。檐板承落
也。轍轍。高皃。善曰。西都賦曰。上反宇以蓋戴。轍。魚桀切。流景內照，引曜日月。
言皆朱畫華采。流引日月之光。曜於宇內。天梁之宮，寔開高闈。天梁。宮名。

宮中之門謂之闈。此言特高大。旗不脫扃，結駟方蘄。爾雅曰。熊虎爲旗。扃。關也。謂建旗車
上。有關制之令不動搖。曰扃。每門解下之。今此門高不復脫扃。結駕駟馬方行而入也。蘄。馬銜也。善曰。左氏傳
曰。楚人惎之脫扃。古熒切。蘄。巨衣切。楚辭曰。青驪結駟齊千乘。轢輻輕騖，容於一扉。駁車
欲馬疾。以箠轢於輻。使有聲也。長廊廣廡，途閣雲蔓。謂閣道如雲氣相延蔓也。善曰。許慎
淮南子注曰。廊。屋也。說文曰。廡。堂下周屋也。無宇切。閈汗庭詭異，門千戶萬。善曰。蒼頡
篇曰。閈。垣也。胡旦切。說文曰。詭。違也。西都賦曰。張千門而立萬戶。重閨幽闥，轉相踰
延。移賤切。宮中之門小者曰闥。言互相周通。望窈窱以徑廷，眇不知其所
返。窈窱。徑廷。過度之意也。言入其中皆迷惑不識還道也。善曰。窱。他弔切。廷。他定切。返。方萬切。既乃
珍臺蹇產以極壯，墱道邐倚以正東。蹇產。形貌也。墱。閣道也。邐倚。一高一
下。一屈一直也。乃從建章館踰西城東入於正宮中也。善曰。甘泉賦曰。珍臺閒館。西都賦曰。凌墱道而超西墉。

墱。都亙切。邐。力氏切。倚。其綺切。似閬風之遐坂，橫西洫而絕金墉。閬風崐崘
山名也。洫。城池也。墉。謂城也。絕。度也。言閣道似此山之長遠。橫越西池。而度金城也。西方稱之曰金。善曰。東方
朔十洲記。崐崘其北角曰閬風之巔。洫。已見上文。城尉不弛柝，而內外潛通。弛。廢
也。潛。嘿也。言城門校尉不廢擊柝之備。內外已自嘿通也。善曰。弛。詩紙切。鄭玄周禮注曰。欜。戒夜者所擊也。柝
與欜同音。前開唐中，彌望廣潒。彌。遠也。善曰。唐中。已見西都賦。漢書曰。五侯大治第室。連
屬彌望。彌竟也。言望之極目。字林曰。潒。水潒瀁也。大朗切。顧臨太液，滄池漭沆。漭沆。猶洸潒。亦寬大也。善曰。太
液。已見西都賦。漭。莫朗切。沆。胡朗切。漸臺立於中央，赫昈昈以弘敞。善曰。漸臺
高二十餘丈。已見西都賦。埤蒼曰。昈。赤文也。音戶。清淵洋洋，神山峩峩，列瀛洲
與方丈，夾蓬萊而駢羅。上林岑以壘嵲，下嶄巖以嵒齬。
三山形貌也。峩峩。高大也。善曰。三輔三代舊事曰。建章宮北作清淵海。毛詩曰。河水洋洋。三山。已見西都賦。駢。

猶並也壘魯罪切嵲音罪嶄士咸切巚音吾長風激於别隯起洪濤而揚波
水中之洲曰隯音島善曰高唐賦曰長風至而波起浸石菌於重涯濯靈芝以朱
柯石菌靈芝皆海中神山所有神草名仙之所食者浸濯也重涯池邊也朱柯芝草莖赤色也善曰菌芝屬
也抱朴子曰芝有石芝菌求隕切海若游於玄渚鯨魚失流而蹉跎海若
海神鯨大魚善曰楚辭曰令海若舞馮夷又曰臨沅湘之玄淵薛君韓詩章句曰水一溢而爲渚三輔舊事曰
清淵北有鯨魚刻石爲之長三丈楚辭曰驥垂兩耳中坂蹉跎廣雅曰蹉跎失足也於是采少君
之端信庶欒大之貞固善曰史記曰李少君亦以祠竈穀道却老方見上上尊之少君
者故深澤侯舍人主方欒大見西都賦凡人姓名及事易知而别卷重見者云見某篇亦從省也他皆類此
立脩莖之仙掌承雲表之清露屑瓊蘂以朝飡必性命
之可度善曰漢書曰孝武作栢梁銅柱承露仙人掌之屬三輔故事曰武帝作銅露盤承天露和玉屑

飲之欲以求仙楚辭曰屑瓊蘂以爲糧王逸曰糜屑也美往昔之松喬要羨門乎
天路善曰松喬已見西都賦史記曰始皇之碣石使燕人盧生求羨門韋昭曰羨門古仙人也枚乘樂府
詩曰美人在雲端天路隔無期要烏堯切想升龍於鼎湖豈時俗之足慕善曰
史記曰齊人公孫卿曰黃帝采首山銅鑄鼎於荊山下鼎既成龍垂胡髯下迎黃帝黃帝騎龍乃上去名其處
鼎湖天子曰嗟乎誠得如黃帝吾視去妻子如脫屣耳若歷世而長存何遽營乎
陵墓善曰言若歷代而不死何急營於陵墓乎徒觀其城郭之制則旁開三
門參塗夷庭方軌十二街衢相經街大道也經歷也一面三門門三道故云
參塗塗容四軌故方十二軌軌車轍也夷平也庭猶正也善曰方言九軌之塗凡有十二也周禮曰營國方三
門鄭玄儀禮注曰方併也周禮曰國中營途九軌西都賦曰立十二之通門廛里端直甍宇
齊平都邑之空地曰廛甍棟也善曰周禮曰以廛任國中之地北闕甲第當道直啓

第館也甲言第一也善曰漢書曰贈霍光甲第一區音義曰有甲乙次第故曰第也北闕當帝城之北也程
巧致功期不陁陊言皆程擇好匠令盡致其功夫既牢又固不傾陊也善曰方言曰陁壞也
陁式氏切說文曰陊落也直氏切木衣綈錦土被朱紫言皆采畫如錦繡之文章也善
曰說文云綈厚繒也朱紫二色也武庫禁兵設在蘭錡錡架也武庫天子主兵器之官
也善曰劉逵魏都賦注曰受他兵曰蘭受弩曰錡錡音蟻匪石匪董疇能宅此善曰漢書
曰石顯字君房少坐法腐刑爲黃門中尚書元帝被疾不親政事事無大小因顯口決又曰董賢字聖卿哀帝
悅其儀貌拜爲黃門郎詔將作監爲賢起大第北闕下土木之功窮極技巧柱檻衣以綈錦武庫禁兵盡在董
氏爾乃廓開九市通闤帶闠廓大也闤市營也闠中隔門也崔豹古今注曰市牆
曰闤市門曰闠善曰九市已見西都賦蒼頡篇曰闤市門胡關切旗亭五重俯察百隧
旗亭市樓也善曰史記褚先生曰臣爲郎與方士會旗亭下隧已見西都賦周制大胥今也

惟尉善曰周禮曰司市胥師二十人然尊其職故曰大漢書曰京兆尹長安四市皆屬焉與左馮翊右扶
風爲三輔然市有長丞而無尉蓋通呼長丞爲尉耳瓌貨方至鳥集鱗萃瓌奇貨也
方四方也奇寶有如鳥之集鱗之萃也鬻者兼贏求者不匱鬻賣也兼倍也贏利
也匱乏也爾乃商賈百族裨販夫婦坐者爲商行者爲賈裨販買賤賣貴以自裨益
裨必彌切善曰周禮曰大市日仄而市百族爲主朝市朝時而市商賈爲主夕市夕時爲市裨販夫婦爲主
鬻良雜苦蚩眩邊鄙良善也先見良物價定而雜與惡物以欺惑下土之人善曰周禮曰
辨其苦良而買之鄭玄曰苦讀爲盬蒼頡篇曰蚩侮也廣雅曰眩亂也杜預左氏傳注曰鄙邊邑也何必
昏於作勞邪贏優而足恃昏勉也邪僞也優饒也言何必當勉力作勤勞之事乎欺
僞之利自饒足恃也善曰尚書曰不昏作勞彼肆人之男女麗美奢乎許史
言長安市井之人被服皆過此二家善曰漢書曰孝宣許皇后元帝母帝封外祖父廣漢爲平恩侯又曰衛太

子史良娣宣帝祖母也兄恭宣帝立恭已死封恭長子高爲樂陵侯
若夫翁伯濁質張里之家擊鍾鼎食連騎相過東京公侯壯何能
加善曰漢書食貨志曰翁伯以販脂而傾縣邑濁氏以胃脯而連騎質氏以洗削而鼎食張里以馬醫而擊
鍾晉灼曰胃脯今大官以十日作沸湯燖羊胃以末椒薑坋之訖曝使燥者也燖在鹽切坋步寸切如淳曰洗
削謂作刀劒削也張里里名也都邑游俠張趙之倫齊志無忌擬
跡田文善曰漢書曰長安宿豪大猾箭張回酒市趙放皆通邪結黨一云張子羅趙君都其長安大俠
具游俠傳輕死重氣結黨連羣寔蕃有徒其從如雲寔實也蕃
多也徒衆也善曰尚書曰寔繁有徒毛詩曰齊子歸止其從如雲茂陵之原陽陵之
朱趫悍虓豁如虎如貙善曰原原涉也朱朱安世也史記曰誅猇猂猇與趫同欺
譙切說文曰悍勇也户旦切毛詩曰闞如虓虎呼交切爾雅曰貙獌似貍貙勑珠切睚眦蠆芥

文二　十四　王辰

屍僵路隅僵仆也善曰漢書曰原涉字巨先自陽翟徙茂陵涉外温仁內隱忍好殺睚眦於塵
中觸死者甚衆廣雅曰睚裂也說文曰眥目匡也淮南子曰瞋目裂眥睚五解切眥在賣切張揖子虛賦注曰
蔕介刺鯁也蠆與蔕同並丑介切丞相欲以贖子罪陽石汙而公孫
誅善曰漢書曰公孫賀爲丞相子敬聲爲太僕擅用北軍錢千九百萬下獄是時詔捕陽陵朱安世賀
請逐捕以贖敬聲罪後果得安世安世遂從獄中上書曰敬聲與陽石公主私通遂父子俱死獄中也陽石北
海縣名也若其五縣遊麗辯論之士街談巷議彈射臧
否剖析毫釐擘肌分理善曰五縣謂五陵也長陵安陵陽陵武陵平陵五陵也已
見西都賦毛詩曰未知臧否聲類曰毫長毛也漢書音義曰十毫爲氂力之切鄭玄周禮注曰擘破裂也補革切說文曰
肌肉也所好生毛羽所惡成創痏毛羽言飛揚創痏謂瘢痕也善曰蒼頡曰痏毆傷也
胡軌切郊甸之內鄉邑殷賑五十里爲之郊百里爲甸師殷賑謂富饒也善曰尚書曰五百里甸服爾雅曰

賑富也之忍切五都貨殖既遷既引遷易也引致也善曰五都已見西都賦遷謂徙之於
彼引謂納之於此商旅聯槅隱隱展展言賈人多車梔相連屬隱隱展展重車聲也丁謹切善曰
說文曰槅大車梔也居責切冠帶交錯方轅接軫冠帶猶搢紳謂吏人也善曰楊
雄蜀都賦曰方轅齊轂隱隱軫軫枚乘兔園賦曰車馬接軫相屬方輪錯轂說文曰軫車後横木也封畿
千里統以京尹善曰毛詩曰封畿千里惟民所止漢書曰內史周官武帝更名京兆尹張晏曰
地絶高曰京十億曰兆尹正也郡國宮館百四十五離宮別館在諸郡國者善曰三
輔故事曰秦時殿觀百四十五所右極盩厔并卷酆鄠盩厔山名因名縣善
曰漢書曰右扶風有盩厔縣盩張流切厔張栗切左暨河華遂至虢土暨言及也華陰
縣故屬京兆善曰漢書右扶風有虢縣上林禁苑跨谷彌皐跨越也彌猶掩也大陵曰
皐上林苑名禁禁人妄入也東至鼎湖邪界細柳鼎湖細柳皆地名也鼎湖在華陰東

大フ四十五マ五十五　文二　十五　范

細柳在長安西北掩長楊而聯五柞長楊宮在盩厔五柞亦館名云有五株柞樹善曰鄭玄
毛詩箋曰掩覆也繞黃山而款牛首繞裏也款至也善曰漢書右扶風槐里縣有黃山宮
三輔黃圖曰甘泉宮中有牛首山繚垣緜聯四百餘里植物斯生動物
斯止繚垣猶繞了也緜聯猶連蔓也四百餘里苑之周圍也善曰今並以亘爲垣西都賦曰繚以周牆三輔故
事曰北有甘泉九嵕南至長楊五柞連緜四百餘里也植物草木動物禽獸善曰周禮曰動物宜毛物也植物
宜阜物也衆鳥翩翻羣獸駓騃皆鳥獸之形皃也善曰薛君韓詩章句曰趨曰駓行
曰騃駓音鄙騃音俟散似驚波聚以京峙京高也水中有土曰峙言禽獸散走之時如水
驚風而揚波聚時如水中之高土也善曰峙直里切伯益不能名隸首不能紀善曰
列子曰北海有魚名鯤有鳥名鵬大禹行而見之伯益知而名之夷堅聞而志之世本曰隸首作數宋衷曰隸首黃帝史也
林麓之饒于何不有木叢生曰林善曰穀梁傳曰林屬於山曰麓法曰麓山足也木則樅栝

梫桋。梓棫楩楓。樅松葉柏身也栝柏葉松身梓如栗而小棫白蕤也楓香木也善曰郭璞山海
經注曰梫一名并閭爾雅曰梅柟郭璞曰柟木似水楊又曰棫白桵樅七容切栝古活切梫子公切柟音南梓
音姊棫音域郭璞上林賦注曰楩杞也似梓楩卑緜切楓音風嘉卉灌叢蔚若鄧林。
嘉猶美也灌叢蔚若皆盛貌也善曰山海經曰夸父與日競走渴飲河渭不足北飲大澤未至道渴死棄其杖
化爲鄧林鬱蓊薆薱橚爽櫹槮。皆草木盛貌也善曰薱徒對切橚音蕭櫹音蕭槮音
森吐葩颺榮布葉垂陰。葩華也草則葴莎菅蒯薇蕨荔
芃。善曰爾雅曰葴馬藍郭璞曰今大葉冬藍音針爾雅曰蒚侯莎又曰白華野菅郭璞曰菅茅屬古顏切聲
類曰蒯草中爲索苦怪切毛萇詩傳曰薇菜也爾雅曰蕨鼈也說文曰荔草似蒲音隸爾雅曰芃東蠡郭璞曰
未詳芃胡郎切王芻莔臺戎葵懷羊。善曰爾雅曰菉王芻郭璞曰今菉蓐也爾雅曰
莔貝母郭璞曰似韭武行切爾雅曰臺夫須又曰萺莪葵郭璞曰今蜀葵萺音眉莪音戎爾雅曰瘣懷羊郭璞

曰未詳苯蓴蓬茸彌皋被岡。彌猶覆也言草木熾盛覆被於高澤及山岡之上也
善曰苯音本蓴子本切篠簜敷衍編町成篁。篠竹箭也簜大竹也敷布也衍蔓也編連
也町謂畎畝篁竹墟名也善曰尚書曰瑤琨篠簜既敷町音挺山谷原隰泱漭馬黨切
無疆。泱漭無限域之貌言其多無境限也善曰泱烏朗切迺有昆明靈沼黑水玄
阯。小渚曰阯善曰漢書曰武帝穿昆明池黑水玄阯謂昆明靈沼之水沚也水色黑故曰玄阯也周以
金堤樹以柳杞。金堤謂以石爲邊隄而多種杞柳之木善曰金堤言堅也子虛賦曰上金堤杞
即楩木也山海經曰杞如楊赤理豫章珍館揭焉中峙。皆豫章木爲臺館也善曰
三輔黃圖曰上林有豫章觀說文曰揭高舉也渠列切牽牛立其左織女處其右。
善曰已見西都賦日月於是乎出入象扶桑與濛汜。善曰言池廣大
日月出入其中也淮南子曰日出暘谷拂于扶桑楚辭曰出自陽谷入于濛汜汜音似其中則有

黿鼉巨鼈。鱣鯉鱮鮦。鮪鯢鱨魦。修額短項。大口折鼻。詭
類殊種。自鱨魦以上皆魚名也修額至折鼻皆魚形也詭類殊種多雜物也善曰郭璞山海經曰鼉似
蜥蜴徒多切郭璞爾雅注曰鱣似鱏知連切鄭玄詩箋曰鱮似魴翔與切爾雅曰鱧鮦也音童毛萇詩傳曰鮪
似鮎鮪乎軌切鮎奴謙切又曰鱨揚也魦鮀也鱨音常鳥則鷫鷞鴰鴇駕鵝鴻
鶤。善曰高誘淮南子注曰鷫鷞長脛綠色其形似鴈張揖上林賦注曰駕鵝野鵝又曰鶤雞黃白色長頷赤
喙鴰鴇已見西都賦凡魚鳥草木皆不重見他皆類此鷫音肅駕音加鶤音昆上春候來季秋
就溫。善曰周禮曰上春生穜稑之種禮記曰孟春鴻來鄭玄曰鴈自南方來將北反其居也又曰季秋之
月鴻鴈來賓鄭玄曰來賓止而未去也列子曰禽獸之智違寒就溫南翔衡陽北棲鴈門。
善曰尚書曰荊及衡陽惟荊州孔安國曰衡山之陽漢書有鴈門郡奮隼歸鳧沸卉軿訇。
奮迅聲也隼小鷹也善曰周易曰射隼高墉之上軿芳耕切訇火宏切衆形殊聲不可勝論。

論說也善曰廣雅曰勝舉也於是孟冬作陰寒風肅殺。寒氣急殺於萬物孟冬十
月陰氣始盛萬物彫落善曰禮記曰孟秋天氣始肅仲秋殺氣浸盛雨雪飄飄冰霜慘烈。
飄飄雨雪貌慘烈寒也善曰李陵書曰邊上慘烈百卉具零剛蟲搏摯。草木零落
陰氣盛殺鷹犬之屬可摯擊也善曰毛詩曰百卉具腓禮記曰季秋豺祭獸戮禽也爾乃振天維
衍地絡。維網也絡網也謂其大如天地矣振整理也衍申布也善曰衍以善切蕩川瀆簸
林薄。林薄草木叢生也蕩動也簸揚也謂驅獸也鳥畢駭獸咸作草伏木棲
寓居穴託。謂禽獸驚走得草則伏遇木則棲非其常處苟寄而居值穴而託爲人窮迫之意起
彼集此霍繹紛泊。謂爲彼人所驚而來集此人之前霍繹紛泊飛走之貌在彼靈
囿之中前後無有垠鍔。言禽獸之多前卻顧視無復齊限也善曰靈囿已見東都賦淮
南子曰出於無垠鄂之門許慎曰垠鍔端崖也虞人掌焉爲之營域。虞人掌禽獸之

官善曰周禮曰山虞若大田獵則萊山之野𡚁萊平場柞木翦棘善曰周禮曰牧師贊
𡚁萊毛萇詩傳曰萊草也賈逵國語曰槎邪斫也柞與槎同仕雅切左氏傳曰翦其荊棘結罝音嗟百
里迒杜蹊塞罝網也迒道也蹊徑也皆以網杜塞之也善曰迒公郎切小雅曰杜塞也麀鹿
麌麌駢田偪仄鹿牝曰麀麌麌形貌駢田偪仄聚會之意善曰毛詩曰麀鹿攸伏麀於牛
切麌魚矩切天子乃駕彫軫六駿駮彫畫也天子駕六馬駮白馬而黑畫爲文如虎
者戴翠帽倚金較翠羽爲車蓋黃金以飾較也古今注曰車耳重較文官青武官赤或曰車
蕃上重起如牛角也善曰毛詩曰猗重較兮音角說文曰較車輢上曲鉤也較工卓切輢一伎切璿弁
玉纓遺光儵音叔爚弁馬冠也又髦以璿玉作之纓馬鞅也以玉飾之遺餘也儵爚有餘光也
爚音藥建玄弋樹招搖玄弋北斗第八星名爲矛頭主胡兵招搖第九星名爲盾今鹵簿中
畫之於旗建樹之以前驅善曰禮記曰招搖在上急繕其怒鄭玄曰繕讀曰勁畫招搖星於其上以起軍堅勁

軍之威怒象天帝也棲鳴鳶曳雲梢禮記曰前有塵埃則載鳴鳶棲謂畫其形於旗上雲梢謂
旌旗之流飛如雲也善曰高唐賦曰建雲旆弧旌枉矢虹旃蜺旄弧星名通帛爲旃雄
曰虹雌曰蜺善曰周禮曰弧旌枉矢以象牙飾楚辭曰建雄虹之采旄上林賦曰拖蜺旌也華蓋承辰
天畢前驅華蓋星覆北斗王者法而作之畢網也象畢星也前驅載之善曰劉歆遂初賦曰奉華蓋
於帝側韓詩曰伯也執殳爲王前驅千乘雷動萬騎龍趨善曰東都賦曰千乘雷起
万騎紛紜屬車之簉載獫猲獢大駕最後一乘懸豹尾以前爲省中侍御史載之簉副也
善曰古今注曰豹尾車同制也所以象君豹變言尾者謹也屬車已見東都賦毛詩曰輶車鸞鑣載獫猲獢毛
萇曰獫猲獢皆田犬也長喙曰獫短喙曰獥獢簉初遘切獫呂驗切獢許喬切匪唯翫好乃有
祕書小說九百本自虞初小說醫巫厭祝之術凡有九百四十三篇言九百舉大數
也善曰漢書曰虞初周說九百四十三篇初河南人也武帝時以方士侍郎乘馬衣黃衣號黃車使者小說家者流蓋

出於稗官應劭曰其說以周書爲本從容之求寔俟寔儲持此祕術儲以自隨待上所求
問皆常具也善曰尚書曰從容以和爾雅曰俟待也說文曰儲具也於是蚩尤秉鉞奮鬣
被般善曰山海經曰蚩尤作兵伐黃帝史記曰黃帝與蚩尤戰於涿鹿之野蒼頡篇曰鉞斧也毛萇曰鬣
般虎皮也上林賦曰被班文般與班古字通禁禦不若以知神姦螭魅魍魎
莫能逢旃善曰左氏傳曰王孫滿謂楚子曰昔夏鑄鼎象物使人知神姦故人入川澤不逢不若螭
魅魍魎莫能逢旃杜預曰若順也說文曰螭山神獸形魅怪物蝄蜽水神毛萇詩傳曰旃之也陳虎旅
於飛廉正壘壁乎上蘭陳列也善曰周禮虎賁下大夫旅賁氏中士也飛廉上蘭已見
西都賦結部曲整行伍善曰司馬彪續漢書曰大將軍營五部部有校尉一人部下有曲曲有
軍候一人左傳曰行出犬雞杜預云二十五人爲行行亦卒之行列也周禮曰五人爲伍燎京薪駴
雷鼓積高爲京燎謂燒之善曰周禮曰鼓皆駴鄭玄曰雷擊鼓曰駴駴與駭同縱獵徒赴長

莽莽草長謂深且遠也方言曰草南楚之閒謂之莽迾卒清候武士赫怒善曰鄭玄
禮記注曰迾遮也迾旅結切清候清道候望也鄭玄毛詩箋曰赫怒意也緹衣韎韐睢盱拔
扈善曰緹衣韎韐武士之服字林曰緹帛丹黃色他迷切毛詩曰韎韐有奭毛萇曰韎者茅蒐染也字林曰
睢仰目也盱張目也睢火隹切盱火于切毛詩曰無然畔援鄭玄曰畔換猶拔扈拔與跋古字通光炎燭天
庭囂聲震海浦燭照也海浦四瀆之口善曰解嘲曰未仰天庭鄭玄周禮注曰囂讙也許
朝切河渭爲之波盪吳嶽爲之陁雉堵波盪搖動也陁落也善曰漢書曰自
華西名山七一曰吳山郭璞云吳岳別名百禽㥄遽騤瞿奔觸㥄猶怖也遽促也騤
瞿走貌奔觸唐突也善曰羽獵賦曰虎豹之陵遽白虎通曰禽鳥獸之揔名爲人禽制㥄音陵遽渠庶切騤音
逵瞿巨駒切喪精亡魂失歸忘趨投輪關輻不邀自遇言禽獸亡
失精魂不知所當歸趍也反關入輪輻之間不須邀逐往自得之趣向也邀遮也飛罕潚箾流

鏑攫㩜。潚箾罕形也攫㩜中聲也善曰說文曰罕網也潚音肅箾音朔攫普麥切㩜芳邈切矢不虛舍。鋋不苟躍。舍放也躍跳也矢鋋跳躍必有獲矣善曰說文曰鋋小戈也當足見蹍。值輪被轢。音歷足所蹈為碾車所加為轢善曰蹍女展切僵禽斃獸。爛若磧七亦切礫。僵仆也石細者曰礫謂所獲禽鳥爛然如聚細石也但觀罝羅之所羂結。竿殳之所揘畢。羂絓也結縛也竿竹也殳杖也入稜長丈二而無刃或以木為之或以竹為之揘畢謂撞抋也善曰羂古犬切揘音横畢于筆切又音筆叉蔟之所攙捔。徒搏之所撞抋。攙捔貫刺之撞抋猶揘畢也善曰蔟楚角切攙士銜切捔助角切撞直江切抋房結切白日未及移其晷。已獮思衍切其什七八。晷景也獮殺也言日景未移禽獸什已殺七八矣善曰漢書張竦曰日不移晷霍然四除若夫游鷮高翬。絕阬踰斥。雉之健者為鷮尾長六尺詩云有集唯鷮翬翬飛也斥澤崖也善曰鷮舉喬切阬音剛斥音尺毚兔聯猭。陵巒超壑。毚狡兔也聯猭走也巒山也壑阬谷也自游鷮至此皆說禽獸輕狡難得也善曰毚毛詩曰趯趯毚兔音讒猭勑緣切比諸東郭。莫之能獲。善曰戰國策淳于髡曰夫韓國盧天下之駿狗也東郭鵔海內之狡兔也環山三騰岡五韓盧不能及之鄭玄禮記注曰比猶比方也孔安國尚書傳曰諸之也乃有迅羽輕足。尋景追括。迅羽鷹也輕足好犬也括箭括之御弦者鳥不暇舉。獸不得發。舉飛也發駭走也善曰高唐賦曰飛鳥未及起走獸未及發青骹摯於韝下。韓盧噬於緤末。青骹鷹青脛者善曰韓盧犬謂黑色毛也摯擊也噬齧也緤攣也韝臂衣鷹下韝而擊犬攣末而齧皆謂急搏不遠而獲善曰說文曰骹脛也戰國策淳于髡曰韓國盧者天下之駿狗也骹苦交切緤音薛礼記曰犬則執緤鄭玄注曰緤紖靮皆所以繫制之者守犬田犬問名畜養者當呼之名謂若韓盧宋鵲之屬及其猛毅髬髵。隅目高匡。髬髵作毛鬣也隅目角眼視也高匡深瞳子也皆謂猛獸作怒可畏者善曰髬普悲切髵音而威懾兕虎。莫之敢伉。兕水牛類也伉當也謂獸猛兕虎且猶畏之人無敢當之者善曰鄭玄毛

詩箋曰懾恐懼也伉古郎切迺使中黃之士。育獲之儔。朱鬘鬣髽。植髮如竿。絳帕額露頭髻植髮如竿以擊猛獸能服之也善曰尸子曰中黃伯曰余左執泰行之獶而右搏雕虎戰國策范雎說秦王曰烏獲之力焉而死夏育之勇焉而死說文曰髮帶髻頭飾也通俗文曰露髻曰鬣以麻雜為髻如今撮也鬘莫亞切髽士瓜切鬣作計切袒裼戟手。奎踽盤桓。奎踽開足也盤桓便旋也善曰毛詩曰袒裼暴虎左傳曰戟其手廣雅曰盤桓不進也奎欺揰切踽去禹切鼻赤象。圈巨狿。象鼻赤者怒巨狿麈也怒走者為狿謂能戾象鼻又穿麈以著圈善曰說文曰圈畜閑也其究切狿音延摣狒猬。批窳狻。鸓獸身人面身有毛被髮迅走食人猬其毛如刺窳窫窳也類貙虎亦食人狻狻猊也一曰師子摣批皆謂戟撮之善曰摣子加切狒房沸切猬音謂批側倚切窳音庾狻音酸猊五奚切揩枳落。突棘藩。善曰字林曰揩摩也口揩切說文曰枳木似橘居紙切杜預左氏傳注曰藩籬也落亦籬也梗林為之靡拉。樸叢為之摧殘。靡拉摧殘言揩突之皆摧碎毀拆也拉郎荅切善曰方言曰凡草木刺人為梗古杏切毛萇詩傳曰樸包木也補木切輕銳僄狡。趫捷之徒。輕銳謂便利捷疾也言如此者多也赴洞穴。探封狐。陵重巘。獵昆駼。洞穴深且通也探取也封大也陵猶升也山之上大下小者曰巘昆駼如馬跂蹄善登高言能升重巘之巔而獵取昆駼之獸善曰巘言免切駼音途杪木末。擭獑猢。杪猶表也獑猢猨類而白腰以前黑在木表擭謂取之也善曰杪音眇擭於白切獑在銜切猢音胡超殊榛。摕飛鼯。殊猶大也榛木也摕捎取之也善曰爾雅曰鼯鼠夷由郭璞曰狀如小狐肉翅飛且乳摕大結切鼯音吾是時後宮嬖人昭儀之倫。嬖幸也昭儀後宮官也常亞於乘輿。亞次也乘輿天子所乘車慕賈氏之如皋。樂北風之同車。善曰左氏傳曰賈大夫惡取妻三年不言不笑御以如皋射雉獲之其妻始笑而言杜預曰賈國之大夫詩北風曰惠而好我攜手同車盤于游畋。其樂只且。盤樂也善曰尚書曰不敢盤于游畋毛詩

曰其樂只且辭也子余切於是鳥獸殫目觀窮殫盡也窮極也所觀畢也善曰國語伍舉曰若周於目觀遷延邪睨集乎長楊之宮遷延退旋也善曰高唐賦曰遷延引身也說文曰睨斜視也魚計切息行夫展車馬息休也善曰左氏傳曰子反令軍吏繕甲兵展車馬鄭玄礼記注曰展整也張輦切收禽舉胔數課衆寡胔死禽獸將腐之名也數計課録校所得多少善曰胔取肉名不論腐敗也置互擺牲頒賜獲鹵互所以挂肉擺謂破磔懸之頒謂以所鹵獲之禽獸賜士衆也善曰擺芳皮切漢書音義曰鹵與虜同割鮮野饗犒勤賞功謂饗食士衆於廣野中勞勤苦賞有功善曰子虛賦曰割鮮染輪杜預左氏傳曰犒勞也犒苦到切五軍六師千列百重善曰漢官儀漢有五營五軍即五營也周礼天子六軍六師即六軍也尚書曰張皇六師千列列千人也酒車酌醴方駕授饔酒肴皆以車布之善曰鄭玄儀礼注曰方併也杜預左氏傳注曰孰曰饔升觴舉燧既釂鳴鐘燧火也謂行酒舉烽

七三七　文二　二十二　乙丑重刊　吕嘉祥

火以告衆也以釂鳴鐘鼓也善曰升進也說文曰釂飲酒盡也焦曜切膳夫馳騎察貳廉空膳夫宰夫也察廉皆視也貳爲兼重也空減無也言宰人騎馬行視肴有兼重及減無者善曰礼記曰御同於長者雖貳不辭鄭玄曰貳重也肴膳也炙炰夥清酤𢽾皇恩溥洪德施詩有炰鼈清酤美酒也善曰史記曰楚人謂多爲夥音禍毛詩曰旣載清酤音戶廣雅曰𢽾多也音支皇皇帝普博施也徒御悅士忘罷善曰毛詩曰徒御不驚毛萇曰徒輦者也御御馬也罷音皮巾車命駕迴旆右移巾車主車官也回車右轉將旋也善曰孔叢子歌曰巾車命駕將適唐都鄭玄周礼注曰巾猶衣也相羊乎五柞之館旋憩乎昆明之池相羊仿羊也池即所謂靈沼也善曰楚辭曰聊逍遙以相羊憩息也登豫章簡矰紅豫章池中臺也簡省也繳射矢長八寸其絲名矰音曾蒲且發弋高鴻善曰列子蒲且子之弋弱矢纖繳射乘風而振之連雙鶬於青雲也且子余切挂白鵠聯飛龍挂矢絲挂鳥上也飛龍鳥名也磻不特絓往

必加雙沙石膠絲爲磻𢾱徒獲一而已必雙得之善曰說文曰磻以石著繳也磻音波絓音卦於是命舟牧爲水嬉舟牧主舟官嬉戲也善曰禮記曰舟牧覆舟琴道雍門周曰水嬉則艕龍舟浮鷁首翳雲芝船頭象鷁鳥厭水神故天子乘之翳覆也爲畫芝草及雲氣以爲船覆飾也善曰淮南子曰龍舟鷁首甘泉賦曰登夫鳳皇而翳華芝垂翟葆建羽旗謂垂羽翟爲葆蓋飾建隼羽爲旌旗也善曰琴道雍門周曰水嬉則建羽旗齊栧女縱櫂歌善曰栧女鼓栧之女漢書音義韋昭曰栧楫也楊至切櫂歌引櫂而歌也西都賦曰櫂女謳漢武帝秋風辭曰發櫂歌方言曰楫或謂之櫂郭璞曰今云櫂歌也直教切發引和校鳴葭奏淮南度陽阿發引和言一人唱餘人和也葭更校急之乃鳴和胡臥切杜摯葭賦曰李伯陽入西戎所造漢書曰有淮南鼓員四人謂舞人也淮南子曰足蹀陽阿之舞感河馮懷湘娥善曰感動也莊子曰馮夷得道以潛大川說文曰懷念思也楚辭曰帝子降兮北渚王逸曰言堯二女娥皇女英隨舜不及墮湘水中因爲湘夫人

七三八　文二　六三　乙丑重刊　吴

驚蝄蜽憚蛟蛇蝄蜽水神蛟龍類驚憚謂皆使駭怖也善曰揚雄蜀都賦曰其深則有水豹蛟蛇也然後釣魴鱧纚鰋鮋纚網如箕形狹後廣前魴鱧鰋鮋皆魚名善曰纚所買切鮋長由切摭紫貝搏耆龜摭搏皆拾取之名耆老也龜之老者神善曰相貝經曰赤電黑雲謂之紫貝楚辭曰耆蔡兮踊躍王逸曰蔡龜也摭之石切搤水豹馽潛牛水豹潛牛皆謂水處也善曰說文曰搤捉也楊雄蜀都賦曰水豹蛟蛇說文曰馽絆馬也上林賦曰沈牛麈麋南越誌潛牛形角似水牛搤音厄馽中立切澤虞是濫何有春秋澤虞主水澤官濫施罛罟也言不順時節常設之也善曰周禮曰澤虞掌國澤之政國語曰魯宣公濫於泗流摘漻澥搜川瀆布九罭設罜麗漻澥小水別名摘搜謂一一周索也善曰毛詩曰九罭之魚鱒魴爾雅曰九罭魚網國語里革曰罜禁罜麗韋昭曰罜麗小網也摘土狄切漻音了澥音蟹罭與緎古字通罭音域罜音獨麗音鹿摷昆鮞殄水族昆魚子鮞細魚族類也摷殄言盡取之摷責交切善曰國語里革曰魚禁鯤鮞鯤音昆鮞

音而薚藕拔蜃蛤剥薚芙蕖蜃蛤蚌也善曰蜃音腎逞欲畋敹效獲麑麌逞極也鹿子曰麑麋子曰麌善曰左氏傳季良曰今民餒而君逞欲廣雅曰逞快也孔安國尚書傳曰田獵也田與畋同說文曰敹捕魚也音魚國語曰獸長麑麌麑音迷麌烏老切摎蓼浶浪所求偏也善曰摎古巧切蓼音老浶音勞浪音郎也乾池滌藪善曰孔安國尚書傳曰滌除也鄭玄禮記注曰藪大澤上無逸飛下無遺走擭胎拾卵蚳蝝盡取善曰國語曰鳥翼鷇卵蟲舍蚳蝝韋昭曰蚳蟻子也可以爲醢蝝復陶也可食未乳曰卵蚳直尸切蝝音緣取蒼苟切取樂今日遑恤我後皇暇也言且快今日之苟樂焉能復顧後日之長久也善曰毛詩曰我躬不閱遑恤我後既定且寧焉知傾陁天下已定貴在安樂極意恣心何能復顧後日傾壞也陁音雉大駕幸乎平樂張甲乙而襲翠被平樂館大作樂處也襲服也李尤樂觀賦曰設平樂之顯觀處金商之維限善曰班固漢書贊曰孝武造甲乙之帳襲翠被馮玉几音義

曰甲乙帳名也左氏傳曰楚子翠被杜預曰翠羽飾被披義切攢珍寶之玩好紛瑰麗以奓靡攢聚也紛猶雜也瑰奇也麗美也奓靡奢放也臨迥望之廣場程角觝之妙戲程謂課其技能也善曰漢書曰武帝作角觝戲文穎曰秦名此樂爲角觝兩兩相當角力技藝射御故名角觝也烏獲扛鼎都盧尋橦善曰史記曰秦武王有力士烏獲孟說皆大官王與孟說舉鼎說文曰扛橫關對舉也扛與舩同古尨切漢書曰武帝享四夷之客作巴俞都盧音義曰體輕善緣橦直江切衝狹鷰濯胷突銛鋒卷簟席以矛插其中伎兒以身投從中過鷰濯以盤水置前坐其後踊身張手跳前以足偶節踰水復却坐如鷰之浴也善曰漢書音義曰銛利也息廉切跳丸劒之揮霍走索上而相逢揮霍謂丸劒之形也索上長繩繫兩頭於梁舉其中央兩人各從壹頭上交相度所謂儛絙者也跳都彫切華嶽峩峩岡巒參差神木靈草朱實離離華山爲西嶽峩峩高大貌參差低仰貌神木松柏靈壽之屬靈草芝英朱

赤也離離實垂之貌善曰西都賦曰靈草冬榮神木叢生毛詩曰其桐其椅其實離離毛萇曰離離垂也總會僊倡戲豹舞羆白虎鼓瑟蒼龍吹篪仙倡僞作假形謂如神也羆豹熊虎皆爲假頭也女娥坐而長歌聲清暢而蜲蛇蜲蛇聲餘詰曲也善曰女娥娥皇女英也洪涯立而指麾被毛羽之襳襹洪涯三皇時伎人倡家託作之衣毛羽之衣襳衣毛形也善曰襳所炎切襹史宜切度曲未終雲起雪飛初若飄飄後遂霏霏飄飄霏霏雪下貌皆巧僞作之善曰班固漢書曰元帝自度曲贊曰度曲歌終更授其次謂之度曲毛詩曰雨雪霏霏複陸重閣轉石成雷複陸複道閣也於上轉石以象雷聲礔礰激而增響磅磕象乎天威增響委聲也磅磕雷霆之音如天之威怒善曰礔斅赤切磅怖萌切磕古蓋切巨獸百尋是爲曼延去聲作大獸長八十丈所謂蛇龍曼延也善曰漢書曰武帝作漫衍之戲也神山崔巍欻從

背見欻之言忽也僞所作也獸從東來當觀樓前背上忽然出神山崔巍也欻許律切熊虎升而挐攫猨狖超而高援皆僞所作也善曰挐攫相搏持也挐奴加切攫居縛切怪獸陸梁大雀踆踆皆僞所作也陸梁東西倡佯也踆大雀容也七輪切善曰尸子曰先王豈無大鳥怪獸之物哉然而不私也白象行孕垂鼻轔囷僞作大白象從東來當觀前行且乳鼻正轔囷也善曰轔音鄰囷巨貧切海鱗變而成龍狀蜿蜿以蝹蝹海鱗大魚也初作大魚從東方來當觀前而變作龍蜿蜿蝹蝹龍形貌也善曰蜿於袁切蝹於君切含利颬颬化爲仙車驪駕四鹿芝蓋九葩含利獸名性吐金故曰含利颬颬容也驪猶羅列駢駕之也以芝爲蓋蓋有九葩之采也善曰颬呼加切蟾蜍與龜水人弄蛇作千歲蟾蜍及千歲龜行舞於前也水人俚兒能禁固弄蛇也善曰蟾昌詹切蜍市余切奇幻儵忽易貌分形儵忽疾也易貌分形變化異也善曰幻下辦切吞刀吐火雲霧杳冥

善曰西京雜記曰東海黃公立興雲霧漢官典職曰正旦作樂漱水成霧楚辭曰杳冥兮晝晦畫地成川流渭通涇善曰西京雜記曰東海黃公坐成山又曰淮南王好方士方士畫地成河東海黃公赤刀粵祝音呪東海有能赤刀禹步以越人祝法厭虎者號黃公又於觀前爲之冀厭白虎卒不能救善曰西京雜記曰東海人黃公少時能幻制蛇御虎常佩赤金刀及衰老飲酒過度有白虎見於東海黃公以赤刀往厭之術不行遂爲虎所食故云不能救也皆僞作之也挾邪作蠱於是不售蠱惑也售猶行也謂懷挾不正道者於是時不得行也爾乃建戲車樹脩旃樹植也旃謂橦也建之於戲車上也侲僮程材上下翩翻侲之言善善童幼子也程猶見也材伎能也翩翻戲橦形也善曰史記徐福曰海神云若侲女即得之矣侲之刃切突倒投而跟絓譬隕絕而復聯突然倒投身如將墜足跟反絓橦上若已絕而復連也善曰投他豆切說文曰跟足踵也音根百馬同轡騁足並馳於橦子作其形

狀善曰陸賈新語曰楚平王增駕百馬同行也橦末之伎態不可彌彌猶極也言變巧之多不可極也彎弓射乎西羌又顧發乎鮮卑彎挽弓也鮮卑在羌之東皆於橦上作之善曰魏書曰鮮卑者東胡之餘也別保鮮卑山因號焉於是衆變盡心酲醉盤樂極悵懷萃酲飽也萃猶至也於是游戲畢心飽於悅樂悵然思念所當復至也善曰孟子曰盤游飲酒馳騁田獵陰戒期門微行要屈要或爲徼善曰期門已見西都賦漢書曰武帝微行所出張晏曰騎出入市里不復警蹕若微賤之所爲故曰微行要屈至尊同乎卑賤也降尊就卑懷璽藏紱天子印曰璽紱綬也懷藏之自同卑者也便旋閭閻周觀郊遂善曰閭里門也閻里中門也郊已見西都賦周禮有六遂也若神龍之變化章后皇之爲貴龍出則昇天潛則泥蟠故云變化章明也天子稱元后皇漢帝稱也善曰管子曰龍被五色欲小則如蠶蠋欲大函天地也然後歷掖庭適驩館掖庭今官

主後宮擇所驩者乃幸之捎衰色從嬿婉嬿婉美好之貌善曰毛詩序曰華落色衰韓詩曰嬿婉之求嬿婉好貌嬿於見切婉於萬切捎棄也促中堂之陿坐羽觴行而無筭中堂中央也善曰楚辭曰瑤漿蜜勺實羽觴漢書音義曰羽觴作生爵形儀禮曰無筭爵鄭玄曰筭數也祕舞更奏妙材騁伎祕言希見爲奇也更遞也奏進也妖蠱豔夫夏姬美聲暢於虞氏善曰左氏傳子產曰在周易女惑男謂之蠱音古又左氏傳曰楚莊王欲納夏姬杜預曰夏姬鄭穆公女陳大夫御叔妻七略曰漢興善歌者魯人虞公發聲動梁上塵暢條暢也勑亮切蠱媚也始徐進而羸形似不任乎羅綺嚼清商而卻轉增嬋蛸以此豸音雉清商鄭音蟬蛸此豸姿態妖蠱也善曰宋玉笛賦曰吟清商追流徵嬋音蟬蛸於緣切紛縱體而迅赴若驚鶴之羣罷縱體舞容也迅疾赴節相越也相鶴經曰後七年學舞又七年舞應節振朱屣於盤樽振猶掉也朱屣赤絲履也奮

長袖之颯纚舞人特作長袖颯纚長貌也善曰韓子曰長袖善舞颯素合切纚所倚切要紹修態麗服颺菁要紹謂嬋娟作姿容也修爲也態嬌媚意也菁華英也善曰楚辭曰夸容脩態要於妙切菁音精眳藐流眄一顧傾城眳眉睫之間藐好視容也流眄轉眼貌也眳亡井切善曰漢書李延年歌曰北方有佳人絕世而獨立一顧傾人城再顧傾人國展季桑門誰能不營善曰國語曰臧文仲聞柳下惠之言韋昭曰柳下展禽之邑季字也家語曰昔有婦人召魯男子不往婦人曰子何不若柳下惠然嫗不逮門之女也國人不稱其亂焉桑門沙門也東觀漢記制楚王曰以助伊蒲塞桑門之盛饌說文曰營惑也列爵十四競媚取榮後宮官從皇后以下凡十四等競爭邪媚求榮愛也善曰列爵十四見西都賦也盛衰無常唯愛所丁善曰爾雅曰丁當也衛后興於鬒髮飛燕寵於體輕善曰漢書曰孝武衛皇后字子夫漢武故事曰子夫得幸頭解上見其美髮悅之毛詩云鬒髮如雲之忍切荀悅漢紀曰趙氏善舞號曰

飛燕上說之事由躰輕而封皇后也爾乃逞志究欲窮身極娛逞娛也娛樂也善曰楚辭曰逞志究欲心意安之也鑒戒唐詩他人是媮唐詩刺晉僖公不能及時以自娛樂曰子有衣裳弗曳弗婁宛其死矣他人是媮言今日之不極意恣嬌亦如此也善曰國語曰鑒戒而謀賈逵曰鑒察也自君作故何禮之拘善曰國語魯侯曰君作故事韋昭曰君所作則爲故事也商君書曰賢者更禮不肖者拘焉增昭儀於婕妤賢既公而又侯善曰漢書曰孝成帝趙皇后有女弟爲婕妤絕幸爲昭儀又曰孝元帝傅婕妤有寵乃更號曰婕妤在昭儀上尊之也又曰封董賢爲高安侯後代丁明爲大司馬即三公之職也許趙氏以無上思致董於有虞善曰漢書曰成帝謂趙昭儀曰趙氏故不立許氏使天下無出趙氏上者王閎爭於坐側漢載安而不渝渝易也善曰漢書曰上置酒麒麟殿視董賢而笑曰吾欲法堯禪舜何如王閎曰天下乃高帝天下非陛下有之統業至重天子無戲言高祖創業繼體承基暫勞永逸無爲而治善曰劇秦美新曰漢祖創業蜀漢漢書平當曰今漢繼體承基三百餘年又楊雄曰不一勞者不久佚論語曰無爲而治其舜也歟耽樂是從何慮何思善曰尚書曰惟耽樂之從周易曰天下何思何慮多歷年所二百餘朞朞帀也從高祖至于王莽二百餘年善曰尚書曰殷禮配天多歷年所徒以地沃野豐百物殷阜沃肥也豐饒也殷盛也阜大也巖險周固衿帶易守謂左崤函右隴坻前終南後高陵善曰左氏傳曰制巖邑也李尤函谷關銘曰衿帶咽喉管子曰地形險阻易守難攻得之者強據之者久流長則難竭柢深則難朽故奢泰肆情馨烈彌茂言土地險固故得放心極意而夸泰之馨香烈益以茂盛鄙生生乎三百之外傳聞於未聞之者鄙生公子自稱謙辭也三百自高祖以下至作賦時也善曰孔叢子子高謂魏王曰君聞之於耳邪聞之於傳邪者之與切曾髣髴其若夢未一隅之能睹善曰甘泉賦曰猶髣髴其若夢說文曰彷彿相似見不諦也論語曰子曰舉一隅而

示之此何與於殷人屢遷前八而後五居相圮耿不常厥土盤庚作誥帥人以苦善曰廣雅曰與如也言欲遷都洛陽何如殷之屢遷乎言似之也尚書曰自契至成湯八遷尚書序曰盤庚五遷又曰河亶甲居相祖乙圮于耿孔安國曰河水所毀曰圮盤庚遷于殷殷人弗適有居率籲衆慼出矢言圮平鄙切方今聖上同天號於帝皇天稱皇天帝今漢天子號皇帝兼同之善曰方今猶正今也尚書刑德放曰帝者天號也天有五帝春秋元命苞曰皇者煌煌也掩四海而爲家掩覆也善曰禮記孔子曰大道既隱天下爲家又曰聖人能以天下爲一家也富有之業莫我大也三皇以來無大於漢者善曰周易曰富有之謂大業也徒恨不能以靡麗爲國華善曰國語季文子曰吾聞以德爲國華韋昭曰爲國光華也獨儉嗇以齷齪忘蟋蟀之謂何儉嗇節愛也蟋蟀唐詩刺儉也言獨爲節愛不念唐詩所刺邪漢書注曰齷齪小節也王逸楚辭注曰謂說也何休公羊傳注曰謂據疑問所不知者曰何也豈欲之而不能將能之而不欲歟蒙竊惑焉言我不解何故反去西都從東京置奢逸即儉嗇也善曰蒙謙稱也周易曰匪我求童蒙也願聞所以辯之之說也說猶分別解說

文選卷第二

賜進士出身通奉大夫江南蘇松常鎮太等處承宣布政使司布政使胡克家重校刊

文選卷第三

梁昭明太子撰

文林郎守太子右內率府録事參軍事崇賢館直學士臣李善注上

京都中 京都有三卷此卷居中故曰京都中

東京賦 東京謂洛陽其賦意與班固東都賦同

張平子　薛綜注

安處先生於是似不能言憮亡禹然有閒 有閒謂有頃之閒也先生聞公子稱西京奢泰之事心怪其所貴者謂違禮失道故愕然有頃乃能言也善曰安猶烏也處處也言何處有此先生蓋虛假之也論語曰孔子似不能言者孟子曰夷子憮然爲閒也趙岐曰憮然猶悵然也

乃莞爾而笑曰若客所謂末學膚受貴耳而賤目者也 莞爾舒張面目之貌也末學謂不經根本膚受謂皮膚之不經於心胷貴耳謂東京先生笑公子以西京爲貴以東爲賤也善曰論語曰莞爾而笑又曰膚受之愬桓子新論曰世咸尊古卑今貴所聞賤所見

苟有胷而無心不能節之以禮 苟猶誠也言實誠信胷臆之所聞而心不能以禮節度其可否也善曰韓詩曰鄙野之人僻陋無心也論語曰不以禮節之賈逵國語注曰節制也

宜其陋今而榮古矣 言人不能以禮節度其事情者固宜薄陋今日之事而以此所聞古事爲榮貴也善曰夫尊古而卑今學者之流也

由余以西戎孤臣而悝苦灰繆穆公於宮室 孤臣謂孤陋之臣也善曰史記曰由余本晉人亡入西戎相戎王使來聘秦觀秦之強弱穆公示以宮室引之登三休之臺由余曰臣國土階三尺茅茨不翦寡君猶謂作之者勞居之者溢此臺若鬼爲之則神勞矣使人爲之則人亦勞矣於是穆公大慙鄭玄禮記注曰凡穆或作繆悝猶嘲也

如之何其以温故知新研覈是非近於此惑 如奈也覈實也研審也先生言由余但西戎孤陋之臣耳尚知非秦宮室之大如何公子雅好博古温故知新之德當審實事理之是非而返惑於此事論語曰温故知新可以爲師矣王襃責髯奴曰研覈否臧

周姬之末不能厥政政用多僻 姬周姓也末謂幽厲二主周末世之王多邪僻之政也善曰毛詩曰民之多僻

始於宮鄰卒於金虎 鄰近也謂幽王近於宮室惑於襃姒卒有禍敗也金虎西方白虎神王金金白也善曰應劭漢官儀曰不制之臣相與比周比周者宮隣金虎宮隣金虎言小人在位比周相進與君爲隣貪求之德堅若金讒謗之言惡若虎也

嬴氏搏音附翼擇肉西邑 嬴秦姓也周書曰無爲虎搏翼將飛入邑擇人而食也搏翼謂著翼也

是時也七雄並爭競相高以奢麗 七雄謂韓魏燕趙齊楚秦也爭謂各強盛而競相高以奢溢將爲國好不復顧於禮法也善曰荅賔戲曰七雄虓闞史記張釋之曰秦以苛察相高尚書曰弊俗奢麗也

楚築章華於前趙建叢臺於後 左氏傳曰楚子成章華之臺於乾谿一朝叛之於前在春秋之時史記曰趙武靈王起叢臺太子圍之三月於後在六國

之時善曰鄒陽上書曰全趙之時武力鼎士袨服叢臺之下臣瓚曰在邯鄲城內也

秦政利觜長距終得擅場 言秦以天下爲大場喻七雄爲鬬雞利喙長距者終擅一場也史記曰秦始皇秦襄王子名政說文曰擅專也

思專其侈以莫己若 莫無也若如也言始皇所以思專擅其奢侈者以天下之君無如於我也

廼構阿房傍起甘泉 三輔故事秦始皇上林苑中作離宮別觀一百四十六所不足以爲大會羣臣二世胡亥起阿房殿東西三里南北三百步下可建五丈旗在山之阿故號阿房也甘泉山名也戰國策范雎曰秦北有甘泉宮謂其下有甘泉水因以名之善曰阿房甘泉已見上文

結雲閣冠南山 結連也雲閣閣名也高如雲故言雲三輔故事曰秦二世胡亥起雲閣欲與山齊冠覆也南山在長安南綜

征稅盡人力殫 言征稅之賦盡於奢泰之用天下之力盡於長城與宮室也殫盡也善曰鄭玄禮記注曰征稅也毛萇詩傳曰稅斂也

然後收以太半之賦威以參夷之刑 漢書伍被曰秦作阿房宮收太半之賦韋昭曰凡數三分有二爲太

半言秦造宮室奢麗費用不足乃復收其太半之賦百姓賦稅不得者誅其三族漢書曰秦用商鞅之法造參夷之誅參三也謂滅三族也其遇民也若薙氏之芟草所衘遇逢遇也周禮有薙氏掌山澤芟除草萱毛詩載芟載柞也既蘊崇之又行火焉左氏傳曰周任有言曰若農夫之務去草芟夷蘊崇之杜預曰芟殺蘊積也崇聚也言秦始皇酷虐百姓如芟草積而放火焉惵惵徒頰切黔首豈徒跼局高天蹐籍厚地而已哉乃救死於其頸史記曰秦皇更名民曰黔首謂黑頭無知也跼蹐恐懼之貌也毛詩曰謂天蓋高不敢不跼跼傴僂也謂地蓋厚不敢不蹐蹐累足也謂此時之民非徒跼高天蹐厚地而已乃晝夜畏死其頸善曰豈非也老子曰聖人在天下惵惵焉國語單襄公曰兵在其頸不可久也敺以就役唯力是視謂不復知民有緩急與飢寒唯趍敺令作力而已善曰左氏傳曰除君之惡唯力是視言所覩者唯力是求餘無所顧也百姓弗能忍是用息肩於大漢而欣戴高祖忍堪也言秦天下之民若檐重物不得休息今來歸漢得息肩膞善曰左氏傳曰鄭成公疾子駟請息肩於晉杜預曰以負檐喻也國語曰祭公謀父曰商王大惡庶民不忍欣戴武王賈逵曰戴奉也高祖膺籙受圖順天行誅杖朱旗而建大號膺籙謂當五勝之籙受圖卯金刀之語順天謂順天命而起又悟神姥之言舉朱旗而大呼天下之英雄與其定事也善曰春秋命厤引曰五德之運徵符合膺籙次相代周易曰順乎天漢書高祖立爲沛公旗幟皆赤故曰朱也周易曰渙汗其大號鄭玄曰號令也所推必亡所存必固言高祖所推擊者使之亡所存者使之堅固善曰尚書曰推亡固存邦乃其昌掃項軍於垓下紲子嬰於軹紙塗掃除也項項羽也垓地名漢王圍項羽於垓下羽聞四面有楚歌乃與數百騎走高祖使灌嬰追之斬羽東城紲猶繫也子嬰秦子嬰也善曰史記秦王子嬰乘素車白馬繫頸以組降於軹道旁也蘇林曰軹亭名在長安城東十三里因秦宮室據其府庫因仍也據就也府庫謂官吏所止爲府車馬器械所居曰庫也作洛之制

我則未暇作洛謂造洛邑也我我高祖也謂天下新造草創不暇改作如制禮也是以西匠營宮目翫阿房西匠謂秦之舊匠也目視也翫習也阿房宮名也漢書曰梧齊侯陽城人名延爲少府作長樂未央宮也規摹踰溢不度入不臧規圖也踰越也溢過也度法也臧善也謂西匠所圖越過不得禮法皆言不善也善曰聲類曰摹法也損之又損之然尚過於周堂損減也言高祖雖數損減其制度猶過於周家之堂善曰老子曰損之又損之以至於無爲也觀者狹而謂之陋帝已譏其泰而弗康觀視也陋小也康安也言觀者習見秦之夸麗睹今日之減小皆以爲陋然高祖猶已譏其泰而不安也謂七年冬上自將擊韓王信蕭丞相留長安營起未央宮立東闕前殿武庫太倉高祖見其壯麗怒曰何修宮室之過也且高既受命建家造我區夏矣高高祖也區區域也夏華夏也言高祖受上天之命建立國家制造區夏善曰毛詩曰文王受命作周也鄭玄曰受天命以王天下尚書盤庚曰永建乃家用肇造我區夏文又躬自菲薄治致升平之德文文帝也躬自菲薄謂儉約漢書曰文帝欲作露臺召匠計直百金曰吾奉先帝宮室常恐太奢何用臺爲故文景之際號爲升平升平謂國太平也善曰禹菲薄飲食孝經鉤命決曰明王用孝升平致譽武有大啓土宇紀禪肅然之功武武帝也漢書武紀曰定越地爲南海七郡北置朔方等五郡故云大啓土宇啓開也紀記也肅敬也謂登封太山升禪肅然善曰尚書曰建邦啓土毛詩曰大啓爾宇宣重直用威以撫和戎狄呼韓來享宣宣帝也漢書宣紀曰呼韓邪單于款五原塞願奉國珍毛詩曰自彼氐羌莫敢不來享享獻也撫安也戎狄呼韓並國名也左氏傳曰子教寡人和戎狄言宣帝能和戎狄咸用紀宗存主饗祀不輟咸皆也紀錄也宗太宗文帝廟號也主木主言刻木爲人主神置廟中而祭之輟止也凡天子五世則毀今廟不還毀其主各四時祭祀無止絕時善曰漢書景紀曰高皇帝爲太祖廟文皇帝爲太宗廟言天子宜世世獻祖宗之廟也鄭玄論語注曰輟止也銘勳彝器歷世彌光彝常也宗廟之器稱

彝勳功也歷經也彌益也銘勒也勒銘於宗廟之器于鐘鼎萬祀彌益光明善曰左氏傳臧武仲曰夫以大伐小取所得彝器銘其功烈以示子孫也字林曰銘題勒也**今捨純懿而論爽德**爾雅曰純大懿美也爽差也今公子反舍四帝純大懿美之德而專論說爽差之過失者也善曰國語曰實有爽德賈逵曰爽貳也**以春秋所諱而爲美談**春秋諱國之惡今公子反以爲美談也善曰公羊傳曰大惡諱之小惡書之又云魯人至今以爲美談也**宜無嫌於往初故蔽善而揚惡祇吾子之不知言也**宜之言義也無猶不也祇是也今公子之義不嫌於蔽國之善揚國之惡是公子之不知言也善曰說苑楚文侯曰邑中豪好蔽善而揚惡可親問之論語子曰不知言無以知人也毛萇詩傳曰祇適也**必以肆奢爲賢則是黃帝合宮有虞總期固不如夏癸之瑤臺殷辛之瓊室也**肆放也賢善也謂黃帝明堂以草蓋之名曰合宮舜之明堂以草蓋之名曰總章言難公子黃帝等造此是守儉也善曰尸子曰欲觀黃帝之

行於合宮觀堯舜之行於總章章期一也汲冢古文曰夏桀作傾宮瑤臺殫百姓之財殷紂作瓊室立玉門也**湯武誰革而用師哉**湯謂殷湯武謂武王革改也言誰遣革改殷紂夏桀而用師哉以其奢侈溪放所以湯武順天命而行罰之此譏西京公子也善曰湯武革命已見東都賦孔叢子曰舜禹揖讓湯武用師非相詭乃時也**盍**合**亦覽東京之事以自寤乎**盍猶何不也覽視也自寤自覺寤也言公子何不視東京之行事心自覺寤耶**且天子有道守在海外**淮南子曰若天下無道守在四夷天下有道守在海外言四夷皆爲臣僕善曰鄭玄禮記注曰道謂仁義也**守位以仁**綜作人**不恃隘害**仁謂衆庶也隘險也言要須擇任賢臣不以隘害爲牢固善曰周易曰何以守位曰仁也**苟民志之不諒何云巖險與襟帶**苟誠也諒信也公子稱巖險周固襟帶易守故今荅曰誠使人心不信何用周固反易守乎善曰李尤函谷關銘曰襟帶咽喉也**秦負阻於二關卒開項而受沛**負恃也卒終也言負二關以爲牢固終受二人

所入也二人謂高祖從武關入項羽從函谷關入善曰漢書曰沛公使兵守函谷關項羽使黥布攻破之至戲下又云沛公攻武關入秦應劭曰武關秦南關**彼偏據而規小豈如宅中而圖大**彼謂秦也據依也言彼秦偏據關西所規近在二關之內故云小也豈如東京居天地之中所圖者四海之外善曰尚書曰自服于土中孔安國曰洛邑地勢之中孔叢子曰子貢謂東郭充曰今子位卑而圖大**昔先王之經邑也**先王謂周成王也邑洛邑也善曰毛萇詩傳曰經度也**掩觀九隩靡地不營**掩猶及也九隩謂九州之內也靡地不營謂徧求之卜瀍澗及黎水皆不吉善曰新序曰營度也九隩合道四海也**土圭測景不縮不盈**鄭玄曰圭度也縮短也盈長也謂圭長一尺五寸夏至之日豎八尺表日中而度之圭影正等天當中也若影長於圭則太近北圭長於影則太近南近北多寒近南多暑近東多風近西多雨**總風雨之所交然後以建王城**總猶括也王城今河南也周禮曰土圭之法測土深正日景以求地中四時之所交風雨之所會陰陽之所和乃建

王國也**審曲面勢**審度也謂審察地形曲直之勢而建王都善曰周禮曰或審曲面勢以飭五材以辨民器鄭司農曰察五材曲直方面形勢之宜也**泝**素**洛背河左伊右瀍**泝向也洛洛水河黃河伊伊水瀍瀍水善曰尚書曰予朝至于洛師卜澗水東瀍水西惟洛食孔安國曰洛出上洛山伊出陸渾山瀍出河南北山**西阻九阿東門于旋**謂東有旋門在成皐西南十數里阪形周屈故曰于旋善曰穆天子傳曰天子西升九阿郭璞曰旋今新安縣十里有九坂阻險也阿曲也**盟津達其後太谷通其前**孟津四瀆之長故武王爲諸侯約誓於其上尚書曰東至于盟津盟津地名在洛北都道所湊古今以爲津太谷在輔氏北洛陽西也洛陽記曰太谷洛城南五十里舊名通谷**迴行道乎伊闕邪徑捷乎轘轅**伊闕山名也轘轅阪名也迴曲也捷邪也謂大道迂曲乃當伊闕之外邪徑趣疾當歷轘轅善曰賈逵國語注曰道由也史記吳起曰桀之居伊闕王逸楚辭注曰捷疾也左氏傳注曰捷邪出也漢書曰沛公從轘轅薛綜曰轘轅坂十二曲道將去復還故曰轘轅臣瓚曰在緱氏東南**大室作**

鎭揭岵以熊耳。大室嵩高別名也揭猶表也言以嵩高之嶽爲國之鎭也復表以熊耳之山善曰郭璞山海經注曰大室在陽城縣西羽獵賦曰揭以崇山熊耳山名也尚書傳曰熊耳山在宜陽之西也底柱輟流鐔徒南以大岯。底柱山名也在河東縣東南向居河中猶柱然也輟止也善曰尚書曰導河至於底柱東過大岯韻集曰鐔劒口也言大岯之險同乎劒口也莊子曰天子之劒以周宋爲鐔温液湯泉黑丹石緇。言泉水如湯浴之可以除病在河南梁縣界中也黑丹石緇謂黑石雜色也言温液即湯泉之流黑丹石緇之所出善曰孝經援神契曰德至于山陵則出黑丹張揖子虛賦注曰方厲黑石可用磨也王鮪岫居能奴來鼈三趾。山有穴曰岫也王鮪魚名也居山穴中長老言王鮪之魚由南方來出此穴中入河水見日目眩浮水上流行七八十里釣人見之取之以獻天子用祭其穴在河南小平山善曰周禮曰春獻鮪鄭玄曰王鮪鮪魚之大者山海經曰陽狂水西南流注于伊水中有三足鼈爾雅曰鼈三足曰能宓妃攸館神用挺紀。攸所也館舍也傳曰成王遷九鼎於

七百五十五　文三　七　乙卯重刊王明

洛邑卜年七百卜世三十後皆如其言故云神所挺紀謂告年紀之處也善曰楚辭曰迎宓妃於伊洛王逸曰宓妃神女蓋伊洛之水精龍圖授羲龜書畀姒。尚書傳曰伏羲氏王天下龍馬出河遂則其文以畫八卦謂之河圖又曰天與禹洛出書謂神龜負文而出列於背善曰爾雅曰畀賜也史記禹姓姒氏召伯相宅卜惟洛食。相視也宅居也惟有也食謂吉兆善曰尚書曰召公既相宅卜惟洛食孔安國曰卜必先墨畫龜然後灼之兆順食墨吉也周公初基其繩則直。謂初造洛邑言召公先相宅卜之吉周公繩度之合於制度善曰尚書曰周公初基作新大邑于東國洛毛詩曰其繩則直毛萇曰言不失繩直之宜也萇直良弘魏舒是廓是極。萇弘周大夫也魏舒晉大夫獻子也廓猶規也極致也謂二人率諸侯曰敬以致功規度王城三旬而立之善曰國語曰敬王十年劉文公與萇弘欲城周爲之告晉左氏傳曰晉魏舒合諸侯之大夫以城周也經途九軌城隅九雉。南北爲經途道也軌車轍也善曰周禮國中經途九軌鄭玄曰塗容九軌謂轍廣也又周禮曰王城

隅之制九雉鄭玄云雉度也謂高一丈長三丈爲雉度徒洛堂以筵度室以几。堂明堂也筵席也長九尺几俎也長七尺善曰周禮曰室中度以几堂上度以筵京邑翼翼四方所視。京大也大邑謂洛陽也翼翼禮儀盛貌言常爲四方觀翼翼然也善曰毛詩曰商邑翼翼四方之極漢初弗之宅故宗緒中圮。痞緒統也圮絶也漢家不居於洛故宗廟之統中途廢絶也巨猾間去聲舋許覲竊弄神器。巨王莽字巨君也猾狡也間候也舋隙也神器帝位也言王莽因成哀無嗣元后秉政漢祚微弱篡處高位善曰老子曰天下神器不可爲也爲者敗之韋昭漢書注曰神器天子璽也歷載三六偷安天位。載年也三六十八年謂王莽篡位一十八年也天位帝位也善曰尚書曰天位艱哉于時蒸民罔敢或貳。于於也蒸衆也罔無也言是時衆民無敢有二心於莽者毛詩曰于時言言尚書蒸民乃粒其取威也重矣。威畏也重猶多也謂爲天下所畏已者多矣善曰左氏傳先軫曰報施救患取威定霸我世祖忿

七百五十五　文三　八

之。世祖光武也忿恚疾王莽威重如此也乃龍飛白水鳳翔參所今墟。白水謂南陽白水縣也世祖所起之處也初爲更始大司馬討王郎於河北北爲參虚分野龍飛鳳翔以喻聖人之興也善曰周易曰飛龍在天大人造也授鉞四七共工是除。授與也鉞斧鉞也四七二十八將也共工霸天下者以喻王莽也六韜曰凡國有難君召將以授斧鉞漢書曰顓頊有共工之陣以定水災欃槍旬始羣凶靡餘。欃槍星名也謂王莽在位如妖氣之在天世祖除之凶惡無餘爾雅曰彗星爲欃槍也旬始妖氣也史記曰旬始狀如雄雞也靡無也今言世祖除凶賊無有遺餘也區宇乂寧思和求中。天地之內稱寓言海內既已乂安思求陰陽之和天地之中而居之睿哲玄覽都茲洛宮。睿聖也玄通也言通見此洛陽宮也善曰尚書曰睿作聖明作哲老子曰滌除玄覽河上公曰心居玄冥之處覽知萬物故謂之玄覽王弼曰玄物之極也廣雅曰玄遠也曰止曰時昭明有融。曰辭也時是也融長也言當止居是洛邑必有昭明之德長久之道也善曰毛詩曰曰止曰時

昭明有融既光厥武仁洽道豐止戈曰武諡法曰功格天下曰光尅定禍亂曰武洽合也豐盛也世祖既能止戈故謚光武言仁義之道大豐盛也善曰洽霑也登岱勤封與黃比崇登上也岱泰山也謂王者功成作樂治定制禮故封泰山勤功於石以紀號也黃黃帝也史記曰崇高也言世祖與黃帝比其尊號善曰史記曰黃帝封泰山禪云亭司馬彪續漢書曰建武三十二年乃封禪孔安國尚書傳曰崇尊也逮至顯宗六合殷昌逮及也殷盛也昌熾也顯宗明帝號也六合天地四方也善曰呂氏春秋曰神通乎六合高誘曰四方上下為六合也乃新崇德遂作德陽崇德德陽皆殿名也崇德在東德陽在西相去五十步啓南端之特闈立應門之將將啓開也端門南方正門應門中門也善曰爾雅曰宮中門謂之闈洛陽宮舍記曰洛陽有端門毛詩曰應門將將毛萇曰將將嚴正之貌昭仁惠於崇賢抗義聲於金商崇賢東門名也金商西門名也謂東方為木主仁如春以生萬物昭天子仁惠之德故立崇賢門於東也西為金主義音為商若秋氣之殺萬物抗天子德義之聲故立金商門於西善曰漢書曰角為木為仁商為金為義也

飛雲龍於春路屯神虎於秋方德陽殿東門稱雲龍門德陽殿西門稱神虎門神虎金獸也秋方西方也飛龍也易曰雲從龍爲水獸春路東方道也善曰漢書曰東宮蒼龍又曰東方於時為春宮殿簿北宮有雲龍門王逸楚辭注曰屯陳也漢書曰西宮白虎又曰西方於時為秋宮殿簿北宮有神虎門建象魏之兩觀旌六典之舊章象魏闕也一名觀也旌表也言所以立兩觀者欲表明六典舊章之法謂懸書于象魏浹日而斂之善曰周禮曰太宰掌建邦之六典一曰治典二曰教典三曰禮典四曰政典五曰刑典六曰事典舊章法令條章也左傳曰舊章不可忘其內則含德章臺天祿宣明溫飭迎春壽安永寧八殿皆以休令為名美時君之德在應門之內也飛閣神行莫我能形言閣道相通不在於地故曰飛人不見行往故曰神形謂天子之形容言我無能說其形狀也濯龍芳林九谷八溪洛陽圖經曰濯龍池名故

歌曰濯龍望如海河橋渡似雷芳林苑名九谷八溪養魚池芙蓉覆水秋蘭被涯音宜芙蓉荷華也秋蘭香草生水邊秋時盛也善曰楚辭曰秋蘭兮青青鄭玄注周易曰蘭香草也被亦覆也渚戲躍魚淵游龜蠵音惟渚水渚也戲游也躍跳也毛詩曰王在靈沼於牣魚躍蠵龜類也凡此物謂取有時非時則恣之游戲不驚動也永安離宮脩竹冬青永安宮名也脩長也冬青謂不彫落也陰池幽流玄泉洌清水稱陰幽流謂伏溝從地下流通於河也水黑色故曰玄泉洌清澄貌善曰楚辭曰臨沅湘之玄淵毛詩曰洌彼下泉鵯匹鶋居秋棲鶻骨鵃竹交春鳴爾雅曰鸒斯鵯鶋郭璞曰鵯鶋匹鳥腹下白也又曰鶌鳩鶻鵃郭璞曰鶻鵃似山鵲頭尾青黑色秋棲春鳴謂各得其性也鵙七余鳩麗离黃關關嚶嚶爾雅曰鵙鳩王鵙也郭璞曰鵙鶚鵰類也又曰鶬鶊鵹黃也郭璞曰鸝黃黑也關關嚶嚶謂音聲和也於南則前殿靈臺龢驩安福前殿露寢也靈臺臺名也龢驩安福二殿名並在德

陽殿之南謻直移門曲榭邪阻城洫謻門冰室門也臺有木曰榭阻依也洫城下池冰室門及樹皆屈曲邪行依城池為道也奇樹珍果鉤盾垂允所職奇異也珍貴也鉤盾今官主小苑善曰鉤盾五丞也爾雅曰職主也西登少華亭候修敕登升也並有亭有候也修治也敕整也謂西園中有少華之山九龍之內寔曰嘉德九龍本周時殿名也門上有三銅柱柱有三龍相糾繞故曰九龍嘉德殿名在九龍門內也西南其戶匪雕匪刻毛詩曰西南其戶不雕不刻尚質也言殿舍之多其戶或西或南也我后好約乃宴斯息我后謂明帝也宴安也息止也善曰周易曰君子以嚮晦入宴息也於東則洪池清蘌語淥水澹徒敢澹內阜川禽外豐葭菼洪池名也在洛陽東三十里阜多也豐饒也內多魚鼈外饒蘆薍也善曰漢書音義應劭曰蘌在池水上作室可用棲鳥鳥入則捕之高唐賦曰水澹澹而盤紆說文曰澹澹水搖貌也爾雅曰葭葦也菼薍也薍五患切獻鼈蜃與

龜魚供蝸(古花)蠯(蒲佳)與菱芡(蝸螺也菱芰也芡雞頭也善曰周禮曰春獻鼈蜃秋獻龜魚祭祀供蜱蠃鄭玄曰蜃大蛤也杜子春曰蜃蜯也蜱與蠯同禮記曰蝸醢而菰食周禮曰加籩豆之實有菱芡也)其西則有平樂都場示遠之觀(平樂觀名也都謂聚會也爲大場於上以作樂使遠觀之謂之平樂在城西也)龍雀蟠(盤)蜿(紆元)天馬半漢(龍雀飛廉也天馬銅馬也蟠蜿半漢皆形容也善曰華嶠後漢書曰明帝至長安迎取飛廉并銅馬置上西門平樂觀也)瑰異譎詭燦爛炳煥(瑰奇也譎詭變化也燦爛炳煥絜白鮮明之貌)奢未及侈儉而不陋(言皆合於禮故奢不至侈故儉不至陋也)規遵王度動中得趣(規摹也遵循也趣意也度先王之法度舉動合禮之意也家語孔子曰公甫之婦動中得趣)於是觀禮禮舉儀具(具足也言觀王之光明禮儀皆備具也善曰左氏傳曰諸侯宋魯於是觀禮)經始勿亟(居力)成之不日(勿猶不也亟急也成之不日言不用一日即成之善曰毛詩曰經始勿亟庶人子來毛萇曰經度也又曰庶民攻之不日成之)猶謂爲之者勞居之者逸(勞苦也逸樂也善曰賈子曰翟王使使者之楚楚王饗客於章華之臺楚王曰翟亦有臺乎使者曰翟王茅茨不翦采椽不斲猶以作者大勞居者大逸也)慕唐虞之茅茨思夏后之卑室(唐唐堯也虞虞舜也夏后夏禹也善曰墨子曰堯舜茅茨不翦采椽不刊說文曰茅茨蓋屋也論語云禹卑宮室而盡力於溝洫也)乃營三宮布教頒(班)常(三宮明堂辟雍靈臺頒布也常舊典也所以行教化布典禮之宮也)複(福)廟重屋八達九房(複廟重覆也重屋重棟也謂明堂廟屋前後異制善曰禮記曰複廟重檐達鄉謂天子廟飾也大戴禮曰明堂九室而有八牖然九室則九房也八牖八達也)規天矩地授時順鄉(謂宮室之飾圓者象天方者則地也鄉方也言頒政賦教常隨時月而居其方月令曰孟春居蒼龍左个善曰大戴禮曰明堂者上圓下方范子曰天者陽也規也地者陰也矩也三輔黃圖曰明堂方象地圓象天又曰明堂順四時行令也)造舟清池惟

水泱泱(央)(造舟以舟相比次爲橋也毛詩曰造舟爲梁泱泱水流貌善曰毛詩曰瞻彼洛矣惟水泱泱)左制辟雍右立靈臺(言德陽殿東有辟雍於西有靈臺謂於其上班教令者曰明堂大合樂射鄉者曰辟雍司歷紀候節氣者曰靈臺也)因進距衺表賢簡能(進善也衺老也言因其進舉而用之衺減者拒而退之謂擇賢以大射所以表明德行簡錄其能否謂辟雍也善曰尸子曰治國有四術一忠愛二無私三用賢四簡能爾雅曰簡猶擇也)馮(皮冰)相(息亮)觀祲(浸)祈褫(絲)禳災(善曰周禮曰春官宗伯馮相氏掌歲日月星辰之位辨其災祥以爲時候鄭玄曰馮乘也相視也祲謂陰陽氣相浸漸以成災也祈求福也禳除也災禍也謂求祈福而除災害也爾雅曰褫福也鄭玄周禮曰却變異曰禳)於是孟春元日羣后旁戾(尚書曰正月元日舜格于文祖孟春正月也元日正日也羣后公卿之徒也旁四方也戾至也言諸侯正月一日從四方而至各來朝享天子也)百僚師師于斯胥洎(尚書曰百僚師師百僚謂百官也師師謂相師法也胥相也洎及也言元日百官於此相連及而來朝賀也)藩國奉聘要荒來質(綜曰謂王侯藩稱國也言要荒之外所奉聘令者盡來朝見善曰周禮曰鎮服外五百里曰藩服魏相上封曰顯明功臣以鎮藩國鄭司農周禮注曰衆來曰頫寡來曰聘尚書曰五百里要服又五百里荒服漢書曰樓蘭王遣子質漢也)具惟帝臣獻琛執贄(具之言俱也獻貢也琛寶也執持也贄禮也言藩國來貢者謂隨土所出寶而貢之也善曰萬邦黎獻具惟帝臣毛詩曰來獻其琛封禪書曰百蠻執贄周禮曰以六禽作六贄鄭玄曰贄之言至也所執以自致也)當覲乎殿下者蓋數萬以二(覲見也言於此之時當入見於殿下者可數萬人分於闕下夾道爲二部)爾乃九賓重(平)臚(盧)人列(言鴻臚所主羌胡之人皆羅列於朝廷也善曰漢書曰羣臣朝十月儀大行人設九賓臚句傳韋昭曰九賓則周禮曰九儀謂公侯伯子男孤卿大夫士也臚傳也次以傳上令也蘇林曰上傳語告下臚下傳告上句臚猶行也二訓雖殊皆以行上語爲臚也)崇牙張鏞(庸)鼓設(崇牙枸虡上板作翽鋸者橫曰枸植曰虡張謂樹之)

以縣鍾鼓也。善曰：毛詩曰：崇牙樹羽。又曰：鏞鼓有斁。毛萇詩傳：大曰鏞。郎將司階，虎戟交鎩。殺言虎賁中郎將主夾階而立，虎賁或執戟或持鎩而相對也。交鎩謂交加而設兵器也。善曰：漢書曰：儀兵郎中夾階。說文曰：鎩，鈹有鐔。龍輅充庭，雲旗拂霓。馬八尺曰龍。輅，天子之車也。故曰龍輅。充，滿也。庭，朝廷。旗謂熊虎爲旗，爲高至雲，故曰雲旗也。楚辭曰：載雲旗之逶夷。拂，至也。霓，天邊氣也。夏正三朝，庭燎晳晳。夏家建寅之正，漢家所用也。三朝，歲月日朝。晳晳，大光明也。善曰：東都賦曰：春王三朝。三朝，歲首朔日也。毛詩曰：夜如何其？夜未艾，庭燎晰晰。撞洪鍾，伐靈鼓。撞，鏗也。伐，擊也。靈鼓，六面鼓也。善曰：周禮曰：靈鼓靈鼗。旁震八鄙，軿普耕磕苦代隱訇。火宏旁，四方也。震，驚也。八鄙，四方與四角也。軿磕隱訇，鍾鼓之聲也。若疾霆轉雷而激迅風也。霆，霹靂也。迅，疾也。言鍾鼓之聲，又若雷霆之相轉，亦如急風之迅疾也。是時稱警蹕已，下雕輦於東廂。警謂清道也。輦，人挽車。彫謂有彫飾也。殿東西次爲廂。善曰：漢書儀注曰：

七百卌　文三　十三

皇帝輦動，則左右侍帷幄者稱警。孔安國尚書傳曰：雕，刻鏤也。冠通天，佩玉璽。通天，冠名也。佩，帶也。王璽，天子印也。蔡雍獨斷曰：天子冠通天。紆皇組，要干將。紆，垂也。皇，大也。組，綬也。干將，劍名也。越絕書曰：楚王令歐冶子、干將爲鐵劍三枚，一曰龍淵，二曰太阿，三曰工市也。吳越春秋曰：干將者，吳人，造劍二枚，一曰干將，二曰莫耶。負斧扆，次席紛純。白與黑謂之斧。扆，屏風，樹之坐後也。次席，竹席也。紛純謂以組爲緣。善曰：禮記曰：天子負斧扆南向而立。鄭玄曰：負之言背也。周禮曰：大朝覲，王設黼依，設莞席紛純，次席黼純，左右玉几。次席紛純，謂二席俱設，互言之。左右玉几，而南面以聽矣。周禮曰：天子左右玉几。鄭玄曰：左右有几，優至尊也。善曰：周易曰：離者，明也，南方之卦也。聖人南面聽天下，嚮明而治，蓋取於此也。然後百辟乃入，司儀辨等。百辟，諸侯也。司，主也。儀，法也。辨，別也。言百官有分別者，謂司主之次也。善曰：百辟其刑之。周禮曰：司儀主禮，掌九儀之賓客，分別五等之諸侯。左傳臧僖伯曰：明貴賤，辯等差。尊卑以班，璧羔皮帛之贄既

奠。班，位次也。謂尊卑有等差也。善曰：國語曰：班爵貴賤以列之。周禮曰：子執穀璧，孤執皮帛，卿執羔，大夫執鴈，士雉，各有次第。奠，置也。天子乃以三揖之禮禮之。善曰：周禮曰：王土揖庶姓，時揖異姓，天揖同姓。鄭玄曰：庶姓，無親者也。土揖，推手小下之也。異姓，昏姻也。時揖，平推手也。天揖，推手小舉之。又曰：諸侯心平，手禮伯男手在心下，禮外國君在心上禮。穆穆焉，皇皇焉，濟濟焉，將將焉，信天下之壯觀也。壯觀，言天下之人壯大觀覽也。禮記曰：天子穆穆，諸侯皇皇，大夫濟濟，士將將。鄭玄曰：威儀容止之貌。史記曰：天下之壯觀也。乃羨公侯卿士登自東除。羨，延也。登，進也。謂命之上殿也。天子從中階，諸侯從東西階。善曰：東除，堦也。訪萬機，詢朝政。尚書曰：一日二日萬機。言機微之事，日有萬種。詢，謀也。謂與謀朝政有所先後者也。勤恤民隱，而除其眚。恤，憂也。隱，痛也。眚，病也。言有隱痛不安者，令憂恤之也。善曰：國語祭公謀父曰：勤恤民隱而除其害也。人或不得其所，若己納之於隍。隍，城下坑無水者。善曰：孟子曰：

七百十　文三　十四　壬子重刊　陳亮

伊尹思天下之民，匹夫匹婦不與被堯舜之澤者，若己推而納之於溝中也。鄭玄毛詩箋曰：納，內也。說文曰：城池無水曰隍。荷天下之重任，匪怠皇以寧靜。荷，負也。怠，懈也。皇，暇也。言無有懈怠於寧靜者，謂常有所憂也。善曰：孫卿子曰：國者，天下之大器也，重任也，可不善擇而後錯之。毛詩曰：不敢怠遑。發京倉，散禁財。發，開也。京，大也。禁，藏也。善曰：尚書曰：散鹿臺之財，發鉅橋之粟。毛詩曰：曾孫之庾，如坻如京。賚皇寮，逮輿臺。賚，賜也。皇寮，百官也。逮，及也。言天子散發禁庫之財，無問貴賤，皆賜及之。善曰：左氏傳曰：人有十等，王臣公，公臣大夫，大夫臣士，士臣皁，皁臣輿，輿臣隸，隸臣寮，寮臣僕，僕臣臺。漢書公卿言曰：陛下出禁錢以振元元。應劭曰：少府掌山澤陂池之稅，名曰禁錢，以給私養。命膳夫以大饗，饔餼浹乎家陪。周禮曰：膳夫，主食之官。熟曰饔，腥曰餼。浹，徧也。家陪謂公卿大夫之家。善曰：毛詩曰：牲牢饔餼。論語曰：陪臣執國命。春醴惟醇，燔炙芬芬。醇，厚也。燔炙，謂炙肉也。芬芬，香氣盛也。善曰：毛詩曰：爲此春酒。又曰：燔炙芬芬。呂氏春秋曰：厚酒肥肉。君臣

歡康具醉熏熏康樂也具俱也熏熏和説皃言君臣皆歡樂而和説也善曰毛詩曰公尸來止熏熏毛萇曰熏熏和悦也千品萬官已事而踆也七句已止也踆退也謂品秩官僚等並止事而退還還也善曰國語曰觀射父曰百姓千品萬官億醜管仲曰有司已事而竣踆與竣同也勤屢省昔井懋乾乾屢數也省察也懋勉也乾乾敬也善曰尚書曰屢省乃成周易曰君子終日乾乾也清風協於玄德淳化通於自然協同也淳厚也玄天也自然通神明也言帝如此清惠之風同於天德淳厚之化通於神明也善曰孔安國尚書傳曰風教也老子曰爲而不恃長而不宰是謂玄德王弼曰玄德者皆有德不知其主出乎幽冥者也老子曰天法道道法自然王弼曰自然者無稱之言窮極之辭憲先靈而齊軌必三思以顧愆憲法也先靈先聖之神靈即謂堯舜也愆過也齊同也軌迹也言有事能思信與先聖同軌迹也善曰論語曰季文子三思而後行招有道於側陋開敢諫之直言招明也有道言使郡國於側陋之中舉有道之士而用之也直言謂直諫

七ヲ七十　文三　十五　乙卯重刊　刘升

者也善曰尚書曰明明揚側陋漢書曰舉能直言極諫者聘丘園之耿絜旅束帛之戔戔耿清也旅陳也謂有清絜者也言丘園中有隱士貞絜清白之人聘而用之束帛謂古招士必以束帛加璧於上周易曰六五賁于丘園束帛戔戔王肅云失位無應隱處丘園蓋蒙闇之人道德彌明必有束帛之聘也戔戔委積之貌也上下通情式宴且盤上謂君下謂臣式用也盤樂也言君情通於下臣情達於上故能國家安而君臣歡樂也善曰墨子曰古者聖王惟能審以尚同是故上下通情毛詩曰嘉賓式宴以樂也及將祀天郊報地功善曰將欲也白虎通曰祭天必在郊者天體至清故祭必於郊取其清絜也周禮以正月上辛郊祀告于上帝祭天而郊以報去年土地之功京房易占曰立秋報地功祈福乎上玄思所以爲虔祈求也玄天也玄黃天地言天子祭天地之際思念所以盡其忠敬善曰禮記曰共皇天上帝之神以爲人祈福周易曰天玄而地黃也肅肅之儀盡穆穆之禮殫殫盡也善曰毛詩頌曰至止肅肅禮記曰天子穆穆然後以獻精

誠奉禋祀曰允矣天子者也獻進也允信也天子言是天帝之子也善曰國語曰精意以享謂之禋祀周禮曰以禋祀祀昊天上帝毛詩曰允矣君子乃整法服正冕帶整理也冕所謂平天冠也言天子素帶朱裏謂三皇已來始冕制有數種鄭玄曰長一尺七寸廣八寸前圓後方以珠玉飾之也法服謂衣服並有法度善曰孝經曰非先王之法服不敢服珩行紞丁敢紘宏綖延玉笄綦其會笄簪也謂以玉飾之善曰左氏傳曰珩紞紘綖昭其度也杜預曰珩維持冠者紘纓從下上者紞冠之垂者也綖冠上覆者周禮曰王之五冕玉笄也又曰王之皮弁會五采玉琪鄭玄曰會縫中琪如綦綦謂結皮弁於縫中每貫結五采玉十二以爲飾謂之綦會火龍黼黻藻繂律鞶厲善曰左氏傳曰火龍黼黻昭其文也藻繂鞞鞛鞶厲斿纓昭其數也杜預曰火畫火也龍畫龍也白與黑謂之黼黻兩己相戾也藻繂以韋爲之所以藉玉鞞佩刀削上飾鞛下飾鞶厲紳帶之垂者斿旌旗之斿纓在馬膺前結飛雲之袷輅樹翠羽之高蓋袷輅次車也次車樹翠羽爲蓋如雲飛也今世謂之

七ヲ五十二　文三　十六　壬子重刊刘用

羽蓋車也善曰高唐賦曰翠爲蓋建辰旒之太常紛焱一作飆悠以容裔辰謂日月星也畫之於旌旗垂十二旒名曰太常上畫三辰以象天明也謂天子十二旒諸侯九旒大夫三旒紛盛也悠從風貌容裔高低之貌焱火花也言風鼓動旌旗紛紜盛亂如火花之飛起善曰周禮曰日月爲常左氏傳曰三辰旂旗昭其明也六玄虬之弈弈齊騰驤而沛艾六馬也玄黑也天子駕六馬騰驤趣走也弈弈光明沛艾作姿容貌也善曰甘泉賦曰六玄虬毛詩曰四牡弈弈司馬相如大人賦曰沛艾赳螑龍輈華轙蟻金鋄亡犯鏤錫輈車轅轅端上刻作龍頭也華采畫也善曰爾雅曰載轡謂之轙郭璞曰在軾上環轡所貫也蔡雍曰金鋄者馬冠也高廣各五寸上如玉華形在馬髦前鏤彫飾也當顱刻金爲之毛詩曰鉤膺鏤錫方釳乞左纛鉤膺玉瓖音襄方釳謂轅旁以五寸鐵鏤錫中央低兩頭高如山形而貫中以翟尾結著之轅兩邊恐馬相突也左纛以旄牛尾大如斗置騑馬頭上以亂馬目不令相見也鉤膺當胷也瓖馬帶玦以玉飾也善曰廣雅曰釳許乞切鑾聲噦噦

和鈴鉠鉠。於良切。鑾在衡，和在軾，皆以金爲鈴也。噦噦，和鳴聲。鉠鉠，小聲。善曰：毛詩曰：鑾聲噦噦。噦、和鈴鉠鉠。重輪貳轄，疏轂飛軨。零。蔡雍獨斷曰：乘輿重轂外復有一轂，副轄其外，乃復設轄。然重輪即重轂也。飛軨以緹紬，廣八尺，長柱地，畫左青龍，右白虎，繫軸頭，取兩邊飾。蔡雍月令章句曰：疏，鏤也。羽蓋威蕤，葩瑵爪曲莖。羽蓋以翠羽覆車蓋也。威蕤，羽貌。葩，爪，悉以金作華形，莖皆曲。蔡雍獨斷曰：凡乘輿車，皆羽蓋金華爪。瑵與爪同。順時服而設副，咸龍旂而繁纓。五時之服，各隨其車，車各一色，以爲副貳，副車各一乘，今謂之五帝車也。龍旂者，交龍爲旂也。鞶，今之馬大帶也。纓，馬鞅也。善曰：毛詩曰：龍旂陽陽。周禮曰：王路錫樊纓。鄭玄曰：樊讀如鞶，謂今之馬大帶也。繁與鞶古字通。

立戈迆戛，農輿輅木。戈謂木勾矛戟也。戛，長矛也。矛置車上，邪柱之，是謂戎輅。農輿無蓋，所謂耕根車也，言耕稼於藉田，乘馬無飾，故稱木。善曰：迆，邪也。屬車九九，乘軒並轂。副車曰屬，言相連也。屬車有藩者曰軒，皆在後，爲三行，故曰並轂。善曰：漢雜事曰：諸侯貳車九乘，秦滅九國，兼其車服，故大駕屬車八十一乘。

七百卌四　文三　十七　乙卯重刊刻用

⿲王車王伏弩重旃，朱旄青屋。通帛曰旃。朱旄，旄牛尾赤色者也。青屋，青作蓋裏也。善曰：說文曰：⿲王車王，車蘭間皮筐以安其弩也。徐廣車服志曰：輕車置弩於軾上，載以屬車，然置弩於⿲王車王，曰⿲王車王弩。奉引既畢，先輅乃發。奉引，謂引道者。言引道之次已定，前車乃發。善曰：漢官儀曰：大駕則公卿奉引。尚書曰：先路在左塾之前。鸞旗皮軒，通帛綪蒨旆。鸞旗，謂以象鸞鳥也。皮軒以虎皮爲之。善曰：蔡邕車服志曰：鸞旗，俗人名曰雞翹。上林賦曰：前皮軒，後道旃。通帛曰旗。國語曰：分魯公以少帛綪茷。韋昭曰：綪茷，大赤也。雲罕九斿，闟戟轇膠輵葛。雲罕，旌旗之別名也。九斿亦旗名也。闟，鋋也。轇輵，雜亂貌。善曰：上林賦曰：載雲罕。說文曰：斿，旍旗流也。史記曰：趙良謂衛鞅曰：君之出也，操闟戟者旁車而趨。王逸楚辭注曰：轇輵，參差縱橫也。髶而髦利被繡，虎夫戴鶡。髶髦，髦頭茸騎也。善曰：漢書羿爲髦頭。應劭曰：繡衣在天子乘輿之前。鶡，鷙鳥也。鬭至死乃止，令武士戴之，取猛也。司馬彪續漢書曰：虎賁騎皆鶡冠。駙承華之蒲梢，飛流蘇之騷殺。桑葛。駙，副馬也。承華，廄名也。言取華廄之蒲梢以爲副馬也。漢官儀有承華廄。善曰：後宮蒲梢汗血之馬。流蘇，五采毛雜之以爲馬飾而垂之。續漢書曰：駙馬赤珥流蘇。摯虞決疑要注曰：凡下垂爲蘇。騷殺，垂貌。

總輕武於後陳，奏嚴鼓之嘈囋。才達。後陳者，謂北軍五營兵在後陳列。嘈囋，鼓聲。善曰：漢書曰：隤銅丸以擓鼓聲中嚴鼓之節。晉灼曰：疾擊鼓。戎士介而揚揮，戴金鉦而建黃鉞。戎，兵也。士，士卒也。介，甲也。揮爲肩上絳幟，如燕尾者也。金鉦，鐲鐃之屬也。黃鉞，以黃金飾之。善曰：左氏傳：廚人濮曰：揚徽者，公徒也。徽與揮古字通。蔡邕獨斷曰：乘輿後有金鉦黃鉞。清道案列，天行星陳。清道，謂蹕止行者。列，猶次也。言天子行，如上天之星行，羅列有次。善曰：司馬相如上疏曰：清道而後行。周易曰：天行健。尚書大傳曰：明明上天，爛然星陳。肅肅習習，隱隱轔轔。鄰。肅肅，敬貌。習習，行貌。隱隱，衆多貌。轔轔，車聲也。殿坫未出乎城闕，旆已反乎郊畛。諸鄰。殿，後軍也。旆，前軍也。郊畛，謂郊界也。言從之多，後猶未出城闕，前已迴於郊界也。善曰：論語曰：孟之反不伐，奔而殿。宋衷太玄經注曰：畛，界也。

大一丁　小大五卅九　文三　十八　李仝

盛夏后之致美，爰敬恭於明神。盛，猶嘉也。夏后，禹也。言今嘉欲行禹之事，爰布恭敬於神明也。善曰：論語曰：惡衣服而致美於黻冕，菲飲食而致孝於鬼神。毛詩曰：恭敬明神也。爾乃孤竹之管，雲和之瑟。孤竹，國名，出竹。善曰：周禮曰：孤竹之管，雲龢之瑟。和與龢古字通。鄭玄曰：孤竹，特生者也。雲和，山名也。出美木，用爲瑟，其聲清亮也。雷鼓𪔤𪔤，六變既畢。雷鼓，八面鼓也。凡樂六變爲一成，則更奏。畢，盡也。善曰：周禮曰：雷鼓路鼗奏之，若樂六變，一變川澤之神見，二變山林之神見，三變丘陵之神見，四變墳衍之神見，五變地神見，六變天神見。毛詩：鼓𪔤𪔤。冠華秉翟，列舞八佾。冠華，以鐵作之，上闊下狹，以翟雉尾飾之。舞人頭戴，一行羅列八人，八八六十四人，謂今麥策花也。穀梁傳曰：舞夏，天子八佾。善曰：蔡邕獨斷曰：大樂郊祀舞者，冠建華冠。毛詩曰：右手秉翟。馬融論語注曰：佾，列也。元祀惟稱，羣望咸秩。元，大也。祀，祭也。稱，舉也。謂大祭天地之禮既舉，羣岳衆神，望以祭祀之，皆有秩次。善曰：尚書曰：咸秩無文。王肅曰：秩，序也。左氏

傳曰乃有事于羣望孔安國尚書傳曰在遠者望而祭之颺槱由燎之炎煬様致高
煙乎太一颺飛颺也槱之言聚也謂聚薪焚之揚其光炎使上達於天也太一天之尊神也曜魄寶
也善曰周禮曰以槱燎祀司中司命郭璞方言注曰火熾猛爲煬說文曰致送也漢書曰中宮天極星其一明
者太一常居也神歆馨而顧德祚靈主以元吉歆饗也顧眷也祚報也靈
明也元大也吉福也言天神覩人主之明肅顧饗其馨香之祭故報之以大福尚書曰明德惟馨周易曰黃裳
元吉然後宗上帝於明堂推光武以作配宗尊也上帝太微中五帝也配
對也言尊祭五帝於明堂以光武配之漢書曰明帝宗祀五帝於明堂光武皇帝配之辯方位而
正則五精帥而來摧徂回切辯別也方位謂四方中央之位也則法也五精五方星也帥循也
摧至也言五帝揔集至明堂善曰漢書曰祀五帝於明堂坐位各處其方孝經鉤命決曰宗祀文王於明堂以
配上帝五精之神爾雅曰摧至也尊赤氏之朱光四靈懋而允懷赤氏

謂漢火德所統赤帝熛怒也河圖曰四靈蒼帝神名靈威仰赤帝神名赤熛怒黃帝神名含樞紐白帝神名白
招拒黑帝神名協光紀今五云四靈謂除赤餘有四懋悅也懷安也善曰尚書曰民其允懷孔安國曰民信歸
之於是春秋改節四時迭代改易也迭更也代謝也言感四時之謝而欲享祀也
善曰易乾鑿度孔子曰天地有春秋冬夏節故生四時又曰五行迭終四時更廢蒸蒸之心感
物曾思廣雅曰蒸蒸孝也感物謂感四時之物即春韭卵夏麥魚秋黍肫冬稻鴈孝子感此新物則思
祭先祖也善曰尚書曰虞舜蒸蒸廣雅曰感傷也躬追養於廟祧吐堯奉蒸嘗
與禴祠言祭皆追感孝養之道故躬自爲之躬猶身也善曰禮緯曰祭者所以追養繼孝也禮記
曰遠廟爲祧毛詩曰禴祠蒸嘗公羊傳曰春曰祠夏曰禴秋曰嘗冬曰蒸物牲辯徧省設其
楅衡物牲謂祭祀之牲物皆徧省視之也横木於牲角端以備抵觸謂之楅衡善曰周禮曰牧六牲而阜
蕃其物以供祭祀凡祭祀飾其牛牲設其楅衡杜子春曰楅衡所以持令不得抵觸人也毛炰炮豚

胉博亦有和羹善曰鄭玄曰周禮注曰毛炰者豚胉去其毛而炰之以備八珍毛詩曰毛
炰胾羹周禮曰饋食之豆其實豚胉杜子春曰以羹胉爲膊謂脅也毛詩曰亦有和羹滌濯靜嘉禮
儀孔明滌濯謂洗滌也靜絜也嘉善也孔甚也言禮儀甚鮮明也善曰周禮曰大祭祀眡滌濯鄭玄曰
滌溉祭器也毛詩曰籩豆靜嘉又曰禮儀既備又曰祀事孔明萬舞奕奕鐘鼓喤喤
萬舞干也奕奕舞形也喤喤鼓聲也善曰毛詩曰萬舞奕奕鐘鼓喤喤靈祖皇考來顧來
饗平聲靈皇神名謂先帝也言先帝之神顧愍子孫享其食也神具醉止降福穰穰
神謂先神也具俱也止已降下也穰穰衆多也善曰毛詩曰神具醉止降福穰穰及至農祥晨
正土膏脈起農祥天駟即房星也晨時正中也謂正月初也善曰國語曰虢文公曰太史順時視
土農祥晨正土乃脈發太史告稷曰土膏其動韋昭曰農祥房星也晨正謂立春之日晨中於午也脈理也膏
土潤也乘鑾輅而駕蒼龍善曰禮記曰孟春之月乘鑾輅駕蒼龍鄭玄曰鑾輅有虞

氏之車也有鑾和之飾而飾之以青輪春東方色青也馬八尺爲龍介馭間以剡以冉耜天子
車帝在左御在中介處右善曰禮記曰天子祈穀于上帝親載耒耜措之于參保介之御閒鄭玄曰保介車右
置耒耜於車右與御者之閒明以勸農又使勇士衣甲而參乘備非常也保猶衣也毛詩曰以我覃耜毛萇曰
覃利也鄭玄禮記注曰耜耒之金也覃與剡同躬三推土回於天田修帝籍之千
畝善曰東觀漢記曰永明四年詔書曰朕親耕于籍田以祈農事禮記曰躬耕帝籍天子三推爲籍千畝楊
雄上林苑箴曰芒芒天田芃芃作穀供禘郊之粢盛必致思乎勤己禘郊謂祭
天於南郊也言天子籍田千畝必須親耕者爲敬其祖考用充宗廟之粢盛故云勤己善曰禮記曰王者禘其
祖之所自出鄭玄曰禘大祭也又曰天子籍田千畝以事天地以爲齊盛毛萇詩傳曰器實曰粢在器曰盛鄭
玄禮記注曰致之言至也兆民勸於疆埸亦感懋力以耘耔音子兆民
謂百姓也疆田畔也耘去草耔壅本也善曰毛詩曰疆埸有瓜或耘或耔爾雅曰懋勉也春日載陽

合射辟雍。陽暖也。言春三月之時，與諸侯合射辟雍，行禮教。善曰：毛詩曰：春日載陽。鄭玄曰：載之言則也。東觀漢記：永平三年三月，上初臨辟雍，行大射禮。設業設虡，宮懸金鏞。設，施也。業，栒上板，刻爲鴈齒，捷業然。植者爲虡，橫者爲栒，以施設懸之宮中也。鏞，大鍾也。善曰：毛詩曰：設業設虡。周禮曰：正樂懸之位，王宮懸。鄭司農曰：宮懸，四面也。鏞已見上文。鼖鼓路鼗，樹羽幢幢。鼖，大鼓也。鼗，小鼓也。幢幢，羽貌。善曰：周禮曰：以鼖鼓鼓軍事。又曰：路鼓路鼗。毛詩曰：崇牙樹羽。毛萇曰：置羽於栒上以爲飾也。於是備物，物有其容。言備具也。物，禮物也。射之禮物，並有容飾也。善曰：左氏傳屠蒯曰：事有其物，物有其容。伯夷起而相儀，后夔坐而爲工。伯夷，唐虞時明禮儀之官也。后夔，舜臣，掌樂之官。言禮以行施，故云起；樂以靜陳，故曰坐。善曰：左氏傳曰：孟僖子不能相儀。又曰：昔有玄妻，樂正后夔取之。儀禮曰：大射工六人。張大侯，制五正。善曰：毛詩曰：大侯既抗。毛萇曰：大侯，君侯也。周禮曰：王射三侯五正。鄭司農曰：王張五采之侯，即五正之侯也。謂天子五正，諸

〈文三　二十一〉

侯三正，大夫士二正，以布畫取五方正色於大侯之上也。設三乏，厞司旌。言大射張三侯，故設三乏。乏以革爲之，護旌者之禦矢也。司旌，謂執旌司射中當舉之。周禮曰：服不氏射則以旌居乏而待獲。杜子春曰：乏音爲匱乏之乏。爾雅曰：厞，隱也。音翡。并夾既設，儲乎廣庭。并夾，鉗矢者。周禮曰：射則取矢也。言侯高，則以并夾取之也。儲，待也。廣，大也。謂張設於大庭，以待天子也。於是皇輿夙駕，䡨於東階。䡨之言却也。謂却於東階下，天子未乘之時也。善曰：毛詩曰：皇輿夙駕。䡨音柴。以須消啓明，掃朝霞，登天光於扶桑。須，俟也。消，不見也。掃，滅也。言晨時啓明先見，尚有餘光，日出乃不見。霞，日邊赤氣也。謂天子須啓明光消霞滅，日上扶桑，乃就乘輿也。禮：天子日出乃視朝。善曰：毛詩曰：東有啓明，西有長庚。淮南子曰：登于扶桑，爰始將行，是謂朏明也。天子乃撫玉輅，時乘六龍。王輅，謂王飾之也。鄭玄禮記注曰：撫猶據也。東都賓曰：登玉輅，乘時龍。善曰：周易曰：時乘六龍。此謂各隨其時而乘之。發鯨魚，鏗華鍾。發，舉也。鏗

猶擊也。華鍾，謂有篆刻文，故言華也。善曰：東都賦曰：發鯨魚，鏗華鍾。大丙弭節，風后陪乘。善曰：淮南子曰：若夫鉗且大丙之御也，馬莫使之而自走。高誘曰：二人太一之御也。楚辭曰：吾令羲和弭節兮。王逸曰：弭，按節徐行也。史記曰：黃帝舉風后以理人。鄭玄曰：風后，黃帝三公也。應劭漢官儀曰：常伯任侍中，出即陪乘也。攝提運衡，徐至於射宮。攝提有六星，玉衡，北斗中星，主迴轉，並飾於車上，徐行至於射宮。射宮，謂辟雍也。善曰：漢書曰：攝提失方。音義曰：攝提隨斗杓所建十二月也。杓，匹遙切。春秋保乾圖曰：斗節運衡。何休公羊傳曰：運，轉也。禮事展，樂物具。展，謂舒陳器物也。物具，謂器物皆具備也。王夏闋，騶側留虞奏。王夏，樂名也。天子初出奏也。闋，終也。善曰：周禮曰：出入則奏王夏。又曰：凡射，王奏騶虞之樂。決拾既次，彤弓斯彀。古侯。決以象骨著右手巨指，所以鉤弦也。拾，韝捍，著左臂也。彤弓，謂有刻畫也。彀，張也。善曰：毛詩曰：決拾既次。鄭玄曰：次，謂手指相比也。達餘萌於暮春，昭誠心以遠喻。昭，明也。誠心，謂天子之心也。善曰：禮記曰：季春，勾者畢出，萌者盡達。白虎通曰：天子所以親射何？助陽氣達萬物也。名之爲侯者何？明諸侯不朝者，則當射之。然則射者，帝誠心遠喻於下也。文子曰：誠心可以懷也。

〈七又三十八　文三　二十二〉

進明德而崇業，滌饕叨餮他結之貪慾。射義曰：射所以觀德也。崇，猶興也。業，射業也。滌，蕩去也。言有貪婪嗜慾者，皆滌蕩去之也。善曰：漢書明帝詔曰：親射泰侯，蓋選士威惡，助微達陽也。周易曰：君子進德修業。杜預左氏傳注曰：貪財曰饕，貪食曰餮。仁風衍而外流，誼方激而遐騖。衍，布也。方，道也。激，感也。遐，遠也。騖，馳也。善曰：典引曰：仁風翔乎海表。禮記曰：射者，仁道也。又曰：古諸侯之射，所以明君臣之義也。廣雅曰：方，正也。日月會於龍狵，闕。恤民事之勞疚。狵，尾也。日月會於尾，謂十月時也。疚，病也。民勞病於歲事，到此月乃終也。故天子愍恤勞來之。善曰：國語云：日月會於龍狵，國家於是乎蒸嘗也。賈逵曰：狵，龍尾也。月令：孟冬之月，日在尾。漢書曰：東宮蒼龍。因休力以息勤，致歡忻於春酒。謂田事畢，休民力，息勤勞也。善曰：禮記曰：孟冬之月，勞農以休息。春酒，謂春時作，至冬始熟也。毛詩曰：春酒惟

淳。執鑾刀以袒割。奉觴豆於國叟。言天子親執鑾刀。袒右膊而割牲。以示敬也。善曰。東觀漢記曰。永明二年詔曰。十月元日。始尊事三老。兄事五更。朕親袒割牲。毛詩曰。執其鑾刀。孝經援神契曰。天子親臨辟雍。袒割。禮記曰。食三老五更於太學。天子袒而割牲。執醬而饋。執爵而酳。降至尊以訓恭。送迎拜乎三壽。降。下也。至尊。天子也。三壽。三老也。言天子尊而養此三老者。以教天下之敬。故來拜迎。去拜送焉。善曰。左傳曰。享以訓恭儉。蔡邕獨斷曰。天子事三老。使者安車輭輪。送迎而至家。天子獨拜。毛詩曰。三壽作朋也。敬慎威儀。示民不偷。以朱反。協韻。敬。宜也。儀。禮也。毛詩曰。敬慎威儀。視民不恌。毛萇曰。恌。偷也。我有嘉賓。其樂愉愉。嘉賓。謂三老五更也。愉愉。和悅之貌也。善曰。毛詩曰。我有嘉賓。聲教布濩。護。盈溢天區。布濩。猶散被也。天區。謂四方上下也。言天子教愛及之。尚書曰。聲教訖于四海。文德既昭。武節是宣。既。巳也。昭。明也。宣。猶發也。言文武之教。無處不臨。善曰。尚書曰。誕敷文德。漢書。武帝詔曰。躬秉武節。三農之隙。

六百十二大ㄅ十八　文三　二十三　斯從

曜威中原。隙。閒也。曜威。謂治兵也。善曰。國語曰。三時務農。一時講武。韋昭曰。三時。春夏秋。西都賦曰。曜威而講武事也。歲惟仲冬。大閱西園。西園。上林苑也。善曰。周禮曰。仲冬。教大閱。公羊傳曰。大閱者何。簡車馬也。後漢書曰。先帝左開鴻池。右作上林苑。虞人掌焉。先期戒事。先期。謂期日。教戒羣吏脩獵具也。善曰。周禮。虞人掌山澤之官。度知禽獸多少。戒。猶告也。悉率百禽。鳩諸靈囿。悉。盡也。率。斂也。鳩。聚也。囿。苑也。囿。謂集禽獸於靈囿之中。善曰。毛詩曰。悉率左右。以燕天子。毛萇曰。驅禽獸於王之左右。鄭玄曰。率。循也。悉率。驅禽獸順其左右之宜。以安待王之射。毛詩曰。王在靈囿。獸之所同。是謂告備。同。亦聚也。備。具也。言禽獸皆已合聚。田物具備也。善曰。毛詩曰。獸之所同。禮曰。告備于王。乃御小戎。撫輕軒。毛詩曰。小戎俴收。謂小戎之車。輕便宜田獵。鄭玄曰。輕車。驅逆之車。中畋四牡。既佶其栗。且閑。中畋。馬謂調良馬可用獵者。佶。健也。閑。習也。毛詩曰。四牡既佶。既佶且閑。戈矛若林。牙旗繽紛。若林。言多也。繽紛。風吹貌。兵書曰。牙旗者。將軍之旌。謂古

者。天子出。建大牙旗。竿上以象牙飾之。故云牙旗。迄上林。結徒營。迄。至也。結。止也。徒。衆也。營。域也。上林。苑名。善曰。說文曰。營。市居也。次一作叙。和樹表。司鐸授鉦。次。比也。和。軍之正門爲和也。表。門表也。司。主也。鉦鐸所以爲軍節。善曰。周禮曰。大閱。虞人爲表。以旌爲左右和門。又曰。教振旅。辨鼓鐸鐲鐃之用也。坐作進退。節以軍聲。言聲中進退。取鍾鼓旌之節。善曰。周禮曰。司馬執鐸以教坐作進退疏數之節。三令五申。示戮斬牲。示。教也。言三令五申。示衆人畢。有不用命者。斬之若牲也。善曰。尹文子曰。將戰。有司讀誥誓。三令五申之。既畢。然後即敵。史記曰。孫子約束既布。三令五申之。周禮曰。大閱。斬牲以徇陣曰。不用令者斬之。陳師鞠旅。教達禁成。陳。猶列。師。衆也。鞠之言告也。教達。謂三令五申。禁令巳行也。軍法成也。善曰。毛詩曰。陳師鞠旅。火列具舉。武士星敷。具。俱也。敷。布也。言武士獵徒如星之布也。善曰。毛詩曰。火列具舉。毛萇曰。列人持火也。鵝鸛灌魚麗。离箕張翼舒。鵝鸛魚麗。並陣名也。謂武士發於此而列行。如箕之張。如

大ㄅ十六小ㄅ六字　文三　二十四　斯從

翼之舒也。善曰。左氏傳曰。晉荀吳與華氏戰于赭丘。鄭翩願爲鸛。其御願爲鵝。左氏傳曰。王伐鄭。鄭原繁爲魚麗之陣。軌塵掩迒。岡匪疾匪徐。掩。覆也。迒。迹也。謂車軌之塵。適自覆跡。言得遲疾之中也。善曰。穀梁傳曰。蒐于紅。車軌塵。馬候蹄也。馭不詭遇。射不翦毛。孟子曰。爲之詭遇。一朝而獲十。劉熙曰。橫而射之曰詭遇。毛萇詩傳曰。面傷不獻。翦毛不獻。升獻六禽。時膳四膏。升。進也。四膏者。禮記曰。牛膏香。犬膏臊。雞膏腥。羊膏羶。善曰。周禮曰。庖人掌供六禽。鄭司農曰。六禽。鴈鶉鷃雉鳩鴿也。馬足未極。輿徒不勞。極。盡也。輿。衆也。勞。罷勞也。善曰。韋昭漢書注曰。輿。車士也。成禮三毆。一作驅。解罘伏侯放麟。大鹿曰麟。解。散也。罘。罔也。周易曰。王用三毆。失前禽也。毆與驅同。善曰。穀梁傳曰。四時之田。用三焉。一曰乾豆。二曰賓客。三曰充君之庖。不窮樂以訓儉。不殫物以昭仁。窮。極也。訓。教也。殫。盡也。物。謂禽獸也。言殺禽獸不盡。即昭明人君行仁之道。謂崇儉故也。善曰。列女傳曰。周宣王姜后曰。好奢必樂窮。樂者。亂之所興。左傳曰。享以訓躬儉。慕天乙之弛罟。因教祝以懷

民。天乙湯名也。弛，廢也。善曰：呂氏春秋曰：湯見罔置四面，湯拔其三面，置其一面，祝曰：昔蛛蝥作罔，今之人學紓，欲高者高，欲下者下，吾取其犯命者。漢南之國聞之，曰：湯德至禽獸。三十國歸之。高誘曰：紓，緩也。毛萇詩傳曰：懷，來也。

儀姬伯之渭陽，失熊羆而獲人。儀，則也。姬伯，文王爲西伯也。善曰：史記曰：太公望呂尚，東海人，以漁釣干周西伯。西伯將出獵，卜曰：所獲非龍非彲，非虎非羆，所獲霸王之輔。西伯獵，果遇太公渭之陽，與語，大說。文王勞之大公曰：臣聞君子樂其志，小人樂其事。遂載與俱歸。

澤浸昆蟲，威振八寓。浸，潤也。八寓，八方區宇也。善曰：毛詩序曰：文王德及鳥獸昆蟲焉。鄭玄禮記注曰：昆，明也。明蟲者，陽而生，陰而藏也。蒼頡篇曰：宇，邊也。說文曰：寓，籀文宇字。

好樂無荒，允文允武。允，信也。無荒，言不好荒淫之樂，信與文王武王等其功德也。善曰：毛詩曰：好樂無荒。允文允武。昭假烈祖。

薄狩于敖，既璅璅一作瑣焉。敖，鄭地，今之河南滎陽也。謂周王狩也。璅璅，小也。言鄙陋不足說也。詩曰：建旐設旄，薄獸于敖。

岐陽之蒐，又何足數。岐陽，岐山之陽。謂成王所狩之地，亦以小不足可數也。善曰：左氏傳曰：成王有岐陽之蒐。

爾乃卒歲大儺奴何，毆除羣厲。卒，終也。謂一歲之終，儺逐疫鬼。善曰：漢舊儀曰：昔顓頊氏之有三子，已而爲疫鬼，一居江水爲瘧鬼，一居若水爲罔兩蜮鬼，一居人宮室區隅，善驚人爲小鬼。於是以歲十二月，使方相氏蒙虎皮，黃金四目，玄衣丹裳，執戈持盾，帥百隸及童子而時儺，以索室中而毆疫鬼也。

方相秉鉞，巫覡胡激操茢。音例執戈揚盾也。善曰：周禮曰：方相氏黃金四目，玄衣朱裳，執戈揚盾也。國語曰：在男謂之覡，在女謂之巫也。說文曰：操，把持也。左傳曰：襄公乃使巫以桃茢先祓殯。杜預曰：茢，乃黍穰也。

侲震子萬童，丹首玄製。侲子，童男童女也。朱，丹也。玄製，皁衣也。善曰：續漢書曰：大儺，謂逐疫。選中黃門子弟十歲以上十二以下百二十人爲侲子，皆赤幘皁製，以逐惡鬼于禁中。

桃弧棘矢，所發無臬。牛列切飛礫雨散，剛癉亶必斃。桃弧，謂弓也。棘矢，箭也。癉，難也。言鬼之剛而難者，皆盡死也。善曰：漢舊儀常以正歲十二月命時儺，以桃弧葦矢且射之，赤九五穀播洒之，以除疾殃。左氏傳曰：桃弧棘矢，以除其災。說文曰：臬，射埻的也。

煌火馳而星流，逐赤疫於四裔。煌，火光也。馳，競也。赤疫，疫鬼惡者也。四裔，謂四海也。星流，謂群鬼競走煌煌然如火光之與星流也。善曰：續漢書曰：儺，持火炬送疫出端門外，騶騎傳炬出宮，五營騎士傳火棄洛水中。星流，言疾也。左氏傳曰：投諸四裔，以禦魑魅。

然後凌天池，絕飛梁。凌，升也。善曰：莊子曰：北溟者，天池也。如淳漢書注曰：直渡曰絕。甘泉賦曰：歷倒景而絕飛梁。

捎所交切魑魅，斮側角獝其筆狂。魑魅，山澤之神。獝狂，惡戾之鬼名。捎，殺也。斮，擊也。善曰：諸鬼之說者各異，今隨所釋而載之，不改易也。

斬蜲紆危蛇移，腦方良。方良，草澤之神也。腦，陷其頭也。善曰：莊子蜲蛇之狀，其大若轂，其長若轅，紫衣而朱冠也。

囚耕父於清泠零，溺女魃蒲葛於神潢。黃清泠，水名，在南陽西鄂山上。神潢，亦水名，未知所在。善曰：山海經曰：有神耕父處豐山，常游清泠之淵，出入有光。又曰：大荒之中有山，名不句，有人衣青衣，名曰黃帝女魃，所居不雨。

殘夔魖虛與罔像，殪煙計野仲而殲子廉游光。殘，猶殺也。夔，木石之怪，如龍，有角，鱗甲光如日月，見則其邑大旱。說文曰：魖，耗鬼也。罔象，木石之怪。殪，殺也。殲，滅也。野仲、游光，惡鬼也。兄弟八人，常在人間作怪害。

八靈爲之震慴之涉，況鬿巨宜蜮域與畢方。魃，小兒鬼。畢方，老父神，如鳥，兩足一翼者，常銜火在人家作怪災也。善曰：楚辭曰：合五嶽與八靈。王逸曰：八靈，八方之神也。爾雅曰：震慴，懼也。漢舊儀曰：魖，鬼也。魃與蜮古字通。

度朔作梗哽，守以鬱壘，神荼副焉，對操七刀索葦。東海中度朔山有二神，一曰神荼，二曰鬱壘，領衆鬼之惡害者，執以葦索而用食虎。善曰：風俗通曰：黃帝書上古時有神荼鬱壘昆弟二人，性能執鬼。度朔山上有桃樹，下常簡閱百鬼，鬼無道理者，神荼與鬱壘持以葦索，執以飼虎。是故縣官常以臘祭夕飾桃人，垂葦索，畫虎於門，以禦凶也。毛詩傳曰：梗，病也。謂爲人作梗病者。

目察區陬子侯，司執遺鬼。察，觀也。區陬，隅隈之間也。司，主也。謂於度朔山主執遺餘之鬼也。

京室密清，罔有不韙。密，靜也。清，潔也。罔，無也。韙，善也。謂無復疫癘，皆得安善也。

於是陰陽交和，庶物時

育。庶衆也漢書曰陰陽和風雨時言疫癘既無陰陽乃和衆物育養也卜征考祥。終然允淑。征巡行也考問也祥吉也允信也淑善也善曰左氏傳石奐曰先王卜征五年而歲卜其祥祥習則行周易曰視履考祥毛詩曰終然允臧也乘輿巡乎岱嶽。勸稼穡於原陸。乘輿天子也岱泰山也種曰稼收曰穡謂春勑東方諸侯課民以耕種故尚書云二月東巡狩至於岱宗柴同衡律而壹軌。量齊急舒於寒燠。衡稱也軌法也寒燠猶苦樂同壹齊皆使中不參差也善曰尚書曰同律度量衡又曰謙恒寒若豫恒燠若省幽明以黜陟。乃反旆而迴復。省察也幽闇也黜退也陟昇也謂有功者進無功者退也故尚書曰三載考績黜陟幽明也反旆謂迴還也望先帝之舊墟。慨長思而懷古。先帝先神也舊墟長安也慨歎息也古往也謂前漢初也俟閶風而西遐。致恭祀乎高祖。俟待也閶風秋風也祠謂祭祀高祖廟也遐逝也善曰東觀漢記曰永明二年十月幸長安祠高廟周書曰恭明祠專明刑易說曰秋閶闔風至既春游以發

生。啓諸蟄於潛戶。春游謂仲春巡行岱嶽是時蟄蟲皆開戶帝乃東巡助宣氣也善曰爾雅曰春爲發生禮記曰仲春之月蟄蟲咸動啓戶始出度秋豫以收成。觀豐年之多稌。他杜秋行曰豫謂秋行禮高祖廟此時萬物始成善曰晏子曰吾王不游吾何以休吾王不豫吾何以助一游一豫爲諸侯度爾雅曰秋爲收成毛詩曰豐年多稌毛萇曰稌稻也嘉田畯之匪懈。行致賚于九扈。嘉善也畯主田官也九扈農正知田事扈正也言天子行慶福致賚於九扈使民不淫放善曰毛詩曰田畯至喜又曰夙夜匪懈左氏傳曰郯子曰九扈爲九農正杜預曰扈有九種也春扈頒鶥夏扈竊玄秋扈竊藍冬扈竊黃棘扈竊丹行扈唶唶宵扈嘖嘖桑扈竊脂老扈鷃鷃以九扈爲九農之號各隨其宜以教人事也左瞰暘谷。右睨玄圃。暘谷日出之處玄圃在崑崙山上瞰望也睨視也善曰淮南子曰日出于暘谷浴于咸池也又曰懸圃在崑崙閶闔之中玄與懸古字通眇天末以遠期。規萬世而大摹。莫補叶韻眇視也摹法也言帝之巡狩眇然

以天末爲遠期規欲以爲萬代之大法也善曰劇秦美新曰創億兆規萬世且歸來以釋勞。膺多福以安悆。羊主悆寧也歸謂西征旋乃釋吏士之劬勞祭祀受多福以安寧也善曰尚書曰永膺多福總集瑞命。備致嘉祥。總會也集聚也祥神也即騶虞澤馬之屬也瑞應也即鸞鳳之屬也善曰墨子曰禹親抱天之瑞命也孝經鉤命決曰帝王起緯合宿嘉瑞貞祥圉語林氏之騶鄒虞。擾澤馬與騰黃。圉牢養也林氏山名也騶虞義獸也善曰山海經曰林氏有珍獸大若虎五采畢具尾長於身其名騶吾乘之日行千里劉芳詩義疏曰騶虞或作吾應劭漢書注曰擾音柔擾馴也陰嬉讖曰聖人爲政澤出馬山海經曰大封國有文馬縞身朱鬣名曰吉良乘之壽千歲瑞應圖曰騰黃神馬一名吉光然吉良騰黃一馬而異名也鳴女牀之鸞鳥。舞丹穴之鳳皇。女牀山名在華陰西六百里山海經曰女牀之山有鳥焉其狀如鶴五色文名曰鸞鳥見即天下安寧又曰丹穴之山有鳥焉其狀如鵠五采名曰鳳皇是鳥也飲食自歌自舞見則天下安寧

植華平於春圃。豐朱草於中唐。植猶種也華平瑞木也天下平其華則平有不平處其華則向其方傾中唐堂塗也善曰孝經援神契曰德至於地則華平盛也瑞應圖曰木名也宮閣記有春王圃鶡冠子曰聖王之德下及萬靈則朱草生抱朴子曰朱草長三尺枝葉皆赤莖似珊瑚也如淳漢書注曰唐庭也毛詩曰中唐有甓惠風廣被。澤洎幽荒。惠恩也洎及也幽荒九州外謂四夷也北燮素頰丁令。南諧越裳。燮諧皆和也越裳南蠻今九真是也丁令國名善曰漢書曰匈奴北服丁令也韓詩外傳曰成王之時越裳氏重九譯而至獻白雉於周公西包大秦。東過樂浪。音郎善曰司馬彪續漢書曰大秦國名犂鞮鞬在西海之西漢書有樂浪郡重舌之人九譯。僉稽首而來王。重舌謂曉夷狄語者九譯九度譯言始至中國者也善曰國語曰夫戎狄坐諸門外而使舌人體委與之韋昭曰舌人能達異方之志象胥之官也韓詩外傳曰成王之時越裳氏重九譯而至獻白雉於周公晉灼漢書注曰遠國使來因九譯言語乃通也說文曰譯傳四夷之語者尚書

曰禹拜稽首四夷來王是以論其遷邑易京則同規乎殷盤京京師也規法也盤庚殷王之名也改奢即儉則合美乎斯干斯干謂周宣王儉宮室之詩也今漢光武改西京奢華而就儉約合斯干之美善曰韓詩曰宋襄公去奢即儉登封降禪則齊德乎黃軒登謂上泰山封土降謂下禪梁父也言光武登上泰山下禪梁父則與黃帝軒轅齊其功德善曰黃帝封泰山爲無爲事無事永有民以孔安爲作也事業也永長也孔甚也以無爲爲功以無事爲業澹然不煩瀆也善曰老子曰爲無爲事無事我無爲而民自化我無事而民自富遵節儉尚素樸遵循也樸質也言遵循節儉尚其樸素也善曰漢書曰文帝躬節儉莊子曰同乎無欲是謂素樸思仲尼之克己履老氏之常足孔子曰克己復禮馬融曰克己約身善曰老子曰知足常足也將使心不亂其所在目不見其可欲善曰老子曰不見可欲使心不亂河上公曰放鄭聲遠美人使心不亂不邪淫也賤

犀象簡珠玉簡猶略也善曰長楊賦曰賤瑇瑁而疏珠璣藏金於山抵紙璧於谷藏抵皆謂不取之謂儉故也善曰莊子曰藏金於山藏珠於淵說文曰抵側擊也翡翠不裂瑇瑁不蔟音族翡翠鳥名也瑇瑁珎名不裂不折其羽以爲玩飾也不蔟不乂蔟取之爲器也所貴惟賢所寶惟穀善曰尚書曰所寶惟賢則邇人安范子計然曰五穀者萬人之命國之重寶民去末而反本咸懷忠而抱慤苦角切詐僞爲末忠信爲本善曰淮南子云守道順理者不免於飢寒之患而欲人之去末反本是猶發其原而壅其流也說文曰慤謹也于斯之時海內同悅曰吁漢帝之德侯其禕於離而言於此之時皆同歡樂也于於也悅樂也吁驚也禕美也蓋蓂莢爲難蒔神志也故曠世而不覿覿見也蓂莢瑞應之草王者賢聖太平和氣之所生生於階下始一日生一莢至月半生十五莢十六日落一莢至晦日而盡小月則一莢厭不落王者以證知月之小大堯時夾階生之謂不世見故云難

蒔也善曰田俅子曰堯爲天子蓂莢生於庭爲帝成厤范曄後漢書班固議曰漢與以來曠世歷年惟我后能殖之以至和平方將數所主諸朝階后帝也惟我帝有至和之德故必能殖之方當生於朝陛得以數知月之大小也謂上文蓂莢也善曰鄭玄毛詩箋曰方直也然則道胡不懷化胡不柔胡何也懷來也柔安也言皆安之也聲與風翔澤從雲游翔游皆行也風者天之號令雲雨者天之膏潤故聲教與風皆翔恩澤與雲俱行也萬物我賴亦又何求我賴賴我也言万物皆賴帝之恩惠以得所無復他求也德寓天覆赴輝烈光燭寓猶蓋也帝之德蓋如天之覆日月之光輝照於遠近也善曰國語勃鞮曰君之德宇何不寬裕也寓與宇同禮記孔子曰天無私覆狹三王之趢祿趗七木軼五帝之長驅狹謂陋也趢趗局小貌也軼過也驅馳也言以三王禮法爲局小狹陋過五帝而遠馳則繼三皇之跡也善曰戰國策曰樂毅長驅至齊踵二皇之遐武誰謂駕遲而不能屬

踵繼也二皇伏羲神農也遐遠也武迹也屬逮也誰敢謂今所駕者遲而不能逮言必能逮也東京之懿未罄值余有犬馬之疾不能究其精詳懿美也罄盡也先生言東京之美未盡遇我有疾故不能究其美事也善曰孔叢子謂魏王曰臣有犬馬之疾不任國事毛萇詩傳曰詳審也故粗爲賓言其梗槩如此粗猶略也賓西京也梗槩不纖密言粗舉大綱如此之言也若乃流遁忘反放心不覺樂而無節後離其戚言若流情放心不自反寤恣意所爲淫樂無禮以無節終後卒當罹其憂禍即秦皇王莽是也善曰淮南子曰凡亂之所由生皆在流遁廣雅曰遁去也孟子曰人有放心不知求學問之道也一言幾渠衣於喪國我未之學也幾近也先生責公子云取樂今日皇恤我後言今非之也善曰論語曰一言可以喪邦乎且夫挈苦結缾之智守不假器言挈缾之小智耳尚不妄以假人也善曰左氏傳曰人有言曰雖有挈缾之智守不假器禮也況纂祖管帝業而輕

天位。纂繼也。今如公子言，皆淫心放意之事，此乃輕居天王之尊位，而禪於董賢。善曰：長楊賦曰：恢帝業。
尚書曰：天位艱哉。瞻仰二祖，厥庸孔肆。庸功也。孔甚也。肆勤也。言瞻望高祖功庸甚勤
苦而得之也。常翹翹以危懼，若乘奔而無轡。言居天子之位，常若奔馬
而無轡，履冰而負重也。善曰：毛詩曰：予室翹翹。毛萇曰：翹翹，危也。鄧析曰：明君之御民，若乘奔而無轡。白
龍魚服，見困豫且。子余切。說苑曰：吳王欲從民飲，五子胥曰：昔白龍下清泠之淵，化爲
魚，豫且射中目。白龍不化，豫且不射。君今棄萬乘之位，而從於臣，恐有豫且之患。此言先生責公子陰戒期門
微行要屈。雖萬乘之無懼，猶怵惕於一夫。萬乘，天子也，即秦始皇也、高祖
也。昔秦始皇東游，爲張良所擊，中其副車。漢高祖於栢人亭，殆爲貫高所中。善曰：尚書曰：怵惕惟厲。孔安國曰：
怵惕，悚懼也。方言曰：戒，備也。過秦論曰：一夫作難。惕，驚也。終日不離其輜重，獨微行
其爲如。輜重，車也。焉，言安也。如，往也。公子說微行要屈，故先生問之，言欲何往也。善曰：老子曰：終日行不離
輜重。張揖曰：輜重，有衣車也。漢書曰：武帝微行始出也。夫君人者，黈纊塞耳，車中不
內顧。黈纊，言以黃綿大如丸，懸冠兩邊當耳，不欲妄聞不急之言也。內顧，謂不外視臣下之私也。善曰：大戴禮，孔子
曰：黈纊塞耳，所以塞聦也。魯論語曰：車中不內顧。崔駰車左銘曰：正位授綏，車中不顧，塵不出軌，鑾以節步。珮以
制容，鑾以節塗。珮爲行容，鑾爲車節。善曰：禮記曰：君子在車則聞鑾和之聲，行則鳴珮玉也。行
不變，王駕不亂步。行合容，則玉聲應；馬步齊，則鑾和響。並謂君之禮法。却走馬以
糞車，何惜騕烏皎褭寧少與飛兔。却，退也。老子曰：天下無道，戎馬生於郊。天下有道，却
走馬以糞。河上公曰：糞者，糞田也。兵甲不用，却走馬以務農田。然今言糞車者，言馬不用而車不敗，故曰糞車也。何惜，言
不愛之也。善曰：呂氏春秋曰：飛兔、騕褭，古之駿馬。方其用財取物，常畏生類之殄
也。方，將也。生類，謂天下萬物之類也。殄，盡也。賦政任役，常畏人力之盡也。謂任役使人，常畏人力盡
也。取之以道，用之以時。論語曰：敬事而信，節用而愛人，使民以時。此之謂也。善曰：毛萇詩傳

曰：太平而微物衆多，取之有時，用之有道。山無槎仕假櫱五葛，畋不麛烏天胎。斜
斫曰槎，斬而復生曰櫱。不麛胎者，言不如公子所道攫胎拾卵，校獲麑麇也。漢書曰：昔先王山不槎櫱，畋不殺胎。
草木蕃廡武，鳥獸阜滋。蕃，滋也。廡，盛也。阜，大也。滋，益也。善曰：尚書曰：庶草蕃廡。班固漢
書序曰：蕃阜庶物。民忘其勞，樂輸其財。民謂百姓也。言民不以力役爲勞苦，不以
財賦爲損費，故文王有子來之人，武帝時卜式入錢以助官也。善曰：周易曰：悅以使人，人忘其勞也。百姓
同於饒衍，上下共其雍熙。言富饒是同，上下咸悅，故能雍和而廣也。論語曰：百姓足，
君孰與不足。善曰：尚書曰：黎民於變時雍。又曰：庶績咸熙。洪恩素蓄，民心固結。洪，大也。蓄，
積也。固，牢固也。謂高祖已下積恩施惠，人心固結，故王莽之時，皆謳吟而思漢也。善曰：四子講德論曰：洪恩所
潤，不可究陳。國語，甯莊子曰：民無結，不可以固。孫子曰：吾將固其結也。執誼顧主，夫懷貞
節。夫猶人人也。言執禮義之心，顧思漢德，人懷貞正之志分也。楚辭曰：原生受命于貞節。忿姦慝

之干命，怨皇統之見替。音鐵叶韻。慝，惡也。統，嗣也。替，廢也。謂忿王莽之逆命，怨漢統之替
廢也。玄謀設而陰行，合二九而成譎。玄，神也。譎，變也。謂王莽之謀陰行十八年
而成變詐也。登聖皇於天階，章漢祚之有秩。聖皇，光武也。章，明也。秩，常也。言
明漢家之常秩也。善曰：甘泉賦曰：聖皇穆穆。東都賦曰：漢祚中缺。若此故王業可樂焉。如
此也。言如此，即王業之可樂也。善曰：毛詩曰：致王業之艱難。今公子苟好勦子小民以媮逾
樂，忘民怨之爲仇也。勦，盡也。媮，猶僥倖也。仇，讎也。今公子所言，苟好盡人以僥倖須
臾之樂，不知人好共怨己，當成大讎也。善曰：左氏傳，晉栢子曰：無及於鄭而勦民。杜預曰：勦，勞也。左氏傳，師服
曰：怨耦曰仇。好殫物以窮寵，忽下叛而生憂也。殫，盡也。寵，驕也。忽，忘也。生
憂，謂生己之憂患也。言好盡人之財以寵極驕逸之樂，忘人叛己之爲大患也。漢書，谷永曰：財竭則下叛，下叛則上
亡。夫水所以載舟，亦所以覆舟。覆，敗也。善曰：孫卿子曰：君者，舟也；人者，水也。所

以載舟以覆舟所堅冰作於履霜。尋木起於蘖栽。魚竭言事皆從微至著不可不慎之於初所以尋木起於牙蘖洪波出於涓泉善曰周易曰履霜堅冰至說文曰尋八尺也山海經曰尋木長千里枝乘上書曰十圍之木始生而蘖孔安國尚書傳曰用生栟栽韋昭曰株生曰蘖鄭玄禮記注曰栽植也蘖與栟古字同昧旦丕顯。後世猶怠。昧早也丕大也顯明也怠懈也謂起行大明之道後世子孫猶尚懈怠善曰左氏傳讒鼎之銘曰昧旦丕顯後世猶怠況初制於甚泰。服者焉能改裁。去聲叶韻譬如爲人裁衣始制之洪大服者得而衣之何能更小之乎善曰賈逵國語注曰裁制也故相如壯上林之觀。揚雄騁羽獵之辭。雖系計以隤牆填壍七念亂以收罝嗟解罘。浮系繼也亂理也司馬相如上林賦其卒曰乃命有司隤牆填壍使山澤之人得至焉揚雄羽獵賦其末曰放雉兔收罝罘也卒無補於風規。祇以昭其愆尤。規猶諫也祇適也愆短也尤過也言不能補其愆過

文三　三十三　定

臣濟奓以陵君。濟謂度也度於奢侈謂僭也陵踰君法若季氏八佾舞於庭左氏傳萇弘曰毛得以濟侈於王都忘經國之長基。言尊卑所以爲國今反陵之故非所以經國故函谷擊柝託於東西朝顛覆而莫持。柝守夜所擊木也顛隕也持扶也謂王莽之兵猶擊柝守函谷關而三輔兵已自入長安宮朝廷顛隕無復扶持也東謂函谷在京之東西朝則京師也善曰周易曰重門擊柝凡人心是所學。體安所習。所習爲心所好愛者即學善曰尚書曰夫常人安於俗學溺於所聞鮑肆不知其臰。一作臭翫其所以先入。翫習也先入言久處其俗也善曰家語孔子曰入善人之室如入芝蘭之室久而不知其香入不善之室如入鮑魚之肆久而不知其臰皆猶躰所習故今言公子以長安爲好亦然也咸池不齊度於鼃烏瓜咬。烏交而衆聽或疑。齊同也咸池堯樂也鼃咬淫聲也言咸池之音本不與鼃咬同而衆聽者乃有疑惑善曰樂動聲儀曰黃帝樂曰咸池賓戲曰淫鼃而不可聽者非寵宴之樂也李奇曰淫鼃不正也傳毅琴賦曰絕激哇之淫法言曰哇則鄭李軌曰哇邪也舞賦曰吐哇咬則發皓齒然哇與鼃同咬亦不正之聲也咬或作蛟非也能不惑者。其唯子野乎。子野師曠字曉音曲者以喻安處先生也言西京奓泰肆情不依禮度東京儉約依禮行事衆人觀之謂是其一唯安處先生得知其指也善曰左氏傳叔向曰子野之言君子哉客既醉於大道。飽於文義。客斥公子謂聞東京文義之道若醉飽爲勸德畏戒喜懼交爭。勸德謂公子見先生說東京禮法自勸勉行其道德又畏懼先生之戒也罔然若醒。朝罷夕倦。奪氣褫雉魄之爲者。罔然猶惘惘然也醒病酒也朝罷夕倦曉夜不卧惘然如神奪其精氣又若魂魄去離其身今公子亦如之也善曰說文曰褫奪也忘其所以爲談。失其所以爲奓。公子本以奢侈爲美談今見先生述東京之德所以忘美失奓也良久乃言曰。鄙哉予乎。習非而遂迷也。良久頃乃復能言也自鄙其迷惑所學者非正也善曰論語曰荷蕢曰鄙哉硜硜乎廣雅曰鄙固陋不惠揚子法言曰習非之勝是況習是之勝非乎幸見指南於吾子。言己之惑不知南北今先生指以示我我則足以三隅反也善曰桓譚上便宜曰管仲相桓公之指南若僕所聞。華而不實。若如也公子言如僕所聞西京之事蓋是虛華而無實錄善曰左氏傳甯嬴曰晉陽處父華而不實怨之所聚先生之言。信而有徵。先生安處先生也徵驗也言先生之言信有徵驗也善曰左氏傳叔向曰君子之言信而有徵鄙夫寡識。而今而後。乃知大漢之德馨咸在於此。公子重自鄙曰如今日後日乃知大漢之德在於此耳善曰論語曰鄙夫不可以事君尚書曰明德惟馨昔常恨三墳五典既泯。三墳三皇之書也五典五帝之書也泯滅也善曰左氏傳楚子曰左史倚相能讀三墳五典八索九丘也仰不睹炎帝帝魁之美。睹見也炎帝神農後也帝魁神農名並古之君號也善曰管子曰管仲對桓公曰神農封泰山炎帝封泰山孝經鉤命訣曰佳已感龍生帝魁鄭玄曰佳已帝魁之母也魁神名宋衷春秋傳曰帝魁黃帝子孫也得聞先

文三　三十四　壬辰

生之餘論則大庭氏何以尚茲 先生安處先生也大庭古國名也尚高也善曰子虛賦曰願聞先生之餘論莊子曰昔容成氏大庭氏結繩而用之若此時則至治也茲此也 走雖不敏庶斯達矣 走公子自稱走使之人如今言僕矣不敏猶不達也公子言我雖不敏於大道庶幾先生之說遂達矣善曰司馬遷書曰太史公牛馬走孝經曾子曰參不敏

文選卷第三

賜進士出身通奉大夫江南蘇松常鎮太倉等處承宣布政使司布政使胡克家重校刊

文選卷第四

梁昭明太子撰

文林郎守太子右內率府錄事參軍事崇賢館直學士臣李善注上

京都中

張平子南都賦一首　左太沖三都賦序一首

蜀都賦一首

南都賦 摯虞曰南陽郡治宛在京之南故曰南都 張平子

於烏顯樂都既麗且康 毛萇詩傳曰於歎辭詩曰適彼樂國 陪京之南居漢之陽 京謂洛陽也尚書曰嶓冢導漾東流爲漢鄭玄曰漾水至武都爲漢 割周楚之豐壤跨荊豫而爲疆 西京賦曰周即豫而弱呂氏春秋曰河漢之間爲豫州也漢書地理志注

曰南陽屬荊州又曰荊州楚故都 體爽塏以閑敞紛鬱鬱其難詳 爽塏已見西京賦楊雄豫州箴曰郁郁京河伊洛是經也 爾其地勢則武闕關其西桐栢揭竭其東 武闕山爲關在西也漢書音義文穎曰武闕山爲關而在西弘農界也漢書曰南陽之平陽縣有桐栢山 流滄浪而爲隍廓方城而爲墉 尚書曰漢水又東爲滄浪之水左氏傳屈完曰楚國方城以爲城漢水以爲池說文曰城池無水曰隍毛萇詩傳曰墉城也 湯谷涌其後淯育水盪其胷 盛弘之荊州記曰南陽郡城北有紫山紫山東有一水無所會通冬夏常溫因名湯谷山海經曰攻離之山淯水出焉南流注于漢郭璞曰今淯水在淯陽縣南盪他浪切 推淮引湍三方是通 淮水自此而去故曰推湍水自彼而來故曰引說文曰推排也山海經曰翼望之山湍水出焉郭璞曰湍鹿摶切今湍水逕南陽穰縣而入淯也三方東西及南也 其寶利珎怪則金彩玉璞隨珠夜光 彩金之彩也璞玉之未理者淮南子曰隨侯之珠和氏之璧得

之而富失之而貧高誘曰隨侯漢中國姬姓諸侯也隨侯見大蛇傷斷以藥傅而塗之後蛇於夜中銜大珠以
報之因曰隨侯之珠蓋明月珠也鄒陽曰夜光之璧劉琨云夜光之珠尹文子曰田父得寶玉徑尺置於廡上
其夜明照一室然則夜光爲通稱不繫之於珠璧也銅錫鉛鍇苦駭赭堊惡流黃鄭玄
周禮注曰錫鑞也說文曰鉛青金又曰九江謂鐵爲鍇山海經曰陸郈之山其下多堊若之山其上多赭郭璞曰赭
赤土也堊似土白色也郈音跪本草經曰石流黃生東海牧陽山谷中本草言其所出此亦兼而有之博物志曰雄
黃似石流黃綠碧紫英青雘烏郭丹粟廣志曰碧有縹碧有綠碧本草經曰紫石
英生太山之谷山海經曰景山之西曰驕山其下多青雘郭璞曰雘黝屬音瓠山海經曰荆山之首曰景山雎水出
焉其中多丹粟郭璞曰細沙如粟太一餘糧中黃瑴角玉本草經曰太一禹餘糧一
名石腦生山谷博物志曰石中黃子黃石脂又曰欲得好瑴玉用合漿於襄鄉縣舊穴中鑿取大者如魁斗小
者如雞子松子神陂赤靈解角習鑿齒襄陽耆舊記曰神陂在蔡陽縣界有松

子亭下有神陂也赤靈赤龍也解角脫角也事未詳耕父揚光於清泠之淵游女
弄珠於漢皋之曲山海經曰有神耕父處豐山常游清泠之淵出入有光韓詩外傳曰鄭交
甫將南適楚遵波漢皋臺下乃遇二女佩兩珠大如荆雞之卵其山則崆口江嶢五江嶱苦葛
嵑五葛嵣大朗㟐莽嶚遼剌力割崆嶢嶱嵑山石高峻之貌字書曰崆山貌也嵣㟐山石
廣大之貌也嶚山高而相戾也廣雅曰嶚高也說文曰剌戾也岝仕白㟥額嶵祚迴嵬五迴
嶔香金巇許宜屹魚乞嶭五結埤蒼曰岝㟥山不齊也說文曰嶵嵬山石崔嵬高而不平也嶔巇
山相對而危險之貌也屹嶭斷絕之貌也幽谷嶜岑岑吟夏含霜雪毛詩曰出
自幽谷楊雄蜀都賦曰玉石嶜岑又曰夏含霜雪嶜岑高峻之貌也或嵒五銜嶙鄰而纚力氏
連或豁爾而中絕嵒嶙相連之貌鞠九六巍巍其隱天俯而觀
乎雲霓五結鞠高貌也班孟堅西都賦曰其陽則崇山隱天揚雄蜀都賦曰蒼山隱天若夫

天封大狐列仙之陬子侯天封未詳或曰山名也南郡圖經曰大胡山故縣縣南十里
張衡云天封大胡也薛綜注曰陬隅隙之間也上平衍而曠蕩下蒙籠而
崎溪嶇區孫子兵法曰草樹蒙籠廣雅曰崎嶇傾側也坂坻遲巀在結嶭五結而
成巘魚勉谿壑錯繆謬而盤紆郭璞上林賦注曰坻岸也又曰巀嶭高峻也毛
萇詩傳曰巘小山別大山也錯繆雜亂貌也芝房菌奇殞蠢生其隈玉膏滵
密溢流其隅芝房芝生成房也菌蠢是芝貌也山海經曰密山丹水出焉其中多白玉是有
玉膏滵溢流貌崑崙無以奓閬浪風不能踰東方朔十洲記曰崑崙其北角
曰閬風之顛其木則檉勅貞松楔更黠㮂即槾萬栢杻橿彊似柏而香爾
雅曰楔曰荆桃郭璞曰櫻桃也郭璞山海經注曰㮂似松柏有刺槾荆也又曰杻似桑而細葉又曰橿中車材
柙櫨櫪帝女之桑爾雅曰楓欇欇楓音風欇之涉切劉逵吳都賦注曰柙香木智甲切郭璞上林賦

注櫨壺棗櫨力胡切櫪與櫟同來的切山海經曰宣山有桑焉其枝四衢名帝女之桑郭璞曰婦人主蠶因以名桑也
楈胥枒邪栟并櫚閭柍於兩柘檍憶檀郭璞上林賦注曰楈似栟櫚皮可作索張揖
注上林賦曰栟櫚椶也皮可以爲索柍未詳爾雅曰杻檍郭璞曰似桑蒼頡篇曰檀木名結根竦本
垂條嬋蟬媛袁結猶同也廣雅曰竦上也嬋媛枝相連引也布綠葉之萋萋
敷華蘂之蓑蓑素回反毛萇詩傳曰萋萋茂盛貌王逸楚辭注曰蘂實貌也劉淵林蜀
都賦注曰蘂一曰花頭點也蓑蓑下垂貌玄雲合而重陰谷風起而增哀淮南
子曰玄雲素朝毛詩曰習習谷風攢在官立叢駢青冥盰瞑音眠言林木攢羅
眾色幽昧也楚辭曰遠望兮芊眠王逸曰芊眠遙視闇未明也芊眠與盰瞑音義同杳藹蓊鬱
谷底森蓴蓴祖本而刺天皆茂盛貌也司馬相如弔二世曰眾樹之蓊薆兮虎
豹黃熊游其下㺉呼穀玃居縛猱奴刀狿廷戲其巔六韜曰散

宜生得黃熊而獻之紂說文曰毅類犬胥以上黃以下黑爾雅曰玃父喜顧郭璞曰似獼猴而大蒼黑色鄭玄
禮記注曰猱獼猴也張載吳都賦注曰挻猨屬鸞鸑岳鵷鶵翔其上騰猨飛
蠝壘棲其閒國語曰周之興也鸑鷟鳴於岐山賈逵曰鸑鷟鳳之別名也山海經曰南禺之山有
鵷鶵郭璞曰鳳屬也上林賦曰蜼玃飛蠝張揖曰蠝飛鼠也蠝與𤢖同並音壘其竹則籦鍾籠
龍䉁謹篾銘決篠蘇了簳幹箛孤箠追戴凱之竹譜曰籦籠竹名也伶倫吹以爲
律竹䉁皮白如霜大者宜爲篙篠出魯郡山堪爲笙孔安國曰篾桃枝也簳小竹也宋玉笛賦曰奇簳箛箠二
竹名其形未詳緣延坻遲阪澶徒幹漫陸離陸離猶參差也阿烏可那奴可蓊
烏孔茸如涌風靡雲披阿那柔弱之貌說文曰蓊竹貌也埤蒼曰茸竹頭有文也風靡雲披
言隨風而靡如雲之披也爾其川瀆則滍雉澧濼藥濜自各發源巖
穴水經曰滍水出南陽縣西堯山山海經曰澧水出雅山郭璞曰今出南陽字書曰濼水出泚陽泚音此酈

善長水經注曰濜水出襄鄉縣東北陽中山潛盧於臘洞出没滑骨瀎蔑潏決盧山
傍穴也言水洞出此穴没滑瀎潏疾流之貌也布濩戶漫汗漭莽沆胡朗洋溢言廣大也
漭沆已見西京賦摠括趨歙呼荅箭馳風疾言江海歙受諸水故摠括而趨之說文曰歙歠也慎子曰西河
下龍門其流敵於竹箭孫子曰其疾如風流湍投濈戢砏普賓汃八輣普耕軋烏八許慎淮
南子注曰湍水行疾也埤蒼曰濈水行出也砏汃輣軋波相激之聲也埤蒼曰砏大聲也長輸遠逝漻
流淚力計淢域汩爲筆反廣雅曰輸寫也韓詩外傳曰漻清貌也淮南子曰水淚破舟說文曰
淢疾流也王逸楚辭注曰汩去貌其水蟲則有蠳龜鳴蛇潛龍伏螭
抱朴子曰蠳龜噉蛇山海經曰鮮水多鳴蛇其狀如蛇四翼其音如磬見則其邑大旱說文曰螭若龍而黃也
鱏尋鱣張連鰅隅鱅黿鼉鮫⿰魚巂以規反鱏鱣已見上文郭璞上林賦注曰鰅
魚有文采鱅似鰱而黑山海經注曰鮫鯌屬也皮有班文而堅鮫⿰魚巂已見東京賦巨蜯函含珠

駮剝瑕委蛇揚雄蜀都賦曰蚌函珠而擘裂蜯與蚌同函與含同郭璞爾雅注曰蝦大者長一二丈委
蛇長貌瑕與蝦古字通於其陂澤則有鉗盧玉池赭陽東陂杜預表曰
所領部曲皆居南鄉界所近鉗盧大陂下有良田舊說曰玉池在宛也貯知旅水渟亭洿汙
亘望無涯宜說文曰貯積也廣雅曰渟止也說文曰洿濁水不流也方言曰亘竟也上林賦曰察之無
涯其草則藨平表苧直呂薠煩莞桓蔣將蒲孤蒹葭說文曰藨
蒯之屬又曰苧可以爲索郭璞山海經注曰薠青薠似莎而大鄭玄毛詩箋曰莞小蒲也說文曰蔣菰蔣也爾
雅曰蒹薕也葭蘆也藻茆卯菱芡渠儼芙蓉含華從風發榮斐
披芬葩藻已見西京賦爾雅曰茆鳧葵菱芡芙蓉並見東京賦其鳥則有鴛鴦鵠
鷖烏兮鴻鴇保鴐加鵝⿰契鳥苦札鶂雅札鸊步覓鷉吐雞鷫肅鷞所良
鵾昆鸕盧毛詩曰鴛鴦于飛班孟堅西都賦曰黃鵠鵁鸛鳧鷖鴻鴈張平子西京賦曰鷫鷞鵾

鴇鴐鵝鴻鶂說文曰⿰契鳥鶂鳧屬方言曰野鳧甚小而好没水中者南楚之外謂之鸊鷉鷉與鵜同蒼頡篇曰鸕
鶿似鶂而黑鶿音磁嚶嚶烏耕和鳴澹徒濫淡徒敢隨波言自恣也毛詩曰鳥鳴嚶嚶爾雅曰
關關嚶嚶聲之和也上林賦曰隨風澹淡其水則開竇灑所蟹流浸彼稻田鄭玄
周禮注曰竇孔穴也音豆漢書音義曰灑分也毛詩曰浸彼稻田溝澮脉連隄塍繩相
輑丘筠反爾雅曰水注溝曰澮韋昭國語注曰脉理也隄塍已見西都賦輑相連之貌
而潢潦老獨臻左氏傳曰潢汙行潦之水說文曰潢積水池也潦雨水決渫薛則暵
罕爲溉古愛爲陸冬稌肚夏穱側角隨時代熟說文曰渫去除也又
曰暵乾也又曰溉灌也稌已見東京賦楚辭曰稻粢穱麥挐黃粱其原野則有桑漆麻
苧直旅菽麥稷黍百穀蕃廡武翼翼與與說文曰苧麻屬鄭玄
毛詩箋曰菽大豆也百穀蕃廡並已見東京賦毛詩曰我黍與與我稷翼翼若其園圃則有

蔘了蕺側立蘘而羊荷藷之餘蔗薑䪥煩菥析蓂覓芋瓜說文
曰蔘辛菜也風土記曰荵香菜根似茆根蜀人所謂葅香荵與蕺同說文曰蘘荷葍葅也葍普卜切葅子余切
漢書音義曰藷蔗甘柘也字書曰䪥小蒜也爾雅曰菥蓂大薺乃有櫻梅山柹侯桃梨
栗漢書音義曰櫻桃含桃也郭璞爾雅注曰梅似杏實酸說文曰柹赤實果也曹毗魏都賦注曰侯桃山桃
子如麻子梬郢棗若留穰橙鄧橘說文曰梬棗似梗如究切廣雅曰石留若榴也
漢書南陽郡有穰縣鄧縣說文曰橙橘屬也其香草則有薜蒲計荔力計蕙若薇
蕪蓀萇王逸楚辭注曰薜荔香草也郭璞山海經注曰蕙香草也若杜若也本草經曰蘼蕪一名
薇蕪陶隱居注曰蕙葉似蛇牀而香王逸楚辭注曰蓀香草也萇萇楚也爾雅曰蓀楚銚戈也銚音遙晻
於感曖愛蓊烏揔蔚含芬吐芳言草木闇暝而茂盛也說文曰晻不明貌王逸楚辭
注曰曖闇昧貌若其廚膳則有華薌重秬渠舉滍秩履皐香秔公行反

華薌鄉名也毛萇詩傳曰秬黑黍一稃二米故曰重也稃音敷滍皐滍水之澤也廣雅曰秔秈也秈音仙歸鴈
鳴鵽陟滑黃稻鱻昇連魚以爲芍張署藥音略鴈能候時去來故曰歸史記
曰楚人有以弱弓微繳加歸鴈之上爾雅曰鵽鳩寇雉郭璞曰鵽大如鴿羣飛出北方沙漠聲類曰鱻小魚也
子虛賦曰芍藥之和具而後進也文穎曰五味之和酸甜滋味百種千名說文曰甜美也
春卵夏筍秋韭冬菁音精廣雅曰韭其華謂之菁爾雅曰筍竹萌也蘇蔱殺
紫薑拂徹羶尸然腥爾雅曰蘇桂荏字書曰蔱茱萸也司馬彪上林賦注曰紫薑紫色之薑也
杜預左氏傳注曰徹猶去也酒則九醞於問甘醴十旬兼清醪敷徑寸浮
蟻若蓱魏武集上九醞酒奏曰三日一釀滿九斛米止廣雅曰醞投也韓詩曰醴甜而不泲也十旬蓋清酒
百日而成也鄭玄周禮注曰清酒今之中山冬釀接夏而成也漢書音義晉灼曰百日之末酒也說文曰醪汁滓酒
也徑寸蓋酒膏之徑寸也釋名曰酒有汎齊浮蟻在上汎汎然如蓱之多者其甘不爽醉而

不酲老子曰五味令人口爽廣雅曰爽傷也毛萇詩傳曰病酒曰酲及其糺宗綏族禴
祠蒸嘗左氏傳曰召公思周德之不類故糺合宗族于成周爾雅曰綏安也毛詩曰禴祠蒸嘗于公先
王以速遠朋嘉賓是將揖讓而升宴于蘭堂儀禮曰速賓鄭玄曰
速召也論語曰有朋自遠方來毛詩曰我有嘉賓鼓瑟吹笙吹笙鼓簧承筐是將儀禮曰若四方賓燕則揖讓
而升賈逵國語注曰不脫屨升堂漢書曰被蘭堂珍羞琅玕充溢圓方爾雅曰珍美也
方言曰羞熟以羞之美故喻於玉也圓方器也尚書曰厥貢琅玕又曰惟辟玉食琢琱狎獵金
銀琳琅爾雅曰玉謂之琱琱與彫古字通也爾雅曰理玉曰琢都角切狎獵飾之皃胡甲切獵士甲切
尚書曰厥貢球琳琅玕侍者蠱媚巾幘鮮明蠱已見西京賦毛萇詩傳曰綦巾女服也
字書曰幘上衣被服雜錯履躡華英雜錯非一也華英光耀也被皮義切儇才齊
敏受爵傳觴方言曰儇急疾也呼緣切齊在雞切毛萇詩傳曰敏疾也獻酬既交率

禮無違毛詩曰獻酬交錯左氏傳晉侯曰魯侯自郊勞至于贈賄禮無違者東觀漢記曰朱浮上疏曰
陛下率禮無違彈琴擫籥流風徘徊言樂聲之結風也說文曰擪一指按也擪與擫同烏
牒切鄭玄周禮注曰籥舞者所吹也如篴三孔籥音藥篴音敵清角發徵聽者增哀言既
奏清角而又發徵聲故增哀也韓子師曠曰清徵之聲不如清角許慎淮南子注曰清角絃急其聲清也客
賦醉言歸主稱露未晞毛詩曰鼓咽咽醉言歸又曰湛湛露斯匪陽不晞厭厭夜飲不
醉無歸接歡宴於日夜終愷樂之令儀毛詩曰愷樂飲酒又曰莫不令
儀於是暮春之禊元巳之辰方軌齊軫祓于陽瀕
毛詩曰惟暮之春史記曰武帝禊霸上續漢書曰三月上巳宮人皆禊於東流水上祓除宿垢疢也周禮曰女
巫掌歲時祓除揚雄蜀都賦曰相與如乎陽瀕朱帷連網曜野映雲綱維網也男
女姣服駱驛繽紛駱驛繽紛往來衆多貌致飾程蠱偠紹便

娟廣雅曰程示也便娟則蟬蜎也蠱及便紹便娟已見西京賦微眺流睇蛾眉連卷
鄭玄禮記注曰睇傾視也徒計切毛詩曰螓首蛾眉郭璞爾雅注曰蠶蛾也連卷曲貌卷音權於是齊
僮唱兮列趙女齊趙二國名也揚惲書曰婦趙女也坐南歌兮起鄭儛白鶴
飛兮繭曳緒呂氏春秋曰禹行水見塗山之女禹未之遇而省南土塗山之女乃令其妾往候禹
于塗山之陽女乃作歌曰候人猗兮實始爲南音周公召公取風焉高誘曰取南音以爲樂歌也楚辭曰二八
齊容起鄭儛王逸曰鄭國儛也白鶴飛兮繭曳緒皆舞人之容也修袖繚繞而滿庭羅襪
躡蹀而容與繚繞袖長貌躡蹀小步貌說文曰躡蹈也徒頰切許慎淮南子注曰蹀蹈也蘇協切
翩緜緜其若絕眄將墜而復舉毛萇詩傳曰緜緜長而不絕貌國語曰觀美而
眄賈逵曰眄惑也翹遙遷延蹴躠蹁躚翹遙輕舉貌遷延却退貌上林賦曰便姍嫳屑
蹴蒲結切躠素結切蹁步先切躚素田切結九秋之增傷怨西荊之折盤古樂府有

歷九秋妾薄相行歌辭曰齊謳楚舞紛紛歌聲上徹青雲西荊即楚舞也折盤舞貌張衡有七盤舞賦咸以折
盤爲七盤也彈箏吹笙更爲新聲毛詩曰吹笙鼓簧史記曰衛靈公見晉平公曰今者未聞
新聲請奏之更古衡切寡婦悲吟鵾雞哀鳴寡婦曲未詳古相和歌有鵾雞之曲坐
者悽欷蕩魂傷精楚辭曰憯悽增欷傷精神也神女賦曰精神相依憑於是羣士
放逐馳乎沙場逐馳逐也騄驥齊鑣黃間機張騄驥駿馬之名也穆天子
傳八駿有赤驥騄耳音錄說文曰鑣馬銜也彼驕切漢書曰李廣以大黃射其裨將鄭氏曰黃間弩淵中黃弩
尚書曰若虞機張孔安國曰機弩牙足逸驚飆鏃析毫芒言馬疾而矢利析音錫俯
貫魴鱮仰落雙鶬音倉魴鱮已見西京賦列子曰蒲且子連雙鶬於青雲之上鶬已見
西都賦魚不及竄鳥不暇翔言急遽也高唐賦曰飛鳥未及起走獸未及發爾乃
撫輕舟兮浮清池亂北渚兮揭南涯浮已見西都賦爾雅曰水正絕

流曰亂說文曰揭高舉也汰太瀺仕減灂仕角兮舩容裔陽侯澆兮掩鳧
鷖楚辭曰齊吳榜以激汰王逸曰汰水波也上林賦曰鳧鷖瀺灂隕隊戰國策曰塞漏舟而輕陽侯之波則舟覆矣淮
南子曰武王伐紂渡于孟津陽侯之波逆流而擊之高誘曰陽侯陽國侯也溺死於水其神能爲大波王逸楚辭注
曰回波爲澆毛詩曰鳧鷖在涇追水豹兮鞭便蝄罔蜽兩憚丁達夔龍兮怖蛟螭水豹
已見西京賦說文曰蝄蜽山川之精物也蛟螭若龍而黃國語曰木石之怪夔水之怪龍韋昭曰木石爲山也夔一
足也於是日將逮昏樂者未荒毛詩曰好樂無荒收驪命駕分
背迴塘孔叢子曰巾車命駕廣雅曰塘堤也車雷震而風厲馬鹿超而龍
驤雷震言多也風厲言疾也毛詩曰戎車焞焞如霆如雷毛萇詩傳曰雷出地奮震驚百里古詩曰涼風率
已厲杜預左氏傳注曰厲猛也韓子曰馬如鹿者千金鄒陽上書曰蛟龍驤首舞賦曰龍驤橫舉揚鑣飛沫周
禮曰凡馬八尺已上爲龍夕暮言歸其樂難忘此乃游觀之好耳

目之娛未睹其美者焉足稱舉言此游觀耳目之樂非極美也夫南
陽者真所謂漢之舊都者也遠世則劉后甘厭龍醢
海視魯縣而來遷左氏傳曰劉累學擾龍于豢龍氏以事孔甲龍一雌死潛醢以食夏后夏后
饗之既又使求之懼而遷於魯縣漢書曰南陽郡魯陽縣即御龍氏所遷奉先帝而追孝立
唐祀乎堯山先帝謂堯也皇甫謐曰堯始封於唐今中山唐縣是也後徙晉陽及爲天子都平陽
於詩爲唐國是堯以唐侯升爲天子也水經曰南陽縣西堯山酈元曰魯縣立堯祠於西山謂之堯山也固
靈根於夏葉終三代而始蕃音繁言劉氏植根於夏葉終三代而始蕃昌
也毛萇詩傳曰葉世也三代已見班固兩都序非純德之宏圖孰能揆求癸而處
旃孔安國尚書傳曰揆度也鄭玄毛詩箋曰旃之也近則考侯思故匪居匪寧
穢長沙之無樂歷江湘而北征東觀漢記曰春陵節侯長沙定王中子買節侯

生戴侯戴侯生考侯考侯仁以春陵地勢下濕難以久
處上書願徙南陽守墳墓元帝許之於是北徙考或爲
孝非也曜朱光於白水會九世而飛榮朱光火德也已見東京賦東觀漢記
曰考侯仁徙封南陽白水鄉又曰世祖光武皇帝高祖九
世孫承文景之統出自長沙定王榮光榮也封禪書曰發
號榮察茲邦之神偉啓天心而寤靈言考侯既察此都之神偉且啓上天
之心又寤先靈之意使之而王也說文曰偉奇也於其宮室則有園廬舊宅
隆崇崔嵬說文曰崔高大也御房穆以華麗連閣煥其相徽御房
帝舊房也相徽言俱美孔安國尚書傳曰徽美也聖皇之所逍遙靈祇之所保
綏聖皇謂光武也逍遙謂潛龍之日韓詩外傳曰逍遙也靈祇天地之神也毛詩曰神保是饗又曰綏以多
福也章陵鬱以青葱清廟肅以微微東觀漢記曰建武中更名春陵爲章
陵光武過章陵祠園廟爾雅曰青謂之葱林木茂盛之貌微微幽靜貌皇祖歆而降福彌

萬祀而無疆毛詩曰獻之皇祖說文曰歆神食氣也毛詩曰降福孔夷爾雅曰彌終也又曰祀年
也帝王臧其擅美詠南音以顧懷帝王光武也顧懷過章陵祠園廟之
時也爾雅曰臧善也說文曰擅專也左氏傳楚鍾儀囚於晉與之琴操南音劇秦美新曰后土顧懷且其君
子引懿明叡允恭温良容止可則出言有章進退屈
伸與時抑揚班固說東平王蒼曰體引懿之姿叡哲也已見東京賦尚書曰允恭克讓論語
子貢曰夫子温良恭儉讓孝經曰容止可觀進退可度毛詩曰其容不改出言有章周易曰往者屈也來者伸
也屈伸相感而利害生焉班固漢書叔孫通述曰叔孫奉常與時抑揚方今天地之睢虛惟
剌力達帝亂其政豺虎肆虐真人革命之秋也漢書音義曰方
向也謂高祖之時蒼頡篇曰今時辭也謂光武天地猶天下也睢剌喻禍亂也謂秦二葉也淮南子曰萬物盱
睢楚辭曰獨乖剌而無當王逸曰剌邪也帝謂高祖也馬融論語注曰亂理也豺狼貪殘謂王莽也真人光武

也文子曰得天地之道故謂之真人革命已見東都賦爾其則有謀臣武將皆能
攫九縛戾執猛破堅摧剛排揵件陷扃古熒蹙蹈咸陽蒼頡篇曰
攫搏也說文曰揵距門也又曰扃外閉之關也高祖階其塗光武攬其英漢書曰沛
公圍宛城南陽守齮降引兵西無不下者爾雅曰階因也齮音蟻東觀漢記曰鄧禹吴漢並南陽人三略曰主
將之體務在攬英雄之心是以關門反距漢德久長言居西而距東居東而距西故
言反也杜篤論都賦曰是時山東翕然狐疑意聖朝之西都懼關門之反距及其去危乘安
視人用遷去危乘安謂太平也視人用遷謂觀人所安而設教周召之儔據鼎足
焉以尨匹婢王職史記曰周公旦者周武王弟也輔武王又召公奭姓姬氏成王時召公爲三公
漢書曰夫三公鼎足之輔也賈逵國語注曰尨由理也縉紳之倫經綸訓典賦納
以言漢書音義臣瓚曰縉赤白色紳大帶也周奇曰搢挿笏於大帶周易曰君子以經綸國語曰修其訓

典尚書曰敷納以言也是以朝無闕政風烈昭宣也春秋考異郵曰後雖殊世
風烈猶合於持方宋均曰持方受命者名於是乎鯢齒眉壽鮐背之叟皤
皤然被黃髮者毛詩曰以介眉壽毛萇曰眉壽毫眉也爾雅曰黃髮鯢齒鮐背耇老壽也
皤皤已見東京賦喟然相與歌曰望翠華兮葳蕤建太常兮
裶裶音霏上林賦曰建翠華之旗葳蕤翠華貌太常已見東京賦上林賦曰紛紛裶裶駟飛龍
兮騤騤逵振和鸞兮京師飛龍言疾也周易曰飛龍在天毛詩曰四牡騤騤鄭
玄禮記注曰鑾輅有虞氏之車也有鑾和之節揔萬乘兮徘徊按平路兮來
歸萬乘見東京賦毛萇詩傳曰迴遲也然徘徊即遲遲也毛詩曰行道遲遲南陽舊居故曰來歸毛詩曰來
歸自鎬豈不思天子南巡之辭者哉遂作頌曰毛詩曰豈不爾
思尚書曰五月南巡狩

皇祖止焉光武起焉皇祖高祖也周易曰庖犧氏沒神農氏作據彼河洛統四海焉河洛謂東都也西都賦曰當有意乎都河洛本枝百世位天子焉毛詩曰文王子孫本枝百世永世克孝懷桑梓焉毛詩曰永世克孝又曰維桑與梓必恭敬止真人南巡覩舊里焉東觀漢記曰光武征秦豐幸舊宅酈元水經注曰光武征秦豐張衡以爲真人南巡觀舊里焉

三都賦序一首

左太沖善曰臧榮緒晉書曰左思字太沖齊國人少博覽文史欲作三都賦乃詣著作郎張載訪岷邛之事遂構思十稔門庭藩溷皆著紙筆遇得一句即疏之徵爲秘書賦成張華見而咨嗟都邑豪貴競相傳寫三都者劉備都益州號蜀孫權都建業號吳曹操都鄴號魏思作賦時吳蜀已平見前賢文之是非故作斯賦以辨衆惑

五百十七　文四　十二　乙丑重刊　唐恭

劉淵林注三都賦成張載爲注魏都劉逵爲注吳蜀自是之後漸行於俗也

蓋詩有六義焉其二曰賦善曰子夏詩序文也揚雄曰詩人之賦麗以則善曰法言文也班固曰賦者古詩之流也善曰兩都賦序文先王采焉以觀土風善曰禮記曰命太師陳詩以觀民風鄭玄曰陳詩謂采其詩以觀視之見綠竹猗猗於宜則知衛地淇澳於六之產善曰毛詩衛風曰瞻彼淇澳綠竹猗猗見在其版屋則知秦野西戎之宅善曰毛詩秦風曰在其版屋亂我心曲毛萇曰西戎版屋也故能居然而辨八方善曰河圖龍文曰鎮星光明八方歸德難蜀父老曰六合之內八方之外然相如賦上林而引盧橘夏熟揚雄賦甘泉而陳玉樹青葱班固賦西都而歎以出比目張衡賦西京而述以遊海若凡此四者皆非西京之所有也假稱珍怪以爲潤色若斯之類匪啻失至于茲善曰茲此也假稱珍怪也若斯珍之流不啻於此多尚書曰不啻如自其口出考之果木則生非其壤校之神物則出非其所於辭則易爲藻飾於義則虛而無徵蓋韓非所謂畫鬼魅易爲好畫狗馬難爲工之類且夫玉卮紙移無當去聲雖寶非用卮一名觶酒器也當底也善曰韓子堂溪公謂韓昭侯曰今有白玉之卮無當有瓦卮有當君寧何取曰取瓦卮也侈言無驗雖麗非經善曰劉廙荅丁儀刑禮書曰崇飾侈言欲其往來而論去聲者莫不詆丁禮訐斤謁其研精作者大氐音旨舉爲憲章善曰墨子曰雖有詆訐之人無所依矣說文曰詆訶也訐面相斥罪也尚書序曰研精覃思司馬遷書曰詩三百篇大氐賢聖發憤之所爲也禮記曰憲章文武積習生常有自來矣傳曰習實生常善曰左傳叔孫曰叔出季處有自來矣余既思摹莫蒲二京而賦三都其山川城邑則稽之地圖其鳥獸草木則驗之方志善曰周禮曰外史掌四方之志鄭玄曰志記也風謠歌舞各附其俗魁梧忤長者莫非其舊善曰漢書音義應劭曰魁梧丘墟壯大之意也韓子曰重厚自尊謂之長者何則發言爲詩者詠其所志也善曰毛詩序曰詩者志之所之在心爲志發言爲詩升高能賦者頌其所見也善曰毛萇詩傳曰升高能賦可以爲大夫美物者貴依其本讚事者宜本其實善曰釋名曰稱人之美曰讚匪本匪實覽者奚信且夫任土作貢虞書所著辯物居方周易所慎虞書曰禹別九州任土作貢定其肥磽之所生也而著九州貢賦之法也周易曰君子以慎辯物居方聊舉其一隅攝其體統歸諸詁訓焉

五百六十三　文四　十三　乙卯重刊曹佾

蜀都賦一首

有西蜀公子者言於東吴王孫善曰聖主得賢臣頌曰今臣僻在西蜀史記武
王得仲雍曾孫周章封之東吴漢書曰漂母謂韓信曰吾哀王孫而進食蘇林曰如言公子也博物志曰王孫
公子皆相推敬之辭曰蓋聞天以日月爲綱地以四海爲紀九土
星分萬國錯跱崤胡交函有帝皇之宅河洛爲王者之里
非日月無以觀天文非四海無以著地理故聖人仰觀俯察窮神盡微者必須綱紀也崤東西崤也函函谷關
也賈生過秦曰以崤函爲宮里居也言周漢皆以河洛爲都邑善曰越絶書范蠡曰天貴持盈不失日月星辰
之綱紀毛詩曰滔滔江漢南國之紀周禮曰以星土分辨九州之地所封域尚書曰萬國咸寧張衡靈憲曰星
躰生於地列居錯峙崔駰河南尹箴曰唐虞商周河洛是居吾子豈亦曾聞蜀都之
事歟請爲左右揚搉古學而陳之韓非有揚搉篇班固曰揚搉古今其義一也善
曰許慎淮南子注曰揚搉粗略也夫蜀都者蓋兆基於上世開國於

中古廓靈關以爲門包玉壘而爲宇帶二江之雙流
抗峨眉之重阻楊雄蜀王本紀曰蜀王之先名蠶叢柏濩魚凫蒲澤開明是時人萌椎髻左言
不曉文字未有禮樂從開明上到蠶叢積三萬四千歲故曰兆基於上代也秦惠王討滅蜀王封公子通爲蜀
侯惠王二十七年使張若與張儀築成都城其後置蜀郡以李氷爲守地理志曰蜀守李氷鑿離堆穿兩江爲
人開田百姓饗其利是時蜀人始通中國言語頗與華同故言開國於中古也靈關山名在成都西南漢壽界
在前故曰門也玉壘山名也湔水出焉在成都西北岷山界在後故曰宇也江水出岷山分爲二江經成都南
東流經之故曰帶也楊雄蜀都賦曰兩江珥其前峨眉山名也在成都南犍爲界面之故曰抗也水陸
所湊兼六合而交會焉豐蔚所盛茂八區而菴烏覽藹
焉八區四方四隅也地理志曰巴蜀土地肥美有山林菓實之饒班固西都賦曰郊野之富號爲近蜀美其
豐盛善曰六合已見西都賦長楊賦曰洋溢八區於前則跨躡犍乾牂臧枕之鳩

輢交趾經途所亘五千餘里山阜相屬含谿懷谷崗巒
糺紛觸石吐雲阜大山也巒山長而狹也一曰山小而鋭也水注川曰谿注壑曰谷善曰漢書志有
犍爲郡牂牁郡並屬益州又有交趾郡屬交州輢寄也於蟻切春秋元命包曰山有含精藏雲故觸石而出也鬱
蓊汾菶於文以翠微崛魚物巍巍以峩峩干青霄而秀出
舒丹氣而爲霞翠微山氣之輕縹也霞赤雲也嚴夫子哀時命曰紅霓紛其朝霞山澤氣
通故曰舒丹氣以爲霞也善曰甘泉賦曰騰青霄而軼浮景河圖曰崑崙山有五色水赤水之氣上蒸爲霞而
赫然也龍池㶁胡角瀑步角濆扶刎其隈漏江伏流潰胡內其阿汨
骨若湯谷之揚濤沛普賴若濛汜似之涌波龍池在朱提南十里地周
四十七里漏江在建寧有水道伏流數里復出故曰漏江湯谷日所出也濛汜日所入也善曰㶁瀑水沸之聲
也公羊傳曰濆泉者何涌泉也淮南子曰日出于湯谷浴于咸池楚辭云日出于陽谷入于濛汜濛汜見西京

賦於是乎邛竹緣嶺菌桂臨崖宜旁挺龍目側生荔
枝布緑葉之萋萋結朱實之離離迎隆冬而不凋常
曄曄以猗猗邛竹出興古盤江以南竹中實而高節可以作杖神農本草經曰菌桂出交阯圓如
竹爲衆藥通使一曰菌薰也葉曰蕙根曰薰南裔志曰龍眼荔枝生朱提南廣縣犍爲僰道縣隨江東至巴郡
江州縣往往有荔枝樹高五六丈常以夏生其變赤可食龍眼似荔枝其實亦可食邛竹菌桂龍眼荔枝皆冬
生不枯鬱茂於山林善曰王逸荔枝賦曰緑葉蓁蓁又曰朱實叢生孫卿子曰松栢經隆冬而不凋蒙霜雪而
不變曄曄猗猗已見西都賦孔翠群翔犀象競馳白雉朝雊猩猩
生夜啼金馬騁光而絶景碧雞儵忽而曜儀火井沈
熒於幽泉高爓飛煽扇於天垂孔孔雀也翠翠鳥也孔雀特出永昌南涪
縣翡翠常以二月九月群翔與古十餘白雉出永昌猩猩生交趾封溪似猨人面能言語夜聞其聲如小兒啼

春秋傳曰豕人立而啼服子慎曰啼呼也淮南子曰猩猩知往地理志曰金馬碧雞在越嶲青蛉縣禺同山漢宣帝時方士言益州有金馬碧鷄之神可以醮祭而置也宣帝使諫議大夫王褒持節而求之褒道病卒竟不能致也蜀郡有火井在臨邛縣西南火井鹽井也欲出其火先以家火投之須臾許隆隆如雷聲爓出通天光輝十里以筩盛之接其光而無炭也熵熾也善曰廣雅曰熒光也說文曰爓火焰也音艷天垂天四垂也其間則有虎珀丹青江珠瑕英金沙銀礫歷符采彪筆尤炳暉麗灼酌爍舒藥切永昌博南縣出虎珀䍧牁有白曹山出丹青曾青空青也本草經云皆出越嶲郡瑕玉屬也楊雄蜀都賦云瑕英江珠永昌有水出金如糠在沙中與古盤町山出銀符采玉之橫文也灼爍艷色也善曰博物志曰虎珀一名江珠於後則却背華容北指崑崙緣以劍閣阻以石門華容水名在江由之北崑崙山名也楊雄蜀都賦曰北屬崑崙劍閣谷名自蜀通漢中道一由此背有閣道在梓潼郡東北石門在漢中之西褒中之北此二處蜀之險隘於是在焉流

大フ廿　小五乃九四　文四　十六　李卞

漢湯湯傷驚浪雷奔望之天迴即之雲昏水物殊品鱗介異族或藏蛟螭勑知或隱碧玉嘉魚出於丙穴良木攢於褒谷有鱗曰蛟螭蛟螭水神也一曰雌龍也一曰龍子也相如上林賦曰蛟龍赤螭碧玉謂水玉也尸子曰龍淵生玉英丙穴在漢中沔陽縣北有魚穴二所常以三月取之丙地名也褒中縣南口斜谷水源在北南流經褒中故北口曰斜南口曰褒同一谷耳長四百七十里褒斜出良材漢書曰斜谷之木不足爲我械善曰枚乘七發曰波湧而濤起橫奔似雷行任豫益州記曰嘉魚鱗似鱒魚其樹則有木蘭梫寢桂杞櫹蕭椅於其桐椶枒邪栟八耕樅七松楩頻縣柟南幽藹於谷底松柏蓊鬱於山峯木蘭大樹也葉似長生冬夏榮常以冬華其實如小柹甘美南人以爲梅其皮可食楊雄蜀都賦曰樹以木蘭梫桂木桂也傳曰杞梓之木櫹大木也詩曰其桐其椅椶栟出蜀其皮可作繩履櫟似松有刺也樅柏葉松身楩柟二樹名皆大木也擢脩幹竦

長條扇飛雲拂輕霄羲和假道於峻岐陽烏迴翼乎高標言山木之高也善曰楚辭曰吾令羲和弭節兮廣雅曰日御謂之羲和左傳曰假道於虞春秋元命包曰陽成於三故日中有三足鳥鳥者陽精巢居栖翔聿兼鄧林穴宅奇獸窠宿異禽鄧林林名也窠鳥巢也善曰鄧林已見西京賦熊羆咆步交其陽鵰鶚鴥聿其陰猨狖弋狩騰希而競捷虎豹長嘯而永吟鶚其形如鷹皆鷙鳥也枚乘曰鷙鳥累百不如一鶚鴥疾貌也善曰楚辭曰虎豹鬬兮熊羆咆說文曰咆嗥也毛詩曰鴥彼晨風春秋元命包曰猛虎嘯谷風起杜篤連珠曰長吟永嘯於東則左緜巴中百濮音卜所充濮夷也傳曰麇人率百濮今巴中七姓有濮也外負銅梁於宕徒浪渠內函要害於膏腴銅梁山名宕渠縣名銅梁在巴東宕縣在巴西出鐵要害地險隘也膏腴土地肥沃也其中則有巴菽巴戟靈壽桃枝樊以蒩資觀圃濱以鹽

六七　文四　十七　曹侑

池巴菽巴豆也巴戟巴戟天也靈壽木名也出涪陵縣桃枝竹屬也出墊江縣二者可以爲杖樊蕃也詩曰營營青蠅止于樊蒩草名也亦名土茹葉覆地而生根可食人飢則以繼糧鹽池出巴東北新井縣水出地如湧泉可煑以爲鹽善曰埤蒼曰蒩蕺也蕺側及切蜽必滅蛦音啼山棲黿元龜水處潛龍蟠於沮子預澤應鳴鼓而興雨蜽蛦鳥名也如今之所謂山鷄其雄色斑雌色黑出巴東黿大龜也譙周異物志曰涪陵多大龜其甲可以卜其緣中又似瑇瑁俗名曰靈又沮有萊澤也巴東有澤水人謂有神龍不可鳴鼓鳴鼓其傍即便雨也善曰李尤七嘆曰龍靇水處方言曰未升天龍謂之蟠龍綦母邃孟子注曰澤生草言蒩沮與菹同丹沙赩許力熾昌志出其坂蜜房郁毓被其阜山圖采而得道赤斧服而不朽涪陵丹興二縣出丹砂丹砂出山中有穴尚書禹貢曰厥土赤埴巴西漢昌縣多野蜂蜜蠟山圖隴西人也隨道士之名山採藥身輕不食莫知所如赤斧巴人也能煉丹砂與消石服之身體毛髮盡赤皆古仙者也見列仙傳善曰毛萇詩傳

曰艶赤貌也鄭玄尚書注曰熾赤也班固終南頌曰蜜房溜其巔郁毓盛多也若乃剛悍汗生其方風謡尚其武奮之則賨旅在宗翫之則渝舞銳氣剽於中葉蹻繑驕容世於樂府善曰廣雅曰悍勇也應劭風俗通曰巴有賨人剽勇高祖爲漢王時閬中人范目說高祖募取賨人定三秦封目爲閬中慈鳧鄉侯并復除目所發賨人盧朴沓鄂度夕龔七姓不供租賦閬中有渝水賨人左右居銳氣喜舞高祖樂其猛銳數觀其舞後令樂府習之楊雄荆州箴曰風飄以悍氣銳以剛毛詩曰昔在中葉漢書曰武帝樂府於西則右挾故蝶岷山涌瀆發川陪以白狼夷歌成章江水出岷山也白狼夷在漢壽西界漢明帝時作詩三章以頌漢德益州刺史朱輔驛傳其詩奏之語在輔傳也坰野草昧林麓黝於糺儵式六交讓所植蹲存鴟所伏交讓木名也兩樹對生一樹枯則一樹生如是歲更終不俱生俱枯也出岷山在安都縣蹲鴟大芋也其形類蹲鴟故卓王孫曰吾聞岷山之下沃野下有蹲鴟至死不飢善曰黝儵茂盛貌百藥灌叢寒卉冬馥異類衆夥禍于何不育

其中則有青珠黃環碧砮芒消或豐綠荑啼或蕃伐元丹椒蘪蕪布濩護於中阿風連延餘戰蔓萬於蘭皐紅葩紫飾柯葉漸苞敷蘂葳蕤落英飄飆青珠出蜀郡平澤黃環出蜀郡碧石生越巂郡無會縣砮可作箭鏃禹貢梁州厥貢砮石芒消出蜀郡廣陽山綠荑辛荑蘪蕪皆香草也蘪蕪出岷山替陵山風連出岷山一曰出廣都山岷山特多藥草其椒尤好異於天下漸苞相苞裹而同長也書曰草木漸苞蘂者或謂之華或謂之實一曰花鬚頭點也楚辭曰採薜荔之落英神農是嘗盧跗是料聊芳追氣邪味蠲癘痟音消扁鵲盧人古良醫楊雄法言曰扁鵲盧人而醫多盧癘氣不和之氣也痟亦頭病也周禮四時皆有癘疾春多痟首之疾漢書相如常有痟病善曰淮南子曰神農乃始教人播種五穀嘗百草之滋味史記曰虢中庶子謂扁鵲曰臣聞上古之時醫有俞跗醫病

不以湯液其封域之內則有原隰墳衍通望彌博演以潛沫武蓋浸以緜雒禹貢梁州云沱潛既道有水從漢中沔陽縣南流至梓潼漢壽縣入穴中通岡山下西南潛出今名複水舊說云禹貢潛水也又有水出岷山之西東流過漢壽南流有高山上合下開水經其中曰沫水水潛行曰演此二水伏流故曰演以潛沫緜水在緜竹縣出紫巖山雒水在上雒縣出桐栢山周禮曰楊州其浸五湖言益州之有緜雒猶揚州之有五湖故曰浸以緜雒也潛沫緜雒四水所經卒皆蜀郡故皆謂之封域之內也溝洫脉散疆里綺錯黍稷油油秔古衡稻莫莫指渠口以爲雲門灑滮扶彪池而爲陸六澤雖星畢之滂普郎沲度羅尚未齊其膏液廣深四尺爲溝倍溝爲洫左氏傳曰先王疆理天下謂地勢縱橫之宜也莫莫茂也李冰於湔山下造大堋以壅江水分散其流溉灌平地故曰指渠口以爲雲門也灑流貌詩曰滮池北流浸彼稻田蔡邕曰凝雨曰陸尚書洪範曰星有好雨月失道而入畢則多雨詩曰月離于畢俾滂沲

矣善曰鄭玄周禮注曰黃帝樂曰雲門言黃帝之德如雲之出門也然此唯取雲門之名不取樂也爾乃邑居隱賑之忍夾江傍山棟宇相望桑梓接連家有鹽泉之井戶有橘柚之園隱盛也賑富也梓木名可以爲琴瑟蜀都臨邛縣江陽漢安縣皆有鹽井巴西充國縣有鹽井數十大曰柚小曰橘犍爲南安縣出黃甘橘地理志曰蜀都嚴道巴郡朐忍魚複二縣出橘有橘官善曰楊雄蜀都賦曰夾江緣山又曰西有鹽泉鐵冶橘林銅陵其園則有林檎枇杷橙柹梬郢楟亭榹息移桃函含列梅李羅生皆菓名也林檎實似赤柰而小味如梨枇杷冬華黃實本出蜀蜀有給客橙冬夏華實相繼張揖曰梬山梨善曰爾雅曰榹桃山桃也百果甲宅坼異色同榮朱櫻春熟素柰夏成善曰周易曰百果草木皆甲坼鄭玄曰木實曰果皆讀如人倦之解解謂坼呼皮曰甲根曰宅宅居也呼火亞切漢書叔孫通曰古有春嘗果今櫻桃熟可嘗也素柰白柰也王逸荔枝賦曰酒泉白柰若乃大火流涼

風厲列白露凝微霜結詩曰七月流火禮記月令孟秋涼風至善曰毛萇詩傳曰火大火也流下也毛詩曰白露爲霜楚辭曰微霜結兮眇眇紫梨津潤樼側鄰栗罅呼亞發蒲陶亂潰胡對若榴競裂甘至自零芬芬酷苦毒烈詩云樹之榛栗傳曰樼栗棗脩罅發栗皮坼罅而發也甘至言熟也善曰西京雜記曰上林有紫梨郭璞上林賦注曰蒲陶似燕薁可作酒馬融西第頌曰紫房潰灦又曰胡桃自零若榴巳見兩都賦上林賦曰酷烈淑郁榛與樼同其園則有蒟俱宇蒻弱茱萸瓜疇芋于句區甘蔗之夜辛薑陽蓲許于陰敷蒟蒟醬也緣樹而生其子如桑椹熟時正青長二三寸以蜜藏而食之辛香溫調五臟蒻草也其根名蒻頭大者如斗其肌正白可以灰汁煑則凝成可以苦酒淹食之蜀人珍焉茱萸一名藙也疇者界埒小畔際也楊雄太元經曰陽蓲萬物言陽氣蓲煦生萬物也陰敷蔓生於陰也日往菲薇月來扶疎任土所麗衆獻而儲任土任其土地所生也尚書所謂任土作貢也

易曰百穀草木麗乎土其沃瀛盈則有攢在官蔣將叢蒲綠菱紅蓮雜以蘊藻糅女又以蘋蘩楚辭曰倚沼畦瀛王逸云瀛澤中也班固以爲畦蔣菰名也蘊藻蘋蘩皆水草也蘊叢也總莖柅柅乃禮裛於業葉蓁蓁臻蕡墳實時味王公羞焉柅柅蓁蓁盛茂貌也詩曰爾肴既將傳曰苟有明信澗谿沼沚之毛蘋蘩蘊藻之菜可薦於鬼神可羞於王公善曰毛詩曰敦彼行葦維葉柅柅又曰桃之夭夭其葉蓁蓁又曰桃之夭夭有蕡其實其中則有鴻儔鵠侶振鷺鵜徒兮鶘胡晨鳧旦至候鴈銜蘆皆水鳥名鴻鵠多群飛故言侶儔也振鷺鵜鶘二鳥名也晨鳧常以晨飛也鴈候時南北故曰候鴈銜蘆以禦繒繳令不得截其翼也淮南子曰鴈銜蘆而翔以備繒繳善曰毛詩曰振鷺于飛爾雅曰鵜洿澤也郭璞曰即鵜鶘也說苑曰魏文侯嗜晨鳧呂氏春秋曰季秋之月候鴈來木落南翔冰泮北徂雲飛水宿哢吭胡剛清渠其深則有白黿命鼈玄獺上祭

木落者葉落也木葉落秋時也冰泮春時也善曰淮南子曰木葉落而長年悲家語曰冰泮而農桑起爾雅曰吭鳥嚨禮記月令孟春獺祭魚將食之先以祭也鱣鮪鱒也鮷似鮎魦似鮒鱒魴皆見詩也楚辭曰乘白黿兮逐文魚張衡應問曰黿鳴而鼈應命也鱣陟連鮪于鬼鱒在本魴鮷啼鱧禮魦鱨嘗呼差鱗次色錦質報章躍濤戲瀨中流相忘莊周云泉涸魚相與處陸相呴以濕相濡以沫不若相忘於江湖善曰毛詩曰終日七襄不成報章於是乎金城石郭兼帀中區既麗且崇實號成都金石言堅也故朝錯曰神農之教雖有金城湯池也闢二九之通門畫方軌之廣塗營新宮於爽塏愷擬承明而起廬漢武帝元鼎二年立成都十八門周禮經塗九軌畫言端直也爽塏高明也善曰左氏傳曰齊景公欲更晏子之宅曰請更諸爽塏者杜預曰就高燥也漢書曰嚴助爲會稽太守帝賜書曰君厭承明之廬張晏曰承明廬在石渠門外結陽城之延閣飛觀榭乎雲中

開高軒以臨山列綺牕而瞰苦檻江陽城蜀門名也善曰淮南子曰延閣棧道高軒堂左右長廊之有牕者張載魯靈光殿賦注曰軒檻所以開明也古詩曰交疏結綺窗內則議殿爵堂武義虎威宣化之闥崇禮之闈議殿爵堂殿堂名也武義虎威二門名也宣化崇禮皆闈闥之名也華闕雙邈重門洞開金鋪交映玉題相暉金鋪門鋪首以金爲之玉題以玉爲之孟子曰榱題數尺楊雄曰旋題玉英善曰西都賦曰樹中天之華闕長門賦曰擠玉户而撼金鋪外則軌躅直錄八達里閈汗對出比屋連甍千廡武音萬室閈里門也管子曰閭閈不可以無闔廬縮與高祖同里班固曰縮自同閈廡庑也蘇秦說魏襄王曰廬廡之數也善曰漢書班嗣與桓生書曰伏孔氏之軌躅音義曰三輔說牛蹄處爲躅爾雅曰八達謂之崇期孫炎曰崇多也多道會期於此亦有甲第當衢向術壇徒蘭宇顯敞高門納駟四術道也楚辭九章曰燕雀烏鵲巢堂壇兮王逸曰壇猶堂也漢于公高其

門使容駟馬高蓋此言甲第高門可以納駟善曰西京賦曰北闕甲第當道直啓李尤高安館銘曰增臺顯敞禁室靜幽庭扣苦后鍾磬堂撫琴瑟匪葛匪姜疇詩能是恤疇誰也善曰蜀志曰諸葛亮爲丞相又曰姜維初爲亮倉曹掾稍遷爲大將軍亞以少城接乎其西市廛所會萬商之淵列隧百重羅肆巨千賄呼罪貨山積纖麗星繁少城小城也在大城西市在其中也都人士女袨縣服靚才姓粧賈音古貿莫構墆直例鬻舛究錯縱橫異物崛詭奇於八方布有橦華麪有桄光榔郎邛杖傳節於大夏之邑蒟句醬流味於番潘禺愚之鄉蘇林曰袨服謂盛服也張揖曰靚謂粉白黛黑也墆貯也橦華者樹名橦其花柔毳可績爲布也出永昌桄榔樹名也木中有屑如麪可食出興古張騫傳曰臣在大夏時見邛竹杖蜀布問安得此大夏國人曰吾賈人往市之身毒國身毒國在大夏東南可數千里南越傳曰使唐蒙

風曉南越食蒙以蒟醬蒙問所從來荅曰西北牂牁江廣數里出番禺城下故漢書曰感蒟醬竹杖則開牂牁越巂也邛竹杖以節爲奇故曰傳節也善曰都人士女已見西都賦漢書曰富商大賈或墆財八方已見上三都序輿輦雜沓徒合冠帶混幷累轂疊跡叛衍相傾諠譁鼎沸則哤莫江聒公達宇宙囂許驕塵張陟亮天則埃壒烏蓋曜靈叛亂也莊周曰何貴何賤是謂叛衍善曰蔡邕月令章句曰冠首飾也帶大帶所以束身也司馬彪莊子注曰叛衍猶漫衍也國語管子曰四人雜處則其言哤說文曰聒讙語也文子曰四方上下曰宇說文曰宙舟輿所極覆也西都賦曰軼埃壒之混濁楚辭曰角宿未旦耀靈焉藏廣雅曰耀靈白日也閭閻之裏伎巧之家百室離房機杼相和貝錦斐成濯色江波黃潤比毗二筒籝盈金所過闤市巷也闠市外內門也貝錦錦文也譙周益州志云成都織錦既成濯於江水其文分明勝於初成他水濯之不如江水也黃潤謂筒中細布也司馬相如凡將篇曰黃潤纖美宜制褌揚

雄蜀都賦曰筒中黃潤一端數金籝勝也韋賢傳曰黃金滿籝善曰毛詩曰百室盈止古詩曰札札弄機杼毛詩曰萋兮斐兮成是貝錦也侈侈隆富卓鄭埒劣名公擅山川貨殖私庭藏鏹尤兩巨萬鈲浦覓摫規兼呈亦以財雄翕習邊城漢書貨殖傳曰蜀卓氏之臨邛公擅山川銅鐵上爭王者之利下錮齊人之業富至僮八百人程鄭亦冶鑄富埒卓氏司馬相如傳云臨邛富人程鄭僮亦數百人鏹錢貫也殖貨志曰藏鏹千萬揚雄方言云鈲摫裁也梁益之間裁木爲器曰鈲裂帛爲衣曰摫兼呈者皆有常課至擬於王者亦以財雄猶班壹以財雄邊城也漢書班氏叙傳當孝惠高后時以財雄邊出入弋獵旌旗鼓吹以臨邛是蜀郡之邊縣故云邊城善曰藏鏹管子之文也三蜀之豪時來時往養交都邑結儔附黨三蜀蜀郡廣漢犍爲也本一蜀國漢高祖分置廣漢漢武帝分置犍爲善曰孫卿子曰偷合苟容以持祿養劇談戲論扼腕抵紙掌出則連騎歸從百兩劇甚也鬼谷先生書有抵戲篇桓譚七說

曰戲談以要譽張儀傳曰天下之士莫不扼腕以言戰國策曰蘇秦說趙王華屋之下抵掌而言皆談說之客也百兩百乘也詩云之子于歸百兩御之善曰漢書曰揚雄口吃不能劇談連騎已見西京賦若其舊俗終冬始春吉日良辰置酒高堂以御嘉賓楊雄蜀都賦曰其俗迎春送冬百金之家千金之公善曰楚辭曰吉日兮良辰曹植箜篌引曰置酒高殿上毛詩曰以御賓客且以酌醴金罍中坐肴槅四陳觴以清醥鮮以紫鱗羽爵執競絲竹乃發巴姬彈弦漢女擊節鮮魚鱠也詩云炰鱉鱠鯉巴姬漢之美人猶衛之雅質蔡之幼女善曰毛詩曰肴核維旅鄭玄曰肴葅醢也核桃梅之屬也左氏傳楚共王有巴姬槅與核義同起西音於促柱歌江上之飄寮厲紆長袖而屢舞翩躚躚以裔裔昔周昭王涉漢中流而隕其右辛遊靡拯王遂卒不復還周乃侯其子于西翟實爲長公楚徙宅西河長公思故處始作西音長公繼是音以處西山秦國之風蓋取乎此見呂氏春秋韓子曰長

袖善舞詩曰屢舞躚躚合樽促席引滿相罰樂飲今夕一醉累月言頓飲也善曰東方朔六言詩曰合樽促席相娛漢書曰趙李侍中皆引滿舉白毛詩曰今夕何夕又曰一醉日富若夫王孫之屬郤却戟公之倫從禽于外巷無居人並乘驥子俱服魚文玄黃異校結駟繽紛王孫卓王孫也貨殖傳曰卓王孫田宅射獵之樂擬於人君郤公豪俠也楊雄蜀都賦曰若其漁弋郤公之徒相與如乎巨野羅車百乘觀者萬堤服箭服詩云象弭魚服善曰周易曰即鹿無虞以從禽也毛詩曰叔于田巷無居人桓子新論曰善相馬者曰薛公得馬惡貌而正走名驥子周禮六廄成校校有左右楚辭曰青驪結駟齊千乘西踰金隄東越玉津朔別期晦匪日匪旬金隄在岷山都安縣西隄有左右口當成都西也璧玉津在犍爲之東北當成都之東也楊雄羽獵賦前曰邪界虞淵後曰浮彭蠡張衡羽獵前曰逐息崐崘後曰勞許公于箕隅道里遼迴非一日所遊金堤玉津東西分行所欲經營亦非一所其間悠遠故曰朔別晦期也

若云一月之中乃能周徧不以旬日者也蹴秋六蹈蒙籠涉躐寥廓鷹犬倏眒勝㳂罻尉羅絡幕倏眒疾遠也罻羅鳥獸網也絡幕施張之貌也善曰蒙籠已見南都賦桓譚新論曰道路皆蒿草寥廓狼籍子雲賦曰倏眒倩浰毛群陸離羽族紛泊四各翕響揮霍中網林薄毛群獸也羽族鳥也陸離分散也紛泊飛薄也翕響揮霍奄忽之間也屠麖京麋翦旄麈帶文蛇跨彫虎皆獵之所得也麖麋體大故屠之旄麈有尾故翦之蛇虎可畏而帶跨之言其勇也尸子曰中黃伯云余左執太行之獶而右搏雕虎善曰越人衣文蛇志未騁時欲晚追輕翼赴絕遠出彭門之闕馳九折之坂經三峽之崢嶸躡五屼兀之蹇滻岷山都安縣有兩山相對立如闕號曰彭門楊雄蜀都賦曰彭門鴻屼九折坂在漢壽嚴道縣卭萊山三峽巴東永安縣有高山相對相去可二十丈左右崖甚高人謂之峽江水過其中五屼山名也一山有五重在越嶲當犍爲南安縣之南也楊雄蜀都賦曰五屼參差善曰楚辭曰下崢嶸兮無地子虛賦曰蹇滻溝瀆戟食鐵之獸射噬毒之鹿皛胡了切當爲拍拍普格切貙丑于氓於葽於堯草彈言鳥於森木貊獸毛黑白臆似熊而小以舌舐鐵須臾便數十斤出建寧郡也有神鹿兩頭主食毒草名之食毒鹿出雲南郡此二事魏完南中志所記也易曰噬腊肉遇毒貙氓謂貙人也言鳥鸚鵡之屬皆出南中文立蜀都賦虎豹之人善曰方言曰噬食也博物志曰江漢有貙人能化爲虎說文曰拍拊也漢書音義曰葽盛貌拔象齒戾結歷犀角鳥鎩所札翮獸廢足鎩翮不能飛廢足不能行也善曰淮南子曰飛鳥鎩羽走獸廢足許慎曰鎩殘也殆而朅綺列來相與第如滇丁田池集于江洲試水客艤音蟻輕舟娉江斐與神遊朅去也第且也相如傳曰第如臨卭譙周異物志曰滇池在建寧界有大澤水周二百餘里水作深廣作淺狹似如倒池故俗去滇池江洲在巴郡楊雄蜀都賦曰分川並注合乎江洲滇池江洲非一處也今連之者說或有在滇池時或有在江洲時無有常也應劭曰艤正也一曰南

方俗謂正船迴濟處爲艤項羽傳曰烏江亭長艤船待羽江斐二女遊於江濵逢鄭交甫挑之不知其神女也遂解珮與之交甫悅受珮而去數十步空懷無珮女亦不見語在列仙傳罨奄翡翠釣鰋偃鮋流長下高鵠出潛虯鰋鮋魚名吹洞簫發櫂宅孝謳感鱏尋魚動陽侯洞簫長簫無底也王褒所頌者也漢元帝能吹洞簫櫂謳鼓櫂而歌也鱏魚出江中頭與身正半口在腹下淮南子曰瓠巴鼓琴鱏魚出聽善曰櫂謳已見西都賦陽侯已見南都賦騰波沸涌珠貝汜浮若雲漢含星而光耀洪流管子曰若江湖之人求珠貝者不舍也言魚駭波動珠貝浮見也善曰相貝經曰素質紅裏謂之珠貝將饗獠力召者張帟幕會平原酌清酤戶割芳鮮飲御酣賓旅旋車馬雷駭轟轟闐闐若風流雨散漫乎數百里間獠獵也帟平帳也周禮曰田則張幕設帟月令曰躬耕帝籍反乃執爵命曰勞酒言以宴群臣也鮮新殺者也一曰生肉也善曰既載清酤毛萇詩

曰酤酒也斯蓋宅土之所安樂觀聽之所踊躍也焉獨三川爲世朝市若乃卓犖呂角奇譎倜儻罔已一經神怪一緯人理遠則岷山之精上爲井絡天帝運期而會昌景福肸喜筆蠁而興作碧出萇弘之血鳥生杜宇之魄妄變化而非常羌見偉於疇昔張儀曰爭名者於朝爭利者於市今三川周室天下之朝市也河圖括地象曰岷山之地上爲井絡帝以會昌神以建福上爲天井言岷山之地上爲東井維絡岷山之精上爲天之井星也昌慶也言天帝於此會慶建福也莊周曰萇弘死於蜀藏其血三年化爲碧蜀記曰昔有人姓杜名宇王蜀號曰望帝宇死俗說云宇化爲子規子規鳥名也蜀人聞子規鳴皆曰望帝也善曰降丘宅土劉向雅琴賦曰觀聽之所至乃知其美也漢書音義韋昭曰有河洛伊故曰三川上林賦曰肸蠁布寫近則江漢炳丙靈世載其英蔚若相如皭在爵若君平王褒韡韋

曄而秀發揚雄含章而挺生幽思絢呼絹道德摛勑離藻掞傷豔天庭考四海而爲儁俊當中葉而擅名是故遊談者以爲譽造作者以爲程也相如司馬長卿也君平嚴遵也王褒字子淵揚雄字子雲皆蜀人君平作老子指歸子雲作太玄法言故曰幽思絢道德也鄭玄曰文章成謂之絢漢武帝讀相如子虛賦而善之吾獨不得與此人同時哉元帝善王褒所作甘泉洞簫頌令後宮貴人左右皆誦之楊雄奏羽獵賦天子異焉又云班固述雄傳曰初擬相如獻賦黃門故曰摛藻掞天庭也漢書禮樂志曰長麗前掞光耀明善曰史記曰屈原浮游於塵埃之外皭然泥而不滓者也徐廣曰皭疎淨之貌也周易曰含章可貞馮衍德誥曰沈情幽思引六經之精微毛詩曰昔在中葉戰國策蘇秦曰外客遊談之士無敢自進於前也至乎臨谷爲塞因山爲障峻岨塍繩埒劣長城豁險吞若巨防蘇秦曰齊南有太山東有琅邪北有渤海西有清河所謂四塞之國也史遷述蒙恬傳曰據河爲塞大曰隄小曰塍云峻岨之嚴視長城若塍埒也豁深貌也戰國策曰齊有長城巨防足以爲塞也一人守隘萬夫莫向善曰淮南子曰一人守隘千夫莫向公孫躍馬而稱帝劉宗下輦而自王善曰范曄後漢書曰公孫述字子陽扶風人也王莽時爲道江卒正更始立述恃其地險衆附遂自立爲天子蜀志曰先主姓劉諱備漢靖王勝後也益州牧劉璋使人迎先主令討張魯先主遂進圍成都璋出降先主即皇帝位備漢後故曰宗由此言之天下孰尚故雖兼諸夏之富有猶未若茲都之無量也論語曰夷狄之有君不如諸夏之亡周易曰富有之謂大業也又論語曰惟酒無量

文選卷第四

賜進士出身通奉大夫江南蘇松常鎮太等處承宣布政使司布政使胡克家重校刊

文選卷第五

梁昭明太子撰

文林郎守太子右内率府録事參軍事崇賢館直學士臣李善注上

京都下

左太沖吳都賦一首　劉淵林注

吳都賦吳都者蘇州是也後漢末孫權乃都於建業亦號吳

東吳王孫囅然而咍囅大笑貌莊周云齊桓公囅然而笑楚人謂相笑爲咍楚辭曰衆兆所咍善曰囅勑忍切咍呼來切曰夫上圖景宿辨於天文者也下料聊物土析於地理者也謂天垂其象而分野形地以別土而區域殊料度也善曰文子曰天道爲文地道爲理古先帝代曾覽八紘之洪緒一六合而光宅翔集遐宇鳥策篆素玉牒石記鳥聞梁岷有陟方之館行宮之基歟淮南子曰九州外有八澤方千里八澤之外有八紘亦方千里蓋八索也一六合而光宅者并有天下而一家也說文曰牒札也石記刻石書傳記也鳥安也梁梁州也岷岷山皆蜀地也書云舜陟方謂南巡守也光武紀云濟陽有武帝行過宮善曰呂氏春秋曰神通乎六合高誘曰四方上下爲六合尚書序曰光宅天下鳥策鳥書於策也春秋運斗樞曰黃龍負圖出置帝前鳥文漢書音義曰大篆蟲書鳥書是也鄭玄禮記注曰策簡也篆素篆書於素也揚雄書曰齎油素四尺東觀漢記曰封禪其玉牒文秘天子事也說文曰諜記也牒與諜同孝經鉤命訣曰封禪刻石紀號也天子行所立名曰行宮陟升也方道也巡狩謂舜也而吾子言蜀都之富禺同之有瑋其區域美其林藪矜巴漢之阻則以爲襲險之右徇蹲鴟之沃則以爲世濟陽九齷齪而筭顧亦曲士之所歎也旁魄而論都抑非大人之壯觀也吾子謂西蜀公子言蜀地富饒及禺同之所有也瑋美也蜀都賦云左綿巴中百濮所充緣以劒閣阻以蜀門矜夸其險也徇營也士身從物曰徇夸物示人亦曰徇卓王孫曰吾聞岷山之野下有蹲鴟至死不飢三年不收其形如蹲鴟故號也越巂郡蜻蛉縣禺山有金馬碧雞之神巴漢之阻巴郡之扞關也漢中廣漢其路由於劒閣褒斜也易無妄曰災氣有九陽阨陰阨四合爲九一元之中四千六百一十七歲各以數至陽阨故云百六之會王孫言公子徇其土地自生蹲鴟可以救代飢儉度陽九之厄漢書律歷志具有其事齷齪好苛局小之貌曲謂僻也言筭量蜀地亦是曲僻之士旁魄取寬大之意王孫謂寬大之意論西都也善曰楊雄城門校尉箴曰盤石唐芒襲險重固漢書酈食其曰其將齷齪好苛禮齪楚角切文子曰曲士不可言至道莊子曰將旁礴萬物以爲一司馬彪曰旁礴猶混同也礴與魄同鵩鳥賦曰大人不曲何則土壤不足以攝生山川不足以周衛公孫國之而破諸葛家之而滅茲乃喪亂之丘墟顛覆之軌轍安可以儷戾王公而著風烈也攝持也老子曰善攝生漢書公孫述王莽末時王蜀爲光武將吳漢破之魏志曰漢末諸葛亮輔劉備而爲臣都於蜀終於魏將鄧艾所平儷著也凡天下存亡唯繫乎人然強弱有常勢利害有常地必有不可守之土不可輿之國矣易曰六五之吉麗王公也善曰漢武栢梁臺衛尉詩曰周衛交戟禁不時毛詩曰喪亂弘多呂氏春秋燭過曰子胥諫而不聽故吳爲丘墟毛詩序曰閔周室之顛覆奢靡也尚書周公曰獘化奢麗風烈已見南都賦翫其磧礫而不窺玉淵者未知驪龍之所蟠也習其獘邑而不覩上邦者未知英雄之所躔也磧礫淺水見沙石之貌玉淵水深之處美玉所出也尸子曰龍淵生玉英莊子曰千金之珠在九重之淵驪龍頷下故曰不窺玉淵者不知驪龍之蟠也善曰上林賦曰下磧礫之坻說文曰磧水渚有石也且歷切驪音離左氏傳曰衛州吁曰獘邑與陳蔡從上邦猶上國也方言曰躔歷行也子獨未聞大吳之巨麗乎且有吳之開國也造自太伯宣於延陵蓋端委之所彰高節之所興建至德以剙洪業世無得而顯稱由克讓以立風俗輕脫躧於千乘若率土而論都則非列國之所觖望也戰國策曰黑齒彫題大吳之國也昔周太伯三以天下讓延陵季子辭國而不處遂化荆蠻之方與華夏同風二人所興左氏傳曰太伯端委以治端委禮衣委貌謂冠袖長而裳齊委

至地也孔子曰太伯三以天下讓人無得而稱焉善曰端委至德
大伯也高節克讓延陵也左傳曰吳子諸樊既除喪將立季札札
曰聖達節次守節下失節爲君非吾節也遂讓不受史記曰壽夢
欲立季札讓不可乃立諸樊也漢書武帝曰吾去妻子如脫躧
耳聲類曰躧或爲韃說文曰韃鞮屬也亦所解切諸侯故言千乘之
國論語曰導千乘之國漢書曰上欲王盧綰爲群臣觖望臣瓚曰
觖謂相觖而怨望也觖音決故其經略上當星紀拓音託土畫疆卓犖呂角兼并
包括干越跨躡蠻荊左傳曰天子經略土地定城國制諸侯略分界也一曰遠界爲經略也爾雅曰星紀
斗牽牛吳分野斗者日月五星之所經始故謂之星紀意者斗爲
星紀則其分域亦所以能爲綱維故曰卓犖兼并也越今之蒼梧
鬱林合浦交阯九真南海日南皆越地吳之所并也荊蠻吳所得
荊州四郡零陵桂陽長沙武陵善曰漢書曰戎狄之與干越不相
入也音義曰干南方越名也春秋曰干越入
吳杜預注曰干越人發語聲詩曰蠢爾蠻荊婺女寄其曜翼軫
寓其精指衡岳以鎮野目龍川而帶坰婺女越分翼軫楚分非吳分故言寄曜寓精也
善曰漢書曰越地婺女之分野楚地翼軫之分野周禮曰正南曰
荊州其鎮衡山漢書南海有龍川縣南越志縣北有龍穴山舜時

文五　三　乙丑重刊　王明

有五色龍乘雲出入此穴爾雅曰林外謂之坰爾其山澤則嵬嶷嶢屼巊冥鬱岪潰
渱泮汗滇𣶃淼漫或涌川而開瀆或吞江而納漢磈磈巍巍
滮滮涆涆磝硷乎數州之間灌注乎天下之半山之大者衡嶽澤之
大者彭蠡地理志曰彭蠡澤在豫章彭澤西會稽餘姚縣蕭山瀵
水所出嵬嶷高大皃巊冥鬱岪山氣暗昧之狀潰渱泮汗謂直望
無崖也滇𣶃淼漫山水闊遠無崖之狀錢塘縣武林水所出龍川
故曰涌川九江經廬山而東故曰開瀆禹貢曰三江既入震澤底
定故曰吞江又曰漢水東爲滄浪南入于江故曰納漢磈磈石在
山中之貌涆涆水流行聲勢也磝硷山深險連延之狀荊揚交廣
數州之間土地闊遠故曰天下之半善曰嶷魚力切字林曰屼
山也五骨切埤蒼曰岪鬱山皃扶勿切渱胡東切滇通見切𣶃莫
見切淼水皃音眇磈胡罪切巍力罪切涆古旦切百川派別歸海而會控清引
濁混濤并瀨濆薄沸騰寂寥長邁濞焉洶呼恭
切洶隱焉磕磕字說曰水別流爲派濤大波也瀨急湍也長邁不回之意磕苦蓋切善曰尚書大傳曰百

川趨于海洶洶磕磕皆水聲也出乎大荒之中行乎東極之外經扶桑之
中林包湯谷之滂沛潮波汩起迴復萬里歊霧漨浡雲蒸
昏昧大荒謂海外也爾雅曰孤竹北戶西王母日下謂之四荒孤竹在北北戶在南日下在東西王母在西皆四方
荒昏之國也又曰東至大遠西至邠國南至濮鈆北至祝栗
謂之四極謂四方之極極遠也言大荒東極扶桑湯谷者謂
海外彌廣無所不連也潮波汩起言水彌廣汩急疾无所不
至歊霧水霧之氣似雲蒸昏暗不明也善曰扶桑湯谷已見
上文漨薄工切浡蒲昧切泓澄奫潫澒溶沆戶朗瀁余兩莫測其深莫究
其廣澶湉漠而無涯惣有流而爲長瓌異之所叢育鱗甲
之所集往善曰說文曰泓下深大也澄湛也奫潫迴復之貌皆水深廣闊也奫於旻切潫於權切澒胡孔切溶
余腫切澶湉安流貌澶音纏湉音恬瓌異龜魚皆在水中生長於是乎長鯨吞航修鯢吐浪
躍龍騰蛇鮫鯔琵琶王鮪偉鯸鮐鮣印龜鱕䱜烏賊擁劍

大ㄋ二十　小六ㄋ五十二　文五　四　翁

龜古侯鼊辟鯖鰐涵泳乎其中航舡之別名異物志云鯨魚長者數十里小者數十丈
雄曰鯨雌曰鯢或死於沙上得之者皆無目俗言其目化爲
明月珠鄧析子曰釣鯢者不於清池一說曰鯨猶言鳳鯢猶
言皇也異物志曰朱厓有水蚝鮫魚出合浦長二三尺背上
有甲珠文堅強可以飾刀口可以爲鑢鯔魚形如鯢長七尺
吳會稽臨海皆有之琵琶魚無鱗其形似琵琶東海有之鯸
鮐魚狀如科斗大者尺餘腹下白背上青黑有黃文性有毒
雖小獺及大魚不敢餤之蒸煮餤之肥美豫章人珍之鮣魚
長三尺許無鱗身中正四方如印扶南俗云諸大魚欲死鮣
魚皆先封之鱕䱜有橫骨在鼻前如斤斧形東人謂斧斤之
斤爲鱕故謂之鱕䱜魚二十餘種此其尤異者此魚所擊無
不中斷也有出入䱜子朝出求食暮還入母腹中皆出臨海
烏賊魚腹中有藥擁劍蟹屬也從廣二尺許有爪其螯偏大
大者如人大指長二寸餘色不與體同特正黃而生光明常
忌護之如珍寶矣利如劍故曰擁劍其一螯尤細主取食出
南海交阯龜鼊龜屬也其形如笠四足縵胡無指其甲有黑
珠文采如瑇瑁可以飾物肉如龜肉肥美可食鯖魚出交阯
合浦諸郡鰐魚長二丈餘有四足似鼉喙長三尺甚利齒虎
及大鹿渡水鰐擊之皆中斷生則出在沙上乳卵卵如鴨子

亦有黃白可食其頭豕去齒旬日閒更生廣州有之涵沉
也揚雄方言曰南楚謂沉爲涵泳潛行也見爾雅言已上
魚龍潛沒泳其中善曰莊子曰吞舟之魚蕩而失水周易
曰見龍在田或躍在淵楚辭曰騰蛇兮後從文子曰騰蛇
無足而騰鰡音蕾鮐音夷鰆甫表
切鱔甫亦切鰐五洛切涵音含葺七入鱗鏤甲詭類舛
錯泝素洄順流噞喁沈浮葺累也甲謂龜甲也楚辭曰魚葺鱗以自別噞喁魚在水中羣
出動口貌善曰毛詩曰泝洄從之道阻且長淮南子曰水濁則魚噞喁噞牛檢切喁魚凶切鳥則鶤雞鸀
燭鳿玉鸘霜鵠鷺鴻鶢爰鶋居避風候鴈造七報江鸂鶒鷛
鸏鶄鶴鶖鶬鸛鷗鷁七激鸕汜濫乎其上鶤雞鳥也好鳴鸀鳿水鳥也鵝如鶩
而大長頸赤目其毛辟水毒丹陽鄱陽皆有之鶢鶋鳥也
似鳳左傳曰海鳥爰居止魯東門外三日臧文仲使國人祭
之不知其鳥以爲神也鸂鶒水鳥也色黃赤有斑文食短
狐蟲在水中無毒江東諸郡皆有之鷛鶏似鴨而雞足鵲
鶴出南海桂陽諸郡善曰候鴈已見南都賦毛詩曰有鶖
在梁毛萇詩傳曰秃鶖也蒼頡篇曰鷗大如鳩郭璞山海

經注曰鷗水鴞也鸕音庸鸏音渠鶖音秋湛淡羽儀隨波參差理翮整翰容
與自翫彫啄蔓藻刷盪漪瀾湛淡迅疾皃漪瀾水波也彫啄鳥食貌蔓藻海藻之屬也
善曰說文曰刷刮也漪蓋語辭也毛詩曰河水清且漣漪爾雅曰大波爲瀾魚鳥聱耴萬物蠢
昌允生芒芒黖黖慌呼廣罔奄欻許勿神化翕忽函幽育明窮性
極形盈虛自然蚌蛤珠胎與月虧全巨鼇贔備屓許器首
冠靈山大鵬繽翻翼若垂天振盪汪流雷抃重淵殷上聲動
宇宙胡可勝原蠢動也黖黖絕遠貌奄欻去來不定之意翕忽疾貌函幽育明皆謂珠玉光耀之狀
也窮性極形物皆極之也呂氏春秋曰月望則蚌蛤實月晦則蚌蛤虛列仙傳曰巨鼇負蓬萊山而抃滄海之中贔屓
用力壯貌莊子曰北溟有魚名鵾化爲鵬怒而飛翼若垂天之雲鵬之將徙於南溟水擊三千里摶扶搖而上九萬
里示振盪之狀也汪流水深貌其聲勢之不可勝盡也淮南子曰虛廓生宇宙宇宙生天地者也善曰聱耴衆聲也埤蒼云聱

不聽也魚幽切耴牛乙切杜篤論都賦曰蠢生萬類黖黖不
明貌許既切春秋保乾圖曰日以圓照月以虧全宋均曰全
十五日時也列子夏革曰渤海之東曰歸墟其中有五山焉
帝命禺強使巨鼇十五舉首而戴五山峙而不動乎中記曰
鼇巨龜也西京賦曰巨靈贔屓王逸楚辭注曰擊手曰抃音卞島嶼序綿邈洲渚馮平隆崇
曠瞻迢遞迥眺冥蒙珍怪麗奇隙充徑路絕風雲通洪桃屈
盤丹桂灌叢瓊枝抗莖而敷蘂珊瑚幽茂而玲瓏島海中山也嶼海中
洲上有山石魏武蒼海賦曰覽島嶼之所有綿邈廣遠貌水中可居曰洲小洲曰渚曠瞻迢遞謂島嶼也馮隆高貌迢遞
遠貌迥眺冥蒙謂洲渚深奧之貌言珍怪之物麗於島嶼之中徑路絕者人道斷絕風雲通者雅風雲能交通也意者謂
奇怪之徒因風雲以交通水經曰東海中有山焉名曰度索上有大桃屈盤三千里桂生蒼梧交趾合浦以南山中所在
叢聚無他雜木也其枝葉皆辛木叢生曰灌瓊樹生其華蘂仙人所食令人長生楚辭曰精瓊蘂以爲糧蓬萊三山神仙
所居故宜有焉漢書歌曰上蓬萊咀瓊英珊瑚樹赤色有枝無華扶南傳曰張海中有盤石珊瑚生其上玲瓏明貌善曰後

漢黎陽山碑曰山河馮隆有精英兮朱穆鬱金賦曰丹
桂植其東莊子曰南方積石千里名瓊枝高百二十仞增岡
重阻列真之宇玉堂對霤石室相距藹藹翠幄嫋嫋素女江
斐於是往來海童於是宴語斯實神妙之響象嗟難得而
覼縷玉堂石室仙人居也海童海神童也吴歌曲曰仙人齎持何等前謁海童爾雅曰嗟楚人發語端也善曰馮衍
爵銘曰富如江海壽配列真道書曰上曰神次曰仙人下曰真人楚辭曰紫貝闕兮玉堂鄭玄禮記注曰堂前有承霤列
仙傳曰赤松子常止西王母石室中藹藹盛貌徐幹齊都賦曰翠幄浮游埤蒼曰嫋嫋美也奴鳥切史記曰泰帝使素女
鼓五十絃瑟神異經曰西海有神童乘白馬出則天下大水王延壽王孫賦曰嗟難得而覼縷覼力戈切爾乃地
勢坱圠卉木镺蔓遭藪爲圃值林爲苑異荂蓲蘛育夏曄于輒
冬蒨方志所辨中州所羨坱圠莽沕也高下不平貌也卉百草總名楚人語也有木曰苑有草曰圃
言林藪非一所在皆爲苑圃有國有家者因天地之自然不復假人功爲園圃也爾雅曰荂榮也蓲華也蘛蘛華開貌南土草

永通切。冬生，故曰蒨。善曰：鵩鳥賦曰：坱圠無垠。坱，烏朗切。圠，烏八切。廣雅曰：䟑，長也。烏老切。䔢，枯瓜切。爾雅曰：蕍，榮也。郭璞曰：蕍猶敷蕍，亦草之貌也。蘛與蕍同。庾俱切。薖與敷同。無俱切。

草則藿蒳豆蔻，薑彙非一，江蘺之屬，海苔之類，綸組紫絳，食葛香茅，莫侯石帆水松，東風扶留。

異物志曰：藿香，交趾有之。豆蔻生交趾，其根似薑而大，從根中生，形似益智，皮殼小厚，核如石榴，辛且香。蒳草，樹也，葉如栟櫚而小，三月採其葉，細破，陰乾之，味近苦而有甘，并雞舌香食之益美。薑彙大如累，氣猛近於臭，南土人擣之以爲虀。蔆一名廉薑，生沙石中，薑類也。其累大，辛而香。削皮，以黑梅并鹽汁漬之，則成也。始安有之。彙，類也。易曰：拔茅連茹，以其彙征吉。所謂薑彙非一也。江蘺，香草也。楚辭曰：扈江蘺。海苔生海水中，正青，狀如亂髮，乾之亦鹽藏，有汁，名曰濡苔。臨海出之。爾雅曰：綸似綸，組似組，東海有之。紫，紫菜也。生海水中，正青，附石生，取乾之，則紫色。臨海常獻之。絳，絳草也。出臨賀郡，可以染。食葛，蔓生，與山葛同根，特大美，於芋也。豫章間種之。香茅，生零陵。石帆，生海嶼石上，草類也。無葉，高尺許，其華離婁相貫

連，雖無所用，然異物也。死則浮水中，人於海邊得之，希有見其生者。水松，藥草，生水中，出南海交趾。東風，亦草也。出九真。扶留，藤也。緣木而生，味辛，可食檳榔者，斷破之長寸許，以合石賁灰與檳榔并咀之，口中赤如血。始興以南皆有之。善曰：蒳音納。蔻，火豆切。彙音謂。綸，古頑切。

布濩皐澤，蟬聯陵丘。夤緣山嶽之岊，冪歷江海之流。扤白蔕，銜朱蕤，鬱兮茷茂，曄兮菲菲，光色炒晃，芬馥肸蠁。職貢納其包匭，離騷詠其宿莽。

布濩，過滿貌。蟬聯，不絕貌。夤緣，布藤上貌。冪歷，分布覆被貌。許氏記字曰：岊，陬隅而山之節也。扤，搖也。蔕，花本也。菲菲，花美貌也。方言曰：凡草生而初達謂之茷。芬馥，色盛香散狀。包，裹也。匭，猶結也。尚書禹貢曰：包匭菁茅。菁茅生桂陽，可以縮酒給宗廟，異物也。重之，是故既包裹而又纏結之。一曰：匭，柙也。爾雅曰：卷葹草，拔其心不死。江淮間謂之宿莽。屈原嘉之，以其志故離騷曰：夕攬洲之宿莽。善曰：毛萇詩傳曰：扤，動也。淮南子曰：草木之勾萌，銜翠戴實。說文曰：蕤，草木華垂貌。肸蠁已見蜀都賦。夤緣，出也。岊音節。茷以稅切。蕤，汝誰切。

木則楓柙甲櫲樟，栟櫚枸古侯根，緜杬杶櫨，文欀楨薑，平仲桾櫏，松梓古度，楠榴之木，相思之樹。

楓柙皆香木名也。櫲樟，木也。異物志曰：栟櫚，椶也。皮可作索。枸根，樹也。直而高，其用與栟櫚同。栟櫚出武陵山。枸根出廣州。木緜，樹高大，其實如酒杯，皮薄，中有如絲緜者，色正白，破一實得數斤。廣州日南交趾合浦皆有之。杬，大樹也。其皮厚，味近苦澀，剝乾之，正赤，煎訖，以藏眾果，使不爛敗，以增其味。豫章有之。杶櫨，二木名。文木也。材密緻無理，色黑如水牛角。日南有之。欀木，樹皮中有如白米屑者，乾擣之，以水淋之，可作餅，似麵。交趾盧亭有之。楨，二木名。劉成曰：平仲之木，實白如銀。君遷之樹，子如瓠形。松梓，二木名。古度樹也，不華而實，子皆從皮中出，大如安石榴，正赤，初時可煮食也。廣州有之。南榴，木之盤結者，其盤節文尤好，可以作器。建安所出最大長也。相思，大樹也，材理堅，邪斫之則文，可作器。其實如珊瑚，歷年不變。東冶有之。善曰：桹音郎。杬音元。杶，勑倫切。欀，音襄。楨音貞。

宗生高岡，族茂幽阜，擢本千尋，垂蔭萬畝。攢柯拏莖，重葩殗葉，輪囷虯蟠，埔塌鱗接，榮色雜糅，綢繆縟繡，宵露霮徒感䨴徒外，旭日晻烏感時，與風颻搖颺樣，

𩗗瀏颼飀，鳴條律暢，飛音響亮，蓋象琴筑竹，并奏笙竽俱唱。

宗生，宗類而生於高山之脊，故名宗生。族茂，言種族繁多也。擢本，高聳貌。八尺曰尋。言婆娑覆萬畝之地。莊子曰：匠石見樹百圍，其臨千仞而後有枝。此大樹之屬也。善曰：許慎淮南子注曰：拏，亂也。女居切。殗，重也。葉重疊貌。於劫切。鄒陽上書曰：輪囷離奇。輪囷謂屈曲貌。虯蟠，謂樹如龍蛇之盤屈相糾也。埔塌，枝柯相重疊貌。埔，楚立切。塌，除立切。縟繡，言草木花光似繡文。綢繆，花采密貌。霮䨴，露垂貌。毛詩曰：旭日始旦。晻時，亦闇也。房妹切。𩗗瀏，風聲也。𩗗，於酉切。瀏，力久切。颼，所求切。飀音留。律，謂籟也。劉仲文所謂幽律是也。言木枝葉與風搖蕩作聲，如律呂之暢。說文曰：筑，似箏，五絃之樂也。世本曰：隨作竽。鄭玄周禮注曰：三十六簧也。

其上則猨父哀吟，貚子長嘯，狖鼯吾猓古火然，騰趠飛超，爭接懸垂，競游遠枝，驚透沸亂，牢落翬散。

吳越春秋曰：越有處女出於南林之中，越王使使聘問以劍戟之事。處女將北見於越王，道逢老翁，自稱袁公，問處女：吾聞子善爲劍術，願一觀之。女曰：妾不敢有所隱，唯公試之。於是袁公即跳於林竹，槁折墮地，處女即接末。袁公操本以刺處女，女應節入，三入，因舉枝擊之。袁公即飛上樹，化爲白猿，遂引去。貚子，猿類，猿身人面，見人嘯。異

物志曰狖猿類露鼻尾長四五尺居樹上雨則以尾塞
鼻建安臨海北有之鼯大如猿肉翼若蝙蝠其飛善從
高集下食火煙聲如人號一名飛生飛生子故也東吾
諸郡皆有之猓然猿狖之類居樹色青赤有文日南九
真有之楊雄方言曰透驚也善曰山海經曰獄法之山
有獸狀如犬人面見人則笑名猈猈胡奔切枚乘兔園
賦曰上涌雲亂葉暈散狖余幼切趡吐教切趠士弔切其下則有梟羊麡儕狼猰
貐貙俱勑象烏菟之族犀兕之黨鉤爪鋸牙自成鋒穎精
若燿星聲若震霆名載於山經形鏤於夏鼎爾雅曰梟羊一名萬
萬如人面長脣黑身有毛及踵見人則笑左手操管海
南經所云也異物志云麡狼大如麋角前向有枝下出
反向上長者四五尺廣州有之常居平地不得入山林
山海經曰南海之外有猰貐狀如貙龍首食人貙虎屬
也或曰能化爲人也象生九真日南山中大者其牙皁
長一丈於菟虎也江淮間謂虎爲於菟犀狀如水牛頭
似猪四足類象倉黑色一角當額上鼻上角亦墮也又
有小角長五寸不墮性好食棘口中灑血武陵巳南山

中有之兕獸也似牛左傳曰昔夏之方有德也遠方圖
物貢金九牧鑄鼎象物而爲之備使人知神姦故人入
山澤林藪不逢不若魑魅魍魎莫能逢之故曰形鏤於
夏鼎善曰麡在西切猰於八切貐以主切淮南子曰勾
爪鋸牙於是摯矣禮記曰刀却刃授穎鄭玄曰
穎鋒也摯伯陵荅司馬遷書曰有能見鋒穎之狀其竹則
篔簹箖於箊桂箭射筒柚由梧有篁篻簩有叢皆竹名也
異物志曰篔簹生水邊長數丈圍一尺五六寸一節相
去六七尺或相去一丈廬陵界有之始興以南又多小
桂夷人績以爲布葛箖箊是袁公所與越女試劍竹者
也桂竹生於始興小桂縣大者圍二尺長四五丈箭竹
細小而勁實可以爲箭通竿無節江東諸郡皆有之射
筒竹細小通長長丈餘亦無節可以爲射筒筒及由梧
竹皆出交阯九眞篻竹大如戟槿實中勁強交阯人銳
以爲矛甚利簩竹有毒夷人以爲觚刺獸中之則必死
篔于君切篻芳眇切簩音勞苞筍抽節往往縈結綠葉翠莖冒霜停
雪橚矗蓄森萃蓊茸而勇蕭瑟檀欒蟬蜎玉潤碧鮮梢雲

無以踰嶰谷弗能連鸑鷟食其實鵷鶵擾其間苞筍冬筍也出合浦
其味美於春夏時筍也見馬援傳漢書天文志曰見梢雲其
說梢如樹也嶰谷崑崙北谷也漢書律歷志黃帝詔伶倫爲
音律伶倫乃之崑崙山之陰嶰谷之中取竹斬之以其厚均者
吹之以爲黃鍾之管鸑獄鷟族鳳鶵也鵷鶵周本紀曰鳳類也非
梧桐不棲非竹實不食黃帝時鳳集東園食帝竹實終身不
去馴擾善也善曰橚矗長直貌蓊茸茂盛貌蕭瑟聲也冒犯
也嬋娟言竹妍雅也橚所六切矗丑六切枚乘兔園賦
曰脩竹檀欒夾水碧鮮言竹似之也梢雲山名出竹其果
則丹橘餘甘荔枝之林檳榔無柯椰葉無陰龍眼橄欖
棎榴禦霜結根比景之陰列挺衡山之陽薛瑩荆揚巳南異物志曰餘甘如梅
李核有刺初食之味苦後口中更甘高涼建安皆有之荔枝
樹生山中葉綠色實赤肉正白味大甘美檳榔樹高六七丈正直
無枝葉從心生大如楯其實作房從心中出一房數百實實
如雞子皆有殼肉滿殼中正白味苦澀得扶留藤與古賁灰
合食之則柔滑而美交阯日南九眞皆有之椰樹似檳榔無
枝條高十餘尋葉在其末如束蒲實大如瓠繫在樹頭如掛物

也實外有皮如胡桃核裏有膚膚白如雪厚半寸如豬膏味美
如胡桃膚裏有汁升餘清如水美如蜜飲之可以愈渴核作
飲器也龍眼如荔枝而小圓如彈丸味甘勝荔枝蒼梧交阯
南海合浦皆獻之山中人家亦種之橄欖生山中實如雞子
正青甘美味成時食之益善始興以南皆有之南海常獻之
棎棎子樹也生山中實似梨冬熟味酸丹陽諸郡皆有之榴
榴子樹也出山中實亦如梨核堅味酸美交阯獻之善曰橄
音敢欖音覽棎市瞻切漢書音義如淳曰比景日中於頭上
景在己下故名之比景比方利切一作北景云漢武時日南
郡置北景縣言在日之南向北看日故名宋玉笛賦曰余嘗
觀於衡山之陽素華斐丹秀芳臨青壁系紫房鷓鴣南翥而中
留孔雀綷羽以翶翔山雞歸飛而來棲翡翠列巢以重行
鷓鴣如雞黑色其鳴自呼或言此鳥常南飛不北豫章巳南
諸郡處處有之孔雀尾長六七尺綠色有華彩朱崖交阯皆
有之在山草中山雞如雞而黑色樹棲晨鳴今所謂山雞者
鷩鵕也合浦有之翡翠巢於樹顛生子夷人稍徙下其巢子
大未飛便取之皆出於交阯鬱林郡其琛賂則琨瑤之阜銅鍇之垠火齊之

寶。駭雞之珍。頳丹明璣。金華銀樸。紫貝流黃。縹碧素
玉。隱賑崴𡾋。雜插幽屏。必井精曜潛穎。硩陊直氏山谷。碕
岸爲之不枯。林木爲之潤黷。隋侯於是鄙其夜光。宋王
於是陋其結緑。琛寶也賂貨也詩曰來獻其琛大賂南金瑻瑤皆美石也鍇金屬也禹貢揚州貢金
三品謂金銀銅也異物志曰火齊如雲母重沓而可開色黃赤似金出日南頳赤也丹丹砂也出山中有穴禹貢荆
州貢丹璣珠屬也朱崖出珠金華采者銀朴銀之在石者紫貝以色言之流黃土精也淮南子曰夏至而流黃澤縹碧素
玉者亦以色言也硩者言其如硩擿而陊落山谷者淮南子曰積疊琁玉以純脩碕張衡南都賦曰隋珠夜光張禄
先生曰宋有結緑隋侯宋王於此各鄙其寶也善曰尚書曰瑤琨篠蕩孝經援神契曰神靈滋液則犀駭雞宋衷曰
角有光鷄見而駭驚也劉欣期交州記曰金華出珠崖謂金有華采者埤蒼曰崴𡾋不平也又重累貌崴烏乖切𡾋
故乖切幽屏謂生處也潛穎謂潛深而有光穎說文硩擿空青珊瑚墮之珠玉潛伏土石間隨四時長故硩毀陊落
山谷之土石也潤膩也黷黑茂貌硩𢧵列切孫卿子曰言無小而不聲行無隱而不形玉在山而木潤淵生珠而崖
不枯許慎淮南子注曰碕長邊也巨依切其荒陬子侯譎決詭。則有龍穴內
蒸雲雨所儲。陵鯉若獸。浮石若桴。雙則比目。片則王
餘。窮陸飲木。極沈水居。泉室潛織而卷綃。淵客慷慨
而泣珠。開北户以向日。齊南冥於幽都。陬四隅謂邊遠也湘東新平縣有龍
穴穴中黑土天旱人便共以水沾穴則暴雨應之常以此請雨也陵鯉有四足狀如獺鱗甲似鯉居土穴中性好食蟻
楚辭曰陵魚曷止王逸曰陵魚陵鯉也浮石體虛輕浮在海中南海有之桴舟也比目魚東海所出王餘魚其身半也俗
云越王鱠魚未盡因以殘半棄水中爲魚遂無其一面故曰王餘也朱崖海中有渚東西五百里南北千里無水泉有大木斬之
以盆甕承其汁而飲之水居鮫人水底居也俗傳鮫人從水中出曾寄寓人家積日賣綃綃者竹孚俞也鮫人臨去從主人
索器泣而出珠滿盤以與主人日南人北户猶日北人南户也善曰尚書曰宅朔方曰幽都謂日既在北則南冥與幽都
同王餘泉客皆見博物志窮陸見後漢書史記曰秦始皇地南至北向户北據河爲塞其四野則畛畷

無數。膏腴兼倍。原隰殊品。窊隆異等。象耕鳥耘。此之自
與。穱捉秀菰孤穗詞翠切於是乎在。畛畷謂地廣道多也舊井田間有徑有畛善曰
鄭玄毛詩箋曰畛舊田有徑路也之引切說文曰畷兩陌閒道也知衛切又陟劣切說文曰窊汙邪下也於瓜切越絕書曰舜葬蒼
梧象爲之耕禹葬會稽鳥爲之耘左傳曰生人之道於是乎在煑海爲鹽。採山鑄錢。
國稅再熟之稻。鄉貢八蠶之緜。善曰史記曰吳有豫章郡銅山吳王濞則招致
天下亡命者盜鑄錢煑海爲鹽國用富饒異物志交趾稻夏孰農者一歲再種劉欣期交州記曰一歲八蠶繭出日南也
徒觀其郊隧之內奧。都邑之綱紀。霸王之所根柢。帝開
國之所基趾。郛郭周匝。重城結隅。通門二八。水道陸衢。
所以經始。用累千祀。憲紫宮以營室。廓廣庭之漫漫。
寒暑隔閡五蓋於邃宇。虹蜺回帶於雲館。所以跨跱煥炳
萬里也。爾雅曰柢本也吳與周並世世稱王自泰伯至闔閭二十五世矣夫差益強大得爲盟主故曰霸王之所根柢
也越絕書曰吳郭周匝六十八里六十步大城周匝四十七里二百一十步水門八陸門八其二有樓名門者車船並入邑門
今見在銅柱石填地大城中有小城周十二里亦有水陸門皆闔閭宮在高平里詩經營造作之始使子孫累代保居也漫漫
長遠貌寒暑所閡謂冬溫夏涼善曰西都賦曰虹蜺迴帶於棼楣造姑蘇之高臺。臨四遠
而特建。帶朝夕之濬池。佩長洲之茂苑。窺東山之府。則
瓌寶溢目。覵海陵之倉。則紅粟流衍。姑蘇吳臺名也善曰越絕書曰
吳王夫差起姑胥之臺五年乃成高見三百里史記曰越伐吳敗之姑蘇漢書伍被曰子胥云見麋鹿遊姑蘇之臺然姑
胥即姑蘇也漢書枚乘上書曰夫漢諸侯方輸錯出其珍怪不如東山之府轉粟西向不如海陵之倉修治上林囿守
禽獸不如長洲之苑遊曲臺臨上路不如朝夕之池蔡邕月令章句穀藏曰倉蒼頡篇曰覵索視之貌師蟻切漢書太倉

之栗紅腐而不可食。起寢廟於武昌。作離宮於建業。闡闔閭之所營。采夫差之遺法。抗神龍之華殿。施榮楯而捷獵。崇臨海之崔巍。飾赤烏之韡曄。吳志曰。前吳都武昌。在豫章。後都建業。在丹陽。孫權自會稽徙治丹陽建業。人皆不樂徙。故爲歌曰。寧飲建業水。不向武昌居。言離宮者。明非吳舊都也。神龍。建業正殿名。臨海赤烏皆建業。吳大帝所太初宮殿名也。捷獵。高顯貌。越絕書曰。昔越王勾踐欲伐吳。大夫種對以九術。於是作榮楯。嬰以白壁。鏤以黃金。狀類龍蛇。以獻吳王夫差。夫差大悅。子胥諫曰。王勿受也。王不聽。遂受之。以飾殿也。闔閭造吳城郭宮室。其子夫差嗣。增崇侈靡。孫權移都建業。皆學之。故曰闡闔閭之所營。采夫差之遺法。而施榮楯也。春秋左氏傳曰。夫差次有臺榭陂池焉。玩好必從。歡樂是務。東西膠葛。南北崢嶸。房櫳對櫎。晃連閣相經。闈闥譎詭。異出奇名。左稱彎碕。右號臨硎。善曰。膠葛。長遠貌。崢嶸。深邃貌。魯靈光殿賦曰。洞膠葛其無垠。說文曰。櫳。房室之疏也。又曰。櫎。帷屏屬。然則門牕之廡通名櫎。櫎音榥。音義同。彎碕臨硎。闈闥名也。吳後主起昭明宮於太初之東。開彎碕臨硎二門。彎碕。宮東門。臨硎。宮西門。碕。巨依切。硎。口耕切。彫欒鏤楶。青瑣丹楹。圖以

雲氣。畫以仙靈。雖玆宅之夸麗。曾未足以少寧。思比屋於傾宮。畢結瑤而構瑣。楶。栭也。瑣。戶兩邊以青畫爲瑣文。楹。柱也。汲郡地中古文冊書曰。桀築傾宮。飾瑤臺。紂作瓊室立玉門。言其夸麗。善曰。鄭玄禮記注曰。栭謂之楶。音節。左氏傳曰。丹桓宮楹。杜預曰。楹。柱也。高闈有閌。洞門方軌。朱闕雙立。馳道如砥。樹以青槐。亘以綠水。玄蔭耽耽。清流亹亹。善曰。李尤德陽殿賦曰。朱闕巖巖。漢書音義應劭曰。馳道。天子之道。毛詩曰。周道如砥。言其平直也。漢書賈山上書曰。秦爲馳道。樹以青松。然古之表道。或松或槐也。亘。引也。耽耽。樹陰重貌。韓詩曰。亹。水流進貌。列寺七里。俠棟陽路。屯營櫛比。解署棊布。橫塘查下。邑屋隆夸。長干延屬。飛甍舛互。吳自宮門南出苑路。府寺相屬。俠道七里也。解。猶署也。吳有司徒大監諸署。非一也。橫塘在淮水南。近家渚緣江築長堤。謂之橫塘。比接柵塘。查下。查浦在橫塘西。隔內江自山頭南上十里。至查浦。建業南五里。有山岡。其間平地。吏民雜居。東長干中有大長干小長干。皆相連。大長干在越城東。小長干在越城西地。有長短。故號大小長干。韓詩曰。考盤在干。地下而黃曰干。櫛比。揄其多也。藏官物曰公廨。廨亞所居曰署。飛甍舛互。言室屋之多相連下

之貌。善曰。應劭風俗通曰。今尚書御史謁者所止。皆曰寺。俠棟。棟相俠也。古洽切。陽路。路陽也。毛詩曰。其崇如墉。其比如櫛。其居則高門鼎貴。魁岸豪傑。虞魏之昆。顧陸之裔。歧嶷繼體。老成奕世。躍馬疊跡。朱輪累轍。陳兵而歸。蘭錡內設。冠蓋雲蔭。閭閻闐噎。魁岸。大度也。漢書曰。江充爲人魁岸。又于公高門以待封。又賈捐之傳曰。石顯方鼎貴。應劭曰。鼎。始也。乃祖乃父已來皆貴。故曰鼎貴也。虞。虞文秀。魏。魏周。顧。顧榮。陸。陸遜。陸吳之舊貴也。昆裔皆後世也。歧嶷謂有識知也。老成德之人。養之乞言。躍馬騰躍之謂。言富貴也。蔡澤傳曰。躍馬肉食。西京賦曰。武庫禁兵。設在蘭錡。閭閻闐噎。言人物遍滿之貌。善曰。毛詩曰。克岐克嶷。又曰。雖無老成人。謝承後漢書曰。王公位二千石。弈世相襲。楊惲書曰。夯家隆盛時。乘朱輪者十人。其鄰則有任俠之靡。輕訬之客。締交翩翩。儐從弈弈。出躡珠履。動以千百。里讌巷飲。飛觴舉白。翹關扛鼎。拚射壺博。鄱陽暴謔。中酒而作。靡。美也。揚子法言曰。聶政荊軻。刺客之靡。締。結也。賈誼過秦論曰。締交。白。罰爵名也。漢書曰。引滿舉白。鄱陽人俗性暴急。何晏云。鄱陽惡

戲。難與曹也。鄱陽本豫章縣。善曰。漢書曰。季布爲任俠。如淳曰。相與信爲任。同是非爲俠。漢書述曰。江都輕訬。謂輕薄爲訬也。締結也。翩翩。往來貌。弈弈。輕靡之貌。高誘淮南子注曰。訬。輕利急疾也。訬音眇。史記曰。趙平原君使人於楚。楚相春申君處趙使。欲夸楚。爲玳瑁簪。刀劍室皆以珠飾之。請春申君。春申君客三千餘人。其上客皆躡珠履而迎之。趙使大慙。翹關扛鼎。皆逞壯力之勁。能招門關也。列子曰。孔子勁能招國門之關。而不肯以力聞。招與翹同。扛。舉也。漢書曰。項羽力能扛鼎。又漢書贊曰。元帝時覽拚射。孟康曰。手搏爲拚。壺。投壺也。禮有投壺。論語曰。不有博弈者乎。於是樂只衎而歡飫無匱。都輦殷而四奧來暨。水浮陸行。方舟結駟。唱櫂轉轂。昧旦永日。昧旦。清晨也。左傳曰。昧旦丕顯。善曰。毛詩曰。其樂只且。又曰。嘉賓式宴以衎。飫。已見上文。輦。王者所乘。故京邑之地。通曰輦焉。漢書曰。殺身靡骨。死事輦轂下。四奧來暨。言四方之人皆來。唱櫂轉轂。言遠人唱歌擿船。乘車轉轂。以向吳都。楚辭曰。青驪結駟齊千乘。漢書曰。轉轂百數。毛詩曰。且以永日。衎。苦旦切。飫。一據切。開市朝而並納。橫闤闠而流溢。混品物而同廛。并都鄙而爲一。士女佇眙。商賈駢坒。紵衣

絺服雜沓從萃輕輿按轡以經隧樓船舉颿帆而過肆
果布輻湊而常然致遠流離與珂苦何珬混同也佇貽立視也今市聚人謂之立貽南方多絺葛故曰紵衣絺服也樓船船有樓也颿者船帳也地理志曰越多犀象玳瑁珠璣銅銀果布之湊黃支國多異物入海市明珠流離果橘柚之屬布箋紵之屬近海多寶物湊會處也珬老鵬化西海爲珬已裁割若馬勒者謂之珂珬者珂之本璞也曰南郡出珂珬善曰楚辭曰覽涕而佇貽許慎淮南子注曰坒相連也扶必切羽獵賦曰萃從沇溶埤蒼曰從走貌先犖切隧向市路肆市路也漢書有樓船將軍珬音戌䌨賄紛紜器用萬
端金鎰磊砢力可珠琲步對闌干桃笙象簟韜於筒中蕉
葛升越弱於羅紈䌨蠻夷貨名也扶南傳曰䌨貨布帛曰賄金二十四兩爲鎰史記曰趙孝成王一見虞卿賜黃金百鎰磊砢衆多貌琲貫也珠十貫爲一琲闌干猶縱橫也桃笙桃枝簟也吳人謂簟爲笙又折象牙以爲簟也蕉葛葛之細者升越越之細者䌨音捷㒓譶衆夥交貿相競諠譁喤呷芬

文五　十五　馬衕

葩蔭映揮袖風飄而紅塵晝昏流汗霢脉霂沐而中逵
泥濘善曰㒓所立切蒼頡篇曰譶言不止也佇立切衆夥衆相交錯之貌夥胡巧切方言曰獿猥也奴巧切方言曰諠吁橫切諠通也說文曰呷吸也呼甲切紛葩謂舒張貨物使覆映史記蘇秦說齊王舉袂成帷揮汗成雨毛萇詩傳曰小雨謂之霢霂杜預左氏傳注曰濘泥也奴定切富中之甿亡貨殖之選乘時射利財
豐巨萬競其區宇則并疆兼巷矜其宴居則珠服玉饌
越絕書曰富中大唐中也勾踐治以爲田肥饒故謂之富中珠服珠襦之屬以珠飾之也玉饌者尚書曰惟辟玉食言富中之食貨殖之選者各利所以能豐其財也并疆踰田畝也兼巷踰里閭也言農人之富自相夸競善曰說文曰甿田人也孔安國尚書曰自賢曰矜射賓亦切趫起喬材悍壯此焉比廬捷若慶忌勇若
專諸危冠而出竦劍而趨扈帶鮫函扶揄屬鏤力駒切秦零陵令上書曰荆軻挾上首卒刺陛下陛下以神武扶揄長劍以自救胡非子曰解其長劍免其危冠離騷曰扈江離楚人謂

被爲扈鮫函鮫魚甲可爲鎧淮南子曰鮫革犀兕爲甲冑也周禮曰燕無函孟子曰矢人豈不仁於函人哉左傳曰吳賜子胥屬鏤以死凡此皆其器用之事義亦其土俗所能出有嘉服用也善曰成公綏洛褉賦曰趫才逸態習水善浮呂氏春秋曰吳王欲殺王子慶忌謂要離曰吾常以馬逐之江上而不能及射之矢左右滿抱而不能中高誘曰慶忌吳王僚之子也走追奔獸接及飛鳥左傳曰吳公子光享王鱄諸寘劍於全魚中以進抽劍刺王遂殺闔閭
藏鍦於人去戫自閭家有鶴膝戶有犀渠軍容蓄用器
械兼儲吳鉤越棘純鈞湛盧戎車盈於石城戈船掩乎
江湖凡鍦矛也揚雄方言曰吳越以矛爲鍦戫楯也鶴膝矛也矛骹如鶴脛上大下小謂之鶴膝犀渠楯也犀皮爲之國語曰奉父犀渠軍容軍之容表言矛劍等也司馬法曰古者軍容不入國國容不入軍軍容入國則人德廢國容入軍則人德弱越絕書曰闔閭既重莫耶乃復命國中作金鉤有人貪王賞之重殺其兩兒以血釁鉤遂成二鉤獻之闔閭詣官求賞王曰爲鉤者衆多而子獨求賞何以異於衆人之鉤乎曰我之作鉤也殺二子成兩鉤王曰

文五　十六

舉鉤以示之何者是也於是鉤師向鉤而哭呼其兩子之名吳鴻扈稽曰我在此王不知汝之神也聲未絕於口兩鉤俱飛著於父之背吳王大驚曰嗟乎寡人誠負子迺賞之百金遂服其鉤爾雅曰棘戟也純鈞湛盧劍名也越絕書曰昔越王勾踐有寶劍五聞於天下客有能相劍者名薛燭王召而問之對曰歐冶子因天地之精悉其伎巧一曰純鈞二曰湛盧三曰莫耶四曰豪曹五曰巨闕石城石頭塢也在建業西臨江其中有庫藏軍儲戈船船下有戈也江湖二水名也善曰禮記曰越棘大弓天子之戎器也鄭玄曰越國名也考工記曰越鐵利可以爲戟環濟吳紀曰建安十七年城石頭越絕書伍子胥船有戈露往霜來日月其除草木節
解鳥獸腯膚觀鷹隼誡征夫坐組甲建祀姑命官帥
而擁鐸將校獵乎具區詩曰今我不樂日月其除國語曰本見而草木節解本氏也謂霜降之後生氣既衰草木枝葉皆節理解落也腯肥也左氏傳曰肥腯謂畜之碩大蕃滋也漢書曰鷹隼未擊矰弋不施於蹊隧於此時也可以戒戎夫左氏傳曰裹糧坐甲又曰組甲三千馬融曰組甲以組爲甲祀姑幡名麾旗之

屬也。國語曰：吳王夫差出軍與晉爭長。昏乃戒，夜中令服兵擐甲，陳王卒，官帥擁鐸建旆姑，此吳軍容之舊制也。鐸施號令而振之也。周禮校人中大夫掌王田獵之馬。△校千二百九十六匹。具區，澤名也，在吳之西。善曰：爾雅曰：吳越之間有具區。

烏滸忽古狼䐗呼光夫南西屠儋都含耳黑齒之酋自由金

鄰象郡之渠。驫駥颮颮矞𩌏䨴䨴捷。先驅前塗。異物志曰：烏滸，南夷別名也。其落在深山之中，其種族爲人所殺，則居其死所，且伺殺主，若有過之者，是與非則仇而食之。狼䐗人夜覷金，知其良不。夫南特有才巧，不與衆夷同。西屠以草染齒，染白作黑。儋耳人鏤其耳匡。夫南之外有金鄰國，去夫南可二千餘里，土地出銀，人衆多，好獵大象，生得其死，則取其牙。酋渠，皆豪帥也。象郡，今日南郡也。△又有象林郡。善曰：馬驫駥颮颮矞，衆馬走皃。驫必幽切。駥呼橘切。颮香幽切。矞以出切。𩌏䨴，走疾皃。𩌏素合切。䨴徒合切。

俞騎騁路。指南司方。出車檻檻。被練鏘鏘。吳王乃巾玉輅。軺翊焦驌驦。旂魚須。常重光。攝烏頰烏號。佩干將。羽旄揚蕤。雄戟耀芒。貝胄象弭。

織文鳥章。六軍袀翊遵服。四騏龍驤。管子曰：桓公北征孤竹，見人長尺而人物具焉，冠而右袪衣走馬。管仲曰：登山之神有俞兒者，長尺人物具焉。霸王之君興，登山之神見，且走馬前導也。袪衣，示前有水也。右袪衣，從右方涉也。至卑耳之溪，有贊水者，從左方涉，其深及冠；從右方涉，其深至膝。已涉大濟也。指南，指南車也。鬼谷子曰：鄭人取玉，必載司南之車，爲其不惑也。鏘鏘，行步貌也。左傳曰：被練三千。馬融曰：被練爲甲者所服也。玉輅，以玉飾車也。驌驦，馬也。左氏傳曰：唐成公如楚，有兩驌驦馬，子常欲之，不與，三年止之。唐人竊馬而獻子常，子常歸唐侯。馬融曰：驌驦，鳥也，馬似之。旂，旗之屬。周禮有巾車官。又交龍爲旂。以魚須爲柄也。日月爲常。重光，謂日月畫於旂上也。攝，持也。烏號，柘名，以爲弓。淮南子曰：烏號之弓，△不能無弦而射。列女傳曰：柘枝體動，烏集其上，被即舉彈，烏乃哀號，故號之。干將，劒名。胄，兜鍪，以貝飾之。弭，弓末，以象飾之。烏章，染絲織鳥畫爲文章，置於旌旗也。左氏傳曰：袀服振振。袀，同也。騏，馬名。善曰：毛詩曰：大車檻檻。子虛賦曰：靡魚須之橈旃。史記趙良曰：屈盧之勁矛，干將之雄戟。又曰：胄貝朱綅。又曰：象弭魚服。又曰：織文鳥章。又曰：乘其四騏。南都賦曰：馬鹿超而龍驤。峭格周施。罿罻普張。

罼罕瑣結。罠蹏連綱。阹以九疑。禦以沅湘。輶軒蓼擾。彀△騎煒煌。莊子曰：峭格羅絡。△謂張網周遍。罿罻罼罕，皆鳥網也。瑣結，似瑣連結也。連網，言不絕也。罠，麇網。蹏，兎網。△周易曰：蹏所以在兎，得兎而忘蹏。阹，闌也，因山谷以遮獸也。禦，禁也，謂因沅湘爲藩落也。揚雄羽獵賦曰：禦自汧渭。九疑，山名。沅湘，水名。輶，輕也。詩云：輶車鑾鑣。彀騎，張弓弩之騎也。峭，七肖切。罿音衝。罻音尉。罼音畢。罠，無貧切。阹音袪。禦音語。彀，古侯切。

袒裼徒搏。拔距投石之部。猿臂駢脅。狂趭獷猤。鷹瞵鶚視。趁𧾵翋䍡。若離若合者。相與騰躍乎莽㚄之野。爾雅曰：袒裼，肉袒也。詩云：袒裼暴虎。拔距，謂兩人以手相案，能拔引之也。超踰，躍也。投石，舉石以投擿也。△王翦傳曰：投石拔距。猿臂，通肩也。漢書：李廣猿臂，爲武騎常侍。△駢脅，駢幹也。駢、骿通。史記商君傳：趙良謂鞅曰：君之出，多力而駢脅者參乘。左傳曰：晉文公駢脅。趭，走也。鷹瞵鶚視，言勇士似之也。善曰：司馬相如大人賦曰：騰而狂趭。子召切。說文曰：犬獷不可附也。子猛切。猤，壯勇之貌。其翠切。說文曰：瞵，目精也。力辰切。趁𧾵翋䍡，相隨驅逐衆多貌。趁，七感切。翋，力荅切。䍡，徒合切。莽㚄，廣大貌。莽，莫浪切。㚄音浪。

干鹵殳鋋。暘以良切夷勃盧之旅。長殺短兵。直髮馳騁。儇許緣佻坌並。銜枚無聲。悠悠旆旌者。相與聊浪郎乎昧莫之坰。干鹵，皆楯也。越絕書曰：越王身披賜夷之甲，扶勃盧之矛。短兵，刀劍也。尚書曰：稱爾干。過秦論曰：流血漂鹵。廣雅曰：殺，矛也。呼狄切。楚辭曰：車錯轂兮短兵接。史記曰：荆軻怒髮直衝冠。方言曰：儇佻，疾也。佻，他弔切。漢書曰：相如弔二世曰：坌入曾宮之嵯峩。音義曰：坋，並也。步寸切。周禮銜枚氏下士。鄭玄曰：止言語囂讙也。枚大如箸，橫銜之。毛詩曰：有聞無聲。又曰：蕭蕭馬鳴，悠悠旆旌。悠悠，流貌。昧莫，廣大貌。聊浪，放曠貌。

鉦征鼓疊山。火烈熛林。飛爓浮煙。載霞載陰。菈擸雷硠。崩巒弛直氏岑。鳥不擇木。獸不擇音。疊，振疊也。熛，火爓也。左傳曰：鳥則擇木。又曰：鹿死不擇音。鹿得美草，呦呦而鳴；至於困迫將死，不暇復擇出音，急之至也。凡閑暇而有好聲，逼急不擇音，獸皆然，非唯鹿也。莊子亦曰：獸死不擇音。以雷硠之至，故云鳥不擇木，獸不擇音。善曰：說文曰：鉦，鐃也。菈擸雷硠，崩弛之聲。菈，朗荅切。擸音獵。硠音郎。爾雅曰：巒山墮。山小而高曰岑。虣甝虪

須麋麖驀六駮追飛生彈鸞鵜射猱挺白雉落
黑鴆零陵絶嶛寮嶕茲遥聿越巉鋤咸險跇踰竹栢獑猢杞
搆封狶䝐神螭掩剛鏃祖祿潤霜刃染須絆前兩足也莊子曰連之羈須音聳麡
大麋也桂林有麋山海經曰駮如馬白身黑尾一角鋸牙虎爪音如鼓能食虎也詩曰隰有六駮飛生鼺也師曠曰南方有鳥曰羌鵝黃頭赤
目五色備也猱似猿奴刀切挺音亭鴆鳥一名雲白黑色長頸赤喙食蝮蛇體有毒古人謂之鴆毒江東諸大山中皆有之左氏傳曰叔牙飲
酖酒而死聿越豹走貌霜刃言其殺利也善曰毛詩曰不敢暴虎毛萇曰暴虎空手以搏也䖘與暴同爾雅曰甝白虎虎明甘切䖘黑虎音
叔說文曰驀上馬也鵜音京史記曰跇萬里如淳曰跇超踰也跇曳切埤蒼曰獑猢猿逃也獑丑珎切猢猿䖘傳切淮南子申包胥曰
吳爲封狶脩蛇方言曰南楚人謂豬爲狶虛豈切䝐狶聲呼學切於是弭節頓轡齊鑣駐
蹕徘徊倘佯寓目幽蔚覽將帥之拳勇與士卒之抑
揚羽族以觜距爲刀鈹披毛羣以齒角爲矛鋏古業皆

小四ヽ九六　大ヽ九十二　文五　十九　葉必先

體著著池而應卒倉忽所以挂扢而爲創瘡痏衝踤而
斷筋骨莫不衂銳挫芒拉捭摧藏雖有石林之岝
嘖崿請攘臂而靡之雖有雄虺之九首將抗足而
跐之離騷曰抑志弭節蹕止行者也王者出入警蹕徜徉猶翱翔言吳之將帥皆有拳勇羽族鳥屬也毛群獸屬也鈹
兩刃小刀也鋏刀身劍鋒有長鋏短鋏體著者著體而生也楚辭天問篇曰烏有石林此本南方楚圖畫而屈原難問之
於義則石林當在南也楚辭招魂曰南方不可以止雄虺九首往來儵忽雖有石林雖有雄虺者蓋張誕之云非必臨時所遇
善曰左氏傳曰得臣寓目焉毛詩曰無拳無勇拳與權同楚辭曰帶長鋏之陸離廣雅曰扢摩也公紇切蒼頡篇曰痏毆傷也爲軌
切說文曰踤觸也村律切衂折傷也女六切拉頓折也捭兩手擊絶也布買切罷碎也廣雅曰跐蹋也且爾切顛覆
巢居剖破窟宅仰攀鵕鸃俯蹴七六豻獏刲剞几熊
羆之室剽掠虎豹之落猩猩啼而就禽㩦㩦笑而

被格屠巴虵出象骼斬鵬翼掩廣澤山海經曰猩猩豕身人面異物志曰
出交趾封溪有猩猩夜聞其聲如小兒啼也㩦㩦梟羊也巳解上章矣梟羊善食人大口其初得人喜而笑却脣上
覆額移時而後食之人因爲筒貫於臂上待執人人即抽手從筒中出鑿其脣於額而得禽之張衡玄圖曰梟羊喜
獲先笑後愁山海經曰巴蛇食象三歲而出其骨骼骨也其爲蛇青黃赤黑鵬翼大垂天也善曰許慎淮南子注曰
鵕鸃鷩雉也鵕思俊切鸃音儀爾雅曰貘白豹音陌剞亦刲也廣雅曰落居也㩦扶沸切骼音格輕禽
狡獸周章夷猶狼跋乎紭橫中忘其所以睒睗失其所
以去就魂褫氣懾之葉而自踢跌者應弦飲羽形僨景
僵者累積而增益雜襲錯繆傾藪薄倒岬岫巖穴無豜
豵翳薈無麢鷚思假道於豐隆披重霄而高狩籠烏兔
於日月窮飛走之栖宿周章謂章皇周流也楚辭曰君不行兮夷猶王逸曰夷猶猶豫也紭

七ヽ八十七　文五　二十　乙丑重刊　曺俏

網網也蹝跋促遽皃踢跌皆頓伏也飲羽謂所射箭没其箭羽也闞子曰宋景公以弓人之弓升虎圈之臺東向而射箭
集彭城之東其餘力逸勁猶飲羽於石梁雜襲重疊也錯繆聊乱貌薄不入之叢藪澤別名言欲假道豐隆非實事也然
欲窮高極遠究變化備幽明之故設此云善曰毛詩曰狼跋其胡說文曰睒暫視也式冉切睗疾視也式亦切褫奪也直
示切聲類曰踢跌也徒郎切漢書音義曰跌崩也蒲北切爾雅曰僨僵也方問切許慎淮南子注曰岬山旁古押切爾雅
曰山有穴曰岫毛萇詩傳曰獸三歲曰豜公妍切爾雅曰豕生三子曰豵子公切說文曰麢麢也音須又曰鷚鳥大鶵也
力幼切楚辭曰吾令豐隆乘雲兮王逸曰豐隆雲師也春秋元命苞曰日月兩設以蟾蠩與兔者陰雙居月中有兔巳見
蜀都賦嶰澗閬岡岵童罾罘滿效獲衆迴靶乎行邪睨觀
魚乎三江汎舟航於彭蠡渾萬艘而既同閬空也易曰闐其無人爾雅曰
山多草木曰岵岡山脊也童無草木也若童無角靶轡革也彭蠡澤名善曰爾雅曰小山別大山曰嶰山夾水曰澗毛萇詩傳
曰太平山不童澤不竭聖主得賢臣頌曰王良執靶左氏傳曰公觀魚于棠尚書曰三江既入震澤底定彭蠡既豬說文

曰艘船惣名衆一作潒潒水會也嶰古買切航船別名引舸連舳巨艦接艫飛雲蓋海
制非常模疊華樓而島跱時髣髴於方壺比鷁首而有
裕邁餘皇於往初楊雄方言曰江湖凡大船曰舸舳船前也艫船後也船上下四方施板者曰檻也飛
雲蓋海吳樓船之有名者皆彫鏤采畫有軒檻華檻之船也島峙謂似方壺蓬萊二山有宮闕左氏傳曰楚敗吳師獲其
乘舟餘皇吳子光請於衆曰喪先君之乘舟豈唯光罪衆亦有焉善曰釋名曰上下重牀曰艦江表傳曰孫權乘飛雲大
船吳志曰賀齊所乘船彫刻丹鏤望之若山方壺已見上文張組幃構流蘇開軒幌鏡水
區槁工檝師選自閩禺習御長風狎翫靈胥責千里於寸
陰聊先期而須臾流蘇謂翦繒綵垂於彫文之樓也水區河中也言開文軒光輝如鏡照川也閩越名也秦
并天下以其地爲閩中郡班固述兩越傳曰悠悠外宇閩越東甌禺番禺也其彼地人便水方言云刺船曰槁檝橈也淮
南子曰來溪谷之流以象禺長風遠風也靈胥伍子胥神也昔吳王殺子胥於江沈其尸於江後爲神江海之間莫不尊畏

子胥將濟者皆敬祠其靈以爲性命舟檝之師獨能狎翫之也千里路之長也寸陰晷之短也言水靈輯睦浪
濤弭息取長路於短景獨能先期而到故有須臾之暇也善曰西京賦曰長風激於別島越絕書曰子胥死王
使捐於大江口乃發憤馳騰氣若奔馬乃歸神大海蓋子胥水仙也櫂謳唱簫籟鳴洪流
響渚禽驚弋磻波放稽鷁鶡虞機發留鵁鶄弋繳射也鵁鶄鳥也楚辭
曰從弋鶴與鷛鶡尚書曰若虞機張鄭氏注曰虞主田獵之地者也機弩牙也鵁鶄鳥也似鳧頭上揔毛羽善
曰櫂謳已見西都賦說文曰籟三孔籥也磻已見西京賦鉤餌縱橫網罟接緒術兼
詹公巧傾任父筌鮔亘鱣鱺鱨鯋罩勑教兩魪罺側梢鰝
鰕乘鱟胡豆黿鼉同罛共羅沈虎潛鹿馽縶龓儵東徼
鯨輩中於羣犗攙搶暴出而相屬雖復臨河而釣鯉
無異射鮒附於井谷易曰結繩而爲網罟以畋以漁詹公詹何也任父任公子也莊周曰

任公子爲大鉤巨緇五十犗牛以爲餌蹲會稽投竿東海巳而大魚食巨鉤鉤沒而下騖揚奮鬐白波若山海水震
蕩任公子得若魚離餌之制河以東蒼梧以西莫不猒此魚者筌捕魚器今之斗囬也筌所以得魚也莊子曰得魚
而忘筌罩籗也編竹籠魚者也詩云南有嘉魚烝然罩罩魪左右魪一目所謂比目魚也云須兩魚並合乃能游若
單行落魄著物爲人所得故曰兩魪丹陽吳會有之罺抑魚之器也鱟形如惠文冠青黑色十二足似蟹足悉在腹
下長五六寸雌常負雄行漁者取之必得其雙故曰乘鱟南海朱崖合浦諸郡皆有之罛魚網也詩云施罛濊濊虎
魚頭身似虎或云變而成虎鹿頭魚有角似鹿同罛共羅言皆爲網罟所制獲也縶龓儵東者陷網罟之中見侶東
也徼鯨魚之有力者也魚大者莫若鯨也故曰徼鯨也攙搶星也淮南子曰鯨魚死而彗星出易井卦曰九二井谷
射鮒鄭玄云九二坎爻也坎爲水上直魚生一艮爻也艮爲山山下有井必因谷水所生魚無大魚但多鮒魚耳言
微小也夫感動天地此魚之至大射鮒井谷此魚之至小故以相況善曰列子曰詹何楚人也以獨繭絲爲綸芒針
爲鉤荊篠爲竿剖粒爲餌引盈車之魚於百仞之淵鮔鱣鮪也鮔古贈切鱨鯋已見西京賦魪音介爾雅曰鰝大魚

鰕音遐鱟音候馽已見西京賦又曰龓兼有也力公切鵬鳥賦曰儵若囚拘求殞切徼音糶說文曰犗騬牛也犗古
邁切騬以陵切結輕舟而競逐迎潮水而振緡密巾想萍實
之復形訪靈夔於鮫人精衛銜石而遇繳文鰩夜
飛而觸綸北山亡其翔翼西海失其遊鱗繳弋綸也緡綸皆釣
繳也詩曰其釣惟何惟絲伊緡善曰家語曰楚昭王渡江得物如斗入王舟中王怪之使問孔子孔子曰此爲萍實
可剖而食之其甘如蜜唯王者能獲此吉祥也云先時童謠曰楚王渡江得萍實大如斗赤如日剖而食之甘如蜜
引此事言今乘江流想復遇斯事也山海經曰東海中有獸如牛蒼身無角一足入水則風其聲如雷以其皮冒鼓
聞五百里名曰夔鮫人居水中故訪之北山經曰發鳩之山有鳥狀如烏而文首白喙赤足名精衛其鳴自呼赤帝
之女姓姜遊於東海溺而死不反常取西山木石以填東海西山經曰秦器之山濩水出焉是多鰩魚狀如鯉
魚身而鳥翼蒼文而白首赤喙常行西海而遊於東海夜飛而行言吳之綸繳得此鳥魚故西海北山失其鱗翼

也。戰國策曰：夏水浮輕舟。楊雄蜀都賦曰：行舟競。雕題之士。鏤身之卒。比飾虯龍。蛟螭與對。簡其華質。則亂費錦繢。會料遼其虓勇。則鵰悍狼戾。善曰：水經云：雕題國在鬱林水南。漢書曰：昔少康之庶子封於會稽。文身斷髮。以避蛟龍之害。蛟螭。龍子也。亂費。錦文貌。於既切。詩曰：闞如虓虎。火交切。戰國策曰：趙王狼戾無親。戾。力計切。相與昧潛險。搜瓌奇。摸蝳蝐。捫觜蠵。剖巨蚌於回淵。濯明月於漣漪。昧冒也。巨蚌育明珠者。列仙傳曰：高后時。會稽朱仲獻三寸四寸珠。此非回淵巨蚌不出之也。風行水成文曰漣漪。詩曰：河水清且漣漪。明月。珠。珠之至光者。清且漣漪者。水極麗也。濯光珠於麗水。蓋美之。善曰：回淵。水也。觜蠵子規切。蠵呼圭切。大龜也。言天下川澤魚鳥虫獸瓌奇之物。隱翳之處。搜索使盡也。說文曰：昧。目不明也。門撥切。謂之潛隱之穴也。畢天下之至異。訖無索而不臻。谿壑爲之一罄。川瀆爲之中去聲貧。哂澹臺之見謀。聊襲海而徇珍。載漢女於後舟。追晉賈而同塵。徇。求也。襲。入也。干寶搜神記曰：澹臺子羽齎璧渡河。風波忽起。兩龍夾舟。子羽奮劍斬龍。波乃止。登岸。投璧於河。河伯三歸之。子羽毀璧而去。漢女。賈大夫。已見西京賦。老子曰：和其光。同其塵。汨乘流以砰宕。翼颸風之颲颲。直衝濤而上瀨。常沛沛以悠悠。汔可休而凱歸。揖天吳與陽侯。汨。疾也。砰宕。舟擊水貌。颲颲。風初貌。颸。疾風。瀨。水大波。沛沛。行貌。悠悠。亦行貌。離騷曰：溢颸風兮上征。班固曰：颸。疾也。凱。樂也。左氏傳曰：振旅凱入于晉。山海經曰：朝陽之谷。神爲天吳。是水伯。揖之者。辭水靈而歸。善曰：詩曰：汔可小康。鄭玄曰：汔。幾也。虛乞切。陽侯。見南都賦。指包山而爲期。集洞庭而淹留。數軍實乎桂林之苑。饗戎旅乎落星之樓。置酒若淮泗。積肴若山丘。飛輕軒而酌綠酃。方雙轡而賦珍羞。班固曰：洞庭。澤名。王逸曰：太湖在秣陵東。湖中有包山。山中有如石室。俗謂洞庭。吳有桂林苑。落星樓。樓在建鄴東北十里。左傳曰：以數軍實。外傳曰：射不過講軍實。鄭氏曰：軍所以討獲曰實。善

曰：周處風土記曰：陽羨太湖中有包山。左傳：晉穆子曰：有酒如淮。有肉如坻。史記云：紂爲肉山也。湘州記曰：湘州臨水縣有酃湖。取水爲酒。名曰酃酒。車騎行酒肉。已見西京賦。飲烽起。釂鼓震。真士遺倦。衆懷欣。幸乎館娃烏佳之宮。張女樂而娛群臣。羅金石與絲竹。若鈞天之下陳。吳俗謂好女爲娃。楊雄方言曰：吳有館娃宮。善曰：飲烽釂鼓。鈞天。並見西京賦。左傳曰：女樂二八。登東歌。操南音。胤陽阿。詠韎莫介任。荆艷楚舞。吳愉越吟。翕習容裔。靡靡愔愔。晏子春秋曰：桀作東歌南音。徵引也。南國之音也。左氏傳曰：鍾儀在晉。使與之琴。操南音。商角徵羽各有引。鍾儀。楚人。思在楚。故操南音。呂氏春秋曰：禹行水。見塗山之女。禹未之遇而南省南土。塗山之女乃令其妾往候禹于塗山之陽。女乃作歌曰：候人猗。實始作爲南音。周公召公取風焉。胤。繼也。呂氏春秋曰：陽阿。古樂曲。周禮曰：韎。東樂名。任。南樂名。豔。楚歌也。漢書：四面楚歌也。愉。吳歌也。楚辭曰：吳歈蔡謳。翕習容裔。音樂之狀。靡靡愔愔。言樂容與閑麗也。善曰：韎任。已見東都賦。曹植妾薄相行曰：齊謳楚舞紛紛。登樓賦曰：莊舃顯而越吟。史記曰：紂作靡靡之樂。左傳曰：楚右尹子革曰：祈招之詩曰：祈招之愔愔。若此者。與夫唱和之隆響。動鍾鼓之鏗耾。橫有殹坻丁禮頹於前。曲度難勝。皆與謠俗汁協律呂相應。其奏樂也。則木石潤色。其吐哀也。則淒風暴興。或超延露而駕辯。或踰綠水而采菱。軍馬弭髦而仰秣。淵魚竦鱗而上升。詩曰：唱予和女。解嘲曰：聲若坻頹。坻頹。崩聲也。天水之大名曰隴坻。因爲隴坻。之曲。楚辭曰：伏羲駕辯。伏羲作琴。始造此曲。淮南子曰：瓠巴鼓琴。鱏魚出聽。伯牙鼓琴。駟馬仰秣。善曰：戰國策。司馬喜曰：臣觀人萌謠俗。列子曰：鄭師文鼓琴。當春而叩商弦。以召南呂。涼風至。草木實。及秋。叩角紡。以激夾鍾。温風徐迴。草木發榮。衛子曰：皆與謠俗協。言雖遐方異樂。皆上合律呂。下應謠俗。故能奏和樂之音。則木石潤色也。淮南子曰：夫歌采菱。發陽阿。鄙人聽之。不若延露以和。高誘曰：延露。鄙曲也。淮南子曰：五會綠水之趣。高誘曰：綠水。古詩也。趣。節也。鏗耾。大聲。汁。猶愜也。酣湑思與半。八音并。歡情留。良辰征。魯陽揮戈而高麾。迴

曜靈於太清。將轉西日而再中。齊既往之精誠。酣酒洽也湑樂也辰時也
爾雅曰不辰不時也楚辭曰日吉兮辰良淮南子曰魯陽公楚將也與韓遘戰酣日暮援戈而麾之日爲之反三舍太清
謂天也此言酣飲與音樂蓋是其中半并會之際歡情之所以留連良辰之所以覺也故追述魯陽迴日之意而將轉西
日於中盛之時以適己之盛觀也昔光武合呼沱水鄒衍有隕霜之應精誠之感通天地人神以相應魯陽公麾日抑亦
此之謂也苟日可麾而迴則精誠可庶而幾故曰齊精誠於既往蓋是酣樂之至逼時之晏者所以慷慨髣髴是故引而
況焉善曰曜靈已見蜀都賦鶡冠子曰上及太清下及太寧也
昔者夏后氏朝羣臣於茲土。
而執玉帛者以萬國。蓋亦先王之所高會。而四方之所軌則。
春秋之際。要盟之主。闔閭信其威。夫差窮其武。內果伍員之
謀。外騁孫子之奇。勝彊楚於柏舉。棲勁越於會稽。闕掘溝乎
商魯。爭長於黃池。左傳曰禹會諸侯於塗山執玉帛而朝者萬國先王謂舜等也信讀爲申國語曰吳

王夫差起軍與齊晉爭衡晉文踐土之盟齊桓邵陵之會奮其威強未能過也伍員楚大夫出仕於吳吳王因其謀伐楚
孫武吳人善用兵作書號孫子兵書北征闕池爲深溝於商魯之閒北屬之濟以會晉定公於黃池吳晉爭長吳先歃晉
惡之善曰左傳曰楚師陳于柏舉闔閭之弟夫槩王先擊楚子常楚師大敗國語曰越王勾踐棲於會稽之上難蜀父老
曰南馳使以誚勁越
徒以江湖嶮陂。物產殷充。繞霤李救未足言其固。鄭
白未足語其豐。士有陷堅之銳。俗有節概蓋之風。睚五賣眦助賣
則挺劒。喑廕嗚烏則彎縣弓。漢書王莽策命前將軍曰繞霤之固南當荊楚鄭白二渠名意
者謂吳江湖之阻洞庭之嶮土地之沃物產之豐雖關中所謂繞霤之固鄭白之豐未足以爲言也凡天下言豐者
皆多稱關中故引焉韓信曰項羽喑嗚叱咤善曰太公陰符經曰無堅不陷也楊惲曰西河魏土稟然皆有節槩睚
眥已見西京賦家語孔子曰公良儒者有勇力挺劒而令衆也孟子曰越人彎弓而射我
擁之者龍
騰。據之者虎視。麾城若振槁。搴旗若顧指。雖帶

甲一朝。而元功遠致。雖累葉百疊。而富彊相繼。樂湑衎苦旱
其方域。列仙集其土地。桂父練形而易色。赤須蟬蛻稅而
附麗。賈誼傳曰權制天下顧指如意叔孫通列傳曰斬將搴旗之士顧指諭疾且易也葉猶世也列仙傳曰桂
父象林人也常服桂葉以龜腦和之顏色如童時黑時白時赤南海人尊事之累世赤須子豐人也豐中傳世見之
秦穆公之主魚吏也數道豐界災異水旱十不失一食柏實石脂絕穀齒落更生細髮復出後去之吳山言此人等
仙如蟬之脫殼爾雅曰麗附也莊子曰附離不以膠漆赤須子本非吳人故言附麗也夫土地險固以致彊豐沃以
致盛而天下之美皆歸焉霸王之功皆存焉故賦者既舉其富彊之業而載其神仙之事善曰長楊賦曰麾城擲邑
商君曰秦師至鄢郢舉若振槁槁葉落漢書曰吳晉爭長吳爲帶甲三萬史記曰維祖元功輔臣股肱新序曰齊侯
相管仲國既富強楚辭曰濟江海兮蟬蛻淮南子曰蟬飲而不食三十日而蛻
中夏比焉。畢世而
罕見。丹青圖其珍瑋。貴其寶利也。舜禹游焉。沒齒而忘歸。精

靈留其山阿。翫其奇麗也。中夏貴其珍寶而不能見徒以丹青畫其象類也楚辭九歌曰
九疑繽兮並迎謂舜神在九疑山也言聖帝明王存亡而淹留於是者貴其奇麗也書曰舜南巡狩陟方死山海經
曰南方蒼梧之丘有九疑山焉舜之所葬吳越春秋禹老嘆曰吾年壽將盡止死斯乎乃命羣臣葬我於會稽之山
論語曰管仲奪伯氏駢邑沒齒無怨言也
剖判庶士。商搉角萬俗。國有鬱鞅而
顯敞。邦有湫子小阨烏介而踡拳跼。伊茲都之函弘。傾神州而
韞櫝。仰南斗以斟酌。兼二儀之優渥。湫下也阨小也函弘寬大也左氏傳齊景
公欲更晏子之宅曰子宅湫隘不可以居禹所受地說書曰崑崙東南方五千里名曰神州帝王居之楚辭曰八柱
何以東南傾吳國在地勢所傾寫故曰傾神州而韞櫝也論語曰韞櫝而藏諸廣雅曰商度也搉粗略也言商度其
粗略天官星占曰南斗主爵祿其宿六星春秋說題辭曰南斗爲吳詩曰既優既渥
繇此而揆之。西
蜀之於東吳。小大之相絕也。亦猶棘林螢燿。而與夫檮

木龍燭也否泰之相背也亦猶帝之懸解而與桎梏疏屬也庸可共世而論巨細同年而議豐确胡角乎崔寔政論云使賢不肖相去如日月之與螢火雖頑嚚之人猶察山海經曰樳木長千里又曰鍾山之神名曰燭龍視爲晝瞑爲夜莊子曰老子死秦失弔之三號而出弟子曰非子之交耶曰然然弔若是可乎曰始也吾以其人也而今非也適爲夫子時也適去夫子順也安時而處順憂樂不能入也古者謂是帝之懸解莊子曰有繫謂之懸無謂之解郭璞曰懸絕曰解山海經曰二負殺猰貐帝乃桔之疏屬之山桎其右足反縛兩手漢宣帝時擊磻石於上郡陷得石室其中有反縛械人劉向曰此二負之臣也帝曰何以知之以山海經對帝天也人生稟命於天受拘俗之性憂虞終身不解此乃自終執縛爲天所繫夫安時處順憂樂不能入此自然放肆爲天所解也天在上者故曰帝之懸解性之永放者也桎梏疏屬形之永拘者也相背之甚故以相況焉凡物安於所守思不易方處窮塞而不識天下之通塗亦如此也善曰輮聚而成林郭象莊子注曰生曰懸死曰解過秦論曰不可同年而語矣确薄也曁其幽遐獨邃寥廓閑奥耳目之所不該足趾之所不蹈倜儻之極異譎君屈詭之殊事藏理於終古而未寤於前覺也若吾子之所傳孟浪之遺言略舉其梗概而未得其要妙也倜儻譎詭皆謂非常詭異之事終古猶永古也周禮考工記曰輪已崇則人不能登也輪已庳則終古登阤離騷曰吾焉能忍此終古孟子曰伊尹云天之生斯人也使先知覺後知先覺覺後覺也予天民之先覺者也孟浪猶莫絡也不委細之意莊子曰夫子以爲孟浪之言我以爲妙道之行善曰司馬彪莊子注曰孟浪鄙野之語東京賦曰粗謂賓言其梗槩梗槩粗言也

文選卷第五終

賜進士出身通奉大夫江南蘇松常鎮太等處承宣布政使司布政使胡克家重校刊

文選卷第六

梁昭明太子撰

文林郎守太子右內率府錄事參軍事崇賢館直學士臣李善注上

京都下

魏都賦一首魏曹操都鄴相州是也太沖賦三都以吳蜀遞相頓抗以魏都依制度

左太沖

魏國先生有睟其容乃盱衡而誥曰異乎交益之士孟子曰君子所性仁義禮智根於心其生色睟然見於面不言而喻趙歧曰睟潤澤貌也眉上曰衡盱舉眉大視也異異也尚書堯典四岳曰异哉善曰漢書曰武帝置交州又改梁曰益有益州又曰公盱衡厲色振揚武怒音義曰眉上曰衡謂舉眉揚目也字林曰盱張目也爾雅曰誥告也蓋音有楚夏者土風之乖也善曰孫卿子曰人居楚而楚居夏而夏非天性也積靡使然也史記曰淮北沛陳汝南南郡此西楚也潁川南陽夏人之居故至今謂之夏人情有險易者習俗之殊也論語曰性相近習相遠也善曰周易曰辭有險易春秋說題辭曰中國之性習俗常操雖則生常固非自得之謂也傳曰習實生常善曰孟子曰使自得之趙歧曰使自得其本善性也昔市南宜僚弄丸而兩家之難解聊爲吾子復翫德音以釋二客競于辯囿者也莊子曰市南宜僚弄丸而兩家之難解又曰公孫龍辯者之徒飾人之心易人之意能勝人之口不能服人之心辯者之囿也善曰毛詩曰德音孔昭夫泰極剖判造化權輿善曰周易曰易有太極是生兩儀史記曰鄒衍稱引天地剖判以來淮南子曰大丈夫無爲與造化逍遥爾雅曰權輿始也劇秦美新序曰權輿天地未祛也班固漢書述曰彰其剖判體兼晝夜理包清濁善曰列子曰昬明之分察故一晝一夜又曰夫有形者生於無形清輕者上爲天濁重者下爲地流而爲江海結而爲山嶽善曰班固終南山賦曰流澤遂而成水停積結而爲山列宿分其野荒裔帶其

隅巖岡潭淵限蠻隔夷峻危之竅也潭淵也屈平卜居曰橫江潭而漁善曰漢
書曰秦地於天官東井輿鬼之分野揚雄交州箴曰交州荒裔水與天際方言曰竅空也蠻陬子侯夷落
譯導而通鳥獸之氓也陬落蠻夷之居處名也一名聚居爲陬善曰廣雅曰落居也杜篤通
邊論曰親錄譯導綏步四來論衡曰四夷入諸夏因譯而通說文曰譯傳四夷之語者漢書賈捐之上書曰駱越之
人與禽獸無異毛萇詩傳曰氓民也正位居體者以中夏爲喉不以邊垂爲
襟也易曰正位居體美在其中而暢於四支善曰喉衿以身及衣爲喻也戰國策頓子曰韓天下之喉咽也魏
天下之胷腹也李尤函谷關銘曰衿帶咽喉聲類曰衿衣交領也長世字甿者以道德爲
藩不以襲險爲屏也善曰左氏傳北宮文子曰有其國家令問長世周書成王曰朕不知字民
之道敬問伯父說文曰甿田民也東方朔集曰文帝以道德爲籬以仁義爲藩毛萇詩傳曰藩屏也揚雄城門校尉
箴曰盤石唐芒襲險重固毛萇詩傳曰屏蔽也而子大夫之賢者尚弗曾庶翼

等威附麗皇極思稟正朔樂率貢職善曰言不曾與衆庶翼戴上者等其威儀
而附著於大中之道也國語越王勾踐曰苟聞子大夫之言賈逵曰親而近之故曰子大夫尚書曰庶明厲翼孔安
國曰衆庶皆明其教而自勉厲翼戴上命左氏傳曰士會曰貴有常尊賤有等威莊子曰附麗不以膠漆王弼周易
注曰麗著也尚書曰皇極皇建其有極孔安國曰皇大極中也謂大中之道也又曰稟受也論語比考讖曰正朔所
加莫不歸義又撰考讖曰穿胷儋耳莫不貢職漢書曰單于非正朔所加東觀漢記曰百蠻貢職而徒務
於詭隨匪人宴安於絕域榮其文身驕其險棘善曰詭隨匪人言詭
善隨惡同於匪人又自宴安於其絕域也毛詩曰無縱詭隨以謹無良毛萇曰詭隨詭人之善隨民之惡毛詩曰獨
爲匪民左氏傳管仲曰宴安酖毒不可懷也李陵書曰出征絕域漢書曰少康之庶子封於會稽文身斷髮蔡雍樊
陵碑曰進路孔夷人情險棘毛萇詩傳曰棘急也繆默語之常倫牽膠言而踰侈
飾華離以矜然假倔渠屈彊巨兩而攘臂非醇粹之方壯謀

踳舛駮於王義孰愈尋靡蓱於中逵造沐猴於棘刺
李尅書曰言語辯聰之說而不度於義者謂之膠言周官曰形方氏掌制邦國之地域而正其封彊無華離之
地班固云不變曰醇不雜曰粹莊子曰惠施多方其書五車其道踳駮言惡也楚辭天問曰靡蓱九逵枲華安居韓
子曰燕王好微巧衛人曰臣能以棘刺之端爲母猴王悅之養以五乘之奉王曰吾請觀客爲棘刺之母猴衛人曰
臣爲棘刺之母猴也人主欲觀之必半歲不入宮不飲酒食肉雨霽日出視之晏陰之間而棘刺之母猴乃可見燕
王因養衛人而不能觀母猴鄭人有臺下之治者謂王曰臣爲削者諸微巧必以削削之所削必大於削今棘刺之
端不容削王試觀客之削則能與不能可知也王曰客爲棘刺之母猴何以理之曰以削王曰吾欲觀客之削也客
曰臣請取之因逃冶人謂王曰上之無度量言談之士多棘刺之說也善曰周易曰君子或默或語廣雅曰膠
欺也鄭玄禮記注曰矜謂自尊大也毛萇詩傳曰然是也漢書伍被曰倔彊江淮閒孟子曰馮婦善搏虎攘臂下
車衆皆悅之楚辭曰王色頩以開顏精純粹而始壯華口哇反司馬彪莊子注曰踳讀曰舛舛乖也駮色雜不

同也頩普丁反王逸楚辭注曰寧有蓱草蔓衍於九逵之道靡蔓也劒閣雖嶛憑之者蹶
非所以深根固蔕也善曰劒閣蜀境也酈元水經注曰小劒戍去大劒飛閣通衢故謂之劒閣
廣雅曰嶛巢高也力彫反又曰蹶敗也善曰老子曰有國之母可以長久是謂深根固蔕長生久視之道聲類
曰蔕果鼻也洞庭雖濬負之者北非所以愛人治國也善曰洞庭
吳境也史記吳起曰三苗氏左洞庭而右彭蠡恃此險也禹滅之毛萇詩傳曰濬深也鄭玄周禮注曰負恃
也漢書音義服虔曰師敗曰北南北之北老子曰愛人治國能無知乎彼桑榆之末光踰
長庚之初輝善曰東觀漢記光武曰失之東隅收之桑榆毛詩曰東有啓明西有長庚況河
冀之爽塏苦改與江介之湫子小湄善曰左氏傳齊景公欲更晏子之宅曰子之宅
湫隘囂塵請更諸爽塏楚辭曰長江介之遺風薛君韓詩章句曰介界也毛萇詩傳曰水草交曰湄故將
語子以神州之略赤縣之畿魏都之卓犖呂角六合之樞

畿鄒衍以爲儒者所謂中國者於天下八十一分居一耳中國名赤縣神州赤縣神州內自有九州禹之所敘九州也是以不得爲州數中國外若赤縣神州者九所謂九州者也范雎說秦王曰魏韓中國處而天下之樞也善曰河圖括地象曰崑崙謂東南地方五千里名曰神州帝王居之小雅曰略界也周禮曰方千里曰王畿西都賦曰卓躒諸夏卓犖與卓躒音義同呂氏春秋曰神通乎六合

于時運距陽九漢網絕維姦回內奰備兵纏紫微翼翼京室眈耽眈帝宇巢焚原燎變爲煨燼故荆棘旅庭也殷殷寰內繩繩八區鋒鏑縱橫化爲戰場故麋鹿寓城也

不飲酒而怒曰奰詩曰內奰于中國漢室之亂起於閹官故曰內奰也紫微宮在南城下于時兵所圍繞光熹元年四月靈帝崩八月大將軍何進入省見太后黃門張讓郭進等斬進部曲將兵突入尚書閣閉虎賁中郎將袁術等攻閣日暮術等起火燒閣初平元年十二月董卓遷都長安其夜燒洛陽南北宮易曰鳥焚其巢尚書曰若火之燎于原春秋穀梁傳曰寰內諸侯非天子之命不得出會尹更始曰天子以千里爲寰伍被謂淮南王曰昔伍子胥諫吳王吳王不用乃曰臣今見麋鹿遊姑蘇臺也臣今見宮中荆棘露沾衣也善曰春秋保乾圖曰五運七變各以類驚宋衷曰五運五行用事之運也孔安國尚書傳曰距至也漢書陽九厄曰初入百六陽九音義曰易傳所謂陽九之厄漢書曰漢興禁網疎闊管子曰國有四維四維不張則滅王逸楚辭注曰維紘也尚書曰崇信姦回毛詩曰商邑翼翼漢書客謂陳涉曰夥涉之爲王沈沈者應劭曰沈沈宮室深邃之貌沈長含切與眈音義同謝承後漢書曰陽球爲司隸校尉虎視帝宇廣雅曰煨燼也烏瓌反廣雅曰煨煙也杜預左氏傳注曰燼火之餘木也似進反毛萇詩曰殷衆也毛詩曰子孫繩繩兮長楊賦曰洋溢八區言廣大也說文曰鋒兵端也又曰矢鋒也戰國策曰綴甲厲兵效勝於戰場

伊洛榛曠崤函荒蕪

善曰服虔漢書注曰榛木叢生也賈逵國語注曰蕪穢也

臨菑牢落鄢郢丘墟

善曰漢書齊郡有臨菑縣牢落猶遼落也洞簫賦曰翩連綿以牢落東觀漢記曰第五倫自度仕宦牢落漢書南郡有故鄢縣呂氏春秋燭過曰子胥諫而不聽故吳爲丘墟

而是有魏開國之日締構之初萬邑譬焉亦獨犨昌由麋之與子都培塿之與方壺也

善曰周易曰開國承家廣雅曰締結也犨麋古之醜人也呂氏春秋曰陳有惡人焉曰敦洽犨麋椎顙廣顏色如漆赭陳侯悅之毛詩曰不見子都子都美丈夫也左氏傳曰太叔曰培塿無松栢培步苟反塿路苟反方壺二山名已見上文

且魏地者畢昴之所應虞夏之餘人先王之桑梓列聖之遺塵考之四隈則八埏延之中測之寒暑則霜露所均卜偃前識而賞其隆吳札聽歌而美其風雖則衰世而盛德形於管絃雖踰千祀而懷舊蘊於遐年

詩譜云魏地畢昴之分野虞舜及禹所都之地在禹貢冀州雷首之北析城之西周以封同姓其後晉獻公滅魏以封大夫畢萬在晉之南河曲故其詩云彼汾一曲寘之河之干隈猶隅也鄒衍曰四隈不靜司馬相如封禪文曰下泝八埏國語曰卜偃云魏大名也以是始賞天啓之矣左傳曰吳公子札來聘使工爲之歌魏曰美哉大而婉儉而易行以德輔此則爲明主也善曰毛詩曰惟桑與梓必恭敬止王逸楚辭注曰考校也周禮曰以土圭測日影以求地中日南多暑日北多寒禮記曰日月所照霜露所墜左氏傳史趙曰盛德必百世祀吳越春秋樂師曰君王之德可記之於管絃毛詩序曰懷其舊俗方言曰蘊積也

爾其疆域則旁極齊秦結湊冀道開胷殷衛跨躡燕趙山林幽峽烏朗切川澤迴繚恒碣碪碍於青霄河汾浩涆而皓溔南瞻淇澳於六則綠竹純茂北臨漳滏父則冬夏異沼神鉦迢遞於高巒靈響時驚於四表溫泉毖秘涌而自浪華清蕩邪而難老

善曰史記蘇秦說魏襄王曰南有鴻溝東有淮潁西有長城北有河外地理志曰魏觜觿參之分野也自高陵以東河東河內南有陳及汝南之邵陵隱強新汲西華長平潁川舞陽郾許鄢樊陵河南之開封中牟陽武酸棗卷皆魏分也魏武皇帝初封魏公南得河內魏郡北得趙國中山常山鉅鹿

安平甘陵東得平原西得東平凡十郡以此爲魏之本國蓋冀州之地恒山北岳也碣石山名也詩云瞻彼淇澳綠竹猗猗漢書溝洫志曰下淇園之竹漳滏二水名經鄴西北滏水熱故曰滏口水有寒有温故曰冬夏異沼也冀州圖鄴西北鼓山山上有石鼓之形俗言時自鳴劉邵趙都賦曰神鉦發聲俗云石鼓鳴則天下有兵華之事詩云毖彼泉水溫水在廣平都易縣俗以治疾洗百病華清井華水也善曰王逸楚辭注曰湊聚也冀道亦二國名也爾雅曰兩河間曰冀州左氏傳曰江黃道柏方睦於齊杜預曰道國在汝南㝵猶前也南都賦曰消水蕩其㝵漢書地理志曰河內本殷舊都周分爲鄁鄘衛碪碣高貌碪五感反鄭玄周禮注曰汾水出汾陽縣浩古老切洐古旦反上林賦曰湸漾潢漾廣雅曰浩漾大也皓故老反漾餘吵反山海經曰少山清漳水出焉郭璞曰至武安南入濁漳山海經曰神囷山滏水出焉郭璞曰經鄴西北入漳說文曰泌水駃流也泌與毖同音秘魚豢典略曰浪井者弗鑿而成毛詩曰汞錫難老墨井鹽池玄滋素液厥田惟中厥壤惟白原隰畇畇墳衍斥斥或嵬罍力罪而複

陸或黋苦光朗而拓落乾坤交泰而絪縕嘉祥徵顯而豫作是以兆朕振古萌柢疇昔藏氣讖緯閟象竹帛迴時世而淵默應期運而光赫暨聖武之龍飛肇受命而光宅鄴西高陵西伯陽城西有石墨井井深八丈河東猗氏南有鹽池東西六十四里南北七十里尚書禹貢冀州厥土惟白壤厥田惟中中閟閉也詩云閟宮有洫善曰周禮曰辨其墳衍原隰之名鄭玄曰水厓曰墳下平曰衍毛詩曰畇畇原隰以純反斥斥廣大之貌也蒼頡篇曰斥大也嵬罍不平之貌嵬鳥罪切黋朗光明之貌拓落廣大之貌周易曰天地交泰又曰天地絪縕西京賦曰備致嘉祥文帝荅曹植詔曰所獻詩二篇徵顯成章兆猶機事之先見者也淮南子曰欲與物接而未成朕兆者也許慎曰朕兆也直軫反毛詩曰振古如茲毛萇曰振自也廣雅曰萌始也爾雅曰柢本也丁計反禮記曰余疇昔之夜夢鄭玄曰疇發語聲也說文曰讖驗也河洛所出書曰讖毛萇詩傳曰閟閉也墨子曰以其所書於竹帛傳於後代子孫春秋說題辭曰尚書者所以推期運明命授之際魏志曰太祖武皇帝姓曹諱操爲丞相封魏王文帝

受禪追尊曰武皇帝東京賦曰世祖乃龍飛白水毛詩序曰文王受命作周也鄭玄曰受天命而王天下也東京賦曰漢初弗之宅爰初自臻言占其良謀龜謀筮亦既允臧修其郛郭繕其城隍經始之制牢籠百王畫雍豫之居寫八都之宇鑒茅茨於陶唐察卑宮於夏禹古公草創而高門有閌苦浪宣王中興而築室百堵兼聖哲之軌并文質之狀商豐約而折中準當年而爲量思重爻摹大壯覽荀卿采蕭相僝拱木於林衡授全模於梓匠謀龜謀筮猶周公之卜都洛邑也毛詩云爰契我龜又曰卜云其吉終然允臧重爻易爻也大壯易卦名也易曰上古穴居而野處後世聖人易之以宮室上棟下宇以禦風雨蓋取諸大壯謂壯觀也荀卿曰宮室臺榭以避燥濕養德別輕重也非爲夸泰將以明人之大通仁順也春秋左傳曰山林之木衡鹿守之治木器曰梓尚書有梓材之篇也善

曰尚書曰謀及卜筮淮南子曰太一者牢籠天地雍西京也豫東京也西京賦曰取殊裁於八都墨子曰堯舜茅茨不翦論語子曰禹卑宮室毛詩美古公亶父曰高門有閌又美宣王曰築室百堵說文曰僝具也僎勉反又曰僝取也子軟切孟子曰梓匠輪輿能與人規矩不能使人巧趙岐曰梓匠木工也遐邇悅豫而子來工徒擬議而騁巧闡鈎繩之筌緒承二分之正要揆日晷考星耀建社稷作清廟築曾宮以迴匝比岡隒魚檢而無陂造文昌之廣殿極棟宇之弘規對若崇山崫起以崔嵬髧徒感若玄雲舒蜺以高垂二分春秋之中者也詩定之方中作爲楚宮揆之以日作爲楚室定營室星營室中可以興土功也陂傾也易曰無平不陂文昌正殿名也蜺龍形而五色善曰難蜀父老曰遐邇一躰豫或爲務西都賦序曰衆庶悅豫毛詩曰庶人子來周易曰擬之而後言議之而後動擬議以成其變化甘泉賦曰王爾投其鈎繩杜預左傳注銓次也與筌同周禮曰匠人建國晝參

諸日中之景夜考之極星以正朝夕鄭玄曰極星北辰也周禮曰左宗廟右社稷說文曰隒崖也鄭玄禮記注曰陂傾也周易曰上棟下宇以避風雨薛高貌也景福殿賦曰若仰崇山而戴垂雲髧垂貌也淮南子曰玄雲素朝

環材巨世，埽（楚洽）塌（除立）參差。枌（音汾）橑（音老）複結，欒櫨疊施。丹梁虹申以並亙，朱桷森布而支離。綺井列疏以懸蔕，華蓮重葩而倒披。齊龍首而涌霤，時梗概於滮（被尤）池。（爾雅曰桷謂之榱善曰西都賦曰因瓌材而究奇抗應龍之虹梁廣雅曰曲枅謂之欒說文曰欂櫨柱枅也然欒櫨一也有曲直之殊耳西京賦蔕倒茄於藻井披紅葩之狎獵又曰疏龍首以抗殿齊龍首而涌霤謂畫爲龍首於椽承檐四隅而以寫霤也說文曰霤屋水流也東京賦曰其梗槩如此毛詩曰滮池北流也）

旅楹閑列，暉鑒抰（烏浪）振。榱題黮䨴，階陏嶙峋。長庭砥平，鍾簴夾陳。風無纖埃，雨無微津。（詩云旅楹有閑抰中央也振屋宇檐也文昌殿前有鍾簴其銘曰惟魏四年歲在丙申龍次大火五月丙寅作

蕤賓鍾又作無射鍾建安二十一年七月始設鍾簴於文昌殿前所以朝會四方也善曰鄭玄毛詩箋曰旅楹衆也薛君韓詩章句曰閑大也謂閑然大也暉鑒言楹柱光輝遠照抰振也廣雅曰鑒照也聲類曰黮深黑色也直感反黮亦黑也徒對反應劭上林賦注曰楯闌橫也西京賦曰抵鍔嶙峋埤蒼曰嶙峋山崖之貌也毛詩曰風雨攸除墨子曰聖王作爲宮室邊足以御風寒上足以待霜露）

巖巖北闕，南端逌遵。竦峭雙碣，方駕比輪。西闢延秋，東啓長春。用覲羣后，觀享頤賓。（文昌殿前值端門端門之前南當止車門又有東西止車門端門之外東有長春門西有延秋門文昌殿所以朝會賓客享四方善曰德陽殿賦曰朱闕巖巖凡南方正門皆謂之端春秋說題辭曰血書魯端門西京賦曰圜闕竦以造天若雙闕之相望毛萇詩傳曰覲見也尚書曰肆覲羣后周易曰觀頤觀其所養也頤養亦享也故曰觀享頤賓許兩切）

左則中朝有赩，聽政作寢。匪樸匪斲，去泰去甚。木無彫鎪（所留），土無綈（題）錦。玄化所甄，國風所稟。（中朝內朝也漢氏大司馬侍中散騎諸吏爲中朝丞相六百石以下爲外朝也文昌殿東有聽政殿內朝所在也墨子曰堯之爲君采椽不斲晏子春秋曰明堂之制下之溼潤不能及也上之寒暑不能入也土事不文木事不鏤示民知節也老子曰去甚去泰爾雅曰鎪鏤也善曰毛萇詩傳曰赩赤貌也尚書曰既勤樸斲孔安國曰樸治斲削也西京賦曰木衣綈錦說文曰綈厚繒也蔡雍陳留太守頌曰玄化洽矣黔首用寧漢書音義如淳曰陶人作瓦器謂之甄吉然反毛詩序曰一國之事繫一人之本謂之風）

於前則宣明顯陽，順德崇禮。重闈洞出，鏘鏘濟濟。珍樹猗猗，奇卉萋萋。蕙風如薰，甘露如醴。（聽政殿聽政殿門聽政門前升賢門升賢門左崇禮門崇禮門右順德門三門並南向升賢門前宣明門宣明門前顯陽門顯陽門前有司馬門閽守門也周官閽人守王門爾雅曰宮中之門謂之闈洞達也南北外內東西左右掖門皆洞達相通善曰禮記曰大夫濟濟庶士鏘鏘毛萇詩傳曰猗猗萋萋茂盛貌也音此禮切叶韻東京賦曰蕙風橫被邊讓帝臺賦曰蕙風如春施家語舜曰南風之薰兮王肅曰薰風至之貌也論衡曰甘露味如飴蜜王者太平則降鄭玄

周禮注曰醴今甜酒）

禁臺省中，連闥對廊。直事所繇，典刑所藏。藹藹列侍，金蜩齊光。詰朝陪幄，納言有章。亞以柱後，執法內侍。符節謁者，典璽儲吏。膳夫有官，藥劑有司。肴醳（亦）順時，腠理則治。（升賢門內聽政闥向外東入有納言闥尚書臺宣明門內升賢門外東入有內豎署顯陽門內宣明門外東入最南有謁者臺閤次中央符節臺閤最北御史臺閤三臺並別西向符節臺東有丞相諸曹善曰魏武集荀欣等曰漢制王所居曰禁中諸公所居曰省中淮南子曰連闥通房人所安也直事若今之當直也蔡邕獨斷曰直事尚書一人典刑周禮六典八刑也建安十八年始置侍中中尚書御史符節謁者金蜩金蟬蔡邕獨斷曰侍中常侍皆冠惠文加貂附蟬左氏傳曰詰朝將見杜預曰詰朝平旦也周禮曰幕人掌帷帟鄭玄曰王所居之帳也尚書舜典曰龍命汝作納言應劭漢書注曰納言如今尚書官王之喉舌也毛詩曰出言有章漢書音義曰柱後以鐵爲柱今法冠是如淳曰御史冠也符節掌璽故云典璽漢有尚符璽謁者受事故曰儲

吏漢書謁者掌讚受事周禮膳夫上士又曰醫師掌毒藥
共醫事鄭玄周禮注曰劑和也又禮記注曰舊醳之酒謂
昔酒也呂氏春秋伊尹曰用新去
陳腠理遂通高誘曰腠理肌脉也於後則椒鶴文石永巷
壼術椒梓木蘭次舍甲乙西南其戶成之匪日丹青煥炳
特有温室儀形宇宙歷像賢聖圖以百瑞綷以藻詠芒
芒終古此焉則鏡有虞作繪茲亦等競近世王者後宮
以椒房爲通稱
聽政殿後有鳴鶴堂椒梓坊木蘭坊文石室後宮所止也
壼宮中巷也術道也鳴鶴堂之前次聽政殿之後東西二
坊之中央有温室中有畫像讚尚書咎繇薦舜曰予欲觀
古人之象日月星辰山龍華蟲作繪粉米永巷掖庭之别
名善曰列女傳曰姜后待罪永巷周禮曰正宮掌宮中次
舍甲乙謂次舍之名以甲乙紀之也毛詩曰築室百堵西
南其戶又曰不日成之藻詠文藻頌詠也綷子對切芒芒
遠貌也楚辭曰長無絶兮終古廣雅曰鑒謂之鏡照也鄭
玄論語注
曰繪畫也右則踈圃曲池下畹高堂蘭渚莓莓石瀨湯

湯弱蔆係實輕葉振芳奔龜躍魚有䁥呂梁馳道周
屈於果下延閣胤宇以經營飛陛方輦而徑西三臺
列峙以崢嶸亢陽臺於陰基擬華山之削成上累棟
而重霤下冰室而沍冥文昌殿西有銅爵園園中有魚池
堂皇班固曰畹三十畝也離騷曰
旣滋蘭之九畹石瀨湍也水激石閒則怒成湍蔆木之細枝
者也揚雄方言曰青齊兗豫之閒謂之蔆故傳曰慈母怒子
折蔆而笞之其惠存焉子紅切係古計切莊子曰呂梁懸
水三十仞流沫三十里黿鼉魚鼈之所不能游也漢廏舊有
樂浪所獻果下馬高三尺以駕輦車銅爵園西有三臺中
央有銅爵臺南則金虎臺北則冰井臺有屋一百一閒金
虎臺有屋一百九閒冰井臺有屋百四十五閒上有冰室
三臺與法殿皆閣道相通直行爲徑周行爲營建安十五
年作銅雀臺山海經曰太華之山削成四方沍堅也春秋
左氏傳曰固陰沍寒善曰楚辭曰坐堂伏檻臨曲池曹植
責躬詩曰夕宿蘭渚左氏傳曰原田莓莓杜預曰若原田之
草莓莓然莓莫來反楚辭曰石瀨兮淺淺說文曰䁥察也千例

反漢書曰太子不敢絶馳道應劭曰天子道也若今之中道
延相連延也淮南子曰延樓棧道魯靈光殿賦注飛陛揭孼
方輦言廣也甘泉賦曰似紫宮之崢嶸魯靈光
殿賦曰榭而高大謂之陽基在小故曰陰基周軒中天
丹墀臨猋增搆峩峩清塵彯彯雲雀踶甍而矯首壯
翼摛鏤於青霄雷雨窈冥而未半皦日籠光於綺寮習
步頓以升降御春服而逍遙八極可圍於寸眸萬物可
齊於一朝丹墀以丹與蔣離合用塗地也爾雅曰扶搖謂
之猋猋上也風從下升也班固西都賦說鳳闕
曰上觚稜而棲金雀凡鳥之棲也羽翼戢弭以今揆古言
棲非所觀之形也張衡西京賦曰鳳翥騫於甍標感䫻風
而欲翔此鳳之有定有住尚向風而無一方則不宜言䫻
風也但鳥跱則形定翼住飛則斂足絶據踶則舉羽翮用
勢若將飛而尚住故言雲雀踶甍而矯首也踶音提王吉
傳曰進退步趨以實下言人不行則膝脛以下虛弱不實
也眸眸子也王襃甘泉賦曰十分未升其一增惶懼而目眩
若播岸而臨坑登木末以闚泉楊雄甘泉賦說臺曰鬼魅

不能自逮半長途而下顛班固西都賦說臺曰攀井幹而
未半目眩轉而意迷舍靈檻而却倚若顛墜而復稽張衡
西京賦說臺曰將乍往而未半怵悼慄而竦兢非都盧之
輕蹻孰能超而究升此四賢所以說臺榭之體皆危嶮悚
懼雖輕捷與鬼神由莫得而自逮也非夫王公大人聊以
雍容升高彌望得意之謂也異乎老子曰若春升臺之
爲樂焉故引習步頓以實下稱八方之究遠適可以圍於
徑寸之眸子言其理曠而當情也莊子有齊物之論善曰
軒長廊之有牕也列子曰周穆王築臺號中天臺漢典職
儀曰以丹漆地故稱丹墀西都賦曰正殿崔嵬魯構七發
曰蒙清塵毛萇詩傳曰壯徤也摛鏤摛布其彫鏤也說文
曰窈窕深遠也冥幽昧也毛詩曰有如皦日西京賦曰交
綺豁以疏寮論語曾點曰春服旣成毛詩曰於焉逍遥淮
南子曰八紘之外乃有八極趙岐孟子章句曰眸目童子
也長塗牟首豪徼古弔互經晷漏肅唱明宵有程附以
蘭錡魚九宿以禁兵司衛閑邪鉤陳罔驚牟者閣道有說者
也霍光傳說昌邑
王輦道牟首鼓吹歌舞豪徼道也晷漏漏刻也善曰說文
曰晷景故曰晷漏漢書房中歌曰肅倡和聲字書倡亦唱

字也充向反程猶限也程與呈通西京賦曰武庫禁兵設在蘭錡建安二十二年初置衛尉漢書曰衛尉掌宮門衛屯兵周易曰閑邪存其誠樂汁圖曰鉤陳陳後宮也服虔甘泉注曰紫宮外營鉤陳星於是崇墉
濬洫嬰堞帶涘四門𨏥𨏥隆厦重起憑太清以混成
越埃壒烏害而資始藐藐標危亭亭峻趾臨焦原而不
怳誰勁捷而无怨與岡岑而永固非有期乎世祀陽
靈停曜於其表陰祇濛霧於其裏墉城也濬深也洫城溝也張衡西京
賦曰經城洫堞城上女墻也賈誼曰翟伐衛寇挾城堞涘厓也毛詩云夏屋渠渠又曰既成藐藐尸子曰莒國有石
焦原者廣尋長五十步臨百仞之谿莒國莫敢近也有勇以見莒子者獨却行齊踵焉所以服莒國也善曰薛綜
西京賦注曰𨏥𨏥高貌也鶡冠子曰上及太清下及太寧老子曰有物混成先天地生西都賦曰軼埃壒之混
濁周易曰萬物資始王逸楚辭注曰藐藐遠也說文曰標末也鄭玄禮記注曰危棟上也西京賦曰狀亭亭以

苕苕說文曰阯基也論語曰愼而无禮則葸猥與葸同思子反陽靈天神也甘泉賦曰齊乎陽靈之宮周禮曰掌
地祇之禮也苑以玄武陪以幽林繚了垣開囿觀宇相臨碩
果灌叢圍木竦尋篁篠懷風蒲陶結陰回淵漼積水
深蒹葭贙雚胡官蒻弱森丹藕凌波而的皪綠芰泛
濤而浸七心潭以心羽翮頡頏鱗介浮沈栖者擇木雊者擇
音若咆步交渤澥與姑餘常鳴鶴而在陰表清籞勒虞箴
思國恤忘從禽樵蘇往而無忌即鹿縱而匪禁玄武苑在鄴城
西苑中有魚梁釣臺竹園蒲陶諸果詩曰集于灌木春秋左氏傳曰鳥則擇木又曰鹿死不擇音皆自得之謂
也雊者舉雉兎之類不傷其時況其巨者乎揚雄曰勃澥之鳥淮南子曰軼鶤雞於姑餘易曰鳴鶴在陰其子
和之張衡東京賦曰江池清籞虞箴虞人之箴也事見春秋其辭曰芒芒禹跡畫爲九州經啓九道人有寢廟

獸有茂草各有攸處德用不擾在帝夷羿冒于原獸忘其國恤思其麀牡武不可重是用不恢于夏家獸臣司原敢
告僕夫周易曰即鹿無虞往從禽也孟子齊宣王問曰文王之囿方七十里有諸孟子對曰於傳有之曰若是其大
乎荅曰民猶以爲小也曰寡人之囿方四十里民猶以爲大何也荅曰文王之囿方七十里芻蕘者往焉雉兎者往
焉與民同之民以爲小不亦宜乎臣始至於境問國之大禁然後敢入臣聞郊關之內有囿方四十里殺其麋鹿者
如殺人之罪則是四十里爲阱於國中民以爲大不亦宜乎言樵蘇往而無忌即鹿縱而匪禁者蓋同乎周文之德
異乎齊宣之意善曰西都賦曰幽林穹谷西京賦曰繚垣緜連周易曰碩果不食莊子曰見巨木其絜百圍孫子曰
水深則回說文曰淵回水也毛詩曰有漼者淵文子曰積水成海說文曰贙分別也胡犬反本草曰藕一名水芝爾
雅曰荷芙蕖其根藕此文云凌波而的皪即藕爲偏名非唯根矣的皪光明也上林賦曰的皪江靡鄭玄周禮注曰陵芰
也說文曰濤大波也浸潭漸漬也隨波之貌洞簫賦曰玉波浸潭而承其根毛萇詩傳曰飛而上曰頡飛而下曰頏周
禮曰川澤宜鱗物墳衍宜介物鄭玄曰鱗魚龍之屬介龜鼈之屬水居陸生者也漢書音義晉灼曰樵取薪也蘇取草也

腜腜坰野奕奕菑畝甘荼伊蠢芒種斯阜西門溉
其前史起灌其後墱流十二同源異口畜爲屯雲泄爲
行雨水澍稉稌古衡徒五陸蒔稷黍黝黝桑柘油油麻紵均
田畫疇蕃廬錯列薑芋充茂桃李蔭翳音咽叶韻家安其
所而服美自悅邑屋相望武方而隔踰奕世腜腜美也詩云周原腜腜
堇荼如飴爾雅曰田一歲曰菑詩云薄言采芑于此菑畝周官曰澤草所生種之芒種鄭司農曰芒種稻麥也
令鄴下有十二墱天井偃在城西南分爲十二墱丁鄧切微子麥秀之歌曰黍苗油油漢制列侯公主田無過三
十頃者其餘各以官次哀帝時董賢賜田猥多王嘉上跡均田之制從此隳壞疇者界也埒畔際也詩云中田
有廬孟子曰五畝之宅樹之以桑故曰蕃廬錯列老子曰甘其食美其服樂其俗安其居鄰里相望雞犬之聲
相聞人至老死不相與往來善曰韓詩曰周原腜腜莫來反毛詩曰奕奕梁山維禹甸之賈逵國語曰阜長也

河渠書曰西門豹引漳水溉鄴以富魏之河內漢書曰史起爲鄴令遂引漳水溉鄴人歌之曰鄴有賢令兮爲史公決漳水兮灌鄴旁終古潟鹵兮生稻粱水陸謂高下之田也二渠之利下則澍生稉稌高則植立稷黍也說文曰澍時雨所以澍生萬物者也之樹反方言曰蒔更也郭璞曰謂更種也時吏切爾雅曰黑謂之黝郭璞曰黝黑貌也聲類曰油油麻肥也莊子曰治邑屋曷嘗不法聖人哉謝承後漢書曰王翁位二千石奕世相襲

內則街衝輻輳朱闕結隅石杠飛梁出控漳渠疏通溝以濱路羅青槐以蔭塗比滄浪平而可濯方步櫚以占而有踰習習冠蓋華華所巾蒸徒斑白不提行旅讓衢設官分職營處署居夾之以府寺班之以里閭

鄴城內諸街有赤闕黑闕正當東西南北城門最是其通街也石竇橋在宮東其水流入南北里爾雅曰石杠謂之倚郭璞曰石橋音江疏通也魏武帝時堰漳水在鄴西十里名曰漳渠堰東入鄴城經宮中東出南北二溝夾道東行出城所經石竇者也楚辭曰滄浪之水清可以濯

吾纓善曰杜預左氏傳注曰衝交道也齒容反文子曰群臣輻湊李尤德陽殿賦曰朱闕巖巖晉灼漢書注曰飛梁浮道之橋小雅曰控引也步櫚長廊也楚辭曰曲屋步櫚宜擾畜上林賦曰步櫚周流長途中宿蔡雍胡億碑曰祁祁我君習習冠蓋毛萇詩傳曰華華衆多也禮記曰斑白者不提挈鄭玄曰雜色曰斑家語曰虞芮二國爭田入文王境行者讓路周禮曰設官分職以爲民極小雅曰班次也

其府寺則位副三事官踰六卿奉常之號大理之名厦屋一揆華屏齊榮肅肅階闕重門再扃師尹爰止毗代作楨

當司馬門南出道西最北東向相國府第二南行御史大夫府第三少府卿寺道東最北奉常寺次南大農寺出東掖門正東道南西頭太僕卿寺次中尉寺出東掖門宮東北行北城下東入大理寺宮內大社西郎中令府城南有五營魏武帝爲魏王時太常號奉常廷尉號大理建安十八年始置侍中尚書御史符節謁者郎中令太僕大理大農少府中尉二十一年大理鍾繇爲相國始置太常宗正二十二年以軍師華歆爲御史大夫初置衛尉時武帝爲魏王置相國御史大夫故云位副三事

置卿近九故曰官踰六卿善曰毛詩曰三事大夫莫肯夙夜夏屋已見上注鄭玄禮記注曰畫華也爾雅曰屏謂之樹鄭玄禮記注曰榮屋翼也爾雅曰兩階閒曰闕許亮反周易曰重門擊柝說文曰扃門之關也毛詩曰赫赫師尹毛萇曰太師周之三公也尹氏爲太師毛詩曰天子是毗又曰王國克生維周之楨毛萇曰楨幹也

其閭閻則長壽吉陽永平思忠亦有戚里寘宮之東閈出長者巷苞諸公都護之堂殿居綺牕輿騎朝猥蹀敧其中

長壽吉陽永平思忠四里名也長壽吉陽二里在宮東中當石竇吉陽南入長壽北入皆貴里都護者將軍曹淵也漢書萬石君傳曰徙其家長安戚里以姊爲美人故善曰古詩云交疏結綺窗廣雅曰猥衆也烏罪反聲類曰蹀躡也徙恊反說文曰敧嶇也丘知反

營客館以周坊餝賓侶之所集瑋豐樓之閈閎起建安而首立葺牆冪室房廡雜襲剞居綺劂罔掇匠斲積習廣成之傳無以疇槀街之邸不能及

鄴城南有都亭

城東亦有都道北有大邸起樓門臨道建安中所立也古者重客館故舉年號也春秋左傳曰高其閈閎繕完葺牆以待賓客圬人以時冪館宮室子產曰僑聞文公之爲盟主也宮室卑埤以崇大諸侯之館館如公寢爾雅曰閎巷門也一曰閎門中所從出入也葺覆也圬人塗人也冪墁也館宮室諸侯傳也史記藺相如奉璧西入秦秦舍相如廣城傳善曰說文曰廡堂下周屋也許慎淮南子注曰剞劂曲刀也劂九月反鄭玄論語注曰輟止掇古字通張晏漢書注曰疇等也漢書曰郅支首懸槀街蠻夷邸閒晉灼曰黃圖在長安城內也

廓三市而開廛籍平逵而九達班列肆以兼羅設闤闠以襟帶濟有無之常偏距日中而畢會抗旗亭之嶢嶭五結侈所覜之博大

周禮大市日昃而市朝市朝時而市夕市日夕而市此三市之謂也逵已見上章傳曰逵市在逵之上易曰日中爲市致天下之人聚天下之貨交易而退各得其所善曰有無謂貨物之多少也二者常偏此能濟之也孟子曰古之爲市也以其所有易其所無西京賦注曰旗亭市樓也嶢嶭高峻之

貌。爾雅曰。覢視也。他吊反。百隧轂擊。連軫萬貫。憑軾捶馬。袖幕紛半。
壹八方而混同。極風采之異觀。質劑子遺平而交易。刀布貿
而無筭。軾車橫覆膝人所憑也。周官曰。聽賣買以質劑。又曰以質劑結信而止訟。鄭玄曰。質劑謂兩書一札
而別之也。若今下手書。保物要還矣。質。大賈也。劑。小賈也。刀布。錢。刀之謂。荀卿書曰。省刀布之斂。善曰。西京賦曰。俯
察百隧。史記。蘇秦曰。臨菑之塗。車轂擊。人肩摩。連衽成帷。舉袂成幕。左傳曰。楚子玉謂晉侯曰。君憑軾而觀之。說文
曰。捶。擊也。河圖龍文曰。八方歸德。淮南子曰。采俗者。所以一羣生之短脩。明九夷之風采。高誘曰。風。俗。采。事也。
財以工化。賄以商通。難得之貨。此則弗容。器周用而長務。
物背窳而就攻。不鬻邪而豫賈。古著馴風之醇醲。周官曰。百
工飭貨八材。商賈阜通貨賄。漢書貨殖傳曰。栢文之後。禮義大壞。上下相冒。於是商通難得之貨。工作無用之器。攻
者。堅也。詩曰。我車既攻。通物曰商。居賣曰賈。禮記王制曰。器用不中度。不鬻於市。布帛精麤不中數。幅廣狹不中量。
不鬻於市。姦色亂正色。不鬻於市。禽獸魚鼈不中殺。不鬻於市。此皆不鬻邪之義。史記曰。子產治鄭。不鬻賈。周官曰。
平肆展成。鄭玄曰。展。整也。成。平也。市者使定物賈。防誑豫也。善曰。廣雅曰。財。貨也。財與材古字通。爾雅曰。賄。財也。廣雅曰。
長。常也。言常習之。史記曰。舜居河濱。器不苦窳。晉灼曰。窳。病也。餘乳反。淮南子曰。黃帝治天下。市不豫賈。周易曰。馴
致其道。仲長子昌言曰。淑清穆和之風既宣。醇醲之化既浹。孔安國尚書傳曰。醇。粹也。說文曰。醲。厚酒也。女龍切。優渥然以
酒之醲以喻政厚也。白藏平之藏。去富有無隄。同賑大內。控引世資。
賨幏積墆。琛幣充牣。仞關石之所和鈞。財賦之所底慎。
燕弧盈庫而委勁。冀馬填廄救而駔駿。白藏庫在西城下。有屋一百七
十四間。爾雅曰。秋爲白藏。因以爲名也。大內。京邑都內寶藏也。漢書。淮南王安上疏曰。越人貢財之奉。不輸大
內。食貨志曰。或墆財。夏書曰。關石和鈞。王府則有。此夏之逸書。禹貢曰。庶土交正。底慎財賦。咸則三壤。鄴城西
下有乘黃廄。燕。幽州也。弧。弓也。爾雅曰。北方之美者。有幽都之筋角焉。春秋左傳曰。冀之北土。馬之所生。善曰。周

易曰。富有之謂大業。漢書。東方朔曰。不足以危無隄之輿。蘇林曰。隄。限也。爾雅曰。賑。富也。風俗通曰。槃瓠之後。
輸布一匹二丈。是謂賨布。廩君之巴氏出幏布八丈。賨。在宗反。幏。音稼。墆。音滯。賈逵國語注曰。關。通也。鄭玄儀禮
注曰。和。調也。孔安國尚書傳曰。金鐵曰石。供民器用。通之使和平。子虛賦曰。充仞其中。說文曰。駔。壯馬也。子朗
反。至乎勍敵糾紛。庶土罔寧。聖武興言。將曜威靈。介胄
重襲。旍旗躍莖。弓珧以焦解檠。巨景矛鋋延飄英。三屬之甲。縵
莫韓胡之纓。控絃簡發。妙擬更平嬴。建安十九年五月。立魏公位諸侯王上。赤紱
遠遊冠。二十一年。進爵爲王。二十二年。得設天子旍旗。出警入蹕。賜朱冠冕十二旒。金根車。駕六馬。建太常。設
五時副車。爾雅曰。弓以蜃者謂之珧。蜃。骨也。檠。弓柙也。詩云。二矛重英。漢書刑法志曰。魏氏武卒衣三屬之甲。
趙惠文王好劒。劒士夾門而客者三千人。趙太子悝謂莊周曰。吾王所見劒士。皆蓬頭突鬢。垂冠。縵胡之纓。短
後之衣。瞋目而語難者。王乃悅之。戰國策。更嬴謂魏王曰。臣能虛發而下鴈。魏王曰。然則射可至於此乎。更嬴
曰。可。有鴈從南方來。更嬴虛發而鴈下。善曰。左氏傳曰。子魚曰。勍敵之人。隘而不成列。杜預曰。勍。強也。尚書曰。庶土交正。
毛詩曰。庶士有揭。又曰。與言出宿。長楊賦曰。以露威靈。金匱曰。良弓非勍檠不張。說文曰。鋋。小矛。史記曰。冒頓自立爲單
于。控弦之士三十萬。班固漢書李廣述曰。控弦貫石。威動北鄰。爾雅曰。簡。擇也。謂擇處而發也。齊被練而銛
息廉戈。襲偏裻以讀會列。畢出征而中律。執奇正以四伐。
碩畫精通。目無匪制。推鋒積紀。鋩氣彌銳。三接三捷。既
晝亦月剋。翦方命。吞滅咆白交烋虛交。雲撤叛換。席卷虔劉。
祲子鴆威八紘。荒阻率由。洗兵海島。刷馬江洲。振旅輷輷。
反旆悠悠。凱歸同飲。䟽爵普疇。朝無刓五官印。國無費留。
春秋左傳曰。被練三千。馬融曰。練爲甲裘。史記。蘇代曰。強弩在前。銛戈在後。司馬法曰。師多則讀。孫武曰。奇正
還相生。若環之無端。莊子曰。庖丁爲文惠君屠牛。手之所觸。莫不中音。合於桑林之舞。文君曰。善哉。技。庖丁對曰。

臣好者道進乎技矣臣始解牛時所見無非牛者三年之後未嘗見全牛也今臣以神遇而不以目視也良庖歲更刀割也族庖月更刀折也今臣刀十九年矣所解數千牛也而刀刃若新發於硎若彼節者有閒而刀刃者無厚以無厚入有閒恢乎其於遊刃必有餘地矣文君曰善吾聞丁之言得養生焉一紀十二年推鋒積紀謂魏武帝從初平元年起兵至建安二十五年軍無不尅抑亦庖丁用刀十九年之義也孫武曰避其銳氣謂銳氣之利甚於鋒刃也易曰晉康侯用錫馬蕃庶晝日三接詩云一月三捷既書亦月者蓋取其頻繁之數或日或月也方命放棄王命也尚書曰咈哉方命圮族方命者謂始起兵誅董卓之首亂漢室也咆烋猶咆哮也自矜健之貌也詩云咆烋于中國吞滅咆烋者尅黙韓暹楊奉之專用王命也叛換猶恣睢也漢書曰項氏叛換雲撤換叛者謂討破袁紹猶勝項羽也虔劉殺也春秋左傳呂相絕秦曰虔劉我邊陲席卷虔劉者謂擒呂布於徐州剋袁術於揚州平韓約馬超於雍州降劉表於荊州之屬也𢹲威八紘荒阻率由者謂北羈單于于白屋東懷孫權於吳會西攝劉備於巴蜀也刷小當也司馬相如梨賦曰唰嗽其漿史記蘇秦曰輷輷殷殷若三軍之衆穀梁傳曰入曰振旅兵事以嚴終也春秋左傳曰凡公行告於宗廟反行飲至漢書曰疏爵而貴之疏爵普疇疇其爵邑

文六　十八　葉友

者刓印印角刓也韓信傳曰項王有功當封爵印刓忍不能與孫子兵法曰戰勝而不脩其賞者凶命曰費留善曰國語曰公使申生伐東山臯落氏也衣之偏裻之衣韋昭注曰裻在中左右異故曰偏裻音督說文曰讀列中止也然讀列或止或列周易曰師出以律漢書楊雄上疏曰石畫之臣甚衆史記曰秦穆公與晉惠公戰於韓地秦人見穆公窘亦皆推鋒爭死尚書曰方命圮族春秋感精符曰楚圖宋更相吞滅春秋推誠圖曰諸侯氷散席卷各爭恣妄西都賦曰𢹲威盛容淮南子曰八澤之外乃有八紘尚書曰率由典常以藩王室魏武兵接要曰大將將行雨濡衣冠是謂洗兵刷猶飲也所劣切劉劭七華曰漱馬河源遊目崑崙蒼頡篇曰輷輷衆車聲也呼萌切今爲輷字音田毛詩曰悠悠旆旍魏武孫子注曰賞不以時但留費也喪亂既弭而能宴。武人歸獸而去戰。蕭斧戢柯以柙刃。虹旍攝麾以就卷。斟洪範。酌典憲。覲所恒。通其變。上垂拱而司契。下緣督而自勸。道來斯貴。利往則賤。囹圄寂寥。京庾流衍。尚書曰往伐歸獸桓譚新論雍門周說孟嘗君曰以強秦之勢伐弱燕譬猶礴蕭斧以伐朝菌也馬融廣成頌曰建

雄虹之長旍洪範箕子陳政術之篇也易曰觀其所恒而天地萬物之情可見矣又曰通其變使人不倦老子曰聖人執左契而不責於人有德司契無德司徹善曰毛詩曰喪亂既平周公攝政弘化弭亂司馬法曰以戰去戰雖戰可也柙胡甲反尚書曰垂拱而天下治莊子曰緣督以爲經可以保身可以全生司馬彪曰緣順也督中也順守道中以爲常也禮記曰仲春省囹圄文子曰法寬刑緩囹圄空虛毛詩曰曾孫之庾如坻如京鄭玄曰庾露積穀也於時東鞮。即序西傾。順軌荆南。懷憓。惠朔北思韙。偉緜緜迴塗。驟山驟水。襁負賮贄。重譯貢篚。髽首之豪。鐻耳之傑。服其荒服。斂衽而審魏闕。置酒文昌。高張宿設。其夜未遽。庭燎晣晣。有客祁祁。載華載裔。入聲協韻岌岌冠縰。所綺纍纍辮髮。清酤戶如濟。濁醪如河。凍醴流澌。溫酎躍波。豐肴衍衍。行庖皤皤。愔愔醧一據讌。酣湑無譁。呼瓜反地理志曰會

文六　十九　刘用

稽海外有東鞮人分爲二十餘國以歲時獻見尚書禹貢曰織皮西傾因桓是來織皮西戎國也憓順也司馬相如封禪書曰義征不憓淮南子曰三苗髽首畫賮禮贄也周官曰九州之外謂之藩國世一見各以其所貴寶爲贄孟子曰將有遠行行者必以賮蒼頡篇曰賮財貨也建安二十一年匈奴南單于呼韓厨泉將其名王大人來朝待以客禮張衡南都賦曰九醖甘醴十旬兼清蘇秦曰齊有清濟濁河楚辭小招魂曰挫糟凍飲酎清涼王逸曰凍冷也酎三重醸醇酒也韓詩云賓爾籩豆飲酒之醧能者飲不能者已謂之醧許氏曰醧酒美也善曰尚書曰西戎即序尸子曰荆者非無東西也而謂之南其南者多也杜預左氏傳注曰韙是也論語曰襁負其子博物志曰織縷爲之以約小兒於背上尚書曰厥貢漆絲厥篚織文山海經曰青要之山䰠武羅司之穿耳以鐻郭璞曰鐻金銀之器名䰠音神鐻音渠漢書曰高張四縣晉灼曰樂四縣也周禮曰凡樂事宿縣毛詩曰夜未央鄭玄曰未渠央也毛詩曰庭燎晣晣又曰采蘩祁祁楚辭曰高余冠之岌岌鄭玄禮記注曰縰今之幘也縰與縱同漢書曰諸侯纍纍從楚又終軍曰解辮髮削左衽毛詩曰既載清酤說文曰澌流氷也周易曰鴻漸于磐飲食衎衎王肅曰衎衎寬饒之貌也皤皤豐多貌也韓詩曰愔愔夜飲

薛君曰。愔愔。和悅之貌也。孔安國尚書傳曰。樂酒曰酣。毛詩
曰。迨我暇矣。飲此湑矣。毛詩曰。湑。莤也。鄭玄曰。泲莤之也。一
醧。乙據反。延廣樂。奏九成。冠韶夏。冒六莖。僔響起。疑震
霆。天宇駭。地廬驚。億若大帝之所興作。二嬴之所曾聆。
善曰。賈逵國語注曰。延。陳也。尚書曰。簫韶九成。鳳凰來儀。
樂動聲儀曰。帝嚳樂曰六英。帝顓頊曰五莖。舜曰大韶。禹
曰大夏。宋衷曰。六英。能爲天地四時六合也。五莖。能爲五
行之道立根本也。漢書曰。顓頊作六莖。夏大承二帝也。韶
繼堯也。僔與曹古字通。西京賦曰。大帝說秦穆公而覲之
饗以鈞天廣樂。史記曰。趙簡子病。扁鵲視之。曰昔秦穆公
嘗如此。七日而寤。寤之日。告公孫支曰。我之帝所甚樂。帝
告我。晉國且大亂。今主君之疾與之同。二日。簡子寤。曰我
之帝所甚樂。與百神遊於鈞天。廣樂九奏萬舞。不類三代
之樂。又曰。趙氏之先。與秦同祖。然則秦趙同姓。故曰二嬴
也。博雅曰。聆。聽也。金石絲竹之恒韻。匏土革木之常調。干戚羽
旄之飾好。去清謳微吟之要妙。世業之所日用。耳目之

文六　二十　彭

所聞覺。雜糅紛錯。兼該泛博。鞮鞻所掌之音。韎邁昧
任而金禁金之曲。以娛四夷之君。以睦八荒之俗。鞮鞻。周掌樂官
名也。周官。鞮鞻氏掌四夷之樂。與其聲歌。韓詩內傳曰。
王者舞六代之樂。舞四夷之樂。大德廣之所及。善曰。周
禮曰。播之以八音。金石土革絲木匏竹。禮記曰。干戚
羽旄謂之樂。鄭玄曰。干。盾也。戚。斧也。武舞所執。羽。翟羽
也。旄。旄牛尾。文舞所執。魏文帝樂府曰。短歌微吟不能
長。孔叢子曰。世業不替。周易曰。百姓日用而不知。鄭玄
周禮注曰。鞮鞻。四夷舞者扉也。鞮。都泥反。鞻。俱具反。毛
萇詩傳曰。東夷之樂曰韎。孝經鉤命決曰。東夷曰昧。南
夷曰任。西夷之樂曰株離。北夷之樂曰禁。然韎昧皆東
夷之樂。而重用之。疑悞也。甘泉賦曰。八荒協兮萬國諧。既
苗既狩。爰遊爰豫。藉田以禮動。大閱以義舉。備法駕。理
秋御。顯文武之壯觀。邁梁騶之所著。夏獵曰苗。冬獵曰狩。建安二十一年
三月。魏武帝親耕藉田于鄴城東。建安二十二年十月
甲午。治兵。上親執金鼓以詔進退。大閱。講武也。魯詩傳

曰。古有梁騶。梁騶。天子獵之田曲也。善曰。孟子。夏諺曰。吾王不遊。吾何
以休。吾王不豫。吾何以助。一遊一豫。爲諸侯度。禮記曰。天子爲藉田千
畝。公羊傳曰。大閱者何。簡車馬也。蔡邕獨斷曰。天子有法駕。莊子曰。尹
需學御三年。而無所得。夜夢受秋駕於其師。明日往朝其師。其師望而
謂之曰。吾非獨愛道也。恐子之未可與也。今將教子以
秋駕。司馬彪曰。秋駕。法駕也。史記曰。此天下之壯觀也。林不槎枿。澤
不伐夭。斧斨以時。罾罛以道。德連木理。仁挺芝草。皓獸爲
之育藪。丹魚爲之生沼。矞雲翔龍。澤馬亍阜。山圖其石。川
形其寶。莫黑匪烏。三趾而來儀。莫赤匪狐。九尾而自擾。嘉
穎離合以蓴蓴。醴泉涌流而浩浩。顯禎祥以曲成。固觸物而
兼造。蓋亦明靈之所酬酢。州休徵之所偉兆。草木未成曰夭。斨。方銎斧也。詩曰。取彼斧斨。以
伐遠揚。延康元年。木連理。芝草生於樂平郡。白鹿白麞見於郡國。赤魚
見於太原郡。黃初元年十一月。黃龍髙四五丈。出雲中。張口正赤。矞雲
者。外赤內青也。揚雄太玄經曰。紫霓矞雲。澤馬見於上黨郡。瑞石靈圖
出於張掖之柳谷。始見於建安。形成於黃初。文備於大和。周圍七尋。中

文六　二十一　乙卯重刊　王才

髙一仞。旁厚一里。蒼質素章。龍馬鳳凰仙人之象。粲然盛著。是以有魏
詩雲鳥之書。黃初二年。醴泉出。河內郡玉壁一枚。延康元年。三足烏九
尾狐見於郡國。嘉禾生。醴泉出。易曰。顯道神德行。是故可與酬酢。可
與佑神矣。賓主俱飲。主人先舉。名曰酬。客酌主人酒。名曰酢。酢者報也。
行道德。宇神明而祥瑞皆至。此蓋明靈感應之理。其與人事交報之義
也。故曰蓋亦明靈酬酢也。善曰。國語里革曰。山不槎蘖。澤不伐夭。槎。士
雅切。枿。五割切。夭。烏老切。斨。七羊切。罾。子能切。文子曰。鷹隼未擊。羅罔
不得張。谷草木未落。斤斧不得入山林。孝經援神契曰。德至草木。則木
連理。古瑞命記曰。王者慈仁。則芝草生。說文曰。亍。步也。丑赤反。毛詩曰。
莫赤匪狐。莫黑匪烏。尚書曰。鳳凰來儀。應劭漢書曰。擾音擾馴也。說文
曰。穎。穗也。蓴。茂盛貌。子本切。蒼頡篇曰。禎。善也。周易曰。曲成萬物
而不遺。尚書有休徵。孔安國曰。序美行之驗也。說文曰。偉。大也。敃敃
率土。遷善罔匱。沐浴福應。宅心醰徒南粹。餘糧栖畝而弗收。
頌聲載路而洋溢。河洛開奧。符命用出。翩翩黃鳥。銜書
來訊。叶韻音悉人謀所尊。鬼謀所秩。劉宗委馭。巽其神器。闚玉策
於金縢。案圖籙於石室。考麻數之所在。察五德之所莅。量寸

旬消吉日陟中壇即帝位改正朔易服色繼絶世脩廢職徽
幟以變器械以革顯仁翌明藏用玄默菲言厚行陶化染學
讎校篆籀篇章畢覯優賢著於揚歷匪孽形於親戚
河洛開奥河出圖洛出書也黃初元年黃鳥銜丹書見河尚臺易曰人謀鬼謀百姓與能玉策玉牒也尚書曰納策于金縢縢緘也揚雄遺劉歆書曰得觀書於石室莅臨也詩曰方叔莅止司馬法曰明不寶咫尺之玉而愛寸陰之旬旬時也禮記曰聖人南面而治天下改正朔易服色殊徽號異器械易曰顯諸仁藏諸用讎校所爲讎校者也魏文帝好書作皇覽諸文章辭藻多奏御故曰讎校尚書盤庚曰優賢揚歷歷試也善曰封禪書曰旼旼穆穆周易曰君子見善則遷有過必改史記太史公曰成王作頌沐浴膏澤尚書曰宅山阜猥積醲美也廣雅曰粹純也淮南子曰昔容成之時置餘糧於畒首蔡雍胡廣碑曰餘糧栖于畒畒公羊傳曰古者什一而籍而頌聲作矣毛詩曰厥聲載路毛萇曰路大也七略曰鄒子有終始五德從所不勝木德繼之金德次之火德次之水德次之魏志曰文帝諱丕字子桓武帝太子爲魏王漢帝以衆望在魏遂禪位乃爲壇於繁陽王升壇即阼改元爲黃初尚書曰將遜于位遜與巽同消擇也古玄切淮南子曰君人之道儼然玄墨馬融論語注曰菲薄也論語曰君子薄於言而厚於行風俗通曰案劉向別録讎校一人讀書校其上下得繆誤爲校一人持本一人讀書若怨家相對漢書音義曰周宣王太史大篆也籀音冑漢書晁錯曰今陛下不孽諸侯應劭曰接之以禮不以庶孽畜之也

本枝别幹蕃屏皇家勇若
任城才若東阿抗旍則威噞秋霜摛翰則華縱春葩英喆
知列雄豪佐命帝室相兼二八將猛四七赫赫震震開務有
謚故令斯民覩泰階之平可比屋而爲一
建安二十三年代郡烏丸反魏武帝以鄢陵侯彰爲北中郎將行驍騎將軍入涿郡界叛胡數千騎卒至彰唯有步卒千人騎數百疋身自搏戰追胡大破之斬首五千餘級二八者八元八凱也四七者漢光武二十八將也黃帝泰階六符經曰泰階者天之三階也上階上星爲天子下星爲女主中階上星爲諸侯三公下星爲卿大夫下階上星爲元士下星爲庶人三階平則陰陽和風雨時歲大登民人息天下平是謂太平善曰毛詩曰本支百世說文曰幹本也左氏傳富辰曰封建懿親以蕃屏周蔡邕述行賦曰皇家赫而天居彰後爲任城王植爲東阿王漢書終軍曰驃騎抗旌昆耶左衽噞猶猛也魚聽反荀悅申鑒曰人主怒如秋霜蒼頡篇曰摛藻如春華易乾鑿度曰代者赤兌黃佐命應劭漢官儀曰帝室猶右言王室毛詩曰赫赫師尹周易曰夫易開物成務爾雅曰謚靜也音密尚書大傳曰周人可比屋而封
筭祀有紀天禄有終傳業禪祚高謝萬邦皇
恩綽矣帝德沖矣讓其天下臣至公矣榮操行之獨得
超百王之庸庸追亘卷領與結繩睠留重華而比蹤尊
盧赫胥羲農有熊雖自以爲道洪化以爲隆世篤玄
同奚遽不能與之踵武而齊其風
淮南子曰古者有瞀而卷領以王天下其爲德生而不殺莊周曰昔者軒轅氏赫胥氏尊盧氏虙戲神農氏當是時人結繩而用之若此之時則至治也黃帝一號有熊氏踵繼也武迹也楚辭曰及前王踵之武善曰幽通賦曰且筭祀于契龜音義曰筭數也尚書曰天禄永終王逸楚辭注曰謝去也西京賦曰皇恩溥尚書曰帝德廣運老子曰大滿若沖字書曰沖虛也魏志曰陳留王奐即皇帝位後禪位于晉嗣王魏世譜曰魏封帝爲陳留王臣至公謂帝爲臣於晉至公之道也仲長子昌言曰人主臨之以至公司馬相如弔二世文曰操行之不得班固曰漢承百王之弊馮衍顯志賦曰非庸庸之所識庸謂凡常無奇異也史記曰舜字重華高誘淮南子注曰隆盛也老子曰知者不言言者不知是謂玄同韓子曰雖厚愛之奚遽不亂

是故料聊其建國析其法度諮其考
室議其舉厝復之而無斁申之而有裕非疏糲之士
所能精非鄙俚之言所能具
詩云斯干宣王考室也疏糲麤也韓非曰糲糧之飲黎藿之羹斁猒也漢書司馬遷傳曰質而不俚俚鄙也善曰說文曰析量也爾雅曰諮謀也陳琳檄吳將校曰豈輕舉厝也哉毛詩曰無斁於人斯又曰綽綽有裕
至於山川之倬詭物產之魁殊
或名奇而見稱或實異而可書生生之所常厚洵美之
所不渝其中則有鴛鴦交谷虎澗龍山掘鯉之淀蓋節
之淵羝羝精衛銜木償怨常山平干鉅鹿河間列
真非一往往出焉昌容練色犢配眉連玄俗無影木羽
偶仙琴高沈水而不濡時乘赤鯉而周旋師門使火以

驗術故將去而林爓。老子曰人之輕死以其生生之厚也謂適生生之情以自厚也鴛鴦水在南和縣西交谷水在鄴南虎澗在鄴西南龍山在廣平沙縣掘鯉淀在河間莫縣之西淀者如淵而淺也蓋節淵在平原萬縣北山海經曰發鳩之山有鳥狀如烏文首白喙赤足名曰精衛赤帝之女名曰女娃女娃遊於海溺而不反精衛常取西山之木石以堙東海焉列眞謂列仙也列仙傳昌容者常山道人也自稱殷王女食蓬累根二百餘年而顏色如年二十人故曰鍊色犢子者鄴人也時壯時老時好時醜乃知其仙人也陽都女者生而連眉耳細而長衆以爲異俗皆言此天人也會犢子來過都女都女悅之遂留相奉待出門共牽犢耳而走莫能追之玄俗者自言河間人也餌巴豆雲英賣藥於市七丸一錢治百病王病瘕服藥用下蛇十餘頭王家老舍人自言父甘見俗俗形無影王呼俗著日中實無影河間故趙也文帝三年以爲國木羽者鉅鹿南和人也母貧賤常助產婦兒生自下喓母母大怖暮夢見大冠赤幘守兒言此兒司命君也當報汝恩使子與木羽俱仙母陰信識之後兒生字之爲木羽兒至年十五夜有車馬來迎之呼木羽木羽爲我御來遂俱

去琴高者趙人也浮遊冀州二百餘年後辭入碭水中取龍子與諸弟子期期日皆絜齋待於傍設屋祠果乘赤鯉來出坐祠中留一月復入水去師門者嘯父弟子亦能使火爲孔甲龍師孔甲不能修其心意殺而埋之外野一旦風雨迎之訖則山木皆爓孔甲祠而禱之未還而道死嘯父冀州人也在曲周市上曲周屬廣平郡漢武帝征和二年嘗爲平干國故曰常山平干也師門者本嘯父弟子故附冀州善曰廣雅曰倬絕也薛綜西京賦注曰詭異也王逸楚辭注曰魁大也鄭玄周禮注曰生猶養也劉瓛周易義曰自無出有曰生毛詩曰洵美且仁鄭玄曰洵信也毛詩曰舍命不渝毛萇曰渝變也淀音殿說文曰觗亦翅字翼翅也叔鼓切今音祇觗飛貌馮衍爵銘曰壽配列眞劉歆移曰天下衆書往往頗出左傳太史尅曰奉以周旋易陽壯容。衛之稚質。邯鄲躧步。趙之鳴瑟。眞定之棃。故安之栗。醇酎中山。流湎千日。淇洹之筍。信都之棗。雍丘之粱。清流之稻。錦繡襄邑。羅綺朝歌。緜纊房子。縑總清河。若此之屬。繁富夥禍夠。古侯非可單究。是以抑而未罄也。枚乘兔園賦曰易陽之容淮南子曰蔡之幼女衛之稚質史遷記曰趙中山鼓鳴瑟跕躧躧眞定屬中山郡出御棃故安屬范陽出御栗楊雄幽州箴曰蕩蕩幽州惟冀之別禹貢無幽州故安今見屬中山郡中山出好酎酒其俗傳云昔有人曰玄石者從中山酒家酤酒酒家與之千日之酒語其節度比歸數百里可至於醉如其言飲之至家而醉其家不知其醉以爲死也棺斂而葬之中山酒家計向千日憶曰玄石前來酤酒其醉向解也遂往問其鄰人曰玄石死來三年服已闋矣於是與其家至玄石冢上掘而開其棺玄石於是醉始解起於棺中其俗語曰玄石飲酒一醉千日信都屬安平出御棗雍丘屬陳留地理志曰魏參之分野南有陳留栢斌曰雍丘之糧清流鄴西出御稻襄邑屬陳留舊有服官中都賦曰朝歌羅綺又房子出御緜清河出縑總清河一名甘陵也善曰漢書音義臣瓚曰跕爲躧躧跕都牒反躧所解反薛君韓詩章句曰均衆謂之流閈門不出容謂之湎淇園已見上文杜預左氏傳注曰水出洹汲郡汲即衛地也洹或爲園洹音桓孔安國尚書傳曰纊細緜廣雅曰總綃也

廣雅曰夠多也蓋比物以錯辭。述清都之閑麗。雖選言以簡章。徒九復而遺旨。覽大易與春秋。判殊隱而一致。末上林之隤墻。本前脩以作系。胡計切逸詩九變復貫知言之選擇來比物謂屬變而還復舊貫則知言之選擇來比物錯辭物土之敘也屈原遠遊曰造句始觀清都言雖選言簡章徒至九復而猶遺其精旨也春秋推見以至隱易本隱以之顯所言雖殊其合德一也故曰末上林之隤墻本前脩以作系也前脩謂前賢也離騷擭吾法夫前脩司馬相如上林賦曰頽墻填壍使山澤之人得至楊雄羽獵賦後曰放雉兎收罝罘與百姓共之亂者理也傳曰有亂臣十人此皆二賦以其後居正之義理其前過甚之事也張衡東京賦曰相如壯上林之觀楊雄騁羽獵之辭雖系以隤墻填壍亂以收其罝罘卒無補於風規盖易有系辭之義而以本於前脩以爲系胥之意也系者胥也且易之系述而辨至於相如初壯上林之觀後說隤墻之事首尾相廁非本系辭之流也而張衡云系以隤墻謂爲系辭同音於義有未安焉諸文賦之後亂者與本絕

於隤墻收罝罘。雖不與本文絕義，張氏同諸系辭之別
可知也。善曰：韓子曰：連類比物。列子曰：周穆王暨及化人
之宮。王以爲清都紫微。班固漢書司馬相如贊文曰：推
見至隱。言大易春秋隱顯殊，而合德若一。故觀覽而
法則之。上林則頹墻塡塹，雖本前修，而
作系。所謂勸百而諷一。故輕末而鄙賦。**其軍容弗犯，信**
其果毅。糾華綏戎，以戴公室。元勳配管敬之績，歌鍾
析邦君之肆。則魏絳之賢，有令聞也。國語曰：鄭伯納女
樂二八，歌鍾二肆。
公錫魏絳女樂一八，歌鍾一肆。曰：子教寡人和戎狄而
政諸華，於今八年，七合諸侯，寡人無不得志。與子共之。
管茍仲相桓公，九合諸侯。魏絳輔晉悼公，七合諸侯，故謂
之元勳。配管敬之績也。悼公得二肆而賜魏絳一肆，故
諸侯歌鍾析邦君之肆也。善曰：司馬法曰：古者國容不
入軍，軍容不入國。禮記曰：介冑有不可犯。鄭玄禮記注
曰：信，讀如屈伸之伸，假借字也。左氏傳君子曰：殺敵爲
果，致果爲毅。班固漢書述曰：太祖元勳，啓立輔臣。毛詩
曰：令問令望。**閑居隘巷，室邇心遐。富仁寵義，職競弗羅。千乘**

爲之軾廬，諸侯爲之止戈。則干木之德，自解紛也。呂氏春秋
曰：段干木者，魏文侯敬之，過其廬而軾。其僕曰：干木
布衣耳，而君軾其廬，不亦過乎。文侯曰：干木不趣俗役，
懷君子之道，隱處窮巷，聲馳千里之外。未肯以己易寡
人也。寡人光乎勢，干木富於義。勢不如德尊，財不如義
高。吾安敢不軾乎。秦欲攻魏，而司馬康諫曰：段干木賢
者，而魏禮之，天下皆聞。無乃不可加乎兵。秦君以爲然，乃
止。干木寂然不競於俗，故曰職競弗羅也。逸詩云：兆云
詢多，職競弗羅。善曰：漢書曰：司馬相如稱疾閑居。毛詩
曰：誕寘之隘巷。又曰：其室
則邇。老子曰：解其紛也。**貴非吾尊，重士踰山。親御監**
門，嗛嗛同軒。搦女格**秦起趙，威振八蕃。則信陵之名，若蘭**
芬也。史記曰：魏有隱士曰侯嬴，年七十，家貧，爲大梁夷
門監者。公子方置酒大會賓客，坐定，從車騎虛左，自
迎侯生。秦兵圍邯鄲，公子姊爲平原君夫人，平原使使
讓公子。公子數請王及賓客辯士說王萬端，王畏秦，終
不聽。公子用侯生策，使朱亥椎殺將軍晉鄙而奪
其軍，進擊秦軍，秦軍解去。邯鄲遂存。秦兵伐魏，公子駕

歸救魏。魏王以上將授公子。公子使徧告諸侯，諸侯
各進兵救魏。公子率五國之兵破秦，至函谷關。秦兵不
敢出。當是之時，公子威振天下。善曰：史記曰：侯生直上
載，欲以觀公子。公子執轡愈恭。然親御，謂身自爲御也。
監門，即侯嬴也。周易曰：謙謙君子，卑
以自牧。嗛，古謙字。說文曰：搦，按也。**英辯榮枯，能濟其厄。位**
加將相，窒知逸**隙之策。四海齊鋒，一口所敵。張儀張祿，亦足**
云也。史記：張儀者，魏人也。始嘗與蘇秦俱事鬼谷先生
學術。蘇秦自以不及張儀。儀以學而遊說諸侯，嘗
從楚相飲。楚相亡璧，楚相門下意張儀曰：儀貧無行，此
必盜相君璧。共執儀掠笞數百，不服，釋之。張儀相秦，使
於諸侯，皆說之，散其合從之謀。秦封儀爲武信君，爲秦
將，取陝，築上郡塞。范雎者，魏人也，遊說欲事魏王，家貧
無以自資，乃事魏中大夫須賈。賈怨范雎，以告魏將魏
齊，笞擊折脅摺齒。雎佯死，即盛以簀，中范雎謂守者曰：
公能出我，我必厚謝公。守者乃請棄簀中死人。遂伏匿，更名
張祿先生。隨秦謁者王稽入秦，謂昭王曰：臣居山東時，聞齊
有田單，而不聞其有王也；聞秦有太后穰侯，不聞其有王也。
今太后擅行不顧，穰侯出使不報，華陽涇陽專斷不請，四貴

備而國不危者，未之有也。昭王懼，乃疑穰侯，收其印，而相張
祿爲應侯。應侯之相秦，蔡澤說曰：今君相秦，計不下席，謀不
出廊廟，坐制諸侯，六國不得合從，使天下皆畏秦也。善曰：曹
植輔臣論曰：英辯博通。張升反論曰：噓枯則冬榮。解嘲曰：窒
隙蹈瑕，而
無所屈也。**摧惟庸蜀與鴝鵒同窠，句吳與鼃黽同穴。**
善曰：許愼淮南子注曰：摧，揚搉略也。尚書曰：及庸蜀人。
孔安國曰：庸在江漢之南。左氏傳曰：鸜鵒株株。鸜，具瑜
反。株，音誅。世本曰：吳孰姑徙句吳。注：孰姑，壽夢也。句吳，
太伯始所居地名。句吳，音溝。說文曰：鼃，蝦蟆也。胡蝸
反。鄭玄周禮注曰：黽，蝦蟇屬也。黽，莫耿切。**一自以爲禽鳥，一自以爲魚鼈。**善曰：
漢賈捐之上書曰：駱越之人，譬猶魚鼈，何足貪也。鍾
會蒭蕘論曰：吳之玩水，若魚鼈；蜀之便山，若禽獸。**山阜**
猥積而踦嶇，泉流迸集而咉咽。隰壤瀸漏而沮洳，
林藪石留力又**而蕪穢。**山阜猥積，蜀也。泉流迸集，吳也。戰
國策：段規謂韓王曰：分地必取成
皋。韓王曰：成皋石留之地，無所用之也。石留之地，喻土
地多石，猶人物之有留結也。一曰壤瀸而石也。或作溜

字善曰廣雅曰踦陬傾側也字書曰逬散走也呹咽流不通也呹烏朗反公羊傳曰瀸者何漬也作廉反周易曰甕敝漏然漏猶滲也滲所禁反毛詩曰彼汾沮洳毛萇曰沮洳其漸洳也漢書楊惲曰蕪穢不治。**窮岫泄雲，日月恒翳。宅土熇暑，封疆障癘。**吳蜀皆暑濕其南皆有瘴氣善曰泄猶出也埤蒼曰熇熱貌許妖切**蔡莽螫**適**刺**力割**，昆蟲毒噬。**蔡莽螫刺多毒草也昆蟲毒噬蝮蛇鴆鳥之屬也善曰王逸楚辭注曰蔡草莽也方言曰莽草也南楚曰莽鄭玄禮記注曰昆明也明蟲者陽而生陰而藏詩序曰文王德及鳥獸昆蟲**漢罪流禦，秦餘徙帑。**楊雄蜀都賦曰秦漢之徙充以山東貨殖傳曰秦破趙遷卓氏於蜀漢時南比景合浦九真亦皆有徙者息夫躬孫寵之屬焉善曰左氏傳舜流四凶族以禦螭魅廣雅曰帑餘也力制反**宵貌蕞**罪**陋，稟質遳脆。**蔣衛**巷無杼**直呂**首，里罕耆耊。**地理志曰江南卑濕丈夫多夭巴蜀輕易淫泆柔弱褊阸漢書曰人宵天地之貌方言曰燕記曰豐人杼首杼首長首也燕謂之杼交益之人率皆弱陋故曰無杼首也善曰左氏傳曰蕞爾小國杜預曰蕞爾小貌也廣雅曰質軀也遳亦脆也七戈反說文曰脆少耎易斷也左氏傳曰王使宰孔謂齊侯曰伯舅耊老杜預曰七十曰耊

文六　二十八

或魋直追**髻而左言，或鏤膚而鑽髮。或明發而嬥歌，或浮泳而卒歲。**楊雄蜀記曰蜀之先代人椎結左語不曉文字嬥謳歌巴土人歌也何晏曰巴子謳歌相引牽連手而跳歌也潛行爲泳詩曰漢之廣矣不可泳思善曰漢書淮南王曰越鑽髮文身之人張揖以爲古翦字也子踐反文身即鏤膚也毛詩曰明發不寐爾雅曰嬥嬥契契愈遐急也郭璞曰賦役不均賢人憂歎遠急切也佻或作嬥音葦茗二音徒了反毛詩曰何以卒歲**風俗以韰果爲嫿，人物以戕害爲藝。**善曰楊雄反騷曰何文肆而質韰應劭曰韰狹也下介切方言曰倮勇也果與倮古字通說文曰嫿靜好也音畫左氏傳曰自內害其君曰殺自外曰戕七良反**威儀所不攝，憲章所不綴。**禮記曰孔子憲章文武善曰毛詩曰朋友攸攝攝以威儀賈逵國語注曰綴連也**由重山之束阸，**烏介**因長川之裾勢。距遠關以闚閫，**俞**時高樔而陛制。**重山束阸謂蜀也長川裾勢謂吳也漢書曰形束壤制善曰束阸拘束其民由於湫阸也据勢依据川之形勢也闚闚望尊位也陛制亦以高樔之陛而能約制其民也漢書音義言其土地形勢足以束制其人也据古據字九御切**薄戍緜冪，無異蛛蝥之網。弱卒瑣甲，無異螳蜋之衛。**善曰緜冪微貌呂氏春秋湯祝曰蛛蝥作罔罟今之人學之蛛音株蝥莫侯反莊子蘧伯玉謂顏闔曰汝不知夫螳蜋乎怒其臂以當車轍不知其不勝任也**與先世而常然，雖信險而勦絕。揆既往之前迹，即將來之後轍。成都迄已傾覆，建鄴則亦顛沛。**善曰尚書曰天用勦絕其命勦子小反左傳呂相絕秦曰傾覆我社稷論語曰顛沛必於是馬融曰顛沛僵仆也**顧非累卵於疊棊，焉至觀形而懷怛。**善曰言其危懼易見不俟觀形也說苑曰晉靈公造九層臺孫息聞之求見曰臣能累十二博棊加九雞子其上公曰子作之孫息以棊子置下加九雞子于其上靈公曰危哉孫息曰是不危復有危於此者九層之臺三年不成鄰國將欲興兵社稷士滅君欲何

文六　二十九

望公即壞臺賈逵國語注曰怛懼也**權假日以餘榮，比朝華而菴**奄**藹。**善曰權猶苟且也楚辭曰聊假日以須臾說文曰木菫朝華暮落**覽麥秀與黍離，可作謠於吳會。**善曰尚書大傳曰微子將朝周過殷之墟見麥秀之蔪蔪曰此父母之國宗廟社稷所立也志動心悲欲哭則爲朝周俯泣則婦人推而廣之作雅聲毛詩序曰黍離閔宗周大夫行役過故宗廟宮室盡爲禾黍而作是詩**先生之言未卒，吳蜀二客，矍焉相顧，䁖焉失所。有靦瞢容，神惢形茹。弛氣離坐，懊墨而謝。**矍懼也左傳曰騶氏矍懼毛詩曰有靦面目瞢愧也左傳曰亦無瞢焉楊雄方言曰慙也荊楊之閒曰懊善曰張以㦼先壠反今本並爲矍矍大視呼縛反說文曰䁖失意視他狄反字書曰蘂垂也謂垂下也惢與蘂同而髓切說文曰惢心疑也亦而髓反呂氏春秋曰以茹魚驅蠅蠅愈至而不可禁然茹臭敗之義也如舉反廣雅曰弛釋也施紙反懊勑典反杜預左氏傳注曰墨色下也說文曰謝辭也**曰：僕黨清狂，怵迫閩濮，**卜**習蓼蟲之忘辛。**

翫進退之惟谷非常寐而無覺不覩皇輿之軌躅漢書昌邑王賀傳曰賀清狂不慧注色理清徐而心不慧故曰清狂也賈誼鵩鳥賦曰怵迫之徒或趣西東善曰閩已見吳都賦孔安國尚書注曰濮國在江漢之南楚辭注曰蓼蟲不知從乎葵藿王逸曰蓼蟲辛辣食苦惡不從葵藿食甘美毛詩曰人亦有言進退惟谷又曰尚寐無覺楚辭曰恐皇輿之敗班固漢書班嗣曰伏周孔氏之軌躅音義曰躅迹也過以仉剽之單慧歷執古之醇聽楊雄方言曰仉剽輕也善曰鄭玄禮記注曰過猶誤也王逸楚辭注曰歷逢也老子曰執古之道仉敷劒切剽匹妙反兼重一龍反悂以貤繆偭辰光而罔定善曰言既重其悂而又累其繆也廣倉曰悂用心并誤也方奚反說文曰貤重次第物也弋豉反漢書音義應劭曰偭背也音面國語曰次序三辰賈逵曰日月星也先生玄識深頌靡測得聞上德之至盛匪同憂於有聖老子曰古之士微妙玄通深不可識夫惟不可識故強爲之頌故曰先生玄識深頌靡測又曰上德無爲而無不爲易曰顯諸仁藏

文六　三十　夏旺

諸用鼓萬物而不與聖人同憂盛德大業至矣哉夫聖人親憂其事然後能立易體無爲而無不爲自然動物而不與聖人同憂蓋謂治合造化出於形器之表者聖人無所復聞無復恤也故曰鼓萬物而不與聖人同憂其上賦中云顯仁翌明藏用玄默故下覆報言之也善曰翌弼周易注曰不與聖人之憂憂君子之道不長小人之道不消黍稷之不茂荼蓼之蕃殖至於乾坤簡易是常無偏於生養無擇於人物不能委曲與彼聖人同此憂之抑若春霆發響而驚蟄飛競潛龍浮景而幽泉高鏡善曰二客聞言朗然心悟猶春霆響驚蟄紛然而競飛龍彩幽泉煥然而照也呂氏春秋曰聞春始雷則蟄虫動矣詩推度客曰震起而驚蟄睹周易曰潛龍勿用也雖星有風雨之好人有異同之性庶覩蔀家與剝廬非蘇世而居正尚書洪範曰庶人惟星星有好風星有好雨言人心之不同如星之所好異易曰豐其屋蔀其家小人剝廬楚辭九章曰蔀也必獨立春秋公羊傳曰君子大居正善曰言己因此幸見蔀家剝廬之凶非謂悟世而居正道也爾雅曰

庶幸也王弼周易注曰蔀覆暖鄣光明之物也既豐其屋又覆其家屋厚家覆闇之甚也王逸楚辭注曰蘇寤之也且夫寒谷豐黍吹律暖之也昬情爽曙箴規顯之也劉向別錄曰鄒衍在燕有谷地美而寒不生五穀鄒子居之吹律而温至黍生今名黍谷善曰孔安國尚書注曰爽明也說文曰曙旦明也雖明珠兼寸尺璧有盈曜車二六三傾五城未若申錫典章之爲遠也太史書曰田敬仲世家傳曰齊威王二十四年與魏惠王會田於郊魏王問曰王亦有寶乎曰無有也魏王曰若寡人小國也尚有徑寸之珠照車前後十二乘者十枚奈何以萬乘之國而無寶乎善曰尹文子曰田父得寶玉徑寸置於廡上其夜照一室史記曰趙惠文王得楚和璧秦昭王聞之願以十五城請易璧毛詩曰申錫無疆亮曰日不雙麗世不兩帝天經地緯理有大歸安得齊給守其小辯也哉二客自言安能守此者自晦也荀卿子曰辯說譬論齊給便利而不愼義謂之姦說善曰禮記曰天無二日土無二王漢

大八十　小三十八　文六　三十一　翁

書文帝賜尉他書云兩帝並立新序單襄公曰經之以天緯之以地經緯不爽天之象也家語孔子曰小辯害義小言破道也

文選卷第六

賜進士出身通奉大夫江南蘇松常鎮太等處承宣布政使司布政使胡克家重校刊

文選卷第七

梁昭明太子撰

文林郎守太子右內率府錄事參軍事崇賢館直學士臣李善注上

郊祀

楊子雲甘泉賦

耕籍

潘安仁籍田賦

畋獵上

司馬長卿子虛賦

郊祀祭天曰郊。郊者，言神交接也。祭地曰祀。祀者，敬祭神明也。郊天正於南郊。郭外曰郊。

甘泉賦一首并序。

楊子雲善曰：漢書曰：楊雄，字子雲，蜀郡成都人也。雄少好學，年四十餘，自蜀來遊京師。大司馬王音召以爲門下史，薦雄待詔。歲餘，爲郎中給事黄門。桓譚新論曰：雄作甘泉賦一首，始成，夢腸出，收而内之，明日遂卒。然舊有集注者，並篇内具列其姓名，亦稱臣善以相別，佗皆類此。

孝成帝時，客有薦雄文似相如者。善曰：雄荅劉歆書曰：雄作成都城四隅銘，蜀人有楊莊者爲郎，誦之於成帝，以爲似相如，雄遂以此得見。上方郊祀甘泉泰畤、汾陰后土，以求繼嗣。善曰：上，謂成帝也。漢書曰：武帝幸甘泉，令祠官具太乙祠壇，太一所用如雍時物。又立后土於汾陰脽上。孟康曰：時音止，神靈之所止也。脽音誰。召雄待詔承明之庭。善曰：諸以材術見知，直於承明待詔，即見，故曰待詔焉。承明已見上文。正月，從上甘泉還，奏甘泉賦以風。善曰：漢書曰：永始四年正月，行幸甘泉。七略曰：甘泉賦，永始三年正月待詔臣雄上。漢書三年無幸甘泉之文，疑七略誤也。毛詩序曰：下以風刺上。音諷。不敢正言謂之諷。其辭曰：

惟漢十世，將郊上玄。善曰：惟，有也，是也。十世，成帝也。上玄，天也。定泰畤，雍神休，尊明號。晉灼曰：雍，祐也。休，美也。言見祐護以休美之祥也。明號，下同符三皇也。善曰：言將祭泰畤，冀神擁祐之以美祥，因尊己之明號也。廣雅曰：將，欲也。雍音擁。同符三皇，録功五帝。文穎曰：符，合也。善曰：言同符契於三皇，録功勤於五帝也。卹胤錫羨，拓迹開統。應劭曰：卹，憂也。胤，續也。錫，與也。羨，饒也。拓，廣也。時成帝憂無繼嗣，故修祠泰畤、后土，言神明饒與福祥，廣迹而開統也。李奇曰：統，緒也。善曰：羨，弋戰反。於是乃命羣僚，歷吉日，協靈辰。善曰：爾雅曰：命，告也。楚辭曰：歷吉日吾將行。郭璞上林賦注曰：歷，選也。爾雅注曰：辰，時也。星陳而天行。善曰：星陳天行，已見西京賦。詔招搖與太陰兮，伏鉤陳使當兵。張晏曰：禮記曰：招搖在上，急繕其怒。太陰，歲後三辰也。服虔曰：鉤陳，神名也，紫微宮外營陳星也。善曰：句陳已見上文。鄭玄禮記注曰：當，主也。主，謂典領也。

屬堪輿以壁壘兮，捎夔魖而抶獝狂。張晏曰：堪輿，天地總名也。孟康曰：木石之怪曰夔，如龍，有角，人面。魖，耗鬼也。獝狂，亦惡鬼也。今皆捎而去之。善曰：杜預左氏傳注曰：屬，託也。淮南子曰：堪輿行雄以知雌。許慎曰：堪，天道也。輿，地道也。說文曰：抶，擊也。丑乙切。八神奔而警蹕兮，振殷轔而軍裝。服虔曰：自招搖遊神之屬也。張晏曰：堪輿至獝狂，八神也。善曰：言上諸神各有職役，夔魖之屬又捎去之，故令八方之神奔走而警蹕，殷轔之盛而以軍裝也。轔，栗忍切。漢書武帝紀曰：用事八神。文穎曰：八方之神也。薛君韓詩章句曰：振，奮也。殷轔，言盛多也。軍裝，如軍戎之裝者也。蚩尤之倫，帶干將而秉玉戚兮，飛蒙茸而走陸梁。張晏曰：玉戚，以玉爲戚柲也。晉灼曰：飛者蒙茸而亂，走者陸梁而跳，謂猛士之輩。善曰：蚩尤已見西京賦。干將已見東京賦。禮記曰：朱干玉戚。鄭玄曰：戚，斧也。又考工記注曰：柲，猶柄也。音祕。茸，而恭反。齊總總以撙摶其相膠轕兮，猋駭雲迅，奮以方攘。晉灼曰：方攘，半散也。善曰：王逸楚辭注曰：總，總摶，摶，束聚貌也。膠葛，已見上文。鄭玄禮記注曰：奮，迅也。摶，子本切。迅，音信。攘，人羊切。駢羅列布，鱗以雜沓兮，柴虒參差，魚頡而鳥䀏。善曰：駢，猶併也。張揖上林賦注曰：柴虒，不齊也。頡，䀏，猶頡頏也。柴，初蟻切。虒，音豸。頡，胡結切。䀏，胡剛切。翕赫曶霍，霧集而蒙合兮，半散照爛，粲以成章。善曰：翕赫，盛貌。曶霍，疾貌。爾雅曰：天氣下，地氣不應曰霚。霚與蒙同。曶，音忽。於是乘輿迺登夫鳳皇兮而翳華芝，韋昭曰：鳳皇，爲車飾也。翳，隱也。服虔曰：華芝，華蓋也。善曰：言以華蓋自翳也。駟蒼螭兮六素虯，蠖略蕤綏，灕虖襂纚。善曰：高唐賦曰：乘玉輿兮駟蒼螭。上林賦曰：乘鏤象，六玉虯。說文曰：虯，龍無角者。春秋命歷序曰：皇伯駕六龍。蠖略，蕤綏，龍行之貌也。灕虖襂纚，龍翰下垂之貌也。蠖，於鑊切。灕，音離。襂，音森。纚，所宜切。帥爾陰閉，霅然陽開，晉灼曰：帥，聚也。霅，散也。善曰：文子曰：與陰俱閉，與陽俱開。霅，於甲切。騰清霄而軼浮景兮，夫何旟旐郅偈之旖旎也！張晏曰：軼，過雲與倒景也。服虔曰：旖旎，從風柔弱貌。善曰：薛君韓詩章句曰：騰，乘也。何休公羊傳注曰：軼，過也。浮景，流景也。神女賦曰：夫何神女之妖麗。何休公羊傳注曰：據疑問所不知者曰何。周禮曰：鳥隼爲旟，龜蛇爲旐。郅偈，竿之貌也。郅，音質。偈，音桀。旖，於綺切。旎，女氏切。流星旄以電燭兮，咸翠蓋而鸞旗。善曰：言星旄之流，如電之光也。周書曰：樓煩星旄者，羽旄也。鄭玄曰：可以爲旌旗也。高唐賦曰：蜺爲旌，翠爲蓋。蔡邕獨斷曰：天子出，前驅有鸞旗者，編羽毛列繫幢傍。敦萬騎於中營兮，方玉車之千乘。善曰：敦與屯同。王逸楚辭注曰：屯，陳也。鄭玄儀禮注曰：方，併也。玉車，以玉飾車也。聲駍隱以陸離兮，輕先疾雷而馺遺風。善曰：廣雅曰：陸離，參差也。方言曰：馺，馳也。郭璞曰：馺，疾也。聖主得賢臣頌曰：追奔電，逐遺風。駍，普萌切。馺，先合切。凌高衍之嵱嵷兮，超紆譎之清澄。孟康曰：衍，無崖岸也。紆譎，曲折也。李奇曰：嵱音踊，嵷音竦。如淳曰：嵱嵷，上下眾多貌。登

文七　三

椽欒而羾天門兮，馳閶闔而入凌兢。服虔曰：椽欒，甘泉南山也。凌兢，恐懼貌也。李奇曰：羾，音貢。蘇林曰：羾，至也。善曰：楚辭曰：令帝閽開閶闔而望予。王逸曰：閶闔，天門也。兢，鉅陵切。是時未轃夫甘泉也，迺望通天之繹繹。善曰：轃與臻同，至也。通天，臺名，已見上文。薛君韓詩章句曰：繹繹，盛皃。下陰潛以慘廪兮，上洪紛而相錯。善曰：慘廪，寒貌也。廪，來感切。直嶢嶢以造天兮，厥高慶而不可乎彌度。善曰：七發曰：條上造天。孔安國尚書傳曰：造，至也。爾雅曰：彌，終也。言高不可終竟而度量也。慶，音羌。度，大各切。彌，或爲彊。平原唐其壇曼兮，列新雉於林薄。鄧展曰：唐，道也。服虔曰：新雉，香草也。雉，夷聲相近。善曰：子虛賦曰：案衍壇曼。新雉，辛夷也。本草：辛夷一名辛引。廣雅曰：草藂生曰薄。壇，徒旦切。曼，莫旦切。攢并閭與茇葀兮，紛被麗其亡鄂。善曰：蒼頡篇曰：攢，聚也。并閭，椶也。茇葀，草名也。被麗，分散貌也。風賦曰：被麗披離。鄂，垠鄂也。茇，步末切。葀，音括。被，皮義切。麗，音隷。崇丘陵之駊騀兮，深溝嶔巖而爲谷。蘇林曰：駊，音叵。騀，我。善曰：駊騀，高大貌也。嶔岩，深貌也。嶔，口銜切。迣迣離宮般以相燭兮，封巒石關施靡乎延屬。應劭曰：言秦離宮三百，武帝復往往脩理之也。善曰：說文曰：迣，古文往字也。往往，言非一也。般，布也。與班同。三輔黃圖曰：甘泉有石關觀、封巒觀。施靡，相連貌也。施，弋尒切。鄭玄喪服傳注曰：屬，連也。屬，之欲切。於是大厦雲譎波詭，摧嗺而成觀。孟康曰：言厦屋變巧，乃爲雲氣水波相譎詭也。摧嗺，林木崇積貌也。善曰：言大厦之高，而成觀闕也。摧，子罪切。嗺，子水切。觀，工喚切。仰撟首以高視兮，目冥眴而亡見。善曰：王逸楚辭注曰：撟，舉也。撟與矯同。冥眴，昏亂之貌。冥，莫見切。眴，音縣。正瀏濫以弘惝兮，指東西之漫漫。孟康曰：瀏，清也。服虔曰：惝，大貌也。惝，音敞。善曰：瀏濫，猶言清淨而汎濫也。漫漫，無厓際之貌也。瀏，音劉。徒徊徊以徨徨兮，魂眇眇而昏亂。善曰：言迷惑也。據軨軒而周流兮，忽軮軋而亡垠。韋昭

文七　四

曰軨欄也軒檻板也善曰軨與櫺同周流流行周遍也較軹廣大貌也服鳥賦曰軮軋無垠軨音零坱烏朗切圠烏黠切翠玉樹之青葱兮璧馬犀之瞵㻞善曰漢武帝故事曰上起神屋前庭植玉樹珊瑚爲枝碧玉爲葉璧馬犀言作馬及犀爲璧飾也埤蒼曰瞵㻞文貌也應劭曰瞵音隣晉灼曰㻞音豳金人仡仡其承鍾虡兮嵌巖巖其龍鱗善曰孔安國尚書傳曰仡仡壯勇之貌也嵌開張之貌也龍鱗似龍之鱗也仡魚乞切嵌火敢切揚光曜之燎爥兮垂景炎之炘炘晉灼曰景大也善曰廣雅曰炘熱也音欣配帝居之縣圃兮象泰壹之威神服虔曰曾城縣圃閬風崑崙之山三重也天帝神在其上善曰春秋合誠圖曰紫宮帝室太一之精洪臺掘其獨出兮㰏北極之嶟嶟應劭曰崛特貌也㰏至也晉灼曰嶟嶟穊緻也善曰爾雅曰北極謂之北辰崛其勿切㰏竹指切嶟子旬切列宿迺施於上榮兮日月纔經於柍桭韋昭曰榮屋翼也服虔曰柍中央也桭屋梠也善曰施式支切柍於兩切桭音辰雷鬱律於巖窔兮電儵忽於牆藩善曰鬱律小聲也上林賦曰巖窔洞房釋名曰窔幽也儵忽疾貌也藩籬也窔一弔切鬼魅不能自逮兮半長途而下顛善曰逮及也爾雅曰顛隕也歷倒景而絕飛梁兮浮蠛蠓而撇天張揖曰陵陽子明經曰倒景氣去地四千里其景皆倒在下如淳郊祀志注曰在日月之上日月返從下照故其景倒又曰絕度也服虔曰浮高貌也晉灼曰飛梁浮道之橋也善曰孫炎爾雅曰蠛蠓蟲小於蚊張揖三蒼注曰撇拂也蠓莫孔反撇匹列反左欃槍而右玄冥兮前熛闕而後應門晉灼曰大人賦曰攬欃槍以爲旗又曰左玄冥而右黔雷雄擬相如故云爾也熛闕赤色之闕也南方之帝曰赤熛怒應門正門在熛闕之內也善曰應劭曰大人賦注曰欃槍奔星也張揖曰玄冥北方黑帝佐也熛必遙切蔭西海與幽都兮涌醴汩以生川如淳曰言闕之高乃蔭西海也善曰山海經曰北海之內有山名曰幽都黑水出焉涌醴醴泉涌出也方言曰汩疾也于筆切蛟龍連蜷於東厓兮白虎敦圉乎崑崙善曰連蜷長曲貌也敦圉盛怒貌也春秋漢含孳曰天一之帝居左青龍右白虎服虔曰象崑崙山在甘

文七　五

泉宮中也蜷音拳敦徒昆切覽樛流於高光兮溶方皇於西清服虔曰高光宮名也晉灼曰樛流猶繚繞善曰樛流高曲之貌也溶盛貌也方皇即彷徨觀名也漢書曰甘泉有高光旁皇旁音傍西清西廂清淨之處也上林賦曰象輿偃蹇於西清前殿崔巍兮和氏玲瓏晉灼曰以黃金爲璧帶含藍田璧玲瓏明見皃也善曰前殿正殿也諸宮皆有之漢書曰未央宮立前殿炕浮柱之飛榱兮神莫莫而扶傾善曰炕舉也舉浮柱之飛榱言檐宇高峻若神清淨而扶其傾危也炕與抗古字同毛詩曰君婦莫莫毛萇曰莫莫清淨也閌閬閬其寥廓兮似紫宮之崢嶸善曰閌高也說文曰閬閬高大之貌也寥廓虛靜貌紫宮及崢嶸並已見上文閬音浪寥音僚駢交錯而曼衍兮𡾫嵔隗乎其相嬰善曰駢列也曼衍分布也埤蒼曰𡾫山長貌嵔隗高貌嬰繞也衍弋戰切𡾫他賄切嵔音皋隗五賄切乘雲閣而上下兮紛蒙籠以棍成服虔曰蒙籠膠葛貌棍成言自然也善曰雲閣言高連雲也老子曰有物混成棍與混同曳紅采之流離兮颺翠氣之宛延善曰言宮觀之高故紅采翠氣流離宛延在其側而曳颺之襲琁室與傾宮兮若登高眇遠亡國肅乎臨淵服虔曰襲繼也桀作琁室紂作傾宮以此微諫也應劭曰登高遠望當以亡國爲戒若臨深淵也善曰晏子春秋曰夏之衰也其王桀作爲琁室殷之衰也其王紂作爲傾宮回猋肆其碭駭兮翍桂椒而鬱栘楊服虔曰回猋回風也善曰毛萇詩傳曰肆疾也碭過也廣雅曰駭起也翍與披同說文曰鬱木聚生也爾雅曰棠棣栘也楊楊樹也言回風碭駭披散桂椒又鬱衆栘楊也碭徒浪切栘音移香芬茀以穹隆兮擊薄櫨而將榮善曰言香氣芬茀穹隆而盛乃拂擊薄櫨而及屋榮也說文曰薄櫨柱上枅也薛君韓詩章句曰將辟也茀房物切薄房隔切櫨力都切薌呹肸以掍批兮聲駍隱而歷鍾善曰薌亦香字也禮記曰燔燎羶薌呹疾貌也說文曰肸蠁布也司馬彪上林賦注曰肸過也棍同也批擊手也歷鍾經歷至鍾也呹余日切肸許一切棍下本切批薄結切駍普耕

文七　六　李卞

切排玉戶而颺金鋪兮。發蘭蕙與芎藭。李奇曰鋪門鋪首也善曰言風
飄香氣既排玉戶而颺金鋪又發揚蕙蘭與芎藭也長門賦曰擠玉戶以撼金鋪司馬注子虛賦曰芎藭似槀本帷
弸彋其拂汨兮。稍暗暗而靚深。善曰弸彋風吹帷帳之聲也拂汨鼓動之貌暗暗深空之貌靚
即靜字耳弸普萌切彋音宏汨于密切暗烏感切陰陽清濁穆羽相和兮。若夔牙之調
琴。張晏曰聲細不過羽穆然相和也善曰莊子黃帝曰一清一濁陰陽調和尚書曰夔典樂教胄子列子曰伯牙善鼓琴
般倕棄其剞劂兮。王爾投其鉤繩。應劭曰剞曲刀也劂曲鑿也善曰尚書曰
倕汝作共工般魯般也爾王爾也並已見西京賦般與班同倕音垂雖方征僑與偓佺兮。
猶彷彿其若夢。晉灼曰方常也征行也言宮觀之高峻雖使仙人行其上恐遽不識其形觀猶
髣髴若夢也善曰鄭玄毛詩箋曰方且也征僑姓征名僑也司馬相如大人賦曰厮征伯僑漢書曰正伯僑並
同也餘依晉說列仙傳曰偓佺槐里采藥父也食松實形躰生毛數寸能飛行逮走馬說文曰彷彿相似視不諟
大六十　小五五十　文七　七　蔡洪
也楚辭曰時彷彿以遥見諟即諦字音帝於是事變物化目駭耳回。善曰蒼頡篇曰
駭驚也回謂回皇也蓋天子穆然珍臺閒館琁題玉英蜵蜎蠖濩
之中。應劭曰題頭也榱椽之頭皆以玉飾言其英華相燭也張晏曰蜵蜎蠖濩刻鏤之形也善曰范子曰
玉英出藍田孝經援神契曰玉英玉有英華之色閒音閑蜵音淵蜎於緣切蠖烏郭切濩胡郭切惟夫
所以澄心清魂儲精垂恩。善曰鄭玄毛詩箋曰惟思也文子曰澄心清意言儲蓄精
神冀神垂恩也感動天地逆釐三神者。服虔曰釐福也韋昭曰逆迎也迎受福釐也善曰三
神天地人也釐音熙迺搜逑索偶皋伊之徒冠倫魁能。韋昭曰搜擇也逑匹
也索求也偶對也應劭曰冠其群倫魁桀也善曰皋皋繇堯臣也伊伊尹湯臣也函甘棠之惠。
挾東征之意。善曰毛詩序曰甘棠美邵伯也又曰東山周公東征也相與齊乎陽
靈之宮。善曰韓康伯周易注曰洗心曰齊齊側皆反祭天之所故曰陽靈靡薜荔而爲

席兮。折瓊枝以爲芳。善曰靡謂偃靡之藉地而爲席也楚辭曰折瓊枝以繼佩吸清
雲之流瑕兮。飲若木之露英。善曰淮南子曰志厲青雲非李矜也司馬相如大人
賦曰呼吸沆瀣餐朝霞霞與瑕古字通山海經曰灰野之山有赤樹青葉名曰若木露英英之含露者集
乎禮神之囿登乎頌祇之堂。善曰禮神謂祭天也晉灼曰后土歌祭之處也善曰
爲歌頌以祭地祇建光燿之長旓兮。昭華覆之威威。服虔曰昭明也華覆
華蓋也善曰埤蒼曰旓旌旗旒也旓所交切威猶葳蕤也攀琁璣而下視兮。行游目
乎三危。善曰漢書曰北斗七星所謂琁璣玉衡楚辭曰忽反顧以游目尚書曰導黑水至于三危陳
衆車於東阬兮。肆玉軑而下馳。如淳曰東阬東海也苦庚切晉灼曰軑車轄也
韋昭曰軑徒計切善曰賈逵國語注曰肆恣也楚辭曰齊玉軑而並馳軑音大漂龍淵而還九
垠兮。窺地底而上回。應劭曰龍淵在張掖服虔曰九垠九重也善曰言從東阬下馳遂浮
六九十　文七　八　乙丑重刊　熊才
龍淵而繞其九重乃窺地底而上歸也說文曰漂浮也莊子曰千金之珠在九重之淵驪龍頷下廣雅曰垠厓
也厓亦重之義也還音旋風傱傱而扶轄兮。鸞鳳紛其銜蕤。善曰傱傱疾皃
也音蕤晉灼曰蕤綏也梁弱水之濎濙兮。躡不周之逶蛇。服虔曰崑崙之
東有弱水渡之若濎濙耳善曰濎濙小水貌也字林曰濙絕小水也廣雅曰躡履也山海經曰西海之外有山
不合名曰不周逶蛇欲平貌也濎吐定切濙音縈蛇音移想西王母欣然而上壽兮。
屏玉女而却宓妃。善曰言既臻西極故想王母而上壽乃悟好色之敗德故屏除玉女而及
宓妃亦以此微諫也山海經曰玉山西王母所居也神異經曰東荒中有大石室東王公居之常與玉女共投
壺宓妃已見東京賦玉女亡所眺其清矑兮。宓妃曾不得施其蛾
眉。服虔曰矑目童子也善曰毛詩曰螓首蛾眉方攬道德之精剛兮。侔神明
與之爲資。晉灼曰等天地之計量也善曰說文曰攬撮持也音覽精剛精微剛強也於是欽

柴宗祈。善曰恭敬燔柴尊崇所祈也尚書曰至于岱宗柴燎薰皇天。應劭曰牲玉之香也皋摇泰壹。如淳曰皋挈皋也積柴於挈皋頭置牲玉於其上舉而燒之欲近天也張晏曰招摇泰一皆神名善曰摇與遥同舉洪頤。服虔曰洪頤旗名也應劭曰旌旆布也樹靈旗。李奇曰欲伐南越告禱太一畫旗樹太一壇上名靈旗以指所伐之國也見漢書郊祀志樵蒸昆上配藜。四施。張晏曰配藜披離也善曰言燔燎之盛故樵蒸之光同上而披離四布也周禮曰共祭祀之薪蒸鄭玄曰麄曰薪細曰蒸說文曰昆同也昆或爲焜字書曰焜煌火貌東爥滄海西燿流沙。北爌幽都南煬丹厓。服虔曰丹水之厓也善曰尚書曰弱水餘波入于流沙幽都已見吴都賦爌與晃音義同方言曰煬炙也玄瓚觩⿰角翏秬鬯泔淡。服虔曰以玄玉飾之故曰玄瓚張晏曰瓚受五升口徑八寸以大圭爲柄用灌鬯觩⿰角翏其貌也應劭曰泔淡滿也善曰孔安國尚書傳曰黑黍曰秬釀以鬯草觩音求⿰角翏力幽切泔胡敢切淡大敢切肸蠁豐融。懿懿芬芬。善曰言秬

鬯分布芬芳盛美也肸蠁已見上文炎感黃龍兮熛訛碩麟。韋昭曰碩大也善曰言焱熛熾盛感動神物也字林曰焱火光也說文曰熛火飛也毛萇詩傳曰訛動也熛必遥切選巫咸兮叫帝閽開天庭兮延羣神。服虔曰令巫祝叫呼天門也善曰山海經曰大荒中有靈山巫咸從此升降王逸楚辭注曰巫咸古神巫也楚辭曰吾令帝閽關開兮鄭玄禮記注曰延導也儐暗藹兮降清壇瑞穰穰兮委如山。張晏曰儐贊也善曰鄭玄周禮注曰接賓曰儐然謂贊禮者也暗藹衆盛貌也委積也暗烏感切於是事畢功弘迴車而歸。度三巒兮偈棠棃。晉灼曰黃圖無三巒相如傳有封巒觀善曰三巒即封巒觀也漢書曰甘泉有封巒棠棃韋昭曰偈息也音憩天閫决兮地垠開八荒恊兮萬國諧。善曰鄭玄禮記注曰閫門限也决亦開也言門决以出德澤故八荒万國俱恊諧也登長平兮雷鼓磕天聲起兮勇士厲。如淳曰長平坂名在池陽南善曰字指曰磕大聲也口蓋切天聲如天之聲言其大也杜預左氏傳注曰厲猛也雲飛揚兮雨滂沛于胥德兮麗萬世。善曰言恩澤之多若雲行雨施君臣皆有聖德故華麗至于万世也毛詩曰于胥樂兮鄭玄曰于於也胥皆也麗光華也亂曰。善曰王逸楚辭注曰亂理也所以發理辭指揔撮所要也崇崇圜丘隆隱天兮。善曰崇崇高貌也廣雅曰圜丘大壇祭天也登降峛崺單埢垣兮。善曰登降上下也峛崺邪道也單大貌埢垣圜貌峛力爾切崺弋爾切單音蟬埢音拳增宮嵾差駢嵯峨兮。善曰嵾與參同初林切駢步千切嵯材何切峨音俄岭巆嶙峋洞無厓兮。善曰埤蒼曰岭巆嶙峋深無厓之貌岭音零巆音熒嶙音鄰峋音旬上天之縡杳旭卉兮。善曰縡事也杳深遠也旭卉幽昧之貌毛詩曰上天之載無聲無臭縡與載同聖皇穆穆信厥對兮。李奇曰對配也能與天相對配也善曰詩曰帝作邦作對徠祇郊禋神所依兮。善曰言來郊禋而甚敬故爲神祇之所依也徠古來字徘徊招摇靈迟迡兮。善曰招摇

猶彷徨也迟迡即棲遟也毛萇詩傳曰棲遟遊息也招必遥切迟音棲迡大夷反光煇眩燿降厥福兮子子孫孫長無極兮。

耕藉臣瓚漢書注曰景帝詔曰朕親耕本以躬親爲義藉謂蹈藉之也

藉田賦一首臧榮緒晉書曰泰始四年正月丁亥世祖初藉于千畝司空掾潘岳作藉田頌也

潘安仁臧榮緒晉書潘岳字安仁滎陽中牟人揔角辯惠摛藻清豔鄉邑稱爲奇童弱冠辟司空太尉府舉秀才高步一時爲衆所疾然藉田西征咸有舊注以其釋文膚淺引證疎略故並不取焉

伊晉之四年。正月丁未。皇帝親率群后藉于千畝之甸禮也。晉書曰丁亥藉田戊子大赦今爲丁未誤也千畝已見西京賦禮記曰天子藉田千畝於是乃使甸帥清

畿野廬掃路。周禮曰甸師掌帥其屬而耕耨王籍鄭玄曰師猶長也然師而爲帥者避晉景帝諱
也周禮曰野廬氏掌達國之道路也封人壝宮掌舍設枑。周礼曰封人掌設王之社壝爲
畿封而樹之鄭玄曰聚土曰封壝謂壝及堳埒也周禮曰掌舍掌王之會同之舍設梐枑再重杜子春讀爲梐
枑梐枑行馬也壝以委切枑音互青壇蔚其嶽立兮翠幕黕以雲布。國語
虢文公曰古者王命司空除壇于藉楊脩許昌宮賦曰華殿炳而嶽立鄭玄周禮注曰帷覆上曰幕魏文帝愁
霖賦曰玄雲黕其四塞黕黑貌也封禪書曰雲布霧散黕丁敢切結崇基之靈趾兮啓
四塗之廣阼。崇基謂壇也於壇四面而爲階也說文曰趾基也又曰阼主階也沃野墳
腴膏壤平砥。墳腴平砥已見上文史記曰京師膏壤沃野千里毛詩曰周道如砥清洛濁渠引流
激水。子虛賦曰激水推移遐阡繩直邇陌如矢。史記曰秦孝公壞井田開阡陌風俗
通曰南北曰阡東西曰陌繩直已見上文詩曰其直如矢緫犗服于縹軛兮紺轅綴

文七　十一　王亨

於黛耜。緫犗帝耕之牛也說文曰緫帛青色音葱犗牛已見吳都賦又曰縹帛青白色轅軛犂轅軛也
鄭玄周禮注曰轅端壓牛領曰軛於革切說文曰紺染青而揚赤色也鄭玄禮記注曰耜耒之金儼儲
駕於廛左兮俟萬乘之躬履。駕牛儼然在於廛左以待天子躬親履之耕以儲畜
故曰儲駕也說文曰儼好貌也晉灼漢書曰廛一百畝也然古耕以耒而今以牛者蓋晉時創制不沿於古也
百僚先置位以職分。百僚已見上文羽獵賦曰先置乎白楊之南漢書曰六卿各有徒屬
職分也自上下下具惟命臣。周易曰自上下下其道大光西京賦曰具惟帝臣鄭玄儀
禮注曰命者加爵服之名襲春服之萋萋兮接游車之轔轔。司馬彪上
林賦注曰襲服也禮記曰孟春衣青衣春服已見魏都賦薛君韓詩章句曰萋萋盛也文穎漢書注曰天子出
游車九乘毛詩曰有車轔轔微風生於輕幰纖埃起於朱輪。幰車幰也釋名
曰車幰所以御熱也朱輪見吳都賦森奉璋以階列望皇軒而肅震。森盛貌也

毛詩曰奉璋峨峨髦士攸宜階爵之次也爾雅曰震懼也若湛露之晞朝陽似衆星
之拱北辰也。毛詩曰湛湛露斯匪陽不晞毛萇曰晞乾也言露見日而乾以喻諸侯承命而施敬
也論語子曰爲政以德譬如北辰居其所而衆星共之於是前驅魚麗屬車鱗
萃。周禮曰王出入則自左馭而前驅鄭玄曰前驅如今導引也魚麗已見東京賦屬車已見西京賦子虛賦
曰珍怪鳥獸萬端鱗萃閶闔洞啓參塗方駟。洛陽宮舍記曰洛陽有閶闔門西京賦曰
旁開三門參塗夷庭羽獵賦曰方駕千駟常伯陪乘太僕秉轡。尚書曰左右常伯應劭曰
漢官儀曰侍中周成王常伯任侍中殿下稱制出即陪乘鄭玄周禮注曰陪乘參乘也漢舊儀曰漢乘輿大駕
儀公卿奉引太僕御也后妃獻穜稑之種司農撰播殖之器。周禮曰上
春詔王后帥六宮之人而生穜稑之種而獻于王鄭司農曰先種後熟謂之穜後種先熟謂之稑漢書曰大農
令武帝更名大司農孔安國論語注曰撰具也史記曰后稷播植百穀孔安國尚書傳曰播布也蒼頡篇曰殖

文七　十二　王亨

種也挈壺掌升降之節宮正設門閭之蹕。周禮有挈壺氏周禮曰宮正凡
邦之事蹕宮中鄭玄曰正長也宮中之長也鄭司農曰蹕謂止行者清道若今時警蹕天子乃御
玉輦蔭華蓋。臧榮緒晉書曰大駕鹵簿有大輦華蓋中道玉輦大輦也華蓋已見西京賦衝
牙錚鎗綃紈綷縩。禮記曰凡帶必有佩佩玉有衝牙鄭玄曰衝牙居中央以前後觸也錚鎗玉聲也錚叉耕
切鎗义行切鄭玄禮記注曰綃綺屬也許慎淮南子注曰紈素也漢書班婕妤賦曰紛綷縩兮紈素聲綃思樵
切紈音丸綷七悴切縩七大切金根照耀以炯晃兮龍驥騰驤而沛艾。
司馬彪續漢書曰漢承秦制御爲乘輿金根安車五采文畫輈西京賦曰乃奮翅而騰驤龍驥沛艾已見上文
表朱玄於離坎飛青縞於震兌中黃晷以發揮方
綵紛其繁會。謂鹵簿之儀車騎旌旗各依方色表猶摽也周易曰離南方之卦也坎者正北方之
卦也震者東方兌正西秋也周禮曰東方謂之青南方謂之赤西方謂之白北方謂之黑毛萇詩傳曰縞白色

也縞古老切周禮曰地謂之黃臧榮緒晉書鹵簿曰青立車青安車赤立車赤安車黃立車黃安車白立車白安車黑立車黑安車合十乘並駕駟建旗十二如車色**五輅鳴鑾九旗揚旆**周禮曰王之五路一曰玉路二曰金路三曰象路四曰革路五曰木路又曰掌九旗之物名日月爲常蛟龍爲旂通帛爲旃雜帛爲物熊虎爲旗鳥隼爲旟龜蛇爲旐全羽爲旞析羽爲旌**瓊鈒入蘂雲罕晻藹**臧榮緒晉書曰雲罕車駕駟戟車載闟與鈒音義同也蒼頡篇曰蘂聚也楚辭曰揚雲霓之晻藹鈒音吸晻音烏感切**簫管嘲哳以啾嘈兮鼓鞞硡隱以砰磕**簫管已見上文楚辭曰鵾雞啁哳而悲鳴蒼頡篇曰啾衆聲也嘈已見上文周禮曰鍾師掌鞞鄭玄曰擊鞞以和樂字林曰鞞小鼓也鞞與鼙同步迷切硡與訇音義同火宏切字書曰砰大聲也字指曰磕大聲也砰披萌切磕苦蓋切**筍簴嶷以軒翥兮洪鍾越乎區外**筍簴軒翥已見西京賦天子之行擊左右鍾已見西都賦**震震填填塵鶩連天以幸乎藉田**震震盛也郭璞爾雅注曰闐闐群行聲也東觀漢記曰王邑旗幟蔽野埃塵連天鶩或爲霧非也**蟬冕熲以灼灼兮碧色肅其千千**蟬冕已見魏都賦千千碧皃**似夜光之剖荊璞兮若茂松之依山巔也於是我皇乃降靈壇撫御耦**降謂臨幸也應劭漢官儀曰天子東耕之日天子升壇上空無祭天子耕於壇舉耒三推而已論語曰長沮桀溺耦而耕鄭玄曰耜廣五寸二耜爲耦王逸楚辭注曰撫持也**坻場染屨洪縻在手**方言曰坻場也蚳蜉犂鼠之場謂之坻場浮壤之名也音傷說文曰縻牛轡也忙皮反**三推而舍庶人終畝**三推已見上文國語虢文公曰王耕一墢班三之庶人終于千畝韋昭曰一墢一耜之墢也班次也三之下各三其上王一公三卿九大夫二十七庶人盡耕也既云以牛而又言推者蓋沿古成文不可以文而害實也墢扶發切然國語與禮記不同而潘雜用之**貴賤以班或五或九**禮記曰帝藉三公五推卿諸侯九推**于斯時也居靡都鄙民無華裔**都謂京邑也杜預左傳注鄙邑也左傳孔子曰裔不謀夏夷不亂華王肅

家語注曰裔邊裔也**長幼雜遝以交集士女頒斌而咸戾**雜遝衆多貌也頒斌相雜之貌也爾雅曰戾至也**被褐振裾垂髫總髮**老子曰被褐而懷玉杜預左氏傳注曰振整也說文曰褐者粗衣也爾雅曰衱謂之裾郭璞曰衣後裾也衱音劫魏志毛玠曰臣垂髫執簡累蒼曰髫髦也大聊切毛詩曰總角之宴毛萇曰總角結髮也**躡踵側肩掎裳連襼**說文曰躡追也躡其踵所以爲追逐也聲類曰踵足根也史記馮驩曰夫朝趨市者側肩爭門而入賈逵國語注曰從後牽曰掎方言曰複襦江湖之間或謂之籥襼郭璞方言注曰襼即袂字也說文曰袂袖也**黃塵爲之四合兮陽光爲之潛翳**山陽公載記曰賈詡鳴鼓雷震黃塵蔽天西都賦曰紅塵四合**動容發音而觀者莫不抃舞乎康衢謳吟乎聖世**列子曰一里老幼喜躍抃儛康衢已見上文吾丘壽王驃騎論功曰遊童牧豎詠德謳吟**情欣樂於昏作兮慮盡力乎樹藝**昏作已見西京賦韓詩外傳曰子路治蒲孔子曰我入其境田疇甚易草萊甚辟故其人盡力也周禮曰正月之吉須職事二曰樹藝鄭玄毛詩箋曰藝猶樹也**靡誰督而常勤兮莫之課而自厲**說文曰誰何也謂責問之也字書曰督察也王逸楚辭注曰課試也**躬先勞以說使兮豈嚴刑而猛制之哉**周易曰說以使民民忘其勞史記曰秦繁法嚴刑而天下不振**有邑老田父或進而稱曰蓋損益隨時理有常然**周易曰損益盈虛與時偕行又曰隨時之義大矣哉晏子春秋曰物有必至事有常然古之道也**高以下爲基民以食爲天**老子曰貴必以賤爲本高必以下爲基漢書酈食其曰王者以人爲天而民以食爲天**正其末者端其本善其後者慎其先**言治國之道以商爲末而農爲本以貨爲後而食爲先也陸賈新語注曰治末者調其本李奇漢書注曰本農也末賈也漢書詔曰農天下之本也而人或不務本而事末故生不遂禮記曰善終者如始尚書大傳曰八政何以先食傳曰食者萬物之始人事之本也故八政先食**夫九土之宜弗任**

四人之務不壹。國語展禽曰共工氏之子曰后土能平九土韋昭曰九土九州之土尚書曰禹別九州任土作貢管子曰士農工商四民者國之正民也孔安國尚書傳曰壹專一也野有菜蔬之色朝靡代耕之秩。禮記曰三年耕必有一年食雖有凶旱水溢人無菜色又曰夫祿足以代其耕無儲穡以虞災徒望歲以自必。言無儲穡以度荒災空自必望於歲也崔寔四民月令曰十月五穀既登家有儲穡禮記曰國無九年之蓄曰不足韋昭曰虞度也左氏傳王曰余一人閔閔焉如農夫之望歲也三季之衰皆此物也。國語郭偃曰夫三季王之亡宜也韋昭曰季末也三季王桀紂幽王也今聖上昧旦丕顯夕惕若慄。昧旦丕顯已見東京賦周易曰君子夕惕若厲爾雅曰慄懼也圖匱於豐防儉於逸。言常節約以戒不虞故圖之者必於豐豫禦儉者在於奢逸也廣雅曰儉少也欽哉欽哉惟穀之卹。尚書曰欽哉欽哉惟刑之恤哉展三時之弘務致倉廩於盈溢。國語虢文公曰三時務農

文七　十五　暉

而一時講武韋昭曰三時春夏秋也管子曰倉廩實則知禮節蔡邕月令章句曰穀藏曰倉米藏曰廩固堯湯之用心而存救之要術也。漢書董仲舒對策曰陛下親耕籍田以爲農先此亦堯舜之用心也若乃廟祧有事祝宗諏日。廟祧已見西京賦禮記曰宗祝在廟鄭玄曰宗宗人也祝接神者也毛詩箋曰后稷既爲郊祀之酒則諏謀其日應劭漢書注曰諏謀也簠簋普淖則此之自實。周禮曰舍人凡祭祀共簠簋實之陳之儀禮曰孝孫某敢用嘉薦鄭玄曰普淖黍稷也普大也淖和也德能大和乃有黍稷故以爲號云淖乃孝切縮鬯蕭茅又於是乎出。左氏傳管仲曰尒貢苞茅不入王祭不供无以縮酒周禮曰鬯人釀秬以爲酒又曰甸師祭祀共蕭茅杜子春曰蕭香蒿也鄭玄曰既薦然後爇蕭合馨香茅以縮酒國語虢文公曰上帝之粢盛於是乎出黍稷馨香旨酒嘉栗。左氏傳季良奉酒醴以告曰嘉栗旨酒謂其上下皆有嘉德而無違心所謂馨香無讒慝杜預曰栗謹敬也宜其民和年登而神降之吉也。左氏傳季梁奉粢盛以告曰絜粢豐盛謂其三時不害而人和年豐也鄭玄周禮注曰登成也左氏傳曰致其禋祀於是乎人和而神降之福古人有言曰聖人之德無以加於孝乎。夫孝天地之性人之所由靈也。孝經曾子曰敢問聖人之德無以加於孝乎子曰天地之性人爲貴人之行莫大於孝夫聖人之德又何以加於孝乎漢書曰人有生之最靈者也昔者明王以孝治天下。其或繼之者。鮮哉希矣。孝經子曰昔者明王之以孝理天下也論語子曰其或繼周者雖百世可知也逮我皇晉實光斯道。鄭玄毛詩箋曰光明也斯道謂孝道也儀刑孚于萬國愛敬盡於祖考。毛詩曰儀刑文王萬國作孚毛萇曰孚信也孝經子曰愛敬盡於事親而德教加於百姓故躬稼以供粢盛所以致孝也。尚書大傳曰王者躬耕所以供粢盛五經要義曰天子藉田千畝所以先百姓而致孝敬也勸穡以足百姓所以固本也。西京賦曰勸穡於原陸論語孔子曰百姓足君孰與不足

文七　十六

尚書曰民惟邦本本固邦寧何晏論語注曰本基也能本而孝盛德大業至矣哉。周易曰盛德大業至矣哉此一役也而二美具焉。一役謂籍田也二美謂能本而孝也左氏傳陰飴甥曰此一役也秦可以霸不亦遠乎。不亦重乎。論語文也敢作頌曰思樂甸畿薄采其茅。茅即上甸師之所供者毛詩曰思樂泮水薄采其芹毛萇曰薄辭也大君戾止。言藉其農。周易曰大君有命毛詩曰魯侯戾止言觀其旂毛萇曰戾來也止至也其農三推。萬方以祗。禮記曰耕藉然後諸侯知所以敬爾雅曰祗敬也耨我公田。實及我私。鄭玄周禮注曰耨耘耔也奴豆切毛詩曰雨我公田遂及我私我簠斯盛。我簋斯齊。禮記曰天子藉田以事天地山川以爲齊盛毛萇詩傳曰器實曰齊在器曰盛齊音資我倉如陵。我庾如坻。毛詩曰我倉既盈我庾惟億又曰曾孫之庾如坻如京鄭玄曰庾露積穀也坻水中高地念兹在兹。永言孝思。言念此黍稷在此祭祀也尚書禹曰

念茲在茲 毛詩曰永言孝思 人力普存祝史正辭 左氏傳季梁曰上思利人忠也祝史正辭信也故奉牲以告曰博碩肥腯謂人力之普存也 神祇攸歆逸豫無期 左氏傳楚子曰能歆神人杜預曰歆享也毛詩曰尔公尔侯逸豫無期 一人有慶兆民賴之 尚書王曰一人有慶兆民賴之

畋獵 鄭玄禮記注曰田者所以供祭祀庖廚之用王制曰天子諸侯無事則歲三田馬融曰取獸曰畋

子虛賦一首

善曰漢書曰相如遊梁乃著子虛賦後蜀人楊得意爲狗監侍上上讀子虛賦曰朕獨不得與此人同時哉得意曰臣邑人司馬相如自言爲此賦上乃召相如相如曰此乃諸侯之事未足觀請爲天子遊獵之賦以子虛虛言也爲楚稱烏有先生烏有此事也爲齊難亡是公者亡是人也欲明天子之義故虛藉此三人爲辭以風諫焉

司馬長卿 善曰漢書曰司馬相如字長卿蜀郡人少好讀書爲武騎常侍後拜文園令病卒

郭璞注

楚使子虛使於齊王悉發車騎與使者出畋 司馬彪曰畋獵也善曰家語曰孔子在齊齊侯出畋本或云境內之士備車騎之衆非也 畋罷子虛過奼烏有先生 張揖曰奼誇也丑亞切字當作詫 亡是公存焉坐定烏有先生問曰今日畋樂乎子虛曰樂獲多乎曰少然則何樂對曰僕樂齊王之欲夸僕以車騎之衆而僕對以雲夢之事也 張揖曰楚藪也在南郡華容縣善曰廣雅曰僕謂附著於人然自卑之稱也夢莫諷切 曰可得聞乎子虛曰可王車駕千乘選徒萬騎畋於海濱 郭璞曰濱涯也 列卒滿澤罘網彌山 郭璞曰彌覆也善曰罘已見上文 掩兔轔鹿射麋腳麟 司馬彪曰轔轢也音吝韋昭曰腳謂持其腳也善曰鄭玄毛詩箋曰掩者覆也 騖於鹽浦割鮮染輪 張揖曰海水之厓多出鹽也李奇曰鮮生也染擩也切生肉擩車輪鹽而食之也善曰擩揾也擩而緣切揾一頓切 射中獲多矜而自功 郭璞曰伐其功也善曰鄭玄禮記注曰矜自尊大也 顧謂僕曰楚亦有平原廣澤遊獵之地饒樂若此者乎楚王之獵孰與寡人乎 郭璞曰與猶如也 僕下車對曰 郭璞曰下車謙也 臣楚國之鄙人也 廣雅曰鄙小也 幸得宿衛十有餘年時從出遊遊於後園覽於有無然猶未能徧觀也 善曰覽於有無謂或有所見或復無也 又焉足以言其外澤乎齊王曰雖然略以子之所聞見而言之僕對曰唯唯臣聞楚有七澤嘗見其一未覩其餘也臣之所見蓋特其小小者耳 郭璞曰特獨也 名曰雲夢雲夢者方九百里其中有山焉其山則盤紆岪鬱隆崇嵂崒 郭璞曰隆崇崷起也善曰岪音佛 岑崟參差日月蔽虧 張揖曰高山擁蔽日月虧缺半見也善曰崟音吟 交錯糾紛上干青雲 郭璞曰言相摎結而峻絕也善曰孔安國尚書傳曰干犯也 罷池陂陀下屬江河 郭璞曰言旁穨也屬連也罷音疲陂音婆陀音駝文穎曰南方無河也冀州凡水大小皆謂之河詩賦通方言耳晉灼曰文章假借協陀之韻也 其土則丹青赭堊雌黃白坿錫碧金銀 張揖曰丹丹沙也青青雘也赭赤土也堊白土也蘇林曰白坿白石英也坿音附善曰高誘淮南子注曰碧青石也 衆色炫耀照爛龍鱗 郭璞曰如龍之鱗彩也 其石則赤玉玫瑰琳瑉昆吾 張揖曰琳球也瑉石之次玉者昆吾山名也出美金尸子曰昆吾之金晉灼曰玫瑰火齊珠也郭

璞曰琳玉名瑊玏玄厲張揖曰瑊玏石之次玉者玄厲黑石可用磨也如淳曰瑊音緘玏音勒
碝石碔砆張揖曰碝石碔砆皆石之次玉者碝石白者如冰半有赤色碔砆赤地白采蔥蘢白黑不分郭璞曰
碝而兖切善曰管子曰陰山碝珉戰國策曰白骨疑象碔砆類玉其東則有蕙圃衡蘭
芷若穹窮菖蒲張揖曰蕙圃蕙草之圃也衡杜衡也其狀若葵其臭如蘼蕪芷白芷也若
杜若也司馬彪曰芎藭似藁本善曰薛綜西京賦注曰蘭香草也芷若下或有射干非也茳蘺蘼蕪
諸柘巴苴張揖曰江蘺香草也蘪蕪蘄芷也似蛇床而香諸柘甘柘也郭璞曰江蘺似水薺文穎曰
巴苴草名一名巴蕉善曰苴子余切其南則有平原廣澤登降陁靡案衍
壇曼司馬彪曰陁靡邪靡也案衍窊下也壇曼平博也善曰陁弋爾切衍弋戰切壇徒旦切曼莫幹切
緣以大江限以巫山張揖曰巫山在南郡巫縣其高燥則生葴菥苞
荔張揖曰葴馬藍也菥似燕麥也苞藨也荔馬荔也蘇林曰菥斯歷切善曰葴之林切苞音包荔音隸藨皮

表切薛莎青薠張揖曰薛藾蒿也莎蒿侯也青薠似莎而大生江湖鴈所食善曰薠音煩其埤
濕則生藏莨蒹葭郭璞曰藏莨草名中牛馬芻張揖曰蒹薕葭蘆也善曰埤音婢莨音郎
東蘠彫胡張揖曰東蘠實可食彫胡菰米也蓮藕觚盧張揖曰蓮荷之實也其根藕張
晏曰觚盧扈魯也菴閭軒于張揖曰菴閭蒿也子可醫疾軒于猶草也生水中揚州有之善曰菴音
淹蕕音猶衆物居之不可勝圖郭璞曰圖畫也其西則有湧泉清池
激水推移郭璞曰波抑揚也外發芙蓉菱華內隱鉅石白沙應劭
曰芙蓉蓮花也其中則有神龜蛟鼉瑇瑁鼈黿張揖曰蛟狀魚身而蛇尾皮有
珠也其北則有陰林其樹楩枏豫章服虔曰陰林山北之林也善曰尸子曰水
積則生吞舟之魚土積則生楩楠豫章本或林下有巨字樹下有則字非也桂椒木蘭檗離
朱楊郭璞曰木蘭皮辛可食張揖曰檗皮可染者離山梨也郭璞曰朱楊赤莖柳也善曰蓋山之國東有

樹赤皮幹名曰朱木楊柳也樝梨梬栗橘柚芬芳張揖曰樝似梨而甘也梬梬棗也善
曰說文曰梬棗似柿而小名曰楔而兖切蘇林曰梬音郢都之郢然諸說雖殊而木一也今依蘇音其上
則有鵷鶵孔鸞騰遠射干張揖曰孔孔雀也鸞鸞鳥也射干似狐能緣木服虔曰騰
遠獸名也善曰射弋舍切其下則有白虎玄豹蟃蜒貙豻郭璞曰蟃蜒大獸似
貍長百尋貙似貍而大豻胡地野犬也似狐而小蟃音萬善曰山海經曰鳥鼠同穴之山其上多白虎又曰幽
都之山其上有玄豹郭璞曰黑豹也於是乎乃使剸諸之倫手格此獸善曰
剸諸已見吳都賦楚王乃駕馴駮之駟張揖曰馴擾也駮如馬白身黑尾一角鋸牙食
虎豹擾而駕之以當騶馬也乘彫玉之輿郭璞曰刻玉以飾車也靡魚須之橈
旃張揖曰以魚須爲旃柄驅馳逐獸也橈靡也善曰橈女教切曳明月之珠旗張揖曰以
明月珠綴飾旗也善曰孝經援神契曰蛟珠旗宋均曰蛟魚之珠有光耀可以飾旗建干將之雄

戟張揖曰干將韓王劍師也雄戟胡中有鉅者干將所造也善曰雄戟已見吳都賦鉅音巨左烏號
之雕弓張揖曰黃帝乘龍上天小臣不得上挽持龍髯拔墮黃帝弓臣下抱弓而號名烏號也郭璞曰
雕畫也右夏服之勁箭服虔曰服盛箭器也夏后氏之良弓名繁弱其矢亦良即繁弱箭服
故曰夏服也陽子驂乘孅阿爲御張揖曰陽子伯樂字也秦繆公臣姓孫名陽郭璞曰
孅阿古之善御者見楚辭孅音纖善曰楚辭曰孅阿不御焉案節未舒即陵狡獸司馬
彪曰案節行得節未舒馬足未舒也狡獸狡健之獸也善曰天文志曰案節徐行服虔曰謂行遲也蹵蛩
蛩轔距虛張揖曰蛩蛩青獸狀如馬距虛似贏而小善曰說苑孔子曰蛩蛩距虛見人將來必負蟨
以走二獸者非性心愛蟨也爲得甘草而貴之故也軼野馬轊陶駼張揖曰軼過也野馬似馬
而小海外經曰北海內有獸狀如馬名陶駼郭璞曰轊車軸頭也善曰軼轊言車之疾能過野馬及陶駼也軼
不言車轊不言過互文也轊音衛陶音逃駼音塗乘遺風射游騏張揖曰遺風千里馬也呂

氏春秋曰遺風之乘爾雅曰驁如馬一角不角者騏驁音攜倏眒倩浰張揖曰皆疾皃善曰倏式
六切眒式刃切倩千見切浰音練雷動熛至星流霆擊郭璞曰霆劈歷弓不虛
發中必決眥李奇曰射之巧妙決於目眥善曰說文曰眥目匡也眥皆俱同洞胷達腋
絶乎心繫張揖曰自左射之貫胷通右髃中絶系也善曰說文曰髃肩前也五口切一音五俱切繫音
系獲若雨獸揜草蔽地善曰言所在衆多若天之雨獸雨于具切毛萇詩傳曰揜覆也
於是楚王乃弭節徘徊翺翔容與郭璞曰弭猶低也節所杖信節也翺翔容與言自得也善曰王逸楚
辭注曰弭案也覽乎陰林觀壯士之暴怒與猛獸之恐懼徼谻
受詘郭璞曰谻疲極也谻音劇司馬彪曰徼谻遮其倦者善曰受屈取其力屈也詘與屈同丘勿切殫
覩衆物之變態郭璞曰殫盡也變態姿貌也於是鄭女曼姬如淳曰鄭女夏
姬也曼姬楚武王夫人鄧曼也被阿緆揄紵縞張揖曰阿細繒也緆細布也揄曳也司馬彪曰
六、九十　文七　二十一　乙丑重刊　熊才
縞細繒也善曰列子曰鄭衛之處子衣阿緆戰國策魯連曰君後宮皆衣紵縞緆與錫古字通雜纖羅
垂霧縠司馬彪曰纖細也張揖曰縠細如霧垂以為裳也善曰神女賦曰動霧縠以徐步襞積
褰縐紆徐委曲鬱橈谿谷張揖曰襞積簡齰也褰縮也縐裁也其縐中文理弗鬱有
似於谿谷也善曰襞必亦切縐側救切齰詐白切衯衯裶裶揚袘戌削郭璞曰衯衯裶
裶皆衣長貌也張揖曰揚舉也袘衣袖也戌削裁制貌也善曰裶音非袘弋爾切戌音卹蜚纖垂髾
司馬彪曰襳袿飾也髾燕尾也善曰襳與燕尾皆婦人袿衣之飾也蜚古飛字也襳音纖髾所交切扶輿
猗靡張揖曰扶持楚王車輿相隨也善曰猗於綺切翕呷萃蔡張揖曰翕呷衣起張也萃蔡衣
聲也善曰呷火甲切萃音翠下靡蘭蕙上拂羽蓋善曰垂髾飛襳飄揚上下故或靡蘭
蕙或拂羽蓋錯翡翠之威蕤張揖曰錯其羽毛以為首飾也繆繞玉綏張揖曰楚
王車之綏以玉飾之也郭璞曰綏登車所執言手纏絞之眇眇忽忽若神仙之髣髴郭璞

曰言其容飾奇豔非世所見也若神已見上文於是乃相與獠於蕙圃善曰說文曰獠
獵也力笑切媻姍教窣上乎金隄韋昭曰媻姍教窣匍匐上也司馬彪曰金隄隄名也
善曰媻音盤姍先安切窣先忽切揜翡翠射鵔鸃善曰方言曰揜取也鵔鸃已見上文微
矰出纖繳施善曰矰繳已見上文弋白鵠連駕鵝善曰言既弋白鵠而因連駕鵝也雙鶬下
玄鶴加善曰雙鶬見上注爾雅曰下落也戰國策更羸曰臣能虛發而下鳥淮南子注曰加制也列子曰蒲且子連雙鶬於青雲之上戰
國策莊辛曰黃鵠不知射者修矰繳將加己也怠而後發游於清池郭璞曰怠倦也浮
文鷁張揖曰鷁水鳥也畫其象於船首也揚旌枻張揖曰揚舉也析羽為旌建於船上也郭璞曰
枻船舷也樹旌於上善曰枻依郭說枻音曳張翠帷建羽蓋郭璞曰施之船上也善曰翠帷羽蓋
謂以翠羽飾帷蓋罔瑇瑁鉤紫貝郭璞曰紫貝紫質黑文也善曰瑇瑁紫貝已見西京賦
摐金鼓韋昭曰摐擊也音窻郭璞曰金鼓鉦也吹鳴籟張揖曰籟簫也榜人歌張揖
文七　二十二　乙卯重刊　曹佾
曰榜船也月令曰命榜人榜人船長也主唱聲而歌者也善曰榜方孟切聲流喝郭璞曰言悲嘶也善
曰喝一介切嘶蘇奚切水蟲駭波鴻沸郭璞曰魚鼈躍濤浪作涌泉起奔揚
會郭璞曰暴溢激相鼓薄也善曰溢普頓切礧石相擊硠硠礚礚善曰礧力對切若
雷霆之聲聞乎數百里之外將息獠者擊靈鼓起烽燧
文穎曰靈鼓六面鼓車按行騎就隊應劭曰按按次第也善曰服虔左氏傳注曰隊部也行胡郎切
隊大內切纚乎淫淫般乎裔裔司馬彪曰皆行貌也善曰纚音屣般音盤於是楚
王乃登雲陽之臺孟康曰雲夢中高唐之臺宋玉所賦者言其高出雲之陽怕乎無
為憺乎自持郭璞曰養神氣也善曰老子曰我獨怕然而未兆說文曰怕無為也廣雅曰憺怕靜
也神女賦曰頩薄怒以自持憺與澹同徒濫切怕與泊同蒲各切勺藥之和具而後御
之服虔曰具美也或以芍藥調食也文穎曰五味之和也晉灼曰南都賦曰歸鴈鳴鷄香稻鮮魚以為芍藥

酸恬滋味百種千名之說是也善曰服氏一說以芍藥爲藥名或者因說今之煮馬肝猶加芍藥古之遺法晉氏之說以勺藥爲調和之意枚乘七發曰勺藥之醬然則和調之言於義爲得韋昭曰勺丁削切藥旅酌切不若大王終日馳騁曾不下輿脟割輪焠自以爲娛韋昭曰焠謂割鮮焠輪也郭璞曰焠染也善曰脟音臠焠七內切臣竊觀之齊殆不如善曰毛萇詩傳曰殆近也於是齊王無以應僕也烏有先生曰是何言之過也足下不遠千里來貺齊國郭璞曰言有惠賜也善曰戰國策秦王謂蘇秦曰今先生不遠千里而庭教高誘曰不以千里之道爲遠王悉發境內之士備車騎之衆與使者出畋善曰家語曰越悉起境內之士三千人助吳乃欲戮力致獲以娛左右晉灼曰謙不斥言故云左右言使者左右也善曰國語曰戮力一心賈逵曰戮并力也何名爲夸哉問楚地之有無者願聞大國之風烈先生之餘論也善曰風烈已見上文先生謂子虛也張晏曰願聞先賢之遺談美論也今足下不稱楚王之德厚而盛推雲夢以爲高郭璞曰以爲高談奢言淫樂而顯侈靡郭璞曰顯明也奢闊也竊爲足下不取也必若所言固非楚國之美也無而言之是害足下之信也彰君惡傷私義善曰史記樂毅與燕惠王書曰恐傷先王之明有害足下之義彰君惡害私義非楚國之美彰君惡也害足下之信傷私義也本或云有而言之是彰君之惡者非也二者無一可而先生行之必且輕於齊而累於楚矣文穎曰必見輕於齊輕易於齊也善曰使者失辭爲輕於齊使非其人爲累於楚也累力瑞切且齊東陼鉅海南有琅邪蘇林曰小洲曰陼司馬彪曰齊東臨大海爲渚也張揖曰琅邪臺名也在渤海閒善曰呂氏春秋辛寛曰太公望封於營丘渚海阻山也聲類曰陼或作渚觀乎成山張揖曰觀闕也成山在東萊掖縣於其上築宮闕也射

乎之罘晉灼曰之罘山在東萊腄縣獵其上也善曰腄直瑞切浮渤澥應劭曰渤澥海別枝也澥音蟹游孟諸文穎曰宋之大澤也故屬齊邪與肅慎爲鄰郭璞曰肅慎國名在海外北接之右以湯谷爲界司馬彪曰湯谷日所出也以爲東界也善曰言爲東界則右當爲左字之誤也秋田乎青丘服虔曰青丘國在海東三百里善曰山海經曰青丘其狐九尾徬徨乎海外善曰毛詩曰海外有截吞若雲夢者八九於其胷中曾不蔕芥善曰蔕芥已見西京賦若乃俶儻瑰瑋異方殊類郭璞曰俶儻猶非常也善曰廣雅曰瑰瑋琦玩也俶佗歷切珍怪鳥獸萬端鱗崪善曰高唐賦曰珍怪奇偉不可稱論張揖曰崪與萃同集也充牣其中不可勝記禹不能名卨不能計張揖曰禹爲堯司空辯九州名山別草木卨爲堯司徒敷五教率萬事應劭曰契善計也善曰廣雅曰充牣滿也然在諸侯之位不敢言游戲之樂苑囿之大先生又見客如淳曰見賓客禮待故也善曰言見先生是客也是以王辭不復司馬彪曰復荅也何爲無以應哉

文選卷第七

賜進士出身通奉大夫江南蘇松常鎭太等處承宣布政使司布政使胡克家重校刊

文選卷第八

梁昭明太子撰

文林郎守太子内率府録事參軍事崇賢館直學士臣李善注上

畋獵中

司馬長卿上林賦

楊子雲羽獵賦

上林賦一首　司馬長卿　郭璞注

亡是公听然而笑善曰說文曰听笑貌也牛隱切曰楚則失矣而齊亦未爲得也夫使諸侯納貢者非爲財幣所以述職也郭璞曰諸侯朝於天子曰述職善曰尚書大傳曰古者諸侯之於天子五年一朝見述其職述職者述其所職也封疆畫界者非爲守禦所以禁淫也郭璞曰天下有道守在四夷立境界者欲以杜絶淫放耳善曰小雅曰淫過也今齊列爲東藩而外私肅慎郭璞曰私與通也捐國踰限越海而田其於義固未可也且二君之論不務明君臣之義正諸侯之禮徒事爭於游戲之樂苑囿之大欲以奢侈相勝荒淫相越此不可以揚名發譽而適足以𢀳君自損也晉灼曰𢀳古貶字也善曰鄧析子曰因勢而發譽毛萇詩傳曰秪適也且夫齊楚之事又烏足道乎君未覩夫巨麗也獨不聞天子之上林乎左蒼梧右西極文穎曰蒼梧郡屬交州在長安東南故言左爾雅曰至于豳國爲西極在長安西故言右也丹水更其南應劭曰丹水出上洛冢領山東南至析縣入沔水更公衡切紫淵徑其北文穎曰河南穀羅縣有紫澤在縣北於長安爲在北也

終始灞滻出入涇渭張揖曰灞滻二水終始盡於苑中不復出也涇渭二水從苑外來又出苑去也酆鎬潦潏紆餘委蛇經營乎其内張揖曰酆水出鄠縣南山酆谷北入渭鎬在昆明池北善曰潦即澇水也說文曰澇水出鄠縣北入渭潏水出杜陵今名沇水自南山黄子陂西北流經至昆明池入渭郭璞曰經營其内周旋苑中也蕩蕩乎八川分流相背而異態郭璞曰變態不同也善曰潘岳關中記曰涇渭灞滻酆鄗潦潏凡八川東西南北馳騖往來郭璞曰言更相錯涉也來盧代切出乎椒丘之闕服虔曰丘名也兩山俱起象雙闕者也善曰楚辭曰馳椒丘兮焉且止也音昌呂切行乎洲淤之浦張揖曰淤漫也浦水崖也淤於庶切善曰方言曰水中可居者曰洲三輔謂之淤也經乎桂林之中張揖曰桂林林名也南海經曰桂林八樹在番禺東也過乎泱漭之壄張揖曰山海經所謂大荒之野如淳曰大貌也泱烏朗切汩乎混流順阿而下蘇林曰揚雄方言曰汩遥疾也汩于筆切郭璞曰混并也阿大陵也赴隘陿之口郭璞曰夾岸間爲陿隘於懈切陿音狹觸穹石激堆埼張揖曰穹石大石也埼曲岸頭也郭璞曰堆沙堆也丁回切埼巨依切沸乎暴怒郭璞曰沸水聲也音拂洶涌彭湃司馬彪曰洶涌跳起也彭湃波相戾也洶許勇切湃蒲拜切滭弗宓汩蘇林曰滭音畢宓音密司馬彪曰滭弗盛貌也宓汩去疾也汩于筆切偪側泌瀄郭璞曰泌瀄音筆櫛司馬彪曰偪側相迫也泌瀄相揳也偪字與逼同揳先結切横流逆折轉騰潎洌司馬彪曰逆折旋回也孟康曰轉騰相過也潎洌相撇也潎匹列切洌音列滂濞沆溉司馬彪曰滂濞水聲也沆溉徐流也郭璞曰滂音四耳切濞匹祕切溉胡慨切韋昭曰沆胡郎切穹隆雲橈郭璞曰龍起回穴也善曰雲橈橈如雲屈橈也橈女教切宛潬膠盭司馬彪曰宛潬展轉也膠盭邪屈也宛音婉潬音善盭古戾字踰波趨浥涖涖下瀨司馬彪曰踰波後波凌前波也趨浥輸於淵也涖涖水聲也浥於俠切涖音利批巖衝擁奔揚滯沛

司馬彪曰擁曲隈也善曰說文曰批擊也滯沛奔揚之貌也滯直制切沛蒲蓋切臨坻注壑瀺灂霣墜○鄧展曰坻水中山也坻音遲善曰字林曰瀺灂小水聲也霣即隕字也墜直類切沈沈隱隱砰磅訇礚○善曰沈沈深貌也隱隱盛貌也司馬彪曰砰磅訇礚皆水聲也砰普冰切磅普萌切潏潏淈淈○湁潗鼎沸○善曰說文曰潏水涌出也淈水出貌周成雜字曰湁潗水沸貌也淈音骨湁敕立切潗子入切馳波跳沫○汩濦漂疾○司馬彪曰汩濦水聲也韋昭曰濦許及切善曰汩于筆切漂匹姚切悠遠長懷○郭璞曰懷亦歸變文耳寂漻無聲○肆乎永歸○善曰說文曰漻清深也漻音聊杜預左氏傳注曰肆放也言水奔放而長歸於淵海也然後灝溔潢漾○郭璞曰皆水无涯際貌也灝音皓溔弋少切潢胡廣切漾弋丈切安翔徐回○郭璞曰言運轉也翯乎滈滈○郭璞曰水白光貌也翯胡角切滈音鎬東注太湖○郭璞曰太湖在吳縣尚書所謂震澤也衍溢陂池○郭璞曰其形狀而出也陂池江旁小水於是乎蛟龍赤螭○文穎曰龍

文八　三　余

子爲螭張揖曰赤螭雌龍也鮔鰽漸離○李奇曰周洛曰鮪蜀曰鮔鰽出鞏山穴中司馬彪曰漸離魚名也張揖曰其形狀未聞鮔音亘鰽音懵鰅鰫鰬魠○郭璞曰鰅魚有文彩鰫似鰱而黑鰬似鱓魠鰔一名黃曰頰鰅音顒鰫胥容切鰬音乾魠音托鱓音善鰔音感禺禺魼鰨○郭璞曰禺禺魚皮有毛黃地黑文魼比目魚狀似牛脾細鱗紫色兩相合得乃行鰨鯢魚也似鮎有四足聲如嬰兒禺音顒魼音榻鰨奴榻切揵鰭掉尾○振鱗奮翼○郭璞曰揵舉也鰭背上鬣也善曰髙唐賦曰振鱗奮翼揵巨言切掉徒釣切潛處乎深巖○郭璞曰隱岸坻也魚鼈讙聲○萬物衆夥○善曰小雅曰夥多也明月珠子○的皪江靡○應劭曰靡邊也明月珠子生於江中其光耀乃照於江邊也張揖曰靡匡也善曰說文曰玓瓅明珠光也玓瓅與的皪音義同蜀石黃碝○水玉磊砢○張揖曰蜀石石次玉者也郭璞曰碝碝石黃色水玉水精也磊砢魁礨貌也善曰山海經曰常庭之山其上多水玉碝如兖切砢洛可切磷磷爛爛○采色澔汗○郭璞曰皆玉石符采映耀也磷音吝澔音皓藂

積乎其中○鴻鷫鵠鴇○駕鵞屬玉○張揖曰鴻大鴈也郭璞曰鷫鷞也屬玉似鴨而大長頸赤目紫紺色者交精旋目○郭璞曰交精似鳧而脚高有毛冠辟火災司馬彪曰旋目鳥名也煩鶩庸渠○郭璞曰煩鶩鴨屬也庸渠似鳧灰色而雞脚一名章渠鶩音木箴疵鵁盧○張揖曰箴疵似魚虎而蒼黑色鵁鵁頭鳥郭璞曰盧鸕鷀也箴音鍼疵音資鷀音慈也羣浮乎其上○汎淫泛濫○隨風澹淡○郭璞曰皆鳥任風波自縱漂貌也汎音馮泛敷劒切與波搖蕩○奄薄水渚○張揖曰奄覆也郭璞曰薄猶集也唼喋菁藻○咀嚼菱藕○郭璞曰菁水草也善曰通俗文曰水鳥食謂之唼與唼同所甲切喋丈甲切咀才汝切嚼才削切於是乎崇山矗矗○巃嵷崔巍○郭璞曰皆高峻貌也巃力孔切嵷音揔深林巨木○嶄巖嵾嵳○郭璞曰皆峯嶺之貌也嶄仕銜切嵾楚林切嵳楚宜切九嵕巀嶭○南山峩峩○郭璞曰巀嶭高峻貌也善曰九嵕南山已見西都賦巀音截嶭音囓峩音娥巖陁

文八　四　勝

甗錡○摧崣崛崎○司馬彪曰陁靡也甗甑也錡歊也上大下小有似甗甑也張揖曰摧崣高貌也崛崎斗絶也摧作罪切崣卒鄙切郭璞曰崛音掘崎音錡振溪通谷○蹇產溝瀆○張揖曰振拔也水注川曰谿注谿曰谷蹇產詰曲也郭璞曰自溪及瀆皆水相通注也善曰言山石收斂溪水而不分泄谽呀豁閜○阜陵別隝○司馬彪曰谽呀大貌豁閜空虛也郭璞曰隝水中山也谽呼含切呀呼加切閜呵下切隝音擣崴磈嵔廆○丘虛堀礨○郭璞曰皆其形勢也崴於鬼切磈魚鬼切嵔惡罪切廆胡罪切虛音袪堀音窟礨音磊隱轔鬱壘○登降施靡○郭璞曰隱轔鬱壘堆巃不平貌轔洛盡切壘音壘施式氏切陂池貏豸○郭璞曰陂池旁頹貌也陂音皮貏音被豸直爾切善曰貏豸漸平皃沇溶淫鬻○張揖曰水流谿谷之間也沇以水切溶音容淫以舟切鬻音育散渙夷陸○司馬彪曰布平地也亭皐千里○靡不被築○服虔曰皐澤也隄上十里一亭郭璞曰皆築地令平也被皮義切揜以綠蕙○被以江蘺○張揖曰揜覆也綠王芻也蕙薰

草也郭璞山海經曰蕙香草蘭屬也糅以蘪蕪雜以留夷張揖曰留夷新夷也善曰王逸楚辭
注曰留夷香草布結縷郭璞曰結縷蔓生如縷相結攢戾莎司馬彪曰戾莎莎名也揭
車衡蘭應劭曰揭車一名芞輿香草也揭去竭切芞巨乞切槀本射干郭璞曰槀本槀茇也
方未切司馬彪曰射干香草也射弋舍切茈薑蘘荷張揖曰茈薑子薑也茈音紫蘘人羊切葴
持若蓀如淳曰葴音鍼韋昭曰持音懲張揖曰葴持闕若杜若郭璞曰蓀香草也鮮支黃礫
司馬彪曰鮮支支子也張揖曰皆香草也蔣苧青薠張揖曰蔣菰也苧三稜也郭璞曰苧音杼布
濩閎澤延曼太原郭璞曰布濩猶布露也善曰閎大也濩音護延弋戰切離靡廣
衍善曰離靡而邪靡不絕之貌也孟康甘泉賦注曰衍无厓岸也離力爾切應風披靡吐
芳揚烈善曰烈酷烈香氣盛也披丕蟻切郁郁菲菲衆香發越郭璞曰香氣射
散也菲音妃肸蠁布寫晻薆咇茀司馬彪曰肸過也芬芳之過若蠁之布寫也郭璞曰

文八　五　勝

香氣盛䬉馞也善曰說文曰肸蠁布也䬉馞咇茀音義同說文曰馣馤香氣奄藹也馣與晻馤與薆音義同晻
音奄咇步必切茀音勃於是乎周覽氾觀縝紛軋芴孟康曰縝紛衆盛也軋芴
緻密也縝丑人切芴音勿芒芒怳忽郭璞曰言眼亂也芒莫朗切視之無端察之
無涯日出東沼入乎西陂張揖云日朝出苑之東池暮入於苑西陂中善曰漢宮殿
簿曰長安有西陂池東陂池其南則隆冬生長涌水躍波張揖曰其苑南陽煖
則盛冬十月草木生長也郭璞曰躍波言不凍也善曰孫卿子曰松栢經隆冬而不彫其獸則獱
旄貘犛沈牛麈麋郭璞曰獱似牛領有肉堆也音容張揖曰旄旄牛也其狀如牛而四節毛
貘白豹犛牛黑色出西南徼外沈牛水牛也能沈没水中麈似鹿而大善曰南越志曰潛牛形角似水牛一名
沈牛也赤首圜題窮奇象犀張揖曰題頟也窮奇狀如牛而蝟毛其音如嗥狗食人者
也其北則盛夏含凍裂地涉冰揭河司馬彪曰揭舉衣也善曰尸子曰寒

凝冰裂地其獸則麒麟角端騊駼橐駝郭璞曰麒似麟而無角角端似豬角在鼻
上中作弓韋昭曰背上有肉似橐故曰橐駝也蛩蛩驒騱駃騠驢驘郭璞曰驒騱駏驉類
也駃騠生三日而超其母驒音顛騱音奚駃音玦騠音提驘騾同於是乎離宮別館彌
山跨谷善曰鄭玄周禮注曰彌徧也高廊四注重坐曲閣司馬彪曰廊廡上級
下級皆可坐故曰重坐曲閣閣道委曲也華榱璧璫輦道纚屬韋昭曰裁金爲璧以當榱
頭也如淳曰輦道閣道也司馬彪曰纚屬連屬也張揖曰纚力尔切屬之欲切步櫩周流長途
中宿善曰步櫩步廊也周流周徧流行也楚辭曰曲屋步櫩郭璞曰中途樓閣間陛道司馬彪曰中宿乃
至其上夷嵕築堂累臺增成如淳曰嵕山也張揖曰平此山以作堂者也重累而成之故曰
增成嵕子公切巖窔洞房郭璞曰言於巖窔底爲室潛通臺上也善曰窔一吊切頫杳眇
而無見仰兆橑而捫天善曰聲類曰頫古文俯字說文曰頫低頭也楚辭曰遂儵忽而

文八　六　馬刃

捫天晉灼曰兆古攀字也捫摸也橑音老捫音門奔星更於閨闥宛虹拖於楯
軒善曰奔流星也行疾故曰奔如淳曰宛虹屈曲之虹車也應劭曰楯欄檻也司馬彪曰軒楯下版也更工衡
切青龍蚴蟉於東箱郭璞曰蚴蟉龍行貌也善曰孫炎爾雅注曰箱夾室前堂也蚴一糾
切蟉力糾切象輿婉僤於西清張揖曰山出象輿瑞應車也西清者箱中清淨處也善曰
婉僤動貌也僤音善靈圄燕於閒館張揖曰靈圄衆仙之號也楚辭曰坐靈圄而來謁閒讀曰
閑偓佺之倫暴於南榮郭璞曰偓佺仙人也暴謂偃卧日中也榮屋南檐也醴泉
涌於清室通川過於中庭郭璞曰醴泉瑞水也善曰言醴泉於室中涌出而通流爲
川而過中庭盤石振崖李奇曰振整也以石整頓池水之涯也振之刃切嶔巖倚傾
郭璞曰嶔巖欹貌也嶔口衘切倚於綺切嵯峨嶕嶫刻削崢嶸郭璞曰言自然若彫刻也
司馬彪曰崢嶸深貌也善曰嶕音捷嶫音業玫瑰碧琳珊瑚叢生善曰並已見上文

瑉玉旁唐玢豳文鱗郭璞曰旁唐言磐礴也玢豳文理貌也音紛彬善曰宋玉笛賦曰其
處磅磄千仞赤瑕駁犖雜臿其間張揖曰赤瑕赤玉也郭璞曰言雜厠崖石中駁犖采
點也犖洛角切晁采琬琰和氏出焉司馬彪曰晁采玉名善曰晁古朝字尚書曰引璧琬
琰在西序於是乎盧橘夏熟應劭曰伊尹書曰箕山之東青鳥之所有盧橘夏熟晉灼曰此
雖賦上林博引異方珍奇不係於一也盧黑也黄甘橙楱郭璞曰黄甘橘屬而味精楱亦橘之類也
音湊張揖曰楱小橘也出武陵善曰說文曰橙橘屬也枇杷橪柿亭柰厚朴張揖曰枇
杷似斛樹長葉子如杏亭山梨也厚朴藥名也郭璞曰橪橪支木也橪音煙朴步角切梬棗楊梅
張揖曰楊梅其實似穀子而有核其味酸出江南也櫻桃蒲陶善曰櫻桃蒲陶見南都賦隱夫
薁棣張揖曰隱夫未詳薁山李也郭璞曰棣實似櫻桃也薁於六切棣徒計切荅遝離支張揖
曰荅遝似李出蜀晉灼曰離支大如雞子皮麄剥去皮肌如雞子中黄味甘多酢少遝音沓離力智切羅

乎後宮列乎北園貤丘陵下平原司馬彪曰貤延也羊氏切揚翠葉
扤紫莖張揖曰扤搖也音兀發紅華垂朱榮煌煌扈扈照曜鉅野
郭璞曰言其光采之盛也煌音皇沙棠櫟櫧張揖曰沙棠狀如棠黄華赤實其味如李無核呂氏
春秋曰果之美者沙棠之實櫧似柃葉冬不落應劭曰櫟採木也櫧音諸柃音零採音采華楓枰櫨張揖
曰華皮可以爲索楓攝也脂可以爲香郭璞曰枰平仲木也櫨已見南都賦華胡化切留落胥邪仁
頻并閭郭璞曰留未詳落檴也中作器胥邪似并閭皮可作索孟康曰仁頻椶也善曰仙藥録曰檳榔
一名椶然仁頻即檳榔也胥邪并閭已見南都賦檴音鑊欃檀木蘭孟康曰欃檀檀別名也欃音讒豫
章女貞張揖曰女貞木葉冬不落長千仞大連抱司馬彪曰七尺曰仞夸條直
暢實葉葰楙郭璞曰夸張布也司馬彪曰葰大也葰音峻攢立叢倚連卷欐
佹司馬彪曰欐佹支重累也倚於綺切卷巨專切欐力爾切佹音詭善曰蒼頡篇曰攢聚也崔錯癹

骫郭璞曰崔錯交雜癹骫蟠戾也崔千賄切癹步葛切骫古委字坑衡閜砢郭璞曰坑衡徑直貌閜砢相扶持也坑口庚
切閜烏可切砢來可切垂條扶疏落英幡纚善曰說文曰扶疏四布也呂氏春秋曰樹肥
無使扶疏英謂華也張揖曰幡纚飛揚貌也纚山爾切紛溶箾蔘猗狔從風郭璞曰紛溶箾蔘支
竦擢也張揖曰猗狔猶阿那也溶音容箾音蕭蔘音森猗憶靡切狔女尔切藰莅芔歙司馬彪曰
衆聲貌也藰音劉莅音利芔古卉字歙音翕蓋象金石之聲管籥之音善曰金石
管已見上文籥已見南都賦偨池茈虒旋還乎後宮張揖曰偨池參差也茈虒不齊
也如淳曰茈音此虒音豸郭璞曰還繞也偨音差雜襲絫輯郭璞曰相重被也善曰絫古累字輯
與集同被山緣谷循阪下隰視之無端究之無窮於是乎
玄猨素雌蜼玃飛蠝張揖曰蜼似母猴卬鼻而長尾玃似獮猴而大飛蠝鼠也其狀如兎
而鼠首以其髯飛郭璞曰蠝鼺鼠也毛紫赤色飛且生一名飛生蜼音遺蠝音誄善曰玄猨言猨之雄者玄色

也素雌猨之雌者素色也玃音钁蛭蜩蠼猱司馬彪曰山海經曰不咸之山飛蛭四翼蜩蟬也蠼
猱獮猴也郭璞曰蛭蜩未聞如淳曰蛭音質猱奴刀切獑胡豰蛫張揖曰獑胡似獮猴頭上有髦
要以後黑郭璞曰豰似鼬而大要以後黄一名黄要食獮猴蛫未聞也獑音讒豰呼谷切蛫音詭棲息
乎其間長嘯哀鳴翩幡互經郭璞曰互經互相經過也夭蟜枝格偃
蹇杪顛郭璞曰皆獮猴在樹暴戲姿態也夭蟜頻申也善曰埤蒼曰格木長貌也說文曰杪木末也廣雅曰顛末也蟜音
矯隃絕梁騰殊榛郭璞曰梁石絕水也張揖曰殊榛異栟也善曰隃字與踰同榛仕人切栟
五曷切捷垂條掉希間張揖曰捷持懸垂之條掉往著稀疏無支之間也郭璞曰掉懸擿也
託釣切牢落陸離郭璞曰羣奔走也善曰牢落猶遼落也廣雅曰陸離參差也爛漫遠
遷郭璞曰崩騰羣走貌也若此者數百千處娛遊往來宮宿館舍
善曰說文曰娛戲也許其切郭璞曰皆離宮別館出入所幸也庖廚不徙後宮不移百

官備具。郭璞曰：言所在有也。於是乎背秋涉冬，天子校獵。李奇曰：以五校兵出獵也。乘鏤象，六玉虯。張揖曰：鏤象，象路也，以象牙疏鏤其車輅。六玉虯，謂駕六馬，以玉飾其鑣勒，有似蚪龍也。無角曰虯也。郭璞曰：韓子曰黃帝駕象車，六蛟龍。善曰：此依古成文而假言之，非謂似也。今依郭說。拖蜺旌，靡雲旗。張揖曰：析羽毛，染以五采，綴以縷爲旌，有似虹蜺之氣也。畫熊虎於旒爲旗，似雲氣也。善曰：此亦假言也。高唐賦曰：蜺爲旌。雲旗，已見東京賦。前皮軒，後道游。文穎曰：皮軒，以虎皮飾車。天子出，道車五乘，游車九乘，在乘輿車前。賦頌爲偶辭耳。善曰：言皮軒最居前，而道游次皮軒之後，此爲前後相對，爲偶辭耳，非謂道遊在乘輿之後。孫叔奉轡，衞公參乘。李善曰：孫叔者，太僕公孫賀也，字子叔。衞公者，大將軍衞青也。大駕，太僕御，大將軍參乘。扈從橫行，出乎四校之中。晉灼曰：扈，大也。張揖曰：跋扈縱橫，不案鹵簿也。文穎曰：凡五校，今言四者，中一校隨天子乘輿也。鼓嚴簿，縱獵者。張揖曰：鼓，嚴鼓也。簿，鹵簿也。善曰：言擊嚴鼓簿鹵之中也。河江

爲阹，泰山爲櫓。郭璞曰：因山谷遮禽獸爲阹。櫓，望樓。車騎靁起，殷天動地。郭璞曰：殷猶震也。善曰：靁，古雷字。殷音隱。先後陸離，離散別追。郭璞曰：各有所逐也。善曰：廣雅曰：陸離，參差。淫淫裔裔，緣陵流澤，雲布雨施。郭璞曰：言徧山野也。善曰：韓子曰：雲布風動。周易曰：雲行雨施也。生貔豹，搏豺狼。韋昭曰：生，謂生取之也。郭璞曰：貔，執夷，虎屬。音毗。手熊羆，足壄羊。張揖曰：熊，犬身人足，黑色。羆，如熊，黃白色。壄羊，麢羊也，似羊而青。郭璞曰：足，謂踏也。蒙鶡蘇，孟康曰：鶡，鶡尾也。蘇，析羽也。張揖曰：鶡似雉，鬬死不卻。善曰：蒙，謂蒙覆而取之。鶡以蘇爲奇，故特言之，以成文耳。鶡音曷。絝白虎。郭璞曰：絝，謂絆絡之也。善曰：絝音袴。被班文，善曰：班文，虎豹之皮也。司馬彪漢書曰：虎賁騎皆虎文單衣。跨壄馬。善曰：跨，騎之也。凌三嵕之危，善曰：漢書音義曰：陵，上也。郭璞三倉注曰：三嵕，山，在聞喜。下磧歷之坻。張揖曰：磧歷，不平也。坻，下阪道也。坻音遲。徑峻赴險，越壑厲水。郭璞曰：厲，以衣渡水。椎蜚廉，弄

獬豸。郭璞曰：飛廉，龍雀也，鳥身鹿頭。張揖曰：獬豸似鹿而一角，人君刑罰得中則生於朝廷，主觸不直者。今可得而弄也。獬音蟹，豸，文介切。格蝦蛤，鋋猛氏。孟康曰：蝦蛤、猛氏，皆獸名。郭璞曰：今蜀中有獸，狀如熊而小，毛淺有光澤，名猛氏。蝦音遐，蛤音閤。善曰：說文曰：鋋，小矛也。市延切。羂騕褭，射封豕。張揖曰：騕褭，馬，金喙赤色，一日行万里者。郭璞曰：封豕，大豬也。善曰：聲類曰：羂，係取也。工犬切。左氏傳申包胥曰：吳爲封豕長蛇。箭不苟害，解脰陷腦，弓不虛發，應聲而倒。張揖曰：脰，項也。善曰：脰音豆。史記：陷，苦念切。於是乘輿弭節徘徊，翺翔往來。郭璞曰：言周旋也。善曰：楚辭曰：壓弭節而高厲。睨部曲之進退，覽將帥之變態。善曰：部曲已見上文。然後侵淫促節，郭璞曰：言疾驅也。善曰：侵淫，漸進之貌。儵夐遠去。郭璞曰：儵忽長逝也。善曰：曹大家幽通賦注曰：夐，遠也。流離輕禽，蹴履狡獸。張揖曰：流離，放散也。輕禽，飛鳥也。晉灼曰：輕小之禽。善曰：張說是也。轊白鹿，捷狡兔。郭璞曰：狡

兔健跳，故曰捷耳。捷音接。軼赤電，遺光耀。張揖曰：軼，過也。郭璞曰：皆妖氣爲變怪，游光之屬也。追怪物，出宇宙。張揖曰：怪物，奇禽也。彎蕃弱，滿白羽。文穎曰：彎，牽也。蕃弱，夏后氏良弓之名。引弓盡箭鏑爲滿。以白羽爲箭，故言白羽也。善曰：左氏傳衛子魚曰：分魯公以封父之繁弱。蕃與繁古字通。國語曰：吳素甲白羽之矰，望之如荼。射游梟，櫟蜚遽。張揖曰：梟，惡鳥也，故射之。櫟，梢也。飛遽，天上神獸也，鹿頭而龍身。郭璞曰：梟，羊也。善曰：高誘淮南子注：梟羊，山精也，似遽類。高說是也。梟，工聊切。遽音鉅。擇肉而后發，先中而命處。郭璞曰：言必如所志也。善曰：廣雅曰：命，名也。弦矢分，藝殪仆。文穎曰：所射準的爲藝，壹發死爲殪。善曰：說文曰：仆，頓也。殪音翳。仆音赴。然后揚節而上浮，郭璞曰：言騰游也。善曰：楚辭曰：鳥託乘而上浮。凌驚風，歷駭猋。乘虛無，與神俱。張揖曰：郭璞老子經注曰：虛無寥廓，與元通靈。言其所乘氣之高，故能出飛鳥之上，而與神俱者也。躪玄鶴，亂昆雞。張揖曰：昆雞似鶴，黃白色。郭璞曰：躪，踐也。亂者，言亂其行

伍也道孔鸞促鵕鸃郭璞曰道促皆迫捕貌道才由切拂鷖鳥張揖曰山海經曰九疑之山有五采之鳥名曰鷖鳥捎鳳凰捷鵷鶵揜焦朋張揖曰焦明似鳳西方之鳥也善曰方言曰揜取也樂汁圖焦明狀似鳳皇宋衷曰水鳥也道盡途殫迴車而還消搖乎襄羊降集乎北紘司馬彪曰消搖逍遙也張揖曰淮南子云八澤之外乃有八紘北方之紘曰委羽郭璞曰襄羊猶彷徉也率乎直指郭璞曰率徑馳去也晻乎反鄉郭璞曰忽然疾歸貌蹷石闕歷封巒過鳷鵲望露寒郭璞曰蹷蹋也音厥張揖曰此四觀武帝建元中作在雲陽甘泉宮外鳷音支下棠梨息宜春張揖曰棠梨宮名在雲陽東南三十里郭璞曰宜春宮名在渭南杜縣東西馳宣曲張揖曰宣曲宮名也在昆明池西濯鷁牛首張揖曰牛首池名在上林苑西頭善曰漢書曰鄧通以濯舡爲黃頭郎音義曰善濯舡於池中也一說能持櫂行船也韋昭曰櫂今棹也並直孝切登龍臺張揖曰觀名也在豐水西北近渭也掩

文八　十一　王亨

細柳郭璞曰觀名也在昆明池南善曰方言曰掩息也觀士大夫之勤略司馬彪曰略巡行也均獵者之所得獲郭璞曰平其多少也徒車之所轥轢郭璞曰徒步也轢輾也善曰輾女展切步騎之所蹂若人臣之所蹈籍善曰廣倉曰若蹈足貌與其窮極倦谻驚憚讋伏郭璞曰窮極倦谻疲憊者也驚憚讋伏怖不動貌也谻音劇憚丁曷切讋之涉切不被創刃而死者他他籍籍郭璞曰言交橫也他徒河切填阬滿谷掩平彌澤善曰廣雅曰大野曰平於是乎遊戲懈怠置酒乎顥天之臺張揖曰臺高上干顥天也張樂乎膠葛之寓郭璞曰言曠遠深貌也撞千石之鍾張揖曰千石十二萬斤也立萬石之虡張揖曰虡獸重百二十萬斤以俠鍾旁建翠華之旗樹靈鼉之鼓張揖曰以翠羽爲葆也以鼉皮爲鼓也郭璞曰華葆也奏陶唐氏之舞如淳曰舞咸池也善曰尚書曰惟彼陶唐

孔安國曰陶唐堯氏也聽葛天氏之歌張揖曰葛天氏三皇時君號也其樂三人持牛尾投足以歌八曲一曰載民二曰玄鳥三曰育草木四曰奮五穀五曰敬天常六曰徹帝功七曰依地德八曰總禽獸之極韋昭曰葛天氏古之王者其事見呂氏春秋善曰呂氏春秋云葛天氏之樂以歌八闋一曰載民三曰遂草木六曰建帝功今注以闋爲曲以民爲氏以遂爲育以建爲徹皆誤千人唱萬人和山陵爲之震動川谷爲之蕩波郭璞曰波浪起也巴渝宋蔡淮南于遮郭璞曰巴西閬中有渝水獠居其上皆剛勇好舞初高祖募取以平三秦後使樂府習之因名巴渝舞也張揖曰樂記曰宋音燕女溺志蔡人謳員三人淮南鼓員四人于遮曲名文成顛歌文穎曰文成遼西縣名也其縣人善歌顛益州顛縣其人能作西南夷歌也顛與滇同也族居遞奏金鼓迭起張揖曰族聚也郭璞曰遞迭也徒結切鏗鎗闛鞈洞心駭耳善曰鏗鎗鍾聲也闛鞈鼓音也毛詩曰擊鼓其鏜字書曰鞨鼓聲闛與鏜鞨與鞈古字通闛託郎切鞈音榻荊吳鄭

文八　十二　乙卯重刊　李椿

衛之聲郭璞曰皆淫哇也善曰禮記曰鄭衛之音亂世之音也韶濩武象之樂文穎曰韶舜樂也濩湯樂也大武武王樂也張揖曰象周公樂也南人服象爲虐於夷成王命周公以兵追之至於海南乃爲三象樂陰淫案衍之音郭璞曰流沔曲也衍弋戰切鄢郢繽紛激楚結風李奇曰鄢今宜城縣也郢楚都也繽紛舞也張揖曰楚歌曲也文穎曰衝激急風也結風亦急風也楚地風氣既自漂疾然歌樂者猶復依激結之急風爲節也其樂促迅哀切也俳優侏儒狄鞮之倡善曰三蒼曰俳倡也優樂也禮記曰夫新樂及優侏儒郭璞曰狄鞮西戎樂名也鞮丁奚切所以娛耳目樂心意者麗靡爛漫於前郭璞曰言恣所觀也靡曼美色張揖曰靡細也曼澤也善曰言作樂於前者皆是靡曼美色也下或云於後非也若夫青琴宓妃之徒伏儼曰青琴古神女也如淳曰宓妃伏羲氏女溺死洛遂爲洛水之神絕殊離俗郭璞曰離俗無雙也妖冶嫺都善曰字書曰妖巧也說文曰嫺雅也或作閑小雅曰都盛

也。靚糚刻飾，便嬛綽約，郭璞曰：靚糚，粉白黛黑也。刻畫鬢鬋也。便嬛，輕利也。綽約，婉約也。善曰：莊子曰：綽約若處子。嬛音翾。靚音淨。柔橈嫚嫚，嫵媚孅弱。郭璞曰：柔橈嫚嫚，皆骨體耎弱長豔貌也。孅弱，弱顏也。善曰：埤蒼曰：嫵媚，悅也。孅弱，謂容體孅細柔弱也。方言曰：自關而西，凡物小謂之孅。橈，女教切。嫚，於圓切。嫵音武。孅即纖字。曳獨繭之褕絏，眇閻易以卹削，張揖曰：褕，襜褕也。絏，袖也。郭璞曰：獨繭，一繭之絲也。閻易，衣長大貌也。卹削，言如刻畫作之也。善曰：褕音踰。絏音曳。易，弋示切。便姍嫳屑，與俗殊服，郭璞曰：衣服婆娑貌。善曰：便，步千切。姍音先。嫳，步結切。芬芳漚鬱，酷烈淑郁，皓齒粲爛，宜笑的皪，郭璞曰：香氣盛也。漚，一候切。又曰：鮮明貌也。善曰：楚辭曰：美人皓齒嫮以姱。又曰：嫮目宜笑娥眉曼。皪音礫。長眉連娟，微睇緜藐，郭璞曰：連娟，言曲細也。緜藐，遠視貌。善曰：娟，一全切。睇，大計切。藐音邈。色授魂與，心愉於側。張揖曰：彼色來授，我魂往與接也。愉音踰。於是酒中樂酣，郭璞曰：中，半也。中，仲切。天子芒

然而思，似若有亡，司馬彪曰：亡，喪也。曰：嗟乎！此大奢侈！朕以覽聽餘閒，無事棄日，善曰：言聽政既有餘暇，無事而虛棄時日也。閒音閑。順天道以殺伐，郭璞曰：因秋氣也。善曰：家語孔子曰：啓蟄不殺，則順天道也。時休息於此，郭璞曰：謂苑囿中也。恐後葉靡麗，遂往而不返，非所以爲繼嗣創業垂統也。郭璞曰：言不可以示將來也。善曰：爲，于僞切。孟子曰：君子創業垂統，爲可繼也。於是乎乃解酒罷獵，而命有司曰：地可墾闢，悉爲農郊，以贍萌隸，張揖曰：邑外謂之郊。郊，田也。詩曰：稅于農郊。韋昭曰：萌，民也。司馬彪曰：隸，小臣也。善曰：爾雅曰：命，告也。蒼頡篇曰：墾，耕也。小雅曰：贍，足也。隤墻填塹，使山澤之人得至焉。郭璞曰：芻蕘者往也，雉兎者往也。實陂池而勿禁，虛宮館而勿仞，司馬彪曰：養魚鱉滿陂池，而不禁民取也。郭璞曰：虛，言不聚人衆其中也。仞，滿也。發倉廩以救貧窮，補不足，

善曰：蔡邕月令章句曰：穀藏曰倉，米藏曰廩。孟子：齊景公興發補不足。趙岐曰：興惠政，發倉廩以振貧而補不足也。恤鰥寡，存孤獨，出德號，省刑罰，郭璞曰：號，號令也。改制度，郭璞曰：變宮室車服。易服色，郭璞曰：衣尚黑。革正朔，郭璞曰：更以十二月爲正，平旦爲朔。與天下爲更始。郭璞曰：新其事。於是歷吉日以齋戒，張揖曰：歷，筭也。善曰：周易曰：聖人以此齋戒。韓康伯曰：洗心曰齋，防患曰戒。襲朝服，乘法駕，司馬彪曰：襲，服也。法駕，六馬也。建華旗，鳴玉鸞，郭璞曰：鸞，鈴也。善曰：楚辭曰：鳴玉鸞之啾啾。游于六藝之囿，馳騖乎仁義之塗，郭璞曰：六藝，禮、樂、射、御、書、數也。論語曰：游於藝。塗，道也。善曰：藝，六經也。覽觀春秋之林，如淳曰：春秋義理繁茂，故比之於林藪也。射貍首，兼騶虞，郭璞曰：貍首，逸詩篇名，諸侯以爲射節。騶虞，召南之卒章，天子以爲射節也。弋玄鶴，舞干戚，郭璞曰：干，楯也。戚，斧也。善曰：言古者舞玄鶴以爲瑞，令弋取之而舞干戚也。尚書大傳曰：舜樂歌曰：和伯之樂舞玄鶴。

公羊傳曰：朱干玉戚，以舞大夏。載雲罕，揜羣雅，張揖曰：罕，畢也。前有九流雲畢之車。揜，捕也。詩小雅之材七十四人，大雅之材三十一人，故曰羣雅也。善曰：先用雲罕以獵獸，今載之於車，而捕羣雅之士也。悲伐檀，張揖曰：其詩刺賢者不遇明王也。樂樂胥，善曰：毛詩曰：君子樂胥，受天之祜。言王者樂得材智之人使在位，故天與之福祿也。胥，先呂切。脩容乎禮園，郭璞曰：禮所以整威儀，自脩飾也。翶翔乎書圃，郭璞曰：尚書所以疏通知遠者，故遊涉之。述易道，郭璞曰：脩絜靜精微之術。放怪獸，張揖曰：苑中奇怪之獸，不復獵。登明堂，坐清廟，郭璞曰：明堂者，所以朝諸侯處。清廟，太廟也。善曰：禮記月令曰：天子居太廟太室。鄭玄曰：太廟太室，中央室也。次羣臣奏得失，四海之內，靡不受獲。善曰：得恩德也。於斯之時，天下大說，鄉風而聽，隨流而化，芔然興道而遷義，郭璞曰：芔，猶勃也。許貴切。刑錯而不用，德隆於三王，而功羨於五帝。善曰：包咸論語注曰：錯，置也。千故切。司馬

彪曰羡溢也若此故獵乃可喜也若夫終日馳騁勞神苦形罷車馬之用抏士卒之精郭璞曰精銳也抏損也音翫費府庫之財而無德厚之恩善曰管子曰國雖盛滿無德厚以安之國非其國也務在獨樂不顧衆庶善曰鄭玄毛詩曰顧念也忘國家之政貪雉兎之獲則仁者不繇也郭璞曰繇道也音由從此觀之齊楚之事豈不哀哉地方不過千里而囿居九百是草木不得墾辟而人無所食也善曰蒼頡篇曰墾耕也薛君韓詩章句曰辟除也夫以諸侯之細而樂萬乘之侈僕恐百姓被其尤也於是二子愀然改容超若自失郭璞曰愀然變色皃也材誘切善曰禮記曰孔子愀然作色而對也逡巡避廗善曰公羊傳曰逡巡北面再拜廣雅曰逡巡却退也孝經曰曾子避席廗與席古字通曰鄙人固陋不知忌諱善曰廣雅曰鄙小也乃今日見教謹受命矣

羽獵賦 并序

楊子雲

孝成帝時羽獵服虔曰士卒負羽也善曰高唐賦曰傳言羽獵雄從以爲昔在二帝三王應劭曰堯舜夏殷周也善曰春秋說題辭曰尚書者二帝之迹三王之義所以推期運明命授之際宮館臺榭沼池苑囿林麓藪澤財足以奉郊廟御賓客充庖廚而已善曰財與纔同毛萇詩傳曰御進也禮記曰天子無事歲三田一爲乾豆二爲賓客三爲充君之庖也不奪百姓膏腴穀土桑柘之地女有餘布男有餘粟善曰孟子曰以羨補不足則農有餘粟女有餘布也國家殷富上下交足故甘露零其庭醴泉流其唐善曰禮記曰天降膏露地出醴泉孝經援神契曰甘露一名膏露應劭曰爾雅曰廟中路謂之唐也鳳凰巢其樹黃龍游其沼麒麟臻其囿神爵棲其林善曰禮記曰鳳皇麒麟皆在郊藪龜龍在宮沼漢書注曰神雀大如鷄斑文昔者禹任益虞而上下和草木茂善曰尚書帝曰疇若予上下草木禹曰益哉帝曰汝作朕虞孔安國曰上謂山下謂澤也成湯好田而天下用足善曰呂氏春秋曰湯見網置四面湯拔其三面也文王囿百里民以爲尚小齊宣王囿四十里民以爲大裕民之與奪民也善曰孟子齊宣王問孟子曰文王之囿方七十里有諸曰有之若是其大乎荅曰民猶以爲小也寡人之囿方四十里民猶以爲大何也荅曰文王之囿與人同之民以爲小不亦宜乎王之囿四十里殺其麋鹿如殺人之罪人以爲大不亦宜乎孫卿子曰足國之道節用裕民而善藏其餘不知節用裕民雖好取侵奪猶將寡獲也武帝廣開上林東南至宜春鼎湖御宿昆吾晉灼曰鼎湖宮黃圖以爲在藍田昆吾地名上有亭善曰宜春已見上文三秦記曰樊川一名御宿旁南山西至長楊五柞善曰漢書曰盩厔有長楊五柞宮旁步浪切北繞黃山濱渭而東善曰漢書曰槐里有黃山之宮濱涯也言循渭水之涯而東也公羊傳曰濤塗曰濱海而東濱與賓同音也周袤數百里善曰說文曰南北曰袤穿昆明池象滇河瓚曰西南夷有昆明國又有滇池故作昆明池以象之以習水戰營建章鳳闕神明馺娑孟康曰馺娑殿名也善曰鄭玄毛詩箋曰營治也建章宮名也神明臺名也漸臺泰液象海水周流方丈瀛洲蓬萊善曰漢書曰建章其北治太液池漸臺高二十餘丈名曰泰液中有蓬萊方丈瀛洲象海中仙山服虔曰海中三山名法効象之游觀侈靡窮妙極麗雖頗割其三垂以贍齊民善曰三垂謂西方南方東方武帝侵三垂以置郡故謂之割漢書杜鄴上書曰三垂蠻夷又雄上書曰北狄中國之堅敵三垂比之縣矣爾雅曰邊垂也如淳曰齊等也無有貴賤故謂之齊人若今言平人矣晉灼曰中國被教齊整之民然至羽獵甲車戎馬器械儲偫禁禦所營善曰說文曰儲

偫，待也。應劭曰：御，禁也。謂禁止往來。營，謂造作也。即賦云御自汧渭、經營酆鄗，甲或爲田，非也。尚泰奢麗誇詡，善曰：毛萇詩傳曰：詡，大也。許羽切。非堯舜成湯文王三驅之意也。善曰：三驅，已見西都賦。又恐後世復脩前好，不折中以泉臺，服虔曰：魯莊公築臺，非禮也。至文公毀之。公羊譏云：先祖爲之而毀之，勿居而已。今揚雄以宮觀之盛，非成帝所造，勿脩而已。當以泉臺爲折中也。韋昭曰：制或爲折也。故聊因校獵賦以風之。善曰：七略曰：羽獵，永始三年十二月上。校獵已見上文。其辭曰：

或稱羲農，豈或帝王之彌文哉？善曰：假爲或人之意。言古之樸素而合禮者，咸稱羲農。是則豈或謂後代帝王彌加文飾，而不合禮哉？故論者荅之於下。論者云否，各以並時而得宜，奚必同條而共貫？善曰：論者，雄自謂也。言帝王文質，各並時而得宜，何必同條而共貫乎？言必不然也。尚書大傳曰：否，不也。漢書武帝制曰：帝王之道，豈不同條共貫也。則

泰山之封，焉得七十而有二儀？孟康曰：封禪各言異也。善曰：管子曰：古之封太山禪梁父者七十二家，而夷吾所記者十有二焉。是以創業垂統者俱不見其爽，遐邇五三，孰知其是非？張晏曰：爽，差也。不差其優劣，誰知其賢愚也。善曰：言創業垂統者，各隨時立制，皆不見其差爽，故五帝三王誰知其是非乎？但文質不同，明無是非也。廣雅曰：爽，差也。遂作頌曰：麗哉神聖，處於玄宮，富既與地乎侔訾，貴正與天乎比崇。善曰：玄，北方也。禮記月令曰：季冬，天子居玄堂右个。蔡邕月令章句曰：玄，黑也。其堂尚玄。莊子曰：夫道，顓頊得之以處玄宮。又曰：莫神於天，莫富於地，莫大於帝王。故曰帝王之德配天地。齊桓曾不足使扶轂，楚嚴未足以爲驂乘，狹三王之阸僻，嶠高舉而大興。善曰：史記曰：齊公子小白立，是爲桓公。又曰：楚穆王卒，子莊王侶立。春秋感精記曰：黃池之會，重吳子，滕薛夾轂，魯衛驂乘。鄭氏曰：阸僻，陋小也。王逸楚辭注曰：嶠，舉也。嶠音矯。歷五

帝之寥廓，涉三皇之登閎。善曰：寥廓，高遠也。韋昭曰：登，高也。閎，大也。建道德以爲師，友仁義與之爲朋。於是玄冬季月，天地隆烈，善曰：北方水色黑，故曰玄冬。隆烈，陰氣盛。萬物權輿於內，徂落於外，善曰：爾雅曰：權輿，始也。大戴禮曰：孟春，百草權輿。帝將惟田于靈之囿，開北垠，受不周之制，善曰：薛君韓詩章句曰：惟，辭也。孟康曰：西北爲不周風，謂冬時也。以奉終始顓頊玄冥之統。應劭曰：顓頊、玄冥，皆北方之神，主殺戮者。迺詔虞人典澤，東延昆鄰，西馳閶闔。善曰：孔安國尚書傳曰：虞，掌山澤之官。又曰：延，及也。張晏曰：東至昆明之邊也。善曰：閶闔，已見上文。儲積共偫，戍卒夾道，善曰：鄭舍人爾雅注曰：共，具物也。偫，具事也。漢書曰：廷中陳車騎，戍卒衛官也。斬叢棘，夷野草，善曰：杜預左氏傳注曰：夷，殺也。御自汧渭，經營酆鎬，善曰：孔安國尚書傳曰：經營，規度也。章皇周流，出入日月，天與地沓。善曰：章皇，猶彷徨也。周流，周匝

流行也。出入日月，言其廣大，日月似在其中出入也。張晏曰：日出扶桑，入湯谷。應劭曰：沓，合也。爾迺虎路三嵕以爲司馬，圍經百里而爲殿門。晉灼曰：路音落，落纍也。服虔曰：以竹虎落此山也。應劭曰：外門爲司馬門，殿門在內也。善曰：三嵕，已見上文。外則正南極海，邪界虞淵，應劭曰：虞淵，日所入也。善曰：爾雅曰：極，至也。淮南子曰：至于虞淵，是謂黃昏。鴻濛沆茫，碣以崇山。韋昭曰：鴻濛沆茫，水草廣大貌也。善曰：薛綜東京賦注曰：碣，猶表也。鴻，胡孔切。濛，莫孔切。沆，胡朗切。茫音莽。碣音竭也。營合圍會，然後先置乎白楊之南，昆明靈沼之東。張晏曰：先置，供具於前也。服虔曰：白楊，觀名也。善曰：三秦記曰：昆明池中有靈沼，神池。賁育之倫，蒙盾負羽，杖鏌邪而羅者以萬計，善曰：說苑曰：勇士孟賁，水行不避蛟龍，陸行不避虎狼。育，夏育也，已見西京賦。說文曰：鏌邪，大戟也。鏌音莫。邪，弋奢切。其餘荷垂天之罼，張竟壄之罘，善曰：言罼之大，垂天之邊也。靡日月之朱竿，曳彗星之飛旗。善曰：朱竿

太常之竿也周禮日月為太常王建太常穆天子傳曰日月之旗七星之文河圖曰彗星者天地之旗也楚辭
曰攬彗星以為旗青雲為紛紅蜺為繯屬之乎崑崙之虛韋昭
曰紛旗旒也繯旗上繫也善曰鄭玄喪服傳注曰屬連也爾雅曰河出崑崙虛繯下犬切屬之欲切虛音墟
渙若天星之羅浩如濤水之波善曰天星之羅言光明也濤水之波言廣大也
淫淫與與前後要遮善曰淫淫與與皆行貌也欃槍為闉明月為候
孟康曰闉戰闘自障蔽如城門外女垣也善曰杜預左傳注曰候望敵者熒惑司命天弧發
射張晏曰熒惑法使司命不祥天弧虛上二星善曰樂緯稽耀嘉曰熒惑主命禮記曰凡生於天地之間者
皆曰命漢書曰狼下有四星曰弧鮮扁陸離駢衍佖路服虔曰鮮扁戰闘軍陣貌也駢
衍軍壘駢衍也晉灼曰佖滿也善曰扁音篇佖頻一切徽車輕武鴻絧緁獵晉灼曰徽
疾貌也音揮善曰廣雅曰武健也鴻絧相連貌也緁獵相次貌也鴻胡弄切絧徒弄切緁音捷殷殷軫
軫被陵緣阪窮夐極遠者相與列乎高原之上善曰殷軫盛貌

也夐或為冥殷音隱羽騎營營昈分殊事韋昭曰騎負羽也蘇林曰昈明也善曰毛萇詩
傳曰營營往來貌昈分謂羽騎明白分別各殊其事也昈音户繽紛往來轠轤不絕若
光若滅者布乎青林之下孟康曰轠轤連屬貌也如淳曰轠音雷轤音盧於是
天子乃以陽晁始出乎玄宮善曰陽朝陽明之朝晁古字同也撞鴻鍾
建九旒善曰尚書大傳曰天子將出則撞黃鍾之鍾禮記曰龍旗九旒也六白虎載靈
輿善曰杜業奏事曰輬車駕白虎四白虎馬名服虔曰靈輿天子輿也蚩尤並轂蒙公先
驅善曰韓子曰黃帝駕象車異方並轂蚩尤居前楚辭曰選衆以並轂漢書音義曰蒙公蒙恬也如淳曰蒙
公髦頭也晉灼曰此多說天子事如說是並步浪切立歷天之旂曳捎星之旃韋昭
曰歷干也捎拂也霹靂烈缺吐火施鞭應劭曰霹靂雷也烈缺閃隙也火電照也善曰

言威德之盛役使百神故霹靂烈缺吐火施鞭而為衛也閃失染切萃從沇溶淋離廓落
戲八鎮而開關應劭曰四方四隅為八鎮如淳曰不言九者一鎮在中天子居之故也善曰埤
蒼曰從走貌也沇溶盛多之貌也上林賦曰沇溶淫鬻從先勇切沇以水切溶音容戲音麾飛廉雲
師吸嚊潚率鱗羅布列攢以龍翰善曰楚辭曰後飛廉使奔屬王逸曰飛廉
風伯也雲師已見吳都賦說文曰吸喘息也埤蒼曰嚊喘息聲也潚率吸嚊之貌鱗羅若鱗之羅也攢以龍翰
若龍翰之聚也鄭玄尚書大傳注曰翰毛之長大者嚊普利切潚音肅啾啾蹌蹌入西園切神
光善曰郭璞三蒼解詁曰啾啾衆聲也啾或為秋蹌蹌行貌楚辭曰鳴玉鸞之啾啾張晏曰切近也神光宮
名也望平樂徑竹林張揖曰平樂館名晉灼曰在上林中也蹂蕙圃踐蘭唐
善曰蕙圃已見子虛賦服虔曰蘭唐蘭生唐中也舉烽烈火轡者施技善曰轡者執轡
之人也方馳千駟狡騎萬師晉灼曰狡健之騎也善曰鄭玄毛詩箋曰方併也虓

虎之陳從橫膠轕猋拉雷厲驞駍駖磕服虔曰虓音哮鄧展曰拉音獵
善曰毛詩曰闞如虓虎拉風聲也哮火交切轕音葛驞疋人切駍普萌切駖力莖切洶洶旭旭天
動地岋善曰洶洶旭旭鼓動之聲也韋昭曰岋動貌也洶旭勇切岋五合切羨漫半散
蕭條數千里外善曰羨弋戰切若夫壯士忼慨殊鄉別趣善曰鄉音
向毛萇詩傳曰趣趨也東西南北騁耆奔欲善曰言各隨其耆欲而奔騁也耆音嗜
拖蒼豨跋犀犛蹶浮麋韋昭曰跋蹋也應劭曰蹶頓也善曰廣雅曰拖引也音他浮麋
過麋也跋步末切蹶居月切斮巨狿搏玄猨韋昭曰斮斬也側略切服虔曰巨狿獸名也善
曰廣雅曰搏擊也狿已見上林賦騰空虛距連卷張晏曰連卷木也善曰距古岠字也孔安
國尚書傳曰距至也卷音拳踔夭蟜娭澗門張晏曰踔天蟜之枝也善曰三蒼詁訓曰踔踰
也丑孝切莫莫紛紛山谷為之風猋林叢為之生塵善曰莫莫紛紛

風塵之貌也及至獲夷之徒蹶松柏掌蒺藜服虔曰獲夷能獲夷狄者善曰蹶踏
也掌以掌擊之也爾雅曰茨蒺藜獵蒙龍轔輕飛善曰蒙龍已見上文輕飛輕獸飛禽也
屨般首帶脩蛇如淳曰般音班班首虎之頭也善曰屨謂踐履之也淮南子曰吴爲封豕長蛇鉤
赤豹摼象犀韋昭曰摼抳也善曰摼古牽字跇巒阬超唐陂如淳曰跇超踰也音義曰
巒山小而鋭阬大坂也車騎雲會登降闇藹善曰闇藹衆盛貌闇烏感切泰華爲
旒熊耳爲綴張晏曰旒旛綴旌也善曰綴亦旒也司馬相如大人賦曰垂絳旛之素蜺張揖曰以
赤氣爲旛綴以白氣也木仆山還漫若天外如淳曰還音旋言山爲之回旋也善曰宋玉大
言賦曰長劒耿介倚天外儲與乎大浦聊浪乎宇内服虔曰儲與相羊貌也浦水涯也善曰淮
南子曰陰陽儲與聊浪放蕩也與音餘浦音普浪音琅於是天清日晏善曰許慎淮南子注
曰晏無雲之處也逢蒙列眥羿氏控弦善曰吴越春秋曰黄帝作弓後有楚狐父以其

道傳羿羿傳逢蒙說文曰匈奴名引弓曰控弦皇車幽輵光純天地服虔曰皇車君車也
李奇曰純緣繞也善曰幽輵車聲也方言曰純文也輵一轄切純之允切望舒彌轡服虔曰望舒月
御也如淳曰楚辭曰前望舒使先驅善曰彌轡按行貌也彌與弭古字通彌莫爾切翼乎徐至於
上蘭晉灼曰上蘭觀在上林中也移圍徙陳浸淫蹵部善曰部軍之部伍也毛萇
詩傳曰蹵促也蹵古字通子育切曲隊堅重各按行伍善曰隊徒内切行胡郎切壁
壘天旋神抶電擊善曰言威之盛也埤蒼曰抶笞擊也逢之則碎近之則
破善曰六韜太公曰當之者破近之者亡鳥不及飛獸不得過善曰高唐賦曰飛鳥
未及起走獸未及發軍驚師駭刮野掃地善曰言殺獲皆盡野地似乎掃刮也宋衷春秋
緯注曰驚動也廣雅曰駭起也刮古滑切掃先早切及至罕車飛揚武騎聿皇善曰
罕畢罕也聿皇輕疾貌蹈飛豹羂嘄陽善曰嘄陽即狒狒也已見上文羂絹工犬切追天

寶出一方應劭曰天寶陳寶也晉灼曰天寶鷄頭而人身應駍聲擊流光野盡
山窮囊括其雌雄如淳曰陳寶神來下時駍然有聲又有光精應劭曰下時窮極山川天地之間
然後得其雌雄也善曰太康記曰秦文公時陳倉人獵得獸若彘而不知其名道逢二童子曰此名爲糟弗述
糟弗述亦語曰彼二童子名爲寶鷄得雄者王得雌者覇陳倉人舍糟弗述逐二童子化爲雉雄止陳倉化爲
石雌如楚止南陽也糟浮謂切沇沇溶溶遥噱乎紘中晉灼曰口之上下名爲噱言禽
獸奔走倦極皆遥張噱吐舌於紘網之中也善曰噱其略切三軍芒然窮冘閼與孟康
曰冘行也閼止也言三軍之盛窮閼禽獸使不得逸漏也善曰孟康之意言窮其行止皆無逸漏如淳曰窮音
穹冘者懈怠也晉灼曰閼與容貌也如晉之意言三軍芒然懈倦容貌閼與而舒緩也今依如晉之說也芒莫
郎切冘音淫閼於庶切與音豫亶觀夫剽禽之紲隃犀兕之抵觸韋昭曰亶
音但善曰古但字紲與跇同已見上文文子曰兕牛之動以抵觸也熊羆之挐攫虎豹之

淩遽韋昭曰挐攫惶遽也善曰說文曰淩越也遽窘也徒角搶題注蹷竦讋怖
魂亡魄觸輻關脰晉灼曰徒但也服虔曰獸以角觸地也善曰蹶與蹷同爾雅曰竦慴懼也
讋言與慴同觸輻關脰言觸車輻因關其頸也搶七羊切蹷子育切脰音豆妄發期中進退履
獲善曰言矢雖妄發而期於必中進退之際必踐履而獲之也韓子曰新砥礪殺矢彀弩而射雖冥而妄發
其端未嘗不中秋毫者也創淫輪夷丘累陵聚張晏曰淫過也夷平也言獸被創過大血流轝車輪
平也音義曰創血流平於車輪也善曰丘累陵聚言積獸之多也於是禽殫中衰善曰中竹
仲切相與集於靖冥之館以臨珍池晉灼曰靖冥深閑之館也服虔曰珍池山
下之流灌以岐梁溢以江河晉灼曰梁梁山善曰尚書曰治梁及岐孔安國曰治山通
水故以山名東瞰目盡西暢無崖善曰目盡盡目而望也無崖廣遠也隨珠和
氏焯爍其陂善曰焯古灼字爍式藥切玉石嶜崟眩燿青熒善曰玉石玉之

與石也李形單行字曰𧰼崟高大貌青熒光明貌漢女水潛怪物暗冥不可殫形應劭曰漢女鄭交甫所逢二女也善曰不可殫形不能盡其形也高唐賦曰曾不可殫形也玄鸞孔雀翡翠垂榮善曰榮光榮也王雎關關鴻鴈嚶嚶羣娛乎其中噍噍昆鳴善曰毛詩曰關關雎鳩毛萇曰雎鳩王雎也又曰鳥鳴嚶嚶噍與啾同子由切說文曰昆同也鳧鷖振鷺上下砰磕聲若雷霆善曰言鳥飛上下翅翼之聲若雷霆也乃使文身之技水格鱗蟲服虔曰文身越人也能入水取物也淩堅冰犯嚴淵探巖排碕薄索蛟螭善曰嚴可畏也巖岸側嶔巖之處也孔安國尚書傳曰薄迫也賈逵國語注曰索求也嶔口銜切蹈獱獺據黿鼉善曰郭璞三蒼解詁曰獱似狐青色居水中食魚服虔曰音賓善曰廣雅曰據引也抾靈蠵鄭玄曰抾音袪韋昭曰抾捧也服虔曰蠵觜蠵入洞穴出蒼梧晉灼曰洞穴禹穴也善曰郭璞山海經注曰吳縣南太湖中有包山山下有洞庭道也言潛行水底無所不通也乘巨鱗騎京魚善曰京魚大魚也字或爲鯨鯨亦大魚也浮彭蠡目有虞應劭曰彭蠡大澤在豫章善曰有虞謂舜也方椎夜光之流離剖明月之珠胎善曰鄭玄毛詩箋曰方且也明月珠也蚌子珠爲蚌所懷故曰胎椎直追切鞭洛水之宓妃餉屈原與彭胥鄭玄曰彭咸也晉灼曰胥伍子胥也皆水沒也善曰楚辭曰願依彭咸之遺制王逸曰彭咸殷賢大夫自投水而死宓妃已見上子胥已見吳都賦於茲乎鴻生鉅儒俄軒冕雜衣裳韋昭曰俄印也車有蕃曰軒冕大冠也善曰管子曰先王制軒冕足以章貴賤雜衣裳言衣裳殊色也脩唐典匡雅頌揖讓於前昭光振燿蠁曶如神善曰蠁曶疾也蠁與響同曶與忽同仁聲惠於北狄武誼動於南鄰善曰南鄰南方之邑是以旃裘之王胡貉之長移珍來享抗手稱臣如淳曰以物與人曰移善曰周禮曰職方掌九貉鄭司農曰北方曰

貉犍爲舍人爾雅注曰獻珍物曰珍獻食物曰享毛詩曰自彼氐羌莫敢不來享爾雅曰享獻也抗手舉手而拜者也貉莫白切前入圍口後陳盧山孟康曰單于南庭山群公常伯陽朱墨翟之徒善曰常伯侍中也已見籍田賦陽朱墨翟取古賢以爲喻列子曰陽朱南游沛逢老聃高誘呂氏春秋注以爲宋人喟然並稱曰崇哉乎德雖有唐虞大夏成周之隆何以侈茲善曰周易曰先王以作樂崇德樂錄圖曰成康之隆妖孽滅也夫古之觀東嶽禪梁基舍此世也其誰與哉善曰東嶽泰山也梁梁父也已見上文上猶謙讓而未俞也張晏曰俞然也方將上獵三靈之流下決醴泉之滋如淳曰三靈日月星垂象之應也服虔曰受福流也善曰賈逵國語注曰獵取也發黃龍之穴窺鳳皇之巢臨麒麟之囿幸神雀之林奢雲夢侈孟諸善曰言以雲夢孟諸爲奢侈而非之也雲夢楚藪澤名也左氏傳曰楚靈王與鄭伯田于江南之雲夢孟諸宋藪澤也又曰楚穆王欲伐宋昭公導以田孟諸也非章華是靈臺善曰言以楚章華爲非而以周之靈臺爲是左傳楚子成章華之臺罕徂離宮而輟觀游善曰罕徂言希往也土事不飾木功不彫善曰晏子曰土事不文木事不鏤丞民乎農桑勸之以弗怠善曰聲類曰丞亦拯字也說文曰拯上舉也儕男女使莫違善曰杜預左氏傳注曰儕等也莫違謂以時爲婚無違於期也毛詩序曰男女多違儕士階切恐貧窮者不徧被洋溢之饒開禁苑散公儲創道德之囿弘仁惠之虞善曰虞與娛古字通馳弋乎神明之囿覽觀乎群臣之有亡善曰言馳弋神明之囿冀以齊其聖德觀其有無而加恩施放雉兔收罝罘麋鹿芻蕘與百姓共之善曰毛萇詩傳曰芻蕘薪采者也蓋所以臻茲也於是醇洪鬯之德豐茂世之規善曰鬯與暢同暢通也加勞三皇勗勤五

帝不亦至乎乃祇莊雍穆之徒善曰祇敬也雍和也立君臣之節崇賢聖之業未遑苑囿之麗游獵之靡也因回軫還衡背阿房反未央善曰麗光華也鄭玄禮記注曰靡奢侈也

文選卷第八

賜進士出身通奉大夫江南蘇松常鎮太等處承宣布政使司布政使胡克家重校刊

文選卷第九

梁昭明太子撰

文林郎守太子右内率府録事參軍事崇賢館直學士臣李善注上

畋獵下

楊子雲長楊賦一首并序

潘安仁射雉賦一首

紀行上

班叔皮北征賦一首

曹大家東征賦一首

畋獵

長楊賦一首并序　楊子雲

明年上將大誇胡人以多禽獸善曰明年謂作羽獵賦之明年即校獵之年也班欲叙作賦之明年漢書成紀曰元延二年冬幸長楊宮縱胡客大校獵是也七略曰羽獵賦永始三年十二月上然永始三年去校獵之前首尾四載謂之明年疑班固誤也又七略曰長楊賦綏和元年上綏和在校獵後四歲無容元延二年校獵綏和二年賦又疑七略誤也蔡邕曰上者尊位所在呂忱曰誇大言也說文曰誇誕也秋命右扶風發民入南山善曰冬將校獵故秋先命之也爾雅曰命告也漢書曰武帝以右内史更名右扶風扶風在涇州界南山終南山也西自襃斜東至引農南敺漢中善曰襃斜谷名已見上漢書有引農郡武帝置又有漢中郡秦置張羅罔罝罘捕熊羆豪豬虎豹狖玃狐兔麋鹿善曰山海經曰竹山有獸其狀如豚白毛毛大如笄而黑端以毛射物名豪豪彘也廣雅曰狖蜼也尾長四五尺郭璞爾雅曰玃似獮猴豹形如虎而圓文鄭

玄曰鳥罟曰羅狖弋又切獲九縛切載以檻車善曰劉熙釋名曰檻車上施欄檻以格猛獸亦囚禁罪人
之車也漢書音義曰或曰檻車有封檻也輸長楊射熊館善曰三輔黃圖曰長楊宮有射熊館
在盩厔以網爲周阹李奇曰阹遮禽獸圍陣也阹音袪縱禽獸其中令胡
人手搏之自取其獲上親臨觀焉服虔曰令胡客自取其得也善曰廣雅曰
搏擊也是時農民不得收斂雄從至射熊館還上長楊賦
聊因筆墨之成文章故藉翰林以爲主人子墨爲客卿
以風韋昭曰翰筆也善曰翰林文翰之多若林也詩大雅曰有壬有林君也此云林即文翰林猶儒林之
義也胡廣云博士爲儒雅之林是也說文曰毛長者曰翰詩序曰下以風刺上其辭曰
子墨客卿問於翰林主人曰蓋聞聖主之養民也仁霑
而恩洽動不爲身今年獵長楊先命右扶風左太華而

右褱斜顏師古曰動不爲身言憂百姓也山海經曰松梁之山西六十里曰太華山今在引農縣華陰西
也長安東故言左高五千仞廣十里善曰太華已見西都賦椓巀嶭而爲弋紆南山
以爲罝服虔曰巀嶭山名也孟康曰在池陽北顏師古曰巀嶭即今謂嵯峩也善曰說文曰弋橜也又曰
紆詘也椓音卓巀音截嶭音齧羅千乘於林莽列萬騎於山隅帥軍踤
阹錫戎獲胡漢書音義曰踤聚也顏監曰踤足蹴也善曰錫戎獲胡言以禽獸錫戎令胡自獲之
胡戎一也變文耳踤音崒方言曰踤蹴蹋也搤熊羆拖豪豬木
擁槍纍以爲儲胥顏師古曰胥須也言有儲畜以待所須也蘇林曰木擁柵其外又以竹槍纍
爲外儲胥也韋昭曰儲胥蕃落之類也槍七羊切纍力委切此天下之窮覽極觀也
雖然亦頗擾于農人三旬有餘其廑至矣而功不圖善曰
古今字詁曰廑今勤字也爾雅曰圖謀也凡人之所爲皆有所圖今則百姓甚勞而無所圖言勞而無益也愼子

曰無法之勞不圖於功恐不識者外之則以爲娛樂之游內之則
不以爲乾豆之事豈爲民乎哉善曰禮記曰天子無事歲三田一爲乾豆也
且人君以玄默爲神澹泊爲德善曰玄默謂幽玄恬默也玄默已見魏都賦澹
泊與憺怕同已見子虛賦今樂遠出以露威靈善曰露暴露也數搖動以罷
車甲本非人主之急務也蒙竊惑焉善曰周易曰蒙者蒙也韓康伯曰蒙
昧幼少之象也前年獵長楊故言數翰林主人曰吁客何謂之玆耶善曰孔安國尙
書傳曰吁疑怪之辭也若客所謂知其一未睹其二見其外不識
其內也善曰莊子曰識其一不知其二治其內而不治其外僕嘗倦談不能一二
其詳善曰毛萇詩傳曰詳審也請略舉其凡而客自覽其切焉善曰廣雅
曰都凡也顏監曰凡大指也張晏曰切近也覽其近於義也客曰唯唯主人曰昔有

彊秦封豕其士窫窳其民鑿齒之徒相與摩牙而爭
之應劭淮南子注云堯之時窫窳封豕鑿齒皆爲人害窫窳類貙虎爪食人服虔曰鑿齒齒長五尺似鑿亦
食人李奇曰以喻秦貪婪殘食其人也晉灼曰鑿齒之徒謂六國窫烏黠切窳音庾豪俊麋沸雲
擾羣黎爲之不康善曰如麋之沸若雲之擾言亂之甚也廣雅曰麋鬻也毛詩曰羣黎
百姓爾雅曰康安也於是上帝眷顧高祖高祖奉命順斗極運天
關服虔曰隨天斗極運轉也善曰毛詩曰乃睠西顧孔安國尙書傳曰奉天成命春秋元命苞曰命者天之
令雒書曰聖人受命必順斗極宋均尙書中候注曰順斗機爲政也爾雅曰北極謂之北辰天官星占曰北辰
一名天關又星經曰牽牛神一名天關橫鉅海漂昆侖善曰橫度大海也漂搖蕩之也匹昭
切提劍而叱之所過麾城摲邑下將降旗顏監曰摲舉手擬也蒼頡
篇曰摲拍取也善曰鄭玄禮記注曰摲之言芟也字林曰摲山檻切一日之戰不可殫記

當此之勤頭蓬不暇梳飢不及餐善曰頭蓬亂如蓬也鞮鍪生
蟣蝨介胄被霑汗善曰說文曰鞮鍪首鎧也韓子曰攻戰無已甲胄生蟣蝨鄭玄禮記注曰
介被甲也孔安國尚書傳曰胄兜鍪也鞮丁奚切鍪音牟蟣居綺切蝨所乙切以爲萬
姓請命乎皇天善曰淮南子曰高皇帝奮袂執鋭以爲百姓請命于皇天家語曰孔子曰分於
道謂之命王肅曰分於道始得爲人也迺展人之所詘振人之所乏善曰方言
曰展申也詘古屈字也賈逵國語注曰振救也規億載恢帝業善曰杜預左氏傳注曰恢大也
七年之間而天下密如也善曰高祖五年誅羽自六年至十二年崩凡七載爾雅曰
密靜也逮至聖文隨風乘流方垂意於至寧善曰隨風乘流言順從高
祖之風流也躬服節儉綈衣不敝革鞜不穿善曰言不穿不敝不更爲也漢
書東方朔曰孝文皇帝身衣弋綈之衣履革舃六韜曰堯衣履不敝盡不更爲服虔曰鞜舃也音沓大廈

不居木器無文善曰晏子曰土事不文木事不鏤於是後宮賤瑇瑁而
疏珠璣善曰廣雅曰疏亦賤也字書曰疏遠也璣小珠也音祈卻翡翠之飾除彫瑑之
巧善曰爾雅曰玉謂之琱又曰治玉曰瑑也惡麗靡而不近斥芬芳而不御
善曰廣雅曰斥推也抑止絲竹晏衍之樂憎聞鄭衛幼眇之聲善曰
禮記曰絲竹樂之器也晏衍邪聲也禮記曰鄭衛之音亂世之音也衍弋戰切幼一笑切眇音妙是以
玉衡正而太階平也韋昭曰玉衡北斗也善曰春秋運斗樞曰北斗七星第五曰玉衡元命苞曰常
一不易玉衡正太階平出黃帝六符經其後熏鬻作虐東夷橫畔服虔曰熏鬻堯時匈
奴也東夷東越也一云呂嘉殺其國王立國人殺嘉也善曰橫自縱也胡孟切羌戎睚眥閩越
相亂晉灼曰睚眥瞋目貌也又猜忌不和貌善曰漢書曰立無諸爲閩越王又曰武帝建元四年尉他孫
胡爲南越王閩越王郢興兵擊南越邊邑遐甿爲之不安中國蒙被其難韋昭

曰甿音萌萌人也於是聖武勃怒爰整其旅善曰毛詩曰王赫斯怒爰整其旅
迺命驃衛應劭曰驃騎霍去病也衛衛青也善曰漢書曰霍去病爲驃騎將軍凡六出擊匈奴又
曰衛青字仲卿爲大將軍凡七出擊匈奴汾沄沸渭雲合電發善曰汾沄沸渭衆盛貌也
汾音紛沄音雲猋騰波流機駭蠭軼善曰爾雅曰扶搖謂之飈機駭蠭軼言其疾也猋與
飈古字通也疾如奔星擊如震霆碎轒轀破穹廬應劭曰轒轀匈
奴車也音義曰穹廬旃帳也服虔曰轒轀百二十步兵車或可寢處善曰轒扶云切轀於云切腦沙幕
髓余吾服虔曰破其頭腦塗沙幕也余吾水名北山經曰北鮮之山多馬鮮水出焉而北經余吾水應劭
曰在朔方北鄭氏曰折其骨使髓膏水也通俗文曰骨中脂曰髓古髓字遂躐乎王庭孟康曰匈
奴王庭善曰王逸楚辭注曰躐踐也敺橐駝燒熐蠡張晏曰熐蠡乾酪母燒之壞其養生之具
也張揖曰熐蠡山名熐音覓蠡來戈切分勢單于磔裂屬國韋昭曰勢割也音如

黎顏師古曰凡言屬國者存其國號而屬漢朝善曰單于匈奴王號漢書曰單于廣大之貌也言其象天單于然
也廣雅曰磔張也漢書曰置屬國以處匈奴降者韋昭曰外國羌胡來屬漢者也夷阬谷拔鹵
莽刊山石善曰毛詩傳曰夷平也鹵莽中生草莽也說文曰鹵西方鹹地也鄭玄禮記注曰刊削也
拔莽削石以通道蹂屍輿厮係累老弱服虔曰蹂尸踐尸也顏師古曰死則蹂踐其尸
破傷者輿而行如淳曰輿厮輪踐其厮徒也善曰賈逵國語注曰係繫也杜預左氏傳注曰累係也吮鋋
瘢耆金鏃淫夷者數十萬人如淳曰吮括也孟康曰瘢耆馬脊耆創瘢處善曰如
氏之說以爲箭括及鋋所中皆爲創瘢於馬耆孟氏以爲耆被金鏃過傷者甚衆也服虔曰耆鬣傷者或矛積
內未出其瘡如含然或箭挿其項未拔藂若鬣焉孔安國尚書傳曰淫過也杜預左氏傳注曰夷傷也吮辭兖
切皆稽顙樹頷扶服蛾伏如淳曰叩頭時項下向則頷樹上向也韋昭曰頷音蛤善
曰說文曰匍匐手行也扶服與匍匐音義同蛾伏如蟻之伏也蛾古蟻字二十餘年矣尚不

敢愓息。善曰：漢書曰：漢不復出兵擊匈奴三年，武帝崩。前此者，漢兵深入窮邊二十餘年，匈奴極苦之。單于常欲和親。賈逵國語注曰：愓，疾也。說文曰：息，喘也。夫天兵四臨，幽都先加。善曰：天兵，言兵威之盛如天也。尚書曰：宅朔方，曰幽都。迴戈邪指，南越相夷。善曰：漢書曰：南越王胡上書曰：今東越擅興兵侵臣。天子爲興師往討閩越。閩越王弟餘善殺郢以降。廣雅曰：夷，滅也。靡節西征，羌僰東馳。服虔曰：僰，夷名也。善曰：漢書音義曰：節，所杖信節也。僰，蒲比切。是以遐方疏俗，殊鄰絕黨之域，善曰：絕，遠也。自上仁所不化，茂德所不綏，善曰：尚書曰：有夏先后，方楙厥德。莫不蹻足抗首，請獻厥珍。服虔曰：蹻，舉足也。音矯。使海內澹然，善曰：廣雅曰：澹，安也。徒濫切。永亡邊城之災，金革之患。善曰：史記士蔿曰：邊城少寇。禮記子夏曰：三年之喪，卒金革之事無避也。禮與？今朝廷純仁，遵道顯義，并包書林，聖風雲靡，英華沈浮，洋溢八區。善曰：英華，草木之美者，故以喻帝德焉。沈浮，言多也。禮斗威儀曰：帝者得其英華，王者得其根荄。八區，八方之區也。普天所覆，莫不沾濡。善曰：禮記曰：天之所覆。難蜀父老曰：羣生霑濡矣。士有不談王道者，則樵夫笑之。意者以爲事罔隆而不殺，物靡盛而不虧，善曰：廣雅曰：意，疑也。鄭玄周禮注曰：殺，減也。文子曰：物盛則衰。故平不肆險，安不忘危。服虔曰：肆，弃也。顏監云：肆，放也。不放心於險也。善曰：孫卿子曰：平則慮險，安則慮危。廼時以有年出兵，整輿竦戎，善曰：言時不常也。穀梁傳曰：有年，五穀皆熟爲有年。方言曰：西秦之閒相勸曰聳。竦與聳古字通。振師五柞，習馬長楊，善曰：杜預左氏傳注曰：振，整也。盩厔有五柞宮也。柞音作。簡力狡獸，校武票禽。善曰：爾雅曰：簡，擇也。賈逵國語注曰：簡，習也。廣雅曰：狡，健也。賈逵國語注曰：校，考也。票禽，輕疾之禽也。匹妙切。廼萃然登南山，瞰烏弋，晉灼曰：萃，集也。服虔曰：三十六國，烏弋最在西。西域傳曰：去長安萬二千二百里，其地暑熱莽平，近日所入。善曰：廣雅曰：瞰，視也。西厭月蜎，東震日域。服虔曰：蜎音窟，月所生也。善曰：何休公羊傳注曰：厭，服也。爾雅曰：震，懼也。日域，日出之域也。厭，一涉切。又恐後代迷於一時之事，常以此爲國家之大務，淫荒田獵，陵夷而不禦也。顏監曰：禦，止也。善曰：漢書張釋之曰：秦陵夷至于二世，天下土崩。韓詩曰：無矢我陵。薛君章句曰：四平曰陵。爾雅曰：禦，禁也。是以車不安軔，日未靡旃，從者彷彿，骫屬而還。韋昭曰：不暇稅駕支車也。張晏曰：從者彷彿委釋而迴旋。善曰：王逸楚辭注曰：軔，支輪木。日未靡旃，言日未移旌旗之影也。委屬而還，謂委釋其事，連屬而迴還也。張以釋爲委。軔，如振切。彷彿或作髣髴。骫，古委字也。屬，之欲切。亦所以奉太尊之烈，遵文武之度，善曰：太尊，高祖也。爾雅曰：烈，業也。復三王之田，反五帝之虞。善曰：三王之田，文王三驅是也。已見上文。尚書帝曰：益，汝作朕虞。使農不輟耰，工不下機，韋昭曰：耰，所以覆種，音憂。顏監曰：摩田器也。晉灼云：以耒推塊曰耰。善曰：工，女功也。漢書酈食其曰：農夫釋耒，工女下機。婚姻以時，男女莫違。善曰：毛詩序曰：婚姻失時，男女多違也。出凱弟，行簡易，善曰：毛詩曰：愷悌君子，人之父母。周易曰：乾以易知，坤以簡能。易則易知，簡則易從。易簡而天下之理得矣。矜劬勞，休力役，善曰：毛萇詩傳曰：矜，憐也。毛詩曰：之子于征，劬勞于野。孫卿子曰：罕興力役，無奪農時。見百年，存孤弱，善曰：禮記曰：百年者就見之。說文曰：存，恤問也。春秋說題辭曰：存恤幼孤。帥與之同苦樂。然後陳鐘鼓之樂，鳴鞀磬之和，建碣磍之虡，孟康曰：碣磍之簴，刻猛獸爲之，故其形碣磍而盛怒也。善曰：鄭玄禮記注曰：鞀如鼓而小，有柄，賓至搖之以奏樂。碣，一轄切。磍音轄。鞀，徒刀切。拮隔鳴球，掉八列之舞，韋昭曰：拮，擽也。鳴球，玉磬也。古文隔爲擊。善曰：賈逵國語注曰：掉，搖也。八列，八佾也。拮，居黠切。球音求。掉，徒釣切。酌允鑠，肴樂胥，張揖曰：允，信也。鑠，美也。言酌信美以當酒，帥禮樂以爲肴。善曰：毛詩曰：允矣君子，展也大成。又曰：於鑠王師。又曰君子樂胥聽廟中之雍雍受神人之福祜善曰毛詩曰雝雝在宮肅肅在廟又曰受天之祜爾雅曰祜福也音怙歌投頌吹合雅服虔曰聲之相投也其勤若此故真神之所勞也張揖曰詩云愷弟君子神所勞矣方將俟元符晉灼曰元符大瑞也以禪梁甫之基增泰山之高史記管子曰古者禪梁父善曰難蜀父老曰增太山之封加梁甫之事延光于將來比榮乎往號張晏曰往號三五也善曰李軌法言注曰五帝三王延光至今不絕也豈徒欲淫覽浮觀馳騁秔稻之地周流梨栗之林蹂踐芻蕘誇詡衆庶盛狖玃之收多麋鹿之獲哉善曰孔安國尚書傳曰浮過也說文曰秔稻屬也聲類以爲秔不黏稻也漢書東方朔曰涇渭之南又有秔稻梨栗之饒芻馬草也禮記曰蹴路馬芻說文曰蕘草薪也毛萇詩傳曰詡大也且盲者不見咫尺而離婁燭千里之隅善曰莊子南榮趎曰盲者不能自見賈逵國語注曰八寸

曰咫孟子曰離婁之明趙岐曰古之明目者也蓋黃帝時人趎音樞客徒愛胡人之獲我禽獸曾不知我亦已獲其王侯善曰說文曰鄙辭之舒也言未卒墨客降席再拜稽首曰大哉體乎允非小人之所能及也善曰躰猶法也迺今日發矇廓然已昭矣善曰禮記曰昭然若發蒙矣矇與蒙古字通廓除貌

射雉賦

潘安仁善曰射雉賦序曰余徙家于琅邪其俗實善射聊以講肄之餘暇而習媒翳之事遂樂而賦之也

徐爰注媒者少養雉子至長狎人能招引野雉因名曰媒翳者所隱以射者也晋邦過江斯藝乃廢歷代迄今寡能厥事甞覽茲賦昧而莫曉聊記所聞以備遺志

涉青林以游覽兮樂羽族之羣飛樂羽翮之類或羣或飛飲啄恣性也善曰七發曰游涉乎雲林薛君韓詩章句曰青靜也鸚鵡賦曰羽族之可貴者聿采毛之英麗兮有五色之名翬聿述也述序羽族之中采飾英麗莫過翬也翬雉也伊洛以南素質五采皆備成章曰翬英者雄果之目名者聲聞之稱也一本聿作偉善曰翬見爾雅厲耿介之專心兮奓雄豔之姱姿厲嚴整也耿介專一也奓豐也姱好也美色曰豔言雉嚴整其不羣之性奮揚其雄豔之貌見敵必戰不容他雜此之謂英麗也奓赤氏切姱苦瓜切善曰薛君韓詩章句曰雉耿介之鳥也巡丘陵以經略兮畫墳衍而分畿巡行也言周行丘陵因其墳衍以爲疆界分而護之不相侵越也青幽之間土高且大者通之曰墳雉一界之內要以一雉爲主餘者雖衆莫敢鳴鴝也此以上言雉之形性也善曰左傳楚無宇曰天子經略廣雅曰巡略行也孔安國尚書傳曰分其圻界圻與畿

同於時青陽告謝朱明肇授時四月也善曰爾雅曰春爲青陽夏爲朱明楚辭曰青春受謝王逸曰謝去也靡木不滋無草不茂草木具榮初莖蔚其曜新陳柯槭以改舊蔚然初生之莖曜其新暉槭然陳宿之柯變其舊色言新舊咸茂也槭彫柯貌也所臈切天泱泱以垂雲泉涓涓而吐溜涓涓清新之色泱音英涓古玄切善曰毛詩曰英英白雲毛萇曰英英白雲貌泱與英古字通家語金人銘曰涓涓不壅終爲江河溜水流貌也麥漸漸以擢芒雉鷕鷕而朝鴝漸漸含秀之貌也微子曰麥秀漸漸鷕鷕雉聲也又云雉之朝鴝尚求其雌雉不得言鴝顏延年以潘爲誤用也案詩有鷕雉鳴則云求牡及其朝鴝則云求雌今云鷕鷕朝鴝者互文以舉雄雌皆鳴也此以上序節物氣候雉可射之時也鷕以少切眄箱籠以揭驕睨驍媒之變態揭驕志意肆也箱籠竹器盛媒者也凡竹器箱方而宻籠圓而疎盛媒器籠形者養鳥宜圓也箱密者不欲令見明也言感辰景之韶淑樂山梁之榮茂悟羣雉之奮逸

思騁藝之肆志。顧視箱籠。詳察驍媒。恣睢揭驕。意願得也。楚辭揭驕字作桔矯。揭，居桀切。睍音詣。善曰：楚辭曰：意恣睢以拮矯。王逸曰：縱心肆志，所意願高也。奮勁骹以角槎，瞵悍目以旁睞。骹，脛也。角，邪也。槎，斫也。悍，戾也。瞵，視貌。睞，視也。奮其堅勁之脛，以利距邪斫；瞵其剛戾之目，以旁視其敵也。骹，苦交切。槎，千荷切。瞵，力新切。睞，力代切。善曰：曹植鬬雞詩曰：悍目發朱光。鸎綺翼而赬撾，灼繡頸而袞背。鸎，文章貌也。詩云：有鸎其羽。翼如綺文。赬，則赤也。撾，肶也。灼，盛貌也。頸毛如繡，背如袞章，言五采備也。赬，勑呈切。撾，都瓜切。善曰：肶音陛。鬱軒翥以餘怒，思長鳴以效能。鬱，暴怒也。軒，起望也。方言云：翥，舉也。鬱然暴怒軒舉，長鳴思見野敵，效其才能也。此以上言媒之形勢。能，怒代切。爾乃擊場柱翳，停僮葱翠。擊者，開除之名也。今傖人通有此語。射者聞有雉聲，便除地爲場，柱翳於草。停僮，翳貌也。葱翠，翳色也。擊，步何切。柱，株庚切。善曰：廣雅曰：擊，除也。綠柏參差，文翮鱗次，蕭森繁茂，婉轉輕利。翳上加木枝，衣之以葉。上則蕭森，下則繁茂，而實綢繆輕利也。婉轉，綢繆之稱。

衷料戾以徹鑒，表厭躡以密緻。料戾，小而徹也。厭躡，重而密也。翳外觀密緻，與草木無別；內視洞徹，多所覩見也。此以上序翳之形飾。厭，於輒切。恐吾游之晏起，慮原禽之罕至。游，雉媒名。江淮間謂之游。游者，言可與游也。言既芟場柱翳，又恐媒起不早，野雉希至。原禽，雉也。雉不處下濕，故曰原禽也。甘疲心於企想，分倦目以寓視。企想雉出，專視草際，心爲之疲，目爲之倦也。此以上言柱翳之後，遲獲之意也。善曰：說文曰：企，舉踵也。左氏傳楚子王曰：得臣與寓目焉。杜預曰：寓，寄也。何調翰之喬桀，邈疇類而殊才。調翰，謂媒也。媒性調良，故謂調翰。喬桀，俊逸也。言邈絕疇類，殊異才氣也。善曰：何，疑問之辭也。候扇舉而清叫，野聞聲而應媒。扇，布也，形如手巾。叫，鳴也。將欲媒雊，振布令有聲，媒便清叫，野雉聞即應而出也。褰微罟以長眺，已踉蹡而徐來。褰，開也。罟，網也。古者當以細網掩翳窻，上視外處，其制未聞也。今則以板矣。言聞野雉應媒之聲，知其必出，開翳戶長視，已見踉蹡徐來也。踉蹡，乍行乍止，不迗疾之貌也。善曰：踉蹡，欲行也。廣雅曰：蹡，走也。踉音亮。蹡，七亮切。摛朱冠之赩赫，敷藻翰之陪鰓。赩赫，赤色貌。陪鰓，奮怒之貌也。善曰：廣雅曰：摛，舒也。藻翰，有華藻也。摛，勑知切。赩，許力切。首葯綠素，身拕黼繪。方言曰：葯，纏也。猶纏裹也。言雉首綠色，頸葯素也。黼，繡也。繪，畫文也。身采如繪也。葯，烏角切。青鞦莎靡，丹臆蘭綷。鞦，夾尾間也。莎，草名。楚辭曰：青莎雜樹。則莎色青也。言雉尾間青毛如莎草之靡也。臆，膺也。膺色如秋蘭之色也。綷，同也。宋衛之間謂混爲綷也。鞦音秋。善曰：小雅曰：雜采曰綷。音最。或蹶或啄，時行時止。皆得意之形容也。善曰：賈逵曰：蹶，走也。鄭玄曰：蹶，行遽貌。字林曰：啄，鳥食也。莊子曰：澤雉十步一啄，百步一飲也。蹶，居衛切。周易曰：時止則止，時行則行。廣雅曰：蹶，蹼跳。班尾揚翹，雙角特起。雄壯之勢也。此以上言野雉之狀貌也。善曰：說文曰：翹，尾之長毛也。良遊呃喔，引之規裏。良遊，媒也。言媒呃喔其聲，誘引令入可射之規內也。呃，於隔切。喔，於角切。應叱愕立，擢身

竦峙。峙，立也。既入可射之內，來迅不止，因便叱之。雉聞叱即驚，竦身而立者也。善曰：杜子春周禮注曰：愕，驚也。捧黃間以密彀，屬剛罫以潛擬。捧，舉也。黃間，弩名也。張衡云：黃間機張，一名黃肩。善曰：說文曰：彀，張弓弩也。屬，謂注矢於弦也。剛罫，弩矢鏃也，以鐵爲之，形如十字，各長三寸，方似罔罫，故曰罫焉。罫，古買切。挂同。倒禽紛以迸落，機聲振而未已。射應也。禽被箭躍起而反落，弩聲猶未歇，言其矢來疾也。山鷩悍害，姦迅已甚。鷩雉似山雞而小，冠背毛黃，腹下赤，項綠色，其性悍戾憨害，飛走如風之猋也。爾雅曰：扶搖謂之猋。猋，謂暴風從下上也。善曰：字書曰：憨，愚也。呼甘切。越壑凌岑，飛鳴薄廩。鷩性悍憨，聞媒聲便越澗凌岑，且飛且鳴，逕來翳前也。廩，翳中盛飲食處，今俗呼翳名曰倉也。善曰：薄，至也。方言曰：憨，惡也。稗列切。鯨牙低鏃，心平望審。鯨當作擎。擎，舉也。舉弩牙，低矢鏑，以射之。善曰：禮記曰：心平體正，持弓矢審固也。毛體摧落，霍若碎錦。雉當不止，於飛中射之，毛體披散，如錦之分碎也。逸群之儁，擅場挾兩。

逸翬雋異之雉，不但欲擅一場而已，又挾兩雌也。善曰：西京賦曰：秦政利觜長距，終得擅場。說文曰：擅，專也。

櫟雌妬異，倏來忽往。○櫟，擊搏也。聞他雉鳴，擊搏其雌，倏忽往來，無時蹔止也。善曰：楚辭曰：荷衣兮蕙帶，倏而來兮忽而逝。六韜曰：倏然而往，忽然而來。

忌上風之餮切，畏映日之儻朗。○餮切，微動之聲。儻朗，不明之狀。言其忌聲而畏光也。餮音鐵。

屏發布而累息，○徒心煩而技懩。○屏除其布，不敢散氣，意者恐微有所聞，便驚而逝。既無由使媒鳴，欲射則紛紜不定，空心煩而技懩。有伎藝欲逞曰技懩也。音養。善曰：難蜀父老曰：心煩於慮。應劭風俗通曰：高漸離變姓易名，庸保於宋子之家，久作苦，聞其家堂客擊筑，伎養不能毋出言也。

伊義鳥之應敵，○啾擭地以厲響。○義鳥，媒也。為人致敵，故名曰義媒。見野雉紛紜，難中啾然擭地而鳴，引令來鬭。埤蒼曰：擭，地爪持也。三蒼曰：啾，聲也。

彼聆音而逕進，○忽交距以接壤。○彼野雉聞媒聲，便逕來鬭，交距蹶地，土壤相接。善曰：廣雅曰：壤，塵也。

彤盈窻以美發，○紛首頹而臆仰。○彤，赤也。盈，滿也。言其光彩滿當於窻，美取其意而發矢。又曰：既與媒戰，形當翳窻，發弩極美，正射其頸，首頹向後，臆仰却斃也。

或乃崇墳夷靡，○農不易壠。○墳，大防，今呼為墖也。夷，靡也。頹，弛也。易，脩也。農不脩壠，此言田塘荒廢也。善曰：毛詩曰：禾易長畝。

稊菽藂糅，蘙薈菶茸。○稊，稗類也。菽，豆也，謂勞豆之屬，野生也。田既荒廢，雜草繁茂，蘙薈菶茸，深概貌。菶，蒲動切。茸，如隴切。善曰：孫子兵法曰：林木翳薈。西京賦曰：苯䔿菶茸。

鳴雄振羽，○依于其冢。○冢，山巔也。爾雅曰：山頂曰冢。言野之雄雉振其羽翼，鳴鴝高墳之上。善曰：毛詩曰：莎雞振羽。

擱降丘以馳敵，○雖形隱而草動。○擱，疾貌也。言雉鴝於高丘之頂，擱然降下向敵，不見其形而見草動也。擱，一本或作擱。擱，尸豔切。擱，而專切。善曰：尚書：是降丘宅土。

瞻挺㯇之傾掉，○意淰躍以振踊。○挺㯇，草莖也。掉，動也。覘草莖傾動，奧雉將出，意淰躍踊逸也。善曰：淰，失冉切。躍，失藥切。

瞰出苗以入場，○愈情駭而神悚。○瞰，漸出貌也。楚辭曰：瞰將出兮東方。向覘草動，奧雉當至，瞰然而出，果其所願，情神愈驚動。

望黶黨合而翳皛，○雉脥肩而旋踵。○言雉出苗，望諸處黶然闇合，唯翳皛然獨顯，仍斂翼旋反也。人斂身謂之脥肩。黶，烏簞切。善曰：說文曰：皛，顯也。漢書公孫玃曰：脅肩低首。呂氏春秋管仲曰：車不結軌，士不旋踵。皛，胡了切。脥，許結切。

儆余志之精銳，○擬青顱而點項。○雉既反歸，乃從後射，正中項也。顱，頭也。儆音欣。

亦有目不步體，○邪眺旁剔。○目不步體，視與體違也。邪眺旁剔，視瞻不正，常驚惕也。善曰：國語單襄公曰：晉侯目不在體，而足不步目。說文曰：惕，驚也。剔與惕古字通。

靡聞而驚，○無見自鷩。○鷩音脉，字亦從脉。方言云：脉，俗謂黠為鬼脉。言雉性驚鬼黠。

周環回復，○繚繞磐辟。○皆回從往復不正之貌也。善曰：漢書曰：何武所舉者，磐辟雅拜。

戾翳旋把，○縈隨所歷。○戾，轉也。把，翳內所執處也。言轉翳回旋，隨雉所趣，取其便也。善曰：戾，力結切。

彳亍中輟，○馥焉中鏑。○彳亍，止貌也。輟，止也。鏑，矢鏃也。馥，中鏃聲也。彳，丑亦切。亍，丑錄切。馥，被逼切。善曰：今本並云彳亍中輟。張衡舞賦曰：蹇兮宕往，彳兮中輟。以文勢言之，徐氏誤也。

前剔重膺，○傍截疊翮。○正橫射也。剔，割也。前割重膺，傍斷兩翮也。剔，魯跌切。

若夫多疑少決，○膽劣心狷。○雉性怯而多疑，膽劣而心戾者。善曰：說文曰：狷，急也。古縣切。

內無固守，○出不交戰。○內，心也。固，堅也。心無堅守，外無鬭意也。善曰：管子曰：民無恥，外不可以應敵，內不可以固守。賈逵國語注曰：交，共也。

來若處子，○去如激電。○處子，處女也。莊周云：藐姑射之山，有神人居，綽約若處子。來若處女之畏人，去若激電之迅疾也。善曰：司馬兵法曰：始如處女。荅賓戲曰：風颺電激。

闚閃藹蘗，○幎歷乍見。○藹，麥稍也。謂在麥田中藹蘗閒，闚閃於外，乍見乍隱，不敢出場也。閃，丑占切。善曰：藹與稍並同，古歹切。幎音覓。

於是筭分銖，○商遠邇。○分銖，弩牙後刻畫，定矢所至遠近之處也。雉既不出，將就草射之，故計其分銖，商其遠近也。

揆懸刀，○騁絕技。○懸刀，弩牙後刀也，一名機。揆，度也。筭，量可發而發，故言騁絕技也。善曰：釋名曰：弩牙外曰郭，下曰懸刀，其形然也。西京賦曰：妙材騁伎。薛君韓詩章句曰：騁，施也。

如轒如軒，○不

高不埤言至平也善曰毛詩曰如輊如軒輊與輖同鄭彡周禮注曰埤短也埤與庳古字通輖竹二切埤貧美切當味值胷裂膆破觜射面也膆喉受食處也觜喙也裂喉破喙也字書曰味鳥口也味竹秀切膆音素夷險殊地馴麤異變地有平險之殊雉有馴麤之異隨變而應晏不暇食夕不告勌言樂之者忘飢倦也昔賈氏之如皐始解顏於一箭善曰左氏傳曰昔賈大夫惡取妻三年不言不笑御以如皐射雉獲之其妻始笑始言列子曰列子師老商氏五年之後夫子始一解顏而笑也醜夫爲之改貌憾妻爲之釋怨妻所以愁恨者怨其夫之醜也今見獲雉而言笑則是斯藝能使醜夫變貌恨妻釋忿者也憾胡闇切彼遊田之致獲咸乘危以馳騖騖疾也田獵也言遊獵馳車騁馬飛鷹走犬陵山越澗常乘危險也何斯藝之安逸羌禽從其己豫善曰言斯藝極安從禽最逸豫言禽來就己故豫不勞清道而行擇地而住人多則雉驚故僻除人從清道而行擇善地而住爲場也善曰司馬相如上䟽曰清道而後行班固漢書贊曰馮參鞠躬履方擇地而行尾飾鑣而在服肉登俎而永御豈唯皁隸此焉君舉舉音據善曰說文曰鑣馬銜也董巴輿服志曰馬並以黃金爲义髦插以翟尾先多用雉尾周禮王后六服有褕翟闕翟儀禮上大夫庶羞有雉兔鶉鴽左氏傳臧僖伯曰鳥獸之肉不登於俎則公不射若夫山林川澤之實皁隸之事非君所及又曹劌曰君舉必書若乃耽槃流遁放心不移槃樂也善曰東京賦曰若乃流遁忘返於心不覺也忘其身恤司其雄雌恤憂也司主也善曰左氏傳虞人箴曰忘其國恤思其麀牡樂而無節端操或虧善曰東京賦曰樂而無節楚辭曰內惟省以端操此則老氏所誡君子不爲老子曰馳騁畋獵令人心發狂善曰歸田賦曰感老氏之遺誡孫卿子曰此小人之所務而君子之所以不爲也

紀行

北征賦流別論曰更始時班彪避難涼州發長安至安定作北征賦也

班叔皮漢書曰班彪字叔皮扶風安陵人也性好莊老祖況成帝時爲越騎校尉父稚哀帝時爲廣平太守彪年二十遭王莽敗劉聖公立未定乃去京師往天水郡歸隗囂囂時據隴擁衆囂不禮彪彪後知囂必敗乃避地於河西就大將軍竇融融歸光武光武問融曰比來文章所奏誰作荅云班彪也融知彪有才舉茂才爲徐令卒亦爲望都長

余遭世之顛覆兮罹填塞之阨災毛詩序曰閔周室之顛覆孔安國尚書傳曰罹被也王道不通故曰填塞廣雅曰填塞也王逸楚辭注曰險阨傾危也舊室滅以丘墟兮曾不得乎少留呂氏春秋燭過曰子胥諫而不聽故吳爲丘墟楚辭曰欲少留此靈瑣遂奮袂以北征兮超絕迹而遠遊淮南子曰奮袂執銳莊子曰絕迹易廣雅曰絕滅也楚辭曰願輕舉而遠遊朝發軔於長都兮夕宿瓠谷之玄宮楚辭曰朝發軔於天津兮夕余至乎西極長都長安也晉灼漢書注曰有宮觀故稱都楚辭曰夕宿兮帝郊爾雅曰周有焦穫郭璞曰音護今扶風池陽縣瓠中是也按瓠谷玄宮皆地名在長安西羽獵賦曰處於玄宮歷雲門而反顧望通天之崇崇雲陽古縣在池陽西北屬右扶風雲門即雲陽縣門也漢書左馮翊有雲陽縣楚辭曰忽反顧而遊目通天臺名已見上文乘陵崗以登降息郇邠之邑鄉漢書右扶風栒縣有豳鄉詩豳國公劉所治邑也栒與郇同豳與邠同應劭曰左傳云畢原豐郇文之昭也郇侯賈伯伐晉是也臣瓚曰按汲郡古文晉武公滅郇以賜大夫原黯是爲郇叔又云文公城郇然則當在晉之境內不得在右扶風之界也今河東有郇城即古郇國也廣雅曰乘陵也爾雅曰大阜曰陵郇音荀邠與豳同方旻切慕公劉之遺德及行葦之不傷尚書曰公劉克篤前烈孔安國曰公爵劉名也莊子盜跖曰此父母之遺德也毛詩序曰行葦忠厚也詩曰敦彼行葦牛羊勿

踐履彼何生之優渥我獨罹此百殃毛詩曰既優既渥鄭玄禮記注曰殃禍惡
也毛詩曰我生之後逢此百殃故時會之變化兮非天命之靡常故時會者
言此乃時君不能修德致之故使傾覆非天命無常也時亦世也言人吉凶乃時會之變化豈天之命無常乎爾
雅曰時會也毛詩曰侯服于周天命靡常天命上天之命也登赤須之長坂入義渠
之舊城赤須坂在北地郡義渠城名在北地王莽改爲義溝鄽善長水經注曰赤須水出赤須谷西南
流注羅水然坂因水以得名也漢書北地郡有義渠道忿戎王之淫狡穢宣后之
失貞嘉秦昭之討賊赫斯怒以北征史記秦本紀曰昭襄王母楚人姓芈
氏號宣太后秦昭王時義渠戎王與宣太后亂有二子宣太后詐而殺義渠戎王於甘泉遂起兵伐滅義渠而
得其地杜預左氏傳注曰狡猾也赫怒已見上注紛吾去此舊都兮騑遲遲以
歷茲杜預左氏傳注曰紛亂也謂心緒亂也楚辭曰紛吾乘兮玄雲舊都北地郡也說文曰驂傍馬也毛

六、八十五　文九　十六　乙丑重刊　熊才

詩曰行道遲遲楚辭曰喟憑心而歷茲遂舒節以遠逝兮指安定以爲期舒節
將行舒其志節也淮南子曰縱志舒節以馳大區漢書安定郡武帝元鼎三年置在涇渭之間去長安三百五
十里涉長路之緜緜兮遠紆回以樛流毛萇詩傳曰緜緜長不絕貌也劉歆
遂初賦曰路脩遠而緜緜說文曰紆屈也樛流曲折貌也樛音糾過泥陽而太息兮悲
祖廟之不脩漢書北地郡有泥陽縣漢書曰班壹始皇之末避地於樓煩故泥陽有班氏之廟也
泥奴雞切釋余馬於彭陽兮且弭節而自思孝武帝傷李夫賦曰釋余馬於
椒丘楚辭曰步余馬於蘭皐漢書安定郡有彭陽即今彭原是也楚辭曰吾令羲和弭節兮司馬彪上林賦注
曰弭節安志也日晻晻其將暮兮覩牛羊之下來楚辭曰日晻晻
下而頹說文曰晻不明也於感切毛詩云日之夕矣牛羊下來君子行役如之何勿思寤曠怨之
傷情兮哀詩人之歎時思君子爲怨曠嗟行役爲歎時毛詩序曰大夫久役男女怨曠

廣雅曰歎傷也越安定以容與兮遵長城之漫漫楚辭曰遵赤水而容與又
曰路曼曼其脩遠漫與曼古字通劇蒙公之疲民兮爲彊秦乎築怨
說文曰劇甚也史記曰蒙恬齊人也爲秦將拜爲內史秦使蒙恬築長城劉歆遂初賦曰劇彊秦之暴虐兮
舍高亥之切憂兮事蠻狄之遼患不耀德以綏遠顧厚
固而繕藩言不光耀道德以綏遠方反爲厚固繕藩而已廣雅曰切近也史記曰周穆王將征犬戎
祭公謀父諫曰不可昔我先王耀德不觀兵杜預左氏傳注曰繕脩也首身分而不寤兮
猶數功而辭愆何夫子之妄說兮孰云地脉而生殘史記
曰趙高者諸疏遠屬也爲中車府令事公子胡亥始皇崩高得幸胡亥欲立爲太子太子已立遣使以罪賜蒙
恬死蒙恬喟然太息我何罪於天無過而死良久徐曰恬罪固當死矣起臨洮屬之遼東城壍萬餘里此其中
不能毋絕地脉哉乃恬之罪也吞藥自殺登鄣隧而遙望兮聊須臾以婆娑

文九　十七　乙丑重刊　壽

蒼頡篇曰障小城也漢書武帝謂狄山曰使居一障間說文曰隧塞上亭守烽火者也篆文從火古字通詞醉
切班固漢書贊曰不脩障隧其義並同隧或爲墜說文曰墜古文地字也須臾少時也楚辭曰何須臾而忘反
婆娑容與之貌也毛詩曰市也婆娑閔獯鬻之猾夏兮弔尉卬於朝那
史記文紀曰匈奴謀入邊爲寇攻朝那塞殺北地都尉卬徐廣曰姓孫尚書曰蠻夷猾夏漢書曰安定郡有朝
那縣姚察曰卬姓段從聖文之克讓兮不勞師而幣加惠父兄於
南越兮黜帝號於尉他聖文文帝也尚書曰允恭克讓幣加加之幣帛也史記文紀曰
南越王尉他自立爲武帝上召他兄弟以德報之他遂去帝稱臣又曰南越王尉他者真定人姓趙氏爲南海
尉然爲尉故曰尉他又云他秦時爲龍川令使南越王值秦亂遂不歸自立爲越王降几杖於藩
國兮折吳濞之逆邪史記曰吳王濞高帝兄劉仲之子也高祖立爲吳王孝文時稍失藩
臣之禮稱病不朝天子賜吳王几杖老不朝其謀亦益不解也惟太宗之蕩蕩兮豈曩

秦之所圖。言文帝知加幣以懷邊，豈如彊秦繕藩而禦
爲帝者。太宗之廟，尚書曰，王道蕩蕩。曩猶向時也。隮高平而周覽，望山谷之嵯
峨。漢書，安定有高平縣。高唐賦曰，周覽九土。野蕭條以莽蕩，迥千里而無
家。楚辭曰，山蕭條而無獸。爾雅曰，迥，遠也。劉歆遂初賦曰，迥百里而無家。風猋發以漂遙
兮，谷水灌以揚波。言水灌注且以揚波也。管子曰，山水之溝，命曰谷水。列女傳，津吏女歌曰，
水揚波兮杳冥冥。飛雲霧之杳杳，涉積雪之皚皚。楚辭曰，眴兮杳杳。王逸曰，
杳杳，深冥貌也。說文曰，皚皚，霜雪白之貌也。牛哀切。劉歆遂初賦曰，漂積雪之皚皚，涉凝露之隆霜。鴈
邕邕以羣翔兮，鵾雞鳴以嚌嚌。毛詩曰，雝雝鳴鴈。楚辭曰，鵾雞啁哳而悲鳴，嚌嚌衆
聲也。音嗒。遊子悲其故鄉，心愴悢以傷懷。漢書，高祖曰，遊子悲故鄉。廣雅曰，愴
愴悢悢，悲也。悢，力上切。毛詩曰，嘯歌傷懷。蒼頡篇曰，懷，抱也。撫長劒而慨息，泣漣落

文九　十八　陳

而霑衣。左氏傳曰，晉子朱怒，撫劒從之。說文曰，慨，太息也。周易曰，泣血漣如。古詩曰，淚下霑衣裳。攬
余涕以於邑兮，哀生民之多故。楚辭曰，思美人兮，攬涕而竚眙。又曰，氣於邑而
不可止。又曰，哀人生之長勤。國語，桓公問於史伯曰，王室多故。夫何陰曀之不陽兮，嗟
久失其平度。陰曀，喻昏亂也。楚辭曰，欲俟時而須臾，日陰曀其將暮。毛萇詩傳曰，陰而風曰曀。於
計切。諒時運之所爲兮，永伊鬱其誰愬。爾雅曰，諒，信也。宋衷春秋緯注
曰，五運，五行用事之運也。楚辭曰，獨鬱結其誰語。說文曰，愬，亦訴字。亂曰，夫子固窮，遊藝
文兮，樂以忘憂，惟聖賢兮。論語，子曰，君子固窮。又曰，遊於藝。又曰，樂以忘憂。
達人從事，有儀則兮，行止屈申，與時息兮。毛詩曰，我從事獨賢。莊子
曰，形體保神，各有儀則。周易曰，時止則止，時行則行，動靜不失其道，光明。家語，孔子曰，君子之行己也，可以屈
則屈，可以伸則伸。周易曰，天地盈虛，與時消息，是也。君子履信無不居兮，雖之蠻

貊何憂懼兮。周易曰，履信思乎順。論語曰，子張問行，子曰，言忠信，行篤敬，雖蠻貊之邦行矣。

東征賦　大家集曰，子穀爲陳留長，大家隨至官，作東征賦。流別論曰，發洛至陳留，述所經歷也。

曹大家　范曄後漢書曰，扶風曹世叔妻者，同郡班彪之女也，名昭，字惠姬，年十四，嫁世叔。和帝數召入宮，令皇后貴人師事焉，號曰大家。兄固修漢書，不終而死，大家續之。時馬融受業於大家。

惟永初之有七兮，余隨子乎東征。惟，是也。東觀漢記曰，和帝年號永初。時
孟春之吉日兮，撰良辰而將行。禮記曰，孟春之月，日在營室。鄭玄禮記注曰，撰，
猶擇也。楚辭曰，吉日兮良辰。毛萇詩傳曰，辰，時也。乃舉趾而升輿兮，夕予宿乎
偃師。左氏傳曰，鬭伯比曰，莫敖舉趾高。杜預注曰，趾，足也。漢書，河南郡有偃師縣，在洛陽東三十里。洛陽

文九　十九　乙丑重刊　定

故事云，帝嚳所都，後爲西亳，即古之亭。周秦之世爲偃師，盤庚所遷處也。易遂去故而就新
兮，志愴悢而懷悲。楚辭曰，愴怳懭悢兮，去故而就新。明發曙而不寐兮，
心遲遲而有違。毛詩曰，明發不寐。又曰，行道遲遲，中心有違。酌鐏酒以弛念
兮，喟抑情而自非。漢書，東方朔曰，銷憂者莫若酒。廣雅曰，弛，絕也。爾雅曰，念，思也。諒不
登櫟而椽蠡兮，得不陳力而相追。登櫟椽蠡，謂上古未有君臣，又無宮室，不
知火化之時也。言信不能同於上古登櫟而椽蠡，得不陳力就列而相追乎。禮記曰，昔者未有宮室，夏則居橧巢。韓子曰，上古之世，人民少而禽獸
衆，人不勝禽獸蟲蛇。聖人作，搆木爲巢，以羣居天下，號曰有巢氏。民食果蓏蚌蛤，腥臊惡臭，聖人作，鑽燧取火
以化腥臊，天下號曰燧人氏。鄭玄周禮注曰，椽，擊也。淮南子曰，古者人茹草飲水，食蠃蚌之肉。陳思王遷都賦
曰，覽乾元之兆域兮，本人物乎上世，紛混沌而未分，與禽獸乎無別，椽蠡蟄而食蹠，摭皮毛以自蔽。然陳思之
言蓋出於此也。尸子曰，卵生曰琢，胎生曰乳。琢與椽蠡與蠃古字通。蠡，力戈切。蟄，力兮切。蚌，蒲講切。論語，子謂

冉有曰周任有言陳力就列不能者止且從衆而就列兮聽天命之所歸
論語曰吾從衆就列已見上注墨子曰貧富治亂固有天命不可損益也遵通衢之大道兮
求捷徑欲從誰楚辭曰夫唯捷徑以窘步王逸曰徑邪道也乃遂往而徂逝
兮聊游目而遨魂楚辭曰忽反顧而游目韓詩曰聊樂我魂薛君曰魂神也歷七邑
而觀覽兮遭鞏縣之多艱史記曰秦莊襄王滅東西周徐廣曰周比亡之時凡
七縣河南洛陽穀城平陰偃師鞏緱氏漢書河南郡有鞏縣楚辭曰路脩遠以多艱鞏居勇切望河
洛之交流兮看成皐之旋門郭璞曰山海經注曰洛水東至河南鞏縣入河廣雅
曰交合也漢書河南郡有成皐縣旋門已見東京賦成皐縣今虎牢是也旣免脫於峻嶮兮
歷滎陽而過卷漢書河南郡有滎陽縣應劭曰卷故號國今號亭是也卷丘圓切食原
武之息足宿陽武之桑間漢書河南郡有原武縣陽武縣涉封丘而踐

路兮慕京師而竊歎漢書陳留郡有封丘縣應劭曰即春秋所謂敗狄於長丘史記曰紂
臨九侯西伯聞之竊歎也小人性之懷土兮自書傳而有焉論語子曰君子
懷德小人懷土孔安國曰懷安也遂進道而少前兮得平丘之北邊家語
曰孔子適齊驅而少前漢書陳留郡有平丘縣入匡郭而追遠兮念夫子之厄
勤彼衰亂之無道兮乃困畏乎聖人論語子畏於匡又曰愼終追遠史記
曰孔子將適陳過匡匡人聞之以爲魯之陽虎陽虎嘗暴於匡人匡人遂止孔子悵容與而久駐兮
忘日夕而將昏神女賦曰時容與以微動漢書門卒謂韓延壽曰明府久駐未出蒼頡篇曰駐
主也到長垣之境界兮察農野之居民漢書陳留郡有長垣縣也睹蒲城
之丘墟兮生荊棘之榛榛丘墟已見上文漢書伍被曰臣見宮中生荊棘惕覺寤而顧問兮想
子路之威神衞人嘉其勇義兮訖于今而稱云長門賦曰惕寤覺而無見

韓詩外傳曰周公無所顧問史記徐廣注曰長垣縣有匡城蒲鄉史記曰子路爲蒲邑大夫論語子曰君子有
勇而無義爲亂又曰民到于今稱之稱或爲祠蘧氏在城之東南兮民亦尚其
丘墳蘧氏蘧瑗也陳留風俗傳曰長垣縣有蘧鄉有蘧伯玉冢廣雅曰墳高也春秋說題辭曰丘者墓也
唯令德爲不朽兮身旣沒而名存毛詩曰顯顯令德左氏傳穆叔曰太
上有立德此之謂不朽論語曰文王旣沒惟經典之所美兮貴道德與仁賢
老子曰莫不尊道而貴德尹文子曰親疏係乎勢利不係乎不肖與仁賢也吳札稱多君子兮
其言信而有徵左氏傳曰吳季札適衞說蘧瑗史狗史鰌公子荊公叔發公子朝曰衞多君
子未有患也又叔向曰君子之言信而有徵後衰微而遭患兮遂陵遲而
不興史記衞世家曰成侯貶號曰侯平侯子嗣君更貶號曰君朝魏魏殺懷君至君角秦二世廢爲庶人衞絕祀孫
卿子曰百仞之山而豎子憑而游焉陵遲故也今夫世之陵遲亦久矣而能使勿踰乎漢書劉向上書曰周室

多禍遂陵夷不能復興王肅家語注曰陵遲猶陂陀也知性命之在天由力行而
近仁論語子夏曰死生有命富貴在天家語孔子曰形於一謂之性王肅曰人各受陰陽剛柔之性故曰
形於一也命已見上文禮記子曰好學近乎知力行近乎仁勉仰高而蹈景兮盡
忠恕而與人毛詩曰高山仰止景行行止論語子貢問曰有一言而終身行之者乎子曰其恕乎
己所不欲勿施於人老子曰天道無親常與善人好正直而不回兮精誠通
於明神毛詩曰靖恭爾位好是正直神之聽之介爾景福又曰求福不回鄭玄曰不違先祖之道也文
子曰精誠通於形動氣於天庶靈祇之鑒照兮祐貞良而輔信楚辭曰招貞良
與明智亂曰君子之思必成文兮盍各言志慕古人兮楊子
法言曰君子言則成文動則成德論語曰顏淵季路侍子曰盍各言爾志先君行止則有作
兮雖其不敏敢不法兮先君謂彪也有作謂北征賦也論語顏淵曰回雖不敏請事斯

語矣貴賤貧富不可求兮正身履道以俟時兮論語子曰富而可求雖執鞭之士吾亦爲之如不可求從吾所好周易曰履道坦坦孫卿子曰君子博學深謀脩身端行以俟其時脩短之運愚智同兮靖恭委命唯吉凶兮靖恭已見上注鶡冠子曰縱軀委命敬慎無怠思嗛約兮清靜少欲師公綽兮毛詩曰敬慎威儀尚書曰無怠無荒周易曰人道惡盈而好謙嗛與謙音義同苦兼切封禪書曰上猶嗛讓而未俞也老子曰清淨爲天下正論語曰子路問成人子曰若公綽之不欲馬融曰孟公綽也

文選卷第九

賜進士出身通奉大夫江南蘇松常鎮太等處承宣布政使司布政使胡克家重校刊

文九　二十二

文選卷第十

梁昭明太子撰

文林郎守太子右內率府錄事參軍事崇賢館直學士臣李善注上

紀行下

潘安仁西征賦一首

西征賦

臧榮緒晉書曰岳爲長安令作西征賦述行歷論所經人物山水也

潘安仁岳滎陽中牟人晉惠元康二年岳爲長安令因行役之感而作此賦岳家在鞏縣東故言西征

歲次玄枵許喬月旅蕤賓丙丁統日乙未御辰岳傷弱子序曰元康二年五月余之長安以歷推之元康二年歲在壬子乙未五月十八日也爾雅曰太歲在子曰困敦左氏傳梓慎曰歲在星紀而淫於玄枵杜預曰歲歲星也玄枵在子虛危之次也然玄枵歲星所歷困敦太歲所次今論太歲而曰玄枵疑誤也鄭玄周禮注曰旅猶處也禮記曰仲夏之月律中蕤賓鄭玄曰中猶應也仲夏氣至則蕤賓律應也呂氏春秋曰仲夏其日丙丁高誘曰丙丁火日也然夏爲火德故以丙丁統夏也左氏傳云日月之會是謂辰故以配日杜預曰一歲日月十二會所會謂之辰配日謂子丑配甲乙也然其日值乙未也鄭玄禮記注曰御猶主也潘子憑軾西征自京徂秦潘子岳自謂也馮衍揚節賦曰馮子耕於酈山之阿憑軾已見魏都賦爾雅曰徂往也迺喟然歎曰古往今來邈矣悠哉寥廓惚怳化一氣而甄三才論語夫子喟然歎曰吾與點也寥廓惚怳未分之貌也鵩鳥賦曰寥廓忽荒列子曰太易者未見氣也易變而爲一又曰一者形變之始也輕清者上爲天重濁者下爲地中和之氣者爲人張湛曰所謂易者窈冥惚怳不可變也一氣恃之而作化故寄名變耳甄已見魏都賦易曰兼三才而兩之漢書音義曰陶人作瓦器謂之甄此三才者天地人道

文十　一　刘文

唯生與位謂之大寶周易曰天地之大德曰生聖人之大寶曰位生有脩短之命位有通塞之遇鬼神莫能要聖智弗能豫東征賦曰脩短之運愚智同通塞猶窮達也班固覽海賦曰運之脩短不豫期也當休明之盛世託菲薄之陋質左氏傳王孫滿曰德之休明楚辭曰質菲薄而無由馬融論語注曰菲薄也納旌弓於鉉台讚庶績於帝室臧榮緒晉書曰岳弱冠辟太尉府掾孟子曰夫招士以旍大夫以旌左氏傳陳敬仲曰詩云翹翹車乘招我以弓周易曰鼎金鉉鄭玄曰金鉉喻明道能舉君之官職也鄭玄尚書注曰鼎三公象也春秋漢含孳曰三公在天法三台也尚書曰庶績其凝應劭漢官儀曰帝室猶言王室者也嗟鄙夫之常累固既得而患失無柳季之直道佐士師而一黜臧榮緒晉書曰岳遷廷尉平爲公事免官論語子曰鄙夫不可與事君其未得之患得之既得之患失之又曰柳下惠爲士師三黜人曰子未可以去乎曰直道而事人焉往而不三黜

文十　二　乙卯重刊　王明

武皇忽其升遐八音遏於四海臧榮緒晉書武紀曰帝諱炎字世安崩謚曰武禮記曰天王崩告喪曰天王登遐尚書曰帝乃徂落三載四海遏密八音孔安國尚書傳曰遏絕密靜也天子寢於諒闇百官聽於冢宰臧榮緒晉書惠紀曰帝諱衷字正度武帝崩太子即皇帝位禮記曰高宗諒闇三年不言干寶晉紀曰楊駿爲太傅百官總己以聽於駿尚書曰百官總己以聽於冢宰彼負荷之殊重雖伊周其猶殆伊尹之相太甲致桐宮之師周旦之輔成王有流言之謗左氏傳曰子產曰其父析薪其子弗克負荷爾雅曰殆危也窺七貴於漢庭譸一姓之或在七姓謂呂霍上官趙丁傅王也庾亮表曰向使西京七族皆非姻黨從而悉全決不盡敗聲類曰譸亦疇字也爾雅曰疇誰也無危明以安位秪居逼以示專陷亂逆以受戮匪禍降之自天言無見危之明以安其位秪爲逼主以示已專也干寶晉紀曰駿被誅禮記曰明於順然後能守危鄭玄曰能守自危之道周易曰危者安其位者也毛詩曰亂匪降自天生自婦人孔隨時以行藏蘧與國而舒卷苟蔽微以繆章患過辟之未遠言孔蘧有知微知章之鑒故隨否泰而行藏與治亂而舒卷中庸之流苟蔽繆於斯術故患此過常之辟未遠其身也周易曰隨時之義大矣哉論語子謂顏淵曰用之則行舍之則藏唯我與爾有是夫又曰君子哉蘧伯玉邦有道則仕邦無道可卷而懷之周易注曰君子知微謂幽昧知章謂明顯也爾雅曰辟罪也未遠不離其身也辟匹亦切悟山潛之逸士卓長往而不反班固漢書贊曰山林之士往而不能反陋吾人之拘攣飄萍浮而蓬轉言已闕行藏之明而有蔽繆之累故悟山潛之爲是陋拘攣之寔非謝承後漢書鄭玄戒子書曰黃巾爲害萍浮南北東觀漢記太史官曰票駭蓬轉因遇際會寮位儡其隆替名節漼以隳落危素卵之累殼甚玄燕之巢幕心戰懼以兢悚如臨深而履薄說文曰儡壞敗之貌洛罪切漼亦壞貌七罪切累卵已見魏都賦左氏傳吳公子札曰夫

文十　三　乙卯重刊　王明

子在此猶燕巢幕上也杜預曰夫子孫文子也毛詩曰戰戰兢兢如臨深淵如履薄冰殼苦角切夕獲歸於都外宵未中而難作王隱晉書曰潘岳爲楊駿府主簿駿被誅日岳取急對人朱振代夷三族匪擇木以棲集尠林焚而鳥存擇木已見魏都賦爾雅曰尠寡也遭千載之嘉會皇合德於乾坤聖主得賢臣頌曰上下懽然交欣千載一會周易曰亨者嘉之會也乾坤天地也張超宣昰頌曰合量乾坤周易曰大人者與天地合其德弛秋霜之嚴威流春澤之渥恩韋昭漢書注曰弛廢也荀悅申鑒曰人主怒如秋霜漢書孫寶勑侯文曰今鷹隼始擊當從天氣取姦惡以成嚴霜之威古長歌行曰陽春布德澤萬物生光輝洞簫賦曰蒙聖主之渥恩甄大義以明責反初服於私門宋均尚書緯注曰甄表也楚辭曰進不入以離尤兮退將復脩吾初服戰國策蘇子說魏王曰破公家而成私門皇鑒揆余之忠誠俄命余以末班末班謂長安令也楚辭曰皇鑒揆余於初度何休公羊傳注曰俄者

須臾之間牧疲人於西夏攜老幼而入關周禮曰以嘉石平疲民㥷恩王述征
賦曰恨西夏之不綱戰國策曰薛人攜老幼迎孟嘗君道中丘去魯而顧歎季過沛
而涕零伊故鄉之可懷疚聖達之幽情韓詩外傳曰孔子去魯遲遲乎
其行也漢書曰上過沛留置酒沛宮乃起舞忼慨傷懷泣下數行謂沛父老曰遊子悲故鄉爾雅曰疚病也
賦曰幽情形而外揚矧匹夫之安土邈投身於鎬京爾雅曰矧況也漢書元帝
詔曰安土重遷黎人之性毛詩序曰王居鎬京猶犬馬之戀主竊託慕於闕庭
曹植責躬表曰不勝犬馬戀主之情東都賦曰闕庭神麗眷鞏洛而掩涕思纏緜
於墳塋鞏洛二縣名也河南郡圖經曰潘岳父冢鞏縣西南三十五里楚辭曰長太息以掩涕張升與
任彥堅書曰纏緜恩好庶蹈高蹤漢書音義如淳曰塋冢田也音營爾乃越平樂過街郵
秣馬皐門稅駕西周平樂館名也酈善長水經注曰梓澤西有一原古舊亭處即街郵也

石卷瀆口高三丈謂之皐門橋左氏傳曰秣馬利兵毛萇詩曰秣粟也韓子曰衛靈公至濮水之上稅馬而牧
法言曰仲尼之駕稅矣李軌曰稅舍也失銳切西周見下注解遠矣姬德興自高辛
思文后稷厥初生民率西水滸化流岐豳祚隆昌發舊
邦惟新左氏傳劉子曰美哉禹功明德遠矣史記曰帝嚳高辛者黃帝曾孫也姜嫄為帝嚳元妃生弃
號曰后稷別姓姬氏毛詩曰思文后稷克配彼天又曰厥初生人時維姜嫄又曰古公亶父來朝走馬率西水
滸至於岐下史記曰后稷之孫慶節立國於邠後古公為戎狄攻之遂去邠止於岐下公季卒子昌立曰文王
文王崩太子發立是為武王毛詩曰周雖舊邦其命惟新俈與嚳同邠與豳同旋牧野而歷茲
愈守柔以執競尚書曰武王與受戰于牧野茲此也謂此周也北征賦曰騁遲遲兮歷茲
老子曰守柔曰強毛詩曰執競武王無競維烈鄭玄曰競強也能材強道者惟有武王爾夜申旦而
不寐憂天保之未定楚辭曰獨申旦而不寐史記曰武王望商邑至于周自夜不寐

周公旦曰曷為不寐王曰我未定天保何暇寐也惟泰山其猶危祀八百而餘
慶言武王滅商雖有泰山之固尚以為危故能載祀八百猶有餘慶也郭璞爾雅注曰惟發語辭也戰國策呂
不韋曰周凡三十七王八百六十七年然今言八百舉全數也周易曰積善之家必有餘慶鑒亡王
之驕淫竄南巢以投命坐積薪以待然方指日而比盛
亡王謂桀也言武王居安而慮危而桀處險而逾泰也尚書曰成湯放桀於南巢范曄後漢書趙壹曰奚異涉
海之失柂坐積薪而待然尚書大傳曰伊尹入告於王曰大命之去有日矣王曰天之有日猶吾之有人日有
亡哉日亡吾亦亡鄭玄曰自比於天言常在也比於日言去復來也人度量之乖舛何相
越之遼迥人謂武王與桀也安危異情故曰乖舛也喻巴蜀檄曰人之度量相越豈不遠哉乖舛不
齊也爾雅曰迥遠也今協韻為呼瞑切考土中于斯邑成建都而營築既
定鼎于郟鄏遂鑽龜而啟繇尚書曰成王欲宅洛邑周公曰王來紹上帝自復于

土中毛詩曰考卜惟王鄭玄曰考稽也東都賦曰建都河洛左氏傳曰王孫滿曰成王定鼎於郟鄏卜世三
十卜年七百杜預左氏傳注曰繇卜兆辭也平失道而來遷緊二國而是祐
史記曰平王東遷于雒邑二國晉鄭也左氏傳桓公曰我周之東遷晉鄭焉依杜預左氏傳注曰緊語助也
豈時王之無僻賴先哲以長懋言周末之王豈無邪僻之行但賴前聖之德所
以長茂也左傳韓厥曰三代之令王皆數百年保天之祿夫豈無僻王賴前喆以免也漢書策詔曰大禹能亡
失德夏以長懋說文曰懋盛也望圉北之兩門感虢鄭之納惠討子頹
之樂禍尤闕西之效戾言鄭伯以子頹樂及徧舞為樂禍而討之既尤之矣及乎享王
闕西備樂是乃效其為戾也左氏傳曰初王姚嬖于莊王生子頹子頹有寵及惠王即位衛師燕師伐周立子
頹享五大夫樂及徧舞鄭伯聞之見虢叔曰寡人聞之哀樂失時殃咎必至今王子頹歌舞不倦樂禍也盍納
王乎虢公曰寡人之願也同伐王城鄭伯將王自圉門入虢叔自北門入殺子頹鄭伯享王于闕西辟樂備原

伯曰鄭伯効尤其亦將有咎包咸論語注曰尤過也爾雅曰戾罪也重戮帶以定襄弘大順以霸世左氏傳曰太叔帶以狄師伐周襄王出適鄭晉侯迎王王入于城取太叔於温殺之鄭玄毛詩箋曰弘廣也重晉文侯重耳靈壅川以止鬬晉演義以獻說國語曰靈王二十二年穀洛二水鬬欲毀王宮王欲壅之太子晉諫曰不可晉聞古之長人不墮山不防川今吾執政實有所辟而禍夫二川之神賈逵曰鬬者兩會似於鬬小雅曰演廣遠也咨景悼以迄丐政凌遲而彌季俾庶朝之構逆歷兩王而干位孔安國尚書傳曰咨嗟也左氏傳曰王子朝有寵於景王王崩子朝因舊官之喪職秩者以作亂單子逆悼王於莊宮以歸子朝奔京王子猛卒敬王即位王子朝入于尹劉子以王如劉王子朝入於王城單子如晉告急晉智躒帥師納王子朝奔楚王人殺子朝于楚杜預曰悼王子猛也敬王子猛母弟子丐也賈逵國語注曰子朝景王之長庶子也爾雅曰迄至也呼乞切丐音蓋毛詩序曰禮義凌遲左氏傳晏子曰此季世也毛詩曰我日構禍毛萇曰構成也

左氏傳衛彪傒曰魏子干位以令大事踰十葉以逮赧邦分崩而爲二竟橫噬於虎口輸文武之神器史記曰景王崩子悼王立崩弟敬王立崩子元王立崩子定王立崩子哀王立弟殺哀王自立爲思王弟殺思王自立爲考王崩子威烈王立崩子安王立崩子烈王立崩弟立爲顯王崩子慎靚王立崩子赧王立東西周分治王赧徙都西周初考王封其弟于河南桓公卒威公立卒子惠公立乃封其少子于鞏以奉王號東周惠公秦莊襄王滅東西周爾雅曰逮及也論語子曰邦分崩離析虎口喻秦也漢書曰秦二世拜叔孫通爲博士通出曰我幾不免虎口老子曰天下神器不可爲也爲者敗之澡孝水而濯纓嘉美名之在茲澡水經注作濟字林曰孝水在河南郡酈元曰在河南城西十餘里楚辭曰滄浪之水清可以濯吾纓毛萇詩傳曰濯滌也夭赤子於新安坎路側而瘞之亭有千秋之號子無七旬之期雖勉勵於延吳實潛慟乎余慈傷弱子序曰三月壬寅弱子生五月之長安壬寅次于新安之千秋亭甲辰而

弱子夭乙巳瘞于亭東廣雅曰夭折也書曰若保赤子字書曰瘞埋也猗例切禮記曰延陵季子適齊於其反也其長子死葬於嬴博之閒其坎深不至於泉列子曰魏有東門吳者子死而不憂其相室曰公之愛子也天下無有子死而不憂者何也東門吳曰吾嘗無子之時不憂今子死乃與向無子時同吾奚憂也戰國策以吳爲吾騁山川以懷古悵攬轡於中塗虐項氏之肆暴坑降卒之無辜激秦人以歸德成劉后之來蘇事回泬而好還卒宗滅而身屠東都賦曰慨長思而懷古楚辭曰攬騑轡而下節杜預左氏傳注曰肆極也史記曰章邯降項王秦吏卒多竊言曰今能入關破秦大善即不能秦必盡誅吾父母妻子諸將聞其計以告項羽於是楚軍夜擊坑秦卒二十餘萬新安城南後羽敗垓下至烏江自剄尚書曰后來其蘇韓詩曰謀猷回泬薛君曰回邪僻也老子曰其事好還經澠池而長想停余車而不進漢書弘農郡有澠池縣舞賦曰遠思長想秦虎狼之彊國趙侵弱之餘燼超入

險而高會杖命世之英藺戰國策楚王曰秦虎狼之國也左氏傳齊賓媚人曰請收合餘燼背城借一杜預曰燼火餘之木也高會已見吳都賦孟子曰五百年必有王者興其閒必有命世者廣雅曰命名也李陵書曰命世之才恥東瑟之偏鼓提西缶而接刃辱十城之虛壽奮咸陽以取雋史記曰趙王與秦王會於澠池秦王曰寡人聞趙王好音請奏瑟趙王鼓瑟相如前曰趙王竊聞秦王善爲秦聲請奏缶秦王怒不許相如曰請得以頸血濺大王矣左右欲刃相如相如叱之皆靡秦王不懌爲一擊缶秦之羣臣請以趙十五城爲秦王壽藺相如亦曰請以秦咸陽爲趙王壽秦王終不能加勝於趙爾雅曰盎謂之缶呂氏春秋曰兵不接刃而人人服化說文曰奄覆也取雋自取雄雋也出申威於河外何猛氣之咆勃入屈節於廉公若四體之無骨河外謂之澠池史記曰秦王使使告趙王爲好會於西河外澠池咆勃怒貌也史記曰廉頗曰我爲趙將有攻城野戰之功而藺相如徒以口舌爲勞而位居我上我見相如必辱之相如出

見廉頗引車避匿荀悅申鑒曰高祖申威於秦項宋玉
笛賦曰悲猛氣兮飄疾家語子夏曰今夫子欲屈節以
救父母之國論語丈人曰四體不
勤尸子曰徐偃王有筋而無骨也處智勇之淵偉方鄙
忝之忿悁雖改日而易歲無等級以寄言智勇相如也忿
悁廉頗也言
以相如之比廉頗雖以一日之促方一歲之永猶未足
以寄言言相去遠也史記繆賢曰臣舍人藺相如勇士有
智謀太史公曰其處智勇可謂兼之矣范睢後漢書陳
蕃曰鄙忝之萌復存乎心戰國策張儀曰秦忿悁含怒
之日
久也當光武之蒙塵致王誅于赤眉異奉辭以伐罪初
垂翅於回谿不尤眚以掩德終奮翼而高揮東觀漢記
曰馮異字
公孫拜爲征西將軍與赤眉相距上命諸將士屯澠池
爲赤眉所乘反走上回谿阪異復合兵追擊大破之殽
底璽書勞異曰垂翅回谿奮翼澠池左氏傳臧文仲曰
天子蒙塵于外東都賦曰天人致誅東觀漢記曰樊崇欲
與王莽戰恐其衆與莽兵亂乃皆朱其眉以相別識由
是號曰赤眉尚書曰奉辭伐罪左傳秦穆公曰吾不以一眚掩

大德西京賦曰遊鷁高翬薛
綜曰翬飛也揮與翬古字通建佐命之元勳振皇綱而
更維佐命已見西都賦苔賓戲曰廓帝紘
恢皇綱鄭玄周禮注曰維猶連結也登崤坂之威
夷仰崇嶺之嵯峨韓詩曰周道威夷薛君曰
威夷險也嵯峨已見上文皐記墳於
南陵文違風於北阿蹇哭孟以審敗襄墨縗以授戈曾
隻輪之不反繇三師以濟河左氏傳曰秦穆公召孟明
西乞白乙使出師襲鄭蹇
叔之子與師哭而送之曰晉人禦師必於殽殽有二陵
焉其南陵夏后皐之墓也其北陵文王之所避風雨也
必死是閒余收爾骨焉秦師還晉文公子墨縗經敗秦
師于殽獲百里孟明視西乞術白乙丙以歸文嬴請三
帥公許之杜預曰公未葬故襄公稱子公羊
傳曰晉人敗秦師于殽匹馬隻輪而無反者值庸主之
矜愎殆肆叔於朝市任好綽其餘裕獨引過以歸己
明三敗而不黜卒陵晉以雪恥豈虛名之可立良致

霸其有以言若值庸主矜而愎諫殆戮三帥陳之市朝而
賴任好綽然寬裕故直引過而歸諸己爾雅曰
庸常也鄭玄禮記注曰矜自尊大也左氏傳曰慶鄭曰愎諫違
卜杜預曰愎戾也論語子服景伯曰吾力猶能肆諸市朝鄭玄
曰陳其尸曰肆史記秦繆公曰任好孟子曰吾進退豈不綽綽然
有餘裕哉左氏傳曰秦伯不廢孟明曰孤之罪也又曰秦孟明
視伐晉晉侯禦之戰于彭衙秦師敗績又曰晉先且居伐秦取
汪彭衙而還以報彭衙之役斯三敗矣又曰秦伯伐晉取王官
及郊晉人不出封殽尸而還遂霸西戎用孟明也然止二敗言
三未詳史記秦穆公謂三將曰子其悉雪恥古詩曰虛名復何
益楚辭曰名不可以僞立毛詩曰何其久也必
有以也鄭玄曰必以有功德也卒或爲雜非也降曲崤而憐虢
託與國於亡虞貪誘賂以賣鄰不及臘而就拘垂棘反
於故府屈產服于晉輿德不建而民無援仲雍之祀忽
諸劉澄之地理書曰肴有純石或謂石肴如淳漢書注
曰相與友善爲與國與黨與也左氏傳曰晉荀息請
以屈產之乘垂棘之璧假道於虞以伐虢虞公許之宮
之奇曰虞不臘矣晉滅虢虢公醜奔京師還館於虞遂

襲虞滅之穀梁傳曰後晉舉虞荀息牽馬操璧而前曰
璧猶是馬齒加長矣燕丹子夏扶曰馬無服輿之伎則
未可與決良左氏傳曰臧文仲聞六與蓼滅曰皐陶庭
堅不祀忽諸德之不建人之無援哀哉杜預曰忽然而
亡也史記曰武王求仲雍之後得
虞仲封於周之北故夏墟之地我祖安陽言陟陜郛
行乎漫瀆之口憩乎曹陽之墟漢書弘農郡有陜縣酈
善長水經注曰橐水出
橐山北流出谷謂之漫澗與安陽溪水合又西經陜縣
故城南又合一水謂之瀆谷水漫澗水北有逆旅亭謂
之漫口客舍弘農郡圖經曰
曹陽桃林縣東十二里美哉邈乎茲土之舊也固乃
周邵之所分二南之所交麟趾信於關雎騶虞應乎鵲
巢公羊傳曰自陜以東周公主之自陜以西召公主之
毛詩序曰關雎麟趾之化王者之風也故繫之周公
鵲巢騶虞之德諸侯之風也故繫之
邵公周南邵南正始之道王化之基愍漢氏之剝亂朝
流亡以離析卓滔天以大漭劫宮廟而遷迹俾萬乘之

盛尊降遥思於征役顧請旋於傕汜既獲許而中惕追
皇駕而驟戰望玉輅而縱鏑魏志曰董卓字仲穎隴西人爲相國卓以山東豪傑
並起乃徙天子都長安燔燒洛陽宮室卓至西京呂布誅卓卓將李傕郭汜擅朝政傕質天子於營傕將楊奉
叛傕傕衆稍衰天子乃得出至新豐楊奉董承以天子還洛陽傕汜悔遣天子復相與追及天子於弘農之曹
陽大戰奉兵敗左氏傳子朝曰單旗劉狄剝亂天下毛詩曰民卒流亡離析已見上注孔安國尚書傳曰滌除
也左氏傳晉趙括謂楚曰寡君使羣臣遷大國之迹於鄭淮南子曰雖有盛尊之親萬乘已見上文痛百
寮之勤王咸畢力以致死分身首於鋒刃洞胷腋以流
矢有褰裳以投岸或攘袂以赴水傷桴檝之褊小撮舟
中而掬指華嶠後漢書曰李傕等大戰弘農百官士卒死者不可勝數董承率衆擊傕大破之乘輿
乃得進承先具舟船帝以絹挽而下餘人匍匐岸側或自投死范曄後漢書獻帝下登船諸不得渡者皆爭攀

船船上人刃擽其指舟中之指可掬左氏傳狐偃曰求諸侯莫如勤王東觀漢記太史曰忠臣畢力尉繚子曰
未有不能得其力而致其死北征賦曰首身分而不寤子虛賦曰洞胷達腋禮記曰流矢在白肉毛詩曰褰裳
涉洧又曰攘袂而興左氏傳曰晉中軍下軍爭舟舟中之指可掬升曲沃而惆悵惜兆
亂而兄替枝末大而本披都偶國而禍結左氏傳曰晉穆侯之夫人
姜氏以條之役生太子命之曰仇其弟以千畝之戰生命之曰成師師服曰今君命太子曰仇弟曰成師始兆
亂矣兄其替乎後封桓叔于曲沃師服曰吾聞國家之立也本大而末小是以能固天子建國諸侯立家今晉
甸侯也本既弱矣其能久乎後曲沃莊伯伐翼殺孝侯曲沃武公伐翼獲翼侯然孝侯翼侯仇之後也莊伯武公桓
叔成師之後也翼晉都也曲沃在河東聞喜縣酈善長水經注曰春秋晉侯使詹嘉守桃林之塞處此以備秦時
以曲沃之官守之故有曲沃之名然此曲沃在西因彼曲沃而得名今因名而說彼楚辭曰惆悵而私自憐爾
雅曰替廢也左氏傳申無宇曰末大必折漢書曰田蚡曰枝大於幹脛大於股不折必披或云枝本大而末披

左氏傳辛伯曰大都偶國亂之本也臧札飄其高厲委曹吳而成節何莊
武之無恥徒利開而義閉左氏傳曰吳子諸樊將立季札季札辭曰曹宣公之卒也
諸侯與曹人不義曹君將立子臧子臧去之遂不爲也以成曹君君子曰能守節矣君義嗣也誰敢奸君有國
非吾節也札雖不才願附於子臧以無失節王逸楚辭注曰委棄也范曄後漢書李固奏記梁商曰夫義路閉
則利門開利門開則義路閉躡函谷之重阻看天險之衿帶迹諸侯
之勇怯筭嬴氏之利害廣雅曰躡履也函谷已見西都賦鸚鵡賦曰崎嶇重阻周易曰
天險不可升地險山川丘陵衿帶也已見上文孫卿子曰勇怯勢也或開關以延敵競
遯逃以奔竄言其利也過秦論曰諸侯以百萬之衆叩關而攻秦秦人開關延敵九國之師遯逃
而不敢進也有噤門而莫啟不窺兵於山外言其害也戰國策范雎謂秦王
曰秦今反閉關而不敢窺兵於山東者穰侯爲國謀不忠大王計有所失也楚辭曰噤閉而不言然噤亦閉也

噤巨蔭切連雞互而不棲小國合而成大言小國異乎連雞也戰國策秦惠王
謂寒泉子曰蘇秦約于諸侯諸侯之不可一猶連雞之不能俱止棲亦明矣豈地勢之安危
信人事之否泰言崤函之險未嘗暫改或開關延敵或噤門莫啟明此不徒在地勢亦由在人
也湯曰吾欲因其地勢所有而敵之否泰周易二卦名也周易曰泰上下交而其志同也否上下不交而天下
無邦漢六葉而拓畿縣弘農而遠關六葉武帝也難蜀父老曰德茂存乎六世
應劭漢書注曰拓廣也漢書元鼎三年徙函谷關於新安以故關爲弘農縣也厭紫極之閑敞
甘微行以遊盤長傲賓於柏谷妻覩貌而獻餐疇匹婦
其已泰胡厥夫之繆官紫極星名王者爲宮以象之曹植上表曰情注于皇居心在乎紫極南都
賦曰體爽塏以閑敞蒼頡篇曰敞高顯也漢武帝故事曰帝即位爲微行嘗至柏谷夜投亭長宿亭長不納乃宿逆旅逆
旅翁要少年十餘人皆持弓矢刀劒令主人嫗出遇客嫗謂其翁曰吾觀此丈夫非常人也且有備不可圖也天寒嫗酌酒

多與其夫夫醉嫗自縛其夫諸少年皆走嫗出謝客殺雞作食平旦上去還宮乃召逆旅夫妻見之賜嫗金千斤擢其夫爲羽林郎嚋猶誰也昔明王之巡幸固清道而後往懼銜橜之或變峻徒御以誅賞東觀漢記曰西巡幸長安司馬相如上疏曰夫清道而後行猶將有銜橜之變漢書音義張揖曰銜勒也司馬彪莊子注曰橜騑馬口中長銜也橜巨月切淮南子曰隋法刻刑許慎曰隋峻也毛詩曰徒御不驚彼白龍之魚服挂豫且之密網輕帝重于天下奚斯漸之可長白龍已見東京賦帝重帝位之重也言輕帝位之重於天下此乃陵上之漸何可長乎予戾園於湖邑諒遭世之巫蠱探隱伏於難明委讒賊之趙虜加顯戮於儲貳絕肌膚而不顧作歸來之悲臺徒望思其何補漢書曰戾太子據與江充有隙會巫蠱事起充遂至太子宮掘得桐木人太子無以自明乃斬江充與丞相劉屈氂戰兵敗東至湖邑自縊而死車千秋訟太子寃上憐太子無辜乃作思子宮爲

歸來望思之臺於湖宣帝即位謚曰戾以湖邑閿鄉爲戾園又太子罵充曰趙虜乃亂吾父子也蒼頡篇曰委任也尚書王曰弗迪有顯戮漢書疏廣曰太子國儲副君宋均元命苞注曰儲君副主言設以待之王命論曰高四皓之名刻肌膚之愛幽通賦曰雖覆醢其何補紛吾既邁此全節又繼之以盤桓問休牛之故林感徵名於桃園言吾紛然行此全節之野又繼之以盤桓而不前楚辭曰紛吾乘兮雲北征賦曰紛吾去此舊都騑遲遲而歷茲爾雅曰邁行也全節即漢書全鳩里戾太子死處圖經曰閿鄉縣東十里鳩澗西廣雅曰盤桓不進也周易曰初九盤桓尚書武成曰放牛於桃林之野示天下弗服東征記曰全節地名其西名桃原古之桃林也發閿鄉而警策愬黃巷以濟潼眺華岳之陰崖覿高掌之遺蹤漢書湖縣名今號州閿鄉湖城二縣皆其地也曹子建應詔詩曰僕夫警策鄭玄周礼注曰警勑戒之也薛綜西京賦注曰愬向也愬與遡古字通獻帝春秋曰興平二年十一月丙寅車駕東行到黃巷亭庚午到弘農述征記曰河自關北東流水側有坂謂之黃巷坂

雍州圖經曰潼水在華陰縣界水經曰北流注河西京賦曰綴以二華巨靈贔屓高掌遠蹠以流河曲閿音聞憶江使之反璧告亡期於祖龍史記曰秦始皇帝三十六年鄭使者從關東來至華陰之野有持與使者璧曰爲我遺鎬池君因言曰明年祖龍死置璧而去忽不見始皇使人視璧乃二十八年渡江所沈璧也蘇林曰祖始也龍人君之象謂始皇也不語怪以徵異我聞之於孔公論語曰子不語怪力亂神愠韓馬之大憝阻關谷以稱亂何晏論語注曰愠怒也魏志曰建安十六年關中諸將馬超韓遂等反超等屯潼關尚書曰元惡大憝孔安國曰憝惡也杜預左氏傳注曰阻恃也關谷潼關函谷也尚書曰敢行稱亂孔安國曰稱舉也魏武赫以霆震奉義辭以伐叛彼雖衆其焉用故制勝於廟筭魏志曰曹公西征與超等夾關爲戰大破之尚書曰奉辭伐罪左氏傳隨武子曰伐叛刑也柔服德也又屈宁曰雖君之衆無所用之孫子曰水因地而制行兵因敵而制勝又曰夫未戰而廟勝得筭之多者也漢書楊雄即趙充國圖畫而頌之曰料敵制勝砰揚桴

以振塵繣瓦解而冰泮超遂遁而奔狄甲卒化爲京觀字書曰砰大聲也魏志曰韓遂馬超走涼州楚辭曰揚桴兮拊鼓左氏傳曰援枹而鼓說文曰枹鼓椎也東觀漢記馮衍說吳漢曰得道之兵鼓不振塵鄭玄禮記注曰振動也繣破聲也呼麥切春秋運斗樞曰不能宣德天下瓦解漢書曰徐樂上書曰何謂瓦解吳楚齊趙之兵是也當此之時安土樂俗之人衆故諸侯無境外之助此之謂瓦解淮南子曰冰泮而農桑起左氏傳潘黨曰君盍收晉尸以爲京觀杜預曰積尸封土其上謂之京觀砰普耕切倦狹路之迫隘軌踦軀以低仰倦極也司馬相如大人賦曰區中之隘狹廣雅曰踦軀傾側也蹈秦郊而始闢豁爽塏以宏壯黃壤千里沃野彌望華實紛敷桑麻條暢班固高紀述曰粵蹈秦郊尚書曰雍州厥土惟黃壤杜篤論都賦曰沃野千里原隰彌望保植五穀桑麻條暢春秋文耀鉤曰春致其時華實乃榮洞簫賦曰標紛敷以扶踈廣雅曰暢長也邪界襃斜右濱汧隴襃斜汧隴並已見上文

寶雞前鳴甘泉後涌寶雞甘泉並已見上文面終南而背雲陽跨
平原而連嶓冢漢書武功山有太一古文以爲終南此賦下云太一明與終南別山西京賦曰
於前則終南太一二山明矣漢書左馮翊有雲陽縣西京賦曰後則高陵平原又曰連崗乎嶓冢九嵕
巀嶭太一巃嵸並已見上文吐清風之飂戾納歸雲之鬱蓊
孔叢子孔子曰夫山者與吐風雲以通乎天地之間四子講德論曰虎嘯而風寥戾思玄賦曰馮歸雲而遐逝
楚辭曰望谿谷兮滃鬱南有玄灞素滻湯井溫谷玄素水色也灞滻二水名也楚辭曰
臨沅湘之玄淵又曰舍素水而蒙深湯井溫湯也雍州圖曰溫湯在新豐縣界溫谷即溫泉也雍州圖曰溫泉在藍
田縣界北有清渭濁涇蘭池周曲毛萇詩傳曰涇渭相入而清濁異三輔黃圖曰蘭池
觀在城外長安圖曰周氏曲咸陽縣東南三十里今名周氏陂陂南一里漢有蘭池宮浸決鄭白之渠
漕引淮海之粟鄭玄周禮注曰浸者可以爲陂灌溉者鄭白已見上文西都賦曰通溝大漕控引淮湖與

小四卌五大二十四　文十　十四　斯從

海通波也林茂有鄠之竹山挺藍田之玉並已見上文班述陸海
珍藏張敘神皐隩區此西賓所以言於東主安處所以
聽於憑虛也可不謂然乎西都賦曰陸海珍藏西京賦曰寔惟地之奧區神皐勁
松彰於歲寒貞臣見於國危論語子曰歲寒然後知松栢之後凋老子曰國家昏
亂有貞臣入鄭都而抵掌義桓友之忠規竭股肱於昏主赴
塗炭而不移世善職於司徒緇衣弊而改爲史記曰鄭桓公友者
周厲王少子也犬戎殺幽王於酈山下并殺桓公鄭人共立其子爲武公抵掌已見蜀都賦左氏傳荀息曰竭
其股肱之力尚書帝曰臣作股肱又曰民墜塗炭毛詩序曰緇衣美武公也父子並爲周司徒善於其職詩曰
緇衣之宜兮弊予又改爲兮履犬戎之侵地疾幽后之詭惑舉偽烽
以沮衆淫嬖褒以縱慝軍敗戲水之上身死驪山之北

赫赫宗周威爲亡國史記宣王崩子幽王宮涅立幽王嬖愛褒姒竟廢申后及太子而以
褒姒爲后褒姒不好笑幽王爲烽燧大鼓有寇至舉烽火諸侯悉至至而無寇褒姒乃大笑幽王悅之爲數舉
烽火其後不信諸侯益亦不至廢后之父申侯乃與西夷犬戎共攻幽王幽王舉烽火徵兵兵莫至遂殺幽王
驪山下毛萇詩傳曰沮止也又曰慝邪也國語里革曰厲流于彘幽滅于戲毛詩曰赫赫宗周褒姒威之毛萇
曰威呼滅切又有繼於此者畢哉秦始皇之爲君也傾天下
以厚葬自開闢而未聞匠人勞而弗圖俾生埋以報勤
外羅西楚之禍內受牧豎之焚漢書劉向上疏曰秦始皇葬驪山之阿石槨爲
遊館生埋工匠後項籍燔其宮室營宇其後牧兒亡羊入其鑿中牧者持火照求羊失火燒其藏槨自古至今
葬未有盛始皇也數年之間外被項籍之災內離牧豎之禍豈不哀哉尚書考靈耀曰天地開闢勞而不圖言
匠人勞苦而不圖謀其賞生埋報勤謂反以生埋之事以報其功勤也語曰行無禮必自

小四、七十六　大、八十、、　文十　十五　蔡洪

及此非其效歟左氏傳君子曰志有之所謂行無禮必自及者也乾坤以有親
可久君子以厚德載物周易曰乾以易知坤以簡能易則易知則有親易從則有功有親則
可久有功則可大可久則賢人之德可大則賢人之業又曰君子以厚德載物方論高祖之德故以乾坤爲喻
焉觀夫漢高之興也非徒聰明神武豁達大度而已也
漢書班固高紀述曰寔天生德聰明神武漢書曰高祖仁愛意豁如也常有大度乃實慎終追
舊篤誠款愛澤靡不漸恩無不逮論語曰慎終追遠左氏傳季孫行父
曰明允篤誠廣雅曰款誠也說苑晏子謂景公曰今君愛老而恩無不逮也率土且弗遺而
況於隣里乎況於卿士乎斯時也乃摹寫舊豐制造新邑故社
易置枌榆遷立街衢如一庭宇相襲渾雞犬而亂放
各識家而競入三輔舊事曰太上皇不樂關中思慕鄉里高祖徙豐沛屠兒酤酒煑餅商人立

爲新豐西京雜記曰高祖既作新豐并徙舊社放犬羊
雞鴨於通途亦競識其家孟子曰變置社稷趙岐曰更
置立之漢書曰高祖禱豐枌榆社張晏曰枌白榆社在
豐東北十五里尚書曰欲遷其社孔安國尚書傳曰襲
因也渾胡本切籍含怒於鴻門沛跼蹐而來王范謀害而弗許
陰授劒以約莊擠白刃以萬舞危冬葉之待霜履虎
尾而不噬寔要伯於子房漢書曰項羽欲西入關聞沛公已定關中大怒遂至戲於
是饗士旦日合戰羽季父項伯素善張良夜馳見良具
告事實良與項伯俱見沛公沛公曰吾豈敢反願伯明
言不敢背德戒沛公早自來謝沛公旦見羽鴻門因留
沛公飲范曾數目羽擊沛公羽不應范曾起出謂項莊
曰汝入以劒舞因擊沛公殺之不者女屬且爲所虜莊
拔劒起舞項伯亦起舞常翼蔽沛公周書武王曰吾含
怒深矣毛詩曰謂天蓋高不敢不跼謂地蓋厚不敢不
蹐尚書曰四夷來王毛詩曰莫敢不來王擠挺也力刃
切周易曰履虎尾不咥人亨鄭玄注本爲噬噬齧也音誓樊抗憤以危酒咀彘肩以

文十　十六　王大亨

激揚漢書曰樊噲聞事急乃持楯撞入項羽目之問爲誰張良曰沛公參乘樊噲項羽曰壯士賜之卮
酒彘肩噲飲酒拔劒切肉食之項羽曰能復飲乎曰臣死且不辭豈特卮酒乎又谷永上疏曰賛命之臣靡不
激揚也忽蛇變而龍攄雄霸上而高驤曾遷怒而橫撞
碎玉斗其何傷史記曰褚先生曰丈夫龍變傳曰蛇化爲龍不變其文家化爲國不變其姓漢
書曰元年十月沛公至霸上鄒陽上書曰蛟龍驤首奮翼漢書曰沛公獻璧羽受之又獻玉斗於范曾曾怒撞
其斗曰吾屬今爲沛公虜矣論語曰不遷怒又曰何傷乎嬰罥組於軹塗投素車而
肉袒漢書曰秦王子嬰素車白馬係頸以組降軹道傍軹塗已見東京賦左氏傳曰鄭伯肉袒牽羊以逆
杜預曰肉袒示服爲臣僕也踈飲餞於東都畏極位之盛滿漢書曰踈廣字
仲翁爲太子太傅兄子受爲少傅廣謂受曰吾聞知足
不辱知止不殆今官成名立不去懼有後悔遂上疏乞
骸骨上皆許之故人邑子爲設祖道供帳東都門外蘇
林曰長安東門也毛詩曰飲餞于禰毛萇曰祖而舍軷

飲酒於其側曰餞漢書曰劉德妻死霍光欲以女妻之德不敢取畏盛滿也金墉鬱其萬雉
嵾嵃峭以繩直西京賦曰橫西洫而絕金墉西都賦曰建金城而萬雉嵃謂棧巘嶮貌也繩直已見
東京賦戾飲馬之陽橋踐宣平之清閾爾雅曰戾至也長安圖曰漢時七里
渠有飲馬橋夏侯嬰冢在橋南三里陽橋之陽也三輔
黃圖曰長安東出北頭第一城門名宣平門清謂華而
且清也都中雜遝戶千人億華夷士女駢田逼側展名京
之初儀即新館而涖職勵疲鈍以臨朝勗自強而不息
長安舊都故曰名京潘子初臨故曰新館涖職謂釐政
也毛萇詩傳曰涖臨也孔安國尚書傳曰勵勉也又曰
勗勉也周易曰君子以自強不息於是孟秋爰謝聽覽餘日楚辭曰青春爰謝王
逸曰謝去也上林賦曰聽覽餘閑舞賦曰餘日怡蕩巡省農功周行廬室街里蕭
條邑居散逸營宇寺署肆廛管庫蕞芮於城隅者

文十　十七　刘用

百不處一言今之寺署蕞芮在於城隅方之昔時雖復百分不能處一也漢書劉向上疏曰項籍燔
其宮室營宇風俗通曰今尚書御史謁者所止皆曰寺
漢書百官表少府有諸僕射署鄭玄周禮注曰肆市中
陳物處鄭司農周禮注曰廛市中空地禮記曰管庫之
士鄭玄曰管管鍵也庫物所藏也字林曰蕞聚貌也音
在外切說文曰芮小貌而銳切處一或爲一處非也所謂尚冠脩成黃棘宣明建
陽昌陰北煥南平皆夷漫滌蕩亡其處而有其名皆里名也
漢書曰宣帝舍長安尚冠里又曰武帝同母姊金王孫女號脩成君餘未詳爾乃階長樂登
未央汎太液凌建章縈馺娑而款駘盪轥枍詣而轢
承光徘徊桂宮惆悵柏梁已上並見西京賦鷩雉雊於臺陂狐
兔窟於殿傍何黍苗之離離而余思之芒芒鷩雉已見射雉賦黍苗已見魏
都賦尚書曰予思日孜孜洪鍾頓於毀廟乘風廢而弗縣史游急就章曰乘風縣鍾

華祠樂禁省鞠爲茂草金狄遷於灞川如淳漢書注曰本名禁中漢儀注孝元皇后父名禁避之故曰省毛詩曰踧踧周道鞠爲茂草毛萇曰鞠窮也潘岳關中記曰秦爲銅人十二董卓壞以爲錢餘二枚魏明帝欲徙詣洛載到霸城重不可致今在霸城次道南銅人即金狄也懷夫蕭曹魏邴之相並已見西都賦辛李衛霍之將漢書曰辛慶忌字子眞爲左將軍匈奴西域親附敬其威信本狄道人又曰李廣隴西人也爲右北平太守匈奴號曰漢飛將軍避之數歲不入界衛霍已見長楊賦銜使則蘇屬國震遠則張博望漢書孫寶銜命奉使職在刺舉又曰蘇武字子卿杜陵人也武以中郎將使持節送匈奴使留在漢者匈奴乃徙武北海上武杖漢節牧羊武留匈奴凡十九歲乃還拜爲典屬國又曰張騫漢中人也以郎應募使月氏去十三年得還騫以校尉從大將軍擊匈奴知水草處軍得以不乏封騫爲博望侯教敷而彝倫敘兵舉而皇威暢敷教蕭曹也舉兵衛霍也尚書曰彝倫攸敘臨危而智勇奮投命而高節亮臨危張騫也智勇已見上文投命蘇武也吳子曰一人投命足懼千人杜預左氏傳注曰投棄命也史記曰魯連好持高節暨乎秺侯之忠孝淳深小雅曰暨及也漢書曰金日磾字翁叔本匈奴休屠王太子也武帝拜爲侍中駙馬都尉莽何羅矯制發兵明旦上卧未起何羅從外入日磾奏廁心動立入坐內戶下何羅褏白刃從東廂上日磾抱何羅呼曰何羅反得禽縛之繇是著忠孝節封爲秺侯音妒陸賈之優游宴喜漢書曰陸賈楚人也高祖拜賈爲太中大夫有五男分其子子二百金令爲生產賈常乘安車駟馬從歌鼓瑟侍者十人謂其子曰與女約過女女給人馬酒食後陳平乃以奴婢百人車馬五十乘錢五百萬遺賈爲食飲費賈以此游漢庭公卿閒名聲籍甚荅賓戲曰陸子優游新語以興毛詩曰吉甫燕喜既多受祉長卿淵雲之文子長政駿之史司馬長卿王子淵楊子雲也史記曰司馬遷字子長爲太史令修史記歷黃帝以來至太初凡百三十篇漢書曰劉向字子政元帝擢爲宗正著疾讒擿要救危及世頌凡八篇又著五行傳列女傳新序説苑又曰劉歆字子駿爲中

文十　十八　乙丑重刊　夏

壘校尉爲七略趙張三王之尹京定國釋之之聽理漢書曰趙廣漢字子都涿郡人守京兆大尹發姦擿伏如神又曰張敞字子高河東人也守京兆尹枹鼓稀鳴市無偷盜又曰王遵字子貢涿郡人也爲諫大夫守京輔都尉行京兆尹事旬月閒盜賊清又曰王章字仲卿泰山人也章以選爲京兆尹又曰王駿琅邪人也爲京兆尹趙廣漢張敞王章至駿皆有能名故京師稱曰前有趙張後有三王又曰于定國字曼倩東海人也爲廷尉其決疑平法務在哀鰥寡罪疑惟輕朝廷稱之又曰張釋之字子季南陽人也爲廷尉周亞夫見釋之持議平乃結爲親友繇此天下稱之也汲長孺之正直鄭當時之推士漢書曰汲黯字長孺濮陽人也爲主爵都尉數直諫又曰鄭當時字莊陳人也爲大司農每朝候上閒説未嘗不言天下長者聞人之善進之上唯恐後班固贊曰汲黯之正直鄭當時之推賢終童山東之英妙賈生洛陽之才子漢書曰終軍字子雲濟南人也年十八選爲博士弟子上書言事武帝異其文拜爲謁者死時年二十餘故世謂之終童又曰賈誼雒陽人也年十八以能誦詩屬書稱於郡中文帝召以爲博士時年二十餘曹植自試表曰終軍以妙年使越飛翠緌拖鳴玉以出入禁門者衆矣鄭玄禮記注曰緌纓之飾也禮記曰君子行則鳴珮玉東觀漢記杜詩上書曰伏湛宜出入禁門補鈌拾遺是也或被髮左衽奮迅泥滓謂日磾也論語曰吾其被髮左衽矣凡人沈於卑賤故曰泥滓東觀漢記曰趙熹奮迅行伍李陵與蘇武書曰言爲瑕穢動增泥滓説文曰滓澱也或從容傳會望表知裏謂陸賈也班固漢書贊曰陸賈從容平勃之閒附會將相尚書大傳孔子謂子夏曰子見表未見其裏或著顯績而嬰時戮謂廣漢之屬也或有大才而無貴仕謂賈誼之屬也皆揚清風於上烈垂令聞而不已想珮聲之遺響若鏗鏘之在耳胡廣曰建鴻德流清風毛詩曰令聞令望左氏傳穆嬴曰今君雖終言猶在耳當音鳳恭顯之任勢也乃熏灼四方震耀都鄙漢書曰王鳳與元后同母爲大司馬大將軍用

文十　十九　乙丑年刊　定刀

事上遂謙讓無所專鳳薨從弟音代鳳爲司馬車騎將軍又曰引恭沛人坐法腐刑爲中尚書明習法令故事石顯已見西京賦漢書谷永曰許班之貴熏灼四方范曄後漢書曰鄧騭寵靈顯赫光震都鄙而死之曰曾不得與夫十餘公之徒隸齒才難不其然乎論語曰齊景公死之日民無德而稱焉十餘公之徒謂蕭曹之屬也張湛列子注曰隸猶羣輩也一云徒隸賤人也漢書賈誼曰握重權大官而有徒隸無恥之心乎高誘呂氏春秋注曰齒列也論語子曰才難不其然乎望漸臺而扼腕梟巨猾而餘怒漢書曰更始兵從宣平城門入王莽之漸臺上商人杜吳殺莽取其綬史記曰天下之士莫不扼腕而言西京賦曰巨猾閒亹漢書音義曰懸首於木上曰梟揖不疑於北闕軾樗里於武庫漢書曰雋不疑字曼倩勃海人也爲京兆尹有一男子乘黃犢車詣北闕自謂衛太子公車以聞丞相二千石至者莫敢發言不疑後到叱從吏收縛曰昔蒯聵違命出奔輒距而不納春秋是之衛太子得罪先帝亡不即死今來自詣此罪人也遂送詔獄史記曰樗里子者名疾

文十　二十　乙丑重刊判用

秦惠王之弟也卒葬于渭南章臺之東曰後百歲當有天子之宮夾我墓至漢興長樂宮在其東未央宮在其西武庫正直其墓也酒池鑒於商辛追覆車而不寤漢書贊曰武帝設酒池肉林賈逵國語注曰鑒察也六韜太公曰桀紂王天下之時積糟爲阜以酒爲池脯肉爲山林晏子春秋曰諺曰前車覆後車戒賈誼過秦曰三主惑而終身不寤也曲陽僭於白虎化奢淫而無度漢書曰王根爲曲陽侯五侯大僭第室起土山漸臺洞門高廓百姓歌之曰五侯初起曲陽最怒壞決高都連竟外杜土山漸臺象西白虎毛詩序曰遊蕩無度命有始而必終孰長生而久視家語孔子曰命者性之始也死者生之終也有始必有終矣老子曰長生久視之道武雄略其焉在近惑文成而溺五利文成將軍李少翁五利將軍欒大皆方術士說武帝作宮觀以延神仙帝耽溺之其雄才大略亦何在也侔造化以制作窮山海之奧秘淮南子曰大丈夫無爲與造化逍遙靈若翔於神島奔鯨浪而失

水爆鱗骼於漫沙隕明月以雙墜擢仙掌以承露干雲漢而上至西都賦曰抗仙掌以承露擢雙立之金莖西京賦曰干雲霧以上達致邛蒟其奚難惟余欲而是恣縱逸遊於角觝絡甲乙以珠翠忍生民之減半勤東岳以虛美班固漢書西域贊曰孝武之時感蒟醬邛竹杖則開牂柯越巂漢書曰武帝作角抵戲又東方朔曰甲乙之帳臣瓚曰興造甲乙之帳絡以隋珠和璧漢書贊曰孝武奢侈海內虛耗戶口減半漢書曰武帝登封泰山封禪書曰勤功中岳續漢書曰羣臣上言宜封泰山詔曰遠遣吏上壽盛稱虛美餘並已見上文超長懷以遐念若循環之無賜尚書大傳曰三王之統若循連環周則復始窮則反本方言曰賜盡也較面朝之煥炳次後庭之猗靡言先明面朝次至後庭也廣雅曰較明也周禮曰面朝後市子虛賦曰飛纖垂髾扶輿猗靡較音校壯當熊之忠勇深辭輦之明智漢書曰孝元馮昭儀上幸虎圈鬬獸熊佚出圈攀檻欲上殿左右貴人傅昭儀皆走馮婕妤直前當熊而立左右格殺熊上問人情驚懼何故當熊婕妤對曰猛獸得人而止妾恐熊至御坐故身當之元帝嗟歎

文十　二十一　壬子重刊　曹俻

以此倍敬重焉傅昭儀等皆慚又曰成帝遊於後庭嘗欲與班婕妤同輦載婕妤辭曰觀古圖畫賢聖之君皆有名臣在側三代末主乃有嬖女今欲同輦得無近似之乎楚辭曰招貞良與明智衛鬒髮以光鑒趙輕體之纖麗漢武故事曰衛子夫得幸頭解上見其美髮悅之左傳叔向母曰昔有仍氏生女黰黑而甚美光可以鑑廣雅曰鑑照也荀悅漢紀曰趙氏善舞上悅之事由體輕咸善立而聲流亦寵極而禍侈以奇見幸故曰聲流緣廢自裁故曰禍侈津便門以右轉究吾境之所暨漢書武帝紀曰三年作便門橋杜預左氏傳注曰暨至也掩細柳而撫劍快孝文之命帥周受命以忘身明戎政之果毅距華蓋於壘和案乘輿之尊轡肅天威之臨顏率軍禮以長揖輕棘霸之兒戲重條侯之倨貴方言曰掩止也掩與揜同漢書曰孝文後六年匈奴大入邊遣宗正劉禮軍霸上祝茲侯徐厲軍棘門河內守周亞夫軍細柳帝勞軍至霸上棘門直馳入而之細柳軍軍士吏被甲持滿上至不得入於是上使使詔將軍曰吾欲勞軍亞夫乃傳言開壁壁門士謂車騎

曰將軍約軍中不得驅馳天子乃案轡徐行至中營亞夫持兵揖曰介冑之士不拜請以軍禮見文帝曰嚮者霸上棘門軍如兒戲至於亞夫可得而犯耶左氏傳曰子叅怒撫劒從之六韜曰爲將者受命忘家當敵忘身左氏傳君子曰殺敵爲果致果爲毅華蓋已見上文壘營也和軍營之正門也左氏傳齊侯曰天威不違顏咫尺說文曰揖拜舉手下也因利切漢書曰丞相條侯至貴倨也杜預左傳注曰倨傲也

索杜郵其焉在云孝里之前號惘輟駕而容與哀武安以興悼爭伐趙以徇國定廟算之勝負扞矢言而不納反推怨以歸咎未十里於遷路尋賜劒以刎首嗟主闇而臣嫉禍於何而不有

杜郵亭名在咸陽西今謂之孝里辛氏三秦記曰畢陌西北有孝里畢陌西有白起墓惘猶罔罔失志之貌也楚辭曰遵赤水而容與史記曰白起者郿人也善用兵事秦昭王爲武安君秦使王陵攻趙邯鄲少利秦王欲使武安君代陵將武安君曰邯鄲未易攻也王自命不行乃使應侯請之終不肯行秦圍邯鄲弗能

拔武安君曰不聽臣言今何如矣秦王聞之怒遣白起不得留咸陽中既行出咸陽西門十里至杜郵秦王乃使使者賜之劒自殺昭王昭襄王也廟算已見上文尚書曰率籲衆慼出矢言何休公羊注曰刎割也孫卿子曰主闇於上臣詐於下俱害之道𢮦篤吊比干文曰闇主之在上豈忠諫之是謀西京賦曰林麓之饒于何不有

窺秦墟於渭城冀闕緬其堙盡覓陛殿之餘基裁岥岮以隱嶙

聲類曰墟故所居也史記曰秦孝公作爲咸陽築冀闕緬盡貌也亡衍切岥岮頹貌也司馬相如哀二世曰登岥岮之長阪隱嶙絕起貌

想趙使之抱璧瀏睨楹以抗憤

史記曰秦王得趙璧無意償趙城相如曰璧有瑕請指示王王授璧相如因持璧却立倚柱曰臣觀大王無償趙王城邑故臣復取璧大王必欲急臣臣頭今與璧俱碎於柱矣相如持其璧睨柱欲以擊柱秦王乃辭謝瀏睨目清貌也

燕圖窮而荊發紛絕袖而自引

史記曰荊軻獻燕督亢之地圖圖窮匕首見因左手把秦王之袖而右手持匕首揕之未至身秦王驚自引而起袖絕以其匕首揕秦王不中揕丁鴆切

鏡聲厲而高奮狙潛鉛以脫臏

史記曰荊軻之客高漸離變名姓爲人庸保以擊筑聞於秦始皇始皇召見人有識者乃高漸離秦帝矐其目使擊筑稍益近之高漸離乃以鉛置筑中舉筑扑秦皇帝不中遂誅論衡曰高漸離舉筑擊秦王中臏秦王病瘡死蒼頡篇曰狙伺候也七豫切尚書刑德放曰臏者脫去人之臏也郭璞三蒼解詁曰臏膝蓋矐音各一音格字

據天位其若茲亦狼狽而可愍

尚書曰伊尹曰天位艱哉文字集略曰狼狽猶狼跋也孔叢子曰吾於狼狽見聖人之志荀悅漢紀論曰周勃狼狽失據塊然囚執狽音貝

簡良人以自輔謂斯忠而鞅賢寄苛制於捐灰矯扶蘇於朔邊

史記曰商君者衛之諸庶孼子也名鞅姓公孫氏商君之法刑弃灰於道者又曰李斯者上蔡人也始皇以斯爲丞相始皇長子扶蘇監兵上郡始皇崩與趙高謀詐爲受始皇詔立子胡亥爲太子爲書賜長子扶蘇曰扶蘇不孝其賜劒以自裁扶蘇爲人仁即自殺賈逵國語注曰苛煩也鄭玄周禮注曰矯稱詐以爲是

儒林填於坑穽詩書煬而爲煙

史記曰盧

生爲始皇求仙藥亡去始皇大怒使御史案問諸生諸生犯禁者四百六十四人皆坑之咸陽又曰李斯曰臣請非博士官所職天下敢有藏詩書百家語詣守尉雜燒之廣雅曰穽阬也才性切郭璞方言注曰今江東呼火熾猛爲煬余亮切

國滅亡以斷後身刑轘以啓前商法焉得以宿黃犬何可復牽

史記曰秦孝公卒太子立公子虔之徒告商君反商君亡至關下欲舍客舍人不知其是商君曰商君之法舍人無驗者坐之商君喟然嘆曰嗟乎爲法之獘一至於此哉秦惠王車裂商君鄭玄周禮注曰車裂曰轘史記曰李斯具五刑出獄與其中子俱執顧謂其子曰吾欲與若復牽黃犬俱出上蔡東門逐狡兎可得乎遂夷三族商鞅李斯各有食邑故曰國也刑轘之辟二人爲首故曰啓前

野蒲變而成脯苑鹿化以爲馬

風俗通曰秦相趙高指鹿爲馬束蒲爲脯二世不覺史記曰趙高欲爲亂恐羣臣不聽乃先驗持鹿於二世曰馬也二世笑曰丞相誤耶謂鹿爲馬也

假讒逆以天權鉗衆口而寄坐

春秋元命苞曰赤受命持天權莊子曰鉗墨翟之口

兵在頸而顧

問何不早而告我願黔黎其誰聽惟請死而獲可國語單襄公曰兵在其頸不可久東征賦曰惕覺寤而顧問史記曰趙高恐二世怒誅及其身與其女壻閻樂謀易置上樂遂斬衛令二世怒召左右皆惶擾不鬬傍有宦者一人侍不敢去二世入內謂曰公何不蚤告我宦者曰臣不敢言故得全使臣蚤言皆已誅安得至今閻樂前即告二世曰足下其自爲計二世曰吾願得郡爲王弗許又曰願爲萬戶侯弗許願與妻子爲黔首弗許閻樂麾其兵陵二世乃自殺兵在頸已見東京賦健子嬰之果決敢討賊以紓禍勢土崩而莫振作降王於路左史記曰趙高立公子嬰爲秦王子嬰與其子二人謀曰今使我齋見廟此欲因廟中殺我我稱病不行丞相必自來來則殺之高果自往子嬰遂刺殺高於齋宮廣雅曰果能也杜預左氏傳注曰紓除也漢書徐樂上書曰臣聞天下之患在於土崩秦之末世是也人困而主不恤下怨而上不知此之謂土崩賈逵國語注曰振救也子嬰降已見上文蕭收圖以相劉料險易與衆寡史記沛公至咸陽蕭何獨先入收秦丞相御史圖書藏之漢所以具知天下阸塞戶口多少者以何具得秦圖書也說文曰料量也孫卿子曰地者遠近險易又曰識衆寡之用者勝也羽天與而弗取冠沐猴而縱火史記曰客有說張耳曰天與不取反受其咎又曰或說項王關中可都項王見秦皆已燒殘破又心懷思欲東歸說者曰人言楚人沐猴而冠耳果然張晏曰沐猴獼猴也漢書曰羽屠咸陽燒其宮室楚辭曰若縱火於秋蓬貫三光而洞九泉曾未足以喻其高下也鄧析子曰賢愚之相覺若九地之下與重天之顛淮南子曰大道舍吐陰陽而章三光許慎曰三光日月星也燕丹子曰死懷恨入於九泉感市閭之菆井歎尸韓之舊處丞屬號而守闕人百身以納贖豈生命之易投誠惠愛之洽著訐望之以求直亦余心之所惡恩夫人之政術實幹時之良具苟明法以釋憾不愛才以成務引大體以高貴非所望於蕭傅漢書曰韓延壽字長公燕

六百八十七　文十　二十四　乙丑重刊　曹俏

人也爲東郡太守爲天下最代蕭望之爲左馮翊望之遷御史大夫延壽在東郡時放散官錢千餘萬會御史問事東郡望之因令并問之延壽知即案劾望之在馮翊時廩犧官錢放散百餘萬上令窮竟所考望之卒無事實而延壽竟坐弃市吏民數千人送至渭城百姓莫不流涕說文曰菆麻蒸也阻留切然菆井即渭城賣蒸之市也延壽被誅丞屬無守闕者而趙廣漢就戮則有之恐潘誤毛詩曰如可贖兮人百其身論語子貢曰賜也亦有惡乎惡訐以爲直者說文曰訐面相斥罪左氏傳穆叔曰齊人釋憾於弊邑之地又魏犨公欲殺之而愛其材周易曰開物成務莊子曰襄公之應司馬曰夷知大體者也漢書曰蕭望之左遷太子太傅造長山而慷慨偉龍顏之英主胷中豁其洞開羣善湊而必舉漢書曰高祖隆準而龍顏又曰高祖葬長陵三秦記曰秦名天子冢曰長山漢曰陵故通名山陵漢書曰高祖意豁如也王命論曰英雄陳力羣策畢舉此高祖之大略也潘元茂九錫文曰羣善必舉也存威格乎天區土墳掘而莫禦臨揜坎而累抔步毀垣以延佇尚書周公曰時則有若伊尹格于皇天范曄後漢書曰赤眉焚西京宮室發掘園陵又光武詔曰脩復西京園陵爾雅曰揜蓋也郭璞曰謂覆蓋王逸楚辭注曰擊手曰抃楚辭曰結幽蘭而延佇越安陵而無譏諒惠聲之寂寞漢書曰惠帝葬安陵穀梁傳曰公會齊侯于讙無譏乎楚辭曰欲寂漠而絕端薛君韓詩章句曰寂無聲之貌也漠靜也弔爰絲之正義伏梁劒於東郭漢書曰爰盎字絲楚人也爲楚相病免家居梁孝王欲求爲嗣盎進說王以此怨盎使人刺殺盎安陵郭門外盎烏浪切訊景皇於陽丘奚信譖而矜謔隕吳嗣於局下蓋發怒於一博成七國之稱亂翻助逆以誅錯恨過聽而無討茲沮善而勸惡廣雅曰訊問也何休公羊傳注曰如其事曰訊加誣曰譖爾雅曰戲謔也漢書曰景帝葬陽陵又景帝爲太子吳太子侍飲博弈爭道不恭皇太子引博局提吳太子殺之景帝即位鼂錯說上令削吳地及書至吳王起兵誅漢吏二千石以下膠西膠東淄川濟南楚趙亦皆反七國反

七百十九　文十　二十五　乙丑重刊　曹俏

書聞爰盎曰吳楚相遺書言賊臣晁錯擅迫諸侯削奪之地以故反爲名而共誅錯方今計獨斬錯發使赦七國則兵可無血刃上從其議遂斬錯又鄧公謂上曰錯患諸侯強大請削之地計畫始行卒受大戮內杜忠臣之口外爲諸侯報仇帝曰公言善吾亦恨之又曰晁錯潁川人爲御史大夫錯七故切今協韻七各切漢書成帝曰過聽將作大匠解萬年言昌陵三年可成無計謂不誅𡘋也左氏傳子鮮曰賞罰無章何以沮勸沮才與切漢書谷永曰虧德沮善毛萇詩傳曰沮止也眥孝元於渭塋執奄尹以明貶漢書曰元帝葬渭陵奄尹謂弘恭石顯也班固漢書述曰閹尹之呰穢我明德韋昭曰呰病也疾移切鄭玄禮記注曰呰毀也子爾切何休公羊傳注曰貶損也褒夫君之善行廢園邑以崇儉褒猶贊美也夫君元帝也漢書曰元帝罷衛思園及戾園又詔曰初陵勿置縣邑過延門而責成忠何辜而爲戮𡨥陷社稷之王章俾幽死而莫鞫漢書曰成帝葬延陵爾雅曰辜罪也漢書曰成帝時日有蝕之王章奏封事召見言王鳳不可任用帝謂章曰微京兆直言吾不聞社稷計後上不忍退鳳章遂爲鳳所陷章罪至大逆死獄中爾雅曰俾使也漢書曰趙王幽死張晏漢書曰鞫窮也謂窮問囚情也一曰鞫毛萇詩傳注曰鞫告也忲淫嬖之匈忍勦皇統之孕育小雅曰狃忲也淫嬖謂趙飛燕也漢書曰司隸解光奏言許美人及宮史曹宮皆御幸孝成皇帝產子隱不見又掖庭中御幸生子者輒死又飲藥傷墮者無數左氏楚令尹子上曰蜂目而豺聲忍人也杜預曰忍行不義也尚書曰天用勦絕其命孔安國曰勦截也截絕其命是也張舅氏之姦漸貽漢宗以傾覆廣雅曰張開也舅氏諸王也爾雅曰貽遺也左氏傳呂相曰傾覆我國家刺哀主於義域僭天爵於高安欲法堯而承羞永終古而不刊漢書曰哀帝葬義陵王莽奏曰王者父事天故爵稱天子又曰封董賢爲高安侯已見西京賦論語曰不恒其德或承之羞楚辭曰長無絕兮終古鄭玄禮記注曰刊削也瞰康園之孤墳悲平后之專絜殃厥父之篡逆蒙漢恥而不雪激義誠而引決赴丹爓以

明節投宮火而焦糜從灰熛而俱滅漢書曰平帝葬康陵又曰孝平王皇后莽女也及漢兵誅莽燔燒未央宮后曰何面目以見漢家自投火中而死后不合葬故曰孤墳鶩橫橋而旋軫歷敝邑之南垂潘岳關中記曰秦作渭水橫橋橫音光雍州圖曰在長安北二里橫門外也門磁石而梁木蘭兮構阿房之屈奇疏南山以表闕倬樊川以激池役鬼傭其猶否矧人力之所爲工徒斲而未息義兵紛以交馳宗祧汙而爲沼豈斯宇之獨隳三輔黃圖曰阿房前殿以木蘭爲梁磁石爲門懷刃者止之史記曰始皇南山之巔以爲闕毛萇詩傳曰倬大也三秦記曰長安正南秦嶺嶺根水流爲秦川一名樊川漢武上林唯此爲盛史記由余曰役鬼爲之則神怒矣使人爲之則人亦苦矣鄭玄周禮注曰傭與庸通漢書高祖曰吾以義兵誅殘賊禮記曰遠廟爲祧又邾婁定公曰臣弒君殺其人壞其室洿其宮而瀦焉汙與洿古字通音烏方言曰隳壞也由僞新之九廟夸宗虞而祖黃驅吁嗟而妖臨搜佞哀以拜郎漢書王莽下書曰定有天下號曰新又王莽九廟一曰黃帝二曰虞帝三曰陳王四曰齊敬王五曰濟北惠王六曰濟南伯王七曰元城孺王八曰陽平頃王九曰新都顯王又曰鄧曄于匡起兵南鄉莽愈憂不知所出崔發曰周禮國有大災則哭以厭之莽乃率羣臣至南郊搏心大哭諸生甚悲哀及能誦策文除以爲郎也誦六藝以飾姦焚詩書而面牆心不則於德義雖異術而同亡漢書曰王莽立樂經徵天下通一藝皆詣公車焚詩書已見上文尚書曰不學牆面左氏傳富辰曰心不則德義之經爲頑班固漢書王莽贊曰昔秦焚詩書以立私議莽誦六藝以文姦言同歸殊塗俱用滅亡宗孝宣於樂游紹衰緒以中興漢書音義應劭曰宣帝廟曰樂游又宣紀贊曰可謂中興侔德殷宗周宣矣不獲事于敬養盡加隆於園陵兆惟奉明邑號千人訊諸故老造自帝詢隱王母之非命縱

聲樂以娛神。漢書曰：孝武衞皇后生戾太子，太子納史良娣，產子男進，號曰史皇孫。太子敗，皆遇害。太子遺孫一人，史皇孫子王夫人男，是爲孝宣帝。即位，乃葬衞后，追謚曰思后，故太子謚曰戾，史良娣曰戾夫人，史皇孫曰悼，母曰悼后，悼園稱奉明園。潘岳關中記曰：宣帝父曰悼皇考，母曰悼夫人，墓曰奉明園，后曰思后，以倡優雜伎千人樂思后園，今所謂千人鄉者是也。兆，塋也。詢，宣帝名也。毛詩曰：召彼故老，訊之占夢。毛萇詩傳曰：隱，痛也。王母，思后也。爾雅曰：父之妣爲王母。雖靡率於舊典，亦觀過而知仁。爾雅曰：率，循也。尚書曰：舊典時式。論語子曰：人之過也，各於其黨，觀過斯知仁矣。憑高望之陽隈，體川陸之汙隆。廣雅曰：憑，登也。長安圖曰：高望堆，延興門南八里。隈，匡也。鄭玄周礼注曰：體，分也。漢書音義或曰：汙，下也。開襟乎清暑之館，游目乎五柞之宮。曹植閑居賦曰：愬寒風而開襟。清暑謂甘泉也。西都賦曰：九嵕甘泉，固陰沍寒，日北至而含凍，此焉清暑。楚辭曰：忽反顧而游目。五柞在盩厔。交渟引灃，激湍生風。灃渠已見上文。乃有昆明池乎其中。漢書：武帝發謫穿昆明池。其池則湯湯汗汗，滉瀁彌漫，浩如河漢。西都賦曰：集乎豫章之宇，臨乎昆明之池，左牽牛而右織女，似雲漢之無涯。古詩曰：皎皎河漢女。日月麗天，出入乎東西，旦似湯谷，夕類

大日九八　小ス7五十五

虞淵。周易曰：日月麗乎天。西京賦曰：日月於乎出，象扶桑與濛汜。淮南子曰：日出湯谷。又曰：日入虞淵之汜，曙於濛谷之浦。昔豫章之名宇，披玄流而特起。三輔黃圖曰：上林有豫章觀。西京賦曰：神池靈沼，黑水玄沚，豫章珍館，揭焉中峙。儀景星於天漢，列牛女以雙峙。儀，謂法象之也。毛萇詩傳曰：京，大也。大戴禮曰：漢，天漢。宮閣疏曰：昆明池有二石，牽牛織女象也。圖萬載而不傾，奄摧落於十紀。孔安國尚書傳曰：十二年曰紀。武帝元狩三年穿昆明池，至王莽之敗，凡一百一十三年。今云十紀，言其大數耳。擢百尋之層觀，今數仞之餘趾。鄭玄周礼注曰：八尺曰尋。包咸論語注曰：七尺曰仞。說文曰：趾，基也。振鷺于飛，鳧躍鴻漸。毛詩曰：振鷺于飛。周易曰：鴻漸于干。乘雲頡頏，隨波澹淡。毛萇詩傳曰：飛而上曰頡，飛而下曰頏。上林賦曰：浮遙汎濫，隨波澹淡。瀺灂驚波，唼喋菱芡。瀺灂，出沒之皃。高唐賦曰：巨石溺以瀺灂。西京賦曰：散似驚波。上林賦曰：唼喋菁藻。華蓮爛於淥沼，青蕃蔚乎翠瀲。說文曰：蕃，草茂也。夫袁切。瀲，波際也。力奄切。伊茲池之肇穿，肄水戰於荒服，志勤遠以極武，良無要於後福。釋穿池之意也。言志在勤於遠略，以極武功，良無要於已後之福也。福謂

水物之利。漢書曰：越欲與漢用船戰，遂乃脩昆明池。賈逵國語注曰：肄，習也。左氏傳，周宰孔曰：齊侯不務德而勤遠略。鍾會檄曰：窮武極戰。杜預左氏傳注曰：要，邀也。而菜蔬芼實，水物惟錯。乃有贍乎原陸，在皇代而物土，故毀之而又復。西都賓曰：華實之毛。尚書曰：海物惟錯。字書曰：贍，足也。皇代謂晉也。言在皇代物其土宜，故前毀之而今又復。左氏傳，賓媚人曰：先王疆理天下，物土之宜。杜預曰：播殖之物，各從土宜。凡厥寮司，既富而教，咸帥貧惰，同整檝櫂，收罟課獲，引繳舉效，鰥夫有室，愁民以樂。論語，冉有曰：既富矣，又何加焉？曰：教之。廣雅曰：課，第也。謂品第也。謂品第其所獲也。杜預左氏傳曰：效，致也。謂其舉所致多少也。徒觀其鼓枻迴輪，灑釣投網，垂餌出入，挺义來往。言欲迴輪，必先鼓枻也。郭璞方言曰：今江東人呼枻爲軸。舊說曰：輪，釣輪也。謂爲車以收釣緡也。輪或爲綸。毛萇詩傳曰：緡，綸也。灑亦投也。挺，拔也。义，取魚义也。西京賦曰：义蔟之所攙捔。纖經連白，

大ア久久小四ア七十

鳴根厲響，貫鰓罥尾，掣三牽兩。纖經，連白網也。連白，以白羽連綴網經，其上於水中二人對引之。說文曰：根，高木也。以長木叩舷爲聲，言曳纖經於前，鳴長根於後，所以驚魚令入網也。淮南子曰：魚者扣舟。罥猶擊也，音的。字書曰：掣，牽也。於是弛青鯤於網鉅，解頳鯉於黏徽。杜預左氏注曰：弛，解也。鯉鯤，二魚名。孔安國論語注曰：網者爲大網，以繳繫鉤，羅屬著網鉅鉤也。說文曰：黏，相著也。女廉切。又曰：徽，大索也。言魚黏於網，故曰黏徽也。華魴躍鱗，素鱮揚鬐。鬐已見子虛賦。雍人縷切，鸞刀若飛，應刃落俎，靃靃霏霏。周禮曰：內饔中士。鄭玄曰：饔者，割亨煎和之稱也。鸞刀已見東京賦。紅鮮紛其初載，賓旅竦而遲御。既餐服以屬厭，泊恬靜以無欲，迴小人之腹，爲君子之慮。傅毅七激曰：膾其鯉魴，積如委紅。張衡七辨曰：鞏洛之鱒，割以爲鮮。薛君韓詩章句曰：載，設也。毛萇詩傳曰：南方有魚，遲之也。然遲，思待之也。毛詩曰：以御賓客。左氏傳曰：梗陽有獄，其大宗賂以

女樂魏子將受閻沒女寬將諫饋入三歎曰始至恐其不足是以歎中置自咎曰豈將軍食之而有不足是以再歎及饋之畢願以小人之腹爲君子之心屬厭而已獻子辭梗陽人賂廣雅曰恬泊靜也老子曰我好靜而民自正我无欲而民自朴

爾乃端策拂茵彈冠振衣言將還也許慎淮南子注曰策杖也茵車中蓐也毛詩曰文茵暢轂楚辭曰新沐者必彈冠新浴者必振衣

徘徊酆鎬如渴如飢心翹懃以仰止不加敬而自祗酆鄗周所居也孔叢子子思曰君若飢渴待賢企佇也毛詩曰高山仰止禮記曰宗廟之中未施敬而人敬

豈三聖之敢夢竊十亂之或希琴操曰崇侯譖文王於紂曰西伯昌聖人也長子發中子旦皆聖三聖合謀將不利於君論語孔子曰吾不復夢見周公尚書曰予有亂臣十人馬融論語注曰周公旦召公奭太公望畢公榮公太顛閎夭散宜生南宫适其一人謂文母也廣雅曰希庶也

經始靈臺成之不日惟酆及鄗仍京其室庶人子來神降之吉積德延祚莫二其一靈臺巳見上文毛詩曰作邑於酆又曰宅是鎬京左氏傳季梁曰人和而神降之福史記曰古公積德行義國人皆戴之漢書翼奉上書曰永世延祚不亦優乎莫二其一謂周祚延之長唯有其一莫能爲二蔡邕胡黃公頌曰參其二也

永惟此邦云誰之識越可略聞而難臻其極言誰之識言難識也馬融廣成頌曰三五以來越可略聞周禮嘉量銘曰允臻其極

子贏鋤以借父訓秦法而著色耕讓畔以閑田沾姬化而生棘蘇張喜而詐騁虞芮愧而訟息漢書賈誼曰商君遺禮義秦俗日敗借父耰鉏慮有德色音義曰假與父鉏而德之尚書傳曰虞人與芮人質其成於文王入文王之境則見其人萌讓爲士大夫入其國則見士大夫讓爲公卿二國相謂曰此其君亦讓以天下而不居也讓其所爭以爲閑田毛萇詩傳曰耕者讓畔行者讓路蘇秦張儀已見上文

由此觀之士無常俗而教有定式上之遷下均之埏埴漢書董仲舒曰上之化下下之從上猶泥之在鈞唯甄者之所爲如淳曰陶家作器於鈞上杜預左氏傳注曰均平也老子曰埏埴以爲器河上公曰埏和也埴土也謂和土以爲器也埏失然切埴市力切

五方雜會風流溷淆惰農好利不昏作勞密邇猃狁戎馬生郊漢書曰秦地五方雜錯風俗不純富人則商賈爲利說文曰溷亂也溷或爲渾尚書曰惰農自安不昬作勞左氏傳曰以魯國之密邇仇讎毛詩曰玁狁孔熾老子曰天下無道戎馬生郊

而制者必割實存操刀言在於化也漢書賈誼曰黃帝云操刀必割左氏傳子產曰大官大邑而使學者制焉猶未能操刀而使之割

人之升降與政隆替杖信則莫不用情無欲則賞之不竊左氏傳子展曰杖德莫如信杖信以待晉不亦可乎論語子曰上好信則人莫敢不用情又曰季康子患盜孔子曰苟子之不欲雖賞之不竊也

雖智弗能理明弗能察信此心也庶免夫戾言己雖無才能然任其才信無欲之心庶足以理左氏傳太史克曰庶幾免於戾乎戾下或有劣字非

如其禮樂以俟來哲論語冉求曰如其禮樂以俟君子幽通賦曰訊來哲以通情

文選卷第十

賜進士出身通奉大夫江南蘇松常鎮太等處承宣布政使司布政使胡克家重校刊

文選卷第十一

梁昭明太子撰

文林郎守太子右内率府録事參軍事崇賢館直學士臣李善注上

遊覽

登樓賦

盛弘之荊州記曰當陽縣城樓王仲宣登之而作賦

王仲宣 魏志曰王粲字仲宣山陽人獻帝西遷粲從至長安以西京擾亂乃之荊州依劉表後太祖辟爲右丞相掾魏國建爲侍中卒

登茲樓以四望兮。聊暇古雅日以銷憂。馮衍顯志賦曰伏朱樓而四望采三秀之華英孫卿子曰多暇日者其出入不遠也賈逵國語注曰暇閑也暇或爲假楚辭曰遷逡次而勿驅聊假日以消時邊讓章華臺賦曰冀彌日以銷憂漢書東方朔曰銷憂者莫若酒覽斯宇之所處兮。實顯敞而寡仇。說文曰屋宇邊謂樓之宇也西京賦曰雖斯宇之旣坦李尤高安館銘曰增臺顯敞禁室靜幽蒼頡篇曰敞高顯也爾雅曰仇匹也挾清漳之通浦兮。倚曲沮之長洲。挾猶帶也山海經曰荊山漳水出焉而東南注于雎漢書地理志曰漢中房陵東山沮水所出至郢入江雎與沮同

背墳衍之廣陸兮。臨皐隰之沃流。杜預左氏傳注曰陸道也孟康漢書注曰沃灌漑也北彌陶牧。西接昭丘。爾雅曰彌終也謂終極也盛引之荊州記曰江陵縣西有陶朱公冢其碑云是越之范蠡而終於陶爾雅曰郊外曰牧荊州圖記曰當陽東南七十里有楚昭王墓登樓則見所謂昭丘華實蔽野。黍稷盈疇。春秋文耀鉤曰春致其時華實乃榮說文曰疇耕治之田也賈逵國語注曰一井爲疇雖信美而非吾土兮。曾何足以少留。楚辭曰雖信美而無禮北征賦曰曾不得乎少留說文曰曾謂辭之舒也遭紛濁而遷逝兮。漫踰紀以迄今。紛濁喻代亂也楚辭曰吸精粹而吐紛濁孔安國尚書傳曰十二年曰紀毛詩曰以迄于今毛萇曰迄至也情眷眷而懷歸兮。孰憂思之可任。韓詩曰眷眷懷顧毛詩曰豈不懷歸毛萇曰懷思也杜預左氏傳注曰任當也憑軒檻以遙望兮。向北風而開襟。言感北風逾增鄉思也小雅曰馮依也漢書曰天子自軒檻上隤銅丸韋

昭曰軒檻殿上欄軒上板也風賦曰有風颯然而至王乃披襟而當之平原遠而極目兮。蔽荊山之高岑。楚辭曰目極千里傷春心漢書臨沮縣荊山在東北也爾雅曰山小而高曰岑路逶迤而脩迥兮。川旣漾以上而濟深。逶迤長貌也爾雅曰迥遠也韓詩曰江之漾矣不可方思薛君曰漾長也毛詩曰濟有深涉爾雅曰濟渡也悲舊鄉之壅隔兮。涕橫墜而弗禁。楚辭曰忽臨睨夫舊鄉漢中山王勝曰不知涕泣之橫集昔尼父之在陳兮。有歸歟之歎音。左氏傳曰孔丘卒公誄之曰尼父無自律論語子在陳曰歸歟歸歟鍾儀幽而楚奏兮。莊舄顯而越吟。左氏傳曰晉侯觀于軍府見鍾儀問曰南冠而縶者誰也有司對曰鄭人所獻楚囚也使稅之問其族對曰伶人也使與之琴操南音公曰樂操土風不忘舊也史記曰陳軫適楚秦惠王曰子去寡人之楚亦思寡人不陳軫對曰昔越人莊舄仕楚執珪有頃而病楚王曰舄故越之鄙細人也今仕楚執珪富貴矣亦思越不對曰凡人之思故在其病也彼思越則

越聲不思越則且楚聲人往聽之猶尚越聲也今臣雖弃逐之楚豈能無秦聲者哉人情同於懷土兮豈窮達而異心窮謂鍾儀達謂莊舄論語子曰小人懷土孔安國曰懷思也呂氏春秋曰道德於此窮達一也惟日月之逾邁兮俟河清其未極尚書云日月逾邁若弗云來左氏傳鄭子駟曰周詩有之俟河之清人壽幾何杜預曰逸詩也爾雅曰極至也冀王道之一平兮假高衢而騁力賈逵國語注曰覬望也冀與覬同尚書曰王道正直孔安國曰王道平直也高衢謂大道也薛君韓詩章句曰騁馳也懼匏瓜之徒懸兮畏井渫之莫食論語子曰吾豈匏瓜也哉焉能繫而不食鄭玄曰我非匏瓜焉能繫而不食者冀往仕而得祿周易曰井渫不食爲我心惻鄭玄曰謂已浚渫也猶臣脩正其身以事君也張璠曰可爲惻然傷道未行也然不食以被任用也步棲遲以徙倚兮白日忽其將匿毛詩曰衡門之下可以棲遲楚辭曰步徙倚而遥思杜預左氏傳注曰匿藏也風蕭瑟而並興兮天

〈文十一　三　乙丑重刊　史

慘慘而無色楚辭曰蕭瑟兮草木搖落而變衰通俗文曰暗色曰黲慘與黲古字通獸狂顧以求羣兮鳥相鳴而舉翼楚辭曰狂顧南行王逸曰狂猶遽也大戴禮夏小正曰鳴也者相命也原野闃其無人兮征夫行而未息原野闃無農人但有征夫而已周易曰闃其户闃其無人埤蒼曰闃靜也毛詩曰駪駪征夫心悽愴以感發兮意忉怛丁達而憯七感切惻廣雅曰感傷也毛詩曰勞心忉忉毛萇曰憂勞也又曰勞心怛怛毛萇曰怛怛猶忉怛也循階除而下降兮氣交憤於胷臆於力切司馬彪上林賦注曰除樓階也杜預左氏傳注曰交戾也王逸楚辭注曰憤懣也說文曰臆胷也夜參半而不寐兮悵盤桓以反側方言曰參分也韓子曰衛靈公泊濮水夜分而聞有鼓瑟者毛詩曰耿耿不寐易曰初九盤桓利居貞廣雅曰盤桓不進也毛詩曰展轉反側

遊天台山賦

并序支遁天台山銘序曰余覽內經山記云剡縣東南有天台山

孫興公何法盛晉中興書曰孫綽字興公太原人也爲章安令稍遷散騎常侍領著作郎尋轉廷尉卿卒于時才筆之士綽爲其冠

天台山者蓋山嶽之神秀者也廣雅曰秀異也涉海則有方丈蓬萊登陸則有四明天台方丈蓬萊皆海中名山也爾雅曰高平曰陸謝靈運山居賦注曰天台四明相接連四明方石四面自然開窗皆玄聖之所遊化靈仙之所窟宅名山略記曰天台山即是定光寺諸佛所降葛仙公山也夫其峻極之狀嘉祥之美毛詩曰嵩高維嶽峻極于天東京賦曰備致嘉祥窮山海之瓌富盡人神之壯麗矣埤蒼曰瑰瑋珍琦也所以不列於五嶽闕載於常典者爾雅曰太山爲東嶽華山爲西嶽衡山爲南嶽常山爲北嶽嵩高山爲中嶽常典五經之流也豈不以所立冥奧其路幽迥冥奧者冥深奧也幽迥遐遠也或倒景於重

〈文十一　の　二

溟或匿峯於千嶺重溟謂海也山臨水而影倒故曰倒景也始經魑魅之塗卒踐無人之境杜預左氏傳注曰魑山神魅怪物莊子曰其道幽遠而無人舉世罕能登陟王者莫由禋祀劉兆穀梁注曰舉盡也楚辭曰舉世皆然將誰告孔安國尚書傳曰精意以享謂之禋故事絶於常篇名標於奇紀廣雅曰絶滅也篇即常典也廣雅曰標書也奇紀即內經山記然圖像之興豈虛也哉非夫遺世翫道絶粒茹芝者烏能輕舉而宅之列仙傳曰赤松子好食松實絶穀孔安國尚書傳曰米食曰粒音立列仙傳讚曰吞水湏茹芝藂斷食休糧以除穀氣廣雅曰茹食也讓慮切楚辭曰願輕舉而遠遊非夫遠寄冥搜篤信通神者何肯遥想而存之言非寄情遐遠搜訪幽冥篤信善道通神感化者何肯存之也余所以馳神運思晝詠宵興俛仰之間若巳再升者也莊子老聃謂崔瞿曰其疾

也哉。俛仰之間再撫四海之外也。王弼周易注曰：若，辭也。臞音劬。**方解纓絡，永託茲嶺。**方猶將也。纓絡以喻世網也。說文曰：嬰，繞也。纓與嬰通。郭璞山海經注曰：絡，繞也。**不任吟想之至，聊奮藻以散懷。**歸田賦曰：揮翰墨以奮藻。

太虛遼廓而無閡，運自然之妙有。太虛謂天也。自然謂道也。無閡謂無名。妙有謂一也。言大道運彼自然之妙一，而生萬物也。管子曰：虛而無形謂之道。鵩鳥賦曰：寥廓忽荒。老子曰：天法道，道法自然。鍾會曰：莫知所出，故曰自然。王弼曰：自然，無義之言，窮極之辭也。又曰：妙者，極之微也。老子曰：道生一。王弼曰：一，數之始而物之極也。謂之爲妙有者，欲言有，不見其形，則非有，故謂之妙；欲言其物由之以生，則非無，故謂之有也。斯乃無中之有，謂之妙有也。阮籍通老子論曰：道者自然，易謂之太極，春秋謂之元，老子謂之道也。**融而爲川瀆，結而爲山阜。**老子曰：三生萬物。鍾會曰：散而爲萬物也。融猶銷也。班固終南山賦曰：流澤遂而成水，停積結而爲山。**嗟台嶽之所奇挺，寔神明之所扶持。**廣雅曰：挺，出也。魯靈光殿賦序曰：豈非神明依憑支持者也。

蔭牛宿以曜峯，託靈越以正基。天台越境，故云牛宿也。漢書曰：越地，牽牛之分野。**結根彌於華岱，直指高於九疑。**結猶固也。南都賦曰：結根竦本。華、岱、九疑，皆山名也。劉瓛周易義曰：彌，廣也。**應配天於唐典，齊峻極於周詩。**配猶對也。左氏傳：周史謂陳侯曰：姜，太嶽之後也。山嶽則配天。杜預曰：姜姓之先爲堯四嶽，故曰唐典也。**邈彼絕域，幽邃窈窕。**王逸楚辭注曰：邈，遠也。絕，遠也。魯靈光殿賦曰：琁室嬋娟以窈窕，洞房叫窱而幽邃。王逸曰：邃，深也。**近智以守見而不之，之者以路絕而莫曉。**近智猶小智也。爾雅曰：之，往也。言近智守所見而不之，假有之者，以其路斷絕，莫之能曉也。方言曰：曉，知也。**哂夏蟲之疑冰，整輕翮而思矯。**言淺近不智，同乎夏蟲，今既哂之，故整翮思矯也。馬融論語注曰：哂，笑也。莊子：北海若謂河伯曰：夏蟲不可以語於冰者，篤於時也。司馬彪曰：厚信其所見之時也。方言曰：矯，飛也。**理無隱而不彰，啓二奇以示兆。**劉向列女傳曰：名無細而不聞，行無隱而不彰。二奇，赤城、瀑布也。賈逵國語注曰：兆，形也。**赤城霞起而建標，**甲遥**瀑布飛流以界道。**支遁天台山銘序曰：往天台當由赤城山爲道徑。孔靈符會稽記曰：赤城，山名，色皆赤，狀似雲霞。懸霤千仞，謂之瀑布，飛流灑散，冬夏不竭。天台山圖曰：赤城山，天台之南門也。瀑布山，天台之西南峯。水從南巖懸注，望之如曳布。建標，立物以爲之表識也。戰國策曰：舉標甚高。界道，謂爲道疆界也。法華經曰：黃金爲繩，以界八道。**覿靈驗而遂徂，忽乎吾之將行。仍羽人於丹丘，尋不死之福庭。**楚辭曰：仍羽人於丹丘兮，留不死之舊鄉。王逸曰：因就衆仙於明光也。丹丘，晝夜常明。山海經有羽人之國，不死之民。**苟台嶺之可攀，亦何羨於層城。**薛君韓詩章句曰：羨，願也。淮南子曰：崑崙墟以下，地中有層城九重是也。**釋域中之常戀，暢超然之高情。**老子曰：域中有四大。漢書音義曰：暢，通也。老子曰：雖有榮觀，宴處超然。**被毛褐之森森，振金策之鈴鈴。**七啓曰：余好毛褐，未暇此服也。金策，錫杖也。鈴鈴，策聲。**披荒榛之蒙蘢，陟峭

崿之崢嶸。**高誘淮南子注曰：叢木曰榛。孫子曰：草樹蒙蘢。文字集略曰：崿，崖也。字林曰：崢嶸，山高貌。**濟楢**由**溪而直進，落五界而迅征。**顧愷之啓蒙記注曰：天台山次經油溪。謝靈運山居賦曰：凌石橋之莓苔，越楢溪之縈紆。注曰：所居往來，要經石橋，過楢溪，人迹不復過此。楢字雖殊，並酉留切。落，邪行也。五界，五縣之界。孔靈符會稽記曰：此山舊名五縣之餘地。五縣，餘姚、鄞、句章、剡、始寧。服虔漢書注曰：鄞音銀。**跨穹隆之懸磴，**丁鄧**臨萬丈之絕冥。**穹隆，長曲貌。西京賦曰：閣道穹隆。懸磴，石橋也。顧愷之啓蒙記曰：天台山石橋，路逕不盈尺，長數十步，步至滑，下臨絕冥之澗。冥，幽深也。**踐莓苔之滑石，搏壁立之翠屏。**莓苔，即石橋之苔也。翠屏，石橋之上石壁之名也。異苑曰：天台山石有莓苔之險。孔靈符會稽記曰：赤城山上有石橋懸度，有石屏風橫絕橋上，邊有過逕，纔容數人。仲長子昌言曰：斧帳翠屏之不坐。莓音梅。**攬樛**居求**木之長蘿，援葛藟**力鬼**之飛莖。**顧愷之啓蒙記注曰：濟石橋者，搏巖壁，援女蘿葛藟之莖。毛詩曰：南有樛木，葛

藟纍之。毛萇曰：木下曲曰樛。爾雅曰：女蘿，菟絲。賈逵國語注曰：援，引也。

雖一冒於垂堂，乃求存乎長生。

漢爰盎諫上曰：臣聞千金之子，坐不垂堂。老子曰：長生久視之道。東方朔十洲記曰：桂英流丹，服之長生。

必契誠於幽昧，履重嶮而逾平。

幽昧，謂道也。鍾會老子注曰：幽冥晦昧，故稱爲玄。

既克隮於九折，路威夷而脩通。

言其道嶮曲，折有九也。杜篤首陽山賦曰：九折萎嵬而多艱。韓詩曰：道威夷。威夷者也。

恣心目之寥朗，任緩步之從容。

列子曰：晏平仲問養生於管夷吾，曰：恣目之所欲視，恣意之所欲行。寥朗，謂心虛目明也。說文曰：寥，虛空也。毛萇詩傳曰：朗，明也。列子曰：子華之容。緩步闊視。尚書曰：從容以和。

藉慈夜萋萋之纖草，蔭落落之長松。

以草薦地而坐曰藉。楚辭曰：春草生兮萋萋。杜篤首陽山賦曰：長松落落，卉木蒙蒙。

覿翔鸞之裔裔，聽鳴鳳之嗈嗈。

裔裔，飛貌也。爾雅曰：嗈嗈，和也。謂聲之和也。

過靈溪而一濯，疏煩想於心胷。

靈溪，溪名也。廣雅曰：濯，洗也。賈逵國語注曰：疏，除也。

蕩遺塵於旋流，發五蓋之遊蒙。

因一濯而假言也。六塵虛假而能不住，故曰蕩。雖遺而未能盡，故曰遺。中論曰：六塵，色聲香味觸法。高誘淮南子注曰：旋流，深淵也。身意皆淨而能不離，故曰發。五蓋非真而蔽己善行，故曰遊。大智度論曰：五蓋，貪欲、瞋恚、睡眠、調戲、疑悔。禮記曰：昭然發蒙。五蓋或爲神表。

追羲農之絕軌，躡二老之玄蹤。

羲農，伏羲、神農也。廣雅曰：軌，跡也。又曰：躡，履也。二老，老子、老萊子也。史記曰：老子者，楚苦縣人，名耳，字聃，姓李氏。見周之衰，乃遂去。西至關，關令曰：子將隱矣，強爲我著書。乃著上下二篇，言道德之意。又曰：老萊子亦楚人也，著書十五篇，言道家之用脩道而養壽也。劉向別錄曰：老萊子，古之壽者。

陟降信宿，迄于仙都。

毛詩曰：陟降廷止。毛萇曰：陟降，上下。左氏傳曰：凡師一宿爲舍，再宿爲信。爾雅曰：迄，至也。十洲記曰：滄浪海島中有石室，九老仙都治處，仙官數萬人。

雙闕雲竦以夾路，瓊臺中天而懸居。朱闕玲瓏於林間，玉堂陰映于高隅。

顧愷之啓蒙記

文十一　七　寀友

注曰：天台山列雙闕於青霄中，上有瓊樓、瑤林、醴泉，仙物畢具。十洲記曰：承淵山，金臺玉樓，流精之闕，瓊華之室，西王母之所治，真官仙靈之所宗也。晉灼漢書注曰：玲瓏，明見貌。

彤雲斐亹亡匪以翼欞，皦公鳥日烱晃於綺疏。

斐亹，文貌。翼，猶承也。欞，窓間子也。毛詩曰：有如皦日。烱晃，光明也。李尤東觀銘曰：房闥內布，綺疏外陳。薛綜西京賦注曰：疏，刻穿之也。然刻爲綺文，謂之綺疏也。

八桂森挺以凌霜，五芝含秀而晨敷。

山海經曰：桂林八樹，在賁隅東。郭璞曰：八樹成林，言其大也。賁隅，音番禺。神農本草經曰：桂葉冬夏常青不枯。又曰：赤芝一名丹芝，黃芝一名金芝，白芝一名玉芝，黑芝一名玄芝，紫芝一名木芝。馮衍顯志賦曰：食五芝之茂英。

惠風佇芳於陽林，醴泉涌溜於陰渠。

邊讓章華臺賦曰：惠風春施。宁，猶積也。佇與宁同。毛萇詩傳曰：山南曰陽。鄭玄周禮注曰：陽林，生於山南。史記曰：崐崘山上有醴泉。白虎通曰：醴泉者，美泉，狀如醴。陰渠，山北之渠。

建木滅景於千尋，琪樹璀璨而垂珠。

淮南子曰：建木在廣都，衆帝所自上下，日中無景，呼而無響，蓋天地之中也。山海經曰：神人之丘有建木，百仞無枝。又曰：崐崘之墟北有珠樹、文玉樹、玗琪樹。璀璨，珠垂貌。玗，羽俱切。璀，七罪切。

王喬控鶴以沖天，應真飛錫以躡虛。

列仙傳曰：王子喬者，周靈王太子晉也。道人浮丘公接以上嵩高山。三十餘年後，人於山上見之，告我家：於七月七日待我於緱氏山頭。果乘白鶴駐山頭。毛萇詩傳曰：控，引也。史記楚莊王曰：有鳥不蜚，蜚乃沖天。百法論曰：并及八輩應真僧。然應真謂羅漢也。大智度論曰：菩薩常應二時頭陀，常用錫杖、經傳、佛像。

騁神變之揮霍，忽出有而入無。

言衆仙既登正道，故能騁其神變，出於衆有而入無爲也。淮南子曰：出於無有，入於無爲。

於是遊覽既周，體靜心閑。

王逸楚辭注曰：閑，靜也。

害馬已去，世事都捐。

莊子曰：黃帝將見大隗于具茨之山，適遇牧馬童子。黃帝曰：請問爲天下。小童曰：夫爲天下者，亦奚以異乎牧馬者哉？亦但去其害馬者而已矣。郭璞曰：馬以過分爲害。歸田賦曰：與世事乎長辭。

投刃皆虛，目牛無全。

莊子曰：庖丁爲文惠君屠牛。文惠君曰：善哉技！庖丁對曰：

文十一　八　乙羽重刊刻用

臣好者道進乎技矣臣始解牛時所見無非牛者三年之後未嘗見全牛也今臣以神遇而不以目視也

凝思幽巖朗詠長川 廣雅曰凝止也朗猶清徹也

爾乃羲和亭午遊氣高褰 楚辭曰吾令羲和弭節兮王逸曰羲和日御也午日中徐爰射雉賦注曰褰開也

法鼓琅以振響衆香馥以揚煙 法華經曰擊大法鼓又曰燒衆名香

肆覲天宗爰集通仙 天宗謂老君也通仙謂衆仙也其通猶通侯也尚書曰肆覲羣后孔安國曰肆遂也

挹以玄玉之膏嗽以華池之泉 毛萇詩傳曰挹㪺也山海經曰密山是生玄玉玉膏之所出郭璞曰言玉膏中又出黑玉史記曰崐崘其上有華池

散以象外之說暢以無生之篇 象外謂道也周易曰象者像也荀粲列傳粲荅兄俁云立象以盡意此非通乎象外者也象外之意故蘊而不出矣無生謂釋典也維摩詰曰是天女所願具足得無生忍俁牛矩切

悟遣有之不盡覺涉無之有間 言道釋二典皆以無爲宗今悟有爲非而遣之遣之而不盡覺無爲是而涉之涉之而有間言皆滯於有也說文曰悟覺也小雅曰間隙也

泯色空以合跡忽即有而得玄 言有既滯有故釋典泯色空以合其跡道教忽於有而得於玄郭象莊子注曰泯平泯也又曰本末内外暢然俱得泯然無跡維摩經喜見菩薩曰色色空爲二色即是空非色滅空色性自空如是受想行識識空爲二識即是空非識滅空識性自空於其中通而達者爲入不二法門有謂有形也王弼老子注曰凡有皆始於無又曰有之所始以無爲本然王以凡有皆以無爲本無以有爲功將欲寤無必資於有故曰即有而得玄也王弼又曰玄冥嘿無有也

釋二名之同出消一無於三幡 釋謂解說令散也二名即有名物始無名物母也言二名雖異釋之令同出於道也老子曰無名天地之始有名万物之母故常無欲以觀其妙常有欲以觀其徼此兩者同出而異名同謂之玄王弼曰兩者謂始與母也同出於玄也異名所施不同也在首則謂之始終則謂之母也訓暢令盡也三幡色一也色空二也觀三也言三幡雖殊消令爲一同歸於無也郤敬輿謝慶緒書論三幡義曰近論三幡諸人猶多欲既觀色空別更觀識同在一有而重假二觀於理爲長然敬輿之意以色空及觀爲三幡識空及觀亦爲三幡

恣語樂以終日等寂默於不言 夫言從道生道因言暢道之因言理歸空一故終日語樂等乎不言莊子曰言而足則終日言而盡道也言無言終身言未嘗言終身不言未嘗不言

渾萬象以冥觀兀同體於自然 妙悟玄宗則蕩然都遣不知已之是已不見物之爲物故渾齊萬像以冥觀兀然同體於自然孝經鉤命決曰地以舒形萬象咸載冥昧也言不顯視也兀無知之貌也自然已見

文上

蕪城賦

四言集云登廣陵故城漢書曰廣陵國高帝十一年屬吳景帝更名江都武帝更名廣陵江都易王非廣陵厲王胥皆都焉

鮑明遠 沈約宋書鮑昭字明遠文辭贍逸世祖時昭爲中書舍人上好爲文章自謂物莫能及昭悟其旨爲文多鄙言累句當時咸謂昭才盡實不然也臨海王子頊爲荊州昭爲前軍掌書記之任子頊敗爲亂兵所殺

瀰弭迆以平原 瀰迆相連漸平之貌也廣雅曰迆斜也平原即廣陵也

南馳蒼梧漲張海北走去聲紫塞鴈門 南馳北走言所通者遠也漢書有蒼梧郡謝承後漢書曰陳茂常渡漲海如淳漢書注曰走音奏趨也崔豹古今注曰秦所築長城土色皆紫漢塞亦然故稱紫塞漢書有鴈門郡

柂以漕渠軸以崐崗 廣雅曰柂引也漕渠邘溝也左氏傳曰吳城邘溝通江淮杜預曰通糧道說文曰漕水轉穀也又曰軸持輪也崐崗廣陵之鎮平也類車軸之持輪河圖括地象曰崐崗之山橫爲地軸柂或爲陸軸或爲袖

重江複關之隩四會五達之莊 南臨江曰重濱帶江南曰複蒼頡篇曰隩藏也洛陽記曰銅駝二枚在四會道頭爾雅曰五達謂之康六達謂之莊

當昔全盛之時車挂轊衛人駕肩 全盛謂漢時也史記蘇秦說齊王曰臨菑之塗車轂擊人肩摩說文曰轊車軸端杜預左氏傳注曰駕陵也謂相迫切也

廛閈撲卜地歌吹

沸天鄭玄周禮注曰廛民居區域之稱說文曰閈閭也方言曰撲盡也郭璞曰今種物皆生云撲地出也
孳滋貨鹽田鏟利銅山聲類曰孳蕃也孳滋古字通也海賦曰陸死鹽田蒼頡篇曰鏟
削平也初產切史記曰吳有豫章郡銅山吳王濞盜鑄錢煑海水爲鹽才力雄富士馬精
妍班固傳贊曰材力有餘士馬強盛范曄後漢書曰王元說隗囂曰今天水完富士馬最強故能奓
秦法佚周令聲類曰奓侈字也軼過也佚與軼通西都賦曰覽秦制跨周法劃崇墉刳
濬洫圖脩世以休命字林曰佳刀曰劃刳謂除消其土也周易曰刳木爲舟薛綜西京賦
注墉謂城洫池也左氏傳北宮文子曰其有國家令問長世尚書曰俟天休命春秋元命苞曰命者天之命也
是以板築雉堞之殷井幹寒烽櫓之勤郭璞曰三蒼解詁曰板築牆上
下板築杵頭鐵沓也鄭玄周禮注曰雉長三丈高一丈杜預左氏傳注曰堞女牆也殷盛也淮南子曰大構架
興宮室雞棲井幹許慎曰皆屋構飾也郭璞上林賦注曰櫓望樓也格高五嶽袤廣三墳

文十一　十一

蒼頡篇曰格量度也五嶽已見天台賦南北曰袤三墳未詳或曰毛詩曰遵彼汝墳又曰鋪敦淮墳爾雅曰墳
莫大於河墳此蓋三墳崪慈聿若斷岸矗丑六似長雲崪高峻也矗齊平也製
磁石以禦衝糊赬壤以飛文三輔黃圖曰阿房宮以磁石爲門懷刃者止之廣雅觀基扃之固護將
曰衝突也字書曰糊黏也戶徒切毛萇詩傳曰赬赤也七啓曰燿飛文
萬祀而一君說文曰扃外閉之關也凡文士之言基扃汎論城闕猶車稱軫舟謂之艫耳非獨指
扃也固護言牢固也出入三代五百餘載竟瓜剖而豆分王逸廣陵郡圖
經曰郡城吳王濞所築然自漢迄于晉末故云出入三代五百餘載也漢書賈誼上疏曰高帝瓜分天下王功
臣也澤葵依井荒葛罥塗王逸楚辭注曰風萍水葵生於池中罥猶絹也壇羅
虺呼鬼蜮羽逼階鬬麏居筠鼯王逸楚辭注曰壇堂也毛詩曰爲鬼爲蜮毛萇曰蜮短狐
也公羊傳曰有麇而角劉兆曰麇麞也麏與麇音義同鼯鼯鼠也木魅莫媿山鬼野鼠城

狐說文曰魅老物精也莫媿切楚辭九歌有祭山鬼漢書曰蘇武掘野鼠草實而食之魏明帝長歌行曰久
城育狐兔高墉多鳥聲風嘷雨嘯昏見晨趨左氏傳曰豺狼所嘷也胡高切飢
鷹厲吻寒鴟嚇雛厲摩也鄭玄周禮注曰吻口邊也士粉切鄭玄毛詩箋曰口拒人曰
嚇火嫁切郭璞爾雅注曰雛生而能自食者謂鳥子也伏甝藏虎乳血飧膚字書曰甝
古文暴字蒲到切甝或爲虦爾雅曰甝白虎虦戶甘切崩榛塞路崢嶸古馗服虔漢書
注曰榛木叢生也廣雅曰崢嶸深冥也韓詩曰肅肅兔罝施于中馗薛君曰中馗馗中九交之道也仇悲切
白楊早落塞草前衰崔豹古今注曰白楊葉圓李陵書曰涼秋九月塞外草衰塞或爲寒
稜稜霜氣蔌蔌風威稜稜霜氣嚴冬之貌蔌蔌風聲勁疾之貌蔌素鹿切孤蓬自
振驚砂坐飛無故而飛曰坐飛灌莽杳而無際叢薄紛其相依
廣雅曰灌叢也王逸楚辭注曰草木交曰薄通池既已夷峻隅又已頹通池城濠

文十一　十二

也峻隅城隅也直視千里外唯見起黃埃王逸楚辭注曰埃塵也凝思寂
聽心傷已摧天台山賦曰凝思高巖若夫藻扃黼帳歌堂舞閣之
基璇淵碧樹弋林釣渚之館藻扃施藻畫也司馬相如美人賦曰芳香芬烈黼
帳高張璇淵玉池也碧樹玉樹也吳蔡齊秦之聲魚龍爵馬之玩楚辭曰吳
歈蔡謳漢書藝文志有齊歌泰歌西京賦曰海鱗變而成龍又曰大雀踆踆又曰爵馬同轡皆薰歇
燼滅光沉響絕杜預左氏傳注曰薰香草也又曰燼火之餘木東都妙姬南
國麗人蕙心紈質玉貌絳脣陸機擬東城一何高曰京洛多妖麗玉顏侔瓊蕤然
京洛即東都也曹子建詩曰南國有佳人華容若桃李左九嬪武帝納皇后頌曰如蘭之茂好色賦曰腰如束
素蘭蕙同類紈素兼名文士愛奇故變文耳宋玉笛賦曰頳顏臻玉貌起楊雄蜀都賦曰姚朱頳離絳脣莫
不埋魂幽石委骨窮塵委猶積也豈憶同輿之愉樂

離宮之苦辛哉魏志曰明帝悼毛皇后有寵出入與帝同輿輦長門賦曰期城南之離宮天
道如何吞恨者多抽琴命操爲蕪城之歌韓詩外傳曰孔子抽
琴披軫以授子貢廣雅曰命名也琴道曰琴有伯夷之操夫遭遇異時窮則獨善其身故謂之操歌曰
邊風急兮城上寒井逕滅兮丘隴殘周禮曰九夫爲井又曰夫間有
遂遂上有徑千齡兮萬代共盡兮何言莊子曰化窮數盡謂之死

宮殿

魯靈光殿賦 并序

王文考范曄後漢書曰王逸字叔師南郡宜城人也子延壽字文考有儁才遊魯
作靈光殿賦後蔡邕亦造此賦未成及見延壽所爲甚奇之遂輟翰而止後溺
水死時年二十餘張載注

五丁卅　文十一　十三　乙丑重刊　刘邁

魯靈光殿者蓋景帝程姬之子恭王餘之所立也
善曰漢書景帝十三王傳曰程姬生魯恭王餘初恭王始都下國好治宮室善曰
漢書曰恭王徙魯好治宮室毛詩曰命于下國韋昭國語注曰曲沃在絳下故曰下國然以天子爲上國故諸
侯爲下國遂因魯僖基兆而營焉昔魯僖公使大夫公子奚斯上新姜嫄之廟下
治文公之宮故曰遂因魯僖基兆而營焉善曰史記季友奉公子申立是爲釐公釐與僖同爾雅曰兆域也
遭漢中微盜賊奔突突唐突也詩云昆夷突矣自西京未央建章
之殿皆見隳壞未央建章西京二殿之名杜預左氏傳注曰隳毀也而靈光巋丘軌
然獨存巋然高大堅固貌也善曰孔叢子孔子曰夫山者巋然高意者豈非神明
依憑支持以保漢室者也善曰廣雅曰意疑也然其規矩制度上
應星宿音秀亦所以永安也善曰上應星宿謂觜陬也賦曰規矩應天上憲觜陬

予客自南鄙觀藝於魯南鄙荆州也廣雅曰鄙國也藝六經也魯有周公孔子在
焉覩斯而眙丑吏切愕視曰眙本爲藝而來見此驚也曰嗟乎詩人之興感
物而作見可嗟之物爲作詩作賦故奚斯頌僖歌其路寢而功績
存乎辭德音昭乎聲善曰韓詩曰新廟奕奕奚斯所作薛君曰奚斯魯公子也言其
新廟奕奕然盛是詩公子奚斯所作也左氏傳司馬侯曰先王務脩德音以亨神人毛詩曰我有嘉賓德音孔
昭物以賦顯事以頌宣匪賦匪頌將何述焉遂作賦曰
粵若稽古帝漢祖宗濬哲欽明若順也稽考也言能順天地考行古之道
者帝也濬深也哲智也又有深知欽明詩云濬哲維商書云放勳欽明善曰書曰粵若稽古帝堯又曰濬哲文
明殷五代之純熙紹伊唐之炎精善曰殷盛也五代周殷夏唐虞也言漢盛
於五代純熙之道而紹帝堯火德之運毛詩曰時純熙矣爾雅曰純大也孔安國尚書傳曰熙廣也爾雅曰紹

六丁八十四　文十一　十四　乙丑重刊　刘邁

繼也詩含神務曰慶都生伊堯孔安國尚書傳曰堯以唐侯升爲天子李尤德陽殿賦曰若炎唐稽古作先東
觀漢記序曰漢以炎精布耀或幽而光又馮衍說鮑永曰社稷復存炎精更輝荷天衢以元亨
廓宇宙而作京衢道也易曰荷天之衢道大行也元善之長也亨嘉之會也天所覆爲宇中所
由爲宙也善曰方言曰張小使大謂之廓鄭玄周易注曰人君在上位負荷天之大道敷皇極以
創業協神道而大寧皇極皇建其有極謂得中也協和神明之道而天下大寧皆謂初漢
之盛時也善曰孟子曰君子創業垂統謂可繼也周易曰聖人以神道設教於是百姓昭明
九族敦序乃命孝孫俾侯于魯善曰尚書曰百姓昭明又曰敦叙九族孔安國
曰九族高祖玄孫之親也爾雅曰命告也毛詩曰孝孫有慶又曰建爾元子俾侯于魯錫介珪以
作瑞宅附庸而開宇介大也圭長尺二寸謂之介瑞信也諸侯錫大圭以爲瑞信又以爲寶
申伯之封云錫爾介圭以作爾寶古者附庸百里魯五百里之封也成王以周公有大功錫二十四等附庸方

七百里以是開居也善曰毛詩曰錫之山川土田附庸又曰大啓爾宇爲周室輔
乃立靈光之秘殿。配紫微而爲輔。詩云秘宮有侐紫微至尊宮斥京師也善曰毛萇詩傳曰秘神也西
京賦曰思比象於紫微春秋合誠圖曰北辰其星七在紫微中承明堂於少陽。昭列顯於
奎之分野。善曰言承漢明堂而在少陽之位其光昭列顯於奎之分野也爾雅曰分次也漢書曰泰
山郡奉高縣有明堂武帝造又曰少陽東方也又曰魯地奎婁之分野也一曰春秋說題辭曰心爲天明堂以
布政教言靈光承天之明堂在少陽之地瞻彼靈光之爲狀也。則嵯峨嶵罪
嵬。隗峞巍𡾰𡼬。皆其形也善曰皆高峻之貌峞羌軌切巍五軌切𡾰盧罪切𡼬枯罪切
吁可畏乎其駭人也。駭驚也故覩斯而眙孔安國尚書傳曰吁疑怪之辭迢嶢倜
儻。豐麗博敞。洞轇轕乎其無垠也。又其形也博廣也敞高平也善
曰迢嶢高貌也倜儻非常也上林賦曰張樂乎膠葛之寓郭璞曰言曠遠深邈貌邈希世而特

文十一　十五

出。羌瓌譎而鴻紛。羌辭也羌亦乃也善曰瓌異譎詭也甘泉賦曰上洪紛而相錯屹魚乙
山峙以紆鬱。隆崛魚勿岉勿乎青雲。屹猶嶭也高大貌詩云臨衝茀茀崇墉屹
屹隆屈也西京賦曰終南太一隆屈崔崒崛岉乎青雲言此物上逮青雲善曰廣雅曰峙止也鬱坱鞅
圠烏黠以嶒七耕峵。宏崱助力繒綾陵而龍鱗。崱崱嶷然皆其形也善曰坱圠
無齊限之貌嶒峵深空貌繒綾不平貌甘泉賦曰嶔巖其龍鱗汩于筆磑磑五哀以璀璨赫
燡燡亦而燭坤。皆其形貌光輝也善曰汩淨貌磑磑高貌璀璨衆材飾貌燡光明貌燭坤光照
下土狀若積石之鏘鏘。又似乎帝室之威神。威神言尊嚴也善曰積石
山名西都賦曰激神岳之嶈嶈帝室天帝之室春秋合誠圖曰紫宮太帝室也崇墉岡連以嶺
屬。朱闕巖巖而雙立。墉牆也善曰李尤德陽殿賦曰朱闕巖巖高門擬于
閶闔。方二軌而並入。閶闔天門也王者因以爲門善曰二軌謂容兩車也鄭玄儀禮注曰

方併也周禮曰應門二轍鄭玄周禮注曰軌謂轍廣於是乎乃歷夫太階。以造其
堂。俯仰顧眄。東西周章。造其堂觀其狀而賦之善曰孔安國尚書傳曰造至也
彤彩之飾。徒何爲乎。澔澔涆涆。流離爛漫。善曰澔澔涆涆光明
盛貌澔古老切涆古旦切流離爛漫分散遠貌皓壁暠曜以月照。丹柱歙赩
而電烻。霞駮雲蔚。若陰若陽。其色狀也善曰暠白也古老切崔駰七依曰丹
柱彤牆烻光盛起烻弋戰切瀖濩燐亂。煒煒煌煌。善曰采色衆多盱曜不定也瀖
音霍濩音穫隱陰夏以中處。霐𡨋寥窲以崢嶸。善曰陰夏向北之殿也韋
仲將景福殿賦曰陰夏則有望舒涼室亦與此同霐寥窲崢嶸皆幽深之貌霐烏宏切𡨋魚天切窲音巢鴻
爌炾以爣閬。飋蕭條而清冷。鴻大也爌炾爣朗皆寬明也善曰飋蕭條清涼
之貌爌苦晃切炾呼廣切爣土黨切閬音朗動滴瀝以成響。殷雷應其若

文十一　十六

驚。善曰言簷垂滴瀝纔成小響室內應之其聲似雷之驚也說文曰滴瀝水下滴瀝之也耳嘈嘈
以失聽。目矎矎而喪精。言炒燿也矎矎目不正也善曰埤蒼曰嘈嘈聲衆也廣雅曰矎
視也洞簫賦曰愍眸子之喪精矎火縣切駢密石與琅玕。齊玉璫與璧英。琅玕
珠也似玉尚書曰球琳琅玕善曰李軌法言注曰駢並也國語曰天子之室加密石焉韋昭曰密理謂砥也
然彼以密石磨琢此亦爲飾也西都賦曰裁金璧以飾璫璧英璧玉之英也孝經援神契曰玉英玉有英華之
色。遂排金扉而北入。霄靄靄而晻曖。言深邃也霄冥也旋室㛹
娟以窈窕。洞房叫窱而幽邃。善曰淮南子曰傾宮旋室在崐崘閶闔之中徐幹七
喻曰連觀飛榭旋室迴房旋室曲屋也㛹娟迴曲貌楚辭曰姱容脩態亘洞房西京賦曰望叫窱以經廷西
廂踟躕以閑宴。西廂西序也踟躕連閣傍小室也閑清閑也可以燕會踟或移字善曰踟躕相
連貌毛萇傳曰宴安也言安靜也東序重深而奧祕。東序東廂也互言之文相避耳爾雅

曰東西廂謂之序善曰廣雅曰奥藏也字書曰祕密也屹鏗瞑以勿罔屑黶翳
以懿濞寂寞之形也善曰瞑莫耕切魂悚悚其驚斯心猥猥而發悸
驚斯於此驚也善曰蘇林漢書注曰葸葸懼貌猥與葸同說文曰悸心動也渠季切悸或爲欷於是詳
察其棟宇觀其結構欲安心定意審其事也善曰高誘呂氏春秋注曰結交也構架也
規矩應天上憲觜陬應天文星宿也憲法也善曰爾雅曰觜陬之星營室東壁也毛詩曰
定之方中作爲楚宮毛萇曰定營室也觜子移切陬子瑜切倔佹雲起嶔崟離摟善曰
甘泉賦曰大夏雲譎波詭離摟眾木交加之貌長門賦曰羅丰茸之遊樹離摟梧而相撐倔渠物切佹君委切
摟力朱切三間四表八維九隅室每三間則有四表四角四方爲八維并中爲九萬
楹叢倚磊砢相扶楹柱也善曰磊砢壯大之貌浮柱岧嵽以星懸漂
嶢峴而枝拄枝柱言無根而倚立也善曰甘泉賦曰抗浮柱之飛棲漂輕貌嶢峴不安之貌峴五

文十一　十七　吳

結切蒼頡篇曰拄枝也誅僂切飛梁偃蹇以虹指揭蘧蘧而騰湊善曰
甘泉賦曰歷倒景而絕飛梁西都賦曰抗應龍之虹梁崔駰七依曰夏屋蘧蘧高也音渠王逸楚辭注曰湊聚也
層櫨磥垝以岌峩曲枅要紹而環句善曰說文曰欂櫨柱上枅蒼頡篇曰
枅柱上方木然枅櫨爲一此重言之蓋有曲直之殊爾要紹曲貌芝栭欑羅以戢孴枝
牚杈枒而斜據芝栭山節方小木爲之牚眉梁之上也各長三尺牚或作棖字善曰說文曰栭
枅上梁蒼頡篇曰欑聚也戢孴眾貌孴乃立切說文曰牚柱也恥孟切杈枒參差之貌杈楚加切枒音牙毛萇曰
詩傳曰據依也傍夭蟜以橫出互黝糾而搏負善曰夭蟜黝糾特出之貌蟜巨
表切黝於糾切搏負荷而攢搏也下岪蔚以璀錯上崎嶬而重注善曰岪蔚
特起貌璀錯眾盛貌岪扶弗切崎嶬危嶮貌崎音綺嶬音蟻注猶屬也捷獵鱗集支離分
赴善曰捷獵相接貌支離分散也縱橫駱驛各有所趣善曰縱橫四散也駱驛不絕

爾乃懸棟結阿天窗綺疏天窗高窗也綺文也疏刻鏤也善曰周書曰明堂咸有四
阿屋四垂也綺疏已見上文圓淵方井反植荷蕖反植者根在上而葉在下爾雅曰荷
芙蕖種之於員淵方井之中以爲光輝善曰鄭玄周礼注曰植根生之屬發秀吐榮菡萏披
敷綠房紫菂窋咤垂珠綠房芙蕖之房刻繪爲之綠色紫菂菂中芍也爾雅曰其中菂
珠珠之實窋咤也善曰爾雅曰荷其華菡萏菡胡感切萏徒感切菂與芍同音的說文曰窋物在穴中皃張滑
切咤亦窋也竹亞切雲楶藻梲龍桷雕鏤雲節畫雲氣爲山節也梲梁上楹又畫水草之
文龍桷畫椽爲龍善曰爾雅曰栭謂之節郭璞曰節櫨也楶與節同論語曰山節藻梲包咸曰梲者梁上楹畫
爲藻文鄭玄礼記注曰桷謂之梁楚辭曰仰觀刻桷畫龍蛇飛禽走獸因木生姿爲之
形也善曰高唐賦曰狀似走獸或象飛禽奔虎攫挐以梁倚仡奮亹而軒鬐
善曰攫挐相搏持也羽獵賦曰熊羆之挐攫張揖漢書注曰梁倚相著也仡舉頭也郭璞曰鬐背上鬣也杜預

文十一　十八　通

左氏傳注曰亹動也虯龍騰驤以蜿蟺頷若動而躨跜善曰杜預左氏傳注
曰頷搖頭也牛感切李尤辟雝賦曰万騎躨跜以攫挐躨跜動皃躨音逵跜音尼朱鳥舒翼以
峙衡騰蛇蟉虯而遶榱榱亦椽也有三名一曰椽二曰桷三曰榱善曰春秋漢含孳曰
太一之常居前朱鳥衡四阿之長衡也淮南子曰桁題不枅文字曰騰蟉虯曲貌蟉力鳥切虯巨繞切白
鹿孑蜺於欂櫨蟠螭宛轉而承楣善曰古王子喬辭曰王子喬參駕白鹿雲
中遨孑蜺延首之貌孑甄熱切蜺詣結切方言曰未升天龍謂之蟠龍狡兔跧伏於柎側
猨狖攀椽而相追善曰說文曰跧蹴也壯栾切柎音父玄熊舑舕以齗齗
卻負載而蹲跠跠踞也善曰舑舕吐舌貌舑吐玷切舕吐暫切蒼頡篇曰齗齒根也牛斤切廣
雅曰蹲跠踞也齊首目以瞪眄徒脈脈而狋狋齊首目以瞪眄騈頭而相觀視
脈脈狋狋視貌善曰埤蒼曰瞪直證切爾雅曰脈相視也莫華切說文曰狋犬怒貌牛飢切胡人遙

集於上楹儼雅跜而相對仡欺㹻以鵰䀢鷚顤顟而睽睢狀若悲愁於危處憯嚬蹙而含悴皆胡夷之畫形也人尊於鳥獸故著在上楹儼雅而相對言敬恭也善曰儼雅跜貌說文曰跜長跪也奇几切欺㹻大首也鵰䀢如鵰之視也聲類曰驕驚視也䀢與驕同呼穴切鷚鶇顤大首深目之皃鷚鳥交切鶇呼交切顟力交切睽睢張目皃孟子曰嚬蹙而言嚬蹙憂貌神仙岳岳於棟間玉女闚窗而下視神女之人又弥高也善曰岳岳立貌李尤函谷關銘曰玉女流眄而下視忽瞟眇以響像若鬼神之髣髴善曰瞟眇視不明之貌說文曰瞟瞭也廣雅曰眇莫也響像猶依俙非正形聲也說文曰彷彿相似視不諟也諟與諦同圖畫天地品類羣生雜物奇怪山神海靈寫載其狀託之丹青千變萬化事各繆形隨色象類曲得其情言委曲得情也善曰列子曰千變萬化不可窮極繆形形不同也淮南子曰以鏡視形曲得其情

文十一　十九　吴

上紀開闢遂古之初更畫太古開闢之時帝王之君也善曰尚書考靈耀曰天地開闢曜滿舒光楚辭曰遂古之初誰傳道之五龍比翼人皇九頭善曰春秋命厤序曰皇伯皇仲皇叔皇季皇少五姓同期俱駕龍周密與神通號曰五龍又曰人皇九頭提羽蓋乘雲車出暘谷分九河宋均曰九頭九人也提羽蓋鳥之羽伏羲鱗身女媧蛇軀女媧亦三皇也善曰列子曰伏羲女媧蛇身而人面有大聖之德玄中記曰伏羲龍身女媧蛇軀鴻荒朴略厥狀睢盱鴻大也朴質也略野略上古之世為鴻荒之世也畫其形亦質而略睢盱質朴之形善曰法言曰鴻荒之世聖人惡之尚書璇璣鈐曰帝譽以上朴略有象難傳西京賦曰睢盱跋扈字林曰睢仰目也盱張目也煥炳可觀黃帝唐虞至於煥炳可觀唯黃帝堯舜以來易曰黃帝堯舜垂衣裳而天下治善曰尚書璇璣鈐曰帝堯煥炳隆興可觀軒冕以庸衣裳有殊車曰軒冠曰冕庸用也作此車服以賜有功章有德書曰車服以庸上曰衣下曰裳有功者賞無功者否故曰殊也下及三后婬妃亂主皆畫其形也三后夏殷周也善曰國語史蘇曰昔夏桀妹嬉有寵而亡夏殷辛妲己有寵而亡殷周幽褒姒有寵周於是乎亡忠臣孝子烈士貞女忠臣屈原子胥之等孝子申生伯奇之等烈士豫讓聶政之等貞女梁寡昭姜之等賢愚成敗靡不載敘善曰列子曰但伏羲以來賢愚好醜成敗是非無不消滅也惡以誡世善以示後善曰家語曰孔子觀於明堂覩四墉有堯舜桀紂之象而各有善惡之狀興廢之誡焉孔叢子子思曰古者則有國史書之以示後也善以為示惡以為誡也於是乎連閣承宮馳道周環馳道馳馬之道旋宮而帀毛萇詩傳曰年不順成馳道不脩善曰馳道人君所行之道也君必乘車馬故以馳為名也陽榭外望高樓飛觀大殿無內室謂之榭春秋傳曰宣榭災榭而高大謂之陽長途升降軒檻曼延長途升降閣道上下也軒檻所以開明也善曰上林賦曰長途中宿郭璞曰途樓閣間陛道漸臺臨池層曲九成善曰言重高九層也呂氏春秋曰有娀氏有二佚女為九成之臺也屹然特立的爾殊形高徑華蓋仰看天庭高徑所徑高九上至華蓋也善曰楚辭曰

文十一　二十　王才

登華蓋兮乘暘谷荅賓戲曰未仰天庭而覩白日飛陛揭孽緣雲上征善曰揭孽高貌中坐垂景頫視流星言臺之高自中坐而乘日景也楚辭曰流星墜兮成雨千門相似萬戶如一千門萬戶言衆多也相似如一言皆好也善曰漢書曰建章宮度為千門萬戶巖突洞出逶迤詰屈善曰子虛賦曰巖突洞房周行數里仰不見日或二或三為數非正之辭也論語孔子曰加我數年可以學易何宏麗之靡靡咨用力之妙勤善曰小雅曰靡靡細也郭璞方言注曰靡靡細好也妙勤精妙功勤也非夫通神之俊才誰能剋成乎此勲善曰移太常博士曰聖上德通神明漢書曰益州刺史王襄聞王襃有俊才爾雅曰勲功也據坤靈之寶勢承蒼昊之純殷易曰地勢坤蒼昊皆天之稱也春為蒼天夏為昊天純大殷中也言魯承天之大中也包陰陽之變化含元氣之烟熅烟熅天地之蒸氣也善曰孫卿子曰陰陽大化周易曰四時變化春秋命厤序曰元氣正

則天地八卦孳。周易曰。天地絪縕。萬物化醇。㐅醴騰涌於陰溝。甘露被宇而下臻。醴泉出地。故曰陰溝也。善曰。春秋元命包曰。天樞得則醴泉出。孝經援神契曰。德至天則甘露降。朱桂黝儵於南北。蘭芝阿那於東西。黝儵。阿那。皆茂盛之貌。善曰。尚書大傳曰。德光地序。則朱草生。礼斗威儀曰。君乘金而王。其政平。則蘭芝常生。鄭㐅曰。主調和也。伏儼子虛賦注曰。芍藥以蘭桂調食也。然蘭既爲瑞。桂亦宜同。春秋運斗樞曰。搖光得陵黑芝朱。穆鬱金賦曰。丹桂植其東。祥風翕習以颮灑。激芳香而常芬。風之散物。如灑颮然。及激溉草木。出其芳滋。故云翕習以灑颮。善曰。禮斗威儀曰。君乘火而王。其政平。則祥風至。翕習。盛貌。颮。素合切。神靈扶其棟宇。歷千載而彌堅。善曰。甘泉賦曰。神莫莫而扶傾。尔雅曰。弥。益也。永安寧以祉福。長與大漢而久存。實至尊之所御。保延壽而宜子孫。善曰。喪服傳曰。天子至尊。高唐賦曰。延年益壽千萬歲。毛詩曰。宜爾子孫。振振兮。苟可貴其若斯。孰亦有云而不珍。毛萇詩傳曰。云。言也。爾雅曰。珍。美也。

亂曰。彤彤靈宮。巋嶵穹崇。紛庬鴻兮。善曰。皆高大之貌。嶵。助軌切。庬。莫董切。鴻。胡董切。崱屴嵫釐。岑崟嶒嶷。駢龍嵸兮。善曰。皆峻嶮之貌。崱。助力切。屴音力。嵫音茲。釐音釐。嶒音嶒。嶷音疑。連拳偃蹇。崘菌踡嵼。傍欹傾兮。善曰。皆特起之貌。崘音倫。菌。巨貧切。踡。巨免切。嵼音產。歇歘幽藹。雲覆霮䨴。洞杳冥兮。善曰。皆幽邃之貌。歇。許乞切。歘。許勿切。霮。杜感切。䨴。杜對切。葱翠紫蔚。礧碨瓌瑋。含光晷兮。善曰。蔚。文貌。埤蒼曰。礧碨。礧也。礧。力罪切。碨。於賄切。郭璞山海經注曰。礧硌。大石也。音洛。埤蒼曰。瓌瑋。珍琦也。窮奇極妙。棟宇已來。未之有兮。善曰。周易曰。上棟下宇。以庇風雨。神之營之。瑞我漢室。永不朽兮。

景福殿賦

洛陽宮殿簿曰。許昌宮景福殿七間。

何平叔

典略曰。何晏。字平叔。南陽人也。尚金鄉公主。有奇才。頗有材能。美容貌。魏明帝將東巡。恐夏熱。故許昌作殿。名曰景福。既成。命人賦之。平叔遂有此作。平叔爲散騎常侍。遷尚書。主選。後曹爽反。爲司馬宣王斬於東市。

大哉惟魏。世有哲聖。武創元基。文集大命。武。武帝。文。文帝。並見魏都賦。毛詩曰。世有哲王。尚書。伊尹曰。天監厥德。用集大命。孔安國曰。集王命於其身。皆體天作制。順時立政。東都賦曰。體元立制。順時立政。謂依月令而行也。禮記曰。凡舉事必順其時。尚書有立政篇。至于帝皇。遂重熙而累盛。魏志曰。明皇帝諱叡。字元仲。文帝太子也。生數歲而有岐嶷之姿。武皇異之。文帝崩。即皇帝位。東都賦曰。至乎永平之際。重熙而累洽也。遠則襲陰陽之自然。近則本人物之至情。周易曰。一陰一陽之謂道。阮籍通老子論曰。道法自然。漢書。鼂錯對策曰。計安天下。莫不本於人情也。上則崇稽古之弘道。下則闡長世之善經。稽古。已見靈光殿賦。尚書序曰。謂之三墳。言大道也。左氏傳曰。北宮文子曰。有其國家。令問長世。又隨武子曰。兼弱攻昧。武之善經。庶事既康。天秩孔明。尚書。咎繇曰。庶事康哉。又曰。天秩有禮。毛詩曰。祀事孔明。故載祀二三。而國富刑清。歲三月東巡狩。至于許昌。魏志明紀曰。大和六年三月。行幸東巡。四月。行幸許昌宮。春秋說題辭曰。國富民康。周易曰。聖人以順動。則刑罰清。班固漢書述曰。國富刑清。尚書曰。歲二月。東巡狩。至于岱宗。柴。望祠山川。考時度方。存問高年。率民耕桑。禮記王制曰。歲二月。東巡狩。望祠山川。問百年者就見之。考時月定禮樂制度衣服。正之。史記曰。撫萬民。度四方。王齊曰。隅定四方。而安撫之。司馬彪續漢書曰。凡郡國掌治民。常以春行所至縣。勸民農桑。越六月既望。林鍾紀律。大火昏正。桑梓繁廡大雨時行尚書曰惟五月既望孔安國曰十五日日月相望也又越於也禮記曰季夏之月昏火中又曰律中林鍾是月也大雨時行尚書曰廡草蕃廡三事九司宏儒碩生三事三公也毛詩曰三事大夫莫肯夙夜九司九卿也春秋漢含孳曰九卿象河海劇秦美新曰耆儒碩老尔雅曰宏碩大也感乎溽暑之伊鬱而慮性命之所平禮記曰季夏是月也土潤溽暑伊鬱煩熱貌周易曰乾道變化各正性命家語孔子對魯哀公曰分於道謂之命形於一謂之性王肅曰分於道始得爲人也各受陰陽剛柔之性故曰形於一惟岷越之不靜寤征行之未寧岷越吳蜀二境也尚書曰西土人亦不靜也乃昌言曰昔在蕭公暨于孫卿皆先識博覽明允篤誠尚書曰禹拜昌言蕭公何也荀卿子曰宮室臺榭以避燥濕養德別輕重也長笛賦序曰博覽典雅左氏傳曰高陽氏有才子明允篤誠莫不以爲不壯不麗不足以一民而重威靈不飭不美不足以訓後而

〈文十一　二十三〉

永厥成漢書曰蕭何治未央宮上見其壯麗甚怒何曰天子以四海爲家非令壯麗亡以重威且亡令後世有以加也賈逵連珠曰夫君人者不飭不美不足以一民國語屈建曰不可以訓後嗣不可以私欲干國毛詩曰我客戾止永觀厥成故當時享其功利後世賴其英聲杜預左氏傳注曰享受也史記司馬季曰助上養下多其功利封禪書曰飛英聲且許昌者乃大運之攸戾圖讖之所旌獻帝紀曰太史丞許芝奏故白馬令李雲上書曰許昌氣見於當塗高者昌於許當塗高者魏也今魏基昌於許漢微絕於許春秋元命包曰許昌爲周當塗春秋說題辭曰大運在五緯書摘亡辭曰五德之運杜預左氏傳注曰戾定也賈逵國語注曰旌表也苟德義其如斯夫何宮室之勿營帝曰俞哉廣雅曰何問也尚書帝曰俞孔安國曰俞然也玄輅既駕輕裘斯御禮記曰孟冬之月天子乘玄輅又曰是月也天子始裘論語子曰衣輕裘蔡邕月令章句曰凡衣服加於身曰御乃命有司禮儀是具禮記曰乃命有司漢書景帝詔曰禮官具禮儀審量日力詳度貴務漢書曰王延世功費約省用日力寡孫子曰必先筭其貴務鳩經始之黎民輯農功之暇豫左氏傳郯子曰以鳩其民爾雅曰鳩聚也毛詩曰經始靈臺孔安國尚書傳曰黎衆也又輯集也左氏傳呂相絕秦曰芟夷我農功國語優施曰我教暇豫之事君韋昭曰暇閒也豫樂也因東師之獻捷就海孽之賄賂魏志明帝六年九月脩許昌宮十月田豫討大將周賀於成山殺賀東師獻捷蓋謂此也左氏傳曰齊侯來獻戎捷漢書曰蟲豸之妖謂之孽以吳僻居海曲而稱亂故曰海孽魚列切爾雅曰賄財也立景福之秘殿備皇居之制度魏志明紀曰脩許昌宮起景福殿魯靈光殿賦曰立靈光之秘殿爾乃豐層覆之耽耽建高基之堂堂西京賦曰大厦耽耽史記曰楚國堂堂王之大也羅疏柱之汩王筆越肅坻直夷鄂五各之鏘鏘羅列也疏柱畫柱也汩越光明貌坻殿基也鄂垠鄂也西京賦曰坻鍔鱗眴飛櫩翼以軒翥反宇巘

〈文十一　二十四〉

魚桀以高驤西京賦曰反宇業業飛櫩巘巘又曰鳳騫翥於甍標西都賦曰荷棟桴而高驤流羽毛之威蕤垂環玭之琳琅言宮室以羽毛爲飾又垂環玭及琳琅也西都賦曰翡翠火齊威蕤羽毛之貌爾雅曰肉好若一謂之環說文曰玭珠也蒲眠切參旗九旒從風飄揚周禮曰熊旗六斿以象伐毛萇詩傳曰參伐也然伐一星以旗象參故曰參旗周禮曰龍旗九旒今云參旗九旒蓋一指旗名一言旒數可以相明也皓皓旰旰丹彩煌煌旰旰煌煌皆盛貌故其華表則鎬鎬杲鑠鑠赫奕章灼若日月之麗天也華表謂華飾屋外之表也鎬鎬鑠鑠赫奕章灼皆謂光顯昭明也周易曰日月麗乎天鎬古皓切鑠舒藥切其奧秘則蘙蔽曖昧髣髴退槩若幽星之纚連也魯靈光殿賦曰西序重深而奧秘蘙蔽曖昧髣髴退槩皆謂幽深不明也幽猶夜也曖音愛槩古愛切纚相連之貌力氏切既櫛比明逸而欑集又宏璉以豐敞毛詩曰其比如櫛璉未詳一曰

宏連大連衆木也王逸楚辭注曰横木關柱爲連褳與連古字通兼苞博落不常一象
博落謂所繞者廣也郭璞山海經注曰絡繞也落與絡古字通遠而望之若摛朱霞而
燿天文迫而察之若仰崇山而戴垂雲廣雅曰摛舒也宋衷易緯注曰
天文者謂三光王褒甘泉賦曰却而望之鬱乎似積雲就而察之霨乎若太山羌瓌瑋以壯麗
紛彧彧其難分此其大較角也南都賦曰紛郁郁其難詳大較猶大略也孔安
國尚書傳曰大較三品也若乃高甍萌崔嵬飛宇承霓薛綜西京賦注曰甍
棟也緜蠻黮徒感霮徒會隨雲融泄韓詩曰緜蠻黃鳥薛君曰緜蠻文貌黮霮黑貌黮徒
感切霮徒對切融泄動貌也鳥企山峙若翔若滯言屋形高竦如鳥之企如山之竦若
翔若滯山鳥之貌毛詩曰如鳥斯企說文曰企舉踵也去豉切魯靈光殿賦曰屹山峙以紆鬱峨峨嶫
業嶫罔識所屆西京賦曰嵯峨捷業罔識所則雖離朱之至精猶眩曜

而不能昭晣也趙岐孟子章句曰離朱即離婁也淮南子曰離朱之明察箴末於百步之外箴
古針字王逸楚辭注曰眩曜惑亂貌說文曰昭晣明也晣之逝切爾乃開南端之豁達
張筍虡之輪豳凡正門皆謂之端門春秋說題辭曰血書魯端門豁達門通之貌輪豳其形也
華鍾杌其高懸悍獸仡以儷陳言端門之內爲筍以懸華鍾又植悍獸爲虡以
負之仡然相對而陳列之東都賦曰鏗華鍾獸負鍾巳見西京賦何休公羊傳注曰仡然壯勇貌賈逵國語注
曰儷偶也儷力計切體洪剛之猛毅聲訇普安磤其若震音真毛詩傳曰磤雷聲
也於謹切爰有遐狄鐐質輪菌遐狄即長狄也以鐐爲質輪菌然也爾雅曰白金謂之銀
美者謂之鐐郭璞曰音遼廣雅曰質軀也輪音倫菌其旻切坐高門之側堂彰聖主
之威神言爲金狄坐於高門側堂之中以明聖主之有威神晏子曰景公坐於堂側芸若充
庭槐楓被宸禮記曰仲冬之月芸始生鄭玄曰芸香草也若杜若也何休公羊傳注曰充滿也槐楓

二木名說文曰宸屋宇也音辰綴以萬年綷以紫榛賈逵國語注曰綴連也晉宮閣銘曰
華林園萬年樹十四株綷猶雜也毛詩曰山有紫榛毛萇曰榛木名或以嘉名取寵或以
美材見珍萬年嘉名之屬紫榛美材之屬結實商秋敷華青春禮記曰孟
秋之月其音商楚辭曰青春受謝王逸曰青東方爲春位其色青藹藹萋萋馥馥芬
芬爾其結構則脩梁彩制下褰上奇脩梁跨迴故曰褰衆彩殊制故曰奇
徐爰射雉賦注曰褰開也說文曰奇異也桁梧複疊勢合形離桁梁上所施也桁與衡同
梧柱也音悟赩如宛虹赫如奔螭宛虹奔螭梁上之飾也如淳漢書注曰宛虹屈虹也
南距陽榮北極幽崖宜任重道遠厥庸孔多言椽栱交結南自陽
榮而北至幽崖故云任重道遠其功甚多多當爲趨廣雅曰趨多也紙移切郭璞上林賦注曰榮屋南簷也在
南曰陽論語曰任重而道遠於是列髹休彤之繡桷垂琬琰之文璫

言桷以髹漆飾之而爲藻繡以琬琰之玉而爲文璫漢書曰殿上髹周禮曰王之喪車髹飾鄭玄曰赤多黑少
謂之髹韋昭曰刷漆爲髹尚書曰引辟琬琰在西序上林賦曰華榱璧璫蝹於云若神龍之登
降灼若明月之流光神龍繡桷也明月文璫也薛綜西京賦注曰蝹龍貌爰有禁
楄補沔勒分翼張楄附陽馬之短桷也說文曰楄署也楄從戶冊者署門戶也楄署雖殊爲文之
義則一也扁與楄同一音必緜切冊楚責切勒分翼張言如獸勒之分鳥翼之張釋名曰勒與肋古字通承
以陽馬接以員方陽馬四阿長桁也禁楄列布承以陽馬衆材相接或員方也馬融梁將軍
西第賦曰騰極受檐陽馬承阿斑間賦白踈密有章廣雅曰斑分也毛萇詩傳曰賦布也
考工記曰畫繪之事赤與白謂之章飛枊鳥踊雙轅是荷飛枊之形類鳥之飛又有雙轅
任承檐以荷衆材今人名屋四阿栱曰櫼枊也劉梁七舉曰雙轅覆井芰荷垂英枊吾郎切赴險凌虛
獵捷相加其衆材相加或凌虛赴嶮獵捷相接之貌皎皎白間離離列錢白間

青瑣之側以白塗之今猶謂之白閒列錢金釭也西京賦曰金釭銜璧是爲列錢晨光內照流
景外燭晨光日景也日光照於室中而流景外發而延起也西都賦曰激日景而納光燭起貌式延切
列若鉤星在漢煥若雲梁承天言宮殿列然光明若鉤星之在河漢煥然高廣
又似雲梁而承於天也廣雅曰辰星或謂之鉤星雲梁以雲爲梁也騈從增錯轉縣成郛
騈或爲蝸蝸言合衆板上爲井欄而形文錯若蝸之徙遞轉縣之各成郛郭茄蔤倒植吐被芙
蕖爾雅曰荷芙蕖其莖茄其本蔤郭璞曰莖下曰藕在泥中者蔤音密蒼頡篇曰植種也繚以
藻井編以綷子會疏紅葩𦵡胡甲韡甲丹綺離婁力俱反廣雅曰繚繞纏
也西京賦曰蔕倒茄於藻井披紅葩之狎獵又曰何工巧之瑰瑋交綺豁以疏寮綷疏謂繪五彩於刻鏤之中
離婁刻鏤之貌劉向熏爐銘曰彫鏤萬獸離婁相加菡萏赩翕纖縟紛敷菡萏已見上文
顑與菡同說文曰縟采飾也繁飾累巧不可勝書廣雅曰勝舉也言不可勝而書於

文十一　二十七

是蘭栭積重窶數矩設蘭木蘭也以木蘭爲栭言蘭栭重疊交互以相承有似窶
數數故借其名焉蘇林漢書注曰窶數四股鉤窶其矩切數所柱切櫼子蕉櫨各落以相承
欒栱夭蟜而交結櫼即柳也櫼子廉切說文曰櫨柱上枅也薛綜西京賦注曰欒柱上曲木
兩頭受櫨者栱欒類而曲也夭蟜欒栱長壯之貌蟜其夭切金楹齊列玉舄承跋金楹
金柱也而以玉礩承柱之跋也西京賦曰彫楹玉舄廣雅曰碣礩也禮記曰燭不見跋鄭玄曰跋本也方末切
青瑣銀鋪是爲閨闥言以青鎖銀鋪是爲閨闥之飾漢書曰赤墀青瑣銀鋪以銀爲鋪首
也長門賦曰擠玉戶而撼金鋪雙枚既脩重桴乃飾雙枚屋內重檐也重桴重棟也在內
謂之雙枚在外謂之重桴言重檐既長因達于外而爲重棟以施采飾也枚莫回切楒梠緣邊周
流四極言以楒梠緣屋邊隅周帀流移至於四極說文曰楒梠秦名屋緜聯楚謂之梠也楒頻移切
侯衛之班藩服之職言楒梠之居四極若五服之鎮外藩也周書有侯衛藩服小雅曰班

次也溫房承其東序涼室處其西偏溫房涼室二殿名卞蘭許昌宮賦曰則有
望舒涼室羲和溫房然卞何同時今引之者轉以相明也他皆類此開建陽則朱炎豔啓
金光則清風臻建陽門在東金光在西白虎通曰炎者太陽章仲將景福殿賦曰昭剛義於金
光崇柔惠於建陽爾雅曰臻至也故冬不淒寒夏無炎燀言寒暑猶門故無寒燀之
患毛萇詩傳曰淒寒風也國語太子晉曰水無沉氣火無炎燀韋昭曰燀炎起貌昌延切鈞調中適
可以永年呂氏春秋曰衷也者適也高誘曰適中也舞賦曰永年之術墉垣碭基其
光昭昭爾雅曰牆謂之墉說文曰碭文石也徒浪切昭之紹切周制白盛今也惟
縹墉之色也周禮曰掌蜃共白盛之蜃鄭玄注曰盛猶成也謂飾墉使白之蜃也今東萊用蛤謂之叉灰劉
梁七舉曰丹墀縹壁紫柱紅梁落帶金釭此焉二等落帶壁帶也而交落之上施金釭而
爲二等漢書曰昭陽舍其壁帶往往爲黃金釭函藍田璧明珠翠羽往往而在漢書曰昭陽舍
五臣本作燕

文十一　二十八　潘暉

往往明珠翠羽飾之欽先王之允塞悅重華之無爲尚書曰重華濬哲文明溫恭允
塞孔安國曰舜有深智文明溫恭之德信充塞四表上下也論語曰無爲而治者其舜也歟命共工
使作繢明五采之彰施尚書帝曰垂命汝作共工又曰予欲觀古人之象作會宗彝以
五采彰施于五色作服汝明鄭玄曰繢讀曰繪凡畫者爲繪胡對切圖象古昔以當箴規
韋昭國語注曰箴箴刺王闕鄭玄毛詩箋曰規正圓之器以思規正君曰規也椒房之列是準
是儀漢舊儀曰皇后稱椒房詩曰椒聊之實蔓延盈升美其繁興也觀虞姬之容止知
治國之佞臣列女傳曰齊虞姬者名損之齊威王之姬也威王即位諸侯並侵之其佞臣周破胡
專權擅勢嫉賢妒能即墨大夫賢而日毀之阿大夫不肖反日譽之虞姬謂王曰破胡讒諛之佞臣也不可不
退齊有北郭先生者賢明於道可置左右王乃封即墨大夫以萬戶烹阿大夫與周破胡遂收故侵地齊國大
治見姜后之解珮寤前世之所遵列女傳曰周宣王姜后者齊侯之女宣王

之后也宣王嘗夜卧而晏起后夫人不出於房姜后既
出乃脫簪珥待罪於永巷使其傅母通言於王曰妾不
才妾之淫心見矣致君王失禮而晏朝注云永巷堂塗是也賢鍾離之讜言懿楚樊
之退身列女傳曰鍾離春者齊無鹽邑之女也爲人極醜自詣宣王願乞一見宣王召見之乃舉手拊
膝曰殆哉殆哉宣王曰願聞命對曰今西有橫秦之患南有強楚之讎春秋四十壯勇不立此一殆也漸臺五層
萬民疲困此二殆也賢者伏匿山林諂諛強於左右此三殆也酒漿沉湎以夜繼日女樂俳優縱橫大笑此四
殆也宣王喟然而歎寡人之殆幾不全拜無鹽君以爲王后漢書成帝曰以不見班生今日復聞讜言聲類曰
讜善言也列女傳曰楚莊王樊姬者楚莊王之夫人也王嘗聽朝而罷晏樊姬曰何罷之晏也王曰今旦與賢
者語樊姬曰王之所謂賢者諸侯之客與將國中士也王曰虞丘子也樊姬掩口而笑曰妾幸得充後宮妾所
進者九人今賢於妾者二人與妾同列者七人今夫虞丘子之相楚十餘年矣其所薦者非其子孫則族昆弟
未嘗聞其進賢而退不肖夫知賢而不進是不忠也若不知賢是無知也豈可謂賢哉嘉班妾之

六又矢七三　文十一　二十九　潘暉

辭輦偉孟母之擇鄰漢書曰成帝遊於後庭嘗與班婕妤同輦婕妤辭曰三代末主乃有
嬖女今欲同輦得無近似之列女傳曰孟軻母者即孟子母也號曰孟母其舍近墓孟子之少也嬉戲爲墓間
之事踊躍築埋孟母曰此非所以居處子也乃去舍市傍其子嬉戲爲賈又曰此非所以居處子也乃舍學宮
之傍其子遊戲乃設俎豆揖讓進退曰此可以居子遂居及孟子長學六藝卒成大儒故將廣智
必先多聞文子曰聰明廣智守以愚多聞博辯守以儉國語曰晉公使趙襄爲卿辭曰胥臣多聞臣
不若也多聞多雜多雜眩眞揚子曰雜乎雜人病多知爲雜惟聖人爲不雜賈逵國語
注曰眩惑也不眩焉在在乎擇人左氏傳士文伯謂晉侯曰務三而已一曰擇人杜預
曰擇賢人也故將立德必先近仁言將欲立德必先近於仁賢也左氏傳穆叔曰太上
立德禮記曰力行近乎仁也欲此禮之不僭去乾是以盡乎行道之先
民大戴禮記曰禮義之不僭何恤人言禮記孔子曰行道之人國語曰古曰在昔昔曰先民也朝觀

夕覽何與書紳言朝夕觀覽圖畫何如書紳之事乎論語曰子張書諸紳若乃階除
連延蕭曼雲征蕭曼蕭條曼延言高遠也西京賦曰途閣雲曼魯靈光殿賦曰飛陛揭孽
緣雲上征櫺檻邳張鉤錯矩成西京賦曰伏櫺檻而頫聽薛綜曰櫺檻臺上欄也邳或爲
丕孔安國尚書傳曰丕大也鉤以正曲矩以正方也莊子曰曲者不以鉤方者不以矩錯猶治也楯類
騰蛇槢音習似瓊英榮楯彫鏤形類騰蛇衆槢文采又似瓊英越絕書曰越王句踐欲伐吳大
夫文種於是作榮楯嬰以白璧鏤以黃金狀類龍蛇以獻吳王一曰應劭漢書注曰楯欄橫也司馬彪莊子注
曰槢械楔也瓊英玉英也此既施之於櫺檻然凡楔皆謂之槢辭立切楔先結切如螭之蟠如
虯之停廣雅曰無角曰螭龍有角曰虯龍蟠已見上文方軒交登光藻昭明司馬
彪上林賦注曰軒楯下板也上加漆故曰方軒楯階除之欄故曰交登鄭玄周禮注曰登升也騶虞
承獻素質仁形言爲騶虞以乘軒板狀軒軒然毛萇詩傳曰騶虞白虎黑文毛詩序曰仁如騶

文十一　三十　夏

虞則王道成矣劉熙孟子注曰獻猶軒軒在物上之稱也廣雅曰質地也彰天瑞之休顯照
遠戎之來庭司馬相如封禪書騶虞頌曰厥塗靡從天瑞之徵王褒四子講德論曰南郡獲白虎
是以北狄賓也陰堂承北方軒九戶在北故曰陰堂也方軒并窻也西京賦曰九戶開闢
右个清宴西東其宇杜預左氏傳注曰个東西廂也清宴殿名韋誕景福殿賦曰離殿別
館纂如列星安昌延休清宴永寧連以永寧安昌臨圃洛陽宮殿簿曰許昌宮永寧殿
七間安昌殿十間臨圃殿名遂及百子後宮攸處韋誕景福殿賦曰美百子之特居嘉
休祥之令名鄭玄毛詩箋曰大姒十子衆妾則宜百子其殿之名蓋取於此處之斯何窈窕
淑女毛詩曰窈窕淑女君子好仇思齊徽音聿求多祜毛詩曰思齊大任文王之
母又曰大姒嗣徽音則百斯男又曰靡有不克自求伊祜其祜伊何宜爾子孫宜爾子孫
已見上文克明克哲克聰克敏蔡邕橋玄碑曰克明克哲實叡實聰毛詩曰農夫克敏

永錫難老，兆民賴止。錫之以難老，令其壽考。毛詩曰：既飲旨酒，永錫難老。尚書曰：一人有慶，兆民賴之。於南則有承光前殿，賦政之宮。洛陽宮殿簿曰：許昌宮承光殿七間。納賢用能，詢道求中。西京賦曰：表賢簡能。毛萇詩傳曰：親戚之謀爲詢也。疆理宇宙，甄陶國風。左氏傳，齊賓媚人謂晉人曰：先王疆理天下。楊子法言曰：甄陶天下，其在和乎。李軌曰：埏埴爲器曰甄陶。王者亦甄陶其民也。埏，失然切。雲行雨施，品物咸融。周易曰：雲行雨施，品物流形。融猶通也。其西則有左城右平，講肄之場。七略曰：蹵鞠者傳言黃帝所作。王者宮中必左城而右平。城猶國也。言有國當治之也。蹵鞠亦有治國之象。左城而右平，俟權。景福殿賦曰：乃造彼鞠室，講肄。謂習武也。賈逵国語注曰：肄，習也。二六對陳，殿翼相當。二六蓋鞠室之數，而室有一人也。李尤鞠室銘曰：圓鞠方牆，放象陰陽，法月衡對，二六相當。卞蘭許昌宮賦曰：設御坐於鞠域，觀奇材之曜暉，二六對而講功，体便捷其若飛。僻脫承便，蓋象戎兵。

言相僻脫，似承敵人之便，以象戎兵習戰之術也。七略曰：蹵鞠，兵勢也。漢書音義曰：捽胡，若今相僻臥輪之類。僻，匹赤切。察解言歸，譬諸政刑，將以行令，豈唯娛情。言察之既解，而各言歸斯，實譬之政刑，非爲戲樂而已。七略曰：蹵鞠，其法律多微意，皆因嬉戲以講練士，至今軍士羽林無事，使得蹵鞠。帰田賦曰：聊以娛情。鎮以崇臺，寔曰永始。永始，臺名，倉廩所居也。韋仲將景福殿賦曰：時襄羊以劉覽，步華輦於永始，知稼穡之艱難，壯農夫之克敏。複閣重闈，猖狂是俟。莊子曰：猖狂妄行也。京庾之儲，無物不有。毛詩曰：曾孫之庾，如坻如京。鄭玄曰：庾，露積穀也。西京賦曰：于何不有。不虞之戒，於是焉取。言有不虞之戒，取京庾以給之。周易曰：君子以除戎器，戒不虞。爾乃建凌雲之層盤，浚虞淵之靈沼。凌雲，層盤名也，爲之以承甘露也。虞淵，靈沼名也。韋仲將景福殿賦曰：虞淵靈沼，淥水決決。毛詩曰：王在靈沼。清露瀼瀼，淥水浩浩。清露，層盤之露也。毛詩曰：零露瀼瀼。而羊切。尚書曰：浩浩滔天。樹以

嘉木，樹以芳草。西京賦曰：嘉木樹庭，芳草如積。悠悠玄魚，皠皠白鳥。孔叢子，孔子歌曰：黃河洋洋，悠悠之魚。毛詩曰：白鳥翯翯。毛萇曰：翯翯，肥澤也。翯與皠音義同。沈浮翱翔，樂我皇道。言魚鳥得所。若乃虯龍灌注，溝洫交流。言爲虯龍之形，吐水灌注，以成溝洫，交横而流。東征賦曰：望河洛之交流。陸設殿館，水方輕舟。爾雅曰：大夫方舟。郭璞曰：併兩船。篁棲鶂鷺，瀨戲鰋鮋。音由。服虔漢書注曰：篁，叢竹也。鶂鷺，二鳥名。鰋鮋，二魚名。豐侔淮海，富賑山丘。字林曰：侔，齊等也。馮衍爵銘曰：富如江海。孫卿子曰：節用裕民，且有富厚丘山之積矣。爾雅曰：賑，富。叢集委積，焉可殫籌。鄭玄周禮注曰：少曰委，多曰積。儀禮注曰：籌，筭也。雖咸池之壯觀，夫何足以比讎。春秋漢含孳曰：咸池主五穀。宋均曰：咸池取池水灌注生物以爲名也。元命包曰：其星五者，各有職，以蓄積爲作恃五穀。爾雅曰：讎，匹也。視周切。於是碣以高昌崇觀，表以建城峻廬。薛綜東京賦注

曰：高昌、建城，二觀名也。韋仲將景福殿賦曰：北看高昌，邪睨建城。碣，揭同。岧嶢岑立，崔嵬巒居。爾雅曰：山小而高曰岑。又曰：巒，山墮。郭璞曰：山形長狹者，荊州謂之巒。飛閣干雲，浮堦乘虛。西都賦曰：脩塗飛閣。西京賦曰：干雲霧而上達。浮堦，飛陛也。遙目九野，遠覽長圖。謂建城也。淮南子曰：上通九天，下貫九野。高誘曰：九天八方中央，九野亦如之。周禮曰：遂人掌邦之野，以土地之圖經田野。頫眺三市，孰有誰無。謂高昌也。韋仲將景福殿賦曰：践高昌以北眺，臨列隊之京市。周禮曰：大市日仄而市，朝市朝時爲市，夕市夕時爲市。孟子曰：古之爲市，以其所有易其所無。覩農人之耘耔，亮稼穡之艱難，惟饗年之豐寡，思無逸之所歎。毛詩曰：或耘或耔，黍稷薿薿。尚書無逸，周公曰：嗚呼，君子所其無逸，先知稼穡之艱難，乃逸。又曰：我聞在昔殷王中宗，享國七十有五年；高宗之享國五十有九年。自是厥後立王，生則逸，或五六年，或四三年。感物衆而思深，因居高而慮危。謂三市也。感猶思也。周易曰：日中爲市，聚

天下之貨又曰君子安而不忘危惟天德之不易懼世俗之難知周易曰用九天德不可爲首也尚書曰爾亦弗知天命不易也觀器械之良窳以主察俗化之誠僞文子曰器械不惡而職事不慢也鄭玄禮記曰器械禮樂之器及兵甲也史記曰舜陶河濱器不苦窳晉灼曰窳病也班固漢書贊曰孝宣之治至於器械自元成間鮮能及之亦足以知吏稱其職民安其業瞻貴賤之所在悟政刑之夷陂晏子春秋景公謂晏子曰子之宅近市則識貴賤乎對曰既竊利之敢不識乎公曰何貴何賤是時也景公繁於刑晏子對曰踊貴而屨賤公是以省刑孔安國尚書傳曰夷平也陂險也亦所以省風助教豈惟盤樂而崇侈靡省風觀器械也國語伶州鳩曰天子省風以作樂助教察政刑也班固漢書述曰威實輔德刑亦助教子虛賦曰奢言淫樂而顯侈靡也屯坊列署三十有二星居宿陳綺錯鱗比聲類曰坊別屋也方與坊古字通釋名曰坊別屋名星散也列位布散也宿星宿也比比相次也扶至切辛

壬癸甲爲之名秩辛壬癸甲十干之名今取以題坊署以別先後也房室齊均堂庭如一出此入彼欲反志術廣雅曰術道也惟工匠之多端固萬變之不窮楚辭曰亦多端而膠加又曰萬變之情豈其可盡物無難而不知乃與造化乎比隆列子曰穆王見偃師歎曰人之巧乃與造化同功造化已見東都賦注雖天地以開基並列宿而作制制無細而不協於規景作無微而不違於水臬五結切無細不合皆言合也無微而違言不違也周禮匠人建國水地以縣置槷以縣眡其景爲規識日出之景與日入之景鄭玄曰於四角立植而縣以水望其高下高下既定乃爲位而平地也槷古文臬假借字也於所平之地中樹八尺之臬以縣正之眡之其景將以正四方也故其增構如積植木如林區連域絕葉比枝分離背別趣騈田胥附離背別趣各有所施也騈田胥附羅列相著也縱橫踰延各有

攸注公輸荒其規矩匠石不知其所斲墨子曰公輸般爲雲梯鄭玄禮記注曰公輸若匠師也般若之族多技巧也孔安國尚書傳曰荒廢也莊子曰匠石之齊見櫟社樹觀者如市匠伯不顧司馬彪曰匠石字伯說文曰斲竹句切既窮巧於規摹何彩章之未殫爾乃文以朱綠飾以碧丹言既極規摹之巧而未盡采章之盛故文之以朱綠而飾之以碧丹也傅毅七激曰文以朱綠彈下或有駁字非也點以銀黃爍以琅玕黃謂黃金漢書曰楊僕懷銀黃也光明熠以入爚藥文彩璘班說文曰熠盛光也爚火光也埤蒼曰璘瑞文貌清風萃而成響朝日曜而增鮮雖崐崘之靈宮將何以乎侈旃穆天子傳曰天子升於崐崘之丘觀黃帝之宮規矩既應乎天地舉措又順乎四時太玄經曰天道成規地道成矩文子曰舉措廢置不可不審順乎四時即順時立政也是以六合元亨九有雍熙呂氏春秋曰神

通乎六合高誘曰四方上下爲六合元亨已見上文毛詩曰方命厥后奄有九有毛萇曰九有九州也東京賦曰上下共其雍熙尚書曰黎民於變時雍又曰庶績咸熙家懷克讓之風人詠康哉之詩尚書曰允恭克讓又咎繇乃歌曰元首明哉股肱良哉庶事康哉莫不優游以自得故淡泊而無所思毛詩曰優哉游哉鄭玄曰優游自安止也東都主人曰莫不優游而自得玉潤而金聲淮南子曰所謂有天下者自得而已老子曰道之出口淡乎其無味說文曰泊無爲也莊子曰知反於帝宮見黃帝而問焉曰何思何慮則知道黃帝曰無思無慮則知道也歷列辟而論功無今日之至治直之反封禪書曰歷選列辟李尤平樂觀賦曰披典籍以論功蓋罔及乎大漢莊子曰容成氏大庭氏若此時至治也彼吳蜀之湮滅固可翹足而待之封禪書曰湮滅而不稱新序趙良謂商君曰君士可翹足而待也廣雅曰翹舉也然而聖上猶孜孜靡忒求天下之所以自悟孟子曰鷄鳴而起孳孳爲善者舜之徒也孳與孜同

［鄭玄毛詩箋曰式變也家語魯君曰微夫子寡人無由自悟也］招忠正之士開公直之路［漢書谷永上書曰崇諫爭之官廣開忠直之路］想周公之昔戒慕咎繇之典謨［周公昔戒謂無逸也咎繇典謨謂康哉之歌也］除無用之官省生事之故［史記曰吳起如楚捐不急之官漢書蕭望之曰生事於外夷漸不可長公羊傳曰遂者何生事也何休曰生猶造也賈逵國語注曰故謀也］絕流遁之繁禮反民情於太素［淮南子曰凡亂之所由生者皆在流遁流遁之所生者五或遁於木或遁於水或遁於土或遁於金或遁於火此五者一足以亡天下也說文曰遁遷也尚書曰禮煩即亂太素樸素也東都賦曰昭節儉示太素］故能翔岐陽之鳴鳳納虞氏之白環［國語周內史過曰周之興也鸑鷟鳴於岐山世本曰舜時西王母獻白環及珮］蒼龍覿於陂塘龜書出於河源［魏志文紀曰青龍見於摩陂魏略文紀曰神龜出於靈池東京賦曰龜書畀姒班固漢書贊曰漢使窮河源也］醴泉涌於池

文十一　三十五　刘用

圃靈芝生於丘園［魏志曰延康元年醴泉出芝草生於樂平郡］揔神靈之貺祐集華夏之至歡［王逸楚辭注曰揔合也春秋元命包曰通三靈之貺長楊賦曰受神人之福祐爾雅曰貺賜也祐福也尚書曰華夏蠻貊］方四三皇而六五帝曾何周夏之足言［鄭玄毛詩箋曰方且也燕丹子夏扶謂荆軻曰何以教太子軻曰高欲令四三王下欲令六五霸於君何如也］

文選卷第十一

賜進士出身通奉大夫江南蘇松常鎮太等處承宣布政使司布政使胡克家重校刊

文選卷第十二

梁昭明太子撰

文林郎守太子右內率府錄事參軍事崇賢館直學士臣李善注上

江海

木玄虛海賦一首

郭景純江賦一首

海賦

木玄虛［今書七志曰木華字玄虛華集曰爲楊駿府主簿傅亮文章志曰廣川木玄虛爲海賦文甚儁麗足繼前良］

昔在帝嬀［古爲］巨唐之代［帝嬀謂舜也尚書序曰昔在帝堯尚書曰釐降二女于嬀汭孔安國曰舜所居嬀水之汭也左氏傳季文子使太史克對宣公曰舜臣堯舉八愷使主后土杜預曰爲堯臣也］天綱浡［蒲沒］潏［以出］爲凋爲瘵［側界反言水之廣大爲天綱紀浡潏沸涌貌桓子新論曰夏禹之時鴻水浡潏說文曰潏水涌出也又說文曰凋半傷也爾雅曰瘵病也尚書曰湯湯洪水方割孔安國曰割害也］洪濤瀾汗萬里無際［瀾汗長貌西京賦曰起洪濤而揚波］長波涾［徒荅］㴔［杜我］迆［羊氏］涎［延］八裔［涾㴔相重之貌迆涎邐迆相連也八裔猶八方也］於是乎禹也乃鏟臨崖之阜陸決陂潢而相浚［孟子曰當堯之時洪水橫流氾濫天下堯獨憂之舉舜舜使禹疏九河瀹濟漯蒼頡篇曰鏟削平也淮南子曰禹有洪水之患陂塘之事高誘曰陂畜也塘堤也說文曰潢積水池也浚灌也］啓龍門之岝嶺墾陵巒而嶄［七咸］鑿［尚書璇璣鈐曰禹開龍門導積石鄭玄注曰龍門山名也岝嶺高貌岝助格切嶺五格切廣雅曰墾治也墾與墾音義同廣雅曰鑱謂之鏨仕咸切鏨與嶄古字通］羣山既略百川潛渫［息列切孔

四百九十　文十二　一　乙丑重刊　夏義

安國尚書傳曰治山通水故以山名尚書曰嵎夷既略孔安國曰用功少曰略周書曰禹渫七十川大利天下尚書大傳曰百川趨於海爾雅曰澘深也說文曰渫除去也泱思朗漭莫廣澹徒敢泞騰波赴勢○泱漭廣大也澹泞澄深也泞音紵江河既導○萬穴俱流○尚書曰岷山導江又曰導河積石淮南子曰瀆有萬穴掎居蟻拔五嶽○竭涸九州○掎拔竭涸言水既除掎拔而出竭涸而乾也掎引也廣雅曰拔出也五嶽泰華霍恒嵩賈逵國語注曰涸竭也尚書序曰禹別九州瀝滴滲淫○七林薈烏外蔚雲霧○涓流泱烏黨瀼乃朗莫不來注○說文曰瀝滴水下滴瀝也滲淫小水津液也滲音侵薈蔚雲霧霑潤也毛詩曰薈兮蔚兮南山朝隮涓流小流也泱瀼渟淤也漢書杜欽曰屯氏河羨溢有填淤反瀼之害說文曰注灌也於廓靈海○長為委輸○毛萇詩傳曰於歎辭也爾雅曰廓大也孟子曰舜使禹疏九河瀹濟漯而注諸海禮記曰三王之祭川也或源或委鄭玄曰委流所聚淮南子曰河水九折注海而流不絕者崐崘之輸也其為廣也○其

文十二　二

為怪也○宜其為大也○爾其為狀也○則乃浟由湙亦瀲力冉灩以冉浮天無岸○浟湙流行之貌瀲灩相連之貌玄中記曰天下之多者水焉浮天載地說文曰浮汎也沖沖瀜沆胡廣瀁余兩○渺眇瀰弥泼炭漫○沖瀜沆瀁深廣之貌渺瀰泼漫曠遠之貌波如連山○乍合乍散○莊子曰白波若山噓噏許急百川○洗滌淮漢○噓噏猶吐納也百川已見上文淮漢之流小而且穢故洗滌之襄陵廣舄○漻交𤅡𤅡浩汗○尚書曰懷山襄陵又曰海濱廣斥史記曰斥為舄古今字也漻𤅡廣深之貌若乃大明摭彼苗轡於金樞之穴○言月將夕也大明月也周易曰懸象著明莫大乎日月摭猶攬也月有御故言轡金西方也河圖帝覽嬉曰月者金之精月有窟故言穴伏韜望清賦曰金樞理轡素月告望羲出於此翔陽逸駭於扶桑之津○言日初出也翔陽日也淮南子曰日陽之主也日中有烏故言翔逸駭言出疾也廣雅曰駭起也山海經曰湯谷上有扶木者扶桑也十日所浴彯匹遥

沙礐苦角石○蕩颸以出島濱○言此二時風尤疾也易通卦驗曰巽風不至則大風發屋揚沙說文曰礐石聲也春秋命厤序曰大風飄石颸風疾貌說文曰島海中往往有山可居曰島於是鼓怒○溢浪揚浮○言風既疾而波鼓怒也上林賦曰沸乎暴怒更相觸搏○飛沫起濤○蒼頡篇曰濤大波也狀如天輪○膠戾而激轉○呂氏春秋曰天地如車輪終則復始高誘曰輪轉也上林賦曰宛潬膠盭又似地軸○挺拔而爭迴○河圖括地象曰地下有四柱廣十萬里有三千六百軸廣雅曰挺出也岑嶺飛騰而反覆○五嶽鼓舞而相磓○丁迴反岑嶺五嶽言波濤之形遞相觸激故或反覆故或相磓也爾雅曰山小而高曰岑五嶽已見上文磓猶激也渭謂濆淪而滀丑六潔他荅○鬱沏切迭而隆頹○渭亂貌濆淪相糾貌滀潔攢聚貌鬱盛貌沏迭疾貌隆頹不平貌盤盓乙于激而成窟○消七笑沸上含滐桀而為魁○盤盓旋遶也消沸峻波也毛萇詩傳曰傑特立也滐與傑同賈逵國語注

文十二　三

曰川阜曰魁潤失冉泊匹帛柏而迆以爾颺○余諒磊洛罪匒荅合匌苦合而相豗○呼迴反潤疾貌泊柏小波也迆颺邪起也磊大貌匒匌重疊也相豗相擊也驚浪雷奔○駭水迸集○七發曰波湧而濤起奔似雷字書曰迸散也開合解會○瀼瀼傷濕濕○瀼瀼濕濕開合之貌葩華踧子六沑女六○澒頂濘奴冷潗側立溍女及反葩華分散也踧沑蹙聚也澒濘沸貌潗溍沸聲若乃霾莫排曀一計潛銷○莫振莫竦○爾雅曰風而雨土為霾陰而風為曀霾音埋說文曰潛藏也廣雅曰振動也竦亦動也輕塵不飛○纖蘿不動○爾雅曰唐蒙女蘿猶尚呀呼加呷○餘波獨湧○言風雖靜而餘波猶壯呷呷波相吞吐之貌澎匹宏濞灪於勿磈○烏罪碨磊山壟○澎濞水聲洞簫賦曰澎濞慷慨灪磈高峻貌碨磊不平貌爾其枝岐潭以審瀹藥○渤蕩成汜○音似管子管仲對桓公曰水別於他水入於大水及海者命曰枝穆天子傳曰飲于枝洔之中郭璞曰水岐成洔洔小渚

文十二　四

也音止。潭淪動搖之貌。毛詩曰。江有汜。毛萇曰。決復入爲汜也。垂鑾隔夷。迴互萬里。若乃偏荒速告。王命急宣。列子曰。殊方偏國。張湛曰。偏邊也。毛詩曰。肅肅王命。飛駿鼓楫。汎海淩山。爾雅曰。駿速也。郭璞曰。駿猶迅速亦疾也。方言曰。楫謂之橈。東方朔對詔曰。淩山越海。窮天乃止。於是候勁風。揭桀百尺。廣雅曰。揭舉也。百尺帆檣也。維長綃。所交挂帆席。綃今之帆綱也。以長木爲之。所以挂帆也。劉熙釋名曰。隨風張幔曰帆。或以席爲之。故曰帆席也。望濤遠決。冏九永然鳥逝。蒼頡篇曰。冏光也。鷸聿如驚鳧之失侶。倏如六龍之所掣。充制反。鷸疾貌。蘇武荅李陵書曰。雖乘雲附景不足以比速。晨鳧失羣不足以喻疾。春秋命歷序曰。皇伯登出扶桑日之陽。駕六龍以上下。說文曰。掣引而縱也。一越三千。不終朝而濟所屆。左氏傳曰。子文訓兵於睽。終朝而畢。爾雅曰。濟度也。孔安國尚書傳曰。屆至也。若其負穢臨深。虛誓愆祈。負穢言身有罪若負荷然。尚書曰。負罪引慝。杜預左氏傳注曰。愆失也。鄭玄周禮注曰。祈禱也。則有海童邀路。馬銜當蹊。吴歌曰。仙人齎持何等前謁海童。爾雅曰。邀遮也。陸綏海賦圖云。馬銜其狀馬首一角而龍形。杜預左氏傳注曰。蹊徑也。天吴乍見而髣髴。蝄像暫曉而閃式染屍。山海經曰。朝陽之谷神爲天吴。爲水伯。說文曰。髣髴見不諟也。楚辭曰。時彷彿以遥見。國語仲尼曰。丘聞之。水之怪龍罔象。木之怪夔魍魎。韋昭曰。罔象食人。閃屍暫見之貌。羣妖遘迕。眇䁯余沼冶夷。爾雅曰。遘遇也。小雅曰。迕犯也。眇䁯視貌。冶夷妖媚之貌。決帆摧橦。直江戕風。起惡。去聲。橦百尺也。杜預左氏傳注曰。戕卒暴之名也。起惡起爲暴惡也。廓如靈變。惚怳幽暮。廓猶開也。言廓然暫開如神之變。惚怳之頃而又幽暮也。鄭玄禮記注曰。幽闇者不明也。氣似天霄。靉愛靆費雲布。言海神吐氣類於天霄靉靆昏闇貌。韓子曰。雲布風動。䨦叔昱絶電。百色妖露。䨦昱疾貌。妖露爲妖而呈露也。呵嗽許勿掩

文十二　五　劊用

鬱矆居縛睒失冉無度。呵嗽掩鬱不明貌。說文曰。矆大視也。又曰。睒暫視也。飛澇勞相磢。楚爽激勢相沏。楚櫛反。言戕風迅疾而波浪相衝也。澇大波也。郭璞方言注曰。漺錯也。漺與磢同。沏摩也。楚乙切。崩雲屑雨。浤浤火宏汩汩。屑雨飛灑之貌。言波浪飛灑似雲之崩如雨之屑也。李尤辟雝賦曰。興雲動雷。飛屑風雨。浤浤汩汩。波浪之聲也。浤音宏。䟴勑踔丑角湛甚濼以藥。沸潰渝溢。䟴踔湛濼波前卻之貌。潰亂流也。渝亦溢也。瀖霍泋卉濩鑊渭。蕩雲沃日。瀖泋濩渭衆波之聲。於是舟人漁子。徂南極東。言風起而浪驚故漂浮而無定。毛萇詩傳曰。極至也。或屑沒於黿鼉之穴。或挂罥於岑嶅敖之峯。言被漂溺死非一所也。屑猶碎也。禮記曰。屑桂與薑。聲類曰。罥係也。爾雅曰。山多小石曰嶅。或掣充制掣余制洩洩於裸人之國。或汎汎悠悠於黑齒之邦。掣掣洩洩任風之貌。汎汎悠悠隨流之貌。淮南子曰。自西南至東南有裸人國黑齒民。許慎曰。其民不衣也。其人黑齒也。或乃萍流而浮轉。或因歸風以自反。謝承後漢書鄭玄戒子書曰。黃巾爲害。萍浮南北。徒識觀怪之多駭。乃不悟所歷之近遠。蒼頡篇曰。駭驚也。說文曰。悟覺也。爾其爲大量也。則南澰斂朱崖。北灑天墟。音虛。廣雅曰。澰漬也。東都主人曰。南燿朱垠。垠亦崖也。爾雅曰。北陸虛也。東演析木。西薄青徐。說文曰。演長流也。言流至析木之境。爾雅曰。析木謂之天津。海在青徐之東。故云西薄。小雅曰。薄迫也。尚書曰。海岱惟青州。又曰。海岱及淮惟徐州。經途瀴烏冷溟莫冷。萬萬有餘。鄭玄周禮注曰。經謂里數也。瀴溟猶絶遠杳冥也。吐雲霓。含龍魚。淮南子曰。四海之雲湊。隱鯤鱗。潛靈居。鯤鱗或爲昆山。昆山方壺之屬也。靈居衆仙所處也。豈徒積太顛之寶貝。與隨侯之明珠。琴操曰。紂徙文王於姜里。擇日欲殺之。於是太顛散宜生南宮适之屬得水中大貝以獻紂。立出西伯。墨子曰。和氏之璧。隋侯之珠。將世之所收者常聞所未

名者若無言世之所收者常聞其名其或未名者若本無也且希世之所聞惡烏
審其名言希世乃一聞之故不能審其名魯靈光殿賦曰瓌希世而特出故可仿像
其色靉於氣霼虛氣其形仿像靉霼不審之貌爾其水府之內極深之
庭劉劭趙都賦曰其東則有天浪水府百川是理則有崇島巨鼇峌庭結峴五結孤
亭擘洪波指太清崇島五嶽也巨鼇大鼇也列仙傳曰巨鼇負蓬萊山而抃滄海之中列子
曰勃海之東名曰歸墟其中有五山帝命禺強使巨鼇十五舉首載五山峙而不動說文曰海中往往有山可
依止曰島峌峴高貌山居海中故云擘峻極際天故云指鄭眾周禮注曰擘破裂也東方朔十洲記曰冥海洪
波百丈鶡冠子曰上及泰清下及太寧竭磐石栖百靈鄭玄禮記注曰竭猶載也聲類曰磐大石
也百靈眾仙颺凱風而南逝廣莫至而北征言巨鼇多力遡風而行也
呂氏春秋曰南方曰凱風北方曰廣莫風其垠銀則有天琛水怪鮫人之室

天琛自然之寶也尚書曰天球在東序水怪奇石生乎水濱也尚書曰鉛松怪石曹子建七啓曰戲鮫人劉淵
林吳都賦注曰鮫人水底居瑕石詭暉鱗甲異質說文曰瑕玉之小赤色者也詭
暉別色說文曰詭變也異質殊形也廣雅曰質軀也若乃雲錦散文於沙汭之際
綾羅被光於螺蚌之節言沙汭之際文若雲錦螺蚌之節光若綾羅也毛萇詩傳曰芮
崖也芮與汭通曹植齊瑟行曰蚌蛤被濱崖光采如錦紅繁采揚華萬色隱鮮說文
曰隱蔽也陽冰不冶陰火潛然言其陽則有不冶之冰其陰則有潛然之火也晏子春秋
曰陰冰凝陽冰厚五寸說文曰冶銷也熺許眉炭重燔煩吹烱古永九泉熺炭之
有光也廣雅曰熺熾也重燔猶重然也吹猶然也漢書趙氏無吹火焉說文曰烱光也言火之光下照九泉地
有九重故曰九泉朱燉焰綠煙腰一眇眇蟬蜎一緣反腰眇蟬蜎煙豔飛騰之貌燉
與爛同魚則橫海之鯨突扤孤遊弔屈原曰橫江湖之鱣鱏郭璞山海經注曰橫

塞也突扤高貌戛巖嶅偃高濤戛猶櫟也茹鱗甲吞龍舟廣雅曰茹食也莊子
曰吞舟之魚碭而失水高誘淮南子注曰龍舟大舟噏虛及波則洪漣踧蹜吹澇則
百川倒流劉劭趙都賦曰巨鼇冠山陵魚吞舟吸潦吐波氣成雲霧蹜蹙聚貌踧子六切蹜所六切
或乃蹭七鄧蹬鄧窮波陸死鹽田蹭蹬失勢之貌鹽田海邊也張揖上林賦注曰
海水之崖多出鹽也巨鱗插雲鬐音鬣刺天郭璞上林賦注曰鰭魚背上鬐鬣也南都賦
曰森蕁蕁而刺天顱盧骨成嶽流膏為淵廣雅曰顱謂之顎魏武四時食制
曰東海有魚如山長五六里謂之鯢時死岸上膏流九頃春秋元命包曰積骨成山流血成淵若乃巖
坻直夷之隈沙石之嶔音欽郭璞上林賦注曰坻岸也說文曰隈水曲也嶔沙石嶔岑也
毛翼產鷇苦候剖卵成禽爾雅曰生哺鷇郭璞曰鳥子須母食也剖猶破也鳧
雛離褷所宜鶴子淋滲所今反西京雜記曰太液池其間鳧雛鶴子布滿充積離褷淋滲毛

羽始生之貌羣飛侶浴戲廣浮深翔霧連軒洩余世洩淫淫
軒舉也洩洩淫淫飛翔之貌翻動成雷擾翰為林翻動貌漢書趙王曰聚蚊成雷孔安
國尚書傳曰擾亂也王弼周易注曰翰高飛貌更相叫嘯詭色殊音詭異也若乃
三光既清天地融朗淮南子曰夫道紘宇宙而章三光杜預左氏傳注曰融朗也不
汎陽侯乘蹻去喬絕往淮南子曰武王渡于孟津陽侯之波逆流而擊曹植苦寒行曰乘蹻
追術士遠在蓬萊山抱朴子曰乘蹻可以周流天下蹻道有三法一曰龍蹻二曰氣蹻三曰鹿盧蹻覿安
期於蓬萊見喬山之帝像列仙傳曰安期先生謂始皇曰後千歲求我蓬萊山下史
記曰武帝祭黃帝冢橋山上曰吾聞黃帝不死今有冢何也或對曰黃帝已仙上天羣臣葬其衣冠也羣
仙縹匹妙眇餐玉清涯音宜縹眇遠視之貌魯靈光殿賦曰忽瞟眇以響像列仙傳曰赤
松子服水玉履阜鄉之留舄被羽翮之襂所今纚所宜反列仙傳曰安期先生琅

邪阜鄉人，自言千歲。秦始皇與語，賜金數千萬，於阜鄉亭皆置去，留書，以赤玉舄一量爲報，言仙人以羽翮爲衣。漢書曰：天道將軍衣羽衣。褑纚，羽垂之貌。翔天沼，戲窮溟。莊子曰：窮髮之北有溟海者，天池也。甄古然有形於無欲，永悠悠以長生。言衆仙雖表有形，而無情欲，故能久視長生也。鄭玄尚書緯注曰：甄，表也。淮南子曰：有形之類，莫尊於水。莊子曰：同乎無欲。老子曰：常無欲以觀其妙。又曰：長生久視之道。且其爲器也，包乾之奧，括坤之區。周易曰：乾爲天，坤爲地。孔安國尚書傳曰：奧，內也。又曰：區，域也。惟神是宅，亦祇是廬。神祇，衆靈之通稱，非惟天地而已。禮記曰：有天下者祭百神也。何奇不有，何怪不儲。說文曰：儲，積也。芒芒積流，含形內虛。班彪覽海賦曰：余有事於淮浦，覽滄海於茫茫。孫卿子曰：不積小流，無以成河海。含形內虛，言水能含衆形，內虛似乎謙也。孫卿子曰：水清則見物之形。周易曰：君子以虛受人。曠哉坎德，卑以自居。周易曰：坎爲水。家語金人銘曰：江海雖左，長百川，以其卑也。周易曰：

謙謙君子，卑以自牧。管子曰：夫人皆赴高，水獨赴下，卑也。而水以爲都居也。引往納來，以宗以都。自海而往，引之而令大；自外而來，納之而不逆。尚書曰：江漢朝宗于海。山海經曰：和山，實惟河之九都。郭璞曰：九水所潛，故曰九都。品物類生，何有何無。言諸品物以類相生，何所不有，何者而無，言其多也。韓詩外傳曰：夫水，羣物以生，品物以正。李尤翰林論曰：木氏海賦，壯則壯矣，然首尾負揭，狀若文章，亦將由未成而然也。

江賦

釋名曰：江，公也，出物不私，故曰公也。風俗通曰：江者，貢也，爲其出物可貢。晉中興書曰：璞以中興王宅江外，乃著江賦，述川瀆之美。

郭景純　臧榮緒晉書曰：郭璞，字景純，河東人。璞性放散，不脩威儀，爲佐著作，後轉王敦記室參軍。敦謀逆，爲敦所害。又云：有人見其睡，形變鼉，云是鼉精也。

咨五才之並用，寔水德之靈長。左氏傳宋子罕曰：天生五材，人並用之，廢一不可。杜預曰：金木水火土也。淮南子曰：夫水者，大不可極，深不可測，無公無私。水之德也。惟岷山之導江，初發源乎濫觴。惟，發語之辭也。岷山導江，東別爲沱。南都賦曰：發源巖穴。家語孔子謂子路曰：夫江始於岷山，其源可以濫觴，及其至於江津，不舫舟，不避風，則不可以涉。王肅曰：觴所以盛酒者，言其微也。聿經始於洛沫，昧攏萬川乎巴梁。薛君韓詩章句曰：聿，辭也。漢書：廣漢郡雒縣有漳山，雒水所出，入湔。雒與洛通。湔音煎。說文曰：沫水出蜀西塞外，東南入江。沫，武蓋切。攏猶括東也。巴，郡名也。梁，州名也。衝巫峽以迅激，躋江津而起漲。盛引之荆州記曰：信陵縣西二十里有巫峽。方言曰：躋，登也。酈元水經注曰：馬頭崖北對大岸，謂之江津。漲，水大之貌。極泓烏宏量而海運，狀滔天以淼茫。鄭玄禮記注曰：極，窮也。莊子曰：大鵬海運，則將徙南溟。司馬彪曰：運，轉也。尚書曰：浩浩滔天。揔括漢泗，兼包淮湘，并呑沅澧禮，汲引沮七余漳。南都賦曰：總括趨欲。郭璞山海經注曰：泗水出魯國卞縣，至臨淮下相縣入淮。孟子

曰：禹決汝漢，排淮泗而注之江。景福殿賦曰：蒹葭欂落。郭璞山海經注曰：湘水出酈陵營道縣陽朔山。過秦論曰：并吞八荒之心。山海經曰：沅水出象郡，而東注江，合洞庭中。應劭漢書地理志曰：武陵郡充縣歷山，澧水所出，入沅。水經云：入江。說文曰：汲，引水也。山海經曰：景山，雎水出焉，南注于沔江。又曰：荆山，漳水出焉，而東南流注于雎。沮與雎同。源二分於崌居崍來，流九派乎潯陽。山海經曰：岷山東北百四十里崍山，江水出焉。又東百五十里崌山，江水出焉，而東流注于大江。郭璞曰：崍山，中江所出也。崌山，北江所出也。水別流爲派。尚書曰：荆州九江孔殷。應劭漢書注曰：江自廬江潯陽分爲九也。漢書：廬江郡有潯陽縣。鼓洪濤於赤岸，淪餘波乎柴桑。洪濤已見海賦。七發曰：淩赤岸。或曰：赤岸在廣陵輿縣。廣雅曰：淪，沒也。餘波，濤之餘波也。言濤之餘波至柴桑而盡也。尚書曰：餘波入于流沙。漢書：豫章郡有柴桑縣。綱絡羣流，商搉苦角涓古玄澮。古外反。廣雅曰：搉，商度也。許愼淮南子注曰：揚搉，粗略也。涓澮，小流也。爾雅曰：注溝曰澮也。表神委於江都，混流宗

而東會○委及宗並見上文漢書曰廣陵國有江都縣東會于海尚書曰東會于泗沂注五湖
以漫漭灌三江而漰普萌沛○普會反墨子曰禹治天下南爲江漢淮汝東流之注五湖
之處以利荆楚干越之民史記太史公曰余登姑蘇望五湖張勃吳録曰五湖者太湖之別名也周行五百餘
里尚書曰三江既入震澤底定孔安國曰自彭蠡江分爲三入震澤又曰震澤吳南太湖名也滈胡道汗
六州之域○經營炎景之外○六州益梁荆江揚徐臧榮緒晉書曰華陽黑水惟梁州部
巴東郡益州梁州之南地部蜀郡江州本荆州之東界揚州之南境也海岱及淮惟徐州部廣陵郡上林賦曰
經營于其內南方火故曰炎景所以作限於華裔○壯天地之嶮介○言江波之
濬既作限於華夷天地嶮介因之益壯也吳録曰魏文帝臨江歎曰天所以隔南北也周易曰天嶮不可升地
嶮山川丘陵郭璞爾雅注曰介閡也呼吸萬里○吐納靈潮○自然往復○或夕
或朝○呼吸萬里言其疾也抱朴子曰糜氏云朝者據朝來也言夕者據夕至也激逸勢以前

驅乃鼓怒而作濤○峨嵋爲泉陽之揭○玉壘作東別之標○峨嵋玉壘二山名也泉陽即陽泉也顧野王輿地志云益州陽泉縣蜀分縣竹立揭標皆表也水經曰江水又
東別爲沲開明之所鑿尚書曰岷山導江東別爲沲戰國策曰舉標甚高衡霍磊落以連鎮○
巫廬嵬魚鬼崫危勿而比嶠○周禮曰荆州之鎮山曰衡山鄭玄曰在湘水南鎮山名安
地德者也爾雅曰霍山爲南岳郭璞曰今在廬江西漢書曰南郡巫縣巫山在西南釋慧遠廬山記曰山在江
州潯陽之南爾雅曰山銳而高曰嶠其廟切協韻音橋協靈通氣○濆忿薄相陶○
流風蒸雷○騰虹揚霄○莊子曰川谷通氣故飄風老子曰陰陽陶冶萬物韋昭國語注曰
蒸升也出信陽而長邁○淙悰大壑與沃焦○信陽即信陵之陽也臧榮
緒晉書曰建平郡有信陵縣吳都賦曰寂寥長邁說文曰淙水聲也列子曰渤海之東不知幾萬億里有大壑
無底之谷其下無底名歸墟玄中記曰天下之大者東海之沃焦焉水灌之而不已沃焦山名也在東海南方

三萬里若乃巴東之峽○夏后疏鑿○盛引之荆州記古歌曰巴東三峽巫峽長猨鳴
三聲淚沾裳禹疏三江已見上文絕岸萬丈○壁立赮駮○赮駮如赮之駮也赮古霞字
虎牙嵥桀豎樹以屹魚乙崒慈聿○荆門闕竦而磐礴○盛引之荆
州記曰郡西泝江六十里南岸有山名曰荆門北岸有山名曰虎牙二山相對楚之西塞也虎牙石壁紅色間
有白文如牙齒狀荆門上合下開開達山南有門形故因以爲名嵥特立貌屹崒高峻貌闕竦如闕之竦也西
京賦曰圜闕竦以造天磐礴廣大貌圓淵九回以懸騰○湓普寸流雷呴呼后而
電激○淮南子曰藏志九旋之淵許慎曰九旋之淵至深說文曰騰水涌也蒼頡篇曰湓水聲也聲類曰呴
嗥也荅賓戲曰遊說之徒風颺電激駭浪暴灑○驚波飛薄○灑散也飛薄飛騰蕩薄也
迅澓扶福增澆○涌湍疊躍○澓流也音伏王逸楚辭注曰洄波爲澆澆古堯切
砯普冰巖鼓作○漰普萌湱呼陌澩胡角灂仕角○反砯水激巖之聲也漰湱澩灂皆大

波相激之聲也爾雅曰夏有水冬無水曰澩音學淜蒲冰㵾蒲拜渹火宏瀫呼拜○潰濩穫
泧呼活漷呼郭反○皆水勢相激洶湧之貌潏胡決湟皇淴烏骨泱烏朗○㶌叔潤
失冉濁舒感瀹○始灼反皆水流漂疾之貌漩旋澴許玄滎於營瀯○營渨紆鬼灅誄
濆忿瀑○步角反皆波浪回旋濆涌而起之貌也溭助側淢域濜助謹溳于窘○龍鱗
結絡○溭淢濜溳參差相次也龍鱗結絡如龍之鱗連結交絡也潘岳金谷詩曰濫泉龍鱗瀾碧沙
瀢杜罪沲徒可而往來○巨石硉洛骨矹五骨以前却○瀢沲硉矹沙石隨水之貌
潛演衍之所汩淈○胡骨奔溜之所磢楚爽錯○說文曰潛藏也又曰演水脉行
地中弋刃切蒼頡篇曰淈水通貌磢已見海賦廣雅曰錯摩也厓隒魚檢爲之泐勒嵃魚免○
碕嶺爲之喦㟧○說文曰隒厓也周禮曰石有時以泐鄭司農曰泐謂石解散也嵃猶嶮也
楚辭曰觸石碕而橫遊許慎淮南子注曰碕長邊也幽㵎積岨○礐力隔硞客嶨盧角礭○

苦角反爾雅曰山夾水曰澗礀與澗同礐硞礐確皆水激石嶮峻不平之貌若乃曾潭之府
靈湖之淵鄭玄毛詩箋曰曾重也王逸楚辭注曰楚人名淵曰潭府澄澹汪洸烏宏瀇
烏廣滉胡廣囦泫音玄皆水深廣之貌說文曰汪廣也烏黄切泓汯宏浻烏猛潒胡猛
涒紆鈞鄰淵彎潾力銀反皆水勢回旋之貌混澣音翰灦呼見溴流映揚焆
音消水勢清深而澄澈光映也蒼頡篇曰焆明也溟莫令漭渺湎莫翦汗汗沺田沺
皆廣大無際之貌察之無象尋之無邊氣滃烏孔渤蒲沒以霧
杳時鬱律其如煙滃渤霧出貌鬱律煙上貌成公綏天河賦曰氣蓬勃以霧蒸說文曰
杳冥也類肧普抔渾之未凝象太極之構天言雲氣杳冥似肧胎渾混尚未
疑結又象太極之氣欲構天也淮南子曰孕婦三月而肧胎春秋命厤序曰冥莖無形濛鴻萌兆渾渾混混宋均
曰渾渾混混雞卵未分也周易曰是故易有太極是生兩儀韓康伯曰太極者無稱之稱不可得名也長

六百五十八　文十二　十二　乙丑重刊　夏鋆義

波浹子叶渫牒峻湍崔嵬埤蒼曰浹渫水滂濞也小雅曰峻高也盤渦烏和谷
轉淩濤山頹渦水旋流也廣雅曰淩馳也王粲遊海賦曰洪濤奮蕩大浪踊躍山隆谷窳宛亶相
搏陽侯砐五合硪我以岸起洪瀾涴宛演而雲迴陽侯已見海賦
砐硪搖動貌涴演迴曲貌沄銀淪溛烏華瀤烏懷乍浥烏甲乍堆沄淪回旋之貌溛瀤不平之貌
徽呼檻如地裂豁若天開徽豁開貌易緯曰天下愁地裂山崩漢書曰孝惠二年天開東
北廣十餘丈觸曲崖以縈繞叱駭崩浪而相礧礧相擊也音雷鼓
㗇苦合窟以淜普萌渤蒲沒乃湓普寸湧而駕隈㗇亦窟之類也淜渤水聲
也小雅曰駕凌也魚則江豚徒昆海豨喜叔鮪于軌王鱣音邅南越志曰江豚
似豬臨海水土記曰海豨豕頭身長九尺郭璞山海經注曰今海中有海豨體如魚頭似豬爾雅曰鮥鮛鮪郭璞曰
鮪屬大者王鮪小者叔鮪王鱣之大者猶曰王鮪鮥音洛䱬骨鰊練鰧特登鮋直流鯪陵

鰩遥鯩鰱音連山海經曰鰼魚其狀如魚而鳥翼出入有光其音如鴛鴦郭璞曰音滑舊說曰鰊似
繩山海經曰鰧其狀如鱖居逵切蒼文赤尾郭璞曰舊說曰鮋似鱓楚辭曰鯪魚何所出王逸曰鯪魚鯪鯉也
山海經曰鰩魚狀如鯉又曰鯩魚黑文狀如鮒食之不腫郭璞曰音倫廣雅曰鰱鱮也或鹿觡格
象鼻或虎狀龍顏臨海異物志曰鹿魚長二尺餘有角腹下有脚如人足郭璞山海經
注曰麋鹿角曰觡又曰今海中有虎鹿魚體皆如魚而頭似虎鹿龍顏似龍也鱗甲鏙七罪錯煥
爛錦斑鏙錯間雜之貌揚鰭掉尾噴普問浪飛唌似延反上林賦曰捷鬐掉
尾說文曰噴吒也唌沫也排流呼哈乎合隨波遊延或爆蒲角采以晃
淵或嚇呼厄鰓乎巖間說文曰爆灼也今以爲曝曬也曝步木切廣雅曰晃暉也嚇猶開也
介鯨乘濤以出入鯼祖洪鮆薺順時而往還爾雅曰介大也字林曰鯼
魚出南海頭中有石一名石首郭璞山海經注曰鮆狹薄而長頭大者長尺餘一名刀魚常以三月八月出故

文十二　十三

曰順時爾其水物怪錯則有潛鵠魚牛虎蛟鉤蛇怪錯奇怪
雜錯也舊說曰潛鵠似鵠而大山海經曰魚牛其狀如牛陵居蛇尾有翼又曰虎蛟其狀魚身而蛇尾有翼其
音如鴛鴦郭璞山海經注曰今永昌郡有鉤蛇長數丈尾岐在水中鉤取岸人及牛馬啖之蜦倫蟤
團鱟候蝞媚鱝扶粉鼊烏郎鼅迷䵠音麻說文曰蜦蛇屬也黑色潛於神泉之中能
興雲致雨山海經曰蟤魚其狀如鮒而彘尾郭璞曰音團如扇之團廣志曰鱟魚似便面雌常負雄而行失雄
則不能獨活出交阯南海中臨海水土物志曰蝞似蝦中食益人顏色有愛媚又曰鱝魚如圓盤口在腹下尾
端有毒又曰初寧縣多鼊龜形薄頭喙似鵞指爪又鼅䵠与龜辟相似形大如蘧生乳海邊曰沙中肉極
好中啖王珧姚海月土肉石華郭璞山海經注曰珧亦蚌屬也臨海水土
物志曰海月大如鏡白色正圓常死海邊其柱如搔頭大中食又曰土肉正黑如小兒臂大長五寸中有腹無
口目有三十足炙食又曰石華附石生肉中啖三蝬子工蜉浮江鸚螺力戈蜁旋蝸

古花反臨海水土物志曰三蝬似蛤舊說曰蝦江似蟹
而小十二脚南州異物志曰鸚䳇螺狀如覆杯頭如鳥
頭向其腹視似鸚䳇故以爲璅蛣詰腹蟹水母目蝦遐
名也舊說曰蜁蝸小螺也
南越志曰璅蛣長寸餘大者長二三寸腹中有蟹子如
榆莢合體共生俱爲蛣取食又曰海岸間頗有水母東
海謂之蛇正白濛濛如沫生物有智識無耳目故不知
避人常有蝦依隨之蝦見人則驚此物亦隨之而沒蛇
音蜡二字並除嫁切紫蚢胡岡如渠洪蚶甘呼專車爾雅曰大貝曰蚢漢書曰尉佗献紫
貝五百尚書大傳曰文王囚於羑里散宜生之江淮之
浦而得大貝如車渠以献紂鄭玄曰渠罔也臨海水土
物志曰蚶則徑四尺背似瓦壟有文國語孔
子曰防風氏其骨節專車賈逵曰專滿也瓊蚌晞曜
以瑩珠石蜐居葉應節而揚葩異物志曰蚌似車螯絜白如玉晞曜向日也楊雄蜀
都賦曰蜐含珠而擘裂南越志曰石蜐形如龜脚
得春雨則生花花似草華廣雅曰葩花也蜐音劫蜛居
蝫諸森衰以垂翹玄蠣力滯磈苦罪磥力罪而碨烏懷哑烏遐反南越志

文十二

十四

曰蜛蝫一頭尾有數條長二三尺左右有脚狀如蠶可
食森衰垂貌翹尾也臨海水土物志曰蠣長七尺南越
志曰蠣形如馬蹄磈
磥碨哑不平之貌或泛瀲辭艷於潮波或混淪乎泥沙
字書曰瀲泛也水波上及也混淪輪轉之貌廣雅曰混轉也混乎本切淪力本切若乃龍鯉一
角奇鶬倉九頭山海經曰龍鯉陵居其狀如鯉或曰龍魚一角也劉騊駼玄根賦曰一足之夔
九頭之鶬有鼈三足有龜六眸莫侯反山海經曰三足鼈岐尾爾雅曰鼈三足曰能郭璞
曰今吳興郡陽羨縣山上有池池中出三足鼈又有六眼龜赬蟞胏扶廢躍而吐璣文
魮毗磬鳴以孕璆山海經曰珠蟞之魚其狀如肺而有目六足有珠郭璞曰蟞音鼈南越志
曰珠鼈吐珠山海經曰文魮之魚其狀如覆銚鳥首而翼魚尾音如磬之聲是生珠玉郭璞曰音毗鯈條
鱅庸拂翼而掣充制耀神蜧麗蝹於粉蜦力殞以沉遊山海經曰鯈鱅
狀如黃蛇魚翼出入有光郭璞曰音條容說文曰蜧蛇
屬也許慎淮南子注曰黑蜧神蛇也潛於神泉蝹蜦行

貌䮍蒲沒馬騰波以噓蹀牒水兕雷咆薄交乎陽侯山海經曰䮍馬
牛尾白身一角其音如虎郭璞曰音勃黃伯仁龍馬賦
曰噓天慷慨南越志曰西羣縣東暨于海其中多水兕
形似牛說文曰咆嗥也淵客築室於巖底鮫人構館于懸流吳都賦曰
淵客慷慨而泣珠鮫人已見海賦黿布餘糧星離沙鏡黿布星離言衆多也
本草經曰禹餘糧生東海池澤傅玄擬楚
篇曰光滅星離舊說曰沙鏡似雲母也青綸競糾縟
組爭映爾雅曰綸似綸組似組東海有之糾繚也縟繁采也紫菜熒曄以叢被
綠苔鬖所咸髿沙乎研上紫菜色紫狀似鹿角菜而細生海中熒曄光明貌南越志曰海藻
一名海苔生研石上風土記曰石髮水苔也青綠色皆生
於石通俗文曰髮亂曰鬖髿說文曰研滑石也研與硯
同五見切菜或爲莄石帆平蒙籠以蓋嶼序萍實時出而漂
泳音詠劉逵吳都賦注曰石帆生海嶼石上草類也又曰嶼海中洲上有山石家語曰楚昭王渡江中流有

文十二

十五

物大如斗貟而赤直觸王舟舟人取之王大怪使聘魯
問孔子孔子曰此所謂萍實也可剖而食之吉祥也唯
霸者爲能得焉王肅曰萍水草也其下則金礦丹礫歷說文曰漂浮也爾雅曰泳游也
雲精爥銀說文曰礦銅鐵璞也古猛切丹礫丹砂也異物志曰雲母一曰雲精入地萬歲不朽
穆天子傳曰乃披圖視典曰天子之寶璿珠爥銀郭璞曰銀有精光如爥也玏麗珋留璿瑰
古回水碧潛琘美巾反說文曰玏蠡屬力計切又曰珋石之有光者山海經曰大荒之中有西王母
之山爰有璿瑰郭璞曰璿瑰亦玉名也旋回兩音山海
經曰耿山多水碧郭璞曰亦水玉類也潛琘亦水玉也
鳴石列於陽渚浮磬肆乎陰濱山海經曰共水多鳴石郭璞曰晉永康元
年襄陽郡上鳴石似玉色青撞之聲聞七八里古
尚書曰泗濱浮磬孔安國尚書傳曰肆陳也或頰迴
彩輕漣或焆消燿崖鄰焆已見上文說文曰鄰水崖間鄰鄰然也力因切林
無不溽岸無不津孫卿子曰玉在山而木潤淵生珠而崖不枯廣雅曰溽濕也鄭玄周禮注曰津

潤也。其羽族也，則有晨鵠天雞，鴢於絞鷔敖鷗鴃。山海經曰大鶚音如晨鵠。郭璞曰：晨鵠，猶晨鳧也。爾雅曰：鶾，天雞。孫炎曰：黑身，一名莎雞。山海經曰：鴢，其狀如鳧，青身而朱目赤尾。郭璞曰：音窈窕之窈。山海經曰：鷔，青黃，其所集者其國亡。郭璞曰：音敖。山海經曰：鴃，其狀如鳧。郭璞曰：音鉗鈇之鈇，徒計切。陽鳥爰翔，于以玄月。尚書曰：彭蠡既豬，陽鳥攸居。爾雅曰：九月爲玄。郭璞曰：國語云至于玄月也。千類萬聲，自相喧聒。說文曰：聒，讙語也。濯翮䟽風，鼓翅翻許聿䎀。許月反。䟽，理也。禮記曰：鳳以爲畜，故鳥不獝；麟以爲畜，故獸不狘。鄭玄曰：獝狘，飛走之貌。翻與獝同。揮弄灑珠，拊拂瀑沫。洞簫賦曰：揚素波而揮連珠。說文曰：瀑，賁也。蒲到切。集若霞布，散如雲豁。產毻他積羽，往來勃碣。其列反。字書曰：毻，落毛也。毻與毻同，音唾。竹書曰：穆王北征，行流沙千里，積羽千里。漢書曰：燕地勃碣之間一都會也。伏琛齊地記曰：勃海郡東有碣石，謂之勃碣也。橉力刃杞稹之忍薄於潯涘，栛槤

連森嶺而羅峯。橉杞，二木名也。字林曰：稹，稠穊也。薄，叢生也。淮南子曰：南游江潯。許慎注曰：潯，水涯也。音尋。栛槤，亦二木名也。栛音隸。桃枝篔筠簹當，實繁有叢。劉淵林蜀都賦注曰：桃枝，竹屬也，可爲杖。又吳都賦注曰：篔簹竹生水邊，長數丈。葭蒲雲蔓，纓以蘭紅。雲蔓，言多而無際也。纓，采色相映也。蘭，澤蘭也。爾雅曰：紅，蘢古。揚皜杲毦二擢紫茸。而容反。皜，白也。毦與茸，皆草花也。蔭潭隩於六，被長江。爾雅曰：隩，隈也。郭璞曰：今江東呼爲浦隩。於到切。繁蔚尉芳蘺，隱藹水松。蘺，江蘺，香草也，似水蘼。水松，藥草名也。涯灌芊千見萰力見，潛薈烏外葱蘢。郎公反。涯灌，則叢生也。潛薈，水中茂盛也。芊萰葱蘢，皆青盛貌也。鯪陵鯥六䟸曰眉踽具側於垠銀隒，魚儉獱頻獺䁾失冉瞲呼尤乎嶮去聲空。鯪魚已見同篇。山海經曰：有魚狀如牛，陵居，蛇尾，其名曰鯥。埤蒼曰：䟸，䟸跳也。求悲切。聲類曰：偏舉一足曰踽。踽，蹄也。渠俱切。郭璞三蒼解詁曰：獱，似青狐，居水中，食

魚。山海經曰：鳌山，濂濂之水出焉，有獸名曰獺，其狀如鱬，其毛如彘鬣。郭璞曰：音蒼頡之頡，與獺同。鱬，如珠切。䁾，暫視也。聲類曰：瞲，驚視上也。呼究切。嶮岸，側空㢨也。去巖切。迅蜼羊季臨虛以騁巧，孤玃居縛登危而雍容。蜼，狖也。玃，似獮猴也。夔𤙤呼口翹踛六於夕陽，鴛雛弄翮乎山東。山海經曰：岷山多夔牛。郭璞曰：今蜀山中有大牛，重數千斤，名爲夔牛。又爾雅注曰：今青州呼犢爲𤙤。𤙤，夔牛之子也。𤙤與𤙤同，火口切。莊子曰：齕草飲水，翹尾而踛，此馬之真性也。司馬彪曰：踛，跳也。廣雅曰：翹，舉也。山海經曰：南禺之山有鵷鶵。郭璞曰：鵷鶵，鳳屬也。爾雅曰：山西曰夕陽，山東曰朝陽。因岐成渚，觸澗開渠。岐已見上文。漱所溝鑿生浦，區別作湖。周禮曰：善爲溝者，水漱之。鄭玄曰：漱，齧也。論語曰：區以別矣。磴土登之以瀠，煩瀷翼渫息列之以尾閭。磴，猶益也。土登切。淮南子曰：莫鑒於流瀠而鑒於澄水。許慎曰：楚人謂水暴溢爲瀠。扶園切。淮南子曰：潦水旬月不雨則涸而枯，澤受瀷而無源者也。許慎曰：瀷，湊漏之流也。瀷，昌即切。莊子：海若曰：天

下之水，莫大於海，萬川歸之而不盈，尾閭渫之而不虛。司馬彪曰：尾閭，水之從海出也。標之以翠翳，泛之以遊菰。標，猶表識也。翳，草之翳薈也。菰，菰蔣也，浮於水上，故曰遊也。播匪藝之芒種，挺自然之嘉蔬。孔安國尚書傳曰：播，布也。鄭玄毛詩箋曰：藝，猶樹也。鄭司農周禮注曰：芒種，稻麥也。禮記曰：凡祭廟之禮，稻曰嘉蔬。鄭玄曰：嘉，善也。稻，菰蔬之屬。鱗被菱荷，攢布水蓏。力果反。鱗被，如鱗之被，言多也。蒼頡篇曰：攢，聚也。應劭漢書注曰：木實曰果，草實曰蓏。翹莖瀵芳問蕊，濯穎散裹。說文曰：瀵，水浸也。匹問切。廣雅曰：蘂，華也。穎，穗也。裹，謂草實也。高唐賦曰：綠葉紫裹。隨風猗萎，於危與波潭淹。猗萎，隨風之貌。潭淹，隨波之貌。潭音覃。淹，徒我切。流光潛映，景炎羊染霞火。言草之華蘂，流耀潛映，波瀾景色，外發炎於赮火。赮與霞同。其旁則有雲夢雷池，彭蠡青草。雲夢，澤名也。吳錄曰：雷池在皖。尚書曰：彭蠡既豬。孔安國曰：澤名也。吳錄曰：巴陵縣有青草湖。具區洮姚滆

翩。朱滻丹漅。具區亦澤名也。風土記曰。陽羨縣西有
核。又曰。朱湖在溧陽。又曰。汚水又東得滻湖水。周
三四百里。丹湖在丹陽。漅湖在居巢。漅祖了切。極望
數百。沆胡朗瀁余兩皛胡杳溔。余少反。七發曰。極望成林。鄭玄禮記注曰。極盡也。沆瀁廣大之貌。皛
溔深白之貌。爰有包山洞庭。巴陵地道。潛逵傍通。幽岫窈
窕。郭璞山海經注曰。洞庭地穴在長沙巴陵。吳縣南太湖中有苞山。山下有洞庭穴道。潛行水底。云無所不
通。號爲地脈。逵水中穴道交通者。金精玉英瑱他見其裏。瑤珠怪石琗其
表。穆天子傳。河伯曰。示汝黄金之膏。郭璞曰。金膏其精汋也。汋音綽。孝經援神契曰。玉英。玉有英華之色也。
孫卿子曰。璇玉瑤珠不知佩。山海經曰。苟林之山多怪石。郭璞曰。怪石似玉也。瑱琗謂文采相雜。小雅曰。雜采
曰綷。琗與綷同。瑱徒見切。琗字憒切。驪虯渠幽摎居由其址。止梢雲冠其嶸。必眇
反。驪虯驪龍也。在於九重之泉。故云摎其址也。莊子曰。千金之珠。在九重之淵。而驪龍頷下。宋衷太玄經注曰。

摎猶糾也。孫氏瑞應圖曰。梢雲瑞雲。人君德至則出。若樹木梢梢然也。嶸山巔也。方眇切。海童之所
巡遊。琴高之所靈矯。海童已見上文。列仙傳曰。琴高浮遊冀州二百餘年。後入碭水中乘
赤鯉魚來出。泊一月復入水去。方言曰。矯飛也。言飛而去來其中。冰夷倚浪以傲睨。五計
江妃含嚬而矊彌延眇。山海經曰。從極之川。唯冰夷恒都焉。冰夷人面而乘龍。郭璞曰。冰夷
馮夷也。莊子曰。獨與天地精神往來而不傲睨於萬物。傲睨自寬縱不正之貌。列仙傳曰。江斐二女出游江濱。
鄭交甫所挑者。孟子注。嚬蹙而言。嚬蹙憂貌。矊眇遠視貌。法言曰。眇緜作炳。矊音緜。撫凌波而
鳧躍。吸翠霞而夭矯。鄭玄禮記注曰。撫以手按之也。廣雅曰。凌馳也。上林賦曰。馳波
跳沫。廣雅曰。吸飲也。陵陽子明經曰。春食朝霞。朝霞者。日始出之赤氣。夭矯自得之貌。若乃宇宙
澄寂。八風不翔。文子曰。四方上下謂之宇。說文曰。宙舟車所極覆。淮南子曰。天有八風。條風明
庶風清明風景風涼風閶闔風不周風廣莫風。洞簫賦曰。翔風蕭蕭而逕其末。舟子於是搦女角

棹。涉人於是檥魚綺榜。補郎反。毛詩曰。招招舟子。人涉卬否。搦捉也。應劭漢書注曰。檥止也。
王逸楚辭注曰。榜船櫂也。補孟切。一曰。榜并船也。漂飛雲。運艅艎。余皇劉淵林吳都賦注曰。飛雲
吳樓船之有名者。左氏傳曰。楚敗吳師。獲其乘舟艅艎。杜預曰。艅艎舟名也。舳艫相屬。萬里
連檣。說文曰。舳舟尾也。艫船頭也。埤蒼曰。檣帆柱也。才羊切。泝洄沿流。或漁或商。
毛詩曰。泝洄從之。毛萇曰。逆流而上曰遡洄。孔安國尚書傳曰。順流而下曰沿。列子曰。中國之人。或農或商或
佃或漁。赴交益。投幽浪。平交益二州名也。周禮曰。東北曰幽州。漢書有樂浪郡也。竭
南極。窮東荒。淮南子曰。章亥自北極步至南極。山海經有東荒經。爾乃䨴雺紛祲
子蔭於清旭。許玉覘勑詹五兩之動靜。方言曰。覘視也。音隸。杜預左氏傳曰。氛氣也。說文
曰。雺亦氣字也。鄭玄禮記注曰。祲陰陽氣相浸漸以成災也。毛萇詩傳曰。旭日始出也。鄭玄禮記注曰。覘闚視
也。勑廉切。兵書曰。凡候風法。以雞羽重八兩。建五丈旗。取羽繫其巔。立軍營中。許慎淮南子注曰。綄候風也。楚

人謂之五兩。也。綄音桓。長風颹于鬼以增扇。廣莫颲麗而氣整。高唐
賦曰。長風至而波起。颹大風貌。音葦。廣莫風已見上文。郭璞山海經注曰。颲颲急風貌。音戾。徐而不
颸。烏回疾而不猛。埤蒼曰。颸風遲也。音隈。鼓帆平迅越。趠陌漲張截
泂。音迥。帆已見上文。趠猶越也。截直度也。漲泂皆深廣之貌。淩波縱柂。電往杳溟。
覓冷反。楊雄方言曰。船後曰舳。郭璞曰。今江東柂呼爲舳也。王逸荔枝賦曰。飛匡上下。電往景還。匡勤往切。
䨴如晨霞孤征。眇若雲翼絕嶺。䨴征貌。徒對切。晨霞朝霞也。莊子曰。大鵬
翼若垂天之雲。故曰雲翼。言廣大也。倏忽數百。千里俄頃。楚辭曰。往來儵忽。何休公羊傳
注曰。俄者須臾之間。司馬彪莊子注曰。頃久也。王肅家語注曰。俄有頃也。飛廉無以睎其蹤。
渠黃不能企其景。史記曰。飛廉善走。廣雅曰。睎視也。穆天子傳曰。天子之八駿曰渠黃。毛詩
曰。跂予望之。鄭玄曰。舉足則望見之。企與跂同。於是蘆人漁子。擯落江山。謂採蘆捕

魚之子也擯落謂被斥擯而漂落也司馬彪莊子注曰擯弃也衣則羽褐食惟蔬鱻思延切鄭玄毛詩箋曰褐毛布也聲類曰鱻小魚也栫寂見澱廷見爲涔夾潨在公羅筌說文曰栫以柴木壅水也劉淵林吳都賦注曰淀如淵而淺澱與淀古字通爾雅曰槮謂之涔郭璞曰今作槮叢木於水中魚得寒入其裏以薄捕取之也槮蘇感切涔字廉切說文曰潨小水入大水也筌捕魚之器以竹爲之蓋魚笱屬筩灑連鋒罾子僧䍡雷比船舊說曰筩灑皆釣名也罾䍡皆網名也灑所蟹切或揮輪於懸碕奇或中瀨而橫旋輪釣輪也埤蒼曰碕曲岸頭也忽忘夕而宵歸詠採菱以叩舷淮南子曰夫歌採菱發陽阿楚辭曰漁父鼓枻而去王逸曰叩船舷也傲自足於一嘔尋風波以窮年字書曰傲倨也嘔與謳同楚辭曰順風波以南北兮霧宵晦以紛紛西京賦曰窮年忘歸猶不能徧也爾乃域之以盤巖豁之以洞壑疏之以沲度河汜似鼓之以朝夕尚書曰沲潛既導孔安國曰沲江別名也汜已見上文漢書枚乘上書曰游曲臺臨上路不如朝夕之池也川

流之所歸湊雲霧之所蒸液王逸楚辭注曰湊聚也琴賦曰蒸靈液以播雲淮南子曰山雲蒸而柱礎潤珍怪之所化產傀奇之所窟宅高唐賦曰珍怪奇偉子虛賦曰珍怪鳥獸說文曰傀偉也又曰奇異也納隱淪之列真挺異人乎精魄桓子新論曰天下神人五一曰神仙二曰隱淪三曰使鬼物四曰先知五曰鑄凝馮衍爵銘曰富如江海壽配列真說文曰真仙人變形也班固公孫弘贊曰異人並出孝經援神契曰五岳之精雄四瀆之精仁左氏傳樂祁曰心之精爽是謂魂魄播靈潤於千里越岱宗之觸石公羊傳曰曷爲祭大山河海山川有能潤乎百里者天子秩而祭之觸石而出膚寸而合不崇朝而徧雨天下者唯太山雲爾海潤于千里何休曰雲氣觸石理而出爲雨無膚寸之地而不徧也河海與雲雨及千里及其譎變儵怳符祥非一動應無方感事而出孔安國尚書傳曰神妙無方鄭

玄論語注曰方常也經紀天地錯綜人術言以綜爲喻也符祥上則經紀天地下則錯綜人術漢書五行志曰厥風絕經紀如淳曰壞絕匹帛之屬周易曰錯綜羣數王肅曰錯交也綜理事也仲長子昌言曰錯綜人情妙不可盡之於言事不可窮之於筆若乃岷精垂曜於東井陽侯遯形乎大波河圖括地象曰岷山之地上爲井絡史記曰五星聚于東井陽后陽侯也高誘淮南子注曰楊國侯溺死於水其神能爲大波莊子曰其死登遐三年而形遯奇相去得道而宅神乃協靈爽於湘娥廣雅曰江神謂之奇相西京賦曰懷湘娥王逸楚辭注曰堯二女墜湘水之中因爲湘夫人也駭黃龍之負舟識伯禹之仰嗟呂氏春秋曰禹南省方濟乎江黃龍負舟舟中之人五色無主禹仰視天而嘆曰吾受命於天竭力以養民生性也死命也余何憂於龍焉龍俛耳曳尾而逃壯荆飛之擒蛟終成氣乎太阿呂氏春秋曰荆有佽飛者得寶劒於干遂反涉江至于中流有兩蛟夾繞其舡佽飛拔寶劒曰

此江中腐肉朽骨也赴江刺蛟殺之荆王聞之仕以執珪高誘曰干遂吳邑越絕書曰歐冶子作鐵劒二曰太阿悍要離之圖慶在中流而推戈廣雅曰悍勇也呂氏春秋曰要離走往見王子慶忌於衞慶忌喜要離曰請與王子往奪之國王子慶忌与要離俱涉於江拔劒以刺王子慶忌捽而投之於江浮出又取而投之於江如此者三其卒曰汝天下之國士也幸汝以成名要離不死歸吳矣悲靈均之任石嘆漁父之櫂歌楚辭曰名余曰正則字余曰靈均又曰望大河之洲渚悲申徒之抗直驟諫君而不聽重任石之何益又曰懷沙礫而自沉兮不忍見君之蔽壅史記曰屈原作懷沙賦懷石自投汨羅懷沙即任石也義與王逸不同楚辭曰漁父鼓枻而歌曰滄浪之水清可以濯吾纓想周穆之濟師驅八駿於黿鼉紀年曰周穆王三十七年征伐大起九師東至于九江叱黿鼉以爲梁列子曰周穆王遠遊命駕八駿之乘驊騮綠耳赤驥白儀渠黃踰輪盜驪山子張湛曰儀古義字感交甫之喪珮愍神使之嬰羅廣雅曰感傷也韓詩內傳曰鄭交甫遵彼漢皋

臺下遇二女與言曰願請子之珮二女與交甫交甫受而懷之超然而去十步循探之即亡矣迴顧二女亦即亡矣莊子曰宋元君夜半夢人被髮而窺阿門曰予自罕露之泉爲清江使河伯之所漁者豫且得予元君覺召占夢者占之曰此神龜也元君乃刳龜以卜七十鑽而無遺筴司馬彪曰鑽命卜以所卜事而灼之煥大塊之流形混萬盡於一科莊子曰夫大塊載我以形勞我以生司馬彪曰大塊自然也周易曰品物流形混萬盡於一科言混萬物盡歸於一科也孟子曰水源泉混混不舍晝夜盈科而後進放乎四海趙岐曰科坎也保不虧而永固稟元氣於靈和春秋元命包曰水者五行始焉元氣之湊液也考川瀆而妙觀實莫著於江河班固漢書贊曰中國川原以百數莫著於四瀆而河爲宗也

文選卷第十二

賜進士出身通奉大夫江南蘇松常鎮太等處承宣布政使司布政使胡克家重校刊

文選卷第十三

梁昭明太子撰

文林郎守太子右內率府録事參軍事崇賢館直學士臣李善注上

物色

鳥獸上

物色四時所觀之物色而爲之賦又云有物有文曰色風雖無正色然亦有聲詩注云風行水上曰漪易曰風行水上渙渙然即有文章也

風賦劉熙釋名云風者汎也爲能汎博萬物又云風者放也動氣放散曾子書曰陰陽偏則風物理志曰陰陽擊發氣也

宋玉史記曰楚有宋玉景差之徒皆好辭而以賦見稱王逸楚辭序曰宋玉屈原弟子

楚襄王游於蘭臺之宮史記曰楚懷王薨太子橫立爲頃襄王又曰楚有謂頃襄王曰王繢繳蘭臺徐廣曰繢縈也七見切宋玉景差侍有風颯然而至景差亦楚大夫說文曰颯風聲楚辭曰風颯颯兮木蕭蕭王迺披襟而當之曰快哉此風寡人所與庶人共者邪宋玉對曰此獨大王之風耳庶人安得而共之王曰夫風者天地之氣溥暢而至不擇貴賤高下而加焉河圖帝通紀曰風者天地之使也五經通義曰陰陽散爲風風氣無根也管子

曰風漂物者也風之所漂不避貴賤美惡今子獨以爲寡人之風豈有說乎宋玉對曰臣聞於師枳句來巢空穴來風枳木名也枳句言枳樹多句也說文曰句曲也古侯切似橘屈曲也考工記曰橘踰淮爲枳莊子曰騰猿得枳棘枳句之間振動悼慄又曰空閱來風桐乳致巢此以其能苦其性者司馬彪曰門戶孔空風善從之桐子似乳著其葉而生其葉似箕鳥喜巢其中也其所託者然則風氣殊焉者下或有因字非也王曰夫風始安生哉宋玉對曰夫風生於地起於青蘋之末莊子曰大塊噫氣其名爲風爾雅曰萍其大者曰蘋郭璞曰水萍也侵淫谿谷盛怒於土囊之口春秋元命包曰陰陽怒而爲風侵淫漸進也土囊大穴也盛引之荆州記曰宜都很山縣有山山有穴口大數尺爲風井土囊當此之類也緣泰山之阿舞於松柏之下阿曲也飄忽淜滂激颺熛怒淜滂風擊物聲淜疋冰切熛怒如熛之聲說文曰熛火飛也俾堯切滂普

六百四十　文十三　二　王亨

郎切耾耾雷聲迴穴錯迕耾侯萌切埤蒼曰耾耾風聲廣雅曰耾聲也十洲記曰玄洲在北海上有風聲響如雷上對天之西北門也凡事不能定者迴穴此即風不定貌錯迕雜錯交迕也蹷石伐木梢殺林莽蹷動也伐擊也漢書音義應劭曰蹷頓也韋昭曰梢擊也至其將衰也被麗披離衝孔動楗被麗披離四散之貌楗字林曰楗拒門也眴煥粲爛離散轉移眴呼縣切眴煥粲爛鮮明貌故其清涼雄風則飄舉升降乘凌高城入于深宮邸華葉而振氣說文曰邸觸也邸與抵古字通徘徊於桂椒之間翱翔於激水之上將擊芙蓉之精廣雅曰菁華也精與菁古字通獵蕙草離秦衡獵歷也秦香草也衡杜衡也又云秦木名也范子計然曰秦衡出於隴西天水芳香也槩新夷被荑楊楚詞曰露甲新夷飛林薄顏師古曰新夷一名留夷即上林賦雜以留夷也易曰枯楊生稊王弼曰稊者楊之秀也稊與荑同徒奚切迴穴衝陵蕭條

衆芳然後倘佯常羊中庭北上玉堂倘佯猶徘徊也躋于羅帷經于洞房迺得爲大王之風也說苑雍門周說孟嘗君曰下羅帷來清風楚辭曰姱容修態亘洞房故其風中人狀直憯悽惏慄清涼增欷素問曰若汗出逢虛風其中人也楚詞曰憯悽增欷鄭玄曰憯憂也說文曰憯痛也錯感切惏寒貌毛萇詩傳曰慄洌寒氣也慄理吉切欷欣既切清清泠泠愈病析酲清清泠泠清涼之貌也愈猶差也漢書曰泰尊柘漿析朝酲應劭曰酲酒病析解也發明耳目寧體便人此所謂大王之雄風也王曰善哉論事夫庶人之風豈可聞乎宋玉對曰夫庶人之風塕然起於窮巷之間堀窟堁課揚塵塕然風起之貌也一孔切堀堁風動塵也廣雅曰堀突也淮南子曰揚堁而弭塵許慎曰堁塵塺也塺莫迴切勃鬱煩冤衝孔襲門勃鬱煩冤風迴旋之貌司馬彪莊子注曰襲入也動沙堁

文十三　三

吹死灰堁或爲塸非也駭溷濁揚腐餘廣雅曰駭起也言風之來既起溷濁之處又舉揚腐臭之餘家語孔子曰惜其腐餘而務施仁人之偶也溷胡困切腐扶甫切邪薄入甕牖至於室廬禮記孔子曰儒有蓬戶甕牖故其風中人狀直憞溷鬱邑毆溫致濕憞徒對切孔安國尚書傳曰憞惡也言此風入於人身體令惡也憞溷煩濁之貌字林曰溷亂也王逸楚詞注曰鬱邑而憂也毆古驅字素問曰冬傷於寒春必病溫又曰中央生濕濕生土也言此風毆溫濕氣來令致濕病也中心慘怛生病造熱慘怛憂勞也慘錯感切方言曰怛痛也素問黃帝問岐伯曰人傷於寒而轉爲熱何也曰夫寒盛則生於熱也中脣爲胗軫得目爲蔑說文曰胗脣瘍也呂氏春秋曰氣鬱處目則爲蔑爲盲高誘曰蔑眵也蔑與瞡古字通亡結切眵充支切啗齰嗽獲死生不卒啗齰嗽獲中風人口動之貌風疾既甚言死而未即死言生而又有疾也故云不卒說文曰啗食也齰齧也士白切嗽吮也山角切聲類曰嚄大喚也宏麥切獲與嚄古字通卒七忽切

此所謂庶人之雌風也。

秋興賦并序

潘安仁　劉熙釋名曰：秋，就也。言萬物就成也。興者，感秋而興此賦，故因名之。

晉十有四年，余春秋三十有二，始見二毛。十四年，晉武帝太始十四年也。左氏傳，宋襄公曰：不禽二毛。杜預曰：二毛，頭白有二色也。以太尉掾兼虎賁中郎將，寓直于散騎之省。臧榮緒晉書云：賈充為太尉。又曰：岳為賈充掾。漢書曰：期門僕射，秩比千石，平帝更名虎賁郎，置中郎將。寓，寄也。世說曰：桓玄既篡，將改置直館，問左右：虎賁中郎將省合在何處？有人荅云：無省。當時殊迕旨。問：何以知無？荅曰：潘岳秋興賦叙云：兼虎賁中郎將，寓直於散騎之省。玄咨嗟稱善。劉謙之晉紀云：玄欲復虎賁中郎將，疑訪之僚屬，咸莫能定。叅軍劉荀之對：昔潘岳秋興賦叙云：兼虎賁中郎將，寓直於散騎之省。以言之，是也。玄從之。高閣連雲，陽景罕曜。言閣之高而且深，故曰罕曜其中。珥蟬冕而襲紈綺之士，此焉游處。珥，猶插也。蔡邕獨斷曰：侍中中常侍加貂附蟬。鄭玄禮記注曰：襲，重衣也。漢書曰：班伯與王許子弟為羣，在於綺襦紈袴之間。鸚鵡賦曰：感平生之游處。僕野人也，偃息不過茅屋茂林之下，禮記曰：唯饗野人皆酒。呂氏春秋，田替曰：若夫偃息之義，則未聞也。范曄後漢書曰：王霸隱居止茅屋蓬戶。論衡曰：山種棗栗，名曰茂林。談話不過農夫田父之客。說文曰：話，會合善言也。胡快切。毛詩曰：帥時農夫，播厥百穀。禮記曰：上農夫食九人。尹文子曰：魏田父有耕於野者。攝官承乏，猥廁朝列，左氏傳，韓厥謂齊侯曰：敢告不敏，攝官承乏。蒼頡篇曰：廁，次也，雜也。禮記曰：爵祿有列於朝。夙興晏寢，匪遑底寧。毛詩曰：夙興夜寐。又曰：不遑寧處。譬猶池魚籠鳥，有江湖山藪之思。於是染翰操紙，慨然而賦。翰，筆毫也。說文曰：慨，太息也。字林曰：慨，壯士不得志也。許既切。于時秋也，故以秋興命篇。鄭玄周禮注曰：興者，記事於物。

其辭曰：四時忽其代序兮，萬物紛以迴薄。莊子，黃帝曰：陰陽四時，運行各得其序。楚辭曰：日月忽其不淹兮，春與秋兮代序。鵩鳥賦曰：萬物迴薄。覽花蒔之時育兮，察盛衰之所託。字林曰：蒔，更別種。上吏切。周易曰：時育萬物。感冬索而春敷兮，嗟夏茂而秋落。孔安國尚書傳曰：索，盡也。又曰：敷，布也。又曰：巳布而生也。呂氏春秋曰：春氣至則草木產，秋氣至則草木落。雖末士之榮悴兮，伊人情之美惡。舞賦曰：漫末士之亂曲。文子曰：有榮悴者必末愁悴。善乎宋玉之言曰：悲哉秋之為氣也！王逸注曰：寒氣聊戾，歲將暮也。蕭瑟兮，陰氣促急，風暴疾也。草木搖落花葉隕落，肥潤去也。而變衰。形體易色，枝枯槁也。憀了慄兮，息念卷戾，心自傷。若在遠行，遠出之他方。登山臨水，升高遠望，視江河也。送將歸。族親別還故鄉。巳上宋玉九辯之文。夫送歸懷慕徒之戀兮，言懷思慕，戀徒侶也。遠行有羇旅之憤。左氏傳，陳敬仲曰：羇旅之臣。杜預曰：羇，寄旅客。臨川感流以歎逝兮，登山懷遠而悼近。論語曰：子在川上曰：逝者如斯夫，不舍晝夜。包曰：逝，往也。言凡往者如川之流也。晏子春秋曰：景公遊於牛山，臨齊國，乃流涕而歎曰：奈何去此堂堂之國而死乎？使古而無死，不亦樂乎？左右皆泣。晏子獨笑曰：夫盛之有衰，生之有死，天之數也。物有必至，事有當然，曷有悲老而哀死？古無死，古之樂也，君何有焉？懷遠悼近，齊景之謂也。彼四慼之疚心兮，遭一塗而難忍。毛詩曰：既來既往，使我心疚。鄭玄曰：疚，病也。嗟秋日之可哀兮，諒無愁而不盡。野有歸燕，隰有翔隼。楚辭曰：燕翩翩其辭歸。鷙鳥擊之鳥通呼曰隼，一曰鷂，春化為布穀。文子曰：鷹隼未擊，羅網不張。游氛朝興，槁葉夕殞。杜預左氏傳注曰：氛，氣也。鄭玄毛詩箋曰：木葉槁，得風乃落。於是迺屏輕箑，所甲釋纖絺，呂氏春秋曰：冬不用箑，非愛箑也，清有餘也。高誘曰：箑，扇也。孔安國尚書傳曰：纖，細也。絺，細葛也。藉莞蒻，若御袷衣。鄭玄毛詩箋曰：莞，小蒲席。

也。胡官切。說文曰。蒚。蒲子。以爲華蓆也。又曰。袷。衣無絮也。古洽切。庭樹槭以灑落兮。勁風戾而吹帷。槭。枝空之貌。所隔切。戾。勁疾之貌。蟬嘒嘒而寒吟兮。鴈飄飄而南飛。毛詩曰。菀彼柳斯。鳴蜩嘒嘒。毛萇詩曰。嘒嘒。小聲也。飄飄。飛貌。楚辭曰。鴈雝雝而南遊。天晃朗以彌高兮。日悠陽而浸微。言秋日天氣高朗。晃朗。明貌。悠陽。日入貌。杜篤弔王子比干曰。霞霏尾而四除。言晃朗而高明。楚辭曰。天高而氣清。禮記曰。仲秋殺氣浸盛。陽氣日衰。何微陽之短晷。覺涼夜之方永。尚書曰。日短星昴。以正仲冬。毛詩曰。夏之日。冬之夜。毛萇曰。言長也。月曈曨以含光兮。露淒清以凝冷。埤蒼曰。曈曨。欲明也。曈。徒東切。曨。力東切。熠燿粲於階闥兮。蟋蟀鳴乎軒屏。毛詩曰。熠燿宵行。毛萇曰。熠燿。燐也。燐。螢火也。毛詩曰。蟋蟀在堂。毛萇曰。蟋蟀。蛬也。崔豹古今注曰。熠燿。一曰燿夜。腐草爲之。食蚊蚋。又曰。蟋蟀名蛬。初秋生。得寒則鳴。噪濟南謂之嬾婦也。聽離鴻之晨吟兮。望流火之餘景。毛詩曰。七月流火。毛萇曰。大火也。流。下也。

文十三　六

宵耿介而不寐兮。獨展轉於華省。王逸楚辭注曰。耿介。執節守度。毛詩曰。耿耿不寐。如有隱憂。又曰。悠哉悠哉。展轉反側。悟時歲之遒盡兮。慨俛首而自省。楚辭曰。歲忽忽而遒盡。毛萇詩傳曰。遒。終也。廣雅曰。遒。急也。列子曰。師曠俛首而聽之。曾子曰。君子旦就業。夕而自省也。斑鬢髟以承弁兮。素髮颯以垂領。服虔通俗文曰。髮垂而髟。方料切。說文曰。白黑髮雜而髟。字林亦同。周禮曰。士弁服。白虎通曰。皮弁。冠名。仰羣儁之逸軌兮。攀雲漢以游騁。登春臺之熙熙兮。珥金貂之炯炯。高閣連雲。升之以攀雲漢也。言羣儁自致高遠。老子曰。眾人熙熙。如享太牢。如登春臺。漢書。谷永對詔曰。戴金貂之飾。執常伯之職也。董巴輿服志曰。侍中冠金璫。附蟬爲文。貂尾爲飾。廣雅曰。炯炯。光也。苟趣舍之殊塗兮。庸詎識其躁靜。六韜。太公曰。夫人皆有性。趣舍不同。司馬遷書曰。趣舍異路。莊子。王倪曰。吾庸詎知吾所謂知非不知邪。司馬彪曰。庸。猶何用也。老子曰。重爲輕根。靜爲躁君。聞

至人之休風兮。齊天地於一指。莊子曰。不離於真。謂之至人。又曰。以指喻指之非指。不若以非指喻指之非指也。以馬喻馬之非馬。不若以非馬喻馬之非馬也。天地一指也。萬物一馬也。郭象曰。夫自是而非彼。我之常情也。故以我指喻彼指。則彼指於我指獨爲非指矣。此以指喻指之非指也。若覆以彼指還喻我指。則我指於彼指復爲非指矣。此以非指喻指之非指也。將明無是無非。莫若反覆相喻。反覆相喻。則彼之與我既同於自是。又均於相非。均於相非。則天下無是。同於自是。則天下無非。何以明其然邪。是若果是。則天下不得復有非之者也。非若果非。亦不得復有是之者也。今是非無主。紛然殽亂。明此區區各信其偏見。而同於一致耳。仰觀俯察。莫不皆然。是以至人知天地一指也。萬物一馬也。故浩然大寧。而天下萬物各當其分。同於自得。而無是無非也。彼知安而忘危兮。故出生而入死。周易曰。安不忘危。存不忘亡。老子曰。出生入死。韓子曰。人始於生而卒於死。始之謂出。卒之謂入。故曰出生入死也。行投趾於容跡兮。殆不踐而獲底。闕側足以及泉兮。雖

文十三　七

猴猨而不履。言人之行。投趾在乎容跡之地。近不踐而獲安。若以足外爲無用。欲闕之及泉。雖則捷若猴猨。亦不能履也。莊子。惠子謂莊子曰。子言無用。莊子曰。知無用而可與言用矣。夫地非不廣且大也。人之所用容足耳。然則側足而墊之致黃泉。人尚有用乎。惠子曰。無用。莊子曰。然則無用之爲用也亦明矣。郭璞爾雅注曰。底。止也。龜祀骨於宗祧兮。思反身於綠水。莊子曰。莊子釣於濮水。楚王使二大夫往聘莊子曰。願以境內累子。莊子持竿不顧。曰。吾聞楚有神龜。死已三千歲矣。王巾笥而藏之廟堂之上。此龜者。寧其死爲留骨而貴乎。寧其生而曳尾塗中乎。二大夫曰。寧生而曳尾塗中。莊子曰。往矣。吾將曳尾於塗中矣。且斂衽以歸來兮。忽投紱以高厲。衽。襟也。字林曰。紱。綬也。楚辭曰。颯彌節而高厲。耕東皐之沃壤兮。輸黍稷之餘稅。水田曰皐。東者。取其春意。漢書。鄭明曰。將歸延陵之皐。修農圃之疇。張晏曰。隱耕皐澤之中。阮籍奏記曰。將耕東皐之陽。輸黍稷之稅。說文曰。稅。租也。泉涌湍於石間兮。菊揚芳於崖澨。禮記曰。仲秋菊

有黄華。濼秋水之涓涓兮，玩游鯈之潎潎。莊子曰：秋水時至，百川灌河。金
人銘曰：涓涓不壅，將成江河。莊子曰：莊子與惠子遊於濠梁上。莊子曰：鯈魚出遊從容，是魚樂也。惠子曰：子非
魚，安知魚樂？莊子曰：子非我，安知我不知魚之樂也。潎潎，遊貌也。匹曳切。逍遥乎山川之阿，
放曠乎人間之世。莊子有逍遥游篇。司馬彪曰：言逍遥無爲者，能游大道也。又有人間世篇。司
馬彪曰：言處人間之宜，居亂世之理，與人羣者不得離人。然人間之事，故世世異宜，唯無心而不自用者爲能
唯變所適，而何足累。優哉游哉，聊以卒歲。家語：孔子歌曰：優哉游哉，聊以卒歲。王肅曰：言
優游以終歲也。

雪賦說文曰：䨮，凝雨也。釋名曰：雪，娞也。水下遇寒而凝，娞娞然下也。曾子曰：陰氣凝而爲雪。五
經通訓曰：春洩氣爲雨，寒凝爲雪。

謝惠連沈約宋書曰：謝惠連，陳郡陽夏人也。幼而聰敏，年十歲能屬文。族兄靈運深加

知賞。本州辟主簿，不就。後爲司徒彭城王法曹。爲雪賦，以高麗見奇。年二十七卒。

歲將暮，時既昏。毛詩曰：歲亦暮止。劉向七言曰：時將昏暮白日午。昏，冥也。寒風積，愁
雲繁。莊子曰：風積不厚，則其負大翼也無力。傅玄詩曰：浮雲含愁色，悲風坐自嘆。班婕妤擣素賦曰：佇風
軒而結睇，對愁雲之浮沈。然疑此賦非婕妤之文，行來已久，故兼引之。梁王不悅，游於兎
園。此假主客以爲辭也。漢書曰：梁孝王，文帝子也。西京雜記曰：梁孝王好宮室苑囿之樂，築兎園也。迺
置旨酒，命賓友，召鄒生，延枚叟。漢書：梁孝王待士，鄒陽從孝王游。又曰：枚乘爲
弘農都尉，去官游梁。相如末至，居客之右。漢書曰：相如客游梁。又曰：田叔等十人，漢廷臣
無能出其右者。俄而微霰零，密雪下。莊子曰：俄而死。王肅家語注曰：俄，有頃也。王迺
歌北風於衛詩，詠南山於周雅。毛詩衛風曰：北風其涼，雨雪其滂。又小雅信南
山曰：上天同雲，雨雪雰雰。授簡於司馬大夫。言大夫，尊之也。國語：越王句踐曰：苟聞子大夫

之言。爾雅曰：簡謂之畢。郭璞曰：今簡札也。曰：抽子秘思，騁子妍辭，侔色揣
稱，爲寡人賦之。鄭玄周禮注曰：侔，等也。莫侯切。說文曰：揣，量也。初委切。爾雅曰：稱，好也。老子曰：
王公自謂孤寡不穀。相如於是避席而起，逡巡而揖。孝經曰：曾子避席。公羊曰：
逡巡北面再拜也。廣雅曰：逡巡，却退也。曰：臣聞雪宮建於東國，雪山峙於
西域。孟子曰：齊宣王見孟子於雪宮。劉熙曰：雪宮，離宮之名也。漢書西域傳曰：天山冬夏有雪。岐昌
發詠於來思，姬滿申歌於黃竹。岐，周所居；昌，文王名也。毛詩曰：昔我
往矣，楊柳依依。今我來思，雨雪霏霏。姬，周姓也。滿，穆王名，昭王子也。孔安國尚書傳曰：申，重也。穆天子傳曰：天
子遊黃臺之丘，大寒，北風雨雪，天子作詩三章以哀人，夫我徂黃竹負閟寒，乃宿於黃竹。曹風以麻
衣比色，楚謠以幽蘭儷曲。毛詩曹風曰：蜉蝣掘閱，麻衣如雪。宋玉諷賦曰：臣嘗行至
主人獨有一女，置臣蘭房之中，臣援琴而鼓之，爲幽蘭白雪之曲。賈逵曰：儷，偶也。盈尺則呈瑞

於豐年，袤丈則表沴於陰德。左氏傳曰：凡平地尺爲大雪。毛萇詩傳曰：豐年之冬
必有積雪。金匱曰：武王伐紂，都洛邑，未成，雨雪十餘日，深丈餘。漢書曰：氣相傷謂之沴。沴，臨莅不和意也。春秋
潛潭巴曰：大雪甚厚，後必有女主。天雪連月，陰作威。宋均曰：雪爲陰臣道也。雪之時義遠矣
哉。請言其始。若迺玄律窮，嚴氣升。禮記曰：季冬之月，日窮於次，月窮於紀。又
曰：孟冬之月，天地始肅。鄭玄曰：肅，嚴急之氣也。孟冬之月，天氣上騰。夏侯孝若寒雪賦曰：嚴氣枯殺，玄澤閉凝。
焦溪涸，護湯谷凝。酈元水經注曰：焦泉發于天門之左，南流成溪，謂之焦泉。盛引之荆州記
曰：南陽郡城北有紫山，東有一水，冬夏常温，因名湯谷也。火井滅，温泉冰。博物志曰：臨邛火井，
諸葛亮往視後，火轉盛，以盆貯水煮之，得鹽。後人以火投井，火即滅，至今不燃。又曰：西河郡鴻門縣亦有火井
祠，火從地出。張衡温泉賦曰：遂適驪山，觀温泉。沸潭無湧，炎風不興。酈元水經注曰：以生
物投之，須臾即熟。又曰：曲阿季子廟前井及潭常沸，故名井曰沸井，潭曰沸潭。炎風在南海外，常有火風，夏旦曰

則蒸殺其過鳥也呂氏春秋曰何謂八風東北曰炎風高誘曰一曰融風北戶墐扉裸胡卦壤
垂繒毛詩曰穹窒熏鼠塞向墐戶毛萇曰向北出牖也墐塗也東夷傳曰倭國東四千餘里裸人國也字
林曰繒帛揔名也於是河海生雲朔漠飛沙淮南子曰四海之雲湊又曰入澤之
雲以雨九州公羊傳曰河海潤千里何休曰河海興雲雨及千里說文曰北方流沙漢書李陵歌曰徑萬里兮
度沙漠范曄後漢書袁安議曰今朔漠既定楊泉物理論曰風怒則飛沙揚礫連氛累靄揜日
韜霞文字集略曰靄雲狀又曰靄亦靄也一大切毛萇詩傳曰揜覆也於儼切杜預左氏傳曰韜藏也吐
刀切霰淅瀝而先集雪紛糅女又而遂多韓詩曰先集惟霰薛君曰霰霙也音
英夏侯孝若寒雪賦曰集洪霰之淅瀝煥摧磊以纏索楚辭曰雪紛糅其增加鄭玄禮記注曰糅雜也其
爲狀也散漫交錯氛氳蕭索王逸楚辭注曰氛氳盛貌藹藹浮浮瀌瀌
弈弈毛詩曰雨雪浮浮又曰雨雪瀌瀌方遥切廣雅曰藹藹弈弈盛貌聯翩飛灑徘徊

文十三　十

委積始緣甍而冒棟終開簾而入隙杜預曰甍屋棟也毛詩曰下土是冒
傳曰冒覆也字林云隙壁際孔從阜傍二小夾日也初便娟於墀廡末縈盈於帷
席便娟縈盈雪迴委之貌楚辭曰㛹娟修竹王逸曰㛹娟好貌說文曰廡堂下周屋也釋名曰大屋曰廡
既因方而爲圭遇圓而成璧眄隰則萬頃同縞瞻山
則千巖俱白於是臺如重璧逵似連璐廣雅曰縞練也穆天子傳曰爲
盛姬築臺是曰重璧之臺劉公幹清廬賦曰蹈琳珉之塗然即逵也許慎淮南子注曰璐美玉也音路庭
列瑤階林挺瓊樹瑤階玉階也已見西京賦說文曰挺拔也達鼎切莊子曰南方積石千里樹名瓊枝
皓鶴奪鮮白鷳失素相鶴經云鶴千六百年形定而色白復二千年大毛落茸毛生色雪
白白鷳鳥名也西都賦曰招白鷳紈袖慙冶玉顏掩姱說文曰紈素也冶妖也范子紈素出
齊古詩曰燕趙多佳人美者顏如玉楚辭曰美人皓齒姱與姱同好貌若迺積素未虧白日朝

鮮爛兮若燭龍銜燿照崑山山海經曰赤水之北有章尾山有神人面蛇身其瞑
乃晦其視乃明是燭九陰是謂燭龍楚辭曰日安不飛燭龍何照王逸曰言天西北有幽冥無日之國有龍銜
燭而照之山海經曰鍾山之神名曰燭陰郭璞曰即燭龍也詩含神務曰天不足西北無有陰陽故有龍銜火
精以照天門中也崑山已見上文爾其流滴垂冰緣霤承隅王逸楚辭注曰霤屋
宇也粲兮若馮夷剖蚌列明珠莊子曰夫道馮夷得之以遊大川抱朴子釋鬼篇曰
馮夷華陰人以八月上庚日度河溺死天帝署爲河伯說文曰蚌蜃也司馬彪以爲明月珠蚌蛤也蜀志秦宓
奏記曰剖蚌求珠至夫繽紛繁鶩之貌皓旰曒絜之儀迴散縈
積之勢飛聚凝曜之奇固展轉而無窮嗟難得而備知
若迺申娛翫之無已夜幽靜而多懷風觸楹而轉響月
承幌而通暉包氏論語注曰梲者梁上楹也說文曰楹柱也承上也文字集略曰幌以帛明牕也

文十三　十一　蔣永

酌湘吳之醇酎御狐貉之兼衣吳錄曰湘川酃陵縣水以作酒有名吳興烏程
縣若下酒有名醇酎已見魏都賦論語曰狐貉之厚以居晏子春秋曰景公時雨雪三日公被狐白之裘晏子
入公曰怪哉雨雪三日不寒晏子曰古之賢者飽而知飢溫而知寒公曰善出裘發粟以與飢人夏侯孝若寒
雪賦曰既增覆而累鎮又加裘而兼衣對庭鵾之雙舞瞻雲鴈之孤飛西京
雜記曰公孫乘月賦曰鵾雞舞於蘭渚蟋蟀鳴於西堂踐霜雪之交積憐枝葉之
相違馳遥思於千里願接手而同歸杜篤衆瑞頌曰千里遥思展轉反側
毛詩曰攜手同歸鄒陽聞之懣然心服莊子曰子貢懣然慙又曰使人以心服而不敢
忤說文曰懣煩也蒼頡曰悶也莫本切有懷妍唱敬接末曲於是迺作而
賦積雪之歌歌曰攜佳人兮披重幄援綺衾兮坐芳縟
燎薰鑪兮炳明燭酌桂酒兮揚清曲漢武帝秋風辭曰攜佳人兮不能忘

劉向有薰鑪銘。楚辭曰。奠桂酒兮椒漿。薰火煙上出也。字從黑。文續而爲白雪之歌。歌
曰。曲既揚兮酒既陳。朱顏酡兮思自親。楚辭曰。美人既醉朱顏酡。王逸
曰。酡。著也。面著赤色也。徒何切。願低帷以昵枕。念解珮而褫紳。昵。近也。褫。奪衣
也。孔安國論語注曰。紳。大帶也。怨年歲之易暮。傷後會之無因。君寧見
階上之白雪。豈鮮耀於陽春。楚辭曰。無衣裘以御冬。恐死不得見乎陽春。歌
卒。王迺尋繹吟翫。撫覽扼腕。毛萇詩傳曰。繹。悅也。方言曰。繹。理也。說文曰。扼。把也。
鄭玄曰。腕。掌後節也。史記曰。天下之士莫不扼腕以言。顧謂枚叔。起而爲亂。亂者。理也。
揔理一賦之終也。亂曰。白羽雖白。質以輕兮。白玉雖白。空守貞
兮。孟子曰。白羽之白也。猶白雪之白也。白雪之白也。猶白玉之白也歟。劉熙曰。孟子以爲白羽之白性輕。白雪之性消。白玉
之性堅。雖俱白。其性不同。問告子。告子以爲三白之性同。未若茲雪。因時興滅。言隨時行

文十三　十二　仅

藏也。玄陰凝不昧其潔。太陽曜不固其節。蔡雍述行賦曰。玄靈黮以凝結。
零雨集之溱溱。正厤曰。日。太陽也。節豈我名。潔豈我貞。憑雲陞降。從風
飄零。值物賦象。任地班形。任。猶因也。素因遇立。汚隨染成。汚。猶
相染汚也。縱心皓然。何慮何營。歸田賦曰。苟縱心於域外。孟子曰。我善養吾浩然之氣。敢
問何謂浩然之氣。曰難言也。其爲氣也。至大至剛。以直養而無害。則塞於天地之間。濰安丘嚴平頌曰。無營無
欲。澹爾淵清。

月賦

周易曰。坎爲月。陰精也。鄭玄曰。臣象也。廣雅云。夜光謂之月。月御謂之望舒。說文曰。月者
太陰之精。釋名曰。月。闕也。言有時盈。有時闕也。

謝希逸　沈約宋書曰。謝莊字希逸。陳郡陽夏人也。太常弘微子也。年七歲能屬文。仕至
光祿大夫。泰初二年卒。時年三十六。謚曰憲子。所著文章四百餘首。行於代。

陳王初喪應劉。端憂多暇。假設陳王應劉以起賦端也。陳王。曹植也。應劉。應瑒劉楨
也。魏文帝書曰。徐陳應劉。一時俱逝。孫卿子曰。其爲人也多暇日者。其出入不遠。綠苔生閣。芳
塵凝榭。言無復娛遊。故綠苔生而芳塵凝也。高誘注淮南子曰。蒼苔。水衣。庾闡揚都賦曰。結芳塵於綺
疏。郭璞爾雅注曰。榭。臺上起屋也。悄焉疚懷。不怡中夜。毛詩曰。憂心悄悄。悄悄。憂貌。七
小切。爾雅曰。疚。病也。怡。樂也。家語孔子云。日出聽政。至于中夜。迺清蘭路。肅桂苑。蘭路。有蘭
之路。桂苑。有桂之苑。楚辭曰。皐蘭被徑。王逸曰。徑。路也。劉淵林吳都賦注曰。吳有桂林苑。騰吹寒山。
弭蓋秋阪。王逸楚辭注曰。騰。馳也。禮記曰。季秋入學習吹。王逸楚辭注曰。弭。按也。臨濬壑
而怨遙。登崇岫而傷遠。于時斜漢左界。北陸南躔。大戴禮曰。
七月漢案戶。漢。天漢也。案戶。直戶也。李陵詩曰。天漢東南馳。左傳申豐曰。日在北陸而藏冰。杜預曰。陸。道也。漢
書曰。冬則南。夏則北。漢書音義韋昭曰。躔。處也。亦次也。方言曰。日運爲躔。躔。歷行也。白露曖空。素

文十三　十三　乙丑重刊　定

月流天。長歌行曰。昭昭素明月。輝光燭我牀。沈吟齊章。殷勤陳篇。楚辭曰。意欲兮
沈吟。毛詩齊風曰。東方之月兮。彼姝者子。在我闥兮。又陳風曰。月出皦兮。佼人僚兮。抽毫進牘。以
命仲宣。此假王仲宣也。毫。筆毫也。文賦曰。或含毫而邈然。說文曰。牘。書版也。仲宣跪而稱
曰。聲類曰。跪。跽也。跪。渠委切。跽。奇几切。臣東鄙幽介。長自丘樊。仲宣山陽人。故云東
鄙。戰國策范雎謂秦王曰。臣東鄙賤人。爾雅曰。樊。藩也。郭璞曰。藩籬也。昧道懵學。孤奉明
恩。說文曰。懵。目不明也。莫贈切。臣聞沈潛既義。高明既經。尚書曰。沈潛剛克。高
明柔克。孔安國曰。沈潛謂地。高明謂天。左氏傳子太叔曰。子產云。禮。天之經。地之義。日以陽德。月
以陰靈。春秋說題辭曰。陽精爲日。易辯終備曰。日之既。陽德消。鄭玄曰。日既。蝕明盡也。春秋感精符云。
月者陰之精。擅扶光於東沼。嗣若英於西冥。扶光。扶桑之光也。東沼。湯谷也。
若英。若木之英也。西冥。昧谷也。月盛於東。故曰擅。始生於西。故曰嗣。山海經曰。湯谷有扶木。九日居下枝。一日

居上枝。又曰。灰野之山有赤樹。青葉。名曰若木。日之所入處。郭璞曰。扶木。扶桑也。尚書曰。宅西。曰昧谷。孔安國曰。昧。冥也。淮南子曰。日出於湯谷。拂於扶桑。又曰。若木末有十日。其華照下地。高誘曰。若木端有十日。狀如蓮華。引玄兔於帝臺。集素娥於后庭。張衡靈憲曰。月者陰精之宗。積成爲獸。象兔形。春秋元命苞曰。月之爲言闕也。兩說蟾蠩與兔者。陰陽雙居。明陽之制陰。陰之倚陽。張泉觀象賦曰。漸臺可升。自注曰。漸臺。天臺之名。西星在織女東。淮南子曰。羿請不死之藥於西王母。常娥竊而奔月。注曰。常娥。羿妻也。歸藏曰。昔常娥以不死之藥犇月。論語曰。皇皇后帝。張泉觀象賦曰。寥寥帝庭。自注云。帝庭謂太微宮也。春秋元命苞曰。太微爲天庭。朒朓警闕。朏魄示沖。說文曰。朒。朔而月見東方。縮朒然。朓。晦而月見西方也。朏。月未成光。魄。月始生魄然也。尚書五行傳曰。晦而月見西方謂之朓。朓則王侯奢也。朔而月見東方謂之側匿。側匿則王侯肅。鄭玄曰。朓。條達行疾貌也。警闕。謂朒朓失度。則警人君有所闕德。示沖。言朏魄得所。則表示人君有謙沖不自盈大也。禮記注曰。月三日而成魄。是以禮有三讓也。朒。女六切。朓。大鳥切。朏。芳尾切。

順辰通燭。從星澤風。辰。十二辰。言月順之以照天下也。淮南子曰。正月建寅。月從左行十二辰。許愼曰。歷十二辰而行。尚書曰。月之從星。則以風以雨。孔安國尚書傳曰。月經于箕則多風。離于畢則多雨。然澤則雨也。增華台室。揚采軒宮。台室。三公位。軒宮。軒轅之宮。史記曰。中宮文昌魁下六星。兩兩相比。名曰三能。能。古台字也。齊色則君臣和也。淮南子曰。軒轅者。帝妃之舍。高誘曰。軒轅。星名。委照而吳業昌。淪精而漢道融。吳録曰。長沙桓王名策。武烈長子。母吳氏有身。夢月入懷。漢書。元后母李親。夢月入懷而生后。遂爲天下母。昌。盛也。融。明也。若夫氣霽地表。雲斂天末。說文曰。霽。雨止也。西京賦曰。眇天末以遠期。霽。才計切。洞庭始波。木葉微脫。楚辭曰。洞庭波兮木葉下。菊散芳於山椒。鴈流哀於江瀨。禮記曰。仲秋菊有黃華。王逸楚辭注曰。土高四墮曰椒。漢書武帝傷李夫人賦曰。釋予馬於山椒。山椒。山頂也。說文曰。瀨。水流沙上也。升清質之悠悠。降澄輝之藹藹。楚辭曰。白日出兮悠悠。長門賦曰。望中庭之藹藹。若季秋之降霜。

列宿掩縟。長河韜映。楚辭曰。若列宿之錯置。說文曰。縟。繁采飾也。毛詩曰。倬彼雲漢。毛萇曰。雲漢。天河也。柔祇雪凝。圓靈水鏡。柔祇。地也。圓靈。天也。連觀霜縞。周除冰淨。觀。宮觀也。徐幹七喻曰。連觀飛榭。說文曰。除。殿陛也。君王迺猒晨懽。樂宵宴。收妙舞。弛清縣。邊讓章華臺賦曰。妙舞麗於陽阿。長笛賦曰。磬襄弛縣。周禮曰。大憂弛縣。鄭玄曰。弛。釋也。字林曰。弛。解也。韋昭曰。弛。廢也。去燭房。即月殿。芳酒登。鳴琴薦。若迺涼夜自淒。風篁成韻。篁。竹叢生也。風篁。風吹篁也。親懿莫從。羇孤遞進。親懿。懿親也。左氏傳。富辰曰。兄弟雖有小忿。不廢懿親。杜預曰。懿。美也。羇。羇孤。羇客孤子也。言親懿不從遊。而羇旅之孤。更進也。聆皋禽之夕聞。聽朔管之秋引。詩曰。鶴鳴九皋。皋禽。鶴也。抱朴子曰。峻槩獨立。而皋禽之響振也。朔管。羌笛也。說文曰。管。十二月位在北方。故云朔。秋引。商聲也。於是紡桐練響。音容選和。紡桐。琴也。埤蒼曰。練。擇也。練與揀音義同。桓譚新論曰。神

農始削桐爲琴。練絲爲紡。侯瑛箏賦曰。察其風采。揀其聲音。鄭玄禮記注曰。選。可選擇也。徘徊房露。惆悵陽阿。防露。蓋古曲也。文賦曰。寤防露與桑間。又雖悲而不雅。房與防古字通。淮南子曰。夫歌采菱。發陽阿。鄙人聽之。不若延露以和也。聲林虛籟。淪池滅波。此言風將息也。聲林而籟管虛。淪池而大波滅。牽秀相風賦曰。幽林絕響。巨海息波。莊子曰。子綦謂子游曰。夫大塊噫氣。其名曰風。是以無作。作則萬竅怒號。泠風則小和。飄風則大和。厲風濟則衆竅爲虛。子游曰。地籟則衆竅是已。郭象曰。烈風作則衆竅實。及其止則衆竅虛。薛君韓詩章句曰。從流而風曰淪。淪。文貌。說文曰。波。水涌也。情紆軫其何託。愬皓月而長歌。楚辭曰。鬱結紆軫兮。離慜而長鞠。王逸曰。紆。曲軫。痛也。毛詩曰。如彼愬風。毛萇曰。愬。鄉之也。歌曰。美人邁兮音塵闕。隔千里兮共明月。楚辭曰。望美人兮未來。陸機思歸賦曰。絕音塵於江介。託影響乎洛湄。淮南子曰。道德之論。譬如日月。馳騖千里。不能改其處也。臨風歎兮將焉歇。川路長兮不可越。楚辭曰。臨風怳兮浩歌。歌響未終。

餘景就畢滿堂變容迴遑如失說文曰滿堂飲酒莊子子貢曰夫子見之變容失色范曄後漢書曰戴良見黃憲反歸罔然若有失也又稱歌曰月既沒兮露欲晞歲方晏兮無與歸楚辭曰歲既晏兮孰與歸佳期可以還微霜霑人衣楚辭曰與佳人期兮夕張又曰微霜兮夜降魏文帝善哉行曰谿谷多悲風霜露霑人衣陳王曰善迺命執事獻壽羞璧左氏傳原成叔曰敢私於執事史記曰平原君以千金爲魯連壽韓詩外傳曰楚襄王遣使持白璧百雙聘莊子敬佩玉音復之無斁毛詩曰無金玉爾音尚書曰我有周無斁爾雅曰斁猒也

鳥獸爾雅曰兩足而羽謂之禽四足而毛謂之獸禽即鳥也

鵩鳥賦 并序

賈誼漢書曰賈誼洛陽人也年十八屬文稱於郡中河南太守吳公聞其秀才召置

門下甚幸愛後文帝召爲博士爲絳灌馮敬之屬害之於是天子疏之以爲長沙王傅然賈生英特弱齡秀發縱橫海之巨鱗矯冲天之逸翰而不參謀棘署贊道槐庭虛離謗缺爰傳卑土發憤嗟命不亦宜乎而班固謂之未爲不達斯言過矣

誼爲長沙王傅漢書云誼爲長沙王太傅三年鵩入誼舍又云後歲餘文帝思誼徵拜爲梁王傅然文帝之世王長沙者唯有吳芮之子孫耳經史不載其謚號故難得而詳也又景帝十三王傳曰長沙定王發母唐姬無寵故王卑濕國三年有鵩鳥飛入誼舍止於坐隅鵩似鴞不祥鳥也晉灼曰巴蜀異物志曰有鳥小如雞體有文色土俗因形名之曰鵩不能遠飛行不出域鴞于妖切誼既以謫居長沙韋昭曰謫譴也長沙卑濕誼自傷悼以爲壽不得長迺爲賦以自廣自廣自寬也其辭曰單閼之歲兮四月孟夏爾雅曰太歲在卯曰單閼徐廣曰文帝六年歲在丁卯庚子日斜兮鵩集予舍李奇曰日西斜時也止于坐隅兮貌甚閑暇閑暇不驚恐也異物來萃兮私怪其故萃集也發書占之兮讖言其度說文曰讖驗也有徵驗之書河洛所出書曰讖曰野鳥入室兮主人將去請問于鵩兮予去何之善曰讖鵩鳥也吉乎告我凶言其災淹速之度兮語予其期淹遲也速疾也謂死生之遲疾也鵩迺歎息舉首奮翼口不能言請對以臆請以臆中之事以對也萬物變化兮固無休息莊子曰已化而生又化而死鶡冠子曰固無休息斡流而遷兮或推而還如淳曰斡轉也善曰鶡冠子曰斡流遷徙固無休息形氣轉續兮變化而嬗韋昭曰而如也蘇林曰轉續相傳與也嬗音蟬如蜩蟬之蛻化也或曰嬗相連也沕穆無窮兮胡可勝言沕穆不可分別也顏師古曰沕穆微深也鶡冠子曰變化無窮何可勝言沕亡筆切禍兮福所

倚福兮禍所伏鶡冠子曰禍乎福之所倚福乎禍之所伏老子注曰倚因也聖人遭禍而能悔過責己脩善則禍去福來也中人得福而爲驕恣則福去而禍來也憂喜聚門兮吉凶同域鶡冠子曰憂喜聚門吉凶同域或作最亦聚也董仲舒云弔者在門慶者在廬今言皆在門者好惡故言同域也彼吳強大兮夫差以敗越棲會稽兮句踐霸世鶡冠子曰失反爲得成反爲敗吳大兵強夫差以困越棲會稽句踐霸世史記曰越王句踐其先允常與吳王闔閭戰而相怨伐允常卒子句踐立是爲越王闔閭聞允常死乃興師伐越越王句踐使士挑戰射傷吳王闔閭且死告其子夫差曰必無忘越三年句踐聞吳王夫差日夜勒兵且以報越欲先吳未發往伐之范蠡諫曰不可王曰已決之矣遂興師吳王聞之悉精兵以伐越敗之夫椒越王乃以甲兵五千人棲於會稽吳師追而圍之越王謂范蠡曰以不聽子故至於此爲之奈何蠡對曰持滿者與天定傾者與人節事者以地卑辭厚禮以遺之不許而身與之市句踐曰諾乃令大夫種行成於吳膝行頓首曰君王亡臣句踐使陪臣種敢告下執事句踐請爲臣妻爲妾吳王將許子胥言於吳王曰天以越賜吳勿許也吳王不聽卒

許越平句踐自會稽歸拊循其士民伐吳大破吳因留圍之三年越遂棲吳王於姑蘇山吳王謝曰吾老矣不能事君王遂自殺乃蔽面曰吾無以見子胥也高誘淮南子注云山處曰棲越滅吳稱霸**斯游遂成兮卒被五刑**應劭曰李斯西游於秦身登相位二世時為趙高所讒身被五刑**傅說胥靡兮迺相武丁**尚書曰高宗夢得說使百工營求諸野得諸傅巖爰立作相孔安國曰傅氏之巖通道所經有澗水壞道使胥靡刑人築護此道說賢而隱代胥靡築之莊子曰夫道傅說得之以相武丁**夫禍之與福兮何異糾纆**字林曰糾兩合繩纆三合繩應劭曰禍福相與為表裏如糾纆索相附會也臣瓚曰糾絞也纆索也鵩冠子曰禍與福如糾纆也**命不可說兮孰知其極**鵩冠子曰終則有始孰知其極老子道德經曰孰知其極河上公注曰禍福更相生死孰知其窮極時也顏監曰極止也**水激則旱兮矢激則遠萬物迴薄兮振盪相轉**言矢飛水流各有常度為物所激或旱或遠斯則萬物變化焉有常則乎鵩冠子曰水激則悍矢激則遠精神迴薄振蕩相轉悍與旱同並戶但切呂氏春秋曰激矢遠激水旱**雲蒸雨降兮糾錯相紛**黃帝素問曰地氣上為雲天氣下為雨韋昭國語注曰蒸升也**大鈞播物兮坱圠無垠**如淳曰陶者作器於鈞上此以造化為大鈞應劭曰陰陽造化如鈞之造器也其氣坱圠非有限齊也善曰坱烏黨切圠烏黠切**天不可預慮兮道不可預謀**鵩冠子曰天不可預謀道不可預慮**遲速有命兮焉識其時**鵩冠子曰遲速止息必中參伍焉識其時見下文也**且夫天地為鑪兮造化為工**莊子子黎曰今一以天地為大鑪以造化為大冶惡乎往而不可哉**陰陽為炭兮萬物為銅合散消息兮安有常則**莊子曰人之生也氣之聚也聚為生散為死鵩冠子曰同合消散孰識其時**千變萬化兮未始有極**列子曰千變萬化不可窮極莊子曰若人之形者萬化而未始有極司馬彪曰當復化而為無**忽然為人兮何足控摶**控摶愛生之意也孟康曰控引也摶持也言人生忽然何足引持自貴惜也如淳曰摶音

團或作揣晉灼曰許慎云揣量也度商曰揣言何足度量己之年命長短而惜之乎按史記英布傳云果如薛公揣之陳平云生揣我何念皆訓為量與晉灼說同音初毀切又丁果切但字者滋也不可膠柱在此賦訓摶為量義似未是至於合韻全復參差且史記揣作摶字如淳孟康義為是也善曰鵩冠子曰彼時之至安可復還安可控摶也**化為異物兮又何足患**師古曰患音還言人皆死變化我何足患之莊子曰假於異物託於同體郭璞曰假因也今死生聚散變化無方皆異物也**小智自私兮賤彼貴我**列子曰小智自私怨之府莊子北海若曰以道觀之無貴無賤以物觀之自貴而相賤鵩冠子曰小智立趣好惡自懼**達人大觀兮物無不可**鵩冠子曰達人大觀乃見其符莊子曰物故有所然物故有所可無物不然無物不可**貪夫殉財兮烈士殉名**列子云胥士之殉名貪夫之殉財天下皆然不獨一人司馬彪曰殉營也瓚曰以身從物曰殉**夸者死權兮品庶每生**善曰鵩冠子曰夸者死權自貴矜容殉名司馬彪莊子注曰夸虛名也孟康曰每貪也莊子曰貪生失理**怵迫之徒兮或趨東西**孟康曰怵為利所誘怵也迫迫貧賤也東西趨利也趨音娶怵音戍**大人不曲兮意變齊同**大人者與天地合其德**愚士繫俗兮窘若囚拘**莊子曰不肖繫俗窘囚拘之貌求殞切**至人遺物兮獨與道俱**莊子曰不離於真謂之至人又孔子謂老聃曰形體若槁木似遺物而立於獨也鵩冠子曰聖人捐物又曰至人不遺動與道俱**眾人惑惑兮好惡積億**李奇曰惑惑東西也所好所惡積之萬億也鵩冠子曰眾人惑惑迫於嗜慾**真人恬漠兮獨與道息**文子曰得天地之道故謂之真人也莊子曰虛靜恬淡寂漠無為者道德之至也**釋智遺形兮超然自喪**莊子云仲尼問於顏回曰何謂坐忘回曰墮支體黜聰明離形去智同於大道此謂坐忘司馬彪曰坐而自忘其身老子曰燕處超然莊子曰南伯子綦曰嗟乎我悲人之自喪**寥廓忽荒**恍**兮與道翺翔**寥廓忽荒元氣未分之貌廣雅曰寥深也廓空也鵩冠子曰與道翺翔**乘流則逝兮得坻**

則止。孟康曰：易坎爲險，遇險難而止也。張晏曰：坻，水中小洲也。坻或爲坎。又曰：易明夷則仕，險難則隱。鶡冠子曰：乘流以逝。縱軀委命兮，不私與己。鶡冠子曰：縱軀委命，與時往來。其生兮若浮，其死兮若休。莊子曰：其生若浮，其死若休。澹乎若深泉之靜，泛乎若不繫之舟。莊子老聃曰：其居也淵而靜，其唯人心乎。鶡冠子曰：泛泛乎若不繫之舟。不以生故自寶兮，養空而浮。鄧展曰：自寶，自貴也。鄭氏曰：道家養空虛若浮舟也。莊子曰：汎若不繫之舟，虛而遨遊。德人無累，知命不憂。莊子苑風曰：願聞德人。淳芒曰：德人者，居無思，行無慮也。又曰：聖人循天之理，故無天災，故無物累。周易曰：樂天知命故不憂。細故蔕芥，何足以疑。鶡冠子曰：細故袃蒯，奚足以疑。袃蒯與蔕芥，古字通。張揖子虛賦注曰：蔕芥，刺鯁也。

鸚鵡賦并序 山海經曰：黃山有鳥，其狀如鴞，青羽赤喙，人舌能言，名鸚鵡也。注曰：舌似小兒舌，脚指前後各兩。鵡，一作䳇，莫口切。

禰正平 范曄後漢書曰：禰衡，字正平，平原人也。少有才辯，而尚氣傲。曹操欲見之，不肯往。操懷忿，而以才名不欲殺之，送劉表。後復侮慢於表，表不能容，以江夏太守黃祖性急，故送衡與之。祖長子射爲章陵太守，尤善於衡。射大會賓客，人有獻鸚鵡者，射舉札於衡前曰：願先生賦之。衡攬筆而作，辭彩甚麗。後黃祖殺之，時年二十六。

時黃祖太子射，亦賓客大會，有獻鸚鵡者，舉酒於衡前曰：禰處士，應劭風俗通曰：處士者，隱居放言也。今日無用娛賓，竊以此鳥自遠而至，明慧聰善，羽族之可貴，典引曰：來儀集羽族於觀魏。願先生爲之賦，使四坐咸共榮觀，不亦可乎？老子曰：雖有榮觀，燕處超然。衡因爲賦，筆不停綴，文不加點。其辭曰：

惟西域之靈鳥兮，挺自然之奇姿。體金精之妙質兮，合火德之明煇。西域謂隴坻，出此鳥也。老子曰：以輔萬物之自然。河上公曰：輔萬物自然之性也。西方爲金，毛有白者，故曰金精。南方爲火，觜有赤者，故曰火德。歸藏郝筮曰：金水之子，其名曰羽蒙，是生百鳥。蔡邕月令章句曰：天官五獸，前有朱雀，鶉火之體也。性辯慧而能言兮，才聰明以識機。禮記曰：鸚鵡能言，不離飛鳥。王弼周易注曰：幾者，事之微也。故其嬉游高峻，棲跱幽深，說文曰：嬉，樂也。跱，立也。飛不妄集，翔必擇林。紺趾丹觜，綠衣翠衿，說文曰：紺，深青而揚赤也。采采麗容，咬咬好音。韓詩曰：采采衣服。薛君曰：采采，盛貌也。韻略曰：咬咬，鳥鳴也，音交。毛詩曰：睍睆黃鳥，載好其音。雖同族於羽毛，固殊智而異心。配鸞皇而等美，焉比德於衆禽？於是羨芳聲之遠暢，偉靈表之可嘉。命虞人於隴坻，詔伯益於流沙。漢書音義應劭曰：天水有大阪曰隴坻。尚書帝曰：益，汝作朕虞。孔安國曰：伯益也，掌山澤官也。尚書曰：導弱水，餘波入于流沙。跨崑崙而播弋，冠雲霓而張

羅。雖綱維之備設，終一目之所加。文子曰：有鳥將來，張羅而待之，得鳥者，羅之一目也。今爲一目之羅，即無以得鳥也。且其容止閑暇，守植安停。鵩鳥賦曰：貌甚閑暇。王逸楚辭注曰：植，志也。逼之不懼，撫之不驚。鶡冠子曰：迫之不懼，定以知勇。寧順從以遠害，不違迕以喪生。毛詩序曰：君子全身遠害。故獻全者受賞，而傷肌者被刑。爾迺歸窮委命，離羣喪侶。委命已見上文。禮記曰：離羣索居。閉以雕籠，翦其翅羽。淮南子曰：天下以爲之籠，又何失鳥之有乎？然籠所以盛鳥。說文曰：翅，翼也。流飄萬里，崎嶇重阻。埤蒼曰：崎嶇，不平也。崎，去奇切。嶇，音驅。踰岷越障，載罹寒暑。岷、障，二山名。續漢書曰：岷山在蜀郡五道西。障縣屬隴西，蓋因山立名也。毛詩曰：二月初吉，載離寒暑。一曰：障，亭障也。女辭家而適人，臣出身而事主。有以託意也。時爲曹操所迫，故寄意以申情。家語曰：女十五許嫁，有適人之道。漢書鄧都曰：已背親而出

身固當奉職也彼賢哲之逢患猶棲遲以羇旅毛詩曰衡門之下可以棲遲女適人臣事君逢禍患尚棲遲羇旅也羇旅已見上文矧禽鳥之微物能馴擾以安處薛君韓詩章句曰鳥微物也說文曰馴順也漢書音義應劭曰擾馴也眷西路而長懷望故鄉而延佇楚辭曰情慨慨而長懷又曰結幽蘭而延佇忖陋體之腥臊亦何勞於鼎俎毛詩曰予忖度之七本切國語舅犯對晉侯曰偃之肉腥臊將焉用之孔安國尚書傳曰腥臭也嗟祿命之衰薄奚遭時之險巇禮斗威儀曰天其祿命不得極其數楚辭曰何周道之平易然蕪穢而險巇王逸曰險巇顛危也豈言語以階亂將不密以致危周易孔子曰亂之所生則言語以爲階也君不密則失臣臣不密則失身痛母子之永隔哀伉儷之生離左氏傳曰施氏之婦怨施氏曰已不能庇其伉儷杜預曰儷偶也伉敵也楚辭曰悲莫悲兮生別離匪餘年之足惜愍衆雛之無知

爾雅曰生蜀雛謂鳥子初生能自啄食摠名曰雛也背蠻夷之下國侍君子之光儀毛詩曰命于下國天子之國故曰下也懼名實之不副恥才能之無奇莊子許由曰名者實之賓羨西都之沃壤識苦樂之異宜西都長安也鸚鵡言長安樂自古有之未詳所見懷代越之悠思故每言而稱斯斯此也此長安也言類彼鳥馬而懷代越之思故亦每言而稱此古詩曰代馬依北風越鳥巢南枝若迺少昊司辰蓐收整轡禮記曰孟秋之月其帝少昊其神蓐收嚴霜初降涼風蕭瑟楚詞曰冬又申之以嚴霜長吟遠慕哀鳴感類毛詩曰哀鳴嗷嗷音聲悽以激揚容貌慘以顦顇漢書谷永上疏曰贊命之臣靡不激揚答賓戲曰夕而顦顇也聞之者悲傷見之者隕涕毛詩曰涕既隕之毛萇曰隕墜也放臣爲之屢歎棄妻爲之歔欷放臣棄妻屈原哀姜之徒王逸楚詞注曰歔欷啼聲感平生之游處若壎篪之相須論語曰君子久要不忘平生之言毛詩曰伯氏吹壎仲氏吹篪毛萇曰土曰壎竹曰篪何今日之兩絕若胡越之異區淮南子曰自異者視之肝膽胡越也高誘曰胡越喻遠順籠檻以俯仰闚戶牖以踟躕說文曰櫳房室之疏也楯欄檻也王逸楚詞注曰從曰檻橫曰楯說文曰牖穿壁以爲牕也韓詩曰搔首踟躕薛君曰踟躕躑躅也踟腸知切躕腸誅切想崑山之高嶽思鄧林之扶疏班固漢書贊禹本紀云崑崙山高二千五百餘里山海經曰夸父與日競走渴死棄其杖化爲鄧林上林賦曰垂條扶疏顧六翮之殘毀雖奮迅其焉如韓詩外傳蓋乘曰夫鴻鵠一舉千里所恃者六翮耳心懷歸而弗果徒怨毒於一隅毛詩曰豈不懷歸廣雅曰毒痛也苟竭心於所事敢背惠而忘初左氏傳子犯曰背惠食言楚詞曰不敢忘初之厚德託輕鄙之微命委陋賤之薄軀楚詞曰蜂蛾微命力何固期守死以報德

甘盡辭以效愚論語子曰守死善道毛詩曰欲報之德司馬遷書曰效其癡愚恃隆恩於既往庶彌久而不渝渝變也感恩久不變也

鷦鷯賦并序

并序毛詩曰肇允彼桃蟲詩義疏曰桃蟲今鷦鷯微小黃雀也鷦音焦鷯音遼又方言曰桑飛郭璞注曰即鷦鷯也自關而東謂之工雀又云女工一云巧婦又云女匠

張茂先臧榮緒晉書曰張華字茂先范陽人也少好文義博覽墳典爲太常博士轉兼中書郎雖栖處雲閣慨然有感作鷦鷯賦後詔加右光祿大夫封壯武郡公遷司空爲趙王倫所害

鷦鷯小鳥也生於蒿萊之間長於藩籬之下翔集尋常之內而生生之理足矣漢書音義應劭曰八尺曰尋倍尋曰常老子曰人之輕死以其生生之厚易繫辭曰生生之謂易韓康伯曰陰陽轉易以化成生也色淺體陋不爲人用

形微處卑物莫之害呂氏春秋曰高節厲行物莫之害繁滋族類乘居
匹游列女傳姜后曰雎鳩之鳥猶未常見其乘居而匹遊翩翩然有以自樂也翩翩
自得之貌毛詩曰翩翩者鵻彼鷲鶚鶤鴻孔雀翡翠說文曰鷲黃頭赤目五色皆備
鶚鵰也山海經曰景山多鷲黑色多力鶚狀如鵰而文漢書音義應劭曰雄曰翡雌曰翠異物志曰翡赤色大
於翠顏監曰鳥各別異非雄雌異名也或淩赤霄之際或託絕垠之外絕垠
天邊之地也楚辭曰載赤霄而淩太清又曰踔絕垠于寒門翰舉足以沖天觜距足
以自衛王弼周易注曰翰高飛也史記楚莊王曰有鳥三年不蜚蜚乃沖天蜚與飛同字書曰沖中也
呂氏春秋曰凡人之性爪牙不足以自守衛西京賦曰觜距爲刀鈹然皆負矰嬰繳羽毛
入貢何者有用於人也繳繫箭線也尚書曰厥貢齒革羽毛夫言有淺而
可以託深類有微而可以喻大故賦之云爾

何造化之多端兮播羣形於萬類易曰天地造生萬物咸成又曰造化道也
淮南子曰大丈夫無爲與造化逍遙楚辭曰多端膠加老子曰道生萬物河圖曰地有九州以包萬類惟
鷦鷯之微禽兮亦攝生而受氣老子曰善攝生者不然莊子北海若曰吾受氣
於陰陽育翩翾之陋體無玄黃以自貴字林曰翩疾飛也說文曰翾小飛也
呼緣切毛弗施於器用肉弗登於俎味左氏傳臧僖伯曰皮革齒牙骨角毛
羽不登於器鳥獸之肉不登於俎則公不射古之制也鷹鸇過猶俄翼尚何懼於
罿衝罻尉左氏傳然明曰見不仁者誅之如鷹鸇之逐鳥雀也爾雅曰晨風鸇也廣雅曰俄邪也毛
詩曰側弁之俄箋云俄傾貌罿罻皆網也鸇之然切翳薈蒙籠是焉游集孫子兵法曰林
木翳薈草樹蒙籠飛不飄颺翔不翕習翕習盛貌其居易容其求易
給巢林不過一枝每食不過數粒莊子曰鷦鷯巢林不過一枝孔安國尚書

傳曰米食曰粒棲無所滯游無所盤爾雅曰盤樂也匪陋荆棘匪榮茝
蘭動翼而逸投足而安委命順理與物無患委命已見上文淮南
子曰守道順理伊茲禽之無知何處身之似智莊子曰鳥高飛以避矰弋之害
鼷鼠深穴乎神丘之下以避熏鑿之患而曾二蟲之無知也不懷寶以賈害不飾表
以招累左氏傳曰虞叔有玉虞公求之弗獻既悔之曰周任有言匹夫無罪懷璧其罪吾焉用此以賈
其害杜預曰賈賣也靜守約而不矜動因循以簡易文子曰約其所守即察尚
書曰汝惟不矜孔安國曰自賢曰矜淮南子曰因循而任下周易曰簡易而天下之理得矣任自然
以爲資無誘慕於世僞自然已見上文文子曰去其誘慕除其嗜欲張湛曰遺其衒尚
爲害真性傅毅七激曰排挫禮學譏讁世僞鵰鶡介其觜距鵠鷺軼於雲際
穆天子傳曰青鵰執犬羊食豕鹿郭璞曰今鵰亦能食麢鹿山海經曰煇諸之山多鶡郭璞曰似雉而大青色

有角鬪死乃止出上黨言因觜距而爲人用也鶡鷄竄於幽險孔翠生乎遐裔
彼晨鳧與歸鴈又矯翼而增逝說苑曰魏文侯嗜晨鳧史記曰楚人有好以弱
弓微繳加歸鴈之上解嘲曰矯翼厲翮淮南子曰鳳皇曾逝萬仞之上咸美羽而豐肌故
無罪而皆斃文子曰羽翼美者傷其骨骸司馬相如美人賦曰弱骨豐肌徒銜蘆以
避繳終爲戮於此世淮南子曰鴈銜蘆而翔以備矰繳抱朴子曰智禽銜蘆以避網水牛
結陣以却虎史記太史公曰英布不克於身爲世大戮蒼鷹鷙而受緤鸚鵡惠而
入籠李陵詩曰有鳥西南飛熠爚似蒼鷹王逸楚詞注曰緤繫也鸚鵡賦曰性辯惠而能言又曰閉以雕
籠屈猛志以服養塊幽縶於九重淮南子曰塊然獨處苦對切楚辭曰君之
門兮九重變音聲以順旨思摧翮而爲庸戀鍾岱之林野慕
隴坻之高松鍾岱二山鷹之所產漢書曰趙地鍾岱迫近胡寇如淳曰鍾所在未聞漢有代郡故

代國也。東方朔十洲記曰。北海外有鍾山。鸚鵡賦曰。命虞人於隴坻。雖蒙幸於今日。未若疇昔之從容。左氏傳曰。羊斟云。疇昔之羊子爲政。杜預曰。疇昔猶前日也。尚書曰。從容以和。海鳥鶢鶋。爰居。避風而至。國語曰。海鳥曰爰居。止於魯東門外。展禽曰。今茲海其有災乎。夫廣川之鳥獸。常知而避其災。是歲海多大風。條枝巨雀。踰嶺自致。漢書曰。條枝國臨西海。有大鳥。提挈萬里。飄颻逼畏。漢書曰。左提右挈。夫唯體大妨物。而形瓌足瑋也。陰陽陶蒸。萬品一區。文子。老子曰。陰陽陶冶萬物。蒸。氣出貌。巨細舛錯。種繁類殊。鷦螟巢於蚊睫。接。大鵬彌乎天隅。晏子春秋。景公曰。天下有極細者乎。對曰。有。東海有蟲。巢於蚊睫。再飛而蚊不爲驚。臣不知其名。而東海有通者。命曰鷦螟。莊子曰。北溟有魚。其名曰鵾。化而爲鵬。怒而飛。翼若垂天之雲。將以上方不足。而下比有餘。莊子曰。長者不爲有餘。短者不爲不足。普天壤以遐觀。吾又安知大小之所如。莊子。北海若曰。以差觀之。因其所大而大之。則萬物莫不大。因其所小而小之。則萬物莫不小。則差數覩矣。歸田賦曰。安知榮辱之所如。

文十三　二十六

文選卷第十三

賜進士出身通奉大夫江南蘇松常鎮太等處承宣布政使司布政使胡克家重校刊

文選卷第十四

梁昭明太子撰

文林郎守太子右内率府録事叅軍事崇賢館直學士臣李善注上

鳥獸

赭白馬賦

劉芳毛詩義證曰。形白雜毛曰駁。形赤也。即赭白也。

文十四　一

顔延年 沈約宋書曰。顔延之。字延年。琅邪人也。好讀書。無所不覽。文章之美。冠絶當時。吴國内史劉柳以爲行軍叅軍。後爲祕書監太常。卒。

驥不稱力。馬以龍名。論語曰。驥不稱其力。稱其德。周禮曰。凡馬八尺已上爲龍。豈不以國尚威容。軍駄音伏。馬名。趫迅而巳。傅玄乘輿馬賦曰。用之軍國。則文武之功顯。又曰。文榮其德。武耀其威。庾中丞昭君辭曰。聯雪隱天山。崩風盪河澳。朔障裂寒笳。氷原嘶代駄。顔庾同時。未詳所見。毛詩曰。四牡有蹻。毛萇曰。蹻。壯貌。趫與蹻同。並綺嬌切。實有騰光吐圖。疇德瑞聖之符焉。尚書中候曰。帝堯即政七十載。脩壇河洛。仲月辛日。禮備。至于日稷。榮光出河。龍馬銜甲。赤文緑色。臨壇吐甲圖。宋均曰。稷。側也。黃伯仁龍馬賦曰。或有奇貌絶足。蓋爲聖德而生。疇。昔也。是以語崇其靈。世榮其至。我高祖之造宋也。沈約宋書曰。高祖武皇帝諱裕。字德輿。彭城縣人。後封宋王。受晉禪。五方率職。四隩入貢。禮記曰。中國蠻夷戎狄五方之人魏都賦曰樂率職貢尚書曰四隩既宅孔安國曰四方之宅可居四隩四方之隱奧也漢書曰古者諸侯以時入貢祕寶盈於玉府文駟列乎華廄周禮曰玉府掌王之金玉玩好尚書曰王府則有周書曰犬戎文馬赤鬣白身左氏傳曰宋人以馬百駟贖華元漢舊儀有承華廄乃有乘輿赭白特禀逸異之姿妙簡帝心用錫聖皇潘安仁夏侯湛誄曰妙簡邦良論語曰簡在帝心崔駰武賦曰假皇天兮簡帝心用錫見下文司馬彪莊子注曰皁櫪也服御順志馳驟合度韓子曰造父御駟馬馳驟周旋而恣於馬者轡策制之齒歷雖衰而藝美不忒穀梁傳曰馬齒加長矣爾雅曰歷數也毛詩曰其儀不忒襲養兼年恩隱周渥賈逵國語注曰襲受也周書曰小人無兼年之食國語注曰隱私也毛萇詩傳曰渥厚也歲老氣殫斃于內棧說文曰殫盡也棧櫪也呂氏春秋曰取之內皁而著之外皁莊子伯樂曰我善治馬編之以皁棧司馬彪曰棧若櫳牀施之濕地也少盡其力有惻上仁韓詩

六○八十　文十四　二　安

外傳曰昔者田子方出見老馬於道問其御者此何馬也曰公家畜也疲而不用故出之子方喟然嘆曰少盡其力老棄其身仁者不爲也束帛而贖之長楊賦曰自上仁所不化乃詔陪侍奉述中旨末臣庸蔽敢同獻賦其辭曰崔瑗胡公碑曰唯我末臣頑蔽無聞

惟宋二十有二載盛烈光乎重葉宋文帝十七年也沈約宋書曰文帝諱義隆武帝第二子也烈業也自武至文故曰重葉毛萇詩傳曰葉世也武義粤其肅陳文教迄已優洽羽獵賦曰武義動於南鄰尚書曰偃武脩文孔安國曰脩文教也泰階之平可升興王之軌可接泰階已見上國語曰興王賞諫臣訪國美於舊史考方載於往牒兩都賦序曰國家之遺美西京賦曰學乎舊史氏方載四方之事漢書柱下方書音義曰四方之文書說文札牒也昔帝軒陟位飛黃服皁春秋命厤序曰帝軒受圖雒授厤尚書曰汝陟帝位淮南子曰黃帝治天下於是飛黃服皁高誘曰飛黃如狐背上有角乘之壽三千歲

也后唐膺籙赤文候曰后唐謂堯也膺籙已見東京賦赤文候日即至于日稷也已見上注漢道亨而天驥呈才杜預左氏傳注曰亨通也天馬歌曰天馬來從西極漢書曰武帝元鼎四年馬生渥洼水中李斐曰南陽新野有暴利長武帝時遭刑屯田燉煌界數於水旁見羣野馬中有奇異者與凡馬異來飲此水利長先作土人持勒絆於水旁後馬翫習久之代土人持勒絆收得其馬獻之欲神異此馬云從水中出作天馬歌魏德楙而澤馬効質說文曰楙盛也魏志曰文帝黃初中於上黨得澤馬魏都賦曰澤馬亍皁伊逸倫之妙足自前代而間出公孫引贊曰異人間出並榮光於瑞典登郊歌乎司律瑞典吐圖也作天馬歌歌之以郊祀合于司律也所以崇衛威神扶護警蹕魯靈光殿賦曰又似帝室之威神漢儀曰皇帝輦動則左右侍帷幄者稱警出則傳蹕止行人清道也精曜協從靈物咸秩協合也論語撰考讖曰下學上達知我者其天乎通精曜也尚書曰龜筮協從又曰咸秩無文秩序也

七百六十五　文十四　三　王亨

曁明命之初基罄九區而率順爾雅曰曁及也明命謂高祖也九區九服也尚書伊尹曰先王顧諟天之明命劉騊駼郡太守箴曰大漢遵周化洽九區有肆險以禀朔或踰遠而納貢肆險人慕化也長楊賦曰故平不肆險魏都賦曰思禀正朔孟子曰有遠行者必以賮蒼頡篇曰賮財貨也說文曰貢會禮也聞王會之阜昌知函夏之充牣含阜盛也周書王會曰成周之會鄭玄曰王城既成大會諸侯及四夷也漢書郊祀歌曰敷華就實既阜既昌楊雄河東賦曰函夏之大漢兮函諸夏也漢書音義蘇林曰充牣喻多也如淳曰牣滿也揔六服以收賢掩七戎而得駿收賢取賢善之馬也周禮曰王畿外侯服甸服男服采服衛服蠻服斯爲六服爾雅曰九夷八狄七戎六蠻謂之四海郭璞曰七戎在西蓋乘風之淑類實先景之洪胄崔駰七依曰服飛兔之中乘騁華騤之驂輪躡虛騰雲乘風度津漢書楊雄河東賦曰六先景之乘劉邵魏明帝誄曰先皇嘉其誕受洪胄故能代驂象輿歷配鉤陳鄭玄

毛詩箋曰在旁曰驂韓子曰黃帝合鬼神於泰山駕象車張揖曰德流則山出象車山之精瑞也上林賦曰象輿婉嬋於西清鉤陳已見上文齒筭延長聲價隆振鄭玄儀禮注曰筭數也風俗通曰張伯坐養聲價信聖祖之蓄錫留皇情而驟進祖高祖也皇文帝也蓄錫已見魏都賦徒觀其附筋樹骨垂梢植髮相馬經曰良馬可以筋骨相也梢尾之垂者髮額上毛也尾欲梢而長梢所交切張敞集曰蒼蠅託驥之髮也傅玄乘輿馬賦曰頭似削成尾如植髮雙瞳夾鏡兩權協月相馬經曰目成人者行千里注云成人者視童子中人頭足皆見言目中清明如鏡或云兩目中央旋毛爲鏡權頰權也相馬經曰頰欲圓如懸壁因謂之雙壁其盈滿如月異相之表也黃伯仁龍馬頌曰雙壁似月異體峯生殊相逸發峯生若山而生峯也超攄絕夫塵轍驅騖迅於滅沒劉歆遂初賦曰馬龍騰以超攄列子秦穆公謂伯樂曰子之年長矣子之姓有可使求馬者乎伯樂對曰良馬可以形容筋骨相也天下之馬者若滅若沒若亡若失若此者絕塵弭轍臣之子皆下才也可告以良馬不可告天下之馬也李尤馬鞍銘曰驅騖馳逐騰踊覆踐簡偉塞門獻狀絳闕塞紫塞也已見蕪城賦有關故曰門塞或爲寒非也傅玄北都賦曰巍巍絳闕旦刷幽燕晝秣荊越說文曰刷刮也魏都賦曰刷馬江州毛詩曰言秣其馬杜預曰以粟飯馬曰秣幽燕荊越四地名也教敬不易之典訓人必書之舉孝經曰聖人因嚴以教敬國語號文公曰王其監農不易左氏傳曰訓人事君又曹劌諫曰君舉必書惟帝惟祖爰游爰豫孟子曰一游一豫爲諸侯度飛轄軒以戒道環轂騎而清路轄輕也吳都賦曰轄軒蓼擾轂騎煒煌杜篤迎鍾文曰必令河伯戒道道先也清路已見射雉賦勒五營使按部聲八鑾以節步漢書王尋勑諸營皆按部薛綜東京賦注曰馬步齊則鑾聲和應劭漢官儀曰大駕鹵簿五營校尉在前名曰填衛毛詩曰四牡彭彭八鑾鏘鏘具服金組兼飾丹臒倚瓠切金組二甲也蔡雍女琰詩曰卓衆來東下金甲耀日光左氏傳

曰組甲三千馬融曰組甲以組爲甲也丹臒二色也郭璞山海經曰臒黝屬寶鈒星纏鏤章霞布鈒裝飾也章采文也袁宏酎宴賦曰朱帷赫以霞布進迫遮迾却屬輦輅服虔通俗文曰天子出虎賁伺非常謂之遮迾漢書音義晉灼曰迾古列字欻聳擢以鴻驚時濩略而龍翥薛綜西京賦注曰欻忽也說文曰欻有所吹起也傅玄乘輿馬賦曰形便飛燕勢越驚鴻甘泉賦曰迺濩略綏蕤張景陽七命曰蚪踊螭騰麟超龍翥弭雄姿以奉引婉柔心而待御東京賦曰奉引既畢先輅乃發至於露滋月肅霜戾秋登禮記曰孟秋之月天地始肅爾雅曰戾至也又曰登成也王于興言闡肆威稜毛詩曰王于興師漢書武帝報李廣曰威稜憺乎鄰國又曰興言出宿聲類曰闡大開也賈逵國語注曰肆習也臨廣望坐百層地理書洛陽故宮曰廣望觀臨金市劉梁七舉曰鴻臺百層干雲參差料武藝品驍騰字林曰料量也夏侯淳馳射賦曰叅武藝以遊遨說文曰驍良馬也廣雅曰騰奔也流藻周施和鈴重設流藻周流藻畫也應瑒馳射賦曰藻飾齊明和鈴已見上覘影高鳴將超中折相馬經曰馬有盻影而視者分馳迴場角壯求埒南都賦曰群士放逐馳乎沙場曹毗馬射賦曰脩埒坦其平舒別輩越群絢火縣練夐絕絢練疾貌也夐絕迥絕也捷趫夫之敏手促華鼓之繁節廣雅曰蹻健也孔安國尚書傳曰敏疾也言射有常儀鼓有常節今以馬馳之疾故加捷促也應瑒馳射賦曰檜動鼓震讚聲雷潰魏略司馬景王與許允書曰震華鼓建朱節經玄蹄而雹散歷素支而冰裂玄蹄馬蹄也素支月支也皆射帖名也言馬既良射者亦中故玄蹄雹散素支冰裂也邯鄲淳藝經曰馬射左邊爲月支二枚馬蹄三枚也膺門沫赭汗溝走血相馬經曰膺門欲開汗溝欲深漢書天馬歌曰霑赤汗沬流赭應劭曰大宛馬汗血霑濡也流沫如赭也如淳曰沬或作頮音悔流踠迹回唐畜怒未洩方言曰洩歇也南都賦曰收驩命駕分背回唐東都主人曰馬踠餘足士怒未洩乾心降而

微怡都人仰而朋悅乾喻文帝也周易曰乾爲天都人已見西都賦妍變之態
旣畢淩遽之氣方屬淩遽已見西京賦鄭玄喪服注曰屬連也踠鑣轡之牽
制隥通都之圈束字林曰踠蹺行不申也得通都馳騁猶爲圈束司馬遷書曰通邑大都說
文曰圈養畜閑也眷西極而驤首望朔雲而蹀足漢書天馬歌曰天馬來從
西極又曰武帝得烏孫馬名天馬後更名西極馬鄒陽上書曰交龍驤首曹顏遠感舊賦曰胡馬仰朔雲越鳥
巢南樹又圜基賦曰良馬蹀足輕車結輪將使紫燕駢衡綠蛇衛轂尸子曰我得而
民治則馬有紫燕蘭池劉邵趙都賦曰良馬則飛兎奚斯常驪紫燕衡車衡也尚書中候曰龍馬赤文綠色鄭玄曰赤文
而綠地也纖驪接趾秀騏齊亍李斯上書曰乘纖離之馬尸子曰馬有秀騏逢騩毛萇詩傳曰騏綦
文也音其騩京媚切覲王母於崑墟要帝臺於宣嶽史記曰造父取驥之乘匹與桃
林盜驪騏騮騄駬獻之繆王繆王使造父爲御西巡狩見王母樂之忘歸列仙傳西王母在崑崙山山海經曰鼓鍾之

大フ卄 六フ卅　文十四　六　范

山帝臺之所以觴百神也郭璞曰帝臺神人名山海經有宣山跨中州之轍迹窮神行之
軌躅司馬相如大人賦曰世有大人在乎中州列子曰黃帝夢游華胥氏之國其國乘空如履實山谷而不躓
其步神行而已轍迹穆王也見下文軌躅已見魏都賦然而般于遊畋作鏡前王尚書曰文
王不敢盤于遊畋孟子曰詩云殷鑑不遠在夏后之世趙岐曰以前代善惡爲明鏡肆於人上取
悔義方肆敢也左氏曰師曠諫晉悼公曰天之愛人甚矣豈使一人肆於人上杜預曰肆恣也庾元規
表曰爲國取悔左氏傳石碏曰臣聞愛子教之義方天子乃輟駕迴慮息徒解裝
孔叢子曰孔子歌曰喟然回慮題彼泰山嵇康贈秀才詩曰息徒蘭圃王逸荔枝賦曰裝不及解許愼淮南子
注曰裝束也鑒武穆憲文光左氏傳右尹子革曰周穆王欲肆其心周行天下將皆有車轍
馬迹焉漢書武帝好大宛馬使者相望於道又賈捐之曰孝文皇帝時有獻千里馬者詔曰鸞旗在前屬車在
後吉行日三十凶行日五十朕乘千里之馬獨先安之於是乃還其馬東觀漢記光武紀曰是時名都王國有

獻名馬駕鼓車振民隱修國章小雅曰振救也國語祭公謀父曰勤恤民隱而除其害韋昭曰
隱痛也戒出豕之敗御惕飛鳥之跱衡韓子曰王子期爲趙簡子御取道爭
千里之表其始發也彘伏溝中王子期齊轡策而進之彘突出於溝中馬驚敗駕古文周書曰穆王田有黑鳥
若鳩翩飛而跱於衡御者斃之以策馬佚不克止之蹟於乘傷帝左股案漢明帝起居注云帝向太山至滎陽
有烏鳴軛中郎將王吉引弓射殺之將以示帝曰烏鳴軛彎弓射洞胸腋陛下壽萬歲臣受二千石乃賜帛二
百匹東觀漢記朱勃上書理馬援曰飛鳥跱衡馬驚觸虎物類相生亦無不有故祗愼乎所常
忽敬備乎所未防周書芮良夫曰惟禍發於人之儵忽王弼周易注曰敬愼防備可以不敗
輿有重輪之安馬無泛駕之佚重輪已見東京賦漢書曰夫泛駕之馬亦在御
之而已應劭曰泛覆也處以濯龍之奧委以紅粟之秩盧植集曰詔給濯龍
廐馬三百匹鄭玄尚書注曰奧內也廣雅曰委累也言累加之也鄭玄周禮注曰秩祿稟也紅粟已見吳都賦

文十四　七　乙卯重刊

服養知仁從老得卒鸚鵡賦曰屈猛志以服養嵇康養生論曰從白得老從老得終
加弊帷收仆質禮記孔子曰弊帷不弃爲埋馬也天情周皇恩畢魏都賦曰
皇恩畢
亂曰惟德動天神物儀兮尚書益贊于禹曰惟德動天春秋合誠圖曰黃帝先致白
狐白虎諸神物乃下於時駔駿充階街佳兮說文曰駔壯也言駔駿之馬充於階街也
魏都賦曰冀馬填廐而駔駿王逸楚詞注曰駔駿馬名也稟靈月駟四祖雲螭兮春秋考異
記云地生月精爲馬漢書曰漢中星爲天駟黃伯仁龍馬賦曰資玄螭之表像似靈虯之矩則郭璞遊仙詩曰
雲螭非我駕雄志倜儻精權奇兮漢書天馬歌曰志俶儻精權奇廣雅曰倜儻卓異也
旣剛且淑服鞿羈兮周禮曰師曠見太子太子曰詩云馬之剛矣轡之柔矣楚詞曰余雖
好脩姱以鞿羈兮王逸曰韁在口曰鞿絡在頭曰羈效足中黃殉驅馳兮曹植與陳

琳書曰騏驥不常步應良御而効足漢書舊儀曰中黃門駙馬又大宛馬汗血馬乾河馬天馬曹植令曰今皇帝損乘車之副竭中黃之府願終惠養蔭本枝兮漢書疏廣曰此金者聖主所以惠養老臣毛詩曰本枝百世竟先朝露長委離兮朝露至危而又先之言甚速也漢書李陵謂蘇武曰人生如朝露曹子建自試表曰常恐先朝露楚詞曰遂萎絕而離異禮記曰哲人其萎乎家語爲委萎與委古字通

舞鶴賦 鮑明遠

散幽經以驗物偉胎化之仙禽相鶴經者出自浮丘公公以自授王子晉崔文子者學仙於子晉得其文藏於嵩高山石室及淮南八公採藥得之遂傳於世鶴經曰鶴陽鳥也因金氣依火精火數七金數九故十六年小變六十年大變千六百年形定而色白又云二年落子毛易黑點三年頭赤七年飛薄雲漢又七年學舞復七年應節晝夜十二鳴六十年大毛落茸毛生色雪白泥水不能汚百六十年雄雌相見目精不轉孕千六百年飲而不食食於水故啄長軒於前故後短棲於陸故足高而尾凋翔於雲故毛豐而肉疎行必依洲嶼止必集林木蓋羽族之宗長仙人之騏驥也隆鼻短口則少眠露眼赤精則視遠頭銳身短則喜鳴四翎亞膺則體輕鳳翼雀毛則善飛龜背鼈腹則能產軒前垂後則善舞洪髀纖趾則能行鍾浮曠之藻質抱清迥之明心曹植九詠章句曰鍾當也指蓬壺而翻翰望崑閬而揚音蓬壺崑閬見上帀日域以迴騖窮天步而高尋相鶴經曰一舉千里不崇朝而徧四方者也長揚賦曰東震日域毛詩曰天步艱難陸機擬古詩曰粲粲光天步然文雖出彼而意並殊不以文害意也踐神區其既遠積靈祀而方多一舉千里故云既遠壽喻千歲故云方多精含丹而星曜頂凝紫而烟華相鶴經曰露目赤精則視遠引員吭之纖婉頓脩趾之洪姱吭已見吳都賦相鶴經曰高脚疎節則多力王氏楚詞注曰姱好也疊霜毛而弄影振玉羽而臨

霞閔鴻羽扇賦曰同皦素於凝霜江逌扇賦曰瓊澤氷鱗瓊亦玉也朝戲於芝田夕飲乎瑤池十洲記曰鍾山在北海之中地仙家數千萬耕田種芝草課計頃畝也穆天子傳曰天子觴王母于瑤池之上厭江海而游澤掩雲羅而見羈新序曰晉文公出田漁者曰鴻鵠保河海之中厭而徙之小澤必有矰弋之憂鸚鵡賦曰冠雲霓而張羅去帝鄉之岑寂歸人寰之喧卑莊子曰乘彼白雲至于帝鄉岑寂猶高靜也人寰已見魏都賦歲崢嶸而愁暮心惆悵而哀離廣雅曰崢嶸高貌歲之將盡猶物之高楚詞曰惆悵而私自憐於是窮陰殺節急景凋年禮記曰季冬之月日窮于次神農本草經曰秋冬爲陰禮記曰仲秋之月殺氣浸盛涼沙振野箕風動天易卦通驗曰巽氣至則大風揚沙春秋緯曰月失其行離於箕者風易緯曰箕風飄石折樹嚴嚴苦霧皎皎悲泉冰塞長河雪滿羣山海賦曰羣山既略旣而氛昏夜歇景物澄廓廣雅曰廓空也星翻漢迴曉月將落魏文帝雜詩曰天漢迴西流感寒雞之早晨憐霜鴈之違漠漠已見雪賦臨驚風之蕭條對流光之照灼傅休奕雜詩曰一紀如流光唳清響於丹墀舞飛容於金閣唳鶴聲也八王故事陸機歎曰欲聞華亭鶴唳不可復得力計切丹墀已見魏都賦相鶴經云七年飛薄雲漢復七年學舞又七年舞應節始連軒以鳳蹌終宛轉而龍躍海賦曰翔霧連軒相鶴經曰鳳翼則善飛尚書曰鳥獸蹌蹌龍躍已見吳都賦躑躅徘徊振迅騰摧或飛騰或摧折驚身蓬集矯翅雪飛如蓬之集如雪之飛相鶴經曰大毛落茸毛生色雪白離綱別赴合緒相依綱緒謂舞之行列也言或離而別赴或合而相依將興中止若往而歸颯沓矜顧遷延遲暮颯沓羣飛貌矜顧矜莊相顧也遷延徐退也高唐賦曰遷延引身楚詞曰恐美人之遲暮王逸曰暮晚也逸翮後塵翱翥先路言飛之疾塵起居鶴之後鶴飛

在路之先。楚詞曰：吾導夫先路。指會規翔，臨岐矩步。會，四會之道。岐，岐路也。四會已見蕪城賦。爾雅曰：二達謂之岐。郭璞曰：岐道傍出。態有遺妍，貌無停趣。奔機逗徒鬬節，角睞力代分形。機，節，舞之機節。奔，獨赴也。說文曰：逗，止也。角，猶競也。廣雅曰：睞，視也。長揚緩騖，並翼連聲，輕迹凌亂，浮影交橫。相凌而交橫。衆變繁姿，參差洊在見密。傅玄乘輿馬賦曰：繁姿屢發。字書曰：洊，仍也。煙交霧凝，若無毛質。毛羽與煙霧同色，故云若無。風去雨還，不可談悉。風雨既除，而色愈淨，故難悉也。既散魂而盪目，迷不知其所之。韓詩曰：聊樂我魂。薛君注曰：魂，神也。忽星離而雲罷，整神容而自持。星離，分散也。雲罷，俱止也。韓子曰：雲罷霧濟，而龍與螾蟻同矣。自持，自整持也。神女賦曰：頩薄怒而自持。仰天居之崇絕，更惆悵以驚思。蔡邕述行賦曰：皇家赫赫而天居。崇絕，高而懸絕。當是時也，燕姬色沮，巴童心恥。

左氏傳曰：齊侯伐北燕，人歸燕姬。巴童，巴渝之童也。毛萇詩傳曰：沮，猶壞也。巾拂兩停，丸劍雙止。沈約宋書曰：晉初有公莫舞，今之巾舞也。相傳云項莊劍舞，項伯以袖隔之，今之用巾，蓋像項伯衣袖之遺式。又江左初有拂舞，舊云：拂舞，吳舞。西京賦曰：跳丸劍之揮霍。雖邯鄲其敢倫，豈陽阿之能擬。漢書有邯鄲鼓員。古樂府曰：黃金爲君門，白璧爲君堂，上有雙樽酒，使作邯鄲倡。陽阿已見上。入衞國而乘軒，出吳都而傾市。左氏傳曰：衞懿公好鶴，鶴有乘軒者。注云：軒，大夫車也。吳越春秋曰：吳王闔閭有小女，王與夫人女會食蒸魚，王嘗半，女怨曰：王食魚辱我，不忍久生，乃自殺。闔閭痛之，葬於邦西閶門外，鑿池積土爲山，石爲椁，金鼎玉盃銀樽珠襦之寶，以送女，乃舞白鶴於吳市中，萬人隨觀，遂使男女與鶴俱入墓門，因塞之，以送死。守馴養於千齡，結長悲於萬里。養生要曰：鶴壽有千百之數。阮籍詠懷詩曰：鴻鵠相隨飛，隨飛適荒裔，雙翮浸長風，須臾萬里逝。

志上

幽通賦

漢書曰：班固作幽通賦，以致命遂志。賦云：覿幽人之髣髴，然幽通謂與神遇也。

班孟堅

系高頊之玄冑兮，曹大家曰：系，連也。冑，緒也。高，高陽氏也。頊，帝顓頊也。言己與楚同祖，俱帝顓頊之子孫也。水北方黑，行故稱玄也。家語孔子曰：顓頊者，黃帝之孫，昌意之子也，曰高陽，配水也。氏中葉之炳靈。應劭曰：中葉謂令尹子文也。乳虎，故曰炳靈。漢書班氏之先，與楚同姓，令尹子文之後，子文初生，弃於夢澤中，虎乳之。楚人謂虎班，其子以爲號。秦滅楚，遷晉代之間，因氏焉。毛詩曰：昔在中葉。飄颻風而蟬蛻兮，雄朔野以颺聲。曹大家曰：颻，飄颻也。南風曰颻風。朔，北方也。言己先人自楚徙北至朔方也。如蟬蛻之剖，後爲雄桀，揚其聲。淮南子曰：蟬飲而不食，三十日而蛻。漢書曰：始皇之末，班壹避地於樓煩，當孝惠高后時，以財雄北邊。皇十紀而鴻漸兮，有羽儀於上京。晉灼曰：皇，漢皇也。應劭曰：紀，世也。鴻，鳥也。漸，進也。言先人至漢十世，始進仕，有羽翼於京師也。成帝

之初，班況女爲婕妤，父子並在長安。周易曰：鴻漸于陸，其羽可用爲儀。巨滔天而泯夏兮，考遘愍以行謠。應劭曰：王莽字巨君。曹大家曰：滔，漫也。泯，滅也。夏，諸夏也。考，父也。言父遭亂，猶行歌謠，意欲救亂也。詩云：我歌且謠。象恭滔天。行謠，言憂思也。終保己而貽則兮，里上仁之所廬。終，猶竟也。言考能自保己，又遺我法則也。莊子曰：聖人其於人也，樂物之通而保己焉。曹大家曰：貽，遺也。里，廬，皆居處名也。言我父早終，遺我善法則也。何謂善法則乎？言爲我擇居處也。孔子曰：里仁爲美。懿前烈之純淑兮，窮與達其必濟。曹大家曰：懿，美也。前烈，先祖也。言己先祖窮遭王莽，達則必富貴，濟渡民人，惠利之風，有令名於後世也。孟子曰：窮則獨善其身，達則兼善天下。呂氏春秋曰：古之得道者，窮亦樂，達亦樂，非窮達異也，道得於此，窮達一也。咨孤蒙之眇眇兮，將圮皮義絕而罔階。曹大家曰：蒙，童蒙也。眇，微也。圮，毀也。言己孤生，童蒙微陋，鄙薄，將毀絕先祖之迹，無階路以自成也。豈余身之足殉兮，違世業之可懷。項岱曰：殉，營也。

曹大家曰違恨也懷思也違或作愇愇亦恨也孔叢子曰仲尼大聖自茲以降世業不替也靖潛處
以永思兮經日月而彌遠曹大家曰言己安靜長思不欲毀絕先人之功跡日月不
居忽復大遠匪黨人之敢拾兮庶斯言之不玷應劭曰拾更也自謙不敢
與鄉人更進也曹大家曰庶此異行不玷先人之道也毛詩曰斯言之玷不可為也拾巨業切魂煢煢
與神交兮精誠發於宵寐曹大家曰言人之晝所思想夜為之發夢乃與神靈接也
夢登山而迥眺兮覿幽人之髣髴項岱曰覿見也張晏曰幽人神人也曹大
家曰登山遠望見深谷之中有人髣髴欲來也攬葛藟而授余兮眷峻谷曰越
勿墜曹大家曰言夢臨深谷欲墜見神持葛來授我也昒韋昭曰音昧又音忽昕寤而仰思兮
心矇矇猶未察曹大家曰昒昕晨旦明也言己旦仰思此夢心中矇矇未知其吉凶黃神
邈而靡質兮儀遺讖以臆對應劭曰黃黃帝也作占夢書邈遠也言黃神邈遠無

所質問依其遺讖文以胷臆為對也淮南子曰黃神嘯吟遺讖謂夢書也曰乘高而遌神兮
道遐通而不迷曹大家曰遌遇也言己緣高而遇神道術將通不迷惑之象也葛緜緜
於樛木兮詠南風以為綏曹大家曰詩周南國風曰南有樛木葛藟纍之樂只君子
福履綏之此是安樂之象也蓋惴惴之臨深兮乃二雅之所祗曹大家曰
祗敬也大雅曰人亦有言進退維谷小雅曰惴惴小心如臨于谷此皆敬慎之戒也既訊爾以吉
象兮又申之以烱戒爾雅曰訊告也曹大家曰烱明也登高為吉象深谷為明戒也盍
孟晉以迨羣兮辰倏忽其不再盍何不也曹大家曰孟勉也晉進也迨及也倏
過也言何不勉進而及羣時早得進用日月倏忽將復過去楚辭曰時不可兮再得承靈訓其虛
徐兮竚盤桓而且俟曹大家曰靈神靈也虛徐狐疑也竚立也盤桓不進也俟待也詩曰
其虛其徐周易曰初九盤桓利居貞惟天地之無窮兮鮮生民之晦在曹大

家曰鮮少也晦亡幾也言天地無窮極民在其間上壽一百二十年少者亡幾耳莊子曰天與地無窮人死有
時晦紛屯邅與蹇連兮何艱多而智寡漢書音義曰世艱多智少故遇禍也
曹大家曰屯蹇皆難也周易曰屯如邅如又曰往蹇來連上聖迕而後拔兮雖群黎
之所禦曹大家曰迕觸也禦止也言上聖之人舜有焚廩填井湯囚夏臺文王拘羑里孔子畏匡在陳
絕糧皆觸艱難然後自拔張晏曰豈衆人之所能預自防止耶曹大家以寤為迕也毛詩有曰羣黎百姓昔
衛叔之御音訝迎也昆兮昆為寇而喪予公羊傳曰叔武讓國奈何文公逐衛
侯而立叔武叔武立治反衛侯衛侯得反曰叔武篡我終殺叔武何休曰叔武訟治於晉文公令白王者反衛
侯使還國也管彎弧欲斃讎兮讎作后而成己讎謂桓公也左氏傳曰呂
郤將殺晉侯寺人披請見公使讓之對曰齊桓公置射鉤而使管仲相之變化故而相詭兮
孰云預其終始曹大家曰詭反也事變如此誰能預知其始終吉凶也雍造怨而

先賞兮丁繇惠而被戮漢書曰六年春正月上巳日封功臣二十餘人上居南宮從複
道上見諸將往往偶語以問張良良曰陛下與此屬共取天下今已為天子所封皆故人所愛所誅皆平生仇
怨今軍吏計功以天下為不足徧封而恐以過失誅故相聚謀反上曰為之奈何良曰取上素所不快羣臣共
知最甚者一人先封以示羣臣上曰雍齒與我有故數窘我張良曰今急先封雍齒羣臣見雍齒先封則人人
自堅矣於是封雍齒為什方侯什音十又丁公為項羽將逐窘漢王漢王謂丁公曰兩賢豈相阸哉丁公引兵
而還及項王滅丁公謁見漢王漢王曰丁公為臣不忠遂斬之栗取弔于逌所也音由吉兮
王膺慶於所慼應劭曰孝景栗姬也孝景立栗姬男為太子栗姬妬而廢太子為臨江王栗姬
愈恚以憂死又曰孝宣王皇后初為婕妤許后薨上憐太子蚤失母乃選後宮素謹愼而無子者立王婕妤為
皇后令母養太子叛迴穴其若茲兮北叟頗識其倚伏曹大家曰叛亂
也迴邪也穴僻也禍福相反韓詩曰謀猶迴穴淮南子曰塞上之人有善馬者其馬無故亡而入胡人皆弔之

其父曰此何遽不爲福居數月其馬將胡駿馬而歸人皆賀之其父曰何遽不爲禍乎家富馬其子好騎墮而折髀人皆弔之其父曰此何遽不爲福乎居一年胡人大出丁壯者控弦而戰塞上之人死者十九此獨以跛足故父子相保故福之爲禍禍之爲福變化不可測鶡冠子曰禍乎福所倚福乎禍所伏單治裏而外凋兮張修襮博而內逼曹大家曰治裏謂導氣也襮表也莊子曰田開謂周成公曰魯有單豹者巖居而水飲行年七十而猶嬰兒之色不幸遇餓虎殺而食之有張毅者高門懸薄無不趣義也行年四十而有內熱之病以死豹養其內而虎食其外毅養其外病攻其內聿中龢爲庶幾兮顏與冉又不得曹大家曰聿惟也顏顏淵也冉冉伯牛也二子居中履和庶幾聖賢然淵早夭伯牛被疾俱不得其死也論語孔子曰有顏回者好學不幸短命死矣今也則亡又曰伯牛有疾溺招路以從己兮謂孔氏猶未可曹大家曰溺桀溺也謂孔子爲避人之士未可與安身自謂避世者招子路從己隱也論語曰長沮桀溺耦而耕孔子過之使子路問津焉桀溺曰孔丘之徒歟對曰然曰滔滔者天下皆是也而誰以易之且與其從避人之士豈若從避世之士哉安慆慆而不萉肥兮卒隕身乎世禍曹大家曰慆慆亂貌萉避也言子路不避慆慆之亂終隕身於世之禍也遊聖門而靡救兮雖覆醢其何補曹大家曰子路遊學聖師之門無救禍防患之助既身死於衛覆醢不食何補益乎禮記曰孔子哭子路於中庭引使者而問其故使者曰醢之矣遂命覆醢固行行胡朗其必凶兮免盜亂爲賴道應劭曰子路得免盜與亂聞道於仲尼也論語曰子路行行如也子曰若由也不得其死然又曰君子有勇而無義爲亂小人有勇而無義爲盜形氣發於根柢帝兮柯葉彙胃而零茂韋昭曰柢本也應劭曰彙類也曹大家曰零落也張晏曰言人稟氣於父母吉凶夭壽非獨在人譬諸草木華葉盛與零落由本根也恐魍魎之責景兮羌未得其云已應劭曰諸子以顏冉季路逢災害或疑其身或非其師是由魍魎問景乃未得有已也言罔兩責景之無操不知景之行止而有待或

非三子之行殊不知吉凶之由命也故云恐罔兩之責景羌未得其實言也莊子曰罔兩問景曰曩子行今子止曩子坐今子起何其無特操與景曰吾有待而然者也郭象爲罔兩司馬彪爲罔浪罔浪景外重陰也黎淳燿于高辛兮芈亡氏彊大於南汜重黎有大明之德於高辛之世而德流子孫故楚彊大於南汜也國語曰史伯對鄭桓公曰夫黎爲高辛氏火正以淳燿敦大光照四海夫成天地之大功者其子孫未嘗不章韋昭曰淳大也燿明也章顯也史記曰楚之先祖出自重黎毛詩曰江有汜曹大家曰芈楚姓汜涯也嬴取威於伯儀兮姜本支乎三趾應劭曰嬴秦姓伯益之後伯益在唐虞爲有儀鳥獸百物之功秦所由取威於六國也姜齊姓也趾禮也齊伯夷之後伯夷爲虞舜典天地人鬼之禮也既仁得其信然兮仰天路而同軌劉德曰人道既然仰視天道又同法也仁謂求仁而得仁也馮衍顯志賦曰惟天路之同軌東鄰虐而殲仁兮王合位乎三五曹大家曰東鄰謂紂也殲盡也仁謂三仁也周易曰東鄰殺牛國語曰泠周鳩對景王曰昔武王伐紂歲在鶉火月在天駟日在析木之津辰在斗柄星在天黿星與日辰之位在北維顓頊之所建也帝嚳受之我姬氏出自天黿及析木者有建星及牽牛焉則我皇妣大姜之姪伯陵之後逢公所馮神也歲之所在則我有周之分野月之所在辰馬農祥也五位歲日月星辰也三年逢公所馮周分野所在后稷所經緯者也戎女烈而喪孝兮伯祖歸於龍虎曹大家曰戎女驪姬也烈酷也孝子申生也左氏傳曰晉獻公娶驪姬爲夫人生奚齊姬謂太子曰君夢齊姜速祭之太子祭歸胙于公姬寘毒公祭之地地墳與犬犬斃姬泣曰賊由太子太子縊于新城姬譖諸公子曰皆知之重耳奔蒲應劭曰伯文公也孟康曰歲在卯出歷十九年過一周歲在酉入卯東方爲龍酉西方爲虎也國語晉侯問簡子曰吾其濟乎對曰公以辰出而以參入皆晉祥也必伯諸侯也發還師以成命兮重醉行而自耦曹大家曰發武王名也項岱曰重晉文公重耳也應劭曰與天時耦會也成命以成天命也周書武王觀兵于孟津諸侯皆曰帝紂可伐矣武王曰汝未知天命未可也乃還師左氏傳曰晉公子及齊桓公妻之

公子安之姜與子犯醉而遣之震鱗漦仕緇于夏庭兮。匝三正而滅姬。應劭曰震爲龍鱗蟲之長漦沫也曹大家曰三正謂夏殷周也史記曰夏后氏之衰也有二龍止於夏庭而言曰余褒之二君也於是幣而册告之龍亡而漦在櫝而藏之比三代莫敢發之至厲王發而觀之漦流于庭化爲玄黿童妾而遭之既笄而孕生子懼而棄之有收之奔褒褒人有罪入棄子以贖罪謂之褒姒幽王廢申后立褒姒爲后廢后父申侯怒攻幽王遂殺幽王驪山下巽羽化于宣宮兮。彌五辟而成災。曹大家曰易巽卦爲雞雞羽蟲之屬故言羽也應劭曰宣帝時未央宮路軨中雌雞化爲雄元后時始爲太子妃至平帝歷五葉而莽篡也五辟謂王后元帝也成帝也哀帝也平帝也辟君也故云終五辟而成災也道脩長而世短兮。敻冥默而不周。曹大家曰敻遠邈也周至也言天道長遠人世促短當時冥默不能見微應之所至也劉德曰冥默玄深不可通至胥仍物而鬼諏子侯兮。乃窮宙而達幽。應劭曰胥須也仍因也諏謀也易曰人謀鬼謀百姓與能往古來今

曰宙聖人須因卜筮然後謀鬼神極古今通幽微也媯巢姜於孺筮兮。旦筭祀于契龜。應劭曰媯陳姓也巢居也姜齊姓也旦周公名也孺小也音義曰筭數也祀年也左氏傳曰陳公子完奔齊又曰敬仲其少也周史有以周易見陳侯筮之遇觀之否曰是謂觀國之光利用賓于王此其代陳有國乎不在此其在異國非此其身在其子孫若異國必姜姓也又曰懿氏卜妻敬仲其妻占之曰有媯之後將育于姜杜預曰敬仲陳公子完也左氏傳王孫滿曰周卜世三十卜年七百天所命也毛詩曰爰契我龜宣曹興敗於下夢兮。魯衛名謚於銘謡。曹大家曰宣周宣王也毛詩曰牧人乃夢衆維魚矣大人占之衆維魚矣實維豐年宣王竟中興左氏傳曰初曹人或夢衆君子立於社宮而謀亡曹曹叔振鐸請待公孫彊許之及曹伯陽即位公孫彊爲政背晉而奸宋宋人伐之執曹伯陽以歸殺之又曰師己曰吾聞文成之世童謡有之裯父喪勞宋父以驕杜預曰裯父昭公宋父定公也應劭曰昭公死于野井定公即位而驕也莊子曰衛靈公卜葬沙丘而吉掘之數仞得石槨焉有銘曰不馮其子靈公奪而理之靈之爲靈

久矣夫姒聆呱而劾何弋石兮。許相理而鞫條。應劭曰姒叔向母石叔向子字林曰呱子啼聲也左氏傳曰叔向娶申公巫臣氏生伯石姑視之及堂聞其聲而還曰是豺狼之聲非是莫喪羊舌氏杜預曰姑叔向之母也應劭曰刻其必滅羊舌氏本或爲劾項岱曰舉罪曰劾漢書曰周亞夫爲河内守許負相之曰縱理入口此餓死法也後亞夫封條侯爲丞相人上變告子事連亞夫亞夫詰廷尉不食五日歐血而死毛萇詩傳曰鞫告也道混成而自然兮。術同原而分流。曹大家曰大道神明混沌而成言人生而心志在内聲音在外骨體有形事變有會更相爲表裏合成一體此自然之道至於術學論其成敗考其貧賤觀其富貴各取一槩故或聽聲音或見骨體或占色理或視威儀或察心志或省言行或考卜筮或本先祖如水同原而分流也老子曰有物混成先天地生又曰道法自然也神先心以定命兮。命隨行以消息。曹大家曰言人之行各隨其命命者神先定之故爲徵兆於前也雖然亦在人消息而行之斡流遷其不濟兮。故遭罹而嬴

縮。項岱曰斡轉也遷徙也嬴過也縮不及也遭遇也罹憂也言人受先祖善惡之迹轉徙流行故有遭遇福禍相及也三變同於一體兮。雖移易而不忒。應劭曰晉大夫欒書書子黶黶子盈書賢而覆黶黶惡而害盈曹大家曰天命祐善災惡非有差也然其道廣大雖父子百葉猶若一體也左氏傳秦伯問士鞅曰晉大夫誰先亡對曰其欒氏乎黶汰虐已甚猶可以免其身禍在盈也欒黶死盈之善未能及人武子之施没矣而黶之惡實彰將於是乎在後晉果滅欒氏洞參差其紛錯兮。斯衆兆之所惑。曹大家曰衆庶也兆人也報應參差不齊紛亂錯繆故迷惑不信天道也楚辭曰衆兆之所咍周賈盪而貢憤兮。齊死生與禍福。曹大家曰周莊周賈賈誼也貢潰也憤亂也盪盪不知所守也莊周賈誼有好智之才而不以聖人爲法潰亂於善惡遂爲放盪之辭莊周曰生爲徭役死爲休息賈誼曰忽然爲人何足控揣化爲異物又何足患抗爽言以矯情兮。信畏犧而忌鵩。項岱曰抗極過差之言以矯枉其情耳莊子曰或聘莊子莊子應其使曰子見

犧牛乎，衣以文繡，食以芻菽，及其牽入于太廟，雖欲為孤犢，其可得乎。鵩鳥已見上文。所貴聖人之至論兮，順天性而斷誼。曹大家曰：至論，謂五經六藝。所以貴之者，順天之性也，亦當以義斷之，不可貪苟生而失名。物有欲而不居兮，亦有惡而不避。論語子曰：富與貴，是人之所欲，不以其道得之，不處也。貧與賤，是人之所惡，不以其道得之，不去也。守孔約而不貳兮，乃輶德而無累。曹大家曰：孔，甚也。輶，輕也。言聖人所守甚約而無二端，則平心立而思慮輕矣。輶，德輕而易行也。毛詩曰：德輶如毛，民鮮克舉之。曹大家曰：以乃為內。晉灼曰：與萬物無害累也。三仁殊於一致兮，夷惠舛而齊聲。項岱曰：三人所行各異，俱至於仁也。曹大家曰：柳下惠以不去辱身為善，伯夷以高逝為賢，言去留適等也。論語曰：微子去之，箕子為之奴，比干諫而死。孔子曰：殷有三仁焉。又子曰：不降其志，不辱其身，伯夷叔齊與。謂柳下惠降志辱身也。木偃息以蕃魏兮，申重繭以存荊。木，段干木也。蕃魏，已見魏都賦。呂氏春秋曰：田贊說荊王

文十四　十八

曰：若夫偃息之義，則未之識也。高誘曰：段干木偃息以安魏也。淮南子曰：申包胥重繭七日七夜，至于秦庭，以見秦王曰：使下臣告急。秦王乃發軍擊吳，果大破之，以存楚國。高誘戰國策注曰：重繭，累胝也。繭，古典切。胝，竹遲切。紀焚躬以衛上兮，皓頤志而弗傾。漢書曰：項羽圍漢滎陽，將軍紀信曰：事急矣，臣請誑楚，可以閒出。信乃乘王車，曰：食盡，漢王降楚。皆之城東觀，紀信、王得與數十騎出遁。羽見信，問漢王安在，曰：已去矣。羽燒殺信。項岱曰：皓，四皓也。頤，養也。漢書曰：袁公、綺里季、夏黃公、角里先生，當秦之世，避而入商雒深山。侯草木之區別兮，苟能實其必榮。曹大家曰：侯，候也。項岱曰：苟，誠也。張晏曰：苟能有仁義之道，必有榮名也。論語子夏曰：君子之道，譬諸草木，區以別矣。要沒世而不朽兮，乃先民之所程。論語子曰：君子疾沒世而名不稱焉。左氏傳穆叔曰：魯有先大夫臧文仲，既歿，其言立，此之謂不朽。毛詩曰：匪先人是程。毛萇曰：程，法也。觀天網之紘覆兮，實棐諶而相訓。曹大家曰：棐，輔也。忱，誠也。相，助也。訓，教也。項岱曰：天網大覆人上，非不信

也，誠欲有誠實於世間，亦當相輔助教也。尚書曰：天威棐忱。諶與忱古字通也。訓或為順。謨先聖之大猷兮，亦鄰德而助信。曹大家曰：謨，謀也。猷，道也。言人常當謨先聖人之道，亦當為鄰人所助也。孔子曰：天所助，順也；人所助，信也。孔子曰：德不孤，必有鄰。毛詩曰：匪大猷是經。或作繇字，誤也。虞韶美而儀鳳兮，孔忘味於千載。尚書曰：簫韶九成，鳳皇來儀。論語曰：子在齊聞韶，三月不知肉味。素文信而底麟兮，漢賓祚于異代。應劭曰：底，致也。孔子作春秋，素王之文，以明示禮度之信，而致麟，封其後為紹嘉公，係殷為二代之客也。春秋緯曰：麟出周亡，故立春秋制素王，授當興也。精通靈而感物兮，神動氣而入微。曹大家曰：言人參於天地，有生之最神靈也，誠能致其精誠，則通於神靈，感物動氣而入微者矣。養流睇而猨號兮，李虎發而石開。曹大家曰：睇，眄也。淮南子曰：楚有白猨，王自射之，則搏矢而顧，使養由基射之，始調弓矯矢，未發而猨抱樹號矣。流或為由，非也。漢書曰：李廣居右北平，獵，見草中石，以為虎

文十四　十九　王大亨

而射之，中石沒矢，視之，石也。他日射之，終不能入。非精誠其焉通兮，苟無實其孰信。曹大家曰：非精誠所感，誰能若斯。操末技猶必然兮，矧耽躬於道真。項岱曰：矧，況。耽，樂也。言由基、李廣奮精誠於末技，感獸而開石，豈況乃能推至精，耽身於大道之中乎。莊子曰：道之真以持身也。登孔昊而上下兮，緯羣龍之所經。應劭曰：昊，太昊也。孔，孔子也。羣龍，喻羣聖也。自伏羲下訖孔子，經緯天道備矣。孟康曰：聖人作經，賢者緯之。朝貞觀而夕化兮，猶諠己而遺形。應劭曰：貞，正也。諠，忘也。易曰：天地之道，貞觀者也。張晏曰：言朝聞大道而夕死可也。論語曰：朝聞道，夕死可矣。鵩鳥賦曰：釋智遺形。若絳彭而偕老兮，訴來哲而通情。言人若欲絳彭祖之年，偕老聃之壽，當訴之來哲，與之通情，非己所慕也。列仙傳曰：彭祖，殷賢大夫，歷夏至商末，號年七百。老，已見遊天台山賦。亂曰：天造草昧，立性命兮，曹大家曰：亂，理也。天道始造萬物，草創於冥昧之中，皆立其性命也。周易曰：天造草昧。復心引

道惟聖賢兮曹大家曰明道在人身誠能復心而引之達於天地之性也周易曰復其見天地之心乎孔子曰人能引道非道引人渾元運物流不處兮曹大家曰渾大也元氣運轉也物萬物也言元氣周行終始無已如水之流不得獨處也保身遺名民之表兮曹大家曰言人生能保其身死有遺名民之表也莊子曰可以保身可以全生家語孔子曰凡上者民之表舍生取誼以道用兮孟子曰生我所欲也義亦我所欲也二者不可得兼舍生而取義也應劭曰舍置也憂傷夭物忝莫痛兮曹大家曰忝辱也橫夭於物憂辱傷生恥辱不過於是皓爾太素曷渝色兮曹大家曰皓白也素質也渝變也言人能篤信好學守死善道不漸染於流俗是爲白爾天質何有渝變之色也尚越其幾淪神域兮曹大家曰大素不染神色不變則庶幾於神道之幾微而入於神明之域矣子曰知幾其神乎

二十　潘

文選卷第十四

賜進士出身通奉大夫江南蘇松常鎮太等處承宣布政使司布政使胡克家重校刊

文選卷第十五

梁昭明太子撰

文林郎守太子右内率府録事參軍事崇賢館直學士臣李善注上

志中

張平子思玄賦一首　歸田賦一首

思玄賦平子名衡南陽西鄂人也漢和帝時爲侍中順和二帝之時國政稍微專恣内豎平子欲言政事又爲奄豎所讒蔽意不得志欲游六合之外勢既不能義又不可但思其玄遠之道而賦之以申其志耳系曰回志朅來從玄謀獲我所求夫何思玄而已老子曰玄之又玄衆妙之門舊注善曰未詳注者姓名摯虞流別題云衡注詳其義訓甚多疎略而注又稱愚以爲疑非衡明矣但行來既久故不去

仰先哲之玄訓兮雖彌高而弗違訓教也彌終也違避也善曰論語顏回曰仰之彌高匪仁里其焉宅兮匪義迹其焉追里宅皆居也焉猶安也善曰論語曰里仁爲美潛服膺以永靚兮緜日月而不衰緜連也善曰禮記曰服膺拳拳方言曰靖思也靖與靚同字林曰靖審也伊中情之信脩兮慕古人之貞節脩善也貞誠也善曰楚詞曰苟中情其好脩又曰原生受命于貞節竦余身而順止兮遵繩墨而不跌竦立也止禮也善曰楚詞曰遵繩墨而不頗廣雅曰跌差也志摶摶以應懸兮誠心固其如結摶摶垂貌善曰戰國策楚王曰寡人心摇摇然如懸旌毛詩曰勞心慱慱憂勞也又曰心之憂矣如或結之旌性行以製佩兮佩夜光與瓊枝旌明也製裁也善曰白虎通曰所以必有佩者表德見所能也楚辭曰折瓊枝以繼佩纗幽蘭之秋華兮又綴之以江離纗系也幽深也善曰楚辭曰結深蘭之亭亭又曰扈江離與薜芷兮紉秋蘭以爲佩說文曰繫幃曰纗幃一名縭爾雅曰婦人之幃謂之縭今之香囊在男曰幃在女曰縭然則纗者即繫囊之繩也說文曰纗網中繩纗音攜美襞積以酷烈兮允塵邈而難虧襞積衣縫也允信也塵久也邈遠也虧歇也善曰子虛賦曰襞積褰縐上林賦曰酷烈淑郁楚

文十五　一　辛

辭曰芳菲菲兮難虧既姱麗而鮮雙兮非是時之攸珍姱大也麗好也鮮寡也攸所也奮余榮而莫見兮播余香而莫聞奮動也播散也幽獨守此仄陋兮敢怠遑而舍勤怠懈也遑暇也勤勞也善曰楚辭曰幽獨處乎山中尚書帝曰明明揚仄陋毛詩曰不敢怠遑左氏傳曰人生在勤幸二八之遻虞兮嘉傅說之生殷二八八愷八元也遻遇也傳姓說名也武丁相也善曰左氏傳季孫行父曰昔高辛氏有才子八人伯奮仲堪叔獻季仲伯虎仲熊叔豹季貍言此八人忠肅恭懿宣慈惠和天下之民謂之八元元善也長也八愷者高陽氏有才子八人倉舒隤敳檮戭大臨尨降庭堅仲容叔達言此八人齊聖廣淵明允篤誠天下之民謂之八愷尚書曰高宗夢得說使百工營求諸野得諸傅巖尚前良之遺風兮恫後辰而無及尚庶幾也良善也恫痛也言我後時將無及也恫他公切善曰楚辭曰竊慕詩人之遺風何孤行之煢煢兮孑不羣而介立煢煢獨也介特也善曰毛詩曰獨行煢煢楚辭曰既惸獨而不羣感鸞鷖之特棲兮悲淑人之希合鸞鷖皆鳥名淑善也善曰鸞鷖喻君子也毛詩曰淑人君子其儀不忒山海經曰蛇

山有鳥五色飛蔽日名鷖鳥廣雅曰鷖鳳屬也彼無合而何傷兮患眾偽之冒眞無合猶不遇也冒覆也旦獲讟于羣弟兮啓金縢而後信善曰尚書曰武王既喪管叔乃流言於國曰公將弗利於孺子秋大熟未穫天大雷電以風王啓金縢之書乃得周公代武王之說王執書以泣曰其勿穆卜乃信周公覽蒸民之多僻兮畏立辟以危身覽觀也蒸眾也僻邪也辟法也毛詩曰民之多僻無自立辟善曰毛萇傳曰辟法也民之行多爲邪辟此言無遺爲法也尚書曰蒸民乃粒楚辭曰寧正言不諱以危身增煩毒以迷惑兮羌孰可爲言已善曰楚辭曰獨便悁而煩毒焉發憤而抒情又曰中瞀亂兮迷惑私湛憂而深懷兮思繽紛而不理湛深也懷思也繽紛亂貌善曰宋玉笛賦曰武毅發沈憂結願竭力以守誼兮雖貧窮而不改竭盡也執彫虎而試象兮阽焦原而跟趾彫虎象獸名也尸子中黃伯曰余左執太行之獶而右搏彫虎唯象之未與吾心試焉有力者則又願爲牛欲與象鬬以自試今二三子以爲義矣將惡乎試之夫貧窮太行之獶也疏賤義之彫虎也而吾曰遇之亦

足以試矣阽臨也焦石名也跟踵也尸子又曰莒國有石焦原者廣五十步臨百仞之谿莒國莫敢近也有以勇見莒子者獨卻行齊踵焉所以稱於世夫義之爲焦原也亦高矣賢者之於義必且齊踵此所以服一時也善曰彫虎以喻貧試象以喻竭力焦原以喻義言己以執彫虎之貧窮願竭試象之力而守焦原之義上句爲此張本漢書曰賈誼曰安天下阽危若是而上不驚者臣瓚曰安臨危曰阽庶斯奉以周旋兮惡既死而後已善曰左氏傳太史克曰奉以周旋不敢失墜論語子曰死而後已不亦遠乎俗遷渝而事化兮泯規矩之員方遷移也渝變也泯滅也規圓也矩方也善曰楚辭曰因時俗之工巧兮滅規矩而改錯寶蕭艾於重笥兮謂蕙芷之不香蕭艾草名也蕙芷香草也禮記曰簞笥問人者並盛食器員曰簞方曰笥案盛衣亦曰笥後漢作珍蓋瑤字相似誤耳斥西施而弗御兮縶騕褭以服箱斥卻也西施越之美女也御幸也縶羈也服服轅也箱大車也善曰楚辭曰西施斥於北宮兮漢書音義應劭曰騕褭古之駿馬也赤喙玄身日行五千里毛詩曰睆彼牽牛不可以服箱騕中立切今賦作縶字行頗僻而獲志兮循法度而離殃頗傾也離遭也殃咎也蕭該音本作陂布義切禮記曰商亂曰陂鄭玄曰

陂傾也周易曰无平不陂廣雅曰陂邪也惟天地之無窮兮何遭遇之無常鄭玄曰惟思也善曰楚辭曰惟天地之無窮哀人生之長勤不抑操而苟容兮譬臨河而無航航舡也善曰賈逵曰抑止也孫卿子曰偷合苟容以持祿周書陰符曰四輔不存若濟河無舟矣楚辭曰昔余夢登天兮魂中道而無航欲巧笑以干媚兮非余心之所嘗干求也嘗行也善曰楚辭曰處濁世而顯榮非余心之所樂襲溫恭之黻衣兮被禮義之繡裳襲衣也黻黼也五色備曰繡善曰毛詩曰君子至止黻衣繡裳辮貞亮以爲鞶兮雜伎藝以爲珩辮交織也鞶所以帶珮也手伎曰伎體才曰藝珩珮也善曰說文曰辮交也又曰鞶覆衣大巾也從巾般聲或以爲首飾字林曰般革帶也禮記曰男鞶革鄭玄曰鞶小囊盛帨巾者說文曰珩所行也從玉行聲字林曰珩珮玉所以節行大戴禮曰下車以珮玉爲度上有雙衡下有雙璜珩與衡音義同昭綵藻與琱琭兮璜聲遠而彌長綵文綵也藻華藻也字林曰半璧曰璜善曰董巴輿服志曰古者君佩玉尊甲有序及秦以采組連結於繸謂之綬漢承秦制用而弗改淹棲遲以恣欲兮耀靈

忽其西藏耀靈日也善曰毛詩曰衡門之下可以棲遲楚辭曰耀靈瞱而西征廣雅曰朱明曜靈東君日也恃己知
而華予兮鶗鴂鳴而不芳鶗鴂鳥名也以秋分鳴善曰楚辭曰歲既晏兮孰華予又曰恐鶗鴂之先鳴使
夫百草爲之不芳臨海異物志曰鶗鴂一名杜鵑至三月鳴晝夜不止夏末乃止服虔曰鶗鴂一名鵙伯勞順陰陽氣而生賊害之鳥也王逸以爲
春鳥繆也冀一年之三秀兮遒白露之爲霜說文曰遒迫也善曰楚辭曰采三秀於山間王
逸曰三秀謂芝草也毛詩曰蒹葭蒼蒼白露爲霜爾雅曰苬芝郭璞曰芝一歲三華瑞草時亹亹而代序兮疇
可與乎比伉咨姤嫭之難並兮想依韓以流亡亹亹進貌疇誰也伉儷也
咨嗟也嫭好也韓衆獲道輕舉故思依之以流亡也善曰楚辭曰時亹亹而過中又曰恐天時之代序又曰羡韓衆之流得一又曰寧溘死以
流亡姤惡也恐漸冉而無成兮留則蔽而不彰漸進也善曰楚辭曰漸冉而不自知兮又
曰蹇淹留而無成心猶豫而狐疑兮即岐阯而攄情即就也岐山名也攄陳也善曰楚辭
曰欲從靈氛之吉占兮心猶豫而狐疑孟子曰昔文王之治岐也仕者世祿攄力於切文君爲我端蓍兮利

飛遁以保名文君文王也遁卦名也上九曰飛遁無不利謂去而遷也九師道訓曰遁而能飛吉孰大焉此筮得遁之咸其
遁卦艮下乾上上九爻辭云肥遁最在卦上居無位之地不爲物所累矰繳所不及遁之最美故名肥遁處陰長之時而獨如此故曰利飛遁
而保名史記曰蓍百莖一根劉向曰蓍百年而一本生百莖歷衆山以周流兮翼迅風以揚
聲從初至三爲艮艮爲山故曰歷衆山從二至四爲巽巽爲風故曰翼迅風善曰謂遁卦也楚辭曰歷衆山而日遠又曰聊浮遊於山
陿又曰步周流於江畔幽通賦曰雄朔野以揚聲遁下體是艮說卦云爲山假言衆爾下互體得巽巽爲風故曰揚聲二女感於
崇岳兮或冰折而不營崇高也岳五岳也遁上九變爲咸咸也巽長女兌少女故曰二女從三至五
爲乾乾爲冰故曰冰折而不營遁上九變爲兌說卦云巽爲長女兌爲少女也俱在艮上艮即是山故云感二女於崇岳岳即山也說卦曰乾
爲冰而變爲兌故曰冰折物也毀折不可經營故曰不營天蓋高而爲澤兮誰云路之不平
互體四至乾變爲兌兌爲澤天爲澤言天高尚爲澤雖復險戲世路可知誰言其路不通者乎欲其行也善曰周易曰乾爲天兌爲澤
勔自強而不息兮蹈玉階之嶢崢勔勉也乾爲王故曰蹈王階玉階天子階也言我雖欲去

猶戀王階不思去言尚欲進忠賢勔土行切善曰周易曰天行健君子以自強不息方言曰嶢崢高貌也懼筮氏之長
短兮鑽東龜以觀禎長短謂卜筮也左氏傳曰筮短龜長周禮曰東龜長又曰東曰龜甲屬善曰爾雅曰
龜左睨不類郭璞曰行顯左睨也今江東所謂左食以甲卜審鄭玄周禮注曰東龜青說文曰禎祥也遇九皋之介
鳥兮怨素意之不逞介大也逞快也善曰言卜而遇大鳥之卦也素意不逞謂繇辭也毛詩曰鶴鳴于九
皋字林曰逞盡也遊塵外而瞥天兮據冥翳而哀鳴瞥裁見也善曰莊子曰彷
徨塵垢之外說文曰遠也瞥匹洩切鵰鶚競於貪婪兮我脩絜以益榮競逐也善曰鵰
鶚惡鳥喻小人也楚辭曰皆競進以貪婪兮婪力含切子有故於玄鳥兮歸母氏而後
寧善曰此假卜者之辭也玄鳥謂鶴也母氏喻道也言子有故於玄鳥唯歸於道而後獲寧也古文周書曰周穆王姜后晝寢而
孕越姬嬖竊而育之斃以玄鳥二七塗以𧖴血寘諸姜后遽以告王王恐發書而占之曰蜉蝣之羽飛集于戶鴻之戾止弟弗克理皇靈
降誅尚復其所問左史氏史豹曰蟲飛集戶是日失所惟彼小人弗克以育君子史良曰是謂闕親將留其身歸于母氏而後獲寧冊而

藏之厥休將振王與令尹冊而藏之於櫝居三月越姬死七日而復言其情曰先君怒予甚曰爾夷隸也胡竊君之子不歸母氏將寘而大戮
及王子於治老子曰天下有始以爲天下母既得其母又知其子河上公曰道爲天下物母也韓子解老曰母者道也占既吉
而無悔兮簡元辰而俶裝俶始也裝束也周易曰同人于郊無悔旦余沐於清
源兮晞余髮於朝陽晞乾也山東曰朝陽善曰楚辭曰朝濯髮於暘谷夕晞余身乎九陽漱飛
泉之瀝液兮咀石菌之流英善曰楚辭曰吸飛泉之微液兮懷琬琰之華英瀝流也菌芝也
說文曰漱蕩口也從水欶聲所右切字林曰液汁也石菌石芝也蒼頡篇曰咀噍也翾鳥舉而魚躍兮將往
走乎八荒廣雅曰翾飛也淮南子曰四海之外有八澤八澤之外曰八埏八埏之外曰八荒善曰走音奏過少皞之
窮野兮問三丘乎句芒少皞金天氏居窮桑在魯北三丘謂蓬萊方丈瀛洲句芒木正也左氏傳曰少
皞氏有四子曰重曰該曰修曰熙實能金木及水使重爲句芒木正該爲蓐收金正修及熙爲玄冥二子相代爲水正也世不失職遂濟窮桑
此其三祀也杜預曰窮桑少皞氏之號也四子能治其官使不失職濟成少皞之功死皆爲民所祀也史記云蓬萊方丈瀛洲此三神山傳在

海中去人不遠及到三山反在水下何道貞之淳粹兮去穢累而飄輕不澆曰淳不雜曰粹
穢德之累也善曰幽通賦曰矧躭躬於道貞楚辭曰昔三后之淳粹又曰除穢累而反貞登蓬萊而容與兮
鼇雖抃而不傾抃手搏也善曰列仙傳曰巨鼇負蓬萊山而抃於滄海之中留瀛洲而采
芝兮聊且以乎長生瀛洲海中山也善曰玄中記曰東南之大者巨鼇焉以背負蓬萊山周迴千里列子曰勃
海之東有大壑其山一曰岱輿二曰員嶠三曰方壺四曰瀛洲五曰蓬
萊山高下周圍三萬里其頭平地九千里五山之根無所連着常隨潮
流上下帝命封禺使巨龜十五舉頭而戴之迭為三番六萬歲一交
龍伯國人一釣而連六龜於是岱輿員嶠沈於大海楚辭曰飲沆瀣馮
歸雲而遐逝兮夕余宿乎扶桑馮依也遐遠也逝往也善曰傳毅七激曰仰歸雲愬遊風
淮南子曰日出暘谷拂於扶桑海外東經曰黑齒國北暘谷上有扶
桑十洲記曰扶桑葉似桑樹又如椹樹長丈大二千圍兩兩同根生
更相依倚是以名之扶桑飲青岑之玉醴兮飡沆瀣以為粻青岑山名上高者曰岑沆
瀣夕霞也粻粮也廣雅曰沆瀣常氣也善曰楊雄太玄經曰茹芝英
以禦飢兮飲玉醴以解渴楚辭曰飡六氣而飲沆瀣兮漱正陽而食

朝霞陵陽子經曰夏飡沆瀣北方夜半氣發昔夢於木禾兮穀崑崙之高岡昔日
夢至木禾今親往是發昔日之夢也穀生也善曰淮南子曰崑崙之上
有木禾焉其穗長五尋山海經曰帝之下都崑崙之墟高萬仞上有木
禾長五尋大五圍郭璞曰木禾穀類也說文曰嘉穀也二月生八月熟得中和故曰禾木王而生木衰而死故曰木禾朝吾行
於湯谷兮從伯禹乎稽山湯谷日所出嘉羣神之執玉兮疾防
風之食言食僞也善曰國語曰吳伐越墮會稽獲骨節專車吳之使來問之仲尼曰丘聞之昔禹致羣臣於會稽之
山防風後至禹乃殺而戮之其骨節專車此為大矣韋昭曰羣神
謂主山川之君為羣神之主故謂之神防風汪芒氏君之名也違
命後至故禹殺之陳尸為戮左氏傳曰禹合諸侯於塗山執玉帛者萬國尚書曰朕不食言指長沙之邪徑
兮存重華乎南鄰重華舜也善曰尚書曰重華協于帝山海經曰南方蒼梧之川其中九疑山舜之所葬在
長沙界中說文曰存恤也哀二妃之未從兮翩繽處彼湘濱二妃堯之二女娥皇女英舜妻
也善曰禮記曰舜葬蒼梧之野蓋二妃未之從也鄭玄曰離騷所謂歌湘
夫人也舜南巡狩死於蒼梧二妃留江湘之間濱水湄也山海經曰洞庭

之山多黃金其下多銀鐵帝之二女是常游江川澧沅之側交游瀟湘之
淵在九江之間出入必以飄風暴雨郭璞曰今長沙巴陵縣西入洞庭而
過江水離騷曰邅吾道兮洞庭洞庭風兮木葉下皆謂此也天帝之女而
處江為神即列仙傳云江妃二女離騷所謂湘夫人稱帝子者是也而河
圖玉版曰聞之堯二女舜妻也而喪此傳云二妃死於江湘之間俗謂之
湘君鄭司農亦以舜妃為湘君說者皆以舜陟方而死二妃從之俱死於
江湘遂號為湘夫人也流目眺夫衡阿兮覩有黎之圮墳眺視也衡山名也阿山下也黎
高辛氏之火正謂祝融也圮毀也楚靈王之世衡山崩而祝融之墓壞中
有營丘九頭圖矣善曰馮衍顯志賦序曰遊情宇宙流目八紘左氏傳昭
十九年顓頊氏有子曰黎為祝融圮房鄙切痛火正之無懷兮託山阪以孤魂託寄也善曰杜
預曰黎為火正懷歸也愁鬱鬱以慕遠兮越卭州而遊遨卭州正南州名也四
海圖曰交廣南有卭州其處極熱善曰楚辭曰愁鬱鬱之無快卭五郎切躋日中于昆吾兮憩炎火
之所陶鄭玄曰躋升也善曰淮南子曰日出于暘谷至于昆吾是謂
正中高誘曰昆吾南方爾雅憩息也山海經曰西海之南其
外有炎火之山爾雅曰再成曰陶丘揚芒熛而絳天兮水泫沄而涌濤熛風熾也泫沄沸貌

濤水波也善曰爾雅曰沄沉也芒光芒也熛
火飛也揚雄冀州箴曰冀土麋沸泫沄如湯溫風翕其增熱兮惄
鬱悒其難聊說文曰翕熾也善曰淮南子曰南方之極自北戶之
外南至委火炎風之野萬二千里高誘曰北戶孤竹
國名也爾雅曰惄思也乃的切楚辭曰心
鬱悒余侘傺賈逵曰聊賴也協韻為勞䫏羇旅而無友兮余安
能乎留茲䫏獨也羇寄也旅客也善曰左氏傳陳敬仲曰羇旅之臣楚辭曰廓落兮羇旅而無友䫏苦骨切顧金天
而歎息兮吾欲往乎西嬉金天少昊位也善曰家語孔子曰生為明主死配五行少皞配金說
文曰嬉樂也前祝融使舉麾兮纚朱鳥以承旗尚書曰右秉白旄以麾案執旄
以指撝也秦漢以來即以所執之旌名曰麾謂麾幢曲蓋
者也善曰楚辭曰飛朱鳥使先驅又曰鳳皇翼其承旗躔建木
於廣都兮摭若華而躊躇躔息也摭拾也若華樹名也善曰方言曰日建為躔躔行也淮
南子曰建木在廣都若木在建木西末有十日其華照下地韓詩
曰愛而不見搔首躊躇薛君曰躊躇躑躅也廣雅曰躊躇猶豫也
方言曰摭取也躊直由切躇直於切超軒轅於西海兮跨汪氏之龍魚聞

此國之千歲兮曾焉足以娛余。善曰海外西山經曰軒轅之國在窮山之際不壽者八百
歲龍魚陵居在北狀如貍在汪野北其爲魚也如貍汪氏國在西海外此國足龍魚也思九土之殊風兮從
蓐收而遂徂。九土九州蓐收金正該也徂往也善曰好色賦曰周覽九土山海經曰濛山神西望日之所入其氣員神光之
所司郭璞曰蓐收金神也人面虎身右手執鉞欻神化而蟬蛻兮朋精粹而爲徒。欻輕
舉貌善曰楚辭曰濟江海兮蟬蛻又曰吸精粹而吐氛濁漢書音義韋昭曰蟬蛻出於皮殼也蹶白門而東馳兮云
台行乎中野。漢書音義韋昭曰蹶蹋也爾雅曰台我也善曰淮南子曰八極西南方曰偏駒之山曰白門高誘注曰金氣白
故曰白門楚辭曰行中野而散之台音夷亂弱水之潺湲兮逗華陰之湍渚。爾雅
曰絕流曰亂郭璞注曰直橫渡也書曰亂于河逗止也華太華也山北曰陰善曰山海經曰崑崙之丘其下有弱水之川環之郭璞曰其水不勝鴻
毛字林曰潺湲流貌漢書京兆有華陰縣號馮夷俾清津兮櫂龍舟以濟予。號呼也青
令傳曰河伯華陰潼鄉人也姓馮氏名夷浴於河中而溺死是爲河伯太公金匱曰河伯姓馮名脩裴氏新語謂爲馮夷淮南子曰馮夷服夷石而

狀、泳廿三

文十五

水仙注曰馮夷河伯也華陰潼鄉隄首人服八石而水仙俾使也淮南子曰天子龍舟鷁首予合韻音夷渚切會帝軒之未
歸兮悵徜徉而延佇。黃帝葬於西海橋山神未東歸也應劭曰上郡周陽縣有黃帝冢也悵徜徉思貌春秋命
麻序曰帝軒受圖雒授麻楚辭曰且徜徉而氾觀延佇見上注悃河林之蓁蓁兮偉關雎之
戒女。悃息也偉異也詩曰關關雎鳩在河之洲窈窕淑女君子好逑善曰中山經曰北望河林其狀如蒨郭璞注曰說者云蒨木名也毛萇詩
傳曰蓁蓁至盛也悃許吏切又虛秘切黃靈詹而訪命兮摎天道其焉如。黃靈黃帝
也詹至也訪謀也摎求也如之也曰近信而遠疑兮六籍闕而不書。六籍六經神
逵昧其難覆兮疇克謀而從諸。九交道曰逵覆審也疇誰也克能也謀察也諸
之也牛哀病而成虎兮雖逢昆其必噬。牛哀魯人牛哀也昆兄也噬食也淮南子
曰牛哀病七日而化爲虎其兄啓戶而入哀搏而殺之不自知爲虎也廣雅曰噬齧也鼈令殪而尸亡兮取
蜀禪而引世。鼈令蜀王名也殪死也禪傳也引長也善曰蜀王本紀曰望帝治汶山下邑曰郫積百餘歲荊地有一死人名

八

洪

鼈令其尸亡隨江水上至郫與望帝相見望帝以鼈令爲相以德薄不及鼈令乃委國授之而去死生錯其不齊
兮雖司命其不晣。晣昭晣也善曰禮記曰王立七祀曰司命鄭玄曰司命主督察三命史記扁鵲曰疾
在骨髓雖司命無奈之何晣之曳切東方朔曰司命之神捴鬼録者竇號行於代路兮後膺
祚而繁廡。善曰漢書曰孝文竇皇后景帝母也呂太后出宮人以賜諸王竇姬與在行中家在清河願如趙近家請其主
遣宦者吏必置趙籍之伍中宦者忘之誤置代籍伍中當行竇姬涕泣怨其官者不欲往相強乃肯行至代代王獨幸竇姬生景帝後立爲皇
后王肆侈於漢庭兮卒銜恤而絕緒。善曰漢書曰孝平王皇后莽女也莽秉政
以女配帝遣劉歆奉乘輿法駕迎后于莽第及莽即眞后常稱疾不朝會莽誅自投火中死國語曰肆侈不違韋昭曰肆恣也毛詩曰出
則銜恤尉尨眉而郎潛兮逮三葉而遘武。尉官名也尨蒼也善曰漢武故事曰
顏駟不知何許人漢文帝時爲郎至武帝嘗輦過郎署見駟尨眉皓髮上問曰叟何時爲郎何其老也荅曰臣文帝時爲郎文帝好文而臣好
武至景帝好美而臣貌醜陛下即位好少而臣已老是以三世不遇故老於郎署上感其言擢拜會稽都尉董弱冠而

文十五

司衮兮設王隧而弗處。善曰漢書曰董賢年二十二爲三公哀帝崩賢自殺家惶恐夜葬之莽疑其詐
死有司奏賢造冢墓不異王制賢既見發贏診其尸因埋獄中禮記曰人生二十曰弱冠周禮曰三公自衮冕而下左氏傳曰晉侯請隧杜預曰掘
地通路曰隧王葬禮也夫吉凶之相仍兮恒反仄而靡所。仍因也恒常也穆屆
天以悅牛兮豎亂叔而幽主。善曰孔安國尚書傳曰屆至也左氏傳曰穆叔孫穆子名豹魯大夫
有罪走向齊及庚宗遇婦人通之有子在齊夢天壓己不勝顧而見人黑而上僂深目而豭喙號之曰牛助余乃勝之旦而瞻其徒無之後穆
子還過庚宗婦人獻雉穆子問之曰女有子乎曰余子已能捧雉而從我矣而見之則所夢也未問其名號之曰牛曰唯使爲豎牛欲亂其室
而有之叔孫疾牛詐謂外人曰夫子疾病不欲見人使寘饋于介而退牛不進叔孫覆器空而還之示君已食穆子遂餓而死文斷
袪而忌伯兮閹謁賊而寧后。善曰國語曰初獻公使寺人勃鞮伐文公於蒲城文公踰垣勃
鞮斬其袪及入勃鞮求見於是呂甥冀芮畏逼悔納公謀作亂伯楚知之故求見公公遽見之伯楚以呂郤之謀告公韋昭曰寺人掌內人袪
袂也勃鞮字伯楚通人闇於好惡兮豈昏惑而能剖。剖分也明也嬴擿

九

讖而戒胡兮備諸外而發內 蒼頡篇讖書河洛書也說文曰讖驗也秦語曰秦三十二年燕人盧生奏錄圖曰亡秦者胡也始皇乃使將軍蒙恬將兵三十萬北擊胡取河南地遂築長城以爲塞三十六年始皇南游還至平原津病始皇惡言死無復言死事病甚乃璽書賜蒲蘇使與喪會咸陽而葬以書付行符璽令趙高未授使者丙寅始皇崩於沙上惟少子胡亥從丞相李斯恐天下有變不敢發喪棺載還咸陽趙高素與亥善留所賜蒲蘇書密謂胡亥曰上崩無詔封王諸子而獨賜蒲蘇書蒲蘇即位爲皇帝太子無尺寸之地胡亥曰爲將奈何高曰非與丞相謀事不能成乃謂李斯曰蒲蘇即位必召蒙恬爲相於君不亦疎乎於是李斯然趙高言乃許受始皇詔立胡亥爲太子更作書賜蒲蘇曰朕巡天下禱祀名山以延年壽而數上書非我所爲日夜怨望不得爲人子不孝其賜自裁將軍恬與蘇君不匡正宜知其謀爲人臣不知亦賜死蒲蘇爲人仁得書泣即死胡亥即位爲二世葬始皇酈山善曰史記曰盧生使人奏錄圖曰亡秦者胡也使將軍蒙恬北擊胡略取河南地又曰始皇崩李斯與趙高謀詐受始皇詔立胡亥爲太子也

或輂賄而違車兮孕行產而爲對 車人名也孕懷子也昔有周犫者家甚貧夫婦夜田天帝見而矜之問司命曰此可富乎司命曰命當貧有張車子財可以假之乃借而與之期曰車子生急還之田者稍富致貲巨萬及期忌司命之言夫婦輂其賄以逃

與行旅者同宿逢夫妻寄車下宿夜生子問名於夫夫曰生車間名車子也從是所向失利遂便貧困鄭玄曰孕任子也善曰見鬼神志及搜神記

慎竈顯以言天兮占水火而妄訊 慎者魯大夫梓慎竈者鄭大夫裨竈訊告也善曰左氏傳昭公二十四年五月乙未朔日有食之梓慎曰將水叔孫昭子曰旱也日過分而陽猶不剋剋必甚能無旱乎秋八月大雩旱也叔孫之言驗也則梓慎之言不驗又昭公十八年夏五月火始昏見丙子風裨竈言于子產曰宋衛陳鄭將同火若我用瓘斝玉瓚鄭之猶必不火子產不予裨竈曰不用吾言鄭又將火鄭人請用之子產曰天道遠人道邇非爾及也何以知之竈焉知天道遂不與亦不復火今言梓慎裨竈是顯明天道之人占於水火亦有妄爲言事之難知也占謂自隱度而言也訊息對切

梁叟患夫黎丘兮丁厥子而剚刃 善曰呂氏春秋曰梁國之北地名黎丘有奇鬼焉善効人之子姪昆弟之狀邑丈人有之市而醉歸者黎丘之鬼効其子之狀扶而道苦之丈人歸酒醒而誚其子曰吾爲汝父也豈謂不慈哉我醉汝道苦我何故其子泣而觸地曰孽矣無此事也昔也往責於東邑人可問也其父信之曰譆是必奇鬼固嘗聞之矣明日復於市欲遇而刺殺之明旦之市而醉其真子恐其父之不能反也遂往迎之丈人望見之拔劍而刺之丈人智惑於似其子者而殺於真子高誘曰誚讓也漢書蒯通曰不敢剚刃公之腹者畏秦法也韋昭曰北方人呼插物地中爲剚側吏切爾雅曰丁當也

親所睼而弗識兮矧幽冥之可信 睼視也矧況也

毋緜攣以倖己兮思百憂以自疹 毋勿也緜攣係貌倖引也疹疾也善曰毛詩曰我生之後逢此百憂倖胡冷切

彼天監之孔明兮用棐忱而祐仁 監視也孔甚也棐輔也忱誠也祐助也善曰尚書曰天監厥德又曰周公若曰天威棐忱

湯蠲體以禱祈兮蒙庬褫以拯民 湯帝乙也蠲絜也拯濟也善曰淮南子曰湯時大旱七年卜用人祀天湯曰我本卜祭爲民豈乎自當之乃使人積薪翦髮及爪自潔居柴上將自焚以祭天火將然即降大雨呂氏春秋曰湯剋夏大旱七年乃以身禱於桑林自以爲犧牲用祈於上帝民乃甚悅雨乃大至爾雅曰庬大也褫福也祈或爲祊非

景三慮以營國兮熒惑次於他辰 景謚也慮謀也熒惑火星也次舍也善曰呂氏春秋曰宋景公有疾司星子韋曰熒惑守心心宋之分野君當之若祭可移於相公曰相寡人之股肱豈可除心腹之疾移於股肱可乎曰可移於民公曰民者國之本國無民何以爲國如何傷本而救吾身乎曰可移於歲公曰歲所以養民歲不登何以蓄民子韋曰君善言三熒惑必退三舍延命二十一年視之信一舍七度三七二十一當更壽二十一年

魏顆亮以從治兮鬼亢回以斃秦 善曰

左氏傳曰初魏武子有嬖妾武子有疾命顆曰必嫁是妾疾病則曰必以殉及卒顆嫁之及輔氏之役顆見老人結草以抗杜回回躓而顛故獲之夜夢曰余乃所嫁婦人之父也傳宣公十五年秋七月秦桓公伐晉次于輔氏輔氏即晉地使魏顆敗秦師于輔氏獲杜回秦之力人也魏顆所以敗秦師者專由魏犫妾之父也他年魏武子武子即犫也有嬖妾無子武子疾病命顆曰必嫁是妾及武子疾甚困則更命顆曰必殺以爲殉葬及武子卒顆嫁之不殺殉葬曰疾病則心情亂吾從其治時也及今年有輔氏之役顆領兵拒秦師之日忽見一人在前結草以亢禦杜回杜回遂躓而顛故獲杜回於是秦師遂敗獲杜回之夜夢曰余汝所嫁婦人之父也爾用先人之治命余是以報也

咎繇邁而種德兮樹德懋于英六 邁行也英六國也楚末乃滅善曰尚書禹曰咎繇邁種德史記曰帝禹封皋陶之後於英六

桑末寄夫根生兮卉既凋而已育 桑末木名也根生寄生也卉草木凡名也育生也凋落也善曰舊注之意以卉即桑末也言桑末寄夫根生桑末既凋而寄生巳茂以喻皋繇之後封於英六衆國已滅而英六獨存言積德之後必有餘慶也

有無言而不酬兮又何往而不復 復返也善曰邁德行仁必貽後慶如有言必酬有往必復也毛詩曰無言不酬無德不報禮記曰往而不來非禮也周易曰無平不陂無往不復

盍遠迹以飛

聲兮孰謂時之可蓄善曰言何不遠迹以飛聲遊六合而訪道誰謂時之可蓄而不可行乎言時易逝也鄭玄論語注曰盍何不也孔安國尚書傳曰蓄積也仰矯首以遙望兮魂懺惘而無儔儔匹
也善曰甘泉賦曰仰撟首以高視楚辭曰悵懺惘兮永思王逸曰懺惘悵失望志錯越也逼區中之隘陋兮
將北度而宣遊賈逵曰逼迫也爾雅曰宣徧也善曰司馬相如大人賦曰悲世俗之逼隘楚辭曰宣遊兮列宿順極兮彷
徨行積冰之磑磑兮清泉沍而不流沍凍也善曰淮南子曰八紘北方曰積冰高誘曰北
方寒冰所積名積冰也方言曰磑磑堅也牛哀切方言磑堅也左氏傳曰固陰沍寒杜預曰沍閉也寒風淒其永至
兮拂穹岫之騷騷淒寒貌說文曰拂擊也爾雅曰穹大也毛詩傳曰騷動也善曰騷騷風勁貌王逸曰騷愁
也合韻所流切玄武縮于殼中兮騰蛇蜿而自糾龜與蛇交曰玄武殼甲也春秋
漢含孳曰太一常居後玄武蔡雍月令章句曰北方玄武介蟲之長爾雅曰騰蛇龍類能興雲霧而遊其中文子曰騰無足而騰也淮南
子曰奔蛇廣雅曰蜿曲也魚矜鱗而并凌兮鳥登木而失條凌冰也善曰矜
寒貌凌力證切坐太陰之屛室兮慨含唏而增愁善曰楚辭曰選鬼神於太陰兮漢書
曰以陰陽言之太陰者北方也說文曰屛蔽也慨太息也屛與屏古字通又曰不泣曰唏何休曰欷悲也火既切怨高陽之
相寓兮佃顓頊而宅幽高陽帝顓頊也相視也寓居也佃小貌也善曰家語孔子曰顓頊者黃帝之孫
昌意之子高陽配水山海經曰北海之內有山名幽都之山黑水出焉佃去鳳切庸織路於四裔兮斯
與彼其何瘳瘳愈也南至炎火鬱邑無聊北至積冰含欷增愁此與彼何以相愈乎庸勞也織曰緯善曰言涉路東西
有似於織也望寒門之絕垠兮縱余緤乎不周善曰楚辭曰踔絕垠乎寒門又
曰登閬風而緤馬王逸曰緤繫也楚辭曰路不周以左轉王逸曰不周山名也在崑崙西北漢書司馬相如大人賦曰軼先驅於寒門注寒門
天北門也左氏傳曰臣負羈緤緤馬絆也大荒經西北海之外大荒隅有山而不合名曰不周淮南子曰昔共工與顓頊爭為帝共工怒而觸
不周山天維絕地柱折故令此山缺壞不周迅猋潚其媵我兮鶩翩飄而不禁
潚疾貌媵送也翩飄疾貌潚音肅善曰爾雅曰風飄謂之猋猋字林曰潚深清也越谽嘑之洞穴兮漂通

川之碄碄經重唐乎寂漠兮慜墳羊之深潛谽嘑大貌漂浮
也碄碄深貌重陰地下也寂寞靜貌唐古陰字墳羊土精怪也善曰上林賦曰通川過於中庭春秋外傳國語曰季桓子穿井獲如土缶中有
羊焉使問仲尼曰吾聞穿井得狗何也對曰以丘所聞墳羊也丘聞木石之怪夔罔兩水之怪龍罔象土之怪墳羊唐固云墳羊雌雄未成者
也淮南子曰水生罔象木生畢方井生墳羊廣雅曰羊土神谽火含切嘑火加切碄音林追荒忽於地底兮
軼無形而上浮善曰荒忽幽昧貌甘泉賦曰窺地底於上回楚辭曰覽方物之荒忽春秋說題辭曰元氣以爲天混
沌無形出石密之闇野兮不識蹊之所由蹊路也由自也善曰山海經曰密山是生玄玉
黃帝取密山之玉策而投之鍾山之陰然下既有鍾山此石密疑是密山速燭龍令執炬兮過鍾山
而中休速徼也善曰楚辭曰日安不到燭龍何照山海經曰鍾山之神人面蛇身而赤身長千里其眠乃晦其視乃明不食不寢不息
風雨是謁是燭九陰是謂燭陰郭璞曰即燭龍也瞰瑤谿之赤岸兮弔祖江之見
劉瞰瞻也瑤谿赤岸謂鍾山東瑤岸也祖江人名也劉殺也善曰山海經曰鍾山有子曰鼓其狀人面而龍身欽䲹殺祖江于崑崙之陽帝
乃戮之於鍾山之東曰瑤岸欽䲹化爲大鶚郭璞曰䲹音丕鶚音愕聘王母於銀臺兮羞玉
芝以療飢王母西王母也銀臺王母所居羞進也療愈也善曰史記曰三神山仙人在焉黃金白銀爲宮闕王母仙者故假言
之本草經曰白芝一名玉芝戴勝慭其既歡兮又誚余之行遲戴勝謂西王母
也慭笑貌誚讓也善曰字林曰慭謹敬也山海經曰西海之南流沙之濱赤水之後黑水之前有大山名曰昆侖之丘其下有弱水之淵環之有人
戴勝虎齒豹尾穴處名曰王母又曰西王母其狀如人戴勝是司天之厲郭璞曰勝玉勝慭魚覲切載太華之玉女兮
召洛浦之宓妃浦涯也善曰列仙傳曰毛女者字玉姜在華陰山中體生毛所止巖中有鼓琴聲楚辭曰迎宓妃下
伊浦咸姣麗以蠱媚兮增嫮眼而蛾眉說文曰姣好也廣雅曰嫮好也善曰楚辭曰嫮
目冥笑眉曼舒訬婧之纖腰兮揚雜錯之袿徽訬婧細腰貌善曰方言曰袿謂
之裾劉熙釋名曰婦人上服謂之袿青絳爲之緣袿古攜切爾雅曰婦人之徽謂之縭郭璞曰即今香纓也訬音眇說文曰婧妍婧也財性切一音
精離朱脣而微笑兮顏的礫以遺光離開也的礫明貌善曰神女賦曰朱脣的

其若丹上林賦曰宜笑的皪皪音歷獻環琨與琛縭兮申厥好以玄黃琛珠也琨璧也
琛寶也縭今之香纓玄黃玉石之色善曰白虎通曰所以必有珮者表德見所能也故循道無窮則佩環能本道德則佩琨薛君韓詩章句曰縭帶
也尚書曰厥篚玄黃琨音昆縭音離雖色豔而賂美兮志皓蕩而不嘉豔美色也
善曰賂美謂環琨玄黃也楚辭曰怨靈脩之皓蕩雙材悲於不納兮並詠詩而清歌
善曰雙材謂玉女宓妃也劉歆列女傳頌曰材女脩身廣觀善惡歌曰天地烟熅百卉含葩烟熅和貌
葩華也善曰周易曰天地烟熅萬物化醇廣雅曰絪縕元氣也毛萇詩傳曰卉草也郭璞曰草物名也說文曰蘤古花字本誤作蘤音爲詭切
非此之用也鳴鶴交頸鴡鳩相和善曰周易曰鳴鶴在陰詩曰關關鴡鳩處子懷
春精魂回移善曰莊子曰藐姑射之山有神人居焉婥約若處子毛詩曰有女懷春如何淑明
忘我實多淑善也淑明謂衡也王女宓妃言忘棄我實多善曰論語摘輔像曰仲弓淑明清理可以爲卿毛詩曰如何如
何忘我實多將荅賦而不暇兮爰整駕而亟行爰於是也亟疾也善曰毛詩曰

文十五　十四　曹儀

爾之亟行皇脂爾車瞻崑崙之巍巍兮臨縈河之洋洋巍巍高貌縈紆也言河之
曲也善曰史記大史公曰禹本紀言河出崑崙毛詩曰河水洋洋毛萇曰洋洋盛大也伏靈龜以負坻兮
亘螭龍之飛梁坻所以止船也善曰楚辭曰麾蛟龍以梁津兮詔西皇使涉予登閬風之層
城兮搆不死而爲牀閬風崑崙山名也善曰淮南子曰崑崙虛有三山閬風桐版玄圃層城九重禹云崑崙有
此城高一萬一千里十洲記曰崑崙北角曰閬風之顛山海經曰崑崙開明北有不死樹食之長壽郭璞曰言常生也古今通論曰不死樹在層城
西屑瑤蘂以爲餱兮斟白水以爲漿屑碎也餱糒也斟酌也善曰瑤蘂也說文
曰餱乾食糧也楚辭曰精瓊爢以爲粻王逸曰爢屑也毛萇詩傳曰餱食也又曰斟挹也爾雅曰斟酌也楚辭曰朝吾將濟於白水
兮王逸淮南言白水在崑崙之源也蘂而髓切斟居于切抨巫咸作占夢兮乃貞吉之
元符抨使也善曰言我昔夢木禾今令巫咸占之楚辭曰巫咸將夕降兮懷椒糈而要之王逸曰巫咸古神巫也當殷中宗之
時也抨甫耕切滋令德於正中兮含嘉秀以爲敷滋繁也不華而實謂之秀善曰

言已有令德類禾之有嘉秀也尚書曰惟爾令德孝恭旣垂穎而顧本兮亦要思乎
故居穎穗也善曰言禾垂穎以顧本猶人之思故居也淮南子曰孔子見禾三變始於粟生於苗成於穗乃歎曰我其首禾乎高誘曰禾
穗向根故君子不忘本也安和靜而隨時兮姑純懿之所廬懿美也廬居也善曰
韓詩曰靜貞也周易曰隨時之義大矣哉杜預曰姑且也戒庶僚以夙會兮僉供職而並
訝庶僚即下豐隆列缺等也訝迎也言戒誓令夙早而會皆供職而來迎我也善曰孔安國尚書傳曰僉皆也豐隆
軒其震霆兮列缺曄其照夜豐隆雷公也軒聲貌震霆霹靂也列缺電也曄光貌
善曰楚辭曰吾令豐隆乘雲兮羽獵賦曰霹靂列缺吐火施鞭軒普耕切雲師䨺以交集兮凍
雨沛其灑塗雲師雨師也䨺陰貌凍雨暴雨也巴郡謂暴雨爲凍雨沛雨貌塗路也善曰諸家之說豐隆皆曰雲師此
賦別言雲師明豐隆爲雷也故留舊說以廣異聞爾雅曰暴雨謂之凍注曰今江東人呼夏月大暴雨爲凍雨楚辭曰使凍雨兮灑塵䨺徒感
切轙琱輿而樹葩兮擾應龍以服路善曰爾雅曰載轡謂之轙郭璞曰轙車軛

文十五　十五　乙丑重刊刻用

上環轡所貫也琱輿琱玉之輿爾雅曰玉謂之琱葩蓋之金華也獨斷曰乘輿車皆羽蓋金華爪擾馴也廣雅曰有翼曰應龍路車也
百神森其備從兮屯騎羅而星布森聚貌屯聚也善曰楚辭曰百神翳其備
降振余袂而就車兮脩劒揭以低昂揭卬貌冠咢咢其
映蓋兮珮綝纚以煇煌綝纚盛貌咢咢冠貌煇煌珮光貌善曰咢五咸切綝音林纚音離僕
夫儼其正策兮八乘騰而超驤僕夫謂御車人也儼敬也八乘公上得從車八乘善
曰楚辭曰僕夫懷余心悲又曰撰余轡而正策又曰駕八龍之蜿蜿又曰超驤氛旄溶以天旋兮蜺旌
飄以飛颺旄羽旄也善曰氛旄氛氣爲旄也楚辭曰連五宿兮建旄揚氛氳以爲旌字林曰溶水盛貌今取盛意宋玉笛賦曰
天旋少陰白日西靡高唐賦曰蜺爲旌溶音勇撫軨軹而還睨兮心勺藥其若湯
勺藥熱貌善曰說文曰無輻曰軨軹車輪小穿也又曰睨邪視也楚辭曰忽臨睨夫舊鄉又曰心涫沸其若湯軨音零軹之氏切勺市灼切涫音換
羨上都之赫戲兮何迷故而不忘羨欲也赫戲盛貌迷惑也何惑舊故而不忘新

愚以爲當去已之迷故之心也善曰言已願上都之赫戲是何迷已之故而不能忘謂不忘上都也楚辭曰陟陞皇之赫戲兮左青
琱之揵芝兮右素威以司鉦青琱青文龍也素威白虎威也善曰芝小蓋也禮記曰君行左
青龍而右白虎也說文曰揵豎也鉦鐃也揵巨偃切前長離使拂羽兮後委衡乎玄冥
長離朱鳥也委屬也水衡官名也善曰司馬相如大人賦曰前長離後矞皇如淳曰長離朱鳥也禮記曰前行朱鳥而後玄武又曰鳴鳩
拂其羽家語季康子曰吾聞玄冥爲水正此即五行之主也司馬相如大人賦曰左玄冥而右黔雷屬箕伯以函風
兮懲淟涊而爲清函含也懲騰也清靜也善曰風俗通曰風師者箕星也主簸物能致風氣也易曰巽爲長女長
者伯之故曰風伯也楚辭曰切淟涊之流俗兮王逸曰淟涊垢濁也捜雲旗之離離兮鳴玉鸞之
譻譻鸞鸞鑣也譻譻聲也善曰楚辭曰載雲旗之委蛇又曰鳴玉鸞之啾啾譻古嚶字涉清霄而升
遐兮浮蠛蠓而上征霄微雲也善曰楚辭曰涉青雲而汜濫兮甘泉賦曰騰清霄而軼浮景又曰浮
蠛蠓而撇天淮南子曰蠛蠓磑而雨春而風言羣而上下至疾曰溢埃風而上征
紛翼翼以徐戾兮

文十五　十六　潘

焱回回其揚靈戾至也回回光明貌善曰說文曰焱火華也言光之盛如火之華楚辭曰皇剡剡其揚靈王逸曰揚其光
靈也叫帝閽使闢扉兮覿天皇于瓊宮叫呼也閽主門也闢開也扉宮門闔也覿
見也天皇天帝也善曰楚辭曰吾令帝閽開關兮揚雄甘泉賦曰選巫咸兮叫帝閽聆廣樂之九奏兮展
洩洩以肜肜聆聽也廣樂樂名也展信也洩洩肜肜皆樂貌善曰史記曰趙簡子病二日而寤曰我之帝所甚樂
與百神遊于鈞天廣樂九奏萬舞左氏傳曰鄭莊公入而賦大隧之中其樂也肜肜姜出而賦大隧之外其樂也洩洩杜預云融融
和也洩洩舒散也融與肜古字通考治亂於律均兮意建始而思終律十二律
均所均聲也建立也善曰琴道曰琴七絃足以通萬物而考治亂也樂汁圖徵曰聖人往承天助以立五均均若亦律調五聲之均也宋
均曰均長八尺施絃以調六律五聲惟般逸之無斁兮懼樂往而哀來孔安
國尚書傳注曰斁猒也善曰莊子曰樂未畢也哀又繼之素女撫絃而餘音兮太容吟曰
念哉建始念終也素素女也太容黃帝樂師也高誘淮南子注曰素女黃帝時方術之女也善曰史記曰泰帝使素女鼓五十

絃瑟舊注本素下無女字今本有之尚書曰帝念哉既防溢而靖志兮迨我暇以翱翔
靖靜也迨及也廣雅曰翱翔浮游也善曰字林曰靖立也毛詩曰迨我暇矣又曰將翱將翔出紫宮之肅肅兮
集太微之閬閬天文志曰中宮太極星其一明者泰一常居也旁三星三公後句曲四星一星正妃餘三星後宮之屬也
環衛十二星藩臣皆曰紫宮善曰紫宮太微二星名也春秋合誠圖曰紫宮帝太宮也又曰太微其星十二字林曰閬高貌甘泉賦曰閬閬其寥廓
閬音郎命王良掌策騶兮踰高閣之將將善曰春秋元命苞曰漢中四星
天騎一曰天駟旁一星王良主天馬也漢書天文志曰王良車騎古善馭者漢書曰營室爲清廟又曰離宮閣道建罔車之
幕幕兮獵青林之芒芒善曰罔車畢星也青林天苑也河圖曰桐柏山上爲掩畢三危山上
爲天苑彎威弧之拔剌兮射嶓冢之封狼彎引也威弧星名也拔剌
彎弓貌善曰楊雄河東賦曰攫天狼之威弧漢書曰狼下有四星曰弧淮南子曰琴戒撥刺高誘曰撥刺不正也河圖曰嶓冢山名
此山之精上爲星名封狼拔方割切剌力達切觀壁壘於北落兮伐河鼓之磅

文十五　十七　卞

硠壁營壁也壘中壘也北落星名也伐擊也河鼓星名也磅硠聲也善曰漢書曰羽林天軍西爲壘或曰鉞旁一大星曰北落爾雅曰
河鼓謂之牽牛今荊人呼牽牛星爲檐鼓檐者荷也乘天潢之汎汎兮浮雲漢之湯
湯天潢天津也汎汎流貌也雲漢天河也湯湯水流也善曰樂緯曰商爲五潢宋均曰五潢天津之別名也毛詩曰倬彼雲漢
倚招搖攝提以低回劉流兮察二紀五緯之綢繆遹
皇二紀日月也五緯五星也攝提星名形似車禮記曰以日星爲紀善曰漢書杓端有兩星一內爲矛爲招搖孟康曰近北斗者招搖
劉流繚繞也漢書曰攝提直斗柄所指以建時節故曰攝提越絕書范蠡曰天貴持盈不失日月星辰紀綱易乾鑿度曰五緯順軌四時和栗
宋均曰和栗氣和而嚴正綢繆連緜也遹皇往來貌也偃蹇夭矯娩以連卷兮說文曰生子二
人俱出爲娩篡要曰齊人謂生子曰娩善曰偃蹇驕傲之貌也夭矯自縱恣貌也娩跳也連卷長曲貌娩匹萬切雜沓叢
顇颯以方驤善曰衆多之貌顇音悴棫汨飂淚沛以罔象兮善曰皆疾
貌罔象即仿像也楚辭曰沛罔象而自浮棫一六切飂力凋切淚音戾爛漫麗靡藐以迭逿

分布遠馳之貌。善曰：爛漫，分散貌。藐，遠貌。迭，過也。迵，突也。迵音唐。凌驚雷之砊礚兮，弄狂電之淫裔。凌，乘也。淫裔，電貌。善曰：楚辭曰：凌驚雷軼駭電兮。砊礚，雷聲也。上林賦曰：淫淫裔裔。砊，音苦郎切。踰厖鴻於宕冥兮，貫倒景而高厲。厖鴻、宕冥，皆天之高氣也。善曰：孝經援神契曰：天度厖鴻，蕣萌。宋均曰：厖鴻，未分之象也。楚辭曰：貫蒙鴻以東朅兮。說文曰：宕，過也。冥，窈也。凌陽明經曰：倒景氣去地四千里，其景皆倒在下。楚辭曰：颯弭節而高厲。厖，莫孔切。鴻，胡孔切。宕，徒浪切。廓盪盪其無涯兮，乃今窺乎天外。宋玉大言賦曰：長劒耿耿倚天外。據開陽而頫眡兮，臨舊鄉之暗藹。善曰：春秋運斗樞曰：北斗七星，第六開陽也。楚辭曰：忽臨睨夫舊鄉兮。悲離居之勞心兮，情悄悄而思歸。楚辭曰：將以遺夫離居。字林曰：悄，怨恨也。善曰：毛詩曰：勞心悄悄。鳥玄切。魂眷眷而屢顧兮，馬倚輈而徘徊。輈，車轅也。善曰：韓詩曰：眷眷懷顧。毛詩曰：屢顧爾僕。雖遊娛以媮樂兮，豈愁慕之可懷。善曰：楚辭曰：聊假日而媮樂兮。出閶闔兮降天途，乘焱忽兮馳虛無。閶闔，天門也。降，下也。善曰：楚辭曰：倚閶闔而望予。又曰：乘迴風而遠遊。服虔甘泉賦注曰：焱，風也。上林賦曰：凌驚風，歷駭焱，乘虛無，與神俱。焱，必遙切。雲菲菲兮繞余輪，風眇眇兮震余旟。楚辭曰：雲菲菲而承宇。眇眇，遠貌。周禮曰：鳥隼爲旟。爾雅曰：錯鳥隼爲旟。此謂合剥鳥皮毛，置之竿頭，即禮記所謂載鴻及鳴鳶也。纘連翩兮紛暗曖，儵眒眡兮反常閭。蒼頡篇曰：眒眡，目視不明貌。善曰：眒音懸。眡音云。收疇昔之逸豫兮，卷淫放之遐心。善曰：左氏傳羊斟曰：疇昔之羊，子爲政。毛詩曰：逸豫無期。楚辭曰：神要眇以淫放。毛詩曰：無金玉爾音，而有遐心。修初服之娑娑兮，長余佩之參參。善曰：楚辭曰：退將復脩吾初服。又曰：長余佩之陸離。文章奐以粲爛兮，美紛紜以從風。御六藝之珍駕兮，遊道德之平林。周禮曰：六藝：禮、樂、射、御、書、數。毛詩曰：依彼平林。結典籍而爲罟兮，敺儒墨以爲禽。儒家者，述聖道之書也，以仁義爲本，以禮樂爲用。墨家者，強本節用之書也，以貴儉尚賢爲用。善曰：敺音驅。墨，墨家流也。

玩陰陽之變化兮，詠雅頌之徽音。善曰：孫卿子曰：四時代御，陰陽交化。周易曰：四時變化。毛詩曰：大姒嗣徽音。嘉曾氏之歸耕兮，慕歷阪之嶔崟。善曰：琴操曰：歸耕者，曾子之所作也。曾子事孔子十有餘年，晨覺，眷然念二親年衰，養之不備，於是援琴鼓之曰：歔欷歸耕來兮，安所耕歷山盤兮。恭夙夜而不貳兮，固終始之所服。不貳，不差貳也。服，所服事也。善曰：毛詩曰：夙夜在公。楚辭曰：事君而無貳。夕惕若厲以省諐兮，懼余身之未勑。勑，整也。善曰：周易曰：君子夕惕若厲，無咎。苟中情之端直兮，莫吾知而不恧。善曰：楚辭曰：苟余情之端直。又曰：國無人兮莫我知。小雅曰：小愧爲恧。女六切。默無爲以凝志兮，與仁義乎逍遙。善曰：老子曰：上德無爲。楚辭曰：超無爲以志清。上林賦曰：馳騖乎仁義之塗。不出戶而知天下兮，何必歷遠以劬勞。善曰：老子曰：不出戶而知天下，不窺牖而見天道。河上公曰：聖人以己身知人身，以己家知人家，所以見天下矣。毛詩曰：之子于征，劬勞于野。系曰：系，繫也。言繫一賦之前意也。天長地久歲不留，善曰：老子曰：天長地久。天地所以長且久者，以其不自生，故能長生。俟河之清祗懷憂。祗，適也。善曰：左氏傳子駟曰：周諺有之曰：俟河之清，人壽幾何。杜預曰：逸詩也。言人壽促而河清遲也。京房易傳曰：河千年一清。願得遠渡以自娛，上下無常窮六區。善曰：楚辭曰：遠度世以忘歸。六區，上下四方也。周易曰：上下無常，非爲邪也。超踰騰躍絕世俗，飄遙神舉逞所欲。說文曰：逞，極也。天不可階仙夫稀，善曰：周髀曰：天不可階而升。柏舟悄悄吝不飛。柏舟，詩篇名也。注：慍，怨也。悄悄，憂貌。羣小，衆小人在君側也。吝，恨也。其詩曰：憂心悄悄，慍于羣小。又曰：靜言思之，不能奮飛。注：不如鳥奮翼而飛去，臣不遇於君，猶不忍去，厚之至也。松喬高跱孰能離，松，赤松子。喬，王喬。離，附也。結精遠遊使心攜。攜，離也。善曰：楚辭曰：願輕舉而遠遊。公羊傳曰：攜其妻子。何休曰：攜，猶提將也。迴志朅來從玄謀，朅，去也。善曰：劉向七言曰：朅來歸耕永自疎。獲我所求夫何思。夫，復也。

歸田賦

張平子歸田賦者張衡仕不得志欲歸於田因作此賦凡在曰朝不曰歸田

遊都邑以永久無明略以佐時徒臨川以羨魚俟河清乎未期都謂京都永長也久滯也言久淹滯於京都而無知略以匡佐其時君也字林曰羨貪欲也淮南子曰臨河羨魚不如歸家織網高誘曰羨願也易乾鑿度曰天降嘉應河清清三日變爲赤赤變三日鄭玄曰聖王爲政治平之所致感蔡子之慷慨從唐生以決疑史記曰蔡澤燕人遊學于諸侯不遇從唐舉相舉熟視而笑曰先生偈鼻戴肩魋顏蹙頞顣膝攣吾聞聖人不相殆先生乎澤知舉戲之乃曰富貴吾所自取吾不知者壽也願聞之舉曰先生之壽從今以往者四十三歲澤笑而謝去謂御者曰吾持粱刺齒肥躍疾驅懷黃金之印結紫綬於要揖讓人主之前食肉富貴四十一年足矣及入秦昭王召見與語大說拜爲客卿遂代范雎爲秦相說文曰慷慨壯士不得志於心也諒天道之微昧追漁父以同嬉諒信也微昧幽隱司馬遷悲士不遇賦曰天道悠昧楚辭曰屈原既放漁父見而問之曰子非三閭大夫歟漁父悠爾而笑鼓枻而去王逸楚辭序曰漁父避世隱身釣魚江湖欣然而樂漁父歌曰滄浪之水清可以濯吾纓滄浪之水淥可以濯吾足嬉樂也

大フ四ミ小スフ二十

文十五　二十　李

超埃塵以遐逝與世事乎長辭世務紛濁以喻塵埃莊子曰遊乎塵埃之外

於是仲春令月時和氣清儀禮曰令月吉日鄭玄曰令善也原隰鬱茂百草滋榮王雎鼓翼鶬鶊哀鳴雎鳩王鳩也郭璞曰雕類也爾雅曰倉庚黃鸝也鸝音利交頸頡頏關關嚶嚶頡頏上下也毛萇詩傳曰飛而上曰頡飛而下曰頏爾雅曰關關雝雝音聲和也釋訓曰丁丁嚶嚶相切直也注嚶嚶兩鳥鳴也於焉逍遙聊以娛情毛詩曰於焉逍遙廣雅曰逍遙儴徉也爾乃龍吟方澤虎嘯山丘言己從容吟嘯類乎龍虎春秋元命苞曰杓星高則羣龍吟淮南子曰龍吟而景雲至虎嘯而谷風臻仰飛纖繳俯釣長流觸矢而斃貪餌吞鉤觸矢射也吞鉤釣也楚辭曰知貪餌而近斃落雲間之逸禽懸淵沈之魦鰡列子曰詹何以獨繭爲綸芒針爲鉤引盈車之魚於百仞之淵楚王問其故詹何曰蒲且子之弋弱弓纖繳連雙鶬於青雲之際臣因學釣五年始盡其道毛萇詩傳曰魦鮀也字指曰鰡魦屬

于時曜靈俄景係以望舒廣雅曰曜靈日也王逸楚辭注曰望舒月御也俄斜也極般遊之至樂雖日夕而忘劬尚書曰般遊無度感老氏之遺誡將迴駕乎蓬廬老子曰馳騁田獵令人心發狂注曰精神安靜馳騁呼吸精散氣亡故發狂劉向雅琴賦曰潛坐蓬廬之中巖石之下彈五絃之妙指詠周孔之圖書五絃琴也禮記曰舜作五絃之琴以歌南風鄭玄注曰南風長養之風也毛詩曰南風之薰兮可以解吾民之慍兮蔡邕琴操曰伏羲氏作琴絃有五者象五行也周周公孔孔子也揮翰墨以奮藻陳三皇之軌模賈逵國語注曰軌法也鄭玄毛詩箋曰模法也莫奴切苟縱心於物外安知榮辱之所如班固漢書述賈鄒枚路曰榮如辱如有機有樞劉德曰易曰樞機之發榮辱之主也張晏曰乍榮乍辱如辭也

文選卷第十五

二十一

賜進士出身通奉大夫江南蘇松常鎮太等處承宣布政使司布政使胡克家重校刊

文選卷第十六

梁昭明太子撰

文林郎守太子右內率府録事參軍事崇賢館直學士臣李善注上

志下

潘安仁閑居賦

哀傷

司馬長卿長門賦

向子期思舊賦

陸士衡歎逝賦

潘安仁懷舊賦

寡婦賦

江文通恨賦

別賦

志下

閑居賦 幷序 閑居賦者此蓋取於禮篇不知世事閑靜居坐之意也

潘安仁 晉武帝時人也

岳嘗讀汲黯傳至司馬安四至九卿而良史書之題以巧宦之目未嘗不慨然廢書而歎 漢書汲黯傳曰黯姊子司馬安文深善巧宦四至九卿以河南太守卒班固司馬遷贊曰遷有良史之才李陵書曰能不慨然史記太史公曰始齊之蒯通讀樂毅報燕王書未嘗不廢書而泣漢書司馬安黯姊子也與長孺同傳爲人諂佞善事上下故四至九卿之位班固曰安文善巧故每讀其傳而歎息黯於減切字林曰慨仕不得志許既切 曰嗟乎巧誠有之拙亦宜然 言誠有巧宦之理拙固有之西京賦曰小必有之大亦宜然 顧常以爲士之生也非至聖無軌微妙玄通者 鄭玄毛詩箋曰顧念也周易曰用無常道事無軌度廣雅曰軌迹也老子曰善行無轍跡又曰古之善爲士者微妙玄通深不可識河上公曰玄天也言其節志精微與天通也 則必立功立事效當年之用 漢書平當書曰建功立事可以永年延篤與張奐書曰烈士殉名立功立事也杜預左氏傳注曰効致也 是以資忠履信以進德脩辭立誠以居業 周易曰履信思乎順又曰君子進德脩業忠信所以進德也脩辭立誠所以居業也 僕少竊鄉曲之譽 燕丹子夏扶曰士無鄉曲之譽則未可與論行也 忝司空太尉之命所奉之主即太宰魯武公其人也舉秀才爲郎 臧榮緒晉書曰賈充字公閭封魯公爲司空轉太尉薨贈太宰謚武公又曰岳弱冠太尉舉秀才爾雅曰忝辱也命謂舉命之爾雅曰命告也凡尊者之言曰命孝經曰則周公其人也 逮事世祖武皇帝 臧榮緒晉書武紀曰帝諱炎字安世崩上號世祖禮記曰逮事父母 爲

河陽懷令 臧榮緒晉書曰岳出爲河陽令轉懷令漢書河內郡有懷縣河陽縣也 尚書郎廷尉平 臧榮緒晉書岳頻宰二邑勤於政績調補尚書郎遷廷尉平爲公事免官漢書曰宣帝初置廷尉左右平秩皆六百石平皮命切 今天子諒闇之際 天子惠帝也諒闇今謂凶廬裏寒涼幽闇之處故曰諒闇 領太傅主簿府主誅除名爲民 臧榮緒晉書曰楊駿爲太傅輔政高選吏佐引岳爲太傅主簿駿誅除名 俄而復官除長安令 何休公羊傳注曰俄者須臾之間也漢書音義如淳曰凡言除者除故官就新官也 遷博士未召拜親疾輒去官免自弱冠涉乎知命之年 禮記曰二十曰弱冠論語子曰五十而知天命孔安國曰知天命之終始 八徙官而一進階再免一除名一不拜職遷者三而已矣 八徙官謂舉秀才爲郎河陽令懷令尚書郎廷尉平領太傅主簿長安令遷博士也一除名謂太傅主簿府誅除名爲民也一不拜職謂遷博士未召拜親疾輒去官也一進階謂從懷令爲尚書郎也再免謂任廷尉平以公事免遷博士以去官免也三遷謂廷尉平領太傅主簿及遷博士也 雖通塞有遇抑亦拙者之效也 周易曰不出户庭知通塞也漢書楊雄曰以爲遇不遇命也廣

雅曰劾驗也昔通人和長輿之論余也固謂拙於用多論衡曰傳覽古今者爲通人臧
榮緒晉書曰和嶠字長輿莊子謂惠子曰夫子固拙於用大尚書周公曰予多才多藝稱多則吾豈敢言拙
信而有徵論語孔子曰若聖與仁則吾豈敢左氏傳叔向曰君子之言信而有徵方今俊乂在官百
工惟時方今猶正今也廣雅曰方正也尚書曰俊乂在官又曰百工惟時孔安國曰百工皆是言政無非拙者可以
絕意乎寵榮之事矣太夫人在堂有言䑕老之疾漢書曰列侯太夫人
如淳曰列侯之妻稱夫人列侯死子復爲列侯乃得稱太夫人左氏傳荀罃曰余羸老矣王隱晉書曰岳母寒以數戒焉尚何能
違膝下色養而屑屑從斗筲之役乎孝經曰故親生之膝下以養父母日嚴論語子夏問
孝子曰色難左氏傳晉侯謂汝叔齊曰魯侯善禮叔齊曰而屑屑焉習儀以亟方言曰屑屑不靜也論語子曰噫斗筲之人何足筭也鄭玄曰筲竹
器也容斗二升袁宏後漢紀郭林宗曰大丈夫焉能久處斗筲之役乎於是覽止足之分庶浮雲之
志老子曰知足不辱知止不殆注知足之人絕利去欲不辱於身也知可止則止財利不累於身聲色不亂於耳目終身不危殆也論語孔子

曰不義而富且貴於我如浮雲班固荅賓戲曰仲尼抗浮雲之志築室種樹逍遥自得毛詩曰築室百堵漢書景
帝詔曰藝種樹可衣食物莊子善卷曰余日出而作日入而息逍遥於天地之間而心意自得家語曰原憲衣弊衣冠衎然有自得之志池沼
足以漁釣舂稅足以代耕說文曰稅租也禮記曰夫祿足以代其耕灌園粥蔬以供
朝夕之膳列女傳曰於陵子仲爲人灌園字書曰粥賣也粥與鬻音義同說文曰膳具食也牧羊酤酪以俟
伏臘之費鄭玄周易注曰牧養也廣雅曰酤賣也古護切釋名曰酪乳汁所作也漢書秦德公作伏祠孟康曰六月伏日厤忌釋曰
伏者何也金氣伏藏之日也四時代謝皆以相生立春木代水水生木立夏火代木木生火立冬水代金金生水至於立秋以金代火金畏火故至
庚日必伏庚者金故也臘者風俗通禮傳曰夏曰嘉平殷曰清祀周曰大蜡漢改爲臘臘獵也言獵取禽獸以祭其先祖故曰臘也秦孝公始置伏
始皇改臘曰嘉平孝乎惟孝友于兄弟此亦拙者之爲政也論語或謂孔子曰子奚不
爲政子曰書云孝乎惟孝友于兄弟施于有政是亦爲政奚其爲爲政包氏曰孝乎惟孝美大孝之辭也友于兄弟善於兄弟也施行也所行有政
道即與爲政同也乃作閑居賦以歌事遂情焉韓詩序曰勞者歌其事聲類曰遂從意也

其辭曰
傲墳素之場圃步先哲之高衢左氏傳楚靈王曰左史倚相能讀三墳五典八索九丘賈逵曰
三墳三皇之書五典五帝之典八索素王之法九丘亡國之戒墳大也言三皇之大道孔子作春秋素王之文也上林賦曰翱翔乎書圃登樓賦曰
假高衢而騁力雖吾顏之云厚猶內媿於甯蘧有道吾不仕無道吾
不愚尚書曰顏厚有忸怩楚漢春秋韓信曰臣內媿於心論語子曰甯武子邦有道則智邦無道則愚其智可及也其愚不可及也又
曰君子哉蘧伯玉邦有道則仕邦無道則卷而懷之何巧智之不足而拙艱之有餘也管子曰巧
者有餘而拙者不足於是退而閑居于洛之涘楊佺期洛陽記曰城南七里名曰洛水蔡邕祓禊文曰自求多
福在洛之涘毛萇詩傳曰涘猶涯也身齊逸民名綴下士論語子曰逸民伯夷叔齊虞仲夷逸朱張柳下惠少連注逸民
者節行超逸也禮記王制祿爵公侯伯子男凡五等禮記曰諸侯之上大夫卿下大夫上士中士下士凡五等陪京泝伊面
郊後市南都賦曰陪京之陽薛綜東京賦注曰泝向也楊佺期洛陽記曰洛水之南名曰伊水周禮曰面朝後市鄭玄儀禮注曰面前

也陸機洛陽記曰洛陽凡三市大市名曰金市公觀之西城中馬市在大城之東洛陽縣市在大城南然此市洛陽縣也浮梁黝以
徑度靈臺傑其高峙河南郡縣境界簿曰城南五里洛水浮橋方言曰造舟謂之浮梁郭璞曰即今浮橋爾雅
曰地謂之黝說文曰黝微青黑色於糾切楚辭曰不能凌波以徑度陸機洛陽記曰靈臺在洛陽南去城三里毛萇詩傳曰傑特立也思玄賦曰松
喬高跱孰能離徐爰射雉賦注曰峙立也闚天文之祕奧究人事之終始日月五星天之文也陸賈
新語曰楚王作乾谿之臺闚天文謝承後漢書曰姚俊尤明圖緯祕奧字書曰祕密也廣雅曰奧藏也禮含文嘉曰禮天子靈臺以考觀天人之際
法陰陽之會易曰歸妹人之終始也其西則有元戎禁營玄幙綠徼其西宅之西也元戎兵車
也詩曰元戎十乘以先啓行禁營謂五營也陸機洛陽記曰五營校尉前後左右將軍府皆在城中陸機既不言所處難得而詳也鄭玄禮記注曰
徼旌旗之名也谿子巨黍異絭同機史記蘇秦說韓王曰谿子巨黍者皆射六百步之外許慎曰南方谿子蠻
夷柘弩皆善材也孫卿子曰繁弱巨黍古之良弓異絭同機言弩絭雖異而同一機也漢書音義張晏曰連弩三十絭共一臂然絭弩弓也李奇曰
絭弓也字林曰絭音卷孔安國尚書傳曰機弩牙也本或爲異卷同歸誤也礟石雷駭激矢蝱飛礟石今之

抛石也皆匹孝切廣雅曰駮起也呂氏春秋曰激矢逮法言曰羿激矢范蠡兵法飛石重二十斤爲機發行三百步東觀漢記光武作飛亩箭以攻赤眉廣雅曰亩飛箭名也方言曰凡箭三鐮謂之羊頭三鐮長六尺謂之飛亩郭璞曰此謂今之射箭也鐮稜也以先啓行耀我皇威詩曰元戎十乘以先啓行西都賦曰耀皇威而講武事其東則有明堂辟廱清穆敞閑陸機洛陽記曰辟廱在靈臺東相去一里俱魏武所徙三輔黃圖大司徒宮奏曰明堂辟廱其實一也毛詩曰於穆清廟洞簫賦曰又足樂乎其敞閑也環林縈映圓海迴淵三輔黃圖曰明堂辟廱水四周於外象四海也仲長昌言曰溝池自周竹木自環白虎通曰天子立辟雍者所以行禮樂宣教化辟者象璧圓以法天雍者擁之以水象教化流行也班固東都賦曰邕若辟雍海流聿追孝以嚴父宗文考以配天毛萇詩傳曰聿述也南都賦曰奉先祖而追孝孝經曰孝莫大於嚴父嚴父莫大於配天又曰宗祀文王於明堂以配上帝文考謂晉文王也尚書曰惟予文考祗聖敬以明順養更老以崇年言尊祖父以配天所以明順也養三老五更所以崇年也韓詩曰湯降不遲聖敬日躋言湯聖敬之道上聞於天白虎通曰禮三老於明堂所以教諸侯孝也禮五更於太學所以教諸侯弟也若乃背冬涉春陰謝陽施七發曰於

是背秋涉冬神農本草曰春夏爲陽秋冬爲陰楚辭曰青春爰謝王逸曰謝去也莊子曰隨四時之施漢書曰陰陽之施化萬物之終始施猶布也天子有事于柴燎以郊祖而展義左氏傳宰孔曰天子有事於文武杜預曰有祭事也尔雅曰祭天曰燔柴郭璞曰既祭積薪燒之周禮曰以禋祀祀昊天上帝以實柴祀日月星辰以槱燎祀司中司命鄭司農曰三祀皆積柴實牲體焉燔燎而生煙以報陽也禮記曰周人禘嚳而郊稷鄭玄曰禘郊祖宗謂祀祭以食也左氏傳曰天子非展義不巡狩張鈞天之廣樂備千乘之萬騎史記趙簡子曰我之帝所與百神遊於鈞天廣樂九奏萬舞蔡邕獨斷曰大法駕備千乘萬騎服振振以齊玄管啾啾而並吹左氏傳卜偃曰童謠云袀服振振音真服虔曰袀服黑服也杜預曰振振威貌也說文曰袀玄服也音均風俗通曰竹曰管郭璞爾雅注曰管長尺圍寸併吹之有底賈氏以爲如篪六孔風俗通曰漢帝時零陵文學奚景仲於泠道舜祠下得玉管後人易之以竹王逸楚辭注曰啾啾鳴聲也煌煌乎隱隱乎蒼頡篇曰煌煌光明也上林賦曰煌煌扈扈隱隱盛也又曰沈沈隱隱一作殷殷音義同茲禮容之壯觀而王制之巨麗也春秋考異郵曰飾禮容成文法史記曰孔子陳俎豆設禮容漢書龔遂曰坐則誦詩書立則習禮容史記曰天下之壯觀上林賦曰君未覩夫巨麗

兩學齊列雙宇如一郭緣生述征記曰國學在辟廱東北五里太學在國學東二百步魯靈光殿賦曰萬戶如一右延國胄左納良逸爾雅曰延進也國學教胄子太學招賢良太學在國學東尚書曰夔教胄子李尤明堂銘曰夏進賢良祁祁生徒濟濟儒術安華猛詩曰祁祁我徒毛詩曰來假祁祁又曰濟濟多士班固公孫弘贊曰蕭望之以儒術進或升之堂或入之室家語衛將軍文子問於子貢曰吾聞孔子之施教也成之以文德蓋入室升堂七十餘人教無常師道在則是尚書曰德無常師主善爲師蔡邕勸學篇曰人無貴賤道在則尊論語叔孫武叔曰吾亦何常師之有道在則是言有道則可以爲師故髦士投紱名王懷璽言棄紱藏璽咸來學也毛詩曰髦士攸宜爾雅曰髦俊也漢書曰匈奴單于遺名王奉獻西京賦曰懷璽藏紱訓若風行應如草靡論語孔子曰君子之德風小人之德草草上之風必偃此里仁所以爲美論語曰里仁爲美鄭玄曰里者人之所居也居於仁者之里是爲善也孟母所以三徙也列女傳曰孟母舍近墓孟子嬉戲爲墓間之事孟母曰此非所以居子處也乃去舍市旁其子嬉戲爲賈衒孟母又曰此非所以居子處也乃舍學宮之旁其子嬉戲乃設俎豆進退揖讓孟母曰此真可以居子矣遂居之及孟子長學六藝卒成大儒

爰定我居築室穿池毛詩曰築室百堵莊子孔子曰魚相造乎水者穿池而養給長楊映沼芳枳樹籬馮衍顯志賦曰揵六枳而爲籬游鱗瀺灂菡萏敷披瀺灂出沒貌高唐賦曰巨石溺之瀺灂毛萇詩傳曰菡萏荷華竹木蓊藹靈果參差張公大谷之梨梁侯烏椑之柿廣志曰洛陽北芒山有張公夏梨甚甘海內唯有一樹大谷未詳西京雜記曰上林苑有烏椑木廣志曰梁國侯家有烏椑甚美世罕得之椑方彌切周文弱枝之棗房陵朱仲之李西京雜記曰上林苑有弱枝棗廣志曰周文王時有弱枝之棗甚美禁之不令人取置樹苑中王逸荔枝賦曰房陵縹李荊州記房陵縣有好棗甚美仙人朱仲來竊大山肅亦稱學問讀岳賦周文弱枝之棗爲杖策之杖世本容成造厤爲碓磨之磨靡不畢殖蒼頡篇曰殖種也三桃表櫻胡之別二柰曜丹白之色漢書音義曰櫻桃含桃也爾雅曰荊桃今櫻桃也冬桃子冬熟也褫桃山桃也實似桃而小不解核西京雜記曰上林苑有胡桃出西域廣志曰張掖有白柰酒泉有赤柰石榴蒲陶之珍磊落蔓衍乎其側石榴即若榴也蒲陶似燕薁磊落實貌蔓衍長也博物志曰張騫使大夏得石榴李廣利爲貳師將軍伐大宛得蒲陶梅杏郁棣之

屬繁榮麗藻之飾郁今之郁李棣實似櫻桃也張揖上林賦注曰薁山李也郁與薁音義同郭璞上林賦注曰棣實似櫻桃華實照爛言所不能極也春秋文耀鉤曰春致其時華實乃榮菓則葱韭蒜芋青筍紫薑堇薺甘旨蓼荾芬芳毛詩曰堇荼如飴毛萇曰堇菜也居隱切鄭玄儀禮注曰葰廉薑也韻略曰荾香菜也相惟切與葰同蘘荷依陰時藿向陽崔豹古今注曰蘘荷菜似薑宜陰翳地依陰而生也鄭玄儀禮注曰藿豆葉也曹子建求親表曰葵藿之傾葉太陽綠葵含露白薤負霜於是凛秋暑退熙春寒往楚辭曰竊獨悲此凛秋字書曰凛寒也左氏傳張趯曰火星中而寒暑乃退老子曰衆人熙熙如登春臺河上公注熙熙淫情欲也熙春陰陽交通萬物感動登臺觀之志意淫故曰熙春廣雅曰熙熾也易曰暑往則寒來微雨新晴六合清朗呂氏春秋曰神通乎六合太夫人乃御版輿升輕軒禮記曰諸侯曰夫人注夫之言扶也言能以禮自扶版輿車名傅暢晉諸公贊曰傅祗以足疾版輿上殿版輿一名步輿周遷輿服雜事記曰步輿方四尺素木爲之以皮爲襻攔之自天子至庶人通得乘之遠覽王畿近周家園周禮曰方千里曰王畿體以行和藥以勞宣爾雅釋言曰宣徇徧也郭璞注曰皆周徧也杜預左傳注曰宣散也常膳載加舊痾有痊說文曰痾病也莊子曰今余病少痊司馬彪曰痊除也席長筵列孫子柳垂陰車結軌曹子建名都篇曰列坐竟長筵言屈軌不行也司馬相如難蜀父老曰結軌還轅張揖曰結猶屈也陸摘紫房水挂赬鯉馬融髙第頌曰黄果揚芳紫房潰漏張載安石榴賦曰紫房獨熟毛萇詩傳曰赬赤也或宴于林或禊于氾史記曰武帝禊灞上續漢書曰三月上巳宮人皆禊於東流水上自洗濯拂除宿疾垢也風俗通曰禊者絜也仲春之時於水祓除故事取於清絜也爾雅曰窮瀆曰氾郭璞注曰水無所通也爾雅曰水決復入曰氾昆弟班白兒童稚齒王隱晉書曰兄御史釋弟燕令豹禮記曰班白不提挈爾雅曰幼稚也方言曰稚小也稱萬壽以獻觴咸一懽而一喜毛詩曰萬壽無疆史記曰武安君起爲壽如淳曰上酒爲稱壽黄香天子頌曰獻萬年之玉觴論語子曰父母之年不可不知一則以喜一則以懼孔安國曰見其壽則喜見其衰老則懼壽觴舉慈顏和舞賦曰嚴顏和而怡懌浮杯樂飲絲竹駢羅說苑曰公乘不仁舉大白浮君廣雅曰浮罰也漢書曰陳平厚具樂飲太尉風俗通曰絲曰絃竹曰管西京賦曰逢蒙而駢羅頓足起舞抗音高歌楊惲報孫會宗書曰奮袖低卬頓足起舞傅武仲舞賦曰抗音高歌爲樂之方人生安樂孰知其佗佗謂榮貴也國語曰晉文公適齊齊侯妻之女甚善焉文公曰人生安樂孰知其佗退求己而自省信用薄而才劣論語孔子曰君子求諸己曾子曰旦就業夕而自省奉周任之格言敢陳力而就列論語孔子曰周任有言曰陳力就列不能者止論語考比讖賜問曰格言成法亦可以次序也幾陋身之不保尚奚擬於明哲爾雅曰幾近也孟子曰士庶人不仁不保四體毛詩曰既明且哲以保其身此安仁不自保何更擬於昔之哲人而登官位于世也仰衆妙而絕思終優遊以養拙老子曰玄之又玄衆妙之門毛詩曰優哉游哉亦是戾矣鄭玄曰戾止也優游自安止言思不出其位

哀傷

長門賦一首并序　司馬長卿

孝武皇帝陳皇后時得幸頗妒別在長門宮愁悶悲思外戚傳曰陳皇后者長公主嫖女也曾祖嬰與項羽起後歸漢爲唐邑侯傳子至孫午午尚長公主生女初武帝得立爲太子長公主有力取主女爲妃及帝即位立爲皇后擅寵驕貴十餘年而無子聞衛子夫得幸幾死者數焉元光五年坐女子楚服等爲皇后巫蠱祠祭呪詛罷退歸長門宮嫖匹妙切聞蜀郡成都司馬相如天下工爲文奉黄金百斤爲相如文君取酒漢書曰卓氏女文君既奔相如相如與俱之臨邛賣酒舍文君當壚相如身自滌器於市因于解悲愁之辭鄭玄儀禮注曰于爲也而相如爲文以悟主上說文曰悟覺也陳皇后復得親幸字林曰幸吉而免凶也其辭曰

夫何一佳人兮步逍遥以自虞神女賦曰夫何神女之妖麗何休公羊傳注曰據疑問不知者曰何佳人謂陳皇后也楚辭曰聞佳人兮召予說文曰佳善也廣雅曰佳好也爾雅曰虞度也

郭璞曰謂測度也言忖所爲被退在長門宮之事魂踰佚而不反兮形枯槁而獨居言精魂踰佚形體枯槁悲悴之甚也蒼頡篇曰佚揚也楚辭曰神儵忽而不反兮形枯槁而獨留槁古老切言我朝往而暮來兮飲食樂而忘人我武帝也言帝昔許朝往暮來幸臨於己今以飲食恣樂而忘於爲人人后自謂也心慊移而不省故兮交得意而相親鄭玄周禮注曰慊絶也言帝心絶移不省故舊交在得意相親而已慊字或從火非爾雅曰省察也慊理兼切伊予志之慢愚兮懷貞愨之懽心蒼頡篇曰懷抱也說文曰愨謹也鄭玄禮記注曰愨愿也空角切願賜問而自進兮得尚君之玉音願君問己因而自進也尚猶奉也毛詩曰無金玉爾音奉虛言而望誠兮期城南之離宮言奉君虛言而望爲誠實離宮即長門宮也在城南脩薄具而自設兮君曾不肯乎幸臨薄具肴饌也史記曰臨親也廓獨潛而專精兮天漂漂而疾風楚辭曰悲愁窮慼兮獨處禮記曰祥而廓然鄭玄曰憂悼在心之貌登蘭臺而遥望兮神怳怳而外淫王逸楚辭注曰怳失意也又曰不安之意也韓子曰神不淫放則身全廣雅曰淫游也蘭臺臺名浮雲鬱而四塞兮天窈窈而晝陰毛萇詩傳曰鬱積也楚辭曰日窈冥兮羌晝晦說文曰窈深遠也雷殷殷而響起兮聲象君之車音言似君之車音也毛詩曰殷其雷殷音隱飄風迴而起閨兮舉帷幄之襜襜楚辭曰裳襜襜以含風王逸曰襜襜搖貌桂樹交而相紛兮芳酷烈之誾誾酷烈誾誾香氣盛也誾魚斤切孔雀集而相存兮玄猨嘯而長吟說文曰存恤問也翡翠脅翼而來萃兮鸞鳳翔而北南脅斂也萃集也心憑噫而不舒兮邪氣壯而攻中憑噫氣滿貌字林曰噫飽出息也乙戒切管子曰邪氣襲內玉色乃衰攻中言攻其中心下蘭臺而周覽兮步從容於深宮好色賦曰周覽九土尚書曰從容以和正殿塊以造天兮鬱並起而穹崇孔安國尚書傳曰造至也郭璞方言注曰鬱壯大也穹崇高貌間徙

倚於東廂兮觀夫靡靡而無窮高誘呂氏春秋注曰間頃也謂下蘭臺少頃也郭璞方言注曰靡靡細好也擠玉戶以撼金鋪兮聲噌吰而似鐘音字林曰擠排也子計切說文曰撼搖也胡感切金鋪以金爲鋪首也噌吰聲也噌音曾吰音宏刻木蘭以爲榱兮飾文杏以爲梁木蘭似桂木文杏亦木名羅丰茸之遊樹兮離樓梧而相撐丰茸衆飾貌遊樹浮柱也離樓攢聚衆木貌漢書音義臣瓚曰邪柱爲梧字林曰撐柱也直庚切施瑰木之欂櫨兮委參差以㝩梁方言曰櫨拱也言以瑰奇之木以爲欂櫨委積參差以承虛梁說文曰欂櫨柱上枅也方言曰㝩虛也㝩與槺同音康時仿佛以物類兮象積石之將將楚辭曰時仿佛而不見心淳熱其若湯說文曰髣髴見不審諟也尚書曰導河積石將七羊切五色炫以相曜兮爛耀耀而成光埤蒼曰炫光貌廣雅曰曜照也賈逵國語注曰耀明也緻錯石之瓴甓兮象瑇瑁之文章鄭玄禮記注曰緻密也錯石雜衆石也言累衆石令之密緻以爲瓴甓采色閒雜象瑇瑁之文章也爾雅曰瓴甋謂之甓郭璞注曰今江東呼甓爲甋甎張羅綺之幔帷兮垂楚組之連綱尚書曰荆州厥篚玄纁璣組孔安國曰組綬類也周禮曰幕人掌帷綬之事鄭司農注曰組綬所以繫帷也撫柱楣以從容兮覽曲臺之央央爾雅曰楣謂之梁三輔黃圖曰未央東有曲臺殿央央廣貌白鶴噭以哀號兮孤雌跱於枯楊廣雅曰噭鳴也日黃昏而望絶兮悵獨託於空堂說文曰悵望恨也懸明月以自照兮徂清夜於洞房楚辭曰姱容脩態亘洞房援雅琴以變調兮奏愁思之不可長宋玉風賦曰援琴而鼓之七略曰雅琴琴之言禁也雅之言正也君子守正以自禁也賈逵國語注曰援引也案流徵以卻轉兮聲幼妙而復揚宋玉笛賦曰吟清商追流徵幼音要貫歷覽其中操兮意慷慨而自卬言依曲次第貫穿而歷覽之志其中操也中操操之中也論語曰吾道一以貫之琴道曰琴有伯夷之操窮則獨善其身不失其操故謂之操自卬激厲也漢書王章妻謂章曰不自激卬如淳注曰激厲抗揚之意也卬五郎切左右悲

而垂涕兮涕流離而從橫自眼出曰涕流離涕埀貌舒息悒而增欷兮
蹝履起而彷徨息歎息也悒於悒也楚辭曰憯悽增欷蒼頡篇曰欷泣餘聲也臣瓚漢書注曰躡跟爲跕挂跕爲躧說文
曰蹝履也一曰韃鞮屬鞮革履也蒼頡篇曰躧徐行貌蹝與躧音義同揄長袂以自翳兮數昔
日之僁殃說文曰揄引也爾雅曰僁過也殃咎也無面目之可顯兮遂頹思
而就牀廣雅曰頹壞也言壞其思慮而就牀摶芬若以爲枕兮席荃蘭而茝香
芬若荃蘭皆香草也言以爲枕席冀君來而幸臨也廣雅曰摶著也段丸切忽寢寐而夢想兮魄
若君之在旁琴操聶政之妻曰聶政出遊七年不歸吾常夢想思見之惕寤覺而無見
兮魂迋迋若有亡迋迋恐懼之貌狂往切楚辭曰魂迋迋而南行王逸曰迋迋惶遽貌莊子曰君惝然若有
亡衆雞鳴而愁予兮起視月之精光楚辭曰目眇眇兮愁予觀衆星
之行列兮畢昴出於東方言將曉也淮南子曰西方其星昴畢今出東方謂五月六月也爾雅

曰噣謂之畢又曰大梁昴也望中庭之藹藹兮若季秋之降霜藹藹月光微闇
之貌禮記曰季秋之月霜始降夜曼曼其若歲兮懷鬱鬱其不可再更
楚辭曰終長夜之曼曼又曰望孟夏之短夜何明晦之若歲曼曼長也一作漫漫又曰心鬱鬱之憂思兮獨永歎而增傷鄭玄周禮注
曰鬱不舒散也越絶書計倪曰會稽之飢不可再更更歷也澹偃蹇而待曙兮荒亭亭而
復明說文曰澹搖也李奇曰澹猶動也偃蹇佇立貌也楚辭曰思不眠而極曙王逸曰曙明也莊子廣成子謂黃帝曰自汝治天下
日月之光益以荒矣然荒欲明貌亭亭遠貌亡云將至之意妾人竊自悲兮究年歲而不敢
忘管子婦對桓公曰妾人聞之非有内憂必有外患不敢忘不敢忘君也

思舊賦一首 并序

向子期臧榮緒晉書曰向秀字子期河内懷人也始有不羈之志與嵇康呂安友康既被誅秀應本州計入
洛太祖問曰聞有箕山之志何以在此秀曰以爲巢許未達堯心是以來見反自役作思舊賦

後爲黃門郎卒
余與嵇康呂安居止接近臧榮緒晉書曰嵇康爲竹林之遊預其流者向秀劉靈之徒呂安字仲悌
東平人也其人並有不羈之才鄒陽上梁孝王書曰使不羈之士與牛驥同皁然嵇志遠
而疏呂心曠而放其後各以事見法干寶晉書曰嵇康譙人呂安東平人與阮籍山
濤及兄巽友善康有潛遯之志不能被褐懷寶矜才而上人安巽庶弟俊才妻美巽使婦人醉而幸之醜惡發露巽病之告安謗已巽於
鍾會有寵太祖遂徙安邊郡遺書與康昔李叟入秦及關而歎云云太祖惡之追收下獄康理之俱死魏氏春秋曰康寓居河内之山陽
鍾會爲大將軍所暱聞而造之乘肥衣輕賓從如雲康方箕踞而鍛會至不爲禮會深恨之康與東平呂昭子巽友弟安親善會巽婬安
妻徐氏而誣安不孝囚之安引康爲證義不負心保明其事安亦至烈有濟世志鍾會勸大將軍因此除之殺安及康康臨刑自援琴而
鼓既而曰雅音於是絶矣時人莫不哀之說文曰法刑也嵇博綜技藝於絲竹特妙王肅周易注曰
綜理事也臨當就命顧視日影索琴而彈之國語曰先人就世方言曰就終也文士傳

曰嵇康臨死顏色不變謂兄曰向以琴來不兄曰已來康取調之爲太平引曲成歎息曰太平引絶於今日邪康別傳臨終曰袁孝尼嘗從吾學
廣陵散吾每靳固之不與廣陵散於今絶矣就死命也曹嘉之晉紀曰康刑於東市顧日影援琴而彈余逝將西邁
經其舊廬言昔逝將西邁今返經其舊廬毛詩曰逝將去汝于時日薄虞淵寒冰
凄然淮南子曰日入于虞淵之汜凄冷也鄰人有吹笛者發聲寥亮追思曩
昔遊宴之好感音而歎故作賦云
將命適於遠京兮遂旋反而北徂論語曰將命者出鄭玄曰將命傳辭者鄭玄毛詩箋
曰將奉也徂行也毛詩曰不能旋反爾雅曰適往也濟黃河以汎舟兮經山陽之舊居國語
曰秦汎舟於河漢書河内郡有山陽縣瞻曠野之蕭條兮息余駕乎城隅西都賦曰
原野蕭條列子曰孔子自衛反魯息駕乎河梁毛詩曰俟我乎城隅踐二子之遺跡兮歷窮巷之
空廬二子謂呂安嵇康也風賦曰起於窮巷之間歎黍離之愍周兮悲麥秀於

般墟。毛詩序，黍離，閔宗周也。周大夫行役，過故宗周，見周墟盡爲禾黍，故歌黍離之詩。毛詩正義曰：過故宗廟宮室，盡爲禾黍。又方禾黍油油。尚書大傳曰：微子將朝周，過殷之故墟，見麥秀之蘄蘄，此父母之國，志動心悲，作雅聲曰：麥秀漸兮，黍米繩繩，彼狡僮兮，不我好。惟古昔以懷今兮，心徘徊以躊躇。方言曰：惟，思也。說文曰：懷，念也。韓詩曰：搔首躊躇。棟宇存而弗毀兮，形神逝其焉如。家語，孔子謂魯哀公曰：君仰視榱桷，其器皆存，而不覩其人也。孔安國尚書傳曰：如，往也。昔李斯之受罪兮，歎黃犬而長吟。史記曰：李斯者，楚上蔡人也。年少時，爲郡小吏，見吏舍廁中鼠食不絜，近人犬，數驚恐之。斯入倉，觀倉中鼠食積粟，居大廡下，不見人犬之憂。斯乃歎曰：人之賢不肖，譬如鼠矣，在所自處耳。乃從荀卿學帝王之術。已成，度楚王不足事，六國皆弱，無可爲建功者，欲西入秦，辭卿曰：今秦王欲吞天下，此布衣馳騖之時，而遊說者之秋也。故斯將說秦矣。乃拜斯爲客卿，卒用其計謀，官至廷尉。二十餘年，竟并天下，以斯爲丞相。二世立，用趙高之言，以屬中郎令趙高按治斯。斯居囹圄中，仰天歎曰：嗟乎，不道之君，何可爲計哉。今反者已有天下之半，而心未寤，而以趙高爲佐，吾必見寇至咸陽。趙高治斯，榜掠千餘，不勝痛，自誣服。斯所以不死，自負其辯，有功實無心反。二世乃具斯五刑，論要斬咸陽。斯出獄，與其中子三川守

由俱執，顧謂其子曰：吾欲與若復牽黃犬，出上蔡東門，逐狡兔，豈可得乎。遂父子相哭，夷三族。拜高爲中丞相，事無大小，輒決於高。悼嵇生之永辭兮，顧日影而彈琴。託運遇於領會兮，寄餘命於寸陰。運遇，五行運轉，遇人所遇之吉凶也。領會，冥理相會也。鄭玄禮記注曰：領，理也。司馬彪曰：領會，言人運命如衣領之相交會，或合或開。淮南子曰：聖人不貴尺之璧，而重寸之陰，時難得而易失也。聽鳴笛之慷慨兮，妙聲絕而復尋。洞簫賦曰：其妙聲則清淨猒瘱。長門賦曰：聲幼妙而復揚。佇駕言其將邁兮，遂援翰而寫心。言駕將邁，遂停不行。毛詩曰：駕言出遊。廣雅曰：將，欲也。胡廣弔夷齊文曰：援翰錄弔，以舒懷兮。毛詩曰：我心寫兮。

歎逝賦一首　并序

陸士衡

王隱晉書曰：陸機，字士衡，吳郡人也。少爲牙門將軍。吳平，太傅楊駿辟爲祭酒，轉太子洗馬，後成都王穎以機爲司馬，參大將軍軍事，遂爲穎所害，臨刑年四十有三。歎逝者，謂嗟逝者往也。

言日月流邁，人世過往，傷歎此事而作賦焉。

昔每聞長老追計平生同時親故，論語曰：久要不忘平生之言。孔安國曰：平生，少時也。或凋落已盡，或僅有存者。何休曰：僅，方也。賈逵國語注曰：僅，猶言纔能也。余年方四十，而懿親戚屬，亡多存寡。左氏傳，富辰曰：兄弟雖有小忿，不廢懿親。昵交密友，亦不半在。爾雅曰：昵，近也。孫林曰：親之近也。長笛賦曰：密友近賓。或所曾共遊一塗，同宴一室，十年之外，索然已盡。索，盡貌。以是思哀，哀可知矣。家語，孔子謂哀公曰：君以此思哀，則哀可知矣。乃作賦曰：

伊天地之運流，紛升降而相襲。伊，惟也。升降，謂天地氣上下也。禮記曰：地氣上齊，天氣下降，而百化興焉。鄭玄曰：齊，讀曰躋。躋，升也。孔安國尚書傳曰：襲，因也。日望空以駿驅，節循虛而警立。警，猶驚也。言日月望空駿驅而去，時節循虛驚動而立。嗟人生之短期，孰長年

之能執。能執，言不能執持得長年也。素問，雷公曰：請問短期。黃帝曰：在經論中。管子曰：導血氣而求長年。時飄忽其不再，老晼晚其將及。楚辭曰：時不可兮再得。思玄賦曰：辰倏忽其不再。楚辭曰：白日晼晚其將入。晼晚，言日將暮也。懟瓊蘂之無徵，恨朝霞之難挹。字林曰：懟，怨也。西京賦曰：屑瓊蘂以朝飡，必性命之可度。楚辭曰：漱正陽而含朝霞。毛萇詩傳曰：挹，㪺也。挹音揖，㪺音俱。望湯谷以企予，惜此景之屢戢。山海經曰：湯谷上於扶桑，一日方至，一日方出。郭璞曰：上於扶桑，在上也。一日至，一日出，言交會相代也。毛詩曰：誰謂宋遠，跂予望之。鄭玄曰：跂足則可望見之。企與跂同。字林曰：企，舉踵也。賈逵國語注曰：惜，痛也。戢，藏也。悲夫，川閱水以成川，水滔滔而日度。高誘淮南子注曰：閱，揔也。毛詩曰：滔滔江漢。世閱人而爲世，人冉冉而行暮。夫世之得名，緣於君上，人之父子相繼，亦取其名，故以一代之人，通呼爲世暮。言人之年老也。楚辭曰：老冉冉而逾絕。廣雅曰：冉冉，進也。人何世而弗新，世何人之能故。言皆滅亡而不能故。野每春其必華，草無朝而遺露。野每春其必華，喻人何世而弗

新草無朝而遺露喻世何人之能故夫露之在草無一朝有餘以喻人之居世無一時而能故也王逸楚辭注曰遺餘也 經終古而常然率品物其如素 楚辭曰長無絶兮終古周易曰品物咸亨鄭玄禮記注曰素故也 譬日及之在條恒雖盡而弗寤 言命之行逝譬乎日及雖至於盡而不能寤爾雅曰椴木槿櫬木槿郭璞注曰別二名似李樹朝生夕隕可食或呼爲日及一曰王蒸潘岳朝菌賦曰朝菌者世謂之木槿或謂之日及 雖不寤其可悲心惆焉而自傷 廣雅曰惆痛也 亮造化之若兹吾安取夫久長 爾雅曰亮信也淮南子曰大丈夫無爲與造化逍遥 痛靈根之夙隕怨具爾之多喪 靈根祖禰也具爾兄弟也南都賦曰固靈根於夏葉毛詩曰戚戚兄弟莫遠具爾箋曰莫無也具猶俱也爾謂進之也王與族人燕兄弟之親無遠無近王俱揖而進之 悼堂構之隤瘁愍城闕之丘荒 尚書曰厥子乃弗肯堂矧肯構瘁猶毀也毛詩曰在城闕兮 親彌懿其已逝交何戚而不忘咨余今之方殆何視天之芒芒 爾雅曰咨嗟也芒芒猶夢夢也毛詩曰民今方

文十五　十五　彥中

殆視天夢夢鄭玄曰夢夢亂也爾雅曰殆危也 傷懷悽其多念戚貌瘁而尠歡 蒼頡篇曰瘁憂也瘁與悴古字通爾雅曰尠少也 幽情發而成緒滯思叩而興端 舞賦曰幽情形而外揚 慘此世之無樂詠在昔而爲言 毛詩曰自古在昔 居充堂而衍宇行連駕而比軒彌年時其詎幾夫何往而不殘 充滿於堂盈衍於宇何往而不殘殘毁也爾雅曰彌終也 或冥邈而既盡或寥廓而僅半 半平聲協韻說文曰冥窈也廣雅曰寥深也廓空也 信松茂而柏悅嗟芝焚而蕙歎 毛詩曰如松之茂淮南子曰巫山之上順風縱火紫芝與蕭艾俱死栢悅蕙歎蓋以自喻 苟性命之弗殊豈同波而異瀾 言人之性命脆促不殊譬水同波而無異瀾也 瞻前軌之既覆知此路之良難 此路即死路也晏子春秋曰前車覆後車戒 啓四體而深悼懼兹形之將然 論語曰曾子有疾召門弟子曰啓予足啓予手 毒娛情而寡方怨感目之多顏 廣雅曰毒痛也歸田賦曰聊以娛情方術也多顏謂亡者既多而非一狀也日思往沒之人多在顏也 諒多顏之感目神何適而獲怡 爾雅曰怡樂也 尋平生於響像覽前物而懷之 夫響以應聲像以寫形今形聲既亡故尋其響像魯靈光殿賦曰忽瞟眇以響像 步寒林以悽惻翫春翹而有思 翹茂盛貌毛詩曰翹翹錯薪 觸萬類以生悲歎同節而異時 言春秋與往同然存亡異時河圖曰地有九州以包萬類魏文帝與吳質書曰節同時異 年彌往而念廣塗薄暮而意迮 楚辭曰年洋洋而日往史記伍子胥曰日暮塗遠故倒行而逆施之聲類曰迮迫也阻格切 親落落而日稀友靡靡而愈索 落落稀貌靡靡盡貌索協韻所格切 顧舊要於遺存得十一於千百 舊要猶久要也遺餘也言顧久要於遺存之中得十一於千百之內十一者謂通千百而計之十分而得其一言亡多而存寡也久要已見上注 樂隤心其如忘哀緣情而來宅 忘失也宅居也言樂

文十六　十六　彥中

易失而哀易居也薛君韓詩章句曰隤猶遺也 託末契於後生余將老而爲客 言我將欲老死與汝爲客也說文曰契約也論語子曰後生可畏古詩曰人生天地間忽如遠行客 然後弭節安懷妙思天造 楚辭曰夕弭節于北渚王逸曰弭安也論衡曰孔子作春秋妙思自出胷中周易曰天造草昧 精浮神淪忽在世表 表外也言精神不定世表在世之表也 寤大暮之同寐何矜晚以怨早 寤覺也大暮猶長夜也原夫生死之理雖則長短有殊終則同歸一揆言覺斯理則晚死者何足矜早夭者何傷也繆熙伯挽歌曰大暮安可晨寐猶死也古詩曰潛寐黃泉下 指彼日之方除豈兹情之足攪 言既寤之則彼死日之方除豈能亂我情乎言不足亂也毛詩曰日月其除又曰秖攪予心毛萇曰攪亂也 感秋華於衰木瘁零露於豐草在殷憂而弗違夫何云乎識道 言達人之志混齊死生今反感木衰之秋華悲豐草之零露是乃在殷憂而不去何云識道乎言未識也毛詩曰零露團兮又曰在彼豐草韓詩曰耿耿不寐如有殷憂毛萇曰違去也法言曰委大聖而好乎諸子者惡覩

其識道也房深也。將頤天地之大德，遺聖人之洪寶。言將養生而遺榮也。爾雅曰：頤，養也。遺，棄也。周易曰：天地之大德曰生，聖人之大寶曰位。解心累於末迹，聊優遊以娛老。末迹喻老。言解世俗之心累於末，聊優游卒歲以娛老年。莊子曰：解心之繆，去德之累。容動色治氣意六者，繆心者也。惡欲喜怒哀樂六者，累德者也。累猶負也。優遊已見上文。班固漢書述曰：疏克有終，散金娛老。

懷舊賦一首 并序

懷舊賦者，懷思也。謂思於親舊而賦也。

潘安仁

余十二而獲見于父友東武戴侯楊君。臧榮緒晉書曰：岳父芘，琅邪內史。潘岳楊肇碑曰：肇字秀初，滎陽人，封東武伯，薨，謚曰戴。芘音毗。始見知名，遂申之以婚姻。言岳有名譽，為肇所知。漢書曰：官皇帝知名者。賈弼之山公表注曰：楊肇女適潘岳。左氏傳，晉呂相絕秦曰：相好勠力同心，申之以婚姻。爾雅曰：壻之父母相謂為昏姻。而道元公嗣亦隆世親之愛。賈弼之山公表注曰：肇生潭，字道元，太中大夫。次韶，字公嗣，射聲司馬。臣松之注魏志引劉暐傳曰：楊暨字肇，晉荊州刺史。子譚，字道源，次韶，字公嗣。不幸短命，父子凋殞。論語，哀公問孔子：弟子孰為好學？孔子曰：有顏回者，不幸短命死矣，今也則亡。余既有私艱，且尋役于外。私艱謂家難也。毛詩曰：未堪家多難，余又集于蓼。尋役謂之任也。王充論衡曰：充罷州役。不歷嵩丘之山者，九年于茲矣。陸機洛陽記曰：嵩高在洛陽東南五十里。今而經焉，慨然懷舊而賦之曰：

啟開陽而朝邁，濟清洛以徑渡。洛陽記曰：大興在開陽門外。應劭漢官儀曰：開陽門始成，未有名，夜有一柱來樓上。琅邪開陽縣上言南門一柱飛去，光武使視之，因刻記其年月日，以名門焉。楚辭曰：不能復陵波以徑渡。晨風淒以激冷，夕雪暠以掩路。埤蒼曰：暠，白也。掩，覆也。轍含冰以滅軌，水漸軔以凝冱。顏延年纂要解曰：車跡曰軌，車輪謂之軔。王逸楚辭注曰：軔，支輪木也。廣雅曰：漸，漬也。字林曰：凝，冰也。杜預曰：冱，閉也。塗艱屯其難進，日晼晚而將暮。周易曰：屯，難。楚辭曰：白日晼晚其將暮。仰睎歸雲，俯鏡泉流。傅毅七激曰：仰歸雲，遡遊風。西都賦曰：鏡清流。前瞻太室，傍眺嵩丘。山海經曰：太室之山。郭璞曰：即中嶽嵩高山也，今在陽城縣西。漢書曰：太室，嵩高也。戴延之西征記曰：嵩高，中嶽也。東謂太室，西謂少室，總名嵩也。小說曰：昔傅亮北征，在河中流，或人問之曰：潘安仁作懷舊賦曰：前瞻太室，傍眺嵩丘。嵩丘太室一山，何云前瞻傍眺哉？亮對曰：有嵩丘山，去太室七十里，此是寫書誤耳。河南郡圖經曰：嵩丘在縣西南十五里。東武託焉，建塋啟疇。如淳漢書注曰：塋，冢田也。賈逵國語注曰：一井為疇。巖巖雙表，列列行楸。崔豹古今注曰：堯設誹謗之木，今華表也。以橫木交柱頭，古人亦施之於墓。爾雅曰：槚，大而皵，楸。郭璞曰：老乃皮麤皵者為楸。望彼楸矣，感于予思。尚書曰：予思日孜孜。既興慕於戴侯，亦悼元而哀嗣。墳壘壘而接壟，柏森森以攢植。古樂府詩曰：還望故鄉，鬱何壘壘。廣雅曰：壘，重也。說文曰：壟，丘也。仲長子昌言曰：古之葬，植松柏梧桐以識其墳。鄭玄周禮注曰：植，根生之屬。森森，一作榛榛。壘，平聲。何逝沒之相尋，曾舊草之未異。禮記曰：朋友之墓，有宿草而不哭焉。鄭玄曰：宿草，陳根。余總角而獲見，承戴侯之清塵。毛詩曰：總角丱兮。孔安國尚書傳曰：承，奉也。楚辭曰：聞赤松之清塵。名余以國士，眷余以嘉姻。史記，豫讓曰：智伯以國士遇我，我故以國士報之。自祖考而隆好，逮二子而世親。歡攜手以偕老，庶報德之有鄰。毛詩曰：君子偕老。家語，孔子曰：詩云，皇皇上帝，其命不忒。天之與人，必報有德。論語，孔子曰：德不孤，必有鄰。今九載而一來，空館闃其無人。周易曰：闃其戶，闃其無人。埤蒼曰：闃，靜也。陳荄被于堂除，舊圃化而為薪。鄭玄禮記注曰：宿草，陳根也。方言曰：荄，根也。音皆。說文曰：除，殿階也。步庭廡以徘徊，涕泫流而霑巾。說文曰：廡，堂下周屋。禮記曰：孔子泫然流涕。張平子四愁詩曰：側身北望涕霑巾。泫，胡犬切。宵展轉而不寐，驟長歎以達晨。毛詩曰：展轉伏枕。漢書曰：劉向或夜觀星宿，不寐達旦。獨鬱結其誰語，聊綴思於斯文。楚辭曰：遭沈濁而汙穢兮，獨鬱結其誰語。

寡婦賦一首

并序　寡婦者，任子咸之妻也。子咸死，安仁序其寡孤之意，故有賦焉。少而無夫曰寡。

潘安仁

樂安任子咸，賈弼之山公表注曰：任護字子咸，奉車都尉。有韜世之量，與余少而歡焉。廣雅曰：韜，藏也。言度之大，包藏一世也。雖兄弟之愛，無以加也。范曄後漢書曰：姜肱與二弟仲海、季江友愛天至。不幸弱冠而終。不幸弱冠，並已見上。良友既沒，何痛如之！毛詩曰：伐木丁丁，鳥鳴嚶嚶。雖有兄弟，不如友生。孫卿子曰：夫人必將擇良友而友之。其妻又吾姨也。賈弼之山公表注曰：楊肇次子適任護。爾雅曰：妻之姊妹同出爲姨。郭璞曰：同出，謂俱已嫁也。毛詩曰：邢侯之姨。左氏傳曰：蔡哀侯娶於陳，息侯亦娶焉。息嬀將歸，過蔡。蔡侯曰：是吾姨也。杜預注曰：妻之姊妹曰姨。少喪父母，適人而所天又殞。家語曰：女年十五，有適人之道。適，謂往嫁也。杜預左氏傳注曰：婦人在室則父天，出則夫天。喪服傳曰：父者子之天，夫者婦之天。蔡伯喈女賦曰：當三春之嘉月，將言歸於所天。孤女藐焉始孩。潘岳集任澤蘭哀辭曰：澤蘭者，任子咸之女也。涉三齡，未沒喪而殞。余聞而悲之，遂爲其母辭。左氏傳：晉獻公使荀息傅奚齊。公疾，召之曰：以是藐諸孤，辱在大夫，其若之何？注曰：言其幼稚，與諸子縣藐。廣雅曰：藐，小也。字林曰：小兒笑也。孟子：孩提之童，無不知愛其親者。趙岐曰：孩提，謂二三歲之閒，始孩笑可提抱者。禮記內則曰：子生三月，孩而名。斯亦生民之至艱，而荼毒之極哀也。尚書曰：不忍荼毒。孔安國曰：荼毒，苦也。昔阮瑀既歿，魏文悼之，並命知舊作寡婦之賦。魏文帝寡婦賦序曰：陳留阮元瑜與余有舊，薄命早亡，故作斯賦，以敘其妻子悲苦之情。命王粲等並作之。余遂擬之，以敘其孤寡之心焉。其辭曰：

嗟予生之不造兮，哀天難之匪忱。毛詩曰：閔予小子，遭家不造。天難匪忱，言天行禍難，不由誠信也。爾雅曰：忱，信也。少伶俜而偏孤兮，痛忉怛以摧心。伶俜，單子貌。偏孤，謂喪父也。古猛虎行曰：少年惶且怖，伶俜到他鄉。伶，力丁切。俜，匹成切。毛詩曰：勞心忉忉。又曰：勞心怛怛。毛萇曰：忉忉，憂勞也。又怛怛猶忉忉也。覽寒泉之遺歎兮，詠蓼莪之餘音。寒泉，謂母存也。蓼莪，謂父母俱亡也。毛詩曰：爰有寒泉，在浚之下。有子七人，母氏勞苦。又曰：蓼蓼者莪，匪莪伊蒿。哀哀父母，生我劬勞。蓼音陸。莪音俄。情長感以永慕兮，思彌遠而逾深。長笛賦曰：長感慼慼，不能閑居。曹子建應詔詩曰：長懷永慕。伊女子之有行兮，爰奉嬪於高族。毛詩曰：女子有行，遠父母兄弟。箋曰：行，道也。婦人生而有適人之道。尚書曰：嬪于虞。孔安國曰：奉行婦道於虞氏。承慶雲之光覆兮，荷君子之惠渥。慶雲，喻父母也。史記曰：若煙非煙，若雲非雲，郁郁紛紛，蕭索輪囷，是謂慶雲。楚辭注曰：慶雲喻尊顯。君子，謂夫也。毛詩曰：既見君子，不我遐棄。詩傳曰：渥，厚也。顧葛藟之蔓延兮，託微莖於樛木。葛藟，二草名也。言二草之託樛木，喻婦人之託夫家也。毛詩曰：南有樛木，葛藟纍之。毛萇曰：木下曲曰樛。纍猶蔓也。藟，力水切。樛，居虬切。纍，力追切。懼身輕而施重兮，若履冰而臨谷。曹植鸚鵡賦曰：恕身輕而施重，恐往惠之中虧。丁儀妻寡婦賦曰：恐施厚而德薄，若履冰而臨淵。毛詩曰：惴惴小心，如臨于谷。又曰：戰戰兢兢，如履薄冰。遵義方之明訓兮，憲女史之典戒。蔡邕袁公夫人碑曰：義方之訓，如川之流。毛萇詩傳曰：古者后夫人必有女史。奉蒸嘗以效順兮，供洒埽以彌載。禮記曰：天子諸侯宗廟之祭，春礿夏禘，秋嘗冬蒸。又曰：女於大夫曰備埽灑。毛萇詩傳曰：灑，埽也。又曰：教成之祭，牲用魚，芼之以蘋藻，所以成婦順也。毛萇詩傳曰：洒灑同。班婕妤自傷賦曰：供灑埽於帷幄，永終死以爲期。爾雅曰：彌，終也。彼詩人之攸歎兮，徒願言而心痗。毛詩曰：願言思伯，使我心痗。毛萇傳曰：痗，病也。音妹。何遭命之奇薄兮，遘天禍之未悔。魏文帝善哉行曰：自惜奇薄，少離凶殃。爾雅曰：遘，遇也。言夫之早隕者，遇天未悔禍之時。言天降禍于己，未有悛悔之心也。左氏傳曰：天其悔禍于我。榮華曄其始茂兮，良人忽以捐背。丁儀妻寡婦賦曰：榮華曄其始茂，所將奄其俱泯。楚辭曰：及榮華之未落。王逸曰：榮華，喻顏色也。孟子曰：齊人有一妻一妾而處室者，其良人出必饜酒肉而後反。劉熙曰：婦人稱夫曰良人。孔安國曰：捐，棄也。靜闔門以窮居兮，塊煢獨而靡依。丁儀妻寡婦賦曰：靜閉門以却埽，塊孤惸以窮居。易錦茵以苫席兮，代羅幬以素帷。丁儀妻寡婦賦曰：刷朱闕以白堊，易玄帳以素幬。桓子新論曰：吾謂揚子曰：君數見乘輿錦繡茵席。禮記曰：父母之喪，寢苫枕塊。爾雅曰：蓋謂之苫。注：茅苫也，江東呼爲蓋。楚辭曰：蒻阿拂壁羅幬張。爾雅曰：幬謂之帳。纂要曰：在上曰帳，在旁曰帷，單帳曰幬。幬，丈尤切。命阿保而就列兮，覽巾箑以舒悲。列女傳曰：齊孝孟姬曰：后妃下堂，必從傅母保阿。就列，就其房列之位也。箑，扇也。口嗚咽以失聲兮，淚橫迸而霑衣。韓詩外傳曰：嗚，歎聲也。毛萇詩傳曰：咽，憂不能息也。家語曰：公父文伯卒，其妻妾行哭失聲。丁儀妻寡婦賦曰：涕流迸以淋浪。字書曰：迸，散走也。波諍切。愁煩冤其誰告兮，提孤孩於坐側。誰告，言告誰也。丁儀妻寡婦賦曰：含慘悴其何訴，抱弱子以自慰。王粲寡婦賦曰：提孤孩兮出戶，與之步兮東箱。坐側，靈坐之側也。時曖曖而向昏兮，日杳杳而西匿。楚辭曰：時曖曖其將罷。王逸曰：曖曖，昏昧貌。楚辭曰：日杳杳而西頹。丁儀妻寡婦賦曰：時翳翳而稍陰，日亹亹以西墜。曹植贈白馬王詩曰：白日忽西匿。雀羣飛而赴楹兮，雞登棲而斂翼。秦嘉贈婦詩曰：啾啾雞雀，羣飛赴楹。丁儀妻寡婦賦曰：雞斂翼以登棲，雀分散以赴羣。爾雅曰：雞棲於弋爲榤，鑿垣而棲爲塒。棲，雞宿處。歸空館而自怜兮，撫衾裯以歎息。楚辭曰：私自憐兮何極。毛詩曰：抱衾與裯，寔命不猶。毛萇詩傳曰：衾，被也。裯，單被也。思纒緜以瞀亂兮，心摧傷以愴惻。張昇與任彥堅書曰：纒緜恩好，庶蹈高蹤。楚辭曰：中瞀亂兮迷惑。又曰：心悶瞀之忳忳。王逸曰：瞀，亂也。瞀，莫遘切。曜靈曄而遄邁兮，四節運而推移。楚辭曰：耀靈曄而西征。廣雅曰：曜靈，日也。易乾鑿度孔子曰：天有春秋冬夏之節，故王四時。顏延年曰：春夏秋冬曰四時，時名一節，故言四時。遄，速也。古厤九秋篇曰：寒暑推移。遄，速也。天凝露以降霜兮，木落葉而隕枝。毛萇詩傳曰：隕，墜也。仰神宇之寥寥兮，瞻靈衣之披披。曹植九詠曰：葛蔓滋兮冒神宇。廣雅曰：寥，深也。空廓，寥廓也。楚辭曰：靈衣兮披披。退幽悲於堂隅兮，進獨拜於牀垂。楚辭曰：日暮黃昏羌幽悲。王粲神女賦曰：登筵對兮倚牀垂。耳傾想於疇昔兮，目仿佛乎平素。左氏傳羊斟曰：疇昔之羊，子爲政。杜預曰：疇昔，猶前日也。楚辭曰：時髣髴以遥見。曹植任城王誄曰：目想宮城，心存平素。字林曰：仿，相似也。佛，不審也。素，昔也。言平生昔日之時也。雖冥冥而罔覿兮，猶依依以憑附。冥冥，幽昧也。蘇武詩曰：胡馬失其羣，思心常依依。依依，思戀之貌。小雅曰：憑，依也。痛存亡之殊制兮，將遷神而安厝。丁儀妻寡婦賦曰：痛存亡之異路，將遷靈以大行。厝，置也。孝經曰：卜其宅兆而安厝之。

龍轜儼其星駕兮，飛旐翩以啓路。丁儀妻寡婦賦曰：駕龍轜於門側，旐繽紛以飛揚。爾雅曰：緇廣充幅長尋曰旐。禮記有龍輴。鄭玄注曰：龍輴，畫轅爲龍也。說文曰：轜，喪車也。音而。毛詩曰：星言夙駕。禮記曰：孔子之喪，公西爲志焉，設旐，夏也。然旐，喪柩之旌也。爾雅曰：廣幅曰旐。凶幡即今之旐旐。楚辭曰：前飛廉以啓路。輪按軌以徐進兮，馬悲鳴而踟顧。李陵詩曰：轅馬顧悲鳴。楚辭曰：僕夫悲余懷兮，馬踡局而不行。局與跼古字並通。渠足切。潛靈邈其不反兮，殷憂結而靡訴。殷憂見上文。毛詩曰：心之憂矣，如或結之。靡訴，言無所告訴也。睎形影於几筵兮，馳精爽於丘墓。家語曰：俯察机筵，其器存而不覩其人。說文曰：睎，望也。廣雅曰：睎，視也。左氏傳樂祁曰：心之精爽，是謂魂魄。自仲秋而在疚兮，踰履霜以踐冰。丁儀妻寡婦賦曰：自銜恤而在疚，履春冬之四節。韓詩曰：惸惸余在疚。凡人喪曰疚。鄭玄毛詩箋曰：在憂病之中。周易曰：履霜堅冰至。雪霏霏而驟落兮，風瀏瀏而夙興。丁儀妻寡婦賦曰：風蕭蕭而日勁，雪翩翩以交零。毛詩曰：雨雪霏霏。楚辭曰：秋風瀏以蕭蕭。王逸曰：瀏，風疾貌。雷泠泠以夜下兮，水溓溓以微凝。丁儀妻寡婦賦曰：霜悽悽而夜降，水溓溓而晨結。說文曰：霤，屋水流也。又曰：溓溓，薄冰也。力檢切。意忽怳以遷越兮，神一夕而九升。老子曰：惚兮怳兮，其中有象。楚辭曰：惟郢路之遼遠，魂一夕而九逝。庶浸遠而哀降兮，情惻惻而彌甚。東觀漢記上賜東平王蒼書曰：歲月鶩過，山陵浸遠。願假夢以通靈兮，目烱烱而不寢。陳琳神女賦曰：儀營魄於髣髴，託嘉夢以通精。楚辭曰：夜烱烱而不寐。烱，公冷切。夜漫漫以悠悠兮，寒淒淒以凜凜。夜漫漫已見上文。楚辭曰：去白日之昭昭，襲長夜之悠悠。毛詩曰：秋日淒淒。說文曰：凜凜，寒也。氣憤薄而乘胷兮，涕交橫而流枕。丁儀妻寡婦賦曰：氣憤薄而交縈，撫素枕而歔欷。長笛賦曰：泣血泫然，交橫而下。亡魂逝而永遠兮，時歲忽其遒盡。丁儀妻寡婦賦曰：神爽緬其日永，歲功忽其已成。楚辭曰：歲忽忽而遒盡。毛萇詩傳曰：遒，終也。廣雅曰：遒，忽也。容貌儡以頓顇兮，左右悽其相慜。家語曰：儡乎若喪家之狗。禮記曰：喪容儡儡。鄭玄曰：儡，羸貌。鸚鵡曰：容貌慘以顦顇。丁儀妻寡婦賦曰：顦顇貌之䙆䙆，對左右而掩涕。洞簫賦曰：桀跖蠲慱傴頓顇說文曰傴敗也洛罪切艴普榼切感三良之殉秦兮，甘捐生而自引。毛詩秦風曰：黃鳥，哀三良也。國人刺穆公以人從死，而作是詩。左氏傳：文公六年，秦穆公卒，以子車氏之三子奄息、仲行、鍼虎為殉，皆秦之良也。杜預曰：以人從葬為殉。妻言願亦如三良，死從於夫也。自引，自殺也。漢書：主簿謂王嘉曰：君侯宜引決。鞠稚子於懷抱兮，羌低徊而不忍。王粲寡婦賦曰：欲引刃以自裁，顧弱子而復停。史記曰：楚懷王稚子蘭。毛詩曰：母兮鞠我，出入腹我。毛萇曰：鞠，養也。鄭玄曰：腹，懷抱也。獨指景而心誓兮，雖形存而志隕。韓詩曰：謂余不信，有如皦日。楚辭曰：舜靈偹而隕志。重曰：仰皇穹兮歎息，私自憐兮何極。皇穹，天也。省微身兮孤弱，顧稚子兮未識，如涉川兮無梁，若陵虛兮失翼。周易曰：利涉大川。楚辭曰：江河廣而無梁。丁儀妻寡婦賦曰：鳥淩虛以徘徊。上瞻兮遺象，下臨兮泉壤。象，謂形像也。以其已化，故謂之遺也。窈冥兮潛翳，心存兮目想。魏太祖祭橋玄文曰：幽靈潛翳，心存目想。奉虛坐兮肅清，愬空宇兮曠朗。

愬亦訴字。廓孤立兮顧影，塊獨言兮聽響。楚辭曰：廓抱影而獨倚。丁儀妻寡婦賦曰：賤妾煢煢，顧影為儔。顧影兮傷摧，聽響兮增哀。遙逝兮逾遠，緬邈兮長乖。國語：聲子曰：椒舉奔鄭，緬然引領南望。賈逵曰：緬，思貌也。四節流兮忽代序，歲云暮兮日西頹。楚辭曰：日月忽其不淹，春與秋兮代序。毛詩曰：歲聿其暮。古詩曰：凜凜歲云暮。說文曰：頹，墜也。霜被庭兮風入室，夜既分兮星漢迴。韓子曰：衛靈至濮水，夜分而聞有鼓琴者。魏文帝雜詩曰：天漢迴西流。夢良人兮來遊，若閶闔兮洞開。楚辭曰：倚閶闔而望兮。王逸曰：閶闔，天門。怛驚悟兮無聞，超惝怳兮慟懷。方言曰：怛，痛也。悟，覺也。莊子曰：君惝然若有怳。已見上文。慟懷兮奈何，言陟兮山阿。爾雅曰：大陵曰阿。墓門兮肅肅，脩壟兮峨峨。毛詩曰：墓門有棘。方言曰：無墳謂之墓。秦晉之間或謂冢為壟。孤鳥嚶兮悲鳴，長松萋兮振柯。楚辭曰：秋風兮蕭蕭，舒芳兮振條。廣雅曰：振，動也。哀鬱結兮交集，淚橫流兮滂沲。楚辭曰：鬱結紆軫兮。又曰：涕流交集。班婕妤自傷賦曰：雙淚下兮橫流。毛詩曰：涕泗滂沲。蹈恭姜兮明誓，詠柏舟兮清歌。毛詩序曰：柏舟，恭姜自誓也。衛世子早死，其妻守義，父母欲奪而嫁之，誓而不許。終歸骨兮山足，存憑託兮餘華。班婕妤自傷賦曰：願歸骨於山足，依松柏之餘休。要吾君兮同穴之死，矢兮靡佗。毛詩曰：柏舟，恭姜自誓也。衛世子恭伯早死，其妻守義，父母欲奪而不許。注：恭伯，僖侯之世子也。曹植文帝誄曰：願投骨於山足，報恩養於下庭。毛詩曰：穀則異室，死則同穴。又曰：髧彼兩髦，實維我儀，之死矢靡佗。毛萇曰：矢，誓也。之，至也。言至己之死，信無佗心。

恨賦

意謂古人不稱其情，皆飲恨而死也。

江文通 劉璠梁典曰：江淹，字文通，濟陽考城人。祖耽，丹陽令。父康之，南沙令。淹少而沉敏，六歲能屬詩。及長，愛奇尚異，自以孤賤，厲志篤學，泊於強仕，漸得聲譽。嘗夢郭璞謂之曰：君借我五色筆，今可見還。淹即探懷以筆付璞。自此以後，材思稍減。前後二集並行於世。卒，贈醴泉侯，謚憲子。宋桂陽王舉秀才。齊興，為豫章王記室。天監中，為金紫光祿大夫，卒。

試望平原，蔓草縈骨，拱木斂魂。爾雅曰：試，用也。毛詩曰：野有蔓草。左氏傳：秦伯謂蹇叔曰：中壽，爾墓之木拱矣。注：兩手曰拱。古蒿里歌曰：蒿里誰家地，聚斂魂魄無賢愚。人生到此，天道寧論。於是僕本恨人，心驚不已。列女傳：趙津吏女歌曰：誅將加兮妾心驚。直念古者伏恨而死。至如秦帝按劍，諸侯西馳。說苑曰：秦始皇帝太后不謹，幸郎嫪毒。茅焦上諫，始皇按劍而坐。戰國策：蘇代曰：伏軾而西馳。削平天下，同文共規。禮記曰：書同文，車同軌。華山為城，紫淵為池。過秦論曰：踐華為城，因河為池。上林賦曰：丹水更其南，紫淵徑其北。雄圖既溢，武力未畢。方架黿鼉以為梁，巡海右以送日。鄭玄毛詩箋曰：方，且也。紀年曰：周穆王三十七年伐紂，大起九師，東至于九江，叱黿鼉以為梁。列子曰：穆王駕八駿之乘，乃西觀日所入。一旦魂斷，宮車晚出。史記：王稽謂范睢曰：宮車一日晏駕，是事之不可知三也。韋昭曰：凡初崩為晏駕者，臣子之心猶謂宮車當駕而晚出。風俗通曰：天子夜寢早作故有萬機今忽崩潰則爲晏駕若乃趙王既虜遷於房陵淮南子曰趙王遷流房陵思故鄉作山木之嘔聞者莫不隕涕高誘曰趙王張敖秦滅趙虜王遷遷徙房陵房陵在漢中山木之嘔歌曲也薄暮心動昧旦神興楚辭曰薄暮雷電高唐賦曰使人心動左氏傳曰昧旦丕顯別豔姬與美女喪金輿及玉乘杜預左氏傳注曰美色曰豔史記曰爲之金輿錽衡以繁其飾玉乘玉輅也置酒欲飲悲來填膺漢書曰上置酒沛宮鄭玄禮記注曰填滿也千秋萬歲爲怨難勝戰國策楚王謂安陵君曰寡人萬歲千秋之後誰與樂此也至如李君降北名辱身冤漢書武帝天漢二年李陵爲騎都尉領步卒三千出居延至浚稽山與匈奴相值戰敗弓矢並盡陵遂降孫卿子曰功廢而名辱社稷必危拔劍擊柱漢書曰漢高巳併天下尊爲皇帝羣臣飲爭功醉或妄呼拔劍擊柱弔影慙魂曹子建表曰形影相弔晏子春秋曰君子獨寢不慙於魂情往上郡心留鴈門漢書有上郡鴈門郡並秦置裂帛繫書誓還漢恩漢書曰常惠教漢使者謂單于言天子射上林中得鴈足有係帛書蘇武等在某澤中李陵書曰欲如前書之言報恩於國主耳朝

露溘至握手何言漢書李陵謂蘇武曰人生如朝露何久自苦如此楚辭曰寧溘死以流亡王逸曰溘奄也史記繆賢曰燕王私握臣手曰願結交潘岳邪夫人誄曰臨命相決交腕握手若夫明妃去時仰天太息漢書元帝竟寧元年春正月呼韓邪單于來朝詔掖庭王嬙爲閼氏應劭曰王嬙王氏之女名嬙字昭君文穎曰本南郡人也琴操曰王昭君者齊國王襄女也年十七獻元帝會單于遣使請一女子帝謂後宮欲至單于者起昭君喟然而嘆越席而起乃賜單于石崇曰王明君本爲王昭君以觸文帝諱改之戰國策曰樊於期仰天太息流涕紫臺稍遠關山無極紫臺猶紫宮也古樂府相和歌有度關山曲搖風忽起白日西匿爾雅曰颫颻謂之飆颫音扶颻與搖同登樓賦曰白日忽其西匿潘岳寡婦賦曰日杳杳而西匿隴鴈少飛代雲寡色漢書曰凡望雲氣勃碣海代之間氣皆黑望君王兮何期終蕪絕兮異域鬻子曰君王欲緣五常之道而不失則可以長矣李陵書曰生爲異域之人至乃敬通見抵罷歸田里東觀漢記曰馮衍字敬通明帝以衍才過其實抑而不用漢書曰高后怨趙堯乃抵堯罪馮衍說陰就書曰衍冀先事自歸上書報歸田里漢書曰時多上書言便宜輒下蕭望之問狀下者或罷歸田里閉關却掃塞

門不仕司馬彪續漢書曰趙壹閉關却掃非德不交吳志曰張昭稱疾不朝孫權恨之土塞其門左對孺人顧弄稚子禮記曰天子之妃曰后大夫妻曰孺人稚子見寡婦賦脫略公卿跌宕文史杜預左氏傳注曰脫易也賈逵國語注曰略簡也揚雄自敘曰雄爲人跌宕齎志沒地長懷無巳馮衍說陰就書曰懷抱不報齎恨入冥鸚鵡賦曰眷西路而長懷毛萇詩傳曰懷思也及夫中散下獄神氣激揚臧榮緒晉書曰嵇康拜中散大夫東平呂安家事繫獄亹閱之始安嘗以語康辭相證引遂復收康王隱晉書曰嵇康妻魏武帝孫穆王林女也淮南子曰古之人神氣不蕩乎外漢書谷永上疏曰賛命之臣靡不激揚濁醪夕引素琴晨張嵇康與山巨源書曰濁醪一盃彈琴一曲又贈秀才詩曰習習谷風吹我素琴秋日蕭索浮雲無光鄭玄禮記注曰索散也鬱青霞之奇意入脩夜之不暘青霞奇意志言高也曹毗臨園賦曰青霞曳於前阿素籟流於森管漢書武帝李夫人賦曰釋輿馬於山椒奄脩夜之不暘張衡司徒呂公誄曰兮室冥冥脩夜彌長孔安國尚書傳曰暘明也音陽或有孤臣危涕孽子墜心孟子曰孤臣孽子其操心也危其慮患也深登樓賦曰涕橫墜而弗禁字林曰孽子庶子也然

心當云危涕當云墜江氏愛奇故互文以見義遷客海上流戍隴陰漢書曰匈奴乃徙蘇武北海上無人處使牧羝羊史記曰婁敬齊人也戍隴西此人但聞悲風汨起血下霑衿琴道雍門周說孟嘗君曰幼無父母壯無妻子若此人者但聞秋風鳴條則傷心矣毛詩曰鼠思泣血尸子曰曾子每讀喪禮泣下霑衿亦復含酸茹歎銷落湮沈廣雅曰茹食也又曰湮沒也銷猶散也若迺騎疊跡車屯軌此言榮貴之子車騎之多也吳都賦曰躍馬疊跡楚辭曰屯余車其千乘王逸曰屯陳也黃塵帀地歌吹四起山陽公載記曰賈詡鳴鼓雷震黃塵蔽天李陵書曰邊聲四起無不煙斷火絕閉骨泉裏煙斷火絕喻人之死也王充論衡曰人之死也猶火之滅火滅而耀不照人死而智不慧已矣哉孔安國尚書傳曰已發端歎辭春草暮兮秋風驚秋風罷兮春草生綺羅畢兮池館盡琴瑟滅兮丘壟平琴道雍門周曰高臺既已傾曲池又已平墳墓生荊棘狐兔穴其中自古皆有死莫不飲恨而吞聲論語子曰自古皆有死穆天子傳七萃之士曰古有死生張奐與崔

元始書曰匈奴若非其罪何肯吞聲

別賦

江文通

黯然銷魂者唯別而已矣 黯失色將敗之貌言黯然魂將離散者唯別而然也夫人魂以守形
魄散則形斃今別而散明恨深也說文曰黯深黑也楚辭曰魂魄離散家語孔子曰黯然而黑賈逵曰唯獨也 況秦吳兮
絕國復燕宋兮千里 言秦吳燕宋四國川塗既遠別恨必深故舉以爲況也文子曰爲絕國殊俗立諸侯以教
誨之 或春苔兮始生乍秋風兮蹔起 言此二時別恨逾切 是以行子腸斷百感
悽惻 鮑昭東門行曰野風吹秋木行子心腸斷 風蕭蕭而異響雲漫漫而奇色 荆軻
歌曰風蕭蕭兮易水寒尚書大傳帝唱曰卿雲爛兮體漫漫兮 舟凝滯於水濱車逶遲於山側
楚辭曰船容與而不進淹迴水以凝滯廣雅曰凝止也毛詩曰周道逶遲毛萇曰逶遲歷遠貌 櫂容與而詎前馬

寒鳴而不息 楚辭曰檝齊揚以容與 掩金觴而誰御橫玉柱而霑軾 韋誕
詩曰旨酒盈金觴清顏發朱華毛萇詩傳曰御進也論曰鼓琴者於絃設柱然琴有柱以玉爲之袁叔正情賦曰解蘊麝之芳衾陳
王柱之鳴箏楚辭曰涕潺湲兮霑軾 居人愁臥怳若有亡 鮑昭東門行曰居人掩閨臥莊子曰君惝然若有亡
日下壁而沈彩月上軒而飛光 軒檻版也 見紅蘭之受露望青楸之
離霜 巡曾楹而空揜撫錦幕而虛涼 曾高也空息也揜掩滯也涼悲涼也典略曰衛夫人
南子在錦帷中廣雅曰帷幙帳也纂要曰帳曰幕 知離夢之躑躅意別魂之飛揚 說文曰躑
躅住足也躑與蹢同馳戟切躅馳錄切曹植悲命賦曰哀魂靈之飛揚 故別雖一緒事乃萬族 孔安國尚
書傳曰族類也 至若龍馬銀鞍朱軒繡軸 周禮曰馬八尺已上爲龍後漢書明德馬皇后曰前過濯
龍門上見外家問起居者車如流水馬如遊龍辛延年羽林郎詩曰銀鞍何煒爚翠蓋空踟躕尚書大傳曰未命爲士不得朱軒鄭玄曰軒
輿也士以朱飾之軒車通稱也魯連子門客謂陳無宇曰君車衣文繡 帳飲東都送客金谷 漢書曰高祖過

沛帳飲三日又漢書曰疏廣字仲翁東海蘭陵人也廣兄子受字公子廣爲太子太傅公子爲少傅甚見器重朝庭爲榮廣謂受曰吾聞
知足不辱知止不殆功成身退天之道也廣遂退稱疾篤上疏乞骸骨上以其年老皆許之加賜黃金二十斤皇太子賜五十斤公卿大
夫故人邑子爲設祖道供帳東都門外送車數千兩辭決而去蘇林曰長安東都門也石崇金谷詩序曰余元康六年從太僕卿出爲使
持節青徐諸軍事征虜將軍有別廬在河內縣金谷澗中時征西將軍祭酒王詡當還長安余與衆賢共送澗中 琴羽張兮
簫鼓陳燕趙歌兮傷美人 琴羽琴之羽聲說苑曰雍門周以琴見孟嘗君徵揮角羽張晏甘泉賦注
曰聲細不過羽漢武帝秋風辭曰簫鼓鳴兮發櫂歌古詩曰燕趙多佳人美者顏如玉 珠與玉兮豔暮秋羅
與綺兮嬌上春 驚駟馬之仰秣聳淵魚之赤鱗 言樂之盛也韓詩外傳曰昔伯
牙鼓琴而淵魚出聽瓠巴鼓琴而六馬仰秣成公綏琴賦曰伯牙彈而駟馬仰子野揮而玄鶴鳴 造分手而銜涕感
寂漠而傷神 謝宣遠送王撫軍詩曰分手東城闉呂氏春秋曰聖人不以感私傷神 乃有劍客慙
恩少年報士 漢書李陵曰臣所將屯邊者奇材劍客也又曰郭解以軀藉友報仇少年慕其行亦輒爲報讎 韓國

趙厠吳宮燕市 史記曰聶政者軹深井里人也濮陽嚴仲子事韓哀侯與韓相俠累有郤嚴仲子告聶政而言
臣有仇聞足下高義故進百金以交足下之驩聶政拔劍至韓直入上階刺殺俠累又曰豫讓者晉人也事智伯智伯甚尊寵之趙
襄子滅智伯讓乃變姓名爲刑人入宮塗厠欲刺襄子故言趙厠又曰專諸者棠邑人也吳公子光具酒請王僚酒既酣使專諸置
匕首魚炙之腹中而進既至王前專諸以匕首刺王僚王僚立死又曰荆軻者衛人也至燕與高漸離飲於燕市旁若無人後荆軻
爲燕太子丹獻燕地圖圖窮匕首見因以匕首揕秦王 割慈忍愛離邦去里瀝泣共訣
抆血相視 伏虔通俗文曰與死者辭曰訣史記曰令太子請辭訣矣鄭玄毛詩箋曰往矣決別之辭訣與決音義同廣雅
曰抆拭也泣血已見恨賦抆武粉切 驅征馬而不顧見行塵之時起 史記曰荆軻遂發就
車不顧 方銜感於一劍非買價於泉裏 言銜感恩遇故效命於一劍非買價於泉壤之
中也尉僚子吳起曰一劍之任非將軍也 金石震而色變骨肉悲而心死 燕丹太子曰荆軻與
武陽入秦秦王陛戟而見燕使鼓鍾並發群臣皆呼萬歲武陽大恐面如死灰色戰國策曰武陽色變史記曰聶政刺韓相俠累死因自

皮面決眼屠腹而死莫知其誰韓取政尸暴於市能知者與千金久之莫知政姊曰何愛妾之身而不揚吾弟之名於天下哉乃之韓市抱尸而哭曰此妾弟軹深井里聶政自殺於尸旁晉楚齊聞之曰非獨政之賢乃其姊亦烈女莊子仲尼謂顏回曰夫哀莫大於心死

或乃邊郡未和負羽從軍司馬相如檄蜀文曰邊郡之士聞烽舉燧燔漢書曰有障徼曰邊郡服虔曰士負羽揚子雲羽獵賦曰蒙楯負羽杖鏌邪而羅者以萬計遼水無極鴈山參雲水經曰遼山在玄兔高句麗縣遼水所出海內西經曰大澤方百里鳥所生在鴈山鴈出其間孟子曰大山之高參天入雲謝承後漢書劉詡曰程夫人富貴參雲

閨中風暖陌上草薰薰香氣也日出天而耀景露下地而騰文鏡朱塵之照爛襲青氣之烟熅楚辭曰經堂入奧朱塵筵些王逸曰朱畫承塵也或曰朱塵紅塵楚辭曰芳菲菲兮襲人易通卦驗曰震東方也主春分日出青氣出震此正氣也司馬彪注曰襲入也攀桃李兮不忍別送愛子兮霑羅裙言當盛春之時而分別不忍也左氏傳趙盾曰括君姬氏之愛子杜預曰括趙盾異母弟趙姬文公女也

至如一赴絕國詎相見期琴道曰雍門周以琴見孟嘗君孟嘗君曰

先生鼓琴亦能令悲乎對曰臣之所能令悲者無故生離遠赴絕國無相見期臣爲一揮琴而太息未有不悽愴而流涕者絕國絕遠之國視喬木兮故里決北梁兮永辭王充論衡曰睹喬木知舊都孟子曰故國者非爲喬木有世臣也孟子見齊宣王曰所謂故國世臣之謂注非但見其木當有累世脩德之臣也楚辭曰濟江海兮蟬蛻決北梁兮永辭左右兮魂動親賓兮淚滋蘇武詩曰淚爲生別滋可班荊兮贈恨唯罇酒兮叙悲左氏傳曰楚聲子與伍舉俱楚人舉將奔晉聲子將如晉遇之於鄭郊班荊而坐相與食蘇武詩曰我有一罇酒欲以贈遠人願子留斟酌叙此平生親值秋鴈兮飛日當白露兮下時怨復怨兮遠山曲去復去兮長河湄毛詩曰居河之湄爾雅曰水草交曰湄

又若君居淄右妾家河陽漢書有淄川國又河內郡有河陽縣淄或爲甾同瓊珮之晨照共金爐之夕香毛詩曰有女同車顏如蕣華將翺將翔佩玉瓊琚司馬相如美人賦曰金爐香薰黼帳周垂君結綬兮千里惜瑤草之徒芳結綬將仕也顏延年秋胡詩曰脫巾千里外結綬登王畿漢書曰蕭育與朱博友長安語曰蕭朱結綬宋玉高唐賦曰我帝之季女名曰瑤姬未行而亡封于巫山之臺精魂爲草寔曰靈芝山海經曰姑瑤之山帝女死焉名曰女尸化爲䔄草其葉胥成其花黃其實如兔絲服者媚於人郭璞曰瑤與䔄並音遙然䔄與瑤同慙幽閨之琴瑟晦高臺之流黃張載擬四愁詩曰佳人贈我筒中布何以報之流黃素環濟要略曰閒色有五紺紅縹紫流黃也春宮閟此青苔色秋帳含兹明月光毛詩曰閟宮有侐毛萇詩傳曰閟閉也班婕妤自傷賦曰應門閉兮玉階苔劉休玄擬古詩曰羅帳延秋月夏簟清兮晝不暮冬釭凝兮夜何長張儼席賦曰席爲冬設簟爲夏施夏侯湛釭燈賦曰秋日既逝冬夜悠長織錦曲兮泣已盡迴文詩兮影獨傷織錦迴文詩序曰竇韜秦州被徙沙漠其妻蘇氏秦州臨去別蘇誓不更娶至沙漠便娶婦蘇氏織錦端中作此迴文詩以贈之符國時人也

儻有華陰上士服食還山列仙傳脩羊者魏人也華陰山下石室中有龍石臥其上取黃精食之後去不知所之術既妙而猶學道已寂而未傳方言曰寂安靜也守丹竈而不顧鍊金鼎而方堅南越志曰長沙郡瀏陽縣東有王喬山山有合丹竈

不顧不顧於世也鍊金鼎鍊金爲丹之鼎也抱朴子曰鄭君唯見授金丹之經又曰九轉丹內神鼎中史記曰黃帝采首山銅鑄鼎鼎成龍下迎黃帝也方堅其志方堅也駕鶴上漢驂鸞騰天列仙傳曰王子晉吹笙作鳳鳴遊伊洛之閒道士浮丘公接上嵩高三十餘年後上見柏良曰告我家七月七日待我緱氏山頭果乘白鶴住山下望之不能得到舉手謝世人數日去祠於緱山下雷次宗豫章記曰洪井西鸞岡鶴嶺舊說洪崖先生與子晉乘鸞鶴憩於此張僧鑒豫章記曰洪井有鸞岡舊說云洪崖先生乘鸞所憩處也鸞岡西有鶴嶺王子喬控鶴所經過處蹔遊萬里少別千年神仙傳曰若士者仙人也燕人盧敖者秦時遊北海而見若士曰一舉而千里吾猶未之能今子始至於此乃語窮豈不陋哉馬明先生隨神女還岱見安期生語神女曰昔與女郎遊於安息西海之際憶此未久已二千年矣惟世閒兮重別謝主人兮依然說文曰謝辭也

下有芍藥之詩佳人之謌詩溱洧章刺亂也兵革不息男女相棄淫風大行莫之能救云維士與女伊其相謔贈之以芍藥注芍藥香草也箋曰伊因也士女往觀因相與戲謔行夫婦之事其別則送與芍藥結恩情也漢書李延年歌曰北方有佳人絕世而獨立桑中衛女上宮陳娥衛陳二國名也毛詩桑中章曰期我

乎桑中，要我乎上宮，送我於淇之上。注：桑中、淇上、上宮，所期之地。箋云：此思孟姜之愛厚己也。此我期於桑中，要我於上宮，期我於淇水之上。又竹竿章，衛女思歸，適異國而不見荅，思而能以禮也。女子有行，遠父母兄弟。箋云：行，道也。女子之道，當嫁耳，不以荅違婦道也。又燕燕章，衛莊姜送歸妾也。注：莊姜無子，陳女戴嬀生子名完，莊姜以爲己子。莊公薨，完立，而州吁殺之。戴嬀於是大歸，莊姜送於野，作詩以見己志。方言曰：秦晉之閒，美貌謂之娥。**春草碧色，春水淥波，送君南浦，傷如之何。**楚辭曰：子交手兮東行，送美人兮南浦。**至乃秋露如珠，秋月如珪，**陸雲芙蓉詩曰：盈盈荷上露，灼灼如明珠。遯甲開山圖曰：禹遊於東海，得玉珪，碧色，圓如日月，以自照，目達幽冥。**明月白露，光陰往來，與子之別，思心徘徊。是以別方不定，別理千名，**千名，言多也。南都賦曰：百種千名。**有別必怨，有怨必盈，**蔡琰詩曰：心吐思兮胷憤盈。**使人意奪神駭，心折骨驚，**亦互文也。左氏傳，衛太子禱曰：無折骨。**雖淵雲之墨妙，嚴樂之筆精，**漢書曰：王褒字子淵。楊雄字子雲。漢書曰：嚴安，臨淄人也。徐樂，燕無終人也。上疏言時務，上召見，乃拜，樂、安皆爲郎中。**金閨之諸彥，蘭臺之羣英，**

金閨，金馬門也。史記曰：金門，宦者署，承明、金馬，著作之庭。東方朔曰：公孫弘等待詔金馬門。蘭臺，臺名也。傅毅、班固等爲蘭臺令史是也。論衡曰：孝明好文人，並徵蘭臺之官，文雄會聚。**賦有凌雲之稱，辯有雕龍之聲，**史記：荀卿，趙人，年五十始來游學於齊。鄒衍之術，迂大而閎辯，奭也文難施，齊人爲諺曰：談天衍。劉向別錄曰：鄒衍之所言五德終始，天地廣大，書言天事，故曰談天。彫龍赫赫修鄒衍之術，文飾之若彫鏤龍文，故曰彫龍赫。**誰能摹暫離之狀，寫永訣之情者乎。**

文選卷第十六

賜進士出身通奉大夫江南蘇松常鎮太等處承宣布政使司布政使胡克家重校刊

文選卷第十七

梁昭明太子撰

文林郎守太子右內率府錄事參軍事崇賢館直學士臣李善注上

論文

陸士衡文賦一首

音樂上

王子淵洞簫賦一首　傅武仲舞賦一首

論文

文賦并序

陸士衡　臧榮緒晉書曰：機字士衡，吳郡人。祖遜，吳丞相。父抗，吳大司馬。機少襲領父兵，爲牙門將軍。年二十而吳滅，退臨舊里，與弟雲勤學積十一年，譽流京華，聲溢四表。被徵爲太子洗馬，與弟雲俱入洛。司徒張華素重其名，舊相識以文華，呈天才綺練，當時獨絕，新聲妙句，係蹤張蔡。機妙解情理，心識文體，故作文賦。

余每觀才士之所作，竊有以得其用心。作，謂作文也。用心，言士用心於文。莊子堯曰：此吾所用心。**夫放言遣辭，良多變矣，**夫作文者，放其言，遣其理，多變，故非一體。**妍蚩好惡，可得而言。**文之好惡，可得而言論也。范曄後漢書趙壹刺世疾邪曰：孰知辯其妍蚩。廣雅曰：妍，好也。說文曰：妍，慧也。釋名曰：蚩，癡也。聲類曰：蚩，騃也。然妍蚩亦好惡也。**每自屬文，尤見其情。**論衡曰：幽思屬文，著記美言。屬，綴也。杜預左氏傳曰：尤，甚也。士衡自言每屬文，甚見爲文之情。**恒患意不稱物，文不逮意，**爾雅曰：逮，及也。**蓋非知之難，能之難也。**尚書曰：非知之艱，行之惟艱。**故作文賦，以述先士之盛藻，因論作文之利害所由，**利害由好惡。孔安國尚書傳曰：藻，水草之有文者，故以喻文焉。**佗日殆**

可謂曲盡其妙言既作此文賦佗日而觀之近謂委曲盡文之妙理論語鯉曰它日又獨立趙岐孟子章句曰它日異日也

至於操斧伐柯雖取則不遠此喻見古人之法不遠毛詩曰伐柯伐柯其則不遠注則法也伐柯必用其柯大小長短近取法於柯謂不遠也

若夫隨手之變良難以辭逮言作之難也文之隨手变改則不可以辭逮也莊子輪扁謂桓公曰斲徐則甘而不固疾則苦而不入不疾不徐得於手而應於心口不能言也有數存焉

蓋所能言者具於此云蓋所言文之躰者具此賦之言

佇中區以玄覽頤情志於典墳漢書音義張晏曰佇久佇待也中區區中也字書曰玄幽遠也老子曰滌除玄覽河上公曰心居玄冥之處覽知萬物故謂之玄覽幽通賦曰皓頤志而不傾左氏傳楚子曰左史倚相能讀三墳五典

遵四時以歎逝瞻萬物而思紛遵循也循四時而歎其逝往之事攬視萬物盛衰而思慮紛紜也淮南子曰四時者春生夏長秋收冬藏

悲落葉於勁秋喜柔條於芳春秋暮衰落故悲春條敷暢故喜也淮南子曰木葉落長年悲

心懍懍以懷霜志眇眇而臨雲懍懍危懼貌眇眇高遠貌懷霜臨雲言高絜也說文曰懍寒也孔融薦祢衡表曰志懷霜雪舞賦曰氣若浮雲志若秋霜

詠世德之駿烈誦先人之清芬言歌詠世有俊德者之盛業先民謂先世之人有清美芬芳之德而誦勉毛詩曰王配于京世德作求又曰在昔先民有作

遊文章之林府嘉麗藻之彬彬論語曰文質彬彬然後君子孔安國注曰彬彬文質見半之貌

慨投篇而援筆聊宣之乎斯文韓詩外傳曰孫叔敖治楚三年而國霸楚史援筆而書之於策尚書中候曰玄龜負圖出洛周公援筆以寫也

其始也皆收視反聽耽思傍訊收視反聽言不視聽也耽思傍訊靜思而求之也毛萇詩傳曰耽樂之久廣雅曰訊問也

精騖八極心遊萬仞精神奔騖也八極萬仞言高遠也淮南子曰八紘之外乃有八極包咸論語注曰七尺曰仞

其致也情曈曨而彌鮮物昭晣而互進爾雅曰致至也埤蒼曰曈曨欲明也說文曰昭晣明也

傾羣言之瀝液漱六藝之芳潤楊子法言曰或問羣言之長曰羣言之長德言也宋衷曰羣非一也周禮曰六藝禮樂射御書數也

浮天淵以安流濯下泉而潛浸言思慮之至無處不至故上至天淵於安流之中下至下泉於潛浸之所劇秦美新曰盈塞天淵之間楚辭曰使江水兮安流毛詩曰冽彼下泉浸彼苞稂

於是沈辭怫悅若遊魚銜鉤而出重淵之深怫悅難出之貌

浮藻聯翩若翰鳥纓繳而墜曾雲之峻聯翩將墜貌王弼周易注曰翰高飛也說文曰繳生絲縷也謂縷繫矰矢而以弋射

收百世之闕文採千載之遺韻論語子曰吾猶及史之闕文

謝朝華於已披啓夕秀於未振華秀以喻文也已披言已用也

觀古今於須臾撫四海於一瞬高唐賦曰須臾之間司馬遷曰卒卒無須臾之間莊子老聃曰俛仰之間再撫四海之外呂氏春秋曰萬世猶一瞬說文曰瞬開闔目數摇也尸閏切

然後選義按部考辭就班小雅曰班次也

抱暑者咸叩懷響者畢彈言皆擊而用

或因枝以振葉或沿波而討源孔安國尚書傳曰順流而下曰沿源水本也

或本隱以之顯或求易而得難言或本之於隱而遂之顯或求之於易而便得難之或爲未非也

或虎變而獸擾或龍見而鳥瀾周易曰大人虎變其文炳也言文之來若龍之見煙雲之上如鳥之在波瀾之中應劭曰擾馴也莊子曰君子尸居而龍見大波曰瀾

或妥帖而易施或岨峿而不安妥帖易施貌公羊傳曰帖服也廣雅曰帖靜也王逸楚辭序曰義多乖異事不妥帖岨峿不安貌楚辭曰圜鑿而方枘兮吾固知其鉏鋙而難入妥他果切帖吐協切岨助舉切峿魚呂切

罄澄心以凝思眇衆慮而爲言周易曰神也者妙萬物而爲言者也

籠天地於形內挫萬物於筆端淮南子曰太一者牢籠天地也說文曰挫折也韓詩外傳曰辟文士之筆端辟武士之鋒端辟辯士之舌端

始躑躅於燥吻終流離於濡翰廣雅曰躑躅跢跦也鄭玄毛詩箋云志往謂踟蹰也蹢與躑同跢跦與踟跦同蒼頡篇曰吻脣兩邊也莫粉切字林曰吻口邊流離津液流貌劉公幹詩曰敘意於濡翰毛萇詩傳曰濡漬也濡如娛切漢書音義韋昭曰翰筆也協韻音寒

理扶質以立幹文垂條而結繁言文之體必須以理爲本垂條以樹喻也廣雅曰幹本也鄭玄禮記注曰繁盛也

信情貌之不差故每變而在顏楚辭曰情與貌其不變

思涉樂其必笑方言哀而已歎

或操觚以率爾或含毫而邈然觚木之方者古人用之以書猶今之簡也史游急就章曰急就奇觚論語先進篇子路帥爾而對毫謂筆毫也王逸楚辭注曰銳毛爲毫也毛詩曰聽我藐藐毛萇曰藐藐然不入

伊茲事

之可樂固聖賢之所欽 茲事謂文也左氏傳仲尼曰志有之言足以志文足以言不言誰知其志言而不文行之不遠 課虛無以責有叩寂寞而求音 春秋說題辭曰虛生有形淮南子曰寂寞音之主也 函緜邈於尺素吐滂沛乎寸心 毛萇詩傳曰函含也古詩曰中有尺素書列子文摯謂叔龍曰吾見子之心矣方寸之地虛矣 言恢之而彌廣思按之而逾深 杜預左氏傳注曰恢大也按抑按也言思慮一發愈深恢大 播芳蕤之馥馥發青條之森森 說文曰蕤草木華垂貌纂要曰草木華曰蕤字林曰森多木長貌以喻文采若芳蕤之香馥青條之森森盛也 粲風飛而猋豎鬱雲起乎翰林 爾雅曰飆飄謂之猋長楊賦曰翰林以為主人 體有萬殊物無一量 文章之體有萬變之殊中眾物之形無一定之量也淮南子曰斟酌萬殊 紛紜揮霍形難為狀 紛紜亂貌揮霍疾貌西京賦曰跳丸劍之揮霍 辭程才以效伎意司契而為匠 眾辭俱湊若程才效伎取捨由意類司契為匠老子曰有德司契論衡曰能雕琢文書謂之史匠也 在有無而僶俛當淺深而不讓 毛詩曰何有何無僶俛求之僶俛由勉強也論語子曰當仁不讓於師

雖離方而遯員期窮形而盡相 方圓謂規矩也言文章在有方圓規矩也 故夫夸目者尚奢愜心者貴當 其事既殊為文亦異故欲夸目者為文尚奢欲快心者為文貴當愜猶快也起頰切 言窮者無隘論達者唯曠 言其窮賤者立說無非湫隘其論通達者發言唯存放曠 詩緣情而綺靡賦體物而瀏亮 詩以言志故曰緣情賦以陳事故曰體物綺靡精妙之言瀏亮清明之稱漢書甘泉賦曰瀏清也字林曰清瀏流也 碑披文以相質誄纏緜而悽愴 碑以叙德故文質相半誄以陳哀故纏緜悽慘 銘博約而溫潤箴頓挫而清壯 博約謂事博文約也銘以題勒示後故博約溫潤箴以譏刺得失故頓挫清壯 頌優遊以彬蔚論精微而朗暢 頌以褒述功美以辭為主故優遊彬蔚論以評議臧否以當為宗故精微朗暢彬蔚已見上文漢書音義曰暢通也 奏平徹以閑雅說煒曄而譎誑 奏以陳情叙事故平徹閑雅說以感動為先故煒曄譎誑 雖區分之在茲亦禁邪而制放要辭達而理舉故無取乎冗長 論語子曰辭達而已矣文穎漢書注曰冗散也如勇切言文章體要在辭達而理舉也 其為物也多姿其為體也屢遷 萬物萬形故曰多姿文非一則故曰屢遷琴賦曰既豐贍以多姿周易曰為道也屢遷 其會意也尚巧其遣言也貴妍暨音聲之迭代若五色之相宣 言音聲迭代而成文章若五色相宣而為繡也爾雅曰暨及也又曰迭更也論衡曰學士文章其猶絲帛之有五色之功杜預左氏傳注曰宣明也 雖逝止之無常固崎錡而難便 言雖逝止無常唯情所適以其體多變固崎錡難便也逝止由去留也崎錡不安貌楚辭曰欿岑崎錡崎音綺錡音蟻 苟達變而識次猶開流以納泉 言其易也 如失機而後會恒操末以續顛 言失次也 謬玄黃之袟敘故淟涊而不鮮 言音韻失宜類繡之玄黃謬敘故淟涊垢濁而不鮮明也禮記曰朱綠之玄黃之以為黼黻文章楚辭曰切淟涊之流俗王逸曰淟涊垢濁也 或仰逼於先條或俯侵於後章 廣雅曰條科條也凡為文之體先後皆須意別不能者則有此累 或辭害而理比或言順而義妨 周易曰比輔也說文曰妨害也 離之則雙美合之則

兩傷考殿最於錙銖定去留於毫芒 漢書音義項岱曰殿負也最善也韋昭曰第一為最極下曰殿又曰下功曰殿上功曰最鄭玄禮記注曰八兩為錙漢書曰黃鍾之一籥容千二百黍重十二銖然百黍重一銖也應劭漢書注曰十黍為一絫十絫為一銖賈誼曰銳思毫芒之內音義曰芒稻芒毫兔毫 苟銓衡之所裁固應繩其必當 言銓衡所裁苟有輕重雖應繩墨須必除之聲類蒼頡篇曰銓稱也曰銓所以稱物也七全切漢書曰衡平也平輕重也尚書曰惟木從繩則正莊子曰匠石治木直者應繩 或文繁理富而意不指適極無兩致盡不可益 言其理既極而無兩致其言又盡而不可益 立片言而居要乃一篇之警策 以文喻馬也言馬因警策而彌駿以喻文資片言而益明也夫駕之法以策駕乘今以一言之好最於眾辭若策驅馳故云警策論語子曰片言可以折獄左氏傳繞朝贈士會以馬策曹子建應詔詩曰僕夫警策鄭玄周禮注曰警勑戒也 雖眾辭之有條必待茲而效績 必待警策之言以效其功也家語公父文伯之母曰男女效績愆則有辟 亮功多而累寡故取足而不易 言其功既多為累蓋寡故以取足而不改易其文 或藻思綺合清麗千

眼。說文曰：謂文藻思如綺會于眼，光色盛貌。炳若縟繡，悽若繁絃。說文曰：縟，繁彩色也。又繡，五色彩備也。蔡邕琴賦曰：繁絃旣抑，雅音復揚。必所擬之不殊，乃闇合乎曩篇。言所擬不異，闇合昔之曩篇。爾雅曰：曩，久也。謂久舊也。雖杼軸於予懷，怵佗人之我先。杼軸以織喻也。雖出自己情，懼佗人先已也。毛詩曰：杼軸其空。苟傷廉而愆義，亦雖愛而必捐。言他人言我雖愛之，必須去之也。王逸楚辭注曰：不受曰廉。說文曰：捐，棄也。或苕發穎豎，離衆絕致。苕，草之苕也。言作文利害，理難俱美，或有一句，同乎苕發穎豎，離於衆辭，絕於致思也。毛詩傳曰：苕，陵苕也。孫卿子曰：蒙鳩爲巢，繫之葦苕。小雅曰：禾穗謂之穎。形不可逐，響難爲係。言方之於影，而形不可逐；譬之於聲，而響難係也。鶡冠子曰：影之隨形，響之應聲。塊孤立而特峙，非常音之所緯。文之綺麗，若經緯相成，一句旣佳，塊然立而特峙，非常音所能緯也。心牢落而無偶，意徘徊而不能揥。牢落猶遼落也。言思心牢落而無偶，揥之意徘徊而未能也。蔡邕瞽師賦曰：時牢落以失次，号縋蹇而陽絕。說文曰：揥，取也。他狄切，協韻他帝切。或爲褅，褅猶去也。石韞玉而山輝，水懷珠而川媚。

文十七　六　下

雖無佳偶，因而留之，譬若水石之藏珠玉，山川爲之輝媚也。尸子曰：水中折者有玉，圓折者有珠。孫卿子曰：玉在山而木潤，淵生珠而岸不枯。高氏注：玉，陽中之陰，故能潤澤草；珠，陰中之陽，有明，故岸不枯。廣雅曰：韞，裹也。彼榛楛之勿翦，亦蒙榮於集翠。榛楛喻庸音也。以珠玉之句旣存，故榛楛之辭亦美。毛詩曰：榛楛濟濟。郭璞山海經注曰：榛，小栗；楛，木可以爲箭。綴下里於白雪，吾亦濟夫所偉。言以此庸音而偶彼嘉句，譬以下里鄙曲綴於白雪之高唱，吾雖知美惡不倫，然且以益夫所偉也。宋玉對楚王問曰：客有歌於郢中者，其始曰下里。宋玉笛賦曰：師曠爲白雪之曲。淮南子曰：師曠奏白雪而神禽下降。白雪，五十絃瑟樂曲名。下里，俗之謠歌。說文曰：偉，猶奇也。協韻禹貴切。或託言於短韻，對窮迹而孤興。短韻，小文也。言文小而事寡，故曰窮迹；迹窮而無偶，故曰孤興。俯寂寞而無友，仰寥廓而莫承。言事寡而無偶，俯求之則寂寞而無友，仰應之則寥廓而無所承。譬偏絃之獨張，含清唱而靡應。言累句以成文，猶衆絃之成曲。今短韻孤起，譬偏絃之獨張；絃之獨張，含清唱而無應；韻之孤起，蘊麗則而莫承也。毛萇詩傳曰：靡，無也。應，於興切。或寄辭於瘁音，徒靡言而弗華。瘁音，謂惡辭也。靡，美也。言空美而不光華也。班固漢書贊

曰：纖微憔悴之音作，而民思憂。薛君韓詩章句曰：靡，好也。混妍蚩而成體，累良質而爲瑕。妍謂言靡，蚩謂瘁音。旣混妍蚩，共爲一躰，翻累良質而爲瑕也。禮記曰：王瑕不掩瑜。鄭玄曰：瑕，玉之病也。胡加切。象下管之偏疾，故雖應而不和。言其音旣瘁，其言徒靡，類乎下管，其聲偏疾，升歌與之間奏，雖復相應，而不和諧。杜預左氏傳注曰：象，類也。禮記曰：升歌清廟，下管象武。王肅家語注曰：下管，堂下吹管，象武舞也。或遺理以存異，徒尋虛以逐微，言寡情而鮮愛，辭浮漂而不歸。漂猶流也。不歸，謂不歸於實。猶絃么而徽急，故雖和而不悲。說文曰：么，小也。於遙切。淮南子曰：鄒忌一徽琴，而威王終夕悲。許慎注曰：鼓琴循絃謂之徽。悲雅俱有，所以成樂；直雅而無悲，則不成。或奔放以諧合，務嘈囋而妖冶。埤蒼曰：嘈囋，聲皃。嘈與囋及囋同。才曷切。徒悅目而偶俗，固高聲而曲下。言聲雖高而曲下。張衡舞賦曰：旣娛心以悅目。廣雅曰：耦，諧也。耦與偶古字通。寤防露與桑間，又雖悲而不雅。防露，未詳。一曰：謝靈運山居賦曰：楚客放而防露作。注曰：楚人放逐，東方朔感江潭而作七諫。然靈運有七諫有防露之言，遂以七諫爲防露也。禮記曰：桑間濮上之音，亡

文十七　七

國之音也。鄭玄曰：濮水之上，地有桑間，先亡國之音於此水上。或清虛以婉約，每除煩而去濫。左氏傳：君子曰：臣除煩而去惑。闕大羹之遺味，同朱絃之清氾，雖一唱而三歎，固旣雅而不豔。言作文之躰，必須文質相半，雅豔相資。今文少而質多，故旣雅而不豔，比之大羹而闕其餘味，方之古樂而同清氾，言質之甚也。餘味，謂樂羹皆古，不能備其五聲五味，故曰有餘也。禮記曰：清廟之瑟，朱絃而疏越，一唱而三歎，有遺音者矣。大饗之禮，尚玄酒而俎腥魚，大羹不和，有遺味者矣。鄭玄曰：朱絃，練朱絃也，練則聲濁。越，瑟底孔，畫疏之，使聲遲。唱，發歌句者。三歎，三人從而歎之。大羹，肉湆，不調以鹽菜也。遺，猶餘也。然大羹之有餘味，以爲古矣，而又闕之，甚甚之辭也。若夫豐約之裁，俯仰之形，廣雅曰：約，儉也。因宜適變，曲有微情。毛萇詩傳曰：適，之也。楚辭曰：結微情以陳辭。說文曰：微，妙也。或言拙而喻巧，或理朴而辭輕，或襲故而彌新，或沿濁而更清。孔安國尚書傳曰：襲，因也。禮記曰：明王以相沿。鄭玄曰：沿，猶因述也。或覽之而必察，或研之而後精。譬猶舞者赴節以投袂，歌者應絃而遣聲。王粲七釋曰：邪睨鼓下，亢音赴節。左氏傳

曰報袂而起。杜預曰：報，振也。是蓋輪扁所不得言，故亦非華說之所能精。莊子曰：桓公讀書於堂上，輪扁斲輪於堂下，釋椎鑿而上，問桓公：敢問公之所讀者何言也？公曰：聖之言。曰：聖人在乎？公曰：死矣。輪扁曰：然則君之所讀者，聖人之糟魄耳。公曰：寡人讀書，輪人安得議乎？有說則可，無說則死。輪扁曰：臣也以臣之事觀之，斲輪徐則甘而不固矣，疾則苦而不入，矣不徐不疾，得於手而應於心，口不能言也，有數存焉於其間。臣不能以喻臣之子，臣之子亦不能受之於臣，是以行年七十而老斲輪。郭子玄云：言物各有性，効學之無益也。李顒曰：齊桓公也。扁，言音篇，又扶緬切。斲，丁角切。謂斲輪之人，扁其名也。魄，音普莫切。李顒曰：酒滓曰糟。司馬彪曰：爛食曰魄。甘，緩也。苦，急也。李曰：數，術也。王充論衡曰：虛談竟於華葉之言，無根之深，安危之際，文人不與，徒能華說之効也。普辭條與文律，良余膺之所服。尚書帝曰：律和聲。孔安國曰：律，六律也。禮記子曰：回得一善，則拳拳服膺不失之。練世情之常尤，識前脩之所淑。纏子董無心曰：罕得事君子，不識世情，尤非也。楚辭曰：蹇吾法夫前脩，非時俗之所服。淑，善也。雖濬發於巧心，或受㰞於拙目。言文之難，不能無累，雖復巧心濬發，或於拙目受蚩㰞，笑也。㰞與蚩同。彼瓊敷與玉藻，若中原之有菽。瓊敷玉藻，以喻文也。毛詩

曰：中原有菽，庶人采之。毛萇曰：中原，原中也。菽，藿也。力采者得之。同櫜籥之罔窮，與天地乎並育。老子曰：天地之間，其猶櫜籥乎？虛而不屈，動而愈出。河上公曰：櫜籥中空虛，故能育聲氣也。王弼曰：櫜，排櫜。籥，樂器。按櫜，冶鑄者用以吹火使炎熾。說文曰：櫜，囊也。音託。籥，音藥。雖紛藹於此世，嗟不盈於予掬。毛詩曰：終朝采綠，不盈一掬。毛萇曰：綠，王芻。兩手曰掬。患挈缾之屢空，病昌言之難屬。挈缾，喻小智之人，以注在上。何休曰：提，猶挈也。左氏傳曰：雖有挈瓶之智，守不假器。論語曰：回也屢空。尚書帝曰：禹亦昌言。孔安國曰：昌，當也。王逸楚辭注曰：屬，續也。故踸踔於短垣，放庸音以足曲。廣雅曰：踸踔，無常也。今人以不定為踸踔，不定亦無常也。莊子曰：夔謂蚿曰：吾以一足踸踔而行，爾無如矣。謂脚長短也。踸，勑甚切。踔，勑角切。國語曰：有短垣，君不踰。爾雅曰：庸，常也。恒遺恨以終篇，豈懷盈而自足。言才恒不足也。荅賓戲曰：孔終篇於西狩。懼蒙塵於叩缶，顧取笑乎鳴玉。缶，瓦器而不鳴，更蒙之以塵，故取笑乎玉之鳴聲也。文子曰：蒙塵而欲無昧，不可得也。李斯上書曰：擊甕叩缶。若夫應感之會，通塞之紀，紀，綱紀也。周易曰：不出戶庭，知通塞也。來不可遏，去不

可止。莊子曰：其來不可卻，其去不可止。毛詩傳曰：遏，止也。孔安國曰：遏，絕。藏若景滅，行猶響起。枚乘上書曰：景滅迹絕。王命論曰：趣時如響起。方天機之駿利，夫何紛而不理。莊子蚿曰：今予動吾天機。司馬彪曰：天機，自然也。又大宗師曰：其耆欲深者，其天機淺也。劉瓛曰：言天機者，言萬物轉動，各有天性，任之自然，不知所由然也。思風發於胷臆，言泉流於脣齒。論衡曰：吾言潏淈而泉出。紛葳蕤以馺遝，唯毫素之所擬。葳蕤，盛貌。馺遝，多貌。封禪書曰：紛綸葳蕤。毫，筆也。纂文曰：書縑曰素。揚雄書曰：齎紬素四尺。文徽徽以溢目，音泠泠而盈耳。延篤仁孝論曰：煥乎爛兮其溢目也。論語曰：洋洋乎盈耳哉。及其六情底滯，志往神留，春秋演孔圖曰：詩含五際六情，絕於申。宋均曰：申，申公也。仲長子昌言曰：喜怒哀樂好惡謂之六情。國語曰：夫人氣縱則底，底則滯。韋昭曰：底，著也。滯，廢也。兀若枯木，豁若涸流。莊子曰：形固可使如枯木，心固可使如死灰。郭象注莊子曰：遺身而自得，雖掞然而不持，坐忘行忘而為之，故行若曳枯木，止若聚死灰，是以云其神凝也。向秀曰：死灰枯木，取其寂漠無情耳。爾雅曰：涸，竭也。國語：泉涸而成梁。涸，水盡也。攬營魂以探賾，頓精爽於自求。自求

於文也。楚辭曰：營魂而升遐。周易曰：探賾索隱，鉤深致遠。左氏傳樂祁曰：心之精爽，是謂魂魄。孟子曰：使自求之。理翳翳而愈伏，思乙乙其若抽。方言曰：翳，奄也。乙，抽也。乙，難出之貌。說文曰：陰氣尚強，其出乙乙然。乙，音軋。新論曰：桓譚嘗欲從子雲學賦，子雲曰：能讀千賦則善為之矣。譚慕子雲之文，嘗精思於小賦，立感發病，彌日瘳。子雲說成帝祠甘泉，詔雄作賦，思精苦，困倦小臥，夢五藏出外，以手收而內之，及覺，病喘悸少氣。士衡與弟書曰：思苦生疾。是以或竭情而多悔，或率意而寡尤。左氏傳趙武曰：范會言於晉國，竭情無私。淮南子曰：人輕小害，至於多悔。論語子曰：言寡尤，行寡悔。包曰：尤，過也。雖茲物之在我，非余力之所勠。物，事也。勠，并也。言文之不來，非予力之所并。國語曰：勠力一心。賈逵曰：勠力，併力也。故時撫空懷而自惋，吾未識夫開塞之所由。開謂天機駿利，塞謂六情底滯。伊茲文之為用，固衆理之所因。恢萬里而無閡，通億載而為津。言文能廓萬里而無閡，假令億載而今為津。法言曰：著古昔之㫚㫚，傳千里之忞忞者，莫如書。軌曰：㫚㫚，目所不見。忞忞，心所不了。小雅曰：閡，限也。俯貽則於來葉，仰觀象乎古人。葉，世

也幽通賦曰終保己而貽則尚書曰予恐來世又曰予欲觀古人之象濟文武於將墜兮宣風聲於不泯論語子貢曰文武之道未墜於地尚書畢命曰彰善癉惡樹之風聲毛詩曰靡國不泯毛萇曰泯滅也爾雅曰泯盡也塗無遠而不彌理無微而弗綸法言曰彌綸天地之事記久明遠者莫如書周易曰易與天地準故能彌綸天地之道王肅曰彌綸纏裹也配霑潤於雲雨象變化乎鬼神論衡曰山大者雲多太山不崇朝辨雨天下然則賢聖有雲雨之智彼其吐文萬牒以上賈子曰神者變化而無所不爲也被金石而德廣流管絃而日新金鍾鼎也石碑碣也言文之善者可被之金石施之樂章禮記曰金石絲竹樂之器也漢書曰聖王已沒鍾鼓管絃之聲未衰吳越春秋樂師謂越王曰君王德可刻之於金石聲可託之於管絃毛詩曰漢廣德廣所及也周易曰日新之謂盛德

音樂

樂記曰凡音之起由人心生也心之動物使之然也感於物而動故形於聲聲相應故生變變成方謂之音比音而樂之及干戚羽旄謂之樂注曰方猶文章也又曰聲成文謂之音

洞簫賦

漢書音義如淳曰洞者通也簫之無底者故曰洞簫釋名簫肅也言其聲肅肅然清也大者二十三管長三尺四寸小者十六管一名籟

王子淵

漢書曰王褒字子淵蜀人也宣帝時爲諫議大夫帝太子體不安苦忽忽不樂詔使褒等皆之太子宮娛侍太子朝夕誦書奇文及自所造作疾平復乃歸太子嘉褒所爲甘泉及洞簫頌令後宮貴人左右皆誦讀之益州有金馬碧雞之寶使褒祀焉於道病卒

原夫簫幹之所生兮于江南之丘墟廣雅曰原本也江圖曰慈母山此山竹作簫笛有妙聲丹陽記曰江寧縣慈母山臨江生簫管竹王褒賦云于江南之丘墟即此處也其竹圓異衆處自伶倫採竹嶰谷後見此奇故歷代常給樂府而呼鼓吹山幹小竹也王逸楚辭注曰幹體也洞條暢而罕節兮標敷紛以扶踈條暢條直通暢也罕稀也言竹節稀踈而相去標竹之末也宋玉笛賦曰奇篠異幹罕節簡支敷紛茂盛扶踈四布徒觀其旁山側兮則嶇嶔巋崎倚巇迤㠥誠可悲乎其不安也嶇嶔巋崎皆山險峻之貌迤㠥邪平之貌言竹生其旁故欹側不安㠥音靡彌望儻莽聯延曠盪又足樂乎其敞閑也儻莽曠盪寬廣之貌儻佗朗切敞大貌言竹生敞閒之處又足樂也託身軀於后土兮經萬載而不遷左氏傳晉大夫謂秦伯曰君履后土而戴皇天后土地也言竹託生於地經歷萬載不易其貞萃也吸至精之滋熙兮稟蒼色之潤堅周易曰精氣爲物滋熙潤悅貌孔安國尚書傳曰稟受也周易曰震爲蒼莨竹感陰陽之變化兮附性命乎皇天孫卿子曰陰陽大化周易曰四時變化翔風蕭蕭而逕其末兮迴江流川而溉其山風賦曰翶翔乎激水之上荊軻歌曰風蕭蕭兮易水寒言風蕭蕭徑過其末回江謂江回曲也說文曰溉猶灌也言江之流注灌溉其山也揚素波而揮連珠兮聲礚礚而澍淵呂忱曰波水涌也漢武帝秋風辭曰橫中流兮揚素波杜預左氏傳注曰揮湔也湔音贊字指曰礚大聲也說文曰注灌也澍與注古字通朝露清冷而隕其側兮玉液浸潤而承其根說文曰液津也夷石切孤雌寡鶴娛優乎其下兮春禽羣嬉翶翔乎其顚說文曰嬉樂也秋蜩不食抱樸而長吟兮玄猨悲嘯搜

索乎其閒爾雅曰蜩蜋蜩方言曰楚謂蟬爲蜩家語子夏曰蟬飲露而不食蜩徒凋切抱音附蒼頡篇曰朴木皮也上林賦曰玄猨素雌搜索往來貌搜所求切索所白切處幽隱而奧庰兮密漠泊以獑猭廣雅曰奧藏也說文曰屛蔽也庰與屛同嘆與峭竹窖貌獑猭相連延貌字書獑猭獸逃走也漠與嘆同浦百切泊與峭同士百切獑勑陳切猭勑負切惟詳察其素體兮宜清靜而弗諠方言曰素本也言審視竹之本體清而不讙譁也幸得謚爲洞簫兮蒙聖主之渥恩謚號也實二切言得謚爲簫而恒施用之豈非蒙聖王之厚恩也可謂惠而不費兮因天性之自然論語子曰因人所利而利之斯不亦惠而不費乎家語孔子曰器用陶匏以象天地之性也萬物無可以稱之者故其自然之體於是般匠施巧夔妃准法墨子曰公輸爲雲梯鄭玄曰般伎巧者莊子曰匠石之齊見櫟社樹匠伯不顧司馬彪曰匠石字伯尚書帝曰夔命汝典樂教胄子妃未詳也一云夔列子曰孔子就師襄學琴帶以象牙提其會合帶猶飾也方言曰提同也言以象牙飾其會合之際言巧密也提胡本切鎪鏤離灑絳脣錯雜爾雅曰鏤鎪也離灑鏤鏤之貌絳脣謂簫孔以

朱飾之灑所宜切鄰菌繚糾羅鱗捷獵言簫之形也鄰菌繚糾相著貌如羅魚鱗布列也捷獵參差也膠緻理比挹抐擫𢶍膠緻理比言細密也挹抐擫𢶍言中制也比扶至切挹於泣切抐女立切擫於頰切𢶍奴協切於是乃使夫性昧之宕冥生不覩天地之體勢闇於白黑之貌形性昧宕冥謂天性闇昧過於幽冥也說文曰宕過也生初生也淮南子曰夫盲者不能別晝夜分白黑矣憤伊鬱而酷䀋愍眸子之喪精鄭玄禮記注曰憤怒氣充實也伊鬱不通酷猶甚也蒼頡篇曰䀋憂貌奴谷切廣雅曰眼珠子謂之眸趙岐孟子注曰眸子目瞳子也寡所舒其思慮兮專發憤乎音聲言冥生之人而絕所見思慮無所故得專意發憤在於音聲論語子曰發憤忘食故吻吮值夫宮商兮龢紛離其匹溢言口吻所吮皆遇宮商紛離匹溢聲四散也字林曰吻口邊也說文曰吮嗽也似兗切形旖旎以順吹兮瞋𡂡啁以紆鬱言簫聲既發形旖旎以隨之漢書音義張揖曰旖旎猶阿那也司馬相如賦曰又猗狔以招搖說文曰顄頤也釋名曰啁咽下垂也言氣之盛而𡂡啁類瞋也楚辭曰鬱結紆軫王逸曰紆曲也𡂡與顄劉並音含啁音胡氣旁迕以飛射兮馳散渙以逫律旁迕言氣競旁出遞相逆迕也飛射氣出迅疾也散渙分布也逫律出遲貌逫張律切趣從容其勿述兮騖合遝以詭譎勿述無所逆誤之貌合遝盛多貌封禪書曰奇物譎詭詭譎猶奇怪也或渾沌而潺湲兮獵若枚折聲或渾沌不分潺湲或復其聲模無似枚之折也雜字曰潺浸水流貌獵聲也詩曰伐其條枚毛萇詩傳曰枚幹也廣雅曰獵折也或漫衍而駱驛兮沛焉競溢漫衍流溢貌駱驛相連延貌沛多貌惏慄密率掩以絕滅惏慄寒貌恐懼也風賦曰憯悽惏慄密率安靜也掩止息貌㘈霵曄踕跳然復出㘈霵曄踕眾聲疾貌說文曰跳躍也㘈胡急切霵或為𩆩同助急切跳徒彫切若乃徐聽其曲度兮廉察其賦歌廉亦察也啾咇㗻而將吟兮行鍖銋以龢囉啾眾聲也咇㗻聲出貌行猶且也胡庚切鍖銋聲不進貌龢囉聲迭蕩相雜貌咇音筆㗻音櫛鍖湯錦切銋奴錦切風鴻洞而不絕兮優嬈嬈以婆娑鴻洞相連貌嬈嬈柔弱也婆娑分散貌廣雅曰嬈奇也翩緜連以牢落兮漂乍棄而為他說文曰漂浮也芳妙切他謂奇聲也言聲漂結

而去棄其舊調而更為奇聲要復遮其蹊徑兮與謳謠乎相龢謳謠已發簫聲於其蹊徑要復而遮之與之相和也龢古和字故聽其巨音則周流汜濫并包吐含若慈父之畜子也韓詩曰夫為人父者必懷慈仁之愛以畜養其子也含下闇切其妙聲則清靜厭瘱順敘卑迖若孝子之事父也妙聲聲之微妙也厭安靜貌曹大家列女傳注曰瘱深邃也音翳字林曰迖滑也迖佗戾切科條譬類誠應義理澎濞慷慨一何壯士言聲之慷慨如壯士澎濞波浪相激之聲說文曰慷慨壯士不得志於心也優柔溫潤又似君子大戴禮曰優之柔之禮記曰溫潤而澤故其武聲則若雷霆輘輷佚豫以沸㥜輘輷大聲也埤蒼曰沸㥜不安貌輘力萌切輷呼萌切沸或為潰扶味切㥜音謂其仁聲則若颽風紛披容與而施惠呂氏春秋曰南方曰颽風颽風長物故曰施惠容與寬裕之貌或雜遝以聚斂兮或拔搬以奮棄雜遝眾多貌拔搬分散也何休公羊傳注曰側手擊曰拔扶割切搬蘇割切悲愴怳以惻惐兮時恬淡以綏肆楚辭曰愴怳懭悢兮惻惐傷痛也廣雅曰恬靜也說文曰淡安也緩遲也王肅尚書注曰肆緩也被淋灑其靡靡兮時橫潰以陽遂孔安國尚書傳曰被及也淋灑不絕貌靡靡聲之細好也橫潰旁決貌陽遂清通貌言其聲或盛壯而細密時復橫潰而清通也橫音于孟切鄭玄周禮注曰陽清也又禮記注曰遂達也哀悁悁之可懷兮良醰醰而有味毛詩曰中心悁悁說文曰憂煩悁邑憂貌字林曰悁含怒也於玄切又曰醰甜同長味也大含切故貪饕者聽之而廉隅兮狼戾者聞之而不懟尚書曰叨懫曰欽孔安國曰貪饕急懫禮記曰儒者有砥礪廉隅戰國策曰張儀去趙王狼戾無親爾雅曰懟怨也剛毅彊虣反仁恩兮嘽唌逸豫戒其失字書曰虣古文暴字也嘽唌逸豫舒緩自放縱之貌嘽吐誕切唌音誕鍾期牙曠悵然而愕兮杞梁之妻不能為其氣呂氏春秋曰伯牙鼓琴志在太山鍾子期曰善哉巍巍乎若太山須臾志在流水子期曰善哉洋洋若流水子期死伯牙破琴絕紡終身不復鼓琴以為世無人為鼓琴者按列女傳齊杞殖妻也齊莊公襲莒殖戰死杞梁之妻無子內外無五屬之親既非所歸乃就其夫之屍於其城下而哭之內誠動人道路過者莫不為之揮涕十日而城為之崩杞梁字殖名也鄭玄注禮魯襄公

二十九年齊侯襲莒是也列子曰伯牙善鼓琴鍾子期善聽左氏傳曰師曠侍於晉侯杜預曰師曠晉樂太師字書曰愕驚也琴操曰杞梁妻歎者齊邑芑梁殖之妻所作也殖死妻歎曰上則無父中則無夫下則無子將何以立吾亦死而已援琴而鼓之曲終遂自投水而死芑與杞同也
師襄嚴春不敢竄其巧兮浸淫叔子遠其類家語曰孔子學鼓琴於師襄七
略有莊春言琴宋玉笛賦曰於是天旋少陰白日西靡命嚴春使叔子浸淫猶漸冉相親附之意也毛萇詩傳曰昔顏叔子獨處于室隣之嫠婦又
獨處室夜暴風雨至屋壞婦人趨而至叔子納之而使執燭放於平旦蒸盡縮屋而繼之自爲避嫌不審矣趙岐孟子章句曰放至也方往切
嚚頑朱均惕復惠兮桀跖鬻博儡以頓顇左氏傳富辰曰心不則德義之經爲頑口
不道忠信之言爲嚚史記曰堯子丹朱不肖舜子商均亦不肖復惠復黠慧也桀夏桀也跖盜跖也莊子曰施及三王天下大駭矣下有桀跖上有
曾史鬻夏育也古字同博申博也未詳其始陸機夏育贊曰夏育之猛千載所希申博角勇臨頟奮椎儡羸疾貌顇即愁顇也吹參差
而入道德兮故求御而可貴楚辭曰吹參差兮誰思王逸曰參差洞簫時奏狡弄則
彷徨翺翔埤蒼曰彷徨猶彷徉也或留而不行或行而不留言逝止無常狡急也弄小曲也

八ヲ五十　文十七　十四

憛恅瀾漫亡耦失疇埤蒼曰嘾蔘寂靜也嘾蔘與憛恅音義同憛麤老切恅閒草切瀾漫分散也上林賦曰瀾漫遠
遷薄索合沓罔象相求薄迫也索求也合沓重沓也罔象虛無罔象然也莊子曰黃帝遊赤水之北遺其玄珠罔
象求之而得故知音者樂而悲之不知音者怪而偉之故聞其悲
聲則莫不愴然累欷撆涕抆淚說文曰撆拭也匹結切廣雅曰歔欷悲也抆亦拭也亡粉切
其奏歡娛則莫不憚漫衍凱阿那腲腇者已憚漫衍凱歡樂貌阿那腲腇舒
遲貌埤蒼曰腲腇肥貌腲一罪切腇乃罪切是以蟋蟀蚸蠖蚑行喘息言所感深爾雅曰蟋蟀蛬也郭
璞曰促織也爾雅曰蠖蚇蠖也郭璞曰今蝍蝛也周書曰蚑行喘息說文曰蚑徐行凡生類之行皆曰蚑蚑音奇說文曰喘疾息也螻蟻
蝘蜒蠅蠅翊翊方言曰南楚謂螻蛄爲括螻力侯切爾雅曰蚍蜉大螘螘與蟻同爾雅曰蜥蜴蝘蜒蝘於典切蜒徒典切蠅蠅
翊翊遊行貌遷延徙迤魚瞰雞睨皆蟲之形也遷延徙迤却退貌魚目不瞑雞好邪視故取喻焉瞰視也睨邪視
也垂喙蟺轉瞪瞢忘食韓詩外傳曰蕤賓有聲倮介之蟲無不延頸以聽說文曰喙口也許穢切或爲咮鳥

口也都遘切蟺轉動貌埤蒼曰瞪直視也直耕切瞢視不審諦也莫耕切況感陰陽之龢而化風俗之倫
哉家語曰人也者天地之德陰陽之交亂曰狀若捷武超騰踰曳迅漂巧兮狀聲之狀
也捷武言捷巧曳亦踰也或爲跇鄭德曰跇度也弋制切漂疾也妨妙切又似流波泡溲汎淁趨巇道兮
泡溲盛多貌汎淁微小貌又云波急之聲方言曰泡盛也薄交切溲所求切汎房法切埤蒼曰淁裁有水也所獵切巇道嶮巇之道哮呷
呟喚躋躓連絕淈殄沌兮言其聲之大哮呷呟喚或躋或躓時連時絕淈然相亂殄沌不分也埤蒼曰哮
嚇大怒也呼交切杜預左氏傳注曰躋升也將雞切漢書音義韋昭曰躓頓也竹利切淈胡忽切沌徒損切攪搜㶌捎逍遙
踊躍若壞頹兮攪搜㶌捎水聲也壞頹言如物崩壞頹毀也攪胡卯切搜所卯切㶌胡角切捎所學切優游
流離躊躇稽詣亦足耽兮韓詩曰搔首躊躇稽詣言聲稽留如有所詣也蒼頡篇曰詣至也頹唐
遂往長辭遠逝漂不還兮頹唐隤墜貌本或無此十二字賴蒙聖化從容中
道樂不淫兮中於道德雖樂不荒左氏傳曰吳公子札來聘爲之歌頌曰遷而不淫樂而不荒條暢洞達

文十七　十五

中節操兮言聲有條貫通暢洞達而中於節操終詩卒曲尚餘音兮言簫中次詩而曲將盡尚
有餘音也吟氣遺響聯緜漂撆生微風兮漂撆餘響少騰相擊之貌漂匹遥切撆匹曳切連
延駱驛變無窮兮

舞賦一首

并序按周禮舞師樂師掌教舞有兵舞有干舞有羽舞有旄舞呂氏春秋曰堯時陰氣滯伏陽氣閉塞使
人舞蹈以達氣舞者音聲之容也

傅武仲范曄後漢書曰傅毅字武仲扶風茂陵人也少博學建初中肅宗博召文學之士以毅爲蘭臺令史
少逸氣亦與班固爲竇憲府司馬早卒

楚襄王既遊雲夢使宋玉賦高唐之事高唐賦序曰楚襄王與宋玉遊於雲
夢之臺望高唐之觀王曰試爲寡人賦之將置酒宴飲謂宋玉曰雲夢藪名在南郡華容縣高唐觀名此並
假設爲辭寡人欲觴羣臣何以娛之左氏傳曰欒盈觴曲沃人杜預曰飲酒於曲沃玉曰臣

聞歌以詠言舞以盡意尚書曰歌詠言孔安國曰歌詠其義以長其言毛萇詩序曰言之不足故嗟嘆之嗟
嘆之不足故詠歌之詠歌之不足不知手之舞之足之蹈之說苑曰聲樂易良而合於歌情盡舞意是以論其詩不如
聽其聲謂言之不足故詠歌之聽其聲不如察其形謂詠歌之不足故手舞足蹈也言不如視其舞
形鄭玄注樂記曰宮商角徵羽雜比曰聲單曰音激楚結風陽阿之舞張晏曰激楚歌曲也列女傳曰聽激楚之
遺風結風亦曲名上林賦曰鄢郢繽紛激楚結風文穎曰激衝激急風也結風迴風亦急風也楚地風既自漂疾然歌樂者猶復依激結之急風爲
節楚辭曰宮庭震驚發激楚兮淮南子曰夫足蹀陽阿之舞又曰歌采菱發陽阿鄭人聽之曰不若延露以和非歌者拙也聽者異也高誘曰陽阿
古之名倡也材人之窮觀天下之至妙噫可以進乎孔安國尚書傳曰噫恨辭也鄭玄注
禮記曰噫弗寤之聲王曰如其鄭何樂記曰鄭衛之音亡國之音也恐其同於鄭舞當如之何楚辭曰二八齊容起鄭舞
王逸曰鄭國舞也王曰小大殊用鄭雅異宜韓詩曰舞則纂兮薛君曰言其舞應雅樂也弛張
之度聖哲所施禮記孔子曰一張一弛文武之道是以樂記干戚之容雅美

文十七　十六

蹲蹲之舞禮記曰干戚羽旄謂之樂鄭玄曰干楯也戚斧也武舞所執也毛詩小雅曰坎坎鼓我蹲蹲舞我一本或云旌旄之
舞禮設三爵之制頌有醉歸之歌禮記曰君子飲酒也禮三爵而油油以退鄭玄曰油油悅敬貌
毛詩魯頌曰振振鷺鷺于飛鼓咽咽醉言歸于胥樂兮夫咸池六英所以陳清廟協神人也
樂動聲儀曰黃帝樂曰咸池顓頊樂曰五莖帝嚳樂曰六英宋均曰能爲天地四時六合之英華也毛詩曰清廟祀文王也尚書曰八音克諧神人
以和鄭衛之樂所以娛密坐接歡欣也禮記曰鄭衛之音亂世之音餘日怡蕩
非以風民也其何害哉餘日聽覽之餘日也怡蕩怡悅放蕩也爾雅曰怡樂也毛詩序曰風教也玉曰
試爲寡人賦之玉曰唯唯夫何皎皎之閑夜兮明月爛以施
光古詩曰明月何皦皦楚辭曰夜皎皎兮既明朱火曄其延起兮燿華屋而熺洞
房古詩曰朱火然其中青煙颺其間廣雅曰熺熾也虛疑切楚辭曰姱容脩態絚洞房黼帳袪而結組兮
鋪首炳以焜煌司馬相如美人賦曰黼帳周垂袪猶舉也長門賦曰張羅綺之幔帷兮垂楚組之連綱漢書曰鋪首鳴說

文曰鋪著門抪首陳茵席而設坐兮溢金罍而列玉觴毛詩曰文茵暢轂鄭玄注曰茵
蓐也詩曰我姑酌彼金罍鄭玄曰君黃金罍玉觴玉爵也周禮曰朝覲有玉几玉爵騰觚爵之斟酌兮漫既
醉其樂康儀禮曰騰觚于賓又曰小臣請媵爵鄭玄曰今文媵皆作騰禮記禮器篇注曰凡觴一升曰爵二升曰觚毛詩曰既醉
以酒楚辭曰君欣欣兮樂康毛萇詩傳曰康樂也嚴顏和而怡懌兮幽情形而外揚爾雅
曰懌樂也文人不能懷其藻兮武毅不能隱其剛言皆欲騁其材能效其技也左
氏傳曰致果爲毅簡惰跳踃般紛挐兮淵塞沈蕩改恒常兮言失度也簡惰
踈簡怠惰也埤蒼曰踃跳也先聊切紛挐相著牽引也毛詩曰其心塞淵毛萇曰塞實也淵深也於是鄭女出進二
八徐侍楚辭曰二八齊容起鄭舞淮南子曰鼓舞或作鄭舞高誘注曰鄭褎也楚王之幸姬善歌儛名曰鄭舞楚辭曰二八迭奏女樂
羅些姣服極麗姁媮致態姁媮和悅貌態謂姿態也姁況于切媮以朱切貌嫽妙以妖
蠱兮紅顏曄其揚華毛萇詩傳曰嫽好貌理紹切妖蠱淑豔也揚華揚其光華眉連娟以

八百五　文十七　十七

增繞兮目流睇而橫波連娟細貌繞謂曲也言眉細而益曲也上林賦曰長眉連娟橫波言目邪視如水之
橫流也神女賦曰望余幬而延視兮若流波之將瀾珠翠的皪而炤燿兮華袿飛髾而雜纖
羅珠翠珠及翡翠也說文曰的皪珠光也劉熙釋名曰婦人上服謂之袿上林賦曰飛纖垂髾司馬彪曰髾燕尾也衣上假飾子虛賦曰雜
纖羅垂霧縠司馬彪曰纖細也顧形影自整裝順微風揮若芳裝服也揮動也若杜也美人佩
以爲芳香也七發曰掄流波雜杜若動朱脣紆清陽動朱脣將歌也神女賦曰朱脣的其若丹毛詩曰有美一人清陽婉
兮毛萇曰清陽眉目之間亢音高歌爲樂方杜預左氏傳注曰方法也歌曰攄予意以引
觀兮繹精靈之所束攄散也引大也言精靈有所窘束今將舒繹之也方言曰繹理也弛緊急
之絃張兮慢末事之骫曲言將觀舞故緊急之絃先已張者今廢弛之末事之骫曲者今輕慢之周禮曰
弛縣也鄭玄曰弛釋下也說文曰緊纏絲急也蒼頡篇曰骫曲也於詭切言鄭衛之末事而委曲順君之好無益故廢而慢之舒恔炅
之廣度兮闊細體之苛縟恔炅廣大之貌苛縟煩數之貌言度之恔炅者更令舒緩體之煩數者使之踈

閬楚辭曰收恢台之孟夏兮炱與台古字通賈逵國語注曰苛煩也賀多切鄭玄喪服注曰縟數也言舒廣大之度則細體之事不利於德者踈而闊之嘉關雎之不淫兮哀蟋蟀之局促毛詩序曰關雎樂得淑女以配君子憂在進賢不淫其色毛詩曰蟋蟀刺晉僖公也儉不中禮蟋蟀在堂歲聿云暮今我不樂日月其除古詩曰蟋蟀傷局促小見之貌啓泰眞之否隔兮超遺物而度俗太眞太極眞氣也否隔不通也言所否閉隔絕使通之呂氏春秋曰陶唐氏之時陰多滯伏陽道壅塞乃作舞宣導之莊子孔子謂老聃曰先生似遺物離人揚激徵騁清角激徵清角皆雅曲名琴操曰伯牙鼓琴作激徵之音韓子師曠曰清徵之聲不如清角贊舞操奏均曲舞操而奏操也琴道曰琴有伯夷之操樂汁圖徵曰聖人立五均均者亦律調五聲之均也宋均曰長八尺施絃形態和神意協從容得志不劫雍容閑雅得其大體不相迫劫也協和也鄭玄禮記注曰劫脅也於是躡節鼓陳舒意自廣言舞人躡鼓以爲節此鼓旣陳故志意舒廣遊心無垠遠思長想莊子曰乘物以遊心晉灼曰垠崖也其始興也若俯若仰若來若往雍容惆悵不可爲象象形象也謂停節之間形態頓乏如惆悵失志也變態不極不可盡述其形象也其少進也若翺若行若竦若傾兀動赴度指顧應聲兀然而動赴其節度手指目顧皆應聲曲羅衣從風長袖交橫王孫子曰衛靈公侍御數百隨珠照日羅衣從風韓子曰長袖善舞駱驛飛散颯擖合并駱驛不絕貌颯擖屈折貌與曲度相合并也鶣𩙪燕居拉揩鵠驚鶣𩙪輕貌拉揩飛貌鵠音篇拉音臘綽約閑靡機迅體輕綽約美貌閑美閑緩而柔美赴曲機疾體自輕少上林賦曰便娟綽約莊子曰綽約若處子埤蒼曰嫺雅也機迅體輕言舞之回折如弩機之發迅姿絕倫之妙態懷慤素之絜清神女賦曰懷貞亮之絜清說文曰慤貞也薛君韓詩章句曰素質也脩儀操以顯志兮獨馳思乎杳冥脩治儀容志操以自顯心志杳冥謂遠而出冥也對問曰翺翔乎杳冥之上在山峩峩在水湯湯與志遷化容不虛生列子曰伯牙鼓琴志在登高山鍾子期曰善哉峩峩乎若太山志在流水鍾子期曰善哉湯湯然若江河伯牙所念鍾子期必得之言舞人與志遷化亦如此者容不虛生必有所象也湯音洋明詩表指嘳息激昂歌中有詩舞人表而明之指而合節表明也韓詩外傳曰魯哀公嘳然太息說文曰

嘳太息也嘳與喟同漢書王章妻謂章曰今在囷厄不自激卬如淳曰激厲抗揚之意也卬我郎切氣若浮雲志若秋霜言旣高且絜也觀者增歎諸工莫當工樂師也於是合場遞進按次而俟遞迭也俟待也言待次第而出也埒材角妙夸容乃理晉灼漢書注曰埒等言闘巧妙也夸猶美也理謂裝飾也軼態橫出瑰姿譎起眄般鼓則騰淸眸吐哇咬則發皓齒瑰美也譎異也般鼓之舞載籍無文以諸賦言之似舞人更遞蹈之而爲舞節古新成安樂宮辭曰般鼓鍾聲盡爲鏗鏘張衡七盤舞賦曰歷七盤而屣躡又曰般鼓煥以駢羅王粲七釋曰七盤陳於廣庭疇人儼其齊俟揄皓袖以振策竦并足而軒跱邪睨鼓下伉音赴節安翹足以徐擊駁頓身而傾折卞蘭許昌宮賦曰振華足以却蹈若將絕而復連鼓震動而不亂足相續而不并婉轉鼓側蜲蛇丹庭與七盤其遞奏覩輕捷之翾翾義並同也說文曰哇諂聲也於佳切咬淫聲也烏交切楚辭曰美人皓齒嫮以姱兮摘齊行列經營切儗指摘行列使之齊整經營往來之貌摘佗歷切相摩切也鄭玄禮記注曰儗猶比也魚里切扱引也言舞人舉引皆有所比擬也廣雅曰扱引也彷彿神動迴翔竦峙子虛賦曰若神仙之彷彿說文曰彷彿見不審也擊不致筴蹈不頓趾蹈鼓而足趾不頓言輕且疾也翼爾悠往闇復輟已言翼然而往闇而復止闇猶奄也古人呼闇殆與奄同方言曰奄遽也及至迴身還入迫於急節已輟止復迴身旋入舞場逼迫於曲之急節也浮騰累跪跗蹋摩跌言舞者之容也浮騰跳躍也累跪進跪貌跗蹋摩跌或反足跗以象蹈或以足摩地而揚跌也鄭玄禮記注曰跗足趾也方于切字書曰跌失蹠也徒結切紆形赴遠漼似摧折言要之曲折漼然以摧折紆曲其形以蹋其身也漼折貌七罪切纖縠蛾飛紛猋若絕纖縠細縠也蛾飛如蛾之飛也紛猋飛揚貌上林賦曰垂霧縠大戴禮曰食桑者有絲而蛾郭璞爾雅注曰蠶蛾也超逾鳥集縱弛殟歿殟歿舒緩貌言舞勢超踰如鳥疾速飛集也縱弛之際又且舒緩弛捨也字林曰鳥踰跳也殟烏骨切歿音沒蜲蛇姌嫋雲轉飄曶說文曰委蛇邪行去也姌嫋長貌蜲與逶同於危切蛇音移姌如劒切嫋音弱如雲轉之疾也飄忽如風之疾也毛萇詩傳曰迴風爲飄曶與忽同呼沒切體如遊龍袖如素蜺遊龍素蜺喻美麗也宋玉神女賦曰蜿若遊龍從風翱翔司馬相如大人賦曰垂絳幡之素蜺黎收而拜曲度究畢言舞將罷徐收斂容態而拜曲度於是究畢蒼頡篇曰邌徐也邌與黎同力奚切曹憲曰𥌒瞅而拜

上音戾下居蚓反今檢玉篇目部無此二字遷延微笑退復次列舞畢退次行列也好色賦曰遷延引身觀者稱麗莫不怡悅於是歡洽宴夜命遣諸客言懽情已洽而宴迫於夜故命遣諸客也擾攘就駕僕夫正策埤蒼攘疾行貌史記曰天下攘攘僕夫執駕者策轡也大戴禮曰驪駒在門僕夫具存車騎並狎龍蹤逼迫狎謂多而相排也龍蹤聚貌龍力董切蹤音摠良駿逸足蹌捍凌越駿馬也逸疾也爾雅曰蹌動也蹌捍馬走疾之貌言馬駿逸奔姿而走相凌越也龍驤橫舉揚鑣飛沫鄒陽上書曰蛟龍驤首鑣馬勒旁鐵也馬舉首而橫走動鑣則飛馬口之沫也馬材不同各相傾奪傾奪謂馳競也或有踰埃赴轍霆駭電滅列子伯樂曰天下之馬絕塵弭轍言馬踰越於塵埃之前以赴車轍如雷霆之聲忽驚忽滅也蹠地遠羣闇跳獨絕許慎淮南子注曰蹠踏也遠出於羣言疾速之甚也鄭玄尚書五行傳曰闇跳行疾貌闇跳獨絕言行急無比也或有宛足鬱怒般桓不發言馬按足緩步鬱怒氣遲留不發也周易曰初九盤桓利居貞後往先至遂爲逐末言逸材之馬雖後往而能先至遂爲

馳逐者之末也逐者以發足爲本或有矜容愛儀洋洋習習鄭玄毛詩注曰洋洋莊敬貌又詩箋云習習和調貌遲速承意控御緩急言遲速任意也毛詩曰又良御忌抑磬控忌毛萇曰止馬曰控忌辭也音異家語孔子曰御者同是車馬其所爲進退緩急異也車音若雷騖驟相及長門賦曰雷隱隱而響起聲象君之車音言車聲隱隱如遠雷之音相連屬也駱漠而歸雲散城邑駱漠駱驛紛漠奔馳之貌中夜車皆歸城邑之中寂然而空有同雲散也天王燕胥樂而不泆毛詩曰籩豆有且侯氏燕胥胥皆也皆來相與燕也孝經曰滿而不溢娛神遺老永年之術優哉游哉聊以永日家語孔子歌曰優哉游哉聊以卒歲毛詩曰且以喜樂且以永日

文選卷第十七

賜進士出身通奉大夫江南蘇松常鎮太等處承宣布政使司布政使胡克家重校刊

文選卷第十八

梁昭明太子撰

文林郎守太子右內率府錄事參軍事崇賢館直學士臣李善注上

音樂下

馬季長長笛賦一首　嵇叔夜琴賦一首

潘安仁笙賦一首　成公子安嘯賦一首

長笛賦并序

周禮笙師掌教吹笛說文曰笛七孔長一尺四寸今人長笛是也風俗通曰笛滌也蕩滌邪志納之雅正

馬季長范曄後漢書曰馬融字季長扶風茂陵人也將作大匠嚴之子爲人美容貌有俊才好吹笛爲校書郎順帝時遷南郡太守免與馬皇后親坐高堂施絳帳前授生徒後列女樂鄭玄盧植皆其弟子後拜議郎卒

融既博覽典雅精核數術仲長子昌言曰精核是非議之嘉也說文曰覈考實事也核與覈古字通漢書曰術數者皆羲和卜史之職韋昭曰歷數占術也又性好音能鼓琴吹笛而爲督郵無留事韋昭釋名曰督郵主諸縣罰負殿糾攝之也辨位曰言督郵書掾者郵過也此官不自造書主督上官所下所過之書也史記齊威王語即墨大夫曰自子之居即墨無留事獨臥郿平陽鄔中有雒客舍逆旅漢書右扶風有郿縣平陽鄔聚邑之名也鄔烏古切毛詩曰王餞于郿毛萇曰地名說文曰鄔小障也一曰庳城在阜部服虔通俗文曰營居曰鄔左氏傳荀息曰今號爲不道保於逆旅吹笛爲氣出精列相和歌錄曰古相和歌十八曲氣出一精列二魏武帝集有氣出精列二古曲融去京師京師謂洛陽也踰年暫聞甚悲而樂之追慕王子淵枚乘劉伯康傅武仲等簫琴笙頌唯笛獨無王子淵作洞簫賦枚乘未詳所作以序言之當爲笙賦文章志曰劉玄字伯康明帝時官至中大夫作簧賦傅毅字武仲作琴賦故聊復備數作長笛賦其辭曰

惟鐘籠之奇生兮，于終南之陰崖。字林曰惟有也戴凱之竹譜曰鐘籠竹名毛詩曰終
南何有毛萇曰周之山名尚書大傳曰觀乎南山之陰謂山北託九成之孤岑兮，臨萬仞之
石磎。山海經曰柏山四成郭璞曰成亦重也言九者數之多也爾雅曰山小高曰岑孔安國曰八尺曰仞包氏曰七尺曰仞爾雅曰山瀆
無所通谿尸子曰焦原者臨萬仞之谿特箭稾而莖立兮，獨聆風於極危。箭稾
二竹名也言似二竹或生而莖立或生於極危爾雅曰東南之美者會稽之竹箭焉郭璞方言注曰箭者竹名也鄭玄周禮注曰箭幹謂之稾尚書
曰惟箘簬楛鄭玄曰箘簬蒼頡篇曰聆聽也音零秋潦漱其下趾兮，冬雪揣封乎其
枝。說文曰潦雨水也鄭玄周禮注曰漱齧也爾雅曰趾足也鄭玄毛詩箋曰團聚貌揣與團古字通徒歡切漢書音義孟康曰揣持也巔
根跱之槷刖兮，感迴飆而將頹。巔根根生於巔也作巔根將顛墜也槷刖危貌感觸也爾
雅曰颭飆謂之猋猋與飆同頹落也槷吾結切刖五刮切夫其面旁則重巘增石，簡積頵
砡。面前也爾雅曰重巘隒郭璞曰謂山形如累巘巘曰甑山狀似之因以名也又曰簡大也說文曰頵頭落也五隕切字林曰砡齊頭也牛六切

兀嶁狋鬄，傾昃倚伏。兀嶁狋鬄嶔峻之貌嶁力于切狋助緇切鬄魚飢切嵺窌巧老，港
洞坑谷。嵺窌巧老深空之貌港洞相通也嵺苦交切窌郎交切巧老依字港胡貢切嶰壑澮峵，峪窌
巖𥨐。爾雅曰小山別大山曰嶰又兩山夾澗也澮峵嶰壑深平之貌鄭玄曰澮所以通水於川也峵音兌峪即坎也周易曰入於坎峪凶
王弼曰最處峪底也說文曰窞坎中小坎也徒感切巖深巖也說文曰巖岸也巖𥨐不平也廣雅曰𥨐窟也字從穴從復扶福切運裛
窏洝，岡連嶺屬。運裛迴旋相纏也窏洝甲曲不平也屬連也窏於孤切洝音按林簫蔓荊，森
槮柞樸。說文曰篠小竹也簫與篠通本草經曰蔓荊實味苦森槮木長貌鄭玄毛詩箋曰柞櫟也子落切樸包木也補木切於
是山水猥至，渟涔障潰。廣雅曰猥衆也埤蒼曰渟水止也薛君韓詩章句曰涔漁池也音岑賈逵國語
注曰障防也字林曰潰旁決也顄淡滂流，碓投瀺穴。顄淡水搖蕩貌顄胡感切淡徒敢切碓投似碓之所投也
說文曰碓舂也都隊切瀺水注聲也字林曰流水行也瀺穴瀺注隙穴也士咸切爭湍苹縈，汩活澎濞。許慎
淮南子注曰湍水疾也苹縈迴旋之貌汩活疾貌字林曰澎濞水瀑至聲也苹芳耕切汩古沒切活古活切波瀾鱗淪，窊

隆詭戾。爾雅曰大波爲瀾郭璞曰言蘊淪也鱗淪相次貌說文曰窊邪下也窊隆高下貌詭戾乖違貌窊烏瓜切潟瀑
噴沫，犇遯碭突。潟瀑沸湧貌噴沫跳沫也碭徒郎切搖演其山，動杌其根者，
歲五六而至焉。說文曰搖動也賈逵國語注曰演引也張揖注漢書上林賦曰杌搖也字林曰至到也是以
間介無蹊，人迹罕到。孟子曰山徑之蹊間介然用之而成路趙岐曰介然人用之不止則蹊成爲路杜預注左
氏傳曰介猶間也間介一也蹊徑也言山間隔絕無有蹊徑也漢書曰舟車所不至人迹所不及猨蜼晝吟，鼯鼠
夜叫。爾雅曰蜼卬鼻而長尾張揖上林賦注曰蜼似獼猴而大郭璞爾雅注曰鼯鼠一名夷由狀如小狐似蝙蝠肉翅亦謂之飛生聲如
人呼寒熊振頷，特麚昏髟。振動也方言曰頷頤也胡感切爾雅曰鹿牡麚牝麀也昏視髟長髦也言或顧視或
振髦昏昌夷切髟方妙切山雞晨羣，壄雉晁雊。毛詩曰雉之朝雊尚求其雌說文曰雄雞之鳴爲雊壄古野字
晁古朝字求偶鳴子，悲號長嘯，由衍識道，噍噍讙譟。由衍行貌羽獵
賦曰噍噍昆鳴噍子由切鄭玄周禮注曰譟讙也經涉其左右，哤聒其前後者，無晝

夜而息焉。左右謂林之左右國語管子曰四民雜處則其言哤哤聒雜聲也說文曰聒讙語也夫固危殆
險巇之所迫也，險巇猶傾側也衆哀集悲之所積也。故其應
清風也，纖末奮蕱，錚鐄謍嗃。方言曰蕱動也蕱與捎同所交切謍嗃並謂其仿聲也錚鐄聲
也錚士庚切說文曰錚金聲鐄與鍠同音宏字林曰謍小聲也呼盲切埤蒼曰嗃大呼也呼交切若絙瑟促柱，號
鍾高調。淮南子曰張瑟者小絃絙大絃緩高氏注曰絙急也楚辭曰絙瑟兮交鼓又曰破伯牙之號鍾王逸曰絙急張絃也博物
志曰鑑脅號鍾善琴名於是放臣逐子，棄妻離友，彭胥伯奇，哀姜
孝己。彭彭咸胥伍子胥也琴操曰尹吉甫周上卿人也有子伯奇伯奇母死更娶後妻生伯邦乃譖伯奇於吉甫曰見妾有美色然有邪
心吉甫曰伯奇爲人慈仁豈有此也妻曰試置空房中君登樓而察之後妻知伯奇仁孝乃取毒蜂綴衣領伯奇前持之於是吉甫大怒放伯奇於
野宣王出遊吉甫從伯奇乃作歌感之於宣王宣王曰此放子辭吉甫乃求伯奇射殺後妻左傳曰魯哀公夫人姜氏歸於齊將行哭而過市曰天
平仲爲不道殺適立庶市人皆哭魯人謂之哀姜帝王世紀曰高宗有賢子孝己其母早死高宗惑後妻之言放之而死天下哀之尸子曰孝己事

親一夜而五起視衣厚薄枕之高下也家語曰曾子遣妻告其子曰高宗
以後妻殺孝己尹吉甫以後妻放伯奇吾上不及高宗中不及吉甫庸知
得免於非乎攢乎下風收精注耳收精不窺注耳專聽靁歎頹息掐膺擗
摽歎聲若雷息聲若頹也楚辭曰吒增歎兮如雷靁與雷古今字也爾雅曰焚輪謂之頹郭璞曰暴風從上下也埤蒼曰掐爪也說文曰膺
胷也國語曰無掐膺韋昭曰掐叩也苦洽切魏書程昱傳曰昱於魏武前忿爭聲氣忿高邊人掐之乃止毛詩曰寤擗有摽毛萇曰擗摽拊心貌
泣血泫流交橫而下毛詩曰鼠思泣血禮記曰高子皐之執親之喪泣血三年未嘗見齒楚辭曰橫垂涕兮泫流
通旦忘寐不能自禦淮南子曰病疵瘕者通旦不寐鄭玄周禮注曰禦禁也於是乃使魯
般宋翟構雲梯抗浮柱魯宋二國名也淮南子曰魯般古之巧人注公輸班也爲木鳶而飛論衡曰魯班刻
木爲鳶飛三日不下爲母作木車木人爲御機關一發遂去不還人謂班母亡翟墨子之名也墨子曰公輸般爲雲梯垂成大山四起所謂善攻具
也必取宋於是墨子見公輸般而止之張湛列子注曰雲梯可以凌虛甘泉賦曰抗浮柱之飛榱按墨子削竹以爲鵲鵲三日不行韓子云爲木鳶
三年不飛一日而敗抱朴子曰墨子名翟宋人或云孔子時人或云在後今案其人在七十弟子後也蹉纖根跋篾

縷言以足蹉躡纖根又跋躡細縷也蹉七何切一作搓埤蒼曰搓擲也方言曰篾小也縷言細似縷也上林賦曰布結縷顏監注蔓生着地
之處皆生細根如相結故名縷今俗呼鼓箏草而幼童對銜之手鼓中央則聲如箏因以名彼雖草名抑亦義兼似縷也膺陗阤
腹陘阻言以膺服於陗阤而腹突於陘阻也淮南子曰岸陗者必阤許愼曰陗峻也七笑切阤落也直紙切字林曰阤小崩也爾雅曰
山絕陘郭璞曰連山中斷也陘音刑逮乎其上匍匐伐取挑截本末規摹彠矩
聲類曰挑決也鄭玄毛詩箋曰挑支落之佗堯切說文曰摹規也莫奴切彠亦矱字王逸楚辭注曰矱度也矩法也彠於縛切夔襄比
律子壄協呂尚書帝曰夔命汝典樂教胄子家語孔子學琴於師襄鄭玄周禮注曰比次也周禮大師掌六律六呂六律陽
聲黃鍾太蔟姑洗蕤賓夷則無射六呂陰聲大呂應鍾南呂林鍾中呂夾鍾左氏傳曰師曠侍於晉侯杜預曰曠晉樂太師子野也孟子曰師曠之
聰不以六律不能正五音十二畢具黃鍾爲主呂氏春秋曰黃帝命伶倫爲律伶倫制十二筩聽鳳鳥之鳴以
別十二律以比黃鍾之宮故黃鍾宮律之本也高誘曰六律六呂各有管也故曰十二筩漢書律歷志曰十二陽六爲律陰六爲呂律者黃帝之所
作也黃帝使伶倫自大夏之西昆侖之陽取竹解谷生其薄厚均者斷兩節閒吹之以爲黃鍾之律本氣至則應六律六呂者述十二月之音氣也

黃鍾律呂之長故曰爲主撟揉斤械剸掞度擬蒼頡篇曰撟正也鄭玄周禮注曰揉謂以火撟也如酉切說文
曰斤斫木又曰械治也字林曰剸裁也大丸切又曰剡銳也周易曰掞木爲矢掞與剡音義同度擬量度比擬也鍃硐隤墜
程表朱裏說文曰鍃大鑿中木也然則以木通其中皆曰鍃也蘇董切廣雅曰硐磨也音動說文曰隤墜也徒雷切爾雅曰墜
落也說文曰程示也張晏漢書注曰表猶外也定名曰笛以觀賢士以其滌穢故可觀士陳於東
階八音俱起儀禮大射禮曰樂人宿縣于階東周禮曰播之以八音孔安國注曰八音金石絲竹匏土革木食舉
雍徹勸侑君子食舉謂進食於天子而設樂食竟奏詩之樂以徹食徹去也蔡雍禮樂志曰天子中樂殿中食舉樂也周
禮曰及徹而歌徹鄭玄曰歌之者歌雍也周禮曰王以樂侑食鄭玄曰侑助也然後退理乎黃門之高廊
漢書音義如淳曰今樂家五日一習爲理樂桓譚新論曰漢之三主內置黃門工倡重丘宋灌名師郭張漢書
曰平原郡有重丘縣名師有名師也宋灌郭張皆其姓也工人巧士肄業脩聲工樂人也巧伎巧也賈逵國語
注曰肄習也於是遊閒公子暇豫王孫史記曰宛孔氏有遊閒公子之名國語優施曰我教暇豫之事君韋

昭曰閒暇也服虔曰諸公閒遊戲若依服解閒當工莧切韋昭曰優游閒暇也按史記貨殖傳有遊閑公子飾冠劍連車騎此則韋說勝閒音閑豫
樂也心樂五聲之和耳比八音之調左氏傳曰五聲六律杜預曰五聲宮商角徵羽乃相
與集乎其庭詳觀夫曲胥之繁會叢雜何其富也胥亦
曲也字或爲引蔡雍琴操有思歸引衞女之所作富謂聲之富也紛葩爛漫誠可喜也紛葩盛多貌
波散廣衍實可異也毛萇詩傳曰衍溢也掌距劫遌又足怪也言聲之相
逆遌也說文曰掌柱也鄭玄禮記注曰劫脅也郭璞穆天子傳注曰遌觸也五故切啾咋嘈啐似華羽兮絞
灼激以轉切蒼頡篇曰啾衆聲也鄭玄周禮注曰咋咋然聲大也仕白切埤蒼曰嘈啐聲貌嘈音曹啐才喝切鶡冠子曰南
方萬物華羽焉故調以羽絞灼激聲相繞激也切猶磨切也震鬱怫以憑怒兮耾碭駭以
奮肆楚辭曰怫鬱兮弗陳王逸曰蘊積也怫扶弗切左氏傳蹶由曰今君震電憑怒杜預曰憑大也埤蒼曰耾聲貌碭突也杜預左氏傳
注曰肆放也氣噴勃以布覆兮乍跱蹠以狼戾蒼頡篇曰噴吒也普寸切或作歕防

粉切。勃，盛貌。布覆，周布四覆也。跱䠑，言其聲跱立如有所䠑躡也。狼戾，乖背也。戰國策張儀曰：趙王狼戾無親。雷叩鍛之岌峇兮，正瀏凓以風冽。言音如靁之叩鍛。岌峇，爲聲也。蒼頡篇曰：鍛，椎也。都亂切。岌，苦協切。峇，苦合切。漢書音義孟康曰：瀏，清也。毛萇詩傳曰：凓，寒也。說文曰：冽，清也。瀏凓，清涼貌。冽，寒貌。薄湊會而凌節兮，馳趣期而赴躓。凌，乘也。節，曲節也。趣，向也。期，會也。躓，謂顚仆也。爾乃聽聲類形，狀似流水，又象飛鴻。列子曰：伯牙鼓琴，志在流水，鍾子期曰：洋洋乎若江河。琴道曰：伯夷操似鴻鴈之音。氾濫溥漠，浩浩洋洋。氾濫，任波搖蕩之貌。說文曰：氾，濫也。上林賦曰：汎淫氾濫。溥漠，以翺撫水之貌，謂飛鴻之狀也。長矕遠引，旋復迴皇。孟康漢書注曰：矕，視也。莫干切。廣雅曰：引，伸也。李尤七疑曰：迴皇競集。充屈鬱律，瞋菌碨抰。皆衆聲鬱積競出之貌。屈音掘。瞋，尺鄰切。菌，去倫切。碨，於迴切。抰，烏郎切。酆琅磊落，駢田磅唐。衆聲宏大四布之貌。酆，普耕切。琅，力耕切。磅唐，廣大盤礴也。宋玉笛賦曰：磅唐千仞。取予時適，去就有方。莊子曰：去就取予，能知六者，塞道者也。高誘呂氏春秋注曰：適，中適也。毛萇詩傳曰：方，則也。洪殺衰序，希數必當。鄭玄周禮注曰：殺，減也。所屆切。左氏傳魏獻子曰：遲速衰序。杜預曰：衰，差序，次也。衰，楚危切。微風纖妙，若存若亡。老子曰：若存若亡。藎滯抗絕，中息更裝。方言曰：燼，餘也。藎與燼同，在進切。喪服子夏傳曰：抗，極也。許慎淮南子注曰：裝，束也。謂更裝而奏之。奄忽滅沒，曄然復揚。方言曰：奄，遽也。曄，盛貌。或乃聊慮固護，專美擅工。聊慮固護，精心專一之貌。說文曰：擅，專也。漂凌絲簧，覆冒鼓鍾。漂凌，謂漂蕩凌駕也。覆冒，謂掩覆冠冒也。風俗通曰：簧，笙中簧也。大笙謂之簧。或乃植持縼纆，佁儗寬容。言聲或植立而相牽引，持似於縼纆也。說文曰：縼，以長繩繫牛也。徐絹切。漢書音義張晏曰：二股謂之糾，三股謂之纆。佁儗，寬容之貌。佁，勑吏切。儗，五吏切。簫管備舉，金石並隆。毛詩曰：既備乃奏，簫管備舉。漢書曰：石曰磬，金曰鍾。鄭玄禮記注曰：隆，盛也。無相奪倫，以宣八風。尚書曰：八音克諧，無相奪倫。呂氏春秋曰：舜以夔爲樂正，於是正六律，和均五聲，以通八風。杜預左氏傳注曰：八風，八方之風。金乾主磬，其風不周。石坎主鼓，其風廣莫。革艮主笙，其風明庶。匏震主簫，其風條。竹巽主柷敔，其風清明。木離主琴瑟，其風景。絲坤主鍾，其風涼。土兌主壎，其風閶闔。律呂既和，哀聲

五降。左氏傳醫和對晉平公曰：先王之樂，中聲以降，五降之後，不容彈矣。杜預曰：聲成五降而息也。降，罷退也。曲終闋盡，餘絃更興。鄭玄禮記注曰：闋，終也。苦穴切。繁手累發，密櫛疊重。左氏傳醫和曰：於是有煩手淫聲，慆堙心耳，乃忘平和，君子不聽也。手煩不已，則雜聲並奏。記傳所謂鄭衛之聲，謂此也。樂記曰：鄭衛之音，亂世之音也。又雜樂姦聲以濫溺而不止。鄭音好濫淫志，衛音促速煩志。言鄭衛之聲，煩手雜也。密櫛，密如櫛也。毛詩曰：其比如櫛。蹈蹴攢仄，蜂聚蟻同。蹈蹴，迫蹙貌。攢仄，攢聚貌。埤蒼曰：蹈，蹋地聲也。字林曰：蹴，蹈不進。蹈音褶。蹴，子六切。衆音猥積，以送厥終。然後少息暫怠，雜弄間奏，易聽駭耳，有所搖演。言變易人之視聽也。搖，動也。演，引也。言有所動引於心。安翔駘蕩，從容闡緩。毛萇詩傳曰：闡，代也。莊子曰：惠施之材，駘蕩而不得。駘蕩，安翔貌。蒼頡篇曰：闡，開也。漢書曰：闡諧慢易之音作。惆悵怨懟，窳圔窴䂺。字林曰：懟，怨也。窳圔，聲下貌。圔，於洽切。窴䂺，聲緩也。窴，恥蟄切。䂺，女善切。聿皇求索，乍近乍遠。聿皇，疾貌。臨危自放，若頹復反。蚡緼繙紆，緸冤蜿蟺。蚡緼繙紆，聲相糾紛貌。蚡，扶云切。緼，於文切。緸冤蜿蟺，盤屈搖動貌。鄭玄曰：蜿，委也。緸音因。蜿，於阮切。蟺音善。笢笏抑隱，行入諸變。笢笏抑隱，手循孔之貌。毛萇詩傳曰：行，往也。鄭玄周禮注曰：變，猶更也。樂成則更奏。絞槩汨湟，五音代轉。絞槩汨湟，音相切摩貌。言聲相絞槩，如水之聲。汨湟，水流貌。絞，古巧切。槩，古愛切。汨，于筆切。湟音黃。挼拏捘臧，遞相乘邅。說文曰：挼，摧也。奴迴切。蒼頡篇曰：拏，捽也，引也。奴家切。廣雅曰：捘，按之也。子潰切。臧，猶抑也。邅，邅迴也。張連切。一云邅當爲蹍。司馬彪莊子注曰：蹍，蹈也。女展切。反商下徵，每各異善。反商，猶變商也。淮南子曰：變宮生徵，變徵生商，變商生羽。琴道曰：下徵七絃，揔會樞極。沈約宋書曰：下徵調法，林鍾爲宮，南呂爲商，洴云第三孔也。本正聲黃鍾之羽，今爲下徵之商也。故聆曲引者，觀法於節奏，察變於句投，以知禮制之不可踰越焉。廣雅曰：聆，聽也。引，亦曲也。蔡邕琴操曰：思歸引者，衛女之所作也。琴引者，秦時倡屠門高之所作也。禮記曰：文采節奏，聲之飾也。說文曰：逗，止也。投與逗古字通，音豆。投，句之所止也。聽簉弄者，遙思於古昔，虞志於怛惕，以知長戚之不能閒居焉。簉弄，蓋小曲也。說文曰：簉，倅字如此。毛萇傳曰：怛怛，惕惕，憂勞也。閒音閑。故

論記其義協比其象徬徨縱肆曠瀁敞罔老莊之
槩也老子已見遊天台賦史記曰莊子者蒙人也名周其要本歸於老子之言其言汪洋自恣其適己也曠若廣切敞罔大貌槩猶節也
溫直擾毅孔孟之方也尚書曰皐陶曰擾而毅直而溫言正直而有溫和也溫和正直柔而能毅也史記曰孔子
名丘字仲尼姓孔氏魯昌平鄉陬邑人又曰孟軻鄒人也序詩書述仲尼之意激朗清厲隨光之介也
激切明朗清而能厲厲列也莊子曰湯將伐桀因卞隨而謀之卞隨曰非吾事也湯又因瞀光而謀之瞀光曰非吾事也湯伐桀克之以讓卞隨卞隨曰
再來漫我以其辱行乃自投桐水而死湯又讓瞀光曰無道之世不踐其士況尊我乎乃負石而自沈盧水高士傳曰湯伐桀求道于卞隨隨不應
及滅讓於卞隨隨曰君以我爲食天下遂投瀘水而死湯又讓務光光亦投水而死劉熙孟子注曰介操也牢剌拂戾諸
賁之氣也牢剌牢落乖剌也說文曰剌戾也左氏傳曰吳公子光享王鱄諸抽劒刺王說苑曰勇士孟賁水行不避蛟龍陸行
不避虎狼節解句斷管商之制也史記曰管仲夷吾者潁上人也任政於齊又曰商君者衛之諸庶孽子也
名鞅姓公孫氏好刑名之學秦封之於商號商君條決繽紛申韓之察也言科條能分決繽紛能整

理也史記曰申不害者京人也學本於黃老而主刑名又曰韓非者韓之諸公子也喜刑名法術之學見韓稍弱數以書諫韓王王不能用乃觀王
者得失之變作孤憤五蠹說林十萬言秦王見其書曰嗟乎寡人得見與之游死不恨繁縟駱驛范蔡之說
也辭旨繁縟又相連續也說文曰縟彩飾也范睢蔡澤並辯士也范睢已見西京賦蔡澤見歸田賦務櫟銚憰晳
龍之惠也務櫟銚憰皆分別節制之貌務音梨櫟音歷銚他堯切憰胡麥切左氏傳曰鄭駟歂殺鄧晳而用其竹刑杜預曰鄧
晳鄭大夫也史記曰公孫龍趙人爲堅白同異之辯晉太康地記曰汝南西平縣有淵水可用淬刀劒特利故有堅白之論云黃以爲堅白以爲利
也或辯之曰白所以爲不堅黃所以爲不利也上擬法於韶箾南籥左氏傳昭二十九年吳公子札來聘魯人
爲奏四代樂見舞韶箾者曰德至哉杜預曰舜樂也音簫又曰見舞象箾南籥者曰美哉杜預曰象箾舞者所執南籥舞也文王樂也南言文王化
自北而南謂從岐周被江漢也爾雅釋樂曰大籥謂之産注籥如笛三孔而短小廣雅曰七孔箾音簫中取度於白雪
淥水宋玉諷賦曰臣援琴而鼓之作幽蘭白雪之曲淮南子曰手會淥水之趣高誘曰淥水古詩下采制於延
露巴人淮南子曰歌采菱發陽阿鄙人聽之不若延露以和宋玉對問曰客有歌於郢中者其始曰下里巴人是以尊

郢都鄙賢愚勇懼毛萇詩傳曰子都世之美好者鄙陋也呂氏春秋曰愚智勇懼可得而知魚
鼈禽獸聞之者莫不張耳鹿駭熊經鳥申鴟眎狼顧
拊譟踴躍鹽鐵論曰邊境無鹿駭狼顧之憂淮南子曰鴟視而狼顧熊經而鳥申此養形之人也莊子音義曰熊經若熊之舉
樹而引氣也各得其齊人盈所欲禮記曰樂者樂也君子樂得其道小人樂得其欲齊分限也在細切皆
反中和以美風俗禮記曰喜怒哀樂之未發謂之中發而皆中節謂之和漢書王尊曰廣敎化美風俗屈平
適樂國介推還受祿言各反其常性也屈平屈原也必適樂國而求仕不沈湘流以殞身也史記屈原者名平
楚人同姓爲懷王左司徒爲上官大夫心害其能讒平及懷王卒襄王立又爲令尹子蘭使上官大夫短屈原於襄王王怒而遷之原至江南乃作
懷沙賦於是懷石因投汨羅以死也今言屈平聞此笛聲即還之楚國不投汨羅而死下他皆放此毛詩曰適彼樂國左氏傳僖二十四年晉侯賞
從亡者介之推不言祿祿亦不及推曰獻公之子九人唯君在矣惠懷無親內外弃之天未絶晉必將有主主晉祀者非君而誰而二三子以爲己力不
亦誣乎其母曰盍亦求之以死誰懟對曰尤而效之其又甚焉其母曰能如是乎與汝皆隱遂死而晉侯求之不獲以綿上爲之田澹臺

載尸歸皐魚節其哭博物志曰澹臺滅明之子溺死於江弟子欲收而葬之明止之曰螻蟻何親魚鼈何仇
弟子曰何夫子之不慈乎對曰生爲吾子死非吾鬼遂不收葬韓詩外傳曰孔子出行聞有哭聲甚悲則皐魚也披褐擁劒哭於路左孔子下車而
問其故對曰吾少好學周流天下以後吾親死一失也高尚其志不事庸君而晚仕無成二失也少擇交遊寡親友而老無所託三失也夫樹欲靜
而風不止子欲養而親不待往而不可反者年也逝而不可追者親也吾於是辭矣立哭而死孔子謂弟子曰識矣於是門人辭歸養親者一十三
人長萬輟逆謀渠彌不復惡左傳曰莊十二年長萬南宮萬也弒宋閔公於蒙澤蒙澤宋地
梁國有蒙縣南宮氏長萬名也左傳曰桓十二年傳云初鄭伯將以高渠彌爲卿昭公惡之固諫不聽昭公立懼其殺己辛卯殺昭公而立公子亹
君子謂昭公知所惡矣公子達曰高伯其爲戮乎復惡已甚矣注曰公子達魯大夫復重本爲昭公所惡而復殺君重也昭公鄭莊公子忽姓高渠
彌名也鄭家大將欲爲卿蒯聵能退敵不占成節鄂左傳曰定十四年衞靈公逐太子蒯
聵太子奔宋至哀公二年衞靈公卒而立蒯聵之子輒爲衞侯晉趙鞅乃納蒯聵于戚至哀三年衞石姑帥師圍之父子爭國爲讎敵也韓詩外傳
云不占陳不占也齊人崔杼弒莊公陳不占聞君有難將往赴之食則失哺上車失軾其僕曰敵在數百里外而懼怖如是雖往其益乎占曰死君

之難義也無勇私也乃驅車而奔之至公門之外聞鼓戰之聲遂駭而死君子謂不占無勇而能行義可謂志士矣愕直也從邑者乃地名也非此所施也字林曰鄂直言也謂節操蹇鄂而不怯懦也王公保其位隱處安林薄楚辭曰露新夷死林薄王逸曰草木交曰薄宦夫樂其業士子世其宅淮南子曰古者至德之時農安其業大夫安其職而處士脩其道鱏魚喁於水裔仰駟馬而舞玄鶴韓詩外傳曰昔伯牙鼓琴而淫魚出聽瓠巴鼓琴而六馬仰沫淮南子瓠巴鼓瑟而淫魚出聽注曰瓠巴楚人也亦善於瑟淫魚出頭於水而聽之淮南子水濁則魚噞喁政苛則人亂注楚人噞喁魚出頭也淮南子伯牙鼓琴而駟馬仰秣即頭去謂馬笑韓子師曠援琴一奏有玄鶴二八來集再奏而列三奏延頸而鳴舒翼而舞尚書大傳曰虞舜歌樂曰和伯之樂舞玄鶴于時也緜駒吞聲伯牙毀絃孟子淳于髡曰昔緜駒處高唐而齊右善歌伯牙已見上瓠巴聑柱磬襄弛懸列子曰瓠巴鼓琴而鳥舞魚躍孫卿子曰昔瓠巴鼓琴潛魚出聽江遽文釋曰瓠巴齊人也說文曰聑安也丁篋切論語曰擊磬襄入于海周禮曰大憂令弛懸鄭玄曰弛釋下也懸鍾格也留眎瞸眙累稱屢讚字林曰瞸直視貌蒼頡篇曰瞸直下視貌丑庚切字林曰眙驚貌勑吏切失容墜席搏

文十八　十　王大亨

拊雷抃廣雅曰搏擊也說文曰抃撫手也雷抃聲如雷也僬眇睢維涕洟流漫僬眇睢維目開合之貌僬子小切方言曰眇小也士小切聲類曰睢大視也字林曰睢仰目也許惟切字林曰維持也周易曰齎咨涕洟王弼曰齎咨嗟嘆之聲也說文曰洟鼻液也勑計切是故可以通靈感物寫神喻意喻曉也禮記曰樂和故萬物皆化言可以通於神靈感致萬物寫精神曉喻志意也致誠効志率作興事致極也効驗也尚書咎繇曰率作興事慎乃憲欽哉孔安國曰憲法也天子率臣下為起治事當慎汝法度敬其職也溉盥汙濊澡雪垢滓矣毛萇詩傳曰溉滌也古載切本或為槩音義同禮記曰食於簋者盥亦滌也公緩切說文曰濊水多也澡洗手也莊子曰澡雪而精神高誘淮南子注曰雪拭也說文曰滓澱也滓壯里切澱音殿昔庖羲作琴神農造瑟庖羲即伏羲也琴操曰昔伏羲氏之作琴所以修身理性反天真也淮南子曰神農之初作瑟以歸神反望及其天心也女媧制簧暴辛為塤禮記曰女媧之笙簧世本曰女媧作簧暴辛為塤宋均曰女媧黃帝臣也暴辛周平王時諸侯作塤有三孔郭璞爾雅注曰塤燒土為之大如雞卵塤虛袁切倕之和鍾叔之離磬禮記曰垂之和鍾叔之離磬鄭玄曰垂堯之共工也

世本曰叔舜時人和離謂次序其聲縣也或鑠金礱石華睆切錯皆理器之名也樂汁圖徵曰鑠金為鐘四時九乳鑠金雖出樂緯此金謂黃金揔飾衆器非止鐘也賈逵注傳曰消鑠也說文曰金有五色黃為長鑠與爍同國語張老曰天子之室斲其椽而礱之加密石焉韋昭曰礱磨也力東切禮記曰華而睆大夫之簀與鄭玄曰華畫也說者以睆為刮節目也睆胡綰切爾雅曰骨謂之切犀謂之剒毛萇詩傳曰治骨曰切尚書曰錫貢磬錯孔安國曰治玉曰錯丸挺彫琢刻鏤鑽笮韓詩曰松栢丸丸薛君曰取松與栢然則丸取也漢書音義如淳曰挺擊也舒連切作埏老子曰埏埴以為器河上公注曰埏和也埴土也和土為食飲之器也淮南子曰陶人克埏埴許重曰埏抒也埴土也爾雅玉謂之彫石謂之琢郭璞曰治玉石也爾雅曰金謂之鏤木謂之刻郭璞曰治器之名也說文曰鑽所以穿也又曰鑿穿木也國語臧文仲曰中刑用刀鋸其次用鑽笮韋昭注為笮而賈逵注為鑿然笮與鑿音義同也鑽子丸切窮妙極巧曠以日月然後成器其音如彼解嘲曰曠以日月唯笛因其天姿不變其材伐而吹之其聲如此天姿天然之姿也蓋亦簡易之義賢人之業也周易曰乾以易知坤以簡能易則易知簡則易從易知則有親易從則有功有親則可久

七百八十六　文十八　十一　戊申重刊劉彥中

有功則可大可久則賢人之德可大則賢人之業此言簡易不煩劇也若然六器者猶以二皇聖哲黈益六器琴瑟簧塤鍾磬淮南子曰二皇鳳至於庭高誘曰二皇伏羲神農也聖哲謂女媧暴辛垂叔之流黈猶演也佗斗切況笛生乎大漢而學者不識其可以裨助盛美忽而不讃悲夫說文曰裨益也婢移切有庶士丘仲言其所由出而不知其引妙尚書曰庶邦庶士風俗通曰笛武帝時丘仲所作其辭曰近世雙笛從羌起羌人伐竹未及已風俗通曰笛元羌出又有羌笛然羌笛與笛二器不同長於古笛有三孔大小異故謂之雙笛龍鳴水中不見已截竹吹之聲相似見胡鍊切己謂龍也剡其上孔通洞之裁以當篴便易持麤者曰篴細者曰校言裁笛以當篴故便而易持也篴馬策也竹瓜切裁或為材易京君明識音律故本四孔加以一君明所加孔後出是謂商聲五音畢漢書曰京房字君明漢武帝時人也修易尤好鐘律知五聲然京房修易故曰易京笛本四孔京加

一孔於下爲商聲故謂五音畢沈約宋書曰笛京房備其五音言易京者猶如莊周蒙人謂蒙莊及磬襄宋翟之比

琴賦并序 尸子曰舜作五絃之琴以歌南風南風之薰兮可以解吾人之慍是舜歌也白虎通曰琴者禁也禁人邪惡歸於正道故謂之琴

嵇叔夜 臧榮緒晉書曰嵇康字叔夜譙國人幼有奇才博覽無所不見拜中散大夫以呂安事誅

余少好音聲長而翫之 杜預左氏傳注曰翫習也 以爲物有盛衰而此無變 文子曰夫物盛則衰 滋味有猒而此不勧 莊子曰聲色滋味之於人心不待學而樂之左氏傳闞沒女寛曰及饋之畢願以小人之腹爲君子之心屬猒而已說文曰猒從甘田犬會意字也 可以導養神氣宣和情志 管子曰導血氣而求長年淮南子曰古之人神氣不蕩乎外 處窮獨而不悶者莫近於音聲也 孟子曰柳下惠遺佚而不怨阨窮而不憫 是故復之而不足則吟詠以肆志吟詠之不足則寄言以廣意 毛詩序曰言之不足故詠歌之詠歌之不足不知手之舞之杜預左氏傳注曰肆申也尚書曰詩言志 然八音之器歌舞之象歷世才士並爲之賦頌其體制風流莫不相龔 淮南子曰晩世風流俗敗禮義廢仲長子昌言乘此風順此流而下走誰復能爲此限者哉孔安國尚書傳曰龔因也 稱其材幹則以危苦爲上賦其聲音則以悲哀爲主美其感化則以垂涕爲貴麗則麗矣然未盡其理也 高誘戰國策注曰麗美麗也 推其所由似元不解音聲覽其旨趣亦未達禮樂之情也 趣意也禮記曰故知禮樂之情者能作 衆器之中琴德最優 桓譚新論曰八音廣博琴德最優馬融琴賦曰曠三奏而神物下降何琴德之深哉 故綴叙所懷以爲之賦其辭曰

惟椅梧之所生兮託峻嶽之崇岡 毛詩曰椅桐梓漆爰伐琴瑟毛萇曰椅梓屬也史記曰龍門有桐樹高百尺無枝堪爲琴 披重壤以誕載兮參辰極而高驤 披開也重壤謂地也泉壤稱九故曰重也毛萇詩傳曰誕大也載生也爾雅曰北極北辰也孔安國尚書傳曰襄上也驤與襄同 含天地之醇和兮吸日月之休光 謂包含天地醇和之氣引日月光明也周易曰天地絪緼萬物化醇 鬱紛紜以獨茂兮飛英蕤於昊蒼 說文曰蕤草木花貌汝誰切 夕納景于虞淵兮旦晞幹於九陽 納藏也淮南子曰日入于虞淵之汜又曰入于虞淵是謂黃昏高誘曰視物黃也晞乾也幹本也楚辭曰夕晞余身乎九陽王逸曰九陽謂九天之崖也 經千載以待價兮寂神跱而永康 論語子曰我待價者也價者物之數也康安也 且其山川形勢則盤紆隱深確嵬岑嵓 盤曲紆屈隱幽深邃也崔嵬高峻之貌岑嵓危嶮之形字林曰嵓山巖也 互嶺巉巖岞崿嶇崯 皆山石崖巇嶮峻之勢 丹崖嶮巇青壁萬尋若乃重巘增起偃蹇雲覆 偃蹇高貌言高在上偃蹇然如雲覆下也 邈隆崇以極壯崛巍巍而特秀 巍巍高大貌廣雅曰秀出也 蒸靈液以播雲據神淵而吐溜 蒸氣上貌言山能蒸出雲以沾潤萬物播布也孔子曰夫山者典吐風雲以通乎天地之間說文曰津液也溜水流也

爾乃顛波奔突狂赴爭流觸巖觝隈鬱怒彪休 觝至也隈水曲也彪休怒貌 洶涌騰薄奮沫揚濤瀄汩澎湃蜿蟺相糾 瀄汩去疾貌澎湃相戾之形也蜿蟺展轉也糾繚也蜿於阮切蟺音善糾已虯切 放肆大川濟乎中州 肆猶縱也中州猶中國也 安回徐邁寂爾長浮 安回波靜遠去象上林賦曰安翔徐回又曰寂漻無聲 澹乎洋洋縈抱山丘 說文曰澹水搖也 詳觀其區土之所產毓奧宇之所寶殖 廣雅曰奧藏也毛萇詩傳曰宇居也 珍怪琅玕瑤瑾翕艴 高唐賦曰珍怪奇偉尚書曰球琳琅玕皆美玉名說文瑾玉名翕艴盛貌詩傳曰艴赤色貌 叢集累積奐衍於其側 蒼頡篇曰奐散貌衍溢也 若乃春蘭被其東沙棠殖其西 楚辭曰春蘭兮秋菊山海經曰崑崙之丘有木焉其狀如棠而黃華赤實其味如李而無核名曰沙棠御水人食之使不溺 涓子宅其陽玉

醴涌其前。列仙傳曰：涓子者，齊人，好餌朮，著天地人經三十八篇。釣於澤，得符鯉魚中，隱於宕山，能致風雨。造伯陽九山法。淮南王少得文，不能解其音，肓其琴心三篇，有條理焉。揚雄泰亐賦曰：茹芝英以禦飢，飲玉醴以解渴。宋玉笛賦曰：丹水涌其左，醴泉流其右。亐雲蔭其上，翔鸞集其巔，清露潤其膚，惠風流其閒。邊讓章華臺賦曰：惠風春施。竦肅肅以靜謐，密微微其清閑。爾雅曰：謐，靜也。微微，幽靜也。夫所以經營其左右者，固以自然神麗，而足思願愛樂矣。東都主人曰：闕庭神麗。於是遯世之士，榮期綺季之疇，周易曰：遯世無悶。列子曰：孔子遊於泰山，見榮啓期行乎郕之野，鹿裘帶索，鼓琴而歌。孔子曰：先生何以為樂？曰：天地萬物，惟人為貴，吾得為人，一樂也。男貴女賤，吾得為男，二樂也。生有不見日月，不免繦褓者，吾年九十，是三樂也。貧者士之常，死者人之終，處常得終，復何憂乎？孔子曰：能自寬也。班固漢書曰：漢興有東園公、綺季、夏黃公、角里先生，當秦之時，避世而入商洛深山，以待天下之定，即四皓也。皇甫謐高士傳曰：四皓皆河內軹人。一曰在汲。乃相與登飛梁，越幽壑，飛梁，橋也。甘泉賦曰：歷側景而絕飛梁。援瓊枝，陟峻崿，以遊乎其下。莊子曰：南方生樹，名瓊枝。周旋永望，邈若凌飛。言若鳥之凌飛。左氏傳：史克曰：奉君以周旋。邪睨崑崙，俯闞海湄。說文曰：睨，邪視也。崑崙，山名也。闞，視也。毛萇詩傳曰：水草交曰湄。指蒼梧之迢遞，臨迴江之威夷。漢書有蒼梧郡。山海經曰：南方蒼梧之丘，其中有九嶷山，舜之所葬，在長沙零陵界。洞簫賦曰：迴江流川而溉其山。韓詩曰：周道威夷。悟時俗之多累，仰箕山之餘輝。高士傳曰：堯讓位於許由，由辭曰：鷦鷯巢在深林，不過一枝；偃鼠飲河，不過滿腹。隱乎沛澤。堯讓不已，於是遁於中岳潁水之陽，箕山之下。死，因葬於箕山之巔，十五里。堯因就封其墓，號曰箕公。公子仲武陽城槐里人也。呂氏春秋曰：昔堯朝許由於沛澤之中，曰：請屬天下於夫子。許由遂之箕山之下。羨斯嶽之弘敞，心慷慨以忘歸。西京賦曰：赫昈以弘敞。爾雅曰：愷慷，樂也。史記曰：穆天子見西王母，樂之忘歸。情舒放而遠覽，接軒轅之遺音。軒轅，黃帝也。遺音，謂琴也。慕老童於騩隅，欽泰容之高吟。山海經曰：騩山神耆童居之，其音常如鐘磬音。郭璞曰：耆童，老童也，顓頊之子。山海經曰：顓頊生老童。思亐賦曰：太容吟曰念哉。騩山在三危西九十里。顧茲

梧而興慮，思假物以託心。莊子曰：不以身假物。乃斲孫枝，准量所任。說文曰：斲，斫也。張衡應問曰：可剖其孫枝。鄭玄周禮注曰：孫竹，枝根之末生者也。蓋桐孫亦然。至人攄思，制為雅琴。莊子曰：不離於真，謂之至人。又曰：至人無己，神人無功。郭象曰：無己，故順物，順物而至。劉向有雅琴賦。乃使離子督墨，匠石奮斤，孟子曰：離婁，黃帝時人。黃帝亡其亐珠，使離婁索之，能視百里之外，見秋毫之末。離子，離朱也。淮南子曰：離朱之明，察鍼末於百步之外。梓慎子為離珠。周禮：禁督逆祀者。鄭玄曰：督，正也。字書曰：督，察也。莊子曰：匠石之齊，見櫟社樹，觀者如市，匠石不顧。司馬彪曰：匠石，字伯。夔襄薦法，般倕騁神。夔及師襄、班垂，並已見上文。鎪會裛廁，朗密調均，鎪會，謂鎪鏤其縫會也。裛廁，謂裛纏其塡廁之處也。說文曰：裛，纏也。廣雅曰：廁，閒也。華繪彫琢，布藻垂文。孔安國尚書傳曰：繪，會五彩也。胡憒切。錯以犀象，籍以翠綠。犀象，二獸名。翠綠，二色也。絃以園客之絲，徽以鍾山之玉。列仙傳曰：園客者，濟陰人也。常種五色香草，積數十年，食其實。一旦有五色神蛾止香樹末，客收而薦之以布，生桑蠶焉。時有好女夜至，自稱我與君作妻，道蠶狀，客與俱蠶，得百頭繭，皆如甕，繅繭六十日乃盡。訖則俱去，莫知所如。淮南子曰：譬若鍾山之玉。許慎曰：鍾山，北陸無日之地，出美玉。爰有龍鳳之象，古人之形。西京雜記曰：趙后有寶琴，曰鳳凰，皆以金玉隱起為龍螭鸞鳳古賢列女之像。伯牙揮手，鍾期聽聲。廣雅曰：揮，動也。呂氏春秋曰：伯牙鼓琴，鍾子期聽之，志在泰山，鍾子期曰：善哉鼓琴，巍巍乎若太山。須臾志在流水，子期曰：湯湯乎若流水。子期死，伯牙破琴絕絃，終身不復鼓琴，以為世無賞音。列子曰：伯牙善鼓琴，鍾子期聽。伯牙鼓琴，每奏，鍾期輒窮其趣。伯牙捨琴而嘆曰：善哉，子之聽夫志，想象猶吾心也。吾於何逃聲哉。華容灼爚，發采揚明，何其麗也。說文曰：灼，明也。又曰：爚，火光也。伶倫比律，田連操張。漢書曰：黃帝使伶倫自大夏之西，崑崙之陰，取竹之嶰谷，斷兩節間而吹之，以為黃鍾之宮，制十二籥，以聽鳳凰之音，以比黃鍾之宮，皆可以生之，是為律本。韓子曰：田連成竅，天下善鼓琴者也。然而田連鼓上，成竅擫下，而不成曲。或曰：成連古之善音者。琴操：伯牙學琴於成連先生。先生曰：吾能傳曲，而不能移情。吾師有方子春，善於琴，能作人之情。今在東海上，子能與我同事之乎？伯牙曰：夫子有命，敢不敬從。乃相與至海上，見子春，受業焉。進御君子，新聲憀亮，何其偉也。憀亮，聲清徹貌。亦與聊字義同。及其初調，則角羽俱起，宮徵相證，王逸楚辭注曰：

證驗也。參發並趣，上下累應，踸踔磥硌，美聲將興。廣雅曰：踸踔，無常也。磥硌，壯大貌。磥與磊同，力罪切。固以和昶而足耽矣。廣雅曰：昶，通也。勑兩切。爾乃理正聲，奏妙曲，揚白雪，發清角。淮南子曰：師曠奏白雪而神禽下。白雪，五十弦瑟樂曲，未詳。韓子曰：昔衛公之晉，於濮水上宿，夜有鼓新聲者，召師涓撫琴寫之。公遂之晉，晉平公曰：試聽之。師曠援琴一奏，有玄鶴二八來舞；再奏而列；三奏，延頸鳴，舒而舞，音中宮商。師曠曰：不如清角。師曠奏之，有雲從西北方起之，大風起，天雨隨之。此言感天地，清角爲勝。宋玉對問曰：其爲陽春白雪。韓子：師曠曰：清徵之聲不如清角。紛淋浪以流離，奐淫衍而優渥；粲奕奕而高逝，馳岌岌以相屬。廣雅曰：奕奕，盛貌。王逸楚辭注曰：岌岌，高貌。沛騰遌而競趣，翕韡曄而繁縟。韡曄，盛貌。繁縟，聲之細也。郭璞爾雅注曰：遌，相觸遌也。狀若崇山，又象流波，浩兮湯湯，鬱兮峩峩。列子曰：伯牙鼓琴，志在登高山，鍾子期曰：善哉，峩峩兮若泰山。志在流水，巳見上文。怫愲煩寃，紆餘婆娑。怫愲煩寃，聲蘊積不安貌。怫，扶味切。愲，音渭。風賦曰：勃鬱煩寃。上林賦曰：紆餘委蛇。

七百卄六

文十八　十六　壬子重刊　刘昭

陵縱播逸，霍濩紛葩。言聲陵縱播布而起，霍濩然似水聲紛葩開張貌。霍濩，盛貌。魯靈光殿賦曰：霍濩燐亂。檢容授節，應變合度，競名擅業，安軌徐步，洋洋習習，聲烈遐布，含顯媚以送終，飄餘響乎泰素。含顯媚之聲，以送曲終也。列子曰：太素者，質之始也。若乃高軒飛觀，廣夏閑房，子虛賦曰：軒長廊之有窻。冬夜肅清，朗月垂光，新衣翠粲，纓徽流芳。翁呷翠粲，張揖曰：翠粲，衣聲也。班婕妤自傷賦曰：紛翠粲兮紈素聲。洛神賦曰：披羅衣之璀粲。粲字雖不同，其義一也。爾雅曰：婦人之徽謂之縭。郭璞曰：今之香纓也。於是器冷絃調，心閑手敏，毛萇詩傳曰：閑，習也。觸攙如志，唯意所擬。說文曰：批，反手擊也。與攙同。蒲結切。如志，謂如其志意。初涉淥水，中奏清徵，淥水，巳見上文。韓子曰：師曠奏清徵，有玄鶴二八集郎門。雅昶唐堯，終詠微子。七略雅暢第十七曰：琴道曰：堯暢逸。又曰：達則兼善天下，無不通暢，故謂之暢。昶與暢同。又曰：微子操，微子傷殺之將士，終不可奈何，見鴻鵠高飛，援琴作操。寬明弘潤，優遊

躇跱。躇時疇，躇竦時。拊絃安歌，新聲代起。楚辭曰：翔江洲而安歌。王逸曰：安意歌吟也。漢書曰：李延年善歌，爲新變之聲。歌曰：凌扶搖兮憩瀛洲，要列子兮爲好仇。爾雅曰：扶搖，風也。莊子曰：扶搖而上者九萬里。史記曰：瀛洲，海中神山也。列子曰：渤海之中有山曰瀛洲。莊子：列子御風泠然者，風仙也。劉向上列子表曰：列子者，鄭人，與鄭繆公同時。漢書曰：列子名禦寇，先莊子，莊子稱之。毛詩曰：窈窕淑女，君子好仇。餐沆瀣兮帶朝霞，眇翩翩兮薄天遊。鄭玄曰：餐，夕食也。說文曰：餐，吞也。楚辭曰：餐六氣而飲沆瀣兮，漱正陽而食朝霞。凌陽子明經曰：夏食沆瀣，沆瀣，北方夜半氣也。廣雅曰：薄，至也。齊萬物兮超自得，委性命兮任去留。莊子有齊物篇。楚辭曰：漠靈靜以恬愉，澹無爲而自得。服鳥賦曰：縱軀委命，不私與己。激清響以赴會，何絃歌之綢繆。會，節會也。論語曰：子之武城，聞絃歌之聲。毛詩傳曰：綢繆，猶纏緜也。於是曲引向闌，衆音將歇，引亦曲也。半在半罷謂之闌。改韻易調，奇弄乃發，揚和顏，攘皓腕。舞賦曰：嚴顏和而怡懌。洛神賦曰：攘皓腕於神滸。飛纖指以馳騖，紛儮譶以流漫。儮譶，

文十八　十七　乙卯重刊　曹佾

聲多也。儮，不及也。師立切。說文曰：譶，疾言也。徒合切。或徘徊顧慕，擁鬱抑按，盤桓毓養，從容祕翫。廣雅曰：盤桓，不進貌。從容，舉動也。毓與育同。闥爾奮逸，風駭雲亂。闥，疾貌。七發曰：波湧而雲亂。牢落凌厲，布濩半散。牢落，猶遼落也。洞簫賦曰：翩緜連以牢落。劉歆遂初賦曰：過句注而凌厲。上林賦曰：布濩宏澤。甘泉賦曰：半散照爛，粲以成章。豐融披離，斐韡奐爛。豐融，盛貌。風賦曰：被麗披離。斐韡，明貌。斐，敷尾切。韡，于鬼切。風賦曰：眴奐粲爛。英聲發越，采采粲粲。廣雅曰：英，美也。或間聲錯糅，狀若詭赴。言其狀若詭詐而相赴也。鄭玄禮記注曰：糅，雜也。雙美並進，駢馳翼驅。駢，併也。翼，疾貌。蒼頡篇曰：隨後曰驅。初若將乖，後卒同趣。或曲而不屈，直而不倨。左傳吳公子季札聞歌頌曰：直而不倨，曲而不屈。杜預曰：倨，傲也。居預切。或相凌而不亂，或相離而不殊。左氏傳曰：武城人斷其後之木而不殊。漢書音義曰：殊，猶絕也。時劫掎以慷慨，或怨嫭而躊躇。說文曰：掎，偏引也。嫭，嬌也。子庶切。或作姐，古字通假借也。姐，子也切。韓詩曰：愛而不

（見搔首躊躇躊躇猶躑躅也）忽飄颻以輕邁乍留聯而扶疏（言扶疏四布也）或參譚繁促複疊攢仄（參譚相隨貌參七感切譚徒感切一音並依字攢仄聚聲長笛賦曰踾踧攢仄）從橫駱驛奔遯相逼（魯靈光殿賦曰從橫駱驛）拊嗟累讚間不容息（淮南子曰時之反側間不容息高誘曰不容氣息促之甚也）瓌豔奇偉殫不可識（高唐賦曰譎詭奇偉不可究陳）若乃閑舒都雅洪纖有宜（說文曰閑雅也毛萇詩傳曰都閑也）清和條昶案衍陸離（案衍不平貌上林賦曰陰淫案衍之音衍弋戰切廣雅曰陸離參差也）穆溫柔以怡懌婉順敘而委蛇（毛萇傳曰婉然美貌委蛇聲長貌鄭玄毛詩箋曰委蛇委曲自得之貌）或乘險投會邀隙趨危（會節會也邀要也）譻若離鵾鳴清池翼若遊鴻翔曾崖（蒼頡篇曰譻譻鳥聲也琴道曰操似鴻鴈詠之聲張衡舞賦曰含清哇而吟詠若離鵾鳴姑耶）紛文斐尾慊縿離纚（紛文斐尾文彩貌慊縿離纚羽毛貌）微風餘音靡靡猗猗

七佰廿八　文十八　十八　壬子重刊　唐彬

（靡靡順風貌猗猗衆盛貌）或摟批櫟捋縹繚潎冽（摟批櫟捋皆手撫弦之貌劉熙孟子注曰摟牽也力頭切說文曰批反手擊也廣雅曰櫟擊也毛詩曰薄言捋之傳曰捋取也縹繚潎冽聲相糾激之貌說文曰繚纏也上林賦曰轉騰潎冽潎冽水波浪貌言聲似也）輕行浮彈明嫿睽慧（說文曰嫿靜好也睽察也七祭切）疾而不速留而不滯（左氏傳吳公子札觀頌曰處而不底行而不流淮南子曰流而不滯）翩緜飄邈微音迅逝遠而聽之若鸞鳳和鳴戲雲中迫而察之若衆葩敷榮曜春風（古本葩字爲此䒠郭璞三蒼爲古花字今讀音于彼切字林音于彼切張衡思玄賦曰天地烟熅百卉含蘤鳴鶴交頸雎鳩相和以韻推之所以不惑）既豐贍以多姿又善始而令終（字書曰贍足也封禪書曰豈不善始善終哉毛詩曰高朗令終令善也）嗟姣妙以弘麗何變態之無窮（西京賦曰盡變態乎其中）若夫三春之初麗服以時（班固終南山賦曰三春之季孟夏之初繁要曰一時三月謂之三春九十日謂之九春西京賦曰麗服揚菁）乃攜友生以遨以嬉（毛詩曰雖有兄弟不如友生又曰以遨以遊說文曰嬉樂也）涉蘭圃登重基（春秋運斗樞曰山者地之基）背長林翳華芝（甘泉賦曰登夫鳳皇而翳華芝）臨清流賦新詩（楚辭曰竊賦詩之所明王逸曰賦鋪也）嘉魚龍之逸豫樂百卉之榮滋（樂動聲儀孔子曰風雨動魚龍仁義動君子歸田賦曰百卉滋榮）理重華之遺操慨遠慕而長思（重華謂舜也琴道曰舜操者昔虞舜聖德玄遠遂升天子喟然念親巍巍上帝之位不足保援琴作操）若乃華堂曲宴密友近賓蘭肴兼御旨酒清醇（邊讓章華臺賦曰蘭肴山竦椒酒淵流毛詩曰旨酒思柔醇厚也）進南荊發西秦（南荊即荊豔楚舞也古妾薄命行歌曰齊謳楚舞紛紛漢書有秦倡員）紹陵陽度巴人（宋玉對問曰既而曰陵陽白雪國中唱而和之者彌寡然集所載與文選不同各隨所用而引之又對曰客有歌於郢中者始曰巴人）變用雜而並起竦衆聽而駭神料殊功而比操豈笙籥之能倫若次其曲引所宜則廣陵止息東武太山（廣陵等曲今並猶存未詳

七九八　文十八　十九　元

所起應璩與劉孔才書曰聽廣陵之清散傅玄琴賦曰馬融譚思於止息魏武帝樂府有東武吟曹植有太山梁甫吟左思齊都賦注曰東武太山皆齊之土風謠歌謳吟之曲名也然引應及傅者明古有此曲轉以相證耳非嵇康之言出於此也佗皆類此）飛龍鹿鳴鵾雞遊絃（漢書曰房中樂有飛龍章毛詩序曰鹿鳴宴羣臣也蔡邕琴操曰鹿鳴者周大臣之所作也王道衰大臣知賢者幽隱故彈絃風諫古相和歌有鵾雞曲遊絃未詳）更唱迭奏聲若自然（高唐賦曰更唱迭和）流楚窈窕懲躁雪煩（言流行清楚窈窕之聲足以懲止躁競雪蕩煩懣也懲直陵切）下逮謠俗蔡氏五曲（歌錄曰空侯謠俗行蓋亦古曲未詳本末俗傳蔡氏五曲遊春淥水坐愁秋思幽居也）王昭楚妃千里別鶴猶有一切承間簉乏亦有可觀者焉（琴操曰王襄女漢元帝時獻入後宮以妻單于昭君心念鄉土乃作怨曠之歌歌錄曰石崇楚妃歎歌辭曰楚妃歎莫知其所由楚之賢妃能立德著勳垂名於後唯樊姬焉故令歎詠聲永世不絕疑必爾也相鶴經曰鶴一舉千里蔡邕琴操曰商陵牧子娶妻五年無子父兄欲爲改娶牧子援琴鼓之歎別鶴以舒其憤懣故曰別鶴操鶴一舉千里故名千里別鶴也崔豹古今注曰別鶴操商陵牧子所作也牧子娶妻五年無子父母將爲之改娶妻

聞之中夜起聞鶴聲倚戶而悲牧子聞之愴然歌曰將乖比翼隔天端山川悠遠路漫漫攬衣不寢食後人回以爲樂章也漢書音
義曰一切權時也遣已見上文然非夫曠遠者不能與之嬉遊非夫淵靜
者不能與之閑止莊子老聃曰其居也淵而靜非夫放達者不能與之無
悋說文曰悋亦貪惜也非夫至精者不能與之析理也周易曰非天下之至精其孰能
與於此莊子曰判天下之美析萬物之理若論其體勢詳其風聲器和故響逸
張急故聲清說苑曰應侯與賈子坐聞有鼓琴之聲應侯曰今琴一何怨也賈子曰張急調下使之怨也夫
張急者良材也調下者官卑也取良材而卑官之能無怨乎蔡邕月令章句曰凡絃之緩急爲清濁琴緊其絃則清縵則濁間
遼故音庳絃長故徽鳴間遼謂絃間遼遠也絃長謂徽闊而絃長也阮籍樂論曰琵琶箏笛間促而聲
高琴瑟之體間遼而音埤義與此同鄭玄周禮注曰庳短也音婢傅毅雅琴賦曰時促均而增徽接角徵而控商性絜靜
以端理含至德之和平禮記曰絜靜精微易教也孝經曰昔者先王有至德要道禮記曰樂行血氣和平

誠可以感盪心志而發洩幽情矣說文曰泄除去也舞賦曰幽情形而外揚是故懷
戚者聞之莫不憯懍慘悽愀愴傷心字林曰慘毒也漢書音義郭璞曰愀變色貌說文曰
愴傷也憯七感切慘七敢切愀七小切含哀懊咿不能自禁字林曰懊咿內悲也列子曰喜懼抃舞不能自禁懊
於六切咿音伊其康樂者聞之則欨愉懽釋抃舞踊溢說文曰欨笑貌也況于切
留連瀾漫嗢噱終日服虔通俗篇曰樂不勝謂之嗢噱嗢烏沒切噱巨略切若和平者聽
之則怡養悅悆淑穆玄真廣雅曰養樂也恬虛樂古棄事遺身莊子
曰虛靜恬惔者道德之至也又曰棄事則形不勞是以伯夷以之廉顏回以之仁論語子曰伯夷
叔齊餓於首陽之下又曰顏回問仁子曰克己復禮爲仁列子子夏問孔子曰顏回之爲仁奚若子曰回之仁賢於丘比干以
之忠尾生以之信論語曰比干諫而死莊子盜跖曰尾生與女子不來水至不去抱柱而死高誘注淮南子曰尾生魯
人與婦人期於梁下不至而水溺死惠施以之辯給萬石以之訥慎莊子曰惠施多方其書五

車高誘曰惠施宋人仕魏爲惠王相漢書曰萬石君奮恭謹舉朝無比奮長子建次甲次乙慶皆以馴行孝謹官至二千石景帝曰
石君及四子皆二千石人臣尊寵迺舉集其門凡號奮爲萬石君建郎中令奏下建讀之驚恐曰書馬者與尾而五今迺四不足一
譴死矣其爲謹雖佗皆如是服虔曰作馬字下四而爲五建上書奏誤作四慶爲太僕御出上問車中幾馬慶策數馬舉手曰四馬
孔安國曰訥遲鈍也其餘觸類而長所致非一同歸殊途或文或質
周易曰引而伸之觸類而長之又曰天下同歸而殊途一致而百慮禮記曰虞夏之質殷周之文至矣揔中和以
統物咸日用而不失禮記曰樂者天地之命中和之紀周易曰百姓日用而不知其感人
動物蓋亦弘矣禮記曰樂其感人深于時也金石寢聲匏竹屏氣
孔安國曰屏除也王豹輟謳狄牙喪味孟子淳于髡曰昔王豹處淇而河西善謳說文曰謳齊歌
也淮南子曰淄澠之水合狄牙嘗而知之天吳踊躍於重淵王喬披雲而下墜
山海經曰朝陽之谷有神名曰天吳是爲水伯其形首足尾並人面而色青楚辭曰譬若王喬之乘雲兮載赤霄而凌太清舞

鸑鷟於庭階游女飄焉而來萃說文曰鸑鷟鳳屬神鳥也國語曰周文王時鸑
鷟鳴於岐山韓詩曰漢有游女不可求思薛君曰游女漢神也言漢神時見不可求而得之列女傳曰游女漢水神鄭大夫交甫於
漢皋見之聘之橘柚張衡南都賦曰游女弄珠於漢皋之曲感天地以致和況蚑行之眾類
禮記曰聖人作樂以應天制禮以應地此則樂者天之和也洞簫賦曰蟋蟀蚸蠖蚑行喘息垂喙蜎轉瞪瞢忘食說文曰蚑行也凡
生之類行皆曰蚑嘉斯器之懿茂詠茲文以自慰永服御而不
厭信古今之所貴懿美也傅毅雅琴賦曰明仁義以厲己故永御而密親
亂曰愔愔琴德不可測兮劉向雅琴賦曰游予心以廣觀且德樂之愔愔韓詩曰愔愔和
悅貌聲類曰和靜貌體清心遠邈難極兮良質美手遇今世兮紛
綸翕響冠衆藝兮識音者希孰能珍兮古詩曰不惜歌者苦但傷
知音希能盡雅琴唯至人兮賈逵曰唯獨也

笙賦

周禮笙師掌教笙鄭衆曰笙十三簧爾雅曰大笙謂之簧郭璞曰列管匏中施簧管端白虎通曰笙者太蔟之氣衆物之生也

潘安仁

河汾之寶有曲沃之懸匏焉河汾二水名也漢書曰汾水出汾陽北山又曰河東郡聞喜縣故曲沃也崔豹古今注曰匏瓠也有柄曰縣匏可爲笙曲沃者尤善鄒魯之珍有汶陽之孤篠焉漢書魯國有騶縣有汶陽縣杜預曰汶水太山出萊蕪縣說文曰篠小竹戴凱之竹譜曰篠出魯郡堪爲笙也若乃緜蔓紛敷之麗浸潤靈液之滋隅隈夷險之勢禽鳥翔集之嬉鄭玄毛詩箋曰隅角也說文曰隈曲也固衆作者之所詳余可得而略之也賈逵國語注曰略猶簡也徒觀其制器也則審洪纖面短長周禮曰審曲面勢以飭五材鄭司農曰察五材曲直方面形勢之宜剫生簳裁熟簧剫割也

設宮分羽經徵列商泄之反謚厭焉乃揚鄭玄毛詩箋曰泄出也厭猶捻也於頰切亦作擫謂指擫也管攢羅而表列音要妙而含清長門賦曰聲幼要而復揚各守一以司應統大魁以爲笙言其管各守一聲以主相應統物也鄭玄禮記注曰魁猶首也大魁謂匏首揷定所也苦回切今古怪切基黃鍾以舉韻望鳳儀以擢形毛萇詩傳曰基本也漢書黃帝使伶倫取竹斷兩節間而吹之以爲黃鍾之宮黃鍾律吕之長故言基也說文曰笙十三簧象鳳之身尚書曰鳳皇來儀寫皇翼以插羽摹鸞鳥音以厲聲列管以象鳳翼也列仙傳曰王子喬好吹笙作鳳鳴鸞鳳類故通言之如鳥斯企翾翾歧歧司馬彪曰企望也景福殿賦曰鳥企山峙翾翾字林翾翾初起也歧歧飛行貌漢書音義曰歧歧將行貌明珠在咮若銜若垂郭璞爾雅注曰咮鳥口也音晝脩橢內辟餘簫外逶脩橢長管也辟開也餘簫衆管也逶逶迤漸邪之貌駢田獦攡鉀鯀參差駢田聚也獦攡不齊也攡音歷鉀鯀裝飾重疊貌鉀音押鯀助甲切於是

乃有始泰終約前榮後悴激憤於今賤永懷乎故貴杜預左氏傳注曰泰奢也約儉也家語孔子曰激憤厲之志始栢子新論琴道曰雍門周見孟嘗君孟嘗君曰先生鼓琴亦能令人悲乎對曰臣之所能令悲者先貴而後賤故富而今貧於是雍門揮琴而孟嘗君流涕衆滿堂而飲酒獨向隅以掩淚說苑曰古人於天下譬一堂之上今有滿堂飲酒有一人獨索然向隅泣則一堂之人皆不樂韓詩外傳曰衆或滿堂而飲酒有人向而悲泣則一堂爲之不樂王者之於天下也有一物不得其所則爲之悽愴心傷盡祭不舉樂焉援鳴笙而將吹先嗢噦以理氣言將欲吹笙咽中先噦而理氣也說文曰嗢咽也又曰噦氣悟也嗢於忽切噦紆月切嗢噦或爲温穢謂先温煖去其垢穢調理其氣也初雍容以安暇中佛鬱以怫惘埤蒼曰佛鬱不安貌終嵬峩以蹇愕又颼遝而繁沸蹇愕正直之貌罔浪孟以惆悵若欲絕而復肆罔及浪孟皆失志之貌又云孟浪虛誕之聲也肆放也言聲將絕而復放懰檄羅以奔邀似將放而

中匱檄羅疾貌埤蒼懰宿留也檄音激愀愴惻淢虺韡煜熠愀愴惻淢悲傷貌虺韡熠盛多貌淢與惐同況逼切廣雅曰煜熾也音育說文曰熠盛光也熠以入切汎淫氾豔霅曄岌岌汎淫氾豔自放縱貌霅曄急疾貌霅素合切曄于怯切或桉衍夷靡或竦踴剽急夷靡平而漸靡也或既往不反或已出復入徘徊布濩渙衍葺襲葺襲重貌舞既蹈而中輟節將撫而弗及言以笙聲爲主故舞者足蹈中止而待之歌者將撫節而恐不及樂聲發而盡室歎悲音奏而列坐泣列子秦青曰昔韓娥爲曼聲哀哭一里老幼悲愁垂涕相對復爲曼聲長歌一里老幼喜躍抃舞不能自禁擫纖翮以震幽簧越上筩而通下管擫指捻也奴協切翮管也其形類羽故曰翮也周易曰震動也吕氏春秋曰伶倫制十二筩說文曰筩斷竹也徒東切應吹噏以往來隨抑揚以虛滿噏虛及切虛滿謂隨氣虛滿也勃慷慨以憀亮顧躊躇以舒緩憀亮聲清也聲類曰憀旦也音留

廣雅曰躊躇猶豫也輟張女之哀彈流廣陵之名散閔洪琴賦曰汝南鹿鳴張女羣
彈然蓋古曲未詳所起詠園桃之夭夭歌棗下之纂纂魏文帝園桃行曰夭
夭園桃無子空長虛美難假偏輪不行古咄唶歌曰棗下何攢攢榮華各有時棗欲初赤時人從四邊來棗適今日賜誰
當仰視之攢聚貌纂與攢古字通歌曰棗下纂纂朱實離離毛詩曰其實離離毛萇曰
離離垂也宛其落矣化爲枯枝毛詩曰宛其死矣毛萇曰宛死貌人生不能行
樂死何以虛謚爲楊惲與孫會宗書曰人生行樂耳謚法曰謚者行之迹也爾乃引飛
龍鳴鵾雞雙鴻翔白鶴飛飛龍鵾雞巳見上文古樂府有飛來雙白鶴篇子喬輕
舉明君懷歸荆王喟其長吟楚妃歎而增悲歌錄曰吟歎四曲王昭君
楚妃歎楚王吟王子喬皆古辭荆王子喬其辭猶存夫其悽戾辛酸嚶嚶關關若離鴻
之鳴子也爾雅曰關關嚶嚶音和也含嘲嘽諧雍雍喈喈若羣鶵之從

七百五十八　文十八　二十四　壬子重刊刘

母也洞簫賦曰瞋㗤啁以紆鬱禮記嘽諧慢易繁文簡節之音作而民康樂爾雅曰雍雍和也毛萇詩傳曰喈喈和
聲遠聞也歌錄步出夏門行古辭歌曰鳳凰鳴啾啾一母從九鶵郁捋劫悟泬宏融裔郁捋口循
孔貌劫悟氣相衝激泬宏聲大貌融裔聲長貌說文曰泬下深也哇咬嘲哳一何察惠舞賦曰吐
哇咬則發皓齒說文曰哇謟聲也咬淫聲也楚辭曰鵾雞嘲哳而悲鳴哇咬嘲哳聲繁細貌訣厲悄切又
何磬折訣厲謂決斷清冽也悄切憂貌磬折言其聲若磬形之曲折也若夫時陽初暖臨
川送離神農本草曰春夏爲陽莊子曰暖然似春楚辭曰登山臨水送將歸酒酣徒擾樂闋
日移漢書音義應劭曰不醒不醉曰酣擾謂擾攘裝飾也鄭玄曰闋終也踈客始闌主人微
疲韓子曰穰歲之秋踈客畢食文穎漢書注曰闌言希也謂飲酒半罷半在謂之闌弛紡韜籥徹
埍屏篪杜預左氏傳注曰弛解也韜藏也紡謂琴瑟也孔安國論語注曰徹去也屏除也廣雅曰長琴三尺
六寸六分五紘瑟二十七弦也爾雅曰大籥謂之產郭璞注曰籥如笛三孔而狹小廣雅曰七孔大埍謂之嚚郭璞注曰

燒土爲之大如鵝子銳上平底形似稱鍾六孔小者如雞子大篪謂之沂郭璞曰篪竹爲也尺四寸圍三寸一孔上出三
寸分右翹橫吹之小者尺二寸廣雅曰六七孔也爾乃促中筵攜友生解嚴顏擢
幽情舞賦曰嚴顏和而怡懌幽情形而外揚披黃包以授甘傾縹瓷以酌酃
尚書曰厥包橘柚說文曰縹青白色字林瓷白瓶長頸大罌切鄒陽酒賦曰醪醴既成綠瓷既啓又曰其品類則沙洛淥
酃鄔鄉若下齊公之情吳錄地理志曰湘東酃以爲酒有名光歧儼其偕列雙鳳嘈以
和鳴光華飾也歧衆管也以其分別故謂之歧或作伎謂光華之伎也西京雜記曰成帝侍郎善鼓琴能爲雙鳳之
曲晉野悚而投琴況齊瑟與秦箏子野師曠字晉人故曰晉野杜預左氏傳
注曰悚懼也史記蘇秦說齊王曰臨菑其民無不吹竽鼓瑟歌錄有美人篇齊瑟行風俗通曰箏蒙恬所造楚辭曰扶秦箏而彈徽
新聲變曲奇韻橫逸縈纏歌鼓網羅鍾律爛熠爚以放
豔鬱蓬勃以氣出熠爚光明貌蓬勃泰出貌秋風詠於燕路天光重乎

文十八　二十五　乙卯重刊　曹佾

朝日魏文帝燕歌行曰秋風蕭瑟天氣涼傅玄長簫歌有天光篇魏文帝善哉行有朝日篇言既奏天光又奏朝日故曰
重也重逐龍切大不踰宮細不過羽鄭玄月令注曰大不過宮細不過羽國語泠州鳩對景王曰臣聞琴
尚宮鍾尚羽大不踰宮細不過羽唱發章夏導揚韶武樂動聲儀曰堯樂曰大章禮記曰大章章
之也鄭玄曰言堯德章明也樂動聲儀曰舜樂曰大韶禹曰大夏武曰大武協和陳宋混一齊楚
樂動聲儀曰樂者移風易俗所謂聲俗者若楚聲高齊聲下所謂事俗者若齊俗奢陳俗利巫也又曰先魯後殷新周故
宋然宋商俗也張衡舞賦曰移風易俗限一齊楚邇不逼而遠無攜聲成文而節有
敘左氏傳昭公二十九年吳公子札來聘魯人爲奏四代樂爲之歌頌季札歎曰至矣哉邇而不偪遠而不攜節有度
守有敘凡人邇近者好在逼迫此樂中乃有不逼之聲凡人相遠者好在攜離此頌中乃有遠不攜離之音毛詩序曰聲
成文謂之音彼政有失得而化以醇薄呂氏春秋曰其治厚者其樂厚其治薄者其樂薄
樂所以移風於善亦所以易俗於惡孝經曰移風易俗莫善於樂故絲

竹之器未改而桑濮之流已作禮記曰絲竹樂之器也又曰桑間濮上之音亡國之音鄭玄注曰濮水之上地有桑間者亡國之音於此水出惟簧也能研羣聲之清惟笙也能揔衆清之林言衆若林能揔之禮記曰唱和清濁遞相爲經鄭玄曰清謂蕤賓至應鍾濁謂黃鍾至仲呂衛無所措其邪鄭無所容其淫禮記曰鄭衛之音亂世之音非天下之和樂不易之德音其孰能與於此乎禮記曰順氣成象而和樂興焉又曰德音之謂樂周易曰非天下至精其孰能與於此

嘯賦

鄭玄毛詩箋曰嘯蹙口而出聲也籀文爲歗在欠部毛詩曰其嘯也歌

成公子安臧榮緒晉書曰成公綏字子安東郡人也少有俊才辭賦壯麗徵爲博士歷中書郎

逸羣公子體奇好異傲世忘榮絕棄人事文子曰傲世賤物不汙於俗漢書曰張良願棄人間事欲從赤松子遊睎高慕古長想遠思謝承後漢書曰陳謙睎高視遠清舉矯俗馮衍顯志賦曰獨耿介而慕古舞賦曰遠思長想將登箕山以抗節浮滄海以游志箕山已見上文論語子曰道不行乘桴浮於海從我者其由歟於是延友生集同好尚書序曰與我同好精性命之至機研道德之玄奧周易曰乾道變化各正性命管子曰虛無無形謂之道化育萬物謂之德應德璉馳射賦曰窮百氏之玄奧愍流俗之未悟獨超然而先覺禮記曰不從流俗老子曰雖有榮觀燕處超然孟子伊尹曰天生斯民使先知覺後知使先覺覺後覺也狹世路之阨僻仰天衢而高蹈史記曰不從流俗王之阨僻羽獵賦曰狹三王之阨僻孔融薦禰衡表曰龍躍天衢左氏傳齊人歌曰魯人之皋使我高蹈邈姱俗而遺身乃慷慨而長嘯琴賦曰弃事遺身遺身謂其身事楚辭曰臨深水而長嘯于時曜靈俄景流光濛汜廣雅曰耀靈日也俄邪也歸田賦曰於時曜靈俄景楚辭曰出自湯谷次于濛汜淮南子濛汜日所入處逍遥攜手踟跦步趾廣雅曰蹢躅跢跦也跢跦與踟躅古字通左氏傳蔿啓強謂魯

侯曰今君若步玉趾發妙聲於丹脣激哀音於皓齒神女賦曰朱脣的其若丹楚辭曰美人皓齒嫮以姱嚮抑揚而潛轉氣衝鬱而熛起言聲在喉中而轉故曰潛也熛起言疾字林曰熛飛火也協黃宮於清角雜商羽於流徵黃宮謂黃鍾宮聲清角已見上文宋玉笛賦曰吟清商追流徵飄遊雲於泰清集長風乎萬里言所感幽深有同龍虎聖主得賢臣頌曰虎嘯而風冽龍興而致雲泰清天也鶡冠子曰上及泰清下及泰寧曲既終而響絕遺餘玩而未已良自然之至音非絲竹之所擬是故聲不假器用不借物近取諸身役心御氣周易曰近取諸身動脣有曲發口成音觸類感物因歌隨吟大而不夸細而不沈夸漫也琴道曰大聲不震譁而流漫細聲不湮滅而不聞清激切於竽笙優潤和於瑟琴玄妙足以通神悟靈精微足以窮幽測深老子曰玄之又玄衆妙之門禮記曰夫禮樂通乎鬼神窮高遠而測深厚精微已見上文收激楚之哀荒節北里之奢淫楚辭曰宮庭震驚發激楚王逸曰激楚清聲也史記曰紂使師涓作淫聲北里之舞靡靡之樂濟洪災於炎旱反亢陽於重陰言有洪水之災濟之以炎旱有亢陽之災反之於重陰說苑曰湯時大旱七年煎沙爛石靈寶經曰禪黎世界墜王有女字姓音生仍不言年至四歲王怪之乃棄女於南浮桑之阿空山之中女無粮常日咽氣引月服精自然充飽忽與神人會於丹陵之舍柏林之下姓音右手題赤石之上語姓音汝雖不能言可憶此文也遣朱宮靈童下教姓音治弟之術授其采書八字之音於是能言於山出還在國中國中大枯旱地下生火人民焦燎死者過半穿地取水百丈無泉王悕懼女顯其真爲王仰嘯天降洪水至十丈於是化形隱景而去唱引萬變曲用無方鄭玄論語注曰方常也和樂怡懌悲傷摧藏摧藏自抑挫之貌言悲傷能挫於人琴操王昭君歌曰離宮絕曠身體摧藏時幽散而將絕中矯厲而慨慷矯舉也徐婉約而優遊紛繁鶩而激揚

情既思而能反心雖哀而不傷毛詩序曰關雎哀而不傷揔八音之至和固極樂而無荒毛詩曰好樂無荒若乃登高臺以臨遠披文軒而騁望新語曰高臺百仞文軒彫窻楚辭曰白蘋兮騁望喟仰抃而抗首嘈長引而憀亮憀亮已見上文或舒肆而自反或徘徊而復放孔安國尚書傳曰肆緩也或冉弱而柔撓或澎濞而奔壯說文曰冉弱長貌上林賦曰柔撓嫚嫚橫鬱鳴而滔涸洌飄眇而清昶滔涸如水之滔漫或竭涸也飄眇聲清長貌眇他鳥切爾雅曰涸竭也字林曰洌寒貌逸氣奮涌繽紛交錯列列飇揚啾啾響作奏胡馬之長思向寒風乎北朔古詩曰胡馬思北風又似鴻鴈之將鶵羣鳴號乎沙漠似鴈之音已見琴賦字林曰鳴聲也大曰鴻小曰鴈武帝元朔六年衛青將六將軍絕幕應劭曰幕匈奴之南界傳瓚沙土曰幕今案決幕漫也西域傳曰罽賓國以銀爲錢文爲騎馬幕爲人面

如淳曰幕音漫韋昭曰幕錢背也然則漫幕同義古詩曰此匈奴中沙漫地也崔浩謂之河底故李陵歌曰徑萬里兮度沙漠是也猶今人呼帳幔亦曰幕可依字讀義無爽今書或作漠音訓同說文曰漠北方流沙故能因形創聲隨事造曲應物無窮機發響速怫鬱衝流參譚雲屬怫扶勿切淮南子曰通古之風氣以貫譚萬物之理譚猶着也參譚不絕又曰龍舉而景雲屬若離若合將絕復續飛廉鼓於幽隧猛虎應於中谷楚辭曰後飛廉使奔屬王逸曰飛廉風伯也毛詩曰大風有隧春秋元命苞曰猛虎嘯谷風起類相動也南箕動於穹蒼清飇振乎喬木毛詩曰維南有箕春秋緯曰月失其行離于箕者風爾雅曰穹蒼蒼天也毛詩曰南有喬木散滯積而播揚蕩埃藹之溷濁國語泠州鳩曰太蔟所以金奏贊陽出滯也姑洗所以脩絜百物考神納賓鄭玄儀禮注曰播散也風賦曰駭溷濁揚腐餘說文曰溷亂也變陰陽之至和移淫風之穢俗禮記曰夫禮樂行乎陰陽又曰移風易俗鄭玄曰樂用之則正人和陰陽若乃遊崇崗陵景山臨巖側望流川坐盤石漱清泉景山大山也聲類曰盤大石也說文曰漱蕩口也藉臯蘭之猗靡蔭脩竹之蟬蜎楚辭曰臯蘭被徑斯路漸猗靡隨風之貌楚辭曰嬋娟之脩竹枚乘兎園賦曰脩竹檀欒乃吟詠而發散聲駱驛而響連駱驛不絕貌舒蓄思之悱憤奮久結之纏緜論語子曰不憤不啓不悱不發字書曰悱心誦也芳匪切纏緜已見上注心滌蕩而無累志離俗而飄然莊子曰聖人無天災無物累淮南子曰單豹背世離俗若夫假象金革擬則陶匏孔安國尚書傳曰象法也禮記曰器用陶匏尚禮然也衆聲繁奏若笳若簫磞硠震隱訇礚嘐嘈字林曰礚大聲也磞芳宏切硠音郎嘐音勞嘈音曹發徵則隆冬熙蒸騁羽則嚴霜夏凋動商則秋霖春降奏角則谷風鳴條列子曰鄭師文學琴於師襄師襄曰子之琴何如師文曰請嘗試之於是當春而叩商絃以召南呂涼風揔至草木成實及秋而叩角絃以激

夾鍾溫風徐迴草木發榮當夏而叩羽絃以召黃鍾霜雪交下川池暴沍及冬而叩徵絃以激蕤賓陽光熾烈堅氷立散師襄曰雖師曠之清角鄒衍之吹律無以加之張湛曰商金音屬秋南呂八月律角木音屬春夾鍾二月律羽水音屬冬黃鍾十一月律徵火音屬夏蕤賓五月律鄭玄禮記注曰熹蒸也聲類曰熹熙字音均不恒曲無定制均古韻字也鶡冠子曰五聲不同均然其可喜一也晉灼子虛賦注曰文章假借可以協韻均與韻同行而不流止而不滯已見上文隨口吻而發揚假芳氣而遠逝音要妙而流響聲激嚁而清厲激嚁清疾貌嚁音翟信自然之極麗羌殊尤而絕世杜預左氏傳注曰尤異也越韶夏與咸池何徒取異乎鄭衛樂動聲儀曰黃帝樂曰咸池韶夏鄭衛已見上文于時緜駒結舌而喪精王豹杜口而失色孟子曰王豹處淇而善謳緜駒處唐而齊右善歌言二人以歌謳化齊衛之國鄧析子曰左右結舌西京賦曰喪精亡魄漢書鄧公曰內杜忠臣之口莊子曰見夫子之失色虞公輟聲而止歌甯子檢手而歎息晏子春秋虞公善歌以新聲惑景公晏子退朝而拘

之漢興又有虞公即劉向別録曰有人歌賦楚漢興以來善雅歌者魯人虞公發聲清哀遠動梁塵其世學者莫能及淮南子曰甯戚欲干齊桓公窮困無以自達於是爲商於齊宿于郭門之外桓公郊迎開門辟任車爝火甚盛從者甚衆戚飯牛車下望桓公而悲擊牛角而疾商歌曲甯戚衛人商金聲清故以爲曲歌曰出東門兮厲石班上有松柏兮青且蘭麁布衣兮縕縷時不遇兮堯舜牛兮努力食細草大臣在尔側吾當與尔適楚國應劭曰齊桓夜迎客甯戚疾擊其角商歌曰南山崖巖白石爛生不遭堯與舜禪短布單衣適至骭從昏飯牛薄夜半長夜瞑瞑何時旦七略曰漢興善歌者魯人虞公發聲動梁上塵呂氏春秋曰甯戚至齊暮宿於郭門之外桓公郊迎客夜至關門甯戚飯牛望桓公而悲擊牛角疾歌桓公聞之歌者非常人也命後車載之史記春申君曰秦楚臨韓韓必斂手鍾期棄琴而改聽孔父忘味而不食論語曰子在齊聞韶三月不知肉味孔安國曰不圖於韶樂之至於斯周生烈曰孔子在齊聞韶樂之盛故忽忘肉味王肅曰不圖作韶樂之至於此此齊也百獸率

舞而抃足鳳皇來儀而拊翼尚書夔曰於予擊石拊石百獸率舞簫韶九成鳳皇來儀孔安國曰雄曰鳳雌曰皇靈鳥也儀有容儀也備樂九奏而致鳳皇也乃知長嘯之奇妙蓋亦音聲之至極晉書阮籍字嗣宗陳留尉氏人容皃瓌傑志氣宏放尤好莊老嗜酒能嘯籍嘗於蘇門山遇孫登與商略終古栖神道氣之術登皆不應籍因長嘯而退至於半嶺聞有聲若鸞鳳之音響乎巖谷乃登之嘯也

文選卷第十八

賜進士出身通奉大夫江南蘇松常鎮太等處承宣布政使司布政使胡克家重校刊

文選卷第十九

梁昭明太子撰

文林郎守太子右内率府録事參軍事崇賢館直學士臣李善注上

賦癸

情

易曰利貞者性情也性者本質也情者外染也色之別名事於最末故居於癸

高唐賦一首并序

漢書注曰雲夢中高唐之臺此賦蓋假設其事風諫婬惑也

宋玉

昔者楚襄王與宋玉遊於雲夢之臺史記曰楚懷王薨太子橫立爲頃襄王漢書音義張揖曰雲夢楚藪也在南郡華容縣其中有臺館望高唐之觀其上獨有雲氣崒兮直上

忽兮改容須臾之間變化無窮爾雅曰崒者厜㕒注謂山峯頭巉嵒然言雲氣形似於山王問玉曰此何氣也玉對曰所謂朝雲者也王曰何謂朝雲玉曰昔者先王嘗遊高唐怠而晝寢鄭玄曰寢卧息也夢見一婦人曰妾巫山之女也襄陽耆舊傳曰赤帝女曰姚姬未行而卒葬於巫山之陽故曰巫山之女楚懷王遊於高唐晝寢夢見與神遇自稱是巫山之女王因幸之遂爲置觀於巫山之南號爲朝雲後至襄王時復遊高唐爲高唐之客自言爲高唐之客聞君遊高唐願薦枕席薦進也欲親進於枕席求親昵之意也王因幸之去而辭曰妾在巫山之陽高丘之阻山南曰陽土高曰丘漢書注曰巫山在南郡巫縣阻險也旦爲朝雲暮爲行雨朝雲行雨神女之美也朝朝暮暮陽臺之下旦朝視之如言故爲立廟號曰朝雲王曰朝雲始出狀若何也玉對曰其始出也曃兮若松榯曃茂貌如曃曃也徒對切榯直竪貌音時其少進也晰兮若姣姬揚袂鄣日而望所思晰昭晰謂有光明美色揚袂舉袂也如美人之舉袂望所思也忽兮改容偈兮若駕駟馬建羽旗韓詩曰偈桀侹也疾驅貌周禮曰析羽爲旍謂破五色鳥羽爲之也言氣變改或如駕馬建旗也建立也偈居竭切湫兮如風淒兮如雨風止雨霽雲無處所湫兮涼貌詩曰風雨淒淒爾雅曰濟謂之霽郭璞注曰今南陽人呼雨止爲霽霽音薺王曰寡人方今可以遊乎玉曰可方今猶正今也廣雅曰方正也王曰其何如矣玉曰高矣顯矣臨望遠矣廣矣普矣萬物祖矣廣閒也普徧也祖始也言萬物皆祖宗生此土爲萬物神靈之祖最有異也上屬於天下見於淵珍怪奇偉不可稱論王曰試爲寡人賦之玉曰唯唯禮記曰父召無諾先生召無諾唯而起鄭玄曰唯恭於諾也皇侃曰唯謂今之爾是也惟高唐之大體兮殊無物類之可儀比巫山赫其無疇兮道互折而曾累言殊異於常無物可儀比比類也赫然盛貌道路交互曲折曾重也謂橫斜而上登巉巖而下望兮巉巖

石勢不生草木臨大阺之稸水說文曰秦謂陵阪曰阺丁兮切周禮曰以瀦畜水字林曰稸積也與畜同抽六切遇天雨之新霽兮觀百谷之俱集濞洶洶其無聲兮潰淡淡而並入百谷者衆谷雜水集至山之下字林曰濞水暴至聲也說文曰洶涌也謂水波騰貌洶詡鞏切潰水相交過也淡以冉切安流平滿貌滂洋洋而四施兮蓊湛湛而弗止長風至而波起兮若麗山之孤畝蓊然聚貌湛湛深貌弗止謂不常靜或行郭象莊子注曰麗著也爾雅曰如畝畝丘郭璞曰丘有壟界如田畝素問岐伯對黃帝曰卒風暴雨風吹波落而隴起言風吹水勢浪文如孤壟之附山勢薄岸而相擊兮隘交引而卻會廣雅曰隘陿也言水之勢既薄岸而相激至迫隘之處其流交引而卻相會謂水口急陿不得前進則卻退復會於上流之中止崒中怒而特高兮若浮海而望碣石崒聚也謂兩浪相合聚而中高也言水怒浪如海邊之望碣石孔安國注尚書曰碣石海畔山也礫磥磥而相摩兮巆震天之礚礚相摩言水急石流自相摩礪聲動徹天說文曰礫小石也磥磥衆石貌巆聲也火宏切字林曰礚大聲也巨石溺溺之瀺灂兮沫潼潼而高厲巨石大石也溺溺沒也瀺灂石在水中出沒之貌沫水高低貌潼潼高貌厲起也埤蒼曰瀺灂水流聲貌水澹澹而盤紆兮洪波淫淫之溶濇說文曰澹澹水搖也紆回也淫淫去遠貌溶濇猶蕩動也音容裔奔揚踊而相擊兮雲興聲之霈霈言水之奔揚踊起而相擊其狀若雲又興聲霈霈然上林賦曰穹隆雲橈義出於此纂文曰雲若大波霈浦大切猛獸驚而跳駭兮妄奔走而馳邁虎豹豺兕失氣恐喙雕鶚鷹鷂飛揚伏竄妄謂不覺東西漫走也說文曰鷂鷙鳥也與照切字林曰竄鼠逃也七外切非關協韻一音七玩切股戰脅息安敢妄摯股戰猶股慄也脅息猶翕息也於是水蟲盡暴乘渚之陽水蟲魚鼈之屬驚而陸處方言曰曬暴也蒲卜切巫山所臨之渚陽水北也暖故魚鼈游焉黿鼉鱣鮪交積縱橫振鱗奮翼蜲蜲蜿蜿中阪遙望謂張其鱗甲翼魚腮邊兩鬣也蜲蜲蜿蜿龍蛇之貌上言水中蟲盡暴揔色說之中阪之中猶未至山頂蜲於危切蜿於袁切玄木冬榮

煌煌熒熒，奪人目精。爛兮若列星，曾不可殫形。榛林鬱盛，葩華覆蓋。雙椅垂房，糾枝還會。煌煌熒熒，草木花光也。榛林，栗林也。葩，花。栗花長與葉間生，自相覆蓋也。雙椅，椅，桐屬也。垂房，花作房生也。房，椅實也。還會，交相也。糾枝，枝曲下垂也。毛詩曰：其桐其椅。注：椅，梧屬。爾雅曰：下句曰糾。徙靡澹淡，隨波闇藹。徙靡，言枝往來靡靡然。澹淡，水波小文也。闇藹者，言木蔭水波闇藹然也。東西施翼，猗狔豐沛。東西施翼者，謂樹枝四向施布，如鳥翼然。言東西則南北可知，其林木多也。猗狔，柔弱下垂貌。漢書大人賦：猗狔以招搖。猗，於宜切。狔，於危切。綠葉紫裹，丹莖白蔕。裹猶房也。古卧切。纖條悲鳴，聲似竽籟。清濁相和，五變四會。左氏傳晏子曰：先王和五聲也，清濁小大以相濟也。吹小枝則聲清，吹大枝則聲濁。五變，五音皆變也。禮記曰：聲相應，故生變，變成方，謂之音。四會，四懸俱會也。又云：與四夷之樂聲相會也。感心動耳，迴腸傷氣。孤子寡婦，寒心酸鼻。言上諸聲能迴轉人腸，傷斷人氣。禮記王制曰：小而無父謂之孤。寒心，謂戰慄也。酸鼻，鼻辛酸淚欲出也。

長吏隳官，賢士失志。尚書曰：股肱惰哉，萬事墮哉。孔安國曰：隳，廢也。許規切。失其本志，不知所爲。愁思無已，歎息垂淚。登高遠望，使人心瘁。登高心瘁，此下謂至山上高處，未至觀也。瘁，病也。盤岸巑岏，裖陳磑磑。王逸楚辭注曰：巑岏，山銳貌。裖，已見上林賦，音振。李奇曰：裖，整也。陳，列也。磑磑，高貌。方言曰：磑，堅也。磐石險峻，傾崎崕隤。埤蒼曰：崎嶇，不安也。廣雅曰：隤，壞也。說文曰：墜下也。巖嶇參差，從橫相追。勢如相追。陬互橫啎，背穴偃蹠。廣雅曰：陬，角也。側溝切。啎，五故切。偃蹠，言山石之形，背穴偃蹇，如有所蹈也。許慎淮南子注曰：蹠，蹈也。啎，逆也。路有橫石，逆當其前，背卻也。穴，孔也。卻又當山之孔穴。交加累積，重疊增益。交加者，言石相交加累其上，別有交加石之勢，在巑岏崕上，重益其高。狀若砥柱，在巫山下。砥柱，山名，在水中如柱然。此崕岸在巫山下者，似砥柱山然。仰視山顛，肅何千千，炫燿虹蜺。說文曰：俗望山谷芊芊青也。千芊古字通。言山高如虹蜺炫燿其上。俯視崝嶸，窐寥窈冥。廣雅曰：崝嶸，深直貌。窐寥，空深貌。崝，士耕切。嶸音宏。窐，苦交切。寥音勞。不

見其底，虛聞松聲。言山下杳遠，不見，但空聞松聲。傾岸洋洋，立而熊經。言既將傾，水流又迅，故立者恐懼，而似熊經。傾岸之勢，其水洋洋，避立之處，如熊之在樹。久而不去，足盡汗出。謂傾岸之勢，阻險之處，人所懼見，心自戰懼，足下流汗而出也。悠悠忽忽，怊悵自失。悠悠，遠貌。忽忽，迷貌。言人神悠悠然遠，迷惑不知所斷。楚辭曰：怊悵而自悲。王逸曰：悵，恨貌。怊，恥驕切。使人心動，無故自恐。動，驚也。言無有故，對此而驚恐。賁育之斷，不能爲勇。孟賁、夏育，決斷之士，今見此嶮阻，亦不能爲勇也。斷，丁亂切。卒愕異物，不知所出。卒，七忽切。爾雅曰：遻，見也。午故切。愕與遻同。言卒然復有驚愕之異物，從旁而出，不知所從來。縰縰莘莘，若生於鬼，若出於神。縰縰莘莘，衆多之貌。說文曰：纚，冠織也。縰與纚同。所綺切。詩曰：魚在在藻，有莘其尾。毛萇曰：莘，衆多也。莘，所巾切。字或作甡。往來貌若出於神。狀似走獸，或象飛禽。譎詭奇偉，不可究陳。上至觀側，地蓋底平。箕踵漫衍，芳草羅生。自此已前，並述山勢也。杜預左氏傳注曰：底，平也。箕踵，前闊後狹，似箕。衍，平貌。言山勢如簸箕之踵也。秋蘭茝蕙，江

離載菁。廣雅曰：菁，華也。載，則也。青荃射干，揭車苞并。見本草。夜干，一名烏扇，今江東爲烏蓮。史記爲射干。漢書音義曰：揭車，香草也。苞并，叢生也。薄草靡靡，聯延夭夭。越香掩掩。靡靡，相依倚貌。夭夭，少長也。越香，言氣發越。掩掩，同時發也。掩，同也。衆雀嗷嗷，雌雄相失，哀鳴相號。雀，鳥之通稱。毛詩曰：鴻鴈于飛，哀鳴嗷嗷。王鴡鸝黃，正冥楚鳩。姊歸思婦，垂雞高巢。其鳴喈喈。爾雅曰：王雎。郭璞曰：鵰類，今江東通呼爲鶚。詩云：鳥摯而有別者。一名王鴡。鸝黃，郭璞曰：其色黧黑而黃，因名之。一曰鶬鶊。方言曰：或謂黧黃爲楚雀。廣雅曰：楚鳩，一名嚊啁。爾雅曰：巂周。郭璞曰：子巂鳥，出蜀中。或曰即子規，一名姊歸。巂，胡圭切。思婦，亦鳥名也。地理志曰：夷通鄉北過仁里，有觀山。故老相傳云：昔有婦登北山，絕望愁思而死，因以爲名。垂雞，未詳。高巢，巢高也。當年遨遊。一本云：子當千年，萬世遨遊。未詳。更唱迭和，赴曲隨流。赴曲者，鳥之哀鳴，有同歌曲，故言赴曲。隨流者，隨鳥類而成曲也。有方之士，羨門高谿。史記曰：方士皆掩口。杜預左氏傳注曰：方，法術也。史記曰：秦始皇使燕人盧生求羨門高誓。谿疑是誓字。漢書郊祀志曰：充尚、羨門高最後，皆燕人，爲方令道

形辭銷化玉充尚羨門高二人上成鬱林公樂聚穀蓋亦方士也未詳所見又鬱然仙人盛多如林木公共也人在山上作巢穀食也聚食於山阿進純犧禱琁室進謂祭也禱祭也尚書曰神祇之犧牷牲用孔安國曰色純曰犧淮南子曰崑崙之山有傾宮琁室高誘曰以玉飾宮也醮諸神禮太一醮祭也子肖切史記曰宜立太一而上親郊之傳祝已具言辭已畢王乃乘玉輿駟倉螭垂旒旌旆合諧紬大絃而雅聲流冽風過而增悲哀傳祝已具神之語已具言辭即祝所傳辭也畢竟也旒旌謂建太常十二旒雅聲正不淫邪字林曰冽寒風也紬引也音抽於是調謳令人惏悷憯悽脅息增欷並悲傷貌脅息縮氣也增益也惏力甚切悷力計切於是乃縱獵者基趾如星傳言羽獵銜枚無聲相傳言語徧告衆士漢書音義李奇曰羽林騎士張晏曰以應獵負羽周禮銜枚氏軍旅田役令鄭玄以爲枚止言語囂讙也枚狀如箸橫銜之弓弩不發罘罕不傾涉漭漭馳苹苹漭漭水廣遠貌爾雅曰苹藾蕭郭璞曰今藾蒿也邪生亦可食說文

曰苹苹草貌音平飛鳥未及起走獸未及發何節奄忽蹄足灑血何問辭也言何節奄忽之間而獸之蹄足已皆灑血節所執之節也舉功先得獲車已實王將欲往見必先齋戒差時擇日毛萇詩傳曰差擇也簡輿玄服建雲旆蜺爲旌翠爲蓋冬王水水色黑故衣黑服簡略也省也翠翡翠也以羽飾蓋風起雨止千里而逝蓋發蒙往自會素問黃帝曰發蒙解惑未足以論也會與神女相會思萬方憂國害開賢聖輔不逮開導賢聖令其進仕用其謀策輔己不逮此又陳諫於王也九竅通鬱精神察滯文子曰九竅者精神之戶牖氣者五藏之使候呂氏春秋曰凡人九竅五藏惡之精氣鬱高誘曰鬱滯不通也延年益壽千萬歲

神女賦一首　并序

宋玉

楚襄王與宋玉遊於雲夢之浦使玉賦高唐之事其夜王寢果夢與神女遇其狀甚麗王異之明日以白玉玉曰其夢若何王曰晡夕之後精神怳忽若有所喜紛紛擾擾未知何意晡日昳時也怳忽不自覺知之意所喜忽然喜悅紛擾喜也目色髣髴乍若有記見一婦人狀甚奇異寐而夢之寤不自識罔兮不樂悵然失志於是撫心定氣復見所夢王曰狀何如也如有可記識也髣髴見不審也罔憂也撫覽也見神女也玉曰茂矣美矣諸好備矣盛矣麗矣難測究矣上古既無世所未見瓌姿瑋態不可勝贊勝盡也贊明也其始來也耀乎若白日初出照屋梁韓詩曰東方之日薛君曰詩人所說者顏色美盛若東方之日其少進也皎若明月舒其光毛詩曰月出皎兮毛萇曰喻婦人有美白皙也須臾之閒

美貌橫生曄兮如華溫乎如瑩毛詩曰有女同車顏如蕣華又曰尚之以瓊瑩乎而注瓊瑩石似玉也音榮逸論語曰如玉之瑩說文曰瑩玉色也爲明切曄盛貌五色並馳不可殫形詳而視之奪人目精其盛飾也則羅紈綺繢盛文章馳施也綺五色也蒼頡篇曰繢似纂色赤胡憒切極服妙采照萬方振繡衣被袿裳劉熙釋名曰婦人上服謂之袿襛不短纖不長說文曰襛衣厚貌如恭切步裔裔兮曜殿堂忽兮改容婉若遊龍乘雲翔嫷被服侻薄裝裔裔行貌毛萇詩傳曰婉美貌方言曰嫷美也他卧切說文曰侻好也與婉同他外切又侻可也言薄裝正相堪可沐蘭澤含若芳性和適宜侍旁順序卑調心腸沐洗也以蘭浸油澤以塗頭旁宜侍王旁卑柔弱也王曰若此盛矣試爲寡人賦之玉曰唯唯夫何神女之姣麗兮含陰陽之渥飾言神女得陰陽厚美之飾被華藻

之可好兮若翡翠之奮翼其象無雙其美無極毛嬙鄣袂不足程式西施掩面比之無色（慎子曰毛嬙先施天下之姣也衣之以皮倛則見者皆走易之以玄錫則行者皆止先施西施一也嬙音牆）近之既妖遠之有望骨法多奇應君之相視之盈目孰者克尚（近看既美復宜遠望孰誰也克能也誰者能尚言無有也）私心獨悅樂之無量交希恩踈不可盡暢他人莫覩王覽其狀其狀峩峩何可極言貌豐盈以莊姝兮苞溫潤之玉顏（暢申也未可申暢已志也豐盈肥滿也莊嚴也方言曰姝好也毛萇詩傳曰姝美色也禮記曰玉溫潤而澤仁也）眸子烱其精朗兮瞭多美而可觀（字林曰瞭明也鄭玄周禮注曰瞭明目也力小切）眉聯娟以蛾揚兮朱脣的其若丹（聯娟微曲貌）素質幹之醲實兮志解泰而體閑既姽嫿於幽靜兮又婆娑乎人間（言志操解散奢泰多閑不急躁也謂在人中最好無比也婆娑猶盤姍也說文曰姽嫿好貌五累切廣雅曰嫿好也音畫說文靜審也韓詩靜貞也）

宜高殿以廣意兮翼放縱而綽寬動霧縠以徐步兮拂墀聲之珊珊（珊珊聲也翼放縱貌如鳥之翼隨意放縱縠今之輕紗薄如霧也）望余帷而延視兮若流波之將瀾（流波目視貌言舉目延視精若水波將成瀾也）奮長袖以正衽兮立躑躅而不安（說文曰衽衣衿也自矜嚴也）澹清靜其愔嫕兮性沈詳而不煩（澹靜貌愔和也嫕淑善也言志度靜而和淑也不煩不躁也聲類曰愔見魏都賦嫕已見洞簫賦和靜貌韓詩曰嫕悅也說文曰嫕靜也蒼頡篇曰嫕密也）時容與以微動兮志未可乎得原意似近而既遠兮若將來而復旋（原本也其意欲似近而心靜不測是復為遠也將來可親之意更遠也謂復更遠也字林曰旋回也）褰余幬而請御兮願盡心之惓惓（鄭玄毛詩箋曰幬牀帳也）懷貞亮之絜清兮卒與我兮相難陳嘉辭而云對兮吐芬芳其若蘭精交接以來往兮心凱康以樂歡神獨亨而未結兮魂焭焭以無端含然諾其不分兮喟揚音而哀歎顩薄怒以自持兮曾不可乎犯干（精神也結猶未相著焭焭然無有端次不知何計分當也言神女之意雖含諾猶不當其心廣雅曰顩色也匹零切方言曰顩怒色青貌切韻匹迴切斂容也蒼頡篇曰薄微也捉顏色而自矜持也）於是搖珮飾鳴玉鸞整衣服斂容顏顧女師命太傅（古者皆有女師教以婦德今神女亦有教也毛詩序曰尊敬師傅可以歸寧父母漢書音義曰婦人年五十無子者為傅）歡情未接將辭而去遷延引身不可親附似逝未行中若相首（遷延却行去也廣雅曰首向也舒救切）目略微眄精彩相授志態橫出不可勝記意離未絕神心怖覆禮不遑訖辭不及究願假須臾神女稱遽（目略輕看精神光采相授與也猶未即絕）

（怖覆謂恐怖而反覆也左氏傳豎頭須曰沐則心覆心覆則圖反遽急也言去不住也）徊腸傷氣顛倒失據（毛萇詩傳曰據依也）闇然而暝忽不知處情獨私懷誰者可語惆悵垂涕求之至曙

登徒子好色賦一首并序（此賦假以為辭諷於婬也）

宋玉

大夫登徒子侍於楚王短宋玉曰（大夫官也登徒姓也子者男子之通稱戰國策曰孟嘗君至楚楚獻象牀登徒送之高誘淮南子注曰短說其罪闕也）玉為人體貌閑麗口多微辭又性好色（閑靜也麗美也微妙也公羊傳曰定哀多微辭論語子曰吾未見好德如好色者也）願王勿與出入後宮王以登徒子之言問宋玉玉曰體貌閑麗所受於天也口多微辭所學於師也至於好色臣無有也王曰

子不好色亦有說乎遣自解說也有說則止無說則退玉曰天下之佳人莫若楚國楚國之麗者莫若臣里臣里之美者莫若臣東家之子東家之子增之一分則太長減之一分則太短著粉則太白施朱則太赤眉如翠羽肌如白雪莊子曰藐姑射之山有神人居焉肌膚若冰雪腰如束素齒如含貝莊子孔子謂盜跖曰將軍齒如齊貝貝海螺其色白嫣然一笑惑陽城迷下蔡王逸楚辭注曰嫣笑貌廣雅曰嗎嗎款款喜也陽城下蔡二縣名蓋楚之貴介公子所封故取以喻焉然此女登牆闚臣三年至今未許也字林曰窺傾頭門內視也又小視也登徒子則不然其妻蓬頭攣耳齞脣歷齒莊子曰蓬頭突鬢爾雅曰攣病也力專切說文曰齞張口見齒也牛善切歷猶踈也旁行踽僂又疥且痔踽僂傴僂也廣雅曰傴僂曲貌傴央矩切僂力主切說文曰疥瘙也痔後病也登徒子悅

五百七十九　文十九　十　壬子重刊　夏應

之使有五子王孰察之誰爲好色者矣是時秦章華大夫在側因進而稱曰今夫宋玉盛稱鄰之女以爲美色愚亂之邪臣自以爲守德謂不如彼矣章華楚地名大夫楚人入仕於秦時使襄王以云食邑章華因以爲號愚鈍也亂昏也邪僻也言昏鈍邪僻之臣章華大夫自謙不如彼之登徒所說也言宋玉之所說鄰女美色愚臣守德猶不如登徒之說況宋玉乎臣章華大夫自謂且夫南楚窮巷之妾焉足爲大王言乎若臣之陋目所曾覩者未敢云也王曰試爲寡人說之大夫曰唯唯

臣少曾遠遊周覽九土足歷五都九土九州之土五都五方之都出咸陽熙邯鄲從容鄭衛溱洧之間熙戲也廣雅曰從容舉動也毛詩曰溱與洧方渙渙兮毛萇曰溱洧鄭兩水名洧于軌切是時向春之末迎夏之陽鶬鶊喈喈群女出桑毛詩曰倉庚喈喈又曰十畝之間兮桑者閑閑兮此郊之姝華色含光體美容冶不待飾裝臣觀其麗者因稱詩曰遵大路兮攬子袪此郊即鄭衛之郊毛詩曰靜女其姝又曰遵大路兮摻執子之袪兮大路詩篇名也遵循也路道也謂道路逢子之美願攬子之袂與俱歸也稱此詩者此本鄭詩故稱以感動贈以芳華辭甚妙折芳草之華以贈之爲辭甚妙於是處子怳若有望而不來忽若有來而不見意密體踈俯仰異觀含喜微笑竊視流眄謂折芳草之花以贈之欲贈芳華恐不受故先與妙辭以進之處女未嫁者怳失意貌體疏相離殊遠謂異於未贈花前所視復稱詩曰寤春風兮發鮮榮絜齋俟兮惠音聲贈我如此兮不如無生司馬彪注漢書子虛賦曰復苔也顏師古注復音伏寤覺也鮮榮華也喻少年之盛齋莊也言自絜貌矜莊而待惠音聲如此謂贈以芳藥欲結恩情而女不受毛詩曰知我如此不如無生鄭玄曰則己之生不如不生無生恨之辭也因

六百卅四　文十九　十一

遷延而辭避蓋徒以微辭相感動精神相依憑目欲其顏心顧其義揚詩守禮終不過差故足稱也於是楚王稱善宋玉遂不退微辭謂向所陳辭甚妙者若即折登徒言多微詞宋玉雖不逮大夫之顧義而不同登徒之好色故不退

洛神賦一首

并序漢書音義如淳曰宓妃宓羲氏之女溺死洛水爲神

曹子建

記曰魏東阿王漢末求甄逸女既不遂太祖回與五官中郎將植殊不平晝思夜想廢寢與食黃初中入朝帝示植甄后玉鏤金帶枕植見之不覺泣時已爲郭后讒死帝意亦尋悟因令太子留宴飲仍以枕賚植植還度轘轅少許時將息洛水上思甄后忽見女來自云我本託心君王其心不遂此枕是我在家時從嫁前與五官中郎將今與君王遂用薦枕席懽情交集豈常辭能具爲郭后以糠塞口今被髮羞將此形貌重覩君王爾言訖遂不復見所在遣

人獻珠於王王荅以玉珮悲喜不能自勝遂作感甄賦後明帝見之改爲洛神賦

黄初三年余朝京師還濟洛川黄初文帝丕年號京師洛陽也洛川洛水之川也洛水出洛山濟度也古人有言斯水之神名曰宓妃感宋玉對楚王神女之事遂作斯賦其辭曰

余從京域言歸東藩魏志曰黄初三年立植爲鄄城王四年徙封雍丘其年朝京師又文紀曰黄初三年行幸許又曰四年三月還雒陽宮然京域謂雒陽東蕃即鄄城魏志及諸詩序並云四年朝此云三年誤一云魏志三年不言植朝蓋魏志略也背伊闕越轘轅伊闕轘轅已見東都賦經通谷陵景山華延洛陽記曰城南五十里有大谷舊名通谷河南郡圖經曰景山緱氏縣南七里日既西傾車殆馬煩爾迺稅駕乎蘅皋秣駟乎芝田蘅杜蘅也皋澤也嵩高山記曰山上神芝十洲記曰鍾山仙家耕田種芝草容與乎陽林流眄乎洛川於是精移神駭忽焉思散俯則未察仰以殊觀覩一麗人于巖之畔迺援御者而告之曰爾有覿於彼者乎彼何人斯若此之豔也陽林一作楊林地名生多楊因名之移變也情思消散如有所悦未察猶未的審所觀殊異毛詩曰彼何人斯御者對曰臣聞河洛之神名曰宓妃然則君王所見無迺是乎其狀若何臣願聞之余告之曰其形也翩若驚鴻婉若遊龍邊讓章華臺賦曰體迅輕鴻榮曜春華神女賦曰婉若遊龍乘雲翔翩翩然若鴻鴈之驚婉婉然如遊龍之升榮曜秋菊華茂春松朱穆鬱金賦曰比光榮於秋菊齊英茂於春松髣髴兮若輕雲之蔽月飄颻兮若流風之迴雪遠而望之皎若太陽升朝霞正歷曰太陽日也迫而察之灼若芙蕖出淥波穠纖得衷脩短合度神女賦曰穠不短纖不長肩若削成腰如約

文十九　十二

素削成已見魏都賦登徒子好色賦曰腰如束素束素約素謂圓也延頸秀項皓質呈露楚辭曰小腰秀項若鮮卑說文曰項頸也司馬相如美人賦曰皓質呈露呈見也延秀皆長也芳澤無加鉛華弗御楚辭曰粉白黛黑施芳澤鉛華粉也博物志曰燒鉛成胡粉張平子定情賦曰思在面爲鉛華兮患離塵而無光雲髻峩峩脩眉聯娟毛詩曰鬒髮如雲神女賦曰眉聯娟以蛾揚峩峩高如雲也脩長曲而細也丹脣外朗皓齒内鮮明眸善睞靨輔承權神女賦曰眸子炯其精朗離騷曰靨輔奇牙宜笑嘕王逸曰美人頰有靨輔也權兩頰睞旁視也瓌姿豔逸儀靜體閑神女賦曰瓌姿瑋態又曰志解泰而體閑閑儀靜安靜也體閑謂膚體閑暇也柔情綽態媚於語言奇服曠世骨像應圖柔弱也綽寬也神女賦曰骨法多奇應君之相應圖應畫圖也披羅衣之璀粲兮珥瑶碧之華琚璀粲衣聲山海經曰沃人之國爰有璿瑰瑶碧郭璞曰名玉也又曰和山其上多瑶碧毛詩曰投我以木瓜報之以瓊瑶毛萇曰琚佩玉名音居戴金翠之首飾綴明珠以耀軀司馬彪續漢書曰太皇后花勝上爲金鳳以翡翠爲毛羽步摇貫白珠八劉騊駼兮根賦曰戴金翠珥珠璣劉熙釋名曰皇后首飾曰副踐遠遊之文履曳霧綃之輕裾繁欽定情詩曰何以消滯憂足下雙遠遊有此言未詳其本神女賦曰動霧縠以徐步綃輕縠也微幽蘭之芳藹兮步踟蹰於山隅於是忽焉縱體以遨以嬉左倚采旄右蔭桂旗芳藹芳香晻藹也楚辭曰建雄虹之采旄又曰辛夷車兮結桂旗攘皓腕於神滸兮采湍瀨之玄芝爾雅曰岸上曰滸郭璞曰厓上地也毛詩曰在河之滸毛萇曰滸水厓也漢書音義應劭曰瀨水流沙上也傅瓚曰瀨湍也本草曰黑芝一名玄芝余情悦其淑美兮心振蕩而不怡無良媒以接懽兮託微波而通辭毛詩曰子無良媒願誠素之先達兮解玉佩以要之嗟佳人之信脩羌習禮而明詩抗瓊珶以和予兮指潛

文十九　十三　乙卯重刊　刘用

淵而爲期要屈也佳人信脩整習禮謂立德明詩謂善言辭古人指水爲信如有如白水之類也珶玉也
珶徒帝切潛淵謂所居也執眷眷之款實兮懼斯靈之我欺感交甫
之弃言兮悵猶豫而狐疑神仙傳曰切仙一出遊於江濱逢鄭交甫交甫不知何人也目
而挑之女遂解佩與之交甫行數步空懷無佩女亦不見爾雅曰猶如麂善登木此獸性多疑慮常居山中忽聞有聲則
恐人來害之每豫上樹久久無度復下須臾又上如此非一故不決者稱猶焉一曰隴西俗謂犬子隨人行每預前待人
不得又來迎候故言猶豫也狐之爲獸其性多疑每渡氷行且聽且渡故疑者稱狐疑收和顏而靜志
兮申禮防以自持說文曰靜審也韓詩曰靜貞也於是洛靈感焉徙倚傍
徨申展也子建自防持也謝靈運山居賦注曰河靈河伯也東阿所謂洛靈神光離合乍陰乍陽
竦輕軀以鶴立若將飛而未翔陰去陽來也邊讓章華臺賦曰縱輕軀以迅赴若離
鵠之失羣言如鶴鳥之立望踐椒塗之郁烈步蘅薄而流芳椒塗蘅薄言芳
香也郁烈香氣之甚超長吟以永慕兮聲哀厲而彌長爾迺衆靈雜

遝命儔嘯侶或戲清流或翔神渚或采明珠或拾翠
羽從南湘之二妃攜漢濱之游女厲急也雜遝衆貌二妃已見上文毛詩曰漢有
游女不可求思注漢上游女無求思者歎匏瓜之無匹兮詠牽牛之獨處
史記曰四星在危南匏瓜牽牛爲犧牲其北織女織女天女孫也天官星占曰匏瓜一名天雞在河鼓東牽牛一名天鼓
不與織女值者陰陽不和曹植九詠注曰牽牛爲夫織女爲婦織女牽牛之星各處河鼓之旁七月七日乃得一會阮瑀
止欲賦曰傷匏瓜之無偶悲織女之獨勤俱有此言然無匹之義未詳其始揚輕袿之猗靡兮
翳脩袖以延佇體迅飛鳧飄忽若神陵波微步羅韈生
塵陵波而韈生塵言神人異也洛靈即神而言若者夫神萬靈之揔稱言若所以類彼非謂此爲非神也淮南子曰聖
足行於水無跡也衆生行於霜有跡也說文曰韈足衣也動無常則若危若安進止難

期若往若還轉眄流精光潤玉顏神女賦曰苞温潤之玉顏含辭未吐
氣若幽蘭神女賦曰吐芬芳其若蘭華容婀娜令我忘飡張衡七辯曰蠐齊之領阿
那宜顧杜篤祓禊祝曰懷季女使不飡婀烏可切娜奴可切於是屛翳收風川后靜波王逸楚辭
注曰屛翳雨師名虞喜志林曰韋昭云屛翳雷師喜云雨師然說屛翳者雖多並無明據曹植詰洛文曰河伯典澤屛翳司風
植既皆爲風師不可引他說以非之川后河伯也已見上文馮夷鳴鼓女媧清歌馮夷女媧並已
見上文騰文魚以警乘鳴玉鸞以偕逝騰升也文魚有翅能飛故使警乘警戒也楚辭
曰文魚兮上瀨又曰將騰駕兮皆逝玉鸞已見上文六龍儼其齊首載雲車之容裔
春秋命歷序曰有神人右耳蒼色大肩駕六龍出輔號曰神農儼矜莊貌春秋命歷序曰人皇乘雲車出谷口博物志曰漢武
帝好道西王母七月七日漏七刻王母乘紫雲車來鯨鯢踊而夾轂水禽翔而爲衛
於是越北沚過南岡紆素領迴清陽北海魚非洛川所有然神仙之川亦有爾

雅曰水中渚曰沚孔安國尚書注曰山脊曰岡毛詩曰領如蝤蠐又曰有美一人清陽婉兮動朱脣以徐
言陳交接之大綱恨人神之道殊兮怨盛年之莫當抗
羅袂以掩涕兮淚流襟之浪浪盛年謂少壯之時不能得當君王之意此言微感甄
后之情楚辭曰擥茹蕙以掩涕兮沾予襟之浪浪淚下貌悼良會之永絕兮哀一逝而
異鄉無微情以效愛兮獻江南之明璫良會夫婦之道鄉猶方也淮南
子曰禮豐不足以效愛服虔通俗文曰耳珠曰璫雖潛處於太陰長寄心於君王
太陰衆神之所居忽不悟其所舍悵神宵而蔽光漢書音義孟康曰宵化也於
是背下陵高足往神留遺情想像顧望懷愁楚辭曰思舊故而想
像傅毅七激曰無物可樂顧望懷愁冀靈體之復形御輕舟而上遡浮長川
而忘反思緜緜而增慕夜耿耿而不寐霑繁霜而至

曙遡逆流向上也緜緜密意也毛詩曰耿耿不寐又曰正月繁霜命僕夫而就駕吾將歸乎東路攬騑轡以抗策悵盤桓而不能去說文曰騑驂也毛萇詩傳曰騑騑行不止之貌廣雅曰盤桓不進也

詩甲

補亡詩六首 四言并序

補亡詩序曰晳與司業疇人肄脩鄉飲之禮然所詠之詩或有義無辭音樂取節闕而不備於是遥想既往存思在昔補著其文以綴舊制

束廣微 王隱晉書曰束晳字廣微平陽干人也父惠馮翊太守兄璆與晳齊名甞覽古詩惜其不補故作詩以補之賈謐請爲著作郎

南陔孝子相戒以養也 毛詩序曰有其義而亡其辭子夏序曰南陔廢則孝友缺矣聲類曰陔隴也

循彼南陔言采其蘭 采蘭以自芬香也循陔以采香草者將以供養其父母喻人求珍異以歸

眷戀庭闈心不遑安 庭闈親之所居眷戀思慕也言我思歸供養心不暇安 彼居之子罔或游盤 居謂未仕者言在家之子無有縱樂須供養此相戒之辭也尚書曰乃盤游無度 馨爾夕膳絜爾晨飡 馨芬香也絜鮮静也教其朝晚供養之方 循彼南陔厥草油油 草油油而從風喻己亦當柔色以承親史記微子之歌曰麥秀之漸漸禾黍之油油鄭玄禮記注曰油然物始生好貌 彼居之子色思其柔 言承望父母顏色須其柔順也論語子夏問孝子曰色難色難謂承順父母顏色乃爲難也 眷戀庭闈心不遑留馨爾夕膳絜爾晨羞 羞有滋味者 有獺有獺在河之涘 禮記曰孟春之月魚上冰獺祭魚獺將食之先以祭又曰獺祭魚然後虞人入澤梁此喻孝子循陔如求珍異歸養其親也 淩波赴汨噬魴捕鯉 字林曰汨深水也于筆切廣雅曰噬齧也爾雅曰魴魾也郭璞曰今呼魴魚爲鯿 嗷嗷林烏受哺于子 小雅曰純黑而反哺者烏也毛詩曰相彼反哺尚在翔禽 養隆敬薄惟禽之似 孟子曰食而不愛豕畜之愛而不敬獸畜之劉熙曰愛而不敬若人畜禽獸但愛而不能敬也言鳥亦能報恩但不知禮敬耳今人雖有供養而無禮敬禽獸何異乎 𣊫增爾虔以介丕祉 鄭玄毛詩箋云介助也毛萇詩傳曰祉福也

白華孝子之絜白也 言孝子養父母常自絜如白華之無點汙也子夏序曰白華廢則廉恥缺矣

白華朱萼被于幽薄 毛詩曰鄂不韡韡鄭玄曰承華者鄂也纂要曰草叢生曰薄此喻兄弟比於華萼在林薄之中若孝子之在衆雜方於華萼自然鮮絜 粲粲門子如磨如錯 毛詩曰粲粲衣服周禮曰正室謂之門子鄭玄曰正室適子將代父當門者毛詩曰如切如瑳如琢如磨石曰磨爾雅曰謂之錯 終晨三省匪惰其恪 論語曾子曰吾日三省吾身爲人謀而不忠乎與朋友交而不信乎傳不習乎陳思王魏德論曰位冠萬國不惰厥恪 白華絳趺在陵之陬 鄭玄毛詩箋曰跗鄂足也跗與趺同陬山足也 蒨蒨士子涅而不渝 蒨蒨鮮明貌論語子曰不曰白乎涅而不緇渝變也 竭誠盡

敬亹亹忘劬 毛萇詩傳曰亹亹勉勉也亡匪切 白華玄足在丘之曲堂堂處子無營無欲 論語曾子曰堂堂乎張也處子處士也已見鸚鵡賦梁鴻安丘嚴平頌曰無營無欲澹爾淵清 鮮侔晨葩莫之點辱 孝經鉤命決曰名毀行廢玷辱先人王逸楚辭注曰點汙也點與玷古字通

華黍時和歲豐宜黍稷也 子夏序曰華黍廢則畜積缺矣

黮黮重雲輯輯和風 黮黮雲色不明貌徒感切輯輯風聲和也毛詩曰習習谷風毛萇曰習習和舒之貌輯與習同 黍華陵巔麥秀丘中 毛詩曰黍稷方華微子有麥秀之歌鄭玄曰高田宜黍稷下田宜稻麥 靡田不播九穀斯豐 尚書曰播厥百穀周禮曰三農生九穀鄭玄曰九穀稷黍秫稻麻大小豆大小麥也 奕奕玄霄濛濛甘霤 鄭玄毛詩箋曰奕奕光也玄黑也霄雲也毛萇詩傳曰濛濛雨貌凡水下流曰霤 黍發稠華亦挺其秀 蒼頡篇曰稠衆

也廣雅曰稠𥡴也直留切𥡴居致切毛詩曰實發實秀靡田不殖九穀斯茂無高不播無下不殖芒芒其稼參參其穡芒芒多貌參參長貌種曰稼斂曰穡參所今切穡我王委充我民食公羊傳曰君子之爲國也必有三年之委尚書八政一曰食玉燭陽明顯猷翼翼爾雅曰四氣和謂之玉燭郭璞曰道光照也廣雅曰翼翼明貌猷道也

由庚萬物得由其道也由從也庚道也言物並得從陰陽道理而生也子夏序曰由庚廢則陰陽失其道理矣

蕩蕩夷庚物則由之尚書曰王道蕩蕩毛萇詩傳曰夷常也萬物由之以生也喻王者之德羣生仰之以安也蠢蠢庶類王亦柔之毛萇詩傳曰蠢動也國語曰夏禹能平水土以品處庶類孔安國尚書傳曰柔安也道之既由化之既柔木以秋零草以春抽言萬物既由於道羣黎又安於化故草木遂性以而零茂隨四時也獸在于草魚躍順流言皆得其時也四時遞謝八風代扇淮南子曰四時者春生夏長秋收冬藏八風已見上纖阿案晷星變其躔

文十九　十八　乙丑重刊　仲甫

淮南子曰纖阿月御也顏延年纂要曰景曰晷呂氏春秋曰月躔二十八宿漢書曰日月初躔星之紀音義曰躔舍也五是不逆六氣無易尚書云曰雨曰暘曰燠曰風曰時五是來備各以其序庶草蕃廡左氏傳秦醫和謂晉侯曰天有六氣陰陽風雨晦明也攺也謂不攺其常行也愔愔我王紹文之跡左氏傳右尹革曰祈昭之愔愔杜預曰愔愔安和貌我王成王也此詩成王時也文周文王也言能繼文王之跡也

崇丘萬物得極其高大也崇丘高丘也言萬物生長於高丘皆遂其性得極其高大也子夏序曰崇丘廢則萬物不遂其性矣

瞻彼崇丘其林藹藹植物斯高動類斯大藹藹茂盛貌周禮曰山林植物鄭玄曰物根生之屬周風既洽王猷允泰周周室也毛詩曰王猷允塞猶猷古字通漫漫方輿回回洪覆淮南子曰以天爲蓋以地爲輿曾子曰天道曰員地道曰方何類不繁何生不茂物極其性人永其壽易乾鑿度曰統者在上方物常在五位應時羣物遂性漢書公孫弘對策曰故形和則無疾無疾則不夭恢恢大圓茫茫九壤老子曰天網恢恢九壤九州也左氏傳曰茫茫九土資生仰化于何不養資取也言取生者皆仰德而化也易曰至哉坤元萬物資生言物盡其性咸生長也人無道夭物極則長老子曰終天年而不中道夭者是智之盛也年未三十而死曰夭言無夭折之道也易曰小人道消君子道長言物極則歸長也

由儀萬物之生各得其儀也言萬物之生各由其道得其所儀也毛萇詩傳曰儀宜也蒼頡篇曰宜得所也子夏序曰由儀廢則萬物失其道理矣

肅肅君子由儀率性爾雅曰肅肅敬也郭璞曰容儀謹敬也禮記曰率性之謂道明明后辟仁以爲政爾雅曰明明察也郭璞曰聰明鑒察也爾雅曰后辟君也魚游清沼鳥萃平林毛詩曰依彼平林有集維鷮濯鱗鼓翼振振其音賓寫爾誠主竭其心賓謂羣臣也時之和矣何思何脩時既和平矣何所思慮何所脩治易曰天下何思何

文十九　十九　乙卯重刊　刘端

慮王弼曰一以貫之不慮而盡也莊子老聃曰至人之於德也若天之自高地之自厚夫何脩之爲文化內輯武功外悠輯和也言以文化輯和於內用武德加於外遠也悠遠也

述德

述祖德詩二首

五言陳郡謝錄曰玄字幼度領徐州牧符堅傾國大出玄爲前鋒射傷符堅臨陣殺符融封康樂公靈運述祖德詩序曰太元中王父龕龍定淮南負荷世業尊主隆人逮賢相徂謝君子道消拂衣蕃岳考卜東山事同樂生之時志期范蠡之舉

謝靈運沈約宋書曰謝靈運陳郡人也博覽羣書文章之美江左莫逮初辟琅邪王大司馬行參軍後爲臨川郡守爲有司所糾徙付廣州遂令趙欽等要合鄉里健兒於三江口篡取謝要不及有司奏依法收罰詔於廣州行棄市刑

達人貴自我高情屬天雲呂氏春秋曰陽朱貴己高誘曰輕天下而重己也天雲言高也

曹植七啓曰：獨馳思乎天雲之際。**兼抱濟物性，而不纓垢氛。**纓，繞也。垢，滓也。氛，氣也。謂世事皆惡，不相纓繞，不雜塵霧。嵇康書曰：子文三登令尹，是君子思濟物之意也。**段生蕃魏國，展季救魯人。**段生，干木也。已見上。展季，柳下惠也。劉向列女傳曰：柳下惠妻誄之曰：蒙恥救人，德彌大兮。遂謚曰惠。**弦高犒晉師，仲連卻秦軍。**春秋僖公二十六年，齊孝公伐魯北鄙，公使展喜犒師。齊侯未入境，喜從之。公曰：魯人恐乎？對曰：小人則恐，君子則否。齊侯曰：野無青草，室如懸磬，何恃而不恐？對曰：恃先王之命。昔周公、太公股肱周室，夾輔成王，成王賜之盟，曰：世世子孫，不相侵害。齊侯乃還。公使展喜犒師，使受命於展禽。呂氏春秋曰：秦將與師伐鄭，賈人弦高遇之，曰：此必襲鄭。乃矯鄭伯之命以勞之，曰：寡君使臣犒勞，以璧膳以十二牛。秦三帥對曰：寡君使丙也、術也、視也，於邊候晤之道也，迷惑陷入大國之地。再拜受之。高誘曰：晤，國名也。音晉。今爲晉字之誤也。漢書音義服虔曰：以師枯槁，故饋之猶食，勞苦謂之勞也。廣雅曰：犒，勞也。史記曰：魯仲連，齊人也。趙孝成王時，秦使白起圍趙，魏王使將軍新垣衍說趙尊秦昭王爲帝，仲連責而歸之。新垣衍起，再拜請出。秦將聞之，爲卻五十五里。**臨組乍不緤，對珪寧肯分。**史記曰：平原君欲封魯連，連不肯受。左太冲詠史詩

曰：臨組不肯緤，對珪不肯分。說文曰：組，綬屬也。王逸楚辭注曰：緤，繫也。據仲連文，雖不見分珪之事，古者封爵，皆隨其爵之輕重而賜之珪璧，執以爲瑞信。今仲連不受齊、趙之封爵，明其不肯分珪也。**惠物辭所賞，勵志故絕人。**恩惠及物而不受賞賜，言勉其志不與衆同，故言絕人也。孔安國尚書傳曰：勵，勉也。**苕苕歷千載，遙遙播清塵。清塵竟誰嗣？明哲時經綸。**明哲，謂祖考也。清塵已見懷舊賦。經綸見南都賦。**委講綴道論，改服康世屯。**漢書曰：太史公習道論於黃子。左氏傳齊侯謂韓厥曰：服改矣。杜預曰：朝戎異服。周易曰：屯，難也。**屯難既云康，尊主隆斯民。**莊子曰：語大功，立大名，此朝廷之士，尊主強國之人也。魏志詔曰：翻然改節，以隆斯民。**中原昔喪亂，喪亂豈解已。**晉中興書曰：中原亂，中宗初鎮江東。中原，謂洛陽也。晉懷、愍帝時，有石勒、劉聰等賊破洛陽，懷帝沒於平陽。**崩騰永嘉末，逼迫太元始。**王隱晉書曰：懷帝即位，年號永嘉。孝武即位，年號太元。**河外無反正，江介有蹴圯。**河外，西晉也。公羊傳曰：撥亂反正，莫近於春秋。江介，東晉也。左氏傳曰：以敝邑褊小，介於大國。杜預曰：介，間也。毛詩曰：今也蹙國百里。爾雅曰：圯，敗覆也。**萬邦咸震懾，橫流賴君子。**懾，懼也。謝靈運山居賦自注曰：余祖車騎建大功淮肥，左右得免橫流之禍。孟子曰：洪水橫流，氾濫於天下。**拯溺由道情，龕暴資神理。**拯，濟也。溺，沒也。孟子曰：天下溺，則援之以道。莊子曰：夫道有情有信。孔安國尚書傳曰：龕，勝也。曹植武帝誄曰：人事既關，聰鏡神理。**秦趙欣來蘇，燕魏遲文軌。**尚書曰：徯予后，后來其蘇。文軌已見恨賦。**賢相謝世運，遠圖因事止。**賢相，即太傅也。山居賦注曰：太傅既薨，遠圖已輟。左傳榮成伯曰：遠圖者，忠也。曹大家上疏謂兄曰：上損國家累世勛勞遠圖之功。**高揖七州外，拂衣五湖裏。**山居賦注曰：便求解駕東歸，以避君側之亂。舜分天下爲十二州，時晉有七，故云七州也。張勃吳錄曰：五湖者，太湖之別名，周行五百餘里。**隨山疏濬潭，傍巖蓺枌梓。**山居賦注曰：選神麗之所，申高栖之意。疏，開也。濬，深也。楚人謂深水爲潭。蓺，樹也。**遺情捨塵物，貞觀丘壑美。**貞，正也。觀，視也。言正見丘壑之美。

勸勵

勸者，進善之名。勵者，勗已之稱。

諷諫一首 四言并序

韋孟　善曰：漢書曰：韋賢，魯國鄒人也。其先韋孟，家本彭城，爲楚元王傅。

孟爲元王傅，傅子夷王及孫王戊。戊荒淫不遵道，作詩諷諫曰：善曰：漢書曰：楚元王交，字游，高祖同父少弟也。高祖即位，立交爲楚王。薨，子郢客嗣，是爲夷王。薨，子戊嗣。

肅肅我祖，國自豕韋。應劭曰：左氏傳曰：在商爲豕韋氏。杜預曰：國名。東郡白馬縣南有韋城。**黼衣朱黻，四牡龍旂。**善曰：應劭曰：黼衣，衣上畫爲斧形，而白與黑爲采。龍旂，旗上畫龍爲之。朱黻，上廣一尺，下廣二尺，長三尺，以皮爲之。古者上公服之。毛詩曰：朱黻斯皇。又曰：四牡翼翼。又曰：龍旂承祀。**彤弓斯征，撫寧遐荒。**言受彤弓之賜，於此得專征伐。善曰：毛詩曰：彤弓弨兮。荒，荒服也。**摠齊羣邦，以翼大商。迭彼大彭，勳績惟光。**應劭曰：國語曰：大彭、豕韋爲商伯。迭，互也。言豕韋與大彭互爲伯於商也。**至于有周，歷世會同。**顏師古曰：繼爲諸侯，預盟會之事也。善曰：會同已見東京賦。**王赧聽譖，寔絕我邦。**應劭曰：王赧，周末王，聽讒受譖，潤絕豕韋氏。劉兆曰：旁言曰譖。善曰：赧王已見西征賦。**我邦既絕，厥政斯逸。**應劭

曰自絶豕韋之後政教逸漏不由王者臣瓚曰逸放也管子曰令不行謂之放顏師古曰瓚説是也賞罰之行非繇王室善曰尚書曰以蕃王室繇與由古字通庶尹羣后靡扶靡衛顏師古曰庶尹庶官之長也羣后諸侯也善曰尚書曰庶尹允諧又曰肆覲羣后尹正也羣后天下諸侯也五服崩離宗周以隊應劭曰五服謂甸服侯服綏服要服荒服也隊墜失也真魏切善曰論語子曰邦分崩離析宗周已見西征賦我祖斯微遷于彭城顏師古曰言我先祖遂微善曰漢書曰楚國有彭城縣在予小子勤唉厥生應劭曰小兒啼聲唉唉顏師古曰唉歎聲善曰方言曰唉歎辭也許其切阸此嫚秦耒耜斯耕顏師古曰言遭秦暴嫚無有列位躬耕于野悠悠嫚秦上天不寧乃眷南顧授漢于京顏師古曰高祖起在豐沛於秦爲南故曰南顧言以秦之京邑授與漢也於赫有漢四方是征顏師古曰於讀爲烏烏歎辭也赫明貌此詩中諸歎稱於者其音皆同靡適不懷萬國攸平顏師古曰懷思也來也言漢兵所往無不歸懷故萬國所以皆平乃命厥弟弟謂元王也元王封於楚國建侯于楚俾我小臣惟傳是輔矜矜元王恭儉靜一善曰孔安國尚書傳曰矜矜戒慎恭敬靜守一道也惠此黎民納彼輔弼享國漸世垂烈于後應劭曰元王立二十七年而薨垂遺業於後嗣漸世沒世也善曰漸沒也迺及夷王克奉厥緒夷王名郢客元王子咨命不永惟王統祀善曰夷王立四年薨戊乃嗣故言不永統祀纂統宗祀也左右陪臣斯惟皇士顏師古大雅曰皇正也善曰毛詩曰思皇多士皇士美士也如何我王不思守保不惟履冰以繼祖考顏師古曰惟亦思也言不思念敬慎如履薄冰之義用繼祖考之業也善曰守其富貴保其社稷履冰已見寡婦賦邦事是廢逸游是娛犬馬悠悠是放是驅顏師古曰繇與悠同行貌放放犬驅驅馬也務此鳥獸忽此稼苗烝民以匱我王以婾善曰馳騁犬馬悠悠然遠也婾與愉同樂也人失稼穡以致困匱而王反以爲樂也所弘匪德所親匪俊唯囿是恢唯諛是信顏師古曰恢大也諛諂言也睮睮諂夫諤諤黃髮如淳曰睮睮目媚貌史記曰不如周舍之咢咢咢咢與諤同睮以朱切

諤諤正直貌黃髮老人髮落更生黃者如何我王曾不是察既藐下臣追欲縱逸應劭曰藐遠也言踈遠忠賢之輔追情欲縱逸遊也臣瓚曰藐陵藐也善曰儀禮曰凡自稱於君士大夫則曰下臣嫚彼顯祖輕此削黜善曰尚書曰昭乃顯祖

嗟嗟我王漢之睦親顏師古曰睦密也言服屬近善曰我王戊也尚書曰九族既睦曾不夙夜以休令聞善曰尚書曰舊有令聞穆穆天子照臨下土善曰毛詩曰天子穆穆又曰明明上天照臨下土明明羣司執憲靡顧顏師古曰靡無也言執天子之法無所顧望讀如古協韻正遐由近殆其茲怙善曰茲此謂此親也言欲正遠人先從近親始而王怙恃漢戚不自勗慎以致危殆嗟嗟我王曷不斯思匪思匪監嗣其罔則善曰言王不思鑒鏡之義是令後嗣無所法則彌彌其逸岌岌其國應劭曰彌彌猶稍稍也罪過滋甚岌欲毀壞之意顏師古曰岌岌危動貌五荅切又鄧展曰岌孟子曰天下殆哉岌乎司馬彪以爲岋岋危也致冰匪霜致隊匪嫚應劭曰易曰履霜堅冰至言非一日之寒也晉灼曰致冰無不先由微霜致隊無不先由驕慢瞻惟我王時靡不練善曰時是也練委也言王於上所言之事無不委練也興國救顛孰違悔過善曰言欲興其邦國救其顛墜誰能違於悔過乎追思黃髮秦繆以霸顏師古曰秦繆公伐鄭爲晉所敗而歸乃作秦誓善曰尚書秦穆公曰詢茲黃髮則罔所愆歲月其徂年其逮耇顏師古曰逮及也耇者老人面色如耇善曰徂往也言日月徂逝年將及老悔過自新理宜在速爾雅曰耇老壽也於赫君子庶顯于後顏師古曰於歎辭也昔之君子庶幾善道所以能光顯於後代也我王如何曾不斯覽顏師古覽視也叶韻音濫黃髮不近胡不時監顏師古曰黃髮不近者斥遠耇老之人近音其靳切善曰歎美昔之君子能庶幾自悔故光顯于後

勵志一首

四言廣雅曰勵勸也此詩茂先自勸勤學

張茂先

大儀斡運天回地游大儀太極也以生天地謂之大成形之始謂之儀鄭玄曰極中之道淳和未分之氣也斡轉也春秋元命包曰天左旋地右動河圖曰地有四游冬至地上行北而西三萬里夏至地下行南而東三萬里春秋二分是其中矣地常動

不止而人不知譬如閉舟而行不覺舟之運也四氣鱗次寒暑環周禮記曰四氣之和以著萬物之理李尤辟雍賦
曰攢羅鱗次差池雜遝范子曰度如環無有端周迴如循環未始有極星火既夕忽焉素秋星火火星也已
見上爾雅曰秋爲白藏故云素秋涼風振落熠燿宵流其一涼風已見上毛詩傳曰熠燿燐也吉士思
秋寔感物化思悲也謂鴻鴈來賓雀入大水爲蛤之類毛詩曰有女懷春吉士誘之淮南子曰春女悲秋士哀而知物化矣
日與月與荏苒代謝毛詩曰日居月諸淮南子曰二者代謝而蹐馳顏延年曰一寒一暑一往一復爲代去者爲謝
逝者如斯曾無日夜論語曰子在川上曰逝者如斯夫不捨晝夜嗟爾庶士胡寧
自舍其二言逝川之流不舍日夜亦當感之以勵志何得晏然自舍哉仁道不遐德輶如羽求焉
斯至衆鮮克舉論語子曰仁遠乎哉我欲仁斯仁至矣毛詩曰德輶如毛人鮮克舉大猷玄漠將抽
厥緒毛詩曰秩秩大猷說文曰玄幽遠也又曰漠寂也廣雅曰漠泊也說文曰漠無爲也言大道玄遠幽漠知之猶從小引其端緒而至於可知
先民有作貽我高矩其三毛詩曰自古在昔先民有作又匪先民是經先民周公孔子也雖有淑

七百八十七　文十九　二十四　乙丑重刊　丘全

姿放心縱逸田般于游居多暇日孫卿子曰其爲人也多暇日者其出入不遠也如彼
梓材弗勤丹漆雖勞朴斲終負素質其四尚書曰若作梓材既勤樸斲惟其塗丹雘
養由矯矢獸號于林淮南子曰楚恭王遊于林中有白猨緣木而矯王使左右射之騰躍避矢不能中於
是使由基撫弓而眄猨乃抱木而長號何者誠在於心而精通於物蒲盧縈繳神感飛禽蒲盧舊說云即
蒲且也已見西京賦汲冢書曰蒲且子見雙鳥過之其不被弋者亦下故言感也末伎之妙動物應心研精
躭道安有幽深其五物獸與禽也尚書序曰研精覃思荅賓戲曰浮英華躭道德安心恬蕩棲志
浮雲體之以質彪之以文莊子曰恬淡寂漠道德之篤也淮南子曰使神恬蕩而不失其充荅賓戲曰仲
尼抗浮雲之志說文曰彪虎文貌如彼南畝力耒既勤藨蔉致功必有豐䅤
其六以農喻也左氏傳趙文子謂祁午曰譬如農夫是藨是蔉雖有饑饉必有豐年杜預曰藨耘也壅苗爲蔉水積成淵載
瀾載清土積成山歊蒸鬱冥荀卿子曰土積成山風雨興焉水積成川蛟龍生焉種善德而

神明自得聖心循焉尸子曰土積成岳則楩柟豫章出焉水積成川則吞舟之魚生焉夫學之積也亦有所出也傅毅顯宗頌曰蕩蕩川瀆既
瀾且清張揖字詁曰歊氣上出貌山不讓塵川不辭盈管子曰海不辭水故能成其大山不辭土故能成其
高士不厭學故能成其聖勉爾含弘以隆德聲其七周易曰含弘光大蔡邕袁喬碑曰于茲德聲發聞遐邇
高以下基洪由纖起老子曰高必以下爲基又曰合抱之木生於毫末川廣自源成人
在始禮記曰王者之祭川也皆先河而後海或源也或委也鄭玄曰始於一勺卒成不測論衡曰自源發流安得不廣國語晉趙武冠見
韓獻子獻子曰戒之此謂成人成人在始與善敬之哉累微以著乃物之理孫卿子曰盡小者大積微者著纆
牽之長實累千里其八凡言物之大必資於小故此言若輕於小亦累於大戰國策段干越謂韓相新城君曰昔
王良弟子駕千里之馬過京父之弟子京父之弟子曰馬千里之馬也服千里之服也而不能取千里何也曰子纆牽長故纆牽於事萬分之
一也而難千里之行今臣雖不肖於秦亦萬分之一也而相國見臣不懌者是纆牽長也千里之馬繫以長索則爲累矣人雖有容貌不脩德
如千里馬也復禮終朝天下歸仁論語顏淵問仁子曰克己復禮爲仁一日克己復禮天下歸仁焉孔安國曰復

文十九　二十五　乙丑重刊　成

及也身能及禮則爲仁也馬融曰一日猶見歸況於終身若金受礪若泥在鈞大戴禮曰君子學不可以已矣是故
金就礪則利在鈞已見西征賦謂陶家泥輪以能成器也老子曰埏埴以爲器進德脩業暉光日新易曰君子進德
脩業欲及時也又曰君子之光暉吉又曰日新之謂盛德隰朋仰慕予亦何人其九莊子曰管仲有病桓公往
問之仲父之病病矣寡人惡乎屬國而可對曰隰朋可其爲人也愧不若黃帝而哀不已若者朋慕管之德華言隰朋猶慕德我是何人而不
慕乎

文選卷第十九

賜進士出身通奉大夫江南蘇松常鎮太等處承宣布政使司布政使胡克家重校刊

文選卷第二十

梁昭明太子撰

文林郎守太子右內率府録事參軍事崇賢館直學士臣李善注上

獻詩

曹子建上責躬詩一首 四言并表

應詔詩一首 四言

潘安仁關中詩一首 四言

公讌

曹子建公讌詩一首 五言

王仲宣公讌詩一首 五言

劉公幹公讌詩一首 五言

應德璉侍五官中郎將建章臺集詩一首 五言

陸士衡皇太子讌玄圃宣猷堂有令賦詩一首 四言

陸士龍大將軍讌會被命作詩一首 四言

應吉甫晉武帝華林園集詩一首 四言

謝宣遠九日從宋公戲馬臺集送孔令詩一首 五言

范蔚宗樂遊應詔詩一首 五言

謝靈運九日從宋公戲馬臺集送孔令詩一首 五言

顔延年應詔曲水讌詩一首 四言

皇太子釋奠會詩一首 四言

丘希範侍讌樂遊苑送張徐州應詔詩一首 五言

沈休文應詔樂遊餞呂僧珍詩一首 五言

祖餞

曹子建送應氏詩二首 五言

孫子荊征西官屬送於陟陽候作詩一首 五言

潘安仁金谷集作詩一首 五言

謝宣遠王撫軍庾西陽集別作詩一首 五言

謝靈運鄰里相送方山詩一首 五言

謝玄暉新亭渚別范零陵詩一首 五言

沈休文別范安成詩一首 五言

獻詩

上責躬應詔詩表 魏志曰黃初四年植朝京都上疏并獻詩二首 曹子建

臣植言臣自抱釁歸藩 植集曰植抱罪徙居京師後歸本國而魏志不載蓋魏志略也杜預左氏傳注曰釁瑕隙也賈逵國語注曰釁兆也謂罪萌兆也 刻肌刻骨 孝經鉤命決曰削肌刻骨挈挈勤思 追思罪戾晝分而食夜分而寢 爾雅曰戾罪也韓子曰衛靈公至濮水夜分聞有鼓琴者 誠以天網不可重罹聖恩難可再恃 老子曰天網恢恢洞篇賦曰蒙聖主之渥恩 竊感相鼠之篇無禮遄 市專 死之義 感猶思也毛詩曰相鼠有體人而無禮人而無禮胡不遄死爾雅曰遄速也 形影相弔五情愧赧 奴簡切 文子曰昔者中黃子曰色有五章人有五情說文曰赧面慙也 以罪棄生則違古賢夕改之勸 曾子曰君子朝有過夕改則與之夕有過朝改則與之 忍垢苟全則犯詩人

胡頽之譏 即上胡不遄死之義也孔安國尚書傳曰胡何也毛詩謂何頽而不速死也麴仲文表曰亦胡頽之厚義出於此 伏惟陛下 應劭曰陛升堂之階王者必有執兵陳於階陛之側臣與至尊言不敢指斥故呼在陛者而告之因卑以達尊之意也若稱殿下閤下侍者執事皆此類也 德象天地恩隆父母 漢書曰孝文皇帝德厚侔天地尚書曰天子作民父母 施暢春風澤如時雨 漢書音義曰暢通也蘇順陳公誄曰化侔春風澤配甘雨風賦曰不擇貴賤高下而加焉呂氏春秋曰甘露時雨不私一物 是以不別荆棘者慶雲之惠也 史記曰若煙非煙若雲非雲郁郁紛紛蕭索輪囷是謂慶雲 七子均養者鳲鳩之仁也 毛詩曰鳲鳩在桑其子七兮毛萇曰鳲鳩之養其子旦從上下暮從下上其均平如一 舍罪責功者明君之舉也 矜愚愛能者慈父之恩也 孔安國尚書傳曰矜憐也論衡曰父母之於子恩等豈爲貴賢加意賤愚不察乎 是以愚臣徘徊於恩澤而不敢自棄者也 左氏傳士貞伯曰鄭伯其死乎自棄也已 前奉詔書臣等絶朝心離志絶 自分黄耇無執珪之望 分謂甘慼也毛詩序曰尊事黄耇珪者古之諸侯所執周禮曰上公之禮執桓圭諸侯之禮執信圭史記陳軫曰越人莊舄仕楚執珪 不圖聖詔猥垂齒召 猥猶曲也尚書曰降霍叔于庶人三年不齒孔安國曰三年之後乃齒録之 至止之日馳心輦轂 毛詩曰至止肅肅胡廣漢官解詁注曰輦轂下喻在輦轂之下京城之中 僻處西館未奉闕庭 東京賦曰闕庭神麗 踊躍之懷瞻望反側 毛詩曰踊躍用兵又曰瞻望不及又曰展轉反側 不勝犬馬戀主之情 史記丞相青翟曰臣不勝犬馬之心 謹拜表并獻詩二篇詞旨淺末不足采覽貴露下情冒顔以聞臣植誠惶誠恐頓首頓首死罪死罪 漢書音義張晏曰人臣上書當昧犯死罪而言也

責躬詩一首 四言

於穆顯考時惟武皇 毛詩曰於穆清廟禮記曰王立七廟曰顯考廟毛詩曰時惟鷹揚武皇謂曹操也 受命于天寧濟四方 毛詩序曰文王受命作周也鄭玄曰受天命而王天下也傅毅明帝頌表曰體天統物寧濟蒸民 朱旗所拂九土披攘 李陵與蘇武書曰雷鼓動天朱旗翳日登徒子好色賦曰周覽九土漢火德操爲漢臣故建朱旗也時獻帝在故 玄化滂流荒服來王 廣雅曰玄道也謂道德之化也蔡邕陳留太守頌曰玄化洽矣尚書曰四夷來王 超商越周與唐比蹤 商周用師故云超越唐虞禪讓故云比蹤 篤生我皇奕世載聰 毛詩曰篤生武王我皇文帝也國語祭公謀父曰奕世載德 武則肅烈文則時雍 毛詩曰相土烈烈毛萇曰相土契孫也鄭玄曰威武之盛烈烈然也尚書曰黎民於變時雍孔安國曰雍和也 受禪于漢君臨萬邦 魏受漢禪已見魏都賦尚書曰君臨周邦又曰協和萬邦 萬邦既化率由舊則 毛詩曰不愆不忘率由舊章鄭玄曰率循也 廣命懿親以藩王國 爾雅曰命告也尊君令謂之命左氏傳富辰諫王曰昔周公封建親戚以藩屏周不廢懿親毛詩曰生此王國 帝曰爾侯君茲青土 爾詣漢書封齊王曰受茲青土魏志曰建安十九年植封臨淄侯臨淄屬齊郡舊青州之境尚書帝曰 奄有海濱方周于魯 毛詩曰奄有龜蒙毛萇曰奄大也尚書曰青州海濱廣斥孔安國曰濱涯也論語注曰方比方也毛詩曰建爾元子俾侯于魯 車服有輝旗章有叙 尚書曰車服以庸國語曰爲車服旗章以旌之毛詩曰庭燎有煇禮記曰以爲旗章以别貴賤鄭玄曰章幟也應劭漢官典職揚喬曰威儀有序 濟濟俊乂我弼我輔 毛詩曰濟濟多士尚書曰俊乂在官尚書大傳曰天子有四鄰左輔右弼 伊余小子恃寵驕盈 毛詩曰閔予小子班固漢書景十三王述曰膠東不亮常山驕盈 舉挂時網動亂國經 家語孔子曰治天下國家有九經其所以行者一也 作蕃作屏先軌是隳 孔安國尚書傳

曰噫廢也傲我皇使犯我朝儀魏志曰黃初二年植就國使者灌均希旨奏植醉酒勃逆
劫脅使者有司請治罪帝以太后故貶爵安鄉侯國有典刑我削我黜出植集曰博士等
議可削爵土免爲庶人尚書曰象以典刑韋孟諷諫詩曰輕此削黜將寘于理元兇是率
魏志曰有司請罰植罪廣雅曰將欲也周易曰寘于叢棘毛萇詩傳曰寘致也司馬遷書曰遂下于理鄭玄禮記注曰
理治獄之官儀禮曰率導也明明天子時惟篤類魏志詔云植朕之同母弟骨肉之親舛而
不殊其改封植毛詩曰明明天子令問不已又曰孝子不匱永錫爾類鄭玄曰長以與汝之族類也不忍我刑
暴之朝肆殺人陳其尸曰肆論語子服景伯曰吾力猶能肆諸市朝杜預左氏傳注曰肆市列也違
彼執憲哀予小臣韋孟諷諫詩曰明明羣司執憲靡顧揚雄交州箴曰牧臣司交敢告執憲儀禮
曰小臣正辭改封兗邑于河之濱魏志曰帝以太后故貶爵安鄉侯又曰黃初二年改封鄄
城屬東郡舊兗州之境尚書曰濟河惟兗州植表曰行至延津受安鄉印綬股肱弗置有君無

七百四十四　文二十　五　壬子重刊　王明

臣尚書大傳曰股肱惟臣荒淫之闕誰弼予身韋孟諷諫詩序曰王戊荒淫不遵道
作諷諫詩煢煢僕夫于彼冀方植集曰詔云知到延津遂復來求出獵表曰臣自招罪釁徙居
京師待罪南宮然植雖封安鄉侯猶住冀州也時魏都鄴鄴冀州之境也一云時魏以雒爲京師比堯之冀方也大戴
禮曰驪駒在門僕夫具存毛萇詩傳曰于往也尚書五子之歌曰惟彼陶唐有此冀方嗟余小子乃罹斯
殃赫赫天子恩不遺物謂至京師蒙恩得還也植求習業表曰雖免大誅得歸本國毛詩曰
赫赫在上周易曰曲成萬物而不遺冠我玄冕要我朱紱周禮曰王之五冕皆玄冕朱裏毛詩
曰朱芾斯皇芾與紱同禮記曰諸侯佩山玄玉而朱組綬蒼頡篇曰紱綬也魏志曰朱紱光大光光大使
我榮我華楊雄侍中箴曰光光常伯儵儵貂璫文子曰有榮華必有愁悴剖符受土王爵
是加魏志曰黃初三年立爲鄄城王四年封雍丘王喻巴蜀檄曰剖符而封析珪而爵仰齒金璽
俯執聖策左氏傳羽父曰寡人若朝于薛不敢與諸任齒杜預曰齒列也漢書曰諸侯王皆金璽史記曰

高祖封三王皆以策書皇恩過隆祇承怵惕西京賦曰皇恩溥尚書曰祇承于帝又曰
怵惕惟厲咨我小子頑凶是嬰說文曰嬰繞也逝慙陵墓存愧闕庭
匪敢傲德寔恩是恃威靈改加足以沒齒班固漢書述曰震我威靈
五世來服四子講德論曰聖德隆盛威靈外覆論語子曰管仲奪伯氏駢邑三百沒齒無怨言孔安國曰齒年
也昊天罔極生命不圖言生之天壽不可預謀也毛詩曰欲報之德昊天罔極家語孔
子曰分於道謂之命毛詩傳曰不慮不圖嘗懼顛沛抱罪黃壚論語曰顛沛必於是馬融
曰顛沛僵仆也淮南子曰上際九天下契黃壚高誘曰泉下有壚山願蒙矢石建旗東嶽
左氏傳曰苟偃親受矢石東嶽鎮吳之境子建詩曰我心常怫鬱思欲赴太山與此義同庶立毫氂
微功自贖漢書音義曰十毫爲氂班超上疏曰冀立微功以自陳効危軀授命知足
免戾論語子曰見危授命亦可以爲成人矣左氏傳太史克曰庶幾免於戾乎甘赴江湘奮

六百廿三　文二十　六　戊申重刊　曹佾

戈吳越天啓其衷得會京畿左氏傳呂相曰天誘其衷杜預曰衷中也遲奉聖
顏如渴如飢遲猶思也張奐與許季師書曰不面之闊悠悠曠久飢渴之念豈當有忘毛詩曰憂
心烈烈載飢載渴心之云慕愴矣其悲天高聽卑皇肯照微史記
子韋謂宋景公曰天高聽卑爾雅曰皇君也又曰肯可也班固說東平王蒼曰願隆照微之明信日昊之聽

應詔詩一首四言

肅承明詔應會皇都爾雅曰肅敬也東都賦曰下明詔又曰春王三朝會同漢京會
朝會也星陳夙駕秣馬脂車毛詩曰星言夙駕又曰言秣其馬又曰旣脂爾車
命彼掌徒肅我征旅鄭玄禮記注曰肅戒也朝發鸞臺夕宿
蘭渚鸞臺蘭渚以美言之漢宮闕名曰長安有鴛鸞殿公孫乘月賦曰鵾雞舞於蘭渚芒芒原
隰祁祁士女毛詩曰宅殷土芒芒又曰采蘩祁祁經彼公田樂我稷黍毛詩

曰雨我公田又曰我黍與與我稷翼翼爰有樛木重陰匪息毛詩曰爰有寒泉又曰南有樛
木又曰南有喬木不可休息雖有糇糧飢不遑食毛詩曰乃裹糇糧毛萇曰糇糧食也
音侯吴越記采葛婦人詩曰飢不遑食四體疲望城不過面邑不遊鄭玄周禮注曰面猶向也
僕夫誓策平路是由舞賦曰僕夫正策鄭玄周禮注曰誓勑戒之玄駟藹
藹揚鑣漂沫廣雅曰藹藹盛也舞賦曰龍驤横舉揚鑣飛沫流風翼衡輕雲
承蓋甘泉賦曰風泄泄而扶轄楚辭曰雲霏霏而承宇涉澗之濱緣山之隈孔安
國尚書傳曰濱涯也說文曰隈曲也遵彼河滸黃坂是階毛詩曰在河之滸毛萇曰水崖
曰滸爾雅曰階因也西濟關谷或降或升陸機洛陽記曰洛陽有西關南伊闕谷即大谷
也騑驂倦路再寢再興韓詩曰兩驂鴈行薛君曰兩驂左右騑驂毛詩曰言念君
子再寢再興將朝聖皇匪敢晏寧弭節長騖指日遄征

六字十七　文二十　七　壬子重刊刘彦中

楚辭曰吾令羲和弭節兮司馬彪上林賦注曰弭節安志也蔡琰詩曰遄征日遐邁毛萇詩傳曰遄疾也
前驅舉燧後乘抗旌毛詩曰伯也執殳爲王前驅西京賦曰升觴舉燧薛綜曰燧火也漢
書終軍曰驃騎抗旌昆邪右袵周禮曰析羽爲旌輪不輟運鸞無廢聲毛詩曰鸞
聲鏘鏘鄭玄周禮注曰鑾在衡以金爲鈴爰暨帝室稅此西墉毛詩曰召伯所稅毛萇曰
稅猶舍也又曰墉城也嘉詔未賜朝覲莫從毛萇詩傳曰覲見也仰瞻城閾
俯惟闕庭說文曰閾門梱也長懷永慕憂心如酲楚辭曰情慨而長懷毛詩
曰憂心如醒誰秉國成

關中詩一首

四言岳上詩表曰詔臣作關中詩輙奉詔竭愚作詩一篇案漢記孝明時
護羌校尉竇林上降羌顛岸以爲羌豪岸兄顛吾復降問事狀林對前後兩屈坐誣調下
獄死齊萬年編户隸屬爲日久矣而死生異辭必有詭謬故引證喻以懲不恪

潘安仁

於皇時晉受命既固毛詩曰於皇時周又曰天立厥配受命既固鄭玄曰受命受天命以
王天下也三祖在天聖皇紹祚臧榮緒晉書曰宣帝追號曰高祖文帝號曰太祖武帝號
曰世祖聖皇惠帝也毛詩曰三后在天王配于京爾雅曰紹繼也德博化光刑簡枉錯周易
曰善世而不伐德博而化又曰後得主而有常含萬物而化光尚書曰五辭簡孚正于五刑潛夫論曰簡刑薄威此
德之上論語曰舉直錯諸枉微火不戒延我寶庫其一王隱晉書曰惠帝元康五年十
月武庫災焚累代之寶蠢爾戎狄狡焉思肆毛詩曰蠢爾蠻荆傅暢諸公讚曰北地盧
水胡馬蘭羌因此爲亂推齊萬年爲主左氏傳申公巫臣曰夫狡焉思啓其封疆賈逵國語注曰肆恣也謂思
恣凶逆也虞我國眚窺我利器左氏傳莒子曰孰以我爲虞杜預曰虞度也孔安國
尚書傳曰眚過也老子曰國之利器不可以示人國語曰利其器用韋昭曰器兵甲岳牧慮殊威
懷理二尚書曰内有百揆四岳外有州牧侯伯左氏傳魏絳曰戎狄事晉諸侯威懷又曰晉郤缺言於

七百卅　文二十　八　壬子重刊　曹倫

趙宣子曰叛而不討何以示威服而不柔何以示懷非威非懷何以示德無德何以主盟將無專策兵
不素肆以寘切其二賈逵國語注曰素預也又曰肆習也翹翹趙王請徒三萬
朝議惟疑未逞斯願傅暢晉諸公讚曰司馬倫字子彝咸熙中封趙王進征西假節
都督雍梁晉諸軍事倫誅羌大酋數十人胡遂反朝議召倫還朱鳳晉書曰宣帝柏夫人生趙王倫位至相國
倫請三萬人往平齊萬年朝議不許司馬相如美人賦曰恒翹翹而西顧賈逵國語注曰逞快也桓桓
梁征高牙乃建干寶晉紀曰梁王肜爲征西大將軍西討氐尚書曰勗哉夫子尚桓桓牙
牙旗也兵書曰牙旗將軍之旗旗蓋相望偏師作援其三漢書曰冠蓋相望左氏傳
韓獻子曰以偏師陷罪孰大焉又曰要結大援援助也虎視眈眈威彼好畤干寶晉紀
曰肜爲大都督督關中諸軍屯好畤易曰虎視眈眈其欲逐逐素甲日曜玄幕雲起楚漢
春秋趙中大夫曰臣聞越王句踐素甲三千曹植辨問曰赫然而日曜之漢書五行志曰雲起於山中誰其

繼之夏侯卿士王隱晉書曰齊萬年帥羌胡圍涇陽遣安西將軍夏侯駿西討氐羌左氏傳曰
子産爲政輿人誦之子産若死誰其嗣之又曰楚伐吴子魚先死楚師繼之毛詩曰皇甫卿士惟系惟
處列營基跱其四王隱晉書曰解系字少連濟南人爲雍州刺史又曰周處字子隱吴興人
朝廷以處忠烈欲遣討氐乃拜建威將軍謝承後漢書曰西夷蠢動姦雄基跱夫豈無謀戎士
承平漢書師丹曰今累世承平守有完郛戰無全兵孫子兵法曰凡用師以全兵爲
上鋒交卒奔孰免孟明杜篤衆瑞頌曰猛將與虜交鋒左氏傳曰楚師車馳卒奔
又曰子墨衰絰敗秦師于殽獲百里孟明視西乞術白乙丙以歸飛檄秦郊告敗上京
其五王隱晉書曰周處解系與賊戰於六陌軍敗漢書高祖曰吾以羽檄徵天下兵應劭曰以雞毛系檄魏武
奏事云邊有警輒露插羽以檄急之意也左氏傳曰王師敗績于茅戎又曰王人來告敗邊讓章華臺賦曰聲
肅恭乎上京周殉師令身膏氏斧周處別傳曰氐賊齊萬年爲亂處仰天嘆曰古

者將受命鑿凶門以出蓋有進無退我爲大臣以身殉國不亦可乎遂戰死臧榮緒晉書曰氐西戎別名人
之云亡貞節克舉毛詩曰人之云亡邦國殄瘁楚辭曰原生受命于貞節盧播
違命投畀朔土孫盛晉陽秋曰振威盧播伐萬年王隱晉書曰盧播詐論功免爲庶人徙
比平廣雅曰違背也毛詩曰投畀有北爾雅曰朔北方也爲法受惡誰謂荼苦其六
左氏傳孔子曰趙宣子爲法受惡毛詩曰誰謂荼苦其甘如薺哀此黎元無罪無辜孝經
鉤命決曰天有顧眄之義受圖于黎元孔安國尚書傳曰黎衆也高誘戰國策注曰元元善也毛詩曰無罪無
辜讒口嗸嗸肝腦塗地白骨交衢檄蜀文曰肝腦塗中原漢書曰一敗塗地古出夏北
門行曰白骨不覆疫癘淫行魏許昌碑表曰白骨既交横於曠野夫行妻寡父出子孤
鄭玄孝經注曰五十無夫曰寡禮記曰少而無父謂之孤俾我晉民化爲狄俘芳于切
其七詩曰覆俾我悖賈逵國語注曰伐國取人曰俘亂離斯瘼日月其稔言亂離之道於

此將散論其日月爲惡又熟言必亡也韓詩曰亂離斯莫爰其適歸薛君曰莫散也毛詩曰亂離瘼矣毛萇曰
瘼病也今此既引韓詩宜爲莫字左氏傳曰周毛得殺毛伯過萇弘曰毛得必亡是昆吾稔之日也杜預曰稔
熟也天子是矜旰古旦食晏寢孔安國尚書傳曰矜憐也左氏傳伍奢曰楚君大夫
其旰食乎杜預曰旰晏也主憂臣勞孰不祗懔史記范雎曰臣聞主憂臣辱主辱臣
死周書曰君憂臣勞主辱臣死孔安國尚書傳曰懔危也愧無獻納尸素以甚其八兩都
賦序曰朝夕獻納薛君韓詩章句曰何謂素飱素飱者質人但有質朴而無治民之材名曰素飱尸禄者頗有
所知善惡不言默然不語苟欲得禄而已譬若尸焉皇赫斯怒爰整精鋭毛詩曰王
赫斯怒爰整其旅戰國策季良謂魏王曰恃兵之精鋭而欲攻邯鄲也命彼上谷指日遄
逝王隱晉書曰孟觀字叔時稍遷至積弩將軍封上谷郡公及關中氐反諸將敗退乃遣觀也曹植應詔詩
曰指日遄征親奉成規稜威遐厲孫資別傳曰成規之畫資皆管之漢書武帝與李廣

書曰威稜憺乎鄰國王逸楚辭注曰厲烈也廣雅曰厲惡也首陷中亭揚聲萬計
其九孫盛晉陽秋曰孟觀爲建威將軍擊氐羌於中亭大破之陷猶敗也萬計謂所誅之數羽獵賦曰仗鏌邪
而羅者以萬計兵固詭道先聲後實言觀揚聲合於詭道也司馬兵法曰兵者詭道
故能而示之不能漢書廣武君謂韓信曰兵固有先聲後實聞之有司以萬爲一言有
司疑觀之詐故觀言誅萬有司以之爲一紂之不善我未之必以紂喻觀也言觀雖妄聲
而同紂之不善我未以爲必然疑有司抑之太甚也論語子貢曰紂之不善不如是之甚也虛皛胡皎湳
奴感德謬彰甲吉其十説文曰皛顯也蒼頡篇曰皛明也孔安國尚書傳曰彰明也湳甲二
羌號也德吉其名也言觀虛明誅二羌之功此觀之過也虛皛繆彰其義一耳但交相避東觀漢記曰金城隴
西甲湳勤姐種羌反出塞外説文曰湳水出西河美稷縣故羌人因水爲姓漢沖帝時羌湳孤奴歸化是其先
也左氏傳曰晉人滅赤狄甲氏杜預注曰甲氏赤狄別種雍門不啓陳汧危逼漢書

右扶風有雍縣陳倉縣汧縣。左氏傳曰：申息之北門不啓。觀遂虎奮，感恩輸力。王隱晉書曰：孟觀身當大敵，功蓋一時。左氏傳欒盈曰：昔陪臣輸力於王室。重圍克解，危城載色。晉中興書曰：觀從中亭北出，何楨領二萬人以繼之，雍圍解。班固耿恭守疏勒城賦曰：日兮月兮阨重圍。毛詩曰：載色載笑。毛萇曰：色溫潤也。豈曰無過，功亦不測。其十一。過謂虛畠滿德，功謂重圍克解。毛詩曰：豈曰無衣。黃石公記序曰：慮若源泉，深不可測。情固萬端，于何不有。范曄後漢書鄧禹曰：變故萬端。西京賦曰：林麓之饒，于何不有。紛紜齊萬，亦孔之醜。謂爭萬年也。王隱晉書曰：初夏侯駿上言，斬氏帥齊萬年及孟觀至，大戰數十，生送萬年。紛紜，亂貌。長楊賦曰：紛紜沸渭。毛詩曰：日有食之，亦孔之醜。曰納其降，曰梟其首。二曰皆語辭也。觀曰納降，駿曰梟首。漢書音義曰：懸首於木上曰梟。疇真可掩，孰僞可久。其十二。言誰爲真事而可蔽掩，誰行僞事而可久施乎。言真僞之理，立即可明。觀言爲真，駿言爲僞。爾雅曰：疇孰，誰也。楚辭曰：孰虛僞之可長。既徵爾辭，既蔽爾訟。謂有司考驗之也。左氏傳子犯曰：盟徵其辭。周禮曰：司寇斷獄蔽訟，則以五刑之法。鄭司農曰：蔽，斷其獄訟。當乃明實，否則證空。其言當者，明示以事實；其理否者，顯告之狀空。鄭玄毛詩箋曰：否，不通也。說文曰：證，告也。好爵既靡，顯戮亦從。言賞罰之法，在乎功過。當者既靡之以好爵，否者亦從之以顯戮。周易曰：我有好爵，吾與爾靡之。尚書王曰：不迪有顯戮。不見竇林，伏尸漢邦。其十三。此論駿也。東觀漢記曰：護羌竇林奉使，羌顛岸降，詣林，林欲以爲功，劾奏言大豪。後顛岸兄顛吾復詣林，林言其第一豪。問事狀，林對前後兩屈，林以誣調詣獄。上不忍誅，免官。後涼州刺史奏林贓罪，復收繫羽林監，遂死獄中。周人之詩，寔曰采薇。北難玁狁，西患昆夷。毛詩序曰：采薇，遣戍役也。文王西有昆夷之患，北有玁狁之難。鄭玄曰：昆夷，西戎也。玁狁，今匈奴也。晉灼曰：堯曰薰粥，周曰玁狁，秦曰匈奴。舊說疏曰：黃帝曰薰粥，唐舜曰蠻，夏殷曰鬼方，周曰匈奴，秦曰胡。以古況今，何足曜威。言古弱而患，今彊而勝之，抑亦常理，何足以曜威乎。西都賦曰：曜威而講武事。徒懸

斯民，我心傷悲。其十四。不足曜威，而爲詩者，爲愍斯民，故言之也。毛詩曰：王事靡盬，我心傷悲。斯民如何，荼毒于秦。毛詩曰：生民如何。尚書曰：不忍荼毒。孔安國曰：荼毒，苦也。師旅既加，饑饉是因。論語子曰：加之以師旅，因之以饑饉。疫癘淫行，荊棘成榛。元康七年正月，周處死。七月，雍州疫，大旱，關中飢，米斛萬錢。詔骨肉相贖者不禁。鄭玄周禮注曰：癘，疫氣不和之疾也。古出夏北門行曰：疫癘淫行。老子曰：師之所處，荊棘生焉。絳陽之粟，浮于渭濱。其十五。謂運絳陽之粟以賑關中也。漢書河東郡有絳縣。酈善長水經注曰：絳則絳陽也，蓋在絳澮之陽。左氏傳重耳曰：余從狄君以田渭濱。明明天子，視民如傷。明明已見上文。左氏傳逢滑曰：國之興也，視民如傷。申命羣司，保爾封疆。尚書曰：申命義叔。韋孟諷諫詩曰：明明羣司。左氏傳知罃曰：而帥偏師以修封疆。靡暴于眾，無陵于強。誡羣司也。言無以眾而暴寡，無以強而陵弱。韓子曰：其理國也，使強不陵弱，眾不暴寡。蒼頡篇曰：陵，侵也。惴惴寡弱，如熙春陽。其十六。謂關中民也。羣司既整，寡弱免於陵暴，心皆慕義，如悅春陽。毛詩曰：惴惴其慄。毛萇曰：惴惴，懼也。寡弱已見上文。爾雅曰：熙，興也。說文曰：熙，悅也。神農本草曰：春爲陽，陽溫生萬物。惴惴或作煦噓。

公讌

公讌詩一首 五言　曹子建 贈答、雜詩，子建在仲宣之後，而此在前，疑誤。

公子敬愛客，終宴不知疲。公子謂文帝，時武帝在，謂五官中郎也。清夜遊西園，飛蓋相追隨。明月澄清景，列宿正參差。字書曰：澄，湛也。說文曰：景，光也。楚辭曰：宣遊兮列宿。秋蘭被長坂，朱華冒綠池。朱華，芙蓉也。毛萇詩傳曰：冒，猶覆也。潛魚躍清波，好鳥鳴高枝。神飆接丹轂，解嘲曰：客徒欲朱丹吾轂。輕輦隨風移。飄颻放志意，千秋長若斯。古詩曰：蕩滌放情志。戰國策曰：犀首爲張儀千秋之祝。

公讌詩一首　五言　王仲宣

昊天降豐澤，百卉挺葳蕤。爾雅曰：夏爲昊天。毛詩曰：百卉具腓。字林曰：卉，草揔名也。楚辭曰：上葳蕤以防露。王逸注曰：葳蕤，草木初生貌。涼風撤蒸暑，清雲卻炎暉。孔安國論語注曰：撤，去也。蒸，熱氣也。南方爲火，而主夏，火性炎上，故謂夏日爲炎暉也。高會君子堂，並坐蔭華榱。漢書曰：漢王置酒高會。毛詩曰：既見君子，並坐鼓瑟。上林賦曰：華榱璧璫。嘉肴充圓方，旨酒盈金罍。毛詩曰：嘉肴脾臄。南都賦曰：珍羞琅玕，充溢圓方。毛詩曰：旨酒思柔。又曰：我姑酌彼金罍。管絃發徽音，曲度清且悲。孔安國尚書傳曰：徽，美也。合坐同所樂，但愬杯行遲。愬與訴同。常聞詩人語：不醉且無歸。毛詩曰：厭厭夜飲，不醉無歸。今日不極懽，含情欲待誰？漢書曰：田蚡卒飲極懽而去。含情，謂含其歡情而不暢也。古樂府歌曰：今日尚不樂，當復待何時。

見眷良不翅，升豉守分豈能違。言上見恩遇，不翅過於本望，己守常分，豈敢違越乎，言不敢也。家語子曰：愛人之謂德，教何翅惠哉。不翅，猶過多也。論語摘襄聖承進讖曰：徐衍守分身亡。古人有遺言，君子福所綏。左氏傳正常曰：夫子有遺言。夫子，謂魯季桓子。毛詩曰：樂只君子，福履綏之。願我賢主人，與天享巍巍。主人，謂太祖也。論語子曰：巍巍乎惟天爲大，惟堯則之。杜預左氏傳注曰：享，受也。克符周公業，奕世不可追。史記曰：周公旦輔翼武王，用事居多。奕世已見上文。此詩侍曹操讌。

公讌詩一首　五言

劉公幹　魏志曰：東平劉楨，字公幹，少有學。太祖辟丞相掾屬。太子嘗請諸文學，酒酣，命甄氏出拜，坐中皆伏，楨獨平視。太祖聞之，收楨，減死輸作。著文賦數十篇，卒。

永日行遊戲，懽樂猶未央。永日，長日也。尚書曰：日永星火。毛詩曰：且以永日。毛萇曰：永，引也。古詩曰：遊戲宛與洛。蘇武詩曰：懽樂殊未央。遺思在玄夜，相與復翱翔。秦嘉贈婦詩曰：遺思致款誠。毛詩曰：河上乎翱翔。輦車飛素蓋，從者盈路傍。古詩曰：日出東南行，觀者蒲道傍。月出照園中，珍木鬱蒼蒼。新語曰：梗梓豫章，立則爲衆木之珍。風俗通曰：太山松鬱鬱蒼蒼。清川過石渠，流波爲魚防。周禮曰：以防止水。鄭玄曰：堰瀦畜流水之陂，防瀦旁隄也。芙蓉散其華，菡萏溢金塘。毛萇詩傳曰：菡萏，荷華也。金塘，猶金堤也。靈鳥宿水裔，仁獸遊飛梁。假美名以言之。楚辭曰：蛟何爲兮水裔。思玄賦曰：亘螭龍之飛梁。華館寄流波，豁達來風涼。生平未始聞，歌之安能詳。毛萇詩傳曰：詳，審也。投翰長歎息，綺麗不可忘。翰，筆毫也。

侍五官中郎將建章臺集詩一首　五言　魏志曰：建安十六年正月，天子命公世子丕爲五官中郎將。

應德璉　魏志曰：汝南應瑒，字德璉。太祖辟爲丞相掾屬，後爲五官將文學，卒。

朝鴈鳴雲中，音響一何哀。以鴈自喻也。毛詩曰：鴻鴈于飛，哀鳴嗸嗸。問子遊何鄉，戢翼正徘徊。毛詩曰：鴛鴦在梁，戢其左翼。鄭玄曰：戢，斂也。言我寒門來，將就衡陽棲。淮南子曰：北極之山曰寒門。高誘曰：積寒所在，故曰寒門。西京賦曰：南翔衡陽，北棲鴈門。尚書曰：荊及衡陽惟荊州。往春翔北土，今冬客南淮。管子曰：夫鴻鵠春北而秋南，不失時者也。遠行蒙霜雪，毛羽日摧頹。東觀漢記曰：世祖蒙犯霜雪。古臨高臺辭曰：我欲負之，毛衣摧頹。常恐傷肌骨，身隕沈黃泥。簡珠墮沙石，何能中自諧。簡珠，喻賢人也。沙石，喻羣小也。淮南子曰：周之簡珪，產於垢土。爾雅曰：簡，大也。又曰：諧，和也。欲因雲雨會，濯翼陵高梯。樂動聲儀

曰風雨感魚龍仁義動君子范曄後漢書鄧騭上疏
曰披雲雨之渥澤高梯喻尊位也賈逵國語注曰梯
猶階也良遇不可值伸眉路何階漢書曰左馮翊薛宣爲書曉高陵令楊湛
曰君自圖進退可復伸眉於後公子敬愛客樂飲不知疲漢書曰陳平厚
具樂飲太尉和顏既以暢乃肯顧細微鄭玄禮記注曰暢充也鬼谷子
曰以識細微贈詩見存慰小子非所宜孔叢子衛君謂子思曰猶步玉趾而
慰存之鄭玄周禮注曰存省也毛萇詩傳曰慰猶安存之也爲且極歡情不醉其
無歸不醉無歸已見上文凡百敬爾位以副飢渴懷毛詩曰凡百君子各
敬爾儀孔叢子子思謂魯穆公曰君若飢渴待賢

皇太子宴玄圃宣猷堂有令賦詩一首四言王隱晉書
曰愍懷太子遹字熙祖惠帝即位立爲皇太子楊佺期洛陽記曰東宮之北曰玄圃園

陸士衡

三正迭紹洪聖啓運三正夏殷周也周建子爲正月殷建丑爲正月夏建寅爲正月
尚書大傳曰正色三而復者也春秋合誠圖曰赤受天運宋均曰運錄運也自昔哲王先天
而順尚書曰在昔殷先哲王周易曰大人者先天而天弗違又曰湯武革命順乎天而應乎人羣
辟崇替降及近古國語藍尹亹曰吾聞君子唯獨居思念前世崇替韋昭曰崇終也替
廢也班固漢書項羽讚曰近古以來未嘗有也黃暉既渝素靈承祜魏爲土德
曰黃晉爲金行曰素干寶搜神記曰魏推五德之運以土承漢又程猗說石圖曰金者晉之行也建安
五年初桓帝時有黃星見於楚宋之分野遼東殷馗善天文言後五十歲當有真人起於譙沛之閒其鋒
不可當至此凡五十年而公破紹天下莫敵矣晉世祖武皇帝姓司馬名炎字安世受魏陳留王禪以金
德王都洛陽金於西方爲白故曰素靈爾雅曰渝變也祜福也乃眷斯顧祚之宅土

毛詩曰乃眷西顧惟此與宅左氏傳衆仲曰胙之以土而命之氏尚書曰降丘宅土三后始基世
武丕承三后謂宣景文也世武世祖武皇帝也國語太子晉曰自后稷始基靜民尚書伊尹曰肆嗣王
丕承基緒協風傍駭天晷仰澄國語曰虞幕能聽協風以成樂生物者也韋昭曰協
和也廣雅曰駭起也說文曰晷日景也言日澄清也謂不薄蝕淳曜六合皇慶攸興
國語史伯對鄭桓公曰夫黎爲高辛氏火正以淳曜彰大光照四海呂氏春秋曰神通乎六合自彼河
汾奄齊七政晉在河汾之陽毛詩曰自彼氏羌尚書曰璿璣玉衡以齊七政孔安國曰七政
日月五星各異政也時文惟晉世篤其聖周禮栗氏量銘曰時文思索鄭玄曰
言是文德之君思求可以爲民立法者尚書曰世篤忠貞毛萇詩傳曰篤厚也欽翼昊天對
揚成命尚書曰欽若昊天毛萇詩傳曰翼敬也毛詩曰對揚王休又曰昊天有成命二后受之九
區克咸讌歌以詠劉騊駼郡太守箴曰大漢遵周化洽九區尚書夔曰戞擊鳴球搏拊

琴瑟以詠祖考來格皇上纂隆經教弘道皇上惠帝也爾雅曰纂繼也經猶理也論
語曰人能弘道于化既豐在工載考毛詩曰在宗載考鄭玄曰考成也俯
釐庶績仰荒大造尚書曰允釐百工庶績咸熙孔安國曰釐理也毛萇詩傳曰荒大也
左氏傳呂相曰我有大造于西也杜預曰造成也儀刑祖宗妥綏天保毛詩曰儀
刑文王又曰天保定爾篤生我后克明克秀我后謂太子也機爲洗馬故稱我后
毛詩曰篤生武王又曰克明克類體輝重光承規景數尚書曰昔先君文王
武王宣重光爾雅曰景大也尚書周公曰王嗣無疆大歷服又舜曰天之歷數在爾躬茂德淵沖
天姿玉裕尚書曰有夏先后方懋厥德家語齊大夫子輿見孔子曰今知海淵之爲大字書曰沖虛
也桓子新論曰聖人天然之姿所以絕人遠者也應劭漢官儀曰太子有玉質廣雅曰裕容也蕞爾小
臣邈彼荒遐左氏傳子產曰諺云蕞爾小國儀禮曰小臣正辭韋孟諷諫詩曰撫寧遐荒弛厥

負檐振纓承華。臧榮緒晉書曰楊駿誅徵機爲太子洗馬左氏傳陳公子完曰弛於負檐杜預左氏傳注曰振整也洛陽記曰太子宮在大宮東中有承華門匪願伊始。惟命之嘉。左氏傳周子曰孤始願不及此爾雅曰嘉善也

大將軍讌會被命作詩一首

四言臧榮緒晉書曰成都王穎字章度趙王倫篡位穎與齊王冏誅之進位大將軍

陸士龍

王隱晉書曰陸雲字士龍少與兄機齊名號曰二陸爲吳王郎中令出宰浚儀有惠政機被收并收雲

皇皇帝祜。誕隆駿命。毛詩曰皇皇后帝又曰既受帝祉又曰受天之祜薛君韓詩章句曰誕信也毛詩曰宜監于殷駿命不易毛萇曰駿大也四祖正家。天祿保定。四祖宣景文武也周易曰正家而天下定尚書曰天祿永終保定即天保定爾已見上文睿哲惟晉。世有明聖。尚書曰明作哲睿作聖毛詩曰世有哲王如彼日月。萬景攸正。其一尚書曰惟我文考若日月之照臨傅玄歌詩曰日中萬影正夕中萬景傾義與此同

巍巍明聖。道隆自天。巍巍已見上文禮記子思曰道隆則從而隆毛詩曰有命自天命此文王則明分爽。觀象洞玄。孝經曰則天之明孔安國尚書傳曰爽明也周易曰仰則觀象於天又曰天玄而地黃陵風協紀。絕輝照淵。言風教上升協於辰極光炎絕遠下照深淵廣雅曰陵乘也然乘亦升也孝經鉤命決曰皇德協極注曰極北辰也封禪書曰末光絕炎劇秦美新曰炎光飛響盈塞天淵肅雍往播。福祿來臻。其二毛詩曰肅雍顯相杜預左氏傳注曰播揚也毛詩曰福祿攸降爾雅曰臻至也

在昔姦臣。稱亂紫微。姦臣謂趙王倫也法言曰上失其政姦臣竊國命尚書曰敢行稱亂紫微喻帝位也春秋合誠圖曰北辰其星七在紫微中又曰紫宮大帝室也神風潛駭。有赫茲威。毛詩曰皇矣上帝臨下有赫靈旗樹旆。如電斯揮。甘泉賦曰樹靈旗楚辭曰靈旗兮電騖韓康伯周易注曰揮者散也致天之屆。于河之沂。臧榮緒晉書曰成都王穎遣趙驤爲前鋒倫遣孫會等前驅未及溫十餘里大戰孫會先退諸軍相次奔潰穎尋過河入于京師毛詩曰致天之屆毛萇曰屆極也文穎漢書注曰沂水上橋也有命再集。皇輿凱歸。其三趙王倫廢帝於金墉城既敗倫於溫帝復還故曰再集毛詩曰天監在下有命既集楚辭曰恐皇輿之敗績周禮曰師有功則凱樂

頹綱既振。品物咸秩。說文曰振舉也周易曰品物咸亨神道見素。遺華反質。周易曰聖人以神道設教素樸素也莊子曰同乎無欲是謂素樸鄭玄禮記注曰凡物無飾曰素華謂采章質謂淳樸也遺棄也辰晷重光。協風應律。國語曰次序三辰賈逵曰日月星也漢書倪寬云宣重光張晏曰重光謂日月也協風已見上文應律應律而至也函夏無塵。海外有謐。其四楊雄河東賦曰函夏之大漢東觀漢記曰祭肜爲遼東太守胡夷皆來內附野無風塵毛詩曰海外有截爾雅曰謐靜也

芒芒宇宙。天地交泰。左氏傳曰芒芒禹跡淮南子曰虛廓生宇宙宇宙生天地周易曰天地交泰王在華堂。式宴嘉會。毛詩曰王在靈囿又曰嘉賓式宴以敖周易曰嘉會足以合禮玄暉峻朗。翠雲崇靄。玄天色也冕弁振纓。服藻垂帶。其五尚書曰藻火粉米鄭玄孝經注曰大夫服藻火毛詩曰彼都人士垂帶而厲

祁祁臣僚。有來雍雍。祁祁已見上文毛詩曰有來雍雍薄言載考。承顏下風。毛詩曰薄言采之載考已見上文漢書雋不疑曰乃今承顏接辭孔叢子曰伋願在下風俯覿嘉客。仰瞻玉容。毛詩曰我有嘉客亦不夷懌曹植罷朝表曰覲王容而慶薦奉權宴而慈潤施己唯約。于禮斯豐。魏文帝典論曰君子謹乎約己引乎接物淮南子曰禮豐不足以效愛天錫難老。如嶽之崇。其六言賜之難老合壽考也毛詩曰永錫難老又曰如南山之壽

晉武帝華林園集詩一首

四言洛陽圖經曰華林園在城內東北隅魏明帝起名芳林園齊王芳改爲華林干寶晉紀曰泰始四年二月上幸芳林園與羣臣宴賦詩觀志孫盛晉陽秋曰散騎常侍應貞詩最美

應吉甫

文章志曰應貞字吉甫少以才聞能談論晉武帝爲撫軍將軍以貞參軍晉室踐祚遷太子中庶子散騎常侍卒

悠悠太上民之厥初毛萇詩傳曰悠悠遠貌太上太古也老子曰太上下知有之淮南子曰太上之道生萬物而不有毛詩曰厥初生民皇極肇建彝倫攸敷尚書曰建用皇極又曰天乃錫禹洪範九疇彝倫攸敘孔安國曰皇大極中也五德更運膺籙受符七略曰鄒子有終始五德言土德從所不勝木德繼之金德次之火德次之水德次之春秋命麻序曰五德之運同徵合符膺籙次相代春秋漢含孳曰天子受符以辛日立號陶唐既謝天歷在虞其一說文解字云陶丘再成也在濟陰夏書曰東至陶丘陶丘有堯城堯嘗居之故號陶唐氏天歷天之歷數也巳見上文虞謂舜也於時上帝乃顧惟眷孔安國尚書傳曰時是也毛詩曰皇矣上帝又曰乃眷西顧此惟與宅光我晉祚應期納禪魏禪晉巳見魏都賦范曄後漢書伏隆檄張步曰皇天祐漢聖哲應期尚書刑德放曰河圖帝王終始存亡之期位以龍飛文以虎變周易曰飛龍在天利見大人又曰大人虎變其文炳也玄澤滂流仁風潛扇玄澤聖恩也曹子建責躬詩曰玄化滂流典引曰仁風翔于海表區內宅心方隅回面其二尚書曰宅心知訓孔安國曰常以居心也劇秦美新曰回面內嚮喁喁然天垂其象地曜其文周易曰天垂象聖人則之韓詩外傳曰天見其象地見其形聖人則之春秋元命苞曰天質地文鳳鳴朝陽龍翔景雲毛詩曰鳳凰鳴矣于彼高岡梧桐生矣于彼朝陽注曰山東曰朝陽孝經援神契曰王者德至山陵則景雲出孫柔之曰一名慶雲文子曰景雲光潤嘉禾重

穎蓂莢載芬孝經援神契曰王者德至地則嘉禾生東觀漢記曰濟陽縣嘉禾生一莖九穗田俅子曰堯爲天子蓂莢生于庭爲帝成歷率土咸序人胥悅欣其三胥相也毛詩曰率土之濱莫非王臣恢恢皇度穆穆聖容老子曰天網恢恢踈而不失禮記曰天子穆穆言思其順貌思其恭在視斯明在聽斯聰尚書曰言曰從貌曰恭視曰明聽曰聰注曰是則可從恭嚴恪也明必精審聽必微諦論語曰君子視思明聽思聰貌思恭言思忠登庸以德明試以功其四尚書帝曰若時登庸又曰明試以功車服以庸其恭惟何昧旦丕顯左氏傳讒鼎之銘曰昧旦丕顯後世猶怠無理不經無義不踐行捨其華言去其辯禮記曰理發乎外而衆莫不順鄭玄曰理謂言行也陸賈新語曰義者德之經履之者聖也老子曰處其實不處其華尚書曰君無以辯言亂舊政辯捷也口捷給則數爲人所憎故云去其辯游心至虛同規易簡嵇康書曰游心于寂寞老子曰致虛極王弼曰言至虛之極也管子曰虛無形謂之道周易曰乾以易知坤以簡能易則易知簡則易從簡易而天下之理得矣六府孔修九有斯靖其五尚書曰四海會同六府孔修毛詩曰奄有九州澤靡不被化罔不加聲教南暨西漸流沙尚書曰東漸于海西被于流沙朔南暨聲教孔安國曰漸入也幽人肆險遠國忘遐毛萇詩傳曰幽遠也長楊賦曰故平不肆險服虔曰肆棄也越裳重譯充我皇家其六尚書大傳曰成王之時越裳重譯而來朝曰道路悠遠山川阻深恐使之不通故重三譯而朝也鄭玄曰欲其轉相曉也何休公羊傳注曰充滿也典引曰盛哉皇家峩峩列辟赫赫虎臣毛詩曰奉璋峩峩典引曰德臣列辟毛詩曰進厥虎臣內和五品外威四賓尚書帝曰五品不遜孔安國曰五品謂五常也又曰四夷咸賓脩時貢職入覲天人周禮曰施貢分職以任邦國毛詩曰以其介圭入覲于王莊子曰皆原於一不離於宗謂之天人備言錫命羽蓋

朱輪其七毛詩曰備言燕私又序曰不能錫命以禮尚書大傳曰古諸侯之於天子有功者天子賜其車
服號曰命諸侯鄭玄儀禮注曰命加爵服之名子虛賦曰建羽蓋揚輝書曰乘朱輪者十人貽宴好
會不常厥數史記曰秦王告趙王欲爲好會數猶禮也左氏傳張趯曰吾得聞此數神
心所受不言而喻范曄後漢書鄧騭上疏曰聖策定於神心孟子曰君子所性仁義禮智信
根於心施於四體不言而喻於時肄射弓矢斯御呂氏春秋曰天子講武肄射毛詩曰
弓矢斯張毛萇曰御進也發彼五的有酒斯飫其八毛詩曰發彼有的以祈爾爵毛
萇曰的射質也鄭玄曰發發矢也周禮曰王射三侯五正毛詩曰君子有酒酌言嘗之又曰飲酒之飫杜預左
氏傳注曰飫厭也文武之道厥猷未墜論語子貢曰文武之道未墜於地在人也在
昔先王射御茲器示武懼荒過亦爲失周易曰弓矢者器也
用之過亦爲失也凡厥羣后無懈于位其九毛詩曰不懈于位民之攸塈

九日從宋公戲馬臺集送孔令詩一首五言蕭子顯齊
書曰宋武帝爲宋公在彭城九日出項羽戲馬臺至今相承以爲舊準沈約宋書曰
孔靖字季恭宋臺初建以爲尚書令讓不受辭事東歸高祖餞之戲馬臺百寮咸賦
詩以述其美

謝宣遠宋書七志曰謝瞻字宣遠東郡人也幼能屬文宋黄門郎以弟晦權貴求
爲豫章太守卒高祖遊戲馬臺命僚佐賦詩瞻之所作冠于時

風至授寒服霜降休百工禮記曰孟秋之月涼風至又曰仲秋之月盲風至命
有司衣服有量必脩其故鄭玄曰盲風疾風也毛詩曰七月流火九月授衣禮記曰季秋之月霜始降則百
工休繁林收陽彩密苑解華叢巢幕無留鷰遵渚
有來鴻左氏傳曰吴公子札聘于上國宿于戚聞孫林父擊鍾曰夫子之在此猶鷰之巢幕上杜預曰
夫子孫文子也毛詩曰鴻飛遵渚禮記曰九月之節鴻鴈來賓輕霞冠秋日迅商薄
清穹迅商商風之迅疾也楚辭曰商風肅而害之百草育而不長王逸曰商風西風也秋氣起則西
風疾又曰薄附也爾雅曰穹蒼蒼天也聖心眷嘉節揚鑾戾行宮孫卿
子曰積善德而聖心備焉左氏傳曰鍚鑾和鈴爾雅曰戾至也東觀漢記曰濟陽有武帝行過宮四筵霑
芳醴中堂起絲桐儀禮曰旨酒令芳西京賦曰促中堂之密坐史記曰鄒忌以鼓琴見齊威王忌
曰夫理國家而彌人倫皆在其中王曰夫理國家又何爲乎絲桐之間扶光迫西汜歡餘讌有
窮淮南子曰日出暘谷拂于扶桑楚辭曰出自暘谷次于濛汜逝矣將歸客養素
克有終歸客謂靖也嵇康幽憤詩曰養素全真王隱晉書周馥教曰叅軍杜夷優遊養素周易曰謙亨
君子有終吉班固漢書述曰疏克有終散金娛老臨流怨莫從歡心歎飛蓬
言己牽於時役未果言歸臨流念鄉已結莫從之怨而以侍宴暫歡之志重歎飛蓬之遠也楚辭曰臨流水而

太息王逸曰念舊鄉也曹植應詔詩曰朝覲莫從列子宋元君曰適值寡人有權心商君書曰夫飛蓬遇飄風
而行千里乘風之勢

樂遊應詔詩一首五言丹陽郡圖經曰樂遊苑宮城北三里晉時藥園
也

范蔚宗沈約宋書曰范曄字蔚宗順陽人少好學爲高祖相國掾稍遷至太
子詹事坐謀反誅

崇盛歸朝闕虛寂在川岑方言曰寂安靜也山梁協孔性
黄屋非堯心論語子曰山梁雌雉時哉時哉何晏曰言山梁雌雉得時鄭玄毛詩箋曰梁石絕水
之梁也漢書曰紀信乃乘王車黄屋左纛李斐曰天子車以黄繒爲裏堯以位禪務光許由故非堯心所悅郭象注
莊子曰徒見聖人戴黄屋佩玉璽便謂足以纓紱其心矣軒駕時未肅文囿降照臨

言未戒軒駕而訪道且降文囿而愛物也莊子曰黃帝將見大隗方明爲御昌寓參乘鄭玄禮記注曰肅戒也孟子齊宣王問曰文王之囿方七十里毛詩曰王在靈囿鄭玄曰文王親至靈囿言愛物也毛詩曰明明上天照臨下土

流雲起行蓋。晨風引鑾音。原薄信平蔚。臺澗備曾深。王逸楚辭注曰草木交曰薄處蘭池清夏氣。脩帳含秋陰。三輔黃圖曰蘭池觀在城外漢書成紀曰三輔長無供帳之勞張晏曰帳帷帳也遵渚攀蒙密。隨山上嶇嶔。遵渚已見上文尚書曰隨山濬川洞簫賦曰嶇嶔巋崎睇目有極覽。遊情無近尋。廣雅曰睇視也王弼老子注曰滌除邪飾至于極覽鄭玄禮記注曰極者盡也閒道雖已積。年力互頹侵。莊子南郭子綦問于女偊曰子之年長矣而色若孺子何也曰吾聞道矣偊音禹陸機應嘉賦曰悲來日之苦短恨頹年之方促探己謝丹黻。感事懷長林。毛詩曰赤芾在股毛萇曰諸侯赤芾鄭玄曰芾太古蔽膝之象黻與芾古字通江賦曰感事而出

文二十　二十三　乙卯重刊　曹偁

九日從宋公戲馬臺集送孔令詩一首　五言

謝靈運

季秋邊朔苦。旅鴈違霜雪。列子曰禽獸之智違寒就温孔安國尚書傳曰違避也淒淒陽卉腓。皎皎寒潭絜。韓詩曰秋日淒淒百卉俱腓薛君曰腓變也俱變而黃也腓音肥毛萇曰痱病也今本作腓字非良辰感聖心。雲旗興暮節。楚辭曰吉日兮良辰東征賦曰撰良辰而將行爾雅曰感動也楚辭曰載雲旗兮逶迤鳴葭戾朱宮。蘭卮獻時哲。魏文帝書曰從者鳴笳以啓路傅玄西都賦曰彤彤朱宮漢書曰百末旨酒布蘭生晉灼曰芬芳布列若蘭之生應劭曰卮鄉飲酒禮器也受四升鄭玄毛詩箋曰主人酬賓爲獻餞宴光有孚。和樂隆所缺。薛君韓詩章句曰送行飲酒曰餞周易曰有孚飲酒無咎毛詩序曰鹿鳴廢則和樂缺矣在宥天下理。吹萬羣方悅。莊子曰聞在宥天下不聞在治天下也司馬彪曰在察也宥寬也郭象曰宥使自在則治也莊子南郭子綦曰夫吹萬不同而使其自已也司馬彪曰言天氣吹煦生養萬物形氣不同已止也使各得其性而止歸客遂海嵎。脫冠謝朝列。廣雅曰遂往也尚書曰至于海隅蒼生凡仕則冕弁謝職故曰脫冠閑居賦序曰猥厠朝列弭棹薄枉渚。指景待樂闋。杜預左氏傳注曰弭息也楚辭曰朝發枉渚王逸曰枉曲也指景指日也已見上文禮記曰有司告以樂闋鄭玄曰闋終也河流有急瀾。浮驂無緩轍。言彼去河有急瀾而不止己旋驂無緩轍而不留言相背之疾也孔安國尚書傳曰浮行也豈伊川途念。宿心愧將別。孔以養素爲榮而已以戀位爲辱故云愧也周禮曰兩山之間必有川焉大川之間必有塗焉趙壹報羊陟書曰惟君明睿平其宿心嵇康幽憤詩曰內負宿心彼美丘園道。喟焉傷薄劣。毛詩曰彼美孟姜周易曰六五賁于丘園束帛戔戔王肅曰失位無應隱處丘園閑居賦曰信用薄而才劣

文二十　二十四　乙丑重刊　成

應詔讌曲水作詩一首　四言

水經注曰舊樂遊苑宋元嘉十一年以其地爲曲水武帝引流轉酌賦詩裴子野宋略曰文帝元嘉十一年三月丙申禊飲于樂遊苑且祖道江夏王義恭衡陽王義季有詔會者賦詩

顏延年

道隱未形。治彰既亂。老子曰大象無形又曰道隱無名王弼曰有形則亦有分有分者不溫則涼故象者非大象也又曰夫道物以之成而不見形故隱而無名也河上公曰道潛隱使人無能名也太玄經曰亂不極則治不形賈逵國語注曰彰著也帝迹懸衡。皇流共貫。春秋合誠圖曰黃帝有迹必稽功務法宋均曰迹行迹謂功績也申子曰君必有明法正義若懸權衡以稱輕重所以一羣臣也長楊賦曰逮至孝文隨風乘流孔安國尚書傳曰萬國共貫惟王創物。永錫洪筭。周禮曰智者創物毛詩曰永錫難老鄭玄儀禮注曰筭數也謂年數仁固開周。義高登漢。其一毛詩序曰周家忠厚仁及草木漢書曰五星聚于東井此高祖受命之符當以義取天下祚融

世哲業光列聖爾雅曰融長也毛詩曰世有哲王魏都賦曰列聖之遺塵太上正位天臨海鏡太上謂文帝也漢書薄昭書曰欲以親戚之意望於太上如淳曰太上天子也周易曰女正位于內男正位于外潘岳魯公詩曰如地之載如天之臨孫綽望海賦曰因湛亮以靜鏡俯遊目於淵庭

制以化裁樹之形性周易曰化而裁之謂之變莊子曰流動而生物物成生理謂之形形體保神各有儀則謂之性惠浸萌生信及翔泳其二史記文帝詔曰萬物之萌生翔泳謂魚鳥也周易曰豚魚吉信及豚魚薛君韓詩章句曰文王聖德上及飛鳥下及魚鱉崇虛非徵積實莫尚言崇尚虛假諒非有徵積累成實則莫能尚也演連珠曰積實雖微必動於物崇虛雖廣不能移心杜預左氏傳注曰尚亦上也豈伊人和寔靈所貺言化之所感豈止人和乎實亦受天貺左氏傳季良曰於是人和而神降之福春秋元命苞曰通三靈之貺交錯同端也

日宁其朔月不掩望漢書曰天下太平日不蝕朔月不掩望航琛越水輦

賮踰障其三言遠夷納貢也毛萇詩傳曰琛寶也孟子曰將有遠行行者必以賮爾雅曰上正嶂也郭璞曰山上平帝體麗明儀辰作貳言太子附帝故有明德也帝體謂太子也沈約宋書曰文帝立皇子劭爲太子喪服傳曰長子正體於上周易曰黃離元吉鄭玄曰離南方之卦離爲火土託位焉土色黃火之子喻子有明德能附麗於父之道文王之子發旦是也毛萇詩傳曰儀匹也辰北辰也典引曰辰居其位齊王攸太子箴曰尊以引道固以貳己君彼東朝金昭玉粹東朝東宮也潘岳贈陸機詩曰纔纔東朝高誘呂氏春秋注曰東宮太子所居詩曰東宮之妹又曰金玉其相廣雅曰粹純也

德有潤身禮不愆器禮記曾子曰富潤屋德潤身又曰禮器鄭玄曰禮器言禮使人成器如耒耜之爲用也柔中淵映芳猷蘭祕其四周易曰其用柔中陸機宣猷堂詩曰茂德淵沖字書曰祕者謂蘭芳之幽密昔在文昭今惟武穆言昔者在高祖之子爲王同於文王之昭今帝之子爲王又同武王之穆言其成也左氏傳富辰曰畢原酆郇文之昭也杜預曰皆文王子也邘晉應韓武之穆也杜預曰皆武王子也漢書韋玄成議曰父爲昭子爲穆孫復爲昭昭穆父子之迭號于祀而一也晉文王諱昭改爲韶

於赫王宰方旦居叔王宰謂王爲宰輔比之周旦而亦居叔也沈約宋書曰彭城王義康爲司徒毛詩曰於赫湯孫韓詩外傳周公誡伯禽曰吾成王叔父也有睟睿蕃爰履奠牧謂諸王者蕃也孟子曰仁義禮智根於心其生色也睟然於面二蕃謂江夏衡陽二王也爰履奠牧謂於所履之地能鎮定其郊牧也爾雅曰爰於也左氏傳管仲曰賜我先君履杜預曰履所履之界也諸侯得祀名山大川故曰奠牧尚書曰奠高山大川爾雅曰郊外謂之牧

寧極和鈞屏京維服其五和鈞謂王宰也屏京謂蕃封也尚書曰關石和鈞周禮曰三曰禮典以和邦國四曰政典以均萬民又曰凡邦國大小相維朏魄雙交月氣參變朏魄雙交謂三日也凡朏魄之交皆在月三日之夕今月未夕故以前之文唯止有二故曰雙也孔安國尚書傳曰朏明也月三日明生之名說文曰魄月始生魄然也月氣參變謂三月也月氣每月一變故曰參也周書

曰凡四時成歲各有孟仲季以名十有二月月有中氣以著時應開榮灑澤舒虹爍電言時候也禮記曰季春之月桐始華又曰時雨將降又曰虹始見又曰仲春之月始電化際無間皇情爰眷言既太平故眷斯嘉節解嘲曰纖者入無間杜預左氏傳注曰間隙也伊思鎬飲每惟洛宴其六楚辭曰伊思兮往古毛詩曰王在在鎬飲酒樂豈東陽無疑齊諧記東皙對武帝曰昔周公卜洛邑因流水以汎酒故逸詩曰羽觴隨流波郊餞有壇君舉有禮餞已見上文左氏傳曹劌曰君舉必書幙帷蘭甸畫流高陛廣雅曰幙帳也蘭甸蘭生于甸猶蘭皐也畫流分流也分庭薦樂析錫波浮醴莊子曰分庭抗禮豫同夏諺

事兼出濟其七孟子夏諺曰吾王不豫吾何以助毛詩曰出宿于濟仰閱豐施降惟微物閱猶數也微物自謂也薛君韓詩章句曰鳥微物也三妨儲隸五塵朝黻沈約宋書曰高祖受命延年補太子舍人徙尚書儀曹郎太子中舍人轉正員外郎徙員外常侍出爲始安太

守衛中書侍郎轉太子中庶子途泰命屯恩充報屈泰屯二卦名周易曰泰者通也又曰
屯如邅如有悔可悛滯瑕難拂其八周易曰盱豫有悔位不當也孔安國尚書傳曰悛改
也廣雅曰瑕穢也毛萇詩傳曰拂去也拂亦作弗古字通

皇太子釋奠會作詩一首

四言裴子野宋略曰文帝元嘉二十年三月皇
太子劭釋奠于國學禮記曰凡學春官釋奠于先師秋冬亦如之鄭玄曰官謂禮樂詩書之官
周禮曰凡有道者有德者使教焉死則以爲樂祖祭於瞽宗此之謂先師也若漢禮有高堂生
樂有制氏詩有毛公書有伏生釋奠者設薦饌酌奠而已無迎尸之事

顏延年

國尚師位家崇儒門漢書元帝詔曰國之將興尊師而重傅鄭玄禮記注曰尊師授道焉
不使處臣位也漢書儒林傳曰嚴彭祖顏安樂各專門教授稟道毓德講藝立言王粲
贈文叔良詩曰温温恭人稟道之極周易曰君子以振民毓德西都賦曰講論乎六藝左氏傳范宣子曰其次
立言浚明爽曙達義茲昏以日喻道也大明之道既以爽曙道達之義於此彌昏也尚書
曰夙夜浚明有家馬融曰浚大也魏都賦曰昏情爽曙箴規顯之毛萇詩傳曰爽差也然義與魏都賦微異不以文
害意也禮記曰先王修道以達義桓子新論曰學者既多蔽暗而師道又復缺然此所以滋昏也永瞻先
覺顧惟後昆其一言大義漸乖永瞻先覺之意顧思後昆以正之孟子伊尹曰天生斯人使先覺覺後
覺孟子曰天人之先覺者也尚書曰垂裕後昆大人長物繼天接聖周易曰利見大人君德也
尸子曰天地之道莫見其所以長物而物長聖人之道亦然漢書曰庖羲繼天而王爲百王先首時屯必
亨運蒙則正周易曰屯元亨利貞王弼曰剛柔始交是以屯也不交則否故屯乃大亨也運錄運
也周易曰蒙亨利貞王弼曰蒙之所利乃利正也偃閉武術闡揚文令尚書曰王來自
商至于豐乃偃武修文孔安國曰闡修文教賈逵國語注曰偃息也庶士傾風萬流仰鏡

其二尚書曰庶邦庶事嵇康高士傳孔子問項橐曰居何在曰萬流屋是也注曰言與萬物同流匹也雒書曰
秦失金鏡鄭玄曰金鏡喻明道也虞庠飾館睿圖炳睟禮記曰有虞氏養國老於上庠
睿圖孔聖之圖畫也炳丹青色也睟已見上文懷仁憬九永集抱智麕丘殞至懷抱
謂包韞也禮記曰君子有禮故物無不懷仁又曰儒有戴仁而行抱義而處毛詩曰憬彼淮夷毛萇曰憬遠行貌左
氏傳蔿啓疆謂楚子曰求諸侯而麕至杜預曰麕群也踵門陳書躡蹻獻器莊子曰有
孫休者踵門而詫扁子司馬彪曰踵至也陳書謂陳列其書而進之也史記曰虞卿躡蹻檐簦器謂樂也漢書
曰河間獻王修學好古或有先祖舊書多奉與獻王來朝獻樂器也澡身玄淵宅心道祕
其三禮記曰儒有澡身而浴德王逸妍敖蚩曰窮聖人之祕奧測六義之淵玄宅心已見上文伊昔周
儲聿光往記禮記曰文王之爲世子朝於王季日三雞初鳴而衣服至寢門外問內豎之御者曰
今日安否何如內豎曰安文王乃喜及日中又至亦如之及暮又至亦如之其有不安則內豎以告文王文王
色憂行不正履王季復膳然後亦復初漢書疏廣曰太子國儲副君孔安國尚書傳曰聿述也思皇世
哲體元作嗣毛詩曰思皇多士東都賦曰體元立制繼天而作鄭玄禮記注曰上嗣君之適長子
資此夙知降從經志資猶藉也毛詩曰誰夙知而暮成禮記曰一年視離經辨志逷
彼前文規周矩值其四爾雅曰逷遠也尚書大傳曰聖人與聖也猶規之相周矩之相襲值
當也正殿虛筵司分簡日正殿前殿也長門賦曰正殿嵬以造天虛筵以待賢也左氏傳
鄭子曰玄鳥氏司分者也爾雅曰簡擇也尚席函杖承疑奉帙漢書音義晉灼曰舊有五
尚有尚席禮記曰席間函丈鄭玄曰函容也丞疑疑丞也禮記曰虞夏商有師保有疑丞侍言稱辭
惇史秉筆馮衍德誥曰仲尼言語不習則子貢侍禮記曰有善記之爲惇史國語士茁謂襄子
曰臣秉筆事君妙識幾音王載有述其五周易曰知幾其神乎尚書曰熙帝之載王
肅曰載事也孔叢子曰使談者有述焉爲之奈何肆議芳訊大教克明演連珠曰

肆議芳訊非庸聽所善孔安國尚書傳曰肆陳也鄭玄毛詩箋曰訊言也敬躬祀典告奠聖靈禮記曰非此族也不在祀典又曰凡人之始立學者必先釋奠于先聖先師禮屬觀盥樂薦歌笙周易曰觀盥而不薦王弼曰可觀者莫盛乎宗廟宗廟之可觀者莫盛於觀盥也儀禮曰歌南有嘉魚笙崇丘也昭事是肅祖實非馨其六左氏傳曰以昭事神尚書成王曰黍稷非馨明德惟馨獻終襲吉即宫廣讌獻終祭畢也尚書曰乃卜三龜一襲吉孔安國曰襲因也禮記孔悝鼎銘曰即宫于宗周堂設象筵庭宿金懸劉楨瓜賦曰更鋪象牙之席吴都賦曰桃笙象簟周禮曰宿懸於阼階其南鍾然鍾則金也台保兼徽皇戚比彦春秋漢含孳曰三公在天法三能能與台同保太保也皇戚皇家之戚也爾雅曰美士爲彦肴乾酒澄端服整弁其七禮記曰酒清人渴而不敢飲肉乾人飢而不敢食杜預左氏傳曰肴乾而不食淮南子曰酒澄而不飲六官眂命九賓相儀六官

文二十　二十九

六卿也周禮曰典命掌諸侯之五儀其衣服禮儀各眂其命之數漢書曰羣臣朝十月儀大行設九賓臚句傳東京賦曰伯夷起而相儀纓笏市序巾卷充街纓笏垂纓秉笏也皆朝臣之服故舉服以明人爾雅曰東西牆謂之序巾巾箱也所以盛書都莊雲動野馗風馳爾雅曰六達謂之莊劇秦美新曰雲動風偃韓詩曰施于中道薛君曰中道道中九交之道也四子講德論曰風馳雨集雜襲並至倫周伍漢超哉邈猗其八鄭玄禮記注曰倫比也說文曰伍相參伍也蔡邕胡黄二公頌曰超哉邈猗莫參其二清暉在天容光必照清暉喻日喻帝也孟子云日月有明容光必照趙岐曰容光小隙物性其情理宣其奥周易曰乾元者始而亨者也利貞者性情也王弼曰不爲乾元何能通物之始不性其情何能久行其正是故始而亨者必乾元也利而貞者必性情也此意性情者正也言人君在上以道被物各存其性僞情矯志不入於心老子曰道者萬物之奥廣雅曰奥藏也妄先國胄側聞邦教沈約宋書曰元嘉中延之遷國子祭酒司徒左長史尚書曰命汝典樂教胄子賈誼弔屈原曰側聞先生尚書曰司徒掌邦教徒愧微冥終謝智効其九微冥微賤而闇冥也家語哀公曰寡人愚冥莊子曰智効一官

侍宴樂遊苑送張徐州應詔詩一首

五言劉璠梁典曰張謖字公喬齊明帝時爲北徐州刺史謖霜六切

丘希範梁史曰丘遲字希範吴興人八歲能屬文及長辟徐州從事高祖踐祚拜中書郎遷司徒從事中郎卒集題曰兼中書侍郎丘遲上

詰去質旦閶闔開馳道聞鳳吹左氏傳曰詰朝將見杜預曰詰朝平旦也西京賦曰表嶢闕於閶闔薛綜曰紫微宫門曰閶闔漢書曰太子不敢絶馳道應劭曰道天子道也呂氏春秋曰伶倫制十二筩聽鳳鳥之鳴以別十二律蔡邕月令章句曰吹者所以通氣也管簫竽笙塤篪皆以鳴吹者也輕荑承玉輦細草藉龍騎毛詩曰自牧歸荑毛萇曰荑茅始生也藉田賦

文二十　三十

曰天子御玉輦服扆漢書注曰藉薦也周禮曰馬八尺以上爲龍風遲山尚響雨息雲猶積集本作漬巢空初鳥飛荇杏亂新魚戲毛詩曰參差荇菜寔惟北門重匪親孰爲寄史記齊威王曰吾吏有黔夫者使守徐州則燕人祭北門裴駰曰齊之北門也史記田肯謂上曰非親子弟莫使王齊參差別念舉肅穆恩波被荀悦漢紀曰大會羣臣於長樂宫成禮而罷莫不肅穆小臣信多幸投生豈酬義左氏傳羊舌職曰諺曰人之多幸國之不幸西征賦曰豈生命之易投

應詔樂遊苑餞呂僧珍詩一首

五言梁書曰呂僧珍字元瑜爲左衛將軍天監四年冬大舉北伐

沈休文劉璠梁典曰沈約字休文吴興人少爲蔡興宗所知引爲安西記室梁興稍遷至侍中丹陽尹建昌侯薨謚曰隱

丹浦非樂戰負重切君臨六韜曰堯與有苗戰于丹水之浦高誘呂氏春秋注曰丹水在

南陽浦崖也。莊子曰：兵革之士樂戰。鄧析子曰：明君之御人，若履冰而負重。孟子曰：舜竊負而逃，遵海濵而處。左氏傳子囊曰：赫赫楚國，而君臨之。我皇秉至德，忘己用堯心。穀梁傳曰：我君接上下。論語曰：周之德，可謂至德矣。莊子堯謂舜曰：吾不敖無告，不廢窮民，此吾用心也。愍茲區宇內，魚鳥失飛沈。言失常也。東京賦曰：區宇乂寧。大戴禮曰：魚游于水，鳥飛于雲。推轂二崤岨，揚旆九河陰。漢書馮唐曰：臣聞上古王者遣將也，跪而推轂，曰：閫以內，寡人制之；閫以外，將軍制之。閫，魚列切。西都賦曰：左據函谷二崤之阻。籍田賦曰：九旗揚旆。尚書曰：九河旣道。穀梁傳曰：水南曰陰。超乘盡三屬，選士皆百金。左氏傳曰：秦師過周北門，超乘者三百乘。韋昭國語注曰：超乘者，跳躍上車也。漢書曰：魏氏武卒，衣三屬之甲。如淳曰：上身一，髀褌一，脛繳一，凡三屬也。顧野王曰：屬，猶接也。史記曰：李牧，趙之良將也。匈奴入，牧選百金之士五萬擊之。漢書音義服虔曰：良士直百金，言重故也。戎車出細柳，餞席樽上林。尚書曰：武王戎車三百兩。漢書曰：匈奴大入邊，遣內史周亞夫軍細柳。餞已見上文。命師誅後服，授律綏前禽。公羊傳曰：何喜于服楚？楚有王者則後服，無王者則先強。周易曰：王用三驅，失前禽也。函轘方解帶，崤武稍披襟。函，函谷也。轘，轘轅也。解帶披襟，言將降附也。漢書音義應劭曰：崤山之關也。李奇曰：在上洛北。文穎曰：武關在洛西。李尤函谷關銘曰：函谷險要，襟帶咽喉。伐罪芒山曲，弔民伊水潯。尚書曰：奉辭伐罪。郭緣生述征記曰：北芒，洛陽北芒嶺，靡迤長阜，自滎陽山連嶺脩亘暨于東垣。孟子曰：湯始征自葛，誅其君，弔其民。伊，水名也。許慎淮南子注曰：潯，涯也。將陪告成禮，待此未抽簪。尚書曰：柴望大告武成也。謂武王誅紂而還，燔柴郊天，望祀山川，大告以武功成也。鍾會遺榮賦曰：散髮抽簪，求縱一壑。通俗文曰：幘道曰簪。

祖餞　崔寔四民月令曰：祖，道神也。黃帝之子好遠遊，死道路，故祀以爲道神，以求道路之福。

送應氏詩二首　五言

曹子建

步登北芒坂，遥望洛陽山。北芒已見上文。洛陽何寂寞，宮室盡燒焚。說文曰：寂，無人聲也。獻帝紀曰：車駕至洛陽，宮室盡燒。垣牆皆頓擗，荊棘上參天。漢書伍被曰：臣今見宮中生荊棘。孟子曰：太山之高，參天入雲。不見舊耆老，但覩新少年。側足無行徑，荒疇不復田。東觀漢記馬援曰：隗囂側足無所立。國語曰：田疇荒蕪。賈逵曰：一井爲疇。遊子久不歸，不識陌與阡。中野何蕭條，千里無人煙。漢書高祖曰：遊子悲故鄉。風俗通曰：南北曰阡，東西曰陌。劉歆遂初賦曰：野蕭條而寥廓。東觀漢記曰：北虜作寇，千里無煙火。念我平常居，氣結不能言。古詩曰：悲與親友別，氣結不能言。

清時難屢得，嘉會不可常。李陵與蘇武書曰：策名清時。又詩曰：嘉會難再逢。天地無終極，人命若朝霜。莊子曰：天與地無窮，人死者有時。漢書李陵謂蘇武曰：人生如朝露。願得展嬿婉，我友之朔方。毛詩曰：嬿婉之求。又曰：我友敬矣。又曰：城彼朔方。親昵並集送，置酒此河陽。爾雅曰：昵，近也。漢書曰：上過沛，置酒沛宮。中饋豈獨薄，賓飲不盡觴。周易曰：在中饋。王弼曰：婦人職中饋。儀禮有饋食之禮。鄭玄周禮注曰：進物於尊者曰饋。愛至望苦深，豈不愧中腸。言恩愛至情之極，所望悲苦愈深也。漢書杜鄴說王音曰：愛至者其求詳。鄭玄注禮記曰：病愧謂罪苦也。山川阻且遠，別促會日長。毛詩曰：山川悠遠。又曰：道阻且長。願爲比翼鳥，施翮起高翔。古詩曰：願爲雙鳴鳥，奮翼起高飛。

征西官屬送於陟陽候作詩一首　五言

孫子荊　臧榮緒晉書曰：孫楚，字子荊，太原人也。征西扶風王駿與楚舊好，起爲參軍、梁令、衛軍司馬，爲馮翊太守，卒。

晨風飄岐路，零雨被秋草。李陵與蘇武詩曰：欲因晨風發，送子以賤軀。毛詩曰：

零兩其濛傾城遠追送餞我千里道傾猶盡也三命皆有極咄
丁忽嗟安可保養生經黃帝曰上壽百二十中壽百年下壽八十鄭玄禮記注曰司命主督察三命蒼頡
篇曰咄啐也說文曰啐驚也倉憒切王弼周易注曰嗟憂歎之辭莫大於殤子彭聃猶爲
夭莊子南郭子綦曰天下莫大於秋毫之末而太山爲小莫壽於殤子而彭祖爲夭郭象曰夫以形相對則
太山大於秋毫若各據其性分物冥其極則形大未爲有餘形小未爲不足苟各安其性則秋毫不獨小其小
太山不獨大其大矣若以性足爲大則天下之足未有過於秋毫也若性不足者非大則雖太山亦可稱小矣
故曰莫大於秋毫之末而太山爲小太山爲小則天下無大矣秋毫爲大則天下無小矣無大無小無壽無夭
是以蟪蛄不羨大椿而欣然自得斥鷃不貴天池而榮願已足列仙傳曰彭祖殷賢大夫歷夏至商末號年七
百史記曰老子字聃列仙傳曰李耳生於殷時爲周守藏吏積八十餘年後之流沙莫知所終蓋百六十餘歲
或言二百餘歲吉凶如糾纆憂喜相紛繞漢書音義應劭曰禍福相爲表裏如

文二十　三十三

糾纆索相附會也按糾纆索也糾兩股索纆三股索言禍福之相糾如此鵩鳥賦曰禍之與福何異糾纆又曰
憂喜聚門吉凶同域神女賦曰紛紛擾擾未知何意天地爲我爐萬物一何小言天
地爲爐陶治萬物居其間一何微小言不足自愛也鵩鳥賦曰天地爲鑪萬物爲銅達人垂大
觀誡此苦不早此謂愛生也達人大觀死生若一故戒此愛生苦于不早言能早戒之不
以經慮也鶡冠子曰達人大觀乃見其理古詩曰立身苦不早乖離即長衢惆悵盈
懷抱楚辭曰惆悵兮私自憐王孫子曰仲叔諫衛靈公曰百姓乖離孰能察其心鑒之
以蒼昊齊契在今朝守之與偕老說文曰契大約也毛詩曰君子偕老

金谷集作詩一首五言酈元水經注曰金谷水出河南太白原東南流歷金谷謂之金谷水東南流經石崇故居

潘安仁

王生和鼎實石子鎮海沂石崇金谷詩序曰余以元康六年從太僕卿出爲使
持節監青徐諸軍事有別廬在河南縣界金谷澗中時征西大將軍祭酒王詡當還長安余與衆賢共送澗中賦
詩以叙中懷應劭漢官儀曰太尉司空司徒長史號爲毗佐三台助鼎和味尚書曰海岱惟青州又曰徐州淮
沂其乂蔡邕陳琳碑曰遠鎮南裔親友各言邁中心悵有違毛詩曰還車言邁又
曰行道遲遲中心有違何以叙離思攜手游郊畿曹子建雜詩曰離思故難任
朝發晉京陽夕次金谷湄晉京洛陽也爾雅曰水草交爲湄迴谿縈曲
阻峻阪路威夷七發曰依絕區兮臨迴谿韓詩曰周道威夷薛君曰威夷險也綠池汎
淡淡青柳何依依東京賦曰淥水澹澹與淡同韓詩曰昔我往矣楊柳依依薛君曰依依
盛貌濫泉龍鱗瀾激波連珠揮爾雅曰濫泉正出正出湧出也酈元水經注曰允街
谷水文成蛟龍允音沿街音牙洞簫賦曰揚素波而揮連珠前庭樹沙棠後園植烏

二十　三十四　從元龍

椑上林賦曰沙棠櫟儲西京雜記曰上林有烏椑沙棠樹靈囿繁若榴茂林列芳
梨毛詩曰王在靈囿廣雅曰石榴若榴也西京雜記曰上林有芳梨飲至臨華沼遷坐
登隆坻毛詩曰舍其坐遷鄭玄詩箋曰坻水中之高地玄醴染朱顏但愬杯行
遲邊讓章華臺賦曰激玄醴於清池楚辭曰美人既醉朱顏酡王仲宣公讌詩曰但愬杯行遲揚桴
撫靈鼓簫管清且悲楚辭曰揚桴兮撫鼓毛詩曰簫管備舉王仲宣公讌詩曰管絃發徽
音度曲清且悲春榮誰不慕歲寒良獨希春榮喻少歲寒喻老也周易陰符太公曰
春道生萬物榮論語曰歲寒然後知松柏之後凋投分寄石友白首同所歸阮瑀
爲魏武與劉備書曰披懷解帶投分託意分猶志也史記蘇秦謂齊王曰此弃仇讎而得石交者也漢書曰石
建老白首萬石君尚無恙易曰殊途而同歸世說曰孫秀既恨石崇不與綠珠又憾潘岳昔遇之不以禮後秀
爲中書令岳於省內謂秀曰孫令憶疇昔周旋不秀曰中心藏之何日忘之岳於是始知不免後收石崇同日

取岳。石先送市。亦不相知。潘後至。石謂潘曰。安仁。卿亦復爾耶。潘曰。可謂白首同所歸。岳金谷集詩。乃成其讖。主隱晉書曰。岳父文德爲琅邪太守。孫秀時爲小吏給岳。岳於秀不以仁遇也。

王撫軍庾西陽集別時爲豫章太守庾被徵還東一首五言。沈約宋書曰。王弘爲豫州之西陽新蔡諸軍事撫軍將軍江州刺史。庾登之爲西陽太守。入爲太子庶子。集序曰。謝還豫章。庾被徵還都。王撫軍送至盆口南樓作。

謝宣遠瞻時爲豫章太守。

祗召旋北京。守官反南服。言庾被召而旋帝京。己守官而莅南服也。左氏傳仲尼曰。守道不如守官。南服。南方五服也。方舟新舊知。對筵曠明牧。爾雅曰。大夫方舟。郭璞注曰。方舟並兩船也。楊仲武誄曰。惟我與爾。對筵舉接几。蒼頡篇曰。踈曠也。舊知庾也。明牧王撫軍也。觴酹飲餞。指途念出宿。劉琨荅盧諶詩序曰。舉觴對膝。毛詩曰。出宿于濟。飲餞于禰。陸士衡贈弟詩曰。指塗悲有餘。

來晨無定端。別晷有成速。頹陽照通津。夕陰曖平陸。楚辭曰。日晻晻而下頹。榜人理行艫。輶軒命歸僕。張揖子虛賦注曰。月令曰。命榜人。榜人船長也。說文曰。艫船頭也。吳都賦曰。輶軒蓼擾。毛詩曰。輶車鑾鑣。楊雄荅劉歆書曰。嘗聞先代輶軒之使。分手東城闉。因發櫂西江隩。說文曰。闉城曲重門也。爾雅曰。隩隈也。郭璞曰。今江東人呼浦爲隩。離會雖相親。逝川豈往復。言離而復會。雖有相親之理。但逝川之流。豈有往復之義。嗟年命之速。而會會難也。呂氏春秋曰。離則復合。合則復離。親或爲雜。非也。誰謂情可書。盡言非尺牘。周易曰。書不盡言。言不盡意。杜篤弔比干文曰。敬申弔于比干。寄長懷於尺牘。說文曰。牘書版也。

鄰里相送方山詩一首五言。沈約宋書曰。少帝出靈運爲永嘉郡守。丹陽郡圖經曰。方山在江寧縣東五十里。下有湖水。舊揚州有四津。方山爲東。石頭爲西。

謝靈運

祗役出皇邑。相期憩甌越。役所莅之職也。王充論衡曰。充罷州役。曹子建詩曰。清晨發皇邑。毛萇詩傳曰。憩息也。史記曰。東越王搖都東甌。時俗號東甌王。徐廣曰。今之永寧也。解纜力甍及流潮。懷舊不能發。吳志曰。更增舸纜。然纜維船索也。西都賦曰。攜懷舊之蓄念。析析就裛林。皎皎明秋月。含情易爲盈。遇物難可歇。王仲宣公讌詩曰。含情欲待誰。古詩曰。所遇無故物。積痾謝生慮。寡欲罕所闕。說文曰。痾病也。老子曰。少思寡欲。資此永幽棲。豈伊年歲別。郭璞山海經曰。山居爲棲。各勉日新志。音塵慰寂蔑。周易曰。日新其德。陸機思歸賦曰。絕音塵於江介。荀組七哀詩曰。轍兮轍兮。何其寂蔑。蔑一作滅。

新亭渚別范零陵詩一首五言。十洲記曰。丹陽郡新亭在中興里。吳舊亭也。梁書曰。范雲齊世爲零陵郡內史。

謝玄暉蕭子顯齊書曰。謝朓字玄暉。陳郡人也。少有美名。文章清麗。解褐豫章王行參軍。稍遷至尚書吏部郎。兼知衛尉事。江祐等謀立始安王遙光。朓不肯。祐白遙光。遙光收朓下獄死。

洞庭張樂地。瀟湘帝子遊。莊子。北門成問於黃帝曰。帝張咸池之樂於洞庭之野。吾始聞之懼。復聞之怠。山海經曰。洞庭之山。帝之二女居之。是常遊於江淵。澧沅風交瀟湘之川。郭璞曰。言二女游戲江之淵府。則能鼓動五江。令風波之氣。共相交通。言其靈響也。楚辭湘君曰。帝子降兮北渚。王逸曰。帝謂堯也。娥皇女英。隨舜不反。死於湘水。因爲湘夫人。雲去蒼梧野。水還江漢流。歸藏啓筮曰。有白雲出自蒼梧。入于大梁。尚書曰。江漢朝宗于海。停驂我悵望。輟棹子夷猶。鄭玄毛詩注曰。驂兩騑也。蔡邕初平詩曰。暮宿河南悵望。天陰雨雪滂滂。楚辭曰。君不行兮夷猶。王逸曰。夷猶。猶豫也。廣平聽方籍。茂陵將見求。言范同廣平。而聲聽方向籍。己當居茂陵之下將於彼而見求王隱晉書曰鄭袤字林叔爲中郎散騎常侍會廣平太守缺宣帝謂袤曰賢叔大匠渾垂稱於平陽魏郡蒙惠化且盧子家王子邕繼踵此郡欲使世不乏賢故復相屈在郡先以德化善爲條教百姓愛之鄭玄毛詩箋曰方向也漢書曰司馬相如既病免家居茂陵心事俱已矣江上徒離憂楚辭曰思公子兮徒離憂

別范安成詩一首　五言梁書曰范岫字懋賓齊代爲安成內史

沈休文

生平少年日分手易前期言春秋既富前期非遠分手之際輕而易之言不難也漢書灌夫傳曰生平慕之論語子曰久要不忘平生之言孔安國曰平生少時也賈充上與李夫人書曰每至當別未嘗以爲易及爾同衰暮非復別離時言年壽衰暮死日將近交臂相失故曰非時也蜀志曰宋預聘吳孫權捉預手曰今君年長孤亦老恐不復相見也勿言一樽酒明日難重持蘇武詩曰我有一樽酒將以贈遠人夢中不識路何以慰相思繆襲嘉夢賦曰心灼爍其如陽不識道之焉如韓非子曰六國時張敏與高惠二人爲友每相思不能得見敏便於夢中往尋但行至半道即迷不知路遂回如此者三

文選卷第二十

賜進士出身通奉大夫江南蘇松常鎮太等處承宣布政使司布政使胡克家重校刊

文選卷第二十一

梁昭明太子撰

文林郎守太子右內率府錄事參軍事崇賢館直學士臣李善注上

詠史

詠史詩一首　五言

王仲宣

自古無殉死達人共所知禮記曰陳乾昔寢疾屬其子曰如我死使吾二婢子夾我乾昔死其子曰殉葬非禮也杜預左氏傳注曰以人從葬爲殉鶡冠子曰達人大觀秦穆殺三良惜哉空爾爲左氏傳曰秦伯任好卒以子車氏三子奄息仲行鍼虎爲殉皆秦之良也毛萇詩傳曰三良三善臣賈逵國語注曰惜痛也鄭玄禮記注曰爾語助也結髮事明君受恩良

不訾。漢書曰：霍光以結髮內侍。又王生謂蓋寬饒曰：用不訾之軀。良，信也。賈逵國語注曰：訾，量也。臨殁要之死，焉得不相隨。劉德漢書注曰：黃鳥之詩，刺秦穆公要之從死。妻子當門泣，兄弟哭路垂。臨穴呼蒼天，涕下如綆古杏縻。美悲切。垂，邊也。毛詩曰：臨其穴，惴惴其慄。彼蒼者天，殲我良人。鄭玄曰：穴，謂塚壙也。說文曰：綆，汲井綆也。縻，牛轡也。人生各有志，終不爲此移。同知埋身劇，心亦有所施。說文曰：劇，甚也。包咸論語注曰：施，行也。生爲百夫雄，死爲壯士規。毛詩曰：維此奄息，百夫之特。鄭玄曰：百夫之中最雄俊者也。漢書項羽謂樊噲曰：壯士也。黃鳥作悲詩，至今聲不虧。毛詩序曰：黃鳥，哀三良也。王逸楚辭注曰：虧，歇也。

三良詩一首　五言　曹子建

功名不可爲，忠義我所安。言功立不由於己，故不可爲也。呂氏春秋曰：功名之立，天

五百五十四　文二十一　二　壬子重刊　刘昭

也。鄭玄禮記注曰：名，令聞也。孝經注曰：死君之難爲盡忠。謚法曰：能制命曰義。我謂三良也。秦穆先下世，三臣皆自殘。列女傳柳下惠妻誄曰：愷悌君子，永能厲兮。吁嗟惜哉，乃下世兮。賈逵國語注曰：沒身爲殘。生時等榮樂，既沒同憂患。應劭漢書注曰：秦穆與羣臣飲酒，酒酣，公曰：生共此樂，死共此哀。奄息等許諾。及公薨，皆從死。誰言捐軀易，殺身誠獨難。說文曰：捐，棄也。攬涕登君墓，臨穴仰天歎。楚辭曰：美人兮攬涕而竚。臨穴已見上文。說文曰：歎，太息也。長夜何冥冥，一往不復還。李陵詩曰：嚴父潛長夜，慈母去中堂。東觀漢記鄧太后報鄧閶曰：長歸冥冥，往而不反。黃鳥爲悲鳴，哀哉傷肺肝。禮記曰：親始死，惻怛之心，傷腎乾肝焦肺。古歌曰：大憂摧人肺肝心。

詠史八首　五言　左太沖

弱冠弄柔翰，卓犖觀羣書。禮記曰：人生二十曰弱冠。王粲車渠椀賦曰：援柔翰以作賦。孔融薦禰衡表曰：英才卓躒。躒與犖同。班固漢書司馬遷贊曰：劉向、楊雄博極羣書。著論準過秦，作賦擬子虛。賈誼作過秦論，司馬相如作子虛賦。邊城苦鳴鏑，羽檄飛京都。長楊賦曰：夫無邊城之災。漢書曰：冒頓乃作爲鳴鏑，習勒騎射。音義曰：箭鏑也，如今鳴箭也。漢書高祖曰：吾以羽檄徵天下兵。雖非甲胄士，疇昔覽穰苴。尚書曰：善敹乃甲胄。左氏傳羊斟曰：疇昔之羊，子爲政。史記曰：司馬穰苴者，田完之苗裔也。齊景公以爲將軍，將兵扞燕晉之師。其後田和因自立爲齊威王，用兵行威，大放穰苴之法，而諸侯朝齊。威王使大夫追論古者司馬法，而附穰苴其中，因號曰司馬穰苴兵法。長嘯激清風，志若無東吳。楚辭曰：臨深水而長嘯。王逸楚辭注曰：激，感也。東吳，謂孫氏也。鈆刀貴一割，夢想騁良圖。東觀漢記班超上疏曰：臣乘聖漢威神，冀俲鈆刀一割之用。韓君章句曰：騁，施也。左眄澄江湘，右盼定羌胡。廣雅曰：眄，視也。方言曰：澄，清也。馬融論語注曰：盼，動目貌。功成不受爵，長揖歸田廬。漢書

六百九十　文二十一　三　壬子重刊　夏恧

曰：酈食其長揖不拜。毛詩曰：中田有廬。漢書疏廣曰：吾自有舊田廬。鬱鬱澗底松，離離山上苗。古詩曰：鬱鬱園中柳。毛萇詩傳曰：離離，垂貌。以彼徑寸莖，蔭此百尺條。史記魏王曰：寡人有徑寸之珠。七發曰：高百尺而無枝。世胄躡高位，英俊沈下僚。韓詩內傳曰：所以爲世子何？言世世不絶。孔安國尚書傳曰：胄，長子也。謂卿大夫子弟也。廣雅曰：躡，履也。西都賦曰：英俊之域。爾雅曰：僚，官也。地勢使之然，由來非一朝。周書湯曰：吾欲因地勢所有而獻之。列子俞氏曰：病非一朝一夕之故，其所由來漸矣。金張籍舊業，七葉珥漢貂。班固漢書金日磾贊曰：夷狄亡國，羈虜漢庭，七葉內侍，何其盛也。七葉，自武至平也。又張湯傳贊曰：張氏之子孫相繼，自宣元已來，爲侍中中常侍者凡十餘人。功臣之後，唯有金氏、張氏，親近貴寵，比於外戚。珥，插也。董巴輿服志曰：侍中中常侍冠武弁，貂尾爲飾。馮公豈不偉，白首不見招。漢書：馮唐以孝著，爲郎中署長，事文帝。帝輦過，問唐曰：父老何自爲郎？說文曰：偉，

奇也荀悅漢紀曰馮唐白首屈於郎署

吾希段干木偃息藩魏君廣雅曰希庶也干木已見魏都賦幽通賦曰干木偃息以藩魏

吾慕魯仲連談笑却秦軍史記曰魯仲連好奇偉俶儻畫策而不肯仕官任職趙孝成王時秦使白起圍趙魏王使將軍新垣衍說趙尊秦昭王爲帝魯連適遊趙謂平原君曰梁客新垣衍安在吾請爲君責而歸之乃見新垣衍垣衍起再拜謝曰吾請出不敢復言秦將聞之爲却五十里

當世貴不羈遭難能解紛功成不受賞高節卓不羣史記曰秦軍引去平原君欲封魯連魯連辭謝終不肯受平原君乃置酒酒酣起前以千金遺魯連魯連笑曰所貴於天下之士者爲人排患釋難解紛而不取也即有取者是商賈之事而連不忍爲也遂辭平原君而去班固說東平王蒼曰光名宣於當世鄒陽上書曰不羈之士與牛驥同皁史記曰魯仲連好持高節遊於趙論語顏回曰如有所立卓爾

臨組不肯緤對珪不肯分說文曰組綬屬也王逸楚辭注曰緤繫也禮稽命徵

曰諸侯執珪解嘲曰析人之珪

連璽燿前庭比之猶浮雲將加之官必授之以印後仲連爲書遺燕將燕將自殺田單欲爵之仲連逃海上再封故言連璽鄭玄周禮注曰璽印也論語子曰不義而富且貴於我如浮雲

濟濟京城內赫赫王侯居毛詩曰濟濟多士毛萇曰濟濟多威儀也吳質書曰陳威發憤思入京城毛詩曰赫赫師尹毛萇曰赫赫顯盛貌

冠蓋蔭四術朱輪竟長衢西都賦曰冠蓋如雲廣雅曰術道也楊惲書曰乘朱輪者十人古詩曰長衢夾巷

朝集金張館暮宿許史廬漢書蓋寬饒曰上無許史之屬下無金張之託金張已見上文漢書孝宣許皇后元帝母元帝封外祖父廣漢爲平恩侯又曰史良娣宣帝祖母也兄恭宣帝立恭已死封恭長子高爲樂陵侯

南鄰擊鐘磬北里吹笙竽左氏傳曰鄭伯有夜飲酒擊鐘焉呂氏春秋曰帝嚳令人擊磬墨子曰彈琴瑟吹笙竽磬或爲鼓

寂寂楊子宅門無卿相輿說文曰寂寂無人聲也漢書楊雄自敘曰雄家素貧耆酒人希至其門

寥寥空宇中所講在玄虛廣雅曰寥深也空廓也楚辭曰閔空宇之孤子漢書曰雄方草創太玄有以自守老子曰玄之又玄衆妙之門管子曰虛無無形謂之道

言論準宣尼辭賦擬相如漢書曰時有人問雄者雄常用法應之譔爲十三卷象論語號曰法言又曰先是時蜀有司馬相如作賦甚弘麗溫雅雄心壯之每作賦常擬以爲式

悠悠百世後英名擅八區論語曰其或繼周者雖百世可知也魏志程昱曰劉備有英名說文曰擅專也解嘲曰天下之士咸營於八區

皓天舒白日靈景耀神州廣雅曰皓明也傅玄三都賦曰白日舒靈景於天地理書曰崐崘東南地方五千里名曰神州

列宅紫宮裏飛宇若雲浮西京賦曰正紫宮於未央桓寬鹽鐵論曰梓匠營宮室上成雲氣下成山林

峩峩高門內藹藹皆王侯廣雅曰峩峩容也峩與娥同古字通漢書鮑宣曰豈徒欲使臣重高門之地哉毛詩曰藹藹王多吉士廣雅曰

藹藹盛也

自非攀龍客何爲欻來遊揚子法言曰攀龍鱗附鳳翼薛綜西京賦注曰欻者言忽也

被褐出閶闔高步追許由家語子路曰有人於此被褐而懷玉何如子曰國無道隱者可也晉宮闕名曰洛陽城閶闔門西向皇甫謐高士傳曰許由武陽城槐里人也隨沖虛學于齧缺許由爲堯所讓由是退隱遯耕於中嶽下

振衣千仞岡濯足萬里流王粲七釋曰濯身乎滄浪振衣乎高嶽

荆軻飲燕市酒酣氣益振孔安國尚書傳曰樂酒曰酣毛萇詩傳曰震猶威也

哀歌和漸離謂若傍無人史記曰荆軻之燕與屠狗及高漸離飲於燕市酒酣以往高漸離擊筑荆軻和而歌於市中相樂也已而相泣旁若無人

雖無壯士節與世亦殊倫

高眄邈四海豪右何足陳臣瓚漢書注曰邈緜邈也張衡四愁詩序曰豪右兼并之家

貴者雖自貴視之若埃塵賤者雖自賤重之若千

釣埃塵言輕千鈞喻重也列子楊朱曰貴非所貴賤非所賤齊貴齊賤漢書曰十六兩爲一斤三十斤爲一鈞主父宦不達骨肉還相薄史記或說主父偃曰太横主父偃曰臣結髮游學四十年身不得遂親不以爲子昆弟不收杜預左氏傳注曰宦仕也呂氏春秋曰父母之於子也子之於父母也此之謂骨肉之親薄輕鄙之也史記曰君薄淮陽邪買臣困采樵伉儷不安宅漢書曰朱買臣家貧常刈薪樵賣以給食擔束薪行且誦書妻亦負戴相隨數止買臣無謳歌道中買臣愈益疾歌妻羞之求去買臣笑曰我年五十當富貴也今已四十餘矣汝苦日久待我富貴報汝功力妻恚怒曰如公等終餓死溝中耳能何富貴買臣不能留即聽去左氏傳曰施氏之婦怒施氏曰己不能庇其伉儷杜預曰儷偶也伉敵也陳平無產業歸來翳負郭漢書曰陳平家貧好讀書負郭窮巷以席爲門然門外多長者車轍方言曰翳薆也郭璞曰謂蔽薆也音愛鄭玄禮記注曰負之言背也長卿還成都壁立何寥廓史記曰卓文君奔司馬相如相如與馳歸成都居徒四壁立郭璞曰貧窮也楚辭曰嗟寥廓而無處廣雅曰廓空也四賢豈不偉遺烈光篇籍班固說東平王蒼曰遺烈著於無窮漢書曰吳起商鞅垂著篇籍當其未遇時憂在塡溝壑孟子曰志士不志在溝壑英雄有屯邅由來自古昔周易曰屯如邅如國語曰古曰在昔何世無奇才遺之在草澤孫子曰何世之無才何才之無施習習籠中鳥舉翮觸四隅說文曰習習數飛也鶡冠子曰籠中之鳥空籠不出鄭玄毛詩箋云隅角也落落窮巷士抱影守空廬落落踈寂貌言士之居窮巷若鳥之在籠中也風賦曰廓抱影而獨倚出門無通路枳棘塞中塗王仲宣七哀詩曰出門無所見孔叢子孔子山陵之歌曰枳棘充路陟之無緣計策棄不收塊若枯池魚東方朔六言曰計策棄捐不收王逸楚辭注曰塊獨處貌外望無寸祿內顧無斗儲國語叔向曰絳之富商而無尋尺之祿鄭玄毛詩箋曰迴首曰顧古出東門行曰盎中無斗米儲還視架上無懸衣說文曰儲蓄也謂蓄積以待用也親戚還相蔑朋友日夜踈鄭玄毛詩箋曰蔑輕也莊子曰親友益踈蘇秦北遊說李斯西上書俛仰生榮華咄嗟復彫枯史記曰蘇秦乃西至秦說惠王王方誅商鞅疾辯士弗用乃東之趙遂說六國蘇秦爲從約長并相六國後去趙之燕陽爲得罪於燕而亡自燕之齊齊宣王以爲客卿後齊大夫多與蘇秦爭寵者而使人刺蘇秦又曰李斯西入秦說秦王後秦王以斯爲客卿又曰始皇以斯爲丞相二世下斯吏斯就五刑莊子曰其疾也俛仰之間文子曰身有榮華心有愁悴蒼頡篇曰咄咤也說文曰咤驚也王弼周易注曰嗟憂歎之辭咄丁忽切咤倉憒切飮河期滿腹貴足不願餘巢林棲一枝可爲達士模莊子曰鷦鷯巢林不過一枝偃鼠飮河不過滿腹

詠史一首　五言

張景陽

臧榮緒晉書曰張協字景陽載弟也兄弟並守道不競以屬詠自娛少辟公府後爲黃門侍郎因託疾遂絕人事終於家

昔在西京時朝野多歡娛漢書劉向上疏曰衆賢和於朝萬物和於野孟子曰霸者之民驩虞如也王逸楚辭注曰娛樂也娛與虞古字通用藹藹東都門羣公祖二踈毛詩曰仲山甫出祖鄭玄曰祖者行犯軷之祭也朱軒曜金城供帳臨長衢尚書大傳曰未命爲士不得朱軒鹽鐵論曰秦金城千里供帳見下注長衢已見上文達人知止足遺榮忽如無鍾會有遺榮賦抽簪解朝衣散髮歸海隅鍾會遺榮賦曰散髮抽簪永絕一丘倉頡篇曰簪笄也所以持冠也孟子曰如以朝衣朝冠坐於塗炭也尚書曰至于海隅蒼生行人爲隕涕賢哉此丈夫漢書楊宣上書曰行道之人爲之隕涕毛詩曰心之憂矣涕旣隕之揮金樂當年歲暮不留儲韓康伯周易注曰揮散也歲暮喻年老也詩曰蟋蟀在堂歲聿其暮薛君曰暮晚也言君之年歲已晚也顧謂四坐賓多財爲

累愚。說文曰顧還視也古詩曰四坐莫不歎漢書曰疏廣字仲翁東海人也明春秋爲太子太傅兄子受字公子亦以賢良爲太子家令廣謂受曰吾聞知足不辱知止不殆今仕至二千石功成名立如此不去懼有後悔豈如父子相隨出關歸老故鄉以壽命終不亦善乎遂上疏乞骸骨上以其年篤老皆許之加賜黄金二十斤皇太子賜五十斤公卿大夫故人邑子爲設祖道供帳東都門外送車數百兩辭訣而去道路觀者曰賢哉二大夫或歎息爲之下泣廣既歸鄉里日令家共具設酒食請族人故舊賓客與相娯樂居歲餘廣子孫竊謂其昆弟老人廣所愛信者曰子孫幾及君時頗立産業基址今日飲食費且盡宜從丈人所勸說君買田宅老人即以閑暇時爲廣言此計廣曰吾豈老誖不念子孫哉賢而多財則損其志愚而多財則益其過金者聖主所以惠養老臣也故樂鄉黨宗族共饗其賜以盡吾餘日不亦可乎於是族人悅服皆以壽終累猶負也累愚爲愚者之累也

清風激萬代。名與天壤俱。胡廣書曰建鴻德流清風史記魯仲連與燕將書曰業與三王爭流名與天壤俱弊

咄此蟬冕客。君紳宜見書。說文曰咄相謂也蔡邕獨斷曰太尉已下冠惠文侍中加貂蟬論語曰子張問行子曰言忠信行篤敬子張書諸紳

七百卅　文二十一　八　壬子重刊　曹倚

覽古一首　五言　盧子諒

徐廣晉紀曰盧諶字子諒范陽人也有才理顯宗徵爲散騎常侍段末波愛其才託以道險終不遣之末波死諶依石季龍冉閔誅石氏諶隨閔軍遇害

趙氏有和璧。天下無不傳。蔡邕琴操曰楚明光者楚王大夫也昭王得瑀氏璧欲以貢於趙王於是遣明光奉璧之趙瑀古和字史記秦王曰和氏璧天下共傳寶也秦人來求市。厥價徒空言。史記曰趙惠王得和氏璧秦昭王聞之使人遺趙王書願以十五城易璧史記漢王曰空言虛語非所守也價或作償與之將見賣。不與恐致患。簡才備行李。圖令國命全。史記曰趙王得秦王書與大將軍廉頗諸大臣謀欲與秦璧城恐不可得而見欺欲勿與即患秦兵之來計未定求令報秦者未得毛萇詩傳曰將且也見賣謂將賣己也爾雅曰簡擇也左氏傳燭之武謂秦伯曰行李之往來供其乏困杜預曰行李使人孫卿子曰人之命在天國之命在禮

藺生在下位。繆子稱其賢。史記曰官者令繆賢曰臣舍人藺相如可使王召見問藺相如周易曰在下位而不憂家語曰顏回以德行著名孔子稱其賢奉辭馳出境。伏軾逕入關。史記曰趙王遂令相如奉和璧西入秦尚書曰奉辭罰罪鄭玄禮記注曰辭言語也莊子曰宣尼伏軾而歎曰由之難化也秦王御殿坐。趙使擁節前。史記曰秦王坐章臺見相如相如奉璧奏秦王秦王大喜毛萇詩傳曰御進也鄭玄禮記注曰節所以明信輔君命也令趙使者擁節也揮袂睨金柱。身玉要俱捐。說文曰揮奮也史記曰相如視秦王無意償趙城乃前曰璧有瑕請指示王王授璧相如相如持璧却立倚柱怒髮上衝冠曰臣觀大王無償趙城意故臣復取璧大王必欲急臣臣頭今與璧俱碎於柱矣相如持其璧睨柱欲以擊柱秦王恐其破璧乃辭謝請以十五都與趙燕丹子曰荆軻拔匕首擿秦王決耳入銅柱火出然銅有金故稱曰金柱連城既僞往。荆玉亦眞

文二十一　九　乙卯重刊　曹倚

還。史記曰相如度秦王特以詐僞爲與趙城實不可得乃使從者衣褐裹其璧從徑道亡歸璧于趙秦乃不以城與趙趙亦終不與璧爰在澠池會。二主克交歡。爾雅曰爰曰也史記曰秦王欲爲好會於澠池趙王遂與秦王會澠池又曰嚴仲子謂聶政曰故進百金者得以交足下懽漢書曰郭解入關賢豪交歡昭襄欲負力。相如折其端。史記曰秦武王死無子立異母弟是爲昭襄王列子曰不猶愈於負其力乎漢書曰秦王政負力怙威鄭玄周禮注曰負恃也方言曰端緒也眥血下霑衿。怒髮上衝冠。說文曰眥目匡也列士傳曰朱亥瞋目視虎眥裂血出濺虎髮上衝冠已見上注西缶終雙擊。東瑟不隻彈。西缶東瑟已見西征賦捨生豈不易。處死誠獨難。幽通賦曰捨生取誼史記太史公曰非死者難也處死者難也稜威章臺顛。彊禦亦不干。漢書武帝報李廣曰威稜懾于鄰國毛詩曰不畏彊禦孔安國尚書傳曰干犯也屈節邯鄲中。俛首忍迴軒。史記曰趙王以相如功大拜爲上卿

位在廉頗之右廉頗曰相如素賤人吾羞不忍爲之下我見相如必辱之相如聞不肯與會出望見廉頗相如引車避匿家語子貢曰夫子欲屈節以救父母之國節猶操也廉公何爲者。負荊謝厥諐。史記曰於是舍人相與諫相如曰今君與廉君同列廉君宣惡言而君畏匿且庸人尚羞之相如曰相如雖駑獨畏廉將軍哉顧吾念之彊秦所以不敢加兵於趙者徒以吾兩人在也今兩虎自鬭其勢必不俱生吾所以爲此也以先國家之急而後私讎也廉頗聞之肉袒負荊因賓客至藺相如門謝罪曰鄙賤之人不如將軍寬之至也卒相與驩爲刎頸之交晉灼漢書注曰以辭相告曰謝尚書曰思免厥諐孔安國尚書傳曰諐過也智勇蓋當代。弛張使我歎。史記太史公曰相如其處智勇可謂兼之矣禮記孔子曰一張一弛文武之道也鄭玄曰張弛以弓弩喻人也說文曰歎吟也謂情有所悅吟歎而歌詠

張子房詩一首五言沈約宋書曰姚泓新立關中亂義熙十三年正月公以舟師進討軍頓留項城經張良廟也

謝宣遠王儉七志曰高祖遊張良廟並命僚佐賦詩瞻之所造冠于一時

王風哀以思。周道蕩無章。毛詩序曰關雎麟趾之化王者之風又曰亡國之音哀以思毛詩曰顧瞻周道又序曰厲王無道天下蕩蕩無綱紀文章卜洛易隆替。興亂罔不亡。尚書曰予朝至于洛師卜惟洛食韋昭國語注曰替廢也漢書婁敬說高祖曰昔成王即位乃營成周都洛以爲此天下中有德則易以王無德則易以亡又劉向上疏曰自古及今未有不亡之國也力政吞九鼎。苛慝暴三殤。力政謂秦也墨子曰反天意者力政也如淳漢書注曰王室微弱諸侯以力爲政相攻伐也史記曰秦取周九鼎寶器而遷西周禮記曰孔子過泰山側婦人哭於墓者而哀夫子式而聽之使子貢問之曰子之哭也一似重有憂者而曰然昔者吾舅死於虎吾夫又死焉今吾子又死焉夫子曰何不去也曰無苛政夫子曰小子識之苛政猛於虎也苛猶虐也息肩纏民思。靈鑒集朱光。東京賦曰百姓不能忍是用息肩於漢毛詩曰天鑒在下有命既集曹植離友詩曰靈鑒無私賈逵國語注曰鑒察也南都賦曰輝朱光於白水伊人感代工。聿來扶興王。伊人謂張良也毛詩曰所謂伊人感猶應也尚書咎繇曰無曠庶官天工人其代之毛詩曰聿來胥宇孔安國尚書傳曰聿遂也陸機遂志賦曰扶興王以成命延衰期乎天祿婉婉幙中畫。輝輝天業昌。婉婉和順貌也漢書高祖曰運籌帷幄之中吾不如子房易巛靈圖曰攝天之業使之理鄭玄曰天業得其理鴻門消薄蝕。垓下殞欃槍。漢書曰亞父范增說項羽急擊沛公項伯素善張良夜馳見良具告事實良乃與項伯見沛公曰早自來謝沛公翌日從百餘騎見羽鴻門羽因留沛公飲范增數目羽擊沛公羽不應有項公從間道走軍使張良留謝又曰漢王追羽至陽夏不會謂張良曰諸侯不從柰何用良計諸侯皆會圍羽垓下薄蝕欃槍皆喻羽也京房易飛候曰凡日蝕皆於晦朔不於晦朔蝕者名曰薄爾雅曰彗星爲欃槍爵仇建蕭宰。定都護儲皇。爵仇謂封雍齒也已見幽通賦漢書曰良從上出奇計及立蕭相國音義曰何時未爲相國勸高祖立之漢書婁敬說上曰陛下都洛陽不如

入關上問良良因勸上是日車駕西都長安又曰欲廢太子立戚夫人子趙王如意呂后恐不知所爲或謂呂后留侯善畫計呂后乃使建成侯呂澤刼良良曰顧上有所不能致者四人令太子爲書卑辭安車請以爲客令上見之則一助也於是太子迎四人至上破黥布歸愈欲易太子及置酒太子侍四人從上乃驚曰吾求公公逃避我今公何自從吾兒遊乎煩公幸卒調護太子竟不易不易太子者良本招此四人之力也又疏廣曰太子國儲副君也肇允契幽叟。翻飛指帝鄉。言初即合契幽叟晚乃遊心帝鄉漢書曰良從容步下邳圯上有一老父衣褐至良所曰孺子可教後五日與我期此良夜半往有頃父亦來喜出一編書曰讀是則爲王者師且視其書乃太公兵法又曰願棄人間事欲從赤松子遊耳迺學道欲輕舉莊子曰華封人謂堯曰千歲厭世去而上僊乘彼白雲至于帝鄉毛詩曰肇允彼桃蟲翻飛維鳥鄭玄曰肇始也允信也薛君韓詩章句曰翻飛貌惠心奮千祀。清埃播無疆。周易曰有孚惠心勿問元吉清埃猶清塵也李尤武功歌曰清埃飛連日月毛詩曰惠我無疆神武睦三正。裁

成被八荒。神武謂宋高祖也。尚書益曰：帝德廣運，乃聖乃神，乃武乃文。孔安國尚書傳曰：睦，和也。漢書曰：三正，子爲天正，丑爲地正，寅爲人正。周易曰：后以財成天地之道，輔相天地之宜。漢書曰：監八方，被八荒。

明兩燭河陰。慶霄薄汾陽。明兩、慶霄，皆喻宋高祖。燭，幽明也。薄，猶輕易也。河陰、汾陽，堯舜二帝所居也。言以高祖譬舜，則高祖光明；又以方堯，則堯可輕薄也。周易曰：明兩作離，大人以繼明照于四方。鄭玄曰：明兩者，取君明上下以明德相承，其於天下之事，無不見也。孟子曰：舜避丹朱於南河之南。然河南則河陰也。慶霄，即慶雲也。王逸楚辭注曰：海內之政。見四子藐姑射之山，汾水之陽，窅然喪其天下也。

鑾旍歷頹寢。飾像薦嘉嘗。宋略曰：大軍九月次彭城。鑾旍，鑾旗也。公羊傳：秋祭曰嘗。

聖心豈徒甄。惟德在無忘。大戴禮曰：神明自得，聖心備矣。鄭玄尚書緯注曰：甄，表也。

逝者如可作。揆子慕周行。逝謂陸機高祖頌曰：念功惟德。鄭玄毛詩箋曰：惟，思也。死也。死者可起之，而令仕。慶子之志，亦慕此周行。周行喻宋也。國語曰：趙文子與叔譽遊於九原，曰：死者若可作也，吾誰與歸。毛詩曰：嗟我懷人，寘彼周行。毛萇曰：行，列也。周之列位。

濟濟屬車士。粲粲翰墨場。漢書音義曰：大駕屬車八十乘。歸田賦曰：揮翰墨以奮藻。賓戲曰：婆娑乎術藝之場。項岱曰：場，圖講經藝之所。

瞽夫違盛觀。竦踊企一方。瞽夫，宣遠自謂也。毛萇詩傳曰：違，離也。莊子叔連曰：瞽者無以與乎文章之觀。說文曰：企，舉踵也。毛詩曰：相怨一方。

四達雖平直。蹇步愧無良。禮記曰：周道四達。尚書曰：王道正直。孔安國曰：王道平直也。說文曰：蹇，跛也。左氏傳曰：孟縶之足不良能行。毛萇詩傳曰：良，善也。

飡和忘微遠。延首詠太康。莊子曰：聖人其於人也，故或不言而飲人以和。郭象曰：各自得斯飲和矣，豈待言哉。微遠，亦自謂也。阮瑀止欲賦曰：飲延首以極視。魏明帝野田黃雀行曰：四夷重譯貢，百姓謳吟詠太康。琴操伍子胥歌曰：庶此太康，皆吾力兮。

秋胡詩一首

五言　列女傳曰：魯秋胡絜婦者，魯秋胡子之妻。秋胡子既納之五日，去而官於陳，五年乃歸。未至其家，見路傍有美婦人方採桑，秋胡子悅之，下車謂曰：今吾有金，願以與夫人。婦人曰：嘻，夫採桑奉二親，吾不願人之金。秋胡子遂去，歸至家，奉金遺其母。其母使人呼其婦，婦至，乃向採桑者也。秋胡子見之而慙。婦曰：束髮脩身，辭親往仕，五年乃得還，當見親戚。今也乃悅路旁婦人，而下子之裝，以金與之，是忘母，不孝也。妾不忍見不孝之人。遂去而走，自投河而死。

顏延年

椅梧傾高鳳。寒谷待鳴律。毛詩曰：其桐其椅，其實離離。又曰：鳳皇鳴矣，于彼高岡；梧桐生矣，于彼朝陽。司馬紹統贈山濤詩曰：昔也植朝陽，傾枝俟鸞鷟。劉向別錄曰：鄒衍在燕，有谷寒不生五穀，鄒子吹律而溫至，生黍也。

影響豈不懷。自遠每相匹。言椅梧佇鳳鳥之來儀，寒谷資吹律而成煦，類乎影響，豈不相思，故夫婦之儀，自遠相匹。尚書曰：惠迪吉，從逆凶，惟影響。鶡冠子曰：影則隨形，響則應聲。毛萇詩傳曰：懷，思也。

婉彼幽閑女。作嬪君子室。毛萇詩傳曰：婉然美貌。又曰：窈窕，幽閑也。爾雅曰：嬪，婦也。

峻節貫秋霜。明豔侔朝日。貫，猶連也。傅玄

有女篇曰：容華既以豔，志節擬秋霜。鄭玄周禮注曰：侔，等也。詩曰：東方之日，彼姝者子，在我室兮。薛君曰：詩人言所說者顏色盛美，如東方之日。

嘉運既我從。欣願自此畢。其一　陸機從梁陳詩曰：在昔蒙嘉運。

燕居未及好。良人顧有違。毛詩曰：或燕燕居息。又曰：妻子好合。孟子曰：良人出，必厭酒肉。劉熙曰：婦人稱夫曰良人。毛詩曰：行道遲遲，中心有違。鄭玄毛詩箋曰：顧，念也。

脫巾千里外。結綬登王畿。巾，處士所服；綬，仕者所佩。今欲官於陳，故脫巾而結綬也。東觀漢記曰：江革養母，幅巾屐履。漢書：蕭育與朱博爲友，長安諺曰：蕭朱結綬。言其相薦達也。秋胡仕陳而曰王畿。詩緯曰：陳，王者所起也。

戒徒在昧旦。左右來相依。易歸藏曰：君子戒車，小人戒徒。左氏傳曰：讒鼎之銘曰：昧旦丕顯。

驅車出郊郭。行路正威遲。古詩曰：驅車策駑馬。毛詩曰：四牡騑騑，周道倭遲。毛萇曰：倭遲，歷遠貌。韓詩曰：周道威夷。其義同。倭，於危切。

存爲久離別。沒爲長不歸。其二　蘇武詩曰：生當復來歸，死當長相思。

嗟余怨行役。三陟窮

晨暮毛詩曰嗟予子行役夙夜無已又曰陟彼崔嵬我馬虺隤又曰陟彼高岡我馬玄黃又曰陟彼砠矣我馬瘏矣嚴駕越風寒解鞍犯霜露楚辭曰嚴車駕兮戲遊鄭玄禮記注曰越蹶也
漢書李廣令曰下馬解鞍左氏傳宋太叔曰跋涉山川蒙犯霜露原隰多悲涼迴飆卷高
樹宋均春秋緯注曰涼愁也離獸起荒蹊驚鳥縱橫去阮籍詠懷詩曰離獸東南下
悲哉遊宦子勞此山川路其三漢書薄昭與淮南王書曰士之諸侯遊宦事人
毛詩曰山川悠遠維其勞矣超遙行人遠宛轉年運徂楚辭曰超逍遙兮今焉薄
又曰愁脩夜而婉轉莊子老聃曰兮年運而往矣將何以戒我哉良時爲此別日月方
向除李陵詩曰良時不再至離別在須臾毛詩曰昔我往矣日月方除毛萇曰除陳生新曰除鄭玄曰四
月爲除廣雅日方始也孰知寒暑積僶俛見榮枯僶俛猶俯俛也程曉女典曰春
榮冬枯自然之理歲暮臨空房涼風起座隅陸機青青河畔草詩曰空房來悲風

六百七十　文二十一　十四　王才

鵩鳥賦曰止于坐隅寢興日已寒白露生庭蕪其四毛詩曰言念君子載寢載興宋
玉諷賦曰主人女歌曰歲已暮兮日已寒爾雅曰蕪草也勤役從歸願反路遵山河
昔辭秋未素今也歲載華蠶月觀時暇桑野多經過
毛詩曰蠶月條桑又曰蜎蜎者蠋烝在桑野阮籍詠懷詩曰趙李相經過佳人從此務窈窕
援高柯楚辭曰聞佳人兮召予薛君韓詩章句曰窈窕貞專貌說文曰援引也傾城誰不
顧弭節停中阿其五漢書李延年歌曰北方有佳人絕世而獨立一顧傾人城再顧傾人國寧
知傾城國佳人不再得楚辭曰吾令羲和弭節兮鄭玄毛詩箋曰中阿阿中也大陵曰阿王逸曰弭安也年
往誠思勞事遠闊音形楚辭曰年洋洋而日往曹子建荅楊德祖書曰思子爲勞陸機
贈顧彥先詩曰形影曠不接所說聲與音聲音日夜闊何以慰吾心雖爲五載別相與昧
平生廣雅曰昧闇也五載之別雖久論情無容不識直爲先昧平生所以致謬孔安國論語注曰平生猶

少時也捨車遵往路鳧藻馳目成周易曰舍車而徒義弗乘也往路所來從
之路也李陵詩曰行人懷往路班彪冀州賦曰感鳧藻以進樂兮楚辭曰滿堂兮美人忽獨與予兮目成王逸
曰獨與我睨而相親成爲親也南金豈不重聊自意所輕毛詩曰元龜象齒大賂南
金鄭玄毛詩箋曰聊且略之辭也義心多苦調密比金玉聲其六潘岳從姊誄曰
義心清尚莫之與鄰調猶辭也毛詩曰無金玉爾音而有遐心高節難久淹朅來空復
辭列女傳曰齊母乃作詩以砥礪女之心高其節劉向七言曰朅來歸耕永自疎王逸楚辭注曰朅去也
遲遲前塗盡依依造門基上堂拜嘉慶入室問何之
閑居賦曰太夫人在堂蘇彥織女詩曰時來嘉慶集室妻之所居女史箴曰正位居室楚辭曰浮雲兮容與導
余兮何之日暮行采歸物色桑榆時物色桑榆言日晚也東觀漢記光武曰日出之
東隅收之桑榆美人望昏至慙歎前相持其七楚辭曰美人皓齒嫮以姱有

六百七十一　文二十一　十五　刘用

懷誰能已聊用申苦難毛詩曰有懷于衛靡日不思鄭玄箋曰已止也離居殊
年載一別阻河關楚辭曰折疎麻兮瑤華將以遺兮離居史記曰魏王豹至國即絕河關
春來無時豫秋至恒早寒爾雅曰豫樂也明發動愁心閨中
起長歎毛詩曰明發不寐曹子建美女篇曰中夜起長歎慘悽歲方晏日落遊
子顏其八言情之慘悽在乎歲之方晏日之將落愈思遊子之顏楚辭曰歲既晏兮孰華鄭玄毛詩箋曰
方向也漢書高祖曰遊子悲故鄉高張生絕弦聲急由調起高張生於絕弦以喻
立節期於效命聲急由乎調起以喻辭切與於恨深楊雄解嘲曰弦者高張急徽物理論曰琴欲高張瑟欲下
聲演連珠曰繁會之音生乎絕弦說苑曰應侯與賈子坐聞有琴聲應侯曰今日琴一何悲賈子曰夫張急調
下故使悲矣調猶韻也謂音聲之和自昔枉光塵結言固終始繁欽與魏文帝牋曰
巽事速訖旋侍光塵公羊傳曰結言而退楚辭曰解佩纕以結言周易曰歸妹人之終始也如何久

爲別百行愆諸己孔臧與從弟書曰學者所以飭百行也杜預左氏傳注曰愆失也論語曰
君子求諸己君子失明義誰與偕沒齒家語孔子曰淫亂者生於男女男女無別
則夫婦失義昏禮聘享者所以別男女明夫婦之義也論語曰沒齒無怨言愧彼行露詩甘
之長川汜其九貞女不犯霜露而違禮而我貪生以棄義比之爲劣故有愧焉毛詩曰厭浥行露豈
不夙夜謂行多露鄭玄曰豈不知當早夜成婚禮謂道中之露太多故不行耳爾雅曰水決復入河爲汜

五君詠五首五言沈約宋書曰顏延年領步兵好酒疎誕不能斟酌當時劉湛言
於彭城王義康出爲永嘉太守延年甚怨憤乃作五君詠以述竹林七賢山濤王戎以貴
顯被黜詠嵇康曰鸞翮有時鎩龍性誰能馴詠阮籍曰物故不可論途窮能無慟詠阮咸
曰屢薦不入官一麾乃出守詠劉伶曰韜精日沈飲誰知非荒宴此四句蓋自序也

顏延年

阮步兵

袁宏竹林名士傳曰阮籍以步兵校尉缺廚中有數斛酒乃求爲校尉大將軍甚奇愛之

阮公雖淪跡識密鑒亦洞廣雅曰淪沒也識心之別名湛然不動謂之心分別是非
謂之識廣雅曰鑒照也洞深也沈醉似埋照寓辭類託諷臧榮緒晉書曰籍拜東平
相不以政事爲務沈醉日多善屬文論初不苦思率爾便成作五言詩詠懷八十餘篇爲世所重班固漢書述
曰寓言淫麗託諷終始長嘯若懷人越禮自驚衆魏氏春秋曰籍少時常遊
蘇門山有隱者莫知姓名籍從與談太古無爲之道及論五帝三王之義蘇門生蕭然曾不經聽籍乃對之長
嘯清韻響亮蘇門生逌爾而笑籍既降蘇門生亦嘯若鸞鳳之音焉毛詩曰嗟我懷人孫盛晉陽秋曰阮籍嫂
嘗歸家籍相見與別或以禮譏之籍曰禮豈爲我設邪嵇康司馬長卿讚曰長卿慢世越禮自放賈逵國語注
曰越踰也物故不可論途窮能無慟臧榮緒晉書曰阮籍雖放誕不拘禮教發言玄
遠口不評論臧否人物魏氏春秋曰籍時率意獨駕不由徑路車跡所窮輒慟哭而返

嵇中散

中散不偶世本自餐霞人孫盛晉陽秋曰嵇康性不偶俗呂氏春秋曰沈君筮謂孫
叔敖曰耦世接俗子不如我餐霞謂仙也楚辭曰漱正陽而含朝霞司馬相如大人賦曰呼吸沆瀣餐朝霞
形解驗默仙吐論知凝神顧凱之嵇康讚曰南海太守鮑靚通靈士也東海徐寧師
之寧夜聞靜室有琴聲怪其妙而問焉靚曰嵇叔夜寧曰嵇臨命東市何得在茲靚曰叔夜迹示終而實尸解
桓子新論曰聖人皆形解仙去言死示民有終孫綽嵇中散傳曰嵇康作養生論入洛京師謂之神人向子期
難之不得屈莊子曰藐姑射之山有神人居焉其神凝郭象曰行若曳枯木心若聚死灰是其神凝也廣雅曰
凝定也立俗迕流議尋山洽隱淪竹林七賢論曰嵇康非湯武薄周孔所以迕世
爾雅曰迕逆也五故切非有先生論曰欲聞流議神仙傳曰王烈年已二百三十八歲康甚愛之數與共入

山遊戲採藥桓子新論曰天神人五二曰隱淪鸞翮有時鎩龍性誰能馴嵇康
別傳曰康美音氣好容色龍章鳳姿天質自然淮南子曰飛鳥鎩羽許慎曰鎩殘羽也左氏傳曰劉累學擾龍
于豢龍氏服虔漢書注曰擾馴也鎩所例切

劉參軍

袁宏竹林名士傳曰劉靈爲建威參軍

劉靈善閉關懷情滅聞見言道德內充情欲俱閉既無外累故聞見皆滅臧榮
緒晉書曰靈潛嘿少言老子曰善閉者無關鍵而不可開王弼曰因物自然不設不施故不用關鍵繩約而不
可開解說文曰懷藏也莊子廣成子曰目無所見耳無所聞汝神遊守形形乃長生鼓鍾不足歡
榮色豈能眩夫鍾鼓以悅耳榮色以悅目今聞見既滅聲色俱喪故鼓鍾不足以爲歡豈榮色之
能眩也賈逵國語注曰眩惑也戶徧切韜精日沈飲誰知非荒宴廣雅曰韜藏也
賈逵國語注曰精明也臧榮緒晉書曰靈常乘鹿車攜一壺酒尚書曰羲和沈湎于酒孔安國曰沈謂醉冥也

毛詩曰好樂無荒鄭玄曰荒廢亂也頌酒雖短章深衷自此見頌酒即酒德頌也衷謂中心也蒼頡篇曰衷別外之辭也

阮始平 袁宏竹林名士傳曰阮咸字仲容籍之兄子也與籍俱爲竹林之遊官止始平太守

仲容青雲器實稟生民秀 青雲言高遠也史記太史公曰夫閭巷之人欲砥行立名者非附青雲之士惡能施於後代哉禮記曰人者五行之秀廣雅曰秀美也達音何用深識微在金奏 傳暢晉諸公贊曰中護軍長史阮咸唱議荀勗所造樂聲高則悲亡國之音哀以思今聲不合雅懼非德政中和之善必古今長短之所致後掘地得古銅尺歲久欲腐壞以此尺度於勗今尺短四分時人明咸爲解班固匈奴傳贊曰遠見識微周官曰鍾師掌金奏凡樂事以鍾鼓奏九夏杜預左氏傳注曰擊鍾而奏樂郭奕已心醉山公非虛覯 名士傳曰阮咸哀樂至過絕於人太原郭奕見之心醉不覺歎服列子曰有神巫自齊而來處於鄭命曰季咸列子見之而心醉向秀曰迷惑其道

也山濤啓事曰咸若在官之職必妙絕於時鄭玄毛詩箋曰覯見也屢薦不入官一麾乃出守 曹嘉之晉紀曰山濤舉咸爲吏部郎三上武帝不能用也尚書曰學古入官麾指麾也言爲勗所指麾也傳暢諸公讚曰勗性自矜因事左遷咸爲始平太守

向常侍

向秀甘淡薄深心託豪素 說文曰淡薄味也文賦曰唯豪素之所擬探道好淵玄觀書鄙章句 謂注莊子也世說曰初注莊子者數十家莫能究其指要向秀於舊注外爲解義妙析奇致大暢玄風王逸妍蚩曰窮聖人之祕奧測六義之淵玄王逸楚辭注曰鄙恥也漢書曰費直治易長於卦筮無章句交呂既鴻軒攀嵇亦鳳舉 向秀別傳曰秀常與嵇康偶鍜於洛邑與呂子灌園於山陽收其餘利以供酒食之費王仲宣贈蔡子篤詩曰歸鴈載軒軒飛貌張衡髑髏賦曰星迴日運鳳舉龍驤流連河裏遊惻愴山陽賦 漢書班伯曰式號式謼大雅所以流連也服虔曰荒樂也魏氏春秋曰康寓居河內之山陽與河內向秀相友善遊於竹林思舊賦曰濟黃河以汎舟經山陽之舊居

詠史一首 五言　鮑明遠

五都矜財雄三川養聲利 漢書曰王莽於五都立均官更名雒陽邯鄲臨淄宛成都市長皆爲五均司市師鄭玄尚書大傳注曰矜夸也漢書曰班壹當孝惠高后時以財雄邊戰國策云張儀曰爭名於朝爭利於市今三川周室天下之朝市韋昭曰有河洛伊故曰三川百金不市死明經有高位 史記陶朱公曰吾聞千金之子不死於市漢書夏侯勝常謂諸生曰士病不明經經術苟明其取青紫如俛拾地芥京城十二衢飛甍各鱗次 西都賦曰立十二之通門吳都賦曰飛甍舛互李尤辟雍賦曰攢羅鱗次仕子彯華纓遊客竦輕轡 七啓曰華組之纓楚辭曰竦余駕乎入冥廣雅曰竦上也明星晨未稀軒蓋已雲至 毛詩曰明星有

爛鄭玄曰明星爛然也說文曰希疏也希與稀通說苑曰翟璜乘軒車載華蓋田子方怪而問之對曰吾祿厚得此軒蓋尚書中候曰青雲浮至賓御紛颯沓鞍馬光照地 孔安國尚書傳曰御侍也吳質荅東阿王書曰情踊躍於鞌馬寒暑在一時繁華及春媚 周易曰日月運行一寒一暑應璩與曹長思書曰春生者繁華也君平獨寂寞身世兩相棄 言身棄世而不仕世棄身而不任漢書曰蜀有嚴君平卜於成都市日閱數人得百錢足自養則閉肆下簾而授老子楚辭曰野寂寞其無人莊子曰夫欲勉爲形者莫如棄世棄世則無累矣

詠霍將軍北伐一首 五言　虞子陽 虞羲集序曰羲字子陽會稽人也七歲能屬文後始安王引爲侍郎尋兼建安征虜府主簿功曹又兼記室參軍事天監中卒

擁旄爲漢將汗馬出長城 班固涿邪山祝文曰仗節擁旄鉦人伐鼓漢書公孫弘曰臣愚駑無汗馬之勞史記曰秦使蒙恬築長城長城地勢嶮萬里與雲平涼秋

八九月。虜騎入幽并。宋子侯詩曰高秋八九月白露變爲霜飛狐白日晚。漢書酈食其曰距飛狐之口臣瓚曰飛狐在代郡西南塞名漢書曰霍去病率師登臨瀚海如淳曰瀚海海名瀚海愁陰生。說文曰陰雲覆日羽書時斷絕。刁斗晝夜驚。羽書即羽檄也楚漢春秋曰黥布反羽書至上大怒漢書曰李廣行無部曲不擊刁斗自衛孟康曰以銅作鐎受一斗晝炊飲食夜擊持行名曰刁斗今在滎陽庫中刁音彫鐎音遥乘墉揮寶劍。蔽日引高旍。周易曰乘其墉弗克攻杜預左氏傳注曰乘登也廣雅曰揮動也越絶書曰楚王使風湖子歐冶子干將作劍曰太阿晉鄭聞而求之不得圍楚之城三年不解於是楚王引太阿之劍登城而麾之三軍爲之破敗史記曰陸賈寶劍直百金楚辭曰旌蔽日兮敵若雲雲屯七萃士。魚麗六郡兵。晉陸機從軍行曰胡馬如雲屯穆天子傳曰天子賜七萃之士郭璞曰萃聚也亦猶傳有七輿大夫皆衆聚集有智力者爲王爪牙也左氏傳曰王伐鄭鄭原繁爲魚麗之陣漢書曰趙充國以六郡良家子善騎射補羽林服虔

曰金城隴西天水安定北地上郡也胡笳關下思。羌笛隴頭鳴。李陵書曰胡笳互動沈約宋書有胡漢舊箏笛録有曲不記所出長笛賦曰近世雙笛從羌起骨都先自讋。日逐次亡精。漢書匈奴有骨都侯又曰匈奴讋焉文穎曰恐懼也讋之涉切漢書匈奴有日逐王西京賦曰喪精亡魄玉門罷斥候。甲第始修營。漢書曰龍勒有玉門關又曰李廣遠斥候未嘗遇害又曰賜霍光甲第一區又曰上爲霍去病治第令視之對曰匈奴未滅臣無以家爲位登萬庾積。功立百行成。論語曰子華使於齊冉子爲其母請粟子曰與之庾包咸曰十六斗爲庾百行已見上文天長地自久。人道有虧盈。老子曰天長地久莊子曰天與地無窮人死者有時爾雅曰虧毁也未窮激楚樂。已見高臺傾。楚辭曰宮庭震驚發激楚王逸曰激楚清聲也言樂衆並會復作激楚之聲也桓子新論琴道雍門周説孟嘗君曰千秋萬歲後高臺既已傾曲池又已平當令麟閣上。千載有雄名。漢書甘露三年單于始入朝上思股肱之美乃圖畫其人於麒麟閣法其形貌叙其姓名

百一

百一詩一首

五言張方賢楚國先賢傳曰汝南應休璉作百一篇詩譏切時事徧以示在事者咸皆怪愕或以爲應焚棄之何晏獨無怪也然方賢之意以有百一篇故曰百一李充翰林論曰應休璉五言詩百數十篇以風規治道蓋有詩人之旨焉又孫盛晉陽秋曰應璩作五言詩百三十篇言時事頗有補益世多傳之據此二文不得以一百一篇而稱百一也今書七志曰應璩集謂之新詩以百言爲一篇或謂之百一詩然以字名詩義無所取據百一詩序云時謂曹爽曰公今聞周公巍巍之稱安知百慮有一失乎百一之名蓋興於此也

應璩 文章録曰璩字休璉博學好屬文明帝時歴官散騎侍郎曹爽多違法度璩爲詩以諷焉典著作卒文章志曰璩汝南人也詩序曰下流應侯自誨也

下流不可處。君子慎厥初。論語曰紂之不善不如是之甚也是以君子惡居下流天下之惡皆歸焉尚書仲虺曰慎厥終惟其始名高不宿著。易用受侵誣。韓子曰說之以名高史記曰灌夫亦得竇嬰通列侯宗室爲名高三略曰侵誣下民國内讙譁前者隳官去。有人適我閭。高唐賦曰長吏隳官賢士失志田家無所有。酌醴焚枯魚。漢書楊惲書曰田家作苦蔡邕與袁公書曰酌麥醴燔乾魚欣然樂在其中矣問我何功德。三入承明廬。璩初爲侍郎又爲常侍又爲侍中故云三入陸機洛陽記曰吾常怪謁帝承明廬問張公張公云魏明帝在建始殿朝會皆由承明門然直廬在承明門側所占於此土。是謂仁智居。言今所占之土是謂仁智之所居乎亦問者之辭也爾雅曰隱占也郭璞曰隱度之也占之鹽切論語曰智者樂水仁者樂山文章不經國。筐篋無尺書。典論論文曰文章經國之大業新序孫叔敖曰府庫之藏金玉筐篋之橐簡書說文曰筐篋笥也口頰切漢書曰廣武君曰奉咫尺之書以使

燕。用等稱才學。往往見歎譽。言文章既不經國筐篋又無尺書乃用何等而稱才學往往而見譽問者之辭也避席跪自陳。賤子實空虛。孝經曰曾子避席漢書曰王邑請召賓邑稱賤子宋人遇周客。慙愧靡所如。言己妄竊崇班心常懷恥類宋人之遇周客慙愧而無所如闞子曰宋之愚人得燕石於梧臺之側藏之以爲大寶周客聞而觀焉主人齋七日端冕玄服以發寶華匱十重巾十襲客見免而掩口盧胡而笑曰此特燕石也其與瓦甓不殊主人大怒曰商賈之言醫匠之心藏之愈固守之彌謹杜預左氏傳曰如從也

遊仙

遊仙詩一首　五言　何敬宗

臧榮緒晉書曰何劭字敬宗陳國人也博學多聞善屬篇章初爲相國掾稍遷尚書左僕射薨

青青陵上松。亭亭高山柏。古詩曰青青陵上柏劉公幹贈從弟詩曰亭亭山上松亭亭高貌光色冬夏茂。根柢無凋落。莊子曰受命於地唯松柏獨在冬夏青青爾雅曰柢本也焦贛易林曰温山松柏常茂不凋落吉士懷貞心。悟物思遠託。揚志玄雲際。流目矚巖石。尚書曰庶常吉士七啓曰抗志雲際思玄賦曰流目眺夫衡阿羨昔王子喬。友道發伊洛。迢遞陵峻岳。連翩御飛鶴。列仙傳曰王喬者周靈王太子晉也好吹笙作鳳鳴遊伊洛之間道人浮丘公接以上嵩高山三十餘年後求之於山上見桓良曰告我家七月七日待我於緱山頭果乘白鶴駐山頭望之不得到舉手謝時人數日而去立祠緱氏山下文子曰三皇五帝輕天下細萬物上與道爲友下與化爲人張湛曰上能友於道友或爲反呂氏春秋曰君子反道以修德思玄賦曰纚連翩兮紛暗曖說文曰御使馬也抗跡遺萬里。豈戀生民樂。廣雅曰抗舉也楚辭曰悲申屠之抗跡長懷慕仙類。眇然心緜邈。王逸楚辭注曰緜緜細微之思也又曰邈遠也

文二十一　二十二　刘升

遊仙詩七首　五言　郭景純

凡遊仙之篇皆所以滓穢塵網錙銖纓紱飡霞倒景餌玉玄都而璞之制文多自敘雖志狹中區而辭無俗累見非前識良有以哉

京華遊俠窟。山林隱遯棲。西京賦曰都邑遊俠張趙之倫莊子曰徐無鬼見魏武侯武侯曰先生居山林久矣郭璞山海經注曰山居爲棲又曰遯者退也周易曰龍德而隱遯世無悶朱門何足榮。未若託蓬萊。東方朔十洲記曰臣故捨韜隱而赴王庭藏養生而侍朱門矣史記曰李少君謂武帝曰臣常遊海上見安期生仙者通蓬萊中也臨源挹清波。陵崗掇丹荑。毛萇詩傳曰挹斟也又曰掇拾也都活切本草經曰赤芝一名丹芝食之延年凡草之初生通名曰荑故曰丹荑靈谿可潛盤。安事登雲梯。靈谿谿名也庾仲雍荊州記曰大城西九里有靈谿水雲梯言仙人昇天因雲而上故曰雲梯墨子曰公輸般爲雲梯必取宋張湛列子注曰班輸爲梯可以陵虛漆園有傲吏。萊氏有逸妻。史記曰莊子者蒙人也名周嘗爲蒙漆園吏楚威王聞莊周賢使使厚幣迎許以爲相莊周笑謂楚使者曰亟去無汚我列女傳曰萊子逃世耕於蒙山之陽或言之楚楚王遂駕至老萊之門楚王曰守國之孤願變先生老萊曰諾妻曰妾之居亂世爲人所制能免於患乎妾不能爲人所制投其畚而去老萊乃隨而隱進則保龍見。退爲觸藩羝。進謂求仙也退謂處俗也周易曰九二見龍在田龍德而正中者也又曰羝羊觸藩羸其角不能退不能遂無攸利高蹈風塵外。長揖謝夷齊。左氏傳曰魯人之皐使我高蹈莊子曰孔子彷徨塵垢之外說文曰謝辭別也史記曰伯夷叔齊孤竹君之子也父欲立叔齊及卒叔齊讓伯夷伯夷曰父命也遂逃去叔齊亦不肯立而逃義不食周粟隱於首陽山青谿千餘仞。中有一道士。庾仲雍荊州記曰臨沮縣有青溪山山東有泉泉側有道士精舍郭景純嘗作臨沮縣故遊仙詩嗟青溪之美雲生梁棟間。風出窻戶裏。借

文二十一　二十三　王明

問此何誰云是鬼谷子史記曰蘇秦東事師於齊而習於鬼谷先生徐廣曰潁川陽城有鬼谷鬼谷子序曰周時有豪士隱於鬼谷者自號鬼谷子言其自遠也然鬼谷之名隱者通號也翹迹企潁陽臨河思洗耳廣雅曰翹舉也呂氏春秋曰昔堯朝許由於沛澤之中請屬天下於夫子許由遂之潁川之陽琴操曰堯大許由之志禪爲天子由以其言不善乃臨河而洗其耳閶闔西南來潛波渙鱗起閶闔風已見西京賦高誘曰兊爲閶闔風周易曰風行水上渙靈妃顧我笑粲然啓玉齒靈妃宓妃也毛詩曰顧我則笑鄭玄曰顧猶視也穀梁傳曰軍人粲然皆笑莊子曰女商謂徐無鬼曰吾所以說君者吾未嘗啓齒司馬彪曰啓齒笑也蹇脩時不存要之將誰使楚辭曰吾令豐隆乘雲兮求宓妃之所在解佩纕以結言兮吾令蹇脩以爲理王逸曰古賢蹇脩而媒理也廣雅曰將欲也

翡翠戲蘭苕容色更相鮮言珍禽芳草遞相輝映可悅之甚也蘭苕蘭秀也

綠蘿結高林蒙籠蓋一山陸機毛詩草木䟽曰松蘿蔓松而生枝正青毛詩曰蔦與女蘿施于松柏毛萇曰女蘿松蘿也中有冥寂士靜嘯撫清絃冥寂默也放情陵霄外嚼蕊挹飛泉楚辭曰放遊志乎雲中淮南子曰大丈夫乘雲陵霄與造化逍遙魏文帝典論曰飢飡瓊蕊渴飲飛泉赤松臨上遊駕鴻乘紫煙列仙傳曰赤松子者神農時雨師也服水玉教神農能入火不燒至崐崘山上常止西王母石室中隨風雨上下漢武內傳王母侍者歌曰遂乘萬龍椿馳騁九野嵇康答難曰偓佺以栢實方目赤松以水玉乘煙古白鴻頌曰玆亦耿介矯翮紫煙左挹浮丘袖右拍洪崖肩列仙傳曰浮丘公接王子喬以上嵩高山說文曰拍拊也普白切西京賦曰洪崖立而指麾神仙傳曰衛叔卿與數人博其子度曰向與博者爲誰叔卿曰是洪崖先生借問蜉蝣輩寧知龜鶴年大戴禮夏小正曰蜉蝣朝生而暮死養生要論曰龜鶴壽有千百之數性壽之物也道家之言鶴曲頸而息龜潛匿而噎此其所以爲壽也服氣養性者法焉

六龍安可頓運流有代謝楚辭曰貫鴻濛以東竭兮維六龍於扶桑王逸曰結我車轡於扶桑以留日幸得延年壽也莊子黃帝曰陰陽四時運行各得其序淮南子曰二者代謝舛馳高誘曰代更也謝敘也時變感人思已秋復願夏爾雅曰感動也淮海變微禽吾生獨不化國語趙簡子歎曰雀入于海爲蛤雉入于淮爲蜃黿鼉魚鼈莫不能化唯人不能哀夫雖欲騰丹谿雲螭非我駕魏文帝典論曰夫生之必死成之必敗然而惑者望乘風雲翼與螭龍共駕適不死之國國即丹谿其人浮遊列缺翱翔倒景然死者相襲丘壟相望逝者莫反潛者莫形足以覺也愧無魯陽德迴日向三舍淮南子曰魯陽公與韓遘難戰酣日暮援戈而麾之日爲之反三舍許慎曰二十八宿一宿爲一舍臨川哀年邁撫心獨悲吒論語子在川上曰逝者如斯尚書曰日月逾邁孔安國曰如日月之並過儀禮曰婦人拊心不哭吒歎聲也楚辭曰憂不暇兮寢食吒增歎兮如雷

逸翮思拂霄迅足羨遠遊逸迅思拂霄及遠遊以喻仙者願輕舉而高蹈清源無增瀾安得運吞舟清源不能行運吞舟之魚以喻塵俗不足容乎仙者劉公幹贈徐幹詩曰方塘含清源楚辭曰谿谷嶄巖水增波韓詩外傳孟子曰夫吞舟之魚不居潛澤度量之士不居汚世珪璋雖特達明月難闇投珪璋明月皆喻仙也言珪璋雖有特達之美而明月皆喻難闇投以喻仙者雖有超俗之譽非無捕影之譏禮記孔子曰珪璋特達德也鄒陽上書曰明月之珠夜光之壁以闇投人於道衆莫不案劒相眄者潛潁怨青陽陵苕哀素秋言世俗不娛求仙而怨天施之偏又歎浮生之促類潛潁怨青陽之晚臻陵苕哀素秋之早至也潛潁在幽潛而結潁也鄒潤甫遊仙詩曰潛潁隱九泉女蘿緣高松義與此同爾雅曰春爲青陽又曰苕陵苕也素秋已見上文悲來惻丹心零淚緣纓流悲俗遷謝故惻心流涕周易曰謂我心惻諸葛亮與李平教曰詳思斯戒明吾丹心淮南子曰雍門子以哭見孟嘗君流涕霑纓

雜縣寓魯門，風爰將爲災。國語曰：海鳥曰爰居，止於魯東門外三日，臧文仲使國人祭之。展禽曰：越哉臧文仲之爲政也，今海鳥至，已不知而祀之，以爲國典，難以言仁且知矣。今茲海其有災乎？夫廣川之鳥獸，常知風而避其災也。是歲也，海多大風冬煖。文仲曰：信吾過也。賈逵注曰：爰居，雜縣也。吞舟涌海底，高浪駕蓬萊。神仙排雲出，但見金銀臺。吞舟之魚，巳見上文。漢書：齊威宣、燕昭使人入海求蓬萊、方丈、瀛州，此三神山者，仙人及不死之藥皆在焉，而黃金白銀爲宮闕。未至，望之如雲。陵陽挹丹溜，容成揮玉杯。列仙傳曰：陵陽子明者，銍鄉人也，好釣魚於旋溪，釣得白魚，腸中有書，教子明服食之法。子明遂上黃山，採玉石脂服之。三年，龍來迎去。抱朴子曰：流丹者，石芝、赤精、蓋石、流黃之類也。事見太一玉英。列仙傳曰：容成公者，自稱黃帝師，見於周穆王，能善補導之事，髮白復黑，齒落復生。事老子，亦云老子師。揮，謂以手揮之。神仙傳曰：茅君學道於齊，不見，使人金案玉杯自來人前。姮娥揚妙音，洪崖頷其頤。淮南子曰：羿請不死之藥於西王母，常娥竊而奔月。許慎曰：常娥，羿妻也，逃月中，蓋虛上夫人是也。史記蘇秦曰：妙音美人以充後宮。洪崖巳見上。列子曰：頷其頤則歌合律。廣雅曰：頷，動也。五感切。升降隨長煙，飄颻戲九垓。列仙傳曰：甯封子者，黃帝時人也，積火自燒，而隨煙上下。淮南子曰：盧敖游乎北海，至于蒙穀之上，見一士焉。盧敖仰視之，乃與語曰：唯敖爲背羣離黨，窮觀於六合之外者，非敖而巳。今卒覩夫子，於是始可與敖爲交乎？士笑曰：今子遊始於此，而語窮六合，豈不亦遠哉！然子處矣，吾與汗漫期於九垓之上，吾不可以久居。士舉臂而竦身，遂入雲中。盧敖視之，弗見乃止。奇齡邁五龍，千歲方嬰孩。鄭玄禮記注曰：齡，年也。遁甲開山圖榮氏解曰：五龍，皇后君也。昆弟五人，皆人面而龍身。長曰角龍，木仙也；次曰徵龍，火仙也；次曰商龍，金仙也；次曰羽龍，水仙也；次曰宮龍，土仙也。父與諸子同得仙，治在五方。孔安國論語注曰：方，比方也。釋文曰：人初生曰嬰兒。說文曰：孩，小兒笑也。燕昭無靈氣，漢武非仙才。燕昭使人入海求蓬萊，巳見上文。漢武內傳：西王母曰：劉徹好道，然形慢神穢，雖當語之以至道，殆恐非仙才也。

晦朔如循環，月盈已見魄。說文曰：朔，月一日始也。晦，月盡也。尚書大傳曰：三王之統若循連環。禮記曰：四時和而後月生，是以三五而盈，三五而闕。尚書曰：惟三月哉生魄。孔安國曰：十六日明消而魄生也。蓐收清西陸，朱羲將由白。禮記曰：孟秋之月，其神蓐收。司馬彪續漢書曰：日行北陸謂之冬，西陸謂之秋。朱羲，日也。楚辭曰：吾令羲和弭節兮。王逸曰：羲和，日御也。河圖曰：立秋秋分，月從白道。漢書云：月有九行，立秋秋分，西從白道。左傳曰：分同道。謂春分秋分日月同道也。寒露拂陵苕，女蘿辭松栢。淮南子曰：斗指辛則寒露。陵苕巳見上文。毛詩曰：蔦與女蘿，施于松柏。毛萇曰：蔦，寄生也。女蘿，松蘿也。蕣榮不終朝，蜉蝣豈見夕。潘岳朝菌賦序曰：朝菌者，時人以爲蕣華，莊生以爲朝菌。其物向晨而結，絶日而殞。毛萇詩傳曰：蜉蝣，朝生夕死。圓丘有奇草，鍾山出靈液。外國圖曰：圓丘有不死樹，食之乃壽。東方朔十洲記曰：北海外有鍾山，自生千歲芝及神草。靈液，謂玉膏之屬也。曹植苦寒行曰：靈液飛波，蘭桂參天。王孫列八珍，安期鍊五石。王孫列八珍以傷生，安期鍊五石以延壽，言優劣殊也。漢書：漂母謂韓信曰：吾哀王孫而進食。周禮曰：食醫掌和王八珍之齊。列仙傳曰：安期生自言千歲。抱朴子曰：五石者，丹砂、雄黃、白礬石、曾青、磁石也。長揖當塗人，去來山林客。當塗，即當仕路也。漢書武帝制曰：守文法以戴翼其世者甚衆。山林巳見上文。孟子曰：公孫丑問曰：夫子當路於齊，管晏之功可復許乎？趙岐曰：當仕路也。

文選卷第二十一

賜進士出身通奉大夫江南蘇松常鎮太等處承宣布政使司布政使胡克家重校刊

文選卷第二十二

梁昭明太子撰

文林郎守太子右内率府録事參軍事崇賢館直學士臣李善注上

招隱

招隱詩二首 五言韓子曰閑靜安居謂之隱

左太沖 雜詩左居陸後而此在前誤也

杖策招隱士。荒塗橫古今。魯連子曰連却秦軍平原君欲封之遂杖策而去說文曰杖持也方言曰木細枝曰策董仲舒士不遇賦曰懼荒塗之難踐鄭玄周禮注曰荒蕪也郭璞山海經注曰橫塞也巖穴無結構。丘中有鳴琴。結構謂交結構架也魯靈光殿賦曰觀其結構尚書大傳子夏曰弟子受書於夫子者不敢忘雖退而巖居河濟之間深山之中作壤室尚彈琴其中以歌先王之風則可以發憤矣白雪停陰岡。丹葩曜陽林。尚書大傳曰相與觀乎南山之陰高誘戰國策注曰山北曰陰爾雅曰山脊曰岡鄭玄周禮注曰陽木生於山南也石泉漱瓊瑤。纖鱗亦浮沈。楚辭曰飲石泉兮蔭松柏漱猶蕩也毛萇詩傳曰瓊瑤美玉也非必絲與竹。山水有清音。禮記曰絲竹樂之器也何事待嘯歌。灌木自悲吟。毛詩曰其嘯也歌又曰集于灌木毛萇詩傳曰灌叢也南都賦曰寡婦悲吟秋菊兼糇糧。幽蘭間重襟。楚辭曰朝飲木蘭之墜露夕餐秋菊之落英毛詩曰乃裹糇糧毛萇曰糇食也楚辭曰紉秋蘭以爲佩然蘭可爲佩故以閒襟也躊躇足力煩。聊欲投吾簪。言世務勞促故足力煩殆也韓詩曰搔首躊躇阮嗣宗奏記曰負薪疲病足力不彊鄭玄毛詩箋曰聊且略之辭蒼頡篇曰簪笄也所以持冠也

經始東山廬。果下自成榛。王隱晉書曰左思徙居洛城東著經始東山廬詩毛詩曰經始靈臺高誘淮南子注曰叢木曰榛小栗小棘曰榛前有寒泉井。聊可瑩心神。周易曰井洌寒泉廣雅曰瑩磨也峭蒨青葱閒。竹柏得其眞。峭蒨鮮明貌孫卿子曰桃李蒨粲於一時時至而後殺至於松柏經隆冬而不彫蒙霜雪而不變可謂得其眞矣弱葉棲霜雪。飛榮流餘津。爵服無常玩。好惡有屈伸。言爵服之榮理無常玩時有好惡隨之屈伸管子曰將立朝廷者則爵服不可不貴也爵服加於不義則人賤爵服矣家語孔子曰君子之行已也可以屈則屈可以伸則伸東征賦曰行止屈伸與時息兮結綬生纏牽。彈冠去埃塵。言人出仕非一途或結綬以生纏牽之憂或彈冠而去埃塵之累漢書曰蕭育與陳咸朱博爲友著聞當世往者有王陽貢禹故長安語曰蕭朱結綬王貢彈冠言其相薦達也說文曰纏繞也淮南子曰王喬赤松去塵埃之閒離羣物之紛可謂養生矣惠連非吾屈。首陽非吾仁。論語曰謂柳下惠少連降志辱身矣史記曰伯夷叔齊隱於首陽山論語子貢問曰伯夷叔齊何人也子曰古之賢人也曰怨乎曰求仁而得仁又何怨又子曰我則異於是無可無不可相與觀所尚。逍遙撰良辰。趙岐孟子章句曰各崇所尚則義不虧矣廣雅曰尚高也謂中心之所高尚也莊子曰逍遙乎無事之業東征賦曰撰良辰而將行

招隱詩一首　五言

陸士衡

明發心不夷。振衣聊躑躅。毛詩曰明發不寐楚辭曰心蛩蛩而不夷王逸曰夷悅也新序曰古老振衣而起杜預左氏傳注曰振整也說文曰躊躅住足也躊與躑同躑躅欲安之。幽人在浚谷。周易曰履道坦坦幽人貞吉幽通賦曰眷浚谷而勿墜朝採南澗藻。夕息西山足。毛詩曰于以采蘋南澗之濱于以采藻于彼行潦史記伯夷叔齊詩曰登彼西山兮采其薇毛萇詩傳曰麓山足也輕條象雲構。密葉成翠幄。劉公幹詩曰大夏雲構又齊都賦曰翠幄浮游杜預左氏傳注曰幄帳也激楚佇蘭林。回芳薄秀木。上林賦曰激楚結風楚辭曰遊蘭皐與蕙林王逸楚辭注曰薄附也廣雅曰秀美也山溜何泠泠。飛泉漱鳴玉。枚乘上書曰泰山之霤穿石楚辭曰吸飛泉之微液鳴玉亦瓊瑤也見上注哀音附靈波。頹響赴曾曲。至樂非有假。安事澆醇樸。莊子曰天下有至樂無有哉老聃曰夫得是至美至樂也得至美而遊乎至樂之謂至人又曰唐虞始爲天下澆淳散朴許慎淮南子注曰澆薄也澆與澆同富貴苟難圖。稅駕從所欲。論語子曰富而可求也雖執鞭之士吾亦爲之如不可求從吾所好稅駕喻辭榮也史記李斯曰當今人臣之位無居上者可謂富貴極矣吾未知所稅駕也方言曰舍車曰稅脫與稅古字通

反招隱詩一首　五言

王康琚　古今詩英華題云晉王康琚然爵里未詳也

小隱隱陵藪。大隱隱朝市。伯夷竄首陽。老聃伏柱史。史記曰老子名耳字聃列仙傳曰李耳字伯陽生於殷時爲周柱下史又曰武王平殷伯夷叔齊恥之義不食周粟隱於首陽山昔在太平時。亦有巢居子。皇甫謐逸士傳曰巢父堯時隱人常山居

不營世利年老以樹爲巢而寢其上故時人號曰巢父今雖盛明世能無中林士
解嘲曰遭盛明之世毛萇詩傳曰中林林中也班固漢書序曰山林之士往而不能反放神青雲
外絕迹窮山裏琴操曰許由云吾志在青雲何乃劣劣爲九州伍長乎莊子曰絕迹易無行地
難郭象曰不行則易也王隱晉書李重奏曰陳原絕迹窮山韞櫝道藝鵾雞先晨鳴哀風
迎夜起楚辭曰鵾雞啁哳而悲鳴崔琦七蠲曰再奏致哀風凝霜凋朱顏寒泉傷
玉趾楚辭曰漱凝霜之雰雰又曰容則秀雅朱顏毛詩曰爰有寒泉左氏傳楚太宰薳啓彊謂魯侯曰今
君若步玉趾辱見寡君周才信衆人偏智任諸己以出仕爲周才隱居爲偏智傅
子曰君子周才難論語子曰君子求諸己推分得天和矯性失至理劉向列子目錄
曰至於力命篇一推分命莊子曰夫明白於天地之德者此之謂太平大宗與天和者也淮南子曰顏回天死
季由葅於衛皆迫性命之情而不得天和者也列子公孫朝曰矯性命以招名弗若死矣又曰均天下之至理

張湛曰物事皆均則理無不至郭象莊子注曰至理盡於自得歸來安所期與物齊終
始莊子有齊物論又曰萬物一齊孰短孰長又曰遊乎萬物之所始孫卿子曰生人之始也死人之終也

游覽

芙蓉池作一首 五言

魏文帝魏志曰文帝諱丕字子桓太祖太子也爲五官中郎將太祖薨嗣位爲丞相魏王受漢禪即皇帝位

乘輦夜行遊逍遙步西園呂氏春秋曰乘輦于宮中毛萇詩傳曰乘升也雙渠
相溉灌嘉木繞通川西京賦曰嘉木樹庭上林賦曰通川過於中庭卑枝拂羽
蓋脩條摩蒼天子虛賦曰上拂羽蓋東方朔七言曰折羽翼兮摩蒼天驚風扶輪
轂飛鳥翔我前張衡羽獵賦曰風翊翊其扶輪丹霞夾明月華星出雲間法言
曰明星皓皓華藻之力也上天垂光采五色一何鮮壽命非松喬誰能得神
仙列仙傳曰赤松子者神農時雨師也喬王子喬周靈王太子晉也道人浮丘公接以上嵩高山遨遊
快心意保己終百年莊子曰聖人其於人也樂物之通而保己焉養生經黃帝曰中壽百年

南州桓公九井作一首 五言

水經注曰淮南郡之于湖縣南所謂姑孰即南州矣庾仲雍江圖曰姑孰至直瀆十里東通丹陽湖南有銅山一名九井山山有九井井與江通何法盛桓玄錄曰桓玄字敬道出姑孰大築府第

殷仲文檀道鸞晉陽秋曰殷仲文字仲文陳郡人也爲驃騎行參軍以桓玄之姊夫玄僭立用爲長史帝反正出爲東陽太守愈益憤怒後照鏡不見其面數日禍及

四運雖鱗次理化各有準莊子黃帝曰陰陽四時運行各得其序李尤辟雍賦曰攢

羅鱗次字書曰準平也獨有清秋日能使高興盡潘安仁有秋興賦鄭玄周禮注
曰興者託事於物也景氣多明遠風物自淒緊緊猶實也言欲成也爽籟警
幽律哀壑叩虛牝言風之疾也激爽籟而起其幽律衝哀壑而叩其虛牝也爾雅曰爽差也
簫管非一故言爽焉莊子南郭子綦謂子游曰汝聞地籟子游曰地籟則衆竅是已郭象曰人籟簫也夫簫管
參差宮商異律故有長短高下萬殊之聲鄭玄禮記注曰警起也孔安國論語注曰叩擊也大戴禮曰丘陵爲
牡谿谷爲牝歲寒無早秀浮榮甘夙殞爾雅曰不榮而實謂之秀賈逵國語注曰
浮輕也何以標貞脆薄言寄松菌松貞菌脆也松菌殊質故貞脆異性也毛詩曰
薄言采之毛萇曰薄辭也論語子曰歲寒然後知松柏之後凋莊子曰朝菌不知晦朔哲匠感蕭
晨肅此塵外軫匠謂桓玄也蕭晨言秋晨也言秋晨蕭瑟鄧析子曰聖人逍遙一世之間宰匠
萬物之形廣雅曰感傷也鄭玄禮記注曰肅戒也莊子曰孔子彷徨塵垢之外逍遙無爲之業郭象曰所謂塵

垢之外非伏於山林而已鄭玄考工記注曰軫輿後横木也言軫所以明車也廣筵散汎愛逸爵紓勝引論語子曰汎愛衆而親仁說文曰紓屈也勝引勝友也引猶進也良友所以進己故通呼曰勝引伊余樂好仁惑袪吝亦泯左氏傳曰族穆子曰請立起也與田蘇游而曰好仁杜預曰蘇晉賢人也蘇言韓起好仁也范睢後漢書黃叔度傳陳蕃周擧常相謂曰時月之閒不見黃生則鄙吝之萌復存乎心薛君韓詩章句曰袪去也爾雅曰泯盡也猥首阿衡朝將貽匈奴哂阿衡諭玄也言己以凡猥妄首朝端匈奴聞之理將見哂許慎淮南子注猥猶凡也尚書曰惟嗣王不惠于阿衡孔安國曰阿倚也衡平也漢書曰車千秋以一言寤意旬月取宰相後漢使至匈奴單于問曰聞漢新拜丞相何用得之使者曰上書言事故單于曰苟如是漢置丞相非用賢也妄一男子上書即得之矣爾雅曰貽遺也馬融論語注曰哂笑也

游西池一首　五言

謝叔源臧榮緒晉書曰謝混少有美譽善屬文爲尚書左僕射以黨劉毅誅沈約宋書曰混字叔源西池丹陽西池混思與友朋相與爲樂也

悟彼蟋蟀唱信此勞者歌聲類曰悟心解也毛詩曰蟋蟀在堂歲聿云暮今我不樂日月其除韓詩曰伐木廢朋友之道缺勞者歌其事詩人伐木自苦其事故以爲文有來豈不疾良遊常蹉跎陸雲歲暮賦曰年有來而棄予時無筭而非我劉楨黎陽山賦曰良遊未厭白日潛暉楚辭曰驥垂兩耳中坂蹉跎逍遥越城肆願言屢經過說文曰越度也鄭玄禮記注曰肆市也中陳物處也毛詩曰願言思子阮籍詠懷詩曰趙李相經過回阡被陵闕高臺眺飛霞廣雅曰被加也言加大阜而通城闕也惠風蕩繁囿白雲屯曾阿邊讓章華臺賦曰惠風春施廣雅曰屯聚也景昃鳴禽集水木湛清華蒼頡篇曰湛水不流也褰裳順蘭沚徙倚引芳柯毛詩曰褰裳涉溱鄭玄曰揭衣度溱水也

潘岳河陽詩曰歸鴈映蘭持沚與持同楚辭曰步徙倚而遥思美人愆歲月遲暮獨如何楚辭曰惟草木之零落兮恐美人之遲暮王逸曰遲晚也愆謂過期也無爲牽所思南榮誠其多莊子庚桑楚謂南榮趎曰全汝形抱汝生無使汝思慮營營趎勑朱切

泛湖歸出樓中翫月一首　五言靈運山居賦注曰大小巫湖

謝惠連

日落泛澄瀛星羅游輕橈楚辭曰倚沼畦瀛兮遥望博王逸曰楚人名池澤中曰瀛羽獵賦曰渙若天星之羅楚辭曰荃橈兮蘭旌王逸曰橈小楫也憩榭面曲汜臨流對迴潮毛萇詩傳曰憩息也爾雅曰決出復入爲汜韓詩外傳阿谷之女曰阿谷之隧隱曲之汜輟策共騁筵並坐相招要李引軌法言注曰騁並也哀鴻鳴沙渚悲猨響山椒漢武帝李夫人賦曰釋予馬於山椒孟康曰山椒山陵名廣雅曰土高四墮曰椒丘亭亭映江月瀏瀏出谷飈亭亭迴貌王逸楚辭注曰瀏風疾貌寡婦賦曰風瀏瀏而夙興斐斐

氣幕岫泫泫露盈條斐斐輕貌泫泫垂貌近矚袪幽蘊遠視盪諠囂李奇漢書注曰袪開散也王逸楚辭注曰蘊積也鄭玄禮記注曰聞諠囂則人意動作悟言不知罷從夕至清朝毛詩曰彼美淑姬可與晤言鄭玄曰晤對也悟與晤同

從游京口北固應詔一首　五言水經注曰京口丹徒之西鄉也又曰京城西北有別嶺入江三面臨水高數十丈號曰北固

謝靈運

玉璽戒誠信黃屋示崇高言聖人佩玉璽所以儆戒誠信居黃屋所以顯示崇高鄧析子曰爲之符璽以信之蔡邕獨斷曰璽印也信也古者尊卑共之秦以來天子獨以印稱璽又獨以玉也漢書曰紀信乘王車黃屋左纛事爲名教用道以神理超言上二事乃爲名教之所用而其至道實神理而超然也文子曰聖人所由曰道所爲曰事三國名臣頌序曰名教東物也周易曰聖人以神道設教而天下服曹植武帝誄曰聰竟神理方言曰超遠也昔聞汾水游今見塵

外鑣莊子曰堯見四子藐姑射之山汾水之陽塵外已見上文說文曰鑣馬銜也言鑣以明馬猶軫以表車鳴笳發春渚稅鑾登山椒魏文帝書曰從者鳴笳以啓路稅鑾猶稅駕也山椒已見上文張組眺倒景列筵矚歸潮吳都賦曰張組帷構流蘇遊天台山賦曰或倒景於重溟王彪之遊仙詩曰遠遊絕塵霧輕舉觀滄溟蓬萊陰倒景崐崘罩曾城並以山臨水而影倒謂之倒景遠巖映蘭薄白日麗江皋蘭薄即蘭林也楚辭曰朝騁騖兮蘭薄戶樹瓊木籬此然此意微與王逸注異不可以王義非之楚辭曰朝騁騖兮江皋王逸曰澤曲曰皋原隰荑綠柳墟圃散紅桃大戴禮夏小正曰正月柳稊稊者發乎也桃則華荑與稊音義同廣雅曰墟居也皇心美陽澤萬象咸光昭莊子舜謂堯曰昔者十日並出萬物皆照司馬彪曰言陽光麗天則無不鑒孝經鉤命決曰地以舒形萬物咸載顧已枉維縶撫志慙場苗鄭玄毛詩箋曰顧念也毛詩曰皎皎白駒食我場苗縶之維之以永今朝工拙各所宜終

文二十二　九　乙卯重刊刻用

以反林巢呂氏春秋曰至治之世賢不肖各反其質若此則工拙愚智可得而知矣巢已見上文曾是縈舊想覽物奏長謠毛詩曰曾是在位舊想謂隱居之志也歎逝賦曰覽前物而懷之劉琨荅盧諶詩曰引領長謠

晚出西射堂一首

五言　永嘉郡射堂

謝靈運

步出西城門遙望城西岑劉公幹贈徐幹詩曰步出北寺門遙望西苑園爾雅曰山小而高曰岑連鄣疊巘崿青翠杳深沈爾雅曰山正鄣巘崿崖之別名爾雅曰重巘隒文字集略曰崿崖也王逸楚辭注曰杳深冥也曉霜楓葉丹夕曛嵐氣陰楚辭曰與曛黃而爲期王逸曰黃昏時也夏侯湛山路吟曰道逶迤兮嵐氣清埤蒼曰嵐山風也嵐祿含切節往戚不淺感來念已深羈雌戀舊侶迷鳥懷故林七發曰暮則羈雌迷鳥宿焉毛萇詩傳曰懷思也含情尚勞愛如何離賞心言鳥含情尚知勞愛況乎人而離於賞心也撫鏡華緇鬢攬帶緩促衿孫綽子曰撫明鏡則好醜之貌可見陸機東宮詩曰柔顏收紅藻兮鬢吐素華古詩曰衣帶日已緩安排徒空言幽獨賴鳴琴言安排之事空有斯言幽獨不悶唯賴鳴琴而已莊子曰仲尼謂顏回曰安排而去化乃入於寥天一郭象曰安於推移而與化俱去故乃入於寂寥而與天惟一也楚辭曰幽獨處乎山中琴賦曰處窮獨而不悶者莫近於音聲也

登池上樓一首

五言　永嘉郡池上樓

謝靈運

潛虯媚幽姿飛鴻響遠音薄霄愧雲浮棲川怍淵沈虯以深潛而保真鴻以高飛而遠害今己嬰俗網故有愧虯鴻也說文曰虯龍有角者淮南子曰蛟龍水居又曰鳥飛於雲穀梁傳孔子曰聽遠音者聞其疾而不聞其舒王逸楚辭注曰泊止也薄與泊同古字通馬融論語注曰怍慙也進德智所拙退耕力不任周易子曰君子進德脩業欲及時也尸子

文二十二　十

曰爲令尹而不喜退耕而不憂此孫叔敖之德也徇祿反窮海臥痾對空林趙岐孟子注曰徇從也窮海謂永嘉郡也說文曰痾病也傾耳聆波瀾舉目眺嶇嶔禮記曰傾耳而聽之廣雅曰聆聽也李陵書曰舉目言笑洞簫賦曰嶇嶔巋崎初景革緒風新陽改故陰楚辭曰款秋冬之緒風王逸曰緒餘也神農本草曰春夏爲陽秋冬爲陰池塘生春草園柳變鳴禽祁祁傷豳歌萋萋感楚吟毛詩豳風曰春日遲遲采蘩祁祁楚辭曰王孫遊兮不歸春草生兮萋萋索居易永久離羣難處心禮記子夏曰吾離羣索居亦已久矣詩曰我行永久穀梁傳曰鄭伯之處心積慮成於殺也持操豈獨古無悶徵在今莊子罔兩責影曰曩子坐今子起何其無持操與周易曰遯世無悶

遊南亭一首

五言　永嘉郡南亭

謝靈運

時竟夕澄霽雲歸日西馳淮南子曰季夏之月大雨時行高誘曰是月有時雨也說

文曰霽雨止也曹子建詩曰朝雲不歸山霖雨成川澤然雨則雲出晴則雲歸也密林含餘清遠峯隱半規呂氏春秋曰冬不用箑清有餘也張載歲夕詩曰白日隨天迴曒曒員如規久痗昏墊苦旅館眺郊歧毛萇詩傳曰痗病也尚書禹曰洪水滔天下民昏墊孔安國曰言天下民昏瞀墊溺皆困水災也杜預左氏傳注曰旅客會也澤蘭漸被徑芙蓉始發池楚辭曰皐蘭被逕兮斯路漸廣雅曰漸稍也楚辭曰芙蓉始發雜芰荷王逸曰芙蓉蓮華也未厭青春好已覩朱明移楚辭曰青春受謝白日昭爾雅曰夏爲朱明慼慼感物歎星星白髮垂楚辭曰愁鬱鬱之無快居戚戚而不解古長歌行曰感物懷所思左思白髮賦曰星星白髮生於鬢垂藥餌情所止衰疾忽在斯餌藥既止故有衰病著頓篇曰餌食也逝將候秋水息景偃舊崖毛詩曰逝將去汝莊子罔兩問影曰向也坐而今也起向也行而今也止何也影曰火與日吾屯也陰與夜吾代也彼吾所以有待也而況乎以有待者乎彼

來則我與之來彼往則我與之往司馬彪曰屯聚也火日明而影見故曰吾聚也陰闇則影不見故曰吾代也夜代謂使得休息也我志誰與亮賞心惟良知毛萇詩傳曰亮信也尚書曰時惟良顯哉

遊赤石進帆海一首五言靈運遊名山志曰永寧安固二縣中路東南便是赤石又枕海

謝靈運

首夏猶清和芳草亦未歇爾雅曰首始也歸田賦曰仲春令月時和氣清楚辭曰芳以歇而不比杜預左氏傳注曰歇盡也水宿淹晨暮陰霞屢興沒河圖曰崐崘山有五色水赤水之氣上蒸爲霞陰而赫然周覽倦瀛壖況乃陵窮髮登徒子好色賦曰周覽九土史記騶衍曰區中者乃有一州如此者九乃有大瀛海環之漢書曰盡河壖棄地韋昭曰謂緣河邊地鄭玄禮記注曰陵躐也顧啓期婁地記曰浪山海中南極之觀嶺窮髮之人舉帆揚越以爲標的川后時安流天吳靜不發洛神賦曰川后靜波楚辭曰使江水兮安流山海經曰朝陽之谷神曰天吳是水伯也其獸也八首八足八尾背黃青揚帆采石華挂席拾海月臨海志曰石華附石肉可啖又曰海月大如鏡白色揚帆挂席其義一也海賦維長綃挂帆席溟漲無端倪虛舟有超越莊子曰北溟有魚其名曰鯤海運則圖於南溟李弘範曰廣大窕冥故以溟爲名謝承後漢書曰陳茂常度漲海莊子孔子曰反覆終始不知端倪音義曰倪音崖莊子曰有虛舟來觸舟孔安國尚書傳曰越遠也仲連輕齊組子牟眷魏闕言仲連輕齊組而之海上明海上可悅既悅海上恐有輕朝廷之譏故云子牟眷魏闕史記曰田單攻聊城不下魯連乃爲書約之矢以射城中遺燕將燕將得書乃自殺遂居聊城歸而言魯仲連欲爵之魯連逃隱於海上呂氏春秋曰中山公子牟謂詹子曰身在江海之上心居魏闕之下奈何高誘曰子牟魏公子一說魏象魏也言身在江海之上

心乃在王室也矜名道不足適己物可忽韓子白圭曰宋君少主也而務矜名郭象莊子注曰德之所以流蕩矜名故也史記曰莊子其言汪洋自恣以適己請附任公言終然謝天伐莊子曰孔子圍於陳太公任往弔之曰直木先伐甘泉先竭子其意者飾智以驚愚脩身以明汙昭昭若揭日月而行故不免也孔子曰善乃逃大澤之中入獸不亂羣入鳥不亂行鳥獸不惡而況人乎王逸楚辭注曰謝去也

石壁精舍還湖中作一首五言精舍今讀書齋是也謝靈運遊名山志曰湖三面悉高山枕水渚山溪澗凡有五處南第一谷今在所謂石壁精舍

謝靈運

昏旦變氣候山水含清暉清暉能娛人遊子憺忘歸楚辭曰羌聲色兮娛人觀者憺兮忘歸王逸曰娛樂也憺安也出谷日尚早入舟陽已微

左氏傳趙宣子將朝尚早正厤曰日太陽也楚辭曰陽杲杲其朱光鄭玄毛詩箋曰微不明也林壑斂暝色雲霞收夕霏霏雲飛貌芰荷迭映蔚蒲稗相因依杜預左氏傳注曰稗草之似穀者薄㒞切阮籍詠懷詩曰寒鳥相因依披拂趨南逕愉悅偃東扉莊子曰雲者風起北方一西一東孰居無事而披拂是爾雅曰悅愉樂也賈逵國語注曰偃息也慮澹物自輕意愜理無違淮南子曰澹然無慮許慎曰澹猶足也孫卿子曰內省則外物輕矣廣雅曰愜可也寄言攝生客試用此道推楚辭曰願寄言於三鳥老子曰善攝生者不然劉淵林吳都賦注曰攝持也左氏傳劉子曰民受天地之中以生所爲命說文曰推排也爲推排以求也

登石門最高頂一首

五言靈運遊名山志曰石門澗六處石門遡水上入兩山口兩邊石壁右邊石巖下臨澗水

謝靈運

六百廿　文二十二　十三　季重刊　刘彦中

晨策尋絕壁夕息在山棲江賦曰絕岸萬丈壁立霞駁郭璞遊仙詩曰山林隱遯棲疏峯抗高館對嶺臨迴溪廣雅曰疏治也西京賦曰疏龍首以抗殿廣雅曰抗舉也長林羅戶穴積石擁基階連巖覺路塞密竹使徑迷來人忘新術去子惑故蹊景福殿賦曰欲反忘術魏武帝苦寒行曰迷惑失故路活活夕流駛噭噭夜猨啼毛詩曰河水洋洋北流活活楚辭曰聲噭噭以寂寥廣雅曰噭鳴也沈冥豈別理守道自不攜漢書曰蜀嚴湛冥久幽而不改其操孟康注曰蜀郡嚴君平沈深玄默無欲言幽深難測也尸子曰守道固窮則輕王公賈逵國語注曰攜離也心契九秋榦目翫三春荑古樂府有歷九秋妾薄相行班固終南山賦曰三春之季孟夏之初九秋已見南都賦居常以待終處順故安排新序榮啓期曰貧者士之常死者人之終居常待終何憂哉莊子曰老聃死秦失弔之曰適來夫子時也適去夫子順也安時而處順憂樂不能入也安排已見上文惜無同懷客共登青雲梯陸機詩曰感念同懷子郭璞遊仙詩曰安事登雲梯張湛列子注曰雲梯可以陵虛

於南山往北山經湖中瞻眺一首

五言靈運山居賦曰若乃南北兩居水通陸阻又曰來歸其路迺界北山注曰兩居謂南北兩處南山是開創卜居之處也又曰大小巫湖中隔一山然往北山經巫湖中過

謝靈運

朝旦發陽崖景落憩陰峯尚書大傳曰相與觀于南山之陽舍舟眺迴渚停策倚茂松側逕既窈窕環洲亦玲瓏曹攄贈石荆州詩曰轆轤石行難窈窕山道深甘泉賦曰和氏玲瓏晉灼曰明貌俛視喬木杪仰聆大壑灇毛詩曰南有喬木楚辭曰聽大壑之波聲薛綜西京賦注曰壑坑谷也毛詩曰鳧鷖在潨毛萇曰潨水會

五百五十一　文二十二　十四　刘用

也灇與潨同石橫水分流林密蹊絕蹤解作竟何感升長皆丰容周易曰天地解而雷雨作雷雨作而百果草木皆甲坼爾雅曰感動也周易曰地中有木升丰容悅茂貌郭璞曰丰容也音蜂初篁苞綠籜新蒲含紫茸服虔漢書注曰篁叢竹也籜竹皮也蒼頡篇曰茸草貌然此茸謂蒲華也江賦曰擢紫茸海鷗戲春岸天雞弄和風南越志曰江鷗一名海鷗漲海中隨潮上下爾雅曰鶾天雞毛詩曰習習谷風毛萇曰習習和舒貌撫化心無厭覽物眷彌重郭象莊子注曰聖人遊於變化之塗萬物萬化亦與之萬化覽物已見上文眷猶戀也不惜去人遠但恨莫與同言獨往山中無人共遊人謂古人也孤遊非情歎賞廢理誰通言己孤遊非情所歎而賞心若廢茲理誰爲通乎

從斤竹澗越嶺溪行一首

五言靈運遊名山志曰神子溪南山與七里山分流去斤竹澗數里

謝靈運

猨鳴誠知曙，谷幽光未顯。元康地記云：猨與獮猴不共山宿，臨旦相呼。說文曰：曙，旦明也。巖下雲方合，花上露猶泫。廣雅曰：方，始也。逶迤傍隈隩，苕遞陟陘峴。說文曰：隈，山曲也。爾雅曰：隩，隈也。郭璞曰：今江東呼爲浦隩。於到切，又於六切。爾雅曰：山絕曰陘。郭璞曰：連山中斷曰陘。陘，胡庭切。聲類曰：峴，山嶺小高也。峴與現同，賢典切。過澗既厲急，登棧亦陵緬。毛詩曰：深則厲。毛萇曰：以衣涉水爲厲。通俗文曰：板閣曰棧。漢書曰：張良說漢王燒絕棧道。廣雅曰：陵，乘也。韋昭國語注曰：緬，猶邈也。川渚屢逕復，乘流翫迴轉。楚辭曰：川谷逕復，流潺湲。鵩鳥賦曰：乘流則逝。蘋萍泛沈深，菰蒲冒清淺。毛萇詩傳曰：蘋，大蓱也。又曰：冒，覆也。企石挹飛泉，攀林摘葉卷。說文曰：企，舉踵也。毛萇詩傳曰：挹，㪺也。猶今言酌也。飛泉已見上文。想見山阿人，薜蘿若在眼。楚辭曰：若有人兮山之阿，被薜荔兮帶女蘿。握蘭勤徒結，折麻心莫展。靈運南樓中望所知遲客詩曰：瑤華未堪折，蘭苕已屢摘。路阻莫贈問，云何慰離析。然握蘭摘苕，咸以相贈問也。楚辭曰：被石蘭兮帶杜衡，折芳馨兮遺所思。王逸曰：石蘭，香草也。𣄰據逸民賦曰：沐甘露兮餘滋，握春蘭兮遺芳。楚辭曰：折疎麻兮瑤華，將以遺兮離居。王逸曰：疎麻，神麻也。司馬彪莊子注曰：展，申也。又漢家侍中握蘭。情用賞爲美，事昧竟誰辨。言事無高翫，而情之所賞，即以爲美，此理幽昧，誰能分別乎。觀此遺物慮，一悟得所遣。淮南子曰：吾獨懷慷慨，遺物而與道同出，是故有以自得也。郭象莊子注曰：將大不類，莫若無心，既遣是非，又遣其所遣，遣之以至於無遣，然後無所不遣，而是非去也。

應詔觀北湖田收一首　五言。丹陽郡圖經曰：樂遊苑，晉時藥園。元嘉中築隄壅水，名爲北湖。集曰：元嘉十年也。太祖改景平十二年爲元嘉。

顏延年

周御窮轍跡，夏載歷山川。左氏傳：右尹子革對楚王曰：昔周穆王欲肆其心，周行天下，將皆有車轍馬跡焉。尚書禹曰：予乘四載，隨山栞木。孔安國曰：所載者四，謂水乘舟，陸乘車，泥乘輴，山乘樏。樏，力追切。蓄軫豈明懋，善遊皆聖仙。蓄軫不行，豈是欽明懋德之后。善遊天下，皆是睿聖神仙之君。孔安國尚書傳曰：蓄，積也。范曄後漢書：劉安奏曰：安皇帝聖德明懋。聖謂夏禹，仙謂周穆。帝暉膺順動，清蹕巡廣廛。周易曰：聖人以順動，而民服。漢儀注曰：皇帝輦動，出則傳蹕止人清道。漢書曰：揚雄有田一廛。晉灼曰：廛，一百畝也。樓觀眺豐穎，金駕映松山。孔安國尚書傳曰：穎，穗也。金駕，金輅也。言上樓看穗也。映，猶蔽也。飛奔互流綴，緹𨍏代迴環。飛奔，車也。陸景典語曰：飛車策馬，横騰一超。進越絕書曰：車奔馬騰。緹𨍏，騎也。續漢書曰：緹騎一百人，屬執金吾。吳都賦曰：𨍏騎煒煌。神行埒浮景，爭光溢中天。列子：黃帝夢遊華胥國，其神行而已。孟康漢書注曰：埒，等也。張孟陽七哀詩曰：浮景忽西沈。史記曰：與日月爭光可也。列子曰：穆王築臺，號曰中天之臺。

開冬眷徂物，殘悴盈化先。言開冬而視徂落之物，雖已殘悴，而尚盈於殘悴之先，言可觀也。開冬，猶開春、開秋也。楚辭曰：開春發歲。羽獵賦曰：玄冬季月，萬物徂落於外。孔安國尚書傳曰：眷，視也。白虎通曰：春，萬物始生。鄭玄禮記注曰：化，猶生也。陽陸團精氣，陰谷曳寒煙。吳越春秋越王曰：崐崘乃天地之鎮柱也，五帝勵其陽陸。賈逵國語注曰：精，明也。山北曰陰。攢素既森藹，積翠亦葱仟。廣雅曰：攢，聚也。息饗報嘉歲，通急戒無年。禮記曰：蜡者，索也。歲十二月，合聚萬物而索饗之。黃衣黃冠，息田夫也。又曰：國無六年之畜曰急。三年耕必有一年之食，九年耕必有三年之食，以三十年之通，雖有凶旱水溢，人無菜色。周禮曰：無年則公旬用一日焉。鄭玄曰：無歲，無贏儲也。急，要也。通百姓之急者，預戒於無年之時。溫渥浹輿隸，和惠屬後進。說文曰：溫，仁也。毛萇詩傳曰：渥，厚也。字書曰：浹，洽也。左氏傳曰：人有十等，皁臣輿，輿臣隸。孔安國尚書傳曰：屬，逮也。觀風久有作，陳詩愧未妍。禮記曰：歲二月，東巡狩，命太師陳詩以觀民風。

疲弱謝淩遽取累非纆牽言己才疲弱而謝急遽其所取累非由纆牽西京賦曰百禽淩遽戰國策段干越謂新城君曰王良子弟駕千里之馬過京父之弟子曰駕千里之馬而不能取千里何京父弟子曰纆牽長故纆牽於事萬分之一也而難千里之行

車駕幸京口侍遊蒜山作一首五言劉楨京口記曰蒜山無峯嶺北臨江集曰元嘉二十六年也蒜山在潤州西二里京口在潤州

顏延年

元天高北列日觀臨東溟莊子曰闕弈之隸與夥翼之孫遇氏之子三士相與謀致人於造物共之元天之上元天者其高四見列星司馬彪曰元天山名也漢書儀曰泰山東南日觀者雞一鳴時見日始欲出長三丈所言日觀者望見長安其高如視浮雲孫綽荅許詢詩曰倒景淪東溟元天山最高在東北日出即見入河起陽峽踐華因削成史記曰秦使蒙恬築長城制險塞起臨洮

至遼東於是度河據陽山王逸楚辭注曰陋山側峽與陋通過秦論曰踐華為城山海經曰泰華之山削成四方巖險去漢宇衿衛徙吳京言巖險之固去彼漢宇衿帶周衛徙此吳京宋都吳地故曰吳京也西京賦曰巖險周固衿帶易守吳都賦曰山川不足以周衛流池自化造山關囿神營鄭玄周禮注曰能生非類曰化魯靈光殿賦曰神之營之園縣極方望邑社摠地靈園縣廟園之縣也邑社陵邑之社也漢書元帝詔曰徙人以奉園陵今所為陵者勿置縣邑然陵傍置園起縣邑也公羊傳曰天子有方望之事無所不通何休曰方望謂郊時所望祭四方羣神日月星辰及五岳四瀆也廣雅曰摠皆也大戴禮天地祝曰皇皇上天照臨下土集地之靈降甘風雨宅道炳星緯誕曜應神明孔安國尚書傳曰宅居也道經界也郭璞南郊賦曰宅是星紀奄有衡霍吳都賦曰固其經略上當星紀誕曜浮曜也禮斗威儀曰君乘水而王辰星揚光尚書曰洪範五行傳曰辰星者北方水精也宋為水德故云應也眷思纏故里巡駕帀舊坰爾雅曰林外謂之坰陟峯騰輦路尋雲抗瑤甍薛君韓詩章句曰騰乘也西都賦曰輦路經營甍服傳曰抗極也羊祜請伐吳表曰高山尋雲霓杜預左氏傳注曰甍屋棟也春江壯風濤蘭野茂荑英宣遊引下濟窮遠凝聖情楚辭曰宣遊兮列宿順極兮彷徨周易曰天道下濟而光明晉中興書孝武詔曰躬儉以引下濟之惠嶽濵有和會祥習在卜征國語曰齊桓公嶽濵諸侯莫不來服尚書曰新作大邑于東國洛四方人大和會左氏傳鄭太宰石㚟曰先王卜征五年歲卜其祥祥習則行周南悲昔老留滯感遺氓昔老謂司馬談也遺氓自謂也言帝方卜征以登封而己嚴耕以謝職不獲預觀盛禮所以悲同昔人漢書曰天子始建漢家之封而太史公留滯周南不得與從事曰今天子接千歲統封泰山而予不得從行是命也如淳曰周南洛陽也空食疲廊肆反稅事巖耕空食猶素餐也王逸楚辭注曰不空食祿而曠官也廊巖廊朝廷所在也文頴漢書注曰巖廊殿下小屋杜預左氏傳注曰肆列肆也說文曰稅租也楊子法言曰谷口鄭子真不詘其志耕於巖石之下名震乎京師

車駕幸京口三月三日侍遊曲阿後湖作一首五言水經注曰晉陵郡之曲阿縣下陳敏引水為湖水周四十里號曰曲阿後湖集曰元嘉二十六年也

顏延年

虞風載帝狩夏諺頌王遊尚書虞書曰歲二月東巡狩載謂載之於策也孟子夏諺曰吾王不遊吾何以休春方動辰駕望幸傾五州禮記曰東方曰春論語子曰為政以德譬如北辰故謂天子為辰也司馬相如封禪文曰太山梁父設壇望幸尚書有十二州宋得其七故謂北境云五州山祇蹕嶠路水若警滄流山祇山神也管子曰登山之神有俞兒者長尺人物具焉霸王之君興登山之神見且走馬前導也爾雅曰山銳而高曰嶠楚辭曰使湘靈鼓瑟兮令海若舞王逸曰海若海神名神御出瑤軫天儀降藻舟瑤軫玉軫也藻舟畫舟也王符

羽獵賦曰天子乘碧瑤之彫軫建曜天之華旗東
觀漢記曰東平王蒼上疏曰賜奉朝請咫尺天顏萬軸
胤行衛千翼汎飛浮萬軸謂車也千翼謂舟也越絕書
伍子胥水戰兵法內經曰大翼一
艘廣一丈五尺二寸長十丈中翼一艘廣一丈三尺
五寸長五丈六尺小翼一艘廣一丈二尺長九丈彫
雲麗琁蓋祥飈被綵斿天台山賦曰彫雲斐亹以翼櫺
桓子新論曰乘車玉爪蓋禮緯
曰君政頌平則祥風
至斿旗旗之旒也江南進荆豔河激獻趙謳吳都賦
曰荆豔
楚舞列女傳曰趙津女娟者趙河津吏之女也初簡子
南擊楚將渡河用楫者少一人娟攘袂操楫而請簡子
遂之遂與渡中流為簡子發河激之歌其辭曰升彼河
兮而觀清水揚波兮杳冥冥禱求福兮醉不醒誅將加
兮妾心驚罰既釋兮瀆乃清妾持楫兮操其維交龍
助兮主將歸呼來櫂兮行勿疑簡子大悅以為夫人金
練照海浦笳鼓震溟洲金練金甲組練也蔡邕女琰詩
曰卓衆來東下金甲耀日光左
氏傳曰被練三千西京賦曰囂聲
震海浦列子曰北極之北有溟海藐盼覯青崖衍漾

觀綠疇藐盼窈藐顧盼也衍漾遊衍漂漾
也杜預左氏傳注曰並畔為疇人靈騫都野
鱗翰聳淵丘騫聳皆驚懼之意也都野民靈所居淵
丘鱗翰所處也曾子曰陰之精氣為靈德
禮既普洽川嶽徧懷柔尚書曰道洽政治澤潤生民孔
安國曰道至普洽其德惠施乃
浸潤生民毛詩曰以洽百禮鄭玄曰洽合也毛詩曰懷
柔百神及河喬嶽毛萇曰懷來也柔安也喬高也鄭玄
曰王行狩來
安羣神也

行藥至城東橋一首　五言　鮑明遠

雞鳴關吏起伐鼓早通晨史記曰關法
雞鳴出客嚴車臨迥陌延
瞰歷城闉楚辭曰嚴車駕兮戲遊神女賦曰望余帷而
延視廣雅曰瞰視也毛萇詩傳曰闉城曲也
蔓草緣高隅脩楊夾廣津隅城
隅也迅風首旦發平路塞飛
塵楚辭曰軼迅風於清涼
又曰為余先乎平路擾擾遊宦子營營市井人枚
乘

七發曰擾擾若三軍之騰裝漢書薄昭與淮南王書曰
遊宦事人列子林類曰吾又安知營營而求生之非惑
乎莊子仲尼曰商賈旦於市井以求
其贏司馬彪曰九夫為井井有市懷金近從利撫劍
遠辭親范曄後漢書耿弇曰懷金玉者至不生歸抱朴
子曰夫程鄭王孫羅裒之徒乘肥衣輕懷金挾
玉者為之倒屣說文曰懷藏也左氏傳曰子朱怒撫
劍從之列女傳秋胡子妻謂秋胡曰子辭親往仕爭
先萬里塗各事百年身王羲之荅許詢詩曰爭先非吾
事靜照在忘求百年已見上文
開芳及稚節含采吝驚春以草喻人也草之開芳宜及
少節既以含彩理惜驚春夫
草之驚春花葉必盛盛必有衰固所當惜也陸機桑賦
曰疊稚節以夙茂蒙勁風而後凋曹毗冶城賦曰含彩
可以寶珍孔安國
尚書傳曰吝惜也尊賢求昭灼孤賤長隱淪說苑曰子
賤至單父
請耆老尊賢與之共治范曄後漢書黃香上疏
曰江淮孤賤愚矇小生隱淪謂幽隱沈淪也容華坐
消歇端為誰苦辛陸機長歌行曰容華宿夜零無
故自消歇古詩曰轗軻長苦辛

游東田一首　五言　謝玄暉眺有莊在鍾
山東遊還作

慼慼苦無悰攜手共行樂慼慼已見上文漢書廣陵王
胥歌曰出入無悰為樂亟
昭曰悰樂也魏文帝折楊柳行曰端居苦無悰駕遊博望
山悰裁宗切楊惲報孫會宗書曰人生行樂耳須富貴何
時尋雲陟累榭隨山望菌閣尋雲已見上文楚辭曰層
臺累榭臨高山王逸曰層
累皆重也尚書曰隨山刊
木楚辭曰菌閣兮蕙樓遠樹曖仟仟生煙紛漠漠廣
雅
曰芊芊盛也
仟與芊同魚戲新荷動鳥散餘花落不對芳春酒還
望青山郭言野外昭曠取樂非一若不對茲春酒還則
望彼青山魏武帝短歌行曰對酒當歌陸機
悲行曰遊客芳春林
毛詩曰為此春酒

從冠軍建平王登廬山香爐峯一首　五言　沈約
宋書曰建
平王景素為冠軍將軍湘州刺史劉璠梁典
曰江淹年二十以五經授宋建平王景素待

以客禮遠法師廬山記曰山東南有香鑪山孤峯秀起游氣籠其上即㸑蘊若煙氣

江文通

廣成愛神鼎淮南好丹經神仙傳曰廣成子者古之仙人也居崆峒之山石室中抱朴子曰服九轉丹內神鼎中夏至之後暴之神仙傳曰淮南王劉安者漢高皇之孫也好道術之士於是八公乃往遂授以丹經此山具鸞鶴往來盡仙靈張僧鑒豫州記曰洪井西有鸞崗舊說云洪崖先生乘鸞所憩處也鸞崗西有鶴嶺云王子喬控鶴所經處也東方朔十洲記曰崐崘山正東曰天墉城其北戶出承淵山西王母之所治真官仙靈之所宗也瑤草正翕赩玉樹信葱青瑤草玉芝也本草經曰白芝一名玉芝琴賦曰瑤瑾翕赩甘泉賦曰翠玉樹之青葱絳氣下縈薄白雲上杳冥王逸楚辭注曰草木交曰薄楚辭曰杳杳冥冥而薄天中坐瞰蜿虹俛伏視流星西京賦曰瞰蜿虹之長鬐魯靈光殿賦曰中坐垂景頫視流星不尋遐

六百七　文二十二　二十一　戊申重刊　曹俯

怪極則知耳目驚言未盡尋遐怪則知其至此耳目必驚也鄭玄禮記注曰極盡也日落長沙渚曾陰萬里生曾重也蔡邕月令章句曰陰者密雲也藉蘭素多意臨風默含情多意多佳意也含情情未申也隱顯交慮所以未申嘯賦曰藉皋蘭之猗靡楚辭曰臨風怳兮浩歌王仲宣公讌詩曰今日不極歡含情欲待誰臨風已見月賦方學松柏隱羞逐市井名方猶將也言將隱而棄榮利也楚辭曰山中人兮芳杜若飲石泉兮蔭松柏市井已見上文幸承光誦末伏思託後旂光誦猶華篇也後旂猶後乘也

鍾山詩應西陽王教一首五言徐爰釋問略曰建康北十里有鍾山

裴子野宋略曰孝武封皇子子尚爲西陽王

沈休文

靈山紀地德地險資嶽靈說苑齊景公曰天不雨寡人欲祠靈山可乎鄭玄周禮注曰鎮名山安地德者也周易曰地險山川丘陵王隱晉書荀晞曰淮陽之地北阻塗山南枕靈嶽終南表秦觀少室邇王城毛詩曰終南何有有條有枚史記曰始皇表南山巔以爲闕南山則終南也爾雅曰觀謂之闕戴延之西征賦曰嵩高中嶽也東謂太室西謂少室相去十七里嵩高總名也漢武帝作登仙臺在少室峯下東京賦曰然後以建王城翠鳳翔淮海衿帶繞神坰鳳翔淮海喻宋之興也東京賦曰龍飛白水鳳翔參墟李斯上書曰今陛下建翠鳳之旗然但引翠鳳之文不取旗義也衿帶神坰並見上文北阜何其峻林薄杳葱青其一北阜鍾山也西都賦曰瞰北阜陸機擬古詩曰西山何其峻又赴洛詩曰林薄杳阡眠發地多奇嶺于雲非一狀子虛賦曰其山則交錯糾紛上干青雲合沓共隱天參差互相望謝靈運登廬山詩曰巒巃有合沓楊雄蜀都賦曰蒼山隱天子虛賦曰岑崟參差尚書曰終南惇物至于鳥鼠孔安國注曰三山名也言相望也鬱律構丹巘崚嶒起青嶂西京賦曰隱轔鬱律巘已見上文魯靈光殿賦曰崱繒綾而龍鱗勢隨九疑高氣與三山壯其二楚辭曰道幽谷於九

六百八十五　文二十二　二十二丁未重刊刘用

疑山海經曰南山崐崘其氣魂魂漢書曰蓬萊方丈瀛州此三神山者僊人在焉九疑山在長沙零陵三山在海中即事既多美臨眺殊復奇即事即此山中之事也列子曰周之尹氏有老役夫晝則呻呼即事南瞻儲胥觀西望昆明池儲胥觀昆明池皆在西京此皆假言之山中咸可悅賞逐四時移春光發蘢首秋風生桂枝其三多值息心侶結架山之足大灌頂經曰息心達本源故號爲沙門山足已見上文八解鳴澗流四禪隱巖曲維摩經曰八解之浴池定水湛然滿大品經曰初禪二禪三禪四禪山海經曰和山五曲郭璞曰曲迴也窈冥終不見蕭條無可欲老子曰窈兮冥其中有精王弼曰窈冥深遠貌深遠不可得而見然而萬物由之不可得見以定其真故曰窈兮冥其中有精老子曰不見可欲使心不亂所願從之遊寸心於此足其四家語孔子曰無聲之樂所願志從莊子曰魯有兀者王駘從之遊者與仲尼相若列子文摯謂叔龍曰吾見子之心矣方寸之

地虚矣。君王挺逸趣，羽旆臨崇基。說文曰：挺，拔也。旆，旌旗之垂者。旆旗以羽爲飾，故云羽旆。陸機樂府詩曰：羽旗棲瓊鸞。崇基，山也。春秋運斗樞曰：山者，地基也。白雲隨玉趾，青霞雜桂旗。玉趾已見上文。曹毗臨園賦曰：青霞曳於前阿。楚辭曰：辛夷車兮結桂旗。淹留訪五藥，顧步佇三芝。楚辭曰：攀桂枝兮聊淹留。周禮鄭玄曰：五藥，草木蟲石穀也。日出東南隅行曰：顧步咸可懽。蒼頡篇曰：顧，旋也。王逸楚辭注曰：步，徐行也。抱朴子曰：參成芝、木渠芝、建實芝，此三芝得而服之，白日升天。於焉仰鑣駕，歲暮以爲期。其五歲暮，喻年老也。韓詩曰：蟋蟀在堂，歲聿其暮。薛君曰：暮，晚也。言君之年歲已晚。

宿東園一首　五言　沈休文

陳王鬬雞道，安仁采樵路。陳思王名都篇曰：鬬雞東郊道，走馬長楸間。潘岳詩曰：東郊歎不得志也。出自東郊，憂心摇摇。遵彼萊田，言采其樵。東郊豈異昔，聊可閑余步。七啓曰：雍容閑步。野徑既盤紆，荒阡亦交互。子虛賦曰：其山則盤紆岪鬱。槿籬疎復密，荆扉新且故。謝靈運詩曰：插槿當列墉。鄭玄禮記注曰：蓽門，荆竹織門也。殷仲堪誄曰：荆門晝掩。樹頂鳴風飆，草根積霜露。驚麏去不息，征鳥時相顧。毛詩曰：野有死麏。今以江東人呼鹿曰麏。呂氏春秋曰：征鳥厲疾。高誘曰：征，猶飛也。鄭玄毛詩箋曰：迴首曰顧。茅棟嘯愁鴟，平岡走寒兎。任預雪詩曰：寒鳶嚮雲嘯，悲鴻竟夜嗷。夕陰帶曾阜，長煙引輕素。飛光忽我遒，寧止歲云暮。古董桃行曰：年命冉冉我遒。毛詩曰：歲聿云暮。若蒙西山藥，頹齡儻能度。魏文帝詩曰：西山一何高，高高殊無極。上有兩仙童，不飲亦不食。與我一丸藥，光輝有五色。服藥四五日，身體生羽翼。機應詔曰：悲來日之苦短，悵頽年之方侵。

遊沈道士館一首　五言　沈休文

文二十二　二十三　乙卯重刋　刘用

秦皇御宇宙，漢帝恢武功。過秦論曰：始皇振長策而御宇內。漢書曰：武帝征討四夷，銳志武功。懽娛人事盡，情性猶未充。何休公羊傳注曰：充，滿也。銳意三山上，託慕九霄中。銳意已見上注。西征賦曰：切託慕於闕庭。潘岳書曰：長自絶於埃塵，超遊身乎九霄。既表祈年觀，復立望仙宮。廟記曰：祈年宮在城外，秦穆公所造。望仙宮在華陰，漢武帝所造。寧爲心好道，直由意無窮。漢武內傳曰：帝好長生之道。曰余知止足，是願不須豐。老子曰：知足不辱，知止不殆。周易曰：豐，多也。遇可淹留處，便欲息微躬。淹留已見上文。山嶂遠重疊，竹樹近蒙籠。開衿濯寒水，解帶臨清風。曹子建閑居賦曰：愬寒風而開衿。所累非外物，爲念在玄空。慎子曰：夫德精微而不見，聰明而不發，是故外物不累其內。廣雅曰：玄，道也。然道體無形，故曰空。朋來握石髓，賓至駕輕鴻。袁彥伯竹林名士傳曰：王烈服食養性，嵇康甚敬信之，隨入山。烈嘗得石髓，柔滑如飴，即自服半，餘半取以與康，皆凝而爲石。郭璞遊仙詩曰：駕鴻乘紫煙。都令人逕絶，唯使雲路通。吳都賦曰：逕路絶，風雲通。張昶華山堂闕銘曰：必雲霄之路，可升而起。一舉陵倒景，無事適華嵩。漢書谷永曰：及言世有仙人，服食不終之藥，遥興輕舉，登遐倒景。如淳曰：在日月之上，日月反從下照，故其景倒。廣雅曰：陵，乘也。列仙傳曰：呼子先者，漢中闗下卜師也，壽百餘年。夜有仙人持二竹竿來至，呼子先，子騎之，乃龍也。上華陰山。又曰：王子喬好笙，浮丘公接以上嵩山。寄言賞心客，歲暮爾來同。歲暮已見上文。

古意詶到長史溉登琅邪城詩一首　五言

何之元梁典曰：到溉字茂灌，爲司徒長史。沈約宋書曰：南琅邪郡，琅邪國人隨晉元帝過江，大典三年立懷德縣，隸丹楊，無土地。成帝咸康元年，桓温領郡鎮江乘縣境，立郡鎮。輿地圖曰：梁武改南琅邪爲琅邪郡，在潤州江寧縣西北十八里。

六百廿　文二十二　二十四　丁未重刋　刘用

徐敬業何之元梁典曰徐勉第三息悱字
敬業晉安內史有學業最知名卒
於郡府
甘泉警烽候上谷拒樓蘭漢書揚雄上疏曰孝文時匈
奴侵暴北邊候騎至雍烽火
通甘泉又曰上谷郡秦置又曰鄯善
國本名樓蘭王治杅泥城杅音烏此江稱豁險茲山
復鬱盤蜀都賦曰豁險吞若巨防子
虛賦曰其山則盤紆岪鬱表裏窮形勝襟帶
盡巖巒左氏傳咎犯曰表裏山河必無害也漢書田肯
賀上曰秦形勝之國也衿帶已見上文說文曰
巒小山
而高脩篁壯下屬危樓峻上干子虛賦曰下屬江
河上干已見上注登
陴起遐望迴首見長安左氏傳曰鄭子產授兵登陴杜
預曰陴城上陴睨也王仲宣七
哀詩曰南登霸陵
岸迴首望長安金溝朝灞滻甬道入鴛鸞戴延之西
征記曰御
溝引金谷水從閶闔門入灞滻二水名也雍州圖經曰
金谷水出藍田縣西終南山西入灞水小水入大水曰

文二十二　二十五　乙卯重刊　刘用

朝尚書曰江漢朝宗于海甬道閣道也淮南子曰
甬道相連潘岳關中記曰未央殿東有鴛鸞殿鮮車
鶩華轂汗馬躍銀鞍范曄後漢書曰蜀地饒富吏民鮮
車駕馬以財貨自達漢書劉向上封
事曰今王氏一姓乘朱輪華轂者二十三人又公孫弘
曰臣愚駑無汗馬之勞辛延年羽林郎詩曰銀鞍何煜
爚翠蓋
空踟躕少年負壯氣耿介立衝冠漢書音義曰負恃也
韓子曰耿介之士史
記曰藺相如
怒髮上衝冠懷紀燕山石思開函谷丸范曄後漢書曰
竇憲爲車騎將
軍與北單于戰于稽落山破之遂登燕然山刻石勒功
紀威德又曰隗囂據天水王元說囂曰東收三輔之地
案秦舊迹表裏山河元請以一丸泥
爲大王東封函谷關此萬世一時也豈如霸上戲羞取
路傍觀漢書曰匈奴入邊遣宗正劉禮軍霸上帝勞軍
直馳入帝曰鄉者霸上軍如兒戲古樂府日出
東南隅行曰兄弟兩三人中子侍
中郎黃金絡馬頭觀者滿路傍寄言封侯者數奇良
可歎漢書李廣與望氣王朔語曰自漢擊匈奴廣未嘗
不在其中而諸將校尉以軍功取侯者數十人廣

不爲人後然終無尺寸之功以得封邑者何也豈吾相
不當侯耶又曰大將軍衛青陰受上旨以爲李廣數奇
孟康曰奇隻不耦也如淳曰數爲
匈奴所敗數所具切奇居宜切

文選卷第二十二

賜進士出身通奉大夫江南蘇松常鎮太等處承宣布政使司布政使胡克家重校刊

文二十二　二十六

文選卷第二十三

梁昭明太子撰

文林郎守太子右内率府録事叅軍事崇賢館直學士臣李善注上

詠懷

詠懷詩十七首　五言顏延年曰說者阮籍在晉文代常慮禍患故發此詠耳

阮嗣宗　臧榮緒晉書曰阮籍字嗣宗陳留尉氏人也容貌瓌傑志氣宏放蔣濟辟爲掾後謝病去爲尚書郎遷步兵校尉卒

顏延年沈約等注

夜中不能寐起坐彈鳴琴薄帷鑑明月清風吹我衿廣雅曰鑑照也孤鴻號外野朔鳥鳴北林廣雅曰號鳴也徘徊將何見憂思獨傷心嗣宗身仕亂朝常恐罹謗遇禍因茲發詠故每有憂生之嗟雖志在刺譏而文多隱避百代之下難以情測故粗明大意略其幽旨也

二妃遊江濱逍遙順風翔交甫懷環珮婉孌有芬芳猗靡情歡愛千載不相忘列仙傳曰江妃二女出游江濱交甫遇之餘與韓詩内傳同已見南都賦王逸楚辭注曰在衣曰懷毛萇詩傳曰婉孌少好皃子虛賦曰扶輿猗靡傾城迷下蔡容好結中腸漢書李延年歌曰一顧傾人城登徒子好色賦曰臣東家之子嫣然一笑惑陽城迷下蔡感激生憂思諼草樹蘭房膏沐爲誰施其雨怨朝陽趙岐孟子章指曰千載聞之猶有感激毛詩曰焉得諼草言樹之背又曰豈無膏沐誰適爲容又曰其雨其雨杲杲出日鄭玄曰人言其雨其雨杲杲然日復出猶我言伯且來伯且來則復不來也伯且君子字如

何金石交一旦更離傷沈約曰婉孌則千載不忘金石之交一旦輕絕未見好德如好
色善曰漢書曰楚王使武涉說韓信曰足下雖
自以爲與漢王爲金石交然今爲漢王所禽矣
嘉樹下成蹊東園桃與李顏延年曰左傳季孫氏有嘉樹善曰班固漢書李廣贊曰
諺曰桃李不言下自成蹊秋風吹飛藿零落從此始沈約曰風吹飛藿之時蓋桃李
零落之日華實既盡柯葉又彫無復一毫可悅善曰說文曰藿豆之葉也楚辭曰惟草木之零落繁華
有憔悴堂上生荊杞言無常也文子曰有榮華者必有愁悴班固荅賓戲曰朝爲榮華夕
爲憔悴山海經曰雩夕之山下爲荊杞郭璞曰杞枸杞驅馬舍之去去上西山趾
西山夷齊所居言欲從之以避世禍一身不自保何況戀妻子沈約曰榮悴去就此
人本無保身之術況復妻子者乎凝霜被野草歲暮亦云已沈約曰歲暮風霜之
時徒然而已耳善曰繁霜已凝歲亦暮止野草殘悴身亦當然楚辭曰漱凝霜之紛紛字書曰凝冰堅也毛詩

曰歲聿云暮蒼頡篇曰已畢也
昔日繁華子安陵與龍陽史記華陽夫人姊說夫人曰不以繁華時樹本說苑曰安
陵君纏得寵於楚恭王江乙謂纏曰吾聞以財事人者財盡則交絕以色事人者華落則愛衰子安得長被幸
乎會王出獵江渚有火若雲蜺兕從南方來正觸王驂善射者射之兕死於車下王謂纏曰萬歲後子將誰與
樂纏泣下沾衣曰大王萬歲後臣將殉恭王乃封纏車下三百户故江乙善謀安陵善知時龍陽君釣十餘魚
而弃因泣下王曰有所不安乎對曰無王曰然則何爲涕出對曰臣始得魚甚喜後得益多而又欲弃前之所
得也今以臣兇惡而得拂枕席今爵至人君走人於庭避人於塗四海之內其美人甚多矣聞臣之得幸於王
畢褰裳而趍王臣亦曩之所得魚也亦將弃矣安得無涕出乎王乃布令敢言美人者族夭夭桃李花
灼灼有輝光毛詩曰桃之夭夭灼灼其華悅懌若九春磬折似秋霜
春秋元命苞曰陽氣數成於三故時別三月陽數極於九故三月一時九十日宋衷曰四時皆象此類不唯春也

尚書大傳曰諸侯來受命周公莫不磬折流盼發姿媚言笑吐芬芳神女賦曰陳嘉
辭而云對吐芬芳其若蘭攜手等歡愛宿昔同衣裳廣雅曰宿夜也願爲雙
飛鳥比翼共翱翔建安中無名詩曰中有雙飛鳥自名爲鴛鴦丹青著明誓
永世不相忘以財助人者財盡則交絕以色助人者色盡則愛弛是以嬖女不弊席嬖男不弊輿
安陵君所以悲魚也亦豈能丹青著誓永代不忘者哉蓋以俗衰教薄方直道喪攜手笑言代之所重者乃足
傳之永代非止耻會一時故託二子以見其意不在分桃斷袖愛嬖之懽丹青不渝故以方誓善曰東觀漢記
光武詔曰明設丹青之信廣開束手之路
天馬出西北由來從東道漢書曰天馬來從西極涉流沙九夷服天馬來歷無草經
千里循東道張晏曰馬從西而來東也沈約云由西北來東道也春秋非有託富貴焉
常保沈約曰春秋相代若環之無端天道常也譬如天馬本出西北忽由東道況富貴之與貧賤易

至乎善曰鄭玄禮記注曰託止也清露被皋蘭凝霜霑野草迅疾也楚辭曰皋蘭被徑
兮斯露漸凝霜已見上文古詩曰白露沾野草朝爲媚少年夕暮成醜老自非
王子晉誰能常美好王子晉已見上文
登高臨四野北望青山阿應劭風俗通曰葬於郭北北首求諸幽之道松栢
翳岡岑飛鳥鳴相過仲長子昌言曰古之葬植松栢梧桐以識其墳感慨懷辛
酸怨毒常苦多蒼頡篇曰懷抱也史記太史公曰怨毒之於人甚矣哉廣雅曰毒痛也李
公悲東門蘇子狹三河求仁自得仁豈復歎咨嗟沈約曰河
南河東河北秦之三川郡古人呼水皆爲河耳蘇子以兩周之狹小不足逞其志力故去佩六國相印也云二
子豈不知進趨之近禍敗哉常以交利貨賂禍故冐而行之所謂求仁得仁也松栢岡岑丘墓所在也古有皆
死之義莫有免者焉達者安小大之涯各遂分內之樂委天任命以至於俱爲一丘之土夫何異哉故因此望

山阿而發此句明徂謝之理雖同天逝之途則異也感慨之來誠逝者所不免至於顛沛逆天怨毒求生蘇子李斯張本也善曰李斯已見西征賦蘇秦已見左太沖詠史詩漢書東方朔曰漢興去三河之地止霸產以西論語子貢曰伯夷叔齊何人也子曰古之賢人曰怨乎曰求仁而得仁又何怨

開秋兆涼氣蟋蟀鳴牀帷開秋秋初開也楚辭曰開春發歲兮四子講德論曰蟋蟀俟秋吟毛詩曰十月蟋蟀入我牀下感物懷殷憂悄悄令心悲古詩曰感物懷所思韓詩曰耿耿不寐如有殷憂毛詩曰憂心悄悄慍于羣小多言焉所告繁辭將訴誰沈約曰重言之猶云懷哉懷哉善曰論衡曰甘議繁辭終不見信微風吹羅袂明月耀清暉晨雞鳴高樹命駕起旋歸樂錄曰雞鳴高樹顛古辭孔叢子孔子歌曰巾車命駕將適唐都毛詩曰薄言旋歸

平生少年時輕薄好絃歌論語曰久要不忘平生之言范曄後漢書曰光武曰孝孫

素謹輕薄兒誤之孝孫劉嘉字西遊咸陽中趙李相經過顏延年曰趙漢成帝趙后飛燕也李武帝李夫人也並以善歌妙舞幸於二帝也善曰史記曰秦作咸陽徙都也娛樂未終極白日忽蹉跎驅馬復來歸反顧望三河黃金百溢盡資用常苦多北臨太行道失路將如何少年之日志好絃歌及乎歲晚旋歸路失財盡同乎太行之子當如之何乎戰國策曰魏王欲攻邯鄲季梁聞之中道而反衣焦不信頭塵不浴往見王曰今者臣來見人於太行乃北面而持其駕告臣曰我欲之楚臣曰之楚將奚爲北面曰吾馬良臣曰雖良此非楚之道也曰吾用多臣曰雖多此非之楚之路也曰吾善御此數者逾善而離楚逾遠耳今王動欲成霸王舉欲信於天下恃王國之大兵之精銳而欲攻邯鄲以廣地尊名王之動逾數而離王逾遠耳猶至楚而北行也高誘曰面向也駕馬也之至也用資也賈逵國語注曰一溢二十四兩

昔聞東陵瓜近在青門外連軫距阡陌子母相拘帶五色曜朝日嘉賓四面會軫當爲畛宋衷太玄經注曰畛界也說文曰畛井田間陌也孔安國尚書傳曰距至也子母五色俱謂瓜也史記曰邵平者故秦東陵侯秦破爲布衣貧種瓜於長安城東瓜美故時俗謂之東陵瓜從邵平始也漢書曰霸城門民間所謂青門也毛詩曰我有嘉賓膏火自煎熬多財爲患害布衣可終身寵祿豈足賴沈約曰當東陵侯侯服之時多財爵貴及種瓜青門匹夫耳寔由善於其事故以味美見稱連軫距陌五色相照非唯周身贍己乃亦坐致嘉賓夫得固易失榮難久恃膏以明自煎人以財興累布衣可以終身豈寵祿之足賴哉善曰莊子曰山木自寇也膏火自煎也漢書疏廣曰愚而多財則益其過左氏傳曰石碏曰四者之來寵祿過也又宋華元曰不能治官敢賴寵乎

步出上東門北望首陽岑河南郡圖經曰東有三門最北頭曰上東門河南郡境界簿曰城東北十里首陽山上有首陽祠一所下有采薇士上有嘉樹林沈約曰夷

齊尚不食周粟況取之以不義者乎善曰史記曰武王平殷伯夷叔齊恥之義不食周粟隱於首陽山采薇而食之顏延之曰史記龜策傳曰無蟲曰嘉林良辰在何許凝霜霑衣襟寒風振山岡玄雲起重陰沈約曰良辰何許言世路險薄非良辰也風霜交至凋殞非一玄雲重陰多所擁蔽是以寄言夷齊望首陽而嘆息善曰東征賦曰撰良辰而將行王仲宣詩曰白露沾衣鳴鴈飛南征鶗鴂發哀音沈約曰此鳥鳴則芳歇也芬芳歇矣所存者臭腐耳善曰楚辭曰鴈邕邕而南遊又曰恐鶗鴂之先鳴使夫百草爲之不芳素質遊商聲悽愴傷我心沈約曰致此彫素之質由於商聲用事秋時也遊字應作由古人字類無定也善曰禮記曰孟秋之月其音商鄭玄曰秋氣和則音聲調

昔年十四五志尚好書詩論語子曰吾十有五而志于學杜預左氏傳注曰尚上之耳被褐懷珠玉顏閔相與期家語子路問於孔子曰有人於此被褐而懷玉何如

子曰國無道可也國有道則袞冕而執玉也顏回已見幽通賦史記曰閔損字子騫開軒臨四野登高望所思丘墓蔽山岡萬代同一時方言曰冢大者爲丘王逸楚辭注曰小曰丘千秋萬歲後榮名安所之乃悟羨門子噭噭今自蚩沈約曰自我以前徂謝者非一雖或稅駕參差同爲今日之一丘夫豈異哉故云萬代同一時也若夫被褐懷玉託好詩書開軒四野昇高永望志事不同徂沒理一追悟羨門之輕舉方自笑耳善曰戰國策曰楚王謂安陵君曰寡人萬歲千秋之後誰與樂此矣淮南子曰死有遺業生有榮名薛綜西京賦注曰安焉也史記曰始皇使燕人盧生求羨門韋昭曰古仙人也說文云蚩笑也蚩與嗤同徘徊蓬池上還顧望大梁漢書地理志曰河南開封縣東北有蓬池或曰即宋蓬澤也又陳留郡有浚儀縣故大梁也綠水揚洪波曠野莽茫茫毛詩曰率彼曠野楚辭曰莽茫茫之無涯毛萇曰茫茫廣大貌走獸交橫馳飛鳥相隨翔是時鶉

火中日月正相望左氏傳曰晉侯伐虢公問卜偃曰吾其濟乎對曰克之其九月十月之交乎鶉火中必是時也杜預曰夏之九月十月也尚書曰惟二月既望孔安國曰十五日日月相望也朔風厲嚴寒陰氣下微霜爾雅曰朔北方也杜預左氏傳注曰厲猛也曾子曰陰氣勝則凝爲霜羈旅無疇匹俛仰懷哀傷左氏傳曰陳敬仲曰羈旅之臣也小人計其功君子道其常豈惜終憔悴詠言著斯章沈約曰豈惜終憔悴蓋由不應憔悴而致憔悴君子失其道也小人計其功而通君子道其常而塞故致憔悴也因乎眺望多懷兼以羈旅無匹而發此詠善曰孫卿子曰天有常道君子有常體君子道其常小人計其功炎暑惟玆夏三旬將欲移南方爲火而主夏火性炎上故謂夏月爲炎暑也薛君韓詩章句曰惟辭也鄭玄毛詩箋曰炎熱氣也芳樹垂綠葉清雲自逶迤淮南子曰志厲清雲楚辭曰載雲旗之逶迤四時更代謝日月遞差馳孫卿子曰日月遞照

四時代御徘徊空堂上忉怛莫我知毛詩曰勞心忉忉又曰勞心怛怛楚辭曰國無人兮莫我知願覩卒歡好不見悲別離言四時代移日月遞運年壽將盡而人莫己知恐被讒邪橫遭擯斥故云願卒歡好不見離別灼灼西隤日餘光照我衣楚辭曰日杳杳而西頹迴風吹四壁寒鳥相因依周周尚銜羽蛩蛩亦念飢韓子曰鳥有周周者首重而屈尾將欲飲於河則必顛乃銜羽而飲令人之所有飢不足者不可以不索其羽矣爾雅曰西方有比肩獸焉與邛邛岠虛比爲邛邛岠虛齧甘草即有難邛邛岠虛負而走其名謂之蹷郭璞曰蹷音厥如何當路子磬折忘所歸豈爲誇譽名憔悴使心悲沈約曰天寒即飛鳥走獸尚知相依周周銜羽以免顛仆蛩蛩負蹷以美草而當路者知進趍不念暮歸所安爲者惟夸譽名故致憔悴而心悲也善曰孟子公孫丑問曰夫子當路於齊管晏之功可復許乎綦毋邃曰當仕路也磬折已見上文呂氏春

秋曰古之人有不肯富貴者由重生故也非夸以名也爲其實也司馬彪莊子注曰夸虛名也鄭玄禮記注曰名令聞也寧與燕雀翔不隨黃鵠飛黃鵠遊四海中路將安歸沈約曰若斯人者不念己之短翮不隨燕雀爲侶而欲與黃鵠比遊黃鵠一舉冲天翺翔四海短翮追而不逮將安歸乎爲其計者宜與燕雀相隨不宜與黃鵠齊舉善曰漢書息夫躬絕命辭曰玄雲決鬱將安歸獨坐空堂上誰可與歡者出門臨永路不見行車馬登高望九州悠悠分曠野孤鳥西北飛離獸東南下日暮思親友晤言用自寫毛詩曰彼美淑姬可與晤言鄭玄曰晤對也北里多奇舞濮上有微音史記曰紂使師涓作新聲北里之舞禮記曰桑間濮上之音云國之音也輕薄閑遊子俯仰乍浮沈捷徑從狹路僶俛趣荒淫輕薄之輩隨俗浮沈棄彼大道好從狹路不尊恬淡競赴荒淫言可悲甚也漢司馬遷書曰從俗浮

沈與俯仰時焉見王子喬乘雲翔鄧林獨有延年術可以慰
我心子喬離俗以輕舉全性以保真其人已遠故云焉見其法不滅故云可慰心楚辭云譬若王喬之乘
雲兮載赤雲而陵太清山海經曰夸父與日競逐而渴死其杖化爲鄧林楚辭曰延年不死兮壽何所止方言
曰延長也毛詩曰仲山父永懷以慰其心毛萇曰慰安也
湛湛長江水上有楓樹林楚辭曰湛湛江水兮上有楓樹皋蘭被徑路
青驪逝駸駸皋蘭已見上文楚辭曰青驪結駟兮齊千乘毛詩曰駕彼駟牡載驟駸駸毛萇曰駸駸
驟貌駸七林切遠望令人悲春氣感我心三楚多秀士朝雲進
荒淫孟康漢書注曰舊名江陵爲南楚吳爲東楚彭城爲西楚呂氏春秋曰舜耕於歷山秀士從之高唐
賦曰妾旦爲朝雲朱華振芬芳高蔡相追尋一爲黃雀哀涕下
誰能禁戰國策曰騶辛諫楚王曰郢必危矣王獨不見黃雀俯啄白粒仰栖茂樹鼓翅奮翼自以爲與

人無爭不知夫公子王孫左挾彈右攝丸以其頸爲的晝遊茂樹夕調酸醎耳黃雀其小者也蔡聖侯因是已
南遊高陂北陵巫山飲茹溪之流食湘波之魚左視幼妾右擁嬖女與之馳騁乎高蔡之中而不以國家爲事
不知夫子發受命于宣王繫己以朱絲而見之也蔡聖侯之事其小者也君王自因是已左州侯從鄢陵與壽
陵君飯封祿之粟載方府之金與之馳乎雲夢之中而不以天下國家爲事不知夫穰侯方謀受命乎秦王填
澠池之塞內投己澠池塞之外襄王聞顏色變四體戰慄於是乃執珪中授之封以爲陽陵君延叔堅戰國策
論曰因是已因事已復有是也茹谿流所沃者美好也孔叢子賈子陽謂子思曰吾念周室將滅涕泣不禁
禁止也

秋懷一首　五言　謝惠連

平生無志意少小嬰憂患平生已見上文說文曰嬰繞也如何乘苦心
矧復值秋晏古詩曰晨風懷苦心淮南子曰秋士哀也皎皎天月明奕奕河

宿爛古詩曰明月何皎皎薛君韓詩章句曰奕奕盛貌毛詩曰子興視夜明星有爛蕭瑟含風
蟬寥唳度雲鴈楚辭曰秋之爲氣也蕭瑟兮草木搖落而變衰寒商動清閨孤
燈曖幽幔寒商秋風也楚辭曰商風肅而害之百草育而不長王逸楚辭注曰曖曖闇昧貌耿
介繁慮積展轉長宵半楚辭曰獨耿介而不隨毛詩曰展轉反側夷險難豫
謀倚伏昧前筭夷險謂道以喻時也演連珠曰才經夷險不爲世屈淮南子曰接徑歷遠直道
夷險鶡冠子曰禍兮福之所倚福兮禍之所伏雖好相如達不同長卿慢達謂通達
不拘禮也嵇康高士傳司馬長卿讚曰長卿慢世越禮自放犢鼻居市不耻其狀託疾避患蔑比卿相乃至仕
人超然莫尚頗悅鄭生偃無取白衣宦偃謂偃仰不仕也范曄後漢書曰鄭均字
仲虞東平任城人也公車特徵再遷尚書後病乞骸骨拜議郎告歸因稱病篤帝東巡過任城乃幸均舍勑賜
尚書祿以終其身故人號爲白衣尚書未知古人心且從性所翫賓至可

命觴朋來當染翰秋興賦序曰染翰操紙慨然而賦高臺驟登踐清淺
時陵亂爾雅曰水正絕流曰亂頹魄不再圓傾羲無兩旦魄月魄也羲羲
和謂日也金石終消毀丹青暫彫煥張綱集曰書功金石圖形丹青各勉玄
髮歡無貽白首歎阮籍詠懷詩曰玄髮發朱顏睇眄有光華嵇康有白首賦因歌遂
成賦聊用布親串爾雅曰串習也古患切

臨終詩一首　五言

歐陽堅石王隱晉書曰石崇外生歐陽建渤海人也爲馮翊太守趙王倫
之爲征西撓亂關中建每匡正不從私欲由是有隙及乎倫篡立勸淮南王允
誅倫未行事覺倫收崇建及母妻無少長皆行斬刑孫盛晉陽秋曰建字堅石臨刑作
伯陽適西戎子欲居九蠻列仙傳曰老子西遊尹喜見之與老子俱之流沙之西魏

武飲馬長城窟行曰四時隱南山子欲適西戎論語曰子欲居九夷苟懷四方志所在可
遊盤左氏傳姜氏謂晉公子曰子有四方之志尚書曰乃盤遊無度況乃遭屯蹇顛沛遇
災患平聲周易曰屯如邅如又曰往蹇來連孔叢子歌曰遂邅不復自嬰屯蹇論語子曰顛沛必於是
古人達機兆策馬遊近關周易曰機者動之微吉之先見者也左氏傳蘧伯玉曰瑗
不得聞君之出敢聞其入遂行從近關出也咨余沖且暗抱責守微官孔安國尚
書傳曰沖童也賈逵國語注曰暗不明也孟子曰吾聞有官守者不得其職則去有言責者不得其言則去
潛圖密已構成此禍福端爾雅曰圖謀也莊子曰而子身若槁木之枝而心若死灰
若是禍亦不至福亦不來禍福無有惡有人災枚叔上吳王書曰福生有基禍生有胎傳子曰福生有兆禍來
無端方言曰端緒也恢恢六合間四海一何寬天網布紘綱投足
不獲安老子曰天網恢恢疏而不失山海經曰地之所載六合之間許慎淮南子注曰紘維也解嘲曰

李善　文二十三　十一　戊申重刊　刘用

欲行者擬足而投迹松柏隆冬悴然後知歲寒孫卿子曰松柏經冬而不彫論語子
曰歲寒然後知松柏之後彫不涉太行險誰知斯路難淮南子曰何爲九山曰太
行羊腸高誘曰太行今上黨太行河內野王縣眞僞因事顯人情難豫觀窮達
有定分慷慨復何歎平聲孟子曰窮則獨善其身達則兼善天下呂氏春秋曰百里奚
處虞而虞亡處秦而秦霸有其本也其本也者定分之謂也上負慈母恩痛酷摧心肝
說文曰負受貨不償然受恩不報亦謂之負也方言曰傳云慈母怒子折葼以笞之下顧所憐女
惻惻中心酸鄭玄毛詩箋曰顧念也二子棄若遺念皆遘凶殘毛詩
曰將安將樂棄余如遺不惜一身死惟此如循環薛君韓詩章句曰惟念也尚書
大傳曰三王之統若循連環周則復始也執紙五情塞揮筆涕汍瀾文子曰昔
者中黃子曰色有五色文章人有五情漢書息夫躬絕命辭曰涕泣流兮萑蘭瓚曰萑蘭涕泣闌干萑與汍同

哀傷

幽憤詩一首四言魏氏春秋曰康及呂安事爲詩自責呂安事已見思舊賦班固史遷
述曰幽而發憤乃思乃精
嵇叔夜
嗟余薄祜少遭不造蔡邕書曰邕薄祜早喪二親毛詩曰閔予小子遭家不造鄭玄曰造成也
不造言家道未成也哀煢靡識越在繈緥左氏傳后成叔曰聞君越在他境淮南子曰成
王幼在繈緥之中張華博物志曰繈織縷爲之廣八寸長丈二以約小兒於背上韋昭漢書注曰緥若今時小兒腹
衣李奇曰緥小兒大藉也母兄鞠育有慈無威嵇氏譜曰康兄喜字公穆歷徐揚州刺史太僕
宗正卿母孫氏毛萇詩傳曰鞠養也毛詩曰父兮生我母兮鞠我恃愛肆姐不訓不師賈逵
國語注曰肆恣也說文曰姐嬌也嬌與姐同耳姐子豫切爰及冠帶馮寵自放抗心希
古任其所尚廣雅曰希庶也趙岐孟子章句曰各崇所尚則義不虧矣說文曰尚庶幾也託好

文二十三　十二　戊申重刊　刻升

老莊賤物貴身嵇喜謂康長好老莊之業恬靜無欲淮南子曰原道者欲一言之而寤則尊天
而保眞欲冉言之而通則賤物而貴身也莊子曰眞者精誠之志志在守樸養素全眞
老子曰見素抱樸少私寡欲河上公曰抱守也薛綜東京賦注曰樸質也莊子盜跖謂孔子曰子之道非可以全眞
者也又曰眞者精誠之志也曰余不敏好善闇人謂與呂安交也孝經曰參不敏何足以知
之左傳曰吳公子札來聘見叔孫穆子曰子好善而不能擇人也子玉之敗屢增惟塵
子玉楚大夫也左氏傳曰楚子將圍宋使子文治兵於睽終朝而畢不戮一人子玉復治兵於蒍終日而畢鞭七人
貫三人耳國老皆賀子文子文飲之酒蒍賈尚幼後至不賀子文問之對曰不知所賀子之傳政於子玉子玉之敗
子之舉也舉以敗國將何賀焉毛詩曰無將大車維塵冥冥鄭玄曰喻大夫進舉小人適自作憂患也大人
含弘藏垢懷恥周易曰含弘光大品物咸亨左氏傳伯宗謂晉侯曰國君含垢說文曰懷藏也
杜預曰忍垢恥也民之多僻政不由己毛詩曰民之多僻無自立辟鄭玄曰民行多邪

僻者汝君臣之過無自謂得法度論語曰爲仁由己惟此褊心顯明臧否褊心康自謂也
郭璞爾雅注曰惟發論辭也毛詩曰惟是褊心是以爲刺又曰於乎小子未知臧否感悟思愆怛
若創痏西京賦曰所惡成創痏蒼頡篇曰痏毆傷也方言曰怛痛也說文曰痏瘢也漢書音義曰以杖
毆擊人剝其皮膚起青黑無創者謂疻痏欲寡其過謗議沸騰論語曰蘧伯玉使人於孔
子孔子問焉曰夫子何爲對曰夫子欲寡其過而未能也漢賈山曰古者庶人謗於道商旅議於市毛詩曰百
川沸騰性不傷物頻致怨憎莊子仲尼謂顏回曰聖人處物不傷物者物亦不能傷也
昔慙柳惠今愧孫登柳下惠已見西征賦魏氏春秋曰初康采藥於中山北見隱者孫登
康欲與之言登默然不對踰年將去康曰先生竟無言乎登乃曰子才多識寡難乎免於今之世也內負
宿心外恧良朋鄭玄禮記注曰負之言背也趙壹報羊陟書曰惟君明叡平其宿心爾雅曰恧
慙也毛詩曰每有良朋仰慕嚴鄭樂道閑居漢書曰谷口有鄭子眞蜀有嚴君平皆脩

十頁廿二　文二十三　十三　戊申重刊

身保性成帝時元舅王鳳以禮聘子眞子眞遂不詘而終君平卜筮於成都市以爲卜筮賤業而可以惠衆日
閱數人得百錢足以自養則閉肆下簾而授老子年九十餘遂以其業終論語子曰貧而樂漢書曰司馬相如
稱疾閑居與世無營神氣晏如蔡邕釋誨曰安貧樂賤與世無營淮南子曰古人神氣不
蕩於外漢書曰楊雄室亡儋石之儲猶晏如也咨予不淑嬰累多虞毛萇詩傳曰咨嗟也
毛詩曰之子不淑云如之何左氏傳趙孟曰以晉國之多虞匪降自天寔由頑疎毛詩曰下
民爲孽匪降自天噂沓背憎職競由人理弊患結卒致囹圄杜預左氏傳注曰弊壞也
禮記曰仲春省囹圄鄭玄曰所以守禁繫者秦曰囹圄漢曰獄對荅鄙訊縶此幽阻言己
對荅之辭鄙於見訊也張晏漢書曰訊者三日復問知之與前辭同不也杜預左氏傳注曰縶拘執也鄙俚也
訊問也實恥訟免時不我與論語曰陽貨曰日月逝矣歲不我與文雖出此而意微殊
亦不以文害意也免或爲寃非也雖曰義直神辱志沮毛萇詩傳曰沮壞也才與切

濯身滄浪豈云能補孟子孺子歌曰滄浪之水清可以濯吾纓滄浪之水濁可以濯吾足
孔子曰小子聽之清斯濯纓濁斯濯足自取之也劉歆荅父書曰誠思拾遺冀以云補嗈嗈鳴鴈
奮翼北遊順時而動得意志憂毛詩曰雝雝鳴鴈管子桓公曰夫鴻鵠有
時而南有時而北又曰鴻鵠秋南而不失時嗟我憤歎曾莫能儔毛詩曰嗟我懷人說
文曰曾辭之舒也儔等也事與願違遘茲淹留淹留謂因縶而留也爾雅曰淹留久也
窮達有命亦又何求王命論曰窮達有命吉凶由人毛詩曰謂我何求古人有
言善莫近名莊子曰爲善莫近名爲惡莫近刑司馬彪曰勿脩名也被褐懷玉穢惡其身以無陋
於形也郭象曰志善惡而居中任萬物之自爲也奉時恭默咎悔不生尚書曰恭默思
道周易曰悔吝者憂虞之象也曾子曰懽欣忠信咎故不生可爲孝矣萬石周愼安親保
榮漢書曰萬石君奮長子建爲郎中令建老白首萬石君尚無恙每五日洗沐歸謁親建爲郎中令奏事事下

六頁十八　文二十三　十四　曹倫

建自讀之驚恐曰書馬者與尾而五今迺四不足一獲譴死矣其爲謹愼雖他皆如此論語摘輔像讖曰曾子
未嘗不問安親之道也孔安國尚書注曰周至也世務紛紜祇攪予情漢書曰嚴安徐
樂上書言世務毛詩曰祇攪我心攪亂也祇適也安樂必誡乃終利貞家語金人銘曰
安樂必戒無行所悔王肅曰雖處安樂必警戒也周易曰乾元亨利貞煌煌靈芝一年三
秀西京賦曰擢靈芝之朱柯楚辭曰采三秀於山間王逸曰三秀謂芝草也予獨何爲有志
不就楚辭曰云有志而無謗爾雅曰就成也懲難思復心焉內疚潘元茂九錫文
曰懲難念功毛詩曰既往既來我心永疚疚病也庶朂將來無馨無臭爾雅曰朂勉也
毛詩曰上天之載無聲無臭采薇山阿散髮巖岫采薇已見上文琴操許由曰散髮優
遊所以安己不懼也范曄後漢書曰袁閎散髮絕世永嘯長吟頤性養壽杜篤連珠曰能
離光明之顯長吟永嘯爾雅曰頤養也東方朔非有先生論曰故養性受命之士莫肯進禮記曰百年曰期頤

鄭玄曰頤猶養也。

七哀詩一首 五言

曹子建

贈荅子建在仲宣之後而此在前誤也

明月照高樓。流光正徘徊。夫皎月流輝輪無輟照以其餘光未沒似若徘徊前覽以為文外傍情斯言當矣 上有愁思婦。悲歎有餘哀。古詩曰慷慨有餘哀 借問歎者誰。言是客子妻。君行踰十年。孤妾常獨棲。君若清路塵。妾若濁水泥。漢書民歌曰涇水一石其泥數斗 浮沈各異勢。會合何時諧。爾雅曰諧和也 願為西南風。長逝入君懷。古詩曰從風入君懷四坐莫不歎 君懷良不開。賤妾當何依。史記驪姬曰以賤妾之故廢嫡立庶

七哀詩二首 五言

王仲宣

五百十六 文二十三 十五 刘升

西京亂無象。豺虎方遘患。左氏傳晉侯問於士弱曰吾聞之宋災於是乎知有天道可必乎對曰國亂無象不可知也班固漢書張耳陳餘述曰據國爭權還為豺虎遘與構同古字通也道經曰執大象天下往河上公注曰執守也象道也聖人守大道則天下萬民移心歸往也 復棄中國去。遠身適荊蠻。荊蠻已見登樓賦毛詩曰蠢爾蠻荊毛萇曰蠻荊荊州之蠻也 親戚對我悲。朋友相追攀。出門無所見。白骨蔽平原。路有飢婦人。抱子棄草間。顧聞號泣聲。揮涕獨不還。言迴顧雖聞其子號泣之聲但知揮涕獨去不復還視也家語曰文伯卒敬姜曰二三婦無揮涕王肅曰揮涕不哭揮涕以手揮之也 未知身死處。何能兩相完。此婦人之辭也說文曰完全也 驅馬棄之去。不忍聽此言。南登霸陵岸。迴首望長安。漢書曰文帝葬霸陵 悟彼下泉人。喟然傷心肝。毛詩序曰下泉思治也曹人思明王賢伯也

荊蠻非我鄉。何為久滯淫。國語曰底著滯淫賈逵曰淫久也 方舟溯大江。日暮愁我心。爾雅曰大夫方舟郭璞曰併兩舟也爾雅曰逆流而上曰溯流 山崗有餘暎。巖阿增重陰。通俗文曰日陰曰暎 狐狸馳赴穴。飛鳥翔故林。皆言不忘本也文子曰鳥飛之鄉依其所主也楚辭曰鳥飛之故鄉狐死必首丘 流波激清響。猴猿臨岸吟。迅風拂裳袂。白露霑衣衿。楚辭曰擊迅風於清涼禮記曰孟秋之月白露降說苑曰孺子不覺露之沾衣 獨夜不能寐。攝衣起撫琴。漢書曰沛公起攝衣延酈食其也韓子曰師涓靜坐撫琴 絲桐感人情。為我發悲音。史記曰騶忌以鼓琴見齊威王王曰夫治國家何為絲桐之間也 羈旅無終極。憂思壯難任。羈旅已見上文

七哀詩二首 五言

文二十三 十六 乙卯重刊 刘端

張孟陽 臧榮緒晉書曰張載字孟陽武邑人也有才華起家拜著作佐郎稍遷領著作遂稱疾抽簪告歸卒於家

北芒何壘壘。高陵有四五。廣雅曰壘重也古樂府詩曰還望故鄉鬱何壘壘北芒山名也壘壘冢相次之皃 借問誰家墳。皆云漢世主。恭文遙相望。原陵鬱膴膴。范曄後漢書曰葬孝安皇帝于恭陵又曰葬靈帝于文陵又曰葬光武皇帝于原陵毛萇曰膴膴肥美也 季世喪亂起。賊盜如豺虎。左氏傳曰叔向曰齊其何如晏子曰此季世也韋昭國語注曰季末也豺虎已見上文 毀壞過一抔。便房啟幽戶。一抔喻少也漢書張釋之曰假令愚人取長陵一抔土何如漢書注曰便房冢壙中室也 珠柙離玉體。珍寶見剽虜。魏文帝典論曰喪亂以來漢氏諸陵無不發掘至乃燒取玉柙金鏤體骨并盡西京雜記曰漢帝及王侯送死皆珠襦玉匣匣形如鎧甲連以金鏤枚乘七發曰太子玉體不安說文曰剽劫人也又

虜獲也漢書注曰虜與鹵同如淳曰鹵鈔掠也園寢化爲墟○周墉無遺堵○漢書曰自高祖下至宣帝各自居陵傍立廟又園中各有寢便殿又曰自貢禹建迭毀之議遂毀惠景廟及太上寢園廢而爲墟爾雅曰牆謂之墉毛萇詩傳曰一丈爲板五板爲堵蒙籠荊棘生○蹊逕登童豎○狐兔窟其中○蕪穢不復掃○關中記曰漢諸陵守衛掃除廣雅曰掃除也餘見下注掃蘇老切頹隴並墾發○萌隸營農圃○蒼頡篇曰墾耕也毛詩曰俊發爾私鄭玄曰俊疾也發伐也疾耕發其私田也司馬相如上林賦曰地可墾闢悉爲農郊以贍萌隸昔爲萬乘君○今爲丘山土○漢書曰天子畿方千里兵車萬乘故稱萬乘之主方言曰冢大者爲丘淮南子曰吾死也有一棺之土感彼雍門言○悽愴哀往古○桓子新論曰雍門周以琴見孟嘗君曰臣竊悲千秋萬歲後墳墓生荊棘狐兔穴其中樵兒牧豎躑躅而歌其上行人見之悽愴孟嘗君之尊貴如何成此乎孟嘗君喟然歎息淚下承睫

秋風吐商氣○蕭瑟掃前林○王逸楚辭注曰商風西風也秋氣起則西風急疾鸚鵡賦曰涼風蕭瑟陽鳥收和響○寒蟬無餘音○陽鳥春鳥也禮記曰孟秋寒蟬應陰而鳴鳴則天涼故謂之寒蟬楚辭曰蟬寂寞而無聲白露中夜結○木落柯條森○呂氏春秋曰秋氣至則草木落朱光馳北陸○浮景忽西沈○朱光日也楚辭曰陽杲杲其朱光續漢書云日行北陸謂之冬杜預左氏傳注曰陸道也孔安國尚書注曰浮行也說文曰景日光也顧望無所見○惟覩松栢陰○松栢丘墓已見上文肅肅高桐枝○翩翩栖孤禽○禮記曰草木皆肅鄭玄曰肅謂枝葉縮栗也仰聽離鴻鳴○俯聞蜻蛚吟○易通卦驗曰立秋蜻蛚鳴蔡邕月令章句曰蟋蟀虫名俗謂之蜻蛚蟋蟀吟已見上文注蜻音精蛚音列哀人易感傷○觸物增悲心○秦嘉答婦詩曰哀人易感傷丘隴日已遠○纏綿彌思深○古詩曰相去日已遠張升與任彥堅書曰纏綿恩好庶蹈高蹤憂來令髮白○

誰云愁可任○古詩曰座中何人誰不懷憂令我白頭登樓賦曰誰憂思之可任徘徊向長風○淚下霑衣衿○楚辭曰愬長風以徘徊又曰向長風而舒情又曰泣歔欷而沾襟

悼亡詩三首五言風俗通曰慎終悼亡鄭玄詩箋曰悼傷也

潘安仁

荏苒冬春謝○寒暑忽流易○荏苒猶漸也冉冉歲月流貌也王逸楚辭注曰謝去也列子曰寒暑易節之子歸窮泉○重壤永幽隔○之子謂妻也毛詩曰之子于歸百兩御之琴賦曰披重壤以誕載私懷誰克從○淹留亦何益○神女賦曰情獨私懷誰者可語說文曰懷念思也楚辭曰倚躊躇以淹留僶俛恭朝命○迴心反初役○毛詩曰僶俛從事不敢告勞役謂所任也王充論衡曰充罷州役望廬思其人○入室想所歷○家語孔子曰思其人愛其樹說文曰歷過也帷屏無髣髴○翰墨有餘跡○廣雅曰帷

帳也聲類作幃說文曰彷彿相似見不諦也歸田賦曰揮翰墨以奮藻流芳未及歇○遺挂猶在壁○洛神賦曰步蘅薄而流芳廣雅曰挂懸也悵怳如或存○周遑忡驚惕○王逸楚辭注曰怳失意也如彼翰林鳥○雙栖一朝隻○曹植善哉行曰如彼翰鳥或飛戾天王弼周易注曰翰鳥飛也曹植種葛篇曰下有交頸禽即雙栖禽也如彼遊川魚○比目中路析○爾雅曰東方有比目魚焉不比不行春風緣隟來○晨霤承檐滴○說文曰霤屋承水也寢息何時忘○沈憂日盈積○宋玉笛賦曰武毅發沈憂結庶幾有時衰○莊缶猶可擊○郭璞爾雅注曰庶幾徼幸也莊子妻死惠子弔之方箕踞鼓盆而歌惠子曰與人居長子老身死不哭亦足矣又鼓盆而歌不已甚乎莊子曰不然是其始死也我獨何能無槩察其始而本無生非徒無生而本無形非徒無形而本無氣人見偃然寢於巨室而我噭噭隨而哭之自以爲不通乎命故止

皎皎窻中月，照我室南端。室南端，室之南正門。清商應秋至，溽暑隨節闌。秋風爲商，已見上文。禮記曰：季夏土潤溽暑。文穎漢書注曰：闌，希也。説文曰：溽，溼暑也。凜凜涼風升，始覺夏衾單。古詩曰：涼歲云暮。毛萇詩傳曰：衾，被也。豈曰無重纊，誰與同歲寒。毛詩曰：豈曰無衣，與子同袍。孔安國尚書傳曰：纊，細綿也。歲寒無與同，朗月何朧朧。毛詩曰：叔兮伯兮，靡所與同。埤蒼曰：朧朧，欲明也。展轉眄枕席，長簟竟牀空。展轉，已見上文。牀空委清塵，室虛來悲風。莊子曰：空穴來風。司馬彪曰：門戸孔空，風善從之。古詩曰：白楊多悲風。獨無李氏靈，髣髴覩爾容。桓子新論曰：武帝所幸李夫人死，方士李少君言能致其神，乃夜設燭張幄，令帝居他帳，遥見好女似夫人之狀，還帳坐也。撫衿長歎息，不覺涕霑胷。漢書，公孫玃曰：累撫衿。魏武帝苦寒行曰：延頸長歎息。魏文帝歌行曰：不覺淚下霑衣裳。霑胷安能已，悲懷從中起。

文二十三　十九　王大亨

史記曰：文帝意慘悽悲懷。魏武帝短歌行曰：憂從中來。寢興目存形，遺音猶在耳。毛詩曰：言念君子，載寢載興。禮記曰：色不志乎目。楊脩傷天賦曰：悲體貌之潛翳兮，目常存乎遺形。左氏傳，晉穆嬴曰：今君雖終，言猶在耳。上慙東門吳，下媿蒙莊子。列子曰：魏有東門吳者，死子而不憂。莊子，蒙人，故云蒙莊子。賦詩欲言志，此志難具紀。尚書曰：詩言志。賈逵國語注曰：紀，猶録也。命也可柰何，長戚自令鄙。魚豢典略，趙岐卒歌曰：有志無時命也柰何。論語曰：小人長戚戚。長笛賦曰：長戚之士，能閑居。曜靈運天機，四節代遷逝。楚辭曰：角宿未旦，曜靈焉藏。廣雅曰：曜靈，日也。陳琳柳賦曰：天機之運旋，夫何逝之速也。莊子天運篇曰：天其運乎。郭子玄曰：不運而自行也。淒淒朝露凝，烈烈夕風厲。毛詩曰：秋日淒淒。又曰：冬日烈烈，飄風發發。柰何悼淑儷，儀容永潛翳。左氏傳，施氏之婦曰：已不能庇其伉儷。杜預曰：儷，偶也。魏太祖祭橋玄文曰：幽靈潛翳，邈哉緬矣。念此如昨日，誰知

卒歲。蒼頡篇曰：昨，隔日也。毛詩曰：無衣無褐，何以卒歲。改服從朝政，哀心寄私制。茵幬張故房，朔望臨爾祭。鄭玄禮記注曰：茵，褥也。毛詩箋曰：幬，床帳也。爾祭詎幾時，朔望忽復盡。衾裳一毀撤，千載不復引。爾雅曰：引，陳也。亹亹朞月周，戚戚彌相愍。楚辭曰：時亹亹而過中。又曰：居戚戚而不解。悲懷感物來，泣涕應情隕。感物，已見上文。毛詩曰：涕旣隕之。駕言陟東阜，望墳思紆軫。毛詩曰：駕言出遊。又楚辭曰：鬱結紆軫兮，離愍而長鞠。徘徊墟墓間，欲去復不忍。禮記，周豐曰：墟墓之間，未施哀於民而民哀。徘徊不忍去，徙倚歩踟躕。毛詩序曰：彷徨不忍去。楚辭曰：步徙倚而遥思。落葉委埏側，枯荄帶墳隅。聲類曰：埏，墓隧也。方言曰：荄，根也。孤魂獨煢煢，安知靈與無。曹子建贈白馬王彪詩曰：孤魂翔故城。楚辭曰：魂煢煢兮不遑寐。投心遵朝命，揮涕強就車。揮涕，已見上文。

六百二　文二十三　二十　戊申重刊刘彦

誰謂帝宮遠，路極悲有餘。毛詩曰：誰謂宋遠。莊子曰：知反帝宮。禮記，子路曰：吾聞諸夫子，喪禮與其哀不足而禮有餘也，不若禮不足而哀有餘也。

廬陵王墓下作一首　五言

宋武帝子義真封廬陵王，未之藩而高祖崩。盧陵聰敏好文，常與靈運周旋。屬少帝失德，朝廷謀廢立之事，次在盧陵。言盧陵輕訬，不任主社稷。因其與少帝不協，徐羨之等奏廢盧陵爲庶人，徙新安郡，羨之使使殺盧陵也。後有讒靈運欲立盧陵王，遂遷出之。後知其無罪，追還。至曲阿，過丹陽，文帝問曰：自南行來，何所制作？對曰：過盧陵王墓下作一篇。

謝靈運

曉月發雲陽，落日次朱方。越絶書曰：曲阿爲雲陽縣。左氏傳曰：吳伐楚，以報朱方之役。杜預曰：朱方，吳也。吳地記曰：吳改朱方曰丹徒。含悽泛廣川，灑淚眺連崗。史記，春申君曰：廣川大水，山林谿谷。楚辭曰：還顧高丘，泣如灑。青烏子相冢書曰：天子葬高山，諸侯葬連崗。眷言

懷君子。沈痛結中腸。毛詩曰睠言顧之阮藉詠懷詩曰容好結中腸道消結憤
懣運開中悲涼。道消少帝之日運開文帝之初也沈約宋書曰少帝諱義符武帝長子即位爲
邢安泰所害周易否卦曰小人道長君子道消白虎通曰天子崩赴諸侯何緣臣子哀痛憤懣無能不告諸侯
者也春秋說題辭曰天子崩黎庶殞涕海內悲涼宋均曰涼愁也神期恒若在德音初
不忘。家語曰今之言五帝三王者威靈若存王肅曰其威與明靈常若存也毛詩曰彼美孟姜德音不忘
徂謝易永久。松栢森已行。尚書曰帝乃徂落毛詩曰我行永久曹植寡婦詩曰高墳
鬱兮巍巍松栢森兮成行延州協心許。楚老惜蘭芳。新序曰延陵季子將西聘晉帶
寶劒以過徐君徐君不言而色欲之季子爲有上國之事未獻也然心許之矣使於晉顧反則徐君死於是以
劒帶徐君墓樹而去漢書曰龔勝者楚人也字君賓勝卒有一老父來弔其哭甚哀既而曰嗟乎薰以香自燒
膏以明自銷龔先生竟天天年非吾徒也遂趍而出莫知其誰徐州先賢傳曰楚老者彭城之隱人也解

劒竟何及。撫墳徒自傷。解劒已見上注潘岳虞茂春誄曰姨撫墳兮告辭皆莫能兮仰
視顧愷之拜宣武墓詩曰遠念羨昔存撫墳哀今亡平生疑若人。通蔽互相妨。君人
謂延州及楚老也令德高遠是通也解劒撫墳是蔽也論語子謂子賤曰君子哉若人栢子新論曰漢高祖建
立鴻基侔功湯武及身病得良醫弗用專委婦人歸之天命亦以誤矣此必通人而蔽者也理感深
情慟定非識。所將言已往日疑彼三人迨乎今辰已亦復耳斯則理感既深情便悲慟定非
心識之所能行也王隱晉書曰荀粲與傅嘏善夏侯玄亦親常謂嘏玄曰子等在世業間功名玄必勝我識減
我耳嘏難曰能成功名者識也天下孰有本不足而末有餘者粲曰功名局之所獎然則志自一物耳固非識
之所獨齊我以能役子等爲貴未能齊子所爲也毛萇詩傳曰將行也脆促良可哀。夭枉
特兼常。莊子曰其生也柔脆其死也枯槁趙岐孟子章句曰良甚一隨往化滅。安用
空名揚。莊子曰已化而生又化而死孝經曰揚名於後世舉聲泣已灑。長歎不

成章。孟子曰君子之志於道也不成章不達
拜陵廟作一首五言沈約宋書曰漢儀上陵歲以爲常魏無定制江左元
帝崩後諸侯始有謁陵辭陵事蓋率情而舉非京洛之舊自元嘉已來每正月輿駕
必謁初寧陵復漢儀顏延年
周德恭明祀。漢道尊光靈。周書曰各助王恭明祀東觀漢記上賜東平王蒼書曰今
送光烈皇后衣一篋令魯國孔氏尚有仲尼車輿冠履明德盛者光靈遠也哀敬隆祖廟。
樹加園塋。漢書房中歌曰乃立祖廟敬明尊親如淳漢書注曰塋墓田也逮事休命始。
投迹階王庭。休命始高祖之初也禮記曰逮事父母尚書曰陳于商郊俟天休命莊子曰多物將
往投迹者衆周易曰夬揚于王庭陪廁迴天顏。朝讌流聖情。毛詩曰不明爾德時
無背無側爾德不明時無陪無卿鄭玄毛詩箋曰迴首曰顧早服身義重。晚達生戒

輕。服服事也早服恩淺也故以存身之義爲重也達官達也晚達恩厚故以養生之戒爲輕也王逸晉書曰
孔坦上表曰士死知遇恩令命輕否來王澤竭。泰往人悔形。否來泰往少帝之時
也否泰易二卦名也言王之德澤既竭人之悔吝形見班固西都賦序曰王澤竭而詩不作周易曰悔吝者憂
虞之象也列子曰公孫朝不知世道之安危人理之悔吝周易曰否之匪人不利君子貞又曰泰君子道長小
人道消敕躬慙積素。復與昌運幷。孝經鉤命決曰敕躬未濟汲汲孳孳者四子講德
論曰非有積素累舊之懽春秋孔演圖曰帝當會昌成封岱宗宋均曰應會之期耳恩合非漸漬。
榮會在逢迎。論語糾滑讖曰漸漬以道廢消乃行戰國策曰田光造燕太子跪而逢迎卻行爲道
夙御嚴清制。朝駕守禁城。束紳入西寢。伏軫出東坰。紳大
帶也論語子曰赤也束帶立於朝西寢廟在西也莊子曰宣尼伏軫而歎東坰陵所在也衣冠終冥
漠陵邑轉葱青。漢書曰自高祖已下各自君陵傍立廟月一遊衣冠吊魏武文曰悼繐帳之冥

漢。漢書景帝紀曰。作陽陵。張晏曰。景帝作壽陵起邑。南都賦曰。章陵鬱以青葱。松風遵路急。山烟冒壠生。說文曰。冒。覆也。方言曰。秦晉之間冢謂之壠。皇心憑容物。民思被歌聲。皇心謂文帝也。司馬彪續漢書曰。根車旋載容衣。被歌聲。班固漢書贊曰。元帝自度曲被歌。應劭曰。持新曲以爲歌聲也。然此言人之思慕被在歌謳之聲。萬紀載紡吹。千載託旒旌。漢書詔曰。制禮作樂各有由。歌者所以發德也。又曰。聖王已沒。鍾鼓管紡之聲未衰。儀禮士喪禮曰。爲銘各以其物。鄭玄曰。銘。明旌也。以死者不可別。故以其旗識之。以別貴賤。故云表德也。天子各有建也。未殊帝世遠。已同淪化萌。言帝澤被天下。威靈若存。故未殊其遠。而已質雖存。其神已謝。故同乎淪化之萌也。紛牡困孤介。末暮謝幽貞。漢書音義臣瓚曰。介。特也。周易曰。幽人貞吉。發軌喪夷易。歸軔慎崎傾。以車之行喻己之仕也。發軌弱冠也。王武子荅何劭詩曰。討終收遐致。發軌將先起。封禪書曰。軌迹夷易。易。遵也。歸軔。暮年也。楚辭曰。覩軔丘兮崎傾。

同謝諮議銅雀臺詩一首 五言。集曰。謝諮議璟。魏志曰。建安十五年冬。作銅雀臺。魏武遺令曰。吾伎人皆著銅爵臺。於臺上施六尺床繐帳。朝晡上脯糒之屬。月朝十五日。輒向帳作伎。汝等時時登銅爵臺。望吾西陵墓田。

謝玄暉

繐幃飄井幹。罇酒若平生。鄭玄禮記注曰。凡布細而疎者謂之繐。今南陽有鄧繐。淮南子曰。大構架。興宮室。有雞棲井幹。許慎曰。皆屋構飾也。司馬彪莊子注曰。幹。井欄。然井幹。臺之通稱也。鬱鬱西陵樹。詎聞歌吹聲。不敢指斥。故以樹言之也。芳襟染淚迹。嬋媛空復情。楚辭云。心嬋媛而傷懷兮。王逸曰。嬋媛。牽引也。玉座猶寂漠。況迺妾身輕。易是謀類曰。假威出坐玉床。鄭玄曰。坐玉床。處天之位也。寡婦賦曰。懼身輕而施重。

出郡傳舍哭范僕射一首 五言。劉璠梁典曰。天監二年。僕射范雲卒。任昉自義興貽沈約書曰。求念平生。忽爲疇昔。然此郡謂義興也。劉熙釋名曰。傳。舍也。使人所止息而去。後人復來。轉相傳也。風俗通曰。諸有傳信。乃得舍於傳也。

任彥昇 劉璠梁典曰。任昉。字彥昇。樂安人。年四歲。誦古詩數十篇。十六舉秀才第一。辭章之美。冠絕當時。爲寧朔將軍新安太守。卒。

平生禮數絕。式瞻在國楨。國楨謂范雲也。左氏傳曰。名位不同。禮亦異數。女史曰。式瞻清懿。毛詩曰。思皇多士。生此王國。王國克生。惟周之楨。毛萇詩傳曰。楨。幹也。一朝萬化盡。猶我故人情。莊子曰。若人之形者。萬化而未始有極也。史記。范雎謂須賈曰。戀戀有故人之意。待時屬興運。王佐俟民英。易曰。君子藏器於身。待時而動。班固漢書曰。劉向稱董仲舒有王佐之才也。袁子正書曰。立德蹈禮謂之英。子產季札。人之英也。結懽三十載。生死一交情。左氏傳曰。楚子使椒舉如晉曰。寡君願結懽於二三君。史記太史公云。下邽翟公曰。一死一生。

乃知交情。携手遁衰孽。接景事休明。衰孽。齊東昏侯也。休明。梁武帝也。班固漢書述曰。携手遯于秦。鄭玄毛詩箋曰。孽。支庶也。抱朴子曰。携手而遊。接景而處。左氏傳曰。王孫蒲曰。德之休明。運阻衡言革。時泰玉階平。曾子曰。天下有道。則君子訢然以交同。天下無道。則衡言不革。孔安國尚書曰。衡。平也。言平常之言也。彼言不革。此言革。言亂之甚也。長楊賦曰。玉衡正而泰階平。濬沖得茂彥。夫子值狂生。傅暢贊曰。王戎。字濬沖。戎爲選官時。江夏李重。字茂曾。汝南李毅。字茂彥。重以清尚。毅淹而通。二人操異。俱處要職。戎以識會待之。各得其用。夫子謂范雲。狂生。昉自謂也。梁典曰。范雲爲吏部尚書。又曰。昉爲吏部侍郎。淮南子曰。臺無所鑒謂之狂生。高誘曰。臺。持也。所鑒者玄德。故爲狂生。臺。古握字也。漢書曰。酈食其。人皆謂之狂生。伊人有涇渭。非余揚濁清。伊人謂范雲也。綜核人物。涇渭殊流。非余狂生能揚清激濁也。毛詩曰。涇以渭濁。湜湜其沚。孫綽曰。涇渭殊流。雅鄭異調。曹子建贈丁儀詩曰。涇渭揚濁清。將乖不忍別。欲以遣離情。言將乖之初。不忍便訣欲留少選之頃以遣離曠之情也不忍一辰意千齡萬恨生言昔日將乖不忍一辰之意況今千齡末隔萬恨俱生者乎毛萇詩傳曰辰時也應璩與許子後書曰前別倉卒情意不悉追懷萬恨巳矣平生事詠歌盈篋笥新序孫叔敖曰筐篋之橐簡書說文曰篋笥也兼復相嘲謔常與虛舟值蒼頡篇曰嘲調也字書曰嘲亦啁也毛詩曰善戲謔兮莊子曰方舟而濟於河有虛舟來觸舟雖有褊心之人不怒也何時見范侯還叙平生意與子別幾辰經塗不盈旬左氏傳曰日月之會是謂辰以子丑配甲乙也經猶歷也弗覩朱顏改徒想平生人楚辭曰美人既醉朱顏酡又曰容則秀雅稚朱顏寧知安歌日非君撤瑟晨楚辭曰猶憤積而哀娛兮翔江州而安歌王逸曰安意歌兮自寬慰也儀禮曰有疾病者齊撤瑟琴巳矣余何歎輟舂哀國均史記趙良謂商鞅曰五羖大夫死秦國男女流涕舂者不相杵毛詩曰尹氏太師維周之氐秉國之均四方是維毛萇曰均平也

五百八十七　文二十三　二十五　曹倫

贈答上

贈蔡子篤詩一首

四言晉官名曰蔡睦字子篤爲尚書

王仲宣

翼翼飛鸞載飛載東翼翼飛貌也鸞喻子篤也楚辭曰高翱翔之翼翼毛詩曰載飛載鳴我友云徂言戾舊邦蔡氏譜曰睦濟陽人毛詩曰我友敬矣又曰周雖舊邦舫舟翩翩以泝大江楚辭曰將舫舟而下流舫與方同蔚矣荒塗時行靡通董仲舒士不遇賦曰懼荒塗而難踐慨我懷慕君子所同毛詩曰慨我寤歎封禪書曰懷而慕思也悠悠世路亂離多阻毛詩曰悠悠南行又曰亂離瘼矣濟岱江行邈焉異處濟岱近兗州子篤所往江行近荊州仲宣所居也風流雲散一別如雨鸚鵡賦曰何今日以雨絕陳琳檄吳將校曰雨絕于天然諸人同有此言未詳其始人生實難願其弗與張奐與崔子書曰人生實難所務非此瞻望遐路允企伊佇毛詩曰瞻望弗及佇立以泣又曰跂予望之鄭玄曰跂足可以望見之跂與企同烈烈冬日肅肅淒風毛詩曰冬日烈烈左氏傳申豐曰春無淒風潛鱗在淵歸鴈載軒魚鴈諭時候也毛詩曰魚潛在淵鄭玄曰寒則逃於淵史記曰楚人有好以弱弓微繳加歸鴈之上軒飛貌苟非鴻鵰孰能飛飜因所見而言之毛詩曰匪鶉匪鳶翰飛戾天毛萇注曰鶉鵰也雖則追慕予思罔宣法言曰夫進也者進於道慕於德尚書曰予思日孜孜瞻望東路慘愴增歎率彼江流爰逝靡期毛詩曰率彼淮浦君子信誓不遷于時毛詩曰言笑晏晏信誓旦旦及子同寮生死固之左氏傳曰先蔑之使也荀林父止之曰同官爲寮吾嘗同寮敢不盡心乎何以贈行言授斯詩晏子春秋曰曾子將行晏子送曰嬰聞贈人以財不若以言請以言乎夫蘭本三年成而湛之以酒則君子不近湛之麋醢貨以匹馬願子剋求所湛中心孔悼涕淚漣洏毛詩曰中心是悼周易曰泣血漣如杜預左氏傳注曰而語助也嗟爾君子如何勿思毛詩曰君子行役如之何勿思

五百八十六　文二十三　二十六　丁未重刊　王明

贈士孫文始一首

四言三輔決錄趙岐注曰士孫孺子名萌字文始少有才學年十五能屬文初董卓之誅也父瑞知王允必敗京師不可居乃命萌將家屬至荊州依劉表去無幾果爲李傕等所殺及天子都許昌追論誅董卓之功封萌爲澹津亭侯與山陽王粲善萌當就國粲等各作詩以贈萌于今詩猶存也

王仲宣

天降喪亂靡國不夷毛詩曰天降喪亂滅我立王又曰亂生不夷靡國不泯廣雅曰夷滅也我暨我友自彼京師爾雅曰暨與也毛詩曰自彼氐羌宗守盪失越用遁違杜預左氏傳注曰越遠也鄭玄禮記注曰遁逃也孔安國尚書傳注曰違避也遷于荊

楚在漳之湄山海經曰荊山漳水出焉毛詩曰居河之湄在漳之湄亦尅宴處劉歆七略曰宴處從容觀詩書和通篪塤比德車輔毛詩曰伯氏吹塤仲氏吹篪毛萇云土曰塤竹曰篪鄭玄曰其相應和如塤篪左氏傳曰宮之奇曰諺所謂輔車相依脣亡齒寒其虞虢之謂乎既度禮義卒獲笑語毛詩曰獻酬交錯禮儀卒度笑語卒獲庶茲永日無愆厥緒毛詩曰且以喜樂且以永日尚書曰荒墜厥緒雖曰無愆時不我已鄭玄毛詩箋曰已與也同心離事乃有逝止張衡怨詩曰同心離居絕我中腸橫此大江淹彼南汜楚辭曰橫大江兮揚靈王逸曰橫度大江揚己精誠也毛詩曰江有汜之子歸不我已我思弗及載坐載起毛詩曰瞻望弗及張衡怨詩曰我聞其聲載坐載起惟彼南汜君子居之論語曰君子居之何陋之有悠悠我心薄言慕之毛詩曰青青子衿悠悠我心又曰采采芣苡薄言采之人亦有言靡日不思毛詩

六百六十五　文二十三　二十七　丁未重刊　刘升

曰人亦有言靡哲不愚又曰有懷于衛靡日不思矧伊嬿婉胡不悽而毛詩曰矧伊人矣又曰人無兄弟胡不比焉晨風夕逝託與之期毛萇詩傳注曰晨風鸇也楚辭曰因歸鳥而致詞羌迅高而難當瞻仰王室慨其永歎毛詩曰瞻仰昊天尚書曰以蕃王室毛詩曰慨其歎矣又曰我思肥泉茲之永歎良人在外誰佐天官毛詩曰維此良人弗求弗迪尚書曰天工人其代之孔安國曰人代天理官不以天官私非其材四國方阻俾爾歸蕃爾之歸蕃作式下國毛詩曰四國于蕃又曰俾爾多益尚書曰世世享德萬邦作式鄭玄毛詩箋曰式法也毛詩曰命于下國無曰蠻裔不虔汝德賈逵國語注曰虔敬也慎爾所主率由嘉則毛詩曰慎爾出話又曰不愆不忘率由舊章又曰仲山甫之德柔嘉維則龍雖勿用志亦靡忒周易曰潛龍勿用陽在下也鄭玄毛詩箋云忒差也悠悠澹澧鬱彼唐林荊州圖曰漢壽縣城南一百步有澹水出縣西陽山又曰澧陽縣蓋即澧水爲名也在郡西南接澧水晉書曰天門有零陽縣南平郡有作唐縣盛弘之荊州記曰零陵東接作唐然此三縣連延相接唐林即唐地之林也雖則同域邈其迥深爾雅曰迥遠也白駒遠志古人所箴允矣君子不遐厥心既往既來無密爾音毛詩曰皎皎白駒在彼空谷生芻一束其人如玉無金玉爾音而有遐心又曰允矣君子展也大成

贈文叔良一首

四言干寶搜神記曰文穎字叔良南陽人繁欽集又云爲荊州從事文叔良作移零陵文而粲集又有贈叔良詩獻帝初平中王粲依荊州劉表然叔良之爲從事蓋事劉表也詳其詩意似聘蜀結好劉璋也

王仲宣

翩翩者鴻率彼江濱毛詩曰翩翩者鵻說文曰翩翩飛疾貌君子于征爰聘西鄰毛詩曰之子于征西鄰謂蜀也臨此洪渚伊思梁岷楚辭曰伊思兮往古爾往孔邈如何勿勤君子敬始慎爾所主老子曰慎終如始則無敗事孟子曰吾聞之觀近臣以其

六百八十四　文二十三　二十八　曹侑

所爲主觀遠臣以其所主趙岐曰近臣當爲遠方來賢者爲主遠臣而至主於在朝臣之賢者也謀言必賢錯說申輔鄭玄禮記注曰賢善也所言說當申相輔也申或爲車非也延陵有作僑肸是與公孫僑子產也羊舌肸叔向也左氏傳曰吳公子札聘于鄭見子產如舊相識與之縞帶子產獻紵衣適晉說叔向將行謂叔向曰吾子勉之君侈而多良大夫皆富政將在家吾子直必思自免於難也先民遺跡來世之矩毛詩曰先民有作溫恭朝夕尚書曰予恐來世以台爲口實既慎爾主亦迪知幾探情以華覩著知微華喻貌越絕書子胥曰聖人見微知著覩始知已視明聽聰靡事不惟論語孔子曰君子有九思視思明聽思聰字林曰惟思也董褐荷名胡寧不師國語曰吳晉爭長未成吳王昏乃戒令秣馬食士於是晉師大駭乃令董褐請事曰兩君偃兵接好日中爲期今大國越境而造於弊邑之軍壘敢請辭故吳王親對之曰天子有令周室既卑約貢獻莫入上帝鬼神而不可以告孤用視聽命於藩離之外董褐既致命乃告趙鞅曰觀吳王之色類有大

憂小則嬖妾嫡子死不則國有大難大則越入吳將毒不可與戰主其許之然而不可徒許也趙孟許諾晉乃
令董褐復命曰曩君之言周室既卑諸侯失禮於天子今君奄王東海以淫名聞於天下有短垣而自踰之況
蠻荊則何有於周室夫諸侯無二君而周無二王君若卑天子以干其不祥而曰吳公孤敢不順從君命長弟
吳王許諾及退就幕而會吳公先歃晉侯亞之韋昭曰董褐晉大夫司馬寅也毛詩曰胡寧忍予
衆不可蓋。無尚我言。家語金人銘曰君子知天下之不可蓋也故下之廣雅曰尚高也我叔良也
梧宮致辯。齊楚構患。說苑曰楚使使者聘於齊齊王饗之於梧宮使者曰大哉梧乎王曰
江海之魚必吞舟大國之樹必巨園使者何怪焉使者曰然昔者燕攻齊棼雍門飲馬于淄澠定獲於琅邪王
與太后奔莒逃於成陽之山敢問當此之時梧之大小何如王命陳先生對之陳子曰臣不如貂勃貂勃對曰使者
爲問植梧之始邪昔楚無道殺子胥之父子胥奔吳吳以爲相後將兵伐楚以復父讎楚王奔隨吳王入郢子
胥親射宮門鞭平王之墳當此之時梧始生之年也齊楚於是構怨遂舉兵相伐也
成功有要在

衆思歡。尚書帝曰成允成功惟汝賢又曰有倫有要
人之多忌。掩之實難。左氏傳秦伯謂公孫枝曰夷吾其定乎對曰今其言多忌克難哉
瞻彼黑水。滔滔其流。尚書曰華陽黑水惟梁州毛詩曰滔滔江漢南國之紀
江漢有卷。允來厥休。言彼二國席卷而來信汝之美也言江漢之君有席卷之志信服而來自是美非汝之功也漢書劉敬說高祖曰今陛下徑往卷蜀漢定三秦
二邦若否。職汝之由。言彼二國若懷不順此汝之由毛詩曰邦國若否仲山甫明之毛萇詩傳曰若順也否猶臧否也謂善惡也左氏傳范宣子數諸戎曰言語漏泄則職汝之由也
緬彼行人。鮮克弗留。少能不留言多淹留也賈逵國語注曰緬思貌也左氏傳曰行人言使人也毛詩曰靡不有初鮮克有終
尚哉君子。于異他仇。左氏傳楚子木語晉范武子之德王曰尚矣哉能歆神人杜預曰尚者上也毛萇詩傳注曰仇匹也
人誰不勤。無厚我憂。楚辭曰惟天地之無窮哀生民之長勤我粲自謂也
惟詩作贈。敢詠在舟。言爲詩以贈者有在舟之義憂患同也鄧析子曰同舟渡海中流遇風救患若一

贈五官中郎將四首　五言

劉公幹

昔我從元后。整駕至南鄉。元后謂曹操也至南鄉謂征劉表也尚書曰衆非元后何戴張衡思玄賦曰爰整駕而亟行毛詩曰維汝荊楚居國南鄉
過彼豐沛都。與君共翺翔。豐沛漢高祖所居以喻譙也君謂五官也毛詩曰將翺將翔
四節相推斥。季冬風且涼。四節已見潘安仁悼亡詩周易曰寒暑相推而歲成焉廣雅曰斥推也
衆賓會廣坐。明鐙熺炎光。史記侯嬴曰公子自是迎嬴羣衆廣坐之中楚辭曰蘭膏明燭華鐙錯鐙與燈音義同廣雅曰熺熾也熺大明貌火其切
清歌製妙聲。萬舞在中堂。毛詩曰公庭萬舞鄭玄曰萬舞干舞也
金罍含甘醴。羽觴行無方。毛詩曰我姑酌彼金罍楚辭曰瑤漿蜜勺實羽觴
長夜忘歸來。聊且爲大康。毛詩曰無已大康職思其居
四牡向路馳。歎悅誠未央。四牡謂驪駒也漢書王式曰聞之於師客歌驪駒主人歌無庸歸音義曰逸詩篇名也

余嬰沈痼疾。竄身清漳濱。禮記曰身有痼疾說文曰痼久也漢書曰魏郡武始縣漳水至邯鄲入漳山海經曰少山清漳水出焉東流于濁漳之水
自夏涉玄冬。彌曠十餘旬。楊雄羽獵賦曰玄冬季月天地隆烈杜預左氏傳注曰彌遠也蒼頡篇曰曠疎曠也
常恐遊岱宗。不復見故人。援神契曰太山天帝孫也主召人魂尚書曰至于岱宗太山爲四岳宗也
所親一何篤。步趾慰我身。左氏傳蔿啓強曰今君親步玉趾
清談同日夕。情盼敘憂勤。毛詩曰朝夕思念至於憂勤也
便復爲別辭。遊車歸西隣。西隣鄴都
素葉隨風起。廣路揚埃塵。逝者如流水。哀此遂離分。論語曰子在川上曰逝者如斯夫不捨晝夜
追問何時會。要我以陽春。楚辭

曰無衣裘以御冬恐死不得見乎陽春望慕結不解貽爾新詩文蔡邕瞽師賦曰詠新詩以悲歌勉哉脩令德北面自寵珍左氏傳曰忠爲令德北面臣位也禮記曰君之南鄉荅陽之義也臣之北面荅君之義也

秋日多悲懷感慨以長歎毛萇詩傳曰秋士悲也終夜不遑寐叙意於濡翰毛詩曰不遑假寐楚辭曰魂煢煢兮不遑寐韋昭漢書注曰翰筆也明鐙曜閨中清風凄已寒白露塗前庭應門重其關楚辭曰白露紛以塗毛詩曰乃立應門爾雅曰正門謂之應門四節相推斥歲月忽欲殫禮記曰歲既殫矣壯士遠出征戎事將獨難壯士謂五官也漢書高祖曰壯士行何畏出征謂在孟津也魏志曰建安十六年文帝立爲五官中郎將典略曰建安二十二年魏郡大疫徐幹劉楨等俱逝然其間唯有鎮孟津及黎陽而無所征伐故疑出征謂在孟津也以在鄴故曰出征以有兵衛故曰戎事也涕泣

灑衣裳能不懷所歡涕泣幹自謂也涼風吹沙礫霜氣何皚皚易通卦驗曰巽氣不至則大風揚沙礫小石也說文曰皚皚霜雪貌劉歆遂初賦曰漂積雪之皚皚牛哀切明月照緹幕華燈散炎輝緹丹色也華燈巳見上文賦詩連篇章極夜不知歸論衡曰興論立說結連篇章者文人鴻儒也君侯多壯思文雅縱橫飛漢儀注曰列侯爲丞相稱君侯大戴禮曰天子不知文雅之辭少師之任小臣信頑鹵僶俛安能追儀禮曰小臣正辭李尤東觀賦曰臣雖頑鹵慕小雅斯干歎詠之美僶俛已見上文論語曰參也魯孔安國曰魯鈍也魯與鹵同

贈徐幹一首　五言　劉公幹

誰謂相去遠隔此西掖垣毛詩曰誰謂宋遠跂予望之洛陽故宮銘曰洛陽宮有東掖門西掖門拘限清切禁中情無由宣史記曰景帝居禁中禁中者門戶有禁非侍御不得入楚辭曰抒中情而爲詩思子沈心曲長歎不能言毛詩曰在其板屋亂我心曲古詩曰氣結不能言起坐失次第一日三四遷步出北寺門遙望西苑園風俗通曰尚書侍御史謁者所止皆曰寺也細柳夾道生方塘含清源思玄賦曰余沐於清源輕葉隨風轉飛鳥何翻翻楚辭曰漂翻翻其上下乖人易感動涕下與衿連仰視白日光皦皦高且懸毛詩曰謂余不信有如皦日毛萇曰皦白也楚辭曰晞白日兮皎皎兼燭八紘內物類無頗偏韓子曰朱儒對衛靈公曰夫日兼燭天下一物不能當也楊雄解嘲云日月之經不千里則不能燭六合耀八紘音義曰八方之綱維也尚書曰無偏無陂遵王之誼我獨抱深感不得與比焉

贈從弟三首　五言　劉公幹

汎汎東流水磷磷水中石呂氏春秋曰水泉東流日夜不休毛詩曰揚之水白石磷磷毛萇傳曰清澈也蘋藻生其涯華紛何擾弱采之薦宗廟可以羞嘉客蘋藻以喻從弟也左氏傳君子曰苟有明信澗谿沼沚之毛蘋蘩蘊藻之菜可薦於鬼神可羞於王公毛詩曰所謂伊人於焉嘉客豈無園中葵懿此出深澤古詩曰青青園中葵朝露待日晞爾雅曰懿美也

亭亭山上松瑟瑟谷中風風聲一何盛松枝一何勁冰霜正慘愴終歲常端正楚辭曰霜露憯悽而交下豈不罹凝寒松柏有本性凝嚴也莊子曰天寒既至雪霜將降吾是以知松柏之茂也

鳳皇集南嶽徘徊孤竹根鳳生丹穴故曰南嶽鄭玄毛詩箋曰鳳凰之性非竹實不食亦喻從弟也於心有不厭奮翅凌紫氛豈不常勤苦羞與

黃雀羣。黃雀喻俗士也。何時當來儀。將須聖明君。尚書曰鳳凰來儀孔安國曰聖人受命則鳳凰至

文選卷第二十三

賜進士出身通奉大夫江南蘇松常鎮太等處承宣布政使司布政使胡克家重校刊

文選卷第二十四

梁昭明太子撰

文林郎守太子右內率府錄事參軍事崇賢館直學士臣李　善注上

贈答二

贈徐幹一首　五言　曹子建
驚風飄白日。忽然歸西山。夫日麗於天，風生乎地，而言飄者，夫浮景駿奔，倏焉西邁，
餘光杳杳，似若飄然。古步出夏門行曰：行行復行行，白日薄西山。圓景光未滿。衆星粲
以繁。圓景，月也。論衡曰：日月之體，狀如正圓。鄭玄毛詩箋曰：景，明也。釋名曰：望，月滿之名也。論語曰：衆星
共之。廣雅曰：粲，明也。志士營世業。小人亦不閑。論語，子曰：志士仁人無求生以害人。
孔叢子曰：仲尼大聖，自茲以降，世業不替。聊且夜行遊。遊彼雙闕閒。文昌鬱
雲興。迎風高中天。劉淵林魏都賦注曰：文昌，正殿名也。廣雅曰：鬱，出也。爾雅曰：興，起也。地理
書曰：迎風觀在鄴。列子曰：周穆王築臺，號曰中天之臺。春鳩鳴飛棟。流猋激櫺軒。
爾雅曰：扶搖謂之猋。郭璞曰：暴風從上下者。猋與飆同，古字通。說文曰：櫺，楯閒子也。徐幹齊都賦曰：窻櫺參差，景納陽軒。
長廊之有窻也。顧念蓬室士。貧賤誠足憐。蓬室士，謂徐幹也。蒼頡篇曰：顧，旋也。列子

曰：北宮子庇其蓬室，若廣廈之蔭。薇藿弗充虛。皮褐猶不全。墨子曰：古之人其爲
食也，足以增氣充虛而已。鄭玄周禮注曰：充，足也。淮南子曰：貧人冬則羊裘短褐，不掩形也。忼慨有
悲心。興文自成篇。說文曰：忼慨，壯士不得志於心也。鄭玄考工記注曰：興，發也。寶棄怨
何人。和氏有其愆。寶以喻幹，和氏喻知己也。韓子曰：楚人和氏得璞玉於楚山之中，奉而獻
之武王。武王使玉人相之，玉人曰：石也。刖和氏左足。武
王薨，成王即位，和又獻之。玉人又曰：石也。刖其右足。成
王薨，文王即位，和乃抱璞而哭於楚山之下。王使玉人
理其璞而得寶焉，遂名曰和氏之璧。刖音月。孔安國尚
書傳曰：愆，過也。彈冠俟知己。知己誰不然。言欲彈冠以俟知己，知己誰不同於棄寶
而能相萬乎。漢書曰：蕭育與朱博友，往者有王陽、貢公，
故長安語曰：蕭朱結綬，王貢彈冠。晏子春秋，越石父曰：
士者申乎知己。良田無晚歲。膏澤多豐年。良田膏澤，喻有德也。無晚歲，多豐年，喻必
榮也。漢書曰：翟義請陂下良田。國語，子餘曰：君若膏澤之，使能成嘉穀。毛詩曰：豐年穰穰。亮懷璵璠
美。積久德逾宣。爾雅曰：亮，信也。蒼頡篇曰：懷，抱也。左氏傳曰：季平子行東野，還，未至，卒于房。陽
虎將以璵璠斂。杜預曰：璵璠，美玉，君所佩也。璵音餘。璠音煩。親交義在敦。申章復何
言。莊子曰：親交益疏。孔安國尚書傳曰：敦，厚也。又曰：申，重也。

贈丁儀一首　五言　集云與都亭侯丁翼，今云儀，誤也。魏略曰：丁儀字正禮，太祖辟儀爲掾。　曹子建
初秋涼氣發。庭樹微銷落。漢書孝武傷李夫人賦曰：桂枝落而銷亡。凝霜依
玉除。清風飄飛閣。楚辭曰：漱凝霜之紛紛。字書曰：凝，冰堅也。玉除，階也。說文曰：除，殿階也。西
都賦曰：玉除彤庭。又曰：脩塗飛閣。朝雲不歸山。霖雨成川澤。廣雅曰：八月浮雲不
歸。左氏傳曰：凡雨自三日已往爲霖。黍稷委疇隴。農夫安所獲。王逸楚辭注曰：委，棄
也。說文曰：疇，耕治之田也。毛詩曰：帥時農夫。在貴多忘賤。爲恩誰能博。言俗之常

情也。狐白足禦冬。焉念無衣客。言服狐白者，不念無衣，以喻處尊貴者多忘貧賤也。
晏子春秋曰：景公之時，雨雪三日，公被狐白之裘，坐於堂側。謂晏子曰：雨雪三日，天下不寒，何也？晏子曰：賢君
飽知人飢，溫知人寒。楚辭曰：無衣裘以禦冬。毛詩曰：無衣無褐，何以卒歲。思慕延陵子。寶劍
非所惜。言延陵不欺於死，而況其生者乎，故己思慕之，巽異於俗也。新序曰：延陵季子將西聘晉，帶寶
劍以過徐君。徐君不言，而色欲之。季爲有上國之事，未獻也，然心許之矣。致使於晉，顧反，則徐君死，於是以劍
帶徐君墓樹而去。廣雅曰：惜，愛也。子其寧爾心。親交義不薄。

贈王粲一首　五言　曹子建
端坐苦愁思。攬衣起西遊。古詩曰：攬衣起徘徊。樹木發春華。清池
激長流。中有孤鴛鴦。哀鳴求匹儔。鴛鴦喻粲也。毛萇詩傳曰：鴛鴦，匹鳥也。楚
辭曰：覽可與兮匹儔。我願執此鳥。惜哉無輕舟。言願執鳥而無輕舟，以喻己之思粲。

而無良會也。賈逵國語注曰：惜，痛也。戰國策蘇代曰：水浮輕舟。欲歸忘故道，顧望但懷愁。傳毅七激曰：無物可樂，顧望懷愁。鄭玄毛詩箋曰：迴首曰顧。悲風鳴我側，羲和逝不留。楚詞曰：哀江介之悲風。又曰：吾令羲和弭節兮。王逸曰：羲和，日御也。墨子曰：時不可及，日不可留。重陰潤萬物，何懼澤不周。重陰以喻太祖。蔡邕月令章句曰：陰者，密雲也。誰令君多念，自使懷百憂。毛詩曰：我生之後，逢此百憂。

又贈丁儀王粲一首

五言。集云：荅丁敬禮、王仲宣。翼字敬禮，今云儀，誤也。

曹子建

從軍度函谷，驅馬過西京。魏志曰：建安二十年，公西征張魯。漢書，弘農縣，故秦函谷關。毛詩曰：驅馬悠悠。山岑高無極，涇渭揚濁清。毛萇詩傳曰：涇渭相入而清濁異。壯哉帝王居，佳麗殊百城。漢書曰：高祖南過曲逆，曰：壯哉縣。高誘戰國策注曰：佳，大

六百廿三　文二十四　四　刘升

也。麗，美也。謝承後漢書曰：黃琬拜豫州，威邁百城。員闕出浮雲，承露槩泰清。西京賦曰：圜闕竦以造天。淮南子曰：魏闕之高，上際青雲。西都賦曰：抗仙掌與承露。廣雅曰：抗，摩也。槩與抗同，古字通。鶡冠子曰：上及泰清，下及太寧。皇佐揚天惠，四海無交兵。皇佐，太祖也。邊讓章華賦曰：建皇佐之高勳，飛仁聲之顯赫。左氏傳，箴尹克黃曰：君，天也。家語，孔子曰：君惠臣忠。楚漢春秋，吳廣說陳涉曰：王引兵西擊，則野無交兵。權家雖愛勝，全國為令名。權家，兵家也。史記曰：呂尚其事多兵權與奇計。孫子兵法曰：用兵法，全國為上，破國次之。左氏傳，子產曰：令名，德之輿也。鄭玄禮記注曰：名，令聞也。君子在末位，不能歌德聲。君子，謂丁王也。琴操曰：古者君子在位役不踰時。德聲，謂太祖令德之聲也。丁生怨在朝，王子歡自營。歡怨非貞則，中和誠可經。言歡怨雖殊，俱非忠貞之則，惟有中和樂職，誠可謂經也。漢書，王襄使王褒作中和樂職宣布詩。如淳曰：言王政中和，在官者樂其職。鄭玄周禮注曰：經，法也。

贈白馬王彪一首

五言。魏志曰：楚王彪，字朱虎，武帝子也。初封白馬王，後徙封楚。集曰：於圈城作。又曰：黃初四年五月，白馬王、任城王與余俱朝京師，會節氣日不陽，任城王薨。至七月，與白馬王還國。後有司以二王歸藩，道路宜異宿止。意毒恨之。蓋以大別在數日，是用自剖，與王辭焉，憤而成篇。

曹子建

謁帝承明廬，逝將歸舊疆。陸機洛陽記曰：承明門，後宮出入之門。吾常怪謁帝承明廬，問張公，云：魏明帝作建始殿，朝會皆由承明門。毛詩曰：逝將去汝。舊疆，鄄城也。時植雖封雍丘，仍居鄄城。清晨發皇邑，日夕過首陽。陸機洛陽記曰：首陽山在洛陽東北，去洛二十里。伊洛廣且深，欲濟川無梁。楚詞曰：道壅塞而不達。江河廣而無梁。汎舟越洪濤，怨彼東路長。國語曰：秦汎舟于河。西京賦曰：起洪濤而揚波。顧瞻戀城闕，引領情內傷。其一。毛詩曰：顧瞻周道。又曰：在城闕兮。左氏傳，穆叔謂晉侯曰：引領西望曰：庶幾乎。楚詞曰：哀

六百四十三　二十四　五　李重刊　曹侑

懷兮內傷。太谷何寥廓，山樹鬱蒼蒼。薛綜東京賦注曰：太谷在洛陽西南。風俗通曰：泰山，松樹鬱鬱蒼蒼。霖雨泥我塗，流潦浩縱橫。魏志曰：黃初四年七月，大雨，伊洛溢流。毛萇詩傳曰：行潦，流潦也。中逵絕無軌，改轍登高岡。毛詩曰：肅肅兔罝，施於中逵。廣雅曰：軌，跡也。脩坂造雲日，我馬玄以黃。其二。毛詩曰：陟彼高岡，我馬玄黃。毛萇曰：玄馬病則黃。玄黃猶能進，我思鬱以紆。楚詞曰：願假簧以舒憂，志紆鬱其難釋。王逸曰：紆，屈也。鬱，愁也。鬱紆將難進，親愛在離居。楚詞曰：將以遺兮離居。本圖相與偕，中更不克俱。毛萇詩傳曰：偕，俱也。鴟梟鳴衡扼，豺狼當路衢。鴟梟、豺狼，以喻小人也。毛詩曰：懿厥哲婦，為梟為鴟。漢書，杜文謂孫寶曰：豺狼當路，不宜復問狐狸。公羊傳曰：楚莊王伐鄭，放乎路衢。何休注曰：路衢，鄭內衢也。蒼蠅間白黑，讒巧令親疏。毛詩曰：營營青蠅，止于樊。鄭玄曰：蠅之為蟲，汙白使黑，汙黑使白，喻佞人變亂善惡也。廣雅曰：間，毀也。

欲還絕無蹊攬轡止踟蹰其三楚辭曰攬騑轡而△下節毛詩曰搔首踟躕踟蹰
亦何留相思無終極漢書息夫躬絕命詞曰嗟若是欲何留也秋風發微涼
寒蟬鳴我側蔡邕月令章句曰寒蟬應陰而鳴鳴則天涼故謂之寒蟬也原野何蕭
條白日忽西匿楚辭曰山蕭條而無獸又曰日杳杳而西頹歸鳥赴喬林翩
翩厲羽翼毛詩曰翩翩者鵻厲疾貌孤獸走索群銜草不遑食尚書曰不
遑暇食感物傷我懷撫心長太息其四廣雅曰感傷也古詩曰感物懷所思列子
曰師襄乃撫心高蹈楚辭曰長太息以掩涕太息將何為天命與我違鄭玄周易
注曰命所受天命也楚辭曰屬天命而委之咸池王逸曰咸池天神也古詩曰同袍與我違毛萇詩傳曰違離
也謂不耦也柰何念同生一往形不歸魏志曰武皇帝卞皇后生任城王彰陳思
王植左氏傳曰鄭罕駟豐同生杜預曰罕子皮駟子晳豐公孫段也三家本同母兄弟也漢書武帝詔曰梁王

文二十四 六 乙卯重刊 刘用

親慈同生願△以邑分弟孤魂翔故城魏志城作域靈柩寄京師漢書貢禹上書曰骸骨棄捐孤
魂不歸存者忽復過亡沒身自衰人生處一世去若朝露
晞漢書李陵謂蘇武曰人生如朝露何久自苦如此薤露歌曰薤上零露何易晞毛萇詩傳曰晞乾也年
在桑榆間影響不能追日在桑榆以喻人之將老東觀漢記光武曰失之東隅收之桑
榆仲長子昌言曰捷疾馳影響人間也自顧非金石咄唶令心悲其五鄭玄毛詩
箋曰顧念也古詩曰人生非金石豈能長壽考說文曰咄叱也丁兀切聲類曰唶大呼也子夜切言人命叱呼
之間或至天喪也心悲動我神棄置莫復陳丈夫志四海萬里
猶比鄰恩愛茍不虧在遠分日親鄧析子曰遠而親者志相應也分猶志也
何必同衾幬然後展慇懃毛詩曰抱衾與裯毛萇曰衾被也鄭玄曰裯床帳也幬與
裯古字同憂思成疾疢無乃兒女仁毛詩曰心之憂矣疢如疾首史記曰呂公謂呂

媼曰非兒女之所知又韓信謂漢祖曰項王所謂婦人之仁也倉卒骨肉情能不懷苦
辛其六李陵書曰前書倉卒骨肉謂兄弟也蘇子卿詩云骨肉緣枝葉古詩又曰轗軻長苦辛
何慮思天命信可疑虛無求列仙松子久吾欺班固楚辭序曰
帝閽宓妃虛無之語論衡曰傳稱赤松王喬好道為仙度世不死是又虛也魏武帝善哉行曰痛哉世人見欺
神仙變故在斯須百年誰能持漢書谷永曰三郡所奏皆有變故鄭玄周禮注曰故
災也禮記君子曰禮樂不可斯須去身鄭玄曰斯須猶須臾也古詩曰生年不滿百呂氏春秋曰人之壽久不
過百離別永無會執手將何時蔡琰詩曰念別無會期毛詩曰執子之手與子偕老
王其愛玉體俱享黃髮期七發曰太子玉體不安東觀漢記太△子執報桓榮書曰君
慎疾加飡重愛玉體杜預左氏傳注曰享受也尚書曰詢茲黃髮收淚即長路援筆從
此辭其七韓詩外傳曰孫叔敖治楚三年而楚國霸楚史援筆而書於策蘇武詩曰去去從此辭

六百七八 二十四 七 壬子重刊 湯仲

贈丁翼一首五言文士傳曰翼字敬禮儀之弟也為黃門侍郎

曹子建

嘉賓填城闕豐膳出中廚鄭玄禮記注曰填滿也毛詩曰我有嘉賓城闕已見上文
吾與二三子曲宴此城隅論語子曰二三子以我為隱乎吾無隱乎爾毛詩曰俟我
於城隅秦箏發西氣齊瑟揚東謳楚辭曰挾秦箏而彈徵歌錄有美女篇齊瑟行
史記蘇秦說秦王曰臨菑甚富其民無不吹竽鼓瑟說文曰謳齊歌也肴來不虛歸觴至
反無餘我豈狎異人朋友與我俱毛詩曰豈伊異人兄弟匪他爾雅曰狎習
也毛詩序曰伐木燕朋友故舊也大國多良材譬海出明珠禮斗威儀曰其君乘
金而王則江海出大貝明珠君子義休偫小人德無儲言君子之義美而且具小
人之德寡而無儲也說文曰偫待也一曰具也儲謂蓄積之以待無也積善有餘慶榮枯立

可須周易曰積善之家必有餘慶孔安國尚書傳曰須待也滔蕩固大節世俗多所拘淮南子曰使神滔蕩而不失其充又曰曲士不可與語至道拘於俗而束於教君子通大道無願爲世儒論衡曰說經者爲世儒

贈秀才入軍五首四言集云兄秀才公穆入軍贈詩劉義慶集林曰嵇熹字公穆舉秀才　嵇叔夜

良馬既閑麗服有暉毛詩曰良馬四之又曰君子之馬既閑且馳鄭玄曰閑習也廣雅曰麗好也楊雄反騷曰素初貯厥麗服兮左攬繁弱右接忘歸新序曰楚王載繁弱之弓忘歸之矢以射兕於雲夢風馳電逝躡景追飛四子講德論曰風馳雨集雜襲並至孫該琵琶賦曰飄風電逝舒疾無方七啓曰忽躡景而輕騖凌厲中原顧盼生姿劉歆遂初賦曰登句注以凌厲廣雅曰凌馳也厲上也風俗通曰顏色厚所顧盼若以親密也攜我好仇載

五百卅六　文二十四　八　季重刊　刘彦中

我輕車毛詩曰君子好仇南凌長阜北厲清渠廣雅曰凌乘也王逸楚辭注曰厲度也仰落驚鴻俯引淵魚盤于遊田其樂只且西京賦曰盤于游畋其樂只且

輕車迅邁息彼長林春木載榮布葉垂陰習習谷風吹我素琴毛詩曰習習谷風秦嘉婦徐氏書曰芳香既珎素琴又好咬咬黃鳥顧疇弄音毛詩曰交交黃鳥古歌曰黃鳥鳴相追咬咬弄好音感悟馳情思我所欽古詩曰馳情整中帶心之憂矣永嘯長吟毛詩曰心之憂矣我歌且謠杜篤連珠曰能離光明之顯長吟永嘯

浩浩洪流帶我邦畿毛萇詩傳曰畿疆也萋萋綠林奮榮揚暉魚龍瀺灂山鳥羣飛樂動聲儀曰風雨動魚龍仁義動君子上林賦曰瀺灂霣墜劉向七言曰山鳥羣鳴我心懷駕言出遊日夕忘歸毛詩曰駕言出遊楚辭曰日將暮兮悵忘歸思我良朋如渴如飢毛詩曰每有良朋曹植責躬詩曰遲奉聖顏如渴如飢願言不獲愴矣其悲張衡詩曰願言不獲終然永思曹植責躬詩曰心之云慕愴矣其悲

息徒蘭圃秣馬華山蘭圃蕙圃也毛詩曰之子于歸言秣其馬毛萇詩傳曰秣養也華山山有光華也流磻平皐垂綸長川說文曰磻以石著弋繳也鄭玄毛詩箋曰釣者以絲爲之綸目送歸鴻手揮五絃漢書曰周亞夫趨出上以目送之歸田賦曰彈五絃於妙指俯仰自得游心泰玄楚辭曰漠虛靜以恬愉兮澹無爲而自得泰玄謂道也淮南子曰自得者全其身者也全其身則與道爲一矣嘉彼釣叟得魚忘筌莊子曰莊子釣於濮水之上又曰筌者所以得魚也得魚而忘筌蹄者所以在兎也得兎而忘蹄言者所以在意也得意而忘言吾焉得夫忘言之人而與之言哉郢人逝矣誰與盡言莊子曰莊子送葬過惠子之墓顧謂

六百四十三　文二十四　九　戊申重刊　王才

從者曰郢人堊漫其鼻端若蠅翼使匠石斲之匠石運斤成風聲而斲之盡堊而鼻不傷郢人立不失容宋元君聞之召匠石曰嘗試爲寡人爲之匠石曰臣則當能斲之雖然臣質死久矣自夫子之死也吾無以爲質矣吾無與言之矣

閑夜肅清朗月照軒舞賦曰夫何皦皦之閑夜明月列以施光軒已見曹子建贈徐幹詩注微風動袿組帳高褰方言曰袿謂之裾音圭袿或爲幃周禮曰幕人掌帷幕幄帟綬之事鄭司農曰帟平帷也綬組綬所以繫帷也王逸楚詞注曰以幕組結束玉璜爲帷帳也旨酒盈樽莫與交歡毛詩曰旨酒欣欣漢書曰郭解入關賢豪爭交歡鳴琴在御誰與鼓彈毛詩曰琴瑟在御莫不靜好仰慕同趣其馨若蘭六韜曰同好相趣薛綜西京賦注曰趣猶意也易曰同心之言其臭如蘭佳人不在能不永歎楚辭曰聞佳人兮召予毛詩曰假寐永歎

贈山濤一首五言

司馬紹統 臧榮緒晉書曰司馬彪字紹統少篤學初拜騎都尉太始中爲秘書郎轉丞後拜散騎侍郎終於家

苕苕椅桐樹，寄生於南岳。椅桐彪自喻也毛詩曰其桐其椅其實離離馬融琴賦曰惟椅梧之所生在衡山之峻陂上凌青雲霓，下臨千仞谷。蒼頡篇曰凌侵也呂氏春秋曰若決積水於千仞之谿包咸論語注曰七尺曰仞處身孤且危，於何託余足。毛詩序曰孤危將亡漢書賈山上書曰不得邪徑而託足焉昔也植朝陽，傾枝俟鸞鷟。毛詩曰鳳凰鳴矣于彼高岡梧桐生矣于彼朝陽鄭玄曰鳳凰之性非梧桐不栖非竹實不食也說文曰鸑鷟鳳屬神鳥也今者絕世用，倥傯見迫束。新語曰楩梓仆則爲世用楚辭曰悲余生之無歡兮愁倥傯於山陸王逸曰倥傯困苦也班匠不我顧，牙曠不我錄。班匠及牙曠皆喻執政也墨子曰公輸般爲雲梯鄭玄禮記注曰般伎巧者也莊子曰匠石之齊見櫟社樹匠伯不

六佰十字　文二十四　十　手重刊　盛彥

顧司馬彪曰匠石字伯鄭玄毛詩箋曰顧視也列子曰伯牙善鼓琴左氏傳曰師曠侍於晉侯杜預曰師曠晉樂太師焉得成琴瑟，何由揚妙曲。桓子新論曰黃門工鼓琴者有任真卿虞長倩能傳其度數妙曲遺聲冉冉三光馳，逝者一何速。廣雅曰冉冉進也淮南子曰夫道含吐陰陽而章三光許慎曰三光日月星也逝者見下注中夜不能寐，撫劒起躑躅。毛詩曰耿耿不寐左氏傳曰子朱怒撫劒從之說文曰蹢躅住足也躑躅與蹢躅同感彼孔聖歎，哀此年命促。春秋說題辭曰天常有血書魯端門作法孔聖沒周室亡論語曰子在川上曰逝者如斯司馬遷悲士不遇賦曰天道悠昧人理促卞和潛幽冥，誰能證奇璞。卞和已見上文冀願神龍來，揚光以見燭。神龍喻壽也山海經曰赤水之山有神人面蛇身其瞑乃晦其視乃明是燭九陰是謂燭龍

荅何劭二首　五言

張茂先

吏道何其迫，窘然坐自拘。班彪與金昭卿書曰遠在東垂吏道迫促鵩鳥賦曰愚士繫俗窘若囚拘纓緌爲徽纆，文憲焉可踰。纓緌制人同於徽纆國之文憲豈可踰乎禮記曰冠緌纓鄭玄曰緌纓飾也周易曰繫用徽纆孔安國尚書傳曰憲法也恬曠苦不足，煩促每有餘。廣雅曰恬靜也蒼頡篇曰曠疏曠也良朋貽新詩，示我以遊娛。良朋已見上文徐幹贈五官中郎將詩曰貽爾新詩又思玄賦曰雖遊娛以愉樂穆如灑清風，奐若春華敷。毛詩曰吉父作誦穆如清風淮南子曰猶條風之時灑荅賓戲曰摛藻如春華自昔同寮寀，於今比園廬。臧榮緒晉書曰惠帝即位劭爲太子太師又曰武帝崩華爲太子少傅然考乎其時事正相接故曰同寮也左氏傳曰先蔑之使也荀林父止之曰同官爲寮吾嘗同寮敢不盡心乎爾雅曰采僚官也南都賦曰園廬舊宅也衰夕近辱殆，庶幾並懸輿。王逸楚辭注曰夕以喻衰言日夕將暮己已衰老子曰知足不辱知止不殆漢書曰薛廣德乞骸骨賜安車駟馬懸

六又十七　文二十四　十一　手重刊　刘彥中

其安車傳子孫也散髮重陰下，抱杖臨清渠。鍾會遺榮賦曰散髮抽簪屬耳聽鸎鳴，流目翫儵魚。毛詩曰耳屬于垣鄭玄曰屬耳於壁聽之又儀禮注曰屬注也毛詩曰鸎其鳴矣思玄賦曰流目眺夫衡阿翫猶悅也莊子曰儵魚出遊從容是魚樂也從容養餘日，取樂於桑榆。漢書疏廣曰此金者聖主所以惠養老臣也故樂與鄉黨共饗其賜以盡吾餘日不亦可乎桑榆已見上文洪鈞陶萬類，大塊稟羣生。洪鈞大鈞謂天也大塊謂地也言天地陶化萬類而羣化稟受其形也鵩鳥賦曰大鈞播物廣雅曰陶化也河圖曰地有九州以苞萬類莊子曰大塊載我以形勞我以生孔安國尚書傳曰稟受也漢書董仲舒對策曰羣生和而萬物殖明闇信異姿，靜躁亦殊形。劉歆遂初賦曰非積習之生常固明闇之所別老子曰重爲輕根靜爲躁君王弼曰凡物輕不能載重小不能鎮大不行者使行不動者制動是以重必爲輕根靜必爲躁君自子及有識，志不

在功名李陵與蘇武書曰陵自有識以來士之立操未有如子卿者也呂氏春秋曰功名大立天也虛恬竊所好文學少所經楚辭曰漢虛靜以恬愉忝荷旣過任白日巳西傾白日西傾以諭年老也洛神賦曰日旣西傾道長苦智短責重困才輕論語曾子曰士不可以不弘毅任重而道遠仁以爲己任不亦重乎死而後巳不亦遠乎呂氏春秋曰智短則不知化不知化者每舉必危范曄後漢書劉寬曰任重責大憂心如醉曹植上表曰爵重才輕周任有遺規其言明且清論語孔子云周任有言曰陳力就列不能者止馬融曰周任古之良史子思子詩云昔吾有先正其言明且清國家以寧都邑以成負乘爲我戒夕惕坐自驚周易曰負且乘致寇至負也者小人之事也乘也者君子之器也小人乘君子之器盜思奪之矣又曰夕惕若厲孔安國尚書傳曰惕懼也是用感嘉貺寫心出中誠感猶荷也魏文帝書曰嘉貺益腆發篇雖溫麗無乃違其情西都賦曰啓發篇章漢書曰司馬相如作賦甚弘麗溫雅廣雅曰違背也

贈張華一首　五言

何敬祖

四時更代謝懸象迭卷舒孫卿子曰日月遞照四時代御淮南子曰二者代謝舛馳周易曰懸象著明莫大乎日月淮南子曰陰陽贏縮卷舒淪於不測暮春忽復來和風與節俱論語曰暮春者春服旣成毛詩曰習習谷風毛萇傳曰習習和舒之貌楊泉物理論曰春氣暖其風溫和俯臨清泉涌仰觀嘉木敷西都賦曰嘉木樹庭周旋我陋圃西瞻廣武廬臧榮緒晉書曰吳滅封張華廣武侯左氏傳太史克曰奉以周旋旣貴不忘儉處有能存無毛萇詩傳曰有謂富無謂貧鎭俗在簡約樹塞焉足摹周易曰簡則易從廣雅曰約儉也論語曰或問管仲知禮乎孔子曰邦君樹塞門管氏亦樹塞門在昔同班司今者並園墟同班司已見張華荅詩私願偕黃髮逍遙綜琴書黃髮巳見上文王肅周易注曰綜理事也劉歆遂初賦曰玩琴書以條暢舉爵茂陰下攜手共躊躇韓詩曰搔首躊躇薛君曰躊躇躑躅也奚用遺形骸忘筌在得魚莊子曰申徒兀者謂子產曰吾與夫子遊十有九年矣而未曾知吾兀者也今子與我遊於形骸之內而子索我於形骸之外不亦過乎得魚忘筌巳見上文

贈馮文羆遷斥丘令一首　四言

晉百官名曰外兵郎馮文羆集云文羆爲太子洗馬遷斥丘令贈以此詩闞駰十三州記曰斥丘縣在魏郡東八十里

陸士衡

於皇聖世時文惟晉毛詩曰於皇時周周禮栗氏量銘曰時文思索鄭玄曰言是文德之君思求可以爲人立法也受命自天奄有黎獻謂武帝也毛詩曰有命自天命此文王又曰奄有四方毛萇曰奄大也尚書曰萬邦黎獻共惟帝臣孔安國曰黎衆也獻賢也閶闔旣闢承

華再建謂惠帝也晉宮閣名曰洛陽城閶闔門陸機洛陽記曰太子宮在太宮東薄室門外中有承華門再建謂立愍懷太子國儲以對閶闔故謂之再也明明在上有集惟彥其一毛詩曰明明在下赫赫在上奕奕馮生哲問允迪方言曰自關而西凡美容謂之奕奕尚書曰允迪厥德謨明弼諧孔安國曰迪蹈也言信蹈行古人之德天保定子靡德不鑠毛詩曰天保定爾亦孔之固劇秦美新曰鑠德懿和之風爾雅曰鑠美也邁心玄曠矯志崇邈爾雅曰邁行也王逸楚辭注曰矯舉也爾雅曰崇高也遵彼承華其容灼灼其二毛詩曰桃之夭夭灼灼其華嗟我人斯戢翼江潭毛詩曰嗟我懷人又曰彼何人斯又曰鴛鴦在梁戢其左翼楚辭曰遊於江潭有命集止翩飛自南周易曰大君有命毛詩曰有命旣集又曰翩飛惟鳥又曰凱風自南出自幽谷及爾同林謂俱爲洗馬也臧榮緒晉書曰楊駿誅衛機爲太子洗馬毛詩曰出自幽谷遷于喬木雙情交映遺物識心其三映猶照也

人亦有言。交道實難。毛詩曰：人亦有言，靡哲不愚。漢書曰：蕭育與朱博，後有隙，故世以交爲難也。有頍者弁。千載一彈。毛詩曰：有頍者弁，實維伊何。毛萇曰：頍，弁貌也。弁，皮弁也。彈冠已見上文。杜預左氏傳注曰：弁亦冠也，故通言之。頍，丘蘂切，與跬同音。今我與子。曠世齊歡。言我及子，雖與王貢曠世，而實齊其歡也。范曄後漢班固議曰：以漢興已來，曠世歷年。廣雅曰：曠，遠也。利斷金石。氣惠秋蘭。其四　周易曰：二人同心，其利斷金。同心之言，其臭如蘭。羣黎未綏。帝用勤止。毛詩曰：羣黎百姓。長楊賦曰：羣黎爲之不康。毛詩曰：文王既勤止，我應受之。我求明德。肆于百里。毛詩曰：我求懿德，肆于時夏。鄭玄曰：肆，陳也，陳其功烈也。漢書曰：縣大率百里，其人稠則盛，稀則曠也。僉曰爾諧。俾民是紀。尚書：僉曰垂哉。帝曰汝諧。毛詩曰：四方是維，俾民不迷。鄭玄毛詩箋曰：以網罟喻爲政，理之爲紀也。乃眷北徂。對揚帝祉。其五　毛詩曰：乃眷西顧。又曰：對揚王休。又曰：既受帝祉，施于孫子。疇昔之遊。好合纏綿。

文二十四　十四　乙丑重刊　夏義

左氏傳羊斟曰：疇昔之羊，子爲政。毛詩曰：妻子好合。張升與任彥堅書曰：纏綿恩好，庶蹈高蹤。借曰未洽。亦既三年。毛詩曰：借曰未知，亦既抱子。居陪華幄。出從朱輪。應璩與趙叔潛書曰：入侍華幄，出典禁闈。司馬彪續漢書曰：皇太子安車朱班輪。方驥齊鑣。比迹同塵。其六　鄭玄儀禮注曰：方，併也。南都賦曰：騄驥齊鑣。范曄後漢書孔融薦謝該曰：該實卓然，比迹前列。老子曰：和其光，同其塵。之子既命。四牡項領。毛詩曰：駕彼四牡，四牡項領。遵塗遠蹈。騰軌高驟。四子講德論曰：未若遵塗之疾驟也。鄭玄考工記注曰：軌謂轍也。慶雲扶質。清風承景。廣雅曰：質，軀也。嗟我懷人。其邁惟永。其七　毛詩曰：嗟我懷人。毛萇曰：懷，思也。否泰苟殊。窮達有違。否泰，周易二卦名也。列子西門子謂北宮子曰：汝造事而窮，予造事而達，此厚薄之驗與。賈逵國語注曰：違，異也。及子春華。後爾秋暉。言否泰殊流，窮達異轍，今雖及爾春華之美，終當後爾秋暉之盛也。春華喻少年，秋暉喻老成也。蘇武詩曰：努力愛春華。

逝將去我。陟彼朔垂。逝將去汝，已見上文。毛詩曰：陟彼高岡。朔垂，斥丘也。爾雅曰：朔，北方也。說文曰：垂，遠邊也。非子之念。心孰爲悲。其八

荅賈長淵一首　四言并序　王隱晉書曰：魯公賈謐，字長淵。　陸士衡

余昔爲太子洗馬。漢書曰：太子屬官有先馬。如淳曰：前驅也。先或作洗。賈長淵以散騎常侍東宮積年。高誘呂氏春秋注曰：東宮，太子所居。詩曰：東宮之妹。余出補吳王郎中令。臧榮緒晉書曰：吳王晏，字平度，武帝第二十三子，封吳。又曰：吳王出鎮淮南，以機爲郎中令。元康六年。入爲尚書郎。臧榮緒晉書曰：機爲尚書中兵郎。魯公贈詩一篇。作此詩荅之云爾。

伊昔有皇。肇濟黎蒸。爾雅曰：伊，惟也。郭璞曰：發語辭也。毛詩曰：有皇上帝。毛萇曰：皇，君也。封禪書曰：覺悟黎蒸。先天創物。景命是膺。周易曰：先天而天弗違。周禮曰：智者創物。毛詩

今三天八　文二十四　十五　乙丑重刊　俏

曰：君子萬年，景命有僕。毛萇曰：僕，附也。毛詩曰：戎翟是膺。毛萇曰：膺，當也。降及羣后。迭毀迭興。史記太史公曰：遞興遞廢，能者用事。小雅曰：遞，迭更也。邈矣終古。崇替有徵。其一　楚辭曰：春蘭兮秋菊，長無絕兮終古。國語藍尹亹謂子西曰：吾聞君子唯獨居思念前世之崇替，於是乎有歎。韋昭曰：崇，終也。替，廢也。左氏傳曰：君子之言，信而有徵。在漢之季。皇綱幅裂。韋昭國語注曰：季，末也。皇綱，以綱爲喻也。荅賓戲曰：廓帝紘，恢皇綱。毛萇詩傳曰：張之曰綱。魏志崔琰曰：今天下分崩，九州幅裂。大辰匿耀。金虎習質。漢書曰：東方蒼龍房心，心爲明堂大星天王。爾雅曰：大辰，房心尾也。石氏星經曰：昴者，西方白虎之宿也。太白者，金之精。太白入昴，金虎相薄，主有兵亂。雄臣馳騖。義夫赴節。解嘲曰：世亂則聖哲馳騖而不足。釋位揮戈。言謀王室。其二　左氏傳：王子朝告于諸侯曰：居王于郟，諸侯釋位，以間王政。說文曰：揮，奮也。左氏傳曰：會于洮，謀王室也。王室之亂。靡邦不泯。毛詩曰：亂生不夷，靡國不泯。毛萇曰：泯，滅也。如彼墜景。

曾不可振丁德禮寡婦賦曰日亹亹以西墜說文曰振舉也乃眷三哲俾乂斯
民三哲劉備孫權曹操也尚書帝曰下民其咨有能俾乂孔安國曰乂治也啓土雖難改物
承天其三尚書曰建邦啓土國語王謂晉侯曰叔父若能更姓改物以創天下禮記明堂陰陽録曰王者
承天統物也爰茲有魏即宮天邑禮記孔悝鼎銘曰即宮于宗周尚書曰周公曰肆予
敢求爾于天邑商吳實龍飛劉亦岳立東京賦曰乃龍飛白水干戈載揚
俎豆載戢毛詩曰載戢干戈毛萇曰戢聚也論語孔子曰俎豆之事則嘗聞之矣民勞師
興國玩凱入其四毛詩曰民亦勞止玩與翫同古字通周禮曰師有功則愷樂天厭霸
德黃祚告釁左氏傳鄭伯曰天而既厭周德矣干寶搜神記曰魏惟五德之運以土承漢春秋保
乾圖曰漢以魏徵黃精接期天下歸高賈逵國語注曰釁兆也言禍有兆獄訟違魏謳歌適
晉孟子萬章曰堯以天下與舜有諸孟子曰否不然天與之堯崩三年之喪畢舜讓避丹朱於南河之南天

下朝覲獄訟者不之堯之子而之舜謳歌者不謳歌堯之子而謳歌舜舜曰天也夫而後歸中國踐天子之位
焉陳留歸蕃我皇登禪魏志曰陳留王諱奐字景明武帝孫燕王宇子也奉皇帝璽綬
策禪位于晉嗣王魏世譜曰封帝爲陳留王庸岷稽顙三江改獻其五庸岷蜀境也庸
國名也岷山名也禮記孔子曰拜而後稽顙三江吳境也尚書曰三江既入赫矣隆晉奄宅
率土曹府君陳寔誄曰赫矣陳君毛詩曰宅殷土芒芒又曰率土之濱對揚天人有秩
斯祜對揚已見上文司馬相如封禪文曰天人之際已交毛詩曰嗟爾烈祖有秩斯祜爾雅曰祜福也
惟公太宰光翼二祖臧榮緒晉書曰晉太祖爲大將軍以賈充爲司馬右長史及世祖受
禪轉太宰左氏傳康王論晉范會曰宜夫子之光輔五君誕育洪冑纂戎于魯其六臧榮
緒晉書曰謐父韓壽河南尹母賈充少女也充平生不議立後充後妻郭槐輒以外孫韓謐爲黎民子襲封槐
自表陳是充遺意也帝許之以謐爲魯公毛詩曰誕彌厥月毛萇曰誕大也鄭玄曰大矣后稷之在其母終於人

道十月而生毛詩曰纘戎祖考鄭玄曰戎汝也毛詩曰俾侯于魯東朝既建淑問峩峩
謂愍懷太子也毛詩曰淑問如皋陶我求明德濟同以和我求懿德已見上文左氏傳齊
侯曰唯據與我和晏子曰據亦同也焉得爲和和如羮焉宰夫和之齊其不及以洩其過君子食之以平其心
君臣亦然杜預曰梁丘據也魯公戾止袞服委蛇毛詩曰魯侯戾止爾雅曰戾至也周
禮曰三公自袞冕而下毛詩曰退食自公委蛇委蛇思媚皇儲高步承華其七王隱晉書
曰謐以賈后之妹子數入宮與愍懷處毛詩曰思媚周姜文曰媚于天子漢書疏廣曰太子國儲副君承華已
見上文昔我逮茲時惟下僚下僚謂洗馬也及子棲遲同林異條
俱在東宮故曰同林而貴賤殊隔故曰異條毛詩曰或棲遲偃仰年殊志比服舛義稠
服章服也尊卑殊制故曰舛也說文曰稠多也遊跨三春情固二秋其八祗承皇
命出納無違尚書曰祗承于帝論語曰樊遲問孝子曰無違往踐蕃朝來步

紫微蕃朝吳也紫微至尊所居謂爲尚書郎升降祕閣我服載暉謝承後漢書曰
謝承父嬰爲尚書侍郎每讀高祖及光武之後將相名臣策文通訓條在南宮祕於省閣唯臺郎升複道取急
因得開覽序云入爲尚書郎作此詩然祕閣即尚書省也孰云匪懼仰肅明威其九尚書
曰我有周佑命將天明威分索則易携手實難鄭玄禮記注曰索散也念昔良
遊茲焉求歎劉楨黎陽山賦曰良遊未厭白日潛暉毛詩曰茲之永歎公之云感貽
此音翰應劭漢書注曰云有也韋昭曰翰筆也蔚彼高藻如玉之闌其十蔚文
貌周易曰君子豹變其文蔚也楚辭曰文彩燿於玉石王逸曰言發文舒詞爛然成章如玉石之有文彩也闌
力旦切協韻力丹切惟漢有木曾不踰境惟南有金萬邦作詠木謂
橙也賈謐贈詩云在南稱柑度北則橙故荅以此言木度北而變質故不可以踰境金百鍊而不銷故萬邦作
詠賈戒之以木而陸自勗以金也穀梁傳曰婦人既嫁不踰境毛詩曰大賂南金民之胥好狂

猗厲聖爾雅曰胥相也謂相戒胥以所好尚也論語子曰不得中行而與之必也狂狷乎狂者進取狷
者有所不爲尚書曰惟聖罔念作狂惟狂克念
作聖說文曰厲石也言人之自胥若金之受厲儀形在
昔予聞子命其十一毛詩曰儀形文王萬邦
作孚左氏傳晉克曰臣聞命矣

於承明作與士龍一首　五言集云與士龍於承明亭作

陸士衡

牽世嬰時網駕言遠徂征鄒陽上書曰豈拘於俗牽於世曹子建責躬詩曰舉挂時
網毛詩曰駕言徂東飲餞豈異族親戚弟與兄毛詩曰飲餞于禰又曰豈伊異人兄
弟匪他婉孌居人思紆鬱遊子情方言曰俒歡也俒與婉同古字通說文曰孌慕
也班固漢書述哀紀曰婉孌董公惟亮天工紆鬱已見上文明發遺安寐寤言涕交
纓毛詩曰明發不寐又曰獨寐寤言淮南子曰雍門子以琴見孟嘗君涕流霑纓分塗長林側

揮袂萬始亭佇眄要遐景傾耳玩餘聲家語孔子曰傾耳而聽之不可
得而聞杜預左氏傳注曰翫貪也南歸憇永安北邁頓承明毛萇詩傳曰憇息也
頓止舍也永安有昨軌承明子棄予毛詩曰棄予如遺俯仰悲林薄
慷慨含辛楚范曄後漢書劉瑜上書曰竊爲辛楚泣血連如楚猶痛也懷往歡絕端
悼來憂成緒言和悅纔往歡已絕端哀悼暫來憂便成緒毛萇詩傳曰懷和也楚辭曰欲寂漠而
絕端方言悼哀也感別慘舒翮思歸樂遵渚舒翮謂鵠遵渚謂鴻言感別之情慘
於舒翮之飛鵠思歸之志樂於遵渚之征鴻也蘇武詩曰
黃鵠一遠別酈炎詩曰舒吾凌霄羽毛詩曰鴻飛遵渚

贈尚書郎顧彥先二首　五言王隱晉書曰顧榮字彥先吳人也爲尚書郎

陸士衡

大火貞朱光積陽熙自南爾雅曰大火謂之大辰郭璞曰大火心也在中最明故時
候主之也孔安國尚書傳曰貞正也朱光朱明也爾雅曰夏爲朱明尚書曰日永星火以正仲夏淮南子曰積
陽之熱氣生火火氣之精者爲日爾雅曰
熙興也續漢書曰日行南陸謂之夏也望舒離金虎
屏翳吐重陰言月離畢天將雨也楚辭曰前望舒使先驅王逸曰望舒月御也漢書曰西方金也
尚書考靈耀曰西方秋虎漢書曰參白虎三星又曰觜
觿爲虎首孔安國尚書傳曰昴白虎中星然西方七星
畢昴之屬俱白虎也毛詩曰月離于畢俾滂沱矣楚辭
曰屏翳起雨王逸曰屏翳雨師名也曹子建贈王粲
詩曰重陰潤万物淒風迕時序苦雨遂成霖左氏傳申豐曰春無淒風秋無苦雨
杜預曰苦雨爲人所患苦也小雅曰迕犯也莊子曰陰陽四時運行各得其序朝遊忘輕羽夕
息憶重衾輕羽謂扇也傳毅有羽扇賦衾已見上文感物百憂生纏綿自相
尋百憂纏綿並已見上文與子隔蕭牆蕭牆隔且深論語子曰吾恐季孫之憂
在蕭牆之內也形影曠不接所託聲與音音聲日夜闊何用慰

吾心毛詩曰仲山甫永懷以慰其心
朝遊遊層城夕息旋直廬張晏漢書注曰直宿曰廬也迅雷中霄激
驚電光夜舒論語曰迅雷風烈必變楚辭曰凌驚雷軼駭電兮玄雲拖朱閣振
風薄綺疏說文曰拖曳也徒可切鄭玄禮記注曰振動也風以動物故謂之振孔安國尚書傳曰薄
迫也李尤東觀銘曰房闥內布綺疏外陳是謂東觀書籍林淵豐注溢脩霤黃潦浸階
除王逸楚辭注曰霤屋宇也說文曰潦雨水也又曰除殿階也停陰結不解通衢化
爲渠沉稼湮梁潁流民泝荆徐廣雅曰湮沒也梁潁二州名也荆徐地名也毛萇詩傳曰泝
向也眷言懷桑梓無乃將爲魚毛詩曰眷言顧之又曰惟桑與梓必
恭敬止左氏傳曰天王使劉定公勞趙孟館於雒
汭劉子曰美哉禹功明德遠矣微禹吾其魚乎

贈顧交阯公真一首　五言晉百官名曰交州刺史顧祕字公真

陸士衡

顧侯體明德清風肅已邁周易曰君子體仁足以長人鄭玄曰體生也尚書曰先王
既勤用明德胡廣書曰建鴻德流清風發迹翼藩后改授撫南裔藩后吳王也顧
氏譜曰秘爲吳王郎中令南裔謂交阯也解嘲曰驃騎發迹於祈連蔡邕陳球碑曰遠鎮南裔近撫侯服鄭玄
周禮注曰撫安也伐鼓五嶺表揚旌萬里外漢書曰秦北爲長城之役南有五嶺
之戍裴淵廣州記五嶺云大庾始安臨賀桂陽揭陽漢書劉向上疏曰甘延壽懸旌万里之外遠績不
辭小立德不在大左氏傳劉子謂趙孟曰子盍亦遠績禹功而大庇民焉又穆叔曰大上有立德
其次立功高山安足淩巨海猶縈帶古辯異博遊曰衆星累累如連貝江河四海如
衣帶惆悵瞻飛駕引領望歸旆楚辭曰惆悵兮而私自憐左氏傳穆叔謂晉侯曰引
領西望曰庶幾乎

贈從兄車騎一首五言集云陸士光　陸士衡

孤獸思故藪離鳥悲舊林周禮曰藪牧養蕃鳥獸鄭玄曰澤無水曰藪翩翩
遊宦子辛苦誰爲心漢書薄昭與淮南王書曰游宦事人髣髴谷水陽婉
孌崐山陰楚辭曰時髣髴以遥見陸道瞻吳地記曰海鹽縣東北二百里有長谷昔陸遜陸凱居此
谷東二十里有崐山父祖葬焉穀梁傳曰水北曰陽婉孌已見上文營魄懷兹土精爽若
飛沈老子曰載營魄抱一能無離乎鍾會曰載辭也經護爲營形氣爲魄謂魂魄經護其形氣使之長存
也論語子曰小人懷土左氏傳樂祈曰心之精爽是謂魂魄寤寐靡安豫願言思所
欽東京賦曰膺多福以安念毛詩曰願言思子嵇康贈秀才詩曰思我所欽感彼歸塗艱使
我怨慕深孟子萬章問曰舜往于田日號泣于旻天何謂其號泣也孟子曰怨慕也集本云歸塗順
也安得忘歸草言樹背與衿韓詩曰焉得諠草言樹之背然衿猶前也斯言

豈虛作思鳥有悲音

荅張士然一首五言孫盛晉陽秋曰張悛字士然少以文章與陸機友善

悛七全切　陸士衡

絜身躋秘閣秘閣峻且玄四子講德論曰絜身脩思吊魏武曰機出補著作遊乎秘
閣然秘書省亦爲秘閣說文曰玄幽遠也謂秘閣之幽遠也終朝理文案薄暮不遑
瞑毛詩曰不遑假寐瞑古眠字駕言巡明祀致敬在祈年駕言已見上文毛詩
曰敬祭明祀禮記曰拜至所以致敬也毛詩曰祈年孔夙鄭玄曰我祈豐年甚早也逍遥春王圃
躑躅千畝田晉宮閣銘曰洛陽宮有春王園躑躅與蹢躅同禮記曰天子爲籍田千畝回渠
繞曲陌通波扶直阡風俗通曰南北曰阡東西曰陌嘉穀垂重穎芳樹
發華顛尚書曰農殖嘉穀廣雅曰顛末也余固水鄉士揔轡臨清淵水鄉

謂吳也漢書曰武功中水鄉人三舍墊爲池家語孔子曰善御者正身以揔轡戚戚多遠念行
行遂成篇楚辭曰居戚戚而不解

爲顧彥先贈婦二首五言集云爲全彥先作今云顧彥先誤也且此
上篇贈婦下篇荅而俱云贈婦又誤也　陸士衡

辭家遠行遊悠悠三千里鸚鵡賦曰女辭家而適人蔡琰詩曰悠悠三千里何時復
來會京洛多風塵素衣化爲緇毛萇詩傳曰緇黑色脩身悼憂苦感
念同懷子孟子曰古之人不得志脩身見於世列子曰畢辱則憂苦隆思亂心曲沈
歡滯不起薛君韓詩章句曰時風又且暴使己思益隆毛詩曰亂我心曲歡沈難尅興
心亂誰爲理願假歸鴻翼翻飛浙江汜魏文帝喜霽賦曰思寄身於鴻
鸞舉六翮而輕飛毛詩曰江有汜

東南有思婦。長歎充幽闥。曹子建七哀詩曰上有愁思婦悲歎有餘哀西京賦曰重閨幽闥 借問歎何爲。佳人眇天末。西京賦曰眇天末以遠期 遊宦久不歸。山川脩且闊。遊宦已見上文 形影參商乖。音息曠不達。左氏傳子産曰昔高辛氏有二子伯曰閼伯季曰實沈居曠林不相能日尋干戈以相征討后帝不臧遷閼伯于商丘主辰商人是因故辰爲商星遷實沈于大夏主參唐人是因以服事夏商其季世曰唐叔故參爲晉星法言曰吾不睹參辰之相比也音息音問消息也廣雅曰曠久也 離合非有常。譬彼弦與括。呂氏春秋曰夫萬物成則毀合則離離則復合合則復離劉熙釋名曰矢末曰括括會也與弦會 願保金石軀。慰妾長飢渴。金石已見上文李陵贈蘇武詩曰思得瓊樹枝以解長飢渴

贈馮文羆一首　五言　陸士衡

昔與二三子。遊息承華南。二三子及承華已見上文 拊翼同枝條。翻飛各異尋。班固漢書曰撫翼俱起 苟無凌風翮。徘徊守故林。莊子曰鵲巢於高榆之巔巢折凌風而起 慷慨誰爲感。願言懷所欽。所欽已見上文 發軔清洛汭。驅馬大河陰。尚書曰東至于洛汭孔安國曰水北曰汭穀梁傳曰水南曰陰 佇立望朔塗。悠悠迴且深。馮在斥丘故云朔塗毛詩曰佇立以泣王粲贈士孫文始詩曰雖則同域邈其迴深 分索古所悲。志士多苦心。古詩曰晨風懷苦心 悲情臨川結。苦言隨風吟。張平子書曰酸者不能不苦於言 愧無雜佩贈。良訊代兼金。毛詩曰知子之來之雜佩以贈之孟子曰齊王餽兼金一百而不受趙岐曰兼金其價兼倍於惡金也 夫子茂遠猷。款誠寄惠音。尚書曰遠尒猷秦嘉贈婦詩曰何用叙我心遺思致款誠好色賦曰絜齋俟兮惠音聲

贈弟士龍一首　五言　陸士衡

行矣怨路長。惄焉傷別促。論語曰君命召不俟駕行矣曹子建贈白馬王詩曰怨彼東路長詩曰我心憂傷惄焉如擣方言曰惄憂也自關而西秦晉之間或曰惄並奴的切曹子建送應氏詩曰別促會日長 指塗悲有餘。臨觴歎不足。我若西流水。子爲東跱岳。言己逝如西流之不息雲止類東岳之不移也 慷慨逝言感。徘徊居情育。逝機自謂也居謂雲也言慷慨不平逝者之言多感徘徊典戀居者之志彌生 安得攜手俱。契闊成騑服。毛詩曰死生契闊與子成說又曰攜手同行毛萇曰契闊勤苦也說文曰騑驂傍馬也鄭玄毛詩箋曰兩服中央夾轅也

爲賈謐作贈陸機一首　四言　潘安仁

肇自初創。二儀烟熅。周易曰易有太極是生兩儀王肅曰兩儀天地也易曰天地烟熅萬物化醇 粵有生民。伏羲始君。結繩闡化。八象成文。劇秦美新曰爰初生民周易曰上古結繩而治後世聖人易之以書契又曰古者包犧氏之王天下也始作八卦以通神明之德以類萬物之情包犧即伏羲也聲類曰闡大開也 芒芒九有。區域以分。左氏傳魏絳曰虞人之箴曰芒芒禹跡畫爲九州杜預云芒芒遠貌也毛詩曰方命厥后奄有九有毛萇曰九有九州也 神農更王。軒轅承紀。史紀曰軒轅爲天子代神農氏是爲黃帝順天地之紀家語孔子曰古之王者易代改號取法五行五行更王終始相生也 畫野離壇。爰封衆子。漢書曰昔在黃帝畫壄分州得百姓之國萬區史紀曰黃帝二十五子得其姓者十四人 夏殷既襲。宗周繼祀。楚辭曰思堯舜兮襲興毛詩曰赫赫宗周 綿綿瓜瓞。六國互峙。其二毛詩曰綿綿瓜瓞民之初生自土沮漆六國謂韓燕趙魏齊楚也 強秦兼并。吞滅四隅。史記曰秦始皇初并天下班固漢書述曰孝武行師吞滅海隅淮南子曰經營四隅還反於樞高誘曰隅猶方也 子嬰面櫬。漢祖膺圖。子嬰漢祖並已見上文左氏傳曰楚子圍許許僖公見楚子於武城

面縛銜璧大夫衰絰士輿櫬東京賦曰高祖膺籙受圖曹植大魏篇曰大魏膺符靈獻微弱在
涅則渝范曄後漢書曰孝靈皇帝諱宏肅宗玄孫也桓帝崩無子即皇帝位又曰孝獻皇帝諱協靈帝
中子也靈帝崩即皇帝位曾子曰沙在泥與之皆黑趙岐孟子章句曰白沙入涅不染自黑爾雅曰渝變也
三雄鼎足孫啟南吳其三三雄即三國之主班固漢書述曰三雄是敗漢書蒯通說韓信
曰方今足下三分天下鼎足而居南吳伊何僭號稱王吳志曰黃龍元年權即皇帝位
春秋命厤序曰吳楚騶勝僭號稱王騶景騶也勝陳勝也字書曰僭假也大晉統天仁風遐
揚謂武帝也周易曰大哉乾元萬物資始乃統天典引曰仁風翔于海表僞孫銜璧奉土
歸壃僞孫謂皓也吳志曰孫皓字元宗和子也孫休薨皓立晉命王濬伐皓皓致書於濬濬受皓之降銜璧
已見上句婉婉長離凌江而翔其四長離喻機也楚辭曰駕八龍之婉婉漢書曰長麗前
掞光耀明臣瓚曰長離靈鳥也離與麗古字通長離云誰咨爾陸生毛詩曰云誰之

文二十四　　二十四　　乙卯重刊　蔣永

思又曰咨爾殷商鶴鳴九皋猶載厥聲毛詩曰鶴鳴九皋聲聞于天又曰厥聲載路
況乃海隅播名上京海隅謂吳也尚書曰至于海隅范曄後漢書沮授謂袁紹曰將軍弱冠登朝播
名海內孔安國尚書傳曰播布也爰應旌招撫翼宰庭其五臧榮緒晉書曰太熙末太
傅楊駿辟機爲祭酒孟子曰夫招士以旂大夫以旌撫翼已見上文宰謂駿也宰或爲紫非也儲皇之選實
簡惟良漢書疏廣曰太子師友必天下英俊爾雅曰簡擇也尚書曰時惟良顯哉孔安國曰是惟良
臣則君顯明於世英英朱鸞來自南岡鸞亦喻機也毛萇詩傳曰英鮮明也王逸楚辭
序曰虬龍鸞鳳以託君子毛詩曰我來自東曜藻崇正玄冕丹裳謂爲洗馬也崇正太
子之宮也臧榮緒晉書曰世祖以皇太子富於春秋初命講孝經於崇政殿周禮曰大夫玄冕禮記曰君朱韠
環濟要略曰韠以象裳色如彼蘭蕙載採其芳其六藩岳作鎮輔我京
室謂吳王也班固盧綰述曰綰自同閈鎮我北壃毛詩曰大啓爾宇爲周室輔旋反桑梓帝

弟作弼桑梓已見上文作弼謂爲吳王郎中令也或云國宦清塗攸失漢書曰武
有淮南衡山之謀作左官之律應劭曰人道尚右今舍天子而仕諸侯故謂之左官吾子洗然恬
淡自逸其七莊子曰庚桑子之始來也吾洒然異之鄭玄禮記注曰洒如肅敬也文子曰靜漠恬淡說
文曰淡安也徒敢切毛詩曰我不敢傚我友自逸陳太丘碑曰澹然自逸廊廟惟清俊乂是
延史記曰賢人深謀於廊廟爾雅曰室有東西廂曰廟犍爲舍人曰殿有東西小堂也然廊廟君之居臣朝
覲之所故曰俊乂是延也尚書曰俊乂在官鄭玄周禮注曰延進也擢應嘉舉自國而遷
方言曰擢拔也齊轡羣龍光讚納言謂爲尚書郎也楊雄河東賦曰建乾坤之貞兆兮將
悉總之以羣龍韋昭曰比羣賢也尚書帝曰龍命汝作納言應劭漢書注曰納言如今尚書官機爲郎故曰光
讚也鄭玄周禮注曰贊佐也優遊省闥珥筆華軒其八毛詩曰優遊爾休矣崔駰奏記
竇憲曰珥筆持牘拜謁曹下韋昭漢書注曰檻殿上欄軒上板昔余與子繾綣東朝左氏

六又八七　　二十四　　二十五　　乙丑重刊　大全

傳臧昭伯曰繾綣從公無通外內也雖禮以賓情同友僚嬉娛絲竹撫鞞
舞韶禮記曰絲竹樂之器也字林曰鞞小鼓也尚書曰簫韶九成孔安國曰韶舜樂名脩日朗
月携手逍遙其九自我離羣二周于今禮記曰子夏曰吾離羣索居毛詩曰
自我不見于今三年雖簡其面分著情深孔安國尚書傳曰簡略也袁紹與公孫瓚書曰
分著丹青子其超矣實慰我心毛詩曰實獲我心發言爲詩俟望好
音其十毛詩序曰在心爲志發言爲詩毛詩曰誰將西歸懷之好音欲崇其高必重其
層郭璞山海經注曰層重也慈登切立德之柄莫匪安恒周易曰謙德之柄也恒德
之固也在南稱甘度北則橙言甘以移植而易名恐人徙居而變節故引以誡之淮南
子曰江南橘樹之江北而化爲橙博物志曰橘柚類甚多甘橙枳皆是崇子鋒穎不頹不
崩其十一鄭玄禮記注曰崇猶尊也摯伯陵荅司馬遷書曰有能者見鋒穎之秋毫毛詩曰如南山之壽不

騫不崩

贈陸機出爲吳王郎中令一首 四言 潘正叔

文章志曰潘尼字正叔少有清才初應州辟後以父老歸供養父終乃出仕位終大常

東南之美曩惟延州爾雅曰東南之美者有會稽之竹箭焉左氏傳曰吳子使屈狐庸聘于晉趙文子問焉曰延州來季子其果立乎杜預曰延州來季札邑也顯允陸生於今鬱儔毛詩曰顯允君子莫不令德振鱗南海濯翼清流高唐賦曰振鱗奮翼應德璉建章臺集詩曰濯翼陵高梯婆娑翰林容與墳丘其一荅賓戲曰婆娑乎術藝之場長楊賦曰借翰林以爲主人左氏傳楚左史倚相趍過王曰是史也能讀三墳五典八索九丘玉以瑜潤隨以光融禮記孔子曰君子比德於玉焉溫潤而澤仁也瑜不揜瑕忠也鄭玄曰瑜其中間美者隨隨珠已見上文杜預左氏傳注曰融朗也乃漸上京乃儀儲宮周易曰鴻漸于陸其羽可以爲儀吉玩爾清藻味爾芳風玩猶愛也祢衡顏子碑曰秀不實振芳風泳之彌廣挹之彌沖其二毛詩曰漢之廣矣泳之游之毛萇曰潛行爲泳又曰挹斟也老子曰大滿若沖字書曰沖猶虛也崐山何有有瑤有珉新序晉平公嘆曰嗟乎安得賢士大夫與共此樂舡人固桑對曰夫劒產於越珠產江漢玉產崐山此三寶皆無足而致今君苟好士則賢士至矣說文曰瑤玉美者又曰珉石之美者及爾同僚具惟近臣臧榮緒晉書曰正叔元康初拜太子舍人機仕東宮已見上文毛詩曰我雖異事及爾同僚東京賦曰具惟帝臣國語曰近臣盡規予涉素秋子登青春素秋喻老青春喻少也劉楨與臨淄侯書曰肅以素秋則落楚辭曰青春爰謝愧無老成廁彼日新其三毛詩曰雖無老成人尚有典刑周易曰大畜剛健篤實輝光日新其德祁祁大邦惟桑惟梓毛詩曰采蘩祁祁毛萇曰祁祁衆多也穆穆伊人南國之紀毛詩曰穆穆魯侯又曰所謂伊人又曰滔滔江漢南國之紀帝曰爾諧惟王卿士尚書帝曰爾諧俯僂從命爰恤奚喜其四左氏傳孟僖子召其大夫曰吾聞將有達者曰孔丘聖人之後也其祖弗父何始有國而授厲公及正考父佐戴武宣三命茲恭敬其鼎銘曰一命而僂再命而傴三命而俯循牆而走莫余敢侮我車既巾我馬既秣周禮巾車下大夫二人鄭玄曰巾猶衣也秣馬已見上文星陳夙駕載脂載舝尚書大傳八伯歌曰爛然星陳毛詩曰星言夙駕說于桑田又曰載脂載舝還車言邁婉孌二宮徘徊殿闥醪澄莫饗孰慰飢渴其五淮南子曰酒澄而不飲孔叢子子思謂魯穆公曰君若飢渴待賢也昔子忝私貽我蕙蘭陸集有贈正叔詩今子徂東何以贈旃徂東謂適吳也毛詩曰駕言徂東又曰何以贈之寸晷惟寶豈無璵璠淮南子曰聖人不貴尺之璧而重寸之陰難得而易失也說文曰晷景也璵璠美玉也彼美陸生可與晤言其六毛詩曰彼美淑姬可以晤言鄭玄曰晤猶對也

贈河陽一首 五言 潘正叔

宓生化單父子奇莅東阿呂氏春秋曰宓子賤治亶父彈鳴琴身不下堂亶父治巫馬期以戴星出入日夜不居以身親之而亶父亦治巫馬期以問於宓子宓子曰我之任人子之任力任力者固勞任人者固逸說苑曰子奇年十八齊君使治阿既行齊君悔之遣使追使者返曰子奇必能矣共載者皆白首者也子奇至阿鑄庫兵以爲耕器魏聞童子爲君庫無兵倉無粟乃起兵擊之阿人父率子兄率弟以私兵戰遂敗魏師桐鄉建遺烈武城播弦歌漢書曰朱邑字仲卿廬江人少時爲舒桐鄉嗇夫廉平不苛後爲大司農病且死屬其子曰我故爲桐鄉吏其人愛我必葬我桐鄉後世子孫奉我不如桐鄉人及死其子葬之桐鄉西郭外人果共立爲邑起冢立祠祭至今不絕班固說東平王蒼曰遺烈著於無窮論語曰子之武城聞弦歌之聲孔安國曰子游爲武城宰逸驥騰夷路潛龍躍洪波驥龍喻岳也弱冠步鼎鉉既立宰三河岳早辟賈充府出爲河陽令禮

記曰人生二十曰弱冠周易曰鼎金鉉鄭玄曰金鉉喻明道能舉居之官職也尚書注曰鼎三公象也論語曰三十而立漢書東方朔曰漢去三河之地止霸滻以西**流聲馥秋蘭摛藻艷春華**家語孔子曰流聲後裔非唯學之所致耶楚詞曰秋蘭兮青青說文曰摛舒也摛藻春華已見上文**徒美天姿茂豈謂人爵多**風俗通曰太尉掾范滂天姿聰叡孟子曰有天爵有人爵仁義忠信樂善不倦此天爵也公卿大夫此人爵也古之人脩其天爵而人爵從之今之人脩天爵以要人爵既得人爵而弃天爵終亦亡矣

贈侍御史王元貺一首　五言　潘正叔

崐山積瓊玉廣廈構衆材崐山出玉已見上文愼子曰廊廟之材非一木之枝**遊鱗萃靈沼撫翼希天階**遊鱗龍也毛萇詩傳曰萃集也毛詩曰王在靈沼楚辭曰攀天階而下視**膏蘭孰爲銷濟治由賢能**漢書曰龔遂卒有父老來弔曰薰以香自燒膏以明自銷**王侯厭崇禮迴迹清憲臺**漢書上謂嚴助曰君厭承明之廬張孟陽魏都賦注曰聽政殿左崇禮門漢官儀曰御史爲憲臺也**蠖屈固小往龍翔迺大來**周易曰尺蠖之屈以求伸也龍蛇之蟄以存身也又曰泰小往大來吉郭璞方言注曰尺蠖又呼爲步屈也於縛切**協心毗聖世畢力讚康哉**尚書曰三后協心毛詩曰天子是毗鄭玄曰毗輔也呂氏春秋曰百官有司之事畢力竭智矣尚書咎繇乃歌曰元首明哉股肱良哉庶事康哉

文二十四　二十八　下

文選卷第二十四

賜進士出身通奉大夫江南蘇松常鎮太等處承宣布政使司布政使胡克家重校刊

文選卷第二十五

梁昭明太子撰

文林郎守太子右內率府錄事參軍事崇賢館直學士臣李善注上

贈答三

贈何劭王濟一首　五言并序　傅長虞

王隱晉書曰傅咸字長虞北地泥陽人也舉孝廉拜太子洗馬後爲司隸校尉薨

郎陵公何敬祖咸之從內兄王隱晉書曰何劭襲封郎陵郡公**國子祭酒王武子咸從姑之外孫也**王隱晉書曰王濟爲國子祭酒**並以明德**

文二十五　一

見重於世。咸親之重之。尚書曰先王既勤用明德漢書曰霍光以張安世篤行光親重之情猶同生。義則師友。左氏傳曰鄭罕駟豐同生孫卿子曰人必將求賢師而事之擇良友而友之何公既登侍中。武子俄而亦作。臧榮緒晉書曰何劭爲散騎常侍遷侍中傅暢晉諸公讚曰王濟左遷國子祭酒數年入爲侍中二賢相得甚歡。咸亦慶之。漢書曰灌夫竇嬰兩人相得歡甚無厭然自恨闇劣。雖願其繾綣。而從之末由。左氏傳臧昭伯曰繾綣從公無通內外毛詩傳曰遡洄從之歷試無效。且有家艱。尚書曰歷試諸難毛詩曰未堪家多難余又集于蓼賦詩申懷以貽之云爾。蒼頡篇曰懷抱也薛君韓詩章句曰云詞也

日月光太清。列宿曜紫微。鶡冠子曰上及泰清下及太寧春秋合誠圖曰北辰其星七在紫微之中也赫赫大晉。朝明明闢皇闈。左氏傳子囊曰赫赫楚國而君臨之毛詩曰明明在下赫赫在上張衡陳公誄曰穆穆皇闈公寔省之吾兄既鳳翔。王子亦龍飛。吳質荅文帝牋曰曹烈曹丹加以公室枝庶骨肉舊恩其龍飛鳳翔實其分也雙鸞遊蘭渚。二離揚清暉。鸞離喻王何也蘭渚喻中書也王逸楚詞序曰虯龍鸞鳳以託君子漢書曰長麗前掞光耀明臣瓚曰長離靈鳥也二離日月也攜手升玉階。並坐侍丹帷。毛詩曰攜手同行西都賓曰玉階彤庭毛詩曰既見君子並坐鼓瑟曹植娛賓賦曰丹帷曄以四張金璫綴惠文。煌煌發令姿。董巴輿服志曰侍中冠弁大冠加金璫附蟬爲文漢書曰昌邑王賀冠惠文冠音義曰今侍中所著也服虔通俗文耳珠曰璫斯榮非攸庶。繾綣情所希。賈逵國語注曰庶冀也廣雅曰希庶也豈不企高蹤。麟趾邈難追。司馬彪莊子注曰企望也蔡邕袁陽碑曰邈矣高蹤孰能尅茲毛詩曰麟之趾振振公子臨川靡芳餌。何爲空守坻。芳餌以喻令德也歸田賦曰徒臨川以羨魚吳越春秋大夫種曰深川之魚死於芳餌餌魚食也莊子曰任公爲大鈎犗牛以爲餌淮南子曰黃帝化天下也漁者不爭坻。槁葉待風飄。逝將與君違。槁葉自喻也毛詩曰蘀兮蘀兮風其吹女鄭玄曰木葉槁得風乃落毛詩曰逝將去汝毛萇詩傳曰違離也違君能無戀。尸素當言歸。韓詩曰何謂素餐素者質人但有質朴無治民之材名曰素餐尸祿者頗有所知善惡不言默然不語苟欲得祿而已譬若尸矣毛詩曰言旋言歸歸身蓬蓽廬。樂道以忘飢。劉向雅琴賦曰潛坐蓬廬之中禮記孔子曰儒有蓽門圭竇毛詩曰泌之洋洋可以樂飢毛萇曰言可以樂道忘飢進則無云補。退則恤其私。漢書諸葛豐曰臣誠願之獨恐未有云補廣雅曰云有也論語曰退而省其私但願隆弘美。王度日清夷。東觀漢記陳元上疏曰抉瑕擿釁掩其弘美左氏傳右尹革曰祈招之詩曰思我王度式如玉式如金仲長子昌言曰警蹕清夷

荅傅咸一首　五言

郭泰機　傅咸集曰河南郭泰機寒素後門之士不知余無能爲益以詩見激切可施用之才而況沈淪不能自拔於世余雖心知之而末如之何此屈非復文辭所了故直戲以荅其詩云

皦皦白素絲。織爲寒女衣。素絲喻德寒女喻賤也傅咸贈詩曰素絲豈不絜寒女難爲容崔駰七言曰皦皦練絲退濁汙曹植閑居賦曰願同衾於寒女寒女雖妙巧。不得秉杼機。言不見用也傅咸贈詩曰貧寒猶手拙操杼安能工古詩曰札札弄機杼天寒知運速。況復鴈南飛。言歲之方晏以喻年之將老也莊子曰天寒既至霜雪既降楚辭曰鴈雍雍而南遊衣工秉刀尺。弃我忽若遺。衣工喻傅咸也張衡髑髏賦曰飛鋒曜景秉尺持刀毛詩曰將安將樂棄我如遺人不取諸身。世士焉所希。言凡人皆不能恕己及物取之於身故世間之士安可冀而相薦乎周易曰近取諸身況復已朝餐。曷由知我飢。言已朝餐而忘我飢猶居貴而遺我賤

爲顧彥先贈婦二首　五言集亦云爲顧彥先然此二篇並是婦荅而云贈

（婦誤也）

陸士龍

悠悠君行邁，煢煢妾獨止。（毛詩曰：悠悠南行。又曰：行邁靡靡。又曰：獨行煢煢。）山河安可踰，永路隔萬里。京室多妖冶，粲粲都人子。（上林賦曰：妖冶閑都。毛詩曰：西人之子，粲粲衣服。又曰：彼都人士。鄭玄儀禮注曰：女子子者，女子也，別於男也。）雅步擢纖腰，巧笑發皓齒。（雅，閑雅，謂妖麗也。許慎淮南子注曰：擢，引也。毛詩曰：巧笑倩兮。楚辭曰：美人皓齒嫮以姱。）佳麗良可美，衰賤焉足紀。（戰國策司馬喜曰：趙，佳麗之所出。高誘曰：佳，大也；麗，美也。賈逵國語注曰：紀，猶錄也。）遠蒙眷顧言，銜恩非望始。（毛詩曰：眷言顧之。鄭玄曰：顧，念也。左氏傳鄭伯曰：非所敢望。魏文帝哀己賦曰：蒙君子之博愛，垂過望之渥恩。）浮海難爲水，遊林難爲觀。（林，海，以喻上京也。言遊上京，難爲容色也。孟子曰：觀海者難爲水。）

容色貴及時，朝華忌日晏。（說文曰：木槿，朝華暮落。）皎皎彼姝子，灼灼懷春粲。（古詩曰：盈盈樓上女，皎皎當牕牖。毛詩曰：彼姝者子。又曰：有女懷春。毛萇曰：懷，思也。毛詩曰：今夕何夕，見此粲者。國語曰：女三爲粲。賈逵曰：粲，亦美貌。）西城善雅舞，總章饒清彈。（陸機洛陽記曰：金墉城在宮之西北角，魏故宮人皆在中。崔豹古今注曰：魏文帝宮人尚衣能歌舞，一時冠絕。孫盛晉陽秋，傅隆議曰：其總章技，即古之女樂。）鳴簧發丹脣，朱弦繞素腕。（毛詩曰：吹笙鼓簧。神女賦曰：朱脣的其若丹。禮記曰：清廟之瑟，朱絃而疏越。洛神賦曰：攘皓腕。）輕裾猶電揮，雙袂如霧散。（張衡舞賦曰：裾若飛燕，袖如迴雪，徘徊相佯，瞥若電伐。韓康伯周易注曰：揮，散也。封禪書曰：雲布霧散。）華容溢藻幄，哀響入雲漢。（洛神賦曰：華容阿那。杜預左氏傳注曰：幄，帳也。列子曰：薛談學謳於秦青，辭歸，青餞於郊衢，撫節悲歌，聲震林木，響遏行雲。張湛曰：二人，薛秦之善歌者。）知音世所希，非君誰能讚。（古詩曰：不惜歌者苦，但傷知音稀。孔安國論語注曰：稀，少也。希與稀通。釋名曰：稱人之美曰讚也。）弃置北辰星，問此玄龍煥。（北辰言不移也。玄龍喻美女也。言弃彼北辰之心，而問此玄龍之色，譏好色而不好德。陸雲代彥先贈婦詩曰：何用結中款，仰指北辰星。石氏星讚曰：軒轅龍體，主后妃。然此唯取衆妃，即指西城總章宮人，不論於后也。龍色多玄，故取以喻。）時暮復何言，華落理必賤。（毛詩序曰：華落色衰，復相弃背。）

答兄機一首　五言　　陸士龍（士衡前爲太子洗馬時，贈別士龍，今答之。）

悠遠塗可極，別促怨會長。（機贈詩曰：行矣怨路長，惄焉傷別促。鄭玄禮記注曰：極，盡也。曹子建送應氏詩曰：別促會日長。）銜恩戀行邁，興言在臨觴。（機詩曰：指塗悲有餘，臨觴歡不足。毛詩曰：念彼恭人，興言出宿。）南津有絕濟，北渚無河梁。（言己心有絕濟而可旋，機行無河梁而可涉也。韋昭漢書注曰：直渡爲絕。爾雅曰：濟，渡也。機詩曰：我若西流水，子爲東跱岳。故云南北以報之。楚辭曰：江河廣而無梁。）

神往同逝感，形留悲參商。（言己形雖留，而神實往，故曰神往同逝。言之感，形留悲參商之隔。左氏傳子產曰：高辛氏有二子，伯曰閼伯，季曰實沈，居于曠林，不相能也，日尋干戈，以相征討。后帝不臧，遷閼伯于商丘，主辰，商人是因，故辰爲商星。遷實沈于大夏，主參，唐人是因，以服事夏商，其季世曰唐叔虞，故參爲晉星。法言曰：吾不見參商之相比也。）衡軌若殊迹，牽牛非服箱。（機詩曰：安得同攜手，契闊成騑服。故答云衡軌若殊，其迹則類牽牛不以服箱也。毛詩曰：睆彼牽牛，不以服箱。）

答張士然一首　五言　　陸士龍

行邁越長川，飄颻冒風塵。（新序孔子張曰：臣犯霜露，冒塵埃。曹植出行曰：蒙霧犯風塵。鄭玄考工記注曰：冒，蒙也。）通波激枉渚，悲風薄丘榛。（西都賦曰：與海通波。楚辭曰：朝發枉渚。又曰：哀江介之悲風。高誘淮南子注曰：叢木曰榛。）脩路無窮迹，井邑自相循。（周禮曰：九夫爲井，四井爲邑。廣雅曰：循，從也。）百城各異俗，千室非

良鄰 謝承後漢書曰黃琬拜豫州刺史威邁百城禮記曰廣谷大川異制民生其間異俗論語子曰千室之邑百乘之家晏子春秋曰願有良鄰則見君子也 歡舊難假合風士豈虛親

感念桑梓城髣髴眼中人 毛詩曰惟桑與梓必恭敬止楚辭曰時髣髴以遥見魏文帝詩曰迴頭四向望眼中無故人 靡靡日夜遠眷眷懷苦辛 毛詩曰行邁靡靡毛萇曰靡靡行貌也韓詩曰眷眷懷顧古詩曰轗軻長辛苦

荅盧諶詩一首并書 四言　劉越石

王隱晉書曰劉琨字越石中山靜王之後也初辟太尉隴西秦王府未就尋爲博士未之職永嘉中爲并州刺史與盧志親善志子諶琨先辟之後爲從事中郎段匹磾領幽州牧諶求爲匹磾別駕諶贈詩與琨故有此荅後琨竟爲匹磾所害也

琨頓首損書及詩備辛酸之苦言暢經通之遠旨 張平子書

文二十五　六　乙卯重刊　刘邁

曰酸者不能不苦於言漢董仲舒對策曰天地之常經古今之通義 執玩反覆不能釋手 玩猶愛弄也 慨然以悲歡然以喜昔在少壯未嘗檢括 蒼頡篇曰檢法度也薛君韓詩章句曰括約束也 遠慕老莊之齊物近嘉阮生之放曠 老莊老聃莊周也阮生嗣宗也莊子有齊物論臧榮緒晉書曰阮籍放誕不拘禮教蒼頡篇曰曠疎曠也 怪厚薄何從而生哀樂何由而至 列子曰身非愛之所能厚身亦非輕之所能薄愛之或不厚輕之或不薄此似反也自厚自薄或愛之而厚或輕之而薄此似非順也亦自厚自薄信命者亡壽夭信理者亡是非信心者亡逆順信性者亡安危則謂都亡所信亡不信真矣慤矣奚去奚就奚哀奚樂之謂也 自頃輈張困於逆亂 輈張驚懼之貌也揚雄國三老箴曰負乘覆餗姦冦侏張輈與侏古字通張由切 國破家亡親友彫殘 崔鴻前趙錄曰劉聰僭即位于平陽又曰聰遣從弟曜攻晉破洛陽又曰遣子粲攻長安陷之家亡見下文 負杖行吟則百憂俱

至 禮記曰公叔禺人遇負杖者楚辭曰屈原行吟澤畔毛詩曰逢此百憂 塊然獨坐則哀憤兩集 淮南子曰卓然獨立塊然獨處 時復相與舉觴對膝破涕爲笑排終身之積慘求數刻之暫歡 刻漏也說文曰以銅盆受水分時晝夜百刻也 譬由疾疢彌年而欲一丸銷之其可得乎 毛萇詩傳曰彌終也 夫才生於世世實須才 蘇武荅李陵書曰每念足下才爲世生器爲時出 和氏之璧焉得獨曜於郢握夜光之珠何得專玩於隨掌 淮南子曰隨侯之珠和氏之璧得之而富失之而貧 天下之寶當與天下共之 孫卿子曰和氏之璧天下之寶史記秦王曰和氏璧天下所共傳寶也 但分析之日不能不悵恨耳然後知聃周之爲虛誕嗣宗之爲妄作也 孔安國尚書傳曰誕欺也 昔騄驥倚輈於吴坂長鳴於良樂知與不知也 戰國

六百十四　文二十五　七　壬子重刊　夏應

策楚客謂春申君曰昔騏驥駕鹽車上吴坂遷延負轅而不能進遭伯樂仰而鳴之知伯樂知己也今僕屈厄日久君獨無意使僕爲君長鳴乎思玄賦曰馬倚輈而徘徊鄭玄考工記注曰輈轅也古今地名曰寘零坂在吴城之北今謂之吴坂良王良也王良無遇驥之事因伯樂而連言之孔融薦禰衡表曰飛兎騕褭良樂之所急也 百里奚愚於虞而智於秦遇與不遇也 漢書韓信謂廣武君曰僕聞百里奚居虞而虞亡之秦而秦伯非愚於虞而智於秦用與不用聽與不聽耳漢書揚雄曰以爲遇不遇命也 今君遇之矣勗之而已 孔安國尚書傳曰勗勉也 不復屬意於文二十餘年矣 鄭玄儀禮注曰屬綴也 久廢則無次想必欲其一反故稱指送一篇 稱旨稱其意旨也稱赤證切 適足以彰來詩之益美耳 毛萇詩傳曰適祇適也 琨頓首頓首 久罹厄運故述喪亂多感恨之言也 厄運初遘陽爻在六 言晉之遇災也毛萇詩傳曰遘成也陽爻在六謂乾上九也周易曰

上九亢龍有悔盈不可久也乾象棟傾坤儀舟覆乾坤謂天地左氏傳子産謂子
皮曰子於鄭國棟也棟折榱崩僑將厭焉戰國策或謂公叔曰塞漏舟而輕陽侯之波則舟覆矣橫厲
糺紛羣妖競逐言劉聰之構逆也橫厲從橫猛厲也糺紛亂貌也楚辭曰權舟航以橫厲范曄
後漢書岑彭曰四方蜂起羣雄競逐火燎神州洪流華域火燎洪流以喻亂也尚書曰若
火之燎于原河圖括地象曰崑崙東地方千里名曰神州孟子曰洪水橫流氾濫天下彼黍離離
彼稷育育毛詩曰彼黍離離彼稷之苗毛萇詩傳曰育長也哀我皇晉痛
心在目其一左氏傳呂相曰是用痛心疾首也天地無心萬物同塗無心謂無
心愛育萬物即不仁也同塗謂皆爲芻狗也已見下句禍淫莫驗福善則虛尚書
曰天道福善禍淫逆有全邑義無完都逆謂劉聰義謂晉室英蘂夏
落毒卉冬敷英蘂以喻晉朝毒卉以比胡寇也王逸離騷序曰善馬香草以配忠貞惡禽醜

物以比讒佞也如彼龜玉韞櫝毀諸論語孔子曰虎兕出於柙龜玉毀於櫝中是誰之過
與又曰有美玉於斯韞櫝而藏諸馬融曰韞藏也芻狗之談其最得乎其二老子曰天
地不仁以萬物爲芻狗聖人不仁以百姓爲芻狗結芻爲狗也言天地不愛萬物類祭祀之弃芻狗也然此與
談老者不同彼美而此怨耳咨余軟弱弗克負荷漢書曰王尊之子伯爲京兆尹
軟弱不勝任左氏傳鄭子産曰古人有言其父析薪其子弗克負荷軟奴亂切愆釁仍彰
寵屢加孔安國尚書傳曰愆過也杜預左氏傳注曰釁瑕隙也威之不建禍延凶
播威之不建謂爲聰所敗而父母遇害也凶播琨自謂也言遭凶禍而遷播協韻補何切聲類曰播散也
忠隕于國孝愆于家范曄後漢書世祖誡馮勤曰能盡忠於國又明帝詔曰陰興在家仁
孝杜預左氏傳曰愆失也斯罪之積如彼山河言高深也毛詩曰如山如河斯釁
之深終莫能磨其三毛詩曰白圭之玷尚可磨也郁穆舊姻嬿婉新婚

臧榮緒晉書曰琨妻即諶之從母也新婚未詳毛詩曰不思舊姻又曰嬿婉之求又曰覯爾新婚裹粮攜
弱匍匐星奔左氏傳晉趙穿曰裹粮坐甲固敵是求毛詩曰凡民有喪匍匐救之星奔言疾也
未輟爾駕已隳我門二族偕覆三孽並根王隱晉書曰劉聰圍
晉陽令狐泥以千餘人爲鄉導琨求救猗盧未至太原太守高嶠反應聰逐琨琨父母年老不堪鞌馬步檐不
免爲泥所害何法盛晉錄曰劉粲悉害諶父母三孽謂琨之兄子也張晏漢書曰孺子爲孽一曰謂劉聰劉曜劉
粲也班固漢書曰三孽之起本根既朽音義曰孽木斬而復特生喻魏齊韓滅而復更生也何休公羊傳注曰
孽猶樹之孽生者也長慙舊孤永負冤魂其四結上二句也舊孤謂三孽也冤魂謂
二族也王隱晉書曰琨遣兄子演領兗州石勒圍演於三臺突圍得免後演冶稟丘遂不守兄少子及演妻息
盡爲所虜也亭亭孤幹獨生無伴孤幹孤生之竹以喻諶宋玉笛賦曰倚篠異幹
王逸楚辭注曰伴侶也綠葉繁縟柔條脩罕說文曰縟繁采飾也宋玉笛賦曰罕

節筍枝朝採爾實夕捋爾竿字林曰竿木挺也協韻公旦切竿翠豐尋
逸珠盈椀豐尋言節長盈尋也說文曰豐滿也應劭漢書注曰八尺曰尋珠即以喻德也逸謂
過於衆類盈椀言多也寔消我憂憂急用緩逝將去乎庭虛情
滿其五去謂之四碑之所也逝將已見上文白虎通曰哀痛憤滿虛滿伊何蘭桂移植茂彼
春林瘁此秋棘春林以喻四碑秋棘琨自喻也有鳥翻飛不遑休息鳥謂鳳以喻諶
也毛詩曰肇允彼桃蟲拚飛惟鳥匪桐不棲匪竹不食鄭玄毛詩箋曰鳳皇之性非梧桐不棲非
竹實不食括地圖曰鳳皇食竹實永戢東羽翰撫西翼戢斂也翰高飛也我之敬
之廢歡輟職其六毛詩曰我之懷矣又曰敬之敬之音以賞奏味以殊珍
呂氏春秋曰鍾期死而伯牙乃破琴絕絃以爲世無復賞音者也淮南子曰珍其味人之所美也文以
明言言以暢神左氏傳仲尼曰志有之言以足志文以足言家語孔子曰言說者情之導也王

肅曰所以導達其情也之子之往。四美不臻。毛詩曰之子于征四美音味文言也澄
醪覆醨。絲竹生塵。謂音味也淮南子曰酒澄而不飲禮記曰絲竹樂之器也素卷
莫啓。幄無談賓。謂文言也既孤我德。又闕我鄰。其七光光段
生。出幽遷。喬。臧榮緒晉書曰鮮卑段匹磾自號大將軍楊雄侍中箴曰光光常伯毛詩曰出自幽
谷遷于喬木范曄後漢書順帝詔曰楊倫出幽升喬寵以蕃傳資忠履信。武烈文昭。閑居
賦曰資忠履信以進德漢武帝贈故朱崖太守董廣詔曰伐叛柔服文昭武烈曹植令曰相者文德昭將者武
功烈旍弓騂騂。輿馬翹翹。孟子曰夫招大夫以旍左氏傳陳敬仲曰詩曰翹翹車乘
招我以弓杜預云逸詩也翹翹遠也毛詩曰騂騂角弓毛萇曰騂騂調利也乃奮長縻。是
縶是鑣。廣雅曰縻索也說文曰鑣馬勒傍鐵也何以贈子。竭心公朝。毛詩
曰何以贈之鸎䳄賦曰苟竭心於所事曹子建求親親表曰執政不廢於公朝也何以敘懷。引

領長謠。其八左氏傳云穆叔謂晉侯曰引領西望曰庶幾乎

重贈盧諶一首五言臧榮緒晉書曰琨詩託意非常想張陳以激諶素無奇略以常詞酬琨

劉越石

握中有懸璧。本自荆山璆。懸璧懸黎以爲璧以喻諶也琴操卞和歌曰攸攸沂
水經荆山兮穴山采玉玉難爲功兮孔安國尚書傳曰璆玉也惟彼太公望。昔在渭濱
叟。史記曰太公望以漁釣奸周西伯將出獵果遇太公于渭之陽六韜曰文王卜田史扁爲卜田于渭之陽
將大得非龍非彲非熊非羆非得公侯天遺汝師文王齋戒三日田于渭陽卒見呂尚坐茅以漁苔賔戲曰周
望兆動於渭濱鄧生何感激。千里來相求。東觀漢記曰鄧禹字仲華南陽人也更始
既至雒陽以世祖爲大司馬使安集河北禹聞之自南陽發北徑渡河追至鄴謁上見之甚驩謂曰我得拜除
長吏生遠來寧欲仕耶禹曰不願也趙岐孟子章指曰千載聞之猶有感激周易曰同氣相求白登幸

曲逆。鴻門賴留侯。漢書曰陳平從高帝擊韓信至平城爲匈奴所圍七日不食用平奇計使
單于閼氏解圍以得開高帝既出南過曲逆詔御史封平爲曲逆侯又曰冒頓圍高帝於白登七日如淳曰平
城旁高之地若丘陵者也留侯已見謝恵連張子房詩重耳任五賢。小白相射鉤。
左氏傳曰晉公子重耳之及於難也遂奔狄從者狐偃趙衰顛頡魏武子司空季子杜預曰狐偃子犯也魏武
子魏犨也司空季子胥臣臼季也此五人賢而有大功也左氏傳寺人披謂晉侯曰齊桓公置射鉤而使管仲
相杜預曰乾時之役管仲射桓公中鉤苟能隆二伯。安問黨與讎。二伯晉文
齊桓公也黨謂五賢讎謂射鉤也中夜撫枕歎。想與數子遊。數子謂太公已
下也言數子皆能陳謀以靜亂故己想之而共遊吾衰久矣夫。何其不夢周。
論語曰甚矣吾衰也久矣吾不復夢見周公誰云聖達節。知命故不憂。毛萇詩傳
曰云言也左氏傳曹子臧曰前志有之曰聖達節周易曰樂天知命故不憂宣尼悲獲麟。西

狩涕孔丘。公羊傳曰哀公十四年春西狩獲麟何以書記異也孔子曰孰謂來哉孰謂來哉反袂拭
面涕泣沾袍功業未及建。夕陽忽西流。家語曰孔子云脩事而能建業注曰建功
業夕陽西流喻將老之人也時哉不我與。去乎若雲浮。嵇康幽憤詩曰時不
我與雲浮言疾也朱實隕勁風。繁英落素秋。劉楨與臨淄侯書曰肅以素秋
狹路傾華蓋。駭駟摧雙輈。劉歆遂初賦曰奉華蓋於帝側說文曰輈轅也何
意百鍊剛。化爲繞指柔。應劭漢書注曰說者以金取堅剛百鍊不耗

贈劉琨一首并書四言

盧子諒

故吏從事中郎盧諶死罪死罪。傅子曰漢武元光初郡國舉孝廉元封五
年舉秀才歷世相承皆向郡國稱故吏漢書音義張晏曰人臣上書當昧犯死罪而言諶稟性短
弱。當世罕任。孔安國尚書傳曰稟受也鄭玄周禮注曰任用也因其自然。用安

靜退。鬼谷子曰物有自然樂氏曰自然繼本名也曾子曰君子進則能達退則能靜在木闕不
材之資處鴈乏善鳴之分。莊子行於山中見大木枝葉盛茂伐木者止其傍而
不取也問其故曰無所可用莊子曰此木以不材得終其天年夫子出於山舍故人之家故人喜令豎子殺鴈
烹之豎子請曰其一能鳴其一不能鳴請奚殺主人曰殺不能鳴者明日弟子問於莊子曰昨日山中之木以不
材得終其天年主人之鴈以不能鳴死先生將何處莊子笑曰周將處夫材與不材之間材與不材之間似
之而非也故未免乎累晉灼漢書注曰資材量也分謂己所當得也卷異蘧子愚殊甯
生。論語子曰蘧伯玉邦無道可卷而懷之又曰甯武子邦無道則愚匠者時眄不免饌
賓。言在木闕不材故匠者時眄在鴈乏善鳴故不免饌賓也莊子惠子謂弟子曰吾有大樹人謂之樗匠者
不顧廣雅曰饌進食也饌與饌同仕眷切嘗自思惟因緣運會得蒙接事。
宋衷保乾圖注曰五運五行用事之運自奉清塵于今五稔。楚辭曰聞赤松之清
塵然行必塵起不敢指斥尊者故假塵以言之言清尊之也左氏傳叔向曰所謂不及五稔者杜預曰稔年也
謨明之効不著。侯人之譏以彰。尚書曰允迪厥德謨明弼諧毛詩序曰候人刺
近小人也詩曰彼候人兮何戈與祋大雅含弘量苞山藪。班固漢書贊曰大雅卓爾不羣
河間獻王近之矣周易曰含弘光大品物咸亨左氏傳宋伯謂晉侯曰川澤納汙山藪藏疾加以待
接彌優。款眷逾昵。與去運籌之謀。廁讌私之歡。廣雅
曰款誠也爾雅曰昵近也漢書高祖曰運籌策於帷幄之中吾不如子房毛詩曰諸父兄弟備言燕私
綢繆之旨有同骨肉。毛詩曰綢繆束薪毛萇曰綢繆纏緜也骨肉謂父子呂氏春秋曰
父母之於子也子之於父母也此之謂骨肉之親其爲知己古人罔喻。晏子春秋越右
父曰士者申乎知己昔聶政殉嚴遂之顧荆軻慕燕丹之義。聶政
已見別賦荆軻已見西征賦意氣之間靡軀不悔。謝承後漢書楊喬曰侯生爲意

氣刎頸楚辭曰子胥諫而靡軀比干忠而剖心說文曰靡爛也靡與糜古字通雖微達節謂之
可庶。達節已見上文然苟曰有情孰能不懷。毛萇詩傳曰懷思也故委身
之日夷險已之。委身猶委質也左氏傳狐突曰策名委質貳乃辟也夷險喻治亂也淮南子曰
接徑歷遠直道夷險杜預左氏傳注曰已猶決竟也事與願違當忝外役。役謂別駕
也對琨故謂之外嵇康幽憤詩曰事與願違遘茲淹留廣雅曰違背也論衡曰王充以章和二年罷州役遂
去左右收迹府朝。蓋本同末異。楊朱興哀。始素終玄。
墨翟垂涕。淮南子曰楊子見逵路而哭之爲其可以南可以北墨子見練絲而泣之爲其可以黃
可以黑高誘曰閱其別與化也分乖之際咸可歎慨。致感之途或迫乎
茲。鄭玄周禮注曰致猶會也廣雅曰迫急也亦奚必臨路而後長號。覩絲而
後歔欷哉。楚辭曰泣歔欷而沾衿王逸曰歔欷啼貌也是以仰惟先情俯覽
今遇。先謂諶父也今謂琨也感存念亡觸物眷戀。尸子曰其生也存其死也亡
易曰書不盡言言不盡意。周易繫辭然則書非盡言之
器言非盡意之具矣況言有不得至於盡意書有
不得至於盡言邪。不勝猥懣謹貢詩一篇。廣雅曰猥衆也王逸
楚辭注曰懣憤也抑不足以揄揚引美。亦以攄其所抱而已。班固
兩都賦序曰雍容揄揚著於後嗣引美已見上文抱或爲挹若公肆大惠遂其厚恩。
左氏傳王使富辛如晉曰伯父若肆大惠杜預曰肆展也廣雅曰遂竟也漢書劉向曰蒙漢厚恩錫以
咳唾之音。慰其違離之意。莊子孔子謂漁父曰丘竊待於下風幸聞咳唾之音也
則所謂咸池酬於北里。夜光報於魚目。樂動聲儀曰黃帝樂曰咸池史
記曰紂使師涓作新淫聲北里之舞靡靡之樂雒書曰秦失金鏡魚目入珠鄭玄曰魚目亂真珠諶之

願也。非所敢望也。左氏傳鄭伯曰孤之願也非所敢望也諶死罪死罪。

濬哲惟皇，紹熙有晉。皇謂懷帝也毛詩曰濬哲維商爾雅曰紹繼也又曰熙興也振厥弛維，光闡遠韻。韋昭漢書注曰弛廢也蒼頡篇曰闡開也韻謂德音之和也有來斯雍，至止伊順。毛詩曰有來雍雍至止肅肅三台摛朗，四岳增峻。其一漢書曰北斗魁下六星兩兩而比曰三能也色齊爲和不齊爲乖說文曰摛舒也尚書帝曰咨四岳春秋漢含孶曰三公象五岳在天法三能台與能同也伊陟佐商，山甫翼周。尚書曰在太戊時則有若伊陟格于上帝毛詩曰肅肅王命仲山父將之也引濟艱難，對揚王休。尚書王曰用敬保元子釗引濟于艱難毛詩曰虎拜稽首對揚王休苟非異德，曠世同流。言琨之德苟不異於昔賢雖復與之曠世若同一流也班固議曰漢興以來曠世歷年廣雅曰曠遠也加其忠貞，宣其徽猷。其二左氏傳荀息曰公家之利知無不爲忠也送往事居偶俱無猜貞也毛詩曰君子有徽猷

文二十五　十四　元

伊諶陋宗，昔遺嘉惠。爾雅曰遺遇也越絕書曰恭承嘉惠述暢往事申以婚姻，著以累世。左氏傳呂相曰相好勠力同心申之以婚姻范曄後漢書孔融謂李膺曰與君累世通家義等休戚，好同興廢。孰云匪諧，如樂之契。其三左氏傳晉侯謂魏絳曰八年之中九合諸侯如樂之和無所不諧爾雅曰諧和也說文曰契大約也王室喪師，私門播遷。喪師謂爲劉聰所敗也左氏傳會于洮謀王室也國語曰宣王既喪南國之師法言曰屈國喪師戰國策曰破公家而成私門列子曰岱輿員嶠二山沈於大海仙聖播遷者巨億計也聲類曰播散也望公歸之，視險忽艱。左氏傳晉趙孟曰望楚而歸之視遠如邇吳季重與曹丕書曰雖云幽深視險若夷茲願不遂，中路阻顛。阻顛謂諶父爲劉粲所害也仰悲先意，俯思身愆。其四大鈞載運，良辰遂往。鵩鳥賦曰大鈞播物孔安國尚書傳曰載行也莊子曰天道運行楚辭曰吉日兮良辰鄭玄儀禮注曰遂猶因也瞻彼日月，迅過俯仰。毛詩曰瞻彼日月悠悠我思莊子老聃謂崔瞿曰其疾也俛仰之間杜預左氏傳注曰俛俯也

感今惟昔，口存心想。借曰如昨，忽爲疇曩。其五毛詩曰借曰未知蒼頡篇曰昨隔日也爾雅曰曩久也疇曩伊何，逝者彌疎。呂氏春秋曰死者彌久生者彌疎溫溫恭人，慎終如初。恭人謂琨也毛詩曰溫溫恭人惟德之基老子曰慎終如始則無敗事覽彼遺音，恤此窮孤。譬彼樛木，蔓葛以敷。其六遺音謂諶父之言也窮孤諶自謂也爾雅曰恤憂也禮記曰恤孤獨以逮不足范曄後漢書曰何敞謂宋由曰節省浮費賑恤窮孤樛木喻琨也毛詩曰南有樛木葛藟纍之妙哉蔓葛，得託樛木。妙猶徽也葉不雲布，華不星燭。封禪書曰雲布霧散承侔卞和，質非荊璞。薛君韓詩章句曰承受也謂受恩鄭玄周禮注曰侔等也韓子曰楚子和氏得璞玉於楚山之中奉而獻之武王也眷同尤良，用乏驥騄。其七左氏傳曰晉趙鞅納衛太子于戚將戰郵無恤

文二十五　十五　元

御簡子杜預曰郵無恤王良也尤與郵同古字通承亦既篤，眷亦既親。飾獎駑猥，方駕駿珍。方言曰凡相被飾亦曰獎禮記曰凶年乘駑馬廣雅曰駑駘也許慎淮南子注曰猥揔凡也西京賦曰方駕授饔鄭玄儀礼注曰方併也駑以方駿猥以方珍也賈逵國語注曰珍寶也弼諧靡成，良謀莫陳。尚書曰謨明弼諧無覬狐趙，有與五臣。其八五臣之從晉文猶諶之事劉氏無敢望同狐趙之立大功有志與彼五臣俱履危厄賈逵國語注曰覬望也羈致切五臣已見上文五臣奚與，契闊百罹。言五臣何故敢與五臣契闊逢於百罹毛詩曰死生契闊又曰我生之後逢此百罹毛萇曰離憂也離一作罹身經險阻，足蹈幽遐。言己與五臣同也左氏傳楚子曰晉侯險阻艱難備嘗之矣義由恩深，分隨昵加。分猶節也綢繆委心，自同匪他。其九綢繆已見上文漢書韓信謂廣武君曰委心歸計願子勿辭毛詩云豈伊異人兄弟匪他昔在暇日，妙尋通理。孟子曰壯者以暇日脩其孝悌忠信也尤

彼意氣使是節士言己昔以意氣而殞命皆非正道故尢而使之薛君韓詩章句曰尢非也
意氣已見上文謝承後漢書曰節士鮑昂有鴻漸浮雲之志慎子曰世高節士情以體生感以
情起言今乃知意氣節士之流思情以體信而乃生感趣舍罔要窮達斯已
其十言既感厚恩而吉凶惟命故云趣舍無所要求窮達任其所止也六韜太公謂武王曰夫人皆有性趨舍
不同喜怒不等趨猶向也舍猶置也列子孔子曰脩一身任窮達所謂樂天知命之無憂者也呂氏春秋曰古
之得道者窮亦樂達志也道德於此則窮達一也由余片言秦人是憚史記秦繆公問
内史廖曰孤聞鄰國有聖人敵國之憂也今由余寡人之害將柰何也日磾效忠飛聲有
漢金日磾已見西征賦思玄賦曰盍遠迹以飛聲桓桓撫軍古賢作冠來牧
幽都濟厥塗炭其十一劉琨勸進表曰撫軍幽州刺史臣匹磾尚書曰勗哉夫子尚桓桓
漢書曰陳遵張竦為後進冠小雅曰牧臨也尚書曰有夏昬虐民墜塗炭塗炭既濟寇

挫民阜周禮曰以阜人民鄭玄曰阜盛也謬其疲隸授之朝右朝右謂別駕也
張璠漢記曰王堂為汝南太守教掾吏曰其憲章朝右委功曹陳蕃也上懼任大下欣施
厚漢書武帝制曰任大而守重管子曰上施厚則民之報上亦厚也實祗高明敢忘
所守其十二毛詩曰高朗令終鄭玄曰有高明之譽而以善名終也漢書谷永曰有守者循其職也相
彼反哺尚在翔禽毛詩曰相彼鳥矣猶求友聲小雅曰純黑而反哺者謂之烏也孰是
人斯而忍斯心斯心謂諶父母見害之心也國語國人誦共世子曰是人斯而有是臭也
每憑山海庶覿高深山海以諭琨也李斯上書曰太山不讓土壤故能成其高河海
不擇細流故能成其深遐眺存亡緬成飛沈其十三韋昭國語注曰緬猶邈也長
徽已纓逝將徙舉長徽已纓謂被匹磾所辟類乎徽纆之繫於己也周易曰繫用徽纆
說文曰嬰繞也收迹西踐銜哀東顧鄭玄毛詩箋曰迴首曰顧曷云塗遼曾

不咫步賈逵國語注曰八寸曰咫豈不夙夜謂行多露其十四毛詩曰豈不
夙夜謂行多露然貞女以露多而不往喻己懼威而不行緜緜女蘿施于松標女蘿
自喻松標謂琨也毛詩曰蔦與女蘿施于松柏廣雅曰標末也必遥切稟澤洪幹晞陽
豐條說文曰幹本也楚辭曰夕晞余身乎九陽毛萇詩傳曰晞乾也根淺難固莖弱
易彫操彼纖質承此衝飆其十五飇喻亂也鹽鐵論曰衝風飄鹵沙石凝積
纖質寔微衝飇斯值誰謂言精致在賞意莊子曰可以言
論者物之粗者也可以意致者物之精者也鄭玄禮記注曰致之言至也不見得魚亦忘厥
餌餌猶筌也莊子曰筌者所以得魚也得魚而忘筌言者所以在意也得意而忘言遺其形骸
寄之深識其十六莊子曰申徒兀者也謂子産曰吾與夫子遊十有九年矣而未曾知吾兀者也今
子與我遊於形骸之内而子索我於形骸之外不亦過乎王命論曰淵然深識先民頤意潛山

隱机毛詩曰先民有作爾雅曰頤養也莊子曰南郭子綦隱机而坐嗒焉似喪其偶也仰熙丹
崖俯濼緑水說文曰熙燥也謂暴燥也無求於和自附衆美莊子曰古之治
道者智與恬交相養而和理出其性又曰無不亡也無不有也澹然無極而衆美從之慷慨遐蹤
有愧高旨其十七言心慷慨慕古賢之遠蹤而事與願違故有愧高旨爰造異論
肝膽楚越謂琨被謗也臧榮緒晉書曰衆人謂琨詩懷帝王大志莊子仲尼謂常季曰自其異
者視之肝膽楚越也高誘淮南子注曰肝膽喻近也楚越喻遠也惟同大觀萬殊一轍
同大觀謂琨也鶡冠子曰達人大觀乃見其符文子曰聖人由近知遠以萬異爲一同也淮南子曰萬殊爲一
也死生既齊榮辱奚別列子揚朱曰生齊死齊賢齊愚齊貴齊賤齊王仲宣七釋
曰均同死生混齊榮辱也處其玄根廓焉靡結其十八廣雅曰玄道也張衡玄圖曰
玄者無形之類自然之根作於太始莫與爲先廣雅曰廓空也靡結謂體道虚通心無怨結也福爲禍

始禍作福階。言無常也。韓詩曰：利爲用本，福爲禍先。越記曰：禍爲福先，福爲禍堂。天地盈虛，寒暑周迴。言物極必反也。周易曰：天地盈虛，與時消息。又曰：寒往則暑來，暑往則寒來。夫差不祀，釁在勝齊。以喻聰也。史記曰：吳王夫差北伐齊，敗於艾陵。越王勾踐敗吳，吳王遂自剄死。越王滅吳也。勾踐作伯，祚自會稽。其十九。以喻琨也。史記曰：勾踐已平吳，周元王使人賜勾踐胙，九命爲伯。又曰：夫差以甲兵五千人棲於會稽也。邈矣達度，唯道是杖。達度，亦謂琨也。形有未泰，神無不暢。何晏論語注曰：泰，自縱泰也。漢書音義曰：暢，通也。如川之流，如淵之量。毛詩曰：如山之苞，如川之流。家語：齊大夫子高適魯，見孔子曰：而今而後，知泰山之爲高，海淵之爲大也。上引棟隆，下塞民望。其二十。周易曰：棟隆之吉，不橈乎下也。鄭玄禮記注曰：塞，滿也。左氏傳：師曠謂晉侯曰：夫君，神之主而民之望也。

贈崔溫一首 五言集曰：與溫太真、崔道儒、何法盛。晉錄曰：溫嶠，字太真。又曰：崔悅，字道儒。

盧子諒

逍遙步城隅，暇日聊遊豫。毛詩曰：俟我於城隅。暇日，已見上文。曹植蟬賦曰：始遊豫乎芳林。北眺沙漠垂，南望舊京路。說文曰：漠，北方流沙也。曹子建白馬篇曰：揚聲沙漠垂。平陸引長流，岡巒挺茂樹。中原厲迅飇，山阿起雲霧。厲，疾貌也。遊子恒悲懷，舉目增永慕。漢書：高祖曰：遊子悲故鄉。李陵書曰：舉目言笑，誰與爲懽。曹子建應詔詩曰：長懷永慕。良儔不獲偕，舒情將焉訴。楚辭曰：向長風而舒情。遠念賢士風，遂存往古務。楚辭曰：伊思兮往古。朔鄙多俠氣，豈惟地所固。爾雅曰：朔，北方也。鄭玄周禮注曰：都之所居曰鄙。漢書曰：趙地北通燕涿，高氣勢也。李牧鎮邊城，荒夷懷南懼。史記曰：李牧者，趙之北邊良將也。常代居鴈門，備匈奴。匈奴小入，佯北不勝，以數千人委之。單于聞之，大率衆來入。李牧多爲奇陣，張左右翼擊之，大破殺匈奴十餘萬騎。單于奔走。其後十餘歲，匈奴不敢近趙邊城。說文曰：懷，念思也。趙奢正疆場，秦人折北慮。史記曰：趙奢，趙之田部吏也。秦伐韓，令趙奢將救之，大敗秦軍，秦軍解而走，遂解閼與之圍而歸。左氏傳曰：疆場之患，一彼一此。羈旅及寬政，委質與時遇。左氏傳：齊侯使敬仲爲卿，辭曰：羈旅之臣，幸若獲宥，及於寬政，君之惠也。又狐突曰：策名委質，貳乃辟也。恨以駑蹇姿，徒煩飛子御。王命論曰：駑蹇之乘，不騁千里之塗。史記曰：大雒生非子，非子居犬丘，好馬及畜，善養息之。犬丘人言之周孝王，召使主馬于汧渭之閒，馬大蕃息。非與飛古字通。亦既弛負擔，忝位宰黔庶。苟云免罪戾，何暇收民譽。左氏傳：陳公子完曰：免於罪戾，弛於負擔。又曰：晉悼公即位，公官之長，皆民譽也。倪寬以殿黜，終乃最衆賦。漢書曰：倪寬遷左內史，時裁闊狹，與民相假貸，以租多不入。後有軍發，左內史以負租課殿，當免。皆恐失之，大家牛車，小家擔負，輸租繈屬不絕，課更以最。何武不赫赫，遺愛常在

去。漢書曰：何武爲大司空，其所居亦無赫赫名，去後常見思。古人非所希，短弱自有素。鄭玄禮記注曰：素，猶故也。何以敷斯辭，惟以二子故。二子，謂崔溫也。

答魏子悌一首 五言

盧子諒

崇臺非一幹，珍裘非一腋。慎子曰：廊廟之材，蓋非一木之枝；狐白之裘，非一狐之皮也。治亂安危，存亡榮辱之施，非一人之力。埤蒼曰：腋，在肘後。多士成大業，羣賢濟弘績。班固漢書贊曰：高祖征伐定天下，縉紳之徒，騁其智辯，並成大業。遇蒙時來會，聊齊朝彥迹。言富貴榮寵，時之暫來也。漢書：蒯通曰：時乎時，不再來。顧此腹背羽，愧彼排虛翮。韓詩外傳曰：晉平公遊於河而歎曰：安得賢士與之樂此也。船人盍胥跪而對曰：主君亦不好士耳，何患無士乎？平公曰：吾食客門左千人，右千人，何謂不好士乎？對曰：夫鴻鵠一舉千里，所恃者六翮耳。背上之毛，腹下之毳，益一把，飛不爲加高；損一把，飛不爲加下。今君之食客門左右各千人，亦有六翮在其中矣。

將皆背上之毛，腹下之毳耶。寄身蔭四嶽，託好憑三益。四嶽謂劉琨也。四嶽已見上文。論語孔子曰：益者三友：友直，友諒，友多聞，益矣。傾蓋雖終朝，大分邁疇昔。鄒陽上書曰：白頭如新，傾蓋若故。左氏傳曰：楚子文訓兵，終朝而畢。李固與賓卿書曰：開廓大分，綢繆恩信。左氏傳曰：羊斟曰：疇昔之羊，子爲政。在危每同險，處安不異易。易，夷易也。協韻以赤切。俱涉晉昌艱，共更飛狐厄。王隱晉書曰：惠帝以敦煌土界闊遠，分立晉昌郡。又曰：晉昌護匈奴中郎將別領戶。然時段匹磾爲此職，諶在磾所，難斥言之，故曰晉昌也。晉中興書曰：石勒攻樂平，劉琨自代飛狐口奔安次也。恩由契闊生，義隨周旋積。契闊已見上文。左氏傳：晉公子重耳謂楚子曰：晉楚治兵，以與君周旋。豈謂鄉曲譽，謬充本州役。燕丹子曰：士無鄉曲之譽，則不可以論行。匹磾辟諶爲幽州別駕，故曰本州之役。已見上文。乖離令我感，悲欣使情惕。毛萇詩傳曰：惕惕，猶切切也。理以精神通，匪曰形骸隔。楚辭曰：衆人莫可與論道，非精神之不通。形骸已見上文。妙詩申篤好，清義貫幽賾。小雅曰：賾賾，深也。恨無隨侯珠，以酬荊文璧。隨侯珠已見上文。荊，楚也。韓子曰：楚人卞和得璞，王於荊山之中。文王即位，乃使理其璞，得寶焉，乃命曰和氏之璧也。傅玄豫章行曰：琅玕溢金匱，文壁世所無。

五九十八　文二十五　二十

荅靈運一首　五言

謝宣遠

夕霽風氣涼，閑房有餘清。何劭雜詩曰：閑房來清氣。呂氏春秋曰：冬不用翣，清有餘也。開軒滅華燭，月露皓已盈。軒，牕也。蜀都賦曰：高軒以臨山。秦嘉贈婦詩曰：飄飄帷帳，熒熒華燭。獨夜無物役，寢者亦云寧。孫卿子曰：是謂以己爲物役也。忽獲愁霖唱，懷勞奏所成。靈運愁霖詩序云：示從兄宣遠。歎彼行旅艱，深茲眷言情。魏文柳賦曰：行旅仰而迴眷。毛詩曰：眷言顧之。伊余雖寡慰，殷憂暫爲輕。長門賦曰：伊余志之懷慢愚。韓詩曰：耿耿不寐，如有殷憂。牽率詶嘉藻，長揖愧吾生。左氏傳：智伯曰：牽率老夫，以至于此。文賦曰：嘉藻麗之彬彬。漢書曰：酈食其長揖不拜。陸機贈潘岳詩曰：僉曰吾生，明德惟允。

於安城荅靈運一首　五言

謝靈運贈宣遠序曰：從兄宣遠義熙十一年正月作守安城，其年夏贈以此詩，到其年冬有荅。

謝宣遠

條繁林彌蔚，波清源愈濬。阮德猷荅袁彥道詩曰：體直響正，源深流清。華宗誕吾秀，之子紹前胤。魏志曹植上疏曰：華宗貴族，必有應斯舉者。毛萇詩傳曰：誕，大也。大矣后稷，十月而生也。廣雅曰：秀，美也。毛詩曰：之子于征。尚書曰：俾克紹前烈。孔安國尚書傳曰：胤，嗣也。綢繆結風徽，烟熅吐芳訊。綢繆已見上文。周易曰：天地烟熅，萬物化醇。演連珠曰：肆義芳訊。鄭玄禮記注曰：訊，問也。鴻漸隨事變，雲臺與年峻。其一。鴻漸以喻仕進，雲臺以喻爵位也。周易曰：鴻漸于陸，其羽可以爲儀。李顒阮彥倫誄曰：累土積功，以爲雲臺。淮南子曰：雲臺之高，墮者折脊碎腦。高誘曰：臺高際於雲，故曰雲臺也。華萼相光飾，嚶嚶悅同響。毛詩曰：棠棣之華，萼不韡韡。鄭玄曰：興者，諭弟以敬事兄，兄以榮覆弟也。毛詩曰：伐木丁丁，鳥鳴嚶嚶。鄭玄曰：其鳴之志，似於求友也。親親子敦予，賢賢吾爾賞。禮記曰：君子賢其賢而親其親。又曰：親親故尊祖，尊祖故敬宗。論語曰：賢賢易色。比景後鮮輝，方年一日長。言比景後爾鮮輝，方年長爾一日也。說文曰：景，光也。孔安國論語曰：子路、曾皙、冉有、公西華侍坐，子曰：以吾一日長乎爾。萎葉愛榮條，涸流好河廣。其二。萎葉涸流自喻也。王逸楚辭注曰：枝葉早萎，痛絕落。潘安仁河陽詩曰：峻巖敷榮條。文賦曰：豁若涸流。楚辭曰：江河廣而無梁。殉業謝成操，復禮愧貧樂。司馬彪莊子注曰：殉，營也。論語子曰：一日克己復禮，天下歸仁焉。子曰：貧而樂，富而好禮者。幸會果代耕，符守江南曲。許慎淮南子注曰：果，成也。

文二十五　二十一　黃

禮記曰諸侯之下士視上農夫祿足以代耕漢書曰初與郡守爲竹使符也履運傷荏苒遵塗歎緬邈莊子曰陰陽四時運行各得其序張茂先勵志詩云日與月與荏苒代謝陸機贈馮文熊詩曰遵塗遠蹈又擬古詩曰緬邈若飛沈布懷存所欽我勞一何篤其三嵇康秀才詩曰思我所欽我勞如何徐幹荅劉楨詩曰我思一何篤其愁兼三春肇允雖同規翮飛各異槩毛詩曰肇允彼桃蟲翻飛惟鳥異槩謂異量也凡槩以平量故言槩而顯量焉楚辭曰一槩而相量也迢遞封畿外窈窕承明內宣遠爲安城守故云封畿外靈運爲秘書監故云承明內也毛詩曰京畿千里承明假京洛而言之也尋塗塗既睽即理理已對外內殊職是塗睽也賢愚異任是理對也絲路有恒悲矧廼在吾愛其四絲路已見上文又絲或爲蹊也跬行安步武鍛翮周數仞漢書公孫玃曰吳失與而無助跬行獨進如淳曰跬以一足行爲跬空蕊切鄭玄禮記注曰武迹也淮南子曰飛鳥鍛羽音弭

許慎曰鍛殘羽也莊子曰有鳥焉其名爲鵬搏扶搖羊角而上者行九萬里斥鷃笑之曰我騰躍而上不過數仞而下此亦飛之至也包咸論語注曰七尺曰仞豈不識高遠違方往有吝阮籍詠懷詩曰豈不識宏大羽翼不相儀郭象莊子注曰亦猶鳥之自得於一方也周易曰君子舍之往吝窮也歲寒霜雪嚴過半路愈峻言位高而愈懼也莊子孔子曰天寒既至霜雪既降戰國策曰或謂秦王曰行百里者半於九十此言末路之難也量己畏友朋勇退不敢進庾元規讓中書表曰量己知弊左氏傳陳敬仲曰詩云豈不欲往畏我友朋晏子春秋曰上士難進而易退也行矣勵令猷寫誠訓來訊其五孔安國尚書傳曰勵勉也補亡詩曰眞寫爾誠曹植與吳重書曰得所來訊文采委曲

西陵遇風獻康樂一首

五言沈約宋書曰靈運襲封康樂侯鄭玄禮記注曰獻猶進也又曰古者致物於人尊之曰獻

謝惠連

我行指孟春春仲尚未發趣途遠有期念離情無歇趣向也成裝候良辰漾舟陶嘉月許慎淮南子注曰裝飾也良辰已見上文蜀都賦曰漾輕舟楚辭曰陶嘉月兮總駕搴玉英兮自脩爾雅曰陶喜也瞻塗意少悰還顧情多闕其一韋昭漢書注曰悰樂也哲兄感仳別相送越坰林兄謂靈運也漢書谷永謝王鳳曰察父哲兄覆育子弟誠無以加毛詩曰有女仳離慨其嘆矣毛萇曰仳別也匹視切爾雅曰野外曰林林外曰坰飲餞野亭館分袂澄湖陰毛詩曰飲餞于禰范曄後漢書曰郭伋遂止野亭悽悽留子言眷眷浮客心韓詩曰眷眷懷顧孔安國尚書傳曰浮行也迴塘隱艫栧遠望絕形音其二南都賦曰分背迴塘說文曰艫船頭也韋昭漢書注曰栧檝也靡靡即長路戚戚抱遙悲楚辭曰居戚戚而不解悲遙但自弭路長當語誰楚辭曰汎容與而遐舉兮聊抑志而自弭

杜預左氏傳注曰弭息也古詩曰愁思當語誰行行道轉遠去去情彌遲陸機赴洛詩曰行行遂已遠韓詩外傳曰孔子之去魯遲遲乎其行也昨發浦陽汭今宿浙江湄其三酈善長水經注曰浦陽江水導源烏傷縣而經上虞縣孔安國尚書傳曰水北曰汭晉灼漢書注曰江水至會稽山陰爲浙江郭璞山海經注曰今錢塘有浙江音折屯雲蔽曾嶺驚風涌飛流零雨潤墳澤落雪灑林丘毛詩曰零雨其濛浮氛晦崖巘積素惑原疇爾雅曰重巘隒也曲汜薄停旅通川絕行舟其四王逸楚辭注曰泊止也泊與薄古字通韓詩外傳阿谷之女曰阿谷之隧隱也行旅已見上文上林賦曰通川過於中庭魏文帝善哉行曰洋洋川流中有行舟臨津不得濟佇檝阻風波孔叢子孔子歌曰臨津不濟還轅息鄹爾雅曰佇久也家語孔子曰不觀巨海何以知風波之患也蕭條洲渚際氣色少諧和西瞻興遊歎東睇起悽

歌積憤成疢痗無萱將如何其五韓詩曰焉得萱草言樹之背願言思伯使
我心痗薛君曰諠草忘憂也萱與諠通痗音悔
還舊園作見顏范二中書一首五言沈約宋書曰元嘉三
年徐羡之等誅徵顏延之爲中書侍郎范中書蓋謂范泰也謝靈運
辭滿豈多秩謝病不待年偶與張邴合久欲還東山
漢書張良曰今以三寸舌爲帝師封萬户位列侯此布衣之極於良足矣願弃人閒事欲從赤松子學道輕舉
又曰琅邪邴漢亦有清行兄子曼容亦養志自脩爲官不肯過六百石輒自免去東山謂會稽始寧也檀道鸞
晉陽秋曰謝安有反東山之志每形之於言聖靈昔迴眷微尚不及宣聖靈
謂高祖也陸機弔魏文帝柳賦曰行旅仰而迴眷何意衝飈激烈火縱炎烟焚
玉發崐峯餘燎遂見遷沈約宋書曰少帝即位權在大臣靈運構扇異同非毀執

六百廿一　文二十五　二十四　曹脩

政司徒徐羡之等患之出爲永嘉太守衝飈已見上文尚書曰火炎崐崗玉石俱焚天吏逸德烈于猛火投
沙理既迫如邛願亦愆漢書曰賈誼以謫居長沙長沙卑濕誼自傷悼以爲壽不得長
又曰卓文君謂司馬長卿曰第如臨邛從昆弟假貸猶足以爲生何至自苦如此相如與俱之臨邛第但也
長與懽愛別永絕平生緣緣因緣也浮舟千仞壑揔轡萬
尋巔戰國策蘇代曰水浮輕舟春秋繁露曰水赴千仞之壑而不旋似勇者家語孔子曰善御者正
身以揔轡琴賦曰青壁萬尋流沫不足險石林豈爲艱列子曰孔子觀於呂梁懸
水四十仞流沫三十里見一丈夫遊之以爲有苦使弟子並水而承之數百步出被髮行歌而遊於堂下孔子
從而問焉曰蹈水有道乎長於水而安於水性也楚辭曰焉有石林閩中安可處日夜念
歸旋漢書曰故越王無諸世奉越祀身帥閩中兵以佐滅秦韋昭曰東越之別名也閩音旻事蹟
兩如直心愜三避賢言史魚有道無道行俱如矢而已有道則見召無道則左遷故云事

蹟兩如矢直而已雖遷終無悔吝心愜三避之賢韋昭漢書注曰蹟頓也謂顛仆也説文曰蹟跌也論語子曰
直哉史魚邦有道如矢邦無道如矢史記曰孫叔敖相楚三去相而不悔知其非己罪也三避三黜也蹟音致
託身青雲上棲巖挹飛泉陸機詩曰託身承華側嵇康絕交書曰許由之巖棲
盛明盪氛昏貞休康屯邅盛明貞休謂太祖也言以盛明之德而蕩氛昏之徒
又以正美之道以康屯邅之俗也解嘲曰遭盛明之世周易曰乾元亨利貞又曰休否大人吉鄭玄曰休美也
王弼曰居尊位能休否也周易曰屯如邅如殊方咸成貸微物豫采甄沈約
宋書曰太祖登祚徐羡之等銜靈運爲秘書監再召不起上使光祿大夫范泰與靈運書敦獎之乃出就文子
曰殊方偏國老子曰夫惟道善貸且成説文曰貸施也魏明帝豫章行曰於斯誠微物能不懷傷悴鄭玄尚書
緯注曰甄表也感深操不固質弱易版纏謂應銜也感深感荷情深也楚辭曰
悲靈脩之浩蕩何執操之不固應璩與陰中夏書曰體正者則檢於人質弱者則陋於衆版纏猶牽引也

文二十五　二十五　乙卯重刊李椿

曾是反昔園語往實款然毛詩曰曾是在位廣雅曰款愛也曩基即
先築故池不更穿爾雅曰曩久也謂久舊也仲長子曰築基起功莊子曰相造于水者穿池
而養給也果木有舊行壞石無遠延劉歆甘泉賦曰桂木雜而成行説苑曰楚
莊王築層臺延石千里延壤百里雖非休憩地聊取永日閑毛詩曰且以永日鄭
玄曰永引也衛生自有經息陰謝所牽莊子南榮趎曰願聞衛生之經而已
矣老子曰衛生之經乎能抱一乎能勿失乎能與物委蛇而同其波乎是衛生之經也司馬彪曰生謂
衛護其生全性命也息陰即息影也牽謂俗務也已見遊南亭詩夫子照情素探懷
授往篇史記蔡澤謂應侯曰公孫鞅之事孝公也披心腹示情素素猶實也王仲宣詩曰探懷授
所歡願醉不顧身

登臨海嶠初發彊中作與從弟惠連見羊何共

和之一首　五言。謝靈運遊名山志曰。桂林頂遠則嵊尖彊中。沈約宋書曰。靈運既東還。與族弟惠連東海何長瑜潁川荀雍太山羊璿之。文章常會。共爲山澤之遊。時人謂之四友。

謝靈運

杪秋尋遠山。山遠行不近。楚辭曰。靚杪秋之遙夜。與子別山阿。含酸赴脩軫。軫當爲畛。說文曰。畛。井田閒陌。中流袂就判。欲去情不忍。毛萇詩傳曰。判。分也。毛詩曰。彷徨不忍去。顧望脰未悁。汀曲舟已隱。何休公羊傳注曰。脰。頸也。陸彦聲詩曰。相思心既勞。相望脰亦悁。說文曰。痟。疲也。痟與悁通。文字集略曰。汀。水際平也。隱汀絶望舟。鶩棹逐驚流。海賦曰。驚浪雷奔。欲抑一生歡。并奔千里遊。言遠別已爲抑歡。千里逾加離思。列子。公孫朝曰。欲盡一生之歡。窮當年之樂。古詩曰。離家千里客。戚戚多思復。日落當棲薄。繫纜臨江樓。纜。維舟索也。吴志曰。更增舸纜。謝靈運遊名山志曰。從臨江樓步路南上二里餘。左望湖中。右傍長江也。豈惟夕情歛。憶爾共淹留。楚辭曰。攀桂枝兮聊淹留。淹留昔時歡。復增今日歎。潘岳哀永逝曰。憶舊歡兮增新悲。茲情已分慮。況迺協悲端。悲端謂秋也。楚辭曰。悲哉秋之爲氣也。秋泉鳴北澗。哀猿響南巒。爾雅曰。巒。山墮。郭璞曰。山形長狹者。荆州謂之巒。戚戚新別心。悽悽久念攢。蒼頡篇曰。攢。聚之也。攢念攻別心。旦發清溪陰。暝投剡中宿。明登天姥岑。楚辭曰。夕投宿於石城。漢書曰。會稽有剡縣。吴録地里志曰。剡縣有天姥岑。剡。植琰切。姥。莫古切。高高入雲霓。還期那可尋。孟子曰。太山之高。參天入雲。羊祜請伐吴表曰。高山尋雲霓。潘安仁在懷縣詩曰。感此還期淹。儻遇浮丘公。長絶子徽音。列仙傳曰。王子喬好吹笙。道人浮丘公接以上嵩山。毛詩曰。太姒嗣徽音。

文二十五　二十六　仲

酬從弟惠連一首　五言　謝靈運

寢瘵謝人徒。滅迹入雲峯。爾雅曰。瘵。病也。太玄經曰。老子行則滅迹。立則隱形。巖壑寓耳目。歡愛隔音容。永絶賞心望。長懷莫與同。潘安仁詩曰。歲寒無與同。末路值令弟。開顏披心胷。其一。鄒陽上書曰。至其晩節末路。應亨古詩曰。濟濟令弟。史記。蔡澤曰。披腹心。心胷既云披。意得咸在斯。莊子。善養曰。余逍遥於天地之間。而心意自得也。凌澗尋我室。散帙問所知。說文曰。帙。書衣也。夕慮曉月流。朝忌曛日馳。王逸楚辭注曰。曛。黄昏時也。悟對無厭歇。聚散成分離。其二。言事無常。故聚而必散。成有分離也。莊子曰。禍福相生。聚散以成。分離別西川。迴景歸東山。別時悲已甚。別後情更延。爾雅曰。延。長也。傾想遲嘉音。果枉濟江篇。遲。猶思也。果。猶遂也。辛勤風波事。款曲洲渚言。其三。風波已見上文。秦嘉贈婦詩曰。思面叙款曲。洲渚既淹時。風波子行遲。務協華京想。詎存空谷期。廣雅曰。務。遠也。華京。猶京華也。郭璞遊仙詩曰。京華遊俠窟。毛詩曰。皎皎白駒。在彼空谷。猶復惠來章。祗足攪余思。毛詩曰。胡逝我梁。祗攪我心。儻若果歸言。共陶暮春時。其四。陶。喜也。已見上文。暮春雖未交。仲春善遊遨。未交謂暮春氣節與仲春未交也。孔安國尚書傳曰。南交言夏與春交也。山桃發紅萼。野蕨漸紫苞。爾雅曰。榹。山桃也。毛詩曰。言采其蕨。毛詩義疏曰。蕨。山菜也。初生紫色。尚書曰。草木漸苞。孔安國曰。漸。進長。苞。叢生也。鳴嚶已悦豫。幽居猶鬱陶。鳴嚶已見上文。禮記曰。幽居而不淫。論衡曰。幽居而靜處。恬澹自守。尚書曰。鬱陶乎予心。顔厚有忸怩。孔安國曰。鬱陶。哀思也。夢寐佇歸舟。釋我吝與勞。其五。范曄後漢書曰。陳蕃周舉常相謂曰。數日之閒。不見黄生。則鄙悋之

文二十五　二十七　申

萌。復存乎心。毛詩曰。
豈不爾思。勞心忉忉。

文選卷第二十五

賜進士出身通奉大夫江南蘇松常鎮太等處承宣布政使司布政使胡克家重校刊

二十五　二十八　元龍

文選卷第二十六

梁昭明太子撰

文林郎守太子右内率府錄事參軍事崇賢館直學士臣李善注上

贈答四

顏延年贈王太常一首
夏夜呈從兄散騎車長沙一首
直東宮荅鄭尚書一首
和謝監一首　王僧達荅顏延年一首
謝玄暉郡内高齋閑坐荅呂法曹一首
在郡卧病呈沈尚書一首
暫使下都夜發新林至京邑贈西府同僚一首
酬王晉安一首
陸韓卿奉荅内兄希叔一首
范彥龍贈張徐州一首
古意贈王中書一首　任彥昇贈郭桐廬一首

行旅上

潘安仁河陽縣作二首
在懷縣二首　潘正叔迎大駕一首
陸士衡赴洛二首　赴洛道中作二首
吳王郎中時從梁陳作一首

文二十六　一　辛巳刊　曹儀

陶淵明始作鎮軍叅軍經曲阿作一首

辛丑歲七月赴假還江陵夜行塗口作一首

謝靈運初發都一首　過始寧墅一首

富春渚一首　七里瀨一首

登江中孤嶼一首　初去郡一首

初發石首城一首　道路憶山中一首

入彭蠡湖口一首

入華子崗是麻源第三谷一首

贈荅

贈王太常一首 五言蕭子顯齊書曰王僧達除太常 顏延年

玉水記方流，琁源載圓折。尸子曰凡水其方折者有玉其圓折者有珠也 蓄寶每希聲，雖祕猶彰徹。老子曰大音希聲左氏傳君子曰若險危大人而有名彰徹也 聆龍睽九泉，聞鳳窺丹穴。廣雅曰聆聽也莊子曰夫千金之珠必在九重之泉驪龍頷下說文曰睽察也山海經曰丹穴之山有鳥焉其狀如鶴五采名曰鳳鳥丹穴已見東京賦 歷聽豈多士，唯然覯世哲。孔安國尚書傳曰工官也 舒文廣國華，敷言遠朝列。王逸楚辭注曰發文舒詞爛然成章國語季文子曰吾聞以德榮爲國華尚書曰凡厥衆人極之敷言秋興賦曰猥厠朝列爾雅曰列業也 德輝灼邦懋，芳風被鄉耋。禮記曰德輝動乎內而人莫不承聽禰衡顏子碑曰秀不實振芳風 側同幽人居，郊扉常晝閉。周易曰履道坦坦幽人貞吉殷仲堪誄曰荊門晝掩閑庭晏然 林閒時晏開，亟迴長者轍。爾雅曰野外謂之林鄭玄周禮注云閭里門也漢書淮南王曰早閉晏開又曰陳平門外多長者車轍 庭昏見野陰，山明望松雪。靜惟浹羣化，徂生入窮節。鄭玄毛詩箋曰惟思也蘇林漢書注曰浹周也莊子曰已化而生又化而死爾雅曰徂往也謂往之死也家語孔子曰化於陰陽象形而發謂之生化窮數盡謂之死 豫往誠歡歇，悲來非樂闋。周易曰初六鳴豫凶王弼曰樂過則淫志窮則凶爾雅曰豫樂也淮南子曰奏樂而喜曲終而悲鄭玄禮記注曰闋終也 屬美謝繁翰，遙懷具短札。屬猶綴也謝猶慙也說文曰懷念思也又曰札牒也阻黜切

夏夜呈從兄散騎車長沙一首 五言集曰從兄散騎字苟宗車長沙字仲遠

顏延年

炎天方埃鬱，暑晏闋塵紛。淮南子曰南方曰炎天高誘曰南方五月建午火之

中也火性炎上故曰炎天廣雅曰方正也毛萇詩傳曰鬱積也禮記曰仲夏小暑至賈逵國語注曰晏晚也毛萇詩傳曰闋息也杜預左氏傳注曰紛亂也 獨靜闕偶坐，臨堂對星分。賈逵國語注曰偶對也周禮曰以星分夜 側聽風薄木，遙睇月開雲。法言曰風薄于山孔安國尚書傳曰薄迫也亦激之意也楚辭曰雪紛紛而薄木 夜蟬當夏急，陰蟲先秋聞。禮記曰仲夏之月蟬始鳴易通系卦曰蟋蟀之蟲隨陰迎陽聖主得賢臣頌曰蟋蟀俟秋吟 歲候初過半，荃蕙豈久芬。楚辭曰時亹亹而過中又曰荃蕙化而爲茅 屏居惻物變，慕類抱情殷。漢書曰竇嬰謝病屏居田南山下鵩鳥賦曰萬物變化楚辭曰思慕類兮以悲魏文帝善哉行曰喟然以悅歎抱情不得敘柏玄鸚鵡賦曰眷儔侶而情殷殷憂也 九逝非空思，七襄無成文。楚辭曰惟郢路之遼遠兮魂一夕而九逝韓詩曰跂彼織女終日七襄雖則七襄不成報章薛君曰襄反也

直東宮荅鄭尚書一首 五言。沈約宋書曰：鄭鮮之，字道子。高祖踐祚，遷都官尚書。

顏延年 沈約宋書曰：高祖受命，延年補太子舍人。然荅詩謝舍人之日。

皇居體宸極，設險祗天工。孔融薦禰衡表曰：帝室皇居。西京賦曰：若夫長年神仙，宣室玉堂。譬衆星之環極，泮赫羲以輝煌。周易曰：王公設險以守其國。尚書曰：天工人其代之。兩闈阻通軌，對禁限清風。兩闈，謂東宮及中臺也。方言曰：軌，道也。各有禁守，謂禁中也。故曰對也。胡廣書曰：建洪德，流清風。跂予旅東館，徒歌屬南墉。毛詩曰：誰謂宋遠，跂予望之。賈逵國語注曰：旅，客也。爾雅曰：徒歌曰謠。鄭玄儀禮注曰：屬，注也。謂意注之也。尚書為中臺，在南，故曰南墉。寢興鬱無已，起觀辰漢中。毛詩曰：言念君子，載寢載興。鄭玄考工記注曰：鬱，不舒散。辰，大辰也。爾雅：大辰，房心尾也。郭璞曰：龍星明者，以為時候，故曰大辰。毛萇詩傳曰：漢，天

河也。流雲藹青闕，皓月鑒丹宮。廣雅曰：鑒，照也。踟躕清防密，徒倚恒漏窮。毛詩曰：搔首踟躕。夏侯沖荅潘岳詩曰：相思限清防，企佇誰與言。爾雅曰：密，靜也。楚辭曰：步徙倚而遥思。漏窮，言曉也。君子吐芳訊，感物惻余衷。演連珠曰：肆義芳訊。古詩曰：感物懷所思。惜無丘園秀，景行彼高松。賈逵國語注曰：惜，痛也。周易曰：賁于丘園，束帛戔戔。陸機演連珠曰：丘園之秀，因時則揚。毛詩曰：景行行止。高松喻守節而不移也。論語子曰：歲寒然後知松栢之後彫也。知言有誠貫，美價難克充。知汝之言有誠，實貫舊貫。美價難以克充。漢書武帝詔書曰：九變復貫，知言之選。論語子貢曰：有美玉於斯，韞櫝而藏諸，求善價而沽諸。何以銘嘉貺，言樹絲與桐。言樹絲桐，欲播之琴瑟也。魏文帝書曰：嘉貺益腆。爾雅曰：貺，賜也。毛詩曰：言樹之背。史記曰：騶忌以鼓琴見齊威王，王曰：夫治國家，何異絲桐之間哉。

和謝監靈運一首 五言。沈約宋書曰：靈運為祕書監也。

顏延年 沈約宋書曰：少帝出顏延年為始安太守。元嘉三年，徵為中書侍郎。

弱植慕端操，窘步懼先迷。左氏傳：鄭子產如陳，曰：陳，亡國也。其君弱植。王逸楚辭注曰：植，志也。楚辭曰：內惟省以端操。又曰：夫唯捷徑以窘步。窘，求隕切。周易曰：先迷失道，後順得常。寡立非擇方，刻意藉窮棲。孫卿子曰：寡立而不勝，堅強而不暴。周易曰：君子以立不易方。王弼曰：得其所久，故不易也。孔安國論語注曰：方，道也。謂常道也。莊子曰：刻意尚行，離世異俗。此山谷之士，非俗之人，枯槁赴淵者之所好也。韋昭國語注曰：山處曰棲。伊昔遘多幸，秉筆侍兩闈。陸機荅賈謐詩曰：伊昔有皇。左氏傳，羊舌職曰：民之多幸，國之不幸。國語，士茁謂智襄子曰：臣秉筆事君。兩闈，謂上臺及東宮也。事二宮，已見曲水詩。雖慙丹雘施，未謂玄素睽。丹雘喻君恩也。玄素喻別也。盧諶荅劉琨書曰：始素終玄，墨翟垂涕。周易曰：睽者，乖也。苦圭切。尚書曰：惟其塗丹雘。徒遭良時詖，王道奄昬霾。謂少帝之日也。潘岳河陽縣詩曰：徒恨良

時泰。蒼頡篇曰：詖，諂佞也。彼寄切。方言曰：奄，遽也。昬霾，喻世亂也。爾雅曰：風雨土為霾。人神幽明絕，朋好雲雨乖。人神幽明絕，言時亂不獲祭享也。曾子曰：天曰明，地曰幽。張載詠懷詩曰：雲乖雨散，心乎愴而。弔屈汀洲浦，謁帝蒼山蹊。謂之始安郡也。賈誼有弔屈原文。楚辭曰：搴汀洲兮杜若。文字集略曰：汀，水際也。曹子建贈白馬王詩曰：謁帝承明廬。禮記曰：舜葬蒼梧之野。倚巖聽緒風，攀林結留荑。楚辭曰：倚石巖以流涕。又曰：款秋冬之緒風。又曰：畦留荑與揭車。王逸曰：留荑，香草也。跂予間衡嶠，曷月瞻秦稽。跂予，已見上文。衡，山名也。爾雅曰：山銳而高曰嶠。毛詩曰：曷月余還歸哉。孔曄會稽記曰：秦望山在州城正南。史記曰：始皇登之，望南海。越絕書曰：禹救水到大越，上茅山，大會計，更名茅山曰會稽。皇聖昭天德，豐澤振沈泥。皇聖，謂文帝也。孫卿子曰：變化代興，謂之天德。謝承後漢書曰：仁風豐澤，四海所宗。說文曰：振，舉也。葛龔與張略書曰：頑闇沈泥。惜無爵雉化，何用充海淮。國語曰：趙簡子歎曰：

雀入于海爲蛤雉入于淮爲蜃鄭玄禮記注曰充足也子喻切去國還故里幽門樹蓬藜去國謂去始安也莊子曰越之流人去國旬月古詩曰思還故里閭楚辭曰處乡舍之幽門陸雲荅兄書曰脩庭樹蓬采茨葺昔宇翦棘開舊畦鄭玄周禮注曰茨蓋苫也廣雅曰葺覆也左氏傳戎子駒支曰驅其狐貍翦其荆棘孟子曰病于夏畦劉熙曰今俗以二十五畝爲小畦物謝時既晏年往志不偕言年既日往志意已衰不與子俱也王逸楚辭注曰謝去也楚辭曰年洋洋而日往毛萇詩傳曰偕俱也俱亦齊同之意也親仁敷情昵興賦究辭棲親仁謂靈運也左氏傳陳五父曰親仁善鄰國之寶也爾雅曰昵近也孫炎曰親之近也說文曰興悅也玩愛也芬馥歇蘭若清越奪琳珪吳都賦曰芬馥肹蠁說文曰歇息也一曰氣越泄也禮記曰昔者君子比德於玉焉叩之其聲清越以長鄭玄曰越猶揚也盡言非報章聊用布所懷易曰書不盡言報章已見上文莊子曰有問而應之盡其所懷蒼頡篇曰懷抱也

荅顏延年一首 五言

王僧達

沈約宋書曰王僧達琅邪人少好學善屬文爲始興王行軍參軍稍遷至中書令以屢犯上顏於獄賜死

長卿冠華陽仲連擅海陰長卿相如字也尚書曰華陽黑水惟梁州華陽國記曰益州地稱天府原曰華陽史記曰魯仲連齊人也穀梁傳曰水南曰陰珪璋既文府精理亦道心言珪璋之麗既光於文府精理之妙亦窮於道心文賦曰游文章之林府尚書曰道心惟微君子聳高駕塵軌實爲林楚辭曰竦余駕兮入冥何邵詩曰亮無風雲會安能襲塵軌司馬遷書曰列於君子之林也崇情符遠迹清氣溢素襟思玄賦曰盍遠迹以飛聲陸景典語曰清氣漂於青雲之上聲類曰襟交領也結游略年義篤顧棄浮沈莊子曰忘年忘義振於無境鄭玄毛詩箋曰顧念也高誘淮南子注曰浮沈猶盛衰也寒榮共偃曝春醞時獻斟桓子新論曰余與揚子雲奏事坐白虎殿廊廡下以寒故背日曝焉郭璞上林賦注曰榮屋南簷也曹植酒賦曰或秋藏冬發或春醞夏開聿來歲序暄輕雲出東岑毛詩曰聿來胥宇鄭玄曰聿自也麥壟多秀色楊園流好音魏文帝登城賦曰嘉麥被壟廣雅曰秀美也毛詩曰楊園之道又曰睍睆黃鳥載好其音歡此乘日暇忽忘逝景侵言人壽不留與景俱逝而壽損侵謂之侵莊子牧馬童子謂黃帝曰有長者教予曰若乘日之車而遊於襄城之野郭象曰日出而遊日入而息幽衷何用慰翰墨久謠吟歸田賦曰揮翰墨以奮藻棲鳳難爲條淑貺非所臨鳳非梧桐不棲故曰難爲也誦以永周旋匣以代兼金左氏傳太史克曰奉以周旋不敢失墜孟子曰齊王餽兼金一百而不受也

郡内高齋閑坐荅呂法曹一首 五言郡是宣城郡

謝玄暉

結構何迢遰曠望極高深結構謂結連構架以成屋宇也魯靈光殿賦曰觀其結構廣雅曰曠遠也高深謂江山也魏武帝善哉行曰山不厭高海不厭深吳都賦曰曠瞻迢遰牕中列遠岫庭際俯喬林曹子建詩曰歸鳥赴喬林日出衆鳥散山暝孤猿吟已有池上酌復此風中琴石崇思歸引曰宴華池酌玉觴嵇康贈秀才詩曰習習和風吹我素琴非君美無度孰爲勞寸心毛詩曰彼己之子美無度又曰勞心忉忉列子文摯謂叔龍曰吾見子之心矣方寸之地虛矣惠而能好我問以瑤華音毛詩曰惠而好我攜手同行毛萇曰惠愛也鄭玄曰言愛仁而又好我毛詩曰雜佩以問之毛萇曰問遺也楚辭曰折疏麻兮瑤華將以遺兮離居若遺金門步見就玉山岑解嘲曰歷金門上玉堂穆天子傳曰癸巳至羣玉之山容氏所守先王之謂冊府郭璞曰即山海經玉山

西王母所居者皇甫謐釋勸曰排閶闔步玉岑

在郡卧病呈沈尚書一首　五言集曰沈尚書約也　謝玄暉

淮陽股肱守高卧猶在茲　漢書曰季布為河東守上召布曰河東吾股肱郡故時召君耳又曰拜汲黯為淮陽太守黯伏地不受印上曰君薄淮陽耶顧淮陽吏人不相得吾徒得君重卧而治之也況復南山曲何異幽棲時　謝靈運南山詩曰凝此永幽棲連陰盛農節臺笠聚東菑　朔安道愁霖賦曰嗟連陰之時退想雲物之見微毛詩曰彼都人士臺笠緇撮毛萇曰臺所以御雨音臺爾雅曰田一歲曰菑高閣常晝掩荒堦少諍辭　晝掩已見上文珍簟清夏室輕扇動涼飇　楚辭曰溢飇風而上征嘉魴聊可薦淥蟻方獨持　毛詩曰南有嘉魚鄭玄毛詩箋曰聊略也釋名曰酒有汎齊浮蟻在上洸洸然鄭玄毛詩箋曰方且也夏李沈朱實秋藕折輕絲　魏文帝與

吳質書曰沈朱李於寒水良辰竟何許夙昔夢佳期　佳謂沈也言會面良辰竟在何許而令夙昔空夢佳期阮籍詠懷詩曰良辰在何許凝霜沾衣襟許猶所也尚書曰夙夜浚明有家孔安國曰夙早也浚深也早夜思之須明行之楚辭曰與佳期兮夕張王逸曰不敢斥尊者故言佳也坐嘯徒可積為邦歲已朞　張璠漢記曰南陽太守弘農成瑨任功曹岑晊時人為之語曰南陽太守岑公孝弘農成瑨但坐嘯瑨音津晊音質論語子曰善人為邦百年可以勝殘去殺矣又曰苟有用我者期月而已可也三年有成絃歌終莫取撫机令自嗤　論語曰子游為武城宰聞絃歌之聲陸機赴洛詩曰撫机不能寐阮籍詠懷詩曰嗷嗷令自嗤

暫使下都夜發新林至京邑贈西府同僚一首　五言蕭子顯齊書曰謝朓為隨王子隆文學子隆在荊州好辭賦數集僚友朓以才文尤被賞愛長史王秀之以朓年少相動密以啓聞世祖敕朓可還都朓道中為詩以寄西府

謝玄暉

大江流日夜客心悲未央　呂氏春秋曰水泉東流日夜不休毛詩曰夜未央廣雅曰央已也徒念關山近終知反路長　古樂府有度關山曲王粲閑邪賦曰關山介而阻險顏延年秋胡詩曰反路遵山河秋河曙耿耿寒渚夜蒼蒼　秋河天漢也耿耿光也毛詩曰蒹葭蒼蒼引顧見京室宮雉正相望　潘岳河陽縣詩曰引領望京室東都賦曰京室密清周禮曰王城隅之制九雉古詩曰兩宮遙相望金波麗鳷鵲玉繩低建章　漢書歌云月穆穆以金波王弼周易注曰麗連也張揖漢書注曰鳷鵲觀在雲陽甘泉宮外春秋元命包曰玉衡北兩星為玉繩星漢書曰柏梁災於是作建章宮也驅車鼎門外思見昭丘陽　古詩曰驅車策駑馬帝王世紀曰春秋成王定鼎于郟鄏其南門名定鼎門蓋九鼎所從入也方言曰冢大者為丘丘南曰陽荊州圖記曰當陽東有楚昭王墓登樓賦曰所謂西接昭丘也馳暉不可接何況隔

兩鄉　馳暉日也眺至尋陽詩曰過客無留軫馳暉有奔箭毛萇詩傳曰鄉所也風雲有鳥路江漢限無梁　南中八志曰交阯郡治龍編縣自與古鳥道四百里楚辭曰江河廣而無梁常恐鷹隼擊時菊委嚴霜　毛萇詩傳曰古者鷹隼擊然後罻羅設潘岳河陽詩曰時菊耀秋華委猶悴也楚辭曰冬又申之以嚴霜寄言罻羅者寥廓已高翔　諭蜀父老曰猶鷦鵬之翔乎寥廓之宇而羅者猶視乎藪澤廣雅曰寥深也廓空也

之泉州也

酬王晉安一首　五言集曰王晉安德元王隱晉書曰晉安郡太康三年置即今　謝玄暉

梢梢枝早勁塗塗露晚晞　爾雅曰梢梢擢也郭璞曰謂木無枝柯梢擢長而殺也楚辭曰白露紛以塗塗王逸曰塗塗厚貌也毛萇詩傳曰晞乾也南中榮橘柚寧知鴻鴈飛　列子曰吳越之國有木焉其名曰櫾碧樹而冬生櫾則柚字也鴻鴈南棲衡陽不至晉安之境故曰寧

知也拂霧朝青閣。日旰坐彤闈。左氏傳趙鞅曰日旰矣說文曰旰日晚也悵

望一塗阻。參差百慮依。蔡邕詩曰暮宿何悵望周易曰一致而百慮仲長統詩

曰百慮何爲至安在我春草秋更綠。公子未西歸。言春草萋萋故王孫樂之

而不反今春草秋而更綠公子尚未西歸楚辭曰王孫遊兮不歸春草生兮萋萋古詩曰秋草萋已綠毛詩曰

誰能西歸誰能久京洛。緇塵染素衣。陸機爲顧彥先贈婦詩曰京洛多風塵素

衣化爲緇

奉荅內兄希叔一首五言顧氏家譜曰肸字希叔邵陵王國常侍

陸韓卿蕭子顯齊書曰陸厥字韓卿吳人好屬文州舉秀才王晏少傅主簿後至

行軍叅軍厥父被誅坐繫尚方尋有令赦厥恨父不及感慟而卒其集云竟陵王舉

秀才選太子太傅功曹掾

嘉惠承帝子。躧履奉王孫。帝子謂竟陵也王孫謂太傅王晏也越絕書曰恭承

嘉惠述暢往事管子曰君有嘉惠於其臣漢舊儀曰帝子爲王長門賦曰躧履起而彷徨魏志蔡邕見王粲曰

此王公孫有異才屬叨金馬署。又點銅龍門。漢書音義曰屬近也叨金馬署謂爲

秀才也兩都賦序曰內設金馬石渠之署點銅龍門謂爲太傅功曹掾也漢書曰上嘗急召太子出龍樓門張

晏曰門樓上有銅龍出入平津邸。一見孟嘗尊。孟嘗喻太傅也漢書曰封丞相

公孫弘爲平津侯於是起客館開東閤以延賢人與叅謀議說苑雍門周說孟嘗君曰以孟嘗之尊乃如是也

歸來翳桑柘。朝夕異涼溫。其一左太沖詠史詩曰陳平無產業歸來翳負郭涼

溫喻貴賤也徂落固云是。寂蔑終始斯。徂落猶彫落也羽獵賦曰萬物徂落於外

荀組七哀詩曰何其寂蔑杜門清三逕。坐檻臨曲池。漢書曰王陵杜門竟不朝請三

輔決錄曰蔣詡字元卿舍中三逕楚辭曰坐堂伏檻臨曲池鳧鵠嘯儔侶。荷芰始

參差。蜀都賦曰鴻儔鵠侶雖無田田葉。及爾泛漣漪。其二古樂府詩曰江南可

采蓮蓮葉何田田毛詩曰河水清且漣漪春華與秋實。庶子及家臣。魏志曰邢顒字

子昂爲平原侯植家丞顒防閑以禮無所屈撓由是不合庶子劉楨書諫植曰家丞邢顒北土之彥而楨禮遇

殊特顒反疏簡私懼觀者將謂君侯習近不肖禮賢不足采庶子之春華忘家丞之秋實王門所以

貴。自古多俊民。鄒陽上書曰何王之門不可曳長裾乎尚書曰畯民用康畯與俊同離宮

收杞梓。華屋富徐陳。離宮華屋皆謂太子也卞壺議曰太子所居宮稱東宮不言太子宮

者二宮以東西爲稱明是天子之離宮使太子居之也左氏傳楚聲子曰晉大夫皆卿才也如杞梓皮革自楚

往也吳質荅曹子建書曰墳籥激於華屋魏志曰文帝爲五官郎將北海徐幹廣陵陳琳並見友善平旦

上林苑。日入伊水濱。其三言晨夕侍遊良非一所也楚辭曰平明發兮蒼梧漢書曰梁孝

王入朝侍帝遊獵上林中論衡曰堯時擊壤者曰吾日入而息列仙傳曰王子喬周靈王太子晉也遊伊雒之

間書記既翩翩。賦歌能妙絕。魏文帝與吳質書曰公幹五言詩之善者妙絕時人

元瑜書記翩翩致足樂之相如恧溫麗。子雲慙筆札。西京雜記曰枚皐文章捷疾長卿

製作淹遲皆一時之譽長卿首尾溫麗枚皐時有累句故知疾行無善迹矣方言曰恧慙也漢書曰樓護與谷

永俱爲五侯上客長安號曰谷子雲之筆札樓君卿之脣舌駿足思長阪。柴車畏危

轍。駿足喻希叔柴車自喻也棗臺彥荅杜育詩曰矯矯駿足繁纓朱就韓詩外傳齊子曰臣賴君之賜駑馬

柴車可得而乘也愧茲山陽讌。空此河陽別。其四魏氏春秋曰嵇康寓居山陽縣

與向秀遊於竹林號曰七賢曹植送應氏詩曰親昵並集送置酒此河陽平原十日飲。中散

千里遊。平原趙勝也史記曰秦昭王聞魏齊在平原君家遺平原君書曰寡人聞君之高義願與爲

布衣之交君幸過寡人寡人願與君爲十日之飲平原君遂入秦見昭王干寶晉紀曰初呂安友嵇康相思則

命駕千里從之渤海方淼漫。宜城誰獻酬。大州言己之事竟陵猶徐吳之在渤海漢書渤

海郡有南皮縣即徐吳遊之所也國語曰底著滛滯賈逵曰滛久也陳思王酒賦曰酒有宜城濃醪蒼梧漂清毛詩曰獻酬交錯屏居南山下臨此歲方秋屏居南山下已見上文左氏傳卜徒父曰歲云秋矣漢書路博德曰方秋匈奴馬肥未可與戰廣雅曰方始也惜哉時不與日暮無輕舟其五言無輕舟以相從也賈逵國語注曰惜痛也劉越石贈盧諶詩曰時哉不我與曹子建贈王仲宣詩曰有彼孤鴛鴦哀鳴無匹儔我願執此鳥惜哉無輕舟

贈張徐州稷一首　五言　范彥龍

田家樵採去薄暮方來歸漢書楊惲曰田家作苦張景陽雜詩曰投來脩岸垂時聞樵採音楚辭曰薄暮雷電廣雅曰薄至也毛詩曰來歸自鎬杜預左氏傳注曰來者自外之文也還聞稚子說有客款柴扉史記曰楚懷王稚子子蘭呂氏春秋曰款門而謁高誘曰款叩也柴扉即荊扉也鄭玄禮記注曰蓽門荊竹織門也儐從皆珠玳裘馬悉輕肥

吳都賦曰儐從弈弈廣雅曰儐導也史記曰趙平原君使人於春申君春申君舍之於上舍趙使欲夸楚爲玳瑁簪刀劍並以珠飾之請春申君客論語子曰赤之適齊也乘肥馬衣輕裘軒蓋照墟落傳瑞生光輝說苑翟璜謂田子方曰吾祿厚得此軒蓋又師曠謂晉平公曰五鼎不當生墟落應劭風俗通曰諸侯及使者有傳信乃得舍於傳耳今刺史行部車號傳車從事督郵周禮曰典瑞鄭玄曰瑞節信也疑是徐方牧既是復疑非阮瑀止欲賦曰意謂是而復非思舊昔言有此道今已微穀梁傳曰叔姬歸于紀其不言逆何也逆之道微范甯曰逆者非卿也物情棄疵賤何獨顧衡闈莊子曰人之有所不得與皆物之情也郭象曰憂娛在懷皆物情耳非理也爾雅曰疵病也衡闈衡門也或以衡闈爲紡韋非也恨不具雞黍得與故人揮謝承後漢書曰山陽范式字巨卿與汝南張元伯爲友春別京師以秋爲期至九月十五日殺雞作黍二親笑曰山陽去此幾千里何必至元伯曰巨卿信士不失期者言未絕而巨卿至韓康伯周易注曰揮散也

懷情徒草草淚下空霏霏毛萇詩傳曰懷思也毛詩曰驕人好好勞人草草又曰雨雪霏霏寄書雲間鴈爲我西北飛漢書曰帝思蘇武使謂單于天子射上林中得鴈足有係帛書西北謂徐州也在揚州之西北輿地志曰宋以鍾離置徐州齊以荊州爲北徐州也

古意贈王中書一首　五言集曰覽古贈王中書融　范彥龍

攝官青瑣闥遙望鳳皇池王融荅詩題云雜躰報范通直雲梁書曰雲爲通直散騎侍郎左氏傳韓厥曰敢告不敏攝官承乏漢舊儀曰黃門郎暮入對青瑣門拜晉中興書曰荀勗徙中書監爲尚書令人賀之乃發恚云奪我鳳皇池卿諸人何賀我耶誰云相去遠脉脉阻光儀劉楨贈徐幹詩曰誰謂相去遠古詩曰盈盈一水間脉脉不得語鸚鵡賦曰侍君子之光儀岱山饒靈異沂水富英奇尚書曰海岱及淮惟徐州又曰淮沂其乂漢書有琅邪郡音義曰屬徐州晉書琅邪王氏之先漢紀曰秦遷于琅邪之皐虞後徙于臨沂逸翮凌北海摶飛出

南皮徐幹居北海吳質遊南皮二人皆蒙魏文恩幸故言地以明之也郭璞遊仙詩曰逸翮思拂霄杜預左氏傳注曰陵侮也謂輕易之莊子曰鵬摶扶搖而上司馬彪曰摶圜也圜飛而上若扶搖也遭逢聖明后來棲桐樹枝孔安國尚書傳曰聖人受命則鳳皇至鄭玄毛詩箋曰鳳皇之性非梧桐不棲竹花何莫莫桐葉何離離鄭玄毛詩箋曰鳳皇非竹實不食毛詩曰葛之覃兮維葉莫莫又曰其桐其椅其實離離可棲復可食此外亦何爲古詩曰賤妾擬何爲豈如鷦鷯者一粒有餘貲鷦鷯賦曰巢林不過一枝每食不過數粒蒼頡篇曰貲財也

贈郭桐廬出溪口見候余既未至郭仍進村維舟久之郭生方至一首　五言顧野王輿地志曰桐廬縣吳分富陽之桐廬溪也劉孝標集曰郭桐廬峙　任彥昇

朝發富春渚蓄意忍相思漢書曰會稽郡富春縣孔安國尚書傳曰蓄積也涿令行春反冠蓋溢川坻范曄後漢書曰滕撫字叔輔北海人也初仕州郡稍遷爲涿令有文武理用太守以其能委任郡職兼領六縣流愛于民行春兩白鹿隨車挾轂而行郭璞上林賦注曰坻岸也坻或爲湄望久方來萃悲歡不自持毛萇詩傳曰萃集也滄江路窮此湍險方自茲疊嶂易成響重以夜猨悲客心幸自弭中道遇心期楚辭曰聊抑志而自弭親好自斯絕孤遊從此辭謝靈運詩曰孤遊非情款蘇武詩曰去去從此辭

行旅上

河陽縣作二首 五言 潘安仁

哀傷贈荅皆潘居陸後而此在前疑誤也

微身輕蟬翼弱冠忝嘉招岳弱冠舉秀才曹植表曰身輕蟬翼恩重丘山楚辭曰蟬翼爲輕也在疚妨賢路再升上宰朝言己在病以妨賢路也毛詩曰煢煢在疚說苑楚令尹虞丘子謂莊王曰臣爲令尹士不升妨群賢路上宰朝謂司空太尉府猥荷公叔舉連陪廁王寮言以凡猥之才而荷薦舉也太尉舉爲郎已見閑居賦許慎淮南子注曰猥凡也論語曰公叔文子之臣大夫僎與文子同昇諸公子曰可以爲文矣又曰陪臣執國命馬融曰陪重也謂家臣也長嘯歸東山擁耒耨時苗岳天陵詩序曰岳屏居天陵東山下楚辭曰臨深水而長嘯說文曰耒手耕曲木鄭玄周禮注曰耨耘耔也幽谷茂纖葛峻巖敷榮條落英隕林趾飛莖秀陵喬杜預左氏傳注曰趾足也爾雅曰大阜曰陵卑高亦何常升降在一朝二者升降在於倏忽以喻人之榮辱亦在須臾言不足歎也徒恨良時泰小人道遂消李陵贈蘇武詩曰良時不再至禰衡書曰衡以良時散而復合周易泰卦曰君子道長小人道消譬如野田蓬斡流隨風飄商君書曰今夫飛蓬遇飄風而行千里乘風之勢也鶡冠子曰斡流遷徙如淳漢書注曰斡轉也昔倦都邑游今掌河朔傜歸田賦曰游都邑以永久尚書曰王次于河朔登城眷南顧凱風揚微綃鄭玄毛詩箋曰顧視也呂氏春秋曰南方曰凱風禮記曰綃幕也鄭玄曰綃縑也音消洪流何浩蕩脩芒鬱苕嶢浩蕩或爲濟蕩音西郭緣生述征記曰北芒城北芒嶺也誰謂晉京遠室邇身實遼毛詩曰誰謂宋遠又曰其室則邇其人甚遠誰謂邑宰輕令名患不劭左氏傳子產曰令名德之輿也小雅曰劭美也人生天地間百歲孰能要古詩曰人生天地間又曰人生年不滿百熲如槁石火瞥若截道飇爾雅曰熲光也毛詩曰子有鍾鼓弗擊弗考毛萇曰考亦擊也槁與考古字通古樂府詩曰鑿石見火能幾時說文曰瞥見也張衡舞賦曰瞥若電滅古詩曰人生寄一世奄忽若飇塵瞥孚說切

齊都無遺聲桐鄉有餘謠論語曰齊景公有馬千駟死之日人無德而稱焉漢書曰朱邑爲桐鄉嗇夫廉平不苛及死子葬之桐鄉邑人爲之起冢立祠也福謙在純約害盈猶矜驕周易曰鬼神害盈而福謙左氏傳晉成鱄曰在約思純孔安國尚書傳曰自賢曰矜無君人德視民庶不恌毛詩曰我有嘉賓德音孔昭視民不恌君子是則是傚毛萇詩曰恌偷也日夕陰雲起登城望洪河潘元茂九錫文曰濟師洪河川氣冒山嶺驚湍激巖阿歸鴈映蘭時游魚動圓波史記曰楚以弱弓微繳加歸鴈之上韓詩曰宛在水中沚薛君曰大渚曰沚沚之以切鳴蟬厲寒音時菊耀秋華禮記曰孟秋寒蟬鳴廣雅曰厲高也謂高而急也禮記曰季秋菊有黃華引領望京室南路在伐柯左氏傳穆叔曰引領西望毛詩曰伐柯伐柯其則不遠大夏緬無覬崇

芒鬱嵯峨。陸機洛陽記曰：大夏門，魏明帝所造，有三層，高百尺。韋昭國語注曰：緬，猶邈也。郭緣生述征記曰：北芒去大夏門不盈一里。秦嘉詩曰：巖石鬱嵯峨。揔揔都邑人，擾擾俗化訛。楚辭曰：紛揔揔兮九州。王逸曰：揔，聚也。七發曰：擾擾若三軍之騰裝。鄭玄毛詩箋曰：訛，僞也。五戈切。依水類浮萍，寄松似懸蘿。淮南子曰：夫萍樹根於水，木樹根於土，天地性也。毛詩曰：蔦與女蘿，施于松栢。曹植雜詩曰：寄松爲女蘿，依水如浮萍。朱博糾舒慢，楚風被琅邪。漢書曰：朱博，字子元，杜陵人也。遷琅邪太守。齊部舒緩勑功曹官屬多褒衣大袑，不中節度，自今掾吏衣皆去地三寸。視事數年，大改其俗，掾吏禮節皆如楚趙。袑音紹。袑，袴也。曲蓬何以直，託身依叢麻。曾子曰：蓬生麻中，不扶自直。漢書婁護曰：呂公託身於我。黔黎竟何常，政成在民和。史記曰：秦更名人曰黔首。左氏傳季梁曰：民和而神降之福。位同單父邑，愧無子賤歌。呂氏春秋曰：宓子賤治單父，彈鳴琴，身不下堂而單父治。豈敢陋微官，但恐忝所荷。

在懷縣作二首　五言　潘安仁

南陸迎脩景，朱明送末垂。續漢書曰：日行南陸謂之夏。淮南子曰：仲夏至脩。毛詩曰：夏之日。毛萇曰：言時長也。爾雅曰：夏爲朱明。末垂，猶末也。崔駰臨洛觀賦曰：迎夏之首，末春之垂。初伏啓新節，隆暑方赫羲。崔寔四民月令曰：六月初伏，薦麥瓜于祖禰。賈誼旱雲賦曰：隆暑盛其無聊。繁欽柳樹賦曰：翳炎夏之白日，救隆暑之赫羲。思玄賦注曰：赫羲，盛也。朝想慶雲興，夕遲白日移。遲，猶思也。揮汗辭中宇，登城臨清池。史記蘇秦曰：揮汗成雨。賈逵國語注曰：揮，灑也。楚辭曰：爨土鬵于中宇。涼飈必遙自遠集，輕襟隨風吹。靈圃耀華果，通衢列高椅。靈圃，猶靈囿也。東征賦曰：道通衢之大道。椅，梓屬。瓜瓞蔓長苞，薑芋紛廣畦。韓詩曰：緜緜瓜瓞。薛君曰：瓞，小瓜也。毛萇詩傳曰：苞，本也。劉熙孟子注曰：今俗以五十畝爲大畦也。稻栽肅仟仟，黍苗何離離。禮記曰：故栽者培之。凡蒔草謂之栽也。廣雅曰：芊芊，茂也。毛詩曰：彼黍離離，彼稷之苗。虛薄乏時用，位微名日卑。朝子曰：工商游食之民，少而名卑。驅役宰兩邑，政績竟無施。自我違京輦，四載迄于斯。胡廣漢官解故注曰：轂下，諭在輦轂之下，京城之中也。詩曰：以迄于今。毛詩曰：迄，至也。器非廊廟姿，屢出固其宜。慎子曰：廊廟之材，非一木之枝。史記曰：賢人深謀於廊廟。孫卿子曰：君道行，則萬物皆得其宜也。徒懷越鳥志，眷戀想南枝。古詩曰：越鳥巢南枝。春秋代遷逝，四運紛可喜。楚辭曰：春與秋其代序。莊子曰：黃帝曰：陰陽四時運行，各得其序。楚辭曰：綠葉素榮，紛其可喜。寵辱易不驚，戀本難爲思。老子曰：寵辱若驚。何謂寵辱？寵爲下，得之若驚，失之若驚，是謂寵辱若驚。禮記曰：太公封於營丘，比及五世，皆反葬於周。君子樂其所自生，禮不忘其本。

我來冰未泮，時暑忽隆熾。毛詩曰：我來自東。又曰：迨冰未泮。感此還期淹，歎彼年往駛。楚辭曰：年洋洋而日往。登城望郊甸，游目歷朝寺。楚辭曰：忽返顧以遊目。風俗通曰：今尚書御史所止，皆曰寺也。小國寡民務，終日寂無事。老子曰：小國寡民。陸賈新語曰：君子之治也，混然無事，寂然無聲。白水過庭激，綠槐夾門植。鄭玄周禮注曰：植根生之屬也。信美非吾土，祇攪懷歸志。登樓賦曰：雖信美而非吾土。毛詩曰：祇攪我心。孟子曰：浩然有歸志。卷然顧鞏洛，山川邈離異。孔叢子歌曰：眷然顧之，慘焉心悲。鄭玄毛詩箋曰：回首曰顧。鞏洛，岳父墳塋所在也。漢書曰：潁川北近鞏洛。墳塋已見西征賦。楚辭曰：終免獨離異。願言旋舊鄉，畏此簡書忌。毛詩曰：願言思子。又曰：豈不懷歸，畏此簡書。毛萇曰：簡書，戒命也。祇奉社稷守，恪居處職司。論語子路使子羔爲費宰。子路曰：有民人焉，有社稷焉。左氏傳公鉏曰：敬恭朝夕，恪居官次。

迎大駕一首 五言 王隱晉書曰：東海王越從大駕討鄴，軍敗。永康二年，越率天下甲士三萬人奉迎大駕還洛。

潘正叔

南山鬱岑崟，洛川迅且急。青松蔭脩嶺，綠蘩被廣隰。爾雅曰：蘩，皤蒿也。朝日順長塗，夕暮無所集。毛詩曰：順彼長道。魏武帝短歌行曰：暮無所宿栖。歸雲乘幰浮，淒風尋帷入。傅毅七激曰：仰歸雲，遡遊風。說文曰：乘，覆也。帷，車飾也。子虛賦曰：張翠帷，建羽蓋。然此雖無翠羽，而蓋即同也。道逢深識士，舉手對吾揖。王命論曰：超然遠覽，淵然深識。世故尚未夷，崤函方嶮澀。假爲深識之言也。國語，桓公問於史伯曰：王室多故。鄭玄周禮注曰：故，災禍也。孔安國尚書傳曰：夷，平也。戰國策，蘇武曰：秦東有崤函之固。狐貍夾兩轅，豺狼當路立。漢書，侯文謂孫寶曰：豺狼當路，不宜復問狐貍。翔鳳嬰籠檻，騏驥見維縶。翔鳳騏驥，皆喻賢也。楚辭曰：騏驥伏匿而不見，鳳皇

高飛而不下。鸚鵡賦曰：順籠檻以俯仰。毛詩曰：縶之維之。俎豆昔嘗聞，軍旅素未習。論語曰：衛靈公問陳於孔子，孔子對曰：俎豆之事，則嘗聞之矣；軍旅之事，未之學也。鄭玄喪服注曰：素，猶故也。且少停君駕，徐待干戈戢。既假爲彼人之辭，故自謂爲君也。毛詩曰：載戢干戈。

赴洛二首 五言 集云：此篇赴太子洗馬時作。下篇云東宮作，而此同云赴洛，誤也。

陸士衡

希世無高符，營道無烈心。莊子，原憲謂子貢曰：夫希世而行，比周而友，憲不忍爲也。漢書音義：希世，隨世也。禮記曰：儒有合志同方，營道同術。靖端肅有命，假檝越江潭。國語，祁午見范宣子曰：若能靖端諸侯，使服聽命。說文曰：越，渡也。楚辭曰：游於江潭。親友贈予邁，揮淚廣川陰。家語，公父文伯卒，敬姜曰：二三婦無揮涕。王肅曰：揮涕者，淚以手揮之。撫膺解攜手，永歎結遺音。列子曰：撫膺而恨。毛詩曰：攜手同行。又曰：寤寐永歎。曹子建雜詩曰：翹思慕遠人，願欲託遺音。無迹有所匿，寂寞聲必沈。言分訣之後，形聲俱沒，視之無迹，而形有所匿；聽之寂寞，而其聲必沈也。呂氏春秋曰：作則有所匿其塗也。淮南子曰：寂寞，音之主也。迹或爲積，非也。肆目眇不及，緬然若雙潛。高誘淮南子注曰：肆，盡也。毛詩曰：瞻望不及。緬，已見上文。南望泣玄渚，北邁涉長林。西京賦曰：海若遊於玄渚。谷風拂脩薄，油雲翳高岑。王逸楚辭注曰：草木交曰薄。孟子曰：油然作雲。亹亹孤獸騁，嚶嚶思鳥吟。亹亹，走貌也。曹子建詩曰：孤獸走索羣。毛詩曰：鳥鳴嚶嚶。感物戀堂室，離思一何深。感物已見上文。曹子建雜詩曰：離思一何深。佇立慨我歎，寤寐涕盈衿。毛詩曰：佇立以泣。又曰：慨我寤歎。惜無懷歸志，辛苦誰爲心。歸志已見上文。

羈旅遠遊宦，託身承華側。謂爲太子洗馬也。左氏傳，陳敬仲曰：羈旅之臣。漢書，薄昭書曰：遊宦事人。范曄後漢書，王常曰：臣託身陛下。陸機洛陽記曰：太子宮有承華門。撫劍遵銅輦，振纓盡祗肅。左氏傳曰：子朱怒，撫劍從之。銅輦，太子車飾，未詳所見。漢書，匡衡曰：祗肅舊禮。銅或爲彤。歲月一何易，寒暑忽已革。載離多悲心，感物情悽惻。毛詩曰：二月初吉，載離寒暑。慷慨遺安愈，永歎廢餐食。東京賦曰：膺多福以安愈。永歎已見上文。列子曰：杞國有人憂天崩廢寢食。蔡琰詩曰：飢當食兮不能餐。思樂樂難誘，曰歸歸未克。國語，楚藍尹亹曰：飲食思禮，同宴思樂。毛詩云：曰歸曰歸，歲亦暮止。憂苦欲何爲，纏緜胷與臆。列子曰：卑辱則憂苦。張叔與任彥堅書曰：纏緜恩好，庶蹈高蹤。登樓賦曰：氣交憤於胷臆。仰瞻陵霄鳥，羨爾歸飛翼。高誘淮南子注曰：羨，願也。毛詩曰：弁彼鸒斯，歸飛提提。

赴洛道中作二首　五言　陸士衡

揔轡登長路嗚咽辭密親家語孔子曰善御者正身以揔轡蔡琰詩曰行路亦嗚咽薛君韓詩章句曰嗚歎辭也毛萇詩傳曰咽憂不能息也借問子何之世網嬰我身江偉荅軍司馬詩曰羈縶繫世網維進退準繩說文曰嬰繞也永歎遵北渚遺思結南津永歎已見上文秦嘉贈婦詩曰遺思致款誠行行遂已遠野途曠無人周禮曰野塗五軌楚辭曰野寂寞其無人山澤紛紆餘林薄杳阡眠上林賦曰紆餘委迤楚辭曰遠望兮阡眠虎嘯深谷底雞鳴高樹巔淮南子曰虎嘯而谷風至樂錄曰雞鳴高樹巔哀風中夜流孤獸更我前悲情觸物感沈思鬱纏緜纏緜已見上文佇立望故鄉顧影悽自憐佇立已見上文丁儀寡婦賦曰賤妾煢煢顧影爲儔楚辭曰私自憐兮何極

遠遊越山川山川脩且廣楚辭曰願輕舉而遠遊秦嘉妻徐氏荅嘉書曰高山巖巖而君是越振策陟崇丘案轡遵平莽秦嘉詩曰過辭二親墓振策陟長衢漢書曰天子案轡徐行方言曰草南楚謂之莽夕息抱影寐朝徂銜思往楚辭曰廓抱影而獨倚頓轡倚嵩巖側聽悲風響頓猶舍也爾雅曰嵩高也清露墜素輝明月一何朗撫几不能寐振衣獨長想新序曰老古振衣而起舞賦曰遊心無垠遠思長想

吴王郎中時從梁陳作一首　五言　陸士衡

在昔蒙嘉運矯迹入崇賢孫放詩曰矯迹步玄闈東京賦曰昭仁惠於崇賢薛綜曰立崇賢門於東也假翼鳴鳳條濯足升龍淵應璩與劉公幹書曰鵾鷄棲翔鳳之條黿鼉遊升龍之川識真者所爲憤結也玄冕無醜士治服使我妍周禮曰大夫玄冕輕劍拂鞶厲長纓麗且鮮禮記曰男鞶革也毛詩曰垂帶而厲毛萇曰厲帶之垂者鄭玄曰鞶必垂厲以爲飾韓子曰鄒君好長纓左右皆服長纓也誰謂伏事淺契闊踰三年周禮大司徒頒職事十有二曰服事鄭司農曰服事謂爲公家服事也服與伏同古字通毛詩曰死生契闊薄言肅後命改服就藩臣毛詩曰薄言旋歸左氏傳曰宰孔謂齊侯曰且有後命無下拜漢書曰吴王濞稍失藩臣禮夙駕尋清軌遠遊越梁陳毛詩曰星言夙駕廣雅曰軌道也遠遊已見上文感物多遠念慷慨懷古人毛詩曰我思古人實獲我心

始作鎮軍參軍經曲阿作一首　五言　臧榮緒晉書曰宋武帝行鎮軍將軍

陶淵明　沈約宋書曰陶潛字淵明或云字元亮潯陽人少有高趣爲鎮軍建威參軍後爲彭澤令解印綬去職卒於家

弱齡寄事外委懷在琴書晉中興書簡文詔曰會稽王英秀玄虛神棲事外鄭玄儀禮注曰委安也劉歆遂初賦曰玩琴書以條暢被褐欣自得屢空常晏如家語曰原憲衣冠弊并日而食蔬衎然有自得之志論語子曰回也其庶乎屢空漢書曰楊雄家產不過十金室無檐石之儲晏如也時來苟冥會宛轡憩通衢盧子諒荅魏子悌詩曰遇蒙時來會宛屈也言屈長往之駕息於通衢之中通衢喻仕路也毛萇詩傳曰憩息也通衢已見上文投策命晨旅暫與園田疎七命曰夸父爲之投策眇眇孤舟遊緜緜歸思紆楚辭曰安眇眇兮無所歸薄又曰縹緜緜之不可紆王逸曰緜緜細微之思難斷絕也我行豈不遙登降千里餘目倦脩塗異心念山澤居仲長子昌言曰古之隱士或夫負妻戴以入山澤望雲慚高鳥臨水愧遊魚言魚鳥咸得其所而己獨違其性也文子曰高鳥盡而良弓藏大戴禮曰魚遊於水鳥飛于雲真想初在衿誰謂形迹

拘。淮南子曰全性保真不虧其身老子曰脩之於身其德乃真王逸楚辭注曰保真守玄默也聊且
憑化遷終反班生廬。莊子謂惠子曰孔子行年六十化郭象曰與時俱化也班固幽通賦曰終保己而貽則里上仁之所廬漢書曰班彪與從兄嗣共遊學家有賜書楊子雲已下莫不造門

辛丑歲七月赴假還江陵夜行塗口一首 五言沈約宋書

曰潛自以曾祖晉世宰輔不復屈身後代自高祖王業漸隆不復肯仕所著文章皆題年月義熙已前則書晉氏年號自永初已來唯云甲子而已江圖曰自沙陽縣下流一百一十里至赤圻赤圻二十里至塗口也

陶淵明

閑居三十載遂與塵事冥。漢書曰司馬相如稱疾閑居塵事塵俗之事也郭象莊子注曰凡非真皆塵垢矣說文曰冥窈也又曰窈深遠也詩書敦宿好林園無世情左氏傳趙衰曰郤縠

悅禮樂而敦詩書纏子董無心曰無心鄙人也不識世情如何舍此去遙遙至西荊西荊州也時京都在東故謂荊州為西也叩栧新秋月臨流別友生楚辭曰漁父鼓栧而去王逸曰叩船舷也楚辭曰臨流水而太息毛詩曰雖有兄弟不如友生涼風起將夕夜景湛虛明昭昭天宇闊皛皛川上平淮南子曰甘瞑于大霄之宅覺視于昭昭之宇李顒離思篇曰烈烈寒氣嚴寥寥天宇清說文曰通白日皛皛明也懷役不遑寐中宵尚孤征毛詩曰不遑假寐商歌非吾事依依在耦耕淮南子曰甯戚商歌車下而桓公慨然而悟許慎曰甯戚衛人聞齊桓公興霸無因自達將車自往商秋聲也莊子卞隨曰非吾事也論語曰長沮桀溺耦而耕投冠旋舊墟不為好爵縈周易曰我有好爵吾與爾縻之養真衡茅下庶以善自名曹子建辯問曰君子隱居以養真也衡門茅茨也范曄後漢書馬援曰吾從弟少遊曰士生一時鄉里稱善人斯可矣鄭玄禮記注曰名令聞也

永初三年七月十六日之郡初發都一首 五言沈約

宋書曰高祖永初三年五月崩少帝即位出靈運為永嘉郡守少帝猶未改元故云永初

謝靈運

述職期闌暑理棹變金素尚書大傳曰古者諸侯之於天子五年一朝朝見其身述其職述其職者述其所職也漢書王吉傳邵公述職舍於棠下而聽斷焉潘岳悼亡詩曰溽暑隨節闌猶盡也金素秋也秋為金而色白故曰金素也漢書曰西方金也劉楨書曰肅以素秋則落也秋岸澄夕陰火旻團朝露火大火也毛詩曰七月流火爾雅曰秋為旻天毛詩曰野有蔓草零露團兮辛苦誰為情遊子值頹暮陸機赴洛詩曰辛苦誰為心楚辭曰歲曶曶其若頹愛似莊念昔久敬曾存故言遊子多悲觸物增戀愛其似者若莊生之念疇昔久而愈敬類曾子之存故交莊子曰夫越之流人去國旬月見所嘗見於國中喜及期年也見似人者而喜矣論語曰晏平仲善與人交久而敬之韓詩外傳曰子夏過曾子曰入食子夏曰不為公費乎曾子曰有三費飲

食不在其中子夏曰敢問三費曾子曰少而學長而忘之一費也事君有功輕而負之二費也久友交而中絕此三費也如何懷土心持此謝遠度此謂懷土也言如何同彼懷土之心持此彌慙遠度也楚辭曰遠度世以忘歸思玄賦曰願得遠度以自娛李牧愧長袖郤克慙躧步言手足有疾故或愧或慙也戰國策曰武安君李牧至趙王使韓蒼數之曰將軍戰勝王觴將軍將軍為壽於前捍匕首當死武安君曰身大臂短不能及地起居不敬恐獲死罪於前故使工人為木杖以接手上若弗信請視之說文曰捍兩手擊也希買切左氏傳曰使郤克徵會于齊頃公帷婦人使觀之郤子登婦人笑於房杜預曰跛而登階故笑也魏都賦曰邯鄲躧步良時不見遺醜狀不成惡言雖有疾皆不棄遺也良時已見上文左氏傳曰鬷蔑惡杜預曰惡貌醜也曰余亦支離依方早有慕莊子曰支離疏者頤隱於齊肩高於頂會撮指天五管在上兩髀為脅七賢音義曰形體離不全正也名疏莊子曰子桑戶孟子反子琴張三人相與友子桑戶死孔子使子貢往待事或鼓琴相和而

歌子貢反以告孔子孔子曰彼遊方之外者也而丘遊方之内者也子貢曰夫子何方之依曰丘天之戮民也郭象曰以方内爲桎梏明所貴在方外夫遊外者依内司馬彪曰方常也言彼遊心於常教之外也漢書郊祀歌曰天地並況惟予有慕會音括撮租括切髀步米切

生幸休明世親蒙英達顧左氏傳王孫滿曰德之休明英達謂廬陵王也

空班趙氏璧徒乖魏王瓠言見珍同乎趙璧爲用而乖魏瓠言無所施也杜預左氏傳注曰班次也趙氏璧已見盧諶覽古詩莊子曰惠子謂莊子曰魏王貽我大瓠之種我樹之成而實五石以盛水漿其堅不自舉剖之以爲瓢則瓠落無所容非不枵然大也吾爲其無用而掊之莊子曰夫子固拙於用大矣何不能攄以爲大罇而浮乎江湖司馬彪曰瓠布濩落零落也枵然大貌掊謂擊破之也喻莊子之言大也若巨瓠之無施也一瓠落大貌徐仙民戶郭切枵許喬切掊方部切

從來漸二紀始得傍歸路孔安國尚書傳曰十二年曰紀言欲之郡必塗經始寧故曰歸路

將窮山海迹永絕賞心悟言今遠遊將窮山海之迹賞心之對於此長乖鄭玄毛詩箋曰晤對也

過始寧墅一首

五言沈約宋書曰靈運父祖並葬始寧縣并有故宅及墅遂脩營舊業極幽居之美水經注曰始寧縣西本上虞之南鄉也

謝靈運

束髮懷耿介逐物遂推遷韓詩外傳曰夫人爲父者必全其身體及其束髮屬授明師以成其材楚辭曰獨耿介而不隨兮願慕先聖之遺教莊子曰惠施之才逐萬物而不反尚書王曰惟民生厚因物有遷

違志似如昨二紀及茲年廣雅曰違背也楊雄解嘲曰歷覽者茲年矣

緇磷謝清曠疲薾慙貞堅論語子曰不日堅乎磨而不磷不日白乎涅而不緇蒼頡篇曰曠踈曠也莊子曰薾然疲而不知所歸司馬彪曰薾極貌也薾奴結切

拙疾相倚薄還得靜者便拙謂拙宦也閑居賦曰巧誠有之拙亦宜然韓康伯周易注曰薄謂相附也論語曰智者動仁者靜

剖竹守滄海枉帆過舊山漢書曰初與郡守爲使符說文曰符信漢制以竹分而相合

山行窮登頓水涉盡洄沿爾雅曰逆流而上曰遡洄孔安國尚書傳曰順流而下曰沿

巖峭嶺稠疊洲縈渚連緜廣雅曰峭高也又曰稠穊也三輔故事曰連緜四百餘里

白雲抱幽石綠篠媚清漣清漣已見上文

葺宇臨迴江築觀基曾巔洞簫賦曰迴江流川而溉其山春秋運斗樞曰山者地基也

揮手告鄉曲三載期歸旋劉越石扶風歌曰揮手長相謝說文曰揮奮也燕丹子夏扶曰士無鄉曲之譽則未與論行三載黜陟幽明故以爲限

且爲樹枌檟無令孤願言左氏傳曰初季孫爲己樹六檟於蒲圃東門之外杜預曰檟欲自爲櫬也

富春渚一首

五言

謝靈運

宵濟漁浦潭旦及富春郭吳郡記曰富春東三十里有漁浦

定山緬雲霧赤亭無淹薄吳郡緣海四縣記曰錢唐西南五十里有定山去富春又七十里橫出江中濤迅邁以避山難晨發錢唐已達富春赤亭定山東十餘里王逸楚辭注曰泊止也薄與泊同

遡流觸驚急臨圻阻參錯遡流已見上文埤蒼曰碕曲岸頭也碕與圻同參錯謂碕岸之險參差交錯也

亮乏伯昏分險過呂梁壑列子曰列御寇爲伯昏無人射引之盈貫措杯水其肘上伯昏無人曰是射之射非不射之射也當與汝登高山履危石臨百仞之泉若能射乎於是無人遂登高山履危石臨百仞之泉背逡巡足二分垂在外揖御寇而進御寇伏地汗流至踵伯昏無人曰夫至人者上闚青天下潛黃泉揮斥八極神氣不變今汝怵然有恂目之志爾於中殆矣夫分猶節也列子曰孔子觀於呂梁懸水三十仞流沫三十里黿鼉魚鼈之不能游也

洊至宜便習兼山貴止託周易曰水洊至習坎王弼曰重險懸絕故水洊至也不以坎爲隔絕相仍而至習乎坎者也習謂便習之也周易曰兼山艮又曰艮其止止其所也

平生協幽期淪躓困微弱

久露干祿請始果遠遊諾論語曰子張學干祿果猶遂也鄭玄毛詩箋曰諾應辭也然古者請於君君許

則盡諾以報之宿心漸申寫萬事俱零落趙壹報羊陟書曰惟君明叡平斯宿心莊子曰致命盡情天地樂而萬事銷亡楚辭曰惟草木之零落懷抱既昭曠外物徒龍蠖莊子苑風謂諄芒曰願聞神人諄芒曰上神乘光與形滅亡此謂昭曠說文曰曠明也周易曰尺蠖之屈以求伸也龍蛇之蟄以存身也

七里瀨一首五言甘州記曰桐廬縣有七里瀨瀨下數里至嚴陵瀨

謝靈運

羈心積秋晨晨積展遊眺爾雅曰展適也郭璞曰得自申展皆適意孤客傷逝湍徒旅苦奔峭曹植九詠曰何孤客之可悲淮南子曰岸峭者必陀許慎曰陀落也然奔亦落也入彭蠡湖口詩曰圻岸屢崩奔與此同也石淺水潺湲日落山照曜楚辭曰觀流水兮潺湲雜字曰潺湲水流貌也毛詩曰羔裘如膏日出有曜毛萇曰日出照曜然見其如

膏也荒林紛沃若哀禽相叫嘯毛詩曰桑之未落其葉沃若海賦曰更相叫嘯詭色殊音遭物悼遷斥存期得要妙廣雅曰斥推也老子曰湛兮似或存王弼曰和光而不汙其軆同塵而不渝其眞不亦湛兮似或存兮莊子曰此之謂要妙也既秉上皇心豈屑末代誚莊子曰監照下土天下載之此謂上皇王逸楚辭注曰屑顧也先結切劉向雅琴賦曰末世鎖才兮智孔寡目覩嚴子瀨想屬任公釣後漢書曰嚴光字子陵光武除爲諫大夫不屈耕於富春山後人名其釣處爲嚴陵瀨莊子曰任公子爲大鉤巨綸五十犗以爲餌蹲會稽投竿東海旦旦而釣朞年不得魚已而大魚食之牽巨鉤陷沒而下鶩揚而奮鬐白波若山任公子得若魚離而腊之自制河以東蒼梧以北莫不饜若魚也誰謂古今殊異世可同調郭象莊子注曰人性有變古今不同樂稽耀嘉曰聖人雖生異世其心意同如一也調猶運也謂音聲之和也

登江中孤嶼一首五言永嘉江也

謝靈運

江南倦歷覽江北曠周旋長門賦曰貫歷覽其中操周旋已見上文懷雜道轉迴尋異景不延爾雅曰迴遠也又曰延長也亂流趨正絕孤嶼媚中川爾雅曰水正絕流曰亂劉淵林吳都賦注曰嶼海中洲上有山石雲日相輝映空水共澄鮮表靈物莫賞蘊眞誰爲傳鄭玄禮記注曰表明也謂顯明之也馬融論語注曰蘊藏也說文曰眞仙人變形也想像崑山姿緬邈區中緣楚辭曰思舊故而想像列仙傳曰西王母神人名王母在崑崙山司馬相如大人賦曰迫區中之隘陜始信安期術得盡養生年列仙傳曰安期生琅邪阜鄉人自言千歲文子曰靜漠恬淡所以養生也莊子養生篇曰可以盡年郭象曰養生非求過分蓋全理盡年而已

初去郡一首五言沈約宋書曰靈運在郡一周稱疾去職

謝靈運

彭薛裁知恥貢公未遺榮漢書曰彭宣字子佩淮陽人也遷御史大夫轉爲大司空

王莽秉政專權宣上書乞骸骨歸鄉里又曰薛廣德字長卿沛郡人也爲御史大夫乞骸骨班固漢書彭薛平當述曰廣德當宣近於知恥漢書貢禹字少卿琅耶人也爲光祿大夫上書乞骸骨鍾會有遺榮賦或可優貪競豈足稱達生楚辭曰皆競進以貪婪莊子曰達生之情者傀達於知者胥司馬彪曰傀讀曰瑰瑰大也情在故曰大也胥多智也伊余秉微尚拙訥謝浮名禮記孔子曰恥名之浮於行也廬園當棲巖卑位代躬耕嵇康絕交書曰子房之巖棲列女傳黔婁先生妻曰先生安天下之卑位禮記曰夫祿足以代其耕顧己雖自許心迹猶未并莊子曰夫神者不自許也無庸妨周任有疾像長卿論語子曰周任有言曰陳力就列不能者止漢書曰司馬長卿有消渴疾常稱疾閑居不慕官爵畢娶類尚子薄遊似邴生嵇康高士傳曰尚長字子平河內人隱避不仕爲子嫁娶畢敕家事斷之勿復相關當如我死矣嵇康書亦云尚子平范曄後漢書曰向長字子平男娶女嫁既畢乃敕斷家事尚向不同未

詳孰是班固漢書曰邴曼容養志自修爲官不肯過六百石輒自免去恭承古人意促裝反柴荆
越絶書曰恭承嘉惠思玄賦曰簡元辰而促裝柴荆已見上文牽絲及元興解龜在景
平牽絲初仕解龜去官也臧榮緒晉書曰安帝即位改元曰元興靈運初爲琅邪王大司馬行軍參軍沈約
宋書曰少帝即位改元曰景平應璩詩曰不悞牽朱紱三署來相尋漢書曰薛宣爲左馮翊高陽令楊湛解印
綬付吏又曰黃金印龜紐文曰章負心二十載於今廢將迎嵇康幽憤詩曰內負
宿心文子曰聖人若鏡不將不迎爾雅曰將送也理棹遄還期遵渚騖脩坰
潘岳在懷縣詩曰感此還期淹遄速也陸機越洛詩曰永歎遵北渚爾雅曰林外曰坰遡溪終水
涉登嶺始山行野曠沙岸淨天高秋月明憩石挹飛
泉攀林搴落英毛萇詩傳曰挹㪺也王逸楚辭注曰搴采取也戰勝臞者肥
止監流歸停戰明貴不如義止監明語不如嘿也韓子子夏曰吾入見先王之義則榮之出見富

貴又榮之二者戰于胷臆故臞今見先王之義戰勝故肥也爾雅注曰臞肉之瘦也巨俱切文子曰莫監於流
潦而監於止水以其保心而不外蕩也蒼頡篇曰亭定也停與亭同古字通即是羲唐化獲
我擊壤聲羲庖羲也唐唐堯也周處風土記曰擊壤者以木作之前廣後銳長四尺三寸其形
如履將戲先側一壤於地遥於三四十步以手中壤擊之中者爲上部論衡曰堯時百姓無事有五十之民擊
壤於塗觀者曰大哉堯之德也擊壤者曰吾日出而作日入而息鑿井而飲耕田而食堯何力於我也

初發石首城一首　五言沈約宋書曰靈運陳疾東歸會稽太守孟顗乃表其異志靈運馳往京都詣闕上表太祖知其見誣不罪也不欲使東歸以爲臨川內史伏韜北征記曰石頭城建康西界臨江城也是曰京師

謝靈運

白珪尚可磨斯言易爲緇毛詩曰白珪之玷尚可磨也斯言之玷不可爲也毛萇詩
傳曰緇黑色也雖抱中孚爻猶勞貝錦詩周易曰中孚以利貞乃應乎天毛詩曰萋
兮菲兮成是貝錦鄭玄曰讒人集作己過以成於罪猶女功之集彩色以成錦文也寸心若不亮
微命察如絲寸心已見上文亮猶明也楚辭曰蜂蛾微命東觀漢記梁節王暢上疏曰筋骨相連
命在絲髮鄭玄毛詩箋曰察省也日月垂光景成貸遂兼兹日月喻太祖也
葛龔薦黃鳳文曰君垂日月之光流萬里之恩老子曰夫唯道善貸且善成說文曰貸施也出宿薄京
畿晨裝摶魯颸毛詩曰出宿于濟又曰莊子曰摶扶搖而上征颸已見上文重經
平生別再與朋知辭再謂前之永嘉今適臨川故山日已遠風波豈
還時古詩曰相去日已遠家語孔子曰不觀巨海何以知風波之患苕苕萬里帆茫
茫終何之毛詩曰洪水茫茫莊子曰芒乎何之忽乎何適遊當羅浮行息必
廬霍期羅浮山記曰山高三千文長八百里舊說浮山從會稽來傅于羅山故稱傅羅今羅浮山
上獨有東方草木廬霍二山名也已見江賦越海淩三山遊湘歷九嶷東方朔集

朔對詔曰陵山越海窮天乃止三山在海中衆仙所居九嶷山在長沙零陵舜帝所葬也欽聖若旦
暮懷賢亦悽其范曄後漢書曰朱勃謂馬援曰欽慕聖義莊子曰萬代之後而一遇大聖
知其解者是旦暮遇之也毛萇詩傳曰其辭也皎皎明發心不爲歲寒欺毛詩曰明
發不寐有懷二人說苑曰孔子曰義士不欺心

道路憶山中一首　五言

謝靈運

采菱調易急江南歌不緩楚辭曰涉江采菱發揚荷王逸曰楚人歌曲也古樂
府江南辭曰江南可採蓮楚人心昔絶越客腸今斷楚人屈原也越客自謂也沈約
宋書曰靈運本在陳郡父祖並葬始寧縣并有故宅遂籍會稽故稱越客焉斷絶雖殊念俱
爲歸慮款廣雅曰款扣也存鄉爾思積憶山我憤薀王逸楚辭
注曰言己情憤薀也追尋棲息時偃卧任縱誕崔寔荅陸機詩曰棲息高丘

瞱後漢書曰：光武共嚴光偃卧，縱恣而傲誕。得性非外求，自已爲誰纂。言得性之理，非在外求，取足自止，爲誰之所繼哉。言不爲人之所纘也。莊子南郭子綦曰：夫吹万不同，而使其自已也。咸其自取，怒者其誰也。司馬彪曰：已，止也，使各得其性而止也。爾雅曰：纂，繼也。不怨秋夕長，常苦夏日短。濯流激浮湍，息陰倚密竿。字林曰：竿，竹挺也。古寒切，今協韻，爲古旦切。懷故叵新歡，含悲忘春暎。言春暎當喜，爲含悲而忘之。字書曰：叵，不可也。莊子曰：媛然似春。悽悽明月吹，惻惻廣陵散。古樂府有明月皎夜光。應璩與劉孔才書曰：聽廣陵之清散。殷勤訴危柱，慷慨命促管。危柱，謂琴也。孫氏笙篌賦曰：陵危柱以頡頏。促管，謂笛也。阮籍樂論曰：琵琶箏笛，閒促而聲高也。

入彭蠡湖口一首　五言

謝靈運

客遊倦水宿，風潮難具論。洲島驟迴合，圻岸屢崩

奔。孔安國尚書傳曰：海曲謂之島。乘月聽哀狖，浥露馥芳蓀。乘月，猶乘日也。廣雅曰：言乘月而遊，以聽哀狖之響，浥濕露而行，爲馥芳叢之馥。狖，蜼也。說文曰：浥，濕也。春晚綠野秀，巖高白雲屯。千念集日夜，萬感盈朝昏。攀崖照石鏡，牽葉入松門。張僧鑒潯陽記曰：石鏡山東有一圓石，懸崖明淨，照人見形。顧野王輿地志曰：自入湖三百三十里，窮於松門，東西四十里，青松徧於兩岸。三江事多往，九派理空存。尚書曰：三江既入。又曰：九江孔殷。江賦曰：流九派乎潯陽。露物吝珍怪，異人祕精魂。孔安國尚書傳曰：吝，惜也。高唐賦曰：珍怪奇偉。毛萇詩傳曰：祕，閉也。江賦曰：納隱淪之列真，挺異人乎精魂。金膏滅明光，水碧綴流溫。穆天子傳曰：河伯示汝黃金之膏。山海經曰：耿山多水碧。郭璞曰：碧亦玉也。流溫，言水玉溫潤也。徒作千里曲，絃絕念彌敦。言奏曲冀以消憂，絃絕而念逾甚，故曰徒作也。琴賦曰：千里別鶴。演連珠曰：繁會之音，生乎絕絃。

入華子崗是麻源第三谷一首　五言

謝靈運山居圖曰：華子崗，麻山第三谷。故老相傳，華子期者，祿里弟子，翔集此頂，故華子爲稱也。

謝靈運

南州實炎德，桂樹淩寒山。楚辭曰：嘉南州之炎德，麗桂樹之冬榮。銅陵映碧潤，石磴瀉紅泉。銅陵，銅山也。楊雄蜀都賦曰：橘林銅陵。靈運山居賦曰：訊丹沙於紅泉。靈運自注云：即近山所出。然銅陵亦近山。既枉隱淪客，亦棲肥遯賢。柏子新論曰：周易曰：肥遯無不利。險逕無測度，天路非術阡。爾雅曰：山絕，險。家語孔子曰：人藏其心，不可測度。仲長子昌言曰：蕩蕩乎若昇天路而不知夫所登也。遂登羣峯首，邈若升雲烟。論衡曰：天審氣，氣如雲。曹子建述仙詩曰：遊將升雲煙。羽人絕髣髴，丹丘徒空筌。楚辭曰：仰羽人於丹丘，留不死之舊鄉。筌，捕魚之器，莊子以喻言也。

圖牒復磨滅，碑版誰聞傳。蘇林漢書注曰：牒，譜也。孔安國論語注曰：版，邦國之圖籍也。莫辯百世後，安知千載前。且申獨往意，乘月弄潺湲。淮南王莊子略要曰：江海之士，山谷之人，輕天下，細萬物，而獨往者也。司馬彪曰：獨往，任自然，不復顧世也。恒充俄頃用，豈爲古今然。言古之獨往，必輕天下，不顧於世；而己之獨往，常充俄頃之間，豈爲尊古卑今而然哉。小雅曰：充，猶備也。江賦曰：千里俄頃。何休公羊注曰：俄者，須臾之間也。司馬彪莊子注曰：常，久也。莊子曰：尊古卑今，學者之流也。郭象曰：古無所尊，今無所卑，而學者尊古卑今，失其原矣。

文選卷第二十六

賜進士出身通奉大夫江南蘇松常鎮太等處承宣布政使司布政使胡克家重校刊

文選卷第二十七

梁昭明太子撰

文林郎守太子右內率府錄事參軍事崇賢館直學士臣李善注上

行旅下

北使洛一首　顏延年

沈約宋書曰延之爲豫章世子中軍行軍參軍義熙十二年高祖北伐有宋公之授府遣一使慶殊命參起居延之至洛陽道中作詩一首文辭藻麗爲謝晦傅亮所賞集曰時年三十二

改服飭徒旅首路跼險難左氏傳曰齊侯謂韓厥曰服改矣杜預曰戎朝異服也謝承後漢書序曰徐俶戎車首路毛詩曰謂天蓋高不敢不跼毛萇詩傳曰跼曲也鄭玄曰跼可畏懼之言也振檝發吳州秣馬陵楚山阮籍詠懷詩曰朱鼈躍飛泉夜飛過吳州毛詩曰言秣其馬杜預曰粟食馬曰秣韓子曰楚和氏得璞玉於楚山之中塗出梁宋郊道由周鄭間漢書曰沛公乃道碭音義曰道由碭也前登陽城路日夕望三川漢書曰汝南郡有陽城縣音義應劭曰三川今河南郡韋昭曰有河洛伊故曰三川也在昔輟期運經始闊聖賢毛詩曰自古在昔魏都賦曰應期運而光赫蔡邕陳寔命碑曰應期運之數抱朴子曰聞之前志聖人生率闊五百歲伊穀絕津濟臺館無尺椽伊穀二水名也曹植毀故

殿令曰秦之滅也則阿房無尺椽鄭玄論語注曰津濟渡處也宮陛多巢穴。城闕生雲煙。王猷升八表。嗟行方暮年。言王道被於八荒余行屬於歲暮也摯虞尚書令箴曰補我袞闕闡我王猷毛詩曰嗟行之人又曰歲聿云暮陰風振涼野。飛雪瞀窮天。陸機苦寒行曰涼野多險難爾雅曰霧謂之晦郭璞曰言昏冥也武賦切窮天謂季冬之日月窮盡也呂氏春秋曰季冬日窮于次月窮于紀臨塗未及引。置酒慘無言。引猶進也漢書曰上置酒沛宮隱憫徒御悲。威遲良馬煩。楚辭曰隱閔而不達韓詩曰周道威遲洛神賦曰車殆馬煩遊役去芳時。歸來屢徂諐。言當歸來而更數有所往而徂諐本期蓬心既已矣。飛薄殊亦然。言己有蓬心事既已矣而身飛薄亦復同之自傷之辭也莊子謂惠子曰夫拙於用大則夫子猶有蓬之心也夫郭象曰蓬非直達者曹植吁嗟篇曰吁嗟此轉蓬居世亦然之

還至梁城作一首　五言

顏延年

眇默軌路長。憔悴征戍勤。楚辭曰登石巒兮遠望路眇眇兮默默又曰顏色憔悴左氏傳曰勤戍五年昔邁先徂師。今來後歸軍。振策睠東路。傾側不及羣。陸機赴洛詩曰振策陟崇丘楚辭曰肩傾側而不容息徒顧將夕。極望梁陳分。嵇康贈秀才詩曰息徒蘭圃陸機從梁陳詩曰遠遊越梁陳故國多喬木。空城凝寒雲。論衡曰觀喬木知舊都丘壟塡郛郭。銘志滅無文。木石扃幽闥。黍苗延高墳。說文曰扃門之關也惟彼雍門子。吁嗟孟嘗君。愚賤同堙滅。尊貴誰獨聞。桓子新論曰雍門周見孟嘗君曰臣竊悲千秋萬歲後墳墓生荊棘行人見之曰孟嘗君尊貴乃如是乎毛詩曰吁嗟女兮封禪書曰堙滅而不稱列子曰伏羲以來三十餘萬歲賢愚好醜無不消滅曷爲久遊客。憂念坐自觳。毛詩曰憂心觳觳

始安郡還都與張湘州登巴陵城樓作一首　五言

顏延年　沈約宋書曰延之爲員外常侍出爲始安太守徵爲中書侍郎集曰張劭

江漢分楚望。衡巫奠南服。左氏傳曰楚昭王曰江漢雎漳楚之望也衡巫二山名尚書曰奠高山大川孔安國曰奠定也三湘淪洞庭。七澤藹荊牧。盛弘之荊州記曰湘水北流二千里入于洞庭子虛賦曰臣聞楚有七澤嘗觀其一未見其餘郭璞山海經注曰巴陵縣有洞庭陂江湘沅水皆共會巴陵故號三江口也爾雅曰郊外曰牧經途延舊軌。登闉訪川陸。周禮曰國中經塗九軌說文曰延長也又曰闉城曲重門也舊軌謂張劭也蜀都賦曰經途所亘鄭玄周禮注曰延進也陸機豫章行曰川陸殊塗水國周地嶮。河山信重複。陸機荅張士然詩曰余固水鄉士呂氏春秋注曰鄉國也地嶮已見上文左傳子犯曰表裏山河必無害也却倚雲夢

[illegible]

林。前瞻京臺囿。尚書曰荊州雲土夢作乂孔安國曰雲夢之澤在江南西都賦曰舍櫺檻而却倚懷舊賦曰前瞻太室說苑曰楚昭王遊於荊臺司馬子期諫曰荊臺左洞庭右彭蠡荊或爲京囿于有切清氛霽岳陽。曾暉薄瀾澳。說文曰氛祥氣也杜預左氏傳注曰氛氣也毛萇詩傳曰山南曰陽尒雅澳隈也悽矣自遠風。傷哉千里目。潘安仁在懷縣詩曰涼飈自遠集楚辭曰湛湛江水兮河上有楓目極千里兮傷春心萬古陳往還。百代勞起伏。起伏即倚伏也存沒竟何人。炯介在明淑。蒼頡篇曰炯明也劉熙孟子注曰介操也楚辭曰彼堯舜之耿介王逸曰耿光也介大也耿與炯同古迥切請從上世人。歸來蓺桑竹。論衡曰上世之人質樸易化毛萇詩傳注曰蓺樹也

還都道中作一首　五言集曰上潯陽還都道中作都謂都揚州也

鮑明遠

昨夜宿南陵今旦入蘆洲宣城郡圖經曰南陵縣西南水路一百三十里庾仲雍江
圖曰蘆洲至樊口二十里伍子胥初所渡處也樊口至武昌十里然此蘆洲在下非子胥所渡處也客行
惜日月崩波不可留江賦曰駭瀨浪而相礧言客行既惜日月兼崩波之上不可少留
侵星赴早路畢景逐前儔鱗鱗夕雲起獵獵曉風
遒廣雅曰遒急也騰沙鬱黃霧翻浪揚白鷗鷗水鳥也登艫眺淮甸
掩泣望荊流漢書音義李斐曰艫船前頭刺櫂處也楚辭曰長太息而掩涕絕目盡平
原時見遠煙浮絕猶盡也倏悲坐還合俄思甚兼秋兼猶三也
毛詩曰一日不見如三秋未嘗違戶庭安能千里遊周易曰不出戶庭無咎古歌曰
離家千里客戚戚多思復誰令乏古節貽此越鄉憂思玄賦曰慕古人之貞節左氏
傳宋人曰懷璧不可以越鄉

五百七十　文二十七　五

之宣城出新林浦向版橋一首五言酈善長水經注曰江水經三山又幽浦出焉水上南北結浮橋渡水故曰版橋浦江又北經新林浦

謝玄暉

江路西南永歸流東北騖宋孝武之江州詩曰山曲蒙幽雨江路結流寒尚書大傳
曰大水小水東流歸海也上林賦曰東西南北馳騖往來天際識歸舟雲中辨江
樹楊雄交州箴曰交州荒裔水與天際應劭風俗通曰太山巖石松樹鬱鬱蒼蒼如雲中旅思倦搖
搖孤遊昔已屢毛詩曰中心搖搖謝靈運湖中詩曰孤遊非情歎既懽懷祿情
復協滄州趣楊惲書曰懷祿貪勢不能自退楊雄檄靈賦曰世有黃公者起於蒼州精神養性與
道浮遊謝靈運遊南亭詩曰賞心惟良知囂塵自茲隔賞心於此遇左氏傳曰景公
謂晏子曰子之宅湫隘囂塵雖無玄豹姿終隱南山霧列女傳曰陶荅子治陶三
年名譽不興家富三倍其妻抱兒而泣姑怒以爲不祥妻曰妾聞南山有玄豹隱霧而七日不食欲以澤其衣
毛成其文章至於犬豕肥以取之逢禍必矣朞年荅子之家果被盜誅

敬亭山詩一首五言宣城郡圖經曰敬亭山宣城縣北十里

謝玄暉

茲山亘百里合沓與雲齊方言曰亘竟也賈誼旱雲賦曰遂積聚而合沓相紛薄而
慷慨應劭漢書注曰沓合也古詩曰西北有高樓上與浮雲齊隱淪既已託靈異俱然
棲桓子新論曰天下神人五二曰隱淪海賦曰棲百靈上干蔽白日下屬帶迴谿
子虛賦曰日月蔽虧交錯糾紛上干青雲罷池陂陁七發曰依絕區兮臨迴谿交藤荒且蔓樛
枝聳復低毛萇詩傳曰木曲曰樛獨鶴方朝唳飢鼯此夜啼八王故事
曰陸機歌曰欲聞華亭鶴唳不可得也鼯鼠已見上文渫雲已漫漫多雨亦淒淒
魏都賦曰窮岫渫雲日月常翳楚辭曰山峻高以蔽日兮下幽冥以多雨我行雖紆組兼得

六百十八　文二十七　六

尋幽蹊楊子雲解嘲曰紆青拖紫說文曰紆屈也一曰縈也又曰組綬也幽蹊山徑也楚辭曰道幽路
兮九疑緣源殊未極歸徑窅如迷聲類曰窅遠望也於鳥切要欲追奇
趣即此陵丹梯丹梯謂山也眺鼓吹登山曲曰暮春春服美遊駕陵丹梯升嶠既小魯登巒且
悵齊謝靈運登石門最高頂詩曰共登青雲梯皇恩竟已矣茲理庶無睽西京賦曰
皇恩溥周易曰睽乖也王粲從軍行詩曰茲理不可違

休沐重還道中一首五言休假也沐洗也漢書張安世休沐未嘗出如淳曰五日得下一沐

謝玄暉

薄遊第從告思閑願罷歸孫綽子曰或問賈誼不遇漢文將退耕於野乎薄遊
於朝乎漢書曰蘇林曰第且也又曰高祖嘗告歸之田李斐曰休謂退之名也又韋賢乞骸骨罷歸還邛
歌賦似休汝車騎非漢書曰司馬相如家貧素與臨邛令相善於是相如往舍臨邛都亭

是時卓文君新寡好音相如以琴心挑之相如時從車騎雍容閑雅甚都文君心悅而好之恐不得當也范曄後漢書曰許劭汝南人爲郡功曹同郡袁紹濮陽令車徒甚盛將入界內曰吾輿服豈可使許子將見遂以單車歸家

霸池不可別　伊川難重違　枚乘集有臨霸池遠訣賦伊川已見上文潘岳關中記曰霸陵文帝陵也上有池有四出道以寫水

汀葭稍靡靡　江菼復依依　毛詩曰葭菼揭揭毛萇曰葭蘆也菼薍也高唐賦曰薄草靡靡韓詩曰楊柳依依

田鶴遠相叫　沙鴇忽爭飛　雲端楚山見　林表吳岫微　枚乘樂府詩曰美人在雲端表猶外也

試與征徒望　鄉淚盡沾衣　古詩曰淚下沾衣裳

賴此盈罇酌　含景望芳菲　嵇康秀才詩曰旨酒盈罇陸機曰日出東南隅清川含藻景

問我勞何事　沾沐仰清徽　志狹輕軒冕　恩甚戀重闈　管子曰先王制軒冕以著貴賤

歲華春有酒　初服偃郊扉　楚辭曰進不入以離

文二十七　七

尤兮退將復修吾初服顏延之贈王太常詩曰郊扉常晝閉

晚登三山還望京邑一首

五言　山謙之丹陽記曰江寧縣北十二里濱江有三山相接即名爲三山舊時津濟道也

謝玄暉

灞涘望長安　河陽視京縣　王粲七哀詩曰南登霸陵岸迴首望長安潘岳河陽縣詩曰引領望京室南路在伐柯

白日麗飛甍　參差皆可見　吳都賦曰飛甍舛互李尤洪池銘曰漸臺中起列館參差

餘霞散成綺　澄江靜如練　喧鳥覆春洲　雜英滿芳甸　去矣方滯淫　懷哉罷歡宴　邯鄲湛贈伍處玄詩曰行矣去言別易會難王粲七哀詩曰何爲久滯淫毛詩曰懷哉懷哉曷月余旋歸哉

佳期悵何許　淚下如流霰　楚辭曰與佳人期兮夕張又曰涕淫淫而若霰

有情知望鄉　誰能縝不變　盧諶與劉琨書曰苟曰有情孰能不懷廣雅曰縝黑也古詩曰還顧望舊鄉張載七哀詩曰憂來令髮白毛萇詩傳曰鬒黑髮也縝與鬒同

京路夜發一首

五言

謝玄暉

擾擾整夜裝　肅肅戒徂兩　枚乘七發曰擾擾若三軍之騰裝尚書曰戒車三百兩廣雅曰擾擾亂也毛詩曰肅肅宵征許慎淮南子注曰裝束也

曉星正寥落　晨光復決漭　寥落星稀之貌也字書曰決漭不明之貌

猶霑餘露團　稍見朝霞上　毛詩曰野有蔓草零露團兮

故鄉邈已夐　山川脩且廣　班固燕山銘曰夐其邈兮亘地界陸機赴洛詩曰遠遊越山川山川脩且廣

文奏方盈前　懷人去心賞　敕躬每跼蹐　瞻恩唯震蕩　曹子建聖皇篇曰侍臣首文奏陛下躰仁慈毛詩曰嗟我懷人鮑昭白頭吟曰心賞猶難恃孝經鉤命決曰敕躬未瘵毛詩曰謂天蓋高不敢不跼謂地蓋厚不敢不蹐楚辭曰心怵惕而震蕩

行矣倦路長　無由稅歸鞅　陸機贈弟詩曰行矣怨路長說

文二十七　八

文曰鞅頸靼也又曰靼柔革也鞅於兩切靼都達切

望荊山一首

五言

江文通

奉義至江漢　始知楚塞長　沈約宋書曰建平王景素爲右將軍荊州刺史江淹授景素五經奉義猶慕義也江漢荊楚之境也盛弘之荊州記曰魯陽縣其地重險楚之北塞也

南關繞桐柏　西嶽出魯陽　尚書曰導淮自桐柏漢書曰南陽郡魯陽縣有魯陽山

寒郊無留影　秋日懸清光　悲風橈重林　雲霞肅川漲　周易曰橈萬物者莫疾于風說文曰橈曲木也奴教切肅寒也江賦曰濟江津而起漲漲水大之貌也

歲晏君如何　零淚沾衣裳　古詩曰淚下沾衣裳楚辭曰歲既晏兮

玉柱空掩露　金樽坐含霜　袁淑正情賦曰解蘊麝之芳衾陳玉柱之鳴箏曹子建樂府詩曰金樽玉杯不能使薄酒更厚楚辭曰衣納納而掩露

一聞苦寒奏　更使豔歌傷　沈約宋書曰北上苦寒行魏帝辭又

曰羅敷豔歌行古辭也

旦發魚浦潭一首　五言　丘希範

漁潭霧未開赤亭風已颺漁潭赤亭已見謝靈運富春渚詩櫂歌發中流鳴鞞響沓障馬融廣成頌曰發櫂歌縱水謳字林曰鞞小鼓也爾雅曰山正曰障村童忽相聚野老時一望詭怪石異像嶄絶峯殊狀張衡七辯曰溪路詭怪森森荒樹齊析析寒沙漲謝靈運山居賦注曰漲者沙始起將成嶼也藤垂島易陟崖傾嶼難傍說文曰島海中有山劉淵林吳都賦注曰嶼海中洲上有山石說文曰傍附也信是永幽棲豈徒暫清曠謝靈運方山詩曰資此永幽栖又田南詩曰清曠招遠風蒼頡篇曰曠踈曠也坐嘯昔有委臥治今可尚坐嘯臥治並見謝玄暉在郡臥病詩

早發定山一首　五言　梁書曰約爲東陽大守然定山東陽道之所經也　沈休文

夙齡愛遠壑晚莅見奇山毛萇詩傳曰莅臨也標峯綵虹外置嶺白雲間楚辭曰建綵虹以招指穆天子傳西王母謠曰白雲在天丘陵自出傾壁忽斜豎絶頂復孤圓江賦曰絶岸萬丈壁立霞剝謝靈運有登廬山絶頂詩毛萇詩傳曰山頂曰冢歸海流漫漫出浦水淺淺歸海已見上文楚辭曰石瀨兮淺淺王逸曰淺淺流疾貌也音俴野棠開未落山櫻發欲然忘歸屬蘭杜懷祿寄芳荃楚辭曰遊子憺兮忘歸懷祿已見上文楚辭曰荃不察余之中情王逸曰荃香草以喻君子眷言采三秀徘徊望九仙楚辭曰采三秀於山間王逸曰三秀謂芝草也列仙傳曰涓子者齊人好餌朮至三百年乃見於齊後授伯陽九仙法

新安江水至清淺深見底貽京邑遊好一首　五言　十洲記曰桐廬縣新安東陽二水合於此仍東流爲浙江　沈休文

眷言訪舟客茲川信可珍廣雅曰珍重也洞澈隨深淺皎鏡無冬春千仞寫喬樹百丈見遊鱗淮南子曰豐水之深千仞投金鐵焉則形見於外抱朴子曰扶南金鋼生於百丈水底滄浪有時濁清濟涸無津楚辭曰漁父歌曰滄浪之水濁可以濯我足戰國策曰蘇秦曰齊有清濟濁河吳越春秋曰禹周行宇內竭洛涸濟瀝淮於澤賈逵國語注曰津液也涸竭也涸胡落切豈若乘斯去俯映石磷磷鵬鳥賦曰乘流則逝毛詩曰揚之水白石磷磷紛吾隔囂滓寧假濯衣巾囂滓謂去京師囂塵之地以往東陽自然隔越亦不須濯衣巾楚辭曰紛吾可以濯我纓願以潺湲水沾君纓上塵孺子曰潺湲水流皃也楚詞曰滄浪之水清可以濯我纓

軍戎

從軍詩五首　五言　魏志曰建安二十年三月公西征張魯魯及五子降十二月至自南鄭是行也侍中王粲作五言詩以美其事　王仲宣

從軍有苦樂但問所從誰漢書曰李廣程不識爲名將程不識擊刁斗吏治軍簿至明軍不得自便李將軍極簡易其士亦佚樂然士卒多樂從廣而苦程不識所從神且武焉得久勞師班固漢書高祖紀述曰寔天生德聰明神武左氏傳蹇叔曰勞師以襲遠非所聞也周易曰古之神武不殺者夫相公征關右赫怒震天威曹操爲丞相故曰相公也毛詩曰王赫斯怒陸賈新論曰聖人承天威承天功與之爭功豈不難哉左氏傳齊侯對宰孔曰天威不違顏咫尺一舉滅獯虜再舉服羌夷漢書曰獯鬻虐老獸心服虔曰獯鬻堯時匈奴號也西收邊地賊忽若俛拾遺漢書梅福上書曰高祖舉秦如鴻毛取楚如拾遺陳賞

越丘山，酒肉踰川坻。六韜曰：賞如高山，罰如深溪。左氏傳，晉侯投壺，穆子曰：有酒如淮，有肉如坻。寡君中此，爲諸侯師。軍人多飫饒，人馬皆溢肥。杜預左氏傳注曰：飫，猒也。說文曰：饒，飽也。徒行兼乘還，空出有餘資。論語孔子曰：以吾從大夫之後，不可徒行也。拓地三千里，往返速若飛。虞丘壽王驃騎論功曰：拓地萬里，海內晏然。毛詩曰：王旅嘽嘽，如飛如翰。毛萇曰：疾如飛也。歌舞入鄴城，所願獲無違。漢書曰：魏郡有鄴城縣。家語孔子曰：無聲之樂，所願志從之。盡日處大朝，日暮薄言歸。毛詩曰：薄言旋歸。外參時明政，內不廢家私。禽獸憚爲犧，良苗實已揮。左氏傳曰：賓孟適郊，見雄雞自斷其尾，問之侍者，曰：自憚其爲犧也。遽歸告王，且曰：雞其憚爲人用乎，異於是矣。良苗，穀也。國語曰：秦伯將饗公子，如饗國君之礼。使子餘，公子賦黍苗。子餘曰：重耳之仰君也，若黍苗之仰陰雨也。若君實庇蔭膏澤之，使能成嘉穀，薦在宗廟，君之力也。賈逵曰：在宗廟，爲祭主也。揮當爲輝。崔駰七依曰：霈若膏雨之潤良苗。不能效沮溺，相隨把鋤犁。論語曰：長沮桀溺耦而耕。孰覽夫子詩，信知所言非。孔叢子曰：趙簡子使聘夫子，夫子將至，及河，聞鳴犢與竇犨之見殺，迴輿而趣，爲操曰：翱翔于衛，復我舊居，從吾所好，其樂只且。然夫子欲從所好而隱居，仲宣欲厲節而求仕，有異夫子之志，故以所言爲非也。

涼風厲秋節，司典告詳刑。禮記：孟秋之月，涼風至，用始行戮。天子乃命將帥選士厲兵，以征不義。尚書王曰：有邦有土，告爾詳刑。魏志曰：建安二十一年，粲從征吳，作此四篇。我君順時發，桓桓東南征。穀梁傳曰：葬我君。還，公順時應秋以征也。禮記曰：舉事必順其時。東南，謂吳也。毛詩曰：桓桓于征，狄彼東南。汎舟蓋長川，陳卒被隰坰。國語曰：秦汎舟于河。爾雅曰：林外曰坰。征夫懷親戚，誰能無戀情。拊襟倚舟檣，眷眷思鄴城。漢書公孫玃曰：累足撫襟。埤蒼曰：檣，帆柱曰檣。韓詩曰：眷眷懷歸。哀彼東山人，喟然感鸛鳴。毛詩曰：我徂東山，滔滔不歸。我來自東，零雨其濛。鸛鳴于垤，婦歎于室。毛萇曰：垤，螘冢也。鄭玄曰：鸛，水鳥也。將陰雨而鳴，行於陰雨尤苦，婦人則歎於室。垤，徒頡切。日月不安處，人誰獲常寧。國語姜氏謂晉公子曰：日月不處，人誰獲安。昔人從公旦，一徂輒三齡。毛萇詩序曰：周公東征，三年而歸。今我神武師，暫往必速平。棄余親睦恩，輸力竭忠貞。左氏傳，樂盈曰：陪臣書能輸力於王室。又曰：荀息曰：公家之事，知無不爲，忠也。送往事居，偶俱無猜，貞也。懼無一夫用，報我素餐誠。毛詩曰：彼君子兮，不素餐兮。夙夜自恲性，思逝若抽縈。廣雅曰：恲，忼慨也。普耕切。將秉先登羽，豈敢聽金聲。東觀漢記曰：賈復擊青犢於射犬，被羽先登，所向皆靡。仲宣從軍詩曰：被羽在先登，甘心除國疾。秉羽、被羽，其義同也。孫卿子曰：聞鼓聲而進，聞金聲而退。

從軍征遐路，討彼東南夷。方舟順廣川，薄暮未安坻。

白日半西山，桑梓有餘暉。史記曰：春申君曰：廣川大水，山林谿谷。古步出夏門行曰：行行復行行，白日薄西山。桑梓，二木名也。餘暉，言將夕也。蟋蟀夾岸鳴，孤鳥翩翩飛。毛詩曰：七月在野。鄭玄曰：謂蟋蟀也。征夫心多懷，惻愴令吾悲。禮記曰：霜露既降，君子履之，必有悽愴之心。下船登高防，草露霑我衣。說文曰：防，隄也。春秋元命苞曰：露所以潤草。說苑曰：孺子不覺露之沾衣。迴身赴牀寢，此愁當告誰。楚辭曰：居愁期誰告。古詩曰：愁思當告誰。身服干戈事，豈得念所私。孔安國尚書傳曰：戈，戟，干，盾也。所私，情所親也。即戎有授命，茲理不可違。論語子曰：善人教民七年，亦可以即戎矣。又曰：見危授命，亦可以成人矣。朝發鄴都橋，暮濟白馬津。漢書酈食其曰：塞白馬之津。逍遙河堤上，左右望我軍。毛詩曰：河上乎逍遙。連舫踰萬艘，帶甲千萬人。

六韜曰武王伐紂出於河呂尚爲右將以四十七艘舫蹸於河國語曰吳王帶甲三萬人也說文舫併舟也又曰艘船揔名也率彼東南路將定一舉動毛詩曰率彼曠野戰國策張儀謂秦王曰一舉而伯王之名可成也籌策運帷幄一由我聖君漢書高祖曰夫運籌策於帷幄之中吾不如子房范曄後漢書光武詔曰將軍鄧禹與朕謀謨帷幄之中恨我無時謀譬諸具官臣論語季子然問仲由冉求可謂大臣與孔子對曰今由與求也可謂具臣矣鞠躬中堅內微畫無所陳論語曰入公門鞠躬如也東觀漢記曰光武賜陳俊絳衣三百領以衣中堅同心之士也許歷爲完士一言獨敗秦史記曰秦伐韓趙使趙奢救之令軍中曰軍中有以軍事諫者死許歷請以軍事諫趙奢曰內之許歷曰秦人不意趙師至此其來氣盛將軍必厚集其陳以待之不然必敗趙奢曰謹受令許歷曰請就鈇鑕之誅趙奢曰有後令邯鄲許歷請復諫曰先據北山上者勝後至者敗趙奢許諾即發萬人赴之秦兵後至爭山不得上趙奢縱兵擊之大敗秦軍完謂全具也

文二十七　十三

言非有奇也論衡曰西門豹董安于我有素餐責誠爲完具之人能納韋絃之教也愧伐檀人毛詩曰坎坎伐檀兮寘之河之干兮彼君子兮不素餐兮漢書平當曰吾已負素餐責矣雖無鉛刀用庶幾奮薄身東觀漢記班超曰冀立鉛刀一割之力班孟堅荅賓戲曰搦朽摩鈍鉛刀悠悠涉荒路靡靡我心愁毛詩曰悠悠南行又曰行邁靡靡中心搖搖四望無煙火但見林與丘東觀漢記曰北夷作寇千里無火煙城郭生榛棘蹊徑無所由高誘淮南子注曰聚木曰榛萑蒲竟廣澤葭葦夾長流日夕涼風發翩翩漂吾舟寒蟬在樹鳴鸛鵠摩天遊禮記曰孟秋寒蟬鳴古烏生八九子歌曰黃鵠摩天極高飛客子多悲傷淚下不可收朝入譙郡界曠然消人憂魏志曰武皇帝譙人也雞鳴達四境黍

稷盈原疇孟子曰齊有地矣雞鳴狗吠相聞而達乎四境也說文曰疇耕治之田也館宅充廛里女士滿莊馗韓詩曰肅肅兔罝施于中馗爾雅曰六達謂之莊薛君曰馗九交之道也自非聖賢國誰能享斯休孔安國尚書傳曰享當也詩人美樂土雖客猶願留毛詩曰逝將去汝適彼樂土鄭玄曰樂土有德之國也

郊廟

宋郊祀歌二首 四言　顏延年

夤威寶命嚴恭帝祖尚書曰周公曰嚴恭寅畏又曰王無墜天之降寶命帝上帝祖先祖也炳海表岱系唐胄楚尚書曰海岱及淮惟徐州東京賦曰系唐統接漢緒漢書曰楚元王交高祖同父少弟也爲楚王王彭城沈約宋書曰高祖彭城人楚元王之後也彭城徐州之境也靈監叡文民屬叡武曹植離友詩曰靈鑒無私奄受敷錫宅中拓宇毛詩曰奄大也尚書曰斂是五福用敷錫厥庶民東京賦曰豈如宅中而圖大范曄後漢書虞詡曰先帝

六ㄋ三十九　文二十七　十四　王政

開拓土宇亘地稱皇罄天作主燕然山銘曰夐其邈兮亘地界曹植方暢賦曰罄天壤而作皇孝經鉤命決曰道機合者稱皇張儼請立太子師傅表曰陛下膺期順乾作主月竁來賓日際奉土甘泉賦曰西壓月䯊東震日域服虔曰䯊音窟兔竁月所生也尚書曰明王盛德四夷咸賓杜子春周禮注曰今南陽人名穿地爲竁充芮切曹植方暢賦曰絙日際而來王潘岳爲賈謐贈陸機詩曰奉土歸疆開元首正禮交樂舉張載元康頌曰開元建號班德布化禮記曰禮交動乎上樂交應乎下和之至也六典聯事九官列序周禮曰以官府之聯合邦治一曰祭祀之聯事又曰太宰之職掌建邦之六典以佐王治邦國一曰治典二曰禮典三曰教典四曰政典五曰刑典六曰事典漢書劉向上疏曰舜命九官濟濟相讓應劭曰尚書曰禹作司空弃后稷契司徒皋繇作士師垂共工益朕虞伯夷秩宗夔典樂龍納言也凡九官也有牷在滌有絜在俎周禮曰充人掌繫祭祀之

牲。禮記曰、帝牛必在滌三月。鄭玄曰、滌、牢中所搜除處。
毛詩曰、絜爾牛羊、或肆或將。鄭玄曰、有肆其骨體於俎
者、或奉將而進也。**薦饗王衷、以荅神祜。**杜預左氏傳注曰、薦、獻也。衷、中心也。長楊賦曰、
受神人之福祐。
維聖饗帝、維孝饗親。禮記曰、唯聖人爲能饗帝、孝子爲能饗親。**皇乎備矣。**
有事上春。漢書郊祀歌曰、大孝備矣、休德昭清。左氏傳、宰孔曰、天子有事于郊。杜預曰、有祭事也。周
禮、上春生種稑之種。**禮行宗祀、敬達郊禋。**禮記曰、禮行祖廟而孝慈服焉。孝經曰、宗祀文
王於明堂。又曰、郊祀后稷。孔安國尚書傳曰、精意以享謂之禋。**金枝中樹、廣樂四陳。**漢書
曰、金枝秀華。應劭曰、金枝、銅鐙百二十枝。史記曰、趙簡子病、寤寐曰、我與百神聽於鈞天廣樂矣。**陟配**
在京、降德在民。毛詩曰、三后在天、陟配在京。禮記曰、后王命冢宰降德于兆民。**奔精昭**
夜、高燎煬晨。奔精、星流也。史記曰、漢家常以正月上辛祠甘泉、昬時夜祠、到明而終、常有流
星經於祠壇。東京賦曰、颺槱燎之炎煬、致高煙於太一。**陰明浮爍、沈禜深淪。**言宋爲水
德而主辰、故陰明之宿浮爍而揚光、沈禜所祭沈淪而
沈靜也。尚書考靈耀曰、氣在於冬、其紀辰星、是謂陰明。
尚書大傳曰、沈四海。鄭玄曰、祭水曰沈。鄭司農周禮注曰、禜、祭名也。**告成大報、受釐元神。**
禮記曰、升中于天。鄭玄曰、中、成也。燎柴祭天、告以諸侯
之成功。又曰、大報天而主日也。漢書曰、上方受釐、坐宣
室。臣瓚曰、釐謂祭祀餘胙也。如淳曰、釐音僖。呂安髑髏
賦曰、上奏元神、下告皇祇。服虔甘泉宮賦注曰、釐、福也。
月御案節、星驅扶輪。月御案節、並見上文。言天神降、月御爲之案節、星驅爲之扶輪。王濟
鍾夫人序德頌曰、齊蒙天假、星驅省疾。羽獵賦曰、
齊桓公曾不足使扶輪。羽獵賦曰、風詡詡其扶輪。**遥興**
遠駕、曜曜振振。漢書房中歌曰、雷震震、電曜曜。杜預左氏傳注曰、振振、盛貌。遠駕、乘駕也。

樂府上

漢書曰、武帝定郊祀之禮、而立樂府。

樂府三首

古辭　五言　言古詩不知作者姓名、他皆類此。

飲馬長城窟行

酈善長水經曰、余至長城、其下往往有泉窟、可飲馬。古詩
飲馬長城窟行、信不虛也。然長城蒙恬所築
也。言征戍之客、至於長城而飲其馬、婦思之、
故爲長城窟行。
音義曰、行、曲也。

青青河邊草、緜緜思遠道。言良人行役、以春爲期、期至不來、所以增思。王逸楚
辭注曰、緜緜、細微之思也。**遠道不可思、夙昔夢見之。**廣雅曰、昔、夜也。**夢見在**
我傍、忽覺在他鄉。他鄉各異縣、輾轉不可見。字書曰、輾亦展
字也。說文曰、展、轉也。鄭玄毛詩箋曰、轉、移也。**枯桑知天風、海水知天寒。**枯桑無枝、
尚知天風、海水廣大、尚知天寒。君子行役、豈不離風寒之患乎。**入門各自媚、誰肯相爲**
言。但人入門、咸各自媚、誰肯爲言乎、皆不能爲言也。**客從遠方來、遺我雙鯉**
魚。呼兒烹鯉魚、中有尺素書。鄭玄禮記注曰、素、生帛也。**長跪讀素**
書、書上竟何如。說文曰、跪、拜也。**上有加餐食、下有長相憶。**

傷歌行

昭昭素月明、暉光燭我牀。憂人不能寐、耿耿夜何長。毛詩
曰、耿耿不寐、如有隱憂。**微風吹閨闥、羅帷自飄颺。**毛萇詩傳曰、闥、閨內門也。**攬**
衣曳長帶、屣履下高堂。長門賦曰、屣履起而彷徨。**東西安所之、徘**
徊以彷徨。春鳥翻南飛、翩翩獨翱翔。悲聲命儔匹、哀鳴
傷我腸。感物懷所思、泣涕忽沾裳。佇立吐高吟、舒憤訴
穹蒼。毛詩曰、佇立以泣。谷永與王譚書曰、抑於家、不得舒憤。毛詩曰、靡有旅力、以念穹蒼。李巡爾雅
注曰、仰視天形、穹隆而高、其色蒼蒼、故曰穹蒼。爾雅曰、穹蒼、蒼天也。

長歌行

崔豹古今注曰、長歌言壽命長短、定分不妄求也。此上一篇、似傷年命、而

下一首直敘怨情古詩曰長歌正激烈魏武帝燕歌行曰短歌微吟不能長傅玄豔歌行曰咄來長歌續短歌然行聲有長短非言壽命也

青青園中葵朝露行日晞毛詩曰湛湛露斯匪陽不晞毛萇曰晞乾也陽春布德澤萬物生光煇楚辭曰恐死不見乎陽春淮南子曰光煇萬物常恐秋節至焜黃華葉衰焜黃色衰貌也胡本切百川東到海何時復西歸尚書大傳曰百川赴東海少壯不努力老大乃傷悲

怨歌行一首五言歌録曰怨歌行古辭然言古者有此曲而班婕妤擬之婕妤帝初即位選入後宮始爲少使俄而大幸爲婕妤居增成舍後趙飛燕寵盛婕妤失寵希復進見成帝崩婕妤充園陵薨

班婕妤

新裂齊紈素皎潔如霜雪漢書曰罷齊三服官李斐曰紈素爲冬服范子曰紈素出齊荀悅曰齊國獻紈素絹天子爲三官服也

裁爲合歡扇團團似明月古詩曰文綵雙鴛鴦裁爲合歡被出入君懷袖動搖微風發蒼頡篇曰懷抱也此謂蒙恩幸之時也常恐秋節至涼風奪炎熱古長歌行曰常恐秋節至焜黃華葉衰炎熱氣也弃捐篋笥中恩情中道絶

樂府二首

短歌行

魏武帝魏志曰太祖武皇帝沛國譙人姓曹諱操字孟德少機警有權數而任俠舉孝廉爲郎遷南頓令封魏王文帝追謚曰武皇帝

對酒當歌人生幾何左氏傳曰俟河之清人壽幾何譬如朝露去日苦多漢書李陵謂蘇武曰人生如朝露慨當以慷憂思難忘何以解憂唯有杜康毛詩曰微我無酒以遨以遊博物志曰杜康作酒王著與杜康絶交書曰康字仲寧或云皇帝時宰人號酒泉太守漢書東方朔曰臣聞消憂者莫若酒也青青子衿悠悠我心但爲君故沈吟至今古詩曰馳車整中帶沈吟聊躑躅呦呦鹿鳴食野之苹我有嘉賓鼓瑟吹笙毛詩小雅文也苹萍也鹿得萍草呦呦然而鳴相呼而食以興嘉樂賓客相招以盛禮也鄭玄云苹藾蕭也明明如月何時可掇憂從中來不可斷絶言月之不可掇由憂之不可絶也說文曰掇拾取也豬劣切越陌度阡枉用相存應劭風俗通曰里語云越陌度阡更爲客主長門賦曰孔雀集而相存契闊談讌心念舊恩毛詩曰死生契闊漢書曰張賀思念舊恩月明星稀烏鵲南飛繞樹三匝何枝可依月明已見上句喻客子無所依託也山不厭高海不厭深管子曰海不辭水故能成其大山不辭土故能成其高明主不猒人故能成其衆周公吐哺天下歸心韓詩外傳曰周公踐天子之位七年成王封伯禽於魯周公誡之曰無以魯國驕士吾文王之子武王之弟也成王叔父

也又相天下吾於天下亦不輕矣然一沐三握髮一飯三吐哺猶恐失天下之士也論語素王受命讖曰河授圖天下歸心

苦寒行五言歌録曰苦寒行古辭

北上太行山艱哉何巍巍羊腸坂詰屈車輪爲之摧呂氏春秋曰天地之間上有九山何謂九山曰太行羊腸高誘曰太行山在河内野王縣北也羊腸其山盤紆如羊腸在太原晉陽北高誘注淮南子曰羊腸坂是太行孟門之限然則坂在太行山在晉陽也樹木何蕭瑟北風聲正悲熊羆對我蹲虎豹夾路啼谿谷少人民雪落何霏霏毛詩曰雨雪霏霏延頸長歎息遠行多所懷呂氏春秋曰天下莫不延頸舉踵也我心何怫鬱思欲一東歸楚辭曰怫鬱兮不陳東歸言望舊鄉也水深橋梁絶中路正徘徊迷惑失故路薄暮無

宿栖楊雄琴情英曰當道獨居暮無所宿行行日已遠人馬同時飢擔囊行取薪斧冰持作糜莊子曰擔囊而趨悲彼東山詩悠悠使我哀毛詩曰我徂東山滔滔不歸

樂府二首

燕歌行

七言歌錄曰燕地名猶楚宛之類此不言古辭起自此也佗皆類此

魏文帝

秋風蕭瑟天氣涼草木搖落露爲霜楚辭曰悲哉秋之爲氣也蕭瑟兮草木搖落而變衰毛詩曰蒹葭蒼蒼白露爲霜羣燕辭歸鴈南翔念君客遊思斷腸禮記曰仲秋之月鴻鴈來玄鳥歸鄭玄曰玄鳥燕也楚辭曰燕翩翩其辭歸兮又曰鴈雍雍而南遊慊慊思歸戀故鄉何爲淹留寄佗方鄭玄禮記注曰慊恨不滿之貌

也口簟切賤妾煢煢守空房煢單也憂來思君不敢忘不覺淚下霑衣裳古詩曰淚下霑衣裳援琴鳴絃發清商短歌微吟不能長宋玉風賦曰臣援琴而鼓之宋玉笛賦曰吟清商追流徵明月皎皎照我牀星漢西流夜未央古詩曰明月何皎皎照我羅牀帷毛詩曰夜如何其夜未央牽牛織女遙相望爾獨何辜限河梁史記曰牽牛爲犧牲其北織女織女天女孫也曹植九詠注曰牽牛爲夫織女爲婦織女牽牛之星各處一旁七月七日得一會同矣

善哉行

四言歌錄曰善哉行古詞也古出夏門行曰善哉殊復善絃歌樂我情然善哉歎美之辭也

魏文帝

上山采薇薄暮苦飢毛詩曰陟彼南山言采其薇楚辭曰薄暮雷電歸何憂古豔歌曰居貧衣單薄腸中常苦飢谿谷多風霜露沾衣說苑曰孺子不覺露之沾衣野雉羣雊猴猿相追毛詩曰雉之朝雊還望故鄉鬱何壘壘廣雅曰壘壘重也高山有崖林木有枝憂來無方人莫之知言高山之有崖林木之有枝愚智同知之今憂來仍無定方而人皆莫能知之說苑曰莊辛謂襄成君曰昔越人之歌曰山有木兮木有枝心悅君兮君不知人生如寄多憂何爲尸子曰老萊子曰人生天地之間寄也寄者固也楚辭曰傷楚國之多憂今我不樂歲月如馳毛詩曰今我不樂日月其除湯湯川流中有行舟隨波迴轉有似客遊策我良馬被我輕裘毛詩曰良馬四之論語子曰赤之適齊也乘肥馬衣輕裘載馳載驅聊以忘憂毛詩曰載馳載驅歸唁衛侯楚辭曰聊媮娛以忘憂又毛詩曰駕言出遊以寫我憂

樂府四首

五言

箜篌引

漢書曰塞南越禱祠太一后土作坎侯坎聲也應劭曰使樂人侯調作之取其坎坎應節也因以其姓號名曰坎侯蘇林曰作箜篌

曹子建

置酒高殿上親友從我遊漢書曰過沛置酒沛宮又曰賢大夫有肯從我遊者吾能尊顯也中廚辦豐膳烹羊宰肥牛鄭玄周禮注曰膳之言善今時美物曰珍聲類曰宰治也秦箏何慷慨齊瑟和且柔楚辭曰挾秦箏而彈徵史記蘇秦說齊王曰臨淄其民無不鼓瑟也陽阿奏奇舞京洛出名謳漢書曰孝成趙皇后及壯屬陽阿主家學歌舞樂飲過三爵緩帶傾庶羞禮記曰君子之飲酒也一爵而色灑如二爵而言言斯三爵而油油以退儀禮曰上大夫庶羞二十品主稱千金壽賓奉萬年酬史記曰平原君以千金爲魯仲連壽毛詩曰君子萬年永錫祚胤久要不可忘薄終義所尤論語曰久要不忘平生之言亦可以爲成人矣列子曰或厚之於始或薄之於終謙謙君子德磬折欲何求周易曰謙謙君子卑以自牧尚書大傳曰諸侯來受命周公莫不磬

折。驚風飄白日。光景馳西流。盛時不可再。百年忽我遒。生在華屋處。零落歸山丘。舞賦曰：耀華屋而熺洞房。古董逃行曰：年命冉冉我遒零落下歸山丘。毛萇詩傳曰：遒，終也。先民誰不死。知命亦何憂。左氏傳曰：子産曰：人誰不死。周易曰：樂天知命故不憂。

美女篇

歌録曰：美女篇，齊瑟行也。

美女妖且閑。采桑歧路間。說文曰：閑，雅也。上林賦曰：妖冶閑都。又曰：閑，幽閑也。柔條紛冉冉。葉落何翩翩。攘袖見素手。皓腕約金環。攘袖卷袂也。環，釧也。頭上金爵釵。腰佩翠琅玕。釋名曰：爵釵，釵頭上施爵。尚書曰：厥貢惟球琳琅玕。明珠交玉體。珊瑚間木難。南方草物狀曰：珊瑚出大秦國，有洲在漲海中。廣雅曰：珊瑚，珠也。南越志曰：木難，金翅鳥沫所成碧色珠也。大秦國珍之。羅衣何飄飄。輕裾隨風還。顧眄遺光采。長嘯氣若蘭。神女賦曰：吐芬芳其若蘭。行徒用息駕。休者以忘餐。慎子曰：毛嬙、西施，衣以玄錫，則行者止。杜篤禊祝曰：懷秀女，使不餐。借問女安居。乃在城南端。爾雅曰：安，止也。薛綜西京賦注曰：安，猶焉也。南端，城之正南門也。青樓臨大路。高門結重關。漢書枚叔上書曰：游曲臺，臨大路。列子曰：虞氏，梁之富人，高樓臨大路。容華耀朝日。誰不希令顏。神女賦曰：耀乎若白日初出照屋梁。韓詩曰：東方之日兮，彼姝者子，在我室兮。薛君曰：詩人言所說者顏色盛也，言美如東方之日出也。媒氏何所營。玉帛不時安。周禮有媒氏之職。爾雅曰：安，定也。佳人慕高義。求賢良獨難。楚辭曰：聞佳人兮召予。衆人何嗷嗷。安知彼所觀。盛年處房室。中夜起長歎。蘇武荅李陵詩曰：低頭還自憐，盛年行已衰。蔡雍霖雨賦曰：中宵夜而嘆息。

文二十七　二十一

白馬篇

歌録曰：白馬篇，齊瑟行也。

白馬飾金羈。連翩西北馳。古羅敷行曰：青絲繫馬尾，黃金絡馬頭。說文曰：羈，絡頭也。借問誰家子。幽并遊俠兒。幽并，二州名。班固漢書贊曰：布衣遊俠，劇孟之徒也。少小去鄉邑。揚聲沙漠垂。幽通賦曰：雄朔野以揚聲。說文曰：漠，北方流沙也。宿昔秉良弓。楛矢何參差。墨子曰：良弓難張，然可以及高入深。家語：孔子曰：肅慎氏貢楛矢。控弦破左的。右發摧月支。班固漢書李廣述曰：控弦貫石，威動北鄰。毛詩曰：發彼有的。的，射質也。邯鄲淳藝經曰：馬射，左邊爲月支三枚，馬蹄二枚。仰手接飛猱。俯身散馬蹄。凡物飛迎前射之曰接。猱，猨屬也。狡捷過猴猨。勇剽若豹螭。螭，猛獸也。已見西都賦。方言曰：剽，輕也。邊城多警急。胡虜數遷移。長楊賦曰：永無邊城之災。羽檄從北來。厲馬登高堤。長驅蹈匈奴。左顧凌鮮卑。漢書曰：匈奴，其先夏后氏之苗裔也。又曰：燕北有東胡山戎。或云鮮卑。蒼頡篇曰：凌，侵也。棄身鋒刃端。性命安可懷。父母且不顧。何言子與妻。鄭玄毛詩箋曰：顧，念也。名編壯士籍。不得中顧私。捐軀赴國難。視死忽如歸。呂氏春秋管子云：平原廣城，車不結軌，士不旋踵，鼓之三軍之士，視死若歸，臣不若王子城也。

六百七十四　文二十七　二十二　乙丑重刊　政

名都篇

歌録曰：名都篇，齊瑟行也。

名都多妖女。京洛出少年。王逸荔枝賦曰：宛洛少年。寶劍直千金。被服光且鮮。史記曰：陸賈寶劍直千金。論衡曰：世稱利劍有千金之價。鬭雞東郊道。走馬長楸間。漢書：眭弘少時好鬭雞走馬。馳騁未能半。雙兔過我前。攬弓捷鳴鏑。長驅上南山。儀禮曰：司射搢三挾一。鄭玄曰：搢，插也。楚甲切。漢書曰：匈奴冒頓乃作爲鳴鏑，習勒其騎射。音義曰：鏑，箭也。如今鳴箭也。左挽因右發。一縱兩禽連。

鄭玄周禮注曰凡鳥獸未孕曰禽也毛萇詩傳曰發矢曰縱兩禽雙兎也餘巧未及展仰手接飛鳶毛詩曰鳶飛戾天鄭玄曰鴟之屬也觀者咸稱善衆工歸我妍舞賦曰觀者稱麗我歸宴平樂美酒斗十千平樂觀名膾鯉臇胎鰕寒鼈炙熊蹯毛詩曰炮鼈膾鯉蒼頡解詁曰臇少汁臛也子兖切鹽鐵論曰煎魚切肝羊淹雞寒劉熙釋名曰韓羊韓雞本出韓國所爲然寒與韓古字通也左氏傳曰宰夫胹熊蹯不孰鳴儔嘯匹旅列坐竟長筵連翩擊鞠壤巧捷惟萬端漢書曰霍去病在塞外尚穿域蹵鞠也如淳曰域鞠室也郭璞三蒼解詁曰鞠毛丸可蹋戲鞠巨六切史記曰魏公子賔客辯士說王萬端白日西南馳光景不可攀雲散還城邑清晨復來還舞賦曰駱驛而歸雲散城邑

文二十七　二十三

王明君詞一首 并序 五言

石季倫 臧榮緒晉書曰石崇字季倫勃海人也早有智慧稍遷至衛尉初崇與賈謐善謐既誅趙王倫專任孫秀崇有妓曰綠珠秀使人求之崇不許秀勸倫殺崇遂被害

王明君者本是王昭君以觸文帝諱改焉琴操曰王昭君者齊國王襄女也年十七獻元帝臧榮緒晉書曰文帝諱昭匈奴盛請婚於漢元帝以後宮良家子昭君配焉琴操曰單于遣使請一女子帝以昭君賜單于漢書曰詔采良家女也昔公主嫁烏孫令琵琶馬上作樂以慰其道路之思漢書曰烏孫使使獻馬願得尚公主乃遣江都王建女爲公主以妻烏孫焉其送明君亦必爾也其造新曲多哀怨之聲故叙之於紙云爾

我本漢家子將適單于庭漢書曰匈奴歲正月諸長小會單于庭祠辭訣未及終前驅已抗旌曹子建應詔曰前驅舉燧後乘抗旌僕御涕流離轅馬悲且鳴魏文帝柳賦曰涕流離而縱橫李陵詩曰轅馬顧悲鳴哀鬱傷五內泣淚濕朱纓李陵詩曰行行且自割無令五內傷沾纓巳見郭璞遊仙詩行行日已遠遂造匈奴城魏文帝苦哉行曰行行日已遠人馬同時飢延我於穹廬加我閼氏名漢書曰烏孫公主作歌曰吾家嫁我兮天一方遠託異國兮烏孫王穹廬爲室兮旃爲牆音義曰旃帳也蘇林曰閼氏音焉支如漢皇后殊類非所安雖貴非所榮殊類異類也李陵荅蘇武書曰但見異類父子見陵辱對之慙且驚漢書曰呼韓邪死子雕陶莫皐立爲復系若鞮單于復妻王昭君生二女也殺身良不易默默以苟生曹子建三良詩曰殺身誠獨難賈誼弔屈原曰吁嗟默言墨子曰哀公迎孔子席不端不坐割不正不食子路曰何與陳蔡異孔子曰曩與汝爲苟生今與汝爲苟義也苟生亦何聊積思常

文二十七　二十四

憤盈楚辭曰蓄怨乎積思王逸曰結恨在心慮憤鬱蔡琰詩曰心吐思兮胷憤盈願假飛鴻翼乘之以遐征魏文帝喜霽賦曰思寄身於鴻鸞舉六翮而輕飛高誘呂氏春秋曰征飛也飛鴻不我顧佇立以屏營毛詩曰佇立以泣國語申胥曰昔楚靈王獨行屏營昔爲匣中玉今爲糞上英朝華不足歡甘與秋草并古詩曰傷彼蕙蘭花含英揚光輝過時而不采將隨秋草萎說文曰木槿朝華暮落也傳語後世人遠嫁難爲情漢書張禹曰有愛女遠嫁爲張掖太守蕭咸妻

文選卷第二十七

賜進士出身通奉大夫江南蘇松常鎮太等處承宣布政使司布政使胡克家重校刊

文選卷第二十八

梁昭明太子撰

文林郎守太子右內率府録事參軍事崇賢館直學士臣李善注上

樂府下

陸士衡樂府十七首　謝靈運樂府一首

鮑明遠樂府八首　謝玄暉鼓吹曲一首

挽歌

繆熙伯挽歌一首　陸士衡挽歌三首

陶淵明挽歌一首

雜歌

荆軻歌一首　漢高帝歌一首

劉越石扶風歌一首

陸韓卿中山王孺子妾歌一首

樂府下

樂府十七首　陸士衡

猛虎行　雜言古猛虎行曰飢不從猛虎食暮不從野雀棲野雀安無巢遊子爲誰驕

渴不飲盜泉水熱不息惡木陰惡木豈無枝志士多苦心　尸子曰孔子至於勝母暮矣而不宿過於盜泉渴矣而不飲惡其名也江邃文釋云管子曰夫士懷耿介之心不蔭惡木之枝惡木尚能耻之況與惡人同處今檢管子近亡數篇恐是亡篇之內而邃見之論語曰志士仁人古詩曰晨風懷苦心

整駕肅時命杖策將遠尋　思玄賦曰爰整駕而亟行時君之命也杜預左氏傳注曰策馬撾也廣雅曰將欲也

飢食猛虎窟寒栖野雀林日歸功未建時往歲載陰　日而逸切言日以屢歸而功未立陸賈新語曰以義建功神農本草曰秋冬爲陰

崇雲臨岸駭鳴條隨風吟　爾雅曰崇高也廣雅曰駭起也栢子新論雍門周曰秋風鳴條則傷心矣

靜言幽谷底長嘯高山岑　毛詩曰靜言思之又曰出自幽谷楚辭曰臨深水而長嘯爾雅曰山小而高曰岑

急絃無懦響亮節難爲音　侯瑾箏賦曰急絃促柱變調改曲賈逵國語注曰懦下也爾雅曰亮信也謂有貞信之節言必慷慨故曰難也

人生誠未易曷云開此衿　言人生既多難苦誠爲未易何爲開此行役之衿乎王仲宣贈蔡子篤詩曰人生實難

眷我耿介懷俯仰愧古今　夫蘊耿介之懷者必高蹈風塵之表今乃愧不隨慕先聖之遺教蒼頡篇曰懷抱也

君子行　五言古君子行曰君子防未然不處嫌疑間

天道夷且簡人道嶮而難　莊子曰有天道有人道無爲而尊者天道也有爲而累者人道也孔安國尚書傳曰夷平也又曰簡略也

休咎相乘躡翻覆若波瀾　尚書曰休徵咎徵杜預左氏傳注曰乘登也廣雅曰躡履也

去疾苦不遠疑似實生患　左氏傳伍員曰樹德莫如滋去疾莫如盡賈逵國語注曰疾惡也呂氏春秋曰使人大迷惑者物之相似者也人主之所患患石似玉者疑似之道不可不察也

近火固宜熱履冰豈惡寒　言當慎所習也論衡曰夫近水則寒近火則溫遠之纔微何則氣之所加遠近有差也火位在南水位在北北邊則寒南極則熱毛詩曰如履薄冰

掇蜂滅天道拾塵惑孔顏　說苑曰王國君前母子伯奇後母子伯封兄弟相愛後母欲其子爲太子言王曰伯奇愛妾王上臺視之後母取蜂除其毒而置衣領之中往過伯奇奇往視袖中殺蜂王見讓伯奇伯奇出使者就袖中有死蜂使者白王王見蜂追之已自投河中呂氏春秋曰孔子窮於陳蔡之間藜羹不糝七日不嘗粒晝寢顏回索米得而來爨之幾熟孔子望見顏回攫

其甑中而飯之少選間食熟謁孔子而進食孔子起曰今者夢見先君食絜故饋顏回對曰不可嚮者炱煤入甑中弃食不祥回攫而飯之孔子笑曰所信者目矣目猶不可信所恃者心矣而心猶不足恃弟子記之知人固不易夫孔子所以知人難也高誘曰炱煤煙塵也炱讀作臺入猶墮也

逐臣尚何有弃友焉足歎 傳毅七激曰闇君逐臣頑父放子王逸楚辭序曰屈原放逐在沅湘之間毛詩谷風序曰天下俗薄朋友道絶焉鄭玄曰道絶者弃恩舊也

福鍾恒有兆禍集非無端 言禍福之至而皆有漸也枚叔上書曰福生有基禍生有胎傳子銘曰福生有兆禍來有端小雅曰鍾聚也言無端緒也

天損未易辭人益猶可懼 言禍福之有端兆故天損之至非己所招故安之而未辭人益之來非己所求故受之可爲懼也莊子孔子謂顏回曰無受天損易無受人益難郭象曰無受天損易者唯安之故易也所在皆安不以損爲損斯待天而不受其損也無受人益難者物之儻來不可禁禦至人則玄同天下故天下樂推而不猒相與社而稷之斯無受人益之所以爲難矣然文雖出彼而意微殊彼以榮辱同途故

安之甚易此以吉凶異轍故辭之實難

朗鑒豈遠假取之在傾冠 荀悅申鑒曰側弁垢顏不鑒於明鏡矣抱朴子曰明鏡舉則傾冠見矣以其邇相祖述故引之

近情苦自信君子防未然 言小人近情苦自信而遇禍君子遠慮防未然而蒙福列子蕭叔曰皇子果於自信鄧析子曰慮能防於未然

從軍行 五言

苦哉遠征人飄飄窮四遐南陟五嶺巔北戍長城阿 漢書曰秦北爲長城之役南有五嶺之戍史記曰始皇以謫遣戍謫罰獄吏不直者築長城也

深谷邈無底崇山鬱嵯峨 列子曰夏革曰渤海之東有大壑焉實惟無底之谷秦嘉詩曰巖石鬱嵯峨

奮臂攀喬木振迹涉流沙 史記曰武臣曰陳王奮臂爲天下唱始毛詩曰南有喬木尚書曰導弱水入于流沙

隆暑固已慘涼風嚴且苛 賈誼旱雲賦曰隆暑盛其無聊說文曰慘毒也宋均春秋緯注曰苛者切也

夏條集鮮藻寒冰結衝波 文子曰夏條可結毛詩曰誕寘之寒冰

胡馬如雲屯越旗亦星羅 鄒陽書曰胡馬遂進闚於邯鄲杜篤論都賦曰斬白蛇屯黑雲廣雅曰屯聚也國語越王曰吳爲不道敢問諸大夫戰奚以而可大夫種曰審物則可以戰韋昭曰物旌旗物色徽幟之屬也羽獵賦曰渙若天星之羅

飛鋒無絶影鳴鏑自相和 張衡髑髏賦曰飛鋒曜景秉尺持刀漢書曰冒頓乃作爲鳴鏑音義曰如今鳴箭也

朝食不免冑夕息常負戈 戰國策曰衛行人燭過免冑橫戈而進李陵荅蘇武書曰負戟而長歎孔安國論語注曰戈戟也

苦哉遠征人拊心悲如何 列子曰師襄乃撫心高蹈

豫章行 五言

古豫章行曰白楊初生時乃在豫章山

汎舟清川渚遥望高山陰 國語曰秦汎舟于河列子曰伯牙遊於泰山之陰

川陸殊途軌懿親將遠尋 廣雅曰軌道也左氏傳富辰曰昔周公弔二叔之不咸故封建親戚以蕃屏周不廢懿親也

三荆歡同株四鳥悲異林 古上留田行曰出是上獨西門三荆同一根生一荆斷絶不長兄弟有兩三人小弟塊摧獨貧家語曰孔子在衛昧旦晨興顏回侍側聞哭者之聲甚哀子曰回汝知此哭何者曰回以此哭之聲非但爲死者而已矣又爲生離別者子曰何以知之對曰回聞完山之鳥生四子焉羽翼既成將分乎四海其母悲鳴而送之哀聲有似於此爲其往而不返回竊以音類知之孔子使問哭者果曰夫死家貧賣子葬之與之長決子曰回善於識音矣

樂會良自古悼別豈獨今 鄭玄毛詩箋曰悼傷也古詩曰今日良宴會歡樂難具陳又曰別日何易會日何難

寄世將幾何日昃無停陰 尸子老萊子曰人生於天地之間寄也寄者固歸也左氏傳曰人壽幾何周易曰日昃之離不鼓缶而歌則大耋之嗟凶

前路既已多後塗隨年侵 前路後塗喻壽命也言前路已多而罕至後塗隨年侵而又盡言無幾何也

促促薄暮景

亹鮮克禁。景之薄暮喻人之將老也流行不息鮮能止孔安國尚書傳曰薄迫也楚辭曰時亹亹而過中曷爲復以茲，曾是懷苦心。言何爲復以此暮景不留之志而曾是重懷悲苦之心乎毛詩曰曾是在位苦心見上文遠節嬰物淺，近情能不深。說文曰嬰繞也行矣保嘉福，景絕繼以音。景影也言形影若絕當繼之以惠音

苦寒行 五言或曰北上行

北遊幽朔城，涼野多嶮難。尚書曰宅朔方曰幽都毛萇詩傳曰北方寒涼也俯入穹谷底，仰陟高山盤。韓詩曰在彼穹谷王弼周易注曰盤山石之安也凝冰結重澗，積雪被長巒。爾雅曰巒山墮也郭璞曰山形長狹者荊州謂之巒陰雲興巖側，悲風鳴樹端。不覿白日景，但聞寒鳥喧。猛虎憑林嘯，玄猿臨岸歎。春秋元命苞曰猛虎嘯而谷風起小雅曰憑依也上林賦曰玄猿素雌夕

五ヨ十五　文二十八　五　壬子重刊　刘升

宿喬木下，慘愴恒鮮歡。渴飲堅冰漿，飢待零露餐。周易曰履霜堅冰至詩曰零露團兮離思固已久，寤寐莫與言。曹子建雜詩曰離思一何深毛詩曰獨寐寤言劇哉行役人，慊慊恒苦寒。說文曰劇甚也鄭玄禮記注曰慊恨不滿足之貌也

飲馬長城窟行 五言

驅馬陟陰山，山高馬不前。漢書侯應上書曰臣聞北邊塞有陰山往問陰山候，勁虜在燕然。解嘲曰西北一候范曄後漢書曰竇憲征北單于登燕然山戎車無停軌，旌旆屢徂遷。鄭玄考工記注曰軌轍跡也仰憑積雪巖，俯涉堅冰川。冬來秋未反，去家邈以緜。邈遠也獫狁亮未夷，征人豈徒旋。獫狁匈奴也毛詩曰赫赫南仲獫狁于夷毛萇曰夷平也末德爭先鳴，凶器無兩全。吳越春秋范蠡曰夫人君勇者逆德也兵者凶器也爭者國之末也莊子曰三軍五兵之運德之末也左氏傳州綽謂齊侯曰平陰之役先二子鳴師克薄賞，行軍沒微軀。捐李陵書曰薄賞子以守節將遵甘陳迹，收功單于旃。漢書曰甘延壽字君況北地人也爲郎中諫大夫使西域與副校尉陳湯共誅斬郅支單于封義成侯又曰陳湯字子公山陽人也爲西域副校尉與甘延壽俱出同斬單于首賜爵關內侯班固漢書述曰博望仗節收功大夏旃旌旗也振旅勞歸士，受爵稾街傳。穀梁傳曰入曰振旅毛詩序曰杕杜勞還役也南都賦曰受爵傳觴漢書陳湯上疏曰斬郅支單于首及名王以下宜懸頭稾街蠻夷邸間晉灼曰黃圖在長安城門內邸謂傳舍也

門有車馬客行 五言

門有車馬客，駕言發故鄉。毛詩曰駕言出遊念君久不歸，濡

五ヨ八十六　文二十八　六　壬子重刊　刘升

迹涉江湘。毛萇詩傳曰濡漬也投袂赴門塗，攬衣不及裳。左氏傳曰楚子投袂而起古詩曰攬衣起徘徊毛萇詩傳曰上曰衣下曰裳拊膺攜客泣，掩淚敘溫涼。列子曰撫膺而無恨楚辭曰長太息以掩涕尚書曰以般仲春鄭玄曰春秋言溫涼也借問邦族間，惻愴論存亡。毛詩曰言旋言歸復我邦族尸子曰其生也存其死也亡親友多零落，舊齒皆彫喪。曹子建箜篌引曰親友從我遊孔融與曹操書曰海內知識零落殆盡黃石公記曰王聘舊齒萬事乃理市朝互遷易，城闕或丘荒。古出夏門行曰市朝人易千歲墓平毛詩曰在城闕兮墳壠日月多，松栢鬱芒芒。仲長子昌言曰古之葬松柏梧桐以識其墳也天道信崇替，人生安得長。國語藍尹亹曰君子獨居思前世之崇替賈逵曰崇終也慷慨惟平生，俛仰獨悲傷。說文曰慷慨壯士不得志於心莊子曰俛仰之間

君子有所思行 五言

命駕登北山。延佇望城郭。孔叢子孔子歌曰巾車命駕楚辭曰結幽蘭而延佇廛里一何盛。街巷紛漠漠。鄭德漢書注曰廛謂城邑之居也甲第崇高闥。洞房結阿閣。漢書音義曰有甲乙次第故曰甲第楚辭曰姱容脩態絙洞房尚書中候曰昔黃帝軒轅鳳皇巢阿閣鄭玄周禮注曰四阿若今四注也曲池何湛湛。清川帶華薄。楚辭曰坐堂伏檻臨曲池邃宇列綺牕。蘭室接羅幕。楚辭曰高堂邃宇檻層軒古詩曰交疏結綺牕又曰盧家蘭爲室桂爲梁楚辭曰蒻阿拂壁羅幬張淑貌色斯升。哀音承顏作。言淑貌以色斯而見升哀音亦承顏衰而作也論語曰色斯舉矣人生誠行邁。容華隨年落。楚辭曰生天地之若過古詩曰人生天地間忽如遠行客善哉膏粱士。營生奧且博。國語欒伯請公族大夫公曰夫膏粱之性難止也賈逵曰膏肉之肥者粱食之精者言其食肥美者率驕放其性難止也韋昭漢書注曰生業也廣雅曰奧藏也宴安消靈根。酖毒不可恪。左氏傳管敬仲言於齊侯曰宴安酖毒不可懷也杜預曰以宴安比之酖毒也老子黃庭經曰玉池清水灌靈根靈根堅固老不衰然靈根謂身也左氏傳曰卿不書緩也以懲不恪爾雅曰恪敬也無以肉食資。取笑葵與藿。說文曰晉東郭氏上書於獻公公曰肉食者已慮之矣對曰忽使肉食失計於廟堂藿食寧得不肝腦塗地也

齊謳行 五言漢書禮樂志曰齊謳員六人

營丘負海曲。沃野爽且平。禮記曰太公封於營丘鄭玄曰齊曰營丘晁錯新書曰齊地僻遠負海地大人衆鄭玄禮記注曰負之言背也漢書曰沃野千里左氏傳齊景公欲更晏子之宅曰請更諸爽塏之地洪川控河濟。崇山入高冥。毛萇詩傳曰控引也戰國策蘇秦曰齊有清濟濁河傅毅洛都賦曰弋高冥之獨鵠連軒翥之雙鶚崇或爲嵩非也東被姑尤側。南界聊攝城。左氏傳晏子曰聊攝以東姑尤以西其爲人也多矣杜預曰姑尤齊東界姑水尤水皆在城陽郡東南入海也聊攝齊西界也平原聊縣東北有攝城然西南不同者其地既非正方故各舉一隅言之也海物錯萬類。陸產尚千名。尚書曰海岱惟青州禹貢海物惟錯河圖曰地有九州以苞萬類禮記曰恒豆之葅陸產之物也加豆陸產也其醢水物也南都賦曰百品千名孟諸吞楚夢。百二侔秦京。子虛賦曰齊浮渤澥游孟諸吞若雲夢者八九於其胷中曾不蔕芥漢書田肯賀上曰陛下得韓信又治秦中秦持戟百萬秦得百二焉齊持戟百萬齊得十二焉此所謂東西秦也李斐云持戟百萬秦得百二焉又曰設有持戟百萬之衆齊得十中之二焉百萬十分之二亦二十萬也但文相避耳故言東西秦其勢敵也然李斐之意以百二謂百萬中之二也字林曰侔齊等也惟師恢東表。桓后定周傾。毛詩曰惟師尚父時維鷹揚左氏傳曰季札請觀於周樂爲謌齊曰表東海者其太公乎又曰公及齊侯會于首止謀寧周也公魯僖公也齊侯桓公也鹽鐵論曰定傾扶危天道有迭

代。人道無久盈。孫卿子曰日月遞照四時代御王符潛夫論曰廉頗翟公再盈再虛鄙哉牛山歎。未及至人情。論語荀蕢曰鄙哉硜硜乎晏子春秋曰景公遊牛首山北臨其國流涕曰若何去此而死乎艾孔梁丘據皆泣晏子獨笑公收涕而問之晏子曰使賢者常守則太公桓公有之使勇者常守則莊公有之吾君安得有此而爲流涕是不仁也見不仁之君一諂諛之臣二所以獨笑也莊子曰不離於眞謂之至人也爽鳩苟已徂。吾子安得停。左氏傳齊侯飲酒樂公曰古而無死其樂若何晏子對曰古而無死古之樂也君何得焉爽鳩氏始居此地季蒯因之而逢伯陵因之蒲姑氏因之而太公因之古若無死爽鳩氏之樂非君所願也蒯助華切行行將復去。長存非所營。西京賦曰若歷世而長存羽獵賦序曰禁御所營

長安有狹邪行 五言

伊洛有歧路。歧路交朱輪。尒雅曰二達謂之歧旁郭璞曰歧道旁出也楊惲書曰乘

朱輪者十人。曹植妾薄相行曰。輜軿飛轂交輪。輕蓋承華景。騰步躡飛塵。華景日也。漢書云。日華曜也。鳴玉豈樸儒。憑軾皆俊民。國語曰。趙簡子鳴玉以相。禮記曰。君子行則鳴佩玉。漢書儒林傳。武帝曰。吾始以尚書爲樸學。左氏傳。楚子玉曰。請與君馮軾而觀之。尚書曰。俊民用康。烈心厲勁秋。麗服鮮芳春。厲嚴貌也。西京賦曰。麗服颺菁。余本倦遊客。豪彥多舊親。漢書曰。司馬長卿故倦遊。傾蓋承芳訊。欲鳴當及晨。家語曰。孔子之郯。遭程子於塗。傾蓋而語。雞及晨而鳴。以喻人及時而仕也。春秋考異記曰。雞應旦明。明與鳴同。古字通也。守一不足矜。歧路良可遵。漢書。嚴安上書曰。守一而不變者。未睹治之至也。淮南子曰。楊子見逵路而哭之。爲其可以南可以北也。老子曰。聖人抱一。爲天下式。河上公曰。抱守也。守一乃知萬事。故爲天下法式。規行無曠迹。矩步豈逮人。楊雄覈靈賦曰。二子規遊矩步。蘇子曰。行務應規步慮投矩。廣雅曰。曠遠也。投足緒已爾。四時不必循。言規行矩步。既無所及。故投足前緒。且當止矣。猶如四時異節。不必相循。解嘲曰。欲行者。擬足而投迹。爾雅曰。緒事也。孫卿子曰。日月遞照。四時代御。將遂殊塗軌。要子同歸津。周易曰。天下同歸而殊塗。

長歌行 五言

逝矣經天日。悲哉帶地川。范曄後漢書曰。上黨太守田邑與馮衍書曰。日月經天。河海帶地。寸陰無停晷。尺波豈徒旋。言日無停景。川不旋波。以喻年命流行。曾無止息也。淮南子曰。聖人不貴尺之璧。而重寸之陰。時難得而易失也。說文曰。晷。景也。年往迅勁矢。時來亮急絃。楚辭曰。年洋洋而日往。釋名曰。矢。指也。其有所指迅疾也。漢書蒯通曰。時乎時。不再來。急絃已見上文。遠期鮮克及。盈數固希全。管子曰。任之重者莫如身。期之遠者莫如年。左氏傳卜偃曰。萬。盈數也。然此之盈數。謂百年也。列子。楊朱曰。人得百年之壽。千中無一。疾病哀苦。居其半矣。毛詩曰。君子萬年。介爾景福。鄭玄曰。汝有萬年之壽矣。又助汝大福也。容華夙夜零。體澤坐自捐。無故自捐曰坐也。茲物苟難停。吾壽安得延。爾雅曰。延。長也。俛仰逝將過。倏忽幾何間。俛仰。已見上文。毛詩曰。逝將去汝。毛萇曰。逝。往也。楚辭曰。往來倏忽。懔慨亦焉訴。天道良自然。但恨功名薄。竹帛無所宣。四子講德論曰。節趨不立。則功名不宣。墨子曰。以其所行。書於竹帛。傳遺後子孫。迨及歲未暮。長歌承我閑。毛萇詩傳曰。迨。及也。韓詩曰。歲聿其暮。薛君曰。暮。晚也。言君之年歲已晚也。楚辭曰。願乘閑而自察。

悲哉行 五言

歌錄曰。悲哉行。魏明帝造。

遊客芳春林。春芳傷客心。和風飛清響。鮮雲垂薄陰。蕙草饒淑氣。時鳥多好音。毛詩曰。睍睆黃鳥。載好其音。翩翩鳴鳩羽。喈喈倉庚吟。禮記曰。季春之月。鳴鳩拂其羽。毛詩曰。倉庚喈喈。幽蘭盈通谷。長秀被高岑。幽蘭生乎通谷。而長秀被乎高岑。言有託也。楚辭曰。結幽蘭而延佇。漢書。伍被曰。通谷數行。漢武秋風辭曰。蘭有秀兮菊有芳。女蘿亦有託。蔓葛亦有尋。言女蘿蔓葛。各有尋託而已。獨無所以增思也。毛詩曰。蔦與女蘿。施于松柏。毛萇曰。女蘿。松蘿也。詩曰。南有樛木。葛藟纍之。鄭玄曰。葛藟纍而蔓之。尋。猶緣也。傷哉遊客士。憂思一何深。言己客遊。不如蘿葛。故憂思逾深也。目感隨氣草。耳悲詠時禽。寤寐多遠念。緬然若飛沈。韋昭國語注曰。緬。猶邈也。飛沈。言殊隔也。願託歸風響。寄言遺所欽。李陵荅蘇武書曰。時因北風。復惠德音。嵇康贈秀才詩曰。思我所欽。

吳趨行 五言

崔豹古今注曰。吳趨曲。吳人以謌其地也。

楚妃且勿歎。齊娥且莫謳。楚妃。樊姬。齊娥。齊后也。歌錄曰。石崇楚妃歎曰。歌辭楚妃

歎莫知其所由楚之賢妃能立德著勳垂名於後唯樊
姬焉故今歎詠之聲永世不絕孟子淳于髡曰昔綿駒
處高唐而齊右善謳方言曰秦晉之
間美貌謂之娥說文曰謳齊歌也四坐並清聽聽我
歌吳趨吳趨自有始請從昌門起吳越春秋曰大城立昌門者象天通閶闔
風亦名破楚門也昌門何峨峨飛閣跨通波吳地記曰昌門者吳王闔閭所作也
名爲閶闔門高樓閣道西都賦曰脩除飛閣又曰與海通波重欒承游極回軒啓曲
阿西京賦曰跱游極於浮柱結重欒以相承軒長牕也言長牕開於屋之曲阿也周書曰明堂咸有四阿鄭
玄周禮注曰四阿若今四注也藹藹慶雲被泠泠祥風過史記曰若煙非煙若雲非
雲郁郁紛紛蕭索輪囷是謂慶雲風賦曰清清泠泠山澤多藏育土風清且嘉左氏
傳曰晉侯曰鍾儀樂操土風不忘本也泰伯導仁風仲雍揚其波史記曰吳太伯
弟仲雍皆周太王之子而王季歷之兄也季歷賢有聖子昌太王欲立季歷以及昌於是太伯仲雍二人乃奔

荆蠻以避季歷季歷果立是爲王季而昌爲文王太伯之奔荆蠻自號句吳太伯卒無子弟仲雍立典引曰仁
風翔於海表楚辭曰汩其泥而揚其波穆穆延陵子灼灼光諸華毛萇詩傳曰穆
穆美也左氏傳曰吳公子札來聘其出聘也通嗣君也廣雅曰灼灼明也左氏傳曰吳周之胄裔也今而始大
比于諸華王迹隤陽九帝功興四遐孟子曰王者之跡息而詩亡漢書陽九厄曰初
入百六陽九音義曰易傳所謂陽九之厄百六之會者也東都賦曰軒轅氏之所以開帝功大皇自
富春矯手頓世羅吳志曰孫權字仲謀吳富春人也薨謚曰大皇帝說文曰矯舉手也頓整
也世羅猶皇綱也言大皇生自富春矯手而整天綱也邦彥應運興粲若春林
葩毛詩曰彼己之子邦之彥兮春秋命歷序曰五德之運應錄次相代也屬城咸有士吳
邑最爲多蔡邕陳留太守行縣頌曰府君勸耕桑于屬城也八族未足侈四姓
實名家張勃吳錄曰八族陳桓呂竇公孫司馬徐傅也四姓朱張顧陸也漢書劉敬曰徙齊諸田豪桀
名家文德熙淳懿武功侔山河曹植令曰相者文德昭將者武功烈爾雅曰熙興也
謂盛多也謝承後漢書曰朱晧德行純懿才學優裕漢書曰漢興封爵之誓曰使黃河如帶泰山若礪國以永
存爰及苗裔禮讓何濟濟流化自滂沱毛萇詩傳曰濟濟多威儀也論語曰泰伯
三以天下讓毛詩曰月離于畢俾滂沱矣淑美難窮紀商搉爲此歌公羊傳宋
萬曰魯侯之淑魯侯之美何休曰淑美也美好也賈逵國語注曰紀猶錄也廣雅曰商度也許慎淮南子注曰
商搉粗略也言商度其粗略也

短歌行　四言

置酒高堂悲歌臨觴列子曰秦青撫節悲歌王逸楚辭曰悲歌言愁思也人壽
幾何逝如朝霜左氏傳曰俟河之清人壽幾何曹植送應氏詩曰人壽若朝霜時無重
至華不再陽論語摘輔像讖曰時不再及宋均曰及亦至也蘋以春暉蘭以秋
芳禮記曰季春萍始生鄭玄曰萍蓱其大者曰蘋楚辭曰秋蘭兮青青來日苦短去日苦
長曹植苦短篇曰苦樂有餘魏武帝短歌行曰去日苦多今我不樂蟋蟀在房毛詩
曰蟋蟀在堂歲聿其暮今我不樂日月其除樂以會興悲以別章豈曰無感
憂爲子忘我酒既旨我肴既臧毛詩曰爾酒既旨爾肴既嘉短歌有
詠長夜無荒史記曰紂爲長夜之飲毛詩曰好樂無荒

日出東南隅行　五言　或曰羅敷豔歌

崔豹古今注曰陌上桑者出秦氏女也秦氏邯鄲人有女名羅敷嫁爲邑人千乘王仁爲
妻王仁後爲趙王家令羅敷出採桑於陌上趙王登臺見而悅之因飲酒欲奪焉羅敷巧
彈箏乃作陌上之歌以自明焉
扶桑升朝暉照此高臺端山海經曰湯谷上有扶木扶木者扶桑也十日所浴新語

曰高臺百仞臺端猶室端也。高臺多妖麗，濬房出清顏。呂氏春秋曰：列精子高謂侍者曰：我奚若？侍者曰：公姣且麗。王逸楚辭注曰：妖，好也。琴道雍門周曰：廣廈邃房。淑貌耀皎日，惠心清且閑。韓詩曰：東方之日兮，彼姝者子，在我室兮。薛君曰：顏色盛美，如東方之日矣。周易曰：有孚惠心。廣雅曰：閑，正也。美目揚玉澤，蛾我眉象翠翰。毛詩曰：美目盼兮。楚辭曰：娥眉曼睩，目騰光。王逸曰：曼，澤也。睩，視貌也。言美女之貌，娥眉玉貌，曼好目，曼澤。睩音錄。登徒子好色賦曰：眉如翠羽。鄭玄尚書大傳注曰：翰，毛也。鮮膚一何潤，秀色若可餐。張衡七辯曰：淑性窈窕，秀色美豔。窈窕多容儀，婉媚巧笑言。毛詩曰：窈窕淑女。又曰：巧笑倩兮。暮春春服成，粲粲綺與紈。論語曾點曰：暮春者，春服既成。毛詩曰：粲粲衣服。金雀垂藻翹，瓊珮結瑤璠。釋名曰：爵釵頭及上施爵也。楚辭曰：砥室翠翹。王逸注曰：翹，羽名也。毛詩曰：珮玉瓊琚。杜預左氏傳注曰：璵璠，美玉也。方駕揚清塵，濯足

洛水瀾。西京賦曰：方駕授綏。鄭玄儀禮注曰：方，併也。司馬相如諫獵書曰：犯屬車之清塵。楊雄太玄賦曰：蹈弱水而濯足。藹藹風雲會，佳人一何繁。風雲，言多也。過秦論曰：天下雲會響應。南崖充羅幕，北渚盈軿軒。蒼頡篇曰：軿，衣車也。清川含藻景，高崖被華丹。藻景，華景也。馥馥芳袖揮，泠泠纖指彈。蘇武詩曰：馥馥我蘭芳。又曰：誰爲遊子吟，冷冷一何悲。悲歌吐清響，雅舞播幽蘭。悲歌已見上文。韓詩曰：舞則莫兮。薛君曰：言其舞則應雅樂也。杜預左氏傳注曰：播，揚也。宋玉風賦曰：臣援琴而鼓之，爲幽蘭白雪之曲。丹脣含九秋，妍迹陵七盤。洛神賦曰：丹脣外朗。廣雅曰：陵，乘也。南都賦曰：結九秋之增傷，怨西荊之折盤。張衡舞賦曰：歷七盤而屣躡。赴曲迅驚鴻，蹈節如集鸞。卞蘭七牧曰：翩放袂而赴節，若遊鴻之翔天。邊讓章華臺賦曰：忽飄然以輕逝，似鸞鳥飛於天漢。淮南子曰：龍興鸞集。綺態隨顏變，沈姿無乏源。乏或爲定。俯仰紛阿那，顧步

咸可懽。張衡七辯曰：蝤蠐之領，阿那宜顧。蒼頡篇曰：顧，視也。王逸楚辭注曰：步，徐行也。遺芳結飛飆，浮景映清湍。爾雅曰：扶搖謂之飆。說文曰：湍，水疾也。冶容不足詠，春遊良可歎。周易曰：慢藏誨盜，冶容誨淫。

前緩聲歌　五言

遊仙聚靈族，高會曾城阿。淮南子曰：掘崑崙墟以下地，中有層城九重，其高萬一千里一十四步二尺六寸。長風萬里舉，慶雲鬱嵯峨。慶雲已見上文。宓妃興洛浦，王韓起太華。楚辭曰：迎宓妃於伊洛。魏文帝詩曰：王韓獨何人，翱翔隨天塗。神仙傳曰：衛叔卿歸華山，漢武帝令叔卿子度求之，見其父與數人博。度曰：向與博者爲誰？叔卿曰：是洪崖先生、王子晉、薛容也。又曰：劉根初學道，到華陰，見一人乘白鹿，從十餘玉女。根頓首乞一言，神人乃住曰：爾聞有韓衆不？荅曰：實聞有之。神曰：即我是也。尚書曰：至于太華。北徵瑤臺女，南要湘川娥。爾雅

曰：徵，召也。楚辭曰：望瑤臺之偃蹇兮，見有娥之佚女。西京賦曰：懷湘娥。王逸楚辭注曰：堯二女娥皇、女英，墮湘水之中，爲湘夫人也。肅肅宵駕動，翩翩翠蓋羅。毛詩曰：肅肅宵征。曹植飛龍篇曰：芝蓋翩翩。甘泉賦曰：咸翠蓋而鸞旗。羽旗棲瓊鸞，玉衡吐鳴和。琴道雍門周曰：水嬉則建羽旗。瓊鸞，以瓊爲鸞，以施於旗上。鸞，鳥，故曰棲也。鸞旗已見上注。楚辭曰：鳴玉鸞之啾啾。又曰：杜玉衡於炎火。王逸曰：衡，車衡也。鄭玄周禮注曰：鑾和皆以金爲鈴也。應劭漢書注曰：鑾在軾，和在衡。太容揮高絃，洪崖發清歌。思玄賦曰：太容吟曰念哉。注曰：太容，黃帝樂師。廣雅曰：揮，動也。西京賦曰：洪崖立而指麾。薛綜曰：三皇時伎人也。獻酬既已周，輕舉乘紫霞。毛詩曰：獻酬交錯。漢書谷永曰：遥興輕舉，登霞倒景。總轡扶桑枝，濯足湯谷波。楚辭曰：飲余馬乎咸池，總余轡乎扶桑。又曰：朝濯髮於湯谷。清輝溢天門，垂慶惠皇家。淮南子曰：馮夷大禹之御也，乘雲車，排閶闔，淪天門。高誘曰：天門，上帝所居紫宮門也。蔡雍述征賦曰：皇家赫而天

居萬方徂而星集。

塘上行

五言　歌錄曰塘上行古辭或云甄皇后造或云魏文帝或云武帝歌曰蒲生我池中葉何一離離

江蘺生幽渚。微芳不足宣。張揖漢書注曰江蘺香草也郭璞曰似水薺也被蒙風雲會。移居華池邊。周易曰潤之以風雨楚辭曰黿鼉遊乎華池發藻玉臺下。垂影滄浪泉。西京賦曰西有玉臺連以昆德孟子曰滄浪之水清滄浪水色也沾潤既已渥。結根奧且堅。毛詩曰既沾既渥毛萇曰渥厚也古詩曰冉冉孤生竹結根太山阿奧猶深也四節逝不處。華繁難久鮮。淑氣與時殞。餘芳隨風捐。天道有遷易。人理無常全。司馬遷悲士不遇賦曰天道悠昧人理促乏男懽智傾愚。女愛衰避妍。莊子曰喜怒相疑愚智相欺仲長子昌言曰彊者勝弱智者欺愚也不惜微軀退。但懼蒼蠅前。毛詩曰營營青蠅止于丘樊鄭玄曰蠅之爲蟲汙白使黑汙黑使白喻佞人變亂善惡也願君廣末光。照妾薄暮年。封禪書曰使獲日月之末光暮年喻老也

文二十八　十五

樂府一首

會吟行　五言　謝靈運

六引緩清唱。三調佇繁音。沈約宋書曰控[扌侯]宮引第一商引第二徵引第三羽引第四古有六引其宮引本第二角引本第四也並無歌有紡笛存聲不足故闕二曲又曰第一平調第二清調第三瑟調第四楚調第五側調然今三調蓋清平側也爾雅曰佇立也郭璞曰稽久也列筵皆靜寂。咸共聆會吟。廣雅曰聆聽也會吟自有初。請從文命敷。尚書曰若稽古大禹曰文命敷于四海史記曰夏禹名曰文命孔安國尚書傳曰敷陳也敷績壺冀始。刊木至江汜。尚書曰禹敷土隨山刊木孔安國曰敷布也又曰冀州既載壺口治梁及岐又曰岷山導江毛詩曰江有汜列宿炳天文。負海橫地理。前漢書地理志曰吳地斗分野論衡曰天晏列宿炳奐負海已見上文宋衷易緯注曰天文者謂三光地理謂五土也連峯競千仞。背流各百里。上林賦曰蕩乎八川分流相背而異態滮池溉粳稻。輕雲曖松杞。毛詩曰滮池北流浸彼稻田毛萇曰滮流貌也王逸楚辭曰曖闇昧貌也兩京愧佳麗。三都豈能似。兩京東西二京也曹子建贈丁儀詩曰佳麗殊百城三都蜀吳魏也層臺指中天。高墉積崇雉。楚辭曰層臺累榭臨高山列子曰周穆王築臺號曰中天之臺周易曰公用射隼于高墉之上爾雅曰崇重也王肅家語注曰高一丈曰堵三堵曰雉也飛燕躍廣途。鷁首戲清沚。西京雜記曰文帝自代還有良馬九匹一名飛燕騮淮南子曰龍舟鷁首毛萇詩傳曰沚渚也肆呈窈窕容。路曜便娟子。周禮曰立市爲其肆鄭玄曰陳物處也毛詩曰窈窕淑女枚乘兔園賦曰若採桑之女連袖方路磨陁長髻便娟數顧阮籍詠懷詩曰路端便娟子常恐日月傾王

文二十八　十六　乙丑重刊　王

逸楚辭注曰便娟好貌也自來彌年代。賢達不可紀。爾雅曰彌終也句踐善廢興。越叟識行止。史記曰吳伐越越王棲於會稽後句踐平吳周元王賜句踐胙命越叟蓋越公也越絕書曰子胥戰於檇李闔閭傷馬軍敗而還欲復其讎師事越公錄其術周易曰時止則止時行則行動靜不失其時其道光明范蠡出江湖。梅福入城市。史記曰范蠡既雪會稽之恥乃喟然而歎曰計然之策七越用其五而得意既已施於國吾欲用之於家乃乘扁舟浮於江湖變名易姓適齊爲鴟夷子漢書曰梅福字子真九江人也少學長安至元始中王莽顓政福一朝棄妻子去九江至今傳以爲仙其後人見福於會稽者變姓名爲吳市門卒東方就旅逸。梁鴻去桑梓。列仙傳曰東方朔者楚人也久在吳中爲書師武帝時上書拜爲郎至宣帝初棄郎去以避亂政置冠幘官舍風飄之去後見會稽賣藥旅逸謂爲客而放逸也杜預左氏傳注曰旅客也范曄後漢書曰梁鴻字伯鸞扶風人也東出關遂至吳依大家皐伯通居廡下爲人賃舂伯通異之乃舍之家鴻著書十餘篇毛詩曰惟桑與梓必恭敬止

牽綴書土風。辭殫意未已。左氏傳。晉侯曰。鍾儀樂操土風。不忘本也。

樂府八首

東武吟 五言。左思齊都賦注曰。東武太山。皆齊之土風。絃歌謳吟之曲名也。

鮑明遠

主人且勿諠。賤子歌一言。漢書曰。王邑請召寘邑自稱賤子。僕本寒鄉士。出身蒙漢恩。始隨張校尉。占募到河源。漢書曰。張騫漢中人也。騫以校尉從大將軍擊匈奴。知水草處。軍得以不乏。占謂自隱度而應募爲占募也。吳志曰。中郎將周祗乞於鄱陽占募。班固漢書曰。自張騫使大夏之後。窮河源也。後逐李輕車。追虜窮塞垣。漢書曰。李廣從弟蔡爲郎。事武帝。元朔中爲輕車將軍。擊右賢王。有功。卒封樂安侯。范曄後漢書曰。耿夔追虜出塞而還。蔡邕上疏曰。秦築長安城。漢起塞垣。所以別內外。異殊俗。密塗亘萬里。寧歲猶七奔。孔安國尚書傳曰。密。近也。方言曰。亘。竟也。國語曰。姜氏告於公子曰。自子之行。晉無寧歲。左氏

傳曰。巫臣請使於吳。晉侯許之。乃通吳於晉。吳始伐楚。子重奔命。吳入州來。子重反。於是乎一歲七奔命。肌力盡鞍甲。心思歷涼溫。孟子曰。既竭心思。馬涼溫。已見上文。將軍既下世。部曲亦罕存。列女傳曰。柳下惠妻曰。愷悌君子。永能厲兮。吁嗟惜哉。乃下世兮。司馬彪續漢書曰。大將軍營五部。校尉一人。部有曲。曲有軍候一人。時事一朝異。孤績誰復論。荅客難曰。時異事異。少壯辭家去。窮老還入門。古長歌行曰。少壯不努力。漢書。婁護曰。呂公窮老。託身於我。腰鎌刈葵藿。倚杖牧雞㹠。說文曰。鎌。鍥也。鍥。古頡切。昔如韝上鷹。今似檻中猨。東觀漢記。桓虞謂趙勤曰。善吏如良鷹矣。下韝即中。淮南子曰。置猨檻中。則與㹠同。非不巧捷也。無所肆其能也。徒結千載恨。空負百年怨。言怨在己。若何負之。弃席思君幄。疲馬戀君軒。願垂晉主惠。不愧田子魂。言己窮老。而還同夫弃席疲馬。願垂晉主之惠而不見遺。則兼愛之道斯同。故亦無愧於田子也。晉主言惠。田子言愧。互文也。然田子久謝。故謂之魂。韓子曰。文公至河。令曰。籩豆捐之。席蓐捐之。手足胼胝。面目黧黑者後之。咎犯聞之。而夜哭。公曰。寡人出亡二十年。乃今得反國。咎犯聞之。不喜而哭。意者不欲寡人反國耶。咎犯對曰。籩豆所以食也。而君捐之。席蓐所以卧也。而君弃之。手足胼胝。面目黧黑。有勞功者也。而君後之。今臣與在後中。不勝其哀。故哭之。文公乃止。韓詩外傳曰。昔田子方出。見老馬於道。喟然有志焉。以問於御曰。此何馬也。御曰。故公家畜也。罷而不用。故出放之。田子方曰。少盡其力。而老弃其身。仁者不爲也。束帛而贖之。窮士聞之。知所歸心矣。韓詩曰。縞衣綦巾。聊樂我魂。薛君曰。魂。神也。

出自薊北門行 五言。漢書曰。薊。故燕國也。

羽檄起邊亭。烽火入咸陽。漢書。高祖曰。吾以羽檄徵天下兵。史記曰。有寇至。則舉烽火。風俗通曰。文帝時。匈奴犯塞。候騎至甘泉。烽火通長安。徵騎屯廣武。分兵救朔方。臣瓚漢書注曰。律說。勒兵而住曰屯。班固漢書贊曰。聚天下兵軍於廣武。又曰。太原郡有廣武縣。又酈食其曰。

楚人聞。則分兵救之。又有朔方郡。武帝開。嚴秋筋竿勁。虜陣精且強。漢書曰。匈奴秋馬肥。大會蹛林。周禮曰。弓人爲弓。筋也者。所以爲深也。竿。箭幹也。並公旱切。天子按劒怒。使者遙相望。說苑曰。秦帝按劒而坐。漢書曰。遣使冠蓋相望於道。鴈行緣石逕。魚貫度飛梁。漢書曰。公孫戎奴以校尉擊匈奴。至右賢王庭。爲鴈行。上石山先登。周易曰。貫魚以宮人寵。無不利。王弼曰。駢頭相次。似貫魚也。甘泉賦曰。貫倒景而歷飛梁。簫鼓流漢思。旌甲被胡霜。疾風衝塞起。沙礫自飄揚。易通卦驗曰。大風揚沙。春秋命厤序曰。大風飄石。馬毛縮如蝟。角弓不可張。西京雜記曰。元封二年。大雪深五尺。野鳥獸皆死。牛馬蜷縮如蝟。韋曜集曰。秋風揚沙塵。寒露霑衣裳。角弓持急絃。鳩鳥化爲鷹。時危見臣節。世亂識忠良。老子曰。國家昏亂。有忠臣焉。投軀報明主。身死爲國殤。國殤爲國戰亡也。楚辭祠國殤曰。身既死兮神以靈。魂魄毅兮爲鬼雄。

結客少年場行曹植結客篇曰結客少年場報怨洛北芒范曄後漢書曰祭遵
嘗爲部吏所侵結客報之也
驄馬金絡頭錦帶佩吳鉤古日出東南行曰黃金絡馬頭觀者滿道傍禮記曰居士
錦帶吳都賦曰吳鉤越棘也失意杯酒間白刃起相讎桓範世要論曰觴酌遲速
使用失意淮南子曰今有美酒嘉肴以相賓饗爭盈爵之間乃反爲鬬而相傷三族結怨追兵一旦
至負劒遠行遊追兵謂捕己也遠行以避之也范曄後漢書曰世祖會追兵至燕丹太子聽秦
王姬人鼓琴琴聲曰鹿盧之劒可負而拔去鄉三十載復得還舊丘廣雅曰丘居也
升高臨四關表裏望皇州陸機洛陽記曰洛陽有四關東爲城皐南伊闕北孟津西
函谷表裏猶內外也左氏傳子犯曰表裏山河九塗平若水雙闕似雲浮周禮曰匠
人營國傍三門國中九經九緯鄭玄曰經緯塗也莊子曰平者水停之盛也其可以爲法也古詩曰雙闕百餘

尺史記曰三神山黃金白銀爲宮闕望之如雲崔駰達旨曰冠蓋雲浮扶宮羅將相夾道
列王侯漢書曰宣帝登長平坂王侯迎者夾道陳也日中市朝滿車馬若川
流周易曰日中爲市致天下之人聚天下之貨張協禊飲賦曰車馬膠葛川流波亂擊鍾陳鼎
食方駕自相求左氏傳曰宋左師每食擊鍾聞鍾聲公曰夫子將食家語曰子路南遊於楚積粟
萬鍾列鼎而食方駕已見上文古詩曰冠帶自相索今我獨何爲埳壈懷百憂嵇康
幽憤詩曰予獨何爲楚辭曰貧士失職而志不平又曰惟鬱鬱之憂獨兮志坎壈而不違王逸曰坎壈不遇貌
也毛詩曰我生之後逢此百憂

東門行歌錄曰日出東門行古辭也
傷禽惡弦驚倦客惡離聲戰國策魏加對春申君曰臣少之時好射願以射譬
可乎春申君曰可異日更嬴與魏王處京臺之下更嬴謂魏王曰臣能虛發而下鳥魏王曰然則射可至此乎
更嬴曰可有鴻鴈從東方來更嬴以虛弓發而下之王曰射之精可至此乎更嬴曰此孽也王曰先生何以知
之對曰其飛徐者其創痛也悲鳴者久失羣也故創未息而驚心未志聞弦音引而高飛故創怯今臨武君常
爲秦孽不可爲拒秦之將也離聲斷客情賓御皆涕零涕零心斷絕
將去復還訣訣與決同一息不相知何況異鄉別說文曰息喘也遥
遥征駕遠杳杳落日晚左氏傳童謠曰鸜鵒之巢遠哉遥遥楚辭曰日杳杳以西頹
居人掩閨卧行子夜中飯野風吹秋木行子心腸斷食
梅常苦酸衣葛常苦寒淮南子曰百梅足以爲百人酸毛詩曰絺兮綌兮淒其以風毛
萇曰淒寒風也絲竹徒滿坐憂人不解顏禮記曰絲竹樂之器也列子曰列子師老
商氏五年之後夫子始一解顏而笑也長歌欲自慰彌起長恨端鄭玄禮記注曰
彌益也

苦熱行曹植苦熱行曰行遊到日南經歷交阯鄉苦熱但曝霜越夷水中藏
赤阪橫西阻火山赫南威漢書西域傳杜欽曰又歷大頭痛小頭痛山赤土身熱之
阪令人身熱無色頭痛嘔吐東方朔神異經曰南荒外有火山焉長四十里廣四五里其中皆生木晝夜火燃
雖暴風雨火不滅身熱頭且痛鳥墮魂來歸東觀漢記馬援謂官屬曰吾在浪泊
仰視烏鳶跕跕墮水中楚辭曰魂兮來歸南方不可以止雕題黑齒得人以祀其骨爲醢湯泉發雲
潭焦煙起石圻王歆之始興記曰雲水源泉涌溜如沸湯有細赤魚出遊莫有獲之者焦烟蓋
熱氣也南越志曰與寧縣有熱水山焉其下有焦石歊蒸之熱恒數四丈楚辭曰觸石碕而衡遊埤蒼曰碕曲
岸碕與圻同日月有恒昏雨露未嘗晞魏都賦曰窮岫泄雲日月恒翳曹植
感時賦曰惟淫雨之永降曠三旬而未晞毛詩曰白露未晞毛萇曰晞乾也東觀漢記馬援曰吾在浪泊之時
下潦上霧丹蛇踰百尺玄蜂盈十圍外國圖曰楊山丹蛇居之去九疑五萬里楚辭

曰赤蟻若象玄蜂若壺百尺十圍言其長大也**含沙射流影吹蠱痛行暉**干寶搜神記曰有物處于江水其名曰蜮一曰短狐能含沙射人所中者頭痛發熱劇者至死毛詩義疏曰蜮短狐一名射影吹蠱即飛蠱也顧野王輿地志曰江南數郡有畜蠱者主人行之以殺人行食飲中人不覺也其家絕滅者則飛遊妄走中之則斃行暉行旅之光暉也**鄣氣晝熏體菌露夜霑衣**吴志華覈表曰蒼梧南海歲有癘風鄣氣宋永初山川記曰寧州鄣氣菌露四時不絕菌草名有毒其上露觸之肉即潰爛菌音罔**飢猨莫下食晨禽不敢飛**南越志曰甞石縣有銅淵泉源沸涌謂之毒水飛禽走獸經之者殞甞音勞列女傳陶荅子妻曰玄豹霧雨七日不下食曹植七哀詩曰南方有鄣氣晨鳥不得飛**毒涇尚多死渡瀘寧具腓**言秦人毒涇尚或多死況今毒癘乎諸葛渡瀘寧有俱病也左氏傳曰諸侯之大夫從晉侯伐秦濟涇而次秦人毒涇上流師人多死諸葛亮表曰五月渡瀘深入不毛毛詩曰秋日凄凄百卉具腓毛萇曰腓病也瀘音盧腓音肥**生軀蹈死地昌志**

七百二十五　文二十八　二十一

登禍機列女傳曰楚子發之母謂子發曰使人入於死地而康樂於上雖有以得勝非其術也曹大家曰軍事險危故爲死地也莊子曰其發若機括其司是非之謂也司馬彪曰言生以是非臧否交接則禍敗之來若機括之發班固漢書述曰禍如發機**戈船榮既薄伏波賞亦微**漢書曰歸義侯嚴爲戈船將軍出零陵下離水范曄後漢書曰交阯女子徵側反拜馬援爲伏波將軍擊交阯斬徵側振軍旅還京師朝見位次九卿**財輕君尚惜士重安可希**韓詩外傳曰宋燕相齊還遂罷歸舍召門尉田饒等問曰大夫誰與我赴諸侯乎皆伏不對宋燕曰何士易得而難用也田饒對曰君紈素錦繡從風而弊士曾不得緣衣夫財者君所輕死者士所重君不能用所輕欲使士致重乎

白頭吟西京雜記曰司馬相如將娉茂陵一女爲妾文君作白頭吟以自絕相如乃止沈約宋書古辭白頭吟曰凄凄重凄凄嫁娶不須啼願得一心人白頭不相離

直如朱絲繩清如玉壺冰朱絲朱絃也禮記清廟之瑟朱絃而疏越桓子新論曰神農始削桐爲琴繩絲爲絃秦子曰玉壺必求其以盛干將必求其以斷**何慙宿昔意猜恨坐相仍**漢馮衍荅任武達書曰敢不露陳宿昔之意東觀記段熲曰張奐事勢相反遂懷猜恨方言曰猜疑也爾雅曰仍因也猜千才切**人情賤恩舊世議逐衰興**毛詩序曰朋友道絕鄭玄曰道絕者弃恩舊也**毫髮一爲瑕丘山不可勝**李尤戟銘曰山陵之禍越于毫芒仲長子昌言曰事求絲髮之豊孫盛曰劉琨王浚睚眦起於絲髮豊敗成於丘海文子曰禍福之至雖丘山無由識之矣**食苗實碩鼠玷白信蒼蠅**毛詩曰碩鼠碩鼠無食我苗蒼蠅之爲蟲汙白使黑已見上文**鳧鵠遠成美薪芻前見陵**韓詩外傳曰田饒事魯哀公而不見察謂哀公曰夫雞頭戴冠文也足有距武也見敵敢鬬勇也有食相呼仁也夜不失時信也雞有五德君猶日瀹而食之者以其所從來近也夫黃鵠一舉千里出君園池食君魚鼈啄君稻粱無此五者而貴之以其所從來遠也故臣將去君黃鵠舉矣公曰吾書子之言文子曰虛無因循常後而不先譬若積薪燎後者處上也蒼頡

七百五十六　文二十八　二十二　王明

篇曰陵侵也史記曰汲黯謂武帝曰陛下用羣臣如積薪後來者居上**申黜褒女進班去趙姬昇**毛詩序曰幽王取申女以爲后又得褒姒而黜申后孔安國尚書傳曰淪沒也班婕妤失寵已見班婕妤怨詩**周王日淪惑漢帝益嗟稱**

心賞猶難恃貌恭豈易憑呂氏春秋曰所恃者心也而心猶不足恃尚書曰貌曰恭**古來共如此非君獨撫膺**列子曰昔人有知不死之道者齊子欲學其道聞言者已死乃撫膺而歎

放歌行歌錄曰孤子生行古辭曰放歌行

蓼蟲避葵堇習苦不言非楚辭曰蓼蟲不徙乎葵藿王逸曰言蓼蟲處辛辣食苦惡不徙葵藿食甘美者也**小人自齷齪安知曠士懷**漢書酈食其曰其將齷齪好苛禮也**雞鳴洛城裏禁門平旦開**史記曰雞三號平明東觀漢記杜詩曰伏湛出入禁門補拾遺闕**冠蓋縱橫至車騎四方來素帶曳長飆華纓結**

遠埃禮記曰大夫帶素爾雅或爲此猋飇與猋同古字通也七啓曰華組之纓日中安能止
鍾鳴猶未歸日中爲市已見上文崔元始正論永寧詔曰鍾鳴漏盡洛陽城中不得有行者夷
世不可逢賢君信愛才郭象注曰世有夷險左氏傳曰魏犨傷於胸公欲殺之而愛其
才明慮自天斷不受外嫌猜李尤上林苑銘曰顯宗備禮明慮引深左氏傳箴尹
克黃曰君天也杜預左氏傳注曰猜疑也一言分珪爵片善辭草萊漢書張竦
奏曰一言之勞皆蒙丘山之賞解嘲曰析人之珪擔人之爵莊子曰農夫無草萊之事則不比豈伊白
璧賜將起黃金臺史記曰虞卿說趙孝成王一見賜黃金百鎰白璧一雙王隱晉書曰段匹
磾討石勒進屯故安縣故燕太子丹金臺上谷郡圖經曰黃金臺易水東南十八里燕昭王置千金於臺上以
延天下之士二說既異故具引之今君有何疾臨路獨遲迴

升天行

六〇四七 文二十八 二三三 乙丑董刊 曹俏

家世宅關輔勝帶宦王城關關中也漢書曰右扶風左馮翊京兆尹是爲三輔東京
賦曰然後以建王城備聞十帝事委曲兩都情十帝兩都俱謂漢也論衡曰漢家三
百歲十帝燿德倦見物興衰驟覩俗屯平周易曰屯難也翩翻類迴掌
恍惚似朝榮迴掌言疾也孟子曰武丁朝諸侯有天下猶運掌也潘岳朝菌賦曰柰何兮繁華朝
榮兮夕斃窮塗悔短計晚志重長生春秋合誠圖曰黃帝請問太一長生之道太一
曰齋戒六丁道乃可成從師入遠岳結友事仙靈莊子曰從師不圖郭象曰任其
自聚非圖之也楚辭曰與赤松結友兮此王喬而爲偶五圖發金記九籥隱丹經
抱朴子曰余聞鄭君言道書之重莫尚於三皇文五岳真形圖也又曰鄭君唯見授金丹之經又曰仙經九轉
丹金液經皆在崑崙五城之內藏以玉函尚書曰啓籥見書鄭玄易緯注曰齊魯之間名門戶及藏器之管曰
籥以藏經而丹有九轉故曰九籥也風餐委松宿雲臥恣天行莊子曰藐姑射之山

有神人居焉不食五穀吸風飲露乘雲氣御飛龍冠霞登綵閣解玉飲椒庭郭璞
遊仙詩曰振髮戴翠霞解褐禮絳霄陸機雲賦曰似長城曲蜿綵閣相扶椒庭取其芬香也洛神賦曰踐椒塗
之郁烈暫遊越萬里近別數千齡神仙傳若士謂盧敖曰吾一舉千萬里吾猶未
之能馬明先生別傳曰先生隨神士還代見安期先生語神女曰昔與女郎遊于安息憶此未久已二千年矣
鳳臺無還駕簫管有遺聲列仙傳曰簫史者秦繆公時人也善吹簫繆公
有女號弄玉好之公遂以妻之遂教弄玉作鳳鳴居數十年吹似鳳聲鳳皇來止其屋爲作鳳臺夫婦止其上
不下數年一旦皆隨鳳皇飛去故秦氏作鳳女詞有簫聲阮籍詠懷詩曰簫管有遺音梁王安在哉何時
與爾曹啄腐共吞腥如淳漢書注曰曹輩也孔安國尚書傳曰腥臭也

鼓吹曲一首

五言集云奉隋王教作古入朝曲蔡邕曰鼓吹歌軍樂也謂之短簫鐃歌黃帝岐伯所作也

謝玄暉

六〇七四 文二十八 二二四 壬子董刊 刘用

江南佳麗地金陵帝王州爾雅曰江南曰揚州佳麗巳見上文吳錄曰張紘言於孫
權曰秣陵楚武王所置名爲金陵秦始皇時望氣者云金陵有王者氣故斷連崗改名秣陵也曹植贈王粲詩
曰壯哉帝王居佳麗殊百城逶迤帶淥水迢遞起朱樓王逸楚辭注曰逶迤長貌
也吳都賦曰亘以淥水劉逵注曰迢遞遠望懸絕也馮衍顯志賦曰伏朱樓而四望採三秀之華英飛甍
夾馳道垂楊蔭御溝吳都賦曰飛甍舛互漢書曰太子不敢絕馳道應劭曰天子道也洛
陽記曰天淵南有石溝御溝水也崔豹古今注曰長安御溝謂之楊溝植楊於其上凝笳翼高蓋
疊鼓送華輈徐引聲謂之凝小雅曰翼送也老子曰駟馬高蓋小擊鼓謂之疊西京賦曰龍輈華
轙獻納雲臺表功名良可收兩京賦序曰朝夕論思日月獻納范曄後漢書曰肅
宗詔賈逵入講尚書南宮雲臺解嘲曰藺先生收功於章臺
挽歌譙周法訓曰挽歌者高帝召田橫至尸鄉自殺從者不敢哭而不勝哀故爲此歌以寄哀音焉

挽歌詩一首 五言 繆熙伯

文章志曰：繆襲字熙伯。魏志曰：襲，東海人，有才學，多所敍述，官至尚書光祿勳。

生時遊國都，死沒弃中野。歸田賦曰：遊都邑以永久。周易曰：古之葬者，厚衣之以薪，葬之中野。朝發高堂上，暮宿黃泉下。論衡曰：親之生也，生之高堂之上；其死也，葬之黃泉之下。服虔左氏傳注曰：天玄地黃，泉在地中，故言黃泉也。白日入虞淵，懸車息駟馬。淮南子曰：日出湯谷，至于悲泉，爰息其馬，是爲懸車。至于虞淵，是謂黃昏。造化雖神明，安能復存我。淮南子曰：丈夫恬然無爲，與造化逍遥。高誘曰：造化，天地生也。存，已見上文。形容稍歇滅，齒髮行當墮。自古皆有然，誰能離此者。穆天子傳：七萃之士曰：自古有死生。

挽歌詩三首 五言 陸士衡

六又十五　文二十八　二十五　壬子重刊　唐彬

卜擇考休貞，嘉命咸在茲。儀禮曰：筮若不從，筮擇如初儀。又曰：卜若不從，卜擇如初儀。鄭玄曰：擇地而筮之也。鄭衆周禮注曰：大貞，大卦也。鄭玄毛詩箋云：考，稽也。廣雅曰：命，名也。夙駕驚徒御，結轡頓重基。毛詩曰：星言夙駕。又曰：徒御不驚。春秋運斗樞曰：山者，地基也。龍幰被廣柳，前驅矯輕旗。禮記曰：飾棺，君龍帷三池，振容黼荒。鄭玄曰：荒，蒙也。在傍曰帷，在上曰荒，皆所以衣柳。然龍荒，畫龍於荒也。被猶衣也。史記曰：周氏置季布於廣柳車中。劉熙釋名曰：輿棺之車，其蓋曰柳。晉灼漢書曰：柳，聚也，衆飾之所聚也。禮記曰：以死者爲不可別也，故以其旗識之。賀循葬禮曰：杠，今之旐也。古以緇布爲之，絳縿題姓名而已，不爲畫飾。幰與荒同，古字通。殯宮何嘈嘈，哀響沸中闈。釋名曰：於西壁下塗之曰殯。儀禮曰：遂適殯宮。中闈且勿讙，聽我薤露詩。崔豹古今注曰：薤露、蒿里，並喪歌，出田橫門人。橫自殺，門人傷之，爲之悲歌，言人命如薤上之露，易晞滅，亦謂人死魂精歸乎蒿里，故有二章。其一曰：薤上朝露何易晞，露晞明朝更復落，人死一去何時歸。其二章曰：蒿里誰家地，聚斂魂魄無賢愚，鬼伯一何相催促，人命不得少踟躕。至李延年乃分二章爲二曲，薤露送王公貴人，蒿里送士大夫庶人，使挽柩者歌之，世亦呼爲挽歌也。死生各異倫，祖載當有時。范曄後漢書曰：唐姬詩曰：死生各異兮從此乖。周禮曰：喪祝掌大喪，祖飾棺，乃載。鄭玄曰：祖爲行始也。其序，載而後飾。白虎通曰：祖者，始也，始載於庭，輴車辭祖禰，故名曰祖載也。白虎通與鄭說不同，故俱引之。舍爵兩楹位，啓殯進靈輴。儀禮曰：遷于祖，用輴，正柩於兩楹間，奠設如初。又曰：請啓期。鄭玄曰：請啓殯之期也。說文曰：輴，喪車也。禮記：孔子曰：予疇昔之夜，夢坐奠於兩楹之間。鄭玄曰：是夢坐奠於兩楹之間而見饋食，言奠者以爲凶也。飲餞觴莫舉，出宿歸無期。毛詩曰：出宿于泲，飲餞于禰。帷袵曠遺影，棟宇與子辭。鄭玄禮記注曰：袵，卧席也。孔安國尚書傳曰：曠，空也。周親咸奔湊，友朋自遠來。尚書曰：雖有周親，不如仁人。孔安國曰：周，至也。王逸楚辭注曰：湊，衆也。論語：子曰：友朋自遠方來。翼翼飛輕軒，駸駸策素騏。毛詩曰：乘其四駱，載驟駸駸。又曰：有騂有騏。毛萇曰：蒼白曰騏也。

六又三十六　文二十八　二十六　乙丑重刊　丘全

按轡遵長薄，送子長夜臺。漢書曰：天子按轡徐行。阮瑀七哀詩曰：冥冥九泉室，漫漫長夜臺。呼子子不聞，泣子子不知。歎息重櫬側，念我疇昔時。杜預左氏傳曰：櫬，棺也。楚鎮切。左氏傳：羊斟曰：疇昔之羊，子爲政。三秋猶足收，萬世安可思。毛詩曰：一日不見，如三秋兮。殉沒身易亡，救子非所能。臣瓚漢書注曰：亡身從物曰殉。殉或爲殉。含言言哽咽，揮涕涕流離。劉表與袁譚書曰：聞之哽咽，若存若亡。長門賦曰：涕流離而從橫。重阜何崔嵬，玄廬竄其間。曹植曹喈誄曰：痛玄盧之虛廓。旁薄立四極，穹隆放蒼天。爾雅曰：東至於泰遠，西至於邠國，南至於濮鉛，北至於祝栗，謂之四極。太玄經曰：天穹隆而周乎下，地旁薄而向乎上，故天裹地。側聽陰溝涌，卧觀天井懸。古之葬者於壙中爲天象及江河陰溝江河也天井天象也魯靈光殿賦曰玄醴騰涌於陰溝史記曰始皇治酈山以水銀爲江河上具天文天官星占曰東井一名天井廣霄何寥廓大暮安可晨張奐遺令曰地底冥冥長無曉期人往有反歲我行無歸年呂氏春秋曰管仲有病桓公往問之對曰今臣將有遠行胡可以問之高誘曰行謂即世也昔居四民宅今託萬鬼鄰管子曰士農工商四民者國之正民也海水經曰東海中有山焉名度索上有大桃樹東北瘣枝名曰鬼門萬鬼所聚昔爲七尺軀今成灰與塵淮南子曰吾生也有七尺之形吾死也有一棺之土韓子曰死者始而灰已而土李尤九曲歌曰肥骨消滅隨塵去金玉素所佩鴻毛今不振漢書郊祀歌曰蚩玕錫佩珠玉鄭玄喪服注曰素故也鴻毛喻輕也燕丹子曰死有輕於鴻毛豐肌饗螻蟻妍姿永夷泯司馬相如美人賦曰弱骨豐肌莊子曰莊子將死弟子欲厚葬之莊子曰吾以天地爲棺弟子曰恐烏鳶之食夫子也莊子曰在上爲烏鳶食在下爲螻蟻食

奪彼與此何其偏也廣雅曰夷滅也爾雅曰泯盡也壽堂延螭魅虛無自相賓楚辭曰蹇將澹兮壽宮與日月兮齊光王逸曰壽宮供神之處也左氏傳曰王孫滿對楚子曰螭魅魍魎莫能逢之杜預曰魑山神獸形魅怪物也周禮曰五州爲鄉使之相賓鄭玄曰賓賓客其賢者也螻蟻爾何怨螭魅我何親拊心痛荼毒永歎莫爲陳拊心已見上文毛詩曰民之貪亂寧爲荼毒又曰假寐永歎流離親友思惆悵神不泰流離已見上文楚辭曰惆悵兮而私自憐素驂佇轜軒玄駟騖飛蓋哀鳴興殯宮迴遲悲野外殯宮已見上文魂輿寂無響但見冠與帶周遷輿服志曰禮葬有魂車儀禮曰薦車直東榮鄭玄曰進車者象生時將行陳駕今時謂之魂車也備物象平生長旌誰爲旆禮記曰孔子爲明器者備物而不可用周禮曰大喪供銘旌悲風徽行軌傾雲結流藹爾雅曰徽止也或作鼓軌車也結猶積也文字集略曰靄雲雨狀也藹與靄古字同振策指靈丘駕言從此逝秦嘉詩曰振策陟長衢曹植感節賦曰豈吾鄉之足顧戀祖宗之靈丘毛詩曰駕言出遊

挽歌詩一首 五言　陶淵明

荒草何茫茫白楊亦蕭蕭古詩曰四顧何茫茫東風搖百草又曰白楊何蕭蕭松柏夾廣路楚辭曰風颯颯兮木蕭蕭嚴霜九月中送我出遠郊楚辭曰冬又申之以嚴霜爾雅曰邑外曰郊四面無人居高墳正嶕嶢字林曰嶕嶢高貌也馬爲仰天鳴風爲自蕭條蔡琰詩曰馬爲立踟躕漢書息夫躬絕命辭曰秋風爲我吟幽室一已閉千年不復朝千年不復朝賢達無奈何向來相送人各已歸其家親戚或餘悲他人亦已歌死去何所道託體同山阿

雜歌

歌首 并序 七言　荊軻

史記曰荊軻衛人其先齊人徙於衛衛人謂之慶卿之燕燕人謂之荊卿荊卿好讀書擊劍燕太子丹使荊軻刺秦王丹祖送於易水上崔寔四民月令曰祖道神祀以求道路之福高漸離擊筑鄧展漢書注曰筑音竹應劭曰狀似琴而大頭安絃以竹擊之故名曰筑也荊軻歌宋如意和之曰風蕭蕭兮易水寒壯士一去兮不復還

歌一首 并序 七言　漢高祖

高祖還過沛留置酒沛宮悉召故人父老子弟佐酒應劭漢書注曰助行酒也發沛中兒得百二十人教之歌酒酣應劭漢書注曰酣洽也上擊筑自歌曰大風起兮雲飛揚威加海

内兮歸故鄉安得猛士兮守四方風起雲飛以喻羣兇競逐而天下亂也威加四海言已静也夫安不忘危故思猛士以鎮之

扶風歌一首　五言　劉越石

集云扶風歌九首然以兩韻爲一首今此合之蓋誤

朝發廣莫門莫宿丹水山晉宮閣名曰洛陽城廣莫門北向漢書曰高都縣莞谷丹水所出也左手彎繁弱右手揮龍淵左氏傳衛子魚曰分魯公以封父之繁弱杜預曰封父古諸侯也繁弱大弓名也戰國策蘇秦説韓曰韓之劒戟龍淵太阿皆陸斷馬牛水擊鴻鴈顧瞻望宮闕俯仰御飛軒鄭玄毛詩箋曰迴首曰顧據鞍長歎息淚下如流泉繫馬長松下發鞍高岳頭烈烈悲風起泠泠澗水流揮手長相謝哽咽不能言晉灼漢書注曰以辭相告

曰謝哽咽已見上文浮雲爲我結歸鳥爲我旋漢書息夫躬絶命辭曰秋風爲我吟浮雲爲我陰去家日已遠安知存與亡古詩曰相去日已遠韋弘嗣秋風篇曰辭親向長路安知存與亡慷慨窮林中抱膝獨摧藏琴操王昭君歌曰離宮絶曠身摧藏麋鹿遊我前猨猴戲我側資糧既乏盡薇蕨安可食史記曰伯夷叔齊隱於首陽山采薇而食之攬轡命徒侶吟嘯絶巖中楚辭曰攬騑轡而下節李陵書曰吟嘯成羣君子道微矣夫子故有窮周易曰君子道消穀梁傳曰叔姬歸于紀其不言逆何也逆之道微矣論語曰夫子在陳絶糧子路愠見曰君子亦有窮乎子曰君子固窮小人窮斯濫矣惟昔李騫期寄在匈奴庭忠信反獲罪漢武不見明李陵降匈奴已見恨賦周易曰歸妹愆期遲歸有時王肅曰愆過也騫與愆通也我欲競此曲此曲悲且長宋子侯歌曰吾欲競此曲此曲愁人腸弃置勿重陳重陳令心傷魏文帝雜詩曰弃置勿復陳

中山王孺子妾歌一首　五言　陸韓卿

漢書曰詔賜中山靖王噲及孺子妾并未央才人歌詩四篇如淳曰孺子幼少稱也孺子宮人也

如姬寢臥内班婕坐同車史記侯嬴謂魏公子毋忌曰嬴聞晉鄙之兵符常在魏王卧内而如姬出入王卧内力能竊之漢書曰成帝遊於後庭常欲與班婕妤同輦載洪波陪飲帳林光宴秦餘韓詩外傳曰趙簡子與諸大夫飲於洪波之臺西都賓曰視往昔之遺館獲林光於秦餘然秦餘漢帝所幸洪波非魏王所遊疑陸誤也歲暮寒飇及秋水落芙蕖爾雅曰荷芙蕖也郭璞曰別名芙蓉也子瑕矯後駕安陵泣前魚韓子曰昔者彌子瑕有寵於衛君衛國之法竊駕君車者罪刖彌子母病人聞夜告彌子彌子矯駕君車以出於門君聞賢之曰孝

哉爲母之故犯刖罪刖古刖字也説文曰矯擅也戰國策曰魏王與龍陽君共船而釣龍陽君釣得十餘魚而弃之泣下王曰有所不安乎對曰無王曰然則何爲涕出對曰臣始得魚甚喜後得益多而大欲弃前之所得也今以臣凶惡而得拂枕席今爵至人君走人於庭辟人於塗四海之内其美人甚多矣聞臣之得幸於王畢褰裳而趍王臣亦同曩者所得魚也亦將弃矣得無涕出乎王乃布令曰敢言美人者族然泣魚是龍陽非安陵疑陸誤也賤妾終已矣君子定焉如楚辭曰已矣哉王逸曰已矣絶望之辭也思玄賦曰摎天道其焉如

文選卷第二十八

賜進士出身通奉大夫江南蘇松常鎮太等處承宣布政使司布政使胡克家重校刊

文選卷第二十九

梁昭明太子撰

文林郎守太子右內率府録事參軍事崇賢館直學士臣李善注上

雜詩上

古詩一十九首　五言。並云古詩，蓋不知作者。或云枚乘，疑不能明也。詩云：驅馬上東門。又云：遊戲宛與洛。此則辭兼東都，非盡是乘，明矣。昭明以失其姓氏，故編在李陵之上。

行行重行行，與君生別離。楚辭曰：悲莫悲兮生別離。相去萬餘里，各在天一涯。廣雅曰：涯，方也。道路阻且長，會面安可知。毛詩曰：遡洄從之，道阻且長。薛綜西京賦注曰：安，焉也。胡馬依北風，越鳥巢南枝。韓詩外傳曰：詩曰：代馬依北風，飛鳥棲故巢。皆不忘本之謂也。相去日已遠，衣帶日已緩。古樂府歌曰：離家日趨遠，衣帶日趨緩。浮雲蔽白日，遊子不顧反。浮雲之蔽白日，以喻邪佞之毀忠良，故遊子之行，不顧反也。文子曰：日月欲明，浮雲蓋之。陸賈新語曰：邪臣之蔽賢，猶浮雲之鄣日月。古楊柳行曰：讒邪害公正，浮雲蔽白日。義與此同也。鄭玄毛詩箋曰：顧，念也。思君令人老，歲月忽已晚。棄捐勿復道，努力加餐飯。

青青河畔草，鬱鬱園中柳。鬱鬱，茂盛也。盈盈樓上女，皎皎當牕牖。草生河畔，柳茂園中，以喻美人當牕牖也。廣雅曰：嬴，容也。盈與嬴同，古字通。娥娥紅粉粧，纖纖出素手。方言曰：秦晉之間，美貌謂之娥。韓詩曰：纖纖女手，可以縫裳。薛君曰：纖纖，女手之貌。毛萇曰：摻摻，猶纖纖也。昔爲倡家女，今爲蕩子婦。史記曰：趙王遷，母倡也。說文曰：倡，樂也。謂作妓者。蕩子行不歸，空牀難獨守。列子曰：有人去鄉土，遊於四方而不歸者，世謂之爲狂蕩之人也。

青青陵上柏，磊磊磵中石。言長存也。莊子，仲尼曰：受命於地，唯松柏獨也，在冬夏常青青。楚詞曰：石磊磊兮葛蔓蔓。字林曰：磊磊，衆石也。人生天地間，忽如遠行客。言異松石也。尸子，老萊子曰：人生於天地之間，寄也。寄者固歸。列子曰：死人爲歸人，則生人爲行人矣。韓詩外傳曰：枯魚銜索，幾何不蠹。二親之壽，忽如過客。斗酒相娛樂，聊厚不爲薄。鄭玄毛詩箋曰：聊，粗略之辭也。驅車策駑馬，遊戲宛與洛。廣雅曰：駑，駘也。謂馬遲鈍者也。漢書，南陽郡有宛縣。洛，東都也。洛中何鬱鬱，冠帶自相索。春秋說題辭曰：齊俗冠帶，以禮相提。賈逵國語注曰：索，求也。長衢羅夾巷，王侯多第宅。魏王奏事曰：出不由里，門面大道者名曰第。兩宮遙相望，雙闕百餘尺。蔡質漢官典職曰：南宮北宮相去七里。極宴娛心意，戚戚何所迫。楚辭曰：居戚戚而不可解。

今日良宴會，歡樂難具陳。毛萇詩傳曰：良，善也。陳，猶說也。彈箏奮逸響，新聲妙入神。劉向雅琴賦曰：窮音之至入於神。令德唱高言，識曲聽其真。左氏傳，宋昭公曰：光昭先君之令德。莊子曰：是以高言不止於衆人之口。廣雅曰：高，上也。謂辭之美者。真，猶正也。齊心同所願，含意俱未申。所願，謂富貴也。人生寄一世，奄忽若飆塵。人生若寄，已見上注。方言曰：奄，遽也。爾雅曰：飄颻謂之猋。爾雅或爲此飆。何不策高足，先據要路津。高，上也。亦謂逸足也。無爲守窮賤，轗軻長苦辛。楚辭曰：年既過太半，然輡軻不遇也。轗與輡同，苦闇切。軻，苦賀切。

西北有高樓，上與浮雲齊。此篇明高才之人，仕宦未達，知人者稀也。西北，乾位，君之

居也。交疏結綺窗，阿閣三重階。薛綜西京賦注曰：疏，刻穿之也。說文曰：綺，文繒也。此刻鏤以象之。尚書中候曰：昔黃帝軒轅，鳳皇巢阿閣。周書曰：明堂咸有四阿，然則閣有四阿，謂之阿閣。鄭玄周禮注曰：四阿，若今四注者也。薛綜西京賦注曰：殿前三階也。上有絃歌聲，音響一何悲。論語曰：子游爲武城宰，聞絃歌之聲。說苑，應侯曰：今日之琴，一何悲也。誰能爲此曲，無乃杞梁妻。琴操曰：杞梁妻歎者，齊邑杞梁殖之妻所作也。殖死，妻歎曰：上則無父，中則無夫，下則無子，將何以立吾節，亦死而已。援琴而鼓之，曲終，遂自投淄水而死。清商隨風發，中曲正徘徊。宋玉長笛賦曰：吟清商，追流徵。一彈再三歎，慷慨有餘哀。說文曰：歎，太息也。又曰：慷慨，壯士不得志於心也。不惜歌者苦，但傷知音稀。賈逵國語注曰：惜，痛也。孔安國論語注曰：稀，少也。願爲雙鳴鶴，奮翅起高飛。楚辭曰：將奮翼兮高飛。廣雅曰：高，遠也。

涉江采芙蓉，蘭澤多芳草。采之欲遺誰，所思在遠道。楚辭曰：折芳馨兮遺所思。還顧望舊鄉，長路漫浩浩。鄭玄毛詩箋曰：回首曰顧。同心而離居，憂傷以終老。周易曰：二人同心。楚辭曰：將以遺兮離居。毛詩曰：假寐永歎，維憂用老。

明月皎夜光，促織鳴東壁。春秋考異郵曰：立秋趣織鳴。宋均曰：趣織，蟋蟀也。立秋女功急，故趣之。禮記曰：季夏蟋蟀在壁。玉衡指孟冬，衆星何歷歷。春秋運斗樞曰：北斗七星，第五曰玉衡。淮南子曰：孟秋之月，招搖指申。然上云促織，下云秋蟬，明是漢之孟冬，非夏之孟冬矣。漢書曰：高祖十月至霸上，故以十月爲歲首。漢之孟冬，今之七月矣。白露沾野草，時節忽復易。禮記曰：孟秋之月，白露降。列子曰：寒暑易節。秋蟬鳴樹間，玄鳥逝安適。禮記曰：孟秋寒蟬鳴。又曰：仲秋之月，玄鳥歸。鄭玄曰：玄鳥，鷰也。謂去蟄也。呂氏春秋曰：國危甚矣，若將安適。高誘曰：適，之也。復云秋蟬玄鳥者，此明實候，故以夏正言之。昔我同門友，高舉振六翮。論語曰：有朋自遠方來，不亦樂乎。鄭玄曰：同門曰朋。韓詩外傳，蓋桑曰：夫鴻鵠一舉千里，所恃者六翮耳。不念攜手好，棄我如遺跡。毛詩曰：惠而好我，攜手同車。國語，楚闘且語其弟曰：靈王不顧於民，一國棄之，如遺跡焉。南箕北有斗，牽牛不負軛。毛詩曰：維南有箕，不可以簸揚。維北有斗，不可以挹酒漿。睆彼牽牛，不以服箱。良無盤石固，虛名復何益。良，信也。聲類曰：盤，大石也。

冉冉孤生竹，結根泰山阿。竹結根於山阿，喻婦人託身於君子也。風賦曰：緣太山之阿。與君爲新婚，兔絲附女蘿。毛萇詩傳曰：女蘿，松蘿也。毛詩草木疏曰：今松蘿蔓松而生，而枝正青。兔絲草蔓聯草上，黃赤如金。與松蘿殊異。此古今方俗名草不同，然是異草，故曰附也。兔絲生有時，夫婦會有宜。蒼頡篇曰：宜，得其所也。千里遠結婚，悠悠隔山陂。說文曰：陂，阪也。思君令人老，軒車來何遲。傷彼蕙蘭花，

含英揚光輝 過時而不采 將隨秋草萎 楚辭曰秋草榮其將實微霜下而夜殞 君亮執高節 賤妾亦何爲 爾雅曰亮信也

庭中有奇樹 綠葉發華滋 蔡質漢官典職曰宮中種嘉木奇樹 攀條折其榮 將以遺所思 遺所思已見上文 馨香盈懷袖 路遠莫致之 王逸楚辭注曰在衣曰懷毛詩曰豈不爾思遠莫致之說文曰致送詣也 此物何足貢 但感別經時 賈逵國語注曰貢獻也物或爲榮貢或作貴

迢迢牽牛星 皎皎河漢女 牽牛已見上文毛詩曰維天有漢監亦有光跂彼織女終日七襄雖則七襄不成報章毛萇曰河漢天河也 纖纖擢素手 札札弄機杼 纖纖已見上文 終日不成章 泣涕零如雨 不成章已見上句注毛詩曰瞻望弗及泣涕如雨 河漢清且淺 相去復幾許 盈盈一水間 脈脈不得語 爾雅曰脈相視也郭璞曰脈脈謂相視貌也

迴車駕言邁 悠悠涉長道 毛詩曰駕言出遊又曰悠悠南行順彼長道 四顧何茫茫 東風搖百草 莊子曰方將四顧王逸楚辭注曰茫茫草木彌遠容貌盛也 所遇無故物 焉得不速老 盛衰各有時 立身苦不早 人生非金石 豈能長壽考 韓子曰雖與金石相弊蕪天下未有日也 奄忽隨物化 榮名以爲寶 化謂變化而死也不忍斥言其死故言隨物而化也莊子曰聖人之生也天行其死也物化

東城高且長 逶迤自相屬 城高且長故登之以望也王逸楚辭注曰逶迤長貌也 迴風動地起 秋草萋已綠 四時更變化 歲暮一何速 周易曰四時變化而能久成毛詩曰歲聿云暮尸子曰人生也亦少矣而歲往之亦速矣 晨風懷苦心 蟋蟀傷局促 毛詩曰鴥彼晨風鬱彼北林未見君子憂心欽欽蒼頡篇曰懷抱也毛詩序曰蟋蟀刺晉僖公儉不中禮漢書景帝曰局促效轅下駒 蕩滌放情志 何爲自結束 燕趙多佳人 美者顏如玉 燕趙二國名也楚辭曰聞佳人兮召予神女賦曰苞溫潤之玉顏 被服羅裳衣 當戶理清曲 如淳漢書注曰今樂家五日一習樂爲理樂也 音響一何悲 絃急知柱促 馳情整中帶 沈吟聊躑躅 中帶中衣帶整帶將欲從之毛萇詩傳曰丹朱中衣說文躑躅住足也躑躅與蹢躅同 思爲雙飛燕 銜泥巢君屋

驅車上東門 遙望郭北墓 上東門已見阮籍詠懷詩應劭風俗通曰葬於郭北北首求諸幽之道也 白楊何蕭蕭 松柏夾廣路 白虎通曰庶人無墳樹以楊柳楚辭曰風颯颯兮木蕭蕭仲長子昌言曰古之葬者松柏梧桐以識其墳也 下有陳死人 杳杳即長暮 莊子曰人而無人道是之謂陳人也郭象曰陳久也楚辭曰去白日之昭昭襲長夜之悠悠 潛寐黃泉下 千載永不寤 服虔左氏傳注曰天玄地黃泉在地中故言黃泉 浩浩陰陽移 年命如朝露 神農本草曰春夏爲陽秋冬爲陰莊子曰陰陽四時運行漢書李陵謂蘇武曰人生如朝露 人生忽如寄 壽無金石固 如寄已見上文 萬歲更相送 聖賢莫能度 服食求神仙 多爲藥所誤 不如飲美酒 被服紈與素 范子曰白紈素出齊

去者日以疏 生者日以親 呂氏春秋曰死者彌久生者彌疏 出郭門直視 但見丘與墳 白虎通曰葬於城郭外何死生異別終始異居 古墓犂爲田 松柏摧爲薪 白楊多悲風 蕭蕭愁殺人 楚辭曰哀江介之悲風又曰秋風兮蕭蕭 思還故里閭 欲歸道無因

生年不滿百 常懷千歲憂 孫卿子曰 人生無百歲之壽 而有千歲之信士 何也 曰 以夫千歲之法自持者 是乃千歲之信士矣 晝短苦夜長 何不秉燭遊 為樂當及時 何能待來茲 呂氏春秋曰 今茲美禾 來茲美麥 高誘曰 茲 年 愚者愛惜費 但為後世嗤 說文曰 嗤 笑也 仙人王子喬 難可與等期 列仙傳曰 王子喬者 太子晉也 道人浮丘公接以上嵩高山

凜凜歲云暮 螻蛄夕鳴悲 說文曰 凜 寒也 歲暮已見上注 方言曰 南楚或謂螻蛄為螻 廣雅曰 螻 螻蛄也 螻 力侯切 蛄 鼓胡切 涼風率已厲 遊子寒無衣 禮記曰 孟秋之月 涼風至 杜預左氏傳注曰 厲 猛也 毛詩曰 無衣無褐 何以卒歲 錦衾遺洛浦 同袍與我違 毛詩曰 角枕粲兮 錦衾爛兮 又曰 豈曰無衣 與子同袍 獨宿累長夜 夢想見容輝 良人惟古懽 枉駕惠前綏 良人念昔之懽愛 故枉駕而迎己 惠以前綏 欲

令升車也 故下云攜手同車 孟子曰 齊人一妻一妾而處室者 其良人出 必饜酒肉 劉熙曰 婦人稱夫曰良人 禮記曰 壻出 御婦車 而壻授綏 御輪三周 願得常巧笑 攜手同車歸 毛詩曰 巧笑倩兮 攜手同歸 見上注 既來不須臾 又不處重闈 楚辭曰 何須臾而忘反 亮無晨風翼 焉能凌風飛 爾雅曰 晨風 鸇也 莊子曰 鵲夌風而起 眄睞以適意 引領遙相睎 徙倚懷感傷 垂涕沾雙扉

孟冬寒氣至 北風何慘慄 毛詩曰 二之日栗烈 毛萇曰 栗烈 寒氣也 愁多知夜長 仰觀眾星列 三五明月滿 四五詹兔缺 禮記曰 地秉陰竅於山川 播五行於四時 和而后月生也 是以三五而盈 三五而闕 春秋元命苞曰 月之為言闕也 兩說以詹諸與兔 然詹與占同 古字通 客從遠方來 遺我一書札 說文曰 札 牒也 上言長相思 下言久離別 置書懷袖中 三歲字不滅 韓詩外傳曰 趙簡子少子名無恤 簡子自為書牘 使誦之 居三年 簡子坐青臺之上 問書所在 無恤出其書於左袂 令誦習焉 一心抱區區 懼君不識察 李陵與蘇武書曰 區區之心 竊慕此爾 廣雅曰 區區 愛也

客從遠方來 遺我一端綺 綺已見上文 相去萬餘里 故人心尚爾 鄭玄毛詩箋曰 尚 猶也 字書曰 爾 詞之終耳 文綵雙鴛鴦 裁為合懽被 著以長相思 緣以結不解 鄭玄儀禮注曰 著 謂充之以絮也 著 張慮切 鄭玄禮記注曰 緣 飾邊也 緣 以絹反 以膠投漆中 誰能別離此 韓詩外傳子夏曰 實之與實 如膠與漆 君子不可不留意也

明月何皎皎 照我羅床幃 毛詩曰 月出皎兮 憂愁不能寐 攬衣起徘徊 毛詩曰 耿耿不寐 客行雖云樂 不如早旋歸 毛詩曰 言旋言歸 出戶獨彷徨 愁思當告誰 毛詩序曰 彷徨不忍去 引領還入房 淚下沾裳衣 引領已見上文

與蘇武三首 五言

李少卿 漢書曰 李陵字少卿 少時為侍中建章監 善射 愛人 降匈奴 為右校王 病死

良時不再至 離別在須臾 論語摘輔像讖曰 時不再及 宋均曰 及 亦至也 須臾已見上文 屏營衢路側 執手野踟躕 國語申胥曰 昔楚靈王獨行屏營 毛詩曰 執子之手 又曰 搔首踟躕 仰視浮雲馳 奄忽互相踰 風波一失所 各在天一隅 言浮雲之馳 奄忽相踰 飄颻不定 逮乎因風波蕩 各在天之一隅 以喻人之客遊 飛薄亦爾 長當從此別 且復立斯須 禮記君子曰 禮樂不可斯須去身 鄭玄曰 斯須 猶須臾也 欲因晨風發 送子以賤軀 晨風 早風 言欲因風發而己乘之以送子也 楚辭曰 乘回風兮遠遊

嘉會難再遇三載爲千秋琴操曰鄒虞者邵國之女所作也古者役不踰時不失嘉會臨河濯長纓念子悵悠悠夫冠纓仕子之所服濯之以遠遊今因遠遊而感逝川故增別念也遠望悲風至對酒不能酬行人懷往路何以慰我愁毛萇詩傳曰懷思也獨有盈觴酒與子結綢繆毛詩曰綢繆束薪毛萇曰綢繆纏綿之貌也

攜手上河梁游子暮何之楚辭曰浮雲兮容與導予兮何之也徘徊蹊路側悢悢不得辭廣雅曰悢悢恨也行人難久留各言長相思安知非日月弦望自有時劉熙釋名曰弦月半之名也其形一旁曲一旁直若張弓弛弦也望月滿之名也月大十六日月小十五日日在東月在西遥相望也努力崇明德皓首以爲期周易曰利用安身以崇德也毛萇詩傳曰崇終也尚書曰先王既勤用明德聲類曰顥白首貌也皓與顥古字通

詩四首五言

蘇子卿漢書曰蘇武字子卿爲移中監使匈奴十九年歸拜爲典屬國病卒

骨肉緣枝葉結交亦相因骨肉謂兄弟也漢書帝謂燕王旦曰今王骨肉至親古詩曰結交莫羞貧四海皆兄弟誰爲行路人論語子夏謂司馬牛曰四海之內皆爲兄弟君子何患乎無兄弟家語曰子游見行路之人云魯司鐸火也況我連枝樹與子同一身昔爲鴛與鴦今爲參與辰毛詩曰鴛鴦于飛畢之羅之鄭玄曰言其止則相偶飛則爲雙尚書大傳曰書之論事離離若參辰之錯行法言曰吾不睹參辰之相比也宋衷曰辰龍星也參虎星也我不見龍虎俱見昔者常相近邈若胡與秦淮南子曰肝膽胡越許慎曰胡在北方越居南方然胡秦之義猶胡越也惟念當離別恩情日以新鹿鳴思野草可以喻嘉賓毛詩曰呦呦鹿鳴食野之苹我有嘉賓鼓瑟吹笙我有一罇酒欲以贈遠人願子留斟酌叙此平生親

黄鵠一遠別千里顧徘徊韓詩外傳曰田饒謂魯哀公曰夫黄鵠一舉千里胡馬失其羣思心常依依胡馬已見上文依依思戀之貌也何況雙飛龍羽翼臨當乖雙龍喻已及朋友也幸有絃歌曲可以喻中懷請爲游子吟泠泠一何悲琴操曰楚引者楚游子龍丘高出游三年思歸故鄉望楚而長歎故曰楚引蓍頵篇曰吟嘆也絲竹厲清聲慷慨有餘哀禮記曰絲竹樂之器也王逸楚辭注曰厲烈也謂清烈也古詩曰慷慨有餘哀長歌正激烈中心愴以摧欲展清商曲念子不能歸清商已見上文俛仰內傷心淚下不可揮爾雅曰揮竭也郭璞曰揮振去水亦爲竭莊子曰俛仰之間家語曰公文伯卒敬姜曰二三子無揮涕也願爲雙黄鵠送子俱遠飛

結髮爲夫妻恩愛兩不疑結髮始成人也謂男年二十女年十五時取笄冠爲義也漢書李廣曰結髮而與匈奴戰也歡娛在今夕嬿婉及良時孟子曰霸者之人歡娛如也毛詩曰今夕何夕又曰嬿婉之求征夫懷往路起視夜何其毛詩曰駪駪征夫又曰夜如何其夜未央毛萇曰其辭也參辰皆已沒去去從此辭參辰已沒言將曉也行役在戰場相見未有期毛詩曰嗟余子行役戰國策曰綴甲厲兵効勝於戰場握手一長歎淚爲生別滋史記繆賢曰燕王私握臣手生別已見上文努力愛春華莫忘歡樂時春華喻少時也生當復來歸死當長相思

燭燭晨明月馥馥我蘭芳蓍頵篇曰燭照也韓詩曰馥芬孝祀薛君曰馥香貌也

芬馨良夜發。隨風聞我堂。秋月既明秋蘭又馥遊子感時彌增戀本也征夫懷遠路。遊子戀故鄉。漢書高祖曰遊子悲故鄉寒冬十二月。晨起踐嚴霜。漢書武帝太初元年改從夏正此或改正之後也楚辭曰冬又申之以嚴霜俯觀江漢流。仰視浮雲翔。良友遠離別。各在天一方。江漢流不息浮雲去靡依以喻良友各在一方播遷而無所托楚辭曰仰浮雲而永歎山海隔中州。相去悠且長。楚辭曰蹇誰留兮中州嘉會難兩遇。懽樂殊未央。嘉會已見上文願君崇令德。隨時愛景光。令德已見上文景光即光景也楚辭曰借光景以往來

四愁詩四首 并序

張平子

張衡不樂久處機密。陽嘉中出爲河間相。時國王驕奢。不遵法度。范曄後漢書順帝紀曰改元嘉七年爲陽嘉元年改陽嘉五年爲永和元年又曰順帝初衡復爲太史令陽嘉元年造候風地動儀永和初出爲河間相而此云陽嘉中誤也范曄後漢書曰和帝申貴人生河間孝王開立四十二年順帝永建六年薨子惠王政嗣傲很不奉法憲然考其年月此是惠王也又多豪右并兼之家。漢書曰魏郡豪右李竟文類曰有權勢豪右大家也漢書曰禁兼并之塗李奇曰謂大家役小民富者兼役貧民也衡下車。治威嚴。能內察屬縣。漢書曰班伯爲定襄太守其下車作威吏民竦息姦滑行巧劫。皆密知名。下吏收捕。盡服擒。諸豪俠遊客。悉惶懼逃出境。郡中大治。爭訟息。獄無繫囚。時天下漸弊。鬱鬱不得志。楚辭曰心鬱鬱之憂思獨永歎而增傷鄭玄考工記注曰鬱不舒散也爲四愁詩。屈原以美人爲君子。以珍寶爲仁義。以水深雪雰爲小人。思以道術相報貽於時君。而懼讒邪不得以通。其辭曰。

一思曰。我所思兮在太山。欲往從之梁父艱。言王者有德功成則東封泰山故思之太山以喻時君梁父以喻小人也漢書曰有太山郡又武帝登封太山之梁父音義曰梁父太山下小山也側身東望涕霑翰。楚辭曰願側身而無所韋昭漢書注曰翰筆也美人贈我金錯刀。何以報之英瓊瑤。漢書曰王莽鑄大錢又造錯刀以金錯其文續漢書曰佩刀諸侯王黃金錯鐶謝承後漢書曰詔賜應奉金錯把刀毛詩曰投我以木桃報之以瓊瑤又曰尚之以瓊英乎而路遠莫致倚逍遙。何爲懷憂心煩勞。古詩曰路遠莫致之

二思曰。我所思兮在桂林。欲往從之湘水深。漢書曰鬱林郡故秦桂林郡海南經曰桂林八樹在番禺東又曰湘水出零陵舜死蒼梧葬九疑故思明君側身南望涕霑襟。楚辭曰泣歔欷而霑襟美人贈我金琅玕。何以報之雙玉盤。尚書禹貢曰厥貢惟球琳琅玕古詩曰委身玉盤中歷年兾見食應劭漢官儀曰封禪壇有白玉盤路遠莫致倚惆悵。何爲懷憂心煩傷。楚辭曰惆悵兮而私自憐

三思曰。我所思兮在漢陽。欲往從之隴阪長。漢書曰天水郡明帝改曰漢陽應劭曰天水有大坂名曰隴阪秦州記曰隴坂九曲不知高幾里側身西望涕霑裳。古長歌行曰泣涕忽沾裳美人贈我貂襜褕。何以報之明月珠。蔡雍獨斷曰侍中中常侍加貂蟬說文曰直裾謂之襜褕淮南子曰隨侯之珠高誘曰明月珠也路遠莫致倚踟躕。何爲懷憂心煩紆。楚辭曰志紆鬱其難釋王逸曰紆屈也

四思曰。我所思兮在鴈門。欲往從之雪紛紛。漢書有鴈門郡楚辭曰雪紛紛而薄木側身北望涕沾巾。說文曰佩巾也美人贈我錦繡段。何以報之青玉案。錦繡有五采成文章玉案君所憑倚喻大臣亦爲天子所恃禮記曰春服青玉楚漢春秋淮陰侯曰臣去項歸漢漢王賜臣玉案之食路遠莫致倚增歎。何爲

懷憂心煩悗。楚辭曰：吒增歎兮如雷。

雜詩一首 五言。雜者，不拘流例，遇物即言，故云雜也。 王仲宣

日暮遊西園，冀寫憂思情。曲池揚素波，列樹敷丹榮。楚辭曰：坐堂伏檻臨曲池。列女傳津吏女歌曰：水揚波兮杳冥冥。上有特棲鳥，懷春向我鳴。毛詩曰：有女懷春。褰衽欲從之，路嶮不得征。說文曰：衽，衣衿也。衿音今。徘徊不能去，佇立望爾形。毛詩曰：瞻望弗及，佇立以泣。風飈揚塵起，白日忽已冥。鄭玄毛詩箋曰：冥，夜也。迴身入空房，託夢通精誠。幽通賦曰：精誠發於宵寐。人欲天不違，何懼不合并。尚書，王曰：人之所欲，天必從之。

雜詩一首 五言。 劉公幹

職事相填委，文墨紛消散。漢書，功臣皆曰：蕭何徒恃文墨，顧居臣上。馳翰未暇食，日昃不知晏。翰墨已見上。尚書曰：自朝至于日昃，不遑暇食。沈迷簿領書，回回自昏亂。簿領，謂文簿而記錄之。史記曰：問上林尉諸禽獸簿。司馬彪莊子注曰：領，錄也。楚辭曰：腸回回兮盤紆。釋此出西城，登高且遊觀。方塘含白水，中有鳧與鴈。楚辭曰：乘白水而高驚。毛詩曰：弋鳧與鴈。安得肅肅羽，從爾浮波瀾。毛詩曰：鴻鴈于飛，肅肅其羽。

雜詩二首 五言。集云：枹中作。下篇云：於黎陽作。 魏文帝

漫漫秋夜長，烈烈北風涼。楚辭曰：終長夜之曼曼。毛詩曰：冬日烈烈。又曰：北風其涼。展轉不能寐，披衣起彷徨。毛詩曰：展轉不寐。彷徨，已見上文。彷徨忽已久，白露沾我裳。白露，已見上文。說苑曰：孺子不覺露之沾裳。俯視清水波，仰看明月光。天漢迴西流，三五正從橫。河圖括地象曰：河精上為天漢。毛詩曰：嘒彼小星，三五在東。毛萇曰：三心五噣，四時更見也。草蟲鳴何悲，孤鴈獨南翔。毛詩曰：喓喓草蟲，趯趯阜螽。毛萇曰：草蟲，常羊也。楚辭曰：鴈雍雍而南遊。鬱鬱多悲思，緜緜思故鄉。古詩曰：緜緜思遠道。願飛安得翼，欲濟河無梁。葛龔與梁相張府君牋曰：悠悠憂想，願飛無翼。楚辭曰：江河廣而無梁。向風長歎息，斷絕我中腸。楚辭曰：向長風而舒情。

西北有浮雲，亭亭如車蓋。亭亭，迴遠無依之貌也。易通卦驗曰：太陽雲出，張如車蓋。惜哉時不遇，適與飄風會。何休公羊傳注曰：適，遇也。吹我東南行，南行至吳會。當時實至廣陵，未至吳會。今言至者，據已入其地也。吳會非我鄉，安能久留滯。楚辭曰：然輡軔而留滯。棄置勿復陳，客子常畏人。

朔風詩一首 四言。 曹子建

仰彼朔風，用懷魏都。願騁代馬，倏忽北徂。代馬，已見上文。凱風永至，思彼蠻方。毛萇詩傳曰：南風謂之凱風。禮記曰：南方曰蠻。毛詩曰：用逷蠻方。願隨越鳥，翻飛南翔。古詩曰：越鳥巢南枝。四氣代謝，懸景運周。爾雅曰：四氣和謂之玉燭。淮南子曰：二者代謝舛馳。周易曰：懸象著明。別如俯仰，脫若三秋。毛詩曰：一日不見，如三秋兮。昔我初遷，朱華未希。今我旋止，素雪雲飛。毛詩曰：昔我往矣，楊柳依依。今我來思，雨雪霏霏。希與稀同，古字通也。俯降千仞，仰登天阻。莊子曰：千仞之高，不足以極其深。天阻，山也。范曄後漢書，郭林宗論蘇不韋曰：城闕天阻，宮府幽絕。風飄蓬飛，載離寒暑。商君書曰：夫飛蓬遇飄風而行千里，乘風之勢也。毛詩曰：載離寒暑。千仞易陟，天阻可越。昔我同袍，今永乖別。同袍，已見上文。子好芳草，豈忘爾貽。古詩曰：蘭澤多芳草。繁華將茂，秋霜悴之。方言曰：悴，傷也。君

不垂眷。豈云其誠。言君雖不垂眷，己則豈得不言其誠。蒼頡篇曰：豈，異也。秋蘭可
喻。桂樹冬榮。蘭以秋馥，可以喻言；桂以冬榮，可以喻性。楚辭曰：秋蘭兮青青。又曰：麗桂樹之冬榮。
絃歌蕩思。誰與消憂。言絃歌可以蕩滌悲思，誰與共奏以消憂也。臨川暮思
何爲汎舟。言臨川日暮，而又相思，何爲汎舟而不濟，以相從乎。國語曰：秦汎舟乎河。豈無和
樂。遊非我鄰。言豈無和樂以蕩思乎，爲遊非我鄰，故不奏也。誰志汎舟。愧無榜
人。言豈志汎舟以相從乎，愧無榜人，所以不濟也。榜人，喻良朋也。張揖漢書注云：榜人，船長也。

雜詩六首 五言。　曹子建

此六篇並託喻傷政急，朋友道絕，賢人爲人竊勢，別京已後，在鄄城思鄉而作。

高臺多悲風。朝日照北林。新語曰：高臺，喻京師。悲風，言教令。朝日，喻君之明。照北林，
言狹，比喻小人。新序曰：高堂百仞。之子在萬里。江湖迥且深。江湖，喻小人隔蔽。毛

詩曰：之子于征。爾雅曰：迥，遠也。方舟安可極。離思故難任。爾雅曰：大夫方舟。郭璞曰：
併兩船也。毛萇詩傳曰：極，至也。孤鴈飛南遊。過庭長哀吟。鴈南遊，已見上文。翹
思慕遠人。願欲託遺音。翹，猶懸也。形影忽不見。翩翩傷我心。
轉蓬離本根。飄颻隨長風。說苑曰：魯哀公曰：秋蓬惡其本根，美其枝葉，秋風一起，根
本拔矣。何意迴飆舉。吹我入雲中。爾雅曰：扶搖謂之猋。飆與猋同。高高上
無極。天路安可窮。呂氏春秋曰：風乎其高無極也。仲長子昌言曰：蕩蕩乎若昇天路而不知
其所登，子若昇天路也。類此遊客子。捐軀遠從戎。毛褐不掩形。薇
藿常不充。淮南子曰：布衣掩形，鹿裘禦寒。言貧人冬則羊裘短褐不掩形也。列女傳：曾子謂黔婁妻
曰：先生在時，食不充虛，衣不蓋形。文子曰：聖人食足以充虛接氣，衣足以蓋形禦寒。去去莫復道。
沈憂令人老。宋玉笛賦曰：武毅發沈憂。古詩曰：思君令人老。

西北有織婦。綺縞何繽紛。小雅曰：繒之精者曰縞。古老切。明晨秉機杼。
日昃不成文。言憂甚而志亂。太息終長夜。悲嘯入青雲。妾身守
空閨。良人行從軍。良人，謂夫也。自期三年歸。今已歷九春。歲一
三春，故以三年爲九春。言已過期也。纂要曰：九十日，故九春。飛鳥繞樹翔。噭噭鳴索
羣。楚辭曰：聲噭噭以寂寥。願爲南流景。馳光見我君。
南國有佳人。容華若桃李。楚辭曰：受命不遷，生南國。謂江南也。佳人，已見上文。毛詩
曰：何彼襛矣，華如桃李。朝遊江北岸。日夕宿湘沚。毛萇詩傳曰：沚，渚也。時俗
薄朱顏。誰爲發皓齒。楚辭曰：容則秀雅，稺朱顏。又曰：美人皓齒嫮以姱。俛仰歲
將暮。榮耀難久恃。歲暮，已見上文。邊讓章華臺賦曰：體迅輕鴻，榮耀春華。
僕夫早嚴駕。吾將遠行遊。楚辭曰：僕夫懷兮心悲。又曰：嚴車駕兮出戲遊。又曰：願輕

舉兮遠遊。遠遊欲何之。吳國爲我仇。說苑，楚王謂淳于髡曰：吾有仇在吳，國子能爲
吾報之乎。將騁萬里塗。東路安足由。廣雅曰：由，行也。江介多悲風。淮
泗馳急流。楚辭曰：哀江介之悲風。泗，水名也。孟子曰：禹排淮泗而注之江也。願欲一輕
濟。惜哉無方舟。閑居非吾志。甘心赴國憂。漢書曰：司馬相如稱疾閑
居。范曄後漢書，梁竦歎曰：閑居可以養志。毛詩曰：甘心首疾。
飛觀百餘尺。臨牖御櫺軒。古詩曰：雙闕百尺。爾雅曰：觀謂之闕。御，猶憑也。說文曰：櫺，
楯欄也。韋昭漢書注曰：軒，檻上板也。遠望周千里。朝夕見平原。烈士多
悲心。小人媮自閑。風俗通曰：烈士者，有不易之分。國讎亮不塞。甘心思
喪元。塞，謂杜絕也。孟子曰：勇士不忘喪其元。拊劍西南望。思欲赴太山。左氏
傳曰：子朱怒，撫劍從之。太山，東岳，接吳之境；西，喻蜀。責躬詩曰：願蒙矢石，建旗東岳。意與此同也。絃急

悲聲發聆我慷慨言古詩曰音響何太悲絃急知柱促

情詩一首 五言　曹子建

微陰翳陽景清風飄我衣春秋説題辭曰陽精爲日楚辭曰陽杲杲兮朱光遊魚潛淥水翔鳥薄天飛言得所也大戴禮曰魚遊于水鳥飛于雲眇眇客行士遥役不得歸言不如魚鳥也楚辭曰安眇眇兮無所歸薄始出嚴霜結今來白露晞嚴霜已見上文毛詩曰蒹葭淒淒白露未晞遊子歎黍離處者歌式微毛詩曰彼黍離離彼稷之苗行邁靡靡中心摇摇又曰式微式微胡不歸慷慨對嘉賓悽愴内傷悲毛詩曰我有嘉賓又曰我心傷悲

雜詩一首 四言　嵇叔夜

微風清扇雲氣四除漢書張竦爲陳崇作奏曰日不移晷霍然四除皎皎亮月

麗于高隅古詩曰明月何皎皎亮明也周禮曰城隅之制九雉興命公子攜手同車攜手同車已見上文龍驥翼翼揚鑣踟躕毛詩曰四牡翼翼舞賦曰揚鑣飛沫肅肅宵征造我友廬毛詩曰肅肅宵征光燈吐輝華幔長舒鸞觴酌醴神鼎烹魚毛詩曰且以酌醴又曰誰能亨魚絃超子野歎過綿駒杜預左氏傳注曰子野師曠字也孟子淳于髡曰昔緜駒處高唐而齊右善歌流詠太素俯讚玄虛列子曰太初形之始太素質之始老子曰玄之又玄衆妙之門管子曰虛無形謂之道史記太史公曰老子所貴道虛無應用變化無方孰克英賢與爾剖符言詠讚妙道遊心恬漠誰能以英賢之德與爾分符而仕乎班固漢書述曰漢與柔遠與爾剖符然文雖出彼而意微殊東觀漢記韋彪上議曰二千石皆以選出京師剖符典千里

雜詩一首 五言

傅休奕臧榮緒晉書曰傅玄字休奕北地人勤學善屬文州舉秀才稍遷至司隸校尉卒

志士惜日短愁人知夜長論語子曰志士仁人無求生以害仁古詩曰愁多知夜長仰觀衆星列攝衣步前庭仰觀南鴈翔漢書沛公攝衣迎酈食其玄景隨形運流響歸空房清風何飄颻微月出西方禮記曰月生於西繁星依青天列宿自成行蟬鳴高樹間野鳥號東箱古詩曰秋蟬鳴樹間王逸楚辭注曰牆序之東爲東箱也纖雲時髣髴渥露沾我裳曹植魏德論曰纖雲不形陽光赫戲劉楨詩曰皦月垂素光玄雲爲髣髴露沾裳已見上文良時無停景北斗忽低昂常恐寒節至凝氣結爲霜曾子曰陰氣勝則凝爲霜落葉隨風摧一絶如流光

雜詩一首 五言　張茂先

晷度隨天運四時互相承説文曰晷景也孫卿子曰四時代御東壁正昏中固陰寒節升禮記仲冬之月昏東壁中左氏傳申豐曰深山窮谷固陰沍寒繁霜降當夕悲風中夜興毛詩曰正月繁霜朱火青無光蘭膏坐自凝古詩曰朱火然其中青煙颺其間楚辭曰蘭膏明燭華容備王逸注曰以蘭香煉膏也無故自凝曰坐重衾無暖氣挾纊如懷冰左氏傳曰楚子圍蕭申公巫臣曰師人多寒王巡三軍拊而勉之三軍之士皆如挾纊孔安國尚書傳曰纊細綿也伏枕終遥昔寤言莫予應韓詩曰寤寐無爲展轉伏枕廣雅曰昔夜也毛詩曰獨寐寤言永思慮崇替慨然獨撫膺楚辭曰永思兮内傷國語藍尹亹曰君子獨居思前世之崇替列子曰撫膺而恨

情詩二首 五言　張茂先

清風動帷簾晨月照幽房佳人處遐遠蘭室無容光古詩

曰盧家蘭室桂爲梁曹植離別詩曰人遠精魂近寤寐夢容光襟懷擁靈景輕衾覆空牀擁猶抱也居歡惕夜促在慼怨宵長一云居歡惜夜促爾雅曰愒貪也苦蓋切拊枕獨嘯歎感慨心内傷

遊目四野外逍遥獨延佇楚辭曰忽反顧以遊目又曰結幽蘭而延佇蘭蕙緣清渠繁華蔭綠渚佳人不在茲取此欲誰與巢居知風寒穴處識陰雨春秋漢含孳曰穴藏先知雨陰曀未集魚已噞喁巢居之鳥先知風樹木搖鳥已翔韓詩曰鸛鳴于垤婦歎于室薛君曰鸛水鳥巢處知風穴處知雨天將雨而蟻出壅土鸛鳥見之長鳴而喜不曾遠別離安知慕儔侶

園葵詩一首　五言　陸士衡晉書趙王倫篡位遷帝於金墉城後諸王共誅倫復帝位齊王冏譖機爲倫作禪文賴成都王穎救之免故作此詩以葵爲喻謝穎

種葵北園中葵生鬱萋萋朝榮東北傾夕穎西南晞淮南子曰聖人之於道猶葵之與日雖不與終始哉其鄉之誠也高誘曰鄉仰也誠實也零露垂鮮澤朗月耀其輝毛詩曰零露瀼瀼時逝柔風戢歲暮商猋飛管子曰東方曰春柔風甘雨乃至楚辭曰商風肅而害之曾雲無溫液嚴霜有凝威鄭玄毛詩箋曰曾重也漢書曰孫寶曰當從天氣以成嚴霜之威幸蒙高墉德玄景蔭素蕤爾雅曰牆謂之墉說文曰蕤草木華盛皃也豐條竝春盛落葉後秋衰慶彼晚彫福忘此孤生悲

思友人詩一首　五言　曹顏遠臧榮緒晉書曰曹攄字顏遠譙國人篤志好學桼南國中郎將遷高密王左司馬流人王逌等寇掠城邑攄與戰軍敗而死

密雲翳陽景霖潦淹庭除周易曰密雲不雨左氏傳曰凡雨自三日以往爲霖說文曰潦雨水也又曰除殿階也嚴霜彫翠草寒風振纖枯鄭玄禮記注曰振動也凜凜天氣清落落卉木疏古詩曰凜凜歲云暮杜篤首陽山賦曰長松落落毛萇詩傳曰卉草也感時歌蟋蟀思賢詠白駒毛詩曰蟋蟀在堂歲聿其暮又曰皎皎白駒食我場苗縶之維之以永今朝毛萇曰賢者有乘白駒而去鄭玄曰絆之縶之欲留也情隨玄陰滯心與迴飆俱思心何所懷懷我歐陽子顏遠贈歐陽堅石詩曰嗟我良友惟彥之選然此歐陽即堅石也精義測神奧清機發妙理周易曰精義入神以致用也廣雅曰奧藏也機樞機也自我别旬朔微言絕于耳論語崇爵讖曰子夏共撰仲尼微言以當素王劉子駿書曰夫子没而微言絕禮記曰聲不絕于耳褰裳不足

難清陽未可俟毛詩曰子惠思我褰裳涉溱又曰有美一人清陽婉兮邂逅相遇適我願兮毛萇曰清陽眉目之間也延首出階檐佇立增想似阮瑀止欲賦曰佇延首以極視兮意謂是而復非莊子徐無鬼曰夫越之流人去國數日見其所知而喜去國旬月見所甞見於國中而喜及期年也見似人者而喜矣不亦去人滋久者思人滋深乎

感舊詩一首　五言　曹顏遠此篇感故舊相輕人情逐勢

富貴他人合貧賤親戚離鶡冠子曰家富疏族聚居貧兄弟離廉藺門易軌田竇相奪移史記曰藺相如出望見廉頗相如引車避匿於是舍人相與諫曰臣去親戚而事君者徒慕君之高義也今君與廉君同列廉君宣惡言而君畏之匿恐懼殊甚且庸人尚羞之況於將相乎臣等不肖請辭去漢書曰竇太后怒免丞相竇嬰太尉田蚡嬰蚡以侯居家蚡雖不任職以太后故親幸數言事多效士趨勢利者皆去嬰而歸蚡也晨風集茂林棲鳥去枯枝毛詩

曰鴆彼晨風鬱彼北林國語優施歌曰暇豫之吾吾不如鳥鳥皆集於苑己獨集于枯黃石公兵書曰樹杌者鳥不棲也今我唯困蒙郡士所背馳周易曰困蒙吝鄉人敦懿義濟濟蔭光儀春秋說題辭曰秉懿誠之義思至忠之功鸚鵡賦曰侍君子之光儀對賓頌有客舉觴詠露斯毛詩曰有客宿宿有客信信言授之縶以縶其馬又曰湛湛露斯匪陽不晞厭厭夜飲不醉無歸今鄉人情重皆頌詠此詩臨樂何所歎素絲與路歧禮記曰執紼不笑臨樂不歎淮南子曰楊子見逵路而哭之爲其可以南可以北墨子見練絲而泣之爲其可以黃可以黑高誘曰閔其別與化也

雜詩一首 五言

何敬祖 贈荅何在陸前而此居後誤也

秋風乘夕起明月照高樹賈逵國語注曰乘陵也陵亦侵也閑房來清氣廣庭發暉素暉素月光也古長歌行曰昭昭素明月暉光燭我牀靜寂愴然

歎惆悵出遊顧惆悵已見上文仰視垣上草俯察階下露垣草易彫階露易隕言可傷也心虛體自輕飄飄若仙步言既悟二物故當全形養生列子曰南郭子貌充心虛張湛曰心虛則形全劉梁七舉曰霍爾躰輕瞻彼陵上栢想與神人遇古詩曰青青陵上栢文子曰天地之間有神人真人道深難可期精微非所慕魏武帝秋胡行曰道深未可得名山歷觀行禮記曰德産之緻也精微鄭玄曰緻密也勤思終遙夕求言寫情慮尚書曰歌永言

雜詩一首 五言

王正長 臧榮緒晉書曰王讚字正長義陽人也博學有俊才辟司空掾歷散騎侍郎卒

朔風動秋草邊馬有歸心蔡琰詩曰北風厲兮肅泠泠胡笳動兮邊馬鳴胡寧久分析靡靡忽至今毛詩曰胡寧忍子又曰行邁靡靡王事離我志殊隔過商參毛詩曰王事靡盬左氏傳子産曰高辛氏有二子伯曰閼伯季曰實沈不相能后帝不臧遷閼伯于商丘主辰商人是因故辰爲商星遷實沈于大夏主參唐人是因其季世曰唐叔虞故參爲晉星參辰更見巳見上文昔往鶬鶊鳴今來蟋蟀吟毛詩曰春日遲遲倉庚喈喈聖主得賢臣頌曰蟋蟀俟秋吟人情懷舊鄉客鳥思故林文子曰鳥飛反鄉依其所生師涓久不奏誰能宣我心韓子曰衛靈公將之晉至濮水之上而宿夜分而聞有鼓新聲者而說之召師涓而告之曰有鼓新聲者其狀似鬼神子爲我聽而寫之師涓曰諾因端坐撫琴而寫之師涓明日報曰臣得之矣

雜詩一首 五言

棗道彥 今書七志曰棗據字道彥潁川人弱冠辟大將軍府遷尚書郎太尉賈充爲伐吳都督請爲從事中郎遷中庶子卒

吳寇未殄滅亂象侵邊疆左氏傳晉侯問於士弱曰吾聞之宋災於是乎知有天道可必乎對曰國亂無象不可知也天子命上宰作蕃于漢陽上宰賈充也毛詩曰价人爲藩毛萇曰价善也藩屏也左氏傳晉欒貞子曰漢陽諸姬楚實盡之穀梁傳曰水北曰陽漢陽漢水之陽也開國建元士玉帛聘賢良周易曰大君有命開國承家小人勿用禮記曰天子入十一元士王逸楚辭注曰天下賢人將持玉帛聘而遺之呂氏春秋曰聘名士高誘曰聘問之也將與興化致治也予非荊山璞謬登和氏場韓子曰楚人和氏得璞玉於楚山之中羊質復虎文燕翼假鳳翔楊子法言曰敢問質曰羊質而虎皮見草而悅見豺而戰也既懼非所任怨彼南路長曹子建贈白馬王詩曰怨彼東路長千里既悠邈路次限關梁楚辭曰關梁閉而不通僕夫罷遠涉車馬困山岡僕夫已見上文深谷下無底高巖暨穹蒼列子夏革曰渤海之東有大壑焉實

惟無底之谷。杜預左氏傳注曰：暨，至也。爾雅曰：穹蒼，蒼天也。豐草停滋潤，霧露沾衣裳。毛詩曰：湛湛露斯，在彼豐草。露沾衣裳，已見上文。玄林結陰氣，不風自寒涼。高唐賦曰：玄木冬榮。顧瞻情感切，惻愴心哀傷。廣雅曰：感，傷也。士生則懸弧，有事在四方。禮記曰：國君太子生三日，卜士負之，射人以桑弧蓬矢六，射天地四方。又孔子曰：士使之射，不能則辭以疾，懸弧之義也。韓詩內傳曰：男子生，桑弧蓬矢六，射上下四方，明當有事天地四方也。安得恬逍遙，端坐守閨房。引義割外情，內感實難忘。非有先生論曰：引義以正身。

雜詩一首　五言

左太沖　沖于時賈充徵爲記室，不就，因感人年老，故作此詩。

秋風何洌洌，白露爲朝霜。毛詩曰：蒹葭蒼蒼，白露爲霜。柔條旦夕勁，綠葉日夜黃。明月出雲崖，皦皦流素光。劉楨詩曰：皦月垂素光。披軒臨前庭，嗷嗷晨鴈翔。軒，長廊之牕也。毛詩曰：鴻鴈于飛，哀鳴嗷嗷。高志局四海，塊然守空堂。尸子曰：八極爲局。淮南子曰：塊然獨處。壯齒不恒居，歲暮常慨慷。廣雅曰：歲，年也。

文二十九　二十三　乙卯重刊　曹倚

雜詩一首　五言

張季鷹　今書七志曰：張翰，字季鷹，吳郡人也。文藻新麗，齊王冏辟爲東曹掾，覩天下亂，東歸，卒於家。

暮春和氣應，白日照園林。青條若總翠，黃華如散金。嘉卉亮有觀，顧此難久躭。西京賦曰：嘉卉灌叢。爾雅曰：躭，樂也。毛萇詩傳曰：躭，樂之久者也。延頸無良塗，頓足託幽深。呂氏春秋曰：天下莫不延頸舉踵。頓，猶止也。吳季重與曹丕書曰：雖云幽深，視險若夷。榮與壯俱去，賤與老相尋。歡樂不照顏，慘愴發謳吟。謳吟何嗟及，古人可慰心。毛詩曰：啜其泣矣，何嗟及矣。又曰：我思古人，實獲我心。又曰：仲山甫永懷，以慰其心。

雜詩十首　五言

張景陽

秋夜涼風起，清氣蕩暄濁。蜻蛚吟階下，飛蛾拂明燭。易通卦驗曰：立秋蜻蛚鳴。崔豹古今注曰：飛蛾善拂燈火也。君子從遠役，佳人守煢獨。君子，謂夫也。毛詩曰：未見君子。佳人，已見上文。離居幾何時，鑽燧忽改木。離居，已見上文。論語曰：鑽燧改火。禮含文嘉曰：燧人始鑽木取火，炮生爲熟。鄒子曰：春取榆柳之火，夏取棗杏之火，季夏取桑柘之火，秋取柞楢之火，冬取槐檀之火。房櫳無行跡，庭草萋以綠。說文曰：櫳，房室之疏也。古詩曰：秋草萋以綠。青苔依空牆，蜘蛛網四屋。淮南子曰：窮谷之汙，生以蒼苔。說文曰：鼅鼄，鼄蝥也。魏文帝詩曰：蜘蛛繞戶牖，野草當階生。論衡曰：蜘蛛結絲以網飛虫，

伍佰捌拾玖　文二十九　二十四　何

人之用計，安能過之。感物多所懷，沈憂結心曲。古詩曰：感物懷所思。沈憂，已見上文。毛詩曰：亂我心曲。大火流坤維，白日馳西陸。毛詩曰：七月流火。毛萇曰：火，大火也。淮南子曰：坤維在西南。又曰：斗指西南維爲立秋。續漢書曰：日行西陸謂之秋。杜預左傳注曰：陸，道也。浮陽映翠林，迴飈扇綠竹。陽，日也。飛雨灑朝蘭，輕露棲叢菊。龍蟄暄氣凝，天高萬物肅。周易曰：龍蛇之蟄，以求伸也。禮記曰：仲秋之月，蟄虫坏戶。廣雅曰：凝，止也。楚辭曰：悲哉秋之爲氣，天高而氣清。毛詩曰：九月肅霜。毛萇曰：肅，縮也。霜降而收縮萬物也。尸子曰：西方爲秋，秋，肅也。萬物草木肅敬，禮之至也。弱條不重結，芳蕤豈再馥。文子曰：冬冰可折，夏條可結，時難得而易失。人生瀛海內，忽如鳥過目。史記鄒衍曰：中國名赤縣中州也。中國外如赤縣州者九，乃所謂九州也。於是有瀛海環之，人民禽獸莫能相通者，如一區中者，乃爲一

州如此者九乃有大瀛海環之其外天地之外也川上之歎逝前脩以自勗論語
子在川上曰逝者如斯楚辭曰謇吾法夫前脩兮非世俗之所服蔡琰詩曰竭心自勗厲
金風扇素節丹霞啓陰期西方爲秋而主金故秋風曰金風也河圖曰崑崙山有五
色水赤水之氣上蒸爲霞陰而赫然魏文帝芙蓉池詩曰丹霞夾明月騰雲似涌煙密雨
如散絲寒花發黃采秋草含綠滋閑居玩萬物離羣
戀所思閑居已見上文禮記子夏曰吾離羣索居亦已久矣案無蕭氏牘庭無
貢公綦漢書曰蕭育與朱博爲友著聞當世時人爲之語曰蕭朱結綬王貢彈冠往者有王陽貢公說
文曰牘書版也班婕妤賦曰俯視兮丹墀思君兮履綦晉灼曰綦履跡也高尚遺王侯道
積自成基周易曰不事王侯高尚其事文子曰積道德者天與之地助之莊子曰無爲無治謂之道
基至人不嬰物餘風足染時莊子曰不離於真謂之至人又南伯子綦曰吾與之

小すゐのも大ヲ五三　文二十九　廿五　下

乘天地之誠而不以物與之相嬰
朝霞迎白日丹氣臨湯谷丹氣謂赤水之氣也淮南子曰日出湯谷翳翳結
繁雲森森散雨足毛詩曰曀曀其陰毛萇曰如常陰曀然翳與曀古字通論衡曰初出
爲雲繁雲爲翳蔡雍霖賦曰瞻兮雲之晻晻懸長雨之森森輕風摧勁草凝霜竦高
木楚辭曰漱凝霜之紛紛密葉日夜疎叢林森如束疇昔歎時遲
晚節悲年促左氏傳羊斟曰疇昔之羊子爲政鄒陽上書曰至其晚節末路歲暮懷百
憂將從季主卜史記曰司馬季主者楚人也卜於長安東市宋忠與賈誼遊於市中謁司馬季
主請卜
昔我資章甫聊以適諸越章甫以喻明德諸越以喻流俗也莊子曰宋人資章
甫而適諸越越人敦髮文身無所用之司馬彪曰敦斷也資取也章甫冠名也諸於也爾雅曰適往也行行

入幽荒甌駱從祝髮史記曰東海王搖者其先越王勾踐之後也姓騶氏搖率越人佐漢
漢立搖爲東海王都東甌世俗號爲東甌王徐廣曰騶一作駱穀梁傳曰吳夷狄之國祝髮文身范甯曰祝斷
也鄭玄毛詩曰從隨也窮年非所用此貨將安設冠無所設以喻德無所效也西
京賦曰窮年志歸瓴甋夸璵璠魚目笑明月言流俗之失也爾雅曰瓴甋謂之甓
左氏傳曰季平子卒陽虎將以璵璠斂雜書曰秦失金鏡魚目入珠明月珠已見上文不見郢中
歌能否居然別陽春無和者巴人皆下節宋玉對問曰客有歌於郢
中者其始曰下里巴人國中屬而和者數千人其爲陽春白雪國中屬而和者不過數十人是其曲彌高者其
和彌寡尹文子曰形之與名居然別矣楚辭曰攬騑轡而下節流俗多昏迷此理誰能
察禮記曰不從流俗鄭玄曰流俗失俗也
朝登魯陽關狹路峭且深庾仲雍荊州記曰其北有四關魯陽伊闕之屬也流

文二十九　二十六

澗萬餘丈圍木數千尋酈元水經注曰魯陽關水出魯陽關分頭山說苑曰齊王曰大
國之樹必巨圍應劭漢書注曰八尺曰尋咆虎響窮山鳴鶴聒空林說文曰咆
嘷也杜預左傳注曰聒讙也淒風爲我嘯百籟坐自吟漢書息夫躬絕命辭曰秋
風爲我吟莊子子游曰地籟則衆竅是也無故自吟曰坐也感物多思情在險易常忠
朅來戒不虞挺轡越飛岑劉向七言曰朅來歸耕永自疎周易曰君子以治戎器戒
不虞王陽驅九折周文走岑崟漢書曰琅邪王陽爲益州刺史行部至邛𨺚九折坂
歎曰奉先人遺體奈何數乘此險以病去及王遵爲刺史至其坂問吏曰此非王陽所畏道耶吏對曰是遵叱
其馭曰驅之王陽爲孝子王遵爲忠臣然此言王陽驅九折蓋驅馬而去之也公羊傳曰百里奚與蹇叔子送
其子而戒之曰爾即死必於殽之嶔巖是文王之所避風雨者也何休曰其處阻險故文王過之驅馳常若避風
雨也經阻貴勿遲此理著來今漢書杜業上書曰深思往事以戒來今

此鄉非吾地此郭非吾城羈旅無定心翩翩如懸旌左氏傳陳敬仲曰羈旅之臣戰國策楚王曰寡人心搖搖然如懸旌終無所泊出覩軍馬陣入閑鞞鼓聲禮記曰君子聽鼓鞞之聲則思將帥之臣陣或爲塵周禮注曰鞞小鼓也常懼羽檄飛神武一朝征漢書高祖曰吾以羽檄徵天下兵班固漢書高紀述曰寔天生德聰明神武長鋏鳴鞘中烽火列邊亭楚辭曰帶長鋏之陸離王逸曰長鋏劒名也曹植結客篇曰利劒鳴手中一擊兩尸僵說文曰烽燧候表邊有警則舉也舍我衡門依更被縵胡纓毛詩曰衡門之下可以棲遲莊子趙太子悝曰吾王所好劒士皆蓬頭突鬢垂縵胡之纓疇昔懷微志帷幕竊所經帷謂謀於帷帳也兵書曰將軍於營張幕也何必操干戈堂上有奇兵呂氏春秋曰士尹池爲荊使於宋司城子罕觴之南面之牆犨於其前而不直西家潦注於庭下而不止問其故子罕曰南家鞔工也吾徙之其父曰吾恃鞔而食三葉矣今徙求鞔者不知吾處

吾將不食故不徙也西家高吾宮卑潦注吾宮也今故不禁也荊適興兵攻宋尹池歸諫而止孔子聞之曰夫修之廟堂之上折衝千里之外其司城子罕之謂乎高誘曰犨出也鞔履也孫武兵法曰奇正還相生若環之無端也折衝樽俎閒制勝在兩楹晏子春秋曰晉平公使范昭觀齊國政景公觴之范昭起曰願得君之樽爲壽公令左右酌樽以獻晏子命徹去之范昭不悅而起儛顧太師曰爲我奏成周之樂太師曰盲臣不習也范昭歸謂平公曰齊未可并吾欲試其君晏子知之吾欲犯其樂太師知之於是輟伐齊謀孔子聞之曰善哉不出樽俎之閒而折衝千里之外晏子之謂也高誘呂氏春秋注曰折衝者衝車所以衝突也敵之軍能陷破也欲攻己者折還其衝車於千里之外不敢來也孫子兵法曰水因地而制行兵因敵而制勝李奇漢書注曰制折也漢書杜鄴說王音曰所接雖在楹階俎豆之閒其於爲國折衝厭難豈不遠哉兩楹賓主之位也巧遲不足稱拙速乃垂名孫子兵法曰兵聞拙速不睹工久陸賈新語曰建大功於天下者必垂名於萬世也

述職投邊城羈束戎旅閒尚書大傳曰古者諸侯之於天子五年一朝見其身述其職述其職者述其所職也長楊賦曰永無邊城之患下車如昨日望舒四五圓下車巳見上文楚辭曰前望舒使先驅王逸曰望舒月御借問此何時胡蝶飛南園莊子曰莊周夢爲胡蝶栩栩然司馬彪曰蝶蛺蝶也流波戀舊浦行雲思故山閩越衣文虵胡馬願度燕漢書曰漢立無諸爲閩越王王閩中蘇武書曰越人衣文蛇代馬依北風君子於其國也悽愴傷於心度燕即依北風也土風安所習由來有固然左氏傳晉侯曰鍾儀樂操土風東京賦曰凡人心是所學躰安所習魯連子譚子曰物之必至理固然也結宇窮岡曲耦耕幽藪陰論語曰長沮桀溺耦而耕鄭玄周禮注曰藪大澤也荒庭寂以閑幽岫峭且深淒風起東谷有渰興南岑毛詩曰有渰萋萋興雨祁祁毛萇曰渰雲興貌渰與弇同音奄說文曰山有穴曰岫雖無箕畢期膚寸自成

霖尚書曰月之從星則以風雨孔安國曰月經于箕則多風離于畢則多雨公羊傳曰觸石而出膚寸而合不崇朝而偏天下者唯太山雲也何休曰膚寸四指爲膚澤雉登壟雊寒猿擁條吟莊子曰澤雉十步一啄百步一飲谿壑無人跡荒楚鬱蕭森長笛賦曰人迹罕到說文曰森林叢木也投耒循岸垂時聞樵采音左氏傳曰楚公子弃疾過鄭禁芻牧樵采不入田不樵樹不采蓺杜預曰蓺種也重基可擬志迴淵可比心春秋運斗樞曰山者地基顧子曰登高使人意遐臨深使人志清養真尚無爲道勝貴陸沈曹植辨問曰君子隱居以養真也王逸楚辭注曰守真玄默也莊子曰天無爲以之清地無爲以之寧故兩無爲相合萬物皆化人孰得無爲哉韓子解老子曰所以貴無爲無思爲虛者謂其意無所制也愼子曰夫道所以使賢無奈不肖何也所以使智無奈愚何也若此則謂之道勝矣又曰道勝則名不彰莊子曰孔子之楚舍於蟻丘之漿其鄰有夫妻臣妾登極者仲尼曰是陸沈者也是其市南宜僚邪郭象曰人中隱者譬

如無水而沈也遊思竹素園寄辭翰墨林風俗通曰劉向爲孝成皇帝典校書籍皆先書竹爲易刊定可繕寫者以上素也今東觀書竹素也歸田賦曰揮翰墨以奮藻長揚賦曰籍翰林以爲主人

黑蜧躍重淵商羊舞野庭淮南子曰犧牛騂毛宜於廟牲其於致雨不若黑蜧高誘曰黑蜧黑虵也潛於神泉能致雲雨家語曰齊有一足之鳥飛集公朝下止於殿前舒翅而跳齊侯大怪之使使聘魯訪諸孔子孔子曰此名曰商羊水祥也昔童兒有屈其一脚振訊兩臂而跳且謠曰天將大雨商羊鼓儛今齊有之其應至矣告趣治溝渠修隄防將有大水爲災須臾大霖水溢汎諸國傷害民人唯齊備不敗也

飛廉應南箕豐隆迎號屏楚辭曰後飛廉兮使奔屬飛廉風伯也楚辭曰吾令豐隆乘雲兮王逸曰豐隆雲師也楚辭曰屏號起雨何以興之王逸曰屏屛翳雨師名也號呼也興起也言雨師呼則雲起而雨下也

雲根臨八極雨足灑四溟淮南子曰八紘之外有八極八極之雲是雨天下高誘曰八極八方之極也四溟四海也

霖瀝過二旬散漫亞九齡言今淫雨霖瀝已過二旬洪水流散漫亞乎九齡也鄭玄詩譜曰堯之末洪水九年萬國不粒

階下伏泉涌堂上水衣生高誘淮南子注曰蒼苔水衣也

洪潦浩方割人懷昏墊情尚書曰湯湯洪水方割孔安國曰割害也水方爲害也尚書禹曰洪水滔天浩浩懷山襄陵下民昏墊孔安國曰昏瞀墊溺皆病水災

沈液漱陳根綠葉腐秋莖漱蕩也鄭玄毛詩箋曰陳根可拔

里無曲突煙路無行輪聲漢書徐福上書曰曲突徙薪無恩澤

環堵自頹毀垣閭不隱形禮記曰儒有環堵之室廣雅曰墉垣墻也釋名曰墉容也所以蔽隱形容也

尺燼重尋桂紅粒貴瑤瓊說文曰燼薪也戰國策曰蘇秦之楚三月乃得見王談卒辭行楚王曰先生不遠千里而臨寡人曾弗肯留願聞其說對曰楚國食貴於玉薪貴於桂謁者難見於鬼王難見於帝今令臣食玉炊桂因鬼見帝其可得乎漢書曰太倉之粟紅腐而不可食也

君子守固窮在約不爽貞論語曰子路慍見曰君子亦有窮乎子曰君子固窮左氏傳晉成鱄曰居利思義在約思純爾雅曰爽差也周易曰貞正也

雖榮田方贈慙爲溝壑吝說苑曰子思居衛縕袍無裏二旬九食田子方使人遺狐白之裘恐其不受因謂之曰吾假人遂忘之吾與人如弃之子思辭曰伋聞志與不如遺弃物於溝壑伋雖貧不忍身爲溝壑故不敢當卒不肯受

取志於陵子比足黔婁生孟子章句曰陳仲子豈不誠廉士哉居於陵三日不食耳無聞目無見井上有李實螬食者過半矣匍匐往將而食之三咽然後耳有聞目有見也仲子織屨妻辟纑以易之劉熙曰陳仲子齊一介士也螬蟲也李實有虫食之過半言仲子目無見也仲子自織屨妻紡纑以易食也緝績其麻曰辟練絲曰纑也列女傳曰黔婁先生死曾子弔之曰先生何以爲謚妻曰以康爲謚曾子曰先生在時食不充虛衣不蓋形何樂於此而謚爲康乎妻曰先生君嘗欲授之政以爲國相而辭不爲是其有餘貴也君嘗賜之粟三十鍾先生不受是其有餘富也其謚爲康不宜何也皇甫謚高士傳曰黔婁先生者齊人也修清節不求進

文選卷第二十九

賜進士出身通奉大夫江南蘇松常鎮太等處承宣布政使司布政使胡克家重校刊

文選卷第三十

梁昭明太子撰

文林郎守太子右內率府錄事參軍事崇賢館直學士臣李善注上

雜詩下

雜詩下

時興一首　五言　盧子諒　諶

亹亹圓象運，悠悠方儀廓。楚辭曰：歲亹亹而過中。曾子曰：天道曰圓，地道曰方。在天成象，故曰圓象。天地曰兩儀，故曰方儀也。賈逵國語注曰：悠悠，長也。爾雅曰：廓，大也。忽忽歲云暮，游原采蕭藿。楚辭曰：歲忽忽而遒盡。毛詩曰：歲聿云暮。采蕭穫菽。毛萇曰：云，言也。又曰：蕭，蒿也。菽，藿也。北踰芒與河，南臨伊與洛。芒，山名也。河及伊洛，皆水名。凝霜霑蔓草，悲風振林薄。楚辭曰：激凝霜之紛紛。又曰：哀江介之悲風。摵摵芳葉零，橤橤芬華落。摵，已見射雉賦。字書曰：橤，垂也。如捶切。下泉激洌清，

曠野增遼索毛詩曰洌彼下泉毛萇曰洌寒也司馬彪莊子注曰流急曰激毛詩曰率彼曠野毛
萇曰曠空也登高眺遐荒極望無崖㟁文字集略曰㟁崖也形變隨時
化神感因物作莊子曰形變而有生又曰一龍一蛇與時俱化爾雅曰感動也莊子曰萬物並
作吾以觀其復王弼曰作生長也子曰以虛靜觀其反覆者也澹乎至人心恬然存玄
漠言已澹乎同彼至人意存玄漠而已莊子曰澹而靜乎莫而清乎王逸楚辭注曰憺安也憺與澹同莊子
曰不離於真謂之至人又曰至人之用心若鏡淮南子曰恬然則縱之廣雅曰恬靜也張華勵志詩曰大猷玄
漠廣雅曰玄道也又曰漠泊也說文曰泊無也

雜詩二首　陶淵明

結廬在人境而無車馬喧結猶構也問君何能爾心遠地自
偏鄭玄禮記注曰爾助語也琴賦曰體清心遠邈難極采菊東籬下悠然望南山

山氣日夕佳飛鳥相與還管子曰夫鳥之飛必還山集谷也此還有真
意欲辯已忘言楚辭曰狐死必首丘夫人孰能反其真情王逸注曰真本心也莊子曰言者所
以在意也得意而忘言
秋菊有佳色裛露掇其英文字集略曰裛坌衣香也然露坌花亦謂之裛也毛萇詩
傳曰掇拾也汎此忘憂物遠我達世情毛詩曰微我無酒以遨以遊毛萇曰非我
無酒可以忘憂也潘岳秋菊賦曰汎流英於清醴似浮萍之隨波纏子董無心曰無心鄙人也不識世情
一觴雖獨進杯盡壺自傾日入羣動息歸鳥趨林鳴莊子善卷
曰余日出而作日入而息尸子曰晝動而夜息天之道也杜育詩曰臨下覽羣動曹子建贈白馬王彪詩曰歸
鳥赴喬林嘯傲東軒下聊復得此生郭璞遊仙詩曰嘯傲遺俗羅得此生劉瓛易注
曰自無出有曰生生得性之始也

詠貧士詩一首　五言　陶淵明

萬族各有託孤雲獨無依孤雲喻貧士也陸機鼈賦曰揔美惡而兼融播萬族乎一
區楚辭曰憐浮雲之相佯王逸注曰相佯無依據之貌也曖曖虛中滅何時見餘暉
王逸楚辭注曰曖曖昏昧貌陸機擬古詩曰照之有餘暉朝霞開宿霧眾鳥相與飛
喻眾人也遲遲出林翮未夕復來歸亦喻貧士量力守故轍豈不
寒與飢左氏傳晉荀吳曰量力而行又向戌曰飢寒之不恤誰能恤楚也知音苟不存
已矣何所悲古詩曰不惜歌者苦但傷知音稀楚辭曰已矣國無人兮莫我知

讀山海經詩一首　五言　陶淵明

孟夏草木長繞屋樹扶疏上林賦曰垂條扶疏眾鳥欣有託吾
亦愛吾廬既耕亦已種且還讀我書窮巷隔深轍頗

迴故人車漢書曰張負隨陳平至其家乃負郭窮巷以席爲門門外多長者車轍韓詩外傳楚狂接
輿妻曰門外車轍何其深歡言酌春酒摘我園中蔬張協歸舊賦曰苦辭既接歡言
乃周毛詩曰爲此春酒微雨從東來好風與之俱閑居賦曰微雨新晴汎覽
周王傳流觀山海圖周王傳穆天子傳也山海圖山海經也俛仰終宇宙
不樂復何如莊子老聃曰其疾也俛仰之間再撫四海之外又善卷曰余立於宇宙之中毛詩曰
既見君子云何不樂

七月七日夜詠牛女一首

五言齊諧記曰桂陽城武丁有仙道常在
人間忽謂其弟曰七月七日織女渡河諸仙悉還宮吾向以被召不得停與爾別矣
弟問織女何事渡河兄何當還荅曰織女暫詣牽牛吾去後三千年當還耳明旦失
武丁所在世人至今猶云七月七日織女嫁牽牛

謝惠連

落日隱櫚楹，升月照簾櫳。毛詩曰：如月之升。說文曰：櫳，房室之疏也。團團滿葉露，析析振條風。毛詩曰：野有蔓草，零露團兮。楚辭曰：秋風兮蕭蕭，舒芳兮振條。蹀足循廣除，瞬目矚曾穹。呂氏春秋曰：惠盎見宋康王，康王蹀足謦欬。聲類曰：蹀，躡也。徒頰切。登樓賦曰：循階除而下降。說文曰：除，殿階也。又曰：瞬，開闔目也。蒼頡篇曰：矚，索視之貌也。穹，天也。雲漢有靈匹，彌年闕相從。毛詩曰：倬彼雲漢。曹植九詠注曰：牛女為夫婦，七月七日得一會同也。毛萇詩傳曰：彌，終也。遐川阻昵愛，脩渚曠清容。曹植九詠注曰：織女牽牛之星，各處河之旁。爾雅曰：昵，近也。孫炎曰：親之近也。蒼頡篇曰：曠，踈曠也。弄杼不成藻，聳轡騖前蹤。古詩曰：纖纖擢素手，札札弄機杼。終日不成章，泣涕零如雨。王逸楚辭注曰：蹤，軌也。昔離秋已兩，今聚夕無雙。昔離迄今，會而秋已兩；今聚便別，故夕無雙也。傾河易迴斡，款顏難久悰。傾河，天漢也。陸機擬古詩曰：天漢東南傾。邊讓章華臺賦曰：天河既迴，歡樂未終。如淳漢書注曰：斡，轉也。字林曰：款，誠也，意有所欲。廣雅曰：悰，樂也。沃若靈駕旋，寂寥雲幄空。毛詩曰：我馬維駱，六轡沃若。陸機雲賦曰：藻帟高舒，長帷虹繞。留情顧華寢，遙心逐奔龍。龍，仙者所駕，故遙心以逐之。莊子曰：神人承雲氣，御飛龍也。沈吟為爾感，情深意彌重。古詩曰：馳情整中帶，沈吟聊躑躅。鄭玄毛詩箋曰：爾，汝也。廣雅曰：感，傷也。鄭玄儀禮注曰：彌，盡也。

擣衣一首 五言

謝惠連

衡紀無淹度，晷運倏如催。漢書曰：用昏建者杓，夜半建者衡。晉灼曰：衡，斗之中央也。爾雅曰：星紀，斗、牽牛也。漢書音義曰：二十八舍列在四方，日月行焉，起於星紀也。說文曰：晷，日景也。周易曰：日月運行。白露滋園菊，秋風落庭槐。肅肅莎雞羽，烈烈寒螿啼。毛詩曰：六月莎雞振羽。一名促織，一名絡緯，一名蟋蟀。論衡曰：夏末寒，蜻蛚鳴，將感陰氣也。許慎淮南子注曰：寒螿，蟬屬也。子羊切。夕陰結空幙，霄月皓中閨。美人戒裳服，端飾相招攜。楚辭曰：美人皓齒嫮以姱。左氏傳曰：招攜以禮。何休公羊傳注曰：攜，提將也。簪玉出北房，鳴金步南階。魏臺訪議曰：以玉為笄也。古曰笄，今曰簪。繁欽定情詩曰：何以致拳拳，綰臂雙金環。櫚高砧響發，楹長杵聲哀。郭璞曰：砧，木質也。然此砧為擣帛之質也。文字集略曰：砧，杵之質也。猪金切。爾雅曰：砧謂之虔。微芳起兩袖，輕汗染雙題。說文曰：題，額也。紈素既已成，君子行未歸。君子謂夫也。毛詩曰：未見君子。裁用笥中刀，縫為萬里衣。古詩曰：相去萬餘里。盈篋自余手，幽緘候君開。說文曰：篋，笥也。又曰：緘，束篋也。古咸切。腰帶準疇昔，不知今是非。左氏傳羊斟曰：疇昔之羊，子為政。

南樓中望所遲客一首 五言

謝靈運

謝靈運遊名山志曰：始寧又北轉一汀七里，直指舍下園南門樓，自南樓百許步對橫山。

杳杳日西頹，漫漫長路迫。楚辭云：日杳杳以西頹，路長遠而窘迫。王逸注曰：言道路長遠，不得復還，憂心迫窘，無所舒志也。登樓為誰思，臨江遲來客。楚辭曰：吹參差兮誰思。遲，猶思也。與我別所期，期在三五夕。陸機贈馮文羆詩曰：問子別所期，耀靈緣扶木。三五，謂十五日也。禮記曰：月者三五而盈也。圓景早已滿，佳人猶未適。曹子建贈徐幹詩曰：圓景光未滿，衆星粲已繁。魏文帝秋胡行曰：朝與佳人期，日夕殊不來。杜預左氏傳注曰：適，歸也。即事怨睽攜，感物方悽戚。即事，即此離別之意也。列子：周之尹氏有老役夫，晝則呻呼即事，夜則昏憊而熟寐。周易曰：睽，乖也。賈逵國語注曰：攜，離也。古詩曰：感物懷所思。鄭玄論語注曰：方，常也。孟夏非長夜，晦明如歲隔。楚辭曰：望孟夏之短夜，何晦明兮若歲。瑤華未堪折，蘭苕已屢擿。楚辭曰：折踈麻兮瑤華，將以遺乎離居。又曰：被石蘭兮帶杜衡折芳馨兮遺所思。路阻莫贈問。云何慰離析。楚辭曰媒絶路阻言不可結而贈也毛萇詩傳曰問遺也又曰慰安也杜育金谷詩曰既而慨爾感此離析搔首訪行人。引領兾良覿。毛詩曰愛而不見搔首踟蹰爾雅曰覿見也良覿謂見良人也

田南樹園激流植援一首　五言　謝靈運

樵隱俱在山。由來事不同。臧榮緒晉書曰何琦曰胡孔明有言隱者在山樵者亦在山在山則同所以在山則異豈不信乎不同非一事。養痾亦園中。高彪與馬融書曰公今養痾傲士說文曰痾病也中園屏氛雜。清曠招遠風。范曄後漢書仲長統曰欲卜居清曠以樂其志廣雅曰曠遠也卜室倚北阜。啓扉面南江。西都賦曰臨峻路而啓扉激澗代汲井。插槿當列墉。群木既羅戶。衆山亦對牕。靡迤趨下田。迢遞瞰高峯。西京賦曰澶漫靡迤寡欲不期勞。

即事罕人功。老子曰少私寡欲即事即此營室之事也已見上文唯開蔣生逕。永懷求羊蹤。三輔決錄曰蔣詡字元卿隱於杜陵舍中三逕惟羊仲求仲從之遊二仲皆挫廉逃名毛萇詩傳曰懷思也賞心不可忘。妙善兾能同。莊子曰顏成子遊謂東郭子綦曰自吾聞子之言也八年而不知死生九年大妙郭象曰妙善同故無往而不冥也

齋中讀書一首　五言　永嘉郡齋也　謝靈運

昔余遊京華。未甞廢丘壑。郭璞遊仙詩曰京華遊俠窟漢書班嗣書曰夫嚴子者漁釣於一壑萬物不干其志棲遲於一丘天下不易其樂也矧迺歸山川。心跡雙寂漠。爾雅曰矧況也楚辭曰野寂漠兮無人虛館絶諍訟。空庭來鳥雀。張衡四愁詩序曰諍訟息鬻子曰禹治天下朝廷之間可以羅雀也臥疾豐暇豫。翰墨時間作。國語優施曰我教暇豫之事君韋昭曰暇閑也豫樂也歸田賦曰揮翰墨以奮藻兩都賦序曰時時間作

懷抱觀古今。寢食展戲謔。文賦曰觀古今於須臾毛詩曰善戲謔兮不爲虐兮既笑沮溺苦。又哂子雲閣。執戟亦以疲。耕稼豈云樂。論語曰長沮桀溺耦而耕漢書曰王莽既以符命自立即位之後欲絶其源以神前事而甄豐子尋劉歆子棻復獻之莽誅豐父子投棻四裔辭所連及便收不請時楊雄校書天祿閣上理獄使者來欲收雄雄恐不能自免乃從閣上自投幾死京師爲之語曰惟寂惟漠自投于閣潘安仁夏侯湛誄曰執戟疲楊萬事難並歡。達生幸可託。莊子曰達生之情者傀司馬彪曰傀大也情在無故曰大傀音瑰

石門新營所住四面高山迴溪石瀨脩竹茂林詩一首　五言　謝靈運

躋險築幽居。披雲臥石門。方言曰躋登也論衡曰幽居靜處恬澹自守莊子曰雲者風起北方一西一東執居無事而披拂是苔滑誰能步。葛弱豈可捫。遊天台山賦曰

踐莓苔之滑石又曰援葛藟之飛莖毛萇詩傳曰捫持也娟娟秋風過。萋萋春草繁。楚辭曰娟娟兮秋風王逸注曰娟娟風搖木貌也楚辭曰春草生兮萋萋美人遊不還。佳期何由敦。楚辭曰望美人兮未來又曰與佳期兮夕張方言曰敦信也芳塵凝瑤席。清醑滿金樽。庾闡楊都賦曰結芳塵於綺疎楚辭曰瑤席兮玉瑱毛詩曰飲此醑矣埤蒼曰湑美貌也曹子建樂府詩曰金樽玉杯不能使薄酒更厚洞庭空波瀾。桂枝徒攀翻。楚辭曰洞庭波兮木葉下又曰攀桂枝兮聊淹留結念屬霄漢。孤景莫與諼。言所思念邈若霄漢孤影獨處莫與志憂蔡琰詩曰煢煢對孤影怛咤糜肝肺毛萇詩傳曰諼志也張翰詩曰單形依孤影俛濯石下潭。仰看條上猿。早聞夕飈急。晚見朝日暾。楚辭曰暾將出兮東方王逸注曰始出其形暾暾而盛大也崖傾光難留。林深響易奔。感往慮有復。理來情無存。言悲感已往而夭壽紛錯故慮有迴復妙理若來而

物我俱喪故情無所存往謂適彼可悲之境也。**庶持乘日車，得以慰營魂。**莊子牧馬童子謂黃帝曰：有長者教予曰：若乘日之車而遊襄城之野。郭象曰：日出而遊，日入而息也。車或爲居。楚辭曰：載營魄而升霞。鍾會老子注曰：經護爲營也。**匪爲衆人說，冀與智者論。**司馬遷書曰：可爲智者說，難爲俗人言。

雜詩一首 五言

王景玄 沈約宋書曰：王微字景玄，少好學，無不通覽。年十六，舉秀才，除南平王鑠右軍咨議。微素無官情，並陳疾不就。江湛舉爲吏部郎中。

思婦臨高臺，長想憑華軒。陸機爲顧彥先贈婦詩曰：東南有思婦。舞賦曰：遠思長想。登樓賦曰：憑軒檻以遙望。潘岳爲賈謐贈陸機詩曰：珥筆華軒。韋昭漢書注曰：軒，檻上板也。**弄絃不成曲，哀歌送苦言。**左太沖詠史詩曰：哀歌和漸離。張平子書曰：酸者不能不苦於言也。

箕帚留江介，良人處鴈門。箕帚，婦人所執也。國語曰：吳王夫差伐越，越王勾踐乃命諸稽郢行成於吳，曰：勾踐請盟一介適女，執箕帚以備姓於王宮。說文曰：箕，簸也。帚，糞也。楚辭曰：哀江介之悲風。孟子曰：齊人一妻一妾而處室者，其良人出，必厭酒肉。劉淵曰：婦人稱夫曰良人。漢書有鴈門郡。**詎憶無衣苦，但知狐白溫。**曹植贈丁儀詩曰：狐白足禦冬，焉念無衣客。**日闇牛羊下，野雀滿空園。**毛詩曰：日之夕矣，羊牛下來。古猛虎行曰：日暮不從野雀棲。**孟冬寒風起，東壁正中昏。**禮記曰：仲冬之月，昏東壁中。**朱火獨照人，抱景自愁怨。**古詩曰：朱火然其中。楚辭曰：廓抱景而獨倚。**誰知心曲亂，所思不可論。**毛詩曰：亂我心曲。古詩曰：所思在遠道。

數詩一首 五言

鮑明遠

一身仕關西，家族滿山東。家語孔子曰：恭敬忠信，四者可以正國，豈特一身。漢書王衛尉曰：蕭何守關中，搖足則關西非陛下所有。又曰：高帝問羣臣，羣臣皆山東人也。**二年從車駕，齋祭甘泉宮。**漢書曰：元延二年，行幸甘泉。賦曰：正月從上甘泉。蔡邕獨斷曰：不敢指斥天子，故但言車駕。漢書曰：武帝作甘泉宮中爲臺，置祭具以致天神也。**三朝國慶畢，休沐還舊邦。**漢書谷永上書曰：食於三朝之會。周禮曰：國有福事，即慶賀之。漢書曰：張安世休沐未嘗出。王粲贈蔡子篤詩曰：戾舊邦也。**四牡曜長路，輕蓋若飛鴻。**毛詩曰：駕彼四牡。石崇還京詩曰：迅風翼華蓋，飄飄若鴻飛。**五侯相餞送，高會集新豐。**漢書曰：成帝悉封舅王譚、王立、王根、王逢、王商，時爲列侯，五人同日封，故世謂之五侯。又曰：漢王置酒高會。三輔舊事曰：太上皇思慕鄉里，高祖徙豐沛商人，立爲新豐也。**六樂陳廣坐，組帳揚春風。**周禮曰：凡六樂者，文之以五聲。鄭玄曰：此固所以存六代之樂。史記侯嬴曰：公子自迎嬴，羣衆廣坐之中。嵇康贈秀才詩曰：組帳高褰。**七盤起長袖，庭下列歌鍾。**張衡舞賦曰：歷七盤而屣躡。七盤已見陸機羅敷歌。韓子曰：長

袖善舞。國語曰：鄭伯納女樂二八、歌鍾。已見魏都賦。**八珍盈彫俎，綺肴紛錯重。**周禮食醫掌和王八珍之齊。莊子曰：祝宗人說彘曰：汝奚惡死？吾將加汝肩尻乎彫俎之上。應璩與公琰書曰：繁俎綺錯，羽爵飛騰。**九族共瞻遲，賓友仰徽容。**尚書曰：敦叙九族。孔安國曰：九族，高祖玄孫之親也。張載送鍾參軍詩曰：善見理不拔，闡道播徽容。**十載學無就，善官一朝通。**漢書曰：張釋之事文帝，十年不得調。又曰：司馬安巧善官，四至九卿。

翫月城西門解中一首 五言

鮑明遠

始見西南樓，纖纖如玉鉤。西京雜記公孫乘月賦曰：值圓巖而似鉤，蔽脩堞如分鏡。王逸楚辭注曰：曲瓊，玉鉤也。**末映東北墀，娟娟似蛾眉。**說文曰：墀，塗地也。禮，天子赤墀。上林賦曰：長眉連娟。毛詩曰：螓首蛾眉。**蛾眉蔽珠櫳，玉鉤隔瑣窻。**珠櫳，以珠飾疏也。瑣窻，爲瑣文也。范曄後漢書曰：梁冀第舍窻牖，皆有綺疏青瑣也。**三五二八時，千**

里與君同。二八十六日也釋名曰望滿之名月大十六日月小十五日淮南子曰道德之論譬如日
月馳騖千里不能改其處夜移衡漢落徘徊帷戶中。衡斗中央也漢天漢也已見上
文曹植七哀詩曰明月照高樓流光正徘徊歸華先委露別葉早辭風。言歸
華先委爲露所隕別葉早辭爲風所隕華落向本故曰歸本葉下離枝故云別葉王逸楚辭注曰委弃也翼氏
風角曰木落歸本水流歸末客游厭苦辛仕子倦飄塵。陸機荅張士然詩曰飄飄
冒風塵休澣自公日宴慰及私辰。禮記曰晏子澣衣以朝字林曰醧私宴飲也方
言曰慰居也蜀琴抽白雪郢曲發陽春。相如工琴而處蜀故曰蜀琴客歌郢中故
稱郢曲也宋玉笛賦曰師曠將爲白雪之曲也又對問曰客有歌於郢中者其爲陽春白雪國中屬而和者不
過數人肴乾酒未缺金壺啓夕淪。肴雖乾而酒未止金壺之漏已啓夕波杜預左
氏傳注曰肴乾而不食爾雅曰小波爲淪陸機漏賦曰伏陰蟲以承波吞恒流其如揖迴軒駐輕

六百五十　文三十　十一

蓋留酌待情人。

始出尚書省一首　五言　謝玄暉　蕭子顯齊書曰朓兼
尚書殿中郎高宗輔政以朓爲諮議領記室高宗明帝也

惟昔逢休明十載朝雲陛。休明謂齊武皇帝也左氏傳曰王孫滿曰德之休明蕭子
顯齊書曰朓解褐豫章王行參軍然王故朝也左思七牧曰開甲第之廣衰建雲陛之嵯峨既通金
閨籍復酌瓊筵醴。金閨即金門也解嘲曰歷金門上玉堂應劭漢書注曰籍者爲二尺竹牒
記其年紀名字物色懸之宮門案省相應乃得入也袁宏夜酣賦曰開金鼎坐瓊筵漢書楚元王敬禮穆生等
穆生不嗜酒王每置酒常爲穆生設醴也宸景厭照臨昏風淪繼體。宸北辰以喻帝
位也厭照臨謂武帝崩也繼體謂鬱林王昭業也蕭子顯齊書曰鬱林王文惠太子長子武帝崩王即位毛詩
曰明明上天照臨下土尚書曰遠耆德比頑童時謂亂風廣雅曰昏亂也又曰淪沒也公羊傳曰繼文王之

躰守文王之法度紛虹亂朝日濁河穢清濟。漢書息夫躬絕命辭曰虹霓耀兮日
微張晏曰虹蜺邪陰之氣也而有照耀以蔽日月方讒言流行忠良浸微也戰國策張儀說秦王曰清濟濁河足
以爲阻孔安國尚書注曰濟水入河並流十數里清濁異色混爲一流亦喻讒邪之穢忠正也防口猶
寬政餐荼更如薺。言防衆口實由寬政雖遇餐荼之苦更同如薺之甘時明帝輔政故曰寬
也國語召公諫厲王曰防人之口甚於防川左氏傳陳公子完謂齊侯曰臣幸若獲宥及於寬政君之惠也仲
長子昌言曰有軍興之大役焉有凶荒之殺用焉如此則清脩絜皎之士固當食荼藍膽枕籍蓍棘毛詩曰誰
爲荼苦其甘如薺英衮暢人謀文明固天啓。英衮謂明帝也初爲尚書令故曰英
衮蕭子顯齊書曰明帝以太后令廢鬱林王及海陵王而即帝位周禮曰三公自衮冕而下漢書音義曰暢通也周易
曰人謀鬼謀百姓與能又曰見龍在田天下文明左氏傳曰晉侯賜畢萬魏卜偃曰以是始賞天啓之矣青
精翼紫軑黃旗映朱邸。春秋元命苞曰紂之時五星聚房房者蒼神之精周據而興

七百五十七　文三十　十二　乙丑重刊

然青即蒼也齊木德故蒼精翼之孔安國尚書傳曰翼輔也方言曰韓楚之間輪謂之軑徒計切天子之車以
紫爲蓋故曰紫軑司馬德操與劉恭嗣書曰黃旗紫蓋恒見東南終成天下者揚州之君子史記曰諸侯朝天
子於天子之所立宅舍曰邸漢書曰代王入代邸諸王朱戶故曰朱邸還覩司隸章復見
東都禮。東觀漢記曰更始欲北之雒陽以上爲司隸校尉三輔官府吏東迎雒陽見更始諸將過者數
十輩皆冠幘而衣婦人之衣大爲長安所笑見司隸官屬皆相指視之極望老吏或垂涕歎然復見官府儀體
賢者蟻附也中區咸已泰輕生諒昭洒。文賦曰佇中區以玄覽說文曰洒滌也桑
禮切趨事辭宮闕載筆陪旌棨。謂出殿中而爲記室也漢書曰朱博夜寢早起妻希
見面趨事如是慎子曰趨事之有司賤也禮記曰史載筆士載言司馬彪續漢書曰公以下至二千石騎吏四
人皆帶劍棨戟爲前行韋昭漢書注曰棨戟也音啓邑里向疎蕪寒流自清泚。鶡冠
子曰士之居邑里賈逵國語注曰蕪薉也說文曰泚清也且禮切衰柳尚沈沈凝露方

泥泥。沈沈茂盛之貌也。毛詩曰。蓼彼蕭斯。零露泥泥。廣雅曰。方。正也。毛萇曰。泥泥。沾濡也。零落悲友朋。歡虞讌兄弟。孔融與曹操書曰。海內知識。零落殆盡。虞與娛通。毛詩序曰。常棣。燕兄弟也。既秉丹石心。寧流素絲涕。丹石言不移也。呂氏春秋曰。石可破而不可奪其堅。丹可磨而不可奪其赤。韓子曰。上下相德。守道者皆懷金石之心。素絲隨染涕。墨子所悲也。淮南子曰。墨子見練絲而泣之。爲其可以黃。可以黑。高誘曰。閔其化也。曹顏遠感時詩曰。素絲與路歧。乘此終蕭散。垂竿深澗底。孫惠龜賦曰。泛舟於清泠之淵。垂竿於巖澗之下。如淳漢書注曰。乘。因也。

直中書省一首　五言。蕭子顯齊書曰。朓轉中書郎。　謝玄暉

紫殿肅陰陰。彤庭赫弘敞。紫殿。紫宮也。漢書成紀曰。神光降集紫殿。莊子曰。至陰肅肅。至陽赫赫。西都賓曰。玉階彤庭。西京賦曰。赫昈昈以弘敞。風動萬年枝。日華承露掌。晉宮闕名曰。華林園有萬年樹十四株。漢書曰。日華曜宣明。又曰。武帝作栢梁銅柱承露盤僊人掌也。

玲瓏結綺錢。深沈映朱網。晉灼甘泉賦注曰。玲瓏。明見貌也。東宮舊事曰。窻有四面綾綺連錢。楚辭曰。網戶朱綴刻方連。王逸注曰。網。綺文縷也。綴。緣也。網與罔同而義異也。紅藥當階翻。蒼苔依砌上。淮南子曰。窮谷之汙。生以蒼苔。兹言翔鳳池。鳴珮多清響。晉中興書曰。荀勗從中書監爲尚書令。人賀之。乃發恚云。奪我鳳凰池。卿諸人何賀我邪。禮記曰。君子行則鳴佩玉。信美非吾室。中園思偃仰。登樓賦曰。雖信美而非吾土兮。毛詩曰。或棲遲偃仰。朋情以鬱陶。春物方駘蕩。尚書曰。鬱陶乎予心。顏厚有忸怩。莊子曰。惠施之材。駘蕩而不得。逐物不反。司馬彪曰。駘蕩。猶施散也。安得凌風翰。聊恣山泉賞。莊子曰。鵲巢於高榆之顛。巢折。凌風而起。毛詩曰。如飛如翰。鄭玄曰。如鳥之飛翰也。

觀朝雨一首　五言。　謝玄暉

朔風吹飛雨。蕭條江上來。既灑百常觀。復集九成臺。張景陽七命曰。表以百常之闕。西京賦曰。通天眇以竦峙。勁百常而莖擢。薛綜曰。臺名也。爾雅曰。觀謂之闕。呂氏春秋曰。有娀氏有二佚女。爲九成臺。飲食必以鼓。空濛如薄霧。散漫似輕埃。平明振衣坐。重門猶未開。楚辭曰。平明發兮蒼梧。新序曰。老古振衣而起。周易曰。重門擊柝。耳目暫無擾。懷古信悠哉。東京賦曰。慨長思而懷古。毛詩曰。悠哉悠哉。毛萇曰。悠。思也。戢翼希驤首。乘流畏曝鰓。成公綏慰情賦曰。惟潛龍之勿用。戢鱗翼以匿影。鄒陽上書曰。鮫龍驤首奮翼。則浮雲出流。鵬鳥賦曰。乘流則逝。三秦記曰。河津一名龍門。兩傍有山。水陸不通。龜魚莫能上。江海大魚薄集龍門下。上則爲龍。不得上。曝鰓水次也。動息無兼遂。歧路多徘徊。動息。猶出處。言出處之情有疑。譬臨歧路而多惑也。淮南子曰。楊子見逵路而哭之。謂其可以南可以北。方同戰勝者。去翦北山萊。言隱勝仕也。方。猶將也。韓子子夏曰。吾入見先王之義則榮之。出見富貴又榮之。二者戰於胷臆。故臞也。今見先王之義戰勝。故肥也。毛詩曰。南山有臺。北山有萊。毛萇曰。萊。草也。

郡內登望一首　五言。蕭子顯齊書曰。朓出爲宣城太守。　謝玄暉

借問下車日。匪直望舒圓。張景陽詩曰。下車如昨日。望舒四五圓。寒城一以眺。平楚正蒼然。毛詩曰。翹翹錯薪。言刈其楚。說文曰。楚。叢木也。鄭玄毛詩箋曰。蒹葭在衆草之中。蒼蒼然也。山積陵陽阻。溪流春穀泉。江賦曰。幽澗積阻。沈約宋書曰。宣城郡。太康中分丹陽立。陵陽子明得仙於廣陽縣山。戰國策曰。飲茹溪之流。漢書曰。丹陽郡有春穀縣。水經注曰。江連春穀縣北。又合春穀水。威紆距遙甸。巉嵒帶遠天。威紆。威夷紆餘。流長之貌也。孔安國尚書傳曰。距。至也。廣雅曰。巉嵒。高也。切切陰風暮。桑柘起寒煙。悵望心已極。惝怳魂屢遷。悵望已見上文。楚辭曰。招惝怳而永懷。招。怮驕切。惝。況壤切。怳。況往切。結髮倦爲旅。平生早事邊。漢書霍光結髮內侍。論語子曰。久要不忘平生

之言誰規鼎食盛寧要狐白鮮家語曰子路南遊於楚列鼎而食晏子春秋曰景公被狐白之裘坐於堂側方棄汝南諾言稅遼東田續漢書曰汝南太守南陽宗資任用范滂時人謠曰汝南太守范孟博南陽宗資主畫諾魏志曰管寧聞公孫度令行海外遂至于遼東皇甫謐高士傳曰人或牛暴寧田者寧爲牽牛著涼處自飲食也

和伏武昌登孫權故城一首五言徐勉伏曼容墓誌序曰曼容爲大司馬諮議參軍出爲武昌太守　謝玄暉

炎靈遺劒璽當塗駭龍戰炎靈謂漢也典引曰蓄炎上之烈精漢儀禮志曰皇太子即位中黃門以斬蛇寶劒授異苑曰晉惠帝元康三年武庫火燒漢高斬白蛇劒吳書曰初黃門張讓等作亂劫天子出奔尚璽投井中春秋保乾圖曰漢以魏徵當塗在世名行四方獻帝紀太史丞許芝奏故白馬令李雲上事曰許昌氣見於當塗高者魏也象魏者兩觀闕是也當道而高大者魏也當代漢周易曰龍戰于野其血玄黃聖期缺中壤霸功興寓縣論衡曰孟子云五百年有王者興五百年者以爲天出聖期也桓譚陳便宜曰所謂霸功者法度明正百官脩治威令流行者也蒼頡篇曰宇邊也說文曰寓籀文宇字也鵠起登吳山鳳翔陵楚甸莊子曰鵠上城之垝巢於高榆之顛城壞巢折陵風而起故君子之居時也得時則義行失時則鵠起司馬彪曰垝最高危限之處也起飛也東都賦曰龍飛白水鳳翔參墟孫氏初基武昌後都建鄴故云吳山楚甸也垝居毀切衿帶窮巖險帷帟盡謀選西京賦曰巖險周固衿帶易守漢書高祖曰運籌策於帷帳之中左氏傳蔿啓彊曰趙成中行吳皆諸侯之選也鄭玄毛詩箋曰選者謂於倫等之中最上也北拒溺驂鑣西龕收組練北拒謂禦曹操西龕謂敗劉備也春秋感精符曰強傑並侵戰兵雷合龍門溺驂宋均曰龍門魯地名也時齊與宋鄭戰敗相殺血溺驂馬尚書序曰西伯戡黎孔安國曰戡勝也龕與戡音義同左氏傳曰組甲三百被練三千馬融曰組甲以組爲甲被練爲甲裹也江海既無波俯仰流英盼禮斗威儀曰其君乘木而王其政象平則江海不揚波好色賦曰竊視盼裘冕類禋郊卜揆崇離殿周禮曰王祀昊天上帝則服大裘而冕祀五帝亦如之又曰兆五帝於四郊四類亦如之孔安國尚書傳曰類事類也又曰精意以享曰禋毛詩曰卜云其吉終然允臧毛萇曰凡建國必卜之毛詩曰揆之以日作爲楚室毛萇曰揆度也度日出日入以知西東視定北準極以正南北毛萇詩傳曰崇立也西都賦曰外則離殿別寢釣臺臨講閱樊山開廣讌吳志曰孫權於武昌臨釣臺飲酒大歡國語虢文公曰一時講武公羊傳曰大閱者何簡車馬也水經曰武昌郡治城南有袁山即樊山也北背大江江上有釣臺顏延年釋奠詩曰即宮廣讌文物共葳蕤聲明且葱蒨左氏傳臧哀伯曰夫德儉而有度文物以紀之聲明以發之三光厭分景書軌欲同薦三國名臣頌曰三光參分宇宙暫隔禮記子曰今天下車同軌書同文杜預左氏傳注曰薦獻也參差世祀忽寂漠市朝變魏都賦曰非有期乎世祀忽謂忽忽然而去也古出夏北門行曰市朝易人千載墓平舞館識餘基歌梁想遺轉蕪城賦曰歌堂舞閣之基西征賦曰覓陛殿之餘基歌有繞梁故曰歌梁淮南子曰秦楚燕趙之歌也異轉而皆樂高誘曰轉音聲也故林衰木平荒池秋草徧雄圖悵若茲茂宰深遐睠茂宰謂伏武昌也言孫氏雄圖悵然如此伏氏感之而深遠睠幽客滯江皐從賞乖纓弁幽客朓自謂也言從賞而乖纓弁遊也楚辭曰朝馳騁兮江皐王逸注曰澤曲曰皐清卮阻獻酬良書限聞見良書謂伏詩也鄭玄禮記注曰卮酒器也毛詩曰獻酬交錯墨子曰墨子獻書惠王王受而讀之曰良書也幸籍芳音多承風采餘絢楚辭曰聞赤松之清塵願承風之遺則馬融論語注曰絢文貌也于役儻有期鄂渚同游衍毛詩曰君子于役不知其期楚辭曰乘鄂渚而反顧兮王逸注曰鄂渚地名也毛詩曰昊天曰旦及爾游衍毛萇曰遊行也衍溢也鄭玄曰常與汝入往遊溢相從也

和王著作八公山一首五言淮南子曰淮南王安養士數千人中有高

才八人蘇非李上左吳陳由伍被雷被毛被晋昌爲八公神仙傳曰雷被誣告安謀反人告公曰安可以去矣乃與登山即日升天八公與安所踐石上之馬跡存焉

謝玄暉

二別阻漢坻雙崤望河澳左氏傳曰吳子伐楚子常乃濟漢而陳自小別至于大別殽有二陵已見西征賦爾雅曰小沚曰坻又曰澳隈也茲嶺復巑岏分區奠淮服字林曰巑岏銳山也潘岳贈陸機詩曰區域以分孔安國尚書傳曰奠定也東限琅邪臺西距孟諸陸山海經曰琅邪臺在渤海間琅邪之東孔安國尚書傳曰距至也周禮曰正東曰青州其藪曰孟諸爾雅曰宋有孟諸郭璞曰今在梁國睢陽縣東北然孟諸澤在八公山東而云西距者謂澤西距山以避上文耳謂山在澤東是也仟眠起雜樹檀欒蔭脩竹楚辭曰遠望兮仟眠枚乘兎園賦曰脩竹檀欒夾池水日隱澗凝空雲聚岫如複出没眺樓雉

遠近送春目王肅家語注曰高丈長曰堵三堵曰雉呂氏春秋曰客出田騈送之以目戎州昔亂華素景淪伊穀亂華謂苻堅也左氏傳曰衛侯登城以望見戎州公曰我姬姓也何戎之有焉又孔子曰裔不謀夏夷不亂華素景謂晋也干寶搜神記曰金者晋之行也漢書曰穀水出穀陽谷東北入洛也伊水已見上文阽危賴宗袞微管寄明牧宗袞謝安也明牧謝玄也晋中興書曰時盜賊強盛浸冠無已朝議求文武良將可以鎮北方者衛將軍謝安曰唯兄子玄可堪此任於是拜建武將軍兖州刺史領廣陵相監江北諸軍事漢書賈誼上書曰安有天下阽危者若是臣瓚曰臨危曰阽或曰阽屋檐也論語子曰微管仲吾其被髮左衽矣長蛇固能翦奔鯨自此曝八公山謝玄敗苻堅之處也長蛇喻融奔鯨喻堅也羣謝録曰玄領徐州苻堅傾國大出玄爲前鋒射傷苻堅陣殺苻融左氏傳申苞胥如秦乞師曰吳爲封豕長蛇以荐食上國又楚子曰古者明王伐不敬取其鯨鯢而封以爲大戮杜預曰鯨鯢大魚名以喻不義之人吞食小國也道峻芳塵流業遥年運儵陸機大暮賦曰播芳塵之馥馥莊子老聃曰予年運而往矣將何以戒我乎平生仰令圖吁嗟命不淑平生自謂也左氏傳汝叔齊曰君子能知其過必有令圖令圖天贊也薛君韓詩章句曰吁嗟歎辭也毛詩曰子之不淑楊泉五湖賦曰厎功定績蓋寓令圖不淑已見嵇康幽憤詩浩蕩別親知連翩戒征軸楚辭曰志浩蕩而傷懷思玄賦曰續連翩兮紛暗曖再遠館娃宫兩去河陽谷方言曰吳有館娃之宫石崇思歸引序曰肥遯於河陽別業風煙四時犯霜雨朝夜沐曹植亟出行曰蒙霧犯風塵淮南子曰禹沐淫雨櫛疾風高誘曰以雨爲沐浴也以疾風爲梳篦也魏書公令曰沐浴霜露二十餘年春秀良已凋秋場庶能築孫子曰秋霜被不凋其秀毛詩曰九月築場圃

和徐都曹一首五言集云和徐都曹勉昧旦出新渚

謝玄暉

宛洛佳遨游春色滿皇州古詩曰驅車策駑馬游戲宛與洛鮑昭結客少年場曰表

裏望皇州結軫青郊路迴瞰蒼江流楚辭曰結余軫於西山周禮曰東方謂之青蜀都賦曰列綺疏以瞰江日華川上動風光草際浮日華已見上文楚辭曰光風轉蕙汎崇蘭王逸注曰光風謂日出而風草木有光色也桃李成蹊徑桑榆陰道周班固漢書贊曰諺曰桃李不言下自成蹊楚辭曰鳴鳩棲於桑榆毛詩曰有杕之杜生于道周毛萇曰周曲也東都已俶載言歸望綠疇毛詩曰以我覃耜俶載南畝毛萇曰覃利也王肅曰俶始也載事也言用我之利始事於南畝也毛詩曰言旋言歸賈逵國語注曰一井爲疇

和王主簿怨情一首五言集云王主簿名季哲

謝玄暉

掖庭聘絕國長門失歡宴漢書元紀曰賜單于待詔掖庭王廧爲閼氏應劭曰名廧小字昭君娶女曰聘據單于而言也琴道雍門周曰一赴絕國掖庭王昭君所居也長門陳皇后所居也南都賦曰

接歡宴於日夜。相逢詠蘼蕪，辭寵悲班扇。古樂府詩曰：上山採蘼蕪，下山逢故夫。班婕妤怨詩曰：新製齊紈素，鮮絜如霜雪。裁爲合歡扇，團團似明月。花叢亂數蝶，風簾入雙燕。徒使春帶賒，坐惜紅粧變。賒，緩也。生平一顧重，宿昔千金賤。鄭玄毛詩箋曰：顧，迴首也。列女傳曰：楚成鄭子瞀者，楚成王之夫人也。初，成王登臺，子瞀不顧。王曰：顧，吾與女千金。子瞀遂行不顧。曹植詩曰：一顧千金重，何必珠玉錢。阮籍詠懷詩曰：宿昔同衾裳。故人心尚爾，故人心不見。古樂府曰：相去萬餘里，故人心尚爾。鄭玄毛詩箋曰：尚，猶也。字書曰：爾，詞也。

和謝宣城一首

五言。集云：謝宣城朓卧疾。

沈休文

王喬飛鳧舄，東方金馬門。從宦非宦侶，避世不避喧。范曄

六〇十三

後漢書曰：王喬者，河東人也。顯宗時爲葉令。喬有神術，每月朔望自縣詣臺朝。帝怪其來數而不見車騎，密令太史伺望之。言其臨至，輒有雙鳧東南飛來。於是伺鳧至，舉羅張之，但得一雙舄焉。乃詔尚方診視，則四年中所賜尚書官屬履也。史記曰：武帝時，齊人有東方生名朔。時坐席中，酒酣，據地歌曰：陸沈於俗，避世金馬門。揆余發皇鑒，短翮屢飛翻。楚辭曰：皇鑒揆予于初度。丁儀周成王論曰：振短翮與鸞鳳並翔。晨趨朝建禮，晚沐卧郊園。漢書典職曰：尚書郎晝夜更直於建禮門內。沐，休沐也。賓至下塵榻，憂來命綠樽。謝承後漢書曰：徐穉，字孺子，豫章人。屢辟公府不起。時陳蕃爲太守，以禮請署功曹。穉不免之，既謁而退。蕃在郡不接賓，唯穉來特設一榻，去則懸之。應休璉與曹長思書曰：紅塵蔽於机榻。傅玄雜詩曰：机榻委塵埃。漢書，東方朔曰：臣聞銷憂者莫若酒也。昔賢侔時雨，今守馥蘭蓀。字林曰：侔，齊等也。孟子曰：君子之所以教者五，有如時雨化之者。今守，即朓也。潘正叔贈河陽詩曰：流聲馥秋蘭。王逸楚辭注曰：蓀，香草名也。神交疲夢寐，路遠隔思存。列子曰：夢有六候，此六者，皆魂神所交也。莊子曰：子綦曰：其寐也魂交，其覺也形開。說文曰：交，會也。毛詩曰：雖則如雲，匪我思存。牽拙謬東汜，浮惰及西崐。梁書曰：隆昌中，約出爲東陽太守。明帝即位，徵爲五兵尚書。以日之早晏，喻年之少老也。牽，牽率，庸拙也。東汜，謂湯谷，日之所出也。浮惰，浮名惰懈也。西崐，謂崦嵫，日之所入也。顧循良菲薄，何以儷璵璠。鄭玄毛詩箋曰：顧，念也。楚辭曰：質菲薄而無由。馬融論語注曰：菲，薄也。廣雅曰：儷，偶也。左氏傳曰：季平子卒，陽虎將以璵璠斂。杜預曰：璵璠，美玉也。將隨渤澥去，刷羽汎清源。解嘲曰：若江湖之雀，渤澥之鳥。吳都賦曰：刷蕩漪瀾。說文曰：刷，刮也。劉公幹詩曰：方塘含清源。

應王中丞思遠詠月一首

五言。蕭子顯齊書曰：王思遠爲御史中丞。

沈休文

月華臨靜夜，夜靜滅氛埃。魏明帝詩曰：靜夜不能寐。楚辭曰：辟氛埃而清涼。方暉竟戶入，圓影隙中來。淮南子曰：受光於隙，照一隅；受光於戶，照室中無遺物。況受光於宇宙乎。說文曰：隙，壁際也。高樓切思婦，西園游上才。曹子建七哀詩曰：明月照高樓，流光正徘徊。上有愁思婦，悲歎有餘哀。魏文帝芙蓉池詩曰：乘輦夜行遊，逍遙步西園。丹霞夾明月，華星出雲間。網軒映珠綴，應門照綠苔。楚辭曰：網戶朱綴刻方連。下云綠苔，此當爲朱綴。今並爲珠，疑傳寫之誤。漢書曰：班婕妤自傷賦曰：潛玄宮兮幽以清，應門閉兮禁闥扃。華殿塵兮玉階苔，中庭萋兮綠草生。洞房殊未曉，清光信悠哉。楚辭曰：姱容脩態亘洞房。毛萇詩傳曰：悠，遠貌也。

冬節後至丞相第詣世子車中一首

五言。蕭子顯齊書曰：豫章王嶷，太祖第三子也。薨，贈丞相、揚州牧。長子廉，字景藹，爲世子。蔡邕獨斷曰：諸侯適子稱世子。

沈休文

文三十　十九

文三十　二十

乙卯重刊

廉公失權勢門館有虛盈史記曰廉頗失勢之時故客盡去及復爲將又復至王符潛夫論曰昔魏其之客流於武安長平之利移於冠軍廉頗翟公再盈再虛貴賤猶如此況乃曲池平漢書曰下邽翟公爲廷尉賓客亦填門及廢門外可設雀羅後爲廷尉客欲往翟公大署其門曰一貴一賤交情乃見桓子新論雍門周說孟嘗君曰千秋萬歲後高臺旣已傾曲池又以平高車塵未滅珠履故餘聲漢書曰于定國父于公閭門壞父老方共治之于公謂之曰少高大閭門令容駟馬高蓋說文曰高車其蓋高立載之車也史記曰春申君上客皆躡珠履賓階綠錢滿客位紫苔生家語曰公自阼階孔子由賓階升堂立侍又曰醮於客位加其有成也崔豹古今注曰空室無人行則生苔蘚或青或紫一名綠錢禮記曰主人就東階客就西階又曰殯於客位祖於庭誰當九原上鬱鬱望佳城禮記趙文子曰以從先大夫於九原鄭玄曰晉卿大夫之墓地在九原西京雜記曰滕公駕至東都門馬鳴蹋不肯前以前脚蹋地久之滕公懼使卒掘馬所蹋地入三尺所得石槨有銘焉銘曰佳城鬱鬱三千年見白日吁嗟滕公居此室滕公曰嗟乎天也吾其即安此乎遂葬焉漢書曰夏侯嬰號滕公也

學省愁臥一首

五言學省國學也梁書曰齊明帝即位約遷國子祭酒

沈休文

秋風吹廣陌蕭瑟入南闈廣雅曰陌道也愁人掩軒臥高牕時動扉楚辭曰愁人兮奈何掩猶閉也軒長廊也虛館清陰滿神宇曖微微謝靈運齋中詩曰虛館絕諍訟曹植九詠曰蔓葛滋兮冒神宇王逸楚辭注曰曖曖暗昧貌南都賦曰清廟肅以微微網蟲垂戶織夕鳥傍櫚飛張景陽雜詩曰蜘蛛網戶屋魏文帝詩曰蜘蛛繞户牖纓珮空爲忝江海事多違爾雅曰忝辱也莊子曰就藪澤處閑曠此江海之士避世之人也廣雅曰違異也謂乖異也山中有桂樹歲暮可言歸山中有桂樹即攀桂枝而聊淹留也韓詩曰蟋蟀在堂歲聿其莫薛君曰莫晚也言君之年歲已晚也

詠湖中鴈一首

五言

沈休文

白水滿春塘旅鴈每迴翔劉公幹雜詠詩曰方塘含白水中有鳧與鴈謝靈運戲馬臺集詩曰旅鴈違霜雪楚辭曰孔雀兮迴翔穀梁傳曰掩禽旅范甯曰衆禽也唼流牽弱藻歛翮帶餘霜楚辭曰鳧鴈皆唼夫梁藻應瑒建章臺集詩曰遠行蒙霜雪羣浮動輕浪單汎逐孤光上林賦曰鴻鷫鵠鴇浮乎其上懸飛竟不下亂起未成行呂氏春秋曰羣鳥翔而不下白虎通曰鴈飛則乃成行刷羽同搖漾一舉還故鄉搖漾飛貌也韓詩外傳田饒曰黃鵠一舉千里烏孫公主歌曰願爲黃鵠兮歸故鄉

三月三日率爾成篇一首

五言

沈休文

麗日屬元巳年芳具在斯南都賦曰暮春之禊元巳之辰開花已匝樹

流嚶復滿枝洛陽繁華子長安輕薄兒阮籍詠懷詩曰昔日繁華子安陵與龍陽范曄後漢書曰李寶勸劉嘉且觀成敗光武聞告于鄧禹曰孝孫素謹當是長安輕薄兒誤之耳嘉字孝孫嚶於耕切東出千金堰西臨鴈鶩陂楊佺期洛陽記曰千金堰在洛陽城西去城三十五里堰上有穀水塢朱超石與兄書曰千金堤舊堰穀水魏時更脩謂之千金塢廣雅曰堰潛堰也謂潛築土以壅水也一作堨音遏塢烏古切堰一建切然三字義同而音則異也漢宮殿疏曰長安有鴈鶩陂承昆明下流也游絲映空轉高楊拂地垂綠幘文照耀紫燕光陸離漢書曰董偃與母以賣珠爲事隨母入館陶公主家因留第中偃謁上綠幘傅韝毛萇詩傳曰日出照耀紫燕已見赭白馬賦楚辭曰王珮兮陸離清晨戲伊水薄暮宿蘭池曹子建名都篇曰清晨復來還楚辭曰薄暮雷電歸何憂廣雅曰薄至也漢書曰渭城有蘭池宮象筵鳴寶瑟金瓶汎羽巵吳都賦曰桃笙象簟韜於筒中漢書曰莽何羅行觸寶瑟瓶酒器也古樂

府詞曰金瓶素綆汲寒漿羽卮即羽觴也楚辭曰瑤漿密勺實羽觴寧憶春蠶起日暮桑欲萎枚乘兎園賦曰桑萎蠶飢中人望奈何長袂屢以拂彫胡方自炊楚辭曰長袂拂面善留客宋玉諷賦曰主人之女爲臣炊彫胡之飯露葵之羹來勸臣食鄭玄毛詩箋曰方且也愛而不可見宿昔減容儀毛詩曰愛而不見且當忘情去歎息獨何爲公孫尼子曰衆人役物而忘情郭象論曰忘情於無有之域曹子建贈白馬王詩曰太息將何爲

雜擬上

擬古詩十二首　陸士衡

擬行行重行行

悠悠行邁遠戚戚憂思深此思亦何思思君徽與音音徽日夜離緬邈若飛沈王鮪懷河岫晨風思北林王鮪已見東京賦晨風已見上文

遊子眇天末還期不可尋驚飆褰反信歸雲難寄音楚辭曰願寄言於浮雲兮遇豐隆而不將佇立想萬里沈憂萃我心攬衣有餘帶循形不盈衿去去遺情累安處撫清琴

擬今日良宴會

閑夜命歡友置酒迎風館迎風已見西京賦齊僮梁甫吟秦娥張女彈南都賦曰齊僮唱兮列趙女蔡邕琴頌曰梁甫悲吟周公越裳琴操曰曾子耕泰山之下天雨雪凍旬月不得歸思其父母作梁山歌應瑒神女賦曰夏姬曾不足以供妾御況秦娥與吳娃方言曰秦俗美皃謂之娥張女彈已見笙賦哀音繞棟宇遺響入雲漢列子秦青曰昔韓娥東之齊鬻歌假食既去而餘響繞梁三日不絕又曰薛談學謳於秦青辭歸青餞於郊衢撫節悲歌聲振林木響遏行雲張湛曰三人薛秦韓之善歌者也四坐咸同志羽觴不可筭高談一何綺蔚若朝霞爛霞或爲華人生無幾何爲樂常苦晏秦嘉苔婦詩曰憂艱常早至爲樂常苦晚譬彼伺晨鳥揚聲當及旦尸子曰使雞伺晨春秋考異郵曰鶴知夜半雞應旦明明與鳴同古字通曷爲恒憂苦守此貧與賤列子曰卑辱則憂苦

擬迢迢牽牛星

昭昭清漢暉粲粲光天步晏子春秋曰星之昭昭不如月之曖曖毛萇詩傳曰粲粲鮮盛也步行也言行止之盛儀步而光耀於天牽牛西北迴織女東南顧大戴禮夏小正曰七月初昬織女正東而向華容一何冶揮手如振素冶或爲綺非也怨彼河無梁悲此年歲暮跂彼無良緣睆焉不得度跂彼已見上毛詩曰睆彼牽牛

引領望大川雙涕如霑露

擬涉江采芙蓉

上山采瓊蘂穹谷饒芳蘭采采不盈掬悠悠懷所歡毛詩曰終朝采綠不盈一掬故鄉一何曠山川阻且難沈思鍾萬里躑躅獨吟歎

擬青青河畔草

靡靡江離草熠燿生河側江離已見子虛賦皎皎彼姝女阿那當軒織粲粲妖容姿灼灼美顏色良人游不歸偏棲獨隻翼空房來悲風中夜起歎息

擬明月何皎皎

安寢北堂上明月入我牖照之有餘暉攬之不盈手淮南子曰天地之間巧歷不能舉其數手微惚怳不能攬其光也高誘曰天道廣大手雖能微其惚怳無形者不能攬得日月之光也涼風繞曲房寒蟬鳴高柳踟蹰感節物我行永已久游宦會無成離思難常守

擬蘭若生朝陽

嘉樹生朝陽凝霜封其條執心守時信歲寒終不彫美人何其曠灼灼在雲霄枚乘樂府詩曰美人在雲端天路隔無期隆想彌年月長嘯入飛飈引領望天末譬彼向陽翹

擬青青陵上栢

冉冉高陵蘋習習隨風翰山海經曰崐崘之丘有草名曰蕡如葵字書曰蕡亦蘋字

四百三十一　文三十　二十五　丁未重刊

也人生當幾何譬彼濁水瀾言濁水之波易竭也戚戚多滯念置酒宴所歡方駕振飛轡遠遊入長安名都一何綺城闕鬱盤桓史記曰公仲謂韓王曰不如和秦賂以一名都飛閣纓虹帶曾臺冒雲冠虹帶已見吳都賦虹或爲垂非也高門羅北闕甲第椒與蘭西京賦曰北闕甲第當道直啓椒蘭蓋取其嘉名且芬香也俠客控絕景都人驂玉軒列子曰晉范氏有子曰子華善養私名使其俠客以鄙相攻魏書曰張繡降而復反上所乘馬名絕景爲流矢所中都人已見上國語叔向曰絳之富商而能金玉其車遨遊放情願慷慨爲誰歎

擬東城一何高

西山何其峻曾曲鬱崔嵬零露彌天墜蕙葉憑林衰尚書五行傳曰雲起於山彌於天寒暑相因襲時逝忽如頹三閒結飛轡大耋嗟落暉離騷引曰屈原者爲三閭大夫離騷曰飲余馬乎咸池揔余轡於扶桑周易曰日昃之離不鼓缶而歌則大耋之嗟凶曷爲牽世務中心若有違毛詩曰行道遲遲中心有違京洛多妖麗玉顏侔瓊蕤古詩曰燕趙多佳人美者顏如玉閑夜撫鳴琴惠音清且悲長歌赴促節哀響逐高徽一唱萬夫歎再唱梁塵飛七略曰漢興魯人虞公善雅歌發聲盡動梁上塵思爲河曲鳥雙游豐水湄

擬西北有高樓

高樓一何峻苕苕峻而安綺窻出塵冥飛陛躡雲端綺窻飛陛已見上文佳人撫琴瑟纖手清且閑芳氣隨風結哀響馥若蘭玉容誰得顧傾城在一彈玉容傾城並已見上佇立望日昃躑躅再三歎不怨佇立久但願歌者歡思駕歸鴻羽

四百三十　文三十　二十六

比翼雙飛翰

擬庭中有奇樹

歡友蘭時往苕苕匿音徽虞淵引絕景四節逝若飛虞淵已見上文芳草久已茂佳人竟不歸躑躅遵林渚惠風入我懷感物戀所歡采此欲貽誰

擬明月皎夜光

歲暮涼風發昊天肅明明招搖西北指天漢東南傾呂氏春秋曰季秋之月招搖指戌大戴禮夏小正曰七月漢案戶漢天漢也漢案戶者直戶也李陵詩曰招搖西北馳天漢東南流朗月照閑房蟋蟀吟戶庭翩翩歸鴈集嘒嘒

寒蟬鳴歸鴈已見鶤鷄賦嘒嘒已見秋興賦寒蟬已見上文疇昔同宴友翰飛戾高冥毛詩曰匪鶉匪鳶翰飛戾天高冥已見齊謳行服美改聲聽居愉遺舊情織女無機杼大梁不架楹言有名無實也織女已見上爾雅曰大梁昴也

擬四愁詩一首 七言　張孟陽

我所思兮在營州欲往從之路阻脩登崖遠望涕泗流我之懷矣心傷憂佳人遺我綠綺琴何以贈之雙南金傅玄琴賦序曰齊桓公有鳴琴曰號鍾楚莊有鳴琴曰繞梁中世司馬相如有綠綺蔡邕有燋尾皆名琴也願因流波超重深終然莫致增永吟

擬古詩一首 五言　陶淵明

日暮天無雲春風扇微和佳人美清夜達曙酣且歌尚書曰酣歌于室歌竟長歎息持此感人多明明雲間月灼灼葉中花豈無一時好不久當如何

文三十　二十七

擬魏太子鄴中集詩八首 五言并序　謝靈運

建安末余時在鄴宮朝遊夕讌究歡愉之極天下良辰美景賞心樂事四者難并今昆弟友朋二三諸彥共盡之矣古來此娛書籍未見何者楚襄王時有宋玉唐景梁孝王時有鄒枚嚴馬遊者美矣而其主不文漢書曰梁孝王來朝從遊說之士齊人鄒陽淮陰枚乘吳莊忌夫子之徒司馬相如見而悅之客遊梁漢武帝徐樂諸才徐樂已見別賦備應對之能而雄猜多忌豈獲晤言之適晤言已見上文不誣方將庶必賢於今日爾歲月如流零落將盡撰文懷人感往增愴魏文帝與吳質書曰撰其遺文都爲一集其辭曰

魏太子

百川赴巨海衆星環北辰百川北辰已見上文照灼爛霄漢遙裔起長津天地中橫潰家王拯生民橫潰以水喻亂也家王謂魏太祖也陳思行女哀辭曰家王征蜀漢司馬相如難蜀文曰拯生民於沈溺說文曰出溺爲拯區宇既滌蕩羣英必來臻東京賦曰區寓乂寧謝承後漢書曰黃向對策爲羣英之表忝此欽賢性由來常懷仁況値衆君子傾心隆日新論物靡浮說析理實敷陳莊子曰判天地之美析萬物之理羅縷豈闕辭窈窕究天人王延壽王孫賦曰羌難得而羅縷羅或爲覼天人已見應吉甫華林園詩澄觴滿金罍連榻設華茵急絃動飛聽清歌拂梁塵侯瑾箏賦曰急絃促柱變詞改曲抱朴子曰瓠巴操琴翔禽爲之下聽梁塵已見陸機擬東城一何高詩何言相遇易此歡信可珍

吾一十二

文三十　二十八　刘升

王粲

家本秦川貴公子孫遭亂流寓自傷情多

幽厲昔崩亂桓靈今板蕩幽厲周二王也桓靈後漢二帝也已見上毛詩曰上帝版版鄭玄曰版反也反先王之道也毛詩曰蕩蕩上帝鄭玄曰蕩蕩法度廢壞之貌伊洛既燎煙函崤沒無像曹子建送應氏詩曰洛陽何寂寞宮室盡燒焚王粲七哀詩曰西京亂無像整裝辭秦川秣馬赴楚壤王粲七哀詩曰復弃中國去遠身適荊蠻魏明帝自惜薄祜行曰出身秦川爰居伊洛沮漳自可美客心非外獎沮漳已見登樓賦小雅曰獎勸也常歎詩人言式微何由往式微已見曹子建情詩上宰奉皇靈

侯伯咸宗長。上宰魏太祖也棗道彥雜詩曰天子命上宰雲騎亂漢南。紀郢皆掃盪。王肅格虎賦曰羽騎雲布蘭車星陳漢書曰郢楚別邑紀見下文排霧屬盛明。披雲對清朗。盛明清朗喻太祖也王隱晉書曰樂廣爲尚書令衛瓘見而奇之命諸子造焉曰每見此人瑩然若開雲霧之觀青天阮瑀謝太祖牋曰一得披玄雲望白日唯力是視敢有二心慶泰欲重疊。公子特先賞。公子謂曹植也不謂息肩願。一旦值明兩。息肩已見東京賦明兩謂文帝也明兩已見謝宣遠張子房詩並載遊鄴京。方舟汎河廣。魏文帝與吳質書曰同乘並載以遊後園綢繆清讌娛。寂寥梁棟響。陸機集有皇太子清宴詩梁棟響則歌聲繞也已見陸機擬今日良宴會詩既作長夜飲。豈顧乘日養。史記曰紂爲長夜之飲乘日已見上廣雅曰養樂也

五、十一　文三十　二十九　乙丑重刊

陳琳

袁本初書記之士。故述喪亂事多。

皇漢逢屯邅。天下遭氛慝。西都賓曰皇漢之初經營也屯如邅如已見上董氏淪關西。袁家擁河北。董卓袁紹並已見上文單民易周章。窘身就羈勒。豈意事乖己。永懷戀故國。相公實勤王。信能定蝥賊。相公魏太祖也王仲宣從軍戎詩曰相公征關右勤王已見西征賦左氏傳王使富辛如晉曰諸侯用寧蝥賊遠屏晉之力也杜預曰蝥喻災害也食根曰蝥食節曰賊復覩東都輝。重見漢朝則。已見謝玄暉始出尚書省詩餘生幸已多。矧迺值明德。愛客不告疲。飲讌遺景刻。曹子建公讌詩曰公子敬愛客終讌不知疲刻漏刻也夜聽極星闌。朝遊窮曛黑。毛詩曰子興視夜明星有爛曛已見上哀哇動梁埃。急觴盪幽默。法言曰哇則鄭李軌曰哇邪也梁塵已見上張敏神女賦曰既澹泊於幽默楊覺寐而中驚且盡一日娛。莫知古來惑。范曄後漢書曰楊秉嘗從容言曰我有三不惑酒色財也

徐幹

少無宦情。有箕潁之心事。故仕世多素辭。國語桓公問於史伯曰王室多故余懼及焉

伊昔家臨淄。提攜弄齊瑟。臨淄已見魏都賦置酒飲膠東。淹留憩高密。漢書膠東國故齊高帝別爲國又曰高密國故齊宣帝更爲高密國此歡謂可終。外物始難畢。莊子曰外物不可必故龍逢比干僇焉搖蕩箕濮情。窮年迫憂慄。箕山許由所隱也濮水莊周所釣也莊子季徹曰搖蕩人心又曰憂慄乎廟堂之上末塗幸休明。棲集建薄質。已免負薪苦。仍游椒蘭室。禮記曰君使士射不能則辭以疾言曰某有負薪之憂大戴禮曰與君子遊苾乎如入蘭芷之室久而不聞則與之化矣

文三十　三十　戊申重刊王明

陸機詩曰甲第椒與蘭清論事究萬。美話信非一。曹植四言詩曰高談虛論問彼道原話已見秋興賦行觴奏悲歌。永夜繫白日。魏文帝與吳質書曰白日既匿繼以朗月華屋非蓬居。時髦豈余匹。華屋已見陸韓卿贈顧希叔詩髦士已見上文中飲顧昔心。悵焉若有失。說苑曰晉靈公欲殺趙宣孟而飲之酒宣孟知之中飲而出淮南子曰悵然有喪漢書曰戴良見黃憲及歸罔然若有失

劉楨

卓犖偏人。而文最有氣。所得頗經奇。潘勗玄達賦曰匪偏人之自肆誶諸衷於來哲

貧居晏里閈。少小長東平。漢書泰山郡有東平縣音義曰泰山郡屬兗州河兗

當衢要淪飄薄許京謝承後漢書李燮曰涼州天下要衝廣川無逆流招納厠群英管子曰善爲君者宜法江海江海不逆細流故爲百谷長羣英已見擬太子詩北渡黎陽津南登紀郢城漢書音義臣瓚曰黎陽在魏郡伏滔北征記曰黎陽津名也杜預左氏傳注曰楚國今南郡江陵縣北紀南城也既覽古今事頗識治亂情歡友相解達敷奏究平生解達言相談說而進達也方言曰解說也矧荷明哲顧知深覺命輕王逸晉書孔坦表曰士死知遇恩令命輕朝遊牛羊下暮坐括揭鳴毛詩曰雞棲于桀日之夕矣牛羊下括毛萇曰雞棲於杙爲桀括至也桀與揭音義同終歲非一日傳卮弄新聲辰事既難諧歡願如今并唯羨肅肅翰繽紛戾高冥

應瑒

汝潁之士流離世故頗有飄薄之歎

嗷嗷雲中鴈舉翮自委羽毛詩曰鴻鴈于飛哀鳴嗷嗷淮南子曰燭龍在鴈門北蔽于委羽之山不見日高誘曰蔽至也委羽北方山名也求涼弱水湄違寒長沙渚成公綏鴈賦曰濵弱水之隂岸弱水已見上列子曰禽獸之智違寒就溫漢書曰長沙國屬荆州然則彭蠡之所在顧我梁川時緩步集潁許漢書曰汝南潁川許昔魏分也魏徙大梁故魏一號爲梁一旦逢世難淪薄恒羈旅天下昔未定託身早得所官度厠一卒烏林預艱阻魏志曰公還軍官渡袁紹進臨官渡公斬淳于瓊等紹衆大潰漢書音義文穎曰於滎陽下引河東爲鴻溝即今官渡水也盛弘之荆州記曰薄沂縣泝江一百里南岸名赤壁周瑜黄蓋此乘大艦上破魏武兵於烏林烏林赤壁其東西一百六十里晚節值衆賢會同庇天宇列坐廕華榱金樽盈清醑馬融樗蒲賦曰坐華榱之高殿臨激水之清流金樽清醑並已見上始奏延露曲繼以闌夕語延露已見上調笑輒酬荅嘲謔無慚沮傾軀無遺慮在心良已叙

阮瑀

管書記之任有優渥之言

河洲多沙塵風悲黄雲起繁欽述行賦曰芒芒河濵賓多沙塵古詩曰白楊多悲風淮南子曰黄泉之埃上爲黄雲金羈相馳逐聯翩何窮已説文曰羈馬絡頭也慶雲惠優渥微薄攀多士慶雲喻太祖也王逸楚辭注曰慶雲喻尊顯也念昔渤海時南皮戲清沚漢書渤海郡南皮縣魏文帝與吳質書曰每念昔日南皮之遊誠不可忘今復河曲遊鳴葭泛蘭汜魏文帝與吳質書曰時駕而遊北遵河曲從者鳴笳以啓路文學託乘於後車躧步陵丹梯並坐侍君子躧步並坐並已見上丹梯丹墀也妍談既愉心哀弄信睦耳魏文帝與吳質書曰高談娛心哀箏順耳傾酤係芳醑酌言豈終始毛詩曰君子有酒酌言嘗之自從食蓱來唯見今日美毛詩曰呦呦鹿鳴食野之苹毛萇曰苹萍也

平原侯植

公子不及世事但美遨遊然頗有憂生之嗟

朝游登鳳閣日暮集華沼傾柯引弱枝攀條摘蕙草徙倚窮騁望目極盡所討楚辭曰白蘋兮騁望又曰目極千里西顧太行山北眺邯鄲道太行已見上漢書曰文帝指慎夫人新豐道曰此走邯鄲道也平衢脩且直白楊信褭褭褭褭風摇木貌副君命飲宴歡娛寫懷抱副君謂文帝也漢書疏廣曰太子國儲副君也良游匪晝夜豈云晚與早衆賓

悉精妙。清辭灑蘭藻。哀音下迴鵠。餘哇徹清昊。下迴鵠謂師曠也。徹清昊。謂秦青也。並已見上文。中山不知醉。飲德方覺飽。中山有美酒。已見魏都賦。毛詩曰。既醉以酒。既飽以德。願以黄髮期。養生念將老。左氏傳隱公曰。使營菟裘。吾將老焉。菟音塗。

文選卷第三十

賜進士出身通奉大夫江南蘇松常鎮太等處承宣布政使司布政使胡克家重校刊

文選卷第三十一

梁昭明太子撰

文林郎守太子右內率府録事參軍事崇賢館直學士臣李善注上

雜擬下

效曹子建樂府白馬篇一首　五言　袁陽源

孫巖宋書曰。袁淑。字陽源。陳郡人。少好屬文。彭城王起爲祭酒。後遷至左衛率。凶劭當行篡逆。淑諫見害。

劒騎何翩翩。長安五陵間。史記曰。游閑公子。飾冠劒。連車騎。西京賦曰。南望杜霸。北眺五陵。秦地天下樞。八方湊才賢。戰國策。范子見秦王曰。今韓魏。天下之樞也。高誘曰。樞。要也。河圖龍文曰。鎮星光明。八方歸德。賈逵國語注曰。湊。聚也。荆魏多壯士。宛洛富少年。呂氏春秋。客有語周昭文君曰。魏氏人張儀壯士也。王逸荔支賦曰。宛洛少年。邯鄲遊士。意氣深自負。肯事郡邑權。謝承後漢書曰。楊喬曰。侯生爲意氣刎頸。漢書曰。郭解姊子負解之勢。應劭曰。負。恃也。班固漢書游俠傳贊曰。郡國豪傑處處各有。又郭解曰。奈何從他縣奪人邑賢大夫權也。籍籍關外來。車徒傾國鄽。籍籍。關外來。謂被徙關中也。車徒傾國鄽。從者之多

也漢書武帝曰事籍籍如此鄭玄礼記注曰鄽市物邸舍也今云鄽以明市也五侯競書幣羣
公亟為言漢書曰樓護字君卿為京兆史王氏五侯兄弟爭名護盡入其門咸得懽心五侯已見鮑
明遠數詩古人相遺幣必書之於刺故曰書幣戰國策秦王謂趙使凉毅曰吾所使趙國者小大皆聽吾言則
受書幣漢書曰郭解河内軹人自喜為俠及從豪茂陵衛將軍為言解家貧不中徙上曰布衣權至使將軍此
其家不貧解徙諸公送出者千餘義分明於霜信行直如弦義分則分義也孫卿
子曰礼樂則脩分義則明仲長子昌言曰潔若清冰嚴若秋霜應劭風俗通曰順帝之末京師謠曰直如弦死
道邊曲如鈎反封侯交歡池陽下留宴汾陰西漢書曰郭解入關中賢豪爭交歡又
曰左馮翊有池陽縣河東郡有汾陰縣漢書曰酤留飲食也西音先協韻也一朝許人諾何
能坐相捐諾相然許之辭也老子曰輕諾者必寡信廣雅曰諾應也彯節去函谷投
珮出甘泉公羊傳曰曹子摽劒而去之劉兆曰摽辟也彯與摽字同孚堯切嗟此務遠

文三十一　二　乙丑重刊　嘉祥

圖心為四海懸左氏傳榮成伯曰遠圖者忠也莊子曰心若懸於天地之間郭象曰所希企者
高而闊也但營身意遂豈校耳目前列子楊朱曰慎耳目之觀聽惜身意之是非失
當年之至樂不得自肆於一時聲類曰遂從意也嵇康養生論曰嗜好常在耳目之前也俠烈良有
聞古來共知然漢書曰楚田仲以俠聞傳暢晉諸公贊曰劉希彭俠烈有才用也

效古一首　五言

袁陽源

訊此倦遊士本家自遼東訊猶問也漢書曰司馬長卿故倦游又曰有遼東郡也
昔隸李將軍十載事西戎將軍李廣也西戎匈奴也毛詩序曰備其兵甲以討西戎
也結車高闕下極望見雲中莊子曰車軌結於千里之外高誘呂氏春秋注曰結
交也漢書曰將軍衛青至高闕臣瓚注曰山名也七發曰極望成林漢書有雲中郡秦置也四面各
千里從横起嚴風陸機從軍行曰凉風嚴且苛寒燠豈如節霜雨多

異同毛詩傳曰燠煖也夕寐北河陰夢還甘泉宮史記曰秦惠王遊至北河
徐廣曰戎地之河上穀梁傳曰水南曰陰勤役未云已壯年徒為空迺知古
時人所以悲轉蓬曹植雜詩曰轉蓬離本根飄颻隨長風類此客遊子捐軀遠從戎

擬古三首　五言

劉休玄沈約宋書曰南平穆
王鑠字休玄文帝第四子也少好學有文才元兇弒立以為中軍將軍世祖入討歸世祖
進侍中司空後以藥内食中毒殺之

擬行行重行行

眇眇陵長道遙遙行遠之楚詞曰路眇眇以默默廣雅曰眇眇遠也左氏傳童謠曰
遠哉遙遙迴車背京里揮手從此辭古詩曰迴車駕言邁劉越石扶風歌曰揮手長
相謝說文曰揮奮也蘇武詩曰去去從此辭堂上流塵生庭中綠草滋曹植曹仲

文三十一　三

雍誄曰流塵飄蕩魂安歸寒螿翔水曲秋兔依山基淮南子曰兔走歸窟寒螿翔水
各哀其所生高誘曰寒螿水鳥哀猶愛也芳年有華月佳人無還期魏文秋胡行曰
朝與佳人期日夕殊不來日夕凉風起對酒長相思李陵贈蘇武詩曰遠望悲風至
對酒不能酬悲發江南調憂委子襟詩古樂府江南辭曰江南可採蓮毛詩曰青
青子襟悠悠我心臥覺明燈晦坐見輕紈緇陸機為顧彥先贈婦詩曰京洛多風
塵素衣化為緇淚容不可飾幽鏡難復治曹植七哀詩曰膏沐誰為容明鏡闇不治
願垂薄暮景照妾桑榆時陸機塘上行曰願君廣末光照妾薄暮年日在桑榆
以喻人之將老東觀漢記光武曰失之東隅收之桑榆

擬明月何皎皎

落宿半遙城浮雲藹曾闕鄭玄詩箋曰曾重也玉宇來清風羅帳

延秋月曹植芙蓉賦曰退潤玉宇進文帝庭羅帳羅帷也栢子新論雍門周說孟嘗君曰今君下羅帳來清風古詩曰明月何皎皎照我羅牀帷結思想伊人沉憂懷明發毛詩曰所謂伊人宋玉笛賦曰武毅發沉憂結毛詩曰明發不寐誰爲客行久屢見流芳歇潘岳悼亡詩曰流芳未及歇河廣川無梁山高路難越楚辭曰江河廣而無梁秦嘉妻徐氏荅嘉書曰高山巖巖而君是越斯亦難矣

和琅邪王依古一首　五言

王僧達

少年好馳俠旅宦遊關源既踐終古跡聊訊興亡言楚辭曰長無絕兮終古訊與信通易乾鑿度曰典亡殊方各有其祥隆周爲藪澤皇漢成山樊漢書楊雄河東賦曰脈隆周之大寧難蜀父老曰羅者猶視乎藪澤西都賔曰皇漢之初經營也莊子曰彭陽曰公閱休夏則休乎山樊者也毛萇詩傳曰樊藩也久没離宮地安識壽陵園甘泉賦曰往往離宮般以相燭張晏漢書注曰景帝作壽陵也又元帝詔曰徙民以奉園陵仲秋邊風起孤蓬卷霜根白日無精景黃沙千里昏顯軌莫殊轍幽塗豈異魂郭象注莊子曰待隱謂之死待顯謂之生廣雅曰軌道也陸機泰山吟曰幽塗延萬鬼神房集百靈聖賢良已矣抱命復何怨栢範世要論曰聖哲之人知有終之命必至之理不可以智力避列子曰怨年我逝不知命也

文三十一　四

擬古三首　五言

鮑明遠

幽并重騎射少年好馳逐史記曰趙武靈王胡服以習騎射也七發曰馳騁角逐氈帶佩雙鞬象弧插彫服搜神記曰太康中以氈爲貊頭及帶身袴口魏志曰董卓有武力雙帶兩鞬左右馳射方言曰所以藏箭謂之服所以盛弓謂之鞬毛詩曰四牡翼翼象弭魚服鄭玄曰弭弓之末彆者以象骨爲之服矢服也鞬居言切獸肥春草短飛鞚越平陸魏文帝典論曰弓燥手柔草淺獸肥埤蒼曰鞚馬勒鞚孫子曰平陸平處鞚口送切朝遊鴈門上暮還樓煩宿漢書曰鴈門郡有樓煩縣石梁有餘勁驚雀無全目闞子曰宋景公使工人爲弓九年乃成公曰何其遲也工人對曰臣不復見君矣臣之精盡於此弓矣獻弓而歸三日而死景公登虎圈之臺援弓東面而射之矢踰於西霜之山集于彭城之東其餘力逸勁猶飲羽于石梁帝王世紀曰帝羿有窮氏與吳賀北遊賀使羿射雀羿曰生之乎殺之乎賀曰射其左目羿引弓射之誤中右目羿抑首而媿終身不忘故羿之善射至今稱之漢虜方未和邊城屢翻覆留我一白羽將以分虎竹白羽矢名國語曰吳素甲白羽之矰望之如荼漢舊儀曰郡國銅虎符三竹使符五也

魯客事楚王懷金襲丹素魯客假言楊子法言或曰使我紆朱懷金其樂可量也李軌曰金金印也司馬彪上林賦注曰襲服也毛詩曰素衣朱襮毛萇曰丹朱中衣也既荷主人恩又蒙令尹顧主人謂君也王仲宣公讌詩曰顧我賢主人臣瓚漢書注曰諸侯之卿唯楚稱令尹其餘國稱相也日晏罷朝歸轝馬塞衢路宗黨生光華賓僕遠傾慕富貴人所欲道德亦何懼論語曰富與貴是人之所欲不以其道得之不處也南國有儒生迷方獨淪誤儒生自謂也漢書叔孫通曰弟子儒生隨臣久矣莊子曰小惑易方郭象曰東西易方於禮未虧孔安國尚書傳曰誤謬也沈淪謬誤也伐木青江湄設置守毚兔毛詩曰坎坎伐檀兮寘之河之干兮河水之清且漣漪兮又曰肅肅兔罝椓之丁丁又曰躍躍毚兔遇犬獲之

文三十一　五

十五諷詩書篇翰靡不通論語曰吾十有五而志於學韋昭漢書注曰翰筆也弱冠參多士飛步遊秦宮華覈與薛瑩詩曰存者今惟三飛步有四特側覩君子論預見古人風魏志太祖謂毛玠曰君有古人之風兩說窮舌端五

車摧筆鋒。兩說謂魯連說新垣衍及下聊城。史記曰：秦東圍邯鄲，魏王使新垣衍入邯鄲，說平原君尊秦昭王爲帝，秦必罷兵去。魯連聞之，乃責垣衍，新垣衍請出，不敢言帝秦。秦將聞之，爲却五十里。又曰：田單攻聊城不下，魯連乃爲書約之矢以射聊城中。燕將得書自殺。韓詩外傳曰：避文士之筆端，避武士之鋒端，避辯士之舌端。莊子曰：惠施其書五車，道蹖駮也。羞當白璧貺，恥受聊城功。韓詩外傳曰：楚襄王遣使者持金千斤、白璧百雙，聘莊子以爲相，莊子不許。史記：田單屠聊城，歸而言魯連，欲爵之，魯連逃隱於海上也。晚節從世務，乘障遠和戎。鄒陽上書曰：至其晚節末路。漢書曰：嚴安上書言世務。又曰：帝使博士狄山乘鄣。李奇曰：乘，守也。左氏傳：晉侯謂魏絳曰：子教寡人和諸戎狄。解佩襲犀渠，卷袠奉盧弓。國語曰：奉文犀之渠。尚書曰：平王錫晉文侯盧弓一。始願力不及，安知今所終。左氏傳：周子曰：孤始願不及此。莊子曰：苟爲不知其然也，孰知其所終。司馬彪曰：誰知禍之所終者也。

六〇八　文三十一　六　壬子重刊

學劉公幹體一首 五言　鮑明遠

胡風吹朔雪，千里度龍山。范曄後漢書：蔡琰詩曰：處所多霜雪，胡風春夏起。楚辭曰：增冰峨峨，飛雪千里。又曰：北有寒山，逴龍赩然。王逸曰：逴龍，山名。集君瑤臺裏，飛舞兩楹前。楚辭曰：望瑤臺之偃蹇兮。鄭玄禮記注曰：兩楹之間，人君聽治正坐之處。茲辰自爲美，當避豔陽年。神農本草曰：春夏爲陽。豔陽桃李節，皎潔不成妍。呂氏春秋曰：仲春之月，桃李華。

代君子有所思一首 五言　鮑明遠

西出登雀臺，東下望雲闕。鄴中記曰：鄴城西北立臺，名銅雀臺。劉歆甘泉賦曰：雲闕蔚之巖巖，眾星接之嶒嶒。層閣肅天居，馳道直如髮。王逸楚辭注曰：層，重也。蔡雍述征賦曰：皇家赫而天居。漢書曰：太子不敢絕馳道。應劭曰：天子之道。毛詩曰：彼君子女，綢直如髮。繡甍結飛霞，璇題納行月。西京賦曰：雕楹玉舄，繡栭雲楣。甘泉賦曰：珍臺閒館，璇題玉英。築山擬蓬壺，穿池類溟渤。蓬壺，二山名。溟渤，二海名。選色遍齊代，徵聲帀邛越。齊代邛越，四地名。陳鍾陪夕讌，笙歌待明發。楚辭曰：陳鍾桉鼓，造新歌。魏文帝東門行曰：朝遊高臺觀，夕宴華池陰。儀禮曰：歌魚麗，笙由庚。明發已見上文。年貌不可還，身意會盈歇。列子：西門子謂東郭先生曰：北宮子年貌言行與子並。身意已見上文。蟻壞漏山河，絲淚毀金骨。傅玄口銘曰：勿謂不然，變出無聞。蟻孔潰河，溜穴傾山。絲淚，淚之微者。金骨之堅，踰親之篤者。言讒邪之人，但下如絲之淚，而金骨爲之傷毀也。張叔及論曰：煩寃俯仰，淚如絲兮。鄒陽上書曰：眾口鑠金，積毀消骨。器惡含滿欹，物忌厚生沒。家語曰：孔子觀於魯桓公之廟，有欹器焉。孔子問於守廟者曰：此爲何器？對曰：此蓋爲宥坐之器。孔子曰：吾聞宥坐之器，虛則欹，中則正，滿則覆。明君以爲至誡，故常置於坐側。顧謂弟子曰：試注水實之。中而正，滿則覆。夫子喟然而歎曰：

文三十一　七

嗚呼！夫物惡有滿而不覆者哉。老子曰：人之生生之厚，動皆之死地十有三。夫何故？以其生生之厚也。智哉眾多士，服理辯昭昧。莊子：冉求問於仲尼曰：未有天地可知乎？夫子曰：古猶今也。昔日吾昭然，今日吾昧然，敢問何謂也？仲尼曰：昔之昭然也，神者先受之。今昧然也，且又爲不神者求耶？郭象曰：思求更致不了。

效古一首 五言　范彥龍

寒沙四面平，飛雪千里驚。雪千里已見上文。風斷陰山樹，霧失交河城。漢書：侯應上書曰：臣聞陰山草木茂盛。又曰：車師前國王治交河城，河水分流繞城下，故號交河。朝馳左賢陣，夜薄休屠營。漢書：李將軍廣出右北平，擊匈奴左賢王陣。又曰：驃騎將軍霍去病將萬騎出隴西，得休屠祭天金人。昔事前軍幕，今逐嫖姚兵。漢書曰：大將軍大擊匈奴，李廣數自請行，上以爲老，不許。良久乃許之，以爲前將軍。又曰：霍去病善騎射，再從大將軍。

受詔予壯士爲嫖姚校尉失道刑既重遲留法未輕漢書曰李廣與右將軍食其合軍出東道或失道大將軍問廣失道狀廣曰校尉無罪乃我者自失道引刀自剄又曰宣帝命虎牙將軍田順出五原虜去塞八百餘里不進上以虎牙不至期逗留不進下吏自殺音義曰律語也謂軍行頓止稽留不進遲或作逗音豆所賴今天子漢道日休明太史公自序曰作今上本紀其述事皆云今天子班固漢書文紀述曰登我漢道左氏傳王孫蒲曰德之休明也

雜體詩三十首

五言雜躰詩序曰關西鄴下既已罕同河外江南頗爲異法今作三十首詩斅其文躰雖不足品藻淵流庶亦無乖商搉

江文通

古離别

遠與君别者乃至鴈門關鴈門郡已見上以其邊塞故曰關黃雲蔽千里遊子何時還黃雲已見謝靈運擬鄴中詩古詩曰浮雲蔽白日遊子不顧反江之此製非直

學其躰而亦兼用其文故各自引文而爲之證其無文者乃他說送君如昨日簷前露已團張景陽雜詩曰下車如昨日望舒四五圓毛詩曰野有蔓草零露團兮不惜蕙草晚所悲道里寒古詩曰香風難久居空令蕙草殘君在天一涯妾身長别離古詩曰各在天一涯又曰與君生别離願一見顏色不異瓊樹枝李陵贈蘇武詩曰思得瓊樹枝以解長飢渴兎絲及水萍所寄終不移爾雅曰女蘿兎絲也毛詩曰蔦與女蘿施於松柏淮南子曰夫萍樹根於水木樹根於土天地性也曹植雜詩曰寄松爲女蘿依水如浮萍

李都尉　從軍

陵

樽酒送征人踟蹰在親宴蘇武詩曰我有一樽酒欲以贈遠人日暮浮雲滋握手淚如霰悠悠清川水嘉魴得所薦言魚處水而得所我萬里而離鄉歎魚之不若也毛詩曰河水悠悠釋名曰薦藉也而我在萬里結髮不相見古詩曰相去萬餘里蘇武詩曰結髮爲夫妻恩愛兩不疑袖中有短書願寄雙飛燕桓子新論曰若其小說家合叢殘小語近取譬論以作短書治身理家有可觀之辭陳琳止欲賦曰欲語言於玄鳥玄鳥逝以差池古詩曰願爲雙飛鷰雙或爲南淮南子曰燕鴈代飛許慎曰鷰春南而鴈北虞羲送别詩曰唯有一字書寄之南飛燕文與此同

班婕妤　詠扇

紈扇如團月出自機中素班婕妤怨詩曰新製齊紈素鮮潔如霜雪裁爲合歡扇團團似明月畫作秦王女乘鸞向煙霧列仙傳曰簫史者秦繆公時人善吹簫繆公有女字弄玉好之公遂以妻焉一旦皆隨鳳皇飛去楚辭曰駕鸞鳳而上游采色世所重雖新不代故竊愁涼風至吹我玉階樹班婕妤怨詩曰常恐秋節至涼風奪炎熱

又自傷賦曰華殿塵兮玉階苔君子恩未畢零落在中路班婕妤怨詩曰棄捐篋笥中恩情中道絕

魏文帝　遊宴

曹丕

置酒坐飛閣逍遥臨華池曹子建詩曰置酒高殿上西都賓曰脩途飛閣魏文帝東門行曰朝游高臺側夕宴華池陰神飇自遠至左右芙蓉披曹子建公讌詩曰神飇接丹轂魏文帝詩曰蘭芷生兮芙蓉披綠竹夾清水秋蘭被幽涯枚乘兎園賦曰脩竹檀欒夾池水旋兎園曹植公讌詩曰秋蘭被長坂朱華冒淥池月出照園中冠珮相追隨曹植公讌詩曰清夜遊西園飛蓋相追隨客從南楚來爲我吹參差古詩曰客從遠方來楚辭曰望夫君兮未來吹參差兮誰思淵魚猶伏浦聽者未云疲淵魚鱗魚也韓詩外傳曰昔伯牙鼓琴而淵魚出聽高文一何綺小儒安足爲陸機

今日良宴會詩曰高談一何綺孫卿子曰小儒者謂大夫士蕭蕭廣殿陰雀聲愁北
林莊子曰至陰肅肅衆賓還城邑何以慰吾心曹子建名都篇曰雲散還城邑
清晨復來還李陵詩曰何以慰我心

陳思王贈友　曹植

君王禮英賢不恡千金璧孔安國尚書傳曰恡惜也史記曰虞卿說趙孝成王一見
賜金百鎰白璧一雙莊子曰林回棄千金之璧負赤子而趨雙闕指馳道朱宮羅第
宅古詩曰兩宮遙相望雙闕百餘尺馳道已見上文傅玄西都賦曰彤彤朱宮古詩曰長衢羅夾巷王侯多
第宅從容冰井臺清池映華薄鄴中記曰銅雀臺北則冰井臺陸機君子有所思曰
曲池何湛湛清川帶華薄涼風盪芳氣碧樹先秋落論衡曰物至秋而死先榮後落
朝與佳人期日夕望青閣魏文帝秋胡行曰朝與佳人期日夕殊不來曹子建美女

篇曰青樓臨大路褰裳摘明珠徙倚拾蕙若毛詩曰褰裳涉溱洛神賦曰或采明
珠或拾翠羽謝靈運鄴中集曰攀條摘蕙草楚辭曰連蕙若以爲佩眷我二三子辭義麗
金雘曹子建贈丁翼詩曰吾與二三子楊雄解嘲曰昔人之辭乃玉乃金王仲宣誄曰吾與夫子義貫丹
青說文曰雘善丹也延陵輕寶劍季布重然諾延陵已見上文漢書曰季布楚人
也楚諺曰得黃金百不如得季布諾又曰貫高趙國立名義不侵爲然諾者也處富不忘貧有
道在葵藿何劭祖贈張華詩曰既貴不忘儉處有能存無莊子東郭子問於莊子曰所謂道惡乎在
莊子曰無所不在陸機君子有所思曰無以肉食資取笑葵與藿

劉文學感遇　楨

蒼蒼中山桂團圓霜露色言桂霑霜露而色不渝身經夷險而操不易也劉楨贈徐
幹詩曰亭亭山上松瑟瑟谷中風霜露一何緊桂枝生自直劉楨贈徐幹詩曰風

聲一何盛松枝一何勁廣雅曰緊急也橘柚在南國因君爲羽翼橘柚在南雖珍
須君羽翼乃貴也楚辭曰后皇嘉樹橘來服受命不遷生南國古詩曰人儻欲我知因君爲羽翼謬蒙聖
主私託身文墨職洞簫賦曰蒙聖主之渥恩鄭玄禮記注曰私之猶言恩也劉楨雜詩曰職
事相填委文墨紛消散丹采既已過敢不自彫飾古詩曰橘柚垂華實乃在深山
側聞君好我甘竊獨自彫飾華月照方池列坐金殿側古歌辭曰上金殿酌玉樽
微臣固受賜鴻恩良未測曹植天地篇曰復爲時所拘羈紲作微臣東京賦曰洪恩
素蓄人心罔結

王侍中懷德　粲

伊昔值世亂秣馬辭帝京王粲七哀詩曰西京亂無象又曰遠身適荊蠻既傷
蔓草別方知杕杜情毛詩序曰野有蔓草思遇時也君之澤未流民窮於兵革男女失時

不期而會焉毛詩曰有杕之杜其葉萋萋王事靡盬我心傷悲崤函復丘墟冀闕緬縱橫
崤函崤谷及函谷也呂氏春秋燭過曰吳爲丘墟西征賦曰冀闕緬其堙盡倚棹汎涇渭日
暮山河清方言曰楫謂之櫂棹與櫂同蟋蟀依桑野嚴風吹若莖毛詩
曰七月在野八月在宇鄭玄曰謂蟋蟀毛詩曰蜎蜎者蜀蒸在桑野賈逵國語注曰若木晚矣鸛鵠在
幽草客子淚已零鸛鵠在幽草謂鸛鳴于垤鵠亦水鳥故連言之王仲宣從軍詩曰哀彼東
山人喟然感鸛鳴毛詩曰有芃者狐率彼幽草去鄉三十載幸遭天下平楚辭曰去
鄉離家來遠客鮑昭結客少年場曰去鄉三十載禮記曰國治而天下平賢主降嘉賞金貂
服玄纓賢主魏太祖也時粲爲侍中故云金貂漢書谷永對詔曰戴金貂之飾執常伯之職尉繚子曰
天子玄冠玄纓也侍宴出河曲飛蓋遊鄴城魏文帝與吳質書曰時駕而遊北遵
河曲曹子建公讌詩曰飛蓋相追隨朝露竟幾何忽如水上萍漢書李陵謂蘇武曰

人生如朝露楚辭曰竊哀兮浮萍汎濫兮無根王逸注曰自比蘋隨水浮汎乍東乍西君子篤惠義柯葉終不傾新語曰君子篤義於惠礼記曰其在人也如竹箭之有筠如松柏之有心二者雖貫四時而不改柯易葉福履既所綏千載垂令名王粲公宴詩曰古人有遺言君子福所綏左氏傳子産曰令名德之輿也

嵇中散康 言志

曰余不師訓潛志去世塵嵇康幽憤詩曰恃愛肆姐不訓不師楚辭屈原曰蒙世俗之塵埃遠想出宏域高步超常倫左太沖詠史詩曰高步追許由靈鳳振羽儀戢景西海濱朝食琅玕實夕飲玉池津莊子老子歎曰吾聞南方有鳥其名爲鳳居積石千里河海出下鳳皇居上天爲生樹名瓊枝高百二十仞大三十圍以琳琅爲實周易曰鴻漸于陸其羽可用爲儀阮籍詩曰朝食琅玕實夕宿丹山際衡山記曰空青崗有天津玉池傅玄擬楚篇曰登崑崙漱玉池處順故無累養德乃入神莊子曰夫得者時也失者順也安時處順哀樂不能入也此古之所謂懸解也又曰欲勉爲形者莫如棄世棄世則無累又曰堯觀乎華華封人請祝聖人使壽使富使多男子堯曰多男子則多懼富則多事壽則多辱是三者非所養德也故辭周易曰精義入神以致用也曠哉宇宙惠雲羅更四陳文子曰四方上下謂之寓說文曰宙舟輿所極覆也鸚鵡賦曰冠雲霓而張羅哲人貴識義大雅明庇身毛詩大雅曰既明且哲以保其身左氏傳曰子反曰信以守禮禮以庇身也莊生悟無爲老氏守其真莊子曰夫虛靜恬淡寂寞無爲者天地之平而道德之至也老子曰見素抱樸河上公曰見素者當抱素守真不文飾也天下皆得一名實久相賓老子曰昔之得一者天得一以清地得一以寧王侯得一以爲天下正莊子曰堯讓許由以天下許由曰而我猶代子吾將爲名乎名者實之賓也吾將爲賓乎咸池饗爰居鍾鼓或愁辛樂動聲儀曰黃帝樂曰咸池莊子曰海鳥止於魯郊魯侯觴之於廟奏九部以爲樂具太牢以爲膳鳥眩視憂悲不敢食一臠不飲一杯三日而死此以己養養鳥也司馬彪曰海鳥爰居也柳惠善直道孫登庶知人柳下惠已見西征賦孫登已見嵇康幽憤詩寫懷良未遠感贈以書紳論語曰子張問行子曰言忠信行篤敬子張書諸紳

阮步兵籍 詠懷

青鳥海上遊鷽斯蒿下飛阮籍詠懷詩曰雖云不可知青鳥明我心呂氏春秋曰海上有人好青者朝至海上而從青遊青至者前後數百其父曰聞汝從青遊盍取來吾欲觀之其子明旦至海上羣青翔而不下莊子曰北溟有魚化爲鳥其名曰鵬齊諧曰鵬之徙南溟摶扶搖而上者九萬里蜩與鷽鳩笑之我決起而飛搶榆枋而止不至控地而已奚以之九萬里而圖南爲北溟有鳥焉其名爲鵬摶扶搖羊角而上者行九萬里尺鷃笑之曰彼且奚適我騰躍而上不過數仞而下翱翔蓬蒿之閒此亦飛之至也而彼且奚適也此小大之辯也司馬彪曰蜩蟬也鷽鳩小鳥毛萇詩傳曰鷽斯鵯居鵯居雅鳥也音豫沈浮不相宜羽翼各有歸曹子建七哀詩曰沈浮各異世阮籍詠懷詩曰鷽斯飛桑榆海鳥運天池豈不識宏大羽翼不相宜飄颻可終年沆瀁安是非阮籍詠懷詩曰逍遥可終生又曰蕩漾焉可能列子曰信理者亡是非莊子曰彼一是非也此一是非也飄颻蒿下沆瀁海上逍遥一也朝雲乘變化光耀世所希阮籍詠懷詩曰三楚多秀士朝雲進荒淫高唐賦曰須臾之閒變化無窮陸雲詩曰知音世所希精衛銜木石誰能測幽微阮籍清思賦曰女娃榮於東海之濱而翩飄於西山之傍山海經曰發鳩之山有鳥名精衛赤帝之女娃女娃遊於東海溺而死不反化爲精衛常取西山木石以填東海也

張司空華 離情

秋月照簾櫳懸光入丹墀張華情詩曰清風動帷簾晨月燭幽房班婕好自傷賦曰俯視兮丹墀佳人撫鳴琴清夜守空帷陸機擬古詩曰佳人撫鳴琴又曰閑

夜撫鳴琴曹子建雜詩曰妾身守空閨蘭逕少行迹玉臺生網絲楚詞曰皐蘭被
徑斯路漸張景陽雜詩曰房櫳無行迹西京賦曰西有玉臺張景陽雜詩曰蜘蛛網四屋論衡曰蜘蛛經絲以
網飛虫庭樹發紅彩閨草含碧滋張景陽雜詩曰寒花發黃彩秋草含綠滋延
佇整綾綺萬里贈所思楚詞曰結幽蘭而延佇古詩曰客從遠方來遺我一端綺
相去萬餘里故人心尚尒又曰欲以遺所思願垂湛露惠信我皎日期毛詩曰湛
湛露斯匪陽不晞又曰謂予不信有如皎日

潘黃門 悼亡 岳

青春速天機素秋馳白日楚詩曰青春受謝潘岳悼亡詩曰曜靈運天機四節代遷
逝劉楨與臨淄侯書曰肅以素秋則落也美人歸重泉悽愴無終畢潘岳悼亡
詩曰之子歸窮泉重壤永幽隔殯宮已肅清松柏轉蕭瑟陸機挽歌曰殯宮何

六百卅五　文三十一　十四　季重刊　曹偁

嘈嘈寡婦賦曰虛坐兮肅清仲長子昌言曰古之葬者松柏梧桐以識其墳楚詞曰蕭瑟兮草木搖落而變衰
俯仰未能弭尋念非但一楚詞曰聊抑志而自弭賈逵國語注曰弭忘也魏文帝詩
曰所憂非但一撫襟悼寂寞怳然若有失潘岳悼亡詩曰撫襟長歎息王逸楚詞注
曰怳失意也後漢書曰戴良見黃憲及歸罔然若有失也明月入綺窗髣髴想蕙
質潘岳悼亡詩曰歲寒無與同朗月何朧朧獨無李氏靈髣髴覩尒容古詩曰交疏結綺窗左九嬪武帝納
皇后頌曰如蘭之茂蕙蘭類故變之耳消憂非萱草永懷寧夢寐毛詩曰焉
得諼草言樹之背毛萇曰諼草令人忘憂毛詩曰終其永懷寡婦賦曰願假夢以通靈夢寐復冥
冥何由覿爾形潘岳哀永逝賦曰既目遇兮無兆曾寤寐兮不夢冥冥幽昧也文子曰慮患於
冥冥之外我慙北海術爾無帝女靈列異傳曰北海營陵有道人能使人與死人相
見同郡人婦死已數年聞而往見之曰願令我一見死人不恨遂教其見之於是與婦人相見言語悲喜恩情

如生良久乃聞鼓聲悢悢不能出戶掩門乃走其裾爲戶所閉掣絕而去後歲餘此人死家葬之開見婦棺蓋
下有衣裾宋玉集云楚襄王與宋玉遊於雲夢之野望朝雲之館有氣焉須臾之間變化無窮王問此是何氣
也玉對曰昔先王遊於高唐怠而晝寢夢見一婦人自云我帝之季女名曰瑤姬未行而亡封於巫山之臺聞
王來遊願薦枕席王因幸之去乃言妾在巫山之陽高丘之阻旦爲朝雲暮爲行雨朝朝暮暮陽臺之下旦而
視之果如其言爲之立館名曰朝雲駕言出遠山徘徊泣松銘毛詩曰駕言出遊
雨絕無還雲華落豈留英鸚鵡賦曰何今日之雨絕日月方代序寢
興何時平潘岳悼亡詩曰四節代遷逝又曰寢興自存形

陸平原 羇宦 機

儲后降嘉命恩紀被微身漢書疏廣曰太子國儲副君琴操史魚曰思竭愚志以報
塞恩紀潘岳河陽詩曰微身輕蟬翼明發眷桑梓永歎懷密親陸機贈顧彥先曰眷

文三十一　十五　乙卯重刊　王才

言懷桑梓又赴洛道中作詩曰嗚咽辭密親永歎見下注流念辭南澨銜怨別西津
陸機赴洛道中詩曰永歎遵北渚遺思結南津杜預左氏傳曰澨水涯也馳馬遵淮泗旦夕
見梁陳毛詩曰驅馬悠悠陸機從梁陳詩曰夙駕尋清軌遠遊越梁陳服義追上列矯
迹廁宮臣楚辭曰身服義而未沬陸機從梁陳詩曰在昔蒙嘉運矯迹入崇賢朱黻咸髦
士長纓皆俊人毛詩曰朱芾斯皇室家君王鄭玄曰芾者諸侯黃朱又曰芾太古蔽膝之象黻
與芾古字通毛詩曰烝我髦士又曰髦士攸宜陸機從梁陳詩曰長纓麗且鮮尚書曰俊民用章契闊
承華內綢繆踰歲年陸機從梁陳詩曰契闊踰三年又赴洛詩曰託身承華側李陵詩曰
與子結綢繆日暮聊揔駕逍遙觀洛川陸機荅張士然詩曰余固水鄉士揔
轡臨清川徂沒多拱木宿草淩寒煙公羊傳曰秦伯謂蹇叔曰尒之年冢上之木拱
矣禮記曾子曰朋友之墓有宿草而不哭焉遊子易感慨躑躅還自憐劉公幹詩

日乖人易感慟陸機道中詩曰佇立望故鄉顧影悽自憐願言寄三鳥離思非徒然楚詞曰三鳥飛以自南覽其志而欲北願寄言於三鳥兮去飃疾而不得陸機赴洛詩曰感物戀堂室離思一何深

左記室 詠史 思

韓公淪賣藥梅生隱市門范曄後漢書曰韓康字伯休一名恬休京兆人也常采名藥賣於長安市口不二價三十餘年梅生梅福也漢書曰梅福一朝棄妻子去其後人見於會稽者變名姓爲吳市門卒百年信荏苒何用苦心魄張華勵志詩曰荏苒代謝漢書曰廣陵王胥歌曰人生要死何爲苦心當學衛霍將建功在河源衛衛青霍霍去病陸賈新語曰以義建功河源匈奴之境山海經曰崑崙之東北隅實河海源也珪組賢君眄青紫明主恩漢書夏侯勝曰士病不明經術苟明其取青紫如俛拾地芥終軍才始達賈誼位方尊漢書曰終軍至長安上書武帝異其文拜爲謁者給事中又曰賈誼爲博士文帝悅之超遷歲中至太中大夫也金張服貂冕許史乘華軒左思詠史詩曰金張籍舊業七葉珥漢貂又曰朝集金張館暮宿許史廬漢書劉向曰王氏乘朱輪華轂王侯貴片議公卿重一言太平多歡娛飛蓋東都門張景陽詠史詩曰昔在西京時朝野多歡娛藹藹東都門羣公祖二疎顧念張仲蔚蓬蒿滿中園曹子建贈徐幹詩曰顧念蓬室士趙岐三輔決錄注曰張仲蔚扶風人也少與同郡魏景卿隱身不仕明天官博學好爲詩賦所居蓬蒿沒人也

張黃門 苦雨 協

丹霞蔽陽景綠泉涌陰渚曹子建情詩曰微陰翳陽景張景陽雜詩曰丹霞啓陰期又詩曰階下伏泉涌水鸛巢層甍山雲潤柱礎鄭玄毛詩箋曰鸛水鳥將陰雨而鳴巢層甍未詳淮南子曰山雲蒸而柱礎潤廣雅曰礎礩也音楚有弇興春節愁霖貫

秋序張景陽雜詩曰有弇興南岑王仲宣有愁霖賦燮燮涼葉奪戾戾颸風舉楚辭曰溢颸風余上征高談玩四時索居慕疇侶曹子建求通親表曰高談無所與陳禮記子夏曰吾離羣索居亦已久矣張華雜詩曰安知慕疇侶青苔日夜黃芳蕤成宿楚張景陽雜詩曰青苔依空牆又詩曰密葉日夜疎又詩曰芳蕤豈再馥又詩曰荒楚鬱蕭森說文曰芳蕤草木華盛貌歲暮百慮交無以慰延佇仲長統詩曰百慮何爲至安在我延佇

劉太尉 傷亂 琨

臧榮緒晉書曰琨卒後贈太尉

皇晉遘陽九天下橫氛霧劉琨荅盧諶詩曰厄運初遘陽交在六哀我皇晉痛心在目班固漢書曰陽九曰初入百六陽九音義曰易傳所謂陽九日厄會也郭璞山海經注曰橫塞也楚詞曰望時風之清激愈氛霧其如塵秦趙值薄蝕幽并逢虎據薄蝕虎據喻羣盜也京房易飛候占曰凡日蝕皆於晦朔不於晦朔蝕者名曰薄戰國策曰蘇秦說楚威王曰王興師襲秦戰於藍田此所謂兩虎相據也伊余荷寵靈感激殉馳騖劉琨勸進表曰荷寵三世左氏傳曰藂啓疆曰寵靈楚國劉琨詩曰鄧生何感激解嘲曰世亂則聖哲馳騖而不足雖無六奇術冀與張韓遇漢書曰陳平自初從至天下定後常以護軍中尉從擊臧荼陳豨凡六出奇計輒益邑封奇計或頗祕世莫得聞也張張良韓韓信也寗戚扣角歌桓公遭乃舉淮南子曰寗戚擊牛角而歌桓公舉以爲大田高誘曰大田田官也荀息冒險難實以忠貞故左氏傳曰初獻公使荀息傅奚齊公疾召之曰其若之何稽首而對曰臣竭其股肱之力加之以忠貞其濟君之靈也不濟則以死繼之公曰何謂忠貞對曰公家之利知無不爲忠也送往事居耦俱無猜貞也空令日月逝愧無古人度論語陽虎曰日月逝矣盧諶贈崔溫詩曰古人非所希飲馬出城濠北望沙漠路古有飲馬長城窟行盧諶贈崔溫詩曰北眺沙漠垂南望舊京路

千里何蕭條。白日隱寒樹。投袂既憤懣。撫枕懷百慮。左氏傳曰楚子投袂而起白虎通曰天子崩哀痛憤懣劉琨重贈盧諶詩曰中夜撫枕歎想與數子遊百慮已見上文功名惜未立。玄髮已改素。劉琨重贈盧諶詩曰功業未及建夕陽忽西流陸機東宮詩曰柔顏收紅藻玄髮吐素華時或苟有會。治亂惟冥數。劉琨重贈盧諶詩曰時哉不我與陶淵明經曲阿詩曰時來苟冥會冥幽冥也數厤數也孫子兵法曰治亂數也范曄後漢書烏丸論曰天之冥數以至於是乎

盧中郎感交　諶

大廈須異材。廊廟非庸器。盧諶荅魏子悌詩曰崇臺非一幹珍裘非一腋潘岳在懷縣詩曰器非廊廟姿爾雅曰庸常也謂非凡常之器也英俊著世功。多士濟斯位。左氏傳眾仲曰官有世功則有官族盧諶荅魏子悌詩曰多士成大業羣賢濟引績眷顧成綢

繆。迺與時髦匹。毛詩曰眷言顧之盧諶荅魏子悌詩曰愚蒙時來會敢齊朝彥跡姻媾久不虛。契闊豈但一。盧諶贈劉琨詩曰申以婚姻又荅魏子悌詩曰恩由契闊生但一已見上文逢厄既已同。處危非所恤。盧諶荅魏子悌詩曰共更飛狐厄又曰在厄每同險常慕先達槩。觀古論得失。槩志節也馮衍顯志序曰追觀往古得失之迹馬服爲趙將。疆場得清謐。史記曰趙奢大破秦軍秦軍解而走遂解閼與圍而歸趙惠文王賜奢號爲馬服君左氏傳魯公曰疆場之事慎守其一而備其不虞爾雅曰謐靜也信陵佩魏印。秦兵不敢出。史記曰魏公子毋忌爲信陵君秦昭王進兵圍邯鄲公子進兵擊秦軍秦軍解去遂救邯鄲存趙公子留趙十年不歸秦聞公子在趙日夜出軍東伐魏魏王患之使使請公子歸救魏魏王以上將軍印授公子公子遂將破秦軍於河外乘勝逐秦至函谷關抑秦兵不敢出慨無幄中策。徒慙素絲質。范曄後漢書詔曰前將軍鄧禹與朕謀謨帷幄決勝千里淮南子曰墨子見練

絲而泣之爲其可以黃可以黑高誘曰閔其化也羇旅去舊鄉。感遇喻琴瑟。盧諶贈崔溫詩曰羇旅及寬政委質與時遇毛詩曰妻子好合如鼓琴瑟自顧非杞梓。勉力在無逸。杞梓已見陸韓卿贈內兄希叔詩無逸已見景福殿賦更以畏友朋。濫吹乖名實。左氏傳陳敬仲曰詩曰翹翹車乘招我以弓豈不欲往畏我友朋韓子曰齊宣王使人吹竽南郭處士請爲王吹竽粟食與三百人等宣王死文王即位一一聽之處士乃逃一曰韓昭侯曰吹竽者衆吾無以知其善者田嚴對曰一一聽之乃知濫也名實已見上

郭弘農遊仙　璞　臧榮緒晉書曰璞卒後贈弘農太守

崦山多靈草。海濱饒奇石。郭璞遊仙詩曰圓丘有奇草鍾山出靈液楚詞曰吾令羲和弭節兮望崦嵫而勿迫王逸曰崦嵫山也海濱即海中三山也偃蹇尋青雲。隱淪駐精魄。江賦曰納隱淪之列真挺異人之精魄抱朴子曰人無賢愚皆知身之有魂魄魂魄分去

則人病盡去則人死道人讀丹經。方士鍊玉液。道人方術之士已見擬潘黃門述哀詩神仙傳曰淮南王好道術之士於是八公乃往遂授以丹經漢書曰燕齊之方士傳方求仙篇曰玉液漏出華泉楚詞曰吮玉液兮止渴朱霞入窻牖。曜靈照空隙。十洲記曰朱霞九光廣雅曰曜靈日也說文曰隙壁縫也傲睨摘木芝。凌波采水碧。江賦曰冰夷倚浪以傲睨本草經曰紫芝一名木芝洛神賦曰凌波微步江賦曰水碧潛琘山海經曰耿山多水碧郭璞曰碧亦玉也眇然萬里遊。矯掌望煙客。神仙傳曰若士謂盧敖曰吾一舉千里說文曰矯舉也郭璞遊仙詩曰駕鴻乘紫煙永得安期術。豈愁濛汜迫。列仙傳曰安期先生自言千歲楚辭曰出於暘谷次于濛汜

張廷尉雜述　綽

太素既已分。吹萬著形兆。列子曰太素者質之始也莊子南郭子綦曰夫吹萬不同

而使自已也司馬彪曰言天氣吹煦生養萬物形氣不
同已止也使各得其性而止潛夫論曰太素之時元氣
窈冥未有形兆也寂動苟有源因謂殤子夭言大道之要動寂無源今誠以有源
即壽夭異轍故以殤子爲夭也呂氏春秋曰一也者至
貴也莫知其源莫知其端莫知其始莫知其終而萬物
以爲宗高誘曰道無匹敵故曰至貴莊子
南郭子綦曰莫壽乎殤子而彭祖爲夭道喪涉千載津
梁誰能了莊子曰世喪道矣道喪世矣世與道交相喪也司馬彪曰世皆異端喪道道不好世故曰
喪耳思乘扶搖翰卓然凌風矯莊子齊諧之言曰鵬之徙於南溟也水擊三千里摶
扶搖而上者九萬里司馬彪曰齊諧人姓名也摶圜也
扶搖上行風也圜飛而上者若扶搖也毛詩曰如飛如
翰鄭玄曰如鳥之飛也翰其中豪俊也廣雅曰矯飛也靜觀尺棰義理足未常少
莊子曰一尺之棰日取其半萬世不竭辯者以此與惠
施相應於身無窮司馬彪曰若其可折則常有兩若其
不可折其一常存故曰萬世不竭囧囧秋月明憑軒詠堯老蒼頡篇曰囧大明也俱永切

文三十一　二十　壬子重刊　曹佾

登樓賦曰憑軒檻以遥望堯老堯及老子玄宗之太師故莊生稱之浪迹無蚩妍然後君
子道浪猶放也妍蚩猶美惡也戴逵栖林賦曰浪迹潁湄棲景箕岑文賦序曰妍蚩好惡也領略
歸一致南山有綺皓王文度贈許詢詩曰吾生挺奇幹領略玄標鄭玄禮記注曰領理
也廣雅曰略要也周易子曰一致而百慮漢書曰園公
綺季夏黄公甪里先生當秦之世避而入商雒深山范
曄後漢書孔融曰南山四皓潛光隱曜交臂玄變化傳火迺薪草莊子仲尼謂顏
回曰吾終身與汝交一臂而失之可不哀與郭象曰夫
變化不可執而留也故雖交臂相守而不能令停若哀
死則此亦可哀者也今人未嘗以此爲哀奚獨哀死邪
莊子秦失曰指窮於爲薪火傳也不知其盡郭象曰窮
盡也爲薪猶前薪也前薪以指指盡前薪之理故火
傳而不滅心得納養之中故命續而不絶明盡生也
亹玄思清胷中去機巧許詢農里詩曰亹亹玄思得濯濯情累除莊子曰子貢南遊於
楚反於晉過漢陰見一丈夫方將爲圃畦鑿隧而入井
抱甕而出灌搰搰然力用甚多而見功寡子貢曰有械

於此一日浸百畦用力甚寡而見功多夫子不欲乎爲
圃者仰而視之曰柰何曰鑿木爲機後重前輕挈水若
抽數如泆湯名曰桔槹爲圃者忿然作色而笑曰吾聞
之吾師有機械者必有機事有機事者必有機心機心
存於胷中則純白不備純白不備則神生不定神生不定者道之所不載子貢俯而不對也物我俱
忘懷可以狎鷗鳥莊子曰吾喪我郭象曰吾喪我我自忘矣我自忘天下何物足識哉又曰
海上有人好鷗鳥者旦而之海上從鷗鳥游鷗鳥至者
百數其父曰吾聞鷗從汝遊試取來吾從玩之曰諾明
旦之海上鷗鳥舞而不下

許徵君自序

晉中興書曰高陽許詢字玄度寓居會稽司徒蔡謨辟不起詢有才藻善屬文時人皆欽愛之

詢

張子闇内機單生蔽外像張毅單豹並已見幽通賦一時排冥筌泠
然空中賞筌捕魚之器言魚之在筌猶人之處塵俗今既排而去之超在埃塵之外故泠然涉空得

六百六十八　文三十一　二十一　壬子重刊　曹佾

中而留也莊子曰列子御風而行泠然而善旬有五日
而反司馬彪曰泠然涼貌也郭象莊子注曰天下莫不
自是而相非故一是一非兩行無窮唯涉空得中曠然無懷乘之以遊也遣此弱喪情資神
任獨往莊子曰予惡乎知悅生之非惑耶予惡乎知惡死之非惑耶非夫弱喪而不知歸者耶郭象曰
少失其故居爲弱喪者遂於彼之所在而不知歸於故
鄉淮南王莊子略要曰江海之士山谷之人輕天下細
萬物而獨往者也司馬彪曰獨往任自然不復顧世採藥白雲隈聊以肆所養隈曲
也賈逵國語注曰肆恣也丹葩耀芳蕤綠竹蔭閑敞廣雅曰葩華也洞簫賦曰又足
樂乎其閑敞西征賦曰厭紫極之閑敞苕苕寄意勝不覺陵虛上曲櫺
激鮮飆石室有幽響櫺窻間孔也陸機吳趨行曰泠泠鮮風過列仙傳曰赤松子常止西
王母石室中也去矣從所欲得失非外獎陸機招隱詩曰稅駕從所欲李蕭遠運命
論曰得與失孰賢謝靈運擬鄴中詩曰客心非外獎小雅曰獎勸也至哉操斤客重明固

巳朗。莊子曰。莊子送葬。過惠子之墓。顧謂從者曰。郢人堊漫其鼻端若蠅翼。使匠石運斤成風。聽而斲之。盡堊而鼻不傷。郢人立不失容。宋元君聞之。召匠石曰。嘗試爲寡人爲之。匠石曰。臣則嘗能斲之。雖然。臣質死久矣。自夫子之死。吾無以爲質矣。吾無與言也。五難既灑落。超迹絕塵網。向秀難嵇康養生論曰。養生有五難。名利不滅。此一難。喜怒不除。此二難。聲色不去。此三難。滋味不絕。此四難。神慮消散。此五難。

殷東陽 興矚。　仲文

晨遊任所萃。悠悠蘊真趣。毛萇詩傳曰。萃。集也。方言曰。蘊。積也。莊子曰。道之真。以持身。謝靈運登江中孤嶼詩曰。蘊真誰爲傳。雲天亦遼亮。時與賞心遇。莊子曰。黃帝得之。以登雲天。謝靈運田南樹園詩曰。賞心不可忘。青松挺秀萼。惠色出喬樹。廣雅曰。秀。美也。鄭玄詩箋曰。承花者曰鄂。鄂與萼同。極眺清波深。緬映石壁素。韋昭國語注曰。緬。邈也。瑩情無餘滓。拂衣釋塵務。廣雅曰。瑩。磨也。說文曰。滓。澱也。謂鄣穢。左氏傳曰。叔向拂衣從之。求仁既自我。玄風豈外慕。論語曰。求仁而得仁。又何怨乎。漢書。灌嬰曰。侯自我得之。玄風。謂道也。李充玄宗賦曰。慕玄風之遐裔。余皇祖曰伯陽。謝靈運憶山中詩曰。得性非外求。直置忘所宰。蕭散得遺慮。淮南子曰。成化象而弗宰。高誘曰。宰。主也。謝靈運越嶺溪行詩曰。觀此遺物慮。一悟得所遣。

文三十一　二十二　乙卯重刊　王明

謝僕射 游覽。　混

信矣勞物化。憂襟未能整。左氏傳。商臣曰。信矣。莊子曰。天不產而萬物化。又曰。既化而生。又化而死也。薄言遵郊衢。揔轡出臺省。毛詩曰。薄言旋歸。家語。子曰。善御者正身揔轡也。淒淒節序高。寥寥心悟永。毛詩曰。秋日淒淒。楚詞曰。天高而氣清。莊子曰。寥巳吾志。郭象曰。寥然空虛也。聲類曰。悟。心解也。時菊耀巖阿。雲霞冠

秋嶺。潘安仁河陽詩曰。時菊耀秋華。眷然惜良辰。徘徊踐落景。孔叢子歌曰。眷然顧之。東征賦曰。撰良辰而將行。卷舒雖萬緒。動復歸有靜。淮南子曰。至道無爲。盈縮卷舒。與時變化。莊子曰。虛則靜。靜則動。動者得矣。老子曰。夫物云云。復歸其根。歸根曰靜。是謂復命。王弼曰。凡有起於虛。動於靜。故萬物離並動作。卒復歸於虛靜。各反其始。歸根則靜也。曾是迫桑榆。歲暮從所秉。毛詩曰。曾是在位。桑榆。日所沒。以喻人年老。巳見上文。韓詩曰。歲聿其暮。薛君曰。言年歲巳晚也。所秉。謂心所執也。毛詩曰。君子秉心。鄭玄曰。秉。執也。舟壑不可攀。忘懷寄匠郢。莊子曰。夫藏舟於壑。藏山於澤。謂之固矣。然而夜半有力者負之而走。昧者不知。司馬彪曰。舟。水物。山。陸居者也。藏之壑澤。非人意所求。謂之固。有力者或能取之。郢人。巳見上文。

陶徵君 田居。　潛

種苗在東皋。苗生滿阡陌。歸去來曰。登東皋以舒嘯。風俗通曰。南北曰阡。東西曰陌。

文三十一　二十三　乙卯重刊　王明

雖有荷鋤倦。濁酒聊自適。陶潛詩曰。晨興理荒穢。帶月荷鋤歸。又曰。雖欲揮手歸。濁酒聊自持。莊子曰。智不知論極妙之言。而自適一時之利者。非埳井之蛙與。又郭象注曰。自適其志者也。日暮巾柴車。路闇光巳夕。歸去來曰。或巾柴車。鄭玄周禮注曰。巾猶衣也。歸人望煙火。稚子候檐隙。歸去來曰。稚子候門。問君亦何爲。百年會有役。莊子。盜跖曰。人上壽百歲。陶潛夜行塗口詩曰。懷役不遑寐。但願桑麻成。蠶月得紡績。陶潛詩曰。相見無雜言。但道桑麻長。毛詩曰。蠶月條桑。家語曰。公父文伯之母紡績不懈。素心正如此。開逕望三益。方言曰。素。本也。謝靈運田南詩曰。唯開蔣生逕。求懷求羊蹤。論語曰。益者三友。友直。友諒。友多聞。益矣。

謝臨川 遊山。　靈運

江海經邅迴。山嶠備盈缺。楚辭曰。入溆浦兮途邅迴。尒雅曰。山銳而高曰嶠。謝靈運

登廬山詩曰山行非前期彌遠不能輟但欲淹昏旦遂復經盈缺春秋元命包曰月盈而缺者謝鄉尊宋均曰謝還也尊君也靈境信淹留賞心非徒設賞心已見上文平明登雲峯杳與廬霍絕楚詞曰平明發兮蒼梧謝靈運詶惠連詩曰滅迹入雲峯又初發石首城詩曰息必廬霍期碧鄣長周流金潭恒澄澈碧鄣出碧之鄣即王山也已見上文思玄賦曰歷泉山以周流上林賦曰步櫚周流臨海記曰白石山下有金潭金光煥然也桐林帶晨霞石壁映初晰說文曰昭晰明也之逝切今協韻以爲之舌切乳竇既滴瀝丹井復寥沇謝靈運山居賦曰訪銅乳於洞穴訊丹砂於經泉鮑昭過銅山詩曰乳竇夜消滴說文曰滴瀝水下滴瀝也抱朴子曰武陵舞陽有丹砂井王逸楚詞注曰沇寥曠蕩空虛靜也岊㠑轉奇秀岑崟還相蔽說文曰岊山巖也五咸切文字集略曰㠑崖也郭璞方言注曰岑崟峻貌赤玉隱瑶溪雲錦被沙汭子虛賦曰石則赤玉玫瑰思玄賦曰瞰瑶溪之赤岸海賦曰雲錦散文於沙

汭之際夜聞猩猩啼朝見鼯鼠逝蜀都賦曰猩猩夜啼郭璞爾雅注曰鼯鼠狀如小狐亦謂之飛生聲如人呼南中氣候暖朱華凌白雪謝靈運入華子崗詩曰南州實炎德桂樹凌寒山王逸楚詞注曰南方冬溫草木常華幸遊建德鄉觀奇經禹穴莊子市南宜僚謂魯侯曰南越有邑焉名爲建德之國其民愚朴少私寡欲其生可樂其死可葬吾願君去國捐俗與道相輔而行漢書曰司馬遷南遊江淮上會稽探禹穴也身名竟誰辯圖史終磨滅謝靈運入華子崗詩曰莫辯百世後又曰圖諜復磨滅且汎桂水潮映月遊海澨楚詞曰桂水兮潺湲謝靈運入華子崗詩曰秉月弄潺湲攝生貴處順將爲智者說謝靈運還湖中詩曰寄言攝生客又登石門詩曰處順故安排又石門詩曰匪爲衆人說莫與智者論

顔特進侍宴　延之

太微凝帝宇瑶光正神縣淮南子曰太微者天一之廷孔安國尚書傳曰凝成也魏都賦曰耽耽帝宇周禮曰匠人建國晝參諸日中之景夜考之極星以正朝夕鄭玄曰極星謂北斗也廣雅曰北斗第七星爲瑶光地理書曰崑崙東南地方五千里名神州史記鄒衍曰中國名赤縣神州赤縣神州內自有九州禹之所敘九州是也不得爲州數中國外若赤縣神州者九所謂九州也揆日粲書史相都麗聞見毛詩曰揆之以日作爲楚室尚書序曰成王在豐欲宅洛邑使召公先相宅孔安國曰欲以爲都也列漢構仙宮開天制寶殿毛萇詩傳曰漢天河桂棟留夏飇蘭橑停冬霰楚詞曰桂棟兮蘭橑青林結冥濛丹巘被葱蒨吳都賦曰迴眺冥濛毛萇詩傳曰巘小山別於大山也山雲備卿靄池卉具靈變尚書大傳曰百工相和而歌卿雲鄭玄曰卿當爲慶魏文帝東閣詩曰高山吐慶雲西京賦曰濯靈芝之朱柯陳思王靈芝篇曰靈芝生玉池重陽集清氣下輦降玄宴楚詞曰集重陽入帝

宮兮造旬始而觀清都西京賦曰恣意所幸下輦成宴尚書曰玄德升聞玄猶聖也鶩望分寰隧矖目盡都甸寰猶畿也穀梁傳曰寰內諸侯周禮有六鄉六隧倉頡篇曰矖矖視之貌也有氣生川岳陰煙滅淮海見中坐溢朱組步櫚遝瓊弁魯靈光殿賦曰中坐垂景禮記曰侯伯佩玄玉而朱組綬上林賦曰步櫚周流長途中宿說文曰遝雜字如此左氏傳曰楚子玉爲瓊弁玉纓未之服也禮登佇睿情樂闋延皇眄爾雅曰登成也又曰佇久也謂久留也禮記曰有司告以樂闋鄭玄曰闋終也延引也測恩躋踰逸沿牒懵浮賤爾雅曰測深也愉逸耽樂縱逸也漢書長安令楊興說將軍史高曰臣衡無階朝廷隨牒在遠方說文曰懵不明也浮賤浮名微賤也禮記曰恥名浮於行也榮重餽兼金巡華過盈瑱孟子曰齊王餽兼金一百而不受盈瑱盈尺之玉也說文曰田父得寶玉至尺魏都賦曰尺璧有盈淮南子曰崑山之玉瑱天見切敢飾輿人詠方慚綠水薦左氏傳曰晉侯聽輿人之誦曰原田

每每舍其舊而新是謀淮南子曰手會淥水已見上文

謝法曹贈別　惠連

昨發赤亭渚今宿浦陽汭謝靈運富春渚詩曰赤亭無淹薄獻康樂詩曰昨發浦陽汭今宿浙江湄方作雲峯異豈伊千里別雲峯已見上文芳塵未歇席涔淚猶在袂庾闡楊都賦曰結芳塵於綺席楚詞曰泣沾襟而濡袂停艫望極浦弭棹阻風雪說文曰艫船頭也楚詞曰望涔陽兮極浦謝惠連獻康樂詩曰停檝阻風波毛萇詩傳曰弭止也風雪既經時夜永起懷思汎濫北湖遊喦亭南樓期謝靈運詩序曰於南山往北山經湖中又序曰南樓中望所遲客點翰詠新賞開袠瑩所疑謝靈運荅惠連詩曰陵澗尋我室散帙問所知摘芳愛氣馥拾蘂憐色滋色滋畏沃若人事亦銷鑠毛詩曰桑之未落其葉沃若楚辭曰質銷鑠以汋約賈逵國語注曰鑠銷也子襟怨勿往谷風誚輕薄毛詩曰青青子襟悠悠我心縱我不往子寧不嗣音又詩序曰谷風刺幽王也天下俗薄朋友道絕焉共秉延州信無慙仲路諾延州信謂挂劍也已見謝靈運廬陵墓下詩論語子曰子路無宿諾靈芝望三秀孤筠情所託楚詞曰采三秀於山間王逸云秀謂芝草也竹箭之有筠已見上注韋昭漢書注曰竹皮筠也于貧切所託已慇懃祗足攪懷人謝靈運詩曰猶復惠來章祗足攪余思毛詩曰嗟我懷人今行嶀嵊外銜思至海濱孔曄會稽記曰始寧縣西南有嶀山剡縣有嵊山陸機赴洛道中詩曰朝徂銜思往尚書曰海濱廣斥嶀他乎切嵊食證切覿子杳未僝款睇在何辰孔安國尚書曰僝見也士簡切字林曰款誠也意有所欲也廣雅曰睇見也雜珮雖可贈疏華竟無陳毛詩曰知子之來之雜珮以贈之疏華瑤華也已見謝靈運越嶺溪行及南樓望所遲客詩無陳心悄勞旅人豈遊遨毛詩曰中

心悄悄幸及風雪霽青春滿江皐說文曰霽雨止也楚詞曰青春受謝又曰馳騖乎江皐解纜候前侶還望方鬱陶謝靈運相送方山詩曰解纜及流潮又詶謝惠連詩曰幽居復鬱陶煙景若離遠末響寄瓊瑤瓊瑤謂玉音也

王徵君養疾　微

窈藹瀟湘空翠澗澹無滋窈藹深遠之貌杜育荈賦曰懷豐穰之滋潤寂歷百草晦欻吸鶤雞悲寂歷彫踈貌說文曰晦盡也謂彫盡也一曰毛萇詩傳曰晦昧也凡草木華實榮茂謂之明枝葉彫傷謂之晦欻吸疾貌楚詞曰鶤雞嘲哳而悲鳴清陰往來遠月華散前墀前墀已見上文鍊藥矚虛幌汎瑟卧遙帷說文曰鍊化金也鍊與練古字通又集略曰幌以帛萌窻也文賦曰同朱絃之清汎朱絃瑟絃也水碧驗未黷金膏靈詎緇水碧已見上文蒼頡篇曰黷垢黷也穆天子傳河伯曰示汝黃金之膏毛萇詩傳曰緇黑色也北渚有帝子蕩瀁不可期楚詞曰帝子降兮北渚目眇眇兮愁予阮籍詠懷詩曰蕩瀁焉可能悵然山中暮懷痾屬此詩淮南子曰悵然若有所亡楚辭曰幽獨處乎山中又曰抒中情而屬詩

袁太尉從駕　淑

宮廟禮哀敬枌邑道嚴玄顏延年拜陵廟詩曰哀敬隆祖廟枌榆社也漢書曰高祖禱豐枌榆社說文曰玄幽遠也謂神道幽遠也恭絜由明祀肅駕在祈年毛詩曰敬恭明祀又曰祈年孔夙詔徒登季月戒鳳藻行川孔安國尚書傳曰登升也羽獵賦曰玄冬季月鳳皇車名甘泉賦曰乃登鳳皇兮翳華芝行川所行之川也行猶道也雲旆象漢徙宸網擬星懸高唐賦曰建雲旆宸網天畢也西京賦曰天畢前驅薛綜曰畢網也象畢星魯靈光殿賦曰浮柱岧嵽以星懸朱櫂麗寒渚金鍐映秋山朱櫂以朱漆飾櫂也

蔡邕獨斷曰金鍐者馬冠也高廣各五寸。羽衛藹流景，綵吹震沈淵。羽衛負羽侍衛也綵發吹也淮南子曰浮吹以虞沈川鱗介也。辯詩測京國，履籍鑑都壥。禮記曰天子五年一巡狩命太師陳詩以觀民風孫卿子曰履天子之籍聽天下之斷。甿謠響玉律，邑頌被丹絃。沈約宋書曰調樂金石有一定之聲故造鍾磬者先律調之然後施之於箱懸司馬彪續漢書曰候氣之法殿中候用玉律十二唯二至乃候靈臺用竹律六十顏延年曲水詩序曰途歌邑頌尚書大傳曰大琴朱紡蔡邕琴賦曰丹紡既張八音既平。文軫薄桂海，聲教燭冰天。禮記曰書同文車同軌尚書曰外薄四海孔安國曰薄迫也言至海也南海有桂故云桂海上林賦曰經乎桂林之中過乎泱漭之野尚書曰朔南暨聲教蒼頡篇曰燭照也淮南子曰八紘北方曰積冰高誘曰北方寒冰所積因以爲名積冰也。和惠頌上笏，恩渥浹下筵。禮記曰笏諸侯以象顏延年觀北湖田牧詩曰溫渥浹輿隸和惠屬後筵。幸侍觀洛後，豈慕巡河前。尚書中候曰天乙在亳東觀乎雒黃魚雙躍出躋于壇化爲黑玉孝經鉤命決曰舜即位巡省中河錄圖授文。服義方無沬，展歌殊未宣。服義已見上文沬亡貝切廣雅曰沬已也楚詞曰展詩兮會舞王逸曰展舒也言舒展詩曲作爲雅樂者也。

文三十一　二十八　王明

謝光祿　郊遊　莊

肅舲出郊際，徙樂逗江陰。楚詞曰乘舲船余上沅兮齊吳榜以擊汰王逸曰舲船窗牖也徙樂行樂也說文曰逗止也。翠山方藹藹，青浦正沈沈。廣雅曰藹藹盛貌上林賦曰沈沈隱隱。涼葉照沙嶼，秋榮冒水潯。劉淵林吳都賦注曰嶼海中洲上有山石也說文曰潯傍深也。風散松架險，雲鬱石道深。松枝可以爲架故因謂之架焉。靜默鏡緜野，四睇亂曾岑。莊子曰靜默可以補病穀梁傳曰緜地千里。氣清知鴈引，露華識猿音。雲裝信解黻，煙駕可辭金。雲裝雲衣也蒼頡篇曰紱綬也黻與紱通煙駕煙車也金金印也。始整丹泉術，終覿紫芳心。抱朴子曰黃帝南到貟隴采若乾之華飲丹巒之泉外國圖曰貟丘有赤泉飲之不老紫芳紫芝也鄭潤甫遊仙詩曰紫芝列紅敷丹泉激陽瀆。行光自容裔，無使弱思侵。楚辭曰雲旗兮電鶩倏忽兮容裔。

鮑參軍　戎行　昭

豪士枉尺璧，宵人重恩光。呂氏春秋傳曰文王飾其辭令幣帛以禮豪士以璧禮賢已見上文淮南子曰聖人不貴尺璧春秋孔演圖曰宵人之世多飢寒宋均曰宵猶小也鄭玄毛詩箋曰爲龍爲光言天子恩澤光曜被及者也。殉義非爲利，執羈輕去鄉。莊子曰彼所殉仁義則俗謂之君子又曰小人則以身殉利士則以身殉名禮記曰執羈靮而從靮音的去鄉已見上文。孟冬郊祀月，殺氣起嚴霜。禮記曰孟冬之月天子迎冬於北郊又曰仲秋之月殺氣浸盛陽氣日衰楚詞曰冬又申之以嚴霜。戎馬粟不爨，軍士冰爲漿。陸機苦寒行曰渴飲堅冰漿。晨上成皐坂，磧礫皆羊腸。薛綜東京賦注曰旋門坂在成皐上林賦曰下磧礫之坻高誘呂氏春秋注曰羊腸其山盤紆似羊腸。寒陰籠白日，太谷晦蒼蒼。夏侯湛歎秋賦曰陰籠景而下翳曹植贈白馬王詩曰太谷何寥廓山樹鬱蒼蒼爾雅曰霧謂之晦郭璞曰蒼蒼昏冥也。息徒稅征駕，倚劍臨八荒。嵇康贈秀才詩曰息徒蘭圃法言曰仲尼之駕稅矣宋玉大言賦曰方地爲輿貟天爲蓋長劍耿介倚天之外甘泉賦曰八荒協兮萬國諧。鷫鷞不能飛，玄武伏川梁。樂緯曰鷫鷞狀似鳳皇身禮戴信嬰仁膺智負義宋均曰身禮質赤色思玄賦曰玄武縮於殼中兮騰蛇蜿而自糾。鎩翮由時至，感物聊自傷。淮南子曰飛鳥鎩羽許慎曰鎩殘羽也古詩曰感物懷所思。豎儒守一經，未足識行藏。漢書高祖曰豎儒幾敗乃公事韋昭曰豎猶小也論衡曰能說一經爲儒生論語子謂顏淵曰用之則行捨之則藏唯我與爾有是夫。

文三十一　二十九　壽明

休上人別怨沈約宋書曰：沙門惠休，善屬文。徐湛之與之甚厚。世祖命使還俗。本姓湯，位至楊州從事也。

西北秋風至，楚客心悠哉。日暮碧雲合，佳人殊未來。魏文帝秋胡行曰：朝與佳人期，日夕殊不來。露采方泛豔，月華始徘徊。曹子建七哀詩曰：明月照高樓，流光正徘徊。寶書爲君掩，瑤琴詎能開。道學傳曰：夏禹撰真靈之字，要集天官之寶書，書以南和丹繒，封以金英之函，檢以字都之印。瑤琴已見上文。相思巫山渚，悵望陽雲臺。高唐賦曰：妾在巫山之陽。蔡邕詩序曰：暮宿河南悵望。子虛賦曰：楚王乃登雲陽之臺。膏鑪絶沈燎，綺席生浮埃。鑪，熏鑪也。取其芬香，故加之膏。煙而無歆，故謂之沈。西京雜記鄒陽酒賦曰：綃綺爲席，犀瑑爲鎮。桂水日千里，因之平生懷。言因桂水以通情也。桂水已見上文。李陵詩曰：浮雲日千里。洛神賦曰：託微波而通辭。鍾會懷士賦曰：記遠念於輿波。

文選卷第三十一

賜進士出身通奉大夫江南蘇松常鎮太等處承宣布政使司布政使胡克家重校刊

文選卷第三十二

梁昭明太子撰

文林郎守太子右內率府錄事參軍事崇賢館直學士臣李善注上

騷上

屈平離騷經一首　九歌四首

離騷經一首　屈平　王逸注

序曰：離騷經者，屈原之所作也。屈與楚同姓，仕於懷王，爲三閭大夫。同列大夫上官靳尚妬害其能，共譖毀之，王乃流屈原，原乃作離騷經，不忍以清白久居濁世，遂赴汨淵自投而死也。

帝高陽之苗裔兮，苗，胤也。裔，末也。高陽，顓頊有天下之號也。帝繫曰：顓頊娶于滕隍氏女而生老僮，是楚先。其後熊繹事周成王，封爲楚子，居於丹陽。其孫武王求尊爵於周，周不與，遂僭號稱王，始都於郢。是時生子瑕，受屈爲客卿，因肸末之子孫，恩深而義厚也。

朕皇考曰伯庸。朕，我也。皇，美也。父死稱考。詩曰：既右烈考。伯庸，字也。屈原言我父伯庸體有美德，以忠輔楚，世有令名，以及於己。攝提貞于孟陬兮，太歲在寅曰攝提。孟，始也。貞，正也。于，於也。正月爲陬。惟庚寅吾以降。惟，辭也。庚寅，日。降，下也。寅爲陽正，庚爲陰正。言己以太歲在寅，正月始春，庚寅之日，下母之躰。皇覽揆余于初度兮，皇，皇考也。覽，覩也。揆，度也。肇錫余以嘉名。肇，始也。錫，賜也。嘉，善也。言己美父伯庸觀我始生年時，度其日月，皆合天地正中，故始錫我以美善之名。名余曰正則兮，正，平也。則，法也。字余曰靈均。靈，神也。均，調也。言平正可法則者，莫過於天；養物均調者，莫神於地。高平曰原，故伯庸名我爲平以法天，字我曰原以法地。夫人非名不榮，非字不彰，故子生，父思善應而名字之，以表其德，觀其志也。紛吾既有此內美兮，紛，盛貌。又重之以脩能。脩，遠。

也。言己之生，内含天地之美氣，又重有絶遠之能，與衆異也。扈江離與辟芷兮，扈，披也。楚人名披爲扈。江離、芷皆香草也。辟爲幽也。芷幽而香。紉秋蘭以爲佩。紉，索也。蘭，香草也，秋而芳。佩，飾也。所以象德。言己脩身清潔，乃取江離辟芷以爲衣被，紉索秋蘭以爲佩飾，博采衆善以自約束。汨余若將不及兮，汨，去貌。疾若水流也。恐年歲之不吾與。言我念年命汨然流去，誠欲輔君，心汲汲常若不及。又恐年忽過，不與我相待，而身老。朝搴阰音毗之木蘭兮，搴，取也。阰，山名。夕攬洲之宿莽。攬，采也。水中可居者曰洲。草冬生不死者，楚人名曰宿莽。言己旦起升山采木蘭，上事太陽，承天度也。夕入洲澤采取宿莽，下奉太陰，順地數也。動以神祇自勑誨也。木蘭去皮不死，宿莽遇冬不枯，屈原以喻讒人雖欲困己，己受天性，終不可變易。日月忽其不淹兮，淹，久也。春與秋其代序。代，更也。序，次也。言日月晝夜常行，忽然不久，春往秋來，以次相代，言天時易過，人年易老。惟草木之零落兮，零落，皆墮也。草曰零，木曰落。恐美人之遲暮。遲，晚也。美人，謂懷王也。言天時運轉，春生秋殺，草木零落，歲復盡矣。而君不建立道德，舉賢用士，則年老暮晚，而功不成。不撫壯而棄穢兮，年德盛曰壯。棄，去也。穢，行之惡也。以喻讒佞，百草爲稼穡之穢，讒佞亦爲忠直之害也。何不改此度也。改，更也。言願君務及年德盛壯之時，脩明政教，棄遠讒佞，無令害賢，改此惑誤之度，脩先王之法也。乘騏驥以馳騁兮，騏驥，駿馬也。以喻賢智。言乘駿馬一日可致千里，以言任賢智，即可至於治也。來吾導夫先路。言己如得任用，將驅先行，願來隨我，遂爲君導入聖王之道。昔三后之純粹兮，昔，往也。后，君也。謂湯禹文王也。至美曰純，齊同曰粹。固衆芳之所在。衆芳，喻羣賢也。言往古夏禹殷湯周王所以能純美其德而有聲明之稱者，皆舉用衆賢，使在顯職，故道化興而萬國寧也。雜申椒與菌桂兮，申，重也。椒，香木，其芳小重之乃香。菌，薰也。葉曰蕙，根曰薰也。豈維紉夫蕙茝。紉，索也。蕙茝皆香草也。以喻賢者，言禹湯文王雖有聖德，猶雜用衆賢以致於化，非獨索蕙茝任一人也。彼堯舜之耿

文三十二　二

介兮，耿，光也。介，大也。既遵道而得路。遵，循也。路，正也。言堯舜所以能有光明大德之稱者，以脩用天地之道，舉賢任能，使得萬事之正也。何桀紂之昌披兮，昌披，衣不帶貌。夫唯捷徑以窘步。捷，疾也。徑，邪道。窘，急也。言桀紂愚惑，違背天道，施行惶遽，衣不及帶，欲涉邪徑急疾爲治，故身觸陷阱至於滅亡。惟黨人之偷樂兮，黨，朋也。論語曰：羣而不黨。偷，苟也。路幽昧以險隘。幽昧，不明也。險隘，諭傾危也。言己念彼讒人相與朋黨，嫉妬忠直，苟且偷樂，不知君道不明，國將傾危，以及其身。豈余身之憚殃兮，憚，難也。殃，咎也。恐皇輿之敗績。皇，君也。輿，君之所乘也，以諭國也。績，功也。言我欲諫爭者，非難身之被殃咎也，但恐君國傾危，以敗先王之功。忽奔走以先後兮，及前王之踵武。踵，繼也。武，迹也。詩曰：履帝武敏歆。言己急欲奔走先後，以輔翼君者，冀及先王之德，繼續其迹而廣其基也。奔走先後，四輔之職也。詩曰：予聿有奔走，予聿有先後。是之謂也。荃不察余之忠情兮，荃，香草也，以諭君也。人君被服芬香，故以香爲諭。惡數指斥尊者，故變言荃也。反信讒而齌怒。齌，疾也。言懷王不徐察我忠信之情，反信讒言而疾怒。余固知謇謇之爲患兮，謇謇，忠言貌也。易曰：王臣謇謇。匪躬之故。忍而不能舍也。舍，止也。言己忠言謇謇諫君之過，必爲身患，然中心不能自止而不言也。指九天以爲正兮，指，語也。九天，謂中央八方也。正，平也。夫唯靈脩之故也。靈，神也。脩，遠也。能神明遠見者，君德，故以諭君。言己將陳忠策，内慮之心，上指九天，告語神明，使平正之，唯用懷王之故，欲自盡也。初既與余成言兮，後悔遁而有他。遁，隱也。言懷王始信任己，與我平議國政，後用讒言，中道悔恨，隱遁其情，而有他志。余既不難夫離別兮，近曰離，遠曰別。傷靈脩之數化。化，變也。言我竭忠見過，非難與君離別也。傷念君信用讒言，志數變易，無常操也。余既滋蘭之九畹兮，滋，蒔也。十二畝爲畹。又樹蕙之百畝。樹，種也。二百四十步爲畝。言己雖見放流，猶種蒔衆香，脩行仁義，勤身自勉，朝暮不倦。畦留夷與

文三十二　三

丁未重刊　刘用

揭車兮。留夷香草也揭車亦香草一名芞輿五十畝爲畦。雜杜衡與芳芷。杜衡芳芷皆香草名也言己積累衆善以自絜飾復植留夷杜衡雜以芳芷芬香益暢德行彌盛也。冀枝葉之峻茂兮。冀幸也峻長也。願竢時乎吾將刈。刈穫也言己種植衆芳幸其枝葉盛長實核成熟願待天時吾將穫取收藏而成其功也以言君亦宜畜養衆賢以時進用而待仰其治也。雖萎絕其亦何傷兮。萎病也絕落也。哀衆芳之蕪穢。言己所種芳草當刈未刈蚤有霜雪枝葉雖蚤萎病絕落何能傷我乎哀惜衆芳摧折枝葉蕪穢而不成也以言己脩行忠信冀君任用而遂斥棄則使衆賢志士失其行也。衆皆競進以貪婪兮。競並也愛財曰貪愛食曰婪。憑不猒乎求索。憑滿也楚人名滿爲憑言在位之人無有清絜之志皆並進取貪婪於財利中心雖滿猶復求索不知猒飽。羌內恕己以量人兮。羌楚人語詞也以心揆心爲恕量度也。各興心而嫉妬。害賢爲嫉害色爲妬言在位之臣心皆貪婪內以其志恕度他人謂與己不同則各生嫉妬之心推棄清絜使不得用也。忽馳騖以追逐兮。非余心之所急。言衆人所以馳騖惶遽者追逐權貴求財利也故非我心之所急務衆急於利我獨急於義者也。老冉冉其將至兮。冉冉行貌。恐脩名之不立。立成也言人年命冉冉而行我之衰老將以速至恐脩身建德而功不成名不立也。朝飲木蘭之墜露兮。墜墮也。夕餐秋菊之落英。言己旦飲香木之墜露吸正陽之津液暮食芳菊之落英吞陰陽之精蘂動以香淨自潤澤。苟余情其信姱苦瓜以練要兮。苟誠也練簡也。長顑呼感感頷亦何傷。顑頷不飽貌也言己飲食好美中心簡練而合道要雖長顑頷飢而不飽亦無所傷病也。擥木根以結茝兮。擥持也。貫薜荔之落蘂。貫累也薜荔香草也緣木而生落墮也蘂實貌言己施行常擥木引堅據持根本又貫累香草之實執持忠信不爲華飾之行也。矯菌桂以紉蕙兮。矯直也。索胡繩之纚纚。胡繩香草也纚纚索好貌言己行雖據根本猶復矯直菌桂芬芳之

性紉索胡繩令之澤好以善自約束終無懈已。謇吾法夫前脩兮。非時俗之所服。言我忠信謇謇者乃上法前代遠賢固非今時俗之人所可服行也。雖不周於今之人兮。周合也。願依彭咸之遺則。彭咸殷賢大夫諫其君不聽自投水而死遺餘也則法也言己所行忠信雖不合於今之人欲願依古之賢者彭咸餘法以自率厲也。長太息以掩涕兮。哀人生之多艱。言己自傷施行不合於俗將效彭咸沈身於淵乃太息長悲哀念萬民受命而生遭遇多艱以隕其身也。余雖好脩姱以鞿羈兮。鞿羈以馬自喻也韁在口曰鞿革絡頭曰羈言爲人所係羈也。謇朝誶而夕替。誶諫也詩云誶予不顧替廢也言己雖有絕遠之智姱好之姿然以爲讒人所鞿羈而係羈矣故朝諫謇謇於君夕暮而身廢弃也。既替余以蕙纕兮。纕佩帶也。又申之以攬茝。又復也言君所以廢弃己者以余帶佩衆香行以忠正之故也然猶復重引芳茝以自結束執志彌篤也。亦余心之所善兮。雖九死其猶未悔。悔恨也言己履行忠信執守清白亦我心中之所美善也雖以見過支解九死終不悔恨也。怨靈脩之浩蕩兮。靈脩謂懷王也浩猶浩浩蕩猶蕩蕩無思慮貌也。終不察夫人心。言己所以怨恨於懷王者以其用心浩蕩驕敖放恣無有思慮終不見省察萬民善惡之心故朱紫相亂國將傾危也。衆女嫉余之蛾眉兮。衆女謂臣衆也蛾眉好貌。謠諑謂余以善淫。謠謂毀也諑音啄猶譖也淫邪也言衆女嫉妬蛾眉美好之人譖而毀之謂之善淫不可信也猶衆臣妬嫉中正言己淫邪不可任也。固時俗之工巧兮。偭規矩而改錯。偭背也圓曰規方曰矩錯置也言今時之工才知彊巧背去規矩更造方圓必不堅固敗材木也以言佞臣巧於言語背違先聖之法以意妄造必亂政化危君國也。背繩墨以追曲兮。追隨也繩墨所以正曲者。競周容以爲度。周合也度法也言百工不隨繩墨之直道隨從曲木屋必傾危而不可居也以言人臣不脩仁義之道背弃忠直隨從枉佞苟合於世以求容媚以爲常法身必傾危而被刑戮。忳

鬱邑余侘傺兮。忳徒昆切憂貌也侘傺失志貌也侘丑加切猶堂堂立貌也傺丑世切住也楚人名住曰傺吾獨窮困乎此時也。言我所忳忳而憂中心鬱邑悵然住立而失志者以不能隨從時俗屈求容媚故獨爲時人所窮困也寧溘死以流亡兮。溘猶奄也余不忍爲此態也。言我寧奄然而死形體流亡不忍以忠正之性爲邪淫之態也鷙鳥之不羣兮。鷙執也謂能執服眾鳥鷹鸇之類也以諭忠正自前代而固然。言鷙鳥執志剛厲特處不羣以言忠正之士亦執分守節不隨俗人自前代固然非獨於今何方圜之能周兮。夫孰異道而相安。言何所有圜鑿受方枘而能合者誰有異道而相安耶言忠佞不相爲謀也屈心而抑志兮。抑案也忍尤而攘詬。尤過也攘除也詬恥也言己所以能屈案心志含忍罪過而不去者欲以除去恥辱誅讒佞之人如孔子誅少正卯也伏清白以死直兮。固前聖之所厚。言士有伏清白之志以死忠直之節者固乃前代聖王所厚哀也故武王伐紂封比干之墓表商容之閭也悔相道之不察兮。悔恨也相視也察審也延佇乎吾將反。延長也佇立貌也詩云佇立以泣言己自恨視事君之道不明察當若比干伏節死義故長立而望將欲還反終己之志也迴朕車以復路兮。迴旋也及行迷之未遠。迷誤也言及旋我之車以反故道反迷已誤欲去之路尚未甚遠也同姓無相去之義故欲還也步余馬於蘭皋兮。步徐行也澤曲曰皋馳椒丘且焉止息。土高曰丘四墮曰椒丘言己欲還則徐徐行步我之馬於芳澤之中以觀聽懷王遂馳高丘而止息以須君命進不入以離尤兮。退將復脩吾初服。退去也言己誠欲遂進竭其忠誠君不肯納恐重遇禍將復去脩吾初始清絜之服製芰荷以爲衣兮。製裁也芰蔆也荷扶蕖也集芙蓉以爲裳。芙蓉蓮華也上曰衣下曰裳言己進不見納猶復製裁芰荷集合芙蓉以爲衣裳被服愈絜脩善益明不吾知其亦已兮。苟余情其信芳。高余冠之岌岌兮。岌岌

高貌長余佩之陸離。陸離參差眾貌也言己懷德不用復高我之冠長我之佩尊其威儀整其服飾以異於眾也芳與澤其雜糅兮。芳德之臭也澤質之潤也玉堅而有澤糅雜也唯昭質其猶未虧。唯獨也昭明也虧歇也言我外有芬芳之德外有玉澤之質二美雜會兼在於己而不得施用故獨保明身無有虧失而已所謂道行則兼善天下不用則獨善其身忽反顧以遊目兮。將往觀乎四荒。荒遠也言己欲進忠信以輔事君而不見省故忽然反顧而去將遊目往觀四遠之外以求賢君也佩繽紛其繁飾兮。繽紛盛貌芳菲菲其彌章。菲菲猶勃勃也芳香貌也章明也言己雖欲之四荒猶整飾儀容佩玉繽紛而眾盛忠信勃勃而愈明不以遠故改其行人生各有所樂兮。余獨好脩以爲常。言萬人稟天命而生各有所樂或樂諂佞或樂貪淫我獨好脩正直以爲常行雖體解吾猶未變兮。豈余心之可懲。懲艾也言己好脩忠信以爲常行雖獲罪支解志猶不艾也女嬃之嬋媛兮。女嬃屈原姊也嬋媛猶牽引也申申其詈予。申申重也言女嬃見己施行不與眾合以見放流故來牽引數怒重詈我也曰鮌婞直以亡身兮。曰女嬃詞也鮌堯臣也帝繫曰顓頊後五葉而生鮌婞音脛很也終然夭乎羽之野。蚤死曰夭言堯使鮌治洪水婞很自用不順堯命乃殛之於羽山死於中野女嬃比屈原於鮌不承君意亦將遇害汝何博謇而好脩兮。紛獨有此姱節。女嬃數諫屈原言汝何爲獨博采往古好脩謇謇姱異之節不與眾同而見憎惡於世薋菉葹以盈室兮。薋蒺蔾也菉王芻也葹枲耳也詩曰楚楚者薋又曰終朝采菉三者皆惡草也以喻讒佞盈滿也判獨離而不服。判別也女嬃言眾人皆佩薋菉枲耳爲讒佞之行滿於朝廷而獲富貴汝獨服蘭蕙守忠直判然離別不與眾同故斥棄也眾不可户說兮。孰云察余之中情。屈原外困羣佞內被姊詈知時莫識言己心志所執不可户說人告誰當察我中情之善否世並舉而好朋兮。夫何煢獨而不予

聽。煢孤也詩曰哀此煢獨予我也言時俗之人皆行佞僞相朋黨並相薦舉忠直之士孤煢特獨何肯聽用我言而納之也依前聖之節中兮。節度也喟憑心而歷茲。歷數也言己所言皆依前代聖王之法節其中和喟然舒憤懣之心歷前代成敗之道而作此詞者也濟沅湘以南征兮。沅湘水名也就重華而陳詞。重華舜名也帝繫曰瞽叟生重華是爲帝舜葬於九疑山在於沅湘之南言己依聖王法而行不容於俗故欲度沅湘之水南行就舜陳詞自說稽疑聖帝舜聞祕要以自開悟啟九辯與九歌兮。啟禹子也九辯九歌禹樂也言禹平治水土以有天下啟能承志續敘其業育養品類故九州之物皆可辯數九功之德皆有次敘而可歌也左傳曰六府三事謂之九功九功之德皆可歌也謂之九歌水火金木土穀謂之六府正德利用厚生謂之三事夏康娛以自縱。夏康啟子太康也娛樂也縱放也不顧難以圖後兮。五子用失乎家巷。圖謀也言夏太康不遵禹啟之樂而更作淫聲放縱情欲以自娛樂不顧患難不謀後葉

文三十二　八　丁未重刊　刘升

卒以失國兄弟五人家居閭巷失尊位也書序曰太康失國昆弟五人須于洛汭作五子之歌此逸篇也羿淫遊以佚田兮。羿諸侯也田獵也又好射夫封狐。封狐大狐也言羿爲諸侯荒淫遊戲以佚田獵又射殺大狐固亂流其鮮終兮。鮮少也浞又貪夫厥家。浞寒浞羿相也厥其也婦謂之家言羿因夏衰亂代之爲政娛樂田獵不恤人事信任寒浞使爲國相浞行媚於內施賂於外樹之詐慝而專其權勢羿田將歸使家臣逢蒙射而殺之貪取其家以爲妻也羿以亂得政身即滅亡故言鮮終也澆身被服強圉兮。澆寒浞子也強圉多力也縱欲而不忍。縱放也言浞取羿妻而生澆強梁多力縱放其情不忍其欲以殺夏后相也日康娛而自忘兮。康安也厥首用夫顛隕。首頭也自上下曰顛隕墮也言澆既殺夏后相安居無憂日作淫樂忘其過惡卒爲相子少康所誅其首顛隕而墮也論語曰羿善射奡盪舟俱不得其死然自此以上羿澆寒浞事皆見於左傳夏桀之常違兮。乃遂焉而逢殃。殃咎也言夏桀上背於天道下逆於人理乃遂以逢殃咎爲殷湯所誅滅后辛之菹醢兮。辛殷之士王紂名也藏菜曰菹肉醬曰醢殷宗用而不長。言紂爲無道殺比干醢梅伯武王把黃鉞行天罰殷宗遂絕不得久長也湯禹嚴而祗敬兮。嚴畏也祗敬也周論道而莫差。周周家也差過也言殷湯夏禹周之文王受命之君皆畏天敬賢論議道德無有過差故能獲神人之助子孫蒙福也舉賢而授能兮。脩繩墨而不陂。陂傾也言三王選士不遺幽陋舉賢用能不顧左右循用先聖法度無有傾失故能綏萬國安天下也易曰無平不陂皇天無私阿兮。竊愛爲私所祐爲阿覽人德焉錯輔。錯置也輔佐也言皇天明神無所私阿觀萬民之中有道德之者因置以爲君使賢輔佐成其志也故桀爲無道傳與湯紂爲淫虐傳與文王夫維聖哲以茂行兮。哲智也茂盛也苟得用此下土。苟誠也下土謂天下也言天下之所立者獨有聖明之知盛德之行故得用事天下而爲萬人之主瞻前而顧後兮。顧視也相觀人之

七丁八十五　文三十二　九　戊申重刊　曹俏

計極。相視也計謀也極窮也言前觀禹湯之所以興顧視桀紂之所以亡足以觀察萬民忠佞之謀窮其真僞夫孰非義而可用兮。孰非善而可服。服服事也言人臣誰有行仁義而不可任用誰有不行信義而可服事者乎言人非義則德不立非善則行不成阽余身而危死兮。阽猶危也覽余初其猶未悔。言己正言危行身將危亡上觀初代伏節之士我志所樂終不悔恨不量鑿而正枘兮。量度也正方也固前脩以菹醢。言工不度其鑿而方正其枘則物不固而木破矣臣不量君賢愚竭其忠信則被罪過而身殆也自前代脩名之人以獲菹醢龍逢梅伯是也曾歔欷余鬱邑兮。曾累也歔欷懼貌也哀朕時之不當。言我累息而懼鬱邑而憂者自哀生不當舉賢之時而值菹醢之日攬茹蕙以掩涕兮。茹柔耎也霑余襟之浪浪。霑濡也衣皆謂之襟浪浪流貌也言自傷放在山澤心悲泣下霑濡我衣浪浪而流猶引取柔耎香草以自掩拭不以悲故失仁義也跪敷衽以陳詞兮。敷布也耿

吾既得此中正。耿明也言己覩禹湯文王脩德以興天下見羿澆桀紂行惡以亡中知龍逢比
干執履忠直身以菹醢乃長跪布衽俛首自省念仰訴於天中心曉明得此中正之道情合真人神與化游故
得乘雲駕龍周歷天下以慰己情緩憂思也駟玉虬以乘鷖兮。有角曰龍無角曰虬
鷖鳳皇別名也山海經曰鷖身有五采溘埃風余上征。溘猶奄也埃塵也言我設往行游將
乘玉虬駕鳳車掩塵埃而上征去離時俗遠羣小也朝發軔於蒼梧兮。軔支輪木也蒼梧舜
所居夕余至乎縣圃。縣圃神山淮南子曰縣圃在崑崙閶闔之中乃維上天言己朝發帝舜之
居夕至縣圃之山受道聖王而登神明之山欲少留此靈瑣兮。靈以喻君瑣門鏤也文如
連瑣楚王之省閤也日忽忽其將暮。言己誠欲少留於君之省閤以須政教日又忽去時將欲
暮年歲且盡言己衰老也吾令羲和弭節兮。羲和日御也弭按也望崦嵫而勿
迫。崦嵫日所入之山也迫附也言我恐日暮年老道德不施欲令日御按節徐行望日所入之山且勿附

近巽及盛時遇賢君也路曼曼其脩遠兮。脩長也吾將上下而求索。
言天地廣大其路曼曼遠而且長不可卒徧吾方上下左右以求索賢人與己合志者也飲余馬於
咸池兮。咸池日所浴也揔余轡乎扶桑。揔結也扶桑日所拂木也淮南子言日出暘谷
浴於咸池拂于扶桑爰始將行是謂朏明我乃往至東極之野飲馬於咸池與日俱浴以絜己身結我車轡於
扶桑以留日行幸得不老延年壽折若木以拂日兮。若木在崐崘西極其華照下地拂擊也
聊須臾以相羊。聊且也須臾相羊皆游也言己揔結日轡恐不能制年時卒過故復轉之西極
折取若木以拂擊日使之還去且相羊而游以俟君命也或謂拂蔽也以若木蔽日使不得過前望舒
使先驅兮。望舒月御也月體光明以喻臣清白後飛廉使奔屬。飛廉風伯也風爲號
令以諭君命言己使清白之臣如望舒先驅求賢使風伯奉君命於後以告百姓鸞皇爲余先
戒兮。鸞俊鳥也皇雌鳳以喻明知之士也雷師告余以未具。雷爲諸侯以興君言己使

仁知之士如鸞皇先戒百官將往適道而君怠惰告我嚴裝未具吾令鳳皇飛騰兮。又
繼之以日夜。言我使鳳皇明知之士飛行天下以求同志續以日夜冀逢遇之飄風屯
其相離兮。回風曰飄飄風無常之風以興邪惡帥雲霓而來御。雲霓惡氣以喻佞人
御迎也言己使鳳皇往求同志之士欲與俱共事君反見邪惡之人相與屯聚謀欲離己又遇佞人相帥來迎
欲使我變節以隨之紛總總其離合兮。總總猶僔僔聚貌也班陸離其上下。
班亂貌也陸離分散也言己游觀天下但見俗人競爲讒佞僔僔相聚乍離乍合上下之義班然散亂而不可
知也吾令帝閽開關兮。帝謂天帝也閽主門者倚閶闔而望予。閶闔
天門也言己求賢不得嫉惡讒佞將上愬天帝使閽人開關又倚天門望而距我使我不得入也時曖
曖其將罷兮。曖曖昏貌罷極也結幽蘭而延佇。言時世昏昧無有明君周行罷
極不遇賢士故結芳草而長立有還意也世溷濁而不分兮。溷亂也濁貪也好蔽美

而嫉妬。言時世君亂臣貪不別善惡好蔽美德而嫉妬忠信朝吾將濟於白水兮。
濟度也淮南子曰白水出崐崘之源飲之不死登閬風而緤馬。閬風山名在崑崘上緤繫也言
我見中國溷濁則欲度白水登神山屯車繫馬而留止白水絜淨閬風清明言己脩絜白之行不懈怠也忽
反顧以流涕兮。哀高丘之無女。楚有高丘之山女以喻臣言己雖去意不能已
猶復顧念楚國無有賢臣心爲之悲而流涕溘吾遊此春宮兮。溘奄也春宮東方青帝舍
折瓊枝以繼佩。繼續也言我遊奄然至于青帝宮觀萬物始生皆出仁義復折瓊枝以續佩守
行仁義志彌固也及榮華之未落兮。榮華喻顏色也落墮也相下女之可
貽。相視也貽遺也言己既脩行仁義思得同志願及年德盛時顏貌未老視天下賢人將持玉帛聘而遺之
與俱事君也吾令豐隆乘雲兮。豐隆雲師求宓妃之所在。宓妃神女
也以喻隱士言我令雲師豐隆乘雲周行求隱士清絜若宓妃者欲與并力也解佩纕以結言

兮。纕佩帶也。吾令蹇脩以爲理。蹇脩伏羲氏之臣也理分理述禮意也言既見宓妃
則解我佩帶之玉以結言語使古賢蹇脩而爲媒理也伏羲時淳朴故使其臣紛緫緫其離合
兮。忽緯繣其難遷。緯繣乖戾也呼麥切遷徙也言蹇脩既持其佩帶通言而讒人復相聚毀
敗令其意一合一離遂以乖戾而見距絕言所居深僻難遷徙也夕歸次於窮石兮。次舍
也再宿爲信過信爲次淮南曰弱水出于窮石入于流沙朝濯髮乎洧盤。洧盤水名也禹大傳
曰洧槃之水出崦嵫之山言宓妃體好清絜暮所歸舍窮石之室朝沐洧槃之水遁世隱居而不肯仕保
厥美以驕傲兮。倨簡曰驕侮慢曰傲日康娛以淫遊。康安也言宓妃用志高遠
保守美德驕傲侮慢日自娛樂以遊戲無事君之意也雖信美而無禮兮。來違弃
而改求。違去也改更也言宓妃雖有美德驕傲無禮不可與共事君來去相弃而更求賢也覽相
觀於四極兮。周流乎天余乃下。言我乃復往觀視四極周流求賢然後乃來下

六ㄋ七十　文三十二　十二　壬子重刊　昌彥

望瑤臺之偃蹇兮。偃蹇高意見有娀之佚女。有娀國名也佚美也謂帝
嚳之妃契母簡狄也簡狄配聖帝生賢子以喻貞賢也詩曰有娀方將帝立子生商呂氏春秋曰有娀氏有美
女爲之高臺而飲食之言己望瑤臺高峻睹有娀氏美女思得與共事君也吾令鴆爲媒兮。
鴆惡鳥也明有毒殺人以喻讒賊鴆告余以不好。言我使鴆鳥爲媒以求簡狄其性讒賊不
可信用還詐告我言不好雄鳩之鳴逝兮。逝往也余猶惡其佻巧。言又使雄
鳩銜命而往其性輕佻巧利多語而無要實復不可信也心猶豫而狐疑兮。欲
自適而不可。適往也言己令鴆爲媒其心讒賊以善爲惡又使雄鳩多言少實故中心狐疑猶豫
意欲自往禮又不可也鳳皇既受詒兮。恐高辛之先我。高辛嚳有天下號也
帝繫曰高辛氏爲帝嚳次妃有娀氏女生契言己既得賢智之人若鳳皇受禮遺將恐帝嚳以先我得簡狄也
欲遠集而無所止兮。聊浮遊以逍遙。言己既求簡狄復後高辛欲遠集他

方又無所之故且遊戲觀望以忘憂也及少康之未家兮。留有虞之二姚。
少康夏后相之子也有虞國名也姓姚氏舜後也昔寒浞使澆殺夏后相少康逃奔有虞虞因妻以二女而邑
於綸有田一成有衆一旅能布其德以收夏衆遂誅滅澆復禹舊績屈原放至遠方之外博求衆賢索宓妃則
不肯見求簡狄又後高辛少康留止有虞而得二妃以成顯功也是不欲遠去貌理弱而媒拙
兮。拙鈍恐導言之不固。言己欲效少康留而不去又恐媒人弱鈍達言於君不能堅固復使
回移時溷濁而嫉賢兮。好蔽美而稱惡。再言時溷濁者懷襄二世不明故羣
下好蔽中正之士而舉邪惡之人閨中既邃遠兮。小門謂之閨邃深也哲王又不
寤。哲知也寤覺也言君處宮殿之中其閨邃遠忠言難通指語不達自明智之王尚不覺善惡之情高宗殺
孝己是已何況不智之君而以闇蔽固其宜也懷朕情而不發兮。余焉能忍與
此終古。言我懷忠信之情不得發用安能久與此闇亂之君終古居乎意欲復去也索藑茅

文三十二　十三　乙卯重刊　王辰

以筳篿兮。索取也藑茅靈草也筳小破竹也楚人名結草折竹卜曰篿筳音廷篿音專命靈氛
爲余占之。靈氛古明占吉凶者也言己欲去則無所集欲止則又不見用憂懣不知所從乃取神草
竹筳結而折之以卜去留使明知靈氛占其吉凶曰兩美其必合兮。孰信脩而
慕之。靈氛言以忠臣而就明君兩美必合楚國誰能信明善惡脩行忠直欲相慕及者乎己宜以時去之
也思九州之博大兮。豈唯是其有女。言我思念天下博大豈獨楚國有君
臣可止乎曰勉遠逝而無疑兮。孰求美而釋女。何所獨無芳
草兮。爾何懷乎故宇。爾女也懷思也宇居也言何所獨無賢芳之君何必思故居而不去
也此皆靈氛之詞時幽昧以眩曜兮。眩曜惑亂貌孰云察余之美惡。
屈原荅靈氛曰當時之君皆闇昧惑亂不知善惡誰當察我之善情而用己乎是難去之意人好惡
其不同兮。惟此黨人其獨異。黨鄉黨謂楚國也言天下萬人之所好惡其性不同

此楚國尤獨異也。戶服艾以盈要兮。艾白蒿也，盈滿也。謂幽蘭其不可
佩。言楚人戶服白蒿滿其要帶以爲芬芳，反謂幽蘭臭惡爲不可佩也。以言君親愛讒佞，憎遠忠直而不近
也。覽察草木其猶未得兮。察視也。豈珵美之能當。珵美玉也。
相玉書言珵大六寸，其曜自照。言時人無能識臧否，觀視衆草尚不能別其香臭，豈當知玉之美惡乎。以爲
草木易別於禽獸，禽獸易別於珠玉，珠玉易別於忠佞，知人最難也。蘇糞壤以充幃兮。蘇取
也。充滿也。壤土也。幃謂之幐，幐香囊也。謂申椒其不芳。言取糞土以滿香囊佩而帶之，反謂
申椒臭而不香。言近小人而遠君子也。欲從靈氛之吉占兮，心猶豫而狐
疑。言己欲從靈氛勸去之占，則心狐疑念楚國也。巫咸將夕降兮。巫咸古神巫也，當殷中宗
之世。降下也。懷椒糈而要之。椒香物所以降神，糈精美所以享神。言巫咸將夕從天上下來，
願懷椒糈要之，使筮吉凶。百神翳其備降兮，九疑繽其並迎。翳蔽也。繽
盛貌也。九疑舜所葬也。言巫咸得己椒糈，則將百神蔽日來下，舜又使九疑之神紛然近我，知己之意。皇

文三十二　十四　曹但

剡剡其揚靈兮。皇皇天也。剡剡光貌。告余以吉故。言皇天揚其光靈，使百神
告我當去，尤吉善也。曰勉升降以上下兮。勉強也。上謂君，下謂臣也。求矩矱之
所同。矩法也。矱於縛切，度也。言當自勉，上求明君，下索賢臣，與己合法度者，因與同志共爲化也。湯
禹儼而求合兮。儼敬也。合匹也。摯咎繇而能調。摯伊尹名，湯臣也。咎繇禹
臣也。調和。言湯禹至聖，猶敬承天道，求其匹合，得伊尹咎繇乃能調和陰陽而安天下。苟中情其
好脩兮，何必用夫行媒。行媒諭左右之臣也。言臣能中心常好善，則精感神明，賢君自
舉用之，不必須左右薦達之。說操築於傅巖兮。說傅說也。傅巖地名。武丁用
而不疑。武丁殷之高宗也。言傅說抱懷道德而遇刑罰，操築作於傅巖，武丁思想賢者，夢得聖人，以其
形像使求之，因得說，登以爲公，道用大興，爲殷高宗。呂望之鼓刀兮。呂太公之氏姓也。鼓鳴也。

遭周文而得舉。言太公避紂居東海之濱，聞文王作興，盍往歸之，至於朝歌，道窮困，自鼓刀而
居，遂西釣於渭濱。文王夢得聖人，於是出獵而遇之，遂載以歸，用爲師。甯戚之謳歌兮。甯戚
衛人。齊桓聞以該輔。該備也。甯戚脩德不用，退而商賈，宿齊東門外，桓公夜出，甯戚方飯牛，叩
角而歌，桓公聞之，知其賢，舉用爲卿，備輔佐也。及年歲之未晏兮。晏晚也。時亦猶
其未央。央盡也。言己所以汲汲欲輔佐君者，冀及年未晏晚，以成德化，然年時亦未盡，若三賢之遭遇
也。恐鵜鴂之先鳴兮。鵜鴂一名買鵤，常以春分鳴也。鵜弟，鴂桂。使百草爲
之不芳。言我恐鵜鴂以先春分鳴，使百草華英摧落，芬芳不成，以喻讒言先使忠直之士被罪過也。
何瓊佩之偃蹇兮。偃蹇衆盛貌。衆薆然而蔽之。言我佩瓊玉，懷美德，
偃蹇而衆人薆然而蔽之，傷不得施用也。惟此黨人之不亮兮。亮信也。恐嫉妒
而折之。言楚國之人不尚忠信之行，恐妬我正直，欲必折挫而敗也。時繽紛其變易

文三十二　十五　乙丑重刊　春

兮，又何可以淹留。言時俗溷濁，善惡變易，不可以久留，宜速去也。蘭芷變而不
芳兮，荃蕙化而爲茅。荃蕙皆香草也。言蘭芷之草變其體而不復香，荃蕙化而爲茅，失
其本性也。以言君子更爲小人，忠信更爲佞僞。何昔日之芳草兮，今直爲此蕭
艾也。言往昔芬芳之草，今皆直爲蕭艾而已。以言往日明智之士，今皆佯愚。豈其有他故
兮，莫好脩之害也。言士人所以變直爲曲者，以上不好用忠正之人，害其善士之故。余
以蘭爲可恃兮。蘭懷王少弟司馬子蘭也。恃怙也。羌無實而容長。實誠也。言
我以子蘭能進賢達能，可怙而進，不意內無誠信之實，但有長大之貌，浮華而已。委厥美以從
俗兮。委弃也。苟得引乎衆芳。言子蘭弃其美質正直之性，隨從諂佞，苟欲引於衆賢之
位，而無進賢之心也。椒專佞以慢慆兮。椒楚大夫子椒也。慆淫也。樧又欲充其
佩幃。樧茱萸也。似椒而非，以喻子椒似賢而非賢也。幃盛香之囊也。以喻親近。言子椒爲楚大夫，處蘭芷

之間而行淫慢諂諛之志又欲援引面從不賢之類皆使居親近無有憂國之心責之也既干進而務入兮。干求也。又何芳之能祗。祗敬也言子蘭子椒苟欲求進自入於君身得爵祿而已復何能敬愛賢者而舉之乎固時俗之從流兮。又孰能無變化。言時世俗人隨從上化若水之流二子復以諂諛之行衆人誰有不變節而從之者乎疾之甚也覽椒蘭其若茲兮。又況揭車與江離。言觀子椒子蘭變節若此豈況朝廷衆臣而不爲佞媚以容其身邪惟茲佩之可貴兮。委厥美而歷茲。歷逢也茲此也言己內行忠正外佩衆芳此誠可貴茲不遭明君棄其至美而逢此咎也芳菲菲而難虧兮。虧歇也芬至今猶未沬。沬已也言己所行芬芳誠難虧歇至今猶未已也和調度以自娛兮。聊浮游而求女。言我雖不見用猶和調己之行度執守忠貞以自娛樂且徐浮游以求同志及余飾之方壯兮。周流觀乎上下。上謂君下謂臣也言我願

及年德方盛壯之時周流四方觀君臣之賢欲往就之靈氛既告余以吉占兮。歷吉日乎吾將行。言靈氛既告我以吉占歷善日吾將去君而遠行折瓊枝以爲羞兮。羞脯也精瓊爢音糜以爲粻。音張精鑿也爢屑也粻糧也言我將行乃折瓊枝以爲脯腊精鑿玉屑以爲儲糧飲食香絜冀以延年也爲余駕飛龍兮。雜瑤象以爲車。象象牙也言我駕飛龍乘明知之獸載象玉之車文章雜錯以言德似龍玉而世俗莫識也何離心之可同兮。吾將遠逝以自疏。言賢愚異心何可合同知君與己殊志故將遠去自疏而流遁也邅吾道夫崑崙兮。邅轉也楚人名轉爲邅路脩遠以周流。言己設去楚國遠行乃轉至崑崙神明之山其路長遠周流天下以求同志揚雲霓之晻藹兮。揚披也晻藹蓊鬱陰貌鳴玉鸞之啾啾。鸞鸞鳥也以玉作之著於衡和著於軾啾啾鳴聲言從崑崙將遂升天披雲霓之蓊鬱排群佞之黨羣鳴玉鸞之啾啾而有節度也朝發軔

於天津兮。天津東極箕斗之間漢津也夕余至乎西極。言己朝發天之東津萬物所生夕至地之西極萬物所成動順陰陽之道且亟疾也鳳皇翼其承旂兮。翼敬也旂旗也畫龍蛇爲旂高翱翔之翼翼。翼翼和貌也言己動順天道則鳳皇來隨我車敬承旂旗高飛翱翔翼翼而和嘉忠正懷有德也忽吾行此流沙兮。流沙沙流如水也尚書曰餘波入於流沙遵赤水而容與。遵循也赤水出崑崙容與遊戲也言吾行忽然過此流沙遂循赤水而游戲雖行遠方動以清絜自洒飾也麾蛟龍使梁津兮。舉手曰麾小曰蛟大曰龍詔西皇使涉予。詔告也西皇帝少皡也涉渡也言我乃麾蛟龍以橋西海使少皡渡我動與神獸聖王相接言能渡萬人之厄路脩遠以多艱兮。艱難也騰衆車使徑待。騰過也言崑崙之路險阻多難非人所能由故令衆車先使從邪徑以相待也以言己所行車遠莫能及路不周以左轉兮。不周山名在崑崙山西北轉行也指西海以爲期。指語也期會也

言己使語衆車我所行之道當過不周山而左行俱會西海之上也過不周者言道不合於俗也左轉者言君行左乖不與己同志也屯余車其千乘兮。屯陳也齊玉軑音大而並馳。軑轄也言乃屯陳我車前後千乘齊以玉爲車轄並馳左右從己者衆皆有玉德宜輔千乘之君駕八龍之婉婉兮。婉婉龍貌載雲旗之委移。言己駕八龍神智之獸其狀婉婉又載雲旗委移而長也駕八龍者言己德如龍可制御八方也載雲旗者言己德如雲雨能潤施抑志而弭節兮。神高馳之邈邈。邈邈遠貌也言己雖乘雲龍猶自抑案弭節徐行高抗志行邈邈而遠莫能逮及奏九歌而舞韶兮。九歌九德之歌禹樂也九韶舜樂也尚書曰簫韶九成是也聊假日以媮樂。言己德高智明宜輔舜禹以致太平奏九德之歌九韶之舞而不遇其時故假日游戲媮樂而已陟升皇之赫戲平聲兮。皇皇天也赫戲光明之貌忽臨睨五計夫舊鄉。睨視也舊鄉楚國也言己雖陟崑崙過不周度西海舞九韶升天庭據光曜不足以解憂猶復顧楚國愁

且思也。僕夫悲余馬懷兮。僕御也。懷思也。蜷奇員局顧而不行。蜷局詰屈不行貌也。屈原設去時離俗，周天匝地，意不忘舊鄉，望見楚國，僕御悲感，我馬思歸，蜷局詰屈而不肯行，此終志不失，以辭自見，以義自明也。亂曰。亂理也。所以發理詞指總撮行要也。屈原舒肆憤懣，極意陳詞，或去或留，文采紛華，然後結括一言，以明所趣。已矣哉。國無人莫我知兮。已矣絕望之詞也。無人謂無賢人也。屈原言已矣者，我懷德不見用，以楚國無有賢人知我忠信之故也。自傷之詞也。又何懷乎故都。言衆人無有知己，已復何爲思故鄉念楚國也。既莫足與爲美政兮。吾將從彭咸之所居。言時世人君無道，不足與共行美德善政，我將自沈汨淵，從彭咸而居處也。

九歌四首

屈平　王逸注

序曰：九歌者，屈原之所作也。昔楚南郢之邑，其俗信鬼而好祠，其祠必作樂鼓舞，因爲作九歌之曲，託之以諷諫也。

東皇太一

吉日兮辰良。日謂甲乙，辰謂寅卯也。穆將愉兮上皇。穆敬也。愉樂也。上皇謂東皇太一也。言己將脩祭祀，必擇吉辰之日，齊戒恭敬，以宴樂天神。撫長劍兮玉珥。撫持也。珥謂劍鐔也。劍者所以威服衛有德，故撫持之也。璆鏘鳴兮琳琅。璆琳琅皆美玉名也。鏘佩聲也。詩曰：佩玉鏘鏘。言己供神有道，乃使靈巫佩持好劍，以辟邪惡，垂衆佩，周旋而舞，動鳴五玉，鏘五音而和，且有節度。瑤席兮玉瑱。盍將把兮瓊芳。盍何不也。把持也。瓊玉枝也。言己脩飾清潔，以瑤玉爲席，美玉爲瑱，靈巫何不持乎，乃把玉枝以爲香。蕙肴蒸兮蘭藉。蕙肴，以蕙草蒸肉也。藉所以藉飯食也。易曰：藉用白茅。奠桂酒兮椒漿。桂酒，切桂以置酒中也。椒漿，以椒置漿中也。言己供待彌敬，及以蕙蒸肴，芳蘭爲藉，進桂酒椒漿，以備五味也。揚枹兮拊鼓。拊擊也。疏緩節兮安歌。疏希也。言膳既具，不敢寧處，親舉枹擊鼓，使靈巫緩節而舞，徐歌相和，以樂神也。陳竽瑟兮浩倡。浩大也。言己陳列竽瑟，大倡作樂，以自竭盡也。靈偃蹇兮姣服。靈謂巫也。偃蹇舞貌也。姣好也。服飾也。芳菲菲兮滿堂。菲菲芳貌也。言乃使姣好之巫，被服盛飾，舉足奮袂，偃蹇而舞，芬芳菲菲，盈滿堂室也。五音紛兮繁會。五音，宮商角徵羽也。紛盛貌也。繁衆也。君欣欣兮樂康。欣欣喜貌。康樂也。言己重作衆樂，合會五音，紛然盛美，神以歡欣，猒飽喜樂，則身蒙慶祐，家受多福也。屈原以爲神無形聲，難事易失，然人竭心盡禮，則歆其祀而惠降以祉，自傷履行忠誠，以事於君，不見信任，而身放逐，以危殆也。

雲中君

浴蘭湯兮沐芳。華采衣兮若英。華采，五色也。若，杜若也。言己將脩饗祭，以事靈神，乃先使靈巫先浴蘭湯，沐香芷，衣五采華衣，飾以杜若之英，以自絜飾。靈連蜷巨員反兮既留。靈，巫也。楚人名巫爲靈子。連蜷，巫迎神道引貌也。既已也。留止也。爛昭昭兮未央。爛光貌也。昭昭明貌也。未央未已也。巫執事肅敬，奉迎導引，神顏貌矜莊，形體連蜷，神則歡喜，安留見止，見其光容爛然昭明，長無極已。蹇將憺兮壽宮。蹇詞也。憺安也。壽宮，供神之處也。祠祀皆欲得壽，故名爲壽宮也。言雲神既至，在於壽宮，歆饗酒食，憺然安樂，無有去意也。與日月兮齊光。齊同也。光明也。言雲神豐隆，爵位尊高，乃與日月同光明也。夫雲興而日月暗，雲藏而日月明，故言齊光也。龍駕兮帝服。龍駕，言雲神駕龍也。帝謂五方之帝也。服飾也。言天尊雲神，使之乘龍，兼衣言青黃五采之色，與五方帝同服也。聊翶游兮周章。聊且也。周章猶周流也。言雲神居無常處，動則翶翔，周流往來，且游翶也。靈皇皇兮既降。靈謂雲神也。皇皇美貌也。降下也。言神來下，其皇皇而美，有光文也。猋遠舉兮雲中。猋去疾貌。雲中其所居也。言雲神往來急疾，飲食既飽，猋然遠舉，復還其處也。覽冀州兮有餘。覽望也。兩河間曰冀州。餘猶他方也。言雲神所在高邈，乃望於冀州尚復見他方也横四海兮焉窮窮極也言雲神出入奄忽須臾之間横行四海安有窮極者也思夫君兮太息君謂雲神極勞心兮𢥞𢥞𢥞𢥞憂心貌也屈原見雲一動千里周徧四海想得隨從觀望四方以忘己憂思而念之終不可得故太息而歎中心煩勞而𢥞𢥞

湘君

君不行兮夷猶君謂湘君也夷猶猶豫也言湘君所在土地肥饒又有嶮岨故其神常安不肯游蕩既設祭祀使巫請呼之尚復猶豫蹇誰留兮中洲蹇詞也留待也中洲洲中也水中可居者爲洲言湘君蹇然難行誰留待於水中之洲乎以爲堯二女妻舜有苗不服舜往征之二女從而不反道死於沅湘之中因爲湘夫人也所留蓋謂此二女美要眇兮宜脩要眇好貌也脩飾也言二女之貌要眇而好又宜脩飾也沛吾乘兮桂舟沛行貌也舟船也吾屈原自謂也言己雖在湖澤之中猶乘桂木之船沛然而行令沅湘兮無波沅湘水名使江水兮安流言己乘船常恐危殆願君令沅湘無波涌使江順徑徐流則得安也望夫君兮歸來君謂湘君吹參差兮誰思參差洞簫也言己瞻望於君而未肯來則吹簫作樂君當復誰思念駕飛龍兮北征屈原思神略垂意念楚國駕飛龍北行還亟歸故居也邅吾道兮洞庭邅轉也洞庭太湖也言己欲乘龍而歸不敢隨從大道願轉江湖之側安委曲之徑欲急至也薜荔拍兮蕙綢薜荔香草也拍搏壁也綢縛束也詩曰綢繆束楚承荃橈兮蘭旌荃香草也橈小楫也屈原言己居家則以薜荔搏飾四壁蕙草縛屋乘舟船則以荃爲楫櫂蘭爲旌旗動以香絜自脩飾望涔陽兮極浦涔陽江碕名也近附郢極遠也浦水涯也横大江兮揚靈靈精誠也屈原思念楚國願乘輕舟上望江海之遠浦附郢之碕以泄憂念横度大江揚己精誠冀能感寤懷王使還己也揚靈兮未極極已也女嬋媛兮爲余太息女謂女嬃也屈原姊也嬋媛猶牽引也言己遠揚精神雖欲自竭盡終無從達故女嬃牽引責之數爲己太息悲毒欲使

屈原改性易行隨風俗也横流涕兮潺湲潺湲流貌也屈原感女嬃之言亦欲變節而意不能改内自悲傷涕泣横流隱思君兮陫符沸側君謂懷王也陫陋也言己雖見放弃隱伏山野猶從側陋之中思念君也桂櫂兮蘭枻櫂楫也枻船傍板斲冰兮積雪斲斫也言己乘船遭天盛寒舉其楫斲斫冰凍紛然如積雪言己勤苦采薜荔兮水中搴芙蓉兮木末搴手取也芙蓉荷華也生水中屈原言己執忠信之行以事於君其志不合猶入池涉水而求薜荔登山緣木而采芙蓉固不可得心不同兮媒勞言婚姻所好心意不同則媒人疲勞而無功也屈原自喻行與君異終不可合亦疲勞而已恩不甚兮輕絶言人交接初淺恩不甚篤則輕相與離絶也言己與君同姓共祖無離絶之義石瀨兮淺淺音戔瀨湍也淺淺流疾貌飛龍兮翩翩屈原憂愁俛視川水見石瀨淺淺疾流而下將有所至仰見飛龍翩翩而上將有所登自傷弃在草野終無所登至也交不忠兮怨長交友也忠厚也朋友相與不厚則長相怨恨也言己執履忠貞雖獲罪過不敢怨恨於衆人期不信兮告余以不閒閒暇也言君常與己期欲共爲治後以讒言之故更告我以不閒暇遂以疏遠朝騁騖兮江皋朝以喻己盛也澤曲曰皋言己願及朝明己年盛時任重馳騁以行道德夕弭節兮北渚弭安也渚水涯也夕以喻衰言日夕將暮己已衰老弭情安意終於草野鳥次兮屋上次舍也過信爲次水周兮堂下周旋也言己所居在湖澤之中衆鳥舍止我之屋上流水周旋己之堂下自傷與鳥獸魚鼈爲伍捐余玦兮江中玦玉佩也先王所以命臣之瑞也故與環即還與玦即去也遺余佩兮醴浦遺離也佩瓊琚之屬也言己雖見放逐常思念君設欲遠去猶捐玦佩置於水涯冀君求己示有還意采芳洲兮杜若芳洲香草叢生水中之處將以遺兮下女遺與也女陰也以喻臣謂己之儔匹也言己願於芳芬絶異之洲采取杜若以與貞正之人思與同志終不更變時不可兮再得言日不再中年

不再盛也 聊逍遥兮容與 逍遥游戲也 言天時不再至 人年不再盛 已既老矣 不遇於時 聊且逍遥而游 容與而戲 以待天命之至也

湘夫人

帝子降兮北渚 帝子謂堯女也 降下也 言堯二女娥皇女英隨帝不反 墮於湘水之渚 因爲湘夫人 目眇眇兮愁予 眇眇好貌也 予屈原自謂也 堯二女儀德美好 眇然絶異 又配帝舜 而乃没命水中 屈原自傷不遭值堯而遇暗君 亦將沈身湘流 故曰愁我也 嫋嫋兮秋風 嫋嫋秋風搖木皃 洞庭波兮木葉下 言秋風疾則草木搖 湘水波而樹葉落矣 以言君政急則衆人愁而賢者傷矣 登白薠兮騁望 薠草秋生 騁平也 與佳期兮夕張 佳期謂湘夫人也 不敢指斥尊者 故言佳也 張施也 言己願以始秋薠草初生望平之時 脩設祭具 夕早洒掃 張施帷帳 與夫人期 歆饗之也 鳥萃兮蘋中 萃集也 罾何爲兮木上 罾魚網也 夫鳥當集木巔而言草中 罾當在水中而言木上 以喻所願不得 失其所也

沅有茝兮澧有蘭 言沅水之中有盛茂之茝 澧水之外有芬芳之蘭 異於衆草 以興湘夫人美好亦異於衆人 思公子兮未敢言 公子謂湘夫人也 重以卑說尊 故變言公子也 言己想若舜之遇二女 二女雖死 猶思其神 所以不敢達言者 士當須介 女當須媒也 慌忽兮遠望 觀流水兮潺湲 言神鬼荒忽 往來無形 近而視之彷彿若存 遠而望之但見水流潺湲也 麋何爲兮庭中 麋獸名 蛟何爲兮水裔 蛟龍類也 言麋當在山林而在庭中 蛟當在深淵而在水涯 以言小人當處野而升朝廷 賢者當居尊官而爲僕隸 朝馳余馬兮江皋 夕濟兮西澨 濟渡也 澨水涯 自傷驅馳不出湖澤之域 聞佳人兮召予 予屈原自謂也 將騰駕兮偕逝 偕俱也 逝往也 屈原幽居草澤 思神念鬼 冀湘夫人有命呼已 則願騰駕而往 不待侶偶也 築室兮水中 葺之兮荷蓋 屈原困於世上 願築室水中 託附神明而居處也 蓀壁兮紫壇 以蓀草飾室壁 累紫貝爲壇 播芳椒兮成堂 布香椒於堂上 桂棟兮 以桂木爲屋棟 蘭橑 以木蘭爲橑 辛夷楣兮 辛夷香草 以作户楣 葯房 葯白芷也 房室也 罔薜荔兮爲帷 罔結也 結薜荔爲帷帳 擗蕙櫋兮既張 擗析也 以析蕙覆櫋屋 白玉兮爲鎮 以玉鎮坐席 疏石蘭以爲芳 石蘭香草 疏布陳也 芷葺兮荷屋 葺蓋屋也 繚之兮杜衡 繚縛束也 杜衡香草也 合百草兮實庭 合百草之華以實庭也 建芳馨兮廡門 馨香之遠聞者也 積之以爲門廡也 屈原生遭濁世 憂愁困極 意欲隨從鬼神 築室水中 與湘夫人比鄰而處 然猶積衆芳以爲殿堂 脩飾彌盛 行善彌高也 九嶷繽兮並迎 九嶷山名 舜所葬也 靈之來兮如雲 言舜使九嶷之山神繽然來迎二女 則百神侍送 衆多如雲 捐余袂兮江中 袂衣袖也 遺余褋兮澧浦 褋襜襦也 屈原設託與湘夫人共鄰處 舜復迎之而去 窮困無所依 故欲捐棄衣物 裸身而行 將適九夷也

搴汀洲兮杜若 汀平也 將以遺兮遠者 遠者謂高賢隱士也 言己雖欲之九夷絶域之外 猶求高賢之士 采平洲香草以遺之 共與修道德也 時不可兮驟得 驟數也 聊逍遥兮容與 言富貴有命 天時難值 不可數得 聊且游戲以盡年壽也

文選卷第三十二

賜進士出身通奉大夫江南蘇松常鎮太等處承宣布政使司布政使胡克家重校刊

文選卷第三十三

梁昭明太子撰

文林郎守太子右內率府録事叅軍事崇賢館直學士臣李善注上

騷下

屈平九歌二首　九章一首

卜居一首　漁父一首

宋玉九辯五首　招魂一首

劉安招隱士一首

九歌二首　屈平　王逸注

少司命

秋蘭兮蘪蕪，羅生兮堂下。言己供神之室閑而清靜，衆香之草又環其堂下，羅列而
生，誠司命君所宜幸集也。綠葉兮素華，芳菲菲兮襲予。襲，及也。予，我也。言芳草茂
盛，吐葉垂華，芳香菲菲，上及我也。夫人自有兮美子，夫人謂萬民也。蓀何以兮愁
苦。蓀謂司命也。言天下萬民，人人自有子孫，司命何爲主握其年命，而用思愁苦。秋蘭兮青青，綠
葉兮紫莖。言己事神崇敬，重種芳草，莖葉五色，香益暢也。滿堂兮美人，忽獨與
余兮目成。言萬民衆多，美人並會，盛滿於堂，而司命獨與我睨而相視，成爲親親也。入不言兮
出不辭，言神往來奄忽，入不語言，出不訣辭，其志難知也。乘回風兮載雲旗。言司命之
去，乘風載雲，其形貌不可得見。悲莫悲兮生別離，屈原思神略畢，憂愁復出，乃長歎曰：人居世悲哀莫
痛與妻子生別離，傷己當之也。樂莫樂兮新相知。言天下之樂，莫大於男女始相知之時也。屈原言己
無新相知之樂，而有生離之憂。荷衣兮蕙帶，儵而來兮忽而逝。言司命被服香

淨，往來奄忽，難當值也。夕宿兮帝郊，帝謂天帝。君誰須兮雲之際。言司命之
去，暮宿於天帝之郊，誰待於雲之際乎？幸其有意而顧己。與汝遊兮九河，衝飈起兮水
揚波。與汝沐兮咸池，咸池，星名，也蓋天池。晞汝髮兮陽之阿。晞，乾也。詩云：匪
陽不晞。阿，曲阿，日所行也。言己願託司命，俱沐咸池，乾髮陽阿，齋戒絜己，冀蒙天祐也。望美人兮未來，
美人謂司命也。臨風怳兮浩歌。怳，失意貌也。言己思望司命而未肯來，臨疾風而大歌，冀神聞之而來至
也。孔蓋兮翠旍，言司命以孔雀之翅爲車蓋，翡翠之羽爲旍旗，言殊飾也。登九天兮
撫彗星。九天，八方中央也。言司命乃昇九天之上，撫持彗星，欲掃除邪惡，輔仁賢也。竦長劒
兮擁幼艾。竦，執也。幼，少也。艾，長也。言司命持長劒以誅絕惡，擁護萬人，長少使各得其命。荃獨
宜兮爲民正。言司命執心公方，無所阿私，善者佑之，惡者誅之，故宜爲萬民之正。

山鬼

若有人兮山之阿。有人謂山鬼也。阿，曲隅也。被薜荔兮帶女蘿。女蘿，菟絲
也。言山鬼彷彿若人，見山之阿，被薜荔之衣，以菟絲爲帶也。薜荔、菟絲皆無根，緣物而生，山鬼亦奄忽無形，故
衣之以爲飾也。既含睇兮又宜笑，睇，微眄也。言山鬼之狀，體含妙容，美目眄然，又好口齒而
宜笑。子慕予兮善窈窕。子謂山鬼也。窈窕，好皃也。詩云：窈窕淑女。言山鬼之皃既以姱
麗，亦復慕我有善行好姿，是故來見其容也。乘赤豹兮從文貍，辛夷車兮結
桂旗。辛夷，香草也。言山鬼出入，乘赤豹，從神貍，結桂與辛夷以爲車旗，言有香絜也。被石蘭兮
帶杜衡，石蘭、杜衡，皆香草也。折芳馨兮遺所思。所思謂清絜之士，若屈原者也。言山
鬼脩飾衆香，以崇其神；屈原履行清絜，以厲其身。神人同好，故折香馨相遺，以同其志也。余處幽篁
兮終不見天，言山鬼所處，乃在幽昧之內，終不見天地。所以來出，歸有德也。或曰：幽篁，竹林。
路險難兮獨後來。言所處既深，其路阻險又難，故來晚暮，後諸神。表獨立兮山之

上。表特也。言山鬼後到，特立於山之上而自異也。雲容容兮而在下。杳冥冥兮羌晝晦。言山鬼所在至高，雲出其下，雖白晝猶冥晦。東風飄兮神靈雨。飄風皃也。詩云：匪風飄兮。言東風飄然而起，則靈應之而雨，以言陰陽相感，風雨相和。屈原自傷獨無和也。留靈脩兮憺忘歸。靈脩謂懷王也。歲既晏兮孰華予。晏，晚也。孰，誰也。言己宿留懷王，冀其還己，心中憺然，安而忘歸。年歲晚暮，將欲罷老，誰當復使我榮華也。采三秀兮於山間。三秀謂芝草也。石磊磊兮葛蔓蔓。言己欲服芝草以延年命，周旋山間，采而求之，終不能得，但見山石磊磊，葛草蔓蔓。或曰：三秀，秀才之士隱處者也。言石葛者，喻所在深也。怨公子兮悵忘歸。公子謂公子椒也。言所以怨公子椒者，以其知己忠信而不肯達，故我悵然失志而忘歸也。君思我兮不得閒。言懷王時思念我，顧不肯以閒暇之日召己謀議。山中人兮芳杜若。山中人，屈原自謂也。飲石泉兮蔭松柏。言己雖在山中無人之處，猶取杜若以為芬芳，飲石泉之水，蔭松柏之木，飲食居處，動以香絜自脩飾。君思我兮然疑作。言懷王有思我時，然讒言妄作，故令狐疑者也。靁填填兮雨冥冥。猨啾啾兮狖夜鳴。風颯颯兮木蕭蕭。言己在深山之中，遭雷電暴雨，猨狖號呴，風木搖動，以言恐懼失其所也。或曰：雷為諸侯，以興於君。雲雨冥昧，以興佞臣。猨狖善鳴，以興讒言。風以喻政，木以喻人。雷填填者，君妄怒也。雨冥冥者，羣佞聚也。猨啾啾者，讒夫弄口也。風颯颯者，政煩擾也。木蕭蕭者，民驚駭也。思公子兮徒離憂。言己怨子椒不見達，故遂憂愁。

九章一首

序曰：九章者，屈原之所作也。屈原放江南之野，故復作九章。章，著也，明也。言己所陳忠信之道甚明著也。

屈平　王逸注

涉江

余幼好此奇服兮。奇，異也。或曰：奇服，好服也。年既老而不衰。衰，懈也。己少好奇偉之服，履忠直之行，至老不懈。帶長鋏之陸離兮。長鋏，劒名也。其所握長劒，楚人名曰長鋏也。冠切雲之崔嵬。崔嵬，高貌也。言己內修忠信之志，外帶長利之劒，戴崔嵬之冠，其高切青雲也。被明月兮佩寶璐。在背曰被。寶璐，美玉也。言己背被明月之珠，要佩美玉，德寶兼備，行度清白。世溷濁而莫余知兮。溷，亂也。濁，貪也。吾方高馳而不顧。言時世貪亂，遭君蔽闇，無有知我之賢，然猶高行抗志，終不回曲也。駕青虬兮驂白螭。言虬螭神獸，宜於駕乘，以喻賢人清白，宜可信任也。吾與重華遊兮瑤之圃。重華，舜名也。瑤，石次玉也。圃，園也。言己想侍虞舜，遊玉圃，猶言遇聖帝，升清朝也。登崑崙兮食玉英。言猶坐明堂，受爵位。與天地兮比壽，與日月兮齊光。言己年與天地相敝，名與日月同曜也。哀南夷之莫吾知兮。屈原怨毒楚俗嫉害忠貞，乃曰：可哀哉，南夷之人無知我賢者也。旦余濟兮江湘。旦，明也。濟，度也。言己遭放棄，以明旦時始去，遂渡江湘之水。言明旦之者，紀時明，刺君不明也。乘鄂渚而反顧兮。乘，登也。鄂渚，地名也。欸秋冬之緒風。欸，歎也。緒，餘也。言己登鄂渚高岸，還望楚國，嚮秋冬北風，愁而長歎，之中憂思也。步余馬兮山皋。邸余車兮方林。邸，舍也。方林，地名。言我馬壯強，行山皋，無所驅馳；我車堅牢，捨於方林，無所載任也。以言己才德方壯，誠可任用，棄在山野，亦無所施也。乘舲船余上沅兮。舲船，船有窻牖者也。齊吳榜以擊汰。吳榜，船櫂也。汰，水波。言己始去，乘窻船西上沅湘之水，士卒齊舉大櫂而擊水波，自傷去朝堂之上，而入湖澤之中也。或曰：齊悲歌，言愁思也。船容與而不進兮。淹回水而疑滯。疑，惑也。滯，留也。言士眾雖同力引櫂，船猶不進，隨水流，使己疑惑，有意還之者也。朝發枉渚兮。枉渚，地名。夕宿辰陽。辰陽亦地名。言己乃從枉渚宿辰陽，自傷去日遠也。或曰：枉，曲也。渚，沚也。辰，時也。陽，明也。言己將去枉曲之俗，而處時明之鄉。苟余心其端直兮。苟，誠也。雖僻遠之何傷。僻，左也。言我惟行正直之心，雖在遠僻之域，猶有善稱，無害疾也。故論語曰：子欲居九夷也。入溆浦余儃佪兮。溆，水名也。迷不知吾之所如。迷惑也。如，之也。言己思念楚國，雖循水涯，意猶迷惑，不知所之。深林杳以冥冥兮。草木茂盛。乃猨狖之所居。非賢士之道徑。山峻高以蔽日兮。言嶮𡼏危傾也。下幽晦以多雨。言暑濕泥濘也。霰雪紛其無垠兮。涉冰凍之盛寒。雲霏霏而承宇。室屋沈沒，與天連也。或曰：日以喻君，山以喻臣，霰雪以喻殘賊，雲以象佞人。山峻高以蔽日者，謂臣掩君明也。下幽晦以多雨者，羣下專擅，施恩惠也。霰雪紛其無垠者，殘賊之政，害仁賢也。雲霏霏而承宇者，佞人並進，蒲朝廷也。哀吾生之無樂兮。遭遇讒佞，失官祿也。幽獨處乎山中。遠離親戚而斥逐也。吾不能變心而從俗兮。終不易志，隨枉曲也。固將愁苦而終窮。愁思無聊，身困極也。接輿髡首兮，桑扈臝行。接輿，楚狂接輿也。髡，剔也。首，頭也。自刑體，避世不仕也。桑扈，隱士也。去衣臝袒，效夷也。言屈原不容於世，引比隱者以自慰也。忠不必用兮，賢不必以。以，亦用也。伍子逢殃兮，伍子，伍子胥也，為吳王夫差臣，諫令伐越，夫差不聽，遂賜劒而自殺，後越竟滅吳，故逢殃也。比干菹醢。比干，紂之諸父也。紂淫惑妲己，作糟丘酒池，長夜之飲，斮朝涉，剖孕婦，比干正諫，紂怒，妲己曰：聖人之心有七孔。於是乃殺比干，剖其心而觀之，故言菹醢也。與前世而皆然兮。謂行忠直而遇患害，若比干子胥也。吾又何怨乎今之人。言自古有迷亂之君，若紂夫差不用忠信，滅國志身，當何為復怨今之君乎。余將董道而不豫兮。董，正也。豫，猶豫也。言己雖見先賢執忠被害，猶正身直行，志不猶豫而狐疑也。固將重昏而終身。昏，亂也。言己不逢明君，以思慮交錯，心將重亂，以終年命。

卜居一首

序曰：卜居者，屈原之所作也。屈原放棄，乃往太卜之家，卜己居俗何所宜行。

屈平　王逸注

屈原既放三年。違去郢都，處山林也。不得復見。道路僻遠，所在深也。竭智盡忠。建造策謀，披腎心也。蔽鄣於讒。遇諂佞也。心煩意亂。意憤悶也。不知所從。迷瞀眩惑也。乃往見太卜鄭詹尹。稽神明也。鄭詹尹，工師姓名也。曰：余有所疑。意遑惑也。願因先生決之。斷吉凶也。詹尹乃端策拂龜。整儀容也。曰：君將何以教之。願聞其要。屈原曰：吐詞情也。吾寧悃悃款款朴以忠乎。志純一也。竭誠信也。將送往勞來，追俗人也。斯無窮乎。不困貧也。寧誅鋤草茅，刈薅营也。以力耕乎。耕稼穡也。將遊大人，事貴戚也。以成名乎。榮譽立也。寧正言不諱，諫君惡也。以危身乎。被刑戮也。將從俗富貴，食重祿也。以媮生乎。身安樂也。寧超然高舉，讓官爵也。以保真乎。守玄默也。將哫訾栗斯，承顏色也。喔咿嚅唲，強笑噱也。以事婦人乎。詘拳局也。寧廉絜正直，志如玉也。以自清乎。脩絜白也。將突梯滑稽，轉隨俗也。如脂如韋，柔弱曲也。以絜楹乎。順滑澤也。寧昂昂若千里之駒乎。志行高也。才絕殊也。將氾氾若水中之鳧乎。普愛眾也。羣戲遊也。與波上下，隨眾高卑。偷以全吾軀乎。身無憂患。寧與騏驥抗軛乎。沖天驅也。將隨駑馬之迹乎。安步徐也。寧與黃鵠比翼乎。飛雲隅也。將與雞鶩爭食乎。承穅糟也。此孰吉孰凶。誰憂喜也。何去何從。安所由也。世溷濁而不清。貨賂行也。蟬翼為重，近讒佞也。千鈞為輕。遠忠良也。黃鍾毀棄，賢隱藏也。瓦釜雷鳴。愚讙訟也。讒人高張，居朝堂也。賢士無名。身窮困也。吁嗟嘿嘿兮。世莫論也。誰知吾之廉貞。不別賢也。詹尹乃釋策而謝。愚不能明也。曰：夫尺有所短。騏驥不騁中庭。寸有所長。雞鶴知時而鳴。物有所不足。地虧東南角也。智有所不明。孔子厄陳蔡也。數有所不逮。天不可計量也。神有所不通。日不能夜照也。用君之心。所念慮也。行君之意。遂本操也。龜策誠不能知此事。不能決君之志。

漁父一首　序曰。漁父者。屈原之所作。漁父避俗。時遇屈原悴而問之。遂相應荅。

屈平　王逸注

屈原既放。身斥逐也。遊於江潭。戲水側也。行吟澤畔。履荊棘也。顏色憔悴。皯黴黑也。皯古旱切。黴力遲切。形容枯槁。癯瘦瘠也。漁父見而問之。怪屈原也。曰。子非三閭大夫歟。謂其故官。何故至於斯。曷為遭此患也。屈原曰。世人皆濁。眾貪鄙也。我獨清。忠絜己也。眾人皆醉。惑財賄也。我獨醒。廉自守也。是以見放。棄草野也。漁父曰。隱士言也。聖人不凝滯於物。不困

辱其身也。而能與世推移。隨俗方圓。世皆濁。人貪婪也。何不淈其泥。同其風也。而揚其波。與沈浮也。眾人皆醉。巧佞曲也。何不餔其糟。從其俗也。而歠其釃。食其祿也。何故深思高舉。獨行忠直。自令放為。遠在他域。屈原曰。吾聞之。受聖制也。新沐者必彈冠。拂土芥也。新浴者必振衣。去塵穢也。安能以身之察察。己清絜也。受物之汶汶者乎。蒙垢塵也。寧赴湘流。自沈淵也。葬於江魚腹中。身消爛也。安能以皓皓之白。皓皓猶皎皎也。而蒙世俗之塵埃乎。被汙點也。漁父莞尒而笑。笑難齗也。鼓枻而去。叩船舷也。乃歌曰。滄浪之水清兮。喻世昭明。可以濯我纓。沐浴陞朝。滄浪之水濁兮。喻世昏闇。可以濯我足。宜隱遁也。遂去不復與言。合道真也。

九辯五首　序曰。九辯者。楚大夫宋玉之所作也。辯者。變也。九者。陽之數也。道之綱紀也。謂陳說道德以變說君也。宋玉。屈原弟子。閔惜其師忠而放逐。故作九辯以述其志也。

宋玉　王逸注

悲哉秋之為氣也。寒氣聊戾。歲將暮也。蕭瑟兮。陰令促急。風疾暴也。草木搖落。華葉隕零。肥潤去也。而變衰。形體易色。枝枯槁也。自傷不遇。將與草木俱衰老也。憭慄兮。思念暴戾。心自傷也。憭音了。若在遠行。遠客出去。之他方也。登山臨水兮。升高遠望。視江河也。送將歸。族親別逝。還故鄉。泬寥兮。泬寥。曠蕩而虛靜也。或曰。泬寥猶蕭條。無雲貌也。泬音血。天高而氣清。秋天高朗。體清明也。言天高朗。黑見無形。傷君昏亂。不聰明也。寂漻兮。源瀆順流。漠無聲也。收潦而水清。蕭無溢潦。百川靜也。言川水夏濁而秋清。傷君無有清明之時也。憯悽增欷兮。愴痛感動。歎息也。薄寒之中人。傷我肌膚。變顏色也。愴

怳懭悢兮。中情愴悢。意不得也。去故而就新。初會鉏鋙。志未合也。坎廩兮。數遭患禍。身困窮也。貧士失職。士失財物。逢寇賊也。而志不平。心常憤懣。意未明也。廓落兮。喪志失耦。塊獨立也。羇旅而無友生。遠客寄居。孤單特也。惆悵兮。後黨失輩。惆愁毒也。而私自憐。竊內念己。自閔傷也。燕翩翩其辭歸兮。將入大海。飛徊翔也。蟬寂寞而無聲。螗蜩斂翅。而伏藏也。鴈廱廱而南遊兮。雄雌和樂。群戲行也。鵾雞啁哳而悲鳴。奮翼呼而低昂也。夫燕蟬遇秋寒。將穴處而懷懼。候鴈鵾雞。喜樂而逸豫。言無有候鴈鵾雞之喜。而有蟬燕之憂也。獨申旦而不寐兮。夜坐視瞻。而終明也。哀蟋蟀之宵征。見蜻蛚之夜行。自傷放棄。與昆蟲為雙也。或曰。宵征謂七月在野。八月在宇。九月在戶。十月蟋蟀入我牀下。是其宵征行也。時亹亹而過中兮。年已過半。日進往也。亹亹。進貌。詩曰。亹亹文王。蹇淹留而無成。雖久壽考。無成功也。

悲憂窮慼兮脩德見過愁懼惶也獨處廓孤立特止居一方也有美一人
兮位尊服好謂懷王也心不繹常念弗解內結藏也去鄉離家兮背違邑里之他鄉也
來遠客去郢南征濟沅湘也超逍遙兮遠出游逝離州域也今焉薄欲止無賢皆讒
賊也專思君兮執心壹意在胷臆也不可化同姓親聯恩義篤也君不知兮聰明
淺短志迷惑也可柰何頑嚚難啓長歎息也蓄怨兮積思結恨在心慮憤鬱也心煩
憺兮忘食事思君念主忽不食也願一見兮道余意舒寫忠誠自陳列也君
之心兮與余異方圓殊性猶白黑也車駕兮朅而歸迴逝言還欲反國也不
得見兮心悲自傷流離路隔塞也倚結軨兮太息伏車重軨而涕泣也涕潺
湲兮霑軾泣下交流濡茵席也慷慨絕兮不得中心恚恨心剝切也中瞀亂
兮迷惑思念煩惑志南北也私自憐兮何極哀祿命薄常含戚也心怦怦兮

諒直志行忠正無所告也
皇天平分四時兮何直春生而秋殺也爾雅曰四時和為通正竊獨悲此廩秋微霜
淒愴寒慄烈也白露既下降百草兮萬物羣生將被害也奄離披此梧楸痛傷茂木
又芟刈也去白日之昭昭兮違離天明而湮沒也襲長夜之悠悠永處冥冥而覆
蔽也離芳藹之方壯兮去己盛美之光容也余委約而悲愁身體疲病而憂
也窮秋既先戒以白露兮君不引德而嚴令也冬又申之以嚴霜刑罰
刻峻而重深也收恢炱之孟夏兮上無仁恩以養民時春生夏長人君則之以養
萬物秋殺冬藏亦順其宜而行刑罰故君賢臣忠政合大中則品庶安寧萬物豐茂上闇下僞用法殘虐則貞
良被害草木枯落故宋玉援引天時託譬草木以茂美樹興於仁賢早遇霜露懷德君子忠而被害也然
欿傺而沈藏民無住足竄巖藪也楚人謂住曰傺葉菸邑而無色兮顏容變易

而萎黑也枝煩挐而交橫柯條糺錯而崩嶷也顏淫溢而將罷兮形貌羸瘦
無潤澤也柯彷彿而萎黃腹內空虛皮乾腊也萷櫹槮之可哀兮華葉已落
莖獨立也形銷鑠而瘀傷身體燋枯被病久也惟其紛糅而將落兮蓬茸
傎仆根蠹朽也恨其失時而無當不值聖主而年老也覽騑轡而下節兮
安步徐馬而勿驅也聊逍遙以相羊且徐低佪以遊戲也歲忽忽而遒盡兮
年歲逝往之若流也恐余壽之弗將懼我性命之不長也悼余生之不時兮
傷己幼少後三王也逢此世之俇攘卒遇譖讒而遽惶也澹容與而獨倚兮
煢煢獨立無朋黨也蟋蟀鳴此西堂自閔傷己與蟲並也心怵惕而震盪兮
思慮惕動沸若湯也何所憂之多方內念君父及兄弟也仰明月而太息兮
上告昊天愬神靈也步列星而極明周覽九天仰觀星宿不能臥寐乃至明也

竊悲夫蕙華之曾敷兮蕙草芬芳以興在位之賢臣也紛旖旎乎都
房被服盛飾於宮殿也旖旎盛皃也詩云旖旎其華何曾華之無實兮外貌若忠而心佞也
從風雨而飛颺隨君嗜欲而回傾也夫風為號令雨為德惠故風動而草木搖雨降而萬物植
故以風雨諭君政言德惠所由出之也以為君獨服此蕙兮體受正氣而高明也羌
無以異於眾芳乃與佞臣之同情也閔奇思之不通兮傷己忠策無由入也
將去君而高翔適彼樂土之他域也心閔憐之慘悽兮內自哀念心惻隱也
願一見而有明分別忠心與僞惑也重無怨而生離兮身無罪過而逐放也
中結軫而增傷肝膽破裂心剖楅也普逼切豈不鬱陶而思君兮憤念
蓄積盈胷臆也君之門以九重門闔扃閉道路塞也猛犬狺狺而迎吠兮
讒佞讙呼而在側也關梁閉而不通閽人承指呵問急也皇天淫溢而秋霖

兮。久雨連日澤深厚也后土何時而得乾。山阜濡澤草木茂也塊獨守此無澤兮。不蒙恩施獨枯槁也仰浮雲而永歎。愬天語神我何咎也何時俗之工巧兮。世人辯慧造詐僞也背繩墨而改錯。違廢聖典背仁義也夫繩墨者工之法度也仁義者民之正路也繩墨用則曲木截仁義進則讒佞滅二者殊義不可不察也却騏驥而不乘兮。斥逐子胥與比干也策駑駘而取路。言任豎刁與椒蘭也當世豈無騏驥兮。家有稷契與管晏也誠莫之能善御。世無堯舜及桓文也見執轡者非其人兮。遭值桀紂之亂昏也故駒跳而遠去。被髮爲奴走橫奔也鳧鴈皆唼夫粱藻兮。羣小在位食重祿也鳳愈飄翔而高舉。賢者伏匿竄山谷也圜鑿而方枘兮。正直邪枉行殊則也吾固知其鉏鋙而難入。所務不同若粉墨也衆鳥皆有所登棲兮。羣佞並進處官爵也鳳獨遑遑而無所集。孔子棲棲

而困厄也願銜枚而無言兮。意欲括囊而靜默也常被君之渥洽。前蒙寵遇錫祉福也太公九十乃顯榮兮。呂尚耆老然後貴也誠未遇其匹合。遭值文王功冠世也謂騏驥兮安歸。躊躇吳坂遇伯樂也謂鳳皇兮安棲。集棲梧桐食竹實也變古易俗兮世衰。以賢爲愚時闇惑也今之相者兮舉肥。不量才能視顏色也騏驥伏匿而不見兮。仁賢幽處而隱藏也鳳皇高飛而不下。智者遠逝之四方也鳥獸猶知懷德兮。慕歸堯舜之明德也何云賢士之不處。二老太公歸文王也驥不驟進而求服兮。干木闔門而辭相也鳳亦不貪餧而妄食。顏闔鑿培而逃士也君棄遠而不察兮。介推割股而自放也雖願忠其焉得。申生至孝而被謗也欲寂寞而絕端兮。甯武佯愚而不言也竊不敢忘初之厚德。常受祿惠識舊恩也獨悲愁其傷人兮。思念纏結摧肺肝也馮鬱鬱其何極。憤懣盈胷終年歲也

招魂一首

序曰招魂者宋玉之所作也宋玉憐哀屈原厥命將落作招魂欲以復其精神延其年壽也

宋玉　王逸注

朕幼清以廉絜兮。朕我也不求曰清不受曰廉不汙曰絜身服義而未沬。沬已也言我少小脩清絜之行身服仁義未曾有懈已之時也沬音昧主此盛德兮牽於俗而蕪穢。牽引也不治曰蕪多草曰穢言己施行常以道德爲主以忠事君以信結交爲俗人所推引德能蕪穢無所用也上無所考此盛德兮。考校也長離殃而愁苦。殃禍也言己履行忠信而遇闇主上則無所考校己盛德長遭殃禍愁苦而已帝告巫陽帝謂天也女曰巫陽其名也曰有人在下。我欲輔之。人謂賢人也則屈原也宋玉上設天意祐助貞良故曰帝告巫陽有賢人屈原在於下方我欲輔成其志以厲黎民也魂魄離散汝筮

予之。魂者身之精也魄者性之決也所以經緯五藏保守形體也著曰筮尚書曰決之著龜言天帝哀閔屈原魂魄離散身將顛沛使巫陽筮問求索得而與之使反其身巫陽對曰掌夢。巫陽對天帝言招魂者本掌夢之官所主職也上帝其命難從。言天帝難從掌夢之官欲使巫陽招之也若必筮予之。恐後之謝。不能復用巫陽焉。謝去也巫陽言如必欲先筮問求魂魄所在然後與之恐後世怠懈必卜筮之法不能復脩用但招之可也乃下招曰。巫陽受天帝之命因下招屈原之魂也魂兮來歸。還歸屈原之身去君之恒幹。恒常也幹體也易曰貞者事之幹也何爲兮四方些。言魂靈當扶人養命何爲去君之常體而遠之四方乎夫人須魂而生魂待人而榮二者別離命則霣零也或曰去君之恒閈閈里也楚人名里曰閈也舍君之樂處而離彼不祥些。舍置也祥善也言何爲舍君楚國饒樂之處陸離走不善之鄉以觸衆惡也魂兮歸來。東方不可以託些。託寄也論語曰可以託六尺之孤言東方之俗

其人無義不可以託寄身也長人千仞唯魂是索些七尺曰仞索求也言東方有長
人國其高千仞主求人魂而食之也十日代出代更也流金鑠石些鑠銷也言東方
有扶桑之木十日並在其上以次更行其勢酷烈金石堅剛皆爲銷釋彼皆習之魂往必
釋些釋解也言彼十日之處自習其熱魂行到身必解爛也歸來歸來不可以託
些言魂宜急來歸此誠不可託附而居魂兮歸來南方不可以止些言南方之
俗其人無信不可久留也雕題黑齒雕畫也題額也得人肉而祀以其骨爲
醢些醢醬也言南極之人雕畫其額齒牙盡黑常食蠃蚌得人之肉用祭先祖復以其骨爲醢醬蝮
蛇蓁蓁蝮大蛇蓁蓁積聚之皃封狐千里些封狐大狐也言炎土之氣多蝮虺積聚蓁
蓁爭欲齧人又有大狐徒走千里求食不可逢遇也雄虺九首往來倏忽吞人以
益其心些倏忽疾急皃也言復有雄虺一身九頭往來奄忽常喜吞人魂魄以益其賊害之心也

文三十三　十三　乙卯重刊　曹佾

歸來歸來不可久淫些淫遊也言其惡如此不可久遊必被害也魂兮歸來
西方之害流沙千里些流沙沙流而行也言西方之地厥土不毛流沙滑滑晝夜流行
從橫千里又無舟航者也旋入雷淵旋轉也淵室也爢散而不可止些爢碎也言
欲涉流沙則回入雷公之室運轉而行身雖爢碎尚不可得休止也幸而得脫其外曠宇
些曠大也宇野也言從雷淵雖得免脫其外復有曠遠之野無人之土也赤蟻若象蟻蚍蜉也
玄蠭若壺些壺乾瓠也言曠野之中有赤蟻其大如象又有大飛蜂腹大如壺皆有蠚毒能殺人
五穀不生叢菅是食些柴棘爲叢菅茅也言西極之地不生五穀其人但食柴草
若羣牛也其土爛人求水無所得些言西方之土溫暑而熱爍爛人身肉渴欲求水
無有源泉不可得也彷徉無所倚廣大無所極些倚依也言欲彷徉東西無人可
依其野廣大行不可極也彷蒲壯切歸來歸來恐自遺賊些賊害也魂魄欲往者

自予賊害魂兮歸來北方不可以止些增冰峨峨飛雪千里
些言北方常寒其冰重累峩峩如山凉風急疾雪隨之飛行千里乃至地也歸來歸來不可
以久些言其寒殺人不可久留也魂兮歸來君無上天些天不可得上也虎
豹九關啄害下人些啄齧也天門九重使神虎豹執其關閉言啄天下欲上之人而殺之
一夫九首拔木九千些言有丈夫一身九頭強梁多力從朝至暮拔大木九千枚也豺
狼從目往來侁侁些侁侁行聲也詩曰侁侁征夫有豺狼之獸其目皆從奔走往來其聲
侁侁爭欲啗人懸人以嬉投之深淵些投擿也言豺狼得人不即啗食先懸其頭用之
嬉戲疲倦已後乃擿於深淵之底而棄之致命於帝然後得瞑些瞑臥也言投人已訖
上致命於天帝然後乃得眠臥也歸來歸來往恐危身些往則逢害身危殆也魂
兮歸來君無下此幽都些幽都地下后土所治也地下幽冥故曰幽都土伯

六〇五十五　文三十三　十四　壬子重刊　刘升

九約其角觺觺些土伯后土之侯伯也約屈也觺觺角利皃言地有土伯執衛門戶其
身九屈有角觺觺觸害人也敦脄血拇敦厚也脄背也拇手拇指也逐人駓駓些
駓駓走皃也言土伯之狀廣肩厚背逐人駓駓其走捷疾以手中血湯污人參目虎首其身
若牛些言土伯之頭其皃如虎而有三目身又肥大狀如牛矣此皆甘人歸來歸
來恐自遺災些甘美也災害也此物食人以爲甘美往必自害不旋踵魂兮歸來
入脩門些脩門郢城門也宋玉設呼屈原之魂歸楚都入郢門欲以感激懷王使還之也工祝
招君背行先些工巧也男巫曰祝背倍也言選擇名工巧辯之巫使招呼君倍道先行在前宜
隨也秦篝齊縷篝落也縷線也鄭緜絡些緜纏也絡縛也言爲君魂作衣乃使秦人
織其篝落齊人作綵縷鄭國之工纏而縛之堅而且好也招具該備永嘯呼些該亦備也
言撰設甘美招魂之具靡不畢備故長嘯大呼以招君也夫嘯者陰也呼者陽也陰主魂陽主魄故必嘯呼以

感之也魂兮歸來反故居些反還也故古也言宜急來歸還古昔之處天地四
方多賊姦些賊害姦惡也言天有虎豹地有土伯東有長人西有赤蟻南有雄虺北有增冰皆爲
姦惡以賊害也像設君室像法也靜閒安些無聲曰靜空寬曰閒言乃爲君造設第室
法像舊廬所在之處清靜寬閒可安樂之高堂邃宇邃深也宇屋也檻層軒些檻楯也從
曰檻橫曰楯軒樓板也言所造之室其堂高顯屋宇深邃下有檻楯上有樓板形容異制且鮮明也層臺
累榭層累皆重也有木謂之臺無木謂之榭臨高山些言復作層重之臺累石之榭其顛
眇上乃臨於高山也或曰臨高山而作臺榭也網戶朱綴網戶綺文鏤也朱丹也綴緣也刻方
連些刻鏤也橫木關柱爲連言門戶之楣皆刻鏤綺文朱丹其椽雕鏤綺木使方好也冬有突
夏突複室也夏大屋也詩云於我乎夏屋渠渠也突烏弔切夏室寒些言隆冬凍寒則有大屋複
突溫室盛夏暑熱則有洞達陰堂其內寒涼也川谷徑復流源爲川注谿爲谷徑過也復反也流

潺湲些言所居之舍激導川水經過園庭回通反覆其流急疾又絜淨也光風轉蕙光風
謂雨已日出而風草木有光色轉搖也氾崇蘭些氾猶汎汎搖動皃也崇充也言天霽日明微風
奮發動搖草木皆令有光充實蘭蕙使之芬芳而益暢經堂入奧西南隅謂之奧朱塵筵
些朱丹也塵承塵也筵席也詩云肆筵設机言升殿過堂入房至奧處上則有朱畫承塵下則有筵簟好席
可以休息也或曰朱塵筵謂承塵薄壁曼延相連接也砥室翠翹砥石名也翠鳥名也翹羽也絓
曲瓊些絓懸也曲瓊玉鉤也言內卧之室以砥石爲壁平而滑澤以翠鳥之羽雕飾玉鉤以懸衣物也
或曰僵室謂僵佪曲房也翡翠珠被雄曰翡雌曰翠被衾也爛齊光些齊同也言牀上
之被則飾以翡翠之羽及與珠璣刻畫衆華其文爛然而同光明蒻阿拂壁蒻蒻席也阿曲隅也
拂薄也羅幬儔張些羅綺屬也張施也言房內則以蒻席薄牀四壁及與曲隅施羅幬輕且涼
也纂組綺縞纂組綬類也結琦璜些璜玉名也言幃帳之細皆用綺縞又以纂組結

東玉璜爲幃帳之飾室中之觀多珍怪些金玉爲珍詭異爲怪言從觀房室之中四方珍
琦玩好怪物無不畢具蘭膏明燭以蘭香練膏也華容備些容貌也言日暮游宴然
香蘭之膏張施明燭以觀其鐙錠雕鏤百獸華奇好備也錠都定切二八侍宿二八二列也言大夫
有二列之樂左傳曰晉悼公賜魏絳女樂二八歌鍾二肆也射遞代些射猒也詩云服之無射遞更也言使
好女十六侍君宴宿意有猒倦則使更相代也或曰遞代夕暮也九侯淑女淑善也多迅
衆些迅疾也言復有九國諸侯好善之女多才長意用心齊疾勝於衆人也盛鬋不同制
鬋鬢也制法也實滿宮些宮猶室也爾雅曰宮謂之室言九侯之女工巧妍雅裝飾兩結垂鬢下鬋
形皃詭異不與衆同皆來實滿充後宮也容態好比態姿也比親也順彌代些彌久也言
美女衆多其貌齊同姿態好美自相親比承順上意久則相代弱顏固植固堅植志也謇其
有意些謇正言貌也言美女內多廉恥弱顏易愧心志堅固不可侵犯則謇然發言中禮意者也姱

容脩態姱好皃也脩長也絙亘洞房些絙竟也房室也言復有美好之女其皃姱好多
意長智羣聚羅列竟於洞達滿房室也蛾眉曼睩曼澤也睩視貌也目騰光些騰馳
也言美女之貌蛾眉玉貌好目曼澤時睩睩然視精光騰馳驚感人心也靡顏膩理靡緻也膩滑也
遺視矊些遺竊視矊脉也言美女頰容脂緻身體夷滑中心矊脉時竊視安詳識志不可動也離
榭脩幕離別也脩長也幕大帳也侍君之閒閑些閒靜也言願令美女於離宮別觀帳
幕之中侍君閒靜而宴游翡帷翠幬飾高堂些言復以翡翠之羽雕飾幬帳之高堂
以樂君也紅壁沙版紅赤貌也沙丹沙也玄玉之梁些玄黑也言堂上四壁皆堊色令
之紅白又以丹沙盡飾軒版承以黑玉之梁五采分別也仰觀刻桷畫龍蛇些言仰視屋
之椽橑皆刻畫龍蛇而有文章也坐堂伏檻檻楯也臨曲池些言坐於堂上前伏楯
下臨曲水清池可漁釣也芙蓉始發芙蓉蓮華也雜芰荷些芰蔆也秦人謂之薢茩言

池中有芙蓉始發其芰菱雜錯羅列而生俱盛茂也。或曰倚荷立生特倚也。蘚古買切。苨古后切。紫莖
屏風，屏風水葵也。文緣波些。言復有水葵生於池中，其莖紫色，風起水動，波緣其葉而生文
也。或曰紫莖，言荷葉紫色也。屏風謂葉鄣風也。文異豹飾，豹猶虎豹也。侍陂陁些。陂陁
長陛也。言侍從之人皆衣虎豹之文，異采之飾，侍君堂隅，衛階陛也。或曰侍陂池，侍從於君遊陂池之中也。軒
輬既低，軒輬皆輕車名也。低，屯也。步騎羅些。徒行爲步，乘馬爲騎。羅，列也。言官屬之車既已
屯止，步騎士衆羅列之陳，竢須君命。蘭薄戶樹，薄，附也。樹，種也。瓊木籬些。柴落爲籬。言所
造舍，種樹蘭蕙，附於門戶外，以玉木爲其籬落，守禦堅重，又芬香也。魂兮歸來！何遠爲些？
遠爲四方而不歸也。室家遂宗，宗，衆也。食多方些。方，道也。言君九族室家以衆盛，人人
曉味，故飲食之和多方道也。稻粢穱麥，稻，稌也。粢，稷也。穱，擇也。擇麥中先熟者。粢，子夷切。穱，側角
切。挐黃粱些。挐，糅也。言飯則以稻糅穱，擇新麥糅以黃粱，和而柔濡，且香滑。大苦鹹酸，

大苦，豉也。辛甘行些。辛謂椒薑也，甘謂飴蜜也。言取豉汁調和，以椒薑鹹酢，和以飴蜜，則辛甘之味
皆發而行也。肥牛之腱，腱，筋頭也。臑若芳些。臑若，熟爛也。言取肥牛之腱，爛熟之，則膩美
也。膩，蘇本切。臑，仁珠切。和酸若苦，陳吳羹些。言吳人工作羹，和調甘酸，其味若苦而後
甘者也。濡鼈炮羔，羔，羊子也。有柘漿些。柘，諸蔗也。言復以飴蜜濡鼈炮羔，令之爛熟，取
諸蔗之汁以爲漿飲也。鵠酸臇鳧，臇，小臛也。臇，子兗切。煎鴻鶬些。鴻，鴈也。鶬，鶴也。
言復以酢醬烹鵠爲羹，小臇臛鳧，煎熬鴻鶬，令之肥美也。露雞臛蠵，露雞，露棲雞也。有菜
曰羹，無菜曰臛。蠵，大龜也。蠵，以規切。厲而不爽些。厲，烈也。爽，敗也。楚人名羹敗曰爽。言乃復烹露棲
之肥雞，臛蠵龜之肉，其味清烈不敗也。粔籹蜜餌，有餦餭些。餦餭，餳也。以蜜和米麪，熬
煎作粔籹，擣黍作餌，又有美餳，衆味甘具也。瑤漿蜜勺，瑤，玉也。勺，沾也。實羽觴些。實，滿
也。羽，翠羽也。觴，觚也。言食已復有玉漿，以蜜沾之，滿羽觴以漱口。挫糟凍飲，挫，捉也。凍，冰也。酎

清涼些。酎，醇酒也。言盛夏則爲覆蹙乾釀，捉去其糟，但取清醇，居之冰上，然後飲之。酒寒清涼，又長味
好飲。華酌既陳，酌，酒升也。有瓊漿些。言酒尊在前，華酌陳列，復有玉漿，恣意所用者也。
歸來歸來反故室，敬而無妨些。妨，害也。言若魂急來歸，還反所居故室，子孫承
事恭敬，長無禍害也。肴羞未通，魚肉爲肴。羞，進也。女樂羅些。言肴膳已具，進舉在前，賓
主之禮慇勤未通，則女樂列堂下。陳鐘按鼓，按，徐也。造新歌些。言乃奏樂作音，而撞
鍾徐鼓，造爲新曲之歌，與衆絕異。涉江采菱，發揚荷些。楚人歌曲也。言已涉彼大江，南
入湖池，采取菱芰，發揚荷葉。喻屈原背去朝堂，隱伏草澤，失其所也。美人既醉，朱顏酡些。
朱，赤也。酡，著也。言美女飲啗醉酡，則面著赤色而鮮好也。娭光眇視，娭，戲也。眇，眺也。目曾波
些。波，華也。言美人醉樂，顧望娭戲，身有光文，眺視曲眄，目采眇然，白黑分明，精若水波而重華也。被文
服纖，文謂綺繡也，纖謂羅穀也。麗而不奇些。麗，美貌也。不奇，奇也，猶詩云不顯，顯也。言美女

被服綺繡，曳羅穀，其容美麗，誠足恠奇也。長髮曼鬋，曼，澤也。艷陸離些。豔，好貌也。
左氏傳曰：宋華督見孔父之妻，目逆而送之，曰：美而豔。言美人長髮工結，鬟鬋滑澤，其狀豔美，儀皃陸離而難
形也。二八齊容，齊，同也。起鄭舞些。鄭舞，鄭國舞也。言二八美女，其儀容齊一，被服同飾，
奮袂俱起而舞也。或曰鄭重折屈而舞也。衽若交竿，撫案下些。撫，抵也。言舞者便旋，衣衽
掉搖，回轉相拘，狀如交竹竿，以抵案而徐行者也。竽瑟狂會，狂，猶並也。搷田鳴鼓些。
搷，擊也。言衆樂並會，吹竽彈瑟，又搷擊鼓，以進八音，爲之節也。宮庭震驚，發激楚些。
激，清聲也。言衆樂並會，宮庭之內，莫不震動驚駭，復作激楚之聲，以發其音也。吳歈蔡謳，吳蔡
國名也。歈謳皆歌也。奏大呂些。大呂，律名也。周官曰：舞雲門，奏大呂。言乃復使吳人歌謳，蔡人謳吟，
進雅樂，奏大呂，五音六律，聲和調也。士女雜坐，亂而不分些。言醉飽酣樂，合尊促席，男
女雜坐，比肩齊膝，恣意調戲，亂而不分別也。放陳組纓，組，綬也。班其相紛些。紛，亂。

也。言男女共坐，除其威嚴，放其冠纓，舒陳印綬，班然相亂，不可整理也。鄭衛妖玩，來雜陳些。鄭衛，國名也。妖玩，好女也。雜，厠也。陳，列也。言鄭衛二國復遣妖玩好女來雜厠，俱坐而陳列之。激楚之結，激，感也。結，頭髻也。結，吉詣切。獨秀先些。秀，異也。言鄭衛妖女工於服飾，其結殊形，能感楚人，故秀異獨前而先進也。菎昆蔽象棊，菎，玉。蔽，簙箸，以玉飾之也。或言菎蕗，今之箭囊也。有六簙些。投六箸，行六棊，故為六簙也。言宴樂既畢，乃設六簙，菎蕗作箸，象牙為棊，妙且好也。分曹並進，曹，偶也。遒相迫些。遒亦迫也。言分曹列耦，並進伎巧，投箸行棊，轉相遒迫，使不得擇行也。或曰：分曹並進者，謂並用射禮進之。成梟而牟，倍勝為牟。呼五白些。五白，簙齒也。言己棊已梟，當成牟勝，射張食棊，下逃於窟，故呼五白以助投者也。晉制犀比，晉，國名也。制，作也。比，集者也。費白日些。費，光皃也。言晉國工作簙棊箸，比集犀角以為雕飾，投之皜然如日光。鏗鍾搖簴，鏗，撞也。搖，動也。揳梓瑟些。揳，鼓也。言眾賓既集，簙以相樂，堂下復鳴大鐘，左右歌吟，鼓琴瑟。揳，古八切。娛酒不廢，娛，樂也。沈日夜些。言雖以酒相娛樂，不廢政事，晝夜沈湎，以志憂也。或曰：娛酒不發。發，旦也。詩曰：明發不寐。言歡娛日夜湛樂也。文曰：和樂且耽。言晝夜以酒相樂也。蘭膏明燭，華鐙錯些。言鐙錠盡雕琢錯鏤，飾設以禽獸，有英華也。結撰至思，撰，猶博也。蘭芳假些。假，至也。書曰：假于上下。言蘭芳以諭賢人，君能結撰博思，至心以思賢人，賢人即至也。人有所極，同心賦些。賦，誦也。言眾座之人，各欲盡情，與己同心者，獨誦忠與道德。酎飲既盡，歡樂先故些。故，舊也。言飲酒作樂，盡已歡欣者，誠欲樂我先祖及與故舊人。魂兮歸來，反故居些。言魂神宜急來歸，還楚國，居舊故之處，安樂無憂。亂曰：獻歲發春兮，獻，進也。汨吾南征些。征，行也。言歲始來進，春氣奮揚，萬物皆感氣而生，自傷放逐，獨南行也。菉蘋齊葉兮，爾雅曰：菉，王芻也。白芷生些。言屈原放時，菉蘋之草，其葉適齊，白芷萌牙，方始欲生，懷所見，自傷哀也。猶詩云：昔我往矣，楊柳依依也。路貫廬江兮左長薄。貫，出也。廬江、長薄，地名也。言屈原行，先出廬江，過歷長薄，在江北，時東行，故言左者也。倚沼畦瀛兮，沼，池也。畦，猶區也。瀛，池中也。楚人名澤中曰瀛。遥望博。遥，遠也。博，平也。言循江而行，遂入池澤，其中區瀛，遠望平博無人也。青驪結駟兮，純黑為驪。結，連也。四馬為駟也。齊千乘。齊，同也。言屈原嘗與君俱獵於此，官屬駕駟馬，或青或黑，連車千乘，皆同服也。懸火延起兮玄顏烝。懸火，懸鐙也。玄，天也。言己時從君夜獵，懸鐙林木之中，其火延起，燒於野澤，煙上烝于天，使黑色也。步及驟處兮，驟，走也。處，止也。誘騁先。誘，導也。騁，馳也。言獵時有步行者，有乘馬走驟者，有處止者，分以圍獸，己獨馳騁，為君先導也。抑騖若通兮，抑，止也。騖，馳也。若，順也。引車右還。還，轉也。言抑止馳騖者，順通共護，引車右轉，以遮獸也。與王趨夢兮課後先。夢，澤中也。楚名澤中為夢中。左氏傳曰：楚大夫鬬伯比與鄖公之女淫而生子，弃諸夢中。言己與懷王俱獵，趨於夢澤之中，課第羣臣先至後至也。君王親發兮，發，射也。憚青兕。憚，驚也。言懷王是時親自射獸，驚青兕牛而不能制也。言嘗侍從君田獵，今乃放逐，歎而自傷閔也。朱明承夜兮，朱明，謂日也。承，續也。時不見淹。淹，久也。言歲月逝往，晝夜相續，年命將老，不可久處，當急來歸也。皐蘭被徑兮，皐，澤也。被，覆也。徑，路也。斯路漸。漸，沒也。言澤中香草茂盛，覆被徑路，人無采取者，水卒增溢，漸沒其道，將棄捐也。以言賢人久處山野，君不事用，亦將隕顛也。湛湛江水兮，湛湛，水貌。上有楓。楓，木名也。言湛湛江水，浸潤楓木，使之茂盛，傷己不蒙君惠，而身放棄，曾不如樹木得其所也。或曰：水旁林木中，鳥獸所聚，不可居也。目極千里兮傷春心。言湖澤博平，春時草短，望見千里，令人愁思而傷心也。或曰：蕩春心。蕩，滌也。言春時平望遠，可以滌蕩愁思之心。魂兮歸來哀江南。言魂魄當急來，以歸江南，土地僻遠，山林崄巇，誠可哀傷，不足處也。

招隱士一首

序曰：招隱士者，淮南小山之所作也。小山之徒，閔傷屈原，身雖沈沒，名德顯聞，與隱處山澤無異，故作招隱士之賦，以彰其志也。

劉安　漢書

曰淮南王安爲人好書招致賓客數千人後伍被自詣吏具告與淮南謀反上使宗正以符節劾王未至自刑殺也

王逸注

桂樹叢生兮桂樹芬香以興屈原之忠良也山之幽遠去朝廷而隱藏也偃蹇連卷兮容貌美好德茂盛也枝相繚信義枝結條理成也以言德高明宜輔賢君楨幹也山氣巃嵸兮岑崟嵾嵯雲嵷鬱也嵷烏孔切石嵯峨嵯峨巀嶭峻蔽日也谿谷嶄巖兮崎嶇閒嶮險阻巇也閒呼雅切嶮于軌切巇苦滑切水曾波涌躍灃沛流迅疾也蝯狖羣嘯兮禽獸所居志樂佚也狖余救切虎豹嗥猛獸爭食欲相戲也以言山谷之中幽深險阻非君子之所處猿狖虎豹非賢者之偶也戲下没切攀援桂枝兮登引山木遠望愁也聊淹留便旋中野立踟躕也王孫遊兮隱士避世在山隅也不歸違背舊土棄室家也春草生兮万物蠢動抽萌芽也萋萋垂條吐葉紛榮華也歲暮兮年齒已老壽命衰也不自聊中心煩亂常含憂也蟪蛄鳴兮蟪蛄得夏喜呼號也啾啾秋節將至悲嘹噍也以言物盛則衰樂極則憂不宜久隱失盛時也坱兮軋霧氣昧也山曲岪盤詰屈也心淹留兮志望絕也洞荒忽士妃四也罔兮沕精氣失也憭兮慄心剝切也虎豹穴嵺穿山穴也嵺音料穴音血叢薄深林兮攢刺棘也人上慄恐變色也嶔岑碕礒兮山阜嶇嵎也硱磈磳硊崔巍嵯嵯樹輪相糾兮交錯扶疏林木茷骫枝葉盤紆茷音跋青莎雜樹兮草木列居薠草靃靡隨風披敷白鹿麏麚兮衆禽並遊或騰或倚走住殊異狀貌崟崟兮峨峨頭角甚殊凄凄兮漇漇凄凄漇漇毛衣若濡獼猴兮熊羆百獸皆俱也慕類兮以悲哀己不遇也從此已上皆陳山林傾危草木茂盛麋鹿所居虎兕所聚不宜育道德養情性欲屈原還歸郢也攀援桂枝兮配託香木誓同志也聊淹留踟躕徘徊待明時也虎豹鬬兮殘賊之獸忽急怒也熊羆咆貪殺之獸跳梁吼也禽獸駭兮雉菟之羣驚馬奔走也亡其曹違離鄉黨失羣偶也王孫兮歸來旋反舊邑入故宇也山中兮不可以久留誠多患害難隱處也

文三十三　二十一　乙丑重刊　夏義

文選卷第三十三

賜進士出身通奉大夫江南蘇松常鎮太等處承宣布政使司布政使胡克家重校刊

文三十三　二十二

文選卷第三十四

梁昭明太子撰

文林郎守太子右內率府録事叅軍事崇賢館直學士臣李善注上

七上

枚叔七發八首　曹子建七啓八首

七發八首

七發者說七事以起發太子也猶楚詞七諫之流

枚叔 漢書曰枚乘字叔淮陰人也爲吴王濞郎中善屬辭武帝以安車徵乘道死也

楚太子有疾而吴客往問之曰伏聞太子玉體不安亦少間乎 言玉美之也史記新垣衍謂魯連曰觀先生之玉貌論語曰子疾病閒孔安國曰少差曰間也

文三十四　壬子重刊　揚珎

太子曰憊謹謝客 說文曰謝辭也 客因稱曰今時天下安寧四宇和平太子方富於年 凡人之幼者將來之歲尚多故曰富也 意者久耽安樂日夜無極邪氣襲逆中若結轖 言邪氣入內而爲逆其堅若結也管子曰邪氣襲內玉色乃衰素問岐伯曰邪氣內著絕人長命說文曰轖車籍交革也轖音色也 紛屯澹淡噓唏煩酲 紛屯澹淡憒耄煩悶之貌也王逸楚辭注曰歔欷啼皃方言曰哀而不泣曰唏噓與歔古字通唏許冀切列子曰季梁病矯氏曰病由精慮煩散也毛萇詩傳曰病酒曰酲 惕惕怵怵臥不得瞑 尚書曰怵惕惟厲中夜以興素問岐伯曰不得臥者是陽明之逆 虛中重聽惡聞人聲 素問曰何謂虛荅曰精氣奪則虛黃帝八十一問曰陰病惡聞人聲 精神越渫百病咸生 呂氏春秋曰精神勞則越高誘曰越散也鄭玄毛詩箋曰渫發也 聰明眩曜悅怒不平 王逸楚辭注曰眩曜惑亂皃也 久執不廢大命乃傾太子豈有是乎 鄭玄禮記注曰廢止也毛萇詩傳曰廢猶去也毛詩曰曾是莫聽大命以傾 太子曰謹謝客賴君之力時時有之然未至於是也 言賴君之力天下太平故久耽安樂時有此疾也 客曰今夫貴人之子必宮居而閨處內有保母外有傅父欲交無所 禮記曰孔子曰古者男子外有傅父內有慈母又曰其次爲保母鄭玄曰保母安其居處者也 飲食則溫淳甘膬腥醲肥厚 溫淳謂凡味之厚也韓子曰夫香美膬味甘口病形厚酒肥肉曼理皓齒而損精說文曰膬腝易破也膬昌芮切腥肥肉也池貞切說文曰醲厚酒也女龍切 衣裳則雜遝曼煖燂爍熱暑 曼輕細也說文曰燂火熱也詳廉切爍亦熱也舒灼切 雖有金石之堅猶將銷鑠而挺解也 韓子曰雖與金石相弊兼天下未有日也高誘呂氏春秋注曰挺猶動也賈逵國語注曰鑠銷也 況其在筋骨之間乎哉故曰縱耳目之欲恣支體之安者傷

文三十四　二　乙卯重刊　李椿

血脈之和且夫出輿入輦命曰蹷痿之機 呂氏春秋曰出則以車入則以輦務以自佚命曰佁蹷之機高誘曰佁至也蹷機門內之位也乘輦于宮中游翔至於蹷機故曰務以佚也枚乘引佁蹷而爲蹷痿未詳乘之謬爲好奇而改之聲類曰佁嗣理切蹷渠月切 洞房清宮命曰寒熱之媒 呂氏春秋曰室大多陰臺高多陽多陰則蹷多陽則痿此陰陽不適之患也高誘曰蹷逆寒疾也痿躄不能行也 皓齒娥眉命曰伐性之斧 呂氏春秋曰靡曼皓齒鄭衛之音務以自樂命曰伐性之斧高誘曰靡曼細理弱肌美色也皓齒謂齒如瓠犀也鄭國淫僻以其淫僻滅士故曰伐性之斧也 甘脆肥膿命曰腐腸之藥 呂氏春秋曰肥肉厚酒務以相強命曰爛腸之食高誘注老子云五味實口爽傷故謂之爛腸之食廣雅曰脆弱也清歲切膿厚之味也 今太子膚色靡曼四支委隨筋骨挺解 王逸楚詞注曰靡細也曼澤也隨不能屈伸也 血脈淫濯手足墮窳 淫濯謂過度而且大也爾雅曰淫過也又曰濯大也郭璞

方言注曰：墮，懈墮也。應劭漢書注曰：窊，弱也。餘乳切。越女侍前，齊姬奉後。越絶書曰：越王飾美女西施、鄭巴，使大夫種獻之於吳王，曰：越王勾踐竊有天人之遺西施、鄭巴，越不敢當，使獻之大王。吳王大悅。齊姬，齊女也。毛詩曰：豈其取妻，必齊之姜。如淳漢書注曰：姬，衆妾之揔稱也。往來游讌，縱恣于曲房隱間之中。此甘餐毒藥，戲猛獸之爪牙也。所從來者至深遠，淹滯永久而不廢。王逸楚詞注曰：淹，久也。雖令扁鵲治內，巫咸治外，尚何及哉！史記曰：扁鵲，渤海鄭人也，姓秦氏，名越人。得長桑君禁方，視病盡見五藏。韓子曰：扁鵲謂晉桓侯曰：君有疾在腠理，猶可湯熨；若在骨髓，司命不能聖也。桓侯初不信，後病，遣召扁鵲，鵲逃之，桓侯遂死。又曰：巫咸雖善祝，不能自祓也。賈逵國語注曰：尚，且也。今如太子之病者，獨宜世之君子，博見強識，禮記曰：博聞強識而讓，謂之君子也。承閒語事，變度易意，楚詞曰：願承閒而自察也。常無離側，以爲羽翼。高誘注呂氏春秋曰：羽翼，佐也。淹沈之樂，浩唐之心，遁佚之志，其奚由至哉！唐，猶蕩也。太子曰：諾。病已，請事此言。

客曰：今太子之病，可無藥石針刺灸療而已，可以要言妙道說而去也。言可無用藥石，唯可用要言也。莊子：瞿鵲子問長梧子曰：夫子以爲孟浪之言，也而我以爲妙道之行也。不欲聞之乎？太子曰：僕願聞之。客曰：龍門之桐，高百尺而無枝。周禮曰：龍門之琴瑟。孔安國尚書傳曰：龍門山在河東之西界。魯連子曰：東方有松樅，高千仞而無枝也。中鬱結之輪菌，根扶疏以分離。鬱結，隆高之皃也。說文曰：扶疏，四布也。張晏漢書注曰：輪菌，委曲也。上有千仞之峯，下臨百丈之谿。包咸論語注曰：七尺曰仞。湍流遡波，又澹淡之。遡波，逆流之波也。澹淡，搖蕩之貌也。其根半死半生。冬則烈風漂霰飛雪之所激也，夏

則雷霆霹靂之所感也。感，觸也。莊子曰：異鵲感周之顙也。朝則鸝黃鳱鴠鳴焉，爾雅曰：鶬鶊，黧黃。高唐賦曰：王雎鸝黃。禮記曰：仲冬，曷旦不鳴。鄭玄曰：曷旦，求旦鳥也。郭璞方言注曰：鳥似雞，冬無毛，晝夜鳴。鳱與曷並音渴，鴠音旦也。暮則羈雌迷鳥宿焉。獨鵠晨號乎其上，鵾雞哀鳴翔乎其下。楚辭曰：鵾雞啁哳而悲鳴。於是背秋涉冬，使琴摯斫斬以爲琴，野繭之絲以爲絃，論語曰：師摯之始，關雎之亂，洋洋乎盈耳哉。鄭玄曰：師摯，魯太師也，以其工琴，謂之琴摯，猶京房善易，謂之易京。野繭，野蠶之繭也。東觀漢記曰：光武二年，野蠶成繭，被山，民收爲絮。孤子之鉤以爲隱，九寡之珥以爲約。古樂府有孤子生行。賈逵國語注曰：鉤，帶鉤也。桓子新論曰：琴隱長四十五分，隱以前長八分。列女傳曰：魯之母師，九子之寡母也，不幸早失夫，獨與九子居。蒼頡篇曰：珥，珠在耳也。珥，人志切。字書曰：約，亦的字也，都狄切。的，琴徽也。使師堂操暢，伯子牙爲之歌。師堂，樂師也。韓詩外傳曰：孔子學鼓琴於師堂子京，而不進。師堂子京曰：夫子可以進。孔子曰：丘已得其曲，未得其數也。琴道曰：堯暢，達則兼善天下，無不通暢，故謂之暢。列子曰：伯牙善鼓琴也。歌曰：麥秀蔪兮雉朝飛，宋玉笛賦曰：麥秀蔪兮鳥華翼。埤蒼曰：蔪，麥芒也。慈斂切。向虛壑兮背槁槐，說文曰：槀與槁古字通。依絕區兮臨迴溪。飛鳥聞之，翕翼而不能去；野獸聞之，垂耳而不能行；蚑蟜螻蟻聞之，拄喙而不能前。周書曰：蚑行喙息。說文曰：蚑，行也。凡生類之行，皆謂之蚑。又曰：蟜，蟲也。居兆切。方言曰：南楚或謂蛄爲螻。爾雅曰：蟻，蚍蜉也。拄，陟羽切。此亦天下之至悲也，太子能強起聽之乎？太子曰：僕病未能也。

客曰：犓牛之腴，菜以筍蒲。說文曰：犓，以芻莖養國牛也。國語曰：犓豢幾何。犓或爲犙，未詳。說文曰：腴，腹下肥者。毛詩曰：其蔌維何？維筍及蒲也。肥狗之和，冒以山膚。楚苗

之食，安胡之飯。禮記曰：士無故不殺犬豕。和，謂和羹也。鄭玄禮記注曰：芼，菜也。謂以菜調和之也。冒與芼古字通。山膚未詳。楚苗山出禾，可以爲食。淮南子曰：苗山之鋋。高誘曰：苗山，楚山也。安胡未詳。一曰：安胡，彫胡也。宋玉諷賦曰：爲臣炊彫胡之飯。摶之不解，一啜而散。禮記曰：無摶飯。徒丸切。說文曰：啜，嘗也。穿劣切。於是使伊尹煎熬，易牙調和。呂氏春秋曰：伊尹說湯以至味。又白公曰：若以水投水，奚若？孔子曰：淄澠之合者，易牙嘗而知之。熊蹯之臑，勺藥之醬。左氏傳曰：宰夫臑熊蹯不熟。方言曰：臑，熟也。音而。韋昭上林賦注曰：勺藥，和齊鹹酸美味也。薄耆之炙，鮮鯉之鱠。薄耆未詳。一曰：薄切獸耆之肉，而以爲炙也。耆，今人謂之耆頭。毛詩曰：炰鱉鱠鯉。秋黃之蘇，白露之茹。茹，菜之惣名也。蘭英之酒，酌以滌口。漢書曰：百味旨酒布蘭生。晉灼曰：布列芬芳若蘭之生。山梁之餐，豢豹之胎。論語子曰：山梁雌雉，時哉時哉。鄭玄曰：孔子山行，見一雌雉食其梁粟。杜預左氏傳注曰：豢，養也。音官。六韜曰：武王伐紂，得二大夫而問之曰：殷國將有妖乎？對曰：有。殷君陳玉杯象箸。玉杯象箸，不盛菽藿之羹，必將熊蹯豹胎。小飯大歠，如湯沃雪。說文曰：歠，飲也。昌悅切。沃雪，言易也。家語孔子曰：人之棄惡，如湯之灌雪焉。此亦天下之至美也，太子能彊起嘗之乎？太子曰：僕病未能也。

客曰：鍾岱之牡，齒至之車。漢書曰：趙地鍾岱，石北迫近胡寇。如淳曰：鍾所在未聞。石，山險之限，在上黨曲陽。呂氏春秋曰：代故馬郡，宜馬。齒至之車未詳。或說曰：公羊傳曰：先軫謂晉侯曰：君馬齒至也。言以齒至馬駕車也。戰國策曰：驥之齒至矣，服檻車而上太行也。前似飛鳥，後類距虛。黃子曰：駿馬有晨風、黃鵠，皆取鳥名。馬言走疾若飛也。范子曰：千里馬必有距虛。呂氏春秋曰：距虛鼠後而兎前。獮麥服處，躁中煩外。以獮麥分劑而食馬，馬肥，故中躁而外煩也。王逸楚詞注曰：稻粢獮麥挈黃粱。左氏傳慶鄭謂晉侯曰：今乘異產，將與人易，張脉僨興，外強中乾。羈堅轡附，易路。易，平易也。於是伯樂相其前後，王良造父爲之御，秦缺樓季爲之右。呂氏春秋曰：古之善相馬者，若趙之王良，秦之伯樂，尤盡其妙。文子曰：伯樂相之，王良御之。史記曰：周繆王使造父爲御，西巡狩。秦缺未詳。韓子曰：夫獵，託車輿之安，用六駕之足，使王良佐轡，則身不勞而易及輕獸。今捨車輿，則離樓季之走，無時及獸矣。許慎淮南子注曰：樓季，魏文侯之弟也。此兩人者，馬佚能止之，車覆能起之。兩人，秦缺、樓季也。家語顏回曰：東野之御善則善矣，其馬將必佚也。於是使射千鎰之重，爭千里之逐。史記曰：田忌數與齊公子馳逐重射。孫子見其馬足不甚相遠，有上中下輩。於是謂田忌曰：君弟重射，臣能令君勝。忌然之，與射千金。及臨質，孫子曰：今以君之下駟與彼上駟，取君之上駟與彼中駟，取君中駟與彼下駟。既馳三輩，而忌一不勝而再勝，卒得千金。賈逵國語注曰：一鎰，二十四兩。韓子曰：王子期爲趙簡子取道爭千里之發也。此亦天下之至駿也，太子能彊起乘之乎？太子曰：僕病未能也。

客曰：既登景夷之臺，南望荊山，北望汝海，左江右湖，其樂無有。景夷，臺名也。孔安國尚書傳曰：荊山在荊州。郭璞山海經注曰：汝水出魯陽山東，北入淮。海，汝稱海，大言之也。戰國策魯君曰：楚王登京臺，南望獵山，左江右湖，其樂之忘死。無有，天下無有。於是使博辯之士，原本山川，極命草木，趙岐孟子注曰：命，名也。比物屬事，離辭連類。禮記孔子曰：屬辭比事，春秋教也。韓子曰：多言繁稱，連類比物也。浮游覽觀，乃下置酒於虞懷之宮。虞懷，宮名也。連廊四注。鄭玄周禮注曰：四阿，若今四注也。臺城層構，紛紜玄綠。輦道邪交，黃池紆曲。黃當爲湟。湟，城池也。溷章白鷺，孔鳥鶤鵠，溷章，鳥名，未詳。鵷鶵鵁鶄，翠鬣紫纓。鬣，首毛也。纓，頸毛也。螭龍德牧，邕邕羣鳴。螭龍、德牧，並鳥形，未詳。爾雅曰：邕邕，鳴聲和也。陽魚騰躍，奮翼振鱗。曾子曰：鳥魚皆生於陰而屬於陽，故鳥魚皆卵生，魚遊於水，鳥飛於雲。漃漻薵蓼，蔓草芳苓。言水清淨之處，生薵蓼二草也。上林賦曰：悠遠長懷，寂漻無聲。漃與寂音義同也。字書曰：薵，豬草也。丈尤切。薵音豬。毛萇詩傳曰：蓼，水草也。力鳥切。苓，古蓮字也。女桑河柳，素葉紫莖。毛詩曰：猗彼女桑。毛萇曰：女桑，荑桑也。爾雅曰：檉，河柳。郭璞曰：今河旁赤莖小楊也。苗松豫章，條上造天。苗松未詳。一曰苗山之松。豫章，木名也。孔安國尚書傳曰：造，至也。梧桐并閭，極望成林。張揖上林賦注曰：并閭，櫻也。衆芳芬鬱，亂於五風。遁甲開山圖曰：女媧沒，大庭氏之王有天下，五風異色也。從容猗靡，消息陽陰。消，滅也。息，生也。林木茂盛，隨風披靡，故或陽或陰也。文子曰：與陰俱閉，與陽俱開。消息或爲須臾也。列坐縱酒，蕩樂娛心。景春佐酒，杜連理音。孟子：景春曰：公孫衍、張儀豈不誠大丈夫哉？孟子曰：是焉得爲大丈夫。劉熙曰：景春，孟子時人，爲縱橫之術者。史記曰：上召子弟佐酒。如淳漢書注曰：今樂家五日一習樂爲理樂。杜連，未詳也。滋味雜陳，肴糅錯該。王逸楚詞注曰：該，備也。練色娛目，流聲悅耳。埤蒼曰：練，擇也。爾雅曰：流，擇也。於是乃發激楚之結風，揚鄭衛之皓樂。文穎上林賦注曰：激，衝激，急風也。結風，回風，亦急風也。楚地風氣既漂疾，然歌樂者猶復依激結之急風爲節，其樂促迅哀切也。淮南子曰：揚鄭衛之皓樂。此齊民所以淫泆流湎也。許慎曰：鄭衛，新聲所出國也。皓樂，善倡也。皓下或有齒字，誤。使先施、徵舒、陽文、段干、吳娃、閭娵、傅予之徒，皆美女也。先施，即西施也。戰國策魯仲連謂孟嘗君曰：君後宮十妃，皆衣縞紵，食粱肉，豈毛廧、先施哉。徵舒、段干、傅予，皆未詳。一曰：左氏傳曰：楚莊王欲納夏姬，申公巫臣曰：不可。今納夏姬，貪其色也。史記曰：夏姬，徵舒母也。淮南子曰：不待脂粉，西施、陽文也。許慎曰：陽文，楚之好人也。吳娃已見上文。孫卿子曰：閭娵、子奢，莫之媒。韋昭漢書注曰：閭娵，梁王魏嬰之美人。雜裾垂髾，目窕心與。司馬彪子虛賦注曰：髾，燕尾也。窕當爲挑。史記曰：目挑心招。張晏漢書注曰：挑，嬈也。髾，所交切。揄流波，雜杜若，言引流波以自絜，雜杜若以爲芳。杜若見下注。說文曰：

揄，引也。蒙清塵，被蘭澤，列子曰：穆王爲中天之臺，鄭衛之處子，施芳澤，雜芷若以滿之。神女賦曰：沐蘭澤，含若芳。嬿服而御。尚書大傳曰：古者后夫人至于房中，釋朝服，襲嬿服，入御于君也。此亦天下之靡麗皓侈廣博之樂也，太子能彊起游乎？太子曰：僕病未能也。客曰：將爲太子馴騏驥之馬，駕飛軨之輿，乘牡駿之乘。廣雅曰：馴，擾也。說文曰：騏，馬驪文如綦也。尚書大傳曰：未命爲士，車不得有飛軨。鄭玄曰：如今窻車也。力廷切。右夏服之勁箭，左烏號之彫弓。夏服已見子虛賦。服，即今步义也。烏號已見子虛賦。又古考史曰：柘樹枝長而勁，烏集之，將飛，柘起彈烏，烏乃號呼。此枝爲弓，快而有力，因名也。游涉乎雲林，周馳乎蘭澤，弭節乎江潯。雲林，雲夢之林。楚詞曰：羲和弭節兮。字林曰：潯，水涯也。掩青蘋，游清風。方言曰：奄，息也。呂氏春秋曰：崑崙之蘋也。張揖子虛賦注曰：青蘋似莎而大。陶陽氣，蕩春心。薛君韓詩章句曰：陶，暢也。陽氣，春也。神農本草曰：春夏爲陽。楚詞曰：目極千里傷春心。王逸曰：蕩，滌也。逐狡獸，集輕禽。言射而矢集於輕禽也。左氏傳曰：楚君親集矢於其目。闞子曰：矢集于彭城之東。並以所止爲集也。於是極犬馬之才，困野獸之足，窮相御之智巧，文子曰：無相御之勞而致千里也。恐虎豹，慴鷙鳥。爾雅曰：慴，恐也。逐馬鳴鑣，魚跨麋角。逐馬，馳逐之馬。鳴鑣，鑾鳴於鑣也。魚跨，跨度魚也。麋角，執麋之角也。履游麕兔，蹈踐麖鹿，汗流沫墜，寃伏陵窘。陵猶促也。說文曰：窘，迫也。無創而死者，固足充後乘矣。此校獵之至壯也，太子能彊起游乎？李奇漢書注曰：以五校兵出獵。太子曰：僕病未能也。然陽氣見於眉宇之間，侵淫而上，幾滿大宅。周書曰：民有五氣，喜氣內蓄，雖欲隱之，陽喜必見。大宅，未詳。

客見太子有悅色，遂推而進之曰：冥火薄天，兵車雷運，鄭玄詩箋曰：冥，夜也。廣雅曰：薄，至也。王逸楚詞注曰：運，轉也。音旋。旍旗偃蹇，羽毛肅紛，馳騁角逐，慕味爭先，徼墨廣博，觀望之有圻。墨，燒田也。言逐獸於燒田廣博之所，而觀望之有圻堮也。墨或爲壟，壟也。說文曰：圻，地圻堮也。魚斤切。純粹全犧，獻之公門。尚書，父師曰：乃攘竊神祇之犧牷牲。孔安國曰：色純曰犧，體完曰牷。應劭漢書注曰：牷，淳也。毛詩曰：獻于公。太子曰：善。願復聞之。客曰：未既。孔安國曰尚書傳曰：既，盡也。於是榛林深澤，煙雲闇莫，兕虎並作。莫，闇貌也。說文曰：莫，日且冥也。毅武孔猛，袒裼身薄。左氏傳曰：致果爲毅。毛萇詩傳曰：孔，甚也。毛詩曰：襢裼暴虎。毛萇曰：袒裼，肉袒也。孔安國尚書傳曰：薄，迫也。白刃磑磑，矛戟交錯。莊子，孔子曰：白刃交前，視死若生者，烈士之勇也。六韜書刀銘曰：刀刺磑磑。牛哀切。收獲掌功，賞賜金帛。鄭玄周禮注曰：掌，主也。掩蘋肆若，爲牧人席。張揖上林賦注曰：掩，覆也。毛萇詩傳曰：肆，陳也。旨酒嘉肴，羞炰膾炙，以御賓客。毛詩曰：旨酒思柔。又曰：嘉肴脾臄。又曰：炰鱉鮮魚。鄭玄毛詩箋曰：炰，火熟之。漢書東方朔曰：生肉爲膾。毛詩曰：以御賓客也。涌觸並起，動心驚耳。誠必不悔，決絕以諾。言游獵讌宴，忠誠爲之，必不有悔。事之決絕，但以一諾，不俟再三。貞信之色，形于金石。毛詩序曰：貞信之教興。家語，孔子曰：夫鍾鼓之音，憂而擊之則悲，喜而擊之則樂。故志誠感之，通于金石，而況人乎哉。高歌陳唱，萬歲無斁。孔安國尚書傳曰：斁，厭也。此眞太子之所喜也，能強起而游乎？太子曰：僕甚願從，直恐爲諸大夫累耳。然而有起色矣。客曰：將以八月之望，孔安國尚書傳曰：十五日，日月相望。與諸侯遠方交

游兄弟，並往觀濤乎廣陵之曲江。漢書，廣陵國屬吳也。至則未見濤之形也，徒觀水力之所到，則卹然足以駭矣。卹然，驚恐貌。觀其所駕軼者，所擢拔者，所揚汩者，所溫汾者，所滌汔者，小雅曰：駕，陵也。杜預左氏傳注曰：軼，突也。蒼頡篇曰：擢，抽也。孔安國尚書傳曰：汩，亂也。古沒切。溫汾，轉之貌也。爾雅曰：滌，汔也。郭璞曰：謂摩近汔。許乞切。雖有心略辭給，固未能縷形其所由然也。略，智也。縷，辭縷也。怳兮忽兮，聊兮慄兮，混汩汩兮，老子曰：怳兮忽兮，其中有物。聊慄，恐懼之貌。忽兮慌兮，俶兮儻兮，廣雅曰：俶儻，卓異也。浩瀇瀁兮，慌曠曠兮。秉意乎南山，通望乎東海。爾雅曰：秉，執也。虹洞兮蒼天，極慮乎崖涘。虹洞，相連貌也。莊子曰：出於厓涘。毛萇詩傳曰：涘，涯也。虹，胡洞切。流攬無窮，歸神日母。言周流觀覽而窮，然後歸神至日所出也。春秋內事云：日者陽德之母。汩乘流而下降兮，或不知其所止。方言曰：汩，疾貌也。爲畢切。或紛紜其流折兮，忽繆往而不來。言衆浪紛紜，其流曲折，或錯繆俱往而不迴流。臨朱汜而遠逝兮，中虛煩而益怠。朱汜，蓋地名，未詳。莫離散而發曙兮，內存心而自持。莫離散，謂精神不離散也。發曙，發久至曙也。說文曰：曙，旦明也。於是澡槩胷中，灑練五藏，毛萇詩傳曰：澡，滌也。槩與溉同。練，猶汰也。莊子曰：愁其五藏也。澹澉手足，頮濯髮齒。澉，猶洗滌也。澉，湖敢切。說文：頮，洗面也。頮，呼潰切。揄棄恬怠，輸寫淟濁，方言曰：輸，脫也。王逸楚詞注曰：淟，垢濁也。淟，勅顯切。分決狐疑，發皇耳目。楚詞曰：心猶豫以狐疑。謚法曰：明者曰皇也。風賦曰：發明耳目。當是之時，雖有淹病滯疾，猶將伸傴起躄，發瞽披聾而觀望之也。廣雅曰：傴，曲也。郁禹切。淮南子曰：遺躄者屨然躄，跛不能行也。必亦切。況直眇小煩

懣酲醲病酒之徒哉。故曰發蒙解惑。不足以言也。素問黃帝曰。發蒙解惑。未足以論也。太子曰。善。然則濤何氣哉。

客曰。不記也。然聞於師曰。似神而非者三。疾雷聞百里。言聲似疾雷而聞百里。一也。江水逆流。海水上潮。言能令二水逆流上潮。二也。山出內雲。日夜不止。山內雲而日夜不止。三也。衍溢漂疾。波涌而濤起。小雅曰。衍。散也。說文曰。漂。浮也。其始起也。洪淋淋焉若白鷺之下翔。說文曰。淋。山下水也。淋或為洲。聲類曰。洲。漂也。口冷切。其少進也。浩浩溰溰。如素車白馬帷蓋之張。浩浩。深廣之貌也。溰溰。高白之貌也。帷或為幃。音韋。幃。帳也。其波涌而雲亂。擾擾焉如三軍之騰裝。高唐賦曰。奔揚踊而相擊。雲興聲之霈霈。雲亂也。許慎淮南子注曰。裝。束也。其旁作而奔起也。飄飄焉如輕車之勒兵。

五ㄱ八十　文三十四　十一　嘉子重刊　李椿

六駕蛟龍。附從太白。以蛟龍若馬而駕之。其數六也。淮南子曰。昔馮遲太白之御六雲霓。游微霧。鶩忽荒。許慎曰。馮遲太白。河伯也。純馳浩蜺。前後駱驛。賈逵國語注曰。純。專也。浩蜺。即素蜺也。波濤之勢若素蜺而馳。言其長也。顒顒卬卬。椐椐彊彊。莘莘將將。顒顒卬卬。波高貌也。椐椐彊彊。相隨之貌。椐。據於切。彊。渠章切。莘莘。多貌也。將將。高貌也。莘。所巾切。莘或為莘。壁壘重堅。沓雜似軍行。太公陰符曰。并我勇力。重堅壁壘。應劭漢書注曰。沓。合也。行。戶剛切。協韻也。訇隱匈礚。軋盤涌裔。原不可當。軋坱。無垠貌也。盤。謂盤礴廣大貌。涌裔。行貌也。觀其兩傍。則滂渤怫鬱。闇漠感突。上擊下律。有似勇壯之卒。律當為硉。硉。勞骨切。突怒而無畏。蹈壁衝津。窮曲隨隈。踰岸出追。說文曰。隈。水曲也。上林賦曰。觸穹石。激堆碕。郭璞曰。沙堆也。都迴切。追亦堆字。今為追。古字假借之也。遇者死。當者壞。初發乎或圍之津涯。荄軫谷分。或圍蓋地名也。言涯如轉。而谷似裂也。一曰涯如草轉也。方言曰。荄。根也。謂草之根也。一本無荄字。許慎淮南子注曰。軫。轉也。迴翔青篾。銜枚檀桓。青篾檀桓並地名也。迴翔。水復流也。銜枚。水無聲也。周禮曰。銜枚氏。鄭玄曰。止言語囂讙也。枚大如箸。橫銜之也。弭節伍子之山。通厲骨母之場。弭節已見上文。史記曰。吳王殺子胥。投之于江。吳人立祠於江上。因名胥母山。王逸楚辭注曰。高厲。遠行也。越絕書曰。闔閭旦食鉏山。晝游於胥母。疑骨母字之誤也。凌赤岸。篲扶桑。橫奔似雷行。赤岸蓋地名也。曹子建表曰。南至赤岸。山謙之南徐州記曰。京江。禹貢北江。春秋分朔。輙有大濤至江乘。北激赤岸。尤更迅猛。然並以赤岸在廣陵。而此文勢似在遠方。非廣陵也。說文曰。篲。掃竹也。山海經曰。湯谷上有扶木。扶木者。扶桑也。十日所浴之地。誠奮厥武。如振如怒。毛詩曰。王奮厥武。如震如怒。毛萇曰。震猶威也。沌沌渾渾。狀如奔馬。沌沌渾渾。波相隨之貌也。孫子兵法曰。渾渾沌沌。形圓而不可敗也。越絕書曰。王捐子胥於大江口。勇士之執。乃有遺鄙發憤馳騰。

六ㄱ九十　文三十四　十二

氣若奔馬。沌。徒本切。渾。胡本切。混混庉庉。聲如雷鼓。混混庉庉。波浪之聲也。越絕書。越王勾踐曰。浩浩之水。聲音若雷霆。庉。徒本切。發怒庢沓。清升踰跇。言初發怒。礙止而涌沸。少選之頃。清者上升。遞相踰跇也。說文曰。庢。礙止也。庢。竹栗切。庢或為底。古字也。杜預左氏傳曰。底。平也。埤蒼曰。沓。金沸出也。徒荅切。如淳漢書注曰。跇。超踰也。侯波奮振。合戰於藉藉之口。楚辭曰。陵陽侯之氾濫兮。王逸曰。陽侯。大波也。藉藉蓋地名也。鳥不及飛。魚不及迴。獸不及走。高唐賦曰。飛鳥未及起。走獸未及發。紛紛翼翼。波涌雲亂。廣雅曰。紛紛。衆也。毛萇詩傳曰。翼翼。壯健貌也。蕩取南山。背擊北岸。覆虧丘陵。平夷西畔。言水之勢既蕩南山。又擊北岸。丘陵為之顛覆。然後平夷西畔。險險戲戲。崩壞陂池。決勝乃罷。合戰決勝。而後乃罷。瀄汨潺湲。披揚流灑。瀄泌瀄。波相揳也。汨審汨。水流疾也。字書曰。潺湲。流貌也。橫暴之極。魚鼈失勢。顛倒偃側。沈沈湲湲。蒲伏連延。沇沇湲湲，魚鱉顛倒之貌也。蒲伏即匍匐也。連延，相續貌。沇，禹牛切。神物恠疑。不可勝言。直使人踣焉。洄闇悽愴焉。郭璞爾雅曰：踣，覆也。薄北切。洄與回同也。此天下恠異詭觀也。太子能强起觀之乎。太子曰。僕病未能也。

客曰。將爲太子奏方術之士有資略者。孔安國論語注曰：方，道也。晉灼漢書注曰：資，材量也。若莊周魏牟楊朱墨翟便蜎詹何之倫。呂氏春秋：中山公子牟謂詹何：身在江海之上，心居魏闕之下。高誘曰：子牟，魏公子也。詹子，古得道者也。淮南子曰：雖有鈎鍼芳餌，加以詹何蜎蠉之數，猶不能與罔罟爭得也。高誘曰：蜎蠉，白公時人。宋玉集曰：宋玉與登徒子偕受釣於玄淵。七略曰：蜎子名淵，楚人也。然三文雖殊，其一人也。使之論天下之釋微。理萬物之是非。家語曰：卜商好論精微，時人無以尚也。孫卿子曰：是是非非謂之智也。孔老覽觀。孟子持籌而筭之。萬不失一。漢書張良曰：臣借前箸以籌之。音義曰：以籌度之也。直流切。史記蒯通曰：以此叅之，萬不失一。老或爲左也。此亦天下要言妙道也。太子豈欲聞之乎。於是太子據几而起曰。渙乎若一聽聖人辯士之言。涊然汗出。霍然病已。涊，汗貌也。莊子曰：泚然汗出。涊，乃顯切。霍，疾貌也。

文三十四　十三　乙卯重刊李椿

七啓八首 并序

曹子建

昔枚乘作七發。傅毅作七激。張衡作七辯。崔駰作七依。辭各美麗。余有慕之焉。遂作七啓。并命王粲作焉。

玄微子隱居大荒之庭。玄微，幽玄精微也。山海經曰：大荒之中有山，名曰大荒之山，日月所入，是謂大荒之野中也。飛遯離俗。澄神定靈。九師道訓曰：遯而能飛，吉孰大焉。淮南子曰：單豹背世離俗，巖居谷飲也。輕祿傲貴。與物無營。莊子曰：夫輕爵祿者之所託人。材，司馬彪曰：材，身也。蔡邕釋誨曰：安貧樂賤，與世無營也。耽虛好靜。羡此永生。列子曰：莫如靜，莫如虛。靜也虛也，得其居。獨馳思於天雲之際。無物象而能傾。舞賦曰：獨馳思乎杳冥。左氏傳韓簡曰：物生而後有象。於是鏡機子聞而將往說焉。鏡機，鏡照機微也。駕超野之駟。乘追風之輿。超野追風，言疾也。經迥漠。出幽墟。入乎泱漭之野。遂屆玄微子之所居。子虛賦曰：過乎泱漭之野。其居也。左激水。右高岑。子虛賦曰：其西則激水推移。爾雅曰：山小而高曰岑也。背洞溪。對芳林。冠皮弁。被文裘。儀禮曰：皮弁服素積。鄭玄曰：皮弁者，白鹿皮爲冠，象上古也。文裘，文狐之裘也。出山岫之潛穴。倚峻崖而嬉遊。爾雅曰：山有穴爲岫。志飄飄焉。嶢嶢焉。似若狹六合而隘九州。山海經曰：地之所載，六合之間。

七ヲ廿八　文三十四　十四　壬子重刊

也。若將飛而未逝。若舉翼而中留。於是鏡機子攀葛藟而登。距巖而立。毛詩曰：南有樛木，葛藟纍之。孔安國尚書傳曰：距，至也。順風而稱曰。莊子曰：黃帝聞廣成子在崆峒之上，故往見之。黃帝順風膝行而進。予聞君子不遯俗而遺名。智士不背世而滅勳。周易曰：遯世無悶。幽通賦曰：保身遺名，民之表兮。鄭玄毛詩箋曰：遺，忘也。又礼記注曰：名，令聞也。背世已見上注。今吾子棄道藝之華。遺仁義之英。耗精神乎虛廓。廢人事之紀經。韓子曰：精神日耗。蒼頡篇曰：耗，消也。史記太史公曰：春秋上明三王之道，下辨人事之經紀。耗，呼到切。譬若畫形於無象。造響於無聲。言像因形生，響隨聲發，今欲無聲而造響，圖像而無形，豈有得哉。孫卿子曰：下之和上，譬響之應聲，影之像形。揚雄解難曰：譬若畫者放於無形，紡者放於無聲也。未之思乎何所規之不通也。論語子曰：未之思也。玄微子俯而應之曰。譆有是言乎鄭玄禮記注曰譆悲恨之聲也譆與嘻古字通也譆欣碁切夫太極之初渾沌未分萬物紛錯與道俱隆漢書曰太極元氣分三爲一言元氣初爲一後爲天地人也春秋說題辭曰元清氣以爲天渾沌無形體宋均曰言元氣之初如此也渾沌未分也言氣在易爲元在老爲道義不殊也蓋有形必朽有跡必窮列子曰形必終也芒芒元氣誰知其終春秋命麻序曰元氣正則天地八卦孳也名穢我身位累我躬莊子曰行名失己非士也又魏文侯曰夫魏真爲我累耳竊慕古人之所志仰老莊之遺風思玄賦曰慕古人之貞節毛詩序曰有堯之遺風如淳漢書注曰遺餘也假靈龜以託喻寧掉尾於塗中莊子曰楚王使大夫往聘莊子莊子曰吾聞楚有神龜死已三千歲矣王巾笥而藏之於廟堂之上此龜者寧其死爲留骨而貴乎寧其生而曳尾塗中乎二大夫曰寧生曳尾塗中莊子曰往矣吾將曳尾於塗中也

鏡機子曰夫辯言之豔能使窮澤生流枯木發榮庶感靈而激神況近在乎人情僕將爲吾子說游觀之至娛演聲色之妖靡羽獵賦曰游觀侈靡小雅曰演廣也尚書仲虺曰惟王不迩聲色列子曰隰朋曰妖靡盈庭忠良蒲朝也論變化之至妙敷道德之引麗願聞之乎玄微子曰吾子整身倦世倦世倦於人間之世也探隱拯沈小雅曰探取也難蜀父老曰拯民於沈溺說文曰出溺爲拯不遠遐路幸見光臨將敬滌耳以聽玉音尚書大傳曰天下諸侯受命於周莫不玉音金聲鏡機子曰芳菰精粺霜蓄露葵張揖上林賦注曰彫菰米也宋玉諷賦曰主人之女爲臣炊彫胡之飯說文曰稗禾別也稗與粺古字通薄懈切毛詩曰我行其野言采其蓫鄭玄曰蓫牛頹蓫與蓄音義通也宋玉諷賦曰爲臣煮露葵之羹玄熊素膚肥豢膿肌鄭玄周禮注曰犬豕曰豢膿肥皃也女龍切蟬翼之割剖纖析微蟬翼言薄也楚詞曰蟬翼爲重也累如疊縠離若散雪輕隨風飛刃不轉切山鷄斥鷃珠翠之珍鷄已見南都賦莊子曰鵬摶扶搖而上斥鷃笑之曰彼奚適也許慎淮南子注曰鷃雀飛不過一尺言劣弱也斥與尺古字通珠翠珠柱也南方異物記曰採珠人以珠肉作鮓也寒芳苓之巢龜膾西海之飛鱗寒今肛肉也鹽鐵論曰煎魚切肝羊淹雞寒劉熙釋名曰韓雞本出韓國所爲寒與韓同史記曰有神龜在江南嘉林中常巢於芳蓮之上苓與蓮同西海飛鱗即文鰩也山海經曰泰器之山濩水出焉是多鰩魚常行西海而游於東海夜飛而行臛江東之潛鼉臇漢南之鳴鶉說文曰臛肉羹也蒼頡解詁曰臇少汁臛也子兖切糅以芳酸甘和既醇鄭玄禮記注曰糅雜也醇已見上注玄冥適鹹蓐收調辛禮記曰北方其神玄冥北方水也尚書曰水曰潤下潤下作鹹禮記曰西方其神蓐收西方金也尚書曰金曰從革從革作辛

紫蘭丹椒施和必節禮斗威儀曰君乘金而王其政平則蘭常生鄭玄曰主給調和也張衡七辯曰芳以薑椒拂以木蘭滋味既殊遺芳射越上林賦曰衆香發越郭璞曰香氣射散也乃有春清縹酒康狄所營毛詩曰爲此春酒鄭玄禮記注曰清酒今之中山冬釀接夏而成也縹緑色而微白也博物志曰杜康作酒戰國策曰梁王請爲魯君舉觴魯君曰昔帝女儀狄作酒而美進之於禹禹飲而甘之遂疏儀狄乃絕旨酒應化則變感氣而成淮南子曰物類之相應故東風至而酒泛溢高誘曰東風木風也木味酸入酒故酢而泛者沸蓋非類相感也春秋說題辭曰黍爲酒陽援陰乃能動故以麥黍爲酒宋衷曰麥陰也先漬麴黍後入故曰陽援陰相得而沸是其動也彈徵則苦發叩宮則甘生禮記曰季夏之月其音徵其味苦又曰中央土其音宮其味甘也於是盛以翠樽酌以彫觴浮蟻鼎沸酷烈馨香釋名曰酒有泛齊浮蟻在上泛泛然漢書曰田延年謂霍光曰今羣臣鼎沸上林賦曰酷烈淑郁也可以和

神可以娛腸神人之精爽也此肴饌之妙也子能從我而食之
乎玄微子曰予甘藜藿未暇此食也韓子曰糲粱之飯藜藿之羹也
鏡機子曰步光之劒華藻繁縟越絕書曰孔子從弟子七十人往奏句踐乃身
被賜夷之甲帶步光之劒文采也說文曰縟繁采飾也飾以文犀彫以翠綠國語曰奉
文犀之渠綴以驪龍之珠錯以荊山之玉莊子曰千金之珠在九重之淵而驪
龍頷下韓子曰楚人和氏得璞玉於楚山之中也陸斷犀象未足稱雋隨波
截鴻水不漸刃聖主得賢臣頌曰巧冶鑄干將之璞陸剸犀革戰國策蘇秦說韓王曰韓卒之
劒陸斷牛馬水擊鴻鴈廣雅曰漸漬也九旒之冕散耀垂文劉梁七舉曰九旒之冕散
耀垂文周禮曰弁師掌王之五冕諸侯繅九就鄭玄曰就成也每繅九成則九旒也應劭漢官儀曰冕公侯九
斿者也華組之纓從風紛紜禮記曰玄冠丹組纓諸侯之齊冠說文曰組綬屬也小者

以爲冠纓又曰纓冠系也佩則結綠懸黎寶之妙微戰國策應侯謂秦王曰梁有懸
黎宋有結綠而爲天下名器也符采照爛流景揚煇劉淵林蜀都賦注曰符采玉之橫文
也說文曰景光也黼黻之服紗縠之裳孔安國尚書傳曰諸侯自龍袞而下至黼黻漢
書曰江充衣紗縠單衣也金華之舄動趾遺光言以金華飾舄故動足而有餘光也
劉欣期交州記曰金華出珠崖如淳漢書注曰遺餘也繁飾參差微鮮若霜緄佩
綢繆或彫或錯說文曰緄織成帶也古本切薰以幽若流芳肆布說文
曰薰火煙上出也若杜若也若稱幽若猶蘭曰幽蘭也擬古詩曰屢見流芳歇毛萇詩傳曰肆陳也雍容閑步周旋
馳燿聖主得賢臣頌曰雍容垂拱左氏傳晉公子謂楚子曰晉楚治兵若不獲命則與君周旋也南
威爲之解顏西施爲之巧笑戰國策曰晉文公得南威三日不聽朝遂推而遠之
曰後世必有以色亡其國者列子曰列子師老商氏五年之後夫子始一解顏而笑西施已見上文毛詩曰巧

笑倩兮此容飾之妙也子能從我而服之乎玄微子曰予
好毛褐未暇此服也鄭玄毛詩箋曰褐毛布也
鏡機子曰馳騁足用蕩思游獵可以娛情子虛賦曰終日馳騁曾不
下輿又曰游獵之地饒樂若此者乎歸田賦曰聊以娛情僕將爲吾子駕雲龍之飛
駟飾玉路之繁纓馬有龍稱而雲從龍故曰雲龍也周禮曰凡馬八尺已上爲龍又曰玉路
錫樊纓鄭玄曰樊讀如鞶鞶今之馬大帶也纓今馬鞅繁與鞶古字通垂宛虹之長綏抗
招搖之華旍楚詞曰建雄虹之綵旄禮記曰天子殺則下大綏鄭玄曰綏當爲緌緌有虞氏之旌
旗也禮記曰招搖在上急繕其怒鄭玄曰繕讀爲勁畫招搖星於其上以起居堅勁軍之威怒也捷忘
歸之矢秉繁弱之弓儀禮曰司射搢三挾一箇鄭玄曰搢插也楚甲切新序曰楚王載繁
弱之弓忘歸之矢以射隨兕於夢也忽躡景而輕騖逸奔驥而超遺風

景日景也躡之言疾也呂氏春秋伊尹說湯曰青龍之匹遺風之乘高誘曰皆馬名也疾若比遺風於是
磎填谷塞榛藪平夷緣山置罝彌野張罘鄭玄周禮注曰彌遍也
下無滿跡上無逸飛鳥集獸屯然後會圍廣雅曰屯聚也獠
徒雲布武騎霧散說文曰獠獵也韓子曰雲布風動羽獵賦曰武騎聿皇封禪書曰雲布霧
散丹旗燿野戈殳晧旰南都賦曰曜野暎雲曳文狐揜狡兔禮斗威儀
曰其君乘土而王南海輸以文狐史記李斯曰牽黃犬逐狡兔方言曰揜覆也捎鷫鷞拂振鷺
鷫鷞振鷺皆鳥之名當軌見藉值足遇踐西京賦曰當足見蹍值輪被轢也飛軒
電逝獸隨輪轉孫該琵琶賦曰飄風電逝舒疾無力翼不暇張足不及騰
西京賦曰鳥不暇舉獸不得發動觸飛鋒舉挂輕罾西都賓曰鳥驚觸絲獸駭
值鋒罾亦罔也班固漢書序曰鷹隼未擊罾弋不施於蹊隧也搜林索險探薄窮阻廣雅

曰草藂生曰薄。騰山赴壑。風厲猋舉。古詩曰涼風率已厲。楚辭曰猋遠舉兮雲中。王逸注云猋去疾貌。說文曰猋火華也。機不虛發。中必飲羽。孔安國尚書傳曰機弩牙也。子虛賦曰弓不虛發中必决眥。呂氏春秋曰養由基射兕中石矢飲羽。高誘曰飲羽飲矢至羽也。於是人稠網密。地逼勢脅。哮闞之獸。張牙奮鬣。毛詩曰進厥虎臣闞如虓虎。毛萇曰虓闞虎怒也。哮與虓同也。志在觸突。猛氣不慴。慴已見上文。乃使北宮東郭之疇。孟子曰北宮黝之養勇也不膚撓不目逃思以一毫挫於人若撻於市朝。趙岐曰北宮姓黝名也。呂氏春秋曰齊有好勇者一人居東郭一人居西郭卒然相遇於塗曰姑相飲乎觴數行曰姑求肉乎一人曰子肉也我肉也因抽刀而相啖也。生抽豹尾。分裂貙肩。尒雅曰貙似狸。形不抗手。骨不隱拳。小雅曰抗禦也。服虔漢書注曰隱築也。於瑾切。批熊碎掌。拉虎摧斑。掌熊蹯也。孟子曰熊掌亦我所欲也。斑虎文也。上林賦曰被斑文。野無毛

六ヲ三　文三十四　十九　壬子重刊

類。林無羽群。積獸如陵。飛翮成雲。羽獵賦曰創淫輪夷丘累陵聚。於是駴鍾鳴鼓。收旌弛旆。周禮曰鼓皆駴。鄭玄曰雷擊鼓曰駴。古駭字。杜預左氏傳注曰弛解也。頓綱縱網。罷獠回邁。頓猶捨也。說文曰縱緩也。駿騄齊驤。揚鑾飛沫。南都賦曰驥騄齊鑣。舞賦曰龍驤橫舉揚鑣飛沫也。俯倚金較。仰撫翠蓋。東京賦曰戴翠冒倚金較。說文曰較車上曲鉤。高唐賦曰蜺為旌翠為蓋。雍容暇豫。娛志方外。國語優施曰我教汝暇豫之事君。韋昭曰暇閑也。豫樂也。杜預左氏傳注曰方法也。此羽獵之妙也。子能從我而觀之乎。高唐賦曰傳言羽獵。玄微子曰。予樂恬靜。未暇此觀也。

鏡機子曰。閑宮顯敞。雲屋皓旰。李尤高安館銘曰增臺顯敞。雲屋言高若雲也。班婕妤自傷賦曰仰視兮雲屋。雙涕下兮橫流。崇景山之高基。迎清風而立觀。

基若景山言極高也。毛萇詩傳曰崇立也。毛詩曰陟彼景山。地理書曰迎風觀在鄴也。彤軒紫柱。文榱華梁。劉梁七舉曰丹墀縹壁紫柱紅梁也。綺井含葩。金墀玉箱。金墀猶金戺也。西京賦曰金戺玉階。玉箱猶玉房也。溫房則冬服絺綌。清室則中夏含霜。劉騊駼玄根頌曰前殿冬絺。李尤函谷關賦曰盛夏臨漂而含霜也。華閣緣雲。飛陛陵虛。魯靈光殿賦曰飛陛揭蘖緣雲上征。頫眺流星。仰觀八隅。魯靈光殿賦曰中坐垂景頫視流星。頫音俯。升龍攀而不逮。眇天際而高居。崔駰七依曰升龍於天者雲也。西京賦曰翔鶤仰而不逮。周易曰豐其屋天際翔也。繁巧神恠。變名異形。班輸無所措其斧斤。離婁為之失睛。鄭玄禮記注曰公輸若匠師也。般若之族多技巧者也。孟子曰離婁之明。趙岐曰古之明目者也。蓋黃帝時人。麗草交植。殊品詭類。綠葉朱榮。熙天曜日。熙光也。素水盈沼。叢木成林。楚辭曰含素水而蒙深。

文三十四　二十　乙卯重刊

飛翮凌高。鱗甲隱深。於是逍遙暇豫。忽若忘歸。楚辭曰觀者憺兮忘歸也。乃使任子垂釣。魏氏發機。莊子曰任子為大鉤巨緇五十犗以為餌。蹲會稽投竿東海。旦而釣。朞年不得魚。已而魚大食之。牽巨鉤陷沒而下。騖揚而奮鬐。白波若山。吳越春秋曰越王欲伐吳。范蠡進善射者陳音。越王問其射所起焉。音曰黃帝作弓以備四方。後有楚狐父以其道傳羿。羿傳逢蒙。蒙傳楚琴氏。琴氏傳大魏。大魏傳楚三侯。麋侯翼侯魏侯也。芳餌沈水。輕繳弋飛。吳越春秋大夫種曰深川之魚死於芳餌。落翳雲之翔鳥。援九淵之靈龜。賈誼弔屈原曰襲九淵之神龍。然後采菱華。擢水蘋。子虛賦曰外發芙蓉菱華。許慎淮南子注曰擢引也。毛萇詩傳曰蘋大萍。弄珠蜯。戲鮫人。楊雄蜀都賦曰蜯含珠而擘裂。劉淵林吳都賦注曰鮫人水底居也。諷漢廣之所詠。覿游女於水濱。韓詩序曰漢廣悅人也。詩曰漢有游女不可求思。薛君曰游女謂漢神也。燿神景於中沚。被輕縠之纖羅。毛詩曰宛在水中沚。

子虛賦曰雜纖羅也遺芳烈而靖步抗皓手而清歌。廣雅曰抗舉也歌曰。
望雲際兮有好仇。天路長兮往無由。楚辭曰君誰須兮雲之際毛詩曰君
子好仇枚乘樂府曰美人在雲端天路隔無期佩蘭蕙兮爲誰脩。宴婉絕兮我
心愁。楚辭曰紉秋蘭爲佩王逸注曰脩飾也毛詩曰燕婉之求毛萇曰燕安也婉順也鄭玄曰本求燕婉
之人也此宮館之妙也。子能從我而居之乎。玄微子曰。予
耽巖穴。未暇此居也。巖穴隱者所居黃石公記曰主聘巖穴事乃得實也
鏡機子曰。既游觀中原。逍遙閑宮。情放志蕩。淫樂未終。
亦將有才人妙妓。遺世越俗。漢書曰傅昭儀少爲才人韋昭曰才伎人也廣雅曰
遺離也揚北里之流聲。紹陽阿之妙曲。史記曰紂使師涓作新淫之聲北里
之舞靡靡之樂淮南子曰夫歌采菱發陽阿鄭人聽之不若延露以和尔乃御文軒。臨洞

庭。文畫飾也軒殿檻也洞庭廣庭也尸子曰文軒無四寸之鍵則車不行莊子曰黃帝張咸池之樂於洞庭
也新語曰高臺百仞文軒彫窻也琴瑟交揮。左篪右笙。廣雅曰揮動也毛萇詩傳曰竹
曰篪鍾鼓俱振。簫管齊鳴。廣雅曰振動也毛詩曰簫管備舉然後姣人乃
被文縠之華袿。振輕綺之飄飆。毛詩曰佼人僚兮劉熙釋名曰婦人上服謂之
袿戴金搖之熠燿。揚翠羽之雙翹。宋玉諷賦曰主人之女垂珠步搖來排臣
戶西京雜記曰趙飛鷰爲皇后其弟上遺黃金步搖毛萇詩傳曰熠燿鮮明也司馬彪續漢書曰皇太后入廟
先爲花勝上爲鳳凰以翡翠爲毛羽王逸楚辭注曰翹羽名也揮流芳。燿飛文。韓康伯周易注
曰揮散也歷盤鼓。煥繽紛。張衡舞賦曰般鼓煥以駢羅長裾隨風。悲歌入
雲。列子曰薛談學謳於秦青辭歸青餞於郊撫節悲歌響遏行雲也蹻捷若飛。蹈虛遠蹠。
廣雅曰趫趫行也今爲蹻古字無定也廣雅曰蹠履也凌躍超驤。蜿蟬揮霍。楚辭曰超

驤推阿西京賦曰跳丸劍之揮霍也翔尔鴻翥。濈然鳧沒。爾雅曰翥舉也濈疾貌也濈側
立切縱輕體以迅赴。景追形而不逮。西京賦曰紛縱體而迅赴不逮言疾也韓
子曰形影相應而生飛聲激塵。依違厲響。七略曰漢興善歌者魯人虞公發聲動梁
上塵依違徘徊也楚辭曰余思舊鄉心依違才捷若神。形難爲象。舞賦曰彷彿神動又
曰不可爲象也於是爲歡未渫。白日西頹。東都賦曰士怒未渫方言曰渫歇也楚辭
曰日杳杳以西頹散樂變飾。微步中閨。玄眉弛兮鉛華落。收亂
髮兮拂蘭澤。鉛華已見洛神賦蘭澤已見上文也形媠服兮揚幽若。說文曰媠
南楚之外謂好也媠湯火切紅顏宜笑。睇眄流光。楚辭曰既含睇兮又宜笑王逸曰睇
微眄貌時與吾子。攜手同行。毛詩曰惠而好我攜手同行也踐飛除。即閑
房。司馬彪上林賦注曰除樓陛也華燭爛。幄幙張。秦嘉贈婦詩曰飄飄帷帳熒熒華燭左氏

傳曰子產以幄幙行動朱脣。發清商。舞賦曰動朱脣神女賦曰朱脣的其若丹宋玉笛賦曰吟
清商追流徵也揚羅袂。振華裳。九秋之夕。爲歡未央。九秋之夕言其長也
古樂府有歷九秋妾薄相行蘇武詩曰懽樂殊未央此聲色之妙也。子能從我而
游之乎。玄微子曰。予願清虛。未暇此游也。
鏡機子曰。予聞君子樂奮節以顯義。烈士甘危軀以
成仁。張衡應問曰貫高以端辭顯義論語子曰志士仁人有殺身以成仁是以雄俊之徒。
交黨結倫。重氣輕命。感分遺身。西京賦曰輕死重氣結黨連羣分分義也鄭玄
禮記注曰遺士也故田光伏劍於北燕。公叔畢命於西秦。史記燕太
子丹謂田光曰丹所言者國大事也願先生勿泄也光曰諾退見荊軻曰吾聞長者爲行不使人疑己今太子
疑光非節俠也欲自殺以激荊卿遂自剄公叔未詳果毅輕斷。虎步谷風。左氏傳曰殺敵

爲果致果爲毅李陵詩曰幸託不肖軀且當猛虎步春秋元命苞曰猛虎嘯而谷風起類相動也威慴
萬乘華夏稱雄漢書曰天子畿方千里出兵車萬乘故稱萬乘之主尚書曰華夏蠻貊也辭
未及終而玄微子曰善
鏡機子曰此乃游俠之徒耳未足稱妙也若夫田文無
忌之儔乃上古之俊公子也田文孟嘗也無忌信陵也皆飛仁揚義
騰躍道藝游心無方抗志雲際莊子曰乘物以游心又曰應物無方晉灼漢書
注曰方常也楚辭曰放志游乎雲中也凌轢諸侯馹馳當世呂氏春秋曰凌轢諸侯說文
曰轢車所踐也揮袂則九野生風慷慨則氣成虹蜺說文曰揮奮也淮南
子曰所謂一者上通九天下貫九野劉邵趙郡賦曰駒氣成虹蜺揮袖起風塵文與此同未詳其本也吾
子若當此之時能從我而友之乎玄微子曰子亮願焉

尔雅曰亮信也然方於大道有累如何
鏡機子曰世有聖宰翼帝霸世謂魏太祖孔安國尚書傳曰翼輔也同
量乾坤等曜日月乾坤天地也張超屋父頌曰合量乾坤參曜日月也玄化參
神與靈合契蔡邕陳留太守頌曰玄化洽矣黔首用寧漢書伍被說淮南王曰今陛下令雖未出
化馳如神劇秦美新曰與天剖靈符地合神契惠澤播於黎苗威靈震乎無外
國語曰少昊之衰九黎亂德韋昭曰九黎黎民九人尚書帝曰禹惟時有苗不率汝徂征孔安國曰三苗之民
數干王誅崔駰七依曰仁臻於行葦惠及乎黎苗四子講德論曰威靈外覆公羊傳曰王者無外也超隆
平於殷周踵羲皇而齊泰東都賦曰即土之中有周成隆平之制焉東京賦曰踵二
皇之遐武薛綜曰踵繼也顯朝惟清王道遐均民望如草我澤如春
班固漢書文紀述曰我德如風民應如草古長歌行曰陽春布德澤萬物生光輝也河濱無洗耳

之士喬岳無巢居之民洗耳許由也琴操曰堯大許由之志禪爲天子由以其不善乃
臨河而洗耳毛詩曰墮山喬岳也巢居巢父也皇甫謐逸士傳曰巢父者堯時隱人常山居以樹爲巢而寢其
上時人號曰巢父也是以俊乂來仕觀國之光尚書曰俊乂在官國語曰秦后來仕
韋昭曰仕於晉也周易曰觀國之光利用賓于王舉不遺才進各異方左氏傳曰楚子
囊曰晉君舉不失選又曰不遺德刑杜預曰遺失也讚典禮於辟雍講文德於明
堂左氏傳曰隨武子曰典禮不易尚書曰帝乃誕敷文德毛詩曰矢其文德洽此四國正流俗之
華說綜孔氏之舊章流俗已見上華說已見文賦舊章已見東都主人王肅周易注曰綜
理事也左氏傳曰舊章不可忘也散樂移風國富民康解嘲曰散以禮樂風以詩書禮
記曰樂行移風易俗天下皆寧春秋說題辭曰盡精竭思國富民康也神應休臻屢獲嘉
祥尚書曰休徵東京賦曰總集瑞命備致嘉祥也故甘靈紛而晨降景星宵而

舒光禮斗威儀曰其君乘土而王其政太平時則甘靈降鶡冠子曰聖人其德上及泰清下及泰寧景星
光潤史記曰天精明時有赤方氣與青方氣相連赤方中有兩黃星青方中有一黃星凡三星合爲景星其狀
無常出於有道之國也觀游龍於神淵聆鳴鳳於高岡禮斗威儀曰其君乘
水而王龜龍被文而見神女賦曰婉若游龍周易曰潛龍勿用又曰或躍在淵樂汁圖徵曰五音克諧各得其
倫則鳳皇至廣雅曰聆聽也毛詩曰鳳皇鳴矣此霸道之至隆而雍熙之盛際
漢書宣帝曰漢家自有制度本霸王道雜之東京賦曰上下共其雍熙然主上猶以沈恩
之未廣懼聲教之未厲漢書司馬相如難蜀父老曰湛恩汪濊尚書曰朔南暨聲教廣雅曰厲高也
采英奇於仄陋宣皇明於巖穴邊讓章華臺賦曰舉英奇於側陋尚書曰明明
揚側陋東都賦曰散皇明以燭幽巖穴已見上文此甯子商歌之秋而呂望所
以投綸而逝也淮南子曰甯戚商歌車下而桓公慨然而悟秋猶時也史記朱亥謂魏公子曰

此是劾命之秋也。尚書中候曰：王至磻溪之水，呂尚釣崖下，趨拜，尚立變名曰望。毛詩曰：之子于釣，言綸之繩。鄭玄曰：以繩爲之綸。吾子爲太和之民，不欲仕陶唐之世乎。法言曰：或問太和。曰：其在唐虞成周也。李軌曰：天下太和也。孔安國尚書傳曰：陶唐，帝堯氏也。於是玄微子攘袂而興曰：韙哉言乎。近者吾子所述華淫，欲以厲我，祇攪予心。杜預左氏傳注曰：勸，勵也。毛詩曰：胡逝我梁，祇攪我心。至聞天下穆清，明君莅國。史記曰：漢興已來，受命於穆清。蔡邕釋誨曰：生穆清之世，稟淳和之靈。毛萇詩傳曰：莅，臨也。覽盈虛之正義，知頑素之迷惑。周易曰：損益盈虛，與時偕行。薛君韓詩章句曰：素，質也。言人但有質朴，無治人之材也。今子廓爾，身輕若飛。劉梁七舉曰：先生昭然神悟，霍爾體輕。願反初服，從子而歸。楚詞曰：進不入以離尤，退將復修吾初服。公羊傳：楚莊王謂司馬子反曰：吾亦從子而歸。

文選卷第三十四

賜進士出身通奉大夫江南蘇松常鎮太等處承宣布政使司布政使胡克家重校刊

文選卷第三十五

梁昭明太子撰

文林郎守太子右內率府錄事參軍崇賢館直學士臣李善注上

七下

張景陽七命八首

詔

漢武帝詔一首　賢良詔一首

冊

潘元茂魏公九錫文一首

七下

七命八首　張景陽

沖漠公子含華隱曜。沖漠，沖虛恬漠也。范曄後漢書孔融曰：南山四皓，潛光隱耀，世嘉其高也。嘉遯龍盤，翫世高蹈。周易曰：嘉遯貞吉。尚書大傳曰：盤龍賁信越其藏。鄭玄曰：蟠屈也。左氏傳，齊人歌曰：魯人之皐，使我高蹈也。游心於浩然，玩志乎衆妙。莊子曰：乘物以游心。孟子曰：我善養吾浩然之氣。敢問何謂浩然之氣。曰：難言也。其爲氣也，至大至剛，以直養而無害，則塞于天地之間。老子曰：玄之又玄，衆妙之門。絕景乎大荒之遐阻，吞響乎幽山之窮奧。山海經曰：大荒之中有山，名曰大荒之山，日月所入。是謂大荒之野。毛詩曰：幽幽南山。奧，隱處也。於是殉華大夫聞而造焉。殉，營也。華，浮華。乃勑雲輅，驂飛黃。東京賦曰：結飛雲之袷輅。淮南子曰：黃帝治天下，於是飛黃服皁。越奔沙，輾流霜。劉劭七華曰：超重淵，越流沙。凌扶搖之風，躡堅冰之津。莊子曰：摶扶搖而上者九萬里。

司馬彪曰扶搖上行風也列子曰堅冰立散旋拂霄埒軌出蒼垠許慎淮南子注曰垠埒端崖也天清冷而無霞野曠朗而無塵臨重岫而攬轡顧石室而迴輪仲長子昌言曰聞上古之隱士或伏重岫之內窟窮皐之底列仙傳曰赤松子常止西王母石室中遂適沖漠之所居爾雅曰適之也其居也崢嶸幽藹蕭瑟虛玄廣雅曰崢嶸深冥也說文曰玄幽遠也冥海渾濩涌其後嶰谷嶆張其前十洲記曰東王所居處山外有負海負海水色正黑謂之冥海說文曰渾流聲也後衮切又曰濩霤下貌也胡郭切漢書曰取竹之嶰谷音義曰嶰谷崐崘北谷名嶆嶆深空之貌也嶰音解嶆音牢嶆音曹尋竹竦莖蔭其壑百籟群鳴蘢茸其山山海經曰大荒之中有岳山尋竹生焉郭璞曰尋竹大竹也莊子曰地籟則衆竅是也蘢茸其山謂衆聲既喧山爲之蘢茸也蒼頡篇曰蘢茸耳不聞也衝飆發而迴日飛礫起而灑天鹽鐵論曰衝風飄鹵沙石凝積

東京賦曰飛礫雨散於是登絕巘遡長風毛萇詩傳曰巘小山別大山者也薛綜西京賦注曰遡向風也陳辯惑之辭命公子於巖中論語子張曰敢問崇德辨惑曰蓋聞聖人不卷道而背時智士不遺身而匿迹應瑒釋賓曰聖人不違時而遯迹賢者不背俗而遺功七啓曰感分遺身楚辭曰聊竄端匿迹也生必耀華名於玉牒沒則勒洪伐於金冊東觀漢記曰封禪其玉牒文祕說文曰牒札也陳琳韋端碑曰撰勒洪伐式昭德音金冊已見西京賦今公子違世陸沈避地獨竄陸沈已見張景陽雜詩孔安國尚書傳曰違避也論語子曰賢者避世其次避地有生之歡滅資父之義廢漢書曰夫人有生之最靈者也孝經曰資於事父以事君而敬同愁洽百年苦溢千歲古詩曰人生不滿百常懷千歲憂何異促鱗之游汀濘短羽之棲翳薈張升與任彥堅書曰今將老弱處于窮澤漸漬汀濘當何聊賴汀吐

冷切說文曰濘絕小水也奴冷切孫子兵法曰林木翳薈也今將榮子以天人之大寶悅子以縱性之至娛周易曰天地之大德曰生聖人之大寶曰位列子楊朱曰從性而游不逆萬物所好七啓曰說游觀之至娛窮地而游中天而居列子曰穆王執化人之袪騰而上者中天乃止傾四海之歡殫九州之腴說文曰歡喜樂也又曰腴腹下肥者西都賓曰華實之毛則九州之上腴焉鑽屈轂之瓠解蹠屬之拘子欲之乎言屈轂之瓠難鑽蹠屬之拘難解今欲以辯而鑽解之也韓子曰齊有居士田仲者宋人屈轂往見之謂仲曰轂有巨瓠堅如石厚而無竅願效之先生田仲曰堅如石不可剖而斲厚而無竅不可以受水漿吾無用此瓠爲也屈轂曰然其棄物乎曰然今先生雖不恃人之食亦無益人之國矣猶可棄之瓠也田仲若有所失慙而不對山海經曰二負殺窫窳帝乃梏之蹠屬之山桎其右足及縛兩手公子曰大夫不遺來萃荒外毛萇詩傳曰萃集也雖在不敏敬聽嘉話孝經曰參不敏說文曰話會合善言也大夫曰寒山之桐出自太冥楚辭曰北有寒山卓龍艴然北方極陰故曰太冥含黃鍾以吐幹據蒼岑而孤生禮記曰季夏之月中央土律中黃鍾之宮尚書曰嶧陽孤桐孔安國曰孤特生桐中琴也既乃瓊巘嶒崚金岸崥嶀瓊巘玉山也魯靈光殿賦曰嶒崚嶒而龍鱗崥嶀漸平貌也崥步迷切嶀徒奚切左當風谷右臨雲谿上無淩虛之巢下無跖實之蹊淮南子曰鳥排虛而飛獸蹠實而走高誘曰實地也廣雅曰蹠履也跖與蹠同搖刖峻挺茗邈苕嶢搖刖危貌也茗邈高貌也茗莫冷切睎三春之溢露遡九秋之鳴飆毛萇詩傳曰睎乾也班固終南山賦曰三春之季孟夏之初愬與遡同已見上文古樂府有歷九秋妾薄相行零雪寫其根霏霜封其條毛萇詩傳曰霏雪貌也霜亦雪類故通言之木既繁而後綠草未素而先彫傅毅七激曰陽春後榮涉秋先彫於是構雲梯

陟崢嶸墨子曰公輸般爲雲梯必取宋長笛賦曰構雲梯抗浮柱郭璞方言注曰崢嶸高峻也剪蕤賓之陽柯剖大呂之陰莖禮記曰仲夏之月律中蕤賓又曰季冬之月律中大呂蒼頡篇曰剖析也周禮曰仲冬斬陽木仲夏斬陰木鄭玄曰陽木生於山南陰木生於山北也營匠斲其樸伶倫均其聲營匠未詳莊子曰匠石之齊見櫟社樹觀者如市匠伯不顧司馬彪曰石字伯說文曰斲斫也漢書曰黃帝使伶倫取嶰谷之竹斷兩節間而吹之以爲黃鍾之宮制十二簫以聽鳳皇之音以比黃鍾之宮器舉樂奏促調高張禮記曰金石絲竹樂之器也楊雄解嘲曰紛者高張急徽音朗號鍾韻清繞梁楚辭曰操伯牙之號鍾兮挾秦箏而彈徵尸子曰繞梁之鳴許史鼓之非不樂也墨子以爲傷義故不聽也追逸響於八風采奇律於歸昌風俗通曰聲所以五者繫五行也音所以八者繫八風也淮南子曰律之初生也寫鳳之音韓詩外傳曰鳳舉曰上翔集鳴曰歸昌啓中黃之少宮發蓐收之變商中黃

土色禮斗威儀曰少宮主政宋均曰聲五而已必加少宮少商者以君臣任重爲設副也劉向雅琴賦曰彈少宮之際天援中徵以及泉禮記曰孟秋之月其神蓐收淮南子曰變宮生徵變商生羽若乃龍火西頹暄氣初收漢書曰東宮蒼龍房心心爲火故曰龍火也左氏傳曰仲尼曰火猶西流禮記曰仲秋陽氣日衰飛霜迎節高風送秋桓麟七說曰飛霜厲其末猋風激其崖李尤七歎曰季秋末際高風猋厲羇旅懷土之徒流宕百罹之疇左氏傳陳敬仲曰羇旅之臣論語曰小人懷土謝忱後漢書序曰士庶流宕他州異境毛詩曰我生之後逢此百罹撫促柱則酸鼻揮危紘則涕流舞賦曰若絙瑟促柱高唐賦曰寒心酸鼻廣雅曰揮動也鄭玄論語注曰危高也侯瑾箏賦曰急紘促柱變調改曲陸機前緩歌行曰大客揮高紘意與此同也若乃追清哇赴嚴節張衡舞賦曰含清哇而吟咏蒼頡曰哇謳也嚴節急節也漢書曰贊銅丸以擿鼓聲中嚴鼓之節奏淥水吐白雪淮南子曰手會淥水之趨高誘曰淥水古詩也

宋玉風賦曰爲幽蘭白雪之曲激楚迴流風結上林賦曰激楚結風文穎曰激衝急風也結風迴風亦急風也楚地風氣既自漂疾然歌樂者猶復依激結之急風爲節也悲蓂莢之朝落悼望舒之夕缺田俅子曰堯爲天子蓂莢生於庭爲帝成厤鄭玄詩箋曰悼傷也楚辭曰前望舒使先驅王逸曰望舒月御也古詩曰四五占兔缺嫈嫠爲之擗摽孀老爲之嗚咽左氏傳初莒有婦人莒子殺其夫已爲嫠婦杜預曰寡婦爲嫠毛詩曰寤擗有摽毛萇曰擗拊心貌淮南子曰童子不孤婦人不孀高誘曰寡婦曰孀王子拂纓而傾耳六馬嘘天而仰秣列仙傳曰王子喬周靈王太子晉也吹笙則鳳鳴禮記曰傾耳而聽之孫卿子曰昔者瓠巴鼓瑟而鱏魚出聽伯牙鼓琴而六馬仰秣黃伯仁龍馬賦曰或有嘘天慷慨骨騰肉飛說文曰嘘吹嘘音虛秣或爲蹀也此蓋音曲之至妙子豈能從我而聽之乎舞賦曰天下之至妙

公子曰余病未能也

大夫曰蘭宮祕宇彫堂綺櫳楚辭曰彷徨兮蘭宮魯靈光殿賦曰乃立靈光之祕殿說文曰櫳房室之疏也雲屏爛汗瓊壁青葱禮記曰疏屏天子廟飾也鄭玄曰屏謂之樹刻之爲雲氣王褒甘泉賦云耀照形之玉璧應門八襲琁臺九重毛詩曰乃立應門郭璞爾雅注曰襲猶重也汲古文曰桀作傾宮飾瑤臺韓子曰紂爲九重高臺也表以百常之闕圜以萬雉之墉表標也百常高也西京賦曰徑百常而莖擢西都賦曰建金城之萬雉毛萇詩傳曰墉城也爾乃嶢榭迎風秀出中天方言曰嶢高也郭璞爾雅注曰榭臺上起屋也曹子建七啓曰迎清風而立觀國語曰秀出於衆秀出貌也列子曰周穆王築臺號曰中天之臺翠觀岑青彫閣霞連長翼臨雲飛陛凌山鄭玄禮記注曰榮屋翼也魯靈光殿賦曰飛陛揭孽緣雲上征望玉繩而結極承倒景而開軒春秋元命苞曰玉衡北兩星爲玉繩說文曰極棟也李陵陽子明經曰倒景氣去地四千里其景皆倒在下

軒長廊之牕也。赬素炳煥，棼栱嵯峨。毛萇詩傳曰：赬，赤也。說文曰：棼，複屋棟也。棼與枌古字通。隂虯負檐，陽馬承阿。蚪，龍也。楚辭曰：仰觀刻桷畫龍蛇。馬融梁將軍西第賦曰：騰極受檐，陽馬承阿。周書曰：明堂咸有四阿。錯以瑤英，鏤以金華。廣雅曰：錯，厠也。范子計然曰：玉英出藍田。劉欣期交州記曰：金華出珠崖。謂金有華彩也。方疏含秀，圓井吐葩。魯靈光殿賦曰：懸棟結阿，天牕綺疏。圓淵方井，反植荷蕖。張載曰：疏，刻鏤也。秀，謂華也。重殿疊起，交綺對幌。西京賦曰：交綺豁以疏寮。文字集略曰：幌，以帛明牕也。幽堂晝密，明室夜朗。焦螟飛而風生，尺蠖動而成響。晏子春秋：景公問於晏子曰：天下有極細乎？對曰：東海有蟲，名曰焦螟，巢於蚊睫，飛乳去來，而蚊不覺。周易曰：尺蠖之屈，以求伸也。若乃目厭常玩，體倦帷幄。列子曰：聲色不可常玩聞。攜公子而雙遊，時娛觀於林麓。曹大家列女傳注曰：竹木曰林，山足曰麓。登翠阜，臨丹谷，華草錦

繁，飛采星燭。陽葉春青，陰條秋綠。華實代新，承意恣歡。仰折神䕷，俯采朝蘭。本草經曰：白芷，一名䕷。許妖切。遡蕙風於衡薄，眷椒塗於瑤壇。邊讓章華臺賦曰：蕙風春施。洛神賦曰：踐椒塗之郁烈，步衡薄而流芳。漢書曰：偏觀此眺瑤堂。王逸楚辭注曰：壇，猶堂也。爾乃浮三翼，戲中沚。越絕書：伍子胥水戰兵法內經曰：大翼一艘，長十丈；中翼一艘，長九丈六尺；小翼一艘，長九丈。毛詩曰：宛在水中沚。潛鰓駭，驚翰起。蘇林漢書注曰：鰓音魚鰓。今呼魚謂之鰓，猶呼車以爲軫也。鄭玄詩箋曰：翰，鳥中豪俊者也。沈絲結，飛矰理。毛詩曰：其釣維何？維絲伊緡。毛萇曰：緡，綸也。鄭玄曰：以絲爲之綸。周禮曰：矰矢用諸弋射。鄭玄曰：結繳於矢謂之矰也。挂歸翮於赤霄之表，出華鱗於紫淵之裏。歸翮，鴻鴈之屬也。淮南子曰：夫鴻鵠背負蒼天，膺摩赤霄。上林賦曰：紫淵徑其北。然後縱棹隨風，弭楫乘波。杜預左氏傳曰：縱，放也。毛萇詩傳曰：弭，止也。吹孤竹，

揄雲和。周禮曰：孤竹之管，雲和之琴瑟。鄭玄曰：孤竹，竹特生者。雲和，山名。淵客唱淮南之曲，榜人奏采菱之歌。吳都賦曰：淵客慷慨而泣珠。漢書曰：淮南鼓員四人。子虛賦曰：榜人歌。張揖曰：船長也。淮南子曰：歌采菱，發陽阿也。歌曰：乘鳧舟兮爲水嬉。穆天子傳曰：天子乘鳥舟。郭璞曰：舟爲鳥形，制今吳之青雀舫，此其遺象也。琴道：雍門周曰：水嬉則舫龍舟。臨芳洲兮拔靈芝。楚辭曰：采芳洲兮杜若。西京賦曰：擢靈芝之朱柯。樂以忘戚，游以卒時。論語子曰：樂以忘憂。家語：孔子歌曰：優哉游哉，聊以卒歲。窮夜爲日，畢歲爲期。此蓋宴居之浩麗，子豈能從我而處之乎？毛詩曰：或燕燕居息。浩，猶大也。公子曰：余病未能也。大夫曰：若乃白商素節，月既授衣。周禮曰：西方白。禮記曰：孟秋之月，其音商。劉植與臨淄侯書曰：肅以素秋，則落。毛詩曰：九月授衣。天凝地閉，風厲霜飛。凝，猶結也。

禮記曰：仲冬之月，塗城闕，築囹圄，助天地之閉藏也。柔條夕勁，密葉晨稀。將因氣以效殺，臨金郊而講師。禮記曰：季冬之月，天子乃教於田獵。劉向尚書五行說曰：金，西方萬物既成，殺氣之始也。故立秋出軍行師，西方爲金，故曰金郊也。國語：虢文公曰：三時務農，一時講武。爾乃列輕武，整戎剛。輕武、戎剛，四車名也。司馬彪續漢書曰：輕車，古之戰車也，不巾不蓋。韓子曰：管仲之始治也，桓公武車。元戎已見上文。輕武，卒名也。戎剛，車名也。東京賦：總輕武於後陳，奏嚴鼓之嘈囋。漢書曰：衛青令武剛車環爲營。張晏曰：兵車也。建雲髦，啓雄芒。雲髦，雲旆竿上施旄也。上林賦曰：連雲旆。髦與旄古字通。子虛賦曰：建干將之雄戟。芒，鋒刃也。漢書賈誼曰：解十二牛而芒刃不頓。駕紅陽之飛燕，驂唐公之驌驦。紅陽飛燕，未詳。或曰：駿馬圖有含陽侯驃，疑含即紅聲之誤也。左氏傳曰：唐成公有兩驌驦馬。馬融曰：驌驦，鴈也，馬似之。屯羽隊於外林，縱輕翼於中荒。羽隊，士負羽而爲隊也。羽獵賦曰：蒙盾負羽。而羅者以萬計。翼，左右翼也。越絕書曰：子胥兵分爲兩翼，夜火相望。爾乃布飛羉，或云

飛羅盧端切（）張修罠。爾雅曰彔罟謂之罿或作罠音旻夫然罿罠一以爲對恐互體廣雅曰罠兎罟也劉逵吳
都賦注曰罠麋網也然張氏之意蓋同劉說罿或爲羅。陵黄岑，挂青巒。爾雅曰巒嶞山也郭璞曰山
嶞長者荆州謂之巒。畫長谿以爲限，帶流谿以爲關。既乃內無踈蹊，
外無漏迹。廣雅曰䟽通也七啓曰下無漏迹上無逸飛。叩鉦數校，舉麾旌獲。
周禮曰鼓鉦鳴鐲車皆行鄭玄曰鐲鉦也散爲陣列而行也漢書曰大校獵如淳曰合軍聚衆有幡校也周禮
曰建大麾以田鄭玄曰不在九旗之中周禮曰服不氏射則贊張侯以旌居乏而待獲鄭玄曰待獲射者舉旌
以獲也。彀金機，馳鳴鏑。說文曰彀張弓弩機弩牙也以金爲之漢書曰冒頓乃作爲鳴鏑音
義曰箭鏑也如今鳴箭是也。翦剛豪，落勁翮，車騎競騖，駢武齊轍。
說文曰騖亂馳也駢並也毛萇詩傳曰武迹也杜預左氏傳注曰轍車迹也。翁忽揮霍，雲迴
風烈。孫卿子曰下之和上譬猶響之應聲影之隨形。舉戈林竦，揮鋒電滅。東京賦曰

戈矛若林廣雅曰竦立也。仰傾雲巢，俯殫地穴。周禮有穴氏鄭玄曰穴搏蟄獸所藏者也。
乃有圓文之豣，班題之豵。毛萇詩傳曰豕一歲曰豣又鄭玄曰豕生三子曰豵然此
豣豵指諸獸不專論豕也。鼓鬐鬣風生，怒目電瞛。瞛光也七從切。口齩霜刃，足
撥飛鋒。說文曰齩齧骨也胡狡切廣雅曰撥除也補達切。鼿林蹶石，扣跋幽叢。
鼿以鼻搖動也五忽切郭璞爾雅注曰蹶動搖之貌也居月切孔安國論語注曰扣擊也毛萇詩傳曰跋躐也
扣跋或謂却伏也。於是飛黄奮銳，賁石逞技。史記曰蜚廉以材力事殷紂尸
子中黄伯曰余左執太行之獶而右搏雕虎說苑曰勇士孟賁水行不避蛟龍陸行不避虎狼吳越春秋曰夫差
使王孫聖占夢聖曰占之不吉王怒使力士石蕃以鐵椎椎殺聖張華博物志曰石蕃衛臣也背負千二百斗
沙。蹙封豨，僨馮豕。淮南子曰伍胥曰吳爲封豨脩蛇小雅曰封大也方言曰南楚人謂豬爲
豨爾雅曰僨僵也甫運切僨或爲攢非也王逸楚辭注曰馮大也。拉甝虪，挫獬廌。爾雅曰甝

白虎虪黑虎張揖漢書注曰獬廌似鹿而一角也。勾爪摧，鋸牙捭。淮南子曰勾爪鋸牙於是
摯矣說文曰捭兩手擊也補買切。瀾漫狼藉，傾榛倒壑。說文曰草編狼藉也。殞胔
挂山，僵踣掩澤。鄭玄周禮注曰四足死者曰胔爾雅曰僵仆也郭璞爾雅注曰踣前覆也張揖
上林賦注曰掩覆也。藪爲毛林，隰爲丹薄。鄭玄周禮注曰澤無水曰藪也廣雅曰草叢生
曰薄。於是撤圍頓罔，卷旆收鳶。鄭玄禮儀注曰撤除也頓猶捨也禮記曰前有塵埃
則載鳴鳶。虞人數獸，林衡計鮮。周禮有虞人又有林衡孔安國尚書傳曰鳥獸新殺
曰鮮。論最犒勤，息馬韜弦。張晏漢書注最功第一也西京賦曰犒勤賞功杜預左氏
傳注曰犒勞也又曰韜藏也。肴駟連鑣，酒駕方軒。說文曰鑣馬銜也西京賦曰酒車酌
醴方駕授饔。千鐘電釂，萬燧星繁。孔叢子曰堯飲千鐘西京賦曰升觴舉燧既釂鳴鐘
說文曰釂飲酒盡也。陵阜霑流膏，谿谷厭芳煙。歡極樂殫，迴節

而旋。鄭玄周禮注曰節信也行者所執之信也。此亦田游之壯觀，子豈能從
我而爲之乎。封禪文曰天下之壯觀。公子曰：余病未能也。
大夫曰：楚之陽劒，歐冶所營。越絶書曰楚王召風胡子而問之曰寡人聞吳有干
將越有歐冶子寡人願齎邦之重寶請此二人作爲鐵劒可乎於是風胡子之吳見歐冶干將使之作鐵劒三
枚一曰龍淵二曰太阿三曰工市陽劒見下文。邪谿之鋌，赤山之精。越絶書曰越王勾踐
有寶劒五聞於天下客有能相劒者名曰薛燭王召而問之對曰當造此劒之時赤堇之山破而出錫若耶之
溪涸而出銅許慎淮南子注曰鋌銅鐵璞也徒鼎切精謂其中尤善者。銷踰羊頭，鏷越鍛
成。淮南子曰苗山之鋌羊頭之銷雖水斷龍鬋陸剸兕甲莫之服帶許慎曰銷生鐵也高誘曰苗山利金所
出羊頭之銷白羊子刀也鏷或謂爲鏷廣雅曰鏷鋌也謝承後漢書曰孝章皇帝賜諸尚書劒手自署姓名尚
書陳寵濟南鍛成蒼頡書曰鍛椎也。乃鍊乃鑠，萬辟千灌。說文曰煉冶金也賈逵國語注

曰鑠銷也說文曰銷鑠金也辟謂疊之灌謂鑄之典論
曰魏太子丕造百辟寶劒長四尺王粲刀銘曰灌辟以
數質象以呈豐隆奮椎飛廉扇炭越絕書薛燭曰當造此劒之時雨師灑掃雷公
擊橐蛟龍捧爐天帝裝炭思玄賦注曰豐隆雷公也王逸楚辭注曰飛廉風伯也神器化成陽
文陰縵吳越春秋曰干將者吳人造劒二枚一曰干將二曰莫耶莫耶者干將之妻名也干將曰吾師
之作冶也金鐵之類不銷夫妻俱入冶爐之中莫耶曰先師親爍身以成物妾何難也於是干將夫妻乃斷髮
揃爪投之爐中使童女三百鼓橐裝炭金鐵乃濡遂以成劒陽曰干將而作龜文陰曰莫耶而漫理干將匿其陽出
其陰而獻之闔閭闔閭甚重之流綺星連浮綵豔發綺光色也越絕書曰王取純鈞薛燭
觀其釧爛如列星之行典論曰太子丕劒銘曰流采色似采虹釧齒掾切光如散電質如耀
雪莊子曰此劒一用如雷霆之震也魏文帝大牆上蒿行曰我帶長寶劒光白如積雪霜鍔
水凝冰刃露潔典論曰魏太子丕造素質堅而似霜造匕首理似堅冰聲類曰鍔刀刃也字書
曰疑冰之絜也越絕書曰王取純鈞薛燭觀其光如水之溢於塘觀其文煥煥如冰之將釋形冠豪
曹名珍巨闕越絕書曰越王取豪曹薛燭曰豪曹非寶劒也夫寶劒五色並見莫能相勝曹已擅
名矣非寶劒也王取巨闕曰非寶劒也夫寶劒者金錫和銅而不離今巨闕已離矣非寶劒也指鄭則
三軍白首麾晉則千里流血越絕書曰楚王作鐵劒三枚晉鄭聞而求之不得興
師圍楚之城三年不解於是楚引太阿之劒登城而麾之三軍破敗士卒迷惑流血千里晉鄭之軍頭畢白也
豈徒水截蛟鴻陸灑奔駟韓非子曰負長劒赴榛薄折兕豹赴深淵斷蛟龍戰國策
曰蘇秦曰韓卒之劒水擊鴻鴈越絕書曰勾踐示薛燭巨闕曰吾坐露壇之宮有駟駕白鹿而過者車奔馬騰
吾引劒而指之駟駕上飛揚不知其絕也斷浮翮以為工絕重甲而稱利云
爾而已哉浮翮鴻鴈也已見上注史記蘇秦說韓王曰韓卒之劒當敵則斬堅甲若其靈
寶則舒辟無方奇鋒異模說文曰舒申也晉灼漢書注曰方常也鄭玄毛詩箋曰模

法也形震薛蜀光駭風胡越絕書為燭吳越春秋為蜀蓋一人也價兼三鄉
聲貴二都越絕書勾踐示薛燭純鈞曰客有買之者有市之鄉二駿馬千匹千戶之都二可乎薛燭
曰雖傾城量金珠玉滿河猶不得此一物況有市之鄉二駿馬千匹千戶之都二何足言哉然實二鄉而云三
者避下文也或馳名傾秦或夜飛去吳越絕書曰闔盧無道湛盧之劒去之入水
行湊楚楚王卧而設湛盧之劒也秦王聞而求之不得興師擊楚曰與我湛盧之劒還師去汝楚王不與
是以功冠萬載威曜無窮揮之者無前擁之者身雄
說文曰揮奮也漢書元后詔曰奮無前之威可以從服九國橫制八戎過秦曰秦
人開關延敵九國之師遯逃而不敢進史記趙良曰五羖大夫相秦施德諸侯而八戎來服爪牙景
附函夏承風毛詩曰祈父予王之爪牙崔琰大將軍夫人寇氏誄曰英雄景附楊雄河東賦曰函
夏之大漢家語孔子曰舜之為君四海承風此蓋希世之神兵子豈能從我
而服之乎魯靈光殿賦曰遡希世而特出公子曰余病未能也
大夫曰天驥之駿逸態超越天驥天馬也驥或為機傅玄乘輿馬賦曰九方不能
測其天機列子伯樂曰九方皐之所觀天機也稟氣靈淵受精皎月孔安國尚書傳
曰稟受也遯甲開山圖曰隴西神馬山有淵池龍馬所生春秋考異郵曰地生月精為馬月數十二故馬十二
月而生眸瞯黑照玄采紺發趙岐孟子注曰眸目瞳子也說文曰瞯戴目也音閑說文
曰紺深青而赤色沫如揮紅汗如振血漢書天馬歌曰霑赤汗沫流赭應劭曰大宛馬
汗血霑濡也流沫如赭也韓康伯周易注曰揮散也薛君韓詩章句曰振猶奮也秦青不能識
其衆尺方堙不能覩其若滅呂氏春秋曰古者善相馬者管青相脣吻秦牙相前
皆天下良士也若趙之王良秦之伯樂九方堙尤盡其妙矣相馬經曰夫法千里馬有三十六尺四寸列子伯
樂曰天馬者若滅若沒若士若失若此者絕塵弭轍爾乃巾雲軒踐朝霧鄭玄周禮注曰

巾猶衣也雲軒已見上赴春衢整秋御秋御秋駕也司馬彪莊子注曰秋駕法駕也蚪
踊螭騰麟超龍翥甘泉賦曰駟蒼螭兮六素蚪劉梁七舉曰天馬之號出自西域纖阿爲右
御以術儀攬轡舒節凌雲先蠙尸子曰馬有騏騮徑駿南都賦曰馬鹿超而龍駿望山載奔視
林載赳氣盛怒發星飛電駭李尤七歎曰神奔電驅星流矢驚則莫若益野驥駒
也志凌九州勢越四海景不及形塵不暇起劉廣世七興曰駿駔
之馬影不及形塵不暇與也浮箭未移再踐千里浮箭謂漏刻也爾乃踰天
垠越地隔過汗漫之所不遊躡章亥之所未迹淮南子若士曰
吾與汗漫期於九垓之上若士舉臂竦身而遂入雲中又曰禹乃使大章步自東極至於西極二億三萬三千
五百里七十步使豎亥步自北極至於南極二億三萬三千五百七十里陽烏爲之頓羽夸
父爲之投策春秋元命苞曰陽成於三故日中有三足烏烏者陽精山海經曰夸父與日競走渴

飲河渭河渭不足北飲大澤未至道渴而死弃其杖爲鄧林斯盖天下之雋乘子豈
能從我而御之乎公子曰余病未能也
大夫曰大梁之黍瓊山之禾大梁黍未詳瓊山禾即崑崙之山木禾山海經曰崑
崙之上有木禾長五尋大五圍唐稷播其根農帝甞其華尚書帝曰汝后稷播
時百穀賈誼曰神農甞百草之實教人食穀者也爾乃六禽殊珍四膳異肴周禮
曰庖人掌共六禽鄭司農注曰鴈鶉鷃雉鳩鴿禮記曰孟春食麥與羊孟夏食菽與鷄孟秋食麻與犬孟冬食
黍與彘窮海之錯極陸之毛尚書曰海物惟錯禮記曰加豆陸産也穀梁傳曰凡地之
所生謂之毛伊公爨鼎庖子揮刀伊公伊尹也韋昭漢書注曰爨炊也庖子庖丁
也味重九沸和兼勺藥呂氏春秋伊尹說湯曰凡味之本水最爲始五味三和九沸九
變爲火之紀高誘曰紀節也味待火然後成故曰火爲之節也文穎上林賦注曰勺藥五味之和晨鳧

露鵠霜鶂黃雀說苑曰魏文侯嗜晨鳧霜露降鵠鶂美南都賦曰歸鴈鳴鶂楚辭曰煎鰿臛雀
王逸曰臛黃雀也園案星亂方丈華錯鹽鐵論曰垂拱持案食者不知蹠耒躬耕者之
勤也墨子曰美食方丈目不能偏視口未能偏味也列女傳曰方丈於前所甘不過一肉也封熊之
蹯翰音之跖左氏傳曰晉靈公宰夫胹熊蹯不熟禮記曰雞曰翰音呂氏春秋曰善學者若齊王
之食雞也食其跖數千而後足也鷰髀猩脣髦殘象白呂氏春秋伊尹說湯曰肉之美
者嶲鷰之髀孫炎爾雅注曰嶲胡圭切說文曰髀股外也裨尔切呂氏春秋伊尹曰肉之美者猩猩之脣髦象之
約高誘曰髦髦牛也在西方象象獸也在南方取其遠方物之美也髦象之肉美貴異味也殘白盖炙肉之異名也崔駰
博徒論曰鷰臛羊殘炙鴈煮鳧靈淵之龜萊黃之鮐七啓曰寒方苓之巢龜鹽鐵論
曰江湖之魚萊黃之鮐不可勝也漢書東萊郡有黃縣說文曰鮐海魚也待來切丹穴之鷚玄
豹之胎山海經曰丹穴之山有鳥焉其狀如鶴五采名曰鳳說文曰鷚鳥大鶵鶵列女傳陶荅子妻曰

南山有玄豹六韜曰紂君玉杯象箸不盛菽藿之羹必將熊蹯豹胎也燀以秋橙酤以春
梅左氏傳晏子曰和如羹焉水火醯醢鹽梅以烹魚肉燀之以薪杜預曰燀炊之也博物志曰橙似橘而非
若柚而有芬香劉梁七舉曰酤以醓醢和以寄飴廣雅曰沾溢也酤與沾同也他兼切尚書曰若作和羹爾惟
鹽梅接以商王之箸承以帝辛之杯商王帝辛皆謂紂也史記曰帝乙崩子辛
立是爲帝辛天下謂之紂六韜曰紂君陳玉杯象箸韓子曰紂爲象箸箕子曰象箸玉杯不盛菽藿者也范
公之鱗出自九溪陶朱公養魚經曰威王聘朱公問之曰公家累億金何術乎朱公曰夫爲
生之法五水畜第一所謂水畜者魚池也以六畝地爲池池中有九洲即求懷子鯉魚以二月上旬庚日內池
中養鯉者鯉不相食易長又貴也赬尾丹鰓紫翼青鬐毛詩曰魴魚赬尾丹鰓已
見上文上林賦曰揵鬐掉尾振鱗奮翼爾乃命支離飛霜鍔莊子曰朱泙漫學屠
龍於支離益殫千金之家三年技成而無所用其巧司馬彪曰朱姓也泙漫名也益人名也泙普彭切霜鍔已

見上文。紅肌綺散。素膚雪落。七啓曰玄熊素膚又曰離若散雪婁子之
豪。不能厠其細。秋蟬之翼。不足擬其薄。孟子曰離婁者古明目者也能
視百步之外見秋毫之末楚辭曰蟬翼爲重繁肴既闋。亦有寒羞。蒼頡篇曰闋訖
也周禮曰朝事之籩鄭司農曰朝事謂清朝未食先進寒具口實之籩也商山之果。漢皐之
楱。漢書曰四人者秦之世避而入商雒深山已見西都賦漢皐已見南都賦韓詩外傳曰鄭交甫遵彼漢皐
臺下郭璞上林賦注曰楱亦橘之類也音湊或曰楱析龍眼之房。剖椰子之殼。
劉淵林吴都賦注曰龍眼如荔枝而小味甘又曰椰樹似檳榔實大如瓠裹有汁美如蜜核可作飲器殼即核
也凡物内盛者皆謂之殼苦角切協韻苦豆切芳旨萬選。承意代奏。鄭玄周禮注曰
選擇也孔安國尚書傳曰奏進也乃有荆南烏程。豫北竹葉。盛弘之荆州記曰渌
水出豫章康樂縣其間烏程鄉有酒官取水爲酒酒極甘美與湘東酃湖酒年常獻之世稱酃渌酒吴地理志

六百十三　文三十五　十四　刘用

曰吴興烏程縣酒有名張華輕薄篇曰蒼梧竹葉清宜城九醖酒浮蟻星沸。飛華蓱接。
南都賦曰醪敷徑寸浮蟻如蓱玄石嘗其味。儀氏進其法。博物志曰玄石從中
山酒家酤酒酒家與之千日之酒戰國策魯君曰昔帝女儀狄作酒而美進之於禹也傾罍一朝。
可以流湎千日。薛君韓詩章句曰齊顔色均衆寡謂之流閉門不出客謂之湎漢書谷永曰流
湎媟嫚千日已見上文單醪投川。可使三軍告捷。黄石公記曰昔良將之用兵也
人有饋一簞之醪投河令衆迎流而飲之夫一簞之醪不味一河而三軍思爲致死者以滋味及之也斯
人神之所歆羨。觀聽之所煒曄也。毛詩曰帝謂文王無然歆羨說文曰歆神
食氣也方言曰煒盛也郭璞曰暐曄盛貌也子豈能強起而御之乎。公子曰。
耽口爽之饌。甘腊毒之味。老子曰五味令人口爽廣雅曰爽傷也國語單襄公謂魯
成公曰高位寔疾顛厚味寔腊毒賈逵曰顛隕也腊久也言味厚者其毒久服腐腸之藥。御

亡國之器。呂氏春秋曰肥肉厚酒以務相彊命曰爛腸之食亡國之器象箸玉杯已見上文雖
子大夫之所榮。故亦吾人之所畏。余病未能也。
大夫曰。蓋有晉之融皇風也。金華啓徵。大人有作。杜預左氏傳注曰融朗也
晉爲金德故曰金華周易曰利見大人又曰聖人作而萬物覩繼明代照。配天光宅。周易曰明兩作離大
人以繼明照于四方毛詩序曰思文后稷配天也尚書序曰昔在帝堯光宅天下其基德也。隆於姬公
之處岐。姬公文王也國語曰太上基德十五王而始平之孟子曰昔文王之治岐也仕者世禄王處岐已見思玄賦
其垂仁也。富乎有殷之在亳。尚書仲虺曰惟王克寬克仁彰信兆民孔安國曰言湯有寛仁
之德尚書曰湯既黜夏命復歸於亳南箕之風。不能暢其化。離畢之雲。無
以豐其澤。尚書曰星有好風星有好雨春秋緯曰月失其行離於箕者風離於畢者雨皇道
煥炳。帝載緝熙。景福殿賦曰樂我皇道尚書舜曰有能奮庸熙帝之載詩曰維清緝熙文王之

七百十　文三十五　十五　壬子重刋　刘文

典導氣以樂。宣德以詩。呂氏春秋曰陶唐氏之化陰多滯伏陽道壅塞人氣鬱閼筋骨
攣縮作舞宣導之國語曰王將鑄無射問律於泠州鳩對曰律所以立均度所以宣布哲人之令德示民軌儀
也教清於雲官之世。治穆乎鳥紀之時。左氏傳曰郯子來朝公與之宴
昭子問焉曰少皥氏鳥名何故也郯子曰昔者黄帝氏以雲紀故爲雲師而雲名我高祖少皥摯之立也鳳鳥
適至故以鳥紀爲鳥師而鳥名也王猷四塞。函夏謐寧。毛詩曰王猶允塞猶與猷同已
見上文爾雅曰謐寧也丹冥投烽。青徼釋警。丹南方朱冥也楚辭曰歷祝融於朱
冥王逸曰朱冥之野也青徼東方也呂氏春秋曰禹東至青羌之野南至交阯丹粟茫曲後漢書遼東徼外貊
人冠右北平張揖漢書注曰徼塞也以木柵水中爲夷狄之界也却馬於糞車之轅。銘德
於昆吴之鼎。老子曰天下有道却走馬以糞王弼曰天下有道脩於内而已故却走馬以糞田東
京賦曰却走馬以糞車墨子曰昔夏開使飛廉採金於山以鑄鼎於昆吴蔡邕銘論曰呂尚作周太師而封齊

其功銘於昆吾之冶也。群萌反素，時文載郁。素樸素也。東京賦曰：遵節儉，尚素樸。論語子曰：周監於二代，郁郁乎文哉。耕父推畔，魚豎讓陸。文子曰：黃帝之化天下，田者讓畔。淮南子曰：黃帝化天下，漁者不爭坻。樵夫恥危冠之飾，輿臺笑短後之服。長揚賦曰：士有不談王道者，即樵夫笑之。韓非子曰：解其長劍，免其危冠。左氏傳曰：人有十等，皁臣僕，僕臣臺。莊子：魏太子謂莊周曰：吾王所見，唯劍士短後之服，王乃說之也。六合時邕，巍巍蕩蕩。呂氏春秋曰：神通乎六合。尚書曰：黎民於變時雍。論語子曰：大哉堯之爲君，蕩蕩乎民無能名焉，巍巍乎其有成功也。方齠巷歌，黃髮擊壤。埤蒼曰：髫，髮也。髫與齠古字通也。大聊切。列子曰：堯理天下，乃微服游康衢，聞兒童謡曰：立我蒸民，莫匪爾極；不識不知，順帝之則。毛詩曰：黃髮台背。爾雅曰：黃髮，壽也。論衡曰：堯時天下大和，百姓無事，有五十之人擊壤於塗也。解羲皇之繩，錯陶唐之象。周易曰：上古結繩而治。尚書大傳曰：唐虞之象刑，赭衣不純，中刑雜屨，下刑墨幪。幪音蒙也。若

文三十五　十六

乃華裔之夷，流荒之貊，左氏傳孔子曰：裔不謀夏，夷不亂華。尚書曰：五百里荒服。又曰：二百里流。孔安國曰：要服之外五百里也。周書曰：四夷九貊。孔晁曰：貊，夷之別也。語不傳於輶軒，地不被乎正朔。風俗通曰：秦周常以八月輶軒使採異代方言，藏之秘府。春秋說題辭曰：蠻服流遠，正朔不及，盛德則感，越裳重譯至也。莫不駿奔稽顙，委質重譯。毛詩曰：駿奔走在廟。喻巴蜀曰：稽顙來享。禮記曰：拜而後稽顙。左氏傳狐突曰：策名委質，貳乃辟也。重譯見上文。于時昆蚑感惠，無思不擾。毛詩序曰：文王德及鳥獸昆虫焉。說文云：蚑，行也。凡生之類行皆蚑也。毛詩曰：無思不服。應劭漢書注曰：擾，馴也。苑戲九尾之禽，囿棲三足之烏。春秋元命苞曰：天命文王以九尾狐。白虎通曰：禽者何？鳥獸之揔名，明爲人所禽制也。典引曰：三足軒翥於茂林。蔡邕曰：烏，反哺之鳥，至孝之應也。鳴鳳在林，夥於黃帝之園。禮瑞命記曰：黃帝服黃服，戴黃冠，齋于宮，鳳乃蔽日而來，止帝園，食竹實，棲帝梧桐，終不去。漢書曰：楚人謂多爲夥。有

龍游淵，盈於孔甲之沼。左氏傳蔡墨曰：有夏孔甲擾于有帝，帝賜之乘龍，河漢各二，各有雌雄也。杜預曰：孔甲，少康之後九世之君也。萬物烟煴，天地交泰。周易曰：天地絪縕，萬物化醇。又曰：天地交泰。義懷靡內，化感無外。莊子偏謂周曰：吾知道近乎無內，遠乎無外。林無被褐，山無韋帶。老子曰：聖人被褐懷玉。漢書賈山上疏曰：夫布衣韋帶之士，脩身於內，成名於外。皆象刻於百工，兆發乎靈蔡。尚書曰：高宗夢得說，使百工營求諸野。乃審象旁求於天下。孔安國曰：審所夢之人，刻其形象也。史記曰：呂尚年老矣，以漁釣奸周西伯。西伯將畋，卜之，曰：所獲霸王之輔。於是西伯獵，果遇太公。論語子曰：臧文仲居蔡。鄭玄曰：蔡謂國君之守龜也。搢紳濟濟，軒冕藹藹。封禪書曰：因雜搢紳先生之略術。毛萇詩傳曰：濟濟，多威儀也。管子曰：先王制軒冕，足以著貴賤。廣雅曰：藹藹，盛也。功與造化爭流，德與二儀比大。淮南子曰：大丈夫無爲，與造化逍遥。周易曰：易有太極，是生兩儀。嚴君平老子指歸曰：功與造化爭流，德與天地齊光。

文三十五　十七

言未終，公子蹶然而興，莊子曰：黃帝問廣成子，廣成子蹶然而起。司馬彪曰：蹶，疾起貌。曰：鄙夫固陋，守此狂狷。鄙夫已見西征賦。司馬遷書曰：請略陳固陋。論語子曰：不得中行而與之，必也狂狷乎！狂者進取，狷者有所不爲也。蓋理有毀之而爭寶之訟解，莊子曰：庚市子肩之毀玉也。淮南子莊子后解曰：庚市子，聖人無慾者也。人有爭財相鬬者，庚市子毀玉於其閒，而鬬者止。言有怒之而齊王之疾痊。呂氏春秋曰：齊閔王病痟，往宋迎文摯。文摯視王疾，謂太子曰：王病得怒當愈，愈則殺摯，如何？太子曰：臣當與母共請於王，王必不殺子矣。摯往，不解屨登牀，履衣問王之疾。王怒，叱而起，病即瘳。將生烹文摯，太子與后請，不得，遂烹文摯。司馬彪莊子注曰：痊，除也。向子誘我以聾耳之樂，棲我以蔀家之屋。老子曰：五音令人耳聾。周易曰：豐其屋，蔀其家。覆，曖障光之物也。既豐其屋，又覆其家，屋厚家覆，闇之甚也。田游馳蕩，利刃駿足，既老氏之攸戒，非吾人之所欲，故靡得

應子。老子曰馳騁田獵令人心發狂。至聞皇風載韙。時聖道醇。杜預左氏傳注曰韙是也于匪切尚書曰政事惟醇孔安國曰醇粹也。舉實爲秋。摛藻爲春。韓詩外傳曰魏文侯之時子質仕而獲罪謂簡主曰吾不復樹德簡主曰夫春樹桃李夏以得蔭其下秋得食其實今子樹其非人也苔賓戲曰摛藻如春華。下有可封之民。上有大哉之君。尚書大傳曰周人可比屋而封論語子曰大哉堯之爲君惟天爲大惟堯則之民或爲屋。余雖不敏。請尋後塵。論語顏回曰回雖不敏請事斯語應瑗與栢元則書曰敢不策駈敬尋後塵

詔

詔一首　漢武帝

詔曰。蓋有非常之功。必待非常之人。故馬或奔踶而致千里。善曰言馬不良或奔或踶御之以道而致千里之塗聲類曰踶蹋也杜計切士或有負

俗之累。而立功名。晉灼曰被世譏論也善曰越絶書曰有高世之材者必有負俗之累也夫泛駕之馬。跅弛之士。亦在御之而已。應劭曰泛覆也馬有餘氣力乃能敗駕泛方奉切如淳曰弛廢也士行卓異不入俗撿如見斥逐也跅音拓或曰音尺其令州縣察吏民有茂才異等。應劭曰舊言秀才避光武諱改稱茂才異等者越等軼羣不與凡同也善曰察觀也察審知然後薦之也可爲將相及使絶國者。善曰桓子新論雍門周曰遠赴絶國無相見期

賢良詔一首　漢武帝

朕聞昔在唐虞。畫象而民不犯。應劭曰二帝但畫衣冠章服而民不敢犯也善曰尚書大傳曰唐虞象刑而民不敢犯墨子曰畫衣冠而民不犯日月所燭。罔不率俾。善曰大戴禮孔子曰昔舜出入日月罔不率俾孔安國尚書傳曰無不循化而使也周之成康。刑措不用。德及鳥獸。善曰紀年曰成康之際天下安寧刑措四十年不用毛詩序曰文王受命樂其有靈德以及鳥獸焉尸子曰湯之德及鳥獸矣教通四海。海外肅愼。晉灼曰東夷傳肅慎今挹婁地是也在夫餘之東北千餘里大海之濱善曰大戴禮孔子曰昔舜西王母來獻其白玉琯云教通于四海海外肅慎挹於甲切北發渠搜。氐羌來服。晉灼曰北發似國名也應劭曰禹貢析支渠搜屬雍州在金河關之西善曰北發國名也大戴禮北發渠搜氐羌來服鄭玄詩箋曰氐羌夷狄國別在西方也星辰不孛。日月不蝕。山陵不崩。川谷不塞。善曰大戴禮曰聖人有國則日月不蝕星辰不孛川澤不竭山不崩解陵不絶矣麟鳳在郊藪。河洛出圖書。善曰禮記曰聖王所以順故鳳凰麒麟皆在郊藪周易曰河洛出圖書聖人則之嗚呼何施而臻此乎。今朕獲奉宗廟。夙興以求。夜寐以思。若涉

淵水。未知所濟。善曰尚書曰予唯小子若涉淵水予惟往求朕攸濟猗歟偉歟。何行而可以彰先帝之洪業休德。如淳曰猶詩曰猗歟那歟也猗美也偉大也歟辭也言美而且大上參堯舜。下配三王。朕之不敏。不能遠德。此子大夫之所覩聞也。善曰國語越王勾踐曰苟聞子大夫之言賈逵曰覩而近故曰子大夫也賢良明於古今王事之體。受策察問。咸以書對。著之于篇。朕親覽焉。

冊

說文曰冊符命也諸侯進受於王象其禮一長一短中有二編也

冊魏公九錫文一首

范曄後漢書曰曹操自爲魏公加九錫韓詩外傳曰諸侯之有德天子錫之一錫車馬再錫衣服三錫虎賁四錫樂器五錫納陛六錫朱戶七錫弓矢八錫鈇鉞九錫秬鬯謂之九錫也

潘元茂文章志曰潘勗字元茂獻帝時爲尚書郎遷東海相未發拜尚書左丞病卒魏錫勗所作

制詔蔡邕獨斷曰制詔者王之言必爲法制也詔猶誥也三代無其文秦漢有也使持節丞相領冀州牧武平侯魏志曰建安元年天子假太祖節鉞封武平侯建安九年領冀州牧也朕以不德少遭閔凶越在西土遷于唐衛朕謂獻帝也左氏傳楚子曰不穀不德少主社稷又楚少宰如晉師曰寡君少遭閔凶又厚成叔弔于衛曰聞君不撫社稷而越在佗境尚書曰遏矣西土之人范曄後漢書獻帝紀曰初平元年遷都長安興平二年車駕東歸李傕復追戰王師敗帝渡河幸安邑建安元年六月幸聞喜七月車駕至洛陽漢書河東郡有安邑縣聞喜縣然自聞喜入洛必塗經河內河內本衛國河東本唐堯所封故曰唐衛也當此之時若綴旒然公羊傳曰君若贅旒然何休曰旒旗旒也贅猶綴也以譬者言爲下所執持東西耳宗廟乏祀社稷無

位羣凶覬覦分裂諸夏左氏傳師服曰民服事其上而下無覬覦杜預曰下不冀望上位也說文曰覬幸也覦欲也一人尺土朕無獲焉孟子曰紂之去武丁未久也尺地莫非其有也一民莫非其臣也即我高祖之命將墜於地朕用夙興假寐震悼于厥心論語子貢曰文武之道未墜於地毛詩曰夙興夜寐又曰假寐永歎楚辭曰心震悼而不敢曰惟祖惟父股肱先正其孰恤朕躬尚書曰臣作朕股肱耳目又曰亦惟先正克左右昭事厥辟又曰惟祖惟父其伊恤朕躬鄭玄曰先正先臣爲公卿大夫也乃誘天衷誕育丞相左氏傳甯武與衛人盟曰用昭乞盟于尔大神以誘天衷毛萇詩傳曰誕大也鄭玄曰大矣后稷之生也保乂我皇家弘濟于艱難朕實賴之尚書周公曰天壽平格保乂有殷又曰用敬保元子釗弘濟于艱難左氏傳然明曰鄭國其實賴之今將授君典禮其敬聽朕命昔者董卓初興國難羣后

失位以謀王室君則攝進首啓戎行此君之忠於本朝也魏志曰董卓廢帝爲弘農王而立獻帝將軍袁紹等同時俱起卓兵彊莫敢先進太祖遂引兵西左氏傳王子朝告于諸侯曰釋位以閒王政又曰會于洮謀王室也服虔曰諸侯釋其私政而佐王室後及黃巾反易天常侵我三州延于平民君又討之剪除其迹以寧東夏此又君之功也魏志曰青州黃巾衆有百餘萬入兗州遂轉入東平太祖遂進兵擊黃巾於壽張東破之黃巾至濟北乞降左氏傳太史克曰顓頊氏有不材子以亂天常尚書曰蚩尤惟始作亂延及平民韓暹楊奉專用威命又賴君勳克黜其難魏志曰韓暹楊奉以天子還洛陽奉別屯梁太祖遂至洛陽避走公征奉奉南奔袁術遂攻其梁屯拔之遂建許都造我京畿設官兆祀不失舊物天地鬼神於是獲乂此又君之功也魏志曰建安元年洛陽殘破太祖都許至

是宗廟社稷制度始立周禮曰設官分職又曰兆五帝於四郊鄭玄曰兆爲壇之營域也左氏傳五員曰少康祀夏配天不失舊物袁術僭逆肆于淮南懾憚君靈用丕顯謀蘄陽之役橋蕤授首魏志曰袁術字公路欲稱帝於淮南術侵陳公東征之術聞公自來棄軍走留其將橋蕤公擊破蕤等斬之左氏傳曰肆於民上杜預曰肆放也蘄縣屬沛在陳之東也稜威南厲術以殞潰此又君之功也魏志曰術爲太祖所敗欲至青州從袁譚發病道死漢書武帝報李廣曰威稜憺乎鄰國鄭玄論語注曰厲嚴整也左氏傳曰民逃其上曰潰迴戈東指呂布就戮魏志曰呂布字奉先五原人也爲兗州牧建安三年公東征大破[illegible]乃還固守公遂決泗沂水以灌城禽布殺之長楊賦曰迴戈邪指南越相夷乘軒將反張楊沮斃眭固伏罪張繡稽服此又君之功也魏志曰張楊字稚叔雲中人董卓以爲建義將軍建安四年公還昌邑張楊將楊醜殺楊以應太祖楊將眭固殺醜將其衆欲北合袁紹太祖遣史渙

邀擊之殺固又曰張繡武威人驃騎將軍濟族子也濟死繡領其衆屯宛太祖南征軍育水繡等舉降左氏傳曰楚王告令尹敀秉轅而北之毛萇詩傳曰沮壞也袁紹逆常謀危社稷憑恃其衆稱兵內侮魏志曰袁紹字本初汝南人天子以紹爲太尉會太祖迎天子都許紹擇精卒十萬騎萬匹將攻許也當此之時王師寡弱天下寒心莫有固志寒心已見上文周易曰執用黃牛固志也君執大節精貫白日論語曾子曰臨大節而不可奪戰國策唐雎謂秦王曰聶政之刺韓傀也白虹貫日奮其武怒運諸神策致屆官渡大殲醜類魏志建安五年公軍官渡袁紹遣車運穀使淳于瓊送之公擊瓊斬之紹衆大潰紹奔軍走毛詩曰致天之罰屆于牧之野鄭玄曰致天所以罰殛紂也尒雅曰殲盡也醜衆也俾我國家拯於危墜此又君之功也說文曰出溺爲拯也濟師洪河拓定四州青兾幽并也袁譚高幹咸梟其首魏志曰紹出長子譚領青州又

曰建安十年公攻袁譚破之斬譚又曰袁紹以甥高幹領并州牧公征幹幹遂走荊州上洛都尉王琰捕斬之漢書音義曰懸首於木上曰梟海盜奔迸黑山順軌此又君之功也魏志曰公東征海賊管承至淳于遣樂進擊破之承走入海隝又曰黑山賊張燕率其衆降封爲列侯烏丸三種崇亂二世袁尚因之逼據塞北魏志曰三郡烏丸承天下亂破幽州略有漢民袁紹皆立其酋豪爲單于遼西單于蹹頓尤強故尚兄弟歸之數入塞爲害尚書周公曰乃大降罰崇亂有夏孔安國云崇重也束馬懸車一征而滅此又君之功也魏志曰君北征三郡烏丸袁尚袁熙與蹹頓遼西單于樓班右北平單于臣祗等數萬騎逆軍公縱兵擊之虜衆大崩斬蹹頓尚奔遼東遼東太守公孫康即斬尚熙等傳其首管子曰桓公征孤竹之君懸車束馬踰太行至卑耳之山劉表背誕不供貢職王師首路威風先逝百城八郡交臂屈膝此又君之功也魏志曰建安十三年公南征劉表表卒其子

琮降左氏傳楚伯州犁謂鄭行人揮曰子姑憂子晳之欲背誕也管仲曰爾貢苞茅不入王祭不供廣雅曰首向也戰國策張儀曰交臂而事齊楚撥蜀文曰匈奴屈膝請和馬超成宜同惡相濟濱據河潼求逞所欲殄之渭南獻馘萬計遂定邊城撫和戎狄此又君之功也魏志曰建安十六年關中諸將馬超韓遂成宜等反超等屯潼關公西征與超等夾關戰公乃分兵結營於渭南賊夜攻營伏兵擊破之斬成宜周書太公曰同惡相助同好相趨思賢賦曰飄飄神舉求逞所欲小雅曰殄盡也毛詩曰在泮獻馘鄭玄曰馘所格者左耳也羽獵賦曰杖鏌鎁而羅者以萬計長楊賦曰求無邊城之災左氏傳晉侯謂魏絳曰子教寡人和諸戎狄鮮卑丁令重譯而至箄于白屋請吏帥職此又君之功也鮮卑丁令二國名重譯已見上文張茂先博物志曰北方五狄一曰匈奴二曰濊貊三曰密吉四曰箄于五曰白屋然白屋今之靺鞨也箄于今之契丹也本並以箄于爲單于疑字誤也箄音必計切劉淵林魏都賦注曰

北羈單于白屋范曄後漢書曰單于謂耿恭曰若降者當封爲白屋王漢書曰卭筰請吏比西南夷也又曰滇王降請吏然請吏請漢爲之置吏也君有定天下之功重以明德左氏傳史趙曰舜重以明德宣德於遠也班叙海內宣美風俗旁施勤教恤慎刑獄尚書曰旁作穆穆弗迷文武勤教又曰欽哉欽哉惟刑之恤哉又曰文王罔逌兼于庶獄庶慎也吏無苛政民不回慝禮記曰孔子過山側有婦哭於墓者而使子貢問之曰昔者吾舅死於虎夫又死焉吾子又死焉夫子曰何不去也曰無苛政左氏傳季文子曰少皡氏有不才子曰靖譖庸回服讒蒐慝杜預曰回回慝惡也敦崇帝族援繼絕世舊德前功罔不咸秩尚書曰敦叙九族鄭玄詩箋曰崇厚也論語曰繼絕世周易曰食舊德貞厲終吉尚書曰咸秩無文雖伊尹格于皇天周公光于四海方之蔑如也尚書曰時則有若伊尹格于皇天孝經曰孝悌之至通于神明光于四海法言曰俗稱東方生之盛其遺書蔑如也毛萇詩傳曰蔑

無也。朕聞先王並建明德。胙之以土。分之以民。左氏傳曰。子魚曰。昔武王選建明德。以蕃屛周。又衆仲曰。天子建德。因生以賜姓。胙之以土。而命之氏。又子魚曰。武王分康叔殷人七族。崇其寵章。備其禮物。所以藩衞王室。左右厥世也。鄭玄禮記注曰。崇。猶尊也。禮記曰。以爲旗章。以別貴賤。鄭玄曰。章。識也。尚書曰。統承先王。修其禮物。又曰。率由典常。以蕃王室。又曰。予欲左右有民。其在周成。管蔡不靖。尚書曰。武王既喪。管叔及其群弟。乃流言於國。又曰。西土之人亦不靖。懲難念功。乃使邵康公錫齊太公履。東至于海。西至於河。南至于穆陵。北至于無棣。五侯九伯。實得征之。左氏傳管仲對屈完之辭。世胙太師。以表東海。左氏傳王使劉定公賜齊侯命曰。世胙太師。以表東海。杜預曰。表。顯也。爰及襄王。亦有楚人。不供王職。又命晉文。登爲侯伯。錫以二輅。虎賁鈇鉞。秬鬯

文三十五

二十四

弓矢。大啓南陽。世作盟主。左氏傳曰。晉侯及楚人戰于城濮。楚人敗績。王策命晉侯爲侯伯。賜之大輅。戎輅。秬鬯一卣。虎賁三百人。又曰。晉文侯朝王。王與之陽樊攢茅之田。於是始啓南陽。又范宣子曰。晉主夏盟。杜預曰。爲諸夏盟主也。故周室之不壞。緊二國是賴。二國齊晉也。左氏傳。王使劉定公賜齊侯命曰。王室不壞。緊伯舅是賴。杜預曰。緊。發聲也。今君稱丕顯德。明保朕躬。奉答天命。導揚引烈。尚書曰。王曰。公明保予冲子。稱丕顯德。以予小子。揚文武烈。奉答天命。綏爰九域。罔不率俾。尚書曰。綏爰有衆。曰亡戲怠。韓詩曰。方命厥后。奄有九域。薛君曰。九域。九州也。尚書注曰。海隅日出。罔不率俾。功高乎伊周。而賞卑乎齊晉。朕甚恧女六切焉。漢書。哀帝詔曰。惟念德報未殊。朕甚恧焉。朕以眇身。託于兆民之上。漢書。宣帝詔曰。朕以眇身。奉承宗祖。又曰。託於兆民之上也。永思厥艱。若涉淵水。非君攸濟。朕無任焉。尚書曰。肆予冲人。永思厥艱。又曰。已。予惟小子。若涉淵水。予惟往求朕攸濟。今以冀州之河東河內魏郡趙國中山鉅鹿常山安平甘陵平原凡十郡。封君爲魏公。使使持節御史大夫慮。授君印綬冊書。金虎符第一至第五。竹使符第一至第十。魏志曰。天子使御史大夫郗慮持節策命公爲魏公。司馬彪續漢書曰。慮字鴻豫。山陽人。應劭漢官儀曰。金銅虎符五。竹使符十。范曄後漢書。杜詩上書曰。舊制發兵。皆以虎符。其餘徵調竹使符。錫君玄土。苴以白茅。爰契爾龜。用建冢社。尚書緯曰。天子社。東方青。南方赤。西方白。北方黑。上冒以黃土。將封諸侯。各取方土。苴以白茅。以爲社。毛詩曰。爰始爰謀。爰契我龜。毛萇曰。契。問也。鄭玄曰。契灼其龜。毛詩曰。乃立冢社。戎醜攸行。毛萇詩傳曰。冢土。大社也。昔在周室。畢公毛公。入爲卿佐。尚書曰。乃召畢公毛公。孔安國曰。畢毛皆國名。入爲天子公卿。周邵師保。出爲二伯。尚書曰。召公爲保。周公爲師。鄭玄毛詩箋曰。召

文三十五

二十五

伯。姬姓也。作上公。爲二伯。外內之任。君實宜之。其以丞相領冀州牧如故。今更下傳璽。肅將朕命。以允華夏。其上故傳武平侯印綬。應劭風俗通曰。諸侯有傳信。乃得舍於傳。故既下新傳命。上故傳及印綬也。尚書曰。肅將天威。又曰。夙夜出納朕命。惟允。爾雅曰。允。信也。今又加君九錫。其敬聽後命。左氏傳宰孔曰。且有後命。以君經緯禮律。爲民軌儀。家語。孔子曰。唐叔封於晉。以經緯其民。王肅曰。經緯。猶織以成之。國語。泠州鳩曰。爾民軌儀也。使安職業。無或遷志。是用錫君大輅戎輅各一。玄牡二駟。杜預左氏傳注曰。大輅。金輅。戎輅。戎車也。君勸分務本。嗇民昬作。左氏傳。臧文仲曰。貶食省用。務嗇勸分。杜預曰。勸分。有無相濟也。漢書詔曰。農。天下之本也。而人或不務本而事末。尚書曰。惰農自安。弗昬作勞。粟帛滯積。大業惟興。是用錫君袞冕之服。赤舄副焉。韋昭漢書注曰。滯積

久也。易曰：富有之謂大業。韋昭漢書注曰：衮，卷龍衣玄上纁下。冕，冠也。周禮曰：王之服屨，赤舄青絇也。君敦尚謙讓，俾民興行。杜預左氏傳曰：尚，上也。孝經曰：陳之以德義，而民興行。先之以敬讓，而民不爭。少長有禮，上下咸和。左氏傳，晉侯觀師曰：少長有禮，其可用也。孝經子曰：上下無怨。尚書曰：用咸和萬人。是用錫君軒懸之樂，六佾之舞。周禮曰：小胥掌正樂懸之位，諸侯軒懸。鄭司農曰：軒懸，去一面也。左氏傳曰：公問羽數於衆仲，衆仲對曰：諸侯用六。杜預曰：六六三十六人也。君翼宣風化，爰發四方。尚書曰：予欲左右有民，汝翼。予欲宣力四方，汝爲。毛詩曰：賦政于外，四方爰發。遠人回面，華夏充實。劇秦美新曰：海外遐方，回面內向。漢書班固昭紀贊曰：匈奴和親，百姓充實也。是用錫君朱戶以居。服虔漢書注曰：朱戶，天子之禮也。朱戶，赤戶也。潘勗集曰：制詔魏公，朱戶納陛，就所治作。君研其明哲，思帝所難。鄭玄周易注曰：研，喻思慮。哲，尚書咎繇曰：在知人。禹曰：咸若時，惟帝其難之。知人則哲，能官人。

官才任賢，群善必舉。尚書伊尹曰：任官惟賢才。論語子曰：舉善而教不能，則勸。是用錫君納陛以登。漢書音義如淳注曰：刻殿基以爲陛，以有兩旁上下安也。孟康曰：謂鑿殿基際爲陛，不使露也。孟說是也。尊者不欲露而升陛，故內之霤也。君秉國之均，正色處中。毛詩曰：秉國之均，四方是維。尚書王曰：正色率下。纖毫之惡，靡不抑退。謝承後漢書曰：李咸奏曰：春秋之義，貶纖介之惡，采毫毛之善。是用錫君虎賁之士三百人。虎賁三百人，已見上文。君糾虔天刑，章厥有罪。國語敬姜曰：太史司載糾虔天刑。韋昭曰：糾，察也。虔，敬也。刑，法也。尚書曰：降災于夏，以章厥罪。犯關干紀，莫不誅殛。左氏傳，季孫盟臧氏曰：無或如臧孫紇干國之紀，犯門斬關。孔安國尚書傳曰：殛，誅也。是用錫君鈇鉞各一。蒼頡篇曰：鈇，椹也，質也。又曰：鉞，斧也。君龍驤虎視，旁眺八維。鄒陽上書曰：蛟龍驤首。周易曰：虎視眈眈。楚辭曰：引八維以自導也。揜討逆節，折衝四海。

毛萇詩傳曰：揜，大也。漢書主父偃說上曰：今以法割諸侯，則逆節萌起。晏子春秋孔子曰：不出樽俎之閒，而折衝千里之外，子之謂也。是用錫君彤弓一，彤矢百，玈弓十，玈矢千。杜預左氏傳注曰：彤，赤也。玈，黑也。弓一矢百，則矢千弓十矣。君以溫恭爲基，孝友爲德。毛詩曰：溫溫恭人，惟德之基。又曰：張仲孝友。明允篤誠，感乎朕思。左氏傳曰：高陽氏有子，明允篤誠。是用錫君秬鬯一卣，珪瓚副焉。孔安國尚書傳曰：黑黍曰秬，釀以鬯草。卣，中樽也。以圭爲杓，謂之圭瓚。魏國置丞相以下群卿百僚，皆如漢初諸王之制。君往欽哉，敬服朕命，簡恤爾衆，時亮庶功，用終爾顯德，對揚我高祖之休命。尚書王曰：簡恤爾命，用成爾顯德。又曰：惟時亮天功。又曰：敢對揚天子休命。

文選卷第三十五

賜進士出身通奉大夫江南蘇松常鎮太等處承宣布政使司布政使胡克家重校刊

文選卷第三十六

梁昭明太子撰

文林郎守太子右內率府録事參軍事崇賢館直學士臣李善注上

令

任彦昇宣德皇后令一首

教

傅季友爲宋公修張良廟教一首

修楚元王墓教一首

文

王元長永明九年策秀才文五首

永明十一年策秀才文五首

任彦昇天監三年策秀才文三首

令

宣德皇后令一首 蕭子顯齊書曰文安王皇后諱寶明琅邪臨沂人也父曄之齊世祖爲文惠太子納后鬱林即位尊爲皇太后稱宣德宮梁王蕭衍定京邑迎后入宮稱制至禪位梁王於荊州立蕭穎胄爲帝進梁王爲相國封十郡爲梁公表讓不受詔斷表宣德皇后勸令受封

任彦昇

宣德皇后敬問具位 言梁武曰具也故 夫功在不賞故庸勳之典蓋闕 言功績既高在乎不賞故庸勳之典蓋闕而不論周書曰平州之臣功大弗賞諂臣日貴史記蒯通說韓信曰功蓋天下者不賞左氏傳富辰曰庸勳親親暱近尊賢 施侔造物則謝德之途已寡也 言恩施既隆侔於造物則謝德之途已寡而不著莊子曰夫造物者爲人司馬彪曰造物謂道也魏志曰劉廙上疏曰物不荅施於天地而子不謝生於父母 要不得不彊爲之名使荃宰有寄 言德顯功高雖無酬謝之理要不彊爲酬謝之名庶使君主之情微有所寄也老子曰吾彊爲之名曰大楚辭曰荃不察余之中情王逸曰荃香草以喻君也鄧析子曰聖人逍遙一世閒宰匠萬物之形晉中興書孝武詔曰誠存匪懈治道有寄 公實天生德齊聖廣淵 班固漢書高祖述曰寔天生德聰明神武尚書曰乃祖成湯齊聖廣淵 不改參辰而九星仰止不易日月而二儀貞觀 陸賈新語曰堯舜不易日月而興桀紂不異星辰而士天道不改而人道易也周書王曰余不知九星之光周公旦曰九星星辰日月四時歲是謂九星九星九光毛詩小雅曰高山仰止周易曰易有太極是生兩儀王肅曰兩儀天地也又曰天地之道貞觀者也 在昔

晦明隱鱗戢翼 周易曰明入地中明夷君子以莅衆用晦而明王弼曰藏明於內乃得明也曹植矯志詩曰仁虎匿爪神龍隱鱗成公綏慰志賦曰惟潛龍之勿用戢鱗翼而匿景 博通群籍而讓齒乎一卷之師 謝承後漢書曰范丹博通群藝范曄後漢書曰馬續博觀群籍楊子法言曰一卷之市不勝異價一卷之書不勝異意一巷之市必立之平一卷之書必立之師 劒氣凌雲而屈迹於萬夫之下 魏志段灼理鄧艾曰艾勇氣凌雲士衆乘勢六韜太公曰屈一人之下伸萬夫之上唯聖人能焉 辯析天口而似不能言 七略齊田駢好談論故齊人爲語曰天口駢天口者言田駢子不可窮其口若事天論語曰孔子於鄉黨恂恂然似不能言者 文擅彫龍而成輒削藁 說文曰擅專也七略曰鄒赫子齊人齊人爲之語曰彫龍赫言鄒衍之術文飾之若彫鏤龍文漢書曰孔光時有所言輒削草藁如淳曰所作起草爲藁 爰在弱冠首膺弓旌 禮記二十曰弱冠漢書制曰褎然爲舉首左氏傳曰陳敬仲曰詩云翹翹車乘招我以弓

孟子曰夫招士以旃大夫以旌客游梁朝則聲華籍甚何之元梁典曰高祖
起家齊巴陵王法曹漢書曰梁孝王來朝從游說之士相如見而說之客游梁朝淮南子曰聲華嘔符之樂其性
者仁也嘔紆武切符音撫漢書曰陸賈游漢庭公卿間名聲籍甚音義或曰狼籍甚盛也薦名宰府
則延譽自高何之元梁典曰高祖遷儀同王僉東閤祭酒王隱晉書曰周玘累薦名宰府國語曰
使張老延君譽於四方隆昌季年勤王始著蕭子顯齊書曰鬱林王即位改元曰
隆昌韋昭國語注曰季末也左氏傳曰狐偃曰求諸侯莫如勤王建武惟新締構斯在
蕭子顯齊書曰明帝即位改元曰建武毛詩曰周雖舊邦其命惟新魏都賦曰有魏開國之日締構之初
功隆賞薄嘉庸莫疇陸機高祖功臣頌曰帝田疇爾庸後嗣是膺一馬之
田介山之志愈厲言止有一馬之田以懷讓祿之志纔居六百之秩以秉推功之誠管子曰
卜者卜凶吉利害也民之能此者皆一馬之田一金之衣左氏傳曰晉侯賞從亡者介之推不言祿祿亦不及

史記曰文公環緜上山中而封子推號曰介山廣雅曰厲高也六百之秩大樹之號斯
存漢書曰琅邪邴曼容養志以自脩爲官不肯過六百石輒自免去范曄後漢書曰馮異每止舍諸將並坐
論功異常獨屏樹下軍中號曰大樹將軍及擁旄司部代馬不敢南牧何之元梁
典曰司州刺史蕭誕被殺高祖監司州班固涿邪山祝文曰杖節擁旄鉦人伐鼓沈約宋書曰明帝於南豫州
之義陽郡立司州韓詩外傳曰代馬依北風過秦論曰胡人不敢南下而牧馬推轂樊鄧胡
塵罕嘗夕起何之元梁典曰虜主拓跋宏既退高祖據樊城漢書馮唐曰臣聞上古王者遣將也
跪而推轂曰閫以內寡人制之閫以外將軍制之鄒陽上書曰今胡數涉河北上覆飛鳥蘇林曰言胡來人馬
之盛揚塵上覆飛鳥惟彼狡僮窮凶極虐何之元梁典曰東昏即位嬖近羣小誅高
祖兄懿弟暢尚書大傳微子歌曰彼狡僮兮不我好兮鄭玄曰狡僮謂紂衣冠泯絕禮樂
崩喪袁子曰古者命士已上皆有冠冕謂之冠族之家劇秦美新曰弛禮崩樂塗民耳目旣而

鞠旅誓衆言謀王室何之元梁典曰高祖密與呂僧珍謀爲內伐毛詩曰陳師鞠旅
毛萇曰鞠告也尚書曰王明誓衆士左氏傳曰公會齊侯于洮謀王室也白羽一麾黃鳥底
定呂氏春秋曰武王至殷係墮武王左釋白羽右釋黃鉞免而自爲係出師頌曰素旄一揮淮南子曰武王率
兵車以伐紂紂虎旅百萬陣于商郊起自黃鳥至于赤斧三軍之士靡不失色武王乃命太公把旄以麾之紂
軍反走尚書曰震澤底定甲旣鱗下車亦瓦裂尚書大傳曰武王伐紂戰于牧野紂之卒
輻分紂之車瓦裂紂之甲如鱗下賀于武王致天之屆拱揖群后毛詩曰致天之屆于
牧之野典引曰欽若上下拱揖羣后豐功厚利無得而稱王命論曰帝王之祚必有
豐功厚利積累之業論語孔子曰太伯三以天下讓人無德而稱焉是以祥光揔至休氣
四塞尚書中候曰帝堯文明榮光出河休氣四塞鄭玄曰休美也四塞炒燿四方也五老游河
飛星入昴論語比考讖仲尼曰吾聞帝堯率舜等升首山觀河渚乃有五老游渚五老曰河圖將浮

龍銜玉苞刻版題命可卷金泥玉檢封書成知我者重瞳黃姚視五老飛爲流星上入昴注曰入昴宿則復爲
星元功茂勳若斯之盛馮衍集曰定國家之大業成天地之元功劉琨勸進表曰茂勳
格乎皇天而地狹乎四履勢卑乎九伯左氏傳管仲曰昔召康公命我先君太公
曰五侯九伯汝實征之賜我先君履東至于海西至于河南至于穆陵北至于無棣杜預曰履踐履也帝
有恧焉輶軒萃止帝賓馳也輶軒萃止謂進封梁公之使也漢書哀帝詔曰惟念德報
未殊朕甚恧焉楊雄荅劉歆書曰常聞先代輶軒之使毛詩曰有鴞萃止今遣其位其甲
等率茲百辟人致其誠致誠謂請無讓也毛詩曰百辟其刑之長笛賦曰致誠効志
庶匪席之旨不遠而復梁王固讓同乎匪席之旨百辟固請庶王有不遠而復之義也毛
詩曰我心匪席不可卷也周易曰不遠復無祇悔
教蔡邕獨斷曰諸侯言曰教

爲宋公修張良廟教一首

裴子野宋略曰：義熙十三年，高祖北伐，大軍次留城，令修張良廟。

傅季友

沈約宋書曰：傅亮字季友，北地人也。博涉文史，尤善文辭。初爲建威參軍。稍遷至散騎常侍，後太祖收亮付廷尉，伏誅。

綱紀：綱紀，謂主簿也。教，主簿宣之，故曰綱紀。猶今詔書稱門下也。虞預晉書，東平主簿王豹白事齊王曰：況豹雖陋，故大州之綱紀也。夫盛德不泯，義存祀典。左氏傳，晉侯問於史趙曰：陳其遂亡乎？對曰：未也。臣聞盛德必百世祀，虞之世數未也。禮記曰：非此族也，不在祀典也。毛萇詩傳曰：泯，滅也。微管之歎，撫事彌深。論語，子曰：管仲相桓公，霸諸侯，一匡天下，民到于今受其賜。微管仲，吾其被髮左衽矣。張子房道亞黃中，照鄰殆庶。周易曰：君子黃中通理，正位居體。又曰：顏氏之子，其殆庶幾乎。風雲玄感，蔚爲帝師。周易曰：雲從龍，風從虎，聖人作而萬物覩。漢書曰：張良從容步游下邳圯上，有一老父出一編書，曰：讀是則爲王者師。又良曰：以三寸舌爲王者師。河圖曰：黃石公謂張良：讀此爲劉帝師也。夷項定漢，大拯橫流。廣雅曰：夷，滅也。漢書，王追羽至陽夏，諸侯不會。用良計，諸侯皆會。圍羽垓下，羽敗自到。說文曰：出溺爲拯。孟子曰：洪水橫流，氾濫於天下。固已參軌伊望，冠德如仁。廣雅曰：軌，迹也。伊，伊尹；望，呂望也。典引曰：以冠德卓絕者，莫崇乎陶唐。論語，子曰：桓公九合諸侯，不以兵車，管仲之力也。如其仁，如其仁。若乃交神圯上，道契商洛。荅賓戲曰：齊甯激聲於康衢，漢良受書於邳圯，皆俟命而神交，匪詞言之所信。圯上已見謝宣遠張子房詩注。袁宏三國名臣贊序曰：體分冥固，道契不墜。班固漢書贊曰：漢興，園公、綺季、夏黃公、角里先生當秦之世，避而入商洛深山，以待天下之定也。漢書曰：上竟不易太子者，良本召此四人之力也。顯默之際，窅然難究，淵流浩瀁，莫測其端矣。言其度量深大，不可測度也。孫綽桓玄城碑曰：俯仰顯默之際，優游可否之閒。莊子，老聃曰：而知夫道，窅然難言哉。吳都賦曰：澒溶沆瀁，莫測其深，莫究其廣。黃石公說序曰：張良慮若源泉，深不可測也。塗次舊沛，佇駕留城。漢書：沛郡有留縣。又曰：張良爲留侯。爾雅曰：佇，久也。謂停久也。靈廟荒頓，遺像陳昧。范曄後漢書曰：薛苞與弟子分田廬，取其荒頓者。杜預左氏傳注曰：頓，壞也。夏侯湛東方朔畫贊序曰：徘徊露寢，見先生之遺像。廣雅曰：昧，闇也。撫事懷人，永歎實深。毛詩曰：嗟我懷人。又曰：寤寐永歎。過大梁者，或佇想於夷門；游九京者，亦流連於隨會。史記：魏有隱士曰侯嬴，年七十，家貧，爲大梁夷門監者。太史公過大梁之墟，求問其所謂夷門者，夷門，城之東門。禮記曰：趙文子與叔譽觀乎九京，文子曰：死者如可作也，吾誰與歸？叔譽曰：其陽處父乎？文子曰：利君不忘其身，謀身不忘其友，我則隨武子乎。鄭玄曰：武子，士會也，食邑於隨。京當爲原。擬之若人，亦足以云。論語，子曰：君子哉若人。毛萇詩傳曰：云，言也。可改構棟宇，脩飾丹青，蘋蘩行潦，以時致薦。左氏傳，君子曰：蘋蘩薀藻之菜，潢汙行潦之水，可薦於鬼神。抒懷古之情，存不刊之烈。廣雅曰：抒，渫也。西京賦曰：慨長思而懷古。左氏傳序曰：經者，不刊之書也。主者施行。

爲宋公修楚元王墓教一首

宋公，楚元王後，故修治其墓。

傅季友

綱紀：夫褒賢崇德，千載彌光。禮緯曰：天子辟雍，所以崇有德，褒有行。鄭玄禮記注曰：崇，尊也。尊本敬始，義隆自遠。魏志，明帝詔曰：追本敬始，所以篤教流化。孫卿子曰：先祖者，類之本也。貴始，德之本也。楚元王積仁基德，啓藩斯境。漢書曰：楚元王交，字游，高祖同父異母少弟也。漢立交爲楚王，王彭城。賈子曰：君子積於仁而民積於財，刑罰廢矣。國語，太子晉曰：太上基德，十五王而始平之。素風道業，作範後昆。三國名臣贊曰：素風愈鮮。習鑿齒襄陽耆舊記，龐統曰：方欲興長道業。郗正釋識曰：創制作範，匪時不立。尚書曰：垂裕後昆。本支之祚實隆酇宗毛詩曰本支百世揚脩牋曰述酇宗之過言遺芳餘烈奮乎百世抱朴子曰嵇君道云郭有道沒則遺芳永播春秋元命苞曰文王積善所聞之餘烈孟子曰聞伯夷之風者貪夫廉懦夫有立志奮乎百世之下莫不興起也而丘封翳然墳塋莫翦晉中興書武陵王令曰丞相墳塋翳然飄薄非所感遠存往慨然永懷李陵書曰能不慨然毛詩曰維以不永懷夫愛人懷樹甘棠且猶勿翦毛詩曰蔽芾甘棠勿翦勿伐召伯所茇風俗通曰召公出爲二伯止甘棠樹之下聽訟決獄後人思其德美愛其樹而不敢伐追甄墟墓信陵尚或不泯鄭玄尚書緯注曰甄表也禮記周豐曰墟墓之間未施哀於民而民哀漢書高紀詔曰秦始皇守冢三十家魏公子無忌五家況瓜瓞所興開元自本者乎毛詩曰緜緜瓜瓞可蠲復近墓五家長給灑掃便可施行郭璞方言注曰蠲除也

文

永明九年策秀才文五首

王元長蕭子顯齊書曰王融字元長琅邪人少而神明警惠博涉有文才晉安王版行軍參軍遷中書郎世祖疾融欲立竟陵王子良下廷尉於獄賜死

問秀才高第明經朕聞神靈文思之君聰明聖德之后史記曰黃帝者生而神靈弱而能言尚書序曰昔在帝堯聰明文思孔安國曰言聖德之遠著也體道而不居見善如不及文子曰聖人體道反至動而無爲老子曰聖人功成而弗居論語孔子曰見善如不及見不善如探湯是以崆峒有順風之請華封致乘雲之拜莊子曰黃帝聞廣成子在崆峒之山故往見之廣成南首而卧黃帝順下風膝行而進再拜稽首而問曰治身奈何而可以長久廣成子曰來吾語汝至道又曰堯觀乎華封華封人曰嘻請祝聖人壽且富且多男子堯皆辭曰多男子則多懼富則多事壽則多辱封人曰天之生人必授之職多男子而授之職則何懼之有富而使人分之則何事之有天下有道則與物皆昌天下無道則修德就閒千歲厭世去而上僊乘彼白雲至于帝鄉三患莫至身常無殃則何辱之有封人去之堯隨之請問封人曰退然崆峒有拜乘雲爲請今不同者蓋請者必拜故互文也或揚旌求士或設簴待賢求士待賢皆謂請其言也管子曰舜有告善之旌應劭漢書注曰旌幡也設之五達之道鬻子曰昔大禹治天下以五聲聽治爲銘於筍簴曰教寡人以道者擊鼓教寡人以義者擊鍾教寡人以事者振鐸語寡人以憂者擊磬語寡人以獄者揮鞀用能敷化一時餘烈千古謝承後漢書序曰陰修敷化二都威教克平餘烈已見上文朕夤奉天命恭惟永圖爾雅曰夤敬也尚書曰茲率厥典奉若天命又曰慎乃儉德惟懷永圖審聽高居載懷祇懼六韜曰王者之道如龍之首高居而遠望徐視而審聽尚書曰予小子夙夜祇懼雖言事必史而象闕未箴禮記曰動則左史書之言則右史書之鄭玄周禮注曰象魏闕也范曄後漢書曰靈帝熹平中有何人書朱雀闕言公卿皆尸祿無有忠言者寤寐嘉猷延佇忠實毛詩曰窈窕淑女寤寐求之尚書爾有嘉謀嘉猷楚辭曰結幽蘭而延佇子大夫選名昇學利用賓王國語曰越王勾踐曰苟聞子大夫之言賈逵曰親而近之故曰子大夫也禮記曰司徒論選士之秀者升之於學曰俊士鄭玄曰學大學也周易曰觀國之光利用賓于王懋陳三道之要以光四科之首漢書詔策晁錯曰大夫之行當此三道張晏曰國體人事直言也崔寔政論曰詔書故事三公辟召以四科取士一曰德行高妙志節清白二曰學通行修經中博士三曰明曉法令足以決疑能按章覆問四曰剛毅多略遭事不惑才任三輔劇縣令鹽梅之和屬有望焉尚書曰若作和羹尔惟鹽梅

又問昔周宣惰千畝之禮虢公納諫國語曰宣王即位不藉千畝虢文公諫曰夫民之大事在農漢文缺三推之義賈生置言禮記曰躬耕帝籍天子三

推。漢書曰文帝即位賈誼說上曰一夫不耕或受之飢一女不織或受之寒上感誼言始開籍田躬耕以勸百姓良以食爲民天農爲政本漢書酈食其說漢王曰臣聞王者以民爲天民以食爲天尚書八政一曰食孔安國曰勸農業也漢書文帝詔曰農天下大本也民所恃以生也金湯非粟而不守水旱有待而無遷漢書蒯通說武信君曰皆爲金城湯池不可攻也氾勝之書曰神農之教雖有石城湯池帶甲百萬而無粟者弗能守也禮記曰雖有凶旱水溢民無菜色朕式照前經寶茲稼穡范子計然曰五穀者萬民之命國之重寶也祥正而青旗肅事土膏而朱紘戒典祥正土膏並已見東京賦禮記曰孟春之月天子駕蒼龍載青旂躬耕帝籍又曰昔天子爲籍田千畝冕而朱紘躬耕秉耒鄭玄周禮注曰朱紘以朱組爲紘一條屬兩端也將使杏花菖葉耕穫不愆氾勝之書曰杏始華榮輙耕輕土弱土望杏花落復耕之輙藺之此謂一耕而五穫呂氏春秋曰冬至五旬七日菖始生菖者草之先者也於是始耕高誘曰菖菖蒲水草也清畎泠風述遵無廢呂氏春秋后稷曰凡耕之道畝欲廣以平畎欲小以清又曰正其行通其風夬必中央師爲泠風高誘曰泠風和風所以成穀也夬決也必於苗中央師然肅泠風以搖長也而釋耒佩牛相沿莫反鹽鐵論曰儒者釋耒耜而學不驗之語漢書曰龔遂爲渤海太守民有帶持刀劍者使賣劍買牛賣刀買犢何爲帶牛佩犢杜預左氏傳注曰沿緣也兼貧擅富浸以爲俗漢書曰兼并之塗李奇曰謂大家兼役小人富者兼役貧民說文曰擅專也風俗通曰子不以從令爲孝後主固宜是革浸以爲俗豈不謬哉若爰井開制懼驚擾愚民漢書曰民爰上田夫百畝中田夫二百畝下田夫三百畝歲耕種者爲不易上田休一歲者爲一易中田休二歲者爲再易下田休三歲更耕之自爰其處賈逵國語注曰爰易也周禮曰畝百爲夫夫三爲屋屋三爲井也舄鹵可腴恐時無史白史記曰史起引漳水漑田鄴民歌之曰決漳水兮灌鄴旁終古舄鹵兮生稻粱又曰秦中大夫白公復爲秦穿涇水注渭漑田四千餘頃因曰白渠也興廢之術矣

陳厥謨尚書序曰咎繇矢厥謨孔安國曰矢陳也又問議獄緩死大易深規周易曰君子以議獄緩死敬法卹刑虞書茂典尚書虞書曰欽哉欽哉惟刑之卹哉自萌俗澆弛法令滋彰莊子曰唐虞始爲天下澆淳散朴許慎淮南子注曰澆薄也澆與淳同老子曰法令滋章盜賊多有也胏石少不冤之人棘林多夜哭之鬼周禮曰胏石達窮民鄭司農曰胏石赤石也窮民天民之窮而無告者漢書于定國爲廷尉民自以爲不冤周禮曰外朝之法左九棘孤卿大夫位焉右九棘公侯伯子男位焉楚辭曰荊棘聚而成林春秋元命苞曰樹棘槐聽訟於其下尚書旋璣鈐曰鬼哭山鳴鄭玄曰鬼哭誅無辜也山鳴聽不聽之異也王隱晉書司直劉隗奏曰懷情抱恨雖沒不亡故有殞霜之應夜哭之鬼朕所以明發動容且食興慮毛詩曰明發不寐尚書曰文王自朝至于日中昃不遑暇食傷秋荼之密網惻夏日之嚴威鹽鐵論曰秦法繁於秋荼網密於凝脂左氏傳酆舒問於賈季曰趙衰趙盾孰賢對曰趙衰冬日之日也趙盾夏日之日也杜預曰夏日可畏冬日可愛永念畫冠緬追刑厝墨子曰畫衣冠異章服謂之戮上世用戮而民不犯賈逵國語注曰緬思貌也紀年曰成康之際天下安寧刑措四十餘年不用徒以百鍰輕科反行季葉尚書呂刑曰穆王訓夏贖刑墨辟疑赦其罰百鍰孔安國曰六兩曰鍰鍰黃鐵也張孟陽七哀詩曰季葉喪亂起四支重罰爰創前古呂氏春秋曰越王勾踐曰孤雖首足異處四支布裂周禮曰司刑掌五刑之法以麗萬民之罪墨罪五百劓罪五百宮罪五百刖罪五百殺罪五百訪游禽於絕澗作霸秦基韓子曰董閼于爲趙上地守行石邑山中深澗峭如牆深百仞因問其左右人曰嘗有人入此者乎對曰無有嬰兒盲聾狂勃有入此者乎對曰無有牛馬犬彘嘗有入此者乎對曰無有董閼于喟然太息曰吾能治矣使吾法無赦也猶入澗之必死則民莫敢犯何爲不治鄭玄周禮注曰凡鳥獸未孕曰禽史記曰趙氏之先與秦共祖然則以其共祖故雖趙亦號曰秦歌鷄鳴於闕下稱

仁漢犢。班固歌詩曰三王德彌薄惟後用肉刑大倉令有罪就逮長安城自恨身無子困急獨煢煢小女痛父言死者不復生上書詣北闕闕下歌鷄鳴憂心摧折裂晨風激揚聲聖漢孝文帝惻然感至誠百男何憒憒不如一緹縈列女傳曰緹縈歌鷄鳴晨風之詩然鷄鳴齊詩與夫人及君早起而視朝晨風秦詩言未見君而心憂也二途如爽。即用兼通。輕重二途似如差爽就其用也彼此兼通言俱濟時昌言所安。朕將親覽。尚書曰禹拜昌言孔安國曰昌當也漢書問董仲舒曰靡有所隱朕將親覽焉

又問。聚人曰財。次政曰貨。周易曰何以守位曰仁何以聚人曰財尚書曰八政一曰食二曰貨泉流表其不匱。貿遷通其有亡。漢書曰貨流於泉布於布如淳曰流行如泉也尚書帝曰貿遷有無化居既龜貝積寢。緡繦專用。漢書曰王莽居攝更作金銀龜貝錢布之品寢猶息也漢書曰武帝初筭緡錢李斐曰緡絲以貫錢也管子曰凶歲糴釜千繦孟康漢書注曰繦錢貫也世代滋多。銷漏參倍。言錢之銷磨缺漏或復三分或至一倍也下貧無兼辰之業。中產闕洊歲之貲。周書夏箴曰小人無兼年之食妻子非其妻子也班固漢史文帝贊曰上嘗欲作露臺召匠計之直百金曰百金中民十家產也左氏傳晉洊飢字書曰洊仍也惟瘼卹隱。無捨矜嘆。毛萇詩傳曰瘼病也國語祭公謀父曰勤恤人隱而除其害也上帝溥臨。賜朕休寶。漢書曰上帝溥臨不異下防命卬斜之谷。開而出銅。齊春秋曰永明八年蜀郡太守劉悛啓上曰南廣郡界蒙山有銅坑掘則得銅其利無極上從之且有後命。事茲鎔範。左氏傳曰王使宰孔賜齊侯胙將拜孔曰且有後命也無下拜漢書曰釋其耒耨冶鎔炊炭應劭曰鎔錢模也禮記孔子曰然後範金合土鄭玄曰範鑄作模器用也充都內之金。紹圜府之職。桓子新論曰漢宣已來百姓賦錢壹歲餘二十萬萬藏於都內漢書曰太公為周立九府圜法李奇曰圜即錢也將繼太公之職事也但赤側深巧學之患。揄莢難輕重之權。言今欲為錢若赤側則奸巧學鑄深為可患揄莢則輕重兼用難可準平漢書曰民多姦錢而公卿請令京師鑄官赤側一當五如淳曰以赤銅為其郭也漢書曰漢興以為秦錢重難用更令民鑄榆莢錢如淳曰如榆莢也國語曰周景王將鑄大錢單穆公曰不可古者量貲幣權輕重以救民民患輕則為之作重幣以行之於是有母權子而行民皆得焉若不堪重則多作輕幣而行之亦不廢重於是乎有子權母而行韋昭曰重謂母輕謂子權平也若物直于二而母當一千則子二百平之也應劭曰權其輕重也開塞所宜。悉心以對。淮南子曰通乎動靜之機明乎開塞之節開塞猶取捨也尹文子曰書開塞之宜得周通之路詩緯曰君子息心研慮推變見事

又問。治歷明時。紹遷革之運。周易曰君子以治歷明時毛詩曰去邠之惡就周之德周易曰湯武革命改憲勑法。審刑德之原。司馬彪續漢書永平詔曰春秋保乾圖云三百年升歷改憲史官田太初鄧公平術有餘分一在三百年之域行度轉差浸以繆錯璇璣不正文象不稽冬至之日日在斗二十二度而歷以為牽牛中星先立春一日則四分數之立春也而以折獄斷大刑於氣已迕用望平和隨時之義蓋亦遠矣今改四分以遵於堯以順孔聖奉天之文宋均保乾圖注曰三陽而陽備備則宜改憲憲法也周易曰雷電噬嗑先王以明罰勑法淮南子曰冬至為德夏至為刑分命顯於唐官。文條炳於鄒說。尚書曰分命羲仲宅嵎夷曰暘谷又曰分命和仲宅西曰昧谷鄒說未詳及嵎夷廢職。昧谷虧方。言司歷之官廢也嵎夷昧谷已見上文漢秉素祇之徵。魏稱黃星之驗。言五德之次土也漢書曰高祖夜徑澤中前有大蛇當路高祖乃前拔劍斬蛇後人來至蛇所有一老嫗夜哭人問嫗何哭嫗曰吾子白帝子也化為蛇當道今者赤帝子斬之魏志曰初桓帝時有黃星見於楚宋之分遼東殷馗善天文言後五十歲當有真人起於梁沛之間其鋒不可當至是凡五十年而太祖破袁紹天下莫敵紛爭空軫。疑論無歸。方言曰軫謂相乖戾也朕獲纂洪基。思弘至道。班固高紀述曰纂堯之緒爾雅曰纂繼也曹植魏德頌曰武創洪基克光厥德尚書序曰恢弘至道庶令日月休徵。風雨玉燭。尚書

〔曰休徵日月之行則有冬有夏爾雅曰春爲青陽夏爲朱明秋爲白藏冬爲玄英四氣和謂之玉燭〕克明之音弗遠欽若之義復還〔尚書曰克明俊德又曰欽若昊天〕於子大夫何如哉其驪翰改色寅丑殊建別白書之〔禮記曰夏后氏尚黑戎事乘驪鄭玄曰以建寅之月爲正物生色黑黑馬曰驪禮記曰殷人尚白戎事乘翰鄭玄曰以建丑之月爲正月物生色白翰白色馬也漢書董仲舒對策曰臣前所上對辭不別白指不分明〕

永明十一年策秀才文五首

王元長

問秀才朕秉籙御天握樞臨極〔尚書旋璣鈐曰河圖命紀也圖天地帝王終始存亡之期錄代之矩籙與錄同也周易曰時乘六龍以御天易通卦驗曰遂皇氏始出握機矩鄭玄曰遂皇遂人也但持斗機運轉之法春秋運斗樞曰北斗七星第一星天樞論語素王受命讖曰王者受命布政易俗以御八極〕五辰空撫九序未歌〔尚書咎繇曰撫于五辰庶績其凝孔安國曰百官皆撫順五行之時衆功皆成也又曰德惟善政政在養民水火金木土穀惟修正德利用厚生惟和九功惟序九序惟歌〕至於思政明臺訪道宣室〔管子曰黃帝立明臺之義上觀於賢也漢書曰文帝思賈誼徵之至入見上方受釐坐宣室上因感鬼神事而問鬼神之本蘇林曰宣室未央前正室也〕若墜之惻每勤如傷之念恒軫〔尚書曰民墜塗炭孔安國曰若陷泥墜火左氏傳逢滑曰國之興也視人如傷許慎淮南子注曰軫轉也〕故卹貧緩賦省繇慎獄〔應劭曰繇者役也〕幸四境無虞三秋式稔〔尚書曰四方無虞予一人以寧秋有三月故曰三秋元命苞曰陽氣數成於三故時別三月宋衷曰四時皆象此類不惟秋也廣雅曰年稔秋穀熟也〕而多黍多稌不興兩穗之謠〔毛詩曰豐年多黍多稌東觀漢記曰張堪字君游爲漁陽太守勸民耕種以致殷富有百姓歌曰桑無附枝麥穗兩岐張君爲政樂不可支〕無褐無衣必盈七月

之歎〔毛詩曰七月流火九月授衣無褐無衣何以卒歲〕豈布政未優將罷民難業〔毛詩曰敷政優優百祿是遒周禮曰以圜土教罷民〕登爾於朝是屬宏議〔漢書詔策晁錯曰登大夫于朝親諭朕志難蜀文曰必將崇論宏議〕罔弗同心以匡厥辟〔尚書曰罔不同心以匡乃辟〕

又問惟王建國惟典命官〔周禮曰惟王建國辨方正位尚書堯典曰乃命羲和〕上叶星象下符川嶽〔春秋漢含孳曰故三公象五嶽九卿法河海三公在天法三台九卿法北斗〕必待天爵具脩人紀咸事〔孟子曰仁義忠信樂善不倦此天爵也公卿大夫此人爵也古之人脩其天爵而人爵從之漢書詔策公孫弘曰天文地理人事之紀也子大夫習焉公孫弘對曰天地無私親順之利起逆之害生此天文地理人事之紀也〕然後沿才受職揆務分司〔爾雅曰揆度也〕是以五正置於朱宣下民不忒〔左氏傳郯子謂昭子曰少皞摯之立鳳鳥適至故紀於鳥鳥師而鳥名五雉爲五工正河圖曰大星如虹下流華渚女節意感生白帝朱宣宋均曰朱宣少昊氏鄭玄孝經注曰忒差也〕九工開於黃序庶績其凝〔漢書劉向上疏曰舜命九官濟濟相讓和之至也應劭尚書禹作司空棄作后稷契作司徒咎繇作士垂作共工益作虞伯夷作秩宗夔作典樂龍作納言凡九官皇甫謐帝王世紀曰舜始即真改正朔以土承火色尚黃尚書中候所謂建黃授正改朔尚書咎繇曰庶績其凝孔安國曰凝成也〕周官三百漢位兼倍〔禮記曰有虞氏之官五十夏后官百殷官二百周官三百漢書曰秦立百官漢因循不革自佐史至丞相十三萬三百八十五人今云兼倍略言之耳〕歷茲以降游惰寔繁〔孔叢子趙王曰仲尼大聖自茲以降世業不替禮記曰垂緌五寸游惰之士鄭玄曰惰游罷人也尚書曰寔繁有徒〕若閑冗畢弃則橫議無已〔荀悅申鑒曰正貪祿省閑冗與時消息昭惠恤下文穎漢書注曰冗散也孟子曰聖王不作諸侯放恣處士橫議〕冕笏不澄則坐談彌積〔魏志郭嘉說太祖曰劉表坐談〕

客耳何則可脩。善詳其對。家語孔子曰欲善則詳王肅曰欲善其事當詳慎之毛萇詩傳
曰詳審也
又問昔者賢牧分陝。良守共治。公羊傳曰自陝以東周公主之自陝以西召公
主之袁煥與曹植書曰召公與周公俱受分陝之任漢
書曰孝宣躬親萬機勵精爲治常稱曰與我共治者其
唯良二千石乎下邑必樹其風。一鄉可以爲績。論語曰子之武城聞絃歌之聲
鄭玄曰武城魯之下邑尚書曰章善癉惡樹之風聲一
鄉謂桐鄉也漢書曰朱邑爲桐鄉嗇夫廉平不苛及死
子葬之桐鄉人爲邑起冢立祠至有旦撫鳴琴。日置醇酒。呂氏春秋曰宓子賤治單
父彈琴身不下堂而單父治漢書曰曹參代蕭何爲相
國日夜飲酒卿大夫以下吏及賓客見參不事事來者
皆欲有言至者參輒飲以醇酒度之欲有言復飲醉而後去終莫得開說文而無害。嚴而不
殘。漢書曰蕭何以文母害爲沛主吏掾音義曰文無所枉害也漢書曰雋不疑爲吏嚴而不殘故能
文三十六　十五
出人於阽危之域。躋俗於仁壽之地。阽危已見謝朓八公山詩漢書王吉
上疏曰陛下毆一世之民躋之仁壽之域則俗何以不若成康壽何以不若高宗也是以賈誼有
言。天下之有惡吏之罪也。賈子曰吏能爲善則人必能爲善也故人之不善也吏之
罪也頃深汰珪符。妙簡銅墨。范曄後漢書曰詔書沙汰刺史二千石以賈琮爲冀州刺
史說文曰汰簡也汰達蓋切周禮曰上公之禮執桓珪
諸侯之禮執信珪諸伯執躬珪漢書曰文帝初與郡守
爲銅虎符竹使符潘安仁夏侯湛誄曰妙簡邦良爾雅
曰簡擇也漢書曰縣令長皆秦官秩六百石以上皆銅
印墨綬而春雉未馴。秋螟不散。東觀漢記曰魯恭爲中牟令時郡國螟傷稼犬牙緣
界不入中牟河南尹袁安聞之疑其不實使仁恕掾肥
親往廉之恭隨行阡陌俱坐桑下有雉過止其傍傍有童
兒親曰何不捕之兒言雉方將鶵親曰所以來者欲察
君之化迹爾今虫不犯境此一異也化及鳥獸此二異
也豎子有仁心此三異也具以狀言安范曄後漢書曰
宋均遷九江守山陽楚沛多蝗其飛至九江東界者輒

東西散去入在朕前。湊其智略。出連城守。闕爾無聞。漢書
曰吾丘壽王爲東郡尉詔賜壽王璽書曰子在朕前之
時智略輻湊及至連十餘城之守職事並廢甚不稱在
前時何也豈薪槱之道未弘。爲網羅之目尚簡。毛詩曰芃芃棫樸薪之槱
之毛萇曰山木茂盛萬人得而薪之賢人衆多國家得用
蕃與也曹子建書曰仲宣獨步於漢南孔璋鷹揚於河
朔吾王設天網以該之文子曰有鳥將來張羅而得鳥
者羅之一目也今爲一目之羅即無時得鳥孔安國尚
書傳曰簡略也悉意正辭。無侵執事。漢書詔策晁錯曰大夫其正論母枉執事音義或曰
母爲有司枉撓
又問朕聞上智利民。不述於禮。大賢彊國。罔圖惟舊。史記
商君說秦孝公曰聖人苟可以彊國不法其故苟可以利民不循其禮豈非療飢不期於
鼎食。拯溺無待於規行。毛詩曰泌之洋洋可以樂飢鄭玄曰泌水洋洋然飢者見
文三十六　十六　王明
之可飲以樂飢樂音義與療同家語曰子路南游於楚
列鼎而食抱朴子曰規行矩步不可以救火拯溺也
是以三王異道而共昌。五霸殊風而並列。淮南子曰五帝異道而德
覆天下三王殊事而名施後世左氏傳賓媚人曰五伯
之霸也勤而撫之以役王命杜預曰夏伯昆吾商伯大
彭豕韋周伯齊桓晉文戰國策趙王謂趙文曰三代不同服而王五伯不同俗而政今農戰不脩。
文儒是競。商君書曰國待農戰而安君待農戰而尊論衡曰上書白記者文儒也夫文儒之力過儒
生況文史也弃本殉末。厥弊茲多。漢書詔曰農天下之大本也而人或不務本而事末
故生不遂李奇曰本農也末賈也昔宋臣以禮樂爲殘賊。漢主比文章
於鄭衛。宋臣墨翟也孫卿子曰樂也者和之不可變者也禮也者理之不可易者也墨子非之幾遇刑
也墨子賤禮樂而貴勇力貧則爲盜富則爲賊治世反
是漢書曰宣帝數從王褒等所幸宮觀輒爲歌頌議者
多以爲淫靡不急上曰辭賦大者與詩同義小者辯麗可喜譬如女工有綺縠音樂有鄭衛也豈欲非

聖無法。將以既道而權。孝經曰非聖人者無法。論語子曰可與學未可與適道。可與適道。未可與立。可與立。未可與權。公羊傳曰權者何。權者反於經。然後有善者也。今欲專士女於耕桑。習鄉閭以弓騎。孝經鉤命決曰耕桑得利究年受福。史記曰趙武靈王胡服以習騎射。五都復而事庠序。四民富而歸文學。漢書曰王莽於五都立均官更名雒陽邯鄲臨淄宛成都五都市長皆爲五均司市師。又曰平帝立學官鄉曰庠聚曰序。管子曰士農工商四民者國之石民也。其道奚若。爾無面從。尚書曰予違汝弼汝無面從。又問。自晉氏不綱。關河蕩析。班固漢書述曰秦人不綱網漏于楚。王隱晉書曰石季龍死朝廷欲遂蕩平關河。尚書盤庚曰今我民用蕩析離居。宋人失馭。淮汴崩離。荅賓戲曰王塗蕪穢周失其御。應劭漢書注曰汴水在滎陽西南。論語子曰邦分崩離析而不能守也。朕思念舊民。永言攸濟。毛詩曰永言孝思。尚書曰予惟小子若涉淵水予惟往求朕攸濟。故選將開邊。勞來安集。漢書嚴尤上疏曰武帝選將練兵深入遠戍。又班固曰武帝廣開三邊。毛詩序曰萬民離散不安其居而能勞來還定安集之。加以納款通和。布德脩禮。納其款關之誠而通其和好之禮。漢書曰匈奴呼韓邪單于款五原塞名王奉獻始和親。呂氏春秋曰季春之月天子布德和惠。孫卿子曰管仲爲政者也未及脩禮。故脩禮者王爲政者彊。歌皇華而遣使。賦膏雨而懷賓。毛詩序曰皇皇者華君遣使臣也。左傳曰季武子如晉晉侯饗之范宣子爲賦黍苗季武子再拜曰小國之仰大國也如百穀之仰膏雨焉若常膏之其天下集睦豈惟獘邑。周禮曰二曰教職以安邦國以懷賓客。所以關洛動南望之懷。獯夷遽北歸之念。王逸楚辭注曰遽競也。夫危葉畏風。驚禽易落。漢書上曰單于待命加慢今欲攻之如何。王恢曰草木遭霜者不可以風過。通方之士不可以文亂。今擊之單于可禽。淮南子曰使葉落者風之搖也。戰國策魏謂春申君曰日者更嬴謂魏王曰臣能虛發而下鳥。有鴻鴈從東方來更嬴以虛弓發而下之。王曰射爾至此乎。更嬴曰此孽也。其飛徐者創痛也。悲鳴者久失羣也。故創未息而驚心未去。聞弦音而高飛故創怯。今臨武君嘗爲秦孽不可爲秦之將。無待干戈。聊用辭辯。片言而求三輔。一說而定五州。漢書曰內史武帝更名京兆尹。左內史更名左馮翊。主爵中尉更名右扶風。是爲三輔。天下有十二州齊得其七故謂北境爲五州。斯路何階。人誰或可。爾雅曰階因也。進謀誦志。以沃朕心。言進嘉謀當謂誦汝志以沃帝心也。周禮曰撢人掌誦王志道國之政事。鄭玄曰以王之志與政事諭說諸侯。撢音探。廣雅曰誦言也。然彼言王志與此微殊不以文害意也。尚書曰啓乃心沃朕心。

天監三年策秀才文三首

何之元梁典曰天監武帝年號也。

任彥昇

問秀才。朕長驅樊鄧。直指商郊。商喻齊也。史記樂毅書曰輕卒銳兵長驅至國。漢書朱買臣曰發兵浮海直指泉山。尚書曰武王朝至于商郊。因藉時來。乘此歷運。魏志劉廙上疏曰臣遭乾坤之靈值時來之運。當扆永念。猶懷慙德。禮記曰天子當扆而立。尚書曰成湯放桀於南巢惟有慙德。何者。百王之弊。齊季斯甚。班固漢書贊曰漢承百王之弊。季謂末年。衣冠禮樂。掃地無餘。言衣冠制度禮樂軌儀皆見廢弃故無餘也。班固漢書贊曰秦滅六國而上古遺烈掃地盡矣。斲雕刓方。經綸草昧。漢書曰漢興破觚而爲圜斲琱而爲樸。蘇林漢書注曰刓音角之刓與刓剸同。周易曰雲雷屯君子以經綸。又曰天造草昧宜建侯而不寧。鄭玄曰造成也草草創也昧昧爽也。採三王之禮。冠履粗分。因六代之樂。宮判始辨。周禮曰王宮縣諸侯軒縣卿大夫判縣士植縣。而百度草創。倉廩未實。尚書曰百度唯貞。論語曰禆諶草創之。管子曰倉廩實知禮節。若終畝不稅。則國用靡資。國語曰王耕三推之庶人終于畝。禮記曰古者公田藉而不稅。毛萇詩傳曰資財也百姓不足則惻隱深慮論語有若曰百姓足君孰與不足百姓不足君孰與足孟子曰無惻隱之心非仁也惻隱者仁之端每時入芻稾歲課田租漢舊儀曰民田租芻稾以給經用也尚書曰百里納稾愀然疚懷如憐赤子禮記曰哀公敢問人道誰爲大孔子愀然作色而對月賦曰悄焉疚懷尚書曰若保赤子惟民其康乂今欲使朕無滿堂之念民有家給之饒說苑曰古人於天下也譬一堂之上今有滿堂飲酒有一人獨索然向隅泣則一堂之人皆不樂也鄧析子曰聖人逍遙一世之間而家給人足天下太平漸登九年之畜稍去關市之賦禮記曰國無九年之畜曰不足周禮曰以九賦斂財賄七曰關市之賦鄭玄曰賦謂口出泉市謂占會百物也關子大夫當此三道利用賓王三道賓王已見上文斯理何從佇聞良說顏延之策秀才文曰廢興之要敬俟良說問朕本自諸生弱齡有志鍾離意別傳曰嚴遵與光武皇帝俱爲諸生禮記孔子曰大道之行也與三代之英丘未之逮而有志焉閉戶自精開卷獨得楚國先賢傳曰孫敬入學閉戶牖精力過人太學謂曰閉戶生入市市人相語閉戶生來不忍欺也陶潛誡子書曰開卷有得便欣然忘食九流七略頗常觀覽六藝百家庶非牆面漢書曰九流有儒家流道家流陰陽家流法家流名家流墨家流從橫家流雜家流農家流又曰劉歆總羣書而奏其七略故有輯略有六藝略有諸子略有詩賦略有兵書略有數術略有方技略廣雅曰頗少也周禮保氏養國子以道乃教之六藝一曰五禮二曰六樂三曰五射四曰五御五曰六書六曰九數淮南子曰百家異說各有所出論語子謂伯魚曰汝爲周南召南矣乎人而不爲周南召南其猶正牆面而立也與雖一日萬機早朝晏罷尚書曰兢兢業業一日二日萬機墨子曰早朝晏罷斷獄治政也聽覽之暇三餘靡失上林賦曰朕以覽聽餘閑無事弃日魏略曰董遇字季直善左氏傳從學者云若渴無日遇言當以三餘或問三餘之意遇言冬者歲之餘夜者日之餘陰雨者月之餘上之化下草

偃風從論語子曰君子之德風小人之德草草上之風必偃惟此虛寡弗能動俗蔡邕姜肱碑曰至德動俗邑中化之昔紫衣賤服猶化齊風韓子曰齊桓公好服紫一國盡服紫當時十素不得一紫公患之告管仲管仲曰君欲止之何不自誠勿衣也謂左右曰甚惡紫臭公曰諾於是郎中莫衣紫其明日國中莫有衣紫三日境內莫衣紫長纓鄒好且變鄒俗韓子曰鄒君好長纓左右皆服長纓甚貴鄒君患之問左右左右對曰君好服之百姓亦多服是故貴鄒君因先自斷其纓而出國中皆不服長纓雖德慚往賢業優前事且夫搢紳道行祿利然也封禪書曰因雜搢紳先生之略術班固漢書贊曰大師衆至千餘人蓋祿利之路然也朕傾心駿骨非懼真龍新序曰郭隗謂燕王曰古之君有以千金市千里馬者三年不得人請求之三月得馬已死矣買其骨以五百金君大怒之人曰死馬骨且市之況生馬乎天下必以王爲好馬矣於是不能朞年千里馬至者二今王誠願致士請從隗始隗且見事況賢於隗者乎又子張見魯哀公哀公不禮去曰君之好士有似葉公子高之好龍也葉公好龍室屋彫文盡以寫龍於是天龍聞而下之窺頭於牖拖尾於堂葉公見之弃而還走失其魂魄五色無主是葉公非好真龍也好夫似龍而非龍者也今君之好士也好夫似士而非士者也輜軿青紫如拾地芥范曄後漢書曰袁紹賓客所歸輜軿紫轂填接街陌說文曰軿車前衣車後爲輜漢書曰夏侯勝每講授常謂諸生曰士病不明經術經術苟明其取青紫如俛拾地芥爾言好學明經術以取貴位之服如似車載之多也取之易也如拾地草而惰游廢業十室而九惰遊已見上文抱朴子曰秦降及季杪天下欲反十室而九鳴鳥蔑聞子衿不作言古者收教不及於道者故天下太平而鳳凰至學校廢則作子衿以刺之而人感思學今則不然言不如古也尚書周公曰收罔勖弗及苟造德弗降我則鳴鳥不聞毛萇詩傳曰蔑如也詩序曰子衿刺學廢也兩都賦序曰王澤竭而詩不作引獎之路斯既然矣小雅曰獎勸也猶其寂寞應有良規魏志明帝報王朗詔曰欽納至言思聞良規

問。朕立諫鼓。設謗木。於茲三年矣。鄧析子曰堯置欲諫之鼓舜立誹謗之木此聖人也比雖輻湊闕下。多非政要。文子曰群臣輻湊張湛曰如衆輻之集於轂也范曄後漢書曰詔問蔡邕宜披露得失指陳政要曰伏青蒲。罕能切直。漢書曰史丹直入卧内頓首伏青蒲上應劭曰以青規地曰青蒲桓子新論曰切直忠正則汲黯之敢諫爭也將齊季多諱風流遂往。毛萇詩傳曰將且也老子曰天下多忌諱而民彌貧淮南子曰晚世風流終敗禮廢義上林賦曰遂往而不反矣將謂朕空然慕古。虛受弗引。漢書曰王莽好空言慕古法多封爵人周易曰君子以虛受人然自君臨萬寓。介在民上。左氏傳子囊曰赫赫楚國而君臨之方言曰介特也漢書宣帝詔曰朕承洪業託於士民之上也何嘗以一言失旨。轉徙朔方。范曄後漢書曰蔡邕上疏帝覽而歎息因起更衣曹節於後竊視之悉宣語左右事遂漏露程璜遂使人飛章言邕於是下邕洛陽獄詔減死一等與家屬髡鉗徙朔方詔不得以赦令除睚眦有違。論輸左校。漢書曰原涉好殺睚眦於塵中論輸謂論其罪而輸作也漢書陳咸字子康年十八以父萬年任爲郎有異材抗直數言事刺譏近臣書數十上遷爲左曹父嘗病召咸教戒於牀下語至夜半咸睡頭觸屏風父大怒欲杖之曰乃公教戒汝汝反睡不聽吾言何也咸叩頭謝曰具曉所言大要教咸諂也父迺不復言元帝擢咸爲御史中丞後爲南陽太守所居以殺伐立威豪猾吏及大姓犯法輒論輸府范曄後漢書曰李膺爲河南尹時宛陵大姓羊元羣罷北海郡贓罪狼籍膺表欲罪元羣行賂宦豎膺反坐輸作左校漢書曰將作少府有左校令丞而使直臣杜口。忠讜路絕。漢書景帝問鄧公鄧公曰夫鼂錯患諸侯彊大不可制故請削之以尊京師萬世之利也計畫始行卒受大戮内杜忠臣之口外爲諸侯報仇聲類曰讜善言也將恐引長之道。別有未周。韓詩曰將恐將懼薛君曰將辭也檀道鸞晉陽秋曰謝安爲桓温司馬不存小察盡引長之風悉意以陳。極言無隱。漢書曰哀帝使傅喜問李尋曰間者水出地動日月失度星辰亂行災異仍重極言無有所諱周書曰慎問其故無隱乃情

文選卷第三十六

賜進士出身通奉大夫江南蘇松常鎮太等處承宣布政使司布政使胡克家重校刊

梁昭明太子撰

文林郎守太子右內率府錄事參軍事崇賢館直學士臣李善注上

表上 表者明也標也如物之標表言標著事序使之明白以曉主上得盡其忠曰表三王已前謂之敷奏故尚書云敷奏以言是也至秦并天下改爲表總有四品一曰章謝恩曰章二曰表陳事曰表三曰奏劾驗政事曰奏四曰駁推覆平論有異事進之曰駁六國及秦漢兼謂之上書行此五事至漢魏已來都曰表進之天子稱表進諸侯稱上疏魏已前天子亦得上疏

孔文舉薦禰衡表　諸葛孔明出師表

曹子建求自試表　求通親親表

羊叔子讓開府表　李令伯陳情事表

陸士衡謝平原內史表　劉越石勸進表

薦禰衡表

孔文舉 范曄後漢書曰孔融字文舉魯國人也幼有異才性好學舉高第拜御史歷官至將作大匠遷少府曹操既積嫌忌奏誅之下獄弃市

臣聞洪水橫流帝思俾乂 孟子曰當堯之時天下猶未平洪水橫流泛濫於天下尚書曰湯湯洪水方割有能俾乂孔安國傳曰俾使乂治也 旁求四方以招賢俊 尚書曰旁求天下孔安國曰旁非一方也 昔世宗繼統將弘祖業 世宗孝武廟號也李奇漢書注曰統緒也班固漢書紀述曰世宗曅曅思弘祖業 疇咨熙載群士響臻 尚書云帝曰疇咨若時登庸又曰有能熙帝之載班固漢書述曰疇咨熙載髦俊並作響臻如應而至也孫卿子曰下之和上譬響之應聲也 陛下睿聖纂承基緒 陛下謂獻帝也班固高紀述曰纂堯之緒爾雅曰纂繼也 遭遇厄運勞謙日昃 說文曰遇逢也周易曰勞謙君子有終吉尚書曰文王自朝至于日中昃弗遑暇食 維嶽降神異人並出 毛詩曰維嶽降神生甫及申 竊見處士平原禰衡年二十四字正平淑質貞亮英才卓躒 孟子曰得天下英才而教育之西都賓曰卓躒諸夏卓躒絕異也躒力角反 初涉藝文升堂覩奧 論語子曰由也升堂矣未入於室也爾雅曰西南隅謂之奧 目所一見輙誦於口耳所暫聞不忘於心性與道合思若有神 淮南子曰所謂真人者性合于道也 弘羊潛計安世默識以衡準之誠不足怪 漢書曰桑弘羊雒陽賈人子以心計年十三拜侍中又曰張安世字少孺爲郎上行幸河東嘗亡書三篋詔問莫能知唯安世識之具作其事後購得書以相校無所遺失上奇其能擢爲尚書令 忠果正直志懷霜雪

見善若驚疾惡若讎 國語楚藍尹亹謂子西曰夫闔廬聞一善言若驚得一士若賞謝承後漢書曰張儉清絜中正疾惡若讎 任座抗行史魚厲節殆無以過也 呂氏春秋曰魏文侯飲問諸大夫寡人何如主也任座曰君不肖君也克中山不以封君之弟而以封君之子是以知不肖君也文侯不悅次及翟璜曰君賢君也臣聞其主賢者其臣直是以知君之賢也文侯悅文子曰傲世賤物士之抗行也廣雅曰抗舉也論語子曰直哉史魚廣雅曰厲高也 鷙鳥累百不如一鶚 史記趙簡子曰鷙鳥累百不如一鶚 使衡立朝必有可觀 論語子曰赤也束帶立于朝可使與賓客言又曰必有可觀者焉漢書成帝詔曰舉博士使卓然可觀 飛辯騁辭溢氣坌涌 坌涌貌也坌步寸切 解疑釋結臨敵有餘 七略曰解紛釋結反之於平安 昔賈誼求試屬國詭係單于 漢書賈誼曰何不試以臣爲屬國之官以主匈奴行臣之計必係單于之頸而制其命說文曰詭責也自責必係單于也漢書曰況自詭滅賊 終軍欲以長

纓牽致勁越。漢書曰南越與漢和親乃遣終軍使南越說其王欲令入朝比內諸侯軍自請願受長纓必羈南越王而致之闕下說文曰組綦小者爲冠纓弱冠慷慨前代美之。說文曰慷慨壯士不得志於心賈誼終軍皆年十八故曰弱冠近日路粹嚴象亦用異才。擢拜臺郎衡宜與爲比。典略曰路粹字文蔚少學於蔡邕高才與京兆嚴象拜尚書郎象以兼有文武出爲揚州刺史粹後爲軍謀祭酒與陳琳阮瑀等典記室如得龍躍天衢。振翼雲漢。李陵詩曰策名於天衢班固漢書述曰攀龍附鳳並集天衢毛詩曰倬彼雲漢揚聲紫微垂光虹蜺。春秋合誠圖曰北辰其星七在紫微中也尸子曰虹蜺爲析翳足以昭近署之多士增四門之穆穆。兩都賦序曰內設金馬石渠之署尚書曰賓于四門四門穆穆鈞天廣樂必有奇麗之觀。史記趙簡子曰我之帝所甚樂與百神遊鈞天廣樂九奏万僊不類三代之樂其聲動心帝室皇居必畜非常之寶。應劭漢官儀曰帝室猶古言王室尚書曰所寶惟賢則迩人安若衡等輩不可多得激楚陽阿至妙之容掌技者之所貪。楚辭曰宮庭震驚發激楚王逸曰激楚清聲也淮南子曰足蹀陽阿之舞飛兔騕褭絕足奔放良樂之所急也。呂氏春秋曰飛兔騕褭古之駿馬也又曰古善相馬者若趙之王良秦之伯樂尤盡其妙也臣等區區敢不以聞。李陵書曰區區之心廣雅曰區區愛也陛下篤愼取士必須效試乞令衡以褐衣召見。漢書劉向曰臣衣褐衣褐見無可觀采臣等受面欺之罪。漢書曰上以張湯懷詐面欺

出師表

蜀志曰建興五年亮率軍北駐漢中臨發上䟽

諸葛孔明

蜀志云諸葛亮字孔明琅邪人也時先主屯新野徐庶謂先主曰諸葛孔明乃卧龍也將軍豈欲見之乎先主遂詣見之及即帝位拜爲丞相後主即位十二年卒

臣亮言。先帝創業未半。而中道崩徂。孟子曰君子創業垂統今天下三分。益州罷弊。此誠危急存亡之秋也。歲以秋爲功畢故以喻時之要也馮衍與田邑書曰忠臣立功之日志士馳馬之秋然侍衛之臣不懈於內。忠志之士亡身於外者。蓋追先帝之遇。欲報之於陛下也。遇謂以恩相接也史記豫讓曰以國士遇我誠宜開張聖聽。以光先帝遺德。恢志士之氣。漢書谷永上書曰王法納乎聖聽莊子盜跖曰此父母之遺德也不宜妄自菲薄。引喻失義。以塞忠諫之路也。方言曰菲薄也郭璞曰微薄也宮中府中。俱爲一體。陟罰臧否。不宜異同。毛詩曰嗚呼小子未知臧否何休公羊傳注曰否不也若有作姦犯科。及爲忠善者。宜付有司論其刑賞。以昭陛下平明之理。不宜偏私。使內外異法也。侍中侍郎郭攸之費禕於宜反董允等。楚國先賢傳曰郭攸之南陽人以器業知名蜀志曰費禕字文偉江夏人也後主襲位亮上䟽曰侍中郭攸之費禕然攸之與禕俱爲侍中又白董允字休昭後主襲位遷黃門侍郎此皆良實。志慮忠純。是以先帝簡拔以遺陛下。愚以爲宮中之事。事無大小。悉以咨之。然後施行。必能裨補闕漏。有所廣益也。將軍向寵。蜀志曰向寵襄陽人也建興元年爲中部督典宿衛兵遷中領軍性行淑均。曉暢軍事。廣雅曰暢達也試用於昔日。先帝稱之曰能。是以衆議舉寵爲督。愚以爲營中之事。悉以諮之。必能使行陣和穆。優劣得所也。親賢臣。遠小人。此先漢所以興隆也。親小人。遠賢士。此後漢

所以傾頹也。先帝在時。每與臣論此事。未嘗不歎息痛恨於桓靈也。桓靈。後漢二帝。用閹豎所敗也。侍中尚書長史參軍。此悉貞亮死節之臣也。蜀志曰。建興二年。陳震拜尚書。又曰。諸葛亮出駐漢中。張裔領留府長史。又曰。蔣琬遷參軍。統留府事。願陛下親之信之。則漢室之隆。可計日而待也。臣本布衣。躬耕於南陽。說苑。唐且謂秦王曰。王聞布衣之士怒乎。苟全性命於亂世。不求聞達於諸侯。論語。子張曰。在邦必聞。又孔子曰。在邦必達。先帝不以臣卑鄙。猥自枉屈。猥。猶曲也。言己曲蒙先帝自枉屈而來也。三顧臣於草廬之中。諮臣以當世之事。漢晉春秋曰。諸葛亮家于南陽之鄧縣。荊州圖副曰。鄧城舊縣西南一里。隔沔有諸葛亮宅。是劉備三顧處。劉歆七言詩曰。結構野草起室廬。由是感激。遂許先帝以驅馳。趙岐孟子章指曰。于載聞之。猶有感激也。後值傾

覆。受任於敗軍之際。奉命於危難之間。爾來二十有一年矣。裴松之蜀志注曰。案劉備以建安十三年敗。遣亮使吳。亮以建興五年抗表北伐。自傾覆至此。整二十年。然則備始與亮相遇在軍敗前一年也。先帝知臣謹慎。故臨崩寄臣以大事也。蜀志曰。先主於永安病篤。召亮成都。屬以後事。謂亮曰。君才十倍曹丕。必能安國。終定大業。若嗣子可輔。輔之。如其不才。君可自取。亮涕泣曰。臣敢竭股肱之力。效忠貞之節。繼之以死。受命以來。夙夜憂歎。恐託付不效。以傷先帝之明。故五月度瀘。深入不毛。蜀志曰。建興元年。南中諸部。並皆叛亂。三年春。亮率衆征之。其秋悉平。漢書曰。瀘水出牂柯郡句町縣。史記。鄭襄公曰。君王錫不毛之地。使復得改事君王。何休曰。墝埆不生五穀曰不毛。句。求俱切。町。庭冷切。今南方已定。兵甲已足。當獎帥三軍。北定中原。爾雅曰。獎。勸也。庶竭駑鈍。攘除姦凶。廣雅曰。駑。駘也。謂馬遲鈍者。毛萇詩傳曰。攘。除也。興

復漢室。還于舊都。此臣之所以報先帝而忠陛下之職分也。至於斟酌損益。進盡忠言。則攸之禕允之任也。願陛下託臣以討賊興復之效。不效則治臣之罪。以告先帝之靈。責攸之禕允等咎。以章其慢。蜀志載亮表云。若無興德之言。則戮允等以章其慢。今此無上六字。於義有闕。誤矣。陛下亦宜自課。以咨諏足俱善道。察納雅言。深追先帝遺詔。王逸楚辭注曰。課。試也。毛詩曰。載馳載驅。周爰咨諏。毛萇曰。訪問於善為咨。咨事為諏。論語。子所雅言。南都賦曰。奉先帝而追孝。臣不勝受恩感激。今當遠離。臨表涕泣。不知所云。

求自試表

魏志曰。太和二年。植還雍丘。植常自憤怨。抱利器而無所施。上疏求自試。

曹子建

臣植言。臣聞士之生世。入則事父。出則事君。論語。子曰。出則事公卿。入則事父兄。事父尚於榮親。事君貴於興國。故慈父不能愛無益之子。仁君不能畜無用之臣。墨子曰。雖有賢君。不愛無功之臣。雖有慈父。不愛無益之子。夫論德而授官者。成功之君也。量能而受爵者。畢命之臣也。史記。樂毅報燕惠王書曰。察能而授官者。成功之君也。孫卿子曰。論德而定次。量能而授官。君子之所長也。尸子曰。君子量才而受爵。量功而受祿。故君無虛授。臣無虛受。王符潛夫論曰。故明王不敢以私授。忠臣不敢以虛受。虛授謂之謬舉。虛受謂之尸祿。詩之素餐。所由作也。韓詩曰。何謂素餐。素者質也。人但有質朴而無治民之材。名曰素餐。尸祿者。頗有所知善惡不言。默然不語。苟欲得祿而已。譬若尸矣。昔二號不辭兩國之任。其德厚也。左氏傳。晉侯假道於虞以伐虢。宮之奇諫曰。虢仲。虢叔。王季之

穆也爲王卿士勳在盟府孫卿子曰德厚者進廉節者起旦奭不讓燕魯之封其
功大也史記曰武王殺紂封周公旦於少昊之墟曲阜是爲魯公又曰周武王封召公奭於燕今
臣蒙國重恩三世于今矣三世謂文武明也正值陛下升平之
際陛下明帝也孝經鉤命決曰明王用孝升平致譽沐浴聖澤潛潤德教可謂
厚幸矣史記太史公成王作頌沐浴膏澤孝經曰德教加于百姓而位竊東藩爵在
上列論語子曰臧文仲其竊位者與漢書中山靖王曰位雖卑也得爲東藩身被輕煖口
厭百味孝經援神契曰甘肥適口輕煖適神墨子曰衣服之法冬則練帛之中足以爲輕且煖崔駰七
依曰雍人調膳展選百味目極華靡耳倦絲竹者爵重祿厚之所致
也鄭玄禮記注曰致之言至也退念古之受爵祿者有異於此皆以
功勤濟國輔主惠民爾雅曰濟益也今臣無德可述無功可紀

若此終年無益國朝將挂風人彼己之譏毛詩彼己之子不稱其服
是以上慙玄冕俯愧朱紱周禮曰王之五冕玄冕朱裏禮記曰諸侯佩山玄玉而朱
組綬蒼頡篇曰紱綬也方今天下一統九州晏如尚書大傳曰周公一統天下合
和四海然一統謂其統緒也顧西尚有違命之蜀東有不臣之吳使
邊境未得稅甲謀士未得高枕者爾雅曰稅舍也漢書賈誼曰陛下高枕垂
統無山東之憂誠欲混同宇內以致太和也法言曰或問太和曰其在唐虞成周
也李軌曰天下太和故啓滅有扈戶而夏功昭尚書曰啟與有扈戰于甘之野史
記曰啓遂滅有扈氏天下咸朝夏成克商奄而周德著尚書曰武王崩三監及淮夷叛
周公相成王將黜殷命孔安國曰三監管蔡商也淮夷徐奄之屬史記曰成王東伐淮夷徐奄今陛
下以聖明統世將欲卒文武之功繼成康之隆假周之令德以

踰魏之先王也臣瓚漢書注曰統總覽也毛詩序曰文武之功起於后稷春秋歷序曰成康之隆醴泉涌簡良授
能以方叔召虎之臣鎮衛四境爲國爪牙者可謂當矣
爾雅曰簡擇也毛詩曰方叔涖止其車三千又曰江漢之滸王命召虎又曰祈父予王之爪牙然而高鳥未
挂於輕繳淵魚未懸於鉤餌者恐釣射之術或未盡也
高鳥淵魚喻吳蜀二主也昔耿弇不俟光武亟擊張步言不以賊遺於
君父也東觀漢記曰耿弇討張步陳俊謂弇曰虜兵盛可且閉營休士以須上來弇曰乘輿且到臣子當擊牛釃酒以
待百官反欲以賊虜遺君父耶及出大戰自旦及昏大破之弇古含切故車右伏劍於鳴轂雍
門刎首於齊境說苑曰越甲至齊雍門狄請死之齊王曰鼓鐸之聲未聞矢石未交長兵未接子何務死
知爲人臣之禮耶雍門狄對曰臣聞之昔王田於囿左轂鳴車右請死之王曰子何爲死車右曰爲其鳴吾君也王曰左轂鳴
此者工師之罪也子何爲死車右曰吾不見工師之乘而見其鳴吾君也遂刎頸而死有之乎齊王曰有之雍門狄曰今越甲至

其鳴吾君豈左轂之下哉車右可以死左轂而臣獨不可以死越甲耶遂刎頸而死是日越人引甲而退七十里齊王葬雍門
子以上卿若此二子豈惡生而尚死哉誠忿其慢主而陵君也
夫君之寵臣欲以除害興利尸子曰禹興利除害爲萬民種也臣之事
君必以殺身靜亂以功報主也昔賈誼弱冠求試屬國
請係單于之頸而制其命終軍以妙年使越欲得長纓
占其王羈致北闕賈誼終軍已見薦禰衡表爾雅曰占隱也郭璞曰隱度之此二臣豈
好爲夸主而耀世俗哉志或鬱結欲逞才力輸能於明君
也昔漢武爲霍去病治第辭曰匈奴未滅臣無以家爲
漢書文也固夫憂國忘家捐軀濟難忠臣之志也趙岐孟子章指曰憂國忘家
今臣居外非不厚也而寢不安席食不遑味者伏以二方

未尅爲念。戰國策曰秦王告蒙驁曰寡人一城圍食不甘味臥不便席伏見先武皇帝武臣宿兵年耆即世者有聞矣。左氏傳子朝曰太子壽早夭即世雖賢不乏世宿將舊卒猶習戰也。史記曰王翦宿將始皇師之竊不自量志在效命庶立毛髮之功以報所受之恩若使陛下出不世之詔效臣錐刀之用。文子曰欲治之主不世出東觀漢記黄香上䟽曰以錐刀小用蒙見宿留也使得西屬大將軍當一校之隊。魏志曰太和二年遣大將軍曹真擊諸葛亮於街亭司馬彪漢書曰大將軍營伍部校尉一人若東屬大司馬統偏師之任。魏志曰太和二年大司馬曹休率諸軍至皖臣瓚漢書注曰統由揔覽也必乘危蹈險騁舟奮驪。禮記曰夏后尚黑戎事乘驪鄭玄云馬黑色曰驪突刃觸鋒爲士卒先。漢書伍被曰大將軍當敵勇常爲士卒先雖未能禽權馘亮庶將虜其

雄率殲其醜類。鄭玄毛詩箋曰馘所獲之左耳也爾雅曰殲盡也又曰醜衆也必效須臾之捷以滅終身之愧。杜預左氏傳注曰捷獲也使名挂史筆事列朝榮雖身分蜀境首懸吴闕猶生之年也。北征賦曰首身分而不寤漢武帝遣使者告單于曰南越王頭已懸於漢北闕傳武仲與荆文姜書曰雖死之日猶生之年如微才不試没世無聞。論語曰君子疾没世而名不稱徒榮其軀而豐其體生無益於事死無損於數虛荷上位而忝重禄禽息鳥視終於白首。鄭玄周禮注曰凡鳥獸未孕曰禽此徒圈牢之養物非臣之所志也。說文曰圈養獸閑也鄭玄周禮注曰牢閑也流聞東軍失備師徒小衄。漢書王音曰失行流聞魏志曰休至皖與吴將陸遜戰於石亭敗績衄猶挫折也輟食棄餐奮袂攘衽撫劒東顧而心已馳於吴會矣。鄭玄周禮注曰攘却也謂却扱衽也左氏傳曰子朱撫劒從之臣昔從先武皇帝南極赤岸東臨滄海西望玉門北出玄塞。七發曰凌赤岸篲扶桑山謙之南徐州記曰京江禹貢北江有大濤濤至乘北激赤岸尤更迅猛漢書燉煌郡龍勒縣有玉門關玄塞長城也北方色黑故曰玄伏見所以行軍用兵之勢可謂神妙矣。孫子曰兵與敵變化而取勝者謂之神故兵者不可預言臨難而制變者也。孫卿曰水因地而制行兵因敵而制勝志欲自效於明時立功於聖世每覽史籍觀古忠臣義士出一朝之命以殉國家之難。司馬遷書曰李陵奮不顧身以殉國家之急身雖屠裂而功銘著於景鍾名稱垂於竹帛未嘗不拊心而歎息也。國語晉悼公曰昔克潞之役秦來圖敗晉攻魏顆以其身却退秦師于輔氏親止杜回其勳銘於景鍾韋昭曰景鍾景公鍾也墨子曰以其功書於竹帛傳遺後子孫也臣聞明主使臣不廢有罪故奔北敗軍之將用秦

魯以成其功。史記曰秦繆公使百里奚子孟明視蹇叔子西乞術及白乙丙將兵襲鄭晉發兵遮秦兵於殽虜秦三將以歸後還秦三將穆公復三人官秩復使將兵伐晉大敗晉人以報殽之役又曰曹沫者魯人也以勇力事魯莊公爲魯將與齊戰三敗三北魯莊公懼乃獻遂邑之地以和猶復以爲將齊桓公許與魯會于柯而盟桓公與莊公既盟於壇上曹沫執匕首劫齊桓公桓公問曰子將何欲曹沫曰齊強魯弱而大國侵魯亦已甚矣今魯城壞即壓境君其圖之桓公乃許盡還魯之侵地曹沫三戰所亡盡復于魯絶纓盜馬之臣赦楚趙以濟其難。說苑曰楚莊王賜羣臣酒日暮華燭滅有引美人衣者美人援絶冠纓告王知之王曰賜人酒醉欲顯婦人之節吾不取也乃命左右勿上火與寡人飲不絶纓者不懽也羣臣纓皆絶盡懽而去後與晉戰引美人衣者五合五獲以報莊王呂氏春秋曰昔者秦繆公乘馬右服失之野人取之繆公自往求之見野人方將食之於岐山之陽繆公笑曰食駿馬之肉不飲酒余恐傷汝也徧飲而去韓原之戰晉人已環繆公之車矣晉梁靡已扣公左驂矣野人嘗食馬於岐山之陽者三百有餘人畢力爲繆公疾鬬於車下遂大克晉及獲惠公以歸此秦而謂之趙者史記曰趙氏之先與秦共祖然則以其同祖故曰趙焉臣

竊感先帝早崩威王棄代先帝謂文帝也魏志曰任城王彰薨謚曰威臣獨何人以堪長久常恐先朝露填溝壑漢書李陵謂蘇武曰人如朝露列女傳梁寡婦曰妾之夫先犬馬填溝壑墳土未乾而身名並滅漢書霍禹曰將軍墳土未乾李宏武功歌曰身非金石名俱滅焉臣聞騏驥長鳴伯樂昭其能戰國策楚客謂春申君曰昔騏驥駕車吴坂遷延負轅而不能進遭伯樂仰而長鳴知伯樂知己也今僕屈厄日久君獨無意使僕爲君長鳴也盧狗悲號韓國知其才戰國策曰齊欲伐魏淳于髡謂齊王曰韓子盧者天下之壯犬也東郭俊者海內之狡兔也韓子盧逐東郭俊環山者三騰山者五兔極於前犬廢於後犬兔俱罷各死其處田父見之而擅其功今齊魏相持臣恐強秦大楚承其後有田父之功高誘曰韓國之盧犬古之名狗也然悲號之義未聞也是以效之齊楚之路以逞千里之任齊楚言遠也孫卿子曰夫驥一日而千里也試之狡兔之捷以驗搏噬之用今臣

志狗馬之微功竊自惟度終無伯樂韓國之舉是以於邑而竊自痛者也楚辭曰長呼吸以於悒王逸曰於悒啼貌夫臨博而企竦聞樂而竊抃者或有賞音而識道也說文曰博局戲也大箸十二棊又曰企舉踵也竦猶立也說文曰抃拊也昔毛遂趙之陪隸猶假錐囊之喻以寤主立功史記曰秦之圍邯鄲趙使平原君求救合從於楚約與食客門下有勇力武備具者二十人俱得十九人餘無可取者毛遂前自讚於平原君平原君曰先生處勝之門下幾年於此矣遂曰三年于此矣平原君曰夫賢士之處俗譬若錐之處囊中其末立見今先生處勝之門下三年勝未有所聞毛遂曰臣乃今日請處囊中耳使遂蚤得處囊中乃穎脫而出非特其末見而已也平原君竟與毛遂偕十九人平原君與楚合從日出而言日中不決毛遂按劒歷階而上曰合從者爲楚非爲趙也楚王曰唯唯謹奉社稷以從何況巍巍大魏多士之朝而無慷慨死難之臣乎夫自衒玄編自媒者士女之醜行也越絕書曰范蠡其始居楚之越越王與言盡日大夫石賈進曰衒女不貞衒士不信客歷諸侯渡河津無因自致殆不真賢也于時求進者道家之明忌也莊子曰功成者隳名成者虧孰能去功與名而還與衆人而臣敢陳聞於陛下者誠與國分形同氣憂患共之者也呂氏春秋曰父母之於子也子之於父母也一體而分形同氣血而異息痛疾相救憂思相感生則相驩死則相哀此之謂骨肉之親也冀以塵露之微補益山海謝承後漢書楊喬曰猶塵附泰山露集滄海雖無補益款誠至情猶不敢嘿也螢燭末光增輝日月淮南子曰人主之居也如日月之明也是以敢冒其醜而獻其忠必知爲朝士所笑聖主不以人廢言論語子曰君子不以人廢言伏惟陛下少垂神聽臣則幸矣

求通親親表

魏志曰太和五年植上疏求存問親戚因致其意也

曹子建

臣植言臣聞天稱其高者以無不覆地稱其廣者以無不載日月稱其明者以無不照禮記子夏問曰何謂三無私孔子曰天無私覆地無私載日月無私照此之謂三無私江海稱其大者以無不容管子曰海不辭水故能成其大墨子曰江河不惡小谷之滿己也故能大故孔子曰大哉堯之爲君惟天爲大惟堯則之論語文也夫天德之於萬物可謂弘廣矣蓋堯之爲教先親後踈自近及遠其傳曰克明俊德以親九族九族既睦平章百姓孔安國曰能明俊德之士任用之以睦高祖玄孫之親也又曰既已也百姓百官也言化九族而平和章明也及周之文王亦崇厥化鄭玄禮記注曰崇猶尊也其詩曰刑于寡妻至于兄弟以御于家邦

毛萇曰刑法也鄭玄云御治也寡妻寡有之妻文王以禮接其妻至於宗族又能爲政治於家邦是以雍雍穆穆風人詠之毛詩曰有來雍雍又曰天子穆穆昔周公弔管蔡之不咸廣封懿親以藩屏王室左氏傳富辰曰周公弔二叔之不咸故封建親戚以藩屏周室馬融曰二叔管蔡也傳曰周之宗盟異姓爲後左氏傳曰滕侯薛侯來朝爭長公使羽父請於薛侯曰周之宗盟異姓爲後誠骨肉之恩爽而不離漢書宣帝詔曰蓋聞象有罪舜封之骨肉之親粲而不殊如淳曰粲或爲散爾雅曰爽差也親親之義寔在敦固禮記曰君子賢其賢而親其親未有義而後其君仁而遺其親者也孟子曰未有仁而遺其親者也未有義而後其君者也伏惟陛下咨帝唐欽明之德尚書曰放勳欽明體文王翼翼之仁毛詩曰惟此文王小心翼翼惠洽椒房恩昭九親漢舊儀曰皇后稱椒房詩椒聊之實蔓延盈升美其繁衍九親猶九

族群后百僚番休遞上列子曰巨鼇迭爲三番江偉上便宜曰上下郎吏許作四五番休執政不廢於公朝下情得展於私室親理之路通慶弔之情展誠可謂恕己治人推惠施恩者矣論語子貢問曰一言可以終身行之者乎子曰其恕乎己所不欲勿施於人三略曰良將恕己而治人又曰推惠施恩士力日新至於臣者人道絕緒禁固明時臣竊自傷也左氏傳曰申公巫臣奔晉子反請以重幣錮之杜預曰禁固勿仕也錮與固通不敢乃望交氣類脩人事敘人倫謝承後漢書曰栢孌郤嘗氣類毛詩序曰成孝敬厚人倫近且婚媾不通兄弟永絕吉凶之問塞慶弔之禮廢恩紀之違甚於路人蘇子卿詩曰誰爲行路人隔閡之異殊於胡越淮南子曰自其異者視之肝膽胡越許慎曰胡在北方越在南方今臣以一切之制永無朝覲之望漢書音義曰一切權時也至於注心

皇極結情紫闥神明知之矣尚書考靈耀曰建用皇極宋均曰建立也皇大極天也崔駰達旨曰攀台階闚紫闥然天實爲之謂之何哉毛詩國風文退省諸王常有戚戚具爾之心毛詩曰戚戚兄弟莫遠具爾願陛下沛然垂詔孟子曰油然作雲沛然下雨使諸國慶問四節得展以敘骨肉之歡恩全怡怡之篤義論語子曰兄弟怡怡如也妃妾之家膏沐之遺歲得再通毛詩曰豈無膏沐齊義於貴宗等惠於百司如此則古人之所歎風雅之所詠復存於聖世矣臣伏自思惟豈無錐刀之用東觀漢記黃香上疏曰以錐刀小用蒙見宿留及觀陛下之所拔授若臣爲異姓竊自料度不後於朝士矣若得辭遠遊戴武弁蔡邕獨斷曰遠遊冠者王侯所服傅子曰侍中冠武弁解朱組佩

青紱朱組綬已見自試表注漢書曰凡二千石以上銀印青綬駙馬奉車趣得一號漢書曰奉車都尉掌御乘輿車駙馬都尉掌駙馬說文曰駙近也安宅京室執鞭珥筆論語子曰富而可求雖執鞭之士吾亦爲之范曄後漢書岑彭謂朱鮪曰彭往者得執鞭侍從珥筆戴筆也漢書趙卬曰張安世持橐簪筆張晏曰近臣負橐簪筆從也出從華蓋入侍輦轂劉歆遂初賦曰奉華蓋於帝側胡廣漢官解故注曰轂下喻在輦轂之下京兆之中承荅聖問拾遺左右漢書曰議郎掌顧問應對又曰蕭望之劉更生並拾遺左右乃臣丹情之至願不離於夢想者也遠慕鹿鳴君臣之宴毛詩序曰鹿鳴宴群臣嘉賓也中詠棠棣匪他之誡毛詩序曰棠棣燕兄弟也毛詩曰豈伊異人兄弟匪他下思伐木友生之義毛詩序曰伐木燕朋友故舊也詩曰矧伊人矣不求友生終懷蓼莪罔極之哀毛詩蓼莪曰父兮生我母兮鞠我欲報之德昊天罔極每四節之會塊然

獨處左右惟僕隸所對惟妻子高談無所與陳發義無所與展未嘗不聞樂而拊心臨觴而歎息也漢書曰中山靖王勝來朝天子置酒勝聞樂聲而泣對曰臣聞悲者不可爲絫欷思者不可爲歎息今臣心結日久每聞幼妙之聲不知泣涕之横集臣伏以爲犬馬之誠不能動人譬人之誠不能動天崩城隕霜臣初信之以臣心況徒虛語耳列女傳曰杞梁妻者齊杞梁殖之妻也齊莊公襲莒殖戰死杞梁之妻無子内外皆無五屬之親既無所歸乃就其夫屍於城下而哭之内誠動人道路過者莫不爲之揮涕十日而城爲之崩淮南子曰鄒衍盡忠於燕惠王惠王信譖而繫之鄒子仰天而哭正夏而天爲之降霜也若葵藿之傾葉太陽雖不爲之迴光然終向之者誠也淮南子曰聖人之於道猶葵之與日雖不能終始哉其鄉之者誠也臣竊自比葵藿若降天地之施垂三光之明者寔在

陛下臣聞文子曰不爲福始不爲禍先文子曰與道爲際與德爲鄰不爲福始不爲禍先范子曰文子者姓辛葵丘濮上人也稱曰計然南遊於越范蠡師事今之否隔友于同憂而臣獨唱言者何也廣雅曰否隔也尚書曰友于兄弟竊不願於聖代使有不蒙施之物有不蒙施之物必有慘毒之懷故柏舟有天只之怨谷風有棄予之歎毛詩柏舟曰母也天只不諒人只毛萇曰諒信也母也天也尚不信我也又谷風曰將安將樂汝轉棄予伊尹恥其君不爲堯舜尚書曰昔先正保衡作我先王乃曰予弗克俾厥后惟堯舜其心愧恥若撻于市孟子曰不以舜之所以事堯事其君者不敬其君者也臣之愚蔽固非虞伊至於欲使陛下崇光被時雍之美宣緝熙章明之德者尚書曰允恭克讓光被四表協和萬邦黎民於變時雍毛詩曰維清緝熙文王之典章明已見上文尚書曰百姓昭明是臣慺慺之誠竊所獨守尚書傳曰慺慺謹慎也寔懷鶴立企佇之心敢復陳聞者戰國策曰吴入郢樊冒勃蘇潛行十日而薄秦鶴立不轉冀陛下儻發天聰而垂神聽也尚書曰天聰明神聽已見自試表

讓開府表

羊叔子臧榮緒晉書曰羊祜字叔子太山人也能屬文爲中書郎陳留王立封鉅平子世祖受禪加散騎常侍後以祜都督荆州諸軍事又爲車騎將軍開府儀同三司祜表讓後以祜爲征南大將軍開府辟召儀同三司薨

臣祜言臣昨出伏聞恩詔拔臣使同台司昨出爲沐浴而出在外台司三公也爲台司故言儀同三司威儀百物使同三司也臣自出身已來適十數年受任外内每極顯重之地王隱晉書曰太祖引祜爲從事中郎遷中領軍事兼内外

常以智力不可強進恩寵不可久謬夙夜戰慄以榮爲憂中謝裴氏新語曰若薦其君將有所乞請中謝言臣誠惶誠恐頓首死罪臣聞古人之言德未爲衆所服而受高爵則使才臣不進功未爲衆所歸而荷厚禄則使勞臣不勸管子曰國有德義未明於朝而處尊位者則良臣不進有功未見於國而有重禄者則勞臣不勸今臣身託外戚事遭運會王隱晉書曰祜同産姊配景帝爲引訓太后誠在寵過不患見遺而猥超然降發中之詔加非次之榮猥猶曲也孔融荅曹公書曰來書懇切訓誨發中臣有何功可以堪之何心可以安之以身誤陛下辱高位傾覆亦尋而至國語單襄公曰高位寔疾顚左氏傳呂相曰傾覆我社稷願復守先人弊廬豈可得哉莊子曰顔闔守陋閭左氏傳齊侯遇杞梁之妻于郊使弔之辭曰有先人之弊廬在

下妾不得與郊望違命誠忤天威曲從即復若此左氏傳齊侯對宰孔曰天威不違顏咫尺蓋聞古人申於見知晏子春秋越石父謂晏子曰臣聞之士者屈於不知己而申乎知己大臣之節不可則止論語子曰周任有言曰陳力就列不能者止臣雖小人敢緣所蒙念存斯義今天下自服化已來方漸八年列子曰子產相鄭三年善者服其化雖側席求賢不遺幽賤國語曰越王夫人側席而坐韋昭曰側猶特也禮憂者側席而坐然臣等不能推有德進有功使聖聽知勝臣者多而未達者不少假令有遺德於板築之下有隱才於屠釣之間尚書序曰高宗夢得說說築傅巖之野孟子曰傅說舉於版築之間郭璞三蒼解詁曰板牆上下板築杵頭鐵沓也尉繚子曰太公屠牛朝歌史記曰太公望呂尚以漁釣奸周西伯而令朝議用臣不以爲非臣處之不以爲

六百三　文三十七　十七　壬子重刊　湯仲

愧所失豈不大哉遺賢不薦而謬處崇班非直身殃抑爲朝累今乃朝議用臣不以爲非已累朝矣處之又不以爲愧已殃身矣此失豈不大哉言甚大也且臣忝竊雖久未若今日蕞文武之極寵等宰輔之高位也文武謂車騎及開府等宰輔謂儀同三司臣所見雖狹據今光祿大夫李憙秉節高亮正身在朝晉諸公讚曰憙字季和上黨人少有高行爲僕射年老遜位拜光祿大夫光祿大夫魯芝絜身寡欲和而不同臧榮緒晉書曰魯芝字世英扶風人也耽思墳籍爲鎮東將軍徵光祿大夫四子講德論曰絜身修德老子曰少私寡欲論語曰和而不同光祿大夫李胤莅政引簡在公正色王隱晉書曰李胤字宣伯遼東人也稍遷至尚書僕射轉光祿大夫孔安國尚書傳曰簡大也尚書曰正色率下皆服事華髮以禮終始周禮曰大司徒領職曰服事鄭司農曰服事謂公家服事新序閭丘卬曰士亦華髮墮領而後用耳雖歷內外之寵

不異寒賤之家而猶未蒙此選臣更越之何以塞天下之望少益日月聖主得賢臣頌曰不足以塞厚望日月喻君已見上求自試表是以誓心守節無苟進之志左傳季札曰曹宣公之卒也諸侯與曹人不義曹君將立子臧子臧去之遂弗爲也以成曹君君子曰能守節矣今道路未通方隅多事乞留前恩使臣得速還屯王隱晉書曰太始五年出爲都督荊州諸軍事不爾留連必於外虞有闕臣不勝憂懼謹觸冒拜表惟陛下察匹夫之志不可以奪論語子曰匹夫不可奪志

陳情事表

李令伯華陽國志曰李密字令伯父早亡母何氏更適人密見養於祖母事祖母以孝聞侍疾日夜未嘗解帶蜀平後晉武帝徵爲太子洗馬詔書累下郡

文三十七　十八　乙丑重刊刻用

縣逼迫密上書武帝覽其表曰密不空有名者也嘉其誠款賜奴婢二人使郡縣供其祖母奉膳祖母卒服終從尚書郎爲河內溫令左遷漢中太守一年去官卒密一名虔

臣密言臣以險釁夙遭閔凶賈逵國語注曰釁兆也左氏傳楚少宰曰寡君少遭閔凶生孩六月慈父見背孟子曰孩提之童趙岐曰知孩笑可提抱也文子曰慈父之愛子非求報行年四歲舅奪母志莊子田開之曰單豹行年七十毛詩序曰衛世子蚤死其妻守義父母欲奪而嫁之祖母劉愍臣孤弱躬親撫養毛詩曰父兮生我母兮鞠我撫我畜我長我育我毛萇曰鞠養也臣少多疾病九歲不行零丁孤苦至于成立李陵贈蘇武詩曰遠處天一隅苦困獨伶丁國語曰晉趙文子冠韓獻子戒之曰此之謂成人論語曰三十而立既無伯叔終鮮兄弟毛詩曰終鮮兄弟維予與女門衰祚薄晚有兒息字書曰祚福也外無朞功強近之親內無應門五尺

之僮(孫卿子曰仲尼之門五尺豎子羞言五伯)煢煢獨(一作孑)立形影相弔(曹植責躬表曰形影相弔五情愧赧)而劉夙嬰疾病常在牀蓐臣侍湯藥未曾廢離逮奉聖朝沐浴清化前太守臣逵察臣孝廉後刺史臣榮舉臣秀才臣以供養無主辭不赴命詔書特下拜臣郎中尋蒙國恩除臣洗馬(朱浮書曰同被國恩如淳漢書注曰凡言除者除故官就新官也漢書曰太子屬官有洗馬如淳曰前驅也)猥以微賤當侍東宮非臣隕首所能上報(廣雅曰猥頓也漢書谷永上書王鳳曰齊客隕首公門以報恩施史記曰孟嘗君相齊使其舍人魏子收邑三反而不致孟嘗君問其故對曰有賢者竊假之數年或毀孟嘗孟嘗乃奔魏子所與粟賢者聞之乃上書言孟嘗不作亂請身盟遂自刎宫門以明孟嘗)臣具以表聞辭不就職詔書切峻責臣逋慢郡縣逼迫催臣上道州司臨門急於星火臣欲奉詔奔馳則劉病日篤欲苟順私情則告訴不許臣之進退實爲狼狽(孔叢子孔子曰吾於狼狽見聖人之志荀悅漢紀論曰周勃狼狽失據塊然囚執)伏惟聖朝以孝治天下凡在故老猶蒙矜育(爾雅曰矜憐也)況臣孤苦特爲尤甚且臣少仕僞朝歷職郎署本圖宦達不矜名節(鄭玄禮記注曰矜謂自尊大也)今臣亡國賤俘至微至陋(賈逵國語注曰伐國取人曰俘)過蒙拔擢寵命優渥(毛詩曰既優既渥)豈敢盤桓有所希冀(周易曰初九盤桓利居貞)但以劉日薄西山氣息奄奄(楊雄反騷曰臨汨羅而自隕兮恐日薄於西山廣雅曰奄困迫也)人命危淺朝不慮夕(左氏傳趙孟曰朝不謀夕何其長也)臣無祖母無以至今日祖母無臣無以終餘年(鸚鵡賦曰匪餘年之足惜)母孫二人更

相爲命是以區區不能廢遠臣密今年四十有四祖母劉今年九十有六是臣盡節於陛下之日長報養劉之日短也烏鳥私情願乞終養(葛龔喪伯父還傳記曰烏鳥之情誠竊傷痛毛詩曰蓼莪孝子不得終養也)臣之辛苦非獨蜀之人士及二州牧伯所見明知皇天后土實所共鑒(左氏傳晉大夫曰皇天后土實聞君之言)願陛下矜愍愚誠聽臣微志庶劉僥倖保卒餘年(禮記曰子曰小人行險以僥倖僥與徼同古堯切)臣生當隕首死當結草(隕首已見上文左氏傳曰晉魏顆敗秦師於輔氏獲杜回秦之力人也初魏武子有嬖妾無子武子疾命顆必嫁是疾病曰必爲殉顆嫁之曰疾病則亂吾從其治也及輔氏之役魏顆見老人結草以亢杜回杜回躓而顛故獲之夜夢之曰余而所嫁婦人之父也)臣不勝犬馬怖懼之情謹拜表以聞(史記丞相青翟曰臣不勝犬馬心)

謝平原內史表(臧榮緒晉書曰成都王表理機起爲平原內史到官上表)　陸士衡

陪臣陸機言(蔡邕獨斷曰諸侯境內自相以下皆爲諸侯稱臣於朝皆稱陪臣)今月九日魏郡太守遣兼丞張含齎板詔書印綬假臣爲平原內史(凡王封拜謂之板官時成都攝政故稱板詔)拜受祗竦不知所裁臣機頓首頓首死罪死罪(范曄後漢書陳蕃上疏曰臣誠悼心不知所裁)臣本吳人出自敵國(漢書蒯通說韓信曰敵國破謀臣亡)世無先臣宣力之效才非丘園耿介之秀(尚書舜曰予欲宣力四方汝爲易曰賁于丘園束帛戔戔王肅曰隱處丘園道德弥明必有束帛之聘楚辭曰獨耿介而不隨)皇澤廣被惠濟無遠(四子講德論曰皇澤豐沛尚書曰無遠弗屆)擢自群萃累蒙榮進(國語曰群萃而同處)

賈逵曰萃亦聚也 入朝九載歷官有六身登三閣官成兩宮 臧榮緒晉書曰太熙末太傅楊駿辟機爲祭酒駿誅徵爲太子洗馬吳王出鎮淮南以機爲郎中令遷尚書中兵郎轉殿中郎又爲著作郎晉令曰祕書郎掌中外三閣經書兩宮東宮及上臺也 服冕乘軒仰齒貴游 左傳衛太子謂渾良夫曰服冕乘軒三死無與杜預傳注曰齒列也周禮曰師氏以三德教國子凡國之貴游子弟學焉 振景拔迹顧邈同列 臣瓚漢書注曰邈凌邈也 施重山岳義足灰沒 葛龔謝州辟文曰恩重山岳言君之義我身如灰之滅不足報也 遭國顛沛無節可紀雖蒙曠盪臣獨何顏俛首頓膝憂愧若厲 中謝周易曰夕惕若厲 而橫爲故齊王冏 九永 所見枉陷誣臣與衆人共作禪文 王隱晉書曰齊王冏字景治趙王倫篡位冏舉兵討倫臨陳斬之禪文倫受禪之文 幽執囹圄當爲誅始 司馬遷書曰深幽囹圄之中 臣之微誠不負天

六百二十五　文三十七　二十一　壬子重刊　湯仲

地倉卒之際慮有逼迫乃與弟雲及散騎侍郎袁瑜 王隱晉書曰袁瑜字世都 中書侍郎馮熊 馮熊字文羆 尚書右丞崔基廷尉正顧榮 顧榮字彥先 汝陰太守曹武 晉百官名曰曹武字道淵 思所以獲免陰蒙避迴岐 一作崎 嶇自列 言密自蒙蔽避迴岡黨岐嶇艱阻得自申列也廣雅曰列陳也 片言隻字不關其間事蹤筆跡皆可推校 王隱晉書曰機與吳王晏表曰禪文本草今見在中書一字一迹自可分別蔡邕書曰惟是筆跡可以當面 而一朝翻然更以爲罪蕞爾之生尚不足恡 左傳子產曰諺云蕞爾之國杜預曰蕞小貌也說文曰尚曾也孔安國尚書傳曰恡惜也 區區本懷實有可悲 李陵書曰區區之心切慕此爾 畏逼天威即罪惟謹 天威已見上讓開府表公羊傳曰不即罪爾何休曰不就罪也漢書曰終軍詰徐偃請下御史徵偃即罪論語曰子在宗廟朝廷便便言惟謹爾 鉗口結舌不

敢上訴所天 莊子曰鉗墨翟之口慎子曰臣下閉口左右結舌潛夫論曰臣鉗口結舌而不敢言左傳箴尹克黃曰君天也何休墨守曰君者臣之天也 莫大之釁 孝經曰五刑之屬三千而罪莫大於不孝 肝血之誠終不一聞所以臨難慷慨而不能不恨恨者惟此而已重蒙陛下愷悌之宥 陛下謂成都也毛詩曰愷悌君子杜預左傳注曰宥赦也 迴霜收電使不隕越 威如霜已見西征賦荀悅申鑒曰人主威如雷電之震左傳齊侯對宰孔曰小白恐隕越于下 復得扶老攜幼生出獄戶 戰國策曰薛人扶老攜幼迎孟嘗君道中 懷金拖紫退就散輦 楊子法言曰使我紆朱懷金其樂不可量也解朝曰紆青拖紫拖徒我切 感恩惟咎五情震悼 文子曰昔中黃子曰色有五章人有五情 跼天蹐地若無所容 中謝毛詩曰謂天蓋高不敢不跼謂地蓋厚不敢不蹐史記曰魏公子自責似若無所容跼音局蹐精亦切 不悟日月之明遂

六百四十三　文三十七　二十二　戊申重刊　刘升

垂曲照雲雨之澤播及朽瘁 尚書武王曰惟我文考若日月之照臨范曄後漢書鄧騭上疏曰被雲雨之渥澤也 忘臣弱才身無足采哀臣零落罪有可察苟削丹書得夷平民 左傳曰斐豹隸也著於丹書書曰延及平民 則塵洗天波謗絕衆口臣之始望尚未至是猥辱大命顯授符虎 漢書文紀曰初與郡守爲銅虎符竹使符 使春枯之條更與秋蘭垂芳陸沈之羽復與翔鴻撫翼 莊子曰孔子之楚其鄰有夫妻臣妾登極者仲尼曰是陸沈者也班固漢書張陳述曰攜手逐秦撫翼俱起 雖安國免徒起紆青組 漢書曰韓安國事梁孝王爲中大夫其後安國坐法抵罪梁內史缺漢使使者拜安國爲梁內史起徒中爲二千石 張敞亡命坐致朱軒 漢書張敞爲京兆尹坐與楊惲厚善不宜處位免爲庶人數月冀州部中有大賊天子思敞功使使召敞即裝隨使者詣公車上書天子引敞見拜爲冀州刺史敞起亡命復奉使典州命名也謂

所犯罪名已定而逃亡避之謂之亡命青組朱軒並二千石之車飾方臣所荷未足爲泰
豈臣蒙垢含忝所宜忝竊范曄後漢書陳蕃曰鄙忝之萌復存于心方言曰貪而不施謂之忝非臣毀宗夷族所能上報喜懼參并悲慙哽結拘
守常憲當便道之官如淳漢書注曰律二千石以上告歸寧不過行在所者便道之官無問也不得束身奔走稽顙城闕瞻係天衢馳心輦轂天衢已見上薦禰衡表輦轂已見上求通親親表臣不勝屏營延仰謹拜表以聞國語申胥曰昔楚靈王獨行屏營

勸進表何法盛晉書曰劉琨連名勸進中宗嘉之晉紀曰劉琨作勸進表無所點竄封印既畢對使者流涕而遣之

劉越石

建興五年晉書曰建興愍帝年號三月癸未朔十八日辛丑使持節散騎常侍都督河北并冀幽三州諸軍事領護匈奴中郎將司空并州刺史廣武侯臣琨使持節侍中都督冀州諸軍事撫軍大將軍冀州刺史左賢王渤海公臣磾頓首死罪上書臣琨臣磾頓首頓首死罪死罪臣聞天生蒸人樹之以君所以對越天地司牧黎元左傳邾文公曰天生人而樹之君以利之也典引曰發祥流慶對越天地左傳師曠曰天生人而立之君使司牧之勿使失性孝經鉤命決曰天有顧盼之義授圖于黎元聖帝明王鑒其若此易緯曰聖帝明王所以致太平知天地不可以乏饗故屈其身以奉之范曄後漢書袁紹上疏曰洛邑乏祀荀悅申鑒曰聖王屈己以申天下之樂知黎元不可以無主故

不得已而臨之東觀漢記馮異曰更始敗天下無主莊子曰君子不得已而臨莅天下也社稷時難則戚藩定其傾郊廟或替則宗哲纂其祀所以引振遐風式固萬世秦秀衛公謚曰仰睎遐風重輝冠世毛詩曰式固爾猶三五以降靡不由之史記楚子西曰孔丘述三五之法明周召之業臣琨臣磾頓首頓首死罪死罪伏惟高祖宣皇帝肇基景命王隱晉書曰宣皇帝河內溫人今上追上尊號曰宣皇帝尚書武王曰至于大王肇基王迹詩曰景命有僕毛萇曰僕附也鄭玄曰天之大命又附著於汝世祖武皇帝遂造區夏世祖武帝廟號書曰惟丕顯考文王用肇造我區夏三葉重光四聖繼軌三世謂景宣文四聖謂武帝也書曰昔我文王武王宣重光廣雅曰軌跡也惠澤侔於有虞卜年過於周氏左傳王孫滿曰成王定鼎郟鄏卜世三十卜年七百自元康以來艱禍繁興晉書曰惠帝即位改

元曰元康永嘉之際氛厲彌昏永嘉懷帝年號宸極失御登遐醜裔王隱晉書懷紀曰羯賊劉曜破洛皇帝崩於平陽宸極踰帝位荅賓戲曰周失其御禮曰天王崩告喪曰天王登遐國家之危有若綴旒公羊傳曰君若贅旒然贅猶綴也何休曰旒旗旒也以譬者言爲下所執持東西爾賴先后之德宗廟之靈皇帝嗣建舊物克甄王隱晉書懷紀曰洛陽破大司馬南陽王保於長安立秦王爲皇太子懷帝崩皇太子即位左傳伍員曰少康祀夏配天不失舊物鄭玄尚書緯注曰甄表也誕授欽明服膺聰哲欽明已見上求通親親表禮記曰服膺拳拳玉質幼彰金聲夙振應劭漢官儀曰太子太傅瑑磨玉質言太子有王之質瑑磨以道也孟子曰孔子之謂集大成集大成也者金聲而玉振之也冢宰攝其綱百辟輔其治尚書曰冢宰掌邦治統百官包咸論語注曰攝猶兼也毛詩曰不顯維德百辟其刑之四海想中興之美羣生懷來蘇之望毛詩序曰宣王任賢使能周室中興尚書

曰傒我后后來其蘇不圖天不悔禍大災荐臻左傳鄭伯曰天其悔禍于許國
未忘難冠害尋興左傳富辰曰人未忘禍王又興之逆胡劉曜縱逸西
都何法盛晉書胡錄曰建興四年劉載使劉曜冠長安敢肆犬羊凌虐天邑漢名臣奏
曰太尉應劭等議以爲鮮卑隔在漠北犬羊爲群尚書曰肆予敢求爾于天邑商臣等奉表使
還仍承西朝以去年十一月不守主上幽劫復沈虜庭
于寶晉紀曰賊入掠京都劉粲冠于城下天子蒙塵于平陽傅暢諸公讚曰葛蕃傳檄平陽求連和迎上
於是見害謝承後漢書序曰黃他求沒將投骸虜庭神器流離再辱荒逆再謂懷愍二帝老子曰天下神器不可爲爲者敗之
韋昭曰神器天子璽符服御之物也臣每覽史籍觀之前載小雅曰載事也厄運
之極古今未有苟在食土之毛含氣之類左傳芋尹無宇謂楚子曰
食土之毛誰非君臣三略曰含氣之類咸願得志莫不叩心絕氣行號巷哭新序

文三十七　二十五　辰

子貢曰子產死國人聞之皆叩心流涕曰子產已死吾將安歸皆巷哭況臣等荷寵三世
位厠鼎司三世謂邁至琨也王隱晉書曰琨祖邁相國參軍父蕃太子洗馬侍御史鼎司謂司空也
謝承後漢書序曰王龔興幹事遂陟鼎司承問震惶精爽飛越謝承後漢
書賈武上疏曰奉承詔命精爽隕越且悲且惋五情無主五情已見上謝平原內史表注莊子葉公
見龍失其魂魄五情無主舉哀朔垂上下泣血謝承後漢書胡母班書曰董卓起朔垂毛
詩曰鼠思泣血臣琨臣磾頓首頓首死罪死罪臣聞昏明迭用
否泰相濟昏明謂晝夜也文子曰春秋之代謝日月之晝夜孫卿子曰日月遞照周易曰泰者通也
物不可以終通故受之以否天命未改歷數有歸左氏傳王孫滿謂楚子曰周德雖衰天命
未改書曰天之歷數在爾躬或多難以固邦國或殷憂以啓聖明左氏
傳曰楚使椒舉如晉求諸侯晉侯欲勿許司馬侯曰不可鄰國之難不可虞也或多難以固其國啓其疆土齊

有仲孫之難而獲桓公至今賴之晉有里丕之難而獲文公是以爲盟主也韓詩曰耿耿不寐如有殷憂啓聖
見下注齊有無知之禍而小白爲五伯之長左傳曰初齊襄公立無常
鮑叔牙曰君使民慢亂將作矣奉公子小白出奔莒亂作管夷吾召忽奉公子糾來奔雍廩殺無知公伐齊納
子糾桓公自莒先入晉有驪姬之難而重耳主諸侯之盟左傳曰初晉獻公以
驪姬爲夫人夫人譖太子太子縊于新城遂譖二公子曰皆知之重耳奔蒲夷吾奔屈漢書路溫舒曰齊有無知
之禍而桓公以興晉有驪姬之難而文公用伯繇是觀之禍亂之作將以開聖人也社稷靡安必
將有以扶其危鹽鐵論曰定傾扶危黔首幾絕必將有以繼其緒
史記曰秦更民名曰黔首伏惟陛下玄德通於神明聖姿合於兩儀
陛下謂元帝也書曰玄德升聞乃命以位孝經援神契曰十世升平至德通神明兩儀天地也易曰易有太極
是生兩儀應命代之期紹千載之運孟子曰五百年必有王者興其間必有名世者

六百十二　文三十七　二十六　季重刊　湯仲

也廣雅曰命名也桓子新論曰夫聖人乃千載一出賢人君子所想思而不可得見也夫符瑞之
表天人有徵東觀漢記群臣上奏世祖曰符瑞之應昭然著聞矣中興之兆圖讖
垂典自京畿隕喪九服崩離曹子建責躬詩曰得會京畿周書曰乃辨九服之國
方千里曰王圻其外曰侯服甸服男服采服衛服蠻服夷服鎮服蕃服論語子曰邦分崩離析天下
嚚然無所歸懷班固漢書贊曰海內嚚然喪其樂生之心雖有夏之遘夷羿
宗姬之離犬戎蔑以過之左氏傳曰魏絳對晉侯曰昔有夏之方衰也后羿自鉏遷
于窮石因夏人以代夏政又曰夷羿收之杜預曰夷氏也史記曰幽王嬖愛褒姒竟廢后立褒姒爲后廢后父
申侯乃與西夷犬戎共攻幽王遂殺幽王驪山之下陛下撫寧江左奄有舊吳王隱
晉書曰元帝琅邪共王之長子永興元年就國二年加揚州諸軍事韋孟諷諫詩曰撫寧遐荒江左江東也春
秋歷序曰東方爲左毛詩曰奄有龜蒙柔服以德伐叛以刑左氏傳晉隨武子曰伐叛

刑也。柔服德也。抗明威以攝不類，杖大順以肅宇內。尚書曰：我有周佑命，將天明威。漢書音義曰：攝，安也。禮記曰：天子以德爲車，以樂爲御，諸侯以禮相與，大夫以法相序，天下之肥也。是謂大順。是謂純化既敷，則率土宅心；義風既暢，則遐方企踵。尚書曰：汝丕遠惟商耇成人，宅心知訓。劇秦美新曰：海外遐方，延頸企踵。百揆時叙于上，四門穆穆于下。書曰：納于百揆，百揆時叙。賓于四門，四門穆穆。昔少康之隆，夏訓以爲美談；左氏傳：伍員謂吳子曰：昔有過澆滅夏后相，后緡方娠，逃出自竇，歸于有仍，生少康焉，爲仍牧正，以收夏衆，使女艾諜澆，遂滅過、戈，復禹之績。澆，五叫切。公羊傳曰：魯人至今以爲美談。宣王之興，周詩以爲休詠。毛詩序曰：烝民，尹吉甫美宣王也。任賢使能，周室中興焉。況茂勳格于皇天，清輝光于四海，尚書曰：昔成湯既受命，時則有若伊尹，格于皇天。孝經曰：孝悌之至，通于神明，光于四海。蒼生顒然，莫不欣戴。尹文子曰：堯德化布于四海，仁惠被于蒼

生。淮南子曰：聖人呼吸陰陽之氣，而群生莫不喁喁然仰其德以和順。國語祭公謀父曰：商王大惡，庶人不忍，欣戴武王。聲教所加，願爲臣妾者哉！尚書曰：朔南暨聲教。史記張良曰：百姓莫不願爲臣妾。且宣皇之胤，惟有陛下，王隱晉書曰：元皇帝，宣帝之曾孫。左傳介之推曰：獻公之子九人，惟君在矣。億兆攸歸，曾無與二。尚書曰：受有億兆夷人。晏子春秋晏子謂魯哀公曰：君矯魯國化而爲一心，君曾无與二，何服有三乎。天祚大晉，必將有主，主晉祀者，非陛下而誰。法言曰：昔在有熊、高辛、唐虞、三代，咸有顯德，故天因而祚之。左傳介之推曰：天未絕晉，必將有主，主晉祀者，非君而誰。是以邇無異言，遠無異望。漢書曰：霍光以內外異言。左傳叔向曰：我先君文公，人從而與之，獻无異親，民无異望矣。謳歌者無不吟詠徽猷，獄訟者無不思于聖德。孟子曰：堯崩，三年之喪畢，舜讓避丹朱於南河之南，天下朝覲訟獄者，不之堯之子而之舜；謳歌者不謳歌堯之子而謳歌舜。曰：天也。夫而後歸中國，踐

天子之位焉。詩曰：君子有徽猷。荅賓戲曰：用納乎聖德。天地之際既交，華裔之情允洽。封禪書曰：天人之際已交，上下之情允洽。左傳孔子曰：裔不謀夏，夷不亂華。一角之獸，連理之木，以爲休徵者，蓋有百數。春秋感精符曰：麟一角，明海內共一主也。王者不刳胎，不剖卵，則出於郊。孝經援神契曰：德至草木，則木連理。尚書有休徵。西都賓曰：慶平斯列者，蓋以百數。冠帶之倫，要荒之衆，冠帶，謂中國也。西蜀父老曰：封疆之內，冠帶之倫。尚書曰：五百里要服，五百里荒服也。不謀而同辭者，動以萬計。周書曰：不謀同辭，會於武王郊下。羽獵賦曰：杖莫邪而羅者万計矣。是以臣等敢考天地之心，因函夏之趣，昧死以上尊號。漢書楊雄河東賦曰：函夏之大漢。漢書又曰：諸侯昧死再拜言上尊號。願陛下存舜禹至公之情，狹巢由抗矯之節，以社稷爲務，不以小行爲先。東觀漢記群臣上奏世祖曰：大王社稷爲計，万姓爲心。漢書賈誼上書曰：人主

之行異布衣，布衣節小行，以自託於鄉黨，人主惟社稷固爾。以黔首爲憂，不以克讓爲事。書曰：允恭克讓。上以慰宗廟乃顧之懷，下以釋普天傾首之望。詩曰：乃眷西顧。又曰：溥天之下。漢書翟義曰：天下傾首服從，莫能抗扞國難。則所謂生繁華於枯荑，育豐肌於朽骨。易曰：枯楊生稊。王弼曰：稊者，楊之秀。稊与荑通。左傳蘧子馮曰：所謂生死而肉骨。神人獲安，無不幸甚。尚書帝曰：夔，命汝典樂，神人以和。漢書漢王曰：以韓信爲大將軍。蕭何曰：幸甚。臣琨臣磾頓首頓首，死罪死罪。臣聞尊位不可久虛，萬機不可久曠。史記李斯曰：明主聖皇所能久處尊位。東觀漢記諸將上奏世祖曰：帝王不可以久曠。虛之一日，則尊位以殆；曠之浹辰，則萬機以亂。公羊傳曰：緣臣之心，不可一日无君。左氏傳君子曰：莒恃陋不修其城郭，浹辰之間，而楚尅其二都。杜預曰：浹辰，十二日也。方今鍾百王之季，當陽九之

會曹植九詠章句曰鍾當也班固漢書贊曰漢承百王之弊左傳叔向問晏子曰齊其何如晏子曰此季世
也漢書曰陽九之厄曰初入百六陽九音義曰易傳所謂陽九之厄百六之會狡寇窺窬伺國
瑕隙左氏傳師服曰民服其上下无覬覦杜預曰下不冀望上位也窬与覦同杜預左傳注曰狡猾也說
文曰窺小視也又曰覦欲也毛萇詩傳曰瑕猶過也隙閒隙也齊人波蕩無所繫心安
可以廢而不恤哉漢書曰富人博戲亂齊人如淳曰齊民齊等無有貴賤故謂之齊若今平
民也范曄後漢書李熊說公孫述曰方今四海波蕩匹夫橫議谷永集曰國家久無繼嗣天下无所繫心陛
下雖欲逡巡其若宗廟何其若百姓何公羊傳曰齊侯逡巡而謝范曄
後漢書馬武謂世祖曰大王雖欲執謙退奈宗廟社稷何昔惠公虜秦晉國震駭呂
郤之謀欲立子圉外以絕敵人之志内以固闔境之情
故曰喪君有君群臣輯穆好我者勸惡我者懼左傳僖十五年

晉與秦戰于韓原秦伯獲晉侯以歸乃許晉平晉侯使郤乞告瑕呂飴甥且召之呂甥曰將若君何衆皆曰何爲而可對曰征繕以
輔孺子諸侯聞之喪君有君羣臣輯睦甲兵益多好我者勸惡我者懼庶有益乎莊子曰方二千餘里闔四境之内前事
之不忘後代之元龜也戰國策張孟談謂趙襄子曰前事之不忘後事之師也吳志魏文帝
策命孫權曰前代之懿事後王之元龜陛下明並日月無幽不燭家語孔子曰所
謂聖者明並日月東都賦曰散皇明以燭幽深謀遠慮出自胷懷過秦論曰深謀遠慮
行軍用兵之道不及曩時之士也不勝犬馬憂國之情遲覩人神開泰
之路史記丞相翟青曰臣不勝犬馬心是以陳其乃誠布之執事左氏傳晉
使呂相絕秦曰敢盡布之執事臣等各忝守方任職在遐外不得陪列
闕庭共觀盛禮踊躍之懷南望罔極謹上臣琨謹遣兼
左長史右司馬臣温嶠王隱晉書曰温嶠字泰真太原人也劉琨假守左長史西臺除司

空右司馬五年琨使詣江南主簿臣辟閭訓臧榮緒晉書曰辟閭訓字祖明樂安人也汲石
勒爲幽州刺史臣磾遣散騎常侍征虜將軍清河太守領右長
史高平亭侯臣榮劭晉百官名曰榮劭字茂世北平人爲清河太守輕車將軍
關内侯臣郭穆百官名曰郭穆字景通没胡中奉表臣琨臣磾等頓首
頓首死罪死罪

文選卷第三十七

賜進士出身通奉大夫江南蘇松常鎮太等處承宣布政使司布政使胡克家重校刊

文選卷第三十八

梁昭明太子撰

文林郎守太子右內率府錄事參軍事崇賢館直學士臣李　善注上

表下

張士然爲吳令謝詢求爲諸孫置守冢人表
庾元規讓中書令表　桓元子薦譙元彥表
殷仲文自解表
傅季友爲宋公至洛陽謁五陵表
爲宋公求加贈劉前軍表
任彥昇爲齊明帝讓宣城郡公第一表

爲范尚書讓吏部封侯表
爲蕭揚州薦士表
爲褚蓁讓代兄襲封表
爲范始興作求立太宰碑表

爲吳令謝詢求爲諸孫置守冢人表

孫盛晉陽秋曰謝詢河東人終於吳令

張士然 孫盛晉陽秋曰張悛字士然吳國人也元康中吳令謝詢表爲孫氏置守冢人悛爲其文詔從之晉百官名曰悛爲太子庶子

臣聞成湯革夏而封杞武王入殷而建宋尚書曰乃爾先祖成湯革夏駿命漢書酈生曰昔湯放桀封其後於杞呂氏春秋曰武王入殷立成湯之後於宋春秋征伐則晉脩虞祀燕祭齊廟左氏傳曰晉滅虢遂襲虞滅之而修虞祀歸其職貢於王傅子曰樂毅伐齊遂下齊七十餘城置吏屬燕爲郡而修齊之宗廟夫一國爲一人興先賢爲後愚廢成湯夏禹賢興國後桀紂無道而失國誠仁聖所哀悼而不忍也故三王敦繼絕之德春秋貴柔服之義論語曰繼絕世柔服已見劉琨勸進表昔漢高受命追存六國凡諸絕祚一時並祀漢書曰高祖撥亂猶修祀六國又詔曰秦皇帝楚隱王魏安釐王齊愍王趙悼襄王皆絕亡後其與秦始皇帝守冢三十家趙及魏公子亡忌各五家令視其冢復亡與它事親與項羽對爭存亡逮羽之死臨哭其喪漢書灌嬰斬項羽東城漢王爲發喪哭臨而去將以位甞侔尊力甞均勢雖功奪其成而恩與其敗且暴興疾顛禮之若舊班固漢書項羽贊曰舜重瞳子項羽又重瞳子豈其苗裔邪何其興之暴也國語單

襄公曰高位寔疾顛殘戮之尸乃以公葬漢書曰初懷王封羽爲魯公乃以魯公禮葬羽於穀城若使羽位承前緒世有哲王一朝力屈全身從命則楚廟不隳有後可冀伏惟大晉應天順民武成止戈應天順民已見上左氏傳楚子謂潘黨曰夫文止戈爲武西戎有即序之人京邑開吳蜀之館書曰織皮崐崘析支渠搜西戎即叙洛陽故宮名曰馬市在城東吳蜀二主館相連興滅加乎萬國繼絕接于百世論語子曰興滅國繼絕世雖三五引道商周稱仁洋洋之義未足以喻是以孫氏雖家失吳祚而族蒙晉榮子弟量才比肩進取懷金侯服佩青千里懷金已見上謝平原內史表佩青已見上求通親親表毛詩曰侯服于周天命靡常東觀漢記楊喬曰臣伏念二千石典牧千里當時受恩多有過望臣聞春雨潤

朩自葉流根鴟鴞恤功愛子及室 毛詩曰鴟鴞鴟鴞既取我子無毁我室 故天稱罔極之恩聖有綢繆之惠 罔極已見上求通親親表毛詩曰徹彼桑土綢繆牖戶 追惟吳僞武烈皇帝 吳志孫堅字文臺吳郡人蓋孫武後也權既稱尊号諡堅曰武烈皇帝 遭漢室之弱值亂臣之強首唱義兵先衆犯難破董卓於陽人濟神器於甄井 吳志曰堅屯梁東爲卓軍所攻潰圍而出堅復合戰於陽人大破卓軍漢書音義韋昭曰神器天子璽符也吳書曰初堅入洛軍城南甄官井上每旦有五色氣舉軍驚怪莫敢汲堅命人浚探得漢傳國璽文曰受命于天既壽永昌方圓四寸上紐交五龍龍上一角缺甄音真 威震群狡名顯往朝桓王才武弱冠承業 吳志曰孫策字伯符堅子也權稱尊号追諡策曰長沙桓王 招百越之士奮鷹揚之勢 漢書曰故衡山王芮從百越之兵以佐諸侯誅暴秦詩曰維師尚父時維鷹揚 西赴許都將迎幼

主雖元勳未終然至忠已著 吳志曰曹公與袁紹相距於官渡策陰謀襲許迎漢帝未發爲故吳郡太守許貢客所殺 夫家積義勇之基世傳扶危之業進爲徇漢之臣退爲開吳之主而蒸嘗絕於三葉園陵殘於薪采 爲采薪者所踐毁也 臣竊悼之伏見吳平之初明詔追録先賢欲封其墓愚謂二君並宜應書 二君堅策也 故舉勞則力輸先代論德則惠存江南正刑則罪非晉寇從坐則異世已輕若列先賢之數蒙詔書之恩裁加表異以寵亡靈則人望克厭誰不曰宜二君私奴多在墓側今爲平民乞差五人蠲其徭役使四時修護頹毁掃除塋壟永以爲常

讓中書令表 諸晉書並云讓中書監此云令恐誤也

庾元規 何法盛晉書潁川庾録曰亮字元規爲中書郎肅祖欲使爲中書監上疏肅祖納亮言封永昌公後遷司馬録尚書事薨

臣亮言臣凡庸固陋少無檢操昔以中州多故舊邦喪亂 中州爲洛陽庾氏潁川人近洛陽故云中州舊邦 隨侍先臣遠庇有道爰客逃難求食而已 何法盛晉書曰亮父琛爲會稽太守亮少隨父會稽又曰中宗爲鎮東將軍鎮建鄴論語季康子以就有道孔安國尚書序曰逃難解散 不悟徼時之福遭遇嘉運先帝龍興乘異常之顧 先帝謂中宗元帝也尚書序曰漢室龍興 既眷同國士又申之婚姻 何法盛晉書曰中宗欽亮名德故申婚姻又曰中宗娉亮妹爲皇太子妃國士婚姻已見懷舊賦 遂階親寵累忝非服弱冠濯纓沐浴芳風 孟子曰滄

浪之水清兮可以濯我纓沐浴已見上求自試表注 頻繁省闥出總六軍 何法盛晉書曰王敦表亮爲中領軍 十餘年間位超先達無勞被遇無與臣比小人祿薄福過災生止足之分臣所宜守 老子曰知足不辱知止不殆 而偷榮昧進日爾一日謗讟既集上塵聖朝始欲自聞而先帝登遐 先帝謂元帝也登遐已見上文 區區微誠竟未上達陛下踐祚聖政維新 臧榮緒晉書曰明帝諱紹字道幾元帝太子也禮曰成王幼不能蒞祚周公作相踐祚而治詩曰周雖舊邦其命維新 宰輔賢明庶寮咸允康哉之歌實在至公 康哉之歌已見景福殿賦仲長子昌言曰人主臨之以至公行之以至仁 而國恩不已復以臣領中書臣領中書則示天下以私矣何者臣於陛下后之兄也 王隱晉書曰明穆皇后庾氏字文君琛第二女生成帝孫盛晉陽秋曰庾亮明穆皇后之

兄也姻婭之嫌實與骨肉中表不同雖太上至公聖德無
私老子曰太上下知有之河上公曰太上謂太古無名之君也無私已見上求通親親表注然世之喪
道有自來矣悠悠六合皆私其姻者也人皆有私則謂
天下無公矣是以前後二漢咸以抑后黨安進婚族危
向使西京七族東京六姓西京七族已見西京賦東京六姓章德竇后和熹鄧后安
思閻后桓思竇后順烈梁后靈思何后皆非姻黨各以平進縱不悉全決
不盡敗今之盡敗更由姻昵臣歷觀庶姓在世無黨於
朝無援於時植根之本輕也薄也苟無大瑕猶或見容
至於外戚憑託天地勢連四時根援扶疎重矣大矣而
財居權寵四海側目漢書曰列侯宗室見郅都側目而視也事有不允罪

不容誅身既招殃國爲之弊其故何邪直由婚媾之私
群情之所不能免故率其所嫌而嫌之於國是以疏附
則信姻進則疑疑積於百姓之心則禍成重闥之內矣
此皆往代成鑒可爲寒心者也夫萬物之所不通聖賢
因而不奪冒親以求一才之用未若防嫌以明公道韓詩
外傳曰公道達而私門塞今以臣之才兼如此之嫌而使內處心
膂音呂外揔兵權尚書穆王曰今命汝作朕股肱心膂賈逵國語注曰膂脊也以此求
治未之聞也以此招禍可立待也孫卿子曰亂則危辱滅亡可立而待也
雖陛下二相明其愚欵二相王敦王導也王隱晉書曰王敦字處仲中宗時爲大將軍
謀逆肅祖以爲丞相不受又曰王導字茂弘中宗時爲侍中肅祖即位敦平進太保不拜後爲丞相朝士

百寮頗識其情天下之人何可門到戶說使皆坦然邪
孝經曰君子之教以孝非家至而日見之鄭玄曰非門到戶至而見之楚辭曰衆不可戶說兮孰云察予之中情
尚書序曰坦然明白夫富貴寵榮臣所不能忘也刑罰貧賤臣所
不能甘也今恭命則愈違命則苦臣雖不達何事背時
違上自貽患責邪實仰覽殷鑒量己知弊毛詩曰殷鑒不遠在夏后
之世身不足惜爲國取悔是以悾悾屢陳丹款曹大家蟬賦曰復丹
款之未足留滯恨乎天際也而微誠淺薄未垂察諒憂惶屏營不知
所厝屏營已見上謝平原內史表以臣今地不可以進明矣且違命
已久臣之罪又積矣歸骸私門以待刑書漢書曰彭宣上書乞骸骨
歸鄉里私門已見本篇注尚書曰哀矜折獄明啓刑書願陛下垂天地之鑒察臣

之愚則雖死之日猶生之年矣

薦譙元彥表

孫盛晉陽秋曰譙秀字元彥巴西人譙周孫性清不交於俗李雄盜蜀安車徵秀秀不應躬耕山藪桓溫平蜀反役上表薦秀

桓元子何法盛晉書曰桓溫字元子譙國人爲琅邪王文學後進位大司馬薨

臣聞太朴既虧則高尚之標顯易曰不事王侯高尚其事道喪時昏
則忠貞之義彰道喪已見江淹雜體詩左氏傳荀息曰公家之利知無不爲忠也送往事居耦
俱無猜貞也故有洗耳投淵以振玄邈之風洗耳許由也琴操曰堯大許由
之志禪爲天子由以其不善乃臨河洗耳莊子曰舜以天下讓其友北人無擇北人無擇曰異哉后之爲人也
欲以其辱行慢我吾羞見之因自投清泠之淵亦有秉心矯迹以敦在三之節
國語曰晉武公伐翼殺哀侯止欒子曰苟無死矣吾令子爲上卿辭曰成聞之人生於三事之如一父生之師教

之君食之章昭曰三君父師也是故上代之君莫不崇重斯軌所以篤
俗訓民靜一流競魏書文帝令曰樹德垂聲崇化篤俗伏惟大晉應符
御世應符已見上文論語比考讖曰聖王御世河龍負卷舒圖運無常通時有屯蹇
神州丘墟三方圮裂神州見吳都賦注兔罝絕響於中林白駒
無聞於空谷毛詩曰肅肅兔罝施于中林鄭玄曰兔罝之人能恭敬則是賢者衆多也又曰皎皎
白駒在彼空谷生芻一束其人如玉斯有識之所悼心大雅之所嘆息者
也劉歆移書曰有識之所歎愍阮瑀爲曹公與孫權書曰大雅之人不肯爲此陛下聖德
嗣興方恢天緒何法盛晉書曰孝宗穆帝諱聃字彭子康帝崩乃即位臣昔奉役有
事西土鯨鯢既懸恩宣大化何法盛晉書曰李勢盜蜀溫伐勢勢出軍戰于笮橋軍敗
面縛請命鯨鯢喻李勢也鯨鯢已見上文謝朓八公山詩訪諸故老搜揚潛逸庶武

羅於羿浞之墟想王蠋音蜀於亡齊之境左氏傳魏絳曰昔后羿因夏人
以代夏政弃武羅伯因熊髡尨圉而用寒浞寒浞伯明氏之讒子弟也虞羿于田以取其國家杜預曰四子皆羿
之良臣也史記曰燕之初入齊聞畫邑人王蠋賢令軍中曰環畫邑三十里毋入以王蠋之故已而使人謂蠋
曰齊人多高子之義吾以爲將封子萬家蠋固謝燕人曰子不聽吾引三軍而屠畫邑王蠋曰忠臣不事二君
貞女不更二夫齊王不聽吾諫則退而耕於野國既破亡吾不能存今又劫之以兵爲君將是助桀爲暴也與
其生無義固不如享名遂經其頸於樹枝自奮絕脰而死竊聞巴西譙秀植操貞固
易曰貞固足以幹事抱德肥遯揚清渭波文子曰養生以經世抱德以終年可謂體道矣
楚辭曰淈其泥而揚其波渭水已見西征賦于時皇極遘道消之會群黎蹈
顛沛之艱道消顛沛已見謝平原內史表中華有顧瞻之哀幽谷無遷
喬之望毛詩曰顧瞻周道中心怛兮遷喬已見劉琨荅盧諶詩凶命屢招姦威仍

逼孫盛晉陽秋曰李雄安車徵秀雄叔父驤驤子壽辟命皆不應也身寄虎吻危同朝
露莊子孔子曰丘幾不免虎口哉朝露已見上求自試表而能抗節玉立誓不降
辱琴操莊周歌曰避世俟道志絜如玉論語子曰不降其志不辱其身伯夷叔齊與杜門絕迹
不面僞庭進免龔勝亡身之禍退無薛方詭對之譏漢書
曰王莽既篡遣使者奉璽書太子師及祭酒印綬安車駟馬迎龔勝勝自知不見聽即謂門人高暉曰吾受漢
室厚恩無以報今老矣旦暮入地誼豈以一身事二姓下見故主哉語畢遂不復開口飲食積十四日死時年
七十九矣又曰薛方字子容王莽以安車迎方方因使者辭謝曰堯舜在上下有巢許今明主方隆唐虞之德
亦猶小臣欲守箕山之節也使者以聞莽說其言不強致說音悅雖園綺之棲商洛管寧
之默遼海漢書曰園公綺季當秦之世避而入商洛深山管寧遼東已見謝朓郡內登望詩博物志
廉翻夢人謂己曰余孤竹君之子遼海漂吾棺槨也方之於秀殆無以過于今西

土以爲美談西土蜀也夫旌德禮賢化道之所先崇表殊節
聖喆之上務方今六合未康豺豕當路遺黎偷薄義聲
弗聞漢書曰偷薄之政自是滋矣魏志崔琰書諫文帝曰盤遊滋侈義聲不聞益宜振起道
義之徒以彰流遯之弊若秀蒙蒲帛之徵漢書曰武帝初即位使使
者束帛加璧安車以蒲輪駕駟迎申公也足以鎮靜頹風軌訓囂俗魏文帝令曰道
薄於當年風頹於百代幽遐仰流九服知化矣周書曰乃辨九服之國

解尚書表

檀道鸞晉陽秋曰桓玄借位仲文以佐命親貴帝初反正抗表自解

殷仲文

臣聞洪波振壑川無恬鱗魏略王脩奏記曰消流之水無洪波之勢七發曰橫暴之
極魚鱉失勢顛倒偃側也驚飈拂野林無靜柯家語吾丘曰樹欲靜而風搖之何者

勢弱則受制於巨力。質微則莫以自保。於理雖可得而言。於臣豈所敢喩。昔桓玄之世。誠復驅迫者衆。至於愚臣。罪實深矣。進不能見危授命。忘身殉國。論語。子張問士。子曰。見危致命。見利思義。司馬遷荅任少卿書曰。李陵常思奮不顧身。以殉國家之急。退不能辭粟首陽。拂衣高謝。史記曰。伯夷叔齊恥武王伐紂。義不食周粟。隱於首陽山。遂乃宴安昏寵。叨昧僞封。左傳曰。宴安酖毒。不可懷也。錫文篡事。曾無獨固。曾無固守之節。亦從於衆也。晉中興書曰。詔加桓玄爲楚王。備九錫之禮。玄到姑熟。朝臣勸進。玄遂篡位。名義以之俱淪。情節自茲兼撓。宜其極法。以判忠邪。鎮軍臣裕。鎮軍。宋高祖也。匡復社稷。大引善貸。馮衍與田邑書曰。左平山東。右匡社稷。老子曰。夫惟道。善貸且成。佇一戮於微命。申三驅於大信。楚辭曰。蜂蛾微命力何固。五百五十 三驅已見東都賦。既惠之以首領。復引之以縶維。左氏傳。宋公曰。若以大夫之靈。得保首領以沒。縶維已見上文。于時皇輿否隔。天人未泰。用忘進退。惟力是視。惟力是視已見東京賦。是以僶俛從事。自同全人。毛詩曰。何有何無。僶俛求之。呂氏春秋曰。任天下而不強。此之謂全人。高誘曰。全人。全德之人。無虧闕也。今宸極反正。惟新告始。反正已見謝靈運述祖德詩。惟新已見庾元規讓中書令表。憲章既明。品物思舊。禮曰。仲尼憲章文武。品物已見歎逝賦。臣亦胡顏之厚。可以顯居榮次。尚書曰。予心顏厚有忸怩。乞解所職。待罪私門。私門已見上庾元規讓中書令表。違謝闕庭。乃心愧戀。謹拜表以聞。臣某云云。

文三十八　九

爲宋公至洛陽謁五陵表

晉書曰。義熙十二年。洛陽平。裕命修晉五陵。置守備。

傅季友

臣裕言。近振旅河湄。揚旍西邁。左氏傳。季文子曰。中國不振旅。蠻夷入伐。詩曰。居河之湄。將届舊京。威懷司雍。威懷已見潘岳關中詩。太康地記曰。司州。司隸校尉。治漢武帝初置。其界本西得梁州之地。今以三輔爲雍州。河流遄疾。道阻且長。詩曰。遡洄從之。道阻且長。加以伊洛榛蕪。津塗久廢。蜀志。許靖與曹公書曰。袁術方命圯族。津塗四塞。伐木通逕。淹引時月。東觀漢記曰。岑彭伐樹木開道。直出黎丘。始以今月十二日。次故洛水浮橋。山川無改。城闕爲墟。宮廟隤頓。鍾簴空列。觀宇之餘。鞠爲禾黍。鞠爲茂草。已見西征賦。毛詩序曰。過故宗廟宮室。盡爲禾黍。廛里蕭條。雞犬罕音。蕭條。已見上西征賦。東觀漢記曰。北夷寇作。無雞鳴狗吠之聲。感舊永懷。痛心在目。劉琨荅盧諶詩曰。哀我皇晉。痛心在目。以其月十五百三十八 五日。奉謁五陵。郭緣生述征記曰。北邙東則乾脯山。山西南晉文帝崇陽陵。陵西武帝峻陽陵。邙之東北。宣帝高原陵。景帝峻平陵。邙之南則惠帝陵也。墳塋幽淪。百年荒翳。天衢開泰。情禮獲申。故老掩涕。三軍悽感。瞻拜之日。憤慨交集。行河南太守毛脩之等。沈約宋書曰。毛脩之字敬文。滎陽人也。高祖將伐羌。爲河南河內二郡太守。戍洛陽。既開翦荊棘。繕修毀垣。左氏傳。戎子駒支曰。驅其狐狸。翦其荊棘。西京賦曰。步毀垣而延竚。職司既備。蕃衛如舊。伏惟聖懷。遠慕兼慰。不勝下情。謹遣傳詔殿中中郎臣某。奉表以聞。

文三十八　十　唐才

爲宋公求加贈劉前軍表

沈約宋書曰。劉穆之字道沖。東莞人。爲前將軍。卒。追贈儀同三司。高祖又表於天子。於是重贈侍中司徒。封南昌縣侯。

傅季友

臣聞崇賢旌善，王教所先。王隱晉書，衛瓘上言曰：崇賢舉善，而教用彰。謝承後漢書曰：滕延拜京兆尹，旌善爲務。念功簡勞，義深追遠。尚書，禹曰：惟帝念功。論語曰：愼終追遠，民德歸厚矣。故司勳秉策，在勤必記。周禮曰：凡有功者，銘書於王之太常。德之休明，沒而彌著。左氏傳，王孫滿曰：德之休明。故尚書左僕射前軍將軍臣穆之，爰自布衣，協佐義始。裴子野宋略曰：高祖潛謀匡復，署穆之主簿，委以腹心。內竭謀猷，外勤庶政。尚書曰：爾有嘉謀嘉猷，則入告爾后于內。又曰：庶政惟和，萬邦咸寧。密勿軍國，心力俱盡。韓詩曰：密勿同心，不宜有怒。密勿，僶俛也。及登庸朝右，尹司京畿。沈約宋書曰：穆之爲尚書左僕射，又曰：加丹陽尹。尚書曰：若時登庸。敷讚百揆，翼新大猷。尚書曰：納于百揆。毛詩曰：匪大猷是經，惟邇言是聽。頃戎車遠役，居中作捍。沈約宋書曰：高祖北伐，轉穆之左僕射，甲仗五十人，入居東城。毛詩曰：左旋右抽，中軍作好。鄭玄曰：居軍中爲容好也。撫寧之勳，實洽朝野。識量局致，棟幹之器也。蜀志曰：文帝察黃權有局量。易曰：棟隆之吉，不橈于下也。方宣讚盛化，緝隆聖世，志績未究，遠邇悼心。皇恩褒述，班同三事。蜀志曰：偉度姓胡，爲諸葛亮主簿，故見褒述。尚書曰：三事大夫，敬爾有官。榮哀既備，寵靈已泰。論語，子貢曰：夫子其生也榮，其死也哀。寵靈，已見江淹雜體詩。臣伏思尋，自義熙草創，艱患未弭。王隱晉書曰：義熙，安帝年號。國語，太子曰：天禍至于今未弭乎。外虞既殷，內難亦薦。沈約宋書曰：義熙五年，慕容超數爲邊患，公抗表北伐。公之北伐也，徐道覆乃有闚闔之志，勸盧循承虛而下。循從之。公羊傳曰：君子避內難，不避外難。時屯世故，靡有寧歲。周易曰：屯，剛柔始交而難生。又曰：屯，難也。潘正叔迎大駕詩曰：世故尚未夷。國語，姜氏告於公子曰：子之行，晉無寧歲。臣以寡劣，貞荷國重，實賴穆之匡翼之勳。豈惟讜言嘉謀，溢

六百三十六　文三十八　十一

于民聽；若乃忠規密謨，潛慮帷幕，造膝詭辭，莫見其際。穀梁傳曰：士造辟而言，詭辭而出。范甯曰：辟，君也。詭辭而出，不以實告人也。風俗通曰：禮諫有五，諷爲上。故入則造膝，出則詭辭。禮曰：善則稱君，過則稱己。王隱晉書曰：樂廣任誠保素，莫見其際。事隔於皇朝，功隱於視聽者，不可勝記。所以陳力一紀，遂克有成。國語，狐偃曰：畜力一紀，可以遠矣。又舅犯曰：若克有成，晉之柔嘉是甘。出征入輔，幸不辱命。微夫人之左右，未有寧濟其事者矣。左氏傳，重耳曰：微夫人力之不及此。爾雅曰：左右，助也。寧濟，已見曹植責躬詩。履謙居寡，守之彌固。易曰：九三勞謙，君子有終吉。王弼曰：履得其位也。每議及封爵，輒深自抑絕。所以勳高當年，而茅土弗及。三輔決錄曰：茂陵馬氏代襲茅土。撫事永念，胡寧可昧？謂宜加贈正司，追甄土宇，俾忠貞之烈，不泯於身後。大賚所及，永秩於善人。論語曰：周有大賚，善人是富。臣契闊屯夷，旋觀終始，金蘭之分，義深情感。易曰：二人同心，其利斷金。同心之言，其臭如蘭。是以獻其乃懷，布之朝聽，所啓上合，請付外詳議。

爲齊明帝讓宣城郡公第一表

蕭子顯齊書曰：明皇帝，始安貞王道生子。初，太祖封西昌侯，廢鬱林王、海陵王，封宣城郡公也。

任彥昇

臣鸞言：被臺司召，以臣爲侍中、中書監、驃騎大將軍、開府儀同三司、楊州刺史、錄尚書事，封宣城郡公，食邑三千戶，加兵五千人。臣本庸才，智力淺短。毋丘儉表曰：禹禹之朝，不畜庸才。東觀漢記，李通上疏曰：臣經術短淺，智能空薄。太祖高皇帝篤猶子之

五百十四　文三十八　十二　黃生

愛降家人之慈。蕭子顯齊書：太祖高皇帝諱道成，道生即太祖之弟也。禮記曰：兄弟之子猶子也，蓋引而進之。漢書曰：齊悼惠王肥，孝惠二年入朝，帝與齊王燕飲太后前，置齊王上坐，如家人禮。世祖武帝情等布衣，寄深同氣。蕭子顯齊書曰：世祖武皇帝諱賾，字宣遠，太祖長子。晉中興書，庾亮上疏曰：先帝謬顧，情同布衣。曹植求自試表曰：與國分形同氣，憂患共之。武皇大漸，實奉話言。尚書：王曰：嗚呼，疾大漸惟幾。毛詩曰：其惟哲人，告之話言。雖自見之明，庸近所蔽。韓子曰：楚莊王欲伐越，莊子曰：伐越何也？王曰：以政亂兵弱。莊子曰：臣患知之如目，見百步之外，不能自見其睫。故曰自見之謂明。愚夫一至，偶識量己。劉劭人物志曰：一至謂之偏材。偏材，小雅之質也。爾雅曰：偶，遇也。郭璞曰：偶爾值也。庾元規表曰：仰覽殷鑑，量己知弊。實不忍自固於綴衣之扆，拒違於玉几之側。尚書顧命曰：出綴衣於庭。越翼日，王崩。玉几見下句。遂荷顧託，導揚末命。又曰：后憑玉几，導揚末命。雖嗣君棄常，獲罪宣德。

嗣君，謂鬱林王也，爲宣太后所廢。左傳，申繻曰：人棄常而妖興。漢書曰：太后召昌邑王賀，賀曰：我安得罪而召我哉。王室不造，職臣之由。不造已見嵇康幽憤詩。職汝之由已見王仲宣贈文叔良詩。何者？親則東牟，任惟博陸。漢書曰：齊悼惠王子興居爲東牟侯。又曰：武帝遺詔封博陸侯。徒懷子孟社稷之對，何救昌邑爭臣之譏。漢書，霍光奏曰：昌邑王賀不可以承天緒，當廢。皇太后詔可。王曰：聞天子有爭臣七人，雖无道不失天下。光謝曰：王行自絶於天。臣寧負王，不負社稷。四海之議，於何逃責？且陵土未乾，訓誓在耳。曹植求自試表曰：墳土未乾，而身名並滅。左傳，晉穆嬴曰：今君雖終，言猶在耳。家國之事，一至於斯。謂鬱林猖蹙顛蹶也。孫盛晉陽春秋曰：郤超假還東，簡文帝謂之曰：致意尊公，家國之事，遂至於此。非臣之尤，誰任其咎。毛詩曰：發言盈庭，誰敢執其咎。將何以肅拜高寢，虔奉武園。寢廟已見吳都賦。園陵已見上張士然表。悼心失圖，泣血待旦。左傳，楚薳啓彊曰：孤與二三臣悼心失圖。尚書曰：先王昧爽坐以待旦。寧容復徼榮於家恥，宴安於國危。晉中興書，卞壼表曰：豈敢干祿位以徼時榮乎？宴安已見上解尚書表。驃騎上將之元勳，神州儀刑之列岳。漢書曰：霍去病征匈奴，有絶漠之勳。始置驃騎將軍，位在三公上。班固衛青述曰：長平桓桓，上將之元。神州已見上薦譙元彦表。鄭氏毛詩箋曰：儀則，刑法也。尚書古稱司會，中書實管王言。周禮曰：司會，中大夫二人。鄭玄曰：司會，主天下之事，若今之尚書耳。沈約宋書曰：置祕書令，典尚書奏事。文帝黄初初，改爲中書令。且虛飾寵章，委成禦侮。王隱晉書曰：武帝詔山濤曰：勿復爲虛飾之煩。詩曰：予曰有禦侮。臣知不愜物，誰謂宜。但命輕鴻毛，責重山岳。戰國策，唐雎謂楚王曰：國權輕於鴻毛，而積禍重於山岳。陽泉養性賦曰：況性命之幾微，如鴻毛之漂輕。毋丘儉之遼東詩曰：憂責重山岳，誰能爲我擔。存沒同歸，毀譽一貫。莊子曰：哀公曰：何謂材全？仲尼曰：存亡毀譽，是事之變。吳志，周

魴與曹休書曰：志行雖微，存沒一節。周易曰：殊途而同歸。書曰：爲善不同，同歸于治。莊子，老聃曰：彼以死生爲一條，以可不可爲一貫也。辭一官不減身累，增一職已黷朝經。七略曰：位累我躬。賈逵國語注曰：黷，慢。朝經也。家語，孔子曰：治天下國家有九經，其所以行者一也。便當自同體國，不爲飾讓。穀梁傳曰：大夫，國體也。何休曰：君之卿佐，是謂股肱，故曰國體。孫皓詔紀陟曰：故特任使，莫復飾讓。至於功均一匡，賞同千室。論語，孔子曰：管仲相桓公，一匡天下。左傳曰：晉侯滅赤狄潞氏。晉侯賞桓子狄臣千室。光宅近甸，奄有全邦。光宅已見吳都賦。謝承後漢書曰：周防及守近甸。嘉瑞表應。毛詩曰：奄有龜蒙。漢書，淮南王上書曰：淮南全國之時。殞越爲期，不敢聞命。左傳，齊侯對宰孔曰：小白恐殞越于下。亦願曲留降鑒，即垂順許。鉅平之懇誠必固，永昌之丹慊獲申。鉅平，羊祜。永昌，庾亮。並見上表。乃知君臣之道，綽有餘裕。孟子曰：欲爲君盡君道，欲爲臣盡臣道。又曰：

吾聞之也，有官守者不得其職則去，有言責者不得其言則去。我無官守，我無言責，則吾進退豈不綽綽然有餘裕哉。苟曰易昭，敢守難奪，故可庶心引議，酌己親物者矣。不勝荷懼屏營之誠，謹附某官某甲奉表以聞。臣諱誠惶誠恐。

爲范尚書讓吏部封侯第一表

范雲，字彥龍。與梁武同事齊竟陵王，爲八友。又與雲住處相近，更增親密。及爲天子，以爲吏部尚書，甚敬雲。嘗語其二弟曰：我昔與雲情同昆弟，汝當爲我呼雲爲兄。

任彥昇

臣雲言：被尚書召，以臣爲散騎常侍、吏部尚書，封霄城縣開國侯，食邑千戶。奉命震驚，心顏無措。臣雲頓首頓首，

死罪死罪。臣素門凡流，輪翮無取。張載贈棗子玹詩曰：輔車運在輪，飛骨須六翮。進謝中庸，退慙狂狷。禮記，仲尼曰：君子中庸，小人反中庸。論語，子曰：狂者進取，狷者有所不爲也。固嘗鑽厲求學，而一經不治。漢書曰：韋賢少子玄成，復以明經歷位至丞相。故鄒魯諺曰：遺子黃金滿籯，不如一經。篆刻爲文，而三冬靡就。法言曰：童子彫蟲篆刻。漢書，東方朔上書曰：臣朔學書，三冬文史足用。負書燕魏，空彈菽粟。戰國策曰：蘇秦說秦王，書十上而說不納。去秦而歸，負書檐橐。孟子曰：聖人之治天下，使菽粟如水火。躡屩脚齊楚，徒失貧賤。史記曰：虞卿躡蹻檐簦，說趙孝成王。徐廣曰：蹻，草屩也。韓詩外傳曰：田子方謂魏太子曰：貧賤可以驕人矣。志不得，則受屣而適秦楚耳。安往而不得吾貧賤乎。既而分虎出守，以囊被見嗤。漢書文紀曰：初與郡守爲銅虎符。漢書曰：王陽父子皆好車馬衣服，其自奉養極爲鮮明。及遷徙去處，所載不過囊衣爾。持斧作牧，以薏苡興謗。漢書曰：暴勝之持斧逐捕盜賊。周禮曰：八命作牧。范曄後漢書曰：吳祐父恢爲南海太守，欲殺青簡以寫經書。祐諫曰：今大人踰越五嶺，遠在海濱，其俗誠陋，然舊多珍怪，上爲國家所疑，下爲權戚所望。此書若成，則載之兼兩。昔馬援以薏苡興謗，王陽以衣囊徼名。嫌疑之間，誠先賢所慎也。赭衣爲虜，見獄吏之尊。漢書，賈山上書曰：秦赭衣半道，群盜滿山。又曰：人有上書告周勃欲反，下廷尉。勃恐，不知致辭。勃以千金與獄吏，獄吏乃書牘背示之曰：以公主爲證。勃既出，曰：吾嘗將百万軍，然安知獄吏之貴也。除名爲民，知井臼之逸。孫盛晉陽秋曰：劉引頗望，除名爲民。東觀漢記曰：馮衍家娶北地任氏女爲妻，悍忌，不得畜媵妾，兒女常自操井臼也。百年上壽，既曰徒然。莊子，盜跖謂孔子曰：人上壽百歲，中壽八十。如其誠說，亦以過半。亂離斯瘼，欲以安歸。毛詩曰：亂離瘼矣，爰其適歸。薛君曰：瘼，散也。閉門荒郊，再離寒暑。閑門已見恨賦。毛詩曰：載離寒暑。兼以東皐數畝，控帶朝夕。秋興賦曰：耕東皐之沃壤，輸黍稷之餘稅。朝夕已見江賦。關外一區，悵

望鍾皐。漢書，楊僕上書曰：恥爲關外人。又曰：楊雄有宅一區。蔡邕詩序曰：暮宿河南，悵望。許慎曰：鍾山北陸無日之地。雖室無趙女，而門多好事。楊惲與孫會宗書曰：婦，趙女也，雅善鼓瑟。漢書曰：楊雄素貧嗜酒，人希至其門。時有好事者，載酒肴從遊學。祿微賜金，而懽同娛老。漢書曰：賜金娛老，謂疏廣也。張景陽詠史詩已見。折芰焚枯，此焉自足。謝承後漢書曰：鄭敬，字次都，釣魚大澤，折芰而坐，以蒲薦肉，瓢盈酒，琴書自樂。焚枯已見應璩百一詩。陛下應期萬世，接統千祀。莊子曰：萬世之後，而遇大聖，知其解者，是旦暮遇之也。漢書，司馬談曰：今天子接千歲之統。三千景附，八百不謀。周書曰：湯放桀而歸於亳，三千諸侯大會，然後即天子之位。又曰：武王將渡河，中流，白魚入于王舟，王俯取出涘以祭。不謀同辭，不期同時，一朝會武王於郊下者八百諸侯。臣釁等離心，功慙同德。尚書，武王曰：受有億兆夷人，離心離德。予有亂臣十人，同心同德。泥首在顏，輿棺未毀。張溫表曰：臨去武昌，庶得泥首闕下。輿棺，即輿櫬也，已見潘安仁誄。

詩陸機締構草昧敢叨天功締構見魏都賦易曰天造草昧鄭玄曰草草創也昧爽也左氏傳介之推曰竊人之財猶謂之盜況貪天之功以爲己力獄訟謳謌示民同志獄訟謳謌已見劉越石勸進表而隆器大名一朝揔集莊子曰語大功立大名此朝廷之士也左傳仲尼曰惟名與器不可以假人顧己反躬何以臻此正當以接閈白水列宅舊豐光武居白水已見南都賦東觀漢記曰吳漢南陽人也爲人質厚少文上以其南陽人故親之漢書曰盧綰豐人也與高祖同里蕭曹等特以事見禮至其親幸莫及綰也忘捨講之尤存諸公之費東觀漢記曰初上學長安時過朱祐祐甞留上須講竟乃談話及帝登位車駕幸祐第問主人得無去我講乎祐曰不敢又曰上初學長安南陽大人賢者往來長安爲之邸閣稽疑資用乏與同舍生韓子合錢買驢令從者僦以給諸公費俯拾青紫豈待明經漢書夏侯勝曰士病不明經經苟明其取青紫如俛拾地芥臣雲頓首頓首死罪死罪夫銓衡之重關諸隆替

七百二字 文三十八 十七 劉用

陸機顧譚誄曰遷吏部尚書才長於銓衡而綜核人物遠惟則哲在帝猶難尚書咎繇曰在知人禹曰咸若時惟帝其難之知人則哲能官人漢魏已降達識繼軌雅俗所歸惟稱許郭孫綽子或問雅俗曰判風流正位分涇渭殊流雅鄭異調題帖分明標榜可觀斯謂之雅俗矣范曄後漢書曰郭泰字林宗性明知人好獎訓士類其獎拔士人皆如所鑒又曰許劭字子將少峻名節好獎人倫多所賞識故天下言拔士者咸稱許郭拔十得五尚曰比肩習鑿齒襄陽耆舊傳記曰龐統爲郡功曹性好人倫每所稱述多過其中時人怪問之統曰方欲興長道業不美其談即聲名不足慕企即爲善者少今拔十失五猶得其半而可以崇邁世教使有志自厲不亦可乎戰國策曰淳于髡一日而見七人宣王曰寡人聞千里一士是比肩而至也今子一朝而見七人不亦衆乎其餘得失未聞偶察童幼天機暫發顧無足算魏志曰王脩識高柔於弱冠異王基於童幼天機已見文賦論語曰斗筲之人何足算也在魏則毛玠公方居

晉則山濤識量魏志曰毛玠字孝先陳留人也爲尚書僕射典選舉先賢行狀曰玠雅量公正魏氏春秋曰山濤爲選曹郎遷尚書以臣況之一何遼落世說袁彥伯曰江山遼落居然有萬里勢齊季陵遲官方淆亂毛詩序曰禮義陵遲莊子曰是非之塗森然淆亂鴻都不綱西園成市華嶠後漢書曰元和元年置鴻都門學其諸生皆勑州郡三公舉用辟召或出爲刺史太守入爲尚書侍中乃有封侯賜爵者士君子皆耻與爲列焉漢記曰靈帝即位太后臨朝於西園賣官自關內侯以下入錢各有差金章有盈笥之談華貂深不足之歎金章盈笥未詳虞預晉録曰趙王倫篡位時侍中常侍九十七人每朝小人滿庭貂蟬半座時人謡曰貂不足狗尾續草創惟始義存改作恭己南面責成斯在論語子曰舜夫何爲哉恭己正南面而已淮南子曰人主之術責成而不勞豈宜妄加寵私以乏王事附蟬之飾空成寵章董巴輿服志曰侍中中常侍冠武弁大冠加金璫附蟬

七百字 文三十八 十八 劉用

爲文求之公私授受交失近世侯者功緒參差或足食關中或成軍河內漢書曰蕭何以丞相留收巴蜀使給軍食漢王擊楚何守關中後爲酇侯范曄後漢書曰上拜寇恂河內太守上謂恂曰河內完富吾將因是而起昔高祖留蕭何鎮關中今吾委公以河內後封雍奴侯或制勝帷幄或門人加親漢書高祖曰夫運籌於帷帳之中決勝千里之外吾不如子房可封留侯東觀漢記曰拜前將軍鄧禹爲大司徒制曰孔子曰自吾有回也門人日以親封禹爲酇侯或與時抑揚或隱若敵國班固漢書叔孫通述曰叔孫奉常與時抑揚稅介免冑禮義是創通爲稷嗣君也東觀漢記曰吳漢自初從征伐兵有不利軍營不如意漢常獨繕檠弓戟上時令人視吳公何爲還言方作攻具上曰差強人意隱若一敵國矣封漢廣平侯或策定禁中或功成野戰東觀漢記曰殤帝崩惟安帝宜承大統車騎將軍鄧騭定策禁中封騭爲上蔡侯漢書鄂千秋曰曹參雖有野戰略地之功此特一時之事又曰賜參爵列侯食邑平陽或盛德如卓

茂或師道如桓榮。東觀漢記曰卓茂字子容南陽人也漢官儀注曰世祖中興特擢盛德南陽卓茂爲太傅封宣德侯東觀漢記曰桓榮字春卿沛國人也治歐陽尚書事九江朱文剛窮極師道賜榮爵關內侯或四姓侍祠。巳無足紀。應劭漢官典職曰四姓侍祠侯顏氏家訓曰漢明帝時外戚有樊氏郭氏陰氏馬氏是爲四姓謂之小侯者或以侍祠非列侯故曰小侯五侯外戚。且非舊章。漢書曰成帝昔封舅王譚王立王根王逢時王商爲列侯五人同日封故世謂之五侯而臣之所附。惟在恩澤。漢書恩澤侯表曰公孫弘自海瀕而登宰相寵以列侯之爵既義異疇庸。實榮乖儒者。陸機高祖功臣頌曰帝疇尒庸後嗣是膺雖小人貪幸。豈獨無心。臣本自諸生。家承素業。東觀漢記相者謂班超曰祭酒布衣諸生耳董仲舒不遇賦曰昔不反身於素業莫隨世而轉輪門無富貴。易農而仕。東方朔戒子書曰飽食安步以仕易農乃祖玄平。道風秀世。晉中興書曰范汪字玄平善言

玄理爲吏部郎徙吏部尚書徐兗二州刺史爰在中興。儀刑多士。中興謂元帝也位裁元凱。任止牧伯。尚書即古元凱也刺史即古牧伯也左傳太史克曰昔高陽氏有才子八人蒼舒隤敳檮戭大臨尨降庭堅仲容叔達謂之八凱高辛氏有才子八人伯奮仲堪叔獻季仲伯虎仲熊叔豹季貍謂之八元高祖少連。夙秉高尚。王僧孺范氏譜曰汪生少連所富者義。所乏者時。富義謂段干木巳見魏都賦漢書文帝曰惜李廣不逢時薄宦東朝。謝病下邑。王僧孺范氏譜曰少連太子舍人餘杭令先志不忘。愚臣是庶。且去歲冬初。國學之老博士耳。今茲首夏。將亞冢司。劉璠梁典曰齊永元初雲爲廣州刺史因廢家居久之爲國子博士梁書曰天監元年雲遷散騎常侍吏部尚書雖千秋之一日九遷。荀爽之十旬遠至。東觀漢記馬援與楊廣書曰車丞相高寢郎一月九遷爲丞相者知武帝恨誅衛太子上書訟之然日當爲月字之誤也范曄後漢書荀爽字慈明獻

帝即位董卓輔政徵爽爽欲遁吏持之急不得去因復就拜平原相行至宛陵復追爲光祿勳視事三日進拜司空爽自被徵命及登台司九十五日方之微臣。未爲速達。臣雖無識。惟利是視。至於虧名損實。爲國爲身。尚書伊尹曰臣爲上爲德爲下爲民知其不可。不敢妄冒。陛下不棄菅蒯。愛同絲麻。左氏傳君子曰詩云雖有絲麻無棄菅蒯雖有姬姜無棄蕉萃儻平生之言。猶在聽覽。宿心素志。無復貳辭。嵇康幽憤詩曰內負宿心王隱晉書甄彬奏曰不宜違人之素志矜臣所乞。特迴寵命。則彝章載穆。微物知免。臣今在假。不容詣省。不任荷懼之至。謹奉表以聞。臣雲誠惶以下。

爲蕭揚州薦士表

蕭子顯齊書曰始安王遙光爲揚州刺史劉璠梁典曰齊建武初有詔舉士始安王表薦琅邪王暕及王僧孺

任彥昇

臣王言。臣聞求賢暫勞。垂拱永逸。呂氏春秋曰賢主勞於求人而佚於治事方之疏壤。取類導川。孟子曰舜使禹疏九河禹掘地而注之海國語太子晉曰伯禹疏川導滯伏惟陛下道隱旒纊。信充符璽。老子曰大象無形道隱無名河上公注曰道潛隱使人無能指名也大戴禮孔子曰古者絻而前旒所以蔽明也黈絖塞耳所以掩聽也絻古冕字絖古纊字音義並同莊子曰聖人治天下爲符璽以信之六飛同塵。五讓高世。漢書爰盎諫文帝曰陛下有高世之行三陛下從代乘六乘傳馳不測之淵雖賁育之勇不及陛下陛下至代邸西向讓天子者三南向讓者再夫許由一讓而陛下五以天下讓過許由四矣又曰今陛下騁六飛馳不測老子曰和其光而同其塵白駒空谷。振鷺在庭。白駒巳見桓元子薦譙元彥表毛詩曰振鷺于飛于彼西雝我客戾止亦有斯容猶懼隱鱗卜祝。藏器屠保。司馬遷書曰僕之先

人文史星歷近乎卜祝之閒易曰君子藏器於身待時而動鶡冠子曰伊尹酒保太公屠牛海內荒亂立爲世師物色關下委裘河上列仙傳曰關令尹喜內學老子西遊先見其氣知真人當過物色而遮之果得老子晏子曰治天下若委裘用賢委裘之實桓公聽管仲而趙襄子信王登此之謂委裘然委裘謂用賢也神仙傳曰河上公莫知其姓名也嘗讀老子道德經漢孝文帝駕從而詰之非取製於一狐諒求味於兼采王褒講德論曰千金之裘非一狐之腋張璠易注序曰蜜蜂以兼采爲味五聲倦響九工是詢鬻子曰昔者大禹治天下以五聲聽治九工已見王元長策秀才文寢議廟堂借聽輿阜說苑晉東郭氏曰肉食者失計於廟堂藿食得不肝腦塗地班固漢書匈奴贊曰漢與忠言嘉謀之臣相與議事於廟堂之上左氏傳曰晉侯聽輿人之誦輿阜已見射雉賦臣位任隆重義兼家邦實欲使名實不違儌倖路絕鄧析子曰循名責實君之事也奉法宣令臣之職也儌倖已見李令伯表勢門上品猶當格以清談說苑晏子曰陂池之魚入於勢門謝靈運宋書序曰下品無高門上品無賤族王隱晉書曰祖約清談平裁老而不倦英俊下僚不可限以位貌左太冲詠史詩曰世胄躡高位英俊沈下僚竊見祕書丞琅邪臣王暕年二十一字思晦七葉重光海內冠冕梁書曰儉子暕字思晦何之元梁典曰侍中領右驍騎王騫字思晦太尉文憲公長子也左僕射王暕字思寂文憲公次子也王筠爲騫碑亦云騫字思晦據此及梁書明梁典及碑誤也晉中興書曰王祥弟覽覽生導導生洽洽生珣珣生曇首沈約宋書曰王僧綽曇首長子遇害子儉嗣也尚書曰宣重光晉中興書庾冰疏曰臣因循家寵冠冕當世神清氣茂允迪中和淮南子曰神清者嗜欲不能亂蔡洪張鍇狀曰鍇資氣早茂才幹足任尚書曰允迪厥德禮記曰以樂德教國子中和祗庸孝友叔寶理遣之談彥輔名教之樂臧榮緒晉書曰衛玠字叔寶好言玄理拜太子洗馬常以人有不及可以情恕非意相干可以理遣故終身不見喜慍之容世說曰王平子胡毋彥國諸

人昔以放任爲達或去衣裸體樂廣曰名教中自有樂地何爲乃爾故以暉映先達領袖後進孫盛晉陽秋曰裴秀有風操十餘歲時人爲之語曰後進領袖有裴秀居無塵雜家有賜書韋昭吳書曰劉基不妄交遊門無雜賓漢書曰班斿幼與兄嗣共遊學家有賜書好古之士自遠方至辭賦清新屬言玄遠陸機陸雲別傳曰雲亦善屬文清新不及機而口辯持論過之臧榮緒晉書曰阮籍雖放誕不拘禮教然發言玄遠室邇人曠物踈道親毛詩曰其室則邇其人甚遠尹文子曰處名位雖不肖不患物不親己在貧賤不患物不踈己親踈係乎勢利不係乎不肖與仁賢也養素丘園台階虛位養素已見謝宣遠送孔令詩庠序公朝萬夫傾望孟子曰夏曰校殷曰序周曰庠學則三代共之曹植求通親親表曰執政不廢於公朝豈徒荀令可想李公不亡而已哉臧榮緒晉書曰荀顗字景倩頴陽人也魏太尉彧之第六子黃初末除中郎高祖輔政見顗異之曰顗令君之子也近見袁侃亦曜卿之子也皆有父風范曄後漢書曰李固字子堅漢中郡南鄭人司徒郃之子少好學四方有志之士多慕其風而來學京師咸嘆曰是復爲李公矣前晉安郡候官令東海王僧孺年三十五字僧孺理尚棲約思致恬敏劉璠梁典曰王僧孺字僧孺東海郯人六歲解屬文梁興除鎮軍記室稍遷蘭陵太守卒於諸議既筆耕爲養亦傭書成學東觀漢記曰班超家貧爲官傭寫書投筆嘆曰丈夫獨不效傅介子立功絕域之地以封侯安久筆耕乎東觀漢記耕或爲研范曄漢書曰班超爲官傭書以供養吳志曰闞澤字德潤會稽人家世農夫至澤好學無以資常爲人傭書以供紙筆所寫既畢誦讀亦徧至乃集螢映雪編蒲緝柳檀道鸞晉陽春秋曰車胤字武子學而不倦貧不常得油夏月則練囊盛數十螢火以夜繼日焉孫氏世錄曰孫康家貧常映雪讀書清介交遊不雜漢書曰路溫舒取澤中蒲截爲牒編用寫書楚國先賢傳曰孫敬到洛在太學左右一小屋安止毋然後入學編楊柳簡以爲經先言往行人物雅俗易曰君子多識前言往行以畜其德孫綽

子或問人物曰察虛實審眞僞斷成敗定終始斯可謂之人物矣雅俗已見范雲讓表甘泉遺儀南宮故事胡廣漢官制度曰天子出車駕次第謂之鹵簿長安時出祠天於甘泉用之名曰甘泉鹵簿范曄後漢書曰鄭弘爲尚書令弘前後所陳有補益著之南宮以爲故事畫地成圖抵掌可述漢書張安世子千秋爲中郎將將兵擊烏桓還謁大將軍霍光問戰鬭方略山川形勢千秋口對兵事畫地成圖无所忘失戰國策曰蘇秦說趙王抵掌而言豈直鼮廷鼠有必對之辯竹書無落簡之謬摯虞三輔決録注曰竇攸舉孝廉爲郎世祖大會靈臺得鼠如豹文熒熒光澤世祖異之以問羣臣莫能知者攸對曰鼮鼠也詔問何以知之攸對曰見爾雅詔案秘書如攸言賜帛百匹張隱文士傳曰人有嵩山下得竹簡一枚兩行科斗書人莫能識張華以問束晳晳曰此明帝顯節陵策文驗校果然朝廷士庶皆服其博識暕坐鎮雅俗弘益已多僧孺訪對不休質疑斯在班固漢書董仲舒述曰讜言訪對爲世純儒太玄經曰爰質所疑宋衷曰質問也

並東序之秘寶瑚璉之茂器書曰大玉夷玉天球河圖在東序典引曰御東序之秘寶論語子貢問曰賜也何如子曰汝器也曰何器也曰瑚璉也誠言以人廢而才實世資論語子曰君子不以言舉人不以人廢言解嘲曰鄒衍頡頏而取世資班固漢書翟方進述曰用合時宜器周世資臨表悚戰猶懼未允不任下情云云

爲褚諮議蓁讓代兄襲封表

蕭子顯齊書曰褚蓁字茂緒爲義興太守改封巴東郡表讓封賁子霽詔許之官至前將軍卒然此表與集詳略不同疑是蓁本辭多冗長

任彥昇

臣蓁言昨被司徒符仰稱詔旨許臣兄賁所請以臣襲封南康郡公臣門籍勳蔭光錫土宇臣賁世載承家允膺長德蕭子顯齊書曰褚淵長子賁字蔚先官歷散騎常侍上表稱疾讓封與弟蓁國語曰祭公謀父曰弈世載德韋昭曰載成也易曰開國承家小人勿用左氏傳王子朝曰王后無嫡則擇立長年鈞以德德鈞以卜而深鑒止足脫屣千乘老子曰知足不辱知止不殆吳都賦曰輕脫屣於千乘遂乃遠謬推恩近萃庸薄能以國讓弘義有歸左氏傳公子魚曰能以國讓仁孰大焉匹夫難奪守以勿貳昔武始迫家臣之策陵陽感鮑生之言張以誠請丁爲理屈東觀漢記曰張純字伯仁建武初先詣闕封武始侯子奮字穉通兄根常被病純病困勑家丞翕司空無功爵不當傳嗣純薨大行移書問嗣翕上書奪詔封奮奮上書曰根不病哀臣小稱病今翕移臣又曰丁綝爲陵陽侯薨長子鴻字季公讓位於弟盛逃去鴻初與九江鮑駿友善及鴻亡駿遇於東海陽狂不識駿駿乃止讓之曰今子以兄弟私恩而絶父不滅之基可謂智乎鴻感悟垂涕乃還就國且先臣以大宗絶緒命臣出纂傍

統禮記曰繼別爲宗鄭玄曰別子之嫡也族人尊之謂之大宗是宗子也稟承在昔理絶終天天道無終而云終天永訣之辭也徐廣赴謝車騎葬還詩曰潛壙既掩扉終天隔幽壤潘岳哀永逝曰今奈何兮一舉邈終天而子不反永惟情事觸目崩殞若使賁高延陵之風臣忘子臧之節左傳曰吳子諸樊既除喪將立季札辭曰曹宣公之卒也諸侯與曹人不義曹君將立子臧子臧去之遂不爲也以成曹君君子曰能守節君義嗣也誰敢奸君有國非吾節也札雖不才願附於子臧之節是廢德舉豈曰能賢左氏傳曰宋公疾召大司馬孔父而屬殤公焉對曰群臣願奉馮也公曰先君以寡人爲賢使主社稷若弃德不讓是廢先君之舉豈曰能賢陛下察其丹款特賜停絶丹款已見庾元規表不然投身草澤苟遂愚誠耳謝承後漢書曰朱寵隱身草澤不勝丹懔之至謹詣闕拜表以聞臣誠惶誠恐以下

爲范始興作求立太宰碑表吳均齊春秋曰竟陵文宣王子良薨西昌侯以天子命假黃鉞太宰蕭子顯齊書曰建武中故吏范雲上表爲子良立碑事不行

任彥昇

臣雲言原夫存樹風猷沒著徽烈尚書曰彰善癉惡樹之風聲應璩與王將軍書曰雀鼠雖愚猶知徽烈既絕故老之口必資不刊之書西征賦曰兆惟奉明邑號千人諷諸故老造自帝詢杜預傳序曰左丘明受經於仲尼以爲經者不刊之書也而藏諸名山則陵谷遷貿司馬遷書曰僕誠以著此書藏諸名山毛詩曰高岸爲谷深谷爲陵府之延閣則青編落簡劉歆七略曰孝武皇帝勑丞相公孫弘廣開獻書之路百年之間書積如山故內則延閣廣內祕書之府又曰尚書有青絲編目錄然則配天之迹存乎泗

水之上漢書平紀曰郊祀高祖以配天酈善長水經注曰泗水南有泗水亭漢高祖廟前有碑延熹十年立素王之道紀於沂川之側家語南宮敬叔曰孔子生於衰周讚明易道以爲法或者天將欲素王之乎何其盛也沂水南有孔子舊廟漢魏以來列七碑二碑無字由是崇師之義擬迹於西河禮記曾子謂子夏曰事夫子於洙泗之閒退而老西河之上使西河之人疑汝於夫子七略曰西河燕趙之閒尊主之情致之於堯禹尊主謂伊尹也恥其君不如堯舜已見曹子建通親親表禹亦聖帝故連言之故精廬妄啓必窮鐫勒之盛東觀漢記曰王阜年十一辭父母欲出精廬以尚幼不見聽荊州圖曰陰令劉熹魏時宰縣雅好博古教學立碑君長一城亦盡刊刻之美陳寔別傳曰寔卒蔡邕爲立碑刻銘然寔爲太丘宰故曰一城也況乎甄陶周召孕育伊顏周公召公伊尹顏回也典引曰孕虞育夏甄殷陶周故太宰竟陵文宣王臣某與存與亡則義刑社稷漢書

文帝即位絳侯爲丞相爰盎進曰丞相何如人上曰社稷臣盎曰絳侯所謂功臣非社稷臣社稷臣主存與存主亡與亡如淳曰人主在時與共治不以主亡而不行其政令也嚴天配帝則周公其人孝經子曰孝莫大於嚴父嚴父莫大於配天則周公其人也昔者周公郊祀后稷以配天宗祀文王於明堂以配上帝體國端朝出藩入守進思必告之道退無苟利之專尚書曰爾有嘉謀嘉猷則入告爾后于內公羊傳曰大夫出境有可以安社稷利國家者則專之可也左氏傳曰子產曰苟利社稷死生以之五教以倫百揆時序尚書帝曰契汝作司徒敬敷五教在寬又曰納于百揆百揆時序若夫一言一行盛德之風孟子曰舜聞一善言見一善行若決江河沛然莫之能禦也易云日新之謂盛德琴書藝業述作之茂漢書曰鄭敬字次都琴書自樂禮記曰作者之謂聖述者之謂明明聖者述作之謂也道非兼濟事止樂善亦無得而稱焉周易曰智周萬物而道濟天下東觀漢記曰上嘗問

東平王蒼曰在家何業最樂蒼對曰爲善最樂上嗟歎之論語曰齊景公有馬千駟死之日民無德而稱焉人之云亡忽移歲序詩曰人之云亡邦國殄瘁鴟鴞東徙松檟成行言成王未知周公之意類鬱林之嫌子良而周公有居攝之情由子良有代宗之議故假鴟鴞以喻焉吳均齊春秋曰鬱林王即位子良謝疾不視事帝嫌之又潘敞以仗防之子良既有代宗議憂懼不敢朝事而子良薨毛詩序曰鴟鴞周公救亂也成王未知周公之志乃作詩以遺王名之曰鴟鴞焉說苑曰梟與鳩相遇鳩曰子安之梟曰我將東徙鳩曰何梟曰西方之人皆惡我聲鳩曰子鳴於是鳴鳩曰子改鳴則可不改子鳴雖東徙猶惡子也左傳伍子胥曰樹吾墓檟六府臣僚三藩士女蕭子顯齊書曰子良爲輔國將軍征虜將軍竟陵王鎮北將軍征北將軍護軍將軍斯謂六府子良又爲會稽太守南徐州刺史又南兖州刺史斯謂之三藩也人蓄油素家懷鉛筆油素已見吳都賦葛龔與梁相牋曰曹褒寢懷鉛筆行誦文書瞻彼景山徒然望慕景山謂墳也毛詩曰陟彼景山劉楨贈五官中郎將

詩曰望慕結不解昔晉氏初禁立碑晉令曰諸葬者不得作祠堂碑石獸魏舒之亡亦從班列而阮略既泯故首冒嚴科爲之者竟免刑戮致之者反蒙嘉嘆陳留志曰阮略字德規爲齊國內史爲政表賢黜惡化風大行卒於郡齊人欲爲立碑時官制嚴峻自司徒魏舒已下皆不得立齊人思略不已遂共冒禁樹碑然後詣闕待罪朝廷聞之尤嘆其惠至於道被如仁功参微管本宜在常均之外如仁微管並見上傳季友修張良教故太宰淵丞相嶷親賢並軌即爲成規褚淵碑即王儉所制蕭子顯齊書曰豫章文獻王嶷字宣儼薨贈丞相南陽樂藹爲建立碑第二子恪託沈約及孔稚珪爲文乞依二公前例賜許刊立寧容使長想九原樵蘇罔識其禁駐驆長陵輶軒不知所適禮記曰趙文子與叔譽觀乎九原文子曰死者如可作也吾誰與歸戰國策顏蠋謂齊王曰秦攻齊令曰敢有去柳下季墓五十步樵採

者罪死不赦東觀漢記和帝詔曰高祖功臣蕭曹爲首朕望長陵東門見二臣之隴感焉臣里閭孤賤才無可甄值齊網之弘弛賓客之禁范曄後漢書曰建武中禁網尚寬諸王既長各招引賓客策名委質忽焉二紀左氏傳狐突曰策名委質其二乃辟慮先犬馬厚恩不荅列女傳曰梁寡高行曰妾之夫不幸早死先犬馬填溝壑虞貞節曰人受命於天而命長犬馬受命於天而命短妾之夫反先犬馬死矣而弊帷毀蓋未蓐螻蟻禮記仲尼曰吾聞之弊帷不棄爲埋馬也弊蓋不棄爲埋狗也戰國策安陵君謂楚王曰犬馬臣願得式黃泉蓐螻蟻延叔堅戰國策論曰爲王先用填黃泉爲王作蓐以御螻蟻珠襦玉匣遽飾幽泉西京雜記曰漢帝及諸侯王送死皆珠襦玉匣匣形如鎧甲連以金縷皆鏤爲蛟龍鸞鳳龜龍之形所謂交龍玉匣陛下弘獎名教不隔微物使臣得駿奔南浦長號北陵南浦迎喪北陵送葬既曲逢前施實仰覬後澤儻驗杜預山頂之言庶存馬駿必拜之感襄陽記曰杜元凱好爲身後名常自言百年後必高岸爲谷深谷爲陵作二碑叙其平吴勳一沈萬山下一沈峴山下謂參佐曰何知後代不在山頭乎臧榮緒晉書曰扶風王駿字子臧宣帝第七子也都督雍涼州諸軍事後薨民吏樹碑讚述德範長老見碑無不拜之言其遺愛如此臨表悲懼言不自宣臣誠惶巳下

文選卷第三十八

賜進士出身通奉大夫江南蘇松常鎮太等處承宣布政使司布政使胡克家重校刊

文選卷第三十九

梁昭明太子撰

文林郎守太子右內率府録事參軍事崇賢館直學士臣李善注上

上書

李斯上書秦始皇一首　鄒陽上書吳王一首

獄中上書自明一首　司馬長卿上疏諫獵一首

枚叔奏書諫吳王濞一首　重諫舉兵一首

江文通詣建平王上書一首

啓

任彥昇奉荅七夕詩啓一首

爲卞彬謝脩卞忠貞墓啓一首

上蕭太傅固辭奪禮啓一首

上書

上書秦始皇一首

李斯 史記曰李斯者楚上蔡人也西說秦秦拜斯爲客卿會韓使鄭國來閒秦以作漑渠已而覺秦室大臣皆言秦王曰諸侯人來秦者秪爲其主游閒秦耳請一切逐客李斯議亦在逐中斯乃上書秦王乃除逐客之令復李斯官始皇帝以斯爲丞相後二世具斯五刑論腰斬咸陽市

臣聞吏議逐客竊以爲過矣昔穆公求士西取由余於戎史記曰戎王使由余於秦秦後歸由余繆公又使人閒要由余遂去降秦繆公以客禮禮之東得百里奚於宛史記曰晉獻公以百里奚爲秦穆公夫人媵於秦百里奚亡秦走宛楚之鄙人執之繆公聞百里奚欲重贖之恐楚子不許以五羖羊皮贖之楚人許與之繆公與議國事大悅授之國政迎蹇叔於宋史記曰百里奚謂繆公曰臣不及臣友蹇叔賢而世莫知繆公使人厚幣迎蹇叔以爲上大夫來丕豹公孫支於晉左氏傳曰晉郄芮丕鄭丕豹奔秦又曰秦伯謂公孫支曰夷吾其定乎對曰今其言多忌克難哉杜預曰公孫支秦大夫子桑也此五子者不產於秦穆公用之并國三十遂霸西戎史記曰秦用由余謀伐戎王益國十二開地千里遂霸西戎孝公用商鞅之法移風易俗民以殷盛國以富彊百姓樂用諸侯親服史記曰獻公卒子孝公立又曰衛鞅西入秦說孝公變法修刑內務耕稼外勸戰死之士賞罰三年百姓便之天子致胙諸侯畢賀也獲楚魏之師舉地千里至今治彊史記曰衛鞅將兵圍魏安邑降之又曰衛鞅擊魏公子卬封鞅爲列侯號商君卬五剛切惠王用張儀之計拔三川之地西并巴蜀北收上郡南取漢中史記曰孝公卒子惠文君立又曰惠文君八年張儀復相秦攻韓宜陽降之云孝王十年納魏上郡張儀伐蜀滅之又攻楚漢中取地六百里置漢中郡史記云孝王納上郡此云惠王誤也又曰武王立張儀死武王謂甘茂曰寡人欲通車三川窺周室使甘茂伐宜陽拔之然通三川是武王張儀已死此云惠王用張儀之計拔三川疑此誤也三川韓界也宜陽韓邑也包九夷制鄢郢九夷屬楚夷也鄢郢楚二縣也蓋秦令人據之也東據成皋之險割膏腴之壤成皋縣名周之東境遂散六國之從六國韓魏燕趙齊楚也漢書音義文穎曰關東爲從使之西面事秦功施到今史記曰惠王卒韓魏齊楚皆賓從昭王得范雎廢穰侯逐華陽史記曰孝王卒立異母弟爲昭襄王又曰穰侯魏冉者秦昭王母宣太后之弟太后二弟其異父長弟曰穰侯姓魏氏名冉同父弟曰芊戎爲華陽君魏冉爲相國范雎說秦昭王言穰侯權重諸侯昭王乃免相

國。逐華陽君關外。彊公室。杜私門。蠶食諸侯。使秦成帝業。春秋保乾圖曰。光闇害。蠶食天下。高誘淮南子注曰。蠶食無餘也。此四君者。皆以客之功。由此觀之。客何負於秦哉。負猶累也。向使四君却客而弗納。踈士而弗用。是使國無富利之實。而秦無彊大之名也。今陛下致昆山之玉。有和隨之寶。新序。固桑對晉平公曰。夫劒產於越。珠產於江南。玉產於昆山。此三寶皆無足而致。墨子曰。和氏之璧。隨侯之珠。垂明月之珠。服太阿之劒。越絶書曰。楚王召歐冶子干將作鐵劒二枚。二曰太阿。乘纖離之馬。建翠鳳之旗。樹靈鼉徒河切之鼓。孫卿曰。纖離蒲梢。皆馬名。鄭玄禮記注曰。鼉皮可以冒鼓。此數寶者。秦不生一焉。而陛下悅之。何也。必秦國之所生然後可。則夜光之璧。不飾朝廷。犀象之器。不爲玩好。而趙衛之女。不充後庭。駿良駃決騠啼不實外廏。周書曰。正北以駃騠爲獻。廣雅曰。駃馬屬。江南金錫不爲用。西蜀丹青不爲采。所以飾後宮。充下陳。下陳猶後列也。晏子曰。有二女願得入身於下陳。娛心意。悅耳目者。必出於秦然後可。則是宛於元切珠之簪。傅璣之珥。阿縞之衣。錦繡之飾。不進於前。言以宛珠飾簪。以璣傅珥也。說文曰。珥。瑱也。徐廣曰。齊之東阿縣。繒帛所出者也。此解阿義與子虛不同。各依其說而留之。舊注既少不足稱臣。以別之。他皆類此。而隨俗雅化。佳冶窈窕。趙女不立於側也。隨俗雅化。謂閑雅變化而能隨俗也。夫擊甕叩缶。彈箏搏髀。而歌呼嗚嗚快耳者。眞秦之聲也。說文曰。甕。汲缾也。於貢切。說文曰。缶。瓦器。秦鼓之以節樂。缶甫友切。鄭衛桑閒。韶虞武象者。異國之樂也。禮記曰。鄭衛之音。亂世之音也。又曰。桑閒濮上。亡國之音也。樂動聲儀曰。

舜樂曰簫韶。又曰。周樂伐時曰武象。宋均曰。武象。象伐時用干戈。徐廣曰。韶一作昭。今棄叩缶擊甕而就鄭衛。退彈箏而取韶虞。若是者何也。快意當前。適觀而已矣。高誘呂氏春秋注曰。適。中適也。今取人則不然。不問可否。不論曲直。非秦者去。爲客者逐。然則是所重者。在乎色樂珠玉。而所輕者。在乎民人也。此非所以跨海内。制諸侯之術也。臣聞地廣者粟多。國大者人衆。兵彊者則士勇。是以太山不讓土壤。故能成其大。河海不擇細流。故能就其深。管子曰。海不辭水。故成其大。山不辭土石。故能成其高。王者不却衆庶。故能明其德。文子曰。聖人不讓負薪之言。以廣其名。是以地無四方。民無異國。四時充美。鬼神降福。此五帝三王之所以無敵也。今乃棄黔首以資敵國。郭象莊子注曰。資者。給齎之謂。却賔客以業諸侯。使天下之士。退而不敢西向。裹足不入秦。此所謂藉寇兵而齎盜糧者也。戰國策。范雎說秦王曰。此所謂藉賊兵而齎盜食者也。說文曰。齎。持遺也。夫物不產於秦。可寶者多。士不產於秦。願忠者衆。今逐客以資敵國。損民以益讎。内自虛而外樹怨諸侯。求國無危。不可得也。

上書吳王一首

鄒陽　漢書曰。鄒陽。齊人也。陽事吳王濞。王以太子事。陰有邪謀。陽奏書諫。爲其事尚隱惡不指斥言。故先引秦爲喻。因道胡越齊趙之難。然後乃致其意。

臣聞秦倚曲臺之宮。應劭曰。始皇帝所治處也。若漢家未央宮也。三輔黃圖曰。未央

（有曲臺殿）懸衡天下。（如淳曰衡猶稱之衡也言其懸法度於其上申子曰君必有明法正義若權衡以稱輕重所以一群臣也）畫地而人不犯，兵加胡越。至其晚節末路，張耳陳勝連從（子容）兵之據，以叩函谷，咸陽遂危。（史記曰陳勝字涉陽城人也勝爲王號爲張楚西擊秦又曰張耳大梁人也陳勝起蘄以耳爲校尉廣雅曰據引也言相引以爲援也）何則？列郡不相親，萬室不相救也。今胡數涉北河之外，（史記曰秦惠王遊至北河徐廣曰戎地之河上也）上覆飛鳥，下不見伏兔，（蘇林曰覆盡也言胡上射飛鳥下盡地之伏兔）鬬城不休，救兵不至，死者相隨，輦車相屬，轉粟流輸（去），千里不絶。（鄭玄禮記注曰流猶行也）何則？彊趙責於河間，（應劭曰趙幽王爲呂后所幽死文帝立其長子遂爲趙王取趙之河間立弟辟彊爲河間王至子哀王无嗣國除遂欲復還得河閒也）六齊望於惠后，（孟康曰高后割濟南郡爲呂王台奉邑又割琅邪郡封營陵侯劉澤爲琅邪王文帝乃立悼惠王六子爲王言六齊不保今日之恩而追怨惠帝與呂后漢書曰文帝閔濟北逆亂自滅盡封悼惠王諸子爲列侯後齊文王薨无子於是分齊爲六將閭爲齊王惠爲濟北王賢爲淄川王雄渠爲膠東王卬爲膠西王辟光爲濟南王也）城陽顧於盧博，（孟康曰城陽王喜也喜父章與弟興居討諸呂有功本當盡以趙地王章梁地王興居文帝聞其欲立齊王更以二郡王之章失職歲餘薨興居誅死盧博濟北王治處喜故顧念而怨也二郡謂城陽章所封濟北興居所封興居誅死故喜顧念而恨也泰山郡有博縣濟北縣）三淮南之心思墳墓。（張晏曰淮南厲王三子爲三王念其父見遷殺也漢書曰上憐淮南王不軌上乃立厲王三子安爲淮南王勃爲衡山王賜爲廬江王）大王不憂，臣恐救兵之不專。（孟康曰不專救漢也如淳曰皆自私怨宿憤不能爲吴也若吴舉兵反天子來討謂四國但有意不敢相救也以孟康解其文故言不專救漢如淳解其意故云不能爲吴二說相成義乃可明）胡馬遂

進窺於邯鄲，越水長沙，還舟青陽。（蘇林曰青陽水名也言胡越水陸共伐漢也善曰此同孟康之義也張晏曰還舟聚舟也言胡爲趙難越爲吴難不可恃也善曰此微同如淳之說秦始皇本紀曰荊王獻青陽之田已而背約要擊我南郡）雖使梁并淮陽之兵，下淮東，越廣陵，以遏越人之糧，漢亦折西河而下，北守漳水，以輔大國，胡亦益進，越亦益深。此臣之所爲大王患也。（善曰大國謂趙也陽假言吴思助漢今胡越俱來伐之漢雖復使梁并淮陽之兵以遏越人之糧漢截西河以下而助於趙終無所益故胡亦益進越亦益深此臣爲大王患也然其意欲破吴計雖使當爲乃使越人當爲吴人輙當爲禦言吴趙欲來伐漢漢乃使梁并淮陽之兵以止吴人之糧漢截西河以禦於趙如此則趙不得進吴不得深陽惡指斥故假胡越錯亂其辭自此以下乃致其意焉）臣聞蛟龍驤首奮翼，則浮雲出流，霧雨咸集；聖王底節脩德，則游談之士歸義思名。（善曰底與砥同底礪也戰國策蘇秦說趙王曰外客游談之士无敢自進於前漢書王莽傳曰游者爲之談說）今臣盡知畢議，易精極慮，（如淳曰改易精思以謀慮之）則無國而不可奸，（善曰爾雅曰奸求也奸與干同）飾固陋之心，則何王之門不可曳長裾乎？然臣所以歷數王之朝，背淮千里而自致者，非惡臣國而樂吴民，竊高下風之行，尤悅大王之義。（善曰新序公孫龍謂平原君曰臣居魯則聞下風高先生之知悅先生之行）故願大王無忽察聽其至。（善曰劉瓛周易注曰至極也謂極言之）臣聞鷙鳥累百，不如一鶚。（孟康曰鶚大鵰也如淳曰鷙鳥比諸侯鶚比天子）夫全趙之時，（服虔曰全趙趙未分之時應劭曰後分爲三）武力鼎士袨（縣）服叢臺之下者，一旦成市，（服虔曰袨服大盛玄黄服也臣瓚以爲鼎士舉鼎之士叢臺趙王之臺）不能止幽王之湛患。（韋昭曰高帝子幽王

友也。呂后殺之。湛。今沈字也。淮南連山東之俠。死士盈朝。不能還
厲王之西也。善曰。漢書曰。淮南厲王長謀反。廢遷蜀。韋昭曰。徙蜀嚴道。然則計議不
得。雖諸賁不能安其位亦明矣。善曰。左氏傳曰。吳公子光享王。鱄設諸寘劒於
魚中以進。抽劒以刺王。說苑曰。勇士孟賁。水行不避蛟龍。陸行不避狼虎。故願大王審畫而
已。始孝文皇帝據關入立。寒心銷志。不明求衣。臣瓚以爲文帝
入關而立。以天下多難。故乃寒心戰栗。未明而起。自立天子之後。使東牟朱虛
東褒儀父之後。應劭曰。天下已定。文帝遣朱虛侯章東喻齊王。嘉其首舉兵欲誅諸呂。猶春秋
褒邾儀父者也。深割嬰兒王之。應劭曰。封齊王六子爲王。其中有小嬰兒。孝文帝於骨肉厚也。
壤子王梁代。益以淮陽。善曰。此言文帝之時。梁王揖代王參淮陽王武。後梁王揖早薨。
徙武爲梁王也。然參揖皆少。故云壤也。晉灼曰。方言梁益之間所愛諱其肥盛曰壤也。善曰。方言云。瑋其肥盛

六百二十　文三十九　七　壬子重刊　昌彥

晉書注以瑋爲諱。卒仆濟北。囚弟於雍者。豈非象新垣等哉。善曰。
漢書曰。濟北王興居聞帝之代。乃反。棘蒲侯擊之。興居自殺。又曰。淮南王道死雍。應劭曰。二國有姦臣。如新垣
平等勸王共反也。今天子新據先帝之遺業。善曰。今天子。景帝也。先帝。文帝也。
左規山東。右制關中。變權易勢。大臣難知。大王弗察。臣
恐周鼎復起於漢。如淳曰。新垣平詐言周鼎在泗水中。臣望東北汾陰有金寶氣。鼎在其中。
弗迎則不至。爲吳計者。猶新垣平之言周鼎。終不可得也。新垣過計於朝。服虔曰。過誤也。則
我吳遺嗣不可期於世矣。高皇帝燒棧道。灌章邯。應劭曰。章
邯爲雍王。高祖以水灌其城。破之。燒棧道。言高祖涉所燒之棧道也。史記曰。張良說漢王燒絕棧道也。
兵不留行。善曰。言攻之易。故不稽留也。收弊人之倦。東馳函谷。西楚
大破。張晏曰。項羽自號西楚霸王。水攻則章邯以亡其城。陸擊則荆
王以失其地。如淳曰。荆亦楚。謂項王敗走也。此皆國家之不幾者也。孟康
曰。言國家不可庶幾得之也。願大王熟察之。

獄中上書自明

鄒陽　漢書曰。陽以吳王不可說。去之梁。從孝王游。羊勝公孫詭等疾陽。惡
之於孝王。孝王怒。陽下獄。吏將殺之。陽乃從獄中上書。書奏。孝王立出之。卒爲
上客。

臣聞忠無不報。信不見疑。臣常以爲然。徒虛語耳。昔者
荆軻慕燕丹之義。白虹貫日。太子畏之。如淳曰。白虹。兵象。日爲君。善曰。
畏。畏其不成也。列士傳曰。荆軻發後。太子相氣。見白虹貫日不徹。曰。吾事不成矣。後聞軻死。太子曰。吾知其然
也。衛先生爲秦畫長平之事。太白食昴。昭王疑之。蘇林曰。白

五百四十　文三十九　八　壬子重刊

起爲秦伐趙。破長平軍。欲遂滅趙。遣衛先生說昭王益兵糧。爲應侯所害。事用不成。其精誠上達於天。故太白
爲之食昴。昴。趙分也。將有兵。故太白食。食者。干歷也。如淳曰。太白。天之將軍也。夫精誠變天地。
而信不諭兩主。豈不哀哉。今臣盡忠竭誠。畢議願知。張晏
曰。盡其計議。願王知之。左右不明。卒從吏訊。爲世所疑。張晏曰。左右不明。不
敢斥王也。訊。考三日問之知。與前辭同不也。是使荆軻衛先生復起。而燕秦
不寤也。願大王熟察之。昔玉人獻寶。楚王誅之。善曰。韓子曰。楚
人和氏得璞玉於楚山之下。奉而獻之武王。武王使人相之。玉人曰。石也。王刖和左足。武王薨。成王即位。和又
獻之。玉人又曰。石也。刖其右足。李斯竭忠。胡亥極刑。善曰。史記曰。始皇以李斯爲丞
相。始皇崩。胡亥立。斯具五刑者也。是以箕子陽狂。接輿避世。恐遭此患。
善曰。史記曰。紂淫亂不止。箕子懼。乃佯狂爲奴。論語曰。楚狂接輿歌而過孔子曰。鳳兮鳳兮。何德之衰。願

大王察玉人李斯之意而後楚王胡亥之聽善曰以其計謬故令後之毋使臣爲箕子接輿所笑臣聞比干剖心子胥鴟夷善曰史記曰比干彊諫紂怒曰吾聞聖人心有七竅剖比干觀其心又曰子胥自剄王乃以子胥尸盛以鴟夷之革浮之江中應劭曰取馬革爲鴟夷鴟夷榼形臣始不信乃今知之願大王孰察少加憐焉語曰白頭如新漢書音義曰或初不相識相知至白頭不相知傾蓋如故文穎曰傾蓋猶交蓋駐車也善曰家語曰孔子之郯遭程子於塗傾蓋而語終日甚相悅何則知與不知也故樊於期逃秦之燕藉荊軻首以奉丹事善曰史記曰荊軻見樊於期曰今聞秦購將軍首金千斤邑萬家今有言可以解燕國之患報將軍之仇首何如於期曰爲之奈何軻曰願得將軍首以獻秦王秦王必喜見臣臣左手把其袖右手揕其匈於期遂自剄徐廣曰揕丁鴆切王奢去齊之魏臨城自剄以却齊而存魏善曰漢書

音義曰王奢齊臣也自齊亡之魏齊伐魏奢登城謂齊將曰今君之來不過以奢故也義不苟生以爲魏累遂自剄夫王奢樊於期非新於齊秦而故於燕魏也所以去二國死兩君者行合於志而慕義無窮也是以蘇秦不信於天下爲燕尾生服虔曰蘇秦於秦不出其信於燕則出尾生之信也善曰史記蘇秦曰尾生與女子期於梁下女子不來水至不去抱梁柱而死白圭戰亡六城爲魏取中山張晏曰白圭爲中山將亡六城君欲誅之亡入魏文侯厚遇之還拔中山何則誠有以相知也蘇秦相燕燕人惡之於燕王善曰惡謂讒短也燕王按劍而怒食以駃騠孟康曰燕重蘇秦雖有讒惡王更膳以珍奇之味也白圭顯於中山中山人惡之於魏文侯善曰言白圭拔中山而尊顯而人說短於文侯文侯投以夜光之璧何則兩主二臣剖心析肝相信豈移於浮辭哉故

女無美惡入宮見妬士無賢不肖入朝見嫉昔者司馬喜臏鼻引脚於宋卒相中山善曰戰國策曰司馬喜三相中山尚書呂刑曰臏者脫去人之臏也郭璞三蒼解詁曰臏膝蓋也范睢摺脇折齒於魏卒爲應侯善曰史記曰范睢隨魏中大夫須賈使齊齊襄王賜范睢金十斤及牛酒須賈以爲持魏國陰事告齊以告魏相魏之諸公子魏齊使舍人笞擊范睢折脇摺齒睢得出亡入秦爲應侯廣雅曰摺折也力合切此二人者皆信必然之畫捐朋黨之私挾孤獨之交故不能自免於嫉妬之人也是以申徒狄蹈雍之河服虔曰殷之末世人也如淳曰莊周云申徒狄諫而不聽負石自投河善曰爾雅曰水自河出爲雍雍言狄先蹈雍而後入河也雍一龍切徐衍負石入海漢書音義曰徐衍周之末人也見列士傳善曰論語讖曰徐衍負石伐子自狸守分亡身握石失軀宋均曰狸猶殺也力之切不容身於世新語曰窮澤之民身不容於世無紹介通之義

不苟取比周於朝以移主上之心善曰言皆義不苟取比周朋黨在朝廷以移主上之心妄求合也六韜曰結連朋黨比周爲權杜預曰比近也周密也故百里奚乞食於路穆公委之以政說苑鄒子說梁王曰百里奚乞食於路而穆公委之以政甯戚飯牛車下而桓公任之以國善曰呂氏春秋曰甯戚飯牛車下望桓公而悲擊牛角疾歌鄒子說苑鄒子說梁王曰甯戚扣轅行歌桓公任之以國此二人豈素宦於朝借譽於左右然後二主用之哉感於心合於意堅如膠漆昆弟不能離豈惑於衆口哉故偏聽生姦獨任成亂昔魯聽季孫之說而逐孔子善曰論語曰齊人饋女樂季桓子受之三日不朝孔子行宋信子冉之計囚墨翟文子曰子罕也冉音任善曰未詳夫以孔墨之辯不能自免於讒諛而二國以危何則衆口鑠金積毀

銷骨。國語泠州鳩曰眾心成城眾口鑠金賈逵曰鑠消也眾口所惡金爲之銷亡積毀銷骨謂積讒善曰毀之言骨肉之親爲之銷滅是以秦用戎人由余而霸中國齊用越人子臧而彊威宣善曰言齊任子臧故威宣二王所以彊盛史記曰齊桓公卒子威王因齊立威王卒子宣王辟強立張晏曰子臧越人也此二國豈拘於俗牽於世繫奇偏之辭哉公聽並觀垂明當世善曰公聽言無私也並觀言無偏也尸子曰論是非者自公心聽之而後可知也故意合則胡越爲昆弟由余子臧是矣不合則骨肉爲讎敵朱象管蔡是矣善曰史記曰舜弟象傲帝常欲殺舜丹朱堯子讎敵未聞尚書曰周公位冢宰羣叔流言乃致管叔于商囚蔡叔于郭鄰今人主誠能用齊秦之明後宋魯之聽則五霸不足侔三王易爲比也是以聖王覺悟捐子之之心而不悅田常之賢善曰史記曰燕王噲屬國於子之子之南面行王事齊因伐燕燕王噲死子之乃亡又曰齊田常殺簡公而立平公平公即位田常爲相五年齊國政皆歸田常封比干之後修孕婦之墓應劭曰紂刳姙者觀其胎產故功業覆於天下何則欲善無猒也夫晉文公親其讎而彊霸諸侯張晏曰寺人勃鞮也善曰國語曰初獻公使寺人勃鞮伐文公於蒲城文公踰垣寺人斬其祛及入寺人求見於是呂郤冀芮畏偪悔納公謀作亂伯楚知之故求見公公遽見之伯楚以呂郤之謀告公韋昭曰寺人掌內祛袂也勃鞮字伯楚齊桓公用其仇而一匡天下善曰左傳寺人披謂晉侯曰齊桓公置射鉤而使管仲相論語曰管仲相桓公霸諸侯一匡天下民到于今受其賜何則慈仁殷勤誠嘉於心此不可以虛辭借也至夫秦用商鞅之法東弱韓魏立彊天下而卒車裂之善曰商鞅車裂已見西征賦越用大夫種之謀禽勁吳而霸中

國遂誅其身善曰史記曰越王勾踐舉國政屬大夫種越平吳以兵北渡淮東方諸侯畢賀稱霸王范蠡乃去遺大夫種書種見稱疾不朝人或讒種作亂越王乃賜種劍而自殺是以孫叔敖三去相而不悔善曰史記曰孫叔敖楚之處士也虞丘相進之三月而相楚三得相而不喜知其材自得之也三去相而不悔知其非己之罪也於陵子仲辭三公爲人灌園善曰列女傳曰於陵子終賢楚王欲以爲相使使者往聘迎之子終出使者與其妻逃乃爲人灌園今人主誠能去驕傲之心懷可報之意善曰言士有功可報者思必報披心腹見情素善曰戰國策曰蔡澤說應侯曰公孫鞅事孝王竭知謀示情素墮肝膽施德厚終與之窮達無愛於士善曰於士所求無所愛惜也則桀之猶可使吠堯而跖之客可使刺由應劭曰由許由也跖盜跖也韋昭曰言恩厚無不使善曰戰國策刀鞮謂田單曰跖之猶或吠堯非其主也吠音吠並同何況因萬乘之權假聖王之資乎然則荆軻湛七族要離燔妻子豈足爲大王道哉應劭曰荆軻爲燕刺秦王不成而死其七族坐之湛沒也張晏曰七族上至高祖下至曾孫善曰呂氏春秋曰吳王闔閭欲殺王子慶忌要離曰王誠助臣請必能吳王曰諾明旦加罪焉執其妻子燔而揚其灰髙誘曰吳王僞加要離罪燒妻子揚其灰臣聞明月之珠夜光之璧以暗投人於道眾莫不按劍相眄者何則無因而至前也蟠木根柢輪囷離奇張晏曰柢下本也輪囷離奇委曲盤戾也蘇林曰柢音蔕善曰廣雅曰蟠曲也囷去倫切離薄碁切奇音衣而爲萬乘器者何則以左右先爲之容也善曰器謂服玩之屬容謂雕飾杜預左氏傳注曰容形容也故無因而至前雖出隋侯之珠夜光之璧秪足結怨而不見德故有人先談則枯木朽株樹功而不忘善曰談或爲游今天下布衣窮居之士身在貧賤雖蒙堯舜之術

挾伊管之辯善曰伊尹管仲懷龍逢比干之意欲盡忠當世之君而素無根柢之容雖竭精神欲開忠信輔人主之治則人主必襲按劒相眄之跡矣善曰小雅曰開達也是使布衣之士不得爲枯木朽株之資也是以聖王制世御俗獨化於陶鈞之上張晏曰陶家名模下圓轉者爲鈞以其能制器爲大小比之於天也善曰論語考比讖曰引五子以避俗遠邦殊域莫不向風而不牽乎卑辭之語不奪乎衆多之口善曰聖人有深謀善計而即行之不爲卑辭所牽制戰國策蘇秦曰卑辭以謝君衆口已見上文故秦皇帝任中庶子蒙嘉之言以信荊軻之說而匕首竊發善曰戰國策曰荊軻既至秦持千金之資幣厚遺秦王寵臣中庶子蒙嘉嘉爲先言於秦王曰燕願舉國爲內臣如郡縣又獻燕督亢之地圖圖窮匕首見秦王驚自引而起乃引其匕首以擿秦王通俗文曰匕首其頭類匕故曰匕首短而便用周文獵涇渭載呂尚而歸以王天下六韜曰文王田于渭陽卒見呂尚坐茅而漁戰國策曰范雎謂秦王曰臣聞呂尚遇文王立爲太師史記曰西伯獵果遇太公于渭俱爲師也秦信左右而亡周用烏集而王善曰漢書音義曰太公望塗遘卒遇共成王功如烏鵲之暴集也何則以其能越拘攣之語馳域外之義獨觀於昭曠之道也今人主沈諂諛之辭牽於帷墻之制善曰漢書音義曰言爲左右便辟侍帷墻臣妾所見牽制說文曰墻垣蔽也然帷妾之所止墻臣之所居也使不羈之士與牛驥同皁漢書音義曰皁食牛馬器以木作如槽善曰不羈謂才行高遠不可羈繫也此鮑焦所以忿於世而不留富貴之樂也善曰列士傳曰鮑焦怨世不用己采蔬於道子貢難曰非其世而采其蔬此焦之有哉弃其蔬乃立枯於洛水之上蔬即古蔬字臣聞盛飾入朝者不以私汙義砥厲名號者不以利傷行善曰孔安國尚書傳曰砥磨石也論語撰考讖曰子罕言利利傷行也故里名勝母曾子不入邑號朝歌墨子迴車晉灼曰史記樂書紂作朝歌之音朝歌者不時也善曰淮南子曰墨子非樂不入朝歌然古有此事未詳其本今欲使天下恢廓之士誘於威重之權脅於位勢之貴回面汙行以事諂諛之人而求親近於左右則士有伏死堀穴巖藪之中耳安有盡忠信而趨闕下者哉

上書諫獵　司馬長卿

臣聞物有同類而殊能者故力稱烏獲捷言慶忌勇期賁育善曰史記曰秦武王有力士烏獲孟說皆至大官呂氏春秋曰吳王欲殺王子慶忌謂要離曰吾嘗以馬逐之江上而不能及說苑曰勇士孟賁水行不避蛟龍陸行不避狼虎戰國策范雎曰夏育之勇焉而死臣之愚暗竊以爲人誠有之獸亦宜然今陛下好凌岨險射猛獸卒然遇軼才之獸駭不存之地犯屬車之清塵漢書音義曰大駕屬車八十一乘善曰車塵言清尊之意也輿不及還轅人不暇施功雖有烏獲逢蒙之伎力不得用枯木朽株盡爲難矣善曰吳越春秋陳音曰黃帝作弓後有楚狐父以道傳羿羿傳逢蒙是胡越起於轂下而羌夷接軫也豈不殆哉雖萬全無患然本非天子所宜近也且夫清道而後行中路而馳猶時有銜橛之變張揖曰銜馬勒也橛騑馬口長銜也善曰家語子曰郊之日氾埽清路行者必止莊子伯樂曰我善調馬前有銜橛而後鞭策之威而況乎涉豐草騁丘墟善曰毛詩曰湛湛露斯在彼豐草呂氏春秋吳爲丘墟前有利獸之樂而內无存變之意善曰鄭玄禮記注曰利猶貪也其爲害也不亦難矣夫輕萬乘之重不以爲安而樂出萬有一危之塗以爲娛臣竊爲陛下不取也蓋聞明者遠見於未萌而智者避危於无形善曰太公金匱曰明者見兆於未萌智者

避危於无形禍固多藏於隱微而發於人所忽者也故鄙諺曰家累千金坐不垂堂張揖曰畏櫚瓦墮中人也此言雖小可以喻大臣願陛下留意幸察

上書諫吳王

枚叔善曰漢書曰枚乘字叔淮陰人爲吳王濞郎中吳王初怨望謀爲逆也乘奏書諫王不納遂去之從梁孝王遊後景帝拜乘弘農都尉卒然乘之卒在相如之前而今在後誤也

臣聞得全者昌失全者亡善曰史記淳于髡說鄒忌子曰得全全昌失全全亡舜无立錐之地以有天下禹无十戶之聚以王諸侯湯武之土不過百里善曰韓子曰舜无置錐之地於後世而德結史記蘇秦說趙王曰舜无咫尺之地以有天下禹无百人之聚以王諸侯湯武之土不過百里立爲天子誠得其道也上不絕三光之明下不傷百姓之心者有王術也善曰不絕其明言合度也高誘淮南子注曰三光日月星也故父子之道天性也善曰父子喻君臣也孝經曰父子之道天性也忠臣不避重誅以直諫則事无遺策功流萬世臣乘願披腹心而効愚忠惟大王少加意念惻怛之心於臣乘言夫以一縷之任係千鈞之重上懸之无極之高下垂之不測之淵雖甚愚之人猶知哀其將絕也馬方駭鼓而驚之係方絕又重鎮之係絕於天不可復結墜入深淵難以復出善曰孔叢子曰齊東郭亥欲攻田氏子貢曰今子士也位卑圖大殆非子之任也夫以一縷之任繫千鈞之重上懸之於无極之高下垂於不測之深傍人皆知其絕而造之者不知其子之謂乎馬方駭鼓而驚之繫方絕重鎮之馬奔車覆六轡不禁繫絕其高墜入於深其危必矣亥曰吾已矣其出不出閒不容髮蘇林曰臣改計取福正在今日言其激切甚急善曰曾子曰律歷迭相洽也其閒不容髮矣能聽忠臣之言百舉必脫善曰孫卿子曰平則慮險安則慮危是百舉不陷也必若所欲爲危於累卵難於上天善曰說苑曰晉靈公造九層臺荀息聞之求見曰臣能累十二博棊加九雞卵棊上公曰危哉論語曰天不可階而升也變所欲爲易於反掌安於泰山善曰反掌言易也孟子曰武丁有天下猶反掌也春秋保乾圖曰安於泰山與日合符今欲極天命之上壽弊无窮之極樂善曰弊猶盡也究萬乘之勢不出反掌之易居泰山之安而欲乘累卵之危走上天之難此愚臣之所大惑也顏師古曰走趣也走音奏人性有畏其影而惡其迹者却背而走迹逾多影逾疾不如就陰而止影滅迹絕善曰莊子漁父曰人有畏影惡迹而去之走者舉足逾數而迹疾而影不離自以爲尚遲疾走不休絕力而死不知處陰以休影靜處以息迹愚亦甚矣孫卿子以爲消蜀梁欲人勿聞莫若勿言欲人勿知莫若勿爲欲湯之滄漢書音義或曰滄寒也一人炊之百人揚之無益也不如絕薪止火而已善曰呂氏春秋曰夫以湯止沸沸愈不止去火則止矣不絕之於彼而救之於此譬由抱薪而救火也善曰文子曰不治其本而救其末無異鑿渠而止水抱薪而救火也養由基楚之善射者也去楊葉百步百發百中善曰戰國策蘇厲謂周君曰養由基善射去柳葉百步而射百發百中楊葉之大加百中焉可謂善射矣然其所止百步之內耳比於臣乘未知操弓持矢也福生有基禍生有胎服虔曰基胎皆始也納其基絕其胎禍

何自來 善曰自從也 太山之霤力救切穿石 殫極之紞斷幹 晉灼曰紞古綆字殫盡也極之綆幹幹井上四交之幹常爲汲者所契傷也 水非石之鑽 索非木之鋸 漸靡使之然也 夫銖銖而稱之 至石必差 寸寸而度之 至丈必過 張晏曰黍所轉四萬六千八十銖而至於石合而稱之必有盈縮也 石稱丈量 徑而寡失 善曰文子曰夫事煩難治也法苛難行也多求難贍也寸而度之至丈必差銖而稱之至石必過石稱丈量徑而寡失故大較易爲智曲辯難爲惠也徑直也 夫十圍之木 始生而蘖 足可搔而絕 手可擢而抓 善曰尸子曰千丈之木始若蘖足易去也莊子曰欃槍初生可抓而絕廣雅曰搔抓也字林曰搔先牢切抓壯交切 據其未生 先其未形 磨礱砥礪 不見其損 有時而盡 善曰賈逵國語注曰礱磨也礱力公切尚書注砥磨石也 種樹畜養 不見其益 有時而大 積德累行 不知其善 有時而用 弃義背理 不知其惡 有時而亡 臣願大王孰計而身行之 此百世不易之道也

上書重諫吳王

枚叔 善曰漢書曰吳王舉兵西嚮以誅晁錯爲名漢聞之斬錯以謝諸侯乘於是復說吳王

昔秦西舉胡戎之難 北備榆中之關 善曰胡戎爲難舉兵而卻也漢書曰金城郡有榆中縣 南距羌莋之塞 東當六國之從 善曰漢書曰南夷自巂東北君長十數莋都最大莋在洛切六國已見李斯書 六國乘信陵之籍 善曰漢書音義曰无忌常揔五國卻秦有地資也 明蘇秦之約 厲荊軻之威 并力一心以備秦 然秦卒禽六國 滅其社稷 而并天下 是何也 則地利不同 而民輕重不等也 今漢據全秦之地 兼六國之衆 修戎狄之義 顏師古曰修恩義以撫戎狄 而南朝羌莋 此其與秦地相什而民相百 大王之所明知也 善曰言地多秦十倍民多百倍 今夫讒諛之臣爲大王計者 不論骨肉之義 民之輕重 國之大小 以爲吳禍 此臣所以爲大王患也 夫舉吳兵以訾於漢 李奇曰訾量也 譬猶蠅蚋之附群牛 腐肉之齒利劒 鋒接必無事矣 善曰說文曰秦謂之蚋楚謂之蚊蚋而銳切齒猶當也 天下聞吳率失職諸侯 願責先帝之遺約 今漢親誅其三公 以謝前過 善曰謂誅晁錯也錯爲御史大夫故曰三公 是大王威加於天下 而功越於湯武也 夫吳有諸侯之位 而富實於天子 有隱匿之名 而居過於中國 韋昭曰隱匿謂僻在東南 夫漢并二十四郡 十七諸侯 方輸錯出 張晏曰漢時有二十四郡十七王也善曰此言貢獻之多方輸四方更輸錯雜而出也 軍行數千里 不絕於郊 其珍怪不如山東之府 如淳曰山東吳王之府藏也善曰錯出張云錯互出攻則謂興軍遠行也軍一爲運錯出謂四方更輸交錯出獻之而行也 轉粟西鄉 陸行不絕 水行滿河 不如海陵之倉 如淳曰言漢京師仰須山東漕運以自給耳臣瓚曰海陵縣名有吳太倉 脩治上林 雜以離宮 積聚玩好 圈守禽獸 不如長洲之苑 服虔曰吳苑也韋昭曰長洲在吳東 游曲臺 臨上路 不如朝夕之池 張晏曰曲臺長安臺臨道上也蘇林曰以海水朝夕爲池 深壁高壘 副以關城 不如江淮之險 此臣之所爲大王樂也 今大王還兵疾歸 尚得十半 善曰言王早還冀十分之中得半安全 不然 漢知吳有

吞天下之心，赫然加怒，遣羽林黃頭，循江而下。蘇林曰：羽林黃頭郎，習水戰者。襲大王之都。魯東海絕吳之饟道。善曰：吳饟軍自海入河，故命魯國入東海郡，以絕其道也。地里志有魯國及東海郡。梁王飾車騎，習戰射，積粟固守，以備滎陽，待吳之飢，大王雖欲反都，亦不得已。夫三淮南之計，不負其約。晉灼曰：吳楚反，皆守約不從也。齊王殺身以滅其迹。晉灼曰：齊孝王將閭也。吳楚反，堅守距三國，不從。後欒布等聞初與三國有謀，欲伐之，王懼自殺。善曰：漢書曰：齊王聞吳楚平，乃自殺。今乘巳言之，漢書與此必有一誤也。四國不得出兵其郡。晉灼曰：膠東、膠西、濟北、菑川四國王也。發兵應吳楚。趙囚邯鄲，此不可掩，亦巳明矣。應劭曰：漢將酈寄圍趙王於邯鄲，與囚無異也。善曰：杜預注左氏傳曰：掩，匿也。今大王巳去千里之國，而制於十里之內矣。張晏曰：吳地方千里，梁下屯兵方十里，言王必見制於此地。張韓將北地，如淳曰：張，張羽；韓，韓安國也。善曰：將北地，謂將兵在吳軍之北也。弓高宿左右，服虔曰：弓高侯韓穨當也。如淳曰：宿軍左右。兵不得下壁，軍不得太息，臣竊哀之。願大王孰察焉。

詣建平王上書

江文通 梁書曰：宋建平王景素好士，淹隨在南兗州。廣陵令郭彥文得罪，辭連淹，繫州獄中，上書。景素覽書，即出之。

昔者賤臣叩心，飛霜擊於燕地。淮南子曰：鄒衍盡忠於燕惠王，惠王信譖而繫之。鄒子仰天而哭，正夏而天爲之降霜。春秋考異郵曰：桓公殺賢，吏民含痛，流涕叩心。庶女告天，振風襲於齊臺。淮南子曰：庶女告天，雷電下擊景公臺，隕，海水大出。許愼曰：庶女，齊之少寡，無子，養姑，姑無男有女，女利母財而殺母，以誣告寡婦，婦不能自解，故寃告天。司馬彪莊子注曰：襲，入也。下官每讀其書，未嘗不廢卷流涕。沈約書曰：郡縣爲封國者，內史相並於國主稱臣，去任便止。世祖孝建中，始改此制，爲下官。太史公曰：始齊之蒯通讀樂毅報燕書，未嘗不廢書而泣也。楊雄見屈原作離騷，悲其文，讀之流涕也。何者？士有一定之論，女有不易之行。淮南子文也。高誘曰：士有同志同德，其交接有一會而分定，故曰有一定之論也。貞女專一，亦無二心，雖有偏喪，不湏更醮，故曰有不易之行。信而見疑，貞而爲戮，是以壯夫義士伏死而不顧者此也。史記曰：屈原信而見疑，忠而被謗，能無怨乎？法言曰：壯夫不爲。左氏傳曰：義士猶或非之。又曰：君子曰：臣治煩去惑者也，是以伏死而爭。李陵與蘇武書曰：足下遭時不遇，至於伏劒不顧。下官聞仁不可恃，善不可依，謂徒虛語，乃今知之。馬遷悲士不遇賦曰：理不可據，智不可恃。鄒陽書曰：臣常以爲然，徒虛語耳。又曰：臣始不信，今乃知之。伏願大王暫停左右，少加憐察。鄒陽書曰：左右不明，卒從吏訊。又曰：願王孰察，少加憐焉。

下官本蓬戶桑樞之人，布衣韋帶之士。淮南子曰：處窮僻之鄉，蓬戶甕牖，揉桑以爲樞，此齊人所謂形植犁黑，憂悲而不得志也。高誘曰：編蓬爲戶，揉桑條爲戶樞。說苑：唐且謂秦王曰：大王嘗聞布衣韋帶之士怒乎？伏尸二人，流血五步。退不飾詩書以驚愚，進不買名聲於天下。淮南子曰：古之人同氣于天地，與一世而優游，及僞之生，飾智以驚愚，設詐以巧上。又曰：周室衰而王道廢，儒墨於是博學疑聖，飾詩書以買名譽於天下。日者謬得升降承明之闕，出入金華之殿。漢書：帝賜嚴助書曰：君猒承明之廬。又曰：班伯少受詩於師丹，上方向學，鄭寬中、張禹朝夕入說尚書、論語於金華殿中，詔伯受焉。何常不局影凝嚴，側身扃禁者乎。詩序曰：側身脩行。班婕好自傷賦曰：應門閉兮禁闥扃。竊慕大王之義，復爲門下之賓，備鳴盜淺術之餘，豫三五賤伎之末。史記曰：孟嘗君入秦，昭王乃囚孟嘗君，謀欲殺之。孟嘗君謀欲使人抵昭王幸姬求解，姬曰：妾願得君狐白裘。此時孟嘗君有一狐白裘。入獻之昭王。無他裘。孟嘗君患之。徧問客。莫能對。最下爲狗盜者曰。臣能得狐白裘。乃夜爲狗以入秦宮藏中。取所獻狐白裘至。以獻幸姬。姬爲言昭王。王孟嘗君得出。馳去。至關。關法雞鳴出客。孟嘗君恐追至。客之居下坐者。能爲雞鳴。遂得出之。如食頃。追至關。已後孟嘗君。乃還。抱朴子軍術曰。大將軍當明案九宮。視年在宮。常就三居五。五爲死。三爲生。能知三五。横行天下。司馬遷書曰。使得奏薄伎。大王惠以恩光。顧以顏色。鄭玄詩箋曰。爲光言天子恩澤光耀被及己也。曹植豔歌曰。長者賜顏色。泰山可動移。實佩荆卿黄金之賜。竊感豫讓國士之分矣。燕丹子曰。荆軻之燕。燕太子東宮臨池而觀。軻拾瓦投龜。太子令人奉盤金。軻用抵。抵盡復進。軻曰。非爲太子愛金。但臂痛耳。史記。趙襄子數豫讓曰。子嘗事范中行氏。智伯滅之。不爲報讎。臣事智伯。死而子何獨爲報讎也。豫讓曰。中行氏衆人遇我。我故衆人報之。智伯國士遇我。我故國士報之。常欲結纓伏劒。少謝萬一。左氏傳曰。衛太子迫孔悝於厠。強盟之。子路曰。太子無勇。若燔臺半。必舍孔叔。太子聞之懼。下石乞

盂黶敵子路。以戈擊之。斷纓。子路曰。君子死。冠不免。結纓而死。又曰。晉侯殺里克。公使謂之曰。子弒二君與一大夫。爲子君者。不亦難乎。對曰。臣聞命矣。伏劒而死。莊子曰。弇堈曰。今於道。秋毛之端。万分未得處一焉。剖心摩踵。以報所天。鄒陽上書自明曰。剖心析肝。孟子曰。墨子兼愛。摩頂致於踵。利天下爲之。劉熙曰。致。至也。左氏傳。箴尹克黄曰。君。天也。何休曰。君者臣之天。不圖小人固陋。坐貽謗譏。揚惲書曰。言固陋之愚也。迹墜昭憲。身恨幽圄。陸機謝內史表曰。幽縶囹圄。當爲誅始。履影弔心。酸鼻痛骨。詩曰。顧瞻周道。中心弔兮。高唐賦曰。孤子寡婦。寒心酸鼻。太子丹謂麴武曰。今秦王反戾天常。每念之。痛入骨髓。下官聞虧名爲辱。虧形次之。尸子曰。衆以虧形爲辱。君子以虧義爲辱。是以每一念來。忽若有遺。李陵荅蘇武書曰。每一念至。忽然亡生。加以涉旬月。迫季秋。天光沈陰。左右無色。司馬遷荅任少卿書曰。今少卿抱不測之罪。涉旬月。迫季冬。呂氏春秋曰。行秋令。則天多沈陰。蔡邕月令

章句曰。陰者。密雲也。沈者。雲之重也。身非木石。與獄吏爲伍。司馬遷荅任少卿書曰。身非木石。獨與法吏爲伍。此少卿所以仰天槌心。泣盡而繼之以血也。李陵与蘇武書曰。何圖志未立而怨已成。此陵所以仰天槌心而泣血也。韓子曰。卞和乃抱其璞而哭於楚山。三日三夜。泣盡。繼之以血。下官雖乏鄉曲之譽。然嘗聞君子之行矣。燕丹子。夏扶曰。士無鄉曲之譽。則未可以論行。其上則隱於簾肆之間。卧於巖石之下。漢書曰。谷口有鄭子真。蜀有嚴君平。君平卜筮於成都市。裁日閱數人。得百錢。足自養。則閉肆下簾而授老子。論衡。谷口鄭子真耕於巖石之下。名震京師。次則結綬金馬之庭。高議雲臺之上。漢書曰。蕭育与朱博友。故長安語曰。蕭朱結綬。西都賦曰。承明金馬。著作之庭。東觀漢記曰。建初元年。詔賈逵曰。南宮雲臺。使出左氏大義。退則虜南越之君。係單于之頸。漢書曰。南越与漢和親。乃遣終軍使南越。軍自請。願受長纓。必羈南越王而致闕下。又賈誼曰。

行臣之計。請必係單于之頸而制其命。俱啓丹冊。並圖青史。漢書曰。高祖論功定封。以丹書之信。重以白馬之盟。又有青史子。音義曰。古史官記事。寧當爭分寸之末。競錐刀之利哉。左氏傳曰。叔向詒子產書曰。錐刀之末。將盡爭之。下官聞積毀銷金。積讒磨骨。鄒陽上書曰。衆口鑠金。積毀消骨。遠則直生取疑於盜金。近則伯魚被名於不義。漢書曰。直不疑。南陽人。爲郎。事文帝。其同舍有告歸。誤持其同舍郎金。已而同舍郎覺。妄意不疑。不疑謝有之。買金償。後告歸者至而歸金。亡金郎大慙。范曄後漢書曰。第五倫字伯魚。京兆人。舉孝廉。補淮陽醫工長。後從王朝京師。得會帝戲倫。謂倫曰。聞卿爲吏。篣婦公。不過從兄飯。寧有之耶。倫對曰。臣三娶妻。皆無父。少遭飢亂。實不妄過人食。帝大笑。彼之二子。猶或如是。況在下官。焉能自免。昔上將之恥。絳侯幽獄。名臣之羞。史遷下室。司馬遷荅任少卿書曰。絳侯誅諸呂。囚於請室。又曰。而僕又茸以蠶室。至如下

官。當何言哉。司馬遷書曰。僕尚何言哉。如夫魯連之智。辭祿而不返。史記曰。秦使白起圍趙。聞魯仲連責新垣衍。秦軍遂引去。平原君欲封仲連。連謝。終不肯受。接輿之賢。行歌而忘歸。楚狂接輿。已見鄒陽書。子陵閉關於東越。仲蔚杜門於西秦。亦良可知也。范曄後漢書曰。嚴光字子陵。會稽餘姚人。少有高名。與光武同游學。及即位。變名姓。隱身不見。趙岐三輔決錄注曰。張仲蔚。扶風人也。少與同郡魏景卿隱身不仕。所居蓬蒿沒人。若使下官事非其虛。罪得其實。亦當鉗口吞舌。伏匕首以殞身。莊子曰。鉗墨翟之口。燕丹子。荊軻曰。田光向軻吞舌而死。何以見齊魯奇節之人。燕趙悲歌之士乎。左氏傳。子方曰。事子我。而有私於其讎。何以見魯衛之士。漢書。王先生謂鄒陽曰。今子欲安之乎。陽曰。齊楚多辨智。韓魏時有奇節。吾將歷問之。史記。荊軻之燕。高漸離悲歌擊筑。荊軻和而歌於市中。又曰。趙大夫悲歌慷慨者也。方今聖厤欽明。天下樂業。尚書曰。放

六百六十　文三十九　二十三　李彦

勛欽明。管子曰。天下有道。人樂其業。青雲浮雒。榮光塞河。尚書中候曰。成王觀于洛。河沈璧。禮畢。王退俟。至于日昧。榮光並出幕河。青雲浮洛。青龍臨壇。銜玄甲之圖。吐之而去。西洎臨洮狄道。土刀切。北距飛狐陽原。淮南子曰。秦之時。丁壯丈夫西至臨洮狄道。東至會稽浮石。南至豫章桂林。北至飛狐陽原。高誘曰。臨洮。隴西之縣。洮水出北。狄道。漢陽之臨洮也。飛狐蓋在代郡。飛狐山。陽原蓋在太原。莫不浸仁沐義。照景飲醴而已。楊雄覈靈賦曰。文王之始起。浸仁漸義。會賢贊智。贊音攢。論語摘輔像曰。帝率握炤景飲醴。萁莢爲厤。宋均曰。炤景。謂景星所炤也。而下官抱痛圓門。含憤獄戶。周禮曰。以圜土教罷民。鄭司農曰。圜土。獄城也。一物之微。有足悲者。家語。孔子謂哀公曰。一物失理。亂士之端。此思憂。則憂可知矣。仰惟大王少垂明白。則梧丘之魂。不愧於沈首。鵠亭之鬼。無恨於灰骨。晏子春秋曰。景公田於梧丘。夜坐睡。夢見五丈夫倚徙稱无罪。公問晏子。晏子曰。昔先公靈公出畋。有五丈夫來。鷩獸。悉斷其頭而葬之。命曰丈夫丘。命人掘之。五頭同穴。公令厚葬之。乃恩及白骨。說苑曰。景公畋於梧丘。謝承後漢書曰。蒼梧廣信女子蘇娥。行宿高安鵠巢亭。爲亭長龔壽所殺。及婢致富。取其財物。埋致樓下。交阯刺史周敞行部。宿亭。覺壽姦罪。奏之。殺壽。列異傳曰鵠奔亭。不任肝膽之切。敬因執事以聞。

啓

奉荅勑示七夕詩啓一首

任昉集。詔曰。聊爲七夕詩五韻。殊未近詠歌。卿雖訥於言。辯於才。可即制付使者。

任彥昇

臣昉啓。奉勑并賜示七夕五韻。竊惟帝迹多緒。俯同不一。春秋合誠圖曰。黃帝布迹。必稽功務法。宋均曰。迹。行迹。謂功績也。春秋保乾圖曰。帝異緒。託情風

五百七十五　文三十九　二十四

什。希世罕工。毛詩題曰。關雎之什。魯靈光殿賦曰。邈希世而特出。雖漢在四世。魏稱三祖。四世。漢武帝也。三祖。謂魏武文明也。魏志。高貴鄉公詔曰。昔三祖神武聖德。應天受祚。寧足以繼想南風。克諧調露。家語曰。昔者舜彈五絃琴。造南風之詩。其詩曰。南風之薰兮。可以解吾民之慍兮。南風之時兮。可以阜吾民之財兮。王肅曰。薰風至貌也。樂動聲儀曰。時元氣者。受氣於天。布之於地。以時出入物者也。四時之節。動靜各有分職。不得相越。謂調露之樂也。宋均曰。調露。調和致甘露也。使物茂長之樂也。性與天道。事絕稱言。論語。子貢曰。夫子之文章。可得而聞也。夫子之言性與天道。不可得而聞也。豈其多幸。親逢旦暮。左氏傳。羊舌職曰。民之多幸。國之不幸。莊子曰。萬世之後而一遇大聖。知其解者。是旦暮遇也。臣早奉龍潛。與賈馬而入室。易曰。潛龍勿用。法言曰。若以孔門用賦。賈誼升堂。相如入室。晚屬天飛。比嚴徐而待詔。易曰。飛龍在天。利見大人。荅賓戲曰。泥蟠天飛者。應龍之神也。漢書曰。嚴安徐樂上疏言世務。上召

見乃拜樂安偕爲郎中又曰東方朔待詔金馬門。惟君知臣。見於訥言之旨。左氏傳君子曰古人有言曰知臣莫若君論語子曰君子欲訥於言而敏於行。取求不疵。表於辯才之戲。左氏傳曰初申侯有寵於楚文王文王曰唯我知汝汝專利而不厭余取余求不汝疵瑕也裴詭集有辯才論。謹輙牽率庸陋。式詶天獎。拙速雖効。蚩鄙已彰。孫子兵法曰兵聞拙速未睹工久陳琳牋曰蚩鄙益著闇纘上詩表曰勞者歌其事貴露蚩鄙。臨啓慚恧。女六切。罔識所寘。謹啓。

爲卞彬謝脩卞忠貞墓啓一首　蕭子顯齊書曰卞彬字士蔚官至綏建太守卒濟陰卞錄曰壼字望之永嘉中除著作郎蘇峻稱兵爲尚書令右將軍領右衞峻至東陵口六軍敗績壼乘馬被甲赴賊二子眕盱見父去隨從俱爲賊所害贈侍中開府謚忠貞公眕音真忍切盱休于切

任彥昇

臣彬啓。伏見詔書。并鄭義泰宣勑。當賜修理臣亡高祖晉故驃騎大將軍建興忠貞公壼墳塋。臣門緒不昌。天道所昧。忠遘身危。孝積家禍。名教同悲。隱淪惆悵。王隱晉書述曰壼及二子死衞士瞿湯聞而歎曰父爲忠臣子爲孝子忠孝之道萃於一門可謂賢哉名教謂王隱隱淪謂瞿湯世說樂廣曰名教中自有樂地桓子新論曰天下神人五二曰隱淪。而年世貿遷。孤裔淪塞。廣雅曰貿易也。遂使碑表蕪滅。丘樹荒毀。狐兔成穴。童牧哀歌。桓子新論曰雍門周以琴見孟嘗君曰臣切悲千秋萬歲後墳墓生荆棘狐兔穴其中樵兒牧豎躑躅而歌其上也。感慨自哀。日月纏迫。劉公幹贈五官中郎詩曰感慨以長歎。陛下引宣教義。非求効於方今。杜預左氏傳序曰引宣祖業仲長子昌言曰引之於教義說死曰聖王布德施惠非求報於百姓也。壼餘烈不泯。固陳力於異世。春秋元命苞曰文王積善所潤之餘烈論語子曰周任有言曰陳力就列不能者止。但加等之渥。近闕於晉典。左氏傳曰凡諸侯薨於朝會加一等死王事加二等。樵蘇之刑。遠流於皇代。戰國策顏觸謂齊王曰秦攻齊令曰敢有去柳下季壟五十步樵採者罪死不赦。臣亦何人。敢謝斯幸。不任悲荷之至。謹奉啓事以聞。謹啓。

啓蕭太傅固辭奪禮一首　劉璠梁典曰昉爲尚書殿中郎父憂去職居喪不知鹽味冬月單衫廬于墓側齊明作相乃起爲建武將軍驃騎記室再三固辭帝見其辭切亦不能奪

任彥昇

昉啓。近啓歸訴。庶諒窮款。奉被還旨。未垂哀察。悼心失

圖。泣血待旦。左氏傳楚薳啓彊曰孤與二三臣悼心失圖毛詩曰鼠思泣血尚書曰坐以待旦。君於品庶。示均鎔造。鵩鳥賦曰品庶每生倉頡篇曰鎔炭鑪所以行銷鐵也。干祿祈榮。更爲自拔。論語曰子張學干祿。虧教廢禮。豈關視聽。言己之所陳但正虧教而廢禮豈敢關白於視聽哉。所不忍言。具陳茲啓。言事迫情切口不忍言故陳此啓公羊傳曰謂之新宮不忍言也。昉往從末宦。祿不代耕。晉中興書簡文詔曰祿不代耕非經通之制也。飢寒無甘旨之資。限役廢晨昏之半。禮記曰命士已上父子皆異宮昧爽而朝慈以旨甘鄭玄曰慈愛敬進之也又曰凡爲人子之禮冬溫而夏凊昏定而晨省。膝下之懽。已同過隙。孝經曰故親生之膝下以養父母禮記曰君子三年之喪二十五月而畢若駟之過隙然而遂亟之則是无窮。几筵之慕。幾何可憑。孫卿子孔子謂魯哀公曰君入廟而右登自阼階仰視榱棟俛見几筵其器存其人亡君以此思哀則哀將焉不至矣左氏傳曰人壽幾

何。且奠酹不親。如在安寄。鄭玄周禮注曰。喪所薦饋曰奠。聲類曰。酹。以酒祭地也。酹。力外切。論語子曰。吾不與祭。如不祭。又曰。祭神如神在。晨暮寂寥。闃若無主。苦覓切。埤蒼曰。闃。靜也。喪服傳曰。无主者。其无祭主。王隱晉書曰。傅咸遭繼母憂。上書曰。咸身无兄弟。到官之日。喪祭无主。所守既無別理。窮咽豈及多喻。呂安荅嵇康論曰。易了之理。不在多喻。明公功格區宇。感通有塗。尚書曰。時則有若伊尹格于皇天。東京賦曰。區宇乂寧。周易曰。寂然不動。感而遂通。若霈然降臨。賜寢嚴命。孟子曰。沛然下雨。是知孝治所被。爰至無心。孝經曰。昔者明王之以孝治天下也。韓詩外傳曰。阿谷之女謂子貢曰。吾鄙野之人。僻陋无心。錫類所及。匪徒教義。毛詩曰。孝子不匱。永錫尔類。不任崩迫之情。謹奉啓事陳聞。謹啓。

二百七十九　文三十九　二七

文選卷第三十九

賜進士出身通奉大夫江南蘇松常鎮太等處承宣布政使司布政使胡克家重校刊

文選卷第四十

梁昭明太子撰

文林郎守太子右內率府錄事參軍事崇賢館直學士臣李善注上

文四十　一

彈事

奏彈曹景宗一首

任彥昇梁典曰高祖即位昉爲吏部郎遷中丞

御史中丞臣任昉稽首言臣聞將軍死綏咫步無却司馬法曰將軍死綏注曰綏却也有前一尺無却一寸杜預左氏傳注曰古名退軍爲綏顧望避敵逗橈奴教切有刑漢書曰廷尉王恢逗橈當斬音義曰逗曲行避敵也橈顧望也至乃趙母深識乞不爲坐史記曰趙王將使趙括爲將其母上書曰括不可使將王曰母置之吾已決矣母曰王終遺之即有不稱妾得無坐乎王許諾魏王著令抵罪已輕魏志太祖令曰自命將征行但賞功而不罰罪非國典也其諸侯將出征敗軍者抵罪失利者免官是知敗軍之將身死家戮爰自古昔明罰斯在魏志太祖令曰將者軍破於外而家受罪于内也漢書廣武君曰敗軍之將不可以語勇新序曰臣侮其主身死妻子爲戮呂氏春秋曰民有逆天之道者罪死家戮也臣昉頓首頓首死罪死罪竊尋獯獫侵軼

暫擾疆陲王師薄伐所向風靡獯獫謂後魏也魏收後魏書曰太祖道武諱珪改稱魏王左氏傳曰北戎侵鄭鄭伯曰彼徒我車懼其侵軼我也杜預曰軼突也毛詩曰於鑠王師又曰薄伐玁狁至于太原晉起居注曰檀道濟所向風靡是以淮徐獻捷河兗凱歸尚書曰海岱及淮惟徐州左氏傳曰齊侯來獻戎捷尚書曰濟河惟兗州周禮曰師有功則凱樂東關無一戰之勞塗中罕千金之費吳歷曰諸葛恪作東關魏軍距之恪令丁奉等兵便亂斫遂大破北軍歷陽郡圖經曰東關歷陽縣西南一百里史記蔡澤曰白起一戰舉鄢郢吳志曰晉命鎮東大將軍司馬伷向塗中伏滔北征記曰金城西沂澗魏步道所出也文子曰起師十萬日費千金張湛曰日有千金之費而司部懸隔斜臨寇境沈約宋書曰宋世分郢州爲司州故使狡虜憑陵淹移歲月杜預左氏傳注曰狡狡猾也左氏傳子產曰今陳介恃楚衆憑陵弊邑故司州刺史蔡道恭劉璠梁典曰天監三年司州刺史漢壽伯蔡道恭卒於圍

道恭少以勇力聞及病猶自力行城數日不能起聞戰鼓聲憤吒而卒衆猶拒守無有二心攻圍二年無有叛者入秋霖雨洪澍一夜城頹壯士猶戰不降及城陷撫其餘衆求恭屍卒不能得率厲義勇奮不顧命潘安仁汧馬督誄曰率厲有方司馬遷書曰常思奮不顧身全城守死自冬徂秋潘安仁汧馬督誄大將軍疏曰臨危奮節保穀全城論語子曰守死善道猶有轉戰無窮亟摧醜虜史記曰驃騎將軍轉戰過烏支山毛詩曰鋪敦淮濆仍執醜虜方之居延則陵降而恭守比之疏勒則耿存而蔡亡漢書曰武帝遣驃騎都尉李陵將兵五千人出居延北與單于戰陵兵敗降匈奴范曄後漢書曰耿恭字伯宗爲戊己校尉恭以疏勒城傍有澗水可固乃據之匈奴復來攻恭於城中穿井十五丈不得水恭仰嘆曰聞昔貳師將軍取佩刀刺山飛泉涌出今漢德神明豈有窮哉乃整衣服向井再拜爲吏士禱有飛泉奔出衆皆稱萬歲乃令吏士揚水示虜虜以爲神明引去也若使郢部救兵微接聲援鄒陽上書曰臣恐救兵之不專

英雄記曰袁術嚴兵爲呂布作聲援則單于之首久懸北闕漢書宣帝詔曰傅介子斬樓蘭王安歸首懸之北闕豈直受降可築涉安啓土而已哉漢書曰武帝遣因杅將軍公孫敖築塞外受降城杅音盂又曰涉安侯於單于以匈奴單于太子降尚書曰建邦啓土寔由郢州刺史臣景宗受命致討不時言邁晉起居注詔曰檀道濟奉命致討所向風靡毛詩曰旋車言邁故使蝟音謂結蟻聚水草有依漢書曰賈誼曰高帝王功臣反者蝟毛而起吳志曰錢唐大帥种式等蟻聚爲寇漢書曰獫狁獯粥居于邊地逐水草遷徙方復按甲盤桓緩救資敵魏志曰司馬文王按征諸葛誕六軍按甲而誕自困廣雅曰盤桓不進也李斯上書曰今逐客以資敵遂令孤城窮守力屈凶威謝承後漢書胡爽曰耿恭以甲兵守孤城於絶域史記李左車謂韓信曰今足下情見力屈欲戰不拔左氏傳晉温季曰逃威也杜預曰凶賊爲害故曰威也雖然猶應固守三關更謀進

取而退師延頸。自貽虧衄。劉璠梁典曰宣城王以冠軍將軍曹景宗爲郢州刺史初司州被圍詔荆郢發兵往援曹景宗爲都督及荆州援軍至三關頓兵不進聞司州没即日退還延頸敵人縱暴縁邊景宗不能禦遂失三關諸戍有司奏罰罪景宗聞之輒去州伏闕泥首待罪帝一無所問三關延頸二戍名也管子曰民無恥不可以固守漢書曰諸將曰楚數進取如淳曰進取多所攻也毛詩曰自貽伊戚陳琳檄豫州曰傷夷折衄衄折挫也疆場侵駭。職是之由。左氏傳曰齊人侵魯疆疆吏來告公曰疆場之事慎守其一又范宣子數諸戎曰言語漏泄則職汝之由不有嚴刑。誅賞安寘。景宗即主。史記曰繁法嚴刑而天下振西征賦曰峻徒御以誅賞毛萇詩傳曰寘置也主謂爲主首也王隱晉書庾純自劾曰醉酒荒迷昏亂儀度即主謹按河南尹庾純云云然以主爲句則臣當下讀也臣謹案使持節都督郢司二州諸軍事左將軍郢州刺史湘西縣開國侯臣景宗。擢自行閒。遘茲多幸。漢書衛青曰臣幸得待罪行閒左氏傳羊舌職曰民之多幸國之不幸也指蹤非擬。獲獸何勤。漢書曰上先封蕭何爲酇侯功臣皆曰蕭何未有汗馬勞顧居臣等上何也上曰諸君知獵乎曰知之上曰知獵狗乎曰知之上曰夫獵追殺獸者狗也而發蹤指示獸處者人也今諸公徒能走得獸者功狗也如蕭何發蹤指示功人也羣臣莫敢言賞茂通侯。榮高列將。漢書蘇武謂李陵曰武父子位列將爵通侯應劭曰通侯者言其功德通於王室張晏曰後改爲列侯列侯見序列也方言曰列班列也負檐裁弛。鍾鼎遽列。左傳曰齊侯使敬仲爲卿辭曰弛於負檐君之惠也又曰宋左師每食擊鍾家語曰子路南遊楚列鼎而食廣雅曰列陳也和戎莫効。二八已陳。左氏傳曰鄭人賂晉侯以女樂二八晉侯以樂之半賜魏絳曰子教寡人和諸戎狄也自頂至踵。功歸造化。孟子曰墨子兼愛摩頂致於踵趙岐曰致至也淮南子曰大丈夫恬然無爲與造化逍遥也潤草塗原。豈獲自已。喻巴蜀曰肝腦塗中原膏液潤野草而不辭也且道恭云逝。城守累旬。景

宗之存。一朝棄甲。史記曰沛令閉城守左氏傳曰宋華元爲植巡功城者謳曰睅其目皤其腹棄甲而復生曹死蔡。優劣若是。惟此人斯。有靦面目。毛詩曰彼何人斯居河之湄又曰有靦面目視人罔極毛萇曰靦姡也鄭玄曰汝姡然有面目也昔漢光命將。坐知千里。東觀漢記曰代郡太守劉興將數百騎攻賈覽上狀檄至光武知其必敗報書曰欲復進兵恐失其頭首也詔書到興已爲覽所殺長史得檄以爲國家坐知千里也魏武置法。案以從事。魏書曰太祖自作兵書諸將征伐皆以新書從事從令者克捷違教者負敗故能出必以律。錙銖無爽。周易曰師出以律鄭玄禮記注曰八兩爲錙漢書曰二十四銖爲兩伏惟聖武英挺。略不世出。漢書蒯通說韓信曰功無二於天下略不世出料敵制變。萬里無差。趙充國頌曰料敵制勝威謀靡伉奉而行之。實引廟筭。西征賦曰彼雖衆其焉用故制勝於廟筭孫子曰夫未戰而廟筭勝得筭多也惟此庸固。理絶言提。晉起居注宋公表曰臣寔庸固毛詩曰匪面命之言提其耳自逆胡縱逸。久患諸夏。劉琨勸進表曰逆胡劉曜縱逸西都漢書匈奴傳贊曰久矣夷狄之爲患聖朝乃顧。將一車書。汧馬督誄曰聖朝西顧關右震惶禮記曰書同文車同軌愍彼司埏。致辱非所。晉起居注曰大司馬表曰園陵辱於非所早朝永嘆。載懷矜惻。致茲虧喪。何所逃罪。宜正刑書。肅明典憲。左氏傳仲尼曰叔向古之遺直也邢侯之獄言其貪也以正刑書臣謹以劾。請以見事免景宗所居官。下太常削爵土。收付廷尉法獄治罪。其軍佐職僚偏裨將帥絓。胡卦切諸應及咎者。別攝治書侍御史隨違續奏。臣謹奉白簡以聞。云云。

奏彈劉整一首

沈約齊紀曰整宋吳興太守兄子也歷位持節都督交廣越三州也

任彥昇

御史中丞臣任昉稽首言臣聞馬援奉嫂不冠不入氾毓字孤家無常子東觀漢記曰馬援事寡嫂雖在閨內必衣冠然後入見王隱晉書曰氾毓字稚春濟北人也敦睦九族青土號其家兒無常母衣無常主也氾音凡毓音育是以義士節夫聞之有立左氏傳臧哀伯曰武王克商遷九鼎於洛邑義士猶或非之東京賦曰貞夫懷節班固漢書贊曰孟子曰聞伯夷之風懦夫有立志千載美談斯爲稱首公羊傳曰魯人至今以爲美談封禪書曰永保鴻名而常爲稱首也臣昉頓首頓首死罪死罪謹案齊故西陽內史劉寅妻范詣臺訴列稱出適劉氏二十許年劉氏喪亡撫養孤弱叔郎整常欲傷害侵奪分前奴教子當伯並已入衆又以錢婢姊妹弟温仍留奴自使

伯又奪寅息逡婢緑草私貨得錢並不分逡寅第二庶息師利去歲十月往整田上經十二日整便責范米六㪷哺食米未展送忽至户前隔箔攘拳大駡突進房中屏風上取車帷準米去二月九日夜婢采音偷車欄夾杖龍牽范問失物之意整便打息逡整及母并奴婢等六人來至范屋中高聲大駡婢采音舉手查范臂求攝檢如訴狀輒攝整亡父舊使奴海蛤到臺辯問列稱整亡父興道先爲零陵郡得奴婢四人分財以奴教子乞大息寅亡寅後第二弟整仍奪教子云應入衆整便留自使婢姊及弟各准錢五千文不分逡其奴當伯先是衆奴整兄弟未分財之前整兄寅以當伯貼錢七千共衆作田寅罷西陽郡還雖未别火食寅以私錢七千贖當伯仍使上廣州去後寅喪亡整兄弟後分奴婢唯餘婢緑草入衆整復云寅未分財贖當伯又應屬衆整意貪得當伯推緑草與逡整規當伯還擬欲自取當伯遂經七年不返整疑已死亡不迴更奪取婢緑草貨得錢七千整兄弟及姊共分此錢又不分逡寅妻范云當伯是亡夫私贖應屬息逡當伯天監二年六月從廣州還至整復奪取云應充衆准雇借上廣州四年夫直今在整處使進責整婢采音劉整兄寅第二息師利去年十月十二日

忽往整墅停住十二日整就兄妻范求米六斗哺食范未得還整怒仍自進范所住屏風上取車帷爲質范送米六斗整即納受范今年二月九日夜失車欄子夾杖龍牽等范及息逡道是采音所偷整聞聲仍打逡范喚問何意打我兒整母子爾時便同出中庭隔箔與范相駡婢采音及奴教子楚玉法志等四人于時在整母子左右整語采音其道汝偷車校具汝何不進裏駡之既進爭口舉手誤查范臂車欄夾杖龍牽實非采音所偷進責寅妻范奴苟奴列孃去二月九日夜失車欄夾杖龍牽疑是整婢采音所偷苟奴與郎逡往津陽門糴米遇見采音

在津陽門賣車欄龍牽，苟奴登時欲捉取。逡語苟奴：已爾，不須復取。苟奴隱僻少時，伺視人買龍牽，售五千錢。苟奴仍隨逡歸宅，不見度錢。并如采音、苟奴等列狀，粗與范訴相應。重覈當伯教子、列孃被奪，今在整處使，悉與海蛤列不異。以事訴法，令史潘僧尚議：整若輒略兄子逡分前婢貨賣，及奴教子等私使，若無官令，輒收付近獄，測治諸所連逮，絓應洗之源，委之獄官，悉以法制從事。如法所稱，整即主。昭明刪此文大略，故詳引之，令與彈相應也。臣謹案：新除中軍參軍臣劉整，閭閻闒茸，名教所絕。史記太史公曰：李斯自閭閻歷諸侯。弔屈原曰：闒茸尊顯，讒諛得志。世說曰：王平子、胡母彥國諸人，皆任放爲達，或有裸體。樂廣曰：名教中自有樂地，何爲乃爾。直以前代外戚，仕因紈袴。漢書曰：班伯出與王許子弟爲羣，在綺襦紈袴之間，非其好也。惡積釁稔，親舊側目。左氏傳：萇弘曰：毛得必亡，是昆吾稔之日也。杜預曰：稔，熟也。惡積與桀同誅。漢書郅都傳：列侯宗室見都，側目而視。理絕通問，而妄肆醜辭。謂大罵也。禮記曰：嫂叔不通問，諸母不漱裳。包咸論語注曰：肆，極意敢言也。詩曰：好言自口，莠言自口。毛萇曰：莠，醜也。終夕不寐，而謬加大杖。謂打逡也。謝承後漢書曰：或問第五倫曰：公有私乎？對曰：吾兄子嘗病，一夜十往，退而安寢；吾子有病，雖不省視，而竟夕不眠。若是者，豈可謂無私乎？家語曰：孔子謂曾子曰：汝不聞乎？昔瞽叟有子曰舜，舜事瞽叟也，小棰則待過，大杖則逃走，故瞽叟不犯不父之罪，而舜不失烝烝之孝。薛包分財，取其老弱。范曄後漢書曰：汝南薛包，字孟嘗，好學篤行。弟子求分異居，包不能止，乃中分其財。奴婢引其老者，曰：與我共事久，若不能使也。田廬取其荒頓者，曰：吾少時所治，意所戀也。器物取朽敗者，曰：我素所服食，身口所安。後徵拜侍中。高鳳自穢，爭訟寡嫂。東觀漢書曰：高鳳，字文通，南陽人也。鳳年老，聲名著聞，太守連召請，恐不得免，自言鳳本巫家，不應爲吏，又與寡嫂詐訟田，遂不仕。

六百十三　文四十　八　戊申重刊刘彥中

未見孟嘗之深心，唯斆文通之僞迹。顏延年詠向秀曰：深心託豪素。袁彥伯名臣頌曰：迹洿必僞。昔人睦親，衣無常主。顏延年陶徵士誄曰：睦親之行。衣无常主，已見上文。整之撫姪，食有故人。謂責米也。西京雜記曰：公孫弘起家徒步，爲丞相，故人高賀從之。弘食以脫粟飯，覆以布被。賀怨曰：何用故人富貴爲？脫粟布被，我自有之。弘大慙。賀乃告人曰：公孫弘內廚五鼎，外饍一肴，豈可以臨天下？於是朝右疑其矯焉。弘嘆曰：寧逢惡賓，不逢故人。何其不能折契鍾庾，而襜昌占切帷交質。謂取車帷也。漢書曰：高祖從王媼、武負貰酒，兩家常折券棄責。左氏傳：晏子曰：釜十則鍾。杜預曰：六斛四斗也。包咸論語注曰：十六斗爲庾。詩曰：漸車帷裳。毛萇曰：帷裳，婦人車飾。鄭玄曰：帷裳，童容也。方言曰：江淮謂襜褕爲童容也。左氏傳曰：鄭伯怨王，王曰無之，故周鄭交質。人之無情，一何至此。莊子：惠子謂莊子曰：人故無情乎？莊子曰：然。惠子曰：人而無情，何謂之人？實教義所不容，紳冕所共棄。仲長子昌言曰：弘之於教義。嵇康絕交書曰：世教所不容。臣等參議，請以見事免整所除官，輒勒外收付廷尉法獄治罪。諸所連逮，應洗之源，委之獄官，悉以法制從事。婢采音不款偷車龍牽，請付獄測實。其宗長及地界職司，初無糾舉，及諸連逮，請不足申盡。臣昉云云。誠惶誠恐以聞。

文四十　九　才

奏彈王源一首

沈休文 吳均齊春秋曰：永明八年，沈約爲中丞。

給事黃門侍郎兼御史中丞吳興邑中正臣沈約稽首言：臣聞齊大非偶，著乎前誥；辭霍不婚，垂稱往烈。左氏

傳曰齊侯欲以文姜妻鄭太子忽忽辭人問其故太子
曰人各有偶齊大非吾偶也漢書曰雋不疑爲京兆尹
大將軍霍光欲以女妻之不疑固辭不肯當班固不
疑述曰不疑膚敏應變當理辭霍不婚逡巡致仕若
乃交二族之和辨伉合之義升降窳隆誠非一揆禮記曰婚
禮者將合二姓之好上以事宗廟下以繼後代也左氏
傳施氏之婦怒施氏曰已不能庇其伉儷尚書曰道有
升降政繇俗革吴都賦曰窳隆異固宜本其門素不相
等孟子曰先聖後聖其揆一也
奪倫尚書曰八音克諧無相奪倫使秦晉有匹涇渭無舛左氏傳曰晉公子重
耳至於秦秦伯納女五人懷嬴與焉奉匜沃盥既而揮
之怒曰秦晉匹也何以卑我孫綽子曰或問雅俗曰涇渭
分流雅鄭異調自宋氏失御禮教雕衰荅賓戲曰周失其御衣冠之族日
失其序范曄後漢書霍諝奏記曰宋光衣冠子孫袁子正書曰古者命士已上皆有冠冕故謂之冠族
左氏傳鄭莊公曰周之子孫日失其序姻婭淪雜罔計廝音斯庶毛詩曰瑣瑣姻婭則

六之七十五　文四十　十　壬子重刊　盛彦

無膴仕毛萇曰兩壻相謂曰婭漢書曰有廝養卒如淳曰廝賤也販鬻祖曾以爲賈音古
道鄭玄周禮注曰居賣物曰賈明目腆顔曾無愧畏丁德禮厲志賦曰苟神祇之我
昭求明目而無作孔安國尚書傳曰腆厚也毛詩曰不愧於人不畏於天若夫盛德之胄世
業可懷左氏傳史趙曰盛德必百世祀幽通賦曰違世業之可懷欒郤之家前徽未
遠左氏傳叔向曰欒郤胥原降在皁隸杜預曰晉舊臣之族也既壯而室藉貲莫非
皁隸禮記曰三十壯有室鄭玄曰有室有妻妻稱室也解嘲曰司馬長卿竊貲卓氏左氏傳曰人有十等士臣
皁又曰輿臣隸結褵以行箕箒咸失其所詩曰親結其褵九十其儀毛萇曰褵婦人
之幃也母戒女施衿結褵國語曰越王勾踐行成於吴曰一介適女執箕箒於王宫者也志士聞而
傷心舊老爲之歎息論語子曰志士仁人無求生以害仁也自宸歷御寓
引華典憲雖除舊布新而斯風未殄左氏傳曰有星孛於大辰申須曰彗

所以除舊布新也尚書曰商俗靡靡利口惟賢餘風未殄公其念哉陛下所以負扆於紀切
興言思清弊俗者也禮記曰天子負斧扆南向而立鄭玄曰負之言背也斧依爲斧文屏風
扆與依同詩曰興言出宿尚書曰弊化奢麗萬世同流臣實儒品謬掌天憲范曄後漢
書劉陶上疏曰今權臣口含天憲雖埋輪之志無屈權右范曄後漢書曰張綱字文
紀爲侍御史順帝遣八使詢風俗餘人受命之部綱獨埋其車輪於洛陽都亭曰豺狼當路安問狐狸遂奏大
將軍梁冀東觀漢記曰皇甫嵩上言四姓權右咸各歛手也而狐鼠微物亦蠹大猷
應璩詩曰城狐不可掘社鼠不可熏晏子春秋景公問晏子曰治國亦有常乎對曰讒佞之人隱在君側猶社
鼠不熏也去此乃治矣范曄後漢書虞延謂馬成曰尔民之巨蠹久依城社不畏熏燒毛詩曰秩秩大猷也
風聞東海王源嫁女與富陽滿氏漢書曰尉佗曰風聞老夫父母墓已壞削
賈逵國語注曰風采也采聽商旅之言也源雖人品庸陋冑實參華曾祖雅

六之六十五　文四十　十一　壬子重刊　唐彬

位登八命檀道鸞晉陽秋曰王雅字茂德東海郯人爲右僕射周禮曰八命作牧鄭司農曰一州之
牧也王之三公亦八命也祖少卿内侍帷幄父瓊升采儲闈亦居清
顯尚書曰亮采惠疇孔安國注曰采事也何法盛陳郡謝録曰謝石以有大勳遂居清顯源頻叨諸
府戎禁豫班通徹應劭漢書注曰舊曰徹侯避武帝諱曰通侯也而託姻結好
唯利是求左氏傳晉侯使呂相絶秦曰秦與晉出入秦惟利是視玷辱流輩莫斯
爲甚孝經鉤命訣曰名毀行廢玷辱先人源人身在遠輒攝媒人劉嗣之
到臺辯問嗣之列稱吴郡滿璋之相承云是高平舊族
寵奮胄魏志滿寵字伯寧景初二年爲太尉甍子偉嗣世説曰偉弟子奮元康中至司隷校尉荀
綽冀州記曰奮高平人也家計温足見託爲息鸞覓婚漢書董仲舒對策曰家温
而食厚禄王源見告窮盡即索璋之簿閥漢書朱博曰王卿憂公齊閥閲詣府

音義曰明其等曰閥積功曰閱也見璋之任王國侍郎鸞又爲王慈吳郡正閤主簿吳均齊春秋曰王慈字伯寶早有令譽稍歷侍中吳郡太守源父子因共詳議判與爲婚璋之下錢五萬以爲聘禮娶妻及納徵皆曰聘周禮曰穀圭以聘女源先喪婦又以所聘餘直納妾如其所列則與風聞符同竊尋璋之姓族士庶莫辨滿奮身殞西朝胤嗣殄沒武秋之後無聞東晉晉初都洛陽故曰西朝後在江東故曰東晉臧榮緒晉書陳留有譽西朝干寶晉紀曰苗願殺司隸校尉滿奮荀綽冀州記曰滿奮字武秋公羊傳曰紀子伯者何無聞焉爾其爲虛託不言自顯王滿連姻寔駭物聽漢書音義曰連親婕也尚書大傳曰文王施政而物皆聽潘楊之睦有異於此潘岳楊仲武誄曰潘楊之睦有自來矣曹子建求自試表曰古之受爵祿者有異於此且買妾納媵因聘

爲資左氏傳鄭子產曰故志曰買妾不知其姓則卜之施衿之費化充牀第儀禮曰女嫁母施衿結帨鄭玄曰帨佩巾也左氏傳曰趙武過鄭鄭伯有賦鶉之賁賁趙孟曰牀第之言不踰閾杜預曰第簀也鄙情贅行造次以之蜀志諸葛亮表李平曰臣知平鄙情欲因行止之際逼臣取利也老子曰自伐無功自矜不長其在道曰餘食贅行王弼曰更爲疣贅也糾慝繩違允茲簡裁源即主言其違慝信當此簡之所貶裁尚書曰繩愆糾繆格其非心臣謹案南郡丞王源忝藉世資得參纓冕漢書音義曰無忌卻秦有地資也同人者貌異人者心列子曰夏桀殷紂魯桓齊穆狀皃七竅皆同於人而有禽獸之心也以彼行媒同之抱布禮記曰男女非有行媒不相知名詩曰氓之蚩蚩抱布貿絲匪來貿絲來即我謀且非我族類往哲格言薰猶不雜聞之前典左氏傳曰公欲求成于楚而叛晉季文子曰史佚之志有之非我族類其心必異論語考比讖曰格言成法家語顏回曰回聞薰猶不同器而藏汧馬督誄曰聞之前典豈有六卿之胄納女於管庫之人尚書曰六卿分職禮記曰晉文謂趙文子知人所舉晉國管庫之士七十有餘家鄭玄曰管管鍵者也宋子河魴同穴於輿臺之鬼毛詩曰豈其食魚必河之魴豈其娶妻必齊之姜豈其食魚必河之鯉豈其娶妻必宋之子又曰穀則異室死則同穴左氏傳曰皁臣輿又曰僕臣臺高門降衡雖自己作陸雲荅兄書曰高門降衡脩庭樹蓬蔑祖辱親於事爲甚說文曰懱輕易也蔑與懱古字同此風弗翦其源遂開點世塵家將被比屋尚書大傳曰周民可比屋而封宜寘以明科黜之流伍使已汚之族永愧於昔辰方媾之黨革心於來日賈子曰宋昭公革心易行臣等參議請以見事免源所居官禁錮終身輒下禁止視事如故言禁止其視事之法當如故事也源官品應黃紙臣輒奉白簡以聞

臣約誠惶誠恐云云

牋

荅臨淄侯牋

楊德祖典略曰楊脩字德祖太尉彪子謙恭才博自魏太子以下並爭與交好又是時臨淄侯以才捷愛幸秉意投脩數與脩書脩荅牋後曹公以脩前後漏泄言教交關諸侯乃收殺之

脩死罪死罪不侍數日若彌年載毛萇詩傳曰彌終也豈由愛顧之隆使係仰之情深邪損辱嘉命蔚矣其文易曰君子豹變其文蔚也誦讀反覆雖諷雅頌不復過此說文曰諷誦也若仲宣之擅漢表陳氏之跨冀域徐劉之顯青豫應生之發魏國斯

皆然矣。仲宣投劉表，寓流楚壤，故云漢表。孔璋竄身袁氏，故云冀域。偉長淹留高密，故云青也。公幹淪飄許京，故云豫。德璉時居汝潁，汝潁太祖食邑，故云魏也。至於脩者，聽采風聲，仰德不暇，尚書曰：樹之風聲。自周章於省覽，何遑高視哉。家語曰：孔子出乎四門，周章遠望。曹植書曰：足下高視於上京也。伏惟君侯少長貴盛，體發旦之資，有聖善之教。發，武王名也。旦，周公名也。毛詩曰：凱風自南，吹彼棘心。母氏聖善，我無令人。遠近觀者，徒謂能宣昭懿德，光贊大業而已。毛詩曰：宣昭義問。又曰：人之秉彝，好是懿德。周易曰：富有之謂大業。不復謂能兼覽傳記，留思文章。今乃含王超陳，度越數子矣。漢書，桓譚曰：揚子之書文義至深，必度越諸子矣。觀者駭視而拭目，聽者傾首而竦耳，非夫體通性達，受之自然，其孰能至於此乎。老子曰：天法道，道法自然。鍾會曰：莫知所出，故曰自

然。又嘗親見執事，握牘持筆，有所造作，若成誦在心，借即書於手，曾不斯須少留思慮。仲尼日月，無得踰焉。論語，子貢曰：仲尼不可毀也。仲尼，日月也，無得而踰焉。脩之仰望，殆如此矣。是以對鶡而辭，作暑賦彌日而不獻。植為鶡鳥賦，亦命脩為之，而脩辭讓。植又作大暑賦，而脩亦作之，竟日不敢獻。見西施之容，歸增其貌者也。越絕書曰：越王乃飾美女西施鄭旦，使大夫種獻之於吳王。伏想執事不知其然，猥受顧錫，教使刊定。鄭玄禮記注曰：刊，削也。春秋之成，莫能損益，呂氏淮南，字直千金。然而弟子箝口，市人拱手者，聖賢卓犖，固所以殊絕凡庸也。史記曰：孔子在位聽訟，文辭有可與共者，弗獨有也。至於為春秋，筆則筆，削則削，子夏之徒不能贊一辭。桓子新論曰：秦呂不韋請迎高妙，作呂氏春秋。漢之淮南王聘天下辯通，以著篇章。書成，皆布之都市，懸置千金，以延示眾士，而莫能有變易者，乃其事約豔，體具而言微也。今之賦頌，古詩之流，不更孔公，風雅無別耳。兩都賦序曰：賦者，古詩之流也。文雖出此，而意微殊。脩家子雲，老不曉事，強著一書，悔其少作。曹植書曰：揚雄猶稱壯夫不為。揚子法言：或問吾子少好賦。曰：然。童子彫蟲篆刻。俄而曰：壯夫不為。少，失照切。若此仲山周旦之儔，為皆有愆邪。毛詩序曰：七月，周公遭變，陳王業之艱難。然詩無仲山甫作者，而吉父美仲山父之德，未詳德祖何以言之。君侯忘聖賢之顯迹，述鄙宗之過言，竊以為未之思也。楚辭曰：吾聞作忠以造怨，忽謂之過言。論語曰：未之思也。若乃不忘經國之大美，流千載之英聲，曹植書曰：采庶官之實錄，成一家之言。東京賦曰：忘經國之長基。封禪書曰：飛英聲。銘功景鍾，書名竹帛。國語：晉悼公曰：昔克路之役，秦來圖敗晉功，魏顆以其身却退秦師于輔氏，親止杜回，其勳銘于景鍾。韋昭曰：景鍾，景公鍾也。墨子曰：以其所獲，書於竹帛，傳遺後世子孫也。

斯自雅量素所畜也，豈與文章相妨害哉。輒受所惠，竊備矇瞍誦詠而已。詩曰：矇瞍奏工。敢望惠施，以忝莊氏。曹植書曰：其言之不慚，恃惠子之知我也。脩言己豈敢望比惠施之德，以忝辱於莊周之相知乎。莊周喻植也，惠施莊周相知者也，故引之。季緒璅璅，何足以云。曹植書曰：劉季緒好詆訶文章。魏志曰：劉季緒名脩，劉表子，官至樂安太守。反答造次，不能宣備。脩死罪死罪。

與魏文帝牋一首

繁休伯　文章志曰：繁欽字休伯，潁川人。少以文辯知名，以豫州從事稍遷至丞相主簿。病卒。文帝集序云：上西征，余守譙，繁欽從。時薛訪車子能喉轉，與笳同音。欽牋還與余，而盛歎之。雖過其實，而其文甚麗。

正月八日壬寅。領主簿繁欽死罪死罪。近屢奉牋。不足自宣。頃諸鼓吹。廣求異妓。時都尉薛訪車子。年始十四。左氏傳曰。叔孫氏之車子鉏商獲麟。能喉囀引聲。與笳同音。白上呈見。果如其言。許慎淮南子注曰。果。成也。即日故共觀試。乃知天壤之所生。誠有自然之妙物也。潛氣內轉。哀音外激。大不抗越。細不幽散。廣雅曰。抗。高也。聲悲舊笳。曲美常均。樂汁圖徵曰。聖人往承天以立五均。均者。亦律調五聲之均也。宋均曰。長八尺。施絃也。及與黃門鼓吹溫胡。迭唱迭和。漢書曰。鄭聲尤集黃門。集樂之所。漢書音義。如淳曰。今樂家五日一習樂爲理樂。桓譚新論曰。漢之三主。內置黃門工倡。喉所發音。無不響應。曲折沉浮。尋變入節。自初呈試中間二旬。胡欲傲其所不知。尚之以一曲。巧竭意匱。既已不能。左氏傳。韓宣子如楚。叔向爲介。王欲傲叔向以其所不知。而不能也。而此孺子遺聲抑揚。不可勝窮。優遊轉化。餘弄未盡。曁其清激悲吟。雜以怨慕。曁。及也。詠北狄之遐征。奏胡馬之長思。古詩曰。胡馬依北風。悽入肝脾。哀感頑豔。是時日在西隅。涼風拂衽。說文曰。衽。衣衿也。背山臨谿。流泉東逝。同坐仰歎。觀者俯聽。莫不泫泣殞涕。悲懷慷慨。自左驥史妠謇姐名倡。魏志。文帝令杜夔與左驥等。於賓客之中吹笙鼓琴。然驥與顛音同也。其史妠謇姐。蓋亦當時之樂人。聲類曰。妠。奴紺切。說文曰。媎字或作姐。古字假借也。姐。子也切。能識以來。耳目所見。僉曰詭異。未之聞也。李陵與蘇武書曰。陵自有識以來。士之立操。未有如子卿者也。說文曰。詭。變也。竊惟聖體。兼愛好奇。莊子。仲尼謂老聃曰。兼愛無私也。是以因牋先白委曲。伏想御聞。必含餘懽。冀事速訖。旋侍光塵。寓目階庭。與聽斯調。左氏傳曰。得臣與寓目焉。宴喜之樂。蓋亦無量。詩曰。吉甫宴喜。欽死罪死罪。

荅東阿王牋一首

陳孔璋 文章志曰。陳琳。字孔璋。廣陵人也。避亂冀州。袁紹辟之。使典密事。紹死。魏太祖辟爲軍謀祭酒。典記室。病卒。

琳死罪死罪。昨加恩辱命。并示龜賦。披覽粲然。君侯體高世之才。秉青蓱干將之器。漢書。袁盎諫文帝曰。陛下有高世之行三。呂氏春秋曰。趙襄子遊於囿中。至於梁。馬却不肯進。青蓱爲參乘。青蓱進視下。豫讓却寢。佯爲死人。叱青蓱曰。去。長者且有事。青蓱曰。少而與子友。子今日爲大事。而我言之。失相與之道。子賊吾君。而我不言。失爲人臣之道。如我者唯死之可也。退而自殺。青蓱。豫讓之友也。張叔及論曰。青蓱砥礪於鋒鍔。庖丁剖犧於用刃。越絕書曰。楚令歐冶子干將爲鐵劍二枚。吳越春秋曰。于將者吳人。造劒二枚。一曰于將。二曰莫邪。拂鐘無聲。應機立斷。說苑曰。西閭過東渡河。中流而溺。船人接而出之。問曰。子何之。過曰。欲說東諸侯。船人曰。子渡河而溺。安能說東諸侯乎。過曰。獨不聞于將莫邪。拂鍾不錚。試物不知。然以之綴屨。曾不如兩錢之錐。今子持檝乘扁舟。子所能也。若試與子東說諸侯王。見一國之主。子之蒙蒙然。無異於未視猶也。又曰。淳于髡三稱鄒忌。三知之。髡等辭屈而去。故所以尚于將莫邪者。貴於立斷。此乃天然異稟。非鑽仰者所庶幾也。言天性自然。受於異氣也。孔安國尚書傳曰。稟。受也。論語。顏淵曰。仰之彌高。鑽之彌堅。音義既遠。清辭妙句。焱絕煥炳。說文曰。焱。火華也。塩念切。譬猶飛兔流星。超山越海。龍驥所不敢追。況於駑馬。可得齊足。呂氏春秋曰。飛兔騕褭。古之駿馬也。流星。言疾也。李尤七嘆曰。神奔電驅。星流矢驚。則莫若益野騰駒。楚辭曰。驢騾偃蹇而齊足。夫聽白雪之音。觀綠水之節。然後東野巴人。蚩鄙益著。宋玉諷賦曰。臣援琴而鼓之。爲幽蘭白雪之曲。淮南子曰。手會綠水之趍。髙誘曰。綠水。古詩也。東野。下里之音也。宋玉對問曰。客有歌於郢中者。其始曰下里巴人也。載懽載笑。欲罷不能。詩曰。既見復関。載笑載言。論語。顏淵曰。夫子博我以文。約我以禮。欲罷不能。謹韞櫝玩耽。以爲吟頌。論語。子貢曰。有美玉於斯。韞櫝而藏諸。吟誦。謂謳吟歌誦。琳死罪死罪。

荅魏太子牋一首

魏略曰。魏郡大疫。故太子與質書。質報之。

吴季重　魏志。吴質。字季重。濟陰人。以文才爲文帝所善。爲朝歌長。官至振威將軍。

文帝爲太子時重荅此牋也。

二月八日庚寅。臣質言。奉讀手命。追亡慮存。恩哀之隆。形於文墨。日月冉冉。歲不我與。楚辭曰。老冉冉而逾施。論語。陽貨曰。歲不我與。

昔侍左右。廁坐衆賢。出有微行之遊。入有管絃之懽。漢書曰。武帝微行私出。張晏曰。騎出入市里。若微賤之所爲。故曰微行。置酒樂飲。賦詩稱壽。漢書曰。陳平厚具樂。飲太尉。史記曰。武安君起爲壽。如淳曰。上酒謂稱壽也。自謂可終始相保。並騁材力。効節明主。何意數年之間。死喪略盡。臣獨何德。以堪久長。陳徐劉應。才學所著。誠如來命。惜其不遂。可爲痛切。凡此數子。於雍容侍從。實其人也。兩都賦序曰。雍容揄揚。漢書曰。嚴助侍燕從容。若乃邊境有虞。羣下鼎沸。軍書輻至。羽檄交馳。於彼諸賢。非其任也。漢書。田延年曰。羣下鼎沸。社稷將傾。又息夫躬上䟽曰。軍書交馳而輻湊。羽檄重積而狎至。往者孝武之世。文章爲盛。若東方朔枚皐之徒。不能持論。即阮陳之儔也。漢書。東方朔。枚皐不根持論。上頗俳優畜之。其唯嚴助壽王。與聞政事。然皆不慎其身。善謀於國。卒以敗亡。臣竊恥之。漢書曰。唯嚴助與吾丘壽王見任用。後淮南王朝。賂遺助。竟坐棄市。壽王後坐事誅。論語曰。冉子退朝。子曰。何晏也。對曰。有政。子曰。其事也。如有政。雖不吾以。吾其與聞之。至於司馬長卿稱疾避事。以著書爲務。則徐生庶幾焉。漢書。司馬相如常稱疾避事。又長卿妻曰。長卿時時著書。人又取去。魏文書曰。偉長著中論二十餘篇。爾雅曰。尚庶幾也。而今各逝。已爲異物矣。鵩鳥賦曰。化爲異物。又何足患。後來君子。實可畏也。魏文書曰。後生可畏。來者難誣。伏惟所天。左氏傳。箴尹克黃曰。君。天也。何休墨守曰。君者。臣之天也。優游典籍之場。休息篇章之圃。班固荅賓戲曰。婆娑乎藝術之場。休息乎篇籍之圃。項代曰。場圃。講藝之處。發言抗論。窮理盡微。周易。窮理盡性。孔安國尚書傳曰。微。妙也。摛藻下筆。鸞龍之文奮矣。鸞鳥龍鱗羽之有五彩。設以喻焉。荅賓戲曰。摛藻如春華。班固與弟超書曰。傳武仲下筆不休。雖年

齊蕭王。才實百之。魏文書曰。吾德不及蕭王。年与之齊矣。東觀漢記曰。更始遣使者立光武爲蕭王。漢書。劉向上䟽曰。陳湯比於貳師。功德百之。此衆議所以歸高遠近所以同聲。周易曰。同聲相應。然年歲若墜。今質已四十二矣。白髮生鬢。所慮日深。實不復若平日之時也。但欲保身勑行。不蹈有過之地。以爲知己之累耳。莊子曰。可以保身。孔安國尚書傳曰。勑。正也。愼子曰。久處無過之地。則世俗聽矣。遊宴之歡。難可再遇。盛年一過。實不可追。臣幸得下愚之才。值風雲之會。論語。子曰。唯上智與下愚不移。周易曰。雲從龍。風從虎。時邁齒䖟。徒結切。尚書曰。日月逾邁。左氏傳。宰孔謂齊侯曰。伯舅耋老。杜預曰。七十曰耋也。猶欲觸匈奮首。展其割裂之用也。不勝慺慺。尚書曰。慺慺。謹敬也。以來命備悉。故略陳至情。質死罪死罪。

在元城與魏太子牋一首

吴季重　魏略曰質遷元城令之官過鄴辭太子到縣與太子牋

臣質言前蒙延納侍宴終日　鄭玄禮記注曰延進也　燿靈匿景繼以華燈　楚辭曰角宿未旦燿靈焉藏廣雅曰燿靈日也楚辭曰蘭膏明燭華燈錯　雖虞卿適趙平原入秦受贈千金浮觴旬日無以過也　史記曰虞卿者遊說之士也說趙孝成王一見賜金百鎰再見爲上卿故號爲虞卿又曰秦昭王爲書遺平原君曰寡人聞君之高義願與君爲布衣之交君幸過寡人願與爲十日之飲平原君遂入秦見昭王　小器易盈先取沈頓醒寤之後不識所言　孔安國尚書傳曰沈謂醉冥也頓猶弊也　即以五日到官初至承前未知深淺　言每事承前無所改易也深淺猶善惡也　然觀地形察土宜　左氏傳賓媚人曰先王疆理天下物土之宜　西帶常山連岡平代　漢書有恒山郡張晏曰恒山在西漢書代郡有平邑及代二縣　北鄰柏人乃高帝之所忌也　漢書上東擊韓信餘寇東垣還過趙趙相貫高等恥上不禮其王陰謀欲殺上上欲宿心動問縣名何曰柏人上曰柏人者迫於人也去弗宿　重以泜水漸漬疆宇　漢書恒山郡元氏縣有泜水首受中丘西山窮泉谷入黃河泜音脂　喟然歎息思淮陰之奇譎亮成安之失策　漢書成安君陳餘背漢之趙遣張耳與韓信擊破趙井陘斬陳餘泜水上奇譎謂拔趙幟立漢幟失策謂不用李左車之言也　南望邯鄲想廉藺之風　廉頗藺相如趙國之賢將也故想其風邯鄲趙所都也　東接鉅鹿存李齊之流　漢書文帝問馮唐曰吾居代時吾尚食監高祛數爲我言趙將李齊之賢戰於鉅鹿下吾每飲食意未嘗不在鉅鹿也　都人士女服習禮教　西都賦曰都人士女殊異乎五方　皆懷慷慨之節包左車之計　漢書廣武君李左車說成安君曰聞漢將韓信議欲以下趙願假臣奇兵三万人絕其輜重足下深溝高壘堅壁勿與戰吾奇兵絕其後兩將之首可致戲下成安君不聽也　而質闇弱無以莅之　毛萇詩傳曰莅臨也　若乃邁德種恩樹之風聲　尚書曰咎繇邁種德風聲已見上　使農夫逸豫於疆畔女工吟咏於機杼固非質之所能也　詩曰爾公爾侯逸豫無期漢書酈食其曰農夫釋耒紅女下機工與紅同毛詩序曰吟咏情性　至於奉遵科教班揚明令　爾雅曰科條也　下無威福之吏邑無豪俠之傑　尚書曰臣無有作福作威　賦事行刑資於故實　國語樊穆仲曰魯侯賦事行刑必問於遺訓而咨於故實　抑亦懔懔有庶幾之心　孔安國尚書傳曰懔懔危懼皃　往者嚴助釋承明之懽受會稽之位壽王去侍從之娛統東郡之任其後皆克復舊職追尋前軌今獨不然不亦異乎　漢書曰嚴助爲中大夫上問所欲對曰願爲會稽太守數年賜書制詔會稽太守君猒承明之廬出爲郡吏久不聞問助恐上書謝願奉三年計最詔許因留侍中又曰吾丘壽王善格五召待詔拜侍中後爲東郡尉復徵入爲光祿大夫侍中　張敞在外自謂無奇陳咸憤積思入京城　漢書曰張敞爲膠東相與朱邑書曰值敞遠守劇郡馭於繩墨胷臆約結固無奇矣又曰陳咸字子康爲南陽守咸數賂遺陳湯與書曰即蒙子公力得入帝城死不恨矣後竟入爲少府又曰陳湯字子公　彼豈虛談夸論誑燿世俗哉斯實薄郡守之榮顯左右之勤也古今一揆先後不貿　爾雅曰貿易也　焉知來者之不如今　論語曰後生可畏焉知來者之不如今　聊以當覲不敢多云質死罪死罪

爲鄭沖勸晉王牋一首

阮嗣宗　臧榮緒晉書曰鄭沖字文和滎陽人也位至太傅又曰魏帝封晉太祖爲晉公太原等十郡爲邑進位相國備禮九錫太祖讓不受公卿將校皆詣府勸進阮

籍爲其辭魏帝高貴鄉公也太祖晉文帝也
沖等死罪伏見嘉命顯至竊聞明公固讓沖等眷眷實
有愚心以爲聖王作制百代同風褒德賞功有自來矣
漢書武帝詔曰古者賞有功褒有德左氏傳叔孫曰叔出季處有自來矣昔伊尹有莘氏之
媵田證切臣耳一佐成湯遂荷阿衡之號說苑鄒子說梁王曰伊尹有莘之
媵臣湯立以爲三公史記曰伊尹欲干湯乃爲有莘媵臣毛詩曰實維阿衡實左右商王毛萇曰阿衡伊尹也
周公藉已成之勢據既安之業光宅曲阜奄有龜蒙尚書
曰光宅天下又曰魯侯伯禽宅曲阜毛詩曰奄有龜蒙遂荒大東毛萇曰龜山蒙山也呂尚磻溪
之漁者一朝指麾乃封營丘尚書中候曰王即迴駕水畔至磻溪之水呂尚釣於
崖史記曰西伯以呂尚爲太師武王東伐師尚父左仗黃鉞右秉白旄以誓武王以平商封尚父於齊營丘魏

書荀攸勸進曰昔周公承文武之迹受已成之業呂望暫把旄鉞一時指麾皆大啓土宇跨州兼國自
是以來功薄而賞厚者不可勝數東觀漢記曹節上書曰功薄賞厚誠有踰
踖也然賢哲之士猶以爲美談公羊傳曰魯人至今以爲美談況自先相
國以來世有明德王隱晉書宣紀曰天子策命上爲相國又景紀曰天子策上爲相國毛詩
曰世有哲王尚書曰明德惟馨翼輔魏室以綏天下朝無闕政民無謗
言南都賦曰朝無闕政風烈昭宣左氏傳曰晉悼公即位民無謗言所以復霸也前者明公西
征靈州北臨沙漠榆中以西望風震服羌戎東馳迴首
內向王隱晉書文紀曰姜維出隴右上帥輕兵到靈州大破之諸虜震服漢北地郡有靈州縣金城郡有
榆中縣李陵書曰遠聽之臣望風馳命爾雅曰震懼也長楊賦曰靡節西征羌僰東馳封禪文曰昆虫闓澤回
首面內劇秦美新曰回首內嚮喁喁如也東誅叛逆全軍獨尅禽闔閭之將

斬輕銳之卒以萬萬計威加南海名懾之涉切三越王隱晉書
文紀曰諸葛誕反上親臨西圍四面並攻須臾陷潰斬送誕首魏志曰誕閉城自守遣小子靚至吳請救吳遣
唐咨王祚來應誕及斬誕唐咨王祚皆降吳兵萬衆器仗軍實山積孫子兵法曰用兵之法全軍爲上破軍次
之闔閭吳王也以比孫權爾雅曰懾懼也郭璞曰即懾字也漢書有三越謂吳越及南越閩越也宇內
康寧苛慝不作過秦論曰包舉宇內尚書五福三曰康寧左氏傳晉叔向曰有楚國者其弃疾
乎君居陳蔡苛慝不作盜賊伏隱也是以殊俗畏威東夷獻舞范曄後漢書曰東夷
自少康以後世服王化獻其樂舞故聖上覽乃昔以來禮典舊章開國
光宅顯茲太原毛詩曰率由舊章周易曰大君有命開國承家明公宜承聖旨
受茲介福允當天人易曰受茲介福以中正也左氏傳楚子曰軍志云允當即歸元
功盛勳光光如彼國土嘉祚巍巍如此內外協同靡愆

靡違由斯征伐則可朝服濟江掃除吳會國語曰齊教大成定三革
隱五刃朝服以濟河而無怵惕焉文事勝矣西塞江源望祀岷山漢書曰江水祀蜀塞
特牲亦牛犢塞謂報神恩也禮記曰東巡狩望祀山川漢書曰秦并天下令祠官祠瀆山瀆山蜀之岷山也
迴戈弭節以麾天下長楊賦曰迴戈聊指南越相夷靡節西征羌僰東馳今以靡爲弭誤
也遠無不服邇無不肅國語祭公謀父曰近無不聽遠無不服今大魏之
德光于唐虞明公盛勳超於桓文然後臨滄洲而謝支
伯登箕山而揖許由豈不盛乎莊子曰舜讓天下於子州支伯子州支伯曰予
有幽憂之病方且治之未暇治天下支或爲交呂氏春秋曰昔堯朝許由於沛澤之中請屬天下於夫子許由
遂之箕山之下至公至平誰與爲鄰仲長子昌言曰人主臨之以至公莊子魯侯曰
其道幽遠而無人吾誰與之爲鄰何必勤勤小讓也哉沖等不通大體敢

以陳聞。

拜中軍記室辭隋王牋一首

謝玄暉 蕭子顯齊書曰謝脁爲隋王子隆府文學世祖勑脁可還都遷新安王中軍記室牋辭子隆世祖武皇帝

故吏文學謝脁死罪死罪。即日被尚書召。以脁補中軍新安王記室參軍。脁聞潢汙之水。願朝宗而每竭。左氏傳曰潢汙行潦之水尚書曰江漢朝宗于海駑蹇之乘。希沃若而中疲。班固王命論曰駑蹇之乘不騁千里之塗王逸楚辭注曰蹇跛也法言曰希驥之馬亦驥之乘也李軌曰希望也詩曰我馬維駱六轡沃若沃若調柔也何則。皐壤搖落。對之惆悵。莊子仲尼謂顏回曰山林與皐壤與使我欣欣而樂與樂未畢也哀又繼之楚辭曰草木搖落而變衰又曰惆悵兮私自憐歧路西東。或以歍唈。烏合切淮南子曰楊子見歧路而哭之爲其可以南可以北又曰雍門周見於孟嘗孟嘗君爲之嗚唈流漣歍與嗚同況廼服義徒擁。歸志莫從。言容服義之情也楚辭曰身服義而未沫鄭玄儀禮注曰擁抱也孟子曰予浩然有歸志曹植應詔詩曰朝覲莫從邈若墜雨。翩似秋蔕。潘岳楊氏七哀詩曰漼如葉落樹邈然雨絕天論衡曰雲散水墜成爲雨矣郭璞遊仙詩曰在世無千月命如秋葉蔕脁實庸流。行能無筭。鄭玄論語注曰筭數也屬天地休明。山川受納。天地喻帝山川喻王左氏傳王孫滿曰德之休明又伯宗曰川澤納汙山藪藏疾褒采一介。抽揚小善。尚書秦穆公曰如有一介臣周書陰符太公曰好用小善不得真賢也蔡邕玄表賦曰庶小善之有益故捨耒場圃。奉筆兎園。詩曰九月築場圃西京雜記曰梁孝王好宮室苑圃之樂築兎園也東亂三江。西浮七澤。言常從子隆也蕭子顯齊書曰隋王子隆爲東中郎將會稽太守後遷西將軍荆州刺史三江越境也七澤楚境也孔安國尚書傳曰正絕流曰亂

尚書曰三江既入震澤底定楚辭曰過夏首而西浮子虛賦曰臣聞楚有七澤契闊戎旗。從容讌語。毛詩曰死生契闊周禮九旗通帛曰旜劉向七言曰讌處從容觀詩書毛詩曰燕笑語兮是以有譽處兮長裾日曳。後乘載脂。鄒陽上書曰何王之門不可曳長裾乎魏文帝與吳質書曰文學託乘於後車毛詩曰載脂載舝還車言邁榮立府庭。恩加顏色。曹植鼙歌行曰長者賜顏色沐髮晞陽。未測涯涘。楚辭曰朝濯髮於湯谷兮夕晞余身乎九陽撫臆論報。早誓肌骨。演連珠曰撫臆論心陳思王責躬表曰抱釁歸藩刻肌刻骨不悟滄溟未運。波臣自蕩。莊子曰鯤化而爲鳥其名曰鵬海運則將徙於南溟司馬彪曰轉運也又曰莊周謂監河侯曰周顧視車轍中有鮒魚焉曰我東海之波臣也君豈有升斗之水而活我哉渤澥方春。旅翮先謝。滄溟渤澥皆以喻王波臣旅翮皆自喻也解嘲曰若江湖之魚渤澥之鳥清切藩房。寂寥舊蓽。藩房王府舊蓽脁舍也劉楨贈徐幹詩曰拘限清切禁中情無由宣左氏傳曰華門圭竇之人皆陵其上輕舟反溯。弔影獨留。言舟反而已留也洛神賦曰浮輕舟而上溯曹子建責躬表曰形影相弔五情愧赧白雲在天。龍門不見。穆天子傳西王母爲天子謠曰白雲在天山陵自出道路悠遠山川間之將子無死尚能復來楚辭曰過夏首而西浮顧龍門而不見王逸曰龍門楚東門也去德滋永。思德滋深。莊子徐無鬼謂女商曰子不聞夫越之流人乎去國數日見其所知而喜去國旬月見所常見於國中而喜及朞年也見似人者而喜矣不亦去人滋久者思人滋深乎唯待青江可望。候歸艎於春渚。冀王入朝而已候於江渚也杜預左氏傳注曰艅艎舟名也朱邸方開。効蓬心於秋實。史記曰諸侯朝天子於天子之所立舍曰邸諸侯朱戶故曰朱邸莊子謂惠子曰夫子拙於用大則夫子猶蓬之心也夫韓詩外傳簡王曰夫春樹桃李秋得食其實也如其簪履或存。衽席無改。韓詩外傳曰少原之野婦人刈蓍薪而失簪哭甚哀賈子曰楚昭王亡其踦屨已行三十步復還取之左右曰何惜此王曰

吾悲與之俱出不俱反自是楚國無相弃者韓子曰文公至河命席蓐捐之咎犯聞之曰席蓐所卧也而君弃之臣不勝其哀鄭玄周禮注曰衽席乃單席也雖復身塡溝壑猶望妻子知歸列女傳梁高行曰妾夫不幸早死先狗馬塡溝壑東觀漢記張湛謂朱暉曰願以妻子託朱生攬涕告辭悲來橫集楚辭曰思美人兮攬涕而竚眙又曰涕橫集而成行漢書中山靖王曰不知涕泣之橫集不任犬馬之誠史記丞相青翟曰臣不勝犬馬心

到大司馬記室牋一首

任彥昇劉璠梁典曰宣德太后以公爲大司馬録尚書事以任昉爲記室用舊也

記室參軍事任昉死罪死罪伏承以今月令辰肅膺典策劉歆甘泉賦曰擇吉日之令辰德顯功高光副四海東觀漢記明帝冊曰剖符封侯或以德顯朱浮與彭寵書曰伯通自伐以爲功高天下含生之倫庇身有地曹植對酒行曰含生蒙澤草木茂延左氏傳子反曰信以守禮禮以庇身

文四十　二十六　乙卯重刊李椿

況昉受教君子將二十年魏文帝令曰況吾託士人之末列曾受教君子哉咳苦改切唾爲恩眄睞成飾莊子孔子謂漁父曰丘幸聞咳唾之音古詩曰眄睞以適意小人懷惠顧知死所論語子曰小人懷惠左氏傳其友謂狼瞫曰盍死瞫曰吾未獲死所昔承嘉宴屬有緒言提挈苦結切之旨形乎善謔豈謂多幸斯言不渝梁史曰始高祖遇昉於竟陵王西邸從容謂昉曰我登三府當以卿爲記室昉亦戲高祖曰我若登三事當以卿爲騎兵高祖善騎射也至是故引昉符昔言也莊子孔子謂漁父曰曩者先生有緒言而去漢書厮養卒曰兩人左提右挈滅燕易矣詩曰善戲謔兮漢書衛青曰臣幸得待罪行閒左氏傳羊舌職曰民之多幸國之不幸詩曰寔命不渝毛萇曰渝變也雖情謬先覺而迹淪驕餌知梁武之必貴爲謬先覺也猶仕齊邦是淪驕餌也論語子曰抑亦先覺者是賢乎漢書栢生欲借書班嗣報曰不絓聖人之網不齅驕君之餌也湯沐具而蟣蝨相弔大廈構而相賀淮南子曰湯沐具而蟣蝨相弔大廈成而燕雀相賀憂樂別也明公道冠二儀勳超遂古易曰易有太極是生兩儀楚辭曰遂古之初誰傳道也將使伊周奉轡桓文扶轂上林賦曰孫叔奉轡羽獵賦曰齊桓曾不足使扶轂神功無紀作物何稱言聖德幽玄同夫二者既無功而可紀亦何名而可稱莊子曰神人無功聖人無名司馬彪曰神人無功言脩自然不立功也聖人無名不立名也莊子曰造物者爲人司馬彪曰造物謂道也府朝初建俊賢翹首阮籍奏記曰羣英翹首俊賢抗足惟此魚目唐突璵璠魚目似珠璵璠魯王也雜書曰秦失金鏡魚目入珠韓詩外傳曰白骨類象魚目似珠左氏傳曰季平子卒陽虎將以璵璠斂孔融汝頴優劣論陳羣曰頴有蕪菁唐突人參也顧己循涯寔知塵忝千載一逢再造難荅東觀漢記太史官曰耿況千載而一遇者也易曰天造草昧言王者之恩同於上帝故云再造也雖則殞越且知非報左氏傳齊侯曰小白恐隕越于下毛

文四十　二十七　刘用

詩曰匪報也永以爲好也不勝荷戴屏營之情國語申胥曰昔楚靈王獨行屏營謹詣廳奉白牋謝聞昉死罪死罪

百辟勸進今上牋一首

任彥昇何之元梁典曰高祖武皇帝諱衍字叔達姓蕭氏本蘭陵郡縣中都里人也劉璠梁典曰帝詔授公梁公加公九錫公辭於是左長史王瑩等勸進公猶謙讓未之許瑩等又牋並任昉之辭也帝謂賓融也史記曰司馬遷自序作今上本紀然遷以漢武見在故云今上也

近以朝命藴策冒奏丹誠方言曰藴崇也謂尊崇而加策命也藴與韞同奉被還命未蒙虛受易曰君子以虛受人搢紳顒顒深所未達司馬相如封禪書曰因雜搢紳先生之略術李奇曰搢插笏於紳紳大帶薛君韓詩章句曰萬人顒顒仰天告愬論語子曰丘未

達也蓋聞受金於府通人之引致呂氏春秋曰魯國之法
魯人爲人臣妾於諸侯有能贖之者取其金於府子貢贖魯人於諸侯來而辭
不取其金孔子曰賜失之矣自今以往魯人不贖人矣
鄭玄禮記注曰致之言至也高蹈海隅匹夫之小節莊子曰舜以天
下讓其友石戶之農石戶之農曰以舜之德爲未至也於是夫負妻戴攜子以入
于海終身不反魏書荀攸勸進曰信匹夫細行攸等所
大懼是以履乘石而周公不以爲疑尸子曰昔者武王崩
成王少周公旦踐東宮履乘石假爲天子七年周禮曰王行先
乘石鄭司農曰乘石王所登上車之石也增王璜而太
公不以爲讓尚書中候曰王即田雞水畔至磻溪之水呂尚釣於崖
王下拜曰望公七年乃今見光景于斯
尚立變名答曰望釣得王璜刻曰姬受命呂佐旌
德合昌來提撰尔雒鈐報在齊宋均曰旌理也況世
哲繼軌先德在民毛詩曰世有哲王晉中興書曰王綏
八世德名繼軌左氏傳晉士鞅謂秦
伯曰欒武子之德在人如周人思召公焉經綸草昧嘆深微管易曰雲雷屯君子以經綸

文四十　二十八

又曰天造草昧論語子曰管仲相桓公霸諸侯一匡
天下民到于今受其賜微管仲吾其被髮左衽矣加
以朱方之役荊河是依劉璠梁典曰蕭順之生高帝及
兄懿懿爲豫州刺史鎮歷陽護
軍將軍崔慧景反破左興衆十萬於鍾山宮城拒守豫
州聞難投袂而起戰於越城破慧景慧景走追斬之除侍中
遷尚書令左氏傳曰冬吳伐楚以報朱方之役
杜預曰朱方吳邑也尚書禹貢曰荊河惟豫州班師振
旅大造王室尚書曰班師振旅孔安國曰班還也兵入
曰振旅言整衆也左氏傳呂相曰我有大
造于西雖累繭救宋重胝存楚說文曰薰黑皺也古典切戰國策曰公
輸般爲楚設機械將以攻宋墨子聞之
百舍重繭往見公輸般輸般服焉請見之王王曰善哉
請無攻宋高誘曰公輸般魯班之子百舍百里一舍也
重繭累胝也淮南子曰申包胥累繭重胝七日七夜至
于秦庭以見秦王曰使下臣告急秦王乃發軍擊吳果
大破之以存楚
國胝竹尼切居今觀古曾何足云而惑甚盜鍾功疑
不賞呂氏春秋曰范氏亡有得其鍾者欲負而走則大
鍾不可負以椎毀之鍾怳然有音恐人聞之而奪

己遽掩其耳惡聞其過亦由此也漢書蒯通謂韓
信曰臣聞勇略震主者身危功蓋天下者不賞皇天
后土不勝其酷左氏傳晉大夫謂秦伯曰君履后土而戴皇天是以玉馬駿
犇表微子之去金版出地告龍逢之怨劉璠梁典曰東
昏荒淫歸政閹
豎尚書令懿於中書省飲鴆薨論語比考讖曰殷惑妲
己玉馬走宋均曰女妲己有美色也玉馬喻賢臣奔去
也論語陰嬉讖曰庚子之旦金版剋書出地庭中曰臣
族虐王禽宋均曰謂殺關龍之後庚子旦庭中地有此
版異也龍同姓稱族
王虐殺我必見禽也明公據鞍輟哭厲三軍之志獨居
掩涕激義士之心劉璠梁典曰高祖告難於荊州行事
蕭穎胄建牙陳伐吳志曰孫策亡權
悲感未視事張昭謂權曰方今天下鼎沸何得寢伏哀
戚乃扶上馬陳兵而出范曄後漢書曰馬援據鞍顧眄
三國名臣頌曰輟哭止哀東觀漢記曰光武兄齊武王
以譖遇害上獨居不御酒肉坐臥枕席有涕泣處晉中興
書劉彤謂邵續曰莫若亢大順以激
義士之心奉忠正以厲軍民之志故能使海若登祇

文四十　二十九　杜俊

罄圖效祉楚辭曰使湘靈鼓瑟兮令海若舞馮夷王逸曰海
若海神名也管子曰登山之神有俞兒者長
尺人物具焉霸王之君興登山之神
見且走馬前走道也爾雅曰罄盡也山戎孤竹東馬景
從漢書郊祀志曰齊桓公曰寡人北伐山戎過孤
竹東馬懸車上辟耳之山東都賦曰天官景從伐罪
弔民一匡靖亂尚書曰奉辭伐罪孟子曰湯始征自葛
誅其君弔其民論語子曰管仲相桓公
一匡天下左氏傳宰孔謂晉
侯曰君務靖亂無勤於行匪叨天功實勤濡足左氏
傳介
之推曰竊人之財猶謂之盜況貪天功以爲己力韓詩
外傳曰申徒狄非其世將自投於河崔嘉聞而止之曰聖
人仁人民之父母今爲
濡足故不救人可乎且明公本自諸生取樂名教鍾離
意別傳曰嚴遵與光武皇帝俱爲諸生
樂廣曰名教中自有樂地何爲乃爾道風素論坐鎮
雅俗王隱晉書劉琨表曰李術以素論門望不可與樵
采同日也孫綽子曰或問雅俗曰涇渭分流雅鄭
異調不習孫吳遘茲神武曹植上疏曰不取孫吳而闇與
之會周易曰古之聰明睿智神

武而不殺者夫驅盡誅之氓。濟必封之俗。史記周公曰後嗣王紂其民皆可誅尚書大傳曰周民可比屋而封也孔安國尚書傳曰濟成也王充論衡曰堯舜之民比屋可封桀紂之民比屋可誅也龜玉不毀。誰之功歟。論語曰季氏將伐顓臾冉有季路見於孔子孔子曰虎兕出於柙龜玉毀於櫝中是誰之過歟獨爲君子。將使伊周何地。謝承後漢書王暢諫劉表曰蘧伯耻獨爲君子何地謂何地自處也其等不達通變。實有愚誠。周易曰通其變使民不倦不任悾款。悉心重謁。論語注曰悾悾誠慤也廣雅曰款誠也伏願時隮典冊。式副民望。左氏傳師曠謂晉侯曰夫君神之主而民之望也

奏記

詣蔣公一首

阮嗣宗臧榮緒晉書曰太尉蔣濟聞籍有才雋而辟之籍詣都亭奏記初濟恐籍不至得記欣然遣卒迎之而籍已去濟大怒於是鄉親共喻之籍乃就吏後謝病歸後爲尚書郎籍本有濟世志屬魏晉之際天下多故遂酣飲爲常文帝初欲爲武帝求婚於籍籍醉六十日不得言而已

籍死罪死罪。伏惟明公以含一之德。據上台之位。尚書曰伊尹作咸有一德秦階六符經曰中階上星謂諸侯三公漢書音義曰秦階三台群英翹首。俊賢抗足。易通卦驗曰萬人聞鷄鳴皆翹首開府之日。人人自以爲掾屬。辟書始下。下走爲首。辟猶召也司馬遷書曰太史公牛馬走應劭漢書注曰走僕也子夏處西河之上。而文侯擁篲。史記曰卜商字子夏禮記曾子謂子夏曰事夫子於洙泗之間退而老於西河之上呂氏春秋白圭曰魏文侯師子夏李奇漢書注曰擁篲爲恭也如今卒持帚也鄒子居黍谷之陰。而昭王陪乘。劉向別錄曰鄒衍在燕有谷寒不生五穀鄒子吹律而溫生黍七略曰方士傳言鄒子在燕其遊諸侯畏之皆郊迎而擁篲鄭玄周禮注曰陪乘參乘也夫布衣窮居韋帶之士。王公大人所以屈體而下之者。爲道存也。鄒陽上書曰布衣窮居之士身在貧賤說苑唐且謂秦王曰大王嘗聞布衣韋帶之士怒乎呂氏春秋曰王公大人從而化之此得之於學也莊子曰若夫人者目擊而道存焉籍無鄒卜之德。而有其陋。猥見採擢。無以稱當。方將耕於東皐之陽。輸黍稷之稅。以避當塗者之路。漢書武帝制曰守文之君當塗之士欲則先王之法以翼戴其世主者甚衆也負薪疲病。足力不強。孟子曰孟子有疾王使人問疾孟仲子對曰昔者有王命有負薪之憂不能造朝列子曰非足力之所及也補吏之召。非所克堪。乞迴謬恩。以光清舉。

文選卷第四十

賜進士出身通奉大夫江南蘇松常鎮太等處承宣布政使司布政使胡克家重校刊

文選卷第四十一

梁昭明太子撰

文林郎守太子右內率府錄事參軍事崇賢館直學士臣李善注上

書上

荅蘇武書一首　李少卿

子卿足下 蔡邕獨斷曰陛下者群臣與至尊言不敢指斥天子故呼在陛下者而告之因卑達尊之意也及群臣庶士相與言殿下閤下足下侍者執事之屬皆此類也 勤宣令德策名清時 左氏傳僖公二十三年狐突對晉惠公曰策名委質貳乃辟也策名謂君簡書臣之名清時謂昭帝之時 榮問休暢幸甚幸甚 小雅曰非分而得謂之幸 遠託異國昔人所悲 桓子新論雍門周鼓琴見孟嘗君曰先生鼓琴亦能令悲乎對曰所能令悲者遠赴絶國無相見期若此人者但聞飛鳥之號秋風蕭條則心傷矣 望風懷想能不依依 昔者不遺遠辱還荅慰誨懃懃有踰骨肉 陵雖不敏 孝經曰參不敏 能不慨然 自從初降以至今日身之窮困獨坐愁苦終日無覩但見異類 家語孔子曰舜之爲君暢於異類王肅曰異類四方夷狄也 韋韝 古豆切 毳 川芮切 幙以禦風雨羶肉酪漿以充飢渴 說文曰韝臂衣也漢書董君綠幘傳韝注曰韝形如射韝以縛左右手以於事便也毛毳幙氈帳也烏孫公主歌曰肉爲食酪爲漿 舉目言笑誰與爲歡胡地玄冰邊土慘裂 說文曰慘毒也廣雅曰裂分也 但聞悲風蕭條之聲涼秋九月塞外草衰夜不能寐側耳遠聽胡笳互動牧馬悲鳴 杜摯笳賦序曰笳者李伯陽入西戎所作也傅玄笳賦序曰吹葉爲聲說文作葭毛詩曰駉駉牧馬 吟嘯成群邊聲四起晨坐聽之不覺淚下 嗟乎子卿陵獨何心能不悲哉與子別後益復無聊 賈逵國語注曰聊賴也 上念老母臨年被戮妻子無辜並爲鯨鯢 左氏傳楚子曰古者明王伐不敬取其鯨鯢而封之以爲大戮杜預曰鯨鯢大魚名以喻不義之人吞食小國 身負國恩爲世所悲 背恩不報爲負恩也鄭玄禮記注曰負背也 子歸受榮我留受辱命也如何身出禮義之鄉而入無知之俗違弃君親之恩長爲蠻夷之域傷已令先君之嗣 先君謂其父當戸也即廣之子 更成戎狄之族又自悲矣功大罪小不蒙明察孤負陵心區區之意每一念至忽然忘生陵不難刺 七亦切 心以自明刎 士粉切 頸以見志顧國家於我已矣 王逸注離騷曰已矣絶望之辭也 殺身無益適足增羞故每攘臂忍辱輒復苟活 孟子曰馮婦善搏虎攘臂下車衆皆悅之 左右之人見陵如此以爲不入耳之歡來相勸勉異方之樂秖 音支 令人悲增忉怛耳 爾雅曰忉憂也方言曰怛痛也 嗟乎子卿人之相知貴相知心前書倉卒 七忽 未盡所懷故復略而言之昔先帝授陵步卒五千 先帝謂武

帝也出征絶域五將失道陵獨遇戰漢書武紀曰天漢二年將軍李廣利出酒泉公孫敖出西河騎都尉李陵將步卒五千出居延時無五將未審陵書之誤而武紀略之集表云臣以天漢二年到塞外尋被詔書責臣不進臣輒引師前到浚稽山五將失道詳此亦不云其名而裹萬里之糧帥徒步之師出天漢之外入強胡之域漢書蕭何曰語天漢其稱甚美臣瓚按流俗語曰天漢其言常以漢配天此美名也以五千之衆對十萬之軍策疲乏之兵當新羇之馬說文曰羇馬絡頭也然猶斬將搴居展切旗追奔逐北史記曰斬將搴旗之士臣瓚按拔取曰搴商君書曰戰勝逐北服虔漢書注曰師敗曰北滅跡掃塵斬其梟帥張晏漢書注曰驍勇也若六博之梟使三軍之士視死如歸呂氏春秋管仲謂齊侯曰平原廣域車不結軼士不旋踵鼓之使三軍之士視死如歸臣不如王子成父陵也不才希當大任呂氏春秋淳于髡曰臣不肖不足以當大任意

文四十一　三　壬子重刊　刘彦中

謂此時功難堪矣說文作戡戡勝也此堪是地名今傳俗用匈奴既敗舉國興師劉兆穀梁注曰舉盡也更練精兵強踰十萬單于臨陣親自合圍客主之形既不相如而去切步馬之勢又甚懸絶疲兵再戰一以當千然猶扶乘創初良切痛決命爭首漢書曰陵與單于連戰士卒矢傷三創者載輦兩創者將車一創者持兵死傷積野餘不滿百而皆扶病不任干戈然陵振臂一呼創病皆起舉刃指虜胡馬奔走兵盡矢窮人無尺鐵猶復徒首奮呼火故切徒空也言空首奮擊无復甲冑爭爲先登當此時也天地爲陵震怒戰士爲陵飲血血即淚也燕丹子曰太子唏噓飲淚單于謂陵不可復得便欲引還而賊臣教之遂便復戰賊臣謂管敢也李陵傳云軍候管敢爲軍旅候被校

尉管之五十乃亡入匈奴于時匈奴與陵戰至塞恐漢有伏兵欲引還敢曰漢無伏兵匈奴因大進新兵陵戰蘭于山漢軍敗弓矢並盡陵於是遂降故陵不免耳昔高皇帝以三十萬衆困於平城當此之時猛將如雲謀臣如雨然猶七日不食僅乃得免史記曰高祖自將擊韓王信遂至平城爲匈奴所圍七日不得食用陳平祕計始得免毛詩曰齊子歸止其從如雲又曰其從如雨何休公羊注曰僅纔也況當陵者豈易爲力哉而執事者云云謂漢朝執事之人也苟怨陵以不死然陵不死罪也子卿視陵豈偷生之士而惜死之人哉寧有背君親捐妻子而反爲利者乎然陵不死有所爲也故欲如前書之言報恩於國主耳李陵前與蘇子卿書云陵前爲子卿死之計所以然者冀其駈醜虜翻然南馳故且屈以求伸若將不死功成事立則將上報厚恩下顯祖考之明也誠以

文四十一　四

虛死不如立節滅名不如報德也琴操曰重耳將自殺子曰申生虛死子復隨之昔范蠡不殉會稽之恥曹沫亡貝切不死三敗之辱卒子律切復勾踐之讎報魯國之羞史記曰吳王發精卒擊越敗之越王乃以餘兵五千人保棲於會稽勾踐令大夫種行成於吳吳王赦越勾踐自會稽七年撫循其士民吳王北會諸侯於黄池范蠡曰可矣乃發兵伐吳吳師敗乃請成於越後四年越復伐吳吳師敗吳王遂自殺又曰曹沫者魯人以勇力事魯莊公爲魯將與齊戰三戰三北莊公懼乃獻遂邑之地以和猶復以爲將齊桓公許與魯會于柯桓公與莊公既盟于壇上曹沫執匕首劫齊桓公桓公問曰子將何欲曹沫曰齊強魯弱而大國侵魯亦已甚矣今魯城壞壓境君其圖之桓公乃許盡還魯之侵地區區之心切慕此耳何圖志未立而怨已成計未從而骨肉受刑漢書曰公孫敖捕得生口言陵教單于爲兵以備漢於是陵家母弟妻子皆伏誅此陵所以仰天椎直追切心而泣

血也足下又云漢與功臣不薄子爲漢臣安得不云爾
乎昔蕭樊囚縶韓彭葅醢史記曰相國蕭何爲民請曰長安地狹上林中多空弃地
願令民得入田收藁爲獸食上大怒曰相國多受賈人
財物乃請吾苑遂下廷尉械繫之又曰高祖病有人惡
樊噲黨呂氏即曰上一日宮車晏駕則噲欲以兵盡誅
戚氏趙王如意之屬高祖大怒乃使陳平載絳侯代將
而即軍中斬噲陳平畏呂氏執噲詣長安又曰陳豨反
韓信在長安欲應之事覺呂后使武士縛信斬於長安
鍾室又曰彭越反高祖赦之遷處蜀道著青衣行至鄭
逢呂后從長安來越泣曰願處故昌邑后許諾既至白
上曰彭越壯士也今徙蜀自遺患不如誅之令其舍人
告越反遂夷三族黥布傳薛公曰前年醢彭越往年殺
韓信說文曰葅肉醬也鼂錯受戮周魏見辜鼂錯已見西征賦漢書曰周勃爲丞相十
餘月上乃免丞相就國歲餘每河東尉守行縣至絳絳
侯勃自畏恐誅常被甲令家人持兵以自衞其後人有
上書告勃欲反下廷尉捕治之又曰竇嬰景帝時吳楚反
拜嬰爲大將軍七國破封嬰爲魏其侯坐灌夫罵丞相

七百　文四十一　五　壬子重刊　曹侴

田蚡不敬遂論嬰弃市其餘佐命立功之士賈誼亞夫之徒皆信
命世之才抱將相之具而受小人之讒並受禍敗之辱
卒使懷才受謗能不得展彼二子之遐舉誰不爲之痛
心哉左氏傳曰太上有立德其次有立功賈誼已見鵩鳥賦漢書曰周亞夫諫上不用因謝病免相亞夫
子爲父買官尚方甲楯五百被召詣廷尉責問曰君侯
欲反乎亞夫曰所買乃葬器也何謂反乎吏侵之益怒
遂入廷尉不食五日歐血而死孟子曰千年一聖五百
年一賢賢聖未出其中有命世者二子謂范蠡曹沫也
言諸侯才能者被囚戮不如二子之能雪恥報功也陵先將軍功略蓋天地義勇
冠三軍徒失貴臣之意刭身絕域之表此功臣義士所以
負戟而長歎者也何謂不薄哉先將軍謂李廣也貴臣謂衞青也漢書曰元狩四年
大將軍衞青擊匈奴廣爲前將軍出塞捕虜知單于所
居處乃自部精兵而令廣出東道東道迴遠廣辭曰臣

結髮而與匈奴戰願居前大將軍不聽廣意色慍怒引
兵出東道惑失道後大將軍大將軍因問失道狀欲上書
報天子廣未對大將軍長史急責廣廣謂其麾下曰結
髮與匈奴大小十餘戰今幸從大將軍出接單于兵而
大將軍令廣部行迴遠又迷失道豈非天哉且廣年六
十餘終不復對刀筆之吏遂引刀自刭音義鄭德曰以
刀割頸爲刭姑鼎切且足下昔以單車之使適萬乘之虜遭時不
遇至於伏劍不顧流離辛苦幾巨依切死朔北之野漢書曰漢
遣蘇武以中郎將持節送匈奴使留在漢者匈奴方欲
使送武會匈奴緱王長水虞常反匈奴中常以告武副
使張勝勝許以貨物與常一人夜亡告之緱王等死虞
常生得匈奴使衞律治其事張勝以告武武曰事如此
必及我衞律召武受辭武謂惠等屈節辱身雖生何面
目以歸漢引佩刀以自刺衞律驚自抱持武武氣絕半
日復息乃徙武北海上無人處丁年奉使皓首而歸丁年謂丁壯之年也漢書曰武留匈
奴凡十九歲始以強壯出及還鬚髮並白老母終堂生妻去帷漢書陵謂武曰陵來時太

六百四　文四十一　六　壬子重刊　李椿

夫人已不幸陵送至陽陵子卿婦年少聞以更嫁此天下所希聞古今所未有
也蠻貊之人尚猶嘉子之節況爲天下之主乎陵謂足
下當享茅土之薦受千乘之賞尚書緯曰天子社東方青南方赤西方白北方
黑上冒以黃土將封諸侯各取方土苴以白茅以爲社
論語曰道千乘之國漢書曰兵車千乘諸侯之大者
聞子之歸賜不過二百萬位不過典屬國漢書元始六年武至京師
拜爲典屬國秩中二千石賜錢二百萬無尺土之封加子之勤而妨功害
能之臣盡爲萬戶侯親戚貪佞之類悉爲廊廟宰子尚
如此陵復何望哉且漢厚誅陵以不死薄賞子以守節
欲使遠聽之臣望風馳命此實難矣所以每顧而不悔
者也陵雖孤恩漢亦負德言陵無功以報漢爲孤恩漢戮陵母爲負德論語曰德不

（孤必有鄰）昔人有言：雖忠不烈，視死如歸。陵誠能安，（言陵忠誠能安於死事）而主豈復能眷眷乎。男兒生以不成名，死則葬蠻夷中。誰復能屈身稽顙，還向北闕，使刀筆之吏弄其文墨邪。（史記張釋之曰：秦任刀筆之吏。又功臣曰：蕭何徒持文墨議，居臣上。）願足下勿復望陵。嗟乎子卿，夫復何言。相去萬里，人絕路殊，生爲別世之人，死爲異域之鬼，長與足下生死辭矣。幸謝故人，（故人謂任立政、大將軍霍光、上官桀等。）勉事聖君。足下胤子無恙，（漢書曰：武在匈奴時，胡婦生子，名通國。楚辭曰：賴皇天之厚德兮，還及君之無恙。）勿以爲念，努力自愛。（老子曰：聖人自愛。）時因北風，復惠德音。李陵頓首。

報任少卿書一首

司馬子長（漢書曰：遷既被刑之後，爲中書令，尊寵任職。故人益州刺史任安，乃與書，責以進賢之義。遷報之。遷死後，其書稍出。史記曰：任安，滎陽人，爲衛將軍，後爲益州刺史。）

太史公牛馬走（太史公，遷父談也。走，猶僕也。言己爲太史公掌牛馬之僕，自謙之辭也。）司馬遷再拜言少卿足下。（如淳曰：少卿，任安字也。）曩者辱賜書，教以順於接物，推賢進士爲務。（禮記曰：儒有推賢而進。）意氣懃懃懇懇，（懃懃懇懇，忠款之皃也。）若望僕不相師，而用流俗人之言，僕非敢如此也。（蘇林曰：而，猶如也。禮記曰：不從流俗。鄭玄曰：流俗，失俗也。）僕雖罷駑，亦嘗側聞長者之遺風矣。（側聞，謙辭也。列子曰：吾側聞之。禮記曰：與長者坐，必異席。）顧自以爲身殘處穢，動而見尤，（言舉動必爲人之所尤過也。）欲益反損，是以獨鬱悒而與誰語。（鬱悒，不通也。楚辭曰：獨鬱結其誰語。）諺曰：誰爲爲之，孰令聽之。（誰爲，猶爲誰也。言己假欲爲善，當爲誰爲之乎。復欲誰聽之乎。）蓋鍾子期死，伯牙終身不復鼓琴。（呂氏春秋曰：伯牙鼓琴，意在太山，鍾子期曰：善哉，巍巍若太山。俄而志在流水，子期曰：善哉，湯湯乎若流水。子期死，伯牙破琴絕絃，終身不復鼓琴，以爲世無賞音者。）何則？士爲知己者用，女爲說己者容。（戰國策曰：晉畢陽之孫豫讓，事知伯，知伯寵之。及趙襄子殺知伯，豫讓逃山中，曰：嗟乎，士爲知己者用，女爲悅己者容，吾其報智氏矣。）若僕大質已虧缺矣，雖才懷隨和，行若由夷，（隋，隋侯珠也。和，和氏璧也。由，許由也。夷，伯夷也。）終不可以爲榮，適足以見笑而自點耳。書辭宜荅，（前與我書，書宜應荅，但有事故不獲荅。）會東從上來，又迫賤事，（服虔曰：從武帝還。孟康曰：卑賤之事，若煩務也。如淳曰：遷爲中書令，任職，常知中書，時偶有賊盜之事。晉灼曰：賤事，家之私事也。）相見

日淺，卒卒無須臾之閒，（文穎曰：卒卒，促遽之意也。閒，隙也。）得竭至意。今少卿抱不測之罪，涉旬月，迫季冬。（如淳曰：平居時不肯報其書，今安有不測之罪在獄，故報往日書，欲使其恕以度己也。）僕又薄從上雍，恐卒然不可爲諱。（李奇曰：薄，迫也。迫當從行。善曰：難言其死，故云不可諱。）是僕終已不得舒憤懣以曉左右。（廣雅曰：懣，悶也。楚辭曰：惟煩悶以盈胷。）則長逝者魂魄私恨無窮。（謂任安恨不見報也。）請略陳固陋。闕然久不報，幸勿爲過。僕聞之：脩身者，智之符也。（符，信也。）愛施者，仁之端也。取與者，義之表也。恥辱者，勇之決也。（勇士當於此而果決之。）立名者，行之極也。（凡人能立志者，行中之最極也。）士有此五者，然後可以託於世而列於君子之林矣。故禍莫憯於欲利，悲莫痛於傷心。（所可憯者

惟欲之與利爲禍之極也所可痛者唯傷心之事而可爲悲也行莫醜於辱先詬莫大
於宮刑醜穢也先謂祖也詬音垢應劭曰詬恥也說文詬或作詢火逅切禮記儒行曰妄常以儒相詬
病左氏傳宋元公曰余不忍其詬尋此二書其訓頗同刑餘之人無所比數非一
世也所從來遠矣昔衛靈公與雍渠同載孔子適陳家語
曰孔子居衛月餘靈公與夫人同車出令宦者雍渠叅乘使孔子爲次乘遊過市孔子曰吾未見好德如好色
於是恥之去衛過曹此言孔子適陳未詳商鞅因景監見趙良寒心史記商君謂趙良
曰我化秦孰與五羖大夫賢趙良曰五羖大夫荆之鄙人也繆公知其賢舉之牛口之下加之百姓之上今君
之見秦王也因嬖人景監以爲主非所以爲名也又趙高謂李斯曰釋此不從禍及子孫足爲寒心也同
子叅乘袁絲變色蘇林曰趙談也與遷父同諱故曰同子漢書曰上朝東宮趙談叅乘袁絲
伏車前曰臣聞天子所與共六尺輿者皆天下豪英今漢雖乏人陛下獨奈何與刀鋸餘同載於是上笑下趙

五百八十 文四十一 九 壬子重刊 李椿

談自古而恥之夫以中才之人事有關於宦豎莫不傷
氣而況於慷慨之士乎如今朝廷雖乏人奈何令刀鋸
之餘薦天下豪俊哉史記履貂曰臣刀鋸之餘不敢二心僕賴先人緒業
廣雅曰緒末也司馬彪莊子注曰緒餘也得待罪輦轂下二十餘年矣所以
自惟上之不能納忠効信有奇策才力之譽自結明主
次之又不能拾遺補闕招賢進能顯巖穴之士外之又
不能備行伍攻城野戰有斬將搴旗之功下之不能積
日累勞取尊官厚祿以爲宗族交遊光寵四者無一遂
苟合取容無所短長之効可見如此矣上之四事無一遂假欲苟合取
容亦無其所也史記蔡澤曰吴起言不苟合行不苟容鄕者僕常厠下大夫之列

陪外廷末議臣瓚曰太史令千石故下大夫也外廷即今僕射外朝也不以此時引
維綱盡思慮今以虧形爲掃除之隷在闒茸之中闒茸猥賤
也茸細毛也張揖訓詁以爲闒𨶹劣也呂忱字林曰闒茸不肖也乃欲仰首伸眉論列
是非不亦輕朝廷羞當世之士邪嗟乎嗟乎如僕尚何
言哉尚何言哉且事本末未易明也僕少負不羈之行
長無鄕曲之譽不羈言材質高遠不可羈繫也燕丹子夏扶曰士無鄕曲之譽未可以論行也
主上幸以先人之故使得奏薄伎服虔曰薄伎薄才也出入周衛
之中周衛言宿衛周密也韋昭曰天子有宿衛之官僕以爲戴盆何以望天言人
戴盆則不得望天望天則不得戴盆事不可兼施言己方一心營職不假修人事也故絶賓客之
知亡室家之業日夜思竭其不肖之才力禮記曰某之子不肖應劭

五百四十九 文四十一 十 戊申重刊刘彦中

風俗通曰生子不似父母曰不肖務一心營職以求親媚於主上毛詩曰藹
藹多士媚于天子而事乃有大謬不然者夫夫語助也論語子曰有是夫僕
與李陵俱居門下素非能相善也趣舍異路太公六韜曰夫人皆
有性趣舍不同顏師古曰趣所向也舍所廢也未嘗銜盃酒接慇懃之餘懽然
僕觀其爲人自守奇士事親孝與士信臨財廉取與義分
別有讓恭儉下人常思奮不顧身以徇國家之急顏師古曰
徇從也營也其素所蓄積也言其意中舊所蓄積也僕以爲有國士之
風一國之中推而爲士夫人臣出萬死不顧一生之計赴公家之難
斯以奇矣新序昭奚恤曰使皆赴湯火蹈白刃出萬死不顧一生司馬子反在此今舉事
一不當而全軀保妻子之臣隨而媒孽其短鄭玄周禮注曰孽猶

行也。臣瓚以爲媒謂遘合會之孽謂生其罪釁也。僕誠私心痛之。且李陵提步
卒不滿五千，有五千，言不滿者，痛之甚也。深踐戎馬之地，足歷王庭，
胡地出馬，故曰戎馬。單于所居之處號曰王庭。垂餌音二虎口，橫挑彊胡，仰億萬
之師，說文曰：挑，相呼也。李奇曰：挑身獨戰，不須眾。挑，茶弔切。臣瓚曰：挑，挑敵求戰也，古謂之致師。北地高，
故曰仰。與單于連戰十有餘日，所殺過平聲半當。虜救死扶
傷不給，顧野王決曰：所殺過半當，言陵軍殺已過半。給，供給也。旃裘之君長咸震
怖，旃裘，謂匈奴所服也，故言旃裘之君。乃悉徵其左右賢王，舉引弓之人，
漢書曰：匈奴至冒頓最強大，置左右賢王。以其善射，故曰引弓之人。一國共攻而圍之。轉
鬭千里，矢盡道窮，救兵不至，士卒死傷如積。子智切。然陵
一呼勞軍，士無不起，躬自流涕，沫血飲泣，更張空弮，孟康曰：沫

音頮。善曰：頮，古沫字。言流血在面如盥頮也。說文曰：頮，洗面也。李登聲類云：弮或作捲。此言兵已盡，但張空弮
以擊耳。栢寬鹽鐵論曰：陳勝無將帥之兵，師旅之眾，奮空捲而破百萬之軍。何晏白起故事：白起雖坑趙卒，向
使預知必死，則前驅空捲，猶可畏也，況三十萬被堅執銳乎。顏師古曰：讀爲拳者謬矣。拳則屈指，不當言張。陵
時矢盡，故張弩之空弓，非手拳也。李奇曰：拳者，弩弓也。冒白刃，北嚮爭死敵
者。陵未沒時，使有來報，史記曰：陵至浚稽山，使麾下騎陳步樂還以聞。步樂召見，道陵
將得士死力，上甚悅之。漢公卿王侯皆奉觴上壽。後數史柱切。日，陵
敗書聞，主上爲之食不甘味，聽朝不怡。大臣憂懼，不知
所出。僕竊不自料其卑賤，見主上慘愴怛都割切。悼，誠欲
效其款款之愚，款款，忠實之皃。以爲李陵素與士大夫絕甘分
少，孝經援神契曰：母之於子，絕少分甘。宋均曰：少則自絕，甘則分之。能得人死力，雖古

之名將不能過也。身雖陷敗，彼觀其意，且欲得其當而
報於漢。張晏曰：欲得相當也。言欲立効以當罪而報漢恩。事已無可奈何，其所
摧敗，功亦足以暴蒲沃切。於天下矣。謂摧破匈奴之兵，其功足暴露見於天下。
僕懷欲陳之，而未有路，適會召問，即以此指推言陵之
功，欲以廣主上之意，塞睚魚解切。眦柴懈切。之辭。言欲廣主上之意，及
塞群臣睚眦之辭。未能盡明，明主不曉，以爲僕沮貳師，而爲李
陵遊說，遂下於理。漢書曰：初，上遣貳師李廣利出，令陵爲助兵。及陵與單于相值，而貳師少
功。上以遷誣罔，欲沮貳師而爲陵遊說，下遷腐刑。鄭玄禮記注曰：理，治獄官也。拳拳之忠，
終不能自列。禮記子曰：回得一善，拳拳不失之矣。鄭玄曰：拳拳，捧持之皃。說文曰：列，分解也。因
爲誣上，卒從吏議。言眾吏議以爲誣上。家貧，貨賂不足以自贖，交

遊莫救，左右親近不爲一言。身非木石，獨與法吏爲伍，
深幽囹圄之中，誰可告愬者！此真少卿所親見，僕行事
豈不然乎？李陵既生降，隤其家聲，蘇林曰：家世爲將，有名，陵降而隤之也。顏
師古曰：隤，墜也。而僕又佴之蠶室，如淳曰：佴，次也，若人相次也。人志切。今諸本作茸字。蘇林
注景紀曰：作蠶室，廣大如蠶室，故言下蠶室。衛宏漢儀以爲置蠶宮令，承諸法，云詣蠶室，與罪人從事，主天下
室者，屬少府。顏監云：茸，推也。人勇切。推置蠶室之中。重爲天下觀笑。悲夫！悲夫！事
未易一二爲俗人言也。僕之先，非有剖符丹書之功，漢書
曰：漢初功臣剖符世爵。又曰：論功而定封，訖於是申以丹書之信，重以白馬之盟。文史星曆，近
乎卜祝之間，固主上所戲弄，倡優所畜，流俗之所輕也。
說文曰：倡，樂也。左氏傳曰：鮑氏之圉人爲優。杜預曰：俳優也。假令僕伏法受誅，若九

牛亡一毛，與螻蟻何以異。螻，螻蛄也。蟻，蚍蜉也。皆虫之微者，故以自喻。而世又不與能死節者，與，如也。言時人以我之死，又不如能死節者，言死無益也。特以爲智窮罪極，不能自免，卒就死耳。何也？素所自樹立使然也。人固有一死，或重於太山，或輕於鴻毛，用之所趨異也。燕丹子，荊軻謂太子曰：烈士之節，死有重於太山，有輕於鴻毛者，但問用之所在耳。太上不辱先，其次不辱身，其次不辱理色，理，道理也。色，顏色也。其次不辱辭令，辭，謂言辭。令，謂教令。其次詘體受辱，詘體，謂被縲繫。其次易服受辱，易服，謂著赭衣。其次關木索、被箠楚受辱，漢書曰：箠長五尺。說文曰：棰，以杖擊也。箠與棰同，以之笞人，同謂之箠楚。箠楚皆杖木之名也。其次剔毛髮、嬰金鐵受辱，謂髡鉗也。其次毀肌膚、斷肢體受辱，謂肉刑也。最下腐刑極矣！蘇林曰：宮刑腐

五臣七十三　文四十一　十三　乙丑重刊　曹

臭，故曰腐刑。傳曰：刑不上大夫。此言士節不可不勉勵也。禮記文也。東方朔別傳：武帝問曰：刑不上大夫，何？朔曰：刑者，所以止暴亂、誅不義也。大夫者，天下表儀，萬人法則，所以共承宗廟，而安社稷也。猛虎在深山，百獸震恐，及在檻穽之中，搖尾而求食，積威約之漸也。周禮注曰：穿地爲塹，所以御禽獸，其或超踰則陷焉。尚書曰：杜乃擭，斂乃穽。言威爲人制約，漸積至此。故有畫地爲牢，勢不可入；削木爲吏，議不可對，定計於鮮平聲也。臣瓚曰：以爲患吏刻暴，雖以木爲吏，期於不對。此疾苛吏之辭也。文穎曰：未遇刑自殺，爲鮮明也。今交手足，受木索，暴肌膚，受榜箠，幽於圜牆之中。廣雅曰：榜，擊也。圜牆，獄也。周禮曰：以圜土教罷民。當此之時，見獄吏則頭槍七良切地，視徒隸則正惕息。何者？積威約之勢也。及以至是，言不辱者，所謂強顏耳，曷足貴乎。

且西伯，伯也，拘於羑里；史記曰：季歷卒，子昌立，是爲西伯。西伯，文王也。崇侯虎譖西伯於殷紂，曰：西伯積善累德，諸侯皆嚮之，將不利於帝。紂乃囚西伯於羑里。王制曰：九州之長曰伯。注曰：伯，長也。李斯，相也，具于五刑；史記曰：李斯，楚上蔡人也。從荀卿學帝王之術，入秦。秦卒用其計，二十餘年，竟并天下，以斯爲丞相。二世立，以郎中趙高之譖，乃具斯五刑，腰斬咸陽。漢書刑法志曰：漢興之初，其大辟尚有夷三族之令，曰：當三族者，皆先劓，斬左右趾，笞殺之，梟其首，葅其骨肉於市。其誹謗詈詛者，又斷舌，故言具，具謂五刑也。淮陰，王也，受械於陳；漢書曰：韓信爲楚王，都下邳。信因行縣邑，陳兵出入。人有變告信欲反。上聞，患之，用陳平謀，僞遊雲夢。信謁上於陳，高祖令武士縛信，載後車。信曰：果若人言，狡兔死，良狗亨。上曰：人告公反。遂械信，至洛陽，赦以爲淮陰侯。陳，楚之西界也。械，謂桎梏也。彭越、張敖，南面稱孤，繫獄抵罪；史記曰：高帝立彭越爲梁王。梁王稱疾，上使使掩捕梁王，囚之洛陽。漢書曰：趙王張耳，高祖五年薨，子敖嗣立，尚高祖長女魯元公主。七年，高祖從平城過趙，趙王旦暮自上

文四十一　十四　乙丑重刊　仲甫

食，禮甚卑，有子婿之禮。高祖箕踞罵詈，甚慢之。趙相貫高、趙午說敖曰：天下豪傑並起，能者先立。今王事皇帝甚恭，皇帝遇王無禮，請爲殺之。八年，上從東垣過，貫高等乃壁人柏人，要之置廁。上過，欲宿，心動，問縣名爲何。曰柏人。上曰：柏人者，迫於人。遂去。貫高怨家知其謀，反告之。於是逮捕趙王、諸反者。趙午十餘人皆自刎，貫高獨怒罵曰：誰令公等爲之？今王實無反謀。檻車與詣長安，高下獄曰：吾屬爲之，王不知也。絳侯誅諸呂，權傾五伯，囚於請室；史記曰：絳侯周勃與陳平謀誅諸呂而立孝文。後勃被囚，已見李陵荅蘇武書。漢書音義如淳曰：請室，請罪之室，若今之鍾下也。魏其，大將也，衣赭衣，關三木；三木，在項及手足也。魏其侯已見李陵荅蘇武書。周禮曰：上罪梏拲而桎。應劭漢書注曰：在手曰梏，兩手同械曰拲，在足曰桎。韋昭曰：桎，兩手合也。梏音告。拲音拱。桎之栗切。季布爲朱家鉗奴；漢書曰：季布，楚人也，爲任俠有名。項籍使將兵，數窘漢王。項籍滅，高祖購求布千金，敢舍匿者罪三族。布匿於濮陽周氏。周氏曰：漢求將軍急，臣敢進計。布許之，乃髡鉗布，衣褐，致廣柳車中，與其家僮數十人之魯朱

家賣之朱家心知季布也買置田舍乃之洛陽見汝陰滕公說曰季布何罪臣各爲其主耳君何不從容爲上言之滕公許諾侍閒果言如朱家旨上乃赦布召見謝拜郎中灌夫受辱於居室漢書灌夫字仲孺潁陰人也爲太僕時坐與衛尉竇甫飲輕重不得徙爲燕相及竇嬰失勢兩人相爲引重夫過丞相田蚡蚡曰吾欲與仲孺過魏其侯會孺有服夫曰將軍廼肯幸臨夫安敢以服爲解請語魏其帳具將軍旦日蚤臨之蚡許諾夫以語嬰嬰益牛酒夜洒掃帳具自旦候伺至日中蚡不來夫不懌夫乃自往迎之蚡尚卧駕往又徐行夫益怒遂以爲隙元光四年蚡取燕王女爲夫人太后詔曰列侯宗室皆往賀嬰爲壽夫行酒至蚡蚡半膝席曰不能滿觴夫怒乃嘻言曰將軍貴人也畢之時蚡不肯行酒次至臨汝侯灌賢方與程不識耳語又不避席夫無所發怒乃罵賢曰生毀程不識不直一錢今日長者爲壽乃效兒女曹呫囁耳語蚡謂夫曰今衆辱程將軍仲孺獨不爲李將軍地乎夫曰今日斬頭穴胷何知程李乎乃起蚡遂怒曰此吾驕灌夫罪也籍福起爲謝按夫項令謝夫愈怒不肯謝蚡乃麾騎縛夫置傳舍長史曰今日召宗室有詔劾灌夫罵坐不敬繫於居室

六百五十三　文四十一　十五　曹

如淳曰百官表居室爲保宮今守宮也此人皆身至王侯將相聲聞鄰國及罪至罔加不能引決自裁在塵埃之中古今一體安在其不辱也由此言之勇怯勢也強弱形也審矣何足怪乎孫子兵法曰治亂數也勇怯勢也強弱形也夫人不能早自裁繩墨之外以稍陵遲至於鞭箠之閒乃欲引節斯不亦遠乎古人所以重施刑於大夫者殆爲此也夫人情莫不貪生惡死念父母顧妻子至激於義理者不然乃有所不得巳也言激於義理者則不念父母顧妻子也今僕不幸早失父母無兄弟之親獨身孤立少卿視僕於妻子何如哉言己輕妻子故反問之且勇者不必死節言勇烈之人不必死於名節也造次自裁耳怯夫慕義何

處不勉焉言怯夫慕義以自立名何處不勉於死哉言皆勉勵自殺僕雖怯懦欲苟活亦頗識去就之分矣何至自沈溺縲紲之辱哉孔安國曰縲紲墨索也紲攣也所以拘罪人且夫臧獲婢妾晉灼曰臧獲敗敵所破虜爲奴隸韋昭曰羌人以婢爲妻生子曰獲奴以善人爲妻生子曰臧荊楊海岱淮齊之閒罵奴曰獲齊之北鄙燕之北郊凡人男而歸婢謂之臧女而歸奴謂之獲皆異方罵奴婢之醜稱也由能引決況僕之不得巳乎所以隱忍苟活幽於糞土之中而不辭者恨私心有所不盡鄙陋沒世而文彩不表於後世也論語曰君子疾沒世而名不稱古者富貴而名摩滅不可勝記唯倜儻非常之人稱焉廣雅曰倜儻卓異也蓋文王拘而演周易周易曰易之興也當文王與紂之事邪又曰作易者其有憂患邪史記本紀曰崇侯譖西伯於帝紂曰西伯積善累德諸侯皆向之將有不利於帝

文四十一　十六　乙丑重刊　夏荃義

紂乃囚西伯於羑里西伯演易之八卦爲六十四地理志曰河內湯陰有羑里城西伯所拘韋昭曰羑音酉蒼頡篇曰演引之也仲尼厄而作春秋史記孔子曰吾道不行矣何以自見於後世哉乃約魯史而作春秋屈原放逐乃賦離騷史記曰屈原名平楚之同姓爲楚懷王左司徒博文強志敏於辭令王甚任之上官大夫與之同列心害其能懷王使原爲憲令原草藁未定上官大夫見而欲奪之不與因讒之曰王使屈原爲令衆莫不知每令出平伐其功以爲非我莫爲王也王怒而疏之平病聽之不聰作離騷經左丘失明厥有國語漢書曰國語左丘明著失明未詳孫子臏腳兵法脩列史記曰孫臏與龐涓俱學兵法涓事魏惠王自以爲能不及臏乃陰使人召臏臏至涓恐其賢於己則以法刑斷其兩足而黥之欲隱勿見齊使者田忌善客待之於是田忌進孫子於威王威王問兵法而師之其後魏伐趙趙急請救於齊齊威王欲將臏臏曰刑餘之人不可於是乃以田忌爲將而孫子爲師居輜重中主爲計謀田忌從之魏果去邯鄲與齊戰於桂陵大破魏軍不韋遷蜀世傳

呂覽史記曰呂不韋大賈人也莊襄王即位三年薨太子正立爲王尊不韋爲相國號仲父當是時魏有信陵楚有春申趙有平原齊有孟嘗皆下士喜賓以相傾呂不韋以秦之強大招士厚遇之乃致食客三千人是時諸侯多辯士如荀卿之徒著書布於天下不韋乃使其客人人著所聞集論爲八覽十二紀三十餘萬言以爲備天下之物古今之事號曰呂氏春秋布咸陽市門懸千金其上延諸侯遊士賓客有能增損一字與千金及始皇帝壯太后通不韋恐禍及己私求嫪毒爲舍人詐令以腐罪告之遂得侍太后與太后通九年人有告嫪毒實非宦者下吏治之得情實事連相國秦王恐其爲變乃賜不韋書曰君何功於秦秦封君河南食十萬戶君何親於秦號稱仲父後與家屬徙處蜀飲鴆而死韓非囚秦說難孤憤史記曰韓非者韓之公子也見韓稍弱以書諫王王不能用非心廉直不容於邪枉之臣觀往者得失之變故作孤憤五蠹說難十餘萬言秦王見孤憤五蠹之書曰嗟乎寡人得見此人與游死不恨矣李斯曰此韓非所著書秦因急攻韓韓乃遣非使秦秦王悅之未信用李斯姚賈毀之曰韓非韓之諸公子也今王欲并諸侯非終爲韓不爲秦

文四十一　十七　乙卯重刊　王才

此人情也今王不用久留而歸之此自遺患也不如以過法誅之秦王爲然下吏治非李斯使人遺藥使自殺韓非欲自陳不得見秦王後悔之使人赦而非已死矣說難孤憤韓子之篇名也詩三百篇大氐聖賢發憤之所爲于僞切作也論語曰詩三百孔安國曰篇之大數也爾雅曰氐致也郭璞曰音怙此人皆意有鬱結不得通其道故述往事思來者言故述往前行事思令將來人知己之志乃如左丘無目孫子斷足終不可用退而論書策以舒其憤思垂空文以自見空文謂文章也自見己情僕竊不遜近自託於無能之辭論語子曰唯女子與小人爲難養也近之則不孫網羅天下放失舊聞略考其行事綜其終始稽其成敗興壞之紀上計軒轅下至于茲爲十表本紀十二書八章世家三十列傳七十凡百三十篇亦欲以

究天人之際通古今之變成一家之言草創未就會遭此禍惜其不成已就極刑而無慍色僕誠以著此書藏諸名山傳之其人通邑大都其人謂與己同志者則僕償前辱之責雖萬被戮豈有悔哉然此可爲智者道難爲俗人言也且負下未易居下流多謗議負累之下未易可居論語曰君子惡居下流而訕上者也僕以口語遇此禍重爲鄉黨所笑以汙烏卧切辱先人亦何面目復上父母丘墓乎雖累百世垢彌甚耳是以腸一日而九迴居則忽忽若有所亡出則不知其所往莊子魯哀公問仲尼曰衛有惡人焉曰哀駘他去寡人而行寡人恤焉若有亡也庚桑子曰吾聞至人尸居環堵之室不知所如往每念斯恥汗未嘗不發背沾衣也身直

文四十一　十八　乙卯重刊　余致遠

爲閨閤之臣寧得自引於深藏巖穴邪故且從俗浮沈與時俯仰以通其狂惑鬻子曰吾聞之於政也知善不行者謂之狂知惡不改者謂之惑夫狂與惑者聖人之戒也今少卿乃教以推賢進士無乃與僕私心剌力割切謬乎今雖欲自雕瑑曼辭以自飾如淳曰曼美也戰國策蘇秦曰夫從人飾辯曼辭高主之節行曼音萬無益於俗不信適足取辱耳要之死日然後是非乃定書不能悉意略陳固陋謹再拜

報孫會宗書一首

楊子幼漢書楊惲字子幼華陰人以才能稱譽爲常侍騎與太僕戴長樂相失坐事免爲庶人惲見已失爵位遂即歸家閑居自治産業起室以財自娛歲餘友人安定太守西河孫會宗與惲書誡諫之言大臣廢退當杜門惶懼爲可憐之意不當治

産業通賓客有稱譽惲乃作此書報之惲材朽行穢文質無所底論語曰文質彬彬然後君子包氏曰彬彬文質相半之皃也底致也幸賴先人餘業得備宿衛遭遇時變以獲爵位漢書曰霍氏謀反惲先聞知霍氏伏誅惲封爲平通侯終非其任卒與禍會足下哀其愚矇賜書教督以所不及爾雅曰督正也慤慤甚厚然竊恨足下不深惟其終始而猥隨俗之毀譽也猥猶曲也言鄙陋之愚心則若逆指而文過言逆會宗之指自文飾己之過論語子曰小人之過也必文孔安國曰文飾其過不言實也默而自守恐違孔氏各言爾志之義論語曰顔淵季路侍子曰盍各言爾志故敢略陳其愚惟君子察焉惲家方隆盛時乘朱輪者十人二千石皆得乘朱輪位在列卿爵爲通

侯總領從官應劭曰舊曰徹侯避武帝諱故爲通言其功德通於王室也從天子侍從官也與聞政事曾不能以此時有所建明以宣德化又不能與群僚并力陪輔朝廷之遺忘已負竊位素飡之責久矣論語子曰臧文仲其竊位者歟知柳下惠之賢而不與立毛詩曰彼君子兮不素飡兮懷祿貪勢不能自退曾子曰君子不安貴位不懷厚祿遂遭變故橫被口語身幽北闕妻子滿獄口語即戴長樂所告也如淳漢書注曰上章者於公車有不如法者以付北軍尉北軍尉以法罰之楊惲上書遂幽北闕公車門所在也當此之時自以夷滅不足以塞責史記司馬欣謂章邯曰趙高欲以法誅將軍塞責豈得全其首領復奉先人之丘墓乎左氏傳宋公曰若以大夫之靈得保首領以沒于地伏惟聖主之恩不可勝量君子遊道樂以忘憂史記曰陳平遊道日廣論語曰樂以忘憂

小人全軀說以忘罪楚辭曰與波上下偷以全吾軀乎竊自念過已大矣行已虧矣長爲農夫以沒世矣是故身率妻子勠力耕桑國語曰勠力一心灌園治產以給公上蘇林漢書注曰充縣官之賦歛不意當復用此爲譏議也夫人情所不能止者聖人弗禁故君父至尊親送其終也有時而既終謂終沒也既盡也張晏漢書注曰喪不過三年臣見放逐降居三月復初臣之得罪已三年矣田家作苦歲時伏臘漢書曰秦繆公作伏祠孟康曰六月伏日也風俗通禮傳曰夏曰嘉平殷曰清祀周曰大蜡故改爲臘亨羊炰羔斗酒自勞家本秦也能爲秦聲婦趙女也雅善鼓琴奴婢歌者數人酒後耳熱仰天撫缶而呼嗚嗚應劭漢書注曰缶瓦器也秦人擊之以節歌李斯上書曰擊甕扣缶而呼嗚嗚快耳者真秦聲也其

詩曰田彼南山蕪穢不治種一頃豆落而爲萁張晏漢書注曰山高在陽人君之象也蕪穢不治朝廷荒亂也一頃百畝以喻百官也言豆者貞直之物零落在野喻己見放弃也其曲而不直言朝臣皆諂諛也臣瓚按田彼南山蕪穢不治言於王朝而遇民亂也種一頃豆落而爲萁雖盡忠効節徒勞而無獲也人生行樂耳須富貴何時是日也拂衣而喜奮袖低昂頓足起舞誠淫荒無度不知其不可也惲幸有餘祿方糴賤販貴逐什一之利什一謂十中之一也尚書大傳曰王者十一而稅此賈豎之事汙烏卧切辱之處惲親行之下流之人衆毀所歸言處下流爲衆惡毀所舉不寒而慄雖雅知惲者猶隨風而靡尚何稱譽之有楚辭曰世從容而變化隨風靡而成行董生不云乎明明求仁義常恐不能化民者卿大夫之意也明明

求財利常恐困乏者庶人之事也漢書董仲舒對策曰夫皇皇求財利常恐匱乏者庶人之意也皇皇求仁義常恐不能化人者大夫之意也故道不同不相爲謀今子尚安得以卿大夫之制而責僕哉論語曰道不同不相爲謀言今我親行賈豎之事安得責我卿大夫之制乎夫西河魏土文侯所興有段干木田子方之遺風史記李克謂翟璜曰魏成子東得子夏田子方段干木此三人者君皆師之漂然皆有節槩知去就之分頃者足下離舊土謂去西河臨安定安定山谷之閒昆夷舊壤毛詩曰文王西有昆夷之患北有玁狁之難鄭玄曰昆夷西戎也子弟貪鄙豈習俗之移人哉言豈隨懷安貪鄙之俗而移人之本性者哉於今乃睹子之志矣方當盛漢之隆願勉旃無多談

論盛孝章書一首

孔文舉與魏太祖虞預會稽典錄曰盛憲字孝章器量雅偉舉孝廉補尚書郎遷吳郡太守以疾去官孫策平定吳會誅其英豪憲素有名策深忌之初憲與少府孔融善憂其不免禍乃與曹公書由是徵爲都尉詔命未至果爲權所害子匡奔魏位至征東司馬

歲月不居時節如流國語文姜曰日月不居人誰不安傅毅詩曰徂年如流尠茲暇日五十之年忽焉已至公爲始滿融又過二公謂曹操言公年始滿五十融過於二歲也海內知識零落殆盡惟有會稽盛孝章尚存其人困於孫氏妻孥湮沒孫氏已見上文毛詩曰樂爾妻孥孔安國尚書大傳曰孥子也單子獨立孤危愁苦若使憂能傷人此子不得永年矣春秋傳曰諸侯有相滅亡者桓公不能救則桓公恥之公羊傳曰邢亡孰亡之蓋狄滅也曷爲不言蓋狄滅之爲桓公諱也曷爲爲桓公諱上無天子下無方伯天下諸侯有相滅亡者桓公不能救則桓公恥之今孝章實丈夫之雄也天下談士依以揚聲而身不免於幽縶命不期於旦夕吾祖不當復論損益之友而朱穆所以絕交也論語孔子曰益者三友損者三友吾祖即謂孔子也後漢朱穆感世澆薄莫尚敦厚著絕交論以矯之公誠能馳一介之使加咫尺之書左氏傳晉行人子貟對鄭王子伯駢曰君有楚命不使一介行李告於寡君漢書廣武君曰發一乘之使奉咫尺之書則孝章可致友道可弘矣今之少年喜謗前輩或能譏評孝章孝章要爲有天下大名九牧之人所共稱歎九牧猶九州也左氏傳王孫滿曰貢金九牧孫卿子曰文王鑒於殷紂此

其所以伐殷王而受九牧也燕君市駿馬之骨非欲以騁道里乃當以招絕足也戰國策郭隗謂燕昭王曰臣聞古之人君有市千里馬者三年而不得於是遣使者賫千金之貨將市於他國未至而千里之馬已死使者乃以五百金買死馬之首以歸其君大怒曰所求者本不市死馬何故損金市死馬乎將誅之使者對曰死馬尚市之況生者乎天下必知君之好也馬將至矣於是朞年而千里馬至者三焉惟公匡復漢室宗社將絕又能正之正之術實須得賢珠玉無脛胡定切而自至者以人好之也況賢者之有足乎韓詩外傳曰蓋胥謂晉平公曰珠出於海玉出於山無足而至者好之也士有足而不至者君不好也昭王築臺以尊郭隗隗雖小才而逢大遇竟能發明主之至心故樂毅自魏往劇辛自趙往鄒衍自齊往史記曰燕昭王於破燕之後卑身厚幣以禮賢者謂郭隗曰齊因孤之國亂而襲破燕孤知國

小力少不足以報然誠得賢士與共圖以雪先王之讎也願先生視可者得身事之隗曰王必欲致士先從隗始况賢於隗者豈遠千里哉於是昭王爲隗改築宮而師事之樂毅自魏往鄒衍自齊往劇辛自趙往向使郭隗倒懸而王不解居蟹切臨難而王不拯孟子曰當今之時万乘之國行仁政民悅而歸之猶解倒懸也又曰今燕虐其民而王征之人以爲將拯己於水火之中也則士亦將高翔遠引莫有北首音獸燕路者矣漢書廣武君曰牛酒以享士大夫北首燕路凡所稱引自公所知而復有去者欲公崇篤斯義因表不悉

爲幽州牧與彭寵書一首

朱叔元范曄後漢書曰朱浮字叔元沛國蕭人也初從世祖爲大司馬主簿遷偏將軍從破邯鄲後乃爲大將軍幽州牧守薊城浮少有才能頗欲厲正風迹收士心

辟召州中涿郡王岑之屬以爲從軍事及王莽時故吏二千石皆引置幕府乃多發諸郡倉穀贍其妻子漁陽太守以爲天下未定不宜多置官屬以費軍食不從其令浮密奏寵遣吏迎妻而不迎其母又受貨賄殺害友人多聚兵穀意計難量寵既積怨聞遂大怒舉兵攻浮浮以書責之

蓋聞智者順時而謀愚者逆理而動常竊悲京城太叔以不知足而無賢輔卒自棄於鄭也左氏傳曰鄭武公生莊公及共叔段姜氏愛共叔段欲立之亟請於武公公弗許及莊公即位爲之請制公曰制巖邑也虢叔死焉他邑唯命請京使居之謂之京城太叔既而太叔令西鄙北鄙貳於己公子呂曰國不堪貳君將若之何公曰不義不暱厚將崩太叔完聚繕甲兵具卒乘將襲鄭公聞其期曰可矣命子封帥車二百乘以伐京京叛太叔段段入于鄢公伐諸鄢五月辛丑太叔出奔共書曰鄭伯克段于鄢伯通以名字典郡有佐命之功名字謂聲譽遠聞也漢書曰陳遵劉竦俱著名字佐命已見李陵書臨民親職愛惜倉庫而浮秉征伐之任欲權時救急言朱浮所以招致賓客者此亦權時救急也二者皆爲國耳即疑浮相譖何不詣闕自陳而爲滅族之計乎朝廷之於伯通蔡邕獨斷云朝廷者不敢指斥君故言朝廷恩亦厚矣委以大郡任以威武事有柱石之寄情同子孫之親漢書大司農田延年謂霍光曰將軍爲國柱石匹夫媵母尚能致命一飡左氏宣公二年傳曰初趙宣子畋于首山見靈輒餓問其病對曰不食三日矣食之舍其半問之曰宦三年矣未知母之存否今近矣請以遺之使盡之而爲之簞食與肉既而與爲公介靈公比以趙盾驟諫伏甲將攻殺之靈輒乃倒戟以禦之又戰國策曰楚王伐中山中山君亡有二人荷戈而從之中山君顧二人曰子何爲者對曰昔臣之父嘗餓且死君捨飡以餔臣父臣之父且死曰中山君有事汝必赴之是以今來死君之難中山君曰以

一杯羹而亡國以一飡而獲二死士媵母未詳豈有身帶三綬職典大邦而不顧恩義生心外叛者乎三綬者古人兼官者一官一綬也范曄後漢書曰更始使謁者韓鴻持節徇北州承制得專拜二千石以下鴻至薊以寵鄉閭故人相見大喜拜寵偏將軍行漁陽太守世祖又以書招寵寵乃發步騎三千人歸世祖世祖承制封建忠侯賜號大將軍伯通與吏民語何以爲顏行步拜起何以爲容坐臥念之何以爲心引鏡窺景何以施眉目舉厝建功何以爲人惜乎棄休令之嘉名造梟鴟之逆謀捐傳葉之慶祚招破敗之重災高論堯舜之道不忍桀紂之性生爲世笑死爲愚鬼不亦哀乎伯通與耿俠遊范曄後漢書曰吴漢說寵從世祖會上谷太守耿況亦使功曹寇恂詣寵結謀共歸世祖又曰況字俠遊俱起佐命同被國恩俠遊謙

讓屢有降挹之言蒼頡篇曰挹損也而伯通自伐以爲功高天下孔安國尚書傳曰自功曰伐往時遼東有豕生子白頭異而獻之行至河東見羣豕皆白懷慙而還若以子之功高論於朝廷則爲遼東豕也白頭豕未詳今乃愚妄自比六國張晏漢書注曰齊燕楚韓趙魏六國之時其勢各盛廓土數千里勝兵將百萬故能據國相持多歷年所今天下幾里列郡幾城柰何以區區漁陽而結怨天子區區言小也公羊傳曰司馬子反謂楚王曰以區區之宋猶有不欺之臣此猶河濱之民捧土以塞孟津多見其不知量也論語曰叔孫武叔毀仲尼子貢曰仲尼日月也無得而踰焉人雖欲自絕其何傷於日月乎多見其不知量也方今天下適定海內願安士無賢不肖皆樂立名

於世而伯通獨中風狂走自捐盛時內聽嬌婦之失計外信讒邪之諛言東觀漢記曰浮密奏寵上微之寵既自疑其妻勸寵無應徵今漁陽大郡兵馬衆多奈何爲人所奏而棄此去寵與所親信吏計議吏皆怨浮勸寵止不應徵長爲羣后惡法求爲功臣鑒戒豈不誤哉或本云求爲羣后惡法今檢范曄後漢書有此一句然東觀漢記亦載此書大意雖同辭旨全別蓋録事者取舍有詳略矣定海內者無私讎勿以前事自疑願留意顧老母少弟凡舉事無爲親厚者所痛而爲見讎者所快范曄後漢書曰寵齋獨在便室蒼頭子密等三人因寵卧寐共縛著牀又以寵命呼其妻妻入大驚昬夜後解寵手令作記告城門將軍云今遣子密等至子后蘭卿所速開門出勿稽留之書成即斬寵及妻頭置囊中便持記馳出城因以詣闕封爲不義侯

爲曹洪與魏文帝書一首

魏志曰曹洪字子廉太祖從弟

陳孔璋陳琳集曰琳爲曹洪與文帝牋文帝集序曰上平定漢中族父都護還書與余盛稱彼方土地形勢觀其辭如陳琳所叙爲也

十一月五日洪白前初破賊情奓意奢說事頗過其實得九月二十日書得文帝書讀之喜笑把玩無猒亦欲令陳琳作報琳頃多事不能得爲念欲遠以爲懽故自竭老夫之思左氏傳趙孟曰老夫罪戾是懼辭多不可一一粗舉大綱以當談笑漢中地形實有險固四嶽三塗皆不及也左氏傳司馬侯曰四嶽三塗九州之險也杜預曰東嶽岱南嶽衡西嶽華北嶽恒三塗在河南陸渾縣南彼有精甲數萬臨高守要一人揮戟萬夫不得進漢書朱買臣曰一人守險千人不得上而我軍過之若駭鯨之決細網奔兕之觸魯縞

漢書韓安國曰強弩之末力不能穿魯縞音義曰縞曲阜之地俗善作之既皆輕細故以喻之爾雅曰繒之細者曰縞未足以喻其易雖云王者之師有征無戰漢書淮南王安上書曰臣聞天子之兵有征無戰言莫之敢校不義而強古人常有左氏傳叔向謂趙孟曰不義而強其斃必速故唐虞之世蠻夷猾夏尚書舜典曰咎繇蠻夷猾夏寇賊姦宄周宣之盛亦讎大邦毛詩曰蠢爾蠻荊大邦爲讎詩書歎載言其難也斯皆憑阻恃遠故使其然是以察茲地勢謂爲中才處之殆難倉卒司馬遷報任少卿書曰夫中才之人事有關於宦豎者莫不傷氣來命陳彼妖惑之罪叙王師曠蕩之德豈不信然文帝荅洪書曰今魯包凶邪之心肆蠱惑之政天兵神撫師徒无暴樵牧不臨是夏殷所以喪苗扈所以斃尚書帝曰咨禹惟時有苗不率汝徂征又曰啓與有扈戰于甘之野我之所以克彼

之所以敗也不然商周何以不敵哉左氏傳鬭廉曰師克在和不在衆商周之不敵君之所聞也昔鬼方聾昧崇虎讒凶殷辛暴虐三者皆下科也三科之中此等爲下科然高宗有三年之征文王有退脩之軍盟津有再駕之役周易曰高宗伐鬼方三年克之左氏傳曰子魚言於宋公曰文王聞崇德亂而伐之軍三旬而不降退而脩德復伐之因壘而降尚書曰惟十有一年武王克殷又曰一月戊午師渡孟津然後殪戎勝殷有此武功尚書曰天乃大命文王殪戎殷誕受厥命焉有星流景集飈奪霆擊長驅山河朝至暮捷若今者也戰國策曰樂毅輕卒銳兵長驅至齊由此觀之彼固不逮下愚彼張魯也下愚指鬼方等則中才之守不然明矣在中才則謂不然若中才守之則不可得也而來示乃以爲彼之惡稔雖有孫田墨氂力而切猶

文四十一 二十七 辛

無所救竊又疑焉文帝荅曹洪書曰今魯罪兼苗桀惡稔厲莽縱使宋翟妙機械之巧田單騁奔牛之譎孫吴勤八陣之變猶无益也何者古之用兵敵國雖亂尚有賢人則不伐也是故三仁未去武王還師論語曰微子去之箕子爲之奴比干諫而死孔子曰殷有三仁焉史記曰周武王東觀兵於孟津諸侯皆曰紂可伐矣武王曰未知天命未可也乃還師聞殺王子比干囚箕子於是曰殷有重罪不可不伐宮奇在虞晉不加戎左氏傳曰晉侯假道於虞以伐虢宮之奇諫曰虢虞之表也虢亡虞必從之諺所謂輔車相依脣亡齒寒其虞虢之謂乎弗聽宮之奇以其族行曰虞不臘矣在此行也不再舉矣季梁猶在強楚挫謀左氏傳曰楚王侵隨隨使少師董成鬭伯比言於楚子曰吾不得志於漢東也我則使然我張吾三軍而被吾甲兵以武臨之漢東之國隨爲大隨張必弃小國小國離楚之利也請羸師以張之熊率且比曰季梁在何益注曰季梁隨賢臣也暨至衆賢奔絀勑律切三國爲墟明其無道有人

猶可救也且夫墨子之守縈帶爲垣高不可登折箸爲械堅不可入墨子曰公輸爲雲梯必取宋於是見公輸九設攻城之機變墨子九距之公輸般之攻城械盡子墨子之守圉有餘公輸般出而曰吾知所以距子矣吾不言子墨子亦曰吾知子之所以距我者吾不言之王問其故子墨子曰公輸子之意不過欲殺臣殺臣宋莫能守乃可攻也然臣之弟子禽滑釐三百人已持守圉之器在宋城上而待楚寇矣雖殺臣不能絶也楚王曰善吾請無攻也若乃距陽平據石門周地圖記曰褒谷西有古陽平關劉淵林蜀都賦注曰石門在漢中之西攄八陣之列騁奔牛之權雜兵書曰八陣一曰方陣二曰圓陣三曰牝陣四曰牡陣五曰衡陣六曰輪陣七曰浮沮陣八曰鴈行陣史記曰田單爲將軍破燕城時以千餘牛爲絳繒衣畫以五綵龍文束兵刃於角灌脂束葦於尾燒之鑿城數十穴夜縱牛壯士五千人隨其後牛尾熱怒而奔燕軍夜大驚牛尾炬火光明炫燿燕軍視之皆龍文所觸盡死傷五千人因銜枚擊之而城中鼓噪從之老弱皆擊銅器爲聲聲動天地燕軍大駭敗

文四十一 二十八 刘文

走齊人遂夷殺其將騎劫燕軍大亂奔走齊人追亡逐北所過城邑叛燕歸田單而齊七十餘城皆復爲齊乃迎襄王於莒焉肯土崩魚爛哉漢書徐樂上書曰臣聞天下之患在於土崩公羊傳曰其言梁亡何自亡也魚爛而亡何休注曰魚爛自内發設令守無巧拙皆可攀附則公輸已陵宋城樂毅已拔即墨矣墨翟之術何稱田單之智何貴老夫不敏未之前聞左氏傳趙孟曰老夫罪戾是懼禮記檀弓曰我未之前聞蓋聞過高唐者効王豹之謳孟子淳于髡曰昔王豹處淇而西河善謳緜駒處高唐而齊女善歌按此文當過高唐者効緜駒之歌但文人用之誤遊睢息惟切渙者學藻繢之綵陳留記曰襄邑渙水出其南睢水經其北傳云睢渙之間出文章故其黼黻絺繡日月華蟲以奉宗廟御服焉閒自入益部仰司馬楊王遺風有子勝斐然之志司馬相如楊雄王襃也墨子曰二三子復於子墨子曰告子勝仁子墨子曰未必然也告子爲

仁。猶跂以爲長。偃以爲廣。不可久也。論語曰。吾黨之小子狂簡。斐然成章。故頗奮文辭。異於
他日。怪乃輕其家丘。謂爲倩七靖切。人。邴原別傳曰。原遊學。詣孫崧。崧曰。君
以鄭君而舍之。以鄭君爲東家丘也。原曰。君以鄭君爲東家丘。以僕爲西家愚夫邪。是何言歟。夫
綠驥垂耳於林坰。弔屈原曰。驥垂兩耳。服鹽車。爾雅曰。野外謂之林。林外謂之坰。鴻雀
戢翼於汙池。周禮有牧田鴻雀。鳥之通稱也。毛詩曰。鴛鴦在梁。戢其左翼。列子。楊朱謂梁王曰。鴻
鴈高飛。不集汙池。褻之者固以爲園囿之凡鳥。外廄之下乘也。
穀梁傳。晉荀息曰。君何不以屈產之乘。借道乎。公曰。此晉國之寶也。荀息曰。取之中廄。置之外廄。及整
蘭筋。相馬經云。一筋從玄中出。謂之蘭筋。玄中者。目上陷如井字。蘭筋豎者千里。揮勁翮陵
厲清浮。顧盼千里。豈可謂其借翰於晨風。假足於六駮
哉。爾雅曰。晨風。鸇也。毛詩曰。隰有六駮。毛萇曰。駮如馬。倨牙。食虎豹。恐猶未信丘言。必

三ㄱ千三　文四十一　二十九　乙卯重刊　余致遠

大噱也。洪白。孟康漢書注曰。丘。空也。此雖假孔子名而實以空爲戲也。或无丘言二字。漢書曰。趙
李諸侍中皆談笑大噱。說文曰。噱。大笑也。

文選卷第四十一

賜進士出身通奉大夫江南蘇松常鎮太等處承宣布政使司布政使胡克家重校刊

文選卷第四十二

梁昭明太子撰

文林郎守太子右內率府錄事參軍事崇賢館直學士臣李善注上

書中

阮元瑜爲曹公作書與孫權一首

魏文帝與朝歌令吳質書一首

與吳質書一首　與鍾大理書一首

曹子建與楊德祖書一首

與吳季重書一首

吳季重荅東阿王書一首

文四十二　一　壬子重刊　盧彥

應休璉與滿公琰書一首

與侍郎曹長思書一首

與廣川長岑文瑜書一首

與從弟君苗君胄書一首

爲曹公作書與孫權一首吳書曰。孫策初與魏武俱事漢
薨。周瑜魯肅諫權曰。將軍承父兄餘資。兼六郡之衆。兵精糧多。何區區而
受制於人也。權遂據江東。西連蜀漢與劉備和親。故作書與權。望得來同
事漢也。

阮元瑜魏志曰。阮瑀字元瑜。宏才卓逸不羣於俗。太祖爲司空。召爲軍
謀祭酒。又管記室。書檄多瑀所作。又轉丞相倉曹屬。卒。文章志曰。陳留人也。

離絕以來于今三年無一日而忘前好亦猶姻媾之義
恩情已深爾雅曰壻之父曰姻婦之父曰婚毛詩箋曰重婚曰媾吳志曰策并江東曹公力未能逞
且欲撫之乃以弟女配策小弟匡又爲子彰取賁女皆禮辟策弟權翊又命揚州刺史嚴象舉茂才違異
之恨中間尚淺也孤懷此心君豈同哉每覽古今所由
改趣因緣侵辱或起瑕釁心忿意危用成大變心既忿恨意不
自安若韓信傷心於失楚彭寵積望於無異漢書曰高祖徙信爲楚王
後以爲淮陰侯信知漢畏其能稱疾不朝由此日怨陳豨反高祖自將往信陰使人之豨所而与家人謀夜詐
赦諸官徒奴欲發兵襲呂后太子范曄後漢書曰光武至薊彭寵上謁自負功德光武接之不能滿以此懷不
平光武知之以問幽州牧朱浮浮對曰陛下昔倚爲北道主人寵謂至當延閤握手交歡並坐今既不然所以
失望也盧綰嫌畏於已隙英布憂迫於情漏此事之緣也

漢書曰上立盧綰爲燕王初上如邯鄲擊陳豨燕王盧
綰亦擊其東北豨使王黃求救於匈奴綰亦使其臣張
勝於匈奴勝至胡燕王臧荼子衍亡在胡見勝曰公何
不令燕且緩豨而與胡和事寬得長王燕勝以爲然迺
令匈奴兵擊燕綰疑勝與胡反上書請族勝勝還報具
道所以爲者綰寤迺詐論他人以脫勝家屬使得爲匈
奴間而陰使范齊之豨所欲令連兵無決漢既斬豨其
裨將降言燕王綰使范齊通謀豨所上使使召綰綰稱
病於是上曰綰果反矣乃遣樊噲伐燕又曰黥布爲淮
南王漢誅梁王彭越盛其醢以徧賜諸侯至淮南王王
大恐陰令人部聚兵伺旁郡警急賁赫爲布中大夫上
變言布謀反有端可先未發誅也淮南王疑其上言國
陰事漢使又來頗有所驗遂族赫家發兵反孤與將軍恩如骨肉割授江南
不屬本州豈若淮陰捐舊之恨揚州舊屬江南江南之地盡屬焉今魏徙揚州
於壽春而孫權全有江南之地故云屬本州也江都圖經曰江西壽春屬魏魏揚州刺史鎮壽春捐舊或爲捐
奪誤也抑遏劉馥相厚益隆寧放朱浮顯露之奏魏志劉馥字元

潁沛國人也太祖方有袁紹之難謂馥可任以東南之事遂爲揚州刺史後漢書曰朱浮爲幽州牧奏漁陽守
彭寵多買兵器不迎母寵遂反無匿張勝貸他改切故之變張勝有故於胡盧綰匿之
而加恩貸也貸或爲貳匪有陰構賁音肥赫之告固非燕王淮南之
釁也而忍絕王命明棄碩交實爲佞人所構會也史記蘇秦
謂齊王曰此弃仇讎而得石交者也碩与石古字通論語子曰遠佞人夫似是之言莫不
動聽因形設象易爲變觀戰國策曰曾參殺人人有告曾參母母不信又有人告之
母又不信須臾又有人告之母乃投杼而起示之以禍難激之以耻辱大丈
夫雄心能無憤發吳志曰周瑜云受制於人豈與南面稱孤同哉昔蘇秦說韓
羞以牛後韓王按劍作色而怒雖兵折地割猶不爲悔
人之情也戰國策蘇秦爲楚合從說韓王曰臣聞鄙諺曰寧爲雞尸不爲牛從今西面交臂而臣事

秦何以異於牛從也夫以大王之賢挾強韓之名臣切爲大王羞之韓王忿然作色攘臂按劍仰天曰寡人
雖死其不事秦延叔堅戰國策注曰尸雞中主也從牛子也從或爲後非也仁君年壯氣盛
緒信所嬖楚辭曰竊悲申包胥之氣盛宋均詩緯注曰緒業也既懼患至兼懷忿
恨不能復遠度孤心近慮事勢遂齎見薄之決計秉翻
然之成議加劉備相扇揚事結釁連推而行之想暢本
心不願於此也周易曰推而行之存乎通孤之薄德位高任重幸蒙
國朝將泰之運蕩平天下懷集異類家語注曰異類夷狄也喜得
全功長享其福而姻親坐離厚援生隙漢書谷永曰因而生隙常
恐海內多以相責以爲老夫苞藏禍心陰有鄭武取胡
之詐左氏傳趙孟曰老夫罪戾是懼焉能恤遠又曰楚公子圍聘于鄭鄭使行人子羽與之言曰大國无

乃苞藏禍心以圖之韓子曰昔者鄭武公伐胡先以其子妻胡君以娛其意因而問於群臣曰吾所用兵誰可伐者大夫關其思對曰胡可武公怒而戮之曰胡兄弟之國也子言伐之何胡君聞之以鄭親己遂不備鄭鄭人襲胡取之也乃使仁君翻然自絕以是忿忿懷慙反側常思除棄小事更申前好小事忿恨前好謂婚姻二族俱榮流祚後嗣以明雅素中誠之效抱懷數年未得散意昔赤壁之役遭離疫氣燒舡自還以避惡地非周瑜水軍所能抑挫也江陵之守物盡穀殫無所復據徙民還師又非瑜之所能敗也赤壁地名在荆州下吳志曰曹公臨荆州權遣周瑜程普爲左右督各領萬人與劉備俱進遇於赤壁大破曹公軍燒其餘舡引退士卒飢疫死者太半備瑜等復追至南郡公遂北還留曹仁於江陵瑜仁相守歲餘所殺傷甚衆仁委城走荆土本非己分我盡與君冀取其

餘言荆州之土非我之分今以與君實冀取其餘地耳盡非相侵肌膚有所割損也列子孟孫陽謂禽子曰有侵若肌膚獲萬金者若爲之乎曰爲之思計此變無傷於孤何必自遂於此不復還之言我尚冀君之餘地何必荆州之土不復還我哉高帝設爵以延田橫光武指河而誓朱鮪榮美切君之負累豈如二子漢書高紀曰初田橫攻彭越項羽已滅橫懼誅與賓客士入海上恐其久爲亂遣使赦橫曰橫來大者王小者侯謝承後漢書曰光武攻洛陽朱鮪守之上令岑彭說鮪曰赤眉已得長安更始爲胡郝所反害今公誰爲守乎鮪曰大司徒公被害鮪与其謀誠知罪深不敢降耳彭還白上上謂彭復往明曉之夫建大事不忌小怨今降官爵可保況誅罰乎上指水曰河水在此吾不食言是以至情願聞德音毛詩曰彼美孟姜德音不志往年在譙新造舟舡取足自載以至九江貴欲觀湖漅之形定江濵之民耳魏志曰建安十四年

二月軍至譙作輕舟治水軍自渦入淮出肥水吳志曰初曹公恐江濵郡縣爲權所略徵令內移轉相驚偽自廬江九江蘄春廣陵十餘萬皆東渡江江西遂虛合肥以南唯有皖城裴松之吳志注曰漅祖了切非有深入攻戰之計將恐議者大爲己榮左氏傳楚子曰安人之亂以爲己榮自謂策得長無西患重以此故未肯迴情然智者之慮慮於未形達者所規規於未兆金匱曰明者見於未萌智者避危於無形是故子胥知姑蘇之有麋鹿輔果識智伯之爲趙禽漢書伍被謂淮南王曰昔伍子胥諫吳王曰臣今見麋鹿遊姑蘇之臺也越絕書曰姑蘇臺名夫差所造高見三百里戰國策曰智伯與韓魏圍趙於晉陽張孟談陰見韓魏之君曰智伯伐趙趙亡則二君爲之次二君乃與孟談陰約夜遣人入晉陽智果見二君說智伯曰二主色動而變必背君矣不如殺之智伯曰不可智果見言之不聽出便易姓爲輔氏穆生謝病以免楚難鄒陽北遊不同吳禍漢書

曰穆生不嗜酒楚王戊常設醴後忘設焉穆生退曰可以逝矣遂謝病去後戊乃與吳王通謀遂應吳王反又曰鄒陽仕吳吳王有邪謀陽奏書諫吳王王不納去之梁從孝王遊此四士者豈聖人哉徒通變思深以微知著耳范子計然曰見微知著以君之明觀孤術數量君所據相計土地豈勢少力乏不能遠舉割江之表宴安而已哉甚未然也若恃水戰臨江塞要欲令王師終不得渡亦未必也夫水戰千里情巧萬端越爲三軍吳曾不禦漢潛夏陽魏豹不意江河雖廣其長難衞也左氏傳曰越子伐吳吳子禦之笠澤夾水而陳越子爲左右勾卒使夜或左或右鼓譟而進吳師分以禦之越子以三軍潛涉當吳中軍而鼓之吳師大亂遂敗之漢書曰韓信爲左丞相進擊魏王豹魏王豹盛兵蒲坂塞臨晉信迺益爲疑兵陳舡欲渡至於臨晉而伏兵從夏陽以木罌渡軍襲安邑魏王豹驚張兵

迎信信遂虜豹而歸凡事有宜不得盡言將修舊好而張形勢更無以威脅重敵人重威重也言以威重迫脅敵人然有所恐恐書無益何則往者軍逼而自引還今日在遠而興慰納辭遜意狹謂其力盡適以增驕不足相動但明效古當自圖之耳昔淮南信左吳之策漢書曰淮南王安謀反日夜與左吳等按輿地圖部署兵所從出入漢隗囂納王元之言范曄後漢書曰隗囂字季孟天水人更始亂囂亡歸天水招聚其衆自稱西州上將軍遣子恂詣闕囂將王元說囂曰天水完富天下士馬最強元請一丸泥東封函谷此萬世一時也囂心然元計遂反彭寵受親吏之計彭寵已見朱浮與彭寵書三夫不寤終爲世笑梁王不受詭勝竇融斥逐張玄二賢既覺福亦隨之願君少留意焉漢書曰梁孝王怨袁盎與羊勝公孫詭之屬陰使人刺

殺袁盎天子意梁逐賊果梁使之遣使覆案梁事捕公孫詭羊勝皆匿王後宮韓安國泣諫王王乃令出之勝詭皆自殺梁王使韓安國因長公主謝上怒稍解范曄後漢書竇融字周公扶風人也行西河五大郡大將軍事遥聞光武即位心欲東向隗囂使辯士張玄遊說西河曰今各據土宇與隴蜀合從高可爲六國下不失尉佗融召豪傑計議遂決策東向奉書獻馬光武賜融璽綬爲涼州牧封安豐侯後遷大司空若能內取子布外擊劉備吳志曰張昭字子布以効赤心用復前好則江表之任長以相付高位重爵坦然可觀上令聖朝無東顧之勞下令百姓保安全之福君享其榮孤受其利豈不快哉若忽至誠以處僥倖婉彼二人不忍加罪婉猶親愛也二人劉備張昭也所謂小人之仁大仁之賊大雅之人不肯爲此也韓子曰行小忠則大忠之賊也班固漢書贊曰大雅卓爾不羣河間獻王近之矣若憐子

布願言俱存亦能傾心去恨順君之情更與從事取其後善史記曰王温舒從諸名禍猾吏與從事廣雅曰從行也但禽劉備亦足爲効開設二者審處一焉聞荆楊諸將並得降者皆言交州爲君所執豫章距命不承執事吳志曰孫輔字國儀假節交州刺史遣使與曹公相聞事覺權幽縶之數歲卒又曰劉繇字正禮避亂淮浦詔遣爲楊州刺史繇不敢之州遂南保豫章疫旱並行人兵減損各求進軍其言云云孤聞此言未以爲悅然道路既遠降者難信幸人之災君子不爲左氏傳曰秦飢使乞糴于晉晉人弗與慶鄭曰背施無親幸災不仁且又百姓國家之有加懷區區樂欲崇和庶幾明德來見昭副不勞而定於孤益貴是故按兵守次遣書致意古者兵交使在其中左氏傳曰

晉欒書伐鄭鄭使伯蠲行成晉人殺之非禮也兵交使在其間可也願仁君及孤虛心回意以應詩人補袞之歎而慎周易牽復之義毛詩曰袞職有闕惟仲山甫補之周易曰牽復吉濯鱗清流飛翼天衢良時在茲勗之而已

與朝歌令吳質書一首

典略曰質爲朝歌長大軍西征太子南在孟津小城與質書漢書曰魏郡有朝歌縣

魏文帝

五月十八日丕白季重無恙爾雅曰恙憂也塗路雖局官守有限爾雅曰局近也孟子曰吾聞有官守者不得其職則去願言之懷良不可任毛詩曰願言思子杜預左氏傳注曰任當也足下所治僻左書問致簡益用增勞每念昔日南皮之遊漢書勃海郡有南皮縣誠不可忘既妙思六經逍遥百氏莊子孔子謂老聃曰丘治詩書禮樂易春秋六經自以爲久矣淮南子曰百家

異說各有所出彈棊閒設終以六博藝經曰棊正彈法二人對局白黑棊各六枚先列棊相當更先控三彈不得各去控一棊先補角世說曰彈棊出魏宮大躰以巾角拂棊子也高談娛心

哀箏順耳馳騁北場旅食南館儀禮曰尊士旅食于門鄭玄注曰旅衆也士衆謂未得正祿所謂庶人在官者浮甘瓜於清泉沈朱李於寒水白日既匿繼以朗月同乘竝載以遊後園輿輪徐動參從無聲清風夜起悲笳微吟樂往哀來愴然傷懷列女傳陶荅子妻曰樂極必哀莊子仲尼曰樂未畢哀又繼之余顧而言斯樂難常足下之徒咸以爲然今果分別各在一方元瑜長逝化爲異物司馬遷荅任少卿書曰則長逝者魂魄私恨無窮鵩鳥賦曰化爲異物又何足患莊子曰假於異物託於同體郭象曰今死生聚散變化無方皆異物也每一念至何時可言方今蕤賓紀時景風

五刁卅孖　文四十二　八　乙丑重刊　黄定刀

扇物禮記曰仲夏之月律中蕤賓易通卦驗曰夏至則景風至天氣和暖衆果具繁時駕而遊北遵河曲從者鳴笳以啓路文學託乘於後車毛詩曰命彼後車謂之載之節同時異物是人非我勞如何毛詩曰道之云遠我勞如何今遣騎到鄴故使枉道相過行矣自愛老子曰聖人自愛丕白

與吳質書一首　典略曰初徐幹劉楨應瑒阮瑀陳琳王粲等與質並見友於太子二十二年魏大疫諸人多死故太子與質書

魏文帝

二月三日丕白歲月易得別來行復四年行猶且也三年不見東山猶歎其遠況乃過之思何可支毛詩曰我徂東山慆慆不歸自我不見于今三年杜預左氏傳注曰不支不能相支持也雖書疏往返未足解其勞

結昔年疾疫親故多離其災徐陳應劉一時俱逝痛可言邪昔日遊處行則連輿止則接席何曾須臾相失每至觴酌流行絲竹並奏酒酣耳熱仰而賦詩楊惲報孫會宗書曰酒後耳熱仰天撫缶當此之時忽然不自知樂也謂百年己分可長共相保何圖數年之閒零落略盡言之傷心頃撰其遺文都爲一集廣雅曰撰定也都凡也觀其姓名已爲鬼錄追思昔遊猶在心目而此諸子化爲糞壤可復道哉觀古今文人類不護細行鮮能以名節自立尚書曰不矜細行終累大德而偉長獨懷文抱質恬惔寡欲有箕山之志可謂彬彬君子者矣論語子曰文質彬彬然後君子桓子新論雍門周曰身財高妙懷質抱真老子曰少私寡欲呂

五刁三十三　文四十二　九　乙丑重刊　丘全

氏春秋曰昔堯朝許由於沛澤之中曰請屬天下於夫子許由遂之箕山之下著中論二十餘篇成一家之言辭義典雅足傳于後此子爲不朽矣文章志曰徐幹字偉長北海人太祖召以爲軍謀祭酒轉太子文學以道德見稱著書二十篇號曰中論司馬遷書曰通古今之變成一家之言德璉常斐然有述作之意論語曰斐然成章又曰述而不作其才學足以著書美志不遂良可痛惜閒者歷覽諸子之文對之抆淚既痛逝者行自念也楚辭曰孤行吟而抆淚孔璋章表殊健微爲繁富公幹有逸氣但未遒耳其五言詩之善者妙絕時人言其詩之善者時人不能逮也元瑜書記翩翩致足樂也仲宣續自善於辭賦言仲宣最少續彼衆賢自善於辭賦也續或爲獨惜其體弱不足起其文典論論文曰文以氣爲主氣之清濁有體致弱謂之體弱也

至於所善古人無以遠過昔伯牙絕絃於鍾期仲尼覆醢於子路痛知音之難遇傷門人之莫逮呂氏春秋曰子期死而伯牙乃破琴絕絃禮記曰孔子哭子路於中庭有人弔者而夫子拜之既哭進使者而問故使者曰醢之矣遂命覆醢諸子但爲未及古人自一時之儁也今之存者已不逮矣後生可畏來者難誣然恐吾與足下不及見也論語子曰後生可畏焉知來者之不如今年行已長大所懷萬端時有所慮至通夜不瞑志意何時復類昔日已成老翁但未白頭耳光武言年三十餘在兵中十歲所更非一東觀漢記光武賜隗囂書曰吾年已三十餘在兵中十歲所更非一厭浮語虛辭耳吾德不及之年與之齊矣以犬羊之質服虎豹之文無衆星之明假日月之光法言

五百三十　文四十二　十　季重刊　楊珎

曰敢問質曰羊質而虎皮見草而說見豺而戰文子曰百星之明不如一月之光賈子曰主之與臣若日月之與星也動見瞻觀何時易乎恐永不復得爲昔日遊也少壯真當努力古詩曰少壯不努力老大乃傷悲年一過往何可攀援莊子北海若曰年不可攀時不可止消息盈虛終則又始古人思炳燭夜遊良有以也古詩曰晝短苦夜長何不秉燭遊秉或作炳頃何以自娛頗復有所述造不東望於邑裁書叙心楚辭曰長吁吸以於邑丕白

與鍾大理書一首魏志曰鍾繇字元常魏國初建爲大理魏略曰後太祖征漢中太子在孟津聞繇有玉玦欲得之而難公索使臨淄侯轉因人說之繇即送之太子與繇書

魏文帝

丕白良玉比德君子珪璋見美詩人禮記孔子曰君子比德於玉毛詩曰顒顒卬卬如珪如璋晉之垂棘魯之璵璠宋之結緑楚之和璞垂棘見下文左氏傳曰季平子卒陽虎將以璵璠斂戰國策應侯謂秦王曰宋有結緑楚有和璞此二者而爲天下之名器也價越萬金貴重都城尹文子曰魏有田父耕于野得玉徑尺不知其玉也弃之于野鄰人盜之以獻魏王魏王召玉工相之玉工賀曰敢賀大王得天下之寶臣所未嘗見王問其價玉工曰此無價以當之五城之都聊可一觀魏王立賜獻者千金長食上大夫之祿有稱疇昔流聲將來孔子家語曰流聲後裔是以垂棘出晉虞虢雙禽左氏傳曰晉荀息請以屈產之乘與垂棘之璧假道於虞以伐虢虞公許之宮之奇曰虞不臘矣晉滅虢虢公醜奔京師旋館於虞遂襲虞滅之和璧入秦相如抗節孝經援神契曰抗節厲義通乎至德竊見玉書稱美玉白如截肪黑譬純漆赤擬雞冠黃侔蒸栗王逸正部論曰或問玉符曰赤如雞冠黃如蒸栗白如豬肪黑如純漆玉之符也通俗文曰脂在腰曰肪音方側

六百八　文四十二　十一　季重刊　夏應

聞斯語未覩厥狀雖德非君子義無詩人高山景行私所仰慕毛詩曰高山仰止景行行止然四寶邈焉已遠秦漢未聞有良比也求之曠年不遇厥真私願不果飢渴未副許慎淮南子注曰果成也孔叢子子思謂魯穆公曰君若飢渴待賢近日南陽宗惠叔稱君侯昔有美玦聞之驚喜笑與抃會說文曰抃拊手也當自白書恐傳言未審未敢作書是以令舍弟子建因荀仲茂荀氏家傳曰荀宏字仲茂爲太子文學時從容喻鄙旨乃不忽遺厚見周稱周稱謂繇書也鄴騎既到寶玦初至捧匣跪發五內震駭繇在鄴城太子在孟津也李陵詩曰行行且自割無令五內傷繩窮匣開爛然滿目延篤與李文德書曰吾誦伏犧氏之易煥兮爛兮其滿目猥以蒙鄙之姿得覩希世之寶不煩一介

之使不損連城之價既有秦昭章臺之觀而無藺生詭奪之誑史記曰趙惠文王得和氏之璧秦昭王聞之使人遺趙王書願以十五城易璧趙王遂使相如奉璧西入秦秦王坐章臺見相如相如奉璧奏王相如視秦王無意償趙城乃前曰璧有瑕請指之王授相如相如持璧倚柱怒髮上衝冠曰觀大王無償趙城色故臣復取璧大王必欲急臣臣頭與璧俱碎於柱矣嘉貺益腆敢不欽承謹奉賦一篇以讚揚麗質丕白

與楊德祖書一首典略曰臨淄侯以才捷愛幸秉意投脩數與脩書論諸才人優劣

曹子建

植白數日不見思子為勞想同之也僕少小好為文章迄至于今二十有五年矣然今世作者可略而言也昔仲宣獨步於漢南孔璋鷹揚於河朔仲宣在荊州故曰漢南孔璋廣陵人

四十二　十二　刘用

在冀州袁紹記室故曰河朔仲長子昌言曰清如冰碧絜如霜露輕賤世俗高立獨步此士之次也毛詩曰惟師尚父時惟鷹揚偉長擅名於青土公幹振藻於海隅徐偉長居北海郡禹貢之青州也故云青土公幹東平寧陽人也寧陽邊齊故云海隅呂氏春秋曰東方為海隅青州齊也德璉發跡於此魏足下高視於上京德璉南頓人也近許都故曰此魏脩太尉之子故曰上京當此之時人人自謂握靈蛇之珠家家自謂抱荊山之玉淮南子曰隨侯之珠高誘曰隋侯見大蛇傷斷以藥傅而塗之後蛇於大江中銜珠以報之因曰隋侯之珠韓子曰楚人和氏得玉璞於楚山之中奉而獻之文王使玉人治其璞而得寶吾王於是設天網以該之頓八紘以掩之今悉集茲國矣吾王謂操也崔寔本論曰舉弥天之網以羅海内之雄淮南子曰九州之外是有八澤八澤之外乃有八紘然此數子猶復不能飛軒絕跡一舉千里韓詩外傳蓋胥曰鴻鵠一舉千里所恃者六翮爾以孔璋之才不閑於辭賦而多自謂能與司馬長卿同風譬畫虎不成反為狗也東觀漢記曰馬援誡子嚴書曰効杜季良而不成陷為天下輕薄子所謂畫虎不成反類狗也前書嘲之反作論盛道僕讚其文夫鍾期不失聽于今稱之列子曰伯牙善鼓琴鍾子期善聽吾亦不能忘歎者畏後世之嗤余也世人之著述不能無病僕常好人譏彈其文有不善者應時改定荀子曰有人道我善者是吾賊也道我惡者是吾師也昔丁敬禮常作小文使僕潤飾之論語曰行人子羽脩飾之東里子產潤色之僕自以才不過古卧切若人辭不為也若人謂敬禮也論語子謂子賤君子哉若人包曰若人若此之人也敬禮謂僕卿何所疑難文之佳惡吾自得之後世誰相知定吾文者邪

文四十二　十三　王亨

吾常歎此達言以為美談公羊傳曰魯人至今以為美談昔尼父之文辭與人通流至於制春秋游夏之徒乃不能措一辭禮記曰魯哀公曰嗚呼尼父史記曰孔子文辭有可與共者至于春秋子游子夏之徒不能贊一辭過此而言不病者吾未之見也蓋有南威之容乃可以論其淑媛于戀切為劉季緒張本戰國策曰晉平公得南威三日不聽朝遂推而遠之曰後世必有以色亡國者爾雅曰美女為媛有龍泉之利乃可以議其斷丁段切割戰國策蘇秦說韓王曰韓之劍戟龍淵大阿陸斷牛馬水擊鴻鴈劉季緒才不能逮於作者摯虞文章志曰劉表子官至樂安太守著詩賦頌六篇而好詆丁禮切訶呼歌切文章掎居綺切摭之石切利病說文曰訶大言也又曰掎偏引也昔田巴毀五帝罪三王呰紫五霸於稷下一旦而服千人魯連一說使終身

杜口魯連子曰齊之辯者曰田巴辯於狙丘而議於稷下毀五帝罪三王一日而服千人有徐劫弟子曰
魯連謂劫曰臣願當田子使不敢復說七略曰齊有稷城門也齊談說之士期會於稷下者甚衆漢書鄧公謂
景帝曰內杜忠臣之口劉生之辯未若田氏今之仲連求之不難
可無息乎毛萇詩傳曰息止也人各有好尚蘭茝昌待切蓀蕙之芳
衆人所好而海畔有逐臭之夫喻人評文章愛好不同也呂氏春秋曰人有大
臭者其親戚兄弟妻妾知識无能與居者自苦而居海上人有悅其臭者晝夜隨而不去咸池六莖
之發衆人所共樂而墨翟有非之之論豈可同哉樂動聲儀
曰黃帝樂曰咸池漢書曰顓頊作六莖樂墨子有非樂篇今往僕少小所著辭賦一
通相與夫街談巷說必有可采擊轅之歌有應風雅漢書
曰小說家者街談巷語道聽塗說之所造也崔駰曰竊作頌一篇以當野人擊轅之歌班固集曰擊轅相杵亦
足樂也匹夫之思未易輕棄也我此一通匹夫之思也辭賦小道固
未足以揄揚大義彰示來世也昔楊子雲先朝執戟之
臣耳猶稱壯夫不爲也漢書曰楊雄奏羽獵賦爲郎然郎皆執戟而侍也東方朔荅客
難曰官不過侍郎位不過執戟楊子法言曰彫蟲篆刻壯夫不爲也吾雖德薄位爲蕃侯
猶庶幾勠力上國流惠下民國語曰勠力一心四子講德論曰質敏以
流惠建永世之業留金石之功尚書曰王曰與國咸休永世无窮吳越春秋樂師謂越
王曰君王德可刻金石豈徒以翰墨爲勳績辭賦爲君子哉若吾
志未果吾道不行則將采庶官之實錄辯時俗之得失
班固漢書司馬遷贊曰有良史之才其文直其事該不虛美不隱惡故謂之實録應劭曰言其實録事也定
仁義之衷成一家之言司馬遷書曰通古今之變成一家之言雖未能藏

之於名山將以傳之於同好司馬遷書曰僕誠以著此書藏之名山尚書序曰好
古博雅君子與我同志亦所不隱也非要一召切之皓首豈今日之論乎其
言之不慙恃惠子之知我也張平子書曰其言之不慙恃鮑子之知我明早
相迎書不盡懷植白

與吳季重書一首典略曰質出爲朝歌長臨淄侯與質書

曹子建

植白季重足下前日雖因常調得爲密坐曹大家欹器頌曰侍帝王之密坐雖燕飲彌日其於別遠會稀猶不盡其勞積也毛詩曰彌終也若夫觴酌凌波於前簫笳發音於後足下鷹揚其
體鳳歎虎視鷹揚已見上文足下謂季重也鳳以喻文也虎以喻武也歎猶歌也取美壯之意山
海經曰丹穴之山有鳥名曰鳳飲食自歌自舞易曰虎視眈眈謂蕭曹不足儔衛霍不
足侔也左顧右眄謂若無人豈非吾子壯志哉史記曰荊軻與
高漸離歌於市已而相泣傍若无人過屠門而大嚼慈躍切雖不得肉貴且
快意桓子新論曰人聞長安樂則出門向西而笑知肉味美對屠門而大嚼當斯之時願
舉太山以爲肉傾東海以爲酒伐雲夢之竹以爲笛斬
泗濱之梓以爲箏尚書曰雲土夢作乂孔安國曰雲夢之澤在江南尚書曰泗濱浮磬食
若填巨壑飲若灌漏卮莊子淳芒謂苑風曰夫大壑之爲物也注焉而不滿取之而不
竭淮南子曰今夫霤水足以溢壺榼而江河不能實漏卮其樂固難量豈非大丈夫
之樂哉然日不我與曜靈急節楚辭曰角宿未旦曜靈焉藏廣雅曰曜靈日也
面有逸景之速別有參商之闊左氏傳子產曰昔高辛氏有二子伯曰閼伯季

曰實沈不相能后帝不臧遷閼伯于商丘主辰商人是因故辰爲商星遷實沈於大夏主參唐人是因其季葉
曰虞叔故參爲晉星思欲抑六龍之首頓羲和之轡楚辭曰貫鴻濛以東竭兮
維六龍於扶桑又曰吾令羲和弭節兮折若木之華閉濛汜之谷楚辭曰折若木
以拂日兮聊逍遙以相佯王逸曰若木在崑崙言折取若木以拂擊蔽日使之還却也楚辭曰出自暘谷次於
濛汜天路高邈良久無緣仲長子昌言曰蕩蕩乎若昇天路而不知夫所登也懷戀
反側如何如何得所來訊文采委曲曄若春榮瀏若清
風荅賔戲曰摛藻如春華毛詩曰吉甫作頌穆如清風楚辭曰秋風瀏以蕭蕭兮申詠反覆曠
若復面其諸賢所著文章想還所治復申詠之也所治謂朝
歌也可令喜意許記切事小吏諷而誦之周禮曰諷誦言語鄭玄曰背文曰諷以聲
節之曰誦夫文章之難非獨今也古之君子猶亦病諸論語子曰

文四十二　十六　王亨

堯舜其猶病諸家有千里驥而不珍焉人懷盈尺和氏無貴矣
言驥及和氏以希爲貴今若家有千里人懷盈尺即驥及和氏寧得珎貴乎呂氏春秋曰所爲貴驥者爲其一
日千里也淮南子曰聖人不貴尺璧而重寸陰韓子曰楚人和氏得玉璞於楚山之中遂名曰和氏之璧夫
君子而知音樂古之達論謂之通而蔽墨翟不好伎何
爲過朝歌而迴車乎足下好伎值墨翟迴車之縣想足
下助我張目也又聞足下在彼自有佳政夫求而不得
者有之矣未有不求而得者也法言曰學者所以有求爲君子求而不得者有
矣未有不求而得之者也且改轍易行非良樂之御呂氏春秋曰古之善相馬者若
趙之王良秦之伯樂尤盡其妙也左氏傳曰晉趙鞅納衛太子于戚將戰郵无恤御杜預曰郵无恤王良也
易民而治非楚鄭之政戰國策曰趙告謂趙王曰臣聞之聖人不易民而教智者不變

俗而勸史記曰循吏楚有孫叔敖鄭有子産而二國俱治是不易之民也願足下勉之而已
矣適對嘉賔口授不悉往來數相聞曹植白植集此書別題云夫
爲君子而不知音樂古之達論謂之通而蔽墨翟自不好伎何謂過朝歌而迴車乎足下好伎而正值墨氏迴
車之縣想足下助我張目也今本以墨翟之好伎置和氏无貴矣之下蓋昭明移之與季重之書相映耳

荅東阿王書一首　吳季重

質白信到奉所惠貺發函伸紙是何文采之巨麗而慰
喻之綢繆乎夫登東嶽者然後知衆山之邐迤也奉至
尊者然後知百里之卑微也法言曰觀書者譬如觀山升東嶽而知衆山之邐迤
也況介丘乎下句蓋季重自況也自旋之初伏念五六日至于旬時尚書
曰要囚服念五六日至于旬時精散思越惘若有失非敢羨寵光之休

文四十二　十七　乙卯重刊　佾

慕猗頓之富毛詩曰既見君子爲龍爲光毛萇曰龍寵也孔叢子子産問子順曰臣匱於財聞猗
頓善殖貨欲學之然先生同國也當知其術願以告我荅曰然我知之猗頓魯之窮士也耕則常飢桑則常寒
聞朱公富往之問術焉朱公告之曰子欲速富當畜五牸於是乃適河大畜牛羊于猗氏之南十年之閒其滋
息不可計貲擬王公馳名天下以興富於猗氏故曰猗頓誠以身賤犬馬德輕鴻毛
戰國策魯連說張相國曰鴻毛之輕也而不能自舉至乃歷玄闕排金門升玉堂
三輔舊事曰未央宮北有玄武闕解嘲曰歷金門上玉堂有日矣伏虛檻於前殿臨曲
池而行觴楚辭曰坐堂伏檻臨曲池既威儀虧替言辭漏渫思列反雖
恃平原養士之懿愧無毛遂燿穎之才史記曰秦之圍邯鄲使平原君
求救合從於楚約與食客門下有勇士文武備具者二十人偕得十九人餘无可取者毛遂自讚於平原君平
原君曰夫賢士之處俗譬若錐之處囊中其末立見今在左右未有所稱誦是先生无所有也毛遂曰臣今日

請處囊中耳。使遂早得處囊中，乃穎脫而出，非特其末見而已。深蒙薛公折節之禮，而無馮諼火爰切。三窟之効。漢書曰：淮南王折節下士。戰國策曰：齊人有馮諼者，貧乏不能自存，使人屬孟嘗君，願寄食門下。孟嘗君曰：諾。孟嘗問門下諸客，誰習會計，能為文收債於薛者乎。馮諼曰：能。於是約車促裝，單衣載契而辭，問曰：收債畢，何市而反。孟嘗君曰：視吾家所寡有者。驅而之薛，矯命以債賜諸人，因燒其券，人稱萬歲。長驅到齊，孟嘗君見之曰：何市而反。曰：竊計君家所無不有，所乏者義尒，為君市義。孟嘗不悅。後有毀孟嘗君於湣王，孟嘗君就國于薛，未至百里，老幼迎於道中。孟嘗君顧馮諼曰：先生為文市義，乃今見矣。馮諼曰：狡兔有三窟，免其死耳。今君有一，未得高枕而臥也。請為君復鑿二窟。孟嘗君乃與車五十乘，金五百斤，西遊於梁。梁惠王聘孟嘗君。齊王聞之，君臣恐懼，使太傅謝孟嘗君曰：願君顧先王之宗廟，姑反國統民。馮諼謂孟嘗君：請先王之祭器，立宗廟於薛。廟成，還謂孟嘗君曰：三窟已就，請君高枕為樂矣。屢獲信陵虛左之德，又無侯生可述之美。史記曰：魏公子置酒大會賓客，公子從車騎，虛左，自迎夷門侯生。侯生攝衣冠，直載公子上坐，不讓，欲以觀公子。公子執轡愈恭。侯生謂公子曰：今日嬴之為公子亦足矣。市人皆以嬴為小人，而以公子為長者能下士也。凡此數者，乃質之所以憤積於胷臆，懷眷而悄邑者也。若追前宴，謂之未究，傾海為酒，并山為肴，伐竹雲夢，斬梓泗濱，然後極雅意，盡歡情，信公子之壯觀，非鄙人之所庶幾也。封禪書曰：天下之壯觀。周易曰：顏氏之子，其殆庶幾乎。若質之志，實在所天。左氏傳箴尹克黃曰：君，天也。思投印釋黻，朝夕侍坐，鑽仲父之遺訓，覽老氏之要言。仲父，仲尼也。老氏，老子也。對清酤而不酌，抑嘉肴而不享。毛詩曰：既載清酤。又曰：嘉肴脾臄。使西施出帷，嫫母侍側。越絕書曰：越王乃飾美女西施，使大夫種獻之於吳王。楚辭曰：西施媞而不得見兮，嫫母勃屑而日侍。王逸曰：嫫母，醜女也。斯盛德之

所蹈，明哲之所保也。周易曰：日新之謂盛德。毛詩曰：既明且哲，以保其身。若乃近者之觀，實蕩鄙心。秦箏發徽，二八迭奏。楚辭曰：挾秦箏而彈徽。又曰：二八齊容，起鄭舞。塤簫激於華屋，靈鼓動於座右。舞賦曰：燿華屋而熺洞房。周禮曰：靈鼓靈鼗，鼓也。耳嘈嘈於無聞，情踴躍於鞍馬。謂可北懾肅慎，使貢其楛矢；南震百越，使獻其白雉。家語曰：孔子之陳，陳惠公賓之，有隼集庭而死，楛矢貫之。惠公使使如孔子之館問之。孔子曰：昔武王克商，於是肅慎氏貢楛矢石砮，其長尺有咫。故銘其楛曰：肅慎氏貢矢，以分太姬，配虞胡公，而封諸陳。王肅曰：肅慎，北夷國名也。楛，木名也。砮，箭鏃也。太公金匱曰：武王伐紂，四夷聞，各以來貢。越裳獻白雉，重譯而至。又況權備，夫何足視乎。還治諷采所著，觀省英瑋，實賦頌之宗，作者之師也。漢書曰：司馬相如蔚為辭宗，賦頌之首。衆賢所述，亦各有志。昔趙武過平鄭，七子賦詩，春秋載列，以為美談。左氏傳曰：趙武與諸侯大夫會，過鄭，鄭伯享趙孟於垂隴。七子從趙孟。趙孟曰：七子從君，以寵武也，請皆賦詩以卒君貺，武亦以觀七子之志。子展賦草虫，伯有賦鶉之奔奔，子西賦黍苗之四章，子產賦隰桑，子大叔賦野有蔓草，印段賦蟋蟀，公孫段賦桑扈。質小人也，無以承命。又所荅貺，辭醜義陋，申之再三，赧然汗下。尚書曰：至于再，至于三。小雅曰：面慙曰赧。此邦之人，閑習辭賦，三事大夫，莫不諷誦，何但小吏之有乎。毛詩曰：三事大夫，莫肯夙夜。重惠苦言，訓以政事，史記：衛鞅曰：苦言藥也，甘言疾也。惻隱之恩，形乎文墨。謝承後漢書曰：甄豐惻隱之恩，發於自然。墨子迴車而質四年，雖無德與民，式歌且舞。淮南子曰：曾子至孝，不過勝母里。墨子非樂，不入朝歌。鄒陽上書曰：里名勝母，曾子不入；邑號朝歌，墨子迴車。毛詩曰：雖无德與女，式歌且舞。式作或者非。儒墨不同，固以久矣。然一旅

之衆不足以揚名左氏傳伍員曰少康有衆一旅杜預曰一旅伍百人也步武之
間不足以騁跡司馬法曰六尺曰步禮記曰堂上接武鄭玄注曰武跡也若不改轍
易御將何以効其力哉今處此而求大功猶絆良驥之
足而責以千里之任檻猨猴之勢而望其巧捷之能者
也淮南子曰兩絆騏驥而求其致千里置猨檻中則與豚同非不巧捷也無所肆其能也不勝見恤
謹附遣白荅不敢繁辭吴質白

與滿公琰書一首賈弼之山公表注曰滿寵子炳字公琰爲別部司馬

應休璉公琰前日曾過休璉至明日欲遣書謝值公琰又使人來召璩璩別事不得往故爲報

璩白昨者不遺猥見照臨雖昔侯生納顧於夷門毛公
六百一　文四十二　二十　戊申重刊曹佾
受眷於逆旅無以過也夷門侯嬴也已見吳季重荅東阿王書史記曰趙有處士毛公藏於博徒薛公藏於賣漿家魏公子欲見之兩人自匿不肯見公子聞所在乃閒步往從此兩人遊甚歡左氏傳荀息曰今號爲不道保於逆旅外嘉郎君謙下之德內幸頑才見誠
知己歡欣踴躍情有無量是以奔驅御僕宣命周求陽
書喻於詹何楊倩說於范武說苑曰宓子賤將適單父陽書謂子賤曰吾少賤無
以送子今贈子以釣道夫投綸錯餌迎而吸之者楊鱎
也其爲魚味薄而美若士若存若食若不食者魴其爲
魚味厚子賤至單父冠蓋逆之者交接於道子賤曰陽
書所謂楊鱎者也乃請耆老尊賢與之共化列子曰詹
何楚人也以獨繭爲綸芒針爲鉤荊棘爲竿剖粒爲餌
而引盈車之魚韓子曰宋人有酤酒者升概甚平遇客
甚謹爲酒甚美懸幟甚高然而不售酒酸怪其故問其
所知閭長者楊倩曰汝狗猛曰狗猛則酒美何故而不
售曰人畏焉或令孺子懷錢挈壺甕而往酤狗迎而齕
之此酒所以酸不售也夫國亦然有道之士懷其術而
欲以輔萬乘之主大臣爲猛狗迎而齕之人主之
所以蔽脅而有道之士所以不用也范武未詳故使
鮮魚出於潛淵芳音發自幽巷繁俎綺錯羽爵飛騰楚辭曰瑤漿蜜勺實羽觴些漢書音義曰羽觴作生爵形儀禮曰請媵爵鄭玄曰今文媵多作騰牙曠高
徽義渠哀激列子伯牙善鼓琴左氏傳曰師曠侍於晉侯杜預曰師曠晉樂太師也許愼淮南子注曰鼓琴循紡謂之徽戰國策曰義渠君之魏高誘曰義渠西戎國名也其樂未聞當此之時仲
孺不辭同產之服孟公不顧尚書之期漢書曰灌夫字仲孺夫嘗有姊服過丞相田蚡蚡從容曰吾欲與仲孺過魏其侯會仲孺有服夫曰將軍乃肯幸臨魏其侯夫安敢以服爲辭又曰陳遵字孟公嗜酒好賓客每取客車轄投井中雖有急終不去嘗有部刺史奏事過遵值其方飲刺史候遵霑醉時突入見遵母叩頭白當對尚書有期會狀母迺令刺史從後閤出去徒恨宴樂始酣白日
傾夕驪駒就駕意不宣展漢書曰諸博士共持酒肉勞王式江翁謂歌吹諸生曰歌
六百四十八　文四十二　二十一　戊申重刊曹佾
驪駒王式曰聞之於師客歌驪駒主人歌客毋庸歸今諸君爲主人日尚早未可也服虔曰大戴禮篇客欲去歌之文穎曰其辭曰驪駒在門僕夫具存驪駒在路僕夫整駕追惟耿介迄于明發楚辭曰獨耿介而不隨毛詩曰明發不寐適欲遣書會承來命知諸君子復有
漳渠之會夫漳渠西有伯陽之館北有曠野之望伯陽即老子也詩曰率彼曠野高樹翳朝雲文禽蔽綠水沙場夷敞清風肅
穆是京臺之樂也得無流而不反乎淮南子曰令尹子瑕請飲莊王許諾子瑕具於京臺莊王不往曰吾聞京臺者南望獵山北臨方皇左江右淮其樂忘歸若吾薄德之人不可以當此樂也恐流而不能自反高誘曰京臺高臺也方皇大澤也適有事務須自經營何休公羊傳注曰適遇也不獲侍坐良增邑邑邑邑不樂也因白不悉璩白

與侍郎曹長思書一首

應休璉

璩白。足下去後。甚相思想。叔田有無人之歌。闉闍有匪存之思。風人之作。豈虛也哉。毛詩曰。叔于田。巷無居人。又曰。出其闉闍。有女如荼。又曰。雖則如雲。匪我思存。闉音因。闍音都。王肅以宿德顯授。何曾以後進見拔。魏志曰。王肅字子雍。黃初中。爲散騎黃門侍郎。臧榮緒晉書曰。何曾字穎考。陳國人也。曾弱冠累遷散騎侍郎。給事黃門郎。東觀漢記。梁商上書曰。猥復超起宿德。論語子曰。後進於禮樂。君子也。皆鷹揚虎視。有萬里之望。薄援助者。不能追參於高妙。復斂翼於故枝。桓子新論曰。昔顏淵有高妙次聖之才。聞一知十。塊然獨處。有離羣之志。淮南子曰。卓然獨立。塊然幽處。禮記。子夏曰。吾離羣索居。亦已久矣。汲黯樂在郎署。何武恥爲宰相。千載揆之。知其有由也。漢書。汲黯字長孺。拜淮陽太守。黯伏地謝不受印綬。曰。願爲中郎。出入禁闥。臣之願也。又曰。何武字君公。爲御史司空。多所舉奏。號爲煩碎。不稱賢公。恥義未

六百四十　文四十二　二十二　壬子重刊　曹佾

詳。德非陳平。門無結駟之跡。漢書曰。陳平家貧。好讀書。張負隨平至其家。家負郭窮巷。以席爲門。然門外多長者車轍。學非楊雄。堂無好事之客。漢書曰。楊雄家素貧。嗜酒。人稀至其門。時有好事者。載酒肴從雄遊學。才劣仲舒。無下帷之思。家貧孟公。無置酒之樂。漢書曰。董仲舒。廣川人。以學春秋。孝景時爲博士。下帷講誦。又曰。陳遵字孟公。嗜酒。每大飲。賓客滿堂。遵過寡婦左阿君。置酒歌謳。遵起舞跳梁。樂之。悲風起於閨闥。紅塵蔽於机榻。幸有袁生。時步玉趾。樵蘇不爨。清談而已。左氏傳。楚宰薳啓彊謂魯侯曰。今君若步玉趾。辱見寡君也。漢書。廣武君李左車說成安君曰。樵蘇後爨。師不宿飽。晉灼曰。樵。取薪也。蘇。取草也。有似周黨之過平聲閔子。東觀漢記曰。太原閔貢。字仲叔。與周黨相遇。含菽飲水。無菜茹也。夫皮朽者毛落。川涸者魚逝。蔡邕正論曰。皮朽則毛落。水涸則魚逝。其勢然也。春生者繁華。秋榮者零悴。周書陰符。太公曰。春道生萬物榮。秋道成萬物零。自然之數。豈有恨哉。聊爲大弟陳其苦懷耳。想還在近。故不益言。璩白。

與廣川長岑文瑜書一首

廣川縣時旱。祈雨不得。作書以戲之。

應休璉

璩白。頃者炎旱。日更增甚。沙礫銷鑠。草木焦卷。呂氏春秋曰。湯時大旱七年。煎沙爛石。山海經曰。十日所落。草木焦卷。處涼臺而有鬱蒸之剩切之煩。浴寒水而有灼爛之慘。宇宙雖廣。無陰以憩。雲漢之詩。何以過此。毛詩雲漢曰。赫赫炎炎。云我無所。鄭玄曰。言無所庇蔭而處也。土龍矯首於玄寺。泥人鶴立於闕里。淮南子曰。聖人用物。若用朱絲約芻狗。若爲土龍以求雨。芻狗待之而求福。土龍待之而得食。高誘曰。土龍致雨。雨而成穀。故待土龍之神而得穀食。玄寺。道場也。風

五百七十　文四十二　二十三　壬子重刊　夏應

俗通曰。尚書御史所止皆曰寺。故後代道場及祠宇皆取其稱焉。淮南子曰。西施毛嬙。猶倛醜也。高誘曰。倛醜。請雨土人也。司馬彪續漢書。梅福上書曰。仲尼之廟。不出闕里。修之歷旬。靜無徵効。明勸教之術。非致雨之備也。知恤下人。躬自暴露。拜起靈壇。勤亦至矣。司馬彪續漢書曰。郡國旱。各掃除社稷。公卿官長以次行雩禮求雨。昔夏禹之解陽盱。殷湯之禱桑林。淮南子曰。禹爲水。以身解於陽盱之河。湯苦旱。以身禱於桑林之祭。高誘曰。爲治水解禱。以身爲質。解讀解除之解。陽盱河蓋在秦地。桑山之林。能興雲致雨。故禱之。盱音紆。言未發而水旋流。辭未卒而澤滂沛。說苑曰。湯之時大旱七年。使人持三足鼎而祝山川。蓋辭未已而天下大雨也。今者雲重積而復散。雨垂落而復收。得無賢聖殊品。優劣異姿。割髮宜及膚。翦爪宜侵肌乎。呂氏春秋曰。昔殷湯剋夏而大旱五年。湯乃身禱於桑林。於是翦其髮。鄜其手。自以爲犧。用祈福於

上帝。民乃甚悅。雨乃大至。鄘音鄘。周征郲而年豐。衛伐邢而致雨。左氏傳。衛人伐邢。於是衛大旱。甯莊曰。昔周飢。克郲而年豐。今邢方無道。諸侯無伯。天其或者欲使衛討邢乎。從之。師興而雨。善否之應。甚於影響。未可以爲不然也。尚書曰。惠迪吉。從逆凶。惟影響。想雅思所未及。謹書起予。論語。子曰。起予者商也。應璩白。

與從弟君苗君胄書一首

此書言欲歸田。故報二從弟也。

應休璉

璩報。間者北遊。喜歡無量。登芒濟河。曠若發矇。說文曰。芒洛北大阜也。禮記曰。昭然若發矇矣。如淳漢書注曰。以物蒙覆其頭。而爲發去。其人欲之耳。風伯掃途。雨師灑道。韓子。師曠曰。黃帝合鬼神於太山之上。風伯進掃。雨師灑道。列仙傳曰。赤松子爲雨師。按轡清路。周望山野。亦既至止。酌彼春酒。詩曰。亦既見止。又曰。至止肅肅。又曰。爲此春酒。

接武茅茨。涼過大夏。禮記曰。堂上接武。鄭玄曰。武。跡也。說文曰。屋以草蓋曰茨。淮南子曰。大夏增加。擬於昆崙。高誘曰。大夏。大屋也。涼或作椋。非也。扶寸肴脩。味踰方丈。尚書大傳曰。扶寸而合。不崇朝而雨天下。鄭玄曰。四指爲扶。扶音膚。墨子曰。美食方丈。目不能徧視。口不能徧味。逍遙陂塘之上。吟詠菀音鬱柳之下。淮南子曰。禹有陂塘之事。毛詩曰。菀彼柳斯。結春芳以崇佩。折若華以翳日。楚辭曰。紉秋蘭以爲佩。又曰。春蘭兮秋菊。毛萇詩傳曰。崇。充也。若華。已見曹植與吳季重書。弋下高雲之鳥。餌出深淵之魚。蒲且子餘切讚善。便嬛一緣切稱妙。何其樂哉。列子詹何曰。臣聞蒲且子之弋。弱弓微繳。乘風振之。連雙鶬於青雲之上。用心專也。淮南子曰。雖有鉤鍼芳餌。加以詹何便嬛之妙。猶不能與罔罟爭得也。高誘曰。便嬛。白翁時人也。七發曰。蜎蠉詹何之倫。然便嬛即蜎蠉也。雖仲尼忘味於虞韶。楚人流遯於京臺。無以過也。論語曰。子在齊聞韶。三月不知肉味。曰。不圖爲樂之至於斯也。京臺。已見應休璉與滿公琰書。班嗣之書。信不虛矣。漢書曰。桓生欲借其書。班嗣報曰。漁釣一壑。則萬物不奸其志。栖遲一丘。則天下不易其樂。來還京都。塊然獨處。營宅濱洛。困於囂塵。晏子春秋曰。景公欲更晏子之宅。近市湫隘囂塵。不可居。思樂汶上。發於寤寐。論語曰。季氏使閔子騫爲費宰。閔子騫曰。善爲我辭焉。如有復我者。則吾必在汶上矣。昔伊尹輟耕。郅惲投竿。思致君於有虞。濟蒸人於塗炭。孟子曰。伊尹耕於有莘之野。而樂堯舜之道。湯使人以幣聘之。囂囂然。湯三使往聘之。既而幡然改之曰。與我處畎畝之中。是以樂堯舜之道。吾豈若使是君爲堯舜之君哉。吾豈若使是民爲堯舜之民哉。吾豈若於吾身親見之哉。東觀漢記曰。郅惲字君章。汝南人也。鄭次都隱於弋陽山中。惲即去。從次都止。漁釣甚娛。留數十日。惲喟然歎曰。天生俊士。以爲民也。鳥獸不可與同羣。子從我爲伊尹乎。將爲許巢而去堯舜也。次都曰。吾年耄矣。安得從子。子勉正性命。勿勞神以害生。告別而去。惲客

於江夏郡。舉孝廉。爲郎。尚書曰。民墜塗炭。而吾方欲秉耒耜於山陽。沈鉤緡於丹水。知其不如古人遠矣。漢書。河內郡有山陽縣。又上黨郡高都縣有莞谷丹水所出。莞音管。然山父不貪天地之樂。曾參不慕晉楚之富。亦其志也。山父。即巢父也。譙周古考史曰。許由夏常居巢。故一號巢父。琴操曰。許由夏則巢居。冬則穴處。飢則仍山而食。渴則仍河而飲。堯大其志。禪爲天子。由曰。放髮優游。所以安己不懼。非以貪天下也。孟子。曾子曰。晉楚之富。不可及也。彼以其富。我以吾仁。彼以其爵。我以吾義。吾何慊之。前者邑人念弟無已。欲州郡崇禮官師授邑。誠美意也。歷觀前後。來入軍府。至有皓首猶未遇也。漢書。賈誼上疏曰。古者內有公卿大夫。外有公侯伯子男。然後有官小史延及庶人。徒有飢寒駿奔之勞。尚書曰。駿奔走。俟河之清。人壽幾何。左氏傳。子駟曰。周詩有之曰。俟河之清。人壽幾何。杜預曰。言人壽促而河清遲也。且官

無金張之援，遊無子孟之資。漢書金日磾贊曰：夷狄亡國，羈虜漢庭，七葉內侍，何其盛矣。又張湯贊曰：張氏子孫相繼，自宣元已來，爲侍中中常侍者凡十餘人。功臣之後，唯有金氏張氏。漢書曰：霍光字子孟，驃騎將軍去病之弟也。而圖富貴之榮，望殊異之寵，是隴西之遊，越人之射耳。淮南子曰：夫乘舟而惑者，不知東西，見斗極則曉然而寤矣。性亦人之斗極，有自見也，則不失物之情；無以自見，則動而惑。譬若隴西之游，愈躁愈沈。又曰：越人學遠射，參天而發，適在五步之內，不易其儀。時已變矣，而守其故。譬猶越之射爾。幸賴先君之靈，免負擔之勤。左氏傳，陳公子完曰：免於罪戾，弛於負擔。追蹤丈人，畜雞種黍。論語曰：子路從而後，遇丈人以杖荷蓧。子路問曰：子見夫子乎？丈人曰：四體不勤，五穀不分，孰爲夫子？植其杖而耘。止子路宿，殺雞爲黍而食之。漢書，鄭朗曰：修農圃之疇，畜雞種黍。潛精墳籍，立身揚名，斯爲可矣。孝經曰：立身行道，揚名於後世。無或遊言，以增邑邑。禮記曰：大人不倡遊言。鄭玄曰：遊，浮也。不可用之言。郊牧之田，宜以爲意。爾雅曰：邑外曰郊。周禮有牧田。廣開土宇，吾將老焉。左氏傳曰：隱公使營菟裘，吾將老焉。菟音塗。劉杜二生，想數往來，朱明之期，已復至矣。爾雅曰：夏爲朱明。相見在近，故不復爲書。慎夏自愛。璩白。

文選卷第四十二

賜進士出身通奉大夫江南蘇松常鎮太等處承宣布政使司布政使胡克家重校刊

文選卷第四十三

梁昭明太子撰

文林郎守太子右內率府錄事參軍事崇賢館直學士臣李善注上

書下

與山巨源絕交書 魏氏春秋曰：山濤爲選曹郎，舉康自代，康荅書拒絕，因自說不堪流俗，而非薄湯武。大將軍聞而惡焉。

嵇叔夜

康白：足下昔稱吾於潁川，吾常謂之知言。稱，謂說其情不願仕也，歷其素志，故謂知言也。虞預晉書曰：山嶔守潁川。嵇康文集錄注曰：河內山嶔守潁川，山公族父。莊子曰：狂屈聞之，以黃帝爲知言。然經怪此意，尚未熟悉於足下，何從便得之也。言常怪足下何從而便得吾之此意也。前年從河東還，顯宗、阿都說足下議以吾自代。晉氏八王故事注曰：公孫崇字顯宗，譙國人，爲尚書郎。嵇康文集錄注曰：阿都，呂仲悌，東平人也。康與呂長悌絕交書曰：少知阿都，志力閑華，每喜足下家復有此弟。事雖不行，知足下故不知之。言不知己之情。足下傍通，多可而少怪。言足下傍通衆藝多有許可少有疑怪言寛容也周易曰六爻發揮旁通情也法言曰或問行曰旁通厥德李軌曰應萬變而不失其正者唯旁通乎吾直性狹中多所不堪偶與足下相知耳偶謂偶然非本志也爾雅曰偶遇也郭璞曰偶值也閒聞足下遷惕然不喜恐足下羞庖人之獨割引尸祝以自助莊子曰庖人雖不治庖尸祝不越樽俎而代之手薦鸞刀漫平聲之羶腥毛詩曰執其鸞刀以啓其毛莊子北人無擇曰帝欲以辱行漫我高誘呂氏春秋注曰漫汙也故具爲足下陳其可否吾昔讀書得并介之人或謂無之今乃信其眞有耳并謂兼善天下也介謂自得無悶也趙岐孟子章句曰伯夷柳下惠介然必偏中和爲貴性有所不堪眞不可強今空語同知有達人無所不堪外不殊俗而内不失正與一世同其波流而悔吝不生耳空語猶虛説也共知有通達之人至於世

事無所不堪言已不能則而行之也太玄經曰君子内正而外馴莊子曰與物委蛇而同其波周易曰悔吝者憂虞之象也老子莊周吾之師也親居賤職柳下惠東方朔達人也安乎卑位吾豈敢短之哉史記曰莊子名周嘗爲蒙漆園吏列仙傳曰李耳爲周柱下史轉爲守藏史論語曰柳下惠爲士師漢書曰東方朔著論設客難己位卑以自慰諭孟子曰爲貧仕者辭尊居卑又曰位卑言高罪也又仲尼兼愛不羞執鞭子文無欲卿相而三登令尹是乃君子思濟物之意也莊子仲尼謂老聃曰兼愛無私仁之情也論語子曰富而可求雖執鞭之士吾亦爲之子張問令尹子文三仕爲令尹無喜色三已之無慍色舊令尹之政必以告新令尹何如子曰忠矣所謂達能兼善而不渝窮則自得而無悶孟子曰古之人窮則獨善其身達則兼善天下又曰柳下惠遺佚而不怨厄窮而不憫以此觀之故堯舜之君世許由之巖棲呂氏春秋曰昔

堯朝許由於霈澤之中曰請屬天下於夫子許由遂之箕山之下張升反論曰黃綺引身巖棲南岳子房之佐漢接輿之行歌其揆一也漢書曰上封良爲留侯行太子少傅事論語曰楚狂接輿歌而過孔子孟子曰先聖後聖其揆一也仰瞻數君可謂能遂其志者也賈逵國語注曰遂從也故君子百行殊塗而同致循性而動各附所安周易子曰天下同歸而殊塗一致而百慮淮南子曰循性而行或害或利論語讖曰貧而無怨循性動也故有處朝廷而不出入山林而不反之論班固漢書贊曰山林之士往而不能反朝廷之士入而不能出二者各有所短且延陵高子臧之風長卿慕相如之節志氣所託不可奪也左氏傳吳子諸樊既除喪將立季札季札辭曰曹宣公之卒也諸侯與曹人不義曹公將立子臧子臧去之遂弗爲也以成曹君子曰能守節君義嗣也誰能奸君有國非吾節也札雖不才願附於子臧以無失節史記曰司馬相如字長卿其親名之犬子相

如既學慕藺相如之爲人更名相如吾每讀尚子平臺孝威傳慨然慕之想其爲人英雄記曰尚子平有道術爲縣功曹休歸自入山擔薪賣以供食飲范曄後漢書曰向子平隱居不仕性尚中和好通老易尚向不同未詳又曰臺佟者字孝威魏郡人隱於武安山鑿穴爲居采藥爲業佟徒冬切史記太史公曰余讀孔氏書想見其爲人少加孤露母兄見驕不涉經學性復疎嬾筋駑肉緩頭面常一月十五日不洗不大悶癢不能沐也每常小便而忍不起令胞中略轉乃起耳又縱逸來久情意傲散簡與禮相背嬾與慢相成孔安國論語注曰簡略也言性簡略與禮相背也而爲儕類見寬不攻其過又讀莊老重增其放放謂放蕩故使榮進之心日頽任實之情轉篤此由禽鹿少見馴育則服從教制長而見羈則狂顧

頓纓，赴蹈湯火。楚辭曰：狂顧南行。王逸曰：狂，猶遽也。雖飾以金鑣，饗以嘉肴，逾思長林而志在豐草也。毛詩曰：茀厥豐草。茀，甫物切。阮嗣宗口不論人過，吾每師之，而未能及。至性過人，與物無傷，唯飲酒過差耳。莊子，仲尼謂顏回曰：聖人處物不傷物，不傷物者，物不能傷也。李尤盂銘曰：飲無求辭，饞以相娛。荒沈過差，可不慎與？至爲禮法之士所繩，疾之如讎，幸賴大將軍保持之耳。孫盛晉陽秋曰：何曾於太祖坐謂阮籍曰：卿任性放蕩，敗禮傷教，若不革變，王憲豈得相容。謂太祖宜投之四裔，以絜王道。太祖曰：此賢素羸病，君當恕之。吾不如嗣宗之賢，而有慢弛之闕。資，材量也。又不識人情，闇於機宜，無萬石之慎，而有好盡之累。漢書曰：萬石君石奮長子建，爲郎中令，奏事事下，建讀之，驚恐曰：書馬者與尾而五，今廼四，不足一，獲譴死矣。其爲謹慎，雖他皆如是。又曰：建奏事於上前，即有可言，屛人乃言極切，至延見，如不

五百八十九　文四十三　四　乙丑重刊

能言者。好盡，謂言則盡情，不知避忌。久與事接，疵釁日興，雖欲無患，其可得乎？又人倫有禮，朝廷有法，自惟至熟，有必不堪者七，甚不可者二。卧喜晚起，而當關呼之不置，一不堪也。東觀漢記曰：汝郁再徵，載病詣公車，尚書敕郁自力受拜。郁乘輦白衣詣止車門，臺遣兩當關扶郁入拜郎中。抱琴行吟，弋釣草野，而吏卒守之，不得妄動，二不堪也。危坐一時，痹必寐切。不得搖，管子曰：少者之事先生，出入恭敬，如有賓客，危坐向師，顏色無怍。說文曰：痹，濕病也。性復多蝨，瑟。把蒲巴。搔無已，而當裹以章服，揖拜上官，三不堪也。素不便書，又不喜作書，而人間多事，堆案盈机，不相酬答，則犯教傷義，欲自勉强，則不能久，四不堪也。不喜弔喪，而人道以此爲重，己爲未見恕者所

怨，至欲見中傷者。言人於己，爲未見有矜恕之者，而纔有所怨，乃至欲見中傷，言被疾苦也。雖瞿音句。然自責，然性不可化。班固漢書惠帝贊曰：聞叔孫通之諫，則瞿然。欲降心順俗，則詭故不情，新序，卜偃謂晉侯曰：天子降心迎公。周書曰：飾貌者不情。亦終不能獲無咎無譽如此，五不堪也。周易曰：括囊，無咎無譽。不喜俗人，而當與之共事，或賓客盈坐，鳴聲聒耳，杜預左氏傳注曰：聒，讙也。囂塵臭處，千變百伎，在人目前，六不堪也。心不耐煩，而官事鞅掌，機務纏其心，世故繁其慮，七不堪也。毛詩曰：或棲遲偃仰，或王事鞅掌。尚書曰：一日二日萬機。又每非湯武而薄周孔，在人間不止此事，會顯世教所不容，此甚不可一也。剛腸疾惡，輕肆直言，遇事便發，此甚不可二也。以促中小心之性，

五百六十　文四十三　五　壬子重刊　王亮

統此九患，不有外難，當有內病，寧可久處人間邪？又聞道士遺言，餌朮黃精，令人久壽，意甚信之。蒼頡篇曰：餌，食也。本草經曰：朮、黃精，久服輕身延年。遊山澤，觀魚鳥，心甚樂之。一行作吏，此事便廢，安能舍其所樂，而從其所懼哉？夫人之相知，貴識其天性，因而濟之。禹不偪伯成子高，全其節也。莊子曰：堯治天下，伯成子高立爲諸侯。堯授舜，舜授禹，伯成子高辭爲諸侯而耕。禹往見之，則耕在野。禹趨就下風而問焉。子高曰：昔堯治天下，不賞而民勸，不罰而民畏。今則賞罰而民且不仁，德自此衰，刑自此立，後世之亂自此始矣。耕而不顧。仲尼不假蓋於子夏，護其短也。家語曰：孔子將行，雨，無蓋。門人曰：商也有焉。孔子曰：商之爲人也，嗇短於財。吾聞與人交者，推其長者，違其短者，故能久也。王肅曰：短，吝嗇甚也。近諸葛孔明不偪元直以入蜀，蜀志曰：頴川徐庶，字元直。曹公來征，先主在楚，

聞之，率其衆南行，亮與徐庶並從，爲曹公所追破，庶母見獲，庶辭先主而指其心曰：本與將軍共圖王霸之業者，以此方寸之地也。今已失老母，方寸亂矣，無益於事，請從此別。遂詣曹公。魏略曰：庶名福。華子魚不強幼安以卿相，魏志曰：華歆字子魚，平原人也。文帝即位，拜相國。黄初中，詔公卿舉獨行君子，歆舉管寧。帝以安車徵之。又曰：管寧字幼安，北海人也。華歆舉寧，寧遂將家屬浮海還郡，詔寧爲太中大夫，固辭不受。此可謂能相終始，真相知者也。足下見直木必不可以爲輪，曲者不可以爲桷，蓋不欲以枉其天才，令得其所也。故四民有業，各以得志爲樂，管子曰：士農工商四民者，國之石民也。唯達者爲能通之。此足下度内耳，不可自見好章甫，強越人以文冕也。莊子曰：宋人資章甫而適越，越人斷髮文身，無所用之。司馬彪曰：斷，斷也。章甫，冠名也。己嗜臭腐，養鴛雛以死鼠也。莊子曰：惠子相梁，莊子往見之。或謂惠子曰：莊子來，欲代子相。於是惠子恐，搜於國中三日三夜。莊子往見之，曰：南方有鳥，名鵷雛，子知之乎？夫鵷雛發南海而飛於北海，非梧桐不止，非竹實不食，非醴泉不飲。於是鴟得腐鼠，鵷雛過之，仰天而視之曰：嚇！今子欲以子國嚇我邪？吾頃學養生之術，方外榮華，去滋味，游心於寂寞，以無爲爲貴。高誘呂氏春秋傳曰：外，猶賤也。莊子曰：夫恬淡寂寞，虛無無爲，此天地之平，而道德之篤也。縱無九患，尚不顧足下所好者。又有心悶疾，頃轉增篤，私意自試，不能堪其所不樂。言己所不樂之事，必不能堪而行之。自卜已審，若道盡塗窮則已耳。足下無事冤之，令轉於溝壑也。左氏傳曰：侍者謂楚王曰：老而無子，知擠於溝壑矣。吾新失母兄之歡，意常悽切。女年十三，男年八歲，未及成人，況復多病，顧此悢悢，力向如何可言。王隱晉書曰：紹字延祖，十歲而孤，事母孝謹。國語曰：晉趙

武冠。見韓獻子，獻子曰：戒之，此謂成人。鄭玄禮記注曰：女子以許嫁爲成人。廣雅曰：悢悢，悲也。今但願守陋巷，教養子孫，時與親舊叙闊，陳說平生，濁酒一盃，彈琴一曲，志願畢矣。足下若嬲嬲，擿嬈也。音義與嬈同，奴了切。之不置，不過欲爲官得人，以益時用耳。足下舊知吾潦倒麤疏，不切事情，自惟亦皆不如今日之賢能也。若以俗人皆喜榮華，獨能離之，以此爲快，此最近之，可得言耳。言俗人皆喜榮華，而己獨能離之，以此爲快，此最近己之情，可得言之耳。然使長才廣度，無所不淹，而能不營，乃可貴耳。鄭玄禮記注曰：淹，復漬也。若吾多病困，欲離事自全，以保餘年，此真所乏耳。言己離於俗事，以自安全，保其餘年，此乃真性之所乏耳，非如長才廣度之士，而不營之。豈可見黄門而稱貞哉。若趣平欲共登王塗，期於相致，時爲懽益，一旦迫之，必發其狂疾。自非重怨，不至於此也。野人有快炙背而美芹子者，欲獻之至尊，列子曰：宋國有田父，常衣縕黂，至春自暴於日，當爾時不知有廣夏隩室，綿纊狐貉，顧謂其妻曰：負日之暄，人莫知之，以獻吾君，將有賞也。其室告之曰：昔人有美戎菽甘枲莖與芹子，對鄉豪稱之，鄉豪取嘗之，苦於口，躁於腹，衆哂之。雖有區區之意，亦已疏矣。李陵書曰：孤負陵區區之意。願足下勿似之。其意如此，既以解足下，并以爲別。嵇康白。

爲石仲容與孫皓書

臧榮緒晉書曰：石苞字仲容，太祖輔政，都督楊州諸軍事，進位征東大將軍。又曰：太祖遣徐劭、孫郁至吳，將軍石苞令孫楚作書與孫皓。劭至吳，不敢爲通。

孫子荆

苞白蓋聞見機而作周易所貴小不事大春秋所誅周易曰君子見機而作不俟終日左氏傳曰楚子伐鄭子展曰小所以事大信也小國無信兵亂日至亡無日矣此乃吉凶之萌兆榮辱之所由興也是故許鄭以銜璧全國曹譚以無禮取滅左氏傳楚子圍許蔡侯將許僖公見楚子於武城許男面縛銜璧楚子問諸逢伯對曰昔武王克殷微子啓如是王親釋其縛禮而命之使復其所楚子從之又曰楚子圍鄭克之鄭伯肉袒牽羊以逆王曰其君能下人退三十里而許之平又曰晉公子重耳奔狄及曹曹共公聞其駢脅欲觀其裸浴薄而觀之及即位晉侯圍曹又曰齊桓公之出也過譚譚不禮焉及其入也諸侯皆賀譚又不至冬齊師滅譚譚無禮也載籍既記其成敗古今又著其愚智矣不復廣引譬類崇飾浮辭鄭玄孝經注曰引譬連類尚書序曰翦截浮辭苟以夸大爲名更喪忠告之實論語曰忠告而善道之不可則止無自辱焉令粗

論事勢以相覺悟昔炎精幽昧厤數將終東觀漢記曰漢以炎精布耀或幽而光尚書曰天之厤數在爾躬桓靈失德災釁並興孝桓孝靈漢二帝也漢書詔策曰大禹能士失德豺狼抗爪牙之毒生人陷荼炭之艱漢書杜文謂孫寶曰豺狼當路尚書曰夏有昏德民墜塗炭荼與塗字通用於是九州絶貫皇綱解紐周禮曰職方乃辨九州之國使同貫利荅賓戲曰廓帝紘恢皇綱四海蕭條非復漢有太祖承運神武應期春秋緯曰五德之運各象其類宋均曰運錄運也周易曰古之神武不殺者夫河圖闓苞受曰弟感苗裔出應期征討暴亂克寧區夏尚書曰用肇造我區夏協建靈符天命既集曹植大魏篇曰大魏應靈符天祿乃始毛詩曰有命既集遂廓洪基奄有魏域曹植魏德論曰武創洪基克光厥德毛詩曰奄有四方土則神州中岳器則九鼎猶存河圖括地象曰崑崙東南地方五千里名曰神州中有五岳地圖帝王居之左氏傳王孫滿曰成王定鼎於郟鄏史記曰秦取周九鼎世載淑美重光相襲國語祭公謀父曰奕世載德尚書王曰昔我君文王武王宣重光新序孔子曰聖人雖生異世相襲若規矩固知四隩之攸同天下之壯觀也尚書曰九州攸同四隩既宅封禪書曰此事天下之壯觀也公孫淵承籍父兄世居東裔魏志曰公孫度字叔濟本遼東襄平人度知中國擾攘自立爲遼東侯度死子康嗣位康死子晃淵等皆小衆立兄子恭爲遼東太守淵脅奪恭位景初元年徼淵淵遂發兵逆於遼東自立爲燕王擁帶燕胡馮凌險遠左氏傳子産曰今陳介恃楚衆馮陵敝邑講武盤桓不供職貢國語號文公曰古者三時務農一時講武周禮曰制其職各以其所能制其貢各以其所有家語孔子曰古者分異姓以遠方之職貢所以無志服也內傲帝命外通南國乘桴滄流交疇貨賄葛越布於朔土貂馬延乎吳會魏志曰公孫淵遣使南通孫權往來贈遺權使張彌

許晏等齎金玉珍寶立爲燕王論語子曰乘桴浮于海孔安國尚書傳曰草服葛越魏志曰夫餘國出名馬貂狖自以爲控弦十萬奔走足用漢書匈奴傳曰控弦之士三十餘萬信能右折燕齊左振扶桑淩轢沙漠南面稱王也山海經曰湯谷上有扶木扶木者扶桑也史記曰楚靈王兵強淩轢中原說文曰漠北方流沙也漢書李陵歌曰經萬里兮度沙漠周易曰聖人南面而聽天下宣王薄伐猛銳長驅魏志曰景初三年遣大司馬宣王征淵斬淵傳首洛陽戰國策曰樂毅輕卒銳兵長驅至齊師次遼陽而城池不守漢書曰遼東郡有遼陽縣桴鼓一震而元凶折首左氏傳曰援桴而鼓周易曰有嘉折首獲非其醜然後遠跡疆埸列郡大荒史記樂毅書曰吳王遠跡至郢班固漢書述曰列郡祁連山海經有大荒收離聚散咸安其居毛詩序曰萬民離散不安其居民庶悅服殊俗款附尚書曰萬姓悅服過秦論曰餘威震于殊俗自茲遂隆九野

清泰。淮南子曰所謂一者上通九天下貫九野高誘曰九野八方中央也東夷獻其樂器。
肅愼貢其楛矢。范曄後漢書曰東夷自少康已後世服王化獻其樂舞魏志曰常道鄉公景元
三年肅愼國遣使重譯來貢弓長三尺五寸三十張楛矢長一尺八寸石砮三百枚曠世不羈應
化而至。崔寔本論曰孝宣帝方外安靜單于稽顙來朝百世不羈之屬也巍巍蕩蕩想
所具聞。論語子曰大哉堯之爲君蕩蕩乎民無能名焉巍巍乎其有成功吳之先主起
自荆州。遭時擾攘播潛江表。吳志曰董卓專朝政孫堅亦舉兵荆州討卓引軍還
住魯陽范曄後漢書馮衍上疏曰遭擾攘之時値兵革之際劉備震懼亦逃巴岷。蜀志
曰益州牧劉璋迎先主入益州至涪璋勑諸將勿復關通先主大怒進圍成都璋降先主領益州遂依
丘陵積石之固。張載劒閣銘曰巖巖巖梁山積石峩峩三江五湖浩汗無涯。
漢書曰吳有三江五湖之利也假氣游魂迄于四紀。魏明帝善哉行曰權實豎子備則亡
虜假氣游魂鳥魚爲伍二邦合從。子容東西唱和。漢書合從連衡力政爭強毛詩曰叔
兮伯兮唱予和汝互相扇動距捍中國自謂三分鼎足之勢可
與泰山共相終始。漢書曰蒯通說韓信曰方今足下三分天下鼎足而居戰國策呂不韋曰
其寧泰山相國晉王輔相帝室。魏志曰咸熙元年進晉公爵爲王文武桓桓
志厲秋霜。荀悅申鑒曰人主怒如秋霜廟勝之筭應變無窮。孫子曰夫未戰
而廟勝得筭多者也又曰善出奇正者無窮如天地獨見之鑒與衆絕慮。春秋元命苞曰
明王獨見四海歸往主上欽明委以萬機。魏志曰陳留王奐字景明封常道鄉公高貴鄉
公卒公卿議迎立尚書曰放勛欽明萬幾已見上文長轡遠御妙略潛授偏師同
心上下用力稜威奮伐罙入其阻。漢書曰武帝報李廣曰威稜憺乎鄰國毛詩
曰罙入其阻裒荆之旅毛萇曰罙深也并敵一向奪其膽氣。孫子兵法曰併敵一向千里殺將又曰三軍可奪氣將軍

可奪心小戰江介則成都自潰曜兵劒閣而姜維面縛。魏志
曰景元四年使征西將軍鄧艾鎭西將軍鍾會伐蜀艾自陰平先登至江介西蜀衛將軍諸葛瞻列陣待艾艾
遣子惠唐亭侯忠等大破之斬瞻進軍到雒劉禪遣使奉皇帝璽綬爲牋詣艾會統十餘萬衆分從斜谷駱谷
入平行至漢中姜維守劒閣距會維等聞瞻已破以其衆東入巴劉禪詔艾降勅維等令降於會維詣會降商
君書曰小戰勝逐北無過五里左氏傳曰凡民逃其上曰潰面縛已見上文開地五千列郡
三十師不踰時梁益肅清。穀梁傳曰伐不踰時戰不逐奔使竊號之雄
稽顙絳闕。禮記曰拜而後稽顙傳乡西都賦曰巍巍絳闕球琳重錦充於府庫。
左氏傳曰齊侯歸衛侯夫人重錦三十兩夫虢滅虞亡韓并魏徙。左氏傳曰晉滅虢虢
公醜奔京師遂襲虞滅之執虞公史記曰秦始皇十七年攻韓得韓王安二十三年攻魏其王請降此皆
前鑒之驗後事之師也。戰國策張孟談謂趙襄子曰前事不忘後事之師又南

夂八十二　文四十三　十一　乙丑重刊　熊才

中呂興深覩天命。吳志曰交阯郡吏呂興等殺太守孫諝使使如魏請太守及兵蟬蛻内向
願爲臣妾。淮南子曰蟬飲而不食三十日而蛻孝經曰治家者不敢失於臣妾外失輔車脣齒
之援内有毛羽零落之漸。左氏傳宮之奇曰諺所謂輔車相依脣亡齒寒而徘徊危
國冀延日月此猶魏武侯却指河山以自強大殊不知物有
興亡則所美非其地也。史記曰吳起者衛人也魏武侯浮西河而下中流顧謂吳起曰美哉山河
之固此魏之寶也起對曰在德不在險若君不修德則舟中之人盡爲敵國也武侯曰善方今百僚濟濟
儁乂盈朝。尚書曰百僚師師又曰俊乂在官虎臣武將折衝萬里。毛詩曰進
厥虎臣闞如虓虎晏子春秋孔子曰不出罇俎之閒而折衝千里之外晏子之謂也國富兵強六
軍精練。新序曰孫叔敖相楚國富兵強思復翰飛飲馬南海。毛詩曰翰飛戾天鄭
玄曰翰高也李陵與蘇武書曰陵當爲單于畫兵養士循先將軍之令將飲馬河洛收珠南海自頃國

家整治器械，禮記曰聖人異器械鄭玄曰器械兵甲也修造舟楫，簡習水戰，伐樹北山，則太行木盡，高誘呂氏春秋注曰太行山在河內野王縣北濬決河洛，則百川通流。尚書大傳曰百川趨於海樓船萬艘，蘇勞千里相望。漢書曰江淮以南樓舡十萬自刳木以來，舟車之用，未有如今日之盛者也。周易曰黃帝堯舜刳木爲舟剡木爲檝驍勇百萬，畜力待時，役不再舉，今日之謂也。六韜太公謂武王曰聖人興兵爲天下除患去賊非利之也故役不再籍一舉而畢然主上眷眷，未便電邁者，以爲愛民治國，道家所尚，老子曰愛人治國能無知乎崇城自卑，文王退舍。左氏傳子魚言於宋公曰文王聞崇侯德亂而伐之軍三旬而不降退修教而復伐之因壘而降故先開示大信，喻以存亡，勤之旨，往使所究，若能審識安危，自求多福，毛詩曰永言配命自求多福蹙然改容，祗承往告，漢書曰陸賈說尉佗佗於是蹙然起坐謝賈稱臣奉漢約追慕南越，嬰齊入侍，漢書曰南越王胡立天子使嚴助往喻意南越王胡遣其子嬰齊入侍宿衛北面稱臣，伏聽告策，禮記曰君之南鄉也荅陽之義也臣之北面也荅君也則世祚江表，永爲藩輔，左氏傳王賜齊侯命曰世祚太師豐報顯賞，隆於今日矣。若侮慢不式王命，然後謀力雲合，指麾風從，范曄後漢書張綱謂張嬰曰大兵雲合豈不危乎雍益二州，順流而東，青徐戰士，列江而西，荊揚兗豫，爭驅入衡，征東甲卒，虎步秣陵，征東即石苞也李陵詩曰幸託不肖軀且當猛虎步漢書丹陽郡有秣陵縣爾乃皇輿整駕，六師徐征，羽檄燭日，旌旗流星，羽鳥羽也漢書高祖曰吾以羽檄徵天下兵檄或爲校遊龍曜路，歌吹盈耳。周禮曰凡馬八尺爲龍樂稽耀嘉曰武王興師誅于商萬國咸喜前歌後舞論語子曰洋洋乎盈耳哉士卒奔邁，其會如林，尚書曰受率其旅若林煙塵俱起，震天駭地，渴賞之士，鋒鏑爭先，忽然一旦，身首橫分，宗祀屠覆，取誡萬世，引領南望，良以寒心。左氏傳穆叔謂晉侯曰引領西望曰庶幾乎高唐賦曰寒心酸鼻夫治膏肓者，必進苦口之藥，決狐疑者，必告逆耳之言。左氏傳曰晉景公夢疾爲二豎子一曰居肓之上一曰居膏之下若我何史記曰沛公入秦宮樊噲諫沛公不聽張良曰忠言逆耳利於行良藥苦口利於病願公聽樊噲言楚辭曰心猶豫而狐疑如其迷謬，未知所投，恐俞附見其已困，扁鵲知其無功也。列子曰楊朱之友曰季梁得病七日大漸謁醫俞氏俞氏曰汝始則胎氣不足乳湩有餘疾非一朝一夕之故其所由來者漸矣季梁曰良醫也且食之史記虢中庶子曰上古之時醫病不以湯液又曰扁鵲過齊桓侯客之入朝見曰君有疾在腠理不療將深桓侯曰寡人無疾過五日扁鵲復見曰君有疾在腸胃間不療將深桓侯不應後五日扁鵲復見望桓侯而走桓侯使人問其故扁鵲曰疾其在骨髓雖司命無奈何今在骨髓臣是以無請也後五日桓侯體痛使人召扁鵲扁鵲已逃去桓侯遂死郭璞穆天子傳注曰湩乳汁也竹用切勉思良圖，惟所去就。左氏傳令尹子常曰敢弗良圖曾子曰君子慎其所去就石苞白。

與嵇茂齊書

趙景真嵇紹集曰趙景真與從兄茂齊書時人誤謂呂仲悌與先君書故具列本末趙至字景真代郡人州辟遼東從事從兄太子舍人蕃字茂齊與至同年相親至始詣遼東時作此書與茂齊干寶晉紀以爲呂安與嵇康書二說不同故題云景真而書曰安

安白：昔李叟入秦，及關而歎；梁生適越，登岳長謠。列子曰楊

朱南之沛老聃西游於秦邀於郊至梁而過老子老子中
道仰天歎曰始以汝爲可教今不可教也楊朱曰請聞
其過老子曰雎雎而盱盱而誰與居范曄後漢書梁鴻
字伯鸞扶風人也東出關過京師作五噫之歌曰陟彼
北邙兮噫顧瞻帝京兮噫宮室崔嵬兮噫人之劬勞兮
噫遼遼未央兮噫肅宗聞而非之求鴻不得居齊魯之
閒又去適吳然老子之歎不爲入秦梁鴻長謡不由適
越且復以至郊爲及關升邙爲登岳斯蓋取意而略文
也夫以嘉遯之舉猶懷戀恨况乎不得已者哉周易曰嘉遯貞
吉惟别之後離群獨游背榮宴辭倫好經迴路涉沙漠鳴
雞戒旦則飄爾晨征燕禮曰燕小臣戒盥者鄭玄曰警戒告語焉陳琳武軍賦曰啓明
戒旦長庚告昏日薄西山則馬首靡託漢書揚雄反騷曰恐日薄於西山左氏傳荀偃
曰唯余馬首是瞻尋歷曲阻則沈思紆結乘高遠眺則山川悠
隔或乃迴飈狂厲白日寢光踦驅交錯陵隰相望徘徊

九臯之內慷慨重阜之巔毛詩曰鶴鳴九臯進無所依退無所
據涉澤求蹊披榛覓路嘯詠溝渠良不可度斯亦行路
之艱難然非吾心之所懼也至若蘭茝傾頓桂林
移植根萌未樹牙淺紡急常恐風波潛駭危機密
發斯所以怵惕於長衢按轡而歎息也喻身之危也根萌未樹故恐風波潛駭牙淺紡急故
懼危機密發也本或有於長衢之下云按轡而歎息者非也又北土之性難以託根
投人夜光鮮不按劒鄒陽上書曰夜光之璧以闇投人於道衆人莫不按劒也今將
植橘柚於玄朔蔕華藕於脩陵曹植橘賦曰背江洲之氣煖處玄朔之肅清淮
南子曰夫以其所脩而游不用之鄉若樹荷山上畜火井中也表龍章於裸壤奏韶舞
於聾俗固難以取貴矣龍衮龍之服也章章甫之冠也裸壤文身也莊子曰宋人資章
甫適諸越越人斷髮文身無所用之又肩吾曰聾者無以與乎鍾鼓之聲夫物不我貴則莫
之與莫之與則傷之者至矣周易曰無交而求則人不與也莫之與則傷之者至
矣飄颻遠游之士託身無人之鄉揔轡遐路則有前言
之艱懸鞌陋宇則有後慮之戒前言之艱謂經迴路涉沙漠以下也後慮之戒
謂北土之性難以託根以下也朝霞啓暉則身疲於遄征蔡琰詩曰遄征日遐邁
太陽戢曜則情劬於夕惕正麻曰日太陽也周易曰夕惕若厲肆目平隰
則遼廓而無覩極聽脩原則淹寂而無聞吁其悲矣心
傷悴矣然後乃知步驟之士不足爲貴也若廼顧影中
原憤氣雲踊哀物悼世激情風烈龍睇大野虎嘯六合
猛氣紛紜雄心四據阮元瑜爲曹公與孫權書曰大丈夫雄心能無憤發思躡雲

梯橫奮八極披艱掃穢蕩海夷岳范曄後漢書田邑與馮衍書曰欲搖太山蕩北海蹴
崐崙使西倒蹋太山令東覆平滌九區恢維宇宙斯亦
吾之鄙願也劉騊駼郡太守箴曰大漢遵因化洽九區時不我與垂翼遠逝
周易曰明夷于飛垂其翼君子于行三日不食有攸往鋒鉅靡加翅翮摧屈自非
知命誰能不憤悒者哉周易曰樂天知命故不憂吾子植根芳苑擢
秀清流布葉華崖飛藻雲肆俯據潛龍之淵仰蔭棲鳳
之林榮曜眩其前豔色餌其後良儔交其左聲名馳其
右翱翔倫黨之間弄姿帷房之裏從容顧眄綽有餘裕
俯仰吟嘯自以爲得志矣豈能與吾同大丈夫之憂樂
者哉去矣嵇生永離隔矣煢煢飄寄臨沙漠矣悠悠三

千路難涉矣。攜手之期，邈無日矣。思心彌結，誰云釋矣。無金玉爾音，而有遐心。毛詩曰：無金玉爾音，而有遐心。身雖胡越，意存斷金。淮南子曰：自其異者視之，肝膽胡越也。周易曰：二人同心，其利斷金。各敬爾儀，敦履璞沈。毛詩曰：各敬爾儀。繁華流蕩，君子弗欽。臨書悢然，知復何云。

與陳伯之書　劉璠梁典曰：帝使呂僧珍寓書於陳伯之，丘遲之辭也。伯之歸于魏，爲通散常侍。何之元梁典云：天監五年，前平南將軍陳伯之以其衆自壽陽歸降。不書伯之前史，失之。梁史以爲丘遲與伯之書。

丘希範

遲頓首。陳將軍足下：無恙，幸甚幸甚。將軍勇冠三軍，才爲世出。李陵與蘇武書曰：陵先將軍功略蓋天地，義勇冠三軍。蘇武荅李陵書曰：每念足下，才爲世生，器爲時出。棄燕雀之小志，慕鴻鵠以高翔。史記曰：陳涉嘗爲人庸耕，輟耕壠上，悵恨久之，曰：苟富貴，無相忘。庸者笑而應之曰：若爲庸耕，何富貴也。陳涉太息曰：嗟乎，鷰雀安知鴻鵠之志哉。昔因機變化，遭遇明主。劉璠梁典曰：高祖得陳虎牙幢主蘇隆，厚加禮賜，使致命江州刺史陳伯之。伯之，虎牙父也。蘇隆還，稱伯之許降，乃遣鄧元起前驅逼之。伯之聞師近，以應義師。立功立事，開國稱孤。延篤與張奐書曰：烈士殉名，立功立事。周易曰：大君有命，開國承家。老子曰：王侯自稱孤寡不穀。朱輪華轂，擁旄萬里，何其壯也。史記蒯通說武信君曰：今范陽令乘朱輪華轂。班固泳邪山祝文曰：杖節擁旄，征人伐鼓。荀悅漢記曰：今之州牧，號爲萬里。漢書樊噲說高祖曰：始陛下定天下，何其壯也。如何一旦爲奔亡之虜，聞鳴鏑而股戰，對穹廬以屈膝，又何劣邪。漢書曰：冒頓乃作爲鳴鏑。音義曰：箭鏑也，如今鳴箭。史記曰：魏勃退立股戰。漢書烏孫公主歌曰：穹廬爲室兮旃爲牆。音義曰：穹廬，旃帳也。喻巴蜀文曰：交臂受事，屈膝請和。漢書樊噲曰：今天下已定，又何憊邪。尋君去就之際，非有他故，直以不能內審諸己，外受流言。呂氏春秋曰：君子必審諸己，然後任。尚書曰：管叔乃流言於國。沈迷猖獗，以至於此。劉公幹雜詩曰：沈迷領簿書，回回自昏亂。蜀志先主謂諸葛亮曰：孤遂用猖獗，至于今日，志猶未已。聖朝赦罪責功，棄瑕録用。鄒潤甫爲諸葛穆荅晉王令曰：高世之君，赦罪責功，略小收大。吳志陸瑁與暨豔書曰：此乃漢高棄瑕録用之時也。推赤心於天下，安反側於萬物。東觀漢記曰：上破銅馬等，封降賊渠率，諸將未能信，賊亦兩心。上勑降賊各歸營勒兵，待上輕騎入，按行賊營。賊將曰：蕭王推赤心置人腹中，安得不効死。又曰：漢兵破邯鄲，誅王郎，收文書，得吏人謗毀公言可擊者數千章。公會諸將燒之，曰：令反側子自安。將軍之所知，不假僕一二談也。長楊賦曰：僕嘗倦談，不能一二其詳。朱鮪涉丁牒切，與喋同。血於友于，張繡剚刃於愛子，漢主不以爲疑，魏君待之若舊。謝承後漢書曰：光武攻洛陽，朱鮪守之。上令岑彭說鮪曰：赤眉已得長安，更始爲胡郟所反害，今公誰爲守乎。鮪曰：大司徒公被害，鮪與其謀，誠知罪深，不敢降耳。彭還白上，上謂彭復往明曉之：夫建大事，不忌小怨，今降，官爵可保，況誅罰乎。春秋合誠圖曰：戰龍門之下，涉血相創。如淳漢書注曰：殺血滂沱爲喋血。尚書曰：孝乎惟孝，友于兄弟。魏志曰：建安二年，公到宛，張繡降，既而悔之，復反。公與戰，軍敗，爲流矢所中，長子昂、弟子安民遇害。四年，張繡率衆降，封列侯。漢書曰：蒯通說范陽令曰：慈父孝子所不敢剚刃公之腹者，畏秦法也。李奇曰：東方之人以物插地中皆爲剚也。況將軍無昔人之罪，而勳重於當世。夫迷塗知反，往哲是與；楚辭曰：迴朕車而復路，及迷塗之未遠。不遠而復，先典攸高。主上屈法申恩，吞舟是漏。范曄後漢書明帝詔曰：先帝不忍親親之恩，枉屈大法。鹽鐵論曰：明王茂其德教而緩其刑罰，網漏吞舟之魚。將軍松柏不翦，親戚安居，仲長子昌言曰：古之葬，松柏梧桐以識其墳。高臺未傾，愛妾尚在。桓子新論雍門周說孟嘗君曰：千秋萬歲後，高臺既已傾，曲池又已平。悠悠爾心，亦何可言。

毛詩曰青青子衿悠悠我心今功臣名將鴈行有序應劭漢官儀典職楊喬糾羊柔曰柔知丞郎鴈行威儀有序佩紫懷黃讚帷幄之謀魏書荀攸勸進曰諸將佩紫懷金蓋以數百史記蔡澤曰懷黃金之印結紫綬於腰東觀漢記詔鄧禹曰將軍深執忠孝與朕謀謨帷幄乘軺建節奉疆場之任如淳漢書注曰二馬爲軺傳漢書曰終軍爲謁者使行郡國建節敕出關左氏傳曰齊人來侵魯疆疆吏來告公曰疆場之事慎守其一並刑馬作誓傳之子孫漢書曰漢王即皇帝之位論功而封之申以丹書之信重以白馬之盟將軍獨靦顏借命驅馳氈裘之長寧不哀哉毛詩曰有靦面目司馬遷書曰氈裘之君長咸震懼夫以慕容超之強身送東市姚泓之盛面縛西都沈約宋書曰慕容超大掠淮北宋公表請北伐遂屠廣固超踰城走高胥獲之送超京師斬于建康又曰公以舟師進討至洛陽王鎮惡尅長安生禽姚泓執送泓斬于建康市左氏傳曰楚子圍許許僖公見楚子於武城面縛銜璧

故知霜露所均不育異類禮記曰天之所覆地之所載日月所照霜露所墜李陵與蘇武書曰但見異類姬漢舊邦無取雜種姬周姓也漢書曰匈奴凡二十四長呼衍氏蘭氏後有須卜氏此三姓其貴種也北虜僭盜中原多歷年所魏收後魏書曰太祖道武諱珪改稱魏王都平城孝文皇帝諱宏自平城遷都洛陽東觀漢記曰北虜遣使和親尚書周公曰敬報陟配天多歷年所惡積禍盈理至燋爛周易曰惡不積不足以滅身故惡積而不可掩燋爛見下文況僞孽昏狡自相夷戮魏收後魏書曰世宗宣武帝諱恪景元三年蕭衍廢其主寶融自僭立稱梁宣武即位凡一十六年然梁武之初當宣武之日僞孽蓋指宣武也虞預晉書西陽王羕上書曰朱旗南指自相夷戮部落攜離酋豪猜貳晉中興書曰胡俗以部落爲種類酋各取豪貴文穎漢書注曰羌胡名大師爲酋國語伯陽父曰國之將亡百姓攜貳韋昭曰攜離也貳二心也方當繫頸蠻邸懸首藁街漢書曰沛公至霸上秦王子嬰係頸以組又陳湯上疏曰斬郅支首及名王以下宜懸頭藁街蠻夷邸閒而將軍魚游於沸鼎之中鷰巢於飛幕之上不亦惑乎袁崧後漢書朱穆上疏曰養魚沸鼎之中棲鳥烈火之上用之不時必也燋爛左氏傳曰吴季札曰夫子之在此也猶鷰巢于幕之上暮春三月江南草長雜花生樹羣鶯亂飛見故國之旗鼓感平生於疇日撫絃登陴婢移切豈不愴悢袁宏漢獻帝春秋臧洪報袁紹書曰每登城勒兵望主人之旗鼓感故交之綢繆撫弦搦矢不覺涕流之覆面也左氏傳曰晉邊吏讓鄭曰今執事撊然授兵登陴所以廉公之思趙將吴子之泣西河史記曰廉頗爲趙將伐齊大破之拜爲上卿趙孝成王卒悼襄王立使樂乘代之頗怒攻樂乘遂奔魏之大梁久之魏王不能信用而趙亦數困於秦兵趙王思復得廉頗廉頗亦思復用於趙王以爲老遂不召呂氏春秋曰吴起治西河王錯譖之魏武侯武侯使人召吴起至岸門止車而立望西河泣數下其僕曰竊觀公之志視天下若舍屣今去西河而泣何也吴起雪泣應

之曰子弗識也君誠知我而使我畢能秦必可亡西河今君聽讒人之議不知我西河之爲秦不久矣起入荆西河果入秦人之情也將軍獨無情哉司馬遷與任安書曰夫人情莫不念父母顧妻子莊子惠子曰人故無情乎想早勵良規自求多福魏志明帝報王朗詔曰欽納至言思聞良規多福已見上文當今皇帝盛明天下安樂皇帝梁武也解嘲曰遭盛明之世漢書曰孝惠高后時天下安樂白環西獻楛矢東來世本曰舜時西王母獻白環及佩家語孔子曰昔武王尅商於是肅慎氏貢楛矢石砮夜郎滇池解辮請職朝鮮昌海蹶角受化漢書曰夜郎滇池皆椎結嶲昆明編髮漢拜唐蒙郎中遂見夜郎王多同又曰始楚威王時使將軍莊蹻將兵略巴黔中蹻至滇池欲歸報會秦奪楚黔中郡道塞不通以其衆王滇池又朝鮮王滿燕人孝惠高后時滿爲外臣又曰西域有昌蒲海一名鹽澤去玉門陽關三百餘里孟子曰武王之伐殷也百姓若崩厥角趙岐曰厥角叩頭以額角犀厥地也唯北狄野心掘強沙塞

之間欲延歲月之命耳左氏傳令尹子文曰諺云狼子野心漢書伍被說淮南王曰東保會稽南通勁越屈強江淮之間可以延歲月之壽耳范曄後漢書匈奴論曰世祖用事諸夏未遑沙塞之事中軍臨川殿下何之元梁典曰高祖即位以宏爲臨川郡王天監三年以宏爲中軍將軍明德茂親揔茲戎重劉璠梁典曰天監四年詔臨川王宏北討于寶晉紀河間王顒表曰成都王穎明德茂親功高勳重晉中興書桓溫檄曰幕府不才忝荷戎重弔民洛汭伐罪秦中孟子曰湯始征自葛始誅其君弔其民尚書曰東至于洛汭又曰奉詞伐罪漢書田肯曰陛下既得韓信又治秦中若遂不改方思僕言聊布往懷君其詳之顏延之和謝靈運詩曰聊用布所懷丘遲頓首

重荅劉秣陵沼書劉璠梁典曰劉沼字明信爲秣陵令　劉孝標劉峻自序曰峻字孝標平原人也生於秣陵縣朞月歸故鄉八歲遇桑梓顛覆身充僕圉齊永明四年二月逃還京師後爲崔豫州刑獄參軍梁天監中詔峻東掌石渠閣以病乞骸骨後隱東陽金華山

文四十三　二十　乙卯重刊　刋升

劉侯既重有斯難値余有天倫之戚竟未之致也孝標集有沼難辨命論書穀梁傳曰兄弟天倫也何休曰兄先弟後天之倫次尋而此君長逝化爲異物魏文帝與吳質書曰元瑜長逝化爲異物緒言餘論蘊而莫傳莊子謂漁父曰曩者先生有緒言而去子虛賦曰願聞先生之餘論或有自其家得而示余者余悲其音徽未沫昧而其人已亡楚辭曰芳菲菲而難虧兮芳至今猶未沫王逸曰沫已也孫卿子曰其器存其人亡以此思哀則哀將焉不至青簡尚新而宿草將列風俗通曰劉向別錄殺青者直治青竹作簡書之耳禮記曰朋友之墓有宿草而不哭焉汍然不知涕之無從也禮記門人曰防墓崩孔子汍然流涕又曰孔子之衛遇舊館人之喪入而哭之遇一哀而出涕曰予惡夫涕之無從也雖隙駟不留尺波電謝墨子曰人之生乎地上無幾何也譬之猶駟而過郤也郄古隙字也陸機詩曰寸陰無停晷尺波豈徒旋而秋菊春蘭英華靡絕楚辭曰春蘭兮秋菊長無絕兮終古故存其梗槩更酬其旨東京賦曰其梗槩如此若使墨翟之言無爽宣室之談有徵墨子曰昔周宣王殺其臣杜伯而不辜杜伯曰吾君殺我而不辜若以死者爲無知則止矣若死而有知不出三年必使吾君知之期三年周宣王合諸侯而田於圃車數百乘從數千人滿野日中杜伯乘白馬素車朱衣冠執朱弓挾朱矢追宣王射之車上中心折脊殪車中伏弢而死若書之說觀之則鬼神之有豈可疑哉漢書曰文帝受釐宣室因感鬼神事問鬼神之本賈誼具道所以然之故冀東平之樹望咸陽而西靡蓋山之泉聞絃歌而赴節聖賢冢墓記曰東平思王冢在東平無鹽人傳云思王歸國京師後葬其冢上松柏西靡宣城記曰臨城縣南四十里蓋山高百許丈有舒姑泉昔有舒氏女與其父析

六百廿七　文四十三　二十一　壬子重刊　刋用

薪此泉處坐牽挽不動乃還告家比還唯見清泉湛然女母曰吾女本好音樂乃絃歌泉涌迴流有朱鯉一雙今作樂嬉戲泉固涌出也文賦曰舞者赴節以投袂但懸劒空壠有恨如何劉向新序曰延陵季子將西聘晉帶寶劒以過徐君徐君不言而色欲之季子爲有上國之事未獻也然心許之矣致使於晉顧反則徐君死於是以劒帶徐君墓樹而去

移書讓太常博士并序　劉子駿漢書曰劉歆字子駿向少子也少通詩書能屬文爲黃門郎至中壘校尉王莽篡位爲羲和京兆尹卒

歆親近欲建立左氏春秋及毛詩逸禮古文尚書皆列於學官哀帝令歆與五經博士講論其議諸儒博士或不肯置對言諸博士既不肯立左氏而又不肯與歆論議相對也歆因移書太常博士責讓之曰昔唐虞既衰而三代迭興聖帝明王累

起相襲其道甚著周室既微而禮樂不正道之難全也如此是故孔子憂道不行歷國應聘自衛反魯然後樂正雅頌乃得其所論語子曰吾自衛反魯然後樂正雅頌各得其所修易序書制作春秋以記帝王之道論語讖曰自衛反魯刪詩書修春秋春秋元命苞孔子曰丘作春秋王道成及夫子沒而微言絕七十子卒而大義乖論語讖曰子夏六十四人共撰仲尼微言重遭戰國棄籩豆之禮理軍旅之陳孔氏之道抑而孫吳之術興論語曰衛靈公問陳於孔子孔子對曰俎豆之事則嘗聞之矣軍旅之事未之學也漢書曰孫子兵法八十二篇又曰吳起三十八篇陵夷至于暴秦焚經書殺儒士設挾書之法行是古之罪道術由此遂滅漢書武帝制曰大道微鈌陵夷至于桀紂之行作史記李斯曰臣請天下敢有藏詩書百家語者悉詣廷尉雜燒之以古非今者族又盧生爲始皇求仙藥士去始皇大怒使御史按問諸生諸生犯禁者四百六十入人皆坑之咸陽漢興去聖帝明王遐遠仲尼之道又絕法度無所因襲時獨有一叔孫通略定禮儀漢書叔孫通曰臣願頗采古禮與秦儀雜就之上曰可天下惟有易卜未有他書漢書曰秦燔書而易爲筮卜之事傳者不絕至於孝惠之世乃除挾書之律漢書曰孝惠四年除挾書律然公卿大臣絳灌之屬咸介冑武夫莫以爲意楚漢春秋曰漢已定天下論羣臣破敵禽將活死不衰絳灌樊噲是也功成名立臣爲爪牙世世相屬百世無邪絳侯周勃是也然絳灌自一人非絳侯與灌嬰至孝文皇帝始使掌故晁錯從伏生受尚書史記曰伏生者濟南人也故爲秦博士孝文聞伏生修尚書年九十餘老不能行詔太常掌故晁錯往受之尚書初出於屋壁朽折散絕漢書曰秦燔書禁學濟南伏生獨壁

文四十三　廿二　乙丑重刊　張成

藏之漢士失求得二十九篇也今其書見在時師傳讀而已詩始萌芽天下衆書往往頗出皆諸子傳說猶廣立於學官爲置博士在朝之儒唯賈生而已賈生賈誼也至孝武皇帝然後鄒魯梁趙頗有詩禮春秋先師皆出於建元之間漢書曰建元孝武皇帝年號也當此之時一人不能獨盡其經或爲雅或爲頌相合而成成一經也泰誓後得博士集而讀之七略曰孝武皇帝末有人得泰誓書於壁中者獻之與博士使讚說之因傳以教今泰誓篇是也故詔書曰禮壞樂崩書缺簡脫朕甚閔焉禮稽命徵曰文王見禮廢樂崩道孤而無主也時漢興已七八十年離於全經固以遠矣服虔漢書注曰漢與秦相去七八十年韋昭曰全經未焚書之時也及魯恭王壞孔子宅欲以爲宮而得古文於壞壁之中逸禮有三十九篇書十六篇天漢之後孔安國獻之遭巫蠱倉卒之難未及施行漢書曰武帝末魯恭王壞孔子宅欲以廣宮而得古文尚書及禮論語孝經孔安國者孔子後也悉得其書以考二十九篇得多十六篇安國獻之遭巫蠱事未列于學官天漢武帝年號也及春秋左氏丘明所脩漢書曰仲尼以魯周公之國史官有法故有左丘明觀其史記丘明作傳皆古文舊書多者二十餘通藏於祕府伏而未發孝成皇帝愍學殘文缺稍離其真乃陳發祕藏校理舊文得此三事以考學官所傳經或脫簡或脫編漢書曰劉向以古文校歐陽大小夏侯三家經文酒誥脫一簡召誥脫二簡博問人間則有魯國桓公趙國貫公膠東庸生之遺學與此同抑而未施七略曰禮家先魯有桓生說經頗異論語家近琅邪王卿不審名及膠東庸生皆以教然

文四十三　二十三　乙卯重刊　王明

則庸生亦未詳其名也。此乃有識者之所歎愍，士君子之所嗟痛也。往者綴學之士，不思廢絕之闕，苟因陋就寡，分文析字，煩言碎辭，學者罷老，且不能究其一藝。信口說而背傳記，是末師而非往古。至於國家將有大事，若立辟雍封禪巡狩之儀，則幽冥而莫知其原。猶欲保殘守缺，挾恐見破之私意，而亡從善服義之公心。或懷疾妬，不考情實，雷同相從，隨聲是非。禮記曰：無雷同。抑此三學，以尚書爲不備，謂左氏不傳春秋，豈不哀哉！臣瓚漢書注曰：當時學者謂尚書唯有二十八篇，不知本有百篇。今聖上德通神明，繼統揚業，亦愍此文教錯亂，學士若茲，雖深照其情，猶依違謙讓，樂與士君

子同之，故下明詔，試左氏可立不，遺近臣奉旨銜命，將以輔弱扶微，與二三君子比意同力，冀得廢遺。今則不然，深閉固距，而不肯試，猥以不誦絕之，欲以杜塞餘道，絕滅微學。夫可與樂成，難與慮始，太公金匱曰：夫人可以樂成，難以慮始。此乃衆庶之所爲耳，非所望於士君子也。且此數家之事，皆先帝所親論，今上所考視，其爲古文舊書，皆有徵驗，內外相應，豈苟而已哉！夫禮失求之於野，古文不猶愈於野乎？漢書，班固曰：仲尼有言，禮失而求諸野。往者博士書有歐陽，春秋公羊，易則施孟。漢書曰：歐陽生，字和伯，千乘人也，事伏生。又曰：樂陵侯史高言穀梁子本魯學，公羊氏迺齊學。又曰：施讎，字長卿，沛人也，從田王孫受易。又曰：孟喜，字長卿，東海人也，從田王孫受易。

然孝宣帝猶復廣立穀梁春秋，梁丘易，大小夏侯尚書，漢書曰：梁丘賀，字長翁，琅邪人也，從京房受易。又曰：夏侯勝從濟南伏生受尚書，勝傳從兄子建，建又事歐陽高，由是尚書有大小夏侯之學。義雖相反，猶並置之。何則？與其過而廢之，寧過而立之。傳曰：文武之道，未墜於地，在人，賢者志其大者，不賢者志其小者。論語，子貢曰：文武之道，未墜於地，在人，賢者識其大者，不賢者識其小者。今此數家之言，所以兼包大小之義，豈可偏絕哉！若必專己守殘，黨同門，妬道真，違明詔，失聖意，以陷於文吏之議，甚爲二三君子不取也。

北山移文

孔德璋　蕭子顯齊書曰：孔稚珪，字德璋，會稽人也。少涉學，有美譽，舉秀才，解褐宋安成王車騎法曹行參軍，稍遷至太子詹事，卒。

鍾山之英，草堂之靈，梁簡文帝草堂傳曰：汝南周顒，昔經在蜀，以蜀草堂寺林壑可懷，乃於鍾嶺雷次宗學館立寺，因名草堂，亦號山茨。馳煙驛路，勒移山庭。夫以耿介拔俗之標，蕭灑出塵之想，楚辭曰：獨耿介而不隨。孫盛晉陽秋曰：呂安志量開曠，有拔俗風氣。莊子曰：孔子彷徨塵垢之外，逍遙無爲之業。度白雪以方絜，干青雲而直上，吾方知之矣。孟子曰：白雪之白也，猶白玉之白也。子虛賦曰：上干青雲。若其亭亭物表，皎皎霞外，芥千金而不眄，屣萬乘其如脫，爾雅曰：芥，草也。史記曰：秦軍引去，平原君乃置酒，酒酣，起前，以千金爲魯連壽。魯連笑曰：所貴於天下之士者，爲人排患釋難解紛而不取也。即有取者，是商賈之事，而連不忍爲也。遂辭平原君而去。淮南子曰：堯年衰志閔，舉天下而傳之舜，猶却行而脫屣也。許慎曰：言其易也。劉熙孟子注曰：屣，草屨，可履。聞鳳吹於洛浦，值薪歌於延瀨，固亦有焉。列仙傳曰：王子喬，周宣王太子晉也，好吹笙作鳳鳴，遊伊

雜之間。薪歌延瀨。未聞。豈期終始參差。蒼黃翻覆。淚翟子之悲。
慟朱公之哭。終始參差。歧路也。蒼黃翻覆。素絲也。翟。墨翟也。朱。楊朱也。淮南子曰。楊子見歧路而哭之。爲其可以南。可以北。墨子見練絲而泣之。爲其可以黃。可以黑。高誘曰。閔其別與化也。乍迴跡
以心染。或先貞而後黷。何其謬哉。蒼頡篇曰。黷。垢也。嗚呼尚生
不存。仲氏既往。山阿寂寥。千載誰賞。尚生。子平也。已見上文。范曄後漢書曰。仲長統。字公理。山陽人也。性俶儻。默語無常。每州郡命召。輒稱疾不就。世有周子。雋俗之
士。蕭子顯齊書曰。周顒。字彥倫。汝南人也。釋褐海陵國侍郎。元徽中出爲剡令。建元中爲長沙王後軍參軍。山陰令。稍遷國子博士。卒於官。既文既博。亦玄亦史。然而學遁東魯。習
隱南郭。莊子曰。魯君聞顏闔得道人也。使人以幣先焉。顏闔守陋閭。使者至。曰。此顏闔之家與。顏闔對曰。此闔之家。使者致幣。顏闔對曰。恐聽謬而遺使者罪。不若審之。使者反審之。復來求之。則不得矣。又曰。南郭子綦隱机而坐。仰天嗒然似喪其偶。郭象曰。嗒焉解體。若失其配匹也。嗒。土合切。偶吹草堂。濫
巾北岳。偶吹。即齊竽也。偶。匹對之名。巾。隱者之飾。東觀漢記曰。江革專心養母。幅巾屣屩。誘我
松桂。欺我雲壑。雖假容於江皋。乃纓情於好爵。楚辭曰。將馳騖兮江皋。周易曰。我有好爵。吾與爾縻之。其始至也。將欲排巢父。拉許由。傲
百氏。蔑王侯。風情張日。霜氣橫秋。或歎幽人長往。或怨
王孫不遊。周易曰。幽人貞吉。西征賦曰。悟山潛之逸士。悼長往而不反。楚辭曰。王孫遊兮不歸。春草生兮萋萋。談空空於釋部。覈玄玄於道流。蕭子顯齊書曰。顒汎涉百家。長於佛理。著三宗論。兼善老易。釋部。內典也。漢書曰。道家流者。出於史官。厤記成敗存亡禍福古今之道也。務光
何足比。涓子不能儔。列仙傳曰。務光者。夏時人也。耳長七寸。好琴。服蒲韭根。郪湯伐桀。因光而謀。光曰。非吾事也。湯得天下。已而讓光。光遂負石沈窾水而自匿。列仙傳曰。涓子者。齊人也。好餌朮。隱於

宕山。能風。及其鳴騶入谷。鶴書赴隴。如淳漢書注曰。騶馬以給騶使乘之。臧榮緒晉書曰。騶六人。蕭子良古今篆隸文體曰。鶴頭書與偃波書。俱詔板所用。在漢則謂之尺一簡。髣髴鵠頭。故有其
稱。形馳魄散。志變神動。爾乃眉軒席次。袂聳筵上。焚芰
製而裂荷衣。抗塵容而走俗狀。楚辭曰。製芰荷以爲衣。集芙蓉而爲裳。王逸曰。製。裁也。風雲悽其帶憤。石泉咽而下愴。望林巒而有失。顧
草木而如喪。至其紐金章。綰墨綬。金章。銅印也。漢書曰。萬戶以上爲令。秩千石至六百石。又曰。秩六百石以上。皆銀印墨綬。跨屬城之雄。冠百里之首。蔡邕陳留太守行縣頌曰。府君勸耕桑于屬縣。漢書曰。縣大率百里。張英風於海甸。馳妙譽於
浙右。阮籍詠懷詩曰。英風截雲霓。字書曰。江水東至會稽山陰爲浙右。道帙長殯。法筵
久埋。敲扑諠囂犯其慮。牒訴倥傯裝其懷。過秦論曰。執敲扑以鞭笞天下。楚辭曰。悲余生之無歡兮。愁倥傯於山陸。王逸曰。倥傯。困苦也。琴歌既斷。酒賦無續。董仲舒集。七言琴歌二首。西京雜記。鄒陽酒賦。常綢繆於結課。每紛綸於折獄。廣雅曰。課。第也。然今考第爲課也。尚書。王曰。哀敬折獄。明啓刑書。籠張趙於往圖。架卓
魯於前籙。漢書曰。張敞。字子高。稍遷至山陽太守。又曰。趙廣漢。字子都。涿郡人也。爲陽翟令。以化行尤異。遷京輔都尉。范曄後漢書曰。卓茂。字子康。南陽人也。遷密令。視人如子。吏人親愛而不忍欺。又曰。魯恭。字仲康。扶風人也。拜中牟令。螟傷稼。犬牙緣界。不入中牟。希蹤三輔豪。馳聲九州牧。漢書曰。內史。武帝更名京兆尹。左內史更名左馮翊。主爵中尉。更名右扶風。是爲三輔。左氏傳。王孫滿曰。夏之方有德也。貢金九牧。杜預曰。九州之牧。貢金也。使我高霞孤映。明月獨舉。成公綏嘯賦曰。陵高霞而輕舉。青松落陰。白雲誰侶。磵石摧絕無與歸。石逕
荒涼徒延佇。至於還飆入幕。寫霧出楹。蕙帳空兮夜鵠

怨山人去兮曉猨驚昔聞投簪逸海岸今見解蘭縛塵纓投簪疎廣也東海人故曰海岸也摯虞儆士胡昭贊曰投簪卷帶韜聲匿跡蘭蘭佩也於是南嶽獻嘲北壟騰笑列壑爭譏攢峯竦誚慨遊子之我欺悲無人以赴弔禮記曰凡訃於其君之臣曰某死鄭玄曰訃或作赴赴至也故其林慙無盡澗愧不歇秋桂遺風春蘿罷月騁西山之逸議馳東皐之素謁騁馳驟猶宣布也逸議隱逸之議也素謁貧素之謁也史記伯夷叔齊詩曰登彼西山兮采其薇矣阮籍奏記曰將耕東皐之陽稚珪集訓張長史詩曰同貧清風館共素白雲室杜預左氏傳注曰謁告也謂告語於人亦談議之流今又促裝下邑浪拽上京頊制楚辭曰漁父鼓拽而去王逸曰船舷也浪猶鼓也韋昭漢書注曰拽楫也雖情投於魏闕或假步於山扃呂氏春秋曰中山公子牟謂詹子曰身在江海之上心居魏闕之下高誘曰魏闕象魏也說文曰扃外閉之關也豈可使芳杜厚

文四十三　二十八

顏薜荔無恥尚書曰余心顏厚有忸怩碧嶺再辱丹崖重滓塵游躅於蕙路汙淥池以洗耳皇甫謐高士傳曰巢父聞許由爲堯所讓也以爲汙乃臨池而洗耳宜扃岫幌掩雲關斂輕霧藏鳴湍截來轅於谷口杜妄轡於郊端於是叢條瞋膽疊穎怒魄或飛柯以折輪乍低枝而埽跡請迴俗士駕爲君謝逋客孔安國尚書傳曰逋亡也晉灼漢書注曰以辭相告曰謝

文選卷第四十三

賜進士出身通奉大夫江南蘇松常鎮太倉等處承宣布政使司布政使胡克家重校刊

文選卷第四十四

梁昭明太子撰

文林郎守太子右內率府錄事參軍事崇賢館直學士臣李善注上

檄

司馬長卿喻巴蜀檄一首

陳孔璋爲袁紹檄豫州一首

檄吳將校部曲文一首

鍾士季檄蜀文一首

司馬長卿難蜀父老一首

喻巴蜀檄一首

漢書曰相如爲郎數歲會唐蒙使略通夜郎僰中發巴蜀吏卒千人郡又多爲發轉漕萬餘人用軍興法誅其渠率巴蜀人大驚恐上聞之乃遣相如責唐蒙等因喻告巴蜀人以非上之意也

文四十四　一

司馬長卿

告巴蜀太守蠻夷自擅不討之日久矣時侵犯邊境勞士大夫陛下即位存撫天下安集中國然後興師出兵北征匈奴單于怖駭交臂受事屈膝請和戰國策張儀曰儀交臂而事齊楚康居西域重譯納貢稽顙來享禮記王制曰五方之人言語不通北方曰譯說文曰譯傳也傳四夷之語也漢書西域傳曰康居國去長安萬二千三百里春秋說題辭曰盛德則感越裳重譯禮記孔子曰拜之而後稽顙毛詩曰自彼氐羌莫不來享爾雅曰享獻也移師東指閩越相誅右弔番禺太子入朝文穎曰弔至也番禺南海郡縣治也東伐越後至番禺故言右也顏師古曰南越爲東越所伐漢以兵救之南越蒙天子德惠故遣太子朝所以云弔也非訓

至也太子即嬰齊也閩越地名也越有三此其一也南夷之君西僰之長言君者大之也僰蒲北切文穎曰僰爲縣常效貢職不敢惰怠論語撰考讖曰穿胷儋耳莫不貢職延頸舉踵喁喁然呂氏春秋曰聖人南面而立天下皆延頸舉踵矣論語素王受命讖曰莫不喁喁延頸歸德皆鄉風慕義欲爲臣妾論語撰考讖曰遠都殊域莫不鄉風又曰孺悲欲見鄉黨慕義史記張良曰百姓莫不鄉風慕義願爲臣妾道里遼遠山川阻深不能自致鄭玄禮記注曰致之言至也夫不順者已誅而爲善者未賞呂氏春秋曰先王之法爲善者賞爲不善者罰古之道也故遣中郎將往賓之中郎將即唐蒙也發巴蜀之士各五百人以奉幣帛衞使者不然張揖曰不然之變也靡有兵革之事戰鬬之患今聞其乃發軍興制張揖曰發三軍之衆也興制謂起軍法制追將帥也驚懼子弟憂患長老郡又擅爲轉粟運輸皆非陛下

之意也當行者或亡逃自賊殺亦非人臣之節也夫邊郡之士聞烽舉燧燔張揖曰晝舉烽夜燔燧皆攝弓而馳荷兵而走攝謂張弓注矢而持之攝奴頰切流汗相屬唯恐居後觸白刃冒流矢議不反顧計不旋踵人懷怒心如報私讎彼豈樂死惡生非編列之民而與巴蜀異主哉編列謂編戶也淮南子曰編戶齊民計深慮遠急國家之難而樂盡人臣之道也故有剖符之封析珪而爵如淳曰析中分也白藏天子青在諸侯位爲通侯處列東第東第甲宅也居帝城之東故曰東第張揖曰列東第在天子下方終則遺顯號於後世傳土地於子孫行事甚忠敬居位甚安逸名聲施於無窮功烈著而不滅是以賢人君子肝腦塗中原膏液

潤野草而不辭也春秋考異郵曰枯骸收胲血膏潤草胲古才切今奉幣役至南夷即自賊殺或亡逃抵誅抵至也亡逃而至於誅也一曰逃亡被誅而抵拒於誅也如淳曰抵其罪而誅戮之也一曰誅者亡不肯受誅也身死無名謚爲至愚無名言無善名也謚猶號也恥及父母爲天下笑人之度量相越豈不遠哉春秋合誠圖曰君殺妻誅爲天下笑然此非獨行者之罪也父兄之教不先子弟之率不謹寡廉鮮恥而俗不長厚也其被刑戮不亦宜乎陛下患使者有司之若彼悼不肖愚民之如此故遣信使誠信之使也曉諭百姓以發卒之事因數之以不忠死亡之罪讓三老孝悌以不教誨之過漢書景帝詔曰置三老孝悌以道民焉方今田時重煩百姓重難也不欲召聚之已親見

近縣張揖曰檄以示巴蜀城旁近縣恐遠所谿谷山澤之民不徧聞檄到亟下縣道亟急也漢書曰縣有蠻夷曰道使咸喻陛下之意無忽

爲袁紹檄豫州一首魏氏春秋曰袁紹伐許乃檄州郡

陳孔璋魏志曰琳避難冀州袁本初使典文章作此檄以告劉備言曹公失德不堪依附宜歸本初也後紹敗琳歸曹公曹公曰卿昔爲本初移書但可罪狀孤而已惡惡止其身何乃上及父祖邪琳謝罪曰矢在絃上不可不發曹公愛其才而不責之

左將軍領豫州刺史郡國相守蜀志曰先主歸陶謙謙表先主爲豫州刺史後歸曹公曹公表爲左將軍蓋聞明主圖危以制變忠臣慮難以立權是以有非常之人然後有非常之事有非常之事然後立非常之功難蜀父老曰世必有非常之人然後有非常之事有非常之事然後有非常之功

夫非常者，故非常人所擬也。曩者彊秦弱主，趙高執柄，專制朝權，威福由己，時人迫脅，莫敢正言，終有望夷之敗。史記曰：秦二世夢白虎齧其左驂馬，殺之，問占夢，卜涇水爲祟。二世乃齊望夷宮，欲祠涇水，使使責讓趙高以盜事。高懼，乃陰與其女婿咸陽令閻樂數二世。二世自殺。張華曰：望夷宮在長安西北長平觀故臺處，是臨涇水作之，以望北夷也。漢書曰：王氏浸盛，羣下莫敢正言。祖宗焚滅，汙辱至今，永爲世鑒。及臻呂后季年，產祿專政，內兼二軍，外統梁趙，擅斷萬機，決事省禁，下凌上替，海內寒心。漢書曰：張辟強謂丞相陳平，請拜呂台、呂產爲將，將兵居南北軍。丞相如辟彊計。太后臨朝，以呂侯子台爲呂王，台弟產爲梁王，建成侯釋之子祿爲趙王。呂后崩，將軍祿、相國產顓兵秉政。韋昭國語注曰：季，末也。左氏傳閔子騫曰：下凌上替，能無亂乎。高唐賦曰：寒心酸鼻。於是絳侯、朱虛興兵奮怒，誅夷逆暴，尊立

文四十四　四　乙卯重刊俏

太宗。漢書曰：產祿因謀作亂。齊悼惠王子朱虛侯章在京師，知其謀，使人告兄齊王，令發兵，章欲與太尉勃內應，以誅諸呂。又曰：呂祿、呂產欲作亂，朱虛侯章與太尉勃等誅之。大臣乃謀迎代王，代王立，是爲孝文皇帝。故能王道興隆，光明顯融，此則大臣立權之明表也。明表，謂明白之表儀也。司空曹操祖父中常侍騰，與左悺、徐璜並作妖孽，饕餮放橫，傷化虐民。司馬彪續漢書曰：曹騰字季興，少除黃門，桓帝即位，加特進。范曄後漢書曰：左悺，河南人也，爲小黃門。徐璜，下邳人也，爲中常侍。左氏傳史克曰：縉雲氏有不才子，天下之人謂之饕餮。山海經曰：鉤吾山有獸，羊身人面，其口腋下，虎齒人爪，其音如嬰兒，名曰狍鴞，食人。郭璞云：爲物貪婪，食人未盡，還害其身，象在禹鼎，左氏傳所謂饕餮者也。狍音咆。父嵩乞匄攜養，因贓假位。魏志曰：曹騰養子嵩，官至太尉，莫能審其生本末。司馬彪續漢書曰：嵩字巨高。說文曰：匄，乞也。古賴切。輿金輦璧，輸貨權門。漢書曰：息夫躬交遊貴戚，趨走權門，爲名。竊盜

鼎司，傾覆重器。周易曰：鼎金鉉。鄭玄尚書注曰：鼎，三公象也。文子：老子曰：天下之大器也。操贅閹遺醜，本無懿德，贅，謂假相連屬也。莊子曰：附贅懸肬。然肬贅，假肉也。贅，之銳切。肬音尤。僄狡鋒協，好亂樂禍。幕府董統鷹揚，掃除凶逆。魏志曰：大將軍何進與紹誅諸閹官，進被殺，紹遂勒兵捕諸閹人，無少長皆殺之。漢書音義曰：衛青征匈奴，大克獲，帝就拜大將軍於幕中，因曰幕府。續遇董卓侵官暴國。董卓字仲穎，隴西人，爲相國。卓以山東豪傑並起，乃徙天子都長安，燔燒宮室。卓至西京，呂布誅卓。左氏傳欒鍼謂欒書曰：侵官，冒也；失官，慢也。於是提劍揮鼓，發命東夏，收羅英雄，棄瑕取用。魏志曰：董卓呼紹欲廢帝，紹不應，因橫刀長揖而出，遂奔冀州。卓因拜紹渤海太守，紹遂以渤海之衆以攻卓。故遂與操同諮合謀，授以裨師，裨師，偏師也。漢書衛青傳曰：裨將及校尉侯者九人。謂其鷹犬之才，爪牙可任。謝承後漢書陳龜表曰：臣累世展鷹犬搏擊之用。至乃愚佻

六ヲ七十　文四十四　五　壬子重刊　唐彬

短略，輕進易退，字書曰：佻，輕也。勑聊切。傷夷折衄，數喪師徒。幕府輒復分兵命銳，脩完補輯，表行東郡，領兗州刺史，謝承後漢書曰：袁紹以曹操爲東郡太守。劉公山爲兗州，公山爲黃巾所殺，乃以操爲兗州刺史。被以虎文，獎蹙威柄，被以虎文，則羊質虎文也。法言曰：或問質。曰：羊質而虎皮，見草而說，見豺而戰。魏志作獎蹙。蹙，成也。言獎成其威柄也。冀獲秦師一剋之報。左氏傳曰：秦孟明帥師伐晉，晉侯禦之。秦師敗績。又曰：秦伯伐晉，濟河焚舟，取王官及郊，晉人不出，遂霸西戎，用孟明也。而操遂承資跋扈，肆行凶忒，謝承後漢書曰：操得兗州，兵衆強盛，內懷反紹意。毛詩曰：無然畔援。鄭玄曰：畔援，猶跋扈也。西京賦曰：睢盱跋扈。賈逵國語注曰：肆，恣也。孔安國尚書傳曰：忒，惡也。割剝元元，殘賢害善。太公金匱曰：天道無親，常與善人。今海內陸沈於殷久矣，何乃急急於元元哉。高誘戰國策注曰：元元，善也。張奐與屯留君書曰：氣厲流行，傷賢害善。故九江太守邊讓，英才俊

偉。天下知名。直言正色。論不阿諂。身首被梟懸之誅。妻孥受灰滅之咎。（魏志曰：太祖在兖州，陳留邊讓言議頗侵太祖，太祖殺讓，族其家。臣瓚漢書注曰：懸首於木曰梟。尚書曰：余則孥戮汝。）自是士林憤痛。民怨彌重。（林，喻多也。司馬遷書曰：列於君子之林。孔安國尚書傳曰：民咨胥怨。）一夫奮臂。舉州同聲。（史記：武臣曰：陳王奮臂爲天下唱始。周易曰：同聲相應。）故躬破於徐方。地奪於呂布。彷徨東裔。蹈據無所。（魏志曰：陶謙爲徐州刺史，太祖征謙，糧少引軍還。又曰：太祖與呂布戰於濮陽，太祖軍不利。）幕府惟強幹弱枝之義。且不登叛人之黨。（叛人，謂呂布也。漢書曰：徙二千石高貲富人豪傑并兼之家於諸陵，蓋亦以強幹弱枝，非爲奉山園也。左氏傳曰：圍宋彭城，非宋地也。於是爲宋討魚石，故稱宋，且不登叛人。）故復援旌擐甲。席卷起征。（紹征呂布，諸史不載，蓋史略也。左氏傳曰：擐甲執兵。杜預曰：擐，貫也。胡慢切。春秋握誠圖曰：諸侯冰散，席卷各爭恣妄。）金鼓響振。布衆奔沮。（漢書曰：膠西王叩頭漢軍壁，弓高侯執金鼓見之。）拯其死亡之患。復其方伯之位。（謝承後漢書曰：操圍呂布於濮陽，爲布所破，投紹，紹哀之，乃給兵五千人，還取兖州。說文曰：拯，上舉也。）則幕府無德於兖土之民。而有大造於操也。（左氏傳：呂相絕秦曰：秦師克還無害，則是我有大造於西也。）後會鑾駕反旆。羣虜寇攻。（魏志曰：董卓徙天子都長安，後韓暹以天子還雒陽。）時冀州方有北鄙之警。匪遑離局。（魏志曰：冀州牧韓馥以冀州讓紹，紹遂領冀州。謝承後漢書曰：公孫瓚非紹，立劉伯安，歛其衆攻紹。禮記曰：各司其局。鄭玄曰：局，部分也。）故使從事中郎徐勛就發遣操。使繕脩郊廟。翊衛幼主。操便放志專行。脅遷當御省禁。（魏志曰：天子還洛陽，太祖遂至洛陽，衛京師。脅遷，謂迫脅天子而遷徙也。）卑侮王室。敗法亂紀。（家語：孔子曰：是謂壞法亂紀也。）坐領三臺。專制朝政。（應劭漢官儀曰：尚書爲中臺，御史爲憲臺，謁者爲外臺。）爵賞由心。

刑戮在口。所愛光五宗。所惡滅三族。（宗，亦族也。漢書：徐自爲曰：古有三族，而王溫舒罪至同時而五族乎。家語曰：宰予爲臨淄大夫，與田常之亂，夷三族也。）羣談者受顯誅。腹議者蒙隱戮。（漢書曰：上既造白鹿皮幣，令下，顏異不應，反脣。張湯奏異腹非，論死。自是之後，有腹非之法也。）百寮鉗口。道路以目。（莊子曰：鉗墨翟之口。史記曰：周厲王行暴虐侈傲，國人謗王，王怒，得衛巫，使監謗者，以告則殺之。國人莫敢言，道路以目。鉗，其嚴切。）尚書記朝會。公卿充員品而已。故太尉楊彪。典歷二司。享國極位。操因緣眦睚。被以非罪。榜楚參并。五毒備至。觸情任忒。不顧憲綱。（范曄後漢書曰：彪字文先，代董卓爲司空，又代黃琬爲司徒。時袁術僭亂，操託彪與術婚姻，誣以欲圖廢置，奏收下獄，劾以大逆。漢書曰：王莽誅翟義，夷滅三族，皆至同坑，以五毒參并葬之。如淳曰：野葛、狼毒之屬。韓詩外傳曰：不肖者觸情縱欲也。）又議郎趙彥。忠諫直言。義有可納。是以聖朝含聽。改容加飾。操欲迷奪時明。杜絕言路。擅收立殺。不俟報聞。又梁孝王先帝母昆。墳陵尊顯。桑梓松柏。猶宜肅恭。而操帥將吏士親臨發掘。破棺裸尸。掠取金寶。至令聖朝流涕。士民傷懷。（漢書曰：孝文皇帝竇皇后生孝景帝、梁孝王武。曹瞞傳曰：曹操破梁孝王棺，收金寶，天子聞之哀泣。昆，或爲弟。毛詩曰：維桑與梓，必恭敬止。仲長子昌言曰：古之葬者，松柏以識其墳。）操又特置發丘中郎將。摸金校尉。所過隳突。無骸不露。身處三公之位。而行桀虜之態。汙國虐民。毒施人鬼。加其細政苛慘。科防互設。罾繳充蹊。坑穽塞路。舉手挂網羅。動足觸機陷。是以兖豫有無聊之民。帝都有吁嗟之怨。（戰國策：蘇秦曰：上下相怨，民無所聊。家語：孔子曰：今人之言惡者，比之於桀紂。民怨其虐，莫不吁嗟。）歷觀載籍。無道之臣。貪殘酷烈。於操爲甚。幕府方詰外姦未及整訓。鄭玄禮記注曰：詰，問其罪也。去質切。加緒含容，冀可彌縫。左氏傳，展喜對齊侯曰：桓公是以糾合諸侯，彌縫其闕，而匡救其災。而操豺狼野心，潛包禍謀。劉向列女傳曰：羊舌叔姬者，叔向之母也。長姒產男，叔姬往觀之，曰：其聲狼也，狼子野心，非是莫滅羊舌氏乎。乃欲摧撓棟梁，孤弱漢室。周易曰：棟撓，凶。不可以有輔。除滅忠正，專爲梟雄。往者伐鼓北征公孫瓚。魏志曰：公孫瓚，字伯圭。董卓至洛陽，遷瓚奮武將軍，封薊侯。范曄後漢書曰：公孫瓚大破黃巾，威震河北。紹自將擊之。強寇桀逆，拒圍一年。操因其未破，陰交書命，外助王師，内相掩襲。左氏傳曰：凡師輕曰襲。杜預曰：掩其不備也。故引兵造河，方舟北濟。會其行人發露，瓚亦梟夷。魏志曰：紹悉軍圍瓚，瓚自知必敗，盡殺其妻子，乃自殺。故使鋒芒挫縮，厥圖不果。爾乃大軍過蕩西山，屠各、左校，皆束手奉質，爭爲前登，犬羊殘醜，

消淪山谷。范曄後漢書曰：黑山賊于毒等覆鄴城，紹入朝歌鹿腸山，破之，斬毒，又擊左校、郭太賢等，遂及西營屠各，戰於常山。晉中興書曰：胡俗，其入居塞者有屠各種，最豪貴，故得爲單于，統領諸種。於是操師震慴，晨夜逋遁。屯據敖倉，阻河爲固。魏志曰：袁紹將進軍攻許，公留于禁屯河上。公軍官度。漢書音義曰：敖，地名，在滎陽西北，上臨河，有太倉。欲以螗蜋之斧，禦隆車之隧。莊子，蘧伯玉謂顏闔曰：汝不知夫螗蜋乎？怒其臂以當車轍，不知其不勝任也。幕府奉漢威靈，折衝宇宙。班孟堅與陳文子書曰：奉國威靈。信志方外。晏子春秋，孔子曰：不出樽俎之閒，而折衝千里之外，晏子之謂也。長戟百萬，胡騎千羣，奮中黃、育、獲之士，騁良弓勁弩之勢。尸子：中黃伯曰：余左執太行之獶，而右搏彫虎。戰國策：范雎說秦王曰：烏獲之力焉而死，夏育之勇焉而死。文子曰：狡兔得而獵犬烹，高鳥盡而良弓藏。史記：蘇秦說韓王曰：天下之彊弓勁弩，皆從韓出。并州越太行，青州涉濟、漯，魏志曰：袁紹出長子譚爲青州，外甥高翰爲并州。淮南子曰：何謂九山？曰：太行、羊腸。高誘曰：太行，直河内野王縣。尚書曰：浮于濟、漯，達于河。大軍汎黃河而角其前，荆州下宛、葉而掎其後。魏志曰：劉表爲荆州刺史，北與袁紹相結。左氏傳，狄子駒支曰：譬如捕鹿，晉人角之，諸戎掎之。征伐軍有前後，猶如捕獸，一人挺角，一人戾足。說文曰：掎，戾足也。雷霆虎步，並集虜庭。李陵詩曰：幸託不肖軀，且當猛虎步。若舉炎火以焫飛蓬，覆滄海以沃熛炭，有何不滅者哉？楚辭曰：離憂患而迺窮兮，若縱火於秋蓬。黃石公三畧曰：夫以義而誅不義，若決江河而溉熒火，其尅必矣。聲類曰：焫，燒也。說文曰：熛，火飛也。又操軍吏士，其可戰者皆自出幽冀，或故營部曲，咸怨曠思歸，流涕北顧。毛詩序曰：男女怨曠。其餘兗豫之民，及呂布、張揚之遺衆，呂布、張揚，已見九錫文。覆亡迫脅，權時苟從，各被創夷，人爲讎敵。尚書曰：父師曰：召敵讎弗怠。若迴斾方徂，登高岡而擊鼓吹，揚素揮以啓降路，廣雅曰：徽，

幡也。徽與揮古通用。必土崩瓦解，不俟血刃。漢書，徐樂上書曰：何謂土崩？秦之末葉是也。人困而主不恤，下怨而上不知，此之謂土崩。何謂瓦解？吳、楚、齊、越之兵是也。當此之時，安土樂俗之人衆，故諸侯無外境之助，此之謂瓦解。孫卿子曰：舜伐有苗，禹伐共工，湯伐有夏，文王伐崇，武王伐紂，遠方慕義，兵不血刃。方今漢室陵遲，綱維弛絕，聖朝無一介之輔，股肱無折衝之勢。尚書，秦穆公曰：如有一介臣。尚書大傳曰：股肱，臣也。折衝，已見上文。方畿之内，簡練之臣，皆垂頭搨翼，莫所憑恃，雖有忠義之佐，脅於暴虐之臣，焉能展其節？又操持部曲精兵七百，圍守宮闕，外託宿衛，内實拘執。懼其篡逆之萌，因斯而作。說文曰：逆而奪取曰篡。叉患切。此乃忠臣肝腦塗地之秋，烈士立功之會，可不勗哉！喻巴蜀文曰：肝腦塗中原。漢書曰：一敗塗地。尚書曰：勗哉夫子。操又矯命稱制，

遣使發兵。恐邊遠州郡。過聽而給與。強寇弱主。違衆旅叛。漢書以旅爲助舉以喪名。爲天下笑。則明哲不取也。即日幽并青冀。四州並進。魏志曰紹以中子熙爲幽州書到荆州。便勒見兵。與建忠將軍協同聲勢。魏志曰張繡以軍功稱遷至建忠將軍屯宛與劉表合州郡各整戎馬。羅落境界。舉師揚威。並匡社稷。則非常之功。於是乎著。其得操首者。封五千户侯。賞錢五千萬。部曲偏裨將校諸吏降者。勿有所問。廣宣恩信。班揚符賞。布告天下。咸使知聖朝有拘逼之難。如律令。風俗通曰謹按律者法也臯陶謨虞云始造律時主所制曰令漢書著甲令夫吏者始也當先自正然後正人故文書下如律令言當履繩墨動不失律令也

檄吳將校部曲文一首

陳孔璋

年月朔日子。尚書令彧。魏志曰荀彧字文若潁川人也太祖進彧爲漢侍中守尚書令告江東諸將校部曲。及孫權宗親中外。蓋聞禍福無門。惟人所召。左氏傳閔子騫之辭夫見機而作。不處凶危。上聖之明也。周易曰君子見機而作不俟終日臨事制變。困而能通。智者之慮也。漢書曰江充因變制宜周易曰困而不失其所亨其唯君子乎王弼曰窮必通也漸漬荒沈。往而不反。下愚之蔽也。是以大雅君子。於安思危。以遠咎悔。班固漢書贊曰大雅卓爾不群河間獻王近之矣封禪書曰與必慮衰安必慮危小人臨禍懷佚。以待死亡。二者之量。不亦殊乎。孫權小子。未辨菽麥。左氏傳曰晉周子有兄而無慧不能辨菽麥要領不足以膏齊斧。名字不足以洿簡墨。漢書音義服虔注曰易曰喪其齊斧未聞其說張晏曰斧鉞也以整齊天下應劭曰齊利也虞喜志林曰齊側皆切凡師出必齊戒入廟受斧故曰齊斧也譬猶鷇卵。始生翰毛。爾雅曰生而自食曰雛待哺曰鷇郭璞曰鳥子須母食鄭玄尚書大傳注曰翰毛毛長大者而便陸梁放肆。顧行吠主。西京賦曰怪獸陸梁戰國策刁勃謂田單曰跖之狗吠堯非其主也謂爲舟楫足以距皇威。江湖可以逃靈誅。不知天網設張。以在綱目。爨鑊之魚。期於消爛也。若使水而可恃。則洞庭無三苗之墟。子陽無荆門之敗。尚書帝曰咨禹惟時有苗弗率汝徂征三旬苗民逆命帝乃誕敷文德七旬有苗格孔安國曰三苗之國左洞庭右彭蠡范曄後漢書曰公孫述字子陽自立爲蜀王遣任滿據荆門帝令征南大將軍岑彭攻之滿大敗朝鮮之壘不刊。南越

之旍不拔。史記曰天子拜涉何爲遼東部都尉朝鮮襲殺何天子遣左將軍荀彘擊朝鮮朝鮮人殺其王右渠來降定朝鮮爲四郡又曰南越呂嘉反以主爵都尉楊僕爲樓船將軍下横浦咸會番禺南越以平遂爲九郡又曰東越王餘善反遣横海將軍韓説出句章越建成侯敖殺餘善以其衆降昔夫差承闔閭之遠跡。用申胥之訓兵。棲越會稽。可謂強矣。史記曰吳王闔閭死立太子夫差又樂毅遺燕惠王書曰昔伍子胥說聽於闔閭而吳王遠跡至郢韋昭國語注曰申胥楚大夫伍奢之子子胥也名員員奔吳吳與地故曰申胥史記曰吳王夫差伐越敗之越王勾踐乃以甲兵五千人棲於會稽及其抗衡上國。與晉爭長。都城屠於勾踐。武卒散於黃池。終於覆滅。身罄越軍。毛萇詩注曰抗舉也鄭玄周禮注曰稱上曰衡抗衡謂對舉以爭輕重也史記陸賈曰以區區之越與天子抗衡爲敵國又曰吳王夫差北會諸侯於黃池欲霸中國吳王與晉定公爭長乃長晉定公吳引兵歸國又曰吳與晉人相遇黃池之上吳晉爭強晉人擊之大

敗吳師。越王聞之，襲吳。吳王聞之，去晉而歸，與越戰不勝，城門不守，遂圍王宮而殺夫差。及吳王濞，驕恣屈強，猖猾始亂。漢書曰：吳王濞，高帝兄仲之子也。立濞爲吳王。孝景五年，起兵於廣陵。左氏傳曰：鄭子太叔卒，晉趙簡子曰：黃父之會，夫子語我九言，曰：無始亂，無怙富。自以兵強國富，勢陵京城，太尉帥師，甫下滎陽，則七國之軍，瓦解冰泮。漢書曰：七國反，書聞，天子遣條侯周亞夫往擊楚，敗之。七國，吳王濞、楚王戊、趙王遂、膠西王卬、齊南王辟光、淄川王賢、膠東王渠。鄭玄周禮注曰：甫，始也。瓦解已見上文。淮南子曰：冰泮而農桑起。濞之罵言未絕於口，而丹徒之刃以陷其胷。漢書曰：吳王敗，乃與戲下壯士千人夜亡，渡淮走丹徒，保東越。漢使人以利啗東越，東越即紿吳王。吳王出勞軍，漢使人鏦殺吳王。漢書賈誼上䟽曰：適啓其口，匕首已陷其胷矣。紿音殆。何則？天威不可當，而悖逆之罪重也。且江湖之衆，不足恃也。自董卓作亂，以迄於今，將三十載。其間豪桀縱橫，熊據虎跱，強如二袁，勇如呂布，二袁，袁紹、袁術也。魏志曰：呂布便弓馬，旅力過人，號爲飛將。跨州連郡，有威有名，十有餘輩。其餘鋒捍特起，鸇視狼顧，爭爲梟雄者，不可勝數。淮南子曰：鴟視虎顧。鹽鐵論曰：無鹿駭狼顧之憂。然皆伏鈇嬰鉞，首腰分離，雲散原燎，罔有子遺。尚書曰：若火之燎于原。毛詩曰：周餘黎民，靡有子遺。近者關中諸將，復相合聚，續爲叛亂，魏志：張魯據漢中，遣鍾繇討之。是時關中諸將疑繇欲自襲，馬超遂與楊秋、李湛、宜成等反。遣曹仁討之。超等屯潼關，公勑諸將：關西兵精悍，堅壁勿與戰。阻二華，據河渭，驅率羌胡，齊鋒東向，氣高志遠，似若無敵。丞相秉鉞鷹揚，順風烈火，元戎啓行，未鼓而破。魏志曰：公西征馬超。超，公自潼關北度，未濟，超赴船急戰。丁斐曰放馬以餌賊，賊亂取馬，公乃得渡。循河爲甬而南，賊追距渭口。公乃分兵結營於渭南，賊夜攻營，伏兵擊破之。進軍渡渭，超等數挑戰，不許。公乃與尅日會戰，先以輕兵挑之，戰良久，乃縱虎騎夾擊，大破之，斬宜成、李湛等。漢書元后詔曰：運獨見之明，奮無前之威。毛詩曰：武王載旆，有虔秉鉞，如火烈烈，則莫我敢過。又曰：元戎十乘，以先啓行。伏尸千萬，流血漂櫓，此皆天下所共知也。戰國策秦王謂唐且曰：天子之怒，伏尸百萬，流血千里。賈誼過秦曰：伏尸百萬，流血漂櫓。是後大軍所以臨江而不濟者，以韓約、馬超逋逸迸脫，走還涼州，復欲鳴吠。魏志曰：曹公斬宜成，遂、超走涼州。典略曰：韓遂字文約，在涼州阻兵爲亂，積三十年。建安二十年乃死。逆賊宋建，僭號河首，同惡相救，並爲脣齒。魏志曰：初，隴西宋建自稱河首平漢王，聚衆枹罕，夏侯淵討之，屠枹罕，斬建，涼州。又鎮南將軍張魯，負固不恭，魏志曰：張魯字公旗，據漢中，以鬼道教人，自號師君，長雄巴漢垂三十年。漢末力不能征，遂就寵魯爲鎮民中郎將、漢寧太祖征之。周禮曰：負固不服則攻之。皆我王誅所當先加，故且觀兵旋旆。魏志曰：建安十七年，公征孫權，攻破江西營，乃引軍還。史記曰：武王東觀兵，至于孟津，諸侯皆曰：帝紂可伐。武王曰：未可。乃還師。復整六師，長驅西征，致天下誅。魏志曰：建安二十年，公西征張魯。偏將涉隴，則建約梟夷，旍首萬里。魏志曰：韓遂在顯親，夏侯淵欲襲取之，遂走。後淵大破遂軍，得其旍麾，斬建及遂，死已見上文。軍入散關，則群氐率服，王侯豪帥，奔走前驅。魏志曰：公西征張魯，自陳倉出散關，至河池，氐王竇茂恃險不服，攻屠之。進臨漢中，則陽平不守。魏志曰：西征張魯至陽平，魯使弟衛據陽平關，公乃遣高祚等乘險夜襲，大破之。十萬之師，土崩魚爛，張魯逋竄，走入巴中，懷恩悔過，委質還降。魏志曰：魯弟衛夜遁，魯潰走巴中。遣人慰喻，魯盡家屬出降。土崩已見上文。公羊傳曰：其言梁亡何？自亡也。奈何？魚爛而亡。何休曰：魚爛從內發。左氏傳狐突曰：策名委質。巴夷王朴胡、賨邑侯杜濩，各帥種落，共舉巴郡，以奉王職。魏志曰：建安二十年，七姓巴夷王朴胡賓邑侯杜濩舉巴夷賓民來附於是分巴郡以胡爲巴東太守濩巴西太守孫盛曰朴音浮濩音護鉦鼓一動二方俱定利盡西海兵不鈍鋒戰國策司馬錯曰今伐蜀利盡西海而諸侯不以爲貪漢書淮南王安上疏曰不勞一卒不頓一戟又曰不挫一兵之鋒鈍與頓同若此之事皆上天威明社稷神武非徒人力所能立也聖朝寬仁覆載允信允文春秋考異郵曰赤帝之精寬仁大度禮記曰天無私覆地無私載毛詩曰允文允武昭假列祖大啓爵命以示四方魯及胡濩皆享萬戶之封魯之五子各受千室之邑魏志曰胡濩者皆封列侯又曰封魯及五子皆爲列侯胡濩子弟部曲將校爲列侯將軍已下千有餘人百姓安堵四民反業漢書曰高祖入關吏民皆安堵如故管子曰士農工商四民者國之石民而建約之屬皆爲鯨鯢左氏傳楚子曰古者明王伐不敬取其鯨鯢而封以

爲大戮超之妻孥焚首金城魏志曰南安趙衢討超梟其妻子漢書有金城郡父母嬰孩覆尸許市范曄後漢書曰建安元年遷都于許非國家鍾禍於彼降福於此也逆順之分不得不然漢書消動曰甚詩逆順之理夫鷙鳥之擊先高攫鷙之勢也牧野之威孟津之退也此述往年未伐之意尚書序曰武王與受戰於牧野又曰惟十有一年武王伐殷孔安國曰諸侯僉同乃退以示弱今者枳棘翦扞戎夏以清枳棘以喻殘賊也翦扞翦除而防衛之也杜預左氏傳注曰扞衛也音捍萬里肅齊六師無事故大舉天師百萬之衆魏志曰建安二十一年治兵遂征孫權也與匈奴南單于呼完廚及六郡烏桓丁令屠各湟中羌僰魏志曰建安二十一年匈奴南單于呼廚泉將其名王來朝待以客禮漢書曰諸羌言願得度湟水北然湟水左右羌之所居湟音皇丁令屠各已見上文霆奮席卷自壽春

而南漢書九江郡有壽春邑又使征西將軍夏侯淵等魏志曰夏侯淵字妙才惇族弟也爲征西將軍率精甲五萬及武都氐羌巴漢銳卒南臨汶江搤據庸蜀魏志曰建安二十一年留夏侯淵屯漢中江夏襄陽諸軍橫截湘沅以臨豫章樓船橫海之師直指吳會漢書曰東越反上遣橫海將軍韓說樓船將軍楊僕入軍於越萬里尅期五道並入大舉天師至壽春而南一道也使征西甲卒五萬二道也及武都至庸蜀三道也江夏至豫章四道也樓船至會稽五道也權之期命於是至矣丞相銜奉國威爲民除害元惡大憝必當梟夷尚書成王曰元惡大憝至於枝附葉從皆非詔書所特禽疾楊雄覈靈賦曰枝附葉從表立景隨故每破滅強敵未嘗不務在先降後誅拔將取才各盡其用是以立功之士莫不翹足引

領望風響應新序趙良謂商君曰君亡可翹足而待也左氏傳穆叔謂晉侯曰引領西望曰庶幾乎尚書曰惟影響孔安國曰若影之隨形響之應聲昔袁術僭逆王誅將加則廬江太守劉勳先舉其郡還歸國家魏志曰建安四年袁術敗於陳術病死廬江太守劉勳率衆降封爲列侯呂布作亂師臨下邳張遼侯成率衆出降魏志曰張遼字文遠鴈門人也以兵屬呂布太祖破呂布於下邳遼將衆降拜中郎將爵爲關內侯還討眭固薛洪樛尚開城就化魏志曰眭固屬袁紹屯射犬公進軍臨河使史渙曹仁渡河擊之固使張楊故長史薛洪河內太守樛尚留守自將兵以迎紹求救與渙仁遇交戰大破之斬固公遂濟河圍射犬洪尚率衆降封爲列侯樛音留官渡之役則張郃高奐舉事立功魏志曰公擊淳于瓊留曹洪守紹使張郃高覽攻曹洪郃等聞瓊破遂來降魏志云高覽此云奐蓋有二名郃烏合切後討袁尚則都督將軍馬延故豫州刺史陰夔

射聲校尉郭昭臨陣來降魏志曰公圍尚營未合尚懼遣故豫州刺史陰夔及陳琳
乞降公不許圍益急尚夜遁保岐山追擊之其將馬延等臨陣降衆大潰圍守鄴城則將軍
蘇游反爲內應魏志曰尚攻譚留蘇由守鄴公進軍到洹水由降游與由同審配兄
子開門入兵魏志曰袁尚走中山盡獲其輜重印綬節鉞使尚降人示其家城中崩沮審配兄子
榮夜開所守東城門內兵配逆戰敗生禽配斬之既誅袁譚則幽州大將焦觸
攻逐袁熙舉事來服魏志曰建安十年袁熙大將焦觸叛熙尚奔三郡烏丸觸等舉其縣
來降凡此之輩數百人皆忠壯果烈有智有仁悉與丞相
參圖畫策折衝討難芟敵搴旗靜安海內豈輕舉措也
哉誠乃天啓其心計深慮遠西京賦曰天啓其心司馬相如喻巴蜀文曰計深慮
遠急國家之難審邪正之津明可否之分勇不虛死節不苟立

屈伸變化唯道所存故乃建丘山之功享不訾之祿荅客
難曰所欲必得功若丘山賈逵國語注曰訾言量也朝爲仇虜夕爲上將所謂臨
難知變轉禍爲福者也說苑孔子曰聖人轉禍爲福報怨以德若夫說誘
甘言懷寶小惠毛詩曰盜言孔甘論語曰好行小惠泥滯苟且沒而不覺
隨波漂流與熛俱滅者亦甚衆多吉凶得失豈不哀哉
昔歲軍在漢中東西懸隔合肥遺守不滿五千權親以
數萬之衆破敗奔走今乃欲當禦雷霆難以冀矣魏志曰太
祖使張遼與樂進等將七千餘人屯合肥太祖征張魯敎而權率十萬衆圍合肥於是遼夜募敢從之士得八
百人明日大戰平旦遼被甲持戟先登陷陣殺千人斬二將權登高冢以長戟自守遼呼權不敢動權守合肥
十餘日城不可拔乃引退夫天道助順人道助信周易曰天之所助者順也人之所助

信也事上之謂義親親之謂仁盛孝章君也而權誅之吳志
曰權殺吳郡太守盛憲會稽典錄曰憲字孝章孫輔兄也而權殺之典略曰孫輔恐權不
能守江東因權出行東冶乃遣人齎書呼曹公行人以告權乃還僞若不知與張昭共見輔權謂輔曰兄厭樂
耶何爲呼他人輔云無是權投書與昭以示輔輔慙無辭乃悉斬輔親近徙輔置東吳賊義殘仁
莫斯爲甚孟子齊王曰臣弒其君可乎孟子曰賊仁者謂之賊賊義者謂之殘殘賊之人謂之一夫
聞誅一夫紂矣未聞弒其君也乃神靈之逋罪下民所同讎辜讎之人
謂之凶賊是故伊摯去夏不爲傷德飛廉死紂不可謂
賢尚書曰伊尹去亳適夏既醜有夏復歸于亳孫子曰殷之興也伊摯在夏魏武曰伊摯伊尹也孟子曰周
公相武王誅紂驅飛廉於海隅而戮之何者去就之道各有宜也丞相深
惟江東舊德名臣多在載籍近魏叔英秀出高峙著名

海內虞文繡砥礪清節耽學好古周泰明當世儁彥德
行脩明皆宜膺受多福保乂子孫尚書曰永膺多福又曰保乂王家而
周盛門戶無辜被戮遺類流離湮沒林莽言之可爲愴
然聞魏周榮虞仲翔各紹堂構能負析薪吳志曰虞翻字仲翔尚書
曰若考作室既底法厥子乃弗肯堂矧肯構左氏傳鄭子產曰古人有言曰其父析薪其子弗克負荷及
吳諸顧陸舊族長者世有高位當報漢德顯祖揚名及
諸將校孫權婚親皆我國家良寶利器尚書曰所寶惟賢則邇人安聖
主得賢臣頌曰夫賢者國家器用也所任賢則趨舍省而功施普器用利則用力少而就效衆也而並
見驅迮雨絕於天有斧無柯何以自濟陸賈新語曰有斧無柯何以治
之相隨顛沒不亦哀乎蓋鳳鳴高岡以遠罻羅賢聖之

德也。毛詩曰、鳳皇鳴矣、于彼高岡。梧桐生矣、于彼朝陽。鷦鷯之鳥、巢於葦苕。苕折子破、下愚之惑也。韓詩曰、鴟鴞鴟鴞、既取我子、無毀我室。鴟鴞、鸋鴂、鳥名也。鴟鴞所以愛養其子者、適以病之。愛憐養其子者、謂堅固其窠巢。病之者、謂不知託於大樹茂枝、反敷之葦蔄、風至蔄折、巢覆、有子則死、有卵則破、是其病也。字林曰、鸋鴂、鴟也。上乃丁切、下古穴切。廣雅曰、鸋鴂、工雀也。荀卿子曰、南方鳥名蒙鳩、爲巢、編之以髮、繫之葦苕、苕折卵破、巢非不牢、所繫之弱也。說文曰、葦、大葭也。苕與蔄同。今江東之地、無異葦苕、諸賢處之、信亦危矣。聖朝開弘曠蕩、重惜民命、誅在一人、與衆無忌、故設非常之賞、以待非常之功。司馬長卿難蜀父老曰、有非常之事、然後有非常之功。乃霸夫烈士奮命之良時也、可不勉乎。若能翻然大舉、建立元勳、以應顯祿、福之上也。如其未能、未能如上之計。筭量大小、以存易亡、亦其次也。漢書、鄒陽上書曰、昔者鄭祭仲許宋人立公子突、以活其君、非其義也、春秋記之、爲其以生易死、以存易亡。夫係蹄在足、則猛虎絕其蹯。戰國策、魏魁謂建信君曰、人有置係蹄者而得虎、虎怒、決蹯而去。虎之情、匪不愛其蹯也、然而不以環寸之蹯、害七尺之軀、有權也。今國家者、非直七尺之軀也、而君之身於王、非環寸之蹯也。願公早圖之也。延叔堅曰、係蹄、獸絆也。蝮蛇在手、則壯士斷其節。漢書曰、項梁使使趣齊兵擊章邯。田榮曰、楚殺田假、趙殺田角、田間、乃出兵。楚不殺假、趙亦不殺角、間。齊王曰、蝮蠚手則斬手、蠚足則斬足。何者、爲害於身也。田假、田角、田間於楚趙、非手足之戚、何故不殺。蠚音釋。何則、以其所全者重、以其所棄者輕。若乃樂禍懷寧、迷而忘復、周易曰、迷復之凶、反君道也。闇大雅之所保、背先賢之去就。毛詩大雅曰、既明且哲、以保其身。忽朝陽之安、甘折苕之末、日忘一旦、以至覆沒、大兵一放、玉石俱碎。尚書曰、火炎崑岡、玉石俱

焚。雖欲救之、亦無及已。史記、衛平謂宋王曰、後雖悔之、亦無及已。故令往購募爵賞科條如左、檄到詳思至言、如詔律令。

檄蜀文一首

魏志曰、景元四年、令鍾會伐蜀。會至漢中、蜀大將姜維等守劒閣距會。會移檄、檄蜀將吏。

鍾士季

魏志、鍾會字士季、潁川人。少敏慧夙成、爲秘書郎、遷鎭西將軍、後爲司徒、謀反於蜀、爲衆兵所殺。

往者漢祚衰微、率土分崩、生民之命、幾於泯滅。我太祖武皇帝、神武聖哲、撥亂反正、魏志曰、有太武皇帝、爲魏太祖。公羊傳曰、君子曷爲春秋、撥亂世反諸正、莫近乎春秋。拯其將墜、造我區夏。尚書曰、文王用肇造我區夏。高祖文皇帝、應天順民、受命踐祚。魏志曰、文帝爲魏高祖。周易曰、湯武革命、順乎天而應乎人。禮記曰、成王幼、不能莅祚、周公相、踐祚而治。烈祖明皇帝、奕世重光、

恢拓洪業。魏志曰、明皇帝爲魏烈祖。國語、祭公謀父曰、奕世載德。尚書曰、昔我君文王武王、宣重光。漢書、武帝詔曰、何行而可以彰先帝之洪業休德。然江山之外、異政殊俗、毛詩序曰、國異政、家殊俗。率土齊民、未蒙王化、難蜀父老曰、割齊人以附夷狄。如淳曰、齊人、齊等無有貴賤、故謂之齊、若今言平人也。此三祖所以顧懷遺志也。劇秦美新曰、后土顧懷。今主上聖德欽明、紹隆前緒、主上、陳留王奐也。尚書曰、放勛欽明。宰輔忠肅明允、劬勞王室、宰輔、司馬文王也。左氏傳、史克對魯侯曰、齊聖廣淵、明允篤誠、忠肅恭懿、宣慈惠和。布政垂惠、而萬邦協和、毛詩曰、布政優優。尚書曰、百姓昭明、協和萬邦。施德百蠻、而肅慎致貢、毛詩曰、因時百蠻。大戴禮、孔子曰、昔舜教通于四海之外、肅慎、北發、渠搜、氐、羌來服。悼彼巴蜀、獨爲匪民、毛詩曰、哀我征夫、獨爲匪民。愍此百姓、勞役未已、是以命授六師、龔行天罰、尚書曰、予惟龔行天之罰。征西雍州鎭西諸

軍五道並進。魏志曰：詔使征西將軍鄧艾督諸軍趣甘松沓中，雍州刺史諸葛緒督諸軍趣武街
高樓，鎮西將軍鍾會由駱谷伐蜀。古之行軍，以仁爲本，以義治之。司馬法曰：
古者以仁爲本，以義治之之謂正。曹操曰：古者五帝三王以來也。仁者生而不名，義者成而不有。王者
之師，有征無戰。孫卿子曰：王者有誅無戰。漢書淮南王上書曰：天子之兵，有征無戰，莫敢校之。
故虞舜舞干戚而服有苗，尚書曰：帝乃誕敷文德，舞干羽于兩階，七旬有苗格。周
武有散財發廩表閭之義。尚書曰：式商容之閭，散鹿臺之財，發鉅橋之粟。今鎮
西奉辭銜命，攝統戎車，尚書禹曰：奉辭伐罪。漢書孫寶曰：臣幸得銜命奉使。庶弘
文告之訓，以濟元元之命。國語曰：祭公謀父曰：有征罰之備，有文告之辭。元元已見
上文。非欲窮武極戰，以快一朝之志。新序：李克對魏武侯曰：好戰窮武，未有不
亡者。故略陳安危之要，其敬聽話言。毛詩曰：告之話言。益州先主

以命世英才，興兵新野，困躓冀徐之郊，制命紹布之手。
太祖拯而濟之，興隆大好。中更背違，棄同即異。蜀志曰：先主姓
劉，諱備，字玄德，涿郡人也。靈帝末，黃巾起，先主率其屬討賊有功，除安喜尉。後領徐州，呂布襲徐州，虜先主妻
子，乃求和於布。後歸曹公，曹公厚遇之，以爲豫州牧，後背曹公，歸袁紹。漢書張良曰：湯武伐桀紂，封其後者，能
制其死命也。左氏傳，子太叔曰：棄同即異，是謂離德。諸葛孔明仍規秦川，姜伯約
屢出隴右，蜀志曰：姜維，字伯約。勞動我邊境，侵擾我氐羌，方國家
多故，未遑脩九伐之征也。周禮曰：以九伐之法正邦國。馮弱犯寡則眚之，賊賢害民
則伐之，暴內陵外則壇之，野荒民散則削之，負固不服則侵之，賊殺其親則征之，放弒其君則殘之，犯令陵政
則杜之，內外亂，鳥獸行則滅之。今邊境乂清，方內無事，蓄力待時，併
兵一向，孫子兵法曰：併敵一向，千里殺將。而巴蜀一州之衆，分張守備，

難以禦天下之師。段谷侯和沮傷之氣，難以敵堂堂之
陳。魏志曰：姜維趣上邽，鄧艾與戰于段谷，大破之。又曰：姜維寇洮陽，鄧艾拒之，破維于侯和。漢書，公乘興上
書曰：王尊厲奔北之吏，起沮傷之氣。黃帝出軍決曰：始立牙之日，吉氣來應，旗幡指敵，或從風而來，金鐸之聲
揚以清，鼓鞞之音婉而鳴，是謂堂堂之陳，整整之旗，此大勝之徵也。比年已來，曾無寧歲，
國語，姜氏告公子曰：自子之行，晉無寧歲。征夫勤瘁，難以當子來之民。毛詩
曰：經始勿亟，庶民子來。此皆諸賢所共親見。蜀侯見禽於秦，公孫
述授首於漢，史記曰：秦惠文君八年，張儀復相，伐蜀，滅之。公孫述已見吳都賦。九州之
險，是非一姓。此皆諸君所備聞也。左氏傳，司馬侯曰：九州之險也，是非一姓。
明者見危於無形，智者規福於未萌。太公金匱曰：明者見危於未萌，智者避
危於無形。是以微子去商，長爲周賓。毛詩序曰：有客，微子來見祖廟也。鄭玄曰：武王

既黜殷命，殺武庚，微子代殷後，既受命來朝，而見之於廟。陳平背項，立功於漢。史記曰：陳
平懼項王誅，遂至脩武降漢，拜平爲都尉。豈宴安鴆毒，懷祿而不變哉？左氏傳，管
敬仲曰：宴安鴆毒，不可懷也。漢書，楊惲曰：懷祿貪勢，不能自退。今國朝隆天覆之恩，宰
輔引寬恕之德，禮記，孔子曰：天無私覆，地無私載。先惠後誅，好生惡殺。
尚書大傳，成王問周公曰：舜何以也？周公曰：其政也，好生而惡殺。往者吳將孫壹舉衆
內附，位爲上司，寵秩殊異。吳志曰：孫壹爲江夏太守，及孫綝誅滕胤、呂據，據、胤皆壹
之妹夫也。綝遣朱異潛襲壹，異至武昌，壹知其攻己，率部曲將胤妻奔魏。魏以壹爲車騎將軍，封吳侯。文
欽、唐咨，爲國大害，叛主讎賊，還爲戎首，咨困偪禽獲，欽
二子還降，皆將軍封侯，咨豫聞國事。魏志曰：文欽，字仲若，曹爽之邑人也。
與毌丘儉舉兵反，大將軍司馬文王臨淮討之，諸葛誕遂殺欽，欽子鴦及虎踰城出，自歸大將軍，大將軍表鴦

虎爲將軍。各賜爵關內侯。大將軍乃自臨圍。四面進兵。同時鼓譟登城。唐咨面縛降。拜咨安遠將軍。禮記。子思曰。無爲戎首。鄭玄曰。爲兵主曰戎首。壹等窮蹙歸命。猶加上寵。況巴蜀賢智見機而作者哉。見機已見上文。誠能深鑒成敗。邈然高蹈。投跡微子之蹤。措身陳平之軌。則福同古人。慶流來裔。百姓士民。安堵樂業。安堵已見上文。農不易畝。市不迴肆。呂氏春秋曰。桀爲無道。湯立爲天子。夏民大悅。農不去疇。商不變肆。去累卵之危。就永安之計。豈不美與。說苑曰。晉靈公造九層臺。孫息聞之。求見曰。臣能累十二博棊。加九雞子其上。公曰。作之。孫息以棊子置下。加九雞子其上。公曰。危哉。若偷安旦夕。迷而不反。大兵一放。玉石俱碎。雖欲悔之。亦無及也。並已見上文。各具宣布。咸使知聞。

難蜀父老一首

漢書曰。武帝時。相如使蜀。長老多言通西南夷之不爲國用。大臣亦以爲然。相如業已建之。不敢諫。乃著書。假蜀父老爲辭。而己以語難之。以諷天子。因宣其使指。令百姓知天子意焉。

司馬長卿

漢興七十有八載。德茂存乎六世。六世。謂自高祖至武帝。威武紛紜。湛恩汪濊。韋昭曰。湛。音沈。張揖曰。汪濊。深貌也。善曰。汪。烏黃切。濊。烏外切。群生霑濡。洋溢乎方外。於是乃命使西征。隨流而攘。風之所被。罔不披靡。因朝冉從駹。定筰存邛。服虔曰。冉駹筰邛。皆蜀郡西部也。應劭曰。蜀郡岷江本冉駹也。文穎曰。邛。今爲邛都縣。筰。今爲定筰縣。皆屬越嶲。善曰。駹。蒙江切。筰。音鑿。略斯榆。舉苞蒲。鄭玄曰。斯。音曳。張揖曰。斯俞。本俞國名也。服虔曰。苞蒲。夷種也。結軌還轅。東鄉將

報。楚辭曰。結余軫于西山。王逸曰。結。旋也。至于蜀都。耆老大夫搢紳先生之徒二十有七人。儼然造焉。辭畢。進曰。蓋聞天子之牧夷狄也。其義羈縻勿絕而已。應劭漢官儀曰。馬曰羈。牛曰縻。言四夷如牛馬之受羈縻也。今罷三郡之士。通夜郎之塗。三年於茲。而功不竟。士卒勞倦。萬民不贍。今又接之以西夷。百姓力屈。恐不能卒業。此亦使者之累也。竊爲左右患之。且夫邛筰西夷之與中國並也。歷年茲多。不可記已。孟子曰。禹之相舜。歷年茲多。仁者不以德來。強者不以力并。意者其殆不可乎。不可。猶不堪也。以其不堪爲用。故棄之也。今割齊民以附夷狄。附。謂令之親附也。齊民已見上文。敝所恃以事無用。鄙人固陋。不識所謂。使者曰。烏謂此乎。必若所云。則是蜀不變服而巴不化俗也。應劭曰。巴蜀皆古蠻夷椎結左衽之人也。僕常惡聞若說。然斯事體大。固非觀者之所覯也。余之行急。其詳不可得聞已。請爲大夫粗陳其略。孟子曰。其詳不可得聞。嘗聞其略矣。韋昭曰。粗。猶略也。徂古切。蓋世必有非常之人。然後有非常之事。有非常之事。然後有非常之功。夫非常者。固常人之所異也。故曰非常之原。黎民懼焉。張揖曰。非常之事。其本難知。衆民懼也。尚書曰。黎民於變時雍。及臻厥成。天下晏如也。昔者洪水沸出。氾濫衍溢。張揖曰。溢溢也。郭璞三蒼解詁曰。溢。水聲也。字林云。四寸切。古漢書爲溢。今爲衍。非也。民人升降移徙。崎嶇而不安。夏后氏慼之。乃堙洪塞源。決江疏河。張揖曰。疏。通也。灑沈澹災。張揖曰。灑。分也。韋昭曰。灑。史紙切。蘇林曰。澹。音淡。言分其沈溺搖動之災也。灑或作澌。

字書曰澌水索也賜移切說文曰澹水搖也徒濫切顏師古曰沈深也澹安也言分散其深水以安定其災也灑所宜切 東歸之於海而天下永寧當斯之勤豈惟民哉心煩於慮而身親其勞躬胝無胈膚不生毛 張晏曰躬體也孟康曰腠腠理也韋昭曰胈其中小毛也蒲葛切郭璞三蒼解詁曰胝躪也竹施切莊子曰兩袓女浣於白水之上者禹過之而趨曰治天下奈何女曰股無胈脛不生毛顏色烈凍手足胼胝何以至是也胼步千切 故休烈顯乎無窮聲稱浹乎于茲且夫賢君之踐位也豈特委瑣喔躪拘文牽俗 應劭曰喔躪急促之貌也善曰喔音握 循誦習傳當世取說云爾哉必將崇論吰議 鄭展子曰字詁云吰今宏字 創業垂統爲萬世規 孟子曰君子創業垂統爲可繼 故馳騖乎兼容并包而勤思乎參天貳地 已比德於地是貳地也地與已并天是三也 且詩不云乎普

天之下莫非王土率土之濱莫非王臣 毛詩小雅文濱涯也本或作賓 是以六合之內八方之外浸淫衍溢懷生之物有不浸潤於澤者賢君恥之今封疆之內冠帶之倫咸獲嘉祉靡有闕遺矣而夷狄殊俗之國遼絕異黨之域舟車不通人跡罕至政教未加流風猶微 孟子曰故家遺俗流風善政猶有存者 內之則時犯義侵禮於邊境外之則邪行橫作放殺其上君臣易位尊卑失序父老不辜幼孤爲奴虜係縲號泣 張揖曰爲人所係戰國策曰韓魏父子老弱係虜於道路 內鄉而怨曰蓋聞中國有至仁焉德洋恩普物靡不得其所今獨曷爲遺己舉踵思慕若枯旱之望雨 孟子曰湯始征葛伯民望之若大旱之望雨 戾夫爲

之垂涕況乎上聖又焉能已故北出師以討彊胡南馳使以誚勁越四面風德二方之君鱗集仰流 論語比考讖曰賜風德宋均曰賜能言語故可使風諭以德也二方謂西夷南夷也鱗集相次也 願得受號者以億計故乃關沬若 漢書音義曰以沬若水爲關也張揖曰沬水出蜀西徼外入于江若水出廣平徼外出旄牛入江沬音妹 徼牂牁 張揖曰徼塞也以柵水爲夷狄之界 鏤靈山梁孫原 張揖曰鑿通山道置靈道縣屬越嶲郡孫水出登縣南至會無縣入若水李奇曰於孫水之本作獨梁 創道德之塗垂仁義之統將博恩廣施遠撫長駕 長駕謂所駕者遠 使疏逖不閉曶爽闇昧得耀乎光明 韋昭曰曶梅憒切言疏遠之國不被壅閉曶爽闇昧後得乎光明言化之所被者遠也郭璞三蒼解詁曰曶旦明也字林音勿尚書曰甲子昧爽孔安國曰昧早旦也爽明也 以偃甲兵於此而息討伐於彼遐

邇一體中外禔福不亦康乎 說文曰禔安也音支 夫拯民於沈溺奉至尊之休德反衰世之陵夷繼周氏之絕業天子之亟務也 凌夷即凌遲也史記張釋之曰秦凌遲而至於二世天下土崩漢書作陵夷至於二世 百姓雖勞又惡可以已乎哉且夫王者固未有不始於憂勤而終於逸樂者也 毛詩序曰始於憂勤終於逸樂 然則受命之符合在於此方將增太山之封加梁父之事鳴和鸞揚樂頌上減五下登三 李奇曰五帝之德比漢爲減三王之德漢出其上 觀者未覩旨聽者未聞音猶鷦鵬已翔乎寥廓之宇而羅者猶視乎藪澤悲夫 樂緯曰鷦鵬狀如鳳皇爾雅曰寥深也空廓寥寥也 於是諸大夫茫然喪其所懷來失厥所以進喟然並稱曰允哉漢德此鄙

人之所願聞也。百姓雖勞。請以身先之。敝囷廩從遷延而辭避。（尚書大傳曰。魏文侯問子夏。子夏乃遷延而退。）

文選卷第四十四

賜進士出身通奉大夫江南蘇松常鎮太等處承宣布政使司布政使胡克家重校刊

文選卷第四十五

梁昭明太子撰

文林郎守太子右內率府錄事參軍事崇賢館直學士臣李善注上

對問

對楚王問一首

宋玉

楚襄王問於宋玉曰。先生其有遺行與。（遺行。可遺棄之行也。韓詩外傳。子路謂孔子曰。夫子尚有遺行乎。奚居之隱。）何士民衆庶不譽之甚也。宋玉對曰唯然有之願大王寬其罪使得畢其辭客有歌於郢中者其始曰下里巴人國中屬而和者數千人其為陽阿薤露國中屬而和者數百人其為陽春白雪國中屬而和者不過數十人引商刻羽雜以流徵國中屬而和者不過數人而已是其曲彌高其和彌寡故鳥有鳳而魚有鯤曾子曰聞諸夫子曰羽蟲之精者曰鳳鱗蟲之精者曰龍淮南子曰孟春之月其蟲鱗許慎曰鱗龍之屬也鳳皇上擊九千里絕雲霓負蒼天翱翔乎杳冥之上夫蕃籬之鷃豈能與之料天地之高哉鯤魚朝發崑崙之墟爾雅曰河出崑崙墟色白郭璞曰墟山下基也暴鬐於碣石暮宿於孟諸孔安國尚書傳曰碣石海畔山夫尺澤之鯢豈能與之量江海

文四十五　二　乙卯重刊　刘端

之大哉尺澤言小也故非獨鳥有鳳而魚有鯢也士亦有之夫聖人瑰意琦行超然獨處夫世俗之民又安知臣之所為哉

設論

答客難一首

東方曼倩漢書曰朔上書陳農戰強國之計推意放蕩終不見用因著論設客難己用位卑以自慰諭

客難東方朔曰蘇秦張儀壹當萬乘之主而身都卿相之位如淳曰都謂居也澤及後世今子大夫脩先王之術慕聖人之義諷誦詩書百家之言不可勝記著於竹帛唇腐齒落服膺而不可釋禮記曰回之為人也得一善則拳拳服膺而弗失之矣好學樂道之効明白甚矣自以為智能海內無雙則可謂博聞辯智矣然悉力盡忠以事聖帝曠日持久積數十年官不過侍郎位不過執戟史記韓信曰臣事項王官不過侍郎位不過執戟意者尚有遺行邪遺行已見上文也同胞之徒無所容居其故何也蘇林曰胞音胞胎之胞言親兄弟也東方先生喟然長息仰而應之曰是故非子之所能備彼一時也此一時也豈可同哉孟子謂充虞曰彼一時也此一時也夫蘇秦張儀之時周室大壞諸侯不朝力政爭權相擒以兵慎子曰昔周室之衰也厲王擾亂天下諸侯力政人欲獨行以相兼并為十二國未有雌雄張晏曰周千八百國在者十二謂魯衛齊宋楚鄭燕趙韓魏秦中山春秋孔演圖曰

五[illegible]四十　文四十五　三

天運三百歲雌雄代起得士者強失士者亡故說得行焉孔叢子子思謂曾子曰今天下諸侯方欲力爭競招英雄以自輔翼此乃得士則昌失士則亡之秋也身處尊位珍寶充內外有倉廩蔡邕月令章句曰穀藏曰倉米藏曰廩澤及後世子孫長享今則不然聖帝德流天下震慴諸侯賓服連四海之外以為帶安於覆盂韓詩外傳曰君子之居也晏如覆杅孟與杅同音于天下平均合為一家動發舉事猶運之掌賢與不肖何以異哉列子曰楊朱見梁惠王言治天下猶運之掌禮記子曰道之不明也我知之矣賢者過之不肖者不及遵天之道順地之理物無不得其所故綏之則安動之則苦尊之則為將卑之則為虜抗之則在青雲之上抑之則在深淵之下用之則為虎不用則為鼠雖欲盡

節効情。安知前後。夫天地之大。士民之衆。竭精馳說。並進輻湊者。不可勝數。文子曰。群臣輻湊。悉力慕之。困於衣食。或失門戶。言上書忤旨。或被誅戮。使蘇秦張儀與僕並生於今之世。曾不得掌故。安敢望侍郎乎。應劭漢書注曰。掌故。百石吏。主故事者。傳曰。天下無害。雖有聖人。無所施才。上下和同。雖有賢者。無所立功。故曰時異事異。韓子曰。文王行仁義而王天下。偃王行仁義而喪其國。故曰時異則事異。雖然。安可以不務脩身乎哉。詩曰。鼓鍾于宮。聲聞于外。鶴鳴九臯。聲聞于天。毛詩小雅文也。毛萇曰。有諸中必見於外也。又曰。臯。澤也。苟能脩身。何患不榮。太公體行仁義。七十有二。乃設用於文武。得信厥說。封於齊。七百歲而不絕。說苑。鄒子說梁王曰。太公年七十而相周。九十而封齊。此士所以日夜孳孳。脩學敏行。而不敢怠也。孟子曰。雞鳴而起。孳孳爲善。舜之徒也。譬若鶺鴒。飛且鳴矣。毛詩曰。題彼鶺鴒。載飛載鳴。毛萇曰。題。視也。傳曰。天不爲人之惡寒而輟其冬。地不爲人之惡險而輟其廣。君子不爲小人之匈匈而易其行。天有常度。地有常形。君子有常行。君子道其常。小人計其功。詩云。禮義之不愆。何恤人之言。皆孫卿子文。水至清則無魚。人至察則無徒。冕而前旒。所以蔽明。黈纊充耳。所以塞聰。皆大戴禮孔子之辭也。薛綜東京賦注曰。黈纊。以黃綿爲丸。懸冠兩邊。當耳。不欲聞不急之言也。明有所不見。聰有所不聞。舉大德。赦小過。無求備於一人之義也。論語曰。仲弓爲季氏宰。問政。子曰。先有司。赦小過。舉賢才。尚書曰。與人弗求備。檢身若不

六百三十五　文四十五　四　壬子重刊　湯仲

及。枉而直之。使自得之。優而柔之。使自求之。揆而度之。使自索之。皆大戴禮孔子之辭也。家語亦同。王肅曰。雖當直枉。從容使自得也。優寬和柔之。使自求其宜也。揆度其法。以開視之。使自索得也。趙岐孟子注曰。使自得其本善性也。蓋聖人之教化如此。欲其自得之。自得之。則敏且廣矣。今世之處士。時雖不用。塊然無徒。廓然獨居。上觀許由。下察接輿。計同范蠡。忠合子胥。史記曰。勾踐之棲會稽。范蠡令甲辭厚禮以遺吳。後欲伐吳。勾踐復問蠡。蠡曰。可矣。遂滅之。天下和平。與義相扶。寡偶少徒。固其宜也。子何疑於予哉。若夫燕之用樂毅。秦之任李斯。酈食其之下齊。史記曰。樂毅去趙適魏。聞燕昭王好賢。樂毅爲魏昭王使於燕。燕時以禮待之。遂委質爲臣下。又曰。秦卒用李斯計謀。競并天下。以斯爲丞相。漢書。酈食其謂上曰。臣說齊王。使爲漢而稱東藩。上曰。善。乃說齊王田廣。以爲然。迺罷歷下守戰之備。說行如流。曲從如環。所欲必得。功若山。海內定。國家安。是遇其時者也。子又何怪之邪。語曰。以筦窺天。以蠡測海。以筳撞鍾。豈能通其條貫。考其文理。發其音聲哉。服虔曰。筦音管。張晏曰。蠡。瓠瓢也。文穎曰。筳音庭。莊子曰。魏牟謂公孫龍曰。乃規規而求之以察。索之以辯。是直用管窺天。用錐指地。不亦小乎。說苑。趙襄子謂子路曰。吾嘗問孔子曰。先生事七十君。無明君乎。孔子不對。何謂賢邪。子路曰。建天下之鳴鍾。撞之以筳。豈能發其音聲哉。猶是觀之。譬由鼱鼩之襲狗。孤豚之咋虎。至則靡耳。何功之有。如淳曰。鼱音精。服虔曰。鼩音劬。李巡爾雅注曰。鼱鼩。一名奚鼠。應劭風俗通曰。按方言。豚。豬子也。今人相罵曰孤豚之子是也。說文曰。靡。爛也。亡皮切。靡與糜古字通也。今以下愚而非處士。雖欲勿困。固不得已。此適足以明其不知權變。而終惑於大道也。

六百三十六　文四十五　五　壬子重刊　湯仲

解嘲一首 并序

楊子雲

哀帝時。丁傅董賢用事。漢書曰定陶丁姬哀帝母也兄明爲大司馬又曰孝哀傅皇后哀帝即位封后父晏爲孔鄉侯諸附離之者。起家至二千石。漢書音義莊子曰附離不以膠漆時雄方草創太玄。有以自守。泊如也。人有嘲雄以玄之尚白。服虔曰玄當黑而尚白將無可用雄解之。號曰解嘲。其辭曰。

客嘲楊子曰。吾聞上世之士。人綱人紀。不生則已。尚書曰先王肇修人紀孔安國曰修爲人綱紀也孔叢子子魚曰丈夫不生則已生則有云爲於世也生必上尊人君。下榮父母。析人之珪。儋人之爵。懷人之符。分人之祿。說文曰儋荷也應劭曰文帝始與諸王竹使符紆青拖紫。朱丹其轂。東觀漢記

曰印綬漢制公侯紫綬九卿青綬漢書曰吏二千石朱兩轓今吾子幸得遭明盛之世。處不諱之朝。與羣賢同行。歷金門上玉堂有日矣。應劭曰待詔金馬門晉灼曰黃圖有大玉堂小玉堂曾不能畫一奇。出一策。上說人主。下談公卿。目如耀星。舌如電光。一從一橫。論者莫當。史記秦王曰知一從一橫其說何顧默而作太玄五千文。枝葉扶疏。獨說數十餘萬言。以樹喻文也說文曰扶疏四布也深者入黃泉。高者出蒼天。大者含元氣。細者入無間。春秋命麻序曰元氣正則天地八卦孳無間言至微也淮南子曰出入無間然而位不過侍郎。擢纔給事黃門。蘇林曰擢之纔爲給事黃門不長作意者玄得無尚白乎。何爲官之拓落也。拓落猶遼落不諧偶也楊子笑而應之曰。客徒朱丹吾轂。不知一跌將赤吾之族也。廣雅曰跌差也赤謂誅滅也往昔周網解結。羣鹿爭逸。服虔曰鹿喻在爵位者離爲十二。合爲六七。十二國已見上文張晏曰謂齊燕楚韓趙魏爲六就秦爲七四分五剖。並爲戰國。晉灼曰此直道其分離之意耳鄒陽傳云濟北四分五裂之國也士無常君。國無定臣。得士者富。失士者貧。春秋保乾圖曰得士則安失士則危矯翼厲翮。恣意所存。故士或自盛以橐。或鑿坏以遁。服虔曰范雎入秦藏於橐中史記王稽辭魏去竊載范雎入秦至湖見車騎曰爲誰王稽曰穰侯范雎曰此恐辱我我寧匿車中有頃穰侯過淮南子曰顏闔魯君欲相之而不肯使人以幣先焉鑿坏而遁之坏普來切是故騶衍以頡頏而取世資。應劭曰齊人著書所言多大事故齊人號談天騶衍仕齊至卿蘇林曰頡音提挈之挈頡頏奇怪之辭也騶衍著書雖奇怪尚取世以爲資而已爲之師也言資以避下文也頏苦浪切孟軻雖連去聲蹇。猶爲萬乘師。

蘇林曰連蹇言語不便利也趙岐孟子章指曰滕文公尊敬孟子若弟子之問師今大漢左東海。應劭曰會稽東海也右渠搜。服虔曰連西戎國也應劭曰禹貢析支渠搜屬雍州在金城河間之西前番禺。應劭曰南海郡張晏曰南越王都也蘇林曰番音潘後椒塗。應劭曰漁陽之北界東南一尉。如淳曰地理志云在會稽西北一候。如淳曰地理志曰龍勒玉門陽關有候也徽以糾墨。制以鑕鈇。服虔曰制縛束也應劭曰束以繩徽弩之徽說文曰糾三合繩也又曰墨索也公羊傳曰不忍加之鈇鑕何休注曰斬要之刑也音質散以禮樂。風以詩書。曠以歲月。結以倚廬。應劭曰漢律以爲親行三年服不得選舉結爲倚廬以結其心左氏傳曰齊晏桓子卒晏嬰麤斬裹居倚廬天下之士。雷動雲合。魚鱗雜襲。咸營于八區。史記蒯通曰天下之士雲合霧集魚鱗雜遝遝徒合切家家自以爲稷契。人人自以爲皋陶。尚書帝曰俞咨禹汝平水土惟時懋哉禹讓于稷契暨皋陶戴縰垂纓而談者皆擬

於阿衡。鄭玄儀禮注曰纚與縰同縰所氏切詩曰實惟阿衡左右商王毛萇曰阿衡伊尹也五尺童子。羞比晏嬰與夷吾。孫卿子曰仲尼之門五尺豎子羞言五伯當塗者升青雲。失路者委溝渠。旦握權則為卿相。夕失勢則為匹夫。譬若江湖之崖。渤澥之島。乘鴈集不為之多。雙鳧飛不為之少。方言曰飛鳥曰雙四鴈曰乘昔三仁去而殷墟。二老歸而周熾。三仁微子箕子比干孟子曰伯夷避紂居北海之濱聞文王作興曰盍歸乎來吾聞西伯善養老者二老者天下之大老也子胥死而吳亡。種蠡存而越霸。史記曰吳既誅子胥遂伐齊越王勾踐襲殺吳太子王聞乃歸與越平越王勾踐遂滅吳又曰越王勾踐返國奉國政屬大夫種而使范蠡行成為質於吳後越大破吳也五羖入而秦喜。樂毅出而燕懼。史記曰百里奚亡秦走宛秦穆公聞百里奚欲重贖之恐楚不與請以五羖皮贖之楚人許與之繆公與語國事繆公大悅又曰樂毅伐齊破之燕昭王死子立為燕惠王乃使騎劫代將而召毅毅畏誅遂西奔趙惠王恐趙用樂毅以伐燕也范雎以折摺而危穰侯。危穰侯已見李斯上書折摺已見鄒陽上書晉灼曰摺古拉字也力荅切蔡澤以噤吟而笑唐舉。史記曰唐舉見蔡澤孰視而笑曰吾聞聖人不相殆先生乎韋昭曰噤欺禀切吟凝甚切故當其有事也。非蕭曹子房。平勃樊霍。則不能安。當其無事也。章句之徒。相與坐而守之。亦無所患。故世亂則聖哲馳騖而不足。世治則庸夫高枕而有餘。說苑曰管仲庸夫也桓公得之以為仲父漢書賈誼曰陛下高枕終無山東之憂楚辭曰堯舜皆有舉任兮故高枕而自適夫上世之士。或解縛而相。或釋褐而傅。左氏傳曰齊鮑叔帥師來言曰子糾親也請君討之管召讎也請受而甘心焉乃殺子糾于生竇召忽死之管仲請囚鮑叔受之及堂阜而脫之歸而以告曰管夷吾治於高傒使相可也公從之墨子曰傅說被褐帶索庸築傅巖武丁得

文四十五　八　壬子重刊　昌彥

之舉以為三公或倚夷門而笑。應劭曰侯嬴也秦伐趙趙求救於魏無忌將百餘人往過嬴嬴無所誡更還見嬴嬴笑之以謀告無忌韋昭曰笑人不知己也或橫江潭而漁。服虔曰漁父也或七十說而不遇。應劭曰孔丘也已見東方朔荅客難或立談而封侯。史記曰虞卿說趙孝成王再見為趙上卿故號為虞卿譙周曰食邑於虞也或枉千乘於陋巷。呂氏春秋曰齊桓公見小臣稷一日三至弗得見從者曰萬乘之主見布衣之士一日三至而不得見亦可以止矣桓公曰不然士傲爵祿者固輕其主君傲霸王者亦輕其士從夫子傲爵祿吾庸敢傲霸王乎或擁篲而先驅。擁篲鄒衍也七略曰方士傳言鄒子在燕其游諸侯畏之皆郊迎擁篲也是以士頗得信其舌而奮其筆。窒隙蹈瑕而無所詘也。李奇曰君臣上下有瑕隙乖離之漸則可抵而取之窒竹栗切當今縣令不請士。郡守不迎師。羣卿不揖客。將相不俛眉。言奇者見疑。行殊者得辟。言世尚同而惡異爾雅曰辟罪也行趨步也行胡庚切是以欲談者卷舌而同聲。欲步者擬足而投跡。言不敢奇異也故欲談者卷舌不言待彼發而同其聲欲行者擬足不前待彼行而投其跡也周易曰子曰同聲相應莊子曰多物將往投跡者眾嚮使上世之士。處乎今世。策非甲科。史記曰歲課甲科為郎中乙科為太子舍人然甲科為第一行非孝廉。舉非方正。獨可抗疏。時道是非。高得待詔。下觸聞罷。又安得青紫。言抗疏有所觸犯者帝報以聞而罷之言不任用也且吾聞之。炎炎者滅。隆隆者絕。觀雷觀火。為盈為實。如淳曰周易云雷雨之動滿盈滿水也雷極則為水火之光炎炎不可久久亦消滅為灰炭之實也天收其聲。地藏其熱。高明之家。鬼瞰其室。李奇曰鬼神害盈而福謙攫挐者亡。默默者存。位極者高危。自守者身全。是故知玄知默。守道之極。淮南子曰天道玄默無容無則

文四十五　九　壬子重刊　昌彥

爰清爰靜。游神之庭。老子曰知清知靜爲天下正。惟寂惟漠。守德之宅。莊子曰恬淡寂漠虛無無爲此道德之質也。世異事變。人道不殊。彼我易時。未知何如。李奇曰或能勝之。今子乃以鴟梟而笑鳳皇。執蝘蜓而嘲龜龍。不亦病乎。孫卿雲賦曰以龜龍爲蝘蜓鴟梟爲鳳皇說文曰在壁曰蝘蜓在草曰蜥蜴蝘烏典切蜓徒顯切子之笑我玄之尚白。吾亦笑子病甚。不遇俞跗與扁鵲也。悲夫。史記中庶子謂扁鵲曰臣聞上古之時醫有俞跗醫病不以湯液法言曰扁鵲盧人而善醫跗音附客曰。然則靡玄無所成名乎。論語曰君子去仁惡乎成名范蔡以下。何必玄哉。楊子曰。范雎。魏之亡命也。折脅摺髂。免於徽索。埤蒼曰髂要骨也口亞切翕肩蹈背。扶服入橐。孟子曰脅肩諂笑劉熙曰脅肩悚體也入橐已見上文激卬萬乘之主。介涇陽。抵穰侯而

六ㄱ六十七　文四十五　十　壬子重刊　盛彥

代之。當也。如淳曰激卬怒也善曰史記曰范雎至秦上書因感怒昭王昭王乃免相國逐涇陽君於關外又曰秦昭王母宣太后長弟曰穰侯姓魏名冉昭王同母弟曰涇陽君蘇林曰介者間其兄弟使踈也說文曰抵側擊也音紙蔡澤。山東之匹夫也。顩頤折頞。涕唾流沫。西揖彊秦之相。搤其咽而亢其氣。拊其背而奪其位。時也。韋昭曰曲上曰顩欺甚切史記曰蔡澤聞應侯內慙乃西入秦應侯使人召蔡澤蔡澤入則揖應侯應侯延入坐數曰言於秦昭王曰客有從山東來者曰蔡澤其人辯士昭王與語悅之應侯請歸相印遂拜蔡澤爲相說文曰頞鼻莖也於達切沫洒面也呼憒切廣雅曰咽嗌也一千切嗌音益天下已定。金革已平。都於洛陽。禮記子夏曰三年之喪卒金革之事無避也禮歟漢書曰高祖西都洛陽婁敬委輅脫輓。掉三寸之舌。建不拔之策。舉中國徙之長安。適也。漢書曰婁敬戍隴西過洛陽高帝在焉敬脫輓曰臣願見上言便宜又說上曰陛下都洛陽不便不如入關據秦之固是日車駕西都長安應劭曰輅謂以木當胷以輓車也論語摘輔像曰子貢

掉三寸之舌動於四海之內五帝垂典。三王傳禮。百世不易。叔孫通起於枹鼓之間。解甲投戈。遂作君臣之儀。得也。左氏傳曰援枹而鼓漢書叔孫通曰臣願徵魯諸生弟子共起朝儀也呂刑靡敝。秦法酷烈。尚書呂命序曰穆王訓夏贖刑禮記曰國家靡敝鄧展曰靡音糜聖漢權制。而蕭何造律。宜也。漢書曰相國蕭何捃摭秦法取其宜於時者作律九章故有造蕭何之律於唐虞之世。則悖矣。服虔曰悖猶繆也悖布迷切悖或作繆有作叔孫通儀於夏殷之時。則惑矣。有建婁敬之策於成周之世。則乖矣。左氏傳曰召公糾合宗族于成周有談范蔡之說於金張許史之間。則狂矣。金日磾張安世許廣漢史恭史高也夫蕭規曹隨。留侯畫策。陳平出奇。功若泰山。嚮若坻隤。應劭曰天水有大坂名曰隴坻其山堆傍着崩落作

五ㄱ八十五　四十五　十一　壬子重刊　盛彥

聲聞數百里故曰坻隤坻丁禮切韋昭坻音若是理之是字書曰巴蜀名山堆落曰坻韓子曰泰山之功長立於國家日月之名久著於天地雖其人之膽智哉。亦會其時之可爲也。故爲可爲於可爲之時。則從。爲不可爲於不可爲之時。則凶。若夫藺生收功於章臺。晉灼曰相如獻璧於此臺四皓采榮於南山。四皓已見上文采榮采取榮名也公孫創業於金馬。驃騎發跡於祁連。孟康曰公孫弘對策於金馬門史記曰弘至太常對策爲第一拜爲博士又曰驃騎將軍霍去病擊匈奴至祁連山捕首虜甚多司馬長卿竊貲於卓氏。東方朔割炙於細君。史記曰文君夜亡奔相如卓王孫不得已分予文君僮百人錢百萬爲富人居漢書曰伏日詔賜從官肉太官丞日晏不來東方朔獨拔劒割肉即懷肉去太官奏之上曰先生起自責也朔曰受賜不待詔何無禮也拔劒割肉一何壯也割之不多

又何廉也。歸遺細君。又何仁也。上笑曰。使先生自責。乃反自譽。復賜酒一石。肉百斤。歸遺細君。割炙。割損其炙也。僕誠不能與此數子並。故默然獨守吾太玄。

答賓戲一首 并序

班孟堅

永平中爲郎。典校祕書。專篤志於儒學。以著述爲業。或譏以無功。項岱曰。或有譏班固。雖篤志博學。無功勞於時。仕不富貴也。又感東方朔楊雄自喻以不遭蘇張范蔡之時。曾不折之以正道。明君子之所守。故聊復應焉。其辭曰。

賓戲主人曰。蓋聞聖人有一定之論。烈士有不易之分。項岱曰。謂庖羲堯舜文王周公孔子也。論。論道化也。一定五經。垂之萬世。後人不能改也。分。決也。謂許由巢父

伯成子高夷齊吳札。志自然之決。不可變易也。善曰。淮南子曰。士有一定之論。女有不易之行。亦云名而已矣。如淳曰。唯貴得名耳。故太上有立德。其次有立功。左氏傳叔孫豹之辭也。夫德不得後身而特盛。功不得背時而獨彰。言德以潤身而功以濟世。故德不得後其身而特盛。功不得背其時而獨彰。言貴及身與時也。是以聖哲之治。棲棲遑遑。言貴及時。故不避棲遑之弊也。棲遑。不安居之意也。孔席不暖。墨突不黔。韋昭曰。暖。溫也。言坐不暖席也。文子曰。墨子無黔突。孔子無煖席。非以貪祿慕位。欲起天下之利。除萬民之害也。小雅曰。黔。黑也。巨炎切。由此言之。取舍者。昔人之上務。著作者。前列之餘事耳。劉德曰。取者。施行道德也。舍者。守靜無爲也。今吾子幸遊帝王之世。躬帶紱冕之服。師古曰。帶。大帶。冕。冠也。項岱曰。冕服。三公卿大夫之服也。浮英華。湛道德。英華。草木之美。故以喻帝德也。浮沈。言其洋溢可游泳也。禮斗威儀曰。帝者德其英華。湛古沈字。字或爲耽。於義雖同。非古文也。縕龍虎之文舊矣。孟康曰。縕。被也。蘇林曰。謂被龍虎之衣也。易曰。大人虎變。其文炳。言文章之盛久也。縕。莫版切。卒不能攄首尾。奮翼鱗。項岱曰。攄。舒也。翼鱗皆謂飛龍。振拔洿塗。跨騰風雲。說文曰。洿。濁水不流也。塗。泥也。使見之者影駭。聞之者響震。言見之者雖影而必駭。聞之者雖響而必震。言驚懼之甚。不俟形聲也。蒼頡篇曰。駭。驚也。爾雅曰。震。懼也。徒樂枕經籍書。紆體衡門。上無所蒂。下無所根。韋昭曰。蔕。都計切。獨攄意乎宇宙之外。銳思於毫芒之內。項岱曰。毫。毛也。芒。毛之顛杪也。潛神默記。緪以年歲。如淳曰。緪。音亘。竟之亘。方言曰。緪。竟也。古鄧切。晉灼曰。以亘爲緪。然而器不賈於當己。用不效於一世。劉德曰。賈。鬻也。賈音古。雖馳辯如濤波。如淳曰。潮水之激者爲濤波。摛藻如春華。韋昭曰。摛。布也。敕施切。藻。水草之有文者。鹽鐵論曰。文學繁於春華。猶無益於殿最也。漢書音義曰。上功曰

最。下功曰殿。意者且運朝夕之策。定合會之計。使存有顯號。亡有美謚。不亦優乎。主人逌爾而笑曰。項岱曰。逌。寬舒顏色之貌也。讀作攸。若賓之言。所謂見世利之華。闇道德之實。守窔奧之熒燭。未仰天庭而覩白日也。應劭曰。爾雅曰。西南隅謂之奧。東南隅謂之窔。字林曰。窔。一弔切。熒。小光也。曩者王塗蕪穢。周失其馭。項岱曰。周王失牧御之化也。侯伯方軌。戰國橫騖。項岱曰。方。併也。軌。轍也。東西交馳謂之騖。七國爭彊。車既併轍。騎復橫騖。於是七雄虓闞。分裂諸夏。龍戰虎爭。晉灼曰。詩云。闞如虓虎。項岱曰。龍以喻人君。周易曰。龍戰于野。其血玄黃。虎以喻猛力。爭不以任也。遊說之徒。風颮電激。並起而救之。其餘猋飛景附。霅煜其間者。蓋不可勝載。韋昭曰。颮。風之聚猥者也。音庖。晉灼曰。霅音曅。爾之曅。說文。熛。火飛也。猋與熛古字通。並必遙切。霅煜。光明之

貌也雲炎輙切熠弋叔切當此之時搦朽摩鈍鉛刀皆能一斷韋昭曰搦
摩也女握切韓詩外傳陳饒謂宋燕曰鉛刀畜之而干將用之不亦難乎是故魯連飛一矢
而蹶千金魯連已見上文李奇曰蹶蹶蹻也虞卿以顧眄而捐相印史記曰秦
昭王遺趙王書持魏齊頭來魏齊亡出見趙相虞卿虞卿度趙王終不可說乃解其印與魏齊閒行夫啾
發投曲感耳之聲項岱曰啾口吟也投曲投合歌曲也合之律度淫䵷而
不可聽者非韶夏之樂也李奇曰淫䵷不正也因勢合變遇時之
容項岱曰容宜也或因際會之勢合變譎之事遇時獨覽得容也本遇多為偶容多為會風移俗
易乖迕而不可通者非君子之法也及至從人合之衡
人散之韋昭曰從人合之助六國者衡人散之佐秦者也亡命漂說羈旅騁辭
項岱曰委君之徒謂之亡命謂亡君命也善曰左傳陳敬仲曰羈旅之臣杜預曰羈寄也旅客也商鞅挾

文四十五　十四　乙丑重刊　夏義

三術以鑽孝公服虔曰王霸富國強兵為三術李斯奮時務而要始皇
項岱曰奮發也時務謂六國更相攻伐爭為雄伯之務彼皆躡風塵之會履顛沛
之勢項岱曰彼謂商鞅李斯輩也風發於天以喻君上塵從下起以喻斯等據徼乘邪以求一日
之富貴言據徼幸而乘邪僻也朝為榮華夕為顦顇福不盈眥禍溢於
世李奇曰當富貴之間視之不滿目凶人且以自悔況吉士而是賴乎
項岱曰凶人謂商鞅之輩臨死敗皆悔恨之言吉士班固以自託也尚書曰其惟吉士且功不可
以虛成名不可以偽立韓設辨以激君呂行詐以賈國
服虔曰韓韓非設辨於始皇韋昭曰呂不韋立子楚以市秦利說難既遒其身乃囚應劭
曰遒好也項岱曰韓非作說難之書欲以為天下法式上書既終而為李斯所疾乃囚而死秦貨既
貴厥宗亦墜史記曰秦昭王子子楚質於趙呂不韋賈邯鄲見曰此奇貨可居乃以五百金與子

楚復以五百金買奇物玩好而遊秦獻華陽夫人立子楚為嫡嗣秦王薨謚為孝文子楚代立為莊襄王以呂
不韋為丞相竟飲酖而死故云厥宗亦墜尚書曰弗德罔大墜厥宗是以仲尼抗浮雲之
志孟軻養浩然之氣孔叢子子思曰抗志則不愧於道論語子曰不義而富且貴於我如
浮雲孟子曰我善養吾浩然之氣敢問何謂浩然之氣曰難言也其為氣也至大至剛以直養而無害則塞乎
天地之間項岱曰皓白也如天之氣皓然也彼豈樂為迂闊哉道不可以貳
也項岱曰迂遠也貳二也君子履端於始歸成於終擬聖人之道豈可二行如斯鞅韓非不韋之徒也善曰
說文曰迂羽夫切方今大漢洒埽群穢夷險芟荒晉灼曰發開也今諸本皆作芟
字善曰埽即今掃字也廓帝紘恢皇綱項岱曰紘張也皇君也善曰許慎淮南子注曰紘維也基
隆於羲農規廣於黃唐其君天下也炎之如日威之如
神函之如海養之如春說文曰炎火也謂光照也史記曰帝堯其仁如天其智如神就

文四十五　十五　乙丑重刊　夏義

之如日望之如雲朝錯新書曰臣聞帝王之道包之如海養之如春是以六合之內莫不
同源共流韋昭曰六合天地四方也沐浴玄德稟仰太龢史記太公曰沐浴膏澤尚
書曰玄德升聞法言曰或問太和曰其在唐虞成周也龢古和字枝附葉著譬猶草木
之植山林鳥魚之毓川澤得氣者蕃滋失時者零落項岱
曰蕃盛也零凋病也言遇仕者昌盛不遇者凋病如萬物於天地之間也參天地而施化豈
云人事之厚薄哉項岱曰參三也言漢家之施化布德周參天地豈人所能論耶今吾
子處皇代而論戰國曜所聞而疑所覿欲從堥敦而度
高乎泰山懷氿濫而測深乎重淵亦未至也服虔曰敦音頓頓丘
也應劭曰爾雅曰前高堥丘如覆敦者敦丘也爾雅曰氿泉穴出穴出仄出也濫泉正出正出湧出也服虔曰
氿音軌韋昭曰濫音檻堥音旄郭璞爾雅注曰敦盂也都回切賓曰若夫鞅斯之倫衰

周之凶人既聞命矣。項岱曰：周襄王霸起，轔斯說得行，故言襄周凶人也。敢問上古之士處身行道，輔世成名，可述於後者，默而已乎？主人曰：何爲其然也！昔者咎繇謨虞，箕子訪周，尚書曰：咎繇矢厥謨。又曰：武王勝殷，以箕子歸。又曰：王訪于箕子。言通帝王，謀合神聖。殷說夢發於傅巖，周望兆動於渭濱，尚書曰：高宗夢得說，使百工營求諸傅巖。史記曰：太公望以漁釣奸周西伯，將出，占之曰：所獲非龍非虎，非熊非羆，所獲霸王之輔。西伯果遇太公渭濱。齊甯激聲於康衢，漢良受書於邳垠，說苑：陳子說梁王曰：甯戚飯牛康衢，擊車輻而歌，桓公得之而霸也。爾雅曰：五達曰康，四達曰衢。漢書曰：張良從容步遊下邳圯上，有一老父出一編書，曰：讀是則爲王者師。晉灼曰：垠，涯也，邳水之涯也。皆俟命而神交，匪詞言之所信，故能建必然之策，展無窮之勳也。近者陸子優游，新語以興；

董生下帷，發藻儒林；鄭玄曰：優游，不仕也。史記：高帝拜陸賈爲太中大夫，謂賈曰：試爲我著秦所以失天下，我所以得之者何？陸生乃祖述存亡之徵，凡著十二篇，號其書曰新語。又曰：董仲舒以治春秋爲博士，下帷講誦，弟子或莫見其面。劉向司籍，辯章舊聞；揚雄譚思，法言太玄。項岱曰：司，主也。籍，書籍也。善曰：漢書曰：光祿大夫劉向校經傳諸子詩賦，每一卷書已，向輒條其篇目，撮其旨意，錄而奏之。又曰：揚雄譚思渾天，又譔十二卷，象論語，號曰法言。渾天即太玄經也。皆及時君之門闈，究先聖之壼奧，應劭曰：爾雅曰：宮中巷謂之壼。苦本切。婆娑乎術藝之場，項岱曰：婆娑，偃息也。場圃，講經藝之處也。休息乎篇籍之囿，以全其質而發其文，用納乎聖德，烈炳乎後人，斯非亞與？項岱曰：聖德，明君知賢而納用之也。烈，業也。後人著書，傳之後世。若乃伯夷抗行於首陽，柳惠降志於辱仕，顏潛樂於簞瓢，孔終篇於西狩，論語：子曰：賢哉回也！一簞食，一瓢飲，在陋巷，人不堪其憂，回也不改其樂。左氏傳曰：哀公十四年春，西狩獲麟。春秋元命包曰：孔子曰：丘作春秋，始於元，終於麟，王道成也。聲盈塞於天淵，真吾徒之師表也。項岱曰：言若此之榮名，上達皇天，下洞重泉也。且吾聞之：一陰一陽，天地之方；周易曰：一陰一陽之謂道。孔安國論語注曰：方，猶常也。乃文乃質，王道之綱；項岱曰：或施質道，或施文道，此王者所以爲綱維也。善曰：春秋元命包曰：一質一文，據天地之道。天質而地文，曰正朔三而改，文質再而復。有同有異，聖哲之常。項岱曰：有同，仕遇而進；有異，不合而退。此聖人之常道。故曰：慎脩所志，守爾天符，委命供己，味道之腴，項岱曰：符，相命也。腴，道之美者也。善曰：文子曰：不言之師，不道之道，若或通焉，謂之天符。桓譚荅楊雄書曰：子雲勤味道腴者也。神之聽之，名其舍諸！項岱曰：有賢智君子行之如此，神豈舍之乎？將必福祿之也。善曰：毛詩曰：神之聽之，式穀與汝。賓又不聞和氏之璧韞於荆石，隋侯之

珠藏於蚌蛤乎？歷世莫眂，不知其將含景曜，吐英精，曠千載而流光也。韓子曰：楚人和氏得璞玉於楚山之中，奉而獻之成王，使玉人理其璞而得寶焉，遂名曰和氏之璧。淮南子曰：隋侯之珠，和氏之璧，得之者富，失之者貧。高誘曰：隋侯見大蛇傷斷，以藥傅而塗之，後蛇於江中銜大珠以報之，因名曰隋侯之珠。應龍潛於潢汙，魚黿媟之，項岱曰：天有九龍，應龍有翼。服虔曰：左氏傳注曰：蓄小水謂之潢，不洩謂之汙。不覩其能奮靈德，合風雲，超忽荒，而躆昊蒼也。項岱曰：忽荒，天上也。昊蒼，皆天名也。徐廣史記注：躆音戟。躆與據同，謂之足戟持之。並京逆切。故夫泥蟠而天飛者，應龍之神也；先賤而後貴者，和隋之珍也；時暗而久章者，君子之真也。項岱曰：時暗，未顯用時也。久，舊也。章，明也。言君子懷德，雖初時未見顯用，後亦終自明達，如應龍蟠屈而升天，隋和先賤而後貴也。如此是比君子道德之真，言屈伸如一，無變也。善曰：淮南子曰：君子之道，久而章，遠而隆。

也。若乃牙曠清耳於管絃，離婁眇目於毫分。項岱曰：牙，伯牙也。曠，師曠也。管，鍾律之管。絃，琴瑟之調也。毫分，秋毫之末分也。善曰：纏子，董無心曰：離婁之目，察秋毫之末於百步之外。可謂明矣。逢蒙絕技於弧矢，般輸推巧於斧斤。吳越春秋，陳音曰：黃帝作弓，後有楚狐父，以其道傳羿，羿傳逢蒙。項岱曰：公輸若之族，名班。韋昭曰：推猶專也。良樂軼能於相馭，烏獲抗力於千鈞。項岱曰：良，王良，晉人也。樂，伯樂，秦穆公時人也。軼，過也。王良善御馬，伯樂工相馬。抗，力抗也。三十斤曰鈞，千鈞者，三萬斤。善曰：呂氏春秋，薄疑說衛嗣君曰：烏獲舉千鈞，又況一斤乎。和鵲發精於鍼石，研桑心計於無垠。左氏傳曰：晉侯求醫於秦，秦伯使醫和視之。史記曰：扁鵲使弟子子陽厲鍼砥石。又曰：越王勾踐困於會稽之上，乃用范蠡計然。韋昭曰：研，范蠡之師計然之名也。漢書曰：桑弘羊，雒陽賈人子，以心計為侍中也。走亦不任廁技於彼列，故密爾自娛於斯文。服虔曰：走，孟堅自謂也。爾雅曰：密，靜也。

辭

秋風辭一首 并序　漢武帝

上行幸河東，祠后土，顧視帝京欣然，中流與群臣飲燕，上歡甚，乃自作秋風辭曰：

秋風起兮白雲飛，草木黃落兮鴈南歸。禮記曰：季秋之月，草木黃落，鴻鴈來賓。蘭有秀兮菊有芳，攜佳人兮不能忘。泛樓船兮濟汾河，應劭漢書注曰：作大船，上施樓，故號曰樓船。橫中流兮揚素波。列女傳，津吏女歌曰：水揚波兮杳冥冥。簫鼓鳴兮發棹歌，棹歌，引棹而歌。歡樂極兮哀情多。列女傳，陶荅子妻曰：樂極必哀來。少壯幾時兮奈老何。古長歌行曰：少壯不努力，老大乃悲傷。

歸去來一首

陶淵明 序曰：余家貧，又心憚遠役，彭澤縣去家百里，故便求之。及少日，眷然有歸與之情，自免去職。因事順心，命篇曰歸去來。

歸去來兮，田園將蕪胡不歸。毛詩曰：式微式微，胡不歸。既自以心為形役，奚惆悵而獨悲。淮南子曰：是皆形神俱役者也。楚辭曰：惆悵兮而私自憐。悟已往之不諫，知來者之可追。論語，楚狂接輿歌曰：往者不可諫，來者猶可追。寔迷途其未遠，覺今是而昨非。迷途已見丘遲與陳伯之書。莊子謂惠子曰：孔子行年六十而化，始時所是，卒而非之，未知今之所謂是之非五十九非也。舟遙遙以輕颺，風飄飄而吹衣。問征夫以前路，恨晨光之熹微。毛詩曰：駪駪征夫。聲類曰：熹，亦熙字也。熙，光明也。乃瞻衡宇，載欣載奔。毛詩曰：衡門之下，可以棲遲。僮僕歡迎，稚子候門。周易曰：得僮僕貞。史記，楚懷王稚子子蘭。三逕就荒，松菊猶存。三輔決錄曰：蔣詡字元卿，舍中三逕，唯羊仲、求仲從之遊，皆挫廉逃名不出。攜幼入室，有酒盈罇。戰國策曰：扶老攜幼，迎孟嘗君。嵇康贈秀才詩曰：旨酒盈罇。引壺觴以自酌，眄庭柯以怡顏。陸機高祖功臣頌曰：怡顏高覽。倚南窗以寄傲，審容膝之易安。韓詩外傳，北郭先生妻曰：今結駟列騎，所安不過容膝；食方丈於前，所甘不過一肉。園日涉以成趣，門雖設而常關。爾雅曰：堂上謂之行，堂下謂之步，門外謂之趨，中庭謂之走。郭璞曰：此皆人行步趨走之處，因以名。趨，避聲也，七喻切。策扶老以流憩，時矯首而遐觀。易林曰：鳩杖扶老，衣食百口。王逸楚辭注曰：矯，舉也。雲無心以出岫，鳥倦飛而知還。景翳翳以將入，撫孤松而盤桓。丁儀妻寡婦賦曰：時翳翳而稍陰，日亹亹以西墜。爾雅曰：盤桓，不進也。歸去來兮，請息交以絕游。列子曰公孫穆屏親昵絕交游世與我而相遺復駕言兮焉求桓子新論曰凡人性難極也難知也故其絕異者常爲世俗所遺失焉毛詩曰駕言出遊又曰知我者謂我心憂不知我者謂我何求悅親戚之情話樂琴書以消憂說文曰話會合爲善言也劉歆遂初賦曰玩琴書以滌暢農人告余以春兮將有事乎西疇田賈逵國語注曰一井爲疇或命巾車或棹孤舟孔叢子孔子歌曰巾車命駕將適唐都鄭玄周禮注曰巾猶衣也旣窈窕以尋壑亦崎嶇而經丘曹攄贈石荊州詩曰窈窕山道深埤蒼曰崎嶇不安之貌木欣欣以向榮泉涓涓而始流毛萇詩傳曰欣欣樂也家語金人銘曰涓涓不壅爲江爲河善萬物之得時感吾生之行休大戴禮曰君道當則萬物皆得其宜郭璞遊仙詩曰吾生獨不化莊子曰其生若浮其死若休已矣乎寓形宇內復幾時曷不委心任去留尸子老萊子曰人生於天地之

間寄也琴賦曰委性命兮任去留胡爲遑遑欲何之孟子曰傳云孔子三月無君則遑遑如也孔叢子孔子歌曰天下如一欲何之富貴非吾願帝鄉不可期大戴禮孔子曰所謂賢人者躬爲匹夫而不願富貴莊子華封人謂堯曰乘彼白雲至于帝鄉懷良辰以孤往或植杖而耘耔東征賦曰選良辰而將行淮南子要略曰山谷之人輕天下細萬物而獨往者也司馬彪曰獨往任自然不復顧世論語曰植其杖而耘毛詩曰或耘或耔登東皋以舒嘯臨清流而賦詩阮籍奏記曰將耕東皋之陽毛萇詩傳曰舒緩也琴賦曰臨清流而賦新詩聊乘化以歸盡樂夫天命復奚疑家語孔子曰化於陰陽象形而發謂之生化窮數盡謂之死莊子曰生有所乎萌死有所乎歸周易曰樂天知命故不憂

序上

毛詩序一首　卜子夏家語曰卜商字子夏衛人也　鄭氏箋

關雎后妃之德也風之始也所以風天下而正夫婦也故用之鄉人焉用之邦國焉風風也教也風以動之教以化之詩者志之所之也在心爲志發言爲詩情動於中而形於言言之不足故嗟歎之嗟歎之不足故永歌之永歌之不足不知手之舞之足之蹈之也情發於聲聲成文謂之音發猶見也聲謂宮商角徵羽也聲成文者宮商上下相應也治世之音安以樂其政和亂世之音怨以怒其政乖亡國之音哀以思其民困故正得失動天地感鬼神莫近於詩先王以是經夫婦成孝敬厚人倫美教化移風俗故詩有六義焉一曰風二曰賦三曰比四曰興五曰雅六曰頌

上以風化下下以風刺上主文而譎諫言之者無罪聞之者足以戒故曰風風化風刺皆謂譬喻不斥言也主文主與樂宮商相應也譎諫詠歌依違不直諫也至于王道衰禮義廢政教失國異政家殊俗而變風變雅作矣國史明乎得失之迹傷人倫之廢哀刑政之苛吟詠情性以風其上達於事變而懷其舊俗者也故變風發乎情止乎禮義發乎情民之性也止乎禮義先王之澤也是以一國之事繫一人之本謂之風言天下之事形四方之風謂之雅雅者正也言王政之所由廢興也政有小大故有小雅焉有大雅焉頌者美盛德之形容以其成功告於神明者也是謂四始詩之志

也始者謂王道興衰之所由也然則關雎麟趾之化王者之風故繫之周公南言化自北而南也鵲巢騶虞之德諸侯之風也先王之所以教故繫之召公自從也從北而南謂其化從岐周被江漢之域先王大王王季文王也周南召南正始之道王化之基是以關雎樂得淑女以配君子憂在進賢不淫其色哀窈窕思賢才而無傷善之心焉是關雎之義也哀蓋字之誤也哀當爲衷謂中心念恕之也无傷善之心謂好仇也

尚書序一首　孔安國漢書曰孔安國以治尚書爲武帝博士臨淮太守

古者伏犧氏之王天下也始畫八卦造書契以代結繩之政由是文籍生焉伏羲神農黃帝之書謂之三墳言大道也少昊顓頊高辛唐虞之書謂之五典言常道也至于夏商周之書雖設教不倫雅誥奥義其歸一揆是故歷代寶之以爲大訓八卦之說謂之八索求其義也九州之志謂之九丘丘聚也言九州所有土地所生風氣所宜皆聚此書也春秋左氏傳曰楚左史倚相能讀三墳五典八索九丘即謂上世帝王遺書也先君孔子生於周末覩史籍之煩文懼覽之者不一遂乃定禮樂明舊章删詩爲三百篇約史記而修春秋讚易道以黜八索述職方以除九丘討論墳典斷自唐虞以下訖於周芟夷煩亂翦截浮辭舉其宏綱撮其機要足以垂世

立教典謨訓誥誓命之文凡百篇所以恢弘至道示人主以軌範也帝王之制坦然明白可舉而行三千之徒並受其義及秦始皇滅先代典籍焚書坑儒天下學士逃難解散我先人用藏其家書于屋壁漢室龍興開設學校旁求儒雅以闡大猷濟南伏生年過九十失其本經口以傳授裁二十餘篇以其上古之書謂之尚書百篇之義世莫得聞至魯共王好治宮室壞孔子舊宅以廣其居於壁中得先人所藏古文虞夏商周之書及傳論語孝經皆科斗文字王又升孔子堂聞金石絲竹之音乃不壞宅悉以書還孔氏科斗書廢已久時人無能知者以所聞伏生之書考論文義定其可知者爲隸古定更以竹簡寫之增多伏生二十五篇伏生又以舜典合於堯典益稷合於臯陶謨盤庚三篇合爲一康王之誥合於顧命復出此篇并序凡五十九篇爲四十六卷其餘錯亂摩滅不可復知悉上送官藏之書府以待能者承詔爲五十九篇作傳於是遂研精覃思博考經籍採摭羣言以立訓傳約文申義敷暢厥旨庶幾有補於將來書序序所以爲作者之意昭然義見宜相附近故引之各冠其篇首定五十八篇既畢會國有巫蠱事經籍道息用不復以聞傳之子孫以貽後世若好古博雅

君子與我同志亦所不隱也

春秋左氏傳序一首

杜預 臧榮緒晉書曰杜預字元凱京兆人也起家拜尚書郎稍遷至鎮南大將軍都督荆州諸軍事平吴加位特進薨

春秋者魯史記之名也記事者以事繫日以日繫月以月繫時以時繫年所以紀遠近别同異也故史之所記必表年以首事年有四時故錯舉以爲所記之名也周禮有史官掌邦國四方之事達四方之志諸侯亦各有國史大事書之於策小事簡牘而已孟子曰楚謂之檮杌晉謂之乘而魯謂之春秋其實一也韓宣子適魯見

易象與魯春秋曰周禮盡在魯矣吾乃今知周公之德與周之所以王也韓子所見蓋周之舊典禮經也周德既衰官失其守上之人不能使春秋昭明赴告策書諸所記注多違舊章仲尼因魯史策書成文考其真僞而志其典禮上以遵周公之遺制下以明將來之法其教之所存文之所害則刊而正之以示勸誡其餘皆即用舊史史有文質辭有詳略不必改也故傳曰其善志又曰非聖人孰能修之蓋周公之志仲尼從而明之左丘明受經於仲尼以爲經者不刊之書也故傳或先經以始事或後經以終義或依經以辨理或錯經以合異隨義而發其例之所重舊史遺文略不盡舉非聖人所修之要故也身爲國史躬覽載籍必廣記而備言之其文緩其旨遠將令學者原始要終尋其枝葉究其所窮優而柔之使自求之饜而飫之使自趨之若江海之浸膏澤之潤渙然冰釋怡然理順然後爲得也其發凡以言例皆經國之常制周公之垂法史書之舊章仲尼從而脩之以成一經之通體其微顯闡幽裁成義類者皆據舊例而發義指行事以正褒貶諸稱書不書先書故書不言不稱書曰之類皆所以起新舊發大義謂之變例然亦有史所不書即以爲義者此蓋春秋新意故傳不

言凡曲而暢之也其經無義例因行事而言則傳直言其歸趣而已非例也故發傳之體有三而爲例之情有五一曰微而顯文見於此而義起在彼稱族尊君命舍族尊夫人梁亡城緣陵之類是也二曰志而晦約言示制推以知例參會不地與謀曰及之類是也三曰婉而成章曲從義訓以示大順諸所諱避璧假許田之類是也四曰盡而不汙直書其事具文見意丹楹刻桷天王求車齊侯獻捷之類是也五曰懲惡而勸善求名而亡欲蓋而章書齊豹盜三叛人名之類是也推此五體以尋經傳觸類而長之附于二百四十二年行事王道之正

人倫之紀備矣或曰春秋以錯文見義若如所論則經當有事同文異而無其義也先儒所傳皆不其然荅曰春秋雖以一字爲襃貶然皆須數句以成言非如八卦之爻可錯綜爲六十四也固當依傳以爲斷古今言左氏春秋者多矣今其遺文可見者十數家大體轉相祖述進不成爲錯綜經文以盡其變退不守丘明之傳於丘明之傳有所不通皆沒而不說而更膚引公羊穀梁適足自亂預今所以爲異專脩丘明之傳以釋經經之條貫必出於傳傳之義例總歸諸凡推變例以正襃貶簡二傳而去異端蓋丘明之志也其有疑錯則備論而

闕之以俟後賢然劉子駿創通大義賈景伯父子許惠卿皆先儒之美者也末有潁子嚴者雖淺近亦復名家故特舉劉賈許潁之違以見同異分經之年與傳之年相附比其義類各隨而解之名曰經傳集解又別集諸例及地名譜第歷數相與爲部凡四十部十五卷皆顯其異同從而釋之名曰釋例將令學者觀其所聚異同之說釋例詳之也或曰春秋之作左傳及穀梁無明文說者以爲仲尼自衛反魯修春秋立素王丘明爲素臣言公羊者亦云黜周而王魯危行言遜以避當時之害故微其文隱其義公羊經止獲麟而左氏經終孔丘卒

敢問所安荅曰異乎余所聞仲尼曰文王既沒文不在茲乎此制作之本意也歎曰鳳鳥不至河不出圖吾已矣夫蓋傷時王之政也麟鳳五靈王者之嘉瑞也今麟出非其時虛其應而失其歸此聖人所以爲感也絕筆于獲麟之一句者所感而起固所以爲終也曰然則春秋何始於魯隱公荅曰周平王東周之始王也隱公讓國之賢君也考乎其時則相接言乎其位則列國本乎其始則周公之祚胤也若平王能祈天永命紹開中興隱公能弘宣祖業光啓王室則西周之美可尋文武之跡不墜是故因其歷數附其行事采周之舊以會成王義垂

法將來所書之王即平王也所用之歷即周正也所稱之公即魯隱也安在其黜周而王魯乎子曰如有用我者吾其爲東周乎此其義也若夫制作之文所以彰往考來情見乎辭言高則旨遠辭約則義微此理之常非隱之也聖人包周身之防既作之後方復隱諱以避患非所聞也子路使門人爲臣孔子以爲欺天而云仲尼素王丘明素臣又非通論也先儒以爲制作三年文成致麟既已妖妄又引經以至仲尼卒亦又近誣據公羊經止獲麟而左氏小邾射不在三叛之數故余以爲感麟而作作起獲麟則文止於所起爲得其實至於反袂

拭面稱吾道窮,亦無取焉。

三都賦序一首 臧榮緒晉書曰:左思作三都賦,世人未重。皇甫謐有高名於世,思乃造而示之。謐稱善,爲其賦序也。

皇甫士安 臧榮緒晉書曰:皇甫謐字士安,安定朝那人。年二十始受書,得風痺疾,猶手不輟卷。舉孝廉不行。又辟著作,不應,卒於家。

玄晏先生曰: 謐自序曰:始志乎學,而自號玄晏先生。玄,靜也。晏,安也。先生,學人之通稱也。 古人稱不歌而頌謂之賦。 漢書曰:傳云:不歌而頌謂之賦。 然則賦也者,所以因物造端,敷弘體理,欲人不能加也。 漢書曰:登高能賦,可以爲大夫。言感物造端,材智深美,可以列爲大夫也。釋名曰:賦,敷也。敷布其義謂之賦。 引而申之,故文必極美;觸類而長之,故辭必盡麗。 周易曰:引而申之,觸類而長之,天下之能事畢矣。

然則美麗之文,賦之作也。 法言曰:詩人之賦麗以則。 昔之爲文者,非苟尚辭而已, 法言曰:或曰:君子尚辭乎?曰:君子事之爲尚。 將以紐之王教,本乎勸戒也。 說文曰:紐,系也。女九切。 自夏殷以前,其文隱沒,靡得而詳焉。 夏有五子之歌,殷有湯頌。 周監二代,文質之體,百世可知。 論語子曰:周監於二代,郁郁乎文哉,吾從周。又子曰:其或繼周者,雖百世可知也。 故孔子采萬國之風,正雅頌之名,集而謂之詩。 漢書曰:古有采詩之官,王者所以觀風俗,知得失,自考正也。孔子純取周詩。 詩人之作,雜有賦體。子夏序詩曰:一曰風,二曰賦。 故知賦者,古詩之流也。 兩都賦序曰:賦者,古詩之流也。 至于戰國,王道陵遲,風雅寖頓,於是賢人失志,辭賦作焉。 漢書曰:春秋之後,周道寖壞,而賢人失志之賦作矣。 是以孫卿屈原之屬,遺文炳然,辭義可觀。 西都賦序曰:文章炳焉。論語曰:必有可觀者焉。 存其所感,咸有古詩之意,皆因文以寄其心,託理以全其制,賦之首也。 漢書曰:大儒孫卿及楚臣屈原,離讒憂國,皆作賦以風諭,咸有惻隱古詩之義。班固漢書述曰:蔚爲辭宗,賦頌之首。 及宋玉之徒,淫文放發,言過于實,誇競之興,體失之漸,風雅之則,於是乎乖。 漢書曰:其後宋玉、唐勒,競爲侈麗宏衍之詞,沒其風諭之義。法言曰:辭人之賦麗以淫。 逮漢賈誼,頗節之以禮,自時厥後,綴文之士,不率典言,並務恢張其文,博誕空類。 孔安國尚書傳曰:誕,大也。 大者罩天地之表,細者入毫纖之內,雖充車聯駟,不足以載;廣夏接榱,不容以居也。其中高者,至如相如上林,楊雄甘泉,班固兩都,張衡二京,馬融廣成,王生靈光。 范曄後漢書曰:馬融爲校書郎,時鄧太后臨朝,遂寢蒐狩之禮,故猾賊縱横。融以爲文武之道,聖賢不墜,上廣成頌以諷諫。

初極宏侈之辭,終以約簡之制,煥乎有文,蔚爾鱗集,皆近代辭賦之偉也。 論語子曰:大哉堯之爲君,煥乎其有文章也。周易曰:君子豹變,其文蔚也。難蜀父老曰:鱗集仰流。 若夫土有常產,俗有舊風,方以類聚,物以群分。 周易曰:方以類聚,物以羣分,吉凶生矣。 而長卿之儔,過以非方之物,寄以中域,虛張異類,託有於無,祖構之士,雷同影附,流宕忘反,非一時也。 徐廣史記注曰:祖者,宗習之謂也。蔡邕郭有道碑曰:望形表而影附。謝承後漢書序曰:士庶流宕,他州異境。 曩者漢室內潰,四海圮裂,孫劉二氏,割有交益,魏武撥亂,擁據函夏。 公羊傳曰:撥亂反正。函夏已見赭白馬賦。 故作者先爲吳蜀二客,盛稱其本土險阻瓌琦,可以偏王埤蒼曰瑰瑋珍琦也而却爲魏主述其都畿弘敞豐麗奄有諸華之意言吳蜀以擒滅比亡國而魏以交禪比唐虞既已著逆順且以爲鑒戒漢書曰甚誘逆之理西京賦曰鑒戒唐詩蓋蜀包梁岷之資吳割荊南之富魏跨中區之衍考分次之多少計殖物之衆寡星之分次物之生殖也周禮曰以星土辨九州之地所封域又曰動物宜毛植物宜皁比風俗之清濁課士人之優劣亦不可同年而語矣過秦論曰則不可同年而語矣二國之士各沐浴所聞史記曰太史公曰成王作頌沐浴膏澤家自以爲我土樂人自以爲我民良皆非通方之論也作者又因客主之辭正之以魏都折之以王道其物土所出可得披圖而校左氏傳賓媚人曰疆理天下物土之宜杜預曰播殖之物各從土宜體國經制可得按記而驗豈誣也哉周禮曰惟王建國體國經野鄭玄曰體猶分也

思歸引序一首　石季倫

余少有大志夸邁流俗弱冠登朝臧榮緒晉書曰崇早有智慧年二十餘爲修武令有能名范曄後漢書馬援曰吾從弟少游哀吾慷慨多大志禮記曰不從流俗班固漢書述曰矯矯賈生弱冠登朝歷位二十五年五十以事去官臧榮緒晉書曰崇爲大司農坐未被書擅去官免晚節更樂放逸篤好林藪魏太祖祭喬玄文曰非至親之篤好胡肯爲此辭哉遂肥遁於河陽別業周易曰肥遁無不利其制宅也却阻長堤前臨清渠百木幾於萬株流水周於舍下楚辭曰水周兮堂下有觀閣池沼多養魚鳥家素習技頗有秦趙之聲班固漢書楊惲報孫會宗書曰家本秦人能爲秦聲婦趙女也雅善鼓瑟出則以游目弋釣爲事入則有琴書之娛楚辭曰忽反顧以游目劉歆遂初賦曰玩琴書以條暢又好服食咽氣志在不朽古詩曰服食求神仙傲然有凌雲之操漢書曰司馬相如既奏大人賦天子曰飄飄有凌雲之氣仲長子昌言曰節操凌高雲許勿欻復見牽羈婆娑於九列臧榮緒晉書曰崇後爲太僕困於人間煩黷常思歸而永歎賈逵國語注曰黷嫚也毛詩曰茲之永歎尋覽樂篇有思歸引琴操思歸者衛女之所作也欲歸不得心悲憂傷援琴而歌作思歸引儻古人之情有同於今故制此曲此曲有絃無歌今爲作歌辭以述余懷恨時無知音者今造新聲而播於絲竹也周禮曰播之以八音

文選卷第四十五

賜進士出身通奉大夫江南蘇松常鎮太等處承宣布政使司布政使胡克家重校刊

文選卷第四十六

梁昭明太子撰

文林郎守太子右內率府錄事參軍事崇賢館直學士臣李善注上

序下

陸士衡豪士賦序一首

顏延年三月三日曲水詩序一首

王元長三月三日曲水詩序一首

任彥昇王文憲集序一首

豪士賦序一首　陸士衡　臧榮緒晉書曰機惡齊王冏矜功自伐受爵不讓及齊亡作豪士賦呂氏春秋曰老聃孔子墨翟關尹子列子陳駢楊朱孫臏王寥兒良此十人者皆天下之豪士也然機猶假美號以名賦也

夫立德之基有常而建功之路不一。左氏傳穆叔曰太上有立德其次有立功何則循心以為量者存乎我。言立德必循於心故存乎我因物以成務者繫乎彼。言建功必因於物故繫乎彼存夫我者隆殺止乎其域繫乎物者豐約唯所遭遇。言德有常量至域便止功無常則因遇乃成域謂身也落葉俟微風以隕而風之力蓋寡。漢書王恢謂韓安國曰夫草木遭霜者不可以遇風孟嘗遭雍門而泣而琴之感以末。桓子新論曰雍門周以琴見孟嘗君孟嘗君曰先生鼓琴亦能令文悲乎對曰臣竊為足下有所悲千秋萬歲後墳墓生荊棘游童牧豎躑躅其足而歌其上曰孟嘗君之尊貴亦猶若是乎於是孟嘗喟然太息涕承睫而未下雍門周引琴而鼓之徐動宮徵揮角羽初終而成曲孟嘗君遂歔欷而就之是琴之感以末也何者欲隕之葉無所假烈風將墜之泣不足繁哀響也是故苟時啓於天理盡於民。時既啓之於天理又盡於人事言立功易也庸夫可以濟聖賢之功斗筲可以定烈士之業。說苑曰管仲庸夫也桓公得之以為仲父論語子貢曰今之從政者何如子曰噫斗筲之人何足算也故曰才不半古而功已倍之蓋得之於時勢也。孟子曰當今之時萬乘之國行仁政民之悅之猶解倒懸也故事半古之人功必倍之唯此時為然歷觀古今徼一時之功而居伊周之位者有矣。孟子曰彼一時此一時夫我之自我智士猶嬰其累物之相物昆蟲皆有此情。孟子曰爾為爾我為我文子曰譬吾處於天下亦為一物也然則我亦物也而物亦物也物之與我也有何以相物也禮記曰昆蟲未蟄鄭玄曰昆明也明蟲者陽而生陰而藏夫以自我之量而挾非常之勳神器暉其顧眄萬物隨其俯仰。老子曰天下神器不可為也為者敗之心玩居常之安耳飽從諛之說。史記汲黯曰上置公卿寧令從諛承意陷主於不義乎豈識乎功在身外任出才表者哉且好榮惡辱有生之所大期。孫卿子曰好榮惡辱好利惡害是君子小人之所同忌盈害上鬼神猶且不免。周易曰鬼神害盈而福謙左氏傳狼瞫曰周志有之勇則害上不登於明堂人主操其常柄天下服其大節。韓子曰操生殺之柄此人主之勢也左氏傳仲尼曰唯器與名不可以假人君之所司也政之大節也故曰天可讎乎。左氏傳曰楚子入于雲中鄖公辛之弟懷將殺王辛曰君討臣誰敢讎之君命天也若死天命將誰讎乎而時有祲服荷戟立于廟門之下援旗誓眾奮於阡陌之上。漢書曰宣帝祠孝昭廟先敺旄頭劍挻墮地首垂涅土中刃嚮乘輿車馬驚於是召梁丘賀筮之有兵謀不吉上還使有司侍祠時霍氏外孫代郡太守任宣坐謀反誅宣子章為公車丞亡在渭城界中夜祲服入廟居郎間執戟立廟門待上至欲爲逆發覺伏誅蘇林曰袀服黑服也過秦論曰陳涉躡足行伍之閒而俛起阡陌之中斬木爲兵揭竿爲旗援于元切況乎代主制命自下財物者哉后以財成而臣爲之故云自下易曰天生萬物聖人財之廣樹恩不足以敵怨勤興利不足以補害故曰代大匠斲者必傷其手老子曰夫代大匠斲希有不傷其手且夫政由甯氏忠臣所爲慷慨祭則寡人人主所不久堪左氏傳曰衛獻公使與甯喜言曰苟反國政由甯氏祭則寡人是以君奭鞅鞅於亮不悅公旦之舉高平師師側目博陸之勢尚書序曰召公爲保周公爲師相成王爲左右召公不悅漢書景帝目送周亞夫曰此之鞅鞅非少主臣也又曰魏相字弱翁遷御史四歲代韋賢爲丞相封高平侯班固述魏相曰高平師師惟辟作威圖黜凶害天子是毗韋昭曰師師相尊法也漢書曰列侯宗室見郅都側目又曰霍光爲博陸侯而成王不遺嫌吝於懷宣帝若負芒刺於背非其然者

與尚書曰武王既喪管叔及群弟流言於國曰公將不利於孺子孔安國曰成王信流言而疑周公漢書曰宣帝始立謁見高廟大將軍霍光從驂乘上內嚴憚之若有芒刺在背嗟乎光于四表德莫富焉王曰叔父親莫暱焉尚書曰光被四表毛詩曰王曰叔父毛萇曰叔父謂周公也登帝大位功莫厚焉守節沒齒忠莫至焉漢書昭帝崩霍光上奏曰太宗亡嗣孝武皇帝曾孫病已可以嗣孝昭皇帝太后詔可尚書伊尹曰天位艱哉李陵與蘇武書曰薄賞子以守節論語或問管仲曰奪伯氏駢邑三百飯疏食沒齒無怨言而傾側顚沛僅而自全則伊生抱明允以嬰戮文子懷忠敬而齒劒固其所也尚書曰太甲既立不明伊尹放諸桐左氏傳曰高陽氏有才子明允篤誠紀年曰太甲潛出自桐殺伊尹吳越春秋曰文種者本楚南郢人也姓文字少禽禮記孔子曰儒有懷忠信以待舉史記曰勾踐平吳人或讒大夫種且作亂越王乃賜種劒曰子教寡人伐吳七術寡人用其三而敗吳其四在子子爲我從先

王試之種遂自殺枚叔上書諫吳王曰腐肉之齒利劒也因斯以言夫以篤聖穆親如彼之懿謂周公也大德至忠如此之盛謂霍光也尚不能取信於人主之懷止謗於衆多之口鄒陽於獄上書曰不奪乎衆多之口過此以往惡烏覩其可安危之理斷可識矣又況乎饕土高大名以冒道家之忌運短才而易聖哲所難者哉穀梁傳曰君不尸小事臣不專大名老子曰富貴而驕自遺其咎莊子曰功成者隳名成者虧孰能去功與名而還與衆人身危由於勢過而不知去勢以求安禍積起於寵盛而不知辭寵以招福見百姓之謀己則申宮警守以崇不畜之威左氏傳曰公待於壞隤申宮警備設守而後行杜預曰申整宮備也懼萬民之不服則嚴刑峻制以賈古傷心之怨新序曰商鞅爲嚴刑峻法易古三代之制

杜預左氏傳注曰賈賣也尚書曰民罔不盡傷心然後威窮乎震主而怨行乎上下漢書蒯通說韓信曰臣聞勇略震主者身危功蓋天下者不賞衆心日陊直氏危機將發而方偃仰瞪直孕眄謂足以夸世毛詩曰或棲遲偃仰魯靈光殿賦曰齊首目以瞪眄埤蒼曰瞪直視也笑古人之未工亡己事之已拙知曩勳之可矜暗成敗之有會是以事窮運盡必於顚仆音赴風起塵合而禍至常酷也荅賓戲曰彼皆躡風塵之會履顚沛之勢項岱曰彼謂李斯輩也風發於天以諭君上塵從下起以諭斯等聖人忌功名之過己惡寵祿之踰量蓋爲此也夫惡欲之大端賢愚所共有禮記曰飲食男女人之大欲存焉死亡貧苦人之大惡存焉故惡欲者心之大端也而游子殉高位於生前志士思垂名於身後受生之分唯此而已夫蓋世之

業名莫大焉。漢書曰項羽歌曰力拔山兮氣蓋世。震主之勢位莫盛焉。震主巳見上文。率意無違欲莫順焉借使伊人頗覽天道知盡不可益盈難久持。周易曰天道虧盈而益謙毛詩序曰太平之君子能持盈守成。超然自引高揖而退。司馬遷報任少卿書曰寧得自引深藏巖穴耶。則巍巍之盛仰邈前賢洋洋之風俯冠來籍而大欲不乏於身至樂無愆乎舊節彌效而德彌廣身逾逸而名逾劭。爾雅注曰劭美也。此之不爲彼之必昧然後河海之跡堙爲窮流一簣之釁積成山岳。論語曰譬如爲山未成一簣止吾止也。名編凶頑之條身猒荼毒之痛豈不謬哉。毛詩曰人之貪亂寧爲荼毒。故聊賦焉庶使百世少有寤云

三月三日曲水詩序一首

風俗通曰周禮女巫掌歲時祓除疾病禊者絜也於水上盥絜也巳者祉也邪疾巳去祈介祉也韓詩曰三月桃花水之時鄭國之俗三月上巳於溱洧兩水之上執蘭招魂祓除不祥也續齊諧記曰晉武帝問尚書摯虞曰三月曲水其義何荅曰漢章帝時平原徐肇以三月初生三女至三日而俱亡一村以爲怪乃招携至水濱盥洗遂因水以泛觴曲水之義起於此帝曰若所談非好事尚書郎束皙曰仲治小生不足以知臣請說其始昔周公成洛邑因流水以泛酒故逸詩曰羽觴隨流波又秦昭王三日置酒河曲見有金人出奉水心劒曰令君制有西夏乃因其處立爲曲水二漢相沿皆爲盛集帝曰善賜金五十斤左遷仲治爲陽城令裴子野宋略曰文帝元嘉十一年三月丙申禊飲於樂遊苑且祖道江夏王義恭衡陽王義季有詔會者咸作詩詔太子中庶子顏延年作序

顏延年

夫方策既載皇王之迹已殊鐘石畢陳舞詠之情不一禮記哀公問政子曰文武之道布在方冊春秋說題辭曰尚書者二帝之跡三王之義所推期運明受命之際郭象莊子注曰皇王殊跡隨世爲名漢書曰石曰磬金曰鍾毛詩序曰永歌之不足不知手之舞之雖淵流遂往詳略異聞上林賦曰恐後代靡麗遂往而不反春秋序曰史有文質辭有詳略然其宅天衷立民極莫不崇尚其道神明其位東京賦曰豈如宅中而圖大呂氏春秋曰古之王者擇天之中而立國擇國之中而立宮周禮曰設官分職以爲民極周易曰聖人以神明其德拓洛土世貽統固萬葉而爲量者也魏志高堂隆上疏曰拓跡垂統必俟聖賢晉中興書詔栢夕曰蕃衛王家垂固萬葉有宋函夏帝圖引遠楊雄河東賦曰函夏之大漢書服虔曰函夏諸夏也孝經鉤命決曰丘乃授帝圖掇秘文高祖以聖武定

鼎規同造物宋高祖也左氏傳王孫滿謂楚子曰成王定鼎于郟鄏莊子孔子曰夫造物者爲人司馬彪曰造物者爲道皇上以叡文承歷景屬宸居皇上宋文帝也尚書曰叡哲文明又曰天之歷數在爾躬景光景連屬也典引曰高光二聖宸居其域蔡邕曰如北辰居其所而衆星拱之隆周之卜既永宗漢之兆在焉楊雄河東賦曰脈隆周之大寧左氏傳王孫滿曰成王定鼎於郟鄏卜世三十卜年七百漢書文紀曰兆得大橫占曰大橫庚庚余爲天王正體毓德於少陽王宰宣哲於元輔正體太子也喪服傳曰父爲長子三年傳曰何以三年長子正體於上周易曰蠱君子以振民毓德少陽東宮也鄭玄禮記注曰東郊少陽諸侯象也王宰巳見曲水詩毛詩曰宣哲維人文武惟后班固涿邪山文曰晄晄將軍大漢元輔晷緯昭應山瀆效靈說文曰晷日影也緯五星也易乾鑿度曰五緯順軌四時和粟山五嶽也瀆四瀆也效靈山出器車瀆出圖書之類五方雜遝徒合四隩來暨漢書曰京師五方雜錯尚書曰九州攸同四隩

既澤吳都賦曰都輦殷而四隩來暨選賢建戚則宅之於茂典施命發號
必酌之於故實左氏傳士會曰楚君之舉也內姓選於親外姓選於舊又曰蔿敖為宰擇楚國
之令典尚書武王曰發號施令罔有不臧毛詩序曰能酌先祖之道以養天下國語楚穆仲謂宣王曰魯侯賦
事行刑必問於遺訓而資於故實大予協樂上庠肆教東觀漢記孝明詔曰正大樂官
曰大予樂官禮記曰有虞氏養國老於上庠章程明密品式周備漢書曰高祖命張蒼
定章程謝承後漢書曰魏朗為河內太守明密法令漢書曰宣帝樞機周密品式備具國容眡令
而動軍政象物而具司馬法曰國容不入軍軍容不入國左氏傳曰士會曰蔿敖為宰百
官象物而動軍政不戒而備箴闕記言校文講藝之官采遺於內䡩
車朱軒懷荒振遠之使論德于外左氏傳魏絳曰昔周辛甲之為太史也命
百官箴王闕禮記曰言則右史書之西都賓曰啓發篇章校理秘文講論于六藝稽古於同異楊雄荅劉歆書

曰嘗聞先代輶軒之使風俗通曰周秦常以八月輶軒使采異代方言辨士論曰輶軒騁於南荒尚書大傳曰
未命為士不得朱軒西征賦曰銜命則蘇屬國震遠則張博望䄍莖素毳昌欽并柯共穗
之瑞史不絕書棧山航海踰沙軼漠之貢府無虛月頳莖
朱草也素毳白虎也并柯連理也共穗嘉禾也左氏傳晉司馬叔侯曰魯之於晉也職貢不乏史不絕書府無
虛月如是可矣楊雄交州箴曰航海三萬東牽其犀軼余日切烈燧千城通驛萬里穹
居之君內首稾朔卉服之酋回面受吏穹居之君匈奴也魏都賦曰思
稾正朔尚書曰島夷卉服劇秦美新曰海外遐方回首內嚮漢書曰卬笮之君長欲願為內臣妾請吏北面
是以異人慕響俊民間出班固漢書贊曰羣士慕嚮異人並出尚書曰俊民用章漢書
曰漢興詩書往往間出警蹕清夷表裏悅穆仲長子昌言曰姦慝既弭警蹕清夷將
徙縣中宇張樂岱郊言將徙都洛邑封禪泰山也莊子曰北門成問於黃帝曰帝張咸池

之樂於洞庭之野增類帝之宮飭禮神之館塗歌邑誦以望屬車
之塵者久矣禮記曰天子將出征類于上帝類祭也西都賦曰禮神祇懷百靈司馬相如諫獵曰犯屬
車之清塵日躔直連胃維月軌青陸漢書曰日月初躔星之紀韋昭曰躔處也禮記曰季春之
月日在胃王仲宣思征賦曰在建安之二八星步次於箕維漢書天文志曰月順入軌道河圖帝覽嬉曰立春春分月
從東青道杜預左氏傳注曰陸道也皇祇發生之始后王布和之辰皇天神也
祇地神也周禮曰大宗伯掌天神地祇之禮曹植九詠曰皇祇降兮潛靈舞爾雅曰春為發生禮記曰后王命
冢宰降德于衆兆人又曰孟春之月命相布德和令思對上靈之心以惠庶萌之
願加以二王于邁出餞戒告二王已見上文毛詩曰從公于邁韓詩章句曰送行
飲酒曰餞燕禮曰小臣戒盥者鄭玄曰君以宴禮勞使臣則警戒告語焉有詔掌故爰命司
歷封禪書曰宜命掌故左氏傳仲尼曰今火猶西流司歷過也獻洛飲之禮具上巳

之儀洛飲上巳並已見上注南除輦道北清禁林左關巖隥都鄧右梁
潮源略亭皋跨芝廛苑太液懷曾山上林賦曰輦道纚屬西都賓曰集禁林而
屯聚難西蜀父老曰關沫若梁孫原穆天子傳曰天子東升于三道隥郭璞曰隥阪也上林賦曰亭皋千里靡不被
築洛神賦曰稅駕乎衡皋秣駟乎芝田漢書有太液池松石峻垝古毀葱翠陰煙游泳
之所攢萃翔驟之所往還於是離宮設衛別殿周徼音叫西都賓曰
離宮別觀三十六所周以鉤陳之位衛以嚴更之署周廬千列徼道綺錯旌門洞立延帷接枑周禮曰王
之會同為帷宮設旌門楊雄蜀都賦曰延帷揚幕接帳連岡又周禮曰王之會同之舍設梐枑再重杜子春曰
梐枑行馬也閱水環階引池分席歎逝賦曰閱水以成川春官聯事蒼
靈奉塗然後昇秘駕徐緹徒兮騎搖玉鑾發流吹言春官聯事以
供職蒼靈奉塗以衛行也周禮有春官宗伯又曰以官府之六聯合邦治二曰賓客之聯事蒼靈青帝也尚書

帝命驗曰帝者承天立五府蒼曰靈府鄭玄曰蒼帝靈威仰之府續漢書曰緹騎二百人屬執金吾楚辭曰鳴玉鸞之啾啾兮淮南子曰龍舟鷁首浮吹以虞天動神移淵旋雲被以降于行所禮也羽獵賦曰天動地岋淮南子曰藏志九旋之淵蔡邕獨斷曰天子以天下為家自謂所居為行在所既而帝暉臨幄百司定列鳳蓋俄軫虹旗委旆俄軫委旆不行也東都主人曰鳳蓋棽纚楚辭曰回朕車俾西引搴虹旗於玉門肴蔌芬藉觴醳亦泛浮毛詩曰其肴維何炰鼈及魚其蔌維何維筍及蒲鄭玄禮記注曰醳昔酒也妍歌妙舞之容銜組樹羽之器古妍歌篇曰妍歌展妙聲發曲吐令辭邊讓章華賦曰妙舞麗於陽阿阮諶三禮圖曰筍虡兩頭並為龍以銜組曹植九詠曰雲龍兮銜組流羽兮交横毛詩曰設業設虡崇牙樹羽三奏四上之調六莖九成之曲競氣繁聲合變爭節韓子曰師曠奏清徵一奏有玄鶴二八來集再奏而列三奏延頸而鳴擧翼而舞馬融琴賦曰師曠三奏而神

文四十六　九

物下楚辭曰四上競氣極聲變王逸曰四上謂代奏鄭衛也漢書曰顓頊作六莖尚書曰簫韶九成鳳皇來儀龍文飾轡青翰侍御班固西域傳贊曰蒲梢龍文魚目汗血之馬也說苑莊辛謂襄城君曰鄂君乘青翰之舟汎新波之中華裔殷至觀聽騖集揚袂風山擧袖陰澤靚莊藻野袨服縟川籍田賦曰居靡都鄙民無華裔蜀都賦曰觀聽之所踊躍法言曰雷震揚天風薄于山上林賦曰靚莊刻飾鄒陽上書曰袨服叢臺之下者一旦成市說文曰縟繁彩色也故以殷隱賑外區煥衍都内者矣西京賦曰鄉邑殷賑張載劒閣銘曰矧茲狹隘王之外區王粲羽獵賦曰蕞華雜沓煥衍陸離上膺萬壽下禔移氏百福毛詩曰報以介福萬壽無疆司馬相如難蜀文曰中外禔福毛詩曰介爾百福市筵禀和闔堂依德情盤景遽歡洽日斜金駕揔駟聖儀載佇悵鈞臺之未臨慨酆宮之不縣左氏傳曰楚子合諸侯於申椒擧言於楚子曰夏啓有鈞臺之享康王有豐宮之朝方且排鳳闕以高遊開爵園而廣宴關中記曰建章圓闕臨北道銅鳳在上故號鳳闕鄴中記曰銅爵臺西有爵園並命在位展詩發志楚辭曰展詩兮會舞王逸曰展舒也周易曰有孚發若信以發志也則夫誦美有章陳信無愧者歟毛詩序曰頌者美盛德之形容左傳曰楚子木問趙孟曰范武子之德何如對曰祝史陳信於鬼神無愧辭

三月三日曲水詩序一首　王元長

蕭子顯齊書曰武帝永明九年三月三日幸芳林園禊飲朝臣勑王融為序文藻富麗當代稱之

臣聞出豫為象鈞天之樂張焉時乘既位御氣之駕翔焉周易豫卦曰先王作樂殷薦上帝史記曰趙簡子病二日而悟曰我之帝所甚樂與百神遊于鈞天廣樂九奏萬舞莊子曰北門成問於黄帝曰帝張咸池之樂於洞庭之野莊子曰乘天地之正而御六氣之辯穆天子傳曰天子命駕八駿之乘遂東南翔行馳千里郭璞曰行如飛翔也是以得一奉宸逍遙襄城之

文四十六　十　乙卯重刊　王明

域體元則大悵望姑射之阿然窅眇寂寥其獨適者已老子曰王侯得一而天下正尚書曰惟辟奉天宸與辰同已見上文莊子曰黄帝將見大隗于具茨之山至襄城之野東都主人曰體元立制繼天而作論語子曰唯天為大唯堯則之莊子曰堯治天下之民平海内之政往見四子藐姑射之山汾水之陽窅然喪其天下焉家語孔子曰聖人擧事可施於百姓非獨適一身之行至如夏后兩龍載驅璿臺之上穆滿八駿如舞瑤水之陰亦有饗會固不與萬民共也山海經曰大樂之野夏后啓於此舞九代馬乘兩龍毛詩曰載馳載驅周爰咨諏易歸藏曰昔者夏后啓筮享神於晉之墟作為璿臺於水之陽穆滿八駿已見江賦又穆天子傳曰天子北升太山之上以望四野乙丑天子觴西王母於瑤池之上毛詩曰執轡如組兩驂如舞孟子曰今王田獵於此百姓聞王車馬之音與羽毛之美父子不相見兄弟妻子離散此無佗不與民同樂也我大齊之握機創歷誕命建家接禮貳宮考庸太室蕭子顯齊書曰齊太祖高皇帝諱道成字紹伯

受宋禪尚書曰我文考文王誕膺天命又曰永建乃家孟子曰舜尚見帝帝館甥於貳室亦饗舜迭爲賓主是
天子而友匹夫也趙岐曰尚上也舜在畎畝之時堯友禮之舜上見堯堯舍之於副宮堯亦就饗舜之所設更
爲賓主尚書大傳曰維十月五祀舜爲賓客禹爲主人樂正進贊曰尚考太室之義唐爲虞賓鄭玄曰舜既使
禹攝天下之事於祭祀避之居賓客之位獻酒則爲亞獻尚考猶言往時也太室明堂之中央室也義當爲儀
儀禮儀也謂祭太室之禮堯爲舜賓也　幽明獻期雷風通饗昭華之珍既
徙延喜之玉攸歸曾子夫子曰天道曰圓地道曰方方曰幽圓曰明禮記曰明則有禮樂幽則有鬼神太
公伏符陰謀曰武王伐紂四海神河伯皆曰天伐殷立周謹來受命願獻時雨論語讖曰仲尼云吾聞堯率舜
等遊首山觀河渚一老曰河圖將來告帝期尚書曰納于大麓烈風雷雨不迷尚書大傳曰舜將禪禹八風循
通又曰堯得舜推而尊之贈以昭華之玉尚書璇璣鈐曰玄圭出刻曰延喜之玉　華宋受天保
生萬國度時洛邑靜鹿丘之歎遷鼎息大坰之慙周書武王曰膺

受大命華嶠受天明命又曰我聞古商先王成湯保生商人又度邑篇曰維王克殷乃永歎曰嗚呼不淑充天
之對自鹿至于丘中具明不寢帝王世紀曰湯即天子位遂遷九鼎于亳至大坰而有慙德周書丘或爲苑
紹清和於帝猷聯顯懿於王表駿發開其遠祥定爾固
其洪業言以清和之德繼於大道揚子雲劇秦美新曰鏡淳粹之至精聆清和之正聲蔡邕月令論曰
出比闔視帝猷法言曰昔在有熊高辛唐虞三代咸有顯懿故天因而瑞之爲神明主河圖曰成帝德者堯開
王表者禹毛詩曰濬哲維商長發其祥又曰駿發爾私又曰天保定爾亦孔之固劇秦美新曰制作六經洪業
皇帝體膺上聖運鍾下武冠五行之秀氣邁三代之英
風昭章雲漢暉麗日月牢籠天地彈壓山川設神理以
景俗敷文化以柔遠澤普汜而無私法含弘而不殺蕭子
顯齊書曰世祖武皇帝諱賾字宣遠以太子即位墨子曰上聖立爲天子其次立爲三公毛詩序曰下武嗣文

也禮記曰人者五行之秀又孔子曰大道之行也三代之英丘未之逮而有志焉毛詩曰倬彼雲漢爲章于天
譬猶天子爲法度於天下也周易曰聖人與日月合其明淮南子曰帝者體太一牢籠天地彈壓山川神理猶
神道也周易曰聖人以神道設教而天下服劉義恭丹徒宮集曰昭化景俗玄教凝神廣雅曰景炤也尚書曰
帝乃誕敷文德錄圖曰女聞偃兵建文化尚書曰柔遠能邇淮南子曰覆露昭道普汜而無私周易曰含弘光
大品物咸亨又曰古之聰明叡智神武而不殺者夫潛夫論曰簡刑薄威不殺不誅此德之上也　猶且
具明廢寢昃晷忘餐念負重於春冰懷御奔於秋駕具明
已見上文尚書曰文王自朝至于日中昃弗皇暇食鄧析子曰明君之御民若乘奔而無轡履冰而負重也尚
書曰若蹈虎尾涉於春冰莊子曰尹儒學御三年而無所得夜夢受秋駕明日往朝師師曰今將教子以秋駕
司馬彪曰秋駕法駕也　可謂巍巍弗與蕩蕩誰名秉靈圖而非泰
涉孟門其何嶮論語子曰巍巍乎舜禹之有天下而不與焉又曰大哉堯之爲君蕩蕩乎民無

能名焉春秋漢含孳曰天子南面秉圖書成公綏大河賦曰靈圖授錄於羲皇孟子曰以其道舜受堯之天下不以爲泰
呂氏春秋曰舜修德而苗服孔子聞之曰通乎德之情則孟門太行不爲嶮矣　儲后睿哲在躬妙善
居質內積和順外發英華斧藻至德琢磨令範言炳丹青道
潤金璧出龍樓而問豎入虎闈而齒胄愛敬盡於一人光耀
究於四海蕭子顯齊書曰世祖立皇太子長懋漢書疏廣曰太子國儲副君尚書曰睿作聖明作哲禮記曰清
明在躬桓子新論曰聖賢之材不世而妙善之技不傳禮記曰和順積中而英華外發法言曰吾未見斧藻其德若斧藻
其楶者應劭漢官儀曰太子太傅曰就月將琢磨玉質言太子有玉之質琢磨以道也法言或問聖人之言炳若丹青有
諸曰丹青初則炳久則渝渝乎哉淮南子曰夫道潤乎草木浸乎金石毛詩曰如金如錫如珪如璧漢書成紀曰上嘗召
太子出龍樓門禮記曰文王之爲太子朝於王季日三雞初鳴至寢門外問內豎曰今日安不何如周禮曰師氏以三德
教國子居虎門之左蔡邕明堂月令論曰周官有闈門之學禮記曰行一物而三善皆得者惟世子

而已其齒於學之謂也尚書曰夔典樂教冑子孝經曰愛敬盡於事親毛詩曰夙夜匪懈以事一人呂氏春秋曰愛敬盡於事親光耀加於百姓究於四海此天子之孝也若夫族茂麟趾宗固盤石跨掩昌姬韜軼炎漢毛詩曰麟之趾振振公子漢書宋昌曰帝王子弟犬牙相制所謂盤石之宗春秋録圖曰倉精萌姬稷之後東觀漢記序曰漢以炎精布耀或幽而光元宰比肩於尚父中鉉繼踵乎周南分陝流勿翦之懽來仕允克施之譽莫不如珪如璋令聞令望朱茀斯皇室家君王者也元宰冢宰也中鉉司徒也說苑晏子謂楚王曰齊之臨淄比肩繼踵毛詩曰惟師尚父周易曰鼎金鉉鄭玄曰金鉉喻明道能舉君之官職也鄭玄尚書注曰鼎三公象也毛詩序曰周南言化自北而南故繫之周公公羊傳曰自陝以西召公主之毛詩曰蔽芾甘棠勿翦勿伐召伯所茇國語曰秦后太子來仕其車千乘韋昭曰王仕於晉也班固漢書貢禹贊曰禹既黃髮以德來仕尚書曰君陳克施有政毛詩曰如珪如璋令問令望又曰朱茀斯皇室家君王本

枝之盛如此稽古之政如彼用能免羣生於湯火納百姓於休和草萊樂業守屏稱事毛詩曰文王孫子本枝百世尚書曰若稽古帝堯史記曰文帝時會天下新去湯火人人樂業左氏傳君子曰一人刑善百姓休和莊子曰農夫無草萊之事則不比禮記諸侯曰某土之守臣其在邊邑曰某屏尸子曰能官者必稱事引鏡皆明目臨池無洗耳沈冥之怨旣缺邁軸之疾巳消譙周考史曰公孫述竊位於蜀蜀人任永乃託目盲及述誅永澡盥引鏡自照曰時清則目明也皇甫謐高士傳曰堯致天下讓許由巢父聞之以爲汙乃臨池水而洗耳漢書曰蜀嚴沈冥侯巴曰嚴君平常病不事沈冥而死亦絜矣毛詩曰考槃在陸碩人之軸考槃在阿碩人之邁鄭玄曰邁飢意軸病也謂賢人隱居而離困病也邁苦和切與廉舉孝歲時於外府署行議年日夕于中甸漢書曰詔執事與廉舉孝又詔曰有懿稱明德者遣詣相國府署行議年蘇林曰行狀年紀也尚書曰五百里甸服協律揔章之司

厚倫正俗崇文成均之職導德齊禮漢書曰李延年爲協律都尉魏志曰明帝立揔章觀荀氏傳曰勗爲光祿大夫以爲魏杜夔所制律呂檢校大樂揔章鼓吹八音與律呂乖毛詩序曰先王以是厚人倫美教化移風俗風俗通曰爲政之要辯風正俗最其上也魏志曰明帝置崇文觀徵善文者以充之周禮曰大司樂掌成均之法以教建國之學校而合國之子弟焉論語子曰導之以德齊之以禮挈壺宣夜辯氣朔於靈臺書笏珥彤紀言事於仙室周禮夏官曰挈壺氏掌懸壺蔡邕天文志曰言天體者有三家其一曰宣夜鄭玄毛詩箋曰天子有靈臺者所以觀祲象察氣之妖祥左氏傳曰公旣視朔遂登觀臺以望而書雲物禮記曰造受命於君則書於笏潘岳賈武公誄曰惟帝以公通揚祖宗延登東序服袞珥彤史記曰秦文公初有史以紀事禮記曰動則左史書之華嶠後漢書曰學者稱東觀爲老氏藏室道家蓬萊今故言仙室褰帷斷裳危冠空履之吏彯搖武猛扛鼎揭旗之士後漢賈琮爲冀州刺史車垂赤帷而行及至州自言曰刺史當遠視廣聽糾察美惡何反垂帷裳以自掩塞乎乃命御者褰之百城聞風自然震悚漢書曰蓋寬饒初拜爲司馬未出殿

斷其單衣令短離地說苑曰楚人長劒危冠而有子西漢書曰唐遵以明經飾行顯名於世衣敝履穿又曰霍去病每從大將軍受詔與壯士爲嫖姚校尉華嶠後漢書曰卞白爲武猛校尉法言曰或問力能扛鴻鼎揭華旗知德亦有之乎曰百人也勤恤民隱糾逖王慝射集隼於高墉繳大風於長隧不仁者遠惟道斯行國語祭公謀父曰勤恤民隱而除其害左氏傳曰王謂晉文侯曰以綏四方糾逖王慝周易曰公用射隼于高墉之上淮南子曰堯之時大風爲害堯命羿繳大風於青丘之澤許慎曰大風風伯也毛詩曰大風有隧論語子夏曰舜有天下選於衆舉皐陶不仁者遠矣禮記曰大道之行也譊莠蔑聞攘爭掩息稀鳴桴於砥路鞠茂草於圜扉毛詩曰好言自口莠言自口尚書曰無或攘敓說文曰桴鼓柄也漢書曰張敞爲京兆尹桴鼓稀鳴市無偷盜毛詩曰周道如砥其直如矢又曰踧踧周道鞫爲茂草周禮曰以圜土教罷民耆年

闕市井之游。稚齒豐車馬之好。宮鄰昭泰。荒憬求九清夷。史記太史公曰。文帝時。百姓皆安。自年六七十翁未嘗至市井游遨嬉戲如小兒狀。閑居賦曰。昆弟班白。兒童稚齒。杜氏幽求子曰。年五歲聞有鳩車之樂。七歲有竹馬之歡。應劭漢官儀曰。不制之臣。相與比周。比周者。宮鄰。金虎。宮鄰金虎者。言小人在位。比周相進。與君爲鄰。堅若金。讒言人。惡若虎。毛詩曰。憬彼淮夷。來獻其琛。仲長子昌言曰。警蹕清夷。侮食來王。左言入侍。離身反踵之君。髽麻側首貫胷之長。屈膝厥角。請受纓縻。漢書匈奴傳曰。壯者食肥美。老者食其餘。貴壯健。賤老弱也。古本作晦食。周書曰。東越侮食。尚書曰。四夷來王。楊雄蜀王本紀曰。蜀之先名曰蠶叢柏濩魚鳧開明。是時人民推髻左言。漢書曰。南越王太子嬰齊入侍。周書曰。離身染齒之國。以龍角神龜爲獻。爾雅曰。北方有比肩人焉。迭食而迭望。郭璞曰。此即半體之人。人各有一目一鼻孔一臂一胸。亦猶魚鼠之相合。爾呂氏春秋曰。舜登爲天子。大人反踵。皆被其澤。高誘淮南子注曰。反踵國名。其人南行。迹北向也。淮南子曰。三

文四十六　十五　辛巳刊　王亨

苗髽首。山海經曰。有貫胷國。其人胷有竅。括地圖曰。禹平天下。會于會稽之野。又南經防風之神。弩射之。有迅雷。二神恐。以刃自貫其心。禹哀之。乃拔刃。療以不死之草。皆生。是爲貫胷之民。喻巴蜀文曰。交臂受事。屈膝請和。孟子曰。武王之伐殷。百姓若崩厥角。趙岐曰。厥角叩頭。以額角犀撅地也。漢書終軍曰。願受長纓。必羈南越王致之闕下。難蜀父老曰。蓋聞天子之收夷狄也。其義羈縻勿絕而已。文鉞碧砮之琛。奇幹善芳之賦。紈牛露犬之玩。乘黃茲白之駟四。文鉞未詳。一曰。鉞當爲越。杜篤展武論曰。文越水震。鄉風仰流。徐廣晉紀曰。鮮卑以碧石爲寶。王沈魏書曰。東夷矢用楛。青石爲鏃。孔安國尚書傳曰。砮中矢鏃也。家語孔子曰。昔武王克商。於是肅慎氏貢楛矢石砮。其長尺有咫。周書曰。成王時。貢奇幹善芳者。頭若雄雞。佩之令人不昧。孔晁曰。奇幹。亦北狄。善芳者。鳥名。不昧。不忘也。周書曰。卜盧國獻紈牛。紈牛。小牛也。又曰。渠搜獻鼩犬。鼩犬。露犬也。能飛食虎豹。又曰。白民乘黃。乘黃者。似狐。其背有兩角。又曰。西方正北曰義渠。獻茲白。茲白者。若馬。鋸齒。食虎豹。盈衍儲邸。充仞郊虞。匭牘相

尋。鞮譯無曠。儲邸。儲府藏也。郊虞。掌山澤之官也。尚書曰。苞匭菁茅。匭音軌。聘禮曰。賈人啓櫝取圭垂繅而受宰。晉中興書。王禹上言曰。貢篚相尋。連舟載路。周官曰。鞮鞻氏掌四夷之樂。禮記曰。西方曰狄鞮。北方曰譯。尚書大傳曰。成王時。越裳氏重九譯而獻白雉。一尉候於西東。合車書於南北。暢轂埋轔轔之轍。綏惟而旍卷悠悠之旆。揚雄解嘲曰。東南一尉。西北一候。禮記曰。書同文。車同軌。毛詩曰。文茵暢轂。范曄後漢書曰。張綱埋其車輪於洛陽都亭。毛詩曰。有車轔轔。禮記曰。武車綏旌。魏都賦曰。虹旌攝麾。以就卷。毛詩曰。悠悠旆旌。四方無拂。五戎不距。偃革辭軒。銷金罷刃。周書曰。四方無拂。奄有天下。又曰。五戎不距。加用師旅。漢書張良曰。昔武王伐紂事已畢。偃革爲軒。陳琳應機曰。冶刃銷鋒。偃武行德。天瑞降。地符升。澤馬來。器車出。紫脫華。朱英秀。佞枝植。歷草孳。詩緯曰。天下和同。天瑞降。地符升。孝經援神契曰。德至山陵則澤出神馬。禮記曰。山出器車。禮斗威儀曰。人君乘土而王。其政太平。而遠方神獻其朱英紫脫。

文四十六　十六　曹儀

宋均注曰。紫脫。北方之物。上值紫宮。凡言常生者。不死也。死則主當之。尚書大傳曰。德先地序。則朱草生。瑞應圖曰。朱草亦曰朱英。田俅子曰。黃帝時有草生於帝庭階。若佞臣入朝。則草指之。名曰屈軼。是以佞人不敢進也。又曰。堯爲天子。蓂莢生於庭。爲帝成歷。尚書帝命驗曰。舜受命。蓂莢孳。雲潤星暉。風揚月至。江海呈象。龜龍載文。京房易飛候曰。青雲潤澤。蔽日在西北。爲舉賢良。禮斗威儀曰。君乘土。其政平。則鎮星黃而多暉。禮含文嘉曰。朋友有舊。內外有差。則箕爲之直。月至風揚。宋均曰。月至月行以度至也。禮斗威儀曰。其君乘水而王。江海著其象。龜龍被文而見。宋均曰。龜龍。水物也。文。青黃白赤黑也。具有此色。見於水。故曰被。方握河沈璧。封山紀石。邁三五而不追。踐八九之遙迹。帝王世紀曰。堯與羣臣沈璧於河。乃爲握河記。今尚書候是也。孝經鉤命決曰。封于太山。考績燔柴。禪于梁父。刻石紀號。禮記逸禮曰。三皇禪云云。五帝禪亭亭。史記。楚子西曰。孔子上述三五之法。明周召之業。八九。謂七十二君。曹植魏德論曰。越八九於往素。踵黃帝之靈矩。功既成矣。世

既貞矣信可以優游暇豫作樂崇德者歟禮記曰王者功成作樂老
子曰王侯得一以爲天下貞曹植魏德論曰帝猷成矣
股肱貞矣尚書大傳曰周公作樂優游三年孫子兵法
曰人效死而上能用之雖優游暇譽令猶行
也譽猶豫古字通周易曰先王作樂崇德于時青鳥
司開條風發歲粤上斯巳惟暮之春左氏傳郯子曰青
鳥氏司啓者也易
通卦驗曰立春條風至楚辭曰獻歲發春汨吾南
行上巳巳見上文毛詩曰嗟嗟保介惟暮之春同律
克和樹草自樂禊飲之日在茲風舞之情咸蕩去肅表
乎時訓行慶動於天矚周禮曰太師掌六律六同以合
陰陽之聲鄭玄曰同陰律也尚
書曰八音克諧孔安國曰諧和也漢書文帝詔曰方春
和時草木羣生之物皆有以自樂禮傳曰禊者絜也仲
春之時於水上釁絜也論語曰風乎舞雩詠而歸蔡邕
月令章句曰秋冬肅急之後故布生德和政令去肅急
禮記曰孟春之月命相
布德和令行慶施惠載懷平圃乃睠芳林芳林園者

福地奧區之湊丹陵若水之舊嬀嬀上均乎姚澤膴膴
尚於周原狹豐邑之未宏陋譙居之猶褊山海經曰槐
江之山實惟
帝之平圃南望崑崙十洲記曰芳林園在青溪菰首橋
東齊高帝舊宅齊有天子爲舊宮宮東築山鑿池號曰
芳林園遁甲開山圖曰驪山之西原有阜名曰風涼
州之福地西京賦曰寔惟地之奧區神皐帝王世紀曰
堯生於丹陵呂氏春秋曰顓頊生於若水乃登爲帝又
曰舜陶於河濱釣於雷澤登爲天子賢士歸之萬人譽
之陳陳嬀嬀無不戴悅高誘曰嬀盛也呂氏春秋曰舜
爲天子輒輒攷攷莫不戴悅高誘曰攷攷動而喜貌也
嬀嬀或爲攷攷故兩引之輒知葉切攷仕勤切帝王世
紀曰瞽叟之妻曰握登生舜於姚墟故姓姚氏堯求賢
而四嶽薦舜堯乃命于順澤之陽毛詩曰周
原膴膴堇荼如飴漢高祖豐人魏太祖譙人求中和而
經處揆景緯以裁基飛觀神行虛檐鹽雲構周禮曰以
土圭之法
正日影日至之影尺有五寸謂之地中陰陽之所和故
曰中和也景日也緯星也毛詩曰定之方中作爲楚宮

揆之以日作爲楚室東京賦曰飛閣神
行莫我能形劉公幹詩曰大夏雲構離房乍設層樓
間起負朝陽而抗殿跨靈沼而浮榮鏡文虹於綺疏浸
蘭泉於玉砌蜀都賦曰百室離房李尤平樂館銘曰層
樓通閣禁闈洞房爾雅曰山東曰朝陽西
京賦曰疏龍首以抗殿狀巍峩以業岌毛詩曰王在靈
沼鄭玄禮記注曰榮屋翼也傅玄陽春賦曰丹霞播景
文虹竟天李尤東觀銘曰房闥內布綺疏外陳張衡七
辯曰迴飇拂其寮蘭泉注其庭劉楨魯都賦曰金陛玉
砌玄枑
雲阿幽幽叢薄秩秩斯干曲拂邅迴潺湲徑復楚辭
曰叢
薄深林人上慓毛詩曰秩秩斯干幽幽南山淮南子曰
曲拂邅迴以像偶語高誘曰拂戾邅迴水流也楚辭曰
川谷徑復
流潺湲新萍泛沚華桐發岫雜天采於柔荑亂嚶聲
於緜羽禮記月令曰季春之月桐始華萍始生爾雅曰
小洲曰沚山有穴爲岫毛詩曰桃之夭夭灼灼
其華又曰手如柔荑又曰鳥鳴嚶嚶
又曰緜蠻黃鳥薛君注曰緜蠻文貌禁軒承幸清宮俟

宴緹帷宿置帟幕宵懸如淳漢書注曰省中本爲禁中
然乘輿之物通呼曰禁漢書曰
太僕先清宮南都賦曰朱帷連綱鄭司農周禮注曰在
旁曰帷在上曰幕鄭玄曰帟在幕若幄中坐上承塵也
皆以繒
爲之既而滅宿澄霞登光辨色式道執殳展軨效駕
徐鑾警節明鍾暢音宿列宿也張平子東京賦曰以須
消啓明掃朝霞登天光於扶桑禮
記曰朝辨色始入漢書曰式道左右中候也毛詩曰伯
也執殳禮記曰君車巳駕則僕展軨效駕鄭玄曰展軨
具視也效駕白巳駕也淳于髡
斗酒說曰明鍾擊磬調歌紼舞七萃連鑣九斿由齊軌
建旗拂霓揚葭振木周穆王傳曰天子賜七萃之士郭
璞曰萃聚也猶傳有七輿大夫張
景陽七命曰驅馬連鑣文穎曰甘泉鹵簿天子出道車
五乘斿車九乘蔡邕釋誨曰羣車方奔于險路安能與
之齊軌東京賦曰龍輅充庭雲旗拂
霓列子曰秦青撫節悲歌聲振林木魚甲煙聚貝冑星
羅重英曲瑵側絞之飾絕景遺風之騎昭灼甄部駔祖朗駿

函列。虎視龍超。雷駭電逝。轟轟隱隱。紛紛軫軫。羌難得而稱計。孫卿子曰：楚鮫革犀兕以爲甲，堅如金石。毛詩曰：公徒三萬，貝冑朱綅。又曰：二矛重英。西京賦曰：葩瑵曲莖。魏書曰：上所乘馬名絶景，爲矢所中。呂氏春秋曰：故湏青龍之匹，遺風之乘。孫子兵法曰：長陳爲甄。魏都賦曰：巢馬填廐而駔駿。周易曰：虎視眈眈。南都賦曰：馬鹿超而龍驤。潘岳閑居賦曰：礮石雷駭。嵇康贈秀才詩曰：風馳電逝。說文曰：轟，轟轟羣車聲也。羽獵賦曰：隱隱軫軫，被陵緣坂，莫莫紛紛，山谷爲之風飈。左思吳都賦曰：羌難得而覼縷。爾乃迴輿駐罕。嶽鎮淵渟。睟遂容有穆。賓儀式序。授几肆筵。因流波而成次。蕙肴芳醴。任激水而推移。東觀漢記曰：天子行有罼罕。孫子兵法曰：其鎮如山，其渟如淵。石崇楚妃歎曰：矯矯莊王，淵渟嶽峙。孟子曰：君子所性，仁義禮智根於心，其生色也，睟然見於面。趙岐曰：睟，潤澤貌也。毛詩曰：天子穆穆。又曰：序賓以賢。又曰：式序在位。又曰：或肆之筵，或授之几。古逸詩云：羽觴隨流波。楚辭曰：蕙肴蒸兮蘭藉。子虛賦曰：涌泉清池。

七百　文四十六　十九

激水推移。葆佾陳階。金匏在席。咸奏翹舞。籥動郊詩。張晏漢書注曰：以翠羽爲葆也。佾，舞行列也。毛詩曰：我姑酌彼金罍。禮記曰：器用陶匏。司馬彪續漢書曰：執干戚舞雲翹。周禮曰：籥章掌土鼓豳籥。又曰：仲春擊土鼓，歌豳詩，以迎暑也。召鳴鳥于弇菴州。追伶倫於嶰谷。發參差於王子。傳妙靡於帝江。山海經曰：弇州之山，五采之鳥名曰鳴鳥，爰有百樂歌舞之風。漢書：黃帝使伶倫自大夏之西，崑崙之陰，取竹嶰谷，斷兩節間而吹之，以爲黃鍾之宮。孟康曰：解，脫也。谷，竹溝也。取竹之脫無溝節者。楚辭曰：望夫君兮未來，吹參差兮誰思。列仙傳曰：王子喬好吹笙，作鳳鳴。山海經曰：天山有神鳥，其狀如黃囊，其文丹，六足四翼，渾沌無面目，是識歌舞，寔惟帝江。正歌有闋。羽觴無筭。上陳景福之賜。下獻南山之壽。信凱讌之在藻。知和樂於食苹。桑榆之陰不居。草露之滋方渥。儀禮曰：工告于樂正曰：正歌備。禮記曰：有司告以樂闋。鄭玄曰：闋，終也。楚辭曰：瑤漿蜜勺，實羽觴。燕禮曰：無筭之爵。毛詩曰：君子萬年，介爾景福。又曰：如南山之壽，不騫不崩。又曰：魚在在藻，有莘其尾。王在在鎬，飲酒樂愷。毛詩序曰：鹿鳴廢則和樂缺。詩曰：呦呦鹿鳴，食野之苹。桑榆，日所入也。東觀漢記：光武曰：失之東隅，收之桑榆。毛詩曰：湛湛露斯，在彼豐草。有詔曰。今日嘉會。咸可賦詩。周易曰：嘉會足以合禮。楊雄蜀都賦曰：吉日嘉會。凡四十有五人。其辭云爾。

王文憲集序一首　任彥昇

公諱儉。字仲寶。琅邪臨沂魚依人也。蕭子顯齊書曰：王儉字仲寶。其先自秦至宋。國史家諜待協詳焉。琅邪王氏錄曰：王氏之先，出自周王子晉。秦有王翦、王離，世爲名將。七略曰：子雲家諜言以甘露元年生也。晉中興以來。六世名德。海內冠冕。晉中興書曰：王祥弟覽生導，導生洽，洽生珣，珣生曇首。沈約宋書曰：王僧綽，曇首長子，遇害。子儉嗣。晉中興書：庾冰疏曰：臣因家寵，冠冕當世。古語云。仁人之利。天道運行。左氏傳：君子曰：仁人之言，其利博哉。莊子曰：天道運行而無所積，故萬物成。故呂虔歸其佩刀。郭璞誓以淮水。晉中興書曰：魏徐州刺史任城呂虔有刀，工相之，爲三公可服此刀。虔謂別駕王祥曰：苟非其人，乃或爲害。卿有公輔之量，故以此相與。及祥死之日，以刀授弟覽曰：吾兒凡，汝後必興，之足稱此刀，故以相與。王氏家譜曰：初，王導渡淮，使郭璞筮之，卦成，璞曰：吉，無不利，淮水絶，王氏滅。若離翦之止殺。吉駿之誡感。蓋有助焉。史記曰：王翦者，頻陽人也，事秦始皇，使翦將兵而攻趙閼與，破之，後遂拔趙。陳勝之反秦，秦使王翦之孫王離擊趙王。孔安國尚書傳曰：以殺止殺，終無犯者。漢書曰：王吉字子陽，琅邪人也，爲諫議大夫。子駿，亦爲諫議大夫，超遷御史大夫。吉居長安，其東家有大棗樹垂吉庭中，吉婦取棗以啖吉。吉後知之，乃去婦。東家聞而欲伐其樹，鄰里固請，吉令還婦。子駿，元帝時爲御史大夫，妻死，不復娶。漢書張賀贊曰：賀之陰德，亦有助云。公之生也。誕授命世。體三才之茂。踐得二之機。周易曰：有天道焉，有地道焉，兼三才而兩之。又子曰：知幾其神乎。顏氏之子，其殆庶幾乎。有不善未嘗不知。知

文四十六　二十

而未嘗復行韓康伯曰在理則昧造形則悟顏子之分
也失之於幾故有不善得之於二不遠而復故知之未
嘗復行也信乃昴宿垂芒德精降祉春秋佐助期曰漢相蕭何昴星精垂芒謂發秀
也精星也異苑曰汝南陳仲弓從諸息姪詣穎川荀季和父子于時德星爲之聚太史奏五百里內必有賢人集焉有一
于此蔚爲帝師漢書曰張良從容步游下邳圯上有一老父出一編書曰讀是則爲王者師
況乃淵角殊祥山庭異表論語撰考讖曰顏回有角額似月形淵水也月是水積故
名淵摘輔像曰子貢山庭斗繞口謂面有三庭言山在中鼻高有異相也故子貢至孝顏回至仁也望衢
罕窺其術觀海莫際其瀾孟子曰觀海有術必觀其瀾趙歧曰瀾水中大波也宏
覽載籍博游才義若乃金版玉匱之書海上名山之旨
七略曰太公金版玉匱雖近世之文然多善者抱朴子曰鄭君有玉匱記金版經范曄後漢書曰荀爽遭黨錮
隱於海上又遁漢濱以著述爲事題爲新書凡百餘篇司馬遷書曰僕誠著此書藏諸名山沈鬱澹

文四十六　二十一

雅之思離堅合異之談楊雄爲方言劉歆與雄書曰非子雲澹雅之才沈鬱之志不能
成此書莊子公孫龍問於魏牟曰龍少學先王之道長明仁義之行合同異離堅白吕氏春秋曰相劒者曰白
所以爲堅也黃所以爲紉也黃白雜則堅且紉良劒也難者曰黃白雜則不堅且不紉又柔則錈堅則折劒折
且錈焉得爲利劒也莫不揔制清衷遞爲心極斯固通人之所包
非虛明之絕境不可窮者其唯神用者乎言金版玉匱之書無不制
在情衷爲心之極斯故通人君子或能兼而包之故非王公之絕境也然其不可窮而盡者其唯有神用乎言
難測也衷中心也虛明亦心也然檢鏡所歸人倫以表雲屋天構匠者
何自咸洛不守憲章中輟劉琨勸進表曰仍承西朝不守禮記曰仲尼憲章文武
賀生達禮之宗蔡公儒林之亞晉中興書曰賀循字彥先博覽羣書尤明三禮
爲江東儒宗徵拜博士又曰諸葛恢字道明時潁川荀顗字道明陳留蔡謨字道明俱有名譽號曰中興三明

時人爲之歌曰京都三明各有名蔡氏儒雅荀葛清闕典未補大備茲日蘭秦美新曰帝
典闕而不補至若齒危髮秀之老含經味道之生鄭玄禮記注曰危高
也然齒危謂高年也髮秀猶秀眉也東觀漢記杜詩謂功曹郭丹曰今功曹稽古含經可謂至德栢譚荅揚雄
書曰子雲勤味道腴莫不北面人宗自同資敬漢書曰于定國爲廷尉乃迎學春秋
身執經北面備弟子禮孝經曰資於事父以事母而敬同性託夷遠少屏塵雜自非
可以引獎風流增益標勝未嘗留心習鑿齒晉陽秋曰王夷甫樂廣俱
以宅心事外名重於時故天下之言風流者稱王樂焉朞歲而孤叔父司空簡穆
公早所器異蕭子顯齊書曰王僧虔兄僧綽之子儉又曰世祖即位遷僧虔爲侍中薨贈司空侍
中如故謚簡穆公年始志學家門禮訓皆折衷丁仲於公論語子曰吾十
有五而志于學羽獵賦亭曰不折衷于泉臺孝友之性豈伊橋梓夷雅之體

文四十六　二十二　毛用

無待韋弦毛詩曰張仲孝友尚書大傳曰伯禽與康叔朝於成王見于周公三見而三笞之康叔有
駭色乃與伯禽問於商子曰吾二子見於周公三見而三笞何也商子曰南山之陽有木名橋北山之陰有木名梓二
子盖往觀焉於是二子如其言而往觀之見橋木高而仰見梓木實而俯反以告商子商子曰橋者父道也梓
者子道也二子明日復見入門而趨登堂而跪周公迎拂其首而勞之曰汝安見君子乎二子以實對公曰君
子哉商子也言王公有孝友之性自天而成豈惟見橋梓而知也夷平也體性也韋皮繩喻緩也弦弓弦喻急
也孫子曰由禮則雅不由禮則夷韓子曰西門豹之性急故佩韋以自緩董安于之心緩故佩弦以自急言王
公平雅之性無待此韋弦以成也盖自天性得中也汝郁之幼挺淳至黃琬之早
標聰察曾何足尚東觀漢記曰汝郁字幼異陳國人年五歲母被病不能飲食郁常抱持啼
泣亦不肯飲食母憐之強爲餐飯欺言已愈郁察母顏色不平輒復不食宗親共奇異之因字幼異挺拔也淳至謂淳孝
之甚至也范曄後漢書曰黃琬字公琰少失父母而辯慧祖父瓊育之瓊初爲魏郡太守建和元年正月日蝕京

師不見而瓊以狀聞梁太后詔問所蝕多少瓊思其對而未知所出琬年七歲在傍曰何不言日蝕之餘如月之初瓊大驚即以其言應詔標立也言此二子淳孝聰察比之王公則二子曾何足尚也年六歲襲封豫寧侯拜日家人以公尚幼弗之先告既襲珪組對揚王命因便感咽若不自勝蕭子顯齊書曰儉數歲襲爵豫寧侯拜受茅土流涕嗚咽江表傳曰潘濬見孫權涕泣交橫哀咽不能自勝初宋明帝居蕃與公母武康公主素不協及即位有詔廢毀舊塋投棄棺柩公以死固請誓不遵奉表啓酸切義感人神太宗聞而悲之遂無以奪也太宗宋明帝也蕭子顯齊書曰宋明帝以儉嫡母武康公主同太初巫蠱事不可以爲婦姑欲開冢離葬儉因人自陳密以死請故事不行初拜秘書郎遷太子舍人以選尚公主拜駙馬都尉吳均齊春秋曰宋明帝太始中儉尚陽羨公主拜駙馬都

尉爲秘書郎太子舍人元徽初遷秘書丞沈約宋書曰蒼梧王改年曰元徽吳均齊春秋曰儉超遷秘書丞於是采公曾之中經刊弘度之四部蕭子顯齊書曰儉又撰定元徽四部書目王隱晉書曰荀勗字公曾領秘書監與中書令張華依劉向別錄整理錯亂又得汲冢竹書身自撰次以爲中經臧榮緒晉書曰李充字弘度爲著作郎于時典籍混亂刪除煩重以類相從分爲四部甚有條貫秘閣以爲永制五經爲甲部史記爲乙部諸子爲丙部詩賦爲丁部依劉歆七略更撰七志蕭子顯齊書曰秘書丞上表求校墳籍撰七志四十卷上表獻之漢書曰劉歆總羣書而奏其七略故有輯略有六藝略有諸子略有詩賦略有兵書略有術數略有方技略蓋嘗賦詩云稷契匡虞夏伊吕翼商周自是始有應務之跡生民屬心矣時司徒袁粲有高世之度脫落塵俗沈約宋書曰袁粲字景倩順帝即位遷中書監司徒侍中袁喬與褚左軍解交書曰雖欲虛詠濠肆脫落儀制其能得乎見公弱齡便望風推服歎曰衣冠禮樂在是矣吳均齊春秋曰儉精神秀徹體識聰異司徒袁粲見之歎曰宰相之門也栝柏豫章雖小已有棟梁之氣矣時粲位亞台司公年始弱冠春秋漢含孳曰三公象五嶽在天法三能台與能同禮記曰人生二十曰弱冠年勢不侔公與之抗禮漢書婁敬曰今欲比隆成康之時臣竊以不侔矣又曰將軍衛青位既益尊然汲黯與抗禮因贈粲詩要以歲暮之期申以止足之戒韓詩曰蟋蟀在堂歲聿其暮薛君曰暮晚也言君之年歲已晚也老子曰知足不辱知止不殆粲荅詩曰老夫亦何寄之子照清襟服闋拜司徒右長史儉遭所生母憂服闋也司徒袁粲也出爲義興太守風化之美奏課爲最漢書曰倪寬爲司農都尉大司農奏課聯最韋昭曰聯得第一也還除給事黃門侍郎旬日遷尚書吏部郎參選昔毛玠之公清李重之識會兼之

者公也魏志曰毛玠字孝先陳留人也少爲縣吏以公清稱魏國初建以玠爲尚書僕射復典選舉傳暢晉諸公讚曰王戎爲選官時李重李毅二人操異俱處要職戎以識會待之各得其所玠音介俄遷侍中以愍侯始終之職固辭不拜蕭子顯齊書曰升明二年儉遷長史兼侍中以父終此職固讓沈約宋書曰王僧綽遷侍中二凶巫蠱事泄上召僧綽具言之劭於宮夜饗將士僧綽密以啓聞頃之劭亂檢太祖巾箱得僧綽所啓饗士并發諸王事乃收害焉世祖贈散騎常侍金紫謚愍侯補太尉右長史蕭子顯齊書曰進太祖太尉也時聖武定業肇基王命聖武謂齊高帝也干寶晉武革命論曰高光爭伐定功業也尚書曰至于太王肇基王迹寤寐風雲實資人傑毛詩曰寤寐思服毛萇曰服思之也周易曰雲從龍風從虎聖人作而萬物覩漢書高祖曰夫運籌於帷幄之中決勝千里之外吾不如子房鎮國家撫百姓給餉饋不絕糧道吾不如蕭何連百萬之衆戰必勝攻必取吾不如韓信三者皆人傑吾能用之是以宸居膺列宿之表圖緯

著王佐之符若漢高祖之膺五星李通之著赤伏宸居已見上文班固漢書贊曰劉向稱董仲舒有王佐之才俄遷左長史齊臺初建蕭子顯齊書曰進太祖位相國爲齊公也以公爲尚書右僕射領吏部時年二十八宋末艱虞百王澆季班固漢書贊曰漢承百王之弊禮紊舊宗樂傾恒軌自朝章國紀典彝備物奏議符策文辭表記素意所不蓄前古所未行皆取定俄項神無滯用太祖受命太祖謂齊高祖也以佐命之功封南昌縣開國公食邑二千戶建元二年遷尚書左僕射領選如故自營郤分司盧欽兼掌譽望所歸允集茲日應劭漢官儀曰獻帝建始四年始置左右僕射以執金吾營郤爲左僕射衛臻爲右僕射今以策劭爲營郤誤也營役瓊切郤烏合切虞預晉書曰盧欽少好學爲尚書僕射領吏部欽清實選舉稱爲廉平

尋表解選詔加侍中又授太子詹事侍中僕射如故固辭侍中改授散騎常侍餘如故太祖崩遺詔以公爲侍中尚書令鎮國將軍永明元年進號衛將軍二年以本官領丹陽尹本官謂侍中尚書令六輔殊風五方異俗漢書曰兒寬遷左內史表奏開六輔渠韋昭注曰六輔謂京兆馮翊扶風河東河南河內五方已見上文公不謀聲訓而楚夏移情揚雄與桓譚書曰望風景附聲訓自結史記曰淮南沛陳汝南南郡此西楚也潁川南陽夏人之居也故至今謂之夏故能使解劍拜仇歸田息訟謝承後漢書曰許荆字子張吳郡人兄子世嘗報讎殺人其讎操兵欲殺世荆與相遇乃解劍長跪曰今願身代世死仇讎者曰許掾郡中稱君爲賢何敢相侵遂解劍而去漢書曰韓延壽爲東郡太守春因行縣至高陵人有昆弟相與訟田延壽乃自悔責閉閤不出於是訟者宗族傳相責讓此兩昆弟深自悔皆自髡肉袒謝願以田相移終不敢復爭延壽乃起聽事

前郡尹溫太眞劉眞長或功銘鼎彝或德標素尚王隱晉書曰溫嶠字太眞太原人也爲郡尹後平蘇峻之亂藏榮緒晉書曰劉惔字眞長沛國人也爲丹陽尹性重莊老禮記曰鼎有銘銘者論譔其先祖之德美功烈勳勞而酌之祭器左氏傳臧武仲曰大伐小取其所得以作彝器銘其功以示子孫孔欣猛虎行曰飢不食邪蒿菜倦不息無終里邪蒿乖素尚無終妻若始臭味風雲千載無爽言其感應千載不差也左氏傳季武子謂晉范宣子曰今譬於草木寡君之臭味也楚辭曰虎嘯而谷風至龍舉而景雲從言物類之相感也王逸曰虎陽物也谷風陽氣也言虎悲嘯而吟則谷風至而應其類龍介蟲陰物也景雲亦陰也言神龍將舉升天則景雲覆而扶之輔其類也親加弔祭表薦孤遺遠協神期用彰世祀左氏傳史趙曰盛德必百世祀時簡穆公薨以撫養之恩特深恒慕表求解職有詔不許蕭子顯齊書曰儉父僧綽遇害爲叔父僧虔所養國學初興華夷慕義經師

人表允資望實漢書平帝詔曰校書置經師一人任昉雜傳魏德公謂郭林宗曰經師易獲人師難遭何法盛晉中興書曰王寔斯爲東海王越記室參軍勑子毗曰王參軍人倫之表汝其師之復以本官領國子祭酒三年解丹陽尹領太子少傅餘悉如故挂服捐駒前良取則卧轍棄子後予胥怨挂服未詳王隱晉書曰王遜字劭伯爲上洛太守遜在郡有私馬生駒私牛生犢悉留以付郡去是爲郡所產以還官也三輔決錄曰長安劉氏唯有孟公談者取則范曄後漢書曰侯霸字君仲爲臨淮太守王莽敗霸卒全一郡更始元年遣使徵霸百姓號哭遮使者車或當道而卧皆曰願乞侯君復留朞年百姓乃戒其乳婦棄其孩子侯君當去必不能全也尚書曰湯初征自葛東征西夷怨南征北狄怨曰奚獨後予言儉解丹陽尹百姓亦如此戀之皇太子不矜天姿俯同人範師友之義穆若金蘭蜀志曰諸葛亮與杜微書曰今年始十八天姿仁敏愛德下士說苑曰燕昭王問於郭隗

曰寡人地狹人寡齊人削取八城宗廟恐危社稷存之有道乎郭隗曰帝者之臣其實師也王者之臣其實友也王誠能與隗請爲天下之士開路周易曰二人同心其利斷金同心之言其臭如蘭 又領本州大中正頃之解職四年以本號開府儀同三司餘悉如故本號衛將軍也 謙光愈遠大典未申謂辭儀同三司也周易曰謙尊而光卑而不可踰君子之終也 六年又申前命儀同三司之命 七年固辭選任帝所重違選任尚書令也謝承後漢書曰楊賜讓還侯爵朝廷重違其志也 詔加中書監猶參掌選事長與追專車之恨公曾甘鳳池之失言昔者任專車而獨坐或發志於見奪今儉有德故專車者追恨非其人或失之者甘心臧榮緒晉書曰和嶠爲黃門侍郎遷中書令舊監令共車入朝及嶠爲令荀勖爲監嶠不禮勖常以意氣加之每同乘高抗專車而坐乃使監令異車自嶠始也晉中興書曰荀勖字公曾從中書監爲尚書令人賀之乃發恚云奪我鳳皇池卿諸人賀我邪 夫

文四十六　二十七　乙丑重刊　刘邁

奔競之塗有自來矣晉諸公讚曰傅宣定九品未訖劉求者疇代之悉改宣法於是人人望品奔競 以難知之性協易失之情桓子新論曰凡人性難極也難知也故其絕異者常爲世俗所遺失焉 必使無訟事深引誘論語子曰聽訟吾猶人也必也使無訟乎 公提衡惟允一紀于茲漢書曰衡平也所以平輕重也言選曹以材授官似衡之平物故取以喻焉韓子曰貴賤不相踰愚智提衡而立孫綽王蒙誄曰提衡左府擧直閑邪孔安國尚書傳曰十二年曰紀 拔奇取異興微繼絕王隱晉書羊祜曰吾不能取異於屠釣拔奇於版築豈不愧知人之難哉興微即興滅也論語子曰興滅國繼絕世 望側階而容賢候景風而式典燕丹太子曰田光見太子太子側階而迎家語孔子謂魯哀公曰衛有士曰慶足者國有大事則必赴而治之國無事則退而容賢靈公悅而敬之王肅曰言其所以退欲以容賢於朝也淮南子曰景風至施爵祿賞有功 春秋三十有八七年五月三日薨于建康官舍皇

朝軫慟儲鉉傷情漢書踈廣曰太子國儲副君周易曰鼎金鉉鄭玄尚書注曰鼎三公象也 有識銜悲行路掩泣説苑雍門周説孟嘗君曰有識之士莫不爲足下寒心酸鼻論衡曰行路之人皆能論之 豈直春者不相工女寢機而已哉史記趙良謂商鞅曰五羖大夫死秦國男女流涕童子不歌謠春者不相杵劉紹聖賢本紀曰子產治鄭二十年卒國人哭於巷婦人哭於機 故以痛深衣冠悲纏教義豈非功深砥礪道邁舟航尚書高宗曰若金用汝作礪若濟巨川用汝作舟檝 沒世遺愛古之益友左氏傳曰子產卒仲尼聞之出涕曰古之遺愛也班固漢書贊曰劉向指明梓柱以推廢興豈非直諒多聞古之益友與 追贈太尉侍中中書監如故給節加羽葆鼓吹增班劒六十人漢官儀曰班劒者以虎皮飾之 謚曰文憲禮也謚法曰忠信接禮曰文博文多能曰憲 公在物斯厚居身以約玩好絕於耳目布素表於

文四十六　二十八　乙丑重刊　賈林

造次齊春秋曰儉不好聲色未嘗遊宴衣裘服用自周而已周禮曰凡式貢之餘財以供玩好之用尚書曰弗役耳目百度惟貞論語子曰造次必於是 室無姬姜門多長者左氏傳君子曰詩曰雖有姬姜無弃憔悴漢書曰陳平少時家貧然門外多長者車轍 立言必雅未嘗顯其所長孝經援神契曰矜莊嚴栗出言必雅孫資別傳曰朝臣會議資奏是非擇善者推而成之終不顯己之德 持論從容未嘗言人所短風俗通曰太尉范滂辨於持論謝承後漢書曰夏勤從容議論吳志曰是儀時時有所進未嘗言人之短 引長風流許與氣類檀道鸞晉陽秋曰謝安爲桓溫司馬不存小察盡引長之風風流已見上文謝承後漢書曰桓麟邴譽氣類經緯士人 雖單門後進必加善誘三輔決錄曰王豹出自單門論語曰夫子善誘人 勗以丹霄之價引以青冥之期鍾會集言程盛曰丹霄之鳳青冥之龍 公銓品人倫各盡其用廣雅曰稱謂之銓聲類曰銓所以稱物也 居厚者不矜其多

處薄者不怨其少。老子曰前識者道之華而愚之始是以大丈夫處厚不處薄窮涯
而反盈量知歸。莊子市南子曰君涉於江而浮於四海望之而不見其涯愈往而不知其所
窮送君者皆自涯而反皇朝以治定制禮功成作樂。禮記曰王者功成作樂治
定制禮思我民譽緝熙帝圖。左氏傳曰晉悼公即位六官之長皆民譽也毛詩曰維清
緝熙文王之典帝圖已見上文雖張曹爭論於漢朝荀摯至競爽於晉
世東觀漢記曰張酺拜太尉章帝詔射聲校尉曹褒案漢舊儀制漢禮酺以爲褒制禮非禎祥之特達有似
異端之術上疏曰褒不被刑誅無以絕毀實亂道之路臧榮緒晉書曰太尉荀顗先受太祖勑述新禮太康初
尚書僕射朱整奏付尚書郎摯虞討論之虞表所宜增損條目改正禮新昔異狀凡十五事左氏傳晏子曰二
惠競爽猶可無以仰摸淵旨取則後昆。尚書曰以義制事以禮制心垂裕後昆
每荒服請罪遠夷慕義宣威授指寔寄宏略理積則神

文四十六　二十九　乙卯重刊李椿

無忤往事感則悅情斯來無是己之心事隔於容諂罕
愛憎之情理絕於毀譽造理常若可干臨事每不可奪。
約己不以廉物引量不以容非。魏文帝典論曰君子謹乎約己引乎接物魏志
孟康薦崔林曰體高雅之引量謝承後漢書郎顗章曰陛下寬不容非攻乎異端歸之正
義。論語曰攻乎異端斯害也已公生自華宗世務簡隔。魏志曹植上疏曰華宗貴
族必應斯舉漢書曰嚴安徐樂上書言世務至於軍國遠圖刑政大典既道
在廊廟則理擅民宗若乃明練庶務鑒達治體。潘尼潘岳碣曰
君深達治體垂化三宰懸然天得不謀成心求之載籍翰牘所未
紀訊之遺老耳目所不接至若文案自環主者百數皆
深文爲吏積習成姧。漢書曰張湯務在深文拘守職之吏應劭風俗通曰積習而成不敢

獨否蓄筆削之刑懷輕重之意。漢書曰今有司請定法削即削筆即筆服虔曰言隨
君意也又曰嚴延年爲涿郡太守掾趙繡按高氏即爲兩劾欲先白其輕者觀延年意焉怒乃出其重劾公
乘理照物動必研機。晉中興書謝安石上疏曰王恭超登清任當虛心乘理周易曰夫易
所以極深研幾當時嗟服若有神道。周易曰聖人以神道設教而天下服矣豈非
希世之雋民瑚璉之宏器。汝南先賢傳曰謝子微高才遠見許劭年十八時乃歎息
曰此希世之偉人也論語子貢問曰賜也何如子曰汝器也曰何器也曰瑚璉也昉行無異操
才無異能得奉名節迨將一紀。魏志董昭謂太祖曰明公樂保名節而無大責
一言之譽東陵侔於西山一眄之榮鄭璞踰於周寶。路粹
爲曹公與孔融書曰邀一言之譽者計有餘矣莊子曰伯夷死名於首陽之下盜跖死利於東陵之上彼所殉
仁義也則俗謂之君子其所殉貨財也則俗謂之小人其所殉一也司馬彪曰東陵陵名今屬濟南也法言曰

六百七十四　文四十六　三十　季重刊　楊珎

夷齊無仲尼則西山餓夫列子曰吾師老商氏三年之後始得夫子一眄而已戰國策應侯曰鄭人謂玉之未
理者爲璞周人謂鼠之未腊者爲璞周人懷璞過鄭問賈曰欲買璞乎鄭賈曰欲之出其璞示之乃鼠也因謝
而不取高誘曰理治也鼠未爍腊者號之爲璞尚書曰引璧琬琰在西序孔安國曰皆歷代傳寶士感
知己懷此何極。曹植祭橋玄文曰士死知己懷此無忘出入禮闈朝夕舊
館。十州記曰崇禮闈即尚書上省門崇禮東建禮門即尚書下舍門然尚書省二門名禮故曰禮闈也瞻
棟宇而興慕撫身名而悼恩。孫卿子孔子謂哀公曰吾入廟仰視榱棟俛見几筵
君以此思哀則哀將焉而不至矣公自幼及長述作不倦。仲長子昌言曰子長班固
述作之士固以理窮言行事該軍國豈直彫章縟采而已哉。說文曰縟繁也彩色也
若乃統體必善綴賞無地。王彪之賦曰於是乎統體而詠
之雖楚趙羣才漢魏眾作曾何足云曾何足云。楚有屈原趙有

荀卿，漢則司馬、楊雄，魏則陳思王粲。昉嘗以筆札見知，思以薄技效德。陸機表詣吳王曰：臣本以筆札見知。淮南子曰：齊伐楚，市偷進謂楚將子發曰：臣有薄技，願而行之。是用綴緝遺文，永貽世範。袁宏三國名臣贊序曰：風軌德音，爲世作範。爲如干秩，如干卷。所撰古今集記、今書七志，爲一家言，不列于集。集錄如左。

文選卷第四十六

賜進士出身通奉大夫江南蘇松常鎮太等處承宣布政使司布政使胡克家重校刊

文選卷第四十七

梁昭明太子撰

文林郞守太子右内率府錄事參軍事崇賢館直學士臣李善注上

頌

聖主得賢臣頌一首

善曰：漢書曰：王襃既爲益州刺史王襄作中和樂職宣布詩，王襄因奏言襃有軼才，上乃徵襃。既至，詔爲聖主得賢臣頌。

王子淵

夫荷旃被毳者，難與道純緜之麗密。應劭曰：不知純緜之麗密也。瓚以爲純絲。羹藜唅糗者，不足與論太牢之滋味。服虔曰：唅音含。糗，乾食也。今臣僻在西蜀，生於窮巷之中，長於蓬茨之下。戰國策張儀曰：蜀，西僻之國，而戎翟之長也。風賦曰：起於窮巷之間。列子曰：北宮子庇其蓬室，若廣廈之蔭。廣雅曰：茨，覆也。無有游觀廣覽之知，顧有至愚極陋之累，不足以塞厚望，應明旨。雖然，敢不略陳愚心而抒情素。戰國策蔡澤說應侯曰：公孫鞅事孝公，竭知謀，示情素。記曰：恭惟春秋法五始之要，在乎審己正統而已。服虔曰：恭，敬也。胡廣曰：五始，一曰元，二曰春，三曰王，四曰正月，五曰公即位。夫賢者，國家之器用也。所任賢，則趨舍省而功施普；器用利，則用力少而就效衆。故工人之用鈍器也，勞筋苦骨，終日矻矻。如淳曰：矻矻，健作貌。苦骨切。及至巧冶鑄干將之璞，清水淬其鋒，越砥斂其鍔。應劭曰：傳曰：得一寶劒，不如一甌冶。甌冶，即巧冶也。越絕書曰：楚王召風胡子而問之曰：寡人聞吳有干將，越有甌冶，願請此二人爲鐵劒。吳越春秋曰：干將者，吳人，造劒二枚，一曰干將，二曰莫耶。郭璞三蒼解詁曰：焠，作刀鋻也。焠，子妹切。鋻，工練切。說文云：鍔，劒刃也。晉灼曰：砥石出南昌，故曰越砥。

六百五字　文四十七　二　戊申重刊刘升

水斷蛟龍，陸剸犀革，胡非子曰：負長劒，赴榛薄，析兕豹，赴深淵，斷蛟龍。字林曰：剸，截也。漢書音義曰：剸，章兗切。忽若彗氾畫塗。如淳曰：若以彗掃於氾灑之處也。彗音遂。塗，路也。如此則使離婁督繩，公輸削墨，雖崇臺五層，延袤百丈，而不溷者，工用相得也。孟子曰：離婁之明。趙岐曰：古之明目者也，黃帝時人。鄭玄禮記注曰：公輸若，匠師也。般若之族，多伎巧者也。史記曰：蒙恬築長城，延袤萬餘里。王逸楚辭注曰：溷，亂也。胡困切。庸人之御駑馬，亦傷吻敝策而不進於行，胸喘膚汗，人極馬倦。及至駕齧膝，驂乘旦，應劭曰：馬怒有餘氣，常齧膝而行也。張晏曰：齧膝、乘旦，皆良馬名也。駕則旦至，故以爲名。王良執靶，韓哀附輿，張晏曰：王良，郵無卹也。世本云：韓哀侯作御也。時已有御，此復言之，加其精巧也。音義或曰：靶音霸，謂轡也。縱騁馳騖，忽如影靡，過都越國，蹶如歷塊，追奔電，逐遺風，遺風，風之疾者也。周流八極，萬里一息，何其遼哉？人馬相得也。故服絺綌之凉者，不苦盛暑之鬱燠；論語曰：當暑，袗絺綌。孔安國曰：絺綌，葛也。襲狐貉之煖者，不憂至寒之凄滄。論語曰：狐貉之厚以居。何則？有其具者易其備。賢人君子，亦聖王之所以易海内也。是以嘔一侯切喻受之，應劭曰：嘔喻，和悅貌。開寛裕之路，以延天下之英俊也。夫竭智附賢者，必建仁策；索人求士者，必樹伯迹。昔周公躬吐握之勞，故有圄空之隆；韓詩外傳曰：成王封伯禽於魯，周公誡之曰：無以魯國驕士。吾一沐三握髮，一飯三吐哺，猶恐失天下之士也。文子曰：法寛刑緩，囹圄空虛。齊桓設庭燎之禮，故有匡合之功。韓詩外傳曰：齊桓公設庭燎，爲士之欲造見者，朞年而士不至。於是東野人有以九九見者，桓公使戲之曰：九九足以見乎？鄙人曰：臣不以九九足以見也。臣聞君設庭

六百十八　文四十七　三

燎以待士，朞年而士不至。夫士之所以不至者，君天下之賢君也，四方之士皆自以爲不及君，故不至也。夫九九薄能，而君猶禮之，況賢於九九者乎？桓公曰：善。乃禮之。朞月，四方之士相攜而並至矣。論語子曰：管仲相桓公，一匡天下，民到于今受其賜。又子曰：桓公九合諸侯，不以兵車，管仲之力也。由此觀之，君人者，勤於求賢而逸於得人。人臣亦然。呂氏春秋曰：賢主勞於求賢，而逸於治事。昔賢者之未遭遇也，圖事揆策則君不用其謀，陳見悃誠則上不然其信。郭璞三蒼解詁曰：悃，誠信也。苦本切。進仕不得施效，斥逐又非其愆。是故伊尹勤於鼎俎，太公困於鼓刀，魯連子曰：伊尹負鼎佩刀以干湯，得意，故尊宰舍。尉繚子曰：太公屠牛朝歌。文子曰：伊尹負鼎而干湯，呂望鼓刀而入周。百里自鬻，甯戚飯牛，離此患也。孟子萬章問曰：或曰百里奚自鬻於秦，要秦穆公，信乎？孟子曰：不然。好事者爲之也。甯戚飯牛，已見鄒陽上書。及其遇明君遭聖主

也運籌合上意諫諍則見聽進退得關其忠任職得行其術去卑辱奧渫而升本朝離蔬釋蹻而享膏粱張晏曰奧幽也渫狎也辱汙也如淳曰奧音郁應劭曰離此蔬食釋此木屩瓚案屩以繩為屨也國語欒伯請公族大夫膏梁之性難正也賈逵曰膏肉之肥者梁食之精者言其食肥美者率驕放其性難正也剖符錫壤而光祖考傳之子孫以資說士故世必有聖智之君而後有賢明之臣虎嘯而谷風冽龍興而致雲氣周易曰雲從龍風從虎管輅別傳曰龍者陽精以潛于陰幽靈上通和氣感神二物相扶故能興雲虎者陰精而居于陽依木長嘯動於巽林二數相感故能運風蟋蟀俟秋吟蜉蝣出以陰易通卦驗曰立秋蜻蛚鳴蔡邕月令章句曰蟋蟀蟲名世謂之蜻蛚也毛詩傳曰蜉蝣渠略也又蟲魚疏曰渠略甲下有翅能飛夏月陰時出地中易曰飛龍在天利見大人乾卦之辭也龍以喻大人言龍飛在天

大夕九圭四四十六　文四十七　四　潘

喻聖人之德顯故天下萬物而利見之王肅曰大人在位之日也詩曰思皇多士生此王國毛詩大雅文也毛萇曰皇天也鄭玄曰思願也願天多生賢人於邦故世平主聖俊乂將自至若堯舜禹湯文武之君獲稷契皋陶伊尹呂望之臣明明在朝穆穆列布尚書曰厥后惟明明又曰則以穆穆在乃位聚精會神相得益章雖伯牙操遞鍾逢門子彎烏號猶未足以喻其意也晉灼曰遞音迭遞之遞二十四鍾各有節奏聲之不常故曰遞鍾瓚以為楚辭曰奏伯牙之號鍾馬融長笛賦曰號鍾高調號鍾琴名也謂伯牙以善鼓琴不說能擊鍾也且漢書多借假或以遞為號不得便以迭遞判其音也善曰孫卿子曰羿逢蠭門善服射者也吳越春秋陳音曰黃帝作弓後有楚狐父以其道傳羿羿傳逢蒙漢書曰黃帝鼎成龍迎黃帝黃帝上騎小臣持龍髯拔墮墮黃帝之弓百姓仰望黃帝龍髯號故名其弓曰烏號故聖主必待賢臣而弘功業俊士亦俟明主以顯其德上下俱欲懽然交欣千載一會論說無疑翼乎如鴻毛遇順風沛乎若巨魚縱大壑春秋保乾圖曰神明之應疾於倍風吹鴻毛其得意如此則胡禁不止曷令不行化溢四表橫被無窮遐夷貢獻萬祥必臻是以聖主不徧窺望而視已明不殫傾耳而聽已聰恩從祥風翱德與和氣游太平之責塞優游之望得為君之道冀太平而優游今已太平是責塞也今已優游是望得也史記泄公曰今王已出吾責塞尚書大傳曰周公作樂優游三年遵游自然之勢恬淡無為之場莊子曰夫恬淡寂寞虛無無為此天地之平而道德之至休徵自至壽考無疆雍容垂拱永永萬年尚書曰垂拱而天下治何必偃仰詘信若彭祖呴噓呼吸如喬松眇然絕俗離世哉莊子

五夕五十五　文四十七　五　戊申重刊　刘升

曰吹呴呼吸吐故納新熊經鳥伸為壽而已矣彭祖壽考者之所好也列仙傳曰王子喬好吹笙道人浮丘公接以上嵩山又曰赤松子者神農時雨師也至崑崙山上常止西王母石室中詩曰濟濟多士文王以寧蓋信乎其以寧也

趙充國頌一首

漢書曰成帝時西羌常有警上思將帥之臣追美充國乃召黃門郎楊雄即充國圖畫而頌之

楊子雲

明靈惟宣戎有先零漢書曰諸羌先零豪然先零羌別號先零猖狂侵漢西疆漢書宣紀曰元鳳元年西羌反漢命虎臣惟後將軍毛詩曰進厥虎臣闞如虓虎漢書曰昭帝時擢充國為後將軍整我六師是討是震漢書曰遣後將軍趙充國擊西羌毛詩曰整我六師以脩我戎又曰徐方震驚既臨其域諭以威德漢書曰充國至西部都尉府欲以威信招降罕幵乃上疏曰因田致穀威德兼行有守矜功謂之弗克應劭

曰酒泉太守辛武賢言充國屯田之便不如擊之論語讖曰重耳反譎伐德矜功請奮其旅于罕之羌韋昭曰罕羌名也蘇林曰在金城南武賢言但擊罕羌先零自降也天子命我從之鮮陽應劭曰宣帝使充國共討罕开於鮮水陽營平守節屢奏封章漢書曰充國封營平侯屢奏封章言屯田之便不從武賢之策料敵制勝威謀靡亢制勝已見張景陽雜詩遂克西戎還師于京漢書曰充國奏言凡斬首七千六百級降者三萬一千二百請罷屯兵奏可充國振旅而還鬼方賓服罔有不庭毛詩曰內奰于中國覃及鬼方毛萇曰鬼方遠方也世本注曰鬼方於漢則先零戎是也尚書曰惟周王四征弗庭昔周之宣有方有虎詩人歌功乃列于雅詩小雅曰方叔莅止其車三千又大雅曰江漢之滸王命召虎在漢中興充國作武赳赳桓桓亦紹厥後毛詩曰赳赳武夫公侯干城尚書曰武王曰勗哉夫子尚桓桓

六百七　文四十七　六　壬子重刊　陳亮

出師頌一首范曄後漢書曰鄧騭字昭伯女弟爲和熹皇后安帝立騭爲虎賁中郎將封上蔡侯涼部叛羌搖蕩西州詔騭將兵擊之車駕幸平樂觀餞送騭西屯漢陽征西校尉任尚與羌戰大敗之遣中郎將迎拜騭爲大將軍既至大會羣臣賜以東帛乘馬

史孝山范曄後漢書曰王莽末沛國史岑字孝山以文章顯文章志及集林今書七志並同皆載岑出師頌而流別集及集林又載岑和熹鄧后頌并序計莽之末以訖和熹百有餘年又東觀漢記東平王蒼上光武中興頌明帝問校書郎此與誰等對云前世史岑之比斯則莽末之史岑明帝之時已云前世不得爲和熹之頌明矣然蓋有二史岑字子孝者仕王莽之末字孝山者當和熹之際但書典散亡未詳孝山爵里諸家遂以孝山之文載於子孝之集非也騭則鄧后之兄元舅則騭也

茫茫上天降祚有漢兆基開業人神攸贊五曜霄映素靈夜歎皇運來授萬寶增煥漢書曰元年冬十月五星聚于東井沛公至霸上應劭曰五星所在其下以義取天下也又曰高祖夜經澤中有大蛇當徑拔劒斬蛇蛇分爲兩後人至蛇所有一嫗夜哭人問嫗嫗曰吾子白帝子化爲蛇當道今者赤帝子斬之也歷紀十二天命中易漢書曰漢起元高祖終于孝平王莽之誅十有二世也西零不順東夷遘逆西零即先零也乃命上將授以雄戟子虛賦曰建干將之雄戟桓桓上將寔天所啓桓桓已見上文左氏傳晉侯賜畢萬魏卜偃曰以是始賞天啓之矣允文允武明詩悅禮毛詩曰允文允武昭格烈祖左氏傳趙衰曰郤縠說禮樂而敦詩書憲章百揆爲世作楷禮記曰仲尼憲章文武尚書曰納于百揆禮記曰今世行之後世以爲楷昔在孟津惟師尚父尚書曰武王伐紂師渡孟津毛詩曰維師尚父時惟鷹揚諒彼武王素旄一麾渾一

六百五十四　文四十七　七　戊申重刊　曹俏

區宇鬻子曰武王伐紂乃命太公把旄以麾之紂軍反走尚書曰王右秉白旄以麾蒼生更始朔風變楚蒼生猶黔首也尚書曰至于海隅蒼生朔北方也楚南方也史記子貢問樂曰舜彈五絃之琴歌南風之詩而天下治紂爲朝歌北鄙之音身死國亡何也夫南風之詩者生長之音舜樂好之故天下治也夫北者敗也鄙者陋也紂樂好之故身死國亡薄伐獫狁至于太原毛詩小雅文也鄭玄曰薄伐言逐出之而已詩人歌之猶歎其艱況我將軍窮城極邊鼓無停響旗不蹔褰澤霑遐荒功銘鼎鉉禮記曰夫鼎者有銘銘者論譔其先祖之德美功烈勳勞而酌之祭器自成其名焉周易曰鼎金鉉我出我師于彼西疆毛詩曰我出我車于彼牧矣天子餞我路車乘黃言念伯舅恩深渭陽毛詩序曰渭陽康公念母也我見舅氏如母存焉又曰我送舅氏曰至渭陽何以贈之路車乘黃介珪既削列壤酬勳毛詩曰錫爾介珪以作爾寶今我將軍啓土

上郡尚書曰建邦啓土也傳子傳孫顯顯令問毛詩曰假樂君子顯顯令德又曰令問令望

酒德頌一首　劉伯倫 臧榮緒晉書曰劉伶字伯倫沛國人也志氣曠放以宇宙爲狹著酒德頌爲建威參軍卒以壽終

有大人先生以天地爲一朝萬期爲須臾日月爲扃牖八荒爲庭衢行無轍迹居無室廬老子曰善行無轍迹馬融琴賦曰游閑公子中道失志居無室廬罔所自寘幕天席地縱意所如止則操卮執觚動則挈榼提壺說文曰榼酒器也苦闔切唯酒是務焉知其餘有貴介公子搢紳處士左氏傳曰伯州黎謂鄭皇頡曰夫子爲王子圍寡吾之貴介弟也司馬相如封禪書曰因雜搢紳先生之略術臣瓚曰縉赤白色紳大帶應劭風俗通曰處士者隱居放言聞吾風聲議其所以乃奮袂攘襟怒目切齒北征賦曰遂奮袂而北征戰國策張儀說魏王曰天下游士莫不瞋目切齒陳說禮法是非鋒起春秋感精符曰禍亂鋒起君若贅旒先生於是方捧罌承槽銜杯漱醪劉熙孟子注曰槽者齊俗名之如酒槽也奮髯踑踞枕麴藉糟漢書曰朱博遷琅邪齊部舒緩博奮髯抵几曰觀齊兒欲以爲俗耶又曰尉佗魋結箕倨無思無慮其樂陶陶兀然而醉豁爾而醒靜聽不聞雷霆之聲孰視不覩泰山之形不覺寒暑之切肌利欲之感情莊子曰知反於帝宮見黃帝而問焉曰何思何慮則知道黃帝曰無思無慮始知道毛詩曰君子陶陶俯觀萬物擾擾焉如江漢之載浮萍廣雅曰擾擾亂也焉如猶何如也二豪侍側焉如蜾蠃之與螟蛉二豪公子處士也隨己而化類蜾蠃之變螟蛉也法言曰螟蛉之子蜾蠃祝之曰類我類我久則肖之矣速哉七十子之化仲尼也李軌曰螟蛉桑蟲也蜾蠃蜂蟲也肖類也蜂蟲無子取桑蟲蔽而殪之幽而養之祝曰類我久則化而成蜂蟲矣速疾哉二三子受學仲尼之化疾也

漢高祖功臣頌一首　陸士衡

相國酇文終侯沛蕭何相國平陽懿侯沛曹參太子少傅留文成侯韓張良丞相曲逆獻侯陽武陳平楚王淮陰韓信梁王昌邑彭越淮南王六縣黥布趙景王大梁張耳韓王韓信燕王豐盧綰長沙文王吳芮荊王沛劉賈太傅安國懿侯王陵左丞相絳武侯沛周勃相國舞陽侯沛樊噲右丞相曲周景侯高陽酈商太僕汝陰文侯沛夏侯嬰丞相潁陰懿侯睢陽灌嬰代丞相陽陵景侯魏傅寬車騎將軍信武肅侯靳歙大行廣野君高陽酈食其中郎建信侯齊劉敬太中大夫楚陸賈太子太傅稷嗣君薛叔孫通魏無知護軍中尉隨何新成三老董公轅生將軍紀信御史大夫沛周苛平國君侯公右三十一人與定天下安社稷者也頌曰

芒芒宇宙上墋下黷天以清爲常地以靜爲本今上墋下黷言亂常也墋不清澄之貌也楚錦切國語觀射父曰民神異業敬而不黷賈逵曰黷媟也波振四海塵飛五岳波振塵飛以喻亂也九服徘徊三靈改卜周書曰乃辨九服之國春秋元命苞曰造起天地鑄演人君通三靈之貺交錯同端赫矣高祖肇載天祿尚書曰天祿永終沈跡中鄉飛名帝錄中鄉即中陽里也漢書曰高祖中陽里人尚書璇璣鈐孔子曰五帝出受錄圖慶

雲應輝皇階授木漢書范增謂項羽曰吾使人望沛公其氣皆爲龍成五色此天子氣急擊之勿失春秋孔演圖曰天子皆五帝精必有諸神扶助使開階立遂宋均曰遂道也春秋保乾圖曰黑帝治八百歲運極而授木蒼帝七百二十歲而授火言漢之歷運爲周木德所授也龍興泗濱虎嘯豐谷尚書序曰漢室龍興漢書曰高祖爲泗上亭長淮南子曰虎嘯而谷風至漢書曰高祖居沛豐

形雲晝聚素靈夜哭漢書曰高祖隱於芒碭山澤閒呂后求常得之高祖怪問呂后后曰季所居上常有雲氣故從往常求得季形丹色也素靈夜哭已見上文金精仍頹朱光以渥漢書郊祀志曰秦襄公自以居西主少昊之神作西畤祠白帝至獻公時櫟陽雨金以爲瑞又作畦畤祠白帝少昊金德也朱光謂漢也殺之者明漢當滅秦也萬邦宅心駿民效足尚書曰宅心知訓又曰俊民用章曹植與陳琳書曰驥騄不常一步應良御而效足堂堂蕭公王迹是因蕭何爲丞相故曰公論語曾子曰堂堂乎張也難與並爲仁矣綢繆叡后無競維人

毛詩曰無競維人四方其訓之外濟六師內撫三秦漢書曰漢王與諸侯擊楚何守關中漢王數失軍何常與關中卒輒補缺應劭曰章邯爲雍王司馬欣爲塞王董翳爲翟王分王秦地故曰三秦拔奇夷難邁德振民漢書曰何進韓信漢王以爲大將軍黥布反上自將擊之使使問相國何爲曰爲上在軍拊循百姓尚書曰咎繇邁種德周易曰君子以振民毓德體國垂制上穆下親周禮曰惟王建國體國經野班固蕭何述曰營都立宮定制修文然重威則上穆刑約則下親名蓋羣后是謂宗臣班固漢書贊曰蕭何曹參位冠羣后聲施後世爲一代之宗臣張晏曰宗臣國所宗也

平陽樂道在變則通論語曰貧而樂周易曰易窮則變變則通爰淵爰嘿有此武功莊子曰君子淵默而雷聲毛詩曰文王受命有此武功長驅河朔電擊壤東漢書曰秦將王離圍鉅鹿參擊王離軍成陽南大破之又擊三秦軍壤東破之文穎曰壤東地名也班固漢書述曰長驅大舉電擊雷震協策淮陰亞迹蕭公漢書曰魏王豹反參以假丞相別與韓信東攻魏將孫遬大破之又從韓信擊趙大破之又從韓信擊龍且大破之又曰謁者鄂秋曰位次蕭何第一曹參次之

文成作師通幽洞冥漢書張良終謚曰文成侯又曰張良從容步游下邳圯上有老父出一編書曰讀是則爲王者師永言配命因心則靈毛詩曰永言配命自求多福又曰維此王季因心則友窮神觀化望影揣情周易曰窮神知化德之盛也史記太史公曰虞卿斷事揣情爲趙畫策鬼谷子曰測深揣情鬼無隱謀物無遯形武關是闢鴻門是寧漢書曰漢王與良西入武關良曰臣聞秦將屠者賈豎易動以利令持重寶啗秦將秦將果欲連和沛公欲聽之良曰此其將欲叛士卒恐不從不如因其解擊之沛公乃擊秦軍大破之又曰項羽至鴻門欲擊沛公良因要項伯見沛公沛公令伯具言沛公不敢背項王項羽意乃解周易曰人謀鬼謀百姓與能隨難滎陽即謀下邑隨難滎陽見下文漢書曰漢王兵還至下邑漢王曰吾欲捐關以東誰可與共功者良曰九江王英布楚梟將彭越反梁地此兩人可急

使韓信可屬大事當一面即欲捐之此三人楚可破也銷印惎忌廢推齊勸立漢書曰項羽急圍漢王滎陽酈食其曰誠復立六國後楚必斂衽而朝漢王曰善趣刻印先生行佩之良曰誰爲陛下畫此計者陛下大事去矣且楚唯無彊六國復撓而從之陛下焉得而臣之漢王曰趣銷印後韓信破齊欲自立爲齊王漢王怒良勸漢王因封之班固漢書述張良曰推齊銷印驅致越信運籌固陵定策東襲三王從風五侯允集漢書曰漢王與齊王信魏相國彭越期會擊楚至固陵不會漢王謂張良曰諸侯不從奈何良曰今能取睢陽以北至穀城以王彭越從陳以東傅海與齊王信則楚易敗也於是韓信彭越皆引兵來黥布隨劉賈皆會項羽敗自刎淮南子曰施于寡妻至于兄弟天下從風漢書曰漢王用良計諸侯皆至史記曰漢部五諸侯兵東伐楚又蘇秦曰梁從風而動霸楚寔喪皇漢凱入周禮曰師有功則愷樂怡顏高覽彌翼鳳戢託迹黃老辭世却粒史記良曰願弃人閒事從赤松子游耳乃學辟穀導引輕身曲逆宏達好

謀能深。西都賦曰、大雅宏達。論語子曰、好謀而成。遊精杳漠、神迹是尋。重玄匪奧、九地匪沈。重玄、天也。鄧析子曰、九地之下、重天之巔。伐謀先兆、擠響于音。言將伐其謀、先其未兆、欲墜其響、在於為音。然兆為謀始、響為音初也。孫子曰、上兵伐謀、其次伐交。鶡冠子曰、音者、所以調聲也。未聞音出而響過其聲者也。奇謀六奮、嘉慮四迴。漢書曰、陳平凡六出奇計、或頗秘之、世莫得聞。宋仲子法言注曰、張良為高祖畫策六、陳平出奇策四、皆權謀、非正也。然機之此言有符仲子之說、未詳。相承而誤、或別有所憑也。規主於足、離項于懷。格人乃謝、楚翼是摧。漢書曰、淮陰侯破齊王、使使來言漢王。漢王怒而罵、平躡漢王、漢王寤、乃厚遇齊使。音義曰、躡謂平躡漢王足也。漢書、陳平曰、項羽骨鯁之臣亞父、鍾離眛、龍且、周殷之屬、不過數人。大王捐數萬金、行反閒、閒其君臣、破楚必矣。漢王以為然、反閒既行、羽果疑亞父。亞父去、發病死。尚書曰、格人元龜、罔敢知吉。韓王窘執、胡馬洞開。漢書曰、人有上書告楚王韓信反。陳平曰、陛下第出偽遊雲夢、

七百十六　文四十七　十二　丁未重刊王明

信聞天子以好遊出、其勢必郊迎謁、陛下因禽之、此特萬世之事也。高祖以為然、信果郊迎、即執縛之。毛萇詩傳曰、窘、困也。漢書曰、上至平城、為匈奴所圍。高祖用平奇計、使單于閼氏解圍以得出。迎文以謀、哭高以哀。漢書曰、呂太后崩、平與太尉勃合謀誅諸呂、立文帝、平本謀也。又曰、高帝崩、平馳至宮哭、殊悲。灼灼淮陰、靈武冠世。策出無方、思入神契。孔安國尚書傳曰、神妙無方。蔡邕李咸碑曰、明略兼洞、與神合契。奮臂雲興、騰迹虎噬。凌險必夷、摧剛則脆。呂氏春秋曰、凡兵之用也、攻亂則脆。肇謀漢濱、還定渭表。漢書、蕭何謂高祖曰、必長王漢中、無所事信。必欲爭天下、非信無可與計事者。漢王乃拜信大將軍。信說漢王曰、今王舉兵而東、三秦可傳檄而定也。漢王喜、遂聽信計、舉兵出陳倉、定三秦。京索既扼、引師北討。漢書曰、漢擊楚彭城、漢兵敗散而還。信復發兵與漢王會滎陽、復擊破楚京索閒。齊趙魏皆反、與楚和。以信為左丞相、擊魏。濟河夷魏、登山滅趙。漢書曰、信遂進擊魏、魏盛兵蒲坂、塞臨晉。信乃益為疑兵、陳船欲渡臨晉、而伏兵從夏陽以木罌缶渡軍、襲安邑、虜魏王豹。信請北舉燕趙、選輕騎二千人、人持一赤幟、從閒道登山而望趙軍。戒曰、趙見我走、必空壁逐我。若疾入、拔趙幟、立漢幟。後趙空壁爭漢鼓旗、奇兵馳入趙壁、皆拔趙幟、立漢赤幟。趙卒見之大驚、遂亂走。禽趙王歇。威亮火烈、勢踰風埽。孫子曰、兵以詐立、以利動、以分合而為變者也。故其疾如風、侵掠如火、則彼三軍可奪氣、將軍可奪心、此用兵之法也。拾代如遺、偃齊猶草。漢書曰、信進擊代、禽夏說閼與。李奇曰、代相也。孟康曰、音焉預、邑名也。漢書曰、信發趙兵未發者擊齊、信引兵東、遂渡河、襲齊歷下軍、至臨菑。齊王走高密。又梅福上書曰、高祖取楚如拾遺。論語曰、草上之風必偃。二州肅清、四邦咸舉。據禹貢九州之屬、魏趙屬冀州、齊代屬青州。四邦、魏代趙齊也。乃眷北燕、遂表東海。漢書曰、信用廣武君策、發使使燕、燕從風而靡。又曰、信平齊、使人言于漢王、齊夸詐多變、反覆之國、不為假王以鎮之、其勢不定、請自立為假王。漢王乃遣張良立信為齊王。表東海、已見九錫文。克滅龍且、爰取其旅。漢書曰、齊王走高密、使使于

六百六十　文四十七　十三　戊申重刊王明

楚。楚使龍且救齊、與信夾濰水陣。信乃夜令人為萬餘囊、盛沙以壅水上流、引軍半渡、擊龍且、佯不勝、還走。龍且果喜曰、固知信怯。遂追渡水。信使人決壅囊、水大至、龍且軍太半不得渡、即急擊、殺龍且、楚卒皆降之。劉項懸命、人謀是與。漢書、蒯通說信曰、當今之時、兩主縣命於足下。足下為漢則漢勝、與楚則楚勝。人謀、巳見上文。念功惟德、辭通絕楚。漢書曰、項王使盱眙人武涉往說信曰、足下何不與楚連和、三分天下而王齊。信辭曰、人信親我、背之不祥。蒯通知天下權在信、深說以三分天下之計。信自以功大、漢不奪我齊、遂不聽。尚書曰、惟帝念功。彭越觀時、弢韜迹匿光。人具爾瞻、翼爾鷹揚。杜預左氏傳注曰、韜、藏。弢與韜古字通也。毛詩曰、赫赫師尹、人具爾瞻。又曰、維師尚父、時維鷹揚。威凌楚域、質委漢王。靖難河濟、即宮舊梁。漢書曰、漢使人賜越將軍印綬、使下濟陰以擊楚、大敗楚軍。拜越為魏相國。漢敗彭城、越皆亡其所下城、獨將其兵北居河上、往來為漢王游兵、擊楚、絕其糧於梁地。項籍死、封越為梁王、都定陶。禮記、孔悝為鼎銘曰、即宮於宗周。烈

烈黥布，眈眈其眡。漢書曰：黥布姓英氏，項梁定會稽，布以兵屬之。周易曰：虎視眈眈。名
冠彊楚，鋒猶駭電。漢書曰：楚兵常勝，功冠諸侯者，以布數以少敗衆。覩幾蟬蛻，
悟主革面。漢書曰：漢王使隨何說布，布間行與何歸漢。淮南子曰：蟬飲不食，三十日而蛻。周易曰：小
人革面，以從君也。肇彼梟風，翻爲我扇。漢書曰：上立布爲淮南王，與擊項籍。天命
方輯，王在東夏。東夏，即陽夏也。漢書曰：漢王追項羽至陽夏南。矯矯三雄，至于
垓下。三雄，韓信、彭越、英布。漢書曰：漢王發使使韓信、彭越，至，皆引兵來。黥布隨劉賈皆會，圍羽垓下。毛詩
曰：矯矯虎臣也。元凶既夷，寵禄來假。元凶，謂項羽。班固漢書張湯述曰：既成寵禄，亦羅咎
愆。保大全祚，非德孰可。左氏傳楚子曰：保大定功。班固漢書張湯述曰：子孫遵業，全祚
保國。謀之不臧，舍福取禍。毛詩曰：謀之不臧，則具是依。左氏傳劉子曰：能者養之以福，不
能者敗以取禍。張耳之賢，有聲梁魏。漢書曰：張耳，大梁人也。少時及魏公子毋忌爲客。毛

詩曰：文王有聲。士也罔極，自詒伊愧。漢書曰：張耳、陳餘相與爲刎頸交。耳與趙王歇走入
鉅鹿，王離圍之，餘自度兵少，不敢前，後耳得出，鉅鹿責餘，餘怒，脫印綬與耳，耳佩其印綬。後餘以兵襲耳，耳敗
走。毛詩曰：士也罔極，二三其德。又曰：心之憂矣，自詒伊慼。詒，音怡。俯思舊恩，仰察五緯。
漢書耳曰：漢王與我有故，而項王強立我，我欲之楚。甘公曰：漢王之入關，五星聚東井，先至必王。耳走漢。易乾
鑿度曰：五緯順軌，四時和肅。脫迹違難，披榛來洎。改策西秦，報辱北
冀。漢書曰：漢定三秦，方圍章邯廢丘，耳謁漢王。又曰：漢遣張耳與韓信擊破趙井陘，斬餘泜水上，追殺趙王
歇於襄國。泜，音祇。悴葉更輝，枯條以肄。以木爲喻也。漢書曰：漢立耳爲趙王。毛萇詩傳
曰：斬而復生曰肄。王信韓孽，宅土開疆。我圖爾才，越遷晉陽。漢書
曰：韓王信，故韓襄王孽孫也。漢立信爲韓王。上以信壯武，乃更以太原郡爲韓國，徙信以備胡，都晉陽。毛萇詩
曰：我圖爾居。盧綰自微，婉孌我皇。漢書曰：高祖與綰壯學書，又相愛也。班固漢書述哀

紀曰：婉孌董公，惟亮天工。跨功踰德，祚爾輝章。漢書曰：群臣知上欲王綰，皆曰綰可王。上
乃立綰爲燕王。章，印章也。人之貪禍，寧爲亂亡。漢書曰：高祖崩，綰遂將其衆亡入匈奴，死
胡中。毛詩曰：民之貪亂，寧爲荼毒。鄭玄曰：天下之民苦王之政，欲其亂亡也。吳芮之王，祚由
梅鋗。功微勢弱，世載忠賢。漢書曰：天下之初叛秦，吳芮率越人舉兵以應諸侯。沛公
攻南陽，遇芮之將梅鋗，與偕攻析、酈。上以鋗有功武關，故德芮，徙爲長沙王。高祖賢之，詔御史長沙王忠，其著
之甲令。音義曰：鋗，呼玄切。酇，持益切。肅肅荊王，董我三軍。漢書劉賈將貳萬人，騎數百，擊
楚。孔安國尚書傳曰：董，督也。我圖四方，殷薦其勳。漢書曰：漢王追項籍至固陵，賈使人
間招楚大司馬周殷，周殷反楚，佐賈。庸親作勞，舊楚是分。往踐厥宇，大啓
淮墳。漢書曰：高祖子弟弱，昆弟少，欲王同姓以鎮天下，詔立賈爲荊王，王淮東。毛詩曰：鋪敦淮墳。安
國違親，悠悠我思。依依哲母，既明且慈。引身伏劍，永言

固之。漢書曰：王陵以兵屬漢，項羽取陵母寘軍中。陵使至，則東鄉坐陵母，欲以招陵。陵母私送使者，泣曰：
爲老妾語陵，善事漢王，漢王長者也，無以老妾故持二心。妾以死送使者。遂伏劍而死。毛詩曰：青青子佩，悠悠
我思。淑人君子，實邦之基。毛詩曰：淑人君子，其儀不忒。又曰：樂只君子，邦家之基。義
形於色，憤發于辭。漢書曰：陵爲人少文，任氣好直言。高后欲立諸呂爲王，問陵，陵曰：高皇帝
刑白馬而盟曰：非劉氏而王者，天下共擊之。今王呂氏，非約也。公羊傳曰：孔父可謂義形於色矣。主亡
與亡，末命是期。主亡與亡，已見任昉爲范雲立太宰碑表。絳侯質木，多略寡
言。漢書曰：周勃爲人木強敦厚。論語摘輔曰：子然公順多略。曾是忠勇，惟帝攸歎。漢書
曰：始呂后問宰相，高祖曰：安劉氏者必勃也。雲騖靈丘，景逸上蘭。平代禽豨，
奄有燕韓。漢書曰：陳豨反，勃復擊豨靈丘，破之，斬豨，定代郡九縣。燕王盧綰反，勃破綰軍上蘭，定上
谷、右北平、遼西、遼東。寧亂以武，斃呂以權。漢書曰：高后崩，呂產秉權，欲危劉氏，勃與丞相

平誅諸呂左傳樂桓子謂范宣子曰夫尅亂在權滌穢紫宮徵帝太原漢書曰勃已滅
諸呂遂共迎立代王是爲孝文皇帝勃曰臣無功請得除宮乃與太僕滕公入宮載少帝出乃奉天子法駕迎
皇帝代邸張衡羽獵賦曰開閶闔兮坐紫宮實惟太尉劉宗以安漢書曰惠帝以勃爲
太尉安劉氏已見上文挾功震主自古所難漢書蒯通說韓信曰功畧震主者身危
勳耀上代身終下藩漢書上曰丞相朕所重其爲朕率列侯之國乃免丞相就國薨舞
陽道迎延帝幽藪漢書曰陳勝初起蕭何曹參使噲求高祖迎立爲沛公范曄後漢書順帝
詔曰張揖竄迹幽藪宣力王室匪惟厥武摠干鴻門披闥帝宇聳
顏誚項掩淚悟主漢書曰項羽在鴻門亞父謀欲殺沛公樊噲聞事急乃持楯入曰沛公先
入定咸陽以待大王大王聽小人之言與沛公有隙臣恐天下解心疑大王也項羽默然高祖嘗病惡見人卧
禁中詔戶者無得入羣臣噲乃排闥直入流涕曰始陛下與臣等起豐沛定天下何其壯也今天下已定又何

六伯九十七字　文四十七　十六　壬子重刊盛彥

憊也高帝笑而起尚書帝曰余欲宣力禮記子曰揔于而山立武王事也班固漢書贊曰金日磾以篤敬悟主
忠信自著曲周之進于其哲兄俾率爾徒從王于征漢書曰酈食其
進其弟商使將數千人從沛公略地漢書谷求謝王鳳曰察父哲兄覆育子弟誠無以加振威龍蛻
攄武庸城六師寔因克荼禽黥漢書曰燕王荼反商以將軍從擊荼戰龍蛻破
荼軍音義或曰龍脫地名也音奪漢書曰商又從擊黥布兩陳以破布軍又曰布軍與上兵遇蘄西上乃壁庸
城鄧展曰地名也猗歟汝陰綽綽有裕毛詩曰猗與那與又曰此令兄弟綽綽有裕
戎軒肇迹荷策來附漢書曰上降沛爲沛公以嬰爲太僕常奉車馬煩轡殆
不釋擁樹皇儲時乂平城有謀漢書曰嬰從擊項籍漢王不利馳去見孝惠魯
元載之漢王急馬罷取兩兒弃之嬰常收載行面擁樹馳晉灼曰今京師謂抱小兒爲擁樹漢書曰平城之難
冒頓乃開一角高帝出欲馳嬰固請徐行弩皆持滿外鄉卒以得脫潁陰銳敏屢爲軍鋒

奮戈東城禽項定功漢書曰項籍敗垓下去嬰追籍至東城破之所將卒斬籍乘
風藉響高步長江收吳引淮光啓于東漢書曰嬰渡江定吳還定淮北
呂氏春秋曰順風而呼聲乃加疾所因便也左氏傳宋向戌曰光啓寡君群臣安矣陽陵之勳元
帥是承漢書曰傅寬屬淮陰擊破齊歷下軍屬丞相參殘博信武薄伐揚節江陵
夷王殄國俾亂作懲漢書曰靳歙別定江陵身得江陵王致雒陽上林賦曰揚節上浮毛
詩曰戎狄是膺荊舒是懲恢恢廣野誕節令圖進謁嘉謀退守名都
東窺白馬北距飛狐即倉敖庾據險三塗漢書曰漢王數困滎陽成
皐計欲捐成皐以東屯鞏雒以距楚酈食其曰願足下急進兵收取滎陽據敖庾之粟塞成皐之險杜太行之
道距飛狐之口守白馬之津以示諸侯形制之勢則天下歸矣老子曰天網恢恢班固漢書述曰陳湯誕節救
在三哲尚書曰爾有嘉謀嘉猷杜預左氏傳注曰三塗在河南陸渾縣南輶軒東踐漢風載

文四十七　十七　乙卯重刊　才

徂漢書曰燕趙已定唯齊未下上使酈食其說齊齊王田廣以爲然罷歷下兵守備身死于齊
非說之辜漢書曰韓信聞食其下齊乃襲齊齊王田廣聞漢兵至以爲食其賣己乃亨食其我
皇寔念言祚爾孤漢書曰高祖舉功臣思食其其封其子爲高梁侯建信委輅被
褐獻寶漢書婁敬脫輅見虞將軍曰臣願見上言便宜事虞將軍欲與鮮衣敬曰臣衣帛衣帛見衣褐
衣褐見不敢易衣虞將軍入言於上上召見指明周漢銓時論道移帝伊洛
定都酆鎬漢書婁敬謂上曰陛下取天下與周異而都雒陽不便不如入關據秦之固是日車駕西
都長安班固漢書婁敬述曰敬繇役夫還京定都聲類曰銓所以稱物也柔遠鎮邇寔敬攸
考毛詩曰柔遠能邇以定我王爾雅曰考成也抑抑陸生知言之貫毛詩曰抑抑威
儀維德之隅漢書武詔曰詩云九變復貫知言之選應劭曰言變政復禮合於先王舊貫選善也往制
勁越來訪皇漢漢書曰中國初定尉他平南越因王之高祖使賈賜佗印爲南越王賈卒拜佗

爲南越王令稱臣奉漢約歸報高帝大悅爾雅曰訪謀也附會平勃夷凶翦亂漢書曰諸
呂欲危劉氏陳平患之賈說平曰天下安注意於相危注意於將將相和天下雖有變權不分君何不交懽太
尉深相結平乃以五百金爲絳侯壽太尉勃亦報如之則呂氏謀益壞及誅呂氏賈頗有力焉所謂伊
人邦家之彥毛詩曰所謂伊人於焉逍遥又曰彼己之子邦之彥兮班固漢書王遵贊曰遵賈趙
赳邦家之彥百王之極舊章靡存班固漢書贊曰漢承百王之弊典引曰彝倫斁而舊
章缺漢德雖朗朝儀則昏穆嗣制禮下肅上尊穆穆帝典
煥其盈門風睎三代憲流後昆漢書叔孫通曰臣願徵魯諸生與臣弟子共起
朝儀高帝曰得無難乎通曰臣願采古禮與秦儀雜就之上曰可其儀就皇帝輦出房諸侯王以下莫不震恐
肅敬高帝曰今日知爲皇帝之貴也劇秦美新曰帝典闕而不補毛詩曰韓侯顧之爛其盈門包咸論語注云
三代夏殷周也尚書曰垂裕後昆無知叡敏獨昭奇迹察侔蕭相貺同

文四十七　十八　乙卯重刊　王才

師錫蕭何進韓信無知進陳平故曰侔也漢書曰陳平降漢因魏無知求見漢王後上封平平曰非魏無知
臣安得進上乃賞魏無知尚書師錫帝曰有鰥在下曰虞舜隨何辯達因資於敵紓
漢披楚唯生之績漢書漢王曰孰爲我使淮南使之發兵背楚項王必留留數月漢之取天
下可萬全隨何曰臣請使之往說布布歸漢毛詩曰鄷水東注惟禹之績皤皤董叟謀我平
陰三軍縞素天下歸心漢書曰漢王南渡平陰津至洛陽新城三老董公遮說漢王曰
項王無道放殺其主三軍之衆爲之素服東伐四海之內莫不仰德此三王之舉也漢王曰善於是爲義帝發
喪兵皆縞素擊楚之殺義帝者論語素王受命讖曰河受圖天下歸心袁生秀朗沈心善
照漢旆南振楚威自撓大略淵回元功響效邈哉惟人
何識之妙漢書曰袁生說漢王曰願軍出武關項王必引兵南走王深壁令滎陽成皋間且得休王
乃復走滎陽如此則楚所備者多力分漢得休復與之戰破楚必矣漢王從其計出軍宛葉間羽乃聞漢王在

宛果引兵南漢書司馬遷述曰大略孔明史記太史公曰惟祖元功輔臣股肱紀信誑項軺軒
是乘攝齊赴節用死孰懲身與煙消名與風興漢書曰項羽圍
漢王滎陽將軍紀信曰事急矣臣請誑楚可以間出紀信乃乘王車黃屋左纛曰食盡漢王降楚皆之城東觀
以故漢王得遯羽見紀信問漢王安在曰已出去矣羽燒殺信論語曰攝齊升堂周苛慷慨心
若懷冰應劭風俗通曰言人清高如冰之絜刑可以暴志不可凌漢書曰楚圍漢
王滎陽急漢王出去而使苛守滎陽楚破滎陽欲令將苛罵曰若趣降漢王不然今爲虜矣項王怒亨苛貞
軌偕沒亮迹雙升謝承後漢書黃向對策曰雷陳義重出則震升帝疇爾庸後
嗣是膺漢書曰苛子成以父死王事封爲高景侯又曰襄平侯紀通尚符節張晏曰紀信子也晉灼曰
紀信焚死不見其後功臣表曰襄平侯紀通父成以將軍從定三秦死王事子侯然則通非信子也據之此言
與晏同誤也天地雖順王心有違毛詩曰行道遲遲中心有違懷親望楚

文四十七　十九　乙卯重刊　俏

永言長悲侯公伏軾皇媼來歸是謂平國寵命有輝漢書
曰漢遣陸賈說羽請太公羽弗聽漢復使侯公說羽羽歸太公媼漢書項羽傳曰歸漢王父母妻子漢書音義
曰媼母別名也烏老切楚漢春秋曰上欲封侯公匿不肯復見曰此天下之辨士所居傾國故號平國君震
風過物清濁効響文子曰昔堯之治天下也舜爲司徒契爲司馬禹爲司空后稷爲田疇奚
仲爲工師是以離叛者寡聽從者衆若風之過簫忽然感之各以清濁應物也大人于興利在
攸往周易曰巽小亨利有攸往利見大人引海者川崇山惟壤管子曰海不辭水故
能成其大山不辭土故能成其高明主不厭人故能成其衆韶護錯音袞龍比象漢書
曰舜作韶湯作護周禮王之吉服享先王即袞龍衣也左傳曰臧哀伯曰五色比象昭其物也明明衆
哲同濟天網毛詩曰明明魯侯崔寔本論曰舉彌天之網以羅海內之雄劒宣其利
鑒獻其朗廣雅曰鑒焰也鑑謂之鏡文武四充漢祚克廣尚書曰光被四表孔

安國曰光充也充溢四外也毛詩曰克廣德心悠悠遐風千載是仰

贊

東方朔畫贊一首 并序

夏侯孝若 藏榮緒晉書曰夏侯湛字孝若譙國人也美容儀才華富盛早有名譽與潘岳友善時人謂之連璧爲散騎常侍此贊爲當時所重

大夫諱朔字曼倩平原厭次人也漢書曰朔爲太中大夫又曰朔字曼倩平原厭次人漢書地理志無厭次縣而功臣表有厭次侯爰類疑地理誤也魏建安中范曄後漢書曰獻帝改興平三年爲建安元年今云魏疑誤也分厭次以爲樂陵郡故又爲郡人焉漢書平原郡有樂陵縣也事漢武帝漢書具載其事先生瓌瑋博達思周變通家語孔子曰老聃博古而達今王肅曰傅達古今而好道周易曰化而裁之謂之變推而行之謂之通又曰變通者趣時者也以爲濁世不可以富貴也故薄遊以取位王逸楚辭序曰不忍以清白久居濁世苟出不可以直道也故頡頏以傲世論語曰直道而事人解嘲曰鄒衍以頡頏而取世資傲世不可以垂訓也故正諫以明節家語南宮叔曰孔子作春秋垂訓後嗣班固漢書贊曰朔正諫似直明節不可以久安也故詼諧以取容班固漢書贊曰朔詼諧逢占其事浮淺字書曰詼嘲也口回切孔安國尚書傳曰諧和也史記太史公曰王翦偷合取容潔其道而穢其迹班固漢書贊曰朔穢德似隱清其質而濁其文弛張而不爲邪進退而不離羣禮記孔子曰一張一弛文武之道鄭玄曰張弛以弓弩喻人也班固漢書東方朔述曰弛張沈浮周易曰上下無常非爲邪也進退無常非離羣也若乃遠心曠度贍智宏材楊子雲解嘲曰雖其人之瞻智倜儻博物觸類多能史記曰魯仲連好奇偉倜

儻之畫策左氏傳晉侯聞子産之言曰博物君子也周易曰觸類而長之論語太宰曰夫子聖者與何其多能也合變以明筭幽贊以知來周易曰夫爻者何也言乎變者也又曰幽贊於神明而生蓍又曰神以知來智以藏往自三墳五典八索九丘左氏傳曰左史倚相趍過王曰是良史也能讀三墳五典八索九丘陰陽圖緯之學百家衆流之論漢書曰陰陽家流者蓋出於羲和之官圖河圖也緯五緯也謝承後漢書曰尤明圖緯百家衆流巳見任昉策秀才文周給敏捷之辯支離覆逆之數莊子曰支離疏鼓筴播精足以食十人精音所漢書曰上嘗使諸數家射覆不能中使朔射之連中輒賜帛逆逆剌也經脉藥石之藝射御書計之術漢書曰醫經者原人血脉經絡而用度箴石湯火之所施調百藥齊和之所宜周禮曰六藝禮樂射御書數也乃研精而究其理不習而盡其功孔安國尚書序曰研精覃思易曰不習無不利經目而諷於口過耳而闇於心孔融薦禰衡表曰目所一見輒誦於口耳暫聞不忘於心夫其明濟開豁包含引大凌轢卿相嘲哂豪桀籠罩靡前跆籍貴勢漢書曰張楚並興兵相跆籍蘇林曰跆音臺鄧展曰蹋也出不休顯賤不憂戚戲萬乘若寮友視儔列如草芥十洲記曰朔弄萬乘傲王公孟子曰天下大悅而將歸己視之如草芥雄節邁倫高氣蓋世漢書項羽歌曰力拔山兮氣蓋世可謂拔乎其萃遊方之外者已孟子曰聖人之於人亦類也出於其類拔於其萃自生民以來未有盛於孔子也莊子曰子桑戶孟子反子琴張三人相與友子桑戶死未葬孔子聞之使子貢往侍事焉或編曲或鼓琴相和而歌子貢趍而進曰敢問臨尸而歌禮乎二人相視而笑曰是惡乎知禮意子貢反以告孔子孔子曰彼游方之外者也而丘也遊方之內者也司馬彪曰方常也言彼遊心於常教之外也談者又以先生噓吸冲和吐故納新蟬蛻龍變棄俗登仙莊子曰吹呴呼吸吐故納新此道引

之士養形之人也淮南子曰至人蟬蛻蛇遊忽然入冥
史記趙高曰聖人龍變而從之列仙傳曰東方朔武帝
時爲郎宣帝時棄去後見會稽神交造化靈爲星辰淮南子曰大丈夫恬然無爲與造化
逍遙高誘曰造化天地也應劭風俗通曰東方朔是太白星精黃帝時爲風后堯時爲務成子周時爲老聃在
越爲范蠡齊爲鴟夷子言其變化無常也此又奇怪惚恍不可備論者也大
人來守此國此國謂樂陵也其父爲樂陵郡守史傳不載難得而知也僕自京都言
歸定省京都洛陽也毛詩曰言告言歸禮記曰凡爲人子之禮昏定而晨省覲先生之縣
邑想先生之高風徘徊路寢見先生之遺像楚辭曰馮翼遺像何
以譏之逍遥城郭觀先生之祠宇慨然有懷乃作頌焉其
辭曰

矯矯先生肥遯居貞矯矯輕舉之貌也毛詩曰矯矯武臣周易曰肥遯無不利又曰居貞
之吉順以從上也退不終否進亦避榮周易曰物不可以終否故受之以同人臨
世濯足希古振纓楚辭漁父歌曰滄浪之水清可以濯我纓滄浪之水濁可以濯我足涅
而無滓既濁能清論語子曰涅而不緇老子曰孰能濁以靜之徐清淮南子曰濁而徐清冲
而徐盈無滓伊何高明克柔尚書曰沈潛剛克高明柔克能清伊何視
汙若浮班固東方朔述曰懷肉汙殿弛張浮沈樂在必行處淪罔憂周易曰樂
則行之憂則違之跨世淩時遠蹈獨游瞻望往代爰想遐蹤邈
邈先生其道猶龍莊子曰孔子見老聃而弟子問曰夫子見老聃亦何規哉孔子曰吾乃於
是乎見龍合而成體散而成章乘乎雲氣而養乎陰陽余口張而不能嗋子有何規於老聃哉染迹朝
隱和而不同史記東方朔曰如朔所謂避俗於朝廷間也論語子曰君子和而不同棲遲
下位聊以從容毛詩曰或棲遲偃仰孟子曰居下位而不獲於上不可得而治也尚書曰寬而

有制從容以和我來自東言適茲邑茲邑謂樂陵也毛詩曰我來自東零雨其濛爾雅曰
適往也敬問墟墳企佇原隰王仲宣贈蔡子篤詩曰允企伊佇墟墓徒存
精靈永戢民思其軌祠宇斯立徘徊寺寢遺像在圖周
旋祠宇庭序荒蕪爾雅曰東西牆謂之序榱棟傾落草萊弗除呂氏
春秋曰農夫弗除肅肅先生豈焉是居是居弗形悠悠我情悠悠
巳見上文昔在有德罔不遺靈天秩有禮神監孔明尚書咎繇曰天
秩有禮自我五禮五庸哉毛詩曰祀事孔明彷彿風塵用垂頌聲

三國名臣序贊一首　袁彥伯檀道鸞晉陽春秋曰

袁宏字彥伯陳郡人爲大司馬府記室參軍稍遷至吏部郎出爲東陽郡守卒

夫百姓不能自治故立君以治之漢書成帝詔曰天生衆民不能相治爲之

立君以統理之明君不能獨治則爲臣以佐之墨子曰古者同天之義是故選
擇賢者立爲天子天子以其知力爲未足獨治天下是以選擇其次立爲三公然則三五迭隆
歷世承基史記楚子西曰孔丘述三五之法明周召之業西京賦曰若歷世而長存又曰繼體承基
揖讓之與干戈文德之與武功孔叢子曾子謂子思曰舜禹揖讓湯武用師非
相詭乃時也尚書武王曰稱爾戈比爾干宋均樂動聲儀注曰武象象伐時用干戈也莫不宗匠
陶鈞而羣才緝熙鄧析子曰聖人逍遙一世閒宰匠萬物之形漢書鄒陽上書曰聖王制世
御俗獨化於陶鈞之上音義曰陶家名模下圓轉爲鈞毛詩曰維清緝熙元首經略而股肱
肆力尚書咎繇歌曰元首明哉股肱良哉遭離不同迹有優劣王命論曰遭遇異時
禪代不同孝經鉤命決曰俱在隆平優劣殊迹至於體分冥固道契不墜言至於君
臣之體分既固於冥兆上下之契亦存而不墜風美所扇訓革千載其揆一也

蒼頡篇曰華戒也孟子曰先聖後聖其揆一也故二八升而唐朝盛伊呂用而湯武寧。舜舉八元八愷用之於堯時也成湯得伊尹武王得呂望而社稷安也三賢進而小白興五臣顯而重耳霸。三賢管仲鮑叔牙隰朋也五臣狐偃趙衰顛頡魏武子司空季子中古凌遲斯道替矣。居上者不以至公理物。爲下者必以私路期榮。御圓者不以信誠率衆。執方者必以權謀自顯。呂氏春秋曰天道圓地道方聖人之所以立上下主執圓臣處方方圓不易國乃昌高誘曰上君也下臣也於是君臣離而名教薄。世多亂而時不治。故蘧甯以之卷舒。柳下以之三黜。論語子曰君子哉蘧伯玉邦有道則仕邦無道則可卷而懷之又曰甯武子邦有道則智邦無道則愚又曰柳下惠爲士師三黜之接輿以之行歌。魯連以之赴海。論語楚狂接輿歌而過孔子史記曰魯連子下聊城田單歸而欲爵之魯連逃隱於海上衰世之中。保持名節。君臣相體。若合符契。則燕昭樂毅。古之流也。魏志董昭謂太祖曰明公樂保名節論語比考讖曰君子上達與天合符劇秦美新曰地合靈契史記曰樂毅賢好兵爲魏昭王使於燕燕昭王以客禮待之樂毅遂委質爲臣燕王以爲亞卿夫未遇伯樂。則千載無一驥。戰國策楚客謂春申君曰昔者騏驥駕鹽車上吳坂遷延負轅而不能進見伯樂仰而鳴之知伯樂知己也時值龍顏。則當年控三傑。漢書曰高祖隆準而龍顏應劭曰顏額顙也漢書上曰夫運策於帷幄之中決勝於千里之外吾不如子房鎮國家撫百姓給饋餉不絕糧道吾不如蕭何連百萬之軍戰必勝攻必取吾不如韓信三者皆人傑也漢之得材。於斯爲貴。高祖雖不以道勝御物。羣下得盡其忠。蕭曹雖不以三代事主。百姓不失其業。靜亂庇人。抑亦其次。左氏傳宰孔謂晉侯曰君務靜亂無勤於行又劉子謂趙孟曰盍遠續禹功而大庇

民論語子曰抑亦可以爲次也夫時方顛沛。則顯不如隱。萬物思治。則默不如語。毛詩序曰下泉思治也周易曰君子或默或語是以古之君子。不患引道難。遭時難。遭時匪難。遇君難。論語子曰人能引道非道引人莊子謂魏王曰士有道德而衣弊履穿此所謂非遭時者也文子老子曰欲治之主不世出可與之臣不萬一以不世出求不萬一此至化所以千載不一也故有道無時。孟子所以咨嗟。有時無君。賈生所以垂泣。孟子曰齊人有言雖有智慧不如乘勢雖有鎡基不如待時漢書賈誼上疏曰臣竊惟事勢可爲流涕者二夫萬歲一期。有生之通塗。桓子新論曰夫聖人乃千載一出然此文去萬歲一期蓋甚言之以避下文也莊子曰萬世之後而遇大聖知其解者是旦暮遇之也千載一遇。賢智之嘉會。東觀漢記太史官曰耿況彭寵俱遭際會順時承風列爲蕃輔忠孝之策千載一遇也博奕論曰誠千載之嘉會百世之良遇也周易曰亨者嘉之會也遇之不能無欣。喪之何能無慨。古人之言。信有情哉。余以暇日常覽國志。考其君臣。比其行事。雖道謝先代。亦異世一時也。文若懷獨見之明。而有救世之心。文子曰必有獨見之明然後能擅道而行左氏傳子產曰吾以救世論時則民方塗炭。計能則莫出魏武。尚書曰有夏昏德民墜塗炭故委面霸朝。豫議世事。舉才不以標鑒。故久之而後顯。籌畫不以要功。故事至而後定。雖亡身明順。識亦高矣。董卓之亂。神器遷逼。老子曰天下神器不可爲也爲者敗之公達慨然。志在致命。論語子張曰士見危致命由斯而談。故以大存名節。至如身爲漢隸而迹入魏幕。源流趣舍。其亦文若之謂。所以存亡殊致。始終不同。將以文若既明名教

有寄乎言文若殞身既明仁義之道且寄迹於名教之地也夫仁義不可不明則時宗舉其致莊子曰仁義已明而分守次之生理不可不全故達識攝其契鷦鷯賦曰生生之理足矣相與引道豈不遠哉引道已見上文崔生高朗折而不撓管子曰夫玉溫潤以澤仁也折而不撓勇也所以策名魏武執笏霸朝者蓋以漢主當陽魏后北面者哉鍾會與吳主書曰執笏之心載在名策左傳甯武子曰諸侯朝正於王王宴樂之於是乎賦湛露則天子當陽諸侯用命也禮記曰君之南鄉荅陽之義也臣之北面荅君也若乃一旦進璽君臣易位漢書曰羣臣謹奉天子璽符代王遂即天子位則崔子所不與魏武所不容夫江湖所以濟舟亦所以覆舟孫卿子孔子曰君者舟也人者水也水則載舟亦能覆舟仁義所以全身亦所以亡身然而先賢玉摧於前來哲攘袂

於後仁義已見上文漢書公孫玃曰攘袂而正議者獨大王耳豈非天懷發中而名教束物者乎孔明盤桓俟時而動遐想管樂遠明風流蜀志曰諸葛亮每自比於管仲樂毅時人莫之許也唯博陵崔叔平潁川徐元直與亮友善謂爲信然周易曰君子藏器於身待時而動琴賦曰體制風流莫不相襲治國以禮民無怨聲論語曰爲國以禮孝經援神契曰得萬國之懽心人說喜無怨聲刑罰不濫沒有餘泣蜀志曰廖立爲長水校尉誹謗先帝於是廢立爲庶人徙汶山郡聞諸葛亮卒垂泣曰吾終爲左衽矣左傳聲子曰善爲國者賞不僭而刑不濫雖古之遺愛何以加茲左氏傳曰子産卒仲尼聞之出涕曰古之遺愛也及其臨終顧託受遺作相劉后授之無疑心武侯處之無懼色繼體納之無貳情百姓信之無異辭君臣之際良可詠矣蜀志曰先主於永安病篤召亮成都屬以後事謂亮曰若嗣子可輔輔之如其不才君可自取亮涕泣曰臣敢竭股肱之力繼之以死又勑後主汝與丞相從事事之如父尚書曰成王將崩作顧命班固漢書述曰博陸堂堂受遺武皇春秋元命苞曰繼體守文之君不害聖人之王公瑾卓爾逸志不羣總角料主則素契於伯符吳志曰孫策字伯符江表傳策令曰周公瑾與孤有總角之好骨肉之分毛詩曰總角丱兮晚節曜奇則參分於赤壁吳志曰曹公入荊州權遂遣周瑜與備并力逆曹公遇於赤壁初一交戰公軍披退惜其齡促志未可量吳志曰瑜還江陵於道疾卒時年三十六子布佐策致延譽之美國語曰使張老延君譽于四方輟哭止哀有翼戴之功吳志曰策薨以事授權權哭未及息張昭謂權曰孝廉此寧哭時耶乃扶權上馬使出巡軍士左氏傳叔向謂宣子曰文之伯也翼戴天子神情所涉豈徒蹇愕而已哉周易曰王臣蹇蹇匪躬之故史記趙良謂商君曰千人諾諾不如一士之愕愕東觀漢記戴馮謝上曰臣無蹇愕之節而有狂瞽之言字書曰愕直言也然

而杜門不用登壇受譏吳志曰權以公孫淵稱藩遣張彌至遼東拜淵爲燕王昭諫權不聽昭忿言不用稱疾不朝權恨之土塞其門昭又於內以土封之江表傳曰權既即尊位請會百官歸功周瑜昭舉笏欲褒贊功德未及言權曰如張公計今已乞食矣昭大慚伏地流汗然而登壇即位之時也夫一人之身所照未異而用舍之間俄有不同論語子曰用之則行舍之則藏況沈迹溝壑遇與不遇者乎漢書高祖功臣頌曰沈迹中鄉孟子曰志士不忘在溝壑漢書曰楊雄以爲遇不遇命也夫詩頌之作有自來矣家語孔子曰諸侯之有冠禮有自來矣或以吟詠情性或以述德顯功子夏毛詩序曰國史明乎得失之迹吟詠情性以風其上頌者美盛德之形容以其成功告於神明者也雖大旨同歸所託或乖若夫出處有道名體不滯風軌德音爲世作範不可廢也故復撰序所懷以爲之讚云魏志九人蜀

志四人吴志七人荀彧字文若諸葛亮字孔明周瑜字公瑾荀攸字公達龐統字士元張昭字子布袁煥字曜卿蔣琬字公琰魯肅字子敬崔琰字季珪黄權字公衡諸葛瑾字子瑜徐邈字景山陸遜字伯言陳羣字長文顧雍字元歎夏侯玄字泰初虞翻字仲翔王經字承宗陳泰字玄伯

火德既微運纏大過火德謂漢也班固漢書高紀賛曰旗幟尚赤協于火德周易曰大過大者過也洪飈扇海二溟揚波揚波喻亂也虯虎雖驚風雲未和周易曰雲從龍風從虎潛魚擇淵高鳥候柯周書曰美爲士者飛鳥歸之蔽於天魚鼈歸之沸於淵左氏傳曰仲尼曰鳥則擇木木豈能擇鳥赫赫三雄並迴乾軸潘岳爲賈

謐贈陸機詩曰三雄鼎足競收杞梓争采松竹國語聲子謂子木曰若杞梓皮革楚實遺之韋昭曰杞良才也孫子曰真人在冬則松竹也鳳不及棲龍不暇伏谷無幽蘭嶺無亭菊香草善鳥皆喻賢也英英文若靈鑒洞照應變知微探賾賞要周易曰君子知微知章又曰探賾索隱鉤深致遠日月在躬隱之彌曜莊子曰孔子圍於陳蔡之間太公任弔之曰子甚者脩身以明汙昭昭乎如揭日月而行故不免也文明映心鑽之愈妙孫卿子曰君子通則文而明窮則約而詳論語顏淵曰鑽之彌堅滄海横流玉石同碎孟子曰當堯之時洪水横流尚書曰火炎崑崗玉石俱焚達人兼善廢己存愛孟子曰古人窮則獨善其身達則兼善天下謀解時紛功濟宇内老子曰解其紛始救生人終明風槩魏志曰太祖進彧爲漢侍中守尚書令董昭等謂太祖宜進爵國公九錫備物以彰殊勲密以咨彧彧以爲太祖本興義兵以匡朝寧國君子愛人以德不宜如此太祖軍至濡須彧病留壽春魏氏春秋曰太祖饋彧食發之乃空器也於是飲藥而卒公達潛朗思同蓍蔡法言曰樗里之智也使知國若葬吾以疾爲蓍蔡也運用無方動攝羣會爰初發迹遣此顛沛神情玄定處之彌泰魏志曰荀攸與議郎何顒等謀殺卓垂就而覺收顒攸繫獄顒憂懼自殺攸言語飲食自若會卓死得免班固漢書述曰子明光光發迹西疆蔡邕楊復碑曰景命不延遺此顛沛愔愔幕裏筭無不經魏志荀攸自從太祖征伐常謀謨幃幄時人及子弟莫知其所言左氏傳右尹華曰祈昭之愔愔亹亹通韻迹不暫停雖懷尺璧顧哂連城史記趙惠文王得和氏璧秦昭王聞之使人遺趙王書願以十五城易璧知能拯物愚足全生魏志曰魏國初建攸爲尚書令從征孫權薨太祖每稱公達外愚内智外怯内勇外弱内強不伐善無施勞知可及愚不可及新序温斯子曰古者有愚以全身莊子曰可以全生郎中温雅器識純素魏志曰魏國初建涣爲郎中令莊子曰聖人貴純

素之道唯神是守素也者謂其無所雜也純也者謂其不虧其神也能體純素謂之真人貞而不諒通而能固論語子曰君子貞而不諒恂恂德心汪汪軌度論語曰孔子於鄉黨恂恂如也毛詩曰濟濟多士克廣德心范曄後漢書郭林宗曰黄叔度汪汪若萬頃之陂志成弱冠道敷歲暮禮記曰人生二十曰弱冠韓詩曰蟋蟀在堂歲聿其暮薛君曰言君之年歲已晚也仁者必勇德亦有言論語子曰有德者必有言仁者必有勇雖遇履虎神氣恬然魏志曰呂布擊袁術於阜陵涣往從之遂復爲布所拘留布初與劉備和親後離隙布欲使涣作書罵辱備涣不可再三強之不許布大怒以兵脅涣曰爲之則生不爲則死涣顏色不變笑而應之曰涣聞唯德可以辱人不聞以罵使彼固君子耶且不恥將軍之言彼誠小人耶將復將軍之意則辱在此不在於彼且涣佗日之事劉將軍猶今日之事將軍也如一旦去此復罵將軍可乎布慚而止周易曰履虎尾不咥人亨列子曰至人者神氣不變行不脩飾名迹無愆班固漢書賛曰雋不疑遂立名迹終始可述

操不激切素風愈鮮邈哉崔生體正心直天骨疎朗牆
宇高嶷蔡邕度侯碑曰朗鑒出於自然英風發於天骨論語子貢曰夫子之牆數仞忠存軌
迹義形風色義形於色已見上文思樹芳蘭剪除荆棘芳蘭以喻君子荆棘以喻
小人人惡其上時不容哲左氏傳曰伯宗之妻曰盜憎主人民惡其上琅琅
先生雅杖名節雖遇塵霧猶振霜雪孔融薦祢衡表曰忠果正直志懷霜
雪運極道消碎此明月魏志曰炎爲中尉太祖爲魏王楊訓發表褒述盛德炎取訓表
草視之與訓書有白炎此書傲世怨謗者太祖怒於是罰炎爲徒隸使人視之辭色無撓太祖遂賜炎死周易
曰小人道長君子道消景山恢誕韻與道合桓子新論曰老子其心玄遠而與道合
形器不存方寸海納周易曰形乃謂之器王輔嗣曰成形曰器列子文摯謂叔龍曰吾見
子之心矣方寸之地虛矣和而不同通而不雜和而不同已見上文莊子曰純粹而不雜

遇醉忘辭在醒貽荅魏志曰太祖時科禁酒而徐邈私飲至於沈醉校事趙達問以曹
事邈曰中聖人達白太祖甚怒度遼將軍鮮于輔進曰平日醉客謂酒清者爲聖人濁者爲賢人邈性脩慎偶
醉言耳竟坐免刑文帝踐祚歷潁川典農中郎將車駕幸許昌問邈曰頗復中聖人不邈對曰昔子反斃於穀
陽御叔罰於飲酒臣嗜同二子不能自懲時復中之然宿瘤以醜見傳臣以醉見識帝大笑顧左右曰名不虛
立後爲光祿大夫薨長文通雅義格終始思戴元首擬伊同恥尚書
曰昔先正保衡作我先王乃曰予弗克俾厥后惟堯舜其心愧恥若撻于市民未知德懼若
在己嘉謀肆庭讜言盈耳魏書曰群前後數陳得失群爲司空録尚書事薨尚書曰
爾有嘉謀漢書成帝曰久不見班生今日復聞讜言論語子曰洋洋乎盈耳哉玉生雖麗光不
踰把德積雖微道映天下言德喻玉淵哉泰初宇量高雅器
範自然標準無假全身由直迹洿必僞處死匪難理存

則易魏志曰曹爽見誅徵夏侯玄爲大鴻臚數年徙太常中書令李豐謀欲以玄輔政誅大將軍以玄代
之大將軍微聞事下廷尉玄臨斬東市顏色不變舉動自若班固漢書楊雄述曰淵哉若人實好斯文史記太
史公曰非死者難處死者難萬物波蕩孰任其累六合徒廣容身靡
寄范曄後漢書李熊說公孫述曰方今四海波蕩匹夫橫議荀悦漢紀論曰以六合之大一身之微而匹夫
無所容豈不哀哉君親自然匪由名教敬授既同情禮兼到孝經
曰資於事父以事母而愛同資於事父以事君而敬同烈烈王生知死不撓求仁
不遠期在忠孝漢魏春秋曰魏帝見威權日去不勝其忿乃召侍中王沈尚書王經散騎常侍
王業謂曰司馬昭之心路人所知也吾不能坐受廢辱今日當與卿自出討之世語曰王沈王業馳告文王尚
書王經以正直不出遂被文王殺之魏志曰清河王經甘露中爲尚書坐高貴鄉公事誅裴松之曰經字彥緯
今云承宗蓋有二字也班固漢書述曰樂昌篤實不橈不詘論語子曰仁遠乎哉我欲仁斯仁至矣玄伯

剛簡大存名體志在高構增堂及陛漢書賈誼上書曰人主之尊譬如堂
群臣如陛陛九級上廉遠地則堂高陛亡級廉近地則堂卑高者難攀卑者易凌理勢然也端委虎
門正言彌啓臨危致命盡其心禮干寶晉紀曰高貴鄉公之弑司馬文王會
朝臣謀其故太常陳泰垂涕入文王待之曲室謂曰玄伯卿何以處我對曰誅賈充以謝天下文王曰爲吾更
思其次泰言唯有進於此不知其次文王乃久不言爲侍中轉左僕射薨左氏傳曰晏平仲端委立於虎門之
外見危致命已見上文堂堂孔明基宇宏邈堂堂已見上文器同生民獨
稟先覺孟子曰伊尹曰天之生斯人使先覺覺後覺也予天民之先覺者也標牓風流遠
明管樂孫綽子曰聖賢極其標牓有大力矣管樂已見序也初九龍盤雅志彌確
周易曰初九潛龍勿用何謂也子曰龍德而隱者也確乎其不可拔潛龍也方言曰未升天之龍謂之蟠龍
百六道喪干戈迭用漢書陽九厄曰初入百六陽九音義曰易傳所謂陽九之厄百六之

會者也 苟非命世孰掃雰雺 孟子曰五百年必有王者興其間必有名世者廣雅曰命名也爾雅曰天氣下地氣不應曰雺孔安國尚書傳曰雺陰氣也武功切今協韻音夢 宗子思寧 薄言解控 蜀志曰劉備漢景帝子中山靖王後也故曰宗子也解控謂彼有急而控告於己己能解之也左氏傳王子伯駢曰無所控告杜預曰控引也 釋褐中林鬱爲時棟 亮爲丞相故曰時棟袁崧後漢書郭林宗與陳留盛仲明書曰足下諸人爲時棟梁 士元弘長雅性內融 謝承後漢書曰嚴遵雅性高厲 崇善愛物觀始知終 孟子曰親親而仁民仁民而愛物六韜曰聖人見其所始則知其所終周易曰終以知始始以知終 喪亂備矣勝塗未隆先生標之振起清風 胡廣書曰建洪德流清風 綢繆哲后無妄惟時 毛詩曰綢繆束薪毛萇曰綢繆猶纏緜也周易曰無妄之行窮之災也 夙夜匪懈義在緝熙 毛詩曰夙夜匪懈以事一人緝熙已見上文 三略既陳霸業已基 蜀志曰劉璋既還成

都先主當爲璋北征漢中統說曰陰選精兵晝夜兼道徑襲成都璋既不武素無備豫大軍卒至一舉便定此上計也楊懷高沛璋之名將各杖強兵據守關頭聞數有牋諫璋使發遣將軍還荆州將軍未去遣與相聞說荆州有急欲還救之並使裝束外作歸形此二子既服將軍英名又喜將軍之去必乘輕騎來見將軍因此執之進取其兵乃向成都此中計也退還白帝連引荆州徐還圖之此下計也若沈吟不去將致大困不可久矣先主然其中計即斬懷沛還向成都所過輒尅爲軍中郎將卒 公琰殖根不忘中正豈曰摸擬實在雅性亦既羈勒負荷時命推賢恭己久而可敬 蜀志曰琬爲大將軍錄尚書事卒司馬遷書曰推賢進士爲務論語子曰君子其行己也恭又曰晏平仲善與人交久而敬之 公衡仲達秉心淵塞 毛詩曰秉心塞淵 媚茲一人 毛詩曰媚茲一人應侯順德 疇昔不造假翮鄰國 蜀志先主將東伐吳權諫曰吳人悍戰又水戰順流進易退難臣請爲先驅以當寇陛下宜爲後鎮先主不從以權爲鎮北將

軍督江北軍先主自在江南吳將陸議乘虛斷圍南軍敗績先主引退而道隔權不得還故率將所領降于魏拜鎮南將軍 進能徽音退不失德 蜀志曰魏文帝謂權曰君舍逆効順欲追蹤陳韓耶權對曰臣過受劉氏殊遇降吳不可還蜀無路是以歸命且敗軍之將獲免爲幸何古人之可慕先主薨問至魏群臣咸賀權獨否後爲車騎將軍卒 六合紛紜民心將變鳥擇高梧臣須顧眄 鳥擇木已見上文 公瑾英達朗心獨見披草求君定交一面 崔寔本論曰且觀世人之相論也徒以一面之交定臧否之決 桓桓魏武外託霸迹志掩衡霍恃戰忘敵 衡霍二山在吳之境 卓卓若人曜奇赤壁三光參分宇宙暫隔 淮南子曰夫道紘宇宙而章三光高誘曰三光日月星也 子布擅名遭世方擾撫翼桑梓息肩江表 吳志曰張昭彭城人也漢末大亂徐方士民多避難揚土昭南渡江孫策創業命昭爲良史撫軍中郎將升堂拜母如比肩之舊文武之事一以委

昭班固漢書述曰攜手遯秦撫翼俱起毛詩曰惟桑與梓必恭敬止左氏傳鄭成公子騑曰請息肩于晉 王略威夷吳魏同寶 應瑒釋賓曰九有威夷始失其政 遂獻宏謨匡此霸道 史記商鞅曰吾說孝公以霸道其意欲之 桓王之薨大業未純把臂託孤惟賢與親 吳志曰孫策臨亡弟權託昭昭率群寮立而輔之東觀漢記張堪把朱暉臂曰欲以妻子託朱生 輟哭止哀臨難忘身成此南面寔由老臣 吳志張昭謂權曰昔太后桓王不以老臣屬陛下而以陛下屬老臣 才爲世出世亦須才 蘇武荅李陵書曰每念足下才爲世生器爲時出 得而能任貴在無猜昂昂子敬拔迹草萊荷檐吐奇乃構雲臺 吳志曰初肅見權說權曰爲將軍計惟有鼎足江東以觀天下之釁然後建號帝王以圖天下陸機謝平原表曰振影拔迹莊子曰農夫無草萊之事淮南子曰雲臺之高高誘曰高際於雲故曰雲臺 子瑜都長體性純懿諫而不犯正而不

毅都長謂體貌都閑而雅性長厚也謝承後漢書曰朱皓德行純懿禮記曰事親有隱而無犯鄭玄曰無犯顔色諫也論語曰事父母幾諫將命公庭退忘私位吳志曰建安二十年權遣使蜀通好劉備與弟亮但公會相見無私面論語曰將命者出毛詩曰公庭萬舞豈無鶺鴒固慎名器毛詩曰鶺鴒在原兄弟急難左氏傳仲尼曰惟器與名不可以假人伯言謇謇以道佐世謇謇已見上文出能勤功入能獻替國語史黯謂趙簡子曰夫事君者諫過而賞善薦可而替不獻能而進賢謀寧社稷解紛挫銳老子曰挫其銳解其紛正以招疑忠而獲戾吳志曰遜爲丞相太子有不安之議遜上疏陳太子正統宜有盤石之固魯王藩臣當使寵秩有差彼此得所上下獲安謹叩頭流血以聞書三四上太傅吾粲坐數與遜交書下獄死權累遣中使責讓遜遜憤恚致卒元歎穆遠神和形檢如彼白珪質無塵玷毛詩曰白圭之玷尚可磨也斯言之玷不可爲也東觀漢記杜詩薦伏湛曰自行束脩訖無毀玷立上

以恒匡上以漸吳志曰雍訪及政職所宜輙密以聞若見納用則歸之上不用終不宣泄周易曰君子以言有物而行有恒清不增潔濁不加染言得清濁之宜也清濁已見上文仲翔高亮性不和物吳志曰翻性不協俗多見毀謗好是不羣折而不屈屢摧逆鱗直道受黜吳志曰翻數犯顔諫諍權不能悅權與張昭論及神仙翻指昭曰彼皆死人而語神仙俗豈有仙人也權積怒非一遂徙翻交州班固漢書贊曰大雅卓爾不羣韓子曰龍之爲蟲也擾柔可狎而騎然其喉下有逆鱗徑寸之處若嬰之則殺人人主有逆鱗說者嬰之則不幾矣論語柳下惠曰直道而事人焉往而不三黜歎過孫陽放同賈屈楚辭曰驥躊躇於弊輦兮遇孫陽而得代王逸曰孫陽伯樂姓名也孔叢子子高對魏王曰駑驥同轅伯樂爲之咨嗟玉石相糅和氏爲之歎息漢書曰天子以賈誼任公卿之位絳灌之屬害之乃毀誼天子亦疏之以誼爲長沙王太傅誼既適去意不自得及度湘水爲賦以弔屈原屈原楚賢臣也被讒放逐作離騷誼追傷之因以自諭詵詵衆賢

千載一遇毛萇詩傳曰詵詵衆多也使陳切千載一遇已見上文整轡高衢驤首天路鸎鵡賦曰蓐收整轡登樓賦曰假高衢而騁力鄒陽上書曰蛟龍驤首奮翼枚乘樂府詩曰天路隔無期仰挹玄流俯引時務毛萇詩傳曰挹斟也名節殊塗雅致同趣周易曰殊塗同歸嵇康贈秀才詩曰仰募同趣日月麗天瞻之不墜周易曰日月麗乎天禮記曰夫日月星辰所以瞻仰也非此族也不在祀典呂氏春秋曰德行昭美比於日月不可息也仁義在躬用之不匱論語比考讖曰仁義在身行之可強毛詩曰孝子不匱毛萇曰匱竭也尚想重暉載挹載味羊秀衛公誄曰仰睎遐風重暉冠世後生擊節懦夫增氣魏畧王朗荅太祖曰承吉之日撫掌擊節孟子曰聞伯夷之風者貪夫廉懦夫有立志

文選卷第四十七

賜進士出身通奉大夫江南蘇松常鎮太等處承宣布政使司布政使胡克家重校刊

文選卷第四十八

梁昭明太子撰

文林郎守太子右內率府錄事參軍事崇賢館直學士臣李善注上

符命

司馬相如封禪文一首

楊子雲劇秦美新一首

班孟堅典引一首

封禪文一首　司馬長卿 史記曰長卿病甚武帝使所忠往求其書及至長卿已卒其妻曰長卿未死時爲一卷書曰有使来求書奏之其遺札書言封禪事所忠奏言

伊上古之初肇自昊穹兮生民 張揖曰昊穹春夏天名郭璞爾雅注曰伊發語辭也 歷選列辟以迄於秦 文穎曰選數也辟君也 率邇者踵武逖聽者風聲 漢書音義曰率循也邇近也踵蹈也武迹也逖遠也近者蹈其迹遠者聽其風聲 紛綸葳蕤湮滅而不稱者不可勝數 張揖曰紛綸亂貌善曰湮沒也勝盡也 繼韶夏崇號謚略可道者七十有二君 文穎曰韶明也夏大也德明大相繼封禪於泰山者七十有二人也管子曰封太山禪梁父者七十有二家 罔若淑而不昌疇逆失而能存 應劭曰罔無也若順也淑善也疇誰也服虔曰無有始善而後不昌者又無逆失而能存之者罔與冈同 軒轅之前遐哉邈乎其詳不可得聞已五三六經載籍之傳維風可觀也 漢書音義曰五五帝也三三王也經籍所載善惡可知也 書曰元首明哉股肱良哉 尚書益稷之文也 因斯以談君莫盛

於唐堯臣莫賢於后稷后稷創業於唐堯 漢書音義曰唐堯之世播殖百穀 公劉發迹於西戎 漢書音義曰公劉后稷曾孫 文王改制爰周郅隆大行越成 文穎曰郅至也行道也文王始開王業改正朔易服色太平之道於是成也如淳曰越於也 而後陵遲衰微千載亡聲 鄭氏曰無聲無有惡聲也 豈不善始善終哉 漢書音義曰美周家終始相副若一也莊子曰善始善終人猶效之 然無異端慎所由於前謹遺教於後耳 言周之先王創制垂業既慎其規模又謹其遺敎也 故軌迹夷易易遵也 夷易皆平也言周之軌迹平易易可遵奉也二易並盈豉切 湛恩厖鴻易豐也 湛深也厖鴻皆大也言湛恩廣大易可豐厚也湛音沈厖莫江切 憲度著明易則也垂統理順易繼也 張揖曰垂懸也統緒也理通也文王重易六爻窮理盡性懸於後世其道和順易續而明孔子得錯其象而彖其辭 是以業隆於繈緥而崇冠於二后 孟康曰繈緥謂成王也二后謂文武也周公輔成王以致太平功德冠於文武者遵法易故 揆厥所元終都攸卒 張揖曰都於也卒終也爾雅曰元始也 未有殊尤絕迹可考於今者也然猶躡梁父登泰山建顯號施尊名 顯號尊名謂封禪也 大漢之德逢涌原泉沕潏曼羨 張揖曰逢遇也喻其德盛若遇原泉之涌出也服虔曰潏泉貌徐廣曰沕沒也亡必切音義或曰曼羨廣散也 旁魄四塞雲布霧散 張揖曰旁魄布衍也魄音薄 上暢九垓下泝八埏 孟康曰暢達也垓重也泝流也埏若兗埏地之八際也言其德上達於九重之天流於地之八際 懷生之類沾濡浸潤 懷生氣之類皆被恩澤 協氣橫流武節猋逝 協氣和氣也橫流多也猋逝遠也 邇陿遊原迥闊泳沫 孟康曰邇近也原本也迥遠也闊廣也泳浮也恩德比之於水近者游其原遠者浮其沫 首惡鬱沒晻昧昭晰 孟康曰始爲惡者皆湮滅晻昧喻夷

狄皆化之也穀梁傳曰諸侯不首惡昆蟲闓澤迴首面內文穎曰闓澤皆樂也韋昭曰面向也闓音愷澤音驛然後囿騶虞之珍羣言騶虞之羣在於苑囿之中毛萇詩傳曰騶虞義獸有至信之德則應也徼麋鹿之怪獸漢書音義曰徼遮也遮麋鹿得其奇怪者謂獲白麟也導一莖六穗於庖鄭玄曰導擇也一莖六穗謂嘉禾之米於庖廚以供祭祀犧雙觡共抵之獸服虔曰犧牲也觡角也抵本也武帝獲白麟角共一本用以爲牲獲周餘珍放龜于岐文穎曰周放畜餘龜於沼池之中至漢得之於岐山之旁龜能吐故納新千歲不死招翠黃乘龍於沼漢書音義曰翠黃乘黃也龍翼馬身黃帝乘之而仙言見乘黃而招呼之也禮樂志曰訾黃其何不來下余吾渥洼水中出神馬故言乘龍於沼鬼神接靈圉賓於閒館文穎曰是時上求神仙之人得上郡之巫長陵女子能與鬼神交接療病輒愈置於上林苑中號曰神君有似於古靈圉禮待之於閒館舍中奇物譎詭俶儻窮變漢書音義或曰俶儻

六百五十二　文四十八　三　壬子重刊　夏

卓異也奇偉之物譎詭非常卓然絕異窮極事變欽哉符瑞臻茲猶以爲德薄不敢道封禪蓋周躍魚隕航休之以燎應劭曰航舟也休美也尚書旋機鈐曰武得兵鈐謀東觀白魚入舟俯取魚以燎也微夫此之爲符也以登介丘不亦恧乎服虔曰介大也言周以白魚爲瑞登泰山封禪不以慙乎小雅曰心慙曰恧女六切進讓之道何其爽歟張揖曰進周也讓漢也爽差也言周未可封禪爲進漢可封禪而不爲爲讓於是大司馬進曰陛下仁育羣生義征不譓音惠文穎曰大司馬上公也故先進議譓順也諸夏樂貢百蠻執贄德侔往初功無與二休烈浹洽符瑞衆變期應紹至不特創見文穎曰不獨一物造見也創初創也意泰山梁甫設壇場望幸蓋號以況榮漢書音義曰意者言太山梁甫設壇場望帝封禪紀號以表榮名也望幸望帝之臨幸也蓋者發語之辭也陛

下謙讓而弗發文穎曰弗發往意挈三神之歡缺王道之儀應劭曰挈絕也李奇曰缺闕也韋昭曰三神上帝太山梁父也羣臣恧焉或曰且天爲質闇示珍符固不可辭孟康曰天道質昧以符瑞見意不可辭讓若然辭之是泰山靡記而梁甫罔幾也漢書音義曰泰山之上無所表記梁父壇場無所庶幾亦各並時而榮咸濟厥世而屈說者尚何稱於後而云七十二君哉應劭曰屈絕也言古帝王若但作一時之榮畢世而絕者則說無從顯稱於後世也夫修德以錫符奉命以行事不爲進越也文穎曰越踰也不爲苟進而踰禮也故聖王不替而修禮地祇謁款天神漢書音義曰謁告也款誠也言不廢脩禮地祇告誠天神之義也勒功中嶽以章至尊張揖曰蓋先禮中嶽而幸泰山舒盛德發號榮受厚福以浸黎元黎元已見上文皇皇哉此

五百七五　文四十八　四　壬子重刊　刘用

天下之壯觀王者之卒業不可貶也皇皇美也卒終也貶損也卒或爲本願陛下全之張揖曰願以封禪全其終而後因雜搢紳先生之略術使獲燿日月之末光絕炎以展寀錯事漢書音義曰寀官也使諸儒記功著業得覩日月末光殊絕之明以展其官職設錯事業也錯千故切猶兼正列其義祓弗飾厥文作春秋一藝孟康曰猶因也春秋者正天時別人事諸儒既得展事業因兼正天時別人事敘述大義爲一經也將襲舊六爲七攄之亡窮服虔曰舊爲六經漢欲七經孔安國尚書傳曰襲因也俾萬世得激清流揚微波蜚英聲騰茂實蜚古飛字也前聖所以永保鴻名而常爲稱首者用此宜命掌故悉奏其儀而覽焉漢書音義曰掌故太史官屬主故事者也於是天子俙然改容曰俞乎朕其試哉張揖曰俙感動之意也許皆切俙或爲沛

乃遷思迴慮，揔公卿之議，詢封禪之事，詩大澤之博，廣符瑞之富。漢書音義曰：詩，歌詠功德。下四章之頌也。大澤之博，謂自我天覆雲之油油。廣，博也。符瑞之富，謂班班之獸以下三章，言符應廣大之富饒也。遂作頌曰：

自我天覆，雲之油油。漢書音義曰：油油，雲行貌。孟子曰：天油然作雲。甘露時雨，厥壤可遊。遊，遨也。言祥瑞屢臻，故可遊遨也。滋液滲漉，鹿何生不育。說文曰：滲，下漉也。又曰：漉，水下貌。韋昭曰：滲，疏禁切。嘉穀六穗，我穡曷蓄？李奇曰：我之稼穡何等不蓄積。非惟雨之，又潤澤之；非惟徧之，我氾布護之。萬物熙熙，懷而慕思。周書王子晉曰：萬物熙熙，非舜而誰。名山顯位，望君之來。韋昭曰：名山，泰山也。顯位，封禪之事也。君乎君乎，侯不邁哉！李奇曰：侯，何也。言君何不行封禪。般般之獸，樂我君圃。謂騶虞也。春秋考異郵曰：虎班文者，陰陽雜也。白質黑章，其儀可嘉。毛萇詩傳曰：騶虞，白虎黑文。旼旼穆穆，君子之態。漢書音義曰：旼旼，和也。穆穆，敬也。言容態和且敬，有似君子也。張揖曰：旼音旻，態他代切。蓋聞其聲，今親其來。親見其來。厥塗靡從，天瑞之徵。文穎曰：其道何從乎？此乃天瑞之應。茲亦於舜，虞氏以興。文穎曰：百獸率舞，則騶虞在其中。濯濯之麟，遊彼靈畤。漢書音義曰：武帝祠五畤，獲白麟。故言遊靈畤也。毛詩曰：麀鹿濯濯。孟冬十月，君徂郊祀。馳我君輿，帝用享祉。帝，天帝也。白麟馳我君車之前，因取燎祭於天，天用歆享之，荅以祉福也。三代之前，蓋未嘗有。宛宛黃龍，興德而升。文穎曰：起至德而見也。楚辭曰：駕八龍之宛宛。采色炫燿，煥炳煇煌。正陽顯見，覺悟黎烝。文穎曰：陽，明也。於傳載之，云受命所乘。如淳曰：書傳撰其比類，或以漢土德，則宜有黃龍之應，於成紀是也，故言受命者所乘。厥之有章，不必諄諄。漢書音義曰：天之所命，表以符瑞，章明其德，不必諄諄然有語言也。孟子，萬章曰：舜之有天下也，孰與之？孟子曰：天與之。天與之者，諄諄然命之乎？曰：否。諄，之純切。依類託寓，喻以封巒。漢書音義曰：寓，寄也。巒，山也。言依事類託寄，以喻封禪。披藝觀之，天人之際已交，上下相發允荅。聖王之德，兢兢翼翼。尚書曰：兢兢業業。毛詩曰：小心翼翼。爾雅曰：翼翼，敬也。故曰於興必慮衰，安必思危。太公陰謀：机之書曰：安不忘危，存不忘亡。是以湯武至尊嚴，不失肅祗；舜在假典，顧省闕遺，此之謂也。徐廣曰：假，大也。湯武雖居至尊嚴之位，而猶不失肅祗之道，舜所以在於大典，謂能顧省其遺失，言漢亦當不失恭敬而自省也。祭天，是不忘敬也。不封禪，是遺失也。毛詩曰：湯降不遲，上帝是祗。

劇秦美新

李充翰林論曰：揚子論秦之劇，稱新之美，此乃計其勝負，比其優劣之義。漢書：王莽下書曰：定有天下之號曰新。

揚子雲 王莽潛移龜鼎。子雲進不能辟戟丹墀，亢辭鯁議；退不能草玄虛室，頤性全真，而反露才以耽寵，詭情以懷祿，素餐所刺，何以加焉？抱朴方之仲尼，斯為過矣。

諸吏漢書曰：左右曹諸吏皆加官。所加或列侯將軍卿大夫。中散大夫臣雄稽首再拜上封事皇帝陛下：臣雄經術淺薄，行能無異，數蒙渥恩，拔擢倫比，與群賢並，愧無以稱職，臣伏惟陛下以至聖之德，龍興登庸，欽明尚古。登庸，欽明，已見上文。作民父母，為天下主。尚書曰：天子作民父母，又曰：為天下君。執粹清之道，鏡照四海，聽聆風俗，博覽廣包，參天貳地，兼並神明。難蜀父老曰：勤思乎參天貳地。神明，已見顏延年曲水詩序。配五帝，冠三王，開闢以來，未之聞也。開闢，已見西征賦。臣誠樂昭著新德，光之罔極，往時司馬相如作封禪一篇，以彰漢氏之休。臣常有顚眴病。賈逵國語注曰：眩，惑也。眴與眩古字通。恐一旦先犬馬填溝壑。先犬馬，已見曹子建責躬詩。所懷不章，長恨黃泉。左氏傳，鄭伯曰：不及黃泉，無相見也。服虔曰：天玄地黃，泉在地中，故言黃泉。敢竭肝膽，寫腹心，作劇秦美新一篇，雖未究萬分之一，亦臣之極思也。萬分處一，已見江文通詣建平王上書。臣雄稽首再拜以聞。曰：權輿天地未祛，睢睢盱盱。言混沌之始，天地未開，萬物睢盱而不定也。爾雅曰：權輿，始也。睢盱，已見景福殿賦。睢，許惟切。盱，音吁。或玄而萌，或黃而芽。言天地方開，故玄黃異色而生萌牙也。易曰：玄黃者，天地之雜色也。玄黃剖判，上下相嘔。言天地既開，玄黃分判，故天地上下相與嘔養萬物也。易曰：天玄而地黃。禮記曰：煦嫗覆育萬物。鄭玄曰：以氣曰煦。煦與嘔同，況俱切。爰初生民，帝王始存。言初有生民之時，帝王之義始存也。易曰：有天地，然後有萬物；有萬物，然後有男女；有男女，然後有父子；有父子，然後有君臣。在乎混混茫茫之時，舋聞罔漫而不昭察，世莫得而云也。混混茫茫，天地未分。舋聞罔漫，不明之貌也。言天地肇開，君臣始樹，善惡罔漫而不昭察，故世莫得而言之也。莊子曰：古之人在混茫之中，與一時而得澹漠焉。厥有云者，上罔顯於羲皇。罔，無也。顯，明也。伏羲爲三皇，故曰羲皇。中莫盛於唐虞，邇靡著於成周。左氏傳，召公曰：糾合宗族于成周。仲尼不遭用，春秋因斯發。司馬遷書曰：仲尼厄而作春秋。言神明所祚，兆民所託，罔不云道德仁義禮智。言有斯四德，乃爲神明所祚，兆民所託。獨秦屈起西戎，邠荒岐雍之疆。史記曰：秦自非子爲附庸，邑之秦，號曰秦嬴。因襄文宣靈之僭迹。史記曰：秦莊公卒，襄公立。卒，文公立。卒，德公立。卒，宣公立。又曰：懷公卒，懷公太子靈公立。立基孝公，茂惠文，奮昭莊。孝公、惠文君、襄王，並已見李斯上書。史記曰：文王卒，子莊

襄王立。至政破從擅衡，并吞六國，遂稱乎始皇。史記曰：莊襄卒，子政立。初并天下，號始皇帝。從橫，已見上。盛從鞅儀韋斯之邪政，商鞅、張儀、呂不韋、李斯，皆秦相。馳鶩起翦恬賁之用兵。史記曰：白起攻楚，拔鄢郢。又曰：王翦攻趙，拔之。翦子賁破定燕齊地。又曰：蒙恬攻齊，大破之。剗滅古文，刮語燒書。史記，李斯曰：請非博士官所職，天下敢有藏書詩百家語者，詣守尉雜燒之。弛禮崩樂，塗民耳目。崩樂，已見劉歆移太常博士書。六韜曰：先塗民耳目。遂欲流唐漂虞，滌殷蕩周，難流漂滌蕩，謂除之也。除仲尼之篇籍，自勤功業。難，古然字。改制度軌量，咸稽之於秦紀。稽，考也。紀，本紀也。言考校而著之秦紀。是以耆儒碩老，抱其書而遠遜。禮官博士，卷其舌而不談。來儀之鳥，肉角之獸，狙獷而不臻。來儀，鳳也。肉角，麟也。說文曰：狙，犬暫齧人。且餘切。又曰：獷，犬不可親附也。古猛切。甘露嘉醴，景曜浸潭之瑞潛。嘉醴，醴泉也。景曜，景星有光曜也。浸潭，謂滋液浸潤能生萬物也。潛，藏也。大茀經天，巨狄鬼信之妖發。茀，彗星也。穀梁傳曰：星孛入北斗。孛之爲言猶茀也。步內切。茀，步忽切。史記始皇本紀曰：彗星光見東方北方。漢書音義曰：經，謂星出東入西，出西入東也。史記始皇本紀曰：有墜星下東郡，至地爲石。漢書曰：始皇時，有大人身長五丈，夷狄之患見臨洮。鬼信，謂告祖龍死也。已見西征賦。神歇靈繹，海水羣飛。繹，猶緒也。言神靈歇其舊緒，不福祐之。繹或爲液。海水，喻萬民。羣飛，言亂。二世而亡，何其劇與！二世，胡亥也。爲趙高所弒。劇，甚也。言促甚也。帝王之道，兢兢乎不可離已。尚書曰：兢兢業業。夫能貞而明之者窮祥瑞，貞，正也。言既正且明，故祥瑞咸格。回而昧之者極妖愆。回，邪也。言既邪且闇，故妖愆競集也。昧或爲蔑。上覽古在昔，有憑應而尚缺焉，壞徹而能全。言古帝王之興，有憑依瑞應而尚毀缺焉，有行壞徹之道而全立者乎？言無也。故

若古者稱堯舜。尚書曰若稽古帝堯又曰若稽古帝舜威侮者陷桀紂。夏桀殷紂也尚書曰威侮五行況盡汎掃前聖數千載功業專用己之私。而能享祐者哉。況況始皇也私私所爲也而能享祐言不能也毛詩曰洒掃庭內毛萇曰洒灑也洒與汎同所買切會漢祖龍騰豐沛奮迅宛葉。漢高祖發迹在於豐沛滅秦道自宛葉自武關與項羽戮力咸陽。武關已見陸機高祖功臣頌漢書沛公謝羽曰與將軍戮力攻秦不自意先入關創業蜀漢發迹三秦。漢書曰項羽立沛公爲漢王王巴蜀漢中又曰韓信因陳三秦易并之計漢王聽信策尅項山東而帝天下。漢書曰灌嬰追斬羽東城漢王即皇帝位于氾水之陽擿秦政慘酷尤煩者應時而蠲。蠲除也漢書沛公召秦豪桀曰父老苦秦苛法久矣與父老約法三章餘悉除秦法如儒林刑辟。歷紀圖典之用稍增焉。歷紀歷數綱紀也秦餘制度項氏爵號

六百廿四　文四十八　九　戊申重刊手寸

雖違古而猶襲之。其秦政制度及項羽爵號雖知違古而猶襲之也孔安國尚書傳曰襲猶因也是以帝典闕而不補王綱弛而未張。爲襲秦項故闕者不補弛者未張也道極數殫闇忽不還。言天道既極厤數又殫故闇忽而滅不能自還也逮至大新受命。大新王莽也已見西征賦上帝還資后土顧懷。言上帝迴還而資助后土顧眷而懷歸言天地福祐之也玄符靈契黃瑞涌出。玄符天符也靈契地契也黃瑞謂王莽承黃虞之後黃氣之瑞也漢書王莽曰予前在攝黃氣薰蒸以著黃虞之烈焉涌出而瑞之滭浡沕潏川流海渟雲動風偃霧集雨散。言衆瑞之多也誕彌八圻。上陳天庭。八圻猶八埏言下終八圻上列天庭震聲日景。言威聲如雷光景若日也易曰震爲雷炎光飛響盈塞天淵之間。炎光日景也飛響震聲也塞乎天淵所及遠也天淵已見荅賓戲必有不可辭讓云爾。言難辭也於是乃奉若天命

窮寵極崇。尚書曰明王奉若天命與天剖神符地合靈契。分天之符合地之契言應錄而王也創億兆規萬世。創業經乎億兆規模至於萬世也奇偉倜儻譎詭天祭地事。言衆瑞所以咸臻者由能祭天事地其異物殊怪存乎五威將帥。班乎天下者四十有八章。漢書曰莽遣五威將王奇等班符命四十二篇於天下登假皇穹鋪衍下土。假至也言衆瑞升至於皇天鋪衍於下土非新家其疇離之。離應也卓哉煌煌真天子之表也。表儀也若夫白鳩丹烏素魚斷蛇方斯蔑矣。吴錄曰孫策使張紘與袁紹書曰殷湯有白鳩之祥然古者此事未詳其本尚書帝驗曰太子發渡河中流火流爲烏其色赤素魚白魚也已見封禪書漢書曰高祖夜經澤中有大蛇當徑高祖拔劒斬蛇分爲兩道開也受命甚易格來甚勤。格至也言莽德盛故受天命甚易令衆瑞咸至甚勤也昔帝纘皇王纘帝隨前踵古

六百廿六　文四十八　十　壬子重刊　唐彬

或無爲而治或損益而亡。論語子曰無爲而治者其舜也與又曰殷因於夏禮所損益可知也豈知新室委心積意儲思垂務。委亦積也旁作穆穆明旦不寐勤勤懇懇者非秦之爲與。言新室所以旁作穆穆勤勤懇懇者以秦之所爲爲非故欲勤修德政也尚書曰勤施於四方旁作穆穆司馬遷書曰勤勤懇懇夫不勤勤則前人不當。不懇懇則覺德不愷。言不勤勤則不能當先王之意不懇懇則覺德不和也尚書曰篤前人成烈毛詩曰有覺德行左氏傳注曰愷和也是以發祕府覽書林遙集乎文雅之囿。翱翔乎禮樂之場。言以文雅爲囿以禮樂爲場圃胤殷周之失業紹唐虞之絶風。胤續也紹繼也懿律嘉量金科玉條。律六律也嘉量斗斛也金科玉條謂法令也言金玉貴之也神卦靈兆古文畢發。蓍曰卦龜曰兆神靈尊之也古文先王之典籍也煥炳照曜靡不宣臻。宣徧

也。臻，至也。式軨軒旂旗以示之。式，用也。漢書曰：莽立大夫卿車服黻冕各有差，軨軒皆車
也。尚書大傳曰：未命為士，車不得有飛軨。鄭玄曰：如今窻車也。周禮曰：交龍為旂，熊虎為旗。揚和鸞
肆夏以節之。大戴禮曰：行以和鸞，趣中肆夏。鄭玄周禮注曰：鸞和皆金鈴也。漢書音義曰：肆夏，詩
樂也。步則歌之以中節。施黼黻袞冕以昭之。言制服有差，亦明貴賤也。尚書曰：黼黻絺
繡。周禮曰：公之服，自袞冕而下。正嫁娶送終以尊之。漢書曰：莽請考論五經，定娶禮。親
九族淑賢以穆之。漢書，莽詔曰：姚嬀陳田王，予之同族也。尚書曰：惇序九族。五姓世世復無
有所與。夫改定神祇上儀也。漢書曰：莽奏定南郊。欽修百祀咸秩也。
漢書曰：莽奏定羣神之禮。尚書召誥曰：祀于新邑，咸秩無文。明堂雍臺壯觀也。漢書曰：莽
奏起明堂辟雍。九廟長壽極孝也。九廟已見西征賦。漢書曰：王莽壞孝元廟，獨置孝元廟
故殿，以為文母篹食堂。既成，名曰長壽宮。制成六經洪業也。漢書曰：莽奏立樂經，然經有五

而又立樂，故云六經也。北懷單于廣德也。漢書曰：莽重賂匈奴使上書，慕從聖制，以諱曜
太后。若復五爵度三壤。晉灼漢書注曰：若，預及之辭。漢書曰：莽奏曰：周爵五等，地四等。臣請
受爵者爵五等，地四等。尚書曰：列爵惟五，分土惟三。經井田。漢書曰：莽令天下公田口井，其男口不盈
八而田過一井者，分餘田與九族。周禮曰：九夫為井。免人役。漢書曰：莽令更名天下奴婢曰私屬，皆不
得賣之。方甫刑。漢書曰：莽分移律令儀法。尚書曰：穆王作呂刑。孔安國曰：後為甫侯。匡馬法。
馬法，司馬穰苴之法也。謂成出革車一乘，教戎備也。穰苴已見左太沖詠史詩。恢崇祗庸爍德
懿和之風。周禮曰：以樂德教國子中和祗庸孝友。爾雅曰：懿爍，美也。廣彼搢紳講習
言諫箴誦之塗。搢紳已見封禪書。漢書，賈山上疏曰：古者工誦箴諫，鼓誦詩，士傳言諫過也。
振鷺之聲充庭，鴻鸞之黨漸階。振鷺鴻鸞，喻賢也。毛詩：振鷺于飛，于彼西雍。我客戾止，亦
有斯容。易曰：鴻漸于陸。俾前聖之緒，布濩流衍而不韞韣。韞韣已見上文。櫝與

韣古字通，音讀。郁郁乎煥哉。論語曰：郁郁乎文哉。又曰：煥乎其有文章。天人之事
盛矣，鬼神之望允塞。言有聖德，信能允塞鬼神之望。羣公先正罔不夷
儀。尚書曰：羣公既皆聽命。又曰：亦惟先正夷儀。言有常儀也。姦宄寇賊罔不振威。尚書
曰：蠻夷猾夏，寇賊姦宄。紹少典之苗，著黃虞之裔。史記曰：黃帝者，少典之子，姓公
孫。河圖著命曰：握登見大虹，意生黃帝。漢書曰：予惟黃帝舜帝咸有聖德，營求其後，將祚厥祀，於是封姚恂為
初睦侯，奉黃帝後；嬀昌為始睦侯，奉虞帝後。帝典闕者已補，王綱弛者已張。
炳炳麟麟，豈不懿哉。麟麟，光明也。麟與燐古字同用。厥被風濡化者，京
師沈潛，甸內匝洽，侯衛厲揭，要荒濯沐。言風化所被，近者逾深，遠者稍
淺，故京師沈潛而要荒濯沐也。厲揭已見上文。而術前典，巡四民，迄四嶽。言法術前
典而巡四民，至於四嶽也。管子曰：士農工商四民者，國之石民也。尚書曰：二月東巡狩，至于岱宗，柴。五月南巡

狩，至于南嶽。八月西巡狩，至于西嶽。十有一月朔巡狩，至于北嶽。增封泰山，禪梁父，斯
受命者之典業也。典，常也。言封禪之事，王者常業也。管子曰：昔封泰山禪梁甫者七十有二
家。漢書音義，項岱曰：梁父者，泰山下小山也。蓋受命日不暇給，或不受命，然
猶有事矣。受命謂高祖也。言高祖受命而不封禪，始皇不受命猶有事乎泰山，言俱失也。史記曰：始
皇之上泰山，中阪遇暴風雨。況堂堂有新正丁厥時，崇嶽渟海通瀆
之神，咸設壇場，望受命之臻焉。言莽既受命，故嶽瀆之神皆設壇場而望來祭
也。堂堂，盛也。晏子景公春秋曰：將去此堂堂國者而死乎。海外遐方，信延頸企踵，回
面內嚮，喁喁如也。呂氏春秋曰：聖人南面而立，天下延頸舉踵矣。論語素王受命讖曰：莫不
喁喁延頸歸德。帝者雖勤，惡可以已乎。何休公羊傳注：惡猶於何也。音烏。宜命
賢哲作帝典一篇，舊三為一，襲以示來人，摛之罔極。言宜

命賢智作帝典一篇足舊二典而成三典也謂堯典舜典令萬世常戴巍巍履栗
栗巍巍高大也已見上文尚書曰栗栗危懼臭馨香含甘實言明德比於馨香甘實故臭而
含之鏡純粹之至精聆清和之正聲易曰剛健中正純粹精也則百工
伊凝庶績咸喜尚書曰允釐百工庶績咸熙又曰庶績其凝喜與古熙字通荷天衢
提地釐孔安國尚書傳曰釐理也上荷天道而下提地理言則而効之斯天下之上則
已庶可試哉

典引一首蔡邕曰典引者篇名也典者常也法也引者伸也長也尚書疏堯之常法謂之堯典
漢紹其緒伸而長之也范曄後漢書曰班固字孟堅亦云注典引班孟堅　蔡邕注

臣固言永平十七年臣與賈逵傅毅杜矩展隆郗萌等
善曰後漢書曰賈逵字景伯爲侍中七略曰尚書郎中北海展隆然七略之作雖在哀平之際展隆壽或至永

平之中召詣雲龍門小黃門趙宣持秦始皇帝本紀問臣
等曰太史遷下贊語中寧有非耶臣對此贊賈誼過秦
篇云向使子嬰有庸主之才僅得中佐秦之社稷未宜
絕也此言非是即召臣入問本聞此論非耶將見問意
開寤耶臣具對素聞知狀詔因曰司馬遷著書成一家
之言揚名後世善曰司馬遷書曰通古今之變成一家之言孝經曰揚名於後世至以身
陷刑之故反微文刺譏貶損當世非誼士也司馬相如
洿行無節但有浮華之辭不周於用至於疾病而遺忠
主上求取其書竟得頌述功德言封禪事忠臣効也至
是賢遷遠矣臣固常伏刻誦聖論昭明好惡不遺微細
緣事斷誼動有規矩雖仲尼之因史見意亦無以加臣
固被學最舊受恩浸深誠思畢力竭情昊天罔極臣固
頓首頓首伏惟相如封禪靡而不典揚雄美新典而亡
實然皆游揚後世垂爲舊式臣固才朽不及前人蓋詠
雲門者難爲音觀隋和者難爲珍不勝區區竊作典引
一篇雖不足雍容明盛萬分之一猶啓發憤滿覺悟童
蒙光揚大漢軼聲前代然後退入溝壑死而不朽臣固
愚戇頓首頓首曰

太極之元易曰太極是生兩儀兩儀始分烟烟熅熅有沈而奧有
浮而清烟烟熅熅陰陽和一相扶貌也奧濁也言兩儀始分之時其氣和同沈而濁者爲地浮而清者

爲天沈浮交錯庶類混成地體沈而氣昇天道浮而氣降升降交錯則衆類同矣善曰國
語曰夏禹能平水土以品處庶類者也老子曰有物混成先天地生肇命民主五德初始民主
者天子也尚書曰成湯簡代夏作民主五德五行之德自伏羲已下帝王相代各據其一行始於木終於水則
復始也同於草昧易曰天造草昧玄混之中混猶溷濁踰繩越契寂寥
而亡詔者系不得而綴也言結繩書契已往其道寂漠亡聲莫能以相告故易系不
得綴連也綴知銳切厥有氏號所依爲氏也號功之表也號太昊曰伏羲炎帝曰神農黃帝曰軒轅
少昊曰金天顓頊曰高陽帝嚳曰高辛堯曰陶唐舜曰有虞紹天闡繹宗紹天地開道人事莫
不開元於太昊皇初之首上哉敻乎其書猶得而修也
亞斯之代通變神化函光而未曜若夫上稽乾則降承龍
翼善曰翼法也言陶唐上能考天之則下能承龍之法也龍法龍圖也而炳諸典謨以冠

德卓絶者莫崇乎陶唐善曰春秋合誠圖曰黄帝德冠帝位陶唐舍胤而禪有虞有虞亦命夏后稷契熙載越成湯武股肱既周天迺歸功元首將授漢劉天有五行之序堯與四臣各據其一行而堯爲之正四臣已徧故歸功元首之子孫而授漢劉也高祖始於沛公起兵入關後爲漢王以即尊位故遂曰漢也春秋左氏傳曰陶唐氏既衰其後劉累者在夏爲御龍氏在商爲豕韋氏在周爲唐杜氏成王滅唐宣王殺杜伯杜伯之子隰叔奔晉其後士會奔秦而復歸其子留秦者爲劉氏以是明之漢爲堯後善曰尚書曰熙帝之載元首股肱已見上文俾其承三季之荒末值亢龍之災孽善曰國語郭偃曰夫三季王之亡宜也韋昭曰季末也三季王桀紂幽王也易曰亢龍有悔窮之災也懸象闇而恒文乖彝倫斁而舊章缺善曰易曰懸象著明莫大乎日月尚書曰帝乃震怒弗俾洪範九疇彝倫攸斁左氏傳曰季桓子命藏象魏曰舊章不可亡也故先命玄聖使綴學立制善曰

六百八十四　文四十八　十五　戊申重刊曹俏

玄聖孔子也莊子曰夫虛靜恬淡玄聖素王之道也春秋孔演圖曰玄丘制命帝卯行也宏亮洪業表相祖宗贊揚迪喆相助也始受命爲祖繼中爲宗皆不毀廟之稱也言仲尼之作亦顯助祖宗揚明其蹈喆之德備哉燦爛眞神明之式也雖皐夔衡旦密勿之輔比茲褊矣茲孔子也善曰謂皐陶后夔阿衡周旦也密勿已見傅季友求贈劉前軍表是以高光二聖宸居其域言高祖光武如北辰居其所而衆星拱之時至氣動乃龍見淵躍善曰易曰見龍在田或躍在淵拊翼而未舉則威靈紛紜海内雲蒸雷動電熛胡縊莽分尚不莅其誅言二祖即位胡亥王莽皆先已誅天之所爲先除也善曰史記曰始皇崩趙高立子胡亥爲太子襲位爲二世皇帝後陳勝等反趙高乃使閻樂誅二世二世自殺漢書曰王莽地皇四年十月漢兵從宣平城門入城中少年朱弟等恐見虜掠私燒其室門呼曰虜王莽何不出來降莽避火之漸臺衆兵上臺商人杜吳殺莽軍人裂莽尸然後欽若上下恭揖羣

后正位度宗度居也宗尊也言二主既除亂諸侯推而尊之然後欽順天地恭揖諸侯正位居尊也善曰易曰君子正位凝命有于德不台淵穆之讓淵穆深美之辭也善曰尚書曰舜讓于德不嗣漢書音義韋昭曰古文台爲嗣靡號師矢敦奮撝之容矢陳也敦勉也毛詩曰矢于牧野善曰言漢取天下無名號師衆陳兵誥誓勸勉秉旄奮麾之容撝與麾音義同蓋以膺當天之正統受克讓之歸運善曰尚書曰誕膺天命又曰允恭克讓蓄炎上之烈精謂火漢之德也蓄聚也善曰尚書曰火曰炎上蘊孔佐之弘陳云爾善曰孔佐即孔子也能表相祖宗故曰佐洋洋乎若德帝者之上儀誥誓所不及已本事曰誥戒事曰誓鋪觀二代洪纖之度洪大也纖細也其賾可探也善曰探賾見文賦並開迹於一匱同受侯甸之服奕世勤民以方伯統牧善曰言殷周二代初皆微開迹於一匱並受夏殷侯甸之服勤勞治人或爲方伯或爲統牧也論語

六百九十　文四十八　十六　戊申

曰雖覆一簣桓子新論曰湯武則久居諸侯方伯之位德惠加於百姓紀年曰武乙即位周王季命爲殷牧師也乘其命賜彤弧黄鉞之威用討韋顧黎崇之不恪韋豕韋顧己姓之國皆夏諸侯也黎崇殷諸侯也四國爲不敬湯文王誅之毛詩曰韋顧既伐又曰既伐于崇作邑於豐書曰西伯既戡黎善曰乘因也言因其命賜以彤弓黄鉞乃始征伐也至于參五華夏京遷鎬亳善曰參五謂參五分之也言殷周參五而分華夏之地然後乃始京遷於鎬亳也論語曰參分天下有其二以服事殷解嘲曰四分五割並爲戰國毛詩曰考卜維王宅是鎬京毛萇曰武王作邑於鎬京尚書湯誥曰王歸自夏至于亳孔安國傳曰湯遷於亳遂自北面虎螭其師華滅天邑天邑天子邑也善曰北面臣位也虎螭如虎如螭也史記武王曰勉哉夫子如虎如羆如豺如離徐廣曰此音義訓並與螭字同尚書曰肆予敢求爾于天邑商是故誼士華而不敦武稱未盡護有慙德不其然歟武周樂也護殷樂也孔子曰韶盡美矣又盡善也謂武盡美矣未盡善也舜禪

而周伐故未盡善也延陵季子聘魯觀樂見舞大頀者曰聖人之弘也而猶有慙德恥於始伐也豈不然乎左氏傳曰臧哀伯曰武王克商遷九鼎于洛邑義士猶或非之亦猶於穆猗那翕純皦繹周頌曰於穆清廟商頌曰猗歟那歟孔子曰始作翕如也從之純如也皦如也繹如也以崇嚴祖考殷薦宗配帝善曰周易曰先王作樂崇德殷薦之上帝以配祖考發祥流慶對越天地者對荅也善曰毛詩曰對越在天鄭玄曰越於也舄奕乎千載舄奕光曜流行貌豈不克自神明哉善曰言二代以臣伐君尚能作樂配天豈不能自神明其道哉周易曰聖人以此齋戒以神明其德誕略有常審言行於篇籍光藻朗而不渝耳善曰言二代神明其道大略有常但審言行於篇籍光藻明而不變言無殊功也矧夫赫赫聖漢巍巍唐基泝測其源乃先孕虞育夏甄殷陶周言測度漢本至唐乃任舜育禹化契成稷皆爲之父母模範也甄陶已見上文然後宣二祖之重光

襲四宗之緝熙宣徧也襲因也高祖光武爲二祖孝文曰太宗孝武曰世宗孝宣曰中宗孝明曰顯宗二祖重光天下四宗盛美相因而起也善曰尚書王曰昔君文王武王宣重光緝熙已見上文神靈日照光被六幽六幽謂上下四方也尚書曰光被四表格于上下仁風翔乎海表威靈行乎鬼區鬼區絕遠之區也善曰尚書曰方行天下至于海表鬼區即鬼方也毛詩曰覃及鬼方毛萇傳曰鬼方遠方也匿亡回而不泯微胡瑣而不頤善曰頤養也何細而不養言皆養也故夫顯定三才昭登之績匪堯不興言明定天地人之道明登天之功非堯莫能興也尚書曰昭登于上善曰周易曰易有天道焉有地道焉兼三才而兩之鋪聞遺策在下之訓匪漢不弘厥道善曰言布聞古之遺策聖德在下之訓非漢不能引道毛詩曰明明在下毛萇傳曰文王之德明明在天下謂天之下也至於經緯乾坤出入三光言使日月星辰出以其節入以其期亡朒朓側匿盈縮之異也善曰言漢之道能經緯天地出入三光也淮南子曰

覆天載地紘宇宙而章三光也外運渾元內沾豪芒言漢道外則運行於渾元內則沾潤於豪芒言細咸被也巨性類循理品物咸亨其已久矣易曰品物咸亨盛哉皇家帝世德臣列辟功君百王言漢之德能臣古之列辟其功又爲百王之君也榮鏡宇宙四表曰宇往古來今曰宙尊亡與亢乃始虔鞏勞謙尚書鞏亦勞也易曰勞謙君子有終吉兢兢業業貶成抑定不敢論制作尚書曰兢兢業業一日二日萬機禮記曰王者功成作樂治定制禮至令遷正黜色賓監之事渙揚寓內漢承周後當就夏正以十二月爲年首而秦以十月爲年首高祖又以十月至霸上因而不改至武帝太初始改焉賈誼公孫臣等議以漢土德服色尚黃至光武中乃黜黃而尚赤立殷後曰紹嘉公周後曰承休公以賓而監二代矣於四者宣揚海內制作之事由未章也禮記曰聖人南面而治天下也改正朔易服色而禮官儒林屯用篤誨之士不傳祖宗之髣髴

雖云優慎無乃葸與慎而無禮則葸優謂優游也尚書大傳曰周公作樂優游三年於是三事嶽牧之寮僉爾而進曰三事嶽牧已見上陛下仰監唐典中述祖則俯蹈宗軌躬奉天經惇睦辨章之化洽孝經曰夫孝天之經也尚書曰惇叙九族九族既睦平章百姓辨與平古字通也巡靖黎蒸懷保鰥寡之惠浹懷安也保養也巡靖巡狩而安之也毛詩曰日靖四方尚書周公曰懷保小民惠鮮鰥寡燔瘞縣沈肅祇羣神之禮備爾雅曰祭天曰燔柴祭地曰瘞埋祭山曰庪縣祭川曰浮沈是以來儀集羽族於觀魏貌恭體仁則鳳皇來儀尚書曰鳳皇來儀家語子夏曰商聞山書曰羽蟲三百有六十而鳳爲之長肉角馴毛宗於外囿視明禮修則麒麟來應廣雅曰麒麟狼題肉角家語子夏曰毛蟲三百有六十而麟爲之長擾緇文皓質於郊思睿信立則白虎擾騶虞也升黃輝采鱗於沼聽德知正則黃龍見禮記曰龜

龍在宮沼甘露宵零於豐草德至天則甘露降毛詩曰湛湛露斯在彼豐草三足軒翥於茂樹烏反哺之烏至孝之應也楚辭曰鸞鳥軒翥而翔飛若乃嘉穀靈草奇獸神禽應圖合諜窮祥極瑞者朝夕坰牧天子寰內也日月邦畿卓犖乎方州洋溢乎要荒昔姬有素雉朱烏玄秬黃麰之事耳素雉白雉也已見東都主人朱烏火流爲烏也毛詩曰誕降嘉種惟秬惟秠爾雅曰秬黑黍也韓詩外傳曰貽我嘉麰薛君曰麰大麥也音莫侯切君臣動色左右相趨濟濟翼翼峨峨如也濟濟翼翼已見上毛詩曰奉璋峨峨蓋用昭明寅畏承聿懷之福毛詩曰昭事上帝聿懷多福尚書曰嚴恭寅畏亦以寵靈文武貽燕後昆覆以懿鑠左氏傳薳啓疆曰辱見寡君寵靈楚國毛詩曰貽厥孫謀以燕翼子尚書曰垂裕後昆豈其爲身而有顓辭也若然受之亦宜懃恁旅力

恁思也旅陳也恁如深切以充厥道啓恭館之金縢恭館宗廟金縢之所在御東序之祕寶以流其占東序牆也尚書曰顓頊河圖雒書在東序流演也雒書皆存亡之事尚覽之以演禍福之驗也夫圖書亮章天哲也亮信也章明也言河圖洛書至信至明而出天賜之使視而行之孔猷先命聖孚也繇道也言孔子先定道誠至信也體行德本正性也體行正性習堯所履今天子復蹈之逢吉丁辰景命也言逢此吉當此時者皇天之大命也順命以創制易曰湯武革命順乎天應乎人因定以和神治定作樂以和人神荅三靈之蕃祉展放唐之明文善曰三靈天地人也已見陸機高祖功臣頌尚書旋機鈐曰平制禮樂放唐之文茲事體大而允寤寐次於心瞻前顧後善曰允信也次止也言此事體大式引大信能寤寐常止於聖心不可忘也大戴禮曰神明自得聖心備矣前謂前代帝王後謂子孫也豈蔑清廟憚勑天命也蔑輕

也憚難也勑正也言封禪之事皆述祖宗之德今乃推讓豈輕清廟而難正天命乎善曰毛詩序曰清廟祀文王也尚書曰勑天之命伊考自遂古乃降戾爰茲伊維也遂古遠古也戾至也言自遠古以來至於此也楚辭曰遂古之初誰傳道之作者七十有四人善曰古封禪者七十二君今又加之二漢有不俾而假素罔光度而遺章言前封禪之君有天下使之而尚假竹素未有告之以光明之度而遺其篇章今其如台而獨闕也尚書曰夏罪其如台孔安國傳曰台我也是時聖上固以垂精遊神苞舉藝文屢訪羣儒諭咨故老與之斟酌道德之淵源肴覈仁誼之林藪以望元符之臻焉斟酌飲也肴覈食也肉曰肴骨曰覈水深曰淵水本曰源叢木曰林澤無水曰藪言六藝者道德之深本而仁義之叢藪也天子與羣儒故老斟酌肴覈而行以天應之至也詩云泂酌彼行潦又曰肴覈惟旅既感羣后之讜辭又悉經五繇之碩慮

矣讜直言也經常也繇占也王者巡狩預卜五年歲習其祥習則行不則修德而改卜言天下已舉五卜之占而習吉也將絣萬嗣煬洪煇奮景炎煬奮皆振布之意也絣使也絣與拼古字通也扇遺風播芳烈久而愈新用而不竭汪汪乎丕天之大律其疇能亘之哉唐哉皇哉皇哉唐哉言誰能竟此道惟唐堯與漢漢與唐堯而已

文選卷第四十八

賜進士出身通奉大夫江南蘇松常鎮太等處承宣布政使司布政使胡克家重校刊

文選卷第四十九

梁昭明太子撰

文林郎守太子右內率府録事叅軍事崇賢館直學士臣李善注上

史論上

班孟堅漢書公孫弘傳贊一首

干令升晉武帝革命論一首

晉紀總論一首

范蔚宗後漢書皇后紀論一首

公孫弘傳贊一首　班孟堅

贊曰公孫弘卜式倪寬皆以鴻漸之翼困於燕雀

李奇漢書注云漸進也鴻一舉而進千里者羽翼之材也弘等言皆以大材初困爲俗所薄若燕雀不知鴻鵠之志

四百三十五　文四十九　一

遠迹羊豕之閒非遇其時焉能致此位乎

漢書曰公孫弘少時家貧牧豕海上年四十餘乃學春秋武帝初即位召賢良文學士是時弘年六十徵賢良文學對策拜博士遷丞相又曰卜式以田畜爲事式以入山牧羊十餘年羊致千餘頭上拜爲中郎遷御史大夫韋昭漢書注曰遠迹謂耕牧在遠方也

是時漢興六十餘載海內乂安府庫充實而四夷未賓制度多闕上方欲用文武求之如弗及始以蒲輪迎枚生見主父而歎息

漢書曰武帝爲太子聞枚乘名及即位乘已年老迺以安車蒲輪徵乘又曰主父偃齊國臨淄人武帝時言九事其八事爲律令上書闕下朝奏暮召入見謂曰公安在何相見之晚也

羣士慕嚮異人並出卜式拔於芻牧弘羊擢於賈古豎

漢書曰桑弘羊洛陽賈人子

衛青奮於奴僕日磾出於降虜

漢書曰衛青其父鄭季與陽信長公主家僮衛媼通生青青姊子入宮幸上召青爲建章監侍中又曰金日磾本匈奴休屠王子王降漢後悔昆邪王殺之將其衆降日磾以父不降没入官輸黃門養馬馬肥好上拜爲馬監

斯亦曩時版築飯牛之明已

尚書序曰高宗夢得說使百工營求諸野得諸傅巖孟子曰傅說舉於版築之閒呂氏春秋曰甯戚飯牛居車下望桓公悲擊牛角而疾歌矣

漢之得人於茲爲盛儒雅則公孫弘董仲舒倪寬

漢書曰倪寬治尚書爲侍御史上問尚書一篇擢爲中大夫

篤行則石建石慶

漢書曰石奮長子建次子慶皆以馴行孝謹官至二千石

質直則汲黯卜式

汲黯已見西征賦卜式言郡國不便鹽鐵船有筭可罷

推賢則韓安國鄭當時

漢書曰韓安國所推舉皆廉士賢於己者於梁舉壺遂臧固至此皆天下名士鄭當時已見西征賦

定令則趙禹張湯

漢書曰張湯遷太中大夫與趙禹共定諸律令又曰趙禹斄人至中大夫斄音部

文章則司馬遷相如滑稽

六百八十　文四十九　二　曹俏

則東方朔枚皋

楚辭曰突梯滑稽如脂如韋王逸曰轉隨俗也漢書曰枚皋字少孺不通經術談笑類俳倡以故得媟黷

應對則嚴助朱買臣

漢書曰嚴助爲中大夫與朱買臣並在左右

歷數則唐都落下閎

漢書曰造漢太初歷方士唐都巴郡落下閎與焉益部耆舊傳曰閎字長公巴郡閬中人也明曉天文地理隱於落亭武帝時友人同縣譙隆薦閎待詔太史更作太初歷拜侍中辭不受風俗通曰姓有落下漢有落下閎

協律則李延年

漢書曰李延年中山人坐法腐刑善歌新聲爲協律都尉

運籌則桑弘羊

漢書曰桑弘羊以心計爲侍中

奉使則張騫蘇武

張騫蘇武已見西征賦

將帥則衛青霍去病

衛青霍去病已見長楊賦

受遺則霍光金日磾

漢書曰武帝病篤霍光曰如有不諱誰當嗣者上曰立少子君行周公之事光讓日磾日磾亦曰臣不如光並受遺詔輔少主

其餘不可勝紀是以興造功業制度遺文後世莫及孝宣承統纂修洪業

國語曰祭公謀

父曰時序其德纂修其緒亦講論六藝，招選茂異。六藝，六經也。漢書武帝詔曰：察吏民茂才異等。而蕭望之、梁丘賀、夏侯勝、韋玄成、嚴彭祖、尹更始以儒術進。漢書曰：蕭望之修齊詩，事同縣后倉。又曰：梁丘賀，字長公，從京房受易。賀入說，上善之，以賀爲郎，至少府。又曰：夏侯勝從濟南伏生受尚書，至長信少府。又曰：韋賢修詩傳，子玄成至丞相。又曰：嚴彭祖字次公，與顏安樂俱事眭孟。公羊春秋有顏嚴之學。爲太子太傅。又曰：穀梁學有尹更始，爲諫議大夫。劉向、王襃以文章顯。將相則張安世、趙充國、魏相、邴吉、于定國、杜延年。漢書曰：張安世字少孺，宣帝即位，爲大司馬車騎將軍。又曰：杜延年字幼公，爲太僕給事中。宣帝任信之，即奉駕入給事中。趙充國、于定國已見西征賦。治民則黃霸、王成、龔遂、鄭弘、召信臣、韓延壽、尹翁歸、趙廣漢、嚴延年、張敞之屬。漢書曰：黃霸字次公，爲揚州刺史，宣帝以爲潁川太守。又曰：王成爲膠東相，政甚有聲，宣帝最先襃之。又

六晉三十　文四十九　三

曰：龔遂字少卿，宣帝以爲渤海太守，人皆富實，獄訟止息。又曰：鄭弘字穉卿，爲淮陽相，以高第入爲右扶風。又曰：召信臣字翁卿，爲南陽太守，吏民親愛，號之曰召父。又曰：韓延壽字長公，爲東郡太守，吏民敬畏趨鄉之，斷獄大減，爲天下最。又曰：尹翁歸字子況，拜東海太守，東海大治。又曰：嚴延年字次卿，爲涿郡太守，道不拾遺。趙張已見西征賦。皆有功迹，見述於後世，參其名臣，亦其次也。

晉紀論晉武帝革命一首　干令升

何法盛晉書曰：干寶字令升，新蔡人，始以尚書郎領國史，遷散騎常侍，卒。撰晉紀，起宣帝迄愍，五十三年，評論切中，咸稱善之。

史臣曰：帝王之興，必俟天命。尚書曰：俟天休命。苟有代謝，非人事也。淮南子曰：二者代謝舛馳。高誘曰：代，更也；謝，次也。文質異時，興建不同。春秋元命苞曰：王者一質一文，據天地之道也。天質而地文。又曰：正朔三而改，文質再而復。故古之有天下者，柏皇、栗陸以前，爲而不有，應而不求，執大象也。莊子曰：獨不知至德之時乎？昔者柏皇氏、栗陸氏，若此之時，則至治也。淮南子曰：天地大矣，成而弗有。老子曰：執大象，天下往。鴻、黃世及，以一民也。父子相承，以一民之心也。左氏傳史克曰：昔帝鴻氏有不材子。杜預曰：帝鴻，黃帝也。禮記曰：大人世及以爲禮。堯、舜內禪，體文德也。漢、魏外禪，順大名也。謝靈運晉書禪位表曰：夫唐虞內禪，無兵戈之事，故曰文德。漢晉外禪，有翦伐之事，故曰順名。以名而言，安得不僭稱以爲禪代邪？靈運之言，似出于此文，既詳悉，故具引之。湯、武革命，應天人也。周易曰：湯武革命，順乎天而應乎人。高、光爭伐，定功業也。漢高祖及光武也。仲長子昌言曰：高光二祖之神武，遇際會而不能得。管子曰：禹平治天下，及桀而亂之，湯放桀以定禹功也。湯平治天下，及紂而亂之，武王伐紂以定湯功也。各因其運而天下隨時，隨時之義大矣哉。周易曰：隨，元亨。隨時之義大矣哉。古者敬其事則命

四十九　四　曹佾

以始，今帝王受命而用其終。尚書曰：月正元日，舜格于文祖。孔安國曰：將即政，故至文祖廟告也。魏志曰：陳留王咸熙二年十二月，禪位于晉嗣王。左氏傳曰：晉侯使太子申生伐東山皋落氏，狐突歎曰：時，事之徵也。故敬其事則命以始，今命以時，卒閟其事也。豈人事乎？其天意乎？

晉紀總論一首　干令升

史臣曰：昔高祖宣皇帝以雄才碩量，應運而仕。范曄後漢書曰：陶謙奏記於朱儁曰：將軍既文且武，應運而出。值魏太祖創基之初，籌畫軍國，嘉謀屢中。干寶晉紀曰：魏武帝爲丞相，命高祖爲文學掾，每與謀策，畫多善。遂服輿軫，驅馳三世。干寶晉紀曰：魏文帝即王位，爲丞相長史。明帝即位，遷驃騎大將軍。性深阻有如城府，而能寬綽以容納，行任數以御物，而知人善采拔。管子曰：聖君任法不任智，任數不任說。尚書禹曰：知人則哲，能官人。故賢愚咸懷，小大

畢力。尚書穆王曰小大之臣咸懷忠良東觀漢記太史官曰明主勞神忠臣畢力爾乃取鄧
艾於農隙引州泰於行役委以文武各善其事魏志曰鄧艾字
士林義陽人也典農綱紀上計吏因使見太尉司馬宣王宣王奇之辟以爲掾遷尚書郎郭頒世語曰初荊州
刺史裴潛以州泰爲從事司馬宣王鎭宛潛數遣詣宣王由此爲宣王所知歷兗豫州刺史故能西
禽孟達東舉公孫淵干寶晉紀曰新城太守孟達反高祖親征之屠其城斬達魏志曰公
孫淵爲遼東太守景初元年徵淵遂發兵逆於遼隧自立爲燕王三年遣司馬宣王征淵斬淵傳首洛陽內
夷曹爽外襲王陵干寶晉紀曰高祖與曹爽俱受遺輔政爽奏橫恣日甚高祖乃奏事永寧宮
廢爽兄弟以侯歸第有司奏黃門張當辭道爽反狀遂夷三族又曰高祖東襲太尉王陵于壽春初陵以魏王
非明帝親生且不明也謀更立楚王彪陵聞軍至面縛請降高祖解縛反服見之送之京都飲藥而死神略
獨斷征伐四克楊雄連珠曰兼聽獨斷聖王之法也法言曰湯武桓桓征伐四克維御

群后大權在己春秋孔演圖曰天子執圖諸侯得之大權成屢拒諸葛亮節
制之兵而東支吳人輔車之勢漢書曰齊桓晉文之兵可謂入其域而有節制
矣左氏傳宮之奇曰諺所謂輔車相依脣亡齒寒世宗承基太祖繼業干寶晉紀曰世
宗景皇高祖崩以撫軍大將軍輔政又曰太祖文皇帝母弟也世宗崩進位大將軍錄尚書事輔政軍旅
屢動邊鄙無虧於是百姓與能大象始構矣周易曰人謀鬼謀百
姓與能大象已見上文玄豐亂內欽誕寇外干寶晉紀曰中書令李豐推太常夏侯玄
謀廢大將軍世宗聞之乃遣王羨迎豐至世宗責之豐知禍及遂肆惡言勇士築殺之皆夷三族又曰揚州刺史
文欽自曹爽死後陰懷異志乃矯太后令罪狀世宗世宗自帥中軍討之欽敗得入吳又曰鎭東大將軍諸葛
誕貳于我太祖親率六軍東征拔之斬誕首夷三族也潛謀雖密而在幾必兆淮
浦再擾而許洛不震咸黜異圖用融前烈左氏傳曰咸黜不端尚書

王曰公劉克篤前烈然後推轂鍾鄧長驅庸蜀干寶晉紀曰景元四年大舉伐蜀太
祖部分諸軍指授方略使征西將軍鄧艾自狄道攻姜維於沓中使鎭西將軍鍾會自駱谷襲漢中漢書馮唐
曰上古王者遣將也跪而推轂曰閫以內寡人制之閫以外將軍制之戰國策曰樂毅輕卒銳兵長驅至齊尚
書曰及庸蜀人三關電埽劉禪入臣吳志賀邵曰劉氏據三關之險守重山之固張瑩漢
南記曰蜀有陽平江關白水關此爲三關干寶晉紀曰鄧艾進軍城北蜀王劉禪面縛輿櫬詣壘門范曄後漢書
閻忠說車騎將軍皇甫嵩曰旬月之間神兵電埽天符人事於是信矣東觀漢記耿純
說上曰天時人事已可知矣始當非常之禮終受備物之錫干寶晉紀曰天
子命太祖爲晉公九錫之禮又進公爵爲王左氏傳子魚曰備物典策名器崇於周公權
制嚴於伊尹至於世祖遂享皇極世祖武帝也尚書考靈耀曰建用皇極宋
均曰建立也皇極大中也正位居體重言慎法周易曰君子正位居體也法言曰重言重

行言重則有法行重則有德仁以厚下儉以足用周易曰山附於地剝上以厚下安宅
毛詩序曰儉以足用寬以愛民和而不弛寬而能斷論語曰君子和而不同韋昭國語注
曰弛廢也尚書曰寬而栗斷猶決也故民詠惟新四海悅勸矣毛詩曰周雖舊邦其
命惟新周易曰說以先民民忘其勞說以犯難民忘其死說之大民勸矣哉聿修祖宗之志
思輯戰國之苦毛詩曰無念爾祖聿修厥德腹心不同公卿異議而
獨納羊祜之策以從善爲衆干寶晉紀曰征南大將軍羊祜來朝上疏云以國家
之盛強臨吳之危弊軍不踰時尅可必也上納之而未宣左氏傳欒武子曰善鈞從衆夫善衆之主也從之不
亦可乎故至於咸寧之末遂排群議而杖王杜之決干寶晉紀
曰咸寧五年龍驤將軍王濬上疏曰吳王荒淫且觀時運宜征伐上將許之賈充荀勗等陳諫以爲不可張華
固勸之杜預亦上疏上先納羊祜之謀重以濬預之決乃發詔諸方大舉汎舟三峽介馬桂

陽。左氏傳晉饑秦輸之粟命之曰汎舟之役劉淵林蜀都賦注曰三峽巴東永安縣有高山相對民謂之峽
左氏傳曰晉郤克與齊侯戰于鞌齊侯不介馬而馳之漢書曰有桂陽郡高帝置之役不二時。
江湘來同。干寶晉紀曰咸寧五年十一月命安東將軍王渾龍驤將軍王濬帥巴蜀之卒浮江而下
太康元年四月王濬鼓譟入于石頭吳主孫皓面縛輿櫬降于濬毛詩曰淮夷來同也夷吳蜀之
壘垣。通二方之險塞。掩唐虞之舊域。班正朔於八荒。漢書
曰賈捐之曰堯舜之盛也地方不過數千里論語比考讖曰正朔所加莫不歸義甘泉賦曰八荒協兮萬國諧
太康之中。天下書同文車同軌。禮記子曰今天下書同文車同軌牛馬
被野。餘糧棲畝。行旅草舍。外閭不閉。東觀漢記曰建武十七年商賈重寶
單車露宿牛馬放收道無拾遺淮南子曰昔容成之時置餘糧於畝首蔡邕胡廣碑曰餘糧棲乎畝毛詩曰
召伯所茇毛萇曰茇草舍也禮記曰外戶不閉謂之大同民相遇者如親。其匱乏者。

六丂七十二　文四十九　七　壬子重刊　湯仲

取資於道路。禮記孔子曰昔者大道之行也人不獨親其親不獨子其子故于時有
天下無窮人之諺。莊子孔子曰當堯舜而天下無窮人非知得也當桀紂而天下無通人非
知失也雖太平未洽。亦足以明吏奉其法。民樂其生。百代
之一時矣。東觀漢記詔曰吏安其職民樂其業孝經援神契曰天下歸往人人樂生論語曰百世可
知言喻遠也武皇既崩。山陵未乾。漢書霍禹曰將軍墳墓未乾楊駿被誅。
母后廢黜。干寶晉紀曰永平元年誅太傅楊駿遷太后楊氏于永寧宮策廢爲庶人居於金墉城
朝士舊臣夷滅者數十族。尋以二公楚王之變。干寶晉紀曰太
子太傅孟觀知中宮旨因譖二公欲行廢立之事楚王瑋殺太宰汝南王亮太保衛瓘張華以二公既亡楚必
專權使董猛言於后遣謁者李雲宣詔免瑋付廷尉瑋以矯詔伏誅宗子無維城之助。而
閼伯實沈之郤歲構。毛詩曰懷德維寧宗子維城左氏傳子產曰昔高辛氏有二子伯曰

閼伯季曰實沈居曠林不相能日尋干戈以相征討閼伯實沈則參商也師尹無具瞻之貴。
而顛墜戮辱之禍日有。毛詩曰赫赫師尹民具爾瞻至乃易天子以
太上之號。而有免官之謠。臧榮緒晉書曰惠帝永寧二年禪位于趙王倫倫以兵留
守衛上號曰太上皇改金墉曰永昌宮中書令繆播云太史案星變事當有免官天子民不見德。
唯亂是聞。左氏傳卜偃曰民不見德唯戮是聞朝爲伊周。夕爲桀跖。莊子曰施
不及三王天下大駭矣下有盜跖上有曾史善惡陷於成敗。毀譽脅於勢利。於
是輕薄干紀之士。役姦智以投之。如夜蟲之赴火。范曄後漢
書曰李寶勸劉嘉且觀成敗光武聞告鄧禹曰當是長安輕薄兒誤之耳左氏傳季孫盟臧氏曰無或如臧孫
紇干國之紀呂氏春秋曰人主有能明其德者天下之士歸之若蟬之赴明火也內外混淆。庶
官失才。鄭玄毛詩箋曰內謂諸夏也外謂夷狄也尚書曰推賢讓能庶官乃和名實反錯。

文四十九　八　乙卯重刊　才

天綱解紐。管子曰循名而案實案實而定名名實相爲情國政迭移於亂人。禁
兵外散於四方。方岳無鈞石之鎮。關門無結草之固。漢書
十六兩爲斤三十斤爲鈞四鈞爲石左氏傳曰晉輔氏之役魏顆見老人結草以亢杜回回躓而顛仆李
辰石冰傾之於荊揚。干寶晉惠紀曰蜀賊李流攻益州發武勇以西赴益州兵不樂西征
李辰因之誑曜百姓以山都民丘沈爲主石冰應之石冰略揚州揚州刺史蘇峻降劉淵王彌撓
之於青冀。干寶晉紀曰劉淵遷離石遂謀亂淵在西河離石攻破諸郡縣自稱王又曰王彌攻東莞
東安二郡復攻青州二十餘年。而河洛爲墟。戎羯稱制。二帝失尊。
山陵無所。干寶晉懷紀曰賊劉曜入京都百官失守天子蒙塵於平陽又愍紀曰劉曜寇長安劉粲
寇於城下天子蒙塵於平陽矣何哉。樹立失權。託付非才。四維不張。而
苟且之政多也。管子曰不供祖舊則孝悌不備四維不張國乃滅亡四維一曰禮二曰義三曰

廉四曰恥漢書王嘉上疏曰上下相望莫有苟且之意夫作法於治其弊猶亂作法於亂誰能救之左氏傳曰渾罕曰君子作法於涼其弊猶貪作法於貪弊將若之何故于時天下非暫弱也軍旅非無素也彼劉淵者離石之將兵都尉王彌者青州之散吏也干寶晉武紀曰太康八年詔淵領北部都尉蓋皆弓馬之士驅走之人凡庸之才非有吳先主諸葛孔明之能也新起之寇烏合之衆非吳蜀之敵也曾子曰烏合之衆初雖相歡後必相咋脫耒爲兵裂裳爲旗非戰國之器也賈誼過秦論曰斬木爲兵揭竿爲旗自下逆上非鄰國之勢也然而成敗異效擾天下如驅群羊舉二都如拾遺孔安國尚書傳曰擾亂也淮南子曰兵略者乘勢以爲資清淨以爲常避實就虛若驅群羊此所以言兵者也漢書梅福上書曰高祖舉秦如

鴻毛取楚如拾遺將相侯王連頭受戮乞爲奴僕而猶不獲干寶晉紀曰劉曜入京都殺大將軍吳王晏光祿大夫竟陵王其餘官僚僵尸塗地百不遺一后嬪妃主虜辱於戎卒豈不哀哉孫盛晉陽秋曰劉曜入于京都六宮幽辱征西將軍南陽王模出降以模妃劉氏賜胡張平爲妻夫天下大器也羣生重畜也文子老子曰天下大器也不可執也不可爲也爲者敗之執者失之漢名臣奏陳風對問曰民如六畜在牧養者耳愛惡相攻利害相奪周易曰愛惡相攻而吉凶生情僞相感而利害生六韜曰利害相臻猶循環之無端其勢常也若積水于防燎火於原未嘗暫靜也周禮曰以防止水鄭玄曰偃猪畜流水之陂尚書曰若火之燎于原器大者不可以小道治勢動者不可以爭競擾古先哲王知其然也是以扞其大患而不有其功禦其大災而不尸其利禮記曰聖王之制祭祀也能禦

大災則祀之能扞大患則祀之百姓皆知上德之生己而不謂浚己以生也左氏傳子產寓書於子西以告宣子曰毋寧使人謂子子實生我而謂子浚我以生乎杜預曰浚取也是以感而應之悅而歸之如晨風之鬱北林龍魚之趣淵澤也毛詩曰鴥彼晨風鬱彼北林孫卿子曰川淵深而魚鼈歸之刑政平而百姓歸之川淵者龍魚之居也國家者士人之居也順乎天而享其運應乎人而和其義然後設禮文以治之斷刑罰以威之孝經曰安上治民莫善於禮毛詩序曰君臣上下動無禮文左氏傳叔向詒子產書曰嚴斷刑罰以威其淫謹好惡以示之審禍福以喻之孝經曰示之以好惡而民知禁謝承後漢書曰朱雋宣國威靈審示禍福求明察以官之篤慈愛以固之故衆知向方左氏傳叔向曰猶求聖哲之主明察之官忠信之長慈惠之師禮記曰樂行而人向方皆樂其生而哀其死鶡冠子所

謂人者惡死樂生悅其教而安其俗孟子曰萬乘之國行仁政民悅之猶解倒懸也老子曰安其居樂其俗君子勤禮小人盡力趙岐孟子章指曰治身勤禮君子所能家語曰子路治蒲孔子曰此其恭敬以信故其人盡力廉恥篤於家閭邪僻銷於胷懷廉恥已見上注禮記曰情慢邪僻之氣不設於身體故其民有見危以授命而不求生以害義論語子張曰士見危致命又子曰志士仁人無求生以害仁又況可奮臂大呼聚之以干紀作亂之事乎漢書淮南王安上疏曰陳勝吳廣奮臂大呼天下響應基廣則難傾根深則難拔文子曰人主之有民猶城之有基木之有根根深則本固基厚則上安理節則不亂膠結則不遷是以昔之有天下者所以長久也夫豈無僻主賴道德典刑以維持之也左氏傳韓厥曰三代之令王皆數百年保天之祿夫豈無辟王賴前哲以免也毛詩曰雖無老成人

尚有典刑故延陵季子聽樂以知諸侯存亡之數短長之期者蓋民情風教國家安危之本也左氏傳曰吳公子札來聘請觀於周樂使工爲之歌鄭曰其細已甚民不堪也是其先亡乎爲之歌齊曰表東海者其太公乎國未可量也昔周之興也后稷生於姜嫄而天命昭顯文武之功起於后稷毛詩序曰后稷生於姜嫄文武之功起於后稷故其詩曰思文后稷克配彼天又曰立我蒸民莫匪爾極毛詩周頌文也鄭玄曰周公思先祖之有文德者后稷之功能配天又播殖百穀蒸民乃粒天下無不於汝得其中者言反其性又曰實穎實栗即有邰胎家室毛詩大雅文也毛萇曰穎垂穎也鄭玄曰栗成熟也后稷教世種黍稷堯改封於邰就其家室無變更也至于公劉遭狄人之亂去邰之豳身服厥勞故其詩曰乃裹餱糧于槖託于囊毛詩大雅文毛萇曰小曰槖大曰囊鄭玄曰爲

狄人所迫逐不忍鬬其民裹糧食槖囊之中棄其餘而去陟則在巘復降在原以處其民毛詩大雅文也毛萇曰巘小山別於大山者也鄭玄曰由原而升巘復下在原言反覆之重民居以至于太王爲戎翟所逼而不忍百姓之命杖策而去之莊子曰太王亶父居豳狄人攻之太王曰與人之兄居而殺其弟與人之父居而殺其子吾不忍也子皆免居矣因杖策而去故其詩曰來朝走馬帥西水滸至于岐下毛詩大雅文鄭玄曰來朝走馬言其避惡早且疾也循西水涯漆沮側也謂亶父避狄循漆沮之水而至岐下周民從而思之曰仁人不可失也故從之如歸市毛萇詩傳曰古公亶父居豳狄人侵之乃屬其耆老而告之曰吾聞之君子不以其養人而害人二三子何患無君去之踰梁山邑於岐山之下豳人曰仁人之君不可失也從之如歸市居之一年成邑二年成都三年五倍其初新序曰太王亶父止於岐下百姓扶老攜幼隨而歸之一年成邑二年成都三

年五倍其初每勞來而安集之毛詩序曰萬民離散不安其居而能勞來安集之故其詩曰乃慰乃止乃左乃右乃疆乃理乃宣乃畝毛詩大雅文也毛萇曰慰安也人心定乃安隱其居乃左右而處之乃疆理其經界乃時耕其田畝者鄭玄曰時耕曰宣以至于王季能貊其德音毛詩曰維此王季帝度其心貊其德音毛萇曰心能制義曰度貊靜也鄭玄曰德政應和曰貊故其詩曰克明克類克長克君載錫之光毛詩大雅文也左傳曰勤施無私曰類教誨不倦曰長慶賞刑威曰君毛萇曰光大也鄭玄曰載始也始使之顯著也至于文王備修舊德而惟新其命毛詩曰周雖舊邦其命惟新鄭玄曰太王國於周至文王而受命言新者美之也故其詩曰惟此文王小心翼翼昭事上帝聿懷多福毛詩大雅文也鄭玄曰小心翼翼恭順之貌也昭明也聿述也懷思也謂能明事上天又能述思多福由此觀之周家世積忠厚仁及

草木內睦九族外尊事黃耇養老乞言以成其福祿者也毛詩行葦序文而其妃后躬行四教禮記曰古婦人教以婦德婦言婦容婦功鄭玄毛詩箋曰法度莫大於四教尊敬師傅服澣濯之衣脩煩辱之事化天下以婦道毛詩葛覃序也詩曰葛之覃兮毛萇曰葛所以爲絺綌女功之事煩辱者也故其詩曰刑于寡妻至于兄弟以御于家邦毛詩大雅文也毛萇曰刑法也鄭玄曰御治也文王以禮法接其妻至于宗族又能爲正治於家邦是以漢濱之女守絜白之志中林之士有純一之德毛詩曰漢有游女不可求思鄭玄曰女雖出游漢水之上人無欲求犯禮者亦由貞絜使之然也毛詩曰肅肅兔罝施于中林赳赳武夫公侯腹心鄭玄曰亦言賢故曰文武自天保以上治內采薇以下治外始於憂勤終於逸樂毛詩六月序也鄭玄曰內謂諸夏也外謂夷狄也於是天下三

分有二猶以服事殷諸侯不期而會者八百猶曰天命未至論語孔子曰三分天下有其二以服事殷周之德其可謂至德巳矣周書曰武王將渡河不期同時一朝會於武王郊祀下者八百諸侯史記曰武王至於孟津諸侯皆曰帝紂可伐武王曰天命未至也以三聖之智伐獨夫之紂猶正其名教曰逆取順守保大定功安民和衆琴操曰崇侯譖文王於紂曰西伯昌聖人也長子發中子旦皆聖三聖合謀將不利於君尚書武王曰獨夫受洪惟作威孔安國尚書傳曰湯順天應人逆取順守左氏傳楚子曰夫武禁暴戢兵保大定功安民和衆豐財猶著大武之容曰未盡善也論語孔子曰謂武盡美矣未盡善也及周公遭變陳后稷先公風化之所由致王業之艱難者則皆農夫女工衣食之事也毛詩七月序也故自后稷之始基靜民十五王而文始平之十六王而武始居

之十八王而康克安之國語曰靈王二十二年穀洛鬭王欲壅之太子晉諫曰后稷始基靜民十五王而文始平之十八王而康克安之其難也如是韋昭曰基始也靜安也自后稷播百穀以始安民凡十五王世脩其德至文王乃平民受命也十五王謂后稷不窋鞠陶公劉慶節皇僕羌弗毀俞公非高圉亞圉公組太王王季文王也十八者加武王成王康王并上十五故其積基樹本經緯禮俗節理人情恤隱民事如此之纏緜也潘元茂九錫文曰經緯禮律王肅家語注曰經緯猶織以成之也國語祭公謀父曰勤恤民隱爰及上代雖文質異時功業不同文質巳見上文及其安民立政者其揆一也安民巳見上文尚書有立政篇孟子曰先聖後聖其揆一也今晉之典也功烈於百王事捷於三代蓋有爲以爲之矣禮記孔子曰昔者魯公伯禽有爲爲之宣景遭多難之時務伐英雄誅庶桀以便事左氏傳司馬侯曰或乃多難尸子曰便事以立官也以固其國不及脩公劉太王之仁也受遺輔政屢遇廢置故齊王不明不獲思庸於亳魏志曰齊王芳字蘭卿明帝崩即皇帝位大將軍司馬景王廢帝以太后令遣芳歸藩于齊尚書曰太甲既立弗明伊尹放諸桐宮三年復歸于亳思庸也高貴沖人不得復子明辟魏志曰高貴鄉公諱髦字士彥齊王廢即皇帝位魏氏春秋曰帝自出討文王擊戰鼓出雲龍門賈充自外入帝師潰騎督成倅弟濟以矛進帝崩于師尚書曰惟予沖人弗及知又周公曰朕復子明辟二祖逼禪代之期不暇待參分八百之會也二祖景文是其創基立本異於先代者也景福殿賦曰武創元基又加之以朝寡純德之士鄉乏不二之老尚書曰昔君文武則有不二心之臣風俗淫僻恥尚失所學者以莊老爲宗而黜六經干寶晉紀劉弘教曰太康以來天下共尚無爲貴談莊老少有說事談者以虛薄爲

辯而賤名儉王隱晉書曰王衍不治經史唯以莊老虛談惑衆劉謙晉紀應瞻表曰元康以來以儒術清儉爲群俗行身者以放濁爲通而狹節信劉謙晉紀應瞻表曰以宏放爲夷達王隱晉書曰貴遊子弟多祖述於阮籍同禽獸爲通又傅玄上疏曰魏文慕通達而天下賤守節也進仕者以苟得爲貴而鄙居正鄭玄毛詩箋曰祿仕者苟得祿而巳公羊傳曰君子大居正當官者以望空爲高而笑勤恪劉謙晉紀應瞻表曰元康以來望白署空顯以台衡之量尋文謹案目以蘭薰之器是以目三公以蕭杌之稱標上議以虛談之名干寶晉紀云言君上之議虛談也蕭杌未詳劉頌屢言治道傅咸每糾邪正皆謂之俗吏干寶晉紀曰劉頌在朝忠正才經政事武帝重之訪以治道悉心陳奏多所施行又曰尚書郭啓出赴妹葬疾病不辭左丞傅咸糾之尚書弗過王隱晉書傅玄曰論經禮者謂之俗生說法理者名爲俗吏其倚杖虛曠依阿無心者皆名

重海內。若夫文王日昃不暇食。仲山甫夙夜匪懈者。尚書
曰文王自朝至于日中側弗皇暇食毛詩曰肅肅王命仲山甫將之夙夜匪懈以事一人蓋共嗤點
以爲灰塵。而相詬火候反病矣。鄭玄毛詩箋曰言時人骨肉無相詬病也說文曰詬
恥也由是毀譽亂於善惡之實。情慝奔於貨欲之塗。選者
爲人擇官。官者爲身擇利。謝承後漢書呂強上疏曰苟寵所愛私擢所幸不復爲官
擇人反爲人擇官也而秉鈞當軸之士。身兼官以十數。毛詩曰秉國之鈞四
方是維桓寬鹽鐵論曰車丞相當軸處中括囊不言大極其尊。小錄其要機事之
失十恆八九。漢書解故曰機事所揔號令攸發胡廣曰機密之事而世族貴戚之
子弟。陵邁超越。不拘資次。崇讓論曰非勢家之子率多因資次而進之悠悠
風塵。皆奔競之士。孔安國論語注曰悠悠周流之貌風塵以喻汙辱也晉諸公讚曰人人望

六百十　文四十九　十五　壬子重刊揚珎

品求者奔競列官千百。無讓賢之舉。孫卿子曰天子千官諸侯百官史記曰司馬季
主曰試官不讓賢子眞著崇讓。而莫之省。干寶晉紀曰時禮讓未興賢者壅滯少府
劉寔著崇讓論孫盛晉陽秋曰劉寔字子眞平原人子雅制九班。而不得用。王隱晉書
曰劉頌字子雅轉吏部尚書爲九班之制裴頠有所駮長虞數直筆。而不能糾。孫盛
晉陽秋曰司隸校尉傅咸勁直正厲果於從政先後彈奏百寮王戎多不見從其婦女莊櫛織
紝女金反皆取成於婢僕。禮記曰婦事舅姑如事父母雞初鳴咸盥漱櫛縰笄織紝見下
句未嘗知女工絲枲胥里反之業。中饋酒食之事也。禮記曰女
子十年不出執麻枲治絲繭織紝組紃周易曰在中饋無攸遂毛詩曰乃生女子無非無儀酒食是議先時
而婚。任情而動。故皆不恥淫逸之過。不拘妬忌之惡。有
逆于舅姑。有反易剛柔。有殺戮妾媵。有黷亂上下。爾雅曰婦

稱夫之父曰舅稱夫之母曰姑禮記曰婦將有事大小必請於舅姑又曰男子親迎男先於女剛柔之義也公
羊傳曰媵者何諸侯娶一國則二國往媵之以姪娣禮記曰婚禮者上以事宗廟而下以繼後世也尚書說命
曰黷于祭祀時謂弗欽父兄弗之罪也。天下莫之非也。又況責之
聞四教於古。修貞順於今。以輔佐君子者哉。四教已見上文列女
傳宋鮑女宗曰貞順婦人之至行也毛詩序曰后妃又當輔佐君子求賢審官禮法刑政。於此
大壞。如室斯構。而去其鑿契。如水斯積。而決其隄防。呂氏
春秋曰若積大水而失其壅隄矣如火斯畜。而離其薪燎也。國之將亡。本
必先顚。其此之謂乎。左氏傳齊仲孫謂齊侯曰臣聞國之將亡本必先顚而後枝葉從之
故觀阮籍之行。而覺禮教崩弛之所由。干寶晉紀曰阮籍宏逸曠遠居
喪不帥常檢察庾純賈充之事。而見師尹之多僻。干寶晉紀曰賈充饗

文四十九　十六

衆官庾純後至充曰君行常居人前今何以在後純曰有小市井事不了是以後世俗言純乃祖爲五伯又曰
充之先爲市魁故以戲荅考平吳之功。知將帥之不讓。干寶晉紀曰王渾愧久造
江而王濬先之乃表濬違詔不受己節度濬上書自陳曰惡直醜正實繁有徒欲構南箕成此貝錦思郭
欽之謀。而悟戎狄之有釁。干寶晉紀御史大夫郭欽上書曰戎狄強獷歷古爲患今
西北郡皆與戎居若百年之後有風塵之警胡騎自平陽上黨不三日至盟津及平吳之盛出北地西河安定
復上郡置馮翊平陽帝弗聽覽傅玄劉毅之言。而得百官之邪。干寶晉紀
傅玄上書曰昔魏氏虛無放誕之論盈於朝野使天下無復清議而亡秦之病復發於今又上顧謂劉毅曰朕
方漢何主對曰桓靈帝曰吾雖不及古賢猶尅己爲治方之桓靈不亦甚乎對曰桓靈賣官錢入於官陛下賣
官錢入私門以此言殆不若也核傅咸之奏。錢神之論。而覩寵賂之彰。
干寶晉紀司隸校尉傅咸上書曰臣以貨賂流行所宜深絕又曰魯褒字元道南陽人作錢神論左氏傳曰取

郤大鼎于宋臧哀伯諫曰官之失德寵賂彰也民風國勢如此。雖以中庸之才。
守文之主治之。賈誼過秦篇曰陳涉材能不及中庸論語曰中庸之爲德也其至矣乎民鮮久
矣何晏曰庸常也中和可常行之德也公羊傳曰繼文王之體守文王之法度何休曰引文王者文王始受命
制度也辛有必見之於祭祀。季札必得之於聲樂。左氏傳曰初平
王之東遷也辛有適伊川見被髮而祭於野者曰不及百年此其戎乎其禮先亡矣又曰季札來聘請觀樂使
工爲之歌陳曰國無主其能久乎范燮必爲之請死。賈誼必爲之痛哭。
左氏傳曰范燮反自鄢陵之役使其祝宗祈死曰君無禮而克敵天益其疾矣愛我者唯祝使我速死無及於
難范氏之福也漢書賈誼上䟽曰可爲痛哭者一也又況我惠帝以蕩蕩之德臨
之哉。惠帝已見西征賦毛詩曰蕩蕩上帝下民之辟故賈后肆虐於六宮。韓午
助亂於外內。其所由來者漸矣。豈特繫一婦人之惡乎。

干寶晉紀曰賈庶人賜死初武帝爲太子取后在宮不恭遜而甚妬忌有孕者輒殺子或以手戟擿之子隨刃
墜又曰韓壽妻賈午寔始助亂懷帝承亂之後得位。羈於彊臣。干寶晉懷紀曰
太傅東海王越總兵輔政愍帝奔播之後。徒厠其虛名。干寶晉紀曰洛京傾覆秦
王業避難密南趣許潁豫州刺史閻鼎以天下無主有輔立之計天下之政。既已去矣。
非命世之雄。不能取之矣。孟子曰五百年必有王者興其間必有名世者廣雅曰命
名也然懷帝初載。嘉禾生于南昌。徐廣晉紀曰太康五年八月嘉禾生南昌九月
懷帝生毛詩曰文王初載天作之合載猶生也望氣者又云豫章有天子氣。干寶
晉紀曰初望氣者言豫章廣陵有天子氣及國家多難。宗室迭興。毛詩曰維予小子未
堪家多難史記太史公曰遞興遞廢能者用事以愍懷之正。淮南之壯。成都之
功。長沙之權。皆卒於傾覆。王隱晉書曰愍懷太子遹立爲皇太子賈后無子妬害滋

甚廢太子爲庶人送太子于許昌宮之別坊矯詔使小黃門孫慮害太子趙王倫耽殺賈后帝詔謚遹爲愍懷
皇太子又曰武皇帝男允字欽度封淮南王領中護軍孫秀既害石崇等以懼允允遂進圍相府相國趙王倫
閉門允兵四勝陷破無前倫息虔僞云有詔助淮南王王下車受詔遂害允又曰潁字章度封成都王拜越屯
騎校尉趙王倫篡位潁謀舉義兵迎天子倫死後廢太子覃立潁爲皇太弟張方廢潁歸藩遣田徽殺之於鄴
又曰乂字士度封長沙王拜步兵校尉齊王冏相攻冏敗縛至上前乂叱左右斬之河閒王顒欲廢太子立成
都王欲先誅乂出征連戰敗走遂誅之而懷帝以豫章王登天位。干寶晉惠紀曰
詔豫章王熾爲皇太弟皇帝崩太弟即位崩謚曰孝懷皇帝尚書曰天位艱哉劉向之讖云。滅
亡之後。有少如水名者得之。起事者據秦川。西南乃得
其朋。案愍帝。蓋秦王之子也。得位於長安。長安固秦地也。
干寶晉懷紀曰關中建秦王業爲皇太子本吳孝王之子出爲秦獻王後皇帝崩太子即位于長安崩謚曰愍皇帝

而西以南陽王爲右丞相。東以琅邪王爲左丞相。干寶晉紀
愍帝詔琅邪王叡曰今以王爲侍中左丞相督陝東諸軍事右丞相南陽王督陝右諸軍事臧榮緒晉書曰南
陽王保字景度太尉模世子或以南陽王爲秦王非也上諱業。故改鄴爲臨漳。漳
水名也。由此推之。亦有徵祥。而皇極不建。禍辱及身。皇極
已見上文豈上帝臨我而貳其心。毛詩曰上帝臨汝無貳爾心將由人能
引道。非道引人者乎。淳耀之烈未渝。故大命重集于中
宗元皇帝。晉中興曰中宗元皇帝諱睿字景文嗣爲琅邪王愍帝崩于平陽陟皇帝位國語史伯曰
黎爲高辛氏火正以淳耀敦大光照四海夫成天地之大功者其子孫未嘗不章韋昭曰淳大也耀明也

後漢書皇后紀論一首　范蔚宗

夏殷以上。后妃之制。其文略矣。周禮。王者立后。三夫人。

九嬪二十七世婦八十一女御以備內職焉后正位宮
闈同體天王夫人坐論婦禮九嬪掌教四德世婦主知
喪祭賓客女御序于王之燕寢頒官分務各有典司禮記
曰舜葬於蒼梧之野蓋三妃未之從也鄭玄曰帝嚳立四妃以象后妃四星其一明者爲正妃餘三小者次妃
也帝堯因焉至舜不告而娶不立正妃但立三妃而已夏后氏增以三三而九合十二人春秋說云天子娶十
二即夏制也以虞夏及周制差之則殷人又增以三九二十七合三十九人周人上法帝嚳立正九妃又三九
二十七爲八十一以增之合百二十一人其位后也夫人也婦也嬪也女御也五者相參以定尊卑周禮曰九
嬪掌婦學之法教九御婦德婦言婦容婦功各帥其屬而以時御敘于王所世婦掌祭祀賓客喪紀之事女御
書敘于王之燕寢以歲時獻功事女史掌王后之禮職掌內治之貳以詔后治內政也女史彤管
記功書過毛詩曰靜女其孌貽我彤管毛萇曰古者后夫人必有女史彤管之法女史不記其過其

罪殺之居有保阿之訓動有環珮之響列女傳曰齊孝孟姬者華氏之長女
齊孝公之夫人也孝公遊於琅邪華姬從後車奔姬墮車碎孝公使駟馬載姬以歸姬曰妾聞妃后踰閾必乘
安車輜軿下堂必從傅母保阿進退則鳴玉環珮今立車無軿非敢受命也曹大家曰玉環珮玉有環進
賢才以輔佐君子哀窈窕而不淫其色毛詩序曰關雎樂得淑女以配
君子憂在進賢不淫其色哀窈窕思賢才所以能述宣陰化脩成內則魏文帝典
論曰欲納二女充備六宮佐宣陰教聿脩古義又禮記有內則篇閨房肅雝險謁不行
者也毛詩序曰王姬猶執婦道以成肅雝之德又曰后妃內有進賢之志而無險詖私謁之心故康
王晚朝關雎作諷宣后晏起姜氏請愆列女傳曰曲沃負謂其子如耳
曰周之康王晏出朝關雎預見虞貞節曰其夫人晏出故作關雎之歌以感誨之列女傳曰姜后者齊侯之女
宣王之后也宣王嘗夜卧而晏起后夫人不出於房姜后既出乃脫簪珥待罪於永巷曰妾不才妾之淫心見

矣至使君王失禮而晏朝及周室東遷禮序凋缺諸侯僭縱軌制無
章史記曰平王東徙雒邑周室微諸侯以強并弱齊桓有如夫人者六左氏傳曰齊侯
之夫人三王姬徐嬴蔡姬皆無子齊侯好內多寵內嬖如夫人者六人長衛姬生武孟少衛姬生惠公鄭姬生
孝公葛嬴生昭公密姬生懿公宋華子生公子雍公與管仲屬孝公於宋襄公以爲太子雍巫有寵於衛恭姬
因寺人貂以薦羞於公亦有寵也公許之立武孟管仲卒五公子皆求立齊桓公卒易牙入與貂因寵以殺群
吏而立公子無虧孝公奔宋晉獻升戎女爲元妃左氏傳曰初晉侯欲以驪姬爲夫人
卜之不吉筮之吉公曰從筮立之生奚齊其娣生卓子及將立奚齊既與中大夫成謀姬謂太子曰君夢齊姜
必速祭之太子祭於曲沃歸胙于公公田姬寘諸宮六日公至毒而獻之公祭之地地墳與犬犬斃與小臣小
臣亦斃姬泣曰賊由太子太子奔新城自縊而死終於五子作亂冢嗣遘屯五子
齊武孟等冢嗣晉太子也爰逮戰國風憲愈薄適情任欲顛倒衣裳

毛詩曰綠兮衣兮綠衣黃裳鄭玄曰今衣黑而黃裳諭亂嫡妾之禮也以至破國亡身不
可勝數斯固輕禮弛防先色後德者也秦并天下多自
驕大官備七國爵列八品當秦之時凡有七國秦并其六國故內職皆備置之而爵
列八品焉漢書曰漢興因秦之稱號正嫡稱皇后妾皆稱夫人又有美人良人八子長使少使之號焉漢
興因循其號而婦制莫釐孔安國尚書傳曰釐理也力之切高祖帷薄
不修孝文衽席無辨漢書曰高祖得戚姬愛幸常從呂后年長常留守希見大戴禮曰古
者大臣坐汙穢淫亂男女亡別者不曰汙穢曰帷薄不修漢書孝文竇皇后景帝母也上幸上林皇后慎夫人
從其在禁中常同坐桓子新論曰文帝慎夫人與皇后同席以亂尊卑鄭玄周禮注曰衽席單席然而
選納尚簡飾玩華少自武元之後世增淫費至乃掖庭
三千增級十四班固漢書贊曰漢興因秦之稱號至武帝制婕妤元帝加昭儀之號凡十四

等。妖倖毀政之符，外姻亂邦之迹，前史載之詳矣。及光武中興，斲雕為朴。漢書班固曰：漢興，破觚為圜，斲雕為朴。六宮稱號，惟皇后、貴人，金印紫綬，奉不過粟數十斛。又置美人、宮人、采女三等，並無爵秩，歲時賞賜充給而已。漢法常因八月筭民，遣中大夫與掖庭丞及相工，於洛陽鄉中閱視良家童女，年十三以上，二十以下，姿色端麗，合法相者，載還後宮，擇視可否，乃用登御。所以明慎聘納，詳求淑哲。應劭風俗通曰：采女，案采者，擇也。以歲八月雒陽民遣中大夫與掖庭丞相工閱視童女年十三以上二十以下，長壯妖絜有法相者，載入後宮。明帝聿遵先旨，宮教頗修，登建嬪后，必先令德，內無出閫之言，權無私溺之授，可謂矯其弊

文四十九　二十二　彥

矣。禮記曰：外言不入於閫，內言不出於閫。向使因設外戚之禁，編著甲令，如淳漢書注曰：甲令者，前帝第一令。改正后妃之制，貽厥方來，豈不休哉！毛詩曰：詒厥孫謀。雖御己有度，而防閑未篤。毛詩序曰：魯桓公不能防閑文姜。故孝章以下，漸用色授，范曄後漢書曰：肅宗孝章皇帝諱炟，顯宗第五子也。炟，丁達反。恩隆好合，遂忘淄蠹。自古雖主幼時艱，王家多釁，委成冢宰，簡求忠貞，未有專任婦人，斷割重器。重器，神器也。唯秦芊太后始攝政事，故穰侯權重於昭王，家富於嬴國。史記曰：秦武王取魏女為后，無子，立異母弟為昭襄王。襄王母，楚人，姓芊氏，號宣太后。又曰：穰侯之富，富於王家。魏人范雎說秦昭王，言穰侯擅權於諸侯。漢仍其謬，知患莫改，東京皇統屢絕，權歸女主，外立者四帝，臨朝者六后，范曄後漢書曰：孝安皇帝諱祜，父清河孝王慶。殤帝崩，鄧太后與兄騭定策禁中立之。又曰：安帝崩，閻太后與兄顯立濟北惠王子北鄉侯懿。又曰：桓帝諱志，父蠡吾侯。質帝崩，梁太后與兄冀立之。又曰：靈帝諱宏，父萇，解瀆亭侯。桓帝崩，竇太后與父武立之。又曰：章德竇皇后，和帝即位，太后臨朝。和熹鄧皇后，立殤帝，太后臨朝。安思閻皇后，立少帝，太后臨朝。順烈梁皇后，立沖帝，太后臨朝。桓思竇皇后，立靈帝，太后臨朝。曹節等遷太后於南宮雲臺，家屬徙北景。又曰：靈思何皇后，帝崩，皇子辯即位，太后臨朝。董卓遷於永安宮。莫不定策帷帟，委事父兄，貪孩童以久其政，抑明賢以專其威。任重道悠，利深禍速，身犯霧露於雲臺之上，家嬰縲紲於圄犴岸之下。范曄後漢書：謝弼上封事曰：竇太后幽隔空宮，如有霧露之疾，陛下何面目以見天下？論語：子曰：公冶長可妻也，雖在縲紲之中，非其罪也。毛詩曰：宜犴宜獄。湮滅連踵，傾輈繼路。運命論曰：前鑒不遠，覆車繼軌。王隱晉書曰：劉弟商貨繼路。而赴蹈不息，燋爛為期，嵇康與山巨源

五百九十三　文四十九　二十二

書曰：禽鹿長而見羈，則赴蹈湯火。袁崧後漢書：朱穆上疏曰：養魚沸鼎之中，棲鳥烈火之上，用之不時，必見燋爛也。終於陵夷大運，淪亡神寶。漢書張釋之曰：秦陵夷至于二世，天下土崩。史記作陵遲。漢書哀帝詔曰：尚書曰：考終命。言大運一終也。詩書所歎，略同一揆。毛詩曰：赫赫宗周，褒姒烕之。毛萇曰：烕，滅也。尚書曰：古人有言，牝雞之晨，惟家之索。故考列行迹，以為皇后本紀。雖成敗事異，而同居正號者，並列于篇。其以恩私追尊，非當世所奉者，則隨他事附出。親屬別事，各依列傳。其餘無所見，則係之此紀，以續西京外戚云爾。私恩謂桓順外立，即位，以私恩尊其母后。似此者，則隨他事附出，不同此篇。

文選卷第四十九

賜進士出身通奉大夫江南蘇松常鎮太等處承宣布政使司布政使胡克家重校刊

文選卷第五十

梁昭明太子撰

文林郎守太子右内率府録事參軍事崇賢館直學士臣李善注上

史論下

范蔚宗後漢二十八將論一首　逸民傳論一首

宦者傳論一首

沈休文宋書謝靈運傳論一首

恩幸傳論一首

史述贊

班孟堅漢書述高紀贊一首

述成紀贊一首

述韓彭英盧吴傳贊一首

范蔚宗後漢書光武紀贊一首

史論下

後漢書二十八將傳論一首　范蔚宗

論曰中興二十八將前世以爲上應二十八宿未之詳也中興謂漢有王莽篡位後光武復興爲中興也天有二十八宿將以輔君洽化者也然咸能感會風雲奮其智勇周易曰雲從龍風從虎史記太史公曰相如其㮣智勇可謂兼之稱爲佐命亦各志能之士也李陵書曰其餘佐命立功之士議者多非光武不以功臣任職至使英姿茂績委而勿用謝承後漢書序曰申徒蟠英姿磊落潘岳楊肇誄曰茂績惟嘉然原夫深圖遠筭固將有以爲爾若乃王道既衰降及霸德猶能授受惟庸勳賢兼序如管隰之迭升桓世先趙之同列文朝可謂兼通矣左氏傳寺人披曰齊桓公置射鉤而使管仲相又曰齊桓衛姬之子有寵於僖公有鮑叔牙隰朋以爲輔佐又曰晉蒐于被廬命趙衰爲卿讓於先軫杜預曰先軫晉下軍之佐原軫也降自秦漢世資戰力至於翼扶王室皆武人屈起亦有鬻繒盜狗輕猾之徒漢書曰灌嬰睢陽販繒者也高祖爲沛公以中涓從後剖符食潁陰至丞相又曰樊噲沛人也以屠狗爲事高祖爲沛公以舍人從後封舞陽侯或崇以連城之賞或任以阿衡之地班固漢書贊曰藩國大者跨州兼郡連城數十毛詩曰實惟阿衡左右商王毛萇曰阿衡伊尹也故勢疑則隙生力侔則亂起蕭樊且猶縲紲信越終見葅戮不其然乎李陵書曰昔蕭樊囚執韓彭葅醢自兹以降訖于孝武宰輔五世莫非公侯遂使縉紳道塞賢能蔽壅司馬相如封禪書曰因雜縉紳先生之略術臣瓚曰縉赤色紳大帶也朝有世及之私下多抱關之怨禮記曰大人世及以爲禮漢書曰蕭望之署小苑東門候王仲翁謂望之曰不肯録録反抱關爲其懷道無聞委身草莽者亦何可勝言論語陽貨謂孔子曰懷其寶而迷其邦淮南子曰今至人生於亂世含德懷道而死者衆天下莫知貴其不言也故光武鑒前事之違存矯枉之志班固漢書贊曰漢興懲強秦之敗大啓九國可謂矯枉過其正也雖寇鄧之高勳耿賈之鴻烈分土不過大縣數四所加特進朝請而已范曄後漢書曰寇恂字子翼封雍奴侯邑萬户爲執金吾鄧禹字仲華爲大司徒封高密侯食邑四縣耿弇字伯昭封好時侯食二縣以列侯奉朝請賈復字君文封膠東侯食六縣以列侯加位特進蔡邕獨斷

曰諸侯功德優盛朝廷所異者賜位特進位在三公下孟康漢書注曰律春曰朝秋曰請觀其治平臨政課職責咎將所謂導之以法齊之以刑者乎論語子曰導之以政齊之以刑民免而無恥若格之功臣其傷已甚何者直繩則虧喪恩舊撓情則違廢禁典范曄後漢書第五倫上疏曰臣愚以爲貴戚可封侯以富之不當職事以任之何者繩以法則傷恩私以親則違憲選德則功不必厚舉勞則人或未賢參任則群心難塞並列則其弊未遠言選德棄功參差雜用即怨望必多故云難塞若論功棄德並列於朝即葅戮相仍故云未遠不得不校其勝否即事相權言尊功而不尊德此功權於德任德而不任功此德權於功漢書曰量資弊權輕重於是有母權子而行有子權母而行韋昭曰重爲母輕爲子衡平也故高秩厚禮允荅元功峻文深憲責成吏職漢書曰翟方進爲相峻文深詆中傷者尤多建

武之世建武光武年號侯者百數若夫數公者則與參國議分均休咎其餘並優以寬科完其封祿莫不終以功名延慶于後范曄後漢書郎顗上疏曰攘災延慶號令天下昔留侯以爲高祖悉用蕭曹故人郭伋亦議南陽多顯鄭興又戒功臣專任漢書曰上望見諸將往往數人偶語上曰此何語張良曰此謀反耳陛下起布衣與此屬取天下已爲天子而所封皆蕭曹故人所誅者皆平生仇怨故相聚謀反耳范曄後漢書曰光武以郭伋爲并州牧過京師謝恩帝即引見伋因言選補衆職當簡天下賢俊不宜專用南陽人帝納之又曰鄭興字少贛河南人徵爲太中大夫上疏曰道路流言咸曰朝廷欲用功臣功臣用則人位謬矣夫崇恩偏授易啓私溺之失至公均被必廣招賢之路意者不其然乎班固漢書引曰崇恩德以撫海內仲長子昌言曰人主臨之以至公永平中顯宗追感前世功臣顯宗明帝

乃圖畫二十八將於南宮雲臺其外又有王常李通竇融卓茂范曄後漢書曰王常字顏卿潁川人封山桑侯拜爲橫野大將軍位次與諸將絕席又曰李通字次元南陽人封固始侯拜大司空又曰竇融字周公扶風人封安豐侯爲衛尉又曰卓茂字子康南陽人爲密令世祖即位以茂爲太傅合三十二人故依本第係之篇末以志功次云爾

宦者傳論一首　范蔚宗

宦者養也養閹人使其看宮人此是小臣後漢用之尊重故集爲傳論

易曰天垂象聖人則之宦者四星在皇位之側仲長子昌言曰天文宦者四星在帝座傍而周禮有其官職故周禮置官亦備其數閽者守中門之禁周禮曰閽人掌守王宮中之門禁鄭玄曰中門於外內爲中寺人掌女

宮之戒周禮曰寺人掌王之內人及女宮之戒令又云王之正內者五人禮周曰寺人王之正內五人鄭玄曰正內路寢也月令仲冬閹尹審門閭謹房室禮記文也鄭玄曰閹尹主領閹豎之官也於周則爲內宰掌治王之內政宮令譏出入及關閉之屬也重閉外內門詩之小雅亦有巷伯刺讒之篇毛詩小雅曰巷伯刺幽王也寺人傷於讒而作是詩也毛萇曰巷伯內小臣也然宦人之在王朝者其來舊矣將以其體非全氣情志專良通關中人易以役養乎老子曰未知牝牡之合而全作王弼曰作長也無物以損其身故全長也漢書曰元帝以石顯久典事中人無外黨精專可信任遂委以政應劭漢官儀曰掖庭後宮所處中宮謂諸中人然而後世因之才任稍廣其能者則勃貂管蘇有功於楚晉左氏傳曰呂郤畏偪焚公宮而殺晉侯寺人披請見公見之以難告又曰晉侯問原守於寺人勃鞮對曰昔趙衰以壺飧從徑餒而弗食故使處原

杜預曰勃鞅拔也史記以勃鞅爲屣貉上新序曰楚恭王有疾告諸大夫曰管蘇犯我以義違我以禮與處不安不見不思然而有德焉吾死之後爵之於朝申侯順吾所欲行吾所樂與處則安不見則思然未嘗有得焉必速遣之景監繆賢著庸於秦趙。史記曰商鞅入秦因孝公寵臣景監以求見又曰藺相如爲趙宦者令繆賢舍人趙求人使報秦者未得宦者令繆賢曰臣舍人藺相如可使及其弊也豎刁亂齊伊戾禍宋。左氏傳曰齊桓公卒易牙入與寺人貂因內寵以殺群吏而立公子無虧孝公奔宋杜預曰寺人內閹官豎刁也史記曰豎貂爲豎刁並音凋左氏傳曰楚客聘於晉過宋太子知之請野享之公使往伊戾請從至則爲坎用牲加書徵之而騁告平公曰太子將爲亂既與楚客盟矣公使視之則信有焉太子死公徐聞其罪乃亨伊戾漢興仍襲秦制置中常侍官然亦引用士人以參其選皆銀璫左貂給事殿省。范曄後漢書朱穆曰案漢故事中常侍或用士人建武以後乃悉用宦者假貂璫之飾任常伯之職及高后稱制

乃以張卿爲大謁者出入卧內受宣詔令。漢書高后紀曰太后臨朝稱制蔡邕曰天子命令之別二曰制書然制非皇后所行故曰稱也漢書劉澤傳田生求事呂氏所幸大謁者張釋卿如淳曰奄人也呂后紀云張釋劉澤傳又曰張卿然則張釋字子卿今漢書或爲釋卿誤也仲長子昌言曰宦豎傳近房卧之內交錯婦人之間文帝時有趙談北宮伯子頗見親幸。漢書曰孝文時宦者則趙談北宮伯子至於孝武亦愛李延年。漢書曰孝武時宦者李延年帝數宴後庭或潛遊離館故請奏機事多以宦人主之。漢書曰蕭望之以武帝遊燕後庭故用宦者非國舊制仲長子昌言曰至於武皇遊燕後庭置中書之官領受軍事漢官解故曰機事所揔號令攸發胡廣曰機密之事元帝之世史游爲黃門令勤心納忠有所補益。漢書曰急就一篇元帝黃門令史游作董巴輿服志曰禁門曰黃闥中人主之其後引恭石顯以佞險自進卒有蕭周之禍

損穢帝德焉。漢書曰前將軍蕭望之及光祿大夫周堪建議以爲宜罷中書宦官應古不近刑人由是大與石顯忤後皆害焉望之自殺堪廢錮不得復進用中興之初宦官悉用閹人不復雜調他士。如淳漢書注曰調選也至永平中始置員數中常侍四人小黃門十人和帝即祚幼弱而竇憲兄弟專揔權威。范曄後漢書曰孝和皇帝諱肇肅宗子也年十歲竇太后詔曰竇憲朕之元兄當以舊典輔斯職焉內外臣僚莫由親接所與居者惟閹官而已故鄭衆得專謀禁中終除大憝。徒對反史記曰景帝居禁中如淳漢書注曰省中本爲禁中蔡邕曰禁中者門戶有禁非侍御不得入故曰禁中尚書曰元惡大憝遂享分土之封超登宮卿之位於是中官始盛焉。范曄後漢書曰鄭衆字季產南陽人和帝初竇憲圖作不軌衆遂首謀誅之以功遷大長秋封鄛鄉侯自明帝以後迄乎延平。范曄後漢

書曰安帝年號延平委用漸大而其資稍增中常侍至有十人小黃門亦二十人改以金璫右貂兼領卿署之職鄧后以女主臨政而萬機殷遠。和熹鄧后已見皇后紀論朝臣圖議無由參斷帷幄稱制下令不出房闈之間不得不委用刑人寄之國命。范曄後漢書朱穆曰自和熹太后以女主稱制不接公卿乃以閹人爲常侍小黃門通命兩宮手握王爵口含天憲。范曄後漢書諫議大夫劉陶上䟽訟朱穆曰今權宦傾擅朝室手握王爵口含天憲非所以崇尊顯之高業守和平之隆祚非復掖庭永巷之職閨牖房闈之任也。漢書曰掖庭丞又曰永巷官皆取其領事之號或曰永巷則曰永巷僕射其後孫程定立順之功曹騰參建桓之策。范曄後漢書曰孫程字稚卿涿郡人安帝時爲中黃門時江京等廢皇太子爲濟陰王明年帝崩立北鄉侯爲天子十月北鄉侯疾篤程謂濟

陰王謁者長與渠曰王以嫡統遂至廢黜若北鄉不起共斬江京事乃可成渠然之北鄉薨程與十八人謀於西鍾下皆截衣爲誓斬江京迎濟陰王立之是爲順帝封程浮陽侯又曰順帝諱保安帝之子又曰曹騰遷中常侍桓帝立騰以定策封費亭侯大長秋續以五侯合謀梁冀受鉞范曄後漢書曰單超河南人徐璜下邳人具瑗魏郡人左悺河南人唐衡潁川人桓帝呼超悺入室謂曰梁將軍兄弟專國今欲誅之於常侍意如何超等對曰誠國姦賊當誅日久五人遂定其議帝齧超臂出血爲盟於是詔收冀悉誅之超封新豐侯璜武原侯瑗東武侯悺上蔡侯衡汝陽侯五人同日封故俗謂之五侯迹因公正恩固主心故中外服從上下屏氣屏氣言恐懼也論語曰屏氣似不息者范曄後漢書曰陽球既誅王甫權門聞之莫不屏氣或稱伊霍之勳無謝於往載或謂良平之畫復興於當今伊尹霍光張良陳平雖時有忠公而競見排斥舉動迴山海呼吸變霜露阿旨曲求則寵光三族直情忤意則參夷五宗漢之綱紀大亂矣陳琳檄曰所愛光五宗所惡滅三族若夫高冠長劒紆朱懷金者布滿宮闈枚乘兎園賦曰高冠扁焉長劒閑焉法言曰或問使我紆朱懷金其樂不可量也李軌曰朱紱也苴子余茅分虎南面臣民者蓋以十數尚書緯曰天子社東方青南方赤西方白北方黑上冒以黃土封諸侯各取方土苴以白茅以爲社漢舊儀曰郡分銅虎符三府署第館基列於都鄙子弟支附過半於州國南金和寶冰紈霧縠之積盈牣刃珍藏毛詩曰元龜象齒大賂南金韓子曰楚人和氏得玉璞於楚山之中奉而獻之王使玉人理其璞而得寶焉漢書曰齊地織作冰紈臣瓚曰紈之細密如堅冰也子虛賦雜纖羅垂霧縠嬙媛侍兒歌童舞女之玩充備綺室左氏傳子西曰今聞夫差宿有妃嬙嬪御焉杜預曰妃嬙貴者也嬙音墻漢書曰初袁盎爲吴相時從史盜私盎侍兒文穎曰婢也仲長子昌言曰爲音樂則歌

兒舞女千曹而迭起左氏傳晏子謂齊侯曰高臺深池撞鍾舞女狗馬飾彫文土木被緹繡漢書東方朔曰土木衣綺繡狗馬被繢罽佞倖傳曰董賢起大第闕下土木之功窮極伎巧柱檻衣以綈錦皆剝割萌黎競恣奢欲搆害明賢專樹黨類其有更相援引希附權彊者皆腐身熏子以自衒達班固漢書曰司馬遷述曰嗚呼史遷薰胥以刑韋昭曰古者腐刑必薰合之同弊相濟故其徒有繁潘元茂九錫文曰同惡相濟尚書曰簡賢附勢實繁有徒敗國蠹政之事不可殫書所以海內嗟毒志士窮棲韋昭國語注曰山居曰棲寇劇緣間搖亂區夏劉駒駼與李子堅書曰下車負乘劇賊未禽韓詩曰讒言緣間而起雖忠良懷憤時或奮發而言出禍從旋見孥戮尚書曰予則孥戮汝因復大考鉤黨轉相誣染東觀漢記曰靈帝時故太僕杜密故長樂少府李膺各爲鉤黨尚書曰下本州考治時上年十三問諸常侍曰何鉤黨諸常侍對曰鉤黨人即黨人也即可其奏凡稱善士莫不罹被災毒桓子新論曰居家循理鄉里和順出入恭敬言語謹遜謂之善士竇武何進位崇戚近乘九服之賢怨恊群英之勢力周書曰乃辨九服之國謝承後漢書曰黃向對策以爲群英之表而以疑留不斷至於殄敗斯亦運之極乎范曄後漢書曰竇武字游平扶風人也女立爲皇后武爲大將軍謀誅中官曹節等矯詔將兵誅武又曰何進字遂高南陽人也女弟立爲皇后爲大將軍靈帝崩袁紹說進令誅中官謀泄張讓趙忠等因進入省共殺進應劭風俗通曰秦因愚弱之極運雖袁紹龔行芟夷無餘范曄後漢書曰袁紹勒兵斬趙忠捕宦官無少長悉斬之張讓投河而死尚書曰今予恭行天之罰左氏傳君子曰周任有言爲國家者見惡如農夫之務去草焉芟夷蘊崇之絕其本根勿使能殖然以暴易亂亦何云及史記伯夷歌曰登彼西山兮采其薇以暴易亂兮不知其非自曹騰說梁冀

莭立昏弱。曹騰梁冀已見上文。昏弱，謂桓帝也。魏武因之，遂遷龜鼎。魏武，曹操也。龜鼎，國之守器，以喻帝位也。尚書曰：寧王遺我大寶龜，紹天明即命。左氏傳王孫滿曰：桀有昏德，鼎遷於商。商紂暴虐，鼎遷於周。所謂君以此始，必以此終，信乎其然矣。左氏傳曰：晉荀林父及楚子戰於邲，楚子見左廣將從之乘，屈蕩戶之曰：君以此始，必以此終。

逸民傳論一首

何晏論語注曰：逸民，節行超逸。

范蔚宗

易稱遯之時義大矣哉。易曰：艮下乾上，遯。彖曰：遯之時義大矣哉。孔子曰：遯，逃也，謂去代不求利，是其大也。又曰：不事王侯，高尚其事。周易蠱卦上九爻辭。是以堯稱則天，而不屈潁陽之高；論語：子曰：唯天為大，唯堯則之。呂氏春秋曰：昔堯朝許由於沛澤之中，請屬天下於夫子。許由遂之潁水之陽。武盡美矣，終全孤竹之絜。論語曰：子謂武盡美矣，未盡善也。史記：伯夷叔齊，孤竹君之子也。武王已平殷亂，天下宗周，而伯夷叔齊恥之，義不

食周粟，隱於首陽山。自茲以降，風流彌繁，琴賦曰：體制風流，莫不相襲。長往之軌未殊，而感致之數匪一。西征賦曰：悟山潛之逸士，卓長往而不返。或隱居以求其志，或迴避以全其道，論語：孔子曰：隱居以求其志，行義以達其道。又曰：賢者避世，其次避地。或靜己以鎮其躁，或去危以圖其安，言或靜默隱居，以鎮心之躁競；或去彼危難，以謀己之安全也。或垢俗以動其槩，或疵物以激其清。言或垢穢時俗，以動其槩；或疵點萬物，以發其清。槩，猶操也。然觀其甘心畎畝之中，憔悴江海之上，莊子曰：舜以天下讓其友北人無擇，北人無擇曰：異哉，后之為人也，居於畎畝之中，而遊堯舜之門，不若是而已。又曰：就藪澤，處閑曠，此江海之士，避世之人也，閑暇者之所好也。豈必親魚鳥樂林草哉，亦云介性所至而已。世說：簡文入華林園，顧謂左右曰：覺鳥獸禽魚，自來親人爾。故蒙恥之賓，屢黜不去其國；列女傳曰：柳下惠死，妻誄之曰：蒙恥救民，德彌大兮，雖遇三黜，終不弊兮。蹈海之節，千乘莫移其情。史記曰：魯仲連謂新垣衍曰：秦即為帝，則連蹈東海死耳。又曰：魯連下聊城，田單歸而欲爵之，魯連逃隱於海上。適使矯易去就，則不能相為矣。論語曰：長沮桀溺耦而耕，孔子過之，使子路問津焉。桀溺曰：與從避人之士，豈若從避世之士哉。子路行以告，夫子曰：天下有道，丘不與易也。漢書：賈誼上書曰：胡越之人，死不相為者，教習然也。彼雖硜硜有類沽名者，論語曰：子擊磬於衛，有荷蕢而過孔氏之門者，曰：有心哉，擊磬乎。既而曰：鄙哉，硜硜乎，莫己知也已。又子貢曰：有美玉於斯，韞櫝而藏諸，求善賈而沽諸。孔子曰：沽之哉，沽之哉，我待賈者也。然而蟬蛻稅囂埃之中，自致寰區之外，淮南子曰：蟬飲而不食，三十日而蛻。異夫飾智巧以逐浮利者乎。淮南子曰：古之人同氣于天地，與一世而優遊，及偽之生，飾智以驚愚，設詐以巧上。荀卿有言曰：志意修則驕富貴，道義重則輕王公也。荀卿子曰：志意

修則驕富貴矣，道義重則輕王公矣，內省則外物輕矣。漢室中微，王莽篡位，士之蘊藉慈夜義憤甚矣。東觀漢記曰：桓榮溫恭有蘊藉，明經義。文穎曰：謂寬博有餘也。是時裂冠毀冕，相攜持而去之者，蓋不可勝數。范曄後漢書曰：胡剛清高有志節，值王莽居攝，解其衣冠，縣府門而去，遂亡命交趾，隱於屠肆之間。左氏傳：王使詹桓伯辭於晉侯曰：伯父若裂冠毀冕，拔本塞源。毛詩序曰：百姓莫不相攜持而去焉。揚雄曰：鴻飛冥冥，弋人何篡焉，言其違患之遠也。法言曰：鴻飛冥冥，弋人何篡焉。宋衷曰：篡，取也。鴻高飛冥冥薄天，雖有弋人執矰繳，何所施巧而取焉。喻賢者深居，亦不罹暴亂之害。今篡或為慕，誤也。光武側席幽人，求之若不及，國語：越王夫人去笄側席而坐。韋昭曰：側，猶特也。禮，憂者側席而坐。班固漢書公孫弘贊曰：上方欲用文武，求之如不及。旌帛蒲車之所徵賁，彼義相望於巖中矣。言招士或旌以帛也。漢書曰：武帝以枚乘年老，乃以安車蒲輪徵乘。周易曰：賁于丘園，束

帛箋。若薛方逄步江萌。聘而不肯至。漢書曰。薛方。字子容。王莽以安車迎方。方因使者辭謝曰。堯舜在上。下有巢許。今明主方隆唐虞之德。亦猶小臣欲守箕山之節也。使者以聞。莽說其言。不強致也。世祖即位。徵方。於道病卒。范曄後漢書曰。逄萌。字子康。北海人也。王莽殺其子宇。萌將家屬入海。客於遼東。光武即位。徵萌。託以老耄。迷路東西。語使者曰。朝廷所以徵我者。以其有益於政。尚不知方面所在。安能濟時乎。即便駕歸。連徵不起。以壽終。嚴光周黨王霸。至而不能屈。范曄後漢書曰。嚴光。一名遵。會稽人。與光武同遊學。及光武即位。聘之。三反而後至。舍於北軍。車駕即日幸其館。光卧不起。帝即其卧所。撫光腹曰。咄咄子陵。不可相助為政邪。又眠不應。良久。乃張目熟視曰。昔唐堯著德。巢父洗耳。士故有志。何至相迫乎。又曰。周黨。字伯況。太原人。建武中徵為議郎。以病去職。遂將妻子居于澠池。後復徵。不得已。乃著短布單衣。穀皮綃頭。待見尚書。及光武引見。黨伏而不謁。自陳願守所志。帝乃許焉。又曰。王霸。字仲儒。太原人。建武中。徵到尚書。拜稱名不稱臣。有司問其故。霸曰。天子有所不臣。諸侯有所不友。以病歸。隱居守

七百三十二　文五十　十一　王明

志。羣方咸遂。志士懷仁。郭象莊子注曰。一方得而羣方失。論語子曰。志士仁人。無求生以害仁。禮記曰。君子有禮。故物無不懷仁。斯固所謂舉逸人。則天下歸心者乎。論語子曰。舉逸人。天下之人歸心焉。肅宗亦禮鄭均。而徵高鳳。以成其節。范曄後漢書曰。肅宗孝章皇帝諱炟。顯宗第五子。又曰。鄭均。字仲虞。東平任城人。建初六年。公車特徵。再遷尚書。數納忠言。肅宗敬重之。以疾乞骸骨。又曰。高鳳字文通。南陽人。建初中。將作大匠任隗舉鳳直言。到公車。託病逃歸。隱身漁釣。終於家。自後帝德稍衰。邪孽當朝。處子耿介。與卿相等列。束廣微補亡詩曰。堂堂處子。楚辭曰。獨耿介而不隨俗。至乃抗憤而不顧。多失其中行焉。論語子曰。不得中行而與之。必也狂狷乎。蓋錄其絕塵不及。同夫作者。列之此篇。莊子。顏回問於仲尼曰。夫子步亦步。夫子趨亦趨。夫子馳亦馳。奔逸絕塵。而瞠乎若後耳。司馬彪曰。言不可及也。論語子曰。作者七人。包咸曰。七人。謂長沮。桀溺。丈人。石門。荷

蕢。儀封人。楚狂接輿。

宋書謝靈運傳論一首　　沈休文

沈休文修宋書百卷。見靈運是文士。遂于傳下作此書。說文之利害。辭之是非。

史臣曰。民稟天地之靈。含五常之德。剛柔迭用。喜慍分情。漢書曰。夫人肖天地之貌。懷五常之性。聰明精粹。有生之最靈者也。應劭曰。肖。類也。頭圓象天。足方象地。又曰。凡民函五常之性。而剛柔不同。史記曰。況懷五常。含好惡。鄭玄禮記注曰。五常。五行也。孔安國尚書傳曰。五行之德。王者相承以取法。禮記曰。何謂七情。喜怒哀懼愛惡欲。夫志動於中。則歌詠外發。毛詩序曰。情動於中。而形於言。嗟嘆之不足。故永歌之。又曰。情發於聲。聲成文。謂之音。六義所因。四始攸繫。升降謳謠。紛披風什。毛詩序曰。詩有六義焉。一曰風。二曰賦。三曰比。四曰興。五曰雅。六曰頌。又曰。是謂四始。詩之至也。毛詩題曰。鹿鳴之什。說者云。詩每十篇同卷。故曰什也。雖虞夏以前。遺文不覩。虞書有帝

文五十　十二

庸作歌。夏書有五子之歌。已前不見歌文。稟氣懷靈。理或無異。古猛虎行曰。稟氣有豐約。受形有短長。然則歌詠所興。宜自生民始也。周室既衰。風流彌著。幽厲之時。多有諷刺。在下祖習。如風之散。如水之流。故曰彌著。屈平宋玉。導清源於前。賈誼相如。振芳塵於後。孫卿子曰。君子養源。源清則流清。陸機大暑賦曰。播芳塵之馥馥。英辭潤金石。高義薄雲天。仲長子昌言曰。英辭雨下。吳越春秋。樂師謂越王曰。君王德可刻之於金石。淮南子曰。夫道潤乎草木。浸乎金石。法言曰。或問屈原相如之賦孰愈。曰。原也過以浮。如也過以虛。過浮者蹈雲天。過虛者華無根。然原上援稽古。下引鳥獸。其著意。子雲長卿。亮不可及。自茲以降。情志愈廣。王褒劉向。楊班崔蔡之徒。范曄後漢書曰。崔駰年十三。能通百家言。善屬文。與班固傅毅同時齊名。又曰。蔡邕少博學。好辭章。揚子雲。班孟堅。異軌同奔。遞相師祖。禮記曰。仲尼祖述堯舜。雖清辭麗曲。時發乎篇

而蕪音累氣固亦多矣賈逵國語注曰蕪穢也累猶負也若夫平子艷
發文以情變絕唱高蹤久無嗣響平子張衡字也至于建安曹
氏基命三祖陳王咸蓄盛藻續晉陽秋曰及至建安而詩章大盛尚書曰王如不
敢及天基命定命建安獻帝年號魏志曰明帝青龍四年有司奏武皇帝爲魏太祖文皇帝爲魏高祖明皇帝
爲魏列祖也甫乃以情緯文以文被質鄭玄周禮注曰甫始也言始將情意以緯
於文自漢至魏四百餘年辭人才子文體三變相如工爲
形似之言二班長於情理之說二班叔皮孟堅也子建仲宣以
氣質爲體並標能擅美獨映當時是以一世之士各相
慕習源其飈流所始莫不同祖風騷續晉陽秋曰自司馬相如王褒揚雄
諸賢代尚詩賦皆體則風騷詩揔百家之言飈流即風流已見上文廣雅曰祖法也徒以賞好異

文五十

十三

情故意製相詭說文曰詭變也降及元康潘陸特秀元康晉惠帝年號也
續晉陽秋曰逮乎西朝之末潘陸之徒有文質而宗師不異律異班賈體變曹王縟
旨星稠繁文綺合論衡曰德彌盛者文彌縟又曰或能陳得失奏便宜應經傳文如星月若
谷子雲唐子高者並爲高第漢書宣帝曰辭賦譬如女工有綺縠也綴平臺之逸響采南皮
之高韻漢書曰梁孝王廣治睢陽城爲複道自宮連屬於平臺三十餘里招延四方豪傑逸響謂司馬
相如之文南皮魏文帝所遊也高韻謂應徐之文也遺風餘烈事極江右史記曰宣王法
文武遺風春秋元命苞曰文王積善所潤之餘烈江右西晉也在晉中興玄風獨扇爲
學窮於柱下博物止乎七篇續晉陽秋曰正始中王弼何晏好莊子玄勝之談而
俗遂貴焉老子爲柱下史莊子內篇其數有七馳騁文辭義殫乎此自建武暨
于義熙歷載將百建武晉愍帝年號義熙晉安帝年號雖比響聯辭波屬

雲委荅賓戲曰馳辯如濤波仲長統昌言曰妙句雲布孝經鉤命決曰雲委霧散殊錯沈浮莫不
寄言上德託意玄珠孫綽子曰莊子多寄言渾沌得宗罔象得珠老子德經曰上德不德
是以有德莊子曰黃帝遊乎赤水之北登乎崑崙之丘而南還歸遺其玄珠郭象曰此明得真之所由遒
麗之辭無聞焉爾孫綽集序曰綽文藻遒麗公羊傳曰紀子伯者何無聞焉爾仲文
始革孫許之風叔源大變太元之氣仲文殷仲文也續晉陽秋曰許詢有
才藻善屬文詢及太原孫綽轉相祖尚又加以三世之辭而風騷之體盡矣詢綽並爲一時文宗自此作者悉
化之至義熙中謝混始改之叔源混字也太元晉武帝年號爰逮宋氏顏謝騰聲靈
運之興會標舉延年之體裁明密興會情興所會也鄭玄周禮注曰興者託
事於物也體裁制也謝承後漢書曰魏朗爲河內太守明密法令也並方軌前秀垂範後
昆尚書曰垂裕後昆若夫敷衽論心商搉前藻楚辭曰跪敷衽以陳辭陸機樂

六百十七字

文五十

十四

府篇曰商搉爲此歌工拙之數如有可言夫五色相宣八音協暢
文賦曰暨音聲之迭代若五色之相宣由乎玄黃律呂各適物宜周易曰象其物
宜是故謂之象欲使宮羽相變低昂舛節若前有浮聲則後須
切響一簡之內音韻盡殊兩句之中輕重悉異妙達此
旨始可言文至於先士茂製諷高歷賞言諷詠之者咸以爲高歷載辭
人所共傳賞子建函京之作仲宣灞岸之篇曹子建贈丁儀王粲詩曰從軍
度函谷驅馬過西京王仲宣七哀詩云南登霸陵岸回首望長安子荊零雨之章正長
朔風之句孫子荊陟陽候詩曰晨風飄岐路零雨被秋草王正長雜詩曰朔風動秋草邊馬有歸心
並直舉胷情非傍詩史正以音律調韻取高前式自靈
均以來多歷年代靈均屈原字也尚書周公曰殷禮陟配天多歷年所雖文體稍

精而此秘未覩至於高言妙句音韻天成皆暗與理合匪由思至張蔡曹王曾無先覺論語曰抑亦先覺者是賢乎潘陸顏謝去之彌遠世之知音者有以得之此言非謬如曰不然請待來哲西征賦曰如其禮樂以俟來哲

恩倖傳論一首　沈休文

約言當時遇幸會者即得好官又以晉宋之閒皆取門戶不任才能故作此論

夫君子小人類物之通稱蹈道則為君子違之則為小人莊子曰天下盡殉也彼其所殉仁義也則俗謂之君子其所殉貨財也則俗謂之小人屠釣卑事也板築賤役也太公起為周師傅說去為殷相尉繚子曰太公屠牛朝歌史記曰太公望呂尚以漁釣奸周西伯戰國策范雎謂秦王曰呂尚之遇文王立為太師尚書

曰高宗夢得說乃審厥象俾以形旁求於天下說築傅巖之野惟肖爰立作相非論公侯之世鼎食之資家語曰子路南遊於楚列鼎而食明敭幽仄唯才是與尚書曰明明敭仄陋逮于二漢茲道未革胡廣累世農夫伯始致位公相黃憲牛醫之子叔度名動京師范曄後漢書曰胡廣字伯始南陽人六世祖剛值王莽居攝亡命交趾莽敗乃歸鄉里廣少孤貧法雄察廣孝廉試以章奏為天下第一旬月拜尚書郎凡一履司空再作司徒三登太尉又曰黃憲字叔度南陽人世貧賤父為牛醫同郡陳蕃臨朝而歎曰叔度若在吾不敢先佩印綬漢書曰鄭子真名震乎京師且士子居朝咸有職業雖七葉珥貂見崇西漢左太沖詠史詩曰金張藉舊業七葉珥漢貂而侍中身奉奏事又分掌御服應劭漢書注曰入侍天子故曰侍中晉令曰侍中除書表奏皆掌署之應劭漢官儀曰侍中出則佩璽抱劍東方朔為黃門侍郎執戟殿下漢書曰東方朔初為常侍郎後奏泰階之事拜為太中大夫給事中嘗醉小遺殿上詔免為庶人復為中郎百官表郎中令屬官中有郎比六百石侍郎比四百石又黃門有給事黃門漢官儀云給事黃門侍郎位次侍中給事中故曰給事黃門然侍郎黃門侍郎二官全別沈以為同悞也荅客難曰官不過侍郎位不過執戟非黃門侍郎明矣郡縣掾吏並出豪家負戈宿衛皆由勢族掾吏卑位負戈賤役豪家世族咸亦為之言無貴賤之異也子虛賦曰幸得宿衛十有餘年非若晚代分為二塗者也二塗謂士庶也言仕子不居賤職庶族不涉清階漢末喪亂魏武始基國語曰后稷始基靖民尚書曰太王肇基王迹軍中倉卒權立九品蓋以論人才優劣非謂世族高卑列子曰子華之門徒皆世族也因此相沿遂為成法自魏至晉莫之能改言魏晉二朝咸遵魏武之法州都郡正以才品人傅子曰魏司空陳群始立九品之制郡置中正平人才之高下各為輩目州置州都而揔其義而

舉世人才升降蓋寡徒以憑藉世資用相陵駕人才不甚懸殊故因世資以成貴也都正俗士斟酌時宜品目少多隨事俯仰言法壞之漸也都正既皆俗士不能校其材藝乃隨時斟酌定其品差劉毅所云下品無高門上品無賤族者也臧榮緒晉書曰劉毅為尚書左僕射上疏陳九品之弊曰上品無寒門下品無勢族言勢族之人不居下品寒門之子不居上班歲月遷訛斯風漸篤凡厥衣冠莫非二品言衣冠之族皆居二品之中自此以還遂成卑庶衣冠以外皆同下科周漢之道以智役愚臺隸參差用成等級左氏傳曰人有十等輿臣隸隸臣僚僚臣僕僕臣臺魏晉以來以貴役賤士庶之科較然有辨太玄經曰君子之道較然見矣夫人君南面九重奧烏到絕楚詞曰豈不鬱陶而思君兮君之門以九重陪奉朝夕義隔卿士階闥之任

宜有司存論語曾子曰籩豆之事則有司存既而恩以狎生信由恩固爾雅曰狎習也無可憚之姿有易親之色孝建泰始主威獨運沈約宋書曰孝建武帝年號泰始明帝年號空置百司權不外假而刑政糺雜理難徧通耳目所寄事歸近習禮記月令曰仲冬省婦事無得淫雖有貴戚近習無有不禁鄭玄曰貴戚姑姊妹也近習天子所親幸也賞罰之要是謂國權出納王命由其掌握於是方塗結軌輻湊同奔莊子曰車軌結乎千里之外文子曰羣臣輻湊張湛曰如衆輻之集於轂人主謂其身卑位薄以爲權不得重曾不知鼠憑社貴狐藉虎威晏子春秋景公問晏子曰理國亦有常乎對曰讒佞之人隱在君側猶社鼠不熏也去此乃治矣戰國策荆宣王問群臣曰吾聞北方之畏昭奚恤也何如群臣莫對江乙對曰虎求百獸而食之得狐狐曰子無敢食我天帝命我長百獸今子食我是逆天命

子以我爲不信吾爲子先行子隨我後觀百獸之畏我虎不知百獸之畏己而走也以爲畏狐也今王之地方五千里帶甲百萬而專屬之於昭奚恤故北方之畏昭奚恤其實畏王之甲兵也猶百獸之畏虎外無逼主之嫌內有專用之功勢傾天下未之或悟挾朋樹黨政以賄成左氏傳曰襄十年王朝卿士王叔陳生與伯輿争政大夫瑕禽曰今自王叔之相也政以賄成鈇鉞瘡痏搆於牀笫側里之曲西京賦曰所惡成瘡痏左氏傳趙孟曰牀笫之言不踰閾杜預曰笫簀也服冕乘軒出於言笑之下左氏傳衛太子謂渾良夫曰服冕乘軒三死無與南金北毳來悉方艚徂乃素縑丹魄至皆兼兩音亮北毳獯貂之屬艚舩也丹魄虎魄也色赤故曰丹孔安國尚書傳曰車稱兩西京許史蓋不足云晉朝王石未或能比漢書孝宣許皇后元帝母元帝封外祖父廣漢爲平恩侯又曰史良娣宣帝祖母也兄恭宣帝立恭已死封恭長子高爲樂陵侯王隱晉書曰王愷字君夫世祖舅自以外戚晉氏政寬又性至豪險又曰石崇貪而好利富擬王者及太宗晚運慮經盛衰沈約宋書曰明帝廟號太宗法言曰聖人之法未嘗不關盛衰焉權倖之徒慴憚丁達宗戚欲使幼主孤立永竊國權六代論曰君孤立於上臣弄權於下搆造同異興樹禍隙帝弟宗王相繼屠勦尚書曰天用勦絕其命孔安國曰勦截也截絕謂滅之也民志宋德雖非一塗寶祚夙傾實由於此寶祚猶寶命也嗚呼漢書有恩澤侯表又有佞倖傳今采其名列以爲恩倖篇云

史述贊三首

班孟堅

述高紀第一

皇矣漢祖纂堯之緒漢書曰劉向頌高祖云漢帝本系出自唐帝降及于周在秦作

劉爾雅曰纂繼也寔天生德聰明神武項岱曰聽於無聞曰聰照臨四方曰明以內知外曰神尅定禍亂闢土斥疆曰武論語子曰天生德於予周易曰古之聰明叡智神武而不殺者夫秦人不綱網漏于楚項岱曰秦重斂殘人天下叛之故言人耳綱以喻網綱無綱無所成故漏也言秦人不能整其網維令網目漏也於楚謂陳涉反而不能誅故高祖因而起爰茲發迹斷蛇奮旅神母告符朱旗乃舉漢書曰高祖夜經澤中有大蛇當經拔劍斬蛇蛇分爲兩後人來至蛇所有一嫗夜哭曰吾子白帝子化爲蛇今者赤帝子斬之又曰高祖立爲沛公旗幟皆赤粤于厥蹈秦郊嬰來稽首元年冬十月沛公至霸上秦王子嬰素車白馬降于軹道革命創制三章是紀周易曰湯武革命順乎天而應乎人漢書曰高祖謂秦父老曰與父老約法三章耳殺人者死傷人及盜抵罪應劭曰抵至也除秦酷政但至於罪應天順民五星同晷晷光景也應劭曰東井秦之分野五星所在其下以義取天下之象也項氏畔換

勳我巴漢漢書曰項羽背約更立沛公爲漢王王巴蜀漢中韋昭曰畔換跋扈也西土宅心戰士憤怨尚書曰逷矣西土之人又曰惟克厥宅心郭璞三蒼解詁曰西土謂長安也乘釁而運席卷三秦左氏傳士會謂晉侯曰會聞用師觀釁而動春秋握誠圖曰諸侯氷散席卷各争恣志漢書曰韓信陳三秦易并之計應劭曰章邯爲雍王司馬欣爲塞王董翳爲翟王分王秦地故曰三秦割據河山保此懷民保安也懷歸也言漢據河山之固民懷歸者能保乂之漢書田肯賀上曰秦帶河阻山縣隔千里尚書曰黎民懷之股肱蕭曹社稷是經蕭何曹參也礼記衛獻公曰有柳莊者非寡人之臣社稷之臣爪牙信布腹心良平韓信英布張良陳平也毛詩曰予王之爪牙又曰赳赳武夫公侯腹心恭行天罰赫赫明明恭行已見上文毛詩曰赫赫明明王命卿士

述成紀第十

孝成皇皇臨朝有光項岱曰皇皇華色盛也威儀之盛如珪如璋項岱曰珪璋王之妙好雕鏤者毛詩曰顒顒卬卬如珪如璋闔闈恣趙朝政在王闔闈閫門之内也門内恣趙昭儀姊妹以元舅侍中封陽平侯王鳳爲大將軍領尚書事炎炎燎火光允不陽項岱曰允信也内損於飛鷰外見壅於王鳳等信不得陽也張晏曰天子之威盛若燎火之陽今委政王氏不亦熾乎

述韓英彭盧吳傳第四

信惟餓隸布實黥徒漢書曰韓信家貧從下鄉南昌亭長寄食亭長苦之乃晨炊蓐食食時往不爲具食信知之自絶去又曰黥布姓英少時客相之當刑而王及坐法黥欣然笑曰人相我當刑而王幾是乎越亦狗盜芮尹江湖漢書曰彭越嘗漁鉅野澤中爲盜沛公攻昌邑越助之説苑曰管仲故城陰之狗盜漢書曰吳芮秦時鄱陽令也甚得江湖閒心号曰鄱君音義曰尹正也雲起龍驤化爲侯王割有齊楚跨制淮梁韓信初爲齊王後楚王黥布爲淮南王彭越爲梁王綰自同閈胡旦鎮我北疆應劭曰閈音扞南楚汝沛名里門曰閈綰爲燕王故曰北疆德薄位尊非祚惟殃周易曰德薄而位尊智小而謀大左氏傳舟之僑曰無德而祿殃也吳克忠信胤嗣乃長漢書曰芮爲長沙王薨子忠嗣自芮後傳位五世無子國除

後漢書光武紀贊一首　范蔚宗

贊曰炎政中微大盜移國東觀漢記序曰漢以炎精布曜中微謂平世衰也魯靈光殿賦序曰遭漢中微盜賊奔突九縣飈迴三精霧塞三精日月星也孝經援神契曰天地至貴精不兩明宋均曰天精爲日地精爲月河圖曰巛德布精上爲衆星民厭淫詐神思反德世祖誕命靈貺自甄尚書曰我文考誕膺天命春秋元命苞曰通三靈之貺交錯同端鄭玄尚書緯

注曰甄表也沈機先物深略緯文説文曰機主發之機也周書曰經緯天地曰文矣尋邑百萬貔虎爲群長轂雷野高旗彗雲蘇没漢書曰劉聖公爲天子以光武爲偏將軍徇昆陽光武令王常留守光武出收兵王莽遣大司徒王尋大司空王邑將兵百萬旌旗輜車千里不絶又驅諸猛獸虎豹犀象之屬以助威武圍城數重光武遂進尋邑亦遣兵合戰光武奔之斬首數千級光武乃與敢死士三千人衝中堅尋邑陣亂遂殺王尋鬻子曰紂虎旅百萬轂梁傳曰長轂五百乘范甯曰長轂兵車也東都主人曰戈鋋彗雲英威既振新都自焚漢書曰莽封爲新都侯又曰更始兵到城中少年子弟自燒室門呼曰反虜王莽何不出降莽避火宣室火輒隨之虔劉庸代紛紜梁趙范曄後漢書曰梁王劉永擅命睢陽又曰公孫述稱王巴蜀又曰卜者王郎爲天子都邯鄲又曰彭寵自立爲燕王代即燕也三河未澄四關重擾三河洛陽也四關長安也范曄後漢書曰赤眉賊入函谷關敗更始光武乃遣鄧禹引兵西乘更始赤眉之亂時更始大司馬朱鮪等屯

洛陽光武令馮異守孟津以拒之神旌乃顧遞行天討金湯失險車書共道鹽鐵論曰秦金城千里氾勝之書曰神農之敎雖石城湯池無粟者不能守也禮記子曰今天下車同軌書同文靈慶既啓人謀咸贊靈慶謂天符也易繫辭曰人謀鬼謀百姓與能王弼曰人謀謂衆議西都賓曰天啓之心人惎之謀明明廟謨赳赳雄斷廟謨廟筭也揚雄連珠曰兼聰獨斷聖王之法也於烏赫有命系我皇漢毛詩曰有命自天蔡邕獨斷曰光武以再命復漢之祚

文選卷第五十

賜進士出身通奉大夫江南蘇松常鎮太等處承宣布政使司布政使胡克家重校刊

大四之 小フ三夕

文選卷第五十一

梁昭明太子撰

鄱陽胡氏果泉手校

廣圻審定

文林郎守太子右內率府録事參軍事崇賢館直學士臣李善注上

彭城孫讀

論一

賈誼過秦論一首

東方朔非有先生論一首

王褒四子講德論一首

過秦論一首

漢書應劭曰賈誼書第一篇名也言秦之過

賈誼

秦孝公據殽函之固擁雍州之地韋昭曰崤謂二殽函函谷關也史記張良曰關中左殽函右隴蜀君臣固守以窺周室有席卷天下包舉宇內春秋握誠圖曰諸侯氷散席卷各争恣妄囊括四海之意并吞八荒之心張晏曰括結囊也言能苞含天下也周易曰括囊無咎無譽當是時也商君佐之內立法度務耕織修守戰之具外連衡而鬭諸侯戰國策蘇秦說秦王曰始將連横高誘曰合關東從通之於秦故曰連横文頴曰關西爲横衡音横於是秦人拱手而取西河之外李斯上書曰孝公用商鞅之法獲楚魏之師舉地千里孝公既沒惠文武昭史記曰孝公卒子惠文王立卒子武王立卒立異母弟是曰昭襄王也蒙故業因遺策南取漢中西舉巴蜀東割膏腴之地收要害之郡李斯上書曰惠王用張儀之計西并巴蜀南取漢中東據成皐之險割膏腴之壤諸侯恐懼會盟而謀弱秦不愛珍器重寶肥饒之地以致天下之士合從締交相與爲一文頴曰關東爲從張晏曰締連結也

徒帝切當此之時齊有孟嘗趙有平原楚有春申魏有信陵史記曰平原君趙勝者趙之諸公子也又曰孟嘗君者名文姓田氏又曰春申君者楚人也名歇姓黃氏又曰魏公子無忌者魏安釐王弟也爲信陵君此四君者皆明智而忠信寬厚而愛人尊賢而重士約從離橫言諸侯結約爲從欲以分離秦橫也兼韓魏燕趙宋衛中山之衆於是六國之士有甯越徐尚蘇秦杜赫之屬爲之謀呂氏春秋曰齊攻廩丘趙使孔青將而救之與齊人戰大敗齊人得尸三萬以爲二京甯越謂孔青曰惜矣不如歸尸以內攻之彼得尸而府庫盡於葬此之謂內攻之甯越趙人也徐尚未詳蘇秦已見上文呂氏春秋曰杜赫以安天下說周昭文君昭文君謂杜赫曰願學所以安周高誘曰杜赫周人也齊明周最陳軫召滑樓緩翟亭的景蘇厲樂毅之徒通其意戰國策東周齊明謂東周君曰臣恐西周之與楚韓寶令之爲己求地於東周也高誘曰齊明東周臣也戰國策曰齊令周最使鄭立韓擾而廢公叔周最患之高誘曰周最周君之子也仕於齊故齊使之也字林曰最才勾切戰國策秦王謂陳軫曰吾聞子欲去秦而之楚信乎軫曰然高誘曰陳軫夏人仕秦亦仕楚也韓子于象謂楚王曰前時王使召滑之越五年而能成之史記范蠋對楚王曰王前嘗用召滑而郡江東召音邵滑音依字戰國策曰秦王伐楚魏王不欲樓緩謂魏王曰不與秦攻楚楚且與秦攻王王不如令秦楚戰王交制之高誘曰樓緩魏相也翟景未詳史記曰蘇秦之弟厲因燕子而求見齊王齊王怨蘇秦欲囚蘇厲燕子爲謝遂委質爲齊臣又曰樂毅賢而好兵爲魏昭王使於燕燕昭王以客禮待之樂毅遂委質爲臣燕昭王以爲亞卿也吳起孫臏帶佗兒良王廖田忌廉頗趙奢之倫制其兵史記曰吳起衛人也聞魏文侯賢事魏文侯以爲將又曰孫臏生阿甄之間臏亦孫武之後也田忌進孫子於齊威王帶佗未詳佗徒何切呂氏春秋曰王廖貴先兒良貴後此二人者皆天下之豪士也兒五兮切廖力彫切戰國策曰韓魏之君朝田侯鄒忌爲齊相田忌爲將使田忌伐魏三戰三勝高誘

曰田侯宣王也史記曰廉頗趙之良將也趙惠文王廉頗爲趙將伐齊大破之又曰趙奢者趙之田部吏也秦伐韓趙王令趙奢將而救之嘗以十倍之地百萬之衆叩關而攻秦孔安國論語注曰叩擊也叩或爲仰言秦地高故曰仰攻之秦人開關而延敵九國之師遁逃而不敢進九國謂齊楚韓魏燕趙宋衛中山也史記曰逡巡遁逃秦無亡矢遺鏃之費而天下諸侯已困矣李巡爾雅注曰鏃以金爲箭鏃也於是從散約解爭割地而賂秦秦有餘力而制其弊追亡逐北伏尸百萬流血漂櫓音魯韋昭曰大楯曰櫓左氏傳曰狄虒彌建大車之輪以爲櫓因利乘便宰割天下分裂河山彊國請伏弱國入朝施及孝文王莊襄王享國之日淺國家無事史記曰昭襄王卒子孝文王立卒子莊襄王立公羊傳曰桓公之享國也長何休曰享食也及至始皇奮六世之餘烈張晏曰孝公惠文王武王昭王孝文王莊襄王振長策而御宇內吞二周而亡諸侯以馬喻也說文曰振舉也史記曰始皇滅二周置三川郡履至尊而制六合執敲扑浦木以鞭笞天下臣瓚以爲短曰敲長曰扑說文曰敲擊也祜交切威振四海南取百越之地以爲桂林象郡漢書音義曰百越非一種若今言百蠻也史記曰始皇略取陸梁地爲桂林象郡韋昭曰桂林今鬱林象郡今日南也百越之君俛首係計頸委命下吏乃使蒙恬北築長城而守藩籬卻匈奴七百餘里胡人不敢南下而牧馬士不敢彎弓而報怨於是廢先王之道燔百家之言以愚黔首史記李斯曰請廢博士官所職天下敢有藏詩書百家語者詣守尉雜燒之又曰秦更名民曰黔首隳名城殺豪俊應劭曰壞城恐復阻以爲己害收天下之兵聚之咸陽銷鋒鍉鑄以爲

金人十二。以弱天下之民。（如淳曰鍉箭足也鄧展曰鍉是扞頭鐵也史記曰始皇收天下兵聚之咸陽以銷鋒鍉爲鍾鐻金人十二重各千石置宮庭中鍉音的鍉或爲提鐻音巨）然後踐華爲城。因河爲池。（服虔曰斷華山爲城美大之也晉灼曰踐登也）據億丈之城。臨不測之谿以爲固。良將勁弩。守要害之處。信臣精卒。陳利兵而誰何。（誰何問之也漢書有誰何卒如淳曰何謂何官也廣雅曰何問也）天下已定。始皇之心。自以爲關中之固。金城千里。（金城言堅也史記張良曰關中所謂金城千里天府之國也）子孫帝王萬世之業。（史記秦始皇曰朕爲始皇帝後世以計數二世三世至于萬世傳之無窮）始皇既沒。餘威震于殊俗。然而陳涉甕牖繩樞之子。（陳涉已見鄒陽上書禮記曰儒有蓬户甕牖韋昭曰繩樞以繩扃户爲樞也）甿隸之人。（如淳曰甿古氓字氓人也）而遷徙之徒也。材能不及

文五十一　四　丙寅重刊　壽

中庸。（方言曰庸賤稱也言不及中等庸人也）非有仲尼墨翟之賢。陶朱猗頓之富。（史記曰范蠡之陶爲朱公以爲陶天下之中諸侯四通貨物所交易也乃治產積十九年之間三致千金孔叢子曰猗頓魯之窮士也耕則常飢桑則常寒聞朱公富往而問術焉公告之曰子欲速富當畜五牸乃適河東大畜牛羊于猗氏之南其滋息不可計以興富猗氏故曰猗頓也）躡足行伍之間。俛起阡陌之中。（如淳曰躡音疊音義曰俛音免如淳曰時皆卑屈在阡陌之中）率罷散之卒。將數百之衆。轉而攻秦。斬木爲兵。揭竿爲旗。（埤蒼曰揭高舉也巨列切莊子曰揭竿求諸海也）天下雲集而響應。贏糧而景從。（莊子曰今使民曰某所有賢者贏糧而趣之方言曰贏擔也音盈）山東豪俊遂並起而亡秦族矣。且夫天下非小弱也。雍州之地。殽函之固。自若也。陳涉之位。非尊於齊楚燕趙韓魏宋衛中山之君

也。鉏耰棘矜。（巨巾）非銛（息鹽）於鉤戟長鎩（所介）也。（孟康曰耰鉏柄也張晏曰矜音槿爾雅曰棘戟也言鉏柄及戟槿也耰音憂槿巨巾切如淳曰鉤戟似矛刃下有鐵橫上鉤曲也說文曰鎩鈹有鐔也）適戍之衆。非抗於九國之師也。（通俗文曰罰罪曰謫丈厄切）深謀遠慮。行軍用兵之道。非及曩時之士也。（史記曰賢人深謀於廊廟論語曰人無遠慮必有近憂）然而成敗異變。功業相反。試使山東之國。與陳涉度長絜大。比權量力。則不可同年而語矣。（莊子曰大樹其絜百圍司馬彪曰絜帀也丁結切）然秦以區區之地。致萬乘之權。招八州而朝同列。百有餘年矣。（鄧展曰招猶舉也蘇林曰招音翹）然後以六合爲家。殽函爲宮。一夫作難而七廟隳。身死人手。爲天下笑者。何也。（春秋考異郵曰君殺妻誅爲天下笑）仁義不施。而攻守之勢異也。

三ㄱ十八　文五十一　五　乙丑重刊　張成

非有先生論　東方曼倩（班固漢書東方朔字曼倩平原厭次人武帝即位言得失又設非有先生論）

非有先生仕於吳。進不能稱往古以廣主意。退不能揚君美以顯其功。默然無言者三年矣。吳王怪而問之曰。寡人獲先人之功。寄于衆賢之上。夙興夜寐。未嘗敢怠也。今先生率然高舉。遠集吳地。（率然輕舉之皃）將以輔治寡人。誠竊嘉之。體不安席。食不甘味。目不視靡曼之色。耳不聽鐘鼓之音。虛心定志。欲聞流議者三年於茲矣。（呂氏春秋曰越王欲致必死於吳身不安枕席口不甘厚味目不視靡曼耳不聽鐘鼓三年苦身勞力高誘曰靡曼好色也流議猶餘論也）今先生進無以輔治。退不揚主譽。竊爲先生

不取也蓋懷能而不見是不忠也見而不行主不明也意者寡人殆不明乎非有先生伏而唯唯吳王曰可以談矣寡人將竦意而聽焉先生曰於戲可乎哉可乎哉於戲歎辭也於音烏戲音呼可乎哉言不可也談何容易言談說之道何容輕易乎夫談者有悖蒲忽於目而佛於耳謬於心而便於身者韓子曰聖人之救危國以忠佛耳字書曰佛違也佛扶勿切或有說於目順於耳快於心而毀於行者非有明王聖主孰能聽之矣吳王曰何爲其然也中人以上可以語上也論語孔子曰中人以上可以語上也中人以下不可以語上也先生試言寡人將覽焉先生對曰昔關龍逢深諫於桀而王子比干直言於紂尸子曰義必利雖桀殺關龍逢紂殺王子比干猶謂之必利也

此二臣者皆極慮盡忠閔主澤不下流而萬民騷動故直言其失切諫其邪者將以爲君之榮除主之禍也今則不然反以爲誹方未謗君之行無人臣之禮如淳曰漢書注曰誹非上所行也果紛然傷於身蒙不辜之名戮及先人爲天下笑鄭玄禮記注曰戮猶辱也故曰談何容易是以輔弼之臣瓦解而邪諂之人並進春秋考異郵曰瓦解土崩遂及飛廉惡來革等史記曰中潏生蜚廉蜚廉生惡來惡來父子俱以材力事殷紂說苑子石曰費仲惡來革長鼻決目崇侯虎順紂之心欲以合於意武王伐紂四子身死牧之野三人皆詐僞巧言利口以進其身論語子曰巧言令色鮮矣仁又曰惡利口之覆邦家陰奉彫瑑刻鏤之好以納其心務快耳目之欲以苟容爲度遂往不戒身沒被戮宗

廟崩弛國家爲墟殺戮賢臣親近讒夫詩不云乎讒人罔極交亂四國此之謂也毛詩小雅文也鄭玄曰極猶巳也故卑身賤體說色微辭愉愉逾呴呴況于終無益於主上之治即志士仁人不忍爲也愉愉呴呴和說之皃也孝經鉤命決曰驩忻憤懼嘔嘔喻喻呴與嘔同音吁論語子曰志士仁人無求生以害仁也將儼然作矜莊之色深言直諫上以拂人主之邪下以損百姓之害拂與弼同則忤於邪主之心歷於衰世之法故養壽命之士莫肯進也遂居深山之閒積土爲室編蓬爲戶彈琴其中以詠先王之風亦可以樂而忘死矣尚書大傳曰子夏曰弟子所授書於夫子者不敢忘雖退而窮居河濟之閒深山之中作壤室編蓬戶尚彈琴瑟其中以歌先王之風則可以發憤矣是以伯夷叔齊

避周餓于首陽之下後世稱其仁論語子曰伯夷叔齊餓於首陽之下人到于今稱之如是邪主之行固足畏也故曰談何容易於是吳王懼然易容懼敬皃也居具切捐薦去几危坐而聽捐薦去几自貶損也管子曰少者之事先生危坐向師顏色無作先生曰接輿避世箕子被髮佯狂此二子者皆避濁世以全其身者也論語曰楚狂接輿歌而過孔子尸子曰箕子胥餘漆體而爲厲被髮佯狂以此免也使遇明王聖主得賜清讌之閒寬和之色發憤畢誠圖畫安危揆度得失上以安主體下以便萬民則五帝三王之道可幾而見也故伊尹蒙恥辱負鼎俎和五味以干湯太公釣於渭之陽以見文王魯連子曰伊尹負鼎佩刀以干湯得意故尊宰舍六韜曰文王卜田史扁爲卜曰于渭之陽將大得

焉非熊非羆非虎非狼兆得公侯天遺女師文王齋戒三日田于渭陽卒見呂望坐茅以漁心合意同謀無不成計無不從誠得其君也深念遠慮引義以正其身推恩以廣其下（孟子曰推恩足以保四海）本仁祖誼（戰國策蘇代說齊王曰仁者王立義者霸）褒有德祿賢能誅惡亂摠遠方壹統類美風俗此帝王所由昌也上不變天性下不奪人倫則天地和洽遠方懷之故號聖王臣子之職既加矣於是裂地定封爵爲公侯傳國子孫名顯後世民到于今稱之以遇湯與文王也太公伊尹以如此龍逢比干獨如彼豈不哀哉故曰談何容易於是吳王穆然俛而深惟仰而泣下交頤（穆猶默靜思貌也孫子兵法曰令發之日士寢者涕交頤）曰嗟乎余國之不亡也綿綿連連殆哉世之不絕也（說文曰綿聯微也爾雅曰殆危也）於是正明堂之朝齊君臣之位舉賢才布德惠施仁義賞有功躬親節儉減後宮之費損車馬之用放鄭聲遠佞人（論語顏回問爲邦子曰放鄭聲遠佞人鄭聲淫佞人殆）省庖廚去侈靡卑宮館壞苑囿填池塹以與貧民無產業者開內藏振貧窮存耆老恤孤獨薄賦斂省刑罰行此三年海內晏然天下大洽陰陽和調萬物咸得其宜（孫卿子曰萬物得宜事變得應）國無災害之變民無飢寒之色家給人足畜積有餘囹圄空虛（文子曰法寬刑緩囹圄空虛）鳳皇來集麒麟在郊（禮記曰鳳皇麒麟皆在郊藪）甘露既降朱草萌芽（禮記曰天降膏露鄭玄曰膏猶甘也尚書大傳曰德光地序則朱草生）遠方異俗之人鄉風慕義各奉其職而來朝賀故治亂之道存亡之端若此易見（呂氏春秋曰治亂存亡如可見如不可見）而君人者莫肯爲也臣愚竊以爲過故詩曰王國克生惟周之貞濟濟多士文王以寧此之謂也（毛詩小雅文也）

四子講德論并序

王子淵

褒既爲益州刺史王襄作中和樂職宣布之詩又作傳（漢書曰益州刺史王襄欲宣風化於衆庶聞王褒有俊才使褒作中和樂職宣布詩選好事者令依鹿鳴之聲習而歌之褒既爲刺史作頌又作傳如淳曰言王政中和在官者樂其職國語所謂宣布哲人之令德也）名曰四子講德以明其意焉

微斯文學問於虛儀夫子曰蓋聞國有道貧且賤焉恥也（論語子曰邦有道貧且賤焉恥也）今夫子閉門距躍專精趨學有日矣（距躍不行也應劭風俗通曰涉始於足足率長十寸十寸則尺一單三尺法天地人再躍則涉）幸遭聖主平世而久懷寶（論語陽貨謂孔子曰懷其寶而迷其邦可謂仁乎）是伯牙去鍾期而舜禹遁帝堯也（廣雅曰遁逃也）於是欲顯名號建功業不亦難乎夫子曰然有是言也夫蟁蝱終日經營不能越階序（說文曰蟁蝱齧人飛蟲也莊子曰蚉蝱噆膚蟁亡云切蝱莫衡切爾雅曰東西牆謂之序）附驥尾則涉千里攀鴻翮則翔四海（文子曰蚉與驥致千里而不飛）僕雖嚚頑願從足下雖然何由而自達哉文學曰陳懇誠於本朝之上行話談於公卿之門（春秋說題辭曰秉懿誠之義思至忠之功）（高誘淮南子注曰本朝國朝也）夫子曰無介紹之道安從行乎公卿（禮記

曰介紹而傳命文學曰何爲其然也昔寗戚商歌以干齊桓呂氏春秋曰寗戚飯牛車下望桓公而悲擊牛角疾歌淮南子曰寗越商歌車下而桓公慨然而悟許慎曰商秋聲也越石負芻而寤晏嬰晏子春秋曰晏子之晉至於中牟睹弊冠皮裘負芻息於途側者晏子曰吾子何爲者對曰我越石父者也晏子曰何爲此曰吾爲人臣僕於中牟見使將歸晏子曰何爲僕對曰吾身不免凍餓之地吾是以爲僕也晏子曰可得而贖乎對曰可遂解左驂而贖之因載而與之俱歸至舍不辭而入越石父立而請絕晏子使人應之子何絕我之暴也越石父對曰臣聞之士者詘乎不知己而申乎知己吾三年爲人臣而莫吾知也今子贖我吾以子爲知我矣今不辭而入是與臣僕者同矣晏子出見之曰嚮也見客之容而今也見客之意非有積素累舊之歡皆塗覯卒遇而以爲親者也故毛嬙西施善毀者不能蔽其好愼子曰毛嬙先施天下之姣也衣之以皮倛則見之者皆走易之玄錫則行者皆止先施西施一也嫫謩姆母

倭傀善譽者不能掩其醜孫卿子曰閭娵子奢莫之媒也嫫姆力父是之喜也倭傀醜女未詳所見倭於爲切傀古回切苟有至道何必介紹夫子曰咨夫特達而相知者千載之一遇也招賢而處友者衆士之常路也是以空柯無刃公輸不能以斲但懸曼矰蒲苴不能以射聲類曰但徒也薛君韓詩章句曰曼長也鄭玄周禮注曰結繳於矢謂之矰矰高也列子曰蒲苴子弋弱弓纖繳乘風而振之連雙鶬於青雲故膺騰撇波而濟水不如乘舟之逸也說文曰撆擊也撆與撇同也疋設切衝蒙涉田而能致遠未若遵塗之疾也才蔽於無人行衰於寡黨此古今之患唯文學慮之文學曰唯唯敬聞命矣於是相與結侶攜手俱遊求賢索友歷于西州有二人焉乘輅而歌倚輗五雞而聽之輅車也白虎通曰名車爲輅者何言所以步之於路也包咸論語注曰輗者轅端橫木以縛軛也詠歎中雅轉運中律嘽闡緩舒繹曲折不失節禮記曰嘽諧慢易繁文簡節之音作而民康樂問歌者爲誰則所謂浮遊先生陳丘子者也於是以士相見之禮友焉儀禮曰士相見之禮贄冬用雉夏用腒左頭奉之禮文既集韓子曰禮有文禮者義之文文學夫子降席而稱曰俚力紀人不識寡見尠聞劉德漢書注曰俚鄙也曩從末路望聽玉音竊動心焉尚書大傳曰天下諸侯莫不玉音金聲敢問所歌何詩請聞其說浮遊先生陳丘子曰所謂中和樂職宣布之詩益州刺史之所作也刺史見太上聖明股肱竭力如淳漢書注曰太上天子也尚書大傳曰股肱臣也德澤洪茂黎庶和睦天人並應屢降瑞

福故作三篇之詩以歌詠之也文學曰君子動作有應從容得度南容三復白珪孔子睹其慎戒論語曰南容三復白珪孔子以其兄之子妻之太子擊誦晨風文侯諭其指意韓詩外傳曰魏文侯有子曰擊次曰訢訢少而立之以爲嗣封擊中山三年莫往來其傳趙倉唐諫曰何不遣使乎則臣請使擊曰諾於是遂求北犬晨鴈齎行倉唐至曰北蕃中山之君再拜獻之文侯曰嘻擊知吾好北犬嗜晨鴈也即見使者文侯曰中山之君亦何好乎對曰好詩文侯曰於詩何好曰好晨風文侯曰晨風謂何對曰詩云鴥彼晨風鬱彼北林未見君子憂心欽欽如何如何忘我實多此自以忘我者也於是文侯大悅曰欲知其君視其所使中山君不賢惡能得賢傳遂廢太子訢召中山君以爲嗣今吾子何樂此詩而詠之也先生曰夫樂者感人密深而風移俗易禮記曰樂者聖人所作也其感人深又曰樂者所以移風易俗也吾所以詠歌之者美其君術明而臣

道得也君者中心臣者外體外體作然後知心之好惡臣下動然後知君之節趨子思子曰民以君爲心君以民爲體心正則體修心肅則身敬也好惡不形則是非不分節趨不立則功名不宣故美玉蘊於碔武砆夫凡人視之怢焉馬融論語注曰蘊藏也戰國策曰白骨疑象武夫類玉張揖漢書注曰武夫石之次玉者廣蒼曰怢忽忘也怢他没切良工砥之然後知其和寶也精練藏於鑛朴庸人視之忽焉精練金也金百練不耗故曰精練也說文曰鑛銅鐵璞也鑛與礦同瓜並切巧冶鑄之然後知其幹也況乎聖德巍巍蕩蕩民氓所不能命哉論語子曰大哉堯之爲君也蕩蕩乎民無能名焉巍巍乎其有成功廣雅曰命名也是以刺史推而詠之揚君德美深乎洋洋罔不覆載紛紜天地寂寥宇宙言所覆者廣也

文五十一　十二　王亨了

紛紜衆多之貌也寂寥曠遠之貌也明君之惠顯忠臣之節究爾雅曰究窮也郭璞曰謂窮盡也皇唐之世何以加茲是以每歌之不知老之將至也論語子曰發憤忘食樂以忘憂不知老之將至也文學曰書云迪一人使四方若卜筮尚書曰故一人有事四方若卜筮無不是孚孔安國曰迪道也孚信也夫忠賢之臣道主志承君惠攄盛德而化洪天下安瀾比屋可封瀾水波安瀾以喻太平也尚書大傳曰周民可比屋而封何必歌詠詩賦可以揚君哉愚竊惑焉浮遊先生色勃眥溢曰是何言與論語子曰君召使擯色勃如也孝經子曰是何言與昔周公詠文王之德而作清廟建爲頌首吉甫歎宣王穆如清風列于大雅毛詩周頌曰清廟祀文王也周公既成雒邑朝諸侯率以祀文王焉毛詩大雅序曰蒸民尹吉甫美宣王也詩曰吉甫作誦穆如清風夫世衰道微僞臣虛稱者殆也世平道明臣子不宣者鄙也鄙殆之累傷乎王道故自刺史之來也宣布詔書勞來不怠令百姓徧曉聖德莫不霑濡尨邈江眉耇之老尨雜也謂眉有白黑雜色咸愛惜朝夕願濟須臾且觀大化之淳流於是皇澤豐沛主恩滿溢百姓歡欣中和感發是以作歌而詠之也感發謂情感於中發言爲詩也傳曰詩人感而後思思而後積積而後滿滿而後作言之不足故嗟歎之嗟歎之不足故詠歌之詠歌之不足不知手之舞之足之蹈之也樂動聲儀文也此臣子於君父之常義古今一也今子執分寸而罔億度億度之言無限也韓子曰有尺寸而無億度又曰前識無緣而妄億

五〇五十四　文五十一　十三　乙丑重刊　上金

度也馬融論語注曰罔誣也處把握而却寥廓乃欲圖大人之樞機道方伯之失得不亦遠乎大人謂天子也周易曰利見大人又曰言行君子之樞機陳丘子見先生言切恐二客慙膝步而前曰先生詳之戰國策曰荆軻見太子太子再拜而跪膝行流涕行潦老暴集江海不以爲多左氏傳曰君子曰潢汙行潦之水杜預曰行潦流潦也莊子海若曰天下之水莫大於海百川歸之而不盈鰌鱓並逃九罭域不以爲虛爾雅曰鰼鰌郭璞曰今泥鰌也鰼似立切鰌且由切郭璞山海經注曰鱓魚似蛇時闡切毛詩曰九罭之魚鱒魴爾雅曰九罭魚網也是以許由匿堯而深隱唐氏不以衰呂氏春秋曰昔堯朝許由於沛澤之中請屬天下於夫子許由遂之箕山之下夷齊恥周而遠餓文武不以卑夷齊已見上文夫青蠅不能穢垂棘毛詩曰營營青蠅止於樊鄭玄曰蠅之爲蟲汙白使黑汙黑使白左氏傳曰晉荀息

請以垂棘之璧假道於虞以伐虢。邪論不能惑孔墨。今刺史質敏以流惠舒化，以揚名采詩，以顯至德，歌詠以董其文。爾雅曰：董，正也。受命如絲，明之如綸。禮記曰：王言如絲，其出如綸；王言如綸，其出如綍。音弗。鄭玄曰：言出彌大也。甘棠之風，可倚而俟也。毛詩序曰：甘棠，美召伯也。召伯之教，明於南國。二客雖窒計沮孳與議，何傷。言二客雖於計窒塞，於議沮敗，何傷於理乎？言未傷也。爾雅曰：窒，塞也。籲謂文學夫子曰：先生微矜於談道，又不讓乎當仁。論語子曰：當仁不讓於師。亦未巨過也。願二子措意焉。夫子曰：否。夫雷霆必發，而潛底震動。呂氏春秋曰：開春始雷，則蟄蟲動矣。枹乎鼓鏗苦耕鏘七羊，而介士奮竦。左氏傳曰：郤克援枹而鼓。鄭玄周禮注曰：介，被甲也。故物不震不發，士不激不勇。今文學之言，欲以議愚感敵，舒先生之憤。願二生亦勿疑。言議前敵之愚以感動之。於是文繹復集，乃始講德。馬融論語注曰：繹，尋繹也。文學夫子曰：昔成康之世，君之德與臣之力也。韓子曰：晉平公問叔向曰：齊桓公九合諸侯，臣之力邪？君之力邪？與音余。先生曰：非有聖智之君，惡烏有甘棠之臣。故虎嘯而風寥戾，龍起而致雲氣。周易曰：雲從龍，風從虎，聖人作而萬物覩。蟋蟀俟秋吟，蜉浮蝣由出以陰。易通卦驗曰：立秋，蜻蛚鳴。蔡邕月令章句曰：蟋蟀，蟲也，謂之蜻蛚也。易曰：飛龍在天，利見大人。鳴聲相應，仇偶相從。周易曰：同聲相應，同氣相求，水流濕，火就燥。人由意合，物以類同。是以聖主不偏窺望而視以明，不殫傾耳而聽以聰。何則？淑人君子，人就者衆也。毛詩曰：淑人君子，其儀不忒。故千金之裘，非一狐之腋；亦大厦之材，非一丘之木；太平之功，非一人之略也。慎子曰：廊廟之材，蓋非一木之枝；狐白之裘，非一狐之皮也。治亂安危存亡榮辱之施，非一人之力也。蓋君爲元首，臣爲股肱，明其一體，相待而成。有君而無臣，春秋刺焉。公羊傳曰：宋公與楚人期戰于泓之陽，宋師大敗。故君子大其不鼓不成列，臨大事而不忘大禮，有君而無臣，以爲雖文王之戰，亦不過此也。何休曰：惜其有王德而無王佐也。三代以上，皆有師傅；五伯以下，各自取友。說苑郭隗曰：帝者之臣，其名臣也，其實師也；王者之臣，其名臣也，其實友也；伯者之臣，其名臣也，其實僕也。齊桓有管鮑隰甯，九合諸侯，一匡天下。左氏傳曰：鮑叔牙奉公子小白。又曰：齊桓衛姬之子，有鮑叔牙、隰朋以爲輔佐。說苑鄒子曰：甯戚叩轅行歌，桓公任之以國政。論語子曰：桓公九合諸侯，不以兵車，管仲之力也。又曰：管仲相桓公，一匡天下，民到于今受其賜。晉文公有咎犯趙衰楚危，取威定霸，以尊天子。左氏傳曰：晉公子重耳奔狄，從者狐偃、趙衰、顛頡、魏武子、司空季子。杜預曰：狐偃，子犯也。司空季子，胥臣臼季也。左氏傳曰：先軫謂晉侯曰：報施救患，取威定霸，於是乎在矣。秦穆有王由五羖，攘卻西戎，始開帝緒。韓詩外傳曰：昔戎將由余使秦，秦繆公問得失之要，對曰：古之有國者，未嘗不以恭儉也；失國者，未嘗不以驕奢也。繆公然之。於是告內史王廖曰：鄰國有聖人，敵國之憂也。由余，聖人也，將奈之何？王廖曰：君其遺之女樂，以婬其志，然後可圖。繆公曰：善。乃使王廖以其女樂二列遺戎王。史記曰：百里奚亡秦走宛，秦繆公聞百里奚賢，欲重贖之，恐楚不予，請以五羖羊皮贖之。楚人曰予之。繆公與語國事，大悅。又曰：秦用由余謀伐戎王，并國十二，遂霸西戎。春秋保乾圖曰：五帝異緒。宋衷曰：緒，業也。楚莊有叔孫子反，兼定江淮，威震諸夏。韓詩外傳曰：沈令尹進孫叔敖於莊王，叔敖治楚三年而楚國霸。左氏傳曰：楚子圍鄭，子反將右。晉師救鄭，及楚師戰于邲，晉師敗績。邲，步必切。勾踐有種蠡渫庸，剋滅彊吳，雪會稽之恥。漢書曰：江都王問董仲舒曰：越王勾踐與大夫渫庸、種、蠡謀伐吳，遂滅之。孔子稱殷有三仁，寡人亦以爲越有三仁。史記曰：吳王夫差伐越，敗之。越王勾踐乃以甲兵五千人棲於會稽。又曰：勾踐自會稽歸，拊循其士民，伐吳，大破之，吳王自殺也。魏文有段干田翟，秦人寢兵，折衝萬里。呂氏春秋曰：孟嘗君問白圭曰：魏文侯名過桓公，而功不及五伯，何也？白圭對曰：文侯師子夏，友田子方，敬段干木，此名之所以過桓公也。而名號顯榮者，三士羽翼之也。史記：魏文侯謂李克曰：寡人之相，非成則璜。璜，翟璜也。成，魏文侯弟名也。呂氏春秋曰：段干木者，魏文敬之，過其廬而軾。秦欲攻魏，而司馬康諫曰：段干木賢者，而魏禮之，天下皆聞，無乃不可加兵乎？秦君以爲然，乃止。燕昭有郭隗、樂毅，夷破彊齊，困閔於莒。史記曰：燕昭王以子之之亂而齊大破燕，燕昭王怨齊，於是詘身下士，先禮郭隗以招賢者。樂毅爲魏使於燕，燕昭王以爲亞卿，使樂毅伐齊，破之，追至于臨菑。齊湣王走保於莒。湣與閔同。夫以諸侯之細，功名猶尚若此，而況帝王選於四海，羽翼百姓哉。高誘呂氏春秋注曰：羽翼，輔佐也。故有賢聖之君，必有明智之臣。欲以積德，則天下不足平也；欲以立威，則百蠻不足攘也。毛萇詩傳曰：攘，除也。今聖主冠道德，履純仁，被六藝，佩禮文，屢下明詔，舉賢良，求術士，招異倫，拔俊茂。是以海內歡慕，莫不風馳雨集，襲雜並至，填庭溢闕。含淳詠德之聲盈耳，登降揖讓之禮極目。進者樂其條暢，怠者欲罷不能。條，猶理也。漢書音義曰：暢，通也。偃息匍匐乎詩書之門，遊觀乎道德之域，咸絜身修思，吐情素而披心腹，各悉精銳以貢忠誠，允願推主上，引風俗而騁太平。濟濟乎多士，文王所以寧也。濟濟多士，已見上文。若乃美政所施，洪恩所潤，不可究陳。舉孝以篤行，崇能以招賢，去煩蠲苛，以

綏百姓，祿勤增奉，以厲貞廉。漢書宣紀曰：律令有可蠲除以安百姓，條奏。又曰：吏不廉平則治道衰。今小吏皆勤事，祿薄，其益吏奉什五也。減膳食，卑宮觀，宣紀曰：令太官損膳省宰。又曰：郡國宮觀勿復修理。省田官，損諸苑，宣紀曰：池籞未御幸者，假與貧人。踈繇役，振乏困。宣紀曰：流人還歸，勿筭繇事。又曰：遣使者振貸乏困。恤民災害，不遑遊宴。宣紀曰：今天下頗被疾疫之災，朕甚愍之。閔耄老之逢辜，憐縗絰之服事。宣紀曰：朕惟耆老之人，髮齒墮落，亦無暴虐之心。諸年八十以上，非誣告人、殺傷人，他皆勿坐。又曰：百姓遭縗絰凶災，而吏繇事，傷孝子之心。自今有大父母、父母喪者，勿繇事。惻隱身死之腐人，悽愴子弟之縲匿。宣紀曰：今繫者或以掠辜若飢寒瘐死獄中，朕甚痛之。又曰：自今子首匿父母，孫匿大父母，皆勿坐。恩及飛鳥，惠加走獸，胎卵得以成育，草木遂其零茂。尸子曰：湯之德及鳥獸矣。莊子曰：至德之世，禽獸成群，草木遂長。愷悌君子，民之父母，豈不然哉。毛詩大雅文。先生獨不聞秦之時耶？違三王，背五帝，滅詩書，壞禮義，信任群小，憎惡仁智，詐僞者進達，佞諂者容入，宰相刻峭，大理峻法。廣雅曰：峭，急也。謂嚴急也。峻與峭同。處位而任政者，皆短於仁義，長於酷虐，狼摯虎攫，懷殘秉賊。孟子曰：賊仁者謂之賊，賊義者謂之殘。其所臨蒞，莫不肌栗慴伏。吹毛求疵，並施螫毒，百姓征伀，無所措其手足。韓子曰：古之人君大體者，不吹毛而求小疵，不洒垢而察難知。方言曰：征伀，惶遽也。論語子曰：刑罰不中，則民無所措手足。伀，章容切。嗷嗷愁怨，遂亡秦族。是以養雞者不畜貍，牧獸者不育豺，樹木者憂其蠹，保民者除其賊。文子曰：乳犬噬虎，伏雞搏貍。又曰：所爲立君者，以禁暴亂也。夫養禽獸者，必除豺狼，又況牧民乎？又曰：木林生蠹，還自食；人生事，因自賊。故

大漢之爲政也，崇簡易，尚寬柔，進淳仁，舉賢才，上下無怨，民用和睦。孝經曰：民用和睦，上下無怨。今海内樂業，朝廷淑清，天符既章，人瑞又明，品物咸亨，山川降靈。周易曰：雲行雨施，品物咸亨。神光燿暉，洪洞朗天。宣紀曰：鸞鳳之夕，神光交錯，或降于天，或登于地。鳳皇來儀，翼翼邕邕，群鳥並從，舞德垂容。宣紀曰：鳳皇集魯，群鳥從之。尚書曰：鳳皇來儀。爾雅曰：翼翼，恭也。邕邕，和也。又曰：邕邕者，聲和也。山海經曰：鳳首文曰德。神雀仍集，麒麟自至。宣紀：神雀仍集，九真獻奇獸。甘露滋液，嘉禾櫛比。宣紀曰：甘露降未央宮。又曰：嘉穀亡稷，降于郡國。大化隆洽，男女條暢，家給年豐，咸則三壤，豈不盛哉。尚書曰：咸則三壤，成賦中邦。昔文王應九尾狐而東夷歸周，春秋元命苞曰：天命文王以九尾狐。武王獲白魚而諸侯同辭，尚書琁璣鈐曰：武王得兵鈐，謀東觀，白魚入舟，俯取以燎。八百諸侯順同，不謀。魚者，視用無足，翼從欲紂如魚，乃誅。周公受秬鬯而鬼方臣，周公受秬鬯，未詳。鄭玄詩箋曰：鬼方，遠方也。宣王得白狼而夷狄賓，史記曰：穆王征犬戎，得四白狼以歸。今云宣王，未詳。夫名自正而事自定也。論語曰：名不正則言不順，言不順則事不成。今南郡獲白虎，亦偃武興文之應也。獲之者張武，武張而猛服也。是以北狄賓洽，邊不恤寇，甲士寢而旌旗仆也。文學夫子曰：天符既聞命矣。敢問人瑞。先生曰：夫匈奴者，百蠻之最彊者也。毛詩曰：因時百蠻。天性驕蹇，習俗傑暴，左氏傳曰：彼皆偃蹇。杜預曰：偃蹇，驕傲也。賤老貴壯，氣力相高，史記曰：匈奴貴壯健，賤老弱也。業在攻伐，事在獵射，史記曰：匈奴因射獵禽獸爲生業，習戰攻以侵伐。兒能騎羊，走箭飛鏃，史記曰：匈奴兒能騎

羊，引弓射鳥鼠也。逐水隨畜，都無常處，史記曰：匈奴逐水草遷徙，無城郭常處。鳥集獸散，往來馳騖，周流曠野，以濟嗜欲。其耒耜則弓矢，鞌馬播種則扞弦掌拊，禮記曰：左佩決扞。鄭玄曰：扞，拾也，言所以拾弦也。何旦切。鄭玄禮記注曰：拊，弓把也。音夫。收秋則奔狐馳兔，獲胡郭切刈則顛倒殪伊計切仆。史記曰：匈奴射狐兔，用爲食。追之則奔遁，釋之則爲寇，史記曰：匈奴利則進，不利則退，不羞遁走。是以三王不能懷，五伯不能綏，驚邊抗士，屢犯獫狁，詩人所歌，自古患之。毛詩曰：六月棲棲，戎車既飭，四牡騤騤，載是常服。獫狁孔熾，我是用急。今聖德隆盛，威靈外覆，日逐舉國而歸德，單于稱臣而朝賀，宣紀曰：日逐王先賢撣將人衆來降。鄭氏曰：撣音纏束之纏。又曰：單于稱臣，使弟奉珍朝賀正月。乾坤之所開，陰陽之所接，編蒲典切結，沮顏燋齒，梟瞷閑，翦髮黥首，文身裸力果切袒徒旦切之國，編結，即編髮也。漢書，終軍曰：解辮髮，削左衽。又曰：匈奴有罪小者軋。音義曰：軋，刻其面。首蓋沮顏也。燋齒，未詳。又曰：大宛深目多鬚須。蓋梟瞷也。黥首，蓋雕題也。山海經曰：雕題國在鬱林南。靡不奔走貢獻，懽忻來附，婆娑嘔吟，鼓掖而笑。夫鴻均之世，何物不樂。孔安國尚書傳曰：洪，大也。鴻與洪古字通。毛萇詩傳曰：均，平也。飛鳥翕翼，泉魚奮躍，毛詩曰：鴛鴦在梁，戢其左翼。鄭玄曰：明王之時，人不驚駭也。韓詩曰：鳶飛戾天，魚躍于泉。薛君曰：魚喜樂則踴躍於泉中。是以刺史感懣，莫本切。舒音而詠至德。鄙人黯淺，不能究識，黯，不明也。烏感切。敬遵所聞，未尅殫焉。於是二客醉于仁義，飽于盛德，毛詩曰：既醉以酒，既飽以德。終日仰歎，怡懌而悅服。

文選卷第五十一

賜進士出身通奉大夫江南蘇松常鎮太等處承宣布政使司布政使胡克家重校刊

文選卷第五十二

梁昭明太子撰

文林郎守太子右内率府録事参軍事崇賢館直學士臣李善注上

論二

班叔皮王命論一首　魏文帝典論一首

曹元首六代論一首　韋弘嗣博弈論一首

王命論一首　班叔皮

善曰王命帝王受命也漢書曰彪遭王莽敗光武即位於冀州時隗囂據隴擁衆問彪曰往者周亡戰國並爭天下分裂意者從横之事復起於今乎

昔在帝堯之禪曰咨爾舜天之厤數在爾躬舜亦以命禹善曰論語文也尚書帝曰來禹予懋乃德嘉乃丕績天之厤數在汝躬汝終陟元后孔安國曰厤數謂天道也元后天子也爾雅曰命告也暨于稷契咸佐唐虞光濟四海奕世載德善曰稷武王之祖也契成湯之祖也杜預左氏傳注曰暨至也國語祭公謀父曰奕世載德孔安國尚書傳曰載行也至于湯武而有天下雖其遭遇異時禪代不同至于應天順人其揆一焉善曰周易曰湯武革命順乎天應乎人孟子曰先聖後聖其揆一也是故劉氏承堯之祚氏族之世著于春秋善曰漢書贊曰春秋晉史蔡墨有言陶唐氏既衰其後有劉累范氏其後也范氏爲晉士師魯文公世出奔秦後歸于晉其處者爲劉氏唐據火德而漢紹之善曰帝系曰帝堯封于唐爲火德漢書贊曰漢承堯運德祚已盛斷蛇著符旗幟尚赤協于火德自然之應得天統矣始起沛澤則神母夜號以彰赤帝之符善曰漢書曰高祖夜徑澤中有大蛇當徑高祖乃拔劍斬蛇後人來至蛇所

有一老嫗夜哭曰吾子白帝子也化爲蛇當道今者赤
帝子斬之又曰高祖立爲沛公旗幟皆赤由是知所殺
蛇白帝子殺者赤帝子故也 由是言之帝王之祚必有明聖顯懿之
德善曰春秋河圖揆命篇曰倉戲農黃三陽翼天德聖明法言曰昔在有熊高陽高辛唐虞三代咸有顯懿故天
因而祚之豐功厚利積累之業善曰史記崇侯虎曰西伯積善累德諸侯皆嚮之然
後精誠通于神明流澤加於生民善曰孝經子曰孝悌之至通於神明尚書
周公曰道洽政治澤潤生民故能爲鬼神所福饗天下所歸往善曰孟子
萬章曰堯薦舜如何曰使之主祭百神享之使之主事事治而百姓安之易乾鑿度曰王者天下所歸韓詩外
傳曰王者往也天下往之謂之王也未見運世無本功德不紀而得倔起
在此位者也善曰世運五行更運相次之世也不紀不爲人所記也春秋元命苞曰五德之運應
錄次相代埤蒼曰崛特起也崛與倔同世俗見高祖興於布衣不達其故

善曰漢書曰高祖曰吾以布衣取天下家語孔子曰舜起布衣而終以帝也以爲適遭暴亂
得奮其劒善曰適猶遇也漢書高祖曰吾提三尺劒取天下游說之士至比天
下於逐鹿幸捷而得之善曰漢書隗囂曰秦失其鹿劉季逐而掎之時人復知漢乎太
公六韜曰取天下若逐野鹿得鹿天下共分其肉不知神器有命不可以智力
求韋昭曰神器天子璽符服御之物善曰老子曰天下神器不可爲也爲者敗之也悲夫此世
之所以多亂臣賊子者也善曰孟子曰孔子成春秋而亂臣賊子懼若然者
豈徒闇於天道哉又不覩之於人事矣夫餓饉流隸飢
寒道路善曰說文曰餓飢也穀梁傳曰五穀不升謂之饉流隸流移賤隸也左氏傳曰人有十等輿臣
隸也饉或爲殣荀悅曰道瘞謂之殣也思有短褐之襲檐石之蓄韋昭曰短爲裋
裋襦也毛布曰褐善曰裋丁管切說文曰襲重衣也字林曰襲大篋也晉灼曰無一檐與一斛之餘所願

不過一金終於轉死溝壑韋昭曰一斤爲一金善曰孟子謂滕文公曰爲人父母使
老稚轉乎溝壑惡在爲人父母也何則貧窮亦有命也善曰墨子曰貧富治亂固有天
命不可損益也況乎天子之貴四海之富神明之祚可得而妄
處哉善曰禮記孔子曰舜其大孝也與尊爲天子富有四海之內宗廟饗之子孫保之法言曰天因祚之
爲神明主也故雖遭罹阨會竊其權柄勇如信布强如梁籍
成如王莽然卒潤鑊伏鑕亨醢分裂善曰史記曰項籍其季父項梁陳勝
等起梁爲楚上柱國軍下邳自號武信君北至定陶再破秦軍後秦大破之項梁死
及數子而欲闇干天位者也善曰鶡冠子曰無道之君任用么麼動則煩濁有道
之君任用俊雄動則明白通俗文曰不長曰么細小曰麼莫可切爾雅曰干求也是故駑蹇之
乘不騁千里之塗善曰廣雅曰駑駘也今謂馬之下者爲駑王逸楚辭注曰蹇跛也呂氏春

秋曰所爲貴驥者爲其一日千里也鷰雀之疇不奮六翮之用善曰史記陳涉曰鷰
雀安知鴻鵠之志哉韓詩外傳蓋胥曰夫鴻鵠一舉千里所恃者六翮耳楶梲之材不荷棟
梁之任應劭曰爾雅曰栭謂之楶梲朱儒柱善曰說文曰栭枅上標周易曰棟隆之吉不撓乎下也楶
音節梲之劣切斗筲之子不秉帝王之重音義曰筲竹筥也受一斗善曰論語子曰
斗筲之人何足筭也易曰鼎折足覆公餗不勝其任也善曰周易鼎卦之辭
也說文曰鬻鼎實也鬻與餗同音速當秦之末豪桀共推陳嬰而王之嬰
母止之曰自吾爲子家婦而世貧賤卒富貴不祥不如
以兵屬人事成少受其利不成禍有所歸嬰從其言而
陳氏以寧善曰史記文王陵之母亦見項氏之必亡而劉氏
之將興也是時陵爲漢將而母獲於楚有漢使來陵母

見之謂曰願告吾子漢王長者必得天下子謹事之無有二心遂對漢使伏劍而死以固勉陵其後果定於漢陵爲宰相封侯善曰史記文夫以匹婦之明猶能推事理之致探禍福之機善曰白虎通曰庶人稱匹夫何言其夫妻爲偶也鄭玄周禮注曰致猶會也全宗祀於無窮垂冊書於春秋而況大丈夫之事乎張晏曰冊書史記也晉灼曰至周名春秋考紀也善曰孟子曰富貴不能淫貧賤不能移此之謂大丈夫也是故窮達有命吉凶由人善曰呂氏春秋曰道德於此窮達一也左氏傳周內史叔興曰吉凶由人嬰母知廢陵母知興審此二者帝王之分決矣蓋在高祖其興也有五一曰帝堯之苗裔二曰體貌多奇異善曰漢書曰高祖爲人隆準而龍顏美鬚髯左股有七十二黑子三曰神武有徵應善曰徵應謂下衆瑞也四曰寬明而仁恕善曰漢書曰高祖寬仁愛人意豁如也五曰知人善任使善曰高祖任張良以運籌委蕭何以關內是也加之以信誠好謀達於聽受見善如不及用人如由己善曰論語子曰見善如不及從諫如順流趣時如響起善曰左氏傳叔向曰齊桓公從善如流周易曰變通者趣時者也當食吐哺納子房之策善曰漢書酈食其欲立六國後漢王以問張良良發八難漢王輟食吐哺曰豎儒幾敗乃公事拔足揮洗揖酈生之說善曰漢書曰酈食其求見沛公方踞牀使兩女子洗足酈生不拜長揖曰足下必欲誅無道秦不宜踞見長者沛公起攝衣謝之延上坐食其說沛公襲陳留悟戍卒之言斷懷土之情善曰漢書曰高祖西都洛陽戍卒婁敬說上曰陛下都洛陽不便不如入關據秦之固是日車駕西都長安高四皓之名割肌膚之愛善曰漢書曰上欲廢太子立戚夫人子趙王如意呂后不知所爲張良曰顧上有所不能致四

文五十二　四　乙丑重刊　亮

人令太子爲書卑辭安車請以爲客令上見之則一助也於是太子迎四人至上破黥布歸愈欲易太子及置酒太子侍四人者從上乃驚曰吾求公公逃避我今公何自從吾兒遊煩公幸卒調護太子竟不易太子者良本招此四人之力也舉韓信於行陣收陳平於亡命善曰漢書曰蕭何薦韓信於漢王於是漢王齋戒設壇場拜信爲大將軍又曰陳平亡楚來降漢王與語說之使驂乘監諸將英雄陳力羣策畢舉此高祖之大略所以成帝業也善曰莊子許由曰我爲汝言其大略廣雅曰略法也若乃靈瑞符應又可略聞矣善曰略粗略也初劉媼妊高祖而夢與神遇震電晦冥有龍蛇之怪善曰漢書曰高祖母媼嘗息大澤之陂夢與神遇是時雷電晦冥父往視則見蛟龍於其上已而有娠遂產高祖說文曰妊孕也如蔭切及長而多靈有異於衆是以王武感物而折契呂公覩形而進女善曰漢書曰高祖常從王媼武負貰酒時飲醉臥武負王媼見其上常有怪歲竟此兩家常折券棄債貰食夜切又曰呂公見高祖曰臣少好相人相人多矣無如季相臣有息女願爲箕箒妾也秦皇東遊以厭其氣呂后望雲而知所處善曰漢書秦始皇帝曰東南有天子氣於是東遊以厭當之高祖隱於芒碭山澤閒呂后與人俱求常得之高祖怪問呂后曰季所居上常有雲氣故從往常得季說文曰厭塞也於冉切始受命則白蛇分西入關則五星聚善曰白蛇分已見上文漢書曰元年冬十月五星聚於東井沛公至霸上也故淮陰留侯謂之天授非人力也善曰漢書韓信謂高祖曰且陛下天授非人力也又曰張良數以太公兵法說沛公沛公喜常用其策爲他人言皆不省良曰沛公殆天授故遂從之歷古今之得失驗行事之成敗稽帝王之世運考五者之所謂取舍不厭斯位符瑞不同斯度韋昭曰厭合也善曰一豔切而苟昧權利越次妄據外不量力內不知命善曰左氏傳曰息侯

文五十二　五　乙丑重刊　陳亮

伐鄭君子曰不量力論語孔子曰不知命無以爲君子則必喪保家之主失天年之壽善曰左氏傳曰趙孟過鄭印段賦蟋蟀趙孟曰保家之主也莊子弟子問於莊子曰山中之木以不材得終其天年也遇折足之凶伏斧鉞之誅英雄誠知覺寤畏若禍戒超然遠覽淵然深識收陵嬰之明分絶信布之覬覦善曰左氏傳師服曰下無覬覦杜預曰下不敢望上位也說文曰覬幸也覦欲也距逐鹿之瞀說審神器之有授貪不可冀無爲二母之所笑韋昭曰幾望也今本作冀則福祚流于子孫天祿其永終矣善曰尚書曰四海困窮天祿永終

典論論文一首　魏文帝

文人相輕自古而然傅毅之於班固伯仲之閒耳而固

小之與弟超書曰武仲以能屬文爲蘭臺令史下筆不能自休伯仲喻兄弟之次也言勝負在兄弟之閒不甚相踰也范曄後漢書曰班超字仲升徐令彪之少子也夫人善於自見而文非一體鮮能備善是以各以所長相輕所短里語曰家有弊帚享之千金斯不自見之患也東觀漢記曰吳漢入蜀都縱兵大掠上詔讓漢曰城降孩兒老母口萬數一旦放兵縱火聞之可爲酸鼻家有弊帚享之千金禹宗室子孫故嘗更職何忍行此杜預左氏傳注曰享通也享或爲享今之文人魯國孔融文舉廣陵陳琳孔璋山陽王粲仲宣北海徐幹偉長陳留阮瑀元瑜汝南應瑒德璉東平劉楨公幹斯七子者於學無所遺於辭無所假咸以自騁驥騄於千里仰齊足而並馳以此相服亦良難矣千里已見上文毛萇詩傳曰田獵齊足尚疾也蓋君子審己以度人故能免於斯累呂氏春秋曰君子必審諸己然後任人楚辭曰羌內恕己以量人王逸曰量度也而作論文王粲長於辭賦徐幹時有齊氣然粲之匹也言齊俗文體舒緩而徐幹亦有斯累漢書地理志曰故齊詩曰子之還兮遭我乎峱之閒兮此亦舒緩之體也如粲之初征登樓槐賦征思幹之玄猿漏卮圓扇橘賦雖張蔡不過也然於他文未能稱是琳瑀之章表書記今之儁也應瑒和而不壯劉楨壯而不密孔融體氣高妙有過人者然不能持論理不勝詞漢書東方朔枚皐不根持論孔叢子平原君謂公孫龍曰公無復與孔子高辯事也其理勝於辭公辭勝於理以至乎雜以嘲戲及其所善揚班儔也常人貴遠賤近向聲背實又患闇於自見謂己

爲賢夫文本同而末異蓋奏議宜雅書論宜理銘誄尚實詩賦欲麗此四科不同故能之者偏也唯通才能備其體文以氣爲主氣之清濁有體不可力強而致譬諸音樂曲度雖均節奏同檢蒼頡篇曰檢法度也至於引氣不齊巧拙有素雖在父兄不能以移子弟桓子新論曰惟人心之所獨曉父不能以禪子兄不能以教弟也蓋文章經國之大業不朽之盛事年壽有時而盡榮樂止乎其身二者必至之常期未若文章之無窮是以古之作者寄身於翰墨見意於篇籍不假良史之辭不託飛馳之勢而聲名自傳於後故西伯幽而演易周旦顯而制禮司馬遷書曰西伯拘而演周易不以隱約而弗務不以

康樂而加思周易曰隱約者觀其不慴懼夫然則古人賤尺璧而重寸陰懼乎時之過已淮南子曰聖人不貴尺之璧而重寸之陰時難得而易失孔叢子孔子曰不讀易則不知聖人之心必不使時過已也而人多不強力貧賤則慴於飢寒富貴則流於逸樂鄭玄禮記注曰慴恐懼也賈逵國語注曰流放也遂營目前之務而遺千載之功日月逝於上體貌衰於下忽然與萬物遷化斯志士之大痛也古詩曰奄忽隨物化榮名以爲寶融等已逝唯幹著論成一家言

六代論一首 論夏殷周秦漢魏也　曹元首

魏氏春秋曰曹冏字元首少帝族祖也是時天子幼稚冏冀以此論感悟曹爽爽不能納爲弘農太守少帝齊王芳也

昔夏殷周之歷世數十而秦二世而亡紀年曰凡夏自禹以至于桀十七王殷自成湯滅夏以至于受二十九王大戴禮曰殷爲天子二十餘世而周受之周爲天子三十餘世而秦受之秦爲天子二世而亡何殷周有道而長秦無道而暴也何則三代之君與天下共其民故天下同其憂秦王獨制其民故傾危而莫救夫與人共其樂者人必憂其憂與人同其安者人必拯其危先王知獨治之不能久也故與人共治之班固漢書贊曰孝宣帝稱曰與我共此者其唯良二千石乎知獨守之不能固也故與人共守之班固漢書贊曰昔周盛則周召相其治致刑措衰則五伯扶其弱與共守之兼親疎而兩用參同異而並進是以輕重足以相鎮親疎足以相衛并兼路塞逆節不生賈誼過秦曰秦并兼諸侯山東三十郡漢書主父偃說上曰今以法

割削諸侯則逆節萌起及其衰也桓文帥禮齊桓晉文苞茅不貢齊師伐楚左氏傳曰齊侯伐楚楚子使與師言曰不虞君之涉吾地何故管仲對曰爾貢苞茅不入王祭不共無以縮酒寡人是徵又曰晉魏舒合諸侯之大夫于翟泉將以城成周宋仲幾不受功曰滕薛郳吾役也爲宋役亦職也士伯怒曰必以仲幾爲戮乃執仲幾歸諸京師宋不城周晉戮其宰王綱弛而復張諸侯傲而復肅二霸之後寖以陵遲漢書曰二霸之後寖以陵遲吴楚憑江負固方城雖心希九鼎而畏迫宗姬左氏傳屈完對齊侯曰楚國方城以爲城漢水以爲池又曰楚子觀兵于周疆問鼎之大小輕重焉王孫滿對曰周德雖衰天命未改鼎之輕重未可問也姦情散於胷懷逆謀消於脣吻亡粉反斯豈非信重親戚任用賢能枝葉碩茂本根頼之與班固漢書述曰公族蕃滋枝葉碩茂自此之後轉相攻伐吴并於越晉分

爲三魯滅於楚鄭兼於韓史記曰越王勾踐自會稽歸拊循其士民伐吴大破之吴王自殺又曰魏武侯韓哀侯趙敬侯滅晉後而三分其地又曰楚考烈王伐滅魯又曰韓哀滅鄭并其國暨乎戰國諸姬微矣唯燕衛獨存然皆弱小西迫強秦南畏齊楚救於滅亡匪遑相卹至於王赧匿簡降爲庶人猶枝幹相持得居虛位海內無主四十餘年班固漢書贊曰暨于王赧降爲庶人用天年終號位已絶於天下尚猶枝葉相持莫得居其虛位海內無主四十餘年也秦據勢勝之地騁譎詐之術征伐關東蠶食九國班固漢書贊曰秦據勢勝之地騁狙詐之兵蠶食山東一切取勝賈誼過秦曰九國之師遁逃而不敢進至於始皇乃定天位尚書曰天位艱哉曠日若彼用力若此班固漢書贊曰至始皇乃并天下以德若彼用力如此其艱難也豈非深根固蔕不拔之道乎老子曰有國之母可

以長久是謂深根固蔕長生久視之道班固漢書賛曰所以親親賢賢褒表功德深根固本爲不可拔者也
易曰其亡其亡繫于苞桑周德其可謂當之矣周易否卦之辭也鄭
玄曰苞植也否世之人不知聖人有命咸云其將亡矣其將亡矣而聖乃自繫於植桑不亡也王弼曰心存將
危乃得固也秦觀周之弊將以爲以弱見奪於是廢五等之
爵立郡縣之官班固漢書賛曰秦既稱帝患周之敗以爲諸侯力爭四夷交侵以弱見奪於是
削去五等史記李斯奏曰置諸侯不便始於是分天下以爲三十六郡置守尉監也皇棄禮樂之
教任苛刻之政子弟無尺寸之封功臣無立錐之土內
無宗子以自毗輔外無諸侯以爲蕃衛班固漢書賛曰秦竊自號謂皇
帝而子弟爲匹夫內亡骨肉本根之輔外亡尺土蕃翼之衛莊子曰堯舜有天下子孫無置錐之地仁心
不加於親戚惠澤不流於枝葉譬猶芟刈股肱獨任

六〇五　文五十二　十　戊申重刊刘夵

胷腹浮舟江海捐棄楫櫂法言曰灝灝之海濟樓航之力也航人無楫如航何通俗
文櫂謂檝也觀者爲之寒心而始皇晏然自以爲關中之固
金城千里子孫帝王萬世之業也豈不悖哉賈誼過秦曰天下已定始
皇之心以爲關中之固金城千里子孫帝王萬世之業也是時淳于越諫曰臣聞殷
周之王封子弟功臣千有餘歲今陛下君有海內而子
弟爲匹夫卒有田常六卿之臣而無輔弼何以相救事
不師古而能長久者非所聞也史記曰齊簡公立田常監止爲左右相田氏殺
監止簡公出奔田氏執簡公于徐州遂殺之又曰晉昭公卒六卿強公室卑六卿謂范氏中行氏智氏及趙韓
魏也論語糺滑讖曰陳滅齊六卿分晉尚書曰事不師古以克永代匪說攸聞始皇聽李斯偏
說而絀其義至身死之日無所寄付委天下之重於凡

夫之手託廢立之命於姦臣之口史記曰始皇崩趙高乃與胡亥丞相李斯
陰破去始皇所封書賜公子扶蘇者而更詐爲丞相受始皇遺詔立子胡亥爲太子更爲書賜公子扶蘇死
至令趙高之徒誅鋤宗室史記曰二世尊用趙高申法令乃行誅大臣及諸公子春
秋合誠圖曰誅鋤民害胡亥少習尅薄之教長遵凶父之業史記曰趙
高故常教胡亥書及獄律令法事史記太史公曰商君其天資刻薄人也不能改制易法寵
任兄弟而乃師謨申商諮謀趙高自幽深宮委政讒賊
史記李斯上書二世曰能明申韓之術而修商君之法法修術明而天下亂者未之聞也應劭漢書注曰申不
害韓昭侯相衛公孫鞅秦孝公相李奇曰法皆深刻無恩史記曰二世常居禁中與趙高決事事無大小輙決
於高蒼頡篇曰委任之也身殘望夷求爲黔首豈可得哉史記曰二世齋望夷
宮欲祠涇使使責讓趙高以盜事高懼乃陰與其女壻咸陽令閻樂謀易上樂前即謂二世曰足下其自爲計

文五十二　十一

二世曰願得妻子爲黔首閻樂麾其兵進二世自殺也遂乃郡國離心衆庶潰叛
尚書曰受有億兆夷人離心離德左氏傳曰人逃其上曰潰勝廣唱之於前劉項斃
之於後史記曰吴廣爲假王擊秦班固漢書賛曰秦竊自號謂皇帝而子弟爲匹夫吴陳奮其白挺劉
項隨而斃之向使始皇納淳于之策抑李斯之論割裂州國
分王子弟封三代之後報功臣之勞士有常君民有定
主枝葉相扶首尾爲用雖使子孫有失道之行時人無
湯武之賢姦謀未發而身已屠戮何區區之陳項而復
得措其手足哉故漢祖奮三尺之劒驅烏集之衆曾子曰烏
合之衆初雖相歡後必相咋也五年之中而成帝業漢書曰高祖五年斬羽東城即皇帝
位於氾水之陽自開闢以來其興功立勳未有若漢祖之易者也

夫伐深根者難爲功摧枯朽者易爲力理勢然也班固漢書贊曰漢無尺土之階繇一劒之任五年而成帝業書傳所未甞有焉何則古代相革皆承聖王之烈今漢獨收孤秦之弊鐫金石者難爲功摧枯朽者易爲力其勢然也漢鑒秦之失封植子弟及諸呂擅權圖危劉氏漢書太后崩上將軍呂祿相國呂產專兵秉政謀作亂賈逵國語注曰權秉即柄字也而天下所以不能傾動百姓所以不易心者徒以諸侯強大盤石膠固漢書宋昌曰高帝王子弟所謂盤石之宗也莊子曰待膠漆而固者是侵其德者也范曄後漢書曰鄭泰曰以膠固之衆當解合之勢東牟朱虛授命於內齊代吳楚作衛於外故也漢書宋昌曰諸呂擅權專制太尉卒以滅之內有朱虛東牟之親外畏吳楚齊代之強又曰齊悼惠王肥高祖六年立又曰齊悼惠王子章高后封爲朱虛侯章弟興居爲東牟侯向使高祖踵亡秦之法王逸楚辭注曰踵繼也忽先王之

制則天下已傳非劉氏有也然高祖封建地過古制大者跨州兼域小者連城數十上下無別權侔京室故有吳楚七國之患班固漢書贊曰漢興懲戒亡秦孤立之敗於是封王子弟大者跨州兼郡小者連城數十宮室百官制同京師賈誼曰諸侯強盛長亂起姦夫欲天下之治安莫若衆建諸侯而少其力令海內之勢若身之使臂臂之使指則下無背叛之心上無誅伐之事文帝不從漢書賈誼上疏之文至於孝景猥用朝錯之計削黜諸侯親者怨恨疏者震恐吳楚唱謀五國從風兆發高祖釁成文景由寬之過制急之不漸故也漢書曰朝錯數言吳過可削文帝寬不忍罰及景帝即位錯曰高帝初定天下諸子弱故大封同姓今吳謀作亂逆削之亦反不削亦反於是方議削吳

吳王恐因欲發謀舉事諸侯既新削罰震恐多怨錯及吳先起兵膠西膠東淄川濟南楚趙亦皆反猥曲也所謂末大必折尾大難掉左氏傳楚子問於申無宇曰國有大城何如對曰末大必折尾大不掉君所知也杜預曰折折其本也尾同於體猶或不從況乎非體之尾其可掉哉武帝從主父之策下推恩之命自是之後齊分爲七趙分爲六淮南三割梁代五分漢書主父偃說上曰今諸侯或連城數十願陛下令諸侯得推恩分子弟以地侯之彼人人喜得所願上以德施實分其國必稍自銷弱矣上從其計又班固贊曰武帝施主父之策下推恩之令使諸侯得分戶邑以封子弟不行黜陟而國自析自是齊分爲七趙分爲六梁分爲五淮南分爲三也遂以陵遲子孫微弱衣食租稅不豫政事班固漢書贊曰景帝遭七國之難抑損諸侯諸侯唯得衣食租稅不與政事或以酎金免削或以無後國除漢書曰列侯坐獻黃金酎祭宗廟不如法奪爵

者百六人漢儀注王子爲侯侯歲以戶口酎黃金於漢廟皇帝臨受獻金助祭大祀曰飲酎飲酎受金小不如斤兩色惡者王削縣侯免國漢書曰趙哀王福薨無子國除至於成帝王氏擅朝劉向諫曰臣聞公族者國之枝葉枝葉落則本根無所庇蔭方今同姓疏遠母黨專政排擯宗室孤弱公族非所以保守社稷安固國嗣也漢書劉向上疏之文其言深切多所稱引成帝雖悲傷歎息而不能用漢書曰成帝即位向數上疏言得失陳法戒書數十上以助觀覽補遺闕上雖不能盡用然嘉其言常嗟歎之至乎哀平異姓秉權假周公之事而爲田常之亂高拱而竊天位一朝而臣四海漢宗室王侯解印釋綬貢奉社稷猶懼不得爲臣妾或乃爲之符命頌莽恩德豈不哀哉班固漢書贊曰至哀平之際王莽知

中外殫微因母后之權假伊周之稱詐謀既成遂據南
面之尊漢諸侯王厥角稽首奉上璽韍唯恐在後或乃
稱美頌德以求容媚豈不哀哉田常篡齊已見上文漢
書曰王莽廢漢藩王廣陵王嘉獻符命封扶策侯又曰
郚鄉侯閔以莽篡位獻神
書言莽得封列侯郚音吾由斯言之非宗子獨忠孝於
惠文之間而叛逆於哀平之際也徒以權輕勢弱不能
有定耳賴光武皇帝挺不世之姿杜篤論都賦曰于時聖帝兼不世之姿
禽王莽於已成紹漢祀於既絕斯豈非宗子之力耶而
曾不鑒秦之失策襲周之舊制踵亡國之法而僥倖無
疆之期至於桓靈奄豎執衡范曄後漢書曰桓帝立曹騰以定策功遷大長秋又
曰靈帝時大將軍竇武謀誅中官曹節矯詔誅武等鄭玄尚書注曰稱上曰衡朝無死難之臣
外無同憂之國君孤立於上臣弄權於下班固漢書序曰漢興懲戒
亡秦孤立之敗本末不能相御身手不能相使由是天下鼎沸
姦凶並爭張超牋曰中外雲擾萬夫鼎沸宗廟焚為灰燼宮室變為蓁
藪杜預左氏傳注曰燼火餘木也居九州之地而身無所安處悲夫魏
太祖武皇帝躬聖明之資兼神武之略晉灼漢書注曰資材量也恥
王綱之廢絕愍漢室之傾覆龍飛譙沛鳳翔兗豫魏志曰太
祖武皇帝沛國譙人為兗州牧後太祖遷都於許許屬豫州東京賦曰龍飛白水鳳翔參墟掃除凶
逆剪滅鯨鯢左氏傳曰楚子曰古者明王伐不敬取其鯨鯢而封以為大戮杜預曰鯨鯢大魚以
喻不義之人也迎帝西京定都潁邑魏志曰天子東遷敗於曹陽太祖乃遣曹洪將兵西
迎天子還雒董昭勸太祖都許漢書潁川郡有許縣德動天地義感人神漢氏奉
天禪位大魏大魏之興于今二十有四年矣觀五代之

存亡而不用其長策覩前車之傾覆而不改其轍迹晏子
曰諺曰前車覆後車戒也子弟王空虛之地君有不使之民宗室竄
於閭閻不聞邦國之政權均匹夫勢齊凡庶內無深根
不拔之固外無盤石宗盟之助非所以安社稷為萬代
之業也左氏傳曰周之宗盟異姓為後且今之州牧郡守古之方伯諸
侯皆跨有千里之土兼軍武之任或比國數人或兄弟
並據而宗室子弟曾無一人間廁其間與相維持非所
以強幹弱枝備萬一之慮也班固漢書贊曰徙吏二千石於諸陵蓋亦強幹弱枝
也今之用賢或超為名都之主或為偏師之帥而宗室
有文者必限以小縣之宰有武者必置於百人之上使
夫廉高之士畢志於衡軛之內衡軛車之衡軛也言王者之御群臣猶人之御
牛馬故以衡軛喻焉畢志其內未得騁其駿足也才能之人恥與非類為伍非
所以勸進賢能褒異宗族之禮也夫泉竭則流涸根朽
則葉枯枝繁者蔭根條落者本孤故語曰百足之蟲至
死不僵扶之者眾也魯連子曰百足之蟲至斷不蹶者持之者眾也此言雖小
可以譬大司馬相如諫獵書曰此言雖小可以喻大且墉基不可倉卒而成
威名不可一朝而立文子曰人主之有人猶城之有基木之有根根深即本固基厚即上
安也皆為之有漸建之有素譬之種樹久則深固其根本
茂盛其枝葉若造次徙於山林之中植於宮闕之下雖
壅之以黑墳暖之以春日尚書曰厥土惟黑墳孔安國曰色黑而墳起也猶不

救於枯槁何暇繁育哉夫樹猶親戚士猶士民建置不
久則輕下慢上平居猶懼其離叛危急將如之何是聖
王安而不逸以慮危也存而設備以懼亡也故疾風卒
至而無摧拔之憂天下有變而無傾危之患矣

博弈論一首 系本曰烏曹作博許慎說文曰博局戲也六箸十二棊也楊雄
方言曰圍棊自關而東齊魯之間謂之弈 韋弘嗣
吳志曰韋曜字弘嗣吳郡人爲太子中庶子時蔡潁亦在東宮性好博弈太子和以
爲無益令曜論之後爲中書僕射孫皓誅之裴松之曰曜本名昭史爲晉諱改之也

蓋君子恥當年而功不立疾沒世而名不稱論語子曰君子疾沒
世而名不稱焉故曰學如不及猶恐失之論語孔子之辭是以古之志

士悼年齒之流邁而懼名稱之不建也勉精厲操晨興
夜寐不遑寧息經之以歲月累之以日力若甯越之勤
董生之篤漸漬德義之淵棲遲道藝之域呂氏春秋曰甯越中牟之
鄙人也苦耕稼之勞謂其友曰何爲而可以免此苦耕也其友曰莫如學學三十歲則可達矣甯越曰請以十
五歲人將休吾將不休人將臥吾將不敢臥十五歲而周威王師之漢書曰董仲舒修春秋三年不窺園圃其
精如此且以西伯之聖姬公之才猶有日昃待旦之勞尚書
周公曰文王自朝至於日中昃不遑暇食用咸和萬民孟子曰周公思兼三王其有不合者仰而思之夜以繼
日幸而得之坐以待旦故能隆興周道垂名億載況在臣庶而可
以已乎歷觀古今功名之士皆有積累殊異之迹勞神
苦體契闊勤思平居不惰其業窮困不易其素是以卜

式立志於耕牧而黃霸受道於囹圄終有榮顯之福以
成不朽之名漢書曰卜式河南人以田畜爲事入山牧羊十餘年羊致千餘頭又曰黃霸字次公
淮陽人遷丞相長史宣帝欲褒先帝夏侯勝曰武帝不宜爲立廟樂勝坐非議詔書霸坐阿縱勝不舉劾皆下
獄勝霸既久繫霸欲從勝受經勝辭以罪死霸曰朝聞道夕死可矣勝賢其言遂授之繫更再冬講論不怠
故山甫勤於夙夜而吳漢不離公門豈有遊惰哉毛詩曰肅
肅王命仲山甫將之夙夜匪懈以事一人東觀漢記曰吳漢字子顏南陽人鄧禹及諸將多漢擧者再三召見
其後勤勤不離公門上亦以其南陽人漸親之今世之人多不務經術好翫博
弈廢事棄業忘寢與食窮日盡明繼以脂燭當其臨局
交爭雌雄未決專精銳意神迷體倦人事曠而不脩
賓旅闕而不接雖有太牢之饌韶夏之樂不暇存也至

或賭及衣物徙棊易行埤蒼賭賜也賭丁古切賜記被切廉恥之意弛
而忿戾之色發然其所志不出一枰之上所務不過方
罫古買之閒方言曰投博謂之枰皮兵切栢譚新論曰俗有圍棊或言是兵法之類也及爲之上者張
置疏遠多得道而爲勝中者務相絕遮要以爭便利下者守邊隅趍作罫自生於小地猶薛公之言黥布反也上
計取吳楚廣道者也中計塞城皐遮要爭利者也下計據長沙以臨越此守邊隅趍作罫者也更始帝將相不
能防衛而令中死棊皆生罫勝敵無封爵之賞獲地無兼土之實技
非六藝用非經國立身者不階其術徵選者不由其道
廣雅曰階因也求之於戰陣則非孫吳之倫也劉向圍棊賦曰略觀圍棊法於
用兵怯者無功貪者先亡漢書曰孫子兵法八十二篇吳起三十八篇考之於道藝則非
孔氏之門也以變詐爲務則非忠信之事也以刼殺爲

名則非仁者之意也尹文子曰以智力求者喻如弈棊進退取與攻劫殺舍在我者也而空妨日廢業終無補益是何異設木而擊之置石而投之哉且君子之居室也勤身以致養其在朝也竭命以納忠臨事且猶旰食而何暇博弈之足耽左氏傳伍奢曰楚君大夫其旰食乎班固漢書述曰媚茲一人日旰志食夫然故孝友之行立貞純之名章也方今大吳受命海內未平聖朝乾乾務在得人周易曰君子終日乾乾班固公孫引贊曰漢之得人於茲爲盛勇略之士則受熊虎之任儒雅之徒則處龍鳳之署熊虎猛捷故以譬武龍鳳五彩故以喻文尚書曰如虎如貔如熊如羆于商郊蘇武荅李陵書曰其於學人皆如鳳如龍百行兼苞文武並騖孝經鉤命決曰引與摘暴一字管百行博選良才旌簡髦俊賈逵國語注曰旌表也設

程試之科垂金爵之賞說文曰程品也廣雅曰科條也誠千載之嘉會百世之良遇也桓子新論曰夫聖人乃千載一出周易曰亨者嘉之會也當世之士宜勉思至道愛功惜力以佐明時廣雅曰惜愛也使名書史籍勳在盟府左氏傳宮之奇曰虢叔爲文王卿士勳在王室藏於盟府乃君子之上務當今之先急也夫一木之枰孰與方國之封枯棊三百孰與萬人之將邯鄲淳藝經曰棊局縱橫各十七道合二百八十九道白黑棊子各一百五十枚袞龍之服金石之樂足以兼棊局而貿博弈矣周禮曰三公自袞冕而下鄭玄曰袞龍九章衣也東都賦曰修袞龍之法服左氏傳曰晉侯以樂之半賜魏絳始有金石之樂廣雅曰貿易之也假令世士移博弈之力用之於詩書是有顏閔之志也用之於智計是有良平之思也用之於資貨是有猗頓之富也猗頓已見賈誼過秦論用之於射御是有將帥之備也如此則功名立而鄙賤遠矣

文選卷第五十二

賜進士出身通奉大夫江南蘇松常鎮太等處承宣布政使司布政使胡克家重校刊

文選卷第五十三

梁昭明太子撰

文林郎守太子右內率府錄事參軍事崇賢館直學士臣李善注上

論三

嵇叔夜養生論一首　李蕭遠運命論一首

陸士衡辯亡論上下二首

養生論一首 嵇喜爲康傳曰：康性好服食，常采御上藥，以爲神仙稟之自然，非積學所致。至於導養得理，以盡性命，若安期、彭祖之倫，可以善求而得也。著養生篇。

嵇叔夜

世或有謂神仙可以學得，不死可以力致者。王逸楚辭注曰：謂，說也。鄭玄禮記注曰：致之猶言至也。或云上壽百二十，古今所同，過此以往，莫非妖妄者。養生經：黃帝問天老曰：人生上壽一百二十年，中壽百年，下壽八十年，而竟不然者，皆天耳。此皆兩失其情，請試粗論之。鄭玄禮記注曰：粗，麤也。說文曰：粗，疏也。徂古切。夫神仙雖不目見，然記籍所載，前史所傳，較而論之，其有必矣。廣雅曰：較，明也。似特受異氣，稟之自然，非積學所能致也。孔安國尚書傳曰：稟，受也。夫自然者，不知其然而然。老子曰：道法自然。至於導養得理，以盡性命，上獲千餘歲，下可數百年，可有之耳。天老養生經：老子曰：人生大期，以百二十年爲限，節度護之，可至千歲。而世皆不精，故莫能得之。何以言之？夫服藥求汗，或有弗獲，而愧情一集，渙然流離。漢書曰：上問右丞相周勃曰：天下一歲決獄幾何？勃謝不知。問天下錢穀一歲出幾何？勃又謝不知。汗出洽背，媿不能對。顏師古曰：洽，霑也。周易曰：渙汗其大號。終朝未餐，則囂然思食，而曾子銜哀，七日不飢。曾子謂子思曰：伋，吾執親之喪也，水漿不入於口者七日。毛詩曰：終朝采綠。終朝，謂從旦至食時。囂然，飢意也。禮記。夜分而坐，則低迷思寢，內懷殷憂，則達旦不瞑。古眠字。韓子曰：衛靈公至濮水之上，夜分而聞有鼓新聲者。韓詩曰：耿耿不寐，如有殷憂。漢書劉向曰：夜觀星宿，或不寐達旦。勁刷理鬢，醇醴發顏，僅乃得之。通俗文曰：所以理髮謂之刷。何休公羊傳注曰：僅，劣也。壯士之怒，赫然殊觀，植髮衝冠。淮南子曰：荊軻爲燕太子丹刺秦王，高漸離、宋如意爲擊筑而歌於易水之上，荊軻瞋目裂眥，髮植衝冠。由此言之，精神之於形骸，猶國之有君也。神躁於中，而形喪於外，猶君昏於上，國亂於下也。夫爲稼於湯之世，偏有一溉之功者，雖終歸燋爛，必一溉者後枯。然則一溉之益，固不可誣也。種曰稼。言種穀於湯之世，值七年之旱，終歸是死，而彼一溉之苗，則在後枯，亦猶人處於俗，同皆有死，能攝生者，則後終也。孫卿子曰：禹十年水，湯七年旱。說文曰：溉，灌也。而世常謂一怒不足以侵性，一哀不足以傷身，輕而肆之。淮南子曰：大怒破陰，大喜墜陽。養生要：彭祖曰：憂恚悲哀傷人，喜樂過差傷人。賈逵國語注曰：肆，恣也。是猶不識一溉之益，而望嘉穀於旱苗者也。國語：子餘謂秦伯曰：使能成嘉穀，君之力也。是以君子知形恃神以立，神須形以存，悟生理之易失，知一過之害生。淮南子曰：形者，生之舍也；氣者，生之元也；神者，生之制也。一失位則二者傷矣。故脩性以保神，安心以全身，愛憎不棲於情，憂喜不留於意，泊然無感，而體氣和平。老子曰：我獨泊然而未兆。說文曰：泊，無爲也。禮記曰：樂行血氣和平。又呼吸吐納，服食養身，使形神相親表裏俱濟也莊子曰吹呴呼吸吐故納新爲壽而已矣古詩曰服食求神仙夫田種者一畝十斛謂之良田此天下之通稱也不知區種可百餘斛氾勝之田農書曰上農區田大區方深各六寸相去七寸一畝三千七百區丁男女治十畝至秋收區三升粟畝得百斛也區音鄔侯切一曰謂區隴而種非漫田也田種一也至於樹養不同則功收相懸謂商無十倍之價農無百斛之望此守常而不變者也且豆令人重榆令人瞑經方小品倉公對黃帝曰大豆多食令人身重博物志云食豆三年則身重行止難又曰啖榆則瞑不欲覺也合歡蠲忿萱草忘憂愚智所共知也神農本草曰合歡蠲忿萱草忘憂崔豹古今注曰合歡樹似梧桐枝葉繁互相交結每一風來輒自相離了不相牽綴樹之堦庭使人不忿毛詩曰焉得萱草言樹之背毛萇詩傳曰萱草令人忘憂名醫別錄曰萱草是今之鹿葱也薰辛害目豚魚不

養常世所識也養生要曰大蒜勿食葷辛害目又神農曰豬肉虛人不可久食又曰㹠肉損人與豬同說文曰蒜葷菜也薰與葷同豚魚無血食之皆不利人也蝨處頭而黑麝食柏而香抱朴子曰今頭蝨著身皆稍變而白身蝨處頭皆漸化而黑則是玄素果無定質移易存乎所漸本草名醫云麝香形似麞常食柏葉五月得香又夏月食蛇多至寒香滿入春患急痛以脚剔去著矢溺中覆之皆有常處人有遇得乃勝殺取頸處險而癭於井齒居晉而黃淮南子曰險阻之氣多癭謂人居於山險樹木瘤臨其水上飲此水則患癭齒黃未詳推此而言凡所食之氣蒸性染身莫不相應豈惟蒸之使重而無使輕害之使闇而無使明薰之使黃而無使堅芬之使香而無使延哉方言曰延年長也故神農曰上藥養命中藥養性者本草曰上藥一百二十種爲君主養命以應天無毒久服不傷人輕身益氣不老延年中藥一百二十種爲臣主養性以應人養生經曰上藥養命五石練形六芝延年中藥養性合歡蠲忿萱草忘憂也誠知性命之理因輔養以通也而世人不察惟五穀是見聲色是耽目惑玄黃耳務淫哇法言曰哇則鄭李軌曰哇邪也周禮鄭玄注曰五穀麻黍稷麥豆也滋味煎其府藏醴醪鬻其腸胃莊子曰聲色滋味之於人心不待學而樂之漢書曰五藏六腑周禮曰凡齊事鬻鹽以待戒令鄭玄曰鬻鹽謂練化之鬻今之煑字也香芳腐其骨髓喜怒悖其正氣廣雅曰悖亂也文子曰循理而動者正氣思慮銷其精神哀樂殃其平粹文子曰人之性欲平又曰真人純粹應劭漢書注曰粹淳也夫以蕞爾之軀攻之者非一塗左氏傳子產曰蕞爾小國杜預注曰蕞爾小貌也易竭之身而外內受敵身非木石其能久乎其自用甚者飲食不節以生百病好色不倦以致乏絕素問黃帝曰有病心

腹滿此何病歧伯曰此飲食不節故時病七發曰百病咸生漢書杜欽上疏曰佩玉晏鳴關雎歎之知好色之伐性短年也風寒所災百毒所傷中道夭於衆難莊子曰終天年不中道夭者是智之盛也世皆知笑悼謂之不善持生也方言曰悼哀也笑悼謂笑其不善養生而又哀其促齡也至于措身失理亡之於微積微成損積損成衰從衰得白從白得老從老得終悶若無端莊子曰藏乎無端之紀中智以下謂之自然穀梁傳荀息曰中智以上乃能慮之臣料虞君中智以下也縱少覺悟咸歎恨於所遇之初而不知慎衆險於未兆老子曰未兆易謀是由桓侯抱將死之疾而怒扁鵲之先見以覺痛之日爲受病之始也韓子曰扁鵲謂桓侯曰君有疾在腠理猶可湯熨桓侯不信後病迎扁鵲鵲逃之桓侯遂死史記曰扁鵲療簡子東過齊見桓侯東晳曰齊桓在簡子前且二百

歲小白後無齊桓侯田和子有桓公午去簡子首末相距二百八年史記自爲舛錯韋昭曰魏無桓侯臣瓚曰魏桓侯新序曰扁鵲見晉桓侯然此桓侯竟不知何國也害成於微而救之於著故有無功之治馳騁常人之域故有一切之壽仰觀俯察莫不皆然以多自證以同自慰謂天地之理盡此而已矣縱聞養生之事則斷以所見謂之不然其次狐疑雖少庶幾莫知所由其次自力服藥半年一年勞而未驗志以厭衰中路復廢或益之以畎古犬澮古外而泄之以尾閭尚書曰濬畎澮距川孔安國曰一畝之間廣尺深尺曰畎廣二尋深二仞曰澮畎澮深之亦入海也莊子海若曰天下之水莫大於海萬川歸之不知何時止而不盈尾閭泄之不知何時已而不虛司馬彪曰尾閭水之從海水出者也一名沃燋在東大海之中尾者在百川之下故稱尾閭者聚也水聚族之處故稱閭也在扶

文五十三　五　乙丑重刊　賈林

桑之東有一石方圓四萬里厚四萬里海水注者無不燋盡故名沃燋欲坐望顯報者或抑情忍欲割棄榮願而嗜好常在耳目之前所希在數十年之後說文云希望也穀梁傳荀息曰夫人玩好在耳目之前而患在一國之後又恐兩失內懷猶豫楚辭曰心猶豫而狐疑尸子曰五尺大犬爲豫說文云隴西謂犬子爲猶顏師古以爲人將犬行豫在人前待人不得又來迎候如此往還至于終日斯乃豫之所以爲未定也故稱猶豫或以爾雅云猶如麂善登木猶獸名聞人聲乃猶豫緣木如此上下故稱猶豫心戰於內物誘於外交賒相傾如此復敗者夫至物微妙可以理知難以目識譬猶豫章生七年然後可覺耳淮南子曰豫章之生七年可知延叔堅曰豫章與枕木相似須七年乃可別耳枕音尤今以躁競之心涉希靜之塗老子道經曰聽之不聞名曰希王逸楚辭注曰無聲曰靜意速而事遲望近而應遠

故莫能相終夫悠悠者既以未效不求論語桀溺曰滔滔者天下皆是也而求者以不專喪業偏恃者以不兼無功追術者以小道自溺凡若此類故欲之者萬無一能成也善養生者則不然矣清虛靜泰少私寡欲莊子曰廣成子謂黃帝曰必靜必清無勞汝形無搖汝精乃可以長生老子曰少私寡欲知名位之傷德故忽而不營非欲而彊禁也左氏傳曰名位不同禮亦異數識厚味之害性故棄而弗顧非貪而後抑也國語單襄公曰厚味實腊毒也外物以累心不存神氣以醇白獨著慎子曰夫德精微而不見聰明而不發是故外物不累其內莊子曰外物不可必司馬彪曰物事也忠孝內也而外事咸不信受也淮南子曰古之人神氣不蕩乎外莊子曰虛室生白向秀曰虛其心則純白獨著曠然無憂患寂然無思慮莊子曰聖人平易恬淡則憂患

文五十三　六　乙卯重刊

不能入也邪氣不能襲也故其德全而神不虧矣故曰聖人不思慮不預謀也又守之以一養之以和和理日濟同乎大順老子曰聖人抱一爲天下式河上公曰抱守也守一乃知萬事故能爲天下法式王弼曰一少之極也式猶則也文子曰古之爲道者養以和持以適莊子曰古之治道者以恬養知知生而無以知爲也謂之以知養恬知與恬交相養而和理出其性老子曰玄德深矣遠矣與物反矣乃至大順河上公曰大順者天理也鍾會曰反俗以入道然乃至於大順也然後蒸以靈芝潤以醴泉白虎通曰醴泉者美泉也狀如醴酒也晞以朝陽綏以五絃毛萇詩傳曰晞乾也無爲自得體妙心玄莊子曰天無爲以之清地無爲以之寧故兩無爲相合萬物皆化之也孰能得無爲哉老子曰玄之又玄衆妙之門忘歡而後樂足遺生而後身存莊子曰天下有至樂無有哉曰至樂無樂郭象曰忘歡而後樂足樂足而後身存莊子曰棄事則形不勞遺生則精不虧夫形全精復與天爲一若此以往恕可與羨門

比壽王喬爭年何爲其無有哉聲類曰怨人心度物也史記曰始皇之碣石使燕人盧生求羨門韋昭曰羨門古仙人也列仙傳曰王子喬者周靈王太子晉也道人浮丘公接以上嵩高山

運命論一首

運謂五德更運帝王所稟以生也春秋元命苞曰五德之運各象其類興亡之名應籙以次相代宋均曰運籙運也春秋元命苞曰命者天下之命也

李蕭遠

集林曰李康字蕭遠中山人也性介立不能和俗著遊山九吟魏明帝異其文遂起家爲尋陽長政有美績病卒

夫治亂運也窮達命也貴賤時也墨子曰貧富治亂固有天命不可損益王命論曰窮達有命吉凶由人莊子北海若曰貴賤有時未可以爲常也故運之將隆必生聖明之君春秋河圖揆命篇曰倉戲農黃三陽翼天德聖明聖明之君必有忠

賢之臣其所以相遇也不求而自合其所以相親也不介而自親介紹介也禮記曰介紹而傳命唱之而必和謀之而必從道德玄同曲折合符老子曰知者不言言者不知是爲玄同論語比考讖曰君子上達與天合符得失不能疑其志讒構不能離其交然後得成功也其所以得然者豈徒人事哉授之者天也告之者神也成之者運也夫黃河清而聖人生里社鳴而聖人出易乾鑿度曰聖人受命瑞應先見於河河水先清清變白白變赤赤變黑黑變黃各三日春秋潛潭巴曰里社明此里有聖人出其呴百姓歸天辟亡宋均曰里社之君鳴則教令行教令明惟聖人能之也呴鳴之怒者聖人怒則天辟亡矣湯起放桀時蓋此祥也明與鳴古字通羣龍見而聖人用易曰見羣龍無首吉又曰聖人作而萬物覩故伊尹有莘氏之媵臣也而阿衡於商說苑

鄒子說梁王曰伊尹有莘氏之媵臣湯立以爲三公毛詩曰實維阿衡左右商王毛萇傳曰阿衡伊尹也太公渭濱之賤老也而尚父於周史記曰太公望以漁釣干周西伯六韜曰文王卜田史扁爲卜曰于渭之陽將大得焉非熊非羆非虎非狼兆得公侯天遺汝師王乃齋戒三日田于渭陽卒見呂尚坐茅以漁毛詩大雅曰維師尚父時維鷹揚諒彼武王肆伐大商百里奚在虞而虞亡在秦而秦霸非不才於虞而才於秦也呂氏春秋曰凡亂也者必始乎近而後及遠始乎本而後及末亦然故百里奚處乎虞而虞亡處乎秦而秦霸百里奚之處乎虞知非遇也其處於秦非加益也有其本也其本也者定分之謂也張良受黃石之符誦三略之說黃石公記序曰黃石者神人也有上略中略下略河圖曰黃石公謂張良曰讀此爲劉帝師以遊於群雄其言也如以水投石莫之受也及其遭漢祖其言也如以石投水莫之逆也漢書曰張良以兵法說沛公沛公喜常用其策

爲它人言皆不省非張良之拙說於陳項而巧言於沛公也漢書張良乃說項梁立韓成爲韓王而漢書張良無說陳涉今此言之未詳其本也然則張良之言一也不識其所以合離合離之由神明之道也故彼四賢者名載於籙圖事應乎天人其可格之賢愚哉春秋考異郵曰稽之籙圖參於秦古易坤靈圖曰湯臣伊尹振鳥陵春秋命厤序曰文王受丹書呂望佐昌發春秋保乾圖曰漢之一師爲張良生韓之陂漢以輿春秋感精記曰西秦東闚謀襲鄭伯晉戎同心遮之殽谷反呼老人百里子哭語之不知泣血何益蒼頡篇曰格量度之也孔子曰清明在躬氣志如神嗜慾將至有開必先天降時雨山川出雲禮記文也鄭玄曰清明在躬氣志如神謂聖人也嗜慾將至謂其王天下之期將至也神有以開之必先爲之生賢智之輔佐若天將降時雨山川爲之出雲也詩云惟嶽降神生甫及申惟申及甫惟

周之翰運命之謂也。詩大雅文也。箋云：申，申伯；甫，甫侯也。毛萇傳曰：翰，幹也。言周道將興，五嶽爲之生佐仲山甫及申伯，爲周之幹臣也。豈惟興主，亂亡者亦如之焉。呂氏春秋曰：世有興主之士也。幽王之惑褒女也，祅始於夏庭。史記曰：昔夏后氏之衰也，有神龍二止於夏帝之庭而言曰：余，褒之二君也。夏帝卜殺之與去之與止之，莫吉。卜請其漦而藏之，乃吉。於是布幣而策告之，龍亡而漦在。夏氏乃櫝而去之。比三代莫之敢發。至厲王之末，發而觀之，漦流於庭，不可除。厲王使婦人臝而譟之，漦化爲玄黿，以入王後宮。後宮童妾既齔遭之，既笄而孕，無夫而生一女子，懼而棄之。宣王之時，童謠檿弧箕服，實亡周國。於是宣王聞之，有夫婦賣是器者，宣王使執而戮之。於道而鄉者後宮妾所棄妖子出於路者，聞其夜啼，哀而收之。夫婦遂奔於褒。褒人有罪，請入棄子以贖罪。棄子出於褒，是爲褒姒。幽王廢申后，立褒姒爲后。后父申侯怒，攻幽王，遂殺幽王酈山下。漦，仕淄切。曹伯陽之獲公孫彊也，徵發於社宮。左氏傳曰：初，曹人或夢衆君子立於社宮而謀亡曹，曹叔振鐸請待公孫彊，許之。旦而求之曹，無之。戒其子曰：我死，爾聞公孫彊爲政，必去之。及曹伯陽即位，好畋弋。曹鄙人公孫彊好弋，且言畋弋之說，說之。因訪政事，說於曹伯。從之，乃背晉而奸宋。宋人伐之，執曹伯陽以歸，殺之。叔孫豹之昵豎牛也，禍成於庚宗。左氏傳曰：初，穆子去叔孫氏，及庚宗，遇婦人，使私爲食而宿焉。魯人召之，所宿庚宗之婦人獻以雉。問其姓，對：余子長矣。召而見之，遂使爲豎。有寵，長使爲政。田於蒲丘，遂遇疾焉。豎牛曰：夫子疾病，不欲見人。使寘饋于介而退，弗進，則置虛器命徹。叔孫不食，卒。吉凶成敗，各以數至。春秋考異郵曰：吉凶有效，存亡出象。王命論曰：驗行事之成敗，數厤數也。孔安國尚書傳曰：厤數謂天道也。咸皆不求而自合，不介而自親矣。昔者聖人受命河洛曰：以文命者，七九而衰；以武興者，六八而謀。河洛謂河圖洛書也。文謂文德，即文王也。武謂武功，即武王也。言以文德受命者，或七世九世而漸衰微；以武功興起者，或六世八世而謀也。及成王定鼎於郟鄏，卜世三

十，卜年七百，天所命也。左氏傳王孫滿之辭也。其世之多少，年之短長，皆天所命也。七九六八，即卜世數也。杜預注曰：郟鄏，今河南也。武王遷之，成王定之。故自幽厲之間，周道大壞，言自成王至于厲王，凡有八世，即應七而衰也。毛詩序曰：蕩，召穆公傷周室大壞也。二霸之後，禮樂陵遲。二霸，齊桓、晉文也。自厲王至于二霸之卒，凡有九世，即應九而衰也。毛詩序曰：禮義陵遲，男女淫奔也。文薄之弊，漸於靈景。自二霸之卒至于景王，凡有六世，即應六而謀也。尚書大傳曰：周人之教以文，上教以文，君子其失也小人薄。鄭玄曰：文謂尊卑之差制也，習文法無悃誠也。靈景，周之王末者也。辯詐之僞，成於七國。言文薄既弊，詐僞乃成也。七國謂韓、魏、齊、趙、燕、楚、秦也。自景王至于七國，凡有八世，即應八而謀也。酷烈之極，積於亡秦。言詐僞既成，故加之以酷烈也。解嘲曰：呂刑靡弊，秦法酷烈也。文章之貴，棄於漢祖。言周人之教以文，故漢承之以貴也。漢書曰：陸賈爲太中大夫，賈時上前說稱詩書，高帝罵之曰：迺公以馬上得之，安事詩書也。仲長子昌言曰：漢祖輕文學而簡禮義。雖仲尼至聖，顏冉大賢，家語冉有曰：孔子者，大聖兼該，文武並通。又曰：顏回字子淵，以德行著名，孔子稱其賢。又曰：冉求字子有，以政事著名，性多謙退。揖讓於規矩之內，誾誾於洙泗之上，不能遏其端；論語曰：孔子朝與上大夫言，誾誾如也。孔安國曰：誾誾，中正之貌。禮記曾子謂子夏曰：吾與汝事夫子於洙泗之閒。鄭玄曰：洙泗，魯水名也。史記曰：甚哉魯之衰也，洙泗之閒誾誾如也。桓子新論曰：遏絕其端，其命在天。孟軻孫卿，體二希聖，從容正道，不能維其末。周易子曰：君子知幾其神乎。顏氏之子，其殆庶幾乎。有不善未嘗不知，知之未嘗復行。韓康伯曰：在理則昧，造形而悟，顏氏子之分也。失之於幾，故有不善；得之於二，不遠而復，故知之未嘗復行也。法言曰：睎驥之馬，亦驥之乘；睎顏之人，亦顏之徒也。顏嘗睎夫子矣。李軌曰：希，望也。言顏回嘗望孔子也。禮含文嘉曰：從容中道，陰陽度行也。天下卒至于溺而不可援。言小人之失在薄，故孔孟所不能援也。孟子曰：天下溺則援之以道。夫以仲

尼之才也而器不周於魯衛以仲尼之辯也而言不行
於定哀史記曰魯定公以孔子爲司寇季桓子受齊女樂不聽政孔子遂行適衛衛靈公置粟六萬居
頃之或譖孔子於靈公孔子恐獲罪去衛也以仲尼之謙也而見忌於子西
史記曰楚昭王興師迎孔子將以書社地七百里封孔子楚令尹子西曰王之使使諸侯有如子貢者乎曰無
有王之將帥有如子路者乎曰無有王之官尹有如宰予者乎曰無有且楚之祖封於周爲子男五十里今孔
丘述三五之法明周召之業王若用之則楚國安得世世土方數千里乎文王在豐武王在鎬卒王天下今孔
丘得據土壤賢弟子爲佐非楚之福也昭王乃止以仲尼之仁也而取讎於桓
魋史記曰孔子適宋與弟子習禮大樹下宋司馬桓魋欲殺孔子拔其樹孔子弟子曰可以速行矣孔子曰
天生德於予桓魋其如予何以仲尼之智也而屈厄於陳蔡家語曰楚昭王
聘孔子孔子往拜禮焉路出乎陳蔡陳蔡大夫相與謀曰孔子賢聖其刺譏皆中諸侯之病若用於楚則陳蔡

危矣遂使徒兵距孔子孔子不得行絕糧七日外無所通藜羹不充以仲尼之行也而招
毀於叔孫論語曰叔孫武叔毀仲尼子貢曰無以爲也仲尼不可毀也他人之賢者丘陵也猶可踰
也仲尼日月也無得而踰焉人雖自絕也其何傷於日月乎多見其不知量也夫道足以濟天
下而不得貴於人周易曰智周萬物而道濟天下言足以經萬世而不
見信於時文子曰養生以經世莊子曰未嘗聞任氏之風俗其不可與經於世亦遠矣行足
以應神明而不能彌綸於俗孝經曰孝悌之至通於神明周易曰故能彌綸天地
之道應聘七十國而不一獲其主說苑趙襄子謂子路曰吾嘗問孔子曰先生事
七十君無明君乎孔子不對何謂賢也驅驟於蠻夏之域屈辱於公卿之
門蠻謂蔡楚也毛詩曰蠢爾蠻荊夏謂宋衛也公謂魯侯也卿謂季氏也列子楊朱曰孔子屈於季氏見辱
於陽虎也其不遇也如此及其孫子思希聖備體而未之至

史記曰伯魚生伋字子思孟子曰子夏子游子張皆有聖人之一體冉伯牛閔子顏回則具體而微劉熙曰體
者四支股脚也具體者皆微者也皆具聖人之體微小耳體以喻德也封已養高勢動人
主國語叔向曰引黨以封已韋昭曰封厚也魏志高柔上疏曰三事不使知政遂各偃息養高其所
遊歷諸侯莫不結駟而造門雖造門猶有不得賓者焉
其徒子夏升堂而未入於室者也退老於家魏文侯師
之西河之人肅然歸德比之於夫子而莫敢間其言論語
子曰由也升堂矣未入於室也家語曰卜子夏孔子卒後教於西河之上魏文侯師事之而咨問國政焉禮記
曾子謂子夏曰吾與汝事夫子於洙泗之間退而老於西河之上使西河之人疑汝於夫子陳羣論語注曰不
得有非間之言也故曰治亂運也窮達命也貴賤時也而後之
君子區區於一主歎息於一朝屈原以之沈湘賈誼以

之發憤不亦過乎楚辭曰臨沅湘之玄淵兮遂自忍而沈流漢書曰天子以賈誼任公卿之
位絳灌之屬盡害之乃毀誼於是天子亦疏之以誼爲長沙王太傅誼既以謫去意不自得及渡湘水爲賦以
弔屈原屈原楚賢臣也被讒遂投江而死誼追傷之因以自諭楊雄反騷曰欽弔楚之湘纍音義曰屈原赴湘故
曰湘纍然則聖人所以爲聖者蓋在乎樂天知命矣周易曰樂
天知命故不憂故遇之而不怨居之而不疑也其身可抑而道
不可屈漢書孫寶曰道不可詘身詘何傷其位可排而名不可奪譬如
水也通之斯爲川焉塞之斯爲淵焉管子曰水有大小出之溝流於大水
及海者命之曰川出於地而不流命曰淵水升之於雲則雨施沈之於地則
土潤淮南子曰夫水者大不可極深不可測上天爲雨露下地爲潤澤無公無私水之德也周易文言曰
雲行雨施天下平也禮記月令曰季夏之月土潤溽暑鄭玄云土潤謂塗濕也體清以洗物不

亂於濁受濁以濟物不傷於清晏子春秋景公問晏子
曰廉正而長久其行何
也晏子對曰其行水也美哉水乎清清其濁無不寀塗其
清無不灑除是以長久也管子曰夫水淖溺以清好灑
人之惡仁也寀式甚切是以聖人處窮達如一也呂氏春秋曰古之得道者窮亦
樂達亦樂所樂非窮達也道得於此則窮達一也夫忠直之迕於主獨立之負
於俗理勢然也小雅曰迕犯也鄭玄禮記注曰負背也故木秀於林風必
摧之堆出於岸流必湍之廣雅曰秀出也論衡曰風衝之物不得育水湍之岸不得
峭行高於人衆必非之史記曰商君說秦孝公曰夫有高人之行者固見非於世前
監不遠覆車繼軌毛詩曰殷鑒不遠晏子春秋諺曰前車覆後車戒然而志士
仁人猶蹈之而弗悔操之而弗失何哉將以遂志而成
名也史記司馬遷曰詩書隱約者欲遂其志之思也班固漢書贊曰雖其陷於刑辟自與殺身成名也

求遂其志而冒風波於險塗家語曰不觀巨海何以知風波之患也求成
其名而歷謗議於當時司馬遷書曰下流多謗議彼所以處之蓋有
筭矣蒼頡篇曰筭計也子夏曰死生有命富貴在天論語子夏曰商聞之
死生有命富貴在天故道之將行也命之將貴也論語子曰道之將行也與命也
則伊尹呂尚之興於商周百里子房之用於秦漢不求
而自得不徼而自遇矣論衡曰命吉不求自得富貴之命西京賦曰不徼自遇道
之將廢也命之將賤也論語子曰道之將廢也與命也豈獨君子恥之
而弗爲乎蓋亦知爲之而弗得矣凡希世苟合之士蘧
蒢戚施之人莊子曰原憲謂子貢曰夫希世而行比周而友憲不忍爲也司馬遷報任安書曰苟
合取容毛詩云燕婉之求蘧蒢不鮮又曰燕婉之求得此戚施俛仰尊貴之顏逶迤勢

利之閒杜預左氏傳注曰俛仰伏也鄭玄毛詩箋曰蘧蒢觀人顏色而爲辭故不能俯又曰戚施下人
以色故不能仰史記曰蘇秦嫂逶迤而謝曰見季子位高金多也意無是非讚之如流
言無可否應之如響毛詩曰巧言如流史記淳于髡曰鄒忌其應我若響之應聲也以
闚看爲精神以向背爲變通周易曰變通者趣時者也勢之所集從
之如歸市勢之所去棄之如脫遺孟子曰太王居邠狄人侵之乃踰梁山邑
于岐山下從者如歸市焉廣雅曰脫誤也毛詩曰棄予如遺鄭玄曰如人遺忘忽然不省存也其言曰
名與身孰親也得與失孰賢也榮與辱孰珍也老子曰名與身
孰親得與亡孰病也家語子貢曰與其俱失二者孰賢鄭玄儀禮注曰賢猶勝也故遂絜其衣
服矜其車徒冒其貨賄淫其聲色杜預左氏傳注曰冒貪也脉脉然
自以爲得矣爾雅曰脉相視也郭璞曰脉脉謂相視貌也蓋見龍逢比干之

亡其身而不惟飛廉惡來之滅其族也尸子曰義必利雖桀殺關龍逢
紂殺王子比干猶謂義之必利也史記曰中潏生蜚廉蜚廉生惡來父子俱以材力事殷紂說苑子石曰費仲
惡來革去皐決目崇侯虎順紂之心欲以合於意武王伐紂四子死牧之野蓋知伍子胥之屬音燭
鏤力俱於吳而不戒費無忌之誅夷於楚也左傳曰吳將伐齊越子率其屬
以朝焉王及列士皆饋賂吳人皆喜惟子胥懼曰是豢吳也使於齊屬其子於鮑氏爲王孫氏反役王聞之使
賜之屬鏤以死杜預曰改姓爲王孫欲以辟吳禍屬鏤劍名又左傳曰沈尹戍言於子常曰夫無極楚之讒人
也去朝吳出蔡侯朱喪太子建殺連尹奢子而弗圖將焉用之子常曰是瓦之罪也乃殺費無極鄢將師盡滅
其族以說其國蓋譏汲黯之白首於主爵而不懲張湯牛車之
禍也漢書曰汲黯爲東海太守東海大治召爲主爵都尉又曰上以張湯爲懷詐面欺使使簿責湯湯自
殺諸子欲厚葬湯母曰湯爲天子大臣被惡言而死何厚葬爲載以牛車有棺而無槨蓋笑蕭望

之跋蒲末躓竹利於前而不懼石顯之絞縊於後也漢書曰前將軍蕭望之及光祿大夫周堪建白以爲宜罷中書宦官應古不近刑人由是大與石顯忤後皆害焉望之自殺毛詩曰狼跋其胡載躓其尾漢書曰成帝立丞相奏顯舊惡免官徙歸故郡憂懣不食道病死故夫達者之筭也亦各有盡矣曰凡人之所以奔競於富貴何爲者哉若夫立德必須貴乎則幽厲之爲天子不如仲尼之爲陪臣也左氏傳王饗管仲管仲曰陪臣敢辭杜預注曰諸侯之臣曰陪臣必須勢乎則王莽董賢之爲三公不如楊雄仲舒之閴其門也漢書曰拜王莽爲大司馬又曰董賢代丁明爲大司馬楊雄自序曰雄家代素貧耆酒人希至其門又曰董仲舒爲博士下帷講誦弟子傳以文次相授業或莫見其面必須富乎則齊景之千駟不如顏回原憲之約其身也論語子曰齊景公有馬千駟死之日民無得而

稱焉又曰顏淵問仁子曰克己復禮爲仁馬融曰克己約身也家語曰原憲宋人字子思清約守節貧而樂道其爲實乎則執杓而飲河者不過滿腹棄室而灑雨者不過濡身過此以往弗能受也桓公新論曰子貢對齊景公曰臣事仲尼譬如渴而操杯器就江海飲滿腹而去又焉知江海之深也其爲名乎則善惡書于史册毀譽流於千載淮南子曰三代之善千歲之積譽也桀紂之惡千載之積毀也賞罰懸於天道吉凶灼乎鬼神固可畏也廣雅曰灼明也將以娛耳目樂心意乎南都賦曰遊觀之好耳目之娛譬命駕而遊五都之市則天下之貨畢陳矣孔叢子孔子歌曰巾車命駕漢書曰王莽於五都立均官更名雒陽邯鄲臨淄宛成都市長皆爲五均司市師也褰裳而涉汶問陽之丘則天下之稼如雲矣毛詩曰子惠思我褰裳涉溱公羊傳曰莊公會諸侯盟于柯曹子曰願請汶陽之田如雲言多也椎直追紒而守敖庾海陵之倉則山坻之積在前矣漢書曰尉佗魋結服虔曰魋音椎今兵士椎頭結張揖上林賦注曰紒髻後垂也紒即髻字也于子正文引此而爲髻字漢書曰築甬道屬河以取敖倉粟又枚乘上書曰夫漢轉粟西向不如海陵之倉毛詩曰曾孫之庾如坻如京毛萇詩傳曰京丘也鄭玄曰庾露積穀也扱袵而登鍾山藍田之上則夜光璵余璠煩之珍可觀矣爾雅曰扱袵曰擷廣雅曰扱插也並初洽切淮南子曰鍾山之玉范子計然曰玉英出藍田許慎淮南子注曰夜光之珠有似明月故曰明月也左氏傳曰季平子卒陽虎將以璵璠斂杜預曰璵璠美玉也夫如是也爲物甚衆爲己甚寡不愛其身而嗇其神呂氏春秋曰凡事之本必理身嗇其大寶高誘曰嗇愛也寶身也風驚塵起散而不止風驚塵起喻惡積而豐生塵散而不止喻豐生而不滅六疾待其前五刑隨其後左氏傳曰昭元年晉侯求醫於秦秦使醫和視之和曰是謂近女室公曰

女不可近乎對曰天有六氣淫生六疾六氣曰陰陽風雨晦明過則爲災陰淫寒疾陽淫熱疾風淫末疾雨淫腹疾晦淫惑疾明淫心疾今君不節能無及此乎書曰惟敬五刑以成三德利害生其左攻奪出其右而自以爲見身名之親疏分榮辱之客主哉言奔競之倫禍敗若此而乃尚自以爲審見身名親疏之理妙分榮辱客主之義哉言惑之甚也天地之大德曰生聖人之大寶曰位何以守位曰仁何以正人曰義周易曰天地之大德曰生聖人之大寶曰位何以守位曰仁何以聚人曰財理財正辭禁人爲非曰義故古之王者蓋以一人治天下不以天下奉一人也淮南子曰古之立帝王者非以奉養其欲也爲天下掩衆暴寡故立天子以齊一之也古之仕者蓋以官行其義不以利冒其官也論語子曰君子之仕行其義也杜預左氏傳注曰冒貪也古之君子蓋恥得之而弗能治也不恥能治

而弗得也。原乎天人之性。核胡革乎邪正之分。呂氏春秋曰衆正之所積其福無不及衆邪之所積其禍無不違權乎禍福之門。終乎榮辱之筭。其昭然矣。爾雅曰權輿始也尸子曰聖人權福則取重權禍則取輕呂氏春秋曰少多治亂不可不察此禍福之門也管子曰爲善者有福爲不善者有禍孟子曰仁則榮不仁則辱孫卿子曰先義後利者榮先利後義者辱故君子舍彼取此。言舍欲利而取仁義也老子曰故去彼取此若夫出處不違其時。默語不失其人。周易曰君子之道或出或處或默或語天動星迴。而辰極猶居其所。言君子之性語默出處雖從其時而中心常不改其操似天動星迴而北辰常居其所而不改也論語子曰爲政以德譬如北辰居其所而衆星拱之鄭玄曰北極謂之北辰璣旋輪轉。而衡軸猶執其中。尚書曰琁璣玉衡以齊七政孔安國曰璣衡王者正天文之器可運轉者馬融曰琁璣渾天儀可轉旋鄭玄曰轉運者爲機持正者爲衡莊子曰軸不運而輪致千里既明且哲。以保其身。貽厥孫謀。以燕翼子者。毛詩大雅文也毛萇傳曰燕安也翼敬也箋云貽猶傳也孫順也言傳其所順以天下之謀以安其敬事之子孫謂使行之也昔吾先友。嘗從事於斯矣。論語曾子曰以能問於不能昔者吾友嘗從事於斯矣

辯亡論上下二首孫盛曰陸機著辯亡論言吳之所以亡也陸士衡

昔漢氏失御。姦臣竊命。姦臣謂董卓也荅賓戲曰王塗蕪穢周失其御法言曰上失其政姦臣竊國命禍基京畿。毒徧宇内。皇綱弛紊。王室遂卑。荅賓戲曰廓帝紘恢皇綱劇秦美新曰皇綱弛而未張尚書傳曰紊亂也新序曰及定王王室遂卑矣於是羣雄蜂駭。義兵四合。廣雅曰駭起也漢高祖曰吾以義兵誅殘賊又魏相曰救亂誅暴謂之義兵吳武烈皇帝慷慨下國。電發荆南。吳志曰漢以孫堅爲長沙太守董卓專權諸州郡並興義兵欲以討卓堅亦舉兵荆州刺史王叡素遇堅無禮堅過殺之北至南陽衆數萬人楚辭曰雷動電發權略紛紜。忠勇伯世。公羊傳曰權者反於經而後有善者也威稜則夷羿震盪。達朗兵交則醜虜授馘。漢書曰武帝報李廣書曰威稜憺乎鄰國李奇曰神靈之威曰稜左氏傳魏莊子謂晉侯曰寒浞伯明氏之讒子弟也夷羿收之以爲己相杜預曰夷氏也羿善射左氏傳曰兵交使在其間毛詩曰仍執醜虜箋云馘所格者之左耳也遂掃清宗祊。補盲蒸禋皇祖。毛詩曰祝祭于祊毛萇傳曰祊廟門内之祭也爾雅曰冬祭曰蒸尚書孔氏傳曰精意以饗謂之禋皇祖謂漢祖也吳書曰堅入洛掃除漢宗廟祠以太牢于時雲興之將帶州。飈起之師跨邑。哮呼交闞之羣風驅。熊羆之衆霧集。毛詩曰進厥武臣闞如虓虎尚書武王曰勗哉夫子尚桓桓如虎如貔如熊如羆雖兵以義合。同盟勠力。左氏傳曰諸侯同盟於亳國語曰勠力一心賈逵曰勠力并力也然皆苞藏禍心。阻兵怙亂。左氏傳曰楚公子圍聘于鄭鄭使行人子羽與之言曰大國無乃苞藏禍心以圖之又衆仲曰夫州吁阻兵而安忍杜預曰阻恃也又君子曰史佚所謂無怙亂也或師無謀律。喪威稔寇。言出師之法必以律齊之今則不然各恃兵怙亂而出師無律也稔寇言喪其威權令資熟於寇也周易曰師出以律否臧凶左氏傳萇弘曰毛得必亡是昆吾稔之日杜預曰稔熟也忠規武節。未有如此其著者也。漢書武帝詔曰躬秉武節武烈既沒。長沙桓王逸才命世。弱冠秀發。吳志曰權稱尊號追謚策曰長沙王言桓王挺英逸之才命世而出也禮記曰人生二十曰弱冠招攬遺老。與之述業。神兵東驅。奮寡犯衆。范曄後漢書陳忠曰旬月之閒神兵電掃攻無堅城之將。戰無交鋒之虜。誅叛柔服。而江外厎旨定。左氏傳隨武子曰君討鄭怒其貳而哀其卑叛而伐之服而赦之伐叛刑也柔服德也二者立矣尚書曰震澤厎定飾法脩師。則威德翕赫。周易曰先王明罰飭法趙充國頌曰諭以威德賓禮名賢。而張昭爲之雄。吳志曰策以彭

城張昭爲謀主。班固漢書曰：班伯諸所賓禮皆名豪。又述曰：賓禮故老。交御豪俊，而周瑜
爲之傑。吴志曰：策徙居舒，與周瑜相友，收合士大夫，江淮閒人咸向之。彼二君子，皆弘
敏而多奇，雅達而聰哲，故同方者以類附，等契者以氣
集，而江東蓋多士矣。周易曰：方以類聚，物以群分。又曰：同聲相應，同氣相求。將北
伐諸華，誅鉏干紀，左氏傳曰：吴，周之冑裔也，今而始大，比于諸華。又季孫盟臧氏曰：無或如
臧孫紇干國之紀，犯門斬關。春秋合誠圖曰：誅鉏民害。旋皇輿於夷庚，反帝座乎
紫闥。吴志曰：曹公與袁紹相拒於官渡，策陰謀襲許，迎漢帝。繁欽辨惑曰：吴人者，以船檝爲輿馬，以巨海
爲夷庚。臧榮緒晉書：司徒王謐議曰：夷庚未入，乘輿旅館。然夷庚者，藏車之所。崔駰達旨曰：攀台階，闚紫闥。
挾天子以令諸侯，清天步而歸舊物，戰國策：張儀謂秦惠王曰：挾天子以
令天下，此王業也。毛詩曰：天步艱難，之子不猶。左氏傳：伍員曰：少康祀夏配天，不失舊物。戎車既次，

六百四十八　文五十三　十九

羣凶側目，大業未就，中世而殞。漢書曰：列侯宗室見郅都側目。范曄後漢書：陳
蕃上疏曰：群凶側目，禍不旋踵。周易曰：富有之謂大業。用集我大皇帝，吴志曰：權薨，謚曰大
皇帝。以奇蹤襲於逸軌，叡心因於令圖，從政咨於故實，播
憲稽乎遺風，國語：樊穆仲對宣王曰：魯侯賦事行刑，必問於遺訓，而諮於故實。史記曰：宣王即位，
脩政，法文武成康遺風，諸侯復宗周室也。而加之以篤固，申之以節儉，疇咨
俊茂，好謀善斷，尚書：帝曰：疇咨若時登庸。班固王命論曰：信誠好謀。束帛旅於丘
園，旌命交於塗巷。周易曰：賁于丘園，束帛戔戔。孟子曰：夫招士以弓，大夫以旌。謝承後漢書
曰：鄧道不應州郡旌命。故豪彥尋聲而響臻，志士希光而景騖，異
人輻湊，猛士如林。班固公孫弘贊曰：異人並出。文子曰：群臣輻湊。張湛曰：如衆輻之集轂也。
漢高祖歌曰：安得猛士守四方。毛詩曰：其會如林。於是張昭爲師傅，吴志曰：權待張昭以

師傅之禮。周瑜、陸公、魯肅、呂蒙之儔，入爲腹心，出作股肱，吴志
曰：呂蒙字子明，汝南人也，爲武威將軍、南郡太守。餘並已見三國名臣頌。毛詩曰：赳赳武夫，公侯腹心。尚書曰：命
汝予翼，作股肱心膂。甘寧、凌統、程普、賀齊、朱桓、朱然之徒奮其威，
吴志曰：甘寧字興霸，巴郡臨江人也，少有氣力，好游俠，拜西陵太守。又曰：凌統字公績，吴郡人也，拜偏將軍。又
曰：程普字德謀，右北平人也，領江夏太守，遷盪寇將軍。又曰：賀齊字公苗，會稽人也，爲蘄春太守。又曰：朱桓字
休穆，吴郡人也，拜前將軍，領青州牧。又曰：朱然字義封，朱治姊子也，姓施氏，初治未有子，然年十三，乃啓策乞
以爲嗣，爲左大司馬、右軍帥。韓當、潘璋、黄蓋、蔣欽、周泰之屬宣其力，
吴志曰：韓當字義公，遼西人也，遷昭武將軍，又加都督之號。又曰：潘璋字文珪，東郡人也，拜平北將軍、襄陽太
守。又曰：黄蓋字公覆，零陵人也，拜武鋒中郎將，加偏將軍。又曰：蔣欽字公奕，九江人也，拜右護軍。又曰：周泰字
幼平，九江人也，拜漢中太守、奮威將軍。尚書曰：予欲宣力四方，汝爲。風雅則諸葛瑾、張承、

文五十三　二十　乙卯重刊　王才

步隲以名聲光國，諸葛瑾已見三國名臣頌。吴志曰：張昭長子承，字仲嗣，少以才學知名，爲
濡須督、奮威將軍。又曰：步隲字子山，臨淮人也。孫權爲討虜將軍，召隲爲主記。權稱尊號，代陸遜爲丞相，誨育
門生，手不釋卷。蔡邕陳太丘碑曰：紆佩金紫，光國垂勳。政事則顧雍、潘濬、呂範、呂
岱以器任幹職，吴志曰：顧雍代孫劭爲丞相，平尚書事，其所選用文武將吏，隨能所任，心無適
莫。又曰：潘濬字承明，武陵人也，弱冠從宋仲子受學，權稱尊號，拜爲少府，遷太常。又曰：呂範字子衡，汝南人也，
權拜裨將軍，亮即位，遷揚州牧，又遷大司馬。又曰：呂岱字定公，廣陵人也，權拜上將軍，亮即位，拜大司馬。岱清
身奉公，所在可述。許慎淮南子注曰：幹，彊也。奇偉則虞翻、陸績、張惇以
諷議舉正，虞翻已見三國名臣頌。吴志曰：虞翻性不協俗，數犯顔諫爭。又曰：陸績字公紀，吴郡人也，孫權統事，
辟爲奏曹掾。又曰：張温字惠恕，吴郡人也，權拜議郎，徙太子太傅，甚見信重。吴録曰：張惇字叔方，吴郡人也，德
量淵懿，清虚淡泊，又善文辭，孫權以爲車騎將軍，出補海昏令。毛詩曰：出入諷議。奉使則趙咨

沈珩衡以敏達延譽吳志曰權遣都尉趙咨使魏魏帝問吳王何等主也咨對曰聰明仁智雄略之主也帝問其狀對曰納魯肅於凡品是其聰也拔呂蒙於行陣是其明也獲于禁而不害是其仁也取荊州兵不血刃是其智也據三州虎視於天下是其雄也屈身於陛下是其略也吳書曰咨字德度南陽人拜騎都尉又曰沈珩字仲山吳郡人也權以珩有智謀能專對乃使至魏魏文帝問曰吳嫌魏東向乎珩曰不嫌也曰何以知曰信恃舊盟言歸于好是以不嫌若魏渝盟自有備豫文帝善之以奉使有稱封永安鄉侯官至少府國語曰使張老延君譽于四方術數則吳範趙達以機祥協德韋昭漢書注曰厤數占術也吳志曰吳範字文則會稽人也以治厤數知風氣聞於郡中權以範爲騎都尉領太史令又曰趙達河南人也治九宮一筭之術究其微旨孫權行師征伐每令達有所推步皆如其言呂忱字林曰禨祆祥也居衣切天文志曰臣主共憂患其察禨祥如淳曰呂氏春秋曰荊人鬼而越人禨今之巫祝禱祀之比也晉灼曰禨音珠璣之璣董襲陳武殺身以衛主吳志曰董襲字元世會稽人也爲偏將軍曹公出濡須口襲從權赴之襲督五樓船住濡須口夜卒暴風樓船傾覆左右散走遠舸乞使襲出襲怒曰受將軍任在此備賊何等委去也敢復言此者斬於是莫敢干其夜船敗襲死權改服臨殯又曰陳武字子烈廬江人也累有功勞進位偏將軍建安二十年從擊合肥奮命戰死權哀之自臨其喪駱統劉基彊諫以補過吳志曰駱統字公緒會稽人也權召爲功曹志在補察苟所聞見夕不待旦又曰劉繇長子基字敬輿權爲吳王基爲大司農權嘗宴飮騎都尉虞翻醉酒犯忤權欲殺之威怒甚盛由基諫爭翻以得免左氏傳士季謂晉侯曰詩云衮職有闕惟仲山甫補之能補過也謀無遺諝舉不失策廣雅曰諝智也思與切東觀漢記魯恭上疏曰舉無遺策動不失其中故遂割據山川跨制荊吳而與天下爭衡矣爭衡謂角其輕重也漢書公孫獲曰吳楚之王西與天子爭衡鄭玄周禮注曰稱上曰衡魏氏嘗藉戰勝之威率百萬之師漢書鼂錯曰戰勝之威民氣百倍浮鄧塞去之舟下漢陰之衆孔安國尚書傳

文五十三　二十一　乙丑重刊　王才

曰順流曰浮酈元水經注曰鄧塞者即鄧城東北小山也先後因之以爲鄧塞漢陰漢水之南也莊子曰子貢南遊於楚過漢陰羽檝萬計龍躍順流羽檝言疾也羽獵曰枝鏌邪而羅者以萬計周易曰見龍在田或躍在淵鋭騎千旅虎步原隰李陵詩曰幸託不肖軀且當猛虎步謨臣盈室武將連衡包咸論語注曰衡軛也戎車武將所駕故以連衡喻多也喟然有吞江滸之志一宇宙之氣毛萇詩傳曰水涯曰滸而周瑜驅我偏師黜之赤壁吳志曰曹公入荊州權遂遣瑜與備并力逆曹公遇於赤壁初一交戰公軍破退喪旗亂轍僅而獲免收迹遠遁左氏傳曹劌曰吾視其轍亂望其旗靡鄭玄禮記注曰遁逃也漢王亦憑帝王之號帥巴漢之民乘危騁變結壘千里志報關羽之敗圖收湘西之地而陸公亦挫之西陵覆師敗績困而後濟絕命永安蜀志曰孫權襲殺關羽取荊州先主忿孫權之襲關羽遂乃伐吳吳將陸遜大破先主軍遂弃船還魚復改縣曰永安先主徂于永安宮吳志曰備升馬鞍山陸遜促諸軍四面蹙之土崩瓦解馬鞍山在西陵之西續以濡須之寇臨川摧鋭吳厤曰曹公出濡須作油船夜渡洲上權以水軍圍取得三千餘人其没溺者數千人蓬籠之戰子輪不反魏志曰張遼之討陳蘭別遣臧霸至皖討吳吳將韓當遣兵逆霸與戰于蓬籠楚辭曰登蓬籠而下隕兮王逸曰蓬籠山名也公羊傳曰晉敗秦於殽匹馬隻輪無反者由是二邦之將喪氣挫鋒勢衄奴六財匱而吳莞然坐乘其弊論語曰子之武城聞絃歌之聲莞爾而笑何晏曰莞爾小笑貌故魏人請好漢氏乞盟左氏傳曰隱公攝位而欲求好於邾又曰鄭伯乞盟請服遂躋天號鼎跱而立方言曰躋登也漢書蒯通說韓信曰今爲足下之計莫若三分天下鼎足而立其勢莫敢先動西屠庸益之郊北裂淮漢之涘王逸楚辭注曰屠裂也東包百越之地南括群蠻之

文五十三　二十二　乙丑重刊刘用

表賈誼過秦曰南取百越之地薛君韓詩章句曰括約束也於是講八代之禮蒐三
王之樂八代三皇五帝也杜預左氏傳注曰蒐閱也蒐與搜古字通三王夏殷周也告類上
帝拱揖群后尚書曰肆類于上帝孔安國曰類謂攝位事類遂以攝告天及五帝也尚書曰班瑞
于群后典引曰欽若上下恭揖群后虎臣毅卒循江而守毛詩曰進厥虎臣左氏傳君子
曰殺敵爲果致果爲毅漢書伍被曰彊弩臨江而守長棘勁鎩望飇而奮爾雅曰棘戟也
說文曰鎩鈹有鐔也亦曰長刃矛刀之類也山列切庶尹盡規於上四民展業于
下尚書曰庶尹允諧孔安國傳曰尹正也衆官之長國語召康公曰天子聽政近臣盡規又曰內史過曰庶
人工商各守其業以供其上化恊殊裔風衍遐圻左氏傳曰天子之地一圻杜預曰一
圻方千里圻界也言風教及遠乃俾一介行人撫巡外域左氏傳曰晉人使子貢對
鄭使曰君有楚命亦不使一介行李告于寡君杜預曰一介獨使也巨象逸駿擾於外閑

周禮曰天子十有二閑馬六種鄭玄曰每廄爲一閑明珠瑋寶耀於內府周禮曰玉
府掌王之金玉玩好珍瑰重迹而至奇玩應響而赴漢書息夫躬曰羽檄重積
而狎至輶由軒騁於南荒衝輣息於朔野揚雄荅劉歆書曰嘗聞先代輶
軒之使班固漢書述曰戎車七征衝輣閑閑字略作輶樓也音義曰輣兵車名也薄萌切齊民免干
戈之患戎馬無晨服之虞而帝業固矣漢書難蜀父老曰今割齊民以
附夷狄如淳曰齊等無有貴賤故謂之齊民老子曰天下無道戎馬生郊爾雅曰虞度也大皇既
歿幼主莅朝幼主孫亮也吳志曰孫亮字子明權少子也立爲太子權薨即尊號姦回肆
虐景皇聿興尚書曰崇信姦回南都賦曰犲狼肆虐吳志曰孫休字子烈權第六子也亮廢孫綝
使宗正孫楷迎休即位薨謚曰景帝毛萇詩傳曰聿遂也虔修遺憲政無大闕守文
之良主也南都賦曰朝無闕政公羊傳曰繼文王之體守文王之法度也降及歸命之

初吳志曰孫皓降晉晉賜號歸命侯典刑未滅故老猶存尚書曰尚有典刑毛詩曰
召彼故老大司馬陸公以文武熙朝左丞相陸凱以謇諤盡
規吳志曰孫皓即位拜陸抗大司馬荊州牧又曰陸凱字敬風吳郡人也孫皓遷爲左丞相凱上表疏皆指
事不飾忠懇孔安國尚書傳曰熙廣也周易曰王臣謇謇匪躬之故史記趙簡子曰諸大夫在朝徒聞唯唯不
聞周舍之諤諤盡規已見上文而施績范慎以威重顯吳志曰施績字公緒遷將軍督
領盜賊事持法不傾拜左大司馬吳錄曰范慎字孝敬廣陵人也竭忠知己之君纏縣三益之友時人榮之孫
皓以爲太尉丁奉離斐以武毅稱吳志曰丁奉字承淵廬江人也少以驍勇爲小將亮
即位爲冠軍將軍魏將諸葛誕據壽春降魏人圍之使奉與黎斐解圍奉爲先登黎斐力戰有功拜左將軍黎
與離音相近是一人但字不同孟宗丁固之徒爲公卿吳志曰孫皓以左右御史大夫
丁固孟仁爲司徒司空吳錄曰初固爲尚書夢松樹生腹上謂人曰松字十八公也後十八歲當爲三公乎卒

如夢焉又曰孟仁字恭武江夏人也本名宗避皓字易焉楚國先賢傳曰累遷光祿勳遂至三公樓玄
賀邵之屬掌機事吳志曰樓玄字承先沛郡人也孫皓遂用玄爲宮下録事禁中侯主殿中事
又曰賀邵字興伯會稽人也皓時爲中書令漢官解故曰機事所揔號令攸發元首雖病股肱
猶存尚書大傳曰元首君也股肱臣也爰及末葉群公既喪然後黔首
有瓦解之志皇家有土崩之釁黔首已見過秦論漢書徐樂上書曰何謂瓦解
吳楚齊趙之兵是也當是之時安土樂俗之民衆故諸侯無境外助此之謂瓦解又曰何謂土崩秦之末葉是
也人困而主不恤下怨而上不知此之謂土崩也厤命應化而微王師躡運而
發厤命厤數天命也王師謂晉師也言躡其運數而發也干寶晉紀曰咸寧五年十一月命安東將軍王渾
向揚州龍驤將軍王濬帥巴蜀之卒浮江而下卒散於陳民奔于邑城池無藩
籬之固山川無溝阜之勢過秦論曰楚師深入鴻門曾無藩籬之難非有工

輸雲梯之械智伯灌激之害墨子曰公輸班爲雲梯必取宋史記曰晉智伯攻晉
陽歲餘引汾水灌其城不沒者三版城中懸釜而炊易子而食楚子築室之圍燕人濟
西之隊左氏傳曰楚子圍宋將去之申叔時曰築室反耕者宋必聽命王從之宋人乃懼遂及楚平史
記曰燕昭王使樂毅爲上將軍伐齊破之濟西軍未浹辰而社稷夷矣左氏傳君子曰
莒恃其陋浹辰之閒而楚剋其三都杜預曰浹辰十二日也浹祖牒切干寶晉紀曰太康元年四月王濬鼓入
于石頭吳主孫皓面縛輿櫬降于濬雖忠臣孤憤烈士死節將奚救哉襄陽
記曰張悌字臣先襄陽人晉伐吳悌逆之吳軍大敗諸葛靚退走使過迎悌悌不肯去靚自牽之悌垂泣曰今日
是我死日也靚遂放之爲晉軍所殺韓子有孤憤篇司馬遷書曰世又不與能死節者也夫曹劉之
將非一世所選向時之師無曩日之衆向時謂太康之役也曩日謂昔
日之曹劉也戰守之道抑有前符符猶法也險阻之利俄然未改

而成敗貿理古今詭趣何哉廣雅曰貿易也說文曰詭變也詭與恑同彼此
之化殊授任之才異也

辯亡論下

昔三方之王也魏人據中夏漢氏有岷益吳制荊揚而
奄交廣東都賦曰自中夏以布德毛萇詩傳曰奄覆也曹氏雖功濟諸華虐亦
深矣其民怨矣左氏傳曰吳周之胄裔也今而始大比于諸華毛詩序曰亡國之音哀以思其
民怨劉公因險以飾智功已薄矣其俗陋矣淮南子曰僞之生飾智以
警愚范曄後漢書吳祐曰遠在海濱其俗誠陋也夫吳桓王基之以武太祖成
之以德聰明叡達懿度弘遠矣周易曰古之聰明叡智神武而不殺者夫莊子
許由曰齧缺之爲人也聰明叡智其求賢如不及卹民如稚子論語曰子曰見
善如不及謝承後漢書曰延篤遷京兆尹卹民如子接士盡盛德之容親仁罄丹
府之愛拔呂蒙於戎行識潘濬於係虜吳志曰呂蒙年十五六隨鄧當
擊賊策見而奇之引置左右張昭薦蒙拜別部司馬又曰潘濬字承明武陵人也江表傳曰權剋荊州將吏悉
皆歸附而濬獨稱疾不見權遣人以牀就家輿致之濬伏面著席不起涕泣交橫哀哽不能自勝權慰勞與語
呼其字曰承明昔觀丁父鄀俘也武王以爲軍帥彭仲爽申俘也文王以爲令尹此二人卿荊國之先賢也初
雖見囚後皆擢用爲楚名臣卿獨不然未肯降意將以孤異古人之量邪使親近以巾拭面濬起下地拜謝即
以爲治中荊州諸軍事一以咨之毛萇詩傳曰識用也推誠信士不恤人之我欺
量能授器不患權之我逼執鞭鞠躬以重陸公之威悉
委武衛以濟周瑜之師吳志陸機爲遜銘曰魏大司馬曹休侵我北鄙乃假公黃鉞統
御六師及中軍禁衛而攝行王事主上執鞭百司屈膝江表傳曰曹公入荊州周瑜夜請見權曰諸人徒見操

書言水步八十萬而各恐懾不復斷其事實今以實較之不過十五六萬軍已久疲得精兵五萬自足制之權
曰五萬兵難卒合已選三萬人船載糧具俱辦卿與子敬便在前發孤當增發人衆多載資糧爲軍後援也
卑宮菲食以豐功臣之賞披懷虛己以納謨士之筭論語
曰禹菲飲食而致孝乎鬼神卑宮室而盡力乎溝洫馬融曰菲薄也漢書李尋傳曰王根輔政數虛己問尋
故魯肅一面而自託士燮蒙險而致命吳志曰魯肅字子敬臨淮人也
周瑜薦肅才宜佐時當廣求其比以成功業不可令去也權即召肅與語甚說之衆賓罷退獨引肅還合榻對
飲又曰士燮字威彥蒼梧人也漢時燮爲綏南中郎將董督七郡領交阯太守孫權遣步騭爲交州刺史燮率
兄弟奉承節度權加燮爲左將軍燮遣子廞入質高張公之德而省遊田之娛
賢諸葛之言而割情欲之歡吳志曰張昭爲軍師權每田獵常乘馬射虎虎常突
前攀持馬鞍昭變色而前曰將軍何有當爾夫爲人君者謂能駕御英雄驅使羣賢豈謂馳逐於原野校勇於

猛獸者乎如有一日之患奈天下笑何權謝昭曰年少慮事不遠慙君然猶不能已諸葛瑾事未詳感陸公之規而除刑法之煩奇劉基之議而作三爵之誓吳志曰陸遜陳便宜勸以施德緩刑寬賦息調權報曰君以爲太重孤亦何利焉但不得已而爲之爾於是令有司盡寫科條使郎中褚逢齎以就遜意所不安令損益之權既爲吳王歡宴之末自起行酒虞翻伏地陽醉不持權去翻起坐權於是大怒手劍欲擊之侍坐者莫不惶遽惟大司農劉基起抱權諫曰大王三爵後殺善士雖翻有罪天下孰知之翻由是得免權因勑左右自今酒後言殺皆不得殺屏氣跼局蹐脊以伺子明之疾分滋損甘以育凌統之孤論語曰屏氣似不息者毛詩曰謂天蓋高不敢不跼謂地蓋厚不敢不蹐吳志曰呂子明疾發權時在公安迎置內殿所以治護者萬方募封內有能愈蒙者賜千金欲數見其顏色又恐其勞動常穿鑿壁瞻之見其小能下食則喜顧左右言笑不然則咄唶夜不能寐病小瘳爲下赦令羣臣畢賀後更增篤自親臨視凌統卒權爲之數日減膳言及流涕乃列封

統二子年各數歲權內養於宮愛待與諸子同賓客進見呼示之曰此吾虎子也登壇慷慨歸魯子之功削投惡言信子瑜之節吳志曰權既稱尊號臨壇顧謂公卿曰昔魯子敬嘗道此可謂明於事勢矣時或言諸葛瑾別遣親人與備相聞權曰孤與子瑜有死生不易之誓子瑜之不負孤猶孤不負子瑜也是以忠臣競盡其謨志士咸得肆力孔安國尚書傳曰謨謀也又曰肆陳也洪規遠略固不厭夫區區者也言其規略宏遠不安茲小國也左氏傳曰初楚靈王卜曰余尚得天下不吉投龜詬天而呼曰是區區者而不余畀方言曰猒安也於豔切故百官苟合庶務未遑論語曰子謂衛公子荆善居室始有曰苟合矣少有曰苟完矣初都建業羣臣請備禮秩天子辭而不許曰天下其謂朕何宮室輿服蓋慊口簟如也漢書文帝曰豫建太子謂天下何賈逵國語注曰謂告也言何以告天下也劉兆穀梁傳注曰慊不足也爰及中葉天人之分

既定百度之缺粗脩抯古粗字韋昭漢書注曰粗略也才古切雖醲化懿綱未齒乎上代杜預左氏傳注曰齒列也抑其體國經邦之具亦足以爲政矣周禮曰惟王建國體國經野地方幾萬里杜預左氏傳注曰幾音其近也帶甲將百萬其野沃其兵練韋昭國語注曰沃肥善也其器利其財豐東負滄海西阻險塞長江制其區宇峻山帶其封域國家之利未巨有引於茲者矣借使中才守之以道善人御之有術陳琳爲曹洪與文帝書曰謂爲中才處之殆難倉卒論語子張問善人之道子曰不踐跡亦不入於室也敦率遺典勤民謹政循定策守常險則可以長世永年未有危亡之患也左氏傳北宮文子曰有其國家令問長世尚書曰降年有永有不永或曰吳蜀脣齒之國左氏傳宮之奇曰諺所謂輔車相依脣亡齒寒蜀滅

則吳亡理則然矣夫蜀蓋藩援之與國而非吳人之存亡也漢書項梁曰田假與國之王也如淳曰相與友善爲與國黨與也何則其郊境之接重山積險陸無長轂之徑穀梁傳曰長轂五百乘范甯曰長轂兵車也川阨流迅水有驚波之艱雖有銳師百萬啓行不過千夫詩曰元戎十乘以先啓行舳艫千里前驅不過百艦胡減切漢書曰自尋陽浮江舳艫千里李斐曰舳船後持柂處也艫船前頭刺櫂處也言其船多前後相銜千里不絕故劉氏之伐陸公喻之長蛇其勢然也蛇鬪以首尾救故銳師百萬而無所施也昔蜀之初亡朝臣異謀或欲積石以險其流或欲機械以御其變戰國策曰公輸班爲攻宋機械天子總群議而諮之大司馬陸公公以四瀆天地之所以節宣其氣固無可遏之理國語太子晉曰

夫天地成而聚於高歸物於下疏爲川谷以道其氣韋昭曰聚聚物也高山陵也下藪澤也疏通也而機械則彼我之所共彼若棄長技以就所屈即荆楊而爭舟楫之用是天贊我也漢書晁錯曰匈奴之長技三中國之長技五左氏傳子魚曰勍敵之人隘而不成列天贊我也將謹守峽口以待禽耳逮步闡之亂憑寶城以延強寇重資幣以誘群蠻國語單穆公曰量資幣戰國策曰荆軻至秦持千金之幣厚遺中庶子蒙嘉于時大邦之衆雲翔電發雲翔言衆也戰國策頓子說秦王曰今楚魏之兵雲翔而不敢拔然此雲翔與戰國微異不以文害意也懸旍江介築壘遵渚毛詩曰鴻飛遵渚毛萇傳曰遵循也襟帶要害以止吳人之西而巴漢舟師沿江東下陸公以偏師三萬北據東阬東阬在西陵步闡城東北長十餘里陸抗所築之城在東阬上而當闡城之北其迹並存深溝高壘案甲

養威反虜踠於遠跡待戮而不敢北窺生路彊寇敗績宵遁喪師太半分命銳師五千西御水軍東西同捷獻俘萬計吳志曰西陵督步闡據城以叛遣使降晉陸抗聞之因部分諸軍吳彥等徑赴西陵勑軍營更築嚴圍自赤谿至故市內以圍闡外以禦寇圍備始合晉巴東監軍徐胤率水軍詣建平荆州刺史楊肇至西陵抗令張咸固守其城公安督留慮距胤身率三軍憑圍對肇肇攻至月餘計屈夜遁抗使輕騎躡之肇大破敗胤等引還抗遂陷西陵城誅夷闡族左氏傳曰僖二十年晉侯敗楚師于城濮還師歸國獻俘授馘杜預曰獻楚俘于廟俘即囚也信哉賢人之謀豈欺我哉孟子公明儀曰文王我師也周公豈欺我哉自是烽燧罕驚封域寡虞言少有虞度之事也陸公歿而潛謀兆吳釁深而六師駭蒼頡篇曰駭驚也夫太康之役衆未盛乎曩日之師廣州之亂禍有愈乎向時之難吳志曰孫皓天紀三年郭馬反攻殺廣州都督虞授馬自號都督交廣二州諸軍事安南將軍曩日向時皆謂曹劉之世而邦家顛覆宗廟爲墟嗚呼人之云亡邦國殄瘁不其然與詩大雅文也易曰湯武革命順乎天周易革卦之辭也玄曰亂不極則治不形太玄經曰陰不極則陽不生亂不極則德不形言帝王之因天時也古人有言曰天時不如地利孟子曰天時不如地利地利不如人和趙岐曰天時支干五行王相孤虛之屬易曰王侯設險以守其國言爲國之恃險也周易坎卦之辭也又曰地利不如人和在德不在險言守險之由人也史記魏武侯曰山河之固此魏國之寶也吳起對曰在德不在險吳之興也參而由焉孫卿所謂合其參者也孫卿子曰天有其時地有其財人有其治夫是之謂能參合所以參而顛覆所參則惑矣及其亡也恃險而已又孫卿所

謂舍其參者也夫四州之萌非無衆也大江之南非乏俊也山川之險易守也勁利之器易用也先政之策易循也功不興而禍遺者何哉所以用之者失也是故先王達經國之長規審存亡之至數謙己以安百姓敦惠以致人和寬沖以誘俊乂之謀慈和以結士民之愛是以其安也則黎元與之同慶孝經鉤命決曰天有顧眄之義授圖子黎元也及其危也則兆庶與之共患安與衆同慶則其危不可得也危與下共患則其難不足恤也夫然故能保其社稷而固其土宇麥秀無悲殷之思黍離無愍周之感矣尚書大傳曰微子將朝周過殷之故墟見麥秀之蘄蘄曰此父母之國宗廟社稷之所立也志動心悲欲哭則朝周俯泣

則婦人推而廣之作雅聲毛詩序曰黍離閔宗周也周大夫行役過故宗廟宮室盡爲禾黍故爲黍離之詩

文選卷第五十三

賜進士出身通奉大夫江南蘇松常鎮太等處承宣布政使司布政使胡克家重校刊

文選卷第五十四

梁昭明太子撰

文林郎守太子右內率府錄事參軍事崇賢館直學士臣李善注上

論四

陸士衡五等論一首　劉孝標辯命論一首

五等論五等公侯伯子男也言古者聖王立五等以治天下至漢封樹不依古制乃作此論　陸士衡

夫體國經野先王所慎周禮曰惟王建國體國經野鄭玄曰體猶分也漢書王嘉曰王者代天爵人尤宜慎之創制垂基思隆後葉典引曰順命以創制論語比考讖曰以俟後聖垂基也然而經略不同長世異術左氏傳楚芋尹無宇曰天子有經略古之制也又北宮文子曰有其國家令聞長世五等之制始於黃唐郡縣之治創自秦漢漢書曰周爵五等蓋千八百國而太昊黃帝後唐虞侯伯猶存至秦遂并四海分天下爲郡縣前聖苗裔靡有孑遺者矣漢興因秦制度以撫海內班固漢書述曰自昔黃唐經略萬國三代損益降及秦漢革剗五等制立郡縣得失成敗備在典謨王命論曰歷古今之得失驗行事之成敗書序曰典謨訓誥是以其詳可得而言夫先王知帝業至重天下至曠楊雄長楊賦曰恢帝業孫卿子曰國者天下之大器也重任也廣雅曰曠遠也曠不可以偏制重不可以獨任任重必於借即力制曠終乎因人故設官分職所以輕其任也周禮曰設官分職以爲民極並建五長所以引其制也尚書曰外薄四海咸建五長於是乎立其封疆之典財其親疎之宜賈逵國語注曰裁制也裁與財古字通使萬國相維以成

盤石之固。周禮曰凡邦國小大相維漢書宋昌曰漢所謂盤石之宗也宗庶雜居而定維城之業。毛詩曰宗子維城無俾城壞而獨斯畏又有以見綏世之長御。識人情之大方。大方法也呂氏春秋曰凡耕之大方力者欲柔知其爲人不如厚已利物不如圖身。周易曰利物足以和義莊子曰愛人利物之謂仁左氏傳欒武子曰季孫圖其身不忘其君安上在於悅下。爲已在乎利人。孝經曰安上治民莫善於禮左氏傳邾子曰天生民而樹之君以利之也民既利矣孤必與焉故易曰說以使民。民忘其勞。周易兌卦之辭也孫卿曰不利而利之不如利而後利之之利也。孫卿子曰不利而利之不如利而後利之之利也不愛而用之不如愛而後用之之功也利而後利不如利而不利者之利也愛而後用之不如愛而弗用者之功也利而不利愛而不用者取天下者也利而後利之愛而後用之者保社稷者也不利而利之不愛而用之者危國家者也是以

文五十四　二

分天下以厚樂。而已得與之同憂。饗天下以豐利。而我得與之共害。孟子謂齊宣王曰樂以天下憂以天下然而不王者未之有也趙岐曰古賢君樂則以己之樂與天下同之憂則以天下之憂與己共之如是未有不王者也鄭玄儀禮注曰饗勸強之也利博則恩篤。樂遠則憂深。呂氏春秋曰衆封建非以私賢也所以博利博義也利博義博則無敵也毛詩序曰憂深思遠故諸侯享食土之實。萬國受世及之祚矣。杜預左氏傳注曰享受也禮記曰大人世及以爲禮鄭玄曰大人諸侯之謂也夫然則南面之君。各務其治。論語子曰雍也可使南面也包氏曰可使南面言王諸侯治之也九服之民。知有定主。周書曰乃辨九服之國也上之子愛。於是乎生。周書文王曰周視民如子愛也禮記曰子庶民則百姓勸鄭玄曰子猶愛也下之體信。於是乎結。禮記曰先王能脩禮以達義體信以達順鄭玄注曰體猶親也世治足以敦風。道衰足

以御暴。故強毅之國。不能擅一時之勢。孟子曰彼一時也此一時也雄俊之士。無所寄霸王之志。漢書宣帝曰漢家本以霸王道雜之然後國安由萬邦之思治。主尊賴羣后之圖身。毛詩序曰下泉思治也譬猶衆目營方。則天綱自昶。目綱目也以喻諸侯天綱以喻王室也營布居也老子曰天綱恢恢疏而不失呂氏春秋曰一引其綱萬目皆張廣雅曰昶通也四體辭難而心膂獲乂。四體亦喻諸侯心膂亦喻王室也論語丈人曰四體不勤尚書穆王曰作股肱心膂三代所以直道。四王所以垂業也。論語子曰三代之所以直道而行也包氏曰三代夏商周也禮記曰三王四代唯其師鄭玄曰四代謂虞夏商周也漢書武帝策詔曰屬統垂業廢興何如夫盛衰隆弊。理所固有。教之廢興。繫乎其人。漢書韓安國曰夫盛之有衰猶朝之必暮禮記哀公問政子曰文武之政布在方策其人存則其政舉其人亡則其政息愿法期於必

文五十四　三

乙丑重刊　刘用

涼。明道有時而闇。言法不可常愿故期在於必薄道不可常明故有時而或闇以諭盛衰廢興抑唯常理也孔安國尚書傳曰愿慤也娛萬切左氏傳渾罕曰君子作法於涼其弊猶貪杜預曰涼薄也故世及之制。弊於彊禦。言諸侯世及而盛彊其弊在於彊禦而難制也毛詩曰曾是彊禦厚下之典。漏於末折。言封建喻禮而爲害其漏在於末大而本折也周易曰剥上以厚下安宅左氏傳楚子問申無宇曰國有大城何如對曰鄭京櫟實殺曼伯宋蕭亳實殺子游由是觀之則害於國末大必折尾大不掉杜預曰折折其本也侵弱之釁。遘自三季。言諸侯秉權而王室侵弱斯乃遘自三季也班固異姓諸侯王表序曰秦患周之敗以爲四夷交侵以弱見奪於是削去五等杜預左氏傳注曰釁瑕隙也國語郭偃曰三季王之亡宜也韋昭曰季末也三季王桀紂幽王也陵夷之禍。終于七雄。言七雄力政而王道因之陵夷漢書張釋之曰秦陵夷至于二世天下土崩東京賦曰七雄並爭昔者成湯親照夏后之鑒。公旦目涉商人之戒。

夏后之鑒即殷鑒也毛詩曰殷鑒不遠在夏后之世尚書曰爾唯舊人爾丕克遠省爾知寧王若勤哉孔安國傳曰目所親見法之又明之也文質相濟損益有物春秋元命苞曰王者一質一文據天地之道天質而地文論語子曰殷因於夏禮所損益可知也周因於殷禮所損益可知也物禮物也故五等之禮不革于時封畛之制有隆焉爾者呂氏春秋曰等步畝封畛所以一之也小雅曰封畛界疆也豈玩二王之禍而闇經世之筭乎二王謂夏殷也經世已見李蕭遠運命論固知百世非可懸御善制不能無弊而侵弱之辱愈於殄祀土崩之困痛於陵夷也家語孔子曰文武之祀無乃殄乎漢書徐樂上書曰何謂土崩秦之末葉是也人困而主不恤下怨而上不知此之謂土崩是以經始權其多福慮終取其少禍毛詩曰經始靈臺吳越春秋曰大夫種善圖始范蠡善慮終賈逵國語注曰權秉也尸子曰聖人權福則取重權禍則取輕非謂侯伯

無可亂之符郡縣非致治之具也故國憂賴其釋位主弱憑其翼戴左氏傳王子朝告于諸侯曰王居于郟諸侯釋位以閒王政又叔向語宣子曰文之伯也翼戴天子加之以恭及承微積弊王室遂卑新序曰及定王王室遂卑猶保名位祚垂後嗣左氏傳曰名位不同班固漢書序曰後嗣承序以廣親親皇統幽而不輟神器否而必存者豈非置勢使之然與東京賦曰怨皇統之見替鄭玄論語注曰輟止也老子曰天下神器不可爲也爲者敗之降及亡秦棄道任術史記曰商鞅見秦孝公謂景監曰吾說君以帝王之道君曰吾不能待吾以彊國之術說君君大悅懲周之失自矜其得言懲周以弱見奪自矜以力滅周也尋斧始於所庇制國昧於弱下弱下之術前王所棄秦以爲是故謂之昧焉左氏傳宋昭公將去羣公子樂豫曰不可公族公室之枝葉也若去之則本根無所庇蔭矣葛藟猶能庇其本根故君子以爲比況國君乎此所謂庇焉而縱尋斧也

賈逵國語注曰尋用也國慶獨饗其利主憂莫與共害國語曰晉有慶未嘗不怡史記范雎曰主憂臣辱雖速亡趨亂不必一道毛萇詩傳曰速召也顛沛之釁實由孤立毛詩曰人亦有言顛沛之揭毛萇曰顛仆也沛拔也揭見根貌也漢書曰漢興懲戒亡秦孤立之敗也是蓋思五等之小怨忘萬國之大德毛詩曰忘我大德思我小怨知陵夷之可患闇土崩之爲痛也周之不競有自來矣左氏傳鄭石奠謂子囊曰今楚實不競行人何罪又叔孫曰叔出季處有自來矣國乏令主十有餘世左氏傳冶區夫曰爲乏令主楊雄連珠曰古之令主所以統天者不遠焉爾雅曰令善也然片言勤王諸侯必應論語子曰片言可以折獄左氏傳狐偃言於晉侯曰求諸侯莫如勤王也一朝振矜遠國先叛公羊傳葵丘之會齊桓公震而矜之叛者九國震之者何猶曰振振然矜之者何猶莫若我也何休曰震矜色自美之貌故彊晉收其請

隧之圖暴楚頓其觀鼎之志左氏傳晉侯朝王王享醴命之宥請隧弗許曰王章也未有代德而有二王叔父之所惡也又曰楚子伐陸渾之戎遂至于雒定王使王孫滿勞楚子問鼎之大小輕重焉杜預曰示欲逼周取天下也豈劉項之能闚關勝廣之敢號澤哉漢書沛公自武關入秦又曰羽至函谷關使當陽君擊關羽入至戲又曰勝廣爲屯長行至蘄西大澤鄉勝自立爲將軍廣爲都尉借使秦人因循周制雖則無道有與共弊覆滅之禍豈在曩日曩日謂土崩之禍也漢矯秦枉大啓侯王班固漢書表曰藩國大者夸州兼郡可謂矯枉過其正矣毛詩曰大啓爾宇爲周室輔境土踰溢不遵舊典東京賦曰規摹踰溢尚書曰舊典時式故賈生憂其危朝錯痛其亂漢書賈誼曰夫樹國固必相疑之勢下數被其殃上數爽其憂甚非所以安上而全下也文朝錯曰請諸侯之罪過削其支郡不如此宗廟不安也是以諸侯阻其國家之富憑其士

民之力。阻，恃也。勢足者反疾。土狹者逆遲。六臣犯其弱綱。七子衝其漏網。漢書賈誼曰：大抵彊者先反。及淮陰王楚最彊，則先反；韓信倚胡，則又反；及貫高因趙資，則又反；陳豨兵精，則又反；彭越用梁，則又反；黥布用淮南，則又反；盧綰最弱，最後反。然誼言八而機言六者，貫高非五等，盧綰亡入匈奴，故不數之。漢書曰：景帝即位，朝錯說上令削吳，及書至，吳王起兵誅漢吏二千石以下，膠西、膠東、淄川、濟南、楚、趙亦皆反也。皇祖夷於黥徒。西京病於東帝。皇祖，高祖也。南都賦曰：皇祖止焉。史記曰：淮南王黥布反，高祖自往擊之。布走，高祖時爲流矢所中，行道病。史記曰：荊王劉賈者，不知何屬。高祖立賈爲荊王。淮南王黥布反，東擊荊，賈與戰，不勝，走富陵，爲布軍所殺。漢書曰賈稱從兄，而機以爲皇祖，蓋別有所見。杜預左氏傳注曰：夷，傷也。楚漢春秋曰：下蔡亭長詈淮南王曰：封汝爵爲千乘，東南盡日所出，尚未足。黥徒羣盜所邪，而反何也？然黥當爲黔。漢書曰：吳王濞反，削吳會稽、豫章郡書至，起兵反。以袁盎爲太常，使吳。吳王聞盎來，知其欲說，笑而應曰：我已爲東帝，尚誰拜？不肯見盎。是蓋過正之災，而非建侯之累也。矯枉過其正，已見上文。周易曰：利用建侯行師。然呂氏之難，朝士外

顧。宋昌策漢，必稱諸侯。漢書曰：呂產、呂祿自知背高皇帝約，因作亂。朱虛侯使人告兄齊王，令發兵西。太尉勃、丞相平爲內應，以誅諸呂。齊王遂發兵。又曰：呂后崩，大臣迎立代王。郎中令張武曰：以迎大王爲名，實不可往。宋昌曰：群臣議非也。內有朱虛、東牟之親，外畏吳、楚、淮南、琅邪、齊、代之強，故迎大王。大王勿疑也。逮至中葉。忌其失節。割削宗子。有名無實。天下曠然。復襲亡秦之軌矣。漢書曰：諸侯小者淫荒越法，大者睽孤橫逆，以害身喪國。故文帝采賈生之議分齊、趙，景帝用朝錯之計削吳、楚。是以五侯作威。不忌萬邦。新都襲漢。易於拾遺也。五侯，已見鮑明遠數詩。尚書曰：臣作福作威，害于而家，凶于而國。漢書曰：封王莽爲新都侯。襲，猶取也。漢書梅福上書曰：昔高祖舉秦如鴻毛，取楚如拾遺。光武中興。纂隆皇統。而猶遵覆車之遺轍。養喪家之宿疾。言光武猶遵師前漢之失也。晏子春秋諺曰：前車覆，後車戒也。尚書曰：卿士有一於身，家必喪。僅及數世。姦軌充斥。

尚書曰：寇賊姦宄。軌與宄，古字通。左氏傳士文伯讓子產曰：以政刑之不修，寇盜充斥。卒有彊臣專朝。則天下風靡。彊臣，謂梁冀之屬也。楚辭曰：丗從俗而變化，隨風靡而成行。一夫縱衡。則城池自夷。豈不危哉。一夫，謂董卓也。漢書曰：縱恣意。衡，古橫字。在周之衰。難興王室。放命者七臣。干位者三子。左氏傳曰：初，王姚嬖于莊王，生子頹。子頹有寵，蔿國爲之師。及惠王即位，取蔿國之圃以爲囿。邊伯之宮近於王宮，王取之。王奪子禽、祝跪與詹父田，而收膳夫之秩。故蔿國、邊伯、石速、詹父、子禽、祝跪作亂，因蘇氏。秋，五大夫奉子頹以伐王，不克，出奔溫。蘇子奉子頹以奔衛。衛師、燕師伐周。冬，立子頹。杜預曰：石速，士也，不在五大夫之數。又曰：初，甘昭公有寵於惠后，惠后將立之，未及而卒。昭公奔齊，襄王復之，又通於隗氏。王替隗氏。頹叔、桃子曰：我實能使狄。狄遂奉太叔以狄師伐周，大敗周師。王出適鄭，處于氾。杜預曰：甘昭公，王子太叔帶也。又曰：王子朝、賓起有寵於景王。王崩，子朝因舊官百工之喪職秩者與靈、景之族以作亂。單子逆悼王于莊宮以歸。杜預曰：子朝，景王之長庶子。悼王，

子猛也。班固漢書述曰：孝景莅政，諸侯方命。韋昭曰：方，放。命，不承天子之制。七臣，蔿國、邊伯、詹父、子禽、祝跪及頹叔、桃子、賓起也。王命論曰：闇于天位。爾雅曰：干，求也。三子，子頹、叔帶、子朝。嗣王委其九鼎。凶族據其天邑。嗣王，惠、襄、悼也。凶族，三子也。史記曰：秦取周九鼎寶器。尚書曰：肆予敢求爾于天邑商。鉦征鼙震於閫宇。鋒鏑流乎絳闕。傅玄正都賦曰：巍巍絳闕。然禍止畿甸。害不覃及。毛詩曰：覃及鬼方。毛萇曰：覃，延也。天下晏然。以治待亂。漢書難蜀父老曰：及臻厥成，天下晏如也。淮南子曰：靜以合躁，治以待亂。是以宣王興於共和。襄惠振於晉鄭。史記曰：周人相與畔，襲厲王。厲王出奔于彘。召公、周公二相行政，號曰共和。共和十四年，厲王死於彘。二相乃共立宣王。又曰：惠王即位，衛師、燕師伐周，立子頹。鄭伯見虢叔曰：盍納王乎？虢公曰：寡人之願也。同伐王城。鄭伯將王自圉門入，虢叔自北門入，殺王子頹及五大夫。又曰：天王出居于鄭，避母弟之難也。晉侯辭秦師而下，次于陽樊。右師圍溫，左師逆王。王入於王城，取太叔于溫，殺之。杜預曰：叔帶，襄王

同母弟也豈若二漢階闥蹔擾而四海已沸階闥蹔擾謂王莽也孽臣
朝入而九服夕亂哉孽臣董卓也范曄後漢書曰何進私呼卓入朝以脅太后卓至遂廢
少帝爲弘農王遠惟王莽篡逆之事近覽董卓擅權之際億兆
悼心愚智同痛左氏傳蘧啓彊曰孤與二三臣悼心失圖然周以之存漢以
之亡夫何故哉豈世乏曩時之臣士無匡合之志歟聖主
得賢臣頌曰齊侯設庭燎之禮故有匡合之功論語子曰管仲相桓公一匡天下又曰桓公九合諸侯蓋
遠績屈於時異雄心挫於卑勢耳左氏傳劉子謂趙孟曰子蓋亦遠績禹功
而大庇民乎阮瑀與孫權書曰大丈夫雄心能無憤發故烈士扼腕終委寇讎之
手漢書曰燕齊之間方士瞋目扼腕中人變節以助虐國之桀漢書張博書曰
公卿變節史記王歜謂燕將曰今爲君將是助桀爲暴也雖復時有鳩合同志以謀

王室漢書曰王莽居攝翟義心惡之遂與劉宇劉璜結謀舉義兵范曄後漢書曰董卓以尚書韓馥爲冀
州刺史侍中劉岱爲兗州刺史馥等到官各舉義兵討卓然上非奧主下皆市人漢書
曰翟義立劉信爲天子左氏傳曰蔡公召子干子晳將納之子干歸韓宣子問於叔向曰子干其濟乎對曰難
恭王有寵子國有奧主呂氏春秋曰驅市人而戰之可以勝人之教卒也師旅無先定之班
君臣無相保之志是以義兵雲合無救劫弒之禍范曄後漢
書曰卓聞劉馥等兵起乃鴆殺弘農王文子曰用兵有五誅暴救弱謂之義漢書班彪曰假號雲合民望
未改而已見大漢之滅矣漢書曰莽聞翟義起兵乃拜王邑爲虎牙將軍以擊義破
之於是莽自謂大得天人之助遂即真矣漢書陳涉詐稱公子扶蘇從民望也或以諸侯世位
不必常全公羊傳曰諸侯世位故國君爲一體也全或爲今非昏主暴君有時比
迹故五等所以多亂唐子曰暴主闇君不可生殺范曄後漢書孔融薦謝該曰該實卓然

比迹前列今之牧守皆以官方庸能雖或失之其得固多故
郡縣易以爲治夫德之休明黜陟日用左氏傳王孫滿曰德之休明尚
書曰三載考績三考黜陟幽明長率連屬咸述其職禮記曰千里之外設方伯五國以爲
屬屬有長十國以爲連連有帥尚書大傳曰古者諸侯之於天子五年一朝謂之述職述其職者述其所職也
而淫昏之君無所容過左氏傳宋子魚曰又用諸淫昏之鬼何則其不治
哉故先代有以之興矣苟或衰陵百度自悖尚書曰不役耳目百
度惟貞鬻官之吏以貨準才則貪殘之萌皆如群后也安
在其不亂哉故後王有以之廢矣且要而言之五等之
君爲己思治民安己受其利故曰爲己郡縣之長爲利圖物物能利己乃始
圖之故云爲利何以徵之蓋企及進取仕子之常志企及進取奔競以招

譽禮記曰不至焉者企而及之史記蘇秦說燕王曰忠信者所以自爲也進取者所以爲人也修己安
民良士之所希及修己安民積德以厚下論語子曰修己以安百姓尚書咎繇曰在安民孔
安國論語注曰希少也夫進取之情銳而安民之譽遲鄭玄禮記注曰情實
也銳猶疾也是故侵百姓以利己者在位所不憚安民譽遲不若侵之
以利己鄭玄論語注曰憚難也損實事以養名者官長所夙夜也進取名速
故損實事以求之列子曰范氏有子曰子華善養私名君無卒歲之圖臣挾一時
之志五等則不然知國爲己土衆皆我民民安己受其
利國傷家嬰其病說文曰嬰繞也故前人欲以垂後後嗣思其堂
構尚書曰若考作室子乃弗肯堂矧肯構爲上無苟且之心群下知膠固
之義漢書王嘉上疏曰孝文時吏居官者或長子孫然後上下相望莫有苟且之意莊子曰待膠漆而固

者是侵其德者也范曄後漢書鄭泰曰以膠固之衆當解合之勢使其並賢居治則功有厚薄言八代同建五等而廢興殊迹者譬並賢居治而功有優劣也兩愚處亂則過有深淺言秦漢同立郡縣而脩短異期者譬兩愚居亂而過有輕重也然則八代之制幾可以一理貫八代謂五帝三王也然此八代異於辯亡各觀文立義也崔寔政論曰今既不能純法八代故宜參以霸政論語曰吾道一以貫之秦漢之典殆可以一言蔽矣論語子曰詩三百一言以蔽之曰思無邪孔安國尚書傳曰蔽斷也

辯命論并序

劉孝標

劉璠梁典曰峻字孝標辯命論蓋以自喻云孝標植根淄右流寓魏庭冒履艱危僅至江左負材矜地自謂坐致雲霄豈圖逡巡十稔而榮慙一命因茲著論故辭多憤激雖義越典謨而足杜浮競也

主上甞與諸名賢言及管輅主上謂梁武帝也魏志曰管輅字公明平原人也舉

秀才弟辰謂輅曰大將軍待君意厚冀當富貴乎輅長嘆曰然天與我才明不與我年壽恐四十七八閒不見女嫁男娶婦也是歲八月爲少府丞明年二月卒年四十八歎其有奇才而位不達時有在赤墀之下豫聞斯議歸以告余漢書梅福上書曰願涉赤墀之塗說文曰墀塗地也禮天子赤墀余謂士之窮通無非命也莊子孔子謂子路曰聖人知窮之有命知通之有時臨大難而不懼聖人之勇也故謹述天旨因言其致云鄭玄禮記注曰致之言至也臣觀管輅天才英偉珪璋特秀郭璞曰孫子荆上品狀王武子曰天才英博亮拔不群抱朴子曰故侍郎周生恭遠英偉名儒禮記曰珪璋特達抱朴子曰陸士龍士衡曠世特秀超古邈今實海内之名傑豈日者卜祝之流乎墨子曰墨子北之齊過日者日者曰帝今日殺黑龍於北方先生之色黑不可以北墨子不聽史記有日者列傳然則占候時日謂之日者司馬遷書曰僕之先人文史星歷近乎卜祝之閒而官止少府丞年終四十八天之報施何其寡與史記曰司馬遷曰天之報施善人何如哉然則高才而無貴仕饕餮而居大位自古所歎焉獨公明而已哉左氏傳楚叔伯曰夫有大功而無貴仕其人能靖者與有幾又曰縉雲氏有不才子貪于飲食冒于貨賄天下之人以比三凶謂之饕餮故性命之道窮通之數夭閼烏葛紛綸莫知其辯家語魯哀公問於孔子曰人之命與性何謂孔子對曰分於道謂之命形於一謂之性王肅曰分於道始得爲人也人各受陰陽剛柔之性故曰形於一也莊子曰風之積也不厚則其負大翼也無力故九萬里則風斯在下矣而後乃今培風背負青天而莫之夭閼者司馬彪曰夭折也閼止也言無有折止使不通者也封禪書曰紛綸葳蕤鄭玄儀禮注曰辯別也仲任蔽其源子長闡其惑范曄後漢書曰王充字仲任鄭玄論語注曰蔽塞也論衡曰凡人有生死壽夭之命亦有貴賤貧富之命命當貧賤雖富貴之猶涉患禍失其

富貴命當富貴雖貧賤之猶逢福善離其貧賤今言隨操行而至此命在末不在本也司馬遷字子長蒼頡篇曰闡開也史記或曰天道無親常與善人伯夷叔齊可謂善人而餓死七十子之徒仲尼獨薦顏淵爲好學然蚤夭盜跖日殺不辜肝人之肉音以壽終此其大較者也余甚惑焉至於鶡冠甕牖必以懸天有期鼎貴高門則曰唯人所召七略鶡冠子者蓋楚人也常居深山以鶡爲冠故曰鶡冠禮記孔子曰儒者蓬户甕牖論衡曰夫命懸於天吉凶在乎時吳都賦曰高門鼎貴漢書賈捐之曰石顯方鼎貴又于公曰少高大門令容駟馬高蓋車左傳閔子騫曰禍福無門惟人所召譊譊讙咋異端斯起蜀志曰孟光好公羊春秋而譏呵左氏每與來敏爭此二義常譊譊讙咋裴松之曰譊音奴交切讙音翾表切咋音祖格切論語子曰攻乎異端蕭遠論其本而不暢其流子玄語其流而未詳其本李蕭遠作運命論言治亂在天故曰論其本郭子玄作致命由己論言吉凶由己故曰語其流甞試言之曰莊子曰請甞試言之天無爲以之清

地無爲以之寧。杜預左氏傳曰：嘗試之也。夫通生萬物，則謂之道；生而無主，謂之自然。老子曰：大道氾兮，萬物得之以生而不辭，功成而不有，愛養萬物而不爲之主。王弼曰：萬物皆得道而生。管子曰：萬物以生，萬物以成，命之曰道。老子曰：天法道，道法自然。自然者，物見其然，不知所以然；同焉皆得，不知所以得。莊子曰：孔子觀於呂梁，見一丈夫，謂孔子曰：吾長於水而安於水，性也；不知吾所以然，命也。張湛曰：固然之理，不可以智知，知其不可知，故謂之命也。莊子曰：天下誘然皆生，而不知其所以生；同焉皆得，而不知其所以得也。鼓動陶鑄而不爲功，庶類混成而非其力。周易曰：鼓天下之動者存乎辭。韓康伯曰：爻辭也，爻以鼓動效天下之動也。莊子肩吾謂連叔曰：藐姑射之山，有神人居焉，猶陶鑄堯舜也，孰肯以物爲事。典引曰：沆浮交錯，庶類混成。生之無亭毒之心，死之豈虔劉之志。老子曰：亭之毒之，蓋之覆之。王弼曰：亭謂品其形，毒謂成其質。左氏傳呂相曰：芟夷我農功，虔劉我邊陲。言殺也。墜之淵泉非其怒，升之霄漢非其悅。墜之淵泉，鱗屬也；升之霄漢，羽族也。言稟性不同，非天之有悅怒也。淮南子曰：鳥魚生於陰，屬於陽，故魚遊於水，鳥飛於雲。夫鳥排虛而飛，獸蹠實而走，蛟龍水居，虎豹山處，天地之性也。蕩乎大乎，萬寳以之化；確乎純乎，一化而不易。莊子曰：形非道不生，生非德不明。蕩蕩乎，忽然出，勃然動，萬物從之乎。又曰：夫道，覆載萬物者也，洋洋乎大哉。庚桑楚曰：夫春氣發而百草生，正得秋而萬寳成。又楚狂接輿謂肩吾曰：夫聖人之治也，治外乎？正而後行，確乎能其事者而已矣。司馬彪曰：確乎不移易。又曰：道流而不明，純純常常，乃比於狂。又曰：吾一受其成形，而不化以待盡也。又曰：性不可易，命不可變。化而不易，則謂之命。命也者，自天之命也。呂氏春秋曰：若命之不可易。春秋元命苞曰：命者，天之命也，所受於帝，行正不過，得壽命也。定於冥兆，終然不變。祖台之論命曰：存亡壽夭，咸定冥初。魏文帝典論曰：夫生之必死，天地所不能變。鬼神莫能預，聖哲不能謀。西征賦曰：生有脩短

七才　五十四　十二　王才

之命，位有通塞之遇，鬼神莫之要，聖哲弗能預。觸山之力無以抗，倒日之誠弗能感。淮南子曰：昔共工之力，觸不周之山，使地東南傾，與高辛爭爲帝。許愼曰：昔共工，古諸侯之強者也。不周之山，西北之山也。陸機弔魏武文曰：夫以迴天倒日之力，而不能振形骸之內。短則不可緩之於寸陰，長則不可急之於箭漏。淮南子曰：聖人不貴尺之璧，而重寸之陰。漢書曰：漏刻以百二十爲度。韋昭曰：舊漏晝夜共百刻，哀帝有短祚之期，故欲增之。至德未能踰，上智所不免。孝經曰：先王有至德要道。論語子曰：唯上智與下愚不移。魏文帝典論曰：夫生之必死，賢聖所不能免。是以放勛之世，浩浩襄陵；天乙之時，焦金流石。尚書曰：放勛欽明。又帝曰：湯湯洪水方割，蕩蕩懷山襄陵，浩浩滔天。史記：天乙立，是爲成湯。呂氏春秋曰：成湯之旱，煎沙爛石。楚辭曰：十日並出，流金鑠石。文公踕其尾，宣尼絕其糧。傳子曰：周文王子公旦有聖德，謚曰文。毛詩曰：狼跋，美周公也。狼跋其胡，載疐其尾。毛萇曰：疐，跲也。踕音致。漢書平紀曰：追謚孔子曰宣尼公。論語曰：子在陳絕糧，從者病，莫能興。顏回敗其叢蘭，冉耕歌其芣苢。家語曰：顏回年二十九而髮白，三十二而早死。文子曰：日月欲明，浮雲蓋之；叢蘭欲茂，秋風敗之。家語曰：冉耕，魯人，字伯牛，以德行著名，有惡疾。韓詩曰：采采芣苢，傷夫有惡疾也。詩曰：采采芣苢，薄言采之。薛君曰：芣苢，澤寫也。芣苢，臭惡之菜。詩人傷其君子有惡疾，人道不通，求已不得，發憤而作。以事興芣苢雖臭惡乎，我猶采采而不已者，以興君子雖有惡疾，我猶守而不離去也。夷叔斃淑媛之言，子輿困臧倉之訴。崔琦七蠲曰：三王行化，夷叔隱己。古史考曰：伯夷、叔齊者，殷之末世孤竹君之二子也，隱於首陽山，采薇而食之。野有婦人謂之曰：子義不食周粟，此亦周之草木也。於是餓死。曹植與楊脩書曰：有南威之容，乃可以論於淑媛。傅子曰：昔仲尼既歿，仲弓之徒追論夫子言，謂之論語。其後鄒之君子孟子輿擬其體，著七篇，謂之孟子。然子輿，孟子之字也。孟子曰：魯平公將出，嬖人臧倉曰：有司未知所之，敢請。公曰：將見孟子。曰：何哉？孟子之後喪踰前喪，君無見。公曰：諾。樂正子春見孟子曰：克告於君，君將來見也。嬖人有

七〇の十六　文五十四　十三　壬子重刊　王才

臧倉者沮君君是以不果來孟子曰吾之不遇魯侯天也臧氏之子焉能使予不遇哉聖賢且猶若此而況庸庸者乎大戴禮孔子曰所謂庸人者口不能道善言而志不邑邑此可謂庸人也馮衍顯志賦曰獨慷慨以遠覽兮非庸庸之所識至乃伍員浮尸於江流三閭沈骸於湘渚史記曰子胥自剄死王乃取子胥尸盛以鴟夷之革浮之於江中楚辭漁父見屈原曰子非三閭大夫與漢書曰賈誼渡湘水爲賦以弔屈原楊雄反騷曰欽弔楚之湘纍音義曰諸不以罪死曰纍屈原赴湘死故曰纍也賈大夫沮志於長沙馮都尉皓髮於郎署漢書曰賈誼爲長沙王太傅誼既以謫去意不自得又曰馮唐以孝著爲郎中署長事文帝帝輦過問曰父老何自爲郎君山鴻漸鎩殺羽儀於高雲敬通鳳起摧迅翮於風穴此豈才不足而行有遺哉東觀漢記曰桓譚字君山少好學徧治五經光武即位拜議郎詔會議雲臺上問譚曰吾以讖決之何如譚不應良久對曰臣生不讀讖問其故譚頗有所非

是上怒曰桓譚非法將去斬之譚叩頭流血乃貰由是失官遂不復轉遷出補六安太守丞之官意不樂道病卒周易曰鴻漸于陸其羽可用爲儀許慎淮南子注曰鎩羽殘羽也應璩與從弟書曰弋下高雲之鳥東觀漢記曰馮敬通少有俶儻之志明帝以爲衍材過其實抑而不用遂埳壈失志以壽終於家淮南子曰鳳皇之翔至德也濯羽弱水暮宿風穴許慎曰風穴風所從出韓詩外傳曰子路謂孔子曰夫子尚有遺行乎奚居之隱也近世有沛國劉瓛瓛桓弟璡津並一時之秀士也蕭子顯齊書曰劉瓛字子珪沛國人宋大明四年舉秀才少篤學博通五經爲安成王撫軍行參軍公事免自此不復仕永明初遇疾卒瓛弟璡字子璥方軌正直文惠太子召璡入侍東宮每上事輙削草尋署射聲校尉卒官呂氏春秋曰舜耕於歷山秀士從之璥君影切瓛則關西孔子通涉六經循循善誘服膺儒行范曄後漢書曰楊震字伯起經明博覽無不窮究諸儒爲之語曰關西孔子楊伯起論語顏淵曰夫子循循然善誘人禮記曰回之爲人也得一善則拳拳服膺而不失之矣又禮記有儒行篇

璡則志烈秋霜心貞崑玉亭亭高竦不雜風塵范曄後漢書孔融論曰凜凜焉皜皜焉其與秋霜崑玉比質可也西京賦曰狀亭亭以岧岧郭璞遊仙詩曰高蹈風塵外皆毓德於衡門並馳聲於天地周易曰君子以振民毓德毛詩曰衡門之下可以棲遲而官有微於侍郎位不登於執戟相次殂落宗祀無饗荅客難曰官不過侍郎位不過執戟尚書曰帝乃殂落孔安國曰殂落死也因斯兩賢以言古則昔之玉質金相英髦秀達毛詩曰追琢其章金玉其相毛萇曰相質也又曰髦俊也皆擯斥於當年韞奇才而莫用司馬彪莊子注曰擯弃也馬融論語注曰韞藏也徼草木以共彫與麋鹿而同死楚辭曰願徼幸而有待兮宿莽與樾草同死王逸曰將與百草俱殂落也論衡曰身與草木俱朽楚辭曰死日將至兮與麋鹿同坑膏塗平原骨填川谷堙滅而無聞者豈可勝道哉檄蜀文曰肝腦

塗中原膏液潤野草封禪書曰堙滅而不稱者不可勝數此則宰衡之與皁隸容彭之與殤子尚書曰冢宰掌邦治毛詩曰實維阿衡左右商王左氏傳曰人有十等士臣皁皁臣輿輿臣隸列仙傳曰容成公者自稱黃帝師見於周穆王能善補導之事髮白復黑齒落復生事與老子同亦云老子師又曰彭祖郡賢大夫歷夏至商末號年七百莊子南郭子綦曰天下莫大于秋毫之末而太山爲之小莫壽于殤子而彭祖爲之夭猗頓之與黔婁陽文之與敦洽猗頓已見過秦論皇甫謐高士傳曰黔婁先生修清節不求進於諸侯及終曾參來弔曰何以爲謚妻曰以康爲謚曾子曰先生存時食不充虛衣不蓋形死則手足不斂傍無酒肉何樂於此而謚爲康哉淮南子曰不待脂粉西施陽文也許慎曰楚之好人也呂氏春秋曰陳有惡人焉曰敦洽讎麋推顙廣顏色如漆赭垂髮臨鼻長肘而盭陳侯見而甚悅之高誘曰醜而有德也咸得之於自然不假道於才智抱朴子曰聖人體天皆得之於自然莊子曰古之至人假道於仁託宿於義故曰死生有命富貴在

天其斯之謂矣。論語子夏曰死生有命富貴在天。然命體周流變化非
一或先號後笑或始吉終凶或不召自來或因人以濟
周易曰同人先號兆而後笑老子曰不召而自來傳子曰昔人知下相接之易故因人以致人交錯糾
紛迴還倚伏非可以一理徵非可以一途驗而其道密
微寂寥忽慌無形可以見無聲可以聞。子虛賦曰交錯糾紛鷸冠子曰
禍兮福之所倚福兮禍之所伏思玄賦曰北叟頗識其倚伏抱朴子曰鴑銳不可以一塗驗箏琴不可以膠柱
謂也鬼谷子曰即欲闔之貴密密之貴微西征賦曰寥廓忽恍文子曰道以無有爲體視之不見其形聽之不聞其聲謂之幽冥呂氏春
秋曰道也者視之弗見聽之弗聞不可爲狀管子曰視之不見其形聽之不聞其聲而序其成謂之道必御物以效靈
亦憑人而成象譬天王之冕旒任百官以司職言性命之道雖
係于天然其來也必憑人而御物譬如天王冕旒而執契必因百官司職以立政文子曰德仁義禮四者聖人

之所以御萬物也而或者覩湯武之龍躍謂龕亂在神功聞孔
墨之挺生謂英睿擅奇響。成湯武王也周易曰見龍在田又曰或躍在淵墨子曰夏
桀時天乃命湯於鑣宮有神來告曰夏德大亂往攻之予必使汝大戡之商王紂時周武王見三神曰予既沈
漬殷紂於酒德往攻之予必使汝大戡之孔子墨墨翟蔡邕陳太丘碑曰元方季方皆命世挺生膺期特授
視彭韓之豹變謂鷙猛致人爵見張桓之朱紱謂明經
拾青紫。彭彭越韓韓信易曰君子豹變其文蔚禮記曰鷙蟲攫搏不程其勇者鄭玄曰鷙蟲猛獸也孟
子曰有天爵有人爵仁義忠信樂善不倦此天爵也公卿大夫此人爵也漢書曰張禹字子文善說論語令禹
授太子遷光祿大夫賜關內侯范曄後漢書曰桓榮治歐陽尚書授太子爲太子少傅封關內侯禮記曰諸侯
佩山玄玉而朱組綬蒼頡篇曰綬紱也漢書夏侯勝曰士病不明經經術苟明取青紫如俛拾地芥豈知
有力者運之而趨乎。莊子曰夫藏舟於壑藏山於澤謂之固矣然而夜半有力者負之而

走昧者不知故言而非命有六蔽焉爾。論語子曰由汝聞六言六蔽矣乎然文雖
出此蔽義則殊請陳其梗槩。東京賦其梗槩如此夫靡顏膩理哆噅顣許爲
子六頞烏割形之異也。楚辭曰靡顏膩理遺視矊些王逸曰靡緻也膩滑也淮南子曰哆噅蘧蒢
戚施醜也說文曰哆張口也音侈通俗文曰噅口不正也去皮切史記唐舉見蔡澤曰先生魋顏蹙齃朝
秀晨終龜鵠千歲年之殊也。淮南子曰朝秀不知晦朔許慎曰朝生暮死蟲也生
水上似蠶蛾養生要曰龜鵠壽千百之數性壽之物也聞言如響智昏菽麥神之
辨也。史記曰淳于髡說鄒忌畢趨出曰是人者吾語之微言五其應我若響之應聲是人必封不久矣左
氏傳曰程滑殺厲公荀罃士魴逆周子于京師而立之周子有兄而無惠不能辨菽麥故不可立杜預曰菽大
豆也豆麥殊形易別故以之爲癡者之候也同知三者定乎造化榮辱之境
獨曰由人是知二五而未識於十其蔽一也。淮南子曰大丈夫恬

然無爲與造化逍遙高誘曰造化天地也莊子曰定乎內外之分辨乎榮辱之境左氏傳叔興曰吉凶由人史
記齊威王使人說越曰晉楚闘越兵不起知二五而不知十也龍犀日角帝王之表朱建
平相書曰頟有龍犀入髮左角日右角月王天下也河目龜文公侯之相。孔叢子曰夫子
適周見萇弘萇弘語劉文公曰孔子仲尼有聖人之表河目而隆顙是黃帝之形貌也王肅家語注曰河目上
下匡平而長也范曄後漢書曰李固貌狀有奇表鼎角匿犀足履龜文後爲太尉撫鏡知其將
刑。壓紐顯其膺錄。蜀志曰蜀郡張裕曉相術每舉鏡視面自知刑死未嘗不撲之於地左氏
傳曰初楚恭王無冢適有寵子五人無適立焉乃大有事於群望而祈曰請神擇五人主社稷乃徧以璧見於
群望曰當璧而拜者神所立也與巴姬密埋璧於太室之庭使五人拜康王跨之靈王肘加焉子干子晳皆遠
之平王弱抱而入再拜皆壓紐星虹樞電昭聖德之符夜哭聚雲鬱興
王之瑞。春秋元命苞曰大星如虹下流華渚女節夢意感生朱宣宋均曰華渚渚名也朱宣少昊氏詩

含神務曰大電繞樞照郊野感符寶生黃帝漢高祖功臣頌曰彤雲晝聚素靈夜哭國語曰典王賞諫臣皆兆發於前期渙汗於後葉周易曰渙汗其大號渙散也若謂驅貔虎奮尺劍入紫微升帝道則未達窅冥之情未測神明之數其蔽二也尚書武王曰如虎如貔如熊如羆于商郊孔安國曰貔摯夷虎屬也史記高祖曰吾提三尺劍取天下此非天命乎薛綜西京賦注曰天有紫微宮王者象之曰紫微宮淮南子曰源道者測窅冥之深呂氏春秋曰窅乎冥莫知其情王命論曰神明之祚可得而妄處哉空桑之里變成洪川歷陽之都化爲魚鼈呂氏春秋曰有莘氏女子採桑得嬰兒于空桑之中獻之其君令燖人養之察其所以然曰其母居伊水之上孕夢有神告之曰臼出水而東走毋顧明日視臼水出告其鄰東走十里而顧其邑盡爲水身因化爲空桑故命之曰伊尹淮南子曰歷陽淮南之縣名今屬九江郡歷陽中有老嫗常行仁義有兩諸生告過之謂曰此國當沒爲湖嫗視東城門閫有血便走上山勿反顧也自此嫗數往視門門吏問之嫗對如其言東門吏殺雞以血塗門明日嫗早往視門有血便走上山國沒爲湖楚師屠漢卒睢息惟河鯁其流秦人坑趙士沸聲若雷震漢書曰項羽晨擊漢大戰彭城靈辟東睢水上大破漢軍多殺士卒睢水爲不流戰國策蔡澤謂應侯曰白起率數萬之師越韓魏而敗彊趙北坑馬服屠四十餘萬衆流血成川沸聲如雷使秦業帝白起之勢也論衡曰言有命者曰夫天下之大人民之衆一歷陽之都一長平之坑同命俱死未可怪也命當溺死故相聚於歷陽命當壓死故相積於長平火炎崑嶽礫石與琬琰俱焚嚴霜夜零蕭艾與芝蘭共盡尚書曰火炎崑岡玉石俱焚又曰引璧琬琰在西序傅玄鷹兎賦曰秋霜一下蘭艾俱落毛萇詩傳曰蕭蒿也雖游夏之英才伊顏之殆庶焉能抗之哉其蔽三也史記曰言偃吳人字子游夏子夏也伊伊尹也顏顏回也孟子曰得天下之英才而教育之易曰顏氏之子其殆庶幾乎王弼曰庶幾於知幾者也或曰明月之珠不能無纇夏

后之璜不能無考淮南子曰夏后氏之璜不能無考明月之珠不能無纇高誘曰考不平也纇瑕也故亭伯死於縣長相如卒於園令范曄後漢書曰崔駰字亭伯竇憲爲車騎將軍辟駰爲掾察駰高第出爲長岑長駰自以遠去不得意遂不之官而歸卒于家漢書曰相如拜爲孝文園令既病免家居茂陵而死才非不傑也主非不明也而碎結綠之鴻輝殘懸黎之夜色抑尺之量有短哉戰國策應侯謂秦王曰梁有懸黎宋有結綠而爲天下名器楚辭鄭詹尹曰尺有所短寸有所長若然者主父偃公孫弘對策不升第歷說而不入牧豕淄原見棄州部設令忽如過隙溘苦合死霜露其爲詬恥豈崔馬之流乎及至開東閣列五鼎電照風行聲馳海外寧前愚而後智先非而終是漢書主父偃齊國臨淄人也學長短縱橫術家貧假貸無所得北遊燕趙中山皆莫能厚客甚困乃上書闕下拜爲郎至中大夫偃曰大丈夫生不五鼎食死則五鼎烹耳又曰公孫弘淄川人也家貧牧豕海上太常上對諸儒太常奏弘第居下策天子擢弘對爲第一後至丞相於是起客館開東閣以延賢士莊子曰賓放於鄉里逐於州部又曰人生天地之閒若白駒之過隙楚辭曰寧溘死以流亡兮余不忍爲此態也漢書詔曰公孫弘不幸罹霜露之疾說文曰詬恥也范曄後漢書吳漢謂臧宮曰將軍嚮者經虜城下震揚威靈風行電照九州春秋閻忠說皇甫嵩曰今將軍威德震本朝風聲馳海外將榮悴有定數天命有至極而謬生妍蚩其蔽四也應璩與曹元長書曰春生者繁華秋榮者零悴自然之數豈有恨哉孫子荊陟陽候詩曰三命皆有極夫虎嘯風馳龍興雲屬淮南子曰虎嘯而谷風至龍舉而景雲屬四子講德論曰風馳雨集故重華立而元凱升辛受生而飛廉進史記曰虞舜名曰重華左氏傳季孫行父曰昔高陽氏有才子八人蒼舒隤敳檮戭大臨尨降庭堅仲容叔達天下之民謂之八愷高辛氏有才子八人伯奮仲堪叔獻季仲

伯虎。仲熊。叔豹。季貍。天下之民。謂之八元。舜臣堯。舉八愷。使主后土。舉八元。使布五教于四方。史記曰。帝乙崩。子辛立。是為帝辛。天下謂之紂。尚書曰。祖伊恐。奔告于受。孔安國曰。受。紂也。音相亂。史記曰。仲衍生蜚廉。蜚廉生惡來。父子俱以材力事郼紂。然則天下善人少。惡人多。闇主衆。明君寡。莊子曰。天下之善人少。而不善人多。法言曰。聖君少。庸君多。杜篤弔比干文曰。闇主之在上。豈忠諫之是謀。而薰蕕不同器。梟鸞不接翼。家語。顏回曰。聞薰蕕不同器而藏。堯桀不共國而治。以其類異也。孫盛晉陽秋。王夷甫論曰。夫芝蘭之不與茨棘俱植。鸞鳳之不與梟鴟同棲。天理固然。易在曉暗。西都賦曰。接翼側足。是使渾胡本敦徒本檮桃杌兀踵武於雲臺之上。仲容庭堅耕耘於巖石之下。左氏傳。太史克曰。昔帝鴻氏有不才子。掩義隱賊。好行凶德。醜類惡物。頑嚚不友。是與比周。天下之人謂之渾敦。顓頊氏有不才子。不可教訓。不知話言。告之則頑。舍之則嚚。傲狠明德。以亂天常。天下之人。謂之檮杌。楚辭曰。忽奔走以先後。及前王之踵武。東觀漢記曰。

七〇七三　五十四　二十　乙丑重刊　上全

詔賈逵入講南宮雲臺。使出左氏大義。仲容。庭堅。八愷之二。已見上注。法言曰。谷口鄭子真。不詘其節。而耕於巖石之下。橫去謂廢興在我。無繫於天。其蔽五也。漢書。董仲舒對策曰。治亂廢興在於己。非天降命不可得反。彼戎狄者。人面獸心。宴安鴆毒。戎狄謂魏也。班固漢書贊曰。夷狄之人。被髮左衽。人面獸心。左氏傳。管敬仲曰。宴安鴆毒。不可懷也。以誅殺為道德。以蒸報為仁義。漢書曰。匈奴其俗寬則隨畜田獵禽獸為生業。急則人習戰攻以侵伐。其天性也。父死。妻其後母。兄弟死。皆取其妻妻之。小雅曰。上淫曰蒸。下淫曰報。雖大風立於青丘。鑿齒奮於華野。比於狼戾。曾何足喻。淮南子曰。堯之時。猰貐。鑿齒。九嬰。大風。封豨。修蛇。皆為害。堯乃使羿誅鑿齒於疇華之澤。殺九嬰於凶水之上。繳大風於青丘之野。上射十日。而下殺猰貐。斷修蛇於洞庭。禽封豕於桑林。高誘曰。疇華。南方地。九嬰。水火為人害者。北狄之地有凶水。大風。鷙鳥。青丘。東方。封豕。大豕。桑林。湯禱旱地。戰國策。張儀曰。趙王狼戾無親。自金行不競。

天地板蕩。左帶沸脣。乘間電發。金行謂晉也。干寶搜神記曰。程猗說石圖曰。金者晉之行也。左氏傳。師曠曰。吾驟歌北風。又歌南風。南風不競。毛詩曰。上帝板板。毛萇曰。杯晚切。又曰。蕩蕩上帝。鄭玄曰。蕩蕩。法度廢壞之貌。左帶。左衽也。尚書曰。四夷左衽。罔弗咸賴。王元長勸給虜書啓曰。息沸脣於桑墟。然齊梁之間。通以虜為沸脣也。魏志。詔曰。劉備孫權。乘間作禍。辯士論曰。電發荊南。遂覆瀍洛。傾五都。東京賦曰。泝洛背河。左伊右瀍。干寶晉紀。愍帝詔曰。群邪作逆。傾盪五都。居先王之桑梓。竊名號於中縣。毛詩曰。維桑與梓。必恭敬止。漢書高紀詔曰。秦徙中縣之人南方三郡。與三皇競其萌黎。五帝角其區宇。韋昭漢書注曰。萌。民也。孔安國尚書傳曰。黎。衆也。東京賦曰。區宇乂寧。種落繁熾。充仞神州。范曄後漢書曰。梁商上表曰。匈奴種類繁熾。不可殫盡。子虛賦曰。充仞其中。不可勝記。河圖曰。崑崙東南地方千里。名曰神州。嗚呼。福善禍淫。徒虛言耳。尚書。湯曰。天道福善禍淫。降災于夏。以彰厥罪。豈非否泰相

五十四　二十一　乙卯重刊　壬辰

傾。盈縮遞運。而汩骨之以人。其蔽六也。周易曰。泰者。通也。物不可以終通。故受之以否。老子曰。高下相傾。淮南子曰。孟春始嬴。孟秋始縮。高誘曰。嬴。長也。縮。短也。孔安國尚書傳曰。汩。亂也。然所謂命者。死生焉。貴賤焉。貧富焉。治亂焉。禍福焉。此十者。天之所賦也。死生有命。已見上文。論衡曰。凡人有死生夭壽之命。亦有貴賤貧富之命。墨子曰。貧富治亂。固有天命。不可損益。呂氏春秋曰。禍福之所自來。衆人以為命焉。知其所由之也。愚智善惡。此四者。人之所行也。桓範世要論曰。遇不遇。命也。善不善。人也。夫神非舜禹。心異朱均。才絓中庸。在於所習。舜禹。二帝也。淮南子曰。性命可說。不待學問而合於道。堯舜文王也。不可教以道。不可喻以德者。丹朱商均也。夫上不及堯舜。下不若商均。此教訓之所喻也。高誘曰。丹朱。堯子也。商均。舜子也。廣雅曰。絓。止也。胡卦切。賈誼過秦曰。陳涉材能不及中庸。論衡曰。中人之性。在所習。習善為善。習惡為惡。是以素絲無恒。玄黃代起。鮑魚

芳蘭入而自變。言在所習也。淮南子曰：墨子見練絲而泣之，爲其可以黄可以黑。高誘曰：閔其化也。大戴禮曰：與君子游，苾乎如入蘭芷之室，久而不聞，則與之化矣。與小人游，臰乎如入鮑魚之肆，久而不聞，則與之化矣。是故君子愼其所去就也。故季路學於仲尼，厲風霜之節；尸子曰：子路，東鄙之野人，孔子教之爲賢士。王隱晉書曰：應瞻爲太守，人歌之曰：威若風霜，恩如父母。楚穆謀於潘崇，成殺逆之禍。左氏傳曰：楚子欲立王子職而黜太子商臣，商臣聞之，告其師潘崇曰：能事諸乎？曰：不能。能行大事乎？曰：能。以宫甲圍成王，王縊。穆王立，潘崇太子師。而商臣之惡，盛業光於後嗣；仲由之善，不能息其結纓。楚之後業，皆商臣之子孫。周易曰：盛德大業至矣哉。尚書曰：在今後嗣王。左氏傳曰：衛渾良夫與太子入舍於孔氏之外圃，欲刼孔悝而納太子。季子曰：太子無勇，若燔臺半，必舍孔叔。大子聞之懼，下召石乞、盂黶敵子路，以戈擊之，斷纓。子路曰：君子死，冠不免。結纓而死。杜預曰：季子，子路是也。斯則邪正由於人，吉凶在乎

命。或以鬼神害盈，皇天輔德。周易曰：鬼神害盈而福謙。尚書曰：皇天無親，惟德是輔。故宋公一言，法星三徙；呂氏春秋曰：宋景公有疾，司馬子韋曰：熒惑守心。心，宋分野也，君當移於相。公曰：相，股肱也。除心腹之疾而置之股肱，可乎？曰：可移於民。公曰：民所以爲國，無民何以爲君？曰：可移於歲。公曰：歲所以養民，歲不登，何以畜民？子韋曰：君善言三，熒惑必退三舍，延君命二十一年。視之，信。廣雅曰：熒惑謂之罰星，或謂之執法。殷帝自翦，千里來雲。呂氏春秋曰：湯克夏四年，天大旱，湯乃以身禱於桑林，於是翦其髮，磨其手，自以爲犧，用祈福於上帝，雨乃大至。淮南子曰：湯之時，旱七年，以身禱於桑林之祭，而四海之雲湊，千里之雨至。若使善惡無徵，未洽斯義。因此而言，則害盈輔德，其由影響；若以善惡猶命，故未洽乎斯義。毛萇詩傳曰：洽，合也。且于公高門以待封，嚴母掃墓以望喪。漢書曰：于定國父于公，其閭門壞，父老方共修之，于公謂之曰：少高大閭門，令容駟馬高蓋車。我理獄多陰德，未嘗有所寃，子孫必有興者。至定國爲丞相，封侯傳世。又

曰：嚴延年遷河南太守，其母從東海來，欲從延年臘，到雒陽，適見報囚。母大驚，畢正臘已，謂延年曰：天道神明，人不可獨殺。我不自意當老見壯子被刑戮也。行矣，去女東歸，掃除墓地耳。後歲餘，果敗。此君子所以自彊不息也。言善惡有徵，故君子庶幾自彊而不息也。周易象曰：天行健，君子以自彊不息。如使仁而無報，奚爲修善立名乎？斯徑廷之辭也。若必爲仁而無報，何故修善而立名乎？是不由命明矣。或爲茲說者，斯乃徑廷之言耳。莊子肩吾問于連叔曰：大有徑廷，不近人情。司馬彪曰：徑廷，激過之辭也。夫聖人之言，顯而晦，微而婉，幽遠而難聞，河漢而不測。此釋聖人之言顯晦難測也。左氏傳君子曰：春秋之稱，微而顯，志而晦，婉而成章。莊子市南宜僚見魯侯曰：南越有邑焉，名建德之國。君曰：彼其道幽遠而無人。又肩吾問于連叔曰：吾聞言於接輿，大而無當，往而不反，吾驚怖其言，猶河漢而無極。司馬彪曰：極，崖也。言廣若河漢，無有崖也。或立教以進庸怠，或言命以窮性靈。此釋不同之所由也。積善

餘慶，立教也；鳳鳥不至，言命也。周易曰：積善之家，必有餘慶。徐幹中論曰：北海孫翱云：積善餘慶，誘民於善路耳。論語：子曰：鳳鳥不至，河不出圖，吾已矣夫。今以其片言辯其要趣，何異乎夕死之類，而論春秋之變哉？毛萇詩傳曰：蜉蝣，渠略也，朝生夕死。莊子曰：蟪蛄不知春秋也。且荆昭德音，丹雲不卷；周宣祈雨，珪璧斯罄。左氏傳曰：有雲如衆赤鳥，夾日飛三日。楚子使問周太史，太史曰：其當王身乎？若禜之，可移於令尹司馬。王曰：除腹心之疾，而寘諸股肱，何益？不穀不有大過，天其夭諸？有罪受罰，又焉移之？遂弗禜。毛詩序曰：雲漢，仍叔美宣王也。毛詩曰：圭璧既卒，寧莫我聽。于叟種德，不逮勛華之高；延年殘獷，未甚東陵之酷。勛華已見上文。說文曰：獷，不可附也。古猛切。莊子曰：伯夷叔齊死名於首陽之下，盜跖死利於東陵之上。爲善一，爲惡均，而禍福異其流，廢興殊其迹。蕩蕩上帝，豈如是乎？毛詩曰：蕩蕩上帝，下民之辟。詩云：

風雨如晦。鷄鳴不已。此釋君子所以自彊也。毛詩鄭風也。鄭玄箋曰：喻君子雖居亂世，不變改其節度也。故善人爲善。焉有息哉。尚書曰：吉人爲善，惟日不足。家語孔子曰：事君之難也，焉可以息哉。夫食稻粱。進芻豢。衣狐貉。襲冰紈。觀窮眇之奇儛。聽雲和之琴瑟。此生人之所急。非有求而爲也。論語子曰：食夫稻。韓詩外傳田饒謂魯哀公曰：黃鵠啄君稻粱。國語曰：芻豢幾何。論語子曰：狐貉之厚以居。漢書曰：齊地織作冰紈。長楊賦曰：憎聞鄭衛窈眇之聲。阮籍詠懷詩曰：北里多奇儛。周禮曰：孤竹之管，雲和之琴瑟。修道德。習仁義。敦孝悌。立忠貞。漸禮樂之腴。潤蹈先王之盛。則此君子之所急。非有求而爲也。然則君子居正體道。樂天知命。公羊傳曰：君子大居正。莊子，弇堈弔曰：夫體道者，天下之君子也。郭象曰：言體道者，人之宗主也。周易曰：樂天知命，故不憂。明其無可奈何。識其不由智力。莊子曰：知不可奈何而安之若命，唯有德者能之。王命論曰：不知神器有命，不可以智力求。逝而不召。來而不距。生而不喜。死而不慼。莊子曰：予惡乎知說生之非惑邪？予惡乎知惡死之非弱喪而不知歸者邪？瑤臺夏屋。不能悅其神。尸子曰：人之言君天下者，瑤臺九累，而堯白屋。楚辭曰：冬有大夏。王逸曰：夏，大屋也。毛詩曰：於我乎夏屋渠渠。土室編蓬。未足憂其慮。土室編蓬，已見非有先生論。不充詘於富貴。不遑遑於所欲。禮記孔子曰：儒有不隕穫於貧賤，不充詘於富貴。皇甫謐高士傳，黔婁先生妻謂曾子曰：先生不慼慼於貧賤，不遑遑於富貴。論語曰：富與貴，是人之所欲也。豈有史公董相不遇之文乎。司馬遷爲太史公，故曰史公。遷集有悲不遇賦。法言曰：災異董相。李軌曰：董相，江都相董仲舒也。仲舒集有士不遇賦。

文五十四　二十四

文選卷第五十四

賜進士出身通奉大夫江南蘇松常鎮太等處承宣布政使司布政使胡克家重校刊

文選卷第五十五

梁昭明太子撰

文林郎守太子右內率府錄事參軍事崇賢館直學士臣李　善注上

論五

劉孝標廣絕交論一首

連珠

陸士衡演連珠五十首

論

廣絕交論

劉璠梁典曰：劉峻見任昉諸子西華兄弟等流離不能自振，生平舊交莫有收卹。西華冬月著葛布帔練裙，路逢峻，峻泫然矜之，乃廣朱公叔絕交論。到溉見其論，抵几於地，終身恨之。

劉孝標

客問主人曰。朱公叔絕交論。爲是乎。爲非乎。此假言也。爲是爲非，疑而問之也。范曄後漢書曰：朱穆，字公叔，爲侍御史，感俗澆薄，慕尚敦篤，著絕交論以矯之。稍遷至尚書，卒贈益州刺史。主人曰。客奚此之問。奚，何也。何故有此問也。未詳其意，故審覆之也。客曰。夫草蟲鳴則阜螽躍。雕虎嘯而清風起。欲明交道不可絕，故陳四事以喻之。毛詩曰：喓喓草蟲，趯趯阜螽。鄭玄曰：草蟲鳴則阜螽跳躍而從之，異類相應也。雕虎，已見思玄賦。淮南子曰：虎嘯而谷風至，龍舉而景雲屬。許慎曰：虎，陰中陽獸，與風同類也。故絪縕相感。霧涌雲蒸。嚶鳴相召。星流電激。元氣相感，霧涌雲蒸以相應；鳥鳴相召，星流電激以相從。言感應之遠也。周易曰：天地絪縕，萬物化醇。淮南子曰：山雲蒸而柱礎潤。毛詩曰：伐木丁丁，鳥鳴嚶嚶。鄭玄云：其鳴之志，似於友道然。曹植辯問曰：游說之士，星流電燿。荅賓戲曰：游說之徒，風颺電激。是以王陽登

四百五十三　文五十五　一　辛

則貢公喜，罕生逝而國子悲。此明良朋也。良朋之道，情同休戚。故貢禹喜王陽之登朝，子産悲子皮之永逝也。漢書曰：王吉與貢禹爲友，世稱王陽在位，貢禹彈冠。言其趣舍同也。罕生，子皮，國子，子産也。左氏傳曰：子産聞子皮卒，哭，且曰：吾以無爲爲善，唯夫子知我也。且心同琴瑟，言鬱郁於蘭茝；齒道叶膠漆，志婉孌於塤篪。心和琴瑟，則言香蘭茝。道合膠漆，則志順塤篪。言和順之甚也。毛詩曰：妻子好合，如鼓琴瑟。曹子建王仲宣誄曰：好和琴瑟。鬱郁，香也。上林賦曰：芳芳漚鬱，酷烈淑郁。楚辭曰：蘭茝幽而獨芳。周易曰：同心之言，其臭如蘭。范曄後漢書曰：陳重字景公，雷義字仲預，重少與義友，鄉里爲之語曰：膠漆自謂堅，不如雷與陳。班固漢書贊曰：婉孌董公。塤篪已見鸚鵡賦。聖賢以此鏤金版而鐫盤盂，書玉牒而刻鍾鼎。聖賢以良朋之道，故著簡策而傳之。太公金匱曰：屈一人之下，申萬人之上。武王曰：請著金版。墨子曰：琢之盤盂，銘於鍾鼎，傳於後世。玉牒已見上。若乃匠人輟成風之妙巧，伯子息流波

之雅引。此言良朋之難遇也。莊子曰：莊子送葬，過惠子之墓，謂從者曰：郢人堊漫其鼻端若蠅翼，使匠石斲之。匠石運斤成風，斲之盡堊而鼻不傷，郢人立不失容。宋元君聞之，召匠石曰：嘗試爲寡人爲之。匠石曰：臣則嘗能斲之，雖然，臣質死久矣。自夫子之死也，吾無以爲質矣，吾無與言也。伯牙及雅引已見上文。范張款款於下泉，尹班陶陶於永夕。范曄後漢書曰：范式字巨卿，少與張劭爲友。劭字元伯。元伯卒，式忽夢見元伯呼曰：巨卿，吾以某日死，當以某時葬，永歸黃泉。子未我忘，豈能相及？式恍然覺悟，便服朋友之服，數其葬日，馳往赴之。既至壙，將窆，而柩不進。其母撫之曰：元伯，豈有望邪？遂停柩移時，乃見素車白馬號哭而來。其母望之必范巨卿，既至叩喪言曰：行矣元伯，死生各異，永從此辭。式執引，柩乃前。式遂留冢次，修墳種樹，然後乃去。司馬遷書曰：試欲効其款款之愚。王仲宣七哀詩曰：悟彼下泉人。東觀漢記曰：尹敏與班彪相厚，每相與談，常晏暮不食，晝即至冥，夜徹旦。彪曰：相與久語，爲俗人所怪，然鍾子期死，伯牙破琴，曷爲陶陶哉。駱驛縱橫，煙霏雨散，巧厤所不知，心計莫能

測。駱驛縱橫，不絶也。煙霏雨散，衆多也。魯靈光殿賦曰：縱橫駱驛，各有所趣。陸機列仙賦曰：騰煙霧之霏霏。劇秦美新曰：霧集雨散。莊子曰：巧厤不能得，而況凡乎。漢書曰：桑弘羊，雒陽賈人子，以心計，年十三侍中。而朱益州汩彝敘，粤謨訓，捶直切，絶交游，比黔首以鷹鸇，媲人靈於豺虎，蒙有猜焉，請辨其惑。言朋友之義，備在典謨，公叔亂常，道而絶之，故以爲疑也。尚書曰：彝倫攸敘。又曰：聖有謨訓。家語孔子曰：祁奚對平公云，羊舌大夫信而好直其切也。王肅曰：言其切直也。爾雅曰：丁丁嚶嚶，相切直也。列子曰：公孫穆屏親暱，絶交游。司馬遷書曰：交遊莫救。視鷹鸇豺虎，貪殘而無親也。黔首已見過秦論。左氏傳：太史克曰：見無禮於其君者，誅之，如鷹鸇之逐鳥雀。爾雅曰：媲，妃也。尚書曰：惟人萬物之靈。杜夷幽求子曰：不仁之人，心懷豺虎。長楊賦曰：蒙切惑焉。論語子張曰：敢問崇德辨惑。主人听魚謹然而笑曰：客所謂撫紘徽音，未達燥濕變響；張羅沮澤，不覩鴻鴈雲飛。言朋友之道，隨時盛衰，醇則志叶斷金，醨則昌

言交絶。今以絶交爲惑，是未達隨時之義，猶撫紘者未知變響，張羅者不覩雲飛，謬之甚也。上林賦曰：亡是公听然而笑。鄭玄禮記注曰：撫，以手按之也。許慎淮南子注曰：鼓琴循紘謂之徽也。韓詩外傳曰：趙遣使於楚，臨去，趙王謂之曰：必如吾言。辭時，趙王方鼓琴，使者因跪曰：大王鼓琴，未有如今日之悲也。請記其處，後將法焉。王曰：不可。夫時有燥濕，紘有緩急，徽柱推移，不可記也。使者曰：臣愚，請借此以譬之。何者？楚之去趙二千餘里，變改萬端，亦猶紘不可記也。難蜀父老曰：鷦鵬已翔乎寥廓之宇，而羅者猶視乎藪澤。悲夫！沮澤已見蜀都賦。吳都賦曰：雲飛水宿。蓋聖人握金鏡，闡風烈，龍驤蠖屈，從道汙隆。言聖人懷明道而闡風教，如龍蠖之驤屈，蓋從道之汙隆也。春秋孔錄法曰：有人卯金刀，握天鏡。雒書曰：秦失金鏡。鄭玄曰：金鏡，喻明道也。春秋考異郵曰：後雖殊世，風烈猶合於持方。宋均曰：持方，受命者名也。班固漢書韓彭述曰：雲起龍驤，化爲侯王。蠖屈已見潘正叔贈王元況詩。禮記子思曰：道隆則從而隆，道汙則從而汙。鄭玄曰：汙，猶殺也。日月聯璧，贊亹亹之引致；雲飛電薄，顯棣華之微

旨若五音之變化濟九成之妙曲此朱生得玄珠於赤
水謨神睿而爲言日月聯璧謂太平也雲飛電薄謂衰亂也王者設教從道汙隆太平則明
亹亹微妙之引致道衰則顯棣華權道之微旨然則隨
時之義理非一塗也若五音之變化乃濟九成之妙曲今
朱公叔絶交是得矯時之義此猶得玄珠於赤水謨神
睿而爲言謂窮妙理之極也易坤靈圖曰至德之萌日
月若聯璧周易曰定天下之吉凶成天下之亹亹者莫
善於蓍龜王弼曰亹亹微妙之意也鄭玄周禮注曰致
至也漢書高祖歌曰大風起兮雲飛揚淮南子曰陰陽
相薄爲雷激而爲電論語曰棠棣之華偏其反而何晏
曰逸詩也棠棣之華反而後合賦此詩以言權反而後
至於大順也長笛賦曰五音代轉尚書曰簫韶九成鳳
皇來儀莊子曰黃帝遊於赤水之北遺其玄珠乃使象
罔求而得之司馬彪曰赤水水假名玄珠喻道也孔安
國尚書傳曰謨謀也睿聖也至夫組織仁義琢磨道德驩其愉樂恤
其陵夷此言良友每事相成道德資以琢磨仁義因之組織居憂共戚處樂同驩仲長統昌言曰道德

文五十五　四

仁義天性也織之以成其物練之以成其情禮記曰如切如瑳道學也如琢如磨自修也白虎通曰朋友之交
樂則思之患則死之陵夷已見五等論寄通靈臺之下遺迹江湖之上風
雨急而不輟其音霜雪零而不渝其色斯賢達之素交
歷萬古而一遇良朋款誠終始若一故寄通神於心府之下遺迹相忘於江湖之上也莊子曰萬
惡不可內於靈臺司馬彪曰心爲神靈之臺也李陵書
曰人之相知貴相知心莊子曰魚相志於江湖人相志
於道術郭象曰各自足故相志也今引江湖唯取相志
之義也不輟其音已見辨命論莊子曰天寒既至霜雪
既降吾是以知松栢之茂也素雅素也萬古一遇難逢之甚也逮叔世民訛狙詐飆起
谿谷不能踰其險鬼神無以究其變競毛羽之輕趨錐
刀之末上明良朋此明損友也左氏傳叔向曰三辟之興皆叔世也毛詩曰民之訛言鄭玄曰訛僞也漢書
曰狙詐之兵音義曰狙伺人之間隙也荅賓戲曰游説
之徒風飈電激並起而救之莊子孔子曰凡人之心險

於山川難知於天董仲舒士不遇賦曰生不丁三代之盛隆兮丁三季之末俗鬼神不能正人事之變戾聖賢
亦不能開愚夫之違惑葛龔集曰龔以毛羽之身戴丘山之施左氏傳叔向曰錐刀之末將盡爭之於是
素交盡利交興天下蚩蚩鳥驚雷駭毛詩曰氓之蚩蚩廣雅曰蚩亂也崔
寔正論曰秦時赭衣塞路百姓鳥驚無所歸淮南子曰月行日動電奔雷駭也然則利交同源
派流則異較角言其略有五術焉廣雅曰較明也韓詩曰報我不術薛君曰
術法也若其寵鈞董石權壓梁竇董賢石顯已見西京賦權猶勢也范曄後漢書
曰梁冀字伯卓爲大將軍專擅威柄凶恣日積竇憲已見范曄宦者論雕刻百工鑪捶朱蘂
萬物吐潄興雲雨呼噏下霜露九域聳其風塵四海疊
其熛灼雕刻鑪捶喻造物也覆載天地刻雕衆形而不爲巧尚書曰百工惟時莊子曰黃帝之忘其智
皆在鑪捶之間聲類曰鑪火所居也李顒莊子音義曰捶排口鐵以灼火也范曄後漢書曰舉動迴山海呼吸

六丂七十二　文五十五　五　張宗

變霜露九域已見潘元茂九錫文爾雅曰聳懼也夏侯湛東方朔畫贊曰彷彿風塵用垂頌聲毛萇詩傳曰疊
懼也西征賦曰當恭顯之任勢也熛灼四方震耀都鄙靡不望影星奔藉響川
鶩雞人始唱鶴蓋成陰高門旦開流水接軫蔡伯喈郭林宗碑曰
于時紳佩之士望形表而影附聆嘉聲而響和者猶百川之歸巨海鱗介之宗龜龍也周禮曰雞人凡國事爲
期則告之時鄭玄曰象雞知時也劉楨魯都賦曰蓋如飛鶴馬似遊魚高門已見辨命論范曄後漢書明德馬
后曰前過濯龍門上見外家問起居者車如流水馬如龍也皆願摩頂至踵隳膽抽
腸約同要離焚妻子誓殉荆卿湛沈七族是曰勢交其
流一也孟子曰墨子兼愛摩頂放踵趙岐曰放至也鄒陽上書曰見情素隳肝膽李顒詩曰焦肺枯肝
抽腸裂膈鄒陽上書曰荆軻沈七族要離焚妻子豈足爲大王道哉富埒陶白貲巨程羅
山擅銅陵家藏金穴出平原而聯騎居里閈而鳴鍾陶朱

公已見過秦論。程鄭已見蜀都賦。漢書曰。白圭。周人也。樂觀時變。天下言治生者祖白圭。又曰。成都羅裒。貲至鉅萬。又曰。鄧通。蜀郡人也。文帝賜通蜀嚴道銅山得鑄錢。鄧氏錢布天下。楊雄蜀都賦曰。西有鹽泉鐵冶橘林銅陵。范曄後漢書曰。光武帝郭皇后弟況爲大鴻臚。數賞賜金錢。京師號況家爲金穴。連騎鳴鍾。已見西京賦。應劭漢書注曰。里門曰閈。則有窮巷之賓。繩樞之士。冀宵燭之末光。邀潤屋之微澤。魚貫鳧躍。颯沓鱗萃。分鴈鶩之稻粱。霑玉斝之餘瀝。漢書曰。陳平家貧。負郭窮巷。以席爲門。過秦論曰。陳涉甕牖繩樞之子。戰國策曰。甘茂去秦。且之齊。出關遇蘇子曰。君聞夫江上之處女乎。夫江上之處女。有家貧而無燭者。處女相與語。欲去之。家貧無燭者將去矣。謂處女曰。妾以無燭之故。常先掃室布席。何愛餘明之照四壁者。處女以爲然。留之。今臣弃逐於秦。出關願爲足下掃室布席。幸無我逐也。賈逵國語注曰。邀。求也。禮記曰。富潤屋。德潤身。貫魚已見鮑昭出自薊北門行。潘岳哀辭曰。望歸鵠見鳧藻踴躍。張衡羽獵賦曰。輕車颯沓。西京賦曰。鳥集鱗萃。魯連子曰。君鴈鶩有餘粟。韓詩外傳。田饒謂魯哀公曰。黃鵠止君園池。啄君稻粱。說文曰。斝。玉爵也。史記。淳于髡曰。親有嚴客。持酒於前。時賜餘瀝。銜恩遇。進款誠。援青松以示心。指白水而旌信。是曰賄交。其流二也。陸士龍爲顧彥先贈婦詩曰。銜恩非望始。遇謂以恩相接也。秦嘉婦詩曰。何用敘我心。惟思致款誠。禮記曰。其在人也。如松柏之有心。周松孰友論曰。推誠歲寒。功標松竹。左氏傳。晉公子曰。所不與舅氏同心者。有如白水。陸大夫宴喜西都。郭有道人倫東國。公卿貴其籍甚。搢紳羨其登仙。漢書曰。高祖拜陸賈爲太中大夫。陳平以錢五百萬遺賈爲食飲費。賈以此游公卿間。名聲籍甚。音義曰。狼籍甚盛也。西征賦曰。陸賈之優游宴喜。范曄後漢書曰。郭泰。字林宗。博通墳籍。善談論。游洛陽。後歸鄉。諸儒送之。與李膺同舟而濟。衆賓望之。以爲神仙舉。有道不應。林宗雖善人倫。不爲危言覈論。東國。洛陽也。加以頷羌錦頤蹙頞。涕唾流沫。騁黃馬之劇談。縱碧雞之雄辯。解嘲曰。蔡澤頷頤折頞。涕唾流沫。西揖強

秦之相。而奪其位。時也。莊子曰。惠施其言黃馬驪牛三。辯者以此與惠施相應。終身無窮。司馬彪曰。牛馬以二爲三。兼與別也。曰馬曰牛。形之三也。曰黃曰驪。色之三也。曰黃馬曰驪牛。形與色之三也。蜀都賦曰。劇談戲論。扼腕抵掌。馮衍與鄧禹書曰。衍以爲寫神輸意。則聊城之說。碧雞之辯。不足難也。王褒碧雞頌曰。持節使者敬移金精神馬。縹縹碧雞。歸來歸來。漢德無疆。黃龍見兮白虎仁。歸來歸來。可以爲倫。歸來翔兮。何事南荒也。敘溫郁則寒谷成暄。論嚴苦則春叢零葉。飛沈出其顧指。榮辱定其一言。毛萇詩傳曰。燠。煖也。郁與燠古字通也。寒谷已見顏延年秋胡詩。王逸楚辭注曰。嚴。壯也。風霜壯謂之嚴。說文曰。苦猶急也。張升反論曰。噓枯則冬榮。吹生則夏落。荀爽與李膺書曰。任其飛沈。與時抑揚。莊子曰。手撓顧指。四方之民莫不俱至。周易曰。樞機之發。榮辱之主。於是有弱冠王孫。綺紈公子。道不挂於通人。聲未遒於雲閣。攀其鱗翼。丐其餘論。附駔子朗驥之旄端。軼歸鴻於碣石。是曰談交。其流三也。弱冠已見辯亡論。漢書。漂母謂韓信曰。吾哀王孫而進食。又曰。班伯與王許子弟爲羣。在於綺襦紈袴之間。論衡曰。夫能該一經者爲儒生。博覽古今者爲通人。應劭漢書注曰。遒。好也。應瑒釋賓曰。子猶不能騰雲閣攀天衢。楊子法言曰。攀龍鱗。附鳳翼。子虛賦曰。願聞先生之餘論。說文曰。駔。壯馬也。張敞集曰。蒼蠅之飛。不過十步。託驥之尾。乃騰千里之路。何休公羊傳注曰。軼。過也。淮南子曰。馮遲大丙之御也。過歸鴻於碣石也。陽舒陰慘。生民大情。憂合驩離。品物恒性。西京賦曰。人在陽時則舒。在陰時則慘。莊子曰。藏天下於天下而不得所遯。是恒物之大情也。相呴以沫。憂合也。相忘江湖。驩離也。周易曰。品物咸亨。故魚以泉涸而呴沫。鳥因將死而鳴哀。莊子曰。泉涸。魚相與處於陸。相呴以濕。相濡以沫。論語。曾子曰。鳥之將死。其鳴也哀。同病相憐。綴河上之悲曲。恐懼寘懷。昭谷風之盛典。吳越春秋曰。伯嚭來奔於吳。子胥請以爲大夫。吳大夫被離承宴問子胥曰。何見而信伯嚭乎。子胥曰。吾之怨與嚭同。子聞河上之歌者乎。同病相憐。同憂相救。驚翔之鳥。相隨而集。瀨下之水。回

復俱流誰不愛其所近悲其所思者
乎詩谷風曰將恐將懼寘予于懷斯則斷金由於湫
隘刎頸起於苫蓋周易曰二人同心其利斷金左氏傳
曰景公欲更晏子之宅曰子之宅湫隘
囂塵漢書曰張耳陳餘相與爲刎頸之交左
氏傳范宣子數戎子駒支曰乃祖吾離被苫蓋是以伍員
濯溉於宰嚭浦几張王撫翼於陳相是曰窮交其流四也
言宰嚭由伍員濯溉而榮顯嚭既貴而譖員陳餘因張
耳撫翼而奮飛餘既尊而襲耳故曰窮交也毛詩曰可
以濯溉說文曰濯浣也毛萇詩曰溉灌也在於貧賤類
乎泥滓縻之好爵同於濯溉史記曰伍子胥者楚人名
員楚王誅員父奢子胥往吳闔廬既立得志以子胥爲
行人楚又誅大臣伯州犂州犂之孫士奔吳吳亦以嚭爲
大夫吳越春秋曰帛否來奔於吳吳王闔廬問伍子胥帛
否何如人也伍子胥對帛否者楚州犂孫楚平王誅州
犂否因懼出奔聞臣在吳而來吳王因子胥請帛否以爲
大夫與之謀於國事史記曰闔廬死夫差既立以伯嚭
爲太宰吳敗越於會稽大夫種厚幣遺吳太宰請和將
許之子胥諫不聽太宰既與子胥有隙因讒子胥王乃

使賜子胥屬鏤之劍乃自刎左氏傳曰哀公會吳橐皋
吳子使太宰嚭請尋盟然本或作伯喜或作帛否或作
太宰嚭字雖不同其人一也班固漢書述曰
張陳之交好如父子攜手遯秦撫翼俱起馳騖之俗
澆薄之倫無不操權衡秉纖纊衡所以揣其輕重纊所
以屬其鼻息若衡不能舉纊不能飛雖顏冉龍翰鳳雛
曾史蘭薰雪白阮子政論曰交遊之黨爲馳騖之所廢淮南
子曰澆天下之淳許慎曰澆薄也漢書曰衡
平也權重也衡所以任權而鈞物平輕重也鄭衆考工注曰
稱錘曰權鄭玄尚書注曰稱上曰衡尚書曰厥篚纖纊說文
曰揣量也儀禮曰屬纊以俟氣運命論曰顏冉大賢魏
志崔琰曰邴原張範所謂龍翰鳳翼習鑿齒襄陽記曰
舊目諸葛孔明爲臥龍龐士元爲鳳雛曾曾參史史魚
也莊子曰削曾史之行鉗楊墨之口魏都賦曰信陵之
名蘭芬也葛龔薦郝彥文
曰雪白氷折皦然曜世也舒向金玉淵海卿雲黼黻河
漢言舒向之辭同於淵海也論衡曰儒世之金玉又曰
劉子駿漢朝之智囊筆墨之淵海言卿雲之文類於
河漢也論衡曰繡之未刺錦之未織恒絲庸帛何以異
哉加五綵之巧施針縷之飾文章炫耀黼黻華蟲學士
有文章猶絲帛之有五色之巧也又曰漢諸儒作
書者以司馬長卿楊子雲河漢也其餘涇渭也視若游塵遇
同土梗莫肯費其半菽罕有落其一毛游塵土梗喻輕
賤也左太沖詠
史詩曰視之若埃塵嵇含司馬誄曰命危朝露身輕游
塵莊子魏文侯曰吾所學者真土梗耳司馬彪曰梗土之
榛梗也漢書項羽曰歲飢人貧卒食半菽孟
子曰楊氏爲我拔一毛而利天下不爲也若衡重錙
銖纊微彯撇匹滅雖共工之蒐慝驩兜之掩義南荊之
跋扈東陵之巨猾錙銖已見任彥升彈曹景宗文侯瑾箏
賦曰微風彯撆冷氣輕浮左氏傳季
孫行父曰少昊氏有子靖譖庸回伏讒蒐慝杜預曰謂
共工也蒐隱慝惡也左氏傳季孫行父曰帝鴻氏有子
掩義隱賊好行凶德杜預曰謂驩兜也南荊謂楚也演連珠
曰南荊有寡和之歌韓子莊周子謂楚莊王曰莊蹻爲盜
於境內吏不能禁西京賦曰睢盱跋扈東陵盜跖也
已見任昉王儉集序東京賦曰巨猾閒亹蹻其略切皆

爲匍匐逶迤折枝舐痔金膏翠羽將其意脂韋便辟婢亦
導其誠說文曰逶迤邪行去也史記曰蘇秦笑謂嫂何
前踞而後恭嫂逶迤蒲服而謝曰見季子位高
金多也孟子曰爲長者折枝語人曰吾不能是不爲也
非不能也趙岐曰折枝案摩折手節解罷枝也莊子謂
宋人曹商曰秦王有病召醫破癰潰痤者得車一乘舐
痔者得車五乘子豈療其痔邪金膏已見江賦漢書曰
縣王閩侯亦遺江都王建犀甲翠羽毛詩序曰又實幣
帛以將其厚意鄭玄曰將助也楚辭曰如脂如韋王逸
曰柔弱曲也論語孔子曰
損者三友友便僻損矣故輪蓋所游必非夷惠之室
苞苴所入實行張霍之家謀而後動毫芒寡忒是曰量
交其流五也禮記曰苞苴簞笥問人者鄭玄曰苞苴裹
魚肉者也或以葦或以茅張張安世霍霍
光也荅賓戲曰
銳思毫芒之內凡斯五交義同賈古鬻故桓譚譬之於
闤闠林回喻之於甘醴杜預左氏傳注曰賈買也鄭衆
周禮注曰鬻賣也譚集及新論

並無以市喻交之文戰國策譚拾子謂孟嘗君曰得無怨齊士大夫乎孟嘗君曰然譚拾子曰富貴則就之貧賤則去之請以市喻市朝則滿夕則虛非朝愛市而夕憎之也求存故往亡故去願君勿怨然此以市喻交疑拾誤爲栢遂居譚上耳莊子林回曰君子之交淡若水小人之交甘如醴司馬彪曰林回人姓名也

夫寒暑遞進，盛衰相襲，或前榮而後悴，或始富而終貧，或初存而末亡，或古約而今泰，循環翻覆，迅若波瀾。

周易曰寒往則暑來暑往則寒來盛衰已見琴賦說文曰襲因也說苑雍門周對孟嘗君曰臣之能令悲者先貴而後賤古富而今貧笙賦曰有始泰終約前榮後悴尚書大傳曰三王之統若循連環周則復始窮則反本陸機樂府詩曰休咎相乘躡翻覆若波瀾

此則殉利之情未嘗異，變化之道不得一。由是觀之，張陳所以凶終，蕭朱所以隙末，斷焉可知矣。

言貪利情同譎詐殊道也范曄後漢書王丹曰交道之難未易言也張陳凶其終蕭朱隙其末故知全之者鮮矣

六伯六十五　文五十五　十

漢書蕭育字次君朱博字子元育少與博爲友故長安語曰蕭朱結綬王貢彈冠言相薦達也後育爲九卿博先至丞相與博有隙也

而翟公方規規然勒門以箴客，何所見之晚乎！

莊子曰規規然自失也漢書曰下邽翟公爲廷尉賓客亦復塡門及廢門外可設爵羅後復爲廷尉賓客欲往翟公大署其門曰一死一生乃知交情一貧一富乃知交態一貴一賤交情乃見穀梁傳曰至城下然後知何知之晚也

因此五交，是生三釁。

杜預左氏傳注曰釁瑕隙也

敗德殄義，禽獸相若，一釁也。

尚書曰侮慢自賢反道敗德史記衛平曰天有五色以辯白黑人民莫知辨也與禽獸相若也

難固易攜，讎訟所聚，二釁也。

杜預左氏傳注曰攜離也

名陷饕餮，貞介所羞，三釁也。

饕餮已見上漢書贊曰勢利之交古人羞之

古人知三釁之爲梗，懼五交之速尤，

毛萇詩傳曰梗病也又曰速召也

故王丹威子以檟楚，朱穆昌言而示絕，有旨哉！有旨哉！

有梁之初

淳風已喪俗多馳競人尚浮華故叙叔世之交情刺當時之輕薄朱生示絕良會其宜重言之者歎美之至范曄後漢書曰王丹字仲回其子有同門生喪親家在中山白丹欲奔慰丹怒而撻之令寄縑以祠焉禮記曰夏楚二物收其威也鄭玄曰夏稻也楚荊也夏與檟古今字也昌言已見王元長策秀才文孫綽子曰莊多寄言渾沌得宗罔象得珠旨哉言乎

近世有樂安任昉，海內髦傑，早綰銀黃，夙昭民譽，

漢書上以書勑責楊僕曰懷銀黃垂三組夸鄉里左氏傳曰晉悼公即位六官之長皆民譽也

遒文麗藻，方駕曹王；英跱俊邁，聯橫許郭。類田文之愛客，同鄭莊之好賢。

孫綽集序曰綽文藻遒麗方駕已見西京賦曹王子建仲宣也魏志曰崔琰謂司馬朗曰子之弟聰斷英跱裴松之案跱或作特竊謂英特爲是辯士論曰武將連衡范曄後漢書曰許劭少峻名節好人倫多所賞識故天下言拔士者咸稱許郭史記曰孟嘗君名文姓田氏在薛招致諸侯賓客食客數千人漢書曰鄭當時字莊爲大司農每朝候上問說未嘗不言天下長者班固述曰莊之推賢於茲爲德

七伯二十六　文五十五　十一　唐才

見一善則盱衡扼腕，遇一才則揚眉抵掌。雌黃出其脣吻，朱紫由其月旦。

孟子曰舜聞一善言見一善行若決江河沛然莫之能禦盱衡已見魏都賦扼腕已見蜀都賦大戴禮曰孔子愀然揚眉戰國策曰蘇秦說趙王抵掌而言孫盛晉陽秋曰王衍字夷甫能言於意有不安者輒更易之時號口中雌黃東觀漢記曰汝南太守宗資等任用善士朱紫區別范曄後漢書曰許子將與從兄靖俱有高名好共覈論鄉黨人物月旦輒更品題故汝南俗有月旦評焉

於是冠蓋輻湊，衣裳雲合，輜軿擊轊，

爲歲

坐客恒滿，蹈其閫閾，若升闕里之堂，入其奧隅，謂登龍門之阪。

西都賓曰冠蓋如雲漢書曰郡國輻湊浮食者多解嘲曰天下之士雷動雲合范曄後漢書曰袁紹賓客所歸輜軿比轂塡接街陌說文曰軿車前衣車後爲輜史記蘇秦曰臨菑之塗車轂相擊說文曰轊車軸端范曄後漢書孔融曰座上客恒滿鄭玄禮記注曰閫閾皆門限也闕里孔子所居也升堂入奧已見孔融薦禰衡表范曄後漢書曰李膺字元禮

獨持風裁士有被其容接者名爲登龍門至於顧眄增其倍價剪拂使其長
鳴紆組雲臺者摩肩趍走丹墀者疊迹戰國策蘇代說淳于髡曰客有
謂伯樂曰臣有駿馬欲賣之比三旦而立於市人莫與言願子還而視之去而顧之臣請獻一朝之費伯樂乃
旋視之去而顧之一旦而馬價十倍又汗明說春申君曰夫驥服鹽車上太行中坂遷延負轅不能上伯樂遭
之下車攀而哭之驥於是迎而鳴者何也彼見伯樂之知己今僕居鄙俗之日久矣君獨無湔拔僕也湔拔剪
拂音義同也長鳴已見劉琨荅盧諶詩雲臺已見辯命論史記蘇秦說齊王曰臨菑之塗人肩相摩漢典職儀
曰以丹漆地故稱丹墀吳都賦曰躍馬疊跡莫不締恩狎結綢繆想惠莊之
清塵庶羊左之徽烈過秦論曰合從締交禮記曰賢者狎而敬之鄭玄曰狎習也近也李
陵詩曰獨有盈觴酒與子結綢繆淮南子曰惠施死而莊子寢說言世莫可爲語也楚辭曰聞赤松之清塵
烈士傳曰陽角哀左伯桃爲死友聞楚王賢往尋之道遇雨雪計不俱全乃并衣糧與角哀入樹中死應璩與

文五十五　十三　下

王將軍書曰雀鼠雖愚猶知徽烈及瞑目東粵歸骸洛浦繐帳猶懸門
罕漬酒之彥墳未宿草野絕動輪之賓東粵謂新安昉死所也洛浦謂
歸葬揚州也莊子曰夫差瞑目東粵楚詞曰歸骸舊邦莫誰語魏武遺令曰於臺堂上施六尺牀繐帳謝承後漢
書曰徐穉字孺子前後州郡選舉諸公所辟雖不就有死喪負笈赴弔常於家預炙雞一隻一兩綿漬酒日中
曝乾以裹雞徑到所赴冢隧外以水漬之使有酒氣升米飯白茅藉以雞置前醱酒畢留謁即去不見喪主禮
記曰朋友之墓有宿草而不哭焉動輪范式也已見上文藐爾諸孤朝不謀夕流離
大海之南寄命嶂癘之地諸孤昉子也劉璠梁典曰昉有子東里西華南客北叟並
無術學墜其家業左氏傳晉獻公曰以是藐諸孤又趙孟曰朝不謀夕何可長也李陵與蘇武書曰流離辛苦
幾死朔北之野范曄後漢書朱勃上書曰士人飢困寄命漏刻蔣子萬機論曰許文休東渡江乃在嶂氣之南
梁典不言昉子遠之交桂今言大海之南者蓋言流離之甚也自昔把臂之英金蘭之

友曾無羊舌下泣之仁寗慕郈成分宅之德此謂到洽兄弟也劉
孝標與諸弟書曰任既假以吹噓各登清貫任云亡未幾子姪漂流溝渠洽等視之攸然不相存贍平原劉峻
疾其苟且乃廣朱公叔絕交論焉東觀漢記曰朱暉同縣張堪有名德每與相見常接以友道暉以堪宿成名
德未敢安也堪至把暉臂曰欲以妻子託朱生堪後物故南陽饑暉聞堪妻子貧窮乃自往候視見其困厄分
所有以賑給之歲送穀五十斛帛五疋以爲常羊舌氏叔向也春秋外傳曰叔向見司馬侯之子撫而泣之曰
自此父之死也吾蔑與比事君也昔者此其父始之我終之我始之夫子終之孔叢子曰郈成子自魯聘晉過
于衛右宰穀臣止而觴之陳樂而不作酣畢而送以璧成子不辭其僕曰不辭何也成子曰夫止而觴我親我
也陳樂不作告我哀也送我以璧託我也由此觀之衛其亂矣行三十里而聞衛亂作右宰穀臣死之成子於
是迎其妻子還其璧隔宅而居之嗚呼世路險巇一至於此太行孟
門豈云嶄絕盧諶詩曰山居是所樂世路非我欲楚詞曰何周道之平易兮然蕪穢而險巇王逸

文五十五　十三　乙丑重刊　春

曰險巇猶顛危也孟門太行二山名也史記曰殷紂之國左孟門右太行也是以耿介之士
疾其若斯裂裳裹足棄之長鶩獨立高山之頂歡與麋
鹿同群皦皦然絕其雰濁誠恥之也誠畏之也耿介之士峻自
謂也韓子曰耿介之士寡而商賈之人多墨子曰公輸欲以楚攻宋墨子聞之自魯往裂裳裹足十日至郢曹
植應詔詩曰弭節長鶩郭象莊子注曰亢然獨立高山之頂楚詞曰高山崔巍兮水湯湯死日將至兮與麋鹿
同坑論語子曰鳥獸不可與同群孔安國曰隱居山林是同群也范曄後漢書曰皦皦者易汙楚詞曰吸精氣
而吐雰濁兮說文曰雰亦氛字

連珠

傅玄敘連珠曰所謂連珠者興於漢章之世班固賈逵傅毅三子受詔作之其文體辭麗
而言約不指說事情必假喻以達其旨而覽者微悟合於古詩諷興之義欲使歷歷如貫
珠易看而可悅故謂之連珠

演連珠五十首

劉孝標注　陸士衡

臣聞日薄星迴穹天所以紀物山盈川沖后土所以播氣天地所以施生日薄於天星迴於漢穹蒼所以紀陰陽之節在山則實在地則化所以散剛柔之氣也善曰禮記曰季冬之月日窮于次月窮於紀星迴於天數將幾終歲且更始國語太子晉曰山土之聚也川氣之通也天地成而聚於高歸物於下疏爲川谷以道其氣也字書曰沖虛也鄭玄考工記注曰播散也五行錯而致用四時違而成歲夫五行四時佐天地造物者也然水火相殘金木相代而共成陶鈞之致春秋異候寒暑繼節而俱濟一歲之功也善曰莊子曰四時殊氣天不私故歲成五官殊職君不私故國治也是以百官恪居以赴八音之離明君執契以要克諧之會三才理通趣舍不異天地既然人理得不効之哉所以臣敬治其職膺金石之别響君執契居中納鏗鏘之合韻善曰左氏傳閔子騫曰敬恭朝夕恪居官次老子曰聖人執左契而不責於人有德司契無德司徹尚書曰八音克諧呂氏春秋曰宮徵商羽角各處其處音皆調均而不可以相違此所以無不受也賢主之立官有似於此百官各處其職治其事以待主主無不安矣

六百五　文五十五　十四　劉用

臣聞任重於力才盡則困用廣其器應博則凶是以物勝權而衡殆形過鏡則照窮夫錙銖之衡懸千斤之重徑尺之鏡照尋丈之形用過其力傷其本性故在權則衡危於鏡則照暗也善曰勝或爲稱爾雅曰稱舉也一曰稱亦勝也吳録子胥曰越未能與我爭稱負也故明主程才以效業貞臣底力而辭豐由衡危鏡凶哲人所以爲戒故主則程其才而授官臣則辭其豐而致力此唐虞所以緝熙稷契所以垂美也善曰說文曰程品也廣雅曰効驗也王肅尚書注曰底致也

臣聞髦俊之才世所希乏丘園之秀因時則揚是以大人基命不擢才於后土明主聿興不降佐於昊蒼此章言賢人雖希而無世不有故士夥三仁辭職隆周十亂入朝故明主之興非天地特爲生賢才在引而用之爲貴爾善曰毛萇詩傳曰髦俊也周易曰六五賁于丘園束帛戔戔王肅曰失位無應隱處丘園蓋象衡門之人道德彌明必有束帛之聘戔戔委積之貌也鄭玄曰秀士有德行道藝者也尚書曰王如不敢及天基命定命

臣聞世之所遺未爲非寶主之所珍不必適治是以俊乂之藪希蒙翹車之招金碧之巖必辱鳳舉之使言末代闇主崇神弃賢故俊乂無翹車之徵金碧有鳳舉之使也善曰毛萇詩傳曰適之也陳敬仲曰翹翹車乘招我以弓豈不欲往畏我友朋漢書曰或言益州有金馬碧雞之神可醮而致於是遣諫大夫王褒使持節而求之班固功德論曰朱軒之使鳳舉於龍堆之表

臣聞禄放於寵非隆家之舉官私於親非興邦之選是

三百六十　文五十五　十五　劉用

以三卿世及東國多衰弊之政五侯並軌西京有陵夷之運寵謂五侯親謂三卿言三桓專魯而哀公見逐五侯用權而漢氏以亡善曰孔安國論語注曰放依也論語孔子曰政逮大夫四世矣三桓子孫微矣孔安國曰三桓謂仲孫叔孫季孫也東國謂魯也法言曰夷惠無仲尼西山之餓夫東國之黜臣漢書曰成帝悉封舅王譚王商王立王根王逢時列侯五人同日封故世謂之五侯廣雅曰軌迹也陵夷已見上文春秋命歷叙曰五德之運應録次相代也

臣聞靈輝朝覯稱物納照時風夕灑程形賦音是以至道之行萬類取足於世大化既洽百姓無匱於心言至道均被萬物取而咸足淳化普洽百姓用而不匱猶靈耀覯而品物納光清風流而百籟含響也善曰淮南子曰猶條風之時灑許慎曰灑猶汎也

臣聞頓綱探淵不能招龍振綱羅雲不必招鳳是以巢

箕之叟不眄丘園之幣洗渭之民不發傅巖之夢古之隱人
結巢以居故曰巢父或言即許由也洗耳一說巢父也
記籍不同未能詳孰是又傅說築於傅巖而精通武丁
言巢許冥心長往故無發夢之符善曰頻猶整也說文
曰振舉也陸云洗渭而劉之意云洗耳據劉之意則以
洗渭爲洗耳乎呂氏春秋曰昔者堯朝許由於沛澤之
中曰請屬天下於夫子許由遂之箕山之下潁水之陽
琴操曰堯大許由之志禪爲天子由以其言不善乃
臨河而洗耳李陵詩曰許由不洗耳後世有何徵魏子
曰昔者許由之立身也恬然守志存己不甘祿位洗耳
不受帝堯之讓謙退之高也益部耆舊傳秦宓對王商
曰昔堯優許由非不弘也洗其兩耳皇甫謐逸士傳曰
巢父者堯時隱人也及堯讓位乎許由也由以告巢父
焉巢父責由曰汝何不隱汝光何故見若身揚若名令
聞若汝非友也乃擊其膺而下之由悵然不自得乃過
清泠之水洗其耳皇甫謐高士傳云巢父聞許由之爲
堯所讓也以爲汚乃臨池水而洗耳譙周古史考曰許
由堯時人也隱箕山恬泊養性無欲於世堯禮待之終
不肯就時人高其無欲遂崇大之曰堯將以天下讓許

由由恥聞之乃洗其耳或曰又有巢父與許由同志或曰
許由夏常居巢故一號巢父不可知也凡書傳言許由則
多言巢父者少矣范曄後漢書嚴子陵謂光武曰昔唐
堯著德巢父洗耳士故有志何至相迫乎然書傳之說
洗耳參差不同陸既以巢箕爲許由洗耳
爲巢父且復水名不一或亦洗於渭乎

臣聞鑑之積也無厚而照有重淵之深目之察也有畔
而眡視周天壤之際何則應事以精不以形造物以神
不以器是以萬邦凱樂非悅鍾鼓之娛天下歸仁非感
玉帛之惠鏡質薄而能照目形小而能視以其精明也
故聖人以至精感人至神應物爲樂不假鍾鼓
之音爲禮不待玉帛之惠此所感之至也善曰廣雅曰
鑑謂之鏡莊子曰千金之珠在九重之淵又曰壺子曰
吾示之以天壤司馬彪曰壤地也論語子曰禮
云禮云玉帛云乎哉樂云樂云鍾鼓云乎哉

臣聞積實雖微必動於物崇虛雖廣不能移心是以都
人冶容不悅西施之影乘馬班如不輟太山之陰美女之影
不惑荒婬之人高山之陰不止不進之馬虛實之驗在茲
也善曰冶容已見陸機樂府詩潛夫論曰夫圖西施毛
嬙可說於心而不若醜妻陋妾而可御於前也周易曰
乘馬班如王肅曰班如盤桓不進也呂氏春秋曰審堂
下之陰而知日月之行
高誘曰陰晷影之候也

臣聞應物有方居難則易藏器在身所乏者時是以充
堂之芳非幽蘭所難繞梁之音實縈紡所思此章言賢明有
才不遇知者所以自古爲難芬芳之氣罕有而幽蘭豐
其氣才明之術所希而賢人懷其術然則縈曲之紡無
繞梁以盡妙不世之姿寡明時以取窮善曰劉云縈曲
之紡謂紡被縈曲而不申者也言縈曲之紡思繞梁以
盡妙以喻藏器之士候明時以効績鄭玄論語注曰方
常也何休公羊傳曰充滿也周易曰君子藏器於身尸
子曰繞梁之鳴許史鼓之非不
樂也墨子以爲傷義是弗聽也

臣聞智周通塞不爲時窮才經夷險不爲世屈是以淩
飆之羽不求反風耀夜之目不思倒日鳶鶚能飛不假風力鵂鶹夜見
豈藉還曜此與聖人通塞而不窮夷險而不屈何以異
哉善曰莊子曰鵲巢於高榆之顛巢折淩風而起淮南
子曰鵂鶹夜撮蚤察毫末晝出瞋目而不見丘山
言殊性也高誘曰鵂鶹謂之老菟鵂音休蚤音爪

臣聞忠臣率志不謀其報貞士發憤期在明賢是以柳
莊黜殯非貪瓜衍之賞禽息碎首豈要先茅之田夫黜尸以
明諫觸車以進賢並發之於忠誠豈有求而然哉善曰
韓詩外傳曰昔衛大夫史魚病且死謂其子曰我數言
蘧伯玉之賢而不能進彌子瑕不肖而不能退死不當
居喪正堂殯我於室足矣衛君問其故子以父言聞於君乃召
蘧伯玉而貴之彌子瑕退之徙殯於正堂成禮而後去可
謂生以身諫死以尸諫然經籍唯有史魚黜殯非是柳莊
豈爲書典散亡而或陸氏謬也左氏傳曰晉侯賞桓子
狄臣千室亦賞士伯以瓜衍之縣曰吾獲狄土子之功

微子吾喪伯氏矣韓詩外傳曰禽息秦人知百里奚之賢薦之於穆公爲私而加刑焉公後知百里之賢乃召禽息謝之禽息對曰臣聞忠臣進賢不私顯烈士憂國不喪志奚陷刑臣之罪也乃對使者以首觸楹而死以上卿之禮葬之論衡曰傳言禽息薦百里奚繆公出當門仆頭碎首以達其友應劭漢書注曰繆公出當車以頭擊門而劉云觸車未詳其言左氏傳曰襄公以再命命先茅之縣賞胥臣曰舉郤缺子之功也杜預曰先茅絕後故取其縣以賞胥臣也

臣聞利眼臨雲不能垂照朗璞蒙垢不能吐輝是以明哲之君時有蔽壅之累俊乂之臣屢抱後時之悲言讒人在朝君臣否隔明君時有蔽壅喻利眼臨雲而息照俊乂後時而屢歎喻朗玉蒙垢而掩輝善曰論衡曰日月猶人之有目任子云日月天下眼目而人不知德抱朴子云日月之蝕乃至於盡天何爲當故壞其眼目以行讒人乎尸子曰鄭人謂玉未理者爲璞

七ヲ二十八　文五十五　十八　壬子重刊　唐彬

臣聞郁烈之芳出於委灰繁會之音生於絕絃是以貞女要名於沒世烈士赴節於當年香以燔質而發芳絃以特絕而流響喻貞女沒身而譽立烈士効節而名彰也善曰上林賦曰酷烈淑郁王逸楚辭注曰委棄也楚辭曰五音紛其繁會

臣聞良宰謀朝不必借威貞臣衛主脩身則足是以三晉之強屈於齊堂之俎千乘之勢弱於陽門之哭晏嬰立威於樽俎子罕慟哭於介夫終使晉人輟謀齊宋不撓良宰貞臣有効於斯者也善曰晏子春秋曰晉平公使范昭觀齊國政景公觴之范昭起曰願得君之樽爲壽公命左右酌樽以獻晏子命撤去之范昭不悅而起舞顧太師曰爲我奏成周之樂太師曰盲臣不習也范昭歸謂平公曰齊未可并吾欲試其君晏子知之吾欲犯其樂太師知之於是輟伐齊謀孔子聞曰善不出樽俎之閒而折衝千里之外晏子之謂也禮記曰晉人之覘宋者反報於晉侯曰陽門之介夫死而子罕哭之哀而人說殆不可伐也孔子聞之曰善哉覘國乎史記曰韓哀侯魏武侯趙敬侯共滅晉叅分其地故曰三晉陸氏從後通言爾非謂平公之日已有三晉之名也

臣聞赴曲之音洪細入韻蹈節之容俯仰依詠是以言苟適事精麤可施士苟適道修短可命此言取其正事而已豈復係門閥乎婁敬一言漢以遷都醜女暫說齊以爲后亦猶鼓缶而會時搖頭而韻曲也善曰高誘呂氏春秋注曰適中適也

臣聞因雲灑潤則芬澤易流乘風載響則音徽自遠是以德教俟物而濟榮名緣時而顯此言物有因而易彰也善曰乘猶因也孔安國尚書傳曰載行也孫卿曰吾嘗順風而呼聲非加疾而聞者彰君子生非異也善假於物也

臣聞覽影偶質不能解獨指迹慕遠無救於遲是以循虛器者非應物之具翫空言者非致治之機此言爲事非虛立功須實故三章設而漢隆玄言流而晉滅此其驗也

文五十五　十九　乙卯重刊李椿

臣聞鑽燧吐火以續湯谷之晷揮翮生風而繼飛廉之功是以物有微而毗著事有瑣而助洪物有小而益大不可忽也若緹縈獻書而除肉刑此其例也善曰論語宰予曰鑽燧改火楚辭曰後飛廉使奔屬王逸曰飛廉風伯也

臣聞春風朝煦蕭艾蒙其溫秋霜宵墜芝蕙被其涼是故威以齊物爲肅德以普濟爲弘春秋不以善惡殊其彫榮人君不以貴賤華其賞罰故詩云柔亦不茹剛亦不吐也善曰薛君韓詩章句曰煦暖也

臣聞巧盡於器習數則貫道繫於神人亡則滅是以輪匠肆目不乏奚仲之妙瞽叟清耳而無伶倫之察此言事在外則易致妙在內則難精奚仲巧見於器故輪工能繼其致也伶倫妙在其神故樂人不傳其術也善曰杜預左氏傳注曰肆極也世本曰奚仲作車尸子曰造車者奚仲也伶倫已見上文

臣聞性之所期貴賤同量理之所極卑高一歸是以准

月禀水不能加涼晞日引火不必增輝言物雖貴賤殊流高卑異級至其極也殊塗共歸雖方諸禀水於月而不加於水之涼陽燧取火於日不加於火之輝也善曰周禮曰司烜氏掌以夫遂取明火於日以鑒取明水於月以共祭祀之明齍明燭共明水鄭玄曰夫遂陽燧也鑒鏡屬也取水者世謂之方諸鄭司農曰夫發聲也明齍謂以明水滫瀡粢盛黍稷烜音燬

臣聞絕節高唱非凡耳所悲肆義芳訊非庸聽所善是以南荆有寡和之歌東野有不釋之辯商鞅言帝王之術而孝公以之睡此其義也善曰孔安國尚書傳曰肆陳也宋玉集楚襄王問於宋玉曰先生有遺行歟宋玉對曰唯然有之客有歌於郢中者其始曰下里巴人國中屬而和者數千人既而陽春白雪含商吐角絕節赴曲國中唱而和之者彌寡呂氏春秋曰孔子行於東野馬逸食野人稼野人留其馬子貢說而請之野人終不聽於是鄙人馬圉乃復往說曰子耕東海至於西海吾馬何得不食子苗野人大悅解馬還之

文五十五　二十　乙卯重刊李椿

臣聞尋煙染芬薰息猶芳徵音錄響操終則絕何則垂於世者可繼止乎身者難結是以玄晏之風恒存動神之化已滅周孔以禮樂訓世故其迹可尋倪惠以堅白爲辭故其辯難繼是以唐虞遠而淳風流存蘇張近而解環易絕也善曰字書曰薰火煙上出也曹植魏德論曰玄晏之化豐洽之政尚書益曰至誠感神

臣聞託闇藏形不爲巧密倚智隱情不足自匿是以重光發藻尋虛捕景大人貞觀探心昭忒善曰日月發輝既尋虛而捕影欲藏形而託晴豈得施其巧密乎以喻聖人正見既探心而明惑欲隱情而倚智豈足自匿其事乎善曰鄧析子曰藏形匿影鬼谷子曰藏形其有欲也不能隱其情重光日也尚書五行傳曰明王踐位則日儷其精重光以見吉祥說文曰捕取也思玄賦曰朝貞觀而夕化應劭曰貞正也易曰天地之道貞觀者也仲長子昌言曰探心測意世加甚焉

臣聞披雲看霄則天文清澄風觀水則川流平是以四族放而唐劭二臣誅而楚寧凶邪亂正亦由浮雲蔽天疾風激水故舜流四凶而朝穆穆楚戮費鄢而王道洽也善曰尚書舜流共工于幽州放驩兜于崇山竄三苗於三危殛鯀于羽山四罪而天下咸服小雅曰劭美也二臣費無極與鄢將師也已見李蕭遠運命論

臣聞音以比耳爲美色以悅目爲歡是以衆聽所傾非假百里之操萬夫婉孌非俟西子之顏故聖人隨世以擢佐明主因時而命官物之企競由乎不足政之不治才不合時故也心苟自足不假美女之麗用會其朝不勞稷契之賢矣善曰揚雄荅客難曰工聲調於比耳張衡舞賦曰既娛心以悅目孟子曰西子蒙不絜則人皆掩鼻而過之趙岐曰西子古好女西施也

臣聞出乎身者非假物所隆牽乎時者非克己所勗是

五百五十　文五十五　二十一　壬子重刊刘文

以利盡萬物不能叡童昏之心德表生民不能救棲遑之辱善曰下愚由性非假物所移弊俗係時非克己能正是以放勛化被四表不革丹朱之心仲尼德冠生人不救棲遑之辱善曰漢劉向上疏曰雖有堯舜之聖不能化丹朱荅賓戲曰聖哲之治棲棲遑遑孔席不煖墨突不黔

臣聞動循定檢天有可察應無常節身或難照是以望景揆日盈數可期撫臆論心有時而謬檢謂定檢不濫漫也此言晷景有節尺圭可以知其數深情難測淵識不能知其心故光武蔽於龐萌魏武失之張邈善曰趙岐孟子章指曰言循性守故天道可知妄改常心垂性命之指蒼頡篇曰檢法度也

臣聞傾耳求音眡優聽苦澄心徇物形逸神勞是以天殊其數雖同方不能分其感理塞其通則並質不能共

其休。耳之與目，同在於身，而苦樂有殊，不能相救。良由造化隔其通，七竅理其用也。善曰：莊子曰：棄生以徇物。又曰：譬如耳目鼻口，皆有所明，不能相通。猶百官衆技，皆有所長，時有所用也。

臣聞遯世之士，非受匏瓜之性；幽居之女，非無懷春之情。是以名勝欲，故偶影之操矜；窮愈達，故凌霄之節厲。名則傳之不朽，窮則身居萬全，故謂之勝。所以烈士貞女，棄彼而取此也。善曰：周易曰：遯世無悶。王逸楚辭注曰：遯，隱也。論語，子曰：吾豈匏瓜也哉，焉能繫而不食。禮記曰：幽居而不淫。漢書，蒯通曰：婦人有幽居守寡者。毛詩曰：有女懷春，吉士誘之。廣雅曰：矜，急也。厲，高也。

臣聞聽極於音，不慕鈞天之樂；身足於蔭，無假垂天之雲。是以蒲密之黎，遺時雍之世；豐沛之士，忘桓撥之君。搖頭鼓缶，秦之樂也。秦人樂之，此故不願天帝之音。故子路之惠政，卓茂之仁恕，豐沛之甄復，三者自足其樂矣，豈復思時雍桓撥之治哉。善曰：身蔭既足，故無假垂天之雲。垂天，言雲之大也。莊子曰：北溟有魚，名之曰鯤，化爲鵬，怒而飛，翼若垂天之雲。家語曰：子路爲蒲宰。夫子入其境而歎。子貢執轡而問曰：夫子未見由而三稱善，何也？曰：吾入其境，田疇甚易，草萊甚辟，此恭敬以信，故其人盡力也。入其邑，墉屋甚嚴，樹木甚茂，此忠信以寬，故其民不偷也。至其庭，甚閑，此明察以斷，其民不擾也。密令卓茂，已見孔德璋北山移文。尚書堯典曰：黎民於變時雍。豐沛，謂漢也。桓撥，謂殷也。毛詩曰：玄王桓撥。毛萇曰：玄王，契也。或者以密爲宓子賤，但子賤爲政雖則有聞，以邑對姓，恐文非體也。

臣聞飛轡西頓，則離朱與矇瞍收察；懸景東秀，則夜光與武夫匿耀。是以才換世則俱困，功偶時而並劭。若運時來，則賢明易典；數逢澆季，則愚聖一揆。故堯在朝而舜登庸，哀公居位而仲尼逐也。善曰：飛轡、懸景，皆謂日也。日有御，故云轡也。頓，猶舍也。西頓，謂已夕也。東秀，謂旦明也。廣雅曰：秀，出也。慎子曰：離朱之明，韓詩曰：矇瞍奏公。薛君曰：無珠子曰矇，珠子具而無見曰瞍。大戴禮云：日歸于西，起明于東；月歸于東，起明于西。鄒陽上書曰：夜光之璧。戰國策曰：白骨疑象，碔砆類玉。

臣聞示應於近，遠有可察；託驗於顯，微或可包。是以寸管下傃，天地不能以氣欺；尺表逆立，日月不能以形逃。寸管，黃鍾九寸之律，以灰飛所以辨天地之數，即示近之義也。以夏至立丈二表於陽城，表觀其晷影，以知日月之度，斯所謂託驗於顯者也。善曰：司馬彪續漢書曰：候氣之法，爲室三重，戶閉，塗釁必周，密布緹幔，室中以木爲案，每律各一，內庳外高，從其方位，加律上，以葭灰抑其內端，案歷而候之。氣至者灰去。其氣所動者其灰散，人及風所動者其灰聚。鄭玄禮記注曰：傃，猶向也。周禮曰：土圭之法，測土深，正日景，以求地中。日至之景尺有五寸，謂之地中，四時之所交也，風雨之所會也，陰陽之所和也。

臣聞紡有常音，故曲終則改；鏡無畜影，故觸形則照。是以虛己應物，必究千變之容；挾情適事，不觀萬殊之妙。常音，謂君臣宮商之音。夫紡節有恒，清濁之聲難越，對物有恒，則應化之功不廣。然明鏡無心，物來斯照，聖人玄同，感至皆應，是以滯有之與懷谿，道難得而校也。善曰：文子曰：事猶琴瑟，每終改調。淮南子曰：鏡不設形，故能形也。高誘曰：鏡不豫設人形，貌清明以待人形，形見則見之。鵩鳥賦曰：千變萬化，未始有極。淮南子曰：隔而不通，分爲萬殊。

臣聞柷敔希聲，以諧金石之和；鼙鼓踈擊，以節繁紡之契。是以經治必宣其通，圖物恒審其會。夫道上環中，理貴特會，希發而節樂者，繫一柷之功也。一契而御衆者，聖人之能也。善曰：廣雅曰：踈，遟也。

臣聞目無嘗音之察，耳無照景之神，故在乎我者，不誅之於己；存乎物者，不求備於人。言爲政之道，恕己及物也。耳目在身，施之異務不以通塞之故而誅之於己是以存乎物者豈求其備哉善曰杜預左氏傳注曰嘗試也論語周公曰無求備於一人孔安國尚書傳曰誅猶痛責之甚也

臣聞放身而居，體逸則安；肆口而食，屬厭則充。是以王鮪登俎，不假吞波之魚；蘭膏停室，不思銜燭之龍。此欲令各當其所而無企羨之心抑亦在鵬鷃之義也善曰杜預左氏傳注曰肆放也左氏傳閻沒汝寬曰及饋之畢願以小人之腹而爲君子之心屬厭而已鄭玄周禮注曰充猶足也周禮曰春獻王鮪劉邵趙都賦曰巨鼇冠山陵魚吞舟吸潦吐波氣成雲霧楚辭曰蘭膏明燭華容備王逸曰以蘭香鍊膏也楚辭曰日安不到燭龍何照王逸曰言天西北有幽冥無日之國有龍銜燭而照之也

臣聞衝波安流，則龍舟不能以漂；善曰楚辭曰衝風起兮橫波王逸曰衝隧也言及遇隧風大波涌起楚辭曰使江水兮安流淮南子曰龍舟鷁首天子之乘廣雅曰漂激也震風洞

發則夏屋有時而傾。善曰法言曰吾不見震風能動聾聵也洞疾貌也楚辭曰夏屋廣大沙堂秀莊子云風謂蛇曰折大木飛大屋唯我也何則？牽乎動則靜凝，言舟牽乎水波則靜而舟定故曰靜凝也善曰屋雖靜而爲動之所牽則靜止而爲動也鄭玄儀禮注曰凝止也自定之貌也係乎靜則動貞。言屋係乎地風動而屋傾是動貞也善曰舟雖動而爲靜之所係則動正而爲靜也周易曰貞正也然此文勢與上句稍殊不可以文而害意也是以淫風大行，貞女蒙冶容之悔；淳化殷流，盜跖挾曾史之情。此謂物無常性惟化所珍故水本驚蕩風靜則安屋本貞堅風來則傾亦由貞專之女值淫奔之俗或有桑中之心凶虐之人被淳風之化當挾賢士之義善曰言舟本搖蕩流靜則安流爲水及風誤也悔當爲誨曾曾參史史魚

臣聞達之所服，貴有或遺；窮之所接，賤而必尋。是以江漢之君，悲其墜屨；少原之婦，哭其亡簪。言人居窮則志篤處達則恩輕是以楚君施戀激三軍之澆俗少原流慟誚輕薄之頹風善曰賈子曰楚昭王與吳人戰軍敗走昭王亡其踦屨已行三十步後還取之左右曰大王何惜於此昭王曰楚國雖貧豈無此一踦屨哉吾悲與之偕出而不與之偕反於是楚俗無相棄者韓詩外傳曰孔子出遊少原之野有婦人中澤而哭甚哀孔子怪之使弟子問焉婦人對曰向者刈蓍薪而亡吾蓍簪是以哀孔子曰刈蓍薪而亡蓍簪有何悲也婦人曰非傷亡簪吾所以悲者不忘故也

臣聞觸非其類，雖疾弗應；感以其方，雖微則順。是以商飆漂山，不興盈尺之雲；谷風乘條，必降彌天之潤。故暗於治者唱繁而和寡，審乎物者力約而功峻。商風漂蕩本無興雲之候暗君政亂不能懷百姓之心至谷風習習必陰必雨明主在上則天下自安也善曰毛詩曰習習谷風維風及雨毛萇詩傳曰乘升也洪範五行傳曰雲起於山而彌於天鄭玄周禮注曰彌徧也

臣聞煙出於火，非火之和；情生於性，非性之適。故火壯則煙微，性充則情約。是以殷墟有感物之悲，周京無佇立之跡。殷墟謂紂也周京幽王也棄性逐欲遂令身死國家爲墟故微子視麥秀而悲殷周大夫見禾黍而悲感者也善曰夫性者生之質情者性之欲故性充則國興情侈則國亂二王皆棄性而縱欲所以滅亡也或者以詩序云彷徨不忍去而疑佇立之跡然序又云盡爲禾黍豈得佇立哉

臣聞適物之技，俯仰異用；應事之器，通塞異任。是以鳥栖雲而繳飛，魚藏淵而網沈，賁鼓密而含響，朗笛疏而吐音。賢聖之道動合物宜隨俗汙隆用行其正取其濟物而已由求鳥必高其繳須魚必沈其網也善曰爾雅曰大鼓謂之鼖賁與鼖古字同鄭玄禮記注曰密之言閉也說文曰疏通也

臣聞理之所守，勢所常奪；道之所閉，權所必開。是以生

重於利。故據圖無揮劒之痛。義貴於身。故臨川有投迹之哀。善曰。性命之道。含靈所惜。以利方生。則生重。利不以利喪生。是理之所守。道之所閑也。以身方義。則義貴身。而以義棄身。是勢之所奪。權所必開也。是以據圖無揮劒之痛。以利輕於生。臨川有投迹之哀。以身輕於義。文子曰。左手據天下之圖。而右手刎其喉。愚者不爲。身貴乎天下也。死君之難者。視死若歸。義重於身故也。天下大利也。比身則小。身所重也。比義則輕。臨川自投。謂北人無擇也。已見栢溫薦譙元彥表。

臣聞通於變者。用約而利博。明其要者。器淺而應玄。是以天地之賾。該於六位。萬殊之曲。窮於五絃。事得其要。雖寡而用博。易之六爻。該綜萬象。琴之五絃。備括衆聲。善曰。廣雅曰。玄。遠也。小雅曰。賾。深也。周易曰。大明終始。六位時乘。五絃。琴也。蔡邕琴操曰。伏羲氏作琴。絃有五。象五行。

臣聞圖形於影。未盡纖麗之容。察火於灰。不覩洪赫之烈。是以問道存乎其人。觀物必造其質。此言令人尋本而棄末也。善曰。法言曰。或問經難易。曰。其人存則易。亡則難。

臣聞情見於物。雖遠猶疎。神藏於形。雖近則密。是以儀天步晷。而脩短可量。臨淵揆水。而淺深難察。天布列象。物所以知其度。此即遠猶疎。淵之積水。人所不能測。此即藏於器也。善曰。儀。猶法象也。鄭玄尚書大傳注曰。步。推也。說文曰。晷。日景也。愼子曰。離朱之明。察毫末於百步之外。下於水尺。而不能見淺深。非目不明也。其勢難覩也。

臣聞虐暑熏天。不減堅冰之寒。涸陰凝地。無累陵火之熱。是以吞縱之強。不能反蹈海之志。漂鹵之威。不能降西山之節。言勢有極也。虐暑涸陰之隆。不能易火冰之性。吞縱漂鹵之威。不能移貞介之節。善曰。淮南子曰。夫寒之與煖相反。寒地坼水凝。火弗爲衰。其勢暴也。見下文。吞縱。謂秦也。六國爲縱。而秦滅之。故曰吞縱。過秦曰。秦有并吞八荒之心。史記曰。魏將軍新垣衍說趙。使尊秦爲帝。魯連曰。彼秦者。棄禮義而上首功之國也。即肆然而爲帝。則連有蹈東海而死耳。吾不忍爲之民。尚書序曰。武王伐紂。尚書曰。前徒倒戈。攻于後以北。血流漂杵。過秦曰。伏尸百萬。流血漂櫓。說文曰。漂。浮也。史記曰。武王伐紂。伯夷叔齊叩馬諫曰。以臣伐君。可謂仁乎。左右欲兵之。太公曰。此義人也。扶而去之。武王以平紂亂。伯夷叔齊耻之。隱於首陽山。及餓且死。作歌其辭曰。登彼西山兮。採其薇。

臣聞理之所開。力所常達。數之所塞。威有必窮。是以烈火流金。不能焚景。沈寒凝海。不能結風。金爲火所流。海爲寒所凝。此是理開而常達也。然則能流金而不能焚景。能凝海而不能結風。此理閑而所窮也。善曰。高誘呂氏春秋注曰。數術也。

臣聞足於性者。天損不能入。貞於期者。時累不能淫。是以迅風陵雨。不謬晨禽之察。勁陰殺節。不凋寒木之心。夫冒霜雪而松栢不凋。此由是堅實之性也。天雖損無害也。雞善伺晨。雖陰晦而不輟其鳴。此謂時累不能淫也。善曰。莊子曰。孔子謂顏回曰。無受天損易。無受人益難。淫。猶侵也。法言曰。震風陵雨。然後知夏屋帡幪。李軌曰。陵雨。暴雨也。帡。莫經切。幪。莫公切。

文選卷第五十五

賜進士出身通奉大夫江南蘇松常鎮太等處承宣布政使司布政使胡克家重校刊

文選卷第五十六

梁昭明太子撰

文林郎守太子右内率府録事參軍事崇賢館直學士臣李善注上

箴

張茂先女史箴一首

銘

班孟堅封燕然山銘一首

崔子玉座右銘一首

張孟陽劒閣銘一首

陸佐公石闕銘一首

新漏刻銘一首

誄上

曹子建王仲宣誄一首

潘安仁楊荊州誄一首

楊仲武誄一首

箴

女史箴一首 曹嘉之晉紀曰張華懼后族之盛作女史箴 張茂先

茫茫造化，二儀既分。淮南子曰大丈夫恬然無爲與造化逍遥。高誘曰造化天地。周易曰易有太極，是生兩儀。散氣流形，既陶既甄。家語孔子曰地載神氣，流形庶物，無非教也。漢書董仲舒曰泥之在鈞，唯甄者之所爲。如淳曰陶人作瓦器謂之甄。在帝庖羲，肇經天人。周易曰庖犧氏之王天下也，始作八卦，以通神明之德，以類萬物之情也。爰始夫婦，以及君臣。周易曰有天地，然後有萬物；有萬物，然後有男女；有男女，然後有夫婦；有夫婦，然後有父子；有父子，然後有君臣。家道以正，王猷有倫。周易曰家道正而天下定。毛詩曰王猷允塞。猷與猶古字通。婦德尚柔，含章貞吉。周易曰坤至柔而動也剛，妻道也。又曰含章貞吉，以時發也。婉嫕淑慎，正位居室。漢書曰孝平王皇后爲人婉嫕有節操。服虔曰嫕音翳桑之翳。曹大家列女傳注：婉，柔；和嫕，深邃也。毛詩曰淑慎爾止。周易曰女正位乎內。施衿結褵，虔恭中饋。儀禮曰女嫁，母施衿結帨，曰勉之敬之，夙夜無違父母之誡。毛詩曰親結其褵，九十其儀。毛萇曰褵，婦人之幃也。褵與離古字通也。周易曰在中饋，無攸遂。肅慎爾儀，式瞻清懿。毛詩曰敬慎威儀。又曰各敬爾儀。樊姬感莊，不食鮮禽。衛女矯桓，耳忘和音。志厲義高，而二主易心。列女傳曰楚莊樊姬者，楚莊王之夫人。莊王初即位，好狩獵畢弋，樊姬諫不止，乃不食禽獸之肉。三年，王改。又曰齊侯衛姬者，衛侯之女，齊桓公之夫人。桓公好淫樂，衛姬爲不聽鄭衛之聲。曹大家曰衛國作淫泆之音，衛姬疾桓公之好，是故不聽，以厲桓公也。玄熊攀檻，馮媛趍進。夫豈無畏？知死不恡。漢書曰孝元馮昭儀，上幸虎圈鬭獸，熊佚出圈，攀檻欲上殿，左右貴人傅昭儀皆走，馮婕好直前當熊而立，左右格殺熊。上問何故當熊，婕好曰猛獸得人而止，妾恐至御座，故身當之。帝嗟歎，以此倍敬重焉。班妾有辭，割驩同輦。夫豈不懷？防微慮遠。漢書曰成帝遊於後庭，欲與班婕好同輦載，婕好辭曰妾觀古圖畫，賢聖之君皆有名臣在側，三代末主乃有嬖女，今欲同輦，得無近似乎。道罔隆而不殺，物無盛而不衰。長楊賦曰事罔隆而不殺，物靡盛而不虧。日中則昃，月滿則微。周易曰日中則昃，月盈則蝕。毛詩曰彼月而微，此日而微。鄭玄曰謂不明也。崇猶塵積，替若駭機。人咸知飾其容，而莫知飾其性。蔡邕女誡曰夫心猶首面，一旦不脩飾，則塵垢纖之人心不修善則邪惡入之人盛飾其面而莫脩其心惑矣家語孔子曰容不可不飾也性之不飾或愆禮正斧之藻之克念作聖法言曰吾未見斧藻其德若斧藻其資者尚書曰惟狂克念作聖出其言善千里應之周易子曰君子居其室出其言善則千里之外應之況其邇者乎居其室出其言不善則千里之外違之況其邇者乎苟違斯義則同衾以疑徐幹中論曰苟失其心同衾爲遠夫出言如微而榮辱由茲周易曰言行君子之樞機樞機之發榮辱之主勿謂幽昧靈監無象勿謂玄漠神聽無響無矜爾榮天道惡盈周易曰鬼神害盈而福謙無恃爾貴隆隆者墜楊雄解嘲曰炎炎者滅隆隆者絕鑒于小星戒彼攸遂毛詩序曰小星惠及下也詩曰嘒彼小星三五在東周易曰無攸遂王弼曰盡婦人之正義無所必遂也比心螽斯則繁爾類毛詩曰螽斯羽詵詵兮宜爾子孫振振兮驩不可以黷寵

不可以專國語司空季子謂文公曰男女不相及畏黷敬也黷則生怨怨亂毓災災毓滅性韋昭曰畏褻黷其類也漢書曰孝成趙皇后入宮寵少褻而女弟絕幸姊弟專寵十餘年卒皆無子也專實生慢愛極則遷致盈必損理有固然文子老子曰天道極即反盈即損日月是也魯連子譚子曰物之必至理固然也美者自美翩以取尤列子曰楊朱過宋東之於逆旅逆旅人有妾二人其一美其一惡惡者貴而美者賤楊子問其故逆旅小子對曰其美者自美吾不知其美也其惡者自惡吾不知其惡也冶容求好君子所讎周易曰慢藏誨盜冶容誨淫結恩而絕職此之由漢書曰王立與諸劉結恩左氏傳范宣子數諸戎曰言語漏洩職汝之由故曰翼翼矜矜福所以興太公金匱師尚父謂武王曰舜之居人上矜矜乎如履薄冰湯之居人上翼翼乎懼不敢息靖恭自思榮顯所期毛詩曰靖恭爾位好是正直女史司箴敢告庶姬毛萇詩傳曰古者后夫人必有女史彤管之法女史不記其過其罪殺

封燕然山銘一首

并序范曄後漢書曰齊殤王子都鄉侯暢來弔國憂竇憲遣客刺殺暢發覺憲懼誅自求擊匈奴以贖死會南單于請兵北伐乃拜憲車騎將軍以執金吾耿秉爲副大破單于遂登燕然山刻石勒功紀漢威德令班固作銘

班孟堅

惟永元元年秋七月有漢元舅曰車騎將軍竇憲范曄後漢書曰孝和皇帝母梁貴人爲竇皇后所譖憂卒竇后養帝以爲己子即位改年曰永元又曰竇憲字伯度女弟立爲皇后竇憲稍遷侍中和帝即位太后臨朝寅亮聖皇登翼王室尚書曰三孤寅亮天地弼予一人登翼謂登用輔翼納于大麓惟清緝熙尚書曰納于大麓烈風雷雨弗迷毛詩曰維清緝熙文王之典乃與執金吾耿秉述職巡御治兵

于朔方范曄後漢書曰耿秉字伯初爲執金吾與竇憲北擊匈奴大破之左氏傳臧僖伯曰三年而治兵杜預曰三年而大習出曰訓兵鷹揚之校螭虎之士爰該六師毛詩曰惟師尚父時惟鷹揚史記曰武王乃作泰誓曰勗哉夫子尚桓桓如虎如貔如熊如羆徐廣曰此音訓並與上同也毛詩曰整我六師暨南單于東胡烏桓西戎氐羌侯王君長之羣驍騎十萬范曄後漢書曰南單于休蘭尸逐侯鞮單于屯屠河立時北虜大亂南單于將討并北庭上言願發國中諸部胡會虜北竇太后從之元戎輕武長轂四分毛詩曰元戎十乘以先啓行司馬彪續漢書曰輕車古之戰車孫吳兵法曰有巾有蓋謂之武剛車者先驅穀梁傳曰長轂五百乘范甯曰長轂兵車也雷輜蔽路萬有三千餘乘漢書楊雄河東賦曰奮電鞭驂雷輜勒以八陣蒞以威神雜兵書八陣者一曰方陣二曰圓陣三曰牝陣四曰牡陣五曰衝陣六曰輪陣七曰浮沮陣八曰鴈行陣玄甲耀日朱旗絳天漢書曰發屬玄甲李

陵與蘇武書曰雷鼓動天朱旗翳日遂凌高闕下雞鹿漢書曰遣將軍衛青出雲中至高闕
臣瓚曰山名也范曄後漢書曰竇憲與南匈奴萬騎出朔方雞鹿塞經磧鹵絶大漠說文
曰鹵西方鹹地也漢書曰衛青復將六將軍絶漠臣瓚曰沙土曰漠直度曰絶也斬温禺以
釁鼓血尸逐以染鍔范曄後漢書曰匈奴其大臣次左右日逐王次左右温禺鞮王皆單
于子弟次第當爲單于者也其異姓大臣左右骨都侯次左右尸逐骨都侯左傳智罃曰不以釁鼓也然
後四校橫徂星流彗掃蕭條萬里野無遺寇於是域
滅區殫反旆而旋考傳驗圖窮覽其山川遂踰涿邪
跨安侯乘燕然范曄後漢書曰度遼將軍鄧鴻與後諸軍皆會涿邪山又曰南單于上言北單
于創刈南兵遯逃遠去依安侯河西躡冒頓之區落焚老上之龍庭漢書曰頭
曼單于有太子曰冒頓冒頓以鳴鏑射殺頭曼遂自立爲單于冒頓死子稽粥立號曰老上單于又曰匈奴正

五ヲ八ナ八　文五十六　五　壬子重刊李椿

月諸長小會單于庭祠五月大會蘢城祭其先天地鬼神蘢音龍將上以攄高文之宿
憤光祖宗之玄靈祖高祖也宗太宗文帝也史記曰高祖自將擊韓王信遂至平城爲匈奴
所圍七日又文紀曰匈奴攻朝那塞殺北都尉徐廣曰姓孫也下以安固後嗣恢拓境
宇振大漢之天聲甘泉賦曰天聲起兮勇士厲茲可謂一勞而久逸
暫費而永寧也漢書楊雄上䟽曰以爲不一勞者不久佚不暫費者不永寧乃遂封
山刊石昭銘盛德其辭曰刊石削石即謂立銘也鑠王師兮征荒
裔毛詩曰於鑠王師遵養時晦勦凶虐兮截海外毛詩曰相土烈烈海外有截夐
其邈兮亘地界封神丘兮建隆嵑說文曰碣立石也嵑與碣同熙帝
載兮振萬世尚書曰有能奮庸熙帝之載

座右銘一首

崔子玉范曄後漢書曰崔瑗字子玉涿郡人也早孤銳志好學盡能傳其父
業舉茂才爲汲令遷濟北相疾卒
無道人之短無說己之長施人慎勿念受施慎勿忘戰國
策唐雎謂信陵君曰人之有德於我不可忘也吾之有德於人不可不忘也世譽不足慕唯
仁爲紀綱隱心而後動謗議庸何傷劉熙孟子注曰隱度也周易曰
君子安其身而後動易其心而後語呂氏春秋曰内反於心不慙然後動也無使名過實守
愚聖所臧越絶書范子曰名過實者滅聖人不使名過實家語孔子曰聰明睿智守之以愚功被天
下守之以讓在涅貴不淄曖曖内含光論語子曰不曰堅乎磨而不磷不曰白乎
涅而不淄晏子春秋仲尼曰星之昭昭不如月之曖曖周易曰含弘光大品物咸亨柔弱生之徒
老氏誡剛強老子曰人生也柔弱其死也堅強萬物草木生也柔脆其死也枯槁故堅強者死之

文五十六　六　乙卯重刊　端

徒柔弱者生之徒也又曰柔弱勝剛強河上公曰柔弱者久長剛強者先亡也行行鄙夫志悠
悠故難量論語曰閔子侍側誾誾如也子路行行如也子曰若由也不得其死然鄭玄曰行行剛強
貌慎言節飲食知足勝不祥周易曰君子以慎言語節飲食老子曰知足不辱
行之苟有恒久久自芬芳郭璞三蒼曰苟誠也

劒閣銘一首

張孟陽臧榮緒晉書曰張載父收爲蜀郡太守載隨父入蜀作劒閣銘益州
刺史張敏見而奇之乃表上其文世祖遣使鐫石記焉
巖巖梁山積石峩峩楊雄益州箴曰巖巖岷山古曰梁州毛萇詩傳曰巖巖積石貌
也遠屬荊衡近綴岷嶓尚書曰荊及衡陽惟荊州孔安國曰北據荊山南及衡山
之陽也尚書曰岷嶓既藝孔安國曰岷山嶓冢皆山名也南通邛僰蒲北北達褒斜漢書

音義服虔曰邛蜀都西部也棘夷名也梁州記曰萬石城泝漢上七里有褒谷口南口曰褒北口曰斜狹
過彭碣高踰嵩華劉淵林蜀都賦注曰岷山都安縣有兩山相對立如闕號曰彭門孔安國
尚書注曰碣石海畔山也惟蜀之門作固作鎮是曰劍閣壁立千仞
酈元水經注曰小劍戍北去大劍三十里連山絕險飛閣相通故謂之劍閣也窮地之險極路
之峻周易曰地險山川丘陵也西都賦曰臨峻路而啓扉世濁則逆道清斯順閉
由往漢開自有晉閉由劉備故曰往漢開自鍾會故曰有晉也鍾會之伐蜀雖在魏朝政由
晉王故歸功於晉也秦得百二并吞諸侯齊得十二田生獻籌漢書
田肯賀上曰陛下得韓信又治秦中持戟百萬秦得十二此所謂東西秦也矧茲狹隘土之
外區一人荷戟萬夫趑趄陳琳爲曹洪荅文帝書曰一夫揮戟萬人不得進廣雅曰
趑趄難行也形勝之地匪親勿居漢書田肯曰秦形勝之國也齊有琅邪之饒非親子

弟莫可使王齊也昔在武侯中流而喜山河之固見屈吳起興
實在德險亦難恃洞庭孟門二國不祀史記曰魏武侯浮西河而下中
流顧而謂吳起笑曰美哉乎河山之固此魏國之寶也吳起對曰在德不在險昔三苗氏左洞庭而右彭蠡恃
此險也德義不修禹滅之夏桀之居左河濟右太華伊闕在其南羊腸在其北修政不仁湯放之殷紂之國左
孟門右太行常山在其北大河經其南修政不德武王殺之由此觀之在德不在險若君不修德舟中之人盡
爲敵國武侯曰善自古迄今天命匪易憑阻作尚書曰爾亦弗知天命不易
昏鮮不敗績左氏傳曰凡師大崩曰敗績杜預曰喪其功績也公孫既滅劉氏
銜璧范曄後漢書曰公孫述爲導江卒正假稱蜀都太守自立爲天子漢使吳漢伐之述死吳漢盡滅公
孫氏蜀志曰後主諱禪先主子也魏使鄧艾伐之後主輿櫬自縛詣壘門左氏傳曰楚子圍許僖公面縛銜璧
覆車之軌無或重跡晏子春秋諺曰前車覆後車戒范曄後漢書陳忠上疏曰覆車之軌

其迹不遠勒銘山阿敢告梁益

石闕銘一首

陸佐公劉璠梁典曰陸倕字佐公吳郡人少篤學善屬文起家議曹從事遷太子中舍人後仕至太常卿詔使爲漏刻石闕二銘冠絕當世賜以束帛朝野榮之

昔在舜格文祖禹至神宗周變商俗湯黜夏政尚書帝曰
舜汝陟帝位正月上日受終於文祖又帝曰禹惟汝諧正月朔旦受命于神宗墨子曰紂之亂武王理之當此
之時時不渝而人不易上變政而人改俗尚書曰湯既黜夏命復歸于亳雖革命殊乎因襲
揖讓異於干戈而晷緯冥合天人啓惎巨吏克明俊德大
庇生民其揆一也舜禹揖讓也湯武干戈也言揖讓干戈之道雖殊而用賢愛仁之義爲一
也周易曰湯武革命順乎天而應乎人論衡曰漢力勝周多矣舜以司徒受堯禪文王百里爲西伯武王襲文

王皆有因緣力易爲也孔叢子曾子謂孔子曰舜禹揖讓湯武用師非相詭此乃時也三國名臣序贊曰揖讓
之與干戈說文曰晷日影也緯五星也易乾鑿度曰五緯順軌四時和栗西都賦曰天啓之心人惎之謀尚書
曰克明俊德以親九族左傳鄭子駟曰以待強者而庇民焉孟子曰先聖後聖其揆一也在齊之季昏
虐君臨威侮五行怠棄三正吳均齊春秋曰東昏侯蕭寶卷高宗子高宗崩太子即位
左傳子囊曰赫赫楚國而君臨之尚書曰有扈氏威侮五行怠棄三正刑酷然炭暴踰膏柱
民怨神怒衆叛親離蹐地無歸瞻烏靡託六韜曰紂患刑輕乃更爲
銅柱以膏塗之加於然炭之上使有罪者緣焉滑跌墮火中紂與妲己笑以爲樂名曰炮烙之刑鄭玄尚書五
行傳注曰民怨神怒左氏傳衆仲曰州吁阻兵而安忍衆叛親離難以濟矣毛詩曰謂天蓋高不敢不跼謂地
蓋厚不敢不蹐又曰瞻烏爰止于誰之屋於是我皇帝拯之乃操斗極把鉤
陳翼百神禔支是萬福我皇梁武帝也斗極天下之所取法鉤陳兵衛之象故王者把

操焉長楊賦曰高祖順斗極運天關樂汁圖曰鉤陳後
官也服虔漢書音義曰紫宮外營陳星毛萇詩傳曰翼
敬也禮記曰禮行於郊百神受職焉漢書曰司馬相如
難蜀父老曰遐邇一體中外禔福毛詩曰樂只君子萬
福攸同**龍飛黑水虎步西河雷動風驅天行地止**謂舉義旗以伐
齊也何之元梁典曰齊明帝崩遺詔授高祖雍州刺史
永元二年十一月高祖擁南康王寶融以主號令以高
祖督前鋒三年十二月義旗發自襄陽己酉撤京師東
都賦曰龍飛白水陳孔璋爲袁紹檄豫州曰雷震虎步
並集虜庭尚書曰黑水西河惟雍州沈約宋書曰元嘉
中割荆州之襄陽爲雍州西京賦曰千乘雷動萬騎龍
趨楊修許昌宮賦曰晻曖低徊天行地止**命旅致屯雲之應登壇有降火之**
祥龜筮協從人祇響附命旅誓衆也登壇祭天也杜篤論都賦曰大漢開基高祖有勳
斬白蛇屯黑雲尚書帝命驗曰太子發渡河中流火流
爲烏其色赤鄭玄曰以魚燎於天有火自上復于下至
于王屋流爲烏尚書曰詢謀僉同鬼神其依龜筮叶從吳質魏都賦曰英雄響附**穿胷露頂之**

文五十六　九　乙卯重刊　王才

豪箕坐椎髻之長莫不援旗請奮執鋭爭先博物志曰昔禹
平天下會諸侯於會稽之野防風後至殺之夏德盛二
龍降之使范成克御之以行域外既周南經防風之神
見禹使怒而射之有迅雷二龍升去二臣恐以刃自貫
其心死禹哀之乃拔其刃療以不死之草皆生是爲穿
胷人去會稽萬五千里范曄後漢書西域傳論曰自兵
威之所肅服財賂之所懷誘莫不露頂肘行東向而朝
漢書曰高祖使陸賈賜尉佗印爲南越王賈至尉佗魋
結箕踞見賈豪士賦序曰援旗誓衆奮於阡陌之上趙
充國頌請奮其旅于罕之羌漢書陳餘說陳涉曰將
軍被堅執鋭以誅暴秦楚辭曰矢之墜兮士爭先**夏**
首憑固庸岷負阻協彼離心抗茲同德楚辭曰過夏首而西浮王逸曰
夏首水口也孔安國尚書傳曰庸國名也岷山名也尚
書曰受有億兆夷人離心離德予有亂臣十人同心同
德**帝赫斯怒秣馬訓兵嚴鼓未通兇渠泥首**毛詩曰王赫斯怒爰
整其旅左氏傳子重曰秣馬利兵又趙宣子曰訓卒利
兵軍戰令曰嚴鼓一通步騎士悉嚴然鼓一曲爲一通

尚書曰殲厥渠魁張溫表曰臨去武昌庶得泥首闕下**引舸連軸巨艦接艫鐵馬**
千羣朱旗萬里吳都賦曰引舸連軸巨檻接艫鐵馬鐵甲之馬范曄後漢書公孫瓚與子
書曰厲五千鐵騎於北隰之中陳琳爲袁紹檄豫州曰胡馬之千羣朱旗已見上文**折簡而禽盧**
九傳檄以下湘羅兵不血刃士無遺鏃而樊鄧威懷巴
黔底定魏略王陵密欲立楚王彪司馬宣王自討之陵自縛歸罪遙謂太傅曰卿直以折簡召我我不
當至邪太傅曰以卿非肯遂折簡者也盧盧江九江
二郡名也伏滔正淮曰盧九之間流弱兵死者十而七
八焉漢書韓信曰三秦可傳檄而定湘羅二水名也孫
卿子曰舜伐有苗禹伐共工湯伐有夏文王伐崇武王
伐紂遠方慕義兵不血刃過秦論曰秦無亡矢遺鏃之
費而天下諸侯已困矣尚書曰大邦畏其力小邦懷其
德尚書曰震澤底定**於是流湯之黨握炭之徒守似藩籬戰同**
枯朽六韜曰紂之卒握炭流湯者十八人以牛爲禮過秦論曰蒙恬北築長城而守藩籬班固漢書贊曰

七百　文五十六　十

漢獨收孤秦之弊鐫金石者難爲功摧枯朽者易爲力其勢然也**華車近次師營商牧**
華夷士女冠蓋相望扶老攜幼一旦雲集壺漿塞野
簞食盈塗鄭玄周禮注曰兵車革路也左氏傳曰凡師過信爲次尚書曰王至于商郊牧野左
氏傳曰孔子曰夷不亂華尚書曰惟其士女篚厥玄黃
昭我周王漢書曰天子遣使冠蓋相望於道覆案渠事
又淮南王上書曰越必攜幼扶老以歸聖德西都賦曰
雲集霧散孟子曰葛伯不祀湯往征之其君子實玄黃
于篚以迎君子小人簞食壺漿以迎小人也**似夏民之附成湯殷士之窺周**
武安老懷少伐罪弔民農不遷業市無易賈尚書中候曰天
乙在薄夏桀迷惑諸鄰國襁負歸湯帝王世紀曰商容
及殷人觀周軍之入見武王至殷人曰是吾新君也容
曰然聖人爲海內討惡見惡不怒見利不喜顏色相副
是以知之論語曰老者安之少者懷之尚書曰奉辭伐
罪孟子曰湯始征　自葛誅其君弔其民呂氏春秋曰
日桀爲無道湯立爲天子夏人大悅農不去疇商不變

肆八方入計四隩奉圖羽檄交馳軍書狎至一日二日
非止萬機河圖龍文曰鎮星光明八方歸德漢書曰張蒼領主郡國上計者又曰嚴助願奉三年計
如淳曰助自欲入奉之也尚書曰四隩既宅范曄後漢書曰光武平河北吳漢與諸將奉圖書上尊號漢書息
夫躬曰軍書交馳而輻湊羽檄重迹而狎至尚書曰兢兢業業一日二日萬機而尊嚴之度不諐
師旅淵默之容無改於行陣計如投水思若轉規策定帷幄
謀成几案曾未浹辰獨夫授首班固漢書贊曰成帝臨朝淵默尊嚴若神
可謂穆穆天子之容矣李康運命論張良及其遭漢祖其言也如以石投水莫之逆也范曄後漢書曰朱勃上疏
訴馬援寃曰謀如涌泉勢如轉規又光武詔曰將軍鄧禹與朕謀謨帷幄決勝千里仲長子昌言曰運籌於几
案之前而所制者乃百代之後左氏傳君子曰莒恃其陋不修其城郭浹辰之間而楚克其三都杜預曰浹辰
十二日也梁典曰永元三年十二月丙寅張齊殺東昏于含德殿其夜以黃油裹首縋而下尚書曰獨夫受洪

惟作威鍾士季檄蜀文曰蜀侯見禽於秦公孫述授首於漢乃焚其綺席棄彼寶衣
歸琁臺之珠反諸侯之王六韜曰紂時婦人以文綺爲席衣以綾紈者三千人又曰
武王伐紂蒙寶衣投火而死帝王世紀曰王命歸琁臺之珠玉說苑曰武王大敗郼人上堂見玉曰誰之玉曰
諸侯之玉即取而歸於諸侯天下聞之曰王廉於財指麾而四海隆平下車而天
下大定拯茲塗炭救此橫流功均天地明並日月新序劉向
曰先王之所以指麾而四海賓服者誠德之至也孝經鉤命決曰俱在隆平優劣殊流禮記曰下車而封夏后
之後於杞封郼之後於宋尚書曰一戎衣天下大定又曰有夏昏德民墜塗炭孟子曰當堯之時鴻水橫流
汎濫於天下漢書曰德配天地明並日月於是仰叶三靈俯從億兆受昭華
之玉納龍敘之圖春秋元命苞曰造起天地鑄演人君通靈之貺交錯同瑞劉琨勸進表曰
億兆攸歸曾無與二尚書大傳曰堯得舜推而尊之贈以昭華之玉春秋元命苞曰堯游河渚赤龍負圖以出

圖赤如綈狀龍沒圖在楊雄覈靈賦曰大昜之始河序龍馬雒貢龜書類帝禋宗光有神
器升中以祀羣望攝袂而朝諸夏尚書曰肆類于上帝又曰禋于六宗國語富辰
謂王曰光有天下而和寧百姓老子曰天下神器不可爲也爲者敗之禮記曰升于中天而鳳凰降左氏傳曰乃大有事于羣
望漢書徐樂上書曰南面負扆攝袂而揖王公陛下之所服也論語子曰夷狄之有君不如諸夏之亡也布敎都畿
班政方外謀協上策刑從中典周禮曰正月之吉始和布教於邦國都鄙袁淑
謝中丞章曰懸法象闕班政甸衛東觀漢記段熲上疏曰先零東羌討之難破降爲上策戰爲下計周禮曰大
司寇掌三典以佐王二曰刑平國用中典也南服緩耳西覊反舌劔騎穹廬
之國同川共穴之人杜篤論都賦曰連緩耳瑣雕題呂氏春秋曰善爲君者蠻夷反舌皆
服德厚也高誘曰夷狄語言與中國相反因謂反舌一說南方有反舌國舌本在前末到向喉故曰反舌也漢書
曰匈奴力能彎弓盡爲甲騎其長兵則弓矢短兵則刀鋋漢書烏孫公主歌曰穹廬爲室兮旃爲墻杜篤論都

賦曰同穴裘褐之域共川鼻飲之國莫不屈膝交臂厥角稽顙鑿空萬
里攘地千都慕南罷鄣河西無警喻巴蜀文曰交臂受事屈膝請和孟
子曰武王之伐郼也百姓若崩厥角趙岐曰厥角叩頭以額角犀厥地禮記孔子曰拜而後稽顙漢書曰通西北
國張騫鑿空蘇林曰鑿開空通也戰國策蔡澤謂應侯曰公孫鞅爲秦攘地千里漢書曰驃騎封於狼居胥山匈
奴遠逃而漢南無王庭漢書武帝謂狄山曰使居一障閒蒼頡曰障小城也漢書晉文公攘戎狄居於西河圁
洛之閒圁音銀謝承後漢書曰祝良爲梁州刺史歷年無警於是治定功成邇安遠肅
忘茲鹿駭息此狼顧禮記曰王者功成作樂治定制禮尚書曰柔遠能邇鹽鐵論曰以賢
人爲兵聖人爲守則中國無狗吠之警而邊境無鹿駭狼顧之憂也乃正六樂治五禮改
章程創法律周禮曰保氏掌諫王而養國子以道乃敎之六樂鄭玄曰六樂雲門大咸大韶大夏
大護大武尚書曰修五禮孔安國五禮吉凶軍賓嘉也漢書曰高祖令張蒼定章程又曰蕭何次律令韓信申

軍法。置博士之職。而著録之生若雲。開集雅之館。而款關之學如市。漢書曰：武帝初置五經博士。范曄後漢書曰：張興稍遷至博士，弟子自遠至者，著録且萬人。司馬彪續漢書曰：負書來學，雲集京師。劇秦美新曰：遥集乎文雅之囿，翱翔乎禮樂之場。史記曰：由余款關請見。三輔黄圖曰：元始中起明堂，列槐樹數百行。朔望，諸生持經書及當郡所出物，於此賣買，號槐市。興建庠序。啓設郊丘。一介之才必記。無文之典咸秩。漢書曰：平帝立學官，郷曰庠，聚曰序。禮記曰：立春之日，天子迎春於東郊。周禮曰：冬至於地上之圜丘，若樂六變，天神皆降。尚書，秦穆公曰：如有一介臣。又曰：稱秩元祀，咸秩無文。於是天下學士。靡然向風。人識廉隅。家知禮讓。班固漢書賛曰：公孫弘以治春秋爲丞相封侯，天下學士靡然嚮風矣。禮記曰：儒有砥礪廉隅。論語，子曰：能以禮讓爲國乎，何有。敎臻侍子。化洽期門。區宇乂安。方面靜息。役休務簡。歲阜民和。漢書曰：呼韓邪遣子右賢王銖婁渠堂入侍。漢書曰：武帝與北地良家子期諸殿門，故有期門之號。范曄後漢書曰：樊準上疏曰：明帝即位，自期門羽林介胄之士，悉令通孝經。匈奴遣伊秩訾王來入就學。東京賦曰：區宇乂寧，思和求中。方面，四方面也。仲長子昌言曰：五位以正，方面。孫楚客主言曰：晉主聖明，方面割地。長楊賦曰：休力役。賈逵國語注曰：阜，厚也。左氏傳，季梁曰：民和而神降之福。歷代規謩。前王典故。莫不芟夷翦截。允執厥中。史記曰：高祖雖日不暇給，規謩弘遠矣。東觀漢記，東平王蒼上疏曰：事過典故。孔安國尚書序曰：芟夷煩亂，翦截浮辭。尚書，帝曰：允執厥中。以爲象闕之制。其來已遠。春秋設舊章之教。經禮垂布憲之文。左氏傳曰：司鐸火，季桓子命藏象魏，曰：舊章不可忘也。禮記曰：經禮三百，曲禮三千。鄭玄曰：禮經，謂周禮也。周禮曰：太宰以正月之吉，懸治象之法於象魏，使萬民觀治象。鄭玄曰：吉，朔日也。象魏，闕也。周禮曰：布憲中士二人。戴記顯游觀之言。周史書樹闕之夢。禮記，戴聖所傳，故號戴記。曰：昔者仲尼與於蜡賓，事畢，出遊於觀之上，喟

然而嘆。周書曰：文王至自商，至程，太姒夢見商之庭生棘，太子發取周庭之梓，樹之於闕間，化爲松柏。北荒明月。西極流精。神異經曰：西北荒中有二金闕，高百丈，金闕銀盤，圓五十丈，二闕相去百丈，上有明月珠，徑三丈，光照千里。十洲記曰：崑崙山有三角，其角一正東，有墉城，有流精之闕，西王母所治也。海岳黄金。河庭紫貝。史記曰：三神山傳在海中，黄金白銀爲宫闕。楚辭曰：魚鱗屋兮龍堂，紫貝闕兮珠宫。王逸曰：言河伯所居，以紫貝作闕也。蒼龍玄武之製。銅雀鐵鳳之工。三輔舊事曰：未央宫東有蒼龍闕，北有玄武闕。魏文帝歌曰：長安城西有雙圓闕，上有一雙銅爵，一鳴五穀生，再鳴五穀熟。薛綜西京賦注曰：圓闕上作鐵鳳凰，令張兩翼，舉頭敷尾。或以聽窮省宽。或以布化懸法。李尤闕銘曰：悉心聽省，乃無窮宽。布化懸法，已見上文。或以表正王居。或以光崇帝里。尚書，王曰：表正萬邦。周易曰：王居無咎，正位也。桓子新論曰：昔周公光崇周道，澤被四表。蜀都賦曰：崤函有帝皇之宅，河洛爲王者之里也。晉氏浸弱。宋歷威夷。禮經舊典。寂寥無記。鴻規盛烈。湮没罕稱。乃假天闕於牛頭。託遠圖於博望。有欺耳目。無補憲章。漢書曰：浸弱微滅也。韓詩曰：周道威夷。左氏傳曰：以繼好息民，謂之禮經。東都主人曰：唯子頗識舊典。司馬相如美人賦曰：上宫閑館，寂寥至虛。封禪書曰：湮滅而不稱，不可勝數。山謙之丹陽記曰：大興中議者皆言漢司徒義興許彧墓二闕高壯，可徙施之。王茂弘弗欲，後陪乘出宣陽門，南望牛頭山兩峯，即曰：此天闕也，豈煩改作。帝從之。今出宣陽望此山，良似闕。沈約宋書曰：孝武大明七年，博望梁山立雙闕。禮記曰：仲尼祖述堯舜，憲章文武。乃命審曲之官。選明中之士。陳圭置臬。魚列瞻星揆地。輿復表門。草創華闕。周禮曰：或審曲面勢。明中，謂四時昏明各有中星也。尚書考靈耀曰：冬至日月在牽牛一度，求昏中者取六項，加三旁蠡順除之。鄭玄曰：盡行十二項，中正而分之，左右各六項也。蠡猶羅也。昏中在日前，故言順數也；明中在日後，故言却也。周禮曰：土圭之法，測土深，正日影，以求地中。又曰：匠人建國

求地中置槷以懸視其影鄭玄曰槷古文臬假借字也周禮曰書參諸日中之影夜考之極星以正朝夕東觀漢記博士等議曰陛下除殘去賊興復祖宗西京賦曰正紫宫於未央表嶢闕於閶闔論語曰裨諶草創之西都賦曰樹中天之華闕封冠山之朱堂**於是歲次天紀月旅太簇**天紀星紀也左氏傳梓慎曰歲在星紀而淫於玄枵杜預曰歲星也星紀斗牛之次也漢書曰太簇位在於寅正月也**皇帝御天下之七載也搆茲盛則與此崇麗方且趣以表敬觀而知法**劉璠梁典曰天監七年正月戊戌詔曰昔晉氏青蓋南移日不暇給而兩觀莫築懸法無所今禮盛化光役務簡便可營建象闕以表舊章於是選匠量功鑴石爲闕窮極壯麗冠絕古今奇禽異羽莫不畢備漢書曰萬石君過宫門闕必下車趨列女傳衞靈公夫人曰妾聞禮下公門式路馬所以廣敬也**物覩雙碣之容人識百重之典**周易曰聖人作而萬物覩西京賦曰圓闕竦以造天若雙碣之相望徐幹七喻曰豐屋廣夏崇闕百重**作範垂訓赫矣壯乎**鄒正釋譏曰創制作範匪時不立家語南宫敬叔曰孔子作春秋垂訓後嗣曹府君陳寔誄曰赫矣陳君**爰命下臣式銘盤石其辭曰**

惟帝建國正位辨方周營洛涘漢啓岐梁此言建國立都不恒一所故洛涘岐梁咸爲帝宅也周禮曰惟王建國辨方正位周周成王也尚書序曰召公既相宅周公往營成周作洛誥蔡邕祝禊文曰自求多福在洛之涘漢漢高祖也西京賦曰岐梁汧雍陳寶鳴雞在焉**居因業盛文以化光爰有象闕是惟舊章**帝王所居因功業而後盛禮文之德由政化而益光也周易曰後得主而有常含萬物而化光**青蓋南洎黃旗東指懸法無聞藏書弗紀**言帝祚南遷王綱弛紊懸法藏書咸皆廢紀青蓋晉也虞預晉書王導上言曰迴青蓋以反上京司馬彪續漢書曰皇子皆朱班輪青蓋黃旗謂吳也司馬德操與劉恭嗣書曰黃旗紫氣恒見東南終成天下者揚州之君子臧榮緒晉書曰孫氏無闕大晉南都亦不暇立門闕遂廢矣藏書則浹日斂而藏之見下句**大人造物龍德休否建此百常興茲雙起**周易曰飛龍在天大人造也莊子孔子曰夫造物者爲人司馬彪曰造物謂道也周易曰龍德而正中者也又否卦曰九五休否王弼曰居尊位能休否道者也張景陽七命曰表以百常之闕雙起猶雙立也魯靈光殿賦曰崇墉岡連以嶺屬朱闕巖巖以雙立**偉哉偃蹇壯矣巍巍旁映重疊上連翠微**王逸楚辭注曰偃蹇高貌也何晏論語注曰巍巍者高大之稱也重疊宫觀之多者也七命曰重殿疊起交綺對幌蜀都賦曰欝氣氳以翠微**布教方顯浹日初輝懸書有附委篋知歸**布教已見上文周禮曰正月乃懸治象之法于象魏使萬民觀治象浹日而斂之懸書則懸法也委篋則藏書也魚重用之故變文耳**欝崫重軒穹隆反宇形聳飛棟勢超浮柱**甘泉賦曰洪臺崫其獨出西都賦曰重軒三階穹隆見下句西京賦曰反宇業業何禎許都賦曰景福欝抗以雲起飛棟鳥企而翼舒甘泉賦曰抗浮柱之飛欂兮神莫莫而扶傾**色法上圓**

製模下矩周望原隰俛臨煙雨上圓天也下矩地也緐欽建章鳳闕賦曰上規圓以穹隆下矩地而繩直望原隰臨煙雲言其高也**前寘四會却背九房北通三轍南湊五方**王逸楚辭注曰寘列也陸機洛陽記曰有銅駝二枚在宫之南四會道頭鄭玄禮記注曰却返也東京賦曰復廟重屋八達九房則明堂之制也鄭玄禮記注曰天子廟及路寢皆如明堂制也然路寢在門北故云却背也**暑來寒往地久天長神哉華觀永配無疆**周易曰寒往則暑來暑往則寒來老子曰天長地久毛詩曰申錫無疆集玄盤石欝崫重軒穹隆色法上圓製模十四字是至尊所敗也

新刻漏銘一首　并序

陸佐公劉璠梁典曰天監六年帝以舊漏乖舛乃勅員外郎祖暅治之漏刻成太子中舍人陸倕爲文司馬彪續漢書曰孔壺爲漏浮箭爲刻下漏數刻以考中星昏明星焉

夫自天觀象，昏旦之刻未分。治歷明時，盈縮之度無準。周易曰：古者庖犧氏之王天下也，仰則觀象於天，俯則觀法於地。五經要義曰：昏，闇也。旦，明也。日入後漏三刻爲昏，日出前漏三刻爲明。周易曰：君子以治歷明時。淮南子曰：孟春始贏，孟秋始縮。高誘曰：贏，長也。縮，短也。

挈壺命氏，遠哉義用。周禮曰：挈壺氏下士六人。鄭玄曰：壺，盛水器也。挈壺水以爲漏也。

揆景測辰，儌叫宮戒井，守以水火，分茲日夜。揆景測辰，謂晝夜漏也。儌宮，謂儌巡其宮也。衛宏漢舊儀曰：晝漏盡，夜漏起，宮中衛宮城門擊刀斗，周廬擊木柝。周禮曰：挈壺氏掌壺以令軍井，凡喪事懸壺以哭，皆以水火守之，分以日夜。鄭司農曰：挈壺以令軍井，謂爲軍穿井，井成，挈壺懸其上，令軍中眾皆望見，知此下有井也。壺所以盛飲，故以壺表井也。鄭玄曰：以水守壺者，爲沃漏也。以火守壺者，夜視刻數也。分以日夜者，異晝夜漏也。

而司歷亡官，疇人廢業。孟陬殄滅，攝提無紀。左氏傳仲尼曰：今火猶西流，司歷過也。漢書曰：三代既沒，五霸之末，史官喪紀，疇人子弟分散。如淳曰：家業世世相傳爲疇。漢書曰：孟陬殄滅，攝提失方。音義曰：正月爲孟陬，歷紀廢絕，閏餘乖錯，不與正歲相值，謂之殄滅。攝提，星名，隨斗杓所指建十二月，若歷誤，春三月當指辰，而乃指巳，是爲失方。

衛宏載傳呼之節，較而未詳。霍融敘分至之差，詳而不密。衛宏漢舊儀曰：夜漏起，宮中宮城門傳五伯官，直符行衛士，周廬擊木柝，讙呼備火。司馬彪續漢書曰：太史令霍融上言：漏刻率九日增減一等，不與天相應，或時差至二刻半，不如夏歷密也。

陸機之賦，虛握靈珠。孫綽之銘，空擅崑玉。陸機、孫綽皆有漏刻銘。曹子建與楊德祖書曰：人人自謂握靈蛇之珠，家家自謂抱荊山之玉。新序：固乘曰：珠產江漢，玉產崑山。

引度遺篇，承天垂旨。王隱晉書曰：李充字引度，集有漏刻銘。沈約宋書曰：宋太祖頗好歷數，太子率更令何承天私撰新法，元嘉二十年上表。詔付外詳之，有司奏承天歷術，令施行。

布在方冊，無彰器用。禮記：哀公問政，子曰：文武之道，布在方冊。左氏傳：臧僖伯曰：山林川澤之實，器用之資。

譬彼春華，同夫海棗。春華，言其文麗。海棗，譬其無實。荅賓戲曰：摛藻如春華。晏子春秋曰：齊景公謂晏子曰：東海之中，有水赤，其中有棗，華而不實，何也？晏子曰：昔者秦穆公乘舟理天下，黃布裹蒸棗，至海而捐其布，破黃布，故水赤；蒸棗，故華不實。公曰：吾佯問。晏子對曰：嬰聞佯問者，佯對也。

寧可以軌物字民，作範垂訓者乎。左氏傳曰：隱公將如棠觀魚，臧僖伯諫曰：君將納民於軌物者也。講事以度軌量謂之軌，取材以章物采謂之物。不軌不物，謂之亂政。周書：成王曰：朕不知字民之道。鄗問伯父作範垂訓，已見上文。

且今之官漏，出自會稽。蕭子雲東宮雜記曰：天監六年，上造新漏，以臺舊漏給官。漏銘云：咸和七年，會稽山陰令魏丕造，即會稽內史王舒所獻漏也。

積水違方，導流乖則。陸機刻漏賦曰：積水不過一鍾，導流不過一管也。

六日無辨，五夜不分。淮南子曰：冬至子午，夏至卯酉，冬至加三日，則夏至之日也。歲遷六日，終而復始。高誘曰：遷六日，令年以子冬至，後年以午冬至。衛宏漢舊儀曰：晝夜漏起，省中用火，中黃門持五夜，甲夜、乙夜、丙夜、丁夜、戊夜也。

歲躔閹茂，月次姑洗。爾雅曰：太歲在戊曰閹茂。禮記曰：季春之月，律中姑洗。

皇帝有天下之五載也，樂遷夏諺，禮變商俗。孟子：夏諺曰：吾王不游，吾何以休。尚書曰：商俗靡靡，利口惟賢。

業類補天，功均柱地。列子曰：昔女媧氏煉五色之石，以補其闕；斷鼇之足，以立四極。其後共工氏與顓頊爭爲帝，怒而觸不周之山，折天柱，絕地維也。

河海夷晏，風雲律呂。禮斗威儀曰：君乘土而王，其政太平，則河濂海夷。十洲記曰：天漢三年，西國王使獻靈膠四兩，吉光毛裘，受以付庫。使者曰：常占東風入律，十旬不休，青雲干呂，連月不散，意者閻浮有好道之君，我王故搜奇蘊而貢神香，步天材而請猛獸，乘毛車以濟弱水，于今十三年矣。

坐朝晏罷，每旦晨興。呂氏春秋曰：上稱三皇五帝之業，以諭其意。蚤朝晏罷，以告制兵者也。尚書大傳曰：帝猶反側晨興，辟四門，來仁賢。

屬傳漏之音，聽雞人之響。周禮曰：雞人掌大祭祀，夜呼旦以叫百官。集云：雞人二字，是沈約所改作也。

以爲星火謬中，金水違用。左氏傳：張趯曰：火中，寒暑乃退。鄭玄毛詩箋曰：火星中，寒暑退。陸機漏刻銘曰：寤蟾蜍之栖月，識金水之相緣。

時乖啓閉，箭異錙銖。

左氏傳曰凡分至啓閉必書雲物爲備故也鄭玄禮記注曰八兩爲錙漢書曰二十四銖爲兩也爰命日官草創新器左氏傳曰天子有日官諸侯有日御於是俯察旁羅登臺升庫周易曰仰則觀於天文俯以察於地理史記曰黃帝順天地之紀旁羅日月星辰左氏傳曰公既視朔遂登觀臺以望而書禮也又曰宋衛陳鄭皆火梓愼登大庭之庫以望之曰宋衛陳鄭也則于地四參以天一言壺用金而漏用水也漢書曰天以得一生水地以得四生金也建武遺蠹咸和餘舛司馬彪續漢書霍融曰四分施於建武咸和漏刻即上魏丕所造也金筒方員之制飛流吐納之規金則壺也而形方筒則引水者而形員孫綽漏刻銘曰乃制妙器挈壺氏銓累筒三階積水成川陸機漏刻銘曰口納胷吐水無滯咽變律改經一皆懲革蔡邕律歷志曰凡歷所革以變律呂相生至六十也天監六年太歲丁亥十月丁亥朔十六日壬寅漏成進御以考辰正晷

測表候陰陸機集志議曰考正三辰審其所司是談天紀綱也測表候陰謂土圭也不謬圭撮無乖黍累漢書曰夫推歷生律制器量多少者不失圭撮權輕重者不失黍累應劭曰圭自然之形陰陽之始也四圭曰撮十黍一累十累一銖又可以校運筭之睽合辨分天之邪正漢書曰造漢太初歷治歷者方士唐都巴郡落下閎與焉都分天部而閎運筭轉歷也察四氣之盈虛課六歷之疏密爾雅曰春爲發生夏爲長嬴秋爲收成冬爲安寧四氣和爲通正漢書曰史記有黃帝顓頊夏商周及魯歷漢興張蒼用顓頊歷比於六歷疏闊中最爲微近又曰淳于陵渠覆太初歷晦朔弦望皆最密也永世貽則傳之無窮赫矣煥乎無得而稱也昔嘉量微物盤盂小器猶其昭德記功載在銘典周禮栗氏爲量其銘曰嘉量既成以觀四國永啓厥後茲器惟則七略曰盤盂書者其傳言孔甲爲之孔甲黃帝之史也書盤盂中爲誡法或於鼎名曰銘蔡邕銘論曰德非此族不在銘典

況入神之制與造化合符孫綽子曰藝妙者以入神造化已見上文論語比考讖曰君子上達與天合符成物之能與坤元等契周易曰乾知太始坤作成物又曰至哉坤元萬物資生勳倍楹席事百巾机蔡邕銘論曰武王踐祚咨于太師而作席机楹杖雜銘又曰黃帝有巾机之法孔甲有盤盂之戒寧可使多謝曾水有陋昆吾郭象莊子注曰不可多謝堯舜而推之爲兄也蔡邕銘論曰昔召公作誥先王賜朕鼎出于武當曾水呂尚作周太師而封于齊其功銘于昆吾之野西都賓序曰有陋洛邑之義金字不傳銀書未勒者哉崔玄山瀨鄉記曰老子母碑老子把持仙籙玉簡金字編以白銀紀善綴惡劉人本觀書賦曰玉牒石記銀書金字與矣不窮邈乎昭備乃詔小臣爲其銘曰集曰銘一字至尊所改勑書辭曰故當云銘

一暑一寒有明有晦周易曰日月運行一寒一暑莊子曰消息滿虛一晦一明日改月化

也神道無跡天工罕代莊子老聃謂孔子曰夫神生於道其來無迹其去無方尚書曰無曠庶官天工人其代之乃置挈壺是惟熙載氣均衡石晷正權概呂氏春秋曰仲春日夜分鈞衡石角斗桶正權概高誘曰角平升桶權概皆令均等也世道交喪禮術銷亡莊子曰世喪道矣道喪世矣世與道交相喪也毛詩序曰禮義消亡遽遷水火爭倒衣裳水火已見上文毛詩曰東方未明顛倒衣裳擊刀舛次聚木乖方漢書曰李廣行無部曲不擊刀斗自衛孟康曰以銅作鐎受一斗晝炊飯食擊持行夜周禮挈壺氏曰凡軍事懸壺以序聚欜鄭玄曰謂擊欜欜兩木相敲行夜時也爰究爰度時惟我皇毛詩曰維彼四國爰究爰度方壺外次圓流內襲洪殺殊等高卑異級陸機漏刻賦曰擬洪殺於漏鍾順卑高而爲級靈虬承注陰蟲吐噏孫綽漏刻銘曰靈虬吐注陰蟲承瀉倏往忽來鬼出神入呂氏春秋曰倏忽往來而莫知其方淮南子曰並應無窮

鬼出神入。微若抽繭。逝如激電。陸機漏刻賦曰：形微獨繭之絲，逝若垂天之電。耳不輟音。眼無留眄。銅史司刻。金徒抱箭。張衡漏水轉渾天儀制曰：蓋上又鑄金銅仙人，居左壺；爲胥徒，居右壺。皆以左手抱箭，右手指刻，以別天時早晚。履薄非兢，臨深罔戰。授受靡僁。登降弗爽。毛詩曰：戰戰兢兢，如臨深淵，如履薄氷。衛宏漢舊儀曰：夜漏起，中黃門持五夜相傳授。籍田賦曰：挈壺掌升降之節。惟精惟一。可法可象。尚書曰：惟精惟一，允執厥中。孝經曰：作事可法。左氏傳北宮文子謂衛侯曰：有儀可象謂之儀。月不遁來。日無藏往。分以符契。至猶影響。周易曰：月往則日來。杜預左氏傳注曰：分，春秋分也。至，冬夏至也。袁彥伯三國名臣序贊曰：若合符契。尚書曰：惠迪吉，從逆凶，惟影響。合昏暮卷。蓂莢晨生。周處風土記曰：合昏，槿也。葉晨舒而昏合。田俅子曰：堯爲天子，蓂莢生於庭，爲帝成歷也。尚辨天意。猶測地情。詩氾歷樞曰：靈臺參天意。周易曰：聖人觀其所感，而天地萬物之情可見矣。況我神造。通幽洞靈。陸機漏刻賦曰：來象神造，猶鬼之變。配皇等極。爲世作程。呂氏春秋曰：後世以爲法程。高誘曰：程，度也。曹植列女傳頌曰：尚畀貴禮，來世作程。

誄上

王仲宣誄一首 并序

曹子建

建安二十二年。正月二十四日戊申。魏故侍中關內侯王君卒。嗚呼哀哉。皇穹神察。喆人是恃。如何靈祇。殲我吉士。毛詩曰：彼蒼者天，殲我良人。誰謂不庸。早世即冥。范曄後漢書桓帝詔曰：遭家不造，先帝早世。誰謂不傷。華繁中零。史記：華陽夫人姊說夫人曰：不以繁華時樹本。存亡分流。夭遂同期。莊子曰：雖有夭壽，相去幾何。又曰：聖也者，遂於命也。朝聞夕沒。先民所思。論語曰：朝聞道，夕死可也。毛詩曰：先民有作。何用誄德。表之素旗。鄭司農周禮注曰：誄，謂積累生時德行。儀禮士喪禮曰：爲銘各以其物。鄭玄曰：銘，明旌也。雜帛爲物，大夫士之所建也。以死者不可別，故以其旌旗識之。楊雄元后誄曰：著德太常，注諸旒旆。何以贈終。哀以送之。孝經曰：哀以送之。遂作誄曰。

猗歟侍中。遠祖彌芳。公高建業。佐武伐商。史記曰：魏之先，畢公高與周同姓。武王伐紂，而高封於畢也。爵同齊魯。邦祀絕亡。流裔畢萬。勳績惟光。晉獻賜封。于魏之疆。天開之祚。末冑稱王。史記曰：公高苗裔曰畢萬，事晉獻公。獻公滅魏，封畢萬爲大夫。卜偃曰：萬，滿數也；魏，大名也。以是始賞，天開之矣。國稱陳留風俗記曰：浚儀縣，魏之都也。魏滅晉，獻公以魏封大夫畢萬，後世文侯初盛，至子孫稱王，是爲惠王。然以稱王，因氏焉。楚詞曰：伊伯庸之末冑也。厥姓斯氏。條分葉散。世滋芳烈。揚聲秦漢。會遭陽九。炎光中矇。漢書曰：陽九厄。日初入百六陽九。音義曰：易稱所謂陽九之厄，百六之會者也。典引曰：蓄炎上之烈精。蔡邕曰：謂大漢之盛德也。中矇，謂遭王莽之亂也。

說文曰：矇，不明也。世祖撥亂。爰建時雍。世祖，謂光武皇帝也。公羊傳曰：撥亂反正，莫近於春秋。尚書曰：黎民於變時雍。三台樹位。履道是鍾。春秋漢含孳曰：三公象五嶽，在天法三能。台，能同。周易曰：履道坦坦。寵爵之加。匪惠惟恭。自君二祖。爲光爲龍。張璠漢紀曰：王龔，字伯宗，有高名於天下，順帝時爲太尉。暢，字叔茂，名在八俊，靈帝時爲司空。魏志曰：粲曾祖父龔，祖父暢，皆爲漢三公。毛詩曰：既見君子，爲龍爲光。毛萇曰：龍，寵也。僉曰休哉。宜翼漢邦。或統太尉。或掌司空。百揆惟叙。五典克從。尚書曰：納于百揆，百揆時叙。又曰：慎徽五典，五典克從。天靜人和。皇教遐通。伊君顯考。奕葉佐時。魏志曰：粲父謙，爲大將軍何進長史。入管機密。朝政以治。張衡四愁詩序曰：久處機密。出臨朔岱。庶績咸熙。粲父無傳，其官未詳。尚書曰：庶績咸熙。君以淑懿。繼此洪基。既有令德。材技廣宣。強記洽聞。

幽讚微言。孔叢子，萇弘曰：仲尼洽聞強記，博物不窮。周易曰：幽贊於神明而生蓍。論語讖曰：子夏六十人共撰仲尼微言也。文若春華，思若涌泉。春華已見上文。東觀漢記，朱敎理馬援曰：謀如涌泉，勢如轉圜。發言可詠，下筆成篇。魏志，粲善屬文，舉筆便成，無所改定。時人常以爲宿構。何道不洽，何藝不閑。棊局逞巧，博弈惟賢。魏志曰：粲觀人圍棊，局壞，粲爲覆之。棊者不信，以帊蓋局，使更以他局爲之，用相比，不誤一道。其強記默識如此。論語子曰：不有博弈者乎？爲之猶賢乎已。皇家不造，京室隕顛。毛詩曰：閔予小子，遭家不造。宰臣專制，帝用西遷。宰臣，董卓也。帝，獻帝也。魏志曰：董卓以山東豪傑並起，恐懼不寧。初平元年二月，乃徙天子都長安。君乃羇旅，離此阻艱。翕然鳳舉，遠竄荆蠻。魏志曰：粲以西京擾亂，乃之荆州依劉表。左氏春秋陳敬仲曰：羇旅之臣。杜預注曰：羇，寄也。旅，客也。崔琦七蠲曰：鷯然鳳舉，軒爾龍騰。毛詩曰：蠢爾蠻荆。身窮志達，居鄙行鮮。振冠南

嶽，濯纓清川。盛弘之荆州記曰：襄陽城西南有徐元直宅，其西北八里方山，山北際河水，山下有王仲宣宅，故東阿王誄云：振冠南嶽，濯纓清川。集本清或爲清，誤也。潛處蓬室，不干勢權。列子曰：北宮子庇其蓬室，若廣廈之蔭也。我公奮鉞，耀威南楚。我公，魏太祖也。荆人或違，陳戎講武。禮記曰：乃命將帥講武，習射御。君乃義發，算我師旅。魏志曰：劉表卒，粲勸表子琮，令降太祖。高尚霸功，投身帝宇。桓譚陳便宜曰：所謂霸功者，法度明正，百官修治，威令流行者也。傅幹後漢王命叙曰：世祖攘亂，復帝宇。斯言既發，謀夫是與。斯言，謂琮降也。毛詩曰：謀夫孔多，是用不集。是與伊何，嚮我明德。投戈編鄀，稽顙漢北。若有編鄀縣。漢書，南郡我公實嘉，表揚京國。金龜紫綬，以彰勳則。魏志曰：太祖辟粲爲丞相掾，賜爵關內侯。漢舊儀曰：列侯黃金龜鈕。又曰：金印紫綬。勳則伊何，勞謙靡已。周易曰：勞謙君子有終吉。憂世志家，殊略卓峙。

史記，穰苴曰：將命之日，則志其家。趙岐孟子章指曰：憂國志家。乃署祭酒，與君行止。魏志曰：後遷軍謀祭酒。周易曰：時止則止，時行則行。算無遺策，畫無失理。孟子曰：計及下者無遺策。東觀漢記，魯恭上疏曰：舉無遺策，動不失其中。我王建國，百司雋乂。周禮曰：維王建國。尚書曰：俊乂在官。君以顯舉，秉機省闥。戴蟬珥貂，朱衣皓帶。魏志曰：魏國建，拜粲侍中。蔡邕獨斷曰：侍中常侍皆冠惠文，加貂附蟬也。入侍帷幄，出擁華蓋。劉歆遂初賦曰：奉華蓋於帝側。榮曜當世，芳風晻藹。漢書曰：韋玄成繼父相位，封侯，榮當世焉。禰衡顏子碑曰：秀不實，振芳風也。嗟彼東夷，憑江阻湖。東夷，謂吳。騷擾邊境，勞我師徒。光光戎路，霆駭風徂。君侍華轂，輝輝王塗。漢書，劉向上封事曰：今王氏一姓，乘朱輪華轂者二十三人。蔡邕劉寬碑曰：統艾三事，以清王塗也。思榮懷附，望彼來威。言仲宣思念寵榮，志在懷附異類，望彼吳國畏威而來也。漢書曰：王

尊懷來徼外蠻夷，歸附其威信也。如何不濟，運極命衰。寢疾彌留，吉往凶歸。嗚呼哀哉。魏志曰：建安二十一年，從征吳。二十二年春，道病卒。尚書，王曰：病日臻，既彌留。翩翩孤嗣，號慟崩摧。蔡邕袁成碑曰：呱呱孤嗣，含哀長慟。發軫北魏，遠迄南淮。經歷山河，泣涕如頹。楚辭曰：登山長望，中心悲怨。彼青青，泣如頹。哀風興感，行雲徘徊。游魚失浪，歸鳥志棲。嗚呼哀哉。吾與夫子，義貫丹青。丹青，二色名，言不渝也。好和琴瑟，分過友生。毛詩曰：妻子好合，如鼓瑟琴。又曰：矧伊人矣，不求友生。庶幾遐年，攜手同征。如何奄忽，棄我夙零。感昔宴會，志各高厲。予戲夫子，金石難弊。人命靡常，吉凶異制。毛詩曰：天命靡常。春秋保乾圖曰：利害同門，吉凶異域。此驩之人，孰先殞越。左氏傳，齊侯曰：小白恐殞越于下。何寤夫子，果

乃先逝又論死生存亡數度春秋考異郵曰吉凶有數存亡有象子猶懷疑求之明據儻獨有靈游魂泰素列子曰泰素者質之始也我將假翼飄颻高舉超登景雲要子天路孝經援神契曰德至山陵則景雲出西京賦曰美往昔之喬松要羨門乎天路喪柩既臻將反魏京靈轜迴軌白驥悲鳴說文曰轜喪車也李陵詩曰轅馬顧悲鳴五步一彷徨虛廓無見藏景蔽形孰云仲宣不聞其聲梁商誄曰孰云忠侯不聞其音延首歎息雨泣交頸嗟乎夫子永安幽冥人誰不沒達士徇名莊子曰小人徇財君子徇名天下皆然不獨一人也生榮死哀亦孔之榮嗚呼哀哉論語子貢曰夫子其生也榮其死也哀

楊荊州誄一首并序

潘安仁

維咸寧元年王隱晉書咸寧武帝年號夏四月乙丑晉故折衝將軍荊州刺史東武戴侯滎陽楊史君薨嗚呼哀哉楊肇已見懷舊賦夫天子建國諸侯立家左氏傳師服曰吾聞國家之立也天子建國諸侯立家是以人服事其上而下無覬覦也選賢與能政是以和禮記曰選賢與能講信修睦周賴尚父邢憑太阿太阿阿衡謂伊尹也毛詩曰惟師尚父時惟鷹揚又曰實維阿衡實左右商王矯矯楊侯晉之爪牙毛詩曰矯矯武臣又曰予王之爪牙忠節克明茂績惟嘉尚書曰予懋乃德嘉乃丕績將宏王略肅清荒遐降年不永夭首未華尚書曰降年有永有不永范曄後漢書樊準上疏曰故朝多皤皤之良華首之老銜恨沒世命也奈何嗚呼哀哉范曄後漢書東海王彊上疏曰銜恨黃泉論語子曰君子疾沒世而名不稱焉自古在昔有生必死法言曰有生者必有死有始者必有終自然之道也

身沒名垂先哲所韙東征賦曰唯令德爲不朽身既沒而名猶存也行以號彰德以述美周禮曰謚者行之迹號者功之表也蔡邕郭有道碑曰德音猶存亦賴之見述也敢託旒旗爰作斯誄旒旗已見上文其辭曰

邈矣遠祖系自有周昭穆繁昌枝庶分流族始伯喬氏出楊侯漢書曰楊雄其先出自有周伯喬者以支庶食菜於晉之楊因氏焉不知伯喬與周何別也楊在河汾之間周衰而楊氏或稱侯號曰楊侯弈世丕顯允迪大猷尚書曰公稱丕顯德毛詩曰秩秩大猷聖人莫之天猒漢德龍戰未分左氏傳曰天而既猒周德矣周易曰龍戰于野其血玄黃伊君祖考方事之殷左氏傳曰鄢陵之戰楚子使工尹襄問郤至以弓曰方事之殷有韎韋而跗注者君子也杜預云殷盛也鳥則擇木臣亦簡君左氏傳仲尼曰鳥則擇木家語孔子曰君擇臣而任之臣亦擇君而事之投心魏朝策名委身

左氏傳狐突曰策名委質貳乃辟也奮躍淵塗跨騰風雲荅賓戲曰振拔洿塗跨騰風雲或統驍騎或據領軍潘岳楊肇碑序曰肇驍騎府君之嫡孫領軍肅侯之嗣子賈弼之山公表注曰楊恪字仲義驍騎將軍生暨字休先領軍將軍篤生戴侯茂德繼期纂戎洪緒克構堂基毛詩曰纂戎祖考尚書曰若考作室子弗肯堂矧肯構弱冠味道無競惟時弱冠已見上文桓譚荅楊雄書曰子雲勤味道腴毛詩曰無競惟烈孝實蒸蒸友亦怡怡尚書曰克諧以孝蒸蒸乂弗格姦怡怡已見上文多才豐藝強記洽聞尚書周公曰不若旦多才多藝洽聞強記已見上文目睇毫末心筭無垠慎子曰離朱之明察秋毫之末荅賓戲曰研桑心計於無垠草隸兼善尺牘必珍漢書曰陳遵善書與人尺牘主皆藏去以爲榮也足不輟行手不釋文翰動若飛紙落如雲學優則仕乃從王政論語子夏曰仕而優則學學而優則仕左氏傳子產

謂子皮曰僑聞學而後入政未聞以政學者也散璞發輝臨軹止作令肇碑曰嘉平初
除軹令漢書河內郡有軹縣化行邑里惠洽百姓越登司官肅我朝
命肇碑曰肇遷治書侍御史惟此大理國之憲章肇碑曰肇兼統大理之任漢書曰廷
尉秦官掌刑辟景帝中六年更名大理君莅其任視民如傷左氏傳逢滑曰國之興也
視人如傷庶獄明慎刑辟端詳尚書周公曰庶獄庶慎聽參皐呂稱侔
于張尚書帝曰咎繇蠻夷猾夏寇賊姦宄汝作士惟明克允又序曰呂命穆王訓夏贖刑作呂刑漢書曰于定
國爲廷尉其決疑平法務在哀鰥寡罪從輕朝廷稱之又曰張釋之爲廷尉周亞夫見釋之持議平乃結爲親
友辭此天下稱之攺授農政于彼野王肇碑曰除野王典農中郎將魏略曰典農中郎
將太祖置秩比二千石漢書河內郡野王縣倉盈庾億國富兵彊毛詩曰我倉既盈我
庾惟億新序曰孫叔敖相楚國富兵彊煌煌文后鴻漸晉室君以兼資參

戎作弼肇碑曰文后歷數在躬爲參軍周易曰鴻漸于陸其羽可用爲儀漢書華陰守丞嘉上疏曰朱
雲兼資文武用錫土宇賡茲顯秩青社白茅亦朱其紱肇碑曰五
等初建封東武子毛詩曰錫爾土宇歸章尚書緯曰天子社東方青南方赤西方白北方黑上冒以黃土將封
諸侯各取方土苴以白茅以爲社毛萇詩傳曰諸侯赤韍韍與紱古今字同魏氏順天聖皇
受終魏志曰陳留王奉皇帝璽綬策禪位于晉嗣王周易曰湯武革命順乎天尚書曰正月上日受終于
文祖烈烈楊侯實統禁戎肇碑曰皇祖之始典戎武衞司管閶闔清我
帝宮晉宮閣銘曰洛陽城閶闔門漢書曰東牟侯興居先清宮應劭曰天子行幸所至先案行清靜殿中
以虞非常苛慝不作穆如和風國語內史過曰神亦往焉觀其苛慝毛詩曰穆如清風
謂督勳勞班命彌崇肇碑曰以清官勳勞進封東武伯說文曰督察也茫茫
海岱方化未周毛詩曰洪水茫茫尚書曰海岱及淮惟徐州蔡邕陳留太守頌曰方化洽矣

滔滔江漢疆埸分流毛詩曰滔滔江漢南國之紀尚書曰江漢朝宗于海孔安國曰二水
經此州而入海也秉文兼武時惟楊侯既守東莞官乃牧荊州
肇碑曰領東莞相荊州刺史漢書琅邪有東莞屬徐州也折衝萬里對揚王休肇碑
曰加折衝將軍晏子春秋孔子曰不出樽俎之閒而折衝千里之外晏子之謂也毛詩曰虎拜稽首對揚王休
聞善若驚疾惡如讎國語楚藍尹亹謂子西曰夫闔廬聞一善言若驚得一士若
賞謝承後漢書曰張儉清絜中正疾惡若讎示威示德以伐以柔左氏傳倉葛曰
德以柔中國刑以威四夷又曰伐叛刑也柔服德也二者立矣吳夷凶侈僞師畏逼將
乘讎釁席卷南極班固高紀述乘釁而運席卷三秦繼褰糧盡神謀
不忒楊肇伐吳而敗巳見辨士論下君子之過引曲推直如彼日月有
時則食左氏傳曰晉師歸桓子請死晉侯欲許之士貞子諫曰夫其敗也如日月之食焉何損於明

負執其咎功讓其力毛詩曰誰敢執其咎亦既旋旅爲法受黜左氏
傳孔子曰趙宣子古之良大夫也爲法受惡退守丘塋杜門不出漢書曰王陵杜門不
朝請游目典墳縱心儒術祁祁搢紳升堂入室毛詩曰采蘩祁祁封
禪書曰雜搢紳先王之畧術論語子曰由也升堂矣未入於室也靡事不咨無疑不質
毛萇詩傳曰訪問於善爲咨咨事爲諏漢書曰張竦居貧好事者從之質疑問事位貶道行身
窮志逸毛詩曰我位孔貶毛萇傳曰貶墜也論語子曰道之將行也與命也弗慮弗圖乃
寢乃疾毛詩曰昊天疾威弗慮弗圖楚辭曰寢疾而日愁昊天不弔景命其卒
嗚呼哀哉毛詩曰不弔昊天蔡邕楊公誄曰功成化洽景命有順子囊佐楚遺言
城郢史魚諫衞以尸顯政左氏傳曰楚子囊還自吳卒將死遺言謂子庚必城郢君
子謂子囊忠君薨不忘增其名將死不忘衞社稷可不謂忠乎韓詩外傳曰昔衞大夫史魚病且死謂其子曰我

數言蘧伯玉之賢而不能進彌子瑕不肖而不能退死不當居喪正堂殯我於室足矣衞君問其故子以父言聞君召蘧伯玉而貴之子瑕退之徙殯於正堂也伊君臨終不忘忠敬寢伏牀蓐念在朝廷朝違厥辭夕殞其命聖王嗟悼寵贈衾襚誄德策勳考終定謚肇碑曰肇薨天子愍焉遣謁者祠以少牢謚曰戴侯漢書曰列侯薨大行奏謚誄策應劭曰賜與謚及哀策誄文也羣辟慟懷邦族揮淚孤嗣在疚寮屬含悴毛詩曰煢煢在疚赴者同哀路人增欷嗚呼哀哉余以頑蔽覆露重陰國語張老謂趙文子曰先王覆露子也韋昭曰露潤也仰追先考執友之心禮記曰見父之執不謂之進不敢進不謂之退不敢退俯感知己識達之深晏子春秋越石父曰士者申乎知己也承諱忉怛涕淚霑襟楚辭曰泣歔欷而沾襟豈忘載奔憂病是沈在疚不

省於亡不臨舉聲增慟哀有餘音嗚呼哀哉

楊仲武誄一首并序

潘安仁

楊綏字仲武滎陽宛陵人也中領軍肅侯之曾孫荆州刺史戴侯之孫肅侯楊暨也戴侯楊肇也並已見上文東武康侯之子也康侯楊潭也八歲喪父其母鄭氏光祿勳密陵成侯之元女賈弼之山公表注曰鄭袤爲司空密陵元侯生默爲光祿勳密陵成侯默女適滎陽楊潭潭生仲武成侯或爲元侯誤也漢書音義服虔曰元長也操行甚高恤養幼孤以保乂夫家而免諸艱難尚書周公曰巫咸保乂王家戴侯康侯多所論著又善草隸之藝子以妙年之秀曹子建自試表曰終軍以妙年使越固能綜覽義旨而軌式模範矣雖舅氏隆盛而孤貧守約心安陋巷體服菲薄余甚奇之論語子曰回也在陋巷人不堪其憂又曰禹菲飲食馬融曰菲薄也若乃清才雋茂盛德日新周易曰日新之謂盛德吾見其進未見其已也論語子謂顏淵曰吾見其進也未見其止也既藉三葉世親之恩而子之姑余之伉儷焉左氏傳曰已不能庇其伉儷而亡之又不能字人之孤而殺之將何以終遂誓施氏往歲卒於德宮里陸機洛陽記曰德宮里名也喪服同次綢繆累月苟人必有心此亦欵誠之至也不幸短命論語孔子對哀公曰有顏回者不幸短命死矣春秋二十九元康九年夏五月己亥卒嗚呼哀哉乃作誄曰伊子之先弈葉熙隆惟祖惟曾載揚休風顯考康侯無祿早終左氏傳子產曰公孫段無祿早世不獲久享君德名器雖光勳業未融篤生吾子誕茂淑姿克岐克嶷知章知

微毛詩曰克岐克嶷以就口食周易曰君子知微知章鉤深探賾味道研機周易曰探賾索隱鉤深致遠又曰夫易聖人之所以極深而研機也匪直也人邦家之輝毛詩曰匪直也人秉心塞淵又曰樂只君子邦家之光子之遺閔曾未齓髫鄭玄周禮注曰齓毀齒也埤蒼曰髫髦也如彼危根當此衝猋德之休明靡幽不喬言德之休明無有處幽而不遷喬也左氏傳王孫滿曰德之休明毛詩曰出自幽谷遷于喬木弱冠流芳雋聲清劭韶爾舅惟滎爾宗惟瘁幼秉殊操違豐安匱撰錄先訓俾無隕墜舊文新藝罔不必肆潘楊之穆有自來矣矧乃今日慎終如始老子曰慎終如始則無敗事爾休爾戚如實在己新序曰晉襄公之孫周晉國休戚不倍本也視予猶父不得猶子論語曰顏回死門人欲厚葬之子曰回也視予猶父也予不得視猶子也敬亦既篤

愛亦既深，雖殊其年，實同厥心。日昃景西，望子朝陰。如何短折，背世湮沈，嗚呼哀哉。（尚書曰：六極，一曰凶短折。孔安國曰：短，未六十；折，未三十也。）寢疾彌留，守茲孝友。（彌留，已見上文。毛詩傳曰：善父母爲孝，善兄弟爲友。）臨命忘身，顧戀慈母。哀哀慈母，痛心疾首。（毛詩曰：哀哀父母，生我劬勞。左氏傳，呂相絶秦曰：諸侯痛心疾首，暱就寡人。）嗷嗷（叫）同生，悽悽諸舅。（莊子曰：我嗷嗷隨而哭之。）春蘭擢莖，方茂其華。荊寶挺璞，將剖于和。含芳委耀，毀璧摧柯。（言德業之美，類於蘭玉，始含芳而積耀，遷毀璧而摧柯，言早夭也。太玄經曰：破璧毀珪，逢不幸也。）嗚呼仲武，痛哉奈何。德宮之艱，同次外寢。惟我與爾，對筵接枕。自時迄今，曾未盈稔。姑姪繼隕，何痛斯甚。嗚呼哀哉。披帙散書，屢覩遺文。有造有寫，或草或眞。執玩周復，想見其人。紙勞于手，涕沾于巾。（張衡四愁詩曰：側身北望涕沾巾。）龜筮既襲，延隧既開。（尚書曰：乃卜三龜，一習吉。又曰：卜不襲吉。孔安國曰：襲，因也。聲類曰：埏，墓隧也。）痛矣楊子，與世長乖。朝濟洛川，夕次山隈。歸鳥頡頏，行雲徘徊。（毛詩曰：燕燕于飛，頡之頏之。）臨穴永訣，撫櫬盡哀。（毛詩曰：臨其穴，惴惴其慄。杜預左氏傳注曰：櫬，棺也。）遺形莫紹，增慟余懷。魂兮往矣，梁木實摧。嗚呼哀哉。（往矣，已見上文。禮記曰：孔子早作，負手曳杖，逍遙於門，歌曰：泰山其頹乎，梁木其壞乎。鄭玄曰：太山，衆山所仰；梁木，衆木所放也。）

文五十六　三十一　葉正

文選卷第五十六

賜進士出身通奉大夫江南蘇松常鎮太等處承宣布政使司布政使胡克家重校刊

文選卷第五十七

梁昭明太子撰

文林郎守太子右內率府錄事參軍事崇賢館直學士臣李善注上

誄下

潘安仁夏侯常侍誄一首

馬汧督誄一首

顏延年陽給事誄一首

陶徵士誄一首

謝希逸宋孝武宣貴妃誄一首

哀上

潘安仁哀永逝文一首

文五十七　一

夏侯常侍誄一首　并序　潘安仁

夏侯湛，字孝若，譙人也。少知名，弱冠辟太尉府。（臧榮緒晉書曰：湛早有名譽，爲太尉掾。）賢良方正徵，仍爲太子舍人、尚書郎、野王令。（臧榮緒晉書曰：湛舉賢良，對策，拜郎中，進補太子舍人，轉尚書郎，出宰野王令。漢書曰：何武賢良方正徵也。）中書郎、南陽相。（臧榮緒晉書曰：湛除中書侍郎，出補南陽相。又曰：秦王柬，武帝第三子也，初封南陽王，後徙封秦王。）家艱乞還。（毛詩曰：未堪家多難，余又集于蓼。）頃之，選爲太子僕，未就命而世祖崩。（世祖，武皇帝也。穀梁傳曰：天髙曰崩，厚曰崩，尊曰崩。天子之崩，以尊也。其崩何以在人上，故曰崩。）天子以爲散騎常侍，從班列也。（惠帝也。）春秋四十有九，元康元年夏五月壬辰，寢疾卒。

于延喜里第。嗚呼哀哉。乃作誄曰。

禹錫玄珪。實曰文命。尚書曰禹錫玄圭告厥成功又曰文命敷于四海史記曰夏禹名曰文命克明克聖。光啓夏政。尚書曰居上克明又曰克齊聖廣淵左氏傳宋向戌曰以偪陽光啓寡君其在于漢。邁勳惟嬰。漢書曰夏侯嬰爲太僕常奉車從擊項籍思引儒業。小大雙名。班固漢書述曰世宗曄曄思引祖業漢書曰夏侯勝字長公少好學從夏侯始昌受尚書又曰勝從父兄子建字長卿自師事勝又曰由是尚書有大小夏侯之學顯祖曜德。牧兖及荆。王隱晉書曰夏侯威字季權歷荆兖二州刺史史記祭公謀父曰先王曜德不觀兵父守淮岱。洽亦有聲。王隱晉書曰威次子莊淮南太守毛詩曰文王有聲英英夫子。灼灼其儁。飛辯摛藻。華繁玉振。孔融薦禰衡表曰飛辯騁辭班固荅賓戲曰摛藻如春華孟子曰集大成也者金聲而玉振如彼隨和。發彩流潤。淮南子曰隨侯之珠和氏之璧得之而富失之而貧禮記孔子曰夫玉溫潤而澤仁也如彼錦繢。列素點絢。論語子夏問曰巧笑倩兮美目盼兮素以爲絢兮何謂也子曰繢事後素鄭玄曰繢畫文也人見其表。莫測其裏。尚書大傳孔子謂子夏曰子見其表未見其裏法言曰或問聖人表裏曰威儀文辭表也德行忠信裏也徒謂吾生。文勝則史。論語子曰文勝質則史心照神交。唯我與子。莊子子綦曰其寐也魂交論語子謂顏回曰唯我與爾有是夫且歷少長。逮觀終始。孝經曰夫孝始於事親中於事君終於立身子之承親。孝齊閔參。漢書武帝詔曰孝子順孫願自竭以承其親論語子曰孝哉閔子騫禮記公明儀問曾子曰夫子可以爲孝乎曾子曰君子之所謂孝者先意承志諭父母於道參直養者安能爲孝乎子之友悌。和如瑟琴。毛詩曰妻子好合如鼓瑟琴事君直道。與朋信心。論語柳下惠曰直道而事人又子夏曰與朋友交言而有信雖實唱高。猶賞爾音。宋玉對問曰曲

文五十七　二　辛

彌高者其和彌寡曹植求自試表曰或有賞音而識道弱冠厲翼。羽儀初升。禮記曰人生二十曰弱冠呂氏春秋曰征鳥厲疾周易曰鴻漸于陸其羽可用爲儀公弓既招。皇輿乃徵。左氏傳陳敬仲曰詩曰翹翹車乘招我以弓范曄後漢書曰侯瑾州郡累召公車有道徵也內贊兩宮。外宰黎蒸。典引曰巡靖黎蒸忠節允著。清風載興。胡廣書曰建鴻德流清風泱央泱彼樂都。寵子惟王。左氏傳延陵季子曰泱泱乎大風也哉南都賦曰於顯樂都設官建輔。妙簡邦良。用取喉舌。相爾南陽。尚書帝曰龍命汝作納言孔安國曰納言喉舌之官毛詩曰出納王命王之喉舌惠訓不倦。視民如傷。左氏傳祁奚曰惠訓不倦叔向有焉又逢滑曰國之興也視之如傷乃眷北顧。辭祿延喜。孟子注德厚受祿德薄辭祿也余亦偃息。無事明時。呂氏春秋田贊曰偃息之義則未之識疇昔之遊。二紀于茲。左氏傳羊斟曰疇昔之羊子爲政孔安國尚書傳曰十二年曰紀班白攜手。何歡如之。禮記曰班白者不提挈毛詩曰惠而好我攜手同行居吾語汝。衆實勝寡。論語子曰由居吾語汝愼子曰衆之勝寡必也人惡儁異。俗疵文雅。孔安國尚書傳曰疵病也大戴禮曰天子不知文雅之辭少師之任執戟疲楊。長沙投賈。曹子建與楊德祖書曰楊子雲先朝執戟之臣耳漢書曰賈誼爲長沙王太傅誼既以讁去意不自得無謂爾高。恥居物下。子乃洗然。變色易容。史記曰觀范雎之見王者羣臣莫不洒然變色易容者慨焉嘆曰。道固不同。論語子曰道不同不相爲謀爲仁由己。匪我求蒙。論語顏淵問仁孔子曰克己復禮爲仁爲仁由己而由人乎哉周易曰童蒙求我匪我求童蒙誰毀誰譽。何去何從。論語孔子曰吾之於人誰毀誰譽楚辭曰此孰吉孰凶何去何從莫涅匪緇。莫磨匪磷。論語子曰不曰堅乎磨而不磷不曰白乎涅而不緇予獨正色居。屈志申。尚書曰正色率下雖不爾以。猶致其身。論語周公

六ヲ四十九　文五十七　三　壬子重刊　曹佾

謂魯公曰不使大臣怨乎不以又子夏曰事君能致其身獻替盡規媚茲一人國語史黯謂趙簡子曰夫事君者諫過而賞善薦可而替否獻能而進賢毛詩曰媚茲一人應侯順德讜言忠謀世祖是嘉漢書成帝曰久不見班生今日復聞讜言聲類曰讜善言也將僕儲皇奉轡承華漢書曰太子家有僕上林賦曰孫叔奉轡漢舊儀有承華廐先朝末命聖列顯加尚書曰道揚末命入侍帝闈出光厥家我聞積善神降之吉周易曰積善之家必有餘慶左氏傳季梁曰於是乎民和而神降之福宜享遐紀長保天秩尚書曰天秩有禮自我五禮有庸哉如何斯人而有斯疾論語伯牛有疾子曰斯人也而有斯疾也曾未知命中年隕卒嗚呼哀哉論語子曰五十而知天命中年猶中身也尚書曰文王受命惟中身唯爾之存匪爵而貴孫卿子曰君子無爵而貴無祿而富甘食美服重珍兼味臧榮緒晉書曰湛族爲盛門性

六百三十四　文五十七　四　乙丑重刊　丘

頗豪侈甘食美服窮滋極珍臨終遺誓永錫爾類毛詩曰孝子不匱永錫爾類斂以時襲殯不簡器臧榮緒晉書曰湛將沒遺命小棺薄斂不修封樹禮記曰延陵季子適齊凡長子死其斂以時服漢書曰衣禪複爲襲誰能拔俗生盡其養孰是養生而薄其葬漢書曰楊王孫家業千金厚自奉養生亡所不致及病且終曰吾欲臝葬淮南子曰節財薄葬簡服生焉淵哉若人縱心條暢班固楊雄述曰淵哉若人實好斯文傑操明達困而彌亮柩輅既祖容體長歸周禮小喪供柩輅鄭玄曰柩輅載柩車也周禮曰喪祝掌大喪祖飾棺乃載鄭玄曰祖爲行始也家語曰顓孫師有容體資質存亡永訣逝者不追鄭玄毛詩箋云往矣訣別之辭論語子在川上曰逝者如斯夫望子舊車覽爾遺衣愊抑失聲迸涕交揮禮記曰內人行哭失聲家語公父文伯卒敬姜曰二三婦無揮涕蔡邕陳仲弓碑曰巖藪知名失聲揮涕非子爲慟吾慟爲誰嗚呼

哀哉論語曰顏淵死子哭之慟從者曰子慟矣子曰非夫人之爲慟而誰爲日往月來暑退寒襲周易曰日往則月來月往則日來寒往則暑來暑往則寒來左氏傳張趯曰火中寒暑乃退孔安國尚書傳曰襲因也零露沾凝勁風凄急慘爾其傷念我良執禮記曰見父之執不謂之進不敢進不謂之退不敢退適子素館撫孤相泣毛詩曰適子之館兮撫孤羊舌氏叔向也已見廣絕交論前思未弭後感仍集賈逵國語注曰弭志也積悲滿懷逝矣安及嗚呼哀哉

馬汧督誄一首 并序

臧榮緒晉書曰汧督馬敦立功孤城爲州司所枉死於囹圄岳誄之　潘安仁

惟元康七年秋九月十五日晉故督守關中侯扶風馬君卒嗚呼哀哉初雍部之內屬羌反未弭而編户之氏

六百一　文五十七　五　壬子重刊　湯仲

又肆逆焉傳暢晉諸公讚曰惠帝元康五年武庫火北地盧水胡蘭羌因此爲亂推齊萬年爲主杜預左氏傳注曰弭息也漢書呂后曰諸將與帝爲編户民雖王旅致討終於殄滅毛詩曰王旅嘽嘽而蜂蠆有毒驟失小利左氏傳臧文仲曰君無謂邾小蜂蠆有毒況國乎俾百姓流亡頻於塗炭毛詩曰人卒流亡尚書曰有夏昏德民墜塗炭建威喪元於好畤州伯宵遁乎大谿王隱晉書曰解系爲雍州刺史又曰朝廷以周處忠烈欲遣討氏乃拜爲建威將軍又曰周處解系與賊戰于六陌軍敗周處死之孟子曰勇士不忘喪其元左氏傳曰秦師夜遁若夫偏師裨將之殞首覆軍者蓋以千數左氏傳韓子曰彘以偏師陷子罪大矣漢書曰大將軍霍去病裨將侯者九人漢書谷永上書曰齊客隕首公門以報恩施史記齊使人說越曰韓之攻楚覆其軍殺其將剖符專城紆青拖墨之司奔走失其守者相望於境東觀漢記章彪上議曰二千石皆以選出京師剖符典千里古樂府日出東南隅曰三十侍中郎四十專城居解嘲曰紆青拖紫朱丹其

轂漢書比六百石以上銅印墨綬云剖符專城則青墨是也墨或爲紫非秦隴之僭鞏更爲魁鞏姓也更名也漢書曰羌煎鞏降東觀漢記曰羌什長鞏便然更蓋其種也尚書曰殲厥渠魁既巳襲汧而館其縣左氏傳曰凡師輕曰襲杜預曰掩其不備子以眇爾之身介乎重圍之裏率寡弱之衆據十雉之城十雉言小也羣氐如蝟毛而起四面雨射城中城中鑿穴而處負戶而汲漢書賈誼曰高帝功臣反者如蝟毛而起東觀漢記曰上入昆陽二公環昆陽城積弩射城矢如雨下城中負戶而汲木石將盡樵蘇乏竭芻蕘罄絕漢書李左車曰樵蘇後爨師不宿飽晉灼曰樵取薪也蘇取草也毛詩曰詢于芻蕘毛萇曰芻蕘薪采者也於是乎發梁棟而用之罚的以鐵鑠機關既縱礧而又升焉言以鐵鑠繫木爲機關既縱之以礧敵而又收上焉漢書曰匈奴乘隅下礧石又曰高城深塹具藺石如淳曰藺石城上礧石也杜篤論

都賦曰一卒舉礧千夫沈滯然礧與礨並同力對切爨陳焦之麥柹孚廢梠呂桷角之松說文曰柹削柹也梠楣也桷榱也用能薪芻不匱人畜取給青煙傍起歷馬長鳴古詩曰朱火然其中青煙颺其間司馬彪莊子注曰皂歷也凶醜駭而疑懼乃闕掘地而攻子命穴浚壍實壺鐳雷瓶甒武以偵恥令之墨子曰若城外穿地來攻者宜於城內掘井以薄城幕罌内井使聰耳者伏罌而聽審知穴處鑿內迎之東觀漢記曰使先登偵之言虜欲去然偵廉視也方言曰甒罌也將穿響作內焚穬古猛火薰之潛氏殲焉崔寔四人月令曰四月可糶穬注曰大麥之無皮毛者曰穬潛氏謂潛攻之氐也夂之安西之救至竟免虎口之厄王隱晉書曰齊萬年帥羌胡圍涇陽遣安西將軍夏侯駿西討氐羌莊子孔子曰丘幾不免虎口哉全數百萬石之積文契書於幕府漢書音義曰衛青征匈奴大克獲帝就拜大將軍於幕中府因曰幕府聖朝疇咨進

以顯秩殊以幢蓋之制幢蓋將軍刺史之儀也兵書曰軍主長服赤幢東觀漢記曰段熲爲并州刺史曲蓋朱旗而州之有司乃以私隸數口穀十斛考訊吏兵以檟楚之辭連之禮記曰夏楚二物以收其威鄭玄曰夏稻也楚荊也夏與檟古今字通大將軍屢抗其疏干寶晉紀曰梁王形爲征西大將軍曰敦固守孤城獨當羣寇管子曰民無恥不可以固守以少禦衆載離寒暑莊子曰晉之善戰者牛丑以寡擊衆臨危奮節保穀全城而雍州從事忌敦勳效極推小疵周易曰悔吝者言乎其小疵也非所以褒獎元功宜解敦禁劾何戴假授言請解禁劾而假授之以官也說文曰劾法有罪也詔書遽許而子固已下獄發憤而卒也朝廷聞而傷之策書曰皇帝咨故督守關中侯馬敦忠勇果毅率厲有方固守

孤城危逼獲濟寵秩未加不幸喪亡朕用悼焉今追贈牙門將軍印綬祠以少牢王隱晉書贈馬敦詔曰今追贈牙門將軍印綬祠以少牢魂而有靈嘉茲寵榮范曄後漢書曰和帝追謚梁竦詔曰魂而有靈嘉斯寵榮然絜士之闇穢其庸致思乎言絜士之聞己穢其庸致思以求生乎家語曰孔子登於豐山而嘆曰於斯致思無不至矣若乃下吏之肆其噤害則皆妬之徒也楚辭曰口噤閉而不言然則口不言心害之爲噤害也廣雅曰妬害也嗟乎妬之欺善抑亦貿首之讎也言嫉妬之徒欺此善士抑亦同彼貿首之讎也戰國策甘茂謂楚王曰魏氏聽甘茂與樗里疾貿首之讎也語曰或戒其子慎無爲善言固可以若是悲夫淮南子曰人有嫁其子而教之曰爾行矣慎無爲善曰不爲善將爲不善耶應之曰善且猶弗爲況不善乎此全其天器者也高誘曰器猶性也昔乘丘之戰縣玄賁奔父甫

御。魯莊公。馬驚敗績。賁父曰。他日未嘗敗績。而今敗績。是無勇也。遂死之。圉人浴馬。有流矢在白肉。公曰。非其罪也。乃誄之。禮記曰。魯莊公及宋人戰于乘丘。縣賁父御。馬驚。敗績。公墜。縣賁父曰。他日不敗績。而今敗績。是無勇也。遂死之。圉人浴馬。有流矢在白肉。公曰。非其罪也。遂誄之。士之有誄。自此始也。鄭玄曰。白肉。股裏。漢明帝時。有司馬叔持者。白日於都市手劍父讎。視死如歸。亦命史臣班固而爲之誄。公羊傳曰。仇牧聞宋萬殺君。手劍而叱之。何休曰。手劍。持拔劍也。呂氏春秋。管子曰。三軍之士。視死如歸。然則忠孝義烈之流。慷慨非命而死者。綴辭之士。未之或遺也。班固漢書贊曰。自孔子後。綴文之士衆矣。天子既已策而贈之。微臣託乎舊史之末。敢闕其文哉。乃作誄曰。

五ᄀ七七　文五十七　八　乙丑重刊　仲甫

知人未易。人未易知。史記曰。侯嬴曰。人固未易知。知人亦未易。嗟茲馬生。位末名卑。西戎猾夏。乃奮其奇。尚書曰。蠻夷猾夏。孔安國曰。猾。亂也。保此汧城。救我邊危。彼邊奚危。城小粟富。子以眇身。而裁其守。兵無加衛。墉不增築。婁婁群狄。豺虎競逐。左氏傳。富辰諫王曰。狄固貪惏。王又啓之。說文曰。杜林說。卜者黨相詐驗爲婪。力南切。漢書。張耳陳餘述曰。據國爭權。還爲豺虎。又曰。魏其武安之屬。競逐於京師。羣吏恣睢。潛跱官寺。呂氏春秋曰。在上無道。倨傲荒惡。恣睢自用也。楚辭曰。意恣睢以指摘。史記。李斯曰。獨行恣睢之心。漢書。任橫攻官寺。東觀漢記曰。象林蠻夷攻燔官寺。齊萬虓呼交闞。呼檻震驚台司。毛詩曰。進厥虎臣。闞如虓虎。又曰。震驚徐方。春秋漢含孳曰。三公在天法三台。聲勢沸騰。種落煽扇熾。謝承後漢書曰。匈奴詰張奐降。聲勢猛烈。毛詩曰。百川沸騰。風俗通曰。諸羌種落熾盛。大爲邊害。旌旗電舒。戈矛林

植。彤珠星流。飛矢雨集。彤珠星流。謂冶鐵以灌敵。司馬兵法曰。火攻有五。斯爲一焉。漢書曰。鑪中鐵銷。散如流星。矢如雨。見上文。惴惴士女。號天以泣。爾雅曰。惴惴。懼也。尚書曰。號泣於旻天。爨麥而炊。負戶以汲。累卵之危。倒懸之急。說苑曰。晉靈公造九層臺。孫息聞之。求見。曰。臣能累十二博棊。加九雞子其上。公曰。子作之。孫息以棊子置下。加九雞子其上。公曰。危哉。孟子曰。當今之時。萬乘之國。行仁政。人悅之。猶解倒懸。馬生爰發。在險彌亮。毛詩曰。賦政于外。四方爰發。精冠白日。猛烈秋霜。戰國策。康睢曰。聶政之刺韓傀也。白虹貫日。申鑒曰。人主怒如秋霜。稜威可厲。懦夫克壯。漢書。武帝報李廣曰。威稜憺乎鄰國。孟子曰。聞伯夷之風者。懦夫有立志。毛詩曰。克壯其猷。霑恩撫循。寒士挾纊。左氏傳曰。楚子伐蕭。申公巫臣曰。師人多寒。王巡三軍。拊而勉之。三軍之士。皆如挾纊。蠢蠢犬羊。阻衆陵寡。漢名臣奏曰。太尉應劭等議。以爲鮮卑隔在漠北。犬羊爲羣。韓詩外傳曰。强不

六百三十　文五十七　九　壬子重刊　黃宝

陵弱。衆不暴寡。潛隧密攻。九地之下。司馬兵法曰。善守者。藏於九地之下。善攻者。動於九天之上。愜愜窮城。氣若無假。王逸楚辭曰。愜愜。小息。畏懼患禍者也。魏明帝善哉行曰。假氣游魂。鳥魚爲伍。昔命懸天。今也惟馬。論衡曰。夫命懸於天。吉凶存於時。惟此馬生。才博智贍。解嘲曰。雖其人之贍智哉。字書曰。贍。足也。偵恥命以瓶壺。刔靈結以長塹。徐爰射雉賦注曰。刔。割也。說文曰。塹。坑也。七豔切。鍤未見鋒。火以起焰。薰尸滿窟。棓穴以斂。廣雅曰。棓。椊也。蒲溝切。木石匱堨。其稈空虛。矙然馬生。傲若有餘。左氏傳。晉邊吏讓鄭。曰。今執事撊然授兵登埤。杜預曰。撊然。勁忿貌也。撊與矙同。下板切。孔融薦禰衡表曰。臨敵有餘。罥的梁爲礧。柿廢松爲芻。守不乏械。歷有鳴駒。哀哀建威。身伏斧質。鄭玄周禮注曰。質。木椹也。悠悠烈將。覆軍喪器。戎釋我徒。顯誅我帥。以生易

死疇克不二 漢書公孫獲說梁王曰昔宋人立公子突以活其君非義也春秋記之爲其以生易死以存易亡 聖朝西顧關右震惶分我汧庾化爲冠糧實賴夫子思謩彌長 蔡邕趙歷碑曰加以思謀深長達於從政孔安國尚書傳曰謩謀也 咸使有勇致命知方 論語子路曰千乘之國攝乎大國之間加之以師旅因之以饑饉由也爲之比及三年可使有勇且知方也又子張曰士見危致命 我雖末學聞之前典 東京賦曰所謂末學膚受莊子曰末學古之人有之 十世宥能表墓旌善 左氏傳曰宣子囚叔向祁奚聞之而見宣子曰夫謀而鮮過叔向有焉社稷之固也猶將十世宥之以勸能者今一不免其身以弃社稷不亦惑乎尚書曰封比干之墓賈逵國語注曰旌表也 思人愛樹甘棠不翦 左氏傳君子曰詩云蔽芾甘棠勿翦勿伐召伯所茇思其人猶愛其樹也 矧乃吾子功深疑淺兩造未具儲隸蓋鮮 尚書曰兩造具備師聽五辭孔安國曰兩謂囚證也造至也兩至具備衆聽其入五刑之辭 孰是勳庸而不獲免猾哉部司其心反側斷善害能醜正惡直 鄭玄毛詩箋曰惡直醜正 牧人逶迤自公退食 國語里革曰且夫君也者將牧人而正其邪毛詩曰逶迤逶迤自公退食毛萇詩傳曰逶迤行可蹤迹也 聞穢鷹揚曾不戢翼 言聞穢必殞若鷹之揚者不戢翼而少留也毛詩曰惟師尚父時惟鷹揚又曰鴛鴦在梁戢其左翼 忘爾大勞猜爾小利 方言曰猜恨也 苟莫開懷于何不至 言人不開懷以相容則瑕釁于何而不至 慨慨馬生琅琅高致 說文曰慷慨壯士不得志也廣雅曰琅琅堅也 發憤囹圄沒而猶眡嗚呼哀哉 左氏傳曰荀偃伐齊卒視不可含欒懷曰主苟終所不嗣事于齊有如河乃瞑受含 安平出奇破齊克宁 史記曰田單者齊諸田疏屬也燕破齊田單東保即墨燕引兵圍即墨田單乃收城中得千餘牛爲絳繒衣畫以五采龍文東兵刃其角而灌脂束葦於尾燒其端鑿城

數十穴夜縱牛壯士五千人隨其後牛尾熱怒而奔燕燕軍夜大驚尾炬火光明炫燿燕軍視之皆龍文所觸盡死傷五千人因銜枚擊之燕軍大敗駭走齊人遂夷殺其將騎刼而齊七十餘城皆復爲齊襄王封田單號曰安平君太史公曰兵善者出奇無窮 張孟運籌危趙獲安 戰國策曰智伯從韓魏兵以攻趙圍晉陽決晉水以灌之襄子謂張孟談曰士大夫病吾不能守矣孟談於是陰見韓魏之君曰今智伯率二君而伐趙趙亡則君次之二君曰我知其然即與張孟談陰約三軍與之期曰夜遣人入晉陽趙氏殺守隄之吏而決水灌智伯智伯軍救水而亂韓魏翼而擊之襄子將卒犯其前大敗智氏軍而擒智伯智伯身死國亡地分爲三漢書高祖曰運籌策於帷幄之中 汧人賴子猶彼談單如何吝嫉搖之筆端 吝嫉謂有司貪吝嫉妬也論衡曰文吏搖筆考跡民事韓詩外傳曰避文士之筆端 傾倉可賞矧云私粟狄隸可頒況曰家僕 周禮有蠻隸夷隸鄭玄曰征蠻夷所獲也頒賦也頒與班古字通 剔子雙龜貫以三木 爲督守及關中侯故雙龜也司馬遷荅任少卿書曰魏其大將也衣赭關三木 功存汧城身死汧獄凡爾同圍心焉摧剝扶老攜幼街號巷哭嗚呼哀哉 戰國策曰薛人扶老攜幼迎孟嘗君劉紹聖賢本紀曰子產卒國人哭於巷婦人泣於機 明明天子旌以殊恩 毛詩曰明明天子令聞不已 光光寵贈乃牙其門司勳頒爵亦兆後昆 周禮曰凡有功者祭于大蒸司勳詔之尚書曰垂裕後昆 死而有靈庶慰冤魂嗚呼哀哉

陽給事誄一首 并序

顏延年

沈約宋書曰永初三年索虜嗣自率衆至方城虜悉力攻滑臺城東北崩壞王景度出奔景度司馬陽瓚堅守不動衆潰抗節不降爲虜所殺少帝追贈給事中尚書令傅亮議瓚家在彭城宜即以入臺絹一百匹粟三百斛賜給文士顏延年爲之誄焉

惟永初三年十一月十一日宋故寧遠司馬濮陽太守彭城陽君卒嗚呼哀哉沈約宋書曰高祖即位改元曰永初郡國記有東郡濮陽郡瓚少禀志節資性忠果奉上以誠率下有方朝嘉其能故授以邊事永初之末佐守滑臺東郡圖經曰滑臺城即鄭之廩延值國禍荐臻王略中否潘岳陽肇誄曰將宏王畧獯虜間釁劘剝司兗沈約宋書曰司州漢之司隸校尉也武帝北平關洛置司州居虎牢又曰兗州後漢居山陽武帝平河南居滑臺幽并騎弩屯逼鞏洛物理論曰幽州之騎冀州之弓勁悍之上也列營緣戍相望屠潰關中詩曰列營基跱屠謂誅殺其人漢書曰攻潁川屠之左氏傳曰凡民逃其上曰潰瓚奮其猛銳志不違難立乎將卒之間以緝華裔之衆緝會聚也左氏傳孔子曰裔不謀夏夷不亂華

文五十七　十二　壬子重刊刘彦中

罷困相保堅守四旬上下力屈受陷勍寇史記李左車謂韓信曰情見力屈欲戰不拔左氏傳公子魚曰勍敵之人隘而不成列杜預曰勍強也士師奔擾棄軍爭免而瓚誓命沈城佻逵彫身飛鏃毛詩曰佻佻公子毛萇傳曰獨行貌也兵盡器竭斃于旗下非夫貞壯之氣勇烈之志豈能臨敵引義以死徇節者哉非有先生論曰引義以正身景平之元朝廷聞而傷之有詔曰故寧遠司馬濮陽太守陽瓚滑臺之逼厲誠固守投命徇節在危無撓左氏傳曰師徒撓敗杜預曰撓敗也古之烈士無以加之可贈給事中振卹遺孤以慰存亡鄭玄禮記注曰振收也追寵既彰人知慕節河汴之間有義風矣逮元嘉廓祚聖神紀物光昭茂緒旌録舊勳苟有概於貞孝者實事感於仁明東觀漢記曰章帝壯而仁明末臣蒙固側聞至訓敢詢諸前典而爲之誄其辭曰

貞不常祐義有必甄鄭玄尚書緯注曰甄表也處父勤君怨在登賢左氏傳曰晉蒐于夷舍二軍使狐射姑將中軍趙盾佐之陽處父至自溫改蒐于董易中軍陽子成季之屬也故黨于趙氏且謂趙盾能曰使能國之利也賈季怨陽子之易其班杜預曰本中軍帥易以爲左也使續鞫居殺陽處父穀梁傳曰晉將與狄戰使狐夜姑爲中軍將盾佐之陽處父曰不可古者君之使臣也使仁者佐賢者不使賢者佐仁者今盾賢夜姑仁其不可襄公曰諾公謂夜姑曰吾使汝佐盾矣處父主境上之事夜姑使人殺之苦夷致果題子行間左氏傳曰苦越生子將待事而名之陽州之役獲焉名之曰陽州杜預曰苦夷也說文曰題名也漢書衛青曰非臣待罪行間之意忠壯之烈宜自爾先舊勳雖廢邑氏遂傳左氏傳呂相絕秦曰我襄公未忘君之舊勳又衆仲曰胙之以土而命之氏邑亦如之杜預曰取其舊邑之稱

文五十七　十三　王亨

以爲族也公羊傳曰其稱劉何以邑氏惟邑及氏自温祖陽左氏傳劉子單子謂晉郤至曰襄王勞文公而賜之温狐氏陽氏先處之狐續既降晉族弗昌言狐射姑續鞫居誅處父之後在晉之族不復昌盛也左氏傳曰賈季使續鞫居殺陽處父杜預曰狐射姑賈季也之子之生立績宋皇毛詩曰之子于征拳猛沈毅温敏肅良管子曰子之鄉有拳勇秀出者毛萇詩傳曰拳力也戰國策鞠武曰田光先生者其知深其慮沈如彼竹栢負雪懷霜孫子曰貞人在冬則松竹在火則玉英如彼騑駟配服驂衡服服馬也衡車衡也言翼贊宋朝如彼騑之爲駟乃配服而參衡也服謂中央兩馬夾轅者在服之左曰驂右曰騑四馬曰駟邊兵喪律王略未恢周易曰師出以律失律凶也廣雅曰略法也函陝堙阻瀍洛蒿萊朔馬東騖胡風南埃毋丘儉在幽州詩曰芒山邈悠悠但見胡地埃路無歸轊衛野有委骸漢書王恢曰轊車相望又高祖令曰士卒從軍死者爲槥歸其縣應劭曰槥小棺也服虔曰槥與櫝古字通司馬彪續漢書順帝詔曰死則委

野尸原帝圖斯艱簡兵授才寔命陽子佐師危臺慄彼危
臺在滑之坰周衛是交鄭翟是爭交黨與也毛詩曰憬彼淮夷史記鄭入滑
滑聽命已而反與衛於是鄭伐滑周襄王使伯犕請滑鄭文公不聽襄王請而囚伯犕王怒與翟伐鄭不尅
昔惟華國今實邊亭憑恧巘結關負河縈城金柝夜
擊和門晝扃金謂刀斗也衛宏漢舊儀曰晝漏盡夜漏起城門擊刀斗周廬擊木柝周禮曰
大閱以旌爲左右和之門范曄後漢書章帝詔永平之末城門晝閉說文曰扃外閉之關也料敵
厭難時惟陽生楊子雲趙充國頌曰料敵制勝唐子曰將要於折衝猒難決勝而已涼
冬氣勁塞外草衰李陵荅蘇武書云涼秋九月塞外草衰逷矣獯虜乘
障犯威尚書王曰逷矣西土之人漢書曰上遣狄山乘障蒼頡曰障小城也鳴驥橫厲
霜鏑高暈漢書曰息夫躬絕命辭曰鷹隼橫厲又曰冒頓乃作爲鳴鏑音義曰箭鏑也西京賦曰
曰游鷂高翬薛綜曰翬猶飛也軼我河縣俘我洛畿左氏傳呂相曰迭我殽地入我河縣俘我
王官迭與軼古字通攢鋒成林投鞍爲圍東京賦曰戈矛若林漢書韓安國曰高皇帝圍於平
城匈奴至者投鞍高如城者數所翳翳窮壘嗷嗷羣悲師老變形
地孤援闊左氏傳晉軍吏曰楚師老矣卒無半菽馬實拑巨炎秣漢書項羽
曰歲饑民貧卒食半菽公羊傳曰楚莊王圍宋子反窺宋城見華元華元曰易子而食析骸而炊子反曰吾聞
圍者拑馬而秣之使肥者應客何子之情何休曰以木銜其口守未焚衝攻已濡褐左氏
傳曰公侵齊攻廩丘之郛主人焚衝或濡馬褐以救之烈烈陽子在困彌達周易曰困
窮而通勉慰痍傷拊巡饑渴左氏傳曰子反令軍吏察夷傷杜預曰夷亦傷也力
雖可窮氣不可奪禮記曰儒者身可危也而志不可奪也孫子兵法曰三軍可奪氣將軍可
奪心義立邊疆身終鋒栝嗚呼哀哉劉熙釋名曰矢末曰栝貰父殞

節魯人是志洴督劾貞晉策攸記貰父洴督已見上文皇上嘉悼
思存寵異于以贈之言登給事毛詩曰何以贈之路車乘黃䟽爵紀
庸恤孤表嗣漢書滕公謂楚令尹曰黥布上䟽爵而貴之䟽分也嗟爾義士沒有餘
喜嗚呼哀哉

陶徵士誄一首 并序

顏延年何法盛晉中興書曰延之爲始安郡道經尋陽常飲淵明舍自晨達昏及淵明卒延之爲誄極其思致

夫璿玉致美不爲池隍之寶山海經曰升山黃酸之水出焉其中多琁玉說文曰
璇亦璿字桂椒信芳而非園林之實春秋運斗樞曰椒桂連名士起宋均曰桂椒芬
香美物也山海經曰招搖之山多桂又曰琴鼓之山多椒豈其深而好遠哉蓋云殊
性而已故無足而至者物之藉也言物以希爲貴也藉資藉也韓詩外傳曰
晉平公游於河而樂曰安得賢士與之樂此也舡人蓋胥跪而對曰夫珠出於江海玉出於崑山無足而至者
由主君之好也士有足而不至者蓋君主無好士之意也何患無士乎隨踵而立者人之
薄也言人以衆爲賤也薄賤薄也戰國策齊宣王曰百世一聖若隨踵而生也此亦不以文而害意若
乃巢高之抗行夷皓之峻節皇甫謐逸士傳曰巢父者堯時隱人也莊子曰
堯治天下伯成子高立爲諸侯堯授舜舜授禹伯成子高弃爲諸侯而耕史記曰伯夷叔齊孤竹君之子也隱
於首陽山三輔三代舊事曰四皓秦時爲博士辟於上洛熊耳山西禰衡書曰訓夷皓之風故已父
老堯禹錙銖周漢范曄後漢書曰郅惲謂鄭敬曰子從我爲伊呂乎將爲巢許乎而父老堯
舜乎禮記孔子曰儒有上不臣天子下不事諸侯雖分國如錙銖有如此者鄭玄曰雖分國以祿之視之輕如
錙銖矣而緜世浸遠光靈不屬東觀漢記曰上賜東平王蒼書曰歲月驁過山陵浸

遠。今魯國孔氏尚有仲尼車輿冠履。明德盛者。光靈遠也。至使菁華隱沒。芳流歇絕。不其惜乎。雖今之作者。人自爲量。論語子曰。作者七人。而首路同塵。輟塗殊軌者多矣。老子曰。和其光而同其塵。陸機俠邪行曰。將遂殊塗軌。要子同歸津。豈所以昭末景。汎餘波。陸機詩曰。惆悵懷平素。豈樂于茲同。豈宴棲末景。游豫躡餘蹤。尚書曰。餘波入于流沙。有晉徵士尋陽陶淵明。南岳之幽居者也。禮記曰。儒有幽居而不淫。弱不好弄。長實素心。左氏傳郤芮對秦伯曰。夷吾弱不好弄。長亦不改。禮記曰。有哀素之心。鄭玄曰。凡物無飾曰素。學非稱師。文取指達。在衆不失其寡。處言愈見其默。少而貧病。居無僕妾。范曄後漢書曰。黃香家貧。內無僕妾。井臼弗任。藜菽不給。列女傳曰。周南大夫之妻謂其夫曰。親操井臼。不擇妻而娶。母老子幼。就養勤匱。禮記曰。事親左右就養無方。遠惟田生致親之議。追悟毛子捧檄之懷。韓詩外傳曰。齊宣王謂田過曰。吾聞儒者親喪三年。君之與父孰重。田過對曰。殆不如父重。王忿曰。則曷爲去親而事君。田對曰。非君之土地。無以處吾親。非君之祿。無以養吾親。非君之爵。無以尊顯吾親。受之於君。致之於親。凡事君者。亦爲親也。宣王悒然無以應之。范曄後漢書曰。廬江毛義。字少卿。家貧。以孝稱。南陽人張奉慕其名。往候之。坐定而府檄適到。以義守令。義捧檄而入。喜動顏色。奉者志尚之士。心賤之。自恨來。固辭而去。及義母死。去官行服。數辟公府。爲縣令。進退必以禮。後舉賢良。公車徵。遂不至。張奉歎曰。賢者固不可測。往日之喜。爲親屈也。初辭州府三命。後爲彭澤令。道不偶物。棄官從好。孫盛晉陽秋曰。嵇康性不偶俗。論語子曰。從吾所好。遂乃解體世紛。結志區外。左氏傳季文子曰。四方諸侯。其誰不解體。嵇康幽憤詩曰。世務紛紜。蔡伯喈郭林宗碑曰。翔區外以舒翼。定迹深棲。於是乎遠。灌畦鬻蔬。爲供魚菽之祭。閑居賦曰。灌園鬻蔬。供朝夕之膳。公羊傳齊大夫陳乞曰。常之母有魚菽之祭。織絇緯蕭。以充糧粒之費。穀梁傳曰。寗喜出奔晉。織絇邯鄲。終身不言衛。鄭玄儀禮注曰。絇狀如刀衣履頭也。莊子曰。河上有家貧恃緯蕭而食者。司馬彪曰。蕭。蒿也。織蒿爲薄。心好異書。性樂酒德。劉劭集有酒德頌。簡棄煩促。就成省曠。張茂先荅何劭詩曰。恬曠苦不足。煩促每有餘。殆所謂國爵屏貴。家人忘貧者與。莊子曰。夫孝悌仁義忠信貞廉。此皆自勉以役其德者也。不足多也。故曰。至貴國爵屏焉。至富國財屏焉。是以道不渝。郭象曰。屏者。除弃之謂也。夫貴在其身。猶忘之。況國爵乎。斯貴之至也。莊子曰。故聖人其窮也。使家人忘貧。其達也。使王公忘爵祿而化卑。郭象曰。淡然無欲。家人不識貧可苦。有詔徵爲著作郎。稱疾不到。春秋若干。元嘉四年月日。卒于尋陽縣之某里。近識悲悼。遠士傷情。冥默福應。嗚呼淑貞。張衡靈憲圖注曰。寂寞冥默。不可爲象。夫實以誄華。名由謚高。苟允德義。貴賤何筭焉。若其寬樂令終之美。好廉克己之操。有合謚典。無愆前志。故詢諸友好。宜謚曰靖節徵士。謚法曰。寬樂令終曰靖。好廉自克曰節。其辭曰。

物尚孤生。人固介立。漢書音義臣瓚曰。介。特也。豈伊時遘。曷云世及。嗟乎若士。望古遙集。韜此洪族。蔑彼名級。葛龔遂初賦曰。承冡龍之洪族。既高陽之休基。史記曰。賜爵一級。說文曰。級。次弟也。睦親之行。至自非敦。周禮二曰六行。孝友睦姻任恤。鄭玄曰。睦。親於九族。然諾之信。重於布言。漢書曰。季布。楚人也。諺曰。得黃金百斤。不如得季布一諾。廉深簡絜。貞夷粹溫。和而能峻。博而不繁。論語子曰。和而不同。家語子貢曰。博而不舉。是曾參之行。依世尚同。詭時則異。有一於此。兩非默置。豈若夫子。因心違事。言爲人之道。依俗而行。必譏之以尚同。詭違於時。必譏之以好異。有一於身。必被譏論。非爲默置。豈若夫子因心而能違於世事乎言不同不異也莊子曰列士懷植散羣則尚同也郭象曰所謂和其光同其塵班固漢書贊曰東方朔戒其子以上容首陽爲拙柱下爲工飽食安步以仕易農依隱玩世詭時不逢毛詩曰因心則友畏榮好古薄身厚志論語子曰信而好古世霸虛禮州壤推風世霸謂當世而霸者也蔡伯喈郭有道碑曰州郡聞德虛己備禮推風推挹其風也孝惟義養道必懷邦范曄後漢書曰論言以義養則仲由之菽甘於東鄰之牲論語比考讖曰文德以懷邦人之秉彝不隘不恭毛詩曰民之秉彝好是懿德孟子曰伯夷隘柳下惠不恭隘與不恭君子不由也綦毋邃曰隘謂疾惡太甚無所容也不恭謂禽獸畜人是不敬然此不爲褊隘不爲不恭爵同下士祿等上農禮記曰諸侯之下士視上農夫祿足以代其耕度量難鈞進退可限孝經容止可觀進退可度長卿棄官稚賓自免漢書曰司馬長卿病免客游梁得與諸侯游士居又曰清居之士太原則郇相字稚賓舉州郡茂才數病去官子之悟之何悟之辯賦詩歸來

高蹈獨善歸來歸去來也左氏傳齊人歌曰魯人之皐使我高蹈孟子曰古之人窮則獨善其身達則兼善天下亦既超曠無適非心呂氏春秋曰夫樂有道心亦適莊子曰知忘是非心之適也汲流舊巘葺宇家林廣雅曰葺覆也晨烟暮藹春煦秋陰陳書輟卷置酒絃琴居備勤儉躬兼貧病尚書曰克勤于邦克儉于家史記原憲曰若憲貧也非病也人否其憂子然其命論語子曰賢哉回也一簞食一瓢飲在陋巷人不堪其憂回也不改其樂墨子曰貧富固有天命不可損益隱約就閑遷延辭聘周書曰隱約者觀其不懾懼登徒子好色賦曰因遷延而辭避非直也明是惟道性毛詩曰匪直也人秉心塞淵高誘淮南子注曰道性無欲糾纆幹流冥漠報施鵩鳥賦曰斡流而遷或推而還夫禍之與福何異糾纆弔魏武文曰悼繐帷之冥漠史記司馬遷曰天之報施善人何如哉孰云與仁實疑明智言誰云天道常與仁人而我聞之實疑於明智此說明智

謂老子也老子曰天道無親常與善人楚辭曰招賢良與明智謂天蓋高胡諐斯義言天高聽卑而報施無爽何故爽於斯義而不與仁乎毛詩曰謂天蓋高不敢不跼史記子韋曰天高聽卑履信憑思順何寘周易曰履信思乎順毛萇詩傳曰寘置也年在中身疢維痁傷閣疾尚書曰文王受命惟中身左氏傳曰齊侯疥遂痁杜預曰痁瘧疾也視死如歸臨凶若吉呂氏春秋曰遺生行義視死如歸藥劑弗嘗禱祀非恤魏都賦曰藥劑有司論語子曰丘之禱久矣傃幽告終懷和長畢嗚呼哀哉傃向也禮記曰幽則有鬼神孫卿子曰死人之終也敬述靖節式尊遺占漢書曰陳遵口占作書占謂口隱度其事令人書也存不願豐沒無求贍省訃却賻輕哀薄斂禮記曰凡訃於其君云某臣死鄭玄曰訃或作赴至也臣死使人至君所告之也周禮曰喪則令賻補之鄭玄曰謂賻喪家補助不足遭壤以穿旋葬而窆嗚呼哀哉河圖考鉤曰有壤者可穿禮記孔子曰斂手足

形還葬而無椁稱其財斯之謂禮說文曰窆葬下棺也深心追往遠情逐化莊子曰既化而生又化而死自爾介居及我多暇漢書陳餘說武臣曰將軍獨介居河北孫卿子曰其爲人也多暇日者其出入不遠伊好之洽接閻鄰舍宵盤晝憩非舟非駕毛萇詩傳曰憩息也念昔宴私舉觴相誨毛詩曰諸父兄弟備言燕私獨正者危至方則礙孫卿子曰方則止圓則行哲人卷舒布在前載西征賦曰蘧與國而卷舒西京賦曰多識前世之載取鑒不遠吾規子佩毛詩曰殷鑒不遠爾實愀然中言而發禮記曰孔子愀然作色而對違衆速尤迕風先蹷班固漢書述曰疑殆匪闕違衆忤世淺爲尤悔深作敦害韓詩外傳曰草木根荄淺未必橛也飄風與暴雨墜則橛必先矣身才非實榮聲有歇言身及才不足爲實榮華聲名有時而滅恐己恃才以傲物憑寵以陵人故以相誡也叡音永矣誰箴余闕嗚呼哀

哉。爾雅曰：永，遠也。左氏傳魏絳曰：百官箴王闕。仁焉而終，智焉而斃。應劭風俗通曰：傳云五帝聖焉死，三王仁焉死，五伯智焉死。黔婁既沒，展禽亦逝。皇甫謐高士傳曰：黔婁先生死，曾參與門人來弔。曾參曰：先生終，何以爲謚？妻曰：以康爲謚。曾子曰：先生存時，食不充虛，衣不盖形，死則手足不斂，傍無酒肉，生不得其美，死不得其榮，何樂於此而謚爲康哉？妻曰：昔先君嘗欲授之國相，辭而不爲，是所以有餘貴也。君嘗賜之粟三十鍾，先生辭不受，是其有餘富也。彼先生者，甘天下之淡味，安天下之卑位，不戚戚於貧賤，不遑遑於富貴，求仁而得仁，求義而得義，其謚爲康，不亦宜乎也？展禽，柳下惠也。論語：柳下惠爲士師。鄭玄曰：柳下惠，魯大夫也，展禽食采柳下，謚曰惠。其在先生，同塵往世。同塵，已見上文。旌此靖節，加彼康惠。嗚呼哀哉。康，黔婁；惠，柳下惠也。

宋孝武宣貴妃誄一首　并序

沈約宋書曰：孝武殷淑儀薨，追進爲貴妃，班亞皇后，謚曰宣。謝莊爲誄。

謝希逸

惟大明六年，夏四月壬子，宣貴妃薨。律谷罷煖，龍鄉輟曉。律谷，黍谷也。吹律以暖之，故曰律谷。劉向別錄曰：鄒衍在燕，有谷寒不生五穀，鄒衍吹律而温之，至生黍。陳留風俗傳曰：允吾縣者，宋陳楚地，故梁國寧陵種龍鄉也，出鳴雞。照車去魏，聯城辭趙。史記曰：齊威王與魏惠王會田于郊。魏王問曰：王亦有寶乎？威王曰：無有。魏王曰：若寡人小國也，尚有徑寸之珠，照車前後十二乘者十枚，奈何以萬乘之國而無寶乎？又曰：趙惠文王得和氏璧，秦王聞之，使遺趙王書曰：願以十五城易璧。趙王遂使相如奉璧西入秦。魏文帝與鍾大理書曰：不損連城之價。皇帝痛掖殿之既閴，悼泉途之巳宮。埤蒼曰：閴，靖也。風俗通曰：梓宮者，存時所居，緣生事亡，因以爲名也。巡步檐而臨蕙路，集重陽而望椒風。嗚呼哀哉。上林賦曰：步檐周流，長途中宿。西都賦曰：後宮則有蘭林蕙草。楚辭曰：集重陽入帝宮兮，造旬始而觀清都。

桓子新論曰：董賢女弟爲昭儀，居舍號曰椒風。天寵方降，王姬下姻。沈約宋書曰：淑儀生第二皇女。周易曰：在師中吉，承天寵也。毛詩序曰：王姬亦下嫁於諸侯。肅雍揆景，陟屺爰臻。言王姬將降，至而貴妃遽霣。毛詩曰：曷不肅雍，王姬之車。又曰：陟彼屺兮，瞻望母兮。國軫喪淑之傷，家凝霣庇之怨。穆天子傳曰：天子爲盛姬謚曰哀淑人。潘岳秦氏從姊誄曰：家失慈覆，世喪母儀。鄭玄禮記注曰：庇，覆也。庇或爲妣，非也。敢撰德於旂旒，庶圖芳於鍾萬。周易曰：雜物撰德。揚雄元后誄曰：著德太常，注諸旒旌。曹植卞太后誄曰：敢揚厚德，表之旐旌。國語晉悼公曰：昔克潞之役，秦來圖敗晉功，魏顆以其身却退秦師于輔氏，親止杜回，其勳銘于景鍾。左氏傳曰：九月，考仲子之宮，將萬焉。公問羽數於衆仲，對曰：天子用八，諸侯用六。公從之，於是初獻六羽，始用六佾。其辭曰：

玄丘烟因煴，瑤臺降芬。列女傳曰：契母簡狄者，有娀氏之長女也。當堯之時，與其妹娣

浴於玄丘之水，有玄鳥銜卵過而墜之，五色甚好，簡狄得含之，誤而吞之，遂生契焉。楚辭曰：望瑤臺之偃蹇兮，見有娀之佚女。高唐渫雨，巫山鬱雲。高唐賦曰：昔先王游於高唐，夢見一婦人曰：妾在巫山之陽，高丘之阻，旦爲朝雲，暮爲行雨。誕發蘭儀，光啓玉度。楊修荀爽述讚曰：其德克明，誕發幼齡。左九嬪武帝納皇后頌曰：如蘭之茂，如玉之瑩。光啓，巳見上文。望月方娥，瞻星比婺。易歸藏曰：昔常娥以不死之藥犇月。漢書曰：北宮有婺女星。占曰：婺女爲既嫁之女也。毓德素里，棲景宸軒。周易曰：君子以振民毓德。劉梁季南碑曰：栖景曜於衡門。處麗絺綌，出懋蘋蘩。毛詩曰：葛之覃兮，施于中谷，是刈是穫，爲絺爲綌。又曰：于以采蘋，南澗之濱。又曰：于以采蘩，于沼于沚。脩詩貫道，稱圖照言。廣雅曰：貫，美也。世本曰：史皇作圖。宋忠曰：史皇，黃帝臣也。圖謂畫物象也。翼訓姒幄，賛軌堯門。列女傳曰：塗山氏之女，夏禹娶以爲妃，既生啓，塗山獨明教訓，而致其化焉。史記曰：禹姒爲姓。漢書曰：孝武鉤弋趙婕好

昭帝母也。妊身十四月乃生。上曰：昔聞堯十四月而生，今鉤弋亦然。乃命所生門曰堯母門。綢繆史館，容與經闈。史，三史。經，六經。陳風緝藻，臨彖分微。風，國風。彖，易彖。游藝殫數，撫律窮機。藝，六藝。律，六律。躊躇冬愛，怊悵秋暉。楚辭曰：蹇淹留而躊躇。左氏傳曰：酆舒問於賈季曰：趙衰、趙盾孰賢？對曰：趙衰，冬日之日；趙盾，夏日之日。杜預曰：冬日可愛，夏日可畏。楚辭曰：心怊悵以永思。展如之華，寔邦之媛。毛詩曰：展如之人兮，邦之媛也。敬勤顯陽，肅恭崇憲。沈約宋書曰：文帝路淑媛生孝武，皇帝即位，奉尊號皇太后，宮曰崇憲。太后居顯陽殿。奉榮維約，承慈以遜。逮下延和，臨朋違怨。祚靈集祉，慶藹迎祥。毛詩曰：既受帝祉，施于孫子。鄭玄禮記注曰：高辛氏之世，玄鳥遺卵，娀女簡狄呑而生契，後王以爲媒官嘉祥，而立其祠焉。潘岳上巳日會天淵池詩曰：外迎休祥，內和天人。皇胄璿式，帝女金相。式，法也。言皇之胄胤，如玉之有法也。沈約宋書曰：淑儀生始平王子鸞、晉陵王子雲。

帝女已見上文。左氏傳祈招之詩云：式如玉，式如金。毛詩曰：追琢其章，金玉其相。毛萇曰：相，質也。聯跗齊穎，接萼均芳。毛詩曰：棠棣之華，萼不韡韡。鄭玄曰：承華者萼，不當作跗。萼，足也。以蕃以牧，燭代輝梁。漢書曰：文帝立武爲代王，參爲梁王。視朔書氛，觀臺告祲。左氏傳曰：公既視朔，遂登觀臺以望，而書，禮也。周禮曰：眡祲掌十輝之法。鄭玄曰：陰陽氣相侵，漸以成災也。八頌扃和，六祈綴滲。周禮曰：占人掌占龜，以八筮占八頌，以視吉凶。鄭玄曰：以八筮占八頌，謂將卜八事，先以筮筮之。言頌者，同於龜占。周禮曰：太祝掌六祈，以同鬼神示：一曰類，二曰造，三曰禬，四曰禜，五曰攻，六曰說。滲謂滲漉，諭祉福也。衡總滅容，暈翟毀袿。包咸論語注曰：衡，輗也。周禮曰：王后之五路：重翟，錫面朱總；厭翟，勒面繢總；安車，彫面鷖總，皆有容蓋。鄭司農曰：總著馬勒，直兩耳與兩鑣。容謂幨車也。周禮曰：司服掌王后之六服：褘服、揄狄、闕狄、鞠衣、展衣、禒衣。鄭玄曰：狄當爲翟。翟，雉名也。褘衣，畫翬者也。說文曰：袿，衣衿也。掩綵瑤光，收華紫禁。嗚呼哀哉！宋孝武傷宣貴妃，擬

漢武李夫人賦曰：闕瑤光之窔陛，宮虛梁之餘陰。又袁伯文美人賦曰：居瑤光之嚴奧，御象席之瓊珍。並以瑤光爲殿名，蓋貴妃之所處也。王者之宮，以象紫微，故謂宮中爲紫禁。帷軒夕改，輧輅晨遷。劉熙釋名曰：容車，婦人所載小車也。其蓋施帷，所以隱蔽其形容也。列女傳齊孝孟姬曰：妾聞妃后踰閾，必乘安車輜輧。蒼頡篇曰：輧，衣車也。離宮天邃，別殿雲懸。西都賦曰：徇以離宮別寢。靈衣虛襲，組帳空煙。寡婦賦曰：瞻靈衣之披披。鄭玄禮記注曰：襲，重衣也。長門賦曰：張羅綺之幔帷，垂楚組之連綱。巾見餘軸，匣有遺絃。嗚呼哀哉！巾，巾箱也。匣，琴匣也。移氣朔兮變羅紈，白露凝兮歲將闌。闌猶晚也。庭樹驚兮中帷響，金釭曖兮玉座寒。夏侯湛有金釭燈賦。曖，不明也。易是類謀曰：假威出座玉床。純孝擗其俱毀，共氣摧其同欒。純孝、共氣，謂皇子也。左氏傳君子曰：潁考叔，純孝也。孝經曰：擗踊哭泣，哀以送之。鄭玄孝經注曰：毀瘠羸瘦，孝子有之。呂氏春秋曰：父母之於子也，子之

於父母也，一體而分形，同血氣而異息。毛詩曰：庶見素冠兮，棘人欒欒兮。仰昊天之莫報，怨凱風之徒攀。毛詩曰：欲報之德，昊天罔極。毛詩曰：凱風，美孝子也。茫昧與善，寂寥餘慶。淮南子曰：茫茫昧昧，從天之道。與善已見上文。周易曰：積善之家，必有餘慶。喪過乎哀，棘實滅性。喪過見上文。孝經曰：毀不滅性。世覆沖華，國虛淵令。嗚呼哀哉！韋昭四言詩曰：坤德尚沖。毛詩曰：秉心塞淵。題湊既肅，龜筮既辰。呂氏春秋曰：題湊之室，棺椁數襲。漢書音義韋昭曰：題，頭也。頭湊，以頭內向，所以爲固。階撤兩奠，庭引雙輴。儀禮曰：屬引，徹奠，乃祖。鄭玄曰：屬，著也。引，所以引柩車也。在輴曰紼。又禮記注曰：輴，殯車也。維慕維愛，曰子曰身。沈約宋書曰：孝武大明六年，淑儀薨。又曰：大明六年，子雲薨。潘岳妹哀辭曰：庭祖兩柩，路引雙轜。爾身爾子，永與世辭。慟皇情於容物，崩列辟於上旻。司馬彪漢書曰：根車旋載容衣。崇徽章而出寰甸，照殊策而去城闉。嗚呼

哀哉 鄭玄禮記注曰徽旌旗也又曰旌葬乘車所建也毛萇詩傳曰章旐也蔡邕獨斷曰以策書誄其行
而賜之謚穀梁傳曰寰內諸侯非天子之命不得出會尚書曰五百里甸服孔安國曰規方千里之內謂之甸
服說文曰闉城曲重門也 經建春而右轉循閶闔而逕渡 河南郡境界簿曰洛
陽縣東城第一建春門楚辭曰歷太皓以右轉晉宮閣銘曰洛陽城閶闔門楚辭曰凌天池而徑渡 旌委
欝於飛飛龍逶遲於步步 毛詩曰周道逶遲 鏘楚挽於槐風喝
邊簫於松霧 鏘鳴聲也楚辛楚也廣雅曰喝嘶喝也邊簫簫聲遠也 涉姑繇而
環迴望樂池而顧慕嗚呼哀哉 穆天子傳曰天子西征至玄池之上乃奏樂三
日而終是曰樂池盛姬亡天子乃殯姬於穀丘之廟葬於樂池之南天子乃周姑繇之水以圜喪車郭璞曰繇音
姚 晨轀 於昆 解鳳曉蓋俄金 葬說故車解鳳飾蓋斜金爪也漢書曰載霍光尸以轀輬
車如淳曰轀輬車形廣大有羽飾甘泉賦曰乃登夫鳳凰然羽飾則鳳凰也杜延年奏曰載霍光柩以輬車以

轀車為倅也臣瓚曰秦始皇崩祕其喪載以轀輬車百官奏事如故此不得是轜車類也然轀車吉儀瓚說是
也桓譚新論曰乘輿鳳凰蓋飾以金玉蔡邕獨斷曰凡乘輿皆羽蓋金華爪鄭玄詩箋曰俄傾也 山庭
寢曰隧路抽陰 黃圖曰陵冢為山鄭玄周禮注曰隧墓道也 重扃閟兮燈已
黯中泉寂兮此夜深 哀永逝曰戶闔兮燈滅夜何時兮復曉 銷神躬于壤
末散靈魄於天潯 許慎淮南子注曰潯涯也 響乘氣兮蘭馭風德
有遠兮聲無窮 言惠問乘四氣而靡窮其芳譽馭六風而彌遠 嗚呼哀哉

哀上　哀永逝文一首　潘安仁

啓夕兮宵興悲絕緒兮莫承 啓夕將啓殯之前夕也儀禮曰既夕哭請啓期
告于殯宿興緒係緒也思玄賦曰王肆後於漢庭卒銜卹而絕緒 俄龍轜兮門側嗟俟
時兮將升 儀禮曰遷于祖用軸鄭玄曰軸輁軸也天子畫之以龍說文曰轜喪車也 嫂姪兮

慞惶慈姑兮垂矜 爾雅曰婦稱夫之母曰姑 聞鳴雞兮戒朝咸驚號
兮撫膺 陳琳武軍賦曰啓明戒旦長庚告昬列子曰撫膺而恨 逝日長兮生年淺
憂患眾兮歡樂尠彼遙思兮離居歎河廣兮宋遠 毛詩
序曰河廣宋襄公母歸于衛思而不止故作此詩也詩曰誰謂河廣一葦杭之誰謂宋遠跂予望之 今奈
何兮一舉邈終天兮不反 天地之道理無終極今云終天不反長逝之辭 盡余
哀兮祖之晨揚明燎兮援靈轜 祖及轜車並已見上文儀禮曰宵設燎于門內
之右鄭玄曰為哭者為明 徹房帷兮席庭筵舉酹觴兮告永遷 禮記
曰士殯帷之儀禮曰商祝御柩乃祖布席乃奠禮記曰祖於庭說文曰酹餟祭也字林曰以酒沃地曰酹 悽切
兮增欷俯仰兮揮淚想孤魂兮眷舊宇視倏忽兮若
髣髴徒髣髴兮在慮靡耳目兮一遇停駕兮淹留徘

徊兮故處周求兮何獲引身兮當去去華輦兮初邁馬
迴首兮旋旆風泠泠兮入帷雲霏霏兮承蓋 班婕妤自傷賦曰廣
室陰兮帷幄暗房櫳虛兮風泠泠楚辭曰雲霏霏兮承宇 鳥儵翼兮忘林魚仰沫兮
失瀨悵悵兮遲遲遵吉路兮凶歸思其人兮已滅覽餘
跡兮未夷 毛萇詩傳曰夷滅也 昔同塗兮今異世憶舊歡兮增新
悲謂原隰兮無畔謂川流兮無岸望山兮寥廓臨水兮
浩汗視天日兮蒼茫面邑里兮蕭散匪外物兮或改固
歡哀兮情換嗟潛隧兮既敞將送形兮長往 隧已見上文 委
蘭房兮繁華襲窮泉兮朽壤 賈逵國語注曰襲還也 中慕叫兮
擗摽之子降兮宅兆 擗摽已見上文孝經曰卜其宅兆而安厝之 撫靈櫬兮

訣幽房棺冥冥兮埏窈窕杜預左氏傳注曰櫬親身之棺聲類曰埏墓隧也戶闔兮燈滅夜何時兮復曉司馬彪續漢書張奐遺令曰地底冥冥長無曉期歸反哭兮殯宮聲有止兮哀無終左氏傳曰不反哭于寢故不曰薨杜預注曰自墓反虞于正寢所謂反哭于寢也釋名曰於西壁下塗之曰殯儀禮曰遂適殯宮是乎非乎何皇趣一遇兮目中漢書曰孝武李夫人卒悲感作詩曰是邪非邪立而望之偏何姍姍其來遲鄭玄毛詩箋曰皇之言暀也又曰暀往也東觀漢記世祖曰虜在吾目中既遇目兮無兆曾寤寐兮弗夢既顧瞻兮家道長寄心兮爾躬周易曰夫夫婦婦而家道正重曰已矣此蓋新哀之情然耳渠懷之其幾何庶無愧兮莊子莊子曰莊子妻死惠子弔之則方箕踞鼓盆而歌惠子曰與人居長子老身死不哭亦足矣又鼓盆而歌不已甚乎莊子曰不然是其始死也我獨而能無槩然察其始而本無生非徒無生而本無形非徒無形而本無氣人且偃然寢於巨室而我噭噭隨而哭之自以爲不通乎命故止

文選卷第五十七

賜進士出身通奉大夫江南蘇松常鎮太等處承宣布政使司布政使胡克家重校刊

文選卷第五十八

梁昭明太子撰

文林郎守太子右內率府錄事參軍事崇賢館直學士臣李善注上

哀下

宋文皇帝元皇后哀策文一首

沈約宋書曰文帝袁皇后諱齊媯陳郡人左光祿大夫敬公湛之庶女也適太祖生太子劭上待后禮甚篤及崩于顯陽殿詔前永嘉太守顏延年爲哀策文

顏延年

惟元嘉十七年七月二十六日大行皇后崩于顯陽殿周書曰謚者行之迹是以大行受大名細行受細名風俗通曰皇帝新崩未有定謚故揔其名曰大行皇帝行下孟切粵九月二十六日將遷座于長寧陵禮也龍輴丑纚離綷容翟結驂龍輴凶飾也容翟吉儀也儀禮曰遷于祖用軸鄭玄曰遷徙于祖廟也軸輁軸也軸狀如轉轔刻兩頭爲軹輁狀如長牀穿桯前後著金而關軸焉天子畫之以龍也桯餘征切韓詩纚

繫也鄭玄儀禮注曰引棺在輴車曰綍甫物切劉熙釋名曰
容車婦人所載小車也其蓋施帷所以隱蔽其形容曹植宣
后誄表曰容車飾駕以合北辰周禮曰王后之五路重翟錫
面朱總厭翟勒面繢總皆有容蓋鄭司農云容謂幨車也鄭
玄曰蓋如今小車蓋也王逸楚辭注曰結
連也連驂言將行也鄭玄詩箋曰驂兩騑皇塗昭列神路幽
嚴皇塗古制故曰昭列神路凶飾故曰幽嚴皇帝親臨祖饋躬瞻宵載周禮曰喪祝掌大喪
祖飾棺乃載鄭玄曰祖爲行始也其序載而后飾白虎通曰始載於庭轜車辭祖禰也飾遺儀於組旒
淪徂音乎珩行珮毛詩曰素絲組之鄭玄曰以素絲爲縷縫之旌旗以爲文飾旌旗以銘功也楊雄元
后誄曰著德太常注諸旒旌尚書大傳曰太師奏雞鳴后夫人鳴佩玉于房中告去毛詩雜佩以贈之毛萇詩傳曰珮有
珩璜琚瑀琚音居瑀音禹悲黼筵之移御痛翬褕以招之重晦周禮曰大朝覲王設次席
黼純又內司服掌王后之六服褘衣褕狄鄭玄曰褘衣畫翬者也褕畫鷂者也褕與鷂並以招切降輿客位
撤奠殯階降輿謂祖載之時柩降於車也儀禮曰主人入祖乃載鄭玄曰舉柩卻下而載之禮記曰殯於客位

文五十八　二　乙卯重刊　明

祖於庭儀禮曰屬引徹奠乃祖鄭玄曰屬著也引柩車也禮記曰周人殯於西階之上則猶賓之乃命史臣
累德述懷鄭司農周禮注曰誄謂積累生時德行錫之命爲其辭也其辭曰
倫昭儷昇有物有憑言天地未分之前已明倫匹之義又昇伉儷之道皆有物象有所依憑毛詩曰
天生蒸民有物有則鄭玄曰有物象也左氏傳曰石言於晉魏榆師曠曰石不能言或憑焉劇秦美新曰上覽古在昔有
憑應而尚鈌圓精初鑠方祇始凝言天地始分也呂氏春秋曰天道圓地道方何以說天道之圓
也精氣一上一下圜周復雜無所稽留故曰天道圓何以說地道之方也萬物殊類形皆有分職不能相爲故曰地道方
郭璞方言注云鑠言光明也淮南子曰清陽薄靡而爲天重濁凝滯而爲地昭哉世族祥發慶
膺祥發猶發祥也毛詩曰長發其祥慶膺猶膺慶也幽通賦曰王者膺慶於所感祕儀景胄圖
光玉繩祕其令儀而生景胄圖其容光而升玉繩也廣雅曰圖度也沈約宋書曰宋有玉繩殿昌暉在
陰柔明將進尚書曰邦乃其昌孔安國曰昌盛也周易曰坤陰物也又曰坤妻道也又曰順而麗乎大明柔

進而上行率禮蹈和稱詩納順南都賦曰率禮無違論語曰禮之用和爲貴史記曰陸賈時稱
詩書毛詩曰于以采蘋又曰于以采藻鄭玄毛詩箋曰蘋之言賓藻之言澡婦人之行尚柔順自潔清故取名以爲
戒禮記曰婦順者順於舅姑和於室人而后當於夫也爰自待年金聲夙振左氏傳曰
叔姬歸于紀杜預曰至是歸者待年於父母國也孟子曰孔子之謂集大成也者金聲而玉振亦既有行
素章增絢毛詩曰女子有行遠父母兄弟論語曰子夏問曰巧笑倩兮美目盼兮素以爲絢兮何謂也子
曰繪事後素曰禮後乎馬融曰絢文貌也象服是加言觀維則毛詩曰象服是宜又曰言
觀其旂又曰柔嘉維則俾我王風始基嬪德毛詩曰覆俾我悖尚書曰釐降二女于嬀
汭嬪于虞惠問川流芳猷淵塞蔡邕袁公夫人碑曰義方之訓如川之流毛詩曰仲氏任
只其心塞淵方江泳漢載謠南國毛詩序曰文王之道被于南國江漢之域無思犯禮
毛詩曰漢之廣矣不可泳思江之永矣不可方思毛萇曰方泭也伊昔不造鴻化中微

文五十八　三

謂少帝之時陸機詩曰伊昔有皇毛詩曰閔予小子遭家不造東都賦曰鴻化惟神魯靈光殿賦曰遭漢中微用
集寶命仰陟天機謂文帝即位也尚書曰用集大命又曰無墜天之降寶命天機喻帝位也尚書
考靈耀曰璿璣玉衡以齊七政尚書爲此璣曹植秋胡行曰歌以永言大魏承天璣然璣與機同也釋位公
宮登曜紫闈左氏傳子朝曰諸侯釋位以間王室禮記曰古者婦人先嫁三月祖廟未毀教于公宮魏
明帝苦寒行曰修德乎紫闈八月自懷柔欽若皇姑允迪前徽尚書曰欽若昊天爾雅曰婦稱
夫之母曰姑尚書曰允迪厥德孝達寧親敬行宗祀毛詩曰歸寧父母毛萇曰父母在則有時
歸寧毛詩序曰夫人可以奉祭祀則不失職矣進思才淑傍綜圖史毛詩序曰關雎樂得淑女
思進賢才王肅周易注曰綜理事也班婕妤自傷賦曰陳女圖以鏡鑒顧女史而問詩發音在詠動
容成紀國語伶州鳩曰詠之以中音孟子曰動容周旋中禮者盛德之至也成紀見下注壼政穆
宣房樂韶理爾雅曰宮中巷謂之壼禮記曰古者天子后立於宮以聽天下之內治方言曰穆信也儀

禮曰有房中之樂鄭玄曰絃歌周南召南之詩房中者后夫人諷誦以事君子禮記曰韶繼也如淳漢書注曰今樂家五日一習樂爲理樂也坤則順成星軒潤飾韓詩曰淑女奉順坤德成其紀綱周易曰坤順也漢書曰軒轅黃龍體前大星女主象也德之所屆惟深必測尚書曰惟德動天無遠弗屆卞蘭太子頌表曰道無深而不測術無細而不敷下節震騰上清朓側言后道得宜即地安靜而月合度也漢書李尋曰月者衆陰之長妃后之象春秋感精符曰月者陰之精地之理也國語曰幽王二年三川皆震毛詩曰百川沸騰山冢崒崩尚書五行傳曰晦而月見西方謂之朓朔而月見東方謂之側匿鄭玄曰朓猶條達也條達行疾貌側匿猶縮懦行遲貌有來斯雍無思不極毛詩曰有來雍雍又曰無思不服孔安國尚書傳曰極中也謂道輔仁司化莫晣之逝切峯秀四言詩曰乾道輔仁坤德尚沖思玄賦曰死生錯而不齊雖司命其不晣說文曰昭晣明也象物方臻眡視祲告沴零細切周禮曰凡樂六變而致象物鄭玄曰象物有象在天所

文五十八　四　乙卯重刊　王明

謂四靈也非德之和則不至也周禮曰眡祲鄭玄曰祲陰陽氣相祲漸成祥也漢書曰氣相傷謂之沴臨莅不和意也太和既融收華委世太和謂太平也法言曰或問太和曰其在唐虞成周也李軌曰天下太和蔡邕釋誨曰皇道惟融帝猷丕顯廣雅曰融朗也委世弃世也蘭殿長陰椒塗弛衛嗚呼哀哉漢武故事曰帝以七月七日旦生於猗蘭殿漢書儀曰皇后稱椒房椒塗室亦取溫煖除惡氣也戒涼在肂弋二杪秋即穸夕國語單襄公曰火見而清風戒寒賈逵曰戒人爲寒備也儀禮曰死三日而肂三月而葬說文曰肂瘞也楚辭曰靚杪秋之遙夜禮記曰冢宰制國用必於歲之杪左氏傳楚子曰唯是春秋窀穸之事杜預曰窀厚也穸夜也厚夜長夜謂葬埋也窀之倫切霜夜流唱曉月升魄流唱挽歌也升魄祖載也禮記子曰氣也者神之盛也魄也者鬼之盛也八神警引五輅遷迹甘泉賦曰八神奔而警蹕兮振殷轔而軍裝周禮曰巾車掌王后之五輅嗷嗷儲嗣哀哀列辟嗷嗷已見上文毛詩曰哀哀父母生我劬勞灑零玉墀雨泗丹掖劉騊

駼玄根賦曰致垂棘以爲墀撫存悼亡感今懷昔嗚呼哀哉沈約宋書曰哀策既奏上自益此八字以致其意焉潘岳祭庾新婦文曰伏膺飲淚感今惟昔南背國門北首山園楚辭曰出國門而軫懷廣雅曰首向也漢書曰後徙吏二千石之家於諸陵非獨爲奉山園僕人按節服馬顧轅楚辭曰僕人慌悴散若流兮子虛賦曰按節未舒鄭玄毛詩箋曰服中央夾轅也李陵詩曰轅馬顧悲鳴五步一彷徨遙酸紫蓋眇泣素軒傅玄乘輿馬賦曰紫蓋漂以連翩素軒循素車也滅綵清都夷體壽原楚辭曰造旬始觀清都漢書曰作陽陵邑張晏曰景帝作壽陵起邑漢書音義曰天子未死呼壽原邑野淪藹戎夏悲讙京邑朝野淪其明盛戎狄華夏悲以競讙廣雅曰藹藹盛也國語史蘇曰戎夏交捽也來芳可述往駕弗援嗚呼哀哉

齊敬皇后哀策文一首

五百九十三　文五十八　五　戊申重刊曹佾

蕭子顯齊書明帝敬劉皇后諱惠端彭城人也光祿大夫道引女太祖高皇帝爲高宗納之武帝永明七年卒葬江乘縣張山高宗即位追尊爲敬皇后高宗崩改葬祔于興安陵高宗即明帝也

謝玄暉

惟永泰元年蕭子顯齊書明帝改年爲永泰其年七月帝崩東昏即位秋九月朔日敬皇后梓宮啓自先塋將祔于某陵風俗通曰梓宮者禮天子斂以梓器官者存時所居緣生事亡因以爲名凡人呼棺亦爲官也說文曰塋墓地禮記孔子曰魯人之祔也合之鄭玄曰祔謂合葬也其日至尊親奉奠某皇帝至尊東昏侯寶卷鄭玄周禮注曰奠獻也饋奠明帝崩未謚故曰某乃使兼太尉某設祖于行宮禮也司馬彪續漢書太尉公一人凡大喪則告謚南郊祖已見上文翠帟舒皇玄堂啓扉張協禊賦曰翠幕蜺連張衡呂司徒誄曰去此寧寓歸于幽堂玄室冥冥脩夜彌長俎徹三獻筵

卷六衣。杜預左氏傳注曰：撤，去也。禮，祭必三獻。周禮內司服掌王后之六服，褘衣、褕狄、闕狄、鞠衣、展衣、祿衣。哀子嗣皇帝，懷蜃衛而延首，想䡞輅而撫心。周禮曰：遂人大喪，使帥其屬以蜃車之役衛。鄭玄曰：蜃車，柩路。柩載柳四輪，迫地而行，有似蜃，因取名焉。阮瑀正欲賦曰：佇延首以極視。周禮曰：安車，雕面鷖總。列子曰：師襄乃撫心高蹈。痛椒塗之先廓，哀長信之莫臨。椒塗已見上文。應劭漢官儀曰：帝祖母爲太皇太后，其所居曰長信宮也。身隔兩赴，時無二展。爾雅曰：赴，至也。禮記顏淵謂子路曰：反其國不哭，展墓而入。鄭玄曰：展，省視也。旋詔左言，光敷聖善。鄭玄禮記注曰：旋，便也。漢書曰：左史記言，右史記事。干寶晉紀魏帝詔曰：三后咸用光敷聖德。毛詩曰：母氏聖善，我無令人。其辭曰：

帝唐遠冑，御龍遙緒。班固漢書贊曰：范宣子曰：祖自虞已上爲陶唐氏，在夏爲御龍氏，晉主夏盟爲范氏。在秦作劉，在漢開楚。班固漢書贊曰：范氏爲晉士師，魯文公世

奔秦，後歸于晉，其處者爲劉氏。漢書曰：楚元王交，高祖同父少弟也。爲楚王。沈約宋書曰：高祖，楚元王交之後也。肇惟淑聖，克柔克令。克柔已見上文。毛詩曰：令妻壽母。清漢表靈，曾沙膺慶。韓詩曰：漢有遊女。薛君曰：遊女，謂漢神。謝靈運登江中孤嶼詩曰：表靈物莫賞。漢書元后傳：元城建公曰：昔春秋沙麓崩，晉史卜之曰：後六百四十五年，宜有聖女興。其齊田乎？今王翁孺徙，正直其地，日月當之。元城東有五麓之虛，即沙麓地。後八十年當有貴女興天下。膺慶已見上文。爰定厥祥，徽音允穆。毛詩曰：文定厥祥。又曰：太姒嗣徽音，則百斯男。光華沼沚，榮曜中谷。毛詩序曰：采蘩，夫人不失職也。詩曰：于以采蘩，于沼于沚。又詩序曰：葛覃，后妃之本也。詩曰：葛之覃兮，施于中谷。敬始紘綖，教先種稑。列女傳敬姜曰：皇后親蠶，玄紞。公侯夫人加之以紘綖。周禮曰：上春，詔王后帥六宮之人出種稑之種，而獻於王。睿問川流，神襟蘭郁。川流已見上文。揚雄書曰：賢女馨芬於蘭茝。先德韜光，君道方被。先德，謂明帝也。韜光，謂封

西昌侯之時也。廣雅曰：韜，藏也。吳志賀劭上疏曰：陛下昔韜藏神光，潛德東夏。干寶晉紀文帝遺吳主書曰：韜神光福德，久勞于外。毛詩序曰：文王之道，被於南國。于佐求賢，在謁無詖。毛詩序曰：卷耳，后妃之志也。又當輔佐君子，求賢審官，內有進賢之志，而無險詖私謁之心。顧史弘式，陳詩展義。班婕妤自傷賦曰：顧女史而問詩。厚下曰仁，藏往伊智。周易曰：山附於地，剝。上以厚下安宅。干寶晉紀揔論曰：仁以厚下。易曰：蓍之德圓而神，卦之德方以智。神以知來，智以藏往。十亂斯俟，四教罔忒。論語：武王曰：予有亂臣十人。孔子曰：才難，不其然乎？唐虞之際，於斯爲盛。有婦人焉，九人而已。馬融曰：其一人謂文母也。禮記曰：古者婦人教以婦德、婦容、婦言、婦功。鄭玄詩箋云：法度莫大於四教。廣雅曰：忒，差也。思媚諸姑，貽我嬪則。毛詩曰：思媚周姜。又曰：問我諸姑。又曰：貽我來牟。孔安國傳曰：嬪，婦也。毛詩序曰：后妃化天下以婦道也。化自公宮，遠被南國。公宮南國並已見上文。軒曜懷光，素舒佇德。光德，皆謂后也。言軒曜思大明以增耀，素

舒佇聖德而分彩也。淮南子曰：軒轅者，帝妃之舍。高誘曰：軒轅，星也。劉歆有曜麻。楚辭曰：前望舒使先驅。王逸曰：望舒，月御也。閔予不祐，慈訓早違。毛詩曰：閔予小子。周易曰：天命不祐。晉中興書曰：肅祖太妃荀氏薨，顯宗詔曰：朕少遭閔凶，慈訓無稟。廣雅曰：違，背也。方年沖藐，懷袖靡依。尚書曰：肆予沖人，弗及知。左氏傳：晉獻公曰：以是藐諸孤。毛詩曰：母兮鞠我，出入腹我。鄭玄曰：腹，懷抱也。家臻寶業，身嗣昌暉。周易曰：聖人之大寶曰位。元皇后哀策文曰：昌輝在陰。壽宮寂遠，清廟虛歸。嗚呼哀哉！楚辭曰：蹇將澹兮壽宮。王逸曰：壽宮，供神之處也。毛詩曰：清廟，祀文王也。帝遷明命，民神胥悅。謂明帝即位也。毛詩曰：帝遷明德，串夷載路。國語：祭公謀父曰：至于文武，事神保民，莫不欣喜。又王孫圉曰：又能上下悅于鬼神。乾景外臨，陰儀內缺。周易曰：乾爲君，爲父。禮記曰：后治陰德也。空悲故劒，徒嗟金穴。漢書曰：宣帝許皇后，元帝母也。字平君。曾孫立爲帝，平君爲婕妤。是時公卿議更立皇后，亦未有言。上乃詔求微時故劒。大臣知指，白立許婕

好爲皇后范曄後漢書曰光武郭皇后弟況爲大鴻臚數賞賜金錢京師號況家爲金穴璋瓚奚獻禕褕冏設鳴呼哀哉禮記曰君致齊於外夫人致齊於內君執圭瓚祼尸大宗執璋瓚亞祼鄭玄曰大宗亞祼容夫人有故攝焉璋瓚夫人所執又周禮注曰祼謂以圭瓚酌鬱鬯始獻尸也后於是以璋瓚酌亞祼禕褕已見上文馮相告禨宸居長往謂明帝崩也周禮曰馮相氏中士鄭玄曰馮乘也相視也東京賦曰馮相觀禨典引曰宸居其域蔡邕曰如北辰居其所也貽厥遠圖末命是奬謂顧命令祔也毛詩曰貽厥孫謀左氏傳榮成伯曰遠圖者忠也尚書曰道揚末命方言曰秦晉之間相勸曰奬懷豐沛之綢繆兮背神京之引𢿘豐沛喻帝鄉也漢書曰高祖沛豐邑毛詩曰綢繆束薪毛萇曰綢繆猶纏綿也風俗通曰秦政并吞六國苞宇宙之引𢿘陋蒼梧之不從兮遵鮒隅以同壤嗚呼哀哉禮記曰舜葬于蒼梧之野蓋二妃不從山海經曰大荒之中河水之間鮒隅之山帝顓頊與九嬪葬焉陳象設

於園寢兮映輿鍐亡犯於松楸楚辭曰象設君室靜閑安漢書曰自高祖下至宣帝各自居陵傍立廟又園中各有寢蔡邕獨斷曰金鍐者馬冠也如玉華形在馬髦前望承明而不入兮度清洛而南遊陸機洛陽記曰承明門後宮出入之門藉田賦曰清洛濁渠繼池縡於通軌兮接龍帷於造舟禮記曰飾棺君三池鄭玄曰縣池於荒之爪端若今承霤然又禮記曰飾棺君龍帷振容黼荒鄭玄曰荒蒙也在傍曰帷在上曰荒皆所以衣柳毛詩曰造舟爲梁迴塘寂其已暮兮東川澹而不流嗚呼哀哉南都賦曰分背迴塘呂氏春秋曰水泉東流說文曰澹水搖也籍閟宮之遠烈兮聞纘女之遐慶毛詩閟宮曰赫赫姜嫄其德不回是生后稷降之百福又曰纘女維莘長子維行始協德於蘋蘩兮終配祇而表命晉中興書策明穆皇后曰正位閨房以著協德之義辨亡論曰趙達以機祥協德采蘋采蘩已見上文漢書曰天地合祭先祖配天先妣配地命爵號也慕方

纏於賜衣兮哀日隆於撫鏡東觀漢記上賜東平王蒼書曰獨衛南宮皇太后因過按行閱視舊時衣物今以光烈皇后假結帛巾各一枚衣一篋遺王可瞻視以慰凱風寒泉之思西京雜記曰宣帝被收繫郡邸獄臂上猶帶史良娣合綵婉轉絲繩係身毒寶鏡一枚舊傳此鏡照見妖魅得佩之者爲天神所福故宣帝從危獲濟及即大位每持此鏡感咽移辰宣帝崩後不知所在思寒泉之罔極兮託彤管於遺詠嗚呼哀哉毛詩曰爰有寒泉在浚之下有子七人母氏勞苦又曰欲報之德昊天罔極毛詩曰靜女其孌詒我彤管毛萇曰古者后夫人必有女史彤管之法

郭有道碑文一首　并序

蔡伯喈范曄後漢書曰蔡邕字伯喈陳留人也辟橋玄府稍遷至郎中後董卓辟邕遷尚書及卓被誅王允收邕付廷尉遂死獄中

先生諱泰字林宗太原界休人也漢書太原郡有界休縣其先出

自有周王季之穆有虢叔者寔有懿德文王咨焉左氏傳曰晉侯假道於虞以伐虢宮之奇諫曰虢亡虞必從之公曰晉吾宗也豈害我哉對曰虢叔王季之穆爲文王卿士將虢是滅何愛於虞毛詩曰我求懿德國語胥臣曰文王即位而咨于二虢章昭曰咨謀也建國命氏或謂之郭即其後也左氏傳師服曰天子建國又衆仲曰天子建德因生以賜姓胙之土而命之氏公羊傳晉獻公謂荀息曰吾欲攻郭則虞救之攻虞則郭救之如何高誘戰國策注曰郭古文虢字也先生誕應天衷聰睿明哲孝友溫恭仁篤慈惠夫其器量弘深姿度廣大浩浩焉汪汪焉奧乎不可測已黃石公記序曰張良慮若源泉深不可測若乃砥節厲行直道正辭孔叢子曰魯人有儀公潛者砥節厲行樂道好古仲長子昌言曰直道正辭貞亮之節貞固足以幹事隱括足以矯時周易曰貞固足以幹事韓詩外傳曰設於隱括之中直己不直人蘧伯玉之行也孫

鄭子曰枸木必將待隱括然後直劉熙孟子注曰隱度也括猶量也蒼頡篇曰矯正也遂考覽六經探綜圖緯六經五經及樂經也圖河圖也緯六經及孝經皆有緯也周流華夏隨集帝學收文武之將墜拯微言之未絕論語子貢曰文武之道未墜於地論語讖曰子夏六十四人共撰仲尼微言于時纓緌之徒紳佩之士禮記曰子事父母冠緌纓鄭玄曰緌纓飾也孔安國論語注曰紳大帶也禮記曰凡帶必有佩玉望形表而影附聆嘉聲而響和者揚雄覈靈賦曰支附葉從表立景隨莊子曰大人之教若形之於影聲之於響也猶百川之歸巨海鱗介之宗龜龍也尚書大傳曰百川趍於東海曾子曰介蟲之精者曰龜鱗蟲之精者曰龍爾乃潛隱衡門收朋勤誨毛萇詩傳曰衡門橫木爲門言淺陋也論語子曰誨人不倦何有於我哉童蒙賴焉用祛其蔽周易曰匪我求童蒙祛猶去也州郡聞德虛已備禮莫之能致漢書李尋

傳曰王根輔政數虛己問尋羣公休之遂辟司徒掾又舉有道皆以疾辭辟猶召也將蹈鴻涯之遐迹紹巢許之絕軌西京賦曰洪涯立而指麾神仙傳曰衛叔卿與數人博其子度曰向與博者爲誰叔卿曰是洪涯先生皇甫謐逸士傳曰巢父者堯時隱人也及堯之讓位于許由也由以告巢父焉巢父責由曰汝何不隱汝光何故見若身也翔區外以舒翼超天衢以高峙李陵書曰策名於天衢稟命不融享年四十有二毛萇詩傳曰融長也以建寧二年正月乙亥卒范曄後漢書曰建寧靈帝年號也凡我四方同好之人永懷哀悼靡所寘念毛詩曰終其永懷毛萇詩傳曰寘置也乃相與惟先生之德以謀不朽之事左氏傳穆叔曰太上有立德此之謂不朽僉以爲先民既沒而德音猶存者亦賴之於見述也毛詩曰先民有作又曰德音不忘今其如何而闕斯禮

於是樹碑表墓昭銘景行毛詩曰高山仰止景行行止俾芳烈奮于百世令問顯於無窮典引曰扇遺風播芳烈孟子曰聞伯夷之風者貪夫廉懦夫有立志奮乎百世之上百世之下莫不興起毛詩曰顯顯令問其辭曰

於休先生明德通玄言其明德而通玄廣雅曰玄道也於純懿淑靈受之自天毛詩曰有命自天崇壯幽浚如山如淵家語齊大夫子與適魯見孔子曰乃今而後知泰山之爲高海淵之爲大禮樂是悅詩書是敦左氏傳曰晉謀元帥趙衰曰郤縠可臣亟聞其言矣悅禮樂而敦詩書君其試之匪惟摭華乃尋厥根法言或曰亦有疾乎曰摭我華而不食我實宮牆重仞允得其門論語子貢謂叔孫武叔曰夫子之牆數仞不得其門而入不見宗廟之美百官之富得其門者或寡矣懿乎其純確乎其操周易曰龍德而隱者也確乎其不可拔潛龍也洋洋搢紳言觀其高音告封禪書曰因雜搢紳先生

之略術棲遲泌丘善誘能教毛詩曰衡門之下可以棲遲泌之洋洋可以療飢論語顏淵曰夫子循循然善誘人赫赫三事幾行其招毛詩曰三事大夫莫肯夙夜招猶召也委辭召貢保此清妙言有召貢者委弃而辭之范曄後漢書曰司徒黃瓊辟泰太常趙典舉泰有道並不應召或爲台降年不永民斯悲悼尚書祖乙曰降年有永有不永爰勒茲銘摛其光耀韋昭漢書注曰摛布也嗟爾來世是則是效尚書曰予恐來世班固刑法志述曰五刑之作是則是效

陳太丘碑文一首 并序

蔡伯喈

先生諱寔字仲弓潁川許人也范曄後漢書曰寔潁川許人漢書潁川郡有許縣魏志曰文帝黃初二年改許縣爲許昌縣然蔡邕之時惟有許縣或云許昌非也含元精之和應期運之數易通卦驗曰大皇之先與耀合元精論衡曰天稟元氣人受元精孟子謂充虞曰五

百年必有王者興其間必有名世者由周而來七百有餘歲矣當今之世舍我而誰兼資九德總
脩百行尚書皐陶曰都亦行有九德禹曰何皐陶曰寬而栗柔而立愿而恭亂而敬擾而毅直而溫簡
而廉剛而塞強而義孔臧與從弟書曰學者所以飾百行也於鄉黨則恂恂焉彬彬
焉善誘善導仁而愛人論語曰孔子於鄉黨恂恂如也又曰文質彬彬然後君子善誘
已見上文論語曰樊遲問仁子曰愛人使夫少長咸安懷之論語曰老者安之少者懷
之其爲道也用行舍藏進退可度論語子謂顏淵曰用之則行舍之則藏孝
經曰進退可度不徼訐以干時不遷貳以臨下論語子貢曰惡徼以爲智者惡
訐以爲直者又哀公問弟子孰爲好學孔子對曰有顏回者好學不遷怒不貳過四爲郡功曹
五辟豫州六辟三府再辟大將軍宰聞喜半歲太丘
一年德務中庸教敦不肅論語子曰中庸之爲德其至矣乎民鮮久矣孝經子曰其

教不肅而成政以禮成化行有謚左氏傳晉郤至謂子反曰政以禮成民是以息爾雅
曰謚靜也會遭黨事禁固二十年樂天知命澹然自逸周易
曰樂天知命故不憂莊子曰澹然無極衆美從之此天地之道聖人之德也毛詩曰我不敢傚我友自逸交
不諂上愛不瀆下周易曰君子上交不諂下交不瀆見機而作不俟終
日周易曰君子見機而作不俟終日及文書赦宥時年已七十遂隱丘
山懸車告老漢書曰薛廣德乞骸骨賜安車駟馬懸其車傳子孫左氏傳曰晉韓獻子告老杜預
曰告老致仕者也四門備禮閑心靜居尚書曰賓于四門四門穆穆大將軍
何公司徒袁公范曄後漢書大將軍何進司徒袁隗遣人敦寔欲特授以不次之位寔謝使者
前後招辟使人曉喻云欲特表便可入踐常伯超補三
事應劭漢官儀曰侍中周官號曰常伯選於諸伯言其道德可常尊也環濟要略曰侍中古官或曰風后爲

黃帝侍中周時號曰常伯秦始復故三事已見上文紆佩金紫光國垂勳漢書曰大司徒
大司馬大司空皆金印紫綬先生曰絕望已久飾巾待期而已皆遂
不至列子林類曰吾老無妻子死期將至弘農楊公東海陳公范曄後漢書曰太尉楊賜司徒陳耽
每拜公卿羣寮畢賀賜等常歎寔大位未登愧於先之也每在袞職羣寮賀之袞職謂三公也周禮
曰三公自袞冕而下皆舉手曰潁川陳君絕世超倫大位未躋方言曰躋登也慙
於臧文竊位之負論語曰臧文仲其竊位者歟知柳下惠之賢而不與立也故時人高其德
重乎公相之位也年八十有三中平三年范曄後漢書中平靈帝年號也八月
丙午遭疾而終臨沒顧命留葬所卒孔安國尚書傳曰臨終之命曰
顧命時服素棺椁財周櫬喪事惟約用過乎儉周易曰用過乎儉
群公百寮莫不咨嗟巖藪知名失聲揮涕禮記曰內人行哭失

聲家語曰公父文伯卒敬姜曰無揮涕王肅曰揮涕涕流以手揮之也大將軍弔祠錫以
嘉謚范曄後漢書曰何進遣使弔祭曰徵士陳君稟嶽瀆之精苞靈曜
之純孝經援神契曰五嶽之精雄聖四瀆之精仁明又鉤命決曰五嶽吐精宋均曰吐精生聖人也靈曜謂天也尚書緯有
考靈曜天不憖遺老俾屏我王左氏傳孔丘卒公誄之曰昊天不弔不憖遺一老俾
屏予一人以在位梁崩哲萎于時靡憲禮記曰孔子早作負手曳杖逍遙於門歌
曰泰山其頹乎梁木其壞乎搢紳儒林論德謀跡謚曰文範先生漢書
有儒林傳傳曰郁郁乎文哉論語文也書曰洪範九疇彝倫攸敘
尚書箕子謂武王曰天乃錫禹洪範九疇彝倫攸敘文爲德表範爲士則存誨沒
號不亦宜乎三公遣令史祭以中牢刺史敬弔太守南
陽曹府君命官作誄曰赫矣陳君命世是生廣雅曰命名也李陵

書曰信命世之才含光醇德爲士作程孔安國尚書傳曰醇粹也毛萇詩傳曰程法也
資始既正守終又令周易曰萬物資始史記祭公謀父曰犬戎率舊德而守終純固奉
禮終沒休矣清聲遺官屬掾吏前後赴會刊石作銘
府丞與比縣會葬荀慈明韓元長等五百餘人范曄後漢書曰
荀爽字慈明獻帝拜爲司空又曰韓融字元長獻帝初官至太僕緦麻設位哀以送之
喪服傳曰緦麻十五升布鄭玄曰謂之緦者縷細如絲也音思孝經曰哀以送之遠近會葬千人
已上河南尹种府君臨郡謝承後漢書曰劉翊潁川人河南尹种拂嘗來臨郡翊爲
主簿迎之到官深敬待之然种府君即拂也追歎功德述録高行以爲遠近
鮮能及之重直用部大掾以時成銘斯可謂存榮沒哀死
而不朽者已論語子貢曰夫子其生也榮其死也哀不朽已見上文乃作銘曰

巖巖崇嶽吐符降神上林賦曰南山巖巖毛詩曰維嶽降神生甫及申於皇
先生抱寶懷珍如何昊穹既喪斯文論語子曰文王既沒文不在茲乎天
之將喪斯文也後死者不得與於斯文也微言圮絕來者曷聞微言已見上文幽通賦曰
將圮絕而罔階論語曰焉知來者之不如今也交交黃鳥爰集于棘毛詩國風文喻仕於
亂時也命不可贖哀何有極毛詩曰如可贖兮人百其身

褚淵碑文一首并序

王仲寶蕭子顯齊書曰王儉字仲寶琅邪人幼專心篤學手不釋卷爲中書
監薨

夫太上有立德其次有立功此之謂不朽左氏傳曰穆叔如晉范宣
子逆之問焉曰古人有言曰死而不朽何謂也穆叔對曰豹聞之太上有立德其次有立功其次有立言雖久
不廢此之謂不朽也所以子產云亡宣尼泣其遺愛左氏傳曰子產卒仲尼聞
之出涕曰古之遺愛也毛詩曰人之云亡隨武既沒趙文懷其餘風於文簡
公見之矣禮記曰趙文子與叔譽觀乎九原文子曰死者如可作也吾誰與歸叔譽曰其陽處父乎
文子曰我則隨武子乎利君不忘其身謀身不遺其友鄭玄曰武子士會也食邑於隨蔡邕郭林宗碑曰先生
既沒魏志太祖曰孤到此州嘉其餘風也公諱淵字彥回河南陽翟人也微
子以至仁開基宋段以功高命氏史記曰微子開者殷帝乙之首子紂之庶
兄武王崩成王幼武庚作亂成王命誅武庚乃命微子開代殷國於宋微子以故而仁賢乃代武庚故殷餘民
甚欣戴之而愛焉左氏傳曰魯季武子如宋褚師段逆之杜預曰段共公子子石也褚師官也命氏已見上文
爰逮兩漢儒雅繼及漢書曰褚大通五經爲博士謝承後漢書曰褚禧字叔齊陳留尉氏
人博聞廣見聰明智達也魏晉以降弈世重暉乃祖太傅元穆公魏代

褚氏未聞晉中興書曰褚裒字季野侍中衛將軍薨贈太傅元穆侯德合當時行比州壤
魏書曰陳寔德冠當時莊子曰行比一鄉深識臧否不以毀譽形言王命論曰淵然
深識毛詩曰於乎小子未知臧否論語曰吾之於人誰毀誰譽如有所譽者其有所試矣毛詩序曰情動於中
而形於言亮采王室每懷沖虛之道尚書曰亮采惠疇老子曰大滿若沖字林曰沖
猶虛也可謂婉而成章志而晦者矣左氏傳君子曰春秋之稱微而顯志而晦
婉而成章自茲厥後無替前規建官惟賢軒冕相襲尚書曰建官惟
賢管子曰先王制軒冕足以著貴賤劉歆移太常博士曰聖帝明王累起相襲公稟川嶽之靈
暉含珪璋而挺曜川嶽之靈已見上文禮記曰珪璋特達廣雅曰挺出也和順內
凝英華外發禮記曰和順積中而英華外發神茂初學業隆弱冠弱冠
已見上文是以仁經義緯敦穆於閨庭張叶白鳩頌曰經仁緯義王隱晉書

曰氾勝之穆敦九族蔡邕何休碑曰孝友盡於閨庭金聲玉振寥亮於區寓金聲玉振
已見上文鄭玄禮記注曰振猶動也東京賦曰區寓乂寧孝敬淳深率由斯至毛詩序曰
成孝敬袁宏竹林名士傳曰山濤淳深慎嘿尚書曰率由典常盡歡朝夕人無間言禮記
孔子曰啜菽飲水盡其歡斯之謂孝論語子曰孝哉閔子騫人不閒於其父母昆弟之言逍遥乎文
雅之囿翱翔乎禮樂之場劇秦美新曰逍遥乎文雅之囿翱翔乎禮樂之場風
儀與秋月齊明音徽與春雲等潤音徽即徽音也毛詩曰太姒嗣徽音
韻宇引深喜愠莫見其際晉中興書曰衛玠終身不見其愠喜袁宏竹林名士
傳曰山濤莫見其際心明通亮用人言必由於己王命論曰見善如不及用人如
用巳汪汪焉洋洋焉可謂澄之不清撓之不濁范曄後漢書曰郭林
宗少遊汝南先過袁宏不宿而退往從黄憲累日方還或問林宗林宗曰奉高之器譬諸汎濫雖清而易挹叔

度汪汪若萬頃之陂澄之不清撓之不濁不可量也袁陽源才氣高奇綜覈精裁
沈約宋書曰袁淑字陽源少有風氣遷尚書吏部郎臧榮緒晉書曰呂安才氣高奇又曰荀顗綜覈名實風俗
澄一范曄後漢書左朱零曰范滂精裁猶以利刃斷腐朽宋文帝端明臨朝鑒賞無
昧鶡冠子曰所謂命者靡不在君也君也者端神明者也神明者以人爲本者也班固成帝贊曰臨朝淵嘿
袁既延譽於遐邇文亦定婚於皇家國語曰使張老延君譽于四方蔡邕
述行賦曰皇家赫而天居選尚餘姚公主拜駙馬都尉蕭子顯齊書曰淵少有世
譽復尚公主漢結叔高晉姻武子方斯蔑如也三輔決録曰平陵竇叔高
以經術稱摯虞曰叔高名玄以明經爲郡上計吏朝會數百人叔高儀狀絶衆天子異其貌以公主妻之出朝
同輩朝笑爲叔高時以自有妻不敢以聞方欲迎妻與決未發而詔叔高就第成婚王隱晉書曰王武子少知
名有俊才尚武帝姊常山公主毛萇詩傳曰蔑無也釋褐著作佐郎轉太子舍人

濯纓登朝冠冕當世楚辭曰滄浪之水清可以濯我纓晉中興書庾冰疏曰臣因循家寵
冠冕當世升降兩宫實惟時寶陸機謝內史表曰官成兩宫尚書曰所寶惟賢具瞻
之範既著台衡之望斯集毛詩曰赫赫師尹民具爾瞻春秋漢含孳曰三公在天法
三能台與能同毛詩曰實惟阿衡左右商王出參太宰軍事入爲太子洗馬俄
遷祕書丞贊道槐庭司文天閣周禮曰面三槐三公位焉晉令曰祕書郎掌三
閣經書三輔故事曰天祿閣在大殿北以藏秘書光昭諸侯風流籍甚韓詩外傳曰爲
人君者則願以爲臣名昭諸侯天下願焉習鑿齒晉陽秋曰王夷甫樂廣俱宅心事外言風流者稱王樂焉漢
書曰陸賈遊漢庭公卿間名聲籍甚以父憂去職蕭子顯齊書曰淵父湛之驃騎將軍喪過
乎哀幾將毀滅周易曰喪過乎哀孝經曰毀不滅性有識留感行路傷情桓譚
新論雍門周說孟嘗君曰有識之士莫不爲足下寒心酸鼻論衡曰行路之人皆能論之家語曰子游見行路

之人云魯司鐸火服闋除中書侍郎鄭玄禮記曰闋終也王言如絲其出
如綸禮記曰王言如絲其出如綸恪居官次智效惟穆左氏傳曰閔子騫曰敬恭
朝夕恪居官次莊子曰智效一官于時新安王寵冠列蕃越敷邦教毗
佐之選妙盡國華沈約宋書曰始平孝敬王子鸞字孝羽孝武帝第八子也初封新安王母
嬖叔儀寵傾後宫子鸞愛冠諸子凡爲上所眄遇者莫不入子鸞府國子鸞兼司徒進號撫軍將軍尚書曰司
徒掌邦教敷五典國語季文子曰吾以德榮爲國華韋昭曰以德榮顯者可以爲國之光華也出爲司
徒右長史轉尚書吏部郎執銓以平韋昭漢書注曰銓稱錘聲類曰銓所
以稱物晉起居注曰太康四年詔曰選曹銓管人材御煩以簡裴楷清通王戎簡
要復存於兹臧榮緒晉書曰裴楷字叔則河東人也爲尚書郎吏部郎闕太祖問其人於鍾會會
曰裴楷清通王戎簡要皆其選也是以楷爲吏部郎泰始之初入爲侍中裴子野宋略曰

壽寂之簫刃少帝延湘東王升御坐立爲明帝又曰明皇帝年號泰始曾不移朔遷吏部尚書是時天步初夷王途尚阻天步初夷謂弑少帝也裴子野宋略曰江州刺史晉安王子勛作亂蕭子顯齊書曰建安王休仁南討賊屯鵲尾洲遣淵詣軍選將帥以下勳階毛詩曰天步艱難蔡邕劉寬碑曰統艾三軍以清王塗荅賓戲曰王途蕪穢周失其馭元戎啓行衣冠未緝元戎啓行謂建安出征也毛詩曰元戎十乘以先啓行衣冠謂朝士也范曄後漢書霍諝奏記曰宋光衣冠子孫爾雅曰輯和也緝與輯同內贊謀謨外康流品東觀漢記世祖策曰前將軍鄧禹與朕謀謨帷幄李重集曰爲選部心書其箴曰銓管人流品藻清濁制勝既遠涇渭斯明孫子兵法曰水因地而制行兵因敵而制勝孫綽子曰或問雅俗曰涇渭殊流雅鄭異調賞不失勞舉無失德左氏傳隨武子曰楚君舉不失德賞不失勞績簡帝心聲敷物聽崔駰武賦曰假皇天乎簡帝心尚書大傳曰文王施政而物皆聽事寧領太子右

文五十八　十八　辛巳重刊　曹佾

衛率固讓不拜尋領驍騎將軍以帷幄之功膺庸祗之秩帷幄已見上文尚書王曰惟乃文考庸庸祗祗威威顯民孔安國曰用可用敬可敬封雩都縣開國伯食邑五百戶漢書有豫章郡雩都縣既秉辭梁之分又懷寢丘之志國語曰惠王以梁予魯陽文子辭曰梁險而在遠懼子孫之有貳者縱臣而得全其首領以沒懼子孫之以梁乏臣之祀也乃與魯陽賈逵曰惠王楚昭王子梁楚北境魯陽文子楚平王之孫司馬子期之子魯陽公列子曰孫叔敖疾將死戒其子曰王亟封我矣吾不受也我死王則封汝汝必無受利地楚越之閒有寢丘者此地不利而名甚惡楚人鬼之越人機之可長有者惟此也孫叔敖死王果以美地封其子辭而不受請寢丘與之至今不失所受田邑不盈百井周禮曰畝百爲夫夫三爲屋屋三爲井漢書曰井方一里以之重爲侍中領右衛將軍盡規獻替均山甫之庸國語召康公曰天子聽政近臣盡規又史黯謂趙簡子曰夫事君者諫過而後賞善薦可而替否獻

能而進賢毛詩曰衮職有闕惟仲山甫補之緝熙王旅兼方叔之望毛詩曰維清緝熙文王之典又曰王旅嘽嘽如飛如翰又曰方叔莅止其車三千丹陽京輔遠近攸則漢書曰右內史武帝更名京兆尹左內史更名左馮翊主爵中都尉更名右扶風是爲三輔又百官表有京輔都尉毛詩曰商邑翼翼四方之極鄭玄曰商邑之禮俗翼翼然可則效乃四方之中正也吳興襟帶實惟股肱李尤有函谷關銘曰襟帶咽喉漢書曰季布爲河東守上召布曰河東吾股肱郡故時召君耳頻作二守並加蟬冕蕭子顯齊書曰尋遷散騎常侍丹陽尹出爲吳興太守常侍如故蔡邕獨斷曰侍中中常侍加貂附蟬政以禮成民是以息左氏傳郤至之辭已見上文明皇不豫儲后幼沖沈約宋書曰太宗明皇帝諱彧又曰後廢帝昱字德融明帝長子也泰始七年立爲皇太子太宗崩太子即位尚書曰武王有疾弗豫謝承後漢書曰孝靈帝崩皇太子即位主上幼沖貽厥之寄允屬時望毛詩曰貽厥孫謀以燕翼子徵爲吏部尚書領衛尉固讓不拜改授尚書右僕射

文五十八　十九　楊珎

端流平衡外寬內直賈子曰視有四則朝廷之視端流平衡韓詩外傳曰外寬內直蘧伯玉之行也引二八之高謩宣由庚而垂詠二八八元八愷也毛詩序曰由庚萬物得由其道也太宗即世遺命以公爲散騎常侍中書令護軍將軍送往事居忠貞允亮太宗明帝左傳荀息謂晉獻公曰公家之利知無不爲忠也送往事居耦俱無猜貞也秉國之均四方是維毛詩小雅文也百官象物而動軍政不戒而備左氏傳曰隨武子曰蔿敖爲太宰百官象物而動軍政不戒而備公之登太階而尹天下君子以爲美談孔融張儉碑曰惜乎不登太階以尹天下致皇代於隆熙公羊傳曰魯人至今以爲美談亦猶孟軻致欣於樂正羊職悅賞於士伯者也孟軻曰魯欲使樂正子爲政孟子喜而不寐公孫丑曰奚喜曰其爲人也好善劉熙曰樂正姓也子通稱也名克左氏傳曰晉侯賞桓子狄臣千室亦賞士伯以瓜衍之縣羊舌職悅之以爲當也丁所生母憂謝職毀疾之重因心則

至蕭子顯齊書曰淵遭庶母郭氏喪葬畢起爲中軍將軍本官如故毛詩曰因心則友朝議以有
爲爲之魯侯垂式禮記子夏問曰三年之喪卒哭金革之事無避也禮歟孔子曰吾聞諸老
聃曰昔有魯伯禽有爲爲之今以三年之喪從利者吾弗知也存公忘私方進明準漢書
曰翟方進字子威汝南人也爲丞相及母既終葬三十六日除服起視事以爲身備漢相不敢踰國家之制也
爰降詔書彰還攝任固請移歲表奏相望事不我與屈
己引化沈約宋書曰褚淵以母憂去職詔攝本任爾雅曰彰勉也嵆康幽憤詩曰時不我與荀悅申鑒
曰聖王屈己以申天下之樂尚書曰三孤貳公引化屬值三季在辰戚蕃內侮國語
郭偃曰三季王之亡也宜哉韋昭曰三季桀紂幽王也蕃元茂九錫文曰稱兵內侮桂陽失圖窺
窬神器沈約宋書曰桂陽王休範文帝子也封爲桂陽王後爲江州刺史及太宗晏駕王幼時屯遂舉
兵反休範已至新林朝廷震動平南將軍齊王出次新亭中軍將軍褚淵入衛殿省休範自於新林步上越騎

校尉張苟兒直前斬休範首持還休範自新林分遣同黨杜墨蠡等直入朱雀門休範雖死不相知聞墨蠡至
杜姥宅宮省怖擾於是城內分遣諸軍東西奮擊諸賊一時奔散斬墨蠡等劉琨勸進表曰狡寇窺窬左氏傳
師服曰民服其上下無覬覦杜預曰下不冀望上位也窬與覦同鼓棹則滄波振蕩建
旗則日月蔽虧湛方生詩曰鼓棹行遊矚吳都賦曰振蕩汪流曹子建責躬詩曰建旗東岳子
虛賦曰岑崟參差日月蔽虧出江派而風翔入京師而雷動典引曰仁風翔
于海表曹植任城王誄曰矯矯元戎雷動雲徂楚辭曰雷動電發鳴控弦於宗稷流鋒
鏃於象魏班固漢書李廣述曰控弦貫石威動北鄰宗宗社也蔡邕獨斷曰天子立宗社曰泰社稷宗社
之稷周禮曰太宰縣治象之法于象魏五等論曰鋒鏑流乎絳闕雖英宰臨戎元渠時
殄英宰謂齊王也元渠謂休範也晉中興書穆帝詔曰實賴英宰淵謀尚書曰殲厥渠魁而餘黨
寔繁宮廟憂逼餘黨謂杜墨蠡也公乃揔熊羆之士不貳心

之臣尚書曰先君文武則亦有熊羆之士不貳心之臣戮力盡規克寧禍亂國語
曰戮力一心賈逵曰戮力并力也盡規已見上文康國祚於綴旒拯王維於已
墜公羊傳曰君若贅旒然贅猶綴也何休曰旒旗旒也誠由太祖之威風抑亦仁
公之翼佐太祖齊王也可謂德刑詳禮義信戰之器也左氏傳曰
楚子救鄭軍過申子反入見申叔時曰師其何如對曰德刑詳禮義信戰之器也杜預曰器猶用也以靜
難之功進爵爲侯兼授尚書令中軍將軍給班劍二十
人功成弗有固秉撝挹老子曰功成而弗居周易曰無不利撝謙韓詩外傳曰孔子曰
持滿之道挹而損之晉起居注安帝詔曰灑落成勳固秉謙挹改授侍中中書監護軍
如故又以居母艱去官蕭子顯齊書曰淵後嫡母吳郡公主薨毀瘠如初雖事
緣義感而情均天屬莊子曰桑雩謂孔子曰子獨不聞假人之亡與林回棄千金之璧負

赤子而趨何與林回曰彼以利合此以天屬者也司馬彪曰假國名也屬連也顏丁之合禮二
連之善喪亦曷以踰禮記曰顏丁善居喪始死皇皇焉如有求而弗得及殯望望焉如有
從而弗及鄭玄曰顏丁魯人也居喪合禮禮記孔子曰少連大連善居喪三日不怠三月不解天厭宋
德水運告謝左氏傳鄭伯曰天而既厭周德矣水運宋也射雉賦曰青陽告謝王逸楚辭注曰謝
去也嗣王荒怠於天位沈約宋書曰後廢帝明帝長子諱昱即位淫亂尚書曰商王受荒怠
弗敬又伊尹曰天位艱哉彊臣憑陵於荊楚沈約宋書曰荊州刺史沈攸之便有異志左氏
傳鄭王子伯駢曰今楚憑陵我城郭廢昏繼統之功龕亂寧民之德廢昏謂廢
帝爲蒼梧王也繼統謂立順帝也蕭子顯齊書曰蒼梧暴虐稍甚及廢群公集議袁粲劉秉既不受淵曰非蕭
公無以了此手取筆授太祖太祖曰相與不肯我安得辭事乃定順帝立撽太常曰繼統揚業墨子曰夏桀時
天乃命湯於鑣宮有神來告曰夏德大亂往攻之予必使汝大戡之崔寔正論曰及其出也足以濟世寧民也

公實仰贊宏規參聞神筭潘岳賈充誄曰使夫疑廟定於神筭雖無受脤出車之庸亦有甘寢秉羽之績左氏傳劉子曰國之大事在祀與戎祀有執膰戎有受脤毛詩曰我出我車于彼牧矣莊子仲尼謂楚王曰孫叔敖甘寢秉羽而郢人投兵慎子注曰甘寢安寢也乃作司空山川攸序禮記曰司空執度度地居民山川沮澤也兼授衛軍戎政輯睦牽秀皇甫陶碑曰帝命既允戎政以閑左氏傳隨武子曰楚卒乘輯睦事不奸矣既而齊德龍興順皇高禪沈約宋書曰順帝諱準字仲謨明帝第三子廢帝殞奉迎入居朝堂即位後四年禪位于齊帝遜位于東邸孔安國尚書序曰漢室龍興深達先天之運匡贊奉時之業周易曰大人者與天地合其德先天而天弗違後天而奉天時弼諧允正徽猷引遠尚書曰允迪厥德謨明弼諧毛詩曰君子徽猷小人與屬樹之風聲著之話言左氏傳君子曰古之王者並建聖哲樹之風聲著之話言亦猶稷契之臣虞

夏荀裴之奉魏晉魏志曰太祖封荀攸亭侯轉爲中軍師魏國初建爲尚書令臧榮緒晉書曰裴秀字季彥河東人也常道鄉公立與議定策遷尚書僕射及世祖受禪進左光祿大夫自非坦懷至公永鑒崇替國語藍尹亹謂子西曰吾聞君子惟獨居思念前世之崇替於是乎有歎韋昭曰崇終也替廢也孰能光輔五君寅亮二代者哉左氏傳曰楚屈建語康王晉范會之德康王曰神人無怨宜夫子之光輔五君以爲諸侯主也五君宋文明順齊高武然此武猶未立蓋終言之寅亮已見班孟堅封燕然山銘大啓南康爰登中鉉時膺土宇固辭邦教蕭子顯齊書曰建元元年進位司徒侍中中書監如故改封南康郡公邑三千戶淵固讓司徒毛詩曰大啓爾宇毛萇曰宇居也東京賦曰廣啓土宇周易曰鼎金鉉鄭玄曰金鉉喻明道能舉君之官職也鄭玄尚書注曰鼎三公象也今之尚書令古之冢宰蕭子顯齊書曰淵尋加尚書令本官如故周禮曰乃立天官冢宰而掌邦治鄭玄曰爾雅曰冢大也冢宰大宰雖秩輕於衮

司而任隆於百辟衮司三公也毛詩曰百辟其刑之暫遂沖旨改授朝端晉起居注曰帝詔曰若不少順沖旨降損盛制晉中興書謝石上疏曰尸素朝端忽焉五載邇無異言遠無異望劉琨勸進表曰是以邇無異言遠無異望帝嘉茂庸重申前冊執五禮以正民簡八刑而罕用蕭子顯齊書曰二年重申前命爲司徒周禮曰掌邦禮以佐王和邦國鄭玄曰禮謂典禮五吉凶軍賓嘉也孔安國尚書傳曰簡略也周禮大司徒職曰以八刑糾萬民一曰不孝之刑二曰不義之刑三曰不嫺之刑四曰不悌之刑五曰不任之刑六曰不恤之刑七曰造言之刑八曰亂民之刑嫺音因故能騁績康衢延慈哲后登樓賦曰假高衢而騁力鄧耽郊祀賦曰伊皇母以延慈義在資敬情同布衣孝經曰資於事父以事君而敬同晉中興書庾亮上疏曰先帝謬顧情同布衣出陪鑾蹕入奉帷殿仰南風之高詠餐東野之祕寶家語曰舜彈五絃之琴造南風之詩王隱晉書庾峻曰知足如跡廣雖去列位而居東野東野未詳又曰雜書零准聽曰顧命云天球河圖在東序天球

寶器也河圖本紀圖帝王終始存亡之期典引曰御東序之祕寶然野當爲杼古序字也以是圖緯故曰餐餐美也雅議於聽政之晨披文於宴私之夕禮記曰君日出視朝退適路寢聽政王廙思逸民賦曰左披文以講誥講六藝之宏數毛詩曰諸父兄弟備言燕私參以酒德閒以琴心晉書劉伶有酒德頌列仙傳曰涓子作琴心三篇曖有餘暉遙然留想曖溫貌莊子曰曖然似春遙然流想所慮者深也君垂冬日之溫臣盡秋霜之戒言君垂恩有如冬日而臣戒懼常若秋霜鄧析子曰爲君者若冬日之陽夏日之陰荀悅申鑒曰主怒如秋霜肅肅焉穆穆焉爾雅曰穆穆肅肅敬也於是見君親之同致知在三之如一國語武公伐翼殺哀侯止欒共子曰苟無死吾以見之令子爲上卿辭曰成聞之人生於三事之如一父生之師教之君食之非食不長非教不智生之族也故一事之惟其所在則致死矣太祖升遐綢繆遺寄蕭子顯齊書曰太祖崩遺詔以淵錄尚書事禮記曰天子崩告喪曰天王登遐西征賦曰武皇忽其升遐以侍中司徒錄尚書事

扆玉几之顧奉綴衣之禮 尚書顧命曰皇后憑玉几道揚末命又曰出綴衣于庭越
翼曰王崩 擇皇齊之令典致聲化於雍熙 左氏傳隨武子曰蔿敖爲太宰擇楚
國之令典東京賦曰上下共其雍熙 內平外成實昭舊職 左氏傳太史克曰舜舉八元布
五教於四方內平外成又展禽曰桓公糾合諸侯實昭舊職 增給班劍三十人 晉公卿禮
秩曰諸公給虎賁三十人持劍焉 物有其容徽章斯允 左氏傳膳夫屠蒯曰事有其物
物有其容禮記曰殊徽號鄭玄曰徽旌旗之名也又曰以爲旗章以別貴賤鄭玄曰章幟也 位尊而
禮卑居高而思降自夏徂秋以疾陳退朝廷重違謙光
之旨用申超世之尚 周易曰謙尊而光卑而不可踰晉起居注安帝詔曰今權順所請以
申超世之美 改授司空領驃騎大將軍侍中錄尚書如故 蕭子
顯齊書曰淵寢疾上相星連有變淵憂之表遜位乃改受司空領驃騎將軍侍中錄尚書如故 景命

五十八　二十四　乙卯重刊　求

不永大漸彌留 蔡邕楊公誄曰功成化洽景命有傾尚書曰降年有永有不永又曰疾大漸惟
幾病日臻既彌留 建元四年八月二十一日薨于私第春秋四
十有八昔柳莊疾棘衛君當祭而輟禮 禮記曰衛有太史曰柳莊寢疾
公曰若疾革雖當祭必告也公再拜稽首請於尸曰臣有柳莊也非寡人之臣社稷之臣聞之死請往不釋服
而往遂以襚之 晏嬰既往齊君趍車而行哭 晏子曰齊景公遊於菑晏子死公繁
騶而馳自以爲遲下車而趍知不如車之駛則又乘之比至國四下而趍至則伏尸而哭曰百姓誰復告我惡
邪韓詩外傳曰趍車馳馬也 公之云亡聖朝震悼於上群后恇臣動
於下 鄭玄禮記注曰恇恐也 豈唯哀纏一國痛深一主而已哉 言萬
國同戚豈如柳莊晏嬰事止一國一主而已哉李蕭遠運命論曰區區於一主歎息於一朝 追贈太
宰侍中錄尚書如故給節羽葆鼓吹班劍爲六十人謚

曰文簡禮也夫乘德而處萬物不能害其貞 莊子曰夫乘道德而
浮遊則不然無譽無訾浮遊乎萬物之祖物物而不物於物則胡可得而累邪 虛己以遊當世
不能擾其度 莊子曰方舟而濟於河有虛船來觸舟雖有褊心之人不怒人虛己以遊於世其
孰能害之 均貴賤於條風忘榮辱於彼我 淮南子曰夫貴賤之於身也猶條風
之時麗也毀譽之於己猶蚊虻之一過也莊子肩吾問於孫叔敖曰子三爲令尹而不榮華三去之而無憂色
何也孫叔敖曰不知其在彼乎其在我乎其在彼邪亡乎我其在我邪亡乎彼何暇至乎人貴人賤哉 然
後可兼善天下聊以卒歲 孟子曰古之人窮則獨善其身達則兼善天下者也家語
孔子歌曰優哉游哉聊以卒歲 經始圖終式免祗悔 潘岳家風詩曰經始復圖終茸宇營
丘園周易曰無祗悔 誰云克備公實有焉是以義結君子惠霑
庶類 國語曰夏禹能平水土以品處庶類者也 言象所未形述詠所不盡 謝慶

六百六十五　五十八　廿五　辛

緒荅郄敬書曰至理深玄非言象所喻也 故吏某甲等感逝川之無捨哀清
暉之眇默 論語子在川上曰逝者如斯夫不捨晝夜傅咸贈何劭王濟詩曰二離揚清暉眇默遠貌
也楚辭曰路眇眇兮默默 餐輿誦於丘里瞻雅詠於京國 左氏傳曰子產爲政
輿人誦之曰子產若死其誰嗣之 思衛鼎之垂文想晉鍾之遺則 禮記衛孔
悝鼎銘曰公曰叔舅予與汝銘若纂乃考服國語晉悼公曰昔克路之役秦來圖敗晉功魏顆以其身却退秦
師于輔氏親止杜回其勳銘于景鍾韋昭曰景鍾景公鍾也 方高山而仰止刊玄石
以表德其辭曰 毛詩曰高山仰止禰衡顏子碑曰乃刊玄石而旌之
辰精感運昴靈發祥 爾雅曰大辰房心尾也王逸楚辭注曰辰星房星也春秋元命苞曰
殷紂之時五星聚房者蒼神之精周據而興齊水德故曰辰精春秋佐助期曰漢將蕭何昴星精生於豐通於
制度發祥巳見上文 元首惟明股肱惟良 言君感辰精而王故曰惟明臣感昴宿以生故

良也尚書大傳曰元首明哉股肱良哉元首君也股肱臣也天鑒璿曜踵武前王言君能鑒照琁璣七曜之道踵武前王而受禪也毛詩曰天鑒在下有命既集尚書曰在璿璣玉衡以齊七政琁與璿同七政七曜楚辭曰及前王之踵武欽若元輔躬徹知章言臣能敬順元輔大臣之義體微知章而匡贊之也尚書曰欽若昊天班固泳邪山文曰晄晄將軍大漢元輔周易曰君子知微知章永言必孝因心則友毛詩曰永言孝思孝思惟則因心則友已見上文仁洽兼濟愛深善誘莊子仲尼謂老聃曰兼愛無私此仁之情也善誘已見上文觀海齊量登嶽均厚班彪覽海賦曰觀滄海於茫茫海賦曰爾其大量也莊子曰淵淵其若海也郭象曰容恣無量也法言曰登東嶽而知衆山之邐迤莊子老聃曰至人若地之自厚家語齊大夫子與適魯見孔子曰乃今而後知泰山之爲高海淵之爲大五臣茲六八元斯九呂氏春秋曰武王之佐五人高誘曰周公旦召公奭太公望畢公高蘇公忿生也潘岳魯武公誄曰昂昂公侯實天誕育八元斯九五臣茲六內

謨帷幄外曜台階帷幄已見上文黃帝泰階六符經曰泰階者天之三階也上階爲天子中階爲諸侯公卿大夫下階爲元士庶人漢書音義三階三台也范曄後漢書郎顗曰三公上應三台遠無不肅邇無不懷國語祭公謀父曰近無不聽遠無不服阮嗣宗勸晉王牋曰遠無不服邇無不肅如風之偃如樂之諧論語曰草上之風必偃左氏傳曰晉侯以樂之半賜魏絳曰子教寡人和諸戎狄以正諸華八年之中九合諸侯如樂之和無所不諧請與子樂之光我帝典緝彼民黎劇秦美新曰帝典闕而不補率禮蹈謙諒實身幹南都賦曰率禮無違周易曰履道坦坦幽人貞吉王弼曰履道尚謙而二以陽處陰履於謙也左氏傳曰晉侯使郤錡來乞師將事不敬孟獻子曰郤氏其亡乎禮身之幹也敬身之基也跡屈朱軒志隆衡館尚書大傳曰未命爲士不得乘朱軒衡館衡門之館也眇眇玄宗萋萋辭翰義既川流文亦霧散蔡邕何休碑曰辭述川流文章雲浮孝經鉤命決曰雲委霧散嵩構云頹

梁陰載缺並見上文德猷靡嗣儀形長遰音逝德猷令德徽猷也儀形容儀形體也鄭玄春秋緯注曰遰去也怊悵餘徽鏘洋遺烈楚辭曰心怊悵以永思久而彌新用而不竭典引曰扇遺風播芳烈久而愈新用而不竭

文選卷第五十八

賜進士出身通奉大夫江南蘇松常鎮太等處承宣布政使司布政使胡克家重校刊

文選卷第五十九

梁昭明太子撰

文林郎守太子右内率府録事參軍事崇賢館直學士臣李善注上

碑文下

王簡棲頭陁寺碑文一首

沈休文齊安陸昭王碑文一首

墓誌

任彦昇劉先生夫人墓誌一首

碑文下

頭陁寺碑文一首

天竺言頭陁，此言斗藪。斗藪煩惱，故曰頭陁。

王簡棲　姓氏英賢録曰：王巾，字簡棲，琅邪臨沂人也。有學業，爲頭陁寺碑，文詞巧麗，爲世所重。起家郢州從事，征南記室。天監四年卒。碑在郢州，題云齊國録事參軍琅邪王巾製。

蓋聞挹朝夕之池者，無以測其淺深。家語曰：孔子觀於魯桓公之廟，有欹器焉。使弟子挹之水。毛萇詩傳曰：挹，㪺也。漢書，枚乘上書吴王曰：游曲臺，臨上路，不如挹朝夕之池。桓子新論，子貢謂齊景公曰：臣之事仲尼，譬如渴而操杯，就江海飲，滿而去，又焉知江海之深乎。挹，於入切。㪺，勾愚切。仰蒼蒼之色者，不足知其遠近。莊子曰：天之蒼蒼，其正色耶？其遠而無所至極邪？韓詩外傳，子貢謂景公曰：臣終身戴天，不能知其高。況視聽之外，若存若亡，心行之表，不生不滅者哉。僧肇涅盤論曰：視聽之所不曁，四空之所昏昧。管子曰：聖人之道，若存若亡。援而用之，沒代不忘。竺道生曰：心行，心所行之行也。維摩經曰：畢竟不生不滅，是無常義也。

是以掩室摩竭，用啓息言之津。華嚴經曰：佛在摩竭提國寂滅道場，始成正覺。法華經曰：寂滅無言也。僧肇論曰：釋迦掩室於摩竭。鄭玄論語注曰：津，濟渡水之處。杜口毗邪，以通得意之路。至理幽微，非言說之所及。掩室摩竭，示寂滅以息言；杜口毗邪，現默然而得意。維摩經曰：佛在毗邪離菴羅樹園。佛告文殊師利：汝行詣維摩詰問疾。文殊師利問維摩詰：何等是菩薩入不二法門？時維摩詰嘿然無言。文殊師利嘆曰：善哉善哉，乃至無有文字語言，是真入不二法門。僧肇論曰：淨名杜口於毗邪。莊子曰：言者所以在意也，得意而忘言也。

然語彝倫者，必求宗於九疇；談陰陽者，亦研幾於六位。真諦無言，俗諦借言以明理，故此明言之用也。尚書，武王訪于箕子曰：我不知彝倫攸敘。周易曰：夫易所以極深研幾也。又曰：分陰分陽，迭用柔剛，故易六位而成章。王弼曰：六位，爻之文也。是故三才既辨，識妙物之功；萬象已陳，悟太極之致。此顯言之功也。周易曰：易有天道焉，有人道焉，有地道焉，兼三才而兩之，故六。又曰：神者妙萬物而爲言者也。孝經鉤命決曰：地以舒形，萬象咸載。聲類曰：悟，心曰解。周易曰：易有太極，是生兩儀。

言之不可以已，其在茲乎。言所以識物，悟太極者，皆藉言明之，不可止者，其在此乎。左氏傳，叔向謂鬷蔑曰：子若無言，吾幾失子矣。言之不可以已也如是。然爻繫所筌，窮於此域。爻，六爻也。繫，繫辭也。因爻以立辭，亦因辭以明理也。故爻繫之所明，窮生死於此域也。莊子曰：筌所以得魚，得魚而忘筌。筌，捕魚之笱。莊子以之喻言。大智度論曰：二乘以生死爲此岸。則稱去聲謂所絕，形乎彼岸矣。至如涅盤妙亡，非言說之所能明，故稱謂所絕，現於涅盤之彼岸矣。僧肇論曰：玄極無名，稱謂絕焉。鄭玄禮記注曰：稱，猶言也。王逸楚辭注曰：謂，說也。涅盤經曰：心無退轉，即便前進，既前進已，得到彼岸，登大高山，離諸恐怖，多受安樂。彼岸山者，喻於如來；受安樂者，喻於常住；大高山者，喻大涅盤也。大智度論曰：亦以涅盤爲彼岸也。彼岸者，引之於有，則高謝四流；推之於無，則俯引六度。彼岸絕乎稱謂者，若引之而入有，則去四流而現無；若推之而入無，則引六度以明有。僧釋肇維摩經注曰不可得而有不可得而無者其唯大乘乎何則欲言其有無相無名欲言其無方德斯行故雖無而有無相無名故雖有而無然則言有不乖無言無不乖有也魏都賦曰高謝萬邦大智度論曰欲流有流無明流有見流三國名臣頌曰俯引時務瑞應經曰行六度無極布施持戒忍辱精進一心智慧諸經以一心爲禪也名言不得其性相隨迎不見其終始法離有無豈名言之所得法無形象豈隨迎之可見維摩經維摩詰曰法無名字言語斷故法無形相如虛空故法同法性入諸法故法相如是豈可說乎竺道生曰法性者法之本分也法相者事之貌也老子曰隨之不見其後迎之不見其首不可以學地知不可以意生及其涅盤之蘊也妙法蓮華經曰昔住學地佛常教化言我法能離生老病死究竟涅盤勝鬘經曰音生身無漏業生依無明住學地謂三果意生謂菩薩言能變化生死隨意往生法華經曰諸佛弟子衆皆如舍利佛盡思共度量不能測佛智不退諸菩薩亦復如是不能知周易曰乾坤其易之蘊邪韓康伯注曰蘊淵奧也夫幽谷無私有至斯響洪鍾虛受無來不應周易曰入于幽谷幽不明也尚書大傳孔子曰夫山生材用而無私爲焉四方皆伐無私與焉論衡曰呼於坑谷之中響立應禮記曰善待問者如撞鍾叩之以小者則小鳴叩之以大者則大鳴劉熙釋名曰鍾空也內空受氣多故聲大也文子曰虛無不受靜無不持奉秀相風賦曰故無來而不應兮何適莫之足嬰況法身圓對規矩冥立圓對謂有感斯對而無不周也勝鬘經曰涅盤界者即是如來法身僧肇論曰法身無像應物以形千難殊對而不干其慮禮記曰古之君子周旋中規折旋中矩僧肇維摩經序曰冥權無謀而動與事會一音稱物宮商潛運維摩經曰佛以一音演說法衆生隨類各得解脫周易曰稱物平施漢書曰聲者宮商角祉羽也是以如來利見迦維託生王室如來佛號謝靈運金剛般若經注曰諸法性空理無乖異謂之爲如會如解故名如來竺道生維摩經注曰如者謂如與如冥無復有如之理從此中來故曰如來瑞應經曰菩薩下當世作佛託生天竺迦維羅衛國父王名曰靜夫人曰妙迦維羅衛者天地之中央周易曰利見

大人左氏傳曰會于洮謀王室也憑五行之軾拯溺逝川僧肇論曰騁六通之神驥乘五衍之安車五衍五乘天竺言衍此言乘五乘一人二天三聲聞四辟支佛五菩薩今碑本以爲憑四衢之軾蓋梁代諱衍故改焉左氏傳曰楚子玉使鬬勃請晉侯曰請與君之士戲君憑軾而觀之說文曰出溺爲拯論語曰子在川上曰逝者如斯開八正之門大庇交喪維摩經曰雖行八正道而樂行無量佛道是菩薩行僧肇論曰啓八正之平路坦衆聖之夷塗大品經說八正曰正見正思惟正語正業正命正精進正念正定爾雅曰庇廕也莊子曰世喪道矣道喪世矣世與道交相喪也於是玄關幽揵感而遂通玄關幽揵喻法藏也謝靈運金剛般若經注曰玄關難啓善揵易開戴逵棲林賦曰幽關忽其離揵玄風暖以雲頹宇林曰揵門距周易曰寂然不動感而遂通天下之故非天下之至神孰能與於此遙源濬波酌而不竭遙源濬波喻法海也文子曰取焉而不損酌焉而不竭莫知其所由也行不捨之檀而施去聲洽羣有夫心愛衆生而行捨者捨則增愛非爲實捨故大士之捨見不施之捨者及於衆生斯爲不捨以茲而施故羣有俱洽大品經曰不施不慳是名檀波羅蜜僧肇論曰賢劫稱無捨之檀成具美不爲之爲也天竺言檀此言布施波羅蜜此言到彼岸也羣有謂有色無色有想無想以其不一故曰羣有僧肇維摩經注曰鏡羣有以通玄而物我俱一唱無緣之慈而澤周萬物夫行慈者以衆生爲緣衆生爲緣則慈無所寄故大士之慈離於衆相離相行慈名爲無緣無緣生慈是爲真實以斯而唱則物無不周涅盤經曰得諸菩薩無緣之慈僧肇論曰禪典唱無緣之慈思益演不知之知泥洹經曰無緣者不住法相反衆生相釋道安曰解從緣散周易曰智周萬物而道濟天下演勿照之明而鑒窮沙界夫以明照物明盡則照窮而勿照之明猶無得之得無得而得斯爲真得故勿照之明斯爲真明矣演真明而廣照何止鑒窮沙界乎僧肇論曰至人虛心冥照理無不統而靈鑒有餘金剛般若經曰諸恒河所有沙數佛世界如是寧爲多不導亡機之權而功濟塵劫機謂機心也權方便也夫以機心導物物所以機心應之物有機心則結累斯起故誘以

無機之智。何止功濟塵劫乎。僧肇論曰。至人灰心滅智。内無機照之勤。辯亡論曰。魏氏功濟諸華。法華經曰。如人以力磨三千大千土。復盡末爲塵。一塵爲一劫。此諸微塵數。其劫復過是。一時義遠矣。能事畢矣。周易曰。天下隨時。隨時之義大矣哉。又曰。四營而成易。十有八變而成卦。天下之能事畢矣。然後拂衣雙樹。脫屣金沙。左氏傳曰。叔向拂衣從之。涅槃經曰。佛在拘尸那國力士生地。阿利羅拔提河邊。婆羅雙樹間。爾時世尊臨涅槃。史記。武帝曰。嗟乎。吾誠得如黃帝。吾視去妻子如脫屣耳。拔河一名金沙河也。惟怳惟惚。不皦不昧。莫繫於去來。復歸於無物。老子曰。道之爲物。惟怳惟惚。王弼曰。怳惚。無形不繫之貌也。又曰。一者。其上不皦。其下不昧。繩繩不可言。復歸於無物。鍾會曰。光而不耀。濁而不昧。繩繩兮其無繫。汜汜乎其無薄也。微妙難名。終歸於無物。維摩經曰。法無去來。常不住故。僧肇曰。法若住。則從未到現在。從現在未過去。遙三世。則有去來也。以法不常住故也。因斯而談。則棲遑大千。無爲之寂不撓。焚燎堅林。不盡

之靈無歇。大矣哉。答賓戲曰。聖哲治之棲遑。大千者。謂一三千界。下至阿毗地獄。上非想天。爲一世界。千三界爲小千世界。千小千世界爲中千世界。至千中千世界爲大千世界。維摩經曰。夫出家者。爲無爲法。瑞應經曰。吾靈心樂靜。無爲無欲。僧肇維摩經注曰。寂謂寂滅。常靜之道。廣雅曰。撓。亂也。涅槃經曰。佛以千疊纏裹其身。積衆香木以火焚之。僧祇律曰。如大涅盤經說。世尊向熙連禪河力士生地。堅固林雙樹間般涅盤。於天冠塔邊。闍維。僧肇維摩經注曰。無實相無法常住。故盡。法華經曰。方便見涅盤而實不滅度。常住此說法也。正法既沒。象教陵夷。曇無羅讖曰。釋迦佛正法住世五百年。像法一千年。末法一万年。論語曰。文王既沒。陵夷。已見上文。穿鑿異端者。以違方爲得一。孔安國論語注曰。妄作穿鑿以成文章。不知所以裁製。論語子曰。攻乎異端。斯害也已。謝宣遠贈靈運詩曰。違方往有吝。杜預左氏傳注曰。方。法也。云得一者。鍾會曰。一。亦道也。順非辯僞者。比微言於目論。禮記曰。言僞而辯。順非而澤。維摩經曰。於衆言中。微妙第一。僧肇論曰。采微言於聽表。史記曰。齊威王使說越王。齊使曰。幸也。越之不亡也。吾不貴其用知之如目。見毫毛而不自見其睫也。今王知晉失計。而不自知越之過。是目論也。於是馬鳴幽讚。龍樹虛求。摩訶摩耶經曰。正法衰微。六百歲已。九十六種諸外道等。邪見競興。破滅佛法。有一比丘。名曰馬鳴。善說法要。降伏一切諸外道輩。七百歲已。有一比丘。名曰龍樹。善說法要。滅邪見幢。燃正法炬。周易曰。幽贊於神明而生蓍。王弼曰。幽。深。贊。明也。並振頹綱。俱維絕紐。陸機大將軍宴會詩曰。頹綱既振。謝莊爲沈慶之荅劉義宣書曰。皇綱絕而復紐。區夏墜而更維。說文曰。紐。系也。蔭法雲於真際。則火宅晨涼。華嚴經曰。不壞法雲徧覆一切。劉虯法華經注曰。雲譬應身。則殊形並現。順機不偏。此則彌布徧覆之義也。維摩經曰。同真際等法性。不可量。僧肇曰。真際。實際也。法華經曰。三界無安。猶如火宅。衆苦所燒。我皆拔濟之。曜慧日於康衢。則重昏夜曉。劉虯曰。菩薩圓淨。照均明兩。故曰慧日。又曰。諸子安穩得出。皆於四衢露坐。爾雅曰。四達謂之衢。五達謂之康。頭陀經。心王菩薩曰。我見覆蔽。飲雜毒酒。重昏長寢。云何得悟。慈心示語。使得

開解。故能使三十七品有樽俎之師。言義徒精銳。有樽俎之深謀。維摩經曰。於諸見不動。而修行三十七品。是爲宴坐。僧肇曰。諸見。六十二諸見。妄也。笁道生曰。正觀則三十七品也。羅什曰。三十七品。二乘通。大品經說三十七道品曰。四念處。四勤正。四如意足。五根。五力。七覺分。八正道分。樽俎之師已見上文。九十六種無藩籬之固。邪黨分崩無藩籬以自固。羅什維摩經注曰。摩訶秦言無大。亦言勝。大能勝九十六種論議。辯士論曰。城池無藩籬之固。既而方廣東被。教肆南移。華嚴經題云。大方廣佛華嚴經。孔安國尚書傳曰。被。及也。周易曰。君子以教思無窮。周魯二莊。親昭夜景之鑒。漢晉兩明。並勤丹青之飾。顧微吳縣記曰。佛法詳其始。而典籍亦無聞焉。魯莊七年。夜明。佛生之日也。左氏傳曰。莊公七年四月辛卯夜。恒星不見。夜明也。史記曰。周桓王崩。子莊王陀立。十五年。莊王崩。左氏傳莊公三年。葬桓王。然則周莊王魯莊公爲同時也。瑞應經曰。到四月八日夜。明星出時。佛從右脅墮地。即行七步。牟子曰。漢明帝夢見神人。身有日光。飛在殿前。以問

羣臣傅毅對曰天竺有佛將其神也後得其形像何法盛晉書曰彭城王紘以肅祖明皇帝好佛手書形像經歷冦難而此堂猶在宜成作頌蔡謨云今發王命稱先帝好佛於義有疑張綱集曰盡功金石圖形丹青**然後遺文間出。列刹相望。**遺文謂經也史記曰天下遺文靡不畢集太史公曰漢興詩書往往間出孔安國尚書傳曰三山言相望也**澄什結轍於山西。林遠肩隨乎江左矣。**高僧傳曰天竺佛圖澄西域人本姓帛少出家西域咸得道以晉懷帝永嘉四年來適洛陽以麻油雜茵支塗掌千里外事皆徹見掌中如對面焉後澄死之月人見在流沙又曰鳩摩羅什天竺人七歲出家什既道流西域名被東川符堅遣呂光西伐破龜茲乃將什至凉州姚萇已殺符堅光遂王彼至萇子興破凉州始將什至長安後卒長安漢書文帝詔曰使者冠蓋相望結轍於道班固漢書賛曰秦漢以來山東出相山西出將高僧傳曰支遯字道林本姓關陳留人初至京師王濛甚重之年二十五出家師釋道安符丕後還吳入剡王羲之遂與披襟解帶留連不能已又曰釋惠遠本姓賈氏鴈門人遊許洛出家師釋道安符丕後還

七百卌　文五十九　七

吳入襄陽南達荆州欲往羅浮屆尋陽見廬峯遂居焉三十餘年影不出山迹不入俗晉義熙十二年終禮記曰十年以長則兄事之五年以長則肩隨之晉中興書元帝詔曰朕應天符創基江左春秋命歷序曰東方爲左西方爲右**頭陀寺者。沙門釋慧宗之所立也。**瑞應經曰太子出北城門天帝復化作沙門太子曰何謂沙門對曰沙門之爲道舍妻子捐棄愛欲也釋僧肇維摩經注曰沙門秦言義訓勤行趣涅盤也**南則大川浩汗。雲霞之所沃蕩。**周易曰利涉大川海賦曰膠渴浩汗又曰灌泋濩渭蕩雲沃日**北則層峯削成。日月之所迴薄。**山海經曰泰華之山削成而四方蜀都賦曰陽烏迴翼於高標揚雄反離騷曰恐日薄於西山**西眺城邑。百雉紆餘。**左氏傳祭仲曰都城過百雉國之害也鍾會懷土賦曰望東城之紆餘**東望平皐。千里超忽。**楚辭曰出不入兮往不反平原忽兮路超遠**信楚都之勝地也。宗法師行絜珪璧。擁錫來遊。**毛詩曰有斐君子如珪如璧東觀漢記馮衍說鮑永曰

衍珪璧其行東脩其心錫錫杖也大智論曰菩薩常用錫杖經傳佛像莊子曰神農擁杖而起**以爲宅生者緣。業空則緣廢。**言身從緣生緣亦斯廢也維摩經曰如影從身業緣生見僧肇曰身衆緣所成緣合則起緣散則離金光明經曰所謂無明緣行行緣識識緣名名緣色色緣六入六入緣觸觸緣受受緣愛愛緣取取緣有有緣生生緣老死憂悲苦惱滅聚釋僧肇維摩經注曰諸法之生本乎三業既無三業誰作諸法**存軀者惑。理勝則惑亡。**惑煩惱也言萬法雖廣解惑則起相受生解者身心寂滅涅盤經曰要因煩惱而得有身空道生維摩經注曰戀生者愛身情也苟曰無常豈可愛戀若能悟不惑而惑自亡矣惑者無復存身也**遂欲捨百齡於中身。殉肌膚於猛鷙。**禮記曰古者謂年爲齡齒亦齡也范曄後漢田邑報馮衍書曰百齡之期未有能至尚書曰文王受命唯中身列子曰藐姑射之山有神人居焉肌膚若冰雪漢書臣瓚注曰士身從物曰殉李尤七難曰猛鷙陸𪆁龍鼉水處**班荆蔭松者久之。**左氏傳曰伍舉奔晉聲子將如晉遇之於鄭郊班荆相與食楚辭曰

七百九　文五十九　八　戊申重刊　曹佾

山中人兮芳杜若飲石泉兮蔭松栢**宋大明五年。始立方丈茅茨。以庇經像。**沈約宋書孝武皇帝即位改元曰大明淮南子曰聖人處環堵之室茨之以生茅高誘曰堵長一丈高一丈面環一堵爲方丈故曰環堵言其小也說文曰茨蓋也爾雅曰庇廕也**後軍長史江夏內史會稽孔府君諱覬。**沈約宋書曰孔覬字思遠會稽人也初舉揚州秀才補主簿後除冠軍長史江夏內史隨府轉後軍長史覬音冀**爲之薙草開林。置經行之室。**周禮曰薙氏下士二人鄭玄曰薙翦草也法華經曰經行林中勤求佛道**安西將軍郢州刺史江安伯濟陽蔡使君諱興宗。**沈約宋書曰蔡興宗濟陽人也爲使持節都督郢州諸軍事安西將軍郢州刺史**復爲崇基表刹。立禪誦之堂焉。**維摩經曰佛言諸佛滅後以全身舍利起七寶塔表刹莊嚴而供養也**以法師景行大迦葉。故以頭陀爲稱首。**毛詩曰高山仰止景行行止彌勒成佛經曰彌勒佛讚言大迦葉比丘是釋迦牟尼佛大弟子釋迦牟尼佛於大衆

中常所讃歎頭陀第一通達禪定解脫三昧封禪書曰前聖所以永保鴻名而常爲稱首者用此者也後
有僧勤法師貞節苦心求仁養志楚辭曰原生受命于貞節曹植擬九詠曰
徒勤躬兮苦心論語子曰求仁而得仁莊子曰養志者忘形也纂脩堂宇未就而沒國語
祭公謀父曰時序其德纂脩其緒高軌難追藏舟易遠魏太祖祭橋玄文曰懿德高軌
汎愛博容莊子曰夫藏舟於壑藏山於澤謂之固矣然而夜半有力者負之而趨昧者不知郭象曰方言死生
變化之不可逃僧徒閴其無人榱椽毀而莫構周易曰闚其戶閴其無人高誘
淮南子注曰椽榱也榱棟也可爲長太息矣漢書賈誼曰可長太息者此也惟齊繼
五帝洪名紐三王絕業蕭子顯齊書曰高帝太祖諱道成字紹伯蕭何二十四世孫受
宋禪史記曰惟漢繼五帝末流接三代絕業封禪書曰前聖所以永保鴻名祖武宗文之德
昭升嚴配禮記曰周人祖文王而宗武王尚書曰丕顯文武昭升于上孝經曰嚴父莫大於配天

六百八十二　文五十九　九　戊申重刊曹佾

格天光表之功弘啓興服尚書曰成湯時則有若伊尹格于皇天又曰光
被四表格于上下毛詩曰建爾元子俾侯于魯大啓爾宇爲周室輔東觀漢記博士議曰除殘去賊興復
祖宗是以惟新舊物康濟多難毛詩曰周雖舊邦其命惟新左氏傳伍員
曰不失舊物尚書曰康濟小民禮記晉太子申生使人辭於狐突曰君老矣國家多難步中雅頌
驟合韶護禮記曰步中武象驟中韶護所以養耳鄭玄曰韶舜樂護湯樂也炎區九譯
沙場一候十洲記曰炎洲南海中萬二千里韓詩外傳曰成王之時越裳氏重九譯而獻白雉於周
公尚書曰西被于流沙解嘲曰東南一尉西北一候粵在於建武焉蕭子顯齊書曰明皇帝即
位改建武爲乃詔西中郎將郢州刺史江夏王觀政藩維樹
風江漢蕭子顯齊書曰江夏王寶玄字智深明帝第三子也封江夏郡王仍爲持節都督郢司二州諸
軍事西中郎將郢州刺史尚書曰以爾友邦冢君觀政于商又曰彰善癉惡樹之風聲擇方城之

令典酌龜蒙之故實方城謂楚龜蒙謂魯左氏傳屈完曰楚國方城以爲城又隨武子曰
蔿敖爲宰擇楚國之令典毛詩曰奄有龜蒙遂荒大東國語樊穆仲曰魯侯孝王曰何以知之對曰賦事行刑
而咨於故實政肅刑清於是乎在孝經曰其教不肅而成周易曰聖人以順動則刑罰
清左氏傳先軫曰取威定霸於是乎在寧遠將軍長史江夏內史行事彭
城劉府君諱諠蕭子顯齊書劉諠字士穆爲江夏王郢州行事者謂王年幼內史代之以行州
府事故稱行事也智刃所遊日新月故莊子曰庖丁爲文惠君解牛曰今臣之刀十九
年矣所解千牛而刀刃若新發於硎彼節者有閒而刀刃者無厚以無厚入有閒恢恢乎其於遊刃必有餘地
矣論語子夏曰日知其所亡月無忘其所能道勝之韻虛往實歸瑞應經曰迦葉二弟
問迦葉曰今乃捨梵志道學沙門法豈獨大其道勝乎迦葉答曰言佛道最勝莊子曰常季問於仲尼曰王駘
兀者也與夫子中分魯立不教坐不議虛而往實而歸以此寺業廢於已安功墜

七百二　文五十九　十　曹佾

於幾立慨深覆簣悲同棄井論語曰譬如爲山雖覆一簣進吾往也孟子曰
有爲者譬若掘井掘井九仞而不及泉猶爲棄井也因百姓之有餘閒天下之無
事孫卿子曰春耕夏耘秋收冬藏四者不失時故五穀不絕而百姓有餘食斬伐長養不失時故山林不童
而百姓有餘材西都賦序曰海內清平朝廷無事庀徒揆日各有司存左氏傳宋災使
華閱討右官官庀其司杜預注曰庀具也毛詩曰揆之以日作爲楚室論語曾子曰籩豆之事則有司存於
是民以悅來工以心競周易曰悅以使民民忘其勞莊子曰舜之治天下使民心競王
隱晉書荀勗議曰君子心競而不力爭亘丘被陵因高就遠層軒延袤上
出雲霓楚辭曰高堂邃宇檻層軒王逸曰軒樓板也聖主得賢臣頌曰雖崇臺五層延袤百丈說文曰
南北曰袤東西曰廣司馬紹贈山濤詩曰上陵青雲霓飛閣逶迤下臨無地西都賦曰
脩除飛閣楚辭曰載雲旗兮逶移王逸曰逶移而長移與迤音義同楚辭曰下崢嶸而無地上寥廓而無天

夕露爲珠網朝霞爲丹雘九衢之草千計四照之花萬品
山海經曰少室之山其上有木焉名曰帝休葉茂狀如楊其枝五衢黃花黑實服者不怒郭璞曰言樹枝交錯
相重五出有象衢路也故離騷云靡華九衢仲長子昌言曰百夫之豪州以千計山海經曰南山之首山曰鵲
山有木焉其狀如穀而黑其華四照其名曰迷穀佩之不迷郭璞曰言有光炎若木華赤其光照下地亦此類
也仲長子昌言曰以一人之好惡裁萬品之不同崖谷共清風泉相渙周易曰風行水
上渙金資寶相永藉閑安金光明經曰如來之身金色微妙其明照耀如金山王又曰光
明熾盛無量無邊猶如無數珍寶大聚楚辭曰像設居室靜閑安息心了義終焉遊集
大灌頂經曰息心達本源是故名沙門勝鬘經曰是故世尊依於了義一向記說班固終南山賦曰固仙靈之
所遊集法師釋曇珍業行淳脩理懷淵遠今屆知寺任求
奉神居夫民勞事功既鏤文於鐘鼎周禮曰民功曰庸事功曰勞凡有功

六頁缶　文五十九　十一　曹倩

者銘書於王之太常國語曰昔克路之役秦來圖敗晉功魏顆以其身却退秦師于輔氏親止杜回其勳銘於
景鍾韋昭曰景公鍾禮記曰夫鼎有銘銘者論譔其先祖之德美功烈勳勞而酌之祭器自成其名焉言
時稱伐亦樹碑於宗廟左氏傳曰季武子以所得齊之兵作林鍾而銘魯功焉臧武仲
謂季孫曰非禮也夫銘天子令德諸侯言時計功大夫稱伐蔡邕銘論曰碑在宗廟兩階之間近代以來咸銘
于碑也世彌積而功宣身逾遠而名劭法言曰年彌高而德彌劭者孔子之
徒與小雅曰劭美也敢寓言於彫篆庶髣髴於衆妙法言曰吾子少而好賦曰
然童子彫蟲篆刻老子曰玄之又玄衆妙之門其辭曰
質判玄黃氣分清濁周易曰玄黃天地之雜也天玄而地黃列子曰清輕者上爲天重濁
者下爲地涉器千名含靈萬族周易曰形而下者謂之器器謂品物也南都賦曰百種千
名春秋元命苞曰跂行喙息蠕動蜎蜚根生浮著含靈盛壯陸機鼈龜賦曰揔美惡而融融播萬族乎一區淳

源上派澆風下黷莊子曰德又下衰及唐虞澆淳散朴淮南子以澆爲澆音義同說文曰派
水別流也字林曰黷垢也杜木切愛流成海情塵爲岳瑞應經曰感傷世間沒於愛欲之海
百法論曰情塵之意合故知生也言人皆沈於愛河則妻子財帛也言積之多如海情塵之積爲岳爲善日積
亦見多爲惡日積亦多也皇矣能仁撫期命世毛詩曰皇矣上帝臨下有赫天竺言釋迦
牟尼此言能仁不退轉法經佗方菩薩曰能仁如來興此三道之教法華經曰我釋迦牟尼劉蚪曰能仁哀此
忍立俯來拯拔故曰能仁瑞應經曰期運之至當下作佛孟子曰五百年必有王者興其間必有名世者廣雅
曰命名也乃睠中土聿來迦衛毛詩曰乃睠西顧又曰聿來胥宇迦衛已見上文奄
有大千遂荒三界毛詩曰奄有龜蒙遂荒大東法華經曰其佛以恒河沙等三千大千世界
爲一佛土又曰如來以智慧方便於三界火宅拔濟衆生般鑒四門幽求六歲毛詩曰般
鑒不遠瑞應經曰太子至十四啓王出游始出城東門天帝化作病人即迴車悲念人生俱有此患太子出城

七ヲ五十八　文五十九　十二　王明

南門天帝化作老人迴車而還愍念人生丁壯不久太子出城西門天帝化作死人迴車而還愍念天下有此三
苦太子出城北門天帝化作沙門太子曰善哉唯是爲快即迴車還念道清淨不宜在家又曰佛旣歷深山到
幽閑處菩薩即拾蓁草以布地正箕坐月食一麻一麥端坐六年亦旣成德妙盡無爲
勝鬘經曰唯有如來化就一切功德無爲已見上文帝獻方石天開淥池瑞應經曰佛還
樹下道見棄衣取欲浣之天帝知佛意即頗那山上取四方成理澤好石來置池邊白佛言可用浣衣又曰明
日食時佛持鉢到迦葉家受飯而還於屏處食已欲澡漱天帝知佛意即下以手指地水出成池令佛得用名
爲指地池祥河輟水寶樹低枝瑞應經曰時尼連河水流甚疾佛以自然神通斷水涌起
高出人頭令底揚塵佛在其中法華經曰諸雜寶樹華葉光茂瑞應經曰佛後日入指地池澡浴畢欲出無所
攀池上素有樹名迦和絕大脩好其樹自然曲枝下就佛佛牽而出通莊九折安步三危
爾雅曰六達謂之莊漢書曰王陽爲益州刺史行部至邛郲九折坂歎曰奉先人遺體奈何數乘此險漢書東

方朔誡子曰飽食安步以仕易農尚書曰竄三苗於三危川靜波澄龍翔雲起頭陀經曰令身調善震大法鼓摧伏異學外道邪師入佛性海煩惱風息波浪不生周易曰雲從龍風從虎聖人作而萬物覩耆山廣運給園多士法華經曰佛住王舍城耆闍崛山中與大比丘衆萬二千人俱尚書曰帝德廣運金剛般若經曰佛在舍衛國祇樹給孤獨園與大比丘衆千二百五十人俱毛詩曰濟濟多士金粟來儀文殊戾止發迹經曰淨名大士是往古金粟如來尚書曰鳳凰來儀文殊已見上文毛詩曰魯侯戾止應乾動寂順民終始春秋元命苞曰乾動川靜周易曰湯武革命應乎天順乎人孫卿子曰生人之始也死人之終也法本不然今則無滅維摩經曰法本不然今則無無是寂滅之義僧肇曰小乘以三界熾然故滅之以求無爲大乘觀法本自不然今何以滅乃真寂滅象正雖闡希夷未缺象法正法已見上文史記曰酒闌漢書音義文穎曰闌言希也老子曰視之不見名之曰夷聽之不聞名之曰希王弼曰無象無聲無響無所不通無所不往於昭

有齊式揚洪烈毛詩曰文王在上於昭于天班固漢書述曰爰著目錄略序洪烈揚雄解嘲曰不足以揚洪烈釋網更維玄津重枻僧叡師十二法門序曰奏希聲於宇宙濟溺喪於玄津漢書音義韋昭曰枻檝也音裔翊泄切叶韻惟此名區禪慧攸託禪慧禪定智慧也即六度之二行也倚據崇巖臨睨通壑楚辭曰忽臨睨夫舊鄉說文曰睨邪視也溝池湘漢堆阜衡霍言崇巖之高通壑之大故以湘漢爲溝池衡霍爲堆阜也史記曰屈完曰方城以爲城江漢以爲池膴膴武亭皋幽幽林薄毛詩曰周原膴膴堇荼如飴上林賦曰亭皋千里靡不被築毛詩曰秩秩斯干幽幽南山鄭玄周禮注曰竹木曰林高誘淮南子注曰深草曰薄媚兹邦后法流是挹毛詩曰媚兹一人氣茂三明情超六入維摩經曰佛身即法身也從六通生從三明生僧肇曰天眼宿命漏盡爲三明維摩經曰六入無積眼耳鼻舌身心已過眷言靈宇載懷興葺毛詩曰眷言顧之楚辭曰葺之兮荷蓋王逸注曰葺蓋屋也

丹刻翬飛輪奐離立左氏傳曰丹桓宮楹又曰刻桓宮桷杜預曰刻鏤也毛詩曰如翬斯飛君子攸躋鄭玄曰翬者鳥之奇異者也禮記曰晉獻文子成室晉大夫發焉張老曰美哉輪焉美哉奐焉潘岳關中記曰未央殿東有鳳凰殿春秋元命苞曰火離爲鳳劉邵魏文帝誄曰鳳凰立翥象設既闢睟容已安楚辭曰象設居室靜閑安孟子曰君子仁義禮智信根於心色睟然見於面趙岐曰睟潤澤之貌桂深冬燠松踈夏寒楚辭曰何所冬燠何所夏寒爾雅曰燠煖也神足遊息靈心往還瑞應經曰佛已神足適欝單曰界勝幡西振貞石南刊維摩經曰降服四種魔勝幡建道場禰衡顏子碑曰乃刊玄石而旌之

齊故安陸昭王碑文一首　沈休文

公諱緬字景業南蘭陵人也蕭子顯齊書曰安陸昭王緬字景業又曰蕭氏之先蕭何居沛至孫侍中彪居東海蘭陵縣東都鄉中都里晉分東海爲東蘭陵郡中朝亂淮陰令整過江居晉陵武進縣僑置本土加以南名於是爲南蘭陵人稷契身佐唐虞有大功於天地

商武姬文所以膺圖受籙王命論曰暨于稷契咸佐唐虞光濟四海奕世載德至于湯武而有天下國語史伯曰夫成天地之大功者其子孫未嘗不章毛詩商頌曰武王載旆毛萇曰武王湯也春秋命歷序曰五德之運同徵符合膺錄次相代尚書璇璣鈐孔子曰五帝出受圖籙蕭曹扶翼漢祖滅秦項以寧亂魏氏乘時於前皇齊握符於後國語太子晉曰自后稷以來寧亂及文武成康僅克安民周易曰時乘六龍以御天孝經鉤命決曰帝受命握符出也靈源與積石爭流神基與極天比峻尚書曰導河積石至于龍門毛詩曰崧高惟岳峻極于天祖宣皇帝雄才盛烈名蓋當時蕭子顯齊書曰太祖皇考諱承之字嗣伯少有大志才力過人爲冠軍將軍太祖即位追尊曰宣皇帝班固漢書贊曰武帝雄才大略晉中興書曰諸葛誕名蓋海內又曰鄧遐氣蓋當時考景皇帝含道居貞卷懷前代

蕭子顯齊書曰高帝即位追封兄道生爲始安貞王明帝即位追尊始安貞王爲景皇帝周易曰居貞之吉順以從上也論語讖曰仲尼居鄉黨卷懷道美宋均曰懷藏也公含辰象之秀德體河岳之上靈周易曰在天成象王弼曰象謂日月星辰孝經援神契曰五嶽之精雄聖四瀆之精仁明氣蘊風雲身負日月論衡曰谷子雲唐子高章奏百上筆有餘力然則賢者有風雲之智故吐文萬牒莊子曰孔子圍於陳蔡之間太公任弔之曰子其意者脩身以明汙昭昭若揭日月而行司馬彪曰揭擔也立行可模置言成範仲長子昌言曰規矩可模者師傅之德也曹植學宮頌曰言爲世範行爲時矩英華外發清明內昭禮記曰和順積中而英華外發又曰清明在躬氣志如神天經地義之德因心必盡孝經曰夫孝天之經地之義民之行也毛詩曰因心則友簡久遠大之方率由斯至周易曰乾以易知坤以簡能易則易知簡則易從易知則有親易從則有功有親則可久有功則可大可久則賢人之德可大則賢人之業毛詩曰率由舊章

挹其源者游泳而莫測懷其道者日用而不知毛詩曰泳之遊之周易曰百姓日用而不知昭昭若三辰之麗于天滔滔猶四瀆之紀于地傅子曰二漢之臣爛如三辰之附長天又曰道教者昭昭然猶日月麗乎天春秋漢含孳曰九瀆法河海毛詩曰滔滔江漢南國之紀六幽允洽一德無爽典引曰神靈日照光被六幽尚書曰德惟一動罔不吉萬物仰之而彌高千里不言而斯應論語顏回曰仰之彌高周易曰默而成之不言而信存乎德行又曰君子居其室出其言善則千里之外應之況其邇者乎若夫彈冠出仕之日登庸莅事之年漢書曰王陽與貢禹爲友世稱王陽在位貢禹彈冠言其取舍同也尚書帝曰疇咨若時登庸又曰莅事惟能軍麾命服之序監督方部之數斯固國史之所詳今可得略也周禮曰建大麾以田然麾旌旗之名州將之所執也命服爵命之服也方部四方州部也漢書武帝南置交阯北置朔方之州凡十三部置刺史數謂等差也賈逵國語注曰簡略也水德方衰天命未改水德謂宋也左氏傳王孫滿曰今周德雖衰天命未改太祖龍躍侯時作鎮淮泗蕭子顯齊書曰宋明帝以淮南孤弱以太祖假冠軍將軍鎮淮陰周易曰見龍在田時舍也或躍在淵自試也孫卿子曰君子博學深謀脩身端行以俟其時潘岳金谷會詩曰遂擁朱旄作鎮淮泗如仁夕惕之志中夜九迴論語子曰桓公九合諸侯不以兵車管仲之力也如其仁如其仁周易曰君子夕惕若厲司馬遷書曰腸一日而九迴龕枯耽世拯亂之情獨用懷抱廣雅曰龕取也深圖密慮衆莫能窺漢書劉向上疏曰智不可不深圖也公陪奉朝夕從容左右蓋同王子洛濱之歲實惟辟彊內侍之年周書曰晉平公使叔譽於周見太子與之言五稱而三窮歸告公曰太子晉行年十五而臣不能與言列仙傳曰王子喬者周靈王太子晉也好吹笙作鳳鳴遊伊洛之間漢書留侯子張辟彊爲侍中年十五也起予聖懷發

言中亘晉中興書王敦上疏曰導動靜顧問起予聖懷始以文學遊梁俄而入掌綸誥蕭子顯齊書曰緬爲宋邵陵王文學中書郎遊梁謂相如也漢書曰梁孝王來朝從遊說之士相如見而說之客遊梁禮記曰王言如絲其出如綸蘭桂有芬清暉自遠魏都賦曰信陵之名若蘭芬也楚辭曰椒桂罹以顛覆王逸注曰言已見先賢若椒桂之人劉琨勸進表曰茂勳格于皇天清暉光于四海帝出于震日衣青光言齊之興也周易曰帝出于震震東方也春秋元命苞曰孔子曰扶桑者日所出房所立其耀盛蒼神用事精感姜原卦得震震者動而光故知周蒼代殷者爲姬昌人形龍顏長大精翼日衣青光宋衷曰爲日精所羽翼故以爲名木神以其方色衣之方軌茅社俾侯安陸蕭子顯齊書曰齊受禪緬封安陸侯漢書曰江夏郡有安陸縣尚書緯曰天子社東方青南方赤西方白北方黑上冒以黃土將封諸侯各取方土苴以白茅以爲社毛詩曰俾侯于魯受瑞析珪遂荒雲野周禮曰典瑞掌玉瑞鄭玄曰人執曰瑞瑞猶符信也揚子雲解嘲曰析人之珪儋人之爵遂荒

已見上文。雲野，雲夢之野。式掌儲命，帝難其人。漢書，疏廣曰：太子，國儲副君也。尚書，禹曰：惟帝其難之。孔安國曰：言堯帝亦以知人爲難。公以宗室羽儀，允膺嘉選。蕭子顯齊書曰：緬轉太子中庶子。周易曰：鴻漸于陸，其羽可用爲儀。協隆三善，仰敷四德。晉中興書，烈宗詔曰：柏沖協隆治道。禮記曰：行一物而三善皆得者，唯世子而已，其齒於學之謂也。故世子齒於學，其一曰而衆知父子之道矣，其二曰而衆知君臣之義矣，其三曰而衆知長幼之節矣。周易曰：君子體仁足以長人，嘉會足以合禮，利物足以和義，貞固足以幹事。君子行此四德者，故曰乾元亨利貞。博望之苑載暉，龍樓之門以峻。漢書曰：武帝戾太子及冠就宮，上爲立博望苑，使通賓客，從其所好，故多異端進者。漢書成紀曰：上嘗召太子出龍樓門。獻替帷扆，實掌喉脣。國語，史黯謂趙簡子曰：夫事君者，諫過而賞善，薦可而替否，獻能而進賢。帷扆，帝座也。禮記曰：天子負斧扆。孔融張儉碑曰：聖王克亮，命作喉脣。奉待漏之書，銜如絲之旨。東觀漢記曰：樊梵字文高，每當直事，常晨

駐車待漏。如絲，已見上文。前暉後光，非止恒受。周書，孔子曰：文王得四臣，丘亦得四友，自吾得師也，前有光，後有暉，是非先後邪。公以密戚上賢，俄而奉職。蕭子顯齊書曰：緬遷侍中。越絕書曰：吳王書闔廬始得子胥，以爲上賢，無異乎聖人也。出納惟允，劒璽增華。尚書，帝曰：龍，命汝作納言，夙夜出納朕命惟允。應劭漢官儀曰：侍中殿上稱制，出則陪乘，佩璽把劒。增華，謂自庶子而益其榮華也。伊昔帝唐，九官咸事，熊豹臨戲，納言是司。漢書，劉向上疏曰：舜命九官，濟濟相讓。應劭曰：尚書禹作司空，棄后稷，契司徒，咎繇作士師，垂共工，益朕虞，伯夷秩宗，夔典樂，龍納言，凡九官。左氏傳曰：昔高陽氏有才子八人，檮戭、大臨；高辛氏有才子八人，仲熊、叔豹。自此迄今，其任無爽，爰自近侍，式贊權衡。蕭子顯齊書曰：世祖即位，緬遷五兵尚書。淮南子曰：準繩連體，權衡合德，百工繇焉，以定法式，輔弼執王，以翼天子也。而皇情眷眷，慮深求瘼。毛詩曰：皇矣上帝，臨下有赫，監觀四方，求民之瘼。班固漢書引詩而爲此瘼，爾雅曰：瘼，病也。姑蘇奧壤，任切關河。奧壤，猶奧區也。韓康伯王述碑曰：述遷會稽太守，淮海惟揚，皇基所託，此盖關河之重，泱泱大邦。都會殷負，提封百萬。史記曰：夫吳有海鹽之饒，章山之銅，三江五湖之利，亦江東一都會也。西京賦曰：百物殷阜。薛綜注曰：殷，盛；阜，大也。今爲此負。漢書曰：天子畿方千里，提封百萬井。臣瓚案：舊說云：提，最凡言大舉頃畝也。李奇曰：提，舉也，舉四方爲内也。韋昭曰：積土爲封限。全趙之袨服，叢臺方此爲劣。鄒陽上書曰：夫全趙之時，武力鼎士袨服叢臺之下者，一旦成市也。臨淄之揮汗成雨，曾何足稱。戰國策，蘇秦說齊宣王曰：臨淄之塗，人肩相摩，舉袂成幕，揮汗成雨。高誘曰：揮，振也。乃鴻騫舊吳，作守東楚。蕭子顯齊書曰：緬出爲吳郡太守。吳質魏都賦曰：我太公鴻飛兖豫。劉琨勸進奏曰：奄有舊吳。牽秀祖孫楚詩曰：受茲明命，作守西疆。漢書音義，孟康曰：舊名吳爲東楚也。引義讓以爲君子，振平惠以字小人。論語讖曰：伯夷叔齊義讓龍舉。干寶晉紀曰：丁固父覽以義讓稱。尚書，武王曰：朂哉夫子。周書，成王

曰：朕不知字民之道，敬問伯父。尚書，王曰：無或敢伏小人之攸箴。撫同上德，綏用中典。老子曰：上德不德，是以有德。鍾會曰：體神妙以存化者，上德也。周禮曰：刑平國用中典。疑獄得情而弗喜，宿訟兩讓而同歸。漢書曰：張湯以倪寬爲獄讞掾，以古法義決疑獄。論語，曾子曰：上失其道，民散久矣，如得其情，則哀矜而勿喜。東觀漢記曰：魯恭爲中牟令，宿訟許伯等爭陂澤田，積年州郡不決，恭平理曲直，各退自相責讓。雖春申之大啓封疆，鄧攸之緝熙萌庶，不能尚也。史記曰：楚考烈王立，以黃歇爲相，號春申君，請封於江東，王許之，因城吳故墟，以自爲都邑。國語，史伯謂鄭桓公曰：加之以德，可以大啓。王隱晉書曰：鄧攸字伯道，爲吳郡太守，吳人饑死，攸到，表振貸，臺不時聽，攸乃輒出倉米，一郡蒙濟，不受祿俸，唯飲吳水。毛詩曰：緝熙文王之典。夏首藩要，任重推轂。楚辭曰：過夏首而西浮。王逸注曰：夏首，水口也。漢書，馮唐曰：臣聞上古王者遣將也，跪而推轂，曰：閫以內寡人制之，閫以外將軍制之。衿帶中流，地殷江漢。李尤函谷關銘

曰函谷險要衿帶喉咽尚書曰九江孔殷南接衡巫風雲之路千里衡巫三江名吴都賦曰徑路絶風雲通西通鄢鄧水陸之塗三七左氏傳曰鄧南鄢人杜預曰鄢今鄧鄉縣南江水之北也鄧今潁川邵陵縣西南有鄧城蜀都賦曰水陸所湊是惟形勝闉外莫先漢書田肯曰秦形勝之國也闉外已見上文鄭玄禮記注曰闉門限也建麾作牧明德攸在蕭子顯齊書曰緬轉郢州刺史周禮曰建大麾以封藩國又曰八命作牧尚書王曰文王克明德慎罰乃暴以秋陽威以夏日孟子曰江漢以濯之秋陽以暴之綦毋邃曰周之秋於夏爲盛陽也左氏傳曰酆舒問於賈季曰趙衰趙盾孰賢對曰趙衰冬之日趙盾夏之日杜預曰夏日可畏澤無不漸螻蟻之穴靡遺西征賦曰澤靡不漸恩無不逮尸子曰舜之行其猶河海乎千仞之漢亦滿之螻蟻之穴亦滿之明無不察容光之微必照孟子曰日月有明容光必照焉趙岐曰容光小隙也言大明照幽微由近而被遠自己而及物史記

文五十九　十九　乙卯重刊　王明

皐陶曰邇可遠在茲鄭玄曰此政由近可以及遠惠與八風俱翔德與五才並運聖主得賢臣頌曰恩從祥風翔淮南子曰天有八風典引曰仁風翔于海表左氏傳子罕曰天生五才民並用之廢一不可遠無不懷邇無不肅阮嗣宗勸晉王牋曰遠無不服邇無不肅邑居不聞夜吠之犬牧人不覩晨飲之羊司馬彪續漢書曰劉寵字榮祖遷會稽太守徵入爲將作大匠山陰縣民去郡數十里有若耶山中有五六老公年皆七八十聞寵遷相率共送寵人齎百錢寵見勞來曰父老何乃自苦遠來皆對曰山谷鄙老生未嘗到郡縣佗時吏徵發不去民間或夜不絶狗吠竟夕民不得安自明府下車以來狗不夜吠吏希至民間年老遭值聖化聞當棄去故戮力來送寵謝之爲選受一大錢故寵在會稽號爲一錢其清如是家語曰孔子爲大司寇初魯之販羊者沈猶氏常朝飲其羊以詐市人及孔子之爲政也則沈猶氏不敢朝飲其羊也譽表六條功最萬里漢書音義曰舊刺史所察有六條察民疾苦寃失職者察墨綬長吏以上居官政狀察盜賊爲民之害及大姦猾者察犯田律四時禁者察民有孝悌廉潔行脩正茂才異等者察吏不簿入錢穀放散者所察不得過此漢書曰倪寬爲郡內史課殿當免民恐失之輸租繦屬不絶課更以最楊雄爲益州刺史作節度曰刺史居深門之中總萬里之統者也還居近侍兼饗戎秩蕭子顯齊書曰緬還爲侍中領驍騎將軍候府寄隆儲端任顯魏略曰中領軍延康置故漢北軍中候之官也漢書曰詹事秦官掌皇太子家東西兩晉茲選特難羊琇願言而匪獲謝玠功高而後至晉諸公讚曰羊琇字稚舒泰山人通濟才術與世祖同年相善謂世祖曰後富貴時見用作領護軍太子詹事世祖即位累遷左將軍中護軍特進何法盛晉中興書陳郡謝錄曰玠字瑗度安少子也爲輔國將軍距氏進號征虜左僕射領詹事升降二宮令績斯俟蕭子顯齊書曰緬遷中領軍太子詹事禁旅尊嚴主器彌固蔡邕袁逢碑曰乃撫京邑揔齊禁旅周易曰主器者莫若長子禹穴神皐地埒分陝漢書司馬遷南遊江淮上會稽探禹穴西京賦曰寔

七寸　文五十九　二十　乙卯重刊　刘彦中

惟地之奧區神皐袁煥與曹植書曰召公與周公受分陝之任也江左已來常遞斯任東渚鉅海南望秦稽子虛賦曰齊東渚鉅海南有琅耶孔皐會稽記曰秦望山在州城正南史記曰始皇登之不望南海越絶書曰禹救水到大越上茅山大會計吏更名茅山曰會稽淵藪萃萑蒲攸在尚書曰今商王受爲天下逋逃主萃淵藪左氏傳曰子叔爲政不忍猛而寬鄭國多盜聚人於萑蒲之澤化貨殖之民千金比屋漢書千乘之國必有千金之賈者利有所并也郛鄽之内雲屋萬家徐幹陳情詩曰踟躕雲屋下嘯歌倚華楹屋或爲甍刑政繁舛舊難詳南山羣盜未足云多漢書曰王遵爲高陵令會南山羣盜傰宗數百人爲吏民害於是王鳳薦遵爲諫議大夫守京輔都尉行京兆尹事旬月閒盜賊肅清蘇林曰傰音朋勃海亂繩方斯易理漢書曰上以龔遂爲勃海太守問曰勃海廢亂朕甚憂之卿欲何以息其盜賊遂曰臣聞治亂民猶治亂繩不可急也唯緩之然後可理臣願一切以便宜從事上許焉公下

車敷化。風動神行。蕭子顯齊書曰：緬出爲會稽太守。漢書曰：班伯爲定襄太守，其下車作威，吏民悚息。謝承後漢書曰：陰脩敷化二郡，威敎克平。太玄經曰：風動雷興。謝承後漢書曰：威令神行，征艾朔士。誠恕既孚。鈎距靡用。杜預左氏傳注曰：孚，大信也。漢書曰：趙廣漢守京兆尹，廣漢善爲鈎距以得事情。鈎距者，欲知馬價則先問狗，已問羊，又問牛，然後及馬，參伍其價，以類相推，則知馬之賤貴不失實矣。晉灼曰：鈎，致也。距，閉也。設欲知馬價，先問狗，又問羊，然後及馬，使對者無疑，以知馬價，示若不問而自知，以閉其術，爲距也。不待赭汙之權。而姦渠必翦。漢書曰：張敞守京兆尹，召見諸偷酋長數人，因貰罪，把其宿負，令致諸偷以自贖。偷長曰：今一旦召詣府，恐諸偷驚駭，願一切受署。敞皆以爲吏，遣歸休。置酒，小偷悉來賀，飲醉，偷長以赭汙其衣，吏坐里閭閱出者，汙赭輒收縛之，一日捕得數百人，盡行法罰。尚書曰：殲厥渠魁。孔安國曰：渠，大也。無假里端之籍。而惡子咸誅。歌錄曰：鴈門太守行曰：外行猛政，內懷慈仁，文武備具，課民不貧，移惡子姓，偏著里端。被以哀矜。孚以信順。

哀矜已見上文。南陽葦杖。未足比其仁。范曄後漢書曰：劉寬字文饒，弘農人也。遷南陽太守，吏民有過，但用蒲鞭罰之，示辱而已，然終不加苦。韓詩外傳孔子曰：水之精爲玉，老蒲爲葦。願無怪之。曹植對酒歌曰：蒲鞭葦杖示有刑。潁川時雨。無以豐其澤。趙岐三輔決錄曰：茂陵郭伋爲潁川，化如時雨。摯虞曰：伋字細侯，光武拜潁川太守。公攬轡升車。牧州典郡。范曄後漢書曰：范滂爲詔使，登車攬轡，有澄清天下之志。蔡邕橋玄碑曰：牧一州，典五郡也。感達民祇。非待朞月。論語子曰：苟有用我者，朞月而已可也，三年有成。老安少懷。塗歌里詠。論語子曰：老者安之，少者懷之。莫不懽若親戚。芬若椒蘭。孫卿子曰：夫暴國之君，將誰與至哉？其所與至，必其民也。而其民之親我若父母，其好我芬若椒蘭。漢書刑法志曰：鄰國望我，懽若親戚，芬若椒蘭。麾旆每反。行悲道泣。攀車臥轍之戀。爭塗忘遠。東觀漢記曰：秦彭字國平，爲開陽城門候，後拜潁川太守，老弱攀車，啼號塡道。

又曰：侯霸字君房。王莽敗，霸保守臨淮。更始元年，遣謁者侯盛齎璽書徵霸，百姓號呼哭泣，遮使者，或當道臥，皆曰：願復留霸朞年。去思一借之情。愈久彌結。漢書曰：何武爲兗州刺史，徙京兆尹，其所居亦無赫赫名，去後常見思。東觀漢記曰：寇恂爲河內太守，徵入爲金吾。潁川盜賊羣起，車駕南征，恂從至潁川，盜賊悉降，百姓遮道曰：願從陛下復借寇君一年。上乃留恂。方城漢池。南顧莫重。左氏傳屈完曰：方城以爲城，漢水以爲池。北指崤潼。平塗不過七百。崤，二崤也，雍州圖經曰：潼水，華陰縣界。伏滔正淮論曰：壽春北接梁宋，平塗不過七百。西接崤武。關路曾不盈千。漢書音義應劭曰：崤山之關也。李奇曰：在上洛北。文穎曰：武關在析西。王隱晉書庾翼表曰：襄陽北去河洛，不盈千里。蠻陬夷徼。重山萬里。魏都賦曰：蠻陬夷落。張揖漢書注曰：徼，塞也，以木柵水，爲夷狄界也。魏都賦曰：由重山之東阨。小則俘民略畜。大則攻城剽邑。賈逵國語注曰：伐國取人曰俘。漢書鼂錯上兵事曰：胡虜小入則小利，大入則大利，攻城屠邑，驅略畜產。

史記曰：盜賊滋起，大羣至數千人，攻城剽邑，小羣盜以百數，掠鹵鄉里。方言曰：略，強取也。晉宋迄今。有切民患。烽鼓相望。歲時不息。椎埋穿掘之黨。阡陌成羣。史記曰：攻剽椎埋，掘冢，皆爲財用耳。徐廣曰：椎殺人而埋之。或謂發冢也。慠法侮吏之人。曾莫禁禦。累藩咸受其弊。歷政所不能裁。賈逵國語注曰：裁，制也。加以戎羯窺窬。伺我邊隙。朱鳳晉書曰：前後徙河北諸郡縣居山間，謂之羯胡。劉琨勸進表曰：狄寇窺窬，伺國瑕隙。北風未起。馬首便以南向。魏志臧洪荅陳琳書曰：秋風揚塵，伯珪馬首南向。塞草未衰。嚴城於焉早閉。李陵與蘇武書曰：涼秋九月，塞外草衰。抱朴子鮑生曰：人君恐姦釁之不虞，故嚴城以備之。戰國策子楚謂秦王曰：臣恐邊境早閉晚開也。永明八載。疆場大駭。吳均齊春秋曰：永明八年，匈奴寇朐山。左氏傳沈尹戌曰：吳新有疆場之駭。國語曰：晉師大駭。揚雄集上書曰：候騎至甘泉，京師大駭。天子乃心北眷。聽朝不怡。司馬遷書曰主上食不甘味聽朝不怡揚旆漢南，非公莫可。蕭子顯齊書曰緬遷雍州刺史籍田賦曰九旗揚旆呂氏春秋曰漢南之國聞湯之德歸之於是驅馬原隰，卷甲遄征。毛詩曰驅馬悠悠又曰于彼原隰孫子兵法曰卷甲趨利日夜不處曹植詩曰指日遄征威令首塗，仁風載路。李尤武功歌曰恩普洽威令行首塗猶首路也謝承後漢書序曰徐淑戎車首路續晉陽秋曰謝安賞袁宏爲機對辯速宏爲東郡安取一扇授之聊以贈行宏應聲曰輒當奉揚仁風慰彼黎庶毛詩曰厥聲載路軌躅清晏，車徒不擾。漢書音義曰躅迹也牛酒日至，壺漿塞陌。漢書廣武君謂韓信曰不如按甲休兵百里之內牛酒日至以饗士大夫孟子曰葛伯不祀湯征之其君子實玄黃于篚以迎君子小人簞食壺漿以迎小人失義犬羊，其來久矣。漢書名臣奏曰太尉掾應劭等議以爲鮮卑隔在漢北犬羊爲羣銜賦嚴切，唯利是求。左氏傳晉呂相告秦曰秦雖與晉出入秦惟利是視又曰惟好是求首鼠疆界，災蠹

彌廣。漢書田蚡謂韓安國曰與長孺共一禿翁何爲首鼠兩端音義曰首鼠一前一却也說文曰蠹木蟲也以喻殘賊公扇以廉風，孚以誠德。盡任棠置水之情，引郭伋待期之信。東觀漢記曰龐參字仲達拜漢陽太守郡民任棠者有奇節參到先候之棠不與言但以薤一本水一柸置戶屏前自抱孫兒伏於戶下參思其微意良久曰棠是欲曉太守也水者欲吾清也拔大本薤欲吾擊強宗也抱兒當戶欲吾開門恤孤也於是歎息而還參在職果能抑豪助弱以惠政得民司馬彪續漢書曰郭伋拜并州牧行部西河到美稷數百小兒各騎竹馬逢迎伋問曰兒曹何自遠來對曰聞使君到喜故來迎伋謝曰辛苦諸童小兒復送至郭門外問使君何日當還伋謂別駕計日告之行部還入美稷先期一日伋念負諸兒即止野亭須期乃往伋重信得人心皆此類也金如粟而弗覩，馬如羊而靡入。范曄後漢書曰張奐字然明燉煌人也遷安定屬國都尉羌戎豪帥感奐恩德上馬二十四先零酋長又遺金鐻八枚奐並受之而召主簿於諸羌前以酒酹地曰使馬如羊不以入廄使金如粟不以入懷悉以金馬還之雛雉必懷，豚魚不爽。東觀漢記曰魯恭爲中牟令時郡國螟傷稼犬牙緣界不入中牟河南尹袁安聞之疑其不實使仁恕掾肥親往察之恭隨行阡陌俱坐桑下有雉過止其傍傍有兒童親曰何不捕之兒言雉方將雛親曰所以來者欲察君之化迹耳蟲不犯境此一異也化及鳥獸此二異也豎子有仁心此三異也與以狀言周易曰信及豚魚由是傾巢舉落，望德如歸。廣雅曰落謂村居也左氏傳曰衞遷邢于夷儀邢遷如歸也椎髻髽首，日拜門闕。漢書曰尉佗魋髻箕踞淮南子曰三苗髽首卉服蒲塗，夷歌成韻。尚書曰島夷卉服蜀都賦曰夷歌成章范曄後漢書曰益州刺史朱輔上疏曰白狼王唐菆等慕化歸義作詩三章也禮義既敷，威刑具舉。公羊傳曰既者何盡也毛萇詩傳曰具俱也強民獷俗，反志遷情。韓詩曰獷彼淮夷薛君曰獷覺寤之貌劉騊駼與李子堅書曰吏民強獷比屋爲賊獷古並切風塵不起，囹圄寂寞。東觀漢記曰蔡彤爲遼東太守野無風塵魏都賦曰囹圄寂寞

富商野次，宿秉停菑。國語叔向曰絳之富商韋藩以過於朝范曄後漢書曰王渙字稚子廣漢人除溫令境內清夷商人露宿於道毛詩曰彼有遺秉此有滯穗又曰于彼菑畝毛萇曰田一歲曰菑蝝蝗弗起，豺虎遠迹。范曄後漢書曰宋均字叔庠南陽人也遷九江太守郡多虎暴數爲民患常設檻穽而猶多傷害均到下記屬縣可一去檻穽除削課制其後傳言虎相與東渡江後山陽楚沛多蝗其飛至九江東界者輒東西散去北狄懼威，關塞謐靜。偵諜不敢東窺，駝馬不敢南牧。偵何也鄭玄周禮注曰諜賊反間爲國賊者范曄後漢書曰鮮卑寇遼東蔡彤擊之虜大奔不敢復闚塞過秦論曰胡人不敢南下而牧馬方欲振策燕趙，席卷秦代。過秦論曰振長策而御宇內又曰有席卷天下之意陪龍駕於伊洛，侍紫蓋於咸陽。楚辭曰龍駕兮帝服聊翱翔兮周章傳玄乘輿馬賦曰紫蓋漂以連翩而遘疾彌留，歘焉大漸。尚書曰疾大漸惟幾病日臻既彌留耕夫釋耒，桑婦下機。曹植荀侯誄曰

機女投杼。農夫輟耕也。衆請門衢。並走羣望。左氏傳曰。乃大有事于羣望。維永
明九年夏五月三十日辛酉。薨。春秋三十有七。城府殞
然。庶寮如霣。颷然。吹木葉落貌。男女老幼。大臨街衢。潘勗荀彧碑曰。男女
老幼。里號巷哭。接響傳聲。不踰時而達于四境。臧榮緒晉書曰。羊祜薨。於是街
衢塗巷。傳哭接音。邑里相達。夷羣戎落。幽遠必至。望城拊膺。震動鄢
邑。並求入奉靈櫬。藩司抑而不許。雖鄧訓致劈面之哀。
羊公深罷市之慕。范曄後漢書曰。鄧訓字平叔。遷護烏桓校尉。病卒。官吏民羌胡愛惜。旦夕
臨者數千人。戎俗。父母死。恥悲泣。皆騎馬歌呼。至聞訓卒。莫不號咷。或以刀自割。又刺殺其犬馬牛羊。曰。鄧使
君已死。我曹亦俱死耳。晉諸公讚曰。羊祜薨。贈太傅。南州以市日聞喪。即號哭罷市。對而爲言。遠
有慚德。尚書曰。惟有慙德。神駕東還。號送踰境。蕭子顯齊書曰。緬喪還。百姓沿

沔水悲泣。奉觴奠以望靈。仰蒼天而自訴。蕭子顯齊書曰。百姓設祭於峴
山。鄭玄周禮注曰。喪所薦饋曰奠。韓詩曰。萬人顒顒。仰天告訴。震響成雷。盈塗咽水。周易
曰。震。動也。漢中山靖王曰。聚蚊成雷。江衛與荀仲茂牋曰。舉國顒顒。歎慕盈塗。公臨危審正。載
惟話言。說文曰。話。會合善言也。楚囊之情。惟幾而彌固。左傳曰。楚子囊還自吳。卒。將死。
遺言謂子庚。必城郢。君子謂子囊忠。君薨不忘增其名。將死不忘衛社稷。可不謂忠乎。尚書曰。疾大漸。惟幾。孔安國
曰。幾。危殆。衛魚之心。身亡而意結。韓詩外傳。昔衛大夫史魚病且死。謂其子曰。我數言
蘧伯玉之賢。而不能進。彌子瑕不肖。而不能退。死不當居喪正堂。殯我於室足矣。衛君問其故。子以父言聞。君
召伯玉而貴之。彌子瑕退之。徙殯於正堂。二宮軫慟。遐邇同哀。追贈侍中。領
衛將軍。給鼓吹一部。謚曰昭侯。時皇上納麓在辰。登庸
伊始。皇上。明帝也。尚書曰。納于大麓。烈風雷雨弗迷。孔安國曰。麓。録也。堯納舜。使大録萬機之政。尚書曰。

若時登庸。允副朝端。兼掌屯衛。蕭子顯齊書曰。明帝初爲右僕射。加領衛尉。晉中興書謝
安石上疏曰。尸素朝端。忽焉五載。漢書曰。城門校尉掌京師城門屯兵。聞㐫震感。絶移時。因遘沈
痾。緜留氣序。世祖日夜憂懷。備盡寬譬。世祖。武帝。臧榮緒晉書賀
循牋曰。日夜憂懷慷慨發憤。寬譬見下文。勉膳禁哭。中使相望。東觀漢記曰。樊脩至孝。母
終。上遣中黃門朝暮餐食。吳志曰。朱然寢疾。孫權夜爲不寐。中使醫藥口食之物。相望於道。上雖外
順皇旨。內剺私痛。獨居不御酒肉。坐臥泣涕霑衣。毛萇詩傳
曰。剺。憂也。東觀漢記曰。齊武王以譖愬遇害。上與衆會飲食笑語如平常。馮異侍從親近。見上獨居。不御酒肉。
坐臥枕席。有泣涕處。異獨入叩頭。寬解上意。若此移年。癯瘠改貌。爾雅曰。臞瘠也。與癯
同。渠俱切。天倫之愛。振古莫儔。穀梁傳曰。兄弟。天倫也。何休曰。兄弟先後。天之倫次也。毛
詩曰。匪今斯今。振古如茲。毛萇曰。振。自也。及俯膺天眷。入纂絶業。蕭子顯齊書明紀曰。

太后廢海陵王。以上入纂太祖。爾雅曰。纂。繼也。漢書。司馬遷曰。惟漢接三代絶業。分命懿親。台
牧並建。尚書曰。分命羲叔。左氏傳。富辰曰。兄弟雖有小忿。不廢懿親。春秋漢含孳曰。三公在天。法三能。
牧。見上文。對繁弱以流涕。望曲阜而含悲。左氏傳。子魚曰。周公相王室。以尹天
下。於周爲睦。分魯公以大路大旂。夏后氏之璜。封父之繁弱。尚書曰。魯侯伯禽宅曲阜。改贈司徒。
因謚爲郡王。禮也。惟公少而英明。長而引潤。風標秀舉。
清暉映世。學徧書部。特善玄言。鞶帨之麗。篆籀之則。
法言曰。今之學者。非獨爲之華藻也。又從而繡其鞶帨。李軌曰。鞶。帶也。帨。巾也。喻今之文字多。非獨華藻也。巾帶
皆文之如繡也。漢書。史籀。音義曰。周宣王太史作大篆。窮六義於懷抱。究八體於
毫端。毛詩序曰。詩有六義焉。一曰風。二曰賦。三曰比。四曰興。五曰雅。六曰頌。漢書。八體六技。韋昭曰。一曰大篆。
二曰小篆。三曰刻符。四曰虫書。五曰摹印。六曰署書。七曰殳書。八曰隷書。奕思之微。秋儲無

以競巧孟子曰奕秋通國之善奕者也儲謂儲蓄精思也馬融廣成頌曰儲積山藪廣思河澤取
睽之妙流睇未足稱奇周易曰弦木爲弧剡木爲矢弧矢之利以威天下蓋取諸睽幽
通賦曰養流睇而猿號李虎發而石開至公以奉上鳴謙以接下周易曰鳴謙貞
吉中心得也尚書曰奉先思孝接下思恭撫僚庶盡盛德之容交士林忘公
侯之貴辨亡論曰接士盡盛德之容吳志魯肅曰不失下曹從事交遊士林虛懷博約幽
關洞開鄒潤甫爲諸葛穆荅晉王命曰雖曰博納虛懷下開幽關已見上文西征賦曰匈中豁其洞開
宴語談笑情瀾不竭毛詩曰燕笑語兮是以有譽處兮世說曰王太尉云郭子玄語議如
懸河寫水注而不竭譽滿天下德冠生民孝經曰言滿天下無口過干寶晉紀武帝詔曰
蓋德冠生民必饗不泯之棨蓋百代之儀表千年之領袖荀氏家傳曰荀彧德
行周備名重天下莫不以爲儀表王隱晉書曰魏舒爲相國參軍晉王特加器敬每朝會罷坐而目送之曰魏

六〇十二　文五十九　二十七　刘用

舒堂堂實曰人之領袖也曾不憖留梁摧奄及左氏傳孔丘卒公誄之曰昊天不弔不憖
遺一老禮記曰孔子早起負手曳杖逍遙於門歌曰太山其頹乎梁木其壞乎豈唯僑終蹇謝
興謠輟相而已哉僑子產也左氏傳曰產從政一年輿人誦之曰取我衣冠而褚之取我田
疇而伍之孰殺子產吾其與之及三年又誦之曰我有子弟子產誨之我有田疇子產殖之子產而死誰其嗣
之潘岳賈充誄曰秦士蹇叔春者不相杵史記趙良曰五羖大夫死春者不相杵史記以爲五羖而云蹇叔未
詳潘沈之旨凡我僚舊均哀共戚怨天德之無厚痛棠陰之
不留周易曰用九天德不可爲首也鄧析子曰天於人無厚也何足以言之天不能令夭折之人更生爲
善之民必壽此於民無厚也淮南子曰日朝發扶桑入于落棠高誘曰扶桑日所出落棠山日所入也思
所以克播遺塵弊之穹壤魏都賦曰列聖之遺塵曹植露盤頌曰弊之天壤以顯元
功乃刊石圖徽寄情銘頌其辭曰

天命玄鳥降而生商毛詩商頌文也是開金運祚始玉筐金謂嬴鄒
子曰五德從所不勝虞土夏木嬴金周火呂氏春秋曰有娀氏有二佚女爲九成之臺飲食以鼓帝令燕往視
之鳴若隘隘二女愛而爭搏之覆以玉筐少選發而視之鷰遺卵而北飛遂不反高誘曰帝天也天命鷰降卵
于有娀氏女吞之生契三仁去國五曜入房論語曰微子去之箕子爲之奴比干諫而
死孔子曰殷有三仁焉春秋元命苞曰殷紂之時五星聚房房者蒼神之精周據而興亦白其馬
侯服周王毛詩序曰有客微子來見祖廟詩云有客有客亦白其馬又曰侯服于周天命靡常本
枝派別因菜命氏微子之後食邑於蕭因氏焉毛詩曰文王孫子本枝百世吳都賦曰百川
派別漢書曰楊雄之先初食菜於晉之楊因氏焉左氏傳羽父曰胙之土而命之氏涉徐而東義
均梁徙謂從蘭陵也王隱晉書曰徐州部東海郡蘭陵縣班固高紀贊劉向曰戰國時劉氏自秦獲於
魏秦滅魏遷大梁都豐故周市說雍齒曰豐故梁徙也頌高祖云涉魏而東遂爲豐公自茲以降

文五十九　二十八　乙丑重刊　王全

懷青拕紫解嘲曰紆青拕紫朱丹其轂崇基巖巖長瀾瀰瀰毛詩曰節彼南
山維石巖巖又曰新臺有洸河水瀰瀰惟聖造物龍飛天步莊子孔子曰夫造物者爲人司馬彪
曰造物謂道也周易曰飛龍在天利見大人毛詩曰天步艱難之子不猶載鼎載革有除有布
鼎革二卦名也周易曰井道不可不革故受之以革革物者莫若鼎故受之以鼎漢書音義文穎曰孛星多爲除舊
布新改易君上也高皇赫矣仰膺乾顧曹府君陳寔誄曰赫矣陳君毛詩曰乃眷西顧
此維與宅景皇烝哉實啓洪祚毛詩曰文王烝哉潘岳羊夫人謚策文曰光啓洪祚慶流
萬國喬嶽峻峙命世與賢毛詩崧高維嶽峻極于天維岳降神生甫及申鄭玄曰福祚典
於子孫命世已見上文膺期誕德絕後光前膺五百歲之期也曹植上文帝誄表曰喈
青雲而誕德晉起居注安帝詔曰元功盛德超前絕後幾以成務覺在民先周易曰夫
幾者動之微又曰夫易開物成務孟子伊尹曰天之生斯人使先覺覺後覺也予天民之先覺者也位非

大寶爵乃上天（周易曰：天地之大德曰生，聖人之大寶曰位。孟子有天爵、有人爵，仁義忠信，樂善不倦，此天爵也；公卿大夫，此人爵也。）爰始濯纓，清猷浚發。（楚辭曰：滄浪之水清，可以濯吾纓。毛詩曰：濬哲維商，長發其祥。）升降文陛，逶迤魏闕。（漢書梅福上疏曰：願一登文石之陛，涉赤墀之塗。夏侯稚景福殿賦曰：乃陟乎文陛，以登華殿。呂氏春秋，中山公子牟謂詹子曰：身在江海之上，心居乎魏闕之下。高誘曰：魏闕，象魏之闕也。）惠露沾吳，仁風扇越。（陸機謝成都王牋曰：慶雲惠露，止於落葉。）涉夏踰漢，政成朞月。（楚辭曰：江與夏之不可涉。夏，水名也。尚書曰：逾于漢。朞月，已見上文。）用簡必從，日新爲盛。（周易曰：簡則易從。又曰：日新之謂盛德。）在上哀矜，臨下莊敬。（哀矜，已見上文。論語曰：季康子問使民以敬，如之何？子曰：臨之以莊則敬。）草木不夭，昆蟲得性。（毛詩序曰：周家忠厚，仁及草木。又曰：民樂其有靈德，以及鳥獸昆虫焉。）我有芳蘭，民胥攸詠。（芳蘭，即上芳若椒蘭也。）羣夷蠢蠢，巖別嶂分。（爾雅曰：蠢，動也。）傾山盡落，其從如雲。（毛詩曰：齊子歸止，其從如雲。）挈妻荷子，負戴成羣。（莊子曰：邠人謂邠王曰：挈吾妻子以從王乎。又曰：石戶之農夫負妻戴子入海也。）迴首請吏，曾何足云。（封禪書曰：昆蟲闓澤，迴首面內。漢書曰：卭筰之君長聞南夷與漢通，請吏比南夷。）昔聞天道，仁罔不遂。（老子曰：天道無親，常與善人。論語子曰：仁者壽。莊子曰：聖也者，遂於命者也。）彼蒼如何，與山止簣。（毛詩曰：彼蒼者天，殲我良人。止簣，已見上文。）四牡方馳，六龍頓轡。（毛詩曰：駕彼四牡，四牡項領。頓轡，喻死也。楚辭曰：貫鴻濛以東揭兮，維六龍於扶桑。王逸注曰：結我車轡於扶桑，以留日行，幸得延年壽也。頓，猶舍也。）斯民曷仰，邦國殄瘁。（毛詩曰：人之云亡，邦國殄瘁。）齊殞晏平，行哭致禮。（晏子曰：齊景公遊於淄，晏子死，公繁驅而馳，自以爲遲，下車而趨，知不如車之駛，則又乘之，比至國，四下而趨，至則伏尸而哭，曰：百姓誰復告我惡邪。）趙徂昌國，列邦揮涕。（史記曰：樂毅爲燕伐齊，破之，封樂毅於昌國。昭王卒，燕惠王疑毅，毅降趙，號曰望諸君，而卒於趙。潘岳太宰魯公碑曰：趙喪望諸，列國同傷。家語，敬姜曰：無揮涕。涕，以手揮之也。）況我君斯，皇之介弟。（左氏傳，伯州犁謂皇頡曰：夫子爲王子圍，寡君之貴介弟也。）哀感徒庶，慟興雲陛。（左思七略曰：閶甲第之廣袤，建雲陛之差峩。）階毀留攢，川汎歸軸。（禮記曰：君殯用輴，攢至于上。鄭玄曰：攢，猶叢也。殯君棺以龍輴，叢不題湊象椁。儀禮曰：遷于祖用軸。鄭玄曰：軸，輁也。）競蓋野奠，爭攀去轂。遵渚號追，臨波望哭。（毛詩曰：鴻飛遵渚。范曄後漢書曰：祭遵喪至河南，車駕臨之，望哭哀慟。）無絕終古，惟蘭與菊。（楚辭曰：春蘭兮秋菊，長無絕兮終古。）塗由帝渚，朱軒靡駕。（楚辭曰：帝子降兮北渚。尚書大傳曰：未命爲士，不得乘朱軒。）東首塋園，即宮長夜。（廣雅曰：首，向也。漢書音義，如淳曰：塋，冢田也。禮記曰：孔悝鼎銘曰：即宮于宗周。李陵詩曰：嚴父潛長夜，慈母去中堂。）逝川無待，黃金難化。（逝川，已見上文。史記，少君言上曰：祠竈則致物，而丹砂可爲黃金，黃金成以爲飲食器則益壽。）鍾石徒刊，芳猷永謝。（吳越春秋，樂師謂越王曰：君王德可以刻之金石。王逸楚辭注曰：謝，去也。）

墓誌

（吳均齊春秋，王儉曰：石誌不出禮典，起宋元嘉顏延之爲王琳石誌。）

劉先生夫人墓誌

（蕭子顯齊書曰：太祖爲劉瓛娶王氏女。瓛卒，天監元年，下詔爲瓛立碑，號曰貞簡先生。王僧孺劉氏譜曰：瓛娶王法施女也。）

任彥升

既稱萊婦，亦曰鴻妻。（列女傳曰：老萊子逃世，耕於蒙山之陽。或言之楚王，楚王遂駕車至老萊之門。楚王曰：守國之孤，願變先生。老萊曰：諾。妻曰：妾聞之，居亂世，爲人所制，此能免於患乎？妾不能爲人所制者。投其畚而去，老萊乃隨之。又曰：梁鴻妻者，同郡孟氏之女也，德行甚脩，鴻納之，共逃遁霸陵山中。後復相將至會稽，賃舂爲事。雖雜傭保之中，妻每進食，常舉案齊眉，不敢正視，以禮脩身，所在敬而慕之。）復有令德，一與之齊。（曹植王仲宣誄曰：既有令德，材技廣宣。禮記曰：信，婦德也。一與之齊，終身不改。）

實佐君子。簪蒿杖藜。毛詩序曰，又當輔佐君子，求賢審官。東觀漢記曰，梁統與杜林書曰，君非隗囂，不降志辱身，至簪蒿席草，不食其粟。莊子曰，子貢見原憲，原憲杖藜應門。欣欣負載，在冀之畦。音攜。漢書曰，朱買臣常刈樵，其妻亦負載相隨。左氏傳曰，初，臼季過冀，見冀缺耨，其妻饁之，敬，相待如賓。居室有行，亟聞義讓。言初居室及於有行，俱聞義讓，故曰亟也。列女傳，鮑蘇妻曰，如不教吾以居室之行。毛詩曰，女子有行。左氏傳，趙衰曰，臣亟聞其言矣。稟訓丹陽，引風丞相。蕭子顯齊書曰，巘，晉丹陽尹惔六葉孫也。然其妻王氏，丞相導之後也。籍甚三門，風流遠尚。漢書曰，陸賈遊漢庭公卿間，名聲籍甚。習鑿齒晉陽秋曰，王夷甫、樂廣俱宅心事外，言風流者稱王、樂焉。肇允才淑，閫德斯諒。毛詩曰，肇允彼桃蟲。又曰，窈窕淑女。禮記曰，內言不出於閫。鄭玄曰，閫，門限也。毛萇詩傳曰，諒，信也。蕪沒鄭鄉，寂寞楊家。范曄後漢書曰，鄭玄字康成，北海人也。國相孔融深敬玄，屣履造門，告高密縣爲玄特立一鄉，曰，齊置士鄉，越有君子軍，皆異賢之意也。

今鄭君鄉宜曰鄭公鄉。七略曰，揚雄卒，弟子侯芭負土作墳，號曰玄冢。參差孔樹，毫末成拱。皇覽，聖賢冢墓誌注曰，孔子冢在魯城北泗水南，冢塋中樹以百數，皆異種，人傳言，孔子弟子異國人各持其國樹來種之，其樹柞枌雒離五味欃檀之樹，魯人莫之識。老子曰，合抱之木，生於毫末。公羊傳曰，秦伯謂蹇叔曰，爾之年老，冢上之木拱矣。暫啓荒埏，長扃幽隴。蕭子顯齊書曰，王氏被出，今云合葬，蓋巘卒之後，王氏宗合之。夫貴妻尊，匪爵而重。喪服傳曰，夫尊於朝，妻貴於室。潘岳夏侯湛誄曰，惟爾之存，匪爵而貴。

文選卷第五十九

賜進士出身通奉大夫江南蘇松常鎮太等處承宣布政使司布政使胡克家重校刊

文選卷第六十

梁昭明太子撰

文林郎守太子右內率府錄事參軍事崇賢館直學士臣李善注上

行狀

齊竟陵文宣王行狀一首

任彥昇

祖太祖高皇帝　父世祖武皇帝

南徐州南蘭陵郡縣都鄉中都里蕭公年三十五行狀。

公道亞生知，照隣幾庶。論語，孔子曰，生而知之者上也。學而知之者次也。傳季友脩張良廟敎曰，道亞黃中，照隣殆庶。孝始人倫，忠爲令德。毛詩曰，成孝敬，厚人倫。左氏傳，君子曰，忠，爲令德。公實體之，非毀譽所至。論語，子曰，吾之於人，誰毀誰譽，如有所譽。高誘呂氏春秋注曰，體，行也。莊子曰，舉世譽之而不加勸，舉世非之而不加沮。天才博贍，學綜該

明。郭子曰。孫子荆上品狀王武子曰。天才英博。亮拔
不羣。潘岳任府君畫讚曰。學綜羣籍。智周萬物。至
若曲臺之禮。九師之易。七略曰。宣皇帝時行射禮。博士后倉爲之辭。至今記之。曰曲臺
記。又曰。易傳淮南九師道訓者。淮南王安所造也。漢書音義曰。淮南王安聘明易者九人。號九師說。樂分
龍趙。詩析齊韓。漢書曰。雅琴趙氏七篇。名定。渤海人。宣帝時丞相魏相所表。又曰。雅琴龍氏九
十九篇。名德。梁人也。又曰。詩魯齊韓三家。應劭漢書注曰。申公作魯詩。韓嬰作韓詩。后倉作齊詩也。陳農
所未究。河間所未輯。漢書曰。成帝時。以書頗散亡。使謁者陳農求遺書於天下。又曰。河間
獻王德從民得善書。必爲好寫與之。留其真。加金帛賜以招之。由是或有先祖舊書。多奉以奏獻王者。故得書
多與漢朝等。有一於此。罔不兼綜者與。謝承後漢書曰。劉靚方筴所載。靡不必綜。
昔沛獻訪對於雲臺。東平齊聲於楊史。東觀漢記曰。沛獻王輔求
平五年秋。京師少雨。上御雲臺。召尚席取卦具自卦。以周易卦林占之。其繇曰。蟻封穴戶。大雨將集。明日大雨。

上即以詔書問輔曰。道豈有是邪。輔上書曰。案易卦震之蹇。蟻封穴戶。大雨將集。蹇艮下坎上。艮爲山。坎爲水。
出雲爲雨。蟻穴居而知雨。將雲雨。蟻封穴。故以蟻爲興文。詔報曰。善哉王次序之。又曰。上以所自作光武皇
帝本紀示東平憲王蒼。蒼因上世祖受命中興頌。上甚善之。以問校書郎。此與誰等。皆言類相如楊雄前代史
岑之比。淮南取貴於食時。陳思見稱於七步。方斯蔑如也。
漢書。淮南王安上使爲離騷傳。旦受詔。日食時上。世說曰。魏文帝令陳思王七步成詩。詩曰。萁在竈下然。豆在
釜中泣。本是同根生。相煎何太急。初沈攸之跋扈上流。稱亂陝服。沈約宋書
曰。沈攸之字仲達。爲荆州刺史。順帝即位。攸之帥武義至夏口反。毛詩傳曰。無畔換。猶跋扈也。西京賦曰。雎盱
跋扈。尚書曰。兆台小子。敢行稱亂。臧榮緒晉書曰。武陵王令曰。荆州勢據上流。將軍休之委以分陝之重。
宋鎮西晉熙王南中郎邵陵王並鎮盆口。沈約宋書曰。明帝第六子
燮字仲綏。封晉熙王。進號鎮西。沈攸之舉兵。鎮尋陽之盆城。又曰。邵陵殤王友。字仲賢。明帝第七子也。年五歲。

出爲南中郎將江州刺史。邵陵王。世祖毗贊兩藩。而任摠西伐。沈約宋書曰。齊
王太子奉晉熙王燮鎮尋陽之盆城。公時從在軍。鎮西府版寧朔將軍軍
主南中郎版補行參軍署法曹。沈約宋書曰。除拜則爲參軍事。府版則爲行參
軍。于時景燭雲火。風馳羽檄。言雲火之多。如景之照。羽檄之疾。若風之馳。太公六
韜曰。雲火萬炬以防夜。四子講德論曰。風馳雨集。漢書。高祖曰。以羽檄徵天下兵。謀出股肱。任
切書記。魏文帝與吳質書曰。元瑜書記翩翩。遷左軍邵陵王主簿記室參
軍。既允棼林之求。實兼儀形之寄。刀筆不足宣功。風體
所以引益。文士傳曰。太祖雅聞阮瑀名。辟之不應。連見逼促。乃逃入山中。太祖使人焚山。得瑀。送至。
召入。太祖時在長安。大延賓客。怒不與語。使就伎人列。瑀善解音。能鼓琴。遂撫絃而歌。因造歌曲曰。弈弈天門
開。大魏應期運。青蓋巡九州。在西東人怨。士爲知己死。女爲悅己玩。恩義苟潛暢。他人焉能亂。爲曲既捷。音聲

殊妙。當時冠坐。太祖大悅。署爲記室。何法盛晉中興書曰。王永。字安期。司空東海王越以爲記室參軍。雅相敬
重。勑子毗曰。夫學之所益者淺。體之所安者深。閑習禮度。不如式瞻儀形。諷味遺言。不如親承音旨。王參軍人
倫之表。汝其師之。史記。張釋之曰。秦任刀筆之吏。除邵陵王友。又爲安南邵陵王
長史。東夏形勝。關河重複。東夏。會稽也。尚書。王曰。爰建爾于上公。尹茲東夏。漢書。田肯曰。
秦。形勝之國也。韓康伯王述碑曰。述遷會稽太守。此蓋關河之重複。泱泱大邦。選衆而舉。敦悅
斯在。論語。子夏曰。舜有天下。選於衆。舉皐陶。不仁者遠矣。左氏傳曰。晉蒐於被廬。謀元帥。趙衰曰。郤縠可。
臣亟聞其言矣。說禮樂而敦詩書。君其試之。除使持節都督會稽東陽臨海
永嘉新安五郡諸軍事。輔國將軍。會稽太守。太祖受命。
廣樹藩屏。左氏傳。富辰曰。昔周公封建親戚。以藩屏周室。故公以高昭武穆。惟
戚惟賢。漢書。韋玄成曰。父爲昭。子爲穆。孫復爲昭也。漢書。文帝詔曰。右賢左戚。封聞喜縣

開國公食邑千戶。又奏課連最。進號冠軍將軍。漢書曰。兒寬爲農都尉。大司農奏課最連。韋昭曰。最連得第一也。越人之巫。覩正風而化俗。范曄後漢書曰。第五倫字伯魚。京兆人也。拜會稽太守。會稽俗多淫祀。好卜筮。民常以牛祭神。百姓財產以之困匱。倫到官。移書屬縣。曉告百姓。其筮祝有依託鬼神。詐怖愚民。皆案論之。有妄屠吏輒行罰。於後遂斷絕。百姓以安。篁竹之酋。感義讓而失險。漢書。淮南王上書曰。臣聞越甌谿谷之閒。篁竹之中。范曄光武紀賛曰。金湯失險。邪叟忘其西昃。龍丘狹其東皐。范曄後漢書曰。劉寵拜會稽太守。徵爲將作大匠。山陰有五六老叟。自若邪山谷出。送寵曰。聞當見弃。故自扶奉送。潘安仁楊經誄云。日昃景西。望子朝陰。范曄後漢書曰。任延。字長孫。南陽人。拜會稽都尉。年十九矣。有龍丘萇者。隱居志不降辱。四輔三公。連辟不到。掾史白請召之。延曰。龍丘先生躬德履義。有原憲伯夷之節。都尉洒埽其門。猶懼辱焉。召之不可。使功曹奉謁。修書記。致醫藥。吏使相望於道。積一歲。萇乃乘輦詣府門。願得先死備錄。延辭讓再三。遂署議曹祭酒。阮籍奏記曰。將耕東皐之陽。輸黍稷之稅。會武穆皇后崩。公星言奔波。泣血千里。蕭子顯齊書曰。武穆裴皇后。諱惠昭。河東人。父璣之。后生子良。禮記曰。惟父母之喪。見星而行。見星而舍。毛詩曰。星言夙駕。仲長子昌言曰。救患赴急。跋涉奔波者。憂樂之盡也。禮記曰。高子皐執親之喪。泣血三年。未嘗見齒。君子以爲難。水漿不入於口者。至自禹穴。禮記。曾子謂子思伋曰。吾執親之喪。水漿不入於口七日。漢書曰。司馬遷南遊江淮。上會稽探禹穴。逮衣裳外除。心哀內疚。禮記曰。親喪外除。鄭玄曰。日月已竟。哀不忘也。嵇康幽憤詩曰。心焉內疚。爾雅曰。疚。疾也。禮屈於厭降。事迫於權奪。禮記曰。有從有服而無服。公子於其妻之父母。鄭玄曰。凡公子厭於君。降其私親。女君之子不降也。晉起居注。宋公表曰。情由權奪也。而茹戚肌膚。沈痛瘡距。廣雅曰。茹。食也。禮記曰。創鉅者其日久。痛甚者其愈遲。三年者。稱情而立文。所以爲至痛極。故知鍾鼓非樂云之本。縗麤非隆殺之要。論語。子曰。

樂云樂云。鍾鼓云乎哉。馬融曰。樂之所貴者。移風易俗也。非謂鍾鼓而已。左氏傳曰。齊晏桓子卒。晏嬰麤縗斬。寢苫枕草。孫卿子曰。喪三年。何也。曰。加隆焉。故三年以爲隆。緦小功以爲殺。鄭玄禮記注曰。有隆有殺。進退如禮。莊子曰。本在於上。末在於下。要在於主。詳在於臣。鍾鼓之音。羽旄之容。樂之末。哭泣縗絰。隆殺之服。哀之末。改授征虜將軍。丹陽尹。良家入徙。戚里內屬。三輔黃圖曰。宣帝爲杜陵。徙良家五千戶居於陵。漢書曰。萬石君傳曰。徙其家長安中戚里。以姊爲美人故也。政非一軌。俗備五方。漢書曰。秦地五方雜錯。公內樹寬明。外施簡惠。范曄後漢書。馮衍說鮑永曰。幸逢寬明之日。將值危言之時。臧榮緒晉書。吳隱之爲晉陵太守。布政簡惠。神皐載穆。轂下以清。西京賦曰。寔惟地之奧區神皐。漢書。谷永上疏曰。轂下。喻在輦轂之下。京城之中也。范曄後漢書曰。楊璉爲零陵太守。郡境以清。武皇帝嗣位。進封竟陵郡王。食邑加千戶。復授使持節都督南徐兗二州諸軍事。鎮北將軍。南徐州刺史。遷使持節侍中都督南兗徐北兗青冀五州諸軍事。征北將軍。南兗州刺史。兗徐接壤。素漸河潤。漢書。武帝詔曰。淮南衡山兩國接壤。東觀漢記曰。拜郭伋潁川太守。召見辭謁。帝勞之曰。賢能太守。去帝城不遠。河潤九里。冀京師并蒙福也。未及下車。仁聲先洽。漢書曰。班伯爲定襄太守。其下車作威。吏民竦息。玉關靖柝。北門寢扃。漢書曰。玉門關。周禮曰。凡軍事聚㯓。鄭玄曰。擊㯓。兩木相敲。行夜時也。㯓與柝同。史記曰。齊威王曰。吾吏有黔夫者。使守徐州。則燕人祭北門。裴駰曰。齊之北門。說文曰。扃。外關門之關。朝旨以董司岳牧。敷興邦教。晉起居注。宋公表曰。董司垂方。過寔引罰。孔安國尚書傳曰。董。督也。潘岳關中詩曰。岳牧慮殊。禮記。司徒明七教以興民德。尚書曰。司徒掌邦教。方任雖重。比此爲輕。山濤啓事曰。方任雖重。比此爲輕。徵護軍將軍。兼司徒。侍中如故。又授車騎將

軍兼司徒侍中如故即授司徒侍中又如故上穆三能
下敷五典漢書曰三能色齊君臣和蘇林曰能音台尚書帝曰契汝作司徒敬敷五教在寬又曰五
典克從孔安國曰五典五常之教闢乡闈以闡化寢鳴鍾以體國乡謂道也
太乡經曰乡門混沌難知孫放數詩曰一往縱神懷矯跡步乡闈范曄後漢書曰桓榮爲五更賛曰待問應若
鳴鍾翼亮孝治緝熙中教孝經曰昔者明王之以孝治天下也不敢遺小國之臣司徒故
曰中教奪金耻訟蹊田自嘿呂氏春秋曰齊人有欲得金者清旦衣冠之鬻金者之所
見人操金攫而奪之吏捕而束縛之問曰人皆在焉子攫人之金何故對吏曰殊不見人徒見金耳左氏傳申
叔時謂楚子曰牽牛以蹊人之田而奪之牛牽牛以蹊者信有罪矣而奪之牛罰以重矣不雕其朴
用晦其明呂氏春秋曰賢不肖各反其質行其情不雕其素高誘曰素樸也周易曰明入地中明夷
君子以莅衆用晦而明王弼曰藏明於內乃得明聲化之有倫緊公是賴潘元茂九

錫文曰故周室之不壞緊二國是賴庠序肇興儀形國胄師氏之選允師
人範禮記曰有虞氏養國老於上庠夏后氏養國老於東序鄭玄曰皆學名也毛詩曰儀刑文王袁山松
後漢書曰李膺風格儀刑皆可師範尚書曰夔命汝典樂教冑子周禮曰師氏中大夫以三德教國子法言曰
務學不如務求師師者人之模範也以本官領國子祭酒固辭不拜八座
初啓以公補尚書令陳壽魏志評曰八座尚書即古六卿之任也晉百官名曰尚書令尚
書僕射六尚書古爲八座尚書式是敷奏百揆時序尚書曰敷奏以言又曰納于百揆百揆時
叙王隱晉書詔曰令之尚書令皆古之百揆之任也夫國家之道互爲公私君親
之義遞爲隱犯禮記曰事親有隱而無犯事君有犯而無隱有諫諍之義公二極一
致愛敬同歸國語欒共子曰臣聞之人生於三事之如一父母生之師教之君食之非父不生非食不長
非教不智生之族也故一事之唯其所在則致死矣孝經曰資於事父以事母而愛同資於事父以事君而敬

同亮誠盡規謀猷弘遠矣國語召康公曰天子聽政近臣盡規晉中興書冊陶侃曰
公經德秉哲謀猷弘遠又授使持節都督揚州諸軍事揚州刺史
本官悉如故舊惟淮海今則神牧尚書曰淮海惟揚州地理書曰崑崙東南
地萬五千里名曰神州編戶殷阜萌俗繁滋漢書呂后曰諸將故與帝爲編戶不
言之化若門到戶說矣周易曰不言而信存乎德行孝經曰君子之教以孝非家
至而日見之鄭玄曰非門到戶至而日見也楚辭曰衆不可戶說兮孰云察余之中情頃之解
尚書令改授中書監餘悉如故獻納樞機絲綸
允緝兩都賦序曰日月獻納周易曰言行君子之樞機禮記曰王言如絲其出如綸武皇晏駕
寄深負圖應劭風俗通曰宮車晏駕謹按史記曰王稽謂范雎曰夫事有不可知者有不可奈何者
一日宮車晏駕是事不可知也君雖恨於臣是無可奈何謂秦昭王以天下終也昔周康王一旦晏起侍人以

爲深刺天子當夜寢早作身省萬機如今崩殞則爲晏駕矣家語孔子觀於明堂覩四門之墉有周公相成王
抱之負斧扆南面以朝諸侯之圖焉公仰惟國典俛遵遺託俯擗天倫踴
絶于地居處之節復如居武穆之憂穀梁傳曰兄弟天倫也何休曰兄先
弟後天之倫次也禮記曰婦人擊心爵踴鄭玄曰爵踴足不絶地也聖主嗣興地居旦奭
蕭子顯齊書曰鬱林王昭業文惠太子長子世祖崩太孫即位有詔策授太傅領司徒
餘悉如故坐而論道動以觀德周禮曰坐而論道謂之三公禮記曰樂行而民
向方可以觀德矣地尊禮絶親賢莫貳晉中興書恭帝詔曰大司馬地隆任重親賢莫
貳班固諸侯王表序曰親親賢賢褒功表德又詔加公入朝不趨讚拜不名
劒履上殿蕭傳之賢曹馬之親兼之者公也漢書曰上賜蕭
何帶劒履上殿入朝不趨又曰上欲自行擊陳豨周綜泣曰始秦攻破天下未曾自行今上常自行是無人可

使者乎上以爲愛我賜入殿門不趨而綜與傅寬同傳寬無不趨之言疑任公誤也魏志曰曹真字子丹太祖
族子也明帝即位遷大司馬賜劒履上殿入朝不趨晉公卿禮秩曰汝南王亮秦王東吳王晏梁王肜皆劒履
上殿入朝不趨復以申威重道增崇德統進督南徐州諸軍事
餘悉如故並奏疏累上身歿讓存王隱晉書曰武帝贈羊祜詔曰身歿讓存
遺操益厲天不憖遺梁岳頹峻左氏傳曰孔丘卒公誄之旻天不弔不憖遺一老禮記曰
孔子蚤作負手曳杖逍遙於門歌曰太山其頹乎梁木其壞乎某年某月日薨春秋三
十有五詔給温明秘器斂以衮章備九命之禮遣大鴻
臚監護喪事朝夕奠祭太官供給禮也漢書曰大將軍霍光薨賜東園
温明秘器服虔曰東園處此器象如桶開一端漆畫懸鏡其中置尸上斂并蓋之周禮曰三公自衮冕而下又
曰上公九命故以慟極津門感充長樂東觀漢記曰東海王彊薨上發魯相所上

櫬下牀伏地舉聲盡哀至長樂宮白太后因出幸津門亭發喪豈徒春人不相傾壍
罷肆而已哉史記曰趙良謂商鞅曰五羖大夫死秦國男女莫不流涕童子不歌謠舂者不相杵
劉緝聖賢本紀曰子產治鄭二十年卒國人哭于巷商賈哭于市農夫號于野乃下詔曰褒崇
庸德前王之令典追遠尊戚沿情之所隆禮記曰禮樂之情同故明
王相沿也鄭玄注曰沿猶因述也故使持節都督楊州諸軍事中書監
太傅領司徒楊州刺史竟陵王新除進督南徐州體睿
履正神監淵邈道冠民宗具瞻惟允毛詩曰民具爾瞻肇自弱
齡孝友光備毛詩曰張仲孝友爰及贊契協升景業爕和台曜
五教克宣台曜及五教並已見上文敷奏朝端百揆惟穆尚書曰敷奏以言晉
中興書謝石上疏曰尸素朝端忽焉五載尚書曰百揆時敘寄重先顧任均負圖先顧

則顧命也尚書曰成王將崩命召公畢公相康王作顧命負圖已見上文諒以齊徽二南同
規往哲毛詩序曰關雎麟趾之化王者之風也故繫之周公鵲巢騶虞之德諸侯之風也故繫之召公
周南召南正始之道王化之基方憑保祐永翼雍熙東京賦曰上下共其雍熙天不
憖遺奄見薨落憖遺已見上文方言曰奄遽也尚書曰帝乃殂落哀慕抽割
震動于厥心今先遠戒期龜謀襲吉禮記曰喪事先遠日尚書曰謀及卜
筮孔安國曰龜曰卜又曰乃卜三龜一習吉襲與習通茂崇嘉制式引風猷可追
崇假黃鉞尚書曰王左杖黃鉞孔安國曰鉞以黃金飾斧侍中都督中外諸軍
事太宰領大將軍楊州牧綠綟麗綬具九錫服命之禮
魏晉官品曰相國丞相綠綟綬九錫已見潘勗九錫文使持節中書監王如故給九
旒鑾輅甘泉鹵簿曰游車九乘禮記曰乘鑾輅駕蒼龍黃屋左纛導轀輬車漢書

曰紀信乘王車黃屋左纛李斐曰黃屋天子車以黃繒爲蓋裏纛毛羽幢在乘輿衡左方上注之漢書曰載霍
光尸以轀輬車文穎曰如今喪轜車前後部羽葆鼓吹挽歌二部虎賁班
劒百人漢書韓延壽給羽葆鼓車歌車張晏曰羽葆幢也服虔曰如今鼓吹歌車也晉公卿禮秩曰諸
公及開府位從公者給虎賁二十人持班劒焉葬禮一依晉安平獻王孚故事
王隱晉書曰孚字叔達宣帝次弟也封安平王薨謚曰獻詔喪事一依漢東平獻王蒼故事公道識
虛遠表裏融通淵然萬頃直上千仞范曄後漢書郭林宗曰黃叔度汪汪
如萬頃之陂魯連子曰東山有松千仞無枝非爲正直無枉自然僕妾不覩其喜慍近侍
莫見其傾弛晉中興書曰衛玠終身不見其慍喜王隱晉書曰王邵爲丹陽尹善禮儀撫人近習
未嘗見其惰替他人之善若己有之尚書穆公曰人之有伎若己有之民之不
臧公實貽恥尸子曰見人有過則如己有過虞氏之盛德也誘接恂恂降以顏

色。論語曰孔子於鄉黨恂恂如也似不能言者王肅曰恂恂温恭之貌方於事上好下規己。魏志劉寔曰王肅方於事上而好下接己此一反也而廉於殖財施人不倦。左傳叔向曰齊桓施舍不倦求善不厭帝子儲季令行禁止。文子曰夫抱順效誠者令行禁止國網天憲寘諸掌握。范曄後漢書劉陶曰今權官手握王爵口含天憲淮南子曰執節於掌握之間寘致也未嘗鞫人於輕刑錮人於重議。東觀漢記曰袁安爲尹十餘年政令公平未嘗以贓罪鞫人常歎曰凡士之學高欲望宰相下及牧守錮人於聖代尹不忍爲也人有不及內恕諸己非意相干每爲理屈。晉中興書曰衛玠常以人有不及可以情恕非意相干可以理遣任天下之重體生民之俊。孟子曰伊尹其自任以天下之重也如此東觀漢記鄧騭曰天生俊士以爲民也華袞與緼緒同歸。張呂山藻與蓬茨俱逸。潘岳密陵侯鄭公碑曰公雖違華袞猶朱其紱韓詩子路曰曾子褐衣緼

緒未嘗完論語曰臧文仲山節藻棁包咸曰節者栭刻鏤爲山棁者梁上楹畫以藻文聖主得賢臣頌曰長於蓬茨之下良田廣宅符仲長之言。范曄後漢書曰仲長統字公理山陽人也少好學博涉書記每州郡召命輒稱疾不就欲卜居清曠以樂其志嘗論之曰使居有良田廣宅背山臨流溝池環匝竹木周布足以息四體之役邙山洛水協應叟之志。應璩與程文信書曰故求遠田在關之西南臨洛水北據邙山託崇岫以爲宅因茂林以爲蔭上園東國錙銖軒冕。以東國若上園輕軒冕猶錙銖者鄭玄曰言君分國以祿之視之輕如錙銖矣乃依林構宇傍巖拓架清猨與壼人爭旦緹幕與素瀨交輝。劉公幹贈五官中郎將詩曰明月照緹幕楚辭曰戲疾瀨之素水罝之虛室人野何辨。莊子曰虛室生白孟子曰舜之居深山之中所以異於深山之野人者幾希劉熙曰當此之時舜與野人相去豈遠哉殷仲文入剡詩曰野人雖云隔超悟必有此高人何點躡屩於鍾阿徵士劉虯獻書於衛

岳贈以古人之服引以度外之禮。蕭子顯齊書曰何點字子晳廬江人也隱居東離門卞忠貞墓側豫章王命駕造門點後門逃去竟陵王子良聞之曰豫章王命尚不屈非吾所議遺點嵇叔夜酒杯徐景山酒鎗以通意虞孝敬高士傳曰何點常躡草屩時乘柴車蕭子顯齊書又曰劉虯字靈豫南陽人也豫章王爲荊州牧辟虯爲別駕遺書禮請虯脩牋荅不應命子良致書通意虯荅書後以江陵沙洲人遠乃徙居之魏志曰太祖賜毛玠素屛風素憑几曰君有古人之風故賜以古人之服干寶晉紀何曾謂太祖曰阮籍如此何以訓世太祖曰度外人也宜共容之屈以好事之風申其趨王之意。戰國策曰先生王叔造門欲見於齊宣王宣王使謁者迎入王叔曰叔趨見王爲好勢王趨見叔爲好士於王何如使者復還報宣王曰先生徐入寡人請從宣王因趨而迎之於門乃知大春屈己於五王君大降節於憲后致之有由也。范曄後漢書井丹字大春扶風人建武末沛王輔等五王居北宮皆好賓客更遣請丹不能致信陽侯陰就光烈皇后弟也以外戚貴盛乃詭

五王求錢千萬約能致丹別使人要劫之丹不得已既至就故爲設麥飯葱菜之食丹推去之曰以君侯能供甘旨故來相過何其薄乎更致盛饌乃食東觀漢記曰荀恁字君大鴈門人也永平中驃騎將軍東平憲王蒼辟恁署祭酒敬禮焉後朝會上戲之曰先帝徵君不至驃騎辟而來何也對曰先帝秉德惠下臣故不來驃騎將軍執法檢下臣故不敢不來其卉木之奇泉石之美公所製山居四時序言之已詳文皇帝養德東朝同符作者。蕭子顯齊書曰文惠太子懋字雲喬世祖長子昭業即皇帝位追尊爲文皇帝山濤啓事曰保傅不可不高天下之選羊祜秉德義克己復禮東宮少事養德而已論衡曰治國之道一曰養德養德者養名高尚之人亦能敬賢禮記曰作者之謂聖述者之謂明明聖者述作之謂也爰造九言實該百行。竟陵王集有皇太子九言言德言賢言親言生言靜言昭言真言節言義孔藏與從弟書曰學者所以飾百行也導衿褵於未萌申烱戒於茲日。衿褵於衿結褵也儀禮曰女嫁母施衿結帨曰勉之敬之毛詩曰親結其

縭九十其儀毛萇曰縭婦人之褘也幽通賦曰既訊爾以吉象又申之以烱戒非直旦暮千載
故乃萬世一時也莊子曰萬世之後而一遇大聖知其解者是旦暮遇之也命公注
解竟陵王集有皇太子九言注解衛將軍王儉綴而序之竟陵王集云衛將軍王儉
爲九言序贊山宇初搆超然獨往淮南王莊子略要曰江海之士山谷之人也輕天下
細萬物而獨往者也司馬彪注曰獨往自然不復顧世顧而言曰死者可歸誰與
入室國語曰趙文子與叔向觀乎九原曰死者若可作吾誰與歸尚想前良俾若神
對思玄賦曰尚前良之遺風王隱晉書劉琨曰神爽忽然若己之侍對也乃命畫工圖之
軒牖既而緬屬賢英傍思才淑賈逵國語注曰緬思貌匹婦之操亦
有取焉有客游梁朝者從容而進曰未見好德愚竊惑
焉論語孔子曰吾未見好德如好色者即命刊削投杖不暇禮記曰子夏喪其子而喪

其明弟子弔之子夏曰天乎予之無罪曾子怒曰喪爾親使人未有聞喪爾子喪爾明汝何無罪子夏投其杖
而拜之公以爲出言自口駟騄不追鄧析書曰一言而非駟馬不能追一言而
急駟馬不能及聽受一謬差以千里易乾鑿度曰正其本而萬物理失之毫釐差之千里
所造箴銘積成卷軸門階戶席寓物垂訓李充集序曰充好爲銘贊
門階戶席莫不有述家語南宮敬叔曰孔子作春秋垂訓後嗣先是震于外寢左氏傳曰震夷
伯廟罪之匠者以爲不祥將加治葺弔屈原曰逢時不祥杜預左氏傳注曰葺覆也
公曰此天譴也無所改修以記吾過且令戒懼不怠左氏
傳曰晉侯求介之推不獲以緜上爲之田曰以志吾過且旌善人從諫如順流虛己若
不足王命論曰從諫如順流莊子曰人能虛己以游於世其孰能害之老子曰大白若辱廣德若不足
至於言窮藥石若味滋旨左氏傳曰孟孫卒臧孫入哭甚哀曰孟孫之惡我藥石也

信必由中貌無外悅左氏傳曰周鄭交惡君子曰信不由中質無益也貴而好
禮怡寄典墳論語子曰未若貧而樂富而好禮者也左氏傳楚子曰左史倚相能讀三墳五典
雖牽以物役孜孜無怠孫卿子曰是謂以己爲物役矣尚書曰禹曰予思日孜孜又曰無
怠無荒乃撰四部要略淨住子淨住序云遺教經云波羅提木义是女大師若住於
世無異我也又云波羅提木义住則我法住波羅提木义滅則我法滅是故衆僧於望晦再說禁戒謂之布薩
外國云布薩此云淨住亦名長養亦名增進所謂淨住身口意身絜意如戒而住故曰淨住子者紹繼爲義以
沙門淨身口七支不起諸惡長養增進菩提善根如是脩習成佛無差則能紹續三世佛種是佛之子故云淨
住子並勒成一家懸諸日月漢書曰太史公書序略以拾遺補闕藝成一家言楊雄方
言曰雄以此篇目煩示其成者張伯松伯松曰是懸諸日月不刊之書也引洙泗之風闡迦
維之化禮記曾子謂子夏曰吾與汝事夫子於洙泗之閒鄭玄曰洙泗魯水名也瑞應經曰菩薩下當作

佛託生天竺迦維羅衛國大漸彌留話言盈耳尚書曰疾大漸惟幾病日臻既彌留說文
曰話會合善言也論語子曰師摯之始關雎之亂洋洋乎盈耳哉黜殯之請至誠懇惻
黜殯已見演連珠注豈古人所謂立言於世沒而不朽者歟左氏傳曰
穆叔如晉范宣子逆之問焉曰古人有言曰死而不朽何謂也穆叔對曰豹聞之太上有立德其次有立功其
次有立言雖久不廢此之謂不朽也易名之典請遵前烈謹狀禮記曰公叔文子卒
其子戍請謚於君曰日月有時將葬矣請所以易其名者

弔屈原文一首　并序

賈誼

誼爲長沙王太傅既以謫去意不自得韋昭曰謫譴也字林曰丈厄切
及渡湘水爲賦以弔屈原屈原楚賢臣也被讒放逐
作離騷賦其終篇曰已矣哉國無人兮莫我知也遂自

投汨羅而死誼追傷之因自喻其辭曰應劭風俗通曰賈誼與鄧通俱
侍中同位數廷譏之因是文帝遷爲長沙太傅及渡湘水投弔書曰闒茸尊顯佞諛得意以哀屈原離讒邪之
咎亦因自傷爲鄧通等所愬也
恭承嘉惠兮俟罪長沙張晏曰恭敬也越絕書曰恭承嘉惠述暢往事琴操伍子
胥歌曰俟罪斯國志願得兮側聞屈原兮自沈汨(覔)羅韋昭曰皆水名羅今爲縣
屬長沙汨水在焉列子曰吾側聞之造託湘流兮敬弔先生言至湘水託流而弔遭
世罔極兮乃殞厥身張晏曰讒言罔極罔極言無中正周書文王曰惟世罔極汝尚助予
嗚呼哀哉逢時不祥鸞鳳伏竄兮鴟梟翺翔闒茸尊
顯兮讒諛得志胡廣曰闒茸不才之人無六翮翺翔之用而反尊顯爲諂諛得志於世也字林曰
闒茸不肖也賢聖逆曳兮方正倒植胡廣曰逆曳不可順道而行也倒植者賢不肖

顛倒易位也植史記作値世謂隨夷爲溷(胡困)兮服虔曰殷之賢士卞隨也韋昭曰夷伯夷也溷濁也史記
隨字作伯謂跖蹻爲廉李奇曰跖魯之盜跖蹻楚之莊蹻莫邪爲鈍兮吳越春秋
曰干將者與歐冶同師俱作劍闔閭得而寶之以故使干將造劍二枚一曰干將二曰莫邪莫邪干將妻之名
也鉛刀爲銛漢書音義曰銛徹謂利也息鹽切吁嗟默默生之無故兮應劭曰默
默不得意也臣瓚曰先生謂屈原鄧展曰言屈原無故遇此禍也毛詩曰吁嗟鳩兮斡棄周鼎寶
康瓠兮如淳曰斡轉也史記音烏活切爾雅曰康瓠謂之甗李巡曰大瓠瓢也甗丘列切騰駕
罷牛驂蹇驢兮驥垂兩耳服鹽車兮戰國策汗明曰大驥服鹽車上太行
中坂遷延負轅不能上章甫薦履漸不可久兮冠當加首而以薦履復到上爲下故漸
不可久也儀禮曰士冠章甫殷道也嗟苦先生獨離此咎兮應劭曰嗟咨嗟苦勞苦屈
原遇此難也訊曰已矣國其莫我知兮張晏曰訊離騷下音亂辭也獨

壹鬱其誰語鳳漂漂其高逝兮固自引而遠去史記音漂匹遙
切襲九淵之神龍兮沕深潛以自珍音義曰襲覆也猶言察也莊子千金
之珠必九重之淵而驪龍頷下張晏曰沕潛藏也鄧展曰音昧偭蟂獺以隱處兮夫豈
從蝦與蛭螾應劭曰蟂獺水蟲害魚者偭背也蘇林曰偭音面服虔曰蟂音梟韋昭曰蝦蝦蟇蛭
水蟲食人者也螾丘螾也偭然自絕於蟂獺況從蝦與蛭螾也蝦音遐蛭之一切螾音引所貴聖人
之神德兮遠濁世而自藏莊子曰宣丘見蛾丘之將是聖人僕也是自埋於民自藏
於畔郭象曰進不榮華退不枯槁也使騏驥可得係而羈兮豈云異夫犬
羊般紛紛其離此尤兮亦夫子之故也李奇曰般久也紛亂也應劭曰
般音班或曰般桓不去紛紛構讒意也犍爲舍人爾雅注曰尤怨大也李奇曰亦夫子不如麟鳳不逝之故罹
此咎善曰言般桓不去離此愆尤亦夫子自爲之故不可尤人也歷九州而相其君兮

何必懷此都也言知時之亂當歷九州相賢君而事之何必思此都而遭放逐鳳凰翔
于千仞兮覽德輝而下之見細德之險徵兮遙曾擊而
去之如淳曰鳳凰曾擊九千里絕雲氣遙遠也曾高高上飛意也鄭玄曰擊音攻擊之擊李奇曰遙遠也
曾益也史記擊字作翮文子曰鳳凰飛千仞莫之能致也禮記曰德輝動乎內險徵謂輕爲徵祥也彼尋
常之汙瀆兮豈能容夫吞舟之巨魚應劭曰八尺曰尋倍尋曰常善曰莊
子曰弟子謂庚桑楚曰夫尋常之溝巨魚無所還其體而鯢鰌爲之制也橫江湖之鱣鯨兮
固將制於螻蟻晉灼曰小水不容大魚而橫鱣鯨於洿瀆必爲螻蟻所見制以況小朝主闇不
容受忠迕之言亦謂讒賊小人所見害也鱣或作鱏史記鱣張連切鱏音尋莊子庚桑楚謂弟子曰吞舟之魚
碭而失水則螻蟻能苦之戰國策齊人說靖郭君曰君不聞海大魚乎蕩而失水則螻蟻得意焉

弔魏武帝文一首 并序 陸士衡

元康八年機始以臺郎出補著作遊乎祕閣而見魏武帝遺令愾然歎息傷懷者久之毛詩曰嘯歌傷懷客曰夫始終者萬物之大歸死生者性命之區域家語孔子曰命者性之始也死者生之終也有始必有終矣尸子老萊子曰人生於天地之間寄也寄者同歸也是以臨喪殯而後悲觀陳根而絕哭國語曰楚子西歎於朝藍尹亹曰吾聞君子思前世之崇替與哀殯喪於是有歎其餘則否禮記曰朋友之墓有宿草而不哭焉鄭玄曰宿草謂陳根也今乃傷心百年之際興哀無情之地意者無乃知哀之可有而未識情之可無乎機荅之曰夫日食由乎交分山崩起於朽壞亦云數而已矣左氏傳曰秋七月壬午朔日有蝕之公問於梓慎曰是何物也禍福何爲對曰二至二分日有蝕之不爲災日月之行也分同道也至相遇也其他日則爲災陽不克也國語曰梁山崩伯宗問絳人曰若何對曰山有朽壤而崩將若何然百姓怪焉者豈不以資高明之質而不免卑濁之累尚書曰高明柔克高明謂日月也居常安之勢而終嬰傾離之患故乎穀梁傳曰沙麓崩林屬於山爲麓沙山名無崩壞之道而云崩故志之也夫以迴天倒日之力而不能振形骸之內范曄後漢書曰左迴天具獨坐謂中官左悺具瑗也淮南子曰魯陽公與韓遘戰酣日暮援戈而麾之日爲之反三舍莊子曰申徒亢者也謂子產曰今子與我遊於形骸之內而子索我於形骸之外濟世夷難之智而受困魏闕之下崔寔政論曰及其出也足以濟世寧民呂氏春秋公子牟曰心居魏闕之下許愼淮南子注曰魏闕王之闕也已而格乎上下者藏於區區之木尚書曰格于上下左氏傳楚靈王曰是區區者而不畀余也光于四表者翳乎蕞祖外爾之士尚書曰光被四表左氏傳子產曰諺曰曰蕞爾之國杜預注曰蕞爾小貌也雄心摧於弱

情壯圖終於哀志長筭屈於短日遠迹頓於促路筭計謀也迹功業也思玄賦曰盍遠迹以飛聲嗚呼豈特瞽史之異闕景黔黎之怪頹岸乎觀其所以顧命家嗣貽謀四子顧命以見上文爾雅曰冢大也左氏傳里克曰太子奉冢祀社稷之粢盛故曰冢子謂文帝也毛詩曰貽厥孫謀經國之略既遠隆家之訓亦弘又云吾在軍中持法是也至小忿怒大過失不當效也善乎達人之讜言矣聲類曰讜善言也持姬女而指季豹以示四子曰以累汝因泣下魏略曰太祖杜夫人生沛王豹及高城公主四子即文帝已下四王也太祖崩文帝受禪封母弟彰爲中牟王植爲雍丘王庶弟彪爲白馬王又封支弟豹爲侯然太祖子在者尚有十一人今唯四子者蓋太祖崩時四子在側史記不言難以定其名位矣傷哉曩以天下自任今以愛子託人自任已見上文列子相室謂東門吾曰公之愛子也同乎盡者無餘而得乎亡者無存言人命盡而神無餘身亡而識無存今太祖同而得之故可悲傷也鄭玄禮記注曰死言精神盡也然而婉孌房闥之內綢繆家人之務則幾乎密與班固漢書哀紀述曰婉孌董公力婉切毛詩曰綢繆束薪毛萇曰綢繆猶纏緜也杜預左氏傳注曰幾近也又曰吾婕妤妓人皆著銅爵臺魏志曰建安十五年冬作銅爵臺於臺堂上施八尺牀繐帳鄭玄禮記注曰凡布細而疎者謂之繐朝晡上脯糒之屬漢書東方朔曰乾肉爲脯方武切說文曰糒乾飯也蒲秘切月朝十五輒向帳作妓汝等時時登銅爵臺望吾西陵墓田又云餘香可分與諸夫人諸舍中無所爲學作履組賣也舍中謂衆妾衆妾既無所爲可學作履組賣之晏子春秋曰景公爲履黃金之綦飾以組連以珠吾歷官所得綬皆著藏中吾餘衣

裹可別爲一藏不能者兄弟可共分之既而竟分焉亡
者可以勿求存者可以勿違求與違不其兩傷乎今衣裘別
爲一藏是亡者有求也既而竟分焉是存者有違也求爲吝而虧廉違爲貪而害義故曰兩傷悲夫愛
有大而必失惡有甚而必得智惠不能去其惡威力
不能全其愛言愛是情之所厚故雖大而必失之惡是行之所穢故雖甚而必得之故智惠不能
去其惡威力不能用其愛故可悲也尸子曰父母愛之喜而不忘父母惡之懼而無咎然則愛與惡其於
成孝也無擇令人雖未得愛不得惡矣故前識所不用心而聖人罕言焉
老子曰前識者道之華論語子曰飽食終日無所用心又曰子罕言利若乃繫情累於外
物留曲念於閨房亦賢俊之所宜廢乎愼子曰德精微而不見是
故物不累於內於是遂憤懣而獻弔云爾白虎通曰天子崩臣子哀痛憤懣
六百十八　文六十　十八　曹偁
接皇漢之末緒值王塗之多違東都賦曰系唐統接漢緒荅賓戲曰王塗蕪穢
周失其馭蔡邕釋誨曰王塗壞人極殆漢書元帝詔曰政令多違佇重淵以育鱗撫慶
雲而遐飛以龍喻太祖也重淵九重之淵也揚雄釋愁曰懿神龍之淵潛竢慶雲而將舉史記曰若
煙非煙若雲非雲郁郁紛紛蕭索輪囷是謂慶雲運神道以載德乘靈風而扇
威周易曰聖人以神道設教國語曰祭公謀父曰弈世載德載猶行也摧群雄而電擊舉
勍敵其如遺左氏傳子魚曰君未知戰勍敵之人隘而不成列天贊我也杜預曰勍強也漢書梅
福上書曰高祖取楚如拾遺指八極以遠略必翦焉而後綏淮南子曰八紘
之外乃有八極也釐三才之闕典啓天地之禁闈三才已見頭陀寺碑文范
曄後漢書曰梁太后詔曰周舉在禁闈有密靜之風舉脩網之絕紀紐大音之解
徽老子曰大音希聲許愼淮南子注曰鼓琴循紘謂之徽掃雲物以貞觀要萬塗

而來歸雲物喻羣凶也左氏傳曰分至啓閉必書雲物周易曰天地之道貞觀者也來歸歸之於己也
丕大德以宏覆援日月而齊暉周易曰天地之大德曰生禮記曰天無私覆淮
南子曰爲帝異道而德覆天下楚辭曰與天地兮比壽與日月兮齊光宏普也濟元功於九有
固舉世之所推史記太史公曰惟祖元功輔臣股肱詩曰奄有九有老子曰天下樂推而不
猒彼人事之大造夫何往而不臻左氏傳呂相曰我有大造乎西也杜預注
曰造成也將覆簣於浚谷擠爲山乎九天論語孔子曰譬如平地雖覆一簣進
吾往也孔安國尚書傳曰擠墜也司馬兵法曰善攻者動於九天之上苟理窮而性盡豈
長筭之所研周易曰窮理盡性以至於命鄭玄曰言窮其義理盡人之情性以至於命吉凶所定
又曰研喻思慮也悟臨川之有悲固梁木其必顛論語子在川上曰逝者如
斯夫梁木巳見上文當建安之三八實大命之所艱大命謂天命也尚書曰天
六百七十　文六十　十九　戊申重刊　刘升
監厥德用集大命雖光昭於曩載將稅駕於此年史記李斯曰當今可謂富
貴極矣吾未知所稅駕也法言曰仲尼之駕稅矣李範曰稅舍也惟降神之縣邈眇千
載而遠期降神謂生聖智也千載一出故曰遠期也毛詩曰惟嶽降神柏子新論曰夫聖人乃千載
一出賢人君子所想思而不可得見者也信斯武之未喪膺靈符而在茲茲此
也此太祖也論語曰子畏於匡曰文王既沒文不在茲乎天之未喪斯文也匡人其如予何曹植大魏篇曰大
魏膺靈符天祿方茲始春秋孔演圖曰靈符滋液以類相感雖龍飛於文昌非王心
之所怡周易曰飛龍在天大人造也東京賦曰龍飛白水漢書文昌宮一曰上將二曰次將三曰貴相
憤西夏以鞠旅泝秦川而舉旗魏志曰建安二十四年三月王自長安出斜谷
劉備固險距守五月引軍還長安陳思王述征賦曰恨西夏之不綱毛詩曰陳師鞠旅魏明帝自惜薄祜行曰
出身秦川爰居伊陽踰鎬京而不豫臨渭濱而有疑冀翌日之云

廖彌四旬而成災。毛詩曰宅是鎬京荅賓戲曰周望兆動於渭濱尚書曰既克商二年王有疾不豫公乃告太王王季文王公歸王翌日乃瘳孔安國曰翌日明日也瘳差也詠歸途以反旆。登崤澠而朅來。魏志曰建安二十四年十月還洛陽東京賦曰乃反旆而回復漢書曰王莽冊命壬奇曰崤澠之險東當鄭衛新序大臣曰洛陽西有崤澠思玄賦曰廻志朅來從玄諆次洛汭而大漸。指六軍曰念哉。魏志曰建安二十五年正月至洛陽庚子王崩尚書曰東至於洛汭大漸已見上文尚書曰帝念哉伊君王之赫奕。寔終古之所難。楚辭曰長無絕兮終古威先天而蓋世。力盪海而拔山。周易曰先天而天弗違漢書項羽歌曰力拔山兮氣蓋世時不利兮騅不逝田邑與馮衍書曰欲摇太山而盪北海厄奚險而弗濟。敵何彊而不殘。每因禍以禔福。亦踐危而必安。難蜀父老曰遐邇一體中外禔福說文曰禔安也時移切迄在茲而蒙昧。慮噤閉而無端。

楚辭曰口噤閉而不言噤巨蔭切委軀命以待難。痛沒世而永言。鶡冠子曰從祀委命鵩鳥賦曰縱軀委命論語子曰君子疾沒世而名不稱焉撫四子以深念。循膚體而頹嘆。迨營魄之未離。假餘息乎音翰。楚辭曰我營魄而登遐老子曰抱一能無離乎鍾會曰經護為營形氣為魄執姬女以嚬瘁。指季豹而漼焉。孟子曰嚬蹙而言嚬蹙謂人頻眉蹙頞憂貌也漼泣涕垂貌氣衝襟以嗚咽。涕垂睫而汍瀾。蔡琰詩曰行路亦嗚咽桓子新論曰雍門周以琴見孟嘗君孟嘗君淚承睫涕出漢書息夫躬絕命辭曰涕泣流兮萑蘭臣瓚曰萑蘭涕泣闌干也萑與汍古今字同違率土以靖寐。戢彌天乎一棺。毛詩曰率土之濱古詩曰潛寐黃泉下毛萇詩傳曰戢聚也彌天喻志高遠也尚書五行傳曰雲起於山彌於天淮南子曰吾死也朽有一棺之土咨宏度之峻邈。壯大業之允昌。周易曰富有之謂大業思居終而卹始。命臨沒而肇揚。穀梁傳曰先君有正終後君有正始也援貞吝以惎悔。雖在我而不臧。言為履組及分香令藏衣裘是引貞吝之道教為可悔之行也周易曰自邑告命貞吝毛詩曰何用不臧惜內顧之纏緜。恨末命之微詳。西京賦曰嗟內顧之所觀張堅與任彥昇書曰纏緜惠好庶躡高蹤尚書曰道揚末命也紆廣念於履組。塵清慮於餘香。結遺情之婉孌。何命促而意長。陳法服於帷座。陪窈窕於玉房。孝經曰非先王之法服不敢服毛詩曰窈窕淑女漢書郊祀歌曰神之出排玉房宣備物於虛器。發哀音於舊倡。禮記曰孔子謂盟器者備物而不可用說文曰倡樂也謂作伎人也矯慼容以赴節。掩零淚而薦觴。家語曰子貢問居父母之喪子曰感容稱其服楚辭曰長太息以掩涕物無微而不存。體無惠而不亡。言服玩雖微而必存儀形無善而必逝言物在而人亡也家語孔子謂哀公曰君入廟仰視榱桷俯察机筵其器皆存而不覩人君以此思哀

則意可知矣庶聖靈之響像。想幽神之復光。響像音影之異名魯靈光殿賦曰忽縹緲以響像孫卿子曰下和上譬響之應聲影之像形苟形聲之翳沒。雖音景其必藏。音以應聲景以隨形形聲咸已翳沒影響故亦必藏也鶡冠子曰景則隨形響則應聲也徽清紛而獨奏。進脯糒而誰嘗。悼繐帳之冥漠。怨西陵之茫茫。毛詩曰宅殷土茫茫登爵臺而群悲。貯美目其何望。字林曰貯長眙也博雅曰眝視也眝與貯同毛詩曰美目盼兮既睎古以遺累。信簡禮而薄葬。禮繁則易亂厚葬則傷生能遵簡薄所以遺累詩緯曰齊數好道廢義簡禮宋均曰簡猶闕也漢書劉向曰賢臣孝子亦命順意而薄葬史記曰因其俗簡其禮也彼裘紱於何有。貽塵謗於後王。言裘紱輕微何所有而空貽塵謗而及後王嗟大戀之所存。故雖哲而不忘。言情苟存乎大戀雖復上聖亦不能忘故可嗟也臨覽遺籍以慷慨。獻茲文而

悽傷

祭文

祭古冢文一首 并序

謝惠連 沈約宋書曰元嘉七年惠連爲司徒彭城王義康法曹參軍義康脩東府城城塹中得古冢爲之改葬使惠連爲祭文留信待成也

東府掘城北塹入丈餘丹陽記曰東府城西則簡文會稽王時第東則孝文王道子府道子領楊州仍住先舍故俗稱東府得古冢上無封域不用塼甓毛萇詩傳曰甓瓴甋也今謂之塼以木爲槨中有二棺正方兩頭無和呂氏春秋惠公說魏太子曰昔王季歷葬渦山之尾欒水齧其墓見棺之前和髙誘曰棺題曰和明器之屬材瓦銅漆有數十種禮記曰孔子曰明器者神明之器也多異形不可盡識

刻木爲人長三尺可有二十餘頭初開見悉是人形以物棖撥之應手灰滅說文曰棖杖也宅庚切然南人以物觸物爲棖也廣雅曰撥除也補達切棺上有五銖錢百餘枚漢書曰武帝罷半兩錢行五銖錢也水中有甘蔗節及梅李核瓜瓣皆浮出不甚爛壞爾雅曰瓠犀瓣說文曰瓣瓜中實也白莧切一作辯字音練辯與練字通銘誌不存世代不可得而知也公命城者改埋於東岡祭之以豚酒既不知其名字遠近故假爲之號曰冥漠君云爾

元嘉七年九月十四日司徒御屬領直兵令史統作城録事臨漳令亭侯朱林具豚醪之祭敬薦冥漠君之靈忝摠徒旅板築是司窮泉爲塹聚壤成基一槨既啓雙棺在茲捨畚悽愴縱鍤漣而左氏傳曰宋災陳畚揭杜預曰畚簣籠也畚音本揭居局切爾雅曰鍬謂之鍤周易曰泣血漣如杜預左傳注曰而助語也芻靈已毀塗車既摧禮記曰塗車芻靈自古有之也几筵糜腐俎豆傾低盤或梅李盎或醯醢爾雅曰盎謂之缶又曰肉謂之醢郭璞曰肉醬也音海說文曰醯酸也醯呼蹄切蔗傳餘節瓜表遺犀犀已見上文追惟夫子生自何代曜質幾年潛靈幾載寡婦賦曰潛靈邈其不反爲壽爲夭寧顯寧晦銘誌湮滅姓字不傳今誰子後曩誰子先功名美惡如何蔑然百堵皆作十仞斯齊毛詩曰百堵皆興墉不可轉塹不可迴黃腸既毀便房已頹循題興念撫俑增哀漢書曰霍光薨賜便房黃腸題湊各一具蘇林曰以柏木黃心致累棺外故曰黃腸木頭皆內向故曰題湊如淳曰便房冢壙中室也埤

蒼曰俑木送人葬也餘腫切俑或爲偶偶刻木以像人形五苟切射聲垂仁廣漢流渥范曄後漢書曰曹褒遷射聲校尉射聲營舍有停棺不葬百餘所褒親履行問其意故吏對曰此等多是建武以來絕無後者故不得埋掩褒爲買空地悉葬其無主者設祭以祀之東觀漢記曰陳寵字昭公沛國人也轉廣漢太守先是雒陽城南每陰常有哭聲聞於府中寵使案行昔歲倉卒時骸骨不葬者多寵乃勅縣葬埋由是即絕也祠骸府阿掩骼格城曲禮記曰孟春之月掩骼埋胔鄭玄曰骨枯曰骼仰羡古風爲君改卜孝經曰卜其宅兆而安厝之輪移北隍窀穸東麓說文曰城池無水曰隍音皇左氏傳楚子曰窀穸之事杜預曰窀厚也穸夜也厚夜長夜葬爲埋也說文曰穸葬下棺也穀梁傳曰林屬於山爲麓壙即新營棺仍舊木鄭玄周禮注曰壙謂冢中也棺或爲遂非也合葬非古周公所存禮記武子曰合葬非古自周公已來未之有也敬遵昔義還祔雙魂禮記孔子曰魯人之祔也合之鄭玄曰祔謂合葬也酒以兩壺

牲以特豚。幽靈髣髴。歆我犧樽。嗚呼哀哉。魏太祖祭橋玄文曰幽靈潛翳李康髑髏賦曰幽魂髣髴忽有人形禮記曰祀周公於太廟牲用白牲尊用犧象也許宜切

祭屈原文一首

沈約宋書曰少帝即位出延之爲始平太守之郡道經汨潭爲湘州刺史張邵作祭屈原文以致其意

顏延年

惟有宋五年月日。湘州刺史吳郡張邵。沈約宋書曰張邵字茂宗吳郡人也恭承帝命。建旟舊楚。賈誼弔屈原曰恭承嘉惠兮俟罪長沙周禮曰州里建旟鄭玄毛詩箋曰謂州長之屬陸機高祖功臣頌曰舊楚是分訪懷沙之淵。得捐珮之浦。楚辭曰懷沙礫而自沈兮不忍見之蔽壅又曰捐余玦兮江中遺余珮兮澧浦弭節羅潭。艤舟汨渚。楚辭曰路漫漫其悠遠夕弭節而高厲漢書曰烏江亭長艤船待如淳曰南方人謂整船向岸曰艤乃遣戶曹掾某。敬祭故楚三閭大夫屈君之靈。王逸楚辭序曰

屈原與楚同姓仕於懷王爲三閭大夫蘭薰而摧。玉縝則折。語林曰毛伯成負其才氣常稱寧爲蘭摧玉折不作蒲芬艾榮管子曰夫玉折而不撓勇也禮記孔子曰君子比德於玉焉縝密以栗智也鄭玄曰縝緻也物忌堅芳。人諱明潔。堅芳即玉及蘭劉熙孟子注曰白玉之性堅蔡邕度尚碑曰明潔鮮白珪曰若先生。逢辰之缺。賈誼弔屈原文曰嗟若先生獨離此咎楚辭曰悼余生之不辰逢此世之匡攘溫風怠時。飛霜急節。溫風長物飛霜殺物也周書曰小暑之日溫風至京房占曰三月建辰風衰怠栢麟七說曰飛霜厲其末飆風激其崖嬴芊遘紛。昭懷不端。嬴秦姓芊楚姓王逸楚辭序曰是時秦昭王使張儀譎詐懷王令絶齊交又使誘懷王請與俱會武關遂脅與俱歸拘留不遣卒客死於秦大戴禮曰太子處位不端受業不敬此屬太保之任也謀折儀尚。貞蔑椒蘭。史記曰楚懷王既絀屈平秦乃令張儀事楚秦昭王欲與懷王會欲行屈平曰秦不可信王問子蘭子蘭勸王行秦因留懷王王逸楚辭序曰同列大夫上官靳尚妒害其能共譖毀之楚辭曰椒專佞以慢謟兮榝又欲充夫佩幃王逸曰椒大夫子椒也楚辭曰余以蘭爲可恃兮羌無實而害長王逸曰蘭懷王之少弟司馬子蘭也身絶郢闕。迹遍湘干。郢楚都也毛萇詩傳曰干崖也比物荃蓀。連類龍鸞。韓子曰連類比物見者以爲虛而無用荃蓀香草也王逸楚辭序曰善鳥香草以配忠貞虯龍鸞鳳以託君子聲溢金石。志華日月。金石樂也金曰鍾石曰磬吳越春秋樂師曰君王之德可刻之於金石史記太史公曰屈原蟬蛻於濁穢以浮游塵埃之外推此志也與日月爭光可也如彼樹芳。實穎實發。毛詩曰實發實秀實穎實栗望汨心欷。瞻羅思越。吳質荅東阿王書曰精散思越藉用可塵。昭忠難闕。周易曰藉用白茅何咎之有夫茅之爲物薄而用可重也左氏傳君子曰風有采蘩采蘋雅有行葦泂酌昭忠信也

祭顏光祿文一首

顏光祿即顏延年也

王僧達

維宋孝建三年。沈約宋書曰孝建孝武年號也九月癸丑朔十九日辛

未。王君以山羞野酌。敬祭顏君之靈。嗚呼哀哉。夫德以道樹。禮以仁清。尚書曰樹德務滋孔安國曰樹立也清明也惟君之懿。早歲飛聲。思玄賦曰盍遠迹以飛聲義窮機彖。文蔽班楊。機彖謂周易班班固楊楊雄也郭璞三倉解詁曰楊音盈協韻性婞剛潔。志度淵英。楚辭曰鯀婞直以亡身兮婞猶直也登朝光國。實宋之華。班固漢書述曰弱冠登朝蔡邕陳太丘碑曰紆珮金紫光國垂勳國語季文子曰吾聞以德榮爲國華韋昭曰爲國光華才通漢魏。譽浹龜沙。漢書曰龜茲國王治延城去長安七千四百八十里尚書曰被于流沙漢書李陵歌曰經萬里度沙漠說文曰北方流沙服爵帝典。棲志雲阿。言服爵雖依帝典而棲志實在雲阿言高遠也管子曰將立朝廷者則爵服不可貴也張華勵志詩曰棲志浮雲清交素友。比景共波。共波猶連波以喻多氣高叔夜。嚴方仲舉。叔夜嵇康字也司馬彪續後漢書曰陳蕃字仲舉汝南人

也。出爲豫章太守。性方峻。不接賓客。逸翮獨翔。孤風絕侶。郭璞遊仙詩曰。逸翮思拂霄。廣雅曰。風。聲也。流連酒德。嘯歌琴緒。漢書。班伯曰。式號式謼。大雅所流連。劉靈有酒德頌。毛詩曰。嘯歌傷懷。琴緒。緒引緒也。遊顧移年。契闊燕處。何敬祖雜詩曰。惆悵出遊顧。毛詩曰。死生契闊。春風首時。爰談爰賦。秋露未凝。歸神太素。列子曰。太素者。質之始。明發晨駕。瞻廬望路。毛詩曰。明發不寐。心悽目泫。情條雲互。李陵詩曰。仰視浮雲馳。奄忽互相踰。涼陰掩軒。娥月寢耀。姮娥掩月。故曰娥月。周易歸藏曰。昔常娥以西王母不死之藥服之。遂奔月爲月精。微燈動光。几牘誰炤。衾衽長塵。絲竹罷調。聾悲蘭宇。屑涕松嶠。楚辭曰。涕漸漸其如屑。古來共盡。牛山有淚。晏子春秋曰。景公遊於牛山。北臨其國。流涕曰。若何去此而死乎。艾孔梁丘據皆泣。唯晏子獨笑。公收淚而問之。晏子曰。使賢者常守。則太公桓公有之。使勇者常守。則莊公有之。吾君

安得此泣而爲流涕。是曰不仁也。見不仁之君。一諂諛之臣。二所以獨笑也。非獨昊天。殲我明懿。毛詩曰。彼蒼者天。殲我良人。以此忍哀。敬陳奠饋。蒼頡篇曰。饋。祭名也。申酌長懷。顧望歔欷。嗚呼哀哉。范曄後漢書曰。劉陶上疏曰。喟爾長懷。中篇而歎。

文選卷第六十終

賜進士出身通奉大夫江南蘇松常鎮太等處承宣布政使司布政使胡克家重校刊

貴池在蕭梁時寔為
昭明太子封邑。血食千載。威靈赫然。水旱疾疫。無禱不應。廟有文選閣。宏麗壯偉。而獨無是書之板。蓋缺典也。往歲邦人嘗欲募衆力為之。不成。今是書流傳於世。皆是五臣注本。五臣特訓釋旨意。多不原用事所出。獨李善淹貫該洽。號為精詳。雖四明贛上。各嘗刊勒。往往裁節語句。可恨。袤因以俸餘鋟木。會池陽袁史君助其費。郡文學周之綱督其役。踰年乃克成。既摹本藏之閣上。以其板寘之學宮。以慰邦人所以尊事
昭明之意云。淳熙辛丑上巳日。晉陵尤袤題。

江寧劉文奎弟文楷模鐫

文選考異序

賜進士出身通奉大夫江南蘇松常鎮太等處承宣布政使司布政使胡克家撰

文選之異起於五臣然使有五臣而不與善注合并若合并矣而未經合并者具在即任其異而勿考當無不可也今世間所存僅有表本有茶陵本及此次重刻之淳熙辛丑尤延之本夫表本茶陵本固合并者而尤本仍非未經合并也何以言之觀其正文則善與五臣已相羼雜或沿前而有譌或改舊而成誤悉心推究莫不顯然也觀其注則題下篇中各嘗闌入呂向劉良頗得指名非特意主增加他多誤取也觀其音則當句每未刊五臣注內間兩存善讀割裂旣時有之刪削殊復不少崇賢舊觀失之彌遠也然則數百年來徒據後出單行之善注便云顯慶勒成已爲如此豈非大誤即何義門陳少章斷斷於片言隻字不能挈其綱維皆緜有異而弗知考也余夙昔鑽研近始有悟參而會之徵驗不爽又訪於知交之通此學者元和顧君廣圻鎮洋彭君兆蓀深相剖晰僉謂無疑遂迺條舉件繫編撰十卷諸凡義例反覆詳論幾於二十萬言苟非體要均在所略不敢祕諸篋衍用貽海內好學深思之士庶其有取於斯

嘉慶十四年二月下旬序

文選考異卷第一

賜進士出身通奉大夫江南蘇松常鎮太等處承宣布政使司布政使胡克家撰

卷一　○兩都賦二首注自光武至和帝都洛陽下至和帝大悅也何屺瞻焯校曰案後漢書班固傳則兩都賦明帝世所上注和帝誤陳少章景雲校曰賦作於明帝之世注中故上此以諫和帝大悅語未詳所據今案此一節非善注也善下引後漢書顯宗時除蘭臺令史遷爲郎乃上兩都賦不得有此注甚明即五臣銑注亦言明帝云云然則并非五臣注也且此是卷首所列子目其下本不應有注決是後來竄入凡善注失舊有竄入五臣注者有并非五臣注而亦竄入者說詳在後　○兩都賦序

○注亦皆依違尊者都舉朝廷以言之吳郡袁氏翻雕六臣本茶陵陳氏刻增補六臣本都上有所字舉上有連字案此尤延之校改之也袁本五臣居前善次後茶陵本善居前五臣次後皆取六家以意合并如此凡各本所見善注初不甚相懸遠尤延之多所校改遂致迥異說見每條下　有陋雒邑之議袁本茶陵本雒作洛案二本不著校語詳賦正文及注俱用洛字其後漢書所載賦亦作洛蓋善自作洛也　○西都賦案賦下當有一首二字東都賦下有袁本茶陵本無蓋五臣每題俱無也又上兩都賦序下以三都賦序例之亦當有又東京賦南都賦吳都賦下同　衆流之隈汧涌其西何云後漢書無此二句陳云善此八字無訓釋疑與范書同案各本皆有恐五臣多此二句合併六家失著校語尤以之亂善也凡袁本茶陵本所失著校語者說具每條下其尤本無誤多不復出　注樂稽嘉耀曰案嘉耀當作耀嘉各本皆倒　注然則成功在西案則字不當有各本皆衍凡然則善例祇云然全書盡同其或衍者當依此求之不具出也　挾灃灞案灃灞當作豐霸豐字注可證必善豐霸五臣灃霸而亂之霸字說見後今注中亦作灞非善舊也餘依此求之後漢書作酆霸豐酆同字　度宏規而大起案度當作慶必善慶五臣度袁表茶陵二本所載五臣銑注云度大規矩作度無疑各本失著校語尤以之亂善也注亦失舊見下　注度與羌古字通度或爲慶也陳云度當作慶是也各本皆誤下同

慶當作度。案云慶與羌古字通者，正文作慶，與所引小雅廣言之羌古字通也。云慶或爲度者，此賦作慶，或本爲度，如今後漢書之作度也。五臣因此改慶爲度，後來合并，又倒此注以就之，而不可通矣。今特訂正。注高高祖漢書表本茶陵本此五字作漢書高祖四字，是也。案此尤校改之。下同。注爲功最高表本茶陵本爲上有以字，是也。注而爲漢帝太祖表本茶陵本太作之，是也。而觀萬國也表本茶陵本無也字。何云後漢書無。注王莽於五都立均官茶陵本於下有長安及三字，均官作五均。表本與此同。注城都市長安表本城作成，茶陵本亦誤城。陳云長下衍安字，是也。各本皆衍。注司市師茶陵本市下有稱字。表本與此同。注逴躒猶超絶也茶陵本此六字作卓犖或作逴躒。表本與此同。案茶陵乃校語錯入注也。正文善逴躒，後漢書逴犖，五臣卓犖。二本作卓犖者，亂之。尤所見未誤。表本此注亦未誤。注在彼空谷何校空改穹，陳同，是也。各本皆譌。案陸機苦寒行注引正作穹。注北謂天下陸海之地陳云北當作此，是也。各本皆譌。注穿漕渠道渭

表本茶陵本道作通，是也。注漢書有蜀都漢中郡表本茶陵本都作郡，是也。條支之鳥表本茶陵本支作枝，是也。注中字各本皆作枝，後漢書亦是枝字。注楊雄司命箴曰何校命改空。陳云據范書注當作空，是也。各本皆誤。注玉謂之彫表本茶陵本彫作雕，是也。注言階級勤城然茶陵本階作陛，是也。表本亦誤階。合歡增城何校城改成，注同，是也。後漢書亦是成字。注漢中國姬姓諸侯也陳云中當作東，是也。各本皆誤。注傛華視眞二千石表本茶陵本傛作容。案此尤校改之也。注充依視千石表本茶陵本依作衣。案此尤校改之也。注天祿閣在大殿北何校大下添祕字，是也。各本皆脫。注除太常掌故表本茶陵本故作固。案此尤校改之也。上序注孔安國射策爲掌固，茶陵固，表故，尤亦未改。固即故字耳。凡尤改，每未必是。注方言曰亘竟也案亘當作縆，觀下注可見。各本皆誤。此所引在第六卷中，今本正作縆。後荅賓戲引作緪，緪即縆字也。內則別風之嶕嶢表本茶陵本無之字。案後漢書有，或尤依彼添耳。注爾雅曰蓋戴覆也案爾當作小。各本皆誤。此所引廣詁文。又章懷注後漢書所引今本亦誤小爲爾，皆不知小雅者改也。注窈窕深也陳云窕當作窱，是也。各本皆誤。激神岳之嶈嶈案善引毛詩應門將將爲注，似其本但作將將。表茶陵二本所載五臣濟注云嶈嶈水激山之聲。或各本所見皆以五臣亂善。後漢書作嶈嶈，章懷無注，而此與彼不必全同也。注臺粱何校臺改壼，陳同，是也。各本皆譌。注堨埃也案堨當作壒，觀下注可見。各本皆誤。注周禮水衡茶陵本水作川，是也。表本亦誤水。注紘罘之網也案網當作綱。各本皆譌。於是乘鑾輿案鑾字衍也。注引獨斷以解乘輿，中間不得有鑾字甚明。考後漢書章懷注引獨斷與此同，亦不得有鑾字。今本皆衍耳。上林賦曰於是乘輿弭節徘徊，甘泉賦曰於是乘輿乃登夫鳳皇兮，句例相似，孟堅之所出也。表茶陵二本鑾作鸞。詳五臣濟注仍言乘輿，是其本初無鸞字。各本之衍，當在其後，讀者罕察，今特訂正。又東都賦乘輿乃出，注云乘輿已見上文，指謂此，可借證。注酆在始平鄠東表本茶陵本鄠下有縣字，是也。注何休公

羊傳曰脁陳云傳下脫注字，是也。各本皆脫。注嶄巖高峻之貌也表本茶陵本高上有石字，是也。注行幸長楊宮屬玉館陳云長當作萯。案所校最是。長楊別注在下。各本皆誤。此所引文在甘露二年。注閣謂之臺何校閣改閣，陳同，是也。各本皆誤。注三軍忙然何校忙改芒，是也。各本皆譌。若摛錦布繡表本茶陵本錦下有與字。案後漢書無，或尤依彼刪耳。鳥則元鶴白鷺何云後漢書無鳥則二字，今據文義，當以後漢書爲是。案各本蓋傳寫衍。注說文曰揄表本茶陵本說上有投與揄同四字。案此尤校刪之也。疑本云揄與投同，故五臣因此改正文作投，二本誤互易揄投二字耳。刪者未必是。商循族世之所鬻表本茶陵本循作脩。案後漢書亦是脩字。注而處士循其道何校循改脩，陳同，是也。各本皆譌。案章懷注後漢書所引正作脩。○

東都賦○注田肯曰秦帶河阻山表本茶陵本田肯作婁敬。案二本非也。此所引高帝紀文，非婁敬傳之秦地被山帶河也。下注所云婁敬已見上文者，謂見西都奉春建策注。二本蓋因下注致誤。

何陳校皆據之改爲婁敬殊失之矣凡二本有誤及何陳校之非者多不復出附辨一二以爲舉例餘準是求之

前聖靡得言焉表本茶陵本得下有而字案後漢書亦有注震雷憑怒表本雷作電是也茶陵本亦誤雷

蹈一聖之險易云爾哉茶陵本無哉字云五臣有而已哉字表本有而巳哉案表用五臣也失著校語非後漢書無而已有哉或尤依彼添耳

至乎永平之際表本乎作于茶陵本作於案後漢書作于似乎字非也

正雅樂案雅當作予後漢書作予章懷注正予樂謂依讖文改太樂爲太予樂也困學紀聞曰文選李善注亦引太予五臣乃解爲正樂今本作雅樂誤蓋五臣本改爲雅王伯厚此說最是善既引太予則作予自甚明表本茶陵本所載五臣銑注云雅樂正樂也其作雅亦甚明各本所見正文皆以五臣亂善而失著校語耳凡如此例者全書不少詳見每條下

注作樂名雅案雅當作予各本皆誤此因誤改正文又并誤改注也後漢書明帝紀章懷注所引正是予字

注會明帝改表本明作昌改作九是也茶陵本誤與此同案會昌帝九以四字爲一句何於此節注不得其讀多所紛更非今不論

注正樂官曰太予樂官案正下當有太字各本皆脫顏延之曲水詩序太予協樂注引此詔有可證

躬覽萬國之有無表本茶陵本躬作窮案後漢書亦是窮字

於是皇城之內表本茶陵本於是作是以案後漢書亦作是以

注毛詩傳曰古有梁鄒何校毛改魯案所校是也章懷注所引正是魯字各本皆誤又張載魏都賦注引亦可證

覽駟鐵表本駟鐵作四驖茶陵本作駟驖今案表茶陵二本所載五臣銑注作四驖其善注中作駟鐵必善駟鐵五臣四驖失著校語也茶陵及此駟字未相亂何云後漢書作驖今考此與彼仍不必全同范書駟驖與善駟鐵五臣四驖互異但當各依其本

注棽大枝條表本茶陵本條下有棽灑也三字是也

注寢或爲侵表本茶陵本侵作祲是也

雨師氾灑表本茶陵本氾作泛案後漢書作氾或尤依彼改耳

陳師按屯茶陵本按作案云五臣作按表本作按用五臣也後漢書亦是案字此以五臣亂善非

輶車霆激表本茶陵本輶作輕後漢書亦是輕字案此尤因善注引毛詩輶車而改之其實善下引傳輕也作輕車之注自通二本無校語未必非善亦作輕

異一　四

尤改蓋非

飛者未及翔表本茶陵本未作不下句同案後漢書此二字皆作未或尤依之改耳

注大駕車八十一乘案車上當有屬字各本皆脫

注永平三年正月案三當作二各本皆譌

注一天子樂何校天子改太予云後漢注引作太予陳同是也各本皆譌

注左氏傳曰子曰何校子上添晏字陳同案上曰字當作晏各本皆誤

而怠於東作也表本茶陵本無也字案後漢書有或尤依彼添耳下翼翼濟濟也而不知京洛之有制也而不知王者之無外也三也字同

注分命羲叔表本叔作仲是也茶陵本亦誤叔

注織紝紃緡布也表本茶陵本紃作織是也

注尚書傳曰天下諸侯何校傳上添大字是也各本皆脫

注蘇秦說孟嘗君曰何校孟嘗君改秦惠王案何校誤也章懷注所引亦是孟嘗君此齊策孟嘗君將入秦章文今本高注具存姚宏䟦戰國策曾指此條爲今本所無其失撿與何正同附訂正之

注面氣憟何校面改而陳同是也各本皆譌

其詩曰表本茶陵本詩作辭案後漢書作詩

注率土之濱表本濵作賔是也茶陵本誤與此同案說見後

寶鼎見兮色紛縕表本茶陵本縕作紜案後漢書作縕

注太常其以初祭之日何校初改礿陳同是也各本皆譌

嘉祥阜兮集皇都何云後漢書無此句陳同案各本皆有表茶陵不著校語今無可考也凡疑而未能明者俱載之以俟再詳此其例也

容絜朗兮於純精表本茶陵本純作淳是也案後漢書亦是淳字

卷二○西京賦○心奓體忕案忕當作泰注奓忕同薛注云體安驕泰者其本作泰而如字解之也又云泰或謂忕習之忕者讀泰爲忕又一解也善引小雅曰狃忕也者爲薛後解申說也然則善本必同薛作泰今各本作忕蓋不知者誤改之

注言帝王必欲順陽時表本茶陵本無陽字案此尤校添也

注覈驗也胡革切表本茶陵本無此六字何校去

注作起也表本茶陵本無此三字何校去

注夫筋之所由憺恒由此作表本茶陵本無之所由憺四字案此尤校添也

注于陳倉北坂城祠之表本茶陵本無北字案此尤校添也

注云野雞夜

異一　五

嗚。表本茶陵本無云字。案此尤校添也。注二山名也。表本茶陵本此四字作終南太一二名也七字。
案二本是也。二名也者。謂一山有二名。觀下注可見。尤校改非。注至于鳥鼠。表本茶陵本無此四字。案
無者是也。注此云終南太一。不得爲一山明矣。表本茶陵本無不得爲一四字。
案二本有脫文。今無以補之。尤所校添。未必闇同善舊也。注山形容也。表本茶陵本山上有隆崛之類
皆五字。案尤校刪非。注音戶。杜陵鄠縣。言終南太一。含裹之。表本茶陵本無
此十四字。注善曰。爾雅曰。爰有寒泉。表本茶陵本無善曰二字。案各本皆有誤也。爾雅曰
與爰有寒泉不相承接。今無以訂之。尤校添善曰。仍未爲得善舊也。其遠則九嵕甘泉。表本茶陵
本則下有字。案此無以考也。實惟地之奧區神皐。表本茶陵本惟作爲。案此無以考也。注。
善曰。五緯。五星也。茶陵本善曰在也字下。表本與此同。案似茶陵是也。注漢書曰。漢
元年。表本茶陵本曰作高紀二字。注尚書曰。肆予敢求爾于天邑商。表本

異一　六

茶陵本曰上有王字。無肆予二字。注天命不滔。案滔當作諂。觀下注可見。各本皆譌。注洫。域
池也。案域當作城。後橫西洫而絕金墉句注可證。下郛者何域外大郭也。何校域改城。是也。各本皆譌。乃
覽秦制。表本茶陵本乃上有爾字。案此無以考也。注棼橑已見西京賦。何校京改都。陳
同。是也。表本亦誤。茶陵本複出前注。更非。凡茶陵例改已見爲複出。故其首題增補二字。以後悉放此。雕楹
玉碣。案碣當作舄。善引廣雅碣而云碣與舄古字通。謂賦文之舄與廣雅之碣通也。其作舄甚明。各本所見蓋
皆誤。注山坻。除也。表本茶陵本無山字。案此初亦無。後脩添之而誤耳。注陵。陛也。表本陛作
斗是也。茶陵本作升。即斗字之譌。仰福帝居。何校福改福。云顏氏匡謬正俗云。副貳之字本爲福。從衣
畐聲。西京賦仰福帝居。傳寫譌舛。轉衣爲示。讀者便呼爲福祿之福。失之遠矣。今案所校是也。凡從衣之字。每與從
示混。各本傳寫之誤與顏云云正同。善自作福。不作福也。注說文注曰。案注字不當有。各本皆衍。大
夏耽耽。表本茶陵本夏作廈。案此疑善夏。五臣廈。而失著校語。又二本注中字盡作廈。亦涉五臣亂之。注。

然則既有九室。表本茶陵本無既有二字。案則字亦衍。注蕢積也。薛君曰。蕢
案當作薛君曰蕢積也六字。各本皆誤。注左傳子朱曰。表本茶陵本左下有氏字。無子朱二字。是
也。蘭臺金馬。表本茶陵本蘭上有外有二字。案此無以考也。疑善五臣之異。二本失著校語。尤所見獨
未誤耳。嗟內顧之所觀。案嗟當作羌。注同。善引小雅廣言羌發聲爲注。是其本作羌甚明。表茶陵
二本所載五臣良注云。嗟歎聲。是其本改作嗟亦甚明。各本所見以五臣亂善。又并注中字改爲嗟。益不可通。特訂
正之。注漢書武帝故事。案漢上當有善曰二字。茶陵本此作善注。其薛注長樂桂宮至殿名也十
二字在上。別以綜曰冠之。最是。尤本自此至末三十七字錯入薛注。表本長樂云云十二字錯入善注。皆大誤也。又
何校去書字。陳同。各本皆衍。後宮不移。表本茶陵本後上有於是二字。案此無以考也。官以物
辨。表本茶陵本辨作辦。案此疑善五臣之異也。注瑰奇也。表本自此至末二十四字作善注。茶陵本
與此同。案似茶陵是也。注漢書舊儀云。陳云書字衍。是也。各本皆衍。注刻陗升高

異一　七

也。表本升作斗。是也。茶陵本亦誤升。注瀕古字。陳云古下疑當有俯字。是也。各本皆脫。注以
函屋上。表本茶陵本函作亟。是也。注廣雅曰。曲枅曰欒。案廣上當有善曰二字。茶陵本
此作善注。最是。表本與此同。皆非。注山海經曰。陳云經下脫注字。是也。各本皆脫。注上爲
清陽。又爲陽。表本茶陵本清陽作陽清。是也。橧桴重棼。表本茶陵本橧作增。案此尤誤。欒
輻輕鷩。表本茶陵本欒作櫟。案此尤誤。注作櫟。未改也。注彌竟也。言望之極目。表本
茶陵本無此八字。案無者是也。表本複衍。唐中已見西都賦。七字亦非。注水潒瀁也。表本茶陵本瀁
作潒。案此當是也。注三輔舊事曰。清淵北。表本茶陵本輔作代。案此當三輔三代重有三輔三代舊
事屢引。尤校添。而又脫三代耳。注以廛任國中之地。案廛下當有里字。各本皆脫。此載師職文
也。注說文曰。隓落也。案隓當作陊。各本皆誤。注劉逵魏都賦注曰。案此
有誤也。吳都有蘭錡。內設魏都有附以蘭錡。今善於兩賦舊注中皆不更見此所引語。無以決其當爲劉逵吳都賦

注曰或當爲張載魏都賦注曰也。凡善各篇所留舊注均非全文。注司市胥師二十人。案十
下當有肆則一三字。各本皆脫。此地官序官文也。注禪販夫婦爲主。表本茶陵本無禪字。夫下
有販字。注今大官以十日作。案日當作凡。各本皆譌。注謂作刀劍削也。
表本茶陵本無謂削也三字。下有晉灼曰三字。案漢書顏注引如淳曰作刀劍削者。尤依之校改也。晉灼曰三字誤
去。注武陵。何校武改茂。表本亦作武。茶陵本所複出作茂。茂字是也。注蒼頡曰。何校頡下添篇
字。陳同。是也。各本皆脫。注五十里爲之郊。表本茶陵本之作近。是也。注重車聲也。
表本茶陵本無車字。是也。繚垣縣聯。陳云善曰今並以亘爲垣。案據此則正文及薛注中垣皆當作亘。案
所說是也。善但出垣字於注。其正文必同薛作亘。至五臣銑注直云垣牆。是其本乃作垣。各本所見非。注植
物草木動物禽獸。表本茶陵本此八字在上文薛注之下。案依尤本當以正文植物斯生二句別
爲節。而係以此注。及下善曰云云也。注夷堅聞而志之。表本茶陵本無此六字。注注曰。

異一　八

麓山足也。表本茶陵本無此六字。注爾雅曰梅柟。表本茶陵本爾上有楠亦作柟四字。
案此校語錯入注也。二本正文作楠。蓋善柟五臣楠而著此耳。注謂昆明靈沼之水沚也。
案沚當作阯。各本皆譌。注日出暘谷。案暘當作湯。下出自暘谷陽亦當作湯。各本皆誤。鮪鯢
鰭鯋。表本茶陵本鯋作魦。案此尤誤。注郭璞山海經曰。何校經下添注字。陳同。是也。各本皆
脫。注鮦也。案鮦上當有郭璞曰三字。各本皆脫。說見下。注毛萇詩傳曰。案此五字當作
又曰二字。各本與下互誤。說見下。注鮪似鮎。案鮪下當有鱣屬鯢三字。各本皆脫。說見下。注又
曰。案此二字當作毛萇詩傳曰五字。各本與上互誤。此節注所引郭璞曰鮦也。在釋魚。所引又曰鮪鱣屬鯢似鮎
亦在釋魚。所引毛萇詩傳曰云云。在魚麗首章。今脫落顛倒。絕不可通。爲之訂正如此。注孟春鴻來。
表本茶陵本鴻下有鴈字。是也。奮隼歸鳧。表本奮作集。校語云。善作奮。茶陵本校語云。五臣作集。案各本
所見皆非也。薛自作集。集隼與歸鳧對文。承上四句而言猶楊子雲以鴈集與鳧飛對文也。善必與薛同。則與五臣

亦無異。傳寫譌奮耳。二本校語但據所見而爲之。凡如此例者。全書不少。詳見每條下。注奮迅聲也。
表本茶陵本無此四字。案無者最是。詳表茶陵所載五臣濟注。有沸卉砰訇鳥奮迅聲之語。既不得於奮字讀斷。亦
不得移作上句之解。尤不察所見正文奮爲集之誤。乃割取五臣增多薛注以實之。斯誤甚矣。注貫遠國
語曰。何校語下添注字。陳同。是也。各本皆脫。注猗重較兮。表本茶陵本猗作倚。是也。注馬
冠也。又髦。案又當作乂。各本皆譌。注弧旌枉矢以象牙飾。案牙飾當作弧也。各
本皆誤。載獫獥獢。案獥當作猲。茶陵本作猲。校語云。五臣作獥。表本作獥。用五臣也。二本注中字善猲
五臣獥。皆不誤。表但正文失著校語。尤注中上二字猲末一字并改爲獥。歧出非也。猲獥同字。凡善五臣之異不必
其字不可通也。各還所本來而同字亦較然分別矣。全書例如此。注同制也。何校同改周。陳同。是也。各
本皆譌。注虞初周說九百四十三篇。初河南人也。表本茶陵本此十五
字作虞初者洛陽人明此醫術十字。注以方士侍郎。表本茶陵本無此五字。注小說家

異一　九

者流蓋出於稗官。表本茶陵本小上有周說九百四十三篇八字。無流字於字。案此節注初同二
本。後尤脩改也。注毛萇曰。鬣。案萇當作長。各本皆譌。以四字爲一句也。注猶拔扈。表本茶陵
本扈下有也字。是也。拔疑跋之誤。正文作拔。下云拔與跋古字通。似善引箋作跋也。否則正文作跋。爲與五臣無異
乃與此注相應耳。注趣向也。案趣當作趨。各本皆誤。白日未及移其晷。表本茶陵
本無其字。案此尤衍。注翬翬飛也。茶陵本不重翬字。表本與此同。案似重者是。注括箭括
之御弦者。陳云御當作銜。案之字不當有。各本皆誤。注鷹青脛者善曰。表本無曰字。茶
陵本與此同。案表本最是。善字屬上讀。以五字爲一句。下文注象鼻赤者怒句例正同。自此下盡不遠而獲皆薛注
也。尤茶陵甚誤。注戰國策。下至天下之駿狗也。案依善例當作韓盧已見上文。此十七字
不當有。各本皆誤。此類不盡出。注禮記曰犬。下至謂若韓盧宋鵲之屬。表本茶陵
本無此四十二字。朱鬒鬣髽。案鬣當作鬕。廣韻十三祭鬕露髻。即出此。善注引通俗文露髻曰鬕。及善

音作計切也各本所見皆傳寫誤。注虎亦食人。案亦當作爪各本皆誤。注其樂只且
辭也。表本茶陵本重且字是也。注杜預左氏傳曰。何校傳下添注字是也各本皆脫。注
空減無也。表本茶陵本減作滅下同案此尤改之也。皇恩溥洪德施。又注皇皇
帝普博施也。茶陵本正文下校語云善無此二句表本有無校語尤初亦無後脩改添入注七字表茶
陵皆無案善魏都賦注引西京賦曰皇恩溥似無者但傳寫脫其注七字未審何出也。注發日多也。
案日字不當有各本皆衍。注似石著繳也。何校似改以陳同是也各本皆譌。注漢書曰
有淮南鼓員。案曰字不當有各本皆衍。布九罭。案罭當作緎善注罭與緎古字通謂引毛詩爾
雅之罭與正文之緎通也蓋善緎五臣罭而各本亂之。注罝禁罜麗。案罝字不當有各本皆衍此蓋
有依國語記罝字於罜旁者而誤在禁上也。注鮞細魚。表本鮞作鱬茶陵本亦作鱬下同案鱬即鮞別
體字蓋表所見正文是鱬也。注李尤樂觀賦曰。案樂上當有平字各本皆衍陳云別本有今未

見。烏獲扛鼎。案扛當作舡善注云扛與舡同謂引說文之扛與正文之舡同也蓋善舡五臣扛而各本
亂之。注橫開對舉也。案開當作關各本皆譌。注扛與舩同。表本茶陵本舩作舡案此
尤改之也。注羆豹熊虎。案熊當作龍各本皆誤。注襳衣毛形也。案衣當作襹各本皆
誤。注委聲也。表本茶陵本委作重是也案此與上注垂聲也可互證皆尤改之而誤。驪駕四
鹿。案驪當作麗薛注云驪猶羅列駢駕之也驪亦當作麗唯薛正文作麗故如此注之若作驪不可通善必與薛
同表茶陵二本所載五臣濟注云仍以驪馬駕之是其本乃作驪各本以之亂善而失著校語又并薛注中字改為
驪甚非。注掖庭今官。陳云今當作令是也各本皆譌。若鶩鶴之羣罷。表本茶陵本罷
作羆下音媿美切案此疑善罷五臣羆也媿美切蓋善罷字之音凡善音合并六家多所割裂失舊尤又刪削不全
俱詳在後。注君作故事。案事字不當有各本皆衍。注尚書曰自契至成湯。案書
下當有序字各本皆脫。注尚書序曰。案此四字不當有各本皆衍。注盤庚遷于殷

陳云盤上脫尚書曰三字是也各本皆脫。注漢書注曰齟齬。茶陵本漢上有善曰二字案有者最
是表本連上作薛注誤與此同。注謂據疑。表本茶陵本謂作諸是也。
卷三○京都中注京都下至故曰京都中。又東京賦注東京
下至與班固東都賦同。案此二節非善注也表茶陵二本不冠注家名於首恐并非五臣注但後
來竄入耳。注亡禹。表本作憮亡禹切在注末是也茶陵本無非也。注貴耳謂東京。陳云耳下
脫謂西京賤目五字是也各本皆脫。注苦灰。表本作枯灰切三字在注末是也茶陵本無非也。注謂
著翼也。表本茶陵本此下有搏與附同四字是也。注秦襄王子。案秦下當有莊字各本皆脫。
注徵符合膺。表本茶陵本膺作應是也。注紙。表本茶陵本作軹音紙三字在注末是也。注如
制禮也。表本茶陵本制禮作禮制是也。注陽城人名延。何校城改成去人名二字是也各本
皆誤案所引功臣表文人名二字乃或記於旁而竄入者善注失舊於此等可見矣。損之又損之。表本

茶陵本無下之字案無者是也此初亦無與二本同脩改誤添之。注善曰毛詩曰。陳云詩下脫序
字是也各本皆脫。注勒銘於宗廟之器于鐘鼎。茶陵本無于字表本有何校去陳同。
且天子有道。表本茶陵本且下有夫字案此善有以否無可考也。守位以仁。案仁當作人薛
注作人善必與薛同其注亦自可證見下蓋五臣仁各本所見亂之。注綜作人。表本無此三字茶陵本有
案於茶陵爲校語此誤存之也。注仁謂衆庶也。表本茶陵本仁作人是也此所改甚非。注何
以守位曰仁也。案仁當作人各本皆誤考經典釋文云曰人王肅卞伯玉桓元明僧紹作仁然則王
弼本周易自作人今本作仁者非善亦必作人乃與薛注相應不知者妄改之絕不可通所當訂正。注何用
周固反易守乎。案反當作及各本皆譌。注土度也。何校土改測今案此疑土下有脫各
本皆同無以補也。注薛綜曰轘轅坂下至故曰轘轅。表本茶陵本無此十八字案無
者最是。漢初弗之宅。表本茶陵本宅下有也字案此善有以否無可考也。注北爲參虛

分野何校北上添河字今案此疑衍北字也區宇乂寧何校宇改寓案所改是也此薛注字作寓下文威振八寓德寓天覆正文皆作寓善此無注者詳在彼也各本所見皆非注昭明有融案昭上當有又曰二字各本皆脫善例如此餘不具出注爲水獸表本茶陵本水作木是也注舊章法令條章也表本茶陵本無此七字案無者最是注爾雅曰鸒斯何校爾上添善曰二字陳同下節首爾雅曰鵯鳩上亦然今案所校是也表本茶陵本此二節亦作薛注皆誤凡賦多誤善注爲薛其引書爲薛注所不及見如此爾雅郭璞注之類較然易辨又有疑無以明者難於輒定當俟再詳注頭尾青黑色表本茶陵本頭作短是也注謂各得其性也表本也下有鴨音匹鶻音骨鵃竹交切十字茶陵本與此同案表本乃眞善音之舊尤所見與茶陵皆誤注鶻鵃類也表本茶陵本鶻鵃作鳩鵰是也注謂音聲和也表本也下有鵹麗古字通音離七字茶陵本有鵹麗古字通五字案表是也鵹下仍當有與字蓋脫於南則前殿靈臺茶陵本靈下校語云五臣雲表本作雲案此南宮雲臺也

德陽殿西有靈臺別在下文靈但傳寫誤耳薛注靈亦雲字誤下文靈臺薛亦別有注可見此薛與善並非靈字注鉤盾今官陳云今當作令是也各本皆誤注不雕不刻表本雕作彫是也茶陵本亦誤雕案此正文及下雕輦皆彫之誤也則洪池清蘌茶陵本蘌作籞注同表本皆作蘌何校改籞案蘌即籞別體字耳注則捕之表本茶陵本之下有音圉二字是也注周禮曰加籩豆之實何校去豆字是也案曰字亦不當有各本皆衍注有菱芡也表本茶陵本也下有音儉二字是也奢未及侈表本侈作奓茶陵本與此同案奓字是也二本薛注作奓可證尤并改作侈甚非注故儉不至陋也茶陵本無故字是也表本亦衍動中得趣案趣當作趨注中此字兩見表茶陵二本皆作趨是薛與善自是趨字蓋五臣作趣而亂之尤并改注中畫作趣甚非禮舉儀具表本茶陵本儀作義注同案此無以考也注言須政賦教常表本茶陵本無教字是也注大合樂射鄉者曰辟雍陳云鄉當作饗是也各本皆誤注鄭元周禮曰何校禮下添注字陳同是也各本皆脫注綜曰案此二字不當有此初無後脩改誤添表茶陵二本每節有之不可相證注魏相上封曰何校封下添事字是也各本皆脫注善曰萬邦黎獻何校曰下添尚書曰三字陳同各本皆脫注庸表本作音庸二字在注末是也茶陵本與此同非注庭朝廷表本茶陵本廷作也是也注東都賦曰下至歲首朔日也表本此十五字作三朝已見東都賦是也茶陵本複出非注謂有彫飭也茶陵本飭作飾是也表本亦誤飭左右玉几表本茶陵本几下有穆穆二字此初同二本有脩改無案不當有也蓋尤校改正之注善曰百辟其刑之何校曰下添毛詩曰三字陳同各本皆脫注尚書曰一日二日萬機表本茶陵本此九字作善注是也當在薛注下而首有善曰二字注今憂恤之也陳云今當作令是也各本皆譌注說文曰城池無水曰隍表本此八字作隍已見東都賦是也茶陵本複出非注不敢迨遑案迨當作怠各本皆譌陳云別本作怠今未見但陳所云別本似即茶陵耳其不合者恐有誤亦不

具論注毛詩曰牲牢饔餼案詩下當有序字各本皆脫注爲而不持長而不宰表本茶陵本無而不持長四字注招明也有道案此有誤也陳云有上似脫明但招本不訓明詳下注蓋訓爲舉陳所說未是今無以訂之注周易曰六五案周上當有善曰二字各本皆脫何云綜以赤烏六年卒安得見王肅易注而引用之指此注下文也其說是矣但因而疑綜注假托則非蓋何未悟其自是善注耳善演連珠注亦引此王肅注也注禮記曰天子穆穆表本此七字作穆穆巳見上是也茶陵本複出非注琪如綦案如上當有讀字各本皆脫注一作飆表本無此三字正文作颷茶陵本作五臣作颷四字案此校語之誤存者也注垂十二旒名曰太常上畫三辰表本茶陵本名曰太三字作也案此尤校改之耳注當顱刻金爲之陳云當上疑脫鍚字是也各本皆脫注鏤鍚中央低陳云鍚字疑衍是也各本皆衍注零表本茶陵本作軨音零三字在注末是也注蔡雍獨斷曰陳云此注及下注凡三引蔡雍說其上疑並脫善曰

二字以然重輪即重轂語觀之自是李氏文體與薛注不類今案所說是也當以正文重輪貳轄別爲節而注善曰至即重轂也於下　注廣八尺　案尺當作寸續漢書輿服志注引可證各本皆誤　注與瑵同　表本同下有祖狡切三字是也茶陵本無非　注謂木勾孑戟也　陳云木字衍孑當作子是也各本皆誤案續漢書輿服志注引無木字　注農輿無蓋　何校無改三依續漢志是也各本皆誤案志注引正作三　注遮邪也　表本也下有音弋氏切三字是也茶陵本無非　注言相連也屬　案也屬當作屬也各本皆倒續漢書輿服志注引可證　注伏　表本作音伏二字在注末是也茶陵本與此同非　注綪茷大赤也　表本茶陵本也下有茷音旆三字是也　注參差縱橫也　表本也下有轇音膠輵音葛六字是也茶陵本無非　注善曰後宮　陳云後上脫漢書曰三字是也各本皆脫　注以撾鼓　何校撾改撾是也各本皆譌　旆巳反乎郊畛　茶陵本反作迴云五臣反表本反無校語案此蓋以五臣亂善　注畛界也　表本也下有諸鄰切三字是也茶陵本無非　爰敬恭於

明神　表本茶陵本敬恭作恭敬案二本是也蓋尤誤因注而改善注之例但取意同不拘語倒如引敬恭明神以注此恭敬於明神也不知者凡屬此例多所改易俱失其意條見於後　注恭敬明神也　何校乙恭敬二字是也各本皆倒　注毛詩鼓鼘鼘　表本茶陵本詩下有曰字又表本末有音淵二字是也茶陵本無非也　注馬融論語注曰佾列也　表本此九字作八佾巳見東都賦是也茶陵本複出非　致高煙乎太一　茶陵本乎下校語云善作於表本作於蓋善乎五臣於校語有倒錯也上文當覲乎殿下者表茶陵亦作於不著校語似失之耳　注廣雅曰蒸蒸孝也　案廣雅曰三字不當有各本皆衍此非薛注所得引乃或記於旁而竄入者　注鄭元曰周禮注曰毛炰者豚　案周上衍曰字者豚當作豚者各本皆誤下注杜子春曰各本亦衍曰字也　注胉去其毛　案胉當作爓各本皆誤此所引在地官封人也　注飲食之豆　案飲當作饋各本皆誤此所引天官醢人文　注謂脇也　表本茶陵本也下有方薄切三字是也案凡此爲眞善音其正文下博字乃五臣音耳全

書中俱依此例求之　注太史順時視土　案視當作覛各本皆譌　注以冉　表本作以冉切三字在注末是也茶陵本與此同非　注東觀漢記　下至行大射禮　表本此十九字作合射辟雍巳見東都賦是也茶陵本複出非　注路鼓路鼗　表本鼗下有鼗扶云切鼗音逃七字是也茶陵本無非　注乏音爲匱乏之乏　案音當作讀各本皆誤　注皇輿夙駕　何校皇輿改星言陳同是也各本皆誤　注何休公羊傳曰　何校傳下添注字陳同是也各本皆脫　日月會於龍狵　表本茶陵本狵作[illegible]注同是也又表本注末有[illegible]丁邊反四字是也茶陵本無非　注毛詩曰春酒惟淳　何校改春酒惟淳作爲此春酒陳云因此賦上文有春酒惟醇之語傳寫錯誤案此當有誤但何陳所改未見必然蓋無以訂也　聲教布濩　案濩當作護茶陵本作護云五臣作濩表本作濩用五臣也但失著校語尤以五臣亂善非其薛注中俱是護字尤幷改作濩更非南都賦布濩善無注各本皆作濩似亦以五臣亂善而失著校語此及彼濩下皆音護即五臣音耳凡諸家用字互有不同其一家之中而復歧異

即恐有誤餘不悉出準此例求之　注尚書曰聲教訖于四海　表本此九字作聲教巳見東都賦是也茶陵本複出非　注先期謂期日　表本茶陵本無謂期二字是也　注囿謂集禽獸於靈囿之中　案謂上囿字不當有各本皆衍　注毛詩曰王在靈囿　表本此七字作靈囿巳見上文是也茶陵本複出非　注禮曰告備于王　案禮上當有周字各本皆脫此所引小宗伯職文也　迄上林結徒營　表本茶陵本迄下有于字徒下有爲字茶陵校語云善無于字爲字表無校語何云匡謬正俗作迄于上林結徒爲營今案依文義善亦當有或但所見傳寫脫耳　注一作敘　表本無此三字正文作敘茶陵本作五臣作敘四字案此校語之誤存者也　注孟子曰　下至曰詭遇　表本此二十二字作詭遇巳見東都賦是也茶陵本複出非　注左傳曰享以訓躬儉　表本此八字作訓儉巳見上文也是也茶陵本複出非　注一作璅　表本無此三字茶陵本作綜作璅正文皆作璅案此校語之誤存者也　注言鄙陋不足說也　表本茶陵本無陋字是也　注

詩曰表本詩作善茶陵本詩上有善曰二字案似茶陵是也注成王有岐陽之蒐何校去王字是也各本皆衍注臬射埻的也表本茶陵本也下有臬牛列切埻之尹切八字是也注駘騎傳炬出宮案駘當作騶各本皆誤所引禮儀志文也注側角又注其筆表本作靳側略切犄其出切八字在注末是也茶陵本無非此去注末善音存正文下五臣音與茶陵同而誤注紆危又注移表本作蜲紆危切蛇音移七字在注末是也茶陵本無非此移善音於正文下與茶陵正文下五臣音不同而亦誤注蒲葛表本作扶葛切三字在注末是也茶陵本與此同非殘夔魖與罔像表本茶陵本像作象案象是也注正是象字注巨宜表本茶陵本作魖巨宜切四字在注中魖鬼也下是也注域表本作音域二字在注末是也茶陵本與此同非注有桃樹下茶陵本樹下有二人於樹四字是也表本亦脫注子侯表本作善曰陬音子侯切七字茶陵本作善曰陬子侯切六字在注末案茶陵是也注至於岱宗柴表本茶陵本無柴字注謀恒寒若表本茶陵本謀作急是也注他杜表本茶陵本作他杜切三字在注末是也注豐年多稌案多下當有黍多二字各本皆脫注春扈頒鶥表本茶陵本頒作鴔是也左瞰暘谷案暘當作湯注同蜀都賦汨若湯谷之揚濤注云湯谷已見東京賦即指此可證也吳都賦包湯谷之滂沛善湯五臣暘此賦亦然各本所見以五臣亂善而失著校語注尚書曰永膺多福表本此七字作多福已見東都賦是也茶陵本複出非注韓詩外傳曰下至獻白雉於周公表本此二十三字作越裳見下句是也茶陵本誤與此同注音郎表本茶陵本此在注末是也注黃帝封泰山表本山下有已見上文四字是也茶陵本複出非注抵側擊也表本茶陵本也下有征氏切三字是也注方直也陳云直當作且是也各本皆誤注尚書曰天位艱哉表本此七字作天位已見上文是也茶陵本複出非猶怵惕於一夫案怵惕當作惕戒善引尚書以注惕引方言以注戒引過秦論以注一夫循其次序有戒字在惕下一夫上甚明又其下惕驚也三字乃薛注若如今本不容去怵注惕可見正文無怵

字但有惕字亦甚明不知何人誤認善注中怵惕以爲正文如此而改之其實與注轉不相應非也各本所見皆誤今特訂正注惕驚也案此乃薛注當在善曰上各本皆誤贅於善注下甚非凡薛注與善注舛錯失舊者多此例也終日不離其輜重表本茶陵本其作於案此無可考也車中不內顧案不字不當有薛注無不字可證也各本所見皆衍又善注魯論語曰車中不內顧亦不當有不字考論語釋文云車中不內顧魯讀車中內顧然則各本衍不字甚明近盧學士文弨鍾山札記曾舉正此條云漢書成帝紀贊顏注云今論語車中內顧內顧者說者以爲前視不過衡軛旁視不過輢轂云云其說是矣但失引證釋文耳注車中不顧案不當作內各本皆誤古文苑載此銘作車不內顧不當作中皆或記不字於旁此誤以改內彼誤以改中可互訂也鍾山札記引彼又載車右銘內顧自勑車後銘望衡顧轂爲證而不言此銘內字彼未誤蓋據誤本古文苑也民忘其勞表本民作人茶陵本校語云善作人下民心固結同案此尤以五臣亂善注民謂百姓也表本作人謂民也茶陵本與此同案此當作人謂百姓也薛注作民唐諱改人表本蓋誤注毛詩曰致王業之艱難何校詩下添序字陳同是也各本皆脫注子小表本作子小切三字在注中勦勞也下是也茶陵本與此同非注不知人好共怨己陳云好字衍是也各本皆衍注尚書曰夫常人案尚當作商君二字各本皆誤此所引在更法篇也注一作臭表本茶陵本無此三字案此校語也二本正文作臭可借證蓋尤所見有而誤存之注烏瓜表本作烏佳切三字在注中淫趯不正也下是也茶陵本與此同非注烏交表本茶陵本作烏交切三字在注中或作蛟上是也而衆聽或疑表本茶陵本聽下有者字案此無可考注賓戲曰茶陵本賓上有荅字是也表本亦脫注褫奪也表本茶陵本也下有直氏切三字是也注寗嬴曰案嬴當作嬴各本皆譌注茲此也表本茶陵本無此三字

卷四　○南都賦　○注於歎辭表本茶陵本辭下有於孤切三字是也其正文下烏字乃五臣音也凡合併六家之本於正文下載五臣音於注中載善音而善音之同於五臣者每被節去表茶陵二本又

各多寡不齊，蓋合併不一，故所節去不一耳。至尤本於正文下五臣音往往未嘗區別刊正，而注中善音則節去彌甚，其失善舊亦彌甚矣。今取二本善音之可考者悉皆訂正。其二本已節去在前，則末由考之。間有可借正文下五臣音推知崖略者，然既非明文，難以稱說，當俟再詳。全書善音之例均準此。注西京賦曰下至爲豫州也。表本此二十二字作周居豫州已見西京賦，是也。茶陵本複出，非。注郁郁京河。表本、茶陵本京作荆，是也。注武闕山爲關在西也。茶陵本無此八字。表本有。何、陳校皆去。觀下注，似不當有。注說文曰下至墉城也。表本此十七字作隍已見上文墉已見西京賦，是也。茶陵本複出，非。注盪他浪切。表本、茶陵本無此四字。茶陵有清音育三字，表亦無。案茶陵是也。注淮南子曰隨侯之珠下至不繫之於珠璧也。表本、茶陵本無此一百十七字。表有隨珠夜光已見西都賦九字，茶陵有隨珠夜光見西都注八字。案表本是也。茶陵例改已見爲複出，此條其遺漏者。尚屬善舊，尤乃複出，甚非。注惡。表本、茶陵本作堊音惡三字，在注中鄗音跪下，是也。注山海經曰下至

異一　十八

出入有光。表本此二十一字作耕父已見東京賦，是也。茶陵本複出，非。注嵣㟐山石廣大之貌也。表本、茶陵本此下有嵣音蕩㟐音莽六字，是也。注嶚高也。表本、茶陵本此下有力彫切三字，是也。注岧嶤山不齊也。表本、茶陵本此下有岧仕革切四字，是也。注高而不平也。表本、茶陵本此下有鼻昨迴切嵬牛迴切八字，是也。注高峻之貌也。表本、茶陵本此下有嶜士林切四字，是也。注相連之貌。表本、茶陵本此下有岩丘貧切嶙音鄰纚力是切十一字，是也。注九六。表本、茶陵本作九六切三字，在注中鞠高貌也下，是也。注班孟堅下至蒼山隱天。表本此二十四字作隱天已見西都賦，是也。茶陵本複出，非。注薛綜注曰區陬隅隙之閒也。表本此十一字作陬已見西京賦，是也。茶陵本複出，非。注傾側也。表本、茶陵本此下有崎丘宜切嶇丘嵎切八字，是也。注巀嶭高峻也。表本、茶陵本此下有巀在結切四字，是也。注毛萇詩傳曰巘。表本巘作甗，茶陵本亦作巘。案各本皆非也。當作甗，乃與正文相應。茶陵本校語云善作甗，否則善當有巘甗異同之注，今刪削不全。又案西京賦陵重巘，正文及注皆作巘，而毛詩皇矣正義所引則爲甗字，恐彼亦善甗五臣巘，各本亂之，如表本之此正文作巘而失著校語也。注小山別大山也。表本、茶陵本此下有魚蹇切三字，是也。注奇㱦。表本作其㱦切三字，在注中是芝貌也下，是也。茶陵本與此同，非。注密。表本濇音密三字在注末，是也。茶陵本與此同，非。注東方朔下至閬風之顛。表本此十七字作崑崙閬風已見西京賦，是也。茶陵本複出，非。注櫻桃也。表本、茶陵本此下有革黠切三字，是也。注有刺。表本、茶陵本此下有子力切三字，是也。注荆也。表本、茶陵本此下有音萬二字，是也。注中車材。表本、茶陵本此下有音姜二字，是也。注智甲切。表本作音甲二字，茶陵本無。案似表本是也。注皮可作索。表本此下有稍音胥柄以奢切七字，是也。茶陵本無稍音胥，非。注皮可以爲索。表本此下有栟音并櫚音驢六字，是也。茶陵本無，非。注栟未詳。表本、茶陵本此下有於良切三字，是也。注似桑。表本此下有檍音憶三字，是也。茶陵本無，非。注花頭點也。案花下當

異一　十九

有鬚字，各本皆脫。又表本、茶陵本此下有而體切三字，是也。體當作髓。注以下黑。表本、茶陵本此下有縠呼木切四字，是也。注張載吳都賦注曰。案張載當作劉逵，各本皆誤。騰猨飛蠝棲其閒。茶陵本蠝作猵，表本作獑。案猵字是也。注云蠝與猵同，謂正文之猵，可證也。注竹堇皮白如霜。案竹堇當作篁，蓋一字誤分爲二。表本亦誤。茶陵本改堇爲篁，非。注宋玉笛賦曰奇簳。表本、茶陵本此下有古罕切三字，是也。案古文苑載此賦云奇篠異幹，此疑脫彼。幹即簳字耳。注二竹名。表本、茶陵本此下有箛公都切箠竹隨切八字，是也。注陸離猶參差也。表本無此六字，茶陵本有。案此六字表在所載五臣向注中，無者是也。注篛竹貌也。表本此下有於孔切三字，是也。茶陵本無，非。注雉。表本、茶陵本作音雉二字，在注中堯山下，是也。注自客。表本、茶陵本作濫自客切四字，在注末，是也。注今出南陽。表本此下有音禮二字，是也。茶陵本無，非。注骨，又注蔑。表本作滑音骨濊音蔑六字，在注末，是也。注言水洞出此穴沒滑濊潏疾流之

貌也。表本無言水洞出此穴疾之八字，是也，茶陵本并善入五臣與此同，誤，注。言廣大也。表本茶陵本無此四字，是也，案，二本在所載良注中，注。說文曰。欲歠也。表本此六字作欲已見上文，是也，茶陵本複出，非，注。水行疾也。表本茶陵本此下有他鸞切三字，是也，注。水行出也。表本茶陵本此下有組立切三字，是也。注。大聲也。茶陵本此下有汃普八切四字，表本無，案，茶陵是也，注。韓詩外傳曰。漻。案，外字不當有，各本皆衍，凡本篇引韓詩外傳曰鄭交甫云云一條，韓詩曰醴甜而不泲也一條，韓詩外傳曰逍遥也一條，及此一條，皆當作韓詩傳曰，如東都賦注引魯詩傳曰之例，傳者蓋所謂內傳，其逍遥也句有脫，各本皆同，無以補之，注。水淚破舟。表本茶陵本此下有音戾二字，是也，注。疾流也。表本此下有音域二字，是也，茶陵本無，非，注。鰅魚有文采。表本茶陵本此下有音禺二字，是也，注。似鰱而黑。表本茶陵本此下有鰱音連三字，是也，注。蜯與蚌同。表本茶陵本此下有步項切三字，是也，注。古字通。表本茶陵本此下有胡加切三字，是也，於其陂澤。

異一　二十

表本無於字，何校去，茶陵初刻無，脩者有，案，無者是也，注。知旅。表本茶陵本作知旅切三字，在注中積也下。是也，其草則藨苧薠莞。表本茶陵本則下有有字，案，有者是也，注。蒯之屬。何校蒯改蔽，案，當作蒯，蒯即蔽字也，注。似莎而大。表本茶陵本此下有扶表切三字，是也，注。小蒲也。表本茶陵本此下有胡官切三字，是也，注。菰蔣也。表本茶陵本此下有蔣子詳切菰音孤七字，是也，案，菰音孤，善自音注中字耳，正文蒲下孤乃因此竄入，誤之甚者也，注。茆鳧葵。表本茶陵本此下有茆亡絞切四字，是也，注。苦札。表本作苦札切在注中鳧屬下，是也，茶陵本與此同，非，注。步覓。又注。吐雞。表本作鸊步覓切鷉土鷄切八字，在注中謂之鸊鷉下，是也，茶陵本與此同，非，注。班孟堅下至鴐鵝鴻鶤。表本此三十字作餘已見上注，是也，茶陵本複出，非，注。鷀音磁。表本茶陵本鷀上有鸕良都切四字，是也，注。所蟹。表本茶陵本作所蟹切三字在注中灑分也下，是也，注。老。表本茶陵本作音老二字在注末，是也，注。去除也。表本茶陵本此下有息列切三字，是也，注。乾也。表本茶陵本此下有呼但切三字，是也，注。直旅。表本茶陵本作直旅切三字在注中麻屬下，是也，注。之餘。又注。煩。又注。析。又注。覓。表本茶陵本作諸之餘切四字在注中甘柘也下，音煩二字在小蒜也下，菥音析蓂音覓六字在末，是也，注。蓼辛菜也。表本茶陵本此下有力鳥切三字，是也，注。蕊。香菜。案，蕊當在蘓下，同，各本皆譌，集韻廿六緝云，蘓香菜，即本此，注。橘屬也。表本此下有除耕切三字，是也，茶陵本無，非，注。陶隱居注曰。表本茶陵本無注字，是也，注。蓀楚銚戈也。何校蓀改萇，陳同，是也，戈當作弋，各本皆誤，表本此下有萇音長三字，是也，茶陵本無，非，又注。稃音敷。表本稃上有秬音巨三字，是也，茶陵本無，非，注。陟滑。表本茶陵本作鵽陟滑切四字，在注中寇雉下，是也，注。鱻小魚也。表本也下有與鮮同三字，茶陵本有肙連切三字，案，此當兩有，與鮮同肙連切六字，注。甜美也。表本茶陵本此下有徒兼切三字，是也，注。音精。表本茶陵本此在注末，是也，注。殺。又注。尸然。表本茶陵本作音殺二字在注中茱萸也下，羶尸然切四字在注末，是也，注。於問。

異一　二十一

表本茶陵本作於問切三字在注中醞投也下，是也，注。于公先王。表本茶陵本于公作祭于，案，此尤所校改也，注。鼓瑟吹笙吹笙鼓簧。表本茶陵本無吹笙吹笙四字，茶陵本簧作琴，表亦作簧，案，此尤所校改也，注。不脫履升堂。案，下當有曰宴二字，各本皆脫，注。玉謂之瑀。案，瑀當作彫，觀下注可見，各本皆誤，朱帷連網。案，網當作綱，注，網維網也，二網字亦當作綱，茶陵本云，五臣作綱，表本云，善作網，各本所見皆非也，注。咸以折盤爲七盤也。案，咸當作或，各本皆譌，注。揭高舉也。表本茶陵本此下有巨別切三字，是也，注。水波也。表本茶陵本此下有徒蓋切三字，是也，注。瀺灂隕隊。表本茶陵本此下有瀺士減切四字，是也，注。回波爲澆。表本茶陵本此下有公堯切三字，是也，注。說文曰。蝄蜽。下至若龍而黃。表本此十七字作蝄蜽蛟螭已見西京賦，是也，茶陵本複出，與此不同，皆非，於是日將逮昏。表本茶陵本逮下校語云，善作遝，案，遝但傳寫誤，此蓋尤校改正之也，眞所謂漢之舊都者也。表本茶陵本視無者字，是也，魯縣而來遷案視當作覛表本云善作視茶陵本云五臣作覛各本所見皆非善亦當作覛但傳寫誤視耳注皇甫謐曰下至升爲天子也表本此四十二字作堯以唐侯升爲天子已見上文是也茶陵本複出非注求癸表本茶陵本作求癸切三字在注中揆度也下是也察茲邪之神偉表本云善作邪茶陵本云五臣作都案注中仍云此都似善亦作都也注說文曰崔表本茶陵本無此四字是也注逍遙也何校遙下添遊字陳同案各本皆無未審其所據也注剸邪也表本茶陵本此下有雎許規切四字是也注古熒表本茶陵本作古熒切三字在注末是也注周奇曰陳云周當作李是也各本皆誤注衯衯裶裶表本茶陵本此下有芳非切三字是也振和鸞兮京師表本茶陵本鸞作鑾是也注鄭元禮記注曰下至有鑾和之節表本此十九字作和鑾已見上文是也茶陵本複出非注神農氏作陳云下有脫文今案當連引注作起也以注正文起焉而各本脫去乾聖人作釋文載鄭云起也但未審善果引何家耳注文王子孫

案子孫當作孫子各本皆倒○三都賦序○注三都者下至以辯衆惑表本無此四十六字有偏于海內四字是也茶陵本并五臣入善與此同非注三都賦咸表本三上有臧榮緒晉書曰六字是也茶陵本與此同非注音旨表本茶陵本作氏音旨三字在注末是也注面相序罪也案序當作斥各本皆譌陳云別本作斥今未見注忤表本茶陵本作音忤在注中巨墟壯大之意也下是也注虞書曰陳云書下脫序字是也各本皆脫○蜀都賦○注尚書曰萬國咸寧表本此七字作萬國已見上是也茶陵本複出非注在成都西南漢壽界案壽當作嘉謂漢嘉郡也各本皆誤下所言在成都西北岷山界謂岷山郡晉書地理志之汶山郡也岷汶二字古每通用所言在成都南犍爲界謂犍爲郡句例正同注胡角又注步角又注扶刎表本作瀥胡角切瀑步角切八字在注中水沸之聲也下濆扶刎切四字在涌泉也下是也茶陵本有瀥呼角切四字餘無皆刪削也但胡作呼爲是注在朱堤南十里陳云堤當作提下生朱堤南廣縣何

改提陳同是也各本皆譌注淮南子曰下至入于濛汜表本此二十五字作湯谷已見東京賦是也茶陵本複出非注羣翔興古十餘陳云餘下疑脫日字是也各本皆脫注可以醮祭而置也陳云置當作致是也各本皆脫注火焰也音豔表本茶陵本焰作爓又表豔下有煽音扇三字是也茶陵本無非也金沙銀礫茶陵本礫作鑠云五臣作礫音歷表本作礫用五臣也尤以五臣亂善非下歷亦五臣音耳注寢表本茶陵本作善曰棱音寢五字在劉注之下是也注咆嗥也表本茶陵本此下有步包切三字是也注宕渠縣名銅梁在巴東宕縣在巴西表本茶陵本無名銅梁在巴東宕縣八字案此尤校添之劉昭注續漢書郡國志引銅梁山在巴東也下縣當作渠注資覩表本茶陵本作菹資覩切四字在注中菹蕺也下是也注出巴東北新井縣水出地案新字當在縣字下北井二字當連文縣名也晉太康以前屬巴東郡見華陽國志出巴東北井縣爲一句新水出地爲一句鼃龜水處案鼃當作元茶陵本作鼃云五臣作元表本作元無

校語此當是茶陵尤所見因劉注中元龜二字誤爲鼃字而改正文者耳表所見正文及注皆是元龜字爲不誤也又正文下有元字乃割裂所見之校語以爲音茶陵亦尚無之恐讀者不察將致執此音以定善字特爲訂正焉注鼃大龜也表本鼃作元龜二字是也茶陵本與此同非案說已見上劉以大解元益顯然可知也注其緣中又案又當作乂下靈又同見華陽國志涪陵郡下注李尤七嘆曰表本茶陵本嘆作歎案各本皆非也當作款注昌志表本茶陵本作昌志切三字在注幟赤也下是也注厥土赤埴案埴當作幟觀正文及下善注可見各本皆誤又尚書徐鄭王皆讀曰幟見釋文亦其證也注在宗表本茶陵本作賨在宗切四字在注中氣銳以剛下是也注武帝樂府何校帝下添立字陳同是也各本皆脫注在漢壽西界案壽當作嘉各本皆誤說見前下注九折坂在漢壽嚴道縣云云壽亦當作嘉也注驛傳其詩奏之案驛當作譯各本皆誤事在范書西南夷傳也注出岷山在安都縣案在字不當有安都當作都安各本皆誤下注金堤在岷山都安縣西又岷山都安

縣有兩山相對立如闕皆可證晉書地理志汶山郡有都安縣也麋蕪布濩於中阿表本茶陵本麋作蘼案注中作蘼蘼麋古通用或太沖自用蘼字注生越巂郡無會縣案無會當作會無各本皆倒注出岷山替陵山案替當作蠶山字不當有各本皆誤晉書地理志汶山郡有蠶陵縣也此注三言岷山皆謂汶山郡注一曰出廣都山案山字不當有各本皆衍晉書地理志廣都屬蜀郡也注武蓋表本茶陵本作善曰沫武蓋切六字在劉注之後是也注有水從漢中沔陽縣南流至梓潼漢壽縣案漢中二字不當有沔當作江漢當作晉各本皆誤續漢書郡國志犍為郡江陽劉昭注引賦此注從縣南流云云當據之訂正江陽晉書地理志屬江陽郡或漢中亦江陽之誤水經潛水注引庾仲雍云墊江有別江出晉壽縣即潛水也晉書地理志晉壽屬梓潼郡當據之訂正又表本橦作潼是也茶陵本亦誤橦注過漢壽南流案壽當作嘉各本皆誤水經沫水注云過漢嘉郡可證注雒水在上雒縣出桐柏山案上字桐字衍出下當有漳山一曰在梓潼縣出九字水經江水注曰洛水出洛縣漳山一言出梓潼縣柏山即本此當據之訂正洛即雒字漢書地理志漳作章漳即章字何駮善此注恐誤蓋未知水經注有其證故不悟各本皆脫衍而善自不誤也注扶彪又注六又注普郎又注度羅表本茶陵本作滮扶彪切陸音六滂普忙切滮度羅切十五字在注末是也注蜀都臨邛縣案都當作郡各本皆譌下蜀都嚴道同注亭表本作梈音亭三字在注中善曰下是也茶陵本與此同非注百果草木皆甲坼表本坼作宅茶陵本亦作坼案作宅最是善讀宅如字觀下注所引根曰宅宅居也可知五臣乃音宅為坼今竄坼音入正文下又改此注宅為坼以就之俱大誤也注皆讀如人倦之解解案之解當作解之各本皆倒皆字複舉下以七字為一句也注令櫻桃熟陳云令當作今各本皆譌芬芬酷烈表本茶陵本下芬字作芳字是也案此尤本譌字注郭璞□上林賦注曰表本茶陵本空格有曰字此初亦衍後脩去注若榴已見兩都賦陳云兩當作南是也表本亦譌兩茶陵本複出非注榛與

檽同表本茶陵本此下有側鄰切鏬呼亞切七字是也其園則有蒟蒻茱萸表本云善作園茶陵本云五臣作圃案各本皆非也園但傳寫譌耳注俱宇又注許于表本作善曰蒟俱羽切蒻許于切十字在劉注之後是也茶陵本無蒟俱羽切非注溫調五臟表本茶陵本臟作藏是也注揚雄太元經曰何云元避諱陳云宋人避當時諱改表本茶陵本不改尤所改僅此一處凡宋人諱字每不畫一也注盈表本茶陵本作善曰瀛音盈五字在劉注之後是也注乃禮又注墳表本茶陵本作乃禮切三字在維葉梍梍下扶云切三字在注末是也墳是五臣音注爾肴既將表本將作時是也茶陵本亦誤將注徒兮又注胡表本茶陵本作鶘乃兮切鶘音胡七字在注末是也注胡剛表本作胡剛切三字在注中吭鳥嚨下是也茶陵本剛作江非注鱸鮔鱨也案鱸當作鮪各本皆誤吳都賦筌鮔鱨善注鮔鱨鮪也可借證注張衡應問曰案問當作閒各本皆譌注左氏傳曰下至在石渠門外表本此六十字作爽塏已見上文承明已見西都賦是也茶陵本複出非注陽城蜀門名也表本城作成茶陵本亦作城案門名不俟更言城必成字也以此訂之正文亦當作成今各本皆有誤注徒蘭表本茶陵本作壇徒蘭切四字在注末是也注縣又注直例又注光又注郎表本作袨音縣墆音直例切桄音光榔音郎十四字在注末是也茶陵本無袨音縣非注莫江又注公達表本茶陵本作莫江切三字在注中則其言哤下公達切三字在讙語也下是也注白日也案白字不當有各本皆衍注黃潤纖美宜制褌茶陵本褌作禪表本亦作褌案似禪字是也藏鏹巨萬案鏹當作繈注同漢書食貨志作繈劉引之可證廣韻云繈俗作鏹太沖時未必有此俗字也注九兩又注浦覓表本茶陵本作鏹九兩切鈲普覓切在注末是也茶陵本無非注殖貨志曰何校殖改食陳同表本亦誤殖茶陵本作貨殖更非注以持祿養案養下當有交字各本皆脫此所引臣道篇文也扼腕抵掌案抵當作扺注同表本善注末有扺音紙三字最是茶陵本割裂紙字入正文下非尤又改紙為紙盆非廣韻四紙扺扺掌說文云側手擊聲也與

十一薺之抵迥然有別甚明西征賦爲蕭揚州作薦士表廣絕交論用抵掌者放此今皆作抵蓋誤由五臣而各本亂之集韻抵下重文有抵云或作抵可見其不分別久矣其羣書此字之誤不悉數注桓譚七說曰案譚當作麟各本皆誤後漢書本傳章懷注案摯虞文章志麟文見在者七說一首云云後七命注祭屈原文注皆引桓麟七說可證注吉日兮良辰陳云良辰當乙是也各本皆倒注猶衛之雅質案雅當作稚各本皆譌注楚徙宅西河長公思故處案楚當作整長公二字不當有各本皆誤此音初文今本作殿整甲徙居西河猶思故處此引多節也注觀者萬堤案萬當作方各本皆誤朔別期晦茶陵本期晦作晦期表本與此同案注故曰朔別晦期也所複舉如此知正文作晦期爲是注匹各表本茶陵本作善曰泊匹各切六字在劉注之後是也注善曰越人衣文蛇案善曰下當有脫文各本皆同無以補之注彭門鴻岘案岘當作峴各本皆譌注魏完南中志所記也表本茶陵本完作宏是也注文立蜀都賦虎豹之人

異一　丟

表本茶陵本無立至人八字茶陵本文作又表本亦作文皆與下鍛翮相接連尤分節不當有又蓋幷衍也晉有文立劉並時人決非所引尤添甚誤注說文曰拍拊也表本茶陵本說上有皛當爲拍四字也下有皛胡了切拍普格切貙丑于切十二字案此善注之斷不容割裂者尤誤甚矣注萋盛貌表本茶陵本此下有於堯切三字是也相與第如滇池表本第作弟茶陵本亦作第案表五臣注中作弟劉注中作第仍不著校語第即弟俗字似劉亦作弟但傳寫作第耳表所見五臣本不誤茶陵所見亦改爲第矣注音蟻表本茶陵本作善曰艤音蟻五字在劉注之後是也注俗謂正船迴濟處爲艤案迴當作向各本皆誤注戶表本茶陵本作音戶二字在注末是也漫乎數百里間表本茶陵本間上有之字案此似善五臣之異也今無以考之注善曰既載清酤毛萇詩曰表本茶陵本無詩字陳云善曰下當有詩曰二字各本皆脫注河圖括地象曰岷山之地案地當作精各本皆誤水經江水注引作精也注上爲天井言岷山之地上爲

東井維絡岷山之精上爲天之井星也表本茶陵本無絡字案此注各本皆有誤今無以訂之注善曰降丘宅土何校善曰下添尚書曰三字陳云脫是也各本皆脫注在爵表本茶陵本作在爵切三字在注中皭踈淨之貌也下是也注漢靖王勝後也陳云靖上當有中山二字是也各本皆脫

卷五〇吳都賦表本茶陵本此下有左太沖劉淵林注七字是也尤脫左太沖三字劉淵林注四字倒錯入上行非注吳都者蘇州是也後漢末孫權乃都於建業亦號吳案此一節非善注也表茶陵二本不冠注家名於首說已見前東吳王孫驏然而咍何校驏改囅陳云驏當作囅注同是也各本皆譌玉牒石記案牒當作諜茶陵本云五臣作諜表本作諜無校語牒但傳寫誤茶陵校語非劉注說文曰牒札也六字當作諜札也三字後注亦引說文稱爲許氏記字此非劉元文明甚善注說文曰諜記也諜記當作牒札因劉以札注諜而諜乃閒諜字故引說文牒以明之下云牒與

異一　三七

諜同正謂所引之牒與賦及劉注之諜同各本皆誤絕不可通注呂氏春秋曰下至爲六合表本此二十字作六合已見兩都序是也茶陵本複出非注陟升也下至謂舜也表本茶陵本無此十一字案無者是也說見下瑋其區域茶陵本瑋作偉云五臣作瑋表本作瑋案表用五臣也失著校語此以五臣亂善皆非齷齪而筭案齷當作握茶陵本云善作握此以五臣亂善非表本失著校語而善注引漢書作握未誤此幷改齪益非顧亦曲士之所歎也表本茶陵本顧作固陳云當作固案似固字是也旁魄而論都何校稱潘稼堂未云都字衍涉下論都而誤今案所說是也旁魄而論與上握齪而筭偶句各四字不當偏贅一字注吾子謂西蜀公子下至其形如蹲鴟故號也表本茶陵本無此九十三字案無者最是尤延之初刻亦無後乃添入故脩改之迹至今尚存凡此等語皆五臣以後不知何人記在行閒者尤校此書意主改舊遂悉取以增多而讀者相沿罕能辨正幸表茶陵二本均未嘗誤各得反覆推驗決知其非特詳載之用俟刊正以下盡同此也注蟜蛉縣禺山

案蜻當作青禺下當有同字各本皆誤續漢書郡國志可證。注四合爲九表本茶陵本無此四字。
注各以數下至度陽九之厄表本茶陵本無此三十六字有有九阨陽阨五陰阨四合
爲九十二字案二本最是此所增多繆戾不可讀。安可以儷王公而著風烈也案儷
當作麗著當作奢劉注引麗王公也麗字之證善注奢靡也尚書曰弊化奢麗奢字之證表茶陵二本所載五臣銑
注云云作儷作著各本皆以五臣亂善與注不相應甚非。注王莽末時王蜀下至麗著也
表本茶陵本無此四十二字有王此土而亡諸葛亮相此國而敗十三字案二本最是。注漢武柏梁
臺衞尉詩曰表本茶陵本無衞尉二字。由克讓以立風俗茶陵本云五臣有俗字表
本無校語案此與建至德以刱洪業偶句俗似傳寫脫尤校改正之也。故其經略茶陵本故下校語云
善作固表本無校語案固似傳寫誤尤校改正之也。包括干越表本干作于注同茶陵本作干與此同注
亦作干今案正文當作干善引漢書及音義當作干引春秋杜預注當作于春秋曰上當有一曰二字今注或畫作

異一　三八

于或畫作干皆未是。注婺女越分翼軫楚分非吳分故言寄曜寓精
也表本茶陵本作越楚地皆割屬吳故言婺女翼軫寄曜寓精也案二本最是尤改甚非。注南越志
下至出入此穴表本茶陵本無此二十一字。注會稽餘姚縣蕭山瀵水所
出何校姚改暨瀵改潘陳同案據漢書地理志校是也各本皆譌劉昭注續漢書郡國志引賦此注今本潘作潛
考顏師古潘音甫元反然則瀵潛皆非。注嵬嶷高大貌下至山水澗遠無崖之
肰表本茶陵本無此三十七字。注武林水所出龍川表本茶陵本作武陵龍川出其坰案
各本皆非也當作武林水出其山謂漢書地理志錢唐之武林山武林水所出也二本涉上節正文而誤尤所校改
未是。注磈磈下至山深險連延之肰表本茶陵本無此二十五字。注數州之
閒表本茶陵本數上有故曰二字是也。注長邁不回之意表本茶陵本無此六字。注潮
波汨起下至昏暗不明也表本茶陵本無此二十九字。注潏濚表本茶陵本無濚字。

注皆水深廣瀾也潏表本茶陵本無此七字。注環異鼊魚皆在水中
生長表本茶陵本無此十字。注航舡之別名表本茶陵本無此五字。注長者數
十里小者數十丈表本茶陵本數上有有字十作千無小者數十丈五字。注東人謂
斧斤之斤爲鱗案鱗當作鐇各本皆譌。注烏賊魚腹中有藥表本茶陵本無
腹字有字案中藥最是。注如珍寶矣利如劒表本茶陵本矣作以是也以字下屬。注言
巳上魚龍潛沒泳其中表本茶陵本無此十字。注淮南子曰水濁則
魚噞喁表本茶陵本淮南作文案二本是也喁字不當有此善自引文子尤以淮南子主術訓改之其兩見
皆無喁各本涉正文而衍。注鵾鷄鳥也好鳴表本茶陵本無此六字。注漪蓋語辭
也表本茶陵本漪作猗下同案二本是也劉注爲漪善注爲猗尤弁改善作漪甚非。注黙黙下至疾
貌表本茶陵本無此十七字。注物皆極之也表本茶陵本之作大是也。注緜邈廣遠
貌表本茶陵本無此五字。注馮隆高貌迢遞遠貌表本茶陵本無此八字。注謂

異一　三九

洲渚表本茶陵本渚下有也字是也。注深奧之貌下至麗於島嶼之中表本茶陵
本無此十五字。注生其華藥仙人所食表本茶陵本生作食無仙人所食四字。注漢
書歌曰表本茶陵本無書字。注無華表本茶陵本無此二字。注玲瓏明貌表本茶陵
本無此四字。注朱稱鬱金賦曰案稱當作穆各本皆譌魯靈光殿賦注引作穆不誤。嗟難
得而覶縷案嗟當作羌注同表本皆作羌是也茶陵本亦誤嗟又案劉注爾雅曰嗟楚人發語端也爾雅
無此文疑爾當作小即西都賦善注所引之小雅曰羌發聲也耳又案蜀都賦羌見偉於疇昔劉氏不注五臣改爲
嗟此未改魯靈光殿賦羌瓌譎而鴻紛張載有注五臣亦未改前說善羌五臣嗟乃其大槩仍不可執一爲例有如
此。注道書曰下至下曰眞人表本茶陵本無此十四字。注藹藹盛貌表本茶陵
本無此四字。注神異經曰下至出則天下大水表本茶陵本無此十八字。注蘆

華也。表本茶陵本無此三字。注通口冬生。表本茶陵本口作曰。案疑曰冬當作冬日也。注乾之亦。表本茶陵本亦作赤。是也。以三字爲一句。注其華離婁相貫連。表本茶陵本婁作樓。是也。注可食檳榔者。陳云食下脫一食字。今案此蓋當衍可字耳。各本皆衍。注以合石賁灰。案石當作古。見下注。各本皆譌。注布濩。下至分布覆被貌。表本茶陵本無此二十三字。注蔕花本也菲菲花美貌也。表本茶陵本無此十字。注芬馥色盛香散狀。表本茶陵本無此七字。木則楓柙櫲樟。表本茶陵本櫲樟作豫章。注同。是也。案此尤誤改。平仲桾櫏。表本茶陵本作君遷。是也。案此尤誤改。注仍作君遷未改可證。字書雖有桾櫏字，但劉既不從木，善又與劉同，不得取而改之。凡今所論是非，意皆專主善何作。楠榴之木。案楠當作南。注中作南。各本皆同。表茶陵二本楠下有南音。蓋五臣楠而亂之。南榴複二字爲一木名。與柟之別體作楠無涉。五臣誤也。注尤好可以作器。表本茶陵本無好字。是也。注宗生。下至覆萬畝之地。表本茶陵本無此四十字。注莊子曰。表本茶陵本子作周。是也。注葉重疊貌。表本茶陵本無此四字。注輪囷謂屈曲貌。下至相糾也。表本茶陵本無此十九字。注枝柯相重疊貌。表本茶陵本無枝柯二字。疊作之。注縟繡。下至露垂貌。表本茶陵本無此二十一字。注言木枝葉。下至如律呂之暢。表本茶陵本無此十五字。其上則猨父哀吟。表本茶陵本則下有有字。猨作猿。是也。爭接縣垂。茶陵本接縣作縣接。云五臣作爭接縣垂。表本作接縣。用五臣也。此蓋亦尤改耳。注獑子。下至見人嘯。表本茶陵本無此十一字。注居樹上。表本茶陵本作樹上居。是也。注東吾諸郡皆有之。案東吾當作江東。各本皆誤。下注箭亦有此句。是其證也。注上涌雲亂葉暈散。表本茶陵本上作騰。是也。陳云亂下有枝字。案古文苑所載有。陳據之校耳。注於菟虎也江淮閒謂虎爲於菟。表本二菟字皆作塗。茶陵本初刻同。後改菟。案塗是也。依此則正文當是塗字。表茶陵二本菟下有徒音。蓋五臣菟而各本亂

之矣。注飅颸颸飅。表本飅作螭。是也。茶陵本亦誤飅。注穎鋒也。案鋒當作鐶。各本皆誤。則篔簹箖箊。表本茶陵本箖作林。注同。是也。案此尤誤改。柚梧有篁。案柚當作由。注中作由。各本皆同。柚下由乃五臣音。蓋五臣柚而亂之。注可以爲射筒筒及由梧竹。案射筒當作筒射。各本皆倒。筒句絕。射下屬。詳劉注意。篔簹也。林箊也。桂也。箭也。射筒也。由梧也。篻也。簩也。凡八竹。此但可以爲筒耳。非單名筒也。注漢書律歷志。表本茶陵本無此五字。注伶倫乃之崑崙山之陰嶰谷之中取竹斷之以其厚均者吹之。表本茶陵本此二十四字作伶倫乃之崑崙陰取嶰谷之竹斷其厚均者而吹之二十字。是也。注鳳鷄也。表本茶陵本無此三字。注周本紀曰。表本茶陵本無此四字。有皆字。屬下。注非梧桐不棲。表本茶陵本無此五字。注馴擾善也。案當作擾馴也。各本皆譌。注長直貌蓊茸。表本茶陵本無此五字。注蕭瑟聲也。表本茶陵本無此四字。注嬋娟言竹妍雅也。表本茶陵本無此七字。注碧鮮。下至出竹。表本茶陵本無此十三字。棎榴禦霜。茶陵本榴下校語云善作劉。表本作榴。用五臣也。此蓋亦尤改耳。各本注中皆作榴。疑注字有譌。而尤誤據之。注味大甘美。表本茶陵本無大字美字。注如猪膏。表本茶陵本膏作脂。是也。注一作北景。下至故名。表本茶陵本無此二十六字。注金華采者。案此各本皆有脫。無可補。何陳校添金有華於采上。云別本。今未見。恐誤涉下善注耳。注言其如晳蹢。表本如上有有字。是也。茶陵本亦脫。注鷄見而駭驚也。表本茶陵本無驚字。注又重累貌。表本茶陵本無此四字。又下歲烏乖切臱故乖切八字亦無。案下八字當有。凡音各本不同。二本刪耳。注潛穎謂潛深而有光穎。表本茶陵本二穎字皆作頴。表本亦作穎。案依文義頴字爲是。依此則正文當是頴字。茶陵校語云五臣作頴。與尤所見皆傳寫誤。表本作頴。用五臣。唯無校語。或所見未譌歟。注珠玉潛伏土石。下至黷黑茂貌。表本茶陵本無此二十九字。又下晳勅列切四字亦無。案下四字當有。二本刪者。因正文下有勅列二字也。下放此。

不更出 注四隅謂邊遠也 表本茶陵本無謂邊遠三字 注沾穴 表本茶陵本沾下有此字 注桴舟也 表本茶陵本無此三字 注因以殘半棄水中 表本茶陵本殘作其水中作之是也 注眕暇 下至 有徑有眕 表本茶陵本無此十六字 用累千祀 表本茶陵本祀下有也字茶陵云善無表無校語案此與下文煥炳萬里也偶句恐無者傳寫脫 注二十五世矣夫差益強大得爲盟主 表本茶陵本矣夫差益強大得七字作益強夫差四字 注大城周匝 表本茶陵本無匝字 注亦有水陸門皆 案皆下當有樓二字各本皆脫 注言經營造作之始 下至 長遠貌 表本茶陵本無此二十字 注西都賦曰 表本茶陵本賦作賓是也 注越絕書曰吳王夫差 表本茶陵本無夫差二字 注夫漢諸侯方輪口錯出 表本茶陵本口作謂此初亦衍而後去之 注蔡邕月令章句 表本茶陵本句下有曰字又漢書下同表邕作雍茶陵本作邕案疑善盡作雍今雍邕錯見乃後人改之 注前

異一　三三

吳都武昌在豫章 表本茶陵本前吳作吳前無在豫章三字 注在丹陽孫權自會稽 下至 不向武昌居 表本茶陵本無此三十三字何云不樂徙乃孫皓時事是矣但未悟非劉注案此不知何人謬記云云尤乃取以增多誤之甚者也 注皆建業吳大帝所太初宮 表本茶陵本無此十字有二字屬下案此增多云吳大帝上下增多云孫權一人之稱乖剌如此誤中之誤不勝辯正凡今於二本所無當刊削者譌誤亦不復論 注捷獵高顯貌 表本茶陵本無此五字 注大夫種 表本茶陵本種下有蠡字案此尤刪似是也 注以獻吳王夫差夫差大悅 表本茶陵本無夫差夫差四字有王字 注以飾殿也 表本茶陵本無此四字 注其子 表本茶陵本無此二字 注孫權移都建業皆學之 表本茶陵本無此九字 注長遠貌 表本茶陵本貌上有之字 注崢嶸深邃貌 表本茶陵本無此五字 注櫎音榥 茶陵本音作輿是也表本亦誤音 注吳後主 下至 碕巨依切 表本茶陵本無此三十三字 注

梁楯也 下至 爲瑣文楹柱也 表本茶陵本無此十六字 注亘引也眈眈樹陰重貌 表本茶陵本無此九字 注疊水流進貌 表本茶陵本作疊進也案此當作疊疊進也二本脫重疊字所引當是疊疊文王之傳或章句文尤改大誤後來考韓詩者從而認爲鳧鷖在疊誤中之誤也 注吳自宮門南出苑路府寺相屬 表本茶陵本此十二字作建業宮前宮寺六字 注橫塘在淮水南 下至 吏民雜居東長干 表本茶陵本無此六十二字有橫塘查下皆百姓所居之區名江東謂山岡間爲干建鄴之南有山其間平地吏民居之故號爲干三十八字 注皆相連 表本茶陵本連作屬是也 注大長干 下至 故號大小相干 表本茶陵本此二十四字作疑是居稱干也六字 注櫛比 下至 相連下之貌 表本茶陵本無此三十二字 注虓岸大度也 下至 石顯方鼎貴 表本茶陵本無此三十三字 注虞虞文秀魏魏周顧顧榮陸陸遜隆吳之舊貴也 表本茶陵本作虞魏顧陸吳之舊姓

異一　三四

也案二本最是何陳校改云云皆未悟非劉注今不取 注歧嶷 下至 養之乞言 表本茶陵本無此十六字有賈捐之傳石顯方鼎貴九字案此九字疑亦後人添之 注言富貴也 表本茶陵本無言富貴三字也屬上 注閭閻噎言人物遍滿之貌 表本茶陵本無此十一字 注善曰 表本茶陵本此下有後漢書云江充爲人魁岸案後字衍云當作曰尤延之移入劉注非 注方家隆盛時乘 表本茶陵本無此六字 注江都輕訬 案輕訬當作訬輕各本皆倒 注謂輕薄爲訬也 表本茶陵本無謂輕訬三字案此不當有見下 注絺結也翩翩往來貌弈弈輕靡之貌 案此三句亦不當有上引景十三王述下引淮南高注相連接解輕訬後人添之隔截其間非凡尤本誤取增多之外表茶陵二本亦有失善舊者如此是矣 注使人於楚楚相春申君處 表本茶陵本無楚楚相處四字 注而迎之趙 表本茶陵本無此四字 注翹關扛鼎 下至 能招門開也 表本茶陵本無此十五字 注漢書曰項羽力能扛

鼎又表本此十字作扛鼎已見西京賦是也茶陵本所複出不同亦非注四隩來曁下至以
向吳都表本茶陵本無此三十字開市朝而並納表本茶陵本並作普案此蓋善並五臣普
二本失著校語雜沓從萃表本茶陵本從作蓯案此蓋善從五臣蓯二本失著校語又二本注中亦作蓯
非注隧向市路肆市路也表本茶陵本無此八字金鎰磊砢表本茶陵本鎰
作溢注同是也案此尤誤改耳史記曰趙孝成王一見虞卿表本茶陵本記下有虞卿
傳三字見下無虞卿二字注闌干猶縱橫也表本茶陵本無此六字注又折象牙
以爲簟也表本茶陵本無折字儸譶臮㺒表本茶陵本儸作灑案此蓋善儸五臣灑二本失著
校語琴賦紛儸譶以流漫廣韻二十六緝儸言不止皆可借證也又考集韻云灑譶言不止疑五臣灑又灑之譌耳
注諻吁橫切諻通也表本二諻字皆作喤茶陵本作喤通也無吁橫切諻四字案各本皆非也
方言有諻音也在十二卷別無諻通也此當作諻音也吁橫切諻與喤通今所誤不可讀注紛葩謂舒

張貨物使覆映表本茶陵本無此十字注謂之霡霂表本茶陵本霂下有霡音脉三
字是也注富中大塘中也句踐治以爲田表本茶陵本塘下無中也二字田上
有義字是也案此所引記地傳文注尚書曰惟辟玉食表本茶陵本無惟辟二字注言
富中之食貨殖之選者各利案食當作人陳云各利當有脫文各本皆同無可補也以
意揣之似當云各乘其時而射利注言農人之富自相夸競表本茶陵本無此九字
注以自救表本茶陵本救下有謂此也三字注左傳曰吳賜子胥屬鏤表本
茶陵本無左字是也注走追奔獸接及飛鳥表本茶陵本無此八字注鱄諸寘
劒於全魚中表本茶陵本無全字注遂殺闔閭表本闔閭作王僚是也茶陵本亦誤闔閭
注上大下小表本茶陵本無此四字有者字屬上注犀皮爲之表本茶陵本無此四字
注奉父犀渠案父當作文各本皆譌此所引吳語文今本犀下有之字疑亦脫也注考工記

曰越鐵利可以爲戟表本茶陵本無此十一字注皆節理解落也表本茶陵
本無落字注陳王卒表本茶陵本王作士是也注鐸施號令而振之也表本茶陵
本無此八字注一校千二百九十六匹表本茶陵本無一字是也案此節鄭注而引之
乃五種合之數尤所添甚誤注狼𦢊人夜鷃金知其良不表本茶陵本無人夜其不
四字注又有象林郡案又字不當有郡當作縣各本皆誤晉書地理志云交州日南郡秦置象郡漢
武帝改名焉統縣五象林云云可證也注周禮有巾車官又表本茶陵本無此七字注
日月爲常重光謂日月畫於旂上也攝持也表本茶陵本此十七字作
有日月爲常重光謂日月重光也十三字注不能表本茶陵本無此二字注列女傳曰下至
故號之表本茶陵本無此二十三字注染絲織鳥畫爲文章置於旌旗
也表本茶陵本此十三字作鳥爲章也四字注袀同也案當作袀服皁服也各本皆涉五臣謂下同服

而脫誤劉昭注續漢書輿服志引賦此注云袀皁服也可證但彼袀下仍當有服字耳注騏馬名表本
茶陵本無此三字轂騎煒煌表本茶陵本煒作熚案此蓋亦尤改耳注謂張網周遍
表本茶陵本無此五字注瑣結下至言不絕也表本茶陵本無此十三字注蹏兔網
表本茶陵本無此三字注周易曰何校易下添略例二字陳同是也各本皆脫注禦禁也
謂因沉湘爲藩落也表本茶陵本禁下有苑字無因沉湘三字猿臂骿脅表本茶陵
本猿作猨骿作駢案此尤誤改也注骿脅今駢幹也骿駢通表本茶陵本無此九字
注鷹瞵鶚視言勇士似之也表本茶陵本無此十字注犬獷不可附
也案犬獷當作獷犬各本皆倒今說文獷犬獷獷不可附也蓋善節引注說文曰驍下至罠音
浪表本脫此注非茶陵本無㹶𤢖莽罠四音刪也注尚書曰稱爾干案尚上當有善曰二字各
本皆脫表本茶陵本干下衍戈字益非又此節注二本無佻他弔切又步寸切兩音刪也注史記曰荊

軥怒髮直衝冠。表本茶陵本無此十字。注熛火燗也。表本茶陵本無此四字有鳥擇
木而棲五字。注故云鳥不擇木獸不擇音。表本無此十字。茶陵本有。案表本有脫誤。
茶陵尤所補亦未是。注麢大麋也桂林有麋。茶陵本二麋字作麢表本亦作麢案各本皆非
也當作麋。注如馬。又注鋸牙。又注能食虎也。表本茶陵本無此八字。注猱
似猿奴刀切挺音亭。表本茶陵本無此九字案二本刪音也似猿二字尤增。注一名
雲白。案白當作日各本皆譌羣書或言運日或言暉日或言鴆日運暉鴆與此雲皆同字。注左氏傳
曰下至豹走貌。表本茶陵本無此十六字。覽將帥之拳勇。陳云據注拳當作權案所說是
也善注毛詩曰無拳無勇拳與權同謂引詩之拳與此賦之權同也疑五臣以此改正文爲拳但於注無明文耳。
與士卒之抑揚。何校抑揚改揚抑陳云抑叶韻各本皆同蓋倒也。注言吳之將帥
皆有拳勇。表本茶陵本無此九字又此節注茶陵以下多脫不具論。注女六切拉頓折

異一

也。表本茶陵本無此七字案二本刪音也下四字尤增。注捭兩手擊絶也。表本茶陵本無絶字。
注靡碎也。表本茶陵本無此三字。注人因爲筒。下至而得禽之。表本茶陵本無
此二十八字又此上梟羊善食人下至而後食之二十五字表有茶陵無。注剖亦刲也。表本此下有居
綺切三字是也。茶陵本無非。應弦飲羽。表本茶陵本飲上有而字案此上自魂褫氣懾下及雜襲錯繆
似各本皆有誤今無以訂之也又後文自若此者下及曲度難勝亦然附出於此以俟再詳。注周章謂
章皇周流也。表本茶陵本無此八字。注踶跋促遽見。表本茶陵本無此五字。注
雜襲。下至澤別名。表本茶陵本無此十九字。注王逸曰豐隆雲師也。茶陵本有
此八字。表本無。注春秋元命苞曰日月。案日字不當有各本皆衍。迴靶乎行邪
睨。表本茶陵本無邪字案此蓋尤取西京賦之遷延邪睨改行爲邪仍未去行字而兩有行邪耳。注說文
曰艘。下至船別名。表本茶陵本無此二十三字。注船上下四方施板者曰

艦也。表本此十一字作艦大船也四字。茶陵本此節注多脫。槁工檝師。表本茶陵本槁作篙注同。
案尤取方言改篙爲槁而又譌成槁也。注昔吳王下至後爲神。表本茶陵本無此十六字。注
弋繳射也。表本茶陵本無此四字。鱺鰌鮍。案鱺字誤也劉善皆無注表茶陵二本下音所買西
京賦纚鰋鮋薛注云纚網如箕形狹前廣後善曰纚所買切蓋此賦字本與彼同故善不更注所買即善音二本割
裂入正文下尤刪削之善音失舊每如此也又江賦云筩灑連鋒善引舊說曰筩灑皆釣名也灑所蟹切彼灑亦即
纚也或爲網或爲釣說之者有不同耳可證纚字各本所見皆傳寫誤。注筌捕魚器今之斗
回也。表本茶陵本無此九字。注攙搶星也。表本茶陵本無此四字。注上直魚生
一。表本茶陵本魚作巽一作三是也案生當作九各本皆誤。注言微小也。表本茶陵本無此四字。
注鰝大魚鰕音遐。案魚字不當有鰕屬上讀表本茶陵本無鰕音遐三字乃刪音而誤於衍字絶
其句也又上鯦下犗兩音二本無亦刪。注又曰龓兼有也。案又當作說文二字各本皆脫誤。

異一

注其釣惟何。表本茶陵本惟作伊案此尤改非是。注善曰家語曰。表本無此五字案無
者最是說見下茶陵本亦無但移此下楚昭王云云入後善注中而依家語改其文大誤。注使問孔子。
表本無使字是也。注可剖而食之。表本可作令是也。注得此鳥魚。表本茶陵本無
魚字案此尤補也下注失其鱗翼也失上似各本脫亡字。注戰國策曰。表本戰上有善曰萍實見家語
七字案有者最是茶陵本亦有善曰但改萍實見家語爲家語楚昭王云云大誤說在上。注蛟螭龍子
也。表本茶陵本無此五字。注不出之也。表本茶陵本之下有珠字。注善曰回淵水
也。案當作善曰說文曰淵回水也各本皆脫誤魏都賦回淵灌善注可證也。注大龜也。下至目不
明也門擨切謂之潛隱之穴也。表本茶陵本無此四十三字案此尤所添最誤劉注
昧目也與目不明之昧迴不相涉又於賦文義難通門擨切一音乃尤弁添不在善音二本刪之例。注徊求
也襲入也。表本茶陵本無此六字案無者是也但當有善曰二字觀下注可見表茶陵作劉曰劉即善字

之誤也。注風初貌。案初當作利。各本皆譌。注太湖在秣陵東湖中。表本茶陵本在秣陵東四字作也字湖下有水字。注軍所以討獲曰實。表本茶陵本作軍實所獲也五字。注鍾儀在晉使與之琴。表本茶陵本無此八字。注允繼也。下至任南樂名。表本茶陵本無此二十四字。注吳歈蔡謳。表本茶陵本歈作愉是也。注翕習容裔。下至容與閑麗也。表本茶陵本無此十九字。注詩曰唱予和女。表本茶陵本無此六字。注坻頹崩聲也。下至因爲隴坻之曲。表本茶陵本無此十九字。注匏巴鼓琴。表本茶陵本匏作瓠是也。注鄙曲也。表本茶陵本無鄙字。注汁猶愜也。茶陵本愜作叶是也表本作叶猶汁也誤。魯陽揮戈而高麾。何校揮改援案以揮麾文複言之蓋是也。各本皆誤耳。注楚辭曰日吉兮辰良。表本茶陵本無此八字。注楚斿也。表本茶陵本無此三字。注與韓遘。何校遘下添難字陳同是也各本皆脫。注良辰之所以覺也。表本茶陵本也作速是也。注以適己之盛觀也。表本茶陵本觀作歡是也。注執玉帛而朝者。表本茶陵本無而朝二字。注先王謂舜等也信讀爲申。表本茶陵本無此十字。注與齊晉爭衡。下至號孫子兵書。表本茶陵本無此五十五字案無者最是上文起軍下文北征四字爲句盡晉亞之皆引吳語文五十五字在其間誤甚矣可見凡增多者之決不當有也。注晉惡之。表本茶陵本惡作亞是也。注叔孫通列傳曰。下至猶世也。表本茶陵本無此二十三字。注如童。表本茶陵本無此二字。注山言此人等仙如蟬之脫殼。表本茶陵本無此十一字。注槁葉落。表本茶陵本無此三字。畢世而罕見丹青圖其珍瑋。表本茶陵本無而字其下有象字案此尤添刪之觀下文偶句蓋是也詳劉注云象類者解上文比焉之比非正文有象或誤認而衍之耳。注書曰舜南巡狩陟方死。表本茶陵本無此九字有善曰二字案二本最是。注子宅湫隘。表本茶陵本隘作阨茶陵脩改亦作

異一　三八

隘案此蓋劉引自作阨。注帝王居之。表本茶陵本無此四字。而與夫檮木龍燭也。表本茶陵本檮作尋注同案此蓋亦尤改之耳。而與桎梏疏屬也。表本茶陵本與下有夫字。案此尤本脫耳。注適爲夫子時也。表本茶陵本爲作來是也。注莊子曰有繫。下至懸絕曰解。表本茶陵本無此十九字。注亦如此也善曰。表本茶陵本也下有确薄也三字善注末無此三字是也。謳詭之殊事。表本茶陵本謳作嵔注同案此蓋亦尤改之耳。注輪巳崇則人不能登也輪巳庳。表本登也輪三字作升字二巳皆作以案表本是也劉引自如此茶陵本與此同皆取考工記改之耳。注不委細之意。表本茶陵本無此五字。注粗謂覆言其梗槩。案謂當作爲各本皆誤陳云別本爲今未見。注梗槩粗言也。表本茶陵本無此五字。

卷六〇魏都賦〇注魏曹操都鄴。下至以魏都依制度。表本茶陵本無此一節注是也案此二本亦尚未竄入其并非五臣注更明。左太沖。茶陵本此下有劉淵林注四字。表本無案各本皆非也當有張載注三字何云前注張載爲注魏都陳云賦末善曰張以攖先隴反云云則知卷首本題張孟陽注與前合後來誤作劉淵林耳所說是也表茶陵賦中每節注首劉曰皆非蓋合併六家時巳誤其題矣。注爾雅曰權輿。表本茶陵本無爾雅曰三字。注劇秦美新序曰。案序字不當有各本皆衍。注班固漢書述曰彰其剖判。表本茶陵本無此十字。注楊雄交州箴曰。表本茶陵本無交字案漢書曰作州箴餘所引有某州箴者疑皆後人所添而此爲是也。注杜篤通邊論曰親錄譯導緩步四來。表本茶陵本無通錄四來四字案尤校添之也。以中夏爲喉不以邊垂爲襟也。表本茶陵本喉下有舌字襟下有帶字案詳注皆不當有二本非又襟依注字善作衿蓋五臣襟而各本亂之。注而附著於大中之道也。表本茶陵本而作又不無於字。注莫不貢職。表本茶陵本貢職作來貢案尤校改之也。注漢書

異一　三九

曰單于(下至)百蠻貢職(表本茶陵本無此十九字)而徒務於詭隨匪人(茶陵本人作民云五臣作人表本作人無校語案民字是也尤以五臣亂善又并注同於匪民亦改人皆非)注詭隨匪人言詭善隨惡(表本茶陵本詭隨匪人言五字作徒務於三字)注詭隨詭人之善隨民之惡(表本茶陵本無上詭隨二字惡下有者也二字)注言惡也(表本茶陵本無此三字)注小劒戊去大劔(表本茶陵本無戊字案此尤校添戊字而譌耳)注蹶敗也善曰(表本茶陵本無善曰二字案有者非也)注名赤縣神州赤縣神州內自有九州(表本茶陵本無下赤縣神州四字)注崑崙謂東南(表本無謂字是也茶陵本亦衍)注于時兵所圍繞(表本茶陵本繞作也是也)注臣今見宮中荆棘(表本茶陵本荆上有生字)注宮室深邃之貌(表本茶陵本無宮字)注沈長含切(表本茶陵本切作反案反字是也凡善本云反合併以後改爲切其僅存者皆不當改也)注廣雅曰煨爐也烏

異一　四十

壞反廣雅曰煨煙也(案此有誤也考廣雅並無煨爐也又其下不當又云廣雅曰各本皆同無以訂之唯釋詁云煨熅也下煙必熅之誤)注又曰矢鋒也(陳云矢上脫鏑字是也各本皆脫)注牢落(下至)翩連緜以牢落(表本茶陵本無此十六字)亦獨犨麋之與子都(表本茶陵本獨作猶案猶字是也尤誤)注色如漆赭(表本茶陵本無赭字)注子都美丈夫也(表本茶陵本無此六字)注二山名已見上文(表本茶陵本無已見上文四字案二當作三各本皆誤)則霜露所均(茶陵本均作鈞云五臣作均表本作均無校語案表用五臣也尤蓋以五臣亂善)注則爲明主也(表本無爲字是也茶陵本無上左傳至此脫)注善曰史記(表本茶陵本作劉曰當魏襄王時案二本最是當魏襄王時者上數所賦以前也尤改誤又二本每節首有劉曰於此例當去改爲善曰更誤)注蘇秦說魏襄王曰(表本茶陵本無襄字)注南有陳(何校陳下添留字是也各本皆脫)注潁川舞陽郾許鄢樊陵(表本茶陵本無樊字案無者是也川下當依漢志補之字各本皆脫潁川郡也舞陽以下皆縣也潁川郡屬縣有鄢陵尤添樊字於其閒甚誤)注溫水在廣平都易縣(何校都改郡易下添陽字是也各本皆誤晉書地理志之廣平郡易陽縣也陳云別本都作郡今未見)注消水蕩其胷(案消當作湞各本皆譌)注閟宮有洫(表本洫作侐茶陵本亦作洫案侐是也)注蒼頡篇斥(下至)廣大之貌(表本茶陵本無此二十九字)授全模於梓匠(表本校語云善作令模茶陵本作全模校語但云五臣作謨案尤所見與茶陵同注無明文未審善果何作)注謀龜謀筮(表本茶陵本作尚書曰謀及卜筮案蓋各本皆非也載注但當有謀及卜筮四字下文善注首尚書曰謀及卜筮七字茶陵本無非也表有是也如下節載注陂傾也善注鄭元禮記曰曰陂傾也可以例此)注以避燥濕(表本茶陵本燥濕作溫涼案此尤以今荀子校改之孟陽引不必同改者未是)注又曰偃取也子軟切(表本茶陵本無此八字)注詩定之方中(表本茶陵本詩下有云字是也)注西都賦曰因瓌材而究奇抗

異一　四十一

應龍之虹梁(表本茶陵本無此十六字)注西京賦(表本茶陵本西上有西都賓曰抗應龍之虹梁十字)注又曰疏龍首以抗殿(表本茶陵本無此八字案彼賦龍首與此夐然不涉尤增多誤甚)注謂畫爲龍首於椽(表本茶陵本無畫於椽三字)暉鑒抰振(案抰振當作柍桭注同各本皆譌柍桭見甘泉賦太沖用其語彼不誤可證也)階陠嶙峋(案陠當作楯善引應劭上林賦宛虹拖於楯軒句注可證表茶陵二本所載五臣翰注云階陠階道上處蓋五臣改爲陠而各本亂之茶陵本幷善注中字亦改爲陠大誤)注深黑色也(表本茶陵本無深字黑字)注抵鍔嶙峋(茶陵本抵作柢表本與此同案各本皆非也當作柢)注德陽殿賦曰(何校德上添李尤二字是也各本皆脫)注西京賦曰(下至)若雙闕之相望(表本茶陵本無此十六字)注內朝所在也(表本茶陵本所在作存案此尤改也)注蔡雍陳留太守頌曰(表本茶陵本蔡上有元化自此陶甄而成國風於是有稟承也十六字案有者是也尤誤脫去)注漢書音義如淳曰

表本茶陵本作如淳漢書注曰案此亦尤改也蕙風如薰何引潘校蕙改惠案所校是也善注可證表茶陵二本所載五臣銑注云蕙香草是五臣改爲蕙而各本亂之注聽政殿聽政殿門表本茶陵本此七字作聽政殿前四字案各本皆非也當作聽政殿前聽政闥七字爲一句注聽政門前升賢門案上門字當作闥下節注云升賢門內聽政闥外與此相承接各本皆譌注崇禮門右順德門案崇禮門三字不當有乃誤複上文各本皆衍注顯陽門前有司馬門表本茶陵本無顯陽二字注閶守門也下至守王門表本茶陵本無此十一字注音此禮切下至惠風橫被表本茶陵本無此十四字注邊讓帝臺賦曰何校帝改章華二字陳同是也各本皆誤注聽政闥向外表本茶陵本無向字案無者最是四字爲一句注宣明門內升賢門升賢門外案升賢門三字不當重宣明門內四字爲一句與上之升賢門內下之顯陽門內句例同也升賢門外四字爲一句與上之聽政闥外下之宣明門外句例同也又表本上升賢門下有而字

茶陵本有內字何校云然此四字疑衍陳同是矣注禁中諸公所居曰表本茶陵本無此七字注始置侍中中尚書表本茶陵本無下中字注幕人掌幄帟表本茶陵本作帟人掌幄案當作冪人掌幄此無取帟也尤改未是丹青煥炳表本茶陵本煥炳作炳煥案此疑善五臣之異今無以考之也注咎繇薦舜曰何云薦疑作薦陳云當作薦是也各本皆誤注周禮曰正宮掌宮中次舍表本茶陵本無此十字注謂次舍之名以甲乙紀之也表本茶陵本名作處紀作緣案此亦尤改也注文藻頌詠也表本茶陵本頌上有而字亢陽臺於陰基表本茶陵本臺下校語云善作高案此以五臣亂善非注文昌殿西有銅爵園園中有魚池堂皇表本茶陵本無上有字不重園字注旣滋蘭之九畹表本茶陵本無旣字之字注莊子曰表本茶陵本子作周案二本最是此稱莊周舊注例也若稱莊子善注例也餘舊注誤者準此不更出注流沫三十里黿鼉魚鱉

之所不能遊也表本茶陵本三作四無魚鼈二字注有屋一百一閒表本茶陵本有上有銅雀臺三字是也注一百九閒氷井臺有屋此九字表本茶陵本無案尤校添者是也蓋依水經濁漳水注凡二本之誤多不具論唯此等經尤延之而改正讀者所當知故詳出之注百四十五閒表本茶陵本四作三案水經注作四尤依校改注上有氷室三臺與法殿表本茶陵本上上有氷室臺三字室三臺作三室案尤校改者是也水經注云上有氷室詳賦云下氷室而沍冥上字必皆下字之譌注爲徑周行此四字表本茶陵本無案二本脫也注魯靈光殿賦曰下至似紫宮之崢嶸表本茶陵本無此二十五字注魯靈光殿賦曰表本茶陵本賦下有注字注此鳳之有定有住尚向風而無一方案此當作此鳳之住有定向七字爲一句而風無一方五字爲一句各本皆誤絕不可通今訂正之注睥睨子也表本茶陵本無此四字注班固西都賦說臺曰表本茶陵本無說臺曰三字注彌

望得意之謂也表本茶陵本得意之謂作意之得注若春升臺之爲樂焉表本茶陵本無春字注晷漏漏刻也表本茶陵本下漏作之又也下有西上東門北漏有刻屋也十字案有者是也尤誤脫去上東當作止車前注南當南止車門又有東西止車門表茶陵止車皆作上東考水經注說長明溝南還止車門下然則上東非也此亦當同彼矣屋當作室注晷景案景下當有也字各本皆脫注欒汁圖曰案圖下當有徵字各本皆脫注服虔甘泉注曰何校泉下添賦字陳同是也各本皆脫隆廈重起案廈當作夏載注引詩夏屋善必與之同蓋五臣廈而各本亂之下文廈屋一揆亦如此注寇俠城堞表本茶陵本無堞字案此尤校添也注毛詩云夏屋渠渠表本茶陵本無毛字案無者最是此稱詩舊注例也若稱毛詩善注例也其有不合者非餘各本皆誤者準此不更出凡劉淵林張孟陽諸人之注皆未必是毛詩觀下膘膘坰野句注即可知矣注廣尋長五十步表本茶陵本無長字案此尤校添也蒲陶結陰茶陵本蒲下校語云善作蒱表本無校語案此尤改

未必是也表本載注字亦作蒱然則所見與茶陵同失著校語耳尤幷注改作蒱非蒹葭贙表本茶陵本贙作贙注同是也贙俗字耳廣韻所謂倒虎者非是矣若咆渤澥與姑餘案渤當作勃載注引揚雄曰勃澥之鳥善必與之同蓋五臣渤而各本亂之注江池清籞表本茶陵本江作淵案尤依東京賦改淵作洪而又誤其字耳注方四十里表本茶陵本里下有耳字案此尤依今孟子改也下同注殺其麋鹿者表本無鹿字茶陵本有注爲阱於國中表本茶陵本無於字注鄭元周禮注下至大波也表本茶陵本無此十七字注隨波之貌表本茶陵本無此四字注飛而下曰頏表本茶陵本無此五字案此二本脫而尤添之是者注令鄭下有十二墱天井優案優當作堰水經濁漳水注有天井堰可證也各本皆誤注分爲十二墱表本茶陵本墱下有者也二字注界也埒畔際也案上也字不當有各本皆衍界埒畔際也五字爲一句注賈逵國語曰案語下當有注字各本皆脫陳云別本有注河渠書

異一　四四

表本茶陵本作史記曰案此尤改也注漢書曰表本茶陵本作又曰案此尤改也注終古瀉鹵兮表本茶陵本瀉作寫案寫乃舄字之譌尤改未爲是也注蒔更也表本茶陵本更作植立二字是也注郭璞曰謂更種也表本茶陵本無此七字注鄴城內諸街表本茶陵本鄴上有言字街作衢案此亦尤改也注有赤闕黑案黑當作里各本皆誤有赤闕里四字爲一句注謂之倚郭璞曰石橋音江表本茶陵本作謂石橋也四字案以四字爲一句二本最是載注不得引郭景純爾雅尤增多甚誤注侍中尚書御史符節謁者郎中令太僕表本茶陵本無此十五字案此亦尤添也侍中至謁者在前符節謁者劉注中此無取其事蓋皆未是也注長壽吉陽二里在宮東中當石竇吉陽南入此十七字表本茶陵本無案此蓋二本脫注鄴城南有都亭城東亦有都道北有大邸表本茶陵本南作東案各本皆有誤此節賦邸注必說邸可知然則當作鄴城東有都亭邸爲一句東城下有都道

爲一句道北有大邸爲一句尤改東爲南欲以通之而彌不可讀今訂正此賦前注有北城下後注有西城下可證此之東城下也注秦舍相如廣成傳茶陵本城作成是也表本亦誤城注輟止掇古字通案此下當有也輟與三字各本皆脫侈所覶之博大表本茶陵本覶作眺注同案此疑太沖自用眺字故善以爾雅眺解之眺即覶耳善引書之例有如此者尤延之因爾雅作覶改未必是也注達巳見上章案達當作逵下同各本皆譌注聽賣買以質劑又曰表本茶陵本無此八字財以工化案財當作材茶陵本校語云五臣作材表本作材詳載注善注並作材但傳寫誤作財也注史記曰子產治鄭不鬻賈表本茶陵本無此十字注成平也市者表本茶陵本無也字注舜居河濱器不苦窳表本茶陵本無舜居二字注淑清穆和之風既宣表本茶陵本無此八字注優渥表本茶陵本無此二字案無者是也又茶陵刪此上女龍切此下然皆非注是謂賨布廩君之巴氏出幏布表本茶陵

異一　四五

本賨布廩君之作廩君之賨案此尤校改也蓋據後漢書南蠻傳縵胡之纓案縵當作漫表本茶陵本載注中字作漫此幷改作縵非其五臣銑注中字作縵然則乃各本亂之而失著校語今莊子作曼釋文引司馬彪云曼胡之纓謂麤纓無文理也漫曼同字可借爲證注立魏公位諸侯王上表本茶陵本無立字注臣能虛發而下鴈魏王曰表本茶陵本無此十字案二本有脫考楚策尤所添亦未是注庶士有揭又曰表本茶陵本無此六字案無者最是陳云注必有誤未悟爲增多耳刷馬江州案刷當作唰注同載注引唰嗽爲注是其本作唰善必與之同五臣向注作刷云乃洗刷兵馬云云各本亂之而失著校語又案善藉白馬賦且刷幽燕注引作刷必太沖集別本與張孟陽注者不同此之謂各隨所用而引之善固巳自舉其例矣振旅輷輷案輷輷當作輷輷善注有明文其云今爲輷字音田者猶西京賦注之今並以亘爲垣耳五臣因此改故正文下有田字音各本亂之而失著校語集韻轟字重文有輷即本此亦可證載注善注兩見輷輷皆同注庖丁爲文惠君屠牛表本茶陵本無君字案下文兩

云文君疑此本亦云文君耳。注建安二十五年　表本茶陵本無五字案此尤添也。注剋黜韓暹楊奉之專用王命也　表本黜作黜是也茶陵本亦誤黜。注降劉表於荆州之屬也　表本茶陵本無之屬二字是也何校表改琮陳同各本皆作表或此本云表耳。注北羈單于于白屋　案于字不當重有各本皆衍說見後九錫文下。注兵事以嚴終也　表本茶陵本兵作無終作衆案此亦尤改也。注韋昭注曰東山皁落氏也　表本茶陵本無此十字。注楊雄上疏曰下至西都賦　表本茶陵本無此七十六字案二本以上漢書下接曰稜威盛容當有脫尤所添但亦未是。注刷猶飲也所劣切　表本茶陵本無此七字。注伐弱燕　表本茶陵本燕作韓是也。注毛詩曰喪亂既平　表本茶陵本無此七字案下周公攝政陳云上脫引書名是也各本皆同無以補之。豐肴衍衍　何云衍衍据善注當作衎衎陳同案所說是也表茶陵二本所載五臣向注字作衍或各本亂之。注有東鯷人　表本茶陵本無東字。

案此亦尤添也。注蒼頡篇曰賮財貨也　表本茶陵本無此八字善注以約小兒於背上句下有蒼頡篇曰賮財貨七字是也。注楚辭小招魂曰　茶陵本無魂字表本無曰字案茶陵是也小招者對大招之言也。注其南者多也　表本茶陵本多作分是也。注高張四縣下至毛詩曰　表本茶陵本無此二十二字案二本以上漢書曰下接夜未央當有脫尤所添但亦未是。注又曰采蘩祁祁　表本茶陵本無此六字。注毛詩曰湑　案詩當作萇各本皆誤。注沛酋之也　案沛當作涑各本皆譌。冒六莖　表本茶陵本六莖作六英五莖云善無六英二字何云以韶夏例之當作英莖陳同案其說是也各本皆非。注昔秦穆公　表本作昔繆公言茶陵本作昔繆公嘗言案蓋表本是也。注嘗如此下至甚樂　表本茶陵本無此二十一字。注簡子寤曰　表本茶陵本寤下有之字案依趙世家記之疑語字之誤。注禮記□曰　表本茶陵本空格作注案此初與二本同衍而脩去之也。注天子獵之田曲也　表本茶陵本無獵之曲三字案無者是也東京賦善注引作天子之田也可證尤誤添。注孟子夏諺曰　表本茶陵本子下有曰字。注方銎斧也　表本茶陵本無銎字案此尤添也。注楊雄太元經曰　表本茶陵本無經字。注文備於大和下至是以有魏詩雲鳥之書黃初　表本茶陵本無此四十四字案疑此乃記三國志注文於旁尤取以增多而又有譌誤也。注顯道而神德行　茶陵本無而字是也表本亦衍。注丁步也　表本茶陵本步上有小字是也。注應劭漢書曰擾音擾　何校下擾字改柔陳同又云書下當有注字是也各本皆脫誤。注詩曰方叔莅止下至儼然元墨　此三百七字表本茶陵本無案此初無與二本同脩改添之蓋無者脫而尤得之計當時存本尚衆或有不失善舊者惜尤延之未能精擇每誤取增多若準此條固無嫌耳何校改宅山阜猥積爲宅心知訓陳同又讎校所爲讎校者也句亦有譌無以正之。注論語曰君子薄於言而厚於行　此十二字表本茶陵本無案蓋二本脫。注讎校下至漢書音　此三十一字表本茶陵本無案蓋二本脫又案若怨家相對下

當有爲讎二字。注大篆也　表本茶陵本大上有作字。注毛詩曰赫赫師尹　表本茶陵本無此七字。雖自以爲道洪化以爲隆　何云下以爲二字傳寫誤加陳云道洪化隆中間不當有以爲二字案所說是也各本皆非。注及前王踵之武　案踵之當作之踵各本皆倒。常山平干　表本茶陵本干作于注同案二本是也。注謂適生生之情　表本茶陵本適作通情作精案此亦尤改也。注在廣平沙縣　表本茶陵本沙作涉案二本是也晉書地理志廣平郡有涉縣可證。注溺而不反精衞　陳云反下當有化爲二字是也各本皆脫。注自言父甘見俗　表本茶陵本甘作世是也。注後辭入碣水中　表本茶陵本碣作碭案此亦尤改也。注在曲周市上　表本茶陵本周作州下同案此亦尤改也。注⿰瓦氏飛貌　案⿰瓦氏字當重有各本皆脫。注趾躍躧　表本茶陵本無躧字案此尤改躍爲躧而兩存也所引貨殖列傳文今本云跕屣漢書地理志作跕躧顏注躧字與屣同是趾躍二字乃跕躧二字之誤。注比歸數百里　表本茶陵本無數字。

注臣瓚曰跕爲躧案此當作躡跟爲跕挂指爲躧各本皆脫絕不可通依漢書顏注引如此也注閉門不出容案容當作客各本皆譌陳云別本客今未見注水出洹汲郡案水出洹當作洹水出各本皆倒注夠多也表本此下有古侯切三字是也茶陵本脫此注非判殊隱而一致何校判殊改殊顯案以判殊意複言之蓋是也各本皆誤耳注知言之選擇來比物謂屬變而還復舊貫則知言之選擇來案此皆誤也當作知言之選爲一句選擇采也爲一句謂屢變而還復舊貫爲一句則知言之擇采爲一句各本譌舛絕不可通今訂正注謂爲系辭同音案音當作旨各本皆誤注周穆王暨及化人之宮表本茶陵本無及字注故諸侯歌鍾析邦君之肆也陳云諸侯當作謂之表本亦誤茶陵本脫此注非注無乃不可加乎兵案乎兵當作兵乎各本皆倒陳云別本兵乎今未見注說文曰搦按也表本茶陵本無此六字張儀張祿表本茶陵本句上有則字是也

異一　四八

案此尤本脫注張升及論曰表本及作反是也茶陵本亦誤及推惟庸蜀與鴝鵒同窠案鴝當作鸜善注中字作鸜可證表茶陵二本所載五臣良注字作鴝各本皆以五臣亂善而失著校語注鍾會蒭蕘論曰表本茶陵本無蒭蕘二字案此尤添之也注迸散走也表本茶陵本無此四字注詩序曰文王德及鳥獸昆蟲表本茶陵本無此十一字注嬥謳歌巴土人歌也表本無謳字是也茶陵本無嬥字非也注嬥嬥契契案嬥嬥當作佻佻各本皆誤陳云別本佻今未見注一音徒了反表本茶陵本無此五字案表本正文下有徒了音茶陵有徒召音疑此或尤取五臣音添非如其餘眞善音被刪者也因長川之裾勢何校裾改据注同案所校是也善据五臣裾此及表茶陵二本所載五臣向注皆有明文各本亂之而失著校語注拘束其民表本茶陵本無拘字注闚闟望尊位也表本茶陵本無此六字注而能約制其民也漢書音義言其土地形勢表本茶陵本無也漢書音義言其土八字案此節注各本皆有誤今無以正之尤所添非建鄴則亦顛沛表本茶陵本鄴作業是也案此尤本誤也前吳都賦注中亦有業作鄴者放此不更出注微子將□朝周表本茶陵本空格作相案此與二本同衍而脩去之也矆焉相顧陳云矆當作愯注同案所說是也表本茶陵本云善作愯載注春秋傳曰駟氏愯各本作駟氏懼甚誤說文心部愯下引左氏駟氏愯集韻二腫載愯⿰忄雙悚三形愯字即本此可爲證也尤以五臣亂善非又二本載注云云亦誤與此同於其校語不相應甚非不更出聯焉失所案聯當作瞻善瞻五臣聯各本皆以五臣亂善也說見下注說文聯失意視表本聯作瞻茶陵本亦作聯案瞻字最是也所引目部文依此是善自作瞻表茶陵二本所載五臣向注字乃作聯茶陵尤因正文之誤幷改此注甚非注而髓切表本茶陵本而上有並字是也注說文曰惢心疑也亦而髓反表本茶陵本無此十一字注賀淸狂不慧注表本茶陵本無注字注恐皇輿之敗表本茶陵本敗下有績字案績之譌也尤刪非注音義曰躅迹表本茶陵

異一　四九

本無此五字下也字屬上過以⿰亻凡剽之單慧表本茶陵本⿰亻凡作汎注同案此尤延之依今方言改汎爲⿰亻凡也今方言剽作僄仍未改汎剽與⿰亻凡僄同字孟陽在景純之前其所見方言蓋爲汎剽太沖讀方言蓋亦爲汎剽耳尤改非注王弼周易注曰表本弼作肅茶陵本亦作弼案肅字最是陳云今本周易王注中無此文乃未知善固引肅注耳注不與聖人之憂案不與二字不當有各本皆衍注詩推度客曰案客當作災各本皆誤注太史書曰田敬仲世家傳曰案書上當有公字下當無曰字又家下當無傳字各本皆誤以此推之疑凡載注皆稱太史公書今多失其舊也注二客自言安能守此者自晦也表本茶陵本無此十二字案無者最是也在二本所載五臣向注中此以五臣注竄入載注甚誤

文選考異卷一

文選考異卷第二

賜進士出身通奉大夫江南蘇松常鎮太等處承宣布政使司布政使胡克家撰

卷七○甘泉賦○注蜀郡成都人也表本茶陵本無成都二字注明日遂卒何云據班書非新論本然也今案此蓋卒字有誤文賦注引新論作及覺病喘痵少氣或卒當作病注如雍時物表本茶陵本無物字詔招搖與太陰兮茶陵本云太善作泰表本作太用五臣也漢書正作泰其相膠轕兮案轕當作葛注云膠葛巳見上文謂見吳都賦東西膠葛也蓋善作葛五臣作轕各本亂之漢書正作葛羽獵賦從橫膠轕漢書作轕善及顏皆音葛此及彼皆同漢書耳猋駭雲迅茶陵本云迅善作訊表本作迅用五臣也漢書正作訊注地氣不應曰霿霧與蒙同陳云別本兩霧字並作霿案今未見考爾雅釋文霿或作霧字同亡公亡侯二反善引即或作而讀亡公反也注何休公羊傳注曰軼過也表本茶陵本無此十字注令帝閽開閶闔而望予案令上當有吾字開下當有闔兮倚三字各本皆脫注至也表本茶陵本無此二字有或作轃三字乃校語錯入注注幷櫚椶也表本茶陵本櫚作閭是也注說文曰表本茶陵本無此三字有往往作進四字乃校語錯入注注林木崇積貌也案林當作材漢書注可證各本皆譌魂眇眇而昏亂表本茶陵本魂下有魄字云善本去魂作魄固案漢書作魂固蓋善自作魂固表茶陵所見魂作魄者非尤本誤涉五臣脫固字益非注軼軋表本茶陵本軼軋作坱圠下軼軋無垠同案二本是也正文善坱圠及音皆可證注善曰春秋下至太一之精表本茶陵本無此十六字洪臺崛其獨出兮茶陵本云崛善作掘表本作崛用五臣也漢書正作掘注其景皆倒在下表本茶陵本無此六字注又曰絕度也表本茶陵本無此五字有在下二字注孫炎爾雅曰何校曰上添注字是也陳云別本有注應劭曰大人賦注曰案劭下當去曰字各本皆衍注敦徒昆切表本茶陵本此下有與屯同三字是也和氏玲瓏表本作瓏玲云善作玲瓏茶陵本云五臣作瓏玲案各本所見皆非也陳云漢書作瓏玲此韻脚不容同異當乙其說是矣凡表茶陵皆據所見爲校語非必善眞如此每有牴牾詳見各條下注玲瓏明見貌也亦當乙漢書注可證太元法言皆有瓏玲亦可互證法言玲作𤫊同字也注善曰駢列也表本無列也二字有巳見上文四字案尤本此處脩改必初刻同表本謂駢猶併也巳見上注也茶陵本複出之亦可證所改之非注而曳颺之表本茶陵本無此四字若登高眇遠亡國表本眇下有而字遠下無亡國二字云善正文作登高眇遠亡國茶陵本云五臣作若登高眇而遠陳云漢書無亡國二字今案各本所見皆非也注應劭曰當以亡國爲戒者但說賦意非舉賦文也傳寫善本因注引應而誤添正文又五臣衍而字漢書亦無注叉鬱衆移楊也案衆當作聚漢書注而移楊鬱聚也可證陳云別本聚注司馬彪上林賦注曰胻過也表本茶陵本無此十一字注長門賦曰下至䔿蘙似槀本表本茶陵本無此二十三字注倕汝作共工表本茶陵本倕上有咨字無作字注雖使仙人行其上案行上當有常字漢書注可證各本皆脫函甘棠之惠表本茶陵本云惠善作恩蓋所見不同也漢書作惠吸清雲之流瑕兮茶陵本吸作噏云五臣作吸表本作吸用五臣也漢書正作噏風縱縱而扶轄兮表本云縱善作從茶陵本作從云五臣作縱案茶陵是也尤誤以五臣亂善非也漢書作從集韻二腫有從從云從從疾皃或从人上字據此下字據漢書也表本當云善作從今有誤羽獵賦萃從沇溶五臣亦作縱可互證鸞鳳紛其銜蕤陳云銜漢書作御顏注或作銜俗妄改也今案五臣注作銜有明文善注不見此字或未必與五臣同但無可考表茶陵二本亦不著校語也皐搖泰壹案皐當作招茶陵本作皐云五臣作招今考漢書作招善與之同故如淳解讀作皐張晏解招如字而兩引之不知者但據如解改爲皐而張解不可通矣表本作招不著校語可知非五臣與善異所見當未誤注如淳曰表本茶陵本曰下有招作皐三字案有者是也說巳見上尤因所見賦誤招爲皐遂刪此注以就正文失之矣炎感黃龍兮案炎當作猋據善注云言猋熛爟盛感動神物也字林曰猋火光也云云作猋

甚明其五臣注作炎各本亂之漢書作炎則與此不必全同也注吾令帝閽開關兮表本茶陵
本無闕字案當於開下添闕字各本皆譌偈棠黎茶陵本黎作棃云五臣作黎表本作黎用五臣也漢書正
作黎案此尤本以五臣亂善非也注麗光華也表本茶陵本無此四字注幽昧之貌
表本茶陵本作難知也三字是也徠祇郊禋茶陵本祇作祗云善作祇案茶陵所見及尤本非也顏注
漢書與善此注皆以敬解祇其非異字可知表本作祇而不著校語所見當未誤靈迟迟兮茶陵本迟
迟作棲遲云善作迟迟案茶陵所見及尤本皆非也表本云棲遲善作犀迟其載善音則云犀音棲漢書作遲迟顏
注遲音栖考集韻十二齊有犀遲別無迟字重出其下然則但傳寫誤耳當依表所見訂正陳云迟當作迟從漢書
校也○藉田賦○注禮記曰天子籍田千畝表本茶陵本無此九字注
設梐枑再重何校枑改柜陳同各本皆譌注壝以委切表本茶陵本委作季是也注
毛詩曰周道如砥表本茶陵本無此七字注晉灼漢書曰陳云書下當有注字

各本皆脫似衆星之拱北辰也表本茶陵本無似字晉書無又上句末及輕幰階列離坎發揮
下有兮字表本茶陵本離坎下無餘同案此等或善五臣不同但不著校語無可考注方駕千駟表本
茶陵本駕作駟是也注應劭曰漢官儀曰陳云上曰字衍是也各本皆衍注后稷播
植百穀表本茶陵本植作殖是也注鄭元曰衡牙表本茶陵本無此五字五輅鳴
鑾案輅當作路各本善注中字皆作路表本所載向注則作輅蓋善路五臣輅而亂之也晉書正作路注戟
車軾茶陵本軾車作闟尤本軾車二字處脩改表本亦然案此當云闟戟車載戟各本皆脫誤晉書輿服志云
闟戟車長戟邪偃向後是其義闟闟亦同字震震塡塡案塡塡當作闐闐各本善注中字皆作闐表茶
陵二本所載良注則作塡蓋善闐五臣塡而亂之也晉書作塡與五臣所據同碧色肅其千千表本
茶陵本作芊芊案尤本是也高唐賦肅何千千安仁用其語表茶陵作芊芊者五臣字如此所載向注可考彼賦善
千五臣芊正有明文晉書作芊與五臣所據同又二本皆脫去善此節注亦非注上空無祭表本上作

壇案壇字是也茶陵本亦誤上注都謂京邑也杜預左傳注鄙邑也表本茶陵
本無此十三字垂髫總髮表本茶陵本髮作髻云善作髮晉書作髻案晉書五臣非也髮字去聲協霽祭
諸韻之字魏都賦纍纍辮髮或鏤膚而鑽髮兩見皆然不知韻者改之耳或有謂髻是髮非者誤附訂於此注
吾上壽王表本茶陵本吾作虞案虞字是也虞吾雖通但此自爲虞耳豈嚴刑而猛制
之哉表本茶陵本無之字晉書無案此尤所見衍惟穀之卹表本茶陵本卹作恤晉書作恤案各
本注中引尚書字皆作恤或注有譌也注敢用嘉薦何校下添普淖二字陳同今案當乙下文普淖
二字於此而神降之吉也何云吉字後人誤改福字本協今案各本及晉書盡同何因注引左傳而
云然也考賦自四人之務不壹至旨酒嘉粟所用皆質術韻之字福字古音別協職德韻又案西征賦以此句與日
室一協夏侯常侍誄以此句與秩疾卒協是安仁自作吉善彼二注亦引左傳皆是注神降之而不取福字善注如
此例者甚多何說非是以孝治天下表本茶陵本治作理云善作治晉書作治案注中引孝經字作

理考治字唐諱也李濟翁資暇錄曰李氏依舊本不避國朝廟諱五臣易而避之宜矣其有李本本作泉及年代字
云云是在當時已錯出不一也今全書中經五臣以後迴改者又不少矣皆不復具論薄采其茅表本
茅作芳云善作茅茶陵本云五臣作芳晉書作芳案晉書五臣非也賦文作茅觀善注及上文縮鬯蕭茅句注灼然
可知何云茅音蒙其說甚是凡茅聲之字協東韻者多矣或乃疑此故附辨之凡晉書此賦與善異者每誤不詳論
也○子虛賦○注廣雅曰僕謂附著於人案雅當作蒼各本皆譌樊恭廣
倉見隋志上林賦注引若蹈足貌茶陵本亦譌蒼爲雅也營藭昌蒲表本茶陵本營作芎案注中字作芎
考說文艸部營藭香艸也重文芎司馬相如說營或从弓謂凡將如此史記漢書作穹者假借也字書別未載營字
當是尤延之以改芎爲穹遂成此形耳甘泉賦發蘭蕙與營藭正文及注皆誤茳蘺蘪蕪案茳當作江注
中江字兩見皆不從艸史記漢書亦作江考上林賦亦以江蘺茶陵本云五臣作茳表本無校語蓋此賦亦善江五
臣茳而亂之故表茶陵二本皆不著校語何校改作江據史漢陳云別本作江未詳其何本也注苞麗也

案麓當作鹿史記漢書注可證各本皆譌下麓皮表切茶陵本未誤注本或林下有巨字案當作作謂林下其字作巨也不云其作巨者因正文有兩其字以此分别之史記漢書及五臣同或本作巨注

善曰蓋山之國東有樹表本茶陵本蓋上有有字無東字案二本是也此所引大荒西經文依善例曰下當有山海經曰四字二本仍皆脫注驅馳逐獸也橈靡也案上也當作正漢書注可證以八字爲一句也各本皆譌注中絕系也表本茶陵本中下有心字案漢書注正有此脫注言所在衆多表本所在下有射獲二字茶陵本脫此注注弨猶低也節所仗信節也表本無此十字茶陵本亦無案漢書注有之考史記索隱引郭璞曰言頓轡也集解引郭璞曰或云節今之所仗信節也善此注引王逸弨案也意謂即上文案節未舒與郭頓轡之解相近無取或云也尤延之從漢書注添未是被阿緆案緆當作錫注云緆與錫古字通必善作錫故有此語今各本皆作緆者以五臣作緆而亂之遂不可通非也史記漢書皆作錫表茶陵并削善此注益非襞積褰縐表本茶陵本積作積音積

案史記漢書皆作積表茶陵二本善注中引張揖字仍作積蓋善積五臣積而音積表茶陵所見亂之故不著校語尤本獨未誤紆徐委曲何校云漢書無此四字無者爲勝案以李注引張揖詳之本無此四字今史記有而集解引漢書音義索隱引小顏孟康似二家史記亦與漢書同並不當有唯五臣向注云紆徐委曲裙下垂貌蓋五臣輒多四字而亂之也各本皆非注故或摩蘭蕙案善正文作靡此摩字誤五臣作摩表茶陵二本有明文今史記漢書作摩而張守節正義及顏注中仍作靡靡者古摩字之通用恐亦靡是摩非也若神仙之髣髴表本茶陵本云善無仙字案詳注意善不當有甚明尤本此處脩改添入乃其誤也漢書無今史記亦誤衍并正義所引戰國策末亦贅以仙字誤之甚矣凡史記與此同誤皆後人所改耳連駕鵝茶陵本云駕善作駕案注云而因連駕鵝也字正作駕史記漢書亦皆作駕考駕者鳾之假借左傳榮駕鵝唐石經宋槧本下皆從馬古今人表所載亦然相如此賦用字古矣唯中山經是多駕鳥郭注未詳也或曰駕宜爲駕駕鵝也然則駕字晉代不復行用之表本正文及注並改爲駕而不著校語又上林賦駕鵝屬玉各本作駕皆誤以五臣亂善非也西京賦駕鵝鴻鶤平子用駕字是爲異人用字不同之例全書此類極多皆不更著注戰國策更羸曰臣能虛發而下鳥表本無此十三字有見西都賦高誘六字茶陵本例改巳見者爲複出故亦有尤本脩改添入未是又高誘二字屬下不當删之也注列子曰蒲且子連雙鶬于青雲之上表本無此十四字茶陵本有案尤本脩改添入未是說在上條注之說是也案之當作文漢書注可證各本皆譌注服氏一說案一當作之各本皆譌乃欲戮力致獲表本茶陵本戮作勠案史記漢書皆作戮蓋善戮五臣勠二本所見亂之而不著校語戮勠同字耳劇秦美新曰戮力咸陽餘同此者不更出注善曰史記樂毅與燕惠王書曰表本茶陵本無史記惠三字注彰君惡害私義表本茶陵本無此六字注成山在東萊掖縣案漢書注引掖作不夜史記集解徐廣亦曰在東萊不夜縣考史記封禪書漢書武帝紀郊祀志地理志不夜是掖非各本皆譌也注契善計也表本此下有契禼同三字茶陵本無案有者是也

卷八○上林賦○曰楚則失矣茶陵本有校語云善作是蓋所見本楚譌爲是也表本無史記漢書皆作楚所以述職也茶陵本云善無也字表本無校語史記漢書皆有不務明君臣之義表本茶陵本云善無臣字史記漢書皆有而適足以甹君自損也案甹當作㽕各本皆譌其字上臼下寸在說文巢部今漢書作甹亦譌也史記作貶與五臣同注河南穀羅縣陳云河南漢書注作西河爲是案史記正義引亦作西河今漢書地理志西河郡穀羅武澤在西北依文穎此注似其本武作紫也注在縣北案北上當有西字漢書注可證地理志亦可證各本皆脫注今名沇水陳云沇當作沈詳漢書顏注今案陳說非也當作沇史記索隱引姚氏云今名沇水善全取彼文與顏注此即今所謂沇水迥異注黃子陂表本茶陵本黃作皇案史記索隱引姚氏正作皇皇字是也漢書注亦作皇陳校依漢注注經至昆明池表本茶陵本無經字案史記索隱引姚氏云注昆明池漢書顏注云經昆明池此尤延之校改至作經因誤兩存也注周旋苑中也表本茶陵本周上有言字

注善曰楚辭曰。表本茶陵本無善曰二字，有郭璞曰椒丘見六字。今案當作郭璞曰椒丘見楚辭善曰楚辭曰十三字，各本皆脫。注馳椒丘兮焉且止也音昌呂切。表本茶陵本無焉且且止也五字，表本有且且二字，茶陵本有焉且且三字。案各本皆譌，當作馳椒丘且焉止息也且音昌呂切，此離騷經文。注司馬彪曰畢弗。案畢當作滭，史記索隱引可證，各本皆譌。注淈水出貌。表本茶陵本無此四字。汩㴔漂疾。表本㴔作急，云善作㴔；茶陵本云五臣作急。案各本所見皆非也。史記漢書皆作急，善引韋昭曰急許及切，即漢書音，正作急可知。彼載晉灼華給反，郭璞許立反，史記索隱同，諸家無作㴔者。又各本注中亦譌㴔。注說文曰漻清深也。表本茶陵本無此七字。注其形狀而出也。表本茶陵本其形狀作言溢，漢書注作言溢。溢陳云別本作言溢爲是。注張揖曰其形狀未聞。表本茶陵本無其形狀三字。注魭鰄一名黃曰頰。表本茶陵本無曰字。案依漢書注無曰字，鰄下當有也字。注兩相合得乃行。表本茶陵本無合字。案漢書注有，蓋尤依彼添。陳云得乃當從漢書注作乃得。注隱岸坻也。表本茶陵本坻作底，漢書注作底。案當以尤爲是，即海賦云巖坻之隈者也。二本及漢書注皆傳寫譌耳。注常庭之山。表本茶陵本常作重。案今本山海經作堂，一作常，疑善引自異。摧崣崛崎。表本茶陵本摧作摧，史記漢書皆作摧。案此尤本之誤，注同。注振拔也。表本茶陵本拔作收。何云下言收斂溪水，注當從收。今案漢書注史記索隱引皆作拔。隱轔鬱壘。茶陵本壘作壨，表本與此同。案下云壨音壘，蓋茶陵本是也。今本漢書亦正文壨注壘，歧誤正同此。注郭璞山海經曰。何校經下添注字，陳同，各本皆脫。蔣苧青薠。案苧當作芧，史記漢書皆作芧，各本及注中俱譌。五臣作芋，云句切，大誤。又案玉篇芋芓同，與此賦之芓迥別，彼乃說文所云草可以爲繩者。此張揖解爲三稜，三稜類詳見政和經史證類本草，實異名同，不可援以相證，決爲譌字無疑。注說文曰䅧䅿。案此曰下有脫也，各本皆同，無以補之。或因此謂說文有䅧䅿，非羣書引說文而未見者，皆不必今本脫去也。注騾驘同。案當作驘騾同，誤倒也。正文五臣作騾，史記亦作騾，凡五臣每取善注以改字。

或取他書，皆此類。漢書作驕。表本茶陵本刪此注，非。注中途樓閣閒陛道。案中字不當有，史記集解引無，各本皆衍。青龍蚴蟉於東葙。案葙當作箱，史記漢書皆作箱，善與之同。今各本作葙，凡偏旁竹艹每相混耳。五臣改作廂，非也。盤石振崖。案振當作裖，注同。史記漢書皆作裖。高唐賦裖陳磑磑，善注云裖已見上林賦，彼五臣作振，然則此賦亦爲五臣亂之而失其校語也。注其處磅磄千仞。案此下當有磅磄與旁唐音義同一句，各本皆無，蓋脫也。盧橘夏熟。表本茶陵本云熟善作孰。案二本所見誤也。史記漢書皆作孰，善與之同，孰即熟字。楟柰厚朴。楟當作亭，注引張揖曰亭山梨也，蓋善作亭，五臣作楟，善音亭，而各本亂之也。漢書作亭，史記作楟，善此賦大略文同漢書者較多。注其實似榖子。表本茶陵本榖作穀，無子字。案穀亦譌也。此字從木不從禾，楮也。漢書注史記索隱皆云榖子，尤依添，但榖字益譌。注採木也。何校採改採，下採音采，同漢書注作采音菜。注崔錯交雜癹骫蟠戾也。表本茶陵本作錯相摎也四字。考史記索隱引郭璞云崔錯癹骫者蟠戾相摎也，表茶陵二本有脫，尤所添改在今漢書顏注，亦未是，當作蟠戾相摎也五字。注郭璞曰坑衡徑直貌閜砢相扶持也。表本茶陵本無閜砢相扶持五字。案史記索隱引郭璞云坑衡閜砢者揭孽傾欹貌也。尤所添在今漢書顏注，亦未是。或坑衡徑直貌也一句，係善注，誤連爲郭耳。注英謂華也。表本茶陵本無此四字。案在今漢書顏注。蜼玃飛蠝。茶陵本蠝作壘。案注中三見，下二字不從土，漢書作蠝，史記作鸓，單行本索隱仍作蠝。考集韻五旨鸓下重文有六，而不載壘，可證其非。表本正文作壘，注皆作蠝。以南都賦互證，疑五臣本之誤而又相亂也。注飛蠝鼠也。案鼠上當有飛字。案漢書注史記集解索隱有。陳云別本有，各本皆脫。南都賦注引蠝飛鼠也，脫上飛字，當互訂。注在樹暴戲恣態也。陳云暴當作共。案漢書注史記正義引作共，各本皆誤。注說文曰杪末也。表本茶陵本無此六字。娛遊往來。案娛當作娭，各本皆譌。注引說文娭許其切，非娛甚明。史記作嬉，娭嬉同字也。今本漢書及注誤與此同。又見羽獵賦。注有似虬。何校引徐七來悖復曰似下脫玉字，据漢書注校是也，各本皆脫。注龍也無角。

何校引徐曰子誤也据漢書注校表本無作有茶陵本亦作無案漢書注作有說文虬龍子有角者稚讓所本故其廣雅亦云有角曰龍龍即虬上卄者角也此注决不當自爲兩解唯王逸注離騷有角曰龍無角曰虬善彼注仍之所以各存異說或不知者用彼以改此也

注李善曰孫叔者　表本茶陵本李善作鄭元案元當作氏漢書注作氏最是鄭氏見顏師古敘例臣瓚云鄭德者也

注言擊嚴鼓簿鹵之中也　表本茶陵本簿鹵作鹵簿是也陳云別本二字乙

河江爲陸　茶陵本作江河云善作河江表本作江河無校語史記漢書皆作江河

注生謂生取之也　表本茶陵本謂生取三字作抗字案尤所添改在今漢書顏注亦未是抗當作執生執之也四字一句讀五臣向注生生執即襲韋可借爲證

注絳謂絆絡之也　表本茶陵本無謂絆之三字案史記集解引有此三字尤延之蓋依彼添

注司馬彪漢書曰　何校漢上添續字陳同各本皆脫

椎蜚廉　案椎史記漢書皆作推顏注云推亦謂弄之也其字從手今流俗讀作椎擊之椎失其義矣考五臣銑注推謂擊殺其本作推之明文善既不注此字表茶陵二本

異二　九

又俱無校語未審何作也凡偏傍才木每相混

注以白羽爲箭　表本茶陵本爲作羽案重羽最是上羽言體下羽言用漢書注史記正義引皆可證

注郭璞老子經注曰　陳云此七字衍張氏乃曹魏時人不當引郭語老子又無郭注其說是矣各本皆衍

注與元通靈　陳云元當作天漢書注可據今案漢書注譌也史記正義正作元鄭禮記注引孝經說曰上通元莫即此元字之義

注樂汁圖　案圖下當有徵字史記索隱引有各本皆脫

注率徑馳去也　表本茶陵本徑作然案考漢書顏注曰率然直去意或尤改馳爲徑而誤去然字

歷石闕　表本茶陵本闕作關而不著校語案依此善與五臣同作關也漢書作關史記作闕善引張揖漢書注則作關未爲非恐此是尤延之依史記改前卷及漢書楊雄傳俱作關字

注一曰載民　案民當作氏各本皆譌下有明文漢書注誤與此同

淮南干遮　何云干史漢作于案善及小司馬皆引張揖漢書注不當有異文蓋今各本作干並譌耳

注皆剛勇　表本茶陵本無此三字案史記索隱引無集解有尤蓋依彼添

注衝激急風也　表本茶陵本衝上有激字單行本索隱有舞賦及七發注有七命注衝激作激衝脫下激字當互訂

注結風亦急風也　案單行本索隱結風下有回風二字舞賦七發七命注皆有依文義有者是也各本此注脫

注皆是靡曼美色也下或云　表本茶陵本美色也三字作也色二字案也句絕色屬下尤添改失之

柔橈嫚嫚　案嫚當作嬛嬛漢書作嬛可證也善注於圓切正爲嬛字作音或五臣誤爲嫚而各本亂之耳史記作嬛亦嬛字之譌徐廣曰音娟嬛即娟字古人每以同字爲音也小司馬引廣雅嬛嬛容也今索隱盡作嫚大誤

注香氣盛也漚一候切又曰　表本茶陵本無此十字

注嫮以姱　表本茶陵本嫮作奼案此尤校改也

注更以十二月爲正也　何校引徐曰二當作三案所校是也漢書武紀太初元年以正月爲歲首師古曰謂建寅之月爲正也郭取彼事爲義夏以十三月爲正原出緯書不知者誤改之

德隆於三王　茶陵本云五臣作皇表本云善作王案各本所見皆非也史記漢書皆作皇善自與之同傳寫譌耳

注鄭元毛詩曰　案詩下當有箋字各本皆脫

而樂萬乘之侈　表本之下有所字云善無茶陵本云五臣有所漢書有何云萬乘之所侈謂天子猶謂此太奢侈者也今案史記亦有或各本所見脫之

異二　十

○羽獵賦　案賦下當有一首二字後每題盡同表茶陵本無說見前又前第七八後第十三十四十六各卷首子目亦放此

東南至宜春　何云漢書無東字疑衍案據史文此云南至下云西至又下云北繞又下云頗割其三垂故何云即指上林之三垂而言是也其東濱渭則云濱渭而東而已無所開廣亦無所割此句不得有東字但善解三垂爲武帝侵西南東三方以置郡豈所見漢書有東字與下濱渭而東相接連以上林爲不僅有三垂耶然所解實未安

濱渭而東　案濱當作賓注云濱與賓同音也蓋善正文作賓所引公羊作濱故有此語今各本以五臣作濱而亂之難蜀父老率土之濱注本或作賓可爲此作賓之證今漢書作瀕又異本耳表茶陵二本無注濱與賓同音也六字誤謂此專發音與五臣濱音賓重複而削去益非

不折中以泉臺　案折當作制善引韋昭曰制或爲折也是其證矣蓋五臣作折而各本亂之顏注漢書作折即韋所云或爲耳

注魯莊公築臺　陳云築下當有泉字是也各本皆脫

注假爲或人之意　表本茶陵本爲

下有人也二字。各以並時而得宜○表本茶陵本以作亦案漢書作亦此疑尤本誤也注○封禪各言異也○陳云別本言字在封上爲是案今未見但漢書注如此以奉終始顓頊元冥之統○表本茶陵本無奉字案漢書無疑尤本誤注○郭舍人爾雅注曰○陳云爾雅郭注與所引不同則知非景純也下文移珍來享句又引犍爲舍人爾雅注今案其說是也爾雅犍爲郡文學卒史臣舍人注二卷見陸氏釋文敘例必犍爲二字各本誤改作郭注○落纍也○表本茶陵本無此三字案在今漢書顏注注○熒惑法○案法上當有執字熒惑或謂之執法見廣雅各本及今漢書注皆脫注○使司命不祥○案命字不當有各本皆衍漢書注無注○陽朝○陽明之朝○案上朝字當作晁此善以朝解晁故下云晁古字同也各本皆譌注○杜業奏事曰○表本茶陵本無奏事二字案此文今在漢書霍光傳注中云杜延年奏載霍光柩以輬車云云非杜業明甚宋孝武宣貴妃誄晨轀解鳳注所引云云亦在霍光傳注然則當作杜延年奏曰各本皆誤鱗羅布烈○茶陵本云五臣作列表本云善作烈今案各本所見

皆非也漢書作列善自與之同但傳寫譌耳又案上文霹靂烈缺二本校語亦云然彼漢書仍作列而以應劭閃隙之義求之作烈自通善顏亦不盡同也恐此涉彼而加火注○吸喘息也○表本茶陵本喘作內案二本是也喘字誤跋犀犛○表本茶陵本云善無犀案二本所見非也漢書有尤本獨未譌掌蒺藜○茶陵本藜作藜注同表本正文藜注藜案漢書作疾黎考字書藜藜二字有分別據此知蒺藜乃變體加艹非借藜藋字當依茶陵本各按行伍○表本茶陵本云伍善作五案漢書作伍或善作古字也甓部注軍之部伍也當同此注○罼罕也○表本茶陵本罼作畢案畢字是也上荷垂天之罼漢書作畢或善畢五臣罼而亂之尤并此亦改爲罼未是太元畢格禽鳥之貞用畢字亦可證注○應劭曰下時○表本茶陵本無劭曰二字案漢書注有魂亡魄○表本茶陵本下有失字云善無案各本所見皆非也漢書有善自與之同傳寫脫耳陳云上當以徒角槍題注爲句而蹴竦讋悑魂亡魄失各以四字爲句也注○言獸被創過大血流與車輪平也○表本茶陵本無大血流車四字案無者是也言獸被創過解創淫與輪平也解輪夷即謂

獲獸平輪耳張此解與下引晉義迥別尤所添改複沓非是羣娛乎其中○表本茶陵本娛作嬉云善作娛案所見皆非也漢書作娛音許其反說見上林賦娛遊往來下又案上文娛澗閒表茶陵本亦云善作娛此本獨未譌或尤延之依漢書校正注○鄭元曰拄音袪○案元當作氏各本皆誤又下注鄭元曰彭咸也之元亦當作氏鄭氏說見上林賦內注○願依彭咸之遺制○案制當作則各本皆譌陳云別本作則今未見注○自彼氐羌○表本茶陵本無此四字注○單于南庭山○表本茶陵本南庭作庭南案庭南是也今本漢書注亦誤倒陽朱墨翟之徒○表本茶陵本陽作楊注同案陽蓋尤本之譌漢書作楊注○高誘呂氏春秋注以爲宋人○表本茶陵本無此十一字卷九○長楊賦○命右扶風發民○表本茶陵本云善無發民二字案今本漢書有蓋尤依之添也注○在涇州界○陳云涇雍誤是也各本皆誤注○名豪豪㲈也○表本茶陵本不重豪字注○郭璞爾雅曰○表本茶陵本曰上有注字注○詩序曰下以風刺

上○表本茶陵本無此八字案無者是也注具甘泉賦下羽獵賦已不更出此亦當爾矣注○顏師古曰○動不爲身○表本茶陵本師古二字作監下再見皆同案此尤本誤改注○言有儲畜○表本茶陵本言有作高其是也案今本漢書注與此同誤注○而無所圖○表本茶陵本無所字客何謂之茲耶○表本茶陵本無之字尤本此處脩改案今本漢書作謂之茲耶詳顏注云謂茲邪猶言何爲如此也仍當有何字無之字蓋漢書傳寫譌尤延之據添非也表茶陵二本所見與未脩改正同是矣又案雝蜀父老曰烏謂此乎烏何也此茲也乎邪也子雲好擬相如此亦用彼語不當衍之字甚明封豕其土○表本土作士何云漢書作士案士是也茶陵本作土與尤所見同非也注○應劭淮南子注云○案劭下當有曰字子下當衍注字漢書注可證各本皆誤注○顏監曰○撕舉手擬也○案顏漢書正文字作撕上引李奇音車幰之幰而解云撕舉手擬之也蓋其字音義與左氏傳乃掀公之掀相近善文選正文作撕與顏不同別引鄭氏禮記注釋義字林釋音乃所以改顏也傳寫者并顏注亦爲撕失之矣又蒼頡篇曰撕拍取也八字非漢書注

乃善引以證顏者、字亦當是擲也、又漢書注擬下有之字、此無、似亦脫。注。疏亦賤也。字書曰。疏遠也。表本茶陵本作疏遠也字書曰六字、案此亦尤增多之誤也。注。春秋運斗樞曰。北斗七星第五曰玉衡。表本茶陵本無此十五字、表本注末多已見魏都賦五字、案表本是也、此亦尤增多之誤、茶陵本注末復出魏都賦注云云、可爲證。遐眠爲之不安。表本茶陵本眠作氓、案此皆非也、正文當作萌、注當作韋昭曰、萌音氓、萌人也、今作眠音萌、誤倒、漢書作萌、善自與之同、蓋五臣作氓、而各本亂之、因又改韋注也、上林賦以贍萌隸、注韋昭曰、萌民也、張景陽七命羣萌反素、表茶陵皆有校語云五臣作氓、最可證、又如顏延年侍遊蒜山作詩留滯感遺萌、亦善萌五臣氓相亂、彼二本仍云五臣作氓、唯此爲各本所見皆誤、故無校語耳。注。乾酪母。何校酪下添也以爲酪四字、案依漢書注是也、各本皆脫。注。顏師古曰。何校師古改監、各本皆譌、下顏師古曰死則云云同。注。鹵莽中生草莽也。表本中上有鹵字、末無也字、是也、茶陵本亦脫衍。啖鋌瘢耆。茶陵本云五臣作吮、辭兗切、表本作吮、案茶陵及尤所見非也、蓋此賦有作吮作兗兩本、小顏以作兗爲是、故今本漢書字如此、善以作吮爲是、故最後引服虔云其瘡如含然、乃訓吮爲含也、吮字他無所見、恐是或改吮爲兗、而誤成此形耳、表本無校語、其所見善正文自是吮字、尤本注末音云吮辭兗切、不作吮、亦其一證、又臣佖校漢書以爲鈗、與顏李二家迥異、恐屬臆說、難以爲證。注。項下向。表本茶陵本項作項、案項是也、今本漢書注與此同誤。注。漢兵深入窮邊。案邊當作追、各本皆譌。莫不蹻足抗首。茶陵本云五臣作手、表本云善作首、今案所見皆非也、漢書作手、羽獵賦抗手稱臣、善抗手注具彼下、此不更出、非作首也。注。卒金革之事。案卒下當有哭字、各本皆脫。注。帝者得其英華。表本茶陵本英華作華英、是也。注。言時不常也。表本茶陵本言時作時言、是也。注。古文隔爲擊。表本茶陵本此上有韋昭曰戞擊爲拮隔、乃校語錯入注、因正文用五臣戞擊、故云然、案此云古文者、韋所見之古文尚書也、意謂隔者擊也耳、子雲用拮隔、漢書及史記樂書俱有其證、楊倞注荀子亦極明晰、五臣乃援東晉古文改竄、荒陋甚矣、宋人校語以拮隔屬韋、更繆、尤本無之、是矣。注。

異二　十三

史記。管子曰。古者禪梁父。表本茶陵本無此十字。○射雉賦○注。采飭英麗。表本茶陵本飭作飾、是也。陳柯槭以改舊。表本茶陵本槭作摵、注同、案此從扌木二字並通、未審善果何作、餘如此者不盡出。注。施許力。案力下當有反字、各本皆脫。注。廣雅曰。蹶踶跳。案踶字當衍、跳下當有也字、各本皆譌、廣雅釋詁二跳也條共釋十字、有蹶無踶、可證。注。言其矢來疾也。表本茶陵本無矢字、案蓋尤校改來爲矢、遂兩有也。注。雉當不止。表本茶陵本當作尚、是也。注。西京賦曰。秦政。茶陵本西作東、表本作西、案西乃兩之譌也、餘注放此者不更出。注。埤蒼曰。攫地。案地字當去、各本皆衍、因正文云攫地而誤耳、又案韻會舉要攫下引說文扟也、爪持也、今徐鼎臣本無下三字、然則攫即攫之異文、故五臣改正文爲攫、亦可證此注不當有地字。注。夷靡也。頹弛也。表本茶陵本無上也字、此處尤本脩改、案夷靡乃複出正文、不得有也字、尤所據添者誤本耳。無見自鷺。案鷺當作鷺、注同、徐云鷺音脉、字亦從脉者、謂鷺之或體字作鷺也、云方言云脉者、謂此賦之鷺即方言之脉也、云俗謂黠爲鬼脉者、方言注云然也、此必五臣用徐注改正文作鷺、後遂以亂善、於是賦及注中各本皆不見鷺字、而徐爰所云絕不可通矣、唯集韻二十一麥載鷺字從脉、二十三錫載鷺字從脈、皆云鳥鷺視、其所據此賦未誤也、凡此等全失善舊、所宜訂正。注。皆回從往復。表本從作旋、是也、茶陵本亦誤從。注。言轉騎回旋。表本茶陵本回旋作旋回、是也。注。徐氏誤也。表本茶陵本也作之、案之是也、謂以文勢言當爲彳亍、而並云彳亍、非潘賦本然、由徐乃爾耳。注。風颸電激。茶陵本颸作颿、表本作颸、案颸是也、又江賦注引此、各本皆譌、不更出。注。埤短也。案埤當作庳、各本皆譌。注。故僻除人從。案僻當作辟、各本皆譌。注。馮參鞠射履方。陳云射當作謝、各本皆譌。注。於心不覺也。茶陵本於作放、是也、表本亦誤於。此則老氏所誡君子不爲。表本茶陵本氏下有之字、子下有之所二字、案此疑善五臣之異、但二本無校語、今不可考、當各仍其舊、此類亦未全出。○北征賦○注。栒縣有豳鄉。詩豳國。表本茶陵本作有栒縣豳國五字、案

異二　十四

此尤延之據地理志改補是也注文云文公城郿表本茶陵本無文字案此亦據志是也我獨
羅此百殃茶陵本羅作離云五臣作羅字表本云善作離案此尤本以五臣亂善非也五臣以離是古羅字故從而改之其實班自用離字矣注時亦世也表本茶陵本無亦字注秦昭王時表本
秦上有又匈奴列傳曰六字茶陵本與尤同說見下注而得其地表本作於是秦有隴西北地上郡築
長城以拒胡十六字茶陵本與尤同案此及上條皆茶陵尤所見非表本是也匈奴列傳可證遂舒節以
遠逝兮茶陵本無兮字云五臣有表本有又下文過泥陽而太息兮句表茶陵二本皆無兮字但不著校語注傷李夫賦曰表本茶陵本夫下有人字案有者是也注牛羊下來案牛羊當作羊
牛此因正文云牛羊因依以改注耳凡引古但取義同不嫌語倒善每知此各本皆非痦曠怨之傷
情兮表本茶陵本曠怨作怨曠案注複舉正文云思君子爲怨曠蓋尤本誤倒不耀德以綏遠
表本茶陵本下有兮字亦不著校語下文躋高平而周覽遊子悲其故鄉撫長劍而慨息三句同注諸䟽

異二　十五

遠屬也案諸下當有趙字蒙恬列傳文也各本皆脫陳云別本有趙字登鄣隧而遙望兮
表本茶陵本鄣作障茶陵本有校語云善作鄣案注中障字三見皆不作鄣疑校語未是注或爲墜說
文曰墜表本茶陵本二墜字皆作隧案隧是也注聖文文帝也表本茶陵本無此五字而
所載五臣濟注有之案此蓋尤所見有也注使南越王表本茶陵本無王字○東征賦○
注曹世叔妻者表本無者字茶陵本脫此注注名昭字惠姬表本惠下有班一名
三字茶陵本脫此注注和帝數召入宮表本無和字茶陵本脫此注注吉日兮良
辰案良辰當作辰良此亦引古不嫌語倒各本皆非注禮記曰下至夏則居橧巢表本
茶陵本無此十四字注郭璞曰山海經注曰陳云上曰字衍各本皆譌歷滎陽而
過卷表本茶陵本卷上有武字案二本非也善引應劭曰卷故號國不云武卷唯五臣向注乃云滎陽武卷皆
縣名今考漢書地理志河南郡有卷無武卷五臣讀誤本而望文爲解耳表茶陵不著善無武字校語失之唯尤本

爲未誤涉封丘而踐路兮茶陵本云五臣有兮表本有注駐主也陳云主疑止各
本皆譌注丘墟下至臣見宮中生荆棘表本茶陵本無此十八字注尹文子
曰表本茶陵本無尹字注成侯貶號曰侯表本茶陵本無下侯字案尤依世家校添注平
侯子嗣君更貶號曰君表本茶陵本無子嗣君三字案尤依世家校添注朝魏案朝
上依世家當有子懷君三字各本皆脫尤亦失校添也注精誠通於形表本茶陵本無通字
卷十○西征賦○注易曰兼三才而兩之漢書音義曰陶
人作瓦器謂之甄表本易上有周字曰下有有天道焉有地道焉有人道焉十二字無漢書音義
以下十三字茶陵本同唯上注甄已見魏都賦作如淳漢書注曰陶人作瓦器謂之甄十四字案此尤本脩改之誤
也茶陵例以已見者複出尤本表本俱不然其不當更贅十三字明矣因此而刪善引易益非注從而悉
全陳云從而當作縱不是也各本皆譌匪禍降之自天表本茶陵本禍降作降禍不著校語無可

異二　十六

考也注爾雅曰辟罪案罪下當有也字各本皆脫注古口長歌行曰表本茶陵
本古下有今字案此尤知其字衍脩改去之是也注忼慷傷懷案慷當作慨各本皆譌注鞏
洛二縣名也表本茶陵本無此六字所載五臣翰注有之案蓋尤所見有注毛萇詩曰
陳云詩下當有傳字是也各本皆脫注史記曰帝嚳高辛者表本嚳作俈案俈是也後注俈
與嚳同可證茶陵本亦誤嚳又下云姜嫄爲帝嚳元妃嚳亦當作俈各本皆誤注能材強道者表本
茶陵本無材強二字陳云別本材作持案考詩箋是持字無者益非注言武王滅商表本茶陵本滅
商二字作基案基是也注亡王謂桀也表本茶陵本無此五字所載五臣向注有之案蓋尤所見
有注東都賦曰表本茶陵本賦作主人二字案前注東都賦曰闕庭神麗二本賦亦作主人考今注
中有西都賓東都主人亦有東都賦西都賦疑作賦者皆後人所改注左氏傳曰初下至其亦
將有咎此一百二十六字表本茶陵本無蓋因五臣同善而節去也尤本有者是注漯水經注

作濟表本茶陵本無此六字案尤本此處脩改未知其爲別本如此抑或有記水經注之異於旁者而尤延之
取以入注也注吾嘗無子之時表本重無子二字案重者是也尤本此處脩改蓋誤依五臣向
注刪茶陵本全刪此注益非注回邪僻也案僻上當有洃字曹大家注幽通賦可證彼洃作穴同字
也各本皆脫注史記曰趙王下至終不能加勝於趙此一百二十字表本茶陵
本無蓋因五臣同善而節去也尤本有者是注史記曰廉頗曰下至引車避匿此四
十九字表本茶陵本無蓋因五臣同善而節去也尤本有者是注左傳秦穆公曰表本茶陵本無
秦穆公三字注維猶連結也表本茶陵本也作之阜記墳於南陵表本茶陵本記
作託云善作記案此善亦作託但傳寫譌爲記二本校語及尤所見皆非注晉文公子墨縗絰
陳云晉文二字當在後杜預曰下公字衍各本皆誤注杜預曰公未葬案曰下脫字見上注
而無反者陳云而字衍是也各本皆衍注戰于彭衙表本茶陵本無此四字注又

曰晉先且居伐秦下至斯三敗矣表本茶陵本無此二十四字案無者是也善明云止
二敗言三未詳更不得有此當是或駁善注而記於其旁尤延之不審取以入注耳考此役秦未嘗及晉師戰其非
孟明將而敗無待言故難數之以足三也於此可知善義例之精矣注封殽尸而還下至用孟
明也表本茶陵本無此十三字注子其悉雪恥表本茶陵本恥下有又曰穆公遂霸西戎八字
案此一節注皆當以表本茶陵本爲是也尤所添刪俱失善意降曲崤而憐虢案注引劉澄之地理
書肴有純石或謂石肴今正文未見當引此爲注之處疑曲崤善作石肴也五臣良注曰曲崤地名或其本亂善耳
注又曰攘袂而興陳云又字當作七啓二字是也各本皆誤注晉侯使詹嘉表本
茶陵本無倿字徒利開而義閉茶陵本徒作徙云五臣作徒表本云善作徙案徙但傳寫譌也注
湯曰陳云別本湯上有周書二字案此周書王會解文有者是但今未見其本耳注而敵之案敵
當作獻王會解可證各本皆譌注紫極星名王者爲宮以象之表本茶陵本無此十

一字注乃宿逆旅逆旅翁要少年表本茶陵本不重逆旅二字要作惡注淮南
子曰下至哨峻也表本茶陵本無此十四字注刻肌膚之愛陳云刻當作割是也各本
皆譌感徵名於桃園何云園疑作原案何校據善注其西名桃原而云然五臣銑注云桃園則桃林
也疑善與五臣之異但表茶陵二本不著校語又水經注河水四引此賦亦作園然則未當改也注即漢
書全鳩里陳云別本全作泉案今未見戾太子傳是泉字注閿鄉縣東十里鳩澗
西何校十下添五字鳩上添泉字案何校據戾太子傳顏注云泉鳩水今在閿鄉縣東南十五里而添也此注各
本盡同未審善有以否注漢書湖縣名今虢州閿鄉湖城二縣皆其
地也表本茶陵本此十八字作漢書湖有閿鄉六字案二本是也但此六字實續漢書郡國志文疑漢上脫續
字善以注正文閿鄉尤延之取顏戾太子傳之注湖者添改不知此正文並無湖字甚非注愬向也案愬
當作遡各本皆譌注水側有坂表本茶陵本坂上有長字案有者是也匡謬正俗所謂過此長巷者

也注漢書楊雄下至料敵制勝表本茶陵本無此十八字注鄭元周禮注
曰浸者可以爲陂灌漑者表本茶陵本無此十五字入鄭都而抵掌案抵
當作抵各本皆非也說見前注毛萇曰戚表本茶陵本無此四字陳云下當有減也案此尤延之添
改而仍脫誤外罹西楚之禍表本茶陵本罹作離案離是也率土且弗遺表本茶陵
本且下有猶字案此亦無可考也況於鄉士乎表本作而況於鄉士乎矣云善無七字茶陵本作而
況於鄉士乎亦云善無六字尤本此處脩改乃取五臣五字以亂善非也注漢書曰下至降軹道
旁此十九字表本茶陵本無案有者是注漢書曰踈廣下至東都門外此六十八字表
本無因五臣同善而節也茶陵本亦有有者是注靑春爰謝案爰當作受此大招文也正文云孟秋爰
謝善引此及王逸注者但取謝字耳其楚詞之春受潘賦之秋爰各自爲義五臣乃改賦作孟春受謝不知岳以仲
夏憑軾及此莅職初不改歲何言春乎各本又因善正文之爰迴改注受字亦爲失之其他篇注誤爲爰者不盡出

注尚書曰予思日孜孜表本茶陵本無此八字注乘風懸鍾華祠樂
案祠當作洞表本茶陵本作獨亦誤金狄遷於灞川表本茶陵本灞作霸案霸是也注中皆作霸
注潘岳關中記下至重不可致此三十六字表本茶陵本無因五臣同善而節也有者是
注次道南表本茶陵本次作大是也注臨危下至蘇武也此十六字表本茶陵本無案有
者是陸賈之優游宴喜何校宴改燕案據注引毛詩也其實宴燕同字亦未當改廣絕交論陸大
夫宴喜西都注正引此注司馬長卿王子淵楊子雲也此十一字表本茶陵本無
案有者是注胡廣曰案廣下當有書字後屬引各本皆脫注洞門高廊陳云廊別本作廊案
今未見外戚傳是廊字注文成將軍李少翁下至亦何在也此一節注四十字表
本係五臣良曰下其善注作班固漢書贊曰如武帝有雄才大略文成已見上文二十字案此尤本所見以五臣語
當善反失眞善注誤甚幸表本訂正之但表文成下尚少五利二字引漢書有當作之爲小誤茶陵本載善注上十

四字與表同下文成五利悉複出亦非注西都賦曰抗仙掌下至干雲霧以上
達表本無此二十六字其善注作並已見上文案表本是也茶陵本悉複出與此全異亦非注漢書曰
武帝作角抵戲下至絡以隋珠和璧表本無此三十三字案不當有也善下注所謂
餘並已見上文即指此等耳茶陵本悉複出仍與此不同亦非注漢書曰武帝下至勒功中
岳表本茶陵本無此十七字案不當有也說在上條注人情驚懼表本茶陵本無此四字注
傳昭儀等皆慚表本茶陵本無此六字注漢武故事曰衞子夫下至悅
之表本無此十九字其善注作衞趙已見西京賦案表本是也茶陵本有乃取西京賦注而複出也彼全書於善
云已見者例如此蓋尤所見本亦然而誤依添耳注廣雅曰鑑照也下至事由體輕
表本無此二十二字案表本是也茶陵本有仍與此不同說在上條唯廣雅曰鑑照也六字非取西京注或當有
掩細柳而撫劒案注云方言曰掩止也掩與揜同蓋善揜五臣掩而亂之表茶陵二本不著校語及

尤所見皆非注終不肯行表本茶陵本肯作可是也注不聽臣言表本茶陵本言作計
是也注昭王昭襄王也表本作暗主昭王也案表本最是正文云主暗而注云暗主者如上注云
敷敎舉兵正文云敎敷兵舉之例也茶陵本全刪此注益非注杜篤弔比干文曰下至豈
忠諫之是謀表本茶陵本無此十八字注無償趙王城邑表本邑作色案色是也茶
陵本亦誤邑注欲以擊柱表本茶陵本無柱字注廣雅曰穽阬也才性切
表本茶陵本無此九字案蓋尤所見有身刑轘以啓前表本云善作先茶陵本作先云五臣作前
案二本與尤所見不同也但各本於注中皆云故曰啓前似善自作前字也注國語單襄公曰
下至惕覺寤而顧問表本無此二十三字茶陵本有案表是也善明云兵在頸已見東京賦茶陵複
出尤增多皆於注未所云不可通注吾願得郡表本茶陵本郡上有一字案有者是也史記文注
地者遠近險易表本者遠近作有近遠案表本是也茶陵本作者近遠者亦有之誤注羽屠

咸陽表本羽下有因字茶陵本有西字案有西字是也史記文注漢書曰韓延壽下至莫
不流涕此一百十八字表本茶陵本無因五臣同善而節去也尤本有者是注襄公之應司
馬曰夷陳云曰當作目是也各本皆譌注秦名天子家曰長山案長字當去各本皆
衍水經注渭水下所引無可證也注過聽將作大匠解萬年表本茶陵本無解字案無
者是也注張晏漢書曰鞠案曰上脫注字見下鞠當作鞫各本皆譌注一曰勒毛
萇詩傳注曰勒告也陳云注字當在上張晏漢書下兩勒字並當作鞫所引乃采芑三章傳是
也各本皆譌注左氏陳云下當有傳字是也各本皆脫注王莽奏曰下至故爵稱
天子表本茶陵本無此十四字注始皇南山之巔陳云南上當有表字是也表本亦脫茶陵
本全刪此注益非注五柞在盩厔表本作五柞已見上文案表本是也茶陵本複出亦非注
漢書武帝發謫穿昆明池表本無此十字正文不另分節注西都賦曰集

乎豫章之字。下至皎皎河漢女。表本無此三十七字其善注作並已見上文詳下注。
周易曰。日月麗乎天。下至曙於濛谷之浦。表本無此四十五字其善注作並已
見上文詳下。注。三輔黃圖曰。下至揭焉中峙。表本無此三十一字正文不另分節注。
毛萇詩傳曰。下至牽牛織女象也。表本無此三十一字其善注作餘並已見上西京賦。
案以上各條皆表本是也善注例自如此尤增多茶陵本複出互有不同皆非。注。鄭元周禮注曰。
下至跐基也。表本無此二十六字正文并在上節案表本是也。注。毛詩曰。下至鴻漸于
干。表本無此十四字正文不另分節。隨波澹淡。表本茶陵本波作流案尤此處皆脩改蓋流字是。
注。毛萇詩傳曰。飛而上。下至隨波澹淡。表本無此二十七字正文不另分節。注。
瀺灂出沒之皃。下至唼喋菁藻。表本無此三十二字其善注作並已見上文案皆表本是
也茶陵本所複出互有不同亦非。志勤遠以極武。表本茶陵本云勤善作懃案此處尤本皆脩改。

下文心翹懃以仰止亦五臣勤善懃二本所見是矣。注。謂品第也。謂品第其所獲也。
茶陵本無也謂品第四字是也表本亦衍。注。杜預左氏傳曰。表本重曰字茶陵本左上有春秋二
字案皆非也陳云傳下當有注字。灑釣投網。表本云善作罔茶陵本作罔云五臣作網案二本所見是
也。注。郭璞方言曰。陳云言下脫注字是也各本皆脫。於是弛青鯤於網鉅。
表本作網云善作綱茶陵本亦作網無校語案所見皆非也善作綱故引孔安國論語注必子釣而不綱之注也今
并注中三綱字盡譌爲網尤及茶陵遂不見綱字表本又以綱轉屬之五臣全失善意。雍人縷切。表本
云善作雍茶陵本云五臣作饔案各本注中皆作饔疑善自作饔字。注。毛萇詩傳曰。南方有
魚。陳校毛萇傳改鄭元箋案此節箋文也但善引毛鄭每不甚分別蓋其時傳箋久并故致如此耳陳校悉以爲
誤而改之當仍其舊他條亦不更出。注。獻子辭梗陽人賂。表本無賂字是也茶陵本刪陽以添
賂益誤。注。許慎淮南子注曰。表本茶陵本無此七字。注。策杖也。表本茶陵本杖

作馬檛二字。徘徊酆鎬。表本云善作鎬茶陵本作鎬云五臣作鄗案各本注中皆作鄗似善自作鄗字。
下文惟酆及鄗亦各本俱作鄗。注。企佇也。陳云企上脫翹字案爲正文翹字作注也各本皆脫。注。蔡
邕胡黃公頌曰。案公上當有二字皇太子釋奠會作詩注所引可證。注。參其二也。案參
上當有莫字皇太子釋奠會作詩注所引可證今後漢書胡廣傳注及蔡中郎集皆作莫與爲二更誤。庶免
夫戾。何校夫改大陳云別本作大案何陳所言皆誤夫是大非今各本亦未見有作大者。注。然任其
才信無欲之心。陳云才當作材是也各本皆譌。
卷十一○登樓賦○注。古雅。表本茶陵本無此二字注末有假古雅切四字案二本是
也此音注或爲假之假不當移入正文暇字下。注。說文曰。屋宇邊謂樓之宇也。表本
茶陵本無此十三字案有者蓋誤衍。注。以上。表本茶陵本作漾以上切在注末是也。注。漢中山
王勝曰。陳云漢下當有書字各本皆脫案謂景十三王傳也。注。對曰。凡人之思。何校對上

添中謝二字是也此陳軫傳文各本皆脫。注。道德於此。陳云德當作得是也各本皆譌。注。丁達。
表本茶陵本作怛丁達切在注末是也。注。憂勞也。表本茶陵本此下有音刀二字是也。注。猶忉
怛也。案怛當作忉各本皆譌此齊風甫田傳文猶者猶上章。注。於力切。表本茶陵本在注末是也。
注。衞靈公泊濮水。案泊當作宿各本皆譌王正長雜詩注引有其證。注。而聞有鼓
瑟者。表本茶陵本瑟作琴案琴是也此韓子十過文又載史記樂書亦是琴字。○遊天台山賦
○蓋山嶽之神秀者也。表本茶陵本無者字。注。老子曰。天法道。下至極
之微也。此四十三字表本茶陵本無案此以尤所校添爲是。注。欲言其。表本茶陵本其下有無字。
案有者是也。近智以守見而不之。表本茶陵本智下有者字案二本不載校語無可考也。
注。卑遙。表本茶陵本作卑遙切在注中舉標甚高下是也。注。名色皆赤。案名當作石各本皆
譌而屬上非也。注。丁鄧。表本茶陵本作磴丁鄧切在注中下臨絕冥之澗下是也。注。顧愷之啓

蒙記曰表本茶陵本記下有注字是也注異苑曰天台山石何校石下添橋字各本皆脫注居求又注力鬼表本茶陵本作居虬切蠱力鬼切在注中木下曲曰樛下是也注道威夷者也陳云別本道上有周字無者也案此脫周字衍者字別本今未見注玲瓏明見貌案玲瓏當作瓏玲此楊雄傳和氏瓏玲注也善取同義不拘語倒其例全書盡然不知者依正文乙轉非也注亡匪表本茶陵本作亹亡匪切在注中文貌下是也注宁猶積也佇與宁同陳云宁當作貯是也各本皆譌注陽林生於山南案林當作木此地官山虞注也善以陽木注陽林不知者依正文改字非也挹以元玉之膏案挹當作揖乃善揖五臣挹而亂之說見下注挹斟也表本茶陵本此下有揖與挹同四字案二本有者最是也善引詩傳挹以注揖故有是語五臣因改爲挹表茶陵皆正文用五臣亂善而不載校語尤本并刪此注幾莫可考甚非注荀粲列傳案列當作別各本皆誤三國魏志荀或傳注有其證也○蕪城賦○注四言表本無此二字案無者是也凡四言五言皆詩題下注賦不得有茶陵本亦衍與尤所見同誤或連之於下注集云讀更誤集者鮑明遠集茶陵本於集云上隔以善曰二字則雖衍而未嘗以爲四言集也今鮑集正有所云亦可證注登廣陵故城陳云下當有作字案此依集校是也各本皆脫注昭爲前軍何校下添行參軍三字陳云當有是也各本皆脫拖以漕渠表本茶陵本云拖善作弛案二本及尤所見皆非也考善注引廣雅拖引也必作拖字其五臣濟注拖舟具也乃改之使配下句軸耳不當以亂善亦不得謂善別作弛也注中拖字尤茶陵亦誤拖表本尚未譌可據以訂正注南臨江曰重濱帶江南曰複表本茶陵本臨下有二字帶上無濱字案二本是也又案據此注似集云重關複江者恐是誤倒何校正文取之非矣孳貨鹽田案孳當作滋注云孳蕃也孳滋古字通也善必作滋字故有是語五臣因改爲孳各本所見以之亂善表茶陵又不載校語皆非下文參秦法善參五臣侈尤自不誤而二本亦無校語正同此誤注佳刀曰劃茶陵本佳作注案皆誤也當作錐說文如此陳云別本作錐表本仍作佳亦誤注郭璞曰三倉解詁曰

陳云上曰字衍是也各本皆衍注爵馬同轡案爵當作百此因正文云爵馬而誤不知爵字上引大雀踆踆巳注訖此但注馬字也各本皆誤注孔子抽琴按軫表本按作去案去字是也茶陵本亦誤按井逕滅兮表本茶陵本逕作徑案徑字是也○魯靈光殿賦○注巳軌表本茶陵本作巋巳軌切在注末是也注若炎唐案若上當有粵字各本皆脫注爾雅曰分次也表本爾作小案小是也茶陵本亦誤爾今廣詁次也條脫此字注孔安國尚書傳曰吁表本茶陵本此在善注案二本是也尤本上脫去善曰二字甚非凡東晉尚書傳盡善所引耳又案上注杜預左氏傳注曰隳毀也廣雅曰鄙國也下注楚辭曰流星墜兮成雨疑亦善引而係之於載注者各本皆然恐失其舊注隆屈也陳云屈也二字誤或有脫文今案此當重隆字隆屈也解隆猶下注以崱嶷然解崱也各本皆譌注陵表本茶陵本作縉如字綾音陵在注末是也注嶔巖其龍鱗表本重巖字是也茶陵本亦脫狀若積石之鏘鏘何校鏘改嶈陳云當作嶈嶈案皆據注引西都嶈嶈校也考彼賦蓋當作將將後漢書作嶈嶈此五臣翰注作鏘鏘未審善果何作注爌炾爣朗案正文各本皆作閬善注末云閬音朗茶陵本載善音朗此注似有誤蓋當爲閬也集韻三十七蕩有閬云爣閬寬明皃即取此亦是一證其射雉賦云畏映日之爣朗則安仁用字不同也注言炒燿也瞜瞜目不正也表本茶陵本作瞜瞜言炒燿而目不正也案二本是也霄靄靄而晻曖表本茶陵本霄作宵案宵是也注踟或移字茶陵本作踟或作移表本有字無作與此同案各本皆非也當云踟或作移字互有脫耳下注眘或作棖字是其例又案爾雅曰連謂之簃郭注今呼之簃廚簃即移也此賦蓋本是移廚亦又爲踟廚故張載以爲連閣傍小室李善云相連貌五臣不解妄云緩步不進然則廚字有足旁乃今善本爲所亂也并討之如此注欲安心定意表本茶陵本欲上有詳謂二字案有者是也嶔崟離摟表本茶陵本摟作樓注同案樓字是也長門賦可證漂嶢峴而枝拄表本茶陵本拄作柱案柱字是也此本注中亦皆作柱枝掌杈枒而斜據表本茶陵本杈枒作扠扨注同案此或善五臣有異但不著校語無

可考也。窋咤垂珠。表本茶陵本咤作詫，注同。案詫字是也。注刻縉爲之。案縉當作繪。言刻爲房及葯繪爲緑及紫也。各本皆譌。景福殿賦注云：謂繪五彩於刻鏤之中。此刻繪之明證。注珠珠之實窋咤也。陳云珠之似當作葯之，是也。各本皆誤。注雲節。案節當作楶。此複舉正文，不當改字。下乃以節解之，如上以芍解葯之例。各本皆誤。注栭謂之梁。案梁當作楶。各本皆譌。此禮器注文。今本作節，蓋善引自不同。奔虎攫挐以梁倚。表本云善作玃，注中皆爲玃字。案表本是也。羽獵賦可證。茶陵本作玃，云五臣作钁。依表本钁者，五臣音攫之字也。其所見必誤。注文字曰騰。表本茶陵本此下有蛇無足而騰五字。案有者是也。何校字改子。陳云見第十五卷思元賦注。各本皆誤。注儼雅而相對。案雅下當有器字。此複舉正文全句，如上齊首目以瞪眄之例也。各本皆脫。注瞟睽也。案睽當作[illegible]。各本皆譌。陽榭外望高樓飛觀。文注大殿無內室謂之榭。春秋傳曰宣榭災。榭而高大謂之陽。表本校語云：善無陽榭外望高樓飛觀二句。今茶陵本有。改校語小字而升之爲正文耳。其初亦無也。注二十二字，表茶陵皆無。案善魏都賦注引此賦注曰：榭而高大謂之陽。然則正文當有陽榭云云，似無者爲傳寫脫也。其注大殿至宣榭災，未審尤何所出。中坐垂景。案注云自中坐而乘日景，是垂當作乘。各本皆誤。蓋五臣作垂也。又案甘泉賦垂景炎之炘炘，漢書垂作乘，亦恐善乘五臣垂，但善彼無注。又各本不著校語，無以考之。巖突洞出。案突當作宊，注同。各本皆誤。上林賦作窔。宊與窔同字也。一弔切。史記司馬相如傳可證。今漢書亦作突，皆傳寫之譌。又此注引上林作子虛，或善誤記耳。注小雅曰靡靡細也。案靡字不當重。此廣言文也。各本皆衍。注搖光得陵黑芝。表本茶陵本陵下有出字。案有者是也。歇欻幽藹。茶陵本藹作靄，云五臣作藹。表本作藹。案此尤所見以五臣亂善也。○景福殿賦○注頗有材能。茶陵本無此四字。表本以此上此下注係之於五臣銑曰，而無散騎常侍遷曹爽反等字。其善注作典略曰何晏字平叔南陽人也尚金鄉公主頗有材能爲散騎常侍遷尚書主選及曹爽反誅晏并收斬東市四十二字。案表本是也。茶陵例於大略相同便稱某同某

注。其實文句非全同也。此并銑於善耳。尤所見者亦然。又將他本善注頗有材能四字校添，益不可通。注生數歲下至武皇異之。表本茶陵本無此十三字。注晁錯對策曰。表本茶陵本晁錯作董仲舒。案此尤校改者是。注王齊曰隔定四方。案齊當作肅，隔當作商。此所引家語五帝德注也。史記集解亦載其語，可證。各本皆誤。不飭不美。表本茶陵本飭作飾。案飾字是也。注田豫討大將。表本大作吳，是也。茶陵本亦誤大。何校據改。然伐一星。案然下當有參字。各本皆脫。注晉宮閣銘曰。案銘當作名。各本皆譌。注山有紫榛。案紫字不當有。各本皆衍。注多當爲趨廣雅曰趨多也。案二趨字皆當作趍。今廣雅釋詁三作敥。西京賦清酤敥，注亦引廣雅敥多也。趍與敥同字耳。注說文曰編署也。案編當作扁，下文可證。各本皆譌。菡萏赩翕。案菡當作顉。注云菡萏已見上文者，謂魯靈光殿賦菡萏披敷也。云顉與菡同者，謂此賦之顉字與彼賦之菡字同也。善正文必是顉字無疑。五臣乃改爲菡。各本亂之而失著校語。命共工使作繢。案繢當作繪。注引鄭尚書注可證。繪字通作繢，蓋五臣改之。各本正文皆以亂善而不著校語。注繢讀曰繪。表本繢作會。案會字是也。茶陵本亦誤繢。蓋校者初欲以繢改下繪字，而誤改會字也。注以思親正君。陳云別本思作恩。案恩是也。此泂水箋文，但今未見其本耳。注壯勇不立。案勇當作男。各本皆譌。注酒[illegible]沈湎。表本茶陵本沈作流，是也。何校據改。注大戴禮記曰。表本記作詩。茶陵本記曰作引詩。案表本是也。注靡有不克。案克當作孝。各本皆譌。宜爾子孫。表本作孫子，云善作子孫。茶陵本云五臣作孫子。案各本所見皆非也。注云宜爾子孫已見上文者，謂毛詩已引在魯靈光殿賦也。詩之子孫與賦之孫子，語倒而意不異，無嫌取證。不知者遂依注以改正文，乃失其韻矣。注李聃曰。案聃當作軌，謂李軌注法言也。各本皆誤。注侯權景福殿賦曰。案侯上當有夏字，權上當有稚字。各本皆脫。安陸昭王碑注引作夏侯稚，當互訂。稚權名惠，見魏志夏侯淵傳注。注時襄羊以劉覽。陳云劉當作瀏，瀏覽與西征賦瀏睨同義。其說是也。各本皆譌。注言爲虯龍之形吐水

灌注以成溝洫交橫而流表本無此十八字茶陵本無之形吐水注以成七字案此所見
不同也注服虔漢書注曰篁叢竹也鶗鷺二鳥名鰋鮋二魚
名又注字林曰侔齊等也表本無此二十七字茶陵本無兩名字案此所見不同也注
賑富案富下當有也字各本皆脫注爲作侍五穀表本茶陵本作侍作天持是也注薛
綜東京賦注曰高昌建城二觀名也表本茶陵本無此十五字案此所見不同
表茶陵是而尤非也何云東京賦無此語謂賦文既無高昌建城則薛注自不得有矣其說最是凡尤校此書專主
增多故往往并他本衍文而取之注碣揭同表本茶陵本無此三字案蓋五臣以此改正文碣爲揭而
二本去此注耳注毛詩曰或耘或耔表本此注首有謂九野也四字最是茶陵本無尤所見與
之同皆誤脫注鄭元禮記曰案記下當有注字各本皆脫屯坊列署表本茶陵本坊
作方案二本是也制無細而不協於規景案當衍而字說見下作無微而不

異二　二七

違於水臬案當衍不字注云無細不合皆言合也無微而違言不違也正文上句無而字下句無不字甚
明白易知各本皆誤衍又案考五臣濟注云無微不違言不違當是其本乃衍表茶陵二本不著校語則所見皆以
五臣亂善也注無細不合皆言合也案上合當作協皆言當倒各本皆誤文彩璘
班表本班作斒云善作班茶陵本云五臣作斒案注引埤蒼作斒疑校語未是注熠盛光也表本
茶陵本無盛字案此尤依說文校添注魏志文紀曰青龍見於靡陂何校文改明靡
改摩陳同案依魏志校也各本皆譌總神靈之貺祐案祐當作祜注同各本皆然但傳寫譌耳
卷十二〇海賦〇巨唐之代表本巨作臣云善作巨茶陵本云五臣作臣案各本所見
皆非也陳云觀此注中臣堯之解則善本亦作臣也巨乃傳寫之誤其說最是注延表本茶陵本作涎音延三
字在注末是也決陂潢而相泼案泼當作沃注泼灌也同茶陵本云善作泼表本云善作湲所見皆
誤也沃與下句鑿協字譌而失其韻注踰濟漯陳云踰別本作淪下注引同案茶陵脩改本如此表本仍
皆作踰似善讀孟子不同也注七林陳云二字似當在滲字下表茶陵二本正如此今案此衍字也表茶
陵有者爲五臣滲字音其善滲音侵自在注中尤所見因誤在淫字下遂兩存之正以七林當淫字音耳又案凡善
音各本多失其舊今於其可考者悉加訂正注烏黨又注乃朗茶陵本作泱烏黨反瀼乃蕩切
在注中有塡淤反瀼之害下表本但有泱烏黨反四字又案凡善音皆云反今本作切者後人所改此則改而未盡
者也餘準此不悉出注曠遠之貌表本茶陵本此下有瀰音融三字是也注史記曰斥
爲舄案曰當作以各本皆譌西征賦注云戰國策以舄爲吾其句例也注彼茧表本茶陵本作撫彼
苗切在注末是也注言月將夕也表本茶陵本月作日又此五字在大明月也下其下節注作翔
陽日也言日初出也案此蓋尤本誤倒注伏韜望清賦曰何校韜改滔清改濤各本皆譌注
巽風不至案風當作氣各本皆誤舞鶴賦注引正作氣字注丁迴反表本茶陵本在注末是也
反作切非注不平貌表本茶陵本此下有渭音謂漯音累迭徙結切十字是也注乙于案此五臣

異二　二八

音表本茶陵本有盪音滂三字在注末是也尤存此刪彼非注土含茶陵本云吐甘切五臣作土含切表
本作土含案茶陵校語是也表本用五臣尤與之同非注濼與傑同表本茶陵本無此四字案所見
不同也似有者是矣注荅案此五臣音表本有翕直合切四字在注中重疊也下是也茶陵本并此節注於翰
而去四字尤與之同非注奴冷表本作濘奴冷反四字在注中沸貌下是也茶陵本亦誤去說見上注
霾音埋表本茶陵本無此三字案無者非也此善音正文下莫排二字乃五臣音尤所見未檢照而兩存然
足訂二本之失凡善音各本皆非其舊或表茶陵非而尤是此條其例也注波相吞吐之貌表本
茶陵本此下有呷呀甲切四字案呀當作呼此善呷字之音也尤誤刪注充制反表本茶陵本在注末
是也反作切非天吳乍見而髣髴案髣髴當作彷彿善注可證見下甘泉賦猶彷彿其若夢注彷
彿亦引說文楚辭彼五臣作髣髴明文此亦各本亂之而不著校語有蝄像案蝄像當作罔象善注可證考
表本茶陵本於善注字則作罔象於五臣向注字則作蝄像截然有別無可疑也唯正文不著校語爲以五臣亂善

而讀者乃不辨耳。注式染 表本茶陵本作閃式染切，在注末，是也。注說文曰髣髴 表本茶陵本作彷佛。案二本是也，尤所改非，下引楚詞仍未改可證，說見上。又甘泉賦漢書作仿佛，二注所引說文字亦在亻部，但善引說文多不合，未必與顏同作仿佛也。注勞 表本作音勞二字，在注中澇大波也下，是也。茶陵本誤與此同。注楚乙切 表本無此三字，茶陵本在湖摩也上，作楚兩切。案茶陵本最是也，此善磏字之音。正文下楚爽二字乃五臣音，尤本誤倒入下文，改兩爲乙，失之矣。注鑊 表本茶陵本作濩音鑊，在注末，是也。注敖 案此五臣音，茶陵本有牛高切，在注末嶅字下，乃善音，表本亦誤去，與尤本皆非。注其人黑齒也 茶陵本黑齒作齒黑，無也字。案齒黑是也，表本亦誤與此同。爾其爲大量也 表本茶陵本無爲字。案此無可考也。注虛也 表本茶陵本作天墟，下有音區二字，正文下無音虛二字。案此尤用今爾雅改，其實非善意也。今爾雅郭讀虛如字，不得引以注此賦，必他家讀爲墟域之墟，故曰音區。又天字善因是釋天文而增之，如下引析木謂之天津，天字亦本文所無，何云注誤，未得其解。注莫冷 表本茶陵本作溟莫冷切，在注末，是也。注鳥 表本茶陵本作惡音鳥，在注末，是也。突抏孤遊 表本茶陵本抏作杌，是也，注同。注七鄧 又注鄧 表本茶陵本作蹭七鄧切蹬音鄧，在注中失勢之貌下，是也。鬐鬣刺天 案鬐當作鰭，考善注引上林賦注各本皆作鰭，而表本茶陵本於所載五臣濟注則作鬐，截然有別，唯不著校語，爲以五臣亂善，尤本所見亦然，皆非也。又江賦揚鰭掉尾，正文不誤，而注引上林爲鬐，亦因二本用五臣作鬐相涉而轉輒致譌也。注盧 表本茶陵本作音盧二字，在注中謂之顯顥下，是也。注詭異也 表本茶陵本無此三字。案無者是也，以二本考之，乃五臣銑注，尤本誤係之於善耳。見喬山之帝像 案喬當作橋，考善注引史記各本皆作橋，而表本茶陵本於所載五臣良注則作喬，截然有別，唯不著校語，爲以五臣亂善，尤本所見亦然也。羣仙縹眇 何校縹改瞟，注同。案所改是也。善作瞟，注瞟眇遠視之貌，引魯靈光殿賦瞟眇證之。五臣作縹，向注縹眇高遠貌，各本皆以五臣亂善，而不著校語，唯注引忽瞟眇句未譌也。芒芒積流 表本茶陵本芒芒作茫茫，是也。注李尤翰林論曰 陳云案尤當作充，見晉書文苑傳，與東漢李尤時代夐殊，今案所校是也，李尤遠在木前，亦不撰翰林論，各本皆譌。

考異二　三九

○江賦○

咨五才之並用 案才當作材，善注中引左傳各本皆作材可證也。表本所載五臣向注作才，茶陵本已刪，度其所刪亦必是才耳，皆不著校語，爲以五臣亂善，與尤本同。注東別爲沱 表本作巳見上文，是也。茶陵本複出，與尤同誤。注說文曰沫 案考說文此字從未，但善難蜀父老音妹，顏師古音漢書亦然，又索隱云音妹又音未，唯小司馬又音爲從未耳，然則在當時往往從未作矣，善引說文多不合，當仍其舊。又案蜀都賦善音武蓋反，亦從未也。注信陵縣西二十里 案信當作江，郡國志所載荆州南郡江陵縣也，各本皆譌。注應劭漢書地理志曰 何校志下添注字，陳同。今案此下所引皆班志文，蓋善元作應劭漢書地理志注曰沉水出牂柯。漢書地理志曰云云，今各本脫注下十二字，而不可通也。引應沉水出牂柯，與上引山海經出象郡異說，正下文入沉水經云入江之例。注在廣陵興縣 何校興改與，是也，各本皆譌。注山名安地德者也 案山名當作名山，各本皆倒。注悰 案此五臣音，茶陵本有昨宗切，在注中水聲也下，乃善音，表本亦誤去，與尤本皆非。注開達山南 何校改開作闓，是也，各本皆譌。陳云一作闓，今未見。注音伏 表本茶陵本無此二字。案無者非也，說見前。注音學 表本茶陵本無此二字。案無者非也，說見前。凡以後放此者不悉出。注客 案此五臣音也。茶陵本云五臣作硌音客，表本作硌音客，用五臣也，云善作硌。考集韻二十一麥有硌，克革切，云硌硌水激石不平皃，然則上力隔二字乃眞善硌字音，必本是注末有硌力隔切云云也。各本皆誤係之於砦字下，而尤本又以五臣硌字音音硌，益不可通。注楚人名淵曰潭府 表本府下有巳見上文四字。案此尤誤刪也。潭句絶，府巳見上文五字爲一句，謂海賦水府之内引劉劭趙都爲注也。茶陵本亦誤與此同。注宏 表本茶陵本作泫音宏三字，在注末，是也。注似脈胎渾混 表本茶陵本混作沌，下皆同，是也。陳云當作沌。注孕婦三月而脈胎 表本茶陵本無胎字。案此精神訓文也，今本作三月而胎，必善所引者作脈，尤延之校改，遂誤兩存。注大浪踊躍 表本茶陵本踊作踴，是也。注叫 案此五臣音，茶陵本云五臣作澆音叫，表本作澆音叫，用五臣也，又云善作繞，蓋善不爲繞字

考異二　三十

作音尤衍甚非注溯渤水聲也表本茶陵本此下有渤蒲沒切四字是也注臨海水土記曰表本茶陵本無臨海二字案以下所引皆作臨海水土物志疑記仍當作物志二字也注鮪屬陳云別本屬上有鱣字案今未見考爾雅注當有注王鱣之大者案鱣字當重各本皆脫注鰊似繩表本茶陵本似下有鱦音二字是也注郭璞曰茶陵本此下有鰊音滕三字案此在中山經注今本作騰音騰字與善引不同然可借證其當有注曬也表本茶陵本此下有爆蒲角切四字是也注尾跂表本跂作岐茶陵本亦作跂案此亦在中山經注今本作岐或善引不同注音團如扇之團案團如當作如團此在南山經注今本不誤注生乳海邊曰沙中表本茶陵本無日字是也注子工案此五臣音茶陵本有蝬子公反四字在注中三蝬似蛤下乃善音表本亦誤去注呼甘表本茶陵本作呼甘切三字在注中有文下是也注呲案此五臣音也善自引郭璞曰音呲在注末五臣襲之耳各本皆誤兩存後凡放此者不更出注說文曰研表本研作硯是也茶陵本亦誤研

異二　三二

或焆矅崖鄰案鄰當作粼善引說文可證見下五臣乃作鄰向注云畔也是其明文各本皆作鄰又不著校語以五臣亂善非也注鄰水崖閒鄰鄰然也表本三鄰字皆作粼案此粼之別體字最是茶陵本亦皆作鄰與此同誤注翻與獝同案當作翻翝與獝狘同各本皆脫注紅龍舌案舌當作古各本皆譌注二案此五臣音茶陵本有毦耳利切四字在注中皆草花也下乃善音表本亦誤去注毦與茸表本茶陵本無與字是也注涯灌則叢生也表本茶陵本則作厓側二字是也注曰眉又注具側案此正文五臣作跱跙故跱下音巨眉跙下音具俱表茶陵可證但不著校語爲以五臣亂善耳善作跱踽音義具在注中尤本依而改正是矣但仍贅此音而又誤其字則失之陳有校語殊誤今不取又踽跔同字載集韻陳云別本作跔注同今未見其本注已見同篇表本同篇作上文案善注例云上文是也茶陵本改爲複出其所見仍當是上文耳注名曰獺其狀如鱬陳云獺當作獱鱬當作獳是也案此引中山經注文下鱬同注與獺同案與上當有獱字各本皆脫注

呼犢爲㸸案㸸當作𤙜下文云㸸與𤙜同謂引此𤙜與正文㸸同也今爾雅正作𤙜注㸸犪牛之子也表本此上有然此二字是也茶陵本全刪此三字益非又案此㸸亦當作𤙜景炎霞火陳云據注霞當作赮案所校是也前壁立赮駮表茶陵二本有校語云善作赮五臣作霞此必同彼但失其校語耳後吸翠霞而夭嬌亦當有誤江妃含嚬而矊眇案妃當作斐注引列仙傳作斐可證各本皆以五臣作妃而亂之吳都賦江斐於是往來五臣作妃此同彼也注矊矊音緜表本茶陵本無此四字案此蓋矊與緜同之誤或其下仍有音緜二字涉人於是艤榜表本茶陵本艤作檥是也注同注併船也表本茶陵本此下有補浪切三字是也注杜預左氏傳曰案傳下當有注字各本皆脫注企與跂同表本茶陵本同作通是也注海潤于千里何校海上添河字陳同各本皆脫注言以綜爲喻也表本茶陵本綜作織是也陽侯遞形乎大波陳云據注侯當作后案所校是也善作后五臣作侯表本所載翰注陽侯波神各本皆以五臣亂善而不著校語非也注楊國侯案楊當作陽各本皆譌此覽冥訓注也今本云陽侯陵陽國侯也蓋善節引之注生

異二　三三

性也表本茶陵本無此三字案此尤所校添感交甫之喪珮案喪當作愆表本作喪有校語云善作愆可證茶陵本亦作喪而無校語與此皆爲以五臣亂善注孟子曰水陳云別本無水字案茶陵本如此表本仍有

文選考異卷第二

文選考異卷第三

賜進士出身通奉大夫江南蘇松常鎮太等處承宣布政使司布政使胡克家撰

卷十三○風賦○至其將衰也表本茶陵本校語云善無此五字案尤本初無是也後脩改增多非也陳云別本無今未見注露甲新夷飛林薄案甲當作申飛當作死各本皆誤所引涉江文也注堁或爲堰非也表本茶陵本堁下有鳥臥切三字案有者最是又表本脫或爲堰非也五字得目爲蔑表本茶陵本蔑作䁾案此所見不同二本非而尤是也注引呂氏春秋者盡數篇文彼作䁾今本不誤善云蔑與䁾古字通者謂玉賦蔑與彼䁾通也蓋五臣因此改賦爲䁾後以之亂善又改注中字以就之所當訂正注則爲蔑案蔑當作䁾下蔑眵也同各本皆誤說見上注中風人口動之貌表本茶陵本無人字案此誤取五臣濟注中字增多非也○秋興賦○注興者記事於物茶陵本記作託是也表本亦誤記四時忽其代序兮表本茶陵本時作逝案不著校語無以考也注有榮悴者案悴當作華各本皆譌颵瑟兮表本茶陵本颵作蕭案楚辭作蕭似二本是也注風暴疾也案暴疾當作疾暴各本皆倒後三十三卷可證又下息念卷戾當作思念暴戾遠出當作遠客出去族親別下當有逝字倣此又楚辭亦可證也注了表本茶陵本作憀音了在注末是也注事有當然表本茶陵本當作常是也注既來既往茶陵本來往二字互易是也表本亦誤注以爲華蓆也案華當作苹各本皆誤今說文作平苹平同字蟬嘒嘒而寒吟兮表本茶陵本而作以案此亦兩通無以考也注杜篤下至言晃朗而高明表本茶陵本無此二十字注如登春臺表本登春作春登是也茶陵本亦誤倒注此以喻指之非指也何校以下添指字是也各本皆脫陳云別本有今未見注漢書鄭明曰陳云明當作朋是也各本皆譌所引蕭望之傳文菊揚芳於崖澨表本茶陵本於作乎案此亦兩通無以考也○雪賦○注臣授琴而鼓之案授當作援各本皆譌

注謂之焦泉案泉當作溪各本皆誤揜日韜霞表本茶陵本揜作掩注同案此蓋亦尤校改之也注杜預左氏傳曰陳云傳下脫注字是也各本皆脫注已見西京賦說文曰挺拔也達鼎切表本茶陵本無此十六字有瓊亦玉也瓊樹恐誤也九字案亦當作赤說文玉部文也瓊赤雪白故善以正惠連之誤此注疑兩有以九字承達鼎切之下表茶陵二本皆脫十六字尤據別本校補之但誤去九字大非玉顏掩姱表本茶陵本姱作嫮案二本是也今注有脫誤尤據之改正文大非說見下注范子紈素出齊表本茶陵本無此六字注嫮與姱同好貌表本茶陵本好上有姱字案各本皆非也當作嫮以姱嫮與嫭同嫮姱好貌十一字嫭以姱連上美人皓齒大招文也嫮與嫭同賦作嫮大招作嫭也嫮姱好貌王逸之注也傳寫脫誤不可讀尤延之遂誤改正文爲姱字今特訂正之注日安不飛茶陵本飛作到是也表本亦誤飛嗟難得而備知表本嗟作羌茶陵本亦作嗟案此必善羌五臣嗟各本失著校語而亂之注我善養吾浩然之氣案浩當作晧下同各本皆誤說見後苔賓戲下注鴻安上嚴平頌曰案鴻上當有梁字各本皆脫補亡詩引有○月賦○注時年三十六何校三改四陳云三當作四案所校是也本傳可證各本皆誤注長歌行曰陳云長當作傷是也各本皆誤注王逸楚辭注曰土高四墮曰椒表本茶陵本無此十二字注侯瑛箏賦曰案瑛當作瑾各本皆譌茶陵本侯作吳更誤何陳校據之非也說詳後陸士衡猛虎行注防露蓋古曲也茶陵本防作房是也表本亦誤防注郢人聽之不若延露以和也表本茶陵本無此十一字臨風歎兮將焉歌茶陵本云五臣作焉表本云善作烏案烏字傳寫譌此尤延之校改正之也注原成叔曰案原當作厚各本皆誤此所引襄十四年傳文幽憤詩注作后九錫文注作厚厚即后也善引羣書其字或不畫一例如此矣○鵩鳥賦○誼既以謫居長沙表本茶陵本謫作讁案讁字是也注引韋昭作讁可證史記漢書皆作適或以適改讁而爲謫也注閑暇不驚恐也表本茶陵本閑

上有李奇曰三字與萃聚也連在私怪其故句下是此及下條亦李奇注尤皆誤也注識于鵩鳥也
表本識作問是也茶陵本亦誤識注鶡冠子曰固無休息茶陵本無此八字是也表本有
亦非注顏師古曰表本茶陵本師古作監是也注而相怨伐表本茶陵本無伐字注
射傷吳王闔閭闔閭且死表本茶陵本不重闔閭注巳決之矣遂與
師表本茶陵本無泱之矣遂與師六字注持滿者下至以地表本茶陵本無此十五字注以
遺之不許表本茶陵本無此五字注使陪臣種表本茶陵本無此四字注敢告
下執事表本茶陵本無下字注吳王將許表本茶陵本許下有之字注謝曰下至遂
自殺表本茶陵本無此十三字注乃蔽面曰表本茶陵本乃下有自字案此節各條尤所校改皆
未是也何足控摶案摶當作揣漢書作揣選文與之同故善注有且史記揣作摶字之語若自作摶於
注全不可通必五臣因此改正文作摶後來以之亂善耳幽通賦注引作揣亦其一證也又注中控揣愛生之意也

異三　三

孟康曰揣持也如淳曰揣音團或作摶在此賦訓揣爲量今各本於正文既誤之後改揣作摶改摶作揣皆不可通
所當訂正注控摶愛生之意也表本茶陵本控上有善曰二字是也案此一節蓋皆善注注
善曰鶡冠子曰表本茶陵本無善曰二字是也說見上又表本鶡上有又字子下有亦字是也茶陵
本無非注師古曰恵音還表本茶陵本無師古曰三字案無者是也注郭璞曰案璞
當作象各本皆誤所引大宗師篇文之注也或趨東西表本茶陵本東西作西東案二本是也尤誤倒
史記漢書皆作西東其孟康注云東西者即不拘語倒耳注大人者與天地表本茶陵本大上有
文子曰三字是也窘若囚拘案窘當作僒注同漢書作僒選文與之同故善云四拘之貌其五臣良注
窘困也乃作窘耳各本皆以五臣亂善史記索隱云漢書作僒音去殞反與善讀求殞反正合得坻則止
案坻當作坎漢書作坎選文與之同觀善引孟康注於首可見其下復引張晏兼廣異本必五臣因此改坎爲坻故
僅取張小洲之語作注也各本皆以五臣亂善注易明夷則仕茶陵本明上有大字無夷字表本作

明夷與此同案各本皆誤也易明夷當作謂夷易漢書顏注引可證也陳云別本作明夷易亦誤德人無
累表本茶陵本累下有兮字下細故蔕芥句同案此不著校語無以考也○鸚鵡賦○注典
引曰來儀集羽族於觀魏表本茶陵本無此十一字惟西域之靈鳥兮
表本茶陵本無兮字下體金精之妙質兮同案此亦無以考也注幾者事之微也表本茶陵本幾
作機是也注在蜀郡五道西何校五改湔氏二字陳同是也各本皆誤注情慨慨而
長懷茶陵本上慨字作慷是也表本亦誤慨何今日之兩絕案兩當作雨考贈蔡子篤一別
如雨注云鸚鵡賦曰何今日以雨絕陳琳檄吳將校曰雨絕于天然諸人同有此言未詳其始善自作雨甚明此及
陳檄皆無注者以具注在彼詩也表茶陵二本所載五臣良注云何今日兩相隔絕各在一方是五臣乃作兩各本
以之亂善而失著校語順籠檻以俯仰茶陵本籠作櫳云五臣作籠表本作籠案表本用五臣也
失著校語非尤以五臣亂善益非徒怨毒於一隅表本怨下校語云善作冤案表所見是也五臣

異三　四

翰注自爲怨字茶陵本云五臣作冤必校語有倒錯耳此以五臣亂善○鷦鷯賦○有以自
樂也案樂當作得表本云善作得茶陵本云五臣作樂此以五臣亂善注西京賦曰觜距
爲刀鈹案此有誤也文在吳都賦或善誤記耳有用於人也表本無有字茶陵本有案此亦
無以考也注易曰天地造生表本茶陵本易下有注字是也戀鍾岱之林野何校
岱改代注同案善引漢書爲注今地理志作代何據之校也晉書所載作岱海鳥鶢鶋案鶢鶋當依晉
書所載作爰居善引國語爲注亦是爰居字表茶陵二本五臣翰注乃作鶢鶋字蓋善爰居五臣鶢鶋各本亂之耳
正文下表居二字即五臣音也吾又安知大小之所如表本茶陵本知下有其字大小作小
大案此亦無以考也晉書作大小無其字
卷十四○赭白馬賦○注後爲祕書監太常卒表本茶陵本無太常
二字卒下有官字案此尤延之校改也注氷原嘶代駃表本茶陵本駃下有以韻言之蓋馬名也

八字正文下但有伏字無音伏馬名四字案二本是也尤刪移甚非又案之下蓋上仍當有音伏二字二本因與正文下五臣音複而節去亦非當補正注樂率職貢案職貢當作貢職各本皆誤注尚書曰王府則有陳云王玉互異必有誤今案各本皆同無以訂也注宋人以馬百駟案以下當有文字各本皆脫陳云別本有今未見注函夏之大案大下當有漢字各本皆脫餘屢引有注倚瓠切表本茶陵本此三字在注末是也注漢書武帝報李廣曰威稜憺乎鄰國案此十四字當在肆習也下各本皆倒陳云別本王于興師下接又曰至習也廿二字再接漢書今未見都人仰而朋悅茶陵本云五臣作朋表本云善作明案此尤校改正之也注赤文而綠地也表本作赤文綠色綠蚍也茶陵本與此同案蓋表本是注乘纖離之馬表本茶陵本離作驪案尤依今史記校改之也驪即離字加偏旁耳然而般于遊畋表本茶陵本般作盤是也注泛覆也表本茶陵本此下有如淳曰方腫切六字是也注魏都賦曰皇恩畢

茶陵本畢作綽矣二字是也表本亦誤畢注春秋考異記云案記當作郵各本皆誤後長安有狹邪行注亦誤記注周禮曰師曠見太子案禮當作書各本皆誤注漢書舊儀曰陳云書字疑衍是也各本皆衍○舞鶴賦○注以自授王子晉案自當作目各本皆譌帀日域以迴騖表本日下有校語云善作目茶陵本無案表所見非注而徧四方者也表本茶陵本方作海是也注姱好也表本茶陵本此下有吭胡浪切四字是也注巽氣至案氣下當有不字各本皆脫注吾導夫先路茶陵本吾上有來字是也表本亦脫注二達謂之歧案歧下當有旁字各本皆脫注奔獨赴也案獨當作猶各本皆譌注雲罷俱止也表本茶陵本無俱字是也注皇家赫赫而天居案赫字不當重各本皆衍○幽通賦○注家語孔子曰表本家上有善曰二字是也茶陵本移每節注首尤刪去皆非下注漢書曰班氏之先上淮南子曰蟬上成帝之初上孟子曰窮上孔叢子曰仲尼大聖上毛詩曰斯言

之玷上淮南子曰黃神吟嘯上楚辭曰時不可乎再得上周易曰初九上莊子曰天與地無窮上曹大家以寤爲迕也上孝景立栗姬男上韓詩曰謀猶迴穴上莊子曰田開上論語孔子曰上論語曰長沮桀溺上禮記曰孔子哭子路上論語子路行行如也上言罔兩責景之無操上仁謂求仁上周易曰東鄰殺牛上左氏傳曰晉獻公上國語晉侯問簡子曰上成命以成天命也上史記曰夏后氏之衰也上左氏傳曰陳公子完上毛詩曰牧人乃夢上左氏傳曰叔向上老子曰有物混成上左氏傳秦伯問士鞅曰上楚辭曰衆兆之所哈上莊子曰或聘莊子上論語子曰富與貴上輶德德輕而易行也上論語曰微子上論語子夏曰上尚書曰天威棐忱上毛詩曰匪大猷是經上春秋緯曰麟出上淮南子曰楚有白猨上莊子曰道之眞上論語曰朝聞道上周易曰天造草昧上莊子曰可以保身上同又篇中每節首凡非舊注者亦同不具出注曰高陽配水也案曰上當有又字各本皆脫注乳虎故曰炳靈何校乳虎改虎乳陳云當從漢書注作虎乳案所校是也各本皆倒注象恭滔天茶陵本象上有尚書曰三字表本有善曰二字案此當兩有善曰尚書曰五字注皮義表本茶陵

本作平鄙五臣音也注末表本有善曰圮皮義切六字茶陵本有圮皮義切四字善音也尤刪移非注越表本作善曰曰音越在注末是也茶陵本無尤刪移皆非注韋昭曰音昧又音忽表本作鄧展曰昒音昧一音忽在注末是也茶陵本脫昧一音三字尤移改皆非注盍何不也表本茶陵本盍上有應劭曰三字是也上聖迕而後拔兮表本云善作迕茶陵本云五臣作寤案各本所見皆非也善亦作寤故曰曹大家以寤爲迕若作迕此注不可通漢書作寤師古如字解之義異文同也雖羣黎之所禦表本茶陵本雖作豈是也案漢書作豈注音訝迎也表本茶陵本作韋昭曰御音訝訝迎也在注末是也尤刪移非注所也音由表本茶陵本作孔安國尚書傳曰逌所也在注末是也尤刪移又以五臣由作逌音皆非注今也則亡表本茶陵本無此四字恐魍魎之責景兮案魍魎當作罔兩應劭注同表茶陵二本所載五臣翰注作魍魎各本善注作罔兩蓋正文以五臣亂善漢書作罔蜽與此小異顏注引莊子仍作兩嬴取威於伯儀兮表本茶陵本伯作百是也案漢書作百

注。伯益在唐虞爲。案虞爲當作爲虞各本皆倒漢書顔注引作伯益爲虞無在唐二字。注。冷周鳩。何校周改州陳同是也各本皆誤。注。三年逢公所馮。案年當作所各本皆誤此韋昭周語注也漢書顔注亦可證。注。積而藏之。表本藏作去是也茶陵本亦誤藏運命論注引作去。注。化爲元龜。案龜當作黿各本皆誤運命論注引作黿。注。此其代陳有國乎。表本茶陵本無代陳二字案此尤校添之也。注。靈公奪而理之。表本理作埋是也茶陵本亦誤理案此引則陽文也釋文奪而里一本作奪而理之可證。姚聆呱而劾石兮。案劾當作刻注引應劭曰刻其必滅羊舌氏本或爲劾云云可證也表茶陵二本所載五臣濟注云劾刻也蓋取或爲之本改成劾字二本正文下何弋亦五臣音也各本皆以之亂善而失著校語漢書作刻引應注云刻知其後必滅羊舌氏字與善同矣。物有欲而不居兮。表本兮下有校語云善作乎茶陵無案表所見非漢書作兮。注。曹大家曰以乃爲內。陳云曰字衍是也各本皆衍。注。以明示禮度之信而致麟。

異三　七

案以明示禮度當依漢書顔注引作有視明禮脩各本皆誤視明禮脩之解詳具羣籍茲不具論。注。封其後爲。紹嘉公係殷。何校封上添漢字殷下添後字陳云當有並見漢書注是也各本皆脫顔引爲下有哀成及三字亦脫。注。當訊之來哲。表本茶陵本訊作訴是也。惟聖賢兮。表本云善作聖賢茶陵本云五臣作賢聖案各本所見皆非也聖賢但傳寫倒漢書作賢聖以聖命協韻。以道用兮。表本茶陵本以作亦案二本是也漢書作亦。注。孟子曰。生。表本有應劭曰三字在孟上其舍置也上無案表本是也漢書顔注引可證茶陵本改幷入五臣更誤。注。曹大家曰。大素不染。表本曰下有尚庶幾也越於也七字案表本最是茶陵本改幷入五臣而刪去非尤同其誤也。

卷十五○思元賦○注。平子名衡。下至系曰。表本茶陵本作元道也德也其作此賦以脩道德志意不可遂願輕舉歷遠遊六合之外勢既不能義又不可故退而思自反其系曰四十五字。注。夫何思元而已。表本茶陵本重思字。注。衆妙之門。表本茶陵本此下有平子時爲侍中諸常侍惡直醜正危衡故作思元非時俗二十二字案此節注脩改蓋初與二本同也未詳尤所據凡本卷以下增多皆倣此。舊注。表本茶陵本舊上有張平子三字案有者是也此每篇下所標作人姓名。注。結深蘭之亭。表本茶陵本重亭字是也。注。尚書帝曰。表本茶陵本無帝字是也。注。隤愷。表本茶陵本愷作敳是也。注。毛萇傳曰。下至此言無遺爲法也。表本茶陵本無此二十一字。注。而吾曰遇之。表本曰作日是也茶陵本亦誤曰。注。漢書曰。賈誼曰。下至曰。呫。表本茶陵本無此二十六字。惡既死而後巳。何校惡改要陳云范書作要表本茶陵本作要云善作惡案各本所見傳寫誤也。注。禮記曰。簞笥。下至蓋瑤字相似誤耳。表本茶陵本作負曰簞方曰笥並盛食器也無上八字下十七字。注。馬中立切。今賦作縶字。表本茶陵本無此九字。注。蕭該音本作陂。下至陂邪也。表本茶陵本無此三十五字。注。善曰。賈逵曰。表本茶陵本無賈逵曰三字。注。說文曰。辮。下至鞶帶也。

異三　八

表本茶陵本無此二十九字。注。說文曰。珩。下至所以節行。表本茶陵本無此二十一字。昭綵藻與琱琭兮。陳云琱琭范書作雕琢表本云善作琱琭茶陵本云五臣作雕琢案琱即雕字善不注琭恐傳寫誤。注。夏末乃止。表本茶陵本無此四字。注。順陰陽氣而生。案陽字不當有各本皆衍。注。賊害之鳥也。下至繆也。表本茶陵本無此十三字。注。爾雅曰。菌芝。下至瑞草。表本茶陵本無此十五字。咨妬嫮之難並兮。何校妬改妬陳云范書作妬表本云善作妬茶陵本云五臣作妬案各本所見皆傳寫誤善注云妬惡也章懷注後漢書曰言嫉妬者憎惡美人故難與並也善意正如此作妬無疑若作妬與惡也之訓不復可通各本幷注中亦誤作妬字遂以爲與五臣有異其實非也作妬字誤而爲妬已見顔氏家訓是此二字多混。注。羨韓衆之流得一。案流字不當有各本皆衍此引遠游文。即岐阯而臚情。表本茶陵本臚作臚注同是也何陳皆云後漢書作攄詳舊注云陳也善云力於切選文不作攄與范書異也。注。上九爻辭云。肥遁。案肥當作飛下

故名肥遁同各本皆誤正文作飛何云後漢書作飛陳云七啓有飛遁離俗語上注亦作飛此不知者改之耳注
又曰聊浮游於山陿表本茶陵本無此八字注遁下體是艮下至故曰
揚聲表本茶陵本無此二十六字注遁上九變爲兑下至故曰不營表本茶陵
本無此六十四字注天爲澤表本茶陵本天上有故曰二字注雖復險戲世路可
知表本茶陵本無此八字注玉堦天子堦也下至言尚欲進忠賢表本茶陵
本無此二十四字注東龜長又曰東曰龜甲屬表本茶陵本無長又曰東曰龜六字
案甲當作果各本皆譌注爾雅曰龜下至以甲卜審表本茶陵本無此二十七字注
字林曰逞盡也表本茶陵本無此六字注說文曰逺也表本茶陵本無此五字
注古文周書曰下至及王子於治表本茶陵本無此一百七十六字案二本最是也善
注自上文母氏喻道也其下云唯歸於道其下引老子至母者道也一意承接中間不得有此段與上下異解必或

異三　九

記於旁尤延之誤取以增多無疑餘條亦往往類此注從水欶聲下至液汁也表本茶陵本無
此十三字去穢累而飄輕表本茶陵本飄作彯案後漢書作票善不注未審果何作注海中
山也表本茶陵本山上有神字注元中記曰下至沈於大海表本茶陵本無此一百二
十六字注飲沆瀣表本茶陵本此下有以長生三字注日出暘谷案暘當作湯各本皆
誤注海外東經曰下至有扶桑表本茶陵本無此十五字注又如椹樹長
丈表本茶陵本無又如椹樹四字長下有數千二字注楊雄太元經曰案經當作賦各本皆
誤此賦古文苑載之注昔禹致羣臣於會稽之山陳云臣當作神是也各本皆誤翩
繽處彼湘濵案繽後漢書作儐章懷注翩連翩也儐弃也善不注未審果何作其五臣翰注云翩繽美
貌恐非善意其字固不必作繽也蓋涉下文繽連翩兮紛暗曖而誤五臣因輒以美貌解之耳注山海經
曰洞庭之山下至遂號爲湘夫人也表本茶陵本無此一百八十三字注左

氏傳下至爲祝融表本茶陵本無此十七字注善曰爾雅曰沄沉也表本茶陵
本無此八字注自北戸之外表本茶陵本戸下有孫字注北戸孤竹表本茶陵本孤
竹作孫注方言曰下至邐行也表本茶陵本無此十字注廣雅曰躊躇猶
豫也表本茶陵本無此八字注不壽者八百歲何校不改下陳云不當依范書注作下是
也各本皆譌注字林曰潺湲流貌表本茶陵本無此七字注太公金匱曰
下至謂爲馮夷表本茶陵本無此十九字注注曰馮夷下至而水仙表本茶陵本無此二
十字注淮南子曰天子表本茶陵本此六字作又曰二字注予合韻音夷渚
切表本茶陵本無此七字注穆叔孫穆子下至走向齊表本茶陵本此十五字作初穆
子去叔孫氏七字注通之有子在齊表本茶陵本無通之有子四字在作適注旦而
瞻其徒下至而從我矣表本茶陵本此三十八字作魯人召之所宿庚宗之婦人獻以雉曰余子

異三　十

長十八字注詐謂外人表本茶陵本無此四字注覆器下至而死表本茶陵本此十六
字作不食而卒四字注蒼頡篇讖書下至葬始皇酈山表本茶陵本無此三百三十七
字案此亦非舊注也若有之善不煩於下更注矣凡增多未是者以此推之注家甚貧表本茶陵本無
甚字注致貧巨萬及期忌司命之言表本茶陵本此十一字作利及期三字注
與行旅者同宿表本茶陵本此六字作同宿路三字注遂便貧困表本茶陵本無便字注
鄭元曰孕任子也表本茶陵本無此七字注慎者下至禪竈表本茶陵本無此十
四字注叔孫昭子曰表本茶陵本無叔孫二字注叔孫之言下至不驗表本茶陵
本無此十三字注禪竈言于子產曰下至子產不予表本茶陵本無此三十一字
注遂不與表本茶陵本遂上有是亦多言矣豈不或信九字注今言梓慎禪竈下至
爲言事之難知也表本茶陵本無此二十七字注善劾人之子姪昆弟

之狀。表本茶陵本之狀作好扶邑丈人而道苦之。注。邑丈人有之市而醉歸者。表本茶陵本邑作黎丘。無有字。而醉作醉而。注。曰。吾爲汝父也。下至何故。表本茶陵本無此十九字。注。孽矣無此事也。表本茶陵本無矣字。此事作若。注。昔也。下至可問也。表本茶陵本無此十一字。注。是必奇鬼。固嘗聞之矣。表本茶陵本必下有夫字。鬼下有也我二字。無嘗字矣字。注。復於市。欲遇而刺殺之。表本茶陵本復下有飲字。無殺字。注。明旦之市。表本茶陵本無之市二字。注。遂往迎之。表本茶陵本無往字。注。丈人望見之。表本茶陵本見之二字作其眞子三字。注。爾雅曰。丁。當也。表本茶陵本無此六字。無緜攣以倖己兮。何校倖改涬。注同。茶陵本有校語云。善作倖。表本無。案後漢書作涬。章懷引衡集注云。涬。引也。與此舊注正合。恐善亦作涬。茶陵及尤所見倖字。傳寫誤也。注。又曰。周公若。表本茶陵本無周公若三字。注。淮南子曰。湯時。下至即降大雨。表本茶陵本無此五十五字。注。自以爲犧牲。表本茶陵本無牲字。注。豈可除心腹之疾。表本茶陵本無豈可二字。注。民者國之本。國無民。表本茶陵本者國之本四字作所以爲三字。注。如何傷本而救吾身乎。表本茶陵本無此九字。注。傳宣公十五年秋七月。下至余汝所嫁婦人之父也。表本茶陵本無此一百八十四字。何校乙去。云複雜不成文理。陳云。別本無。當從之削去。爲是。案所校是也。此等皆尤延之增多而誤者。注。王逸曰。下至志錯越也。表本茶陵本無此十三字。注。賈逵曰。逼迫也。爾雅曰。表本茶陵本無賈逵曰爾雅曰六字。注。方言曰。磑磑堅也。表本茶陵本無方言曰三字。堅也作高貌。注。說文曰拂。下至騷動也。表本茶陵本無此十九字。注。王逸曰。騷愁也。合韻所流切。表本茶陵本無此十一字。有音脩二字。注。爾雅曰。下至而遊其中。表本茶陵本無此十五字。注。文子曰。騰。表本茶陵本騰下有蛇字。注。淮南子曰。奔蛇。廣雅曰。表本茶陵

本無此九字。坐太陰之屏室兮。表本茶陵本屏作屏。後漢書作屏。案屏字是也。注中引說文屏。表茶陵誤作屏。尤校改正之。但誤并改正文耳。注。顓頊者黃帝之孫昌意之子。表本茶陵本無此十一字。注。字林曰。潚深清也。表本茶陵本無此七字。愍墳羊之深潛。表本云。善作深潛。茶陵本云。五臣作潛深。後漢書作潛深。陳云。當作潛深。今案潛字自協。似當仍其舊。注。唇古陰字。茶陵本此四字在注末。案蓋善語也。尤移入舊注。表本刪之。皆非。又案考舊注凡引魏晉以來書者。恐皆善注。并誤各本所同。無以訂正。附著以俟更詳。注。春秋外傳。表本茶陵本無此四字。注。淮南子曰。下至土神。表本茶陵本無此二十二字。注。人面蛇身。下至是燭九陰。表本茶陵本無此三十二字。注。是謂燭陰。表本茶陵本是謂二字作曰。注。鍾山有子。下至而龍身。表本茶陵本無此十三字。注。字林曰。憖謹敬也。表本茶陵本無此七字。注。西海之南。下至又曰。表本茶陵本無此四十九字。注。說文曰。妭好也。

廣雅曰。表本茶陵本無此九字。注。嫮目冥笑眉曼。何校冥改宜。眉上添蛾字。陳同。是也。各本皆誤。注。方言曰。袿謂之裾。表本無方言曰之四字。茶陵本無此七字。注。環珠也。下至玉石之色。表本茶陵本無此二十字。注。葩華也。表本茶陵本無此三字。廣雅曰。細縕。下至非此之用也。表本茶陵本無此四十三字。注。玉女宓妃言忘棄我實多。表本茶陵本無此十字。注。可以爲卿。表本茶陵本無此四字。注。淮南子曰。崑崙墟。下至高一萬一千里。表本茶陵本無此三十三字。注。食之長壽。表本茶陵本無此四字。注。古今通論曰。不死樹在層城西。表本茶陵本無此十二字。注。瑤蘂也。案此有誤也。各本皆同。無以正之。注。爾雅曰。斞。酌也。表本茶陵本無此六字。注。王逸淮南言。白水。表本茶陵本逸下有曰字。抨巫咸作占夢兮。表本茶陵本作作使。後漢書作以。注。懿美也。表本茶陵本懿上有姑且也三字。注。韓詩曰。

譌貞也。表本茶陵本無此六字。注杜預曰姑且也。表本茶陵本無此六字。注言
戒誓下至而來迎我也。表本茶陵本無此十六字。注爾雅曰暴雨下至爲涷
雨。表本茶陵本無此二十三字。注森聚貌。表本茶陵本聚作衆是也。注僕夫謂御車
人也。表本茶陵本無此七字。注八乘公上得從車八乘。表本茶陵本無此九字。
注旌羽旄也。表本茶陵本無此四字。注字林曰溶水盛貌今取盛意。
表本茶陵本無字林曰水今取盛意八字。後委衡乎元冥。表本茶陵本衡上有水字。表校語云善有
後字。茶陵校語云五臣無後字。陳云范書無後字。案後漢書有水字。尤誤脫去。徵湨漻而爲淸。陳云
徵范書作徵。表茶陵二本作澄。注同。案蓋五臣作澄也。尤作徵。疑所見不同。舊注云徵騰也。未詳其義。恐未必是。徵
澄字今無以定之。注主簸物。表本茶陵本物作揚是也。拽雲旗之離離兮。表本茶陵
本拽作曳是也。後漢書作曳。注淮南子曰下至至疾。表本茶陵本無此十九字。有楚辭二字屬

下是也。注其樂也彤彤。案彤彤當作融融。觀下注可見。各本皆誤。注孔安國尚書
傳注曰。表本茶陵本無此八字。注高誘淮南子注曰。表本茶陵本無高誘注三字。
注字林曰靖立也。表本茶陵本無此六字。注閬閬其寥廓。案閬上當有閌字。各
本皆脫。注漢書下至古善馭者。表本茶陵本無此十四字。注山名此山之精。
表本茶陵本無此六字。注上爲星名封狼。表本茶陵本爲下無星名封三字。狼下有星字。注
禮記曰以日星爲紀。表本茶陵本無此八字。注說文曰下至爲娩。表本茶陵
本無此十一字。注分布遠馳之貌。表本茶陵本無此六字。注砊音苦郎切。表本
茶陵本苦郎切三字作康。乘猋忽兮馳虛無。表本云善作猋。茶陵本云五臣作猋。案各本所見皆
非也。以善引甘泉賦服注及上林歷駭猋證之。不得作猋。正文及注皆傳寫誤。後漢書作飈。猋飈同字。上文迅猋潚
其媵我兮。及注同此。注倚閶闔而望兮。案兮當作予。各本皆誤。注爾雅曰錯鳥

隼下至及鳴鳶也。表本茶陵本無此三十字。夕惕若厲以省諐兮。茶陵本諐作諐。
後漢書作諐。是也。表本亦誤諐。長門賦同此。何必歷遠以劬勞。表本茶陵本云善無必字。案後
漢書有必字。疑二本所見傳寫脫。注言繫一賦之前意也。表本無言字前字。茶陵本言作
重。注老子曰天長地久。表本子下有德經二字。久下有篇字。茶陵本無。案曰似當作有篇謂
章也。注天地下至故能長生。表本茶陵本無此十七字。注京房易傳曰下至一
淸。表本茶陵本無此十字。注遠度世以忘歸。表本茶陵本度作渡。案二本正文校語云善渡
五臣度。後漢書作度。或渡字傳寫誤。未必是也。注說文曰逞極也。表本茶陵本無此六字。注
注慍怨也下至恚恨也。表本茶陵本無此二十字。注又曰。表本茶陵本無此二字。注注。
不如鳥奮翼而飛去。表本茶陵本作悄悄。憂皃。吝。恨也。言怨小人在朝。恨不如鳥奮翼而去。
注臣不遇於君下至厚之至也。表本茶陵本無此十三字。注公羊傳曰下至

猶提𢹲也。表本茶陵本無此十六字。迴志朅來從元謀。何校謀改諆。云後漢書作諆。今
案章懷注云。諆或作謀。善不注此字。未必作諆。且謀字自協。當依其舊。陳云別本作諆。今未見。必誤涉後漢書耳。
注夫復也。表本茶陵本無此三字。○歸田賦○注歸田賦者下至不日
歸田。表本茶陵本無此二十六字。注都謂京都下至羨貪欲也。表本茶陵本無此三
十五字。注易乾鑿度曰下至治平之所致。表本無此三十三字。有河淸已見上。茶陵
本所複出與此全異。亦非。注顩頤膝攣。表本茶陵本無此四字。注謂御者曰下至爲
秦相。表本茶陵本無此六十一字。注諒信也微昧幽隱。表本茶陵本無此七字。注
楚辭曰下至鼓枻而去。表本茶陵本無此三十一字。注滄浪之水淥。表本茶陵
本淥作濁。案淥字大誤。鶬鶊哀鳴。表本茶陵本鶬鶊作倉庚。案二本是也。注中字作倉庚可證。注
頡頏上下也。表本茶陵本無此五字。注關關嗈嗈。表本茶陵本嗈嗈作嚶嚶。案此尤校

改。但疑善別據爾雅異本引之也。注釋訓曰下至兩鳥鳴也表本茶陵本無此十八字。注廣雅曰逍遙儴徉也表本茶陵本無此八字。注龍吟而景雲至表本茶陵本無此六字。注而谷風轃表本茶陵本轃作至。案尤校添上句并改也。注觸矢射也吞鉤釣也表本茶陵本無此八字。注鄭元注曰下至可以解吾民之慍兮表本茶陵本無此二十七字。注劉德曰下至如辭也表本茶陵本無此二十四字。

卷十六○閑居賦○而良史書之題以巧宦之目表本茶陵本書之題三字作題之二字，題下校語云善作書，晉書作書之題。蓋尤延之依彼改也。注文深善巧宦表本茶陵本作巧善宦三字。注漢書司馬安下至而歎息表本茶陵本無此四十四字。注字林曰表本茶陵本無此三字。注仕不得志表本茶陵本無此四字。注言誠有巧宦之理揣固有之表本茶陵本無此十一字。注諱炎字安世表本茶陵本無此五字。注諒闇下至故曰諒闇表本無此十七字，有及諒闇並已見西京賦。案表本是也。但京當作征耳。茶陵本所複出與此全異，皆非。注孔安國曰知天命之終始表本茶陵本無此十字。注八徙官下至輒去官也表本茶陵本無此六十四字。注周公曰予多才多藝表本茶陵本無此八字。注方今下至方正也表本茶陵本無此十二字。注孔安國曰下至言政無非表本茶陵本無此十二字。注余羸老矣表本茶陵本矣作也，是也。注王隱晉書曰岳母寒以數戒焉表本茶陵本無此十二字。注鄭元曰下至容斗二升表本茶陵本無此十一字。注注知足之人下至終身不危殆也表本茶陵本無此三十九字。灌園粥蔬表本茶陵本粥作鬻，是也。晉書作鬻。注於陵子仲表本茶陵本仲作曰終二字。案終字是也，曰字衍耳。此所引賢明傳文，尤改誤。注故曰臘也下至改臘曰嘉平表本茶陵本無此十七字。注奚其爲爲政下至即與爲

政同也表本茶陵本無此四十一字。傲墳素之場圃陳云傲，晉書作遨，爲是。表本茶陵本場作長，晉書作長。案二本所載五臣銑注云以爲長圃嘯傲其中矣，是其本作傲字長字。善注未有明文，無以考也。注墳大也下至素王之文也表本茶陵本無此十九字。注其智下至不可及也表本茶陵本無此十一字。注虞仲夷逸下至子男凡五等表本茶陵本無此三十四字。何陳校但去禮記至凡五等十四字，未是。注爾雅曰地下至於糾切表本茶陵本無此十八字，有黝長貌三字。今案二本是也。黝者𨲠之同字也。玉篇長部有𨲠，云於皎切，𨲠肆，長不勁。廣韻二十九篠同。故善云長貌。安仁以之與下文傑字偶句，黝言梁之長，猶傑言臺之高。於地謂之幽夐乎無涉。不知何人誤認，輒記於旁，尤延之不察，取而改之，讀者莫辨矣。又二本正文下有於糾二字，向注云黝，橋貌。蓋五臣不取長爲訓而如字讀之，善義既全異，音亦未必同也。注仲長昌言曰下至曷若辟雍海流表本茶陵本無此六十三字。備千乘之萬騎何云之字疑。今案各本皆同，晉書亦作之，無以考也。注郭璞爾雅注曰下至後人易之以竹表本茶陵本無此五十三字。注太學在國學東茶陵本無此六字，表本亦有。案無者是也。上節注引述征記有斯語，不當再出。注安革猛詩曰案安字衍。革猛當作韋孟。各本皆誤。依錢少詹大昕十駕齋養新錄載海寧陳仲魚鱣說訂正。注來假祁祁又曰表本茶陵本無此六字。注言有道則可以爲師表本茶陵本無此八字。注毛詩曰築室百堵表本作築室已見上，是也。茶陵本複出，非。注甚甘表本無此二字。茶陵本此節多脫誤。案凡二本之誤多不更論。注廣志曰下至世罕得之表本茶陵本無此十六字。注廣志曰下至置樹苑中表本茶陵本無此二十字。注荊州記下至仙人朱仲來竊表本茶陵本無此十七字，有周文朱仲未詳六字。案二本是也。此等皆尤增改之誤。注大山肅下至爲碓磨之磨表本茶陵本無此三十二字。案無者是也。此見顏氏家訓勉學篇，必或記於旁而尤誤取以增多者。彼肅上有羊字，記者失去，遂成誤中之誤。注爾雅曰荊桃下至不解

異三　十七

核。表本茶陵本無此二十八字。案二本是也。安仁自以桃櫻桃胡桃爲三桃。善注但有櫻桃胡桃者。桃不須注耳。不知者乃記爾雅於旁。尤取之。最誤。若善果引此。是荊冬山胡而四。并桃成五。與正文乖戾甚矣。凡增多之誤。多此類。注。棣。實似櫻桃也。表本茶陵本實似二字作山。案山字是也。實似誤涉下。蓼荾芬芳。表本茶陵本荾作荽。注同。案二本是也。晉書作荽。荽荾同字。此亦或記於正文及注旁。而尤誤取之者。注。鄭元儀禮注曰。蔆。廉薑也。表本茶陵本無此十字。注。與蔆同。表本茶陵本無此三字。注。菜似薑。表本茶陵本無此三字。注。曹子建求親表曰。何校求下添通親二字。陳同。是也。各本皆脫。注。火星中而寒暑乃退。表本茶陵本無星字而字。注。河上公注。下至熙熾也。表本茶陵本無此三十七字。注。爾雅釋言曰。下至皆周徧也。表本茶陵本無此十七字。注。言屈軌不行也。表本茶陵本言上有結猶屈也四字。注。張揖曰。結。猶屈也。表本茶陵本無此七字。注。王隱晉書曰。兄御史釋。弟燕令豹。表本茶陵本無此十三字。注。孔安國曰。下至則懼。表本茶陵本無此十五字。注。竹曰管。表本茶陵本無此三字。注。蓬萊而騈羅。表本茶陵本蓬上有夾字。注。爲樂之方。表本茶陵本無之字。案二本是也。彼賦善自無之字。注。此安仁不自保。下至而登官位於世也。表本茶陵本無此二十一字。

○長門賦○奉黃金百斤。表本茶陵校語云。善無黃字。案此尤校添之也。注。字林曰。幸。吉而免凶也。表本茶陵本無此九字。注。說文曰。佳。善也。表本茶陵本無此六字。注。言忖所爲被退在長門宮之事。表本茶陵本無此十二字。注。而忘於爲人。表本茶陵本無爲字。心慊移而不省故兮。表本茶陵本慊作嫌。注同。案二本是也。此尤誤改。說見下。注。慊字或從火。非。表本茶陵本慊作移。案二本最是。考玉篇火部云。爑火不絕。廣韻五支同。是當時賦本有作爑者。善作移。從如字解之。故辨爑爲非也。不知何時此注誤移爲慊。尤延之乃改正文之不誤者以就其誤。失之甚矣。爑爑同

異三　十八

字。注。說文曰。慤。謹也。表本茶陵本無此六字。注。薄具肴饌也。表本茶陵本無薄字。是也。注。悲愁窮感兮獨處。案處下當有廓字。各本皆脫。此所引九辯文。注。又曰。不安之意也。表本茶陵本無此七字。注。言似君之車音也。表本茶陵本無此七字。鸞鳳翔而北南。表本茶陵本翔作飛。案二本不著校語。無以考也。注。脅。斂也。萃。集也。表本茶陵本無此六字。注。字林曰。下至乙戒切。表本茶陵本無此十一字。注。攻中。言攻其中心。表本茶陵本無此七字。注。木蘭下至亦木名。表本茶陵本無此十字。注。方言曰。櫨。栱也。表本茶陵本無此六字。注。時仿佛而不見。表本茶陵本不作遥。是也。注。心淳熱其若湯。表本茶陵本無此六字。注。見不審諦也。表本茶陵本無審字。是也。注。今江東呼甓爲瓻甎。表本茶陵本無今江東呼甓爲六字。甎下有也字。注。說文曰。悵望。恨也。表本茶陵本無此七字。注。志其中操也。表本茶陵本志作至。是也。注。自卬。激厲也。表本茶陵本無此五字。注。自眼出曰涕。表本茶陵本無此五字。注。臣瓚漢書注曰。下至徐行貌。表本茶陵本無此三十七字。有蹝履足指挂履也七字。注。殃。咎也。表本茶陵本無此三字。注。言以爲枕席。表本茶陵本無以字。注。廣雅曰。表本茶陵本無此三字。魄若君之在旁。惕寤覺而無見兮。表本茶陵本魄作䰟。寤作寐。案二本不著校語。無以考也。注。楚辭曰。下至惶遽貌。表本茶陵本無此十七字。注。爾雅曰。下至昻也。表本茶陵本無此十三字。注。曼曼。長也。一作漫漫。表本茶陵本無此八字。注。更。歷也。表本茶陵本無此三字。注。一云將至之意。表本茶陵本無此六字。

○思舊賦○注。與嵇康呂安友。表本茶陵本無此六字。注。干寶晉書曰。嵇康下至時人莫不哀之。表本茶陵本無此二百四十二字。有臧榮緒晉書曰。安妻甚美。兄巽報之。巽內慙。誣安不孝。啟太祖徙安遠郡。即路與康書。惡之。收安。付廷尉。與康俱死。見法

謂被法也五十字是也茶陵本惡之上又有太祖見而四字表本無蓋脫注康別傳臨終曰下至
不與表本茶陵本無此二十二字有干寶晉紀曰五字注就死命也下至援琴而彈
表本茶陵本無此二十二字注淒冷也表本茶陵本無此三字注將命者出茶陵本出
下有戶字是也表本亦脫注周大夫行役下至又方禾黍油油表本茶陵本無此四
十三字注作雅聲曰下至不我好表本茶陵本無此十九字注李斯者下至論
要斬咸陽表本茶陵本無此二百六十三字注斯出獄與其中子三川守
由俱執表本茶陵本斯上有李字無與其至俱執十字注出上蔡東門逐狡兔豈
可得乎表本茶陵本出上有俱字可上無豈字注遂父子相哭下至輒決於髙
表本茶陵本無此二十二字案此一節尤延之增多者皆甚誤注五行運轉遇人所遇之
吉凶也表本茶陵本無人所遇之四字注司馬彪曰下至或合或開表本茶陵本無

此二十一字○歎逝賦○注太傅楊駿辟爲祭酒表本茶陵本爲祭酒三字作
機注參大將軍事表本茶陵本無此六字注臨刑下至而作賦焉表本
茶陵本無此三十三字注何休曰僅方也表本茶陵本無此六字注孫林曰親
之近也陳云林疑當作炎是也各本皆誤乃作賦曰案作當作爲表本茶陵本無作字校語云
善有爲字注伊惟也下至上下也表本茶陵本無此十二字注言日月望空下至
驚動而立表本茶陵本無此十七字注能執下至得長年也表本茶陵本無此十一字
注晼晚言日將暮也表本茶陵本無此七字注一日方至表本茶陵本無此四
字注誰謂宋遠表本茶陵本無此四字注通呼爲世表本茶陵本世下有人字注
暮言人之年老也表本茶陵本無此七字注爾雅曰下至一曰王蒸表本
茶陵本無此三十五字雖不寤其可悲表本茶陵本校語云善作悟案本篇前後皆不作悟二本

但據所見爲校語未必是注箋曰莫無也下至俱揖而進之表本茶陵本無此三十三
字戚貌瘁而尠歡表本茶陵本戚作慼校語云善作戚案此亦但據所見爲校語未必是注
蒼頡篇曰瘁案瘁當作悴觀下注可見各本皆誤注何往而不殘殘毀也表本
茶陵本無何往而不殘五字有皆字注即死路也表本茶陵本無即字注日思往沒之
人多在顏也表本茶陵本無此十字諒多顏之感目表本云善作諒茶陵本云五臣
作亮案本篇亮造化之若茲不作諒二本據所見爲校語未必是注言春秋與往同然存
亡異時表本茶陵本無此十一字注忘失也宅居也表本茶陵本無此六字注言
我將欲老死與汝爲客也表本茶陵本無此十一字注言精神不定世
表在世之表也表本茶陵本無此十二字注寤覺也表本茶陵本無此三字注言
旣寤之下至言不足亂也表本茶陵本無此二十二字注言未識也表本茶陵

本無此四字注遺棄也表本茶陵本無此三字注末迹喻老下至以娛老年
表本茶陵本無此二十二字○懷舊賦○注爾雅曰下至爲昏姻表本茶陵本無
此十二字注臣松之注魏志下至字公嗣表本茶陵本無此三十字陳云按魏志田豫傳
中領軍楊暨舉豫注云臣松之案暨事見劉曄傳暨子肇晉荆州刺史云云劉曄傳中無暨子肇以下諸語注微誤
案此或記於旁而其人讀裴注未諦尤延之輒取以增多耳陳不知今所行選注經尤校改每非善舊故尚不加遽
斥其實善無是語也注哀公問孔子弟子孰爲好學表本茶陵本無此十一字注
死矣今也則亡表本茶陵本無此六字注楚辭曰不能復陵波以徑
渡表本此十一字作徑度已見上文是也茶陵本複出非注掩覆也表本茶陵本無此三字注
車輪謂之軔表本茶陵本車作軌並二字案此亦尤校改耳注楚辭曰白日晼晚
其將暮表本此十字作晼晚已見上文是也茶陵本複出非注河南郡圖經曰下至十

五里。表本茶陵本無此十五字、注。森森一作榛榛。壘平聲。表本茶陵本無此九字、○寡婦賦○注。毛詩曰。下至不如友生。表本茶陵本無此十九字、注。爾雅曰。下至謂俱已嫁也。表本茶陵本無此二十一字、注。杜預左氏傳注曰。下至則夫天。表本茶陵本無此十八字、注。潘岳集下至遂爲其母辭。表本茶陵本無此三十六字、注。使荀息侍奚齊。公疾。召之。表本茶陵本無此十字、注。辱大夫。表本茶陵本無此十二字、注。長慼慼不能閑居兮。案、下慼當作之、兮當作焉、各本皆誤、注。箋曰。行。下至而有適人之道。表本茶陵本無此十四字、注。言夫之早隕者。遇天未悔禍之時。表本茶陵本此十三字作天禍未悔四字、注。爾雅曰。下至江東呼爲蓋。表本茶陵本無此十六字、注。纂要曰。下至日幬。表本茶陵本無此十五字、注。就列。

下至小兒笑也。表本茶陵本無此三十一字、注。禮記内則曰。下至孩而名。表本

就其房列之位也。表本茶陵本無此九字、注。爾雅曰。下至棲雞宿處。表本茶陵本無此十九字、注。寔命不猶。表本茶陵本無此四字、注。又曰。下至晉亂也。表本茶陵本無此十四字、注。廣雅曰。曜靈日也。表本茶陵本無此七字、注。顏延年曰。下至遰速也。表本茶陵本無此二十二字、注。遰速也。表本茶陵本無此三字、案、此於上所增多爲複、乃誤中之誤、注。空廓寥廓也。表本茶陵本下廓字作寥、案、陳云廓寥誤、即據别本也、注。字林曰。仿下至言平生昔日之時也。表本茶陵本無此二十二字、注。爾雅曰。下至曰旐。表本茶陵本無此十一字、注。公西爲志焉。茶陵本西下有赤字、是也、表本亦脱、注。喪柩之旌也。茶陵本喪作表、表本亦作喪、案、陳云喪表誤、亦據别本也、注。爾雅曰。下至即令之旐旐。表本茶陵本無此十四字、案、此於上所增多亦爲複、皆誤中之誤也、注。僕夫悲余懷兮馬。表本茶陵本馬在余字下、是也、此所引離騷文、注。凡人喪曰疢。表本茶陵本無

此五字、注。家語曰。下至偪贏貌。表本茶陵本無此二十三字、注。鶡鴠曰。表本鴠下有賦字、是也、茶陵本亦脱、注。顧顏貌之艴艴。茶陵本顏作頟、是也、表本頟上衍顯字、亦非、注。文公六年。表本茶陵本無此四字、有曰字、注。妻言願亦如三良。死從於夫也。表本茶陵本無此十二字、注。春與秋兮代序。何校兮改其、案、兮字當在上句末、各本皆誤、注。毛詩曰。歲聿其暮。表本茶陵本無此七字、注。君憮然若有。茶陵本有下有亡字、是也、表本亦脱、注。楚辭曰。秋風兮下至振動也。表本茶陵本無此十九字、注。毛詩曰。柏舟。下至報恩養於下庭。表本茶陵本無此五十五字、案、恭姜柏舟、歸骨山足、善均於上注訖、何得更有云云、觀此可知尤增多之無足取也、○恨賦○注。意謂古人。下至而死也。表本茶陵本無此十四字、注。濟陽考城人。表本茶陵本無考城二字、注。祖躭。下至淹少而沈敏。表本茶陵本無此十六字、注。自以孤賤。下至謚憲子。表本茶陵本無

此六十五字、注。爾雅曰。試用也。表本茶陵本無此六字、注。注兩手曰拱。表本茶陵本無此五字、注。茅焦上諫。表本茶陵本無此四字、注。丹水更其南。表本茶陵本無此五字、注。三十七年。表本茶陵本無此四字、注。伐紂。陳云、伐紂當作征伐、案、所校是也、各本皆誤、江賦注引正作征伐、注。大起九師。表本茶陵本無此四字、注。是事之不可知三也。表本茶陵本無之字三字、注。風俗通曰。下至則爲晏駕。表本茶陵本無此二十二字、注。趙王張敖。表本茶陵本無此四字、注。徙房陵。房陵在漢中。表本茶陵本作徙漢中房陵五字、注。武帝天漢二年。表本茶陵本無此六字、注。爲騎都尉。下至出居延。表本茶陵本無此十二字、注。弓矢並盡。陵遂降。表本茶陵本無弓矢並盡陵五字、注。漢高已併天下。尊爲皇帝。表本茶陵本無此十字、注。羣臣飲爭功。醉。表本茶陵本無飲字醉字、注。漢書。元帝下至本南郡人也。表本

茶陵本無此四十八字。代雲寡色。表本茶陵本代作岱陳云代岱誤注同今案二本不著校語表本善注中字作代茶陵本亦作岱今漢書天文志是岱字注。疊閱之始。陳云閱當作閲是也各本皆誤注。王隱晉書下至穆王林女也。表本茶陵本無此十七字注。張衡下至脩夜彌長。表本茶陵本無此十六字注。字林曰。孽子。庶子也。表本茶陵本無此八字注。穆天子傳。下至古有死生。表本茶陵本無此十三字○別賦○注。失色將敗之貌。表本茶陵本無將敗之三字注。說文曰。黭深黑也。表本茶陵本無此七字注。賈逵曰。唯獨也。表本茶陵本無此六字注。論曰。鼓琴者下至以玉爲之。表本茶陵本無此十七字注。表叔正情賦曰。茶陵本叔作淑是也表本亦誤注。莊子曰。君惝然若有亡。表本此九字作若有亡已見上文注八字是也茶陵本複出而誤注。曾高也。空息也。表本茶陵本無此六字注。纂要曰。帳曰幕。表本茶陵本無此六字注。

異三　三三

甚見器重朝庭爲榮。表本茶陵本無此八字注。功成身退。下至稱疾篤。表本茶陵本無此十四字注。送車數千兩。下至長安東都門也。表本茶陵本無此十八字注。在河內縣。陳云內當作南案此據金谷集詩注引校也注。旁若無人。表本茶陵本無此四字注。伏虔通俗文曰。下至曰訣。表本茶陵本無此十二字注。燕丹太子曰。陳云太字衍是也各本皆衍注。鼓鍾並發。表本茶陵本鼓上有旣字注。服虔曰。士負羽。表本茶陵本無此六字注。孟子曰。表本茶陵本曰上有注字是也又送應氏詩注引各本皆無注字蓋脫注。程夫人。案夫當作大各本皆誤范書蔡邕傳程大人即此也注。或曰朱塵。紅塵。表本茶陵本無此六字注。司馬彪注曰。襲入也。表本茶陵本無此八字注。以琴見孟嘗君。孟嘗君。表本茶陵本無此九字注。先生鼓琴。下至無故生離。表本茶陵本無此二十二字注。孟子見齊宣王。下至脩德之臣也。

表本茶陵本無此三十字注。楚聲子與伍舉俱楚人。舉將奔晉。表本茶陵本無聲子與俱楚人舉七字注。班荊而坐。表本茶陵本無而坐二字注。顏延年下至結綬登王畿。表本茶陵本無此十七字注。毛詩曰。閟宮有侐。表本茶陵本無此七字儻有華陰上士。服食還山。表本茶陵本山作仙校語云善無此二句案此不當無傳寫脫也或尤即以所見五臣補之故與二本山仙不同注。列仙傳。脩芊者。下至不知所之。表本茶陵本無此三十三字案此亦尤增多也蓋本并脫正文與注一節而所謂眞善注云何無由知矣鍊金鼎而方堅。案鍊當作練蓋善練五臣鍊而亂之注中兩見此字茶陵本作練是也表盡作鍊非注。列仙傳曰。王子晉下至憩於此。表本茶陵本無此一百四字注。而見若士曰。表本茶陵本重若士二字是也注。詩溱洧章。下至莫之能救云。表本茶陵本無此二十四字有毛詩曰三字注。注。芍藥香草也。下至結恩情也。表本茶陵本無此三十六字注。

異三　三四

桑中章。表本茶陵本無此三字注。送我於淇之上。下至作詩以見己志。表本茶陵本無此一百五十二字陳云注引燕燕竹竿二詩並與本事無涉蓋誤解也云云亦因不知此非善注耳注。漢書曰。下至字子雲。表本茶陵本無此十三字有淵王褒也雲揚雄也八字金閭之諸彥。表本茶陵本閭下校語云善作門案此尤以五臣亂善也注。金閭金馬門也。表本茶陵本無此六字案尤增多此注以就正文之誤甚非注。史記。荀卿。下至故曰談天。表本茶陵本無此六十三字有漢書曰司馬相如旣奏大人賦天子大悅飄飄有夌雲之氣七略曰鄒赫子齊人也齊人爲諺曰三十七字注。赫修鄒衍之術。表本茶陵本赫上有言字卷十七○文賦○注。機字士衡。下至係蹤張蔡。表本茶陵本無此一百字有陸機二字案士衡自於歎逝賦下注訖增多全非注。作謂作文也。用心。言士用心於文。表本茶陵本無此十三字夫放言遣辭。良多變矣。又注。夫作文者。

下至故非一體。表本茶陵本夫下有其字云善無此二句案尤以五臣亂善也二本無注十六字尤并增
多以就之甚非注文之好惡可得而言論也。表本茶陵本無此十字本注士衡
下至爲文之情。表本茶陵本無此十三字注利害由好惡。表本茶陵本無此五字本注
言既作此文賦。下至盡文之妙理。表本茶陵本無此二十字有言知之易也五字案善
於此注言知之易也於下注言作之難也可謂精當尤誤去其一句甚非至於增多之注膚庸乖舛亦甚易辨固不
假詳論矣餘條同此注此喻見古人之法不遠。表本茶陵本無此九字本注則法
也。下至謂不遠也。表本茶陵本無此二十三字注文之隨手變改則不可
以辭逮也。表本茶陵本無此十三字注蓋所言文之體者具此賦之言。
表本茶陵本無此十二字注漢書音義。下至幽遠也。表本茶陵本無此二十四字注遵
循也。下至而思慮紛紜也。表本茶陵本無此二十五字喜柔條於芳春。表本

異三　三五

茶陵本喜下校語云善作嘉案嘉字傳寫誤下有嘉麗藻之彬彬必相回避無疑注秋暮衰落。下至
故喜也。表本茶陵本無此十三字注懍懍危懼貌眇眇高遠貌。表本茶陵本無
此十字有眇眇遠貌四字在此節注之末注言歌詠下至而誦勉。表本茶陵本無此二十八字
注又曰在昔。何校在上添自古二字是也各本皆脫注論語曰。下至孔安國注
曰。表本茶陵本無此十六字有包咸論語注曰六字注文質見半之皃。表本茶陵本見作相
是也注尚書中候曰。下至周公援筆以寫也。表本茶陵本無此十八字注爾
雅曰致至也。表本茶陵本無此六字注言思慮之至。下至於潛浸之所。
表本茶陵本無此二十八字觀古今於須臾。表本茶陵本於下校語云善作之案此無可考也
注司馬遷曰卒卒無須臾之間。表本茶陵本無此十一字抱暑者咸叩。
表本茶陵本暑作景云善作暑案暑但傳寫誤注言皆擊擊而用。表本茶陵本無此六字注

言文之來。下至應劭曰。表本茶陵本無此二十三字注公羊傳曰。下至帖靜
也。表本茶陵本無此十三字注妙萬物。案妙當作眇各本皆譌注廣雅曰躑躅。何校
躑改蹢是也各本皆誤注與踟跦同。陳云跦躅誤是也各本皆誤注字林曰吻口
邊。表本茶陵本無此六字注言文之體。下至以樹喻也。表本茶陵本無此十六字注
史由。表本茶陵本無此二字注觚木簡也。表本茶陵本無此四字注子路帥爾
而對。表本茶陵本帥作率是也注茲事謂文也。下至行之不遠。表本茶陵本無此三
十六字注按抑按也。下至愜大。表本茶陵本無此十三字注纂要曰。下至青條
之森盛也。表本茶陵本無此三十二字注文章之體。下至無一定之量也。
表本茶陵本無此二十字注俛僶由勉強也。表本茶陵本無此六字注言文章在有
方圓規矩也。表本茶陵本無此十字注漢書甘泉賦曰。下至清瀏流也。

異三　三六

表本茶陵本無此十六字注故纏緜悽慘。表本茶陵本慘作愴是也注說以感動爲
先。表本茶陵本動作物是也注言文章體要在辭達而理舉也。表本茶陵本無
此十二字注凡爲文之體。下至則有此累。表本茶陵本無此十八字注項岱曰。
下至又曰。表本茶陵本無此二十二字注應劭漢書注曰。下至爲一銖。表本茶陵
本無此十六字注賔戲曰。表本茶陵本賔上有荅字是也注蒼頡篇曰銓稱也。表本
茶陵本無此七字案上聲類下曰爲句增多在其間誤中之誤注夫駕之法。下至故云警策。
表本茶陵本無此二十六字注左氏傳繞朝贈士會以馬策。表本茶陵本無此十
一字注而不改易其文。表本茶陵本易其文作也注說文曰謂文藻思如
綺會。表本茶陵本無此十字注言所擬不異闇合昔之曩篇。表本茶陵本無
此十一字注言他人言我雖愛之必須去之也。表本茶陵本無他人言我雖愛

之須八字。又茶陵本言上有必揄二字。表本本無。注。毛詩傳曰。茗。陵茗也。表本茶陵本無此八字。注。一句既佳。表本茶陵本一作言斯。注。言思心。表本茶陵本思下有之字。注。或爲禘。禘。猶去也。陳云兩禘字並當作褅。五臣本可據。案。所校最是。各本皆誤。注。尸子曰下至有珠。表本茶陵本無此十四字。注。高氏注。玉。下至襄也。表本茶陵本無此三十字。注。淮南子曰。下至俗之謡歌。表本茶陵本無此二十九字。徒靡言而弗華。表本茶陵本徒靡言作言徒靡。案。二本不著校語。蓋尤誤倒也。注。痒音。下至而不光華也。表本茶陵本無此十七字。注。禮記曰。玉瑕不掩瑜。鄭元曰。表本茶陵本此十一字作鄭元禮記注曰六字。注。下管象武。表本茶陵本無武字。是也。案。明堂位文。注。淮南子曰。鄒忌一徽琴而威王終夕悲。許慎注曰。表本茶陵本此十九字作許慎淮南子注曰七字。注。悲雅俱有。下至則不成。表本茶陵本無此十六字。注。言聲雖高而曲

下。表本茶陵本無此七字。注。然靈運有七諫。何校有改以。是也。各本皆誤。注。地有桑間先。何校先改者。是也。各本皆誤。注。於此水上。何校上改出。是也。各本皆誤。注。尚元酒而俎腥魚。表本茶陵本無此七字。注。甚甚之辭也。茶陵本無下甚字。表本有。案。各本皆非。當重之字耳。故亦非華說之所能精。茶陵本無故字。亦下校語云。五臣作故。表本故下校語云。善有亦。案有即作之誤。尤因此而兩有。非也。注。莊子曰。桓公下至數術也。表本無此二百三十七字。有輪扁已見上注六字。茶陵本亦不復出。此增多甚非。或受吹於拙目。表本吹作嗤。校語云。善作蚩。茶陵本作吹。與此同。校語云。五臣作嗤。案。表本所見是也。士衡自用蚩字。善以蚩字本不訓笑。故取吹字爲注。如詠懷詩嗷嗷今自蚩之注也。說詳在下。尤茶陵所見非。注。吹笑也。吹與蚩同。案。上吹上當有說文云三字。兩吹字皆當作蚩。詠懷詩注曰。說文云。嗤笑也。嗤與蚩同。考說文無嗤字。有蚩字云。蚩蚩戲笑貌。从欠。㞢聲。蓋兩注本同此脫說文云。彼誤蚩爲嗤。當互訂正。注。中原。原中也。

表本茶陵本無此五字。注。力采者得之。表本茶陵本無此五字。注。虛而不屈動而愈出。表本茶陵本無此八字。注。按橐。下至說文曰。表本茶陵本無此十五字。注。囊也。表本茶陵本無此二字。嗟不盈於予掬。案。嗟當作羌。凡羌字五臣多改作嗟字。此必各本以五臣亂善。注。挈瓶。下至提猶挈也。表本茶陵本無此十八字。注。孔安國曰。昌當也。表本茶陵本無此七字。故踸踔於短垣。表本茶陵本垣作韻。不著校語。案。注中短垣語。二本亦無之。恐尤改。未必是也。注。謂脚長短也。表本茶陵本無此五字。注。國語曰。有短垣。君不踰。表本茶陵本無此九字。注。言才恒不足也。表本茶陵本無此六字。注。紀。綱紀也。表本茶陵本無此四字。注。毛詩傳曰。下至過絶。表本茶陵本無此十三字。注。又大宗師曰。下至不知所由然也。表本茶陵本無此四十一字。注。威蕤。盛貌。駁遝。多貌。表本茶陵本無此八字。注。郭象注莊子曰。下至而成梁。

表本茶陵本無此六十九字。注。自求於文也。表本茶陵本無此五字。注。物事也。下至非子力之所弁。表本茶陵本無此十七字。注。併力也。表本茶陵本也下有力周切三字。注。言文。下至而今爲津。表本茶陵本無此十七字。注。軌曰。表本茶陵本注軌上有李字。注。葉。世也。表本茶陵本無此三字。注。爾雅曰。泯。盡也。表本茶陵本無此六字。注。禮記曰。下至未衰。表本茶陵本無此二十六字。注。毛詩曰。漢廣。表本茶陵本詩下有序字。

○洞簫賦○注。漢書音義。如淳曰。洞者。通也。表本茶陵本此十一字作如淳漢書注曰洞簫八字。注。故曰洞簫。表本茶陵本無此四字。注。清也。表本茶陵本無此二字。注。一名籟。表本茶陵本籟下有漢書曰元帝爲太子嘉褒所爲洞簫頌令後宮貴人皆誦讀之二十四字。注。宣帝時。表本茶陵本無此三字。注。帝太子體不安。下至皆誦讀之。表本茶陵本無此六十三字。注。其竹圓異衆處。表本茶陵本無此六字。注。王逸楚

辭注曰幹體也表本茶陵本無此九字注罕稀也下至竹之末也表本茶陵本無此十六字注言竹生其旁故欹側不安表本茶陵本無此十字注言竹生敞閑之處又足樂也表本茶陵本無此十一字注后土地也下至不易其貞萃也表本茶陵本無此二十字注言風蕭蕭下至謂江回曲也表本茶陵本無此十五字注言江之流注灌漑其山也表本茶陵本無此十字注呂忱曰波水涌也表本茶陵本無此七字注字指曰磕大聲也表本茶陵本無此七字翺翔乎其顛茶陵本翺作翶表本校語云善作翶案翶乃翺之誤也皐別體作睪故翺別體作翶耳尤以正字改之遂與二本校語不合舞賦若翺若行仍未改抱樸而長吟兮案樸當作朴注引蒼頡篇朴木皮也可證否則尚有樸朴異同之注而刪削不全耳注蟬飲露而不食表本茶陵本無露字是也處幽隱而奧庰兮案庰當作屏表本云善作庰茶陵云五臣作屏各本所見皆非賦作屏善以屏字本不訓蔽故取庰字爲注正如思元賦坐太陰之屏室兮也說在彼下注說文曰屏蔽也案屏當作庰各本皆誤所引广部文也正文改屏爲庰而復改此注庰爲屏以就之大非思元賦注亦可證注竹密貌表本茶陵本無竹字是也注字書獼猱獸逃走也表本茶陵本無此八字注言審視竹之本體清而不讙譁也表本茶陵本無此十三字注言得謚爲簫下至豈非蒙聖王之厚恩也表本茶陵本無此十九字注一云夔下至學琴表本茶陵本無此十三字注爾雅曰鏤鋄也表本茶陵本無此六字注廣雅曰眼珠子謂之眸表本茶陵本無此九字注言冥生之人下至在於音聲表本茶陵本無此二十三字注字林曰吻口邊也表本茶陵本無此七字注司馬相如賦曰又猗狔以招搖表本茶陵本無此十二字注嗂與頤劉表本茶陵本劉作同案二本最是陳云劉字衍非也注氣出迅疾也表本茶陵本無氣出二字

獵若枚折陳云獵當作擸注同表本云善作獵茶陵本云五臣作擸今案善注獵聲也未見必用擸字廣雅一條又本非善注此爲善獵五臣擸無疑陳欲以五臣改善殊非注聲或渾沌不分潺湲表本茶陵本無聲或二字潺湲作之貌注或復其聲模無似枚之折也表本茶陵本無此十一字注詩曰伐其條枚表本茶陵本無此六字有枚折似枚之折也七字注廣雅曰獵折也表本茶陵本無此六字注恐懼也表本茶陵本無此三字注聲迭蕩表本茶陵本無此三字注廣雅曰嬈奇也表本茶陵本無此六字注言聲漂結而去表本茶陵本無聲漂結而去五字言屬下句首注言聲之慊慨如壯士表本茶陵本無此八字注聲之細好也表本茶陵本無聲之二字注字林曰悁含怒也表本茶陵本無此七字注自放縱表本茶陵本無此三字注呂氏春秋曰伯牙下至齊侯襲莒是也表本茶陵本無此一百五十六字注杞梁妻嘆者案杞當作芑觀下文可見茶陵本誤同表本杞上有范字蓋改芑爲杞而兩存又誤芑爲范耳桀跖鬻博偏以頓顇表本茶陵本云善無以字案此尤以五臣亂善也寡婦賦注引此正無以字亦其一證注復惠表本茶陵本無此六字注埤蒼曰彷徨猶仿佯也表本茶陵本無此九字故聞其悲聲案聞其二字當作爲表本作其爲悲聲云善無其茶陵本云五臣有其此既以五臣亂善又誤去下爲字添上聞字乃誤中之誤也注說文曰表本茶陵本無此三字注歔欷悲也表本茶陵本無此四字注埤蒼曰腲腇肥貌表本茶陵本無此七字注爾雅曰蟋蟀下至今蝍蛆也表本茶陵本無此二十七字注說文曰喘疾息也表本茶陵本無此七字注狀聲之狀也捷武言捷巧表本茶陵本無此十字注鄭德曰跐度也表本茶陵本無此六字注又云波急之聲表本茶陵本無此六字注言簫中次詩下至尚有餘音也表本茶陵本無此十四字注相

擊之貌。表本茶陵本無相擊之三字。貌屬上句末。○舞賦○注。按周禮。下至音聲之容也。表本茶陵本無此五十一字。注。扶風茂陵人也。表本無茂陵二字。注。建初中。表本無此三字。注。以毅。表本無此二字。注。少逸氣。表本無此三字。注。亦與班固爲竇憲府司馬。表本此十字作遷竇憲司馬五字。茶陵本此節注并入五臣。全非。不具出。注。雲夢藪名。下至此並假設爲辭。表本茶陵本無此二十字。寡人欲觴羣臣。茶陵本觴作鬺。云五臣作觴。表本云善作鬺。案鬺即觴別體字。尤以正字改之。又注引左傳各本皆作觴。此等所言善作某字。皆據所見耳。注。言不如視其舞形。下至單曰音。表本茶陵本無此二十五字。注。又曰。歌采蔆。下至聽者異也。表本茶陵本無此二十八字。注。鄭元注禮記曰。噫。弗寤之聲。表本茶陵本無此十一字。注。振振鷺鷺于飛。表本茶陵本無此六字。注。顓頊樂曰五莖。表本茶陵本無此六字。注。禮記曰。鄭衛之音。亂世之音。表本茶陵本無此十一字。玉曰唯唯。表本茶陵本以此上爲序。其下夫何提行另起。案此賦恐無所謂序。今題下有并序二字。及提行。未必善如此也。明月爛以施光。茶陵本云五臣作爛。表本云善作列。案此尤校改也。注。毛詩曰。文茵暢轂。表本茶陵本無此七字。注。鄭元注曰。茵蓐也。詩曰。表本茶陵本注上有禮記二字。詩上有毛字。注。鄭元曰。君黃金罍。表本茶陵本無此七字。注。周禮曰。朝覲有玉几玉爵。表本茶陵本無此十字。注。禮器篇。表本茶陵本無此三字。注。言皆欲騁其材能。效其技也。表本茶陵本無此十一字。注。相著牽引也。表本茶陵本無牽引二字。注。淮南子曰。鼓舞。下至女樂羅些。表本茶陵本無此四十字。注。態謂姿態也。表本茶陵本無此五字。注。衣上假飾。表本茶陵本無此四字。注。垂霧縠。表本茶陵本無此三字。注。而奏操也。何校而上添舞字。是也。各本皆脫。注。亦律調五聲之均也。何校亦改六。是也。各本皆譌。注。閑美。陳云美靡誤。是也。各本皆誤。注。埤蒼曰。嫺。下至如弩機之發迅。表本茶陵本無此二十一字。注。脩治儀容志操以自顯心志。表本茶陵本無此十一字。注。必有所象。表本茶陵本無此四字。諸工莫當。表本茶陵本莫下校語云善作共。案此尤校改也。注。相摩切也。表本茶陵本相上有切字。是也。注。扱引也。下至扱引也。表本茶陵本無此二十字。注。若神仙之彷佛。案仙字不當有。各本皆衍。說詳前。此正文神動亦初不云仙也。擊不致筴。茶陵本筴作爽。案此無可考也。表本校語仍云善作筴。與尤所見同。注。言翼然而往。闇而復止。表本茶陵本無此九字。注。跌失蹠也。表本茶陵本失作足。是也。注。言要之曲折。潅然以摧折。表本茶陵本無此十字。注。字林曰。鳥趨跳也。表本茶陵本無此七字。注。曹憲曰。瞭瞰。下至無此二字。表本茶陵本無此二十二字。擾躟就駕。表本茶陵本躟作攘。案此疑尤誤改耳。注。埤蒼。下至天下躟躟。表本茶陵本無此十三字。有擾攘爭貌四字。注。爾雅曰。蹌。動也。表本茶陵本無此六字。注。許慎淮南子注曰。表本茶陵本無此七字。注。闇跳。行疾貌。表本茶陵本無闇字。樂而不泆。何校泆改溢。表本云善作泆。茶陵本云五臣作溢。案何據注引孝經滿而不溢。定從溢字也。

卷十八○長笛賦○注。周禮笙師掌教吹笛。表本茶陵本無此八字。注。今人長笛是也。表本茶陵本無此六字。注。將作大匠嚴之子。爲人美容貌。表本茶陵本無此十二字。注。順帝時。表本茶陵本無此三字。注。與馬皇后親。下至皆其弟子。表本茶陵本無此二十七字。注。辯位曰。下至所下所過之書也。表本茶陵本無此二十九字。注。毛詩曰。下至在阜部。表本茶陵本無此二十六字。注。京師謂洛陽也。表本茶陵本無此六字。作長笛賦。表本茶陵本賦作頌。案善無注。

二本不著校語、無以考也。注字林曰惟有也。表本茶陵本無此六字。注爾雅曰山小高下至山磧無所通谿。表本茶陵本無此三十二字。注箭槀二竹名也。表本茶陵本無此六字、案善以箭槀爲一竹、下注云二竹者、并聆風數之、增多大誤。注言似二竹。茶陵本似作此、是也。表本亦誤似。注蒼頡篇曰聆聽也。表本茶陵本無蒼頡篇曰四字、聽作風、案二本最是、韋昭注地理志箘簬亦云一名聆風、見尚書釋文、與鄭注正合、尤增多及改、皆大誤。注漢書音義孟康曰揣持也。表本茶陵本無此十字。注作顛根將顛墜也。表本茶陵本無此七字。注郭璞曰下至因以名也。表本茶陵本無此二十字。注顭頭落也。表本茶陵本落作顭、表本無此字、案今說文作顭、頭顭顭大也、疑各本皆誤。注又兩山夾澗也。表本茶陵本無此六字。注鄭元曰澮所以通水於川也。表本茶陵本無此十一字。注凶王弼曰最處堉底也。表本茶陵本無此九字。注巖覆不平也。表本茶陵本無此五字。

注卑曲不平也。表本茶陵本曲不平三字作下。注木長貌。表本茶陵本無木字。注漁池也。表本茶陵本無漁字。注水注聲也。表本茶陵本無聲字。注字林曰流水行也。表本茶陵本無此七字。注字林曰。表本茶陵本無此三字。注水瀑至聲也。表本茶陵本水瀑至作波。注古活切。表本活作括、是也。茶陵本亦誤活。注爾雅曰下至言蘊淪也。表本茶陵本無此十四字。注說文曰窊邪下也。表本茶陵本無此七字。注說文曰搖動也。表本茶陵本無此六字。注張揖注漢書下至至到也。表本茶陵本無此十八字。注杜預注左氏傳曰下至無有蹊徑也。表本茶陵本無此二十八字。注爾雅曰下至而長尾。表本茶陵本無此九字。注而大。表本茶陵本無此二字。注爾雅曰下至麀也。表本茶陵本無此九字。注甚髦也。案甚當作長、各本皆誤。壄雉梟雒。表本茶陵本壄作野、梟作朝、案此未審善果何作。注說文曰下至梟。

古朝字。表本茶陵本無此十七字。噍噍讙譊。表本茶陵本讙下校語云善作嚾、案此似尤改之也。注左右謂林之左右。表本茶陵本無此七字。注謍嗃並謂其仿聲也。表本茶陵本無此八字。注錚鏦聲也。表本茶陵本聲上有皆大二字。注說文曰錚金聲。表本茶陵本無此六字。注淮南子曰下至絙急也。表本茶陵本無此二十字。注博物志曰鑑脅。表本茶陵本無此六字。注善琴名。表本無善字、茶陵本并删王逸曰以下至此、非。注彭彭咸胥伍子胥也。表本茶陵本此八字作羽獵賦曰鯢屈原與彭胥鄭氏曰彭彭咸也晉灼曰胥子胥也二十四字、案各本皆非也、依善例當云彭胥已見羽獵賦七字。注琴操曰下至射殺後妻。茶陵本此一百三十三字作琴操曰伯奇者尹吉甫之子也吉甫聽後妻之言疑其孝子伯奇自傷無罪投河而死三十三字、是也、表本無、非。注左傳曰魯哀公下至魯人謂之哀姜。茶陵本此四十字作左氏傳曰夫人姜氏歸于齊將行哭而過市魯人謂之哀姜二十三字、是也、表本無、非。

注帝王世紀曰下至枕之高下也。表本茶陵本無此五十四字。招膺擗摽。表本茶陵本招作掐、案二本注中秖有國語一條、亦無苦洽切之音、恐善自爲掐字、五臣乃作招、故正文下有苦合二字耳、尤改作招、未必是、凡各本音荅皆失善舊、但今無可考、故多不出。注歎聲若雷息聲若頳也。表本茶陵本無此九字。注爾雅曰焚輪下至膺胷也。表本茶陵本無此二十九字。注魏書程昱傳曰下至乃止。表本茶陵本無此二十三字。注禮記曰下至未嘗見齒。表本茶陵本無此十九字。注古之巧人。注公輸班也。表本茶陵本無此九字。注刻木爲鳶飛三日不下。表本茶陵本無此九字。注木車。表本茶陵本無此二字。注垂成大山四起所謂善攻具也。表本茶陵本無此十二字。注按墨子削竹下至在七十弟子後也。表本茶陵本無此五十八字。注一作搓埤蒼曰搓擗也。表本茶陵本無此九字。注顏監注下至因以名。表本茶陵本無此四十二字。注。字林曰。阤。小崩也。表本茶陵本無此七字。注。聲類曰。挑。決也。表本茶陵本無此六字。子壄協呂。表本茶陵本壄作野。案已見上。注。周禮。大師下至夾鍾。表本茶陵本無此四十一字。注。伶倫制十二簫。陳云。簫當作筩。下同。是也。各本皆誤。案所引仲夏紀古樂文也。今作筒。即筩字。注。漢書律歷志曰。下至故曰爲主。表本茶陵本無此八十八字。注。矯。正也。又注。謂以火撟也。陳云。矯撟誤。案上矯下撟二字當互易。各本皆誤。今考工記注作撟。釋文云。劉苦老反。沈居趙反。蓋劉撟。沈矯。善引與沈讀同矣。注。斤。斫木。表本茶陵本木下有也字。注。孔安國下至匏土革木。表本茶陵本無此十五字。注。食舉。下至徹去也。表本茶陵本無此二十三字。注。五日一習。表本茶陵本習下有樂字。注。閒暇也。服虔曰。下至閒音閑。表本茶陵本閒暇作暇閑。無也字以下至音閑五十一字。案二本最是。暇閑連下注豫樂也五字皆韋語。不得增多於其中也。注。富謂聲之富也。表本茶陵本無此六字。

嘗距劫遻。表本茶陵本嘗下校語云。善作掌。案二本所見非。此尤校改正之也。正瀏溧以風洌。表本茶陵本溧作漂。注同。案此似尤改之也。注。漢書音義。下至洌。清也。表本茶陵本無此二十四字。薄湊會而淩節兮。茶陵本薄上有寒字。校語云。五臣無寒。表本校語云。善有寒。案此似尤刪之。善不注。無以考也。注。說文曰。氾。濫也。表本茶陵本無此六字。注。李尤七疑曰。案疑當作欵。各本皆譌。范書文苑傳可證。七命注荅東阿王牋注作歎。亦譌也。他不悉出。或乃植持縼纆。茶陵本云。五臣作纆。表本云。善作纏。案此尤誤以五臣亂善也。注中解纆字語。本非善所有。見下。注。漢書音義。下至謂之纆。表本茶陵本無此十七字。注。金乾主磬下至其風閶闔。表本茶陵本無此六十三字。注。對晉平公。表本茶陵本無此四字。注。慆堙心耳。下至手雜也。表本茶陵本無此六十三字。注。埤蒼曰。蹈。下至踧蹐。不進。表本茶陵本無此十五字。注。駘蕩。安翔貌。下至開也。表本茶陵本無此十二字。注。鄭

元曰。蜿。委也。表本茶陵本無此六字。注。言聲相絞槩。下至水流貌。表本茶陵本無此十四字。注。蒼頡篇曰。拏。捽也。引也。表本茶陵本作又曰拏索持也六字。注。廣雅曰。撥。按之也。表本茶陵本作又曰撥推也五字。察變於句投。表本茶陵本變作度。案此似尤改之也。但度是變非。注。思歸引者。衞女之所作也。表本茶陵本無此十字。注。說文曰。簉。倅字如此。表本茶陵本無此八字。曠瀁敞罔。表本茶陵本瀁作漾下有余兩二字。案此尤本譌耳。但善應有音。今注中不見。然則善音失舊甚明。溫直擾毅。表本茶陵本擾作優。案此似尤改之也。孔孟之方也。案方字必誤。上槩下介氣制察說惠皆韻。不應八句中獨此不協也。五臣濟注方比也云云。是其本乃作方。各本皆以之亂善而失著校語。遂無可考。以意揣之。疑或當作大歟。注。尚書曰。下至而有溫和也。表本茶陵本無此二十字。注。厲。列也。茶陵本列作烈。是也。表本亦誤列。注。高士傳曰。下至光亦投水而死。表本茶陵本無此四十七字。

條決繽紛。案紛當作理。表本云。善作紛。茶陵本云。五臣作理。案各本所見皆非也。善以科條能分決注條決。以繽紛能整理注繽理。作理不作紛明甚。注。見韓稍弱。下至死不恨。表本無此五十字。茶陵本此節注自史記以下全無。非。注。范睢蔡澤。並辯士也。表本茶陵本無此八字。注。趙人。表本茶陵本無此二字。注。晉太康地記曰。下至所以爲不利也。表本茶陵本無此五十四字。注。昭二十九年。下至魯人爲奏四代樂。表本茶陵本無此十八字。有曰延陵季子五字。注。舞也。文王樂也。表本茶陵本舞上有以籥二字。文上有皆字。注。南言文王。下至七孔。表本茶陵本無此四十一字。注。箾音簫。表本茶陵本簫作朔。是也。案釋文云。徐音朔。可證。注。史記。屈原者。下至他皆放此。表本茶陵本無此一百一字。注。僖二十四年。表本茶陵本無此五字。有曰字。注。推曰。獻公之子。下至爲之田。表本茶陵本無此九十四字。有遂隱而死四字。注。以後吾親死。表本茶陵本無以後二字。

注。左傳曰。莊十二年。下至桓十二年傳云。初。表本茶陵本無此四十六字。有左氏傳曰南宮長萬弑閔公於蒙澤杜預曰宋大夫也又曰二十三字。注。辛卯。表本茶陵本無此二字。注。公子達曰。下至欲爲卿。表本茶陵本無此五十七字。案此注疑表茶陵有脫。但尤增多者決非善舊耳。又表本此下有疊音尾三字。茶陵本在上疊字之下。注。左傳曰。定十四年。下至爲鱗敵也。表本無此六十六字。有蒯聵衞太子也左氏傳曰衞太子登鐵上望見鄭師衆懼自投於車下二十七字。茶陵本脫蒯聵衞太子也六字。餘同。表此所改大誤。注。不占陳不占也。齊人。表本茶陵本作陳不占齊人也六字。注。陳不占。表本茶陵本無陳字。注。占曰。表本茶陵本占上有不字。注。聞鼓戰之聲。表本茶陵本鼓戰作鍾鼓。注。愕直也。下至非此所施也。表本茶陵本無此十五字。注。字林曰。鄂。表本茶陵本林作書。注。露新夷。案露下當有申字。各本皆脫。注。而淫魚出聽。表本茶陵本淫作游。注。淮南子。瓠巴下至楚人噞。表本茶陵本無此五十字。注。喁魚出頭也。表本茶陵本出頭二字作口上見三字。注。淮南子。伯牙下至舒翼而舞。表本茶陵本無此四十七字。于時也。表本茶陵本于下有斯字。案此無以考也。琴賦亦有于時也句。或叔夜本此。則無斯字者是。注。而齊右善歌。表本右作后。是也。茶陵本亦誤右。注。孫卿子曰。下至齊人也。表本茶陵本無此二十三字。注。懸鍾格也。表本茶陵本無此四字。注。字林曰。睽直視貌。表本茶陵本無此七字。注。直下視貌。表本茶陵本無下字。注。廣雅曰。搏。下至撫手也。表本茶陵本無此十三字。注。方言曰。表本茶陵本無此三字。注。字林曰。睢。仰目也。表本茶陵本無此七字。注。字林曰。維持也。表本茶陵本無此六字。注。言可以通於神靈。下至曉喻志意也。表本茶陵本無此二十字。注。愼乃憲。欽哉。表本茶陵本無此五字注。憲法也。表本茶陵本無此三字。注。當愼汝法度。敬其職也。表本茶陵本無此九字。注。禮記

曰。食於質者。案此有誤也。各本皆同。無以訂之。注。說文曰。濊。水多也。潒洗手也。表本茶陵本無此十一字。注。世本曰。叔舜時人。表本茶陵本此七字作叔未聞三字。案二本最是此鄭明堂位注。尤所改大誤也。世本決無其語。若有之。鄭何得云未聞。孔穎達撰正義何得不申說。善自決無其語矣。注。賈逵注傳曰。消鑠也。表本茶陵本無此八字。注。爾雅曰。骨謂之切。犀謂之剒。表本茶陵本無此十一字。注。一作埏。下至埴土爲也。表本茶陵本無此四十九字。注。玉謂之彫。石謂之琢。表本茶陵本無玉謂之石四字。案尤所增大誤。唯笛因其天姿。表本茶陵本云善無其字。案此尤以五臣亂善也。注。暴辛垂叔之流。表本無此六字。案此尤添之。但無所謂之流。未必合於善舊也。茶陵本此節注多刪。無以相校。注。長於古笛。下至故謂之雙笛。表本茶陵本無此十五字。注。麤者曰楇。細者曰枚言。表本茶陵本無此九字。注。聲故謂五音畢。表本茶陵本無此六字。注。言易京者。下至宋翟之比。表本茶陵本無此二十字。案易京上已注訖此所增大誤。○琴賦○注。尸子曰。下至故謂之琴。表本茶陵本無此四十九字。注。說文曰。猷。下至會意字也。表本茶陵本無此十二字。注。而不憫。表本茶陵本憫作悶。下有也字。注。淮南子曰。下至禮義廢。表本茶陵本無此十三字。似元不解音聲。覽其旨趣。表本茶陵本云善作音聲者覽。案此少者字。或尤本脫耳。注。桓譚新論曰。下至琴德最優。表本茶陵本無此十三字。注。史記曰。下至堪爲琴。表本茶陵本無此十六字。注。謂包含下至光明也。表本茶陵本無此十五字。注。又曰。下至視物黃也。表本茶陵本無此十七字。注。價者。物之數也。表本茶陵本無此六字。注。盤曲紆屈。下至山巖也。表本茶陵本無此二十八字。有盤紆詰屈也崔嵬岑嵓高峻之貌也十四字。互嶺巉巖。表本茶陵本互作元。案此無可考也。或尤本字譌。注。崖巘。表本茶陵本無此二字。注。偃蹇。高貌。表本茶陵本無此四字。

注。巍巍。高大貌。表本茶陵本無此五字。注。言山能蒸出雲。以沾潤萬物。表本茶陵本無此十一字。注。說文曰。津。液也。表本茶陵本無此六字。注。觝。至也。隈。水曲也。表本茶陵本無此七字。注。安回。波靜遠去象。表本茶陵本無此七字。注。皆美玉名。茶陵本無此四字。表本有。注。說文。瑾。玉名。表本茶陵本無此五字。注。翕赩。盛貌。表本無此四字。茶陵本有。注。詩傳曰。赩。赤色貌。表本茶陵本無此七字。注。蒼頡篇曰。表本茶陵本無此四字。注。著天地人經下至得符鯉魚中。表本茶陵本無此十七字。注。造伯陽九山法。下至不能解其音旨。表本茶陵本無此十八字。注。茹芝之英以禦飢。表本茶陵本無此六字。清露潤其膚。表本茶陵本云露善作霧。案此尤改之。蓋以五臣亂善。注。列子曰。表本茶陵本列子作新序。案二本最是。注。行乎郲之野。表本茶陵本無此五字。注。孔子曰。先生下至能自寬也。表本茶陵本無此八十字。注。班固漢書曰。表本茶陵本書下有贊字。注。皇甫謐下至在汲。表本茶陵本無此十八字。注。言若鳥之凌飛。表本茶陵本無此六字。注。奉君以周旋。陳云君字衍。是也。各本皆衍。注。高士傳曰。堯下至陽城槐里人也。表本茶陵本無此八十三字。心慊慨以忘歸。案慊慨當作愷慷。善引爾雅。愷慷。樂也。慷即康字。是其本作愷慷甚明。表茶陵二本所載五臣翰注乃云慊慨歎聲也。乃誤作慊慨。大違嵇賦之意。各本以五臣亂善。失著校語。更誤。今特訂正之。注。張衡應問曰。何校問改閒。陳同。是也。各本皆譌。注。孫竹。枝根之末生者也。表本未作末。是也。茶陵本亦誤未。陳云。枝上脫竹字。今案枝當作竹耳。各本皆誤。注。又曰。至人下至順物而至。表本茶陵本無此二十二字。注。孟子曰。下至見秋毫之末。表本茶陵本無此三十一字。注。按慎子下至督。正也。表本茶陵本無此十九字。般倕騁神。茶陵本般作班。云五臣作般。表本云善作般。案尤所見蓋與表同也。注。廣雅曰。厠。閒也。

表本茶陵本無此六字。注。我與君作。表本茶陵本無此四字。注。廣雅曰。揮。下至以爲世無賞音。表本茶陵本無此七十二字。注。自大夏之西。崑崙之陰。表本茶陵本無此九字。注。或曰。成連。下至見子春受業焉。表本茶陵本無此八十二字。注。淮南子曰。師曠下至清角爲勝。表本茶陵本無此一百二十四字。注。韡曄。盛貌。繁縟。聲之細也。表本茶陵本無此十字。注。言聲陵縱下至開張貌。表本茶陵本無此十九字。注。翕呷。翠粲。張揖曰。翠粲。案翠粲皆當作萃蔡。順正文而誤改也。說詳下。注。紛翠粲兮。案翠粲當作綷縩。順正文而誤改。善下文云字雖不同。正謂此。所引萃蔡綷縩與正文翠粲及下引璀粲各不同也。於是器冷絃調。案冷當作泠。表茶陵二本云善作冷。此以五臣亂善。注。如志謂如其志意。表本茶陵本無此七字。注。達則兼善天下。表本茶陵本達作堯。案尤未必是也。拊紡安歌。表本茶陵本云拊善作持。案此尤改之。注。爾雅曰。扶摇。風也。表本茶陵本無此七字。注。史記曰。瀛洲。海中神山也。表本茶陵本無此十字。注。莊子。下至風仙也。表本茶陵本無此十二字。注。窈窕淑女。表本茶陵本無此四字。注。鄭元曰。下至吞也。表本茶陵本無此十三字。注。會。節會也。表本茶陵本無此四字。注。半在半罷謂之闋。表本茶陵本此七字作闋亦歇也四字。注。聲多也。表本茶陵本此三字作疾貌二字。注。僁。不及也。下至徒合切。表本茶陵本無此十七字。案二本正文僁下音蘇合。讋下音徒合。此與增多閒雜。無以審眞善音若何也。注。廣雅曰。下至舉動也。表本茶陵本無此十三字。注。言其狀若詭詐而相赴也。表本茶陵本無此十字。注。蒼頡篇曰。隨後日驅。表本茶陵本無此八字。注。韓詩曰。下至猶躑躅也。表本茶陵本無此十七字。注。言扶踈四布也。表本茶陵本無此六字。注。攢。卂聚聲。表本茶陵本無此四字。注。毛萇傳曰。下至聲長貌。表本茶陵本無此十三字。注。蒼頡篇曰。下至詠之聲。表本茶陵本無此十九字。又表有似鴈之音已見上文八字在注末，茶陵複出，非。尤本倒在上，益非。注爾雅曰。摟。牽也。表本茶陵本無此六字。注說文曰。摠。下至捋。取也。表本茶陵本無此二十六字。注說文曰。繚。纏也。表本茶陵本無此六字。注。瀲汈。水波浪貌。言聲似也。表本茶陵本無此十字。明嫿瞭慧。表本茶陵本慧作惠。案此似尤改之也。注古本葩字。下至所以不惑。表本茶陵本無此五十七字。注。令。善也。表本茶陵本無此三字。注纂要曰。下至謂之九春。表本茶陵本無此十八字。注。醇。厚也。表本茶陵本無此三字。注又對曰。下至巴人。表本無此十四字。有巴人巳見上文六字。是也。茶陵本複出，非。注崔豹古今注曰。下至後人回以爲樂章也。表本茶陵本無此七十九字。非夫放達者。表本茶陵本無夫字。下非夫至精者同。案此似尤添之也。注。說苑曰。應侯。下至能無怨乎。表本茶陵本無此五十九字。注字林曰。憯。下至愴傷也。表本茶陵本無此二十三字。注喜懼抃舞。案懼當作躍。各本皆譌。注服虔。表本茶陵本無此二字。注與女子。表本茶陵本子下有期於梁下女子六字。注高誘注淮南子曰。下至而水溺死。表本茶陵本無此二十四字。注奮長子建。下至官至二千石。表本茶陵本無此二十字。注八臣尊寵。表本茶陵本無此四字。注迺舉集其門。凡號奮爲萬石君。表本茶陵本無舉字奮字。注建。郎中令。下至遲鈍也。表本茶陵本無此八十三字。注孔安國曰。屏除也。表本茶陵本無此七字。注。說文曰。謳。齊歌也。表本茶陵本無此七字。注其形。下至而色青。表本茶陵本無此十一字。注國語曰。下至鳴於岐山。表本茶陵本無此十三字。注列女傳曰。下至於漢皋之曲。表本茶陵本無此三十八字。注韓詩曰。下至和靜貌。表本茶陵本無此十四字。注賈逵曰。唯。獨也。表本茶陵本無此六字。

○笙賦○注周禮。下至十三簧。表本茶陵本無此十四字。注白虎通曰。下至衆物之生也。表本茶陵本無此十五字。注杜預曰。汶水。下至小竹。表本茶陵本無此十七字。注以飾五材。案飾當作飭。各本皆譌。注亦作撒謂指撒也。表本茶陵本無此七字。注統物也。茶陵本物作揔，是也。表本亦誤物。注黃鍾。律呂之長。故言基也。表本茶陵本無此十字。注尚書曰。鳳皇來儀。表本茶陵本無此七字。注司馬彪曰。企望也。表本茶陵本無此七字。注字林。翾翾。初起也。表本茶陵本無此七字。注漢書音義曰。岐岐。將行貌。表本茶陵本無此十字。注郭璞爾雅注曰。咮。鳥口也。表本茶陵本此十字作咮亦喙也四字。注駢田。聚也。表本茶陵本無此四字。注重疊貌。表本茶陵本重疊二字作衆。注見孟嘗君。下至亦能令人悲乎。對。表本茶陵本無此十九字。注於是雍門。下至流漾。表本茶陵本無此十二字。注韓詩外傳曰。下至不舉樂焉。表本茶陵本無此五十二字。注氣氣悟也。表本茶陵本不重氣字。注謂先溫煖。下至調理其氣也。表本茶陵本無此十三字。注埤蒼曰。佛鬱。表本茶陵本埤蒼作字林。終嵬峩以蹇愕。案愕當作謣。注同。表本云善作謣，茶陵本云五臣作愕。此以五臣亂善，非。注又云。孟浪。下至而復放。表本茶陵本無此十九字。注埤蒼。懰。宿留也。表本茶陵本無此六字。注庉轔熠。表本茶陵本熠上有熤字。注廣雅曰。熤。下至盛光也。表本茶陵本無此十五字。案此蓋音與增多閒雜者。或竦勇剽急。表本茶陵本云剽善作彯。案此尤改之，亦以五臣亂善也。注呂氏春秋曰。伶倫制十二筩。表本茶陵本無此十一字。注虛滿。謂隨氣虛滿也。表本茶陵本無此八字。注憀亮。下至猶豫也。表本茶陵本無此二十一字。案此蓋音與增多閒雜者。注古咄唶歌曰。何校唶改唶，陳同，是也。各本皆譌。宛其落矣。茶陵本云五臣作落。表本云善作死。案此尤改也。夫其悽戾辛酸。表本茶陵本戾作唳。案。此尤改。注聲大貌。表本茶陵本無此三字。注聲長貌。下至下深也。表本茶陵本此十字作聲大且長貌五字。注漢書音義。下至曰酣。表本茶陵本無此十三字。注鄭元曰。闋。終也。表本茶陵本無此六字。注紘謂琴瑟也。表本茶陵本無此五字。注廣雅曰。長琴。下至六七孔也。表本茶陵本無此一百十八字。披黃包以授甘。表本茶陵本包作苞。注同。案。此尤改。注說文曰。縹。下至大禹切。表本茶陵本此十七字作縹綠色也瓷缾也七字。注齊公之情。案。情當作淸。各本皆譌。注吳錄。下至以爲酒有名。表本茶陵本無此十四字。注蓬勃泰出貌。表本茶陵本泰作氣。注鄭元。下至不過羽。表本茶陵本無此十四字。注舜樂曰大韶。表本茶陵本大作簫。注限一齊楚。表本茶陵本限作混。注昭公二十九年。表本茶陵本無此六字。注魯人爲奏四代樂。表本茶陵本無此七字。注凡人邇近者。下至不攜離之音。表本茶陵本無此三十入字。注言衆若林能揔之。表本茶陵本無此七字。

○嘯賦○注籀文。下至其嘯也歌。表本茶陵本無此十四字。注從我者其由歟。表本茶陵本無此六字。注史記曰。不從流俗。王之阸僻。表本茶陵本無此十一字。注遺身。謂其身事。表本茶陵本無此六字。注廣雅曰。下至邪也。表本茶陵本無此十字。注淮南子。濛汜日所入處。表本茶陵本無此九字。注蔿啓強。茶陵本蔿作薳。強作彊。是也。表本誤與此同。注言聲在喉中而轉。故曰潛也。表本茶陵本無此十一字。注字林曰。熛飛火也。表本茶陵本無此七字。注黃宮謂黃鍾宮聲。表本茶陵本無此七字。注說苑曰。湯時。下至於是化形隱景而去。表本茶陵本無此一百入十六字。注言悲傷能挫於人。表本茶陵本無此七字。列飄眇而清昶。表本茶陵本飄眇作繚眺。注同。案。晉書作繚眺。尤改。恐誤。注爾雅曰。下至寒貌。表本茶陵本無此十二字。注字林曰。嗚。下至音訓同。表本茶陵本無此一百四十字。注通古之風氣。下至又曰。表本茶陵本無此二十二字。蕩埃藹之溷濁。表本茶陵本蕩作流。藹作靄。案。晉書作蕩字靄字。未審善果何作。注姑洗。下至考神納賓。表本茶陵本無此十二字。注說文曰。溷亂也。表本茶陵本無此六字。注樂用之則正人。表本茶陵本無之字。案。樂記注無之字。人下有理字。各本皆脫。注景山大山也。表本茶陵本無此五字。注字書曰。悱心誦也。表本茶陵本無此七字。訇礚㗅嘈。表本茶陵本㗅善作㗅。案。㗅不可通。二本所見非也。晉書亦是㗅。注字林曰。礚大聲也。表本茶陵本字林曰礚四字作皆。音均不恒。曲無定制。表本茶陵本云。善無恒字。有二曲字。案。二本所見不可通。非也。晉書亦有恒不重曲。注淸疾貌。表本茶陵本無淸字。注孟子曰。下至化齊衞之國。表本此三十字作緜駒王豹巳見上文四字。最是。茶陵本複出。與此異。亦非。注晏子春秋。虞公。下至長夜暝暝何時旦。表本茶陵本無此二百四十一字。案。凡若此者。複雜巳甚。增多之非。固不難辨耳。注韓必斂手。表本茶陵本斂作檢。案。今春申君傳作斂。蓋善所據作檢也。檢斂古字通。注孔安國曰。下至此齊也。表本茶陵本無此四十六字。注孔安國曰。下至而致鳳皇也。表本茶陵本無此二十七字。注晉書。阮籍。下至乃登之嘯也。表本茶陵本無此七十九字。

文選考異卷第三

文選考異卷第四

賜進士出身通奉大夫江南蘇松常鎮太等處承宣布政使司布政使胡克家撰

卷十九〇情〇注事於最末。表本茶陵本事於作於是何校改於事。〇高唐賦〇注漢書注曰下至風諫婬惑也。表本茶陵本無此二十三字。注史記曰下至爲頃襄王。表本茶陵本無此十五字。注鄭元曰寢臥息也。表本茶陵本無此七字。爲高唐之客。注自言爲高唐之客。表本無此正文五字注七字茶陵本有案此蓋善有五臣無而失著校語者。注欲親進於枕席。表本茶陵本無進字案親當作進尤校改親爲進因誤兩存耳。注如曈曨也。表本茶陵本無此四字陳云曈曨二字疑今案無四字是也字書不見曈曨考五臣云如松栽也或誤入但亦非曈曨表茶陵二本爲不誤。注韓詩曰何校詩下添章句二字陳同今案此所脫無以訂之。注偈桀侹也。表本此下有居竭切三字案是也尤改入注末作偈居竭切非茶陵本刪去益非讀者因是皆誤連下文疾驅貌於此句而不可通矣。注生此土。表本生下有乎字是也茶陵本無又其下此注不完皆非。注安流平滿貌。表本茶陵本無安流二字。注爾雅曰如畝畝曰郭璞曰巨有隴界如田畝。表本茶陵本作郭璞爾雅注曰有隴界如畝十一字。注廣雅曰隘陿也。表本茶陵本無此六字。注謂水口急陿。下至復會於上流之中止。表本茶陵本無此二十字。若浮海而望碣石。案碣當斷句會碣礚厲及以下皆相協無容失其一韻石字當屬下句首石礫礫礫二句言小石也巨石溺溺二句言大石也其善注則云碣石者以碣石解正文之碣非其讀正文於石爲句必五臣不察乃誤分節如此後善爲所亂而各本不著校語也又五臣誤改下文礫礫作磥磥由不知礫礫與溺溺相對爲文亦可證。注孔安國注尚書曰碣石海畔山也。表本作碣石山名也已見上注是也茶陵本全複出皆非。注埤蒼曰瀺灂水流聲貌。表本茶陵本無此九字。注字林曰竄逃也。七外切。非關協韻。一音七玩切。表本茶陵本無此十八字案表茶陵似非也此卷善音二本多所刪去耳。注交相也。案交相當作相交各本皆倒。注毛詩曰下至下句曰糾。表本茶陵本無此十八字。注柔弱下垂貌。表本茶陵本無下垂二字。注漢書大人賦猗狔以招搖。表本茶陵本無此十字。丹莖白蔕。何校云丹一作朱陳同案表本茶陵本丹作朱也。注惰哉萬事。表本茶陵本無此四字案此二本脫。注褫已見上林賦。茶陵本作振字當作褫字表本作振當作褫字皆校語錯入注又誤改善作當以尤所見爲是。注李奇曰表本茶陵本無此三字。注方言曰磑堅也。表本茶陵本無此六字。注埤蒼曰崎嶇不安也。表本茶陵本無此八字。注說文曰峪。案峪當作峪此所引谷部文各本皆譌下文千芊古字通芊亦峪字之誤。注望山谷芊芊青也。表本茶陵本芊芊作千千案今本說文作峪峪。注深直貌。案直當作冥各本皆譌此在釋訓。注傾岸之勢。下至如熊之在樹。表本茶陵本無此十七字。注楚辭曰怊悵而自悲。王逸曰悵恨貌。表本茶陵本作王逸楚辭注曰怊悵恨貌十字。注說文曰纚。下至若出於神。表本茶陵本無此四十六字有言不可測知五字案此尤添四十六字於言不可測知上而傳寫者因遺落其元有之五字也但所添不當凡尤意專主增多每類此陳但謂若出於神四字衍未是。注見本草。下至漢書音義曰。表本無此二十五字有射干江東爲烏蓮七字茶陵本作射干烏蓮草也六字案蓮當作蔞廣雅烏蔞射干也曹憲音所夾今本亦作蓮其誤正同此。注爾雅曰王雎。下至一曰鶬鶊。表本無此四十七字有王鴡鶚黃巳見上七字最是茶陵本所複出不同皆非。注昔有婦登北山。表本茶陵本婦上有思字陳云北當作此各本皆譌。注漢書郊祀志曰下至充尚羨門高二人。表本茶陵本無此三十二字案二本最是此或駁善注羨門高誓之解而記於旁尤延之誤取之也。注人在山上作巢。表本茶陵本人下有共字又案此解正文公樂當云人共在山上作樂各本樂譌爲巢也。注以玉飾宮也。表本茶陵本以上有琁宮二字。無者非也。又二宮字皆室之誤。案。注。字林曰。表本茶陵本無此三字。注。漢書音義李奇曰。下至橫衘之。表本無此四十七字。有羽獵已見上衘枚見吳都賦十一字最是。茶陵本所復出不同皆非。注。爾雅曰。苹。下至亦可食。表本茶陵本無此十八字。注。以羽飾蓋。表本茶陵本無此四字。九皴通鬱。精神察滯。表本云善有滯字。茶陵本云五臣無滯字。案各本所見皆非也。詳注意善並無滯字。察字韻上逮下歲自協。以七字爲一句。但傳寫者誤因注中鬱滯不通也妄添於下。表茶陵據之作校語。尤延之亦不審。而讀者皆誤認爲善有五臣無矣。注。氣者五藏之使候。表本茶陵本無此七字。

○神女賦○其夜王寢。陳云王寢白玉諸字。當如沈存中姚令威之說。案何校亦云然。謂玉王互譌也。說載筆談及西溪叢語。今考互譌始於五臣。見下。果夢與神女遇。表本茶陵本無果字。是也。案尤本所見又五臣以後之誤者。王曰。表本茶陵本王下有對字。是也。案此玉對曰。五臣玉作王。仍存對字。尤本所見又五臣以後之誤者。注。紛

擾。喜也。表本茶陵本無此四字。王曰。表本茶陵本王作玉。案此二本失著校語。注。髣髴。見不審也。表本茶陵本無此六字。玉曰。表本茶陵本玉作王。云善作玉。案二本與尤正同。然則善五臣王玉互換。此其明驗也。自王寢以下及後王覽其狀。皆當如此。二本校語不備。尤本亦多以五臣亂善。賴存此一處。可以推知致譌之由。爲沈存中姚令威疏通而證明之。讀者亦可以無疑矣。注。勝。盡也。贊。明也。表本茶陵本無此六字。注。又曰。尚之以瓊瑩乎而。注。瓊瑩。石似玉也。音榮。表本茶陵本無此十八字。注。毛萇詩傳曰。表本茶陵本無此五字。注。說文曰。侊。案侊當作姽。各本皆譌。此女部文也。注。與姽同。案姽當作侊。各本皆譌。注。旁宜侍王旁。案首不當有旁字。蓋此注在宜侍旁句下。後并上爲一節。而標此字爲識。各本因皆衍。近之既妖。案妖當作姣。上文姣麗。五臣作妖。善作姣。表茶陵二本有校語。此以五臣亂善。各本皆非。善注言近看既美。是作姣之證。注。方言曰。姝。好也。表本茶陵本無此六字。注。字林曰。瞭。明也。表本茶陵本無此六字。注。聮娟。微曲貌。表本茶陵本無此五字。其所載五臣濟注有之。案二本是也。此尤所見誤衍。注。靖好貌。表本茶陵本作閑體行也。案二本是也。此女部文。今本閑體行娩娩也。而善節引之。注。廣雅曰。嫿。好也。表本茶陵本作嫿靜好也四字。案二本是也。此亦女部文。非引廣雅。尤所見誤衍。注。音畫。說文。靜。審也。韓詩。靜。貞也。表本茶陵本無此十二字。案或仍當有音畫二字。以下皆誤衍耳。注。聲類曰。表本茶陵本無此三字。注。和靜貌。下至嫕密也。表本茶陵本無此二十二字。注。字林曰。旋。回也。表本茶陵本無此六字。注。結。猶未相著。表本茶陵本結上有未字。是也。注。方言曰。頩。怒色清貌。切韻。匹迥切。表本茶陵本無此十三字。

○登徒子好色賦○注。此賦假以爲辭。諷於婬也。表本茶陵本無此十字。注。廣雅曰。嘕嘕。款款。喜也。表本茶陵本無此九字。注。一云食邑章華。因以爲號。表本茶陵本無此十字。唯唯。案此下各本皆提行。

非也。考此賦本無所謂序。今題下有并序二字。而於此提行。謂以上是序。以下是賦。善必不應如是。大誤。未詳其何時始爾也。注。廣雅曰。從容。舉動也。表本茶陵本無此八字。注。此郊。即鄭衛之郊。表本茶陵本無此七字。注。靜女其姝。又曰。表本茶陵本無此六字。注。大路。詩篇名也。下至與俱歸也。表本茶陵本無此二十八字。注。司馬彪注漢書子虛賦曰。復。荅也。顏師古注。復音伏。表本茶陵本無此二十字。有復報也三字。案二本是也。凡此等尤所添。皆非是。

○洛神賦○注。記曰。下至改爲洛神賦。此二百七字。表本茶陵本無。案二本是也。此因世傳小說有感甄記。或以載於簡中。而尤延之誤取之耳。何嘗駮此說之妄。今據表茶陵本考之。蓋實非善注。又案後注中此言微感甄后之情。當亦有誤字也。注。黃初文帝丕年號。下至濟度也。表本茶陵本無此二十七字。注。一云魏志三年不言植朝。蓋魏志略也。表本茶陵本無此十五字。案此亦尤延之誤取。或駮善注之記於旁者。注。

已見東都賦陳云都當作京是也表茶陵二本複出皆非案複出不合善例凡表亦誤者不悉出注
山上神芝表本茶陵本神上有字是也容與乎陽林表本茶陵本陽作楊云五臣作陽案
二本是也尤所見以五臣亂善注陽林一作楊林表本茶陵本無陽林一作四字案二本是也此
尤所見蓋有陽林善作楊林乃校語錯入注因改善作一以就之耳胥如約素表本茶陵本云約善作東
案二本校語是也注云東素約素以約解東五臣因改正文作約尤所見以之亂善非也奇服曠世表本
茶陵本云世善作代案此以五臣亂善注沃人之國下至名玉也又曰表本茶陵本無
此十八字注投我以木瓜表本茶陵本無此五字注報之以瓊瑤何校瑤改琚是
也各本皆譌注綃輕縠也案此當作綃已見吳都賦表茶陵二本所複出者其證也注爾雅
曰下至厓上地也表本茶陵本無此十四字注漢書音義應劭曰下至瀨湍
也表本茶陵本無此十九字注神仙傳曰切仙一出下至女亦不見表本茶陵

本此注作韓詩內傳曰鄭交甫遵彼漢皐臺下遇二女與言曰願請子之珮二女與交甫交甫受而懷之超然而去
十步循探之即亡矣迴顧二女亦即亡矣案皆非也依善例求之當云交甫已見江賦表茶陵其所複出也注
說文曰下至靜貞也表本茶陵本無此十二字注二妃已見上文毛詩曰
下至無求思者案二妃下當有游女並三字依善例求之如此謂二妃注在思元賦游女注在琴賦表本
茶陵本所複出皆非然即其證也毛詩曰以下二十字尤本誤衍表茶陵無注各處河鼓之旁
表本茶陵本無鼓字是也注聖足行於水表本茶陵本足作人是也令我忘飡表本茶陵
本飡作餐案疑善飡五臣餐而失著校語也飡餐古亦同字俗譌爲飡他皆放此又案注使不飡飡當爲飡注
曹植誥洛文曰案洛當作咎各本皆譌文今載集中表本茶陵本誥譌結陳云當作稧大非王伯厚
嘗言曹子建誥咎文假天帝之命以詰風伯雨師名篇之意顯然矣注王母乘紫雲車來表本
茶陵本來上有而字是也注爾雅曰下至山脊曰岡表本茶陵本無此十九字注淚下

貌表本茶陵本無此三字顧望懷愁案表本茶陵本此下校語云善作怨其所見非也此韻脚幷有
異同尤本未誤注說文曰騑下至盤桓不進也表本茶陵本無此二十七字○補
亡詩○注王隱晉書曰下至賈謐請爲著作郎此四十九字表本茶陵本
無所載五臣翰注亦引王隱書而文大異蓋幷善於五臣之誤以尤所見爲是注聲類曰表本茶陵本無
此三字注采蘭以自芬香也下至喻人求珍異以歸表本茶陵本此二十
入字作言蘭芬芳以之故己循陔以采之喻己當自身盡心以養也二十三字注言在家之子表本茶陵
本無此五字注無有繼樂須供養此相戒之辭也表本茶陵本繼樂作游盤
無須供養此四字注馨芬香也下至教其朝晚供養之方表本茶陵本此十六
字作言相戒盡心以養也八字彼居之子色思其柔陳云二句當在心不遑留下如首章例案
所校是也各本皆誤倒注孟春之月下至先以祭又曰表本茶陵本無此十九字注

此喻孝子循陔如求珍異歸養其親也表本茶陵本無此十五字注廣
雅曰噬下至今呼鮒魚爲鯿表本茶陵本無此二十一字注毛詩曰案毛字誤
各本皆同無以訂之注豕畜之表本茶陵本畜作交是也注鄂不韡韡表本茶陵本鄂作萼
下同案二本非也此善注當有鄂與萼同如下注跗與趺同之例因順正文改字而刪去之也尤依毛詩校正但未
補所脫注此喻兄弟比於華萼案兄弟比於四字不當有因上引常棣而誤添也各本皆
衍注爾雅曰謂之嘂表本茶陵本無此六字輯輯和風案輯輯當作揖揖表本茶
陵本校語云善作揖揖可證此必尤延之所改二本注云揖與習同尤亦改揖爲輯甚非注雲色不明
貌表本茶陵本雲色不明四字作黑字注輯輯風聲和也表本茶陵本無此六字注鄭
元曰九穀表本茶陵本無此五字注蒼頡篇曰稠衆也表本茶陵本無此七字
注郭璞曰道光照也表本茶陵本無此七字獸在于草案于當作在表本茶陵本

校語云善作在在可證尤所見誤以五臣亂善何云當作在陳同蓋據二本校注淮南子曰四時
者春生夏長秋收冬藏八風已見上表本作四時八風並已見上是也茶陵本
脱注曰風曰時案當作曰寒曰風章懷太子注後漢書李雲傳所引史記如此蓋尚書亦然也今以
東晉古文添曰時二字而誤去曰寒二字各本皆譌何校添曰寒陳同皆仍衍曰時未是注崇丘高丘
也言萬物生長於高丘表本茶陵本無首六字末有者字注周禮曰山林
下至根生之屬表本無此十五字茶陵本此節無善注注猶猷古字通表本茶陵本無
此五字案此或所見不同若有之當如何校改上引詩王猷作猶乃相應注易曰下至則歸長也
表本茶陵本無此十七字○述祖德詩○注春秋僖公二十六年下至使
受命於展禽表本茶陵本無此一百十一字案二本是也此實非善注注西晉也表本作巳
見西征賦是也茶陵本複出亦可證注東晉也表本作巳見魏都賦是也茶陵本複出亦可證注左

異四　七

氏傳曰以敝邑下至介閒也表本茶陵本無此十九字注今也臧國百里
表本茶陵本也下有日字案陳云脱注孔安國尚書傳曰龕勝也表本茶陵本無此十
字注曹大家上疏謂兄曰表本茶陵本謂作諸陳云諸當作請注張勃吳録
曰下至周行五百餘里表本無此十九字有五湖已見江賦六字是也茶陵本複出與此皆非
注蓺樹也表本茶陵本無此三字○諷諫○注應劭曰黼衣下至旟上
畫龍爲之表本無此二十五字有黼衣已見上五字茶陵本有杜預曰白與黑謂之黼九字注言
受形弓之賜於此得專征伐表本茶陵本無此十二字案無者是也此或以漢書顏注
記於旁尤延之誤取之陳云言上當有顏師古曰四字不知其非善引也以下凡顏師古曰各條皆不當有表茶陵
二本俱無者最是今不悉出其所有誤中之誤亦不更論注迭互也表本茶陵本此三字在注末案尤誤
依顏注移注劉兆曰旁言曰譜表本茶陵本無此七字注顏師古曰表本茶陵

本無此四字案尤延之添耳注尚書曰以蕃王室表本茶陵本無此七字注墜失
也眞魏切表本茶陵本無此六字案此即顏注而竄入善者注應劭曰小兒啼聲
唉唉表本茶陵本無此弁下顏注共十六字注顏師古曰懷思也來也表本茶陵
本無此九字有善曰二字案二本是也以下皆善注而此爲顏注竄入者注弟謂元王也元王
封於楚國表本茶陵本無此十一字注元王立二十七年而薨垂遺業
於後嗣表本茶陵本無此十五字有即位且三十年六字案二本最是此亦顏注竄入克奉厥緒
表本云緒善作亣茶陵本云五臣作緒案此所見不同漢書作緒或當是也注夷王名郢客元
王子表本茶陵本無此八字注戊乃嗣故言不永統祀表本茶陵本無此九字案
上七字顏注竄入犬馬悠悠陳云據注當作繇繇今案其說誤也顏注竄入非善所引善注悠悠然遠
也在下可證其與顏不同也尤延之所誤取複沓歧互不相比次讀者多不審注以致困匱表本茶陵

異四　八

本作以困乏三字案二本是也以致困匱乃尤依顏注改耳嗟嗟我王表本茶陵本注不提行是也
我王戊也表本茶陵本無此四字殆其茲怙表本云善作茲怙茶陵本云五臣作怙茲案各
本所見皆非也此但傳寫誤倒非善獨作茲怙何云當從漢書作怙茲於韻乃協陳同注不自勗愼
表本茶陵本無此四字案二本是也此亦顏注竄入注言王不思鑒鏡之義表本茶陵本思
下有之不二字無義字案二本是也尤誤依顏注改注又鄧展曰岋下至危也表本茶陵本無
此二十三字又上顏注十二字亦無說具於前於赫君子案赫當作昔此善作昔五臣作赫故善注云歎
美昔之君子表本茶陵本所載五臣翰注云於赫美也各本皆以五臣亂善所當訂正考漢書作昔五臣誤耳唯此
節下顏注仍爲誤取竄入不相比次說具於前○厲志○注廣雅曰厲下至自勸勤
學表本茶陵本無此十四字注毛詩傳曰熠燿燐也表本無此八字有熠燿已見秋興賦
七字是也茶陵本所複出與此皆誤注一寒一暑一往一復表本茶陵本無此八字有來者

二字是也。何校添來者於復字下，陳同，仍衍八字。注論語曰下至不舍晝夜。表本無此十七字，有逝者已見秋興賦七字，是也。茶陵本所復出與此皆非。注人鮮克舉。茶陵本下有之字，表本無。陳云引詩脫之字，是也。注又匪先民是經先民周公孔子也。表本茶陵本無此十三字。田般於游。表本茶陵本田作出，何校依之改，陳同。案此尤本譌耳。注淮南子曰楚恭王下至而精通於物。表本無此五十八字，有養由已見幽通賦七字，是也。茶陵本所復出與此皆非。注荀卿子曰。案荀當作孫，各本皆譌。注種善德。茶陵本種作積，善下有成字，是也。表本誤與此同。勉爾含宏。表本茶陵本爾作志。案此亦尤本譌也。注成人在始與善敬之哉。茶陵本與作與無敬之哉三字，是也。表本無與善敬之哉五字，非。注顏淵問仁。表本茶陵本無此四字。注克己復禮爲仁。表本茶陵本無此六字。注孔安國曰復下至況於終身。表本茶陵本無此二十七字。注老子曰埏埴以爲器。表本茶陵本無此八字。注易曰君子進德脩業欲及時也。表本無此十二字，有進德脩業已見閑居賦九字，是也。茶陵本所複出與此皆非。注暉吉。茶陵本暉上有其字，是也。表本亦脫。注隰朋可。表本茶陵本隰上有則字，是也。

卷二十○上責躬應詔詩表○注市專。表本茶陵本作市專切，在注末，是也。注毛詩謂何顏而不速死也。表本茶陵本謂作曰。案考毛詩傳箋皆無此文，蓋毛字傳寫有誤。此所引或在三家詩傳耳。五臣向注乃云詩無此句，而以表言詩爲誤。果爾，豈子建誤稱，善又從而誤注耶。五臣鹵莽，每類此。○責躬詩○注庭燎有煇。表本煇作輝。案正文作輝，輝煇同字，表本是也。茶陵本亦作輝，蓋皆依今詩字改也。注魏志曰黃初二年。陳云志當作書，此王沈魏書，見國志注。案所校是也，各本皆譌。注儀禮曰。案禮下當有注字，各本皆脫。注舛而不殊。何校舛改舍，殊改誅。陳云國志作捨而不誅，細尋恐如李注所引爲得，謂植雖有過，不忍遽絕耳。又骨肉之親，析而不殊，漢宣帝封海昏侯詔中語也。今案陳校是也。考求通親親表云骨肉之恩，爽而不離。李彼注引漢書粲而不殊，如淳曰粲或爲散。此舛與爽粲散析互異，而義皆同。漢書宣紀作粲，武五子傳作析，當各依其舊。今國志蓋誤，而何據之非矣。又荀悅漢紀宣帝詔作捨而不誅，亦後人所改。注魏志曰朱紱光大。表本茶陵本無此七字。案二本是也。考國志下文光光大使我榮我華，作朱紱光大使我榮華，然則朱紱光大乃光光大使句之異，不應以注此明甚矣。必或記於旁，而尤延之誤取耳。又案善下文注引光光常伯，是選本無誤。今國志自不與善同，何陳皆用國志校者亦非。當各依本書，餘所有異同準此。注毛詩傳曰不慮不圖。陳云傳當作箋。案雨無正弗慮弗圖，箋云而不慮不圖，此引之以注不圖也。○應詔詩○祁祁士女。表本茶陵本有校語云善作女士。案二本所見傳寫倒也。此女字協韻，非與五臣有不同，尤本不倒，蓋改正之矣。注糇糧食也。陳云糧字衍，此引小雅伐木三章傳文是也，各本皆衍。注風縱縱而扶轄。表本縱縱作從從。案當作從從，說巳見前。茶陵本作縱縱，與此皆誤。注情慨而長懷。表本茶陵本重慨字，是也。

○閑中詩○注都督雍梁晉諸軍事。陳云晉當作秦，是也，各本皆譌。注毛詩曰皇甫卿士。表本茶陵本無此七字。注古旦。表本茶陵本作旰古旦切，在注末，是。注成規之畫。陳云之字疑。今案國志注所引作外規廟勝之畫，或此傳寫譌脫也。注虛鼂謬彰其義一耳，但交相避。表本茶陵本無此十二字。案此當是二本脫。交當作文，傳寫譌耳。注林欲以爲功下至復詣林。表本茶陵本無此十九字。案此當是二本傳寫脫。范蔚宗書在西羌傳，文句小異。注論語子曰。何校子下添路字，陳同，各本皆脫。注尚書曰申命羲叔下至以修封疆。表本茶陵本無此三十一字。案此當是二本脫去一節注也。注惴惴或喣噓。表本茶陵本噓下有也字。案此當云熙或作喣，喣噓也，各本皆誤。五臣銑注云熙猶喣也，即襲善此注爲之，可借爲證。○公讌詩○注謂五官中郎也。案謂當作爲，也當作將，各本皆譌。○公讌詩○注弁鼓。表本茶陵本作翅弁鼓切，在注中。不翅，猶過多也，下是也。

注。論語摘襄聖承進讖曰。表本茶陵本襄作襄是也。○公讌詩○注。少有學。下至減死輸作。表本茶陵本無此四十二字有爲司空軍謀祭酒掾屬轉爲平原侯庶子後爲五官將有文學二十四字案二本是也注。古詩曰。日出東南行。案此當作古日出東南隅行曰各本皆誤○侍五官中郎將建章臺集詩○注。後爲五官將文學。卒。表本茶陵本官下有中郎二字是也○皇太子宴元圃宣猷堂有令賦詩○注。又程猗說石圖曰。表本茶陵本又下有曰字是也注。唯此與宅。陳云唯此二字當乙各本皆倒注。言曰澄清也。表本茶陵本但有澄字無上言曰下清也四字陳云言曰當據左太沖詩注作方言曰案此或尤延之校添而又脫誤耳注。搏拊琴瑟。表本茶陵本無此四字案此亦尤延之校添注。儀禮曰。小臣正辭。表本作小臣已見上文是也茶陵本亦複出皆非。○大將軍讌會被命作詩○陵風協紀。案紀當作極表本云善作紀茶

陵本云五臣作極詳善引孝經鉤命決注協極是善亦作極不作紀各本所見皆非注。國語曰。次序三辰。賈逵曰。日月星也。表本茶陵本無此十四字注。合壽考也。陳云合當作令是也各本皆誤○晉武帝華林園集詩○注。文章志曰。應貞。表本茶陵本貞作禎下同案今晉書文苑傳作貞又上所引晉陽秋各本皆作貞蓋諸文互異善各從其本尤延之據晉書校改而一之耳注。奄有九州。陳云州當作有各本皆誤注。在人也。表本茶陵本在人二字作是案此尤延之校改射御茲器。茶陵本云射五臣作躬表本云善作射何校云五臣作躬是也今案注無明文二本校語非可全據善果何作莫可考晉書亦作射仍不當竟改何校未是也注。不懈于位。表本茶陵本不作匪案此亦尤延之校改○九日從宋公戲馬臺集送孔令詩○注。宋書七志曰。表本宋作今茶陵本亦作宋陳云注引今書七志處甚多又證以王文憲集序宋字之誤無疑案所說是也注。東郡人也。表本茶陵本東作陳是也注。冠于時。表本茶陵本時

上有一字是也注。命有司。表本茶陵本命上有乃字案有司當作司服注。必脩其故。表本茶陵本脩作循是也注。又何爲乎。表本茶陵本此四字作何在二字案凡此類皆尤延之改注。日出暘谷。表本暘作陽下同茶陵本亦皆作暘案當作湯各本皆誤湯谷如蜀都吳都西征等賦皆有其證不具出○樂游應詔詩○注。沈約宋書曰。下至爲高祖相國掾。茶陵本善曰下無此二十二字有與彭城王義康六字其五臣銑曰下有之表本但載銑注末云善注同案此幷五臣於善而各本皆失善之舊無可訂正也注。草木交曰薄處。陳云處字當在交字下案處衍字耳各本皆誤今楚辭注交下有錯字善引不備登廬山香爐峯詩注亦如此○九日從宋公戲馬臺集送孔令詩○注。毛萇曰。痱。病也。今本作腓字。非。案痱腓二字當互易詳文義謝詩作痱善引韓及毛皆作腓而訂之曰今本作痱字非也考鮑明遠苦熱行渡瀘寧具腓注引毛詩百卉具腓毛萇曰腓病也則此不得爲痱病也明甚蓋五臣因之改正文爲腓後以亂善遂復倒此二字使相就不

知其不可通也歸客遂海嵎。案嵎當作隅表茶陵二本校語云善從山詳善引尚書注海隅是善亦作隅各本所見皆非注。大川之閒。何校閒改上陳同各本皆譌○應詔讌曲水作詩○注。武帝引流。何校武改文陳同各本皆譌注。故象者。表本茶陵本象下有者形二字案此當作故象而形者二本誤而作者尤因其不可通輒刪二字非今本王弼注老子不誤輦賁踰障。表本茶陵本障作嶂是也注。如耒耜之爲用也。表本茶陵本無此七字注。字書曰。祕者。陳云祕者下脫密也蘭祕四字今案當在祕下者上各本皆誤昔在文昭。陳云昭五臣作詔據善注亦當作詔今案茶陵本云五臣作詔與尤所見皆非也表本作詔不著校語或所見善亦作詔爲不誤耳注。言其成也。何校成改盛陳同各本皆譌謂諸王者蕃也。何校者改睿陳同各本皆譌注。故以前之文。何校文改交陳同各本皆譌注。錫。表本茶陵本作析音錫在注末是也注。拂。去也。陳云此拂字當作弗引毛生民首章傳也下句拂亦作弗者言顏詩亦有別本作弗耳案所校

是也各本皆譌○皇太子釋奠會作○達義茲昬何校云據注茲當作滋陳同案所校是也善作滋故引新論注滋昬五臣作茲故濟注云亦猶是焉各本所見皆以五臣亂善而表茶陵不著校語古茲字雖與滋同義然非此之用注九永表本茶陵本作九永切在注中憬遠行貌下是也注巨殞表本茶陵本作巨殞切在注末是也注王逸妍敖蚩曰表本茶陵本無敖字案無者是也後五君詠注所引亦無敖字可證注爾雅曰遏遠也表本茶陵本無此六字注虞夏商表本茶陵本商下有周字是也○侍宴樂遊苑送張徐州應詔詩○注杏表本茶陵本作荇音杏在注末是也○應詔宴樂遊苑餞呂僧珍詩○注言重故也表本茶陵本無故字是也注幘道曰簪案道當作連謂連幘於髮也釋名有其證各本皆譌○送應氏詩○注謂羿苦也案苦也當作咎之各本皆譌此引表記注○征西官屬送於涉陽候作詩○注倉憒切表本茶陵本倉上有咄丁忽切啐五

字無正文咄下丁忽二字是也案今善音割裂失理皆此類憂喜相紛繞茶陵本云五臣作擾表本云善作繞案各本所見皆非也善注引神女賦紛紛擾擾是亦作擾不作繞但傳寫譌耳○金谷集作詩○注蔡邕陳琳碑曰何校琳改球陳同各本皆譌注沙棠櫟儲表本儲作櫧是也茶陵本亦誤儲注岳於省內謂秀曰孫令表本茶陵本作岳省內見之因喚孫令是也案此亦尤誤改○王撫軍庾西陽集別表本茶陵本此下有作字是也時爲豫章太守庾被徵還東表本茶陵本無此十一字是也案此必或記於旁而尤延之誤取之方舟新舊知表本茶陵本新作析是也注因表本茶陵本作音因二字在注中城曲重門也下是也○鄰里相送方山詩○注力塹表本茶陵本作力塹切三字在注中維船索也下是也注少思寡欲案思當作私各本皆譌注郭璞山海經曰案經下當有注字各本皆脫○新亭渚別范零陵詩○注十洲記曰陳云案東方朔十洲

記皆記仙山異境非其他地志之比安得載丹陽古蹟況觀新亭吳舊亭語乃三國以後人所記書名之誤更易辨也今案其說是也洲當作州善屢引之必當日別有其書也不知者改之耳各本皆誤餘詳每條下注謝朓何校朓改朓陳云注朓並當作眺各本皆譌以下放此不悉出注垂稱於平陽魏郡蒙惠化何校平陽改陽平蒙上添百姓二字陳同各本皆誤○別范安成詩○注心灼爍其如陽案陽當作湯各本皆譌

卷二十一○三良詩○注嚴父潛長夜表本茶陵本潛作僭是也○詠史○注賈誼作過秦論○司馬相如作子虛賦此一節注表本茶陵本係五臣翰曰下案二本是也尤本誤以五臣竄入善注殊誤當削去之注韓君章句曰陳云韓下脫詩薛二字是也各本皆誤注干木偃息以藩魏案干字不當有各本皆衍注陳威發憤何校威改咸陳同各本皆譌注長衢夾巷陳云衢下當有羅字各本皆脫注峩峩容

也案峩峩當作娥娥各本皆譌今廣雅可證注武陽城槐里人也隨沖虛表本茶陵本也隨作修道是也案武依今本高士傳當是字武仲三字之脫酒酣氣益振表本茶陵本振作震是也注風賦曰廓抱影而獨倚案曰下當有起於窮巷之間楚辭曰九字各本皆脫所引楚辭在哀時命可證也注盎中無斗米儲還視架上無懸衣說文曰表本茶陵本無儲還視三字曰下有顧還視也四字案此蓋所見不同○詠史○注終於家表本茶陵本無此三字有協見朝廷貪祿位者衆故詠此詩以刺之十六字案此當以尤所見爲是二本并五臣於善而誤也何陳皆取以添改非凡題下意揣作者之旨均屬五臣語前後可以例推而得者注鍾會有遺榮賦又注鍾會遺榮賦曰表本茶陵本不另分節作鍾會有遺榮賦曰七字案此亦所見不同○覽古○注史記曰下至秦王大喜此二十二字表本茶陵本無案并善注於五臣而脫也注史記曰下至請以十五都與趙此一百五字表本茶陵本無案

并善注於五臣而脫也。注吾所以爲此也。表本茶陵本也作者是也。注不如將軍寬之至也。表本茶陵本如作知是也。○張子房詩○注子朝至於洛師。卜表本卜下有澗水瀍水四字。茶陵本有澗水東瀍水西六字。案茶陵本爲是。注竟不易不易太子者。表本不重不易二字。何校去。陳云衍是也。茶陵本全刪此節注非。注翻飛維鳥。茶陵本翻作飜下同。案茶陵本正文下有校語云善作飜。則注中二字皆作飜爲是。表本亦作翻誤與此同。後謝宣遠荅靈運詩翻飛各異槃注作飜正文作翻。疑正文誤。但彼無校語耳。凡此等皆舉其例。而不勝一一出之者。注燭幽明也。茶陵本幽作猶是也。表本亦作幽誤與此同。注周易曰。下至照于四方。此十六字表本茶陵本脫。注孟子曰。表本茶陵本起此至末五十四字脫。注王逸楚辭注曰。海內之政。何校王逸楚辭注曰六字改作莊子堯治天下之民平九字非也。陳云楚辭注曰下脫慶雲喻尊顯也莊子堯治天下之民平共十五字是也。注見四子。何校見上添往字。陳同是也。注喪其天

異四　十五

下也。何校也改焉。陳同是也。表本茶陵本所脫止此。注屬車八十乘。案十下當有一字。各本皆脫。注不良能行。何校能改於。陳同。各本皆譌。○秋胡詩○注詩曰。東方之日。案詩上當有韓字。各本皆脫。注爾雅曰。蕪草也。案爾當作小。各本皆譌。小雅載漢藝文志。今孔叢子之第十一也。此所引廣言文。昔醉秋未素。表本茶陵本醉作辭。有校語云善作醉。案各本所見皆非也。醉但傳寫譌。非善五臣有異。注日出之東隅。案日出二字當作失。各本皆誤。注歲既晏兮孰華。案華下當有予字。各本皆脫。○五君詠○注詠劉伶曰。案伶當作靈。各本皆誤。表茶陵二本後正文亦作伶。詳其注中凡所載五臣曰。則爲伶字。而善注三見。仍皆爲靈字。然則必五臣伶善靈。而失著校語。尤所見正文獨不誤。此處因向同善注而亂耳。又案二本酒德頌注亦善是靈字。五臣是伶字。注天神人五。陳云神上脫下字是也。各本皆脫。注汝神遊守形。表本茶陵本遊作將是也。注聲高則悲。何校高下添聲高二字。陳同。茶陵本有。案尤本此處脩改。以字數計

之。蓋初刻重一高字是也。表本無。與脩改者同。注阮咸哀樂至。表本茶陵本至下有到字。是也。○詠史○注野寂寞其無人。案寞當作漠。正文作漠。後赴洛詩寂漠嚮必沈。表茶陵二本云善作漠。五臣作寞。是其大較也。此正文二本皆作寞。而不著校語非。○詠霍將軍北伐○注楚王使風湖子。陳云別本湖作胡。案今未見。七命注引作胡。考越絕書今本作胡。吳越春秋作湖。他書所引互有出入耳。○百一詩○注筐篋笥也。案筐字不當有。後任彥昇哭范僕射。謝惠連擣衣注引皆無。可證。各本皆衍。注免而掩口。表本茶陵本免作俛是也。○遊仙詩○何敬宗。表本茶陵本宗作祖。注同。案此似所見不同。然祖字是也。贈張華詩。雜詩皆作祖。傳長虞贈詩序亦作祖。皆可證。注列仙傳曰。下至立祠緱氏山下。此一百字表本無。茶陵本有。案蓋善自作王子喬。已見遊天台山賦。表脫去此一句耳。茶陵例複出。未可爲據。眇然心緜邈。案眇當作眇。表本茶陵本作眇。云善作眇。今詳善注非有明文。眇字於義無取。當是傳寫之譌耳。各本所見皆非。○遊仙

異四　十六

詩○注而辭無俗累。案無當作兼。各本皆譌。注郭璞山海經注曰。山居爲棲。又曰遯者退也。周易曰。龍德而隱遯世無悶。陳云又曰遯者退也。此六字當在遯世無悶下。郭璞山海經注曰山居爲棲。此十一字又當在退也句下。案所校是也。各本皆倒。蓋周易曰十一字與郭璞云云十一字互換其處耳。注妾之居亂世。表本茶陵本之作闇是也。注而媒理也。何校而改爲。陳同。各本皆譌。注淮南子曰。下至日爲之反三舍。此二十六字表本茶陵本作魯陽麾日見淮南子八字。注而明月皆喻難闇投。表本茶陵本皆喻作之珠是也。注與李平教曰。陳云平下當有子豐二字。據蜀志注通鑑校是也。各本皆脫。姮娥揚妙音。陳云姮當作恒。今案善注引淮南子常娥爲注。其下不云常娥之即恒娥。似善自爲常字。表本茶陵本所載五臣良注云姮娥是五臣乃爲姮字。而各本亂之也。陳改恒未是。注漢武內傳。下至殆恐非仙才也。此三十字表本作漢武非仙才見漢武內傳。茶陵本與此同。注守文

注。陳云文下脫之君當塗之士欲則先王之十一字是也各本皆脫。

卷二十二。○招隱詩○注。井洌寒泉。何校泉下添食字陳同各本皆脫。○

招隱詩○注。脫與稅古字通。案脫稅二字當乙謂正文及史記方言之稅即脫也各本皆倒表本改吾未知所稅駕也作脫以就之大誤。○南州桓公九井作○注。檀道鸞晉陽秋曰。陳云晉上當有續字是也各本皆脫餘同此不悉出。注。字仲文。表本茶陵本無此三字。

注。左氏傳。曰族穆子曰。案上曰字當作公各本皆譌。○遊西池○

注。沈約宋書曰。混字叔源。表本茶陵本無此九字上臧榮緒晉書曰謝混下有字叔源三字案此各本并五臣於善而失其舊無可訂正也。注。混思與友朋相與爲樂也。案此十字係五臣語也表茶陵二本合并六家往往有之前後例可推此本既單行善注不應竄入乃尤延之仍舊誤而未知校正者。○泛湖歸出樓中翫月○注。阿谷之豫。案豫當作隊各本皆

譌。注。李宏軌法言注曰。案宏字不當有各本皆衍軌字宏範蓋或記於旁而錯入一字耳善引李軌法言注甚多皆可證。○從游京口北固應詔○注。朝騁騖兮。何校去此四字陳云注前朝騁騖兮衍案各本皆涉下而誤也。○晚出西射堂○注。山正。鄣。陳云山當作上各本皆譌案此釋山文今爾雅云上正章章鄣同字耳。○登池上樓○傾耳聆波瀾。此句上表本茶陵本有衾枕昧節候褰開暫窺臨云善無此兩句何校添陳同案詳文義當有各本所見或傳寫脫之也。○遊南亭○注。旅客會也。何校會改舍陳同是也各本皆譌。注。居戚戚而不解。茶陵本戚戚作慼慼表本與此同案正文作慼慼茶陵是表非也蓋善慼五臣戚其大槩矣餘倣此不悉出。○遊赤石進帆海○注。維長綃。陳云綃當作綃是也各本皆譌。○石壁精舍還湖中作○注。謝靈運遊名山志曰。案謝字不當有前後所引可證也各本皆衍又後登臨海嶠詩兩引皆衍不更出。注。所爲命。陳云爲當作謂是也。

各本皆譌。○登石門最高頂○注。古樂府有歷九秋妾薄相行。案此十一字不當有觀下注云九秋已見南都賦可知各本皆衍。○於南山往北山經湖中瞻眺○注。和氏玲瓏。案玲瓏當乙說見前又正文玲瓏注瓏玲說在遊天台山賦注各本皆誤。注。擢紫茸茸。案此下當有而容切三字表茶陵二本正文下有此音合并六家因複出而刪尤仍其誤於是茸而容切本以四字爲句者僅存一茸字而不可通矣凡善音多割裂刪削無以全復其舊依此等例推之。○從斤竹澗越嶺溪行○苕遞陟陘峴。案峴當作現善注引聲類峴云峴與現同可知正文自爲現字今各本皆作峴必五臣改爲峴而後來以之亂善也集韻二十七銑有現峴二文云胡典切或作峴當即出於此可爲證。○應詔觀北湖田收○注。太祖改景平十二年。案十字不當有各本皆衍。注。劉安奏曰。案安當作光此引順帝紀文也表本亦譌安茶陵本刪劉安奏三字更誤。注。緹騎一百人。表本一作二案劉昭注引漢官亦云二百人可證二是一

非也茶陵本亦作一誤與此同。○車駕幸京口侍遊蒜山作○注。劉楨京口記曰。案楨當作損隋書經籍志曰京口記二卷宋太常卿劉損撰即此各本皆誤。注。漢書儀曰。案書當作舊各本皆譌。注。元天山最高在東北日出即見。案此十二字涉非善注各本皆同恐係五臣語而竄入也。注。尚書曰洪範五行傳曰。陳云書下曰字衍是也各本皆衍。留滯感遺岷。案岷當作萌茶陵本岷作萌云五臣作岷表本作岷云善作萌尤所見誤以五臣亂善說詳前長楊賦中又二本注中皆作萌此亦誤改爲岷。○車駕幸京口三月三日侍遊曲阿後湖作○注。長五丈六尺。案五當作九各本皆誤七命注所引可證。彫雲麗琁蓋。案彫當作彤注彫雲斐亹而翼櫹亦當作彤各本所見皆誤據遊天台山賦訂正之考表茶陵二本所載五臣濟注云雕鏤雲氣然則五臣乃作彫後來以之亂善又并注中改爲彫字非孫興公賦別有作彫之本而善於此引之也彼賦五臣亦仍爲彫。○遊東田○注。陸機悲行曰。案悲

下當有哉字各本皆脫。○從冠軍建平王登廬山香爐峯○注。張僧鑒豫州記曰。陳云州章誤是也各本皆譌。注。楚辭曰。臨風怳兮浩歌。案此九字不當有觀下注云臨風巳見月賦可知各本皆衍。○鍾山詩應西陽王教○注。戴延之西征賦曰。陳云賦當作記是也各本皆譌。崚嶒起青嶂。案注引魯靈光殿賦崱繒綾而龍鱗疑善作繒綾五臣作崚嶒合幷六家失著校語否則善元有注繒綾與崚嶒異同之語而今失去之也。注。維摩經曰。下至四禪。此二十六字表本茶陵本無其所載翰注有之當是幷善於五臣而刪也尤所見爲是。○宿東園○注。荊門盡掩。陳云盡晝誤是也各本皆譌。注。征鳥厲號。表本茶陵本號作疾是也今季冬紀是疾字。注。古董桃行曰。案桃當作逃各本皆譌。○古意詶到長史溉登琅邪城○注。鎮江乘縣境立郡鎮。案縣上脫即字郡下衍鎮字鎮江乘爲一句即縣境立郡爲一句各本皆誤。脩篁壯下屬。何校云篁疑作隍案其說是也善不注此字而以下屬江河注下屬然則隍之爲城池可知也偶句云危樓峻上干危則峻也脩則壯也隍在城下樓在城上於義極協唯五臣銑注云竹叢曰篁云云合幷六家遂以亂善所當訂正。

異四　十九

卷二十三○詠懷詩○注。江妃二女。表本妃作斐案斐字是也江賦注所引正作斐以吳都賦證之善斐五臣妃說巳見前此詩蓋善亦作斐因正文爲五臣所亂幷改此注爲妃益誤茶陵本作妃誤與尤本同。注。伯且。君子字。何校云且字衍陳同是也各本皆衍。注。安陵君所以悲魚也。案以字下有脫文各本皆然無可據補也。注。善曰。東觀漢記。表本茶陵本無善曰二字陳云二字衍何校於此節注首添沈約曰三字今案陳據別本蓋是也何以意添非。春秋非有託。茶陵本云五臣作詑表本作詑云善作託案各本所見皆非也善引鄭禮記注詑止也可見亦作詑沈約曰春秋相代若環之無端所謂非有詑矣作託但傳寫譌今各本幷注中亦譌詑考所引即禮記祭統詑其嗜欲注之詑猶止也不得爲託明甚。注。至於顛沛逆天。表本茶陵本逆天作道天是也。注。顏延之曰。

何校之改年案以前後例之是也各本皆譌。注。白露沾衣。案衣下當有衿字各本皆脫此所引七哀詩也。注。則音聲調。案音當作商各本皆譌。注。王逸楚辭注曰。小曰巳。此九字表本茶陵本無案尤本是也所引在七諫沈江二本脫去之。注。追悟羨門之輕舉。表本茶陵本悟作悞案善悞五臣悟二本校語有明文善所載沈約注自不當作悟又正文何陳皆從五臣悟但未必非阮借悞爲悟當仍其舊。注。蛩蛩負蟨以美草。案以下少一字各本皆脫無可據補陳云脫求字但以意添耳。注。元雲決鬱。案決當作泱各本皆譌顏注漢書音烏朗反。注。上有楓樹。陳云樹字衍是也各本皆衍。注。駕彼駟牡。陳云牡當作騤各本皆作牡今案毛詩作四騤但恐李所據本異未可輒改凡注中各本既同而引書與今所行差互疑不能明者皆準此不悉出其異本尚可考亦不悉出唯題知傳寫之誤乃訂正之。注。劇辛諫楚王曰。茶陵本劇作莊案莊非也依今本戰國策改耳表本作劇與此同恐善自如此爲所據異本也。○秋懷詩○注。蔑比卿相。案比當作此世說新語品藻注引可證各本皆譌何陳校改爲彼誤也。

異四　二十

注。乃至仕人。陳云至仕當作賦大見世說注是也各本皆誤。○臨終詩○歐陽堅石。案此不得在謝惠連下當是臨終自爲一類尤表茶陵各本皆不分蓋傳寫有誤又案俗行汲古閣本反不誤乃毛自改之耳非別有本也凡彼僅有是者餘均不置論爲舉例如此。注。四時隱南山。何校時改皓陳同各本皆譌。注。色有五色文章。案色文二字不當有各本皆衍。○幽憤詩○注。后成叔曰。陳云后當作郈今案后即郈也擅弓后木鄭注曰魯孝公子惠伯鞏之後正義曰案世本孝公生惠伯革其後爲厚氏世本云革此云鞏世本云厚此云后其字異耳春秋名號歸一圖曰厚成叔後改爲郈皆可證冊魏公九錫文引作厚。爰及冠帶。馮寵自放。表茶陵二本有校語云善無此二句案二本所見非也此與下二句爲韻善不容無但傳寫脫去又其下當有善注爲脫去一節也尤本有者是然恐屬據五臣校補尚少善注耳。任其所尚。表本茶陵本有校語云善作上注各崇所尚二本尚皆作上案善下注又云說文曰尚庶幾也不作上字尤本以此校改然恐善注未全。

彧於末元有注上尚異同之語而今失之注。莊子曰真者精誠之志。陳云此九字衍觀下注自明是也各本皆衍注。精誠之志也。表本志作至是也茶陵本亦誤志注。說文曰。懷。藏也。杜預曰。忍垢恥也。陳云說文下六字當在杜注下是也各本皆倒注。發論辭也。何校論改語是也各本皆誤注。下民爲孽。陳云爲之誤今案各本皆然疑李所據與今本作之者異下尊沓背增今本作憎又我心永疚今本作使我心疚皆放此餘不悉出注。爲惡莫近刑。案刑當作形詳下注司馬彪本作形字也各本皆誤○七哀詩○注。孟秋。寒蟬應陰而鳴。案蟬下當有鳴蔡邕月令章句曰寒蟬十字各本皆脫陳云月令章句見子建贈白馬王詩注也○悼亡詩○注。涼歲云暮。案涼下當有風字各本皆脫注。魏文帝歌行曰。案歌上當有燕字各本皆脫注。長戚之士能閑居。案士當作不各本皆譌注。駕言出遊。又。案又下當有脫無可據補陳云又字衍非也表本無乃改去耳故於下句楚辭下加一注字以足之茶陵本與此同尚未經改也○廬陵王墓下作○注。宋武帝子義眞下至作一篇。此一節注表本茶陵本皆係翰曰下茶陵本云善同翰注表本別有善曰沈約宋書曰武帝男盧陵獻王義眞初封廬陵王之任而高祖崩義眞聰明愛文義與陳郡謝靈運周旋異常而少帝失德徐羨之等密謀廢立則次第應在義眞義眞輕訬不任主社稷因與少帝不協乃奏廢義眞爲庶人徙新安近郡羨之等遣使殺義眞於徙所時年十八元嘉三年誅徐羨之傅亮是日詔曰故廬陵王可追崇侍中王如故一節注共一百卌一字當是尤所見與茶陵本同而致誤表本爲是也注。朱方。吳也。案也當作邑各本皆譌注。曹植寡婦詩曰。陳云詩賦誤是也各本皆誤注。疑彼三人。陳云三二誤是也各本皆誤○拜陵廟作○注。王逸晉書曰。表本茶陵本逸作隱是也注。汲汲孳孳者。表本茶陵本無此五字案蓋所見不同也伏軫出東坰。案軫當作軾茶陵本云五臣作軾表本云善作軫詳善引莊子以注伏軾是亦作軾其作軫者但傳寫誤耳況此詩末句有歸軫必不應複用矣尤因此并改注字益非見下

注。宣尼伏軫而嘆。表本茶陵本軫作軾案二本是也此所引在莊子漁父云孔子伏軾而嘆可證又宣尼亦誤當作孔子也注。各自君陵傍立廟。表本茶陵本君作居是也注。作陽陵。陳云陵下脫邑字是也各本皆脫注。被歌聲。案此三字不當有各本皆衍注。言帝澤被天下。表本茶陵本無澤被天下四字幼牡困孤介。案牡當作壯表茶陵二本校語云善作牡幼壯與末暮偶句不待解而自曉故善俱無注實非於五臣有異校語非也○出郡傳舍哭范僕射○注。傳。舍也。表本茶陵本重傳字案今釋名傳傳也蓋尤本刪下舍字而誤去傳字注。女史曰。何校史下脫箴字陳同各本皆脫注。攜手遯于秦。陳云于字衍是也各本皆衍注。孔安國尚書曰。表本茶陵本書下有傳字是也注。臺無所鑒。陳云臺當作耋下同是也各本皆譌注。又曰容則秀雅稚朱顏。表本茶陵本無此九字注。安意歌今陳云今吟誤是也各本皆誤○贈蔡子篤詩○注。晉官名曰。何校官上添百字陳同案晉上當有魏字隋書經籍志魏晉百官名五卷晉百官名三十卷並載皆無撰人名晉書蔡謨傳曰曾祖睦魏尚書可見此所引乃魏晉百官名而非晉百官名也各本皆脫陳又云所引書名當有誤是矣但失檢隋志耳濟代山江行。案行當作衡表本作衡字顯然無疑今各本并注譌爲行絕不可通何校云藝文類聚行作衡亦是一證雖則追慕。案追當作進表本云善作追茶陵本云五臣作進各本所見皆傳寫誤善引法言以注進慕是亦作進若作追慕不得云以此專注慕字也凡此等善與五臣無異表茶陵二本據誤字爲校語而失之者於今所訂正爲一例也涕泣漣洏。案洏當作而注引杜預左傳注而語助也善必爲而字無疑贈士孫文始詩胡不使而句例正同唯表茶陵二本載濟注云洏亦淚流也是五臣乃作洏字今各本所見皆以五臣亂善耳祭古冢文縱錳漣而亦善而五臣洏彼未亂之可爲證矣凡此等善與五臣截然有異表茶陵二本不著校語而失之者於今所訂正爲又一例也○贈士孫文始○注。三輔決錄趙岐注。陳云趙岐二字衍岐著三輔決錄晉摯虞作注下云於今猶存即虞自謂作注之時耳案所校是也各本皆誤詩注。

士孫孺子名萌。表本茶陵本無孺子名三字亦尅宴處。表本茶陵本尅作克是也靡
日不思。茶陵本日作喆云五臣作哲表本作哲無校語案二本所見皆非也此及上句皆取詩成文善注因
人亦有言連引靡喆不愚者猶之因靡日不思連引有懷於衛耳與正文無涉也唯銑注云哲智也是五臣乃誤作
哲又以之亂善此所見獨不誤或尤延之知其非而校改之也○贈文叔良○僑肸是與。
案僑當作喬注同茶陵本作喬云五臣作僑表本作僑用五臣而失著校語尤所見以五臣亂善非也考隸釋三公
山碑云喬札季文議郎元賓碑云有喬宰鄭皆東漢時書喬字無人旁之證羣書亦有之不悉數注。敢請
辭故。陳云辭亂誤是也各本皆譌注。而不可以之告。何校刪之字陳同各本皆衍注。
孤用視聽命。何校視改親陳同各本皆譌注。君若早天子。陳云早上脫無字是也各
本皆脫注。言江漢之君。下至非汝之功也。表本茶陵本無此二十二字何校云考六
臣本即良注陳云削去爲是案所校是也○贈五官中郎將○注。公子自是。案是

當作起各本皆誤金罍含甘醴。表本茶陵本云甘善作其案據校語五臣乃作甘此作甘者尤延之
所改也注無明文而第三首云應門重其關句例正同未必非善自作其字尤改失之注。蔫啓強曰。
陳云強疆誤是也各本皆譌注。幹自謂也。何校幹改楨案所改非也幹即公幹善注稱人字有此例
華燈散炎輝。案燈當作鐙注同各本皆譌第一首第三首表茶陵二本有校語此首失著乃誤以五臣
燈字亂之○贈徐幹○注。楊雄解嘲曰。案嘲當作難各本皆誤○贈從弟
○冰霜正慘愴。茶陵本愴作悽案悽字是也注有明文表本作愴與此同誤豈不羅凝
寒。何云羅疑作罹陳同案各本皆作羅蓋傳寫譌
卷二十四○贈徐幹○注。而能相萬乎。何校萬改薦陳同各本皆譌○
贈丁儀○注。玉除形庭。案除當作階各本皆譌但引以注玉字其除即是階上已注訖不知
者用正文玉除改之非也後贈何劭王濟詩注引不誤亦可證或又因此欲改西都賦作除則益非矣○贈

王粲○攬衣起西遊。表本攬下有校語云善作攬茶陵本則云五臣作攬案此悉傳寫誤耳無
論善自作攬即五臣亦未始作攬也○又贈丁儀王粲○注。西都賦曰。表本茶陵
本賦作實是也又後贈張華荅何劭詩注皆然注。抗仙掌與承露。茶陵本抗作抗案涉下而誤也
表本作抗與此同不誤引之但注承露其以下方注槩字或因據此誤字反欲改西都賦則謬矣聊出之於尤本無
施也與賦作以○贈白馬王彪○注。日不陽。表本茶陵本日不作到洛是也鬱紆
將難進。茶陵本云難進五臣作何念表本云善作難進何校云難進當從魏氏春秋作何念案此恐善本傳
寫有誤踟躕亦何留。表本茶陵本云何善作可案二本所見非也善自作何注有明文此不誤或尤
校改之也孤魂翔故城。注。魏志城作域。表本茶陵本無注魏志城作域五字正文皆作
域茶陵本有校語云善作城表本無案魏志城作域五字當是或記於旁尤誤取添入注故此處脩改之迹尚存也
善作城無明文恐尤及茶陵所見傳寫有誤而表所見爲未誤也注。太子執報桓榮書曰。

案執字不當有各本皆衍太子漢明帝也在范蔚宗書桓榮傳○贈丁翼○世俗多所拘。
表本茶陵本世作時是也○贈秀才入軍○顧盼生姿。表本茶陵本盼作盻注同案盻
字是也盻爲盻之別體字不知者多改爲盻茶陵改刻如此後又誤成盼也注。所以得魚也。何校
得改在陳同各本皆譌注。聲而斲之。何校聲改聽陳同各本皆譌注。臣則當能斲
之。表本當作嘗是也茶陵本亦誤當注。帟平帷也。何校帷改帳是也此節注表茶陵二本多脫字
不具論○贈山濤○今者絕世用。表本茶陵本有校語云用善作人案二本所見非也
注有明文此不誤或亦尤校改○荅何劭○注。貽爾新詩又。陳云又文誤是也各本皆
譌注。己巳衰老子曰。表本茶陵本老下有也老二字是也流目翫儵魚。茶陵本儵
作儵注同案儵字是也考莊子釋文作儵爾雅釋文作儵陸於秋水篇引說文直留反謂魚部儵字音然則儵是儵
非也表本亦誤儵其注作儵仍不誤○贈馮文羆遷斥丘令○注。後漢。班固

議曰。以漢興已來。案漢下當有書字。曰下當衍以字。各本皆誤。在班固傳也。借曰未洽。茶陵本作給。云五臣作洽。表本作洽。無校語。案二本所見皆大誤。所載翰注曰給猶足也。五臣作給無疑。然則善作洽也。茶陵本例用善爲正文。當作洽而著五臣作給。表本例用五臣爲正文。當作給而著善作洽。今倒錯失理。此不誤。必尤延之知其非而校改正之。非子之念。表本茶陵本有校語云非善作悲。案二本所見非也。注無明文。然作悲不可通。必善自作非。與五臣無異。但傳寫誤也。此不誤。蓋亦尤校改正之也。○荅賈長淵○注。魯公賈謐。表本茶陵本無魯公二字。是也。注。以綱爲喻也。案綱當作網。各本皆譌。注。丁德禮寡婦賦曰。案此有誤也。前潘安仁寡婦賦屢引丁儀妻寡婦賦。其日杳杳而西匿句注引此文。然則禮下脫妻字。各本皆誤。儀字正禮。疑一字德禮。奏彈王源注引丁德禮勵志賦。蓋儀作也。又赴洛道中作詩注引丁儀寡婦賦。恐亦脫妻字。注。嗟爾烈祖。表本茶陵本爾作嗟。是也。如玉之闌。案闌當作爛。善引王逸楚辭注爛然爲注。可見也。又音爛力旦切。皆其證。今亦改闌。益非。茶陵本云善作之闌。

異四　三五

表本云善作之蘭。乃五臣改爛爲蘭。改之爲如。而云如蘭之芳。又轉轉多譌。謝靈運擬鄴中集陳琳詩夜聽極星爛。善引明星有爛爲注。五臣改爛作闌。而以爲闌稀。表茶陵二本校語具有明文。正與此略同矣。注。賈戒之以木。表本賈作潘。是也。謂安仁所作。見後。茶陵本亦作賈。與此同誤。耳。注。晉克曰。何校晉改里。陳同。各本皆誤。○於承明作與士龍○佇盼要遐景。茶陵本盼作眄。是也。表本作盼。亦非。誤見前。俯仰悲林薄。案林當作外。表本茶陵本云善作外薄迫也。言悲自外而來迫也。不知者以五臣亂善。尤所見非。○贈尚書郎顧彥先○注。屏翳起雨。表本屏翳作荓號。是也。茶陵本亦誤作屏翳。案天問文。注。王逸曰。口屏翳。表本曰下有荓字。茶陵本有屏字。案表本是也。此尤脩改而誤。注。書籍林淵。表本茶陵本無此四字。○贈顧交趾公真○注。子盍亦遠績禹功。表本茶陵本無禹字。是也。案見左傳。釋文。善引自如此。尤添禹字耳。○荅張士然○注。敬祭明祀。陳云。當作敬恭明神。是也。各本皆誤。注。晉宮

閣銘曰。案銘當作名。各本皆譌。○爲顧彥先贈婦○翻飛浙江汜。表本茶陵本有校語。云游善作浙。今案各本所見皆非也。詳善但引江有汜爲注。而不注浙江。是江汜連文。非浙江連文。蓋亦作游。與五臣無異。傳寫誤也。○贈馮文羆○苟無淩風翮。徘徊守故林。注。莊子曰。鵠巢於高榆之巔。巢折淩風而起。表本茶陵本云善無此二句。注十六字。二本無。案此尤延之校添。或其所見者有正文二句及注也。故林謂吳必作於出補吳王郎中令時。故云爾。潘安仁爲賈謐作贈詩。旋反桑梓。帝弟作弼。或云國宦。淸塗攸失。亦即此意。有者是矣。五臣向注誤不具論。○爲賈謐作贈陸機○注。得百姓之國。茶陵本姓作里。是也。表本亦誤姓。注。得其姓者。案得其當作其得。各本皆倒。注。將軍弱冠登朝。表本茶陵本無弱冠登朝四字。是也。注。夫招士以旃。大夫以旌。表本茶陵本作夫招士以旌五字。案當是招大夫以旌之譌。尤所添改。未是。注。必之天下英俊。表本茶陵本之作於。是也。吾子洗

異四　三六

然。案洗當作洒。善注中兩字皆作洒。唯表茶陵二本所載五臣銑注字乃作洗。然則善洒五臣洗。各本所見亂之。而失著校語。善所引禮記玉藻莊子庚桑楚皆本是洒字。釋文可證也。注。郭璞山海經注曰。表本璞下衍曰字。茶陵本無。此亦初衍脩去。莫匪安恒。表本茶陵本云安善作宣。案此蓋所見不同。今無考。但作宣不可通。當是傳寫誤也。○贈陸機出爲吳王郎中令○注。是史也。何校史上添良字。陳同。各本皆脫。注。其祖弗父何始有國。表本茶陵本無此八字。注。茲恭敬。何校恭上添益字。下去敬字。是也。各本皆誤。○贈河陽○注。以問於密子。表本問下有其故二字。茶陵本有二字。無以字。尤初同茶陵而脩去。注。人果共立爲邑起冢。陳云。立字衍。是也。案漢書循吏傳。共上有然字。無立字。各本皆誤。注。能舉居之官職也。茶陵本居作君。是也。表本亦誤居。

文選考異卷第四

文選考異卷第五

賜進士出身通奉大夫江南蘇松常鎮太等處承宣布政使司布政使胡克家撰

卷二十五○贈何劭王濟○注毛詩傳曰○何校去傳字。陳云傳字衍，是也。各本皆衍。

○爲顧彦先贈婦○注集亦云爲顧彦先○案：顧當作全，見前卷士衡詩題下注。亦者，即亦彼也。不知者誤謂亦此題而改之耳。二陸同作，不得歧異，明甚。今世行二陸合集，又將士衡題一槩盡改成顧字，則更誤中之誤也。表、茶陵二本合并此節注入向曰下，文句咸失其舊，難以取證，今不復論。

注徘徊相伴○瞥若電伐○陳云伴當作佯，相佯見楚辭。伐，滅誤。案所校是也，各本皆譌。

○荅兄機○注不相能也○日尋干戈○以相征討○表本、茶陵本無也下九字。案各本皆非，見下。

注以服事夏商○表本、茶陵本無此五字。案此上起左氏傳至末一節注與前卷全同，依善例，但當云參商已見上文，蓋各本皆誤複出，尤又從而補之，皆非善之舊。

○荅張士然○

注曹植出行曰○案出上當有丞字，各本皆脫。後八公山詩注引可證。

咸念桑梓城○表本、茶陵本有校語云域善作城。案各本所見皆非也。城但傳寫誤，善亦作域，非與五臣有異。二本據所見誤字作校語耳。

注轗軻長辛苦○表本辛苦作苦辛，是也。茶陵本亦誤倒。

○荅盧諶詩○注段匹磾領幽州牧○諶求爲匹磾別駕○表本、茶陵本無州下牧諶二字，及爲下匹磾二字。案無者是也。尤誤取五臣良注衍字添耳。

嗣宗之爲妄作也○表本、茶陵本有校語云妄善作忘。案二本所見非也。作忘不可通，必傳寫誤，而尤改正之者。

長鳴於良樂○表本、茶陵本無長字。案此或所見不同，今無所考。

注適祇適也○陳云上適字衍，是也。各本皆衍。

戹運初遘○案遘當作構。表本注作構成也，見下。其五臣銑注乃云遘遇也。各本所見皆以五臣亂善，而失著校語。尤因此并改注字，益非。

注毛萇詩傳曰遘成也○表本遘作構。案構字是也。所引小雅四月傳文。茶陵本刪去此八字，大誤。

注善馬香草○何校馬改鳥，是也。各本皆誤。

注杜預左氏傳曰○陳云傳下脫注字，是也。各本皆脫。

裹粮攜弱○表本、茶陵本此上有不慮其敗唯義是敦八字，云善無此二句。案各本所見皆非也。詳詩每章十二句，傳寫共脫三處，非善自無。下二處皆經尤校改正之，唯此仍其舊，爲失於檢照也。又疑善尚有注，爲并脫一節，今注莫可考。

注張晏漢書曰○何校書下添注字，是也。各本皆脫。

注○倚篠異幹○何校倚改奇，是也。各本皆誤。

虛滿伊何○蘭桂移植○表本、茶陵本有校語云善無此二句。案二本所見非也。傳寫誤脫，說見上。尤校改正之，其脩補之迹尚存也。又疑善亦尚有注，莫可考。

光光段生出幽遷喬○表本、茶陵本有校語云善脫此二句。案傳寫誤，尤校改正之，說見上。此二句善注各本具存，益足證非善自無也。凡表、茶陵二本據所見爲校語，未嘗謂善眞如此，讀者每誤認，觀此可曉然矣。

注夫招大夫以旌○表本、茶陵本旌作旍。案正文作旍，旍即旌字。陳云上夫字衍，是也。各本皆衍。

○重贈盧諶○注以激諶○素無奇略○何校素上添一諶字，是也。各本皆脫。

注非得公侯○案非當作兆，各本皆譌。

注已見謝惠連張子房詩○何校惠連改宣遠，是也。表本亦誤惠連。茶陵本所複出更非。

○贈劉琨○注宋伯謂晉侯曰○何校宋伯改伯宗，是也。各本皆誤。

注周易繫辭○表本、茶陵本辭下有文字，是也。

注老聃謂崔曜曰○案曜當作臞，見釋文。茶陵本曜作瞿，依今莊子改，未是也。表本亦誤曜。

注楚子和氏○案子當作人，各本皆誤。

良謀莫陳○表本、茶陵本謀作謨。案此或所見不同，今無所考。

使是節士○表本、茶陵本使作狹，云善作使。案各本所見皆非也。善自作狹，注云故尤而狹之。傳寫并注中皆譌爲使，乃不可通。此即善、五臣無異而當訂正者。

注達志也○陳云志也當作亦樂，見幽通賦，是也。各本皆誤。

注道德於此○何校德改得，陳同，是也。茶陵本作得，表本亦誤德。

注秦繆公問內史瘳曰○表本、茶陵本瘳作廖，是也。

注夫差以甲兵五千人○何校夫差改句踐，陳同，是也。表本亦誤。茶陵本脫此注。

○贈崔温○注公官之長○何校公官改六官，陳同，是也。各本皆誤。

○荅魏子悌○注惕惕猶切切也○陳云切切當作忉忉，是也。所引防有鵲巢二章傳文。

各本皆誤○荅靈運○注高軒以臨山案高上當有開字各本皆脫注伊余志之懷慢愚表本茶陵本之下無懷字愚下有兮字是也又茶陵本志作懷亦誤○於安城荅靈運何校城改成注同陳云城成誤是也各本皆譌嚶嚶悅同響表本茶陵本作嚶鳴云善作嚶嚶案各本所見皆非也詳詩以嚶鳴與上華萼偶句非善獨作嚶嚶乃傳寫誤又可云五臣作嚶鳴向來不知校語但據所見故何以嚶鳴專屬之五臣耳後酬從弟惠連詩鳴嚶已悅豫五臣亦作嚶鳴疑彼各本所見善誤倒注陸機贈馮文熊詩曰案熊當作羆各本皆譌注京畿千里陳云京邦誤案所校是也正文云封畿即邦畿耳各本皆誤注跬以一足行表本茶陵本無爲字是也注曹植與吳重書曰陳云吳下脫季字案非也重即季重例見前○西陵遇風獻康樂○注阿谷之隊隱也陳云隱下脫曲之汜三字見前謝惠連泛湖詩注是也各本皆脫注焉得萱草案萱當作諠觀下注可見各本皆誤○還舊園作見顏范二中書

○注陸機弔魏文帝柳賦曰何校魏下添武帝文曰庶聖靈之響像魏十一字陳同是也各本皆脫注徐羨之等何校徐上添誅字是也各本皆脫質弱易版纏表本茶陵本版作板音百蠻何校改扳陳云板扳誤案所校是也注同未當有善音今脫注衛生之經乎茶陵本無乎字是也表本亦衍後脩去之注司馬彪曰生茶陵本生上有衛字是也表本亦脫○登臨海嶠初發彊中作與從弟惠連○注文章常會何校常改賞陳同是也各本皆譌攢聚之也茶陵本無之字陳云之字衍是也表本亦衍○酬從弟惠連○注善養曰案養當作卷各本皆譌此讓王篇文也

卷二十六○贈王太常○注若險危大人表本茶陵本注若作以是也注山海經曰丹穴之山有鳥焉其狀如鶴五采名曰鳳鳥案此二十一字不當有下云丹穴已見東京賦彼注所引即此文無庸複出明甚各本皆衍以此推之善注失其舊者多矣注爾雅曰列業也案爾當作小業當作次各本皆誤又陳云烈業也釋詁文不當誤引以釋列字蓋五臣本作烈故有此注後誤入李注并譌烈爲列其說非也表茶陵所載五臣銑烈美也之注自在且引爾雅曰亦不合其例此爲善注無疑必小譌作尒乃改次爲業耳○直東宮荅鄭尚書○皇居體寰極表本茶陵本寰作環是也注何異絲桐之閒哉陳云異與誤是也各本皆譌○和謝監靈運○注汀水際也案際下當有平字各本皆脫前登臨海嶠詩注引有可證說文云汀平也𣲘汀或从平韻會舉要曰謂水際平地是矣不知者誤刪之輿賦究辭棲表本茶陵本棲作悽陳云棲悽誤是也又二本賦作玩有校語云善作賦案詳善有玩愛也之注則善亦作玩各本所見爲誤又案此注玩愛也上引說文云輿悅也考說文在女部云嬹說也依善例當引作嬹而下注嬹與異同今本恐經後人竄改致失其舊疑不能明矣○荅顏延年○注侵謂之侵案上侵字當作故各本皆誤○郡內高齋閒坐荅呂法曹○注魏武帝善哉行

曰陳云善哉當作短歌是也各本皆誤○在郡臥病呈沈尚書○簦笠聚東菑表本簦作薹注畫同茶陵本盡作簦案考宋本謝宣城集作薹驗其集如撫机作枕風雲作煙之類與五臣每合是善簦五臣薹表茶陵不著校語者非又善注引毛詩臺笠緇撮傳臺所以禦雨皆作簦而於其下云音臺恐亦經竄改失舊依善例當引作臺而下注簦與臺同音臺也注浮蟻在上洸洸然案洸洸當作汎汎各本皆誤○暫使下都夜發新林至京邑贈西府同僚○注荊州圖記曰當陽東有楚昭王墓表本茶陵本無記當陽東有五字注登樓賦曰所謂西接昭丘也表本茶陵本無西接二字又陳云曰字衍是也各本皆衍案與彼賦注可互證○詶王晉安○注周易曰表本茶陵本曰上有子字案此尤刪之非○奉荅內兄希叔○注後至行軍參軍陳云後上脫遷字至字衍行軍二字當乙是也各本皆誤注選太子太傅功曹掾茶陵本選作遷是也表本亦誤選寂蔑終

始斯。茶陵本有校語云蘉五臣作蔑始五臣作如表本正如此用五臣也案蘉即蔑別體字耳始字義未安或各本所見善傳寫誤注無明文不可考。庶子及家臣。何校臣改丞陳云臣丞誤案各本皆作臣詳五臣良注家丞亦家臣也是其本作臣意取與下民陳濱爲協然庶子同是家臣而以及爲言殊乖文義恐此詩自通協丞字善並不作臣故但引家丞更無申說也各本皆以五臣亂之而失著校語注致足樂之。何校之改也陳同是也各本皆誤注贈盧諒詩曰。陳云諒上脫子字案非也此如公幹稱幹季重稱重之例。○贈張徐州稷○注投來修岸垂。陳云來當作耒是也各本皆誤注疵痛也。陳云痛病誤是也各本皆譌注齊以荊州爲北徐州也。陳云荊州二字衍案所校是也謂即鍾離之徐州而加北字耳各本皆衍。○古意贈王中書○注漢紀曰秦遷於琅邪之皐虞。案曰當作由以十一字爲一句王文憲集序其先自秦至宋注引琅邪王氏錄云其先出自周王子晉秦有王翦王離云云即所云由秦遷也漢紀漢世也集序離翦之止殺吉駿之誠感注引漢書王吉琅邪人即所云漢遷琅邪也琅邪王氏錄者何法盛晉中興書之篇目此注所引晉書未稱何家疑亦琅邪王氏錄文與集序注所引本相承接各本皆誤讀者尠察今特訂正之。○贈郭桐盧出溪口見候○湍險方自茲。茶陵本險作嶮云五臣作險表本作險案表本所用五臣也此似尤亂之。○河陽縣作○連陪廁王寮。茶陵本云五臣作違表本云善作連案各本所見皆非也違去也去陪臣而廁王寮也連字不可通傳寫誤耳注浩蕩或爲濟蕩。音西。案此不可通必有譌錯各本皆同他無所見難以正之矣注人生年不滿百。案人字不當有茶陵本無表本有人字無年字非害盈猶矜驕。表本茶陵本猶作由是也注毛萇詩曰。表本茶陵本無詩字是也歸鴈映蘭畤。茶陵本云五臣作洔表本云善作畤陳云畤當作洔見前謝叔源遊西池詩注又此注大渚曰沚下疑脫洔與沚同四字亦見前注案陳校云當作洔是也考集韻六止云沚洔或从寺又云洔溡或从時然則必潘詩異本有作溡者或用溡改洔遂誤爲畤耳非善五臣之不同也注中二沚字皆當作洔蓋毛詩

作沚訓小渚韓詩作洔訓大渚故善引韓及薛君章句以注洔不知者又誤改洔作沚致與正文歧異大夏緬無覿。茶陵本夏作厦有校語云五臣作夏案此即傳寫誤也善作夏注有明文表本及尤所見皆不誤注自今掾吏。陳云吏史誤下同是也各本皆譌○在懷縣作○注毛詩曰迄。茶陵本詩作萇是也表本亦誤詩春秋代遷逝。何云春秋另一首當提行起陳云春秋以下爲一篇是也茶陵本不誤表本誤不提行其以下仍相連尚未誤劃四句入第一首也尤本非注何謂寵辱。寵爲下。得之若驚。失之若驚。表本茶陵本作何謂也爲下得之若驚九字案此尤據王弼注本校添未是也注植根生之屬也。陳云植下當有物字是也各本皆脫卷然顧鞏洛。表本茶陵本卷作眷云善作卷陳云據此注亦作眷爲是案所校是也此但傳寫誤各本所見皆非注公鉏曰。敬恭朝夕。案曰字不當有各本皆衍陳云曰當作然之二字非也善引多節耳。○迎大駕○注而蓋即同也。表本茶陵本蓋上有帷字是也注蘇武曰。陳云武秦誤是也各本皆誤○赴洛○注聽之寂寞。表本寞作漠是也茶陵本亦誤寞下寂寞各本皆同亦當作漠餘皆放此慊慨遺安愈。案愈當作悆注同各本皆誤據注引東京賦訂也五臣作念即悆字形近之譌可借爲證注張叔與任彥堅書曰。陳云叔當作升升字彥眞見范史文苑傳是也各本皆誤○赴洛道中作○注維進退準繩。表本茶陵本維進退作進退惟案此尤改惟爲維而誤倒在上也○始作鎭軍參軍經曲阿作○眇眇孤舟遊。表本茶陵本遊作逝云善作遊案各本所見皆非也善亦作逝逝往也遊但傳寫誤非善五臣之不同表茶陵據誤本爲校語耳注孔子行年六十化。表本茶陵本化上有而六十三字是也○辛丑歲七月赴假還江陵夜行塗口○注西荊州也。案荊字當重各本皆脫不爲好爵榮。何校榮改縈陳同今案此依今本陶集校也詳五臣銑注作榮華解是其本作榮善注無明文未知與五臣異同以義求之似當是營應劭注漢書敘傳不營曰爵祿不能營其志引易不可營以

祿虞翻本正如此今本漢書改引易作榮又隸釋載婁壽碑不可營以祿新刻亦改榮是後人多知榮少知營故耳集作榮未可據其詠貧士第四首好爵吾不榮仍作榮可見榮未必非又榮之誤者也何陳失之○永初三年七月十六日之郡初發都○注何不能攄以爲大鐏表本無能字是也茶陵本亦衍注一瓠落大貌表本無一字是也茶陵本亦衍○過始寧墅○注初與郡守爲使符茶陵本使上有竹字是也表本亦脫○富春渚○注則盡諾以報之陳云盡畫誤是也各本皆譌○七里瀨○注甘州記曰下至至嚴陵瀨此十九字表本無茶陵本有案有者是也又甘字疑當作十與後新安江水詩注所引其文似相承接也餘引此書多譌州爲洲皆不知者改耳注末世鎖才分陳云鎖疑瑣是也各本皆譌注後漢書曰表本茶陵本後上有范曄二字是也○初去郡○注子房之巖棲案子房當作許由各本皆誤注班固漢書曰郦曼容表本茶陵本無班固

漢書曰五字郦下有生字案各本皆非依善例當云郦生曼容已見還舊園作無此下養志自修爲官不肯過六百石輒自免去十六字注不悏牽朱絲何校悏改悟陳同今案此疑借悏爲悟已見阮籍咏懷詩注陸機越洛詩曰案越當作赴各本皆譌注戰明貴不如義表本茶陵本戰下有勝字是也○初發石首城○注是曰京師陳云師當作畿因詩有出宿薄京畿句故既引伏記復云爾也案所校是也各本皆誤注善貸且善成茶陵本無且下善字是也表本亦衍晨裝摶魯颸案魯當作曾表本云善作魯茶陵本云五臣作曾各本所見皆非魯但傳寫誤何校改曾陳同是也注又曰莊子曰摶扶搖而上征颸已見上文案又曰下當有脫文征字衍表本與此同誤茶陵本刪又曰二字征颸已見上文六字作楚辭曰溢颸風而上征九字乃複出前在郡臥病呈沈尚書注耳何校全依茶陵改非○道路憶山中○注縱恣而傲誕案縱上當有縱誕二字各本皆脫○入彭蠡湖口○注廣雅曰何校三字改入下狖

蜼也上陳云長揚賦注可據今案此疑中間本無言乘月而遊至爲翫芳叢之馥四句後來添入乃致舛錯失次也各本皆誤露物吝珍怪案露當作靈表本茶陵本作靈云善作露案各本所見皆非也靈物與下異人偶句非善獨作露但傳寫誤○入華子崗是麻源第三谷○注祿里弟子茶陵本里下有先生二字何校添陳同案此不當添祿里即祿里先生矣表本亦無銅陵映碧潤案潤當作澗表本茶陵本作澗云善作潤各本所見皆非也潤字不可通但傳寫誤注桓子新論曰陳云下脫天下神人五二曰隱淪九字見江賦注今案蓋注本云隱淪見江賦或記桓子新論於旁而誤改之如此也各本皆誤險逕無測度案逕當作陘注引爾雅山絕陘可證也表茶陵二本作徑其所載五臣濟注云言山徑高險是五臣徑善陘二本以徑字亂善而不著校語尤本作逕同字耳各本又皆改去注中陘字乃誤之甚者也見下條注山絕險案險當作陘各本皆誤此所引注釋山文郭注云連山中斷絕也注遊將升雲煙陳云遊遊誤是也各本皆譌注仰羽人於丹丘陳云仍誤是也各

本皆譌恒充俄頃用案恒當作常注引司馬彪莊子注曰常久也可證前道路憶山中詩常苦夏日短表茶陵二本亦作恒有校語云善作常此蓋同彼各本失更著校語遂以五臣亂善而正文與注不相應矣卷二十七○北使洛○注中軍行軍參軍表本茶陵本無行下軍字是也注蔡邕陳寔命碑曰陳云命字誤是也案此不當有碑在五十八卷可證各本皆衍隱憫徒御悲案憫當作閔此善閔五臣憫而各本亂之注中字不誤可證也上文吳州五臣作洲伊穀五臣作瀔表茶陵二本皆以五臣亂善而失著校語尤本不誤此正相同尤獨未經校正失之注韓詩曰周道威遲案此有誤也遊天台山賦琴賦金谷集詩皆引韓詩周道威夷是遲當作夷秋胡詩行路正威遲善兩引毛韓而云其義同此與秋胡詩俱顏作正文遲字無疑恐善既引韓而其下別有遲夷同字之注今失去也注居世亦然之陳云亦然之當作何獨然見魏志植傳注是也各本皆誤○始安郡還都與張湘州登巴陵城樓作○河山信重復表本茶陵本復作複案復複同

字史記漢書復道皆讀複此蓋善復五臣複二本失著校語尤本所見爲不誤也清氛霽岳陽表本茶陵本氛作雰案善引說文雰字爲注其本作雰明甚恐是五臣作氛即資暇錄所言若李注云某字或作某字便隨而改之者也表誤善爲五臣尤誤五臣爲善茶陵近得之而失著校語皆非注說文曰氛茶陵本氛作雰是也此所引气部氛下重文雰字也表本亦作雰但盡改此節其餘氛字爲雰則誤甚注河上有楓何校去河字陳同各本皆衍○還都道中作○注駭瀾浪而相礧陳云瀾崩誤是也各本皆譌○之宣城出新林浦向版橋○注起於蒼州陳云蒼當作滄是也各本皆譌注謝靈運遊南亭詩曰賞心唯良知陳云此十三字乃下賞心於此遇注誤列於此案當在下節注引左傳下各本皆誤○敬亭山詩○注賈誼早雲賦曰案早當作旱各本皆譌陸士衡從軍行注引正作旱此賦古文苑載之注陸機歌曰何校歌改歎陳同各本皆譌注王粲從軍行詩曰案行字不當有各本皆衍○

異五　九

休沐重還道中○注休謂退之名也陳云謂譌誤退字衍是也各本皆誤此即高紀注注濮陽令陳云濮上脫去字令下脫歸字是也各本皆脫注嵇康秀才詩曰陳云秀上脫贈字是也各本皆脫注陸機曰日出東南隅陳云曰字衍隅下脫行字案行下當有曰字各本皆誤注退將復修吾初何校初下添服字陳同各本皆脫○晚登三山還望京邑○灞涘望長安案灞當作霸注同上篇霸沚不可別表茶陵二本作灞大較善霸五臣灞而亂之尤本彼不誤而此未經校正餘亦不悉出也注何爲久淫滯案淫滯當作滯淫各本皆倒○京路夜發○注戒車三百兩表本茶陵本戒作戎是也注班固燕山銘曰案燕下當有然字各本皆脫○望荊山○注淚下沾衣裳案衣裳當作裳衣各本皆誤後燕歌行注引亦然善注之例但取義同無嫌語倒說見前不知者順正文乙轉非也餘引同此不更出更使豔歌傷茶陵本更作再表本作載云善作再案再字是也再使與一聞偶句五臣改爲載以則解之殊失作者之意尤本作更乃誤字耳○旦發魚浦潭表本茶陵本魚作漁是也注山正曰障表本茶陵本山下有上字是也案此引釋山文彼無山字善添之如前卷引水正絕流曰亂水字亦添尤蓋校改刪山而誤去上字○新安江水至清淺深見底貽京邑遊好○注十洲記曰案洲當作州各本皆誤說見新亭渚別范零陵詩下寧假濯衣巾表本茶陵本此下有校語云善作布衣案二本所見絕不可通必非也此本所見不誤或尤延之據注及五臣校改正之注紛吾可以濯吾纓案可以濯吾纓當作既有此內美涉下節而舛錯也各本皆誤注雜子曰陳云子字誤是也各本皆譌七里瀨所引正作字所謂周成雜字者也○從軍詩○但聞所從誰表本茶陵本聞作問云善作聞案各本所見非也聞但傳寫誤注陸賈新論曰案論當作語各本皆誤軍人多飫饒表本茶陵本人作中云善作人案各本所見非也人但傳寫誤注漢書曰魏郡有鄴城縣案曰字城字不當有各本皆衍所引地理

異五　十

志文也注所願志從之案之字不當有各本皆衍今家語無又志作必注異於是矣茶陵本異上有人字是也表本自左氏傳下至此并善入五臣甚誤注使子餘茶陵本餘下有相字是也表本亦脫不能效沮溺表本茶陵本此上有竊慕負鼎翁願厲朽鈍姿云善無此二句何校云五臣本多二句陳同今案此恐各本所見善傳寫脫正文并注一節也下節注仲宣欲厲節而求仕蓋即指此注葬我君還公表本茶陵本還作桓是也注眷眷懷歸案歸當作顧各本皆誤前屢引可證注毛萇詩序曰陳云萇字衍是也各本皆衍注有後令邯鄲何校有改胥陳同各本皆誤注捐朽摩鈍鉛刀陳云荅賓戲捐朽摩鈍鉛刀皆能一斷鈍字絕句鉛刀屬下讀此恐脫四字案所校是也各本皆脫○宋郊祀歌○注嚴恭寅畏表本恭作龔案此所見不同茶陵本亦作恭表本龔字決非後人所爲乃善之舊其作恭者蓋依今尚書改善引嚴龔注嚴恭寅畏注夤威其下當更有音義異同之注各本皆刪削失之以致正文與注不相應或欲改正文作寅畏以就之亦非注夐其

邈于。陳云于當作兮是也各本皆譌注明王盛德。表本茶陵本盛作愼是也注寤寐曰。陳云寐字衍是也各本皆衍注陟配在京。陳云陟王誤在于誤案所校是也此但涉正文誤耳注。齊桓公曾不足使扶輪羽獵賦曰。案公字不當有輪當作轂羽上當脫撰人姓名此非楊子雲作各本皆誤○樂府三首。注五言。案此古辭下不當有五言二字其三首每篇題下當有之茶陵本後二首正如此前一首又誤移於上亦非表本俱無益非飲馬長城窟行○書上竟何如。表本茶陵本上作中是也○傷歌行○昭昭素月明。表本茶陵本月明作明月是也陳云別本作明月前月賦注後何敬祖雜詩注引皆作明月可證注抑於家。案抑下當有鬱字各本皆脫此所引永傳文漢書可證○長歌行○注魏武帝燕歌行曰。陳云武當作文是也各本皆誤焜黃華蘂衰。表本茶陵本蘂作葉是也下篇注引正作葉字○短歌行茶陵本此下有四言二字案有者是也表本每題下盡無皆非注遷南頓令。陳云南頓

當作頓丘案所校是也魏志武帝紀及裴注俱可證各本皆誤蓋東郡之頓丘也注皇帝時宰人。表本茶陵本皇作黃是也但爲君故。沈吟至今。表本茶陵本有校語云善無此二句案所見非也此詩四句一換韻今與心協不容善獨無之蓋亦脫正文共注一節說具於前尤延之知其誤據五臣補正文故此處有添改痕跡但疑終失注耳注月明已見上句。表本茶陵本見上作上四案各本皆有誤也疑當作巳下否則月明衍耳○苦寒行○注然則坂在太行。案則字不當有各本皆衍凡善注之然即今人之然則前後例如此不知者誤添之○燕歌行表茶陵二本此首在善哉行之後案蓋善五臣次序不同二本所用是五臣而失著校語耳注宋玉風賦。案風當作諷各本皆譌餘多不更出○善哉行○注寄者固也。陳云固下脫歸字是也各本皆脫餘屢引可證注。又毛詩曰。茶陵本無又字是也表本亦衍○箜篌引案上五言二字當在此下茶陵本亦誤倒後三首每題下皆當有茶陵本不誤注吾能尊顯也。陳云也之誤是也各本皆譌○美女

篇○注南方草物狀曰。案物當作木各本皆誤此嵇含所撰注懷秀女。案秀當作季各本皆譌洛神賦注引不誤注顏色盛也言美。案也言二字不當有各本皆衍前神女賦秋胡詩後日出東南隅行引皆不誤可證也○白馬篇○注臣不若王子城也。案也當作父各本皆誤此所引呂氏春秋勿躬篇文○名都篇表茶陵二本此首在美女篇之後案蓋亦善五臣次序不同說見前馳馳未能半。茶陵本下馳字作騁表本亦作馳馳案馳行也馳馳猶行行耳騁字蓋後人改之注揞插也。表本茶陵本揞作捷是也今儀禮釋文亦誤改捷爲插與此正同○王明君詞○注臧榮緒晉書曰。下至遂被害。案此一節注非善之舊表茶陵二本皆并善入銑曰而如此耳今無可考注魏文帝苦哉行曰。陳云文當作武哉當作寒是也各本皆誤注爲復系若鞮單于。案復下當有株字系當作絫各本皆誤此所引匈奴列傳文也鞮作鞮蓋別體字注吁嗟默言。陳云言當作默是也各本皆誤注思寄身於鴻鸞。表本

鸞作鷰是也茶陵本亦誤鸞注高誘呂氏春秋曰。陳云秋下脫注字是也各本皆脫卷二十八○猛虎行○注侯璞箏賦曰。案璞當作瑾各本皆譌侯瑾范史文苑有傳隋志云集二卷箏賦今在藝文類聚初學記皆可證餘亦屢引○君子行○注除其毒而置衣領之中。表本作數十衣中四字茶陵本并善入五臣良注與此同案皆非也數十當作綴于尤延之不知字譌取良注以通之非也琴操亦云綴衣領可借證注奇往視袖中殺蜂。案視當作就殺當作掇正引此以注掇蜂不得作殺乃良注誤言殺琴操載一云令伯奇掇之可借爲證表本亦譌注使者就袖中。案就當作視視此與上視就二字互易其處也表本亦譌○注藜羹不糝。表本糝作糂是也此所引呂氏春秋任數文高誘有注可證注食絜故饋。陳云故欲誤表本亦作故今呂氏春秋作而後二字或善引不同耳表茶陵二本所載五臣良注作欲陳以之校善未必是○從軍行○夏條集鮮藻。案集當作焦表本云善作集茶陵本云五臣作焦所見皆非也集字於文義全

乖各本但傳寫誤非善如此。○豫章行○汎舟清川渚。茶陵本川作山云五臣作川表
本云善作山。案此所見不同，蓋尤是二本非或校改正之。注昔周公弔二叔之不咸故
封建親戚。茶陵本無弔二叔之不咸故七字。表本無弔二叔之不咸六字。案善引經典有節其字句之例。
尤本專主增多，每非是。注出是上獨西門。案獨當作留。表本亦譌。茶陵本此一節并善入五臣
良注全失其眞，或又據之以改善，斯大誤矣。今不具論。○苦寒行○注山墮也。茶陵本墮
作隳是也。表本亦誤墮。○君子有所思行○注難止也。案止當作正。各本皆譌。顏
氏家訓引作整，可借證也。下同。注說文曰。何校文改苑，陳同。各本皆誤。○齊謳行○注
請更諸爽塏之地。陳云之地當作者。今案當作者也。引末綴以也字，善每有之。各本皆誤。注
恒豆之俎。案俎當作葅。各本皆譌。注謂百萬中之一也。案中當作十。各本皆譌。○
長安有狹邪行○注俊民用康。案此有誤也。洪範有俊民用章，家用平康，無俊民用

異五　十三

康，餘屢引各本亦章康互出，蓋章是康非也。要予同歸津。表本茶陵本予作子，是也。○長歌
行○注范曄後漢書曰。表本茶陵本無此六字。案無者是也。善例如此。引太子報桓榮書之
在榮傳，谷永與王譚書之在永傳，初不稱范班二史也。其類甚多，此亦尤延之添而未是者。注願乘閑
而自察。表本茶陵本乘作承，是也。○悲哉行○喈喈倉庚吟。茶陵本吟作音，云五
臣作吟。表本云善作音。案二本非也。上云時鳥多好音，古人即不忌複韻，此實非其比，但傳寫誤。尤所見爲是，或校
改正之也。○吳趨行○注而齊右善謳。表本右作后，是也。上注云齊娥齊后也，此作后
明甚。今茶陵本亦作右，皆後人誤改。又案餘屢引皆作右，疑孟子有二本而善兼引之，如放踵致於踵兼引之例。
冷冷祥風過。何校祥改鮮，云江淹擬許徵君自序詩曲櫺激鮮飈注中引此句作鮮。案所校是也。茶陵
本云五臣作鮮，表本云善作祥，各本所見皆傳寫譌，即善五臣並非有異而誤著校語之例。注謝丞後
漢書曰。案丞當作承。各本皆譌。○短歌行○注王逸楚辭曰。案辭下當有注

字各本皆脫。餘同者不悉出。注萍華。案華當作苹。表本亦譌。茶陵本作蓱，蓱上作蓱始生，與今月令合，或
與尤表所見自不同也。○日出東南隅行。表本茶陵本此首第十，長安有狹邪行第十一，前緩
聲歌第十二，長歌行第十三，吳趨行第十四，塘上行第十五，悲哉行第十六，短歌行第十七。案此亦善五臣次序不
同而失著校語。高臺多妖麗。案妖當作姣，注同。善引呂氏春秋公姣且麗，在達鬱。又王逸楚辭注姣好
也，在大招姣麗施只下，作姣明甚。表茶陵二本作妖，所載五臣向注云妖美，必各本以五臣亂善，又盡改注中姣字
作妖，而幾於莫可辨識矣。今特訂正之。濬房出清顏。案詳注引廣厦邃房，是善正文作邃字。表茶陵
二本作濬，所載五臣濟注云濬深，恐此亦以五臣亂善。注曼好目曼澤。陳云好上曼字衍，是也。此
引王逸語，後三十三卷可證。各本皆衍。高崖被華丹。案崖當作岸。表本云善作崖，茶陵本云五臣作
岸，其實各本所見皆非也。崖字傳寫涉上而誤耳，非善如此。注韓詩曰舞則莫兮。陳云莫纂
誤。案所校是也。前舞賦注引不誤可證。○前緩聲歌○注馮夷大禹之御也。

異五　十四

案禹當作丙。各本皆誤。此所引原道訓文，高誘有注云丙或作白，不得爲禹明甚。後廣絶交論引作丙，不誤。○
塘上行○注止于丘樊。陳云丘字衍，是也。各本皆誤。○會吟行○注控
搖宮引第一。表本無宮字，是也。茶陵本亦衍。案下云其宮引本第二，此不當有宮字甚明。注佇
立也。陳云立當作久，是也。各本皆誤。注前漢書。表本茶陵本無前字，是也。有者大誤。鷁首戲
淸沚。表本有校語云鷁善作鸐，其注中亦是鸐字。案表所見非也。茶陵本皆作鷁，無校語，當與尤所見俱未誤。
注闔閭傷馬。陳云馬當作焉，是也。各本皆譌。○東武吟○注有功卒。陳云卒當
作中率，是也。各本皆誤。何校去卒字者非，此所引李廣傳文。注秦築長安城。表本無安字，是也。茶
陵本亦衍。倚杖牧雞豘。茶陵本云收五臣作牧，表本云善作收。案二本所見非也。收是傳寫誤，尤蓋校
改正之也。○結客少年場行。茶陵本此下有五言二字，以後六首同，是也。表本全無者非。注
燕丹太子。案太字不當有。各本皆衍。陳云燕丹子書名是也，載隋志。注東爲城皐。何校城改

成。陳同各本皆譌。○東門行○注日出東門行。案日字不當有各本皆衍。注有鴻鴈從東方來。案鴻當作閒各本皆誤今楚策閒有閒連文不知者改之永明十一年策秀才文同誤。注故創怯。茶陵本怯作隕表本亦作怯案今楚策作隕此怯當是抾字之譌抾隕同字不知者改之永明十一年策秀才文同誤陳云下脫也字今楚策有。行子夜中飯。表本有校語云善作飲案所見非也茶陵本作飯無校語與此皆不誤凡此等必詳出以爲合并六臣本校語皆據所見而爲之之證知乎此始能得善眞矣讀者詳之。○苦熱行○注苦熱但曝霜。案霜當作露各本皆譌。渡瀘寧具腓。茶陵本腓作肥云五臣作腓表本云善作肥案善引毛詩注具腓又云腓音肥正文自不作肥二本所見非也此蓋未誤或亦尤校改正之。注還遂。案遂當作逐還逐當謂旋被斥逐今外傳作見逐逐字是見字恐非。○白頭吟○注越于毫芒。案越當作起各本皆譌。○放歌行○注郭象注曰。茶陵本象下有莊子二字是也表本亦脫。○升天行○勝帶宦王

城。茶陵本云宦五臣作官表本云宦善作官案二本所見互異尤與茶陵同是也表本蓋非。注先生隨神士還代。何校士改女是也各本皆譌。注故秦氏作鳳女詞。案詞當作祠各本皆譌。○鼓吹曲○注兩京賦序曰。案京當作都各本皆誤。○挽歌詩○注生之高堂之上。陳云生坐誤是也各本皆譌。注天地生也存。何校生也二字乙轉陳同各本皆倒。○挽歌詩○聽我薤露詩。案薤當作韰詳表茶陵二本所載五臣銑注乃作薤其善注中字盡作韰是善韰五臣薤各本皆以五臣亂善也尤本并改注字非見下。注薤露蒿里。表本茶陵本薤作韰是也案此尤誤改觀以下此字三見仍皆作韰改而未盡明矣。注是夢坐奠於兩楹之閒。案奠字不當有各本皆衍。注友朋自遠方來。茶陵本友作有是也表本亦誤友論語音義有或作友非可證。注乘其四駱。陳云乘其當作駕彼是也各本皆誤。注海水經曰。何校水改東陳同今案各本皆作水水疑外字形近之譌但今山海經未見此文無以決定也。注曳

珂鍚。茶陵本珂作阿是也表本亦誤珂。流離親友思。表本茶陵本此一首在重阜何崔嵬一首之前案尤所見不同以文義訂之當倒在上且此句與第一首末句相承接尤非二本是也。注孔子爲明器者。陳云爲上脫謂字是也各本皆脫。○歌○注荆軻下至荆卿好讀書擊劒。表本茶陵本此三十二字作荆軻者衞人也好讀書擊劒之燕十三字案二本是也此尤延之增多而誤。○歌○留置酒沛宮。表本茶陵本無酒字案二本非也五臣銑注云沛高祖之里故以置宮是五臣本乃無酒字也善不注考史記漢書皆有酒字裴顏及諸家皆無注蓋置酒自不煩注耳五臣去酒字造此曲說誤之甚者尤所見爲是二本失著校語讀者易惑附辨之如此。○扶風歌○我欲競此曲。陳云競疑竟誤注同案所校是也表本云善作競茶陵本云五臣作竟各本所見皆非競即竟傳寫誤非善如此。○中山王孺子妾歌○注詔賜中山靖王噲。何校王下添子字陳同表本亦脫此所引藝文志文也茶陵本并入五臣更非。注及孺子妾弁。陳云弁冰誤是也各本皆誤。注西都賓曰視往昔之遺館。案視當作覛各本皆譌又案此是西京賦必善誤記耳此類多不具出。

卷二十九○古詩○注驅馬上東門。案馬當作車各本皆誤。各在天一涯。表本茶陵本有校語云善作一天涯案此所見不同李陵詩云各在天一隅蘇武詩云各在天一方句例相似恐一天誤倒或尤校改正之也。注飄飄謂之猋。案飄當作颫各本皆譌颫颻即扶摇字釋文可證。注然軺軻不遇也。案軻下當有而留滯王逸曰軺軻八字此所引七諫文又案上句年既已過太半兮已字亦當有各本皆誤脫不可讀今訂正之。注宋玉長笛賦曰。案長字不當有各本皆衍。注脈相視也。案視字不當有各本皆衍此釋詁文脈即覛釋文可證魯靈光殿賦注引脈相視也亦衍脈覛同字也。注順彼長道。案順上當有又曰二字各本皆脫。注漢書景帝曰。陳云景武誤是也各本皆誤。注白紈素出齊。案白字不當有各本皆衍前怨歌行注引無。仙人

王子喬。表本茶陵本有校語云仙善作小案此所見不同小字當傳寫誤仙字爲是或尤校改正之茶陵聘睞以適意。引領遙相睎。表本有校語云善無此二句茶陵本有而無校語案此尤與茶陵合與表不合亦即所見不同也但依文義恐不當有四五詹兔缺。案詹當作占注云然詹與占同古字通善意謂元命苞之詹與此詩之占同而古字通也其作占明甚後七命注所引正是占字各本所見善作詹皆誤用元命苞詹改正文占而注語不可通重刻茶陵又幷改注占爲蟾而善之占字幾亡矣幸表尤二本注不誤得以考正又詹諸字說文及淮南子說林訓皆如此與元命苞正同五臣乃必改爲蟾字甚矣其不通乎古也注爾詞之終耳。表本茶陵本耳作也案各本衍之終二字後王主簿怨情詩故人心尚爾句注引作爾詞也和可證○與蘇武詩○悢悢不得辭。表本茶陵本得作能案此蓋所見不同或善與五臣之異今無以考之注若張弓弛弦也。案弛當作施各本皆誤○詩○注公文伯卒。茶陵本公下有父字是也表本亦脫○四愁詩○注改元嘉七年。茶陵本元

異五　十七

嘉作永建是也表本亦誤元嘉注魏郡豪右李竟。案右字不當有各本皆衍此所引宣帝紀文又見於霍光傳俱無右字善意取文類之注以解豪右自在下不知者誤并添此注文類曰。表本類作穎是也茶陵本亦誤類屈原以美人爲君子。何校屈上添依字茶陵本云五臣有依字表本云善無依字案各本所見蓋傳寫脫耳何云五臣有依字就校語而云然注漢書曰有太山郡。案曰字不當有各本皆衍注漢書曰天水郡。何校漢上添續字是也各本皆脫注說文曰佩巾也。陳云曰下脫巾字是也各本皆脫○雜詩○南行至吳會。表本茶陵本南作行云善作南案上句言東南行則下不得單言南行甚明各本所見皆傳寫誤也非善如此○朔風詩○素雪雲飛。表本茶陵本雲作云云善作雲案各本所見皆傳寫誤素雪與朱華偶句云飛與未希偶句假令作雲殊乖文義非善如此也注范曄後漢書。表本茶陵本無此五字案無者是也善有其例說已見前注毛詩曰載離寒暑。案當作寒暑已見鸚鵡賦表本正如此但誤在上節注末而此仍複

出則非茶陵本誤與此同○雜詩○注此六篇下至在郢城思鄉而作。案此三十字於善注例不類必亦幷善於五臣而如此其中兼多譌錯各本盡同無可校正何校郢改鄄陳同天路安可窮。表本茶陵本有校語云可善作何案二本所見非也何但傳寫誤注武毅發沈憂。案憂下當有結字各本皆脫此以三句爲一句注生南國。何校下添兮南國三字案依善例當添王逸曰南國五字各本皆脫注音響何太悲。案何太當作一何各本皆誤○雜詩○注虛無形。案虛下當有而字各本皆脫遊天台山賦注引有○雜詩○注日昏東壁中。表本無日字是也茶陵本亦衍○園葵詩○注救之免。表本茶陵本免下有死字是也○思友人詩○心與迴飈俱。茶陵本飈作飄云五臣作飈表本云善作飄案飄字於義未當恐二本所見傳寫誤或尤校改正之也○感舊詩○注此篇感故舊相輕人情逐勢。案此十一字不當有乃五臣注也表本茶陵本所載此上之善曰善字誤耳尤延之取以添入非

異五　十八

注鳥皆集於苑。案鳥當作人各本皆誤郡士所背馳。案郡當作羣茶陵本云五臣作羣表本云善作郡各本所見皆傳寫誤何云當從五臣作羣陳同皆就校語而云然其實善亦作羣○雜詩○注古長歌行曰。案長當作傷見第二十七卷各本皆誤○雜詩○注於是乎知有天道可必乎。陳云當重天道二字是也各本皆脫注价人爲藩。表本爲作維茶陵本作惟案維字是也羊質復虎文。表本茶陵本復作服是也○雜詩○注沖于時下至故作此詩。案此二十字於例不類非善之舊必亦幷五臣也今無以考之○雜詩○迴飈扇綠竹。案飈當作猋茶陵本云五臣作飈表本云善作猋尤誤以五臣亂善也猋飈同字鮑明遠放歌行注云爾雅或爲此猋飈與猋同古字通也古詩十九首注云爾雅或爲此飈園葵詩歲暮商猋飛與此善皆不更注因前已詳也五臣一槩盡改猋爲飈非餘做此求之注名赤縣中州也。陳云中神誤是也各本皆誤注無爲無治也。表本下無字作而是茶陵本亦誤無注如常陰曀

然○案曀字當重各本皆脫歐駱從祝髮○案歐當作甌茶陵本云五臣作甌表本云善作歐詳二本注中皆爲甌字是善亦作甌各本所見正文歐乃傳寫誤考史記東越列傳作甌漢書同不得作歐也注鄭元毛詩曰○茶陵本詩下有箋字是也何校添陳同表本亦脫注及王遵爲刺史○陳云注中遵並當作尊案此依漢書校各本皆作遵漢高祖功臣頌注引王遵贊似善不與顏同也入聞鞞鼓聲○表本茶陵本有校語云聞善作閒案閒字爲傳寫譌自不待言此必尤校改正之捨我衡門依○表本茶陵本依作衣云善作依何校云當從五臣作衣案五臣之作衣其所注有明文而此字善不注仍無以考之但依字於義未當恐各本所見亦傳寫譌耳注潦注吾宮也今○案今當作利各本皆譌此所引在呂氏春秋召類篇有渰興南岑○陳云據注渰與弇同則詩中渰字當作弇兼有三十一卷江文通擬張黃門詩并注參證案所校是也弇字見釋文又韓詩作弇見外傳王伯厚詩考中采之雜體詩表茶陵二本校語云五臣作渰彼良注及此向注皆是渰字必五臣因渰與弇同之語改此爲渰後來以之亂善遂失著校語也注

月口經于箕○表本茶陵本無空格此初有衍字而去之注楚芻牧○茶陵本楚作禁是也表本亦誤楚注練絲曰纑也○表本茶陵本絲作麻是也卷三十○時興○注莊子曰萬物並作○表本茶陵本莊作老是也注子曰以虛靜○案子當作又各本皆誤注莫而清乎○茶陵本莫作漠是也表本亦誤莫此引知北遊文注泊無也○案無下當有爲字各本皆脫子虛賦注引怕無爲也可證又案怕說文在心部或此及上引廣雅皆本是怕字○七月七日夜詠牛女○注徒頰切○表本茶陵本無此三字案二本非也此亦善音刪削僅存者凡尤有二本無皆做此注牛女爲夫婦○表本作牽牛爲婦案當是爲下脫夫織女爲四字洛神賦燕歌行注引可證此所改非茶陵本誤與尤同注彌盡也○案盡當作益此所引士冠注也各本皆譌○南樓中望所遲客○佳人猶未適○茶陵本猶作殊有校語云五臣作猶表本作猶案表用五臣也尤以亂善非○齋中讀書○注我

教暇豫之事君幸之○茶陵本教下有茲字無幸之二字是也表本亦誤脫衍○石門新營所住四面高山迴溪石瀨脩竹茂林詩○注滑美貌也○何校滑改醑陳同各本皆譌案此疑作滑善仍有滑醑異同之注而未全也肙胥之別體字庶持乘日車○茶陵本持作特云五臣作持表本云善作特又表本茶陵本車作用案此句當云庶持乘日用表茶陵二本所見持傳寫誤特尤校改是矣其用字不誤尤改爲車則非也乘日二字連文乘日用者乘日之用靈運所作擬王粲詩云豈顧乘日養句例正同亦言乘日之養也善注云乘日已見上又此注云車或爲居者乃說所引之莊子非謝詩有車字莊子釋文云元嘉本作居最爲明證尤延之失考遽改正文大失謝及善意又案五臣向注讀日用連文其義雖謬而文非譌二本皆不云與善有異可知所見未改亦可借證矣○雜詩○注劉渠曰○何校渠改熙陳同是也各本皆譌案餘屢引可證注日暮不從野雀棲○案日字不當有各本皆衍○數詩○注行幸甘泉賦曰○案甘泉當重各本皆脫注戾舊邦

也○陳云戾上當有言字各本皆脫注張衡舞賦曰歷七盤而屣躡○案此十一字誤衍下云七盤已見陸機羅敷歌茶陵本複出之如此尤表兩有者非注國語曰鄭伯納女樂二八○案此十字誤衍下云歌鍾已見魏都賦茶陵本複出之如此尤表兩有者非注善見理不拔○表本茶陵本見作建是也○翫月城西門解中○注故曰歸本○案本當爲華各本皆誤金壺啓夕淪○表本云善作臺茶陵本作臺云五臣作壼案二本所見非也尤依注校改正之矣○始出尚書省○注繼文王之體○表本茶陵本繼上有是子也三字無王字案當補王字耳是子也尤誤刪注誰爲茶苦○案爲當作謂各本皆誤注曹顏遠感時詩曰○陳云時當作舊各本皆誤○觀朝雨○注有蛾氏○何校蛾改娀是也各本皆譌○郡內登望○注自飲食也○案飲當作飤各本皆譌○和伏武昌登孫權故城○注漢儀禮志曰○案儀禮當作禮儀各本皆倒此所引司馬彪志文漢

上疑尚脱續字。注。戰敗相殺。何校敗改攻是也各本皆譌。俯仰流英盼。案盼當作眄表本作眄云善作盼茶陵本云五臣作眄各本所見皆非也善引好色賦注流眄其本不作盼明甚傳寫正文及注皆誤校語遂謂善五臣之異而讀者莫察矣眄即聕別體凡此字多譌爲盼注。竊視盼。案視下脱流字盼當作眄見上各本皆誤賦在第十九卷也注。視定北準極。陳云視上脱南字是也各本皆脱幸籍芳音多。表本籍作藉是也茶陵本亦誤籍注。常與汝入往。陳云女下脱出字往下脱來字是也各本皆誤○和王著作八公山○注。謂山在澤東是也。案此七字不可通蓋後來駮善注之語而誤錯入耳各本皆衍否則當作非謂山在澤東也而誤日隱澗凝空。案凝當作疑宋本謝集正作疑此疑空與如複偶句各本作凝但傳寫誤耳表茶陵二本所載五臣翰注云澗暗如空也詳其意亦不作凝凡諸家集中異同非可畫一故每不稱說此條不同其例所謂言各有當者矣注。高丈長曰堵。茶陵本長下有丈字是也表本亦脱注。時盜賊強盛。陳云盜氏誤案所校最是氏苻秦也不知者改之各本皆作盜其誤久矣注。羣謝錄。何校羣改陳郡二字陳同是也各本皆誤述祖德詩注引可證○和徐都曹○注。昧旦出新渚。案新下當有亭字各本皆脱謝集有注。言用我之利。陳云利下脱耜字是也各本皆脱○和王主簿怨情○注。上山採蘪蕪。案蘪當作蘼正文蘼表茶陵二本校語皆云善作蘼可見注中自是蘼字也尤表注作蘪乃涉五臣而誤茶陵注并入五臣更不可別蘪蘼同字耳凡善五臣有異雖同字亦必較然不可混其例有如此故人心不見。案人心當作心人表本茶陵本作心人云善作人心各本所見皆非也上句故人心尚爾承生平一顧重言之謂辭寵之未嘗易操也此句故心人不見承宿昔千金賤言之謂相逢之遽已貶價也此情之所爲怨也傳寫下句涉上倒兩字絕不可通非善如此五臣之注其義甚謬而文未誤可借爲證謝集故心人不見注云一作故人心不見取六臣合并本文選而云然耳○和謝宣城○揆余發皇鑒。何校鑒改覽注同案所校是也離騷善作覽五臣作鑒表茶陵二本有明文此善引彼爲注作覽甚明蓋亦五

臣作鑒自與其離騷同各本以亂善又并改注非也西征賦皇鑒及注同此注。漢書典職曰。何校書改宫陳同是也各本皆譌注。香草名也。表本茶陵本無名字是也注。昔魂神所交也。表本無昔魂二字案無者是也所引周穆王文五臣向注乃有此二字尤延之誤取耳茶陵本注并入五臣更不可別○應王中丞思遠詠月○綢軒映珠綴。茶陵本有校語云善作朱表本無校語案二本非也善作珠故云此當爲朱綴今並爲珠五臣因此改爲朱故云以綢及朱綴而飾之茶陵本大例當作珠而云五臣作朱表本大例當作朱而云善作珠今皆錯誤唯尤本爲是又案五臣注中字表本作朱不誤重刻茶陵者并改成珠幾莫可辨矣此更誤中之誤也注。楚闉扃。案楚當作禁各本皆譌所引外戚傳文注。玉陛苔。案陛當作階各本皆譌所引外戚傳文○冬節後至丞相第詣世子車中○注。說文曰。高車。案說文當作釋名各本皆誤所引在其釋車篇中也○詠湖中鴈○注。鴈飛則乃成行。表本茶陵本無乃字是也○擬古詩○靡靡江離草。茶陵本校語云五臣作蘺表本校語云善作離案尤所見與表同考史記漢書子虛賦離字皆不從艹楚辭章句及補注亦然必善離五臣蘺也前第七卷及後卅二卷諸蘺字疑各本以五臣亂善矣○擬四愁詩○注。皆名琴也。表本茶陵本琴作器是也○擬魏太子鄴中集詩○漢武帝。陳云帝下脱時字今案所說非也表本云善無時字茶陵本云五臣有時此非善傳寫脱句例自不與上同無煩依五臣添注。却爲一集。何校却改都陳同是也各本皆譌注。王仲宣從軍戎詩曰。案戎字不當有各本皆衍注。楊覺寐而中驚。茶陵本楊作揚表本亦作楊案皆非也當作惕長門賦惕寤覺而無見兮句略相似可借爲證外物始難畢。案畢當作必善引莊子外物不可必爲注作必明甚其五臣向注云不畢所願是五臣乃作畢各本以亂善而失著校語棲集建薄質。何校云呂周翰注中有延及之語則建者逮字之訛耳案此疑善建五臣逮而失著校語但善既不注無以考之永夜繫白日。何校云以注觀之繫當爲繼案茶陵本云五臣作繼表本云善作繫蓋各

本皆傳寫譌否則善當有繫繼也之注而刪削不全　注王逸晉書　陳云逸隱誤是也各本皆誤　注公還軍官渡　案渡當作度下同各本皆譌說詳後九錫文下　注此乘大艦上　何校此上添於字是也各本皆脫　注延露已見上　表本此下有說文曰闌閑也六字茶陵本無葢并入五臣注而脫之　有優渥之言　表本茶陵本有上有故字案此所見不同今無以考之　鳴葭汎蘭氾　表本茶陵本葭作笳案二本非也善引鳴笳爲注是葭即笳之假借字或末後尚有葭笳異同之注今刪削不全五臣乃作笳向注笳笛也別造此解而改字從竹最不足憑二本以亂善非又案西京賦校鳴葭王元長曲水詩序揚葭振木荅蘇武書注說文作葭可以彼此互證

文選考異卷第五

文選考異卷第六

賜進士出身通奉大夫江南蘇松常鎮太等處承宣布政使司布政使胡克家撰

卷三十一○効曹子建樂府白馬篇○注孫巖宋書曰　何校孫巖改沈約陳同案濟注引沈約茶陵本并善入五臣何陳皆據彼改其實非也隋志載孫嚴宋書六十五卷唐志亦載之巖即嚴也表本與此正同○効古○注毛詩傳曰　案毛下當有萇字各本皆脫○擬古○注魏文秋胡行曰　案文下當有帝字各本皆脫○和琅邪王依古○注往往離宮　表本茶陵本往往作遥遥案當作進進形近之誤尤改未是　注郭象注莊子曰　表本茶陵本注字在子字下是也○擬古○注所以藏箭謂之服所以盛弓謂之韇　表本茶陵本箭下有弩字弓上無所以盛三字案二本是也今方言正如此弓謂之韇蒙上所以藏爲文　注其樂可量也　茶陵本可上有不字是也表本亦脫　道德亦何懼　表本茶陵本德作得云善作德案各本所見皆非也善引不以其道得之爲注作得甚明德但傳寫誤　伐木青江湄　表本茶陵本青作清是也　注河水之清且漣漪兮　茶陵本無之字兮字是也表本亦衍○代君子有所思○注變出無聞　案聞當作聞各本皆譌　注張叔及論　案叔及當作升反各本皆譌張升字彥眞范蔚宗書有傳在文苑前魏都賦後與山巨源絕交書注皆引反論不誤可證也左傳疏所引賓爵下革云云今本或作皮皆反之譌○効古○注或失道　陳云或惑誤是也各本皆譌　注乃我者自失道　案者字不當有今漢書無各本皆衍○雜體詩○注雜體詩序曰　表本茶陵本有并序二字在前雜體詩三十首下無此五字其以下全載序作正文乃五臣從文通集取之添入耳表本有校語云善序與此同仍簡略更不錄可爲顯證茶陵本不著校語大誤尤所見得善注之眞最是　注庾義送別詩曰　陳云義當作羲是也各本皆誤　注淵魚鱗魚也　表本茶陵本鱗作鱣是也　注人心罔結　表本茶陵本罔作同

案皆非也。當作固。注君之澤未流。茶陵本未作不下二字是也表本亦誤未去鄉三十載。表本茶陵本三作二有校語云善作三案各本所見非也考仲宣以初平西遷後之荊州至建安十三年劉琮以荊州降垂二十年故云爾至注所引去鄉三十載但取語意相同爲證不限二三互異也或因此改正文作三遂與仲宣去鄉年數弗符非善如此其五臣無說反存詩舊今借以正之注蜩與鷽鳩笑之。茶陵本鷽作鸒下同表本作鷽與此同案作鷽者是也莊子有兩本一作鷽音於角反一作鸒音預俱見釋文此引作鸒之本爲注不知者以鷽改之又案下注引詠懷詩鸒斯飛桑榆海鳥運天池云云是嗣宗讀莊子從鸒文通擬之亦然無疑矣潘黃門悼亡。表本茶陵本悼亡作述哀案二本是也後擬郭璞遊仙注云已見擬潘黃門述哀詩可證此蓋尤誤改注楚詩曰青春爰謝。何校詩改詞陳同是也爰當作受各本皆譌馳馬遵淮泗。表本馳作驅云善作馳茶陵本云五臣作驅案各本所見皆非也善引驅馬悠悠爲注馳但傳寫誤注實河海源也。表本茶陵本河作唯何校唯改河去海字案此尤改海爲河而誤當唯字處耳唯河當兩有注曹子建求通親表曰。表本茶陵本通作親案此尤添通字而誤改去上親字耳當兩有作求通親親注陽九日。案九下當有厄字日當作曰各本皆脫誤注易傳所謂陽九日厄會也。表本茶陵本日作之是也會上當有百六之三字所引即孟康注各本皆脫時或苟有會。表本茶陵本或作哉是也注馮衍顯志序曰。案志下當有賦字各本皆脫注如鼓琴瑟。茶陵本琴瑟作瑟琴是也表本亦誤順正文案善注例不拘語倒已詳前注出於暘谷。案暘當作湯各本皆譌餘屢引可證張廷尉。案張當作孫茶陵本有校語云張五臣作孫表本亦作張無校語考此三十首善於其人之不見選中者必爲之注如許徵君休上人是也其劉琨郭璞稱贈官亦必爲之注善例精密乃爾倘果別有張廷尉綽不當反不注可見善自作孫因遊天台山賦下注其尋轉廷尉卿訖故不須注也表本所用正文係五臣而字作張疑五臣乃誤爲張茶陵本校語恐倒錯何校云五臣作孫是陳同誤認茶陵校語爲善眞作張五臣眞作孫雖知江題之作孫而未得善理也注於身無窮。陳云於終誤是

也各本皆譌所引天下篇文注若其可折。案折當作析下同各本皆譌注角里先生。表本角作甪案角是甪非也廣韻一屋云角里先生漢書四皓文音覺可見宋時尚別無甪字表本係後改耳茶陵本不誤與此同前入華子崗詩注載山居圖作祿史記索隱引孔安國祕記亦作祿祿角古字通今漢書索隱以及法言等每爲人改成甪而王震澤刻史記未譌隸釋四皓神祚机字影宋本作角極其明畫近亦改甪恐讀者習見誤本附訂之如此注見一丈夫。何校夫改人是也各本皆譌所引天地篇文注時人皆欽愛之。表本茶陵本人下有士字是也注動於靜故萬物離並動作。何校於上添起字離改雖陳同是也各本皆脫誤碧鄣長周流。茶陵本鄣作障表本云善作障案此所見不同靈運晚出西射堂詩作鄣注引上正鄣巨希範且發漁浦潭詩作障注同此擬謝似宜爲鄣也五臣改作嶂蓋不知鄣障皆與爾雅釋山之章通用注子虛賦曰石則赤玉玫瑰。表本茶陵本作上林賦曰赤玉玫瑰也案此尤延之檢本篇而改其實善誤記亦每有之注莫與智者論。案莫當作異各本皆誤重陽集清氣。表本茶陵本氣作氣云善作氣案詳下云氣生川岳陰文必相避蓋善自作氣與五臣非有異但傳寫譌氣各本所見皆非測恩躋踰逸。表本踰作愉云善作踰茶陵本云五臣作愉案善以耽樂注之是自作愉非與五臣有異但傳寫譌踰各本所見皆非陳云踰愉誤得之榮重餽兼金。茶陵本云五臣作承榮重兼金表本云善作榮重餽兼金案各本所見皆非也承榮與巡華儷兼金與盈瑱儷重過同意善不容與五臣有異作榮重餽兼金全非句例必傳寫誤也注獻康樂詩曰。案獻上當有謝惠連三字各本皆脫岧亭南樓期。案岧當作苕苕亭即西京賦所謂狀亭亭以苕苕彼注云高貌也蓋單言之則曰苕亭重言之則曰苕苕亭亭字義全同不煩更注又苕苕屢見俱不作岧但傳寫形近譌耳表本茶陵本皆作苕云善作岧五臣於重言者多改爲迢迢而此以單言不改正與善同各本所見皆非注又詩序曰。表本茶陵本無詩字是也注孔安國尚書曰。案書下當有傳字各本皆脫注又詶謝惠連詩曰。表本茶陵本無謝字是也鍊藥矚虛幌。案鍊當作練注云鍊與練古字通謂

詩之練與所引說文金部之鍊通也若正文先已作鍊無煩此注矣必五臣改爲鍊各本所見亂之而失著校語凡五臣每以注改正文也又四子講德論精練藏於鑛朴五臣作鍊正與此同。**注又集略曰。**案又當作文字二字各本皆誤隋志云文字集略六卷梁文貞處士阮孝緒撰七命注亦引此正作文字可證。**注以帛萌窗也。**陳云萌明誤是也各本皆誤案七命注引作明可證。**注敬恭明祀。**案祀當作神各本皆誤。**吡謠響玉律。**案吡當作萌茶陵本作萌云五臣作吡表本云善作萌尤本以五臣亂善失之說已見前長楊賦遐萌下可互證也。**注觀北湖田牧詩曰。**何校牧改收陳同是也各本皆譌。**從樂逗江陰。**茶陵本云樂五臣作藥表本作藥云善作樂案各本所見皆非也下有丹泉術紫芳心之云此言藥無疑表本載五臣翰注云徙藥行藥也又載善注徙樂行樂也茶陵但載善徙樂行樂也五臣刪此一句當是正文善自作藥與五臣不異其五臣之注爲全襲善語傳寫誤善正文及注作樂據之作校語者不辨尤亦同其誤也鮑明遠有行藥至城東橋詩在二十二卷。**注廣雅曰。藹藹盛貌。**表本茶陵本無此七字。

注郭璞曰蒼蒼。案蒼蒼二字不當有各本皆衍。**休上人別怨。**表本茶陵本別怨作怨別是也。**悵望陽雲臺。**陳云陽雲二字當乙今案陳所說非也注引楚王乃登雲陽之臺善例既不拘語倒難以據改又子虛賦茶陵本作雲陽有校語云五臣作陽雲表本作陽雲無校語考史記漢書皆作陽雲恐茶陵及尤所見未必非傳寫誤此注亦然其不當輒改決然矣。

卷三十二〇離騷經〇注辟爲幽也。案爲字不當有各本皆衍楚辭注無。**紐秋蘭以爲佩。**表本云逸作紐茶陵本云五臣作紉下豈惟紐夫蕙茝校語同案各本所見皆非也此紐楚辭作紉下載舊音女陳反洪興祖補注女鄰切又下文矯菌桂以紉蕙兮各本盡作紉蓋紐但傳寫譌耳凡楚辭及善引逸注不必全同而文選今本傳寫之誤或失文義乃當相正下倣此。**注言己脩身清潔。**案潔當作絜各本皆誤注多作絜必逸自用絜後改之而絜潔錯出非餘不更出。**何不改此度也。**表本茶陵本改下有其字案表用五臣也校語云逸作何不改此度也與尤正同茶陵本以五臣亂之非楚辭何不改乎此度也洪興祖本何不改此度當各依其舊讀者易惑故詳出之。**注以脩用天地之道。**何校脩改循陳同楚辭注作循案上云遵循也循字是也循脩二字羣書多混前人論之詳矣。**注諭傾危也。**陳云諭喻誤又風爲號令以諭君命行媒諭左右之臣也同案喻諭通用或逸自用諭下以諭國也以諭君也故以香爲諭故以諭君表本皆作諭茶陵本皆作喻楚辭注亦喻諭錯出。**注言吞陰陽之精蘂。**案洪興祖本楚辭注無言字陰陽作正陰是也各本及單行楚辭注皆誤。**注哀念萬民。**表本茶陵本民作人下注終不見省察萬民善惡之心又觀萬民之中又足以觀察萬民忠佞之謀同案人字是也正文人亦善避諱改字不得注作民。**衆女嫉余之娥眉兮。**表本茶陵本娥作蛾注同案楚辭作蛾。**悔相道之不察兮。**表本云逸無兮字茶陵本云五臣有兮字案二本非也校語言逸本猶其言善本皆但據所見楚辭有兮字此尤延之校改正之。**注言及旋我之車。**案及當依楚辭注作乃各本皆譌。**注反迷己誤欲去之路。**案反迷己當依楚辭注作及己迷各本皆誤。**注外有玉澤之質。**表本茶陵本外作內案此尤本誤字。

注使家臣衆逢蒙。案當依楚辭注去衆字各本皆衍。**注殷宗遂絕。不得久長也。**表本茶陵本無絕字案楚辭注有。**脩繩墨而不陂。**表本茶陵本陂作頗注同案此尤延之改也楚辭正作頗洪興祖云頗一作陂爲尤所據謂引易曰無平不頗其字宜作陂耳詳逸引羣經不必與今同改者未是脩當作循表本云逸作脩茶陵本云五臣作循詳逸注循用先聖法度各本皆同是逸作循不作脩校語所見實傳寫譌也單行楚辭注亦譌洪興祖本作循云循一作脩。**注有道德之者。**何校之改人陳同茶陵本作人表本注作之楚辭注無此字案疑無者是也。**衣皆謂之襟。**案皆當依楚辭注作眥各本皆誤文出爾雅釋器考釋文眥才細反又子移反不得作皆詩鄭風正義引作皆其誤正與此同。**注言己覩禹湯文王脩德以興天。**案當依楚辭注己下添上字與下去天字各本皆誤。**注情合眞人。**表本茶陵本情作精案此尤本誤字。**注淹塵埃而上征。**表本茶陵本淹作掩案上溘猶奄也各本皆同疑此亦作奄與楚辭注皆作掩者不同。

注神山淮南子曰縣圃在崑崙閶闔之中表本茶陵本作神山也在崑崙之上淮南言崑崙縣圃案二本是也尤延之所校改非楚辭注可證南下彼有子字非注乃維上天表本茶陵本作雖乃通天案今楚辭注作維絕通天洪興祖本作維絕乃通天補注云一無絕字一本乃作絕尤延之據淮南天文訓云乃維上天以校改不知逸所引不必與今同也路曼曼其脩遠兮表本茶陵本曼曼作漫漫注同案楚辭作曼洪興祖云釋文曼作漫云云此蓋善曼五臣漫二本所見以五臣亂善而失著校語注淮南子言日出暘谷案暘當作湯各本皆譌楚辭注作湯此天文訓文史記索隱引之以明湯谷之有證淮南不作暘也天問云出自湯谷楚辭亦不作暘也吳都賦包湯谷之滂沛歎逝賦望湯谷以企予文選亦不作暘也唯五臣不知有湯谷凡遇此字必用古文堯典改爲暘表茶陵二本校語可考善注中湯字亦閒爲所亂猶今本淮南之爲後人改作暘矣又表本茶陵本無子字是也楚辭注有與此同衍注皆出仁義表本茶陵本仁義作於仁案二本是也楚辭注作於仁義亦衍義字注淮南曰弱水表本

茶陵本曰作言案二本是也以此例之上注淮南子曰白水云云子曰二字亦當作言各本皆誤楚辭注二處皆作子言亦衍子字注洧盤水名也表本茶陵本盤作槃是也案此因正文五臣作盤誤混善注楚辭作槃洪興祖曰盤一作槃注來去相弃案當依楚辭注來下有違字各本皆脫洪興祖本作來復弃去殊誤注偃蹇高意表本茶陵本意作皃案此尤本誤字注鴆惡鳥也明有毒殺人案惡鳥當依楚辭注作運日此因五臣向注作惡鳥不知者誤混善注又明當依楚辭注作羽亦不知者因形近誤之各本誤皆同注受禮遺將案將下當依楚辭注有行字各本皆脫注少康留止有虞案少上當依楚辭注有幸若二字各本皆脫注是不欲遠去貌案貌當依楚辭注作意各本皆誤注懷襄二世不明表本茶陵本世作葉案二本是也此亦善避諱改字注糈精美表本茶陵本美作米案此尤本誤字注紛然近我茶陵本近作迎是也表本亦誤近案楚辭注作迎注知己之意表本茶陵本意作志案此尤本誤字注告我當去尤吉善

也何校改尤作就陳云楚辭注作就爲是各本皆譌注力能調和陰陽陳云力乃誤是也楚辭注作乃各本皆譌注言臣能中心常好善表本茶陵本臣作誠案此尤本誤字注甯戚方飲牛茶陵本飲作飯是也表本亦誤飲案楚辭注作飯注鷤弟鴂桂表本茶陵本無此四字有弟桂二字音在正文下案二本乃五臣音也詳此篇注中諸音切蓋善既載王注兼載舊音今本改易刪削多失其眞無以正之此四字或善所有恐當如筳音廷篿音專之例單行楚辭鷤作鵜下載舊音云鵜題音鴂決音文既互異難以爲證矣又況揭車與江蘺案蘺當作離上扈江離無卄似不當歧異也楚辭二字皆作離洪興祖補注云文選離作蘺謂五臣也表茶陵二本正如此但皆不著校語蓋非注此誠可貴茲表本茶陵本茲作重是也案此尤本誤字注言我願及年德方盛壯之時周流四方觀君臣之賢欲往就之表本茶陵本無此二十四字案此尤延之據楚辭注添之詳文義當是二本脫也揚雲霓之晻藹兮茶陵本揚下有志字校語云五臣無表本

校語云逸有案二本非也楚辭無此尤延之校改正之洪興祖云一本揚下有志字即指表茶陵校語所見而言實誤本也注平聲表本茶陵本無聲字案此疑是五臣音單行楚辭亦不載凡音之在正文下者均非善舊蓋合併六家每因正文下已有五臣音刪削注中之善而善與五臣始糾錯不分逮後單行善本又於正文下音多所刪削於是或眞善音以改易其處而被去或非善音而刪削不及則仍存均難以一一考之矣全書表茶陵音與尤每不同者此其大概也何校爲之舉例不更悉論云○九歌○注必擇吉辰之日何校辰改良案楚辭注作良何據之是也各本皆譌注兼衣言青黃五采之色案當依楚辭注去言字各本皆衍望夫君兮歸來表本歸作未云逸作歸茶陵本云五臣作未案各本所見皆非也詳逸注言己瞻望於君而未肯來是逸作未不作歸但傳寫誤耳楚辭作未洪興祖云未一作歸亦非注屈原思神略垂案垂當依楚辭注作畢讀於畢字句絕各本皆誤少司命悲莫悲兮句注亦有此語可證注承荃橈兮蘭旌案承衍字也楚辭無洪興祖補注云諸本或云乘荃橈乘一作承或云采皆後人增其說

是也因逸注有乘舟船之語誤添正文耳後又作承即此本又作采即五臣本也袁本云逸作承茶陵本云五臣作采據所見爲校語非

鳥萃兮蘋中　何校萃上添何字陳同案楚辭有何字又洪與祖云一本萃上有何字何陳據之也袁茶陵本皆無洪與祖本楚辭亦無此仍當各依其舊不必添也

慌忽兮遠望　案慌當作荒詳逸注云言神鬼荒忽各本皆作荒是善作荒也表茶陵二本正文作慌所載五臣向注字同是五臣作慌也單行楚辭作慌惚下載舊校一作荒忽洪與祖本作荒忽云荒一作慌忽一作惚荒慌同字但既善荒五臣慌便屬分別不因同字而可相亂也凡善五臣之所謂異皆準此例矣

注擗折也　茶陵本折作析是也表本亦誤折下同

疏石蘭以爲芳　何校以改兮案楚辭以作兮何據之也表本兮以兩有云逸無兮茶陵本云五臣有兮據所見爲校語也洪與祖云一本兮下有以字即五臣本一云疏石蘭以爲芳即此本

卷三十三○九歌○與汝遊兮九河衝飈起兮水揚波　何校云洪與祖謂此二句河伯章中語王逸無注古本無此二句陳同案其說是也詳五臣濟有解九河衝飇之注是其本有此二句各本所見皆以五臣亂善而誤衍又失著校語也楚辭亦衍或即五臣之所本要以古本無爲是

注睇微盻也　茶陵本盻作眄表本作盼案楚辭作眄眄字是也下美目盻然各本及楚辭皆作盼非洪與祖引說文南楚謂眄曰睇眄眠見切可證逸以眄注睇二字俱當作眄與詩美目盼兮無涉洪於下又引詩者所見已誤下眄爲盼耳七啓睇眄流光注引此亦其證

注猨號狖呴　案號狖當依楚辭注作狖號袁茶陵二本作猴號考楚辭狖夜鳴洪與祖本狖作又云又一作狖然則作狖之本此注則云猨狖號呴作又之本此注則云猨猴號呴也下注猨狖善鳴亦當然表本正文作又茶陵本正文作狖蓋善狖五臣又而不同二本失著校語此及下俱作猴非

○九章○旦余濟兮江湘　案兮當作乎此尤本誤字表本茶陵本楚辭皆可證

注言明旦之者　案當依楚辭注去之字各本皆衍

邸余車兮方林　表本茶陵本邸作低案楚辭作低洪與祖本作邸云邸一作低補注以爲低無舍義非也廣雅釋詁四宿次低弛舍也洪失之未考表茶陵二本無校語善引逸是低字五臣亦同尤延之乃改邸耳

注捨於方林　案捨當依楚辭注作舍各本皆誤

苟余心其端直兮　袁本云逸無心字茶陵本五臣有心字案楚辭有心字二本所見蓋傳寫脫此亦初無而尤脩改添之

注自刑體　案體上當依楚辭添身字各本皆脫

○卜居

○以潔楹乎　袁本茶陵本潔作絜是也案單行楚辭正作絜洪與祖本作潔非

若水中之鳧乎　何校去乎字案洪與祖云一無乎字何據之是也各本皆衍

○漁父○聖人不凝滯於物　茶陵本於下有萬字云五臣無袁本云逸有案楚辭無洪與祖云一本物上有萬字此亦初有而尤脩改去之何陳皆云衍是也史記亦無

注笑難斷也　袁本茶陵本難斷作離斷案此尤本誤字

○九辯○注視江河也　案江河當作河江各本皆倒此以江與上傷方下鄉爲韻楚辭注亦倒凡此篇逸注用韻其誤有可以所協推知者例如此

注還故鄉　案鄉下當依楚辭注添也字各本皆脫

注歎息也　案歎下當依楚辭注添累字各本皆脫

注身困窮也　案窮當依楚辭注作極各本皆誤

注意未明也　案明當依楚辭注作服各本皆誤

注奮翼呼　案呼上當依楚辭注添鳴字各本皆脫

注迴逝言還　袁本茶陵本還作邁案此尤本誤字

注爾雅曰四時和爲通正　袁本茶陵本無此九字案無者是也楚辭注正無尤校添甚非

收恢炱之孟夏兮　袁本茶陵本炱作台案台字是也善注舞賦恢炱引此作台而云炱與台古字通可見善自作台甚明尤延之校改作炱非是楚辭作炱洪與祖本作台云台一作炱一作炱雖自有據然不容以之改善也

注以養民　案民下當依楚辭注添也字各本皆脫

注以茂美樹　案美下當依楚辭注添之字各本皆脫

注竄巖藪也　案藪當依楚辭注作穴各本皆誤

注及兄弟也　案兄弟當依單行楚辭注作弟兄各本及洪與祖本楚辭注皆誤倒

注以興在位之賢臣也　案賢當依楚辭注作貴各本皆譌

何曾華之無實兮　袁本茶陵本校語云逸無華字案此亦初無而尤脩改添之考楚辭有當是傳寫誤脫二本據所見爲校語耳

注政言德惠所由出之也　案當依楚辭注作言政令德惠所由出也各本皆誤

注心惻隱也　案惻隱當依楚辭注作隱惻各本皆倒

注而逐放

也。表本茶陵本逐放作放逐案此尤本誤倒后土何時而得乾。表本茶陵本而作兮案楚辭而
洪興祖云而一作兮此或善而五臣兮否則尤延之校改兮作而今無以考之注慕歸堯舜之明
德也。案明德當依楚辭注作聖明各本皆誤注終年歲也。案年歲當作歲年各本及楚辭注皆
倒○招魂○注欲使巫陽招之也。表本茶陵本無招之二字案無者是也單行楚
辭無洪興祖本有尤依之添非恐後之謝。茶陵本之謝作謝之云五臣無之字表本無謝下校語云逸有
之案楚辭作之謝故尤延之校改其實非也洪興祖云一云謝之即表茶陵所見本一無之字即五臣本也注
必卜筮之法。表本茶陵本必下有去字案此尤本脫得人肉而祀。表本茶陵本而作以
案楚辭作而洪興祖本作以或尤延之校改以作而今亦無以考之注常食蠃蚌。表本茶陵本蠃作鼃
案楚辭注作蠃此亦尤校改旋入雷淵。表本茶陵本淵作泉注同案楚辭作淵案此必尤延之校改
注皆有蠆毒。表本茶陵本蠆作蠆案皆非也當依楚辭注作蠚注言啄天下欲上

之人。何校言改主陳同案楚辭注作主是也各本皆誤注言有丈夫。表本茶陵本無丈字案楚
辭注有尤校添之注雕鏤綺木使方好也。案綺當依楚辭注作連各本皆誤注詩
云肆筵設机。表本茶陵本肆作設案設字是也設筵設机者公劉之俾筵俾几也凡叔師所引皆非今
毛詩單行楚辭作設洪興祖本誤爲肆今毛詩仍無肆筵設机之文尤誤取之以校改非注言大夫有
二列之樂左傳曰晉悼公。表本無有左傳曰四字茶陵本亦無樂作故案各本皆非也當
依楚辭注作言大夫有二列之樂故晉悼公注垂鬢下髮。表本茶陵本作垂髮下鬋案單行楚辭注
作垂髮鬢下鬋洪興祖本作垂鬢鬉下髮互有不同蓋尤以意校改如此未必是也注發言中禮意
者也。表本茶陵本無發字案單行楚辭注無洪興祖本有尤校添之注時竊視安詳諦。案當
依楚辭注重時字諦上有審字各本皆脫注飾幬帳之高堂。陳云帳下當有張字是也楚辭注有
各本皆脫注皆衣虎豹之文異采之飾。表本茶陵本無之文二字案楚辭注有尤校添

之。注羅列之陳。案之當依楚辭注作而各本皆誤臑若芳些。表本作胹校語云逸本作
臑茶陵本作臑云五臣作胹案楚辭作臑洪興祖云臑一作臑一作胹此注臑仁珠切似善作臑或表本校語有譌
否則音非善舊也注爛熟之則䐑美也。表本茶陵本無爛字案楚辭注有尤校添之注
藷蔗也。表本茶陵本藷作諸案當作諸下文可證楚辭注作藷與善異本尤校改失之注鴻鴈也。
表本茶陵本鴈作鶬案洪興祖本作鴈單行本作鴈鶬蓋改鶬爲鴈而兩有考九思悼亂云鴻鶬兮振翅是作鶬未
必非也注楚人名羹曰爽。案羹下當依楚辭注有敗字各本皆脫注以蜜和米
麪。表本茶陵本麪作麵案此尤本誤字注又長味好飲。表本茶陵本好飲作也案楚辭注作好飲
也尤校改之發楊荷些。案楊當作揚注發楊荷葉同表茶陵二本所見亦誤楚辭俱作揚也注誠
足怪奇也。表本茶陵本足作獨案單行楚辭作獨洪興祖本作足尤校改之注投六箸行
六棊。表本茶陵本行下無六字案楚辭注有尤校添之注比集者也。案當依楚辭注去者字各

本皆衍注又曰和樂且耽。案耽當依楚辭注作湛各本皆誤凡逸所引皆非今毛詩此必不知
者改注言蘭芳以喻賢人。表本茶陵本無言字案楚辭注言字在下句首蓋尤校添而誤其處
酎飲既盡歡。何校去既字茶陵本云五臣無既字表本云逸有既字案楚辭無洪興祖云一本盡上有
既字即此本也此不當有恐傳寫衍各本所見皆誤汨吾南征些。何校去些字下白芷生些同案楚辭
無各本皆衍菉蘋齊葉兮。表本茶陵本蘋作薠下有薠音案此必善蘋五臣薠也湘夫人登白薠以
騁望二本校語有明文此正同彼二本所見以五臣亂善而失著校語尤所見不誤表本所載逸注中字作蘋亦不
誤楚辭作蘋即此本也洪興祖云蘋一作薠即五臣本也又案洪興祖補注於湘夫人云薠一作蘋非是其說殊誤
逸注上云薠草秋生其下鳥萃兮蘋中注云鳥當集木巔而言草中文自相承二句既同一草必同一字不得如五
臣之上一字作薠下一字作蘋或又謂白薠與蘋不當一物異稱獨不見九辯鳳凰與鳳雜錯稱之乎逸注本無可
疑洪未達其旨附正之於此注爾雅曰。表本茶陵本無此三字案無者是也楚辭注無注懷所

見自傷哀也何校懷改據陳同案楚辭注作據時二字是也何陳但改據字其時字仍不補未詳所出表茶陵二本亦作懷注煙上蒸于天表本茶陵本無于字案此尤校添之其實誤也楚辭注亦無注謂日也表本茶陵本無謂字案此尤校添之其實誤也楚辭注亦無時不見淹表本茶陵本見作可案楚辭作可以單行本舊校云一作時不見淹洪興祖本云一云時不淹一云時不可淹一云時不見淹疑善見五臣可二本非而尤是也但無明文可以考之注水旁林木中表本茶陵本無木字案楚辭注有尤校添之○招隱士○注楨幹也案句首楚辭注有爲字又案楨幹疑當作幹楨以楨與盛成韻各本皆脫誤注崔巍嵯嵯陳云上嵯疑蹇案蹇嵯雖可通但此與上句山阜嶇嵎不協恐仍未是各本皆同楚辭注亦然無以考之矣注走往殊異案殊異當依楚辭注作異趣各本皆誤趣字韻洪興祖云一云走趾殊也亦非注草木茂盛案茂盛疑當作盛茂以茂與聚韻各本及楚辭注皆誤倒

卷三十四○七發○注漢書曰下至乘道死也表本茶陵本此一節注大異乃并善入五臣之誤也尤所見爲是注說文曰謝辭也表本茶陵本無此六字案無者是也表本所載五臣翰注有謝辭也三字蓋別本又有說文曰三字而尤誤取以增多注而損精案而上當有悅情二字此引韓子揚推篇文各本皆脫皓齒娥眉表本茶陵本娥作蛾是也注鄭國淫僻茶陵本國作衛是也表本亦誤國麥秀蔪兮表本茶陵本蔪作蔪案蔪字是也廣韻作蔪亦引埤蒼與集韻皆蔪蔪同在一紐而分別兩字他書或用漸射雉賦云麥漸漸以擢芒漸與蔪古字通也尤所見別本作草木蔪苞之蔪非拄喙而不能前茶陵本拄作柱注同云五臣從扌表本作拄用五臣也案此尤本以五臣亂善非熊蹯之臑茶陵本臑作胹注同有校語云五臣作臑表本作臑不著校語案臑即胹之別體字廣韻七之所載從需之字凡四臑其一也云臑煑熟下重文但有胹㶢䏧三形集韻於廣韻偏旁用需之字皆從需此注音而其所引左傳方言彼皆作胹是自作胹不作臑茶陵本尚存善舊表本以五臣亂之注王

逸楚辭注曰稻粢穱麥挐黃粱陳云案此楚辭正文非注也當作穱麥麥中先熟者今案此或衍王逸注三字各本皆同無以審知之也於是伯樂相其前後表本云善無後茶陵本云五臣有後案此本亦初無而脩改添之蓋尤延之以爲善傳寫脫但注不見明文無以考之也注爲趙簡子取道表本茶陵本子作王案王字譌當作主韓非子戰國策皆有簡主所謂大夫稱主也尤所改似是實非注夷桑也茶陵本夷作黃是也表本亦誤夷注與陽佚開表本茶陵本佚作迭是也注又古考史曰陳云考史當作史考譙周所著案所校是也史記司馬相如傳索隱引古史考可證困野獸之足表本云善無獸茶陵本云五臣有獸案此亦尤延之以爲傳寫脫而添之似是也注孔安國曰尚書傳曰案國下不當有曰字各本皆衍注縷辭縷也陳云辭恐覶誤是也各本皆譌慌曠曠兮案慌當作超表本云善作慌茶陵本云五臣作超此必欲改上文悅兮忽兮之悅爲慌誤以當此處各本校語皆據所見而不察也善亦作超其上文之悅乃當作慌澹澉手足案澹澉當作澉澹善注云澉澹猶洗滌也各本皆同其表茶陵二本所載五臣銑注則云澹澉各本所見正文蓋皆以五臣亂善注方言曰輸脫也表本茶陵本輸作揄是也亦見廣雅釋詁注因名胥母山案此有誤史記作因命曰胥山命即名也當本云因名曰胥山涉下文胥母而誤改注混混沌沌案沌沌當作庉庉各本皆誤注郭璞爾雅曰踣覆也表本茶陵本覆上有前字是也陳云雅下脫注字二本亦脫注中山公子牟謂詹何表本茶陵本何作子是也注其一人也何校其改共是也各本皆譌使之論天下之釋微茶陵本云釋五臣作精表本云善作釋案善引好論精微爲注似亦作精各本所見皆傳寫誤孟子持籌而算之茶陵本無持而算三字云五臣作持籌而算之表本用五臣云善作孟子籌之案此尤延之誤以五臣亂善○七啓○注過乎泱漭之野表本茶陵本漭作莽案史記漢書皆是莽字疑前彼賦及此正文作漭者善爲五臣所亂注分三爲一茶陵本分作函是也表本亦作分誤與此同注而酒汎溢

表本茶陵本汎作沈下汎者沸同案沈字是也今淮南覽冥訓作湛湛沈同字高誘注云酒湛淸酒也米物下湛故曰湛不作汎明甚。注季夏之月。表本茶陵本季作孟是也。注句踐乃身被賜夷之甲。案賜當作賜各本皆誤吳都賦賜夷音以良切劉淵林注所引正作賜今越絕書作賜與此皆形近之譌也。注冕公侯九斿者也。表本斿作流案流字是也茶陵本作游亦非。注擬古詩曰。屢見流芳歇。表本茶陵本無此九字。注畫招搖星於其上。陳云其旗誤是也各本皆譌案今本禮記注作又畫招搖星於旌旗上蓋李節引耳。注揞插也。案插當作捷宋潭州本儀禮鄉射釋文捷初洽反又士冠捷栖初洽反本又作插此正文作捷善所引儀禮注亦作捷不知者誤依今本作插改之亦如通志堂刻釋文於鄉射改捷爲插也何校正文捷改爲插陳亦云捷當作插皆據注之誤字。下無滿跡。案滿當作漏表本云善作滿茶陵本云五臣作漏各本所見皆傳寫譌七命云外無漏迹善引此下無漏迹爲注於文義本不得作滿也。注舒疾無力。案力當作方各本皆譌。羆獶回邁。案羆當作罷表本云善作羆茶陵本云五臣作羆各本所見皆傳寫譌善亦不得作羆。注李充高安館銘曰。陳云充當作尤尤字伯仁見范史文苑傳是也各本皆譌。注顒音俯。表本茶陵本無此三字。注觀者澹予忘歸也。陳云予兮誤是也各本皆譌。注巳而魚大食之。表本茶陵本魚大作大魚是也。宴婉絕兮。陳云宴燕誤今案陳據注引毛詩作燕也西征賦宴喜注亦引毛詩作燕或注有刪削未全耳。注紉秋蘭爲佩。表本茶陵本爲上有兮字案兮當作以此尤延之欲校改而誤兩去其字也。注鄭人聽之不若延靈以和。陳云鄭鄙誤靈露誤是也各本皆譌。注軒殿檻也。又新語曰高臺百仞文軒彫窗也。陳云文軒猶彫軒耳殿檻之釋與新語一條皆屬誤贅今案此注與中引尸子文軒義乖陳說近之但各本盡然未審所誤果當若何也。注張衡應問曰。陳云問閒誤是也各本皆譌。注秦后來仕。案后下當有子字各本皆脫。注左氏傳曰舊章不可忘也。案此十字不當有上云舊章已見東都主人複出非也各本皆衍。

注則甘靈降。表本茶陵本靈作露案二本正文作露表有校語云善作靈茶陵無尤所見與表同故用正文改注其實靈字未必非傳寫誤即正文作甘靈注爲甘露於善例自通改者未是。注鳳皇鳴矣。陳云下脫於彼高岡四字案所校是也此必連引以注於高岡各本皆脫。注漢書司馬相如。表本茶陵本無此六字。注舉英奇於側陋。表本茶陵本側作仄下同案此尤所見與二本異各本正文皆作仄表茶陵不著校語考東京賦招有道於側陋注字同善注引明明揚側陋表茶陵二本正文亦作仄仍不著校語思元賦幽獨守此仄陋兮表茶陵作側其校語云善作仄善注引明明揚仄陋恩偉傳論明揚幽仄注及正文皆作仄蓋尚書自有二本作者或用仄或用側善隨而引之後人輒有所改致令正文與注有所歧互。

卷三十五○七命○翫世高蹈。何校云翫晉書作超案翫字非也茶陵本云五臣作越表本云善作翫此必欲改下文玩志乎衆妙之玩爲翫誤以當此處各本校語皆據所見而不察也但善作越之與作超無明文以決之。注盤龍賁信越其藏。表本茶陵本盤作蟠越作於案二本是也正文作盤疑注更有盤蟠異同之語刪削不全三國名臣序贊初九龍盤注引方言蟠龍亦如此蜀都賦潛龍蟠於沮澤用字不同也晉書作蟠何陳校改正文考此篇善未必與晉書同下聾其山彼作籠乘鳧舟彼作鷁與注不合最爲顯證今各依其舊亦不盡出。於是殉華大夫。表本茶陵本殉作徇注同案此蓋尤校改爲殉晉書作殉但善未必同彼也。注遡向風也。表本茶陵本無風字是也。注山海經曰二負。表本茶陵本二作貳是也。注崩崚嶒而龍鱗。表本茶陵本崚嶒作繒綾案二本是也尤誤改之說詳前鍾山詩崚嶒起青嶂下晉書作層陵。遡九秋之鳴颷。案遡當作遡注云遡與遡同若正文作遡不當有此注蓋五臣改爲遡各本所見亂之晉書上文遡長風及此皆作遡下文遡惠風於蘅薄亦然疑善皆作遡也月賦遡皓月而長歌西京賦咸遡風而欲翔張載魏都賦注引作遡皆可互證。零雪寫其根。茶陵本云五臣作零表本云善作雲案雲但傳寫誤此尤校改也晉書作雰。注楊雄解嘲曰。表本茶陵本嘲作難案難字是也解難亦載本傳與解嘲迥不相涉不知者誤改耳。注操伯牙之號鍾兮。

表本茶陵本伯作百案此尤校改之也。揮危紡則溂流。表本云善作流溂茶陵本云五臣作溂流案流溂但傳寫倒此尤校改正之也晉書不誤注蒼頡曰。何校頡下添篇字陳同各本皆脫注宋玉風賦曰。案風當作諷各本皆譌注汲古文曰。案汲下當有郡字各本皆脫彫閣霞連。案彫當作彤晉書不誤彤赤也故曰霞連與上句翠觀岑青正爲一例此亦如侍遊曲阿後湖作之誤彤雲爲彫雲皆失其文義所當訂正注畫龍蚪。案蚪當作虯誤用正文中蚪字改也上注云蚪龍也故復引此以申明之耳或據此謂招魂別有作蚪之本大誤遡蕙風於衡薄。表本茶陵本蕙作惠衡作蘅案晉書同此尤校改也各本善注中字皆作蕙衡考魏都賦注及洛神賦乃惠蘅之誤尤所改非注杜預左氏傳曰。何校傳下添注字是也各本皆脫拔靈芝。表本云善作雲茶陵本云五臣作靈案此尤校改也詳善引西京賦以注靈芝之靈字似是晉書亦作靈注管仲之始治也。表本茶陵本治作化是也注輕武。卒名也。下至奏嚴鼓之嘈囐。表本茶陵本無此二十五字案無者

最是此或記於旁以駮善輕武戎剛四車名之解尤延之不察誤取以增多注環爲營。表本茶陵本環上有自字是也注或云飛羅。案此四字不當有各本皆衍注音旲夫。案夫當作天各本皆譌此必出郭璞音注然䍦罠一。以爲對。恐互體。廣雅曰。罠兔罟也。表本茶陵本作然兔罠也四字案各本皆誤無以考也畫長谿以爲限。表本茶陵本谿作壑云善作谿案谿字義不可通恐各本所見傳寫誤晉書亦作壑叩鉦數校。案晉書數作散詳注云散爲陳列而行是善自作散表茶陵所載五臣向注云以數立功校之法是五臣乃作數各本皆以五臣亂善而失著校語非注待獲射者。何校射上添待字者下添中字是也各本皆脫雲迴風烈。表本茶陵本下有聲動響飛形移景發二句尤本脫去當補晉書亦有甑林蹶石。案甑當作甗各本皆誤詳善音五忽切此字從几明甚集韻十一沒云甗獸以鼻搖動最可證晉書亦誤甑音義云音瓦瓦即几之誤注史記曰。蜚廉。表本茶陵本蜚作飛是也注伍胥曰。表本茶陵本伍下有子字案各本皆誤當作申包胥曰注

鄭元禮儀注曰。茶陵本禮儀作儀禮是也表本亦誤倒注鏷或謂爲鏷。案謂字不當有各本皆衍注如雷霆之震也。表本茶陵本作而雷之震霍案此尤延之用令本莊子說劒校改注則莫若益野驣駒也。表本茶陵本驣作騰案驣即騰別體字子豈能從我而御之乎。表本云善無能字茶陵本云五臣有案二本所見無者傳寫脫此尤延之校改添之也晉書亦有注煎鯖臛雀。案鯖當作鰿各本皆誤此所引大招文注取其遠方物之美也。表本茶陵本取其遠方物之六字作約一字案二本是也今本味篇注正如此未悉尤增多何據也注寒方苓之巢龜。案方當作芳各本皆譌注鷚鳥。大鴟鷂。表本茶陵本無鷂字鷂下有也字案二本是也此所引隹部雞下文善謂鷚即雞耳注韓詩外傳曰。鄭交甫遵彼漢皐臺下。案此十四字不當有上云漢皐巳見南都賦複出非也各本皆衍注或曰棧案此下當有脫文各本皆同無以補之注吳地理志曰。何校吳下添錄字陳同是也各本皆脫

耽口爽之饌。案口爽當作爽口表本云善作口爽茶陵本云五臣作爽口各本所見皆傳寫誤善注引五味令人口爽以注爽口即但取義同不拘語倒之例不知者泥之改正文以順注失之甚矣晉書亦作爽口又案下文誘我以聾耳之樂善引五音令人耳聾更例之可知者也注國語曰。下至仕者世祿。表本茶陵本無此二十八字有文字屬下王處岐爲句是也注尚書曰。湯既黜夏命。陳云書下脫序字是也各本皆脫圓樓三足之烏。何校烏改鳥表本云善作烏茶陵本云五臣作鳥案鳥字協韻善不得作烏但傳寫誤表茶陵據所見爲校語非晉書亦作烏故靡得應子。表本茶陵本得下有而字案有者是也晉書亦有○賢良詔○罔不率俾。表本茶陵本罔作莫注同案二本是也漢書正作莫注在金河關之西。何校金下添城字陳同是也各本皆脫若涉淵水未知所濟。表本茶陵本云善無涉字案漢書有此尤延之校添之也朕之不敏。不能遠德。表本茶陵本云善無不敏二字案漢書有此尤延之校添之也○册○注象其禮。案禮當作

札各本皆誤。○册魏公九錫文○分裂諸夏表本茶陵本作連帶城邑案魏志作
分裂諸夏尤延之據彼校改也但善不必與彼同似仍以二本爲是。注爲公卿大夫也陳云爲謂
誤是也各本皆誤。注宏濟于難表本茶陵本于下有艱字是也。羣后失位表本茶陵本失
作釋云善作失案善引左傳注釋位是自作釋但傳寫誤爲失耳陳云失釋誤是矣魏志亦作釋。注遯走
陳云遯上脫暹字是也各本皆脫。造我京畿表本茶陵本我作其案魏志作我尤據改。乘軒將
反表本云善作軒茶陵本云五臣作轅陳云據注似善本亦作轅案軒但傳寫誤也魏志亦作轅。致屆官
渡表本云善作度茶陵本云五臣作渡案魏志作渡尤據改各本注中字皆作渡恐涉五臣耳凡善度五臣渡其
大槩也亦不盡出。注致天之罰屆陳云罰字衍是也各本皆衍。注君北征三郡
烏丸陳云君公誤是也各本皆誤。注尚奔遼東表本茶陵本無尚字陳云脫尚熙二字是也。
求逞所欲茶陵本逞所作所逞云五臣作逞所表本云善作所逞案善引思元賦注逞所欲是但傳寫誤

倒魏志亦作逞所。注思賢賦曰飄飄神舉求逞所欲表本茶陵本賢作元無求
字是也。箄于白屋表本茶陵本箄作單案二本是也注云本並以箄于爲單于疑字誤也可見正文作
單故善依博物志定爲箄若先作箄與注不相應矣尤延之校改似是實非魏志作單即善所謂本並以爲單者。
注劉淵林魏都賦注曰北鞮單于白屋案此有誤也張載注魏都不得言劉
淵林又單依文當作箄今彼注作北鞮單于于白屋蓋亦誤。注文王罔迫兼於庶獄庶
愼也表本茶陵本迫作攸是也案此必尤誤改。注孔子過山側案山上當有太字各本皆脫。
注邪服蒐慝杜預曰回表本茶陵本邪作服讒案二本是也回下當有邪字此尤校添而
錯誤。繄二國是賴茶陵本是上有之字云五臣無表本云善有案魏志無尤據改。注奉承宗
祖表本茶陵本宗祖作祖宗是也。注又曰已下至予惟往求朕攸濟表本無此十八
字有攸濟已見上文六字是也茶陵本有例改複出耳。注范曄後漢書表本茶陵本無此五字案

無者是也凡引諸文在本傳者多不冠大題此其一耳尤校添之蓋未悉善例。注乃立冢社茶陵本社
作土是也表本亦誤社。注爾民軌儀也案爾當作示各本皆譌。注弗昬作勞表本
茶陵本昬作暋案依二本善正文似作暋魏志作昬或下當有昬暋異同之注今未全也。注杜預左氏
傳曰何校傳下添注字陳同各本皆脫。注子之謂也陳云子上脫晏字是也各本皆脫。
卷三十六○宣德皇后令○注要不彊爲酬謝之名案不當作
必各本皆誤。注赫言鄒衍之術案赫言鄒當作言赫脩史記集解所引別錄如此可證也各本
皆誤。注庶王有不遠而復之義也表本茶陵本王有二字作乎案此尤校改也。○
爲宋公修張良廟教○注綱紀謂主簿也下至猶今詔書稱
門下也此二十三字表本茶陵本無案此卷以下尤本增多各條似二本因并入五臣而刪削其尤所見異
本爲是矣。注周易曰雲從龍風從虎聖人作而萬物覩此十六字表本

茶陵本無。注廣雅曰軌迹也伊伊尹望呂望也此十三字表本茶陵本無。注
漢良受書於邳圯案圯當作坭各本皆誤漢書作沂。注良本召此四人之
力也陳云召招誤是也各本皆誤。注寤寐永歎陳云寤假誤是也各本皆誤。○爲宋
公修楚元王墓教○注太上基德十五王而始平之表本茶陵
本無太上二字之作也案此尤校改也。注郗正釋識曰表本茶陵本郗作郤識作譏是也。開
元自本者乎表本茶陵本元作源案此似善五臣之異二本不載校語無以考之。○永明九
年策秀才文○選名昇學表本茶陵本昇作升是也。注禮記曰司徒表本
茶陵本曰下有鄉論秀士四字案此尤校刪也。注一日德行高妙下至才任三輔劇
縣令此五十二字表本茶陵本無。良以食爲民天表本茶陵本爲作惟是也。注周禮
曰肺石下至赤石也此十七字表本茶陵本無。注春秋元命苞曰樹棘槐

聽訟於其下。此十四字表本茶陵本無。注。異夫人及君早起。表本茶陵本無及君二字。案。此尤校添也。命卭斜之谷。茶陵本云。五臣無命字。表本云。善寶下有命字。案。二本與上節接連命字絕句。不屬此首。詳其文義。仍不當有。恐但傳寫誤衍也。注。漢書曰。下至將繼太公之職事也。此二十七字表本茶陵本無。注。毛詩曰。去殷之惡。陳云。曰下脫帝遷明德鄭元箋曰天意十字。案。所校是也。引此者注正文遷字。注。史官田太初鄧公平術。案。田當作用。公字不當有。各本皆誤。續漢志可證。注。蓋亦遠矣。表本茶陵本蓋亦作益以。案。此尤依續漢志校改也。紛爭空軫。表本茶陵本爭作諍。案。二本不著校語。無以考之。注。方言曰。軫。表本茶陵本軫下有戾字。是也。注。又曰。欽若昊天。此六字表本茶陵本無。注。禮記曰。夏后氏。下至翰。白色馬也。此六十一字表本茶陵本無。○永明十一年策秀才文○九序未歌。何校序改敘。案。何據注也。注。九功惟序。九序惟歌。茶陵本二序字作敘。表本幷入五臣亦作敘。其所載五臣向曰。九序。謂六府三事也。則二本並作序。恐正文爲善敘五臣序。各本所見亂之。此本注二字作序。乃尤延之以正文改注。未必是也。注。毛詩曰。下至何以卒歲。此十九字表本茶陵本無。注。必將崇論宏義。案。義當作議。各本皆誤。注。尚書曰。罔不同心。以匡乃辟。此十一字表本茶陵本無。注。應劭尚書。案。劭下當有曰字。各本皆脫。若閑宂畢弃。茶陵本畢作畢。云五臣作畢。表本云善作畢。案。二本所見傳寫誤也。此蓋尤延之校改正之。天下之有惡。茶陵本云。五臣無天。表本云。善有天。案。此不當有。各本所見皆傳寫誤衍耳。注。東觀漢記曰。魯恭下至具以狀言安。此一百二十字表本茶陵本無。又自此下至本節注末茶陵有表無。皆弃善入五臣而誤刪削也。餘不悉出。注。文子曰。有鳥將來。張羅下至即無時得鳥。此二十九字表本茶陵本無。案。張羅下當有待之二字。表茶陵二本所載弃入五臣翰注者有。注。貪則爲盜。富則爲賤。案。貪當作貧。何校賤改賊。陳同。是也。此所引樂論篇文。注。辯麗可

嘉。何校嘉改喜。是也。各本皆誤。朕思念舊民。茶陵本念作命。云五臣作念。表本云善作命。案。二本所見傳寫誤也。此蓋尤延之校改正之。注。名王奉獻。表本茶陵本名上有遺字。是也。注。毛詩序曰。下至豈惟弊邑。此六十六字表本茶陵本無。注。魏謂春申君曰。陳云。魏下脫加字。是也。各本皆脫。注。不可爲秦之將。案。爲下當有拒字。各本皆脫。前東門行注引有。注。天下有十二州。齊得其七。故謂北境爲五州。表本無此十七字。有五州巳見顏延之侍遊曲阿後湖詩十四字。案。表本最是。此尤同茶陵複出而誤。○天監三年策秀才文○注。刓音角之刓。與刓剸同。表本茶陵本無音字。案。各本皆非也。當作刓音刓角之刓。與剸同。辯信傳注可證。注。士植懸。表本茶陵本植作特。是也。注。非仁也。何校仁改人。是也。注。若渴無日。案。若當作苦。各本皆譌。魏志王朗傳注引可證。注。夜與陰者日之餘。雨者月之餘。表本茶陵本無與陰二字。雨上有陰字。月作時。案。二本是也。王朗傳注引正如此。注。況賢於隗者乎。又。表本茶陵本作況賢者也。莊子曰。案。以下文。今新序有莊子無。故尤延之校改如此也。但考藝文類聚鱗介部亦引爲莊子。困學紀聞莊子逸篇採之。仍當依二本爲是。注。攸罔鼂弗及。苟造德弗降。表本茶陵本攸作收。又茶陵本苟作者。是也。表本作考。亦誤。注。蔑如也。陳云。如。無誤。是也。各本皆誤。案。此所引板傳文。注。原涉好殺。表本茶陵本無殺字。案。此尤校添也。注。漢書。陳咸。下至輒論輸府。表本茶陵本無此一百三十二字。有漢書陳萬年傳曰論輸府下十一字。案。此卷末葉尤脩改。乃初同二本而後添。當以二本爲是。又案。末下字漢書無。蓋衍也。注。膺表欲罪。表本茶陵本欲下有罰其二字。是也。注。景帝問鄧公。下至卒受大戮。表本茶陵本無此四十字。有鄧公謂景帝曰六字。案。此亦二本是。注。閒者水出下至災異仍重。表本茶陵本無此十八字。案。此亦二本是。

文選考異卷第六

文選考異卷第七

賜進士出身通奉大夫江南蘇松常鎮太等處承宣布政使司布政使胡克家撰

卷三十七○薦禰衡表○表本茶陵本表下有一首二字案有者是也後每題下盡同卷首所列子目亦同下卷放此

陛下睿聖○茶陵本睿作叡云五臣作睿表本云善作叡案范書作叡此尤以五臣亂善

注具作其事○陳云作上誤今案汪文盛刻班書是作字章懷注范書引亦是作字陳所說非也

注無所遺失○表本失下有也字茶陵本無此初有而脩去之

掌技者之所貪○茶陵本技作伎云五臣作技表本作技無校語案表用五臣也范書作臺牧章懷注諸本並作臺牧未詳其義融集作堂牧汪文盛刻范書如此其實堂牧即掌技之譌耳伎技同字或選所據融集作伎也

注古善相馬者○表本茶陵本古下有者字此初有而脩去之案者當作之所引觀表篇文也七發與吳季重書注作之是七命注及此作者非

○出師表○注後主即位十二年卒○茶陵本無即位十二年卒六字

此一節注茶陵弁五臣於善表弁善於五臣恐尤亦非其舊

而中道崩徂○表本茶陵本徂作殂案此尤改之也二本是蜀志正作殂

亡身於外者○表本云善作亡茶陵本云五臣作忘案各本所見皆非也亡但傳寫誤何校亡改忘蜀志正作忘

注桓靈後漢二帝用閹豎所敗也○表本無用閹豎所敗五字茶陵本弁善入五臣有之尤所見同茶陵而誤衍

注荊州圖副曰○表本茶陵本無副字是也

注爾雅曰獎○表本茶陵本爾作小是也

至於斟酌損益○茶陵本損作規云五臣作損表本云善作規案蜀志本傳作損董允傳作規尤延之依本傳改不知乃以五臣亂善也

責攸之褘允等咎○以章其慢○何校云董允傳所載與本傳微不同本傳無若無興德之言六字作責攸之褘允等之慢以彰其咎案表本所見善與尤無異較本傳但少之字彰作章慢咎互易其五臣則與本傳同茶陵本輒於正文依善注所引董允傳添改作若無興德之言則戮允等云云與注不相應大誤且善但謂當有上六字未嘗欲弁改責攸之褘允以下也更屬誤中之誤矣

深追先帝遺詔○表本茶陵本無遺詔二字案蜀志有尤延之依以校添也此初刻仍無與二本同

臣不勝受恩感激○今當遠離○表本茶陵本無激今二字案蜀志有尤延之依以校添也此初刻仍無

○求自試表○注謂文武明也○陳云文武當乙是也各本皆倒

注史記太史公○陳云公下脫曰字是也各本皆脫

俯愧朱紱○茶陵本愧下校語云五臣從小表本云善從女此亦以五臣亂善下文以滅終身之愧二本所見亦當善作媿失著校語非魏志皆作愧

注尚書曰啟○表本茶陵本曰上有序字此初有而脩去之案有者是也下尚書曰武王崩各本皆脫序字

注春秋歷序曰○案歷上當有命字各本皆脫又勸進表注所引春秋歷序亦脫命字

注左轂鳴此者○工師之罪也○案此者當作者此表本亦誤倒茶陵本弁善入五臣全非裴松之注引正作者此

欲以除害興利○表本茶陵本害作患案魏志作患二本是也

必以殺身靜亂○表本茶陵本無以字案魏志有蓋尤據之添也

而耀世俗哉○表本云善作燿茶陵本作燿云五臣作曜案魏志作燿尤改非

志或鬱結○表本茶陵本云善無志字案魏志有二本所見或傳寫脫尤添之是也

伏以二方未尅爲念○何校云魏志伏作但案今本魏志亦作伏何所據者未見存之以俟再詳

伏見先武皇帝○表本茶陵本無武皇二字案魏志有蓋尤據之添也

猶習戰也○表本茶陵本猶作由案魏志作猶蓋尤據之改也

注統由總覽也○表本茶陵本由作猶是也

事列朝榮○何校云魏志榮作策陳云作策爲是各本皆形近之譌字耳

注左氏傳曰子朱撫劒從之○表本茶陵本無此十字

注濤至乘北○陳云乘上脫江字是也各本皆脫案七發注引有

注昔克路之役○何校路改潞陳同是也各本皆誤荅臨淄侯牋褚淵碑文頭陀寺碑文注誤與此同

注秦來圖敗晉攻○何校攻改功陳同是也各本皆譌

注三敗三北○茶陵本敗下無三字是也表本亦衍

注偏飲而去○表本去下有之字此初有而脩去之茶陵本弁善入五臣無此字案所引愛士篇文彼亦無此字

注及獲惠公以歸○何校及改反陳同是也各本皆誤

注然則以其同祖○案則字不當有各本皆衍

注○

李宏武功歌曰。陳云宏尤誤是也。各本皆誤。注東郭俊者。茶陵本俊作俊。袁本亦作
俊。案各本皆譌也。當作逡。下同。注猶不敢嘿也。表本茶陵本重嘿字是也。螢燭末光。何校
云螢一作熒。案魏志作熒。古字通。但選與國志非必全同。今各本則皆作螢也。文○求通親親表
○注自因致其意也。表本茶陵本無因字。案魏志有因無自。必尤延之改自爲因。乃誤兩存也。
克明俊德。表本俊下校語云善作駿。注中字亦作駿。茶陵本作俊。注中字亦作俊。無校語。案尤及茶陵所
見以五臣亂善也。魏志作峻。與善五臣無合者。恐經後人依禮記改。以藩屏王室。茶陵本藩作蕃。注同。
校語云五臣作藩。表本作藩。無校語。案表本用五臣也。此以五臣亂善。魏志作蕃。藩蕃通用耳。注謝承後
漢書曰桓礹鄙營氣類。表本茶陵本無此十二字。臣伏自思惟豈無錐
刀之用。表本茶陵本思惟豈三字作惟省二字。案魏志作惟省。尤改添。未知何據。或所見自不同。注東
觀漢記。下至蒙見宿留。表本此十八字作錐刀之用已見上文八字。是也。茶陵本複出。同此。非。

若臣爲異姓。表本茶陵本若下有以字。案魏志有以字。尤刪。未知何據。或所見自不同。注駙近
也。茶陵本駙作附。表本作附近之附也。然終向之者誠也。茶陵本無然字。終下校語云五臣作
然。表本無終字。校語云善有終字。案魏志有然無終。疑茶陵所見得之。有不蒙施之物。茶陵本云
五臣再有有不蒙施之物六字。表本再有云善無有不蒙施之物六字。案此初無。尤脩改添之。魏志再有。善亦當再
有。傳寫脫去也。何校添。陳云重六字爲是。注尚書傳曰。表本無傳字。茶陵本有。案各本皆非也。說見後
荅魏太子牋下。注樊目勃蘇。案樊當作棼。各本皆譌。○讓開府表○誠在寵
過。表本茶陵本寵過作過寵。案晉書正作過寵。此尤誤倒耳。然臣等不能推有德。何校去等
字。云晉書無。案所說是也。各本蓋皆衍。據今光祿大夫李喜。陳云喜晉書作憙爲是。今案喜憙古
字通。未審他家晉書有作喜者以否。注領職曰服事。何校領改頒。是也。各本皆譌。注謂公
家服事。表本茶陵本事下有也字。何校改也作者。又謂下添爲字。是也。各本皆脫誤。○陳情事

表。表本茶陵本無事字。案此疑善五臣之異。二本不著校語。無以考也。注字令伯。茶陵本此下有犍爲
武陽人五字。表本無。與此同。案茶陵幷五臣入善。考華陽國志有。或善不備引。躬親撫養。表本茶陵本親
下校語云善作見。案此以五臣亂善。蜀志注晉書皆作見。見是親非。臣少多疾病。表本云善無少字。茶
陵本云五臣有少字。案蜀志注晉書皆有少字。尤蓋據之添。注一作孑。案此校語錯入也。即謂五臣作
孑。觀表茶陵二本校語皆可見。如謝平原內史表岐下云一作崎。亦即謂五臣作崎也。蜀志注晉書皆作孑。辭
不赴命。表本茶陵本命作會。蜀志注晉書皆作命。案尤蓋據之改。○謝平原內史表○
注到官上表。表本茶陵本表下有謝恩二字。臣機頓首頓首死罪死罪。茶陵
本無此十字。有中謝二字。是也。表本幷無中謝。非。尤用善謝開府表注所云添改。益非。注范𤸩下至不
知所裁。表本茶陵本無此十八字。臣本吳人。茶陵本無吳人。校語云五臣有吳人。表本有。無校語。
案表用五臣也。此以亂善。注羣萃而同處。案同當作州。各本皆誤。注兩宮東宮及

上臺也。表本無此八字。所載五臣向注有之。茶陵本幷善入五臣。尤蓋因此錯混耳。表本是也。注王
隱晉書曰表瑜。表本茶陵本表作爰。案二本是也。爰姓見廣韻爰字下。又依此似正文善爰五臣表。
各本亂之而失著校語。又案二本自此至字道淵共爲一節。在後曹武下。然則馮熊字文羆顧榮字彥先二句亦王
隱書。尤割裂者非。而不能不恨恨者。何校恨恨改悢悢。表本云善作恨恨。茶陵本云五臣作悢
悢。案各本所見皆傳寫誤也。與蘇武詩二本校語五臣作恨恨善作悢悢與此全屬相反。彼是此非。注攜手
逐秦。陳云逐遯誤。是也。各本皆誤。注青組朱軒並二千石之車飾。表本無此十二字。
所載五臣濟注有之。茶陵本幷善入五臣。尤蓋因此錯混耳。表本是也。○勸進表○注閔帝
年號。何校閔改愍。陳同。各本皆誤。臣磾。茶陵本磾上有匹字。表本無。下同。案此疑善五臣之異。二本不
著校語。何校添。陳云磾上脫匹字。下並同。注授圖于黎元。表本茶陵本于作子。是也。注謂景
宣文。表本茶陵本景宣作宣景。是也。注永嘉懷帝年號。表本茶陵本無此六字。案所載五臣

向注有之此錯混耳。注劉載使劉曜。陳云載聰誤是也各本皆誤。注太尉應劭等議。陳云尉下脫掾字是也各本皆脫。注謝承下至虜庭。表本茶陵本無此十六字案尤增多誤也。而重耳主諸侯之盟。茶陵本作而重耳以主諸侯云五臣無以字有之盟二字表本云善有以字無之盟二字案此尤校改以五臣亂善也晉書作以主諸侯之盟善不必與彼全同不可以爲證。蒼生冄然。案冄當作喁善引淮南子喁喁然爲注是作喁字表茶陵二本所載五臣濟注云冄然仰德貌蓋各本以五臣亂善而失著校語晉書作冄不可以爲證說見上喻巴蜀檄曰延頸舉踵喁喁然百辟勸進今上牋搢紳冄冄用字不同當各依其舊也。注西蜀父老曰。案西當作難各本皆誤。下以釋普天傾首之望。茶陵本普作溥云五臣作普表本云善作溥案此尤校改以五臣亂善也晉書作普不可以爲證說見上。注公羊傳曰緣臣之心。何校傳下添注字臣下添子字是也各本皆脫。注而楚尅其二都。茶陵本二作三是也表本亦誤二。注民服其上下无覬覦。何校服下添事字上下添而字是也各本皆脫。注乃許晉平下至且召之。茶陵本此十七字作郤乞二字表本并無案似茶陵爲是。注不及曩時之士也。表本茶陵本曩作嚮是也漢書作曩後五十一卷同史記作鄉鄉即嚮字與此同各有所出不妨兩見善例每如此。

卷三十八○爲吳令謝詢求爲諸孫置守冢人表○注尚書曰。表本茶陵本書下有王字。注繼絕世。表本世下有已見上文四字茶陵本無案此不當有世字謂已於三王敦繼絕之德下引論語曰繼絕世也茶陵本即複出與此皆非。注懷金已見上謝平原内史表佩青已見上求通親親表。表本作懷金佩青已見上文八字案表本非也善第一卷注自言同卷再見者並云已見上文又云其異篇再見者並云已見某篇然則凡不合此例皆失善舊餘不具出茶陵本盡改複出益非。○讓中書令表○注何法盛晉書頴川庾録曰。表本茶陵本無晉書二字。注中州爲洛陽。陳云爲謂誤是也各本皆誤。不悟徼時之福。表本茶陵本徼作邀案晉書作徼此尤改之也邀徼古同字恐選文自用邀改之未必是。乘異常之顧。表本茶陵本乘作垂案尤本誤晉書亦是垂字。注孟子曰滄浪之水清兮下至已見上求自試表注。表本此二十四字作濯纓及沐浴已見上文九字茶陵本複出案此各本皆失善舊。注桓思竇后順烈梁后。何校乙順烈梁后於桓思竇后上是也各本皆倒。可爲寒心者也。表本茶陵本云爲善作謂案此尤校改正之也晉書作謂誤與此同。而使内處心膂。表本茶陵本云處善作劇案此尤改之也晉書作處選文往往別有所出不必全同耳。注音呂。表本茶陵本作膂音呂三字在注末是也。○薦譙元彦表○注性清。表本茶陵本清作靜是也。注左氏傳荀息曰下至貞也。表本此二十六字作忠貞已見上文六字茶陵本複出非。注洗耳許由也下至乃臨河洗耳。表本此二十八字作洗耳已見上文茶陵本複出非。注戍聞之。茶陵本戍作成是也表本亦誤戍。注兔罝之人能恭敬。表本茶陵本兔罝作罝兔是也。注劉歆移書曰。表本無書字是也茶陵本亦衍。注已見上文謝眺八公山詩。表本無文字是也茶陵本複出更非。注音蜀。表本茶陵本作蠋音蜀三字在注末是也。注太子師及祭酒印綬。陳云及友誤是也各本皆誤。注不強致說音悅。表本茶陵本說音悅三字作之也二字。注漢書曰下至深山。表本此十八字作園綺已見上文六字茶陵本複出非。○解尚書表○注檀道鸞晉陽秋曰。何校晉上添續字陳同各本皆脫。於臣實所敢喻。何校寔下添非字云晉書有陳云晉書爲是案此似選文傳寫脫。注見利思義。何校利改得是也各本皆誤。注左傳曰下至不可懷也。表本作宴安已見上文茶陵本複出非。注老子曰下至且成。表本作善貸已見上文茶陵本複出非。○爲宋公至洛陽謁五陵表○注其界本西得梁州之地。案梁當作雍晉書地理志司州其界西得雍州之京兆馮翊扶風三郡可證各本皆誤。○爲宋公求加贈劉前軍表○注左氏傳下至德之休明表本作休明已見上文茶陵本複出非注尚書曰爾有嘉謀嘉猷表本茶陵本曰上有王字注尚書曰納于百揆表本作百揆已見上文茶陵本複出非注易曰下至其臭如蘭表本作金蘭已見上文茶陵本複出非○爲齊明帝讓宣城郡公第一表○注道生即太祖之弟也陳云弟當作兄是也各本皆誤南齊書本傳可證注又曰后憑玉几表本茶陵本又字作尚書顧命四字注左傳晉穆嬴曰表本茶陵本左下有氏字注孫盛晉陽春秋曰表本無春字是也茶陵本亦衍注郤超假還東何校郤改郗陳同是也各本皆誤注左傳楚薳啟彊曰案左下當有氏字彊當作疆各本皆脫誤注神州已見上下至刑法也表本此二十一字作神州儀刑已見上文八字茶陵本複出非注勿復爲虛飾之煩表本茶陵本之煩二字作也字注黷慢朝經也案朝經二字不當有各本皆衍注左傳下至恐殞越于下表本作殞越已見上文茶陵本複出非注盡君道□表本茶陵本盡上有則字下句同案此尤校改去之耳○爲范尚書讓吏部封侯第一表○頓首頓首死罪死罪表本茶陵本無此八字有中謝二字下文豈待明經臣雲下二本同案二本是也說見前謝平原內史表注論語下至有所不爲也表本作狂狷已見上文茶陵本複出非躡屩齊楚案屩當作蹻善引史記及徐廣注皆是蹻字表茶陵二本所載五臣良注乃作屩蓋善蹻五臣屩各本亂之而失著校語又此屩下脚亦五臣音耳注漢書下至爲銅虎符表本作分虎已見上文茶陵本複出非注□孫盛晉陽秋曰茶陵本陽下衍春字表本無此亦初衍後脩改去之亂離斯瘼陳云瘼當作莫注同毛詩曰亂離瘼矣當作韓詩曰亂離斯莫潘安仁關中詩注可證也案所說是也表茶陵二本所載五臣向注云瘼病也必善莫五臣瘼各本亂之而失著校語後又并改善注甚非注蔡邕詩序曰下至北陸無日之地表本作悵望鍾

異七　七

皐已見上文八字茶陵本所複出與此同陳云鍾皐謂建康之鍾山也注誤引許叔重語今案善謂鍾皐已見上文者謂自於沈休文鍾山詩題下注說也複出者失其意用許慎曰云云當之致爲巨謬尤專主增多乃取以竄入陳駁雖是然細繹表本善初無斯誤也凡複出增多大足爲累於此可知餘不盡論注絺構見魏都賦下至昧爽也表本作絺構草昧並已見上文九字茶陵本複出非注過朱祐陳云祐祐誤下同各本皆譌注上初學長安表本茶陵本上初作初上是也注南陽大人賢者陳云大人當作人與是也表本茶陵本無大字亦脫與注漢書下至如俛拾地芥表本作明經拾青紫已見上文九字茶陵本複出非注襄陽耆舊傳記曰表本茶陵本無記字注即聲名不足慕企表本茶陵本重有不足慕企四字注毛詩序曰禮義陵遲表本作陵遲已見上文茶陵本複出非注元和元年案上元字當作光各本皆譌注時侍中常侍表本茶陵本無時字注可封留侯表本作子房封侯已見上文案表本是也茶陵本與此同乃并五臣入善之誤注視吳公□何爲表茶陵二本皆無空字此初有衍而去之或四姓侍祠何校去或字案所校是也各本蓋皆傳寫衍注漢書曰成帝下至故世謂之五侯表本作五侯王氏也已見上文九字茶陵本複出非注東觀漢記相者表本茶陵本記下有日字此脩改去之注謂元帝也表本茶陵本無謂字注車丞相高寢郎表本茶陵本高下有祖園二字此脩改去之案有者是也微物知免表本茶陵本云免善作表案此或所見不同否則尤校改之耳○爲蕭揚州薦士表表本茶陵本薦上有作字案尤本脫注老子曰和其光而同其塵表本作同塵已見上文茶陵本複出非注王襃下至非一狐之腋表本作一狐已見上文茶陵本複出非注謝靈運宋書序曰何校宋改晉陳同是也各本皆誤注在貧賤不患物不踈己何校賤下添雖仁賢三字陳同是也注各本皆脫注孟子曰下至學則三代共之表本作庠序已見上文茶陵本複出非注

異七　八

四方有志之士。表本茶陵本無有志二字。注。東觀漢記。耕。表本茶陵本無漢字。注。范雎漢書曰。何校漢上添後字是也各本皆脫。注。晉陽春秋曰。表本無春字是也茶陵本亦衍何校晉上添續字同前。注。論語子曰。下至不以人廢言。表本此十六字作不以人廢言已見上文八字茶陵本複出非。○爲褚諮議蓁讓代兄襲封表○注。老子曰。下至知止不殆。表本作止足已見上文茶陵本複出非。○爲范始興作求立太宰碑表○則義刑社稷。表本茶陵本刑作形案尤本誤。注。爾有嘉謀嘉猷。表本茶陵本無嘉謀二字案此尤校添也。注。敬敷五教。在寬。表本重有五教二字案有者是也殿本紀重有孔穎達商頌正義引尚書重有表本後鑿去下五教二字茶陵本無與此同皆非。注。又曰。下至百揆時序。表本作百揆已見上文六字茶陵本複出非。注。漢書曰。下至琴書自樂。表本作琴書已見上文六字茶陵本複出非。注。論語曰。下至民無德而稱焉。表本作無得而稱已見上文茶陵本複出非。注。又潘敞以仗防之。陳云又使誤是也各本皆誤。故首冒嚴科。何校云故下疑有脫文案所說是也何意謂此當云故吏故民之類未知所脫果何文耳今無以補之。注。修張良教。何校良下添廟字陳同是也表本亦脫茶陵本複出非。注。第二子恪。陳云子字當重是也各本皆脫。注。禮記曰。下至吾誰與歸。表本作九原已見上文茶陵本複出非。注。顏蠋謂齊王曰。表本茶陵本蠋作觸案今齊策作斶古今人表作歜歜斶同字也疑蠋斶皆斶之譌。注。皆鏤爲蛟龍。表本茶陵本蛟作交是也。注。長老見碑。表本茶陵本碑下有者字案此脩改去之。

卷三十九○上書秦始皇○注。後二世。表本茶陵本此三字作及二世信趙高之譖八字案此節注表并善入五臣茶陵并五臣入善即尤亦恐非其舊今不具論。注。又曰。惠文君八年。張儀復相秦。攻韓宜陽。降之。云孝王。案此二十一字決非善注不知何時竄入考張儀復相後八年也秦本紀六國表韓世家皆並無攻韓宜陽降之之事善烏由爲此語況下方引甘茂伐宜陽而疑書誤若果有此語便是無疑爾乖刺難通矣各本皆同其謬已久今特訂正表茶陵二本王作公下同說見於下。注。十年。納魏上郡。張儀伐蜀滅之。案依史記當作十年張儀相秦魏納上郡八年張儀復相秦伐蜀滅之此注全爲人所改各本皆同絕非善舊矣。注。史記云。孝王納上郡。此云惠王。疑此誤也。案此十六字決非善注不知何時竄入考魏納上郡在惠文君十年秦本紀六國表魏世家明文鑿鑿了無異說善何由爲此語各本皆同其謬已久今特訂正。注。宜陽。韓邑也。表本茶陵本無此五字。注。孝王卒。茶陵本孝作武是此也表本亦誤孝。四君者。表本茶陵本無者字案史記有尤添之也。致昆山之玉。表本茶陵本昆作崐案史記作昆尤改之也注引新序作昆或善自是昆字。注。孫卿曰。表本卿下有子字是也茶陵本亦脫。而陛下悅之何也。表本茶陵本無何也二字案史記有尤添之也。注。駃馬屬。案駃下當有騠字各本皆脫。西蜀丹青。表本茶陵本西蜀作蜀之案史記作西蜀尤改之也。而歌呼嗚嗚快耳者。表本茶陵本無呼字案史記有尤添之也。今棄叩缶擊甕。表本茶陵本無叩缶二字案史記有在擊甕下尤添倒耳。在乎色樂珠玉。表本茶陵本無珠玉二字案史記有尤添之也。在乎民人也。表本茶陵本無也字案史記有尤添之也。退而不敢西向。表本茶陵本無向字案史記有尤添之也。而外樹怨諸侯。表本茶陵本外下有以字案史記無尤刪之也。○上書吳王○注。惡不指斥言。何校去不字陳同是也表本亦衍茶陵本下又有欲字并善入五臣耳。注。三輔黃圖曰。表本三上有善曰二字是茶陵本移每節首非下申子曰上漢書曰文帝閔濟北上二郡謂城陽上漢書曰上憐淮南王上以孟康解其文上湛今沈字也上言高祖燒所涉之棧道也上同又每節首非舊注者亦當有也。救兵不至。表本茶陵本至作止案止字是也漢書作止此尤本誤。注。青陽。水名也。表本茶陵本無此五字案二本所載五臣銑注有之尤誤取增多耳。注。颿當爲䬎。案颿當作輔謂正文以輔大國之輔也下云以禦於趙顯然可知正文並無輒字各本皆誤注。爾雅曰。奸。求也。案奸當作干各本皆誤注。善曰。劉瓛周易注曰。至極也。謂極言之。表本。茶陵本無此十五字案二本最是正文至漢書作志五臣作至善未必與之同尤增多此注以實之殊誤注。服虔曰。袗服。表本茶陵本無服虔曰案二本連上不分節然則袗服以下乃應劭注也尤分節而以服虔曰加之非然則計議不得。表本茶陵本云議善作謀案此尤改之也漢書作議注。善曰。方言云。表本善曰二字作又茶陵本作又曰案此表是也注。晉書注以瑋爲諱。何校書改灼陳同是也各本皆誤注。言高祖涉所燒之棧道也。表本茶陵本涉燒二字互易是也收弊人之倦。表本茶陵本弊作敝云善作蔽案此尤改之也漢書作弊○獄中上書自明表本茶陵本獄中作於獄案此疑善五臣之異二本不著校語無以考也注。後聞輒死。表本茶陵本死下有事字注。干歷也。表本歷下有之字是也漢書顏注引有史記集解引亦有茶陵本并入五臣無非而燕秦不寤也。表本茶陵本寤作悟案史記作悟漢書作寤此尤改之也後是以聖王覺悟未改史記漢書皆作寤寤即悟字善蓋本作寤也注。初不相識相知。案不字當在識字下各本皆誤顏注云初相識即本此節去不相知耳可借爲證注。報將軍之仇首何如。案首字不當有表茶陵二本此節注皆并入五臣非仍無此字疑尤欲補者字而誤之注。殆欲誅之。何校殆改君陳同是也各本皆誤漢書顏注史記集解引皆作君誠有以相知也。表本茶陵本云誠善作成案此尤改之也史記漢書皆作誠注。謂讒短也。表本茶陵本無短也二字注。敬重蘇秦。表本茶陵本無此四字注。周之末人也。何校末下添世字陳同是也各本皆脫漢書顏注引服虔史記集解引列士傳正有可借爲證注。見列士傳。表本見上有其姓名三字是也茶陵本亦脫注。新語曰。表本茶陵本上有善曰二字是也下說苑鄒子說梁王曰上國語泠州鳩曰上同注。無紹介通之。表本茶陵本無此五字注。鄒子說苑。表本茶陵本無此四字案無者是也

不云說苑以承上條故耳注。文子曰。何校子改穎陳同是也各本皆誤案漢書顏注史記索隱俱引之表茶陵二本移善曰在此上非尤校改正之矣注。積毀消骨。謂積讒。茶陵本骨謂積讒四字作國亦云消骨五字表本作國亦云消骨也六字案此各本皆有誤說在下注。善曰。毀之言。骨肉之親。爲之銷滅。茶陵本善曰二字作又曰讒三字表本作故聽讒三字滅下二本有國亦然也四字案此各本皆有誤考史記漢書絕無作國者恐其並非善注蓋本積毀銷骨句別爲一節而於下注善曰讒毀之言骨肉之親爲之銷滅合并六臣多所增竄尤之刪改亦未爲是注。子宣王辟強立。茶陵本強作彊表本與此同何校改彊陳同是也注。子臧越人也。案人下當有蒙字二字史記索隱引有張晏據史記爲說也不知者乃刪之各本皆誤正文自云越人子臧決不當以子臧越人也作注甚明注。言無私也。表本茶陵本無言字是也下言無偏也同由余子臧是矣。表本茶陵本矣作也說見下朱象管蔡是矣。茶陵本云五臣作矣表本云善作也案史記漢書皆作矣此尤改之也注。舜弟象傲帝。表本茶陵本無帝字是也注。乃致管叔于商。茶陵本致下有辟字是也表本有辟無致亦非注。民到于今受其賜。表本茶陵本無此七字有此之謂也四字案亦衍注。子終出使者。表本出作辭茶陵本與此同案出辭當兩有今列女傳云出謝可證注。善曰。言士有功可報者。思必報。表本茶陵本無此十二字案此亦尤增多之誤也注。公孫鞅事孝王。陳云王公誤是也各本皆誤注。上至高祖。何校高改曾是也各本皆誤案漢書顏注引作曾可證注。善曰。伊尹管仲。表本茶陵本無此六字案此亦尤增多之誤也以下同輔人主之治。表本茶陵本云治善作政案史記作治此尤改之也漢書此處多異難以相證今不更論不得爲枯木朽株之資也。表本茶陵本云善無也字案史記漢書皆有此尤添之也注。有深謀善計而即行之。表本茶陵本無此九字注。制。戰國策。表本茶陵本無此四字以信荊軻之說。表本云善無以字茶陵本云五臣有以字案史記漢書皆有此尤添之也注。

又獻燕督亢之地圖。下至以擿秦王。表本此二十九字作剌秦王巳見上文七字是
也。茶陵本所複出。與此不同皆非。注。六韜曰。下至俱爲師也。表本茶陵本此五十四字作文
王遇呂尚西伯遇太公俱爲師也十四字。案各本皆有誤當本是善曰西伯遇太公立爲師巳見上文合并六家刪
改既非尤所增多更誤。沈諂諫之辭。表本茶陵本沈下有於字。校語云善無沈於。案史記有沈於漢
書有沈無於。此尤添之也。善不當無。乃傳寫脫。注。說文曰。墻。下至臣之所居也。表本茶陵
本無此十九字。注。漢書音義曰。表本茶陵本無此五字。下善曰不羈謂才行高在皁食牛馬器以木
作如槽上是也。注。遠不可羈繫也。表本茶陵本無此六字。注。孔安國尚書傳
曰。表本茶陵本無孔安國三字。傳作注。注。撰考識。表本茶陵本無此三字。注。利傷行也。
表本茶陵本無此四字。注。然古有此事。未詳其本。表本茶陵本無然此事其本五字。
○上書諫獵○注。說苑曰。下至不避狼虎。表本作孟賁巳見上文。茶陵本複出。

非。注。郊之日。表本茶陵本無此三字。○上書諫吳王○注。吳王初怨
望。表本王下有之字。是也。茶陵本亦脫。以直諫。茶陵本以下有置字。云五臣無。表本云善有。案漢書無此
尤刪之也。善不當有。但傳寫衍。注。臣改計取福。何校去臣字。陳同。是也。各本皆衍。案漢書顏注引無
注。論語曰。天不可階而升也。表本作論語猶天之不可階而升。茶陵本作國語曰升天
之無階也。案此處表脩改似初同茶陵。無以考也。注。顏師古曰。表本茶陵本師古作監。是也。人
性有畏其影。表本茶陵本影作景。下及注皆同。案景是影非。漢書作景。尤所見誤耳。注。孫卿
子以爲涓蜀梁。表本茶陵本無此八字。欲湯之滄。案滄當依漢書作滄。注同。各本皆譌。
殫極之絖。茶陵本絖作統。注同。表本所見與此同。案漢書作統。統是絖非也。注。極之綆幹。
何校極上添盡字。幹上添斷字。陳同。案漢書顏注引有。手可擢而抓。案抓當作拔。漢書作拔。表本茶
陵本作拔。校語云善作抓。各本所見皆非也。善亦作拔。與五臣無異。上句搔而絶者。横絶之也。此句擢而拔者。直拔
之也。擢訓引。不得言引而抓可知也。其注末善抓肚交切一音。乃既引廣雅解上句之搔爲抓。而自音之。與此句無
涉。不知者誤認而改。二本據所見爲校語。讀者莫察矣。善自音注中字。其字非正文所有。如此者不一而足。漢書顏
此注云。搔謂抓也。搔音索高反。抓音莊交反。亦自音注中字。而非正文所有。又其可證者也。注。橡樟初
生。何校橡改豫。陳同。是也。各本皆誤。注。磨也。礱。表本茶陵本無此三字。注。尚書注。砥磨
石也。表本作砥礪巳見上文。茶陵本複出。非。○上書重諫吳王○注。顏師古
曰。修恩義以撫戎狄。表本茶陵本無此十一字。不如山東之府。何校云漢書作
東山。案各本皆作山東。疑誤倒也。注同。注。張云。錯互出攻。案張下當有晏字。各本皆脫。注。
錯出。謂四方更輸交錯出獻之而行也。案錯出二字當作則。獻當作運。上注
則謂興軍遠行也。解作軍之本。此注則謂云云。解作運之本。各本皆誤。注。臣瓚曰。海陵縣名。
有吳太倉。表本茶陵本無此十一字。以偪滎陽。表本茶陵本偪作備。表校語云善作偪。茶陵無

校語。案漢書作備。但傳寫誤爲偪耳。注。膠東膠西濟北菑川四國王也。發兵
應吳楚。表本茶陵本菑川四國作吳楚。臨淄吳楚作此謀。案各本皆有誤。當依漢書顏注引作膠東膠西濟
南淄川王也。發兵應吳楚。○詣建平王上書○注。沈約書曰。何校書上添宋字。陳
同。是也。各本皆脫。注。馬遷悲士不遇賦曰。案馬上當有司字。各本皆脫。注。今乃
知之。案今乃當作乃今。各本皆倒。注。轉用抵。案轉當作軻。表茶陵二本并此入五臣。仍作軻。可借
證。注。對曰。臣聞命矣。表本茶陵本曰下有若不有廢君何以與。欲加之罪。其無辭乎。案此節注
二本并五臣。未必善有也。注。弇堈曰。茶陵本堈下有弔字。是也。表本作弇州子。大誤。案所引知北遊文也。
注。言固陋之愚也。陳云也心誤。是也。各本皆誤。身恨幽圄。表本茶陵本恨作限。是也。
梁書作限。是以每一念來。茶陵本是以每一念五字作每以一念四字。校語云五臣作是以每一念。
表本作是以每一念。無校語。案茶陵所見非也。梁書作是以每一念來。注。忽然亡生。茶陵本亡作志。

是也表本亦誤七注李陵與蘇武書曰下至而泣血也此二十八字表本茶陵本
無案蓋因已見五臣而刪削也注則未可以論行表本茶陵本以作與是也注裁日閱
數人表本茶陵本裁日閱作日裁案此尤校改之也一注論衡谷口鄭子真表本茶陵
本衛作日是也退則虜南越之君何校云梁書退作次案所校是也各本皆誤注以丹
書之信陳云以上脫申字是也各本皆脫注補淮陽醫工長表本茶陵本淮陽作譙國
表醫作監茶陵無工字案此尤校改之也注帝戲倫謂倫曰表本戲下去倫字是也茶陵本亦衍
注會稽餘姚人少有高名與光武同游學表本茶陵本無餘姚少有高名
游七字光武作世祖案此尤校改之也照景飲醴而已表本茶陵本無而已二字是也梁書無
鵠亭之鬼表本茶陵本鵠下校語云善作鴻案二本所見非也或尤校改正之梁書作鵠注命曰
丈夫丘案曰下當有五字各本皆脫注五頭同穴表本同穴作共孔是也茶陵本作具存更

異七　十五

非○奉荅勑示七夕詩啟○注裴詭集有辨才論表本詭作頠是
也茶陵本亦誤詭○爲卞彬謝脩卞忠貞墓啟○注名教謂王隱
隱淪謂翟湯表本茶陵本無此十字注顏觸謂齊王曰案觸當作蠋表茶陵二本
作蠋亦非說見前○啟蕭太傅固辭奪禮○昉啟何校昉改君陳同下君於庶品
表本茶陵本君作昉校語云善作君昉往從末宦校語亦云善作君蓋此三字善皆作君五臣改其下二字爲昉唯
存第一字爲君故濟注有昉家集諱其名但云君云云而二本於此獨無校語也後乃并改成昉不但失善舊亦與
五臣不相應甚非其君於品庶已校正此及後仍沿各本之誤注然而遂亟之茶陵本無亟字是也
表本作極亦衍注喪祭无主表本茶陵本喪作哀案此尤校改之也
卷四十○奏彈曹景宗○注廷尉王恢逗橈陳云尉下脫當字是也各
本皆脫注金城西沂潤表本茶陵本沂作泝下有曰塗二字是也尤初有脩誤去注壯士

猶戰不降表本茶陵本無戰字猶有轉戰無窮案有當作其表茶陵二本校語云善有其
字尤所見非注毛詩曰旋車言邁表本作言邁已見潘岳金谷集詩是也茶陵本複出非此
初同表脩改誤依複出注即主謹按表本茶陵本謹上有臣字案此尤校刪也注則臣當
下讀也表本茶陵本無則字注上曰知獵狗乎曰知之表本茶陵本無此九字
云云表本茶陵本無此二字有臣昉誠惶誠恐頓首頓首死罪死罪臣昉稽首以聞二十字案此似善五臣之
異也○奏彈劉整○注宋吳興太守兄子也陳云守下有脫字各本皆同無
以補也六𣂏表本茶陵本𣂏作斗案下文仍作斗疑斗是忽至戶前隔箔表本茶陵本云
善無隔箔二字案二本所見是也此尤添之以五臣亂善分財表本茶陵本云財善作賦案此尤改之整
兄弟未分財之前表本茶陵本云善無未字案此尤添之進責整婢采音劉
案劉當作列下文云並如采音苟奴等列狀粗與范訴相應此即采音列也各本皆誤今特訂正范喚問

異七　十六

何意打我兒表本茶陵本云善無喚字案此尤添之婢采音及奴教子表本茶陵
本云善無婢字案此尤添之進責寅妻范奴苟奴列表本茶陵本云善無苟奴字案此尤
添之依下文蓋當有遇見采音表本茶陵本遇下校語云善作過案此尤改之注漢書郅都
傳列侯宗室見都側目而視表本茶陵本郅都傳作音義曰見下有郅字而視作也案此尤
校改之也薛包分財表本茶陵本云包善作苞案此亦以五臣亂善也注中字二本並作苞尤盡改作包
非注東觀漢書曰陳云書記誤是也各本皆誤唯斆文通之僞迹表本茶陵
本斆作傚案二本不著校語無以考也注高祖從王媼武負貰酒兩家表本茶陵
本作高祖每貰酒歲更而酒家案此尤校改之也臣昉云云誠惶誠恐以聞表本茶陵
本無云云二字以上有頓首頓首死罪死罪稽首十字案說已見前○奏彈王源○禮教雕
衰表本茶陵本雕作彫案此尤本譌字注禮記曰三十壯有室表本茶陵本無此八字案

蓋二本因已見五臣而節去尤有是也。注。禮曰。天子。表本茶陵本曰作記案此當記曰兩有。臣實儒品。表本茶陵本儒作懦案此尤本譌字。而託姻結好。表本無結字云好善作結茶陵本無好字云結五臣作好案此蓋尤校改兩存依文義善不當無好字而以而託姻結爲句二本所見必有誤校語未足據也。注。魏志。滿寵。表本茶陵本志下有曰字是也。注。世說曰。陳云說語誤是也各本皆誤。注。謂無聞焉尔。表本茶陵本無謂字是也。注。連親婕也。表本茶陵本婕作姻案史記集解引作婚漢書南越傳顏注引孟康亦作婚皆與善不同索隱云連者連姻也恐尤延之以彼語校改復錯誤如此耳。注。魯桓齊穆。何校齊改楚陳同是也各本皆誤。注。禮記曰。晉文。何校文改人是也各本皆誤。注。陸雲荅兄書曰。高門降衡。脩庭樹蓬。何校書改詩此十四字茶陵有表無案無者疑脫。○荅臨淄侯牋○脩死罪死罪。表本茶陵本不重死罪案此尤添之也。自周章於省覽。表本茶陵本自作目是也何校云魏志注作目。歸增其

貌者也。表本茶陵本增作憎是也。注。修言己豈敢望。下至故引之。表本無此三十七字案無者是也茶陵本并五臣入善此同其誤耳。○與魏文帝牋○領主簿繁欽。茶陵本無繁字表本有案此疑善無五臣有二本失著校語而尤以五臣亂善。注。亦律調五聲之均也。何校亦改六是也各本皆誤。注。漢書曰。鄭聲尤集黃門。按此有脫誤所引必禮樂志鄭聲尤甚黃門名倡丙彊景武之屬云云以注黃門也今誤甚爲集黃門下失去全非其舊耳。注。集樂之所。案集上當更有黃門二字。注。漢書音義。下至爲理樂。表本無此十八字有已見長笛賦五字案表本最是已見長笛賦即指黃門集樂之所也茶陵本複出非。注。桓譚新論曰。漢之三主。內置黃門工倡。案此十五字亦已見長笛賦不當有也各本皆衍。注。與左䮄等。案䮄當作顛觀下注䮄與顛同可見也顚即顛字今本魏志作願乃誤字耳。○荅東阿王牋○注。張叔及論。案叔及當作升反說已詳前各本皆誤。注。吳越春秋曰。干

將者。吳人。造劒二枚。表本茶陵本無此十四字。○荅魏太子牋○歲不我與。表本茶陵本我與作與我案與我是也善注引歲不我與而正文自作與我即所謂不拘語倒之例前已詳論矣尤依注乙正文非。注。魏文書曰。表本茶陵本魏文作文帝是也下同。伏惟所天。又注。左氏傳。下至臣之天也。表本茶陵本云善無伏惟所天案此不當無傳寫脫耳尤校添爲是二本并無注二十二字此所有未審何出。注。項代曰。陳云代岱誤是也各本皆誤。遠近所以同聲。表本茶陵本聲下有也字何校添陳同是也。時邁齒𢧵。案疑此𢧵當作耋故注引左傳耋老表茶陵二本所載五臣良注𢧵大也蓋𢧵耋爲善五臣不同也又案漢書孔光傳犬馬齒𢧵讀作耋或季重用彼成文然則善當有𢧵耋異同之注今刪削不全。注。尚書曰。慺慺。謹敬也。表本無尚字茶陵有案無者疑脫字字耳作尚非也求通親親表注引亦誤。○在元城與魏太子牋○西帶常山。表本茶陵本常作恒案此尤改之也。注。漢書有恒山郡。表本茶陵本恒作常是也

下漢書恒山郡元氏縣同。注。背漢之趙。陳云趙楚誤是也各本皆誤。注。趙國之賢將也。下至趙所都也。表本此十六字作俱趙將也四字是也茶陵本并入五臣非此同其誤耳。女工吟詠於機杼。案女工當作工女以工女與農夫偶句也鄘食其傳紅女與景帝紀女紅迴乎有別觀善舍紀引傳較可知矣各本皆誤倒。注。爾雅曰。科條也。案爾當作廣各本皆譌此所引釋言文也。注。賜書。制詔。表本茶陵本書下有曰字是也。注。後爲東郡尉。何校尉上添都字陳同是也各本皆脫。注。爾雅曰。貿易也。案爾當作小各本皆譌此所引廣詁文也。○爲鄭沖勸晉王牋○注。魏帝高貴鄉公也。太祖晉文帝也。表本茶陵本無此十三字案此不當無或二本脫。注。武王以平商。表本茶陵本以作已是也。注。公羊傳曰。魯人至今以爲美談。表本此十二字作美談已見上文是也茶陵本複出非。注。漢北地郡有靈州縣。表本茶陵本漢下有書字是也。注。上親臨西園。表本園作囿是

也。茶陵本亦誤園。注迴戈聊指。案聊當作邪。各本皆誤。今大魏之德。表本茶陵本無今字。陳云。今。晉書作令。爲是。案此尤校添而復譌其字耳。注吾誰與之爲鄰。表本茶陵本無之字。是也。所引山木篇文。○拜中軍記室辭隋王牋。何校隋改隨。陳云隋隨誤。表茶陵二本作隨。表有校語云善作隋。茶陵無校語。案陳何似但據茶陵改耳。下注盡作隋。表所見是矣。注謝眺。何校眺改朓。陳云眺並當作朓。案已見前。注言密服義之情也。表本茶陵本無此七字。案無者最是。尤誤取增多最非。凡此類俱顯然可知者也。注好宮室苑圃之樂。何校圃改囿。是也。各本皆譌。注後遷西將軍。陳云。西上脫鎭字。是也。表本亦脫。茶陵本并入五臣。更非。注韓詩外傳簡王曰。案王當作主。各本皆誤。注而失簪。表本失作亡。是也。茶陵本并入五臣作失。非。注左右曰。下至無相弃者。表本無此二十五字。有袵席而甚切五字。案表本是也。茶陵本并入五臣。與此同。皆非。注袵席乃單席也。表本無乃字。是也。茶陵本并入五臣。仍未衍。案袵下席字亦不

異七　十九

當有。上善音同。蓋皆涉正文而誤添。○到大司馬記室牋○斯言不渝。表本茶陵本云。言善作其。案尤改之也。梁書作言。注漢書衞青曰。下至國之不幸。表本此二十七字作多幸。已見上文六字。是也。茶陵本複出。非。注聖人無名司馬彪曰神人無功。表本茶陵本無此十二字。案此尤校添之也。○百辟勸進今上牋○注史記曰司馬遷自序。何校去曰字。陳同。是也。各本皆衍。注於是夫負妻戴。表本茶陵本無夫字戴字。注即田雞水畔。表本茶陵本無此五字。注破左興衆十萬於鍾山。陳云。與下當有盛。是也。各本皆脫。注說文曰黶黑皺也古典切。表本茶陵本無此十字。注魯班之子。案子當作号。各本皆譌。今宋策注號。号即號別體也。注殿或女姐已。表本茶陵本無女字。注建牙陳伐。案陳當作東。各本皆譌。注楚辭曰。下至舞馮夷。表本茶陵本無此十五字。案此蓋因已見五臣而節去。注況貪天功。茶陵本天下有之字。表本

并入五臣。仍未脫。注樂廣曰。下至何爲乃爾。表本此十四字作名教。已見上文。茶陵本複出。非。注孫綽子曰。下至雅鄭異調。表本此十七字作雅俗。已見上文。茶陵本複出。非。驅盡誅之氓。表本茶陵本云。氓善作萌。案此以五臣亂善。說詳前。注論語曰。下至是誰之過歟。表本茶陵本無此三十六字。案此蓋因已見五臣而節去。注王暢誄劉表。陳云。當作劉表誄王暢。魏志劉表傳注引謝書甚詳。是也。各本皆誤。○詣蔣公○注而辟之。茶陵本而下有俶儻爲志高問掾王默然後十一字。表本并入五臣。略同。注濟大怒。茶陵本怒下有默默懼與籍書勸說之十字。表本并入五臣。略同。注復爲尚書郎。下至不得言而已。表本茶陵本無此四十六字。猥見採擢無以稱當。表本茶陵本作猥煩大禮何以當之。案此尤依晉書改。但選文未必全同彼耳。補吏之召。表本茶陵本召作曰。何云晉書作召。卷四十一○答蘇武書○注綠幘傅韝。注曰。表本茶陵本無韝注二字。

異七　二十

案依顏注訂之。當脫韝韋昭三字。尤所補未是。故每攘臂忍辱。表本茶陵本云。善無每字。案此尤延之校添以五臣亂善耳。注子曰申生處死。陳云。子下脫犯字。是也。各本皆脫。注遷處蜀道著青衣。陳云。著字衍。是也。各本皆衍。注吏侵之益怒。茶陵本怒作急。是也。表本亦誤怒。注顯居臣上。何校顯改顧。陳同。是也。各本皆誤。○報任少卿書○注爲衞將軍。何校軍下添舍人二字。陳同。是也。各本皆脫。若望僕不相師。而用流俗人之言。表本茶陵本云。而用善作用而。案二本所見是也。用句絕。而下屬。漢書有明文。然則善自與彼同。而非有誤。尤所校改。以五臣亂善。失之甚矣。注晉陽之孫。案晉下當有畢字。各本皆脫。注若煩務也。陳云。若苦誤。是也。各本皆譌。漢書顏注引作苦。得竭至意。表本茶陵本至作志。案二本所載良注是志字。未審善何作。漢書作指。注不假修人事也。案假當作暇。各本皆譌。注顏師古曰。表本茶陵本無師古二字。案此當脫監字。尤所補未是。下注師古監錯見。監是。師古非。注顏

師古曰。徇。從也。營也。表本茶陵本無此九字。注。李奇曰。拳者。弩弓也。茶陵本拳作弮。表本亦作拳。案正文作拳。善注先如字解之。復引顏師古云云。乃解爲弮字。所以兼載異讀。此李奇曰。即顏所引。當作弮。不當作拳。漢書注亦可證也。注。以爲置蠶宮令承。陳云。今承。當作令丞。是也。各本皆誤。注。皆虫之微者。故以自喻。茶陵本虫之微者作微蟲也。遷是也。表本幷入五臣。與此同。非。凡此篇表本多幷入五臣。茶陵本及此未誤。皆不更出也。注。西伯積善累德。表本茶陵本無累字。案下引有。尤校添也。注。人有變告信欲反。茶陵本有下有上字。是也。表本亦脫。注。禮甚卑。茶陵本禮作體。是也。表本亦誤。注。知其謀反。告之。案反字不當有。各本皆衍。注。會孺有服。何校孺上添仲字。陳同。是也。各本皆脫。注。長史曰。陳云。長上脫召字。是也。各本皆脫。注。敗敵所破虜。案破當作被。各本皆譌。漢書注引作被。注。羌人以婢爲妻。案羌當作善。各本皆譌。注。男而歸婢。陳云。歸當作婿。是也。各本皆誤。此方言文也。注。女而歸奴。陳云。歸當作婦。是也。各本皆譌。方言文。注。爲楚懷王左司徒。陳云。司字衍。案各本皆同。陳據今史記校也。考集解索隱無明文。唯正義注云云。其本無司字。或善讀史記有未當。輒去。注。莫爲王也。陳云。爲上脫能字。下衍王字。案亦據今史記校也。或王當作之。而各本皆譌。注。爲八覽十二紀。三十餘萬言。案覽下當有六論二字。三當作二。各本皆脫誤。已就極刑。表本茶陵本已作是以二字。是也。漢書作是以。注。吾聞之於政也。何校政改故。是也。各本皆譌。今雖欲自雕琢。何校琢改瑑。案漢書作瑑。何據之校。但選文未必全同。如上文脩身者智之符也。漢書作府。大底聖賢發憤之所爲作也。漢書作氐。善與顏兩家所注。各有明文。判然不合。此但顏作瑑耳。善果何作。無以考之。不得定其當爲瑑也。凡何校之非。多不出其舉隅者如此。○報孫會宗書。○注。漢書。楊惲。下至惲乃作此書報之。案此一節注當有誤。如本傳惲自以兄忠任爲郎。補常侍騎。則云以才能稱譽者。決非善引漢書矣。漢書云。家居。此云遂即歸家閑居。殊不成語。必各本皆失其舊也。注。底

致也。表本茶陵本無此三字。案蓋因已見五臣而節去也。注。猥。猶曲也。表本茶陵本此節注幷入五臣。較多不同。案以尤爲是也。又不能與羣僚幷力。表本茶陵本幷上有同心二字。案二本無校語。似善與五臣無異。但尤所見脫之也。漢書有。勠力耕桑。茶陵本勠作戮。注同。表本皆作勠。案戮即勠假借。或善戮五臣勠。尤校改之也。漢書作勠。雅善鼓琴。表本云。善作琴。茶陵本云。五臣作瑟。案各本所見皆傳寫譌也。漢書作瑟。即所謂趙之鳴瑟。不得作琴明甚。注。而遇民亂也。陳云。民昏誤。是也。各本皆誤。注。爲衆惡毀所舉。何校舉改歸。陳云。舉歸誤。是也。各本皆誤。常恐困乏者。茶陵本恐下有之字。云五臣無。表本云善有。案有者不可通。二本所見傳寫衍也。漢書無。稟然皆有節槩。表本茶陵本稟作凜。案二本所載五臣良注作凜。漢書作漂。顏音匹遥反。善不必與漢書全同。或自作稟歟。注。毛詩曰。陳云。詩下當有序字。是也。各本皆脫。○論盛孝章書。案此書當在後。下與彭寵書當在前。今乃季漢之文。越居建武以上。必非善舊甚明。各本皆同。卷首子目亦然。未知其誤始自何時也。注。徵爲都尉。何校爲下添騎字。是也。各本皆脫。注。人誰不安。案不當作獲。各本皆誤。注。曷爲不言蓋狄滅之。表本茶陵本無蓋字。是也。注。此其所以伐殷王。陳云。伐代誤。是也。各本皆譌。正之術。表本茶陵本重之字。云善無一之字。案各本所見皆非。此但傳寫脫。○爲幽州牧與彭寵書。案此書當在前。說見上。注。漁陽太守。何校守下添彭寵二字。陳同。是也。各本皆脫。注。陳遵劉竦。陳云。劉張誤。是也。各本皆誤。內聽嬌婦之失計。表本茶陵本嬌作驕。是也。後漢書亦是驕字。注。或本云永爲羣后惡法。今檢范曄後漢書有此一句。何校云改無。陳云。云疑當作無。今案何陳所說非也。一當作二。各本皆誤。或本云永爲羣后惡法者。謂正文二句本或作如此一句也。今檢范曄後漢書有此二句者。謂其與或本云者不合。而與正文合也。正文不云永爲羣后惡法。不得如何陳所改作或本無甚明。○爲曹洪與魏文帝書。○注。如陳琳所敘爲也。何校如改知。陳同。是也。各本皆譌。辭多不

可一一。表本茶陵本下一作二。案二本是也。此尤誤改之。注。既皆輕細。茶陵本既皆作尤爲。
是也。表本作既無。亦非。注。爾雅曰。緝之細者。案爾當作小。各本皆譌。此所引廣服文。注。
肆蟲蠱之政。表本茶陵本蠱作惑是也。注。武王克殷。陳云克伐誤是也。各本皆誤。飈
奪霆擊。表本茶陵本奪作奮。云善作奪。案各本所見皆非也。奪但傳寫誤。注。東觀兵於孟
津。表本茶陵本孟作盟是也。注。左氏傳。趙孟曰。老夫罪戾是懼。案此十二字不
當有。老夫篇首已注訖矣。各本皆誤。注。而齊女善歌。表本茶陵本女作右。案女字非也。注。詣
孫菘菘曰。案二菘字皆當作崧。國志注引作崧可證也。各本皆譌。夫綠驥垂耳於林
坰。案林坰當作坰牧。表本茶陵本作坰牧。校語云善有林字無牧字。案善引周禮以注牧作坰牧與五臣無異甚
明。各本所見皆非也。尤本又割注周禮有牧田一句入下節。益非。二本此注通爲一節。固未誤也。顧盻千
里。表本茶陵本盻作眄。云善作盻。案各本所見非也。盻但傳寫誤。

卷四十二○爲曹公作書與孫權○注。吳書曰。孫策下至望
得來同事漢也。案此一節注恐非善舊。各本皆同。無以訂之。注。舉茂才。案舉下當有權
字。各本皆脫。注。故云屬本州也。表本茶陵本云作不。是也。羞以牛後。何校後改從。陳
云。據注則正文中後字當作從。案何陳所校是也。表茶陵二本所載五臣向注作後。各本皆以之亂善。而失著校語。
史記傳寫譌爲後。今本國策亦然。故五臣改從爲後耳。注。楚公子圍聘于鄭。茶陵本圍作圍。
是也。表本亦誤圍。注。明者見於未萌。案見下當有兆字。各本皆誤。注。張兵迎信。
陳云張引誤。是也。各本皆誤。適以增驕。案驕當作憍。表本茶陵本云善從心。此以五臣亂善。漢隗
躢納王元之言。案漢字不當有。表本茶陵本云善有漢。所見皆非也。注。行西河五大
郡大將軍事。何校西河改河西。下同。五下去大字。陳同。是也。各本皆誤。○與朝歌令吳
質書○注。爾雅曰。局近也。表本茶陵本爾作小。是也。○與吳質書○注。

弱。謂之體弱也。何校上弱上添氣字。陳同。是也。各本皆脫。光武言。表本茶陵本言上有有字。
何校添。案魏志注所載無或。尤依彼删耳。古人思炳燭夜遊。何校炳改秉。表本茶陵本作秉。云善
作炳。案各本所見皆非也。注引古詩爲注。而云秉或作炳。然則正文非炳明矣。魏志注所載亦是秉字。○與
鍾大理書○注。王逸正部論曰。何校正改玉。陳同。今案隋志子儒家。梁有王逸正部
論八卷。亡。何陳所改非也。注。荀宏字仲茂。爲太子文學。何校宏改閎。學下添掾字。陳同。
案據魏志荀彧傳注也。各本皆脫誤。○與楊德祖書○前書嘲之。表本茶陵本前下有
有字。案魏志注引典略作爲此。尤欲依彼校改去有。失添爲耳。吾亦不能忘嘆者。表本茶陵本忘
作妄。云善作忘。案各本所見皆非也。忘但傳寫誤。魏志注引典略亦作妄。吾未之見也。表本茶陵本云
未之善作之未。案魏志注引典略作未之。尤依彼校改正之也。乃可以論其淑媛。表本茶陵本其
作於。案此尤誤改也。下乃可以議其斷割。表茶陵二本其作於。校語善作其。不得并改此句。魏志注引典略二字皆

作於。注。呂氏春秋曰。下至晝夜隨而不去。表本茶陵本無此四十二字。案此蓋因已
見五臣而節去也。注。其事該。陳云該核誤。是也。各本皆譌。非要之皓首。何校非改此。云
魏志注作此。案非或傳寫誤耳。○與吳季重書○注。毛詩曰。彌終也。表本茶陵
本無此六字。注。出自陽谷。案陽當作暘。各本皆譌。和氏無貴矣。表本茶陵本氏下有
而字。案此蓋尤依篇末善注删之也。夫君子而知音樂。古之達論。謂之通而
蔽。茶陵本知上有不字。表本無。又二本校語云。五臣無此三句。案詳篇末善注。今本以墨翟不好伎。置和氏無貴
矣之下。云云。是其本無此三句。恐是後來取善引植集此書別題云者。而添之耳。各本所見及校語皆非。注。趙
告謂趙王曰。何校告改造。是也。各本皆誤。注。今本以墨翟之好伎。何校之改
不。陳同。是也。各本皆誤。注。相映耳。表本茶陵本映作應也。○荅東阿王書○注。而
知衆山之邐迤也。表本邐迤作峛崺。是也。茶陵本與此同。案此依正文改注之誤。注。所無

不有○何校所無改無所陳云所無當乙今案或衍所字注王逸曰嫫母醜女也○表本茶陵本無此八字注叔段賦蟋蟀○表本叔作印是也茶陵本亦誤叔○與滿公琰書○陽書喻於詹何○茶陵本書作畫表本亦作書注同案此所引說苑政理篇文今本作畫考古人名書者多矣恐茶陵本乃用今本說苑所改書未必非畫未必是也注味薄而美○茶陵本而下有不字是也表本亦脫○與侍郎曹長思書○注爲御史司空○何校史下增大夫大三字陳同是也各本皆脫注楚宰蘧啟彊○陳云宰上脫太字是也各本皆脫○與廣川長岑文瑜書○注煎沙爛石○表本爛作鑠是也茶陵本亦誤爛○與從弟君苗君胄書○注此書言欲歸田故報二從弟也○表本茶陵本此節注上無善及五臣名詳語意乃五臣而非善凡篇內自明之旨題下注又贅出必皆五臣混入者若尤定此注入善則二本尚未全誤也曠若發矇○案矇當作蒙善注中皆作蒙又所引如淳漢書注以物蒙覆其頭云云是其本作蒙之明證也長楊賦作矇用字不同彼注矇與蒙古字通云云蓋仍從蒙字解之然山父不貪天地之樂○案地當作下表本云善作地茶陵本云五臣作下各本所見皆非也善引非以貪天下也爲注作下甚明地字不可通但傳寫誤耳注譙周古考史曰○何校考史作史考是也各本皆倒注然後有官小史○案官下當有師字史當作吏各本皆脫誤注何其盛矣○表本茶陵本矣作也是也注論語曰○下至而食之○表本茶陵本無此五十五字注鄭朗曰○案朗當作朋各本皆誤此引蕭望之傳文也

文選考異卷第七

異七　十五

文選考異卷第八

賜進士出身通奉大夫江南蘇松常鎮太等處承宣布政使司布政使胡克家撰

卷四十三○與山巨源絕交書○表本茶陵本下有一首二字案有者是也此卷各題下全無卷首所列子目亦然皆脫說見前注以成曹君子曰○何校重君字陳同是也各本皆脫注英雄記曰○陳云王粲英雄記皆記漢末英雄事尚子平乃建武中隱士不應載入當是誤也今案此疑英賢譜之文各本皆譌少加孤露○何云晉書作加少案加少是也各本皆誤倒注飲無求辭○案辭當作亂各本皆譌吾不如嗣宗之賢○何校賢改資陳云賢資誤案所校是也注云資材量也不得作賢甚明晉書正作資注濕病也○表本也下有俾利反三字茶陵本亦有反作切案此真善音也正文下必寐切乃五臣音尤存彼刪此非又不喜作書○表本茶陵本無又字案二本不著校語晉書此在所節去中無以考之雖瞿然自責○案瞿當作懼表本云善作瞿茶陵本云五臣作懼各本所見皆傳寫誤也善自作懼與五臣同故引惠帝贊懼然作注今各本幷注中亦誤爲瞿非懼瞿同字耳晉書在所節去中注則瞿然也○表本茶陵本然下有晉灼曰瞿音句六字是也尤誤刪改作音句入正文下又瞿皆當作懼今漢書正作懼師古曰懼讀曰瞿必不可以爲輪○表本云善無必字茶陵本云五臣有必字案此或所見不同否則尤添之耳晉書在所節去中注王隱晉書曰紹字延祖十歲而孤事母孝謹○表本茶陵本首有晉諸公讚曰康子劭八字紹作劭無十歲而孤事母孝謹八字案二本是也此尤延之校改而誤注常衣濕癢○案濕當作緼各本皆誤此所引楊朱文以下多互異義可兩通不更詳出○爲石仲容與孫皓書○注君子見幾而作○表本幾作機是也茶陵本亦誤幾正文是機字注茶與塗字通用○表本茶陵本塗下有古字是也注天祿乃始○案乃下當有茲字各本皆脫弔魏武文引有注逆於遼東○茶陵本東作隧是也表本作遂亦非乘桴滄流○茶陵本流作海表本作流與此同何校流改海陳云流海誤晉書作海案表本茶陵本所

異八　一

載。五臣濟注云：滄流，海也。似五臣作流。二本失著校語，尤亦以之亂善也。交疇貨賄○表本云善作疇，茶陵本云五臣作酬。何云晉書作酬。今案疇疑醻字之誤。注往來贍遺○何校贍改賂。陳云贍當作賂。案所校據魏志是也。各本皆誤。注景初三年遣大司馬宣王○案三當作二，大當作太，下脫尉字。各本皆誤。此所引明帝紀文也。注權實堅子○何校堅改豎，是也。各本皆譌。注寀深也○表本茶陵本下有音彌二字。案有者是也。乃眞善音而誤刪。注勒維等令降於會○案勒當作勑。各本皆誤。鍾會傳可證。今日之謂也○表本云善無也字，茶陵本云五臣有。案此尤添之耳。然主上眷眷○何校上改相。晉書作相。案主謂魏帝，相謂晉王，似所改是也。崇城自卑○案自當作遂。茶陵本云五臣作自，表本云善作遂。晉書作遂。尤以五臣亂善，非。若侮慢不式王命○案晉書若下有猶字，此當有。讀以四字爲一句。各本皆脫也。注醫病不以湯液○陳云醫下脫有俞附醫四字。案所校是也。此引以注正文俞附。各本皆脫。○與嵇茂齊書○注老子曰雎雎○陳云曰下脫而字，是也。各本皆脫。

注陳琳武軍□賦曰○表本軍□作庫，是也。茶陵本作庫車，衍車字。此亦初衍而脩去軍，即庫字誤。斯所以怵惕於長衢按轡而歎息也○表本茶陵本也上有者字。案晉書無按轡而歎息。陳云據注則此五字衍，是也。必五臣因注云本或有於長衢之下云按轡而歎息者，故添六字以異於善。二本失著校語也。詳此本乃脩改增多，是初刻無而所見仍不誤，尤延之不察，輒取五字，於是善以五臣亂之矣。當加訂正。注范曄後漢書○表本茶陵本無此五字，是也。案說已見前。○與陳伯之書○注征人伐鼓○案征當作鉦。各本皆誤。注沈迷領簿書○陳云領簿當乙，是也。各本皆倒。注謝承後漢書曰○表本茶陵本承作沈，是也。注爲喋血○表本茶陵本血下有涉與喋同丁牒切七字，是也。無正文涉下丁牒切與喋同六字。案此割裂善音之誤，說已詳前。注及迷塗之未遠○此節注後表本有注一節，云周易曰不遠復無祇悔，在正文先典攸高下，是也。茶陵本并入五臣，而誤刪削。此本誤與之同。注建節敕出關○表本茶陵本敕作東，是也。注

故殿陟配天○陳云陟上脫禮字，是也。各本皆脫。注屠各取豪貴○陳云取最誤，是也。各本皆誤。注羌胡名大師爲酋○案師當作帥。各本皆譌。注袁宏漢獻帝春秋○何校宏改曄，陳同。各本皆誤。案隋經籍志云十卷袁曄撰，可證也。注授兵登陴○表本茶陵本陴下有陴婢移切四字，無正文文陴下婢移切三字，是也。注秦必可亡西河○表本茶陵本無可字，是也。注使將軍莊縞○陳云縞蹻誤，下同，是也。各本皆譌。注芳至今猶未沬○案芳當作芬。各本皆譌。注沬已也○表本茶陵本也下有亡蓋反三字。案此眞善音。正文沬下昧字乃五臣音也。尤誤刪此存彼。注思王歸國京師○陳云思字當在國字下，是也。各本皆倒。○移書讓太常博士陳云題前脫移字一行，是也。各本皆脫。又卷首子目亦然。注爲羲和京兆尹卒○案卒字不當有，各本皆衍。漢書云後事皆在莽傳，可證也。講論其議○案議當依漢書作義，各本皆誤。又案注論議相對，議亦當作義也。責讓之曰○表本茶陵本此下提行另起，是也。

書缺簡脫○表本有校語云善作脫簡。案表所見誤也。茶陵本無校語，與此皆不誤。漢書正作簡脫。孝成皇帝○表本云善無皇字，茶陵本云五臣有皇字。案此尤延之校添也。漢書有皇字。或脫編○表本作傳或閒編，云善無傳字，閒作脫。茶陵本云五臣有傳字，脫作閒。何云漢書作傳或閒編。案此恐善與漢書同，各本所見皆傳寫誤也。以尚書爲不備○案當依漢書去不字。此所引臣瓚漢書注甚明。又孔叢云唯聞尚書二十八篇取象二十八宿云云，然則今文尚書家有爲此說者也。然孝宣帝○茶陵本云五臣作宣，表本云善作皇。何校宣下增皇字。案漢書作孝宣皇帝。注梁丘字長翁○表本丘下有賀字，是也。茶陵本亦脫。○北山移文○注周宣王太子晉也○何校宣改靈，是也。各本皆誤。偶吹草堂○表本茶陵本偶作藕。案五臣作藕，善作偶，注皆有明文。二本不著校語，非也。唯此本爲未誤，或尤校改正之。注皆銀印墨綬○表本茶陵本銀作銅，是也。注江水東至會稽山陰爲浙右○陳云似不當言爲浙右，疑有誤也。案陳所說最是。右當作江，考說文

水部浙字下與善所引字書文同可證右字必涉正文誤改也。道帙長殯。茶陵本云五臣作擯表本云善作殯何校殯改擯案長殯與下久埋偶句殯字是矣何改非。磵石摧絶無與歸。茶陵本云五臣作澗戸表本云善作磵石案此與下石逕偶句文必相迴避各本所見石字必傳寫誤恐善自作磵戸。秋桂遺風。表本茶陵本遺作遣是也何校遺改遣。注船舤也。陳云船上脱叩字是也各本皆脱。

卷四十四○喻巴蜀檄○注拜之而後稽顙。陳云之字衍是也各本皆衍。注莫不來享。案莫下當有敢字各本皆脱。注番禺南海郡縣治也。案縣字不當有漢書注無史記索隱引亦無皆可證。注太子即嬰齊也。案依他篇如韋孟諷諫之例當有善曰在太字上以分別顏注表茶陵二本此篇以善與舊注相連乃合幷六家體例之不畫一者尤仍之耳又每節首非舊注皆當有之尤槩删去亦與他篇例歧也後難蜀父老荅客難等皆放此。西僰之長。表本僰下有犍字其校語云善脱犍字茶陵本云五臣有犍字案犍五臣妄添也史記漢書俱無此注引文穎曰犍爲縣者謂

異八　四

地理志犍爲郡之僰道縣也說文僰下亦云犍爲蠻夷也以犍爲縣注僰非正文別有犍字表本所著校語更誤中之誤。注興制謂起軍法制追將帥也。表本追作誅茶陵本無此注幷入五臣也案史記索隱亦引張揖此注誅字是。功烈著而不滅。表本云善作列茶陵本云五臣作烈案此尤延之校改正之也史記漢書皆作烈但傳寫譌爲列耳後篇烈士立功之會封禪文休烈浹洽二本校語同尤皆校改○爲袁紹檄豫州○注魏志曰下至而不責之。表本此一節注與所載五臣翰注略同其善曰下作魏志曰琳避難冀州袁紹使典文章袁氏敗琳歸太祖太祖曰卿昔爲本初移書但可罪狀孤而已惡惡止其身何乃上及祖父邪琳謝罪太祖愛其才而不咎六十一字是也茶陵本云善同翰注此承其誤爲幷善於五臣耳。注閔子騫曰。表本騫作馬是也茶陵本亦誤騫。⿰犭票狡鋒協。何校協改俠云魏氏春秋作俠案裴松之注魏志紹傳所引也考後漢書紹傳載此文亦作俠但二書文略同而與此多異善注未有明文無以考之也。注董卓字仲穎下至呂布誅卓。表本無此三十八字有董卓已見西

征賦七字是也茶陵本有乃複出。注以攻卓。表本作將以誅董卓案考魏志云將以誅卓似表本仍衍董字茶陵本作攻卓誤與此同。注魏志作獎蹴蹴成也。陳云魏志旣與文選同似不必贅引當云後漢書作獎就就成也文義乃安案魏志無此文唯裴注引魏氏春秋耳此注必有誤各本皆同無以訂之兩蹴字陳所校是也。注賈逵國語曰。表本茶陵本語下有注字是也。注氣厲流行。陳云氣氛誤是也各本皆譌。注魏志曰太祖在兗州。表本志作書案此尤校改但未必非引王沈魏書也茶陵本删此注更非。注董卓徙天子都長安。此八字表本茶陵本無蓋因五臣巳有而删之也尤所見者是矣。注應劭漢官儀曰。表本茶陵本無應劭二字。厥圖不果爾乃大軍。茶陵本爾作耳云五臣作爾表本云善作耳案此尤校改也詳文義作耳者當句絶魏氏春秋後漢書此處節去無以相證恐尤改未必是。欲以螗蜋之斧。茶陵本螗作螳注同表本亦作螗其所載五臣銑注字同善注字作螳案據此似善螳五臣螗也魏氏春秋後漢書亦作螳。注外甥高

異八　五

翰。表本翰作幹是也茶陵本亦誤翰。皆自出幽冥。表本茶陵本自出作出自是也案此尤本之誤耳。注漢書以旅爲助。案此注亦有誤後漢范蔚宗書所載此處節去未審善所稱漢書當何指也各本皆同無以訂之矣○檄吳將校部曲文○注閔子騫之辭。何校騫改馬是也各本皆誤。下愚之蔽也。表本云善無下字茶陵本云五臣有下字案此尤延之校添也。注李湛。何校湛改堪下同陳云湛堪誤案據國志校也各本皆譌。注丁斐曰放馬。陳云曰因誤案據國志校也各本皆譌。注漢寧。何校漢上添領字寧下添太守二字陳同案據國志校也各本皆脱。而建約之屬。何校之改支茶陵本云五臣作支表本云善作之案詳文義當作支或各本所見傳寫誤爲之也。夫鷙鳥之擊先高。茶陵本作擊鳥先高四字校語云擊五臣作鷙有之擊字表本校語云鷙善作擊無之擊字案二本校語是也尤本此處脩改乃誤取五臣以亂善。注建安二十一年留夏侯淵。表本茶陵本無一字案二本是也此所引武帝紀文。官渡之役。茶陵本云五臣作渡表本

云善作度。案尤本以五臣亂善，非。擬鄴中集詩、九錫文皆可互證也。○舉事來服○茶陵本事作縣，是也。表本亦誤事。○注○尚書曰○伊尹○陳云書下脫序字，是也。各本皆脫。○及諸將校○表本、茶陵本及作又，是也。○注○跌踏而去○案跌當作决，各本皆譌。此所引趙策文。○檄蜀文○注○後爲司徒○表本無後字，有伐蜀平之四字，是也。茶陵本無此節注，乃并入五臣。尤本此處脩改，蓋初亦無，後校補也。○注○有太武皇帝○陳云太當作司，奏二字是也。各本皆誤。○注○君子曷爲春秋○案爲字當重，各本皆脫。○注○宰輔司馬文王也○此七字表本、茶陵本無。案亦因五臣已有而刪之也。尤校添是矣。○興兵新野○表本云善作新，茶陵本云五臣作朔。何校新改朔。案魏志鍾會傳所載正作朔，朔謂涿郡是也。新字善無注，傳寫誤耳。二本據所見爲校語，非。○興隆大好○何校興改與。案魏志作與，與字是也。詳表、茶陵二本所載五臣翰注，似其本作與。各本所見皆以五臣亂善而失著校語。○注○姜維寇圯陽○何校圯改洮。案改者是也。此所引三少帝紀文。○此皆諸君所備聞也○表本、茶陵本君作公。何校改賢。案魏志作賢，此與志亦有小異。凡兩通者宜各依其舊，何改未是。餘不悉出。○注○見危於未萌○表本、茶陵本無危字。陳云危兆誤，是也。○注○欽子鴛○茶陵本鴛作鴦，是也。表本亦誤鴛，下同。○難蜀父老○注○鄭元曰○陳云元當作德。今案當作氏。各本皆誤。○注○尚書曰○黎民○表本尚上有善曰二字，茶陵本在此節注首。案表本是也。說見喻巴蜀檄下，餘條依此例求之，不更出。○脩誦習傳○何云漢書脩作循。陳云當作循。案史記亦作循。古書二字多互誤，何、陳所校是也。表、茶陵二本亦誤。○注○鄧展子曰○陳云子字衍，是也。表本展子作子展，茶陵本亦作展子，皆衍。○注○出蜀西徼外○陳云西當作廣平，是也。各本皆誤。案說文沫下作西江賦注引，故或以改此，其實張揖自作廣平，顔注及索隱引可證。○注○出廣平徼外出旄牛○陳云當作出旄牛徼外，是也。各本皆誤。顔注及索隱引可證。○注○鑿通山道○案山上當依顔注引有靈字，各本皆脫。○注○出登縣○陳云登上當有臺字，是也。各本皆脫。案顔注引可證。○注○作獨梁○表本、茶陵本獨作橋，是也。○注○㫚○梅憒切○案憒當作

憒，各本皆譌。索隱曰㫚音妹，梅憒即妹之反語也。憒字不可通。○注○字林音勿○何校勿改忽。案所改是也。索隱引正作忽，顔注亦音忽。○猶鷦鵬已翔乎寥廓之宇○表本云善有之宇二字，茶陵本云五臣無。案史記、漢書皆無，依文義不當有，恐但傳寫衍。各本所見非也。○而羅者猶視乎藪澤○表本云善無乎，茶陵本云五臣有乎。案史記、漢書有，恐但傳寫脫。尤校添是也。○注○爾雅曰○陳云爾廣誤，是也。各本皆誤。○注○空廓寥寥也○陳云當作廓空也，是也。各本皆誤。○於是諸大夫茫然○表本云善作芒，茶陵本云五臣作茫。案史記作芒，漢書作茫，尤蓋依漢書校改也。○遷延而辭避○表本云善作退，茶陵本云五臣作避。案史記、漢書皆作避，尤校改是也。

卷四十五○對楚王問○而魚有鯤也○表本、茶陵本云鯤善作鱗。案所見傳寫誤，尤校改正之也。○荅客難○注○推意放蕩○何校推改指，陳同，是也。各本皆誤。漢書可證。○尚有遺行邪○表本、茶陵本云邪善作也。案今漢書亦作邪，尤延之據之校改。考古也、邪二字同用。表、茶陵所見自不誤，尤改爲未是。○相擒以兵○何校擒改禽。案所改是也。漢書作禽。以表、茶陵二本餘篇校語例之，大略善禽、五臣擒，此以五臣亂善也。○外有倉廩○案倉廩當作廩倉。表、茶陵二本云善作倉廩，與此皆所見傳寫倒也。漢書作廩倉，倉字韻。○天下平均○茶陵本作平均，有校語云善作均平。表本作均平，無校語。案漢書無此句，注亦無明文，未審善果何作。○傳曰○天下無害○表本、茶陵本害下有菑字。表本有校語云善無，茶陵本無校語。案各本所見皆有誤也。菑字韻，與下文才字協，蓋善當是作天下無菑也。又案陳云傳曰七句漢書無。凡他書所有之文，與此或相出入，但可借以取證，不得竟依彼校此，斯其例矣。○注○燕時以禮待之遂委質爲臣下○陳云時王誤，禮上脫客字，下字衍，是也。此所引樂毅傳文。○注○競并天下○案競當作竟，各本皆譌。○注○服虔曰○筦音管○此六字表本、茶陵本無。案二本以善音而誤刪也。下文穎曰筳音庭，及如淳曰鼱音精，服虔曰鼩音劬亦然。凡善音二本誤刪而此仍有者，餘不悉出。○注○說文曰○靡○案靡當作縻，各本皆誤。○解嘲○時雄方草創太元○

何校去創字。云漢書無。案袁茶陵二本所載五臣濟注云草創。是其本有此字。恐各本所見以之亂善。而失著校語耳。獨說數十餘萬言。案漢書無數字。此不當有。袁茶陵二本所載五臣向注有之。是其本誤衍。後又以之亂善。客徒朱丹吾轂。何校徒下添欲字。袁本茶陵本云善無欲字。案漢書有。此傳寫脫。校語非。注故齊人號談天鄒衍。案鄒字不當有。各本皆衍。顏注引無。可證也。注在金城河閒之西。何校閒改關。陳同。是也。各本皆誤。後椒塗。袁本茶陵本椒作陶。云善作椒。何校云椒漢書作陶。師古曰有作椒者。乃流俗所改。陳同。今案何陳所校非也。顏本作陶。具見彼注。善此引應劭曰在漁陽之北界。與顏義迥別。蓋應氏漢書作椒。顏所不取。而善意從之也。若以顏改善。是所未安。凡選中諸文。謂與他書必異亦非。必同亦非。其爲例也如此。注以爲親行三年服。茶陵本以作不。是也。袁本亦作以。漢書注引以不兩有。皆非。注孫卿子曰仲尼之門。五尺豎子。羞言五伯。袁本無此十六字。有五尺童子已見李令伯表十字。是也。茶陵本複出。非。注秦穆公聞百里奚。

陳云奚下脫賢字。是也。各本皆脫。注則可抵而取之。袁本此下有善曰爾雅曰窒塞也八字。是也。茶陵本無。亦脫。處乎今世。案漢書無世字。此不當有。各本皆衍。位極者高危。何校高改宗。袁本云善作高。茶陵本云五臣作宗。案漢書作宗。宗字是也。高字傳寫誤。抵穰侯而代之。案抵當作抵。注引說文曰抵側擊也。音紙。是善字作抵。又顏注引蘇林曰抵音紙。亦當作抵。今本漢書作抵。與此同誤。又上文引李奇注則可抵而取之。各本皆作抵。此二字多混也。顉頤折頞。案顉漢書作頷。師古曰頷曲頤也。音欽。善引韋昭曰曲上曰顉。欽甚切。疑正文及注二顉字皆當作頷。頷頷頷同字。故顏音欽。韋音欺甚也。袁茶陵二本正文下音綺險。乃五臣作顉之證。各本以之亂善。其實依韋讀當從金。不作顉。又諸字書多頷顉並收。蓋漢書別有作顉之本。故五臣用以改善耳。注三年之喪卒。案卒下當有哭字。各本皆脫。注左氏傳曰召公。何校召下添穆字。是也。各本皆脫。蠁若坻隤。案坻當作坻。應劭本漢書作坻。音丁禮反。韋昭本漢書作坻。音是。善意從韋。故又引字書巴蜀名山堆落曰坻也。各本正文從應。注中亦一槩盡作坻。皆

誤。當訂正。顏注漢書作阺。云阺音氏。巴蜀人名山旁堆欲墮落曰阺。應劭以爲天水隴氏。失之矣。氐音丁禮反。所言更顯然易知。說文氏下云云。即字書所本。引此作氏。韋昭本與之合。吳都賦劉淵林注引此作坻。與應劭本合。彼此不可互證。實讀古書之通例矣。雖其人之膽智哉。袁本茶陵本膽作贍。云善作膽。陳云漢書作贍。又東方朔贊贍智宏才。善注仍引此文。則贍字乃傳寫譌。案所校是也。又馬汧督誄才博智贍。注引同。亦可證。東方朔割炙於細君。案炙當作名。注割名。割損其名也。今二名字亦誤炙。漢書作名。顏注云割。損也。言以肉歸遺細君。是損割其名。蓋唯朔傳言割肉。而雄謂之割名。故須此注。若如今本作割炙。而注云割炙。割損其炙。殊非注體。袁茶陵二本所載五臣良注云炙亦肉也。是其本作炙。又附會爲亦肉之解。各本皆以之亂善。而失著校語。後幷注中字改爲炙。而讀者不知善自作名矣。今特訂正之。○荅賓戲○躬帶紱冕之服。案漢書無紱字。詳善注亦不及紱。必各本皆傳寫誤衍也。注師古曰帶大帶。冕冠也。項岱曰。袁本茶陵本此十二字作項岱曰帶大帶也七字。是也。尤誤用今本顏注校改耳。又案凡引顏

注。以長楊賦注證之。善自稱顏監。今他篇作顏師古者。經後人改之。此作師古。益誤中之誤矣。注翼鱗皆謂飛龍。袁本翼上有善曰二字。是也。說已詳前。茶陵本刪此節注。非。徒樂枕經籍書。案籍當依漢書作藉。各本皆譌。注晉灼曰以亘爲緪。陳云曰字衍。是也。各本皆衍。又案據此。似正文當作亘。上注當作亘音亘竟之亘。今皆作緪者。依晉灼改之而誤。茶陵本校語云五臣作亘。袁本云善作緪。其實善亦作亘也。西都賦亘長樂。孟堅用亘字之證。漢書及顏引如淳作恒。恒亘同字。或師古讀彼賦亦爲恒字歟。注讀作攸。袁本茶陵本作作若。是也。注上書既終而爲李斯所疾。袁本無上書既終四字。而作然。案袁本最是。四字乃五臣向注。五臣解道作終。故云爾。善引應劭解作好。不得有也。茶陵本幷善於五臣。此仍之而誤衍。秦貨既貴。厥宗亦墜。袁本有校語云既善作其。亦善作乃。茶陵本無校語。案此所見異本也。漢書作既作亦。注故云厥宗亦墜。袁本無此六字。案無者是也。茶陵本幷五臣於善。此仍之而誤衍。孟軻養浩然之氣。案浩當作皓。善引項岱注。皓白也。如天之氣皓然。是

善作皓不作浩甚明其五臣作浩表茶陵二本所載良注云浩然自放逸其證也各本所見皆以之亂善而失著校語非又善所引孟子二浩字亦當作皓乃與項岱注爲相應蓋孟子別本如此故雪賦縱心皓然亦引之以爲注也相顏注漢書字作浩與五臣合與善不合乃異本之難以相證者凡異本之例如上文風颸颸字於顏則爲颸字是爲明徵矣 注紘張也陳云紘恢誤是也各本皆誤 注史記太公曰陳云公上脫史字是也各本皆脫 謀合神聖案神聖漢書作聖神詳此神字韻與下濵垠等字協不得倒轉疑善自作聖神唯五臣銑注先解神後解聖是其本作神聖各本亦以五臣亂善耳 注鄭元曰優游案元當作氏各本皆誤漢書注正作氏 注陸生乃祖述存亡之徵陳云祖粗誤是也各本皆譌 楊雄譚思何校譚改覃陳云潭誤案各本皆是譚字善果何作無以考也漢書作覃 柳惠降志於辱仕表本茶陵本於作而案漢書作於尤校改也又案表本此下有注云項岱曰柳下惠六字最是據此善正文亦當作夷抗行無伯字惠降志無柳字與五臣及漢書不異上句尚有注而不全也各本傳寫誤添正文非茶陵本及尤本幷脫去此句注益非 顏潛樂於簞瓢茶陵本潛作淵云五臣作潛表本云善作淵案此尤延之用五臣校改也漢書作耽 注曰正朔三茶陵本曰上有又字是也表本亦脫 委命供己案供漢書作共顏注讀曰恭表茶陵二本所載五臣向注曰供猶全也是其本作供但所解難通善無明文恐未必同向或自作共失著校語耳 神之聽之表本有校語云聽善作聖案所見非也茶陵本無校語與此皆不誤 注式穀與汝茶陵本與作以是也表本亦誤與 注服虔曰左氏傳注曰陳云虔下衍曰字是也各本皆衍 注謂之足戟持之陳云上之以誤是也各本皆誤 注陳章曰案章當作音各本皆譌 ○歸去來○注序曰表本序上有歸去來三字茶陵本無 園日涉以成趣案趣當作趨善引爾雅謂之趨爲注又云趨避聲也七喻切是其本作趨甚明倘作趣此一節注全無附麗矣五臣良注云自成佳趣乃作趣也各本皆以五臣亂善而失著校語 注玩琴書以滌暢陳云滌條誤是也各本皆誤 農人告余以春兮表本茶陵本無兮字案此尤校

添也○毛詩序○所以風天下茶陵本風下有化字表本無案茶陵所用善本也表所用五臣本也此一有一無舊已兩行見於正義必善與正義所謂俗本者同五臣以定本去之尤依今序校刪而五臣亂善二本皆失著校語亦非 厚人倫案厚當作序表本有校語云厚善作序茶陵本作厚無校語考釋文云厚音后本或作序非此亦兩行善自作序唯表所見得之又案求通親親表敍人倫引此當亦是序今作厚非王元長曲水詩序厚倫注引此則作厚乃所謂與文選不同各隨所用而引之之例也 聞之者足以戒表本茶陵本以下有自字案此亦兩行之見正義者尤依今序校刪似是實非 詩之志也表本云善作志茶陵本作至無校語案此無可考但當各仍其舊茶陵非也 注斥太王王季文王也案文王也三字今箋無詳其義不當有此或傳寫衍也 注謂中心念恕之也陳云案釋文云恕本又作念則念下不當復有恕字是也各本皆衍案此蓋或校念爲恕因誤兩存耳 ○尚書序○懼覽之者不一何校云匡謬正俗云晉宋時書皆云覽者之不一案各本皆作之者未詳善與顏所説同否也○春秋左氏傳序○杜預表本茶陵本作杜元凱是也 諸所諱避表本茶陵本云善作避諱案今本左傳作諱避尤校改耳下二條同 若如所論表本茶陵本云如善作此 有所不通表本茶陵本云有善作其○三都賦序○注西都賦序曰案西當作兩各本皆譌 注孔安國尚書大傳曰案大字不當有各本皆衍 注謝承後漢書序曰表本茶陵本承作沆是也 言吳蜀以擒滅案擒當作禽茶陵本云五臣作禽表本云善作擒所見皆非 注甚誘逆之理陳云誘詩誤又逆下脫順字是也各本皆誤 注過秦論曰表本茶陵本無論字是也○思歸引序○百木幾於萬株表本茶陵本百作柏案此必善百五臣柏二本失著校語尤所見獨未誤也詳文義百是柏非 多養魚鳥表本茶陵本魚鳥作鳥魚案此疑亦善五臣之異 注班固漢書表本茶陵本無此四字案無者是也說已見前此類今各本多非其舊未能盡出

卷四十六○豪士賦序○落葉俟微風以隕何校風改飈表本云善作風茶陵本云五臣作飈案晉書作飈或風是傳寫誤不足繁哀響也何校繁改煩云晉書作煩陳云作煩爲是案繁與煩音義甚近或善自與晉書有異也注左氏傳曰下至將誰讎乎表本茶陵本無此一節注案二本脫也注首垂泥土中刃響乘輿何校去土字響改鄉陳同注遷御史陳云下脫大夫二字是也各本皆脫登帝大位表本茶陵本大作天表有校語云善作大茶陵無案注引天位艱哉善自作天與五臣無異不作大也茶陵本所見爲是表校語及此非晉書亦是天字亡己事之已拙表本茶陵本亡作忘云善作亡案各本所見皆非也亡字但傳寫誤晉書亦是忘字注爾雅注曰劭表本爾作小無注字是也茶陵本亦誤衍○三月三日曲水詩序○注晉武帝問尚書摯虞曰陳云書下脫郎字是也各本皆脫藝文類聚初學記引有注三月曲水案月當作日各本皆譌藝文類聚初學記引作日晉書束晳傳亦然

注叡哲文明茶陵本叡作濬表本作叡與此同案依茶陵本似善正文作濬魯靈光殿賦濬哲欽明善注引濬哲文明王元長序睿哲在躬東京賦睿哲元覽善注皆引睿作聖明作哲然則睿濬較有區別恐是五臣改濬爲叡也銑注云叡聖注景光景連屬也陳云光上有脫文案當有屬字也各本皆脫注四隩既瀦表本茶陵本瀦作宅是也則宅之於茂典表本茶陵本宅作擇是也注尚書武王曰茶陵本武作穆是也表本亦誤武注國語楚穆仲案楚當作樊各本皆譌注稽古於同異案古當作合各本皆譌烈燧千城案烈當作列各本皆譌蓋此二字多致混也表茶陵二本餘篇校語可證注王仲宣思征賦曰案思征當作征思各本皆倒注閱水以成川案閱上當有川字各本皆脫注炰鼈及魚表本茶陵本及作鮮是也注雷震揚天表本茶陵本揚作于是也注介爾百福茶陵本介作卜是也表本亦誤介○三月三日曲水詩序○注莊子曰北門成問於黃帝曰帝

張咸池之樂於洞庭之野表本作張樂已見上文周易曰時乘六龍以御天十六字是也茶陵本誤與此同注維十月五祀茶陵本月作有是也表本亦誤月注明則有禮樂表本茶陵本無此五字案此尤校補也注尚書璇璣玉鈴曰案玉字不當有各本皆衍注制作六經洪業陳云下脫也字是也各本皆脫注世祖立皇太子長楸何校楸改懋陳同各本皆誤跨掩昌姬表本茶陵本掩作蹶案善注無明文可考二本不著校語或同五臣作蹶但必當有音今蓋注不全也二本蹶下有女展注帝王子弟案帝上當有高字各本皆脫注秦后太子來仕何校云太字衍陳同各本皆衍注王仕於晉也何校王改來陳同是也各本皆誤注若稽古帝堯案若上當有粵字各本皆誤注譙周考史曰陳云考史當作古史考是也各本皆誤注適飢意表本茶陵本無此三字案此尤校添也注後漢賈琮爲冀州刺史車垂赤帷而行及至州自言曰表本作范瞱後漢書曰賈琮爲冀州刺史琮之部升車言曰是也茶陵本并入五臣與此同皆非注何反垂帷裳表本何下有有字是也茶陵本與此同非注爲嫖姚校尉案此有誤也正文作影摇與注不相應考史記作剽姚漢書作票姚服虔音飄摇師古曰荀悅漢紀作票鷂字皆不作嫖疑此注善引漢書自作票姚其下或并引服音且有影摇與票姚異同之注而不全注丁白爲武猛校尉何校白改原陳同是也各本皆誤范蔚宗書何進傳有其證矣注百姓皆安表本茶陵本皆作遂是也注杜氏幽求子曰下至有竹馬之歡表本茶陵本無此二十二字案二本因善同五臣而節去也有者是注東越侮食表本侮作海案海字當是也詳注意上句當云古本作海食而引此以解之其上作晦下當作侮不相應皆譌字唯表此一字未誤也至於侮食在古本之上已解說矣茶陵本作侮誤與此同今本周書亦作侮食又非善所見困學紀聞識元長用之皆就今本文選今本周書而言似未深得其理注蓋聞天子之收夷狄也表本茶陵本收作牧是也匭牘相尋陳云据注牘當作櫝案各本所見皆誤

注禮記逸禮曰　表本無下禮字茶陵本有案此似當作逸禮記曰各本皆誤　注孔子曰述三五之法　案子字不當有各本皆衍　注譬猶豫古字通　案猶當作與各本皆誤　注十洲記曰　何云十洲記或是丹陽記陳云書名疑有誤案何陳所校皆未是也洲當作州說已見前　注齊有天子　案子當作下各本皆誤　注名曰風涼　案風涼當作涼風各本皆誤涼風見淮南地形訓即離騷之閶風史記惠王閶索隱云系本名毋涼是涼閶通用也　注周禮曰以土圭之法　下至　緯星也　茶陵本無此三十九字表本此節注并入五臣皆非也尤所見是　秩秩斯干　表本斯干下有校語善作清千茶陵本無校語案表所見誤也　金瓟在席　表本茶陵本瓟作匏案善引禮記爲注瓟字是也瓟雖匏之別體但元長用此未見其證　籥動邠詩　何校邠改豳案所改未是也善引周禮爲注字作豳故何據之考北征賦息郇邠之邑鄉善引漢書豳鄉而云豳與邠同西征賦化流岐豳善注引史記立國於邠而云邠與豳同此注或未全表茶陵二本正文邠下有豳字未必非割裂善注而爲之也　注取竹嶰谷　案此有誤也下引孟康解脫也不得此作嶰與之不相應考漢書作解顏引孟注而云一說昆侖之北谷名也晉灼曰谷名是也元長以之與并州偶句正從谷名之說與孟迥別廣雅釋山曰嶰谷也劉淵林吳都賦注曰嶰谷崑崙北谷也字皆作嶰此正文亦必然由是推之善注此作解引孟注未當并引一說且有解嶰異同之注乃爲可通今各本皆脫誤無以訂之矣

〇王文憲集序〇

注潁陽人也　陳云潁潁誤是也各本皆譌　注知幾其神乎　案幾當作機及下文動必研機注同正文表本皆有校語云善從木此注各本皆作幾必并五臣於善而誤也考善機五臣幾表茶陵二本於爲石仲容與孫皓書檄蜀文已有校語可證周易繫辭上研幾釋文云幾如字本或作機鄭云機當作幾幾微也依善所引下繫本或作知機見機庶機但不盡見釋文也茶陵本此及下正文作幾無校語以五臣亂善甚明不獨此注誤其字矣　注垂芒謂發秀也精星也　表本無此九字有生於豐通於制度七字是也茶陵本脫此節注非又案二本此九字在五臣銑注尤錯入善注中大誤當訂正　注無不制在情衷　案正文情作淸與此不相應各本盡同無以訂之　匠者何　表本茶陵本下有工字云善無何校添工字陳云下脫工字案此疑各本所見傳寫脫也　注潁川荀顗　陳云顗當作闓是也各本皆誤今晉書諸葛恢傳所載正作闓字　注以事母而敬同　茶陵本母作君是也表本亦誤母　注二子蓋往觀焉　表本蓋作盡是也茶陵本此節注并善於五臣非　注言王公有孝友之性　下至　喻急也　表本無此三十八字案無者最是乃五臣向注錯入茶陵本所并正有此非下各條皆同　注董安于之心緩　何校心改性陳同是也各本皆誤　注言王公　下至　蓋自天性得中也　表本無此二十二字案無者最是說見上　注挺拔也淳至謂淳孝之甚至也　表本無此十二字案無者最是說見上　注祖父瓊育之瓊初爲魏郡太守　表本無育之瓊三字　注標立也　下至　則二子曾何足尚也　表本無此二十三字案無者最是說見上　以選尚公主　表本茶陵本選下有校語云善作遷案二本所見非　注刪除煩重　陳云煩煩誤是也各本皆誤　申以止足之戒　表本茶陵本戒下有校語云善本從言案此所見不同也　注太祖謂齊高祖也　表本下祖字作帝是也茶陵本脫此節注非　自營郃分司　案營郃當作策劭注引漢官儀營郃而云今以策劭爲營郃誤也者因正文作策劭據應而決其誤也又云營役瓊切郃烏合切者爲漢官儀作音以明其不得作策劭也表本茶陵本作營郃又營下有役瓊郃下有烏合乃五臣依善注改正文而移其音於下合并六家遂致兩音複沓茶陵本可覆審表刪善存五臣益非又皆於善策劭五臣營郃之不同失著校語讀者久不復察唯陳云據此注正文中營郃似當作策劭者最是但亦未知今本乃以五臣亂善耳陳又云注中策劭當作榮邵後漢書百官志及魏志賈詡傳注皆可證而晉書採應語亦作營郃又廣韻營榮二字下有營郃無榮邵亦一證云云其言策劭又爲榮邵之譌亦頗近之附出於此餘所論誤者不錄　注建始四年　陳云始安誤是也各本皆誤　注其讎操兵　表本其讎作怨家曰案表本是也茶陵本并善入五臣與此同非下各條放此　注今願身代世死仇讎者曰　表本死仇讎者作怨家是也見上　注

遂解劒而去。表本解劒而作委是也見上。注延壽乃自悔責。閉閤不出。表本乃自悔責作大傷之又不出作思過是也見上。注弃其孩子。表本弃其孩作勿得舉是也茶陵本弁善入五臣與此同非。注言儉解丹陽尹。百姓亦如此戀之。表本無此十三字案無者是也乃五臣翰注錯入茶陵本所弁正有此非。注與杜徽書曰。何校徽改徵陳同是也各本皆譌。注今年始十八。表本茶陵本今年始作朝廷年是也。注或發志於見奪。案志當作恚表本亦誤茶陵本脫此注。注孫綽王蒙誄曰。陳云蒙濛誤是也各本皆誤。注燕丹太子曰。案太字不當有各本皆衍。注齊春秋曰。何校齊上添吳均二字是也各本皆脫。注太尉范滂。陳云尉下脫掾字太尉黃瓊也是也各本皆脫。注檀道鸞晉陽秋曰。陳云晉上脫續字是也表本亦脫茶陵本秋上衍春字。注謝安石上疏曰。陳云安字衍是也各本皆衍。注所以極深研幾。表本幾作機是也茶陵本亦作幾與此同誤案說詳前踐得二之機下。

鄭璞踰於周寶。案璞當作樸各本皆誤注所引戰國策亦必全爲樸字物之質謂之曰樸玉樸亦然故說文玉部並無璞字而鼠樸得與之同名異實也後人習見璞字輒有所改今本戰國策樸璞錯出此注全爲璞字皆非也又樸誤爲璞後卷聖主得賢臣頌有其證。注曹植祭橋元文曰。陳云祭橋元文乃魏武事在建安七年子建時方十歲案蓋本作魏太祖不知者改作曹植耳。注十州記曰。崇禮闈。陳云十州記三字疑誤闈當作門案十州記非誤也見前。注吾入廟。陳云吾君誤是也各本皆譌。注願而行之。陳云而爲誤案所引道應訓文今本作爲君二字各本皆誤。爲如千秩。何校秩改帙案此當作袟各本皆誤也。

卷四十七○聖主得賢臣頌○而杼情素。何云漢書杼作抒注抒猶泄也案抒是也凡木才二旁多互混。注胡廣曰。表本胡上有善曰漢官解詁六字是也茶陵本此節注多脫誤又案篇中善曰二字多刪削說已詳前。鑄干將之璞。何校璞改樸茶陵本云五臣作樸表本云善作璞案漢書作樸是也各本所見璞字皆傳寫譌。忽若篲氾畫塗。表本畫下有校語云善作畫案表所見誤也漢書作畫茶陵本無校語與此皆未誤。注世本曰韓哀侯作御也。何云世本無侯字宋衷云韓哀韓文侯也案所校據漢書注引是也各本皆衍。注此復言之。案之當依漢書注引作作即宋衷注也各本皆誤。注相選而並至矣。表本茶陵本選作遝是也。注巳見鄒陽上書。表本茶陵本作呂氏春秋云云皆複出之誤。注胥梁之性。茶陵本胥上有晉悼公曰夫五字是也表本亦脫。注聲之不常。何校聲改擊案所校據漢書注作擊是也各本皆誤。注小臣持龍鬚拔墮。表本茶陵本重龍鬚二字是也。注史記泄公曰。陳云泄公當作貫高案所校未是也此泄上有脫文耳。○趙充國頌○注言充國屯田之便。茶陵本之作非是也表本亦誤之。○出師頌○注大敗之。案之字不當有各本皆衍又案此下何陳校皆依後漢書多有所添其實善未必備引今仍其舊。注沛國史岑字孝山。陳云孝山當作子孝是也各本皆誤。

朔風變楚。茶陵本楚作律云五臣作楚表本云善作律案二本所見律字傳寫誤此尤延之校改正之也。○酒德頌○注劉伶。表本茶陵本伶作靈是也。注因雜揞紳先生之略術。案此有誤也下引如淳曰縉赤白色不得此作揞與之不相應疑正文自爲縉故不取揞插爲義否則當有揞縉異同之注而未全各本皆同無以訂之。注劉熙孟子注曰。槽者。案槽當作蠐各本皆誤此所引乃蠐食實者之注但取下文之酒槽與此蠐字不相涉不知者弁改爲槽誤之甚矣。○漢高祖功臣頌○新成三老董公。何校成改城是也各本皆誤。駿民效足。案駿當作俊善引俊民用章爲注是其本作俊也表茶陵二本所載五臣翰注乃云羣賢如駿馬足是其本作駿各本所見皆以五臣亂善又失著校語考士衡長安有狹邪行云憑軾皆俊民左太沖擬士衡云長纓皆俊人可見陸自用俊字與此同彼二注善皆引尚書亦與此同決不得作駿甚明或言駿字與足生義不當云俊更大不然上偶句云萬邪宅心萬字不與心生義五臣之意固緣足字改俊爲駿而殊非陸旨也又尚書本作畯善屢引爲俊

者。畯與俊同已具奉荅內兄希叔詩無妨其引作俊也凡善引書有如此者不能以畫一求之爲附舉其例云

注何常與關中卒。何校與改興陳同是也各本皆譌

注即欲捐之此三八。陳云捐之下當重有捐之二字各本皆脫

注重元天也。袁本茶陵本無此四字

嘉慮四迴。袁本茶陵本慮作聲案此所見不同無以考之

規主於足。袁本茶陵本於作以案此亦所見不同

注鍾離沫。何校沫改昧陳同案據漢書及史記校也各本皆譌

注以好遊出。陳云遊出二字當乙案據漢書及史記校也各本皆倒

注此特萬世之事也。萬世當作一力士三字各本皆譌漢書史記可證

威亮火烈。茶陵本云五臣作烈袁本云善作列案二本非也此尤延之校改正之說見前可互證

注魏趙屬冀州齊代屬青州。陳云代非青境亦當云屬冀乃合又張耳贊曰報辱北冀即指平趙代事尤易曉也案陳所說是也代字當在魏字下各本皆誤下文四邦魏代趙齊也可證代在齊字下者後來所改也

注矯矯虎臣也。袁本茶陵本虎作武是也案凡善諱屢經回改如此

注毛萇詩曰。我圖爾居。何校去萇字陳同是也各本皆衍

注高祖子弟弱。案弟字不當有各本皆衍

注論語摘輔曰。茶陵本輔下有象字是也袁本亦脫

注勃曰臣無功。陳云案周勃傳臣無功二句乃東平侯興居語勃無此言自興太僕滕公以下皆敘興居事與勃無涉云云今案勃曰勃字疑又字之誤耳

掩淚悟主。袁本茶陵本悟作寤案此所見不同寤字是也後封禪文覺悟黎蒸史漢皆作寤其各本作悟者後人改

注取兩兒弃之。茶陵本取作蹝是也袁本作躧亦非

東窺白馬。袁本茶陵本窺作規案此所見不同似規字是也

注漢書武詔曰。袁本茶陵本書作孝是也

袁生秀朗。案袁當作轅注同前序中作轅注引漢書必與今漢書作轅者合蓋善自作轅史記作袁故五臣改轅爲袁而各本所見亂之其序則五臣所無尚存善舊也

攝齊赴節。茶陵本齊作齋云五臣作齎袁本校語云善作齋其善注中字亦然案此尤延之校改也但齋疑是齎之譌或善與五臣本無異耳

周苛懔慨。案慨當作愾袁本云善作愾茶陵本云五臣作慨此以五臣亂善也

注出則覂弁。袁本茶陵本覂作雙案正文作雙二本是也

○東方朔畫贊○注臧榮緒晉書曰。下至此贊爲當時所重。袁本此五十字在五臣銑曰下其善曰下作臧榮緒晉書曰夏侯湛字孝若譙國人才章富盛早有名譽爲散騎常侍卒二十九字案袁本是也茶陵本弁善入五臣誤與此同

注耳暫聞。袁本茶陵本耳下有所字是也

注弛張浮沈。袁本茶陵本浮沈作沈浮是也

處淪罔憂。茶陵本淪作儉云五臣作淪袁本云善作倫何校云魯公書作儉案善注無明文袁茶陵所見及此俱不同無以考之顏魯公所書未必全與善合難據以相訂也唯五臣銑注云在沈淪時云云其本必作淪無疑尤蓋以五臣亂善

注自我五禮五庸哉。袁本下五作有茶陵本作五與此同案釋文云有庸馬本作五庸袁依東晉古文誤有所改附正之

○三國名臣序贊○注檀道鸞晉陽春秋曰。何校晉上添續字陳同袁本無春字是也茶陵本弁五臣衍

注禪伐不同。袁本伐作代是也茶陵本作伐與此同誤

注舜舉八元八愷用之於堯時也成湯得伊尹武

王得呂望而社稷安也。袁本此二十七字在五臣銑注下其善曰下作二八謂八元八凱也伊伊尹也呂呂望也十六字案袁本最是茶陵本弁善於五臣誤與此同

注三黜之。陳云之字衍是也各本皆衍

注盡遠續禹功。案續當作績各本皆誤又案禹字不當有見前疑不知者添之也

遭時匪難。袁本茶陵本匪作不案此所見不同也

注折而不橈。袁本茶陵本橈作撓又後贊注中不橈不屈同案據此疑善橈二本非也今正文撓字或五臣撓而亂之橈雖通作撓凡善五臣即同字而有別但扌木多相混耳

注尚書曰成王將崩。陳云書下脫序字是也各本皆脫

注漢書高祖功臣頌曰。案書字不當有各本皆衍

魏志九人。袁本茶陵本魏志提行另起是也

袁煥字曜卿。茶陵本煥作渙袁本作煥與此同又袁後贊注中首一字作渙餘皆作煥案今魏志作渙茶陵渙煥錯出此本盡作渙似當以渙爲是

注杞良才也。案杞下當有梓字各本皆脫

注太公往弔之曰。案往當作任各本皆誤此所引山木篇文

注子甚者。茶陵本甚作其意二字是也袁

本亦誤。注。洪水橫流。表本茶陵本洪作鴻是也案此尤用今孟子改耳注。吾以疾爲著蔡也。表本蔡作龜是也茶陵本亦作蔡案此蓋因正文而改注。右尹革曰。陳云尹下脫子字是也各本皆脫注。如一旦一去此。表本茶陵本去上無一字是也案魏志無注。竟坐免刑。表本茶陵本免作得案今魏志得免兩有蓋因尤添免字而誤去得字也敬授既同。何校授改愛云從晉書案表本云善作授茶陵本云五臣作愛蓋各本所見皆非善亦作愛注。散騎常侍王素。何校素改業陳同是也各本皆譌注。爲軍中郎將卒。何校軍下脫師字陳同是也各本皆脫公衡仲達。表本云善作仲茶陵本云五臣作沖案各本所見皆非也仲字不可通必傳寫誤善亦作沖也注。命昭爲良史。何校良改長陳同是也各本皆譌注。弟權託昭。表本茶陵本弟上有以字是也立上以恒。何校上改行云從晉書改注固引易也案表本云善作上茶陵本云五臣作行蓋各本所見皆非善亦作行注。仰慕同趣。茶陵本募作慕是也表本亦誤

卷四十八○封禪文○伊上古之初肇。自昊穹兮生民。茶陵本無兮字云五臣有之字表本兮作之云善無之字案二本所見是也漢書正無善與之同今史記有兮字尤延之取以脩改添入未是繼韶夏。案韶當作昭注同漢書作昭顏引文穎注亦作昭詳注云昭明也夏大也德明大相繼不當作韶字可知茶陵本云五臣作昭表本云善作韶各本所見皆非也善自作昭或因下連夏而誤改爲韶耳今史記作韶但集解仍引漢書音義昭明也云云恐是與此同誤注。管子曰。封太山。表本管上有善曰二字是也後注莊子曰善始善終上爾雅曰元始也上魄音薄上穀梁傳曰諸侯不首惡上闓音愷上小雅曰心慙曰恧上創初創也上望幸望帝之臨幸也上言不廢脩禮地祇上錯千故切上孔安國尚書傳曰襲因也上脩或爲沛上毛詩曰麀鹿濯濯上楚辭曰駕八龍之宛宛上孟子萬章曰上湯武雖居至尊嚴之位上皆同茶陵本在每節注首幷尤本刪去亦非又凡非舊注表本茶陵本每節首並有善曰尤亦刪去今不盡出可以例求之后稷創業於唐堯。案堯字衍尤延之脩改添入也茶陵本無而校語云五臣有堯字表本亦無其

下幷無校語是表所見五臣尚無堯字茶陵及尤所見乃衍也凡二本校語皆據所見著之即五臣仍非眞如此是其例矣史記漢書俱無尤取誤本五臣以改善失之甚者也然猶躡梁父。案父當作甫下文意泰山梁甫表茶陵二本校語善甫五臣父又而梁甫罔幾也尤本亦作甫此一字歧互或各本所見以五臣亂善漢書甫善與之同史記父五臣用以改善也注。鄭元曰。導。陳云元氏誤見漢書注是也各本皆誤案索隱云鄭德注。角共一本。案角上當有兩字各本皆脫漢書注引可證史記集解亦有注。介。大。巨也。案巨下當有山字各本皆脫漢書注引可證史記集解引漢書音義亦有注。譓。順也。表本此下有善曰譓音惠五字無正文下音惠二字是也茶陵本誤與此同陛下謙讓而弗發。表本茶陵本此節上有上帝垂恩儲祉將以慶成十字校語云善無此二句案漢書有史記亦有慶作薦索隱云漢書作慶義亦通何校據添下注三神引韋昭曰上帝云云上帝即指此蓋傳寫脫各本所見皆非又案疑尚有注爲脫去一節也注。則說無從顯稱於後世也。何校說下添者字各本皆脫案漢書注有注。太史

官屬。陳云史常誤是也各本皆誤案漢書注作常注。言符應廣大之富饒也。陳云之字衍是也各本皆衍案史記集解引無漢書注引孟康亦無注。韋昭曰。滲。疏禁切。表本茶陵本曰下有滲音鹿三字無滲疏禁切四字案此疑當兩有而滲音鹿在下也非惟偏之我。案偏當作偏之字不當有讀以四字爲一句漢書正如此也史記索隱引胡廣曰言雨澤非偏於我最爲明晰是史記亦作偏我與漢書同今有誤當據索隱訂也又案觀表茶陵二本所載向注似五臣誤偏爲徧仍未有之各本衍者更誤中之誤樂我君圃。何校圃改囿陳同表本云善作圃茶陵本云五臣作囿案史記漢書皆作囿此協韻何陳是也各本所見皆非蓋善自作囿傳寫誤作圃耳其儀可嘉。何校嘉改喜陳同案漢書作喜史記作嘉以韻求之喜與囿爲協何陳從漢書是也史記嘉亦有誤注。張揖曰。畋。音旻。表本茶陵本無此六字案二本非也漢書注亦引馳我君輿。茶陵本輿作與云五臣作輿表本云善作與案此尤校改正之史記漢書俱作輿但傳寫誤爲與也又案表本此節注末有文穎曰馳我車之前也九字漢書注亦引又我下有君

字茶陵本及此本無蓋係此句之下爲脫一節注也○顧省闕遺○案闕當作厥史記漢書俱作厥善注云謂能顧省其遺失以其解厥是作厥字無疑表茶陵二本所載五臣濟注云恐政治有所闕遺蓋其本乃作闕各本所見皆以五臣亂善而失著校語○劇秦美新○權輿○表本茶陵本提行另起是也○春秋困斯發○表本茶陵本困作因案此所見不同也○注之邑秦○陳云之邑二字當乙是也各本皆倒○注襄王並已見李斯上書○案襄上當有昭字表本亦脫茶陵本此注複出非○自勤功業○表本云善作公茶陵本云五臣作功案尤延之所校改也○注犬暫齧人○表本茶陵本無暫字人下有也字案此尤校改之也○注夷狄之患見臨洮○表本茶陵本之患見作服出於是也○注明王奉若天命○表本茶陵本命作道是也○注孫策使張紘與袁紹書曰○何校紹改術陳同案所校依吳志是也各本皆誤○注然古者此事○何校者改有是也各本皆誤○注尚書帝驗曰○何校帝下添命字陳同是也各本皆脫○或損益而亡○何校云亡當從

異八　三二

五臣本作巳表本云善作亡茶陵本云五臣作巳何據二本校語今案善注無明文二本所載向注於此云其後紂乃亡之是五臣仍作亡其作巳者後人以意改未可從也○注以爲文母籑食堂○茶陵本籑作篹注未有籑士卷切與饌同七字案有者是也表本與此同亦脫誤考今元后傳作篹蓋善引不與顏同校者依漢書改且刪之○注尚書曰穆王作呂刑○陳云書下脫序字是也各本皆脫○注鼓誦詩○表本鼓作贅是也茶陵本亦誤○注振鷺鴻鸞喻賢也毛詩○表本賢下有人字詩下有曰字是也茶陵本無振鷺以下八字有曰字此初同茶陵後脩改而又誤脫八曰二字○禪梁父○表本茶陵本父作甫是也注中兩見一作甫一作父父亦甫之誤也○注晏子景公春秋曰○表本茶陵本景上有齊字無春秋二字此尤改齊字作春秋而又誤倒在下○注喜與古熙字通○案古熙當作熙古各本皆倒○典引一首○表本茶陵本此下有并序二字是也○注范曄後漢書曰班固字孟堅○亦云注典引○表本茶陵本無此十六字是也○注後漢書曰○表本茶陵

本後上有范曄二字是也○注尚書郎中北海展隆○表本茶陵本無中字是也○成一家之言○表本茶陵本無之字案無者是也此尤誤依注添正文○注易曰太極○表本茶陵本易上有蔡邕曰三字下無曰字案以下二本所有蔡邕曰此本皆無詳前後之例凡舊注所冠姓名皆尤刪也易下曰字當作有○注弗俾洪範九疇○表本茶陵本俾作畀是也○比茲褊矣○表本云善無茲字茶陵本云五臣有案二本所見非也蔡注云茲孔子也善不得無必傳寫脫尤校改正之是矣後漢書固傳載此文有○注地黃四年○陳云黃皇誤是也各本皆誤○注燒其室門○表本其作作是也茶陵本亦誤其○注虜王莽○何校虜上添反字陳同是也各本皆脫○注雖覆一簣○表本茶陵本簣作匱是也後漢書所載并注引此亦皆是匱字○注西伯既戡黎○表本戡作龕是也茶陵本亦誤戡○注王歸自夏○陳云夏上脫克字是也各本皆脫○注左氏傳曰臧哀伯曰○表本茶陵本左上有善曰二字是也後注甄陶巳見上文上言漢道外則運行於渾元上易曰品物咸亨上言漢之德能臣古之列

異八　三三

辟上易曰勞謙上連下尚書曰至治定制禮爲一節禮記曰聖人南面而治天下也上優謂優游也上孝經曰夫孝上巡靖巡狩而安之也上爾雅曰祭天上尚書曰鳳皇來儀上廣雅曰麒麟上騶虞也上禮記曰龜龍在宮沼上毛詩曰湛湛露斯上楚辭曰鸞鳥上素雉白雉也上濟濟翼翼上尚書曰嚴恭寅畏上左氏傳薳啓疆曰上楚辭曰遂古之初上言前封禪之君上尚書曰夏罪上絣使也上皆同又四表曰宇往古來今曰宙一節注表本連善曰下非茶陵本別爲節係蔡邕曰者是○匿亡回而不泯○表本云善作匿茶陵本云五臣作慝案注無明文但匿字不可通疑各本所見皆傳寫誤後漢書所載作慝無迴而不泯五臣迴作回見濟注善亦無明文○微胡瑣而不頤○茶陵本瑣作璅云五臣作瑣表本云善作璅案此尤延之校改正之也後漢書所載亦作瑣○至今遷正黜色賓監之事○表本茶陵本令作於案此尤校改也後漢書所載作今令蓋今之譌○注以十二月爲年首○案二當作三各本皆誤說見前上林賦下○注由未章也○表本茶陵本由作猶是也○而禮官儒林屯用篤誨之士○何云後漢書用作朋案注無明

文但用字不可通疑傳寫誤也章懷注云屯衆也朋羣也或善與之無異。注聽德知正則黃龍見。陳云德似當作聽案所校最是各本皆誤蔡說與周南正義引服虔左氏注全同可證也。卓犖乎方州。表本茶陵本無乎字案此尤脩改添之也後漢書所載有。注嚴恭寅畏。表本恭作龔是也茶陵本亦誤恭。孔猷先命。表本茶陵本猷作繇是也案此尤改之後漢書所載作猷但此自作繇尤於蔡注仍未改也。注平制禮樂。放唐之文。表本茶陵本平制禮樂作述堯治世案二本是也後漢書章懷注引作平制禮樂尤用彼改耳。而允寤寐次於心。案心上脫聖字表本茶陵本有。瞻前顧後。表本云善無此一句茶陵本云五臣有此一句案此尤延之添之也後漢書所載有此一句章懷注前謂前代帝王後謂子孫也尤弁取以增多其實未必是。注次止也。表本茶陵本無此三字是也尤取章懷注添。注言此事體大式宏大。陳云體下衍大字是也各本皆衍。注常止於聖心。不可忘也。表本茶陵本作次於聖上之心也是也尤取章懷注改。注前謂前代帝王。後謂子孫也。表本茶陵本無此十一字是也說詳上。注憚難也。下至而難正天命乎。表本茶陵本無此三十一字是也尤取章懷注添。注伊維也。遂古遠古也。表本茶陵本無此八字是也尤取章懷注添。注言自遠古以來至於此也。表本茶陵本無此十字是也尤取章懷注添以上各條皆未必是。注有天下使之。陳云下不誤是也各本皆誤。注讜。直言也。表本茶陵本直言二字作當案二本是也章懷注作直言尤用彼改耳。注絣與栟。案栟當作拼各本皆譌。

文選考異卷第八

文選考異卷第九

賜進士出身通奉大夫江南蘇松常鎮太等處承宣布政使司布政使胡克家撰

卷四十九〇公孫宏傳贊〇注宏等言皆以大林。茶陵本無言字是也表本亦衍案漢書注無。注青姊子入宮。幸。案子下當有夫字表本亦脫茶陵本弁脫子字。斯亦曩時板築飯牛之明已。何云明漢書作朋陳云明朋誤是也各本皆誤。注至此皆天下名士。表本此作他是也茶陵本亦誤〇晉紀總論〇爾乃取鄧艾於農隙。案晉書懷愍帝紀所載隙作瑣蓋各本以傳寫譌爲隙與典引微何瑣相類。外襲王陵。陳云陵淩誤注並同是也各本皆誤晉書所載作淩。世宗承基太祖繼業。表本茶陵本此二句在大象始構矣下表有校語云善在軍旅屢動上茶陵失著校語詳注中次序所見與表尤無異何校乙轉陳同案依文義是也各本所見蓋弁注誤倒一節晉書所載正在下。注世宗景皇。案皇下當有帝字各本皆脫。注太祖文皇帝母弟也。案母上當有景皇帝三字各本皆脫。天符人事。表本茶陵本云符善作府案此尤延之校改正之也晉書所載作符。遂排羣議。表本茶陵本云排善作非案此尤延之校改正之也晉書不載此句。注吳王荒淫。案王當作主各本皆譌。注賈充荀勗等陳諫。表本茶陵本陳作畢是也。注居曠壄不相能。陳云壄林誤是也各本皆誤案居下本有于字能下本有也字蓋不備引也。注惠帝永寧二年。表本茶陵本寧作康案二本是也考晉書惠帝紀永康以元年正月朔改元其次年正月趙王倫簒其四月乘輿反正於是改元乃始爲永寧然則事在未改永寧以前正永康二年之正月故臧榮緒書據當日所稱校者誤改之耳。注鶡冠子。案子下當有日字各本皆脫。注小曰橐。大曰囊。表本茶陵本無曰字大字案此尤校改正之也。載錫之光。表本此下校語云善有也字又以御于家邦下校語同茶陵本皆無校語案表所見非也。注靈王十二年。表本茶陵本十二作二十案各本皆非也當作二十二韋昭有注可證也。誅庶桀以便

事。何云晉書桀作孽陳云作孽爲是案善注未有明文五臣作桀濟注桀傲也今無以考之注以固其
國。何校此四字改在上文或乃多難之下陳同是也各本皆誤注太康以來。何校太改元是也各
本皆誤而賤名儉。表本茶陵本儉作檢云善作儉何云晉書儉作檢案檢字是也各本所見儉字傳寫
誤耳注應瞻表儉字亦檢之譌其表以清檢對容放言之義無取於儉而今晉書應傳作儉字恐非也又善引劉謙
紀自不必與彼同注以宏放爲夷達。表本茶陵本宏作容案容字是也今晉書應傳作宏尤依
之改但善自不必與彼同注漢書解故曰。案書當作官各本皆誤察庾純賈充之
事。何校事改爭茶陵本云五臣作爭表本云善作事案晉書所載作爭知將帥之不讓。何校知上
添而字表本茶陵本云善無而字案晉書所載有而字懷帝承亂之後得位。茶陵本云五臣
無之後表本云善有之後今案有者傳寫衍也晉書所載無注晉中興曰。陳云興下脫書字是也各
本皆脫○後漢書皇后紀論○注帝嚳立四妃以表本茶陵本以作矣

案二本是也矣句絕注立正九妃。又三九二十七。案正下三下兩九字俱不當有各本
皆衍讀以立正妃爲一句又三二十七爲一句也注婦也嬪也。案當作嬪也世婦也各本皆誤注
女御書敘於王之燕寢。案書當作掌御二字各本皆誤注齊侯好內多寵。
案多下當有內字各本皆脫注與貂因寵。何校因下添內字陳同各本皆脫注又有美
人良人八子。案子下當有七子二字各本皆脫此外戚傳文可證章懷注所引亦可證飾玩華
少。何云華少後漢書作少華表本云善作華少茶陵本云五臣作少華案各本所見蓋皆傳寫倒唯皇后
貴人金印紫綬。何云後漢書複出貴人二字陳云複出爲是案所校是也各本蓋皆脫皇后自同乘
輿耳又考輿服志天子貴人赤綬同諸侯王與此不合或光武時紫綬以後乃赤綬也注以歲八月
雒陽民。陳云月下脫筭字是也各本皆脫注長壯妖絜。案妖當作姣各本皆譌注家
屬從北景。案北當作比各本皆譌范書皇后紀續漢書郡國志前書地理志俱可證

卷五十○後漢書二十八將論○固將有以爲爾。茶陵本爲作焉
表本作爲與此同案今范書作焉何校改焉勳賢兼序。茶陵本兼作皆表本作兼與此同案今范書作
皆疑善皆五臣兼二本失著校語而此以五臣亂善也下文可謂兼通矣善同范書有兼五臣無兼殆改此爲兼而
刪之以相避歟注縉赤色。案赤下當有白字各本及章懷注皆脫酒德頌注引有者是也即事相
權。茶陵本即下有以字表本無案今范書有二本不著校語無以考之注衡平也。案衡上當有權字各
本皆脫此章漢志注以解權輕重之權言衡平者謂衡用權而平也其注周語云權稱也義亦同又韋齊語注云權
平也或此衡爲權字之誤○宦者傳論○注掌守王宮中之門禁。茶陵本之
門作門之章懷注同是也表本亦誤倒王之正內者五人。何校去者字陳云者字衍案皆據周
禮序官校也今范書亦有恐此是蔚宗自爲文不全同所引也注史記以勃鞮爲履貂上。
何校貂上二字改鞮字陳同案所校非也此當衍上字荅任少卿書引史記履貂曰可證又何改正文貂爲鞮更非

范書亦作貂章懷注勃貂即寺人披也一名勃鞮字伯楚是蔚宗自作貂注寺人內閹官豎刁
也。案刁當作貂各本皆誤此所引僖二年齊寺人貂之注也注史記曰豎貂爲豎刁。案日
當作以各本皆誤注公徐聞其罪。陳云其下脫無字是也各本皆脫惟閹官而已。
茶陵本官作宦表本作官與此同案今范書作宦似宦字是也注安帝年號延平。何校安改殤是
也各本皆誤小黃門亦二十人。茶陵本無亦字云五臣有表本有用五臣也案今范書無此以
五臣亂善表不著校語亦非朝臣圖議。茶陵本圖作國表本作圖與此同案今范書作國疑善國五臣
圖二本失著校語而此以五臣亂善也注郡分銅虎符三。表本茶陵本分作國是也基列
於都鄙。表本云善作基茶陵本云五臣作基今范書作基章懷有注何校依之改陳云作基爲是案此各本
所見傳寫誤善亦不作基也盈牣珍藏。茶陵本牣作仞云五臣作牣表本作牣用五臣也案今范書作
仞此以五臣亂善表不著校語亦非注班固漢書曰。陳云曰字衍是也各本皆衍注薰胥

以行刑。何校骨改胥陳同又云行字衍是也各本皆誤注。與李子豎書曰。茶陵本豎作堅是也表本亦誤豎注。尚書曰下本州考治。陳云曰白誤是也各本皆譌注。張驤趙忠等。何校驤改讓陳同又下節注中表茶陵二本亦作驤尤改作讓案今范書作讓讓字是也注。今予恭行天之罰。案予下當有惟字恭當作龔各本皆誤檄蜀文引予惟龔行天之罰亦非當互訂又案後述高紀恭行天罰注恭行已見上文依今班書亦當是龔之誤也注。屈蕩尸之曰。表本尸作戶是也茶陵本亦誤尸案開成石經是戶字○逸民傳論○注。而遊堯舜之門。案舜字不當有各本皆衍章懷注無注。避世之人也。案也字不當有各本皆衍章懷注無弋人何篡焉。表本茶陵本人作者案今范書亦作者者字是也尤蓋依所見法言改耳此注引法言表茶陵仍作者其宋衷注乃云弋人弋人不出正文蔚宗及善與尤所見自不同改之非是注。穀皮綃頭巾。案穀當作穀巾字不當有各本皆誤章懷注以穀樹皮爲綃頭也與卿相等列。表本與上有羞字云善無茶陵本云五臣有案今范書有依文義似各本所見皆傳寫誤脫之也注。獨耿介而不隨俗。案俗字不當有各本皆衍此所引九辯文也元文隨下有兮善引在句末者多節去○宋書謝靈運傳論○注。懷五常之性。聰明精粹。表本茶陵本無此九字注。應劭曰。肖類也。頭圓象天。足方象地。表本茶陵本無此十四字注。明皇帝爲魏列祖也。茶陵本列作烈是也表本亦誤甫乃以情緯文。茶陵本無文字云五臣有物字表本有物字云善無案此尤延之所校添也今宋書是文字源其飈流所始。表本云善作源茶陵本云五臣作原何云疑作原今宋書是原字注。詩總百家之言。陳云詩總當作傍綜見世說注是也注。潘陸之徒有文質。陳云有文質當作雖時有質文是也各本皆誤案亦據世說文學篇注也注。好莊子元勝之談。陳云子當從世說注作老是也各本皆誤注。謝混始改之。案之字不當有世說注無各本皆衍注。太元。晉武帝年號。何校武上添孝字是也表本亦脫茶

陵本弁入五臣亦脫仲宣灞岸之篇。案灞當作霸詳表本所載濟注乃善霸五臣灞各本所見以五臣亂善前七哀詩及此注俱爲霸字不誤又今宋書亦是霸字注。靈均屈原字也。表本茶陵本無此六字所載五臣濟注有之案此尤誤取增多也○恩倖傳論○且士子居朝。表本士作仕云善作士茶陵本云五臣作仕何校士改任陳云今宋書作任爲是案所校是也士仕皆傳寫誤下注云言仕子不居賤職可見善並非作士蓋初誤作仕後又誤作士注。中有郎比六百石。案中有當作有中各本皆倒郡縣掾吏。何校吏改史陳云今宋書作史案所校是也吏傳寫誤未之或悟。表本云善作悟茶陵本云五臣作寤案今宋書是悟字但寤即悟不知者每改之未必善與五臣異王命論悟戍卒之言英雄誠知覺寤一改一未改最爲可證也○史述贊○述高紀第一。表本茶陵本校語云善本如此五臣本列在後案各本所見皆非也此連述贊爲文非用爲標題善亦不得在前蓋傳寫誤移之而五臣尚未經移耳後二首同注。論語子曰。表本論上有善曰二字是也後言秦人不能整其綱維上毛詩曰顒顒昂昂上同茶陵本在每節首非注。各爭恣志。表本志作忘茶陵本亦作志與此同案皆非也當作妄過秦論注引作妄光允不陽。表本光作亦云善作光茶陵本云五臣作亦案今班書作亦亦字是也光傳寫誤注。不亦熾乎。案當作不炎熾矣各本皆誤顏注所引可證○後漢書光武紀贊○注。中微謂平世衰也。表本茶陵本無此七字沈機先物。茶陵本先作生云五臣作先表本云善作生案今范書作先先字是也善亦不得作生各本所見皆傳寫誤深略緯文。表本文作天茶陵本作文與此同何云兩漢刊誤補遺云文選作天云云今案表本正與所稱同下無校語蓋善五臣皆是天字茶陵及此作文者後來轉依今范書誤改之耳茶陵亦無校語也天與甄協最是注。旌旗輜車。陳云車重誤是也各本皆誤注。城中少年子弟自燒室門。案子當作朱自燒當作燒作各本皆誤注。兼聰獨斷。案聰當作聽各本皆誤卷五十一○過秦論○注。漢書。應劭曰。表本茶陵本無漢書二字案二本是

也。以下所引諸家。皆陳涉傳。**注。言秦之過。**表本言上有善曰二字。案。此四字亦應注顏師古引者可證。表本非也。又案。以此驗之。凡各本所有善曰字。多非其舊的然無疑矣。**注。韋昭曰。崤。謂二殽。**案。崤殽二字當互易。各本皆誤。**包舉宇內。**表本茶陵本包作苞。案。此尤延之所改也。史記漢書賈子俱是包字。但古包苞同用。未必善不爲苞也。**注。甯越趙人也。**表本茶陵本甯上有然字。案。二本是也。然即今然則。善全書皆如此。甯越趙人非有明出。據上引決之。**注。戰國策。東周。**表本茶陵本無東周二字。是也。**注。最才勾切。**陳云。勾。句誤。是也。各本皆譌。案。周本紀索隱曰。最詞喻反。與此正同。皆讀最爲聚也。**注。趙惠文王。**案。此下當依史記有十六年三字。各本皆脫。**注。史記曰。逡巡遁逃。**表本茶陵本作遁逃。史記作逡巡。案。二本是也。遁逃複舉正文。史記曰逡巡五字爲一句。善所見史記作逡巡。而今本作逡巡遁逃。後人妄添二字。尤反依之改。轉誤之甚者也。賈子作逡巡遁逃。正與善所見史記同。又案。正文作遁逃。西征賦注引作遯逃。必善讀漢書陳涉傳如此。故載史記之異意。謂兩文俱通。考賈子

下篇亦言百萬之徒逃北而遂壞。然則作遁逃自無不可。未見潘安仁必誤。如匡謬正俗所譏也。師古漢書專主逡遁。即其所謂遁者。蓋取盾之聲以爲巡字。當音詳遵反。學者既不知遁爲巡字。遂改爲遁逃者。與善全異。不可用以校此。讀者多所不憭。又今本漢書作遁巡。注同。更譌舛。非顏之舊。觀匡謬正俗所說自明。茲不訂彼。**注。以金爲箭鏃也。**表本茶陵本鏃作鏑。是也。**國家無事。**表本云善無家字。茶陵本云五臣有。案。此尤校添之也。史記漢書賈子俱有。**俛首係頸。**茶陵本頸作頭。云五臣作頸。表本云善作頭。案。此尤校改之也。史記漢書賈子俱作頭。**銷鋒鍉鑄以爲金人十二。**表本茶陵本云鍉鑄善作鑄鍉。案。此尤校改之也。漢書作鍉鑄。賈子作鏑鑄。鏑即鍉也。鍉句絕。鑄下屬。史記作銷鋒鑄鐻。似四字連文。鐻鍉亦異。未審善果何作。**注。以銷鋒鍉爲鍾鐻金人十二。**案。以銷當作銷以。鋒鍉二字衍。各本皆誤。所引始皇紀文。**注。廣雅曰。何。問也。**案。何上當有誰字。各本皆脫。**注。甿。古氓字。氓。人也。**表本茶陵本氓字作文氓。案。顏注引作甿。古文萌字。萌。民也。蓋善引無字字。又諱民作人。集解引作甿。古氓字。氓民也。尤依之校改耳。**率罷散之卒。**表本云善作罷弊。茶陵本云五臣作疲散。案。此尤校改之也。史記漢書俱作罷散。善所見或爲弊字也。賈子作疲弊。可證。**天下雲集而響應。**表本茶陵本集作會。案。此尤校改之也。史記作集。漢書賈子作合。或皆不與此同。**非尊於齊楚燕趙韓魏宋衛中山之君也。**表本茶陵本非作不。下非銛之非亦作不。案。此尤校改之也。史記賈子作非。漢書作不。

○非有先生論○

東方曼倩　表本茶陵本云善作蒨。案。此尤校改正之也。前作倩。自不得有異。但所見傳寫誤。**注。班固漢書。東方朔字曼倩。平原厭次人。武帝即位。言得失。**表本茶陵本無此二十二字。有漢書曰朔四字。是也。朔見於畫贊注。其荅客難下亦不復出。或記於旁。尤誤取以增多耳。**寡人將竦意而聽焉。**表本茶陵本聽作覽。案。二本是也。下文寡人將覽焉。漢書作聽。尤延之欲校改彼字而誤以當此處耳。凡宋以來刊板脩改往往有如此者。**而佛於耳。**案。而字不當有。漢書無。各本皆衍。又案。下順於耳句。表茶陵二本校語云。善無而。五臣有。然則

此以五臣亂善。**寡人將覽焉。**何校覽改聽。案。依漢書也。詳此句與上文孰能聽之矣相承接。作聽爲是。表茶陵二本亦作覽。皆涉寡人將竦意而覽焉句之誤。尤本改上覽字爲聽。致與漢書互易。益非。**注。如淳曰漢書注曰。**陳云。淳下衍曰字。是也。各本皆衍。**三人皆詐僞。**表本茶陵本三作二。案。表茶陵二本所載五臣良注云。其子惡來革多力。是五臣以飛廉爲一人。惡來革爲一人。而其本作二也。善引說苑以革爲一人。而其本作三。尤改正之。是矣。又案。今本漢書亦作二。似有誤。顏注未有明文。無以相訂。**終無益於主上之治。**茶陵本云五臣作治。表本云善作理。案。此亦尤校改之也。漢書治。但善避諱。尤改非也。**於是吳王戄然易容。**表本戄作懼。音句。云善作戄。茶陵本作戄。音句。云五臣作懼。善注中皆無居具切三字。今案。此各本所見蓋皆非也。戄不得音句。亦不得居具切。漢書作懼。顏注居具反。善音與之同。是亦作懼。其居具之音與五臣句複。故表茶陵刪之耳。**注。非虎非狼。**案。狼當作螭。各本皆誤。重贈盧諶引作非龍非彲。句在非熊非羆上。今六韜同。彲蓋即螭字。與羆師協韻也。運命論注引作狼。亦誤。**躬親節儉。**茶陵

本無躬字親下校語云五臣作躬表本躬下校語云善有親字此初刻同茶陵所見後用表所見脩改添之也漢書作躬節儉與五臣同天下大洽。案洽當依漢書作洽各本皆譌惟周之貞。何校貞改禎表本云善作貞茶陵本云五臣作禎案漢書作禎未審善果何作○四子講德論○注涉始於足。案涉當作步下同各本皆譌注一單三尺。表本茶陵本單作躍是也注遁逃也。表本茶陵本逃作避是也注皮裘負芻。表本弁入五臣皮作反是也茶陵本亦誤皮注閭嫽子奢。案嫽當作娵各本皆譌今荀子賦篇及七發注引皆是娵字故美玉蘊於碔砆。案碔砆當作武夫注引戰國策及張揖漢書注皆不從石表茶陵二本所載五臣翰注乃作碔砆是善武夫五臣碔砆音以武夫各本所見亂之而失著校語此誤入五臣音皆非也又案引張揖曰者子虛賦注也史記漢書正作武夫今彼正文及善注引張揖國策盡爲碔砆恐亦爲五臣所亂而弁注中改之也注說文曰鑛銅鐵璞也。案鑛當作礦璞當作樸各本皆譌礦即磺字也又案依此正文朴字當作樸二字羣書中頗有相混者五臣弁

異九　八

正文改爲璞誤甚寂寥宇宙。茶陵本寥作聊云五臣作寥表本云善作聊案此尤以五臣本改之也表茶陵注中作聊尤改恐未必是注尚書曰故一人。表本茶陵本故作迪是也注毛詩周頌曰。陳云頌下脫序字是也各本皆脫且觀大化之淳流。表本茶陵本無且字案二本不著校語無以考之陳云且字衍恐未必然當各依其舊大厦之林。茶陵本厦作夏云五臣作厦表本云善作夏案尤本以五臣亂善非也凡此字夏厦錯見者疑皆善夏五臣厦餘以此求之注秦繆公問得失之要。表本茶陵本問下有之字是也注秦繆公聞百里奚故重贖之。何校奚下添賢字故改欲陳同是也各本皆誤注楚人曰予之。表本茶陵本曰作詐是也楚莊有叔孫子反。表本茶陵本叔孫作孫叔是也句踐有種蠡渫庸。表本校語云蠡善作蠡茶陵本無校語案此所見不同也省田官。何校田官改官田案依文義是也各本皆作田官蓋誤倒考宜紀地節元年假郡國貧民田三年詔曰前下詔假公田貸種食公田即官田疑此句當有善注今失去無可補莫

不肌栗慴伏。表本茶陵本云肌善作飢案飢傳寫誤尤校改正之也注邕邕者聲和也。案者當作音各本皆譌是以北狄賓洽。茶陵本云五臣作洽表本云善作合案此尤以五臣本改之也注不見明文無以考之而旌旗仆也。茶陵本云五臣作旌表本云善作旍案此尤以五臣本改之也旍即旌字前已屢見當各依其舊先生曰夫匈奴者。茶陵本先生曰夫作先生夫子曰云五臣作先生曰夫表本云善作先生夫子曰案此尤校改正之也先生夫子曰乃傳寫之誤驚邊抏士。表本茶陵本抏作杌何云能改齋漫錄作抗案何校是也善不音注者已見上林賦抗士卒之精下也又此字見於史記漢書鹽鐵論者甚多其訓損也耗也其音五官反表茶陵二本所載銑注云杌動也而不著校語以五臣亂善致爲乖謬尤作抏亦非注刀刻其面。茶陵本刀作刃表本亦作刃與此同何校改刃陳同案考史記集解引音義作刃漢書顏注引如淳同刃字是也未尅殫焉。表本云善作尅茶陵本云五臣作克案各本所見皆非也當作克但傳寫誤爲尅非善五臣有異

異九　九

卷五十二○王命論○注復起於今乎。案此下有脫文必弁引既感嚮言以及迺著王命論等語各本皆脫善例不全同本書無以補也注三陽翼天德聖明。表本茶陵本聖作清案此尤校改之也注善曰世運。案世運當作運世各本皆倒檐石之蓄。表本茶陵本檐作擔注同案此所見不同也漢書作儋擔即儋字或從木作見毛詩傳釋文又羣經音辨之木部可證苦寒行檐囊行取薪亦用之注韋昭曰短爲裋。案曰當作以各本皆誤注善曰裋丁管切。表本茶陵本裋作短案短字是也注鬻鼎實也。案鬻當作鬻下同各本皆譌注道德於此。何校德改得陳同各本皆誤注則見蛟龍於其上。表本茶陵本於作據案此尤校改之也貪不可冀無爲二母之所笑。何校貪上添母字爲上去無字案依漢書校蓋是也各本皆傳寫誤○典論論文○享之千金。案享當作享善引左傳注享通也而云享或爲享正文是享字甚明後來以享改享各本皆然與注不相應非也注故嘗更職。何校更下

添吏字陳同今案范蔚宗書公孫述傳作嘗更吏職但各本皆無仍未當輒補咸以自騁驥騄於
千里。陳云以自國志注引作自以案依文義自以是也各本皆倒耳注。遭我乎猺之閒兮。
表本猺作巙是也茶陵本亦誤猺注。不根持論。表本茶陵本根作長案此尤校改之也以至
乎雜以嘲戲。表本茶陵本無上以字乎作於案此所見不同也魏志王粲傳注引此無以字乎作于蓋二
本是矣不假良史之辭。表本云善無不字茶陵本云五臣有不字案此尤校脩改添之也初亦同
二本所見皆傳寫脫日月逝於上。茶陵本逝作遊云五臣作逝表本云善作遊案此尤校改正之也遊
字不可通必傳寫誤也○六代論○注。韓哀滅鄭并其國。案哀下當有侯字各
本皆脫所引鄭世家文也四十餘年。何校四改三注同魏志注作四陳云四當作三案魏志注在武文世
王公傳下蓋誤耳善引漢書諸侯王表爲注彼文作三師古曰三十五年今此各本并依正文改之更誤何陳所校
是也注。秦竊自號謂皇帝。何校謂改爲後所引同是也各本皆誤千有餘歲。何校

歲改城陳同魏志注作城今案城字誤也元首此文出於史記秦始皇本紀彼作歲可證又孝文本紀古者殷周有
國治安皆千餘歲漢書作皆且千歲然則當時語自如此矣魏志注必不知者所改何陳誤據之也表茶陵二本校
語云善作歲五臣作人五臣正謂歲字不安與改魏志注者字有異而意相同皆非胡亥少習尅薄
之教。表本云善作尅茶陵本云五臣作刻案各本所見皆傳寫誤也善注引商君傳自作刻不作尅魏志注亦
是刻字土有常君。表本茶陵本土作士是也魏志注亦是士字注。權秉。即柄字也。
陳云秉下脫也秉二字是也各本皆脫而天下所以不能傾動。何校去能字魏志注無表
本云善有能茶陵本云五臣無案此疑各本所見傳寫衍也而叛逆於哀平之際也。茶陵
本云五臣作叛表本云善作畔案此所見不同也魏志注亦是叛字下文平居猶攫其離叛各本皆不作畔似此未
必善與五臣有異是聖王安而不逸。表本茶陵本是下有以字云善本無案此疑各本所見傳
寫脫也魏志注有○博奕論○注。多漢舉者。表本茶陵本漢作薦是也注。中計

塞城皐。案城當作成各本皆誤求之於戰陣。表本云善無於字茶陵本云五臣有案此尤校
添之也吳志有於字二本所見蓋傳寫脫注。一字管百行。表本茶陵本一字作學是也注。貿
易之也。案之字不當有各本皆衍
卷五十三○養生論○注。說文曰。粗。疏也。徂古切。表本茶陵本無
此九字注。顏師古曰。洽。霑也。表本茶陵本無此七字注。漢書。劉向曰。表本
茶陵本書下有曰字案二本是也向下不當有曰字二本皆衍可百餘斛。茶陵本此下有也字云五臣無
表本云善有案此所見不同或尤刪之也注。大蒜勿食。表本茶陵本勿作多是也而外內受
敵。表本云善作內外茶陵本云五臣作外內案此疑尤以五臣改之也爲受病之始也。表本云善
無受字茶陵本云五臣有案此疑尤以五臣添之也注。臣瓚曰。魏桓侯。表本茶陵本無此六字
縱閒養生之事。茶陵本生作性云五臣作生表本云善作性案此尤以五臣改之也注。猶如

麃。陳云麃鹿誤是也各本皆譌注。桀溺曰。滔滔者。表本滔滔作悠悠案悠悠是也茶陵本亦
誤與此同陳云陸氏釋文滔滔鄭本作悠悠注自據鄭康成本與他本不同也注。河上公曰。抱。下至
故能爲天下法式。表本茶陵本無此二十字注。河上公曰。大順者。天理
也。表本茶陵本無此十字○運命論○注。春秋河圖下至聖明。表本此十九字
作聖明已見王命論七字是也茶陵本複出與此同非注。亦然。案亦上當有治字各本皆脫此所引處方
篇文也注。知非遇也。案遇當作愚各本皆誤注。非加益也。案非上當有知字各本皆
脫以遊於羣雄。下至莫之逆也。表本茶陵本校語云善無此一段說詳下注。漢書
曰。下至皆不省。表本茶陵本無此一節注案二本所見傳寫脫去正文及注一節也後石闕銘計如投水
引此論張良及其遭漢祖其言也如以石投水莫之逆也爲注然則善有可知尤所見本蓋爲未誤注。夏氏
乃櫝而去之。表本茶陵本無夏氏乃三字是也注。過婦人。陳云過遇誤是也各本皆譌

注靈景周之王末者也表本末上有者字案疑弊字之誤尤刪非也茶陵本刪去此一句更
非注睎驥之馬表本睎作希下同茶陵本亦作睎與此同案正文作希注希望也亦仍作希似睎字
依法言改之也注三事不使知政遂各偃息養高表本茶陵本無不使知政遂各
六字案此尤添之也雖造門猶有不得賔者焉表本此下有善注或無雖造門三字一句
茶陵本無案無者蓋脫然而志士仁人茶陵本無然字云五臣作然表本無而字云善作而案此
依五臣改善又誤兩存其字非注欲遂其志之思也表本茶陵本無之思二字不徼而
自遇矣表本茶陵本徼作邀案二本無校語恐非善五臣之異善引西京賦不徼自遇彼賦今爲邀字此注
尤及表作徼非也茶陵本作邀是也尤延之蓋依所見之注改正文而誤注脉相視也案視字不當有
各本皆衍說見古詩十九首內蓋知伍子胥之屬鏤於吳表本茶陵本屬作鐲案注引左
傳字作屬或五臣作鐲二本失著校語耳尤所見是也注吳將伐齊表本茶陵本無將字注王

異九　十二

及列士皆饋賂表本茶陵本無此七字注是豢吳也表本茶陵本也下有夫字案有
者是也尤誤刪之注反役表本茶陵本無此二字注改姓爲王孫欲以辟吳
禍表本茶陵本無此十字案此節注皆尤用左傳增多其實非也注諸子欲厚葬湯母曰
表本茶陵本重湯字是也案漢書重蓋笑蕭望之跋躓於前案之下當更有之字各本皆脫
也注道病死案此下脫尚當有善論石顯病死而言絞縊未詳之注表茶陵二本皆并善於五臣遂致
失去今無以補之注桓公新論曰何校公改譚陳同各本皆誤注杜預左氏傳
注曰冒貪也表本茶陵本無此十字璣旋輪轉案璣當作機注同注中所引鄭尚書注轉
運者爲機未誤可見善自作機不作璣而各本亂之宋文元皇后哀策仰陟天機茶陵本作機表本作
璣皆失著校語彼注文證益明但各本彼及此注中多改機爲璣故讀者鮮察其實必是善五臣之異如旋五臣作
璇二本仍無校語亦失著也注言傳其所順以天下之謀案順以當作以順各本皆

倒○辨亡論○注北至南陽茶陵本北作比是也表本亦誤北注陳忠曰
何校陳改閻陳同是也各本皆誤飾法脩師案飾當作飭注引易作飭各本正文皆傳寫譌也晉書作
飭吳志注作飾羣書中二字多錯互今易作勑則飾字非矣注班固王命論曰何校固改彪陳
同是也各本皆誤注虞翻性不協俗表本無性不協俗四字是也茶陵本此上下複出者更非
注孫權以爲車騎將軍陳云將軍下脫主簿二字是也各本皆脫注往濡須口
陳云往住誤是也各本皆譌注公孫獲曰陳云獲玃誤是也各本皆譌注先主徂于
永安宮表本徂作殂是也茶陵本此注并善於五臣文句全非而吳莞然茶陵本莞作莧注同
校語云五臣作莞表本校語云善作莧其注中亦皆作莧考論語釋文莧爾字如此尤因今論語作莞定從校改遂
以五臣亂善非晉書作莞吳志注作藐即莧之誤也注晉人使子貢何校貢改貞陳同是也各本皆
譌注羽檄重積而狎至何校積改迹陳同是也各本皆誤注字略作轠樓

異九　十三

也案樓下當有車字各本皆脫注尚書曰尚有典刑何校改尚書作毛詩下文毛詩改又
陳同是也各本皆誤注皆指事不飾忠懇何云案吳志忠懇下有內發二字此脫當增入案所
校是也各本皆脫注子不聞周舍之諤諤案子字不當有各本皆衍注孫皓遂
用元爲宮下錄事表本茶陵本無遂字案此尤添之也又陳云錄事當作鎮是也各本皆誤非
有工輸雲梯之械何校工改公陳云工公誤今案晉書吳志注皆是工字疑士衡謂之工輸未當
輒改也注王濬鼓入于石頭陳云鼓下脫譟字是也各本皆脫注張悌字臣
先何校臣改巨陳同是也各本皆誤注說文曰詭變也案詭當作恑此所引心部文又觀下
注可見表本亦誤詭茶陵本刪此注更非○辨亡論下○注左氏傳曰下至比于
諸華表本此十八字作諸華已見上文六字最是茶陵本複出非注莊子許由曰齧缺
之爲人也聰明叡智表本茶陵本無此十五字注使親近以巾拭面表本

茶陵本使作便。無近字。拭下有其字。案此尤延之以吳志注所引校改之也。陳云當時左右給使之人謂之親近。屢見國志。或二本譌耳。注。船載糧具俱辦。陳云載字衍。糧下脫戰字。是也。各本皆誤。注。爲軍後援也。陳云軍。卿誤。是也。各本皆誤。卑宮菲食。表本茶陵本此下校語云善有貪字。案二本所見傳寫衍。以豐功臣之賞。表本茶陵本無以字。下以納謨士之筭同。案晉書無。吳志注有。此尤延之依吳志注添之也。注。賈逵國語注曰。謂。告也。言何以告天下也。表本茶陵本無此十六字。注。慊不足也。表本此下有口簟切三字。是也。尤改入正文下。非。茶陵本正文下載五臣苦簟音。而刪此。更非。百度之鈌粗脩。表本云善作粗。茶陵本云五臣作粗。案注云粗古粗字。似二本所見是也。但晉書吳志注皆作粗。他書既未見有借粗爲粗者。士衡他文用字亦少此類。無以考之。注。抯古粗字。表本茶陵本抯作粗。案此未審。說見上。雖醲化懿綱。表本茶陵本綱作網。案此尤校改之也。晉書綱。吳志注網。尋文義以綱爲是。二本所載五臣翰注云以網羅天下。然則五臣網。或失著校語。善無注可證。其實未必同五臣也。抑其體國經邦之具。表本茶陵本邦作民。案晉書邦。吳志注民。此亦尤校改之也。文義兩通。未知善果何作。注。幾音其。近也。表本茶陵本其作基。是也。又案近也當在音基上。各本皆倒。天子總羣議。表本云五臣作議。茶陵本云善作誼。案此亦尤校改之也。晉書吳志注皆作議。二本所見未必是。憑寶城以延強寇。案寶吳志注作保。晉書亦作寶。與此同。詳保城與資幣偶句。蓋保即今之堡字。保是寶非也。表茶陵二本所載五臣翰注云寶猶堅也。文義殊爲不安。善未必同五臣。或失著校語。注。因部分諸軍吳彥等。何校吳改吾。陳同。是也。各本皆誤。寬沖以誘俊乂之謀。茶陵本云五臣作乂。表本云善作人。案晉書吳志注皆作乂。二本所見非。卷五十四○五等論○夫體國經野。表本茶陵本經野作營治。案二本是也。晉書作經野。尤依之改。非。注。而獨斯畏。何校而改無。陳同。是也。各本皆誤。不如利而後利之之利也。表本云善無也字。茶陵云五臣有。案此蓋所見不同。或尤校改之也。晉書有。又案五臣晉書不重之字。非也。今荀子富國篇亦未誤。凡五臣雖同晉書仍善是彼非者。今不悉出。注。言王諸侯治之也。表本茶陵本王作任。是也。案治之當作之治。各本皆倒。注。漢書。徐樂上書曰。下至此之謂土崩。表本茶陵本此在家語孔子曰云云之前。案依善例當云土崩已見上文。蓋後來改爲複出。而又誤倒之耳。尤順正文乙轉。仍未得善舊也。注。告于諸侯曰。王居于彘。諸侯釋位。表本茶陵本無曰王居于彘諸侯七字。國慶獨饗其利。表本獨下有校語云善作猶。茶陵本無校語。案二本所載五臣良注云言秦獨饗天下之利。是其本作獨也。尤及茶陵蓋以五臣亂善。晉書獨。又本篇忘萬國之大德。表本萬作經。云善作萬。茶陵作經。仍失著校語。又愿法期於必涼。表茶陵二本涼作諒。其實善涼五臣諒。二本失著校語。彼尤本皆校改正之矣。注。班固漢書表曰。表本茶陵本表作贊。案此尤校改之也。皇祖夷於黥徒。案黥當作黔。晉書正作黔。最爲不誤。此注云然黔當爲黥。雖正文用黔首字。爲黥布字。故善云爾也。必五臣因此注改黔爲黥。後來各本以之亂善。而失著校語。又此注亦多誤。見下。注。史記曰。荆王劉賈者。下至蓋別有所見。表本茶陵本無此五十九字。案二本最是。此不知何人駮善注之語。必別本有記於旁者。而尤誤取以增多也。注。尚未足黔徒羣盜所耶。案黔當作黥。各本皆誤。說見下。注。然黥當爲黔。案黥黔二字當互易。此因正文既改作黥。與注不相應。復改注以就之也。考史記漢書黥布不得云當爲黔甚明。他書不更見有作黔者。上條楚漢春秋亦誤改。無疑。注。縱恣意。陳云縱下脫橫字。是也。各本皆脫。注。生子頹。子頹有寵。表本茶陵本不重子頹二字。注。我實能使狄。案能字不當有。各本皆衍。注。號曰共和。共和十四年。表本茶陵本不重共和二字。注。鄭伯將王自圉門入。虢叔自北門入。表本茶陵本無此十四字。注。次于陽樊。表本茶陵本無此四字。注。恭王有寵子。表本茶陵本無王字。是也。良士之所希及。案當依晉書去之字。各本皆衍。○辨命論○注。峻字孝標辨命論。表本茶陵本無峻字二字。案無者是也。下五字爲一句。注。

郭璞曰孫子荆案此有誤也璞疑當作子郭子三卷在隋志小說注然則占候時
日案則字不當有各本皆衍善例無此也注此其大較者也表本茶陵本大下有彰字注
閔子騫曰案騫當作馬各本皆誤夫通生萬物茶陵本通作道表本無夫通二字案二本
不著校語無以知善果何作梁書作夫通考選文與本傳向不齊一但可資其借證難以指爲專據何校於此篇多
所更改皆選文未必非本傳未必是今均不採注猶陶鑄堯舜也表本茶陵本猶上有將字注
言殺也表本茶陵本無此三字注載疐其尾毛萇曰疐表本二疐字作躓茶陵本
作疐案躓字是也正文善作躓梁書同故破疐爲躓而引之注家語曰顏回下至薄言采
之表本茶陵本此七十六字并於五臣非也尤所見未誤注追論夫子言表本茶陵本言上有
之字注樂正子春見孟子曰表本茶陵本無春字案有者非注狀亭亭以岧
岧案岧岧當作岧茗各本皆誤徹草木以共彫表本茶陵本徹作倏是也梁書作倏注黮

婁先生表本茶陵本黮作黕是也注垂髮臨鼻長肘而盭表本茶陵本髮作眼盭下
有股字案今呂氏春秋作眼其盭下仍無股字或尤删之也注呂氏春秋曰道也者下至
不可爲壯表本茶陵本無此二十字注彭彭越韓韓信表本茶陵本無此六字案此因
同五臣翰注而删之尤所見是也注淮南子曰哆嗎蘧蒢戚施醜也案此有誤
也所引脩務訓文哆上有嗟睽二字無醜也二字高誘注云嗟睽哆嗎蘧蒢戚施皆醜貌也或許慎云醜也耳未審
善兼引正文及注或但引注無以補正注渙散也表本茶陵本無此三字注貌摯夷何校
摯改執陳同是也各本皆譌注淮南子曰歷陽案此有誤也以下至國沒爲湖皆注文不得云
淮南子曰未審所脫注有兩諸生告過之謂曰何校去告字是也各本皆衍注太
常上對諸儒太常奏宏第居下策何校策下添奏字陳同案此有誤也考漢書云
宏至太常上策詔諸儒又云太常奏宏第居下策奏必善連引此二處耳注猰貐鑿齒九嬰大

風封豨修蛇表本茶陵本猰貐作窫窳豨作豕鑿齒二字在修蛇上案此尤校改之也下高注仍作窫
窳豕所改未是注毛萇曰杯晚切陳云曰下脫板板反也四字是也各本皆脫注司馬
子韋曰案馬當作星思元賦注可證又案表茶陵二本此一節注并入五臣非也尤所見未誤注磨
其手案磨當作磨各本皆譌與廣川長岑文瑜書引作鄺云鄺音鄺可證考呂氏春秋亦作鄺鄺磨同字磨譌
而爲磨猶顏氏家訓所謂容成造磨爲碓磨之磨耳故鄺今亦譌而爲鄺也皆當訂正注若以善惡
猶命表本茶陵本猶命二字作之理無徵四字是也且于公高門以待封表本云善作門
高茶陵本云五臣作高門案二本所見傳寫誤倒非也此亦尤校改正之梁書作高門注激過之辭
也表本過作過是也茶陵本亦誤過莊子釋文李云謂激過也可借證注黃鵠啄君稻粱案粱
當作粱各本皆誤注予惡乎知說生之或非邪案或非當作非或各本皆倒誤注
予惡乎知惡死之非弱喪而不知歸者邪表本茶陵本非弱喪而不知歸
者邪九字作或是邪三字案此尤校改正之者

文選考異卷第九

文選考異卷第十

賜進士出身通奉大夫江南蘇松常鎮太等處承宣布政使司布政使胡克家撰

卷五十五○廣絶交論○注劉璠梁典曰表本茶陵本無此五字案此節注表弁善入五臣茶陵弁五臣入善皆非注慕尚敦篤表本茶陵本慕作莫是也注芳芳漚鬱表本茶陵本下芳字作香是也注班固漢書贊曰陳云贊述誤是也各本皆誤注試欲劾其款款之愚陳云試誠誤是也各本皆譌注年十三表本茶陵本無此三字注□相切直也表本茶陵本無空格是也此刱有衍字後脩去之注論語子張曰敢問崇德辨惑表本論上有已見七命四字茶陵本無案依善例當作辨惑已見七命六字不複出論語以下云云各本皆非注棠棣之華茶陵本棠作唐下同是也表本亦誤棠何陳校改唐然則利交同源表本云善有則字茶陵本云五臣無則字案各本所見皆非也則不當有但傳寫衍梁書任昉傳所載亦無則字注雕刻鑪捶喻造物也表本茶陵本無此八字注以灼火也表本茶陵本也下有之瑞切三字案眞善音也正文下朱㸋二字乃五臣音尤去此存彼非注秦嘉婦詩曰案婦上當有贈字各本皆脫注惟思致款誠表本茶陵本惟作遺是也注蔡澤顩頤折頞表本顩作頷茶陵本與此同案依表本疑善正文亦作頷今各本皆作顩蓋五臣亂之梁書亦作顩善與彼多異如論嚴苦彼作枯有旨哉有旨哉彼不重英時俊邁彼作特善注明文俱相乖互難以爲證注論語曾子曰鳥之將死其鳴也哀表本茶陵本無此十三字案此因已見五臣而節去注詩谷風曰將恐將懼寘予于懷表本茶陵本無此十二字案此因已見五臣而節去注毛萇詩曰溉何校詩下添傳字陳同各本皆脫注以伯嚭爲太宰表本茶陵本嚭作喜案二本是也下注所謂或作伯喜即指此考史記五子胥列傳索隱有喜音嚭之語是善引與小司馬正合不如今本史記作嚭也上注所引亦以嚭爲大夫嚭必本作喜各本皆誤當依此訂正注乃自剄表本茶陵本剄作到是也注厥篚織纊何校織改纖陳同是也各本皆誤注屬纊以候氣案候當作侯下當有絶字各本皆脫誤注信陵之名蘭芬也何校蘭上添若字陳同是也各本皆脫注班固述曰莊之推賢於茲爲德表本茶陵本作班固贊曰鄭當時之推賢也案二本是也此引本傳贊尤校改甚非注說文曰輜車軸端案輜當作轄各本皆譌注驟於是迎而鳴者表本茶陵本迎作仰是也注烈士傳曰表本烈作列是也茶陵本亦誤列注陽角哀茶陵本陽作羊表本與此同案陽字是也古陽羊通用蓋正文善陽五臣羊各本亂之茶陵弁改注者非梁書作羊彼固多異也寄命嶂癘之地表本茶陵本嶂作鄣案表茶陵二本所載五臣向注字作鄣其善注仍作嶂字然則善嶂五臣鄣也二本失著校語梁書作瘴俗何云三國志皆用嶂注劉孝標與諸弟書曰案標當作綽各本皆誤本傳云孝綽諸弟時隨藩皆在荊雍乃與書論共洽不平者十事其辭皆鄙到氏云云此所引即其一事也孝綽彭城人故下稱孝標云平原劉峻不知者妄改絶無可通今特訂正注攸然不相存贍表本茶陵本攸作悠是也○演連珠○注天地所以施生案生當作化各本皆誤注在地則化案地當作川化當作虛各本皆誤注以導其氣也表本茶陵本導作通無其字案此蓋尤校改之也注然水火相殘表本茶陵本殘作踐是也注閔子騫曰案騫當作馬表本亦誤茶陵本改爲公鉏然之大謬注而不可以相違表本茶陵本違作爲是也注陳敬仲曰表本茶陵本作毛詩曰案此尤校改之也注漢書曰成帝下至故世謂之五侯表本此三十二字作五侯已見鮑明遠數詩是也茶陵本複出非注言□至道均被表本茶陵本言□作善曰案尤改善曰入下而誤衍言字下注首空二字者三處皆尤改此亦當同彼矣注而可御於前也何校去而字陳同各本皆衍注陰晷影之候也表本茶陵本無之候二字是也注候明時以劾績表本茶陵本候作願是也注何休公羊傳曰案傳下當有注字各本皆脫注

戶子曰。下至是弗聽也。表本此二十五字作繞梁已見張景陽七命是也茶陵本複出非注。畫出瞑目。陳云瞑瞋誤是也各本皆譌注。子以父言聞於君。乃召蘧伯玉。表本茶陵本無於字乃字注。可謂生以身諫。表本茶陵本無可謂二字注。薦之於穆公。表本茶陵本無於字注。晏子春秋曰。下至晏子之謂也。表本此一百二十八字作齊堂之俎已見張景陽雜詩是也茶陵本複出非注。孫卿曰。案卿下當有子字各本皆脫聾叟清耳。表本茶陵本叟作史案此尤誤改也注。謂以明水滫滫粢盛黍稷。表本茶陵本二滫字作滌案此當作滌滌尤校補滌而誤并改滌耳注。善曰。日月發輝。案善曰二字不當有表茶陵二本誤在注首尤移入下而仍衍此非非假百里之操。案五臣百作北表茶陵二本校語云善作百五臣作北百里不可通此必有誤疑里當作牙劉及善無注以百牙自不煩注耳注。善曰。下愚由性。案善曰二字不當有說已見前注。戰國策曰。白骨疑象。碔砆類玉。

表本此十二字作武夫已見上文是也茶陵本複出非注。繫一梘之功也。案繫當作擊一字不當有各本皆誤衍注。言爲政之道。恕己及物也。表本茶陵本無道字注。誅猶痛責之甚也。表本茶陵本無猶痛之甚四字注。衝風起兮橫波。案橫上當有水字各本皆脫注。唯化所珍。陳云珍疑甄今案當作移各本皆誤注。流爲水及風。案流字不當有各本皆衍注。史史魚。表本魚下有並巳見上文五字是也茶陵本複出非尤刪削益非注。而悲感者也。案悲字不當有者當作周各本皆誤此以感周與上句悲殷對文注。或者以詩序云。表本茶陵本無或者以三字案此注各本皆有誤無以正之注。善曰。性命之道。何校去善曰二字是也各本皆誤注。文子曰。何校文上添善曰二字陳同是也各本皆誤注。蔡邕琴操曰。下至象五行。表本此十六字作巳見上文是也茶陵本所複出云云皆非

卷五十六〇女史箴〇王猷有倫。茶陵本王上有而字云五臣無表本云善有案此尤誤去之也注。王猷允塞。表本茶陵本猷作猶是也施衿結褵。陳云褵據注當作離案所校是也表茶陵二本所載五臣翰注中字作褵是其本乃作褵各本以之亂善而失著校語正文與注遂不相應甚非注。徐幹中論曰。表本徐上有同衾夫婦也五字茶陵本無〇封燕然山銘〇注。謂登用輔翼。表本茶陵本無用字翼下有也字案此尤校改之也注。如虎如貔如熊如羆。案當作如虎如羆如貔如離不知者改之耳各本皆誤後漢書章懷注引亦可證注。此音訓並與上同也。案此下當有離字並字不當有上當作螭各本皆誤然後四校橫徂。表本茶陵本云善作狙案狙傳寫誤尤校改正之也注。子稽弻立。何校弻改粥是也各本皆譌注。殺北都尉。何校北下添地字尉下添卬字陳同是也各本皆脫注。與碣同。表本茶陵本同下有音義曰渠烈切六字案二本最是尤誤去〇座右銘〇注。行行。剛強貌。表本茶陵本貌下有論語曰長沮桀溺耦而耕孔子使子路問津焉桀溺曰悠悠者天下皆是也而誰與易也三十四字案二本是

也此尤誤刪注。郭璞三蒼曰。表本茶陵本無郭璞二字〇劍閣銘〇注。假稱蜀都太守。陳云都郡誤是也各本皆譌〇石闕銘〇注。尚書曰。湯既黜夏命。陳云書下脫序字是也各本皆脫注。書曰。有扈氏威侮五行。怠棄三正。表本茶陵本無此十三字案此尤校添之也刑酷然炭。何校然改爇今案所改非也廣韻一仙爇字下引此刑酷爇炭故何據之考廣韻所引如十姥之抱土含虖二十陌之嗼嗼不得語之類與今本選文迥異皆別有所出不容相證何未得其理耳茲均無取焉注。三年十二月。陳云三二誤是也各本皆譌注。胡馬之千羣。案之字不當有各本皆衍注。魏略王陵。陳云陵當作夌下同是也各本皆譌注。以卿非肯遂折簡者也。陳云遂逐誤是也各本皆譌注。以牛爲禮。茶陵本禮作礼表本與此同案當作札各本皆誤伐罪弔民。表本茶陵本云民善作人是也注弔其民二本作人此皆誤改注。湯始征□自葛。表本茶陵本無空格是也注。日桀爲無道。

表本茶陵本無日字是也。注李康運命論。表本茶陵本無李康二字論下有曰字是也。注口
又曰。表本茶陵本口又作尚書案此尤校改正之也前樊鄧威懷巴黔底定注亦連有兩尚書曰尤仍未改必
本在每句下故如此耳。注升于中天。表本茶陵本于中作中于是也。注蒼頡曰。何校頡下
添篇字陳同是也各本皆脫。注祝良爲梁州刺史。陳云梁疑當作涼祝良刺涼州見范史陳
龜傳案所校是也各本皆誤。注禮經。謂周禮也。案禮經當作經禮各本皆倒。注其角
一正東。表本茶陵本無其角二字。或以布化懸法。表本茶陵本化作治何校改治今案非也
此諱治爲化五臣迴改二本失著校語尤所見爲是矣凡餘於諱字不可悉出但讀者當知其多失舊耳。色法
上圓。表本茶陵本校語云圓善作負案二本此注字乃作圓篇末注則作負今盡作圓蓋皆尤所改其實非也。注
負圓古同字下篇金筒方負之制二本有校語正文及注皆作負是也又圓流內襲各本皆以五臣亂善非。注
臨煙雲。陳云雲雨誤是也各本皆誤。注故云却背也。表本也下有後注同三字案表本凡

異十　五

云後注同者皆幷善入五臣然則此後當有周禮曰應門二轍漢書曰秦地五方雜錯然此五方謂哭之五方也二
十六字今在其所載向注中也茶陵本亦幷入五臣失著餘同向注尤所見蓋與之同誤。○新刻漏銘
○注孟春始贏。表本贏作贏下同案贏字是也茶陵本亦誤贏正文作盈疑尚有盈贏異同之注而
未全。注掌壺以令軍井。茶陵本掌下有挈字是也表本亦脫。注懸壺以哭。案哭上當
有代字下當有者字各本皆脫。注令軍中衆。何校衆上添士字是也各本皆脫。注鄭元曰。
下至異晝夜漏也。此三十二字表本茶陵本無案因已見五臣而節去二本非尤是也。注新序。
固乘曰。表本茶陵本無固乘二字。布在方冊。表本云善作布在方冊茶陵本云五臣作有布方冊
案各本所見皆非也此以有布與下無彰偶句非取禮記成文善亦作有布陟注文而傳寫誤。注布在方
冊。表本茶陵本冊作策案此尤順正文改耳蓋二本是而尚有冊策異同之注否則善正文自作策也。注有
水赤。其中。表本茶陵本無此五字。注晝夜漏起。案晝字不當有各本皆衍。注則河

漾海夷。表本茶陵本作則河海夷晏案此尤校改之也。注周禮曰。下至以叫百官。此十
六字表本茶陵本無案因已見五臣而節去。注諸侯有日御。表本御下有草創已見上文六字是
也茶陵本複出非尤刪削益非。注登大庭之庫。何校庭下添氏字是也各本皆脫。注謂土
圭也。表本也下有已見上文四字是也茶陵本複出非。注十累一銖。表本茶陵本銖下有撮蠶
括切四字是也案此善音尤誤去。注巴郡落下閎與焉。表本茶陵本無巴郡二字。無得
而稱也。案得當作德茶陵本云五臣作得表本云善作德此以五臣亂善。注孔甲有盤盂
之戒。表本茶陵本戒下有言也二字案此尤校刪之也。注紀善綴惡。表本茶陵本綴作掇是也
注奧矣不窮。表本茶陵本奧作煥是也。注呂氏春秋曰。表本呂上有熙載已見上文六
字是也茶陵本複出非尤刪削益非。注角平升桶權概。案升當作斗各本皆譌。注禮義
消亡。表本茶陵本禮上有齊宣公之時五字案當衍齊字耳何陳校皆改齊爲衞。擊刀斗次。表本

異十　六

茶陵本刀作刁案注中字各本皆作刁又上注引漢舊儀擊刀斗表茶陵二本亦作刁考此字本作刁後人作刁以
別之蓋已久矣其錯出作刁者轉因譌而偶合於古耳餘放此不具出。聚木乖方。表本茶陵本聚作叢
案善引周禮以序聚㯹爲注是其本作聚二本所載銑注則云叢木是其本作叢二本失著校語也當以尤爲是矣
月不遁來。茶陵本云五臣作遁表本云善作知案此尤校改也知字不可通必有誤或亦作遁與五臣無
異而尤改爲得之或善自作知而不字有誤今無以考也。○王仲宣誄○誰謂不庸。何校
庸改痛陳云庸痛誤表本茶陵本作痛云善作庸案庸字不可通蓋各本所見皆傳寫誤。注遭家不造。
表本茶陵本遭家作少遭案此尤所校改也。注國稱陳留風俗記曰。何校國改圈陳同是
也各本皆譌。注魏滅。表本茶陵本無此二字。注易稱所謂陽九之厄。案稱當作
傳各本皆誤。注魏志曰。下至爲龍爲光。此二十七字表本茶陵本無案因已見五臣而
節去。注幽贊於神明。表本茶陵本贊作讚是也。綦局逞巧。案綦當作碁注中字可證五臣

作棋。表茶陵二本正文及其所載銑注如此。尤改棋爲碁而誤成綦字。注。是用不售。案售當作集。各本皆譌。注。南郡有編鄀縣。表本茶陵本縣下有音義曰編音鞭鄀音若九字。案此眞善音。正文下若字五臣音也。尤誤刪此存彼。注。將命之日。表本茶陵本將下有受字。是也。與君行止。表本茶陵本君作軍。是也。此尤本誤字。注。小人徇財。君子徇名。表本作胥士之徇名。小人之徇財。茶陵本與此同。案此尤改也。○楊荊州誄○滎陽楊史君。表本茶陵本史作使。案此似善史五臣使不同。二本失著校語也。注。實左右商王。表本茶陵本無實字。案此尤所校添也。二十八將論運命論褚淵碑文注引皆無。不與今毛詩同。添之未是。注。周禮曰。謚者。表本茶陵本禮作書。是也。注。有蘇韋而跗注者。何校而改之。去者字。是也。各本皆誤。投心魏朝。茶陵本魏作外。云五臣作魏。表本云善作外。案此尤校改以五臣亂善。注。錫爾土宇歸章。案錫字不當有。歸當作皈。各本皆誤。注。晉宮閣銘曰。案銘當作名。各本皆誤。後宣貴妃誄引同。注。神亦往焉。觀其苛慝。表本茶陵本亦往焉作人。案此尤校改之也。僞師畏逼。何校師改帥。陳云此謂步闈也。師乃廟諱。似不應用。案所說是也。帥字別體作師。因致譌耳。他書亦往往相混。注。景命有順。何校順改傾。陳同。是也。各本皆譌。聖王嗟悼。表本云善作王。茶陵本云五臣作主。陳云作主爲是。案王蓋傳寫誤。注。先王覆露子也。陳云王主誤。是也。各本皆譌。○楊仲武誄○楊綏。表本茶陵本綏作經。是也。此尤本誤字。何陳校皆改經。注。將何以終。遂誓施氏。表本茶陵本無此八字。喪服同次。茶陵本同作周。云五臣作同。表本云善作周。案此尤校改以五臣亂善。當此衡焱。案焱當作猋。各本所見皆非。

卷五十七○夏侯常侍誄○譙人也。表本茶陵本譙下有國譙二字。是也。此尤本脫。辟太尉府。何校府下添掾字。陳同。案此非也。表本云善無掾字。茶陵本失著校語。何陳誤依之。仍爲太子舍人。表本茶陵本無仍字。是也。此尤本衍。注。禮記曰。人生二十曰弱冠。表本茶陵本無此十字。案此即尤誤取增多者。注。視之如傷。表本之作民。是也。茶陵本亦誤之。注。曹子建楊德祖書曰。何校楊上添與字。陳同。是也。各本皆脫。莫涅匪緇。案緇當作湽。注引論語作湽可證。後漢書皇后紀論遂忘湽蠹章懷注云。湽黑也。座右銘在涅貴不湽注亦引涅而不湽。湽緇同字耳。不知者誤改之也。表本并善注改爲緇字。大誤。入侍帝闈。表本茶陵本闈作闥。案此無以考也。注。而誰爲。表本茶陵本爲下有慟乎二字。案此尤校刪之也。○馬汧督誄○注。蘭羌。案蘭上當有馬字。關中詩注引有。各本皆脫。今晉書惠帝紀亦可證也。注。虓以偏師陷。案虓下當有子字。各本皆脫。注。日出東南隅曰。陳云隅下脫行字。是也。各本皆脫。注。羌什長鞏便。然更蓋其種也。案便當作傁。更當作叟。各本皆誤。善意謂叟即傁字也。或尚有傁叟異同之語而不全。若作便更則不相通。又案以此推之。正文及上注二更字皆叟之誤。後誄鞏更恣睢亦然。注。下礧石。茶陵本礧作壘。表本作礨。案壘字是也。此所引李陵傳文。注。城上礧石也。表本茶陵本礧作礨。案各本皆非。當作雷。此所引晁錯傳注文。注。然礧與礨並同。案礨當作壘雷二字。各本皆誤。注。梠楣也。表本梠上有孚廢切又曰五字。也下有又曰二字。是也。茶陵本與此同。非。注。幕闓內井。表本茶陵本無此四字。注。於幕中府。表本茶陵本無府字。是也。注。梁王彤。陳云彤彤誤。是也。各本皆譌。又案關中詩注與此同。亦譌也。注。何戴。表本茶陵本作何戴切三字在注末。是也。注。然則口不言。案則字不當有。各本皆衍。注。甘茂謂楚王曰。魏氏聽。表本茶陵本無此九字。注。獨行怨雎之心。案怨當作恣。各本皆譌。注。司馬兵法曰。陳云曰字衍。是也。各本皆衍。精冠白日。表本茶陵本冠作貫。是也。此尤本誤字。注。康雎曰。陳云康唐誤。是也。各本皆譌。注。太尉應劭等議。何校尉下增掾字。陳云脫掾字。見後安陸昭王碑。是也。各本皆脫。注。王逸楚辭曰。陳云辭下脫注字。是也。各本皆脫。梧穴以斂。表本茶陵本梧作捂。注同。是也。此尤本誤字。注。棰也。表本茶陵本棰作捶。是也。悠悠烈將。何校列改列陳同各本皆非。注。模。表本茶陵本作音模二字在注末是也。甘棠不翦。表本茶陵本不作勿案此無以考之。注。若不戢翼而少留也。案若字不當有各本皆衍。琅琅高致。表本茶陵本作硠硠注同是也此尤本誤。注。堅也。表本茶陵本也下有力唐切三字是也。○陽給事誄○注。文士顏延年。表本文上有後文帝立命五字茶陵本無案此節注表并善入五臣茶陵并五臣入善皆非其舊。注。摩。表本茶陵本無此字注末有劘與摩音義同六字案有者是也尤刪移非。注。列營基跱。案基當作綦各本皆譌。注。橈敗也。案敗當作曲各本皆誤所引在成二年。注。左氏傳曰。下至殺陽處父。表本茶陵本無此八十八字何校去陳云別本無之爲是案此即尤誤取增多者。注。盾佐之。表本茶陵本盾上有趙字是也。注。茞夷也。表本茶陵本茞下有越茞二字是也。舊勳雖廢。茶陵本廢作發云五臣作廢表本云善作發案此尤校改正之也發但傳寫誤。注。其知深。其慮沈。表本茶陵本此六字作其勇沈也四字。注。服。服馬也。衡。車衡也。表本茶陵本無此八字案無者最是此尤誤取增多。注。章帝詔。表本茶陵本詔下有曰字是也。注。蒼頡曰。何校頡下添篇字陳同各本皆脫。注。疏。分也。表本茶陵本無此三字。○陶徵士誄○注。說文曰。璇。表本茶陵本璇作琁是也。注。韓詩外傳曰。下至何患無士乎。表本無此注茶陵本有案疑茶陵複出尤所見與之同耳蓋本是無足而至已見上文表因已見五臣而刪削此句。注。豈宴棲末景。表本茶陵本豈作堂案堂亦非也當作賞。注。親採井曰。茶陵本採作操是也表本亦譌。注。田對曰。案田字不當有各本皆衍。注。亦爲親也。表本茶陵本亦作以是也。注。勑。表本茶陵本作音勑二字在注中履頭也下是也。注。劉劭集有酒德頌。何校劭改靈陳云劭伶誤案靈是也說見前又褚淵碑文作伶亦非。注。得黃金百斤。案斤字不當有百與諾協韻茶陵本作兩亦衍表本此節注并入五臣亦作兩然則五臣妄增之也漢書無今史記衍斤字尤依之改非又案表本錯善注同三字在貞夷粹溫句五臣注下更爲誤中之誤。注。列士懷植散

羣。表本懷作壞是也茶陵本亦誤懷此所引田子方文。注。范曄後漢書曰。論。表本曰論作論曰是也茶陵本亦誤倒。注。孟子曰。下至君子不由也。表本茶陵本無此二十字案此因已見五臣而節去尤添之爲是。敬述靖節。案靖當作淸表本云善作靖茶陵本云五臣作淸各本所見皆傳寫誤此下八句敘述薄葬必是淸節無疑至末旌此靖節方說其謚相涉致譌並非善如此。注。訃或作赴。表本茶陵本或下有皆字案有者是也此所引雜記上注文尤誤刪。注。斂手足形。表本茶陵本手作首是也案尤誤改。至方則礙。表本茶陵本礙作閡案此蓋尤改之未必是也。注。未必撫也。表本撫作撫下同是也茶陵本亦誤撫案正文作歷或尚有歷撫異同之注。注。飄風與。案與當作與各本皆譌。注。百官箴王闕。何校重官字是也各本皆脫。注。妻曰昔先。表本茶陵本先下有生字是也。○宋孝武宣貴妃誄○注。而溫之至生黍。案之字不當有各本皆衍。天寵方降。表本茶陵本降作隆是也何校改隆案此尤本誤字。注。敢揚厚德。表之旂旐。表本茶陵本厚作后旐作旐案此尤校改之也。處麗絺綌。茶陵本云五臣作綌表本云善作絺案絺即綌別體字此及注皆尤所改耳。視朔書氛。茶陵本云五臣作氛表本云善作氣案此亦尤所改耳。注。爲紫禁。表本茶陵本禁下有禁密奧又謂之巖奧八字案此尤校刪之也。注。徇以離宮別寢。表本茶陵本無別寢二字案此尤校添之也。注。毛詩曰。凱風。陳云詩下脫序字是也各本皆脫。注。司馬彪漢書曰。表本茶陵本漢上有續字是也。循閻闔而逕渡。案渡當作度注同表本云善作渡茶陵本云五臣作度各本所見皆傳寫誤。注。乃奏樂三日而終。表本茶陵本無而字。注。瓚說是也。表本茶陵本也下有輮力強切四字是也。○哀永逝文○注。說文曰。轜。案轜當作轜各本皆譌此在車部作轜轜即輀別體字表本正文作輀蓋五臣改失著校語茶陵本作轜亦轜之譌耳。嫂姪兮憧惶。茶陵本憧惶作章偟云五臣作憧惶表本云善作章偟案此以五臣亂善非。注。陳琳武軍賦曰。何校軍改庫是也各本皆譌。注。於西壁

下塗之曰寑。表本茶陵本寑作殯。是也。是乎非乎何皇。表本茶陵本皇作遑。案此善皇五臣遑。失著校語。注。我獨而能無槩然。表本茶陵本而作何。是也。

卷五十八○宋文皇帝元皇后哀策文表本無皇帝元三字。茶陵本有。案此蓋善有。五臣無。而失著校語。注。詔前永嘉太守顏延年。表本年作之。是也。茶陵本亦誤。年。注。爲哀策文。茶陵本文下有謚曰元三字。表本無。案有者是也。注。卬。表本茶陵本作卭音卭三字。在注中桯餘征切上。是也。注。韓詩。纚。繫也。表本纚上有曰字。是也。茶陵本亦脫。何校詩下添章句二字。陳同。案各本蓋皆脫。下注韓詩曰淑女同。注。劉熙釋名曰。容車。下至以合北辰。表本茶陵本無此四十字。注。行。表本茶陵本作珩音行三字。在注中琚音居上。是也。注。旌旗以銘功也。表本茶陵本無此六字。注。左氏傳曰。下至或憑焉。表本茶陵本無此二十字。案無者最是。注。呂氏春秋曰。天道圓。地道方。何以說天道之

異十　十一

圓也。表本茶陵本無曰天道圓地道方何以九字。案此校添之也。注。王者膺慶於所感。案者字不當有。感當作感。各本皆誤。注。毛詩曰。下至于以采藻。表本茶陵本無此十三字。注。蘋之言賓。藻之言澡。表本茶陵本無此八字。注。故取名以爲戒。表本茶陵本無此六字。方江泳漢。茶陵本泳作詠。云五臣作泳。表本無校語。案茶陵所見非也。注。東都賦曰。表本茶陵本賦作主人。是也。注。陳女圖以鏡鑒。顧女史而問詩。表本茶陵本此十二字作陳列國史以鏡鑒也八字。案此尤校改之也。注。之逝切。表本茶陵本此在注末。是也。注。零細切。表本作眂音視沴零細切七字。在注中。漢書曰上。是也。茶陵本移零細切在注首。非。尤刪眂音視。益非。注。漢書儀曰。何校書改舊。陳同。是也。各本皆誤。注。禮記曰。下至必於歲之杪。表本茶陵本無此十三字。案無者最是。○齊敬皇后哀策文○注。追尊爲敬皇后。表本茶陵本無敬字。案此尤校添之也。注。東昏侯寶卷。表本茶陵本侯

寶卷作也。是也。注。周禮曰。遂人。案人當作師。各本皆誤。注。以蜃車之役衛。案以當作共。衛字不當有。各本皆誤。注。柩載柳四輪。何校柩下添路字。陳同。是也。各本皆脫。注。阮瑀正欲賦曰。案正當作止。各本皆譌。注。今王翁鄭孺。陳云。鄭字衍。是也。各本皆衍。注。賢女馨。表本茶陵本馨下有香字。是也。注。毛詩序曰。下至被於南國。表本茶陵本無此十二字。注。孔安國傳曰。何校傳上添尚書二字。陳同。是也。各本皆脫。注。淮南子曰。下至高誘曰。表本茶陵本無此十四字。注。軒轅星也。表本茶陵本也作名。又表本此下有巳見上文曜星也七字。茶陵本有曜星也三字。案表本是也。茶陵本刪非。尤改益非。注。毛詩曰。清廟。陳云。詩下脫序字。是也。各本皆脫。注。璋瓚夫人所執。表本茶陵本無此六字。宸居長往。表本茶陵本居作駕。案此尤改之。蓋二本是。注。禮記曰口。表本茶陵本無空格。是也。映輿鍐於松楸。表本茶陵本鍐作鍐。是也。注同。籍閟宮之遠烈兮。表本茶陵本籍作藉。是也。

異十　十二

終配祇而表命。表本茶陵本祇作祀。案此尤改之。蓋二本是。注。趙達以機祥協德。案機當作機。各本皆譌。注。假結帛巾各一枚。表本茶陵本無枚字。案無者是也。范書光武十王傳所載亦無此字。可借爲證。注。可瞻視。表本茶陵本瞻視作視瞻。是也。○郭有道碑文。茶陵本此上有碑文上三字。另爲一行。是也。表本亦脫。注。魯人有儀公潛者。案儀公當作公儀。各本皆倒。此所引公儀第九文也。將蹈鴻涯之遐迹。案鴻當作洪。注引西京賦神仙傳皆是洪字。可證。表茶陵二本所載五臣翰注字作鴻蓋各本亂之。而失著校語。又案蔡中郎集亦作洪。注。由以告巢父焉。表本茶陵本無巢父焉三字。注。毛詩曰。顯顯令問。案曰下當有令問令望出師頌曰八字。各本皆脫。陳改毛詩二字作史孝山出師頌六字。未是也。注。君其試之。表本茶陵本無此四字。注。尚書。祖乙曰。案乙當作己。各本皆譌。○陳太丘碑文○注。袞職。謂三公也。表本無此六字。是也。茶陵本有。其此節注與五臣錯互而誤衍。慙於臧文

竊位之負。表本茶陵本臧文作文仲案此無以考之集亦作文仲注孝經援神契曰。下至仁明。此十八字表本茶陵本無案因已見五臣而節去尤添是也遣官屬掾吏。何校吏改史是也各本皆傳寫譌集亦作吏譌與此同注直用。表本茶陵本作重直用切四字在正文以成時銘下是也以時成銘。表本茶陵本時成作成時案此無以考之也集亦作成時○褚淵碑文○注於予小子。案予當作乎各本皆譌用人言必由於己。表本云善有八字茶陵本云五臣無案各本所見皆非也蓋涉注引用人如用己而誤衍非善與五臣有異何校去言字亦誤注先過表宏。表本茶陵本宏作閎是也注譬諸汎濫。案汎當作氿各本皆譌氿濫氿泉濫泉也荅賓戲云懷氿濫何陳校改汎者非注范曄後漢書左朱零曰。案書字當重左當作佐各本皆脫誤何陳校去左字者非注鄭元禮記曰。表本茶陵本記下有注字是也注閔子騫曰。案騫當作馬各本皆譌注有豫章郡雩都縣。表本茶陵本無有字陳云當在雩字上是也尤校添而誤其處既秉辭梁之分。陳云分五臣作介爲是案陳所說非也分字去聲謂其辭過分之賞由能秉執己分合觀下句自明五臣誤讀爲介而云孤介之節全失文意此善與五臣截然有異不容亂之者注楚人鬼之越人機之。茶陵本上之作而無下之字是也表本誤與此同又案機當作禨各本皆譌注諫過而後賞善。案後字不當有各本皆衍丹陽京輔。何校陽改楊陳同是也下注同案二字多相混此亦不具出注李尤有函谷關銘曰。表本茶陵本無有字是也注太宗明帝。表本茶陵本無此四字案無者最是注孟軻曰。茶陵本軻作子是也表本亦誤軻注昔有魯伯禽。陳云有者誤何校魯下添公字是也各本皆誤脫不貳心之臣。茶陵本不上有率字云五臣無表本校語云善無率案尤所見與表同是也茶陵校語有誤嗣王荒怠於天位。表本茶陵本王作主是也注檄太常曰。何校檄改移陳同是也各本皆誤注君子徽猷。陳云子下脫有字是也各本皆脫注晉起居注。曰帝詔曰。陳云上曰字安誤是也各本皆誤注周禮大司徒職曰。下至婣音因。表本茶陵本無此六十四字餐東野之祕寶。茶陵本野作杼云五臣作野亦作序表本作野無校語案善注東野未詳又注然野當爲杼古序字表茶陵二本所載五臣翰注云野當爲序云云然則杼序皆後人改茶陵校語全非注雖去列位。表本茶陵本雖去作在是也注又曰雒書。表本茶陵本又作一是也注河圖本紀。表本茶陵本本作今陳云據王元長策秀才文注引璇璣鈐本命誤紀下脫也字是也注晉書劉伶。表本茶陵本無晉書二字伶作劭案尤所校改亦非劭當作靈說見前注諸公給虎賁三十八。表本三作二是也茶陵本亦誤三注公繁騆而馳。表本茶陵本繁作擊案此尤校改之也後齊故安陸昭王碑文注引作繁騆不誤亦可證注知不如車之駛。陳云駛駛誤是也各本皆譌齊故安陸昭王碑文亦譌駛羣后恇動於下。表本茶陵本動作慟案此無以考之也注謝慶緒荅郄敬書曰。表本郄作郗是也茶陵本亦誤郄又案敬下當有輿字各本皆脫前遊天台山賦注引可證其郄字彼亦誤當互訂也注五星聚房者。陳云當重有房字是也各本皆脫注同據而興。陳云同周誤是也各本皆譌注故良也。表本茶陵本故下有曰惟二字天鑒璿曜。何校璿改琁陳云據注璿當作琁案表茶陵二本所載五臣良注字作璿此必善琁五臣璿各本亂之而失著校語注內謨帷幄。表本茶陵本謨作謩案上文內贊謀謨作謨宏二八之高謩作謩善果何作無以考之也注音逝。表本茶陵本此二字在注末是也卷五十九○頭陁寺碑文○注王巾。何校巾改中下同陳云巾中誤案說文通釋王中音徽俗作巾非何陳所據也各本皆作巾注漢書枚乘上書吳王曰。表本茶陵本無漢書二字注大智度論曰亦以涅盤爲彼岸也。陳云衍曰字是也各本皆衍注宮商角祉羽也。表本茶陵本祉作徵案此尤因諱改字耳於是元關幽揵。表本茶陵本揵作鍵表校語云善本作扌注字皆作揵茶陵本無校語注字皆作鍵案茶陵以五臣亂善非注。

物所以機心應之。表本茶陵本所作斯是也。注。廣雅曰。撓亂也。表本茶陵本此下有乃飽切三字是也。注。劉虯曰。菩薩圓淨。表本劉上有法華經曰慧日大聖尊久乃說是法十四字是也。茶陵本亦脫。注。子莊王陀立。表本陀作佗是也。茶陵本亦誤陀。注。盡功金石。案盡當作書。各本皆譌。注。名被東川。陳云川疑州誤是也。各本皆譌。注。年二十五出家。師釋道安。符丕後還吳。案此有誤。劉孝標世說新語言語注引高逸沙門傳云。年二十五始釋形入道。恐此本與彼大意相同。並不云出家師釋道安符丕云云。今誤涉下惠遠傳文而如此也。何陳校皆云符丕下有脫。未是。注。馮衍說鮑叔永曰。表本茶陵本無叔字。是也。注。緣亦斯廢也。陳云亦當作空。是也。各本皆誤。注。惑煩惚也。案惚當作惱。各本皆誤。注。范睢後漢。表本茶陵本無此四字。注。李尤七難曰。案難當作款。各本皆誤。宏啓輿服。表本茶陵本服作復。是也。注。禮記曰。步中武象。案記當作書。各本皆誤。此引史記禮書也。下引鄭氏曰云云。即裴駰集解。何校以爲今禮記佚文。大誤。諱諠。何云南史作暄。陳云諠暄誤。注同。案此所引南齊書江祏傳文。今本亦作暄。蓋傳寫譌諠也。注。爲江夏王郢州行事者。陳云行事下當重有行事二字。行事之名。後漢已有之。如西域長史索班稱行事是也。見西域傳。案所校是也。各本皆脫。注。匹婢。表本茶陵本作芳婢切三字。在注中庀具也下。是也。注。司馬紹贈山濤詩曰。案紹下當有統字。各本皆脫。注。靡華九衢。案華當作菲。各本皆誤。金資寶相。表本茶陵本資作姿。是也。庶髟髴於衆妙。表本茶陵本於作乎。是也。注。乾動川靜。何校川改巛。陳云川巛誤。是也。各本皆譌。式揚洪烈。茶陵本式作戒。云五臣作式。表本云善作戒。案此尤校改正之也。戒但傳寫誤耳。

齊故安陸昭王碑文○注。五帝出受圖籙。表本茶陵本圖籙作籙圖。是也。魏氏乘時於前。案乘時當作時乘。茶陵本校語云。五臣作乘時。是也。表本校語云。善作乘時。非也。善時乘。五臣乘時。於注皆有明文。表互換正文耳。尤以五臣亂善。所見誤與表同。陳云二字當乙。最是。注

及文武成康。表本茶陵本無成字。注。簡略也。表本茶陵本簡略作略簡。是也。恨賦脫略公卿注引此可證。注。枯耽。表本茶陵本作枯耽切三字。在注末。是也。注。緬爲宋劭陵王文學。何校劭改邵。陳同。是也。各本皆譌。注。吳王書閭廬。陳云書字衍。是也。各本皆衍。注。求民之瘼。案瘼當作莫。各本皆誤。觀下注可見。注。我太公鴻飛兗豫。何校公改祖。陳同。是也。各本皆誤。注。劉琨勸進奏曰。表本茶陵本奏作表。是也。鄧攸之緝熙萌庶。表本茶陵本萌作氓。案二本以五臣亂善。而失著校語。尤所見獨未誤也。注。衿帶喉咽。表本茶陵本喉咽作咽喉。是也。注。鄧南鄙人。陳云南下脫鄙字。是也。各本皆脫。注。閭外。已見上文。表本茶陵本複出云云。非。注。門限也。表本茶陵本也下有苦本切三字。是也。注。千仞之漢。案漢當作溪。各本皆誤。德與五才並運。表本茶陵本才作材。表校語云。善作才。注亦作才。茶陵無校語。注亦作材。案此蓋善材五臣才。表誤互換。尤所見與表同。茶陵爲得之也。與前江賦五才可相證。注。倪寬爲郡內史。何校郡改左。陳同。是也。各本皆誤。注。聚人於萑蒲之澤。陳云聚取誤。是也。各本皆誤。注。征艾朔士。何校士改土。是也。各本皆譌。注。歌錄曰。鴈門太守行曰。陳云錄下曰字衍。是也。茶陵本與此同。表幷入五臣。無可借證。注。宏爲東郡。陳校東下添陽字。云世說注引續晉陽秋可證。東陽今浙東金華也。若東郡在晉爲濮陽之地。當彥伯時已久陷北境。安得往莅之。案所說最是。前三國名臣序贊題下注所引亦有陽字。又其一證也。注。漢書。廣武君下至以迎小人。此節注表本茶陵本幷善入五臣。與尤全異。或尤別據他本。今無以訂之。注。漢書名臣奏曰。陳云書字衍。是也。各本皆衍。注。隔在漢北。何校漢改漠。陳同。是也。各本皆譌。注。羌戎豪帥。感負恩德。茶陵本羌戎作破莫韃。無德字。表本與此同。案似茶陵是。注。具以狀言。表本茶陵本言下有安字。是也。注。蔡彤爲遼東太守。茶陵本蔡作祭。是也。表本亦誤蔡。下同。注。囹圄叔寘。表本茶陵本寘作寔。是也。注。字叔庠。表本茶陵本庠作平。案今范書作庠。尤依

以校改也。注。爲國賊者。表本茶陵本者下有徒類切三字，是也。注。晉諸公讚曰。下至即號哭罷市。此注表本茶陵本幷善入五臣，全異，或尤別據他本也。注。韓詩曰。陳云詩下當有章句二字，見任彥昇勸進牋注，是也。各本皆脫。載惟話言。表本茶陵本惟作貽，是也。注。兄弟先後。表本茶陵本兄弟作弟兄。何校弟先改先弟。陳云弟先二字當乙。案齊竟陵文宣王行狀引正作兄先弟後。注。尚書曰。魯侯伯禽。陳云書下脫序字，是也。各本皆脫。注。喻今之文字多。表本茶陵本多上有煩字，是也。注。儲積山藪。陳云積，精誤，是也。各本皆誤。虛懷博約。表本茶陵本約作納。表校語云善作約，茶陵無校語。案詳注意，約但傳寫誤。尤所見與表同，非也。茶陵爲得之。幾以成務。表本茶陵本幾作機。案此蓋善機五臣幾，二本失著校語。又注中幾機互換，非。尤改善作幾，亦非。淸猷浚發。表本茶陵本浚作濬，是也。注。夏侯稚。何校稚下添權字。陳云稚下當脫一權字。魏夏侯稚權以才學稱，見荀勗文章敘錄。案所校是也。說已見前。各本皆脫。注。以從王乎。表本茶陵本乎下有此字，是也。注。涕以手揮之也。陳云涕下脫流字。各本皆脫。○劉先生夫人墓誌○欣欣負載。何校載改戴。陳云載，戴誤，注同，是也。案二字多相混，此亦不具出。注。音攜。表本茶陵本作眭音攜三字，在注末，是也。注。丞相遵之後也。何校遵改導，陳同，是也。各本皆誤。寂寞楊冢。表本茶陵本寞作寥。案此疑二本是也。

卷六十○齊竟陵文宣王行狀○任彥昇。案此三字當在上齊竟陵文宣王行狀一首下，各本皆錯誤在此。南蘭陵郡縣都鄉。何校都上添中字，據南齊書高帝紀文校。陳云疑當作東，見前安陸昭王碑文注。案彼注即引南齊書，東中乖異，未必非東誤也。又案縣上當有蘭陵二字，此歷說州郡縣鄉里，不應祇云縣而不云何縣。注。應劭漢書注曰。表本茶陵本無漢書注三字。案無者是也。注。后倉作齊詩也。表本茶陵本后倉二字作臣瓚曰韓固五字。案二本是也。韓乃轅之譌，儒林傳可證。尤據顏注藝文志所引改之，非。注。前代史岑比之。何校比之改之比，是也。各本皆倒。注。毛詩傳曰。無畔換。案無字不當有。又換詩作援，畔援猶跋扈也，在鄭箋。此各本皆有誤。注。王永字安期。茶陵本永作承，是也。表本亦誤永。晉書本傳可證。注。東夏會稽也。表本茶陵本無此五字。案二本在五臣銑注，此蓋誤入。注。孫復爲昭也。表本茶陵本也下有音韶二字，是也。注。倪寬爲農都尉。大司農奏課最連。陳云爲下脫司字，又最連當乙，是也。各本皆誤。注。范曄後漢書曰。劉寵。表本范曄後作華嶠。案表本是也，但嶠下仍當有後字。此初同表，脩改者非。茶陵幷入五臣，更非。注。曾子謂子思伋曰。陳云伋曰二字當乙，是也。各本皆倒。而茹戚肌膚。表本茶陵本戚作慼，是也。沈痛瘡鉅。案瘡當作創。善引禮記創鉅者爲注可證。表茶陵二本所載五臣向注字作瘡，然則善創五臣瘡，各本亂之，非。注。漢書曰萬石君傳曰。表本茶陵本書下無曰字，是也。注。范曄後漢書。表本茶陵本無此五字。注。幸逢寬明之日。將値危言之時。表本茶陵本作幸蒙危言之世，遭寬明之時。案此所引恐據馮衍集。

尤校改全依范書，未必是也。武皇帝嗣位。茶陵本無皇字，帝下校語云五臣作皇。表本皇下校語云善有帝字。案尤所見與表同。食邑加千戶。表本茶陵本加千作如千。案考南齊書云二千戶，上文云食邑千戶，故此云食邑加千戶，即二千戶也。善無注者，本不須注耳。五臣濟注乃云如千猶若干，無定戶故也，可謂妄說。二本不著校語，以之亂善，甚非。尤所見獨未誤。儀形國冑。案形當作刑。注引毛詩、表山松後漢書，俱是刑字。茶陵本亦然。表本注中盡作形，非也。上文寔兼儀形之寄，注別引晉中興書，可知此不得與彼同。各本皆作形，或五臣如此。藉田賦儀刑孚于萬國，五臣作形，其證也。允師人範。表本云善作師，茶陵本云五臣作歸。案各本所見皆非，師但傳寫誤。注。中大夫。表本茶陵本作掌以孅詔王五字。案此尤改之也。注。有諫諍之義。茶陵本幷五臣入善有此句，表本幷善入五臣無，今無以訂之也。注。父母生之。案母字不當有，各本皆衍。使持節都督揚州諸軍事。茶陵本楊作揚，表本亦作楊。案揚字是也，下及注盡倣此。萌俗繁滋。表本茶陵本繁滋作滋繁。案二本所載五臣良注云滋繁言多也，未審善果何作或不與五臣同而尤所見爲是。注劉緢聖賢本紀曰下至農夫號于野。表本茶陵本無此三十字案或別據他本也。九旒鑾輅。案旒當作游善引甘泉鹵簿游車九乘爲注作游不作旒甚明表茶陵二本所載五臣濟注乃云九旒旗也是旒字爲五臣本亦甚明各本所見皆以之亂善而失著校語讀者罕辨今特訂正之。注駕蒼龍。表本茶陵本龍下有輅音路三字是也。注導。表本茶陵本作轟音導三字在注中左方上注之下是也。注如今喪轜車。表本轜作轜是也茶陵本亦誤轜。注韓延壽給羽葆。何校給改植陳同是也各本皆誤。注而好下接己。何校接改佞陳同是也各本皆誤。注寘致也。表本茶陵本無此三字案二本在五臣良注此蓋誤入。注郅鄆曰。表本茶陵本鄆作惲是也。注鄭元曰。案元下當有禮記注三字各本皆脫。注野人雖云隱。表本茶陵本隱作隔案隔字是也又案野人當作人野各本皆倒上文舜與野人表茶陵作人野蓋本是此作人野而誤其處。注卞忠貞墓側。表本茶陵本忠貞作望之是也。注後以江陵沙

異十　十九

洲人遠。何校沙上添西字人上添去字是也各本皆脫。屈以好事之風。表本茶陵本事作士是也何陳校皆改士。注先生王叔。何校叔改升下同云今國策作斗形相近之誤吳師道曰一本標文樞鏡要作王升案所校是也古今人表亦作升又其一證。注宣王使謁者迎入。何校迎改延是也各本皆謁。乃知大春屈己於五王。表本茶陵本無於字案二本下句校語云善有於五臣無於蓋尤并校添此句也。注文惠太子懋。案子下當有長字各本皆脫何校添子字蓋誤。注孔藏與從弟書曰。陳云藏臧誤是也各本皆誤。注於衿結縭也。何校於改施陳同是也各本皆譌。注親結其縭。表本縭作離案離字是也觀下注可見茶陵本亦誤縭又案依此正文疑善作離今作縭其誤與前女史箴同否則善尚有離縭異同之注今刪削不全也。注趙文子與叔向。表本茶陵本向作譽是也。注弟子弔之。何校弟改曾陳同是也各本皆誤。注尚書曰禹。案曰禹當作禹曰各本皆倒。注以拾遺補闕藝。表本茶陵本無藝字案此尤依漢書改闕爲藝因誤兩存也。

○弔屈原文。茶陵本此上有弔文二字另爲一行是也表本亦脫。注越絕書曰。表本越上有善曰二字是也下列子曰上罔極言無中正上字林曰闒茸上毛詩曰上莊子千金之珠上蝦音遐上文子曰鳳凰飛千仞上莊子庚桑楚上同茶陵本移每節首非。注覓。表本茶陵本作汨音覓在注中汨水在焉下是也。乃殞厥身。表本茶陵本殞作隕案史記漢書皆是隕字。注不可順道而行也。表本茶陵本可作得是也案史記索隱引正作得。注植史記作值。表本茶陵本作吁音是也。吁嗟默默。表本茶陵本吁作于案史記漢書皆是于字此注中吁亦當作于也。注汙明曰大驥。案大當作夫各本皆譌。嗟苦先生。茶陵本校語云苦五臣作若表本作苦無校語非何云漢書作若陳云苦當從漢書作若更有顏延年祭屈原文可以互證云云案所說是也苦字但傳寫誤蓋誤認注中勞苦屈原以爲正文有苦字耳今史記亦作苦誤與此同。注應劭曰嗟咨嗟苦。陳云苦漢書注作也案也字是也各本皆誤史記集解所引無此字又其一證。注離騷下竟亂辭也。

異十　二十

陳云竟章誤是也各本皆誤案漢書顏注及單行索隱引皆作章。注鄧展曰音昧。又注蘇林曰偭音面。服虔曰蟂音梟。又注蛭之一切。蟥音引。此所音表本茶陵本俱無尤蓋別據他本今無以考之也。注亦夫子不如麟鳳不逝之故。表本茶陵本下不字作翔是也案史記索隱引正作翔。注鄭元曰。陳云元當作氏是也各本皆誤。注固將制於螻蟻。表本云善作螻蟻茶陵本云五臣作蟻螻案螻與魚韻較協各本所見蓋傳寫倒善未必不與五臣同也今史記漢書皆作螻蟻而單行索隱正文仍作蟻螻可見亦未必史漢不本皆爲蟻螻今誤與此同也注中螻蟻凡三見則不拘語倒之例耳。注亦謂讒賊小人所見害也。何校謂改爲陳同是也各本皆誤。注鱏音尋。表本茶陵本此三字在注末是也。○弔魏武帝文○注貝獨坐謂中官左悺貝瑗也。表本茶陵本貝作唐貝瑗作唐衡案此尤校改之也。注而不畀余也。何校畀余改余畀陳同是也各本皆倒。注諺曰曰。表本茶陵本不重曰字是

也。注。史記不言。何校記改既。是也。各本皆誤。注。李範曰。稅。陳云。範。軌誤。是也。各本皆誤。注。漢書文昌宮。表本茶陵本書下有曰字。是也。注。陳思王述征賦曰。表本茶陵本征作行。是也。注。周望兆勳於渭濱。陳云。勳。動誤。是也。各本皆譌。注。我營魄而登遐。案。我當作載。各本皆譌。注。老子曰。抱一。案。抱上當有載營魄三字。各本皆脫。援貞咎以甚悔。表本咎作吝。云善作咎。茶陵本作吝。無校語。案。尤所見與表同。非也。茶陵所見是也。注貞吝有明文。咎但傳寫誤。注。張堅與任彥昇書曰。陳云。堅昇誤昇堅。誤。是也。各本皆誤。注。孔子謂盟器者。何校盟改明。是也。各本皆誤。注。忽縹緲以響像。表本茶陵本緲作眇。是也。盻美目其何望。案。盻當作眝。注云。盻與眝同。謂所引字林博雅之盻。與正文之眝同也。若作眝於注不相應。蓋五臣因此注乃改眝爲盻。各本所見皆以之亂善。而失著校語。○祭古冢文○注。高誘曰。棺題曰和。表本茶陵本無此七字。案。或尤別據他本也。注。而助語也。表本茶陵本助語作語助。是也。注。先是雒陽城南。何校引徐云。廣漢治雒縣。此陽字衍文。是也。各本皆衍。注。格。茶陵本作音格二字。在注末。是也。表本亦誤。注。葬爲埋也。何校葬爲改謂葬。陳同。是也。各本皆誤。注。夫之有也。何校有下添改字。陳同。是也。各本皆脫。注。牲用白牲。案。下牲當作牡。各本皆譌。○祭屈原文○注。賈誼弔屈原文曰。表本茶陵本無文字。是也。上引亦無此字。注。極又欲充夫佩緯。陳云。極。機誤。是也。緯。當作幃。各本皆誤。注。羌無實而害長。案。害當作容。各本皆誤。○祭顏光祿文○注。機彖謂周易。班。班固。楊。楊雄也。表本茶陵本此注弁入五臣。恐尤亦非善舊。注。叔夜嵇康字也。表本茶陵本此注弁入五臣。恐尤亦非善舊。注。琴緒。緒引緒也。案。此有誤。各本皆同。無可考也。注。仰視浮雲馳。奄忽互相踰。表本茶陵本浮作驚馳。奄忽作逝紛紛。案。此尤校改之也。注。公收淚而問之。表本茶陵本淚作涕。是也。○附。案。陸貽典嘗據尤本校汲古閣本。其尤跋後又有跋曰。說友到郡之初。倉使尤公方議鋟文選板。以實故事。念費差廣。而力未給。說友言曰。是固此邦闕文也。顧略佽費以佐其用。可乎。迺相與規度。費出閱一歲有半而後成。則所以敬事於神者厚矣。江東歲比旱。說友日與池人禱之神焉。蓋有禱輒應。歲既弗登。獨池之歉猶十四也。顧神貺昭荅如此。亦有以哉。文選以李善本爲勝。尤公博極羣書。今親爲讐校。有補云云。補字下損失。今本無此跋。必脫去也。說友。袁說友。即尤跋之袁史君。此跋末言尤之讐校語雖未竟。而其有所改易。顯然已見。今錄附於後。以資詳考。

文選考異卷第十

江寧劉文奎弟文楷模鐫

《文選》篇目及著者索引

說　明

一、篇目索引及著者索引均依首字筆劃爲序。首字相同，依第二字筆劃爲序。以下同。同一筆劃的字，依起筆的丶一丨丿㇕爲序。

二、篇目索引

1．本書底本卷首所列總目，文字與正文篇目間有出入，索引以正文爲據。《文選考異》中所校正的文字，索引亦不據以改易。

2．總題下如有小題，據小題。如卷一“《兩都賦》二首”，下分《兩都賦序》、《西都賦》、《東都賦》三題，索引卽據此分列。

3．“樂府”部分以《樂府》爲題，下有小題者，據小題。如卷二十七曹操“《樂府》二首”，其小題爲《短歌行》、《苦寒行》，索引卽據此分列。

4．“史論”、“史述贊”部分，收錄同一作者作品兩篇以上，《文選》原書僅於第一篇標明史書書名，如卷五十沈約“《宋書謝靈運傳論》一首”、“《恩倖傳論》一首”。索引於後者補加史書名，作《宋書恩倖傳論》。

5．索引中每篇篇題下加注著者姓名。《文選》原書於著者每署字號或謚號，爲查檢方便，一律據李善注著者小傳，改從本名。

三、著者索引

1．著者姓名從本名，於括號內加注《文選》原書所署字號、謚號。首字不同者，索引分列本名及謚號以爲互見，如劉邦（漢高帝）、漢高帝（見劉邦）；班昭（曹大家）、曹大家（見班昭）。

2．佚名者別爲一類，列於最後。

3．索引中每一著者下列其作品篇目，文字同篇目索引。

四、篇目索引及著者索引每條下的數字，圓點前黑體爲《文選》卷數，圓點後普通體爲影印本頁數。

篇目索引

二畫

三畫

四畫

五畫

六　畫

七　畫

八　畫

九　畫

十　畫

十一畫

十二畫

十三畫

十四畫

十五畫

十六畫

十七畫

十八畫

十九畫

二十畫

二十一畫

二十二畫

二十三畫

二十四畫

二十五畫

二十八畫

著者索引

二　畫

三　畫

四　畫

五　畫

六　畫

七 畫

八 畫

九 畫

十畫

十一畫

十二畫

十三畫

十四畫

十五畫

十八畫

二十畫

佚 名

《文選》胡刻本與尤刻本異文

幾點說明

一、因避諱胡刻本改動之處不出校。如“曆”改爲“厤”,“弘”改爲“弘”,玄改爲“㫙”,“丘”改爲“𠀉”等。

二、異體字不出校。

三、尤刻本字迹不清，實際上並非異文者，不出校。如“曰”印做“口”，“玉”印做“王”等。

四、尤刻本明顯的錯別字或錯誤,胡刻本爲之改正者,不出校。如“已已見上文”改爲“已見上文”、“袖”改爲“袖”、“休”改爲“休”,“撵”改爲“棒”等。

五、注文略有改動,而不涉及內容者,不出校。如有的注音尤刻本在正文本字下面,胡刻本改爲寫在注文之後“×.××切”。

六、此表只記異文,不涉及勘誤,故兩本相同的錯誤不出校。

卷	葉	行	胡刻本	尤刻本
目錄	15	17	入彭蠡湖三首	入彭蠡湖口一首
目錄	29	19	干令升	于令升(本書全部作“于”,胡刻本改正,下文不再出校。)
1	4	4、5	父召無諾唯而起	父召子諾唯而起
1	7	15	范雎(全書皆同,下從略)	范睢(全書皆同,下從略)
1	8	8	道渭	通渭
1	11	14	充依	充衣
1	13	19	三蒼	王蒼
1	18	5	玉爪	玉瓜
1	21	6	見人君卽位	凡人君卽位
1	24	4、5	寢或爲侵	寢或爲祲

卷	葉	行	胡刻本	尤刻本
1	25	6	鄭子大叔	鄭子太叔
1	27	12	紃繒布也	織繒布也
1	28	2、3	詩序曰	毛詩序曰
1	28	5	斯世	斯代
1	28	17	圖書之淵	圖書之泉
2	2	20	少華之山	小華之山
2	4	17	思居天氣四交之處邪謂東京也	思居天氣四交之處雅謂東京也
2	20	6	乂族之所攙捔	又族之所攙捔
2	21	6	戾象鼻	戹象鼻
2	25	8	委聲也	重聲也
2	28	6	孝元帝傳	孝元帝傳
3	6	4	孔安圖	孔安國
3	12	11	综曰	至
3	15	3	萬官儣醜	萬官儣配
3	16	14	旃旗	旌旗
3	17	3	長柱地	長拄地
3	17	14	漢宮儀	漢官儀
3	18	9、10	旆已反乎郊畛	旆以迴乎郊畛
3	20	11	有鑾和之飾	有鑾和之節
3	21	2	虡	虡巨
3	21	4	鏞已見上文	毛詩曰鏞鼓有斁毛萇詩傳曰大曰鏞
3	21	4	蕡	蕡汾
3	21	4/5	鼗	鼗逃
3	21	9/10	正	正征
3	23	11	春夏秋	春夏秋也
3	29	15	苦角切	苦角
4	2	4	青金	青金也
4	3	8	橿疆	橿彊
4	3	9	楔日荆桃	楔盱荆桃
4	7	2、3	于公先王	祭于先王
4	7	4	鼓瑟吹笙吹笙鼓簧	鼓瑟鼓簧
4	7	17	禊	禊胡計
4	7	20	偠	偠於眇
4	8	8	眩	眩縣
4	17	8	外負銅梁於宕渠	外負銅梁而宕徒浪渠
5	9	4	超土弔切	超土弔切
5	11	3	宋王	宋玉
5	11	8	宋王	宋玉
5	14	13	能招門開	能招門闕
5	14	16	方舟結驷	方舟結
5	17	17	柘枝體動	柘枝體勁
5	26	9	三十日	二十日
6	10	6	楸梓坊	椒梓坊
6	11	2	基在小	基在下

卷	葉	行	胡刻本	尤刻本
6	11	15	曾構	層構
6	11	19	閣道有說者也	閣道有室者也
6	14	10	經官中東出	經宮中東出
6	21	10	文備於大和	又備於大和
6	24	3	文首	而文首
6	24	16	叔豉切	叔豉反
7	1	16	成都城四隅銘	成都城四隅
7	1	19	脽上	脽上
7	2	4	將祭泰畤	將終泰畤
7	5	8	槪緻也	槪緻也
7	12	18	飛青縞於震允	飛青縞於震兌
7	16	11	民惟邦本	人惟邦本
7	19	14	張揖曰	張揖
7	19	20	東有樹	有樹
	20	1		
8	1	20	入汋水	入汋水
8	2	4	周旋苑中也	言周旋苑中也
8	2	8	水崖也	水厓也
8	3	12、13	黃曰頮	黃頮
8	6	13	東葙	東廂
8	6	15	衆仙之號也	衆仙者號也
8	7	15	枰平仲木也	枰平仲也
8	7	17	檥音譏	郭璞曰檥音譏
8	14	1、2	振貧而補不足也	振貧下補不足也
8	16	5	以爲大	以爲泰大
8	19	6	左傳	左氏傳
8	20	13	岋五合切	岋五合切也
8	21	18	野地似乎掃刮也	野似乎掃刮也
8	21	20	罕罼罕也	罕罼罕車
8	23	13	明月珠蚌子珠爲蚌所懷	明月珠　　爲蚌所懷
9	1	20	以毛射物名豪豪彘也	以毛射拗名豪豪彘也
9	4	17	出黃帝六符經	出黃帝六符經已見魏都賦
9	12	7	應敵	應機
10	1	19	中和之氣	冲和之氣
10	1	20	易曰兼三才而兩之	周易曰有天道焉有人道焉有地道焉兼三才而兩之
10	7	7	入開	入關
10	8	18	而無反者	無反者
10	12	4	將有銜橛之變	時有銜橛之變
10	21	19	宗王	宗正
10	22	11	不聽臣言	不聽臣計
10	23	14	至開下	至關下
10	24	4	得郡	得一郡
10	25	1	千餘萬	十餘萬

卷	葉	行	胡刻本	尤刻本
10	27	12、13	濟北惠王	濟北愍王
11	6	3、4	舉標甚高	舉標甚高標卑遙切
11	17	6	離摟	離樓
11	17	7	離摟	離樓
11	17	7	倔渠物切	倔九物切
11	17	8	摟力朱切	樓力朱切
11	17	10	枝拄	枝柱
11	18	13	騰虵	騰虹
11	21	6	則祥風至	則祥颷至
11	22	7	王命	主命
11	32	2	鬻與嚯音義同	鬻與嚾音義同
11	32	9	爲作恃五穀	爲天持五穀
11	32	16	夕市夕時爲市	夕時爲市
12	2	2	思朗	恩朗
12	6	6	載五山	戴五山
12	6	8	猶載也	猶戴也
12	6	19、20	(無此十六字)	珊瑚虎珀羣產接連車渠馬瑙全積如山
12	7	14	夫道	大道
12	13	1、2	鰊似繩	鰊似鱦
12	13	14	鼂迷鼉	鼂迷鼉
12	17	8	息刑	息列
12	19	15	梔呼爲舳也	梔呼爲船也
12	21	16	申徙	申徒
13	3	19	中風人口動之貌	中風口動之貌
13	10	5	連氛累靄	連氣累靄
13	13	16	莫瞷切	莫贈切
13	20	20	合火德之明輝	含火德之明燀
13	21	1	毛有白者	有白者
13	21	13	定以知勇	足以知勇
13	24	6	寒門	塞門
14	2	15	第二子	第三子
14	5	20	收驪命駕	收驛命駕
14	8	16	陸機擬古詩日	陸機爲古詩日
14	8	18	故云旣遠	乃云旣遠
14	9	1	瓊澤冰鱗	瓊澤水鱗
14	9	11	魏文帝雜詩日	魏文帝有詩日
14	16	20	靈公奪而理之	靈公奪而埋之
15	3	2	必且齊踵	必且齊蹐
15	5	19	世不夫職	世不失職
15	7	15	生爲明主	生爲明王
15	12	6	沍閉也	沍閉也
15	13	16、17	迎宓妃下伊浦	迎宓妃于伊浦
15	14	11	皇脂爾車	載脂爾車
15	20	3	匡佐其時君也	匡佑其時君也

卷	葉	行	胡刻本	尤刻本
15	20	5	戴肩	戴肩
15	20	10	釣魚江湖	釣魚江濱
16	5	11	靑春爰謝	靑春受謝
16	11	6、7	魄若君之在旁	魂若君之在旁
16	13	1	又方	又云
16	25	6、7	領步卒三千	領步卒五千
16	26	1	閑關却掃	閉門却掃
16	27	19	車如流水馬如遊龍	車如流水馬如龍
17	2	13	文質見半	文質相半
17	3	20	論語先進篇	論語曰子曰
17	4	7、8	中衆物之形	而衆物之形
17	6	11	水中折者有玉	水方折者有玉
17	7	5	謂不歸于實	謂不歸于事實
17	7	6	么小也於遙切	么小也於條切
17	7	8	才葛切	才曷切言淮直取美
17	7	15	畫疏之	盡疏之
17	7	19	或硏之而後精	或硏之而更精
17	9	1	其來不可却	其來不却
17	9	1	遏絕	遏絕也
17	9	9	雖掞然而不持坐忘行忘而爲之	雖淡然而不待坐志行忘而爲之
17	10	2	尙書畢命曰	尙書曰
17	10	7	聲可託之於管弦	聲可記之於管弦
17	10	10	大者二十三管	二十三管
17	10	16	採竹嶰谷後見此奇	採竹嶰谷亦復唯見此奇
17	12	13	似枚之折也	似枝之折也
17	12	14	潺浸水流貌	潺湲水流貌
17	13	6	溫潤而澤	溫潤而澤仁
17	13	15	叨憒曰欽	貪憒曰欽
17	16	13	協神人也	協神人
17	17	3	禮記禮器篇注曰	馬融論語注曰
17	18	18、19	鍾子期曰善哉峨峨乎若太山志在流水	(無此十六字)
18	7	13	捘(下同)	梭(下同)
18	9	1	子都	迺子都
18	9	14	往而不可反者	往而不可及者
18	9	16	桓十二年	桓十一年
18	10	1	無勇私也	勇私也
18	11	6	玉謂之彫石謂之琢	玉謂之彫玉謂之琢
18	11	14、15	而不知其弘妙	而不知其珍妙
18	11	18	麤者曰榹細者曰枚	麤者曰撕細者枚
18	11	20	京加一孔	房加一孔
	12	1		
18	12	20	高百尺	高百丈
19	3	6	勢薄岸而相擊	騰薄岸而相擊

卷	葉	行	胡刻本	尤刻本
19	3	7	其流交引	其流交卒引
19	4	6、7	綠葉紫裹……裹猶房也	綠葉紫裹……裹猶房也
19	16	7、8	惜其不補	惜其不備
19	18	12	尙書云曰雨	尙書云雨
19	21	8	楚人謂深水爲潭	楚人謂深水爲澤
19	22	11	矜矜戒愼	矜矜或愼
19	23	18	茂先自勸勤學	茂先日勸勤學
19	25	1	聖心循焉	聖心備焉
20	6	6	毛詩傳曰	毛詩曰
20	6	9	漢書音義曰十毫爲釐	漢書音義曰毫兎毫十毫爲釐
20	6	10	可以爲成人矣	可以成人矣
20	7	8	洛陽有西關	洛陽有四關
20	18	18、19	弘乎接物	弘受接物
20	27	12	道達之意	通達之義
20	35	1	取岳	收岳
20	35	13	舡長也	船長也
20	35	20	方山在江寧縣東五十里	万山在江寧縣東五十里
21	4	12	鄭玄周禮注	鄭衆周禮注
21	7	5、6	二世下斯吏斯就五刑	二世下斯使斯就五刑
21	15	2	忽獨與予兮目成	忽獨與予目成
21	17	9	疑定也	凝定也
21	20	8、9	晉陸機	陸機
21	22	5	兔而掩口	俛而掩口
21	24	11	草木跣	草木疏
21	24	15	服水玉	服水王
22	7	13	歲聿云暮	歲聿其暮
22	7	17	回阡被陵闕	回阡被城闕
22	8	13	晤對也悟與晤同	晤對也
22	12	17	有五處	有三處
22	14	8	迴	迴渚
22	16	8	一百人	二百人
22	18	6、7	遺氓(下同)	遺萌(下同)
22	18	16	東方曰春	東方者春
22	20	13	人生行樂耳	人生行樂
22	22	1	始皇表南山巔以爲闕	始皇表南山巔以爲閃
23	4	19	常以交利貨賂禍	常以交利貿賂禍
23	5	1	顚沛逆天	顚沛道夭
23	5	2	李斯已見西征賦	李斯見西征賦
23	5	2	霸產	霸滻
23	11	3	平聲　周易曰	周易曰
23	11	14	平聲　孟子曰	孟子曰
23	11	20	萑蘭瓚曰萑蘭涕泣闌干萑與汍同	雚瀾瓚曰汍瀾涕泣汚也雚與汍同
23	12	15、16	子玉楚大夫也	子玉謂巽也

卷	葉	行	胡刻本	尤刻本
23	12	18	自作憂患也	自作憂累也
23	13	2	於乎小子	於予小子
23	13	7	昔慙柳惠	昔慙柳下
23	18	17	莊子妻死	莊子曰莊子妻死
23	18	17	方箕踞	則方箕踞
23	18	19、20	而我噭噭……自以爲不通乎命故止	而歌噭噭……自以爲乎不通乎故止
23	20	13至17	五言　宋武帝子義眞封廬陵王未之藩而高祖崩廬陵聰敏好文常與靈運周旋屬少帝失德朝廷謀廢立之事次在廬陵言廬陵輕訬不任主社稷因其與少帝不協徐羨之等奏廢廬陵爲庶人徙新安郡羨之使使殺廬陵也後有讒靈運欲立廬陵王遂遷出之後知其無罪追還至曲阿過丹陽文帝問曰自南行來何所制作對曰過廬陵王墓下作一篇	五言沈約宋書曰武帝男廬陵獻王義眞初封廬陵王之任而高祖崩義眞聰明愛文義與陳郡謝靈運周旋異常而少帝失德徐羨之等密謀廢立則次第應在義眞義眞輕訬不任主社稷因與少帝不協乃奏廢義眞爲庶人徙新安近郡羨之等遣使殺義眞於徙所時年十八元嘉三年誅徐羨之傅亮是日詔曰故廬陵王可追崇侍中王如故
23	21	4	神期恒若在	神期恒若存
23	21	10	龔先生	龔　生
23	22	19	宣尼伏軫而嘆東垌	宣尼伏軾而嘆東坰
23	22	20	各自君陵旁立廟	各自居陵傍立廟
23	23	19	坐玉床	坐王床
23	24	2	傳舍也	傳傳舍也
23	27	7	淹彼南汜	淹波南汜
23	27	10、11	靡日不思……靡喆不愚	靡喆不思……靡喆不思
23	27	20	荆州圖曰	荆州圖副曰
23	28	12	僑肸	喬肹
23	28	13	公孫僑	公孫喬
23	30	6	已見潘安仁悼亡詩	已見上文
23	30	7	自是迎羸	自　迎羸
23	30	10	大康	太康
23	30	18	情盱	情盻
23	31	13	皚皚牛哀切	皚皚午哀切
24	5	2、3	會節氣日不陽	會節氣曰不陽
24	7	2	古詩又曰	古詩曰
24	7	9	加飡	加飡
24	9	11	鑿而斲之	聽而斲之
24	9	12	臣則當能斲之	臣則甞能斲之
24	9	12、13	吾無與言之矣	吾無與言也
24	9	14	已見曹子建贈徐幹詩注	已見上文
24	9	15	幕人掌帷幕幄帟綬之事	幕人掌帷帟綬之事
24	9	16	綬組綬	綬組
24	11	11	傳子傳孫也	傳子　孫也
24	11	16	羣化	羣生
24	12	15	毛萇傳曰	毛萇　曰

卷	葉	行	胡刻本	尤刻本
24	15	14、15	韋昭曰國語注曰	韋昭　國語注曰
24	17	19	言木度比而變質	言木度北而變質
24	18	9	漢書述哀紀日	漢書述哀紀曰
24	24	15	必之天下英俊	必　天下英俊
24	25	20	攀伯陵	攀北陵
25	2	8	日月光太清	〇日月光太清（以上爲序、"〇"不可少）
25	7	13	無遇驟之事	無遇驟之車
25	16	10	小雅曰	尔雅曰
25	25	16	衛生之經乎能抱一乎能勿失乎	衛生之經于能抱一于能勿失于
26	12	18	非也	非
26	13	19、20	桐廬溪也	桐廬溪立
26	18	17	比周而友	比周而反
26	22	1	守玄默也	守玄默之
26	23	14、15	將軍戰勝王觴將軍將軍爲壽於前	將軍戰勝王觴將軍爲壽於前
26	24	1	戮民	戮人
26	24	7	何不能攄以爲大罇	何不攄以爲大罇
26	24	15	尙書王曰	尙書　曰
26	25	13、14	柸水	杯水
26	25	15	足二分垂在外	二分垂在外
26	26	15	後漢書曰	范曄後漢書曰
26	27	20	向長（下文向子平同此，不再出校）	尙長（下文"尙子平"同此，不再出校）
26	30	1	自巳	自己
27	2	7	石季倫王明君辭一首	石季倫王明君辭一首　古詞君子行一首
27	3	8	言己有蓬心	言巳有蓬心
27	4	13	氛亦氛字也	氛亦氣字也
27	4	14	爾雅	爾雅曰
27	5	12	又幽浦出焉	又湘浦出焉
27	8	3	肅肅戒徂兩	肅肅戎徂兩
27	8	3、4	戒車三百兩	戎車三百兩
27	10	2	沈休文	（無此三字）
27	12	5	樂盈	欒盈
27	17	5	華藥	華葉
27	23	7	鞠毛丸	鞫毛丸
27	24	17至20	（無此首）	君子行　古詞李善本古詞止三首無此一篇五臣本有今附於後 君子防未然不處嫌疑間瓜田不納履李下不正冠嫂叔不親授長幼不比肩勞謙得其柄和光甚獨難周公下白屋吐哺不及餐一沐三握髮後世稱聖賢 卷終
28	8	16	蒲姑氏	蒱姑氏
28	12	16	日出東南隅行	日出東南隅作

卷	葉	行	胡刻本	尤刻本
29	15	9	朝日喻君之明	言日喻君之明
29	17	1	音響何太悲 (古詩十九首作"音響一何悲")	音響何大悲
29	19	20	流人王逌	流人王逌之
30	3	19	嘯慠(下同)	嘯傲(下同)
30	5	14	鄭玄儀禮注	鄭氏儀禮注
30	7	7	慠士	傲士
30	13	2	常棣	棠棣
30	22	8	飛貌也	飛貌
30	28	19	沮	沮七余
30	31	18	滎陽	滎陽
31	11	7	人心罔结 (東京賦作"民心固結",注作"人心固結")	人心同结
31	13	9	而上者行九萬里	而上者　九萬里
31	15	1	悢悢不能出戶	悢悢不能出戶
31	28	11、12	服義方無沬	服義方無沬(下同)
32	9	18	而值葅醢之日	而值葅醢之世
32	13	9	是巳	是也
32	16	8	未沬	未沬
32	20	16	動以香絜自脩飾	動以香絜自脩絜
32	23	10	襟襜襦也	襍襜襦也
33	18	3	言若魂急來歸	言君魂急來歸
34	4	8	約(下同)	礿(下同)
34	4	17	蟻蚍蜉也拄陟羽切	蟻蚍蜉也
34	4	19	以芻莝養國牛也	以芻莝養　牛也
34	17	14	動足而有餘光也	動足而有飾光也
34	19	13、14	飛沬	飛沬
34	21	6	未暇此居也	未暇居此也
34	22	1	跳丸劍之揮霍也	跳丸劍之揮霍
34	22	7	已見上文也	已見上文
34	22	9	惠而好我攜手同行也	惠而好我攜手同行
34	23	17	王者無外也	王者無外
34	23	20	萬物生光輝也	萬物生光輝
34	24	11	時則甘靈降	時則甘露降
34	25	5	祇攪予心……祇攪我心	祇攪予心……祇攪我心
35	2	12	敢問崇德辨惑	敢問崇德辯惑
35	3	13	中琴也	中琴瑟
35	6	3	明堂咸有四阿	明堂成有四阿
35	8	1	張脩罠……或作罠……纛罠一……恐互體……罠兎罟也……罠麋網也	張脩罠……或作罠……纛罠一……恐斐體……罠兎罟也……罠麋網也
35	8	18	聖日占之不吉	聖　占之不吉
35	9	4	澤無水曰藪也	澤無水曰藪
35	9	7	張晏漢書注	張晏漢書注曰

卷	葉	行	胡刻本	尤刻本
35	12	3	馬鹿超而龍駿	馬鹿超而龍驤
35	14	13	進之於禹也	進之於禹
35	16	1	銘於昆吾之冶也	銘於昆吾之冶
35	16	5	王乃說之也	王乃說
35	16	10	幪音蒙也	幪音蒙
35	19	17	中有二編也	中有二編
35	20	13	一民	一人
35	24	19	宣帝詔白	宣帝詔曰
36	2	18	鄒赫子齊人齊人爲之語曰	鄒赫子　齊人爲之語曰
36	8	7	威教克平	成教克平
36	11	7、8	布於布	布於市
36	11	8	流行如泉也	流行如泉
36	11	10	鈌漏	缺漏
36	11	14、15	命印斜之谷	印斜之谷
36	11	16、17	且有後命也無下拜	且有後命　無下拜
36	11	17、18	範鑄作模器用也	範鑄作　器用也
36	16	6、7	毋枉執事……毋爲有司枉橈	毌枉執事……毌爲有司枉橈
36	16	11	檦飢	樂飢
36	21	10	徙朔方	徙朔陽獄
37	10	12	曹沬(下同)	曹沬(下同)
37	15	8	天爲之降霜也	天爲之降霜
37	18	11	密上書	密上疏
37	18	20	祚(下同)福也	祚(下同)福也
37	22	12	被雲雨之渥澤也	被雲雨之渥澤
37	29	12	甲兵益多好我者勸	甲兵益　好我者勸
38	6	12	性清	性清靜
38	7	13	晝邑(下同)	晝邑(下同)
38	12	17	被臺司召	被臺　召
38	13	18	晉陽春秋	晉陽　秋
38	14	8	唐雎	唐雎
38	18	20	鄂千秋曰	鄂　秋曰
38	20	10	琅玡王睞(下同)	琅玡王暕(下同)
38	22	1	昔以放任爲達	皆以放任爲達
38	22	11	漢中郡南鄭人	漢中　南鄭人
39	2	19	宣太后之弟	宣太后　弟
39	7	13	勸王共反也	勸王共反
39	8	15	知與前辭同不也	知與前辭同不
39	8	19	斯具五刑者也	斯具五刑
39	9	6	遭程子於塗	遭鄭子於塗
39	16	2	臣改計取福	改計取福
39	16	12	處陰以休影	處陰而休影
39	24	1	五頭同穴	五頭共孔(疑是“孔”字)
40	3	4、5	猶有轉戰無窮	猶　轉戰無窮
40	4	2	即日退還延頸	即日退還延頭頸

卷	葉	行	胡刻本	尤刻本
40	4	3	三關延頸	三關延頭頸
40	4	8	卽主	臣卽主
40	4	15	負檐裁弛	負檐丁濫切裁弛式氏切
40	6	3	然後入見	然後見
40	12	2	正閤主簿	正閤主簿
40	12	13、14	逼臣取利也	逼臣取利
40	14	3	自周章於省覽	目周章於省覽
40	17	12	二曰莫邪	一曰莫邪
40	19	3、4	吾其與聞之	其與聞之也
40	19	12	功德百之	功德百之也
40	21	13、14	南陽守	南陽太守
40	22	19	羌㸚(下同)	羌㸚(下同)
40	26	12	眄睞成飾	盼睞成飾
40	28	6	假爲天子七年	假爲天子十年
40	29	18	自有樂地	自有樂也
41	10	19、20	今舉事一不當	今舉事一不當丁浪反
41	11	10	沬(下同)血飲泣	沬(下同)血飲泣
41	21	6	稟然皆有節槩	凛然皆有節槩
41	23	4	燕虐其民	燕虐其人
41	24	6	媵母	媵以證切母
41	25	15	取舍有詳略矣	取舍有詳略也
41	25	17至19	寵齊獨在便室蒼頭子密等三人因寵臥寐……解寵手令作記……書成卽斬寵及妻頭……馳出城……	寵獨在便室蒼頭奴子密等三人見寵臥寐……解手令作記……書畢斷寵頭及妻頭……馳出……
42	5	3	佞人	安人
42	5	14	量	量音良
42	9	4	百年己分	百年已分
42	20	17	冠蓋逆之者	冠蓋迎之者
42	21	9	毋迺令刺史從後閤出去	毋迺令從後閤出去
43	18	9	斬於建康	斬於建康市
43	18	19	大師	大帥
43	23	20	相生	柏生
43	27	7	銀印	銅印
43	28	12	高士傅	高士傳
44	16	19	殺千人	殺十人
44	19	5	潁川人	潁川人也
44	19	5	後爲司徒	伐蜀平之爲司徒
45	6	10	說文曰	說文
45	6	20	客徒朱丹吾轂	客徒欲朱丹吾轂
45	12	19	躬帶紱冕之服	躬帶冕之服
45	22	5	窈宨	窈窕
46	4	12	日哆亘氏	日哆直氏
46	9	15	雷震揚天	雷震于天
46	15	2	百姓皆安	百姓遂安

卷	葉	行	胡刻本	尤刻本
46	15	3	聞有鳩車之樂	則有鳩車之樂
46	20	13	乃或爲害	刀或爲害
46	21	5	月是水積	月是水精
46	24	16	進太祖太尉也	進太祖大尉
46	27	18	燕丹太子	燕丹　子
47	2	4	胡廣曰	善曰漢官解故胡廣曰
47	7	12	朔風變楚	朔風變律
47	8	9	寡吾之貴介弟也	寡君之貴介弟也
47	8	20	七十子	二三子
	9	1		
47	11	8、9	項羽意乃解	項羽然後解
47	13	4	以分合而爲變者也	合而爲變也
47	13	12	遂追渡水	遂進渡水
47	13	19	將軍印綬	將軍印
47	14	17	以木爲喩也	以樹爲喩也
47	16	6	使噲求高祖迎立爲沛公	使噲求迎高祖立爲沛公
47	16	19	取兩兒棄之	虜在後蹵兩兒棄之
47	21	10	易曰	周易曰
47	21	11	耳暫聞	耳所暫聞
47	23	8	晉陽春秋	晉陽秋
47	24	14	亞卿	亞卿
47	24	16	帷幄	帷帳
47	24	20	遠續禹功	遠績禹功
47	25	8	而遇大聖	而一遇大聖
47	26	6	左傳甯武子曰	左氏傳武子曰
47	26	16	左傳	左氏傳
47	29	4	禺	顒
47	30	7	炎	琰
47	33	9	彭城	彭城
48	2	1	后稷創業於唐堯	后稷創業於唐
48	2	19	泳沫(下同)	泳沫(下同)
48	11	19	喩賢也毛詩	喩賢人也毛詩曰
48	14	19	亞斯之代	亞斯之世
48	14	20	善曰翼法也	翼法也
48	15	1	善曰春秋合誠圖曰	春秋合誠圖曰
48	15	6	善曰尙書曰	尙書曰
48	15	7	善曰國語	國語
48	15	9	善曰易曰	易曰
48	15	10	善曰玄聖孔子也	玄聖孔子也
48	15	11	恬淡	恬漠
48	15	14	孔子也善曰謂……	孔子也謂……
48	15	16	善曰易曰	易曰
48	15	18	善曰史記曰	史記曰
48	16	2	善曰尙書曰	尙書曰

卷	葉	行	胡刻本	尤刻本
48	16	5	善曰尙書曰	尙書曰
48	16	8	善曰探賾	探賾
48	16	9	侯甸之服	侯甸之所服
48	16	10	善曰言殷周二代	言殷周二代
48	16	14	善曰乘因也	乘因也
48	16	14	參五	參三五
48	16	18	善曰北面	北面
48	16	19	華而不敦	偉而不敦
48	17	2、3	曒繹	曒皎繹亦
48	17	4	殷薦宗配帝	殷薦宗祀配帝
48	17	4	善曰周易曰	易曰
48	17	5	善曰毛詩曰	毛詩曰
48	17	6	善曰言二代	言二代
48	17	8	善曰言二代	言二代
48	17	8	明而不變	朗而不變
48	17	12	善曰尙書	尙書
48	17	12	昔君	昔我君
48	17	14	善曰尙書曰	尙書曰
48	17	15	善曰頤養也	頤養也
48	17	17	善曰周易曰	周易曰
48	17	18	善曰言布聞	言布聞
48	17	20	朒	亡朒
48	17	20	善曰言漢之道	言漢之道
49	13	11	十二年	二十二年
49	16	9	曠遠	曠逹
49	19	4、5	三妃……三妃	二妃……二妃
50	1	17	洽化	治化
50	7	17	盈牣刃	盈仞
50	7	20	文潁	文穎
50	8	5	薰骨以行刑	薰胥以　刑
50	10	20	束帛箋箋	束帛戔戔
51	3	5	以金爲箭鏃也	以金爲箭鏑也
51	5	7	絜……丁結切	絜……下結切
51	9	12	一單三尺	一躍三尺
51	9	14	遁逃也	遁避也
51	15	16	楚人曰予之	楚人許予之
52	7	9	以至乎	至乎
52	10	10	芟刈	芟所咸刈
52	10	17、18	田常監止……監止	田常闞止……闞止
52	10	19	以克永代	以克永世
53	14	8	得與亡孰病也	得與亡孰病
54	2	17	可使南面也	可使南面
54	5	9	公羊傳	公羊傳曰
54	16	13、14	予旣沈漬殷紂於酒德	予旣沈漬殷紂於酒德矣

卷	葉	行	胡刻本	尤刻本
54	18	15	人民之衆	人萌之衆
54	22	9	盂鷲	盂鷲
55	1	18、19	言感應之遠也	言感應之速也
55	2	16	將窆	將窆
55	4	2	衰亂	喪亂
55	8	7	子胥往吳	子胥仕吳
55	10	13	賓客亦復塡門	賓客　塡門
55	20	16	善曰日月發輝	日月發輝
55	21	4	小雅曰	爾雅曰
55	21	12	善曰下愚由性	下愚由性
55	21	13	聖哲之洽	聖哲之治
55	23	6	戶閉	戶開
55	24	14、15	則動正而爲靜也	則動止而爲靜也
55	25	10	彌徧也	彌徧及之也
55	25	17	含響	合響
56	2	10	楚莊樊姬者	楚　樊姬者
56	4	9	謂登用輔翼	謂登用輔翼也
56	7	13	三苗	三苗
56	8	13	左傳	左氏傳
56	8	14、15	高宗子……左傳……書曰……	高宗弟二子也……左氏傳曰……尙書曰……
56	9	7	屯雲之應	雲屯之應
56	10	17	伐罪弔民	伐罪弔人
56	10	20	弔其民	弔其人
56	12	4	不如諸夏之亡也	不如諸夏之亡
56	18	6	以臺舊漏給宮	以臺舊漏給官
56	22	15	皆爲漢三公	皆爲漢公
56	24	9	以淸王塗也	以淸王塗
56	26	1	身旣沒而名猶存也	身旣沒而名　存也
57	9	2	見上文	已見上文
57	9	12	愜愜	愜愜古頰
57	10	14	若不戢翼	不戢翼
57	13	6	盾佐之	趙盾佐之
57	14	6	章帝詔	章帝詔曰
58	2	9	並以招切	以招切
58	6	13	謂漢神	謂漢神也
58	6	17	又詩序曰	又序曰
58	9	2	可瞻視	可時瞻視
58	13	13	又鉤命決曰	又鉤命決
58	16	9	用已	用己
58	19	14	左傳	左氏傳
58	20	18	絳闕	絳闕
58	23	11	野當爲杼	野當爲抒
58	25	19	齊水德	齊木德

卷	葉	行	胡刻本	尤刻本
59	5	7	繩繩不可言	繩繩不可名
59	6	9	劉蚪圓淨	法華經日慧日大聖尊久乃說是法劉蚪日菩薩員淨
59	8	1	衔珪璧其行	德珪璧其行
59	9	1	用此者也	用此
59	9	8、9	紐三王絕業……接三代絕業	紐三王統業……接三代統業
59	12	5	劉蚪	劉蚪
59	13	13	音裔	音畚
59	25	14	左傳	左氏傳
59	25	16	韓詩外傳	韓詩外傳日
60	11	2	東離門下	東離門卞
60	19	19	引軍還長安	引車還長安
60	20	2	太王	大王
卷	末		無	李善與五臣同異
卷	末		無	淳熙八年三月和同年八月說友識語